BIBLIOTHÈQUE
DE LA PLÉIADE

JEAN-PAUL SARTRE

Théâtre complet

ÉDITION PUBLIÉE SOUS LA DIRECTION
DE MICHEL CONTAT,
AVEC LA COLLABORATION DE JACQUES DEGUY,
INGRID GALSTER, GENEVIÈVE IDT,
JOHN IRELAND, JACQUES LECARME,
JEAN-FRANÇOIS LOUETTE, GILLES PHILIPPE,
MICHEL RYBALKA ET SANDRA TERONI

GALLIMARD

CE VOLUME CONTIENT :

Préface
par Michel Contat

Chronologie
par Michel Contat et Michel Rybalka

Note sur la présente édition
par Michel Contat

LES MOUCHES

Texte présenté par Michel Contat en collaboration avec Ingrid Galster, établi et annoté par Michel Contat. Dossier de réception par Ingrid Galster

Autour des « Mouches »

Textes établis et annotés par Michel Contat et Ingrid Galster

HUIS CLOS

Texte présenté, établi et annoté par Jean-François Louette. Dossier de réception par Ingrid Galster et Jean-François Louette

Autour de « Huis clos »

Textes établis et annotés par Michel Contat et Jean-François Louette

MORTS SANS SÉPULTURE

Texte présenté, établi et annoté par Michel Contat et Michel Rybalka. Dossier de réception par Michel Contat et Ingrid Galster

Autour de « Morts sans sépulture »

Textes établis et annotés par Michel Contat, Ingrid Galster et Michel Rybalka

LA PUTAIN RESPECTUEUSE

Autour de « La Putain respectueuse »

Textes présentés, établis et annotés
par Gilles Philippe.
Dossier de réception par Ingrid Galster
et Gilles Philippe

LES MAINS SALES

Texte présenté, établi et annoté
par Sandra Teroni.
Dossier de réception par Ingrid Galster
et Sandra Teroni

Autour des « Mains sales »

Textes établis et annotés par Ingrid Galster
et Sandra Teroni

LE DIABLE ET LE BON DIEU

Autour du « Diable et le Bon Dieu »

Textes présentés, établis et annotés
par Geneviève Idt et Gilles Philippe.
Dossier de réception par Ingrid Galster,
Geneviève Idt et Gilles Philippe

KEAN

Autour de « Kean »

Textes présentés, établis et annotés
par John Ireland.
Dossier de réception par John Ireland

NEKRASSOV

Texte présenté par Jacques Lecarme,
établi par Michel Contat et annoté
par Jacques Lecarme.
Dossier de réception par Michel Contat
et Jacques Lecarme

Autour de « Nekrassov »

Textes établis et annotés par Jacques Lecarme

LES SÉQUESTRÉS D'ALTONA

Texte présenté et établi par Jean-François Louette,
annoté par Michel Contat et Jean-François Louette.
Dossier de réception par Jean-François Louette

Autour des « Séquestrés d'Altona »

Textes établis et annotés par Michel Contat
et Jean-François Louette

LES TROYENNES

Texte présenté par Jacques Deguy,
établi et annoté par Gilles Philippe.
Dossier de réception par Gilles Philippe

Appendices

BARIONA

Texte présenté par John Ireland et Michel Rybalka,
établi et annoté par Michel Rybalka

Documents sur « Bariona »

Textes établis et annotés par Michel Rybalka

[LA PART DU FEU]

Fragments de « La Part du feu »

Textes présentés, établis et annotés par Michel Contat

[LE PARI]

Documents présentés par John Ireland

Iconographie des mises en scène

Notices, notes et variantes

Bibliographie générale
par Michel Rybalka

PRÉFACE

Il ne se passe guère de soir dans le monde sans que *Huis clos* ne soit représenté quelque part ; *Les Mains sales* reste, au format de poche, un grand succès de librairie ; pourtant, en ce début du XXIe siècle, on ne voit plus en Sartre d'abord un auteur dramatique. Tout se passe comme si son théâtre, qui l'a rendu célèbre internationalement dans l'après-guerre et qui a dominé la scène française jusqu'au milieu des années 1950, se mêlait à présent indistinctement au reste de son œuvre, parmi les livres philosophiques, les essais, les œuvres romanesques, voire passait au second rang.

Qu'en est-il en réalité, pour l'histoire de l'œuvre elle-même, et dans l'histoire culturelle ? Nous voudrions esquisser ici une réponse à cette double question. En posant d'emblée que ce théâtre se fonde sur une philosophie qui interroge le théâtre dans la vie. L'une des scènes les plus célèbres de l'œuvre se trouve dans *L'Être et le Néant*. Qui n'a en tête le garçon de café, aux gestes un peu trop précis, un peu trop rapides, au pas un peu trop vif, trop empressé. À quoi joue-t-il ? À *être* garçon de café, répond Sartre. Comme d'autres jouent à être patron, chef d'orchestre, politicien, notaire ou préfacier. L'exemple, devenu canonique, montre que, condamnés à être ce que nous sommes sur le mode de ne l'être pas, nous jouons tous plus ou moins le rôle social qui nous est assigné, faute de pouvoir tout à fait le *réaliser*. Ce serait de ce manque ontologique fondamental que résulterait la vaste comédie humaine, et l'acteur serait celui qui, conscient de cette comédie, la donne à voir en faisant d'elle plus que son métier : son martyre et sa joie, sa passion. Le théâtre, pour Sartre comme pour Shakespeare, comme pour les baroques, surgit de ce *theatrum mundi*.

La comédie, dans la vie de Sartre, serait la donnée première, à en croire *Les Mots*, livre écrit par un auteur dramatique qui n'oublie pas qu'il l'est. Doté d'un grand-père comédien dans l'âme, qui se prenait pour Victor Hugo et un peu pour Dieu le Père, le petit Sartre aurait répondu à cette comédie par une autre, la comédie de Poulou, enfant prodige, don du Ciel, génie oraculaire, tout bruissant de mots, et même de mots d'auteur. Plus tard, son théâtre sera l'affirmation, tantôt comique, tantôt angoissée de la théâtralité de l'existence humaine. En somme, un théâtre passionnément théâtral. Voilà qui est plus fort, en effet, que les formules rebattues auxquelles est souvent réduit le théâtre de Sartre : « L'Enfer, c'est les Autres », dans l'ordre des relations humaines ; « Il ne faut pas désespérer Billancourt », dans l'ordre de la politique. La disparité entre ces deux formules — dont la seconde est partiellement apocryphe — montre assez la subordination du politique à l'existentiel dans la façon dont Sartre est perçu par le public. Mais il faut aussitôt ajouter que « l'Enfer, c'est les Autres », au temps du terrorisme contre les civils, est en train de virer de l'existentiel au religieux et du religieux au politique. On verra que le théâtre de Sartre, tout imprégné qu'il est de passion christique, se dresse en fait contre la religion, la religiosité, la foi en une autre puissance que celle de la liberté. De ce point de vue, ce théâtre apparaît dans notre temps comme salubre et urgent.

Un essai a décrit le XXe siècle comme *Le Siècle de Sartre*[1] ; on pourrait tenter pour son théâtre la formule « le théâtre du siècle », sans vouloir dire par là qu'il est le meilleur de son temps, ou le plus important, mais qu'il traite du siècle, qu'il a affaire au temps. « *The play reeks of the time* », cette pièce pue le siècle, pour employer un verbe shakespearien. Ou, ce théâtre sent l'époque, comme Sartre disait de son écriture qu'elle sentait l'organe. Même une pièce « abstraite » telle que *Huis clos* devrait en fait sentir l'homme et la femme, le corps, le sexe. Ce n'est pas tant le vent de l'histoire qui traverse la scène de Sartre, c'est son souffle animal, celui qui a fouetté le siècle avec sauvagerie. Notre époque a voulu construire l'homme, accoucher d'un homme nouveau. Le théâtre sartrien plaide aux oreilles et aux yeux de la postérité l'argument de la défense : « Ce siècle est une femme, il accouche ; condamnerez-vous votre mère[2] ? » La tirade, qui pourrait être finale, de ce théâtre follement lucide pose la question qui nous taraude : Qu'avons-nous fait de la liberté ? Ce théâtre a donc le mal du siècle : violence, mensonge, viol,

1. Bernard-Henri Lévy, *Le Siècle de Sartre*, Grasset, 1999.
2. *Les Séquestrés d'Altona*, p. 993.

torture, guerre, assassinat politique, meurtre, suicide, raison et déraison, tout y est. De ces pièces qu'on a beaucoup dit être des pièces d'idées, ce qui se retient pour finir c'est que les idées font souffrir la chair, les regards torturent, les mots blessent, les corps jouissent et saignent. Sur la scène sartrienne, le XXe siècle se regarde et se juge.

Un théâtre philosophique ?

La première caractéristique de ce théâtre est sans doute la disparate de ses formes : dans l'ordre d'apparition, un mystère de Noël (*Bariona*), un drame moderne déguisé en tragédie antique (*Les Mouches*), une parodie de drame bourgeois (*Huis clos*), un drame politique contemporain (*Morts sans sépulture*), une comédie satirique (*La Putain respectueuse*), un drame politique en forme de pièce policière (*Les Mains sales*), un drame romantique à grand spectacle (*Le Diable et le Bon Dieu*), une comédie romantique (*Kean*), une farce (*Nekrassov*), un drame historique moderne (*Les Séquestrés d'Altona*), une adaptation de tragédie antique (*Les Troyennes*). Onze pièces qui ne se ressemblent pas, mais qui se reconnaissent immanquablement comme *du* Sartre, par un certain style de dialogue, par une thématique commune et par un ton, enfin et surtout par une vive propension à l'intelligence.

L'unité de ce théâtre, comme d'ailleurs de toute l'œuvre de Sartre, il l'a lui-même déclaré, c'est la philosophie qui la lui confère. Mais le point de départ de cette philosophie est l'expérience vécue de la contingence, le sentiment d'être de trop, gratuit, injustifié, injustifiable. Cette révélation, Sartre l'a exprimée dans la forme qui lui convenait : le roman. Il a d'abord essayé de la donner dans un poème : « J'apporte la tristesse, j'apporte l'oubli[1] ». Comme il n'est pas doué pour la poésie, il invente une forme, entre journal et essai philosophique, entre essai et roman. Ce « factum sur le Contingence » — c'est ainsi qu'il le désigne — donnera « Melancholia », finalement intitulé *La Nausée*. Le sujet ne convenait pas à cette machinerie, cette machination, cet « art déloyal » qu'est le théâtre, où il faut se faire entendre en truquant, en séduisant tout en restant vrai, en séduisant par le faux au service du vrai[2]. La découverte de la contingence

1. Incipit du « Chant de la contingence », poème que Sartre perdit et dont il ne se rappelait que le premier vers.

2. Au reste, Sartre est bien persuadé que tout art est déloyal parce qu'il recourt pour partie aux truquages de la séduction. Le théâtre l'est encore davantage parce qu'il échappe aux intentions de son auteur dès lors qu'il est représenté. Sur ces questions de la « théâtralité négative », voir John Ireland, *Sartre, un art déloyal : théâtralité et engagement*, Jean-Michel Place, 1994.

est une expérience qui ne saurait être portée sur une scène, car elle se vit par l'individu dans la solitude et la vérité. Pour jouer au théâtre, comme pour mentir, il faut être au moins deux. Personne n'est moins comédien qu'Antoine Roquentin, c'est la comédie qui l'indispose chez les autres, même chez Anny qu'il a aimée, qu'il aime encore d'un amour désolé, parce qu'elle voulait créer dans la vie des moments de théâtre qu'elle appelait des « moments parfaits », où les existants se métamorphosent en figures esthétiques. Ce qui surgit de l'expérience de la contingence, c'est la prise de conscience que la liberté lui est liée. Mais la liberté s'éprouve dans l'action, sinon elle n'est qu'angoisse nue. Et l'action, aujourd'hui comme hier, c'est la politique ; ou plutôt, l'action a pour théâtre la politique. Napoléon le disait en son temps : « La tragédie aujourd'hui c'est la politique. » Le théâtre de Sartre, qui se veut un théâtre d'aujourd'hui pour les hommes d'aujourd'hui, sera donc un théâtre de la liberté, de l'action, de la politique. Mais il y a autre chose encore, c'est que la liberté s'inscrit nécessairement dans un imaginaire personnel, un réseau fantasmatique, des représentations affectives, une sensibilité, des émotions. Pour le roman, cela va presque sans dire. Pour le théâtre, qui est un art collectif, il va falloir rendre compte ici de ce que le théâtre de Sartre a de « sartrien », par-delà les idées. Cet adjectif évoque la nausée de l'existence, son goût saumâtre, quelque chose d'aussi accablant que de boire sans soif ; ou la lucidité sèche, sans pitié pour soi ni pour les autres. Si « kafkaïen » renvoie au monde social lorsque celui-ci est perçu avec ironie comme bureaucratique jusqu'à l'absurde, terrifiant sous le comique d'une administration tatillonne, « sartrien » renvoie d'abord à une expérience existentielle du monde en général, à un vécu en quelque sorte philosophique. Le théâtre de Sartre est un théâtre d'*après* la nausée. Il évoque l'idée de situation, et la situation typiquement sartrienne est celle où quelqu'un est fait comme un rat, acculé à une délibération où tout choix se trouve impossible et où pourtant il faut choisir, et en choisissant se faire. Se faire tortionnaire, par exemple, comme Frantz von Gerlach des *Séquestrés d'Altona*, le dernier héros sartrien et l'éclatement définitif de l'idée même de héros.

Un théâtre lié à une existence.

Dans les récits que Sartre fait de son enfance, le théâtre apparaît sous des formes ambiguës. D'abord il est à la fois auteur et metteur en scène, et son but est de séduire. Au Luxembourg, il se fait montreur de marionnettes pour le plaisir des petites filles[1]. C'est un souvenir de réussite. Ensuite il est comédien, dans une pièce patriotique écrite par son grand-père, mais il en fait trop, connaît l'échec ; c'est un souvenir cuisant, d'autant plus qu'il se montre mauvais perdant, arrachant la barbe postiche de celui qui a su plaire sobrement, et subissant un blâme public[2]. On ne trouvera pas dans les souvenirs de Sartre égrenés au fil de ses écrits autobiographiques de révélation éclatante du théâtre comme spectacle. Pas de Berma chez lui, pas de Racine dans les velours et les ors de la salle, pas de cérémonie sociale. D'ailleurs, dans *Les Mots*, sans citer explicitement Proust, il mentionne ce que fut la révélation de la beauté au théâtre pour les écrivains de la génération précédente. Pour lui, « dans l'inconfort égalitaire des salles de quartier », il avait appris, en compagnie de sa mère, que le cinéma était son art comme il était l'art de tous, qu'il avait son âge et qu'ils grandiraient ensemble[3]. La beauté s'offrait dans les images rayées des films muets projetés au cinéma du Panthéon. Et lorsque sa mère l'emmenait dans les salles du Boulevard où le cinéma se déguisait en théâtre, les dorures et le cérémonial lui gâchaient son plaisir. Des pièces qu'il vit au Châtelet il ne dit rien, mais il mentionne souvent le Grand Guignol comme un abâtardissement. Il ne semble pas qu'il ait jamais assisté enfant à une représentation de la Comédie-Française. C'est sur l'exemple du cinéma qu'il concevra très tôt sa théorie de la nécessité esthétique comme réponse à la contingence de l'existence. Au sortir des salles où il s'était passionné pour les personnages, happé par le récit dans le monde de ses désirs et touchant ainsi à l'absolu, il se retrouvait « surnuméraire ». Le théâtre, pour lui, appartenait à un autre monde, celui des livres, refuge lui aussi contre la contingence, l'ennui, la tristesse. *Les Mots* fait état d'une lecture précoce de Corneille dans la bibliothèque grand-paternelle, d'une révolte indignée contre les Horace, ces soudards meurtriers de Camille, et surtout d'une propension à lire les résumés des tragédies plutôt que leurs alexandrins. Peut-être le dramaturge Sartre a-t-il gardé de ces résumés commodes le sens des intrigues solidement construites. Une fois exilé à La Rochelle à cause du remariage de sa mère, le petit Parisien n'eut plus pour expériences théâtrales que les représentations d'opérettes données au Théâtre municipal ; elles lui plaisaient tant qu'il se mit à composer lui-même, au piano, de brèves opérettes inspirées par l'Antiquité romaine. Il se souvenait ainsi avoir écrit, livret et musique, un *Mucius Scaevola* et un *Horatius*

1. Voir *Carnets de la drôle de guerre*, XII, Gallimard, 1995, p. 502-503.
2. Voir *Les Mots*, Gallimard, 1964, p. 85-86.
3. Voir *ibid.*, p. 100.

Coclès, qui mêlaient la culture scolaire, le goût pour Offenbach, le goût de la parodie et l'héroïsme stoïque dont son enfance avait été gavée par la lecture des *Pardaillan* de Michel Zévaco. Dans *Les Mots*, il explique de façon convaincante que le culte du héros solitaire dans les romans populaires avait servi de compensation à la « déculottée » subie par les Français à Sedan, et qu'il était ainsi lui-même un fils de la défaite de 1870. Il faudra revenir sur ce thème, couplé à la passion christique, pour analyser la naissance du héros sartrien.

Les formes mêmes de son théâtre, cette façon qu'a Sartre de couler des idées nouvelles dans le moule ancien fourni par la tradition, afin de subvertir le « théâtre bourgeois » en prenant son public au piège, montrent une connaissance exceptionnelle de ce qu'il est convenu d'appeler « le théâtre de Boulevard ». La connaissance étendue d'un répertoire qui n'a guère survécu à son succès, Sartre la doit à la lecture assidue de *La Petite Illustration*, périodique très répandu des années 1910-1930. Son beau-père, l'ingénieur Mancy, était abonné à cette publication qui livrait chaque semaine trois ou quatre pièces de théâtre, françaises et étrangères, en texte intégral. C'est ainsi que, entre douze et seize ans, le petit Sartre, qui avait lu les pièces de Courteline dans son enfance, prit connaissance au fur et à mesure qu'elles paraissaient des œuvres de Jean-Jacques Bernard, de Tristan Bernard, d'Henry Bernstein, d'Henri Bordeaux, d'Édouard Bourdet, d'Alfred Capus, de Jacques Deval, de Maurice Donnay, d'Edmond Fleg, de Sacha Guitry, de Clément Vautel et de bien d'autres, dont les noms sont aujourd'hui oubliés. « C'était la contribution de mon beau-père à la culture familiale », devait nous dire plus tard l'auteur de *Huis clos*, qui avait sans doute trouvé dans *Au grand large* (*Outward Bound*) de Sutton Vane, publié en 1927 dans *La Petite Illustration*, l'inspiration du thème de l'après-vie. Sartre en effet continua jusque dans les années 1930 (la revue cessa de paraître en 1939) à se divertir en lisant des pièces qu'il n'aurait pas eu l'idée d'aller voir au théâtre. C'est peut-être aussi dans *La Petite Illustration* plutôt que sur la scène qu'il découvrit Pirandello. Avec le tour d'esprit qui était le sien, et qui consistait à découvrir « comment ça se goupille », dans un roman, une pièce ou un film, à démonter leur construction pour en déceler la métaphysique, à voir les rouages pour eux-mêmes et éventuellement les reproduire à son usage, on peut penser qu'il avait compris des secrets de fabrication bien avant de les mettre en œuvre dans sa première pièce. Pour qui voudrait chercher les inspirations techniques de ce théâtre, mieux vaudrait sans doute fureter dans la collection de *La Petite Illustration* que s'en tenir aux modèles que Sartre lui-même a indiqués : Ibsen, Strindberg, Pirandello, qui d'ailleurs influencent tout le théâtre des années 1920 et 1930 dont Sartre est globalement l'héritier. Et pour mettre au jour la veine comique du théâtre de Sartre en dehors de sa propension propre à la bouffonnerie, c'est bien plus dans les comédies légères du début du siècle que dans Molière ou Marivaux que l'on trouverait probablement des inspirations, en particulier le goût des « mots d'auteur », des formules qui font mouche et qui font rire ou penser.

Le premier témoignage que nous avons du talent comique de Sartre date de ses années à l'École normale supérieure : non seulement il amusait ses camarades par sa verve bouffonne dans la vie collective de la rue d'Ulm, à l'instar des *Copains* de Jules Romains, mais il contribua par l'écriture et par ses dons de comédien aux célèbres revues de fin d'année[1]. On conclura de ces éléments que le théâtre joue dans la jeunesse de Sartre un rôle de divertissement, au sens courant et au sens pascalien de ce mot : la vraie littérature, comme la vraie vie spirituelle, est ailleurs. Contrairement au cinéma, qui appartient à l'univers maternel et avec lequel il garde un rapport presque incestueux, en tout cas fortement érotisé, le théâtre participe pour lui du monde masculin, celui du grand-père, celui du beau-père, comme on l'a vu. Et, à ce titre, il est dévalué — du moins tant qu'il ne le pratiquera pas lui-même. Lorsqu'il conçoit, très jeune encore, l'œuvre à faire qui lui donnera un destin d'exception, le théâtre y occupe certes une place, mais une place secondaire. Vers la fin de sa vie, il confiera à Simone de Beauvoir, en parlant de sa jeunesse : « Je pensais que le théâtre était un genre un peu inférieur[2]. » Ce qu'il ne dit pas, en revanche, c'est que le modèle d'après lequel il conçoit son vaste projet d'œuvre diverse et multiple, il le doit à Victor Hugo, la philosophie mise à part (qui remplace en quelque sorte la poésie), et que son théâtre prend dans cet ensemble à venir une place un peu analogue à celle que le drame a tenu dans l'œuvre d'Hugo.

Des premiers essais d'écriture théâtrale, nous ne connaissons, par Sartre, et par Sartre seul, que deux titres, *J'aurai un bel enterrement* et *Épiméthée*. Lui-même ne se souvenait pas d'une pièce inspirée de Jarry, *Vaticiner sans pouvoir*, qu'à en croire un de ses camarades de l'École normale, il aurait écrite comme une description ubuesque du *Penseur* de Rodin. De la première des deux pièces qu'il se rappelait, et qui sont toutes les deux perdues, il a dit tantôt qu'il l'avait écrite à l'École normale, tantôt

1. Voir Simone de Beauvoir, *La Cérémonie des adieux*, suivi de *Entretiens avec Jean-Paul Sartre, août-septembre 1974*, Gallimard, 1981, p. 237.
2. *Ibid.*

qu'elle datait de son service militaire[1]. Ce serait une pièce en un acte, inspirée de Pirandello, le monologue d'un personnage qui prépare minutieusement son enterrement, et qui décrit son agonie. Il semble que son inspiration ait été sardonique. « C'était l'histoire d'un homme malade qui se couchait et mourait. Toute la pièce, un long monologue, consistait dans ce qu'il disait entre le moment où il prenait le lit et celui où il expirait », a expliqué Sartre à Bernard Dort, en janvier 1979, dans le dernier entretien qu'il ait eu sur le théâtre[2]. La deuxième pièce, *Épiméthée*, plus ambitieuse, peut certainement être mise en parallèle avec les essais philosophico-mythologiques que Sartre avait écrits à l'École normale et qui s'inspiraient de Valéry, notamment *Er l'Arménien*. Il l'a écrite durant son service militaire, en 1930. Nous en savons un peu plus par ce qu'il en dit aussi à Bernard Dort : « Son héros était le frère de Prométhée. Ça se passait dans les cieux. Épiméthée personnifiait ce que j'appelais alors " l'homme seul " et que je distinguais de l'aristocrate, de l'être qui prétend à l'élite (celui-là je le méprisais tout à fait). " L'homme seul ", lui, est quelqu'un qui n'est pas attiré par la civilisation et qui se dote, de ce fait, d'une manière de penser différente de la manière humaine[3]. » Mais à nous il avait affirmé ce que nous avons rapporté en 1973 dans l'introduction au volume *Un théâtre de situations* : « *Épiméthée* était allégorique et mettait en scène un mythe platonicien. Sartre y opposait Prométhée, l'artiste, l'homme seul, à Épiméthée, l'ingénieur, l'homme-moyen » qui se fait le moyen d'un projet social extérieur à lui[4]. Et à Simone de Beauvoir, en 1974, il en parle comme d'une pièce se passant dans un village grec que les dieux veulent châtier ; mais Prométhée chasse les dieux, « c'était la naissance de la tragédie[5] ». Résonance nietzschéenne ? C'est probable. L'interversion Prométhée/Épiméthée a de quoi éveiller notre curiosité. Que Sartre ait choisi le frère imprévoyant du prévoyant Prométhée de la mythologie pour faire de lui le héros de sa pièce inclinerait à penser qu'il avait donné à celle-ci un caractère parodique, faisant d'Épiméthée l'anti-héros, un M. Mancy chez les Grecs. Ou alors, prenant la suite d'Eschyle, de Platon, de Goethe, de Shelley, il aurait repris le traditionnel Prométhée libérateur des hommes, il aurait traité le mythe en farce en présentant Prométhée non plus enchaîné ni délivré, mais déguisé.

1. Voir *ibid.* ; et *Entretien avec Bernard Dort, Travail théâtral*, nº 32-33, 1980 ; repris dans *Un théâtre de situations*, Gallimard, coll. « Folio essais », 1992, p. 241.
2. *Ibid.*
3. *Un théâtre de situations*, p. 241.
4. *Ibid.*, p. 13.
5. *La Cérémonie des adieux*, p. 237.

Il est en tout cas vraisemblable qu'il l'a subverti pour ne pas s'inscrire pompeusement dans la tradition. Mais ce ne sont là que des conjectures. Plus significatif est le fait que ces pièces soient perdues, ce qui indique le peu de cas que Sartre faisait d'elles ; mais on en retiendra aussi qu'aux alentours de ses vingt-cinq ans, il pensait spontanément en mythes, et que quelque chose en restera dans son théâtre.

C'est par Simone de Beauvoir que nous connaissons un peu, à partir de 1929, ce que fut la vie de spectateur de Sartre pour le théâtre parisien des années 1930. « Au théâtre, la médiocrité nous rebutait et nous n'y allions pas souvent », dit-elle d'emblée[1], et on pense aux « confiseurs sentimentaux » dont le dramaturge H.-R. Lenormand dit, dans son compte rendu de *Huis clos*, qu'ils régnaient sur le théâtre français dans l'entre-deux-guerres[2], ceux-là même que Sartre lisait dans *La Petite Illustration.* Il faut ajouter que les places de théâtre, alors comme aujourd'hui, coûtaient cher et que les deux jeunes gens regardaient, par force, à la dépense. Ils allaient donc voir seulement les pièces qui faisaient événement pour les gens de culture, et elles ne furent pas nombreuses. Le premier spectacle que Simone de Beauvoir dit avoir vu en compagnie de Sartre est *L'Opéra de quat'sous* monté par Gaston Baty, en octobre 1930, au théâtre Montparnasse[3]. Ils ignoraient alors tout de Brecht, et furent charmés par le « pur anarchisme » de la pièce, par ses *songs*, que Sartre apprit par cœur. Ils fréquentaient le music-hall plutôt que les salles des Boulevards ; d'ailleurs, avant d'être nommés à Paris, ils durent l'un et l'autre enseigner en province, à Marseille, Le Havre, Rouen, où le théâtre n'était guère plus qu'un divertissement pour les bourgeois.

Dans une fiction, viendrait ici le moment d'un morceau de bravoure : l'entrée en scène d'un personnage décisif, la très romanesque Simone Jollivet, le modèle d'Anny dans *La Nausée.* Sartre l'avait connue en 1925, lors de l'enterrement d'une cousine ; elle habitait Toulouse, elle devint sa peu vertueuse première maîtresse, et elle stupéfia de beauté extravagante les normaliens qui la virent au bal de l'École. Elle avait au plus haut point l'art de théâtraliser sa vie, et lorsqu'elle décida de séduire Charles Dullin qui était devenu son héros depuis qu'elle l'avait vu dans *Le Miracle des loups*[4], elle n'eut guère de mal. Sans quitter son épouse, il l'installa dans un rez-de-chaussée de la rue

1. *La Force de l'âge*, Gallimard, 1960, p. 54.
2. Voir *Panorama*, 22 juillet 1944.
3. Voir *La Force de l'âge*, p. 54-55.
4. Il s'agissait d'un film de Raymond Bernard, sorti en 1924, dans lequel Dullin incarnait Louis XI.

Gabrielle, non loin du théâtre de l'Atelier, et elle en fit le décor d'une maison de poupée dont elle était la blonde idole aux joues de porcelaine. Elle initia Sartre aux intrigues des coulisses, lui faisant des imitations de H.-R. Lenormand, de Steve Passeur ; elle l'emmena voir Dullin, en 1928, dans *Volpone*, la comédie de l'élisabéthain Ben Jonson, l'un de ses plus grands succès ; elle lui fit connaître le théâtre du Siècle d'or espagnol, Calderón, Lope de Vega, que Dullin montait à l'Atelier. Surtout, elle lui présenta Dullin en personne, et c'est au contact de celui-ci, en suivant les répétitions de *Richard III* et d'autres pièces, qu'il se forgea une esthétique du théâtre. Il la résuma plus tard en deux principes essentiels : jouer la situation et non le texte, concevoir les dialogues de telle sorte que chaque mot soit nécessaire et que chaque réplique rende l'action irréversible ; et, pour la mise en scène, toujours la subordonner au style de la pièce. Simone Jollivet faisait elle-même l'actrice (Simone de Beauvoir la vit dans *Patchouli*, d'Armand Salacrou, en 1930), mais elle avait l'ambition de devenir un auteur dramatique à part entière. *L'Ombre*, que Charles Dullin monta malgré l'opposition de sa femme, en 1932, et où elle jouait un rôle qu'elle avait écrit à sa mesure, fut un échec cruel, mais qui ne la découragea pas. Seul Antonin Artaud lui parla de chef-d'œuvre ; ce fut assez pour donner à son narcissisme le tour d'une fureur passionnée contre le public et les critiques[1]. En revanche, son adaptation du *Faiseur* de Balzac fut appréciée du public comme de la critique. Sous l'Occupation, elle devait donner *La Princesse des Ursins*, toujours monté par Dullin, grand spectacle qui ne fut pas un succès. Simone Jollivet reste à juste titre dans l'histoire du théâtre non seulement comme la compagne de Dullin, mais comme la femme grâce à qui la carrière théâtrale de Sartre lui parut à lui-même plausible, le moment venu. Par elle, il était entré dans l'intimité d'un grand homme de théâtre, sans doute le plus grand des quatre metteurs en scène qui donnèrent au théâtre français de l'entre-deux-guerres ses mérites artistiques et qui s'associèrent dans le « Cartel » : Gaston Baty, Charles Dullin, Louis Jouvet et Georges Pitoëff. Peut-être faut-il rappeler ici que le Cartel, créé à l'initiative de Louis Jouvet en 1927, n'était pas lié par une esthétique commune. Mais les quatre directeurs de théâtre — respectivement, le Studio des Champs-Élysées, l'Atelier, la Comédie des Champs-Élysées, le théâtre des Mathurins — étaient liés par une morale et une politique artistique héritées de

1. Pour un portrait vivant, mais sans doute partial, de Simone Jollivet (de son vrai nom Simone Camille Sans), voir S. de Beauvoir, *La Force de l'âge*, p. 74-80, et p. 112-113.

Jacques Copeau et de Firmin Gémier, et aussi par un commun respect pour André Antoine et pour Stanislavski et leur esthétique naturaliste, que cependant ils ne faisaient pas leur. À une époque où l'État ne soutenait que la Comédie-Française et l'Opéra, les menaces qui pesaient sur l'art dramatique venaient du théâtre commercial. La double idée d'une entraide par un système d'abonnement entre les salles pour un public forcément réduit par la petite taille de celles-ci et d'une solidarité devant la toute-puissance de la critique se maintint jusqu'en 1939, date de la mort de Georges Pitoëff. La guerre mit fin à l'expérience. Les historiens du théâtre s'accordent en général pour dire que le Cartel n'a pas eu la même influence sur le renouveau de l'art théâtral que les conceptions scénographiques du Genevois Adolphe Appia, issues d'une réflexion sur l'art total wagnérien, ou du théoricien anglais Gordon Craig ; il ne fut pas non plus aussi novateur que Max Reinhardt et Erwin Piscator par leurs mises en scène en Allemagne, ou Meyerhold et Aleksandr Taïrov par leurs expérimentations plastiques en Russie. Mais les productions des quatre metteurs en scène, par la façon dont ils ont introduit le théâtre étranger et acclimaté en France le théâtre de l'intériorité avec Tchekhov et Pirandello, ont sauvé la scène française à une époque où dominaient l'académisme vieillot de la Comédie-Française et le psychologisme ou la vulgarité sentimentale du théâtre commercial. Giraudoux et Lenormand, Jean Anouilh et le jeune Armand Salacrou, furent les seuls auteurs de l'entre-deux-guerres à participer à ce sauvetage. Ce que Sartre a pu retenir du Cartel fut une exigence de rigueur. L'intelligence, on l'a dit, lui était en quelque sorte consubstantielle. Paradoxalement couplé à une connaissance amusée des ficelles du théâtre de Boulevard, son goût de la scène lui permettra, dans l'après-guerre, de ne pas se résigner, comme les hommes du Cartel, à un public réduit formant élite, mais à prendre possession des salles commerciales pour y proposer un théâtre intellectuel qui soit aussi captivant, un théâtre intelligent.

Sartre vit un bon nombre des pièces montées par Dullin, notamment *Le Médecin de son honneur*, de Calderón ; il assista aussi, à l'Atelier, à la représentation de *Rosalinde* (version française par Jules Delacre de *Comme il vous plaira* de Shakespeare), monté par Jacques Copeau. Simone de Beauvoir mentionne encore *Les Caprices de Marianne* avec Marguerite Jamois, *L'École des femmes*, où Madeleine Ozeray, l'interprète délicate et gracieuse des pièces de Giraudoux montées par Louis Jouvet, faisait merveille. Mais elle précise qu'ils étaient ennuyés par « la sage perfection des spectacles de Jouvet » et qu'ils négligèrent *La guerre de Troie n'aura pas lieu*, un très grand succès de la saison

1935-1936[1]. C'est qu'ils n'avaient pas d'inclination pour les joliesses très françaises du théâtre de Giraudoux. Dullin leur avait donné le goût d'une certaine âpreté, d'une sévérité, d'une tension, d'une exigence dont il irradiait ses mises en scène du théâtre élisabéthain ou espagnol. Et puis, comme il est bien naturel, ils étaient partiaux en amitié. Rien n'illustre mieux leur gratitude et leur admiration pour Dullin que l'évocation du théâtre de l'Atelier dans *L'Invitée* de Simone de Beauvoir et ce fait, après tout étonnant, qu'elle a fondu en un seul personnage, Pierre Labrousse, les personnes de Dullin et de Sartre[2]. À quoi il faut ajouter que les sœurs Olga et Wanda Kosakiewicz, qui firent du théâtre grâce à Sartre, apprirent le métier de comédienne en suivant les cours de Dullin à l'Atelier. Étant donné le rôle qu'elles jouèrent dans sa vie amoureuse, Sartre n'aurait peut-être pas écrit de pièces s'il n'avait dû donner du travail à ces jeunes femmes attirantes et compliquées, lointaines héritières des petites spectatrices du jardin du Luxembourg.

C'est encore sur les instances de Dullin que Sartre et Simone de Beauvoir, après le séjour de Sartre à Berlin (où il ne semble pas être allé au théâtre), assistèrent en 1934 à la fameuse *Passion* d'Oberammergau, qui impressionna fortement le futur auteur dramatique, sans doute plus fortement qu'aucun des spectacles qu'il vit sur scène[3]. Cette *Passion*, représentée depuis 1634 tous les dix ans par les villageois d'Oberammergau, dans les Alpes bavaroises, pour tenir une promesse faite si la peste les épargnait, était devenue au fil du temps un grand spectacle que les Allemands et plus tard les touristes venaient voir en masse et qui était lesté d'un considérable enjeu idéologico-religieux. Intitulés *Spiel vom Leiden, Sterben und Auferstehen unseres Herrn Jesus Christus* (*Jeu de la souffrance, de la mort et de la résurrection de Notre-Seigneur Jésus-Christ*), le texte, inspiré des Évangiles, et la musique dataient du XVIIe siècle, le spectacle durait huit heures, et il était donné par les villageois eux-mêmes dans des décors et avec des costumes traditionnels. Le texte fut plusieurs fois remanié au cours des âges, mais il restait caractérisé par un antijudaïsme théologique, et la représentation des institutions juives et de leur responsabilité dans la mise à mort du Christ pouvait par-

1. Voir *ibid.*, p. 245.
2. Voir la Notice de *Huis clos*, p. 1300.
3. Voir *La Force de l'âge*, p. 202-203. Les représentations de *La Passion* d'Oberammergau furent interrompues pour la décennie 1940. Le texte a été expurgé de ses aspects les plus antijudaïques. Pour une vue complète sur l'histoire de *La Passion* d'Oberammergau dans ses relations avec les églises chrétiennes, catholique et protestante, voir Jeanne Favret-Saada, en collaboration avec Josée Contreras, *Le Christianisme et ses juifs, 1800-2000*, Le Seuil, 2004.

faitement servir la propagande contre les juifs. Hitler assista à une représentation en 1934, le 13 août, avant le plébiscite qui devait lui donner les pleins pouvoirs, et il ne manqua pas de le louer comme une arme puissante dans le combat nazi. Simone de Beauvoir, qui évoque de façon très vivante le spectacle et ses entours, insiste sur les qualités proprement théâtrales de ce grand mystère populaire et paysan et aussi sur le caractère nationaliste de l'atmosphère qui régnait dans le village et dans l'assistance (il y eut 440 000 spectateurs cette année-là). Ce fut pour les deux Parisiens un tel choc esthétique qu'ils minimisèrent sans doute la portée idéologique du spectacle. Ce qui avait le plus impressionné Sartre était le mélange de rituel, de tableaux vivants, de vastes mouvements de foule, la lenteur nécessaire du rythme, l'implication des acteurs non professionnels, le « singulier alliage d'exactitude et d'“ effet de distance ” [qui] faisait la beauté de cette *Passion* », selon les mots de Simone de Beauvoir[1].

Sartre s'en souvint quand il lui fut demandé, pour la fête de Noël du camp de prisonniers où il se trouvait durant l'hiver 1940-1941, d'écrire une Nativité. Il la conçut en grande partie comme un mystère inspiré du théâtre du Moyen Âge. Toujours cette façon de prendre un genre au piège. Dans les années 1930, les mystères, les miracles étaient à la mode dans la communauté catholique de France ; on en représentait sur le parvis des églises ou dans des salles paroissiales. Ce que l'on sait des représentations de *Bariona ou le Jeu de la douleur et de l'espoir* au Stalag XII D de Trèves, avec la présence d'un montreur d'images et d'un récitant, rappelle la *Passion* allemande, mais c'est une Passion tournée par force et par choix vers le genre pauvre et prenant, de façon très française, ses distances avec le pathétique. Sartre non seulement écrivit le texte, mais il le mit en scène, aida à brosser les décors et joua le rôle d'un Roi mage. À la mesure des moyens dont il disposait, il conçut ce « mystère » comme un théâtre total, un théâtre populaire, destiné à faire l'union des croyants et des incroyants par l'émotion autant que par la réflexion. Et la réussite de ce spectacle, le silence attentif de milliers d'hommes privés de la liberté à laquelle il en appelait constituèrent pour Sartre une expérience fondatrice.

Un théâtre des valeurs athées, ou la Passion selon Jean-Paul Sartre.

La présentation de la littérature et de ses grands écrivains comme substituts de la religion et de ses saints, en France, est

1. *La Force de l'âge*, p. 203.

devenue presque un truisme. Elle ne l'était pas quand Sartre l'a proposée à son sujet dans *Les Mots*. Il y explique fort bien qu'en grand besoin d'une foi, son âme religieuse s'inventa la littérature comme sacerdoce. Au reste, elle lui avait été ainsi proposée par Charles Schweitzer. Poulou serait donc un de ses servants diligents. Mais il ne renoncerait pas pour autant à l'héroïsme du martyr : sa vie serait une série d'étapes sur un chemin de croix qui lui assurerait la survie éternelle, la reconnaissance finale, celle de la postérité. Ce fut son fantasme le plus tenace, sa passion à lui, la liaison inextricable du martyr et du héros, avatar de la figure première, celle du Christ. Et quand vint le temps de la démystification, il représenta ce fantasme dans la figure du comédien et martyr, Jean Genet, mais aussi Jean-Paul Sartre. On en veut pour preuve la pièce à laquelle il a peut-être le plus constamment pensé, sans se décider à l'écrire, et qui est l'histoire d'une passion, conçue comme un mystère du Moyen Âge, avec *mansions* correspondant à chaque étape du calvaire. Elle devait s'appeler « Le Pari », on ne sait exactement de quand date l'idée, mais quand il l'a racontée à une amie, grâce à qui nous la connaissons, dans les années 1950, elle lui apparaissait comme l'allégorie d'un chemin de la liberté : son héros serait mort sur l'échafaud, d'une mort à laquelle il aurait donné la valeur d'un sacrifice. La passion du Christ est donc chevillée à l'âme de Sartre, et on comprendra que notre auteur dramatique, qui récuse l'âme au profit de l'action, ait renoncé à écrire cette pièce. Elle aurait pu conforter François Mauriac dans sa conviction que Sartre était bien « l'athée providentiel[1] ».

Théâtre de l'héroïsme et de la démystification de l'héroïsme, l'œuvre de Sartre dramaturge est véritablement née dans un temps où l'héroïsme — celui du résistant — était requis pour la libération du territoire. Sans l'Occupant et sa censure, Sartre n'aurait pas écrit *Les Mouches* en ressuscitant le mythe des Atrides. Il est vrai que la culture néo-classique de l'époque, illustrée au théâtre par Giraudoux, lui ouvrait ce chemin. Il y eut donc convergence entre le théâtre réalisable sous l'Occupation et les attentes du public pour pousser Sartre à donner un drame de la liberté sous la forme d'une tragédie mythologique. Conçue comme une pièce prônant l'esprit de résistance en se fondant sur une philosophie de la liberté, *Les Mouches* n'avait de grec que la référence au mythe. En réalité, la pièce polémiquait contre l'esprit de résignation, et plus spécifiquement contre l'idéologie empreinte de religiosité qui appelait au remords et à l'expiation. L'adversaire de Sartre dans *Les Mouches* est le catholicisme de

1. *Le Figaro*, 26 juin 1951.

l'Église qui s'est fait le soutien du régime du maréchal Pétain. Résister, c'est d'abord résister aux idées qui fondent la collaboration, qui la justifient métaphysiquement. Ce n'est pas à l'hitlérisme que s'en prend la pièce, car l'hitlérisme est une barbarie qui ne se combat que les armes à la main, mais à l'idéologie de la soumission. « Quand une fois la liberté a explosé dans une âme d'homme, les Dieux ne peuvent plus rien contre cet homme-là », cette phrase de Jupiter résume le « message » de la pièce. L'ennemi de Sartre, c'est la « bien-pensance », et il se trouve qu'en son époque les bien-pensants, en France, sont catholiques. Dira-t-on que c'est le protestant qui veille en Sartre ? Les enfants de Luther en prendront aussi pour leur grade, le moment venu, quand il faudra réfléchir à l'Allemagne. Alors, Sartre anti-chrétien ? Sans aucun doute, mais un antichrétien évidemment tout pénétré de culture chrétienne, et même infecté jusqu'aux moelles par la figure héroïque et souffrante du Christ sous ses différents déguisements. Sartre, à travers les héros de son théâtre, ne cessera de s'arracher au Christ, et sa philosophie de déchirer le contexte du christianisme.

Pour Oreste, c'est évident : ce jeune homme se déprend de l'idée de Dieu, et emporte avec lui les remords que ses concitoyens pourraient concevoir de son crime. Mais il n'ira pas jusqu'à partager leur vie : à eux de se débrouiller avec leur liberté et leur solitude, sous un ciel vide ; les hommes d'Argos ne sont pas ses hommes. Pour *Huis clos*, c'est évident encore : l'enfer est une idée païenne qui prend toute sa force en devenant chrétienne, de même que les souffrances que la faute entraîne pour les damnés. Dans une société qui se déchristianise inexorablement, il faut parfois mettre les points sur les *i* : en 1991, montant *Huis clos* pour un public jeune, Michel Raskine a eu l'idée de placer un Christ déposé de sa croix sur un quatrième canapé du salon où Garcin, Estelle et Inès se débattent. La faute de Garcin, celle dont il ne peut se tenir quitte, est d'avoir été lâche. Mais on n'est lâche que quand on aspire à l'héroïsme ; sinon on est simplement un soldat Schweyk, on tente d'esquiver l'histoire, on sauve sa peau autant qu'on peut. Garcin, pacifiste, a voulu être un témoin, mais quand il a été confronté au choix, il a déserté ; et c'est lui-même qui ne s'acquitte pas ; il est le héros failli. Dans *Morts sans sépulture*, qui traite du rapport entre tortionnaires et torturés, bourreaux et victimes, toute référence au christianisme est bannie. Mais les victimes se torturent aussi par des exigences inhumaines à leur propre égard, et quand ils résistent à la torture, c'est pour rien, quand ils parlent ils ne se sauvent pas pour autant. Canoris, le seul véritable héros du théâtre sartrien, héroïque jusqu'au sacrifice de l'image qu'il peut donner de lui à ses bourreaux, est aussi le seul héros raté de ce théâtre, le seul qui soit théâtralement raté, parce qu'il est sans faille et qu'il ne peut donc ni surprendre ni entraîner une identification. Ce Christ de la résistance n'a aucun moment de faiblesse qui le rendrait humain. S'il est le produit d'un fantasme sartrien, comme on l'a beaucoup dit de cette pièce, il est surtout un produit de l'idéal du Moi. Mais c'est le Gœtz du *Diable et le Bon Dieu* qui incarne le mieux les démêlés de Sartre avec l'héroïsme et la tentation de la sainteté. Sa Passion le mène par toutes les stations du Mal et du Bien. Mais elle ne débouche pas sur la mort, elle s'apaise pour ainsi dire dans la violence révolutionnaire. Ce héros-là est un antéchrist, un homme séparé qui se résout à mettre ses compétences pratiques de chef de guerre au service du peuple. Dans *Les Séquestrés d'Altona*, le monde reprend tout son poids, l'histoire son tour sanglant. Frantz von Gerlach qui a tenté, par fidélité aux valeurs protestantes, de sauver un rabbin évadé va devenir un tortionnaire sur le front russe pour ne pas connaître à nouveau l'impuissance. Le monde, il le prend sur ses épaules en revendiquant sa responsabilité comme celle du siècle tout entier. Cette mégalomanie de poète halluciné, Sartre sait bien qu'au fond de lui il la partage, mais il la fait exploser à travers le personnage et son suicide. Le crépuscule des dieux de l'industrie scelle sur la scène de Sartre la mort définitive du héros. Après elle, c'est le suicide de l'Occident que Sartre évoquera par l'adaptation des *Troyennes* avec laquelle son théâtre s'achève. On découvrira ici un autre héros suicidé, Abraham Feller, dans une pièce abandonnée et restée sans titre, écrite en 1954, et que nous appelons *La Part du feu*. Avec elle, c'est le suicide de l'intellectuel de gauche libéral que Sartre voulait prôner, mais il n'y était sans doute pas tout à fait prêt.

Un théâtre de situations.

Le héros sartrien n'apparaît qu'en situation, et c'est par rapport à cette situation que se noue la dialectique des pièces, qui est aussi un dialogue entre la pièce et le public. *Les Mouches*, de ce point de vue, est exemplaire. Le sujet qui s'impose à Sartre est celui qui le préoccupe depuis sa jeunesse : la liberté. Comment écrire une pièce sur la liberté quand son pays est vaincu et soumis ? En retournant aux origines du théâtre, la tragédie grecque, le mythe des Atrides. Oreste, pour le public, devient le héros de la résistance. Au théâtre, il faut une situation simple, même si les choix à faire sont difficiles. En fait, les choix à faire, pour qui suit le spectacle sur scène, se présentent après, dans la réalité. La pièce, comme il est normal pour un philosophe de la liberté, n'a fait que donner à ressentir et à penser la nécessité du choix. Tout le problème de Sartre, dans *Les Mouches*, est d'émouvoir sans empêcher l'intelligence. L'émotion est créée par la situation, l'extrême jeunesse d'Oreste et d'Électre, leur lyrisme, la cérémonie du spectacle ; l'intelligence, elle, est convoquée par les ruptures de ton, par l'humour, la distance, et aussi, très simplement, par le dialogue entre des êtres intelligents. Ce sera une des caractéristiques du théâtre de Sartre : porter sur scène des gens qui savent penser et débattre. Après quoi, c'est aux spectateurs de jouer.

Sartre a dit à maintes reprises qu'il avait tout appris en écrivant *Les Mouches*, en observant Charles Dullin mettre en scène la pièce sans y toucher, diriger les acteurs, puis en enregistrant les réactions du public, dans la salle. En somme, bien préparé par ses lectures, il apprit son métier de dramaturge sur le tas, d'abord au camp de prisonniers, puis avec Dullin. En 1951, une revue de théâtre lui posa la question : « Le métier d'auteur dramatique peut-il s'apprendre ? » Il s'agissait d'avoir l'opinion d'auteurs français sur l'introduction en France de cours de *playwriting* à l'américaine. Sartre avait enseigné l'histoire du théâtre, et notamment les principes de la tragédie grecque selon Hegel, aux élèves de l'École d'art dramatique créée par Dullin. Il répondit qu'un enseignement offre toujours ce qui se fait ou s'est fait, jamais ce qui va se faire, et qu'à vouloir se passer de la vie l'art se sclérose : « Un Voltaire au XVIIIe siècle aurait été à même d'apprendre à bâtir des tragédies, mais ce n'aurait pas conduit plus loin. Aux époques de recherches et de découvertes, rien ne peut remplacer la vie[1]. »

Huis clos est formellement une pièce de recherche dans un décor de salon bourgeois, le décor même qu'on trouve tout fait dans les théâtres de province pour y jouer des comédies de Boulevard, ou du Feydeau. Un décor pour le mari, la femme et l'amant, le trio de vaudeville. Paradoxalement, c'est le manque de moyens qui a inspiré à Sartre cette innovation scénique : boucler trois personnages dans un seul décor pour l'éternité, sans leur permettre un seul instant de quitter la scène. *Huis clos* fut, avec l'*Antigone* d'Anouilh, le dernier succès du théâtre sous l'Occupation, et les deux pièces allaient être aussi les premiers succès du théâtre d'après la Libération, ce qui en fait à tous égards des œuvres d'exception. Mais on voit bien que, des deux,

1. Voir l'enquête publiée dans la revue *Le Théâtre dans le monde* (vol. I, n° 3, 1951) sur le thème « Le Jeune Auteur ». Sartre y répond, en même temps que Roger Ferdinand, André Roussin, André Obey et Armand Salacrou.

c'est *Huis clos* qui l'emporte par l'originalité. Dans ce salon bourgeois éclairé à l'électricité, se trouve *in nucleus* le théâtre de l'Absurde.

La tentation du cinéma.

Les représentations des *Mouches* ouvrirent à Sartre la possibilité d'une nouvelle carrière, à laquelle il avait rêvé jeune homme beaucoup plus qu'au théâtre : faire du cinéma. À la demande du réalisateur Jean Delannoy, atterré par la médiocrité des scénarios qui étaient proposés à la maison Pathé, Sartre fut approché, puis engagé par Pathé en 1943, avec d'autres auteurs littéraires, pour concevoir et écrire des scénarios originaux, et aussi pour intervenir sur des scénarios en cours de production et qui rencontraient des difficultés ; c'était une fonction de scénariste et de *script doctor* à laquelle beaucoup d'écrivains américains étaient appelés à Hollywood. Un contrat confortable allait permettre à Sartre de quitter l'enseignement, comme il le souhaitait, après la Libération. Sartre livra à Pathé *Typhus* et *Les jeux sont faits*, qui allaient être réalisés, et une demi-douzaine de scénarios qui ne le furent pas. Nous ne pouvons ici traiter d'un chapitre qui serait passionnant et qui s'intitulerait « Comment Sartre a failli devenir cinéaste ». Ce qui frappe en effet, à lire les scénarios de Sartre, c'est qu'il pense en images, en mouvements d'appareil, angles de prises de vue, et en sons, et que ses découpages et ses dialogues sont déjà des montages. Il a de l'art cinématographique une connaissance intime, visuelle, nourrie du cinéma américain des années 1920 et 1930, et aussi des cinémas russe et français. On peut ainsi avancer que si les conditions de production avaient été différentes dans les années de guerre et d'après-guerre, Sartre serait devenu un auteur de cinéma au sens où les cinéastes de la Nouvelle Vague le deviendront : auteurs et réalisateurs. Mais, à l'époque, les metteurs en scène et les producteurs ont la haute main sur le cinéma, alors que les scénaristes sont simplement au service du film, produit industriel. Du point de vue narratif, le film est plus proche du roman que du théâtre, et Sartre fait passer de l'un à l'autre des personnages et des situations ; ainsi *Typhus* et *Le Sursis* ont un bon nombre d'éléments en commun. Et la critique a fait observer que *Les Chemins de la liberté* obéissent à une vision cinématographique et que leur scénarisation est fortement marquée par des procédés de cinéma. L'âge du roman américain, auquel Sartre participe pleinement, on le sait, est aussi l'âge du cinéma et du jazz. Tout se passe donc comme si Sartre écrivait des pièces faute de pouvoir réaliser des films. Ce qui d'ailleurs n'empêche ni leur succès ni leur réussite artistique ; et des procédés de cinéma, on en trouve aussi dans le théâtre de Sartre, comme dans ceux d'Eugene O'Neill ou d'Arthur Miller.

Auteur à scandale ou créateur de mythes ?

La carrière scandaleuse de Sartre commence avec deux pièces d'actualité comme il n'en écrira plus. *Morts sans sépulture* est écrit pour raviver les consciences à un moment où les idéaux de la Résistance commencent à être bafoués, et son souvenir oblitéré, ou faussé par le mythe. Elle suscite la réprobation des belles âmes ; la pièce ne correspond pas à ce qui était sans doute l'attente du public : une glorification de la Résistance. Ce qui paraît insupportable est la torture montrée en scène. Elle avait été une pratique courante durant l'Occupation, tant par la Gestapo que par la Milice de l'État français, dirigée par Joseph Darnand. Mais faire torturer des résistants sur scène, c'est-à-dire figurer la violence et non plus l'évoquer, c'était contrevenir à toutes les règles et convenances du théâtre. La pièce était donnée en même temps qu'une autre beaucoup plus réussie, *La Putain respectueuse*, qui fit scandale aussi quand elle fut comprise comme une attaque contre la grande nation américaine, alors qu'elle était une comédie satirique contre la bonne conscience des racistes du Sud. Sartre y porte à la scène plusieurs de ses thèmes philosophiques et moraux : la mauvaise foi, l'esprit de sérieux, le droit des puissants[1].

Avec ces deux pièces, et le succès continu de *Huis clos*, Sartre était devenu un auteur qui pouvait faire produire au théâtre les pièces qu'il voulait. À leur sujet, il avait donné des textes qui définissaient son esthétique et son ambition, l'un en français, deux autres en anglais. Sartre n'est pas un théoricien du théâtre à l'égal de celui qu'il a été pour le roman. « Pour un théâtre de situations[2] » n'emprunte pas le ton du manifeste, ne formule pas avec éclat un programme, mais propose en termes simples et sobres une définition de son propre théâtre. Aux États-Unis, lors de son premier séjour, en 1945, il avait expliqué dans une conférence ce qu'avait été le théâtre français sous l'Occupation et les principes des nouveaux auteurs dramatiques[3]. Il montrait que le cinéma n'offrant plus qu'un divertissement, somptueux mais sans valeur, le public remplit les salles de théâtre non plus

1. Voir la Notice de *La Putain respectueuse*, p. 1361-1363.
2. *La Rue*, n° 12, novembre 1947 ; repris dans *Un théâtre de situations*, p. 19-21.
3. « Report from France », *Tomorrow*, vol. IV, août 1945, p. 62-64. Nous traduisons de l'anglais les passages que nous citons.

pour « échapper » (« La honte, le chagrin et la colère étaient trop aigus pour le permettre »), mais pour trouver dans des spectacles par force pauvres et nus une incitation à penser la condition humaine. D'où, selon lui, le retour de la tragédie : « Un dialogue fait de peu de mots mais chargés de sens, interrompus par des silences sombres et évocateurs — qui sont eux-mêmes une forme de discours ; et une action qui fût violente et sans relâche, en rapport avec la situation tragique de notre pays et dont toute la préoccupation philosophique fût de dépeindre la condition de l'homme d'une façon fondamentale : tel était le programme de ces nouveaux auteurs. » Il mentionnait *La Faim* d'après Knut Hamsun, monté par Jean-Louis Barrault avec des passages de pantomime ; *Jeanne d'Arc parmi nous*, de Claude Vermorel, monté au théâtre d'Essai ; *Les Perses* d'Eschyle, représenté au Palais de Chaillot ; le *Suréna* de Corneille et la *Bérénice* de Racine, mis en scène par Dullin ; l'*Antigone* de Garnier, écrite en 1580, exhumée par Thierry Maulnier ; une *Andromaque* jouée par de jeunes acteurs venus du cinéma, sous la direction de Jean Cocteau ; *La Reine morte*, de Montherlant, l'*Antigone* d'Anouilh, enfin *Le Malentendu* d'Albert Camus. Il concluait : « Ce théâtre a-t-il un avenir ? Bien que la guerre soit finie en Europe et que la France soit en train de se remettre peu à peu, il y aura encore le besoin d'un art austère pour coïncider, dans les longues années à venir, avec l'austérité de la reconstruction. Par conséquent ce strict, cet intense " théâtre de la pauvreté " est celui qui peut le mieux rivaliser avec le pays des merveilles du cinéma. Si la renaissance du théâtre français n'est pas éphémère, c'est certainement à la renaissance de la tragédie qu'il doit tendre. »

Sartre avait traité ces thèmes dans une conférence américaine publiée en 1946 sous le titre « Forgers of Myths[1] ». On en retiendra ici les arguments suivants : puisque l'homme est confronté à la nécessité de travailler et de mourir, il faut porter à la scène des situations qui éclairent les aspects fondamentaux de la condition humaine et faire participer les spectateurs au libre choix que fait l'homme dans ces situations. La psychologie est la plus abstraite des sciences parce qu'elle ne tient pas compte de l'arrière-plan des valeurs religieuses et morales, des tabous et des impératifs sociaux, des conflits entre les nations et les classes, entre les droits, les volontés et les actions. Racine a écrit des tragédies psychologiques ; Corneille, au contraire, en montrant la volonté au cœur même de la passion, restitue l'homme dans sa totalité. Les jeunes auteurs sont du côté de Corneille ; ils pré-

1. « Forgers of Myths : the Young Playwrights of France », *Theatre Arts*, vol. XXX, n° 6, juin 1946 ; repris dans *Un théâtre de situations*, p. 57-69.

sentent un théâtre *moral* où il est question d'une opposition de valeurs et de droits ; le nouveau théâtre n'est pas un théâtre à thèse, mais un théâtre qui unifie les spectateurs très divers par un rituel et des thèmes, c'est-à-dire des mythes à résonances contemporaines. Sartre évoque alors son expérience avec *Bariona*, « ce drame qui n'était biblique qu'en apparence » : « Comme je m'adressais à mes camarades par-dessus les feux de la rampe, leur parlant de leur condition de prisonniers, quand je les vis soudain si remarquablement silencieux et attentifs, je compris ce que le théâtre devrait être : un grand phénomène collectif et religieux[1]. » Enfin, il récuse le réalisme qui tente d'abolir ou de réduire la distance entre les spectateurs et les personnages, et plaide pour un langage simple et quotidien qui rejoigne cependant la grandeur de la langue ancienne par l'économie des mots. Il invoque en exemple *Les Bouches inutiles*, de Simone de Beauvoir, et *Caligula*, de Camus.

« Les Mains sales » ou « Crime passionnel ».

La pièce la plus connue de Sartre après *Huis clos*, *Les Mains sales*, obéit-elle à l'esthétique à laquelle se réfère l'auteur avant de l'avoir écrite ? À première vue, on répondrait non. Elle répond plutôt aux impératifs de « l'engagement » tels que les avaient formulés d'abord la « Présentation des " Temps modernes " », le manifeste de Sartre, puis *Qu'est-ce que la littérature ?*[2]. Le malentendu reste si grand, aujourd'hui encore, sur cette notion d'« engagement », qu'il paraît nécessaire de la préciser. Pour Sartre, un auteur est engagé qu'il le veuille ou non, comme pour Pascal l'homme est « embarqué ». Engagé de fait, même par son silence, il vaut mieux pour son art qu'il le soit en toute conscience. L'engagement ne consiste pas en une politisation de l'art, en une prise de position politique — ce qui ferait de l'œuvre l'expression d'une thèse —, mais en une prise en compte de la totalité d'une situation humaine, dans laquelle la politique, en tant qu'elle se réfère à des valeurs, compte autant que les autres composantes de la vie sociale. Cela établi, *Les Mains sales* est certes une pièce engagée ; de plus, elle est une pièce qui traite de la politique, dans laquelle la politique et les choix politiques qu'y font les personnages sont déterminants pour son sens. Mais une pièce à thèse, non ; et Sartre a plusieurs fois insisté là-dessus : il

1. *Ibid.*, p. 64.
2. Respectivement *Les Temps modernes*, n° 1, octobre 1945 ; repris dans *Situations, II*, Gallimard, 1948, p. 9-30 ; et *Les Temps modernes*, n° 17, février 1947 ; Gallimard, coll. « Folio essais », 1985.

ne donne raison ni à l'un ni à l'autre des deux protagonistes, Hugo, l'idéaliste qui porte des gants rouges, et Hoederer, le réaliste qui accepte d'avoir les mains sales, car en politique nul n'est innocent. Mais on voit bien dans cette formulation même une préférence morale pour Hoederer. En fait la pièce fonctionne de manière beaucoup plus ambiguë : le récit est mené du point de vue d'Hugo, c'est son drame de conscience qui nous occupe, et il a pour lui la jeunesse et la radicalité. La pièce en elle-même contient la critique de cette radicalité, mais la conception dramatique de l'œuvre fait que le suspens porte sur les choix d'Hugo : est-il récupérable pour le Parti, pour quelles raisons va-t-il tuer Hoederer (puisque nous savons dès le début qu'il l'a tué) ? Crime passionnel ou crime politique ? La question débattue est celle de la fin et des moyens. Elle reste évidemment en débat après la pièce, ce qui assure à celle-ci une actualité autre que de célébration historique, comme on l'a vu dans la très remarquable mise en scène qu'en a donné, en prenant des libertés avec le texte, l'Allemand Franz Castorf, qui la situait dans les années 1990, pendant la guerre qui déchira l'ex-Yougoslavie. La force de la situation, l'intelligence rapide des dialogues, la présence aussi d'un personnage de femme-enfant devant qui les hommes sont forcés de se justifier, la teneur affective de la relation entre Hugo et Hoederer, tout contribue à faire des *Mains sales* un classique du théâtre engagé, une captivante machine théâtrale. Mais soutiendra-t-on que Sartre ait réussi à élever ce drame jusqu'à la dimension du mythe ? Il n'y pensait sans doute plus ; le temps de la tragédie ayant réintégré l'espace de la politique réelle, il fallait qu'au contraire le théâtre présente des drames aux issues imaginaires plausibles : Hugo, incapable de sortir de la tragédie, avait tort de mourir, la grandeur de son choix final ne valait que pour lui-même.

Contre une morale du Bien et du Mal.

Mais Sartre ne renonçait pas à la figure du héros, au contraire, il se battait avec elle. Gœtz, le reître, bâtard d'une femme noble et d'un moine, va incarner, dans *Le Diable et le Bon Dieu*, les contradictions de l'intellectuel et de l'homme d'action. Il est la figure toujours intempestive de l'aventurier dans un siècle qui a besoin du penseur ou du militant. Le XXe ? Bien sûr. Mais aussi le XVIe, à l'époque de la guerre des Paysans (1520). Dans ce contexte de fureur et de sang et d'inquiétudes religieuses exacerbées, Sartre dresse le portrait d'un personnage surdimensionné, hors normes, un vrai héros romantique qui veut accomplir de l'inouï. On assiste là à un fulgurant télescopage de trois temporalités historiques et de trois questionnements culturels : la lutte des classes au XXe siècle dans le contexte d'un parti communiste porteur d'avenir et d'une Église rétrograde ; la dialectique du héros romantique du XIXe seul contre tous et avide de solidarité populaire ; la Réforme du XVIe siècle, l'affrontement entre les confessions, entre l'aristocratie et les paysans organisés. Toujours en référence à une morale tranchée entre le Bien et le Mal. Gœtz est un héros de l'absolu. Le vrai débat, dans la pièce, se déroule dans sa conscience, dans celle aussi du prêtre Heinrich qui se veut solidaire et des pauvres et de l'Église et ne réussit qu'à se déchirer jusqu'à la folie. Le vrai débat, dans le contexte du XVIe siècle, est entre les hommes et un Dieu désespérément silencieux, ce Dieu qui a inventé le Bien et le Mal sans donner aux hommes la possibilité d'atteindre le Bien autrement qu'en usant du Mal. Nasty, le chef populaire, est lui aussi déchiré, mais il soumet ce déchirement aux impératifs de la lutte. Prises au milieu de ces hommes qui ne se soucient pas d'elles, deux femmes, Catherine, la putain, et Hilda, la sainte ; et le sentiment domine qu'elles seules sont dans la réalité plutôt que dans le fantasme. C'est qu'elles sont délivrées des inquiétudes religieuses : Dieu a besoin des hommes, pas des femmes. Et l'Église a besoin de lépreux ; et d'argent, ce pour quoi elle soigne les banquiers et vend des indulgences, incapable qu'elle est de répondre aux angoisses trop humaines.

On comprend que la pièce ait fait scandale, qu'on y ait vu une réponse à Claudel, un laborieux « Soulier de Satan », une « machine de guerre contre Dieu ». Elle se voulait polémique, elle a provoqué ses adversaires. *Les Mains sales*, au grand dépit de Sartre, avait suscité l'ire des staliniens ; ils ne se préoccupèrent guère du *Diable et le Bon Dieu* : Sartre n'avait pas encore fait allégeance explicite, ces conflits de conscience n'étaient pas leur affaire. Ce sont les milieux catholiques qui se sentirent attaqués, d'autant plus que la pièce, par son aspect sulfureux, remportait un succès. Ils y répondirent tant bien que mal, en décourageant leurs ouailles d'y aller voir. L'œuvre entière de Sartre était à l'index. Aujourd'hui, en Occident, nous n'avons plus de sentiment esthétique à l'égard de la religion, chrétienne au moins. Nous sommes dépourvus de talent religieux. Sartre était un esprit religieux ; il s'est « déconverti » quand il a mesuré la saloperie qu'impliquait la sainteté à laquelle il avait aspiré. Si cette phrase choque, on comprendra que la pièce ait pu provoquer.

Mais Sartre avait un public, Pierre Brasseur aussi, qui jouait Gœtz avec éclat. La pièce passa rapidement pour le chef-d'œuvre de son auteur, et celui-ci, jusqu'à la fin, partagea ce jugement. Il y avait en effet fait briller tous ses talents : le lyrique, le bouffon, le romantique, le dialecticien (redoutable, comme il se doit), l'admirateur des mystiques, le remueur de foules, l'homme aux formules tranchantes ; tous les Sartre étaient convoqués pour ce grand spectacle qui demandait au comédien chargé d'incarner Gœtz des prodiges de mémoire et de vitalité, des prodiges aussi d'intelligence du rôle. Goetz reste l'un des rôles les plus difficiles du répertoire du XXe siècle. On attend avec curiosité l'acteur qui le reprendra au XXIe, après la belle mise en scène qu'en a donné Daniel Mesguich en 2001 avec Christophe Maltot dans le rôle de Gœtz. Mais il se pourrait que la pensée de Sartre sur les ambiguïtés de la morale et l'interpénétration du Bien et du Mal ait tant gagné les esprits qu'une pièce comme *Le Diable et le Bon Dieu* n'ait plus de résonances neuves pour les relativistes.

Paradoxe sur le comédien.

Avec l'adaptation de *Kean ou Désordre et génie*, comédie en cinq actes d'Alexandre Dumas (1836), que lui avait demandée Pierre Brasseur, Sartre donne une de ses pièces les plus réussies et aussi son propre « Paradoxe sur le comédien ». On a dit que Sartre n'était pas un grand théoricien du théâtre, mais il l'est certes du comédien. La figure de Kean, le plus grand acteur de son temps (1787-1833), que Frédérick Lemaître avait joué, Pierre Brasseur jouant beaucoup plus tard Frédérick Lemaître au cinéma dans *Les Enfants du paradis*, illustre parfaitement cette galerie des glaces qu'est le comédien, reflet de reflet de reflet de reflet et ainsi de suite à l'infini. Diderot, dans son *Paradoxe sur le comédien*, que l'on dit inspiré d'une réflexion sur l'art de Garrick, le tragédien anglais qui fut le prédécesseur de Kean, répondait à une question qui reste ouverte quand il s'agit du jeu de l'acteur : doit-il éprouver lui-même les émotions qu'il représente ou doit-il les contrôler, c'est-à-dire les *jouer*, pour mieux les faire ressentir aux spectateurs ? La réponse était en définitive donnée dans cette définition de l'acteur, un « pantin merveilleux dont le poète tient la ficelle, et auquel il indique à chaque ligne la véritable forme qu'il doit prendre[1] ». Le paradoxe restait donc en partie irrésolu. Sartre, dans *L'Imaginaire*, avait défini l'acteur comme un homme qui se fait volontairement, corps et esprit, l'*analogon* réel d'un personnage qui n'existe que dans l'imaginaire. Pour que nous puissions cesser de percevoir l'homme qui s'agite sur scène comme quelqu'un qui exerce son métier contre l'argent que nous avons déboursé pour le voir, il faut qu'il

1. Diderot, *Paradoxe sur le comédien*, Gallimard, coll. « Folio », 1994, p. 82.

s'« imaginarise » et que nous l'« imaginarisions » en retour[1]. Cette théorie est largement reprise, développée et dialectisée dans l'essai de Sartre sur Flaubert, *L'Idiot de la famille*, sur l'exemple même de Kean. « Diderot a raison, dit Sartre : l'acteur n'éprouve pas réellement les sentiments de son personnage ; mais ce serait un tort de supposer qu'il les exprime de sang-froid : la vérité, c'est qu'il les éprouve *irréellement*[2]. » L'irréalisation d'un homme est tout le thème de *Kean*, et pour Sartre, l'acteur est l'homme même, car celui-ci est tout pétri d'imaginaire, à commencer par les images que ses parents projettent sur lui. Le paradoxe du comédien sartrien est de se sacrifier comme homme pour nous faire ressentir que nous jouons tous la comédie. Un peu martyr, parce qu'il n'éprouve pas de vraie souffrance, très comédien, parce qu'il éprouve de grands plaisirs à jouer, Kean est *le* comédien, comme nous le sommes tous à un degré ou à un autre, sans savoir de qui est le texte que nous interprétons, qui a écrit notre rôle et pour qui nous le jouons — pour nous ou pour les autres ? Si nous sommes tous comédiens, certains exagèrent ; c'est le cas de Kean, qui révèle notre imposture ontologique. « Même le naturel est un rôle », aimait dire Sartre qui avait adopté ce rôle une fois pour toutes, dans la vie, au point qu'il était devenu son caractère. Ainsi, *Kean*, emprunté à Dumas à la demande d'un acteur célèbre, est probablement la pièce la plus « sartrienne » du théâtre de Sartre, ce prodigieux comédien de l'écriture.

Il n'est dès lors pas étonnant que pour écrire, avec *Nekrassov*, une satire du fonctionnement de la grande presse parisienne, Sartre ait choisi la farce, en se souvenant des revues qu'il écrivait et jouait à l'École normale supérieure. Pour révéler l'escroquerie à laquelle se livre la presse anticommuniste, rien de mieux qu'un véritable escroc déguisé en ministre soviétique, Nekrassov, qui aurait « choisi la liberté[3] ». À la fin des années 1940, un fonctionnaire soviétique, Kravchenko, avait publié un livre, *J'ai choisi la liberté*, qui dénonçait les crimes bureaucratiques en U.R.S.S. Sartre n'a jamais pensé que les révélations de Kravchenko étaient mensongères, comme l'affirmaient les communistes français. Mais il a pu être irrité autant qu'amusé qu'un anticommuniste qui avait des raisons de l'être choisisse pour titre à son livre une formule qui pouvait sonner existentialiste[4]. C'est contre les anticommunistes qu'il avait choisi la position de

1. Voir la Notice de *Kean*, p. 1448-1449.
2. *L'Idiot de la famille*, Gallimard, 1988, t. I, p. 662-663.
3. P. 720 et *passim*.
4. Voir la Notice de *Nekrassov*, p. 1474-1477.

compagnon de route du Parti ; c'est contre son public, celui qui lui a fait succès après succès jusqu'ici, qu'il écrit et fait jouer *Nekrassov*.

On l'a vu, au temps où la tragédie nouvelle s'imposait à cause de la situation historique précaire de la France, Sartre espérait unifier son public comme il avait réussi à le faire au stalag. Ce sera quelques années plus tard l'objectif du Théâtre national populaire de Jean Vilar, avec son public drainé par ses propres organisations professionnelles. Sartre a fait du théâtre commercial, parce qu'il n'y en avait pas d'autre dans l'après-guerre. Il va donc se mettre à écrire contre son public de fait, au nom d'un public populaire encore à venir. Dès son premier essai, Sartre a su très clairement pour qui il écrivait ses pièces, comédiens autant que public. *Les Mouches* s'adresse aux étudiants, aux jeunes gens qui hésitent sur la conduite à tenir face à l'Occupant et face au régime de Vichy ; la pièce est écrite *pour* eux. Avec *Morts sans sépulture*, déjà, la visée change ; la pièce veut provoquer un malaise moral. Quand il écrit *Les Mains sales*, Sartre sait que le public est scindé. Mais la pièce n'est pas destinée à diviser les spectateurs autrement qu'en eux-mêmes : elle s'adresse à leur intelligence plus qu'à leurs émotions. *Le Diable et le Bon Dieu*, pour son adresse au public, est volontairement dans l'ambiguïté : la pièce en appelle à la réflexion morale et politique, sous sa polémique religieuse. *Nekrassov* est écrit à un moment où le T.N.P. est en train de constituer un public qui n'est pas exactement populaire, mais qui a des attentes politiques et culturelles progressistes et qui est relativement vierge. Ce n'est pas le cas du public du théâtre Antoine. *Nekrassov*, malgré le soutien du parti communiste et de la C.G.T., ne touchera que le public *contre* lequel la pièce est écrite, et qui n'est pas prêt à voir en Pierre Lazareff, patron de *France-Soir*, un laquais des partis politiques conservateurs. Sérieuse, la pièce n'aurait pas été prise en compte ; comique, elle fait rire en même temps qu'elle fait passer la caricature. Mais le public ne suit pas : comme la critique, il rit, puis nie s'être amusé d'une pantalonnade.

Un drame historique contemporain.

Les Séquestrés d'Altona survient, après quatre ans de silence au théâtre, dans une situation politique extrêmement tendue, celle de la guerre d'Algérie, la guerre qui ne dit pas son nom et où la France perd son honneur militaire. De Gaulle est revenu au pouvoir à la suite de désordres qui pouvaient aboutir à la guerre civile. Sartre est un opposant déclaré à la guerre, et aussi à la personnalité politique du général de Gaulle. Lorsqu'il revient au théâtre, avec un sentiment d'urgence, c'est au sortir d'une réflexion ardue sur l'Histoire, sur le rôle de la violence dans l'histoire, sur la *praxis* humaine qui se retourne contre les agents en contre-finalité : les hommes ne font pas ce qu'ils veulent, ne se reconnaissent pas dans le résultat de leurs actes. L'action de la pièce est tout entière dominée par une puissance maléfique, l'Entreprise. Il s'agit des chantiers navals que le père Von Gerlach possède et dirige et qui en réalité le possèdent et le dirigent. Elle vaut pour toutes les entreprises humaines, qui s'inscrivent dans la réalité de la matière ouvrée, et que Sartre appelle ailleurs le *pratico-inerte*. Le théâtre devient une salle d'audience, la pièce est un procès : sur scène, des acteurs de l'histoire se débattent avec leurs actes, leurs fantasmes, leur culpabilité, leur entreprise, de grandes abstractions hallucinées comme la Grandeur, la Beauté, la Mort, la Vitre (où s'inscrivent pour l'éternité nos moindres faits et gestes — Dieu, en somme, un disque dur) ; dans la salle, nous, spectateurs, sommes invités à nous faire juges devant ces témoins ou ces faux témoins du Siècle. Requis de passer jugement sur nous-mêmes. De plaider responsables sous les yeux des Crabes, ces hommes du XXXe siècle, incompréhensibles à nos yeux, car ils n'auront pas la même histoire que nous.

Théâtralement, les choses ont changé, pour Sartre, comme pour le public qui le préoccupe. Brecht est passé, avec sa théorie du théâtre épique et de la distanciation. Sartre, en un combat défensif contre cette théorie qui l'intéresse, tente pour son propre théâtre, et spécifiquement pour *Les Séquestrés d'Altona*, une autre théorisation : le théâtre dramatique. Par celui-ci, le public est invité à s'observer comme s'il avait affaire à une tribu étrangère, pour découvrir ensuite que c'est lui-même qu'il observe. Le théâtre dramatique joue donc à moitié sur la distanciation, à moitié sur l'identification. Avec Beckett, avec Ionesco, le théâtre de l'Absurde avait récusé l'histoire en lui tournant le dos : elle était trop affreuse pour qu'on s'y intéresse autrement que par la dérision, par la mise au rancart du sens. Pour Sartre, qui ne veut se déprendre du sens, de l'idée même d'une intelligibilité de l'histoire, Frantz est autant notre frère que ce monstre délirant : celui qui porte notre culpabilité jusqu'à la folie, et celui qui revendique sa responsabilité en se voulant, de façon mégalomaniaque, l'homme-siècle. Frantz est la figure moderne du Poète. Il n'est pas étonnant que le public, dérouté, ait reculé devant cette figure de tortionnaire à la morale trop exigeante et au langage d'une si prenante beauté.

L'homme-siècle, voilà qui rappelle quelque chose. Le modèle inavoué de toute l'œuvre théâtrale de Sartre. Cette œuvre que l'on pourrait appeler elle aussi *La Légende des siècles*. Ou plutôt :

Le Vingtième Siècle donné à lire aux contemporains. Comme l'épopée humaine mise en vers par Victor Hugo, le théâtre de Sartre commence par la Bible, non la Genèse, non l'Ancien Testament, Caïn et Abel, mais le Nouveau, la naissance du Christ, avec *Bariona.* La légende hugolienne est tout entière imprégnée de christianisme ; celle de Sartre aussi, dans sa polémique même. Ainsi *Les Mouches* récupère la tradition antique, son Oreste est antichrétien. Caïn et Abel se déchirent encore dans le bâtard Gœtz. Mais pour être tout à fait hugolienne, il manque à la légende sartrienne l'ouverture sur l'Orient, sur le monde arabe. La légende du siècle culmine avec Frantz von Gerlach, ce Christ protestant devenu tortionnaire, qui adresse au XXXe siècle — comme Hugo s'adresse au XXe à la fin de *La Légende des siècles* — un plaidoyer pour son siècle. Enfin, retour à la tragédie grecque avec *Les Troyennes* pour délivrer un message de révolte et de colère contre l'Occident qui n'a pas su être à la hauteur du siècle « jeune et triomphant » qu'avait salué Hugo dans le XIXe. Ainsi la boucle est bouclée sur la culture bourgeoise que Sartre rejette comme il a dissimulé Hugo dans *Les Mots* pour se délivrer de la mythologie du « grand homme ». On s'émerveille de lire dans le poème « Melancholia » d'Hugo, dans *Les Contemplations,* toute la thématique du grand homme méconnu qui donne sa trame fantasmatique aux *Mots,* par lesquels Sartre prend congé de la littérature qui l'a mystifié. Quant au théâtre, il n'est pas jusqu'à son projet d'écrire une *Alceste* féministe qui ne corresponde à *La Légende des siècles* si on imagine cette pièce non écrite comme une réponse au « Sacre de la femme » du poème hugolien.

Comme Racine, Sartre a voulu, au début des années 1960, composer une *Alceste,* inspirée d'Euripide. On se rappelle le thème de ce drame satyrique. Le roi Admète, lorsque la Mort vient le prendre, ne trouve parmi ses proches que sa jeune femme Alceste pour mourir à sa place. Elle se sacrifie. Comme il le lui a promis, il ne la remplace pas par une autre. Mais il a perdu le goût de vivre. Hercule lui demande d'accueillir une femme voilée et muette ; il dit qu'elle recouvrera la parole quand de nouveaux sacrifices aux dieux infernaux l'auront libérée de leur emprise. Admète entre dans le palais, tenant Alceste par la main. Le Coryphée conclut : « Souvent les dieux accomplissent ce qu'on n'attendait pas. / Ce qu'on attendait demeure inachevé. / À l'inattendu les dieux livrent le passage. / Ainsi se clôt cette aventure[1]. » Drame ? Oui, mais qui finit bien. Malgré l'incertitude qui demeure sur le sort d'Alceste : retrouvera-t-elle la

1. V. 1159-1163, *Théâtre complet*, Bibl. de la Pléiade.

parole ? Ou bien les dieux infernaux n'ont-ils rendu à Admète qu'une statue de chair d'Alceste elle-même ?

Voici ce que Sartre en dit à Kenneth Tynan dans un entretien datant de 1961 : « Au fond, je suis toujours à la recherche de mythes, c'est-à-dire de sujets assez sublimés pour qu'ils soient reconnaissables par chacun, sans recours à des détails psychologiques minutieux. [...] Si j'écris une autre pièce, ce sera sur les relations entre mari et femme. En soi-même, cela serait ennuyeux, c'est pourquoi je prendrai le mythe grec d'Alceste. Si vous vous le rappelez, la Mort vient chercher le roi Admète. Cela ne lui plaît pas du tout : " J'ai à faire, dit-il, j'ai mon royaume à gouverner, j'ai une guerre à gagner ! " Et sa femme Alceste, qui se considère comme complètement inutile, offre de mourir à sa place. La Mort accepte le marché ; mais, prenant pitié d'elle, la rend à la vie. Voici l'intrigue. Mais ma version impliquerait toute l'histoire de l'émancipation féminine : la femme choisit la tragédie à un moment où son mari refuse de faire face à la mort. Et quand elle revient, c'est elle qui a le pouvoir car le pauvre Admète sera toujours l'homme dont on dira : " Il a laissé sa femme mourir pour lui ! "[1] » On voit que Sartre transforme considérablement le mythe, puisque, dans sa version, ce n'est pas Hercule qui sauve Alceste, mais la Mort qui prend pitié d'elle parce qu'elle a choisi la tragédie, c'est-à-dire l'affrontement à la mort.

Dans le mythe grec, Sartre a pu retrouver une mythologie fantasmatique qui lui est propre et dont il n'est pas forcément conscient : l'épouse se sacrifie pour le mari parce qu'elle s'estime inessentielle par rapport à lui. Si Alceste représente pour lui sa mère Anne-Marie, elle se sacrifie en épousant l'ingénieur Mancy parce qu'elle estime la valeur de celui qu'elle aime vraiment, c'est-à-dire son fils, Poulou lui-même, supérieure à la sienne. Mais si Alceste est Simone de Beauvoir, l'épouse morganatique, que sacrifie-t-elle à son époux ? Son corps de femme amoureuse. Si Alceste est Anne-Marie, elle est transformée en statue d'elle-même, vivante mais muette. Si elle est Simone de Beauvoir, elle est transformée en statue, certes, mais elle ne retrouvera la parole, c'est-à-dire l'essentiel, que par un nouveau sacrifice. Euripide ne dit pas lequel. De cette ambiguïté, Sartre fait le moteur de son mythe : la femme ne conquiert son autonomie, c'est-à-dire un vrai pouvoir sur sa vie et dans la cité, qu'en affrontant la tragédie, c'est-à-dire la solitude et la mort, à l'instar d'un homme qui serait un héros. Admète perd parce

1. « Entretien avec Kenneth Tynan », *The Observer*, 18 et 25 juin 1961 ; repris, traduit de l'anglais par M. Rybalka, dans *Un théâtre de situations*, p. 178-179.

qu'il n'est pas héroïque et qu'il choisit la responsabilité du politique en même temps que sa vie, qu'il confond celle-ci avec la responsabilité, ce qui est le propre de l'esprit de sérieux. Pour faire d'Alceste une héroïne féministe, celui que Sartre doit évidemment supprimer est le sauveur, incarné dans cette figure virile par excellence : Hercule. Mais là encore, nous n'avons à offrir que des conjectures. Pourtant ce projet, qui paraît ne pas avoir eu un commencement d'exécution, Sartre y tenait ; au début des années 1970, il en parlait encore, en privé, et n'en mentionnait pas d'autre, à part celui, ancien, du *Pari*, bien qu'il en cherchât un. Ainsi le dernier projet de Sartre dramaturge, qui laisse son théâtre sur une note d'inachèvement comme l'ensemble de son œuvre, reste mystérieux, de même que son dernier projet littéraire : un testament politique en forme de nouvelle dont il n'a pas écrit une ligne.

Sartre et le théâtre de son temps.

Au théâtre, donc, comme ailleurs, Sartre a laissé sa carrière en suspens. C'était peut-être le seul moyen de conserver là aussi le principe de l'inachèvement producteur qui est actif dans toute son œuvre. Gertrude Stein, à la question : « À quoi sait-on qu'un tableau est fini ? », répondait : « Quand il est encadré. Qui en effet irait encadrer un tableau inachevé ? » De la même façon, on peut dire qu'une pièce est achevée quand elle est représentée. Mais Sartre les donnait à représenter tout en les écrivant au fur et à mesure des répétitions. La demi-cécité qui le frappe en 1973 lui interdit d'écrire, suspend toute son œuvre, et il ne songe plus alors qu'à s'exprimer par l'interview, plus ou moins retravaillée, par le dialogue, par la télévision ou le cinéma. Mais déjà dans les années 1960, devant les mutations considérables que connaissait le théâtre de la contre-culture, il avait pensé que le rôle de l'auteur ne pouvait plus se concevoir qu'au sein d'un travail collectif. Les expériences radicales du Living Theatre, de l'Open Theatre, de Peter Brook, l'intéressaient sans le passionner ; il y voyait le moyen de sortir de l'idée de création solitaire qui, même dans une entreprise aussi solidaire que le théâtre, en restait le moteur premier. Bien sûr, ce moteur était mis en marche par une demande sociale, et c'est ainsi que Sartre avait lui-même vécu son aventure théâtrale. De *Bariona*, il lui arriva de dire qu'il l'avait écrite comme secrétaire du groupe qui la montait. L'idée d'un auteur « allographe » ne lui était pas étrangère[1]. Mais

1. Voir Gilles Philippe, « Les pièces de Sartre sont-elles vraiment de Sartre ? » (*Sartre*, catalogue de l'exposition de la B.N.F. à l'occasion du centenaire de la nais-

il avait vécu l'aventure à l'intérieur d'une pratique du théâtre dans laquelle il pouvait se reconnaître, et qui ne mettait pas le corps et la transe au premier plan, comme y invitaient les Américains, ni l'outrage au public comme voulaient le pratiquer quelques Européens.

À partir de la Libération, Sartre a certes écrit plutôt que pour un public, *contre* son public, mais, pour paraphraser Sacha Guitry, tout contre. Son adversaire était le théâtre bourgeois, dont l'un des plus grands succès, le plus constamment repris, fut *La Petite Hutte*, d'André Roussin (créé en 1947). Le mari, la femme, l'amant, sur une île déserte. Les entours changent, pas les rapports psychologiques, ni l'éternel féminin. La pensée de la nature humaine, voilà l'ennemi de Sartre, sur lequel il tire avec toutes les armes à sa disposition, philosophie de l'histoire, roman, nouvelle, essais, théâtre. La nature humaine, la bourgeoisie y tient, car elle justifie la propriété et les inégalités ; elle participe d'une pensée hostile à l'histoire. Le théâtre de Boulevard est un théâtre de la justification. Le théâtre de Sartre est un théâtre de la contestation, à commencer par celle de l'idée même de nature humaine. Le scénario cinématographique des *Jeux sont faits* raconte précisément cela : au pays des morts, un homme et une femme qui viennent de mourir se rencontrent et ne tardent pas à s'aimer. Ils apprennent que ceux qui étaient destinés l'un à l'autre sur terre et ne se sont pas rencontrés à la suite d'une erreur peuvent retourner à leur vie antérieure et ont vingt-quatre heures pour essayer de vivre leur amour en pleine confiance ; s'ils échouent, ils retournent définitivement chez les morts. L'homme et la femme, dans la vie, feront le même choix, parce que la situation qu'ils retrouvent est la même, mais qu'ils en savent davantage, et qu'ils ont l'un et l'autre des valeurs. *Les jeux sont faits* est la réponse paradoxale au théâtre de la nature humaine, au théâtre essentialiste.

Il y avait une autre réponse, qui simplement ignorait ce théâtre, ce fut celle de Beckett avec *En attendant Godot* (1953), que Sartre tenait pour un chef-d'œuvre, et celle de Ionesco, avec *La Cantatrice chauve* (1950). Le théâtre de l'Absurde, qui est peut-être moins un théâtre métaphysique qu'un théâtre explorant les impasses du langage, est conçu contre celui de Sartre, ce théâtre qui traque le sens. Sartre en est conscient, il pense que ces auteurs sont réactionnaires à leur manière esthétiquement révolutionnaire, comme l'est devenu Anouilh, son principal rival dans les succès estimables, par le contenu noir de ses pièces. En

sance de Sartre, Gallimard/B.N.F., 2005), où l'accent est mis sur la façon dont Sartre ne cesse de brasser d'autres textes dans ses pièces.

fait, son véritable rival, mais il ne le dira jamais, est Jean Genet dramaturge. *Les Bonnes* (1947), *Le Balcon* (1956), *Les Nègres* (1959), *Les Paravents* (1961), ces pièces scandaleuses et superbes, faussement politiques, faussement actuelles, faussement sociales, ces cérémonies saisissantes, que sont-elles d'autre que du théâtre existentialiste désengagé, retourné en art par des tourniquets d'illusion comique et tragique, et surtout par une langue exagérément et somptueusement littéraire qui par moments chute volontairement dans l'obscène ? Il ne fait pas de doute que Sartre a été captivé par ce théâtre issu de lui, qu'il comprenait mieux que personne, mais dans lequel il se refusait à voir un théâtre d'avenir. Les mises en scène tout à la fois sobres et grandioses des classiques par Jean Vilar au T.N.P. lui paraissaient relever de l'histoire du théâtre plus que du théâtre vivant. Lorsqu'il a découvert le vrai Brecht, en 1954 et 1955, grâce aux représentations à Paris, au théâtre des Nations, du Berliner Ensemble, Sartre s'est senti contesté sur sa gauche, ce qui l'inquiétait beaucoup plus. *Les Séquestrés d'Altona* doit beaucoup à cette découverte irritante. Mais Sartre se méfiait de l'importance accordée à la mise en scène, aux costumes, au décor, aux objets. Pour lui, le verbe restait premier au théâtre, il n'oubliait pas la leçon de Copeau. Or les années 1960, qui virent le triomphe de la décentralisation, virent aussi celui du metteur en scène sur le texte. Roger Planchon, avec son adaptation du *Tartuffe* de Molière en 1966, et Patrice Chéreau, avec celle de *La Dispute* de Marivaux en 1973, célèbrent plus leur art propre dans l'exercice de l'art dramatique qu'ils ne font vivre un texte : c'est la machinerie du théâtre qui les intéresse. Celle que justement Sartre avait voulu ignorer, faisant sans doute trop peu de cas des mises en scène de ses propres pièces, ce qui rendait celles-ci impraticables pour les novateurs du théâtre.

Et puis Sartre était écrivain d'abord. Nous avons raconté ailleurs une de ses sorties, une véritable gaffe que nous avait rapportée Serge Reggiani[1] : un jour, alors que *Les Séquestrés d'Altona* se jouait déjà depuis plusieurs semaines devant des salles combles, Sartre était venu, comme il le faisait souvent, prendre un verre avec ses comédiens à la sortie du théâtre. Il avait en main l'édition de la pièce, parue le jour même. Montrant le volume avec satisfaction, il avait lancé en souriant : « C'est ça qui compte, le *livre*. » Il pensait pourtant, avec Voltaire : « Le théâtre instruit mieux que ne fait un gros livre[2]. » On peut comprendre que les jeunes metteurs en scène — qui ne voulaient

1. Voir *Un théâtre de situations*, p. 10-11.
2. « Les Trois Manières », *Contes de Guillaume Vadé*.

de toute façon pas engager les amies comédiennes de Sartre, Marie Olivier ou Évelyne Rey — aient hésité aussi à s'affronter à ses livres.

Pourtant, ces pièces sont vivantes ; elles vibrent, elles passionnent et font penser. On est pris de colère, parfois, en songeant à ce qu'ont fait les plus doués des metteurs en scène de plusieurs pièces contemporaines qui s'effilochaient sur scène, alors qu'ils auraient pu monter *Les Mains sales*, *Nekrassov*, *Les Séquestrés d'Altona*. De ces trois pièces, aucune production qui soit digne d'elles n'a été montée à Paris depuis leur création. Alors beaucoup se sont résignés à les lire plutôt qu'à les voir. Il est vrai qu'elles tiennent admirablement à la lecture ; mais elles n'ont pas rejoint pour autant ce que H.-R. Lenormand appelait mélancoliquement « le cimetière des pièces mortes[1] ». Elles sont jouées, mais pas autant qu'elles le méritent, et mal, le plus souvent. Seuls *Huis clos* et *Le Diable et le Bon Dieu* font exception. De *Huis clos* on a vu des mises en scène étonnantes, par Michel Raskine, en 1991, par Agathe Alexis, en 2001. Les spectateurs trop jeunes pour avoir pu voir Pierre Brasseur, Jean Vilar et Maria Casarès dans *Le Diable et le Bon Dieu* se souviennent avec émotion avoir vu les mises en scène de Georges Wilson, avec François Périer, au T.N.P., en 1968, de Daniel Mesguich, en 2001, au théâtre de l'Athénée. La pièce était tout sauf morte. Et si le règne des metteurs en scène a écarté Sartre, ce seront sans doute aussi des mises en scène inventives, auxquelles ses pièces se prêtent particulièrement bien, qui les ramèneront devant le public.

Osons une prédiction : on va redécouvrir sur scène le théâtre de Sartre, dans ses œuvres vives. Sa tension, son humour, ses excès, sa sobriété, sa vive intelligence de notre temps. *Les Séquestrés d'Altona* comporte un acte raté (le IIIe) ? Peut-être, mais les autres sont, au sens propre, formidables. L'histoire y trouve des formules inoubliables, qui nous apostrophent encore au plus vif, se fichent en nous. La fortune des pièces est fluctuante, elle dépend de beaucoup de facteurs : une attente du public qui peut correspondre à une lassitude devant un théâtre trop joué, la rencontre inespérée entre un metteur en scène et un texte, la correspondance historique entre une époque et une autre. Comme il y a des « visiteurs du moi », ces figures archaïques qui nous habitent un temps de leurs tourments ou de leurs passions depuis longtemps éteintes, il y a des pièces qui resurgissent du passé pour nous parler de nous, pour parler en nous un langage

1. *Les Confessions d'un auteur dramatique*, Albin Michel, 1949, t. I, p. 11.

oublié. Celui de Sartre est très marqué par son propre style ; pourquoi serait-ce un défaut ? Personne n'a jamais songé à reprocher son style à Shakespeare. On s'est contenté de l'oublier pendant deux siècles. Gageons que ce n'est pas ce qui arrive à Sartre. À l'heure de conclure, on sent le théâtre de Sartre en procès, comme il l'a été dès le début. Solitaire parce que solidaire de son époque, il gagnera, c'est notre pari, son procès en appel.

MICHEL CONTAT.

CHRONOLOGIE

Pour une chronologie plus générale et détaillée, nous renvoyons à celle qui est donnée dans le volume des « Œuvres romanesques » de Jean-Paul Sartre (Bibl. de la Pléiade).

1905 — *21 juin :* Naissance de Jean-Paul Sartre, à Paris.

Vers 1912 — Dans *Les Mots*, Sartre explique comment, enfant, il opposait le théâtre à son art préféré, le cinéma : « [...] J'étais agacé par ce cérémonial incongru, par ces pompes poussiéreuses qui n'avaient d'autre résultat que d'éloigner les personnages ; [...] nos pères ne pouvaient ni ne voulaient croire que le théâtre leur appartenait [...]. Moi, je voulais voir le film *au plus près.* Dans l'inconfort égalitaire des salles de quartier, j'avais appris que ce nouvel art était à moi [...]. Nous étions du même âge mental : j'avais sept ans et je savais lire, il en avait douze et ne savait pas parler. [...] Je pensais que nous grandirions ensemble[1]. [...] » Sartre poursuivra souvent cette comparaison entre le théâtre et le cinéma.

1912 — *26 janvier :* Il écrit une lettre admirative à Georges Courteline, à l'instigation de son grand-père.

1919-1920 — Il écrit des livrets d'opérettes : *Horatius Coclès*, *Mucius Scaevola.* Il apprend seul à jouer du piano.

1920 — En première au lycée Henri-IV, il se voit attribuer par ses condisciples la fonction de S.O. (« satyre officiel »), c'est-à-dire organisateur des distractions et des canulars.

1. *Les Mots*, Gallimard, 1964, p. 100.

1925 *Mars :* Il joue le rôle de Lanson, le directeur de l'École normale supérieure qu'a intégré Sartre en 1924, dans *Le Désastre de Lang-son*, revue présentée par les élèves de l'E.N.S. Il participera aussi aux revues de 1926 et 1927.
Daniel Lagache : « Sartre participait activement à la mise sur pied de la revue [...]. Sartre et Nizan écrivaient le texte de la revue, un texte plein de contrepèteries, de jeux de mots, de couplets amusants. Sartre avait une prodigieuse facilité pour ce genre d'exercice. Il collaborait aussi à la partie musicale[1]. » Georges Canguilhem : « Je me souviens l'avoir entendu jouer fort bien la sonate *Appassionata* de Beethoven. [...] Il avait aussi un merveilleux don : il nous a fait une imitation extra-ordinairement réussie de Lanson [...][2]. »
Simone de Beauvoir : « Sartre avait une belle voix et un vaste répertoire : *Old man river* et tous les airs de jazz en vogue ; ses dons comiques étaient célèbres dans toute l'École ; [...] il se taillait de vifs succès en interprétant *La Belle Hélène* et des romances 1900[3]. »
Vers cette époque, Sartre aurait voulu être chanteur de jazz et il fréquente assidûment le College Inn de la rue Vavin.
À l'enterrement d'une cousine du côté paternel, à Thiviers, Sartre fait la connaissance de « Camille », de son vrai nom Simone-Camille Sans, connue plus tard sous le nom de Simone Jollivet et dans le groupe de Sartre sous le sobriquet de « Toulouse ». Il a avec elle sa première liaison sérieuse, qui dure jusqu'à l'été de 1927.
Originaire de Toulouse, fille de pharmacien, Simone Jollivet débarque à Paris en 1927 avec le projet de faire une carrière d'auteur dramatique. Après s'être liée avec Charles Dullin, elle présente sa première pièce, *L'Ombre*, au théâtre de l'Atelier le 26 janvier 1932, suivie dix ans plus tard de *La Princesse des Ursins* au théâtre de la Cité le 16 janvier 1942, ainsi que plusieurs adapta-tions : *Plutus* d'Aristophane, *Le Faiseur* de Balzac, *Le Roi Lear* de Shakespeare, etc.

1929-1931 Sans doute est-ce pendant son service militaire que Sartre écrit deux pièces de théâtre (perdues), *Épiméthée* et *J'aurai un bel enterrement*.
Il lit avec admiration *Le Soulier de satin* de Claudel.

1. Claude Bonnefoy, « Rien ne laissait prévoir que Sartre deviendrait " Sartre " », *Arts*, 11-17 janvier 1961.
2. *Ibid.*
3. *Mémoires d'une jeune fille rangée*, Gallimard, 1958, p. 335.

1931 Sartre et Beauvoir font la connaissance de Charles Dullin. Ils suivront de près ses activités théâtrales.

1934 *Été :* Sartre et Beauvoir assistent à *La Passion* d'Oberammergau, en Allemagne[1].
Octobre : Sartre fait la connaissance d'Olga Kosakiewicz, une ancienne élève de Simone de Beauvoir, qui, en 1943, jouera dans *Les Mouches* sous le pseudonyme de Olga Dominique. Sartre et Beauvoir assistent à la générale du *Faiseur* de Balzac adapté par Simone Jollivet et monté par Dullin à l'Atelier.

1937 *Été :* La visite d'un village grec inspirera plus tard à Sartre le décor des *Mouches.*
Il fait la connaissance de Wanda Kosakiewicz, la jeune sœur d'Olga, qui jouera dans la plupart de ses pièces, sous le pseudonyme de Marie Olivier.

1939 *27 novembre :* Sartre écrit à Simone de Beauvoir : « [...] je crève d'envie d'écrire une pièce de théâtre [...][2]. »

1940 *Automne :* Emprisonné au Stalag XII D à Trèves, Sartre participe à plusieurs activités théâtrales. Il écrit des pièces (qu'on ne joue pas), il joue lui-même dans des farces et, par exemple, il assure, en masque, le rôle de la fille muette dans une pièce comique sur le thème du *Malade imaginaire.*
24-26 décembre : Sartre joue le rôle du Roi mage Balthazar dans sa pièce *Bariona.* « [...] Comme je m'adressais à mes camarades par-dessus les feux de la rampe, leur parlant de leur condition de prisonniers, quand je les vis soudain si remarquablement silencieux et attentifs, je compris ce que le théâtre devrait être : un grand phénomène collectif et religieux[3]. » La pièce est représentée trois fois.

1941 *Été :* Après avoir réussi à se faire libérer en mars 1941, il assiste à une représentation des *Suppliantes* d'Euripide mise en scène par Jean-Louis Barrault.

1942 Sartre écrit abondamment (surtout au Flore et à La Coupole). Il achève *Les Mouches*, que Jean-Louis Barrault avait tout d'abord consenti à monter, avant de se « défil[er][4] ».

1. Voir la Préface, p. XXII-XXIII.
2. *Lettres au Castor et à quelques autres*, Gallimard, 1983, t. I, p. 440.
3. « Forger des mythes », *Un théâtre de situations*, Gallimard, coll. « Folio essais », 1992, p. 64.
4. Simone de Beauvoir, *La Force de l'âge*, Gallimard, 1960, p. 529.

Sartre fait la connaissance, par Merleau-Ponty, d'un mécène qui répond « au superbe nom de Néron[1] » et qui se propose pour commanditer *Les Mouches*, que Dullin a accepté de mettre en scène. Le mécène se révèle être un escroc ; la création de la pièce en sera retardée.
Sartre donne un cours sur l'histoire du théâtre qui porte principalement sur la dramaturgie grecque, à l'École d'art dramatique de Charles Dullin.
Publication des *Mouches*, aux Éditions Gallimard, achevé d'imprimer en *décembre*.

1943 *2 juin :* Première des *Mouches* au théâtre de la Cité. Mise en scène de Charles Dullin. La pièce est agréée par la censure allemande. Après vingt-cinq représentations, elle sera reprise à l'automne. À la générale, Sartre fait la connaissance d'Albert Camus. Les deux hommes, un peu plus tard, lient amitié.
13 octobre : Soutenu par Jean Delannoy, Sartre signe un contrat de scénariste avec la maison Pathé, où il restera salarié jusqu'au 31 octobre 1946. Il écrit à cette époque plusieurs scénarios : *Les jeux sont faits*, *Typhus*, *La Fin du monde*, *Histoire de nègre*, *Les Faux Nez* et un scénario sur la Résistance (celui-ci sera publié en 2000, sous le titre « Résistance[2] »), etc.
Il interrompt la rédaction du *Sursis* pour écrire en quelques jours une pièce qui s'intitulera *Les Autres* puis *Huis clos*. Il propose à Camus de jouer le rôle de Garcin (ce sera en fait Michel Vitold) et de se charger de la mise en scène (voir à l'année 1944).

1944 *Février :* Sartre rend hommage à Jean Giraudoux, à la mort de celui-ci, survenue le *31 janvier*[3].
19 mars : Chez Michel Leiris, il lit le rôle du Bout rond dans *Le Désir attrapé par la queue* de Picasso, au cours d'une de ces « *fiestas* » dont parle Simone de Beauvoir[4] et qui réunissaient notamment Camus, Queneau, les Leiris, les Salacrou, Georges Bataille, son ex-femme Sylvia Bataille, Georges Limbour, Jacques Lacan, Jean Aubier et sa femme l'actrice Zanie Campan.
Sartre se lie plus familièrement avec Armand Salacrou.
Mai : Sartre fait la connaissance de Jean Genet au Flore, en compagnie de Camus.

1. *Ibid.*
2. *Les Temps modernes*, n° 609, juin-juillet-août 2000, p. 3-40.
3. Texte paru dans *Comœdia*, 5 février 1944 ; repris dans *Voici la France de ce mois*, n° 49, mars 1944, p. 10-11.
4. Voir *La Force de l'âge*, p. 587 et 583.

27 mai : Première de *Huis clos* au Vieux-Colombier. Mise en scène de Raymond Rouleau. La pièce sera reprise après la Libération, en septembre.
10 juin : Sartre participe à un débat sur le théâtre avec Cocteau, Camus, Salacrou et Vilar[1].
Août : Sartre, membre du C.N.Th. (Comité national du théâtre), fait partie du groupe qui occupe le Théâtre-Français et assiste au défilé de la Libération d'un balcon de l'Hôtel du Louvre.
Disposant d'un revenu confortable et régulier grâce au théâtre et à son travail de scénariste pour Pathé et voulant se consacrer entièrement à ses écrits, Sartre se fait mettre en congé illimité par l'Université.

1945 Publication de *Huis clos*, aux Éditions Gallimard, achevé d'imprimer le *19 mars*.
Mai-juin : Sartre et Beauvoir se mêlent « de bon cœur au " Tout-Paris " pour assister aux générales, aux premières, parce que le mot de résistance, politiquement bien endommagé, gardait un sens parmi les intellectuels ; en se retrouvant coude à coude, ils affirmaient leur solidarité et le spectacle prenait la valeur d'une manifestation[2] ».
Été : Séjour d'un mois à « La Pouèze » où il travaille à *Morts sans sépulture*.
15 octobre : Parution du premier numéro des *Temps modernes*.

1946 Parution de *La Putain respectueuse* à Paris, achevé d'imprimer le *29 octobre* (aux Éditions Nagel), et de *Morts sans sépulture* à Lausanne, achevé d'imprimer le *30 novembre* (aux Éditions Marguerat).
Septembre : Séjour à Rome pour travailler avec J.-B. Pontalis à une adaptation cinématographique de *Huis clos* qui ne sera finalement pas réalisée.
2 novembre : Sartre assiste à la première du *Bar du crépuscule* d'Arthur Koestler.
8 novembre : Création de *Morts sans sépulture* et de *La Putain respectueuse* au théâtre Antoine. La mise en scène de la première pièce est assurée par Michel Vitold, qui assiste Sartre pour la seconde. La direction du métro exige que le titre de celle-ci (écrite en quelques jours pendant l'été pour compléter le spectacle) soit censuré sur les affiches. La pièce fait carrière sous le titre *La P... respectueuse*.

1. Voir *Un théâtre de situations*, p. 22-52.
2. Simone de Beauvoir, *La Force des choses*, Gallimard, 1963, p. 46.

1947 Parution de *Théâtre I* (Gallimard, achevé du *20 mars*), comprenant *Les Mouches*, *Huis clos*, *Morts sans sépulture* et *La Putain respectueuse*.
Juin : Il vote pour Jean Genet qui obtient le prix de la Pléiade pour *Les Bonnes* et *Haute Surveillance*.
Juillet : Voyage et conférence de presse à Londres pour présenter *Morts sans sépulture* et *La Putain respectueuse*.
Vacances de Noël à « La Pouèze » où Sartre commence *Les Mains sales*.

1948 Parution des *Mains sales* (Gallimard, achevé d'imprimer du *15 juin*), et du scénario de film *L'Engrenage* (Nagel, achevé d'imprimer en *novembre*).
Février : Voyage à Berlin ; conférence et débat sur *Les Mouches*.
Fin de mars : Camus assiste avec Sartre à une répétition des *Mains sales*. Il juge la pièce excellente, mais déplore qu'une réplique semble donner raison au personnage du dirigeant communiste Hoederer contre le jeune révolté Hugo.
2 avril : Première des *Mains sales* au théâtre Antoine. Mise en scène de Pierre Valde « amicalement supervisée » par Jean Cocteau (que Sartre voit souvent à cette époque). François Périer triomphe dans le rôle d'Hugo. La pièce rencontre un très grand succès, malgré une campagne hostile de la presse communiste. Le *7 avril*, Guy Leclerc écrit dans *L'Humanité* : « Philosophe hermétique, écrivain nauséeux, dramaturge à scandale, démagogue de troisième force. Telles sont les étapes de la carrière de M. Sartre. »
Avril : Séjour avec Simone de Beauvoir à Ramatuelle où ils rencontrent souvent Simone Berriau, directrice du théâtre Antoine, et Yves Mirande, dramaturge et réalisateur.
30 octobre : Par décret du Saint-Office, toute l'œuvre de Sartre est mise à l'Index.
26 novembre : Son scénario de film *Les Faux Nez* est adapté pour le théâtre et créé à Lausanne par une troupe animée par Charles Apothéloz et Freddy Buache. La pièce sera ensuite jouée les 22 et 23 juin 1949 à Paris, au théâtre de l'Atelier.
Fin de novembre : Sartre proteste contre l'adaptation qui a été faite des *Mains sales* à New York, sous le titre *Red Gloves*, et intente un procès à l'éditeur Nagel, qui détient alors ses droits théâtraux.
Début de décembre : Démarche soviétique auprès des autorités d'Helsinki pour y empêcher la représentation des

Mains sales, pièce considérée comme « propagande hostile à l'U.R.S.S. ».

1949 *11 décembre :* Mort de Charles Dullin.
15 décembre : Sartre et Beauvoir assistent à la première des *Justes* de Camus.

1950 *Début de l'année :* Sartre donne une conférence sur le théâtre à un club d'autodidactes de la rue Mouffetard.
11 février : Il fait lire un hommage à Charles Dullin à l'Atelier. Plus tard dans l'année, Sartre soutient Arthur Adamov pour lui permettre de monter sa pièce *L'Invasion* (créée le 1er novembre 1950).

1951 *Début de l'année :* Il compose *Le Diable et le Bon Dieu* et l'achèvera au cours de répétitions mouvementées.
La municipalité communiste de Nîmes proteste contre la représentation des *Mains sales* au festival de Nîmes.
1er février : Dans une interview aux *Nouvelles littéraires*, Sartre déclare, au sujet de ses habitudes de travail : « On peut être fécond sans travailler beaucoup. Trois heures tous les matins, trois heures tous les soirs. Voilà ma seule règle. Même en voyage. J'exécute petit à petit un plan de travail très consciemment élaboré. Roman, pièce, essai, chacun de mes ouvrages est une facette d'un ensemble, dont on ne pourra vraiment apprécier la signification que le jour où je l'aurai mené à son terme[1]. »
Mai : À l'occasion des répétitions du *Diable et le Bon Dieu* auxquelles Camus assiste souvent (il est lié à cette époque à Maria Casarès, qui joue dans la pièce), leur amitié, qui avait subi un net refroidissement dû à des dissensions politiques, connaît un bref renouveau avant leur éloignement définitif avec l'affaire de *L'Homme révolté.*
7 juin : Première du *Diable et le Bon Dieu* au théâtre Antoine. Mise en scène de Louis Jouvet. Gros succès, mais le contenu idéologique de l'œuvre rencontre une quasi totale incompréhension.
Simone de Beauvoir rapporte ces propos de Sartre : « J'ai fait faire à Gœtz ce que je ne pouvais pas faire[2] » (*i. e.* résoudre la contradiction de l'intellectuel et de l'homme d'action).
Été : Les Mains sales, film de Fernand Rivers. Violentes protestations communistes. Dans certaines villes, le film est projeté sous la protection de la police.

1. Cité dans Michel Contat et Michel Rybalka, *Les Écrits de Sartre*, Gallimard, 1970, p. 241.
2. *La Force des choses*, p. 262.

Décembre : Sartre assiste à la première du *Bacchus* de Cocteau.

1952 Publication de *Saint Genet, comédien et martyr* (Gallimard).
La P... respectueuse, film de Marcel Pagliero et Charles Brabant.
Juin : Sartre s'oppose à l'interdiction de la pièce *Le colonel Foster plaidera coupable* de Roger Vailland.
À partir de cette année, Sartre amorce son rapprochement avec les communistes. Il décide de conditionner son autorisation pour la représentation des *Mains sales* (à l'étranger) à celle des partis communistes locaux. Le *19 novembre*, il en interdit la représentation à Vienne, afin que sa pièce ne constitue pas une arme contre le Congrès des peuples pour la paix auquel il est sur le point d'assister, dans cette ville. Deux ans plus tard, le 23 septembre 1954, il donnera une conférence de presse à Vienne pour protester contre la représentation des *Mains sales* au Volkstheater[1].
Fin de l'année : Entretien à l'O.R.T.F. dans une émission consacrée à Pierre Brasseur.

1953 Sartre fait la connaissance d'Évelyne Rey, comédienne, sœur de Claude Lanzmann, et qui jouera le rôle d'Estelle dans la reprise de *Huis clos* à la Comédie Caumartin cette année-là. Ils seront très liés de 1953 à 1956 et Sartre écrira pour elle le rôle de Johanna des *Séquestrés d'Altona.*
Mars : À Saint-Tropez, Pierre Brasseur et Sartre s'entretiennent d'une adaptation du *Kean* d'Alexandre Dumas[2].
Juillet : Séjour à Rome avec Michelle Vian (Sartre a une liaison avec elle depuis 1949). Il écrit *Kean* « en quelques semaines et en s'amusant beaucoup[3] ».
14 novembre : Première de *Kean* au théâtre Sarah-Bernhardt. Grand succès. Projet de film sur le même sujet.
Novembre : Sortie du film d'Yves Allégret, *Les Orgueilleux* (d'après *Typhus*).

1954 Publication de *Kean* (Gallimard, achevé d'imprimer le *15 février*).
Huis clos, film de Jacqueline Audry.
Vers cette époque, Sartre projette d'écrire une pièce — dont nous connaissons la teneur grâce au témoignage de Colette Audry en 1955 et à un entretien de Sartre avec

1. Sur ce point, voir *Les Écrits de Sartre*, p. 181-182.
2. Voir S. de Beauvoir, *La Force des choses*, p. 309.
3. *Ibid.*, p. 320.

Bernard Dort en 1979 — connue sous le titre *Le Pari* et qui aurait illustré sa conception de la liberté.
Sartre assiste aux représentations du Berliner Ensemble de Brecht venu jouer à Paris.
Novembre : Sartre rédige rapidement un projet de pièce contre le maccarthysme, en s'inspirant du cas réel d'Abraham Feller, haut fonctionnaire de l'O.N.U. qui s'était suicidé, le 13 novembre 1952[1].
Vers cette époque, il esquisse un scénario de film sur la violence révolutionnaire, dont le personnage principal est un conventionnel, Joseph Lebon.

1955 Sartre prend part à la polémique contre le T.N.P., orchestrée par Bernard Dort et la revue *Théâtre populaire.*
Début de juin : Sartre assiste à la première à Paris de l'Opéra de Pékin.
8 juin : Première de *Nekrassov* au théâtre Antoine, après plusieurs retards dus à des changements de texte et de distribution, ainsi qu'à des répétitions difficiles. La pièce, soutenue par les communistes, se heurte à une violente campagne de presse et n'obtient que peu de succès.
7 juillet : Entretien radiophonique sur le théâtre, avec Robert Mallet.
Novembre : Sartre commence l'adaptation cinématographique de la pièce d'Arthur Miller *Les Sorcières de Salem*, qui sortira en avril 1957.

1956 Publication de *Nekrassov* (Gallimard ; achevé d'imprimer : 2e trimestre).
Fin de l'année : Sartre s'indigne de l'intervention soviétique en Hongrie, et rompt avec le P.C.F.

1957 *Kean, genio e sregolatezza*, film italien de Vittorio Gassman, d'après la comédie d'Alexandre Dumas adaptée par Jean-Paul Sartre.
Janvier : Séjour en Pologne pour la première des *Mouches* dans ce pays.
16 janvier : Sartre et Beauvoir assistent à la première des *Coréens* de Michel Vinaver.
Avril : Sartre rend hommage à Brecht au théâtre des Nations[2].
4 mai : Création de *Sonate à trois* au théâtre d'Essen, ballet de Maurice Béjart d'après *Huis clos*, sur une musique de Béla Bartók.

1. Voir la Notice de *La Part du feu*, p. 1573, au sujet de ce projet resté jusqu'ici inédit.
2. « Brecht et les classiques », publié dans le programme d'hommage du théâtre (4-21 avril).

1958 *13 février :* « Le théâtre peut-il aborder l'actualité politique ? Une " table ronde " avec Sartre, Butor, Vailland, Adamov » est publié dans *France-Observateur.*
5 mai : Conférence sur « Théâtre et cinéma » au sanatorium de Bouffémont devant un public d'autodidactes.
31 mai : Il rencontre John Huston qui lui propose d'écrire un scénario sur Freud. Sartre lui remet un premier synopsis le *15 décembre.*

1959 *Fin d'août :* Il achève *Les Séquestrés d'Altona*, commencé l'année précédente, lors d'un séjour à Rome, puis à Venise.
24 septembre : Première des *Séquestrés d'Altona* au théâtre de la Renaissance, dans une mise en scène de François Darbon. La pièce rencontre un grand succès auprès du public.

1960 Publication des *Séquestrés d'Altona*, aux Éditions Gallimard, achevé d'imprimer en *janvier.*
29 mars : Sartre donne, au Grand amphithéâtre de la Sorbonne, une conférence sur le théâtre.
13 mai : À Belgrade, il assiste aux représentations des *Séquestrés d'Altona* et de *Huis clos* et il donne une conférence à la faculté des lettres de la ville.

1962 *31 octobre :* Sartre autorise la publication hors commerce de *Bariona.*
Fin de l'année : Séjour à Rome où il projette d'écrire une nouvelle pièce sur le thème de l'*Alceste* d'Euripide, auquel il veut donner un sens féministe.
Freud, The Secret Passion, film de John Huston. Sartre fait retirer son nom du générique et ne voit pas le film. (Le *Scénario Freud* sera publié en 1984.)
No Exit, film argentin de Pedro Escudero et Tad Danielewski, d'après *Huis clos.*

1963 *The Condemned of Altona*, film de Vittorio de Sica, avec Fredric March, Sophia Loren, Maximilian Schell, « librement inspiré » de la pièce de Sartre.
15 octobre : Sartre assiste à la première italienne du *Diable et le Bon Dieu* à Rome et participe à un débat sur le théâtre.
12-14 novembre : Séjour en Tchécoslovaquie ; il assiste à la première des *Séquestrés d'Altona* à Prague.

1964 Le *4 mars*, Sartre donne une importante interview sur *Les Mains sales* à son traducteur italien Paolo Caruso. Le *17 mars*, dans une conférence de presse à Paris, il autorise,

après douze ans de refus, la représentation de la pièce à Turin. Le *30 août*, il donne dans cette ville une conférence de presse sur la mise en scène de la pièce.
Juillet-septembre : Séjour à Rome, où il rédige *Les Troyennes*.
15 octobre : Sartre apprend qu'il est pressenti pour l'attribution du prix Nobel de littérature. Il adresse une lettre aux académiciens pour les prévenir qu'il n'acceptera pas le prix. Le *22 octobre*, pourtant, l'Académie le lui décerne.
Novembre : Sur l'initiative de Michel Leiris, Sartre devient membre de l'Association des amis du *Roi Christophe* pour faire représenter la pièce de Césaire à Paris. La pièce sera donnée à partir du 12 mai 1965 à l'Odéon-Théâtre de France.
Fin de l'année : Sartre enregistre une introduction à une version de *Huis clos* en disque (qui sort en 1965), éditée par la Deutsche Grammophon Gesellschaft, et pour laquelle Michel Vitold, Christiane Lenier, Gaby Sylvia et R.-J. Chauffard prêtent leur voix.

1965 Publication des *Troyennes*, collection du Théâtre national populaire, achevé d'imprimer le *8 mars*. (La pièce sera rééditée l'année suivante chez Gallimard, achevé d'imprimer du 24 janvier 1966.)
10 mars : Première au Théâtre national populaire des *Troyennes*, d'après Euripide. Mise en scène de Michel Cacoyannis.
23 juin : Conférence de presse au théâtre de l'Athénée avec Jean Vilar et François Périer pour annoncer la reprise des *Séquestrés d'Altona*. La pièce est jouée en *septembre* à l'Athénée dans une mise en scène de François Périer.
Octobre : Huis clos est diffusé à la télévision dans une mise en scène de Michel Mitrani.

1966 Réalisation de l'adaptation télévisée de « La Chambre[1] » par Michel Mitrani.
Février : Préface à la pièce *La Promenade du dimanche* de Georges Michel.
27 avril : Sartre assiste à un tournoi pour jeunes avocats (conférence Berryer), qui présentent le procès fictif de Frantz von Gerlach, personnage des *Séquestrés d'Altona*.
18 novembre : Suicide d'Évelyne Rey.
4 décembre : Sartre donne une conférence à Bonn sur le théâtre.

1. Voir *Le Mur*, « La Chambre » ; *Œuvres romanesques*, Bibl. de la Pléiade, p. 234.

1967 *Le Mur*, film de Serge Roullet, d'après la nouvelle de Sartre[1].
12 décembre : Mort de Simone Jollivet. Les circonstances tragiques de cette mort sont racontées par Simone de Beauvoir dans *Tout compte fait*[2].

1968 *Novembre :* Reprise de *Nekrassov* au Théâtre national de Strasbourg dans une mise en scène d'Hubert Gignoux. Et succès de la reprise du *Diable et le Bon Dieu* au T.N.P. avec François Périer, dans une mise en scène de Georges Wilson.
28 novembre-1er décembre : Court séjour en Tchécoslovaquie pour assister à la première des *Mouches* à Prague où est également représenté *Les Mains sales* (joué pour la première fois dans un État socialiste). Le public, qui entend dans les deux pièces des allusions à la situation tchécoslovaque, fait un triomphe à Sartre. À la télévision, celui-ci fait des déclarations prudentes mais transparentes au sujet de l'occupation soviétique.

1969 *Février :* Création par Jean Mercure, au théâtre de la Ville à Paris, d'une adaptation scénique du scénario *L'Engrenage*. Erwin Piscator en Allemagne et Giorgio Strehler en Italie avaient déjà donné une mise en scène théâtrale de ce scénario, dans les années 1950.

1970 Parution des *Écrits de Sartre* aux Éditions Gallimard, avec des textes inédits ou peu connus, en particulier la pièce *Bariona*, un tableau inédit de *Nekrassov*, des textes sur le cinéma, sur Brecht, etc.

1971 Parution des tomes I et II de *L'Idiot de la famille* (Gallimard). Le tome III suivra en 1972. Une nouvelle édition revue et complétée par Arlette Elkaïm-Sartre paraîtra en 1988. Le tome I comprend plusieurs centaines de pages qui proposent une théorie originale sur l'acteur et le théâtre.
Sartre dit à son entourage qu'il cherche un sujet de pièce de théâtre ; il ne le trouvera pas.

1972 *Février-mars :* Début du tournage par Alexandre Astruc et Michel Contat d'un film sur la vie et l'œuvre de Sartre. Plus de huit heures d'entretiens de Sartre avec

1. Voir *Le Mur*, « Le Mur » ; *Œuvres romanesques*, p. 213.
2. Gallimard, 1972, p. 76-88.

Simone de Beauvoir et l'équipe des *Temps modernes* (sauf Claude Lanzmann, absent de Paris) sont filmées les *18-19 février* et les *18-19 mars*. Une séquence sur le théâtre est tournée avec Sartre en compagnie de François Périer, Serge Reggiani, Marie Olivier. Faute de crédits, le film, *Sartre par lui-même*, ne sera achevé que quatre ans plus tard.

1973 Parution d'*Un théâtre de situations*, recueil de textes et d'entretiens sur le théâtre (Gallimard). Une nouvelle édition revue et augmentée sera publiée en 1992.

1974 *Novembre :* Marcel Jullian, nouveau directeur d'Antenne 2, chaîne née de la suppression de l'O.R.T.F., propose à Sartre une suite d'émissions sur sa vie et son œuvre. Sartre répond par une proposition plus ambitieuse : réaliser avec un collectif comprenant notamment des historiens et des sociologues une série d'émissions sur l'histoire générale des soixante-dix années du siècle qu'il a vécues. La proposition est acceptée par M. Jullian, qui présente dans la presse ce projet comme la preuve du libéralisme nouveau de la télévision. Sans contrat, Sartre se met à l'ouvrage avec Simone de Beauvoir, Philippe Gavi et Pierre Victor. À quatre, ils constituent le noyau d'une équipe plus large de chercheurs chargés de leur fournir la matière des scénarios qu'ils élaborent en commun, Sartre étant le maître d'œuvre de l'ensemble. Ce travail va se poursuivre jusqu'à l'été de l'année suivante.

1975 *25 septembre :* Entouré de Simone de Beauvoir et de Pierre Victor, Sartre donne une conférence de presse pour expliquer les raisons de l'échec du projet pour la télévision. Il a refusé la proposition de Marcel Jullian de réaliser à titre d'essai (et sans garantie de diffusion) une seule des émissions prévues. Les atermoiements de la direction ne peuvent selon lui qu'être interprétés comme une mesure de censure politique prise sous la pression du pouvoir. Sartre retourne donc à sa position antérieure vis-à-vis de la télévision : s'il a toujours autorisé la diffusion de ses œuvres parce qu'il considère qu'elles appartiennent au public, il répugne à y apparaître. Il annonce qu'il n'y paraîtra plus jamais.

1976 *4 mars :* Sartre assiste à une projection du film *Sartre par lui-même* et approuve le montage final des entretiens tournés en 1972. Il donnera par la suite, à l'occasion de sa présentation au festival de Cannes le *27 mai*, une inter-

view où il se déclare satisfait du film, bien qu'il s'en sente « un peu éloigné aujourd'hui[1] ».
27 octobre : Sortie à Paris du film *Sartre par lui-même.*

1977 Parution de *Sartre*, texte du film *Sartre par lui-même* (Gallimard).
Août : La nouvelle « Érostrate[2] » est jouée, dans son texte intégral, au théâtre Mouffetard, dans une mise en scène d'Yves Gourvil.

1978 *26 novembre :* Diffusion par B.B.C. 1, dans l'émission *Play of the Month*, de *Kean* mis en scène pour la télévision par James Cellan Jones, avec Anthony Hopkins dans le rôle-titre.

1979 *Janvier :* Sartre donne à Bernard Dort une interview qui paraîtra en 1980 dans la revue *Travail théâtral.*

1980 *15 avril :* Mort de Sartre.

MICHEL CONTAT et MICHEL RYBALKA.

1. Dossier de presse du film.
2. Voir *Le Mur*, « Érostrate » ; *Œuvres romanesques*, p. 262-278.

NOTE SUR LA PRÉSENTE ÉDITION

Cette édition est la première à rassembler toutes les pièces de Jean-Paul Sartre. À celles qui ont été publiées par ses soins viennent s'ajouter, en appendice, la première qu'il ait écrite, *Bariona*, une esquisse assez avancée que nous intitulons *La Part du feu*, et, enfin, ce que nous connaissons d'un projet jamais réalisé, *Le Pari*.

Nous avons en outre souhaité procurer, à la suite immédiate de la quasi-totalité des pièces, un dossier rassemblant des extraits significatifs — actes, tableaux ou scènes — des manuscrits qui nous sont parvenus, ainsi que les déclarations de Sartre et les témoignages de ses proches relatifs à la genèse, à la création, à la réception et aux enjeux de ses œuvres dramatiques[1].

L'édition des *Œuvres romanesques* dans la Bibliothèque de la Pléiade avait bénéficié de la collaboration active de Sartre. Celle de son *Théâtre* a été réalisée grâce au travail collectif des collaborateurs du présent volume, membres de l'Institut des textes et manuscrits modernes (I.T.E.M.), formation de recherche du C.N.R.S. et de l'École normale supérieure.

Les manuscrits.

Les manuscrits de travail de Sartre sont fort divers, en abondance, en complétude, en accessibilité, selon les pièces. Pour l'une parmi les plus connues, *Les Mouches*, nous ne disposons pas du moindre brouillon ni du manuscrit de la version définitive, et nous ne savons même pas s'il est conservé quelque part. En revanche, pour *Le Diable et le Bon Dieu*, sans doute la pièce majeure de Sartre,

1. Nous n'avons pu obtenir l'autorisation de reproduire dans ce volume les témoignages de Simone de Beauvoir. Mais des renvois précis aux passages concernés de ses œuvres figurent dans l'appareil critique.

l'abondance en même temps que l'incomplétude des manuscrits sont telles que le classement et la transcription des feuillets ont exigé un travail considérable. Ce sont là les deux extrêmes d'une variété de cas aussi nombreuse que les pièces elles-mêmes : de l'indigence à la pléthore.

Il est dans la nature du théâtre, art collectif même quand il est produit au départ par un auteur unique, de laisser des traces génétiques inégales. Le texte n'aboutit que sur scène. Un auteur dramatique, la plupart du temps, sait pour qui il écrit, se fait une idée des acteurs et même du théâtre qui vont représenter son œuvre, et du public qui va la recevoir. Elle n'existe à l'état de texte qu'au moment de la publication, mais ce texte est rarement celui qui a été représenté, ou du moins il présente généralement par rapport à celui-ci d'importantes différences. Souvent nous ne savons pas exactement quel texte a été effectivement joué. Pour le théâtre parisien des années 1920 à 1950, il existe une étape intermédiaire du texte entre le manuscrit final et le livre : la copie Compère (du nom de la société qui fabriquait ces cahiers dactylographiés). Remise aux gens de théâtre, metteur en scène, comédiens, décorateur, costumier, éclairagiste, techniciens qui assurent la réalisation pratique de l'œuvre, elle est le document de travail des intercesseurs entre l'œuvre et le public ; ils l'annotent comme bon leur semble, en fonction de leur rôle dans la création collective. C'est cette copie qu'il faudrait pouvoir étudier, avec des documents photographiques et des enregistrements phonographiques, pour savoir de quoi une pièce avait l'air sur scène, quels étaient son rythme, sa durée exacte, les scènes effectivement représentées, les répliques réellement dites. Or les copies Compère sont rarement conservées par les professionnels, et parviennent encore plus rarement à la connaissance des chercheurs. L'édition ne peut avoir affaire qu'au théâtre publié. La pièce éditée est celle que l'auteur a voulu donner au public par-delà la représentation ; elle est mise au point parfois avant cette représentation, parfois après. L'étude génétique du texte dramatique porte nécessairement sur son aspect textuel, non scénique, mais elle doit néanmoins essayer de savoir ce que l'auteur a modifié dans son texte au moment de sa mise en scène, lors des répétitions. Cela ne nous a pas toujours été possible avec les pièces de Sartre. Le choix de donner, plutôt que des descriptions, quelques images photographiques des principales mises en scène vise à pallier ce manque fondamental qui est propre à l'art dramatique quand il est réduit à son support textuel[1]. Sans songer à fournir pour chaque pièce un répertoire des mises en scène auxquelles elle a donné lieu dans le monde, ce qui remplirait un volume (ces informations peuvent être obtenues auprès de la S.A.C.D., Société des auteurs et compositeurs dramatiques), nous signalons les principales dans l'appareil critique.

1. Voir p. 1221-1252.

D'un point de vue matériel, les manuscrits théâtraux de Sartre sont d'une grande variété de supports ; néanmoins, on a pu repérer que durant les années 1945-1960 Sartre utilise fréquemment des feuillets quadrillés 21 × 27 centimètres, prélevés de blocs de marques diverses, et le plus souvent rédigés au recto, à l'encre (type du support que nous désignons par l'expression « papier Sartre » et qui, en papeterie, se nomme papier « commercial 4 × 8 »). D'une façon générale, ces manuscrits se présentent en liasses de feuillets écrits avec des encres diverses et non numérotés par Sartre, ce qui lui permettait de modifier son texte par addition et soustraction de feuillets.

Comme nous l'avons dit, les passages manuscrits présentant des différences majeures avec la version finale ou éliminés de celle-ci ont été publiés à la suite immédiate de la pièce à laquelle ils se rapportent, dans une section intitulée « Autour de… » (Autour des *Mouches*, Autour de *Huis clos*, etc.). Nous donnons en outre, dans les variantes, une sélection des réécritures ponctuelles observables sur les manuscrits (et, dans quelques cas, d'une édition à l'autre).

L'édition.

Les pièces sont données dans l'ordre chronologique de leur composition, qui fut aussi celui de leur représentation et de leur publication. Les deux adaptations, *Kean*, d'après Dumas, et *Les Troyennes*, d'après Euripide, n'ont pas été traitées autrement que les pièces imaginées par Sartre lui-même. L'appareil critique consacré à chacune d'elles montre en quoi et dans quelle mesure elles sont des pièces « sartriennes ». Quant à *Bariona*, le caractère marginal qu'elle avait aux yeux de Sartre, qui ne la prépara jamais lui-même pour l'édition, nous a conduit à ne pas la placer en tête du volume, comme sa date de rédaction et de représentation l'aurait exigé, mais dans l'appendice.

C'est dans la Note sur le texte de chaque pièce que nous indiquons quelle édition nous reproduisons. Les éditions postérieures à l'originale étaient rarement revues par Sartre ; aussi la première édition a-t-elle souvent été préférée aux suivantes.

MICHEL CONTAT.

★

La présente édition n'aurait pas été possible sans la collaboration de Mme Mauricette Berne, conservateur en chef au département des Manuscrits de la Bibliothèque nationale de France, qui a mis à notre disposition des manuscrits non encore classés et nous a maintes fois aidés pour leur déchiffrement. M. Vincent Giroud, curateur de la Beinecke Rare Books and Manuscripts Library de Yale University, a été lui aussi d'une aide précieuse. Nous sommes collectivement reconnaissants à Marie Brandewinder, Danièle Calvot (à titre posthume), Jérémie Contat, Charlotte Martin, les transcripteurs des manuscrits ayant servi à l'établissement des textes et des avant-textes. Les personnes suivantes ont apporté leur contribution à ce volume, ce pour quoi nous leur exprimons notre gratitude : Héléna Bossis (pour nous avoir ouvert les archives du théâtre Antoine), Yvan Cloutier (pour nous avoir fourni le manuscrit de *Morts sans sépulture*), Dennis Gilbert (pour nous avoir communiqué plusieurs textes), Isabelle Grell-Feldbrügge (pour avoir retrouvé la trace du manuscrit de *Bariona*).

Un bon nombre des informations que nous donnons sur les reprises des pièces de Sartre nous ont été fournies par des membres du Groupe d'études sartriennes et ont été parfois publiées dans le bulletin du G.E.S., intitulé depuis 2001 *L'Année sartrienne.*

Enfin, nous remercions l'équipe de la Pléiade pour avoir efficacement contribué à la mise au point de ce volume.

M. C.

LES MOUCHES

Drame en trois actes

À Charles Dullin
en témoignage de reconnaissance
et d'amitié.

PERSONNAGES

JUPITER
ORESTE
ÉGISTHE
LE PÉDAGOGUE
PREMIER GARDE
DEUXIÈME GARDE
LE GRAND PRÊTRE

ÉLECTRE
CLYTEMNESTRE
UNE ÉRINNYE
UNE JEUNE FEMME
UNE VIEILLE FEMME

HOMMES ET FEMMES DU PEUPLE
ÉRINNYES
SERVITEURS
GARDES DU PALAIS

Cette pièce a été créée au théâtre de la Cité (direction Charles Dullin) par :

MM. Charles Dullin, Joffre, Paul Œtly, Jean Lannier, Norbert, Lucien Arnaud, Marcel d'Orval, Bender.

Mmes Perret, Olga Dominique, Cassan.

ACTE I

Une place d'Argos. Une statue de Jupiter, dieu des mouches et de la mort. Yeux blancs, face barbouillée de sang.

SCÈNE I

De vieilles femmes vêtues de noir entrent en procession et font des libations devant la statue. Un idiot, assis par terre au fond. Entrent ORESTE *et* LE PÉDAGOGUE, *puis* JUPITER.

ORESTE : Hé, bonnes femmes !

Elles se retournent toutes en poussant un cri.

LE PÉDAGOGUE : Pouvez-vous nous dire ?...

Elles crachent par terre en reculant d'un pas.

Écoutez, vous autres, nous sommes des voyageurs égarés. Je ne vous demande qu'un renseignement.

Les vieilles femmes s'enfuient en laissant tomber leurs urnes.

Vieilles carnes ! Dirait-on pas que j'en veux à leurs charmes ? Ah ! mon maître, le plaisant voyage ! Et que vous fûtes bien inspiré de venir ici quand il y a plus de cinq cents capitales, tant en Grèce qu'en Italie, avec du bon vin, des auberges accueillantes et des rues populeuses. Ces gens de montagne semblent n'avoir jamais vu de touristes : j'ai demandé cent fois notre chemin dans cette maudite bourgade qui rissole au soleil. Partout ce sont les mêmes cris d'épouvante et les mêmes débandades, les lourdes courses noires dans les rues aveuglantes. Pouah ! Ces rues désertes, l'air qui tremble, et ce soleil… Qu'y a-t-il de plus sinistre que le soleil ?

ORESTE : Je suis né ici…

LE PÉDAGOGUE : Il paraît. Mais à votre place, je ne m'en vanterais pas.

ORESTE : Je suis né ici et je dois demander mon chemin comme un passant. Frappe à cette porte !

LE PÉDAGOGUE : Qu'est-ce que vous espérez ? Qu'on vous répondra ? Regardez-les un peu, ces maisons, et parlez-moi de l'air qu'elles ont. Où sont leurs fenêtres ? Elles les ouvrent sur des cours bien closes et bien sombres, j'imagine, et tournent vers la rue leurs culs… *(Geste d'Oreste.)* C'est bon. Je frappe, mais c'est sans espoir.

Il frappe. Silence. Il frappe encore ; la porte s'entrouvre.

UNE VOIX : Qu'est-ce que vous voulez ?

LE PÉDAGOGUE : Un simple renseignement. Savez-vous où demeure…

La porte se referme brusquement.

Allez vous faire pendre ! Êtes-vous content, seigneur Oreste, et l'expérience vous suffit-elle ? Je puis, si vous voulez, cogner à toutes les portes.

ORESTE : Non, laisse.

LE PÉDAGOGUE : Tiens ! Mais il y a quelqu'un ici. *(Il s'approche de l'Idiot.)* Monseigneur !

L'IDIOT : Heu !

LE PÉDAGOGUE, *nouveau salut* : Monseigneur !

L'IDIOT : Heu !

LE PÉDAGOGUE : Daignerez-vous nous indiquer la maison d'Égisthe ?

L'IDIOT : Heu !

LE PÉDAGOGUE : D'Égisthe, le roi d'Argos.

L'IDIOT : Heu ! Heu !

Jupiter passe au fond.

LE PÉDAGOGUE : Pas de chance ! Le premier qui ne s'enfuit pas, il est idiot. *(Jupiter repasse.)* Par exemple ! Il nous a suivis jusqu'ici.

ORESTE : Qui ?

LE PÉDAGOGUE : Le barbu.

ORESTE : Tu rêves.

LE PÉDAGOGUE : Je viens de le voir passer.

ORESTE : Tu te seras trompé.

LE PÉDAGOGUE : Impossible. De ma vie je n'ai vu pareille barbe, si j'en excepte une, de bronze, qui orne le visage de Jupiter Ahenobarbus[1], à Palerme. Tenez, le voilà qui repasse. Qu'est-ce qu'il nous veut ?

ORESTE : Il voyage, comme nous.

LE PÉDAGOGUE : Ouais ! Nous l'avons rencontré sur la route de Delphes. Et quand nous nous sommes embarqués, à Itéa, il étalait déjà sa barbe sur le bateau. À Nauplie nous ne pouvions faire un pas sans l'avoir dans nos jambes, et, à présent, le voilà ici. Cela vous paraît sans doute de simples coïncidences ? *(Il chasse les mouches de la main.)* Ah ! ça, les mouches d'Argos m'ont l'air beaucoup plus accueillantes que les personnes. Regardez celles-ci, mais regardez-les ! *(Il désigne l'œil de l'Idiot.)* Elles sont douze sur son œil comme sur une tartine[2], et lui, cependant, il sourit aux anges, il a l'air d'aimer qu'on lui tète les yeux. Et, par le fait, il vous sort de ces mirettes-là un suint blanc qui ressemble à du lait caillé. *(Il chasse les mouches.)* C'est bon, vous autres, c'est bon ! Tenez, les voilà sur vous. *(Il les chasse.)* Eh bien, cela vous met à l'aise : vous qui vous plaigniez tant d'être un étranger dans votre propre pays, ces bestioles vous font la fête, elles ont l'air de vous reconnaître. *(Il les chasse.)* Allons, paix ! paix ! pas d'effusions ! D'où viennent-elles ? Elles font plus de bruit que des crécelles et sont plus grosses que des libellules.

JUPITER, *qui s'était approché* : Ce ne sont que des mouches à viande un peu grasses. Il y a quinze ans qu'une puissante odeur de charogne les attira sur la ville. Depuis lors elles engraissent. Dans quinze ans elles auront atteint la taille de petites grenouilles.

Un silence.

LE PÉDAGOGUE : À qui avons-nous l'honneur ?

JUPITER : Mon nom est Démétrios[3]. Je viens d'Athènes.

ORESTE : Je crois vous avoir vu sur le bateau, la quinzaine dernière.

JUPITER : Je vous ai vu aussi.

Cris horribles dans le palais.

LE PÉDAGOGUE : Hé là ! Hé là ! Tout cela ne me dit rien qui vaille et je suis d'avis, mon maître, que nous ferions mieux de nous en aller.

ORESTE : Tais-toi.

JUPITER : Vous n'avez rien à craindre. C'est la fête des Morts aujourd'hui. Ces cris marquent le commencement de la cérémonie.

ORESTE : Vous semblez fort renseigné sur Argos.

JUPITER : J'y viens souvent. J'étais là, savez-vous, au retour du roi Agamemnon, quand la flotte victorieuse des Grecs mouilla dans la rade de Nauplie. On pouvait apercevoir les voiles blanches du haut des remparts. *(Il chasse les mouches.)* Il n'y avait pas encore de mouches, alors. Argos n'était qu'une petite ville de province, qui s'ennuyait indolemment sous le soleil. Je suis monté sur le chemin de ronde avec les autres, les jours qui suivirent, et nous avons longuement regardé le cortège royal qui cheminait dans la plaine. Au soir du deuxième jour la reine Clytemnestre parut sur les remparts, accompagnée d'Égisthe, le roi actuel. Les gens d'Argos virent leurs visages rougis par le soleil couchant ; ils les virent se pencher au-dessus des créneaux et regarder longtemps vers la mer ; et ils pensèrent : « Il va y avoir du vilain. » Mais ils ne dirent rien. Égisthe, vous devez le savoir, c'était l'amant de la reine Clytemnestre. Un ruffian qui, à l'époque, avait déjà de la propension à la mélancolie. Vous semblez fatigué ?

ORESTE : C'est la longue marche que j'ai faite et cette maudite chaleur. Mais vous m'intéressez.

JUPITER : Agamemnon était bon homme, mais il eut un grand tort, voyez-vous. Il n'avait pas permis que les exécutions capitales eussent lieu en public[4]. C'est dommage. Une bonne pendaison, cela distrait, en province, et cela blase un peu les gens sur la mort. Les gens d'ici n'ont rien dit, parce qu'ils s'ennuyaient et qu'ils voulaient voir une mort violente. Ils n'ont rien dit quand ils ont vu leur roi paraître aux portes de la ville. Et quand ils ont vu Clytemnestre lui tendre ses beaux bras parfumés[5], ils n'ont rien dit. À ce moment-là il aurait suffi d'un mot, d'un seul mot, mais ils se sont tus, et chacun d'eux avait, dans sa tête, l'image d'un grand cadavre à la face éclatée.

ORESTE : Et vous, vous n'avez rien dit ?

JUPITER : Cela vous fâche, jeune homme ? J'en suis fort aise ; voilà qui prouve vos bons sentiments. Eh bien non, je n'ai pas parlé : je ne suis pas d'ici, et ce n'étaient pas mes affaires. Quant aux gens d'Argos, le lendemain, quand ils ont entendu leur roi hurler de douleur dans le palais, ils n'ont rien dit encore, ils ont baissé leurs paupières sur leurs yeux retournés de volupté, et la ville tout entière était comme une femme en rut.

ORESTE : Et l'assassin règne. Il a connu quinze ans de bonheur. Je croyais les dieux justes.

JUPITER : Hé là ! N'incriminez pas les dieux si vite. Faut-il donc toujours punir ? Valait-il pas mieux tourner ce tumulte au profit de l'ordre moral ?

ORESTE : C'est ce qu'ils ont fait ?

JUPITER : Ils ont envoyé les mouches.

LE PÉDAGOGUE : Qu'est-ce que les mouches ont à faire là-dedans ?

JUPITER : Oh ! C'est un symbole. Mais ce qu'ils ont fait, jugez-en sur ceci : vous voyez cette vieille cloporte[6], là-bas, qui trottine de ses petites pattes noires, en rasant les murs, c'est un beau spécimen de cette faune noire et plate qui grouille dans les lézardes. Je bondis sur l'insecte, je le saisis et je vous le ramène. *(Il saute sur la Vieille et la ramène sur le devant de la scène.)* Voilà ma pêche. Regardez-moi l'horreur ! Hou ! Tu clignes des yeux, et pourtant vous êtes habitués, vous autres, aux glaives rougis à blanc du soleil. Voyez ces soubresauts de poisson au bout d'une ligne. Dis-moi, la vieille, il faut que tu aies perdu des douzaines de fils : tu es noire de la tête aux pieds. Allons, parle et je te lâcherai peut-être. De qui portes-tu le deuil ?

LA VIEILLE : C'est le costume d'Argos.

JUPITER : Le costume d'Argos ? Ah ! je comprends. C'est le deuil de ton roi que tu portes, de ton roi assassiné.

LA VIEILLE : Tais-toi ! Pour l'amour de Dieu, tais-toi !

JUPITER : Car tu es assez vieille pour les avoir entendus, toi, ces énormes cris qui ont tourné en rond tout un matin dans les rues de la ville. Qu'as-tu fait ?

LA VIEILLE : Mon homme était aux champs, que pouvais-je faire ? J'ai verrouillé ma porte.

JUPITER : Oui, et tu as entrouvert ta fenêtre pour mieux entendre, et tu t'es mise aux aguets derrière tes rideaux, le souffle coupé, avec une drôle de chatouille au creux des reins.

LA VIEILLE : Tais-toi !

JUPITER : Tu as rudement bien dû faire l'amour cette nuit-là. C'était une fête, hein ?

LA VIEILLE : Ah ! Seigneur, c'était… une horrible fête.

JUPITER : Une fête rouge dont vous n'avez pu enterrer le souvenir.

LA VIEILLE : Seigneur ! Êtes-vous un mort ?

JUPITER : Un mort ! Va, va, folle ! Ne te soucie pas de ce que je suis ; tu feras mieux de t'occuper de toi-même et de gagner le pardon du ciel par ton repentir.

LA VIEILLE : Ah ! je me repens, seigneur, si vous saviez comme je me repens, et ma fille aussi se repent, et mon gendre sacrifie une vache tous les ans, et mon petit-fils, qui va sur ses sept ans, nous l'avons élevé dans la repentance : il est sage comme une image, tout blond et déjà pénétré par le sentiment de sa faute originelle.

JUPITER : C'est bon, va-t'en, vieille ordure, et tâche de crever dans le repentir. C'est ta seule chance de salut. *(La Vieille s'enfuit.)* Ou je me trompe fort, mes maîtres, ou voilà de la bonne piété, à l'ancienne, solidement assise sur la terreur.

ORESTE : Quel homme êtes-vous ?

JUPITER : Qui se soucie de moi ? Nous parlions des dieux. Eh bien fallait-il foudroyer Égisthe ?

ORESTE : Il fallait… Ah ! je ne sais pas ce qu'il fallait, et je m'en moque ; je ne suis pas d'ici. Est-ce qu'Égisthe se repent ?

JUPITER : Égisthe ? J'en serais bien étonné. Mais qu'importe. Toute une ville se repent pour lui. Ça se compte au poids, le repentir. *(Cris horribles dans le palais.)* Écoutez ! Afin qu'ils n'oublient jamais les cris d'agonie de leur roi, un bouvier choisi pour sa voix forte hurle ainsi, à chaque anniversaire, dans la grande salle du palais. *(Oreste fait un geste de dégoût.)* Bah ! Ce n'est rien ; que direz-vous tout à l'heure, quand on lâchera les morts. Il y a quinze ans, jour pour jour, qu'Agamemnon fut assassiné. Ah ! qu'il a changé depuis, le peuple léger d'Argos, et qu'il est proche à présent de mon cœur !

ORESTE : De *votre* cœur ?

JUPITER : Laissez, laissez, jeune homme. Je parlais pour moi-même. J'aurais dû dire : proche du cœur des dieux.

ORESTE : Vraiment ? Des murs barbouillés de sang, des millions de mouches, une odeur de boucherie, une chaleur de cloporte, des rues désertes, un dieu à face d'assassiné, des larves terrorisées qui se frappent la poitrine au fond de leurs maisons — et ces cris, ces cris insupportables : est-ce là ce qui plaît à Jupiter ?

JUPITER : Ah ! Ne jugez pas les dieux, jeune homme, ils ont des secrets douloureux.

Un silence.

ORESTE : Agamemnon avait une fille, je crois ? Une fille du nom d'Électre ?

JUPITER : Oui. Elle vit ici. Dans le palais d'Égisthe — que voilà.

ORESTE : Ah ! C'est le palais d'Égisthe ? — Et que pense Électre de tout ceci ?

JUPITER : Bah ! C'est une enfant. Il y avait un fils aussi, un certain Oreste. On le dit mort.

ORESTE : Mort ! Parbleu…

LE PÉDAGOGUE : Mais oui, mon maître, vous savez bien qu'il est mort. Les gens de Nauplie nous ont conté qu'Égisthe avait donné l'ordre de l'assassiner, peu après la mort d'Agamemnon.

JUPITER : Certains ont prétendu qu'il était vivant. Ses meurtriers, pris de pitié, l'auraient abandonné dans la forêt. Il aurait été recueilli et élevé par de riches bourgeois d'Athènes. Pour moi, je souhaite qu'il soit mort.

ORESTE : Pourquoi, s'il vous plaît ?

JUPITER : Imaginez qu'il se présente un jour aux portes de cette ville…

ORESTE : Eh bien ?

JUPITER : Bah ! Tenez, si je le rencontrais alors, je lui dirais… je lui dirais ceci : « Jeune homme… » Je l'appellerais : jeune homme, car il a votre âge, à peu près, s'il vit. À propos, seigneur, me direz-vous votre nom ?

ORESTE : Je me nomme Philèbe[7] et je suis de Corinthe. Je voyage pour m'instruire, avec un esclave qui fut mon précepteur.

JUPITER : Parfait. Je dirais donc : « Jeune homme, allez-vous-en ! Que cherchez-vous ici ? Vous voulez faire valoir vos droits ? Eh ! vous êtes ardent et fort, vous feriez un brave capitaine dans une armée bien batailleuse, vous avez mieux à faire qu'à régner sur une ville à demi morte, une charogne de ville tourmentée par les mouches. Les gens d'ici sont de grands pécheurs, mais voici qu'ils se sont engagés dans la voie du rachat. Laissez-les, jeune homme, laissez-les, respectez leur douloureuse entreprise, éloignez-vous sur la pointe des pieds. Vous ne sauriez partager leur repentir, car vous n'avez pas eu de part à leur crime, et votre impertinente innocence vous sépare d'eux comme un fossé profond. Allez-vous-en, si vous les aimez un peu. Allez-vous-en, car vous allez les perdre : pour peu que vous les arrêtiez en chemin, que vous les détourniez, fût-ce un instant, de leurs remords, toutes leurs fautes vont se figer sur eux comme de la graisse refroidie. Ils ont mauvaise conscience, ils ont peur — et la peur, la mauvaise conscience ont un fumet délectable pour les narines des dieux. Oui, elles plaisent aux dieux, ces âmes pitoyables. Voudriez-vous leur ôter la faveur divine ? Et que leur donnerez-vous en échange ? Des digestions tranquilles, la paix morose des provinces et l'ennui, ah ! l'ennui si quotidien du bonheur[8]. Bon voyage, jeune homme, bon voyage ; l'ordre d'une cité et l'ordre des âmes sont instables : si vous y touchez, vous provoquerez une catastrophe. *(Le regardant dans les yeux.)* Une terrible catastrophe qui retombera sur vous. »

ORESTE : Vraiment ? C'est là ce que vous diriez ? Eh bien, si j'étais, moi, ce jeune homme, je vous répondrais… *(Ils se mesurent du regard ; le Pédagogue tousse.)* Bah ! Je ne sais pas ce que je vous répondrais. Peut-être avez-vous raison, et puis cela ne me regarde pas.

JUPITER : À la bonne heure. Je souhaiterais qu'Oreste fût aussi raisonnable. Allons, la paix soit sur vous ; il faut que j'aille à mes affaires.

ORESTE : La paix soit sur vous.

JUPITER : À propos, si ces mouches vous ennuient, voici le moyen de vous en débarrasser ; regardez cet essaim qui vrombit autour de vous : je fais un mouvement du poignet, un geste du bras, et je dis : « Abraxas, galla, galla, tsé, tsé[9]. » Et voyez : les voilà qui dégringolent et qui se mettent à ramper par terre comme des chenilles.

ORESTE : Par Jupiter !

JUPITER : Ce n'est rien. Un petit talent de société. Je suis charmeur de mouches, à mes heures. Bonjour. Je vous reverrai.

Il sort.

SCÈNE II

ORESTE, LE PÉDAGOGUE

LE PÉDAGOGUE : Méfiez-vous. Cet homme-là sait qui vous êtes.

ORESTE : Est-ce un homme ?

LE PÉDAGOGUE : Ah ! mon maître, que vous me peinez ! Que faites-vous donc de mes leçons et de ce scepticisme souriant[10] que je vous enseignai ? « Est-ce un homme ? » Parbleu, il n'y a que des hommes, et c'est déjà bien assez. Ce barbu est un homme, quelque espion d'Égisthe.

ORESTE : Laisse ta philosophie. Elle m'a fait trop de mal[11].

LE PÉDAGOGUE : Du mal ! Est-ce donc nuire aux gens que de leur donner la liberté d'esprit. Ah ! comme vous avez changé ! Je lisais en vous autrefois… Me direz-vous enfin ce que vous méditez ? Pourquoi m'avoir entraîné ici ? Et qu'y voulez-vous faire ?

ORESTE : T'ai-je dit que j'avais quelque chose à y faire ? Allons ! Tais-toi. *(Il s'approche du palais.)* Voilà *mon* palais. C'est là que mon père est né. C'est là qu'une putain et son maquereau l'ont assassiné. J'y suis né aussi, moi. J'avais près de trois ans quand les soudards d'Égisthe m'emportèrent. Nous sommes sûrement passés par cette porte ; l'un d'eux me tenait dans ses bras, j'avais les yeux grands ouverts et je pleurais sans doute… Ah ! pas le moindre souvenir. Je vois une grande bâtisse muette, guindée dans sa solennité provinciale. Je la *vois* pour la première fois.

LE PÉDAGOGUE : Pas de souvenirs, maître ingrat, quand j'ai consacré dix ans de ma vie à vous en donner ? Et tous ces voyages que nous fîmes ? Et ces villes que nous visitâmes ? Et ce cours d'archéologie que je professai pour vous seul ? Pas de souvenirs ? Il y avait naguère tant de palais, de sanctuaires et de temples pour peupler votre mémoire, que vous eussiez pu, comme le géographe Pausanias[12], écrire un guide de Grèce.

ORESTE : Des palais ! C'est vrai. Des palais, des colonnes, des statues ! Pourquoi ne suis-je pas plus lourd, moi qui ai tant de pierres dans la tête ? Et les trois cent quatre-vingt-sept marches du temple d'Éphèse[13], tu ne m'en parles pas ? Je les ai gravies une à une, et je me les rappelle toutes. La dix-septième je crois, était brisée. Ah ! un chien, un vieux chien qui se chauffe, couché près du foyer et qui se soulève un peu, à l'entrée de son maître, en gémissant doucement pour le saluer, un chien a plus de mémoire que moi : c'est *son* maître qu'il reconnaît. *Son* maître. Et qu'est-ce qui est à moi ?

LE PÉDAGOGUE : Que faites-vous de la culture, monsieur ? Elle est à vous, votre culture, et je vous l'ai composée avec amour, comme un bouquet, en assortissant les fruits de ma sagesse et les trésors de mon expérience. Ne vous ai-je pas fait, de bonne heure, lire tous les livres pour vous familiariser avec la diversité des opinions humaines et parcourir cent États, en vous remontrant en chaque circonstance comme c'est chose variable que les mœurs des hommes. À présent vous voilà jeune, riche et beau, avisé comme un vieillard, affranchi de toutes les servitudes et de toutes les croyances, sans famille, sans patrie, sans religion, sans métier, libre pour tous les engagements et sachant qu'il ne faut jamais s'engager, un homme supérieur enfin, capable par surcroît d'enseigner la philosophie ou l'architecture dans une grande ville universitaire, et vous vous plaignez[14] !

ORESTE : Mais non : je ne me plains pas. Je ne peux pas me plaindre : tu m'as laissé la liberté de ces fils que le vent arrache aux toiles d'araignée et qui flottent à dix pieds du sol ; je ne pèse pas plus qu'un fil et je vis en l'air. Je sais que c'est une chance et je l'apprécie comme il convient. *(Un temps.)* Il y a des hommes qui naissent engagés[15] : ils n'ont pas le choix, on les a jetés sur un chemin, au bout du chemin il y a un acte qui les attend, *leur* acte ; ils vont, et leurs pieds nus pressent fortement la terre et s'écorchent aux cailloux. Ça te paraît vulgaire, à toi, la joie d'aller *quelque part* ? Et il y en a d'autres, des silencieux, qui sentent au fond de leur cœur le poids d'images troubles et terrestres ; leur vie a été changée parce que, un jour de leur enfance, à cinq ans, à sept ans… C'est bon : ce ne sont pas des hommes supérieurs. Je savais déjà, moi, à sept ans, que j'étais exilé ; les odeurs et les sons, le bruit de la pluie sur les toits, les tremblements de la lumière, je les laissais glisser le long de mon corps et tomber autour de moi ; je savais qu'ils appartenaient aux autres, et que je ne pourrais jamais en faire *mes* souvenirs. Car les souvenirs sont de grasses nourritures pour ceux qui possèdent les maisons, les bêtes, les domestiques et les champs. Mais moi… Moi, je suis libre, Dieu merci. Ah ! comme je suis libre[16]. Et quelle superbe absence que mon âme. *(Il s'approche du palais.)* J'aurais vécu là. Je n'aurais lu aucun de tes livres, et peut-être je n'aurais pas su lire : il est rare qu'un prince sache lire. Mais, par cette porte, je serais entré et sorti dix mille fois. Enfant, j'aurais joué avec ses battants, je me serais arc-bouté contre eux, ils auraient grincé sans céder, et mes bras auraient appris leur résistance. Plus tard, je les aurais poussés, la nuit, en cachette, pour aller retrouver des filles. Et, plus tard encore, au jour de ma majorité, les esclaves auraient ouvert la porte toute grande et j'en aurais franchi le seuil à cheval. Ma vieille porte de bois. Je saurais trouver, les yeux fermés, ta serrure. Et cette éraflure, là, en bas, c'est moi peut-être qui te l'aurais faite, par maladresse, le premier jour qu'on m'aurait confié une lance. *(Il s'écarte.)* Style petit-dorien[17], pas vrai ? Et que dis-tu des incrustations d'or ? J'ai vu les pareilles à Dodone[18] : c'est du beau travail. Allons, je vais te faire plaisir : ce n'est pas *mon* palais, ni *ma* porte. Et nous n'avons rien à faire ici.

LE PÉDAGOGUE : Vous voilà raisonnable. Qu'auriez-vous gagné à y vivre ? Votre âme, à l'heure qu'il est, serait terrorisée par un abject repentir.

ORESTE, *avec éclat* : Au moins serait-il à moi. Et cette chaleur qui roussit mes cheveux, elle serait à moi. À moi le bourdonnement de ces mouches. À cette heure-ci, nu dans une chambre sombre du palais, j'observerais par la fente d'un volet la couleur rouge de la lumière, j'attendrais que le soleil décline et que monte du sol, comme une odeur, l'ombre fraîche d'un soir d'Argos, pareil à cent mille autres et toujours neuf, l'ombre d'un soir à moi. Allons-nous-en, pédagogue ; est-ce que tu ne comprends pas que nous sommes en train de croupir dans la chaleur des autres[19] ?

LE PÉDAGOGUE : Ah ! Seigneur, que vous me rassurez. Ces derniers mois — pour être exact, depuis que je vous ai révélé votre naissance — je vous voyais changer de jour en jour, et je ne dormais plus. Je craignais…

ORESTE : Quoi ?

LE PÉDAGOGUE : Mais vous allez vous fâcher.

ORESTE : Non. Parle.

LE PÉDAGOGUE : Je craignais — on a beau s'être entraîné de bonne heure à l'ironie sceptique, il vous vient parfois de sottes idées — bref, je me demandais si vous ne méditiez pas de chasser Égisthe et de prendre sa place.

ORESTE, *lentement* : Chasser Égisthe ? *(Un temps.)* Tu peux te rassurer, bonhomme, il est trop tard. Ce n'est pas l'envie qui me manque, de saisir par la barbe ce ruffian de sacristie et de l'arracher du trône de mon père. Mais quoi ? qu'ai-je à faire avec ces gens ? Je n'ai pas vu naître un seul de leurs enfants, ni assisté aux noces de leurs filles, je ne partage pas leurs remords et je ne connais pas un seul de leurs noms. C'est le barbu qui a raison : un roi doit avoir les mêmes souvenirs que ses sujets. Laissons-les, bonhomme. Allons-nous-en. Sur la pointe des pieds. Ah ! s'il était un acte, vois-tu, un acte qui me donnât droit de cité parmi eux ; si je pouvais m'emparer, fût-ce par un crime, de leurs mémoires, de leur terreur et de leurs espérances pour combler le vide de mon cœur, dussé-je tuer ma propre mère...

LE PÉDAGOGUE : Seigneur !

ORESTE : Oui. Ce sont des songes. Partons. Vois si l'on pourra nous procurer des chevaux, et nous pousserons jusqu'à Sparte, où j'ai des amis.

Entre Électre.

SCÈNE III

LES MÊMES, ÉLECTRE

ÉLECTRE, *portant une caisse, s'approche sans les voir de la statue de Jupiter* : Ordure ! Tu peux me regarder, va ! avec tes yeux ronds dans ta face barbouillée de jus de framboise, tu ne me fais pas peur. Dis, elles sont venues, ce matin, les saintes femmes, les vieilles toupies en robe noire. Elles ont fait craquer leurs gros souliers autour de toi. Tu étais content, hein, croque-mitaine, tu les aimes, les vieilles ; plus elles ressemblent à des mortes et plus tu les aimes. Elles ont répandu à tes pieds leurs vins les plus précieux parce que c'est ta fête, et des relents moisis montaient de leurs jupes à ton nez ; tes narines sont encore chatouillées de ce parfum délectable. *(Se frottant à lui.)* Eh bien, sens-moi, à présent, sens mon odeur de chair fraîche. Je suis jeune, moi, je suis vivante, ça doit te faire horreur. Moi aussi, je viens te faire mes offrandes pendant que toute la ville est en prières. Tiens : voilà des épluchures et toute la cendre du foyer, et de vieux bouts de viande grouillants de vers, et un morceau de pain souillé, dont nos porcs n'ont pas voulu, elles aimeront ça, tes mouches. Bonne fête, va, bonne fête, et souhaitons que ce soit la dernière. Je ne suis pas bien forte et je ne peux pas te flanquer par terre. Je peux te cracher dessus, c'est tout ce que je peux faire. Mais il viendra, celui que j'attends, avec sa grande épée. Il te regardera en rigolant, comme ça, les mains sur les hanches et renversé en arrière. Et puis il tirera son sabre et il te fendra de haut en bas, comme ça[20] ! Alors les deux moitiés de Jupiter dégringoleront, l'une à gauche, l'autre à droite, et tout le monde verra qu'il est en bois blanc. Il est en bois tout blanc, le dieu des morts. L'horreur et le sang sur le visage et le vert sombre des yeux, ça n'est qu'un vernis, pas vrai ? Toi, tu sais que tu es tout blanc à l'intérieur, blanc comme un corps de nourrisson ; tu sais qu'un coup de sabre te fendra net et que tu ne pourras même pas saigner. Du bois blanc ! Du bon bois blanc : ça brûle bien. *(Elle aperçoit Oreste.)* Ah !

ORESTE : N'aie pas peur.

ÉLECTRE : Je n'ai pas peur. Pas peur du tout. Qui es-tu ?

ORESTE : Un étranger.

ÉLECTRE : Sois le bienvenu. Tout ce qui est étranger à cette ville m'est cher. Quel est ton nom ?

ORESTE : Je m'appelle Philèbe et je suis de Corinthe.

ÉLECTRE : Ah ? De Corinthe ? Moi, on m'appelle Électre.

ORESTE : Électre. *(Au Pédagogue :)* Laisse-nous.

Le Pédagogue sort.

SCÈNE IV

ORESTE, ÉLECTRE

ÉLECTRE : Pourquoi me regardes-tu ainsi ?

ORESTE : Tu es belle. Tu ne ressembles pas aux gens d'ici.

ÉLECTRE : Belle ? Tu es sûr que je suis belle ? Aussi belle que les filles de Corinthe ?

ORESTE : Oui.

ÉLECTRE : Ils ne me le disent pas, ici. Ils ne veulent pas que je le sache. D'ailleurs à quoi ça me sert-il, je ne suis qu'une servante.

ORESTE : Servante ? Toi ?

ÉLECTRE : La dernière des servantes. Je lave le linge du roi et de la reine. C'est un linge fort sale et plein d'ordures. Tous leurs dessous, les chemises qui ont enveloppé leurs corps pourris, celles que revêt Clytemnestre quand le roi partage sa couche : il faut que je lave tout ça. Je ferme les yeux et je frotte de toutes mes forces. Je fais la vaisselle aussi. Tu ne me crois pas ? Regarde mes mains. Il y en a, hein, des gerçures et des crevasses ? Quels drôles d'yeux tu fais. Est-ce qu'elles auraient l'air, par hasard, de mains de princesse ?

ORESTE : Pauvres mains. Non. Elles n'ont pas l'air de mains de princesse. Mais poursuis. Qu'est-ce qu'ils te font faire encore ?

ÉLECTRE : Eh bien, tous les matins, je dois vider la caisse d'ordures. Je la traîne hors du palais et puis... tu as vu ce que j'en fais, des ordures. Ce bonhomme de bois, c'est Jupiter, dieu de la mort et des mouches. L'autre jour, le Grand Prêtre, qui venait lui faire ses courbettes, a marché sur des trognons de choux et de navets, sur des coques de moules. Il a pensé perdre l'esprit. Dis, vas-tu me dénoncer ?

ORESTE : Non.

ÉLECTRE : Dénonce-moi si tu veux, je m'en moque. Qu'est-ce qu'ils peuvent me faire de plus ? Me battre ? Ils m'ont déjà battue. M'enfermer dans une grande tour, tout en haut ? Ça ne serait pas une mauvaise idée, je ne verrais plus leurs visages. Le soir, imagine, quand j'ai fini mon travail, ils me récompensent : il faut que je m'approche d'une grosse et grande femme aux cheveux teints. Elle a des lèvres grasses et des mains très blanches, des mains de reine qui sentent le miel. Elle pose ses mains sur mes épaules, elle colle ses lèvres sur mon front, elle dit : « Bonsoir, Électre. » Tous les soirs. Tous les soirs je sens vivre contre ma peau cette viande chaude et goulue. Mais je me tiens, je ne suis jamais tombée. C'est ma mère, tu comprends. Si j'étais dans la tour, elle ne m'embrasserait plus.

ORESTE : Tu n'as jamais songé à t'enfuir ?

ÉLECTRE : Je n'ai pas ce courage-là : j'aurais peur, seule sur les routes.

ORESTE : N'as-tu pas une amie qui puisse t'accompagner ?

ÉLECTRE : Non, je n'ai que moi. Je suis une gale, une peste : les gens d'ici te le diront. Je n'ai pas d'amies.

ORESTE : Quoi, pas même une nourrice, une vieille femme qui t'ait vue naître et qui t'aime un peu ?

ÉLECTRE : Pas même. Demande à ma mère : je découragerais les cœurs les plus tendres.

ORESTE : Et tu demeureras ici toute ta vie ?

ÉLECTRE, *dans un cri* : Ah ! pas toute ma vie ! Non ; écoute ; j'attends quelque chose.

ORESTE : Quelque chose ou quelqu'un ?

ÉLECTRE : Je ne te le dirai pas. Parle plutôt. Tu es beau, toi aussi. Vas-tu rester longtemps ?

ORESTE : Je devais partir aujourd'hui même. Et puis à présent…

ÉLECTRE : À présent ?

ORESTE : Je ne sais plus.

ÉLECTRE : C'est une belle ville, Corinthe ?

ORESTE : Très belle.

ÉLECTRE : Tu l'aimes bien ? Tu en es fier ?

ORESTE : Oui.

ÉLECTRE : Ça me semblerait drôle, à moi, d'être fière de ma ville natale. Explique-moi.

ORESTE : Eh bien… Je ne sais pas. Je ne peux pas t'expliquer.

ÉLECTRE : Tu ne *peux* pas ? *(Un temps.)* C'est vrai qu'il y a des places ombragées à Corinthe ? Des places où l'on se promène le soir ?

ORESTE : C'est vrai.

ÉLECTRE : Et tout le monde est dehors ? Tout le monde se promène ?

ORESTE : Tout le monde.

ÉLECTRE : Les garçons avec les filles ?

ORESTE : Les garçons avec les filles.

ÉLECTRE : Et ils ont toujours quelque chose à se dire ? Et ils se plaisent bien les uns avec les autres ? Et on les entend, tard dans la nuit, rire ensemble ?

ORESTE : Oui.

ÉLECTRE : Je te parais niaise ? C'est que j'ai tant de peine à imaginer des promenades, des chants, des sourires. Les gens d'ici sont rongés par la peur. Et moi…

ORESTE : Toi ?

ÉLECTRE : Par la haine. Et qu'est-ce qu'elles font toute la journée, les jeunes filles de Corinthe ?

ORESTE : Elles se parent, et puis elles chantent ou elles touchent du luth, et puis elles rendent visite à leurs amies et, le soir, elles vont au bal.

ÉLECTRE : Et elles n'ont aucun souci ?

ORESTE : Elles en ont de tout petits.

ÉLECTRE : Ah ? Écoute-moi : les gens de Corinthe, est-ce qu'ils ont des remords ?

ORESTE : Quelquefois. Pas souvent.

ÉLECTRE : Alors ils font ce qu'ils veulent et puis après ils n'y pensent plus ?

ORESTE : C'est cela.

ÉLECTRE : C'est drôle. *(Un temps.)* Et dis-moi encore ceci, car j'ai besoin de le savoir à cause de quelqu'un… de quelqu'un que j'attends : suppose qu'un gars de Corinthe, un de ces gars qui rient le soir avec les filles, trouve au retour d'un voyage son père assassiné, sa mère dans le lit du meurtrier et sa sœur en esclavage, est-ce qu'il filerait doux[21], le gars de Corinthe, est-ce qu'il s'en irait à reculons, en faisant des révérences, chercher des consolations auprès de ses amies ? ou bien est-ce qu'il sortirait son épée et est-ce qu'il cognerait sur l'assassin jusqu'à lui faire éclater la tête ? — Tu ne réponds pas ?

ORESTE : Je ne sais pas.

ÉLECTRE : Comment ? Tu ne sais pas ?

VOIX DE CLYTEMNESTRE : Électre.

ÉLECTRE : Chut.

ORESTE : Qu'y a-t-il ?

ÉLECTRE : C'est ma mère, la reine Clytemnestre.

SCÈNE V

ORESTE, ÉLECTRE, CLYTEMNESTRE

ÉLECTRE : Eh bien, Philèbe ? Elle te fait donc peur ?

ORESTE : Cette tête, j'ai tenté cent fois de l'imaginer et j'avais fini par la *voir*, lasse et molle sous l'éclat des fards. Mais je ne m'attendais pas à ces yeux morts.

CLYTEMNESTRE : Électre, le roi t'ordonne de t'apprêter pour la cérémonie. Tu mettras ta robe noire et tes bijoux. Eh bien ? Que signifient ces yeux baissés ? Tu serres les coudes contre tes hanches maigres, ton corps t'embarrasse… Tu es souvent ainsi en ma présence ; mais je ne me laisserai plus prendre à ces singeries : tout à l'heure, par la fenêtre, j'ai vu une autre Électre, aux gestes larges, aux yeux pleins de feu… Me regarderas-tu en face ? Me répondras-tu, à la fin ?

ÉLECTRE : Avez-vous besoin d'une souillon pour rehausser l'éclat de votre fête ?

CLYTEMNESTRE : Pas de comédie. Tu es princesse, Électre, et le peuple t'attend, comme chaque année.

ÉLECTRE : Je suis princesse, en vérité ? Et vous vous en souvenez une fois l'an, quand le peuple réclame un tableau de notre vie de famille pour son édification ? Belle princesse, qui lave la vaisselle et garde les cochons ! Égisthe m'entourera-t-il les épaules de son bras, comme l'an dernier, et sourira-t-il contre ma joue en murmurant à mon oreille des paroles de menace ?

CLYTEMNESTRE : Il dépend de toi qu'il en soit autrement.

ÉLECTRE : Oui, si je me laisse infecter par vos remords et si j'implore le pardon des dieux pour un crime que je n'ai pas commis. Oui, si je baise les mains d'Égisthe en l'appelant mon père. Pouah ! Il a du sang séché sous les ongles.

CLYTEMNESTRE : Fais ce que tu veux. Il y a longtemps que j'ai renoncé à te donner des ordres en mon nom. Je t'ai transmis ceux du roi.

ÉLECTRE : Qu'ai-je à faire des ordres d'Égisthe ? C'est votre mari, ma mère, votre très cher mari, non le mien.

CLYTEMNESTRE : Je n'ai rien à te dire, Électre. Je vois que tu travailles à ta perte et à la nôtre. Mais comment te conseillerai-je, moi qui ai ruiné ma vie en un seul matin ? Tu me hais, mon enfant, mais ce qui m'inquiète davantage, c'est que tu me ressembles : j'ai eu ce visage pointu, ce sang inquiet, ces yeux sournois[22] — et il n'en est rien sorti de bon.

ÉLECTRE : Je ne veux pas vous ressembler ! Dis, Philèbe, toi qui nous vois toutes deux, l'une près de l'autre, ça n'est pas vrai, je ne lui ressemble pas ?

ORESTE : Que dire ? Son visage semble un champ ravagé par la foudre et la grêle. Mais il y a sur le tien comme une promesse d'orage : un jour la passion va le brûler jusqu'à l'os.

ÉLECTRE : Une promesse d'orage ? Soit. Cette ressemblance-là, je l'accepte. Puisses-tu dire vrai.

CLYTEMNESTRE : Et toi ? Toi qui dévisages ainsi les gens, qui donc es-tu ? Laisse-moi te regarder à mon tour. Et que fais-tu ici ?

ÉLECTRE, *vivement* : C'est un Corinthien du nom de Philèbe. Il voyage.

CLYTEMNESTRE : Philèbe ? Ah !

ÉLECTRE : Vous sembliez craindre un autre nom ?

CLYTEMNESTRE : Craindre ? Si j'ai gagné quelque chose à me perdre, c'est que je ne peux plus rien craindre, à présent. Approche, étranger, et sois le bienvenu. Comme tu es jeune. Quel âge as-tu donc ?

ORESTE : Dix-huit ans.

CLYTEMNESTRE : Tes parents vivent encore ?

ORESTE : Mon père est mort.

CLYTEMNESTRE : Et ta mère ? Elle doit avoir mon âge à peu près ? Tu ne dis rien ? C'est qu'elle te paraît plus jeune que moi sans doute, elle peut encore rire et chanter en ta compagnie. L'aimes-tu ? Mais réponds ! Pourquoi l'as-tu quittée ?

ORESTE : Je vais m'engager à Sparte, dans les troupes mercenaires.

CLYTEMNESTRE : Les voyageurs font à l'ordinaire un détour de vingt lieues pour éviter notre ville. On ne t'a donc pas prévenu ? Les gens de la plaine nous ont mis en quarantaine : ils regardent notre repentir comme une peste, et ils ont peur d'être contaminés.

ORESTE : Je le sais.

CLYTEMNESTRE : Ils t'ont dit qu'un crime inexpiable, commis voici quinze ans, nous écrasait ?

ORESTE : Ils me l'ont dit.

CLYTEMNESTRE : Que la reine Clytemnestre était la plus coupable ? Que son nom était maudit entre tous ?

ORESTE : Ils me l'ont dit.

CLYTEMNESTRE : Et tu es venu pourtant ? Étranger, je suis la reine Clytemnestre.

ÉLECTRE : Ne t'attendris pas, Philèbe, la reine se divertit à notre jeu national : le jeu des confessions publiques. Ici, chacun crie ses péchés à la face de tous ; et il n'est pas rare, aux jours fériés, de voir quelque commerçant, après avoir baissé le rideau de fer de sa boutique, se traîner sur les genoux dans les rues, frottant ses cheveux de poussière et hurlant qu'il est un assassin, un adultère ou un prévaricateur. Mais les gens d'Argos commencent à se blaser : chacun connaît par cœur les crimes des autres ; ceux de la reine en particulier n'amusent plus personne, ce sont des crimes officiels, des crimes de fondation, pour ainsi dire. Je te laisse à penser sa joie lorsqu'elle t'a vu, tout jeune, tout neuf, ignorant jusqu'à son nom : quelle occasion exceptionnelle ! Il lui semble qu'elle se confesse pour la première fois.

CLYTEMNESTRE : Tais-toi. N'importe qui peut me cracher au visage, en m'appelant criminelle et prostituée. Mais personne n'a le droit de juger mes remords.

ÉLECTRE : Tu vois, Philèbe : c'est la règle du jeu. Les gens vont t'implorer pour que tu les condamnes. Mais prends bien garde de ne les juger que sur les fautes qu'ils t'avouent : les autres ne regardent personne, et ils te sauraient mauvais gré de les découvrir.

CLYTEMNESTRE : Il y a quinze ans, j'étais la plus belle

femme de Grèce. Vois mon visage et juge de ce que j'ai souffert. Je te le dis sans fard : ce n'est pas la mort du vieux bouc[23] que je regrette ; quand je l'ai vu saigner dans sa baignoire[24], j'ai chanté de joie, j'ai dansé. Et aujourd'hui encore, après quinze ans passés, je n'y songe pas sans un tressaillement de plaisir. Mais j'avais un fils — il aurait ton âge. Quand Égisthe l'a livré aux mercenaires, je…

ÉLECTRE : Vous aviez une fille aussi, ma mère, il me semble. Vous en avez fait une laveuse de vaisselle. Mais cette faute-là ne vous tourmente pas beaucoup.

CLYTEMNESTRE : Tu es jeune, Électre. Il a beau jeu de condamner celui qui est jeune et qui n'a pas eu le temps de faire le mal. Mais patience : un jour, tu traîneras après toi un crime irréparable. À chaque pas tu croiras t'en éloigner, et pourtant il sera toujours aussi lourd à traîner. Tu te retourneras et tu le verras derrière toi, hors d'atteinte, sombre et pur comme un cristal noir. Et tu ne le comprendras même plus, tu diras : « Ce n'est pas moi, ce n'est pas *moi* qui l'ai fait. » Pourtant, il sera là, cent fois renié, toujours là, à te tirer en arrière. Et tu sauras enfin que tu as engagé ta vie sur un seul coup de dés, une fois pour toutes, et que tu n'as plus rien à faire qu'à haler ton crime jusqu'à ta mort. Telle est la loi, juste et injuste, du repentir. Nous verrons alors ce que deviendra ton jeune orgueil.

ÉLECTRE : Mon *jeune* orgueil ? Allez, c'est votre jeunesse que vous regrettez, plus encore que votre crime ; c'est ma jeunesse que vous haïssez, plus encore que mon innocence.

CLYTEMNESTRE : Ce que je hais en toi, Électre, c'est moi-même. Ce n'est pas ta jeunesse — oh non ! — c'est la mienne.

ÉLECTRE : Et moi, c'est *vous*, c'est bien *vous* que je hais.

CLYTEMNESTRE : Honte ! Nous nous injurions comme deux femmes de même âge qu'une rivalité amoureuse a dressées l'une contre l'autre. Et pourtant je suis ta mère. Je ne sais qui tu es, jeune homme, ni ce que tu viens faire parmi nous, mais ta présence est néfaste. Électre me déteste, et je ne l'ignore pas. Mais nous avons durant quinze années gardé le silence, et seuls nos regards nous trahissaient. Tu es venu, tu nous as parlé, et nous voilà, montrant les dents et grondant comme des chiennes. Les lois de la cité nous font un devoir de t'offrir l'hospitalité, mais, je ne te le cache pas, je souhaite que tu t'en ailles. Quant à toi, mon enfant, ma trop fidèle image, je ne t'aime pas, c'est vrai. Mais je me couperais plutôt la main droite que de te nuire. Tu ne le sais que trop, tu abuses de ma faiblesse. Mais je ne te conseille pas de dresser contre Égisthe ta petite tête venimeuse : il sait, d'un coup de bâton, briser les reins des vipères. Crois-moi, fais ce qu'il t'ordonne, sinon il t'en cuira.

ÉLECTRE : Vous pouvez répondre au roi que je ne paraîtrai pas à la fête. Sais-tu ce qu'ils font, Philèbe ? Il y a, au-dessus de la ville, une caverne dont nos jeunes gens n'ont jamais trouvé le fond ; on dit qu'elle communique avec les Enfers, le Grand Prêtre l'a fait boucher par une grosse pierre. Eh bien, le croiras-tu ? à chaque anniversaire, le peuple se réunit devant cette caverne, des soldats repoussent de côté la pierre qui en bouche l'entrée, et nos morts, à ce qu'on dit, remontant des Enfers, se répandent dans la ville. On met leurs couverts sur les tables, on leur offre des chaises et des lits, on se pousse un peu pour leur faire place à la veillée, ils courent partout, il n'y en a plus que pour eux. Tu devines les lamentations des vivants : « Mon petit mort, mon petit mort, je n'ai pas voulu t'offenser, pardonne-moi. » Demain matin, au chant du coq, ils rentreront sous terre, on roulera la pierre contre l'entrée de la grotte, et ce sera fini jusqu'à l'année prochaine. Je ne veux pas prendre part à ces mômeries. Ce sont leurs morts, non les miens.

CLYTEMNESTRE : Si tu n'obéis pas de ton plein gré, le roi a donné l'ordre qu'on t'amène de force.

ÉLECTRE : De force ?… Ha ! Ha ! De force ? C'est bon. Ma bonne mère, s'il vous plaît, assurez le roi de mon obéissance. Je paraîtrai à la fête, et, puisque le peuple veut m'y voir, il ne sera pas déçu. Pour toi, Philèbe, je t'en prie, diffère ton départ, assiste à notre fête. Peut-être y trouveras-tu l'occasion de rire. À bientôt, je vais m'apprêter.

Elle sort.

CLYTEMNESTRE, *à Oreste* : Va-t'en. Je suis sûre que tu vas nous porter malheur. Tu ne peux pas nous en vouloir, nous ne t'avons rien fait. Va-t'en. Je t'en supplie par ta mère, va-t'en.

Elle sort.

ORESTE : Par ma mère…

Entre Jupiter.

SCÈNE VI

ORESTE, JUPITER

JUPITER : Votre valet m'apprend que vous allez partir. Il cherche en vain des chevaux par toute la ville. Mais je pourrai vous procurer deux juments harnachées dans les prix doux.

ORESTE : Je ne pars plus.

JUPITER, *lentement* : Vous ne partez plus ? *(Un temps. Vivement.)* Alors je ne vous quitte pas, vous êtes mon hôte. Il y a, au bas de la ville, une assez bonne auberge où nous logerons ensemble. Vous ne regretterez pas de m'avoir choisi pour compagnon. D'abord — abraxas, galla, galla, tsé, tsé — je vous débarrasse de vos mouches. Et puis, un homme de mon âge est quelquefois de bon conseil : je pourrais être votre père, vous me raconterez votre histoire. Venez, jeune homme, laissez-vous faire : des rencontres comme celles-ci sont quelquefois plus profitables qu'on ne le croit d'abord. Voyez l'exemple de Télémaque, vous savez, le fils du roi Ulysse. Un beau jour il a rencontré un vieux monsieur du nom de Mentor, qui s'est attaché à ses destinées et qui l'a suivi partout. Eh bien, savez-vous qui était ce Mentor[25] ?

Il l'entraîne en parlant et le rideau tombe.

ACTE II

PREMIER TABLEAU

Une plate-forme dans la montagne. À droite, la caverne. L'entrée est fermée par une grande pierre noire. À gauche, des marches conduisent à un temple.

SCÈNE I

LA FOULE, *puis* JUPITER, ORESTE *et* LE PÉDAGOGUE

UNE FEMME, *s'agenouille devant son petit garçon* : Ta cravate. Voilà trois fois que je te fais le nœud. *(Elle brosse avec la main.)* Là. Tu es propre. Sois bien sage et pleure avec les autres quand on te le dira.

L'ENFANT : C'est par là qu'ils doivent venir ?

LA FEMME : Oui.

L'ENFANT : J'ai peur.

LA FEMME : Il faut avoir peur, mon chéri. Grand-peur. C'est comme cela qu'on devient un honnête homme.

UN HOMME : Ils auront beau temps aujourd'hui.

UN AUTRE : Heureusement ! Il faut croire qu'ils sont encore sensibles à la chaleur du soleil. Il pleuvait l'an dernier, et ils ont été… terribles.

LE PREMIER : Terribles.

LE DEUXIÈME : Hélas !

LE TROISIÈME : Quand ils seront rentrés dans leur trou et qu'ils nous auront laissés seuls, entre nous, je grimperai ici, je regarderai cette pierre, et je me dirai : « À présent en voilà pour un an. »

UN QUATRIÈME : Oui ? Eh bien, ça ne me consolera pas, moi. À partir de demain je commencerai à me dire : « Comment seront-ils l'année prochaine ? » D'année en année ils se font plus méchants.

LE DEUXIÈME : Tais-toi, malheureux. Si l'un d'entre eux s'était infiltré par quelque fente du roc et rôdait déjà parmi nous… Il y a des morts qui sont en avance au rendez-vous.

Ils se regardent avec inquiétude.

UNE JEUNE FEMME : Si au moins ça pouvait commencer tout de suite. Qu'est-ce qu'ils font, ceux du palais ? Ils ne se pressent pas. Moi, je trouve que c'est le plus dur, cette attente : on est là, on piétine sous un ciel de feu, sans quitter des yeux cette pierre noire… Ha ! Ils sont là-bas, derrière la pierre ; ils attendent comme nous, tout réjouis à la pensée du mal qu'ils vont nous faire.

UNE VIEILLE : Ça va, mauvaise garce ! On sait ce qui lui fait peur, à celle-là. Son homme est mort, le printemps passé, et voilà dix ans qu'elle lui faisait porter des cornes.

LA JEUNE FEMME : Eh bien oui, je l'avoue, je l'ai trompé tant que j'ai pu ; mais je l'aimais bien et je lui rendais la vie agréable ; il ne s'est jamais douté de rien, et il est mort en me jetant un doux regard de chien reconnaissant. Il sait tout à présent, on lui a gâché son plaisir, il me hait, il souffre. Et tout à l'heure, il sera contre moi, son corps de fumée épousera mon corps, plus étroitement qu'aucun vivant ne l'a jamais fait. Ah ! je l'emmènerai chez moi, roulé autour de mon cou, comme une fourrure. Je lui ai préparé de bons petits plats, des gâteaux de farine, une collation comme il les aimait. Mais rien n'adoucira sa rancœur ; et cette nuit… cette nuit, il sera dans mon lit.

UN HOMME : Elle a raison, parbleu. Que fait Égisthe ? À quoi pense-t-il ? Je ne puis supporter cette attente.

UN AUTRE : Plains-toi donc ! Crois-tu qu'Égisthe a moins peur que nous ? Voudrais-tu être à sa place, dis, et passer vingt-quatre heures en tête à tête avec Agamemnon ?

LA JEUNE FEMME : Horrible, horrible attente. Il me semble, vous tous, que vous vous éloignez lentement de moi. La pierre n'est pas encore ôtée, et déjà chacun est en proie à ses morts, seul comme une goutte de pluie.

Entrent Jupiter, Oreste, le Pédagogue.

JUPITER : Viens par ici, nous serons mieux.

ORESTE : Les voilà donc, les citoyens d'Argos, les très fidèles sujets du roi Agamemnon ?

LE PÉDAGOGUE : Qu'ils sont laids ! Voyez, mon maître, leur teint de cire, leurs yeux caves. Ces gens-là sont en train de mourir de peur. Voilà pourtant l'effet de la superstition. Regardez-les, regardez-les. Et s'il vous faut encore une preuve de l'excellence de ma philosophie, considérez ensuite mon teint fleuri.

JUPITER : La belle affaire qu'un teint fleuri. Quelques coquelicots sur tes joues, mon bonhomme, ça ne t'empêchera pas d'être du fumier, comme tous ceux-ci, aux yeux de Jupiter. Va, tu empestes, et tu ne le sais pas. Eux, cependant, ont les narines remplies de leurs propres odeurs, ils se connaissent mieux que toi.

La foule gronde.

UN HOMME, *montant sur les marches du temple, s'adresse à la foule* : Veut-on nous rendre fous ? Unissons nos voix, camarades, et appelons Égisthe : nous ne pouvons pas tolérer qu'il diffère plus longtemps la cérémonie.

LA FOULE : Égisthe ! Égisthe ! Pitié !

UNE FEMME : Ah oui ! Pitié ! Pitié ! Personne n'aura donc pitié de moi ! Il va venir avec sa gorge ouverte, l'homme que j'ai tant haï, il m'enfermera dans ses bras invisibles et gluants, il sera mon amant toute la nuit, toute la nuit. Ha ! *(Elle s'évanouit.)*

ORESTE : Quelles folies ! Il faut dire à ces gens...

JUPITER : Hé quoi, jeune homme, tant de bruit pour une femme qui tourne de l'œil ? Vous en verrez d'autres.

UN HOMME, *se jetant à genoux* : Je pue ! Je pue ! Je suis une charogne immonde. Voyez, les mouches sont sur moi comme des corbeaux ! Piquez, creusez, forez, mouches vengeresses, fouillez ma chair jusqu'à mon cœur ordurier. J'ai péché, j'ai cent mille fois péché, je suis un égout, une fosse d'aisance...

JUPITER : Le brave homme !

DES HOMMES, *le relevant* : Ça va, ça va. Tu raconteras ça plus tard, quand ils seront là.

L'Homme reste hébété ; il souffle en roulant des yeux.

LA FOULE : Égisthe ! Égisthe. Par pitié, ordonne que l'on commence. Nous n'y tenons plus.

Égisthe paraît sur les marches du temple. Derrière lui Clytemnestre et le Grand Prêtre. Des gardes.

SCÈNE II

LES MÊMES, ÉGISTHE, CLYTEMNESTRE, LE GRAND PRÊTRE, LES GARDES

ÉGISTHE : Chiens ! Osez-vous bien vous plaindre ? Avez-vous perdu la mémoire de votre abjection ? Par Jupiter, je rafraîchirai vos souvenirs. *(Il se tourne vers Clytemnestre.)* Il faut bien nous résoudre à commencer sans elle. Mais qu'elle prenne garde. Ma punition sera exemplaire.

CLYTEMNESTRE : Elle m'avait promis d'obéir. Elle s'apprête ; j'en suis sûre ; elle doit s'être attardée devant son miroir.

ÉGISTHE, *aux Gardes* : Qu'on aille quérir Électre au palais et qu'on l'amène ici, de gré ou de force. *(Les Gardes sortent. À la foule :)* À vos places. Les hommes à ma droite. À ma gauche les femmes et les enfants. C'est bien.

Un silence. Égisthe attend.

LE GRAND PRÊTRE : Ces gens-là n'en peuvent plus.
ÉGISTHE : Je sais. Si mes gardes…

Les Gardes rentrent.

UN GARDE : Seigneur, nous avons cherché partout la princesse. Mais le palais est désert.
ÉGISTHE : C'est bien. Nous réglerons demain ce compte-là. *(Au Grand Prêtre :)* Commence.
LE GRAND PRÊTRE : Ôtez la pierre.
LA FOULE : Ha !

Les Gardes ôtent la pierre. Le Grand Prêtre s'avance jusqu'à l'entrée de la caverne.

LE GRAND PRÊTRE : Vous, les oubliés, les abandonnés, les désenchantés, vous qui traînez au ras de terre, dans le noir, comme des fumerolles, et qui n'avez plus rien à vous que votre grand dépit, vous les morts, debout, c'est votre fête ! Venez, montez du sol comme une énorme vapeur de soufre chassée par le vent ; montez des entrailles du monde, ô morts cent fois morts, vous que chaque battement de nos cœurs fait mourir à neuf, c'est par la colère et l'amertume et l'esprit de vengeance que je vous invoque, venez assouvir votre haine sur les vivants ! Venez, répandez-vous en brume épaisse à travers nos rues, glissez vos cohortes serrées entre la mère et l'enfant, entre l'amant et son amante, faites-nous regretter de n'être pas morts. Debout, vampires, larves, spectres, harpies[1], terreur de nos nuits. Debout, les soldats qui moururent en blasphémant, debout les malchanceux, les humiliés, debout les morts de faim dont le cri d'agonie fut une malédiction. Voyez, les vivants sont là, les grasses proies vivantes ! Debout, fondez sur eux en tourbillon et rongez-les jusqu'aux os ! Debout ! Debout ! Debout[2] !…

Tam-tam. Il danse devant l'entrée de la caverne, d'abord lentement, puis de plus en plus vite et tombe exténué.

ÉGISTHE : Ils sont là !
LA FOULE : Horreur !
ORESTE : C'en eſt trop et je vais…
JUPITER : Regarde-moi, jeune homme, regarde-moi en face, là ! là ! Tu as compris. Silence à présent.
ORESTE : Qui êtes-vous ?
JUPITER : Tu le sauras plus tard.

Égiſthe descend lentement les marches du palais.

ÉGISTHE : Ils sont là. *(Un silence.)* Il eſt là, Aricie, l'époux que tu as bafoué[3]. Il eſt là, contre toi, il t'embrasse. Comme il te serre, comme il t'aime, comme il te hait ! Elle eſt là, Nicias, elle eſt là, ta mère, morte faute de soins. Et toi, Segeſte, usurier infâme, ils sont là, tous tes débiteurs infortunés, ceux qui sont morts dans la misère et ceux qui se sont pendus parce que tu les ruinais. Ils sont là et ce sont eux, aujourd'hui, qui sont tes créanciers. Et vous, les parents, les tendres parents, baissez un peu les yeux, regardez plus bas, vers le sol : ils sont là, les enfants morts, ils tendent leurs petites mains ; et toutes les joies que vous leur avez refusées, tous les tourments que vous leur avez infligés pèsent comme du plomb sur leurs petites âmes rancuneuses et désolées.
LA FOULE : Pitié !
ÉGISTHE : Ah, oui ! Pitié ! Ne savez-vous pas que les morts n'ont jamais de pitié ? Leurs griefs sont ineffaçables, parce que leur compte s'eſt arrêté pour toujours. Eſt-ce par des bienfaits, Nicias, que tu comptes effacer le mal que tu fis à ta mère ? Mais quel bienfait pourra jamais l'atteindre ? Son âme eſt un midi torride, sans un souffle de vent, rien n'y bouge, rien n'y change, rien n'y vit, un grand soleil décharné, un soleil immobile la consume éternellement. Les morts ne sont plus — comprenez-vous ce mot implacable — ils ne sont plus, et c'eſt pour cela qu'ils se sont faits les gardiens incorruptibles de vos crimes.
LA FOULE : Pitié !
ÉGISTHE : Pitié ? Ah ! piètres comédiens, vous avez du public aujourd'hui. Sentez-vous peser sur vos visages et sur vos mains les regards de ces millions d'yeux fixes et sans espoir ? Ils nous voient, ils nous voient, nous sommes nus devant l'assemblée des morts. Ha ! ha ! Vous voilà bien empruntés à présent ; il vous brûle, ce regard invisible et pur, plus inaltérable qu'un souvenir de regard.

LA FOULE : Pitié !

LES HOMMES : Pardonnez-nous de vivre alors que vous êtes morts.

LES FEMMES : Pitié. Nous sommes entourées de vos visages et des objets qui vous ont appartenu, nous portons votre deuil éternellement et nous pleurons de l'aube à la nuit et de la nuit à l'aube. Nous avons beau faire, votre souvenir s'effiloche et glisse entre nos doigts ; chaque jour il pâlit un peu plus et nous sommes un peu plus coupables. Vous nous quittez, vous nous quittez, vous vous écoulez de nous comme une hémorragie. Pourtant, si cela pouvait apaiser vos âmes irritées, sachez, ô nos chers disparus, que vous nous avez gâché la vie.

LES HOMMES : Pardonnez-nous de vivre alors que vous êtes morts.

LES ENFANTS : Pitié ! Nous n'avons pas fait exprès de naître, et nous sommes tous honteux de grandir. Comment aurions-nous pu vous offenser ? Voyez, nous vivons à peine, nous sommes maigres, pâles et tout petits ; nous ne faisons pas de bruit, nous glissons sans même ébranler l'air autour de nous. Et nous avons peur de vous, oh ! si grand-peur !

LES HOMMES : Pardonnez-nous de vivre alors que vous êtes morts.

ÉGISTHE : Paix ! Paix ! Si vous vous lamentez ainsi, que dirai-je moi, votre roi ? Car mon supplice a commencé : le sol tremble et l'air s'est obscurci ; le plus grand des morts va paraître, celui que j'ai tué de mes mains, Agamemnon.

ORESTE, *tirant son épée* : Ruffian ! Je ne te permettrai pas de mêler le nom de mon père à tes singeries !

JUPITER, *le saisissant à bras-le-corps* : Arrêtez, jeune homme, arrêtez-vous !

ÉGISTHE, *se retournant* : Qui ose ? *(Électre est apparue en robe blanche sur les marches du temple. Égisthe l'aperçoit.)* Électre !

LA FOULE : Électre !

SCÈNE III

LES MÊMES, ÉLECTRE

ÉGISTHE : Électre, réponds, que signifie ce costume ?

ÉLECTRE : J'ai mis ma plus belle robe. N'est-ce pas un jour de fête ?

LE GRAND PRÊTRE : Viens-tu narguer les morts ? C'est leur fête, tu le sais fort bien, et tu devais paraître en habits de deuil.

ÉLECTRE : De deuil ? Pourquoi de deuil ? Je n'ai pas peur de mes morts, et je n'ai que faire des vôtres !

ÉGISTHE : Tu as dit vrai ; tes morts ne sont pas nos morts. Regardez-la, sous sa robe de putain, la petite-fille d'Atrée, d'Atrée qui égorgea lâchement ses neveux. Qu'es-tu donc, sinon le dernier rejeton d'une race maudite ? Je t'ai tolérée par pitié dans mon palais, mais je reconnais ma faute aujourd'hui, car c'est toujours le vieux sang pourri des Atrides qui coule dans tes veines, et tu nous infecterais tous si je n'y mettais bon ordre. Patiente un peu, chienne, et tu verras si je sais punir. Tu n'auras pas assez de tes yeux pour pleurer.

LA FOULE : Sacrilège !

ÉGISTHE : Entends-tu, malheureuse, les grondements de ce peuple que tu as offensé, entends-tu le nom qu'il te donne ? Si je n'étais pas là pour mettre un frein à sa colère, il te déchirerait sur place.

LA FOULE : Sacrilège !

ÉLECTRE : Est-ce un sacrilège que d'être gaie ? Pourquoi ne sont-ils pas gais, eux. Qui les en empêche ?

ÉGISTHE : Elle rit et son père mort est là, avec du sang caillé sur la face…

ÉLECTRE : Comment osez-vous parler d'Agamemnon ? Savez-vous s'il ne vient pas la nuit me parler à l'oreille ? Savez-vous quels mots d'amour et de regret sa voix rauque et brisée me chuchote ? Je ris, c'est vrai, pour la première fois de ma vie, je ris, je suis heureuse. Prétendez-vous que mon bonheur ne réjouit pas le cœur de mon père ? Ah ! s'il est là, s'il voit sa fille en robe blanche, sa fille que vous avez réduite au rang abject d'esclave, s'il voit qu'elle porte le front haut et que le malheur n'a pas abattu sa fierté, il ne songe pas, j'en suis sûre, à me maudire ; ses yeux brillent dans son visage supplicié et ses lèvres sanglantes essaient de sourire.

LA JEUNE FEMME : Et si elle disait vrai ?

DES VOIX : Mais non, elle ment, elle est folle. Électre, va-t'en de grâce, sinon ton impiété retombera sur nous.

ÉLECTRE : De quoi donc avez-vous peur ? Je regarde autour de vous et je ne vois que vos ombres. Mais écoutez ceci que je viens d'apprendre et que vous ne savez peut-être pas : il y a en Grèce des villes heureuses. Des villes blanches et calmes qui se chauffent au soleil comme des lézards. À cette heure même, sous ce même ciel, il y a des enfants qui jouent sur les places de Corinthe. Et leurs mères ne demandent point pardon de les avoir mis au monde. Elles les regardent en souriant, elles sont fières d'eux. Ô mères d'Argos, comprenez-vous ? Pouvez-vous encore comprendre l'orgueil d'une femme qui regarde son enfant et qui pense : « C'est moi qui l'ai porté dans mon sein » ?

ÉGISTHE : Tu vas te taire, à la fin, ou je ferai rentrer les mots dans ta gorge.

DES VOIX, *dans la foule* : Oui, oui ! Qu'elle se taise. Assez, assez !

D'AUTRES VOIX : Non, laissez-la parler ! Laissez-la parler. C'est Agamemnon qui l'inspire.

ÉLECTRE : Il fait beau. Partout, dans la plaine, des hommes lèvent la tête et disent : « Il fait beau », et ils sont contents. Ô bourreaux de vous-mêmes[4], avez-vous oublié cet humble contentement du paysan qui marche sur sa terre et qui dit : « Il fait beau » ? Vous voilà les bras ballants, la tête basse, respirant à peine. Vos morts se collent contre vous, et vous demeurez immobiles dans la crainte de les bousculer au moindre geste. Ce serait affreux, n'est-ce pas ? si vos mains traversaient soudain une petite vapeur moite, l'âme de votre père ou de votre aïeul ? — Mais regardez-moi : j'étends les bras, je m'élargis, et je m'étire comme un homme qui s'éveille, j'occupe ma place au soleil, toute ma place. Est-ce que le ciel me tombe sur la tête ? Je danse, voyez, je danse, et je ne sens rien que le souffle du vent dans mes cheveux. Où sont les morts ? Croyez-vous qu'ils dansent avec moi, en mesure ?

LE GRAND PRÊTRE : Habitants d'Argos, je vous dis que cette femme est sacrilège. Malheur à elle et à ceux d'entre vous qui l'écoutent.

ÉLECTRE : Ô mes chers morts, Iphigénie, ma sœur aînée, Agamemnon, mon père et mon seul roi, écoutez ma prière. Si je suis sacrilège, si j'offense vos mânes douloureux, faites un signe, faites-moi vite un signe, afin que je le sache. Mais si vous m'approuvez, mes chéris, alors taisez-vous, je vous en prie, que pas une feuille ne bouge, pas un brin d'herbe, que pas un bruit ne vienne troubler ma danse sacrée : car je danse pour la joie, je danse pour la paix des hommes, je danse pour le bonheur et pour la vie. Ô mes morts, je réclame votre silence, afin que les hommes qui m'entourent sachent que votre cœur est avec moi.

Elle danse[5].

VOIX, *dans la foule* : Elle danse ! Voyez-la, légère comme une flamme, elle danse au soleil, comme l'étoffe claquante d'un drapeau — et les morts se taisent !

LA JEUNE FEMME : Voyez son air d'extase — non, ce n'est pas le visage d'une impie. Eh bien, Égisthe, Égisthe ! Tu ne dis rien — pourquoi ne réponds-tu pas ?

ÉGISTHE : Est-ce qu'on discute avec les bêtes puantes ? On les détruit ! J'ai eu tort de l'épargner autrefois ; mais c'est un tort réparable : n'ayez crainte, je vais l'écraser contre terre, et sa race s'anéantira avec elle.

LA FOULE : Menacer n'est pas répondre, Égisthe ! N'as-tu rien d'autre à nous dire ?

LA JEUNE FEMME : Elle danse, elle sourit, elle est heureuse, et les morts semblent la protéger. Ah ! trop enviable Électre ! vois, moi aussi, j'écarte les bras et j'offre ma gorge au soleil !

VOIX, *dans la foule* : Les morts se taisent : Égisthe, tu nous as menti !

ORESTE : Chère Électre !

JUPITER : Parbleu, je vais rabattre le caquet de cette gamine. *(Il étend le bras.)* Posidon caribou caribon lullaby[6].

La grosse pierre qui obstruait l'entrée de la caverne roule avec fracas contre les marches du temple. Électre cesse de danser.

LA FOULE : Horreur !

Un long silence.

LE GRAND PRÊTRE : Ô peuple lâche et trop léger : les morts se vengent ! Voyez les mouches fondre sur nous en épais tourbillons ! Vous avez écouté une voix sacrilège et nous sommes maudits !

LA FOULE : Nous n'avons rien fait, ça n'est pas notre faute, elle est venue, elle nous a séduits par ses paroles empoisonnées ! À la rivière, la sorcière, à la rivière ! Au bûcher !

UNE VIEILLE FEMME, *désignant la Jeune Femme* : Et celle-ci, là, qui buvait ses discours comme du miel, arrachez-lui ses vêtements, mettez-la toute nue et fouettez-la jusqu'au sang.

On s'empare de la Jeune Femme, des hommes gravissent les marches de l'escalier et se précipitent vers Électre.

ÉGISTHE, *qui s'est redressé* : Silence, chiens. Regagnez vos places en bon ordre et laissez-moi le soin du châtiment. *(Un silence.)* Eh bien ? Vous avez vu ce qu'il en coûte de ne pas m'obéir ? Douterez-vous de votre chef[7], à présent ? Rentrez chez vous, les morts vous accompagnent, ils seront vos hôtes tout le jour et toute la nuit. Faites-leur place à votre table, à votre foyer, dans votre couche, et tâchez que votre conduite exemplaire leur fasse oublier tout ceci. Quant à moi, bien que vos soupçons m'aient blessé, je vous pardonne. Mais toi, Électre…

ÉLECTRE : Eh bien quoi ? J'ai raté mon coup. La prochaine fois je ferai mieux.

ÉGISTHE : Je ne t'en donnerai pas l'occasion. Les lois de la cité m'interdisent de punir en ce jour de fête. Tu le savais et tu en as abusé. Mais tu ne fais plus partie de la cité, je te chasse. Tu partiras pieds nus et sans bagage, avec cette robe infâme sur le corps. Si tu es encore dans nos murs demain à l'aube, je donne l'ordre à quiconque te rencontrera de t'abattre comme une brebis galeuse.

Il sort, suivi des Gardes. La foule défile devant Électre en lui montrant le poing.

JUPITER, *à Oreste* : Eh bien, mon maître ? Êtes-vous édifié ? Voilà une histoire morale, ou je me trompe fort : les méchants ont été punis et les bons récompensés. *(Désignant Électre :)* Cette femme…

ORESTE : Cette femme est ma sœur, bonhomme ! Va-t'en, je veux lui parler.

JUPITER, *le regarde un instant, puis hausse les épaules* : Comme tu voudras.

Il sort, suivi du Pédagogue.

SCÈNE IV

ÉLECTRE, *sur les marches du temple,*
ORESTE

ORESTE : Électre !

ÉLECTRE, *lève la tête et le regarde* : Ah ! te voilà, Philèbe ?

ORESTE : Tu ne peux plus demeurer en cette ville, Électre. Tu es en danger.

ÉLECTRE : En danger ? Ah ! c'est vrai ! Tu as vu comme j'ai raté mon coup. C'est un peu ta faute, tu sais, mais je ne t'en veux pas.

ORESTE : Qu'ai-je donc fait ?

ÉLECTRE : Tu m'as trompée. *(Elle descend vers lui.)* Laisse-moi voir ton visage. Oui, je me suis prise à tes yeux.

ORESTE : Le temps presse, Électre. Écoute : nous allons fuir ensemble. Quelqu'un doit me procurer des chevaux, je te prendrai en croupe.

ÉLECTRE : Non.

ORESTE : Tu ne veux pas fuir avec moi ?

ÉLECTRE : Je ne veux pas fuir.

ORESTE : Je t'emmènerai à Corinthe.

ÉLECTRE, *riant* : Ha ! Corinthe… Tu vois, tu ne le fais pas exprès, mais tu me trompes encore. Que ferais-je à Corinthe, moi ? Il faut que je sois raisonnable. Hier encore j'avais des désirs si modestes : quand je servais à table, les paupières baissées, je regardais entre mes cils le couple royal, la vieille belle au visage mort, et lui, gras et pâle, avec sa bouche veule et cette barbe noire qui lui court d'une oreille à l'autre comme un régiment d'araignées, et je rêvais de voir un jour une fumée, une petite fumée droite, pareille à une haleine par un froid matin, monter de leurs ventres ouverts. C'est tout ce que je demandais, Philèbe, je te le jure. Je ne sais pas ce que tu veux, toi, mais il ne faut pas que je te croie : tu n'as pas des yeux modestes. Tu sais ce que je pensais, avant de te connaître ? C'est que le sage ne peut rien souhaiter sur terre, sinon de rendre un jour le mal qu'on lui a fait.

ORESTE : Électre, si tu me suis, tu verras qu'on peut souhaiter encore beaucoup d'autres choses sans cesser d'être sage.

ÉLECTRE : Je ne veux plus t'écouter ; tu m'as fait beaucoup de mal. Tu es venu avec tes yeux affamés dans ton doux visage de fille, et tu m'as fait oublier ma haine ; j'ai ouvert mes mains et j'ai laissé glisser à mes pieds mon seul trésor. J'ai voulu croire que je pourrais guérir les gens d'ici par des paroles. Tu as vu ce qui est arrivé : ils aiment leur mal, ils ont besoin d'une plaie familière qu'ils entretiennent soigneusement en la grattant de leurs ongles sales. C'est par la violence qu'il faut les guérir, car on ne peut vaincre le mal que par un autre mal. Adieu, Philèbe, va-t'en, laisse-moi à mes mauvais songes.

ORESTE : Ils vont te tuer.

ÉLECTRE : Il y a un sanctuaire ici, le temple d'Apollon ; les criminels s'y réfugient parfois, et, tant qu'ils y demeurent, personne ne peut toucher à un cheveu de leur tête. Je m'y cacherai.

ORESTE : Pourquoi refuses-tu mon aide ?

ÉLECTRE : Ce n'est pas à toi de m'aider. Quelqu'un d'autre viendra pour me délivrer. *(Un temps.)* Mon frère n'est pas mort, je le sais. Et je l'attends.

ORESTE : S'il ne venait pas ?

ÉLECTRE : Il viendra, il ne peut pas ne pas venir. Il est de notre race, comprends-tu ; il a le crime et le malheur dans le sang, comme moi. C'est quelque grand soldat, avec les gros yeux rouges de notre père, toujours à cuver une colère, il souffre, il s'est embrouillé dans sa destinée comme les chevaux éventrés s'embrouillent les pattes dans leurs intestins ; et maintenant, quelque mouvement qu'il fasse, il faut qu'il s'arrache les entrailles. Il viendra, cette ville l'attire, j'en suis sûre, parce que c'est ici qu'il peut faire le plus grand mal, qu'il peut se faire le plus de mal. Il viendra, le front bas, souffrant et piaffant. Il me fait peur : toutes les nuits je le vois en songe et je m'éveille en hurlant. Mais je l'attends et je l'aime. Il faut que je demeure ici pour guider son courroux — car j'ai de la tête, moi — pour lui montrer du doigt les coupables et pour lui dire : « Frappe, Oreste, frappe : les voilà ! »

ORESTE : Et s'il n'était pas comme tu l'imagines ?

ÉLECTRE : Comment veux-tu qu'il soit, le fils d'Agamemnon et de Clytemnestre ?

ORESTE : S'il était las de tout ce sang, ayant grandi dans une ville heureuse ?

ÉLECTRE : Alors je lui cracherais au visage et je lui dirais : « Va-t'en, chien, va chez les femmes, car tu n'es rien d'autre qu'une femme. Mais tu fais un mauvais calcul : tu es le petit-fils d'Atrée, tu n'échapperas pas au destin des Atrides. Tu as préféré la honte au crime, libre à toi. Mais le destin viendra te chercher dans ton lit : tu auras la honte d'abord, et puis tu commettras le crime, en dépit de toi-même ! »

ORESTE : Électre, je suis Oreste.

ÉLECTRE, *dans un cri* : Tu mens !

ORESTE : Par les mânes de mon père Agamemnon, je te le jure : je suis Oreste. *(Un silence.)* Eh bien ? Qu'attends-tu pour me cracher au visage ?

ÉLECTRE : Comment le pourrais-je ? *(Elle le regarde.)* Ce beau front est le front de mon frère. Ces yeux qui brillent sont les yeux de mon frère. Oreste… Ah ! j'aurais préféré que tu restes Philèbe et que mon frère fût mort. *(Timidement.)* C'est vrai que tu as vécu à Corinthe ?

ORESTE : Non. Ce sont des bourgeois d'Athènes qui m'ont élevé.

ÉLECTRE : Que tu as l'air jeune. Est-ce que tu t'es jamais battu ? Cette épée que tu portes au côté, t'a-t-elle jamais servi ?

ORESTE : Jamais.

ÉLECTRE : Je me sentais moins seule quand je ne te connaissais pas encore : j'attendais l'autre. Je ne pensais qu'à sa force et jamais à ma faiblesse. À présent te voilà ; Oreste, c'était toi. Je te regarde et je vois que nous sommes deux orphelins. *(Un temps.)* Mais je t'aime, tu sais. Plus que je l'eusse aimé, lui.

ORESTE : Viens, si tu m'aimes ; fuyons ensemble.

ÉLECTRE : Fuir ? Avec toi ? Non. C'est ici que se joue le sort des Atrides, et je suis une Atride. Je ne te demande rien. Je ne veux plus rien demander à Philèbe. Mais je reste ici.

Jupiter paraît au fond de la scène et se cache pour les écouter.

ORESTE : Électre, je suis Oreste…, ton frère. Moi aussi je suis un Atride, et ta place est à mes côtés.

ÉLECTRE : Non. Tu n'es pas mon frère et je ne te connais pas. Oreste est mort, c'est tant mieux pour lui ; désormais j'honorerai ses mânes avec ceux de mon père et de ma sœur. Mais toi, toi qui viens réclamer le nom d'Atride, qui es-tu pour te dire des nôtres ? As-tu passé ta vie à l'ombre d'un meurtre ? Tu devais être un enfant tranquille avec un doux air réfléchi, l'orgueil de ton père adoptif, un enfant bien lavé, aux yeux brillants de confiance. Tu avais confiance dans les gens, parce qu'ils te faisaient de grands sourires, dans les tables, dans les lits, dans les marches d'escalier, parce que ce sont de fidèles serviteurs de l'homme ; dans la vie, parce que tu étais riche et que tu avais beaucoup de jouets ; tu devais penser quelquefois que le monde n'était pas si mal fait et que c'était un plaisir de s'y laisser aller comme dans un bon bain tiède, en soupirant d'aise. Moi, à six ans, j'étais servante et je me méfiais de tout. *(Un temps.)* Va-t'en, belle âme[8]. Je n'ai que faire des belles âmes : c'est un complice que je voulais.

ORESTE : Penses-tu que je te laisserai seule ? Que ferais-tu ici, ayant perdu jusqu'à ton dernier espoir ?

ÉLECTRE : C'est mon affaire. Adieu, Philèbe.

ORESTE : Tu me chasses ? *(Il fait quelques pas et s'arrête.)* Ce reître irrité que tu attendais, est-ce ma faute si je ne lui ressemble pas ? Tu l'aurais pris par la main et tu lui aurais dit : « Frappe ! » À moi tu n'as rien demandé. Qui suis-je donc, bon Dieu, pour que ma propre sœur me repousse, sans même m'avoir éprouvé ?

ÉLECTRE : Ah ! Philèbe, je ne pourrai jamais charger d'un tel poids ton cœur sans haine.

ORESTE, *accablé* : Tu dis bien : sans haine. Sans amour non plus. Toi, j'aurais pu t'aimer. *J'aurais pu...* Mais quoi ? Pour aimer, pour haïr, il faut se donner. Il est beau, l'homme au sang riche, solidement planté au milieu de ses biens, qui se donne un beau jour à l'amour, à la haine, et qui donne avec lui sa terre, sa maison et ses souvenirs. Qui suis-je et qu'ai-je à donner, moi ? J'existe à peine : de tous les fantômes qui rôdent aujourd'hui par la ville, aucun n'est plus fantôme que moi. J'ai connu des amours de fantôme, hésitants et clairsemés comme des vapeurs ; mais j'ignore les denses passions des vivants. *(Un temps.)* Honte ! Je suis revenu dans ma ville natale, et ma sœur a refusé de me reconnaître. Où vais-je aller, à présent ? Quelle cité faut-il que je hante ?

ÉLECTRE : N'en est-il pas une où t'attend quelque fille au beau visage ?

ORESTE : Personne ne m'attend. Je vais de ville en ville, étranger aux autres et à moi-même, et les villes se referment derrière moi comme une eau tranquille. Si je quitte Argos, que restera-t-il de mon passage, sinon l'amer désenchantement de ton cœur ?

ÉLECTRE : Tu m'as parlé de villes heureuses...

ORESTE : Je me soucie bien du bonheur. Je veux mes souvenirs, mon sol, ma place au milieu des hommes d'Argos. *(Un silence.)* Électre, je ne m'en irai pas d'ici.

ÉLECTRE : Philèbe, va-t'en, je t'en supplie : j'ai pitié de toi, va-t'en si je te suis chère ; rien ne peut t'arriver que du mal, et ton innocence ferait échouer mes entreprises.

ORESTE : Je ne m'en irai pas.

ÉLECTRE : Et tu crois que je vais te laisser là, dans ta pureté importune, juge intimidant et muet de mes actes ? Pourquoi t'entêtes-tu ? Personne ici ne veut de toi.

ORESTE : C'est ma seule chance. Électre, tu ne peux pas me la refuser. Comprends-moi : je veux être un homme de quelque part, un homme parmi les hommes. Tiens, un esclave, lorsqu'il passe, las et rechigné, portant un lourd fardeau, traînant la jambe et regardant à ses pieds, tout juste à ses pieds, pour éviter de choir, il est *dans* sa ville, comme une feuille dans un feuillage, comme l'arbre dans la forêt, Argos est autour de lui, toute pesante et toute chaude, toute pleine d'elle-même ; je veux être cet esclave, Électre, je veux tirer la ville autour de moi et m'y enrouler comme dans une couverture. Je ne m'en irai pas.

ÉLECTRE : Demeurerais-tu cent ans parmi nous, tu ne seras jamais qu'un étranger, plus seul que sur une grande route. Les gens te regarderont de coin, entre leurs paupières mi-closes, et ils baisseront la voix quand tu passeras près d'eux.

ORESTE : Est-ce donc si difficile de vous servir ? Mon bras peut défendre la ville, et j'ai de l'or pour soulager vos miséreux.

ÉLECTRE : Nous ne manquons ni de capitaines, ni d'âmes pieuses pour faire le bien.

ORESTE : Alors…

Il fait quelques pas, la tête basse. Jupiter paraît et le regarde en se frottant les mains.

ORESTE, *relevant la tête* : Si du moins j'y voyais clair ! Ah Zeus, Zeus, roi du ciel, je me suis rarement tourné vers toi, et tu ne m'as guère été favorable, mais tu m'es témoin que je n'ai jamais voulu que le Bien. À présent je suis las, je ne distingue plus le Bien du Mal et j'ai besoin qu'on me trace ma route. Zeus, faut-il vraiment qu'un fils de roi, chassé de sa ville natale, se résigne saintement à l'exil et vide les lieux la tête basse, comme un chien couchant ? Est-ce là ta volonté ? Je ne puis le croire. Et cependant… cependant tu as défendu de verser le sang… Ah ! qui parle de verser le sang, je ne sais plus ce que je dis… Zeus, je t'implore : si la résignation et l'abjecte humilité sont les lois que tu m'imposes, manifeste-moi ta volonté par quelque signe, car je n'y vois plus clair du tout.

JUPITER, *pour lui-même* : Mais comment donc : à ton service ! Abraxas, abraxas, tsé-tsé !

La lumière fuse autour de la pierre.

ÉLECTRE, *se met à rire* : Ha ! Ha ! Il pleut des miracles aujourd'hui ! Vois, pieux Philèbe, vois ce qu'on gagne à consulter les dieux ! *(Elle est prise d'un fou rire.)* Le bon jeune homme… le pieux Philèbe : « Fais-moi signe, Zeus, fais-moi signe ! » Et voilà la lumière qui fuse autour de la pierre sacrée. Va-t'en ! À Corinthe ! À Corinthe ! Va-t'en !

ORESTE, *regardant la pierre* : Alors… c'est ça le Bien ? *(Un temps, il regarde toujours la pierre.)* Filer doux. Tout doux. Dire toujours « Pardon » et « Merci »… c'est ça ? *(Un temps, il regarde toujours la pierre.)* Le Bien. Leur Bien[9]… *(Un temps.)* Électre !

ÉLECTRE : Va vite, va vite. Ne déçois pas cette sage nourrice qui se penche sur toi du haut de l'Olympe. *(Elle s'arrête, interdite.)* Qu'as-tu ?

ORESTE, *d'une voix changée* : Il y a un autre chemin.

ÉLECTRE, *effrayée* : Ne fais pas le méchant, Philèbe. Tu as demandé les ordres des dieux : eh bien ! tu les connais.

ORESTE : Des ordres ?… Ah oui… Tu veux dire : la lumière là, autour de ce gros caillou ? Elle n'est pas pour moi, cette lumière ; et personne ne peut plus me donner d'ordre à présent.

ÉLECTRE : Tu parles par énigmes.

ORESTE : Comme tu es loin de moi, tout à coup…, comme tout est changé ! Il y avait autour de moi quelque chose de vivant et de chaud. Quelque chose qui vient de mourir. Comme tout est vide… Ah ! quel vide immense, à perte de vue… *(Il fait quelques pas.)* La nuit tombe… Tu ne trouves pas qu'il fait froid ?… Mais qu'est-ce donc…, qu'est-ce donc qui vient de mourir ?

ÉLECTRE : Philèbe…

ORESTE : Je te dis qu'il y a un autre chemin…, mon chemin. Tu ne le vois pas ? Il part d'ici et il descend vers la ville. Il faut descendre, comprends-tu, descendre jusqu'à vous, vous êtes au fond d'un trou, tout au fond… *(Il s'avance vers Électre.)* Tu es *ma* sœur, Électre, et cette ville est *ma* ville. Ma sœur ! *(Il lui prend le bras.)*

ÉLECTRE : Laisse-moi ! Tu me fais mal, tu me fais peur — et je ne t'appartiens pas.

ORESTE : Je sais. Pas encore : je suis trop léger. Il faut que je me leste d'un forfait bien lourd qui me fasse couler à pic, jusqu'au fond d'Argos.

ÉLECTRE : Que vas-tu entreprendre ?

ORESTE : Attends. Laisse-moi dire adieu à cette légèreté sans tache qui fut la mienne. Laisse-moi dire adieu à ma jeunesse. Il y a des soirs, des soirs de Corinthe ou d'Athènes, pleins de chants et d'odeurs, qui ne m'appartiendront plus jamais. Des matins, pleins d'espoir aussi... Allons, adieu ! adieu ! *(Il vient vers Électre.)* Viens, Électre, regarde notre ville. Elle est là, rouge sous le soleil, bourdonnante d'hommes et de mouches, dans l'engourdissement têtu d'un après-midi d'été ; elle me repousse de tous ses murs, de tous ses toits, de toutes ses portes closes. Et pourtant elle est à prendre, je le sens depuis ce matin. Et toi aussi, Électre, tu es à prendre. Je vous prendrai. Je deviendrai hache et je fendrai en deux ces murailles obstinées, j'ouvrirai le ventre de ces maisons bigotes, elles exhaleront par leurs plaies béantes une odeur de mangeaille et d'encens ; je deviendrai cognée et je m'enfoncerai dans le cœur de cette ville comme la cognée dans le cœur d'un chêne.

ÉLECTRE : Comme tu as changé : tes yeux ne brillent plus, ils sont ternes et sombres. Hélas ! Tu étais si doux, Philèbe. Et voilà que tu me parles comme l'autre me parlait en songe.

ORESTE : Écoute : tous ces gens qui tremblent dans des chambres sombres, entourés de leurs chers défunts, suppose que j'assume tous leurs crimes. Suppose que je veuille mériter le nom de « voleur de remords[10] » et que j'installe en moi tous leurs repentirs : ceux de la femme qui trompa son mari, ceux du marchand qui laissa mourir sa mère, ceux de l'usurier qui tondit jusqu'à la mort ses débiteurs ?

Dis, ce jour-là, quand je serai hanté par des remords plus nombreux que les mouches d'Argos, par tous les remords de la ville, est-ce que je n'aurai pas acquis droit de cité parmi vous ? Est-ce que je ne serai pas chez moi, entre vos murailles sanglantes, comme le boucher en tablier rouge est chez lui dans sa boutique, entre les bœufs saignants qu'il vient d'écorcher ?

ÉLECTRE : Tu veux expier pour nous ?

ORESTE : Expier ? J'ai dit que j'installerai en moi vos repentirs, mais je n'ai pas dit ce que je ferai de ces volailles criardes : peut-être leur tordrai-je le cou.

ÉLECTRE : Et comment pourrais-tu te charger de nos maux ?

ORESTE : Vous ne demandez qu'à vous en défaire. Le roi et la reine seuls les maintiennent de force en vos cœurs.

ÉLECTRE : Le roi et la reine... Philèbe !

ORESTE : Les dieux me sont témoins que je ne voulais pas verser leur sang.

Un long silence.

ÉLECTRE : Tu es trop jeune, trop faible...

ORESTE : Vas-tu reculer, à présent ? Cache-moi dans le palais, conduis-moi ce soir jusqu'à la couche royale, et tu verras si je suis trop faible.

ÉLECTRE : Oreste !

ORESTE : Électre ! Tu m'as appelé Oreste pour la première fois.

ÉLECTRE : Oui. C'est bien toi. Tu es Oreste. Je ne te reconnais pas, car ce n'est pas ainsi que je t'attendais. Mais ce goût amer dans ma bouche, ce goût de fièvre, mille fois je l'ai senti dans mes songes et je le reconnais. Tu es donc venu, Oreste, et ta décision est prise, et me voilà, comme dans mes songes, au seuil d'un acte irréparable, et j'ai peur — comme en songe. Ô moment tant attendu et tant redouté ! À présent, les instants vont s'enchaîner comme les rouages d'une mécanique[11], et nous n'aurons plus de répit jusqu'à ce qu'ils soient couchés tous les deux sur le dos, avec des visages pareils aux mûres écrasées. Tout ce sang ! Et c'est toi qui vas le verser, toi qui avais des yeux si doux. Hélas, jamais je ne reverrai cette douceur, jamais plus je ne reverrai Philèbe. Oreste, tu es mon frère aîné et le chef de notre famille, prends-moi dans tes bras, protège-moi, car nous allons au-devant de très grandes souffrances.

Oreste la prend dans ses bras. Jupiter sort de sa cachette et s'en va à pas de loup.

RIDEAU

DEUXIÈME TABLEAU

Dans le palais ; la salle du trône.
Une statue de Jupiter, terrible et sanglante. Le jour tombe.

SCÈNE I

ÉLECTRE *entre la première et fait signe à* ORESTE *d'entrer.*

ORESTE : On vient ! *(Il met l'épée à la main.)*

ÉLECTRE : Ce sont des soldats qui font leur ronde. Suis-moi : nous allons nous cacher par ici.

Ils se cachent derrière le trône.

SCÈNE II

LES MÊMES, *cachés*, DEUX SOLDATS

PREMIER SOLDAT : Je ne sais pas ce qu'ont les mouches aujourd'hui : elles sont folles.

DEUXIÈME SOLDAT : Elles sentent les morts et ça les met en joie. Je n'ose plus bâiller de peur qu'elles ne s'enfoncent dans ma gueule ouverte et n'aillent faire le carrousel au fond de mon gosier. *(Électre se montre un instant et se cache.)* Tiens, il y a quelque chose qui a craqué.

PREMIER SOLDAT : C'est Agamemnon qui s'assied sur son trône.

DEUXIÈME SOLDAT : Et dont les larges fesses font craquer les planches du siège ? Impossible, collègue, les morts ne pèsent pas.

PREMIER SOLDAT : Ce sont les roturiers qui ne pèsent pas. Mais lui, avant que d'être un mort royal, c'était un royal bon vivant, qui faisait, bon an mal an, ses cent vingt-cinq kilos. C'est bien rare s'il ne lui en reste pas quelques livres.

DEUXIÈME SOLDAT : Alors… tu crois qu'il est là ?

PREMIER SOLDAT : Où veux-tu qu'il soit ? Si j'étais un roi mort, moi, et que j'eusse tous les ans une permission de vingt-quatre heures, sûr que je reviendrais m'asseoir sur mon trône et que j'y passerais la journée, à me rappeler les bons souvenirs d'autrefois, sans faire de mal à personne.

DEUXIÈME SOLDAT : Tu dis ça parce que tu es vivant. Mais si tu ne l'étais plus, tu aurais bien autant de vice que les autres. *(Le Premier Soldat lui donne une gifle.)* Holà ! Holà !

PREMIER SOLDAT : C'est pour ton bien ; regarde, j'en ai tué sept d'un coup, tout un essaim.

DEUXIÈME SOLDAT : De morts ?

PREMIER SOLDAT : Non. De mouches. J'ai du sang plein les mains. *(Il s'essuie sur sa culotte.)* Vaches de mouches.

DEUXIÈME SOLDAT : Plût aux dieux qu'elles fussent mort-nées. Vois tous ces hommes morts qui sont ici : ils ne pipent mot, ils s'arrangent pour ne pas gêner. Les mouches crevées, ça serait pareil.

PREMIER SOLDAT : Tais-toi, si je pensais qu'il y eût ici des mouches fantômes, par-dessus le marché…

DEUXIÈME SOLDAT : Pourquoi pas ?

PREMIER SOLDAT : Tu te rends compte ? Ça crève par millions chaque jour, ces bestioles. Si l'on avait lâché par la ville toutes celles qui sont mortes depuis l'été dernier, il y en aurait trois cent soixante-cinq mortes pour une vivante à tourniquer autour de nous. Pouah ! l'air serait sucré de mouches, on mangerait mouche, on respirerait mouche, elles descendraient par coulées visqueuses dans nos bronches et dans nos tripes… Dis donc c'est peut-être pour cela qu'il flotte dans cette chambre des odeurs si singulières.

DEUXIÈME SOLDAT : Bah ! Une salle de mille pieds carrés comme celle-ci, il suffit de quelques morts humains pour l'empester. On dit que nos morts ont mauvaise haleine.

PREMIER SOLDAT : Écoute donc ! Ils se mangent les sangs, ces hommes-là…

DEUXIÈME SOLDAT : Je te dis qu'il y a quelque chose : le plancher craque.

Ils vont voir derrière le trône par la droite ; Oreste et Électre sortent par la gauche, passent devant les marches du trône et regagnent leur cachette par la droite, au moment où les Soldats sortent à gauche.

PREMIER SOLDAT : Tu vois bien qu'il n'y a personne. C'est Agamemnon, que je te dis, sacré Agamemnon ! Il doit être assis sur ces coussins : droit comme un I — et il nous regarde : il n'a rien à faire de son temps, qu'à nous regarder.

DEUXIÈME SOLDAT : Nous ferions mieux de rectifier la position, tant pis si les mouches nous chatouillent le nez.

PREMIER SOLDAT : J'aimerais mieux être au corps de garde, en train de faire une bonne partie. Là-bas, les morts qui reviennent sont des copains, de simples grivetons, comme nous. Mais quand je pense que le feu roi est là, et qu'il compte les boutons qui manquent à ma veste, je me sens drôle, comme lorsque le général nous passe en revue.

Entrent Égisthe, Clytemnestre, des serviteurs portant des lampes.

ÉGISTHE : Qu'on nous laisse seuls.

SCÈNE III

ÉGISTHE, CLYTEMNESTRE,
ORESTE, ÉLECTRE, *cachés*

CLYTEMNESTRE : Qu'avez-vous ?

ÉGISTHE : Vous avez vu ? Si je ne les avais frappés de terreur, ils se débarrassaient en un tournemain de leurs remords.

CLYTEMNESTRE : N'est-ce que cela qui vous inquiète ? Vous saurez toujours glacer leur courage en temps voulu.

ÉGISTHE : Il se peut. Je ne suis que trop habile à ces comédies. *(Un temps.)* Je regrette d'avoir dû punir Électre.

CLYTEMNESTRE : Est-ce parce qu'elle est née de moi ? Il vous a plu de le faire, et je trouve bon tout ce que vous faites.

ÉGISTHE : Femme, ce n'est pas pour toi que je le regrette.

CLYTEMNESTRE : Alors, pourquoi ? Vous n'aimiez pas Électre.

ÉGISTHE : Je suis las. Voici quinze ans que je tiens en l'air, à bout de bras, le remords de tout un peuple. Voici quinze ans que je m'habille comme un épouvantail : tous ces vêtements noirs ont fini par déteindre sur mon âme.

CLYTEMNESTRE : Mais, seigneur, moi-même…

ÉGISTHE : Je sais, femme, je sais : tu vas me parler de tes remords. Eh bien, je te les envie, ils te meublent la vie. Moi, je n'en ai pas, mais personne d'Argos n'est aussi triste que moi.

CLYTEMNESTRE : Mon cher seigneur… *(Elle s'approche de lui.)*

ÉGISTHE : Laisse-moi, catin ! N'as-tu pas honte, sous ses yeux ?

CLYTEMNESTRE : Sous ses yeux ? Qui donc nous voit ?

ÉGISTHE : Eh bien ? Le roi. On a lâché les morts, ce matin.

CLYTEMNESTRE : Seigneur, je vous en supplie… Les morts sont sous terre et ne nous gêneront pas de sitôt. Est-ce que vous avez oublié que vous-même vous inventâtes ces fables pour le peuple ?

ÉGISTHE : Tu as raison, femme. Eh bien ? Tu vois comme je suis las ? Laisse-moi, je veux me recueillir.

Clytemnestre sort.

SCÈNE IV

ÉGISTHE,
ORESTE *et* ÉLECTRE, *cachés*

ÉGISTHE : Est-ce là, Jupiter, le roi dont tu avais besoin pour Argos ? Je vais, je viens, je sais crier d'une voix forte, je promène partout ma grande apparence terrible, et ceux qui m'aperçoivent se sentent coupables jusqu'aux moelles. Mais je suis une coque vide : une bête m'a mangé le dedans sans que je m'en aperçoive. À présent je regarde en moi-même, et je vois que je suis plus mort qu'Agamemnon. Ai-je dit que j'étais triste ? J'ai menti. Il n'est ni triste ni gai, le désert, l'innombrable néant des sables sous le néant lucide du ciel : il est sinistre. Ah ! je donnerais mon royaume pour verser une larme !

Entre Jupiter.

SCÈNE V

LES MÊMES, JUPITER

JUPITER : Plains-toi : tu es un roi semblable à tous les rois.

ÉGISTHE : Qui es-tu ? Que viens-tu faire ici ?

JUPITER : Tu ne me reconnais pas ?

ÉGISTHE : Sors d'ici, ou je te fais rosser par mes gardes.

JUPITER : Tu ne me reconnais pas ? Tu m'as vu pourtant. C'était en songe. Il est vrai que j'avais l'air plus terrible. *(Tonnerre, éclairs, Jupiter prend l'air terrible.)* Et comme ça ?

ÉGISTHE : Jupiter !

JUPITER : Nous y voilà. *(Il redevient souriant, s'approche de la statue.)* C'est moi, ça ? C'est ainsi qu'ils me voient quand ils prient, les habitants d'Argos ? Parbleu, il est rare qu'un dieu puisse contempler son image face à face. *(Un temps.)* Que je suis laid ! Ils ne doivent pas m'aimer beaucoup.

ÉGISTHE : Ils vous craignent.

JUPITER : Parfait ! Je n'ai que faire d'être aimé. Tu m'aimes, toi ?

ÉGISTHE : Que me voulez-vous ? N'ai-je pas assez payé ?

JUPITER : Jamais assez !

ÉGISTHE : Je crève à la tâche.

JUPITER : N'exagère pas ! Tu te portes assez bien et tu es gras. Je ne te le reproche pas, d'ailleurs. C'est de la bonne graisse royale, jaune comme le suif d'une chandelle, il en faut. Tu es taillé pour vivre encore vingt ans.

ÉGISTHE : Encore vingt ans !

JUPITER : Souhaites-tu mourir ?

ÉGISTHE : Oui.

JUPITER : Si quelqu'un entrait ici avec une épée nue, tendrais-tu ta poitrine à cette épée.

ÉGISTHE : Je ne sais pas.

JUPITER : Écoute-moi bien ; si tu te laisses égorger comme un veau, tu seras puni de façon exemplaire ; tu resteras roi dans le Tartare[12] pour l'éternité. Voilà ce que je suis venu te dire.

ÉGISTHE : Quelqu'un cherche à me tuer ?

JUPITER : Il paraît.

ÉGISTHE : Électre ?

JUPITER : Un autre aussi.

ÉGISTHE : Qui ?

JUPITER : Oreste.

ÉGISTHE : Ah ! *(Un temps.)* Eh bien, c'est dans l'ordre, qu'y puis-je ?

JUPITER : « Qu'y puis-je. » *(Changeant de ton.)* Ordonne sur l'heure qu'on se saisisse d'un jeune étranger qui se fait appeler Philèbe. Qu'on le jette avec Électre dans quelque basse fosse — et je te permets de les y oublier. Eh bien ! Qu'attends-tu ? Appelle tes gardes.

ÉGISTHE : Non.

JUPITER : Me feras-tu la faveur de me dire les raisons de ton refus ?

ÉGISTHE : Je suis las.

JUPITER : Pourquoi regardes-tu tes pieds ? Tourne vers moi tes gros yeux striés de sang. Là, là ! Tu es noble et bête comme un cheval. Mais ta résistance n'est pas de celles qui m'irritent : c'est le piment qui rendra, tout à l'heure, plus délicieuse encore ta soumission. Car je sais que tu finiras par céder.

ÉGISTHE : Je vous dis que je ne veux pas entrer dans vos desseins. J'en ai trop fait.

JUPITER : Courage ! Résiste ! Résiste ! Ah ! Que je suis friand d'âmes comme la tienne. Tes yeux lancent des éclairs, tu serres les poings et tu jettes ton refus à la face de Jupiter. Mais cependant, petite tête, petit cheval, mauvais petit cheval, il y a beau temps que ton cœur m'a dit oui. Allons, tu obéiras. Crois-tu que je quitte l'Olympe sans motif ? J'ai voulu t'avertir de ce crime, parce qu'il me plaît de l'empêcher.

ÉGISTHE : M'avertir... ! C'est bien étrange.

JUPITER : Quoi de plus naturel au contraire : je veux détourner ce danger de ta tête.

ÉGISTHE : Qui vous le demandait ? Et Agamemnon, l'avez-vous averti, lui ? Pourtant il voulait vivre.

JUPITER : Ô nature ingrate, ô malheureux caractère : tu m'es plus cher qu'Agamemnon, je te le prouve et tu te plains.

ÉGISTHE : Plus cher qu'Agamemnon ? Moi ? C'est Oreste qui vous est cher. Vous avez toléré que je me perde, vous m'avez laissé courir tout droit vers la baignoire du roi, la hache à la main — et sans doute vous léchiez-vous les lèvres, là-haut, en pensant que l'âme du pécheur est délectable. Mais aujourd'hui vous protégez Oreste contre lui-même — et moi, que vous avez poussé à tuer le père, vous m'avez choisi pour retenir le bras du fils. J'étais tout juste bon à faire un assassin. Mais lui, pardon, on a d'autres vues sur lui, sans doute.

JUPITER : Quelle étrange jalousie. Rassure-toi : je ne l'aime pas plus que toi. Je n'aime personne.

ÉGISTHE : Alors, voyez ce que vous avez fait de moi, dieu injuste. Et répondez : si vous empêchez aujourd'hui le crime que médite Oreste, pourquoi donc avoir permis le mien ?

JUPITER : Tous les crimes ne me déplaisent pas également. Égisthe, nous sommes entre rois, et je te parlerai franchement : le premier crime, c'est moi qui l'ai commis en créant les hommes mortels. Après cela, que pouviez-vous faire, vous autres, les assassins ? Donner la mort à vos victimes ?

Allons donc ; elles la portaient déjà en elles ; tout au plus hâtiez-vous un peu son épanouissement. Sais-tu ce qui serait advenu d'Agamemnon, si tu ne l'avais pas occis ? Trois mois plus tard il mourait d'apoplexie sur le sein d'une belle esclave. Mais ton crime me servait.

ÉGISTHE : Il vous servait ? Je l'expie depuis quinze ans et il vous servait ? Malheur !

JUPITER : Eh bien quoi ? C'est parce que tu l'expies qu'il me sert ; j'aime les crimes qui paient. J'ai aimé le tien parce que c'était un meurtre aveugle et sourd, ignorant de lui-même, antique, plus semblable à un cataclysme qu'à une entreprise humaine. Pas un instant tu ne m'as bravé : tu as frappé dans les transports de la rage et de la peur ; et puis, la fièvre tombée, tu as considéré ton acte avec horreur et tu n'as pas voulu le reconnaître. Quel profit j'en ai tiré cependant ! pour un homme mort, vingt mille autres plongés dans la repentance, voilà le bilan. Je n'ai pas fait un mauvais marché.

ÉGISTHE : Je vois ce que cachent tous ces discours : Oreste n'aura pas de remords.

JUPITER : Pas l'ombre d'un. À cette heure il tire ses plans avec méthode, la tête froide, modestement. Qu'ai-je à faire d'un meurtre sans remords, d'un meurtre insolent, d'un meurtre paisible, léger comme une vapeur dans l'âme du meurtrier. J'empêcherai cela ! Ah ! je hais les crimes de la génération nouvelle : ils sont ingrats et stériles comme l'ivraie. Il te tuera comme un poulet, le doux jeune homme, et s'en ira, les mains rouges et la conscience pure ; j'en serais humilié, à ta place. Allons ! Appelle tes gardes.

ÉGISTHE : Je vous ai dit que non. Le crime qui se prépare vous déplaît trop pour ne pas me plaire.

JUPITER, *changeant de ton* : Égisthe, tu es roi, et c'est à ta conscience de roi que je m'adresse ; car tu aimes régner.

ÉGISTHE : Eh bien ?

JUPITER : Tu me hais, mais nous sommes parents ; je t'ai fait à mon image : un roi, c'est un dieu sur la terre, noble et sinistre comme un dieu.

ÉGISTHE : Sinistre ? Vous ?

JUPITER : Regarde-moi. *(Un long silence.)* Je t'ai dit que tu es fait à mon image. Nous faisons tous les deux régner l'ordre, toi, dans Argos, moi dans le monde ; et le même secret pèse lourdement dans nos cœurs.

ÉGISTHE : Je n'ai pas de secret.

JUPITER : Si. Le même que moi. Le secret douloureux des dieux et des rois : c'est que les hommes sont libres. Ils sont libres, Égisthe. Tu le sais, et ils ne le savent pas.

ÉGISTHE : Parbleu, s'ils le savaient, ils mettraient le feu aux quatre coins de mon palais. Voilà quinze ans que je joue la comédie pour leur masquer leur pouvoir.

JUPITER : Tu vois bien que nous sommes pareils.

ÉGISTHE : Pareils ? Par quelle ironie un dieu se dirait-il mon pareil ? Depuis que je règne, tous mes actes et toutes mes paroles visent à composer mon image ; je veux que chacun de mes sujets la porte en lui et qu'il sente, jusque dans la solitude, mon regard sévère peser sur ses pensées les plus secrètes. Mais c'est moi qui suis ma première victime : je ne me vois plus que comme ils me voient, je me penche sur le puits béant de leurs âmes, et mon image est là, tout au fond, elle me répugne et me fascine. Dieu tout-puissant, qui suis-je, sinon la peur que les autres ont de moi ?

JUPITER : Qui donc crois-tu que je sois ? *(Désignant la statue.)* Moi aussi, j'ai mon image. Crois-tu qu'elle ne me donne pas le vertige ? Depuis cent mille ans je danse devant les hommes. Une lente et sombre danse[13]. Il faut qu'ils me regardent : tant qu'ils ont les yeux fixés sur moi, ils oublient de regarder en eux-mêmes. Si je m'oubliais un seul instant, si je laissais leur regard se détourner…

ÉGISTHE : Eh bien ?

JUPITER : Laisse. Ceci ne concerne que moi. Tu es las, Égisthe, mais de quoi te plains-tu ? Tu mourras. Moi, non. Tant qu'il y aura des hommes sur cette terre, je serai condamné à danser devant eux.

ÉGISTHE : Hélas ! Mais qui nous a condamnés ?

JUPITER : Personne que nous-mêmes ; car nous avons la même passion. Tu aimes l'ordre, Égisthe.

ÉGISTHE : L'ordre. C'est vrai. C'est pour l'ordre que j'ai séduit Clytemnestre, pour l'ordre que j'ai tué mon roi ; je voulais que l'ordre règne et qu'il règne par moi. J'ai vécu sans désir, sans amour, sans espoir : j'ai fait de l'ordre. Ô terrible et divine passion !

JUPITER : Nous ne pourrions en avoir d'autre : je suis dieu, et tu es né pour être roi.

ÉGISTHE : Hélas !

JUPITER : Égisthe, ma création et mon frère mortel, au nom de cet ordre que nous servons tous deux, je te le commande : empare-toi d'Oreste et de sa sœur.

ÉGISTHE : Sont-ils si dangereux ?

JUPITER : Oreste sait qu'il est libre.

ÉGISTHE, *vivement* : Il sait qu'il est libre. Alors ce n'est pas assez que de le jeter dans les fers. Un homme libre dans une ville, c'est comme une brebis galeuse dans un troupeau. Il va contaminer tout mon royaume et ruiner mon œuvre. Dieu tout-puissant, qu'attends-tu pour le foudroyer ?

JUPITER, *lentement* : Pour le foudroyer ? *(Un temps. Las et voûté.)* Égisthe, les dieux ont un autre secret...

ÉGISTHE : Que vas-tu me dire ?

JUPITER : Quand une fois la liberté a explosé dans une âme d'homme, les dieux ne peuvent plus rien contre cet homme-là. Car c'est une affaire d'hommes, et c'est aux autres hommes — à eux seuls — qu'il appartient de le laisser courir ou de l'étrangler.

ÉGISTHE, *le regardant* : De l'étrangler ?... C'est bien. Je t'obéirai sans doute. Mais n'ajoute rien et ne demeure pas ici plus longtemps, car je ne pourrai le supporter.

Jupiter sort.

SCÈNE VI

ÉGISTHE *reste seul un moment,*
puis ÉLECTRE *et* ORESTE

ÉLECTRE, *bondissant vers la porte* : Frappe-le ! Ne lui laisse pas le temps de crier ; je barricade la porte.

ÉGISTHE : C'est donc toi, Oreste ?

ORESTE : Défends-toi !

ÉGISTHE : Je ne me défendrai pas. Il est trop tard pour que j'appelle et je suis heureux qu'il soit trop tard. Mais je ne me défendrai pas : je veux que tu m'assassines.

ORESTE : C'est bon. Le moyen m'importe peu. Je serai donc assassin.

Il le frappe de son épée.

ÉGISTHE, *chancelant* : Tu n'as pas manqué ton coup. *(Il se raccroche à Oreste.)* Laisse-moi te regarder. Est-ce vrai que tu n'as pas de remords ?

ORESTE : Des remords ? Pourquoi ? Je fais ce qui est juste.

ÉGISTHE : Ce qui est juste, c'est ce que veut Jupiter. Tu étais caché ici et tu l'as entendu.

ORESTE : Que m'importe Jupiter ? La justice est une affaire d'hommes, et je n'ai pas besoin d'un dieu pour me l'enseigner. Il est juste de t'écraser, immonde coquin, et de ruiner ton empire sur les gens d'Argos, il est juste de leur rendre le sentiment de leur dignité.

Il le repousse.

ÉGISTHE : J'ai mal.

ÉLECTRE : Il chancelle et son visage est blafard. Horreur ! comme c'est laid, un homme qui meurt.

ORESTE : Tais-toi. Qu'il n'emporte pas d'autre souvenir dans la tombe que celui de notre joie.

ÉGISTHE : Soyez maudits tous deux.

ORESTE : Tu n'en finiras donc pas, de mourir ?

Il le frappe. Égisthe tombe.

ÉGISTHE : Prends garde aux mouches, Oreste, prends garde aux mouches. Tout n'est pas fini.

Il meurt.

ORESTE, *le poussant du pied* : Pour lui, tout est fini en tous cas. Guide-moi jusqu'à la chambre de la reine.

ÉLECTRE : Oreste…

ORESTE : Eh bien ?…

ÉLECTRE : Elle ne peut plus nous nuire…

ORESTE : Et alors ?… Je ne te reconnais pas. Tu ne parlais pas ainsi, tout à l'heure.

ÉLECTRE : Oreste… je ne te reconnais pas non plus.

ORESTE : C'est bon ; j'irai seul.

Il sort.

SCÈNE VII

ÉLECTRE, *seule*

ÉLECTRE : Est-ce qu'elle va crier ? *(Un temps. Elle prête l'oreille.)* Il marche dans le couloir. Quand il aura ouvert la quatrième porte… Ah ! je l'ai voulu ! Je le veux, il *faut* que je le veuille encore. *(Elle regarde Égisthe.)* Celui-ci est mort. C'est donc *ça* que je voulais. Je ne m'en rendais pas compte. *(Elle s'approche de lui.)* Cent fois je l'ai vu en songe, étendu à cette même place, une épée dans le cœur. Ses yeux étaient clos, il avait l'air de dormir. Comme je le haïssais, comme j'étais joyeuse de le haïr. Il n'a pas l'air de dormir, et ses yeux sont ouverts, il me regarde. Il est mort — et ma haine est morte avec lui. Et je suis là ; et j'attends, et l'autre est vivante encore, au fond de sa chambre, et tout à l'heure elle va crier. Elle va crier comme une bête. Ah ! je ne peux plus supporter ce regard. *(Elle s'agenouille et jette un manteau sur le visage d'Égisthe.)* Qu'est-ce que je voulais donc ? *(Silence. Puis cris de Clytemnestre.)* Il l'a frappée. C'était notre mère, et il l'a frappée. *(Elle se relève.)* Voici : mes ennemis sont morts. Pendant des années, j'ai joui de cette mort par avance, et, à présent, mon cœur est serré dans un étau. Est-ce que je me suis menti pendant quinze ans ? Ça n'est pas vrai ! Ça n'est pas vrai ! Ça ne peut pas être vrai : je ne suis pas lâche ! Cette minute-ci, je l'ai voulue et je la veux encore. J'ai voulu voir ce porc immonde couché à mes pieds. *(Elle arrache le manteau.)* Que m'importe ton regard de poisson mort. Je l'ai voulu, ce regard, et j'en jouis. *(Cris plus faibles de Clytemnestre.)* Qu'elle crie ! Qu'elle crie ! Je veux ses cris d'horreur et je veux ses souffrances. *(Les cris cessent.)* Joie ! Joie ! Je pleure de joie[14] : mes ennemis sont morts et mon père est vengé.

Oreste rentre, une épée sanglante à la main. Elle court à lui.

SCÈNE VIII

ÉLECTRE, ORESTE

ÉLECTRE : Oreste ! *(Elle se jette dans ses bras.)*

ORESTE : De quoi as-tu peur ?

ÉLECTRE : Je n'ai pas peur, je suis ivre. Ivre de joie. Qu'a-t-elle dit ? A-t-elle longtemps imploré sa grâce ?

ORESTE : Électre, je ne me repentirai pas de ce que j'ai fait, mais je ne juge pas bon d'en parler : il y a des souvenirs qu'on ne partage pas. Sache seulement qu'elle est morte.

ÉLECTRE : En nous maudissant ? Dis-moi seulement cela : en nous maudissant ?

ORESTE : Oui. En nous maudissant.

ÉLECTRE : Prends-moi dans tes bras, mon bien-aimé, et serre-moi de toutes tes forces. Comme la nuit est épaisse et comme les lumières de ces flambeaux ont de la peine à la percer ! M'aimes-tu ?

ORESTE : Il ne fait pas nuit : c'est le point du jour. Nous sommes libres, Électre. Il me semble que je t'ai fait naître et que je viens de naître avec toi ; je t'aime et tu m'appartiens. Hier encore j'étais seul et aujourd'hui tu m'appartiens. Le sang nous unit doublement, car nous sommes de même sang et nous avons versé le sang[15].

ÉLECTRE : Jette ton épée. Donne-moi cette main. *(Elle lui prend la main et l'embrasse.)* Tes doigts sont courts et carrés. Ils sont faits pour prendre et pour tenir. Chère main ! Elle est plus blanche que la mienne. Comme elle s'est faite lourde pour frapper les assassins de notre père ! Attends. *(Elle va chercher un flambeau et elle l'approche d'Oreste.)* Il faut que j'éclaire ton visage, car la nuit s'épaissit et je ne te vois plus bien. J'ai besoin de te voir : quand je ne te vois plus, j'ai peur de toi ; il ne faut pas que je te quitte des yeux. Je t'aime. Il faut que je pense que je t'aime. Comme tu as l'air étrange !

ORESTE : Je suis libre, Électre ; la liberté a fondu sur moi comme la foudre.

ÉLECTRE : Libre ? Moi, je ne me sens pas libre. Peux-tu faire que tout ceci n'ait pas été ? Quelque chose est arrivé que nous ne sommes plus libres de défaire. Peux-tu empêcher que nous soyons pour toujours les assassins de notre mère ?

ORESTE : Crois-tu que je voudrais l'empêcher ? J'ai fait *mon* acte, Électre, et cet acte était bon. Je le porterai sur mes épaules comme un passeur d'eau porte les voyageurs, je le ferai passer sur l'autre rive et j'en rendrai compte. Et plus il sera lourd à porter, plus je me réjouirai, car ma liberté, c'est lui. Hier encore, je marchais au hasard sur la terre, et des milliers de chemins fuyaient sous mes pas, car ils appartenaient à d'autres. Je les ai tous empruntés, celui des haleurs, qui court au long de la rivière, et le sentier du muletier et la route pavée des conducteurs de chars ; mais aucun n'était à moi. Aujourd'hui, il n'y en a plus qu'un, et Dieu sait où il mène : mais c'est *mon* chemin. Qu'as-tu ?

ÉLECTRE : Je ne peux plus te voir ? Ces lampes n'éclairent pas. J'entends ta voix, mais elle me fait mal, elle me coupe comme un couteau. Est-ce qu'il fera toujours aussi noir, désormais, même le jour ? Oreste ! Les voilà !

ORESTE : Qui ?

ÉLECTRE : Les voilà ! D'où viennent-elles ? Elles pendent du plafond comme des grappes de raisins noirs, et ce sont elles qui noircissent les murs ; elles se glissent entre les lumières et mes yeux, et ce sont leurs ombres qui me dérobent ton visage.

ORESTE : Les mouches…

ÉLECTRE : Écoute !… Écoute le bruit de leurs ailes, pareil au ronflement d'une forge. Elles nous entourent, Oreste. Elles nous guettent ; tout à l'heure elles s'abattront sur nous, et je sentirai mille pattes gluantes sur mon corps. Où fuir, Oreste ? Elles enflent, elles enflent, les voilà grosses comme des abeilles, elles nous suivront partout en épais tourbillons. Horreur ! Je vois leurs yeux, leurs millions d'yeux qui nous regardent.

ORESTE : Que nous importent les mouches ?

ÉLECTRE : Ce sont les Érinnyes, Oreste, les déesses du remords.

DES VOIX, *derrière la porte* : Ouvrez ! Ouvrez ! S'ils n'ouvrent pas, il faut enfoncer la porte.

Coups sourds dans la porte.

ORESTE : Les cris de Clytemnestre ont attiré des gardes. Viens ! Conduis-moi au sanctuaire d'Apollon ; nous y passerons la nuit, à l'abri des hommes et des mouches. Demain je parlerai à mon peuple.

RIDEAU

ACTE III

SCÈNE I

Le temple d'Apollon. Pénombre. Une statue d'Apollon au milieu de la scène[1]*.* ÉLECTRE *et* ORESTE *dorment au pied de la statue, entourant ses jambes de leurs bras.* LES ÉRINNYES, *en cercle, les entourent ; elles dorment debout, comme des échassiers. Au fond, une lourde porte de bronze.*

PREMIÈRE ÉRINNYE, *s'étirant*: Haaah ! J'ai dormi debout, toute droite de colère, et j'ai fait d'énormes rêves irrités. Ô belle fleur de rage, belle fleur rouge en mon cœur. *(Elle tourne autour d'Oreste et d'Électre.)* Ils dorment. Comme ils sont blancs, comme ils sont doux ! Je leur roulerai sur le ventre et sur la poitrine comme un torrent sur des cailloux. Je polirai patiemment cette chair fine, je la frotterai, je la raclerai, je l'userai jusqu'à l'os. *(Elle fait quelques pas.)* Ô pur matin de haine ! Quel splendide réveil : ils dorment, ils sont moites, ils sentent la fièvre ; moi, je veille, fraîche et dure, mon âme est de cuivre — et je me sens sacrée.

ÉLECTRE, *endormie* : Hélas !

PREMIÈRE ÉRINNYE : Elle gémit. Patience, tu connaîtras bientôt nos morsures, nous te ferons hurler sous nos caresses. J'entrerai en toi comme le mâle en la femelle, car tu es mon épouse, et tu sentiras le poids de mon amour. Tu es belle, Électre, plus belle que moi ; mais, tu verras, mes baisers font vieillir ; avant six mois, je t'aurai cassée comme une vieillarde, et moi, je resterai jeune. *(Elle se penche sur eux.)* Ce sont de belles proies périssables et bonnes à manger ; je les regarde, je respire leur haleine et la colère m'étouffe. Ô délices de se sentir un petit matin de haine, délices de se sentir griffes et mâchoires, avec du feu dans les veines. La haine m'inonde et me suffoque, elle monte dans mes seins comme du lait[2]. Réveillez-vous, mes sœurs, réveillez-vous : voici le matin.

DEUXIÈME ÉRINNYE : Je rêvais que je mordais.

PREMIÈRE ÉRINNYE : Prends patience : un dieu les protège aujourd'hui, mais bientôt la soif et la faim les chasseront de cet asile. Alors, tu les mordras de toutes tes dents.

TROISIÈME ÉRINNYE : Haaah ! Je veux griffer.

PREMIÈRE ÉRINNYE : Attends un peu : bientôt tes ongles de fer traceront mille sentiers rouges dans la chair des coupables. Approchez, mes sœurs, venez les voir.

UNE ÉRINNYE : Comme ils sont jeunes !

UNE AUTRE ÉRINNYE : Comme ils sont beaux !

PREMIÈRE ÉRINNYE : Réjouissez-vous : trop souvent les criminels sont vieux et laids ; elle n'est que trop rare, la joie exquise de détruire ce qui est beau.

LES ÉRINNYES : Héiah ! Héiahah !

TROISIÈME ÉRINNYE : Oreste est presque un enfant. Ma haine aura pour lui des douceurs maternelles. Je prendrai sur mes genoux sa tête pâle, je caresserai ses cheveux.

PREMIÈRE ÉRINNYE : Et puis ?

TROISIÈME ÉRINNYE : Et puis je plongerai tout d'un coup les deux doigts que voilà dans ses yeux.

Elles se mettent toutes à rire.

PREMIÈRE ÉRINNYE : Ils soupirent, ils s'agitent ; leur réveil est proche. Allons mes sœurs, mes sœurs les mouches, tirons les coupables du sommeil par notre chant.

CHŒUR DES ÉRINNYES

Bzz, bzz, bzz, bzz.
Nous nous poserons sur ton cœur pourri comme des mouches sur une tartine,
Cœur pourri, cœur saigneux, cœur délectable.
Nous butinerons comme des abeilles le pus et la sanie de ton cœur.
Nous en ferons du miel, tu verras, du beau miel vert.
Quel amour nous comblerait autant que la haine ?
Bzz, bzz, bzz, bzz.
Nous serons les yeux fixes des maisons,
Le grondement du molosse qui découvrira les dents sur ton passage,
Le bourdonnement qui volera dans le ciel au-dessus de ta tête,
Les bruits de la forêt,
Les sifflements, les craquements, les chuintements, les hululements,
Nous serons la nuit,
L'épaisse nuit de ton âme.
Bzz, bzz, bzz, bzz,
Héiah ! héiah ! héiahah !
Bzz, bzz, bzz, bzz,
Nous sommes les suceuses de pus, les mouches,
Nous partagerons tout avec toi,
Nous irons chercher la nourriture dans ta bouche et le rayon de lumière au fond de tes yeux,
Nous t'escorterons jusqu'à la tombe
Et nous ne céderons la place qu'aux vers.
Bzz, bzz, bzz, bzz.

Elles dansent.

ÉLECTRE, *qui s'éveille* : Qui parle ? Qui êtes-vous ?

LES ÉRINNYES : Bzz, bzz, bzz.

ÉLECTRE : Ah ! Vous voilà. Alors ? Nous les avons tués pour de bon ?

ORESTE, *s'éveillant* : Électre !

ÉLECTRE : Qui es-tu, toi ? Ah ! Tu es Oreste. Va-t'en.

ORESTE : Qu'as-tu donc ?

ÉLECTRE : Tu me fais peur. J'ai rêvé que notre mère était tombée à la renverse et qu'elle saignait, et son sang coulait en rigoles sous toutes les portes du palais. Touche mes mains, elles sont froides. Non, laisse-moi. Ne me touche pas. Est-ce qu'elle a beaucoup saigné ?

ORESTE : Tais-toi.

ÉLECTRE, *s'éveillant tout à fait* : Laisse-moi te regarder : tu les as tués. C'est toi qui les as tués. Tu es là, tu viens de t'éveiller, il n'y a rien d'écrit sur ton visage, et pourtant tu les as tués.

ORESTE : Eh bien ? Oui, je les ai tués ! *(Un temps.)* Toi aussi, tu me fais peur. Tu étais si belle, hier. On dirait qu'une bête t'a ravagé la face avec ses griffes.

ÉLECTRE : Une bête ? Ton crime. Il m'arrache les joues et les paupières : il me semble que mes yeux et mes dents sont nus. Et celles-ci ? Qui sont-elles ?

ORESTE : Ne pense pas à elles. Elles ne peuvent rien contre toi.

PREMIÈRE ÉRINNYE : Qu'elle vienne au milieu de nous, si elle l'ose, et tu verras si nous ne pouvons rien contre elle.

ORESTE : Paix, chiennes[3]. À la niche ! *(Les Érinnyes grondent.)* Celle qui hier, en robe blanche, dansait sur les marches du temple, est-il possible que ce fût toi ?

ÉLECTRE : J'ai vieilli. En une nuit.

ORESTE : Tu es encore belle, mais… où donc ai-je vu ces yeux morts ? Électre… tu lui ressembles ; tu ressembles à Clytemnestre. Était-ce la peine de la tuer ? Quand je vois mon crime dans ces yeux-là, il me fait horreur.

PREMIÈRE ÉRINNYE : C'est qu'elle a horreur de toi.

ORESTE : Est-ce vrai ? Est-ce vrai que je te fais horreur ?

ÉLECTRE : Laisse-moi.

PREMIÈRE ÉRINNYE : Eh bien ? Te reste-t-il le moindre doute ? Comment ne te haïrait-elle pas ? Elle vivait tranquille avec ses rêves, tu es venu, apportant le carnage et le sacrilège. Et la voilà, partageant ta faute, rivée sur ce piédestal, le seul morceau de terre qui lui reste.

ORESTE : Ne l'écoute pas.

PREMIÈRE ÉRINNYE : Arrière ! Arrière ! Chasse-le, Électre, ne te laisse pas toucher par sa main. C'est un boucher ! Il a sur lui la fade odeur du sang frais. Il a tué la vieille très malproprement, tu sais, en s'y reprenant à plusieurs fois.

ÉLECTRE : Tu ne mens pas ?

PREMIÈRE ÉRINNYE : Tu peux me croire, j'étais là, je bourdonnais autour d'eux.

ÉLECTRE : Et il a frappé plusieurs coups ?

PREMIÈRE ÉRINNYE : Une bonne dizaine. Et, chaque fois, l'épée faisait « cric » dans la blessure. Elle se protégeait le visage et le ventre avec les mains, et il lui a tailladé les mains.

ÉLECTRE : Elle a beaucoup souffert ? Elle n'est pas morte sur l'heure ?

ORESTE : Ne les regarde plus, bouche-toi les oreilles, ne les interroge pas surtout ; tu es perdue si tu les interroges.

PREMIÈRE ÉRINNYE : Elle a souffert horriblement.

ÉLECTRE, *se cachant la figure de ses mains* : Ha !

ORESTE : Elle veut nous séparer, elle dresse autour de toi les murs de la solitude. Prends garde : quand tu seras bien seule, toute seule et sans recours, elles fondront sur toi. Électre, nous avons décidé ce meurtre ensemble, et nous devons en supporter les suites ensemble.

ÉLECTRE : Tu prétends que je l'ai voulu ?

ORESTE : N'est-ce pas vrai ?

ÉLECTRE : Non, ce n'est pas vrai… Attends… Si ! Ah ! Je ne sais plus. J'ai rêvé ce crime. Mais toi, tu l'as commis, bourreau de ta propre mère.

LES ÉRINNYES, *riant et criant* : Bourreau ! Bourreau ! Boucher !

ORESTE : Électre, derrière cette porte, il y a le monde. Le monde et le matin. Dehors, le soleil se lève sur les routes. Nous sortirons bientôt, nous irons sur les routes ensoleillées, et ces filles de la nuit[4] perdront leur puissance : les rayons du jour les transperceront comme des épées.

ÉLECTRE : Le soleil…

PREMIÈRE ÉRINNYE : Tu ne reverras jamais le soleil, Électre. Nous nous masserons entre lui et toi comme une nuée de sauterelles et tu emporteras partout la nuit sur ta tête.

ÉLECTRE : Laissez-moi ! Cessez de me torturer !

ORESTE : C'est ta faiblesse qui fait leur force. Vois : elles n'osent rien me dire. Écoute : une horreur sans nom s'est posée sur toi et nous sépare. Pourtant qu'as-tu donc vécu que je n'aie vécu ? Les gémissements de ma mère, crois-tu que mes oreilles cesseront jamais de les entendre ? Et ses yeux immenses — deux océans démontés — dans son visage de craie, crois-tu que mes yeux cesseront jamais de les voir ? Et l'angoisse qui te dévore, crois-tu qu'elle cessera jamais de me ronger ? Mais que m'importe : je suis libre. Par-delà l'angoisse et les souvenirs. Libre. Et d'accord avec moi. Il ne faut pas te haïr toi-même, Électre. Donne-moi la main : je ne t'abandonnerai pas.

ÉLECTRE : Lâche ma main ! Ces chiennes noires autour de moi m'effraient, mais moins que toi.

PREMIÈRE ÉRINNYE : Tu vois ! Tu vois ! N'est-ce pas, petite poupée, nous te faisons moins peur que lui ? Tu as besoin de nous, Électre, tu es notre enfant. Tu as besoin de nos ongles pour fouiller ta chair, tu as besoin de nos dents pour mordre ta poitrine, tu as besoin de notre amour cannibale pour te détourner de la haine que tu te portes, tu as besoin de souffrir dans ton corps pour oublier les souffrances de ton âme. Viens ! Viens ! Tu n'as que deux marches à descendre, nous te recevrons dans nos bras, nos baisers déchireront ta chair fragile, et ce sera l'oubli, l'oubli au grand feu pur de la douleur.

LES ÉRINNYES : Viens ! Viens !

Elles dansent très lentement comme pour la fasciner. Électre se lève.

ORESTE, *la saisissant par le bras* : N'y va pas, je t'en supplie, ce serait ta perte.

ÉLECTRE, *se dégageant avec violence* : Ha ! Je te hais.

Elle descend les marches, les Érinnyes se jettent toutes sur elle.

Au secours !

Entre Jupiter.

SCÈNE II

LES MÊMES, JUPITER

JUPITER : À la niche !

PREMIÈRE ÉRINNYE : Le maître !

Les Érinnyes s'écartent à regret, laissant Électre étendue par terre.

JUPITER : Pauvres enfants. *(Il s'avance vers Électre.)* Voilà donc où vous en êtes ? La colère et la pitié se disputent mon cœur. Relève-toi, Électre : tant que je serai là, mes chiennes ne te feront pas de mal. *(Il l'aide à se relever.)* Quel terrible visage. Une seule nuit ! Une seule nuit ! Où est ta fraîcheur paysanne ? En une seule nuit ton foie, tes poumons et ta rate se sont usés, ton corps n'est plus qu'une grosse misère. Ah ! présomptueuse et folle jeunesse, que de mal vous vous êtes fait !

ORESTE : Quitte ce ton, bonhomme : il sied mal au roi des dieux.

JUPITER : Et toi, quitte ce ton fier : il ne convient guère à un coupable en train d'expier son crime.

ORESTE : Je ne suis pas un coupable, et tu ne saurais me faire expier ce que je ne reconnais pas pour un crime.

JUPITER : Tu te trompes peut-être, mais patience : je ne te laisserai pas longtemps dans l'erreur.

ORESTE : Tourmente-moi tant que tu voudras : je ne regrette rien.

JUPITER : Pas même l'abjection où ta sœur est plongée par ta faute ?

ORESTE : Pas même.

JUPITER : Électre, l'entends-tu ? Voilà celui qui prétendait t'aimer.

ORESTE : Je l'aime plus que moi-même. Mais ses souffrances viennent d'elle, c'est elle seule qui peut s'en délivrer : elle est libre.

JUPITER : Et toi ? Tu es libre aussi, peut-être ?

ORESTE : Tu le sais bien.

JUPITER : Regarde-toi, créature impudente et stupide : tu as grand air, en vérité, tout recroquevillé entre les jambes d'un dieu secourable, avec ces chiennes affamées qui t'assiègent. Si tu oses prétendre que tu es libre, alors il faudra vanter la liberté du prisonnier chargé de chaînes, au fond d'un cachot, et de l'esclave crucifié.

ORESTE : Pourquoi pas ?

JUPITER : Prends garde : tu fais le fanfaron parce qu'Apollon te protège. Mais Apollon est mon très obéissant serviteur. Si je lève un doigt, il t'abandonne.

ORESTE : Eh bien ? Lève le doigt, lève la main entière.

JUPITER : À quoi bon ? Ne t'ai-je pas dit que je répugnais à punir ? Je suis venu pour vous sauver.

ÉLECTRE : Nous sauver ? Cesse de te moquer, maître de la vengeance et de la mort, car il n'est pas permis — fût-ce à un dieu — de donner à ceux qui souffrent un espoir trompeur.

JUPITER : Dans un quart d'heure, tu peux être hors d'ici.

ÉLECTRE : Saine et sauve ?

JUPITER : Tu as ma parole.

ÉLECTRE : Qu'exigeras-tu de moi en retour ?

JUPITER : Je ne te demande rien, mon enfant.

ÉLECTRE : Rien ? T'ai-je bien entendu, Dieu bon, Dieu adorable ?

JUPITER : Ou presque rien. Ce que tu peux me donner le plus aisément : un peu de repentir.

ORESTE : Prends garde, Électre : ce rien pèsera sur ton âme comme une montagne.

JUPITER, *à Électre* : Ne l'écoute pas. Réponds-moi plutôt : comment n'accepterais-tu pas de désavouer ce crime ; c'est un autre qui l'a commis. À peine peut-on dire que tu fus sa complice.

ORESTE : Électre ! Vas-tu renier quinze ans de haine et d'espoir ?

JUPITER : Qui parle de renier ? Elle n'a jamais voulu cet acte sacrilège.

ÉLECTRE : Hélas !

JUPITER : Allons ! Tu peux me faire confiance. Est-ce que je ne lis pas dans les cœurs ?

ÉLECTRE, *incrédule* : Et tu lis dans le mien que je n'ai pas voulu ce crime ? Quand j'ai rêvé quinze ans de meurtre et de vengeance ?

JUPITER : Bah ! Ces rêves sanglants qui te berçaient, ils avaient une espèce d'innocence : ils te masquaient ton esclavage, ils pansaient les blessures de ton orgueil. Mais tu n'as jamais songé à les réaliser. Est-ce que je me trompe ?

ÉLECTRE : Ah ! mon Dieu, mon Dieu chéri, comme je souhaite que tu ne te trompes pas !

JUPITER : Tu es une toute petite fille, Électre. Les autres petites filles souhaitent de devenir les plus riches ou les plus belles de toutes les femmes. Et toi, fascinée par l'atroce destin de ta race, tu as souhaité de devenir la plus douloureuse et la plus criminelle. Tu n'as jamais voulu le mal : tu n'as voulu que ton propre malheur. À ton âge, les enfants jouent encore à la poupée ou à la marelle ; et toi, pauvre petite, sans jouets ni compagnes, tu as joué au meurtre, parce que c'est un jeu qu'on peut jouer toute seule.

ÉLECTRE : Hélas ! Hélas ! Je t'écoute et je vois clair en moi,

ORESTE : Électre ! Électre ! C'est à présent que tu es coupable. Ce que tu as voulu, qui peut le savoir, si ce n'est toi ? Laisseras-tu un autre en décider ? Pourquoi déformer un passé qui ne peut plus se défendre ? Pourquoi renier cette Électre irritée que tu fus, cette jeune déesse de la haine que j'ai tant aimée ? Et ne vois-tu pas que ce dieu cruel se joue de toi ?

JUPITER : Me jouer de vous ? Écoutez plutôt ce que je vous propose : si vous répudiez votre crime, je vous installe tous deux sur le trône d'Argos.

ORESTE : À la place de nos victimes ?

JUPITER : Il le faut bien.

ORESTE : Et j'endosserai les vêtements tièdes encore du défunt roi ?

JUPITER : Ceux-là ou d'autres, peu importe.

ORESTE : Oui ; pourvu qu'ils soient noirs, n'est-ce pas ?

JUPITER : N'es-tu pas en deuil ?

ORESTE : En deuil de ma mère, je l'oubliais. Et mes sujets, faudra-t-il aussi que je les habille de noir ?

JUPITER : Ils le sont déjà.

ORESTE : C'est vrai. Laissons-leur le temps d'user leurs vieux vêtements. Eh bien ? As-tu compris, Électre ? Si tu verses quelques larmes, on t'offre les jupons et les chemises de Clytemnestre — ces chemises puantes et souillées que tu as lavées quinze ans de tes propres mains. Son rôle aussi t'attend, tu n'auras qu'à le reprendre ; l'illusion sera parfaite, tout le monde croira revoir ta mère, car tu t'es mise à lui ressembler. Moi, je suis plus dégoûté : je n'enfilerai pas les culottes du bouffon que j'ai tué.

JUPITER : Tu lèves bien haut la tête : tu as frappé un homme qui ne se défendait pas et une vieille qui demandait grâce ; mais celui qui t'entendrait parler sans te connaître pourrait croire que tu as sauvé ta ville natale, en combattant seul contre trente.

ORESTE : Peut-être, en effet, ai-je sauvé ma ville natale.

JUPITER : Toi ? Sais-tu ce qu'il y a derrière cette porte ? Les hommes d'Argos — tous les hommes d'Argos. Ils attendent leur sauveur avec des pierres, des fourches et des triques pour lui prouver leur reconnaissance. Tu es seul comme un lépreux.

ORESTE : Oui.

JUPITER : Va, n'en tire pas orgueil. C'est dans la solitude du mépris et de l'horreur qu'ils t'ont rejeté, ô le plus lâche des assassins.

ORESTE : Le plus lâche des assassins, c'est celui qui a des remords.

JUPITER : Oreste ! Je t'ai créé et j'ai créé toute chose : regarde. *(Les murs du temple s'ouvrent. Le ciel apparaît, constellé d'étoiles qui tournent. Jupiter est au fond de la scène. Sa voix est devenue énorme — microphone — mais on le distingue à peine.)* Vois ces planètes qui roulent en ordre, sans jamais se heurter : c'est moi qui en ai réglé le cours, selon la justice. Entends l'harmonie des sphères, cet énorme chant de grâces minéral qui se répercute aux quatre coins du ciel *(Mélodrame.)* Par moi les espèces se perpétuent, j'ai ordonné qu'un homme engendre toujours un homme et que le petit du chien soit un chien, par moi la douce langue des marées vient lécher le sable et se retire à heure fixe, je fais croître les plantes, et mon souffle guide autour de la terre les nuages jaunes du pollen. Tu n'es pas chez toi, intrus ; tu es dans le monde comme l'écharde dans la chair, comme le braconnier dans la forêt seigneuriale : car le monde est bon ; je l'ai créé selon ma volonté et je suis le Bien. Mais toi, tu as fait le Mal, et les choses t'accusent de leurs voix pétrifiées : le Bien est partout, c'est la moelle du sureau, la fraîcheur de la source, le grain du silex, la pesanteur de la pierre ; tu le retrouveras jusque dans la nature du feu et de la lumière, ton corps même te trahit, car il se conforme à mes prescriptions. Le Bien est en toi, hors de toi : il te pénètre comme une faux, il t'écrase comme une montagne, il te porte et te roule comme une mer ; c'est lui qui permit le succès de ta mauvaise entreprise, car il fut la clarté des chandelles, la dureté de ton épée, la force de ton bras. Et ce Mal dont tu es si fier, dont tu te nommes l'auteur, qu'est-il sinon un reflet de l'être, un faux-fuyant, une image trompeuse dont l'existence même est soutenue par le Bien. Rentre en toi-même, Oreste[5] : l'univers te donne tort, et tu es un ciron dans l'univers[6]. Rentre dans la nature, fils dénaturé : connais ta faute, abhorre-la, arrache-la de toi comme une dent cariée et puante. Ou redoute que la mer ne se retire devant toi, que les sources ne se tarissent sur ton chemin, que les pierres et les rochers ne roulent hors de ta route et que la terre ne s'effrite sous tes pas.

ORESTE : Qu'elle s'effrite ! Que les rochers me condamnent et que les plantes se fanent sur mon passage : tout ton univers ne suffira pas à me donner tort. Tu es le roi des dieux, Jupiter, le roi des pierres et des étoiles, le roi des vagues de la mer. Mais tu n'es pas le roi des hommes.

Les murailles se rapprochent, Jupiter réapparaît, las et voûté ; il a repris sa voix naturelle.

JUPITER : Je ne suis pas ton roi, larve impudente. Qui donc t'a créé ?

ORESTE : Toi. Mais il ne fallait pas me créer libre.

JUPITER : Je t'ai donné ta liberté pour me servir.

ORESTE : Il se peut, mais elle s'est retournée contre toi et nous n'y pouvons rien, ni l'un, ni l'autre.

JUPITER : Enfin ! Voilà l'excuse.

ORESTE : Je ne m'excuse pas.

JUPITER : Vraiment ? Sais-tu qu'elle ressemble beaucoup à une excuse, cette liberté dont tu te dis l'esclave ?

ORESTE : Je ne suis ni le maître, ni l'esclave, Jupiter. Je *suis* ma liberté ! À peine m'as-tu créé que j'ai cessé de t'appartenir.

ÉLECTRE : Par notre père, Oreste, je t'en conjure, ne joins pas le blasphème au crime.

JUPITER : Écoute-la. Et perds l'espoir de la ramener par tes raisons : ce langage semble assez neuf pour ses oreilles — et assez choquant.

ORESTE : Pour les miennes aussi, Jupiter. Et pour ma gorge qui souffle les mots et pour ma langue qui les façonne au passage : j'ai de la peine à me comprendre. Hier encore tu étais un voile sur mes yeux, un bouchon de cire dans mes oreilles ; c'était hier que j'avais une excuse : tu étais mon excuse d'exister, car tu m'avais mis au monde pour servir tes desseins, et le monde était une vieille entremetteuse qui me parlait de toi, sans cesse. Et puis tu m'as abandonné.

JUPITER : T'abandonner, moi ?

ORESTE : Hier, j'étais près d'Électre ; toute ta nature se pressait autour de moi ; elle chantait ton Bien, la sirène, et me prodiguait les conseils. Pour m'inciter à la douceur, le jour brûlant s'adoucissait comme un regard se voile ; pour me prêcher l'oubli des offenses, le ciel s'était fait suave comme un pardon. Ma jeunesse, obéissant à tes ordres, s'était levée, elle se tenait devant mon regard, suppliante comme une fiancée qu'on va délaisser : je voyais ma jeunesse pour la dernière fois. Mais, tout à coup, la liberté a fondu sur moi et m'a transi, la nature a sauté en arrière, et je n'ai plus eu d'âge, et je me suis senti tout seul, au milieu de ton petit monde bénin, comme quelqu'un qui a perdu son ombre[7] ; et il n'y a plus rien eu au ciel, ni Bien, ni Mal, ni personne pour me donner des ordres.

JUPITER : Eh bien ? Dois-je admirer la brebis que la gale

retranche du troupeau, ou le lépreux enfermé dans son lazaret ? Rappelle-toi, Oreste : tu as fait partie de mon troupeau, tu paissais l'herbe de mes champs au milieu de mes brebis. Ta liberté n'est qu'une gale qui te démange, elle n'est qu'un exil.

ORESTE : Tu dis vrai : un exil.

JUPITER : Le mal n'est pas si profond : il date d'hier. Reviens parmi nous. Reviens : vois comme tu es seul, ta sœur même t'abandonne. Tu es pâle, et l'angoisse dilate tes yeux. Espères-tu vivre ? Te voilà rongé par un mal inhumain, étranger à ma nature, étranger à toi-même. Reviens : je suis l'oubli, je suis le repos[8].

ORESTE : Étranger à moi-même, je sais. Hors nature, contre nature, sans excuse, sans autre recours qu'en moi. Mais je ne reviendrai pas sous ta loi : je suis condamné à n'avoir d'autre loi que la mienne. Je ne reviendrai pas à ta nature : mille chemins y sont tracés qui conduisent vers toi, mais je ne peux suivre que mon chemin. Car je suis un homme, Jupiter, et chaque homme doit inventer son chemin. La nature a horreur de l'homme, et toi, toi, souverain des dieux, toi aussi tu as les hommes en horreur.

JUPITER : Tu ne mens pas : quand ils te ressemblent, je les hais.

ORESTE : Prends garde : tu viens de faire l'aveu de ta faiblesse. Moi, je ne te hais pas. Qu'y a-t-il de toi à moi ? Nous glisserons l'un contre l'autre sans nous toucher, comme deux navires. Tu es un dieu et je suis libre : nous sommes pareillement seuls et notre angoisse est pareille. Qui te dit que je n'ai pas cherché le remords, au cours de cette longue nuit ? Le remords. Le sommeil. Mais je ne peux plus avoir de remords. Ni dormir.

Un silence.

JUPITER : Que comptes-tu faire ?

ORESTE : Les hommes d'Argos sont mes hommes. Il faut que je leur ouvre les yeux.

JUPITER : Pauvres gens ! Tu vas leur faire cadeau de la solitude et de la honte, tu vas arracher les étoffes dont je les avais couverts, et tu leur montreras soudain leur existence, leur obscène et fade existence, qui leur est donnée pour rien[9].

ORESTE : Pourquoi leur refuserais-je le désespoir qui est en moi, puisque c'est leur lot ?

JUPITER : Qu'en feront-ils ?

ORESTE : Ce qu'ils voudront : ils sont libres, et la vie humaine commence de l'autre côté du désespoir[10].

Un silence.

JUPITER : Eh bien, Oreste, tout ceci était prévu. Un homme devait venir annoncer mon crépuscule. C'est donc toi ? Qui l'aurait cru, hier, en voyant ton visage de fille ?

ORESTE : L'aurais-je cru moi-même ? Les mots que je dis sont trop gros pour ma bouche, ils la déchirent ; le destin que je porte est trop lourd pour ma jeunesse, il l'a brisée.

JUPITER : Je ne t'aime guère et pourtant je te plains.

ORESTE : Je te plains aussi.

JUPITER : Adieu, Oreste. *(Il fait quelques pas.)* Quant à toi, Électre, songe à ceci : mon règne n'a pas encore pris fin, tant s'en faut — et je ne veux pas abandonner la lutte. Vois si tu es avec moi ou contre moi. Adieu.

ORESTE : Adieu.

Jupiter sort.

SCÈNE III

LES MÊMES, *moins* JUPITER

Électre se lève lentement.

ORESTE : Où vas-tu ?

ÉLECTRE : Laisse-moi. Je n'ai rien à te dire.

ORESTE : Toi que je connais d'hier, faut-il te perdre pour toujours ?

ÉLECTRE : Plût aux dieux que je ne t'eusse jamais connu.

ORESTE : Électre ! Ma sœur, ma chère Électre ! Mon unique amour, unique douceur de ma vie, ne me laisse pas tout seul, reste avec moi.

ÉLECTRE : Voleur ! Je n'avais presque rien à moi, qu'un peu de calme et quelques rêves. Tu m'as tout pris, tu as volé une pauvresse. Tu étais mon frère, le chef de notre famille, tu devais me protéger : mais tu m'as plongée dans le sang, je suis rouge comme un bœuf écorché ; toutes les mouches sont après moi, les voraces, et mon cœur est une ruche horrible !

ORESTE : Mon amour, c'est vrai, je t'ai tout pris, et je n'ai rien à te donner — que mon crime. Mais c'est un immense présent. Crois-tu qu'il ne pèse pas sur mon âme comme du plomb ? Nous étions trop légers, Électre : à présent nos pieds s'enfoncent dans la terre comme les roues d'un char dans une ornière. Viens, nous allons partir et nous marcherons à pas lourds, courbés sous notre précieux fardeau. Tu me donneras la main et nous irons…

ÉLECTRE : Où ?

ORESTE : Je ne sais pas ; vers nous-mêmes. De l'autre côté des fleuves et des montagnes il y a un Oreste et une Électre qui nous attendent. Il faudra les chercher patiemment.

ÉLECTRE : Je ne veux plus t'entendre. Tu ne m'offres que le malheur et le dégoût. *(Elle bondit sur la scène. Les Érinnyes se rapprochent lentement.)* Au secours ! Jupiter, roi des dieux et des hommes, mon roi, prends-moi dans tes bras, emporte-moi, protège-moi. Je suivrai ta loi, je serai ton esclave et ta chose, j'embrasserai tes pieds et tes genoux. Défends-moi contre les mouches, contre mon frère, contre moi-même, ne me laisse pas seule, je consacrerai ma vie entière à l'expiation. Je me repens, Jupiter, je me repens.

Elle sort en courant.

SCÈNE IV

ORESTE, LES ÉRINNYES

Les Érinnyes font un mouvement pour suivre Électre. La Première Érinnye les arrête.

PREMIÈRE ÉRINNYE : Laissez-la, mes sœurs, elle nous échappe. Mais celui-ci nous reste, et pour longtemps, je crois, car sa petite âme est coriace. Il souffrira pour deux.

Les Érinnyes se mettent à bourdonner et se rapprochent d'Oreste.

ORESTE : Je suis tout seul.

PREMIÈRE ÉRINNYE : Mais non, ô le plus mignon des assassins, je te reste : tu verras quels jeux j'inventerai pour te distraire.

ORESTE : Jusqu'à la mort je serai seul. Après…

PREMIÈRE ÉRINNYE : Courage, mes sœurs, il faiblit. Regardez, ses yeux s'agrandissent : bientôt ses nerfs vont résonner comme les cordes d'une harpe sous les arpèges exquis de la terreur.

DEUXIÈME ÉRINNYE : Bientôt la faim le chassera de son asile : nous connaîtrons le goût de son sang avant ce soir.

ORESTE : Pauvre Électre !

Entre le Pédagogue.

SCÈNE V

ORESTE, LES ÉRINNYES, LE PÉDAGOGUE

LE PÉDAGOGUE : Ça, mon maître, où êtes-vous ? On n'y voit goutte. Je vous apporte quelque nourriture : les gens d'Argos assiègent le temple et vous ne pouvez songer à en sortir : cette nuit, nous essaierons de fuir. En attendant, mangez. *(Les Érinnyes lui barrent la route.)* Ha ! qui sont celles-là ? Encore des superstitions. Que je regrette le doux pays d'Attique, où c'était ma raison qui avait raison.

ORESTE : N'essaie pas de m'approcher, elles te déchireraient tout vif.

LE PÉDAGOGUE : Doucement, mes jolies. Tenez, prenez ces viandes et ces fruits, si mes offrandes peuvent vous calmer.

ORESTE : Les hommes d'Argos, dis-tu, sont massés devant le temple ?

LE PÉDAGOGUE : Oui-da ! Et je ne saurais vous dire qui sont les plus vilains et les plus acharnés à vous nuire, de ces belles fillettes que voilà ou de vos chers sujets.

ORESTE : C'est bon. *(Un temps.)* Ouvre cette porte.

LE PÉDAGOGUE : Êtes-vous fou ? Ils sont là derrière, avec des armes.

ORESTE : Fais ce que je te dis.

LE PÉDAGOGUE : Pour cette fois vous m'autoriserez bien à vous désobéir. Ils vous lapideront, vous dis-je.

ORESTE : Je suis ton maître, vieillard, et je te commande d'ouvrir cette porte.

Le Pédagogue entrouvre la porte.

LE PÉDAGOGUE : Oh ! là, là ! Oh ! là, là !

ORESTE : À deux battants !

Le Pédagogue ouvre la porte et se cache derrière l'un des battants. La foule repousse violemment les deux battants et s'arrête interdite sur le seuil. Vive lumière.

SCÈNE VI

LES MÊMES, LA FOULE

CRIS, *dans la foule* : À mort ! À mort ! Lapidez-le ! Déchirez-le ! À mort !

ORESTE, *sans les entendre* : Le soleil !

LA FOULE : Sacrilège ! Assassin ! Boucher ! On t'écartèlera. On versera du plomb fondu dans tes blessures.

UNE FEMME : Je t'arracherai les yeux.

UN HOMME : Je te mangerai le foie.

ORESTE, *s'est dressé* : Vous voilà donc, mes sujets très fidèles ? Je suis Oreste, votre roi, le fils d'Agamemnon, et ce jour est le jour de mon couronnement. *(La foule gronde, décontenancée.)* Vous ne criez plus ? *(La foule se tait.)* Je sais : je vous fais peur. Il y a quinze ans, jour pour jour, un autre meurtrier s'est dressé devant vous, il avait des gants rouges[11] jusqu'au coude, des gants de sang, et vous n'avez pas eu peur de lui car vous avez lu dans ses yeux qu'il était des vôtres et qu'il n'avait pas le courage de ses actes. Un crime que son auteur ne peut supporter, ce n'est plus le crime de personne, n'est-ce pas ? C'est presque un accident. Vous avez accueilli le criminel comme votre roi, et le vieux crime s'est mis à rôder entre les murs de la ville, en gémissant doucement, comme un chien qui a perdu son maître. Vous me regardez, gens d'Argos, vous avez compris que mon crime est bien à moi ; je le revendique à la face du soleil, il est ma raison de vivre et mon orgueil, vous ne pouvez ni me châtier, ni me plaindre, et c'est pourquoi je vous fais peur. Et pourtant, ô mes hommes, je vous aime, et c'est pour vous que j'ai tué. Pour vous. J'étais venu réclamer mon royaume et vous m'avez repoussé parce que je n'étais pas des vôtres. À présent, je suis des vôtres, ô mes sujets, nous sommes liés par le sang, et je mérite d'être votre roi. Vos fautes et vos remords, vos angoisses nocturnes, le crime d'Égisthe, tout est à moi, je prends tout sur moi. Ne craignez plus vos morts, ce sont *mes* morts[12]. Et voyez : vos mouches fidèles vous ont quittés pour moi. Mais n'ayez crainte, gens d'Argos : je ne m'assiérai pas, tout sanglant, sur le trône de ma victime : un dieu me l'a offert et j'ai dit non. Je veux être un roi sans terre et sans sujets[13]. Adieu, mes hommes, tentez de vivre : tout est neuf ici, tout est à commencer. Pour moi aussi la vie commence. Une étrange vie. Écoutez encore ceci : un été, Scyros[14] fut infestée par les rats. C'était une horrible lèpre, ils rongeaient tout ; les habitants de la ville crurent en mourir. Mais, un jour, vint un joueur de flûte[15]. Il se dressa au cœur de la ville — comme ceci. *(Il se met debout.)* Il se mit à jouer de la flûte et tous les rats vinrent se presser autour de lui. Puis il se mit en marche à longues enjambées, comme ceci *(il descend du piédestal)*, en criant aux gens de Scyros : « Écartez-vous ! » *(La foule s'écarte.)* Et tous les rats dressèrent la tête en hésitant — comme font les mouches. Regardez ! Regardez les mouches ! Et puis tout d'un coup ils se précipitèrent sur ses traces. Et le joueur de flûte avec ses rats disparut pour toujours. Comme ceci.

Il sort ; les Érinnyes se jettent en hurlant derrière lui.

RIDEAU

Autour des « Mouches »

LETTRE À WANDA KOSAKIEWICZ

(6 août 1937)

[...] Sachez en tout cas qu'en ouvrant les yeux, tout d'un coup, nous avons vu une espèce de menace noirâtre surgie au milieu de la mer la plus doucement bleue et c'était Santorin. Ça faisait menaçant parce que c'était si sombre. Jusque-là les Cyclades étaient grises et rousses, mais celle-là avait la couleur d'un pudding. Ensuite parce que c'était abrupt. D'immenses falaises noires de deux cents mètres sortaient toutes droites de la mer. Tout en haut de la falaise, on voyait une mince ligne blanche c'était le village. [...] Des vieux types, pieds nus, tourbillonnaient autour de nous en nous proposant leurs bêtes « Zoa Zoa ». [...] Rien ne m'a jamais fait si oriental beaucoup plus oriental qu'africain. [...] Santorin est une île volcanique. Deux mille ans avant Jésus-Christ elle était déjà habitée, elle était ronde comme un bouclier ou comme un gros gâteau de Savoie au chocolat. Et puis, tout d'un coup, tout le milieu de l'île s'est affaissé et la mer s'est précipitée à l'intérieur et a tout englouti. Il n'est resté que le bord de l'île, en fer à cheval, avec une cassure nette, noire et brillante, qui a l'air faite au couteau. Mais ça travaille toujours, sous l'eau, dans la partie engloutie et elle a recraché hors de l'eau une petite île diabolique, au centre du fer à cheval, toute charbonneuse et teigneuse qui crachote et fume et sent le soufre. Cette île, en constante transformation, on l'appelait, du temps qu'elle était deux (avant 1925) les Kaïmenae (les brûlées). Ça se sentait sans saloperie, qu'il s'était passé du vilain dans cet endroit-là, et qu'il pouvait encore s'en passer. Ces falaises noires, rouges et jaunes, raides et droites comme des gens en deuil, avaient bien l'air de ce qui restait d'un arrachement. Elles se tenaient hors de l'eau, toutes funèbres et à pic, comme si elles venaient d'être séparées de quelque chose et qu'elles attendaient sans espoir. [...] Et cependant il y avait des gens terrés dans les trous de ces pierres et dans une nuit à peu près complète, puisqu'ils fermaient la porte, la seule ouverture pour la lumière et l'air. Ils devaient dormir ou être assis par terre, abrutis, les yeux grands ouverts sur le noir. Ils devaient entendre nos pas, nos sifflements, nos voix étrangères au-dehors et avoir peur. Car tout le village donnait l'impression d'être terrorisé. Il avait l'air construit pour ne pas laisser entrer quelqu'un ou quelque chose, de façon à ouvrir le moins d'ouvertures possible à un ennemi rusé qui aurait su utiliser les moindres pentes. Naturellement la première idée qui vient c'est qu'ils ne veulent pas laisser entrer le soleil, c'est lui l'ennemi qui se glisse partout. [...] Au bout d'un moment une vieille femme vêtue d'un sac brun et d'un grand fichu d'étoffe noire passa devant nous la tête baissée, sans avoir l'air de nous voir. Nous l'avons interpellée et lui avons demandé un café mais elle a foncé devant elle et a fait semblant de ne pas nous entendre. [...] Nous y sommes rentrés [au café] tête basse et l'air miteux. Nous avons mangé des œufs à l'huile et du saucisson suant, dont le gras fondu perlait comme du pus hors d'un abcès, et bu de l'eau croupie au goût de terre avec un peu de vin sans résiné pour finir. Il faisait tiède et c'était plein de mouches mais finalement on n'était pas mal. [...]

L'ÉDITION ORIGINALE

BANDE PUBLICITAIRE

JUPITER. — Je t'ai donné ta liberté pour me servir.

ORESTE. — Il se peut, mais elle s'est retournée contre toi et nous n'y pouvons rien, ni l'un, ni l'autre.

PRIÈRE D'INSÉRER

La tragédie est le miroir de la Fatalité. Il ne m'a pas semblé impossible d'écrire une tragédie de la liberté, puisque le Fatum antique n'est que la liberté retournée. Oreste est libre pour le crime et par-delà le crime : je l'ai montré en proie à la liberté comme Œdipe est en proie à son destin. Il se débat sous cette poigne de fer, mais il faudra bien qu'il tue pour finir, et qu'il charge son meurtre sur ses épaules et qu'il le passe sur l'autre rive. Car la liberté n'est pas je ne sais quel pouvoir abstrait de survoler la condition humaine : c'est l'engagement le plus absurde et le plus inexorable. Oreste poursuivra son chemin, injustifiable, sans excuses, sans recours, seul. Comme un héros. Comme n'importe qui.

SUR LA CRÉATION DES « MOUCHES »

LETTRE À JEAN-LOUIS BARRAULT

Jeudi 9 juillet [1942].

Mon cher Barrault,

À la suite de notre dernière conversation, j'ai beaucoup réfléchi et je suis persuadé, à présent, qu'il vaut mieux pour vous, pour moi et pour nos relations futures, que nous renoncions à notre projet de monter ensemble *Les Mouches.* Ce n'est pas sans un très grand regret que j'ai pris cette décision ; mais je ne pense pas que nous puissions faire autrement et je vais vous dire pourquoi.

Depuis le début, je luttais contre une impression pénible : je sentais que vous vous étiez engagé un peu à la légère, par une sorte de générosité, et que vous ne cessiez de regretter votre engagement. Je sais : vous auriez sûrement monté *Les Mouches* ; vous les monteriez encore si je vous le demandais, par fidélité à votre parole et aussi, comme vous me l'avez répété souvent — peut-être un peu trop souvent — par amitié pour moi. Mais vous savez comme moi que notre amitié n'a rien à faire ici : il vaudrait mieux que vous n'ayez aucune sympathie pour moi et que vous sentiez simplement, en tant qu'artiste, la *nécessité* de mettre ma pièce en scène. Or c'est ce qui ne peut pas être : *Les Mouches* sont l'ouvrage d'un débutant, encore très imparfait ; et, ma pièce eût-elle été dix fois meilleure, elle ne correspond pas à cet art dramatique neuf que vous voulez créer : elle a été écrite dans des circonstances particulières, elle est très « sage » — vous savez pourquoi — elle ne saurait servir de manifeste à Jean-Louis Barrault.

J'ai eu le tort de ne pas tirer tout de suite les conclusions qui s'imposaient : nous aurions gagné du temps, l'un et l'autre. Le résultat de mes hésitations c'est qu'un autre projet, bien plus grand et plus hardi, vous a tout entier accaparé. Comment pourrais-je vous en vouloir ? Il est évident que c'est en montant le *Soulier de satin* que vous pourrez donner votre mesure. Seulement il en est résulté que vous n'avez rien pu faire pour ma pièce. Le temps pressait et pourtant, où en sommes-nous ? [...] Voici donc le bilan : vous avez accepté vers le 15 mai de monter ma pièce en octobre, ce qui supposait que les répétitions commenceraient en septembre. Nous voici au 15 juillet ; après deux mois, nous sommes à la veille des vacances, sans acteurs ni théâtre. Au mois de septembre il faudrait repartir à zéro, dans des conditions bien moins favorables. Si je veux que ma pièce ait une chance de sortir en 43, il faut évidemment que je me tourne d'un autre côté. D'autant plus que, de votre part aussi, les conditions seront moins favorables, la saison prochaine : en septembre vous étiez libre ; mais dès la fin de l'automne, vous serez absorbé — vous me l'avez dit vous-même — par un film et la mise en scène de *Phèdre* et du *Soulier de Satin*. Et, pourtant, j'étais en droit de croire que votre entreprise aurait un meilleur succès : a-t-on jamais vu débuter sous des auspices plus favorables ? Pour vous comme pour moi, la question d'argent ne se posait même pas ; on vous proposait même un théâtre pour trois ans et un concours financier sans réserves. Pour que nous soyons aujourd'hui où nous en sommes, il faut que vous n'ayez jamais eu *vraiment envie* de monter cette pièce.

C'est notre entretien de jeudi qui a mis un terme à mes hésitations. Vous m'avez dit brusquement : « On pourrait peut-être monter la pièce en spectacle de jeunes. Je mettrai en scène sans donner mon nom ou alors je superviserai, simplement. » Je comprends parfaitement vos raisons : je n'ai pas le droit de vous demander de signer une mise en scène d'une œuvre que je ne signe pas moi-même ; par ailleurs, je n'ai aucune objection contre un « spectacle de jeunes » puisque ma première idée était justement d'en faire un. Ce qui est inacceptable, c'est que nous en soyons revenus là, après des mois de palabres. Lorsque je vous ai proposé de monter ma pièce, vous avez tout aussitôt déclaré que vous ne pouviez accepter si l'on n'en faisait un spectacle de *professionnels*. Vous donniez deux raisons : d'abord votre article de *Comœdia* vous ôtait toute possibilité de présenter un spectacle d'amateurs ; ensuite Olga serait mieux servie dans ses débuts par des acteurs éprouvés qui la soutiendraient et l'encadreraient. Raisons excellentes et qui m'ont convaincu : par quel miracle ont-elles cessé d'être valables ? De même, vous aviez décidé, vers le 14 juin, de consacrer huit jours à faire travailler Olga et à auditionner des acteurs du 22 juin au 14 juillet ; de ce beau projet, il n'est rien resté : vous avez entendu Olga, de bonne grâce, pendant deux heures, un après-midi, et, de mauvaise grâce, pendant une heure et demie, un matin. Tous ces changements ne sont-ils pas la preuve du désintérêt profond où vous êtes tombé, touchant *Les Mouches* ? En tout cas, ils me dictent ma conduite : puisque vous ne voulez pas reprendre votre parole, c'est à moi de vous la rendre.

Il y a autre chose : vous avez dit et répété, devant moi, par allusions, et devant d'autres gens clairement, qu'Olga était ma maîtresse et que je voulais la « pousser ». Si vous l'avez cru vraiment, vous avez dû avoir, pendant toute cette affaire, l'impression très désagréable qu'un auteur, en complicité avec des commanditaires, abusait de votre amitié pour vous imposer une interprète. J'explique ainsi vos mouvements d'humeur vis-à-vis d'elle. Tout cela est de ma faute : je n'aime guère, en général, parler de ma vie privée et mon silence a favorisé ce malentendu. Je tiens à vous dire, aujourd'hui, qu'Olga n'a jamais été ni ne sera jamais ma maîtresse ; c'est *son talent seul* que je voulais servir. Ce qui m'a toujours déplu au théâtre c'est la férocité des gens en place et les difficultés qu'ils font — même lorsqu'ils ont rencontré ces mêmes difficultés à leurs débuts. Pour permettre aux talents non consacrés de se manifester, c'est contre cet état des choses que j'ai voulu lutter. Ce qui est le plus drôle, c'est que c'est vous qui, sans me connaître, m'en avez donné l'idée. Un jour, pendant les répétitions des *Suppliantes*, les deux Olga sont venues vous demander comment elles pouvaient s'y prendre pour jouer autrement que dans la figuration. Vous avez répondu : « Trouvez un auteur ; faites-lui écrire une pièce pour vous et tout ira bien. » Je vous comprends très bien à présent et je sais par expérience personnelle qu'il y a une foule de circonstances où l'on dit n'importe quoi pour se débarrasser des importuns : j'en aurais peut-être fait autant à votre place. Le malheur a voulu que les deux filles vous aient cru et que je vous aie pris au mot. Je l'ai compris trop tard, le jour où nous avons reparlé de cette conversation et où je me suis aperçu que vous n'en aviez gardé aucun souvenir. Or, moi, je m'étais adressé à vous, pensant : « Puisqu'il leur a donné lui-même ce conseil, il trouvera tout naturel qu'on l'ait suivi. » Quelle erreur ! J'en suis tout à fait responsable et, là encore, je vous comprends parfaitement. Ce que je comprends moins — vous l'avouerais-je ? — c'est que vous soyez si gêné dans votre conscience lorsqu'un de vos amis vous *prie* d'entendre une actrice et de juger si vous voulez bien monter une pièce où elle tiendra le premier rôle, alors que vous semblez si à l'aise quand l'administration du Français vous *impose* Marie Bell dans le rôle de Doña Prouhèze. Je sais : vous avez des scrupules et vous tentez de les apaiser en disant que Marie Bell est encore passable dans les « rôles corsetés ». Mais est-ce un rôle corseté que celui de cette fille de vingt ans qui court les chemins, habillée en cavalier, les seins libres sous sa veste d'homme ? Imaginez-vous le fou rire, quand on verra, dès la première journée, la tête et les épaules de cette matrone émergeant d'un fondrière ? Mais ceci vous concerne seul. Ce qui me regarde et qui m'a confirmé dans ma décision de renoncer à notre projet, c'est qu'il est impossible qu'un metteur en scène fasse faire du bon travail à sa principale interprète, lorsqu'il se défie d'elle à ce point.

Je me suis donc tourné vers Dullin. Il ne voulait pas accepter d'abord, à cause de vous et proposait, avec une générosité qui m'a touché, de vous prêter son théâtre pour que vous y montiez *Les Mouches*. C'est moi qui ai refusé : j'ai dit que mon siège était fait et qu'en aucun cas, à présent, je ne reviendrai sur ma décision. Lorsqu'il en a été convaincu, il m'a offert de monter *Les Mouches* lui-même, et de jouer Jupiter.

J'ai pu me convaincre qu'il aimait la pièce et qu'il s'y intéresserait. En outre, pour lui, Olga n'est pas une inconnue *imposée* : il l'apprécie, elle a été sa meilleure élève et elle a déjà joué un petit rôle au théâtre de Paris. Je sais que vous auriez été ennuyé de me laisser dans l'embarras : mais j'ai l'espoir que, à présent et après tant de vicissitudes, de Legentil à vous et de vous à Dullin, tout va s'arranger fort bien.

Je voudrais que vous preniez cette lettre pour ce qu'elle est : une explication franche et nette. Il me semble que nous devrions, après cet épisode fâcheux, conserver nos liens de camaraderie ; et je désire que vous me croyiez toujours

votre ami

J.-P. SARTRE.

ENTRETIEN AVEC YVON NOVY

(« Comœdia », 24 avril 1943)

J'ai voulu traiter de la tragédie de la liberté en opposition avec la tragédie de la fatalité. En d'autres mots, le sujet de ma pièce pourrait se résumer ainsi : « Comment se comporte un homme en face d'un acte qu'il a commis, dont il assume toutes les conséquences et les responsabilités, même si par ailleurs cet acte lui fait horreur. » [...] Il est évident que le problème ainsi posé ne peut s'accommoder du principe de la seule liberté intérieure dans laquelle certains philosophes, et non des moindres, comme Bergson, ont voulu trouver la source de tout affranchissement vis-à-vis de la destinée. Une telle liberté reste toujours théorique et spirituelle. Elle ne résiste pas aux faits. J'ai voulu prendre le cas d'un homme libre en situation, qui ne se contente pas de s'imaginer libre, mais qui s'affranchit au prix d'un acte exceptionnel, si monstrueux soit-il, parce que, seul, il peut lui apporter cette définitive libération vis-à-vis de lui-même.

Au risque de situer la tragédie classique dont j'ai repris l'armature et conservé les personnages, je dirai que mon héros commet le forfait d'apparence le plus inhumain. Son geste est celui d'un justicier puisque c'est pour venger le roi son père, assassiné par un usurpateur, qu'il tue à son tour ce dernier. Mais il étend le châtiment à sa propre mère, la reine, qu'il sacrifie également parce qu'elle fut la complice du crime initial.

Par ce geste, qu'on ne peut isoler de ses réactions, il rétablit l'harmonie d'un rythme qui dépasse en portée la notion du bien et du mal. Mais son acte restera stérile s'il n'est pas total et définitif, s'il doit, par exemple, entraîner l'acceptation du remords, sentiment qui n'est qu'un retour en arrière puisqu'il équivaut à un enchaînement avec le passé.

Libre en conscience, l'homme qui s'est haussé à ce point au-dessus de lui-même ne deviendra libre en situation que s'il rétablit la liberté pour autrui, si son acte a pour conséquence la disparition d'un état de chose existant et le rétablissement de ce qui devrait être.

Le raccourci du théâtre exigeait une situation dramatique d'une intensité particulière. Si j'avais imaginé mon héros, l'horreur qu'il eût inspirée le condamnait sans merci à être méconnu. C'est pourquoi j'ai eu recours à un personnage qui, théâtralement, était déjà situé. Je n'avais pas le choix.

« ANALYSE » DE LA PIÈCE

(Programme)

Argos. Une ville sombre sous un soleil de feu. Les mouches l'infestent, les remords l'accablent. Quinze ans plus tôt Clytemnestre, la femme du roi Agamemnon, l'a assassiné avec la complicité d'Égisthe. Égisthe a pris le pouvoir, il a institué des cultes étranges qui maintiennent ses sujets dans une abjecte humilité. Oreste, fils du roi mort, revient dans sa patrie : il ne songe point à venger son père, il aurait horreur de verser le sang : mais il est las de sa vie errante d'exilé, il voudrait retrouver une place, fût-ce la plus humble, dans sa ville natale. En vain. Sa sœur Électre, elle-même, le repousse : l'usurpateur l'a réduite au rang d'esclave, elle se dissimule sa honte sous des rêves de vengeance et de haine. Elle ne peut pas reconnaître en le jeune voyageur, hésitant et timide, doux comme une fille, le libérateur qu'elle attendait. Oreste s'en ira-t-il ? Reprendra-t-il le chemin de l'exil ? Voici qu'il découvre en lui une liberté singulière et terrible. Il tuera Égisthe et Clytemnestre, il délivrera les gens d'Argos et puis, il partira, emmenant avec lui toutes les mouches de la ville : car les mouches étaient les Érynnies, les déesses des remords. Mais elles bourdonneront vainement autour de sa tête. Oreste sait qu'il est libre, il assume pleinement son crime, il ne se repentira pas.

CE QUE FUT LA CRÉATION DES « MOUCHES »

(« La Croix », 20 janvier 1951)

Ma pièce *Les Mouches* est liée pour moi au souvenir de Charles Dullin. Il lui fallut beaucoup de courage pour accepter de monter cette pièce. D'abord j'étais un auteur inconnu, ensuite *Les Mouches* avaient, entre autres significations, celle d'être une « pièce politique ». Nous étions en 1943 et Vichy voulait nous enfoncer dans le repentir et dans la honte. En écrivant *Les Mouches*, j'ai essayé de contribuer avec mes seuls moyens à extirper quelque peu cette maladie du repentir, cet abandon à la honte qu'on sollicitait de nous.

Les collaborateurs ne s'y trompèrent point. De violentes campagnes de presse obligèrent rapidement le théâtre Sarah-Bernhardt à retirer la pièce de l'affiche et le travail remarquable de celui qui était notre plus grand metteur en scène ne fut pas récompensé. Mais l'intérêt que Charles Dullin devait porter à ma première pièce devait être pour moi le plus précieux encouragement.

[SUR CHARLES DULLIN]

(« Cahiers Charles Dullin », II, mars 1966)

Envers Charles Dullin — en dehors de l'amitié et du respect que m'inspira l'homme dès que je l'ai connu — j'ai deux sujets de reconnaissance. C'est lui qui, avec Pierre Bost[1], sauva par une recommandation chaleureuse mon premier manuscrit, en passe d'être refusé par les lecteurs de Gallimard, c'est lui qui, en 1943, monta ma première pièce, *Les Mouches*, sur la scène du Sarah-Bernhardt. Si *La Nausée* n'avait pas été publié, j'aurais continué d'écrire ; mais si *Les Mouches* n'avait pas été représenté, je me demande, tant mes préoccupations m'éloignaient alors du théâtre, si j'aurais continué à faire des pièces. Ainsi, quand je me rappelle les années 38-43, je retrouve Dullin à l'origine des deux formes principales de mes activités littéraires.

Recommander *La Nausée* à Gaston Gallimard, qu'il connaissait bien, c'était amical et généreux, mais enfin cela ne lui coûtait guère. Avec *Les Mouches*, il en allait tout autrement. En ces années d'occupation, on sortait peu : l'art dramatique vivotait ; Dullin, quel que fût le spectacle monté, avait le plus grand mal à remplir l'immense nef du Sarah-Bernhardt. Représenter la pièce d'un inconnu, c'était risquer de perdre son théâtre. D'autant que la couleur politique des *Mouches* n'était pas pour plaire aux critiques qui collaboraient tous. Dullin n'ignorait rien de tout cela ; j'en étais si conscient que je cherchai et trouvai l'appui d'un commanditaire qui vint le voir et tenta de l'étourdir avec un flot de paroles. Dullin l'écoutait, souriant de coin, silencieux, avec sa vieille méfiance paysanne. De fait, un beau jour, quand il fallut prendre une décision, le commanditaire se jeta dans le lac du bois de Boulogne. On l'en retira mais j'appris qu'il n'avait pas un sou[2]. J'allai seul au rendez-vous que nous avions pris tous les trois, je dus apprendre la nouvelle à Dullin. Il restait silencieux, les yeux brillants de malice. Sans manifester la moindre déception. À la fin de mon petit discours, je déclarai que je reprenais ma pièce. « Pourquoi ? me demanda-t-il. Je la monte tout de même. » Je ne sais trop s'il lui faisait confiance tout à fait. Mais il voulait, en dépit des dangers, poursuivre au Sarah-Bernhardt sa politique théâtrale de l'Atelier, faire jouer de jeunes auteurs en souhaitant, certes, le succès, mais sans trop s'en préoccuper. Bref, il prit tous les risques — et perdit : la pièce, éreintée par la critique, eut une cinquantaine de représentations devant des salles à demi vides. Il ne m'en voulut pas un instant : seul maître à bord, il se jugeait seul responsable et je ressens, toute vive encore, mon amitié pour lui quand je me rappelle de quel air désolé il m'apprit qu'il arrêtait les représentations, le jour où, à la lettre, il devint impossible de les continuer.

Et puis, d'une certaine façon, nous n'avions perdu ni l'un ni l'autre. Sa grandeur aura été de découvrir des auteurs qui remportaient chez lui des vestes et connaissaient ensuite le succès sur d'autres scènes. Et puis il avait fait, en ce cas, ce qu'il souhaitait depuis longtemps : monter une tragédie moderne. *Les Mouches*, est-ce une tragédie ? Je n'en sais rien, je sais qu'elle le devint entre ses mains. Il avait de la tragédie grecque une idée complexe : une violence sauvage et sans frein devait s'y exprimer avec une rigueur toute classique. Il s'efforça de plier *Les Mouches* à cette double exigence. Il voulut capter des forces dionysiaques et les organiser, les exprimer par le jeu libre et serré d'images apolliniennes : il y réussit. Il le sut et l'entier succès de cette mise en scène — qui faisait rendre à ma pièce ce qui n'y était sans doute pas mais que, certainement, j'avais rêvé d'y mettre — compensait à ses yeux l'insuccès du spectacle. Du coup, je gagnai, moi aussi : ce que je sais du métier, ce sont les répétitions qui me l'apprirent. Je vis avec étonnement Dullin, avec des moyens volontairement — et par force — minimes, remplir *toutes* mes naïves exigences. Rien n'était donné, tout suggéré. La richesse, insaisissable, s'offrant à travers la pauvreté, la violence et le sang présentés par un calme mouvement, l'union patiemment cherchée de ces contraires, tout contribuait à faire naître sous mes yeux une étonnante *tension* qui manquait à ma pièce et qui devint, dès lors — pour moi — *l'essence du drame*. Mon dialogue était verbeux ; Dullin, sans m'en faire reproche ni me conseiller d'abord des coupures, me fit comprendre, en s'adressant aux seuls acteurs, qu'une pièce de théâtre doit être exactement le contraire d'une orgie d'éloquence, c'est-à-dire : le plus petit nombre de mots accolés ensemble, irrésistiblement, par une action irréversible et une passion sans repos. Il disait : « Ne jouez pas les mots, jouez la situation », et je comprenais en le voyant travailler le sens profond qu'il donnait seul à ce précepte banal. La situation, pour lui, c'était cette totalité vivante qui s'organise temporellement pour glisser, inflexible, de la naissance à la mort et qui doit créer des expressions qui la traduisent à la fois dans son ensemble indivisible et dans le moment particulier où elle s'incarne. J'adoptais le précepte à mon usage : « N'écrivez pas les mots, écrivez la situation. » Il fallait composer comme il faisait jouer ; au théâtre on ne reprend pas ses billes : quand une parole n'est point telle qu'on ne puisse plus revenir en arrière après l'avoir prononcée, il faut la retirer soigneusement du dialogue. Cette austère pauvreté, miroir fascinant des richesses dont elle ne veut jamais nous donner que le reflet imaginaire, cet inflexible mouvement dramatique qui engendre la pièce pour la tuer, c'était l'art même de Dullin. Ce fut pour moi son enseignement : après les répétitions des *Mouches*, je ne vis plus jamais le théâtre avec les mêmes yeux.

« LES MOUCHES » EN ALLEMAGNE

« APRÈS NOTRE DÉFAITE... »

(« Verger », n° 2, juin 1947)

Après notre défaite de 1940, trop de Français s'abandonnaient au découragement ou laissaient s'installer en eux le remords. J'ai écrit *Les Mouches* et j'ai essayé de montrer que le *remords* n'était pas l'attitude que les Français devaient choisir après l'effondrement militaire de notre pays. Notre passé n'était plus. Il avait coulé entre nos mains sans que nous ayons eu le temps de le saisir, de le tenir sous notre regard pour le comprendre. Mais l'avenir — bien qu'une armée ennemie occupât la France — était neuf. Nous avions prise sur lui, nous étions libres d'en faire un avenir de vaincus ou, au contraire, d'hommes libres qui se refusent à croire qu'une défaite marque la fin de tout ce qui donne envie de vivre une vie d'homme.

Aujourd'hui, pour les Allemands, le problème est le même. Pour les Allemands aussi je crois que le remords est stérile. Je ne veux pas dire que le souvenir des fautes passées doit s'effacer de leur mémoire. Non. Mais je suis convaincu que ce n'est pas un remords complaisant qui leur fera obtenir le pardon que peut leur accorder le monde — ce sera un engagement total et sincère dans un avenir de liberté et de travail, un désir ferme de bâtir cet avenir, la présence parmi eux du plus grand nombre possible d'hommes de bonne volonté. Puisse cette pièce non point les guider vers cet avenir, mais les encourager à l'atteindre.

DISCUSSION AUTOUR DES « MOUCHES »

(« Verger », n° 5, 1948)

SARTRE : Tout le débat tourne autour de cette question : quel était le sens des *Mouches* lorsqu'on a représenté cette pièce à Paris en 1943, pendant l'Occupation, et quelle est la signification de sa représentation actuellement à Berlin ? [...]

PROFESSEUR STEINIGER : *Pour vous, monsieur Sartre, le repentir n'apparaît dans* Les Mouches *ni comme hypocrisie pure ni comme renoncement à soi. Un autre philosophe — je crois que c'est Karl Marx — a dit un jour : « Quand un peuple, dans sa totalité, éprouve de la honte devant les injustices commises, il est déjà bien près d'avoir accompli un acte révolu-*

tionnaire. » Ne vous trompez pas, monsieur Sartre ; le succès de votre pièce est dû — pour ne pas parler de ses qualités dramatiques et littéraires — en grande partie à ce qu'elle dispense un gigantesque pardon, une absolution générale sommaire. D'où ma première question : avez-vous conscience de prendre, et comment prenez-vous devant votre nation la responsabilité d'empêcher, par votre combat contre le repentir, le peuple allemand de se trouver lui-même, de reconnaître ses responsabilités, et par là de renouveler complètement et activement son existence morale ?

SARTRE : Cette question est particulièrement intéressante, car elle tourne autour du problème du repentir, et deuxièmement — les deux choses sont en effet étroitement liées l'une à l'autre — autour du fait de savoir si une pièce qui peut-être était bonne en 1943, était valable, garde encore le même poids, et surtout garde un poids en 1948. Il faut expliquer la pièce par les circonstances du temps. De 1941 à 1943, bien des gens désiraient vivement que les Français se plongeassent dans le repentir. Les nazis en tout premier lieu y avaient un vif intérêt, et avec eux Pétain[1] et sa presse. Il fallait encore convaincre les Français, nous convaincre nous-mêmes, que nous avions été des fous, que nous étions descendus au dernier degré, que le Front populaire nous avait fait perdre la guerre, que nos élites avaient démissionné, etc. Quel était le but de cette campagne ? Certainement pas d'améliorer les Français, d'en faire d'autres hommes. Non, le but était de nous plonger dans un état de repentir, de honte, qui nous rendît incapables de soutenir une résistance. Nous devions nous satisfaire de notre repentir, voire y trouver du plaisir. C'était d'autant mieux pour les nazis.

En écrivant ma pièce, j'ai voulu, avec mes seuls moyens, bien faibles, contribuer à extirper quelque peu cette maladie du repentir, cette complaisance au repentir et à la honte. Il fallait alors redresser le peuple français, lui rendre courage. La pièce fut admirablement comprise par les gens qui s'étaient levés contre le gouvernement de Vichy, le regardaient comme un avilissement, par tous ceux qui, en France, voulaient s'insurger contre toute domination nazie. *Les Lettres françaises*, alors publiées dans la clandestinité, l'avaient proclamé[2].

La seconde raison est plus personnelle. À cette époque se posait la question des attentats contre les nazis, et non seulement contre eux, mais contre tous les membres de la Wehrmacht. Ceux qui participaient à ces attentats le faisaient évidemment avec une parfaite tranquillité d'esprit. Ils ne songeaient certes pas à se poser des cas de conscience. L'état de guerre régnait pour eux et lancer une grenade contre un ennemi était un acte de guerre. Mais se greffait là-dessus un autre problème, moral celui-là, celui des otages. La Wehrmacht avait à cette époque entrepris les exécutions. Pour trois Allemands, six ou dix otages étaient fusillés et c'était quelque chose de très important du point de vue moral. Non seulement ces otages étaient innocents mais, il faut bien le redire, ils n'avaient rien fait contre la Wehrmacht, et dans la plupart des cas n'appartenaient même pas à la Résistance. Au commencement, c'étaient en majorité des juifs, qui n'avaient pas encore eu le temps de songer à la résistance ouverte, qui n'y avaient aucune part de responsabilité. Le problème de ces attentats était donc primordial. L'auteur d'un attentat de ce genre devait savoir que, s'il ne se dénonçait pas, on fusillait des Français au hasard. Il subissait alors une seconde forme de repentir, il devait résister au danger d'aller se dénoncer. C'est ainsi qu'il faut comprendre l'allégorie de ma pièce.

C'est pourquoi, à l'époque où la pièce fut jouée, on n'y vit pas de pessimisme, mais tout au contraire de l'optimisme. J'y disais aux Français : vous n'avez pas à vous repentir, même ceux qui en un sens sont devenus des meurtriers ; vous devez assumer vos actes même s'ils ont causé la mort d'innocents. La question est aussi : comment une pièce qui en son temps fut considérée comme optimiste trouve-t-elle aujourd'hui en Allemagne une tout autre interprétation, une tout autre signification, comment peut-elle dans un autre pays apparaître comme l'expression du désespoir, comme foncièrement pessimiste ?

PROFESSEUR STEINIGER : *Je comprends très bien que les nazis aient voulu susciter le repentir dans votre pays. Chez nous, il me paraît qu'ils veulent arriver à le refouler et qu'ils forgent les explications qui, par-delà le bien et le mal, préparent le prochain massacre.* (Approbation dans la salle.) [...]

SARTRE : Si nous considérons la France de 1943 et l'Allemagne de 1948, les deux situations sont naturellement très différentes, mais elles n'en ont pas moins des éléments communs. Dans les deux cas, on se tourmente pour une faute qui concerne le passé. On essayait en 1943 de convaincre les Français qu'ils ne devaient regarder que leur passé. Contre cela nous prétendions que les vrais Français devaient regarder l'avenir : celui qui voulait travailler pour l'avenir devait agir dans la Résistance, sans repentir, sans remords de conscience. Le problème d'une culpabilité se pose aussi dans l'Allemagne contemporaine, la culpabilité du régime nazi. Mais cette culpabilité n'est affaire que du passé. Cette culpabilité, telle qu'on peut maintenant la concevoir, est liée aux crimes des nazis. Ne songer qu'à ce passé, s'en tourmenter même nuit et jour, c'est un sentiment infécond, purement négatif. Je n'ai pas prétendu qu'il fallait exclure tout sentiment de responsabilité. Au contraire, je dis que le sens de la responsabilité est nécessaire et qu'il ouvre l'avenir. Lorsqu'on comprend dans le repentir des éléments différents, on confond les concepts, c'est de là que naissent les malentendus sur le contenu ou la connaissance du sentiment de culpabilité. Je conçois ma culpabilité et ma conscience en souffre. Cela me conduit à ce sentiment qu'on appelle repentir. Peut-être éprouvé-je aussi une complaisance intime à mon repentir. Tout cela n'est que passivité, regard vers le passé, je n'en puis rien tirer. Par contre le sentiment de la responsabilité peut m'amener à quelque chose d'autre, à quelque chose de positif, c'est-à-dire à la réhabilitation nécessaire, à l'action pour un avenir fécond, positif.

Je connaissais aussi l'expression de Marx sur la honte d'une nation qui peut l'amener à des actes révolutionnaires. Une remarque en passant : cette citation est tirée des écrits de jeunesse de Marx et il est à peine revenu sur ce thème. Mais que veut dire exactement Marx ? Il comprend par là la honte qui naît dans une nation d'une situation actuelle, contemporaine. En aucune façon son expression ne peut s'appliquer à une situation passée ; il veut dire : le sentiment de la honte concomitant à une situation donnée, par exemple l'Allemagne de 1848, peut inspirer l'action, dans la mesure où il ne se limite pas au repentir, à l'accablement, à un trouble de conscience négatif.

[Dans la discussion, un pasteur avait reproché à Oreste de ne pas assumer son acte de libération, puisqu'il quitte Argos et qu'on ne sait pas où il va : vers Marx ou vers le Christ ?]

SARTRE : [...] On peut, dans une certaine mesure, s'expliquer le cas d'Oreste et sa décision. Si l'on veut bien considérer la situation sociale qui est proposée, il n'y a, je crois, plus de problème ; car finalement Oreste a le choix entre la liberté et l'esclavage. Si je vois que quelqu'un a le choix, au moment où il choisit la liberté il n'y a plus de problème pour moi ; car le principal est qu'il ait choisi la liberté. Il y aurait une question à se poser, et elle serait grave, s'il avait choisi l'esclavage. Oreste se décide finalement pour la liberté, il veut se libérer lui-même en libérant son peuple, et par cette libération il veut retrouver son appartenance à son peuple. Si nous ne comprenons pas cela exactement, c'est peut-être parce que nous ne songeons pas assez à la situation d'Argos. Mais au théâtre, sur la scène comme dans la vie, ce choix libre signifie toujours une véritable libération, et le principal est finalement la volonté de cette libération. C'est l'expression d'une liberté qui s'affirme elle-même. Avec cette façon de voir on peut rejeter chaque interprétation, qu'elle soit dialectique ou psychanalytique, et non seulement les rejeter mais les adjoindre aux interprétations des opprimés.

Je n'avais pas songé à comparer Oreste et le Christ. Selon moi, Oreste n'est à aucun moment un héros. Je ne sais même pas s'il est un homme exceptionnellement doué. Mais il est celui qui ne veut pas se laisser couper de son peuple. Il va le premier sur la voie de la libération, au moment même où les masses peuvent et doivent prendre conscience d'elles-mêmes ; il est celui qui par son acte leur montre le premier la route. Quand il y est parvenu, il peut rentrer en paix dans l'anonymat, reposer dans le sein de son peuple. [...]

TÉMOIGNAGES

GERHARD HELLER
(1961)

Parfois il y avait des Français qui ont averti les Allemands de faire attention aux réactions du public, par exemple aux représentations d'*Antigone* d'Anouilh et des *Mouches* de Sartre. Ces deux pièces ont provoqué des controverses entre les services allemands. L'influence du SD (Sicherheitsdienst) et de la Gestapo augmentait avec le temps et ces services demandaient aux autorités militaires, ainsi qu'à l'ambassade, des renseignements sur ces pièces, car on voyait des dangers. En effet, pas mal de Français considéraient ces drames comme signes de résistance.

J'ai été chargé de faire des rapports oraux et écrits sur *Les Mouches* et *Antigone*. Les censeurs militaires étaient inquiets et peu rassurés ; ils ne saisissaient pas la portée de l'ouvrage, ils craignaient de se rendre responsables et de risquer des punitions. [...]

J'ai assisté à des répétitions des *Mouches* et d'*Antigone*. On me faisait remarquer certains passages. Les deux pièces risquaient d'être interdites ou, au moins, modifiées. J'ai pu, en connivence avec le censeur, persuader les autorités du caractère inoffensif de ces passages.

CHARLES DULLIN, « CE FUT UN ÉREINTAGE RAPIDE ET TOTAL... »

Vers 1935, Simone Jollivet me passa un soir au théâtre de l'Atelier le manuscrit dactylographié d'un roman d'un jeune inconnu. Elle me demanda de le lire tout de suite, étant donné son intérêt, afin de pouvoir le signaler à mon ami Gaston Gallimard...

Ce roman c'était *La Nausée* de J.-P. Sartre…

C'est ainsi que je fis la connaissance de Sartre. À partir de ce moment nous nous vîmes assez souvent jusqu'à la guerre. Sartre y partit un soir, la musette au dos, en bon tourteron… Il revint de captivité avec une pièce qui posait le problème de la liberté. Il avait eu le loisir d'en apprécier la juste valeur…

Le moment était assez mal choisi pour un débat de cet ordre, d'autant plus que dans la pièce le tyran est sauvagement assassiné… Qu'allait faire la censure allemande ? Heureusement il y avait le mythe ancien qui sauvait la face. Cela se passait dans la maison des « Atrides ». La censure allemande ne vit là qu'une adaptation du mythe grec et donna son visa.

À mesure qu'on avançait dans les répétitions, je sentais bien que les allusions prenaient une place un peu inquiétante !… Aussi, à l'approche de la générale, nous entourions-nous de sages précautions… du moins le pensions-nous naïvement ; les critiques redoutés étaient encadrés par des gens sûrs. À droite de Laubreaux il y avait le graveur Adam qui avait fait les maquettes du décor et des costumes, un gaillard d'une stature assez imposante, à sa droite le jeune Bost, qui par la candeur de son visage rétablissait l'équilibre.

La pièce fut accueillie avec des mouvements divers « comme on dit ». Un haut fonctionnaire sortit de sa loge en pleine représentation en claquant les portes. Laubreaux sautait sur son fauteuil de temps en temps en disant à haute voix : « C'est de la provocation ! » Adam se tournait alors vers lui et le calmait d'un « chut » doux mais impératif… Dès le lendemain, contrairement à ses habitudes, il fit une avant-critique en six lignes, il exécutait la pièce et le spectacle et donnait ainsi le *la* à ses satellites.

Ce fut un éreintage rapide et total. Quelques jours après Yves Bonnat pouvait commencer son compte rendu ainsi : « Je n'avais pas encore eu le temps de prendre la plume pour écrire que déjà s'abattait sur *Les Mouches*, le nouveau spectacle de Dullin, une rafale de cruelles et injustes critiques. En ce moment on ne peut encore distinguer s'il s'agit d'une cabale, dont les raisons resteraient mystérieuses, ou d'une incompréhension totale, ce qui serait plus grave… », etc.

Laubreaux ne tarda pas à dissiper ce mystère… Il commença dans *Je suis partout* un véritable feuilleton qui s'étala sur plusieurs semaines où il démolissait tout ce que j'avais fait depuis les débuts de l'Atelier, laissant tomber de temps en temps des phrases de cet ordre, je cite textuellement… « Les croquenots d'Albert Lebrun que chaussait M. Charles Dullin au temps du Front populaire » ou : « Je ne le suivrai pas sur ce cadastre étroit où il cherche à m'attirer d'un pas de mulet entraîné aux excursions clandestines… »

Tout cela, comme on peut le voir, ne relevait pas de la simple critique théâtrale, mais tendait visiblement à alerter la censure et à faire interdire la pièce.

Comœdia, le 19 juin 1943, annonçait un débat « à propos des *Mouches* ». Le numéro imprimé fut saisi au dernier moment. Mais, contrairement à ce que nous attendions, les Allemands n'interdirent pas la pièce...

Les recettes, je puis le dire maintenant que Sartre est un auteur à succès, furent lamentables... Après une série qui me coûta alors la modeste somme de quinze cent mille francs, je décidai de maintenir la pièce à l'affiche deux fois par semaine et elle resta à l'affiche presque toute la saison suivante à ce rythme. Je suis tout de même heureux de l'avoir jouée et d'avoir révélé Jean-Paul Sartre au théâtre.

HUIS CLOS

Pièce en un acte

À cette Dame[a][1].

PERSONNAGES

INÈS	*Mme Tania Balachova* [1]
ESTELLE	*Mme Gaby Sylvia* [2]
GARCIN	*M. Vitold* [3]
LE GARÇON	*M. R.-J. Chauffard* [4]

Décor de M. Douy [5]

Huis clos *a été présenté pour la première fois au théâtre du Vieux-Colombier en mai 1944* [6].

SCÈNE I

GARCIN, LE GARÇON D'ÉTAGE

Un salon style Second Empire. Un bronze sur la cheminée.

GARCIN, *il entre et regarde autour de lui* : Alors voilà.
LE GARÇON : Voilà.
GARCIN : C'est comme ça...
LE GARÇON : C'est comme ça[1].
GARCIN : Je... Je pense qu'à la longue on doit s'habituer aux meubles.
LE GARÇON : Ça dépend des personnes.
GARCIN : Est-ce que toutes les chambres sont pareilles ?
LE GARÇON : Pensez-vous. Il nous vient des Chinois, des Hindous. Qu'est-ce que vous voulez qu'ils fassent d'un fauteuil Second Empire ?
GARCIN : Et moi, qu'est-ce que vous voulez que j'en fasse ? Savez-vous qui j'étais ? Bah ! ça n'a aucune importance. Après tout, je vivais toujours dans des meubles que je n'aimais pas et des situations fausses ; j'adorais ça. Une situation fausse dans une salle à manger Louis-Philippe, ça ne vous dit rien ?
LE GARÇON : Vous verrez : dans un salon Second Empire, ça n'est pas mal non plus.
GARCIN : Ah ? Bon. Bon, bon, bon. *(Il regarde autour de lui.)* Tout de même, je ne me serais pas attendu... Vous n'êtes pas sans savoir ce qu'on raconte là-bas ?
LE GARÇON : Sur quoi ?
GARCIN : Eh bien... *(avec un geste vague et large)* sur tout ça.

LE GARÇON : Comment pouvez-vous croire ces âneries ? Des personnes qui n'ont jamais mis les pieds ici. Car enfin, si elles y étaient venues…

GARCIN : Oui.

Ils rient tous deux.

GARCIN, *redevenant sérieux tout à coup* : Où sont les pals ?

LE GARÇON : Quoi ?

GARCIN : Les pals, les grils, les entonnoirs de cuir.

LE GARÇON : Vous voulez rire ?

GARCIN, *le regardant* : Ah ? Ah bon. Non, je ne voulais pas rire. *(Un silence. Il se promène.)* Pas de glaces, pas de fenêtres, naturellement. Rien de fragile. *(Avec une violence subite.)* Et pourquoi m'a-t-on ôté ma brosse à dents ?

LE GARÇON : Et voilà. Voilà la dignité humaine qui vous revient. C'est formidable.

GARCIN, *frappant sur le bras du fauteuil avec colère* : Je vous prie de m'épargner vos familiarités. Je n'ignore rien de ma position, mais je ne supporterai pas que vous…

LE GARÇON : Là ! là ! Excusez-moi. Qu'est-ce que vous voulez, tous les clients posent la même question. Ils s'amènent : « Où sont les pals ? » À ce moment-là, je vous jure qu'ils ne songent pas à faire leur toilette. Et puis, dès qu'on les a rassurés, voilà la brosse à dents. Mais, pour l'amour de Dieu, est-ce que vous ne pouvez pas réfléchir ? Car enfin, je vous le demande, *pourquoi* vous brosseriez-vous les dents ?

GARCIN, *calmé* : Oui, en effet, pourquoi ? *(Il regarde autour de lui.)* Et pourquoi se regarderait-on dans les glaces ? Tandis que le bronze, à la bonne heure… J'imagine qu'il y a de certains moments où je le regarderai[a] de tous mes yeux. De tous mes yeux, hein ? Allons, allons, il n'y a rien à cacher ; je vous dis que je n'ignore rien de ma position. Voulez-vous que je vous raconte comment cela se passe ? Le type suffoque, il s'enfonce, il se noie, seul son regard est hors de l'eau et qu'est-ce qu'il voit ? Un bronze de Barbedienne[2]. Quel cauchemar ! Allons, on vous a sans doute défendu de me répondre, je n'insiste pas. Mais rappelez-vous qu'on ne me prend pas au dépourvu, ne venez pas vous vanter de m'avoir surpris ; je regarde la situation en face. *(Il reprend sa marche.)* Donc, pas de brosse à dents. Pas de lit non plus. Car on ne dort jamais, bien entendu ?

LE GARÇON : Dame !

GARCIN : Je l'aurais parié. *Pourquoi* dormirait-on ? Le sommeil vous prend derrière les oreilles. Vous sentez vos yeux qui se ferment, mais pourquoi dormir ? Vous vous allongez sur le canapé et pffft… le sommeil s'envole. Il faut se frotter les yeux, se relever et tout recommence.

LE GARÇON : Que vous êtes romanesque !

GARCIN : Taisez-vous. Je ne crierai pas, je ne gémirai pas, mais je veux regarder la situation en face. Je ne veux pas qu'elle saute sur moi par-derrière, sans que j'aie pu la reconnaître. Romanesque ? Alors c'est qu'on n'a même pas besoin de sommeil. Pourquoi dormir si on n'a pas sommeil ? Parfait. Attendez. Attendez : pourquoi est-ce pénible ? Pourquoi est-ce forcément pénible ? J'y suis : c'est la vie sans coupure.

LE GARÇON : Quelle coupure ?

GARCIN, *l'imitant* : Quelle coupure ? *(Soupçonneux.)* Regardez-moi. J'en étais sûr ! Voilà ce qui explique l'indiscrétion grossière et insoutenable de votre regard. Ma parole, elles sont atrophiées.

LE GARÇON : Mais de quoi parlez-vous ?

GARCIN : De vos paupières[3]. Nous, nous battions des paupières. Un clin d'œil, ça s'appelait. Un petit éclair noir, un rideau qui tombe et qui se relève : la coupure est faite. L'œil s'humecte, le monde s'anéantit. Vous ne pouvez pas savoir combien c'était rafraîchissant. Quatre mille repos dans une heure. Quatre mille petites évasions. Et quand je dis quatre mille… Alors ? Je vais vivre sans paupières ? Ne faites pas l'imbécile. Sans paupières, sans sommeil, c'est tout un. Je ne dormirai plus… Mais comment pourrai-je me supporter ? Essayez de comprendre, faites un effort : je suis d'un caractère taquin, voyez-vous, et je… j'ai l'habitude de me taquiner. Mais je… je ne peux pas me taquiner sans répit : là-bas il y avait les nuits. Je dormais. J'avais le sommeil douillet. Par compensation. Je me faisais faire des rêves simples. Il y avait une prairie… Une prairie, c'est tout. Je rêvais que je me promenais dedans. Fait-il jour ?

LE GARÇON : Vous voyez bien, les lampes sont allumées.

GARCIN : Parbleu. C'est ça *votre* jour. Et dehors ?

LE GARÇON, *ahuri* : Dehors ?

GARCIN : Dehors ! de l'autre côté de ces murs ?

LE GARÇON : Il y a un couloir.

GARCIN : Et au bout de ce couloir ?

LE GARÇON : Il y a d'autres chambres et d'autres couloirs et des escaliers.

GARCIN : Et puis ?

LE GARÇON : C'est tout.

GARCIN : Vous avez bien un jour de sortie. Où allez-vous ?

LE GARÇON : Chez mon oncle, qui est chef des garçons, au troisième étage.

GARCIN : J'aurais dû m'en douter. Où est l'interrupteur ?

LE GARÇON : Il n'y en a pas.

GARCIN : Alors ? On ne peut pas éteindre ?

LE GARÇON : La direction peut couper le courant. Mais je ne me rappelle pas qu'elle l'ait fait à cet étage-ci. Nous avons l'électricité à discrétion[4].

GARCIN : Très bien. Alors il faut vivre les yeux ouverts…

LE GARÇON, *ironique* : Vivre…

GARCIN : Vous n'allez pas me chicaner pour une question de vocabulaire. Les yeux ouverts. Pour toujours. Il fera grand jour dans mes yeux. Et dans ma tête. *(Un temps.)* Et si je balançais le bronze sur la lampe électrique, est-ce qu'elle s'éteindrait ?

LE GARÇON : Il est trop lourd.

GARCIN, *prend le bronze dans ses mains et essaye de le soulever* : Vous avez raison. Il est trop lourd.

Un silence.

LE GARÇON : Eh bien, si vous n'avez plus besoin de moi, je vais vous laisser.

GARCIN, *sursautant* : Vous vous en allez ? Au revoir. *(Le Garçon gagne la porte.)* Attendez. *(Le Garçon se retourne.)* C'est une sonnette, là ? *(Le Garçon fait un signe affirmatif.)* Je peux vous sonner quand je veux et vous êtes obligé de venir ?

LE GARÇON : En principe, oui. Mais elle est capricieuse. Il y a quelque chose de coincé dans le mécanisme.

Garcin va à la sonnette et appuie sur le bouton. Sonnerie.

GARCIN : Elle marche !

LE GARÇON, *étonné* : Elle marche. *(Il sonne à son tour.)* Mais ne vous emballez pas, ça ne va pas durer. Allons, à votre service.

GARCIN, *fait un geste pour le retenir* : Je…

LE GARÇON : Hé ?

GARCIN : Non, rien[b]. *(Il va à la cheminée et prend le coupe-papier.)* Qu'est-ce que c'est que ça ?

LE GARÇON : Vous voyez bien : un coupe-papier.
GARCIN : Il y a des livres, ici ?
LE GARÇON : Non[5].
GARCIN : Alors à quoi sert-il ? *(Le Garçon hausse les épaules.)* C'est bon. Allez-vous-en.

Le Garçon sort.

SCÈNE II

GARCIN, *seul*

Garcin seul. Il va au bronze et le flatte de la main. Il s'assied. Il se relève. Il va à la sonnette et appuie sur le bouton. La sonnette ne sonne pas. Il essaie deux ou trois fois. Mais en vain. Il va alors à la porte et tente de l'ouvrir. Elle résiste. Il appelle.

GARCIN : Garçon ! garçon !

Pas de réponse. Il fait pleuvoir une grêle de coups de poings sur la porte en appelant le Garçon. Puis il se calme subitement et va se rasseoir. À ce moment la porte s'ouvre et Inès entre, suivie du Garçon.

SCÈNE III

GARCIN, INÈS, LE GARÇON

LE GARÇON, *à Garcin* : Vous m'avez appelé ?

Garcin va pour répondre, mais il jette un coup d'œil à Inès.

GARCIN : Non.
LE GARÇON, *se tournant vers Inès* : Vous êtes chez vous, madame. *(Silence d'Inès.)* Si vous avez des questions à me poser…

Inès se tait.

LE GARÇON, *déçu* : D'ordinaire les clients aiment à se renseigner… Je n'insiste pas. D'ailleurs, pour la brosse à dents, la sonnette et le bronze de Barbedienne, monsieur est au courant et il vous répondra aussi bien que moi.

Il sort. Un silence. Garcin ne regarde pas Inès. Inès regarde autour d'elle, puis elle se dirige brusquement vers Garcin.

INÈS : Où est Florence ? *(Silence de Garcin.)* Je vous demande où est Florence ?

GARCIN : Je n'en sais rien.

INÈS : C'est tout ce que vous avez trouvé ? La torture par l'absence ? Eh bien, c'est manqué. Florence était une petite sotte et je ne la regrette pas.

GARCIN : Je vous demande pardon : pour qui me prenez-vous ?

INÈS : Vous ? Vous êtes le bourreau.

GARCIN, *sursaute et puis se met à rire* : C'est une méprise tout à fait amusante. Le bourreau, vraiment ! Vous êtes entrée, vous m'avez regardé et vous avez pensé : c'est le bourreau. Quelle extravagance ! Le Garçon est ridicule, il aurait dû nous présenter l'un à l'autre. Le bourreau ! Je suis Joseph GARCIN, publiciste et homme de lettres. La vérité, c'est que nous sommes logés à la même enseigne. Madame…

INÈS, *sèchement* : Inès SERRANO. Mademoiselle.

GARCIN : Très bien. Parfait. Eh bien, la glace est rompue. Ainsi vous me trouvez la mine d'un bourreau ? Et à quoi les reconnaît-on, les bourreaux, s'il vous plaît ?

INÈS : Ils ont l'air d'avoir peur.

GARCIN : Peur ? C'est trop drôle. Et de qui ? De leurs victimes ?

INÈS : Allez ! Je sais ce que je dis. Je me suis regardée dans la glace.

GARCIN : Dans la glace ? *(Il regarde autour de lui.)* C'est assommant : ils ont ôté tout ce qui pouvait ressembler à une glace. *(Un temps.)* En tout cas, je puis vous affirmer que je n'ai pas peur. Je ne prends pas la situation à la légère et je suis très conscient de sa gravité. Mais je n'ai pas peur.

INÈS, *haussant les épaules* : Ça vous regarde. *(Un temps.)* Est-ce qu'il vous arrive de temps en temps d'aller faire un tour dehors ?

GARCIN : La porte est verrouillée.

INÈS : Tant pis.

GARCIN : Je comprends très bien que ma présence vous importune. Et personnellement, je préférerais rester seul : il faut que je mette ma vie en ordre et j'ai besoin de me recueillir. Mais je suis sûr que nous pourrons nous accommoder l'un de l'autre : je ne parle pas, je ne remue guère et je fais peu de bruit. Seulement[a], si je peux me permettre un conseil, il faudra conserver entre nous une extrême politesse. Ce sera notre meilleure défense.

INÈS : Je ne suis pas polie.

GARCIN : Je le serai donc pour deux.

Un silence. Garcin est assis sur le canapé. Inès se promène de long en large.

INÈS, *le regardant* : Votre bouche.

GARCIN, *tiré de son rêve* : Plaît-il ?

INÈS : Vous ne pourriez pas arrêter votre bouche ? Elle tourne comme une toupie sous votre nez.

GARCIN : Je vous demande pardon : je ne m'en rendais pas compte.

INÈS : C'est ce que je vous reproche. *(Tic de Garcin.)* Encore ! Vous prétendez être poli et vous laissez votre visage à l'abandon. Vous n'êtes pas seul et vous n'avez pas le droit de m'infliger le spectacle de votre peur.

Garcin se lève et va vers elle.

GARCIN : Vous n'avez pas peur, vous ?

INÈS : Pour quoi faire ? La peur, c'était bon *avant*, quand nous gardions de l'espoir.

GARCIN, *doucement* : Il n'y a plus d'espoir, mais nous sommes toujours *avant*. Nous n'avons pas commencé de souffrir, mademoiselle.

INÈS : Je sais. *(Un temps.)* Alors ? Qu'est-ce qui va venir ?

GARCIN : Je ne sais pas. J'attends.

Un silence. Garcin va se rasseoir. Inès reprend sa marche. Garcin a un tic de la bouche, puis, après un regard à Inès, il enfouit son visage dans ses mains. Entrent Estelle et le Garçon.

SCÈNE V

INÈS, GARCIN, ESTELLE, LE GARÇON

Estelle regarde Garcin, qui n'a pas levé la tête.

ESTELLE, *à Garcin* : Non ! Non, non, ne relève pas la tête. Je sais ce que tu caches avec tes mains, je sais que tu n'as plus de visage. *(Garcin retire ses mains.)* Ha ! *(Un temps. Avec surprise.)* Je ne vous connais pas.

GARCIN : Je ne suis pas le bourreau, madame.

ESTELLE : Je ne vous prenais pas pour le bourreau. Je… J'ai cru que quelqu'un voulait me faire une farce. *(Au Garçon :)* Qui attendez-vous encore ?

LE GARÇON : Il ne viendra plus personne.

ESTELLE, *soulagée* : Ah ! Alors nous allons rester tout seuls, monsieur, madame et moi ?

Elle se met à rire.

GARCIN, *sèchement* : Il n'y a pas de quoi rire.

ESTELLE, *riant toujours* : Mais ces canapés sont si laids. Et voyez comme on les a disposés, il me semble que c'est le premier de l'an et que je suis en visite chez ma tante Marie. Chacun a le sien, je suppose. Celui-ci est à moi ? *(Au Garçon :)* Mais je ne pourrai jamais m'asseoir dessus, c'est une catastrophe : je suis en bleu clair et il est vert épinard.

INÈS : Voulez-vous le mien ?

ESTELLE : Le canapé bordeaux ? Vous êtes trop gentille, mais ça ne vaudrait guère mieux. Non, qu'est-ce que vous voulez ? Chacun son lot : j'ai le vert, je le garde. *(Un temps.)* Le seul qui conviendrait à la rigueur, c'est celui de monsieur[1].

Un silence.

INÈS : Vous entendez, Garcin ?

GARCIN, *sursautant* : Le… canapé. Oh ! Pardon. *(Il se lève.)* Il est à vous, madame.

ESTELLE : Merci. *(Elle ôte son manteau et le jette sur le canapé. Un temps.)* Faisons connaissance puisque nous devons habiter ensemble. Je suis Estelle RIGAULT.

Garcin s'incline et va se nommer, mais Inès passe devant lui.

INÈS : Inès SERRANO. Je suis très heureuse.

Garcin s'incline à nouveau.

GARCIN : Joseph GARCIN.

LE GARÇON : Avez-vous encore besoin de moi ?

ESTELLE : Non, allez. Je vous sonnerai.

Le Garçon s'incline et sort.

SCÈNE V

INÈS, GARCIN, ESTELLE

INÈS : Vous êtes très belle. Je voudrais avoir des fleurs pour vous souhaiter la bienvenue.

ESTELLE : Des fleurs ? Oui. J'aimais beaucoup les fleurs. Elles se faneraient ici : il fait trop chaud. Bah ! L'essentiel, n'est-ce pas, c'est de conserver la bonne humeur. Vous êtes…

INÈS : Oui, la semaine dernière. Et vous ?

ESTELLE : Moi ? Hier. La cérémonie n'est pas achevée. *(Elle parle avec beaucoup de naturel, mais comme si elle voyait ce qu'elle décrit*[1]*.)* Le vent dérange le voile de ma sœur. Elle fait ce qu'elle peut pour pleurer. Allons ! allons ! encore un effort. Voilà ! Deux larmes, deux petites larmes qui brillent sous le crêpe. Olga Jardet est très laide ce matin. Elle soutient ma sœur par le bras. Elle ne pleure pas à cause du rimmel et je dois dire qu'à sa place… C'était ma meilleure amie.

INÈS : Vous avez beaucoup souffert ?

ESTELLE : Non. J'étais plutôt abrutie.

INÈS : Qu'est-ce que… ?

ESTELLE : Une pneumonie. *(Même jeu que précédemment.)* Eh bien, ça y est, ils s'en vont. Bonjour ! Bonjour ! Que de poignées de main. Mon mari est malade de chagrin, il est resté à la maison. *(À Inès :)* Et vous ?

INÈS : Le gaz.

ESTELLE : Et vous, monsieur ?

GARCIN : Douze balles dans la peau. *(Geste d'Estelle.)* Excusez-moi, je ne suis pas un mort de bonne compagnie.

ESTELLE : Oh ! cher monsieur, si seulement vous vouliez bien ne pas user de mots si crus. C'est… c'est choquant. Et finalement, qu'est-ce que ça veut dire ? Peut-être n'avons-nous jamais été si vivants. S'il faut absolument nommer cet… état de choses, je propose qu'on nous appelle des absents[2], ce sera plus correct. Vous êtes absent depuis longtemps ?

GARCIN : Depuis un mois, environ.

ESTELLE : D'où êtes-vous ?

GARCIN : De Rio.

ESTELLE : Moi, de Paris. Vous avez encore quelqu'un, là-bas ?

GARCIN : Ma femme. *(Même jeu qu'Estelle.)* Elle est venue à la caserne comme tous les jours ; on ne l'a pas laissée entrer. Elle regarde entre les barreaux de la grille. Elle ne sait pas encore que je suis absent, mais elle s'en doute. Elle s'en va, à présent. Elle est toute noire. Tant mieux, elle n'aura pas besoin de se changer. Elle ne pleure pas ; elle ne pleurait jamais. Il fait un beau soleil et elle est toute noire dans la rue déserte, avec ses grands yeux de victime. Ah ! Elle m'agace.

Un silence. Garcin va s'asseoir sur le canapé du milieu et se met la tête dans les mains.

INÈS : Estelle !

ESTELLE : Monsieur, monsieur Garcin !

GARCIN : Plaît-il ?

ESTELLE : Vous êtes assis sur mon canapé.

GARCIN : Pardon.

Il se lève.

ESTELLE : Vous aviez l'air si absorbé.

GARCIN : Je mets ma vie en ordre. *(Inès se met à rire.)* Ceux qui rient feraient aussi bien de m'imiter.

INÈS : Elle est en ordre ma vie. Tout à fait en ordre. Elle s'est mise en ordre d'elle-même, là-bas, je n'ai pas besoin de m'en préoccuper.

GARCIN : Vraiment ? Et vous croyez que c'est si simple ! *(Il se passe la main sur le front.)* Quelle chaleur ! Vous permettez ? *(Il va pour ôter son veston.)*

ESTELLE : Ah non ! *(Plus doucement.)* Non. J'ai horreur des hommes en bras de chemise.

GARCIN, *remettant sa veste* : C'est bon. *(Un temps.)* Moi, je passais mes nuits dans les salles de rédaction. Il y faisait toujours une chaleur de cloporte. *(Un temps. Même jeu que précédemment.)* Il y *fait* une chaleur de cloporte. C'est la nuit.

ESTELLE : Tiens, oui, c'est déjà la nuit. Olga se déshabille. Comme le temps passe vite, sur terre.

INÈS : C'est la nuit. Ils ont mis les scellés sur la porte de ma chambre. Et la chambre est vide dans le noir.

GARCIN : Ils ont posé leurs vestons sur le dos de leurs chaises et roulé les manches de leurs chemises au-dessus de leurs coudes. Ça sent l'homme et le cigare. *(Un silence.)* J'aimais vivre au milieu d'hommes en bras de chemise.

ESTELLE, *sèchement* : Eh bien, nous n'avons pas les mêmes goûts. Voilà ce que ça prouve. *(Vers Inès.)* Vous aimez ça, vous, les hommes en chemise ?

INÈS : En chemise ou non, je n'aime pas beaucoup les hommes.

ESTELLE, *les regarde tous deux avec stupeur* : Mais pourquoi, *pourquoi* nous a-t-on réunis ?

INÈS, *avec un éclat étouffé* : Qu'est-ce que vous dites ?

ESTELLE : Je vous regarde tous deux et je pense que nous allons demeurer ensemble... Je m'attendais à retrouver des amis, de la famille.

INÈS : Un excellent ami avec un trou au milieu de la figure.

ESTELLE : Celui-là aussi. Il dansait le tango comme un professionnel. Mais nous, *nous*, pourquoi nous a-t-on réunis ?

GARCIN : Eh bien, c'est le hasard. Ils casent les gens où ils peuvent, dans l'ordre de leur arrivée. *(À Inès :)* Pourquoi riez-vous ?

INÈS : Parce que vous m'amusez avec votre hasard. Avez-vous tellement besoin de vous rassurer ? Ils ne laissent rien au hasard.

ESTELLE, *timidement* : Mais nous nous sommes peut-être rencontrés autrefois ?

INÈS : Jamais. Je ne vous aurais pas oubliée.

ESTELLE : Ou alors, c'est que nous avons des relations communes ? Vous ne connaissez pas les Dubois-Seymour ?

INÈS : Ça m'étonnerait.

ESTELLE : Ils reçoivent le monde entier.

INÈS : Qu'est-ce qu'ils font ?

ESTELLE, *surprise* : Ils ne font rien. Ils ont un château en Corrèze et...

INÈS : Moi, j'étais employée des postes[3].

ESTELLE, *avec un petit recul* : Ah ? alors en effet ?... *(Un temps.)* Et vous, monsieur Garcin ?

GARCIN : Je n'ai jamais quitté Rio.

ESTELLE : En ce cas vous avez parfaitement raison : c'est le hasard qui nous a réunis.

INÈS : Le hasard. Alors ces meubles sont là par hasard. C'est par hasard si le canapé de droite est vert épinard et si le canapé de gauche est bordeaux. Un hasard, n'est-ce pas ? Eh bien, essayez donc de les changer de place et vous m'en direz des nouvelles. Et le bronze, c'est un hasard aussi ? Et cette chaleur ? Et cette chaleur ? *(Un silence.)* Je vous dis qu'ils ont tout réglé. Jusque dans les moindres détails, avec amour. Cette chambre nous attendait.

ESTELLE : Mais comment voulez-vous ? Tout est si laid, ici, si dur, si anguleux. Je détestais les angles.

INÈS, *haussant les épaules* : Croyez-vous que je vivais dans un salon Second Empire ?

Un temps.

ESTELLE : Alors tout est prévu ?

INÈS : Tout. Et nous sommes assortis.

ESTELLE : Ce n'est pas par hasard que *vous*, vous êtes en face de *moi* ? *(Un temps.)* Qu'est-ce qu'ils attendent ?

INÈS : Je ne sais pas. Mais ils attendent[4].

ESTELLE : Je ne peux pas supporter qu'on attende quelque chose de moi. Ça me donne tout de suite envie de faire le contraire.

INÈS : Eh bien, faites-le ! Faites-le donc ! Vous ne savez même pas ce qu'ils veulent.

ESTELLE, *frappant du pied* : C'est insupportable. Et quelque chose doit m'arriver par vous deux ? *(Elle les regarde.)* Par vous deux. Il y avait des visages qui me parlaient tout de suite. Et les vôtres ne me disent rien.

GARCIN, *brusquement à Inès* : Allons, pourquoi sommes-nous ensemble ? Vous en avez trop dit : allez jusqu'au bout.

INÈS, *étonnée* : Mais je n'en sais absolument rien.

GARCIN : Il *faut* le savoir.

Il réfléchit un moment.

INÈS : Si seulement chacun de nous avait le courage de dire…

GARCIN : Quoi ?

INÈS : Estelle !

ESTELLE : Plaît-il ?

INÈS : Qu'avez-vous fait ? Pourquoi vous ont-ils envoyée ici ?

ESTELLE, *vivement* : Mais je ne sais pas, je ne sais pas du tout ! Je me demande même si ce n'est pas une erreur. *(À Inès :)* Ne souriez pas. Pensez à la quantité de gens qui… qui s'absentent chaque jour. Ils viennent ici par milliers et n'ont affaire qu'à des subalternes, qu'à des employés sans instruction. Comment voulez-vous qu'il n'y ait pas d'erreur. Mais ne souriez pas. *(À Garcin :)* Et vous, dites quelque chose. S'ils se sont trompés dans mon cas, ils ont pu se tromper dans le vôtre. *(À Inès :)* Et dans le vôtre aussi. Est-ce qu'il ne vaut pas mieux croire que nous sommes là par erreur ?

INÈS : C'est tout ce que vous avez à nous dire ?

ESTELLE : Que voulez-vous savoir de plus ? Je n'ai rien à cacher. J'étais orpheline et pauvre, j'élevais mon frère cadet. Un vieil ami de mon père m'a demandé ma main. Il était riche, et bon, j'ai accepté. Qu'auriez-vous fait à ma place ? Mon frère était malade et sa santé réclamait les plus grands soins. J'ai vécu six ans avec mon mari sans un nuage. Il y a deux ans, j'ai rencontré celui que je devais aimer. Nous nous sommes reconnus tout de suite, il voulait que je parte avec lui et j'ai refusé. Après cela, j'ai eu ma pneumonie. C'est tout. Peut-être qu'on pourrait, au nom de certains principes, me reprocher d'avoir sacrifié ma jeunesse à un vieillard[5]. *(À Garcin :)* Croyez-vous que ce soit une faute ?

GARCIN : Certainement non. *(Un temps.)* Et, vous, trouvez-vous que ce soit une faute de vivre selon ses principes ?

ESTELLE : Qui est-ce qui pourrait vous le reprocher ?

GARCIN : Je dirigeais un journal pacifiste. La guerre éclate. Que faire ? Ils avaient tous les yeux fixés sur moi. « Osera-t-il ? » Eh bien, j'ai osé. Je me suis croisé les bras et ils m'ont fusillé. Où est la faute ? Où est la faute ?

ESTELLE, *lui pose la main sur le bras* : Il n'y a pas de faute. Vous êtes…

INÈS, *achève ironiquement* : Un Héros. Et votre femme, Garcin ?

GARCIN : Eh bien, quoi ? Je l'ai tirée du ruisseau.

ESTELLE, *à Inès* : Vous voyez ! vous voyez !

INÈS : Je vois. *(Un temps.)* Pour qui jouez-vous la comédie ? Nous sommes entre nous.

ESTELLE, *avec insolence* : Entre nous ?

INÈS : Entre assassins. Nous sommes en Enfer, ma petite, il n'y a jamais d'erreur et on ne damne jamais les gens pour rien.

ESTELLE : Taisez-vous.

INÈS : En Enfer ! Damnés ! Damnés !

ESTELLE : Taisez-vous. Voulez-vous vous taire ? Je vous défends d'employer des mots grossiers.

INÈS : Damnée, la petite sainte. Damné, le héros sans reproche. Nous avons eu notre heure de plaisir, n'est-ce pas ? Il y a des gens qui ont souffert pour nous jusqu'à la mort et cela nous amusait beaucoup. À présent, il faut payer.

GARCIN, *la main levée* : Est-ce que vous vous tairez ?

INÈS, *le regarde sans peur, mais avec une immense surprise* : Ha ! *(Un temps.)* Attendez ! J'ai compris, je sais pourquoi ils nous ont mis ensemble !

GARCIN : Prenez garde à ce que vous allez dire.

INÈS : Vous allez voir comme c'est bête. Bête comme chou ! Il n'y a pas de torture physique, n'est-ce pas ? Et cependant, nous sommes en Enfer. Et personne ne doit venir. Personne. Nous resterons jusqu'au bout seuls ensemble. C'est bien ça ? En somme, il y a quelqu'un qui manque ici : c'est le bourreau.

GARCIN, *à mi-voix* : Je le sais bien.

INÈS : Eh bien, ils ont réalisé une économie de personnel. Voilà tout. Ce sont les clients qui font le service eux-mêmes, comme dans les restaurants coopératifs.

ESTELLE : Qu'est-ce que vous voulez dire ?

INÈS : Le bourreau, c'est chacun de nous pour les deux autres.

Un temps. Ils digèrent la nouvelle.

GARCIN, *d'une voix douce* : Je ne serai pas votre bourreau. Je ne vous veux aucun mal et je n'ai rien à faire avec vous. Rien. C'est tout à fait simple. Alors voilà : chacun dans son coin ; c'est la parade. Vous ici, vous ici, moi là. Et du silence. Pas un mot : ce n'est pas difficile n'est-ce pas ? chacun de nous a assez à faire avec lui-même. Je crois que je pourrais rester dix mille ans sans parler.

ESTELLE : Il faut que je me taise ?

GARCIN : Oui. Et nous... nous serons sauvés. Se taire. Regarder en soi, ne jamais lever la tête[6]. C'est d'accord ?

INÈS : D'accord.

ESTELLE, *après hésitation* : D'accord.

GARCIN : Alors, adieu.

Il va à son canapé et se met la tête dans ses mains. Silence. Inès se met à chanter pour elle seule :

Dans la rue des Blancs-Manteaux
Ils ont élevé des tréteaux
Et mis du son dans un seau
Et c'était un échafaud
Dans la rue des Blancs-Manteaux.

Dans la rue des Blancs-Manteaux
Le bourreau s'est levé tôt

C'est qu'il avait du boulot
Faut qu'il coupe des Généraux
Des Évêques, des Amiraux
Dans la rue des Blancs-Manteaux.

Dans la rue des Blancs-Manteaux
Sont v'nues des dames comme il faut
Avec de beaux affûtiaux
Mais la tête leur f'sait défaut
Elle avait roulé de son haut
La tête avec le chapeau
Dans le ruisseau des Blancs-Manteaux[7].

Pendant ce temps-là, Estelle se remet de la poudre et du rouge. Estelle se poudre et cherche une glace autour d'elle d'un air inquiet. Elle fouille dans son sac et puis elle se tourne vers Garcin.

ESTELLE : Monsieur, avez-vous un miroir ? *(Garcin ne répond pas.)* Un miroir, une glace de poche, n'importe quoi ? *(Garcin ne répond pas.)* Si vous me laissez toute seule, procurez-moi au moins une glace.

Garcin demeure la tête dans ses mains, sans répondre.

INÈS, *avec empressement* : Moi, j'ai une glace dans mon sac. *(Elle fouille dans son sac. Avec dépit.)* Je ne l'ai plus. Ils ont dû me l'ôter au greffe[8].

ESTELLE : Comme c'est ennuyeux.

Un temps. Elle ferme les yeux et chancelle. Inès se précipite et la soutient.

INÈS : Qu'est-ce que vous avez ?

ESTELLE, *rouvre les yeux et sourit* : Je me sens drôle. *(Elle se tâte.)* Ça ne vous fait pas cet effet-là, à vous : quand je ne me vois pas, j'ai beau me tâter, je me demande si j'existe pour de vrai.

INÈS : Vous avez de la chance. Moi, je me sens toujours de l'intérieur.

ESTELLE : Ah ! oui, de l'intérieur... Tout ce qui se passe dans les têtes est si vague, ça m'endort. *(Un temps.)* Il y a six grandes glaces dans ma chambre à coucher. Je les vois. Je les vois. Mais elles ne me voient pas. Elles reflètent la causeuse, le tapis, la fenêtre... comme c'est vide, une glace où je ne suis pas. Quand je parlais, je m'arrangeais pour qu'il y en ait une où je puisse me regarder. Je parlais, je me voyais parler. Je me voyais comme les gens me voyaient, ça me tenait éveillée. *(Avec désespoir.)* Mon rouge ! Je suis sûre que je l'ai mis de travers. Je ne peux pourtant pas rester sans glace toute l'éternité[9].

INÈS : Voulez-vous que je vous serve de miroir ? Venez, je vous invite chez moi. Asseyez-vous sur mon canapé.

ESTELLE, *indique Garcin* : Mais...

INÈS : Ne nous occupons pas de lui.

ESTELLE : Nous allons nous faire du mal : c'est vous qui l'avez dit.

INÈS : Est-ce que j'ai l'air de vouloir vous nuire ?

ESTELLE : On ne sait jamais...

INÈS : C'est toi qui me feras du mal. Mais qu'est-ce que ça peut faire. Puisqu'il faut souffrir, autant que ce soit par toi. Assieds-toi. Approche-toi. Encore. Regarde dans mes yeux : est-ce que tu t'y vois ?

ESTELLE : Je suis toute petite. Je me vois très mal.

INÈS : Je te vois, moi. Tout entière. Pose-moi des questions. Aucun miroir ne sera plus fidèle[10].

Estelle, gênée, se tourne vers Garcin comme pour l'appeler à l'aide.

ESTELLE : Monsieur ! Monsieur ! Nous ne vous ennuyons pas par notre bavardage ?

Garcin ne répond pas.

INÈS : Laisse-le ; il ne compte plus ; nous sommes seules. Interroge-moi.

ESTELLE : Est-ce que j'ai bien mis mon rouge à lèvres ?

INÈS : Fais voir. Pas trop bien.

ESTELLE : Je m'en doutais. Heureusement que *(elle jette un coup d'œil à Garcin)* personne ne m'a vue. Je recommence.

INÈS : C'est mieux. Non. Suis le dessin des lèvres ; je vais te guider. Là, là. C'est bien.

ESTELLE : Aussi bien que tout à l'heure, quand je suis entrée ?

INÈS : C'est mieux ; plus lourd, plus cruel. Ta bouche d'enfer.

ESTELLE : Hum ! Et c'est bien ? Que c'est agaçant, je ne peux plus juger par moi-même. Vous me jurez que c'est bien ?

INÈS : Tu ne veux pas qu'on se tutoie ?

ESTELLE : Tu me jures que c'est bien ?

INÈS : Tu es belle.

ESTELLE : Mais avez-vous du goût ? Avez-vous *mon* goût[11] ? Que c'est agaçant, que c'est agaçant.

INÈS : J'ai ton goût, puisque tu me plais. Regarde-moi bien. Souris-moi. Je ne suis pas laide non plus. Est-ce que je ne vaux pas mieux qu'un miroir ?

ESTELLE : Je ne sais pas. Vous m'intimidez. Mon image dans les glaces était apprivoisée. Je la connaissais si bien... Je vais sourire : mon sourire ira au fond de vos prunelles et Dieu sait ce qu'il va devenir.

INÈS : Et qui t'empêche de m'apprivoiser ? *(Elles se regardent. Estelle sourit, un peu fascinée.)* Tu ne veux décidément pas me tutoyer ?

ESTELLE : J'ai de la peine à tutoyer les femmes.

INÈS : Et particulièrement les employées des postes, je suppose ? Qu'est-ce que tu as là, au bas de la joue ? Une plaque rouge ?

ESTELLE, *sursautant* : Une plaque rouge, quelle horreur ! Où ça ?

INÈS : Là ! là ! Je suis le miroir aux alouettes ; ma petite alouette[12], je te tiens ! Il n'y a pas de rougeur. Pas la moindre. Hein ? Si le miroir se mettait à mentir ? Ou si je fermais les yeux, si je refusais de te regarder, que ferais-tu de toute cette beauté ? N'aie pas peur : il faut que je te regarde, mes yeux resteront grands ouverts. Et je serai gentille, tout à fait gentille. Mais tu me diras : tu.

Un temps.

ESTELLE : Je te plais ?

INÈS : Beaucoup !

Un temps.

ESTELLE, *désignant Garcin d'un coup de tête* : Je voudrais qu'il me regarde aussi.

INÈS : Ha ! Parce que c'est un homme. *(À Garcin :)* Vous avez gagné. *(Garcin ne répond pas.)* Mais regardez-la donc ! *(Garcin ne répond pas.)* Ne jouez pas cette comédie ; vous n'avez pas perdu un mot de ce que nous disions.

GARCIN, *levant brusquement la tête* : Vous pouvez le dire, pas un mot : j'avais beau m'enfoncer les doigts dans les oreilles, vous me bavardiez dans la tête. Allez-vous me laisser, à présent ? Je n'ai pas affaire à vous.

INÈS : Et à la petite, avez-vous affaire ? J'ai vu votre manège : c'est pour l'intéresser que vous avez pris vos grands airs.

GARCIN : Je vous dis de me laisser. Il y a quelqu'un qui parle de moi au journal et je voudrais écouter. Je me moque de la petite, si cela peut vous tranquilliser.

ESTELLE : Merci.

GARCIN : Je ne voulais pas être grossier…

ESTELLE : Mufle !

Un temps. Ils sont debout, les uns en face des autres.

GARCIN : Et voilà ! *(Un temps.)* Je vous avais suppliées de vous taire.

ESTELLE : C'est elle qui a commencé. Elle est venue m'offrir son miroir et je ne lui demandais rien.

INÈS : Rien. Seulement tu te frottais contre lui et tu faisais des mines pour qu'il te regarde.

ESTELLE : Et après ?

GARCIN : Êtes-vous folles ? Vous ne voyez donc pas où nous allons ? Mais taisez-vous ! *(Un temps.)* Nous allons nous rasseoir bien tranquillement, nous fermerons les yeux et chacun tâchera d'oublier la présence des autres.

Un temps, il se rassied. Elles vont à leur place d'un pas hésitant. Inès se retourne brusquement.

INÈS : Ah ! oublier. Quel enfantillage ! Je vous sens jusque dans mes os. Votre silence me crie dans les oreilles. Vous pouvez vous clouer la bouche, vous pouvez vous couper la langue, est-ce que vous vous empêcherez d'exister ? Arrêterez-vous votre pensée ? Je l'entends, elle fait tic tac, comme un réveil et je sais que vous entendez la mienne. Vous avez beau vous rencoigner sur votre canapé, vous êtes partout, les sons m'arrivent souillés parce que vous les avez entendus au passage. Vous m'avez volé jusqu'à mon visage : vous le connaissez et je ne le connais pas. Et elle ? elle ? vous me l'avez volée : si nous étions seules, croyez-vous qu'elle oserait me traiter comme elle me traite ? Non, non : ôtez ces mains de votre figure, je ne vous laisserai pas, ce serait trop commode. Vous resteriez là, insensible, plongé en vous-même comme un bouddha, j'aurais les yeux clos, je sentirais qu'elle vous dédie tous les bruits de sa vie, même les froissements de sa robe et qu'elle vous envoie des sourires que vous ne voyez pas… Pas de ça ! Je veux choisir mon enfer ;

je veux vous regarder de tous mes yeux et lutter à visage découvert.

GARCIN : C'est bon. Je suppose qu'il fallait en arriver là ; ils nous ont manœuvrés comme des enfants. S'ils m'avaient logé avec des hommes… les hommes savent se taire. Mais il ne faut pas trop demander. *(Il va vers Estelle et lui passe la main sous le menton.)* Alors, petite, je te plais ? Il paraît que tu me faisais de l'œil ?

ESTELLE : Ne me touchez pas.

GARCIN : Bah ! Mettons-nous à l'aise. J'aimais beaucoup les femmes, sais-tu ? Et elles m'aimaient beaucoup. Mets-toi donc à l'aise, nous n'avons plus rien à perdre. De la politesse, pourquoi ? Des cérémonies, pourquoi ? Entre nous ! Tout à l'heure nous serons nus comme des vers.

ESTELLE : Laissez-moi !

GARCIN : Comme des vers ! Ah ! je vous avais prévenues. Je ne vous demandais rien, rien que la paix et un peu de silence. J'avais mis les doigts dans mes oreilles. Gomez parlait, debout entre les tables, tous les copains du journal écoutaient. En bras de chemise. Je voulais comprendre ce qu'ils disaient, c'était difficile : les événements de la terre passent si vite[13]. Est-ce que vous ne pouviez pas vous taire ? À présent, c'est fini, il ne parle plus, ce qu'il pense de moi est rentré dans sa tête. Eh bien, il faudra que nous allions jusqu'au bout. Nus comme des vers : je veux savoir à qui j'ai affaire.

INÈS : Vous le savez. À présent vous le savez.

GARCIN : Tant que chacun de nous n'aura pas avoué pourquoi ils l'ont condamné, nous ne saurons rien. Toi, la blonde, commence. Pourquoi ? Dis-nous pourquoi : ta franchise peut éviter des catastrophes ; quand nous connaîtrons nos monstres… Allons, pourquoi ?

ESTELLE : Je vous dis que je l'ignore[a]. Ils n'ont pas voulu me l'apprendre.

GARCIN : Je sais. À moi non plus, ils n'ont pas voulu répondre. Mais je me connais. Tu as peur de parler la première ? Très bien. Je vais commencer. *(Un silence.)* Je ne suis pas très joli.

INÈS : Ça va. On sait que vous avez déserté.

GARCIN : Laissez ça. Ne parlez jamais de ça. Je suis ici parce que j'ai torturé ma femme. C'est tout. Pendant cinq ans. Bien entendu, elle souffre encore. La voilà ; dès que je parle d'elle, je la vois. C'est Gomez qui m'intéresse et c'est elle que je vois. Où est Gomez ? Pendant cinq ans. Dites donc, ils lui ont rendu mes effets ; elle est assise près de la fenêtre et elle a pris mon veston sur ses genoux. Le veston aux douze trous. Le sang, on dirait de la rouille. Les bords des trous sont roussis. Ha ! C'est une pièce de musée, un veston historique. Et j'ai porté ça ! Pleureras-tu ? Finiras-tu par pleurer ? Je rentrais saoul comme un cochon, je sentais le vin et la femme. Elle m'avait attendu toute la nuit ; elle ne pleurait pas. Pas un mot de reproche, naturellement. Ses yeux, seulement. Ses grands yeux. Je ne regrette rien. Je paierai, mais je ne regrette rien. Il neige dehors. Mais pleureras-tu ? C'est une femme qui a la vocation du martyre.

INÈS, *presque doucement* : Pourquoi l'avez-vous fait souffrir ?

GARCIN : Parce que c'était facile. Il suffisait d'un mot pour la faire changer de couleur ; c'était une sensitive. Ha ! Pas un reproche ! Je suis très taquin. J'attendais, j'attendais toujours. Mais non, pas un pleur, pas un reproche. Je l'avais tirée du ruisseau, comprenez-vous ? Elle passe la main sur le veston, sans le regarder. Ses doigts cherchent les trous à l'aveuglette. Qu'attends-tu ? Qu'espères-tu ? Je te dis que je ne regrette rien. Enfin voilà : elle m'admirait trop. Comprenez-vous ça ?

INÈS : Non. On ne m'admirait pas.

GARCIN : Tant mieux. Tant mieux pour vous. Tout cela doit vous paraître abstrait. Eh bien, voici une anecdote : j'avais installé chez moi une mulâtresse. Quelles nuits ! ma femme couchait au premier, elle devait nous entendre. Elle se levait la première et, comme nous faisions la grasse matinée, elle nous apportait le petit déjeuner au lit.

INÈS : Goujat !

GARCIN : Mais oui, mais oui, le goujat bien-aimé. *(Il paraît distrait.)* Non, rien. C'est Gomez, mais il ne parle pas de moi. Un goujat, disiez-vous ? Dame : sinon, qu'est-ce que je ferais ici ? Et vous ?

INÈS : Eh bien, j'étais ce qu'ils appellent, là-bas, une femme damnée. *Déjà* damnée, n'est-ce pas. Alors, il n'y a pas eu de grosse surprise.

GARCIN : C'est tout.

INÈS : Non, il y a aussi cette affaire avec Florence. Mais c'est une histoire de morts. Trois morts. Lui d'abord, ensuite elle et moi. Il ne reste plus personne là-bas, je suis tranquille ; la chambre, simplement. Je vois la chambre, de temps en temps. Vide, avec des volets clos. Ah ! ah ! Ils ont fini par ôter les scellés. À louer… Elle est à louer. Il y a un écriteau sur la porte. C'est… dérisoire.

GARCIN : Trois. Vous avez bien dit trois ?

INÈS : Trois.

GARCIN : Un homme et deux femmes ?

INÈS : Oui.

GARCIN : Tiens. *(Un silence.)* Il s'est tué ?

INÈS : Lui ? Il en était bien incapable. Pourtant ce n'est pas faute d'avoir souffert. Non : c'est un tramway qui l'a écrasé. De la rigolade ! J'habitais chez eux, c'était mon cousin.

GARCIN : Florence était blonde ?

INÈS : Blonde ? *(Regard à Estelle.)* Vous savez, je ne regrette rien, mais ça ne m'amuse pas tant de vous raconter cette histoire.

GARCIN : Allez ! allez ! Vous l'avez dégoûtée de lui[b] ?

INÈS : Petit à petit. Un mot de-ci, de-là. Par exemple, il faisait du bruit en buvant ; il soufflait par le nez dans son verre. Des riens. Oh ! c'était un pauvre type, vulnérable. Pourquoi souriez-vous ?

GARCIN : Parce que moi, je ne suis pas vulnérable.

INÈS : C'est à voir. Je me suis glissée en elle, elle l'a vu par mes yeux… Pour finir, elle m'est restée sur les bras. Nous avons pris une chambre à l'autre bout de la ville.

GARCIN : Alors ?

INÈS : Alors il y a eu ce tramway. Je lui disais tous les jours : eh bien, ma petite ! Nous l'avons tué[14]. *(Un silence.)* Je suis méchante.

GARCIN : Oui. Moi aussi.

INÈS : Non, vous, vous n'êtes pas méchant. C'est autre chose.

GARCIN : Quoi ?

INÈS : Je vous le dirai plus tard. Moi, je suis méchante : ça veut dire que j'ai besoin de la souffrance des autres pour exister. Une torche. Une torche dans les cœurs. Quand je suis toute seule, je m'éteins. Six mois durant, j'ai flambé dans son cœur ; j'ai tout brûlé. Elle s'est levée une nuit ; elle a été ouvrir le robinet du gaz sans que je m'en doute, et puis elle s'est recouchée près de moi. Voilà.

GARCIN : Hum !

INÈS : Quoi ?

GARCIN : Rien. Ça n'est pas propre.

INÈS : Eh bien, non, ça n'est pas propre. Après ?

GARCIN : Oh ! vous avez raison. *(À Estelle :)* À toi. Qu'est-ce que tu as fait ?

ESTELLE : Je vous ai dit que je n'en savais rien. J'ai beau m'interroger…

GARCIN : Bon. Eh bien, on va t'aider. Ce type au visage fracassé[15], qui est-ce ?

ESTELLE : Quel type ?

INÈS : Tu le sais fort bien. Celui dont tu avais peur, quand tu es entrée.

ESTELLE : C'est un ami.

GARCIN : Pourquoi avais-tu peur de lui ?

ESTELLE : Vous n'avez pas le droit de m'interroger.

INÈS : Il s'est tué à cause de toi ?

ESTELLE : Mais non, vous êtes folle.

GARCIN : Alors, pourquoi te faisait-il peur ? Il s'est lâché un coup de fusil dans la figure, hein ? C'est ça qui lui a emporté la tête ?

ESTELLE : Taisez-vous ! taisez-vous !

GARCIN : À cause de toi ! À cause de toi !

INÈS : Un coup de fusil à cause de toi.

ESTELLE : Laissez-moi tranquille. Vous me faites peur. Je veux m'en aller ! Je veux m'en aller ! *(Elle se précipite vers la porte et la secoue.)*

GARCIN : Va-t'en. Moi, je ne demande pas mieux. Seulement la porte est fermée de l'extérieur.

Estelle sonne ; le timbre ne retentit pas. Inès et Garcin rient. Estelle se retourne sur eux, adossée à la porte.

ESTELLE, *la voix rauque et lente* : Vous êtes ignobles.

INÈS : Parfaitement, ignobles. Alors ? Donc le type s'est tué à cause de toi. C'était ton amant ?

GARCIN : Bien entendu, c'était son amant. Et il a voulu l'avoir pour lui tout seul. Ça n'est pas vrai ?

INÈS : Il dansait le tango comme un professionnel, mais il était pauvre, j'imagine.

Un silence.

GARCIN : On te demande s'il était pauvre ?

ESTELLE : Oui, il était pauvre.

GARCIN : Et puis, tu avais ta réputation à garder. Un jour il est venu, il t'a suppliée et tu as rigolé.

INÈS : Hein ? Hein ? Tu as rigolé ? C'est pour cela qu'il s'est tué ?

ESTELLE : C'est avec ces yeux-là que tu regardais Florence ?

INÈS : Oui.

Un temps. Estelle se met à rire.

ESTELLE : Vous n'y êtes pas du tout. *(Elle se redresse et les regarde toujours adossée à la porte. D'un ton sec et provocant.)* Il voulait me faire un enfant. Là, êtes-vous contents ?

GARCIN : Et toi, tu ne voulais pas.

ESTELLE : Non. L'enfant est venu tout de même. Je suis allée passer cinq mois en Suisse[16]. Personne n'a rien su. C'était une fille. Roger était près de moi quand elle est née. Ça l'amusait d'avoir une fille. Pas moi.

GARCIN : Après ?

ESTELLE : Il y avait un balcon, au-dessus d'un lac. J'ai apporté une grosse pierre. Il criait : « Estelle je t'en prie, je t'en supplie. » Je le détestais. Il a tout vu. Il s'est penché sur le balcon et il a vu des ronds sur le lac.

GARCIN : Après ?

ESTELLE : C'est tout. Je suis revenue à Paris. Lui, il a fait ce qu'il a voulu.

GARCIN : Il s'est fait sauter la tête ?

ESTELLE : Bien oui. Ça n'en valait pas la peine ; mon mari ne s'est jamais douté de rien. *(Un temps.)* Je vous hais.

Elle a une crise de sanglots secs.

GARCIN : Inutile. Ici les larmes ne coulent pas.

ESTELLE : Je suis lâche ! Je suis lâche ! *(Un temps.)* Si vous saviez comme je vous hais !

INÈS, *la prenant dans ses bras* : Mon pauvre petit ! *(À Garcin :)* L'enquête est finie. Pas la peine de garder cette gueule de bourreau.

GARCIN : De bourreau… *(Il regarde autour de lui.)* Je donnerais n'importe quoi pour me voir dans une glace. *(Un temps.)* Qu'il fait chaud ! *(Il ôte machinalement son veston.)* Oh ! pardon. *(Il va pour le remettre.)*

ESTELLE : Vous pouvez rester en bras de chemise. À présent…

GARCIN : Oui. *(Il jette son veston sur le canapé.)* Il ne faut pas m'en vouloir, Estelle.

ESTELLE : Je ne vous en veux pas.

INÈS : Et à moi ? Tu m'en veux à moi ?

ESTELLE : Oui.

Un silence.

INÈS : Eh bien, Garcin ? Nous voici nus comme des vers ; y voyez-vous plus clair ?

GARCIN : Je ne sais pas. Peut-être un peu plus clair. *(Timidement.)* Est-ce que nous ne pourrions pas essayer de nous aider les uns les autres ?

INÈS : Je n'ai pas besoin d'aide.

GARCIN : Inès, ils ont embrouillé tous les fils. Si vous faites le moindre geste, si vous levez la main pour vous éventer, Estelle et moi nous sentons la secousse. Aucun de nous ne peut se sauver seul ; il faut que nous nous perdions ensemble ou que nous nous tirions d'affaire ensemble. Choisissez. *(Un temps.)* Qu'est-ce qu'il y a ?

INÈS : Ils l'ont louée. Les fenêtres sont grandes ouvertes, un homme est assis sur mon lit. Ils l'ont louée ! ils l'ont louée ! Entrez, entrez, ne vous gênez pas. C'est une femme. Elle va vers lui et lui met les mains sur les épaules… Qu'est-ce qu'ils attendent pour allumer, on n'y voit plus ; est-ce qu'ils vont s'embrasser ? Cette chambre est à moi ! Elle est à moi ! Et pourquoi n'allument-ils pas ? Je ne peux plus les voir. Qu'est-ce qu'ils chuchotent ? Est-ce qu'il va la caresser sur *mon* lit ? Elle lui dit qu'il est midi et qu'il fait grand soleil. Alors, c'est que je deviens aveugle. *(Un temps.)* Fini. Plus rien : je ne vois plus, je n'entends plus. Eh bien, je suppose que j'en ai fini avec la terre. Plus d'alibi. *(Elle frissonne.)* Je me sens vide. À présent, je suis tout à fait morte. Tout entière ici. *(Un temps.)* Vous disiez ? Vous parliez de m'aider, je crois ?

GARCIN : Oui.

INÈS : À quoi ?

GARCIN : À déjouer leurs ruses.

INÈS : Et moi, en échange ?

GARCIN : Vous m'aiderez. Il faudrait peu de chose, Inès : tout juste un peu de bonne volonté.

INÈS : De la bonne volonté… Où voulez-vous que j'en prenne ? Je suis pourrie.

GARCIN : Et moi ? *(Un temps.)* Tout de même, si nous essayions ?

INÈS : Je suis sèche. Je ne peux ni recevoir ni donner ; comment voulez-vous que je vous aide ? Une branche morte, le feu va s'y mettre. *(Un temps. Elle regarde Estelle qui a la tête dans ses mains.)* Florence était blonde.

GARCIN : Est-ce que vous savez que cette petite sera votre bourreau ?

INÈS : Peut-être bien que je m'en doute.

GARCIN : C'est par elle qu'ils vous auront. En ce qui me concerne, je… je… je ne lui prête aucune attention. Si de votre côté…

INÈS : Quoi ?

GARCIN : C'est un piège. Ils vous guettent pour savoir si vous vous y laisserez prendre.

INÈS : Je sais. Et *vous*, vous êtes un piège. Croyez-vous qu'ils n'ont pas prévu vos paroles ? Et qu'il ne s'y cache pas des trappes que nous ne pouvons pas voir ? Tout est piège. Mais qu'est-ce que cela me fait ? Moi aussi, je suis un piège[17]. Un piège pour elle. C'est peut-être moi qui l'attraperai.

GARCIN : Vous n'attraperez rien du tout. Nous nous courrons après comme des chevaux de bois, sans jamais nous rejoindre : vous pouvez croire qu'ils ont tout arrangé. Laissez tomber, Inès. Ouvrez les mains, lâchez prise. Sinon vous ferez notre malheur à tous trois.

INÈS : Est-ce que j'ai une tête à lâcher prise ? Je sais ce qui m'attend. Je vais brûler, je brûle et je sais qu'il n'y aura pas de fin ; je sais tout : croyez-vous que je lâcherai prise ? Je l'aurai, elle vous verra par mes yeux, comme Florence voyait l'autre. Qu'est-ce que vous venez me parler de votre malheur : je vous dis que je sais tout et je ne peux même pas avoir pitié de moi. Un piège, ha ! un piège. Naturellement je suis prise au piège. Et puis après ? Tant mieux, s'ils sont contents.

GARCIN, *la prenant par l'épaule* : Moi, je peux avoir pitié de vous. Regardez-moi : nous sommes nus. Nus jusqu'aux os et je vous connais jusqu'au cœur. C'est un lien : croyez-vous que je voudrais vous faire du mal ? Je ne regrette rien, je ne me plains pas ; moi aussi, je suis sec. Mais de vous, je peux avoir pitié.

INÈS, *qui s'est laissée faire pendant qu'il parlait, se secoue* : Ne me touchez pas. Je déteste qu'on me touche. Et gardez votre pitié. Allons ! Garcin, il y a aussi beaucoup de pièges pour vous, dans cette chambre. Pour vous. Préparés pour vous. Vous feriez mieux de vous occuper de vos affaires. *(Un temps.)* Si vous nous laissez tout à fait tranquilles, la petite et moi, je ferai en sorte de ne pas vous nuire.

GARCIN, *la regarde un moment, puis hausse les épaules* : C'est bon.

ESTELLE, *relevant la tête* : Au secours, Garcin.

GARCIN : Que me voulez-vous ?

ESTELLE, *se levant et s'approchant de lui* : Moi, vous pouvez m'aider.

GARCIN : Adressez-vous à elle.

Inès s'est rapprochée, elle se place tout contre Estelle, par-derrière, sans la toucher. Pendant les répliques suivantes, elle lui parlera presque à l'oreille. Mais Estelle, tournée vers Garcin, qui la regarde sans parler, répond uniquement à celui-ci comme si c'était lui qui l'interrogeait.

ESTELLE : Je vous en prie, vous avez promis, Garcin, vous avez promis ! Vite, vite, je ne veux pas rester seule. Olga l'a emmené au dancing.

INÈS : Qui a-t-elle emmené ?

ESTELLE : Pierre. Ils dansent ensemble.

INÈS : Qui est Pierre ?

ESTELLE : Un petit niais. Il m'appelait son eau vive. Il m'aimait. Elle l'a emmené au dancing.

INÈS : Tu l'aimes ?

ESTELLE : Ils se rasseyent. Elle est à bout de souffle. Pourquoi danse-t-elle ? À moins que ce ne soit pour se faire maigrir. Bien sûr que non. Bien sûr que je ne l'aimais pas : il a dix-huit ans et je ne suis pas une ogresse, moi.

INÈS : Alors laisse-les. Qu'est-ce que cela peut te faire ?

ESTELLE : Il était à moi.

INÈS : Rien n'est plus à toi sur la terre.

ESTELLE : Il était à moi.

INÈS : Oui, il *était*... Essaye de le prendre, essaye de le toucher. Olga peut le toucher, elle. N'est-ce pas ? N'est-ce pas ? Elle peut lui tenir les mains, lui frôler les genoux.

ESTELLE : Elle pousse contre lui son énorme poitrine, elle lui souffle dans la figure. Petit Poucet, pauvre Petit Poucet, qu'attends-tu pour lui éclater de rire au nez ? Ah ! Il m'aurait suffi d'un regard, elle n'aurait jamais osé... Est-ce que je ne suis vraiment plus rien ?

INÈS : Plus rien. Et il n'y a plus rien à toi sur la terre : tout ce qui t'appartient est ici. Veux-tu le coupe-papier ? Le bronze de Barbedienne ? Le canapé bleu est à toi. Et moi, mon petit, moi je suis à toi pour toujours.

ESTELLE : Ha ? À moi ? Eh bien, lequel de vous deux oserait m'appeler son eau vive ? On ne vous trompe pas, vous autres, vous savez que je suis une ordure. Pense à moi,

Pierre, ne pense qu'à moi, défends-moi ; tant que tu penses : mon eau vive, ma chère eau vive, je ne suis ici qu'à moitié, je ne suis qu'à moitié coupable, je suis eau vive là-bas, près de toi. Elle est rouge comme une tomate. Voyons, c'est impossible : nous avons cent fois ri d'elle ensemble. Qu'est-ce que c'est que cet air-là, je l'aimais tant ? Ah[d] ! c'est *St Louis Blues*[18]... Eh bien, dansez, dansez. Garcin, vous vous amuseriez si vous pouviez la voir. Elle ne saura donc jamais que je la *vois*. Je te vois, je te vois, avec ta coiffure défaite, ton visage chaviré, je vois que tu lui marches sur les pieds. C'est à mourir de rire. Allons ! Plus vite ! Plus vite ! Il la tire, il la pousse. C'est indécent. Plus vite ! Il me disait : vous êtes si légère. Allons, allons ! *(Elle danse en parlant*[19]*.)* Je te dis que je te vois. Elle s'en moque, elle danse à travers mon regard. Notre chère[e] Estelle ! Quoi, notre chère Estelle ? Ah ! tais-toi. Tu n'as même pas versé une larme aux obsèques. Elle lui a dit « notre chère Estelle ». Elle a le toupet de lui parler de moi. Allons ! en mesure. Ce n'est pas elle qui pourrait parler et danser à la fois. Mais qu'est-ce que... Non ! non ! ne lui dis pas ! je te l'abandonne, emporte-le, garde-le, fais-en ce que tu voudras, mais ne lui dis pas... *(Elle s'est arrêtée de danser.)* Bon. Eh bien, tu peux le garder à présent. Elle lui a tout dit, Garcin : Roger, le voyage en Suisse, l'enfant, elle lui a tout raconté. « Notre chère Estelle n'était pas... » Non, non, en effet, je n'étais pas... Il branle la tête d'un air triste, mais on ne peut pas dire que la nouvelle l'ait bouleversé. Garde-le à présent. Ce ne sont pas ses longs cils ni ses airs de fille que je te disputerai. Ha ! Il m'appelait son eau vive, son cristal. Eh bien, le cristal est en miettes[20]. « Notre chère Estelle. » Dansez ! dansez, voyons ! En mesure. Une, deux. *(Elle danse.)* Je donnerais tout au monde pour revenir sur terre un instant, un seul instant, et pour danser. *(Elle danse. Un temps.)* Je n'entends plus très bien. Ils ont éteint les lampes comme pour un tango ; pourquoi jouent-ils en sourdine ? Plus fort ! Que c'est loin ! Je... Je n'entends plus du tout. *(Elle cesse de danser.)* Jamais plus. La terre m'a quittée. Garcin, regarde-moi, prends-moi dans tes bras.

Inès fait signe à Garcin de s'écarter, derrière le dos d'Estelle.

INÈS, *impérieusement* : Garcin !

GARCIN, *recule d'un pas et désigne Inès à Estelle* : Adressez-vous à elle.

ESTELLE, *l'agrippe* : Ne vous en allez pas ! Est-ce que vous êtes un homme ? Mais regardez-moi donc, ne détournez pas les yeux : est-ce donc si pénible ? J'ai des cheveux d'or, et, après tout, quelqu'un s'est tué pour moi. Je vous supplie, il faut bien que vous regardiez quelque chose. Si ce n'est pas moi, ce sera le bronze, la table ou les canapés. Je suis tout de même plus agréable à voir. Écoute : je suis tombée de leurs cœurs comme un petit oiseau tombe du nid. Ramasse-moi, prends-moi, dans ton cœur, tu verras comme je serai gentille.

GARCIN, *la repoussant avec effort* : Je vous dis de vous adresser à elle.

ESTELLE : À elle ? Mais elle ne compte pas : c'est une femme.

INÈS : Je ne compte pas ? Mais, petit oiseau, petite alouette, il y a beau temps que tu es à l'abri dans mon cœur. N'aie pas peur, je te regarderai sans répit, sans un battement de paupières. Tu vivras dans mon regard comme une paillette dans un rayon de soleil.

ESTELLE : Un rayon de soleil ? Ha ! Fichez-moi donc la paix. Vous m'avez fait le coup tout à l'heure et vous avez bien vu qu'il a raté.

INÈS : Estelle ! Mon eau vive, mon cristal.

ESTELLE : *Votre* cristal ? C'est bouffon. Qui pensez-vous tromper ? Allons, tout le monde sait que j'ai flanqué l'enfant par la fenêtre. Le cristal est en miettes sur la terre et je m'en moque. Je ne suis plus qu'une peau — et ma peau n'est pas pour vous.

INÈS : Viens ! Tu seras ce que tu voudras : eau vive, eau sale, tu te retrouveras au fond de mes yeux telle que tu te désires.

ESTELLE : Lâchez-moi ! Vous n'avez pas d'yeux ! Mais qu'est-ce qu'il faut que je fasse pour que tu me lâches ? Tiens ! *(Elle lui crache à la figure.)*

Inès la lâche brusquement.

INÈS : Garcin ! Vous me le paierez !

Un temps, Garcin hausse les épaules et va vers Estelle.

GARCIN : Alors ? Tu veux un homme ?

ESTELLE : Un homme, non. Toi.

GARCIN : Pas d'histoire. N'importe qui ferait l'affaire. Je

me suis trouvé là, c'est moi. Bon. *(Il la prend aux épaules.)* Je n'ai rien pour te plaire, tu sais : je ne suis pas un petit niais et je ne danse pas le tango.

ESTELLE : Je te prendrai comme tu es. Je te changerai peut-être.

GARCIN : J'en doute. Je serai… distrait. J'ai d'autres affaires en tête.

ESTELLE : Quelles affaires ?

GARCIN : Ça ne t'intéresserait pas.

ESTELLE : Je m'assiérai sur ton canapé. J'attendrai que tu t'occupes de moi.

INÈS, *éclatant de rire* : Ha ! chienne ! À plat ventre ! À plat ventre ! Et il n'est même pas beau !

ESTELLE, *à Garcin* : Ne l'écoute pas. Elle n'a pas d'yeux, elle n'a pas d'oreilles. Elle ne compte pas.

GARCIN : Je te donnerai ce que je pourrai. Ce n'est pas beaucoup. Je ne t'aimerai pas : je te connais trop.

ESTELLE : Est-ce que tu me désires ?

GARCIN : Oui.

ESTELLE : C'est tout ce que je veux.

GARCIN : Alors… *(Il se penche sur elle.)*

INÈS : Estelle ! Garcin ! Vous perdez le sens ! Mais je suis là, moi !

GARCIN : Je vois bien, et après ?

INÈS : Devant moi ? Vous ne… vous ne pouvez pas !

ESTELLE : Pourquoi ? Je me déshabillais bien devant ma femme de chambre.

INÈS, *s'agrippant à Garcin* : Laissez-la ! Laissez-la ! ne la touchez pas de vos sales mains d'homme !

GARCIN, *la repoussant violemment* : Ça va : je ne suis pas un gentilhomme, je n'aurai pas peur de cogner sur une femme.

INÈS : Vous m'aviez promis, Garcin, vous m'aviez promis ! Je vous en supplie, vous m'aviez promis !

GARCIN : C'est vous qui avez rompu le pacte.

Inès se dégage et recule au fond de la pièce.

INÈS : Faites ce que vous voudrez, vous êtes les plus forts. Mais rappelez-vous, je suis là et je vous regarde. Je ne vous quitterai pas des yeux, Garcin ; il faudra que vous l'embrassiez sous mon regard[21]. Comme je vous hais tous les deux ! Aimez-vous, aimez-vous ! Nous sommes en Enfer et j'aurai mon tour.

Pendant la scène suivante, elle les regardera sans mot dire.

GARCIN, *revient vers Estelle et la prend aux épaules* : Donne-moi ta bouche.

Un temps. Il se penche sur elle et brusquement se redresse.

ESTELLE, *avec un geste de dépit* : Ha !... *(Un temps.)* Je t'ai dit de ne pas faire attention à elle.

GARCIN : Il s'agit bien d'elle. *(Un temps.)* Gomez est au journal. Ils ont fermé les fenêtres ; c'est donc l'hiver. Six mois. Il y a six mois qu'ils m'ont... Je t'ai prévenue qu'il m'arriverait d'être distrait ? Ils grelottent ; ils ont gardé leurs vestons... C'est drôle qu'ils aient si froid, là-bas ; et moi j'ai si chaud. Cette fois-ci, c'est de moi qu'il parle.

ESTELLE : Ça va durer longtemps ? *(Un temps.)* Dis-moi au moins ce qu'il raconte.

GARCIN : Rien. Il ne raconte rien. C'est un salaud, voilà tout. *(Il prête l'oreille.)* Un beau salaud. Bah ! *(Il se rapproche d'Estelle.)* Revenons à nous ? M'aimeras-tu ?

ESTELLE, *souriant* : Qui sait ?

GARCIN : Auras-tu confiance en moi ?

ESTELLE : Quelle drôle de question : tu seras constamment sous mes yeux et ce n'est pas avec Inès que tu me tromperas.

GARCIN : Évidemment. *(Un temps. Il lâche les épaules d'Estelle.)* Je parlais d'une autre confiance. *(Il écoute.)* Va ! va ! dis ce que tu veux : je ne suis pas là pour me défendre. *(À Estelle :)* Estelle, il *faut* me donner ta confiance.

ESTELLE : Que d'embarras ! Mais tu as ma bouche, mes bras, mon corps entier et tout pourrait être si simple... Ma confiance ? Mais je n'ai pas de confiance à donner, moi ; tu me gênes horriblement. Ah ! Il faut que tu aies fait un bien mauvais coup pour me réclamer ainsi ma confiance.

GARCIN : Ils m'ont fusillé.

ESTELLE : Je sais : tu avais refusé de partir. Et puis ?

GARCIN : Je... Je n'avais pas tout à fait refusé. *(Aux invisibles :)* Il parle bien, il blâme comme il faut, mais il ne dit pas ce qu'il fallait faire. Allais-je entrer chez le général et lui dire : « Mon général je ne pars pas » ? Quelle sottise ! Ils m'auraient coffré. Je voulais témoigner, moi, témoigner ! Je ne voulais pas qu'ils étouffent ma voix. *(À Estelle :)* Je... J'ai pris le train. Ils m'ont pincé à la frontière.

ESTELLE : Où voulais-tu aller ?

GARCIN : À Mexico. Je comptais y ouvrir un journal pacifiste. *(Un silence.)* Eh bien, dis quelque chose.

ESTELLE : Que veux-tu que je te dise ? Tu as bien fait puisque tu ne voulais pas te battre. *(Geste agacé de Garcin.)* Ah ! mon chéri, je ne peux pas deviner ce qu'il faut te répondre.

INÈS : Mon trésor, il faut lui dire qu'il s'est enfui comme un lion[g]. Car il s'est enfui, ton gros chéri. C'est ce qui le taquine.

GARCIN : Enfui, parti ; appelez-le comme vous voudrez.

ESTELLE : Il fallait bien que tu t'enfuies. Si tu étais resté, ils t'auraient mis la main au collet.

GARCIN : Bien sûr. *(Un temps.)* Estelle, est-ce que je suis un lâche ?

ESTELLE : Mais je n'en sais rien, mon amour, je ne suis pas dans ta peau. C'est à toi de décider.

GARCIN, *avec un geste las* : Je ne décide pas.

ESTELLE : Enfin tu dois bien te rappeler ; tu devais avoir des raisons pour agir comme tu l'as fait.

GARCIN : Oui.

ESTELLE : Eh bien ?

GARCIN : Est-ce que ce sont les vraies raisons ?

ESTELLE, *dépitée* : Comme tu es compliqué.

GARCIN : Je voulais témoigner, je... j'avais longuement réfléchi... Est-ce que ce sont les vraies raisons ?

INÈS : Ah ! Voilà la question. Est-ce que ce sont les vraies raisons ? Tu raisonnais, tu ne voulais pas t'engager à la légère. Mais la peur, la haine et toutes les saletés qu'on cache, ce sont *aussi* des raisons. Allons, cherche, interroge-toi.

GARCIN : Tais-toi ! Crois-tu que j'ai attendu tes conseils ? Je marchais dans ma cellule, la nuit, le jour. De la fenêtre à la porte, de la porte à la fenêtre. Je me suis épié. Je me suis suivi à la trace. Il me semble que j'ai passé une vie entière à m'interroger, et puis quoi l'acte était là[22]. Je... J'ai pris le train, voilà ce qui est sûr. Mais pourquoi ? Pourquoi ? À la fin j'ai pensé : c'est ma mort qui décidera ; si je meurs proprement, j'aurai prouvé que je ne suis pas un lâche[23]...

INÈS : Et comment es-tu mort, Garcin ?

GARCIN : Mal. *(Inès éclate de rire.)* Oh ! c'était une simple défaillance corporelle. Je n'en ai pas honte. Seulement tout est resté en suspens pour toujours. *(À Estelle :)* Viens là, toi. Regarde-moi. J'ai besoin que quelqu'un me regarde pendant qu'ils parlent de moi sur terre. J'aime[h] les yeux verts.

INÈS : Les yeux verts ? Voyez-vous ça ! Et toi, Estelle ? aimes-tu les lâches ?

ESTELLE : Si tu savais comme ça m'est égal. Lâche ou non, pourvu qu'il embrasse bien.

GARCIN : Ils dodelinent de la tête en tirant sur leurs cigares ; ils s'ennuient. Ils pensent : Garcin est un lâche. Mollement, faiblement. Histoire de penser tout de même à quelque chose. Garcin est un lâche ! Voilà ce qu'ils ont décidé, eux, mes copains. Dans six mois, ils diront : lâche comme Garcin. Vous avez de la chance vous deux ; personne ne pense plus à vous sur la terre. Moi, j'ai la vie plus dure.

INÈS : Et votre femme, Garcin ?

GARCIN : Eh bien, quoi, ma femme. Elle est morte.

INÈS : Morte ?

GARCIN : J'ai dû oublier de vous le dire. Elle est morte tout à l'heure. Il y a deux mois environ.

INÈS : De chagrin ?

GARCIN : Naturellement de chagrin. De quoi voulez-vous qu'elle soit morte ? Allons, tout va bien : la guerre est finie, ma femme est morte et je suis entré dans l'histoire.

Il a un sanglot sec et se passe la main sur la figure. Estelle s'accroche à lui.

ESTELLE : Mon chéri, mon chéri ! Regarde-moi, mon chéri ! Touche-moi, touche-moi. *(Elle lui prend la main et la met sur sa gorge.)* Mets ta main sur ma gorge. *(Garcin fait un mouvement pour se dégager.)* Laisse ta main ; laisse-la, ne bouge pas. Ils vont mourir un à un : qu'importe ce qu'ils pensent. Oublie-les. Il n'y a plus que moi.

GARCIN, *dégageant sa main* : Ils ne m'oublient pas, eux. Ils mourront, mais d'autres viendront, qui prendront la consigne : je leur ai laissé ma vie entre les mains.

ESTELLE : Ah ! tu penses trop !

GARCIN : Que faire d'autre ? Autrefois, j'agissais… Ah ! Revenir un seul jour au milieu d'eux… quel démenti ! Mais je suis hors jeu ; ils font le bilan sans s'occuper de moi et ils ont raison puisque je suis mort. Fait comme un rat. *(Il rit.)* Je suis tombé dans le domaine public.

Un temps.

ESTELLE, *doucement* : Garcin !

GARCIN : Tu es là ? Eh bien, écoute, tu vas me rendre un service. Non, ne recule pas. Je sais : cela te semble drôle qu'on puisse te demander du secours, tu n'as pas l'habitude. Mais si tu voulais, si tu faisais un effort, nous pourrions peut-être nous aimer pour de bon ? Vois ; ils sont mille à répéter que je suis un lâche. Mais qu'eſt-ce que c'eſt mille ? S'il y avait une âme, une seule, pour affirmer de toutes ses forces que je n'ai pas fui, que je ne *peux pas* avoir fui, que j'ai du courage, que je suis propre, je… je suis sûr que je serais sauvé ! Veux-tu croire en moi ? Tu me serais plus chère que moi-même.

ESTELLE, *riant* : Idiot ! cher idiot ! Penses-tu que je pourrais aimer un lâche ?

GARCIN : Mais tu disais…

ESTELLE : Je me moquais de toi. J'aime les hommes, Garcin, les vrais hommes, à la peau rude, aux mains fortes. Tu n'as pas le menton d'un lâche, tu n'as pas la bouche d'un lâche, tu n'as pas la voix d'un lâche, tes cheveux ne sont pas ceux d'un lâche. Et c'eſt pour ta bouche, pour ta voix, pour tes cheveux que je t'aime.

GARCIN : C'eſt vrai ? C'eſt bien vrai ?

ESTELLE : Veux-tu que je te le jure ?

GARCIN : Alors je les défie tous, ceux de là-bas et ceux d'ici. Eſtelle, nous sortirons de l'Enfer. *(Inès*[i] *éclate de rire. Il s'interrompt et la regarde.)* Qu'eſt-ce qu'il y a ?

INÈS, *riant* : Mais elle ne croit pas un mot de ce qu'elle dit ; comment peux-tu être si naïf ? « Eſtelle, suis-je un lâche ? » Si tu savais ce qu'elle s'en moque !

ESTELLE : Inès ! *(À Garcin :)* Ne l'écoute pas. Si tu veux ma confiance il faut commencer par me donner la tienne.

INÈS : Mais oui, mais oui ! Fais-lui donc confiance. Elle a besoin d'un homme, tu peux le croire, d'un bras d'homme autour de sa taille, d'une odeur d'homme, d'un désir d'homme dans des yeux d'homme. Pour le reſte… Ha ! elle te dirait que tu es Dieu le père, si cela pouvait te faire plaisir.

GARCIN : Eſtelle ! Eſt-ce que c'eſt vrai ? Réponds ; eſt-ce que c'eſt vrai ?

ESTELLE : Que veux-tu que je te dise ? Je ne comprends rien à toutes ces hiſtoires. *(Elle tape du pied.)* Que tout cela eſt donc agaçant ! Même si tu étais un lâche, je t'aimerais, là ! Cela ne te suffit pas ?

Un temps.

GARCIN, *aux deux femmes* : Vous me dégoûtez !

Il va vers la porte.

ESTELLE : Qu'est-ce que tu fais ?
GARCIN : Je m'en vais.
INÈS, *vite* : Tu n'iras pas loin : la porte est fermée.
GARCIN : Il faudra bien qu'ils l'ouvrent.

Il appuie sur le bouton de sonnette. La sonnette ne fonctionne pas.

ESTELLE : Garcin !
INÈS, *à Estelle* : Ne t'inquiète pas ; la sonnette est détraquée.
GARCIN : Je vous dis qu'ils ouvriront. *(Il tambourine contre la porte.)* Je ne peux plus vous supporter, je ne peux plus. *(Estelle court vers lui, il la repousse.)* Va-t'en ! Tu me dégoûtes encore plus qu'elle. Je ne veux pas m'enliser dans tes yeux. Tu es moite ! tu es molle ! Tu es une pieuvre, tu es un marécage. *(Il frappe contre la porte.)* Allez-vous ouvrir ?
ESTELLE : Garcin, je t'en supplie, ne pars pas, je ne te parlerai plus, je te laisserai tout à fait tranquille, mais ne pars pas. Inès a sorti ses griffes, je ne veux plus rester seule avec elle.
GARCIN : Débrouille-toi. Je ne t'ai pas demandé de venir.
ESTELLE : Lâche ! lâche ! Oh ! C'est bien vrai que tu es lâche.
INÈS, *se rapprochant d'Estelle* : Eh bien, mon alouette, tu n'es pas contente ? Tu m'as craché à la figure pour lui plaire et nous nous sommes brouillées à cause de lui. Mais il s'en va, le trouble-fête, il va nous laisser entre femmes.
ESTELLE : Tu n'y gagneras rien ; si cette porte s'ouvre, je m'enfuis.
INÈS : Où ?
ESTELLE : N'importe où. Le plus loin de toi possible.

Garcin n'a cessé de tambouriner contre la porte.

GARCIN : Ouvrez[j] ! Ouvrez-donc ! J'accepte tout : les brodequins, les tenailles, le plomb fondu, les pincettes, le garrot, tout ce qui brûle, tout ce qui déchire, je veux souffrir pour de bon. Plutôt cent morsures, plutôt le fouet, le vitriol, que cette souffrance de tête, ce fantôme de souffrance, qui frôle, qui caresse et qui ne fait jamais assez mal. *(Il saisit le bouton de la porte et le secoue.)* Ouvrirez-vous ? *(La porte s'ouvre brusquement, et il[k] manque de tomber.)* Hah !

Un long silence.

INÈS : Eh bien, Garcin ? Allez-vous-en.

GARCIN, *lentement* : Je me demande pourquoi cette porte s'est ouverte[24].

INÈS : Qu'est-ce que vous attendez ? Allez, allez vite !

GARCIN : Je ne m'en irai pas.

INÈS : Et toi, Estelle ? *(Estelle ne bouge pas ; Inès éclate de rire.)* Alors ? Lequel ? Lequel des trois ? La voie est libre, qui nous retient ? Ha ! c'est à mourir de rire ! Nous sommes inséparables.

Estelle bondit sur elle par-derrière.

ESTELLE : Inséparables ? Garcin ! Aide-moi, aide-moi vite. Nous la traînerons dehors et nous fermerons la porte sur elle ; elle va voir.

INÈS, *se débattant* : Estelle ! Estelle ! Je t'en supplie, garde-moi. Pas dans le couloir, ne me jette pas dans le couloir !

GARCIN : Lâche-la.

ESTELLE : Tu es fou, elle te hait.

GARCIN : C'est à cause d'elle que je suis resté.

Estelle lâche Inès et regarde Garcin avec stupeur.

INÈS : À cause de moi ? *(Un temps.)* Bon, eh bien, fermez la porte. Il fait dix fois plus chaud depuis qu'elle est ouverte. *(Garcin va vers la porte et la ferme.)* À cause de moi ?

GARCIN : Oui. Tu sais ce que c'est qu'un lâche, toi.

INÈS : Oui, je le sais.

GARCIN : Tu sais ce que c'est que le mal, la honte, la peur. Il y a eu des jours où tu t'es vue jusqu'au cœur — et ça te cassait bras et jambes. Et le lendemain, tu ne savais plus que penser, tu n'arrivais plus à déchiffrer la révélation de la veille. Oui, tu connais le prix du mal. Et si tu dis que je suis un lâche, c'est en connaissance de cause, hein ?

INÈS : Oui.

GARCIN : C'est toi que je dois convaincre : tu es de ma race. T'imaginais-tu que j'allais partir ? Je ne pouvais pas te laisser ici, triomphante, avec toutes ces pensées dans ta tête ; toutes ces pensées qui me concernent.

INÈS : Tu veux vraiment me convaincre ?

GARCIN : Je ne veux plus rien d'autre. Je ne les entends plus, tu sais. C'est sans doute qu'ils en ont fini avec moi. Fini : l'affaire est classée, je ne suis plus rien sur terre, même plus un lâche. Inès, nous voilà seuls : il n'y a plus que vous deux pour penser à moi. Elle ne compte pas. Mais toi, toi qui me hais, si tu me crois, tu me sauves.

INÈS : Ce ne sera pas facile. Regarde-moi : j'ai la tête dure.

GARCIN : J'y mettrai le temps qu'il faudra.

INÈS : Oh ! Tu as tout le temps. *Tout* le temps.

GARCIN, *la prenant aux épaules* : Écoute, chacun a son but, n'est-ce pas ? Moi, je me foutais de l'argent, de l'amour. Je voulais être un homme. Un dur. J'ai tout misé sur le même cheval. Est-ce que c'est possible qu'on soit un lâche quand on a choisi les chemins les plus dangereux ? Peut-on juger une vie sur un seul acte ?

INÈS : Pourquoi pas ? Tu as rêvé trente ans que tu avais du cœur ; et tu te passais mille petites faiblesses parce que tout est permis aux héros. Comme c'était commode ! Et puis, à l'heure du danger, on t'a mis au pied du mur et… tu as pris le train pour Mexico.

GARCIN : Je n'ai pas rêvé cet héroïsme. Je l'ai choisi. On est ce qu'on veut.

INÈS : Prouve-le. Prouve que ce n'était pas un rêve. Seuls les actes décident de ce qu'on a voulu.

GARCIN : Je suis mort trop tôt. On ne m'a pas laissé le temps de faire *mes* actes.

INÈS : On meurt toujours trop tôt — ou trop tard. Et cependant la vie est là, terminée ; le trait est tiré, il faut faire la somme. Tu n'es rien d'autre que ta vie.

GARCIN : Vipère ! Tu as réponse à tout.

INÈS : Allons ! allons ! Ne perds pas courage. Il doit t'être facile de me persuader. Cherche des arguments, fais un effort. *(Garcin hausse les épaules.)* Eh bien, eh bien ? Je t'avais dit que tu étais vulnérable. Ah ! Comme tu vas payer à présent. Tu es un lâche, Garcin, un lâche parce que je le veux. Je le veux, tu entends, je le veux ! Et pourtant, vois comme je suis faible, un souffle ; je ne suis rien que le regard qui te voit, que cette pensée incolore qui te pense. *(Il marche sur elle, les mains ouvertes.)* Ha ! Elles s'ouvrent ces grosses mains d'homme. Mais qu'espères-tu ? On n'attrape pas les pensées avec les mains. Allons, tu n'as pas le choix : il faut me convaincre. Je te tiens.

ESTELLE : Garcin !

GARCIN : Quoi ?

ESTELLE : Venge-toi.

GARCIN : Comment ?

ESTELLE : Embrasse-moi, tu l'entendras chanter.

GARCIN : C'est pourtant vrai, Inès. Tu me tiens, mais je te tiens aussi.

Il se penche sur Estelle. Inès pousse un cri.

INÈS : Ha ! Lâche ! Lâche ! Va ! Va te faire consoler par les femmes.

ESTELLE : Chante, Inès, chante !

INÈS : Le beau couple ! Si tu voyais sa grosse patte posée à plat sur ton dos, froissant la chair et l'étoffe. Il a les mains moites ; il transpire. Il laissera une marque bleue sur ta robe.

ESTELLE : Chante ! Chante ! Serre-moi plus fort contre toi, Garcin ; elle en crèvera.

INÈS : Mais oui, serre-la bien fort, serre-la ! Mêlez vos chaleurs. C'est bon l'amour, hein Garcin ? C'est tiède et profond comme le sommeil, mais je t'empêcherai de dormir.

Geste de Garcin[m].

ESTELLE : Ne l'écoute pas. Prends ma bouche ; je suis à toi tout entière.

INÈS : Eh bien, qu'attends-tu ? Fais ce qu'on te dit. Garcin le lâche tient dans ses bras Estelle l'infanticide. Les paris sont ouverts. Garcin le lâche l'embrassera-t-il ? Je vous vois, je vous vois ; à moi seule je suis une foule, la foule, Garcin, la foule, l'entends-tu ? *(Murmurant.)* Lâche ! Lâche ! Lâche ! Lâche ! En vain tu me fuis, je ne te lâcherai pas. Que vas-tu chercher sur ses lèvres ? L'oubli ? Mais je ne t'oublierai pas, moi. C'est moi qu'il faut convaincre. Moi. Viens, viens ! Je t'attends. Tu vois, Estelle, il desserre son étreinte, il est docile comme un chien... Tu ne l'auras pas !

GARCIN : Il ne fera donc jamais nuit ?

INÈS : Jamais.

GARCIN : Tu me verras toujours ?

INÈS : Toujours.

Garcin abandonne Estelle et fait quelques pas dans la pièce. Il s'approche du bronze.

GARCIN : Le bronze... *(Il le caresse.)* Eh bien ! voici le moment. Le bronze est là, je le contemple et je comprends que je suis en Enfer. Je vous dis que tout était prévu. Ils avaient prévu que je me tiendrais devant cette cheminée, pressant ma main sur ce bronze, avec tous ces regards sur moi. Tous ces regards qui me mangent... *(Il se retourne brusquement.)* Ha ! Vous n'êtes que deux ? Je vous croyais beaucoup plus nombreuses. *(Il rit.)* Alors, c'est ça l'Enfer. Je n'aurais jamais cru… Vous vous rappelez : le soufre, le bûcher, le gril… Ah ! quelle plaisanterie. Pas besoin de gril, l'Enfer, c'est les Autres[a].

ESTELLE : Mon amour !

GARCIN, *la repoussant* : Laisse-moi. Elle est entre nous. Je ne peux pas t'aimer quand elle me voit.

ESTELLE : Ha ! Eh bien, elle ne nous verra plus.

Elle prend le coupe-papier sur la table, se précipite sur Inès et lui porte plusieurs coups.

INÈS, *se débattant et riant* : Qu'est-ce que tu fais, qu'est-ce que tu fais, tu es folle ? Tu sais bien que je suis morte.

ESTELLE : Morte ?

Elle laisse tomber le couteau. Un temps. Inès ramasse le couteau et s'en frappe avec rage.

INÈS : Morte ! Morte ! Morte ! Ni le couteau, ni le poison[25], ni la corde. C'est *déjà fait*, comprends-tu ? Et nous sommes ensemble pour toujours.

Elle rit.

ESTELLE, *éclatant de rire* : Pour toujours, mon Dieu que c'est drôle ! Pour toujours !

GARCIN, *rit en les regardant toutes deux* : Pour toujours !

Ils tombent assis, chacun sur son canapé. Un long silence. Ils cessent de rire et se regardent. Garcin se lève.

Eh bien, continuons[26].

RIDEAU

Autour de « Huis clos »

BROUILLONS ET ESQUISSES

ÉBAUCHE DE PLAN

Vous aimez le mobilier ?
J'ai connu quelqu'un qui l'aimait
Je me demande pourquoi on nous impose *votre* mobilier

1) Garcin puis Estelle (coquette)
2) Garcin-Estelle-Inès (piège ?) leur énervement croissant d'être ensemble. Il doit y avoir punition des uns par les autres. Mais comment.
3) Commencent à se raconter leurs histoires. Estelle a peur de retrouver un suicidé. Finalement elle a été tuée. Inès a obligé une piège[1] à mourir. Garcin a déserté.
4) Coquetterie d'Estelle. Ah non ! pas de coquetterie ça commence comme ça. Lui est très sensuel. Inès commence à le haïr. Explication : mais je n'y suis pour rien. Je vous hais, ça m'est égal, Garcin-Inès : Inès lui dit : vous avez été lâche
5) leurs actes sur terre. Ils les voient. Ils deviennent peu à peu lâche, coquette, gouine. Ils ne peuvent rien empêcher. Elle parle (Inès). Elle répond aux autres : ce n'est pas vrai. Ce n'est pas vrai. Ce n'est pas par méchanceté

Les conséquences de leurs actes se déroulent devant eux. Soyez témoin de ce que les morts souffrent par les vivants. Garcin importuné par une femme qui pleure : elle m'a

ÉLABORATION
(AVEC LE NOM DES COMÉDIENS)

[*[*Bien *biffé]*
Pourquoi avez-vous été punie ? *add.*]
Bah. Ils punissent qui ils veulent et comme ils veulent.
Vous ne savez pas.
Non, je ne sais vraiment pas.
Mais c'est curieux. Moi je sais pourquoi je suis puni : un acte.
Moi je suis de mauvaise volonté. Je suis contre nature. Il n'y a pas à chercher davantage.

L'enfer. Côté étouffant, tout de suite.
Vous… ça ne vous fait rien
De quoi ?
D'être en Enfer ? *[Une flèche relie cette ligne à la première.]*
Rien positivement. Ça m'a fait : une fois il y avait un ouvrier qui tournait en rond autour de nos [blés *lecture conjecturale*] et ça me paraissait [mécanique *lecture conjecturale*]
C'est comme ça à présent.

[ne parlez pas à voix basse. Je vous défends de parler à voix basse. *add. de biais*]

Puisqu'on ne peut jamais être à deux, on va convenir qu'à de certains moments il y en a un qui se taira, qui se mettra dans un coin.
Essai : Blin — Wanda. Kéché ne dit rien. Mais sa présence gâche tout.

« Je ne peux pas… parler devant elle. »
« Mais qu'est-ce que je fais ? Je ne fais rien. »
« Non, mais vous êtes là. Est-ce de ma faute ? »
« Ça n'est pas de la mienne non plus. »

Il faut que je comprenne pourquoi justement vous.
Enfin qu'avez-vous fait, qui êtes-vous ?

J'étais ceci, cela	}	
moi ceci, cela	}	ça ne va pas
moi ceci cela	}	

[Un nom illisible : Dezoré *?]* : Je ne comprends pas.

Les coquetteries échouent mais le désir naît
« Je vous désire, j'ai envie de vous. »
« Pourquoi. »
« Je ne sais pas. À force de vous voir faire vos manèges. Et puis l'ennui. Ça devait arriver. »

Rester tranquilles, tranquilles, ne pas exister ne pas s'occuper des autres. Ils restent un bon moment sans parler sans se regarder. C'est la curiosité de Wanda qui déchaîne tout. Elle fait des agaceries à Blin.
« Vous avez du feu ? »
Inès se précipite « Moi j'en ai. »
Ils se regardent : « Ça commence. »

Blin nerveux : « Je vous dirai que je ne songe pas du tout à vous persécuter et que vous n'arriverez pas non plus à m'inquiéter. J'ai autre chose à faire. » Il se reprend de nouveau la tête dans les mains.

Wanda n'a pas eu le courage de partir avec un type. Il lui a fait un enfant et elle l'a tué. Elle commence par raconter son histoire avec morgue. C'est très bien ; elle a été fidèle à son mari. Il y a un type qui la courtisait, elle l'a repoussé. Lui raconte son histoire aussi : il était pacifiste, il a refusé de partir, il a été fusillé. Kéché dit : oh moi j'étais mauvaise. je l'ai toujours su.

Blin relève la tête : mais un acte comme ça, comment le jugeriez-vous ?
Eh bien c'est très courageux. Vous avez refusé de partir et on vous a fusillé ?
Non. Ça n'est pas tout à fait ça. Je me suis enfui.

Estelle fait semblant de croire en lui pour se faire aimer. Mais elle s'en fout. Il ne pourra jamais la persuader.
Précisément parce qu'elle s'en fout :
« Je crois tout ce que tu veux. » et
« Mais même si tu étais comme ça je t'aimerais. »

Il a joué la comédie à une femme qui croit en lui
à [*un mot illisible*] sur terre. Ça ne lui fait plus rien. [Jean Chatenay *lecture conjecturale*] : entre deux femmes dont aucune ne croit en lui. Si l'une croyait, il serait sauvé, parce qu'il aurait agi sur une conscience, il aurait sauvé le Pour-soi. Mais justement non et pendant ce temps, sur terre on donne le sens de lâcheté à son acte.

Punition de Kéchélévitch : elle a pris une femme à un homme qui s'est tué. D'une façon générale les trois n'ont pas cru à la conscience des autres. Ils sont punis par la présence des trois.

Blin. Nous nous sauverons par la politesse. Une extrême politesse.

Un essai de Wanda pour se faire valoriser par Kéchélévitch. Mais ça ne donne rien. Sinon que Kéché tombe amoureuse d'elle.

Ordre :

Pourquoi sommes-nous ensemble : récits faux des vies.
La découverte : pour nous torturer.

Le silence comme premier recours.

Rompu par Wanda
Alors la politesse
Rompue par Kéché

Les vraies histoires :

« Je ne veux pas vous faire du mal et vous ne pouvez pas m'en faire — il n'y a qu'à vouloir ne pas s'en faire. »

Dialogue Kéché-Wanda. Échec. Fureur de Kéché
contre ce type qui a tout fait rater par sa seule présence.

Le type qui voit sur terre la suite des événements.
Se raccroche à Wanda. Veut qu'elle le croie.
Kéché le raille. Wanda a l'air de le croire.

Convention : ils parleront de temps en temps deux par deux.

Le dialogue Kéché-Blin. Elle lui explique que W. s'en fout.

Enfin la situation nue. La haine de Blin pour W. et son désir sensuel. Le désir sensuel de Wanda et sa haine de Kéché qui a tout découvert. La haine de Kéché.

La scène d'amour ratée entre Blin et Wanda. Kéché ne dit rien : mais sa présence est tout. Même la sensualité ne leur est pas permise.

Kéché rigole. Wanda se jette sur elle et lui flanque un coup de couteau. Kéché rigole toujours : « Tu ne vois donc pas que je suis morte ? Nous sommes condamnés à être ensemble pour toujours. »

« Pour toujours. »

[C'est bon. (un temps) Moi je vivais dans les salles de rédaction. Il y faisait une chaleur de cloporte. Il y fait toujours une chaleur de cloporte. C'est la nuit à présent. Ils ont posé leurs vestons sur le dos de leurs chaises et roulé la manche de leurs chemises au-dessus de leurs coudes. (un silence) J'aimais vivre au milieu d'hommes en bras de chemise.

Nous n'avons pas les mêmes goûts. Et vous ?

Moi, qu'ils soient en chemise ou non, je n'aime pas beaucoup les hommes.

Mais pourquoi ? Pourquoi nous a-t-on réunis.

et je pense que nous allons rester *add. à l'encre bleue*]

GARCIN ET SON ACTE (I)

[Tu n'es pas un héros mais je n'aime pas les héros.
Ce sont des affaires d'homme.

Mais même si tu étais un lâche je t'aimerais. *add. marg.*]

Qu'est-ce qu'il y a

Ce n'est rien. C'est Gomez. Cette fois il parle de moi. Je t'ai dit que je serai distrait. Attends. (Il la lâche.) Bien Bien.

Ah ! le salaud !

Qu'est-ce qu'il dit ?

Rien de bon. J'avais... j'avais la faiblesse de tenir à son estime. Je... écoute : voici pourquoi je suis distrait. Je n'ai pas exactement refusé de partir, comprends-tu. Je... pensais être plus utile... je n'étais pas *[deux mots illisibles]* Je pensais pouvoir passer au Mexique et écrire contre la guerre

et alors

Je... je suis parti

Inès. Tu t'es enfui

Appelez ça comme vous voudrez. Enfui, parti... il est évident que je ne pouvais pas partir au grand jour ; ils m'auraient mis la main au collet

Alors ?

Alors ? ou bien je ne comprends plus ce que j'ai fait. Ils m'ont arrêté ! Agent provocateur. Ils me disaient en prison : tu es un lâche. Et je réfléchissais : suis-je lâche, suis-je courageux. L'acte est impénétrable. C'est ça que j'appelle mettre ma vie en ordre. Comprendre cet acte

mon acte

Mais comment es-tu mort ?

Mal

Ah !

Oh ! ça n'a aucune importance. Ça c'est une défaillance du corps. J'avais accepté la mort. Ce qui compte c'est l'acte

Qu'est-ce que ça peut te faire. Damné pour ça ou pour autre chose.

Mais je ne veux pas être un lâche... Torturer ma femme je m'en fous. Mais pas un lâche. Toute ma vie je me suis dit que je serai un héros. Ah ! s'il y avait un acte à faire aujourd'hui. Je sens qu'il transformerait le passé.

Gomez a mal parlé de toi ?

Oui. Il a dit : il a eu les foies. Bah ! ce n'est que Gomez. Il n'est pas si propre. Viens, toi. Je veux regarder tes yeux. De quelle couleur sont-ils ? (Description du visage)

Inès ! Tu aimes les lâches

Les voilà — les voilà tous. Tous disent que je suis un lâche. Ils ont décidé ça. Moi je m'interroge et eux ils ont décidé ça. C'est facile, lâche, lâche ! Ils le disent tous. Mon acte leur appartient autant qu'à moi. Qui décidera ? S'il y avait quelqu'un pour penser le contraire

Ta femme ?

Je ne vous avais pas dit. Elle est morte et puis elle ne comptait pas. Elle était convaincue d'avance. Il faudrait une conscience qui résiste et que je puisse convaincre. Écoute, toi : est-ce que j'ai l'air d'un lâche ?

Mais non, mon chéri

Est-ce que

Mais non.

Ha ! Ha ! Elle veut que tu penses à autre chose

Je te jure

(Il la regarde) c'est vrai ! Tu t'en fous. Ça ne t'intéresse pas ces trucs-là

GARCIN ET SON ACTE (2)

(Il a une sorte de sanglot bref et se passe la main sur la figure. Estelle s'accroche à lui)

Mon chéri. Est-ce que tu ne peux pas oublier. Regarde-moi

Est-ce que tu ne peux pas mettre toute ta pensée dans tes yeux qui me voient, dans tes mains qui me touchent. Tu es anxieux mais si tu savais comme on fait bien l'amour quand on est anxieux. Est-ce que tu ne peux pas ? Être tout juste un peu de chair pâle au bout de tes doigts.

Je suis velours, viens, ne sois plus rien que velours et satin, que parfum

Oublie-toi. Regarde-moi. Qu'il n'y ait plus que moi. *Que moi* en toi, oublie.

Garcin

Ils ne m'oublient pas eux. Si seulement tout n'était pas fini. Si je vivais encore je m'en foutrais pas mal, on peut rattraper. C'est ce qu'on fait aujourd'hui qui donne le sens de ce qu'on a été hier. Mais tout est fini. Tout. Je ne peux plus rien faire. Les jeux sont faits. Ils sont là sur mon acte à le ronger comme des chiens font d'un os, et moi je suis hors du jeu. Ma vie leur appartient. Si je pouvais… Écoute, j'ai besoin de toi. Ça t'étonne bien qu'on te demande ton aide ; tu n'as pas l'habitude.

Mais essaye. Je t'en prie, essaye. Prends-moi à l'abri dans ta conscience.

Une seule conscience qui me pense courageux, une seule je m'en contente

Et je suis sauvé. Si tu pouvais avoir confiance. Si tu pouvais. Écoute-moi, regarde-moi, est-ce que j'ai l'air d'un lâche.

Idiot, cher idiot ! Est-ce que je pourrais aimer un lâche.

Tu disais…

Je me moquais de toi. J'aime les hommes, Garcin, les vrais hommes. Et ce ne sont pas des lâches. Tu n'as pas un menton de lâche ni un nez de lâche, ni une peau de lâche. Tout est dur et anguleux en toi et je t'aime pour tes angles

C'est vrai ? Alors tu penses

Je pense que tu avais peur, peut-être mais tu n'es pas parti parce que tu avais peur. Tu te serais fait couper la main plutôt que de partir *[deux mots illisibles]*

C'est vrai ! Estelle nous allons pouvoir lutter contre eux tous : je défendrai ta beauté comme le plus fidèle des miroirs et toi

Inès éclate de rire.

Qu'eſt-ce qu'il y a.

Elle ne croit pas un mot de ce qu'elle dit. Si tu savais ce qu'elle s'en moque. Elle veut des bras d'homme, une odeur d'homme. Elle le dit pour te faire plaisir

Eſtelle ? Réponds. Dis la vérité.

Ah ! je ne comprends rien à tout cela. Ce sont des affaires d'homme. Mais même si tu étais un lâche, je t'aimerais. Ça ne te suffit pas ?

ÉBAUCHES POUR LA FIN DE LA PIÈCE

Garcin va toucher le bronze

Garcin

[Quel cauchemar ! *add. interl.*]

Le bronze. (Il le caresse.) Je le savais. Voilà le moment. Je savais que je le regarderais tout à coup.

Et qu'à ce moment-là je comprendrais que j'étais en enfer. Je suis en enfer. Mais je n'aurais jamais imaginé l'enfer comme ça.

Moi non plus

Moi non plus

Ha ! L'enfer… L'enfer, c'eſt les autres.

Eſtelle

Eſt-ce qu'il ne fera jamais nuit. Eſt-ce qu'elle nous verra toujours.

Jamais nuit ! Jamais nuit. C'eſt mon supplice et le vôtre. Je vous verrai toujours sans cligner des paupières.

Le bronze. (Il le caresse.) Voici le moment. Je le savais. Je savais qu'il viendrait. Un moment où je le regarderais de tous mes yeux. Je le regarde et pour la première fois je comprends que je suis en enfer. En enfer… Eh bien je ne me serais jamais imaginé l'enfer comme ça.

Moi non plus, Garcin

Moi non plus

Ha ! L'enfer… l'enfer c'eſt les autres.

PRÉFACE « PARLÉE »

Quand on écrit une pièce, il y a toujours des causes occasionnelles et des soucis profonds. La cause occasionnelle c'est que, au moment où j'ai écrit *Huis clos*, vers 1943 et début 44, j'avais trois amis, et je voulais qu'ils jouent une pièce, une pièce de moi, sans avantager aucun d'eux. C'est-à-dire, je voulais qu'ils restent ensemble tout le temps sur la scène. Parce que je me disais, s'il y en a un qui s'en va, il pensera que les autres ont un meilleur rôle au moment où il s'en va. Je voulais donc les garder ensemble. Et je me suis dit, comment peut-on mettre ensemble trois personnes sans jamais faire sortir l'une d'elles et les garder sur la scène jusqu'au bout comme pour l'éternité.

C'est là que m'est venue l'idée de les mettre en enfer et de les faire chacun le bourreau des deux autres. Telle est la cause occasionnelle.

Par la suite d'ailleurs, je dois dire, ces trois amis n'ont pas joué la pièce et, comme vous le savez, c'est Vitold, Tania Balachova et Gaby Sylvia qui l'ont jouée.

Mais il y avait à ce moment-là des soucis plus généraux et j'ai voulu exprimer autre chose dans la pièce que simplement ce que l'occasion me donnait. J'ai voulu dire : l'enfer, c'est les autres. Mais « l'enfer, c'est les autres » a été toujours mal compris. On a cru que je voulais dire par là que nos rapports avec les autres étaient toujours empoisonnés, que c'étaient toujours des rapports infernaux. Or, c'est tout autre chose que je veux dire. Je veux dire que si les rapports avec autrui sont tordus, viciés, alors l'autre ne peut être que l'enfer. Pourquoi ? Parce que les autres sont au fond ce qu'il y a de plus important en nous-mêmes pour notre propre connaissance de nous-mêmes. Quand nous pensons sur nous, quand nous essayons de nous connaître, au fond nous usons des connaissances que les autres ont déjà sur nous. Nous nous jugeons avec les moyens que les autres ont, nous ont donnés de nous juger. Quoi que je dise sur moi, toujours le jugement d'autrui entre dedans. Quoi que je sente en moi, le jugement d'autrui entre dedans. Ce qui veut dire que, si mes rapports sont mauvais, je me mets dans la totale dépendance d'autrui. Et alors en effet je suis en enfer. Et il existe une quantité de gens dans le monde qui sont en enfer parce qu'ils dépendent trop du jugement d'autrui. Mais cela ne veut nullement dire qu'on ne puisse avoir d'autres rapports avec les autres. Ça marque simplement l'importance capitale de tous les autres pour chacun de nous.

Deuxième chose que je voudrais dire, c'est que ces gens ne sont pas semblables à nous. Les trois personnes que vous entendrez dans *Huis clos* ne nous ressemblent pas en ceci que nous sommes vivants et qu'ils sont morts. Bien entendu, ici, « morts » symbolise quelque chose. Ce que j'ai voulu indiquer, c'est précisément que beaucoup de gens sont encroûtés dans une série d'habitudes, de coutumes, qu'ils ont sur eux des jugements dont ils souffrent mais qu'ils ne cherchent même pas à changer. Et que ces gens-là sont comme morts. En ce sens qu'ils ne peuvent briser le cadre de leurs soucis, de leurs préoccupations et de leurs coutumes ; et qu'ils restent ainsi victimes souvent des jugements qu'on a portés sur eux. À partir de là, il est bien évident qu'ils *sont* lâches ou méchants, par exemple. S'ils ont commencé à être lâches, rien ne vient changer le fait qu'ils étaient lâches. C'est pour cela qu'ils sont morts, c'est pour cela, c'est une manière de dire que c'est une mort vivante que d'être entouré par le souci perpétuel de jugements et d'actions que l'on ne veut pas changer. De sorte que, en vérité, comme nous sommes vivants, j'ai voulu montrer par l'absurde l'importance chez nous de la liberté, c'est-à-dire l'importance de changer les actes par d'autres actes. Quel que soit le cercle d'enfer dans lequel nous vivons, je pense que nous sommes libres de le briser. Et si les gens ne le brisent pas, c'est encore librement qu'ils y restent. De sorte qu'ils se mettent librement en enfer.

Vous voyez donc que, rapports avec les autres, encroûtement et liberté, liberté comme l'autre face à peine suggérée, ce sont les trois thèmes de la pièce. Je voudrais qu'on se le rappelle quand vous entendrez dire : l'enfer, c'est les autres.

Je tiens à ajouter, en terminant, qu'il m'est arrivé en 44, à la première représentation, un très rare bonheur, très rare pour les auteurs dramatiques, c'est que les personnages ont été incarnés de telle manière par les trois acteurs, et aussi par Chauffard, le valet d'enfer, qui l'a toujours joué depuis, que je ne puis plus me représenter mes propres imaginations autrement que sous les traits de Vitold, de Gaby Sylvia, de Tania Balachova et de Chauffard. Depuis, la pièce a été rejouée par d'autres acteurs, et je tiens en particulier à dire que j'ai vu Christiane Lenier quand elle l'a jouée et que j'ai admiré quelle excellente Inès elle a été.

TÉMOIGNAGES ET RÉACTIONS

MAURICE BESSY, « LES PASSAGERS DU SOUVENIR »

Me voilà promu Secrétaire général de l'endroit [Le Vieux-Colombier] et en quête avec son directeur [Badel] de cet oiseau rare qu'on appelle une « bonne pièce ». Gaston Gallimard, resté lui aussi attaché à ce haut lieu du théâtre, nous envoie un manuscrit, assez maigre nous semble-t-il, mais qui, dévoré la nuit suivante, nous fait danser la polka de l'enthousiasme. [...]

Il [Sartre] est heureux que cette piécette — elle s'appelle *Huis clos* — nous plaise et que Raymond Rouleau accepte de la mettre en scène.

« Du reste, nous dit Sartre, elle a déjà été jouée dans l'atelier de Picasso par quelques amis à qui je l'avais confiée. La distribution est toute prête. » [...]

Sur la scène du Vieux-Colombier, les amis de Sartre « passent » le premier acte. Deux jeunes femmes, une brune et une blonde ; un homme au regard brûlant, fagoté dans une vieille canadienne de maquisard, qui débite son texte avec une conviction maladroite qui fait sursauter Rouleau. Il le reprend, le conseille, s'acharne d'autant plus qu'il a flairé l'amateur, mais un amateur dont la personnalité l'inquiète et l'oblige à s'interroger.

Notre héros [Camus] a la bonne grâce de mettre fin aux préoccupations du metteur en scène en lui déclarant qu'il rend son rôle. Dans un atelier, entre camarades, l'expérience était tentante. [...]

MARC BARBEZAT, « COMMENT JE SUIS DEVENU L'ÉDITEUR DE JEAN GENET »

Le numéro 8 de *L'Arbalète* s'ouvrait par un chapitre complet de *Notre-Dame-des-Fleurs* [...]. Suivait *Huis clos* complet, sous son premier titre : *Les Autres*, pièce que Sartre avait écrite spécialement pour deux jeunes comédiennes qui débutaient : Wanda Kosakievitch et Olga Kechelievitch que je venais d'épouser le 20 décembre 1943. Pour ces deux actrices, Sartre avait créé les deux rôles de Estelles *[sic]* pour Wanda, Inès pour Olga. Je me souviens que la pièce fut écrite en un mois (décembre 1943) et que chaque semaine, Sartre remettait les feuilles du manuscrit au fur et à mesure qu'il les écrivait, sans une rature. *Huis clos* fut livré en trois ou quatre paquets, et la pièce achevée, Sartre n'eut pas une retouche à apporter au texte des premières pages. Les répétitions commencèrent en décembre 1943 avec Camus dans le rôle de Garcin. Elles furent interrompues à la suite de l'arrestation d'Olga par la Gestapo, le 10 février 1944[1]. Camus estima qu'il fallait attendre le retour d'Olga et se retira quand Sartre reprit la pièce avec d'autres actrices et qu'il monta *Huis clos* sous l'occupation allemande au printemps 1944.

ROBERT KANTERS,
« À PERTE DE VUE. SOUVENIRS »

Et un jour, Annet Badel décida de racheter le Vieux-Colombier et de lui rendre son lustre du temps de Copeau quand Gaston Gallimard était captivé par les beaux yeux de Valentine Tessier.

Et c'est Gaston Gallimard qui apporta le texte manuscrit, ou déjà publié sous le titre *Les Autres* par *L'Arbalète*, d'une pièce d'un auteur dont il avait déjà publié les premiers livres, dont des articles de la *Nouvelle Revue française* avaient ébranlé des idoles en place comme Mauriac et Giraudoux, et dont Charles Dullin avait déjà monté une œuvre, *Huis clos*[1] : Jean-Paul Sartre. C'était une chance extraordinaire pour un nouveau directeur. Badel qui avait le goût et même une certaine expérience du théâtre parce qu'il s'était plus ou moins occupé d'opérettes n'hésita pas, malgré ce qu'il y avait de téméraire et presque d'absurde à s'intéresser au théâtre qui était assez florissant, mais contre vents et marée, censure et coupures d'électricité. Gaston Gallimard fit la liaison entre l'auteur et le directeur et il y eut plusieurs réunions dans le salon de la rue Eugène-Flachat[2]. Sartre apportait non seulement la pièce, mais le spectacle presque monté, avec son metteur en scène, Albert Camus, ses comédiens, Camus, Chauffard et deux jeunes comédiennes, et même la maquette du décor.

Cela ne faisait pas l'affaire de Badel, mais les discussions furent animées et courtoises. Jean-Paul Sartre était la gentillesse même, amical avec tout le monde, donnant à chacun l'impression d'être intelligent, de l'avoir parfaitement compris tout de suite, ouvert d'ailleurs aux suggestions, du moins en apparence. Simone de Beauvoir qui l'accompagnait était sans doute moins conciliante mais ne se départissait *[sic]* pas de la conduite d'une jeune fille rangée. Albert Camus faisait une autre impression, comme s'il était le contraire de la simplicité. Il marchait volontiers dans le salon avec cet air que Sartre lui-même devait définir bien plus tard en d'autres circonstances en disant « Albert Camus entre, précédé d'Albert Camus ». Au surplus, il se drapait dans un air sombre comme dans un manteau couleur de muraille. En ces derniers mois de l'Occupation, il avait certainement de lourdes responsabilités dans la Résistance, mais il en faisait si ostensiblement mystère que cela se voyait comme le nez au milieu de la figure. Au surplus, il savait sans doute qu'il évoluait rue Flachat dans un milieu rien moins que résistant.

Ce fut le projet de décor qui reçut le premier coup : il représentait une chambre toute rouge ; d'un rouge d'enfer pour *Faust* ou pour un opéra-comique. Sartre convint sans peine que cela risquait de détruire le mystère des premières scènes dès le lever du rideau et le projet fut rejeté. Tout en estimant l'écrivain, Badel n'avait pas une confiance absolue dans les qualités d'homme de théâtre d'Albert Camus qui n'avaient été mises à l'épreuve qu'à Alger avec des troupes inconnues. Je ne sais quels arguments il employa avec Sartre, mais dans l'intérêt même de sa pièce et pour mettre toutes les chances de son côté, Sartre finit par accepter que la mise en scène soit confiée à Raymond Rouleau. Mais Albert Camus ne l'entendit pas ainsi et déclara que si on lui retirait la mise en scène, il renonçait au rôle. Rouleau le remplaça par Michel Vitold et l'une des deux femmes se retirant aussi, il fit appel à Tania Balachova. À part Chauffard qui dans le rôle du garçon d'étage ne faisait ombre à personne et d'ailleurs était excellent, il ne restait plus que la plus jeune des deux femmes destinée au rôle d'Estelle. Raymond Rouleau, qui avait travaillé avec Gaby Sylvia au début de la guerre dans *Virage dangereux* de Priestley, souhaitait lui donner le rôle. Il y eut, en dehors de la maison, un déjeuner en tête à tête entre Badel et Sartre que Badel raconta en riant en rentrant. « C'est Rouleau qui souhaite Gaby, ce n'est pas parce que c'est ma femme », avait-il dit. « De même, ce n'est pas parce que c'est la mienne », avait répondu Sartre en défendant sa candidate, mais peut-être en donnant cet argument l'honnêteté foncière de l'écrivain l'avait-elle mis en garde, et il céda encore une fois. Les répétitions commencèrent. J'assistai à quelques-unes des dernières, à une de ces épuisantes séances de réglage des éclairages où Rouleau lutte pour arriver à la perfection, coin par coin, moment par moment. Il avait fait construire le décor de Max Douy dans une matière perméable à la lumière. Il eut l'idée d'abord de faire agiter de grandes branches de feuillage dans la coulisse de manière que leurs ombres projetées sur les parois de la chambre donnassent l'impression de flammes. Puis, il demanda à des assistants d'avancer et de reculer dans le faisceau de lumière et on voyait leurs ombres grandir et diminuer à travers les murs comme s'il y avait des passants dans les couloirs de l'hôtel infernal. Mais il y a chez Rouleau comme chez d'autres grands metteurs en scène une intelligence du texte presque visuelle et manuelle, il comprit que ces enjolivements ne servaient à rien, que la force de l'œuvre venait de son implacable huis clos, et il supprima tout effet extérieur. Dès la création ce fut un triomphe. Le règne populaire de Jean-Paul Sartre allait commencer à Saint-Germain-des-Prés et ailleurs. À distance, on peut regretter quelques rares joliesses littéraires du texte, mais le mythe reste solide, et c'est l'angoisse de l'homme enfermé dans sa damnée solitude, c'est-à-dire la vérité de notre condition, et les interprètes de la création étaient imprégnés jusqu'à la moelle de cette pensée la plus secrète.

JEAN COCTEAU,
« JOURNAL 1942-1945 »

La pièce de Sartre au Vieux-Colombier *Huis clos*. Décor remarquable et qui donne du malaise (Douy). Ce décor est légèrement déporté, légèrement boiteux, d'un vide rempli d'une volonté d'être vide auquel l'éclairage rouge de la fin ajoute un pittoresque inutile (Sartre désapprouve cet éclairage). Je reproche à Sartre d'avoir mis en scène des damnés conformistes, d'être en règle avec l'Institut catholique. Pourquoi ? On aurait aimé voir dans cette salle d'attente éternelle chez le dentiste (ou le Dantiste) un héros, une putain innocente, un pécheur contre l'esprit, au lieu d'un lâche, d'une gousse, d'une infanticide. Le damné qui se demande pourquoi il l'est, le damné qui aime être damné, etc.

Sartre connaissait-il *Le Grand Large* ? Je me le demande. Il est très naïf, très ignorant de certaines choses capitales. […]

L'important de cette excellente pièce, c'est que des élèves de Sartre puissent assister à une pareille pièce et qu'elle soit de leur professeur. Mauvais exemple, donc, bon exemple. […]

PIERRE DRIEU LA ROCHELLE,
« JOURNAL 1939-1945 »

Huis clos : c'est bien fait, mais c'est la moindre des choses. Et c'est facile de faire bien quand on fait si court : le danger est dans le développement. C'est même trop bien fait, et tout repose sur un effet. Cela fait penser à un roman policier : tout est dans le mécanisme de surprise et pour assurer le fonctionnement du mécanisme la psychologie est bannie. Par définition comme dans le roman policier, il faut que dans cette pièce philosophique, les personnages soient des quantités égales et interchangeables et non des qualités.

Donc ces trois personnages sont la banalité même : n'importe quel lâche, n'importe quelle « gousse », n'importe quelle « femme du monde ». Cela fait réalisme intégral, car il n'y a pas ce contre-romantisme qu'il y a dans le naturalisme : ces personnages ne sont pas chargés, colorés, l'auteur n'en remet pas. Ce sont trois criminels, mais trois criminels de la plus grande banalité, relevant du « fait divers » le plus commun. Le résultat pour moi, c'est que passé l'effet de surprise du début (je suis toujours bon public), cela pour moi devient ennuyeux comme un roman policier où la médiocrité de l'auteur sue à chaque page. […]

Sartre veut faire une pièce athée, une pièce qui réalise sans faux-fuyant le réalisme, l'humain, rien que l'humain des marxistes d'il y a dix ou vingt ou trente ans. Une pièce qui s'inscrit dans l'univers théorique de Lénine. Il n'y a que la vie et l'homme n'est que sa vie, c'est la pensée de Marx et Nietzsche. Bon. Mais voulant détruire l'atmosphère de l'arrière-monde religieux, il emprunte la mythologie de l'arrière-monde. Il veut la bafouer, mais il s'en sert, et il s'y prend comme il ne croyait pas du tout qu'il s'y prendrait. En effet, non seulement il emprunte, mais il fait sien entièrement le point de vue moraliste qui implique un enfer et un ciel. Il nous montre ces trois criminels comme des criminels. Ces trois criminels se considèrent comme tels et ils souffrent comme tels. Leur crime est un enfer. C'est ici que nous tournons le dos à Marx et à Nietzsche. Pour l'un et l'autre la notion de crime est une pure convention […].

Une fois de plus, nous sommes devant un homme qui ne peut échapper à son christianisme natal, qui ne peut qu'en faire la caricature, mais qui, d'une façon quelconque est obligé d'en retracer l'image.

Univers de désespéré, parce que univers de chrétien manqué ou de chrétien qui s'ignore, qui vainement se nie, mais l'univers d'un Marxiste ou d'un Nietzschéen n'est en rien pareil. Ils sont par-delà le bien et le mal […].

DUSSANE, « NOTES DE THÉÂTRE »

À peu près en même temps que l'Atelier jouait *Antigone*, Sartre faisait représenter au Vieux-Colombier cet extraordinaire *Huis clos*, où il a réussi à créer encore une sorte de climat tragique : recours à une mythologie, si déformée soit-elle, puisque nous avons devant nous des morts condamnés et jugés, un enfer sordide, des démons geôliers… L'Oreste de Racine, celui de Sartre aussi, voyaient accourir sur eux les Furies. Ici le cercle se resserre encore, car les trois maudits sont eux-mêmes, et pour l'éternité, leurs propres Érynnies.

Théâtralement, *Huis clos* est une sorte de chef-d'œuvre. Pendant deux heures, les trois damnés nous font vivre les péripéties des tourments sans fin qu'ils commencent seulement de s'infliger. Nous subissons la torture de l'insoluble, de l'interminable, de l'inextricable, de toutes les sensations qui devraient nous mettre en fuite — et qui, au contraire, nous enfièvrent. Le dialogue serpente, bondit, se tord, mord et siffle, selon les mouvements profonds de chacun des trois damnés, avec la souplesse, l'imprévu et la force meurtrière de la vie. Nulle part l'artifice n'est visible : c'est le grouillement désespéré d'un sac de serpents… […]

La pièce, comme *Antigone*, a voyagé en langue française et à travers les aventures des traductions et des adaptations. Mais elle s'est, dans certains pays, heurtée aux censures, partie à cause de ses hardiesses, partie à cause de la personnalité même de Sartre. Partout où l'occupation a sévi, elle a dû s'accorder, par son climat de geôle où tournent des enragés, à la sensibilité du public : le système des lignes de démarcation, des laissez-passer, des heures de couvre-feu, des rues interdites, nous a donné à tous quelque chose de l'expérience des prisonniers.

MORTS SANS SÉPULTURE

Deux actes, quatre tableaux[1]

PERSONNAGES

par ordre d'entrée en scène

FRANÇOIS	*Serge Andreguy*
SORBIER	*R.-J. Chauffard*
CANORIS	*François Vibert*
LUCIE	*Marie Olivier*
HENRI	*Michel Vitold*
PREMIER MILICIEN	*Claude Régy*
JEAN	*Alain Cuny*
CLOCHET	*Robert Moor*
LANDRIEU	*Yves Vincent*
PELLERIN	*Roland Bailly*
CORBIER	*Maïk*
DEUXIÈME MILICIEN	*Michel Jourdan*

DÉCOR

1er *tableau* — *Un grenier et tous les objets hétéroclites qu'il peut comporter : voiture d'enfant, vieille malle, etc., et un mannequin de couturière.*

2e — — *Une salle de classe, avec, accroché au mur, un portrait de Pétain.*

3e — — *Le grenier du 1er.*

4e — — *La salle de classe du 2e.*

Costumes de maquisards et de miliciens.

Morts sans sépulture *a été présenté pour la première fois au théâtre Antoine (direction Simone Berriau) le 8 novembre 1946.*

PREMIER TABLEAU

Un grenier éclairé par une lucarne. Pêle-mêle d'objets hétéroclites : des malles, un vieux fourneau, un mannequin de couturière. Canoris et Sorbier sont assis, l'un sur une malle, l'autre sur un vieil escabeau, Lucie sur le fourneau. Ils ont les menottes. François marche de long en large. Il a aussi les menottes. Henri dort, couché par terre.

SCÈNE I

CANORIS, SORBIER, FRANÇOIS,
LUCIE[1], HENRI

FRANÇOIS : Allez-vous parler, à la fin ?
SORBIER, *levant la tête* : Qu'est-ce que tu veux qu'on dise ?
FRANÇOIS : N'importe quoi, pourvu que ça fasse du bruit.

Une musique vulgaire et criarde éclate soudain. C'est la radio de l'étage en dessous.

SORBIER : Voilà du bruit.
FRANÇOIS : Pas celui-là : c'est *leur* bruit. *(Il reprend sa marche et s'arrête brusquement.)* Ha !
SORBIER : Quoi encore ?
FRANÇOIS : Ils m'entendent, ils se disent : voilà le premier d'entre eux qui s'énerve.
CANORIS : Eh bien, ne t'énerve pas. Assieds-toi. Mets les mains sur les genoux, tes poignets te feront moins mal. Et puis tais-toi. Essaye de dormir ou réfléchis.

FRANÇOIS : À quoi bon ?

Canoris hausse les épaules. François reprend sa marche.

SORBIER : François !

FRANÇOIS : Eh ?

SORBIER : Tes souliers craquent.

FRANÇOIS : Je les fais craquer exprès. *(Un temps. Il vient se planter devant Sorbier.)* Mais à quoi pouvez-vous penser ?

SORBIER, *relevant la tête* : Tu veux que je te le dise ?

FRANÇOIS, *le regarde et recule un peu* : Non. Ne le dis pas.

SORBIER : Je pense à la petite qui criait.

LUCIE, *sortant brusquement de son rêve* : Quelle petite ?

SORBIER : La petite de la ferme. Je l'ai entendue crier, pendant qu'ils nous emmenaient. Le feu était déjà dans l'escalier.

LUCIE : La petite de la ferme ? Il ne fallait pas nous le dire.

SORBIER : Il y en a beaucoup d'autres qui sont morts. Des enfants et des femmes. Mais je ne les ai pas entendus mourir. La petite, c'est comme si elle criait encore. Je ne pouvais pas garder ses cris pour moi tout seul.

LUCIE : Elle avait treize ans. C'est[a] à cause de nous qu'elle est morte.

SORBIER : C'est à cause de nous qu'ils sont tous morts.

CANORIS, *à François* : Tu vois qu'il valait mieux ne pas parler.

FRANÇOIS : Eh bien quoi ? Nous n'allons pas faire long feu non plus. Tout à l'heure tu trouveras peut-être qu'ils ont de la veine.

SORBIER : Ils n'avaient pas accepté de mourir.

FRANÇOIS : Est-ce que j'avais accepté ? Ce n'est pas notre faute si l'affaire est manquée.

SORBIER : Si. C'est notre faute.

FRANÇOIS : Nous avons obéi aux ordres.

SORBIER : Oui.

FRANÇOIS : Ils nous ont dit : « Montez là-haut et prenez le village. » Nous[b] leur avons dit : « C'est idiot, les Allemands seront prévenus dans les vingt-quatre heures. » Ils nous ont répondu : « Montez tout de même et prenez-le. » Alors nous avons dit : « Bon. » Et nous sommes montés. Où est la faute ?

SORBIER : Il fallait réussir.

FRANÇOIS : Nous ne pouvions pas réussir.

SORBIER : Je sais. Il fallait réussir tout de même. *(Un temps.)* Trois cents. Trois cents qui n'avaient[c] pas accepté de mourir et qui sont morts pour rien[2]. Ils sont couchés entre les pierres, et le soleil les noircit ; on doit les voir de toutes les fenêtres. À cause de nous. À cause de nous, dans ce village il n'y a plus que des miliciens, des morts[d] et des pierres. Ce sera dur de crever avec ces cris dans les oreilles.

FRANÇOIS, *criant* : Laisse-nous tranquilles avec tes morts. Je suis le plus jeune : je n'ai fait qu'obéir. Je suis innocent ! Innocent ! Innocent !

LUCIE, *doucement. D'un bout à l'autre de la scène précédente, elle a conservé son calme* : François !

FRANÇOIS, *déconcerté, d'une voix molle* : Quoi ?

LUCIE : Viens t'asseoir près de moi, mon petit frère. *(Il hésite. Elle répète plus doucement encore.)* Viens ! *(Il s'assied. Elle lui passe maladroitement ses mains enchaînées sur le visage.)* Comme tu as chaud ! Où est ton mouchoir ?

FRANÇOIS : Dans ma poche. Je ne peux pas l'attraper.

LUCIE : Dans cette poche-ci ?

FRANÇOIS : Oui.

Lucie plonge une main dans la poche du veston, en retire péniblement un mouchoir et lui essuie le visage.

LUCIE : Tu es en nage et tu trembles : il ne faut pas marcher si longtemps.

FRANÇOIS : Si je pouvais ôter ma veste…

LUCIE : N'y pense pas puisque c'est impossible. *(Il tire sur ses menottes.)* Non, n'espère pas les rompre. L'espoir fait mal. Tiens-toi tranquille, respire doucement, fais le mort : je suis morte et calme, je m'économise.

FRANÇOIS : Pour quoi faire ? Pour pouvoir crier plus fort tout à l'heure. Quelles économies de bouts de chandelles. Il reste si peu de temps ; je voudrais être partout à la fois. *(Il veut se lever.)*

LUCIE : Reste là.

FRANÇOIS : Il faut que je tourne en rond. Dès que je m'arrête, c'est ma pensée qui se met à tourner. Je ne veux pas penser.

LUCIE : Pauvre petit.

FRANÇOIS, *il se laisse glisser aux genoux de Lucie* : Lucie, tout est si dur. Je ne peux pas regarder vos visages : ils me font peur.

LUCIE : Mets ta tête sur mes genoux. Oui, tout est si dur et toi tu es si petit. Si quelqu'un pouvait encore te sourire, en disant : mon pauvre petit. Autrefois je prenais tes chagrins en charge. Mon pauvre petit... mon pauvre petit... *(Elle se redresse brusquement.)* Je ne peux plus. L'angoisse m'a séchée. Je ne peux plus pleurer.

FRANÇOIS : Ne me laisse pas seul. Il me vient des idées dont j'ai honte.

LUCIE : Écoute. Il y a *quelqu'un* qui peut *t'aider*... Je ne suis pas tout à fait seule... *(Un temps.)* Jean est avec moi, si tu pouvais...

FRANÇOIS : Jean ?

LUCIE : Ils ne l'ont pas pris. Il descend vers Grenoble. C'est le seul de nous qui vivra demain.

FRANÇOIS : Après ?

LUCIE : Il ira trouver les autres, ils recommenceront le travail ailleurs. Et puis la guerre finira, ils vivront à Paris, tranquillement, avec de vraies photos sur de vraies cartes et les gens les appelleront par leurs vrais noms.

FRANÇOIS : Eh bien ? Il a eu de la veine. Qu'est-ce que cela peut me faire ?

LUCIE : Il descend à travers la forêt. Il y a des peupliers, en bas, le long de la route. Il pense à moi. Il n'y a plus que lui au monde pour penser à moi avec cette douceur. À toi aussi, il pense. Il pense que tu es un pauvre petit. Essaie de te voir avec ses yeux. Il peut pleurer.

Elle pleure.

FRANÇOIS : Toi aussi tu peux pleurer.

LUCIE : Je pleure avec ses larmes.

Un temps. François se lève brusquement.

FRANÇOIS : Assez joué. Je finirais par le haïr.

LUCIE : Tu l'aimais pourtant.

FRANÇOIS : Pas comme tu l'aimais.

LUCIE : Non. Pas comme je l'aimais.

Des pas dans le couloir. La porte s'ouvre. Lucie se lève brusquement. Le Milicien les regarde, puis il referme la porte.

SORBIER, *haussant les épaules* : Ils s'amusent. Pourquoi t'es-tu levée ?

LUCIE, *se rasseyant* : Je croyais qu'ils venaient nous chercher.

CANORIS : Ils ne viendront pas de sitôt.

LUCIE : Pourquoi pas ?

CANORIS : Ils commettent une erreur : ils croient que l'attente démoralise.

SORBIER : Est-ce une erreur ? Ce n'est pas drôle d'attendre quand on se fait des idées.

CANORIS : Bien sûr. Mais d'un autre côté tu as le temps de te reprendre. Moi, la première fois, c'était en Grèce, sous Metaxas[3]. Ils sont venus m'arrêter à 4 heures du matin. S'ils m'avaient un peu poussé, j'aurais parlé. Par étonnement. Ils ne m'ont rien demandé. Dix jours après, ils ont employé les grands moyens, mais c'était trop tard : ils avaient manqué l'effet de surprise.

SORBIER : Ils t'ont cogné dessus ?

CANORIS : Dame !

SORBIER : À coups de poing ?

CANORIS : À coups de poing, à coups de pied.

SORBIER : Tu... avais envie de parler ?

CANORIS : Non. Tant qu'ils cognent ça peut aller.

SORBIER : Ah ?... Ah, ça peut aller... *(Un temps.)* Mais quand ils te tapent sur les tibias ou sur les coudes ?

CANORIS : Non, non. Ça peut aller. *(Doucement.)* Sorbier.

SORBIER : Quoi ?

CANORIS : Il ne faut pas avoir peur d'eux. Ils n'ont pas d'imagination.

SORBIER : C'est de moi que j'ai peur.

CANORIS : Mais pourquoi ? Nous n'avons rien à dire. Tout ce que nous savons, ils le savent. Écoutez[e] ! *(Un temps.)* Ce n'est pas du tout comme on se le figure.

FRANÇOIS : Comment est-ce ?

CANORIS : Je ne pourrais pas te le dire. Tiens, par exemple, le temps m'a paru court. *(Il rit.)* J'avais les dents si serrées que je suis resté trois heures sans pouvoir ouvrir la bouche. C'était à Nauplie. Il y avait un type qui portait des bottines à l'ancienne. Pointues du bout. Il me les envoyait dans la figure. Des femmes chantaient sous la fenêtre ; j'ai retenu le chant.

SORBIER : À Nauplie ? En quelle année ?

CANORIS : En 36.

SORBIER : Eh bien, j'y suis passé. J'étais venu en Grèce sur le *Théophile-Gautier*. Je faisais du camping. J'ai vu la prison ; il y a des figuiers de Barbarie contre les murs. Alors tu étais là-dedans et moi j'étais dehors ? *(Il rit.)* C'est marrant.

CANORIS : C'est marrant.

SORBIER, *brusquement* : Et s'ils te fignolent ?

CANORIS : Hé ?

SORBIER : S'ils te fignolent avec leurs appareils ? *(Canoris hausse les épaules.)* Je me figure que je me défendrais par la modestie. À chaque minute je me dirais : je tiens le coup encore une minute. Est-ce que c'est une bonne méthode ?

CANORIS : Il n'y a pas de méthode.

SORBIER : Mais comment ferais-tu, toi ?

LUCIE : Vous ne pourriez pas vous taire ? Regardez le petit : est-ce que vous croyez que vous lui donnez du courage ? Attendez donc un peu, ils se chargeront de vous renseigner.

SORBIER : Lâche-nous ! Qu'il se bouche les oreilles, s'il ne veut pas entendre.

LUCIE : Et moi, faut-il aussi que je me bouche les oreilles ? Je n'aime pas vous entendre parce que j'ai peur de vous mépriser. Avez-vous besoin de tous ces *mots* pour vous donner du courage ? J'ai vu mourir des *bêtes* et je voudrais mourir *comme elles : en silence !*

SORBIER : Qui t'a parlé de mourir ? On cause sur ce qu'ils vont nous faire *avant.* Il faut bien qu'on s'y prépare.

LUCIE : Je ne veux pas m'y préparer. Pourquoi vivrais-je deux fois ces heures qui vont venir ? Regardez Henri : il dort. Pourquoi ne pas dormir ?

SORBIER : Dormir ? Et ils viendront me réveiller en me secouant ? Je ne veux pas. Je n'ai pas de temps à perdre.

LUCIE : Alors pense à ce que tu aimes. Moi, je pense à Jean, à ma vie, au petit, quand il était malade et que je le soignais dans un hôtel d'Arcachon. Il y avait des pins et de grandes vagues vertes que je voyais de ma fenêtre.

SORBIER, *ironiquement* : Des vagues vertes, vraiment ? Je te dis que je n'ai pas de temps à perdre.

LUCIE : Sorbier, je ne te reconnais pas.

SORBIER, *confus* : Ça va[f] ! Ce sont les nerfs : j'ai des nerfs de pucelle. *(Il se lève et va vers elle.)* Chacun se défend à sa manière. Moi, je ne vaux rien quand on me prend au dépourvu. Si je pouvais ressentir la douleur par avance — juste un petit peu, pour la reconnaître au passage — je serais plus sûr de moi. Ce n'est pas ma faute ; j'ai toujours été minutieux. *(Un temps.)* Je t'aime bien, tu sais. Mais je me sens seul. *(Un temps.)* Si tu veux que je me taise…

FRANÇOIS : Laisse-les parler. Ce qui compte, c'est le bruit qu'ils font.

LUCIE : Faites ce que vous voudrez.

Un silence.

SORBIER, *à voix plus basse* : Hé, Canoris ! *(Canoris lève la tête.)* Tu en as rencontré, toi, des gens qui avaient mangé le morceau ?

CANORIS : Oui, j'en ai rencontré.

SORBIER : Alors ?

CANORIS : Qu'est-ce que ça peut te faire puisque nous n'avons rien à dire.

SORBIER : Je veux savoir. Est-ce qu'ils se supportaient ?

CANORIS : Ça dépend. Il y en a un qui s'est tiré dans la figure avec un fusil de chasse : il n'a réussi qu'à s'aveugler. Je le rencontrais quelquefois dans les rues du Pirée, conduit par une Arménienne. Il pensait qu'il avait payé. Chacun décide pour soi qu'il a payé ou non. Nous en avons descendu un autre dans une foire, au moment où il s'achetait des loukoums[4]. Depuis qu'il était sorti de prison il s'était mis à aimer les loukoums, parce que c'était sucré.

SORBIER : Le veinard.

CANORIS : Hum !

SORBIER : Si je lâchais le paquet, ça m'étonnerait que je me console avec du sucre.

CANORIS : On dit ça. On ne peut pas savoir avant d'y avoir passé.

SORBIER : De toute façon je ne crois pas que je m'aimerais[g] beaucoup après. Je pense que j'irais décrocher le fusil de chasse.

FRANÇOIS : Moi, je préfère les loukoums.

SORBIER : François !

FRANÇOIS : Quoi, François ? Est-ce que vous m'avez prévenu quand je suis venu vous trouver ? Vous m'avez dit : la Résistance a besoin d'hommes, vous ne m'avez pas dit qu'elle avait besoin de héros. Je ne suis pas un héros, moi, je ne suis pas un héros ! Je ne suis pas un héros ! J'ai fait ce qu'on m'a dit : j'ai distribué des tracts et transporté des armes, et vous disiez que j'étais toujours de bonne humeur. Mais personne ne m'a renseigné sur ce qui m'attendait au bout. Je vous jure que je n'ai jamais su à quoi je m'engageais.

SORBIER : Tu le savais. Tu savais que René avait été torturé.

FRANÇOIS : Je n'y pensais jamais. *(Un temps.)* La petite qui est morte, vous la plaignez, vous dites : c'est à cause de nous qu'elle est morte. Et moi, si je parlais, quand ils me brûleront avec leurs cigares, vous diriez : c'est un lâche et vous me tendriez un fusil de chasse, à moins que vous ne me tiriez dans le dos. Pourtant, je n'ai que deux ans de plus qu'elle.

SORBIER : Je parlais pour moi.

CANORIS, *s'approchant de François* : Tu n'as plus aucun devoir, François. Ni devoir, ni consigne. Nous ne savons rien, nous n'avons rien à taire. Que chacun se débrouille pour ne pas trop souffrir. Les moyens n'ont pas d'importance.

François se calme peu à peu mais il reste prostré. Lucie le serre contre elle.

SORBIER : Les moyens n'ont pas d'importance... Évidemment. Crie, pleure, supplie, demande-leur pardon, fouille dans ta mémoire pour trouver quelque chose à leur avouer, quelqu'un à leur livrer : qu'est-ce que ça peut faire : il n'y a pas d'enjeu ; tu ne trouveras rien à dire, toutes les petites saletés demeureront strictement confidentielles. Peut-être que c'est mieux ainsi. *(Un temps.)* Je n'en suis pas sûr.

CANORIS : Qu'est-ce que tu voudrais ? Savoir un nom ou une date, pour pouvoir les leur refuser ?

SORBIER : Je ne sais pas. Je ne sais même pas si je pourrais me taire.

CANORIS : Alors ?

SORBIER : Je voudrais me connaître. Je savais qu'ils finiraient par me prendre et que je serais, un jour, au pied du mur, en face de moi, sans recours. Je me disais, tiendras-tu le coup ? C'est mon corps qui m'inquiète, comprends-tu ? J'ai un sale corps mal foutu avec des nerfs de femme. Eh bien, le moment est venu, ils vont me travailler avec leurs instruments. Mais je suis volé : je vais souffrir pour rien, je mourrai sans savoir ce que je vaux.

La musique s'arrête. Ils sursautent et prêtent l'oreille.

HENRI, *se réveillant brusquement* : Qu'est-ce que c'est ? *(Un temps.)* La polka est finie, c'est à nous de danser, j'imagine. *(La musique reprend.)* Fausse alerte. C'est curieux qu'ils aiment tant la musique. *(Il se lève.)* Je rêvais que je dansais, à Schéhérazade[5]. Vous savez, Schéhérazade, à Paris. Je n'y ai jamais été. *(Il se réveille lentement.)* Ah, vous voilà... vous voilà... Tu veux danser, Lucie ?

LUCIE : Non.

HENRI : Est-ce que les poignets vous font mal à vous

aussi ? La chair a dû gonfler pendant que je dormais. Quelle heure est-il ?

CANORIS : 3 heures.

LUCIE : 5 heures.

SORBIER : 6 heures.

CANORIS : Nous ne savons pas.

HENRI : Tu avais une montre.

CANORIS : Ils l'ont cassée sur mon poignet. Ce qui est sûr, c'est que tu as dormi longtemps.

HENRI : C'est du temps qu'on m'a volé. *(À Canoris :)* Aide-moi. *(Canoris lui fait la courte échelle ; Henri se hisse jusqu'à la lucarne.)* Il est 5 heures au soleil ; c'est Lucie qui avait raison. *(Il redescend.)* La mairie brûle encore. Alors tu ne veux pas danser ? *(Un temps.)* Je hais cette musique.

CANORIS, *avec indifférence* : Bah !

HENRI : On doit l'entendre de la ferme.

CANORIS : Il n'y a plus personne pour l'entendre.

HENRI : Je sais. Elle entre par la fenêtre, elle tourne au-dessus des cadavres. La musique, le soleil : tableau. Et les corps sont tout noirs. Ah ! nous avons bien manqué notre coup. *(Un temps.)* Qu'est-ce qu'il a le petit ?

LUCIE : Il n'est pas bien. Voilà huit jours qu'il n'a pas fermé l'œil. Comment as-tu fait pour dormir ?

HENRI : C'est venu de soi-même. Je me suis senti si seul que ça m'a donné sommeil. *(Il rit.)* Nous sommes oubliés de la terre entière. *(S'approchant de François.)* Pauvre môme… *(Il lui caresse les cheveux puis s'arrête brusquement. À Canoris :)* Où est notre faute ?

CANORIS : Je ne sais pas. Qu'est-ce que cela peut faire ?

HENRI : Il y a eu faute : je me sens coupable.

SORBIER : Toi aussi ? Ah ! je suis bien content : je me croyais seul.

CANORIS : Oh ! bon : moi aussi, je me sens coupable. Et qu'est-ce que cela change ?

HENRI : Je n'aurais pas voulu mourir en faute.

CANORIS : Ne te casse donc pas la tête : je suis sûr que les copains ne nous reprocheront rien[h].

HENRI : Je me fous des copains. C'est à moi seul que je dois des comptes à présent[i].

CANORIS, *choqué, sèchement* : Alors ? C'est un confesseur que tu veux ?

HENRI : Au diable, le confesseur. C'est à moi seul que je dois des comptes à présent. *(Un temps, comme à lui-même.)* Les choses n'auraient pas dû tourner de cette manière. Si je pouvais trouver cette faute…

CANORIS : Tu serais bien avancé.

HENRI : Je pourrais la regarder en face et me dire : voilà pourquoi je meurs. Bon Dieu ! un homme ne peut pas crever comme un rat, pour rien et sans faire ouf.

CANORIS, *haussant les épaules* : Bah !

SORBIER : Pourquoi hausses-tu les épaules ? Il a le droit de sauver sa mort, c'est tout ce qui lui reste.

CANORIS : Bien sûr. Qu'il la sauve, s'il peut.

HENRI : Merci de la permission. *(Un temps.)* Tu ferais aussi bien de t'occuper de sauver la tienne : nous n'avons pas trop de temps.

CANORIS : La mienne ? Pourquoi ? À qui cela servirait-il ? C'est une affaire strictement personnelle.

HENRI : Strictement personnelle. Oui. Après ?

CANORIS : Je n'ai jamais pu me passionner pour les affaires personnelles. Ni pour celles des autres ni pour les miennes.

HENRI, *sans l'écouter* : Si seulement je pouvais me dire que j'ai fait ce que j'ai pu. Mais c'est sans doute trop demander. Pendant trente ans, je me suis senti coupable. Coupable parce que je vivais. À présent, il y a les maisons qui brûlent par ma faute, il y a ces morts innocents et je vais mourir coupable. Ma vie n'a été qu'une erreur.

Canoris se lève et va vers lui.

CANORIS : Tu n'es pas modeste, Henri.

HENRI : Quoi ?

CANORIS : Tu te fais du mal parce que tu n'es pas modeste. Moi, je crois qu'il y a beau temps que nous sommes morts : au moment précis où nous avons cessé d'être utiles. À présent il nous reste un petit morceau de vie posthume, quelques heures à tuer. Tu n'as plus rien à faire qu'à tuer le temps et à bavarder avec tes voisins. Laisse-toi aller, Henri, repose-toi. Tu as le droit de te reposer puisque nous ne pouvons plus rien faire ici. Repose-toi : nous ne comptons plus, nous sommes des morts sans importance. *(Un temps.)* C'est la première fois que je me reconnais le droit de me reposer.

HENRI : C'est la première fois depuis trois ans que je me retrouve en face de moi-même. On me donnait des ordres. J'obéissais. Je me sentais justifié. À présent personne ne peut plus me donner d'ordres et rien ne peut plus me justifier. Un petit morceau de vie en trop : oui. Juste le temps qu'il faut pour m'occuper de moi. *(Un temps.)* Canoris, pourquoi mourrons-nous ?

CANORIS : Parce qu'on nous avait chargés d'une mission dangereuse et que nous n'avons pas eu de chance.

HENRI : Oui : c'est ce que penseront les copains, c'est ce qu'on dira dans les discours officiels. Mais toi, qu'est-ce que tu en penses ?

CANORIS : Je ne pense rien. Je vivais pour la cause et j'ai toujours prévu que j'aurais une mort comme celle-ci.

HENRI : Tu vivais pour la cause, oui. Mais ne viens pas me dire que tu meurs pour elle. Peut-être, si nous avions réussi et si nous étions morts à l'ouvrage, peut-être, alors… *(Un temps.)* Nous mourrons parce qu'on nous a donné des ordres idiots, parce que nous les avons mal exécutés et notre mort n'est utile à personne. La cause n'avait pas besoin qu'on attaque ce village. Elle n'en avait pas besoin parce que le projet était irréalisable. La cause ne donne jamais d'ordre, elle ne dit jamais rien ; c'est nous qui décidons de ses besoins. Ne parlons pas de la cause. Pas ici. Tant qu'on peut travailler pour elle, ça va. Après il faut se taire et surtout ne pas s'en servir pour notre consolation personnelle. Elle nous a rejetés parce que nous sommes inutilisables : elle en trouvera d'autres pour la servir : à Tours, à Lille, à Carcassonne, des femmes sont en train de faire les enfants qui nous remplaceront. Nous avons essayé de justifier notre vie et nous avons manqué notre coup. À présent nous allons mourir et nous ferons des morts injustifiables.

CANORIS, *avec indifférence* : Si tu veux. Rien de ce qui se passe entre ces quatre murs n'a d'importance. Espère ou désespère : il n'en sortira rien.

Un temps.

HENRI : Si seulement il nous restait quelque chose à entreprendre. N'importe quoi. Ou quelque chose à leur cacher… Bah ! *(Un temps. À Canoris :)* Tu as une femme, toi ?

CANORIS : Oui. En Grèce.

HENRI : Tu peux penser à elle ?

CANORIS : J'essaie. C'est loin.

HENRI, *à Sorbier* : Et toi ?

SORBIER : J'ai mes vieux. Ils me croient en Angleterre. Je suppose qu'ils se mettent à table : ils dînent tôt. Si je pouvais me dire qu'ils vont sentir, tout d'un coup, un petit pincement au cœur, quelque chose comme un pressentiment…

Mais je suis sûr qu'ils sont tout à fait tranquilles. Ils vont m'attendre pendant des années, de plus en plus tranquillement, et je mourrai dans leur cœur sans qu'ils s'en aperçoivent. Mon père doit parler du jardin. Il parlait toujours du jardin, à dîner. Tout à l'heure il ira arroser ses choux. *(Il soupire.)* Pauvres[l] vieux ! Pourquoi penserais-je à eux ? Ça n'aide pas.

HENRI : Non. Ça n'aide pas. *(Un temps.)* Tout de même, je préférerais que mes vieux vivent encore. Je n'ai personne.

SORBIER : Personne au monde ?

HENRI : Personne.

LUCIE, *vivement* : Tu es injuste. Tu as Jean. Nous avons tous Jean. C'était notre chef et il pense à nous.

HENRI : Il pense à toi parce qu'il t'aime.

LUCIE : À *nous tous.*

HENRI, *doucement* : Lucie ! Est-ce que nous parlions beaucoup de nos morts ? Nous n'avions pas le temps de les enterrer, même dans nos cœurs. *(Un temps.)* Non. Je ne manque nulle part, je ne laisse pas de vide. Les métros sont bondés, les restaurants combles, les têtes bourrées à craquer de petits soucis. J'ai glissé hors du monde et il est resté plein. Comme un œuf. Il faut croire que je n'étais pas indispensable. *(Un temps.)* J'aurais voulu être indispensable. À quelque chose ou à quelqu'un. *(Un temps.)* À propos, Lucie, je t'aimais. Je te le dis à présent parce que ça n'a plus d'importance.

LUCIE : Non. Ça n'a plus d'importance.

HENRI : Et voilà. *(Il rit.)* C'était vraiment tout à fait inutile que je naisse.

La porte s'ouvre. Des miliciens entrent.

SORBIER : Bonjour. *(À Henri :)* Ils nous ont fait le coup trois fois pendant que tu dormais.

LE MILICIEN : C'est toi qui te fais appeler Sorbier ?

Un silence.

SORBIER : C'est moi.

LE MILICIEN : Suis-nous.

Nouveau silence.

SORBIER : Après tout, j'aime autant qu'ils commencent par moi. *(Un temps. Il marche vers la porte.)* Je me demande si je vais me connaître. *(Au moment de sortir.)* C'est l'heure où mon père arrose ses choux[m].

SCÈNE II

LES MÊMES, *moins* SORBIER

Encore un long silence.

HENRI, *à Canoris* : Donne-moi une cigarette.
CANORIS : Ils me les ont prises.
HENRI : Tant pis.

La musique joue une java.

HENRI : Eh bien, dansons, puisqu'ils veulent qu'on danse. Lucie ?
LUCIE : Je *t'ai dit que non.*
HENRI : Comme tu veux. Les danseuses ne manquent pas.

Il s'approche du mannequin, lève ses mains enchaînées et les fait glisser le long des épaules et des flancs du mannequin. Puis il se met à danser en le tenant serré contre lui. La musique cesse. Henri s'arrête, repose le mannequin et relève lentement les bras pour se dégager.

Ils ont commencé.

Ils écoutent.

CANORIS : Tu entends quelque chose ?
HENRI : Rien.
FRANÇOIS : Qu'est-ce que tu crois qu'ils lui font ?
CANORIS : Je ne sais pas. *(Un temps.)* Je voudrais qu'il tienne le coup. Sinon il va se faire beaucoup plus de mal qu'ils ne lui en feront.
HENRI : Il tiendra forcément le coup.
CANORIS : Je veux dire : de l'intérieur. C'est plus difficile quand on n'a rien à dire.

Un temps.

HENRI : Il ne crie pas, c'est déjà ça.
FRANÇOIS : Peut-être qu'ils l'interrogent, tout simplement.
CANORIS : Penses-tu !

Sorbier hurle. Ils sursautent.

LUCIE, *voix rapide et trop naturelle* : À présent Jean doit être arrivé à Grenoble. Je serais étonnée qu'il ait mis plus de quinze heures. Il doit se sentir drôle : la ville est calme, il y a des gens aux terrasses des cafés et le Vercors n'est plus qu'un songe. *(La voix de Sorbier enfle. Celle de Lucie monte.)* Il pense à nous, il entend la radio par les fenêtres ouvertes, le soleil brille sur les montagnes, c'est une belle après-midi d'été. *(Cris plus forts.)* Ha ! *(Elle se laisse tomber sur une malle et sanglote en répétant :)* Une belle après-midi d'été.

HENRI, *à Canoris* : Je ne crierai pas.

CANORIS : Tu auras tort. Ça soulage.

HENRI : Je ne pourrais pas supporter l'idée que vous m'entendez et qu'elle pleure au-dessus de ma tête.

François se met à trembler.

FRANÇOIS, *au bord de la crise* : Je ne crois pas... je ne crois pas...

Pas dans le couloir.

CANORIS : Tais-toi, petit, les voilà.

HENRI : À qui le tour ?

CANORIS : À toi ou à moi. Ils garderont la fille et le môme pour la fin. *(La clé tourne dans la serrure.)* Je voudrais que ce fût à moi. Je n'aime pas les cris des autres.

La porte s'ouvre, on pousse Jean dans la pièce. Il n'a pas de menottes.

SCÈNE III

LES MÊMES, *plus* JEAN

Il cligne des yeux en entrant pour s'accommoder à la pénombre. Tous se sont tournés vers lui. Le Milicien sort en fermant la porte derrière lui.

LUCIE : Jean !

JEAN : Tais-toi. Ne prononce pas mon nom. Viens là contre le mur : ils nous regardent peut-être par une fente de la porte. *(Il la regarde.)* Te voilà ! Te voilà ! Je pensais ne jamais te revoir. Qui est là ?

CANORIS : Canoris.

HENRI : Henri.

JEAN : Je vous distingue mal. Pierre et Jacques sont... ?

HENRI : Oui.

JEAN : Le môme est là aussi ? Pauvre gosse. *(D'une voix basse et rapide.)* J'espérais que vous étiez morts.

HENRI, *riant* : Nous avons fait de notre mieux.

JEAN : Je m'en doute. *(À Lucie :)* Qu'as-tu ?

LUCIE : Oh ! Jean, tout est fini. Je me disais : il est à Grenoble, il marche dans les rues, il regarde les montagnes… Et… et… à présent tout est fini.

JEAN : Ne chiale pas. J'ai toutes les chances de m'en sortir.

HENRI : Comment est-ce qu'ils t'ont eu ?

JEAN : Ils ne m'ont pas encore. Je suis tombé sur une de leurs patrouilles tout en bas, sur la route de Verdone. J'ai dit que j'étais de Cimiers ; c'est un petit bourg dans la vallée[6]. Ils m'ont ramené ici, le temps d'aller voir si j'ai dit vrai.

LUCIE : Mais à Cimiers, ils vont…

JEAN : J'ai des copains, là-bas, qui savent ce qu'ils ont à dire. Je m'en tirerai. *(Un temps.)* Il faut que je m'en tire ; les copains[n] ne sont pas prévenus.

HENRI, *siffle* : En effet. *(Un temps.)* Eh bien, qu'en dis-tu ? L'avons-nous assez manqué, notre coup ?

JEAN : Nous recommencerons ailleurs.

HENRI : Toi, tu recommenceras.

Des pas dans le couloir.

CANORIS : Éloignez-vous de lui. Il ne faut pas qu'ils nous voient lui parler.

JEAN : Qu'est-ce que c'est ?

HENRI : C'est Sorbier qu'ils ramènent.

JEAN : Ah ! ils ont…

HENRI : Oui. Ils ont commencé par lui.

Des miliciens entrent en soutenant Sorbier qui s'affaisse contre une malle. Les Miliciens sortent.

SCÈNE IV

LES MÊMES, *plus* SORBIER

SORBIER, *sans voir Jean* : M'ont-ils gardé longtemps ?

HENRI : Une demi-heure.

SORBIER : Une demi-heure ? Tu avais raison, Canoris. Le temps passe vite. M'avez-vous entendu crier ? *(Ils ne répondent pas.)* Naturellement, vous m'avez entendu[o].

FRANÇOIS : Qu'est-ce qu'ils t'ont fait ?

SORBIER : Tu verras. Tu verras bien. Il ne faut pas être si pressé.

FRANÇOIS : Est-ce que c'est… très dur ?

SORBIER : Je ne sais pas. Mais voici ce que je peux t'apprendre ; ils m'ont demandé où était Jean et si je l'avais su je le leur aurais dit. *(Il rit.)* Vous voyez : je me connais à présent. *(Ils se taisent.)* Qu'y a-t-il ? *(Il suit leur regard. Il voit Jean, collé contre le mur, les bras écartés.)* Qui est là ? C'est Jean ?

HENRI, *vivement* : Tais-toi. Ils le prennent pour un gars de Cimiers.

SORBIER : Pour un gars de Cimiers ? *(Il soupire.)* C'est bien ma veine.

HENRI, *surpris* : Qu'est-ce que tu dis ?

SORBIER : Je dis : c'est bien ma veine. À présent, j'ai quelque chose à leur cacher[p].

HENRI, *presque joyeusement* : C'est vrai. À présent, nous avons tous quelque chose à leur cacher.

SORBIER : Je voudrais qu'ils m'aient tué.

CANORIS : Sorbier ! Je te jure que tu ne parleras pas. Tu ne *pourras pas* parler.

SORBIER : Je te dis que je livrerais ma mère. *(Un temps.)* C'est injuste qu'une minute suffise à pourrir toute une vie.

CANORIS, *doucement* : Il faut beaucoup plus d'une minute. Crois-tu qu'un moment de faiblesse puisse pourrir cette heure où tu as décidé de tout quitter pour venir avec nous ? Et ces trois ans de courage et de patience ? Et le jour où tu as porté, malgré ta fatigue, le fusil et le sac du petit ?

SORBIER : Te casse pas la tête. À présent je sais. Je sais ce que je suis pour de vrai.

CANORIS : Pour de vrai ? Pourquoi serais-tu plus vrai aujourd'hui, quand ils te frappent, qu'hier quand tu refusais de boire pour donner ta part à Lucie ? Nous ne sommes pas faits pour vivre toujours aux limites de nous-mêmes. Dans les vallées aussi il y a des chemins.

SORBIER : Bon. Eh bien, si je mangeais le morceau, tout à l'heure, est-ce que tu pourrais encore me regarder dans les yeux ?

CANORIS : Tu ne mangeras pas le morceau.

SORBIER : Mais si je le faisais ? *(Silence de Canoris.)* Tu vois bien. *(Un temps. Il rit.)* Il y a des types qui mourront dans leur lit, la conscience tranquille. Bons fils, bons époux, bons citoyens, bons pères… Ha ! ce sont des lâches comme moi et ils ne le sauront jamais. Ils ont de la chance. *(Un temps.)* Mais faites-moi taire ! Qu'attendez-vous pour me faire taire ?

HENRI : Sorbier, tu es le meilleur d'entre nous.

SORBIER : Ta gueule !

Des pas dans le couloir. Ils se taisent. La porte s'ouvre.

LE MILICIEN : Le Grec, où est-il ?

CANORIS : C'est moi !

LE MILICIEN : Amène-toi.

Canoris sort avec le Milicien.

SCÈNE V

LES MÊMES, *moins* CANORIS

JEAN : C'est pour moi qu'il va souffrir.

HENRI : Autant que ce soit pour toi. Sinon ce serait pour rien.

JEAN : Quand il reviendra, comment pourrai-je supporter son regard ? *(À Lucie[9] :)* Dis-moi, est-ce que tu me hais ?

LUCIE : Ai-je l'air de te haïr ?

JEAN : Donne-moi ta main. *(Elle lui tend ses deux mains enchaînées.)* J'ai honte de n'avoir pas de menottes. Tu es là ! Je me disais : au moins tout est fini pour elle. Finie la peur, finies la faim et la douleur. Et tu es là ! Ils viendront te chercher et ils te ramèneront en te portant à moitié.

LUCIE : Il n'y aura dans mes yeux que de l'amour !

JEAN : Il faudra que j'entende tes cris.

LUCIE : J'essaierai de ne pas crier.

JEAN : Mais le gosse criera. Il criera, j'en suis sûr.

FRANÇOIS : Tais-toi ! Tais-toi ! Taisez-vous tous ! Est-ce que vous voulez me rendre fou ? Je ne suis pas un héros et je ne veux pas qu'on me martyrise à ta place !

LUCIE : François !

FRANÇOIS : Fiche-moi la paix : je ne couche pas avec lui. *(À Jean :)* *Moi*, je te hais, si tu veux le savoir.

Un temps.

JEAN : Tu as raison.

Il va vers la porte.

HENRI : Hé là ! Qu'est-ce que tu fais ?

JEAN : Je n'ai pas l'habitude d'envoyer mes gars se faire casser la gueule à ma place.

HENRI : Qui préviendra les copains ?

Jean s'arrête.

FRANÇOIS : Laisse-le faire ! S'il veut se dénoncer. Tu n'as pas le droit de l'en empêcher.

HENRI, *à Jean, sans se soucier de François* : Ce sera du beau, quand ils s'amèneront par ici en croyant que nous tenons le village. *(Jean revient sur ses pas, la tête basse. Il s'assoit.)* Donne-moi plutôt une cigarette. *(Jean lui donne une cigarette.)* Donnes-en une aussi au petit.

FRANÇOIS : Laisse-moi tranquille.

Il remonte vers le fond.

HENRI : Allume-la. *(Jean la lui allume. Henri en tire deux bouffées puis a un ou deux sanglots nerveux.)* Ne t'inquiète pas. J'aime fumer mais je ne savais pas que cela pouvait faire autant de plaisir. Combien t'en reste-t-il ?

JEAN : Une.

HENRI, *à Sorbier* : Tiens. *(Sorbier prend la cigarette sans mot dire et tire quelques bouffées, puis il la lui rend. Henri se tourne vers Jean.)* Je suis content que tu sois là. D'abord tu m'as donné une cigarette et puis tu seras notre témoin. Une mort sans témoin, c'est glacial. Tu iras voir les parents de Sorbier et tu écriras à la femme de Canoris.

LUCIE : Demain, tu descendras vers la ville ; tu emporteras dans tes yeux mon dernier visage vivant, tu seras le seul au monde à le connaître. Il ne faudra pas l'oublier. Moi, c'est toi. Si tu vis, je vivrai.

JEAN : L'oublier.

Il s'avance vers elle. On entend des pas.

HENRI : Reste où tu es et tais-toi : ils viennent. C'est mon tour, il faut que je me presse, sans quoi je n'aurai pas le temps de finir. Écoute ! si tu n'étais pas venu, nous aurions souffert comme des bêtes, sans savoir pourquoi. Mais tu es là, et tout ce qui va se passer à présent aura un sens. On va lutter. Pas pour toi seul, pour tous les copains. Nous avons manqué notre coup mais nous pourrons peut-être sauver la face. *(Un temps.)* Je croyais être tout à fait inutile, mais je vois maintenant qu'il y a quelque chose à quoi je suis nécessaire[5] : avec un peu de chance, je pourrai peut-être me dire que je ne meurs pas pour rien.

La porte s'ouvre. Canoris paraît, soutenu par deux miliciens.

SORBIER : Il n'a pas crié, lui.

RIDEAU

DEUXIÈME TABLEAU

Une salle d'école. Bancs et pupitres. Murs crépis en blanc. Au mur du fond, carte d'Afrique et portrait de Pétain[1]. Un tableau noir. À gauche une fenêtre. Au fond une porte. Poste de radio sur une tablette, près de la fenêtre.

SCÈNE I

CLOCHET, PELLERIN, LANDRIEU

CLOCHET : On passe au suivant ?

LANDRIEU : Une minute. Qu'on prenne le temps de bouffer.

CLOCHET : Bouffez si vous voulez. Je pourrais peut-être en interroger un pendant ce temps-là.

LANDRIEU : Non, ça te ferait trop plaisir. Tu n'as donc pas faim ?

CLOCHET : Non.

LANDRIEU, *à Pellerin* : Clochet qui n'a pas faim ! *(À Clochet :)* Il faut que tu sois malade ?

CLOCHET : Je n'ai pas faim quand je travaille.

Il va à la radio et tourne le bouton.

PELLERIN : Ne nous casse pas la tête.

CLOCHET, *grommelle, on entend* : ... N'aiment pas la musique !

PELLERIN : Tu dis ?

CLOCHET : Je dis que je suis toujours surpris quand je vois des gens qui n'aiment pas la musique.

PELLERIN : J'aime peut-être la musique. Mais pas celle-ci et pas ici.

CLOCHET : Ah oui ? Moi, du moment que ça chante... *(Avec regret.)* On l'aurait fait jouer tout doucement...

PELLERIN : Non !

CLOCHET : Vous êtes des brutes. *(Un temps.)* On l'envoie chercher ?

LANDRIEU : Mais lâche-nous, bon Dieu ! Il y en a trois à faire passer, c'est un coup de 10 heures du soir. Je m'énerve, moi, quand je travaille le ventre vide.

CLOCHET : D'abord il n'en reste que deux, puisqu'on garde le petit pour demain. Et puis, avec un peu d'organisation, on pourrait les liquider en deux heures. *(Un temps.)* Ce soir Radio-Toulouse donne *La Tosca.*

LANDRIEU : Je m'en fous. Descends voir ce qu'ils ont trouvé à bouffer.

CLOCHET : Je le sais : des poulets.

LANDRIEU : Encore ! J'en ai marre. Va me chercher une boîte de singe.

CLOCHET, *à Pellerin* : Et toi ?

PELLERIN : Du singe, aussi.

LANDRIEU : Et puis tu nous enverras quelqu'un pour laver ça.

CLOCHET : Quoi ?

LANDRIEU : Ça. C'est là que le Grec a saigné ! C'est moche.

CLOCHET : Il ne faut pas laver le sang. Cela peut impressionner les autres.

LANDRIEU : Je ne mangerai pas tant qu'il y aura cette cochonnerie sur le plancher. *(Un temps.)* Qu'attends-tu ?

CLOCHET : Il ne faut pas laver ce sang.

LANDRIEU : Qui est-ce qui commande ?

Clochet hausse les épaules et sort.

SCÈNE II

LANDRIEU, PELLERIN

PELLERIN : Ne le charrie pas trop.

LANDRIEU : Je vais me gêner.

PELLERIN : Ce que je t'en dis... Il a un cousin auprès de Darnand[2]. Il lui envoie des rapports. Je crois que c'est lui qui a fait virer Daubin.

LANDRIEU : La sale punaise ! S'il veut me faire virer, il faudra qu'il se presse, parce que j'ai dans l'idée que Darnand passera à la casserole avant moi.

PELLERIN : Peut se faire.

Il soupire et va machinalement à la radio.

LANDRIEU : Ah non ! Pas toi.

PELLERIN : C'est pour les nouvelles.

LANDRIEU, *ricanant* : Je crois que je les connais, les nouvelles.

Pellerin manœuvre les boutons de la radio.

VOIX DU SPEAKER : Au quatrième top il sera exactement 8 heures. *(Tops. Ils règlent leurs montres.)* Chers auditeurs, dans quelques instants, vous entendrez notre concert du dimanche.

LANDRIEU, *soupirant* : C'est vrai que nous sommes dimanche. *(Premières mesures d'un morceau de musique.)* Tords-lui le cou.

PELLERIN : Le dimanche, je prenais ma bagnole, je ramassais une poule à Montmartre et je filais au Touquet.

LANDRIEU : Quand cela ?

PELLERIN : Oh ! Avant la guerre[a].

VOIX DU SPEAKER : J'ai trouvé des clous dans le jardin du presbytère. Nous répétons : j'ai trouvé…

LANDRIEU : Vos gueules, fumiers ! *(Il prend une boîte de conserve vide et la lance dans la direction de l'appareil.)*

PELLERIN : Tu es fou ? Tu vas casser la radio.

LANDRIEU : Je m'en fous. Je ne veux pas entendre ces fumiers-là.

Pellerin tourne les boutons.

VOIX DU SPEAKER : Les troupes allemandes tiennent solidement à Cherbourg et à Caen. Dans le secteur de Saint-Lô, elles n'ont pu enrayer une légère avance de l'ennemi.

LANDRIEU : Compris. Ferme-la. *(Un temps.)* Qu'est-ce que tu feras, toi ? Où iras-tu ?

PELLERIN : Qu'est-ce que tu veux qu'on fasse ? C'est cuit !

LANDRIEU : Oui. Les salauds !

PELLERIN : Qui ça ?

LANDRIEU : Tous. Les Allemands aussi. Ils se valent tous. *(Un temps.)* Si c'était à refaire…

PELLERIN : Moi, je crois que je ne regrette rien. J'ai bien rigolé. Du moins jusqu'à ces derniers temps.

Clochet rentre, apportant les boîtes de conserve.

SCÈNE III

LES MÊMES, CLOCHET, *puis* UN MILICIEN

LANDRIEU : Dis donc, Clochet, les Anglais ont débarqué à Nice[3].

CLOCHET : À Nice ?

LANDRIEU : Ils n'ont pas rencontré de résistance. Ils marchent sur Puget-Théniers[4].

Clochet se laisse tomber sur un banc.

CLOCHET : Sainte Vierge ! *(Pellerin et Landrieu se mettent à rire.)* C'est de la blague ? Vous ne devriez pas faire de ces plaisanteries-là !

LANDRIEU : Ça va. Tu mettras ça ce soir dans ton rapport. *(Le Milicien entre.)* Nettoyez-moi ça. *(À Pellerin :)* Tu viens manger[b] ?

Pellerin s'approche, prend sa[c] boîte de singe, la regarde, puis la repose.

PELLERIN, *il bâille* : Je me sens toujours drôle avant de commencer. *(Il bâille.)* Je ne suis pas assez méchant ; je m'irrite seulement quand ils s'entêtent. Qu'est-ce que c'est, le type qu'on interroge ?

CLOCHET : Un grand, de trente ans, solide. Il y aura du sport.

LANDRIEU : Qu'il ne nous fasse pas le coup du Grec.

PELLERIN : Bah ! Le Grec, c'était une brute.

LANDRIEU : N'empêche. Ça la fout mal quand ils ne parlent pas. *(Il bâille.)* Tu me fais bâiller. *(Un temps. Landrieu regarde le fond de sa boîte de singe sans parler, puis tout d'un coup au Milicien :)* Eh bien, va le chercher.

Le Milicien sort. Silence. Clochet sifflote. Pellerin va à la fenêtre et l'ouvre toute grande.

CLOCHET : N'ouvre pas la fenêtre. Il commence à faire frais.

PELLERIN : Quelle fenêtre ? Ah oui… *(Il rit.)* Je l'ai ouverte sans y penser. *(Il va pour la refermer.)*

LANDRIEU : Laisse. Ça cogne ici, j'ai besoin d'air.
CLOCHET : Comme vous voudrez.

Entrent HENRI *et* TROIS MILICIENS [d].

LANDRIEU : Asseyez-le. Ôtez-lui ses menottes. Attachez ses mains aux bras du fauteuil. *(Les Miliciens l'attachent.)* Ton nom ?
HENRI : Henri.
LANDRIEU : Henri comment ?
HENRI : Henri.

Landrieu fait un signe. Les Miliciens frappent Henri.

LANDRIEU : Alors ? Comment t'appelles-tu ?
HENRI : Je m'appelle Henri, c'est tout.

Ils le frappent.

LANDRIEU : Arrêtez, vous allez l'abrutir. Ton âge ?
HENRI : Vingt-neuf ans.
LANDRIEU : Profession ?
HENRI : Avant la guerre, je faisais ma médecine [e].
PELLERIN : Tu as de l'instruction, salaud. *(Aux Miliciens :)* Tapez dessus.
LANDRIEU : Ne perdons pas de temps.
PELLERIN : Sa médecine ! Mais tapez donc !
LANDRIEU : Pellerin ! *(À Henri :)* Où est ton chef ?
HENRI : Je ne sais pas.
LANDRIEU : Bien sûr. Non, ne le frappez pas. Tu fumes ? Passez-lui cette cigarette : attendez. *(Il la met dans sa propre bouche, l'allume et la lui tend. Un milicien la plante dans la bouche d'Henri.)* Fume. Qu'est-ce que tu espères ? Tu ne nous épateras pas. Allons, Henri, ne crâne pas : personne ne te voit. Ménage ton temps et le nôtre : il ne te reste pas tellement d'heures à vivre.
HENRI : Ni à vous.
LANDRIEU : Pour nous, ça se compte en mois : nous t'enterrerons. Fume. Et réfléchis. Puisque tu es instruit, montre-toi réaliste. Si ce n'est pas toi qui parles, ce sera ta copine ou le môme.
HENRI : C'est leur affaire.
LANDRIEU : Où est ton chef ?
HENRI : Essayez de me le faire dire.
LANDRIEU : Tu préfères ? Ôte-lui sa cigarette. Clochet, arrange-le.

CLOCHET : Mettez les bâtons dans les cordes. *(Les Miliciens glissent deux bâtons dans les cordes qui serrent les poignets d'Henri.)* Parfait. On les tournera jusqu'à ce que tu parles.

HENRI : Je ne parlerai pas.

CLOCHET : Pas tout de suite : tu crieras d'abord.

HENRI : Essaie de me faire crier.

CLOCHET : Tu n'es pas humble. Il faut être humble. Si tu tombes de trop haut tu te casses. Tournez. Lentement. Alors ? Rien ? Non. Tournez, tournez. Attendez : il commence à souffrir. Alors ? Non ? Bien sûr : la douleur n'existe pas pour un type qui a ton instruction. L'ennui, c'est qu'on la voit sur ta figure. *(Doucement.)* Tu sues. J'ai mal pour toi. *(Il lui essuie le visage avec son mouchoir.)* Tournez. Criera, criera pas ? Tu remues. Tu peux t'empêcher de crier, mais pas de remuer la tête. Comme tu as mal. *(Il passe le doigt sur les joues d'Henri.)* Comme tes mâchoires sont serrées : tu as donc peur ? « Si je pouvais tenir un moment, rien qu'un petit moment… » Mais après ce moment-là il en viendra un autre et puis encore un autre, jusqu'à ce que tu penses que la souffrance est trop forte et qu'il vaut mieux te mépriser. Nous ne te lâcherons pas. *(Il lui prend la tête dans ses mains.)* Ces yeux ne me voient déjà plus. Qu'est-ce qu'ils voient ? *(Doucement.)* Tu es beau. Tournez. *(Un temps. Triomphalement.)* Tu vas crier, Henri, tu vas crier. Je vois le cri qui gonfle ton cou ; il monte à tes lèvres. Encore un petit effort. Tournez. *(Henri crie.)* Ha ! *(Un temps.)* Comme tu dois avoir honte. Tournez. Ne vous arrêtez pas. *(Henri crie.)* Tu vois ; il n'y a que le premier cri qui coûte. À présent, tout doucement, tout naturellement, tu vas parler.

HENRI : Vous n'aurez de moi que des cris.

CLOCHET : Non, Henri, non. Tu n'as plus le droit de faire le fier. « Essaie de me faire crier ! » Tu as vu ; ça n'a pas traîné. Où est ton chef ? Sois humble, Henri, tout à fait humble. Dis-nous où il est. Eh bien, qu'attends-tu ? Crie ou parle. Tournez. Mais tournez, bon Dieu, cassez-lui les poignets. Arrêtez : il est tombé dans les pommes. *(Il va chercher une bouteille d'alcool et un verre. Il fait boire Henri avec douceur.)* Bois, pauvre martyr. Tu te sens mieux ? Eh bien, nous allons commencer. Allez chercher les appareils.

LANDRIEU : Non !

CLOCHET : Quoi ?

Landrieu se passe la main sur le front.

LANDRIEU : Emmenez-le à côté. Vous le travaillerez là-bas.

CLOCHET : Nous serons à l'étroit.

LANDRIEU : C'est moi qui commande, Clochet. Voilà deux fois que je te le fais remarquer.

CLOCHET : Mais…

LANDRIEU, *criant* : Est-ce que tu veux que je te foute mon poing dans la gueule ?

CLOCHET : Bon, bon, emmenez-le.

Les Miliciens détachent Henri et l'emportent. Clochet les suit.

SCÈNE IV

PELLERIN, LANDRIEU

PELLERIN : Tu viens ?

LANDRIEU : Non. Clochet m'écœure.

PELLERIN : Il cause trop. *(Un temps.)* Sa médecine ! Le salaud. J'ai quitté le lycée à treize ans, moi, il fallait que je gagne ma vie. Je n'ai pas eu la chance d'avoir des parents riches pour me payer mes études.

LANDRIEU : J'espère qu'il parlera.

PELLERIN : Nom de Dieu, oui ; il parlera !

LANDRIEU : Ça la fout mal, un type qui ne parle pas.

Henri crie. Landrieu va à la porte et la ferme. Nouveaux cris, qu'on entend distinctement à travers la porte. Landrieu va au poste de radio et tourne le bouton.

PELLERIN, *stupéfait* : Toi aussi, Landrieu ?

LANDRIEU : Ce sont ces cris. Il faut avoir les nerfs solides.

PELLERIN : Qu'il crie ! C'est un salaud, un sale intellectuel. *(Musique aiguë.)* Moins fort. Tu m'empêches d'entendre.

LANDRIEU : Va les rejoindre. *(Pellerin hésite, puis sort.)* Il faut qu'il parle. C'est un lâche, il faut que ce soit un lâche.

Musique et cris. Les cris cessent. Un temps. Pellerin ressort, pâle.

PELLERIN : Arrête la musique.

Landrieu tourne le bouton.

LANDRIEU : Alors ?

PELLERIN : Ils le tueront sans qu'il parle.
LANDRIEU, *va à la porte* : Arrêtez. Ramenez-le ici.

SCÈNE V

LES MÊMES, CLOCHET, LES MILICIENS, HENRI

PELLERIN, *va à Henri* : Ce n'est pas fini. On remettra ça, n'aie pas peur. Baisse les yeux. Je te dis de baisser les yeux. *(Il le frappe.)* Salaud !

CLOCHET, *s'approchant* : Tends la main, je vais te remettre les menottes. *(Il lui met les menottes, très doucement.)* Ça fait mal, hein ? Ça fait très mal ? Pauvre petit gars. *(Il lui caresse les cheveux.)* Allons, ne sois pas si fier : tu as crié, tu as crié tout de même. Demain tu parleras.

Les Miliciens emmènent Henri sur un geste de Landrieu.

SCÈNE VI

LES MÊMES, *moins* HENRI *et* LES MILICIENS

PELLERIN : Le salaud !
LANDRIEU : Ça la fout mal.
CLOCHET : Quoi ?
LANDRIEU : Ça la fout mal, un type qui ne parle pas.
CLOCHET : Il avait crié pourtant. Il avait crié… *(Il hausse les épaules.)*
PELLERIN : Amenez la fille.
LANDRIEU : La fille… Si elle ne parle pas…
PELLERIN : Eh bien…
LANDRIEU : Rien. *(Avec une violence subite.)* Il *faut* qu'il y en ait un qui parle.
CLOCHET : C'est le blond qu'il faut faire redescendre. Il est à point.
LANDRIEU : Le blond ?
CLOCHET : Sorbier. C'est un lâche.
LANDRIEU : Un lâche ? Va le chercher.

Clochet sort.

SCÈNE VII

PELLERIN, LANDRIEU

PELLERIN : Ce sont tous des lâches. Seulement il y en a qui sont butés.

LANDRIEU : Pellerin ! Qu'est-ce que tu ferais si on t'arrachait les ongles ?

PELLERIN : Les Anglais n'arrachent pas les ongles.

LANDRIEU : Mais les maquisards ?

PELLERIN : On ne nous arrachera pas les ongles.

LANDRIEU : Pourquoi ?

PELLERIN : À nous, ces choses-là ne peuvent pas arriver.

Rentre Clochet, précédant Sorbier.

CLOCHET : Laisse-moi l'interroger.

SCÈNE VIII

LES MÊMES, CLOCHET,
puis SORBIER *accompagné de* MILICIENS

CLOCHET : Ôtez ses menottes. Attachez ses bras au fauteuil. Bien. *(Il va vers Sorbier.)* Eh oui, te voilà. Te voilà de nouveau sur ce fauteuil. Et nous sommes là. Sais-tu pourquoi nous t'avons fait redescendre ?

SORBIER : Non.

CLOCHET : Parce que tu es un lâche et que tu vas manger le morceau. Tu n'es pas un lâche ?

SORBIER : Si.

CLOCHET : Tu vois, tu vois bien. Je l'ai lu dans tes yeux. Montre-les, ces yeux grands ouverts…

SORBIER : Tu auras les mêmes quand on te pendra.

CLOCHET : Ne crâne pas, ça te va mal.

SORBIER : Les mêmes ; on est frères. Je t'attire, hein ? Ce n'est pas moi que tu tortures. C'est toi.

CLOCHET, *brusquement* : Tu es juif ?

SORBIER, *étonné* : Moi ? non.

CLOCHET : Je te jure que tu es juif. *(Il fait un signe aux Miliciens qui frappent Sorbier.)* Tu n'es pas juif ?

SORBIER : Si. Je suis juif.

CLOCHET : Bon. Alors, écoute. Les ongles, d'abord. Ça te donnera le temps de réfléchir ! Nous ne sommes pas pressés, nous avons la nuit ! Parleras-tu ?

SORBIER : Quelle ordure !

CLOCHET : Qu'est-ce que tu dis ?

SORBIER : Je dis : quelle ordure. Toi et moi, nous sommes des ordures.

CLOCHET, *aux Miliciens* : Prenez la pince et commencez.

SORBIER : Laissez-moi ! Laissez-moi ! Je vais parler. Je vous dirai tout ce que vous voudrez.

CLOCHET, *aux Miliciens* : Tirez-lui un peu sur l'ongle tout de même, pour lui montrer que c'est sérieux. *(Sorbier gémit.)* Bon, où est ton chef ?

SORBIER : Détachez-moi, je ne peux plus rester sur ce fauteuil. Je ne peux plus ! Je ne peux plus ! *(Signe de Landrieu. Les Miliciens le détachent. Il se lève en chancelant et va vers la table.)* Une cigarette.

LANDRIEU : Après.

SORBIER : Qu'est-ce que vous voulez savoir ? Où est le chef ? Je le sais. Les autres ne le savent pas ; moi, je le sais. J'étais dans ses confidences. Il est… *(Désignant brusquement un point derrière eux.)*… là ! *(Tout le monde se retourne. Il bondit à la fenêtre et saute sur l'entablement.)* J'ai gagné ! N'approchez pas ou je saute. J'ai gagné ! J'ai gagné !

CLOCHET : Ne fais pas l'idiot. Si tu parles, on te libère.

SORBIER : Des clous ! *(Criant.)* Hé, là-haut ! Henri, Canoris, je n'ai pas parlé ! *(Les Miliciens se jettent sur lui. Il saute dans le vide.)* Bonsoir !

SCÈNE IX

CLOCHET, LANDRIEU, PELLERIN, LES MILICIENS

PELLERIN : Le salaud ! Le sale couard !

Ils se penchent à la fenêtre.

LANDRIEU, *aux Miliciens* : Descendez. S'il est vivant, rapportez-le. On le travaillera à chaud, jusqu'à ce qu'il nous claque entre les mains.

Les Miliciens sortent. Un temps.

CLOCHET : Je vous avais dit de fermer la fenêtre.

Landrieu va à lui et lui donne un coup de poing en pleine figure.

LANDRIEU : Tu mettras ça dans ton rapport.

Un temps. Clochet a pris son mouchoir et s'essuie la bouche. Les Miliciens reviennent.

UN MILICIEN : Crevé !

LANDRIEU : La salope. *(Aux Miliciens :)* Allez me chercher la fille. *(Les Miliciens sortent.)* Ils parleront, nom de Dieu ! Ils parleront !

RIDEAU

TROISIÈME TABLEAU [a]

Le grenier. François, Canoris, Henri, assis par terre les uns contre les autres. Ils forment un groupe serré et clos. Ils parlent entre eux, à mi-voix. Jean tourne autour d'eux d'un air malheureux. De temps en temps, il a un mouvement comme pour se mêler à la conversation et puis il se reprend et continue sa marche.

SCÈNE I

FRANÇOIS, HENRI, CANORIS, JEAN [b]

CANORIS : Pendant qu'ils m'attachaient les bras, je les regardais. Un type est venu et m'a frappé. Je l'ai regardé et j'ai pensé : j'ai vu cette tête-là quelque part. Après ça, ils se sont mis à cogner et moi j'essayais de me rappeler.

HENRI : Lequel est-ce ?

CANORIS : Le grand qui est si communicatif. Je l'ai vu à Grenoble. Tu connais Chasières, le pâtissier de la rue Longue ? Il vend ces cornets à la crème dans son arrière-boutique. Tous les dimanches matin, le type sortait de là ; il portait un paquet de gâteaux par une ficelle rose. Je l'avais repéré à cause de sa sale gueule. Je croyais qu'il était de la police.

HENRI : Tu aurais pu me le dire plus tôt.

CANORIS : Qu'il était de la police ?

HENRI : Que Chasières vendait des cornets à la crème. À toi aussi il a fait des boniments ?

CANORIS : Je veux. Il s'était penché sur moi et me soufflait sur la figure.

JEAN, *brusquement* : Qu'eſt-ce qu'il disait ?

Ils se retournent sur lui et le regardent avec surprise.

HENRI : Rien. Des salades.

JEAN : Je n'aurais pas pu le supporter.

HENRI : Pourquoi ? Ça diſtrait.

JEAN : Ah ! Ah ! oui ? Évidemment je ne me rends pas bien compte.

Un silence. Henri se tourne vers Canoris.

HENRI : Qu'eſt-ce que tu crois qu'ils font, dans le civil ?

CANORIS : Le gros qui prend des notes pourrait être dentiſte.

HENRI : Pas mal. Dis donc : heureusement qu'il n'a pas apporté sa roulette.

Ils rient.

JEAN, *avec violence* : Ne riez pas. *(Ils cessent de rire et regardent Jean.)* Je sais : vous pouvez rire, vous. Vous avez le droit de rire. Et puis, je n'ai plus d'ordres à vous donner. *(Un temps.)* Si vous m'aviez dit qu'un jour vous m'intimideriez… *(Un temps.)* Mais comment pouvez-vous être gais ?

HENRI : On s'arrange.

JEAN : Bien sûr. Et vous souffrez pour votre compte. C'eſt ça qui donne une bonne conscience. J'ai été marié ; je ne vous l'ai pas dit. Ma femme eſt morte en couches. Je me promenais dans le veſtibule de la clinique et je savais qu'elle allait mourir. C'eſt pareil, tout eſt pareil ! J'aurais voulu l'aider, je ne pouvais pas. Je marchais, je tendais l'oreille pour entendre ses cris. Elle ne criait pas. Elle avait le beau rôle. Vous aussi.

HENRI : Ce n'eſt pas notre faute.

JEAN : Ni la mienne. Je voudrais pouvoir vous aider.

CANORIS : Tu ne peux pas.

JEAN : Je le sais. *(Un temps.)* Voilà deux heures qu'ils l'ont emmenée. Ils ne vous ont pas gardés si longtemps.

HENRI : C'est une femme. Avec les femmes, ils s'amusent.

JEAN, *avec éclat* : Je reviendrai. Dans huit jours, dans un mois, je reviendrai. Je les ferai châtrer par mes hommes.

HENRI : Tu as de la chance de pouvoir encore les haïr.

JEAN : Est-ce une chance ? Et puis je les hais surtout pour me distraire.

Il marche un moment, puis, pris d'une idée, traîne un vieux fourneau sous la lucarne.

CANORIS : Tu es fatigant. Qu'est-ce que tu fais ?

JEAN : Je veux le revoir avant que la nuit tombe.

HENRI : Qui ?

JEAN : Sorbier.

HENRI, *avec indifférence* : Ah !

Jean monte sur le fourneau et regarde par la lucarne.

JEAN : Il est toujours là. Ils le laisseront pourrir là. Voulez-vous monter ? Je vous aiderai.

CANORIS : Pour quoi faire ?

JEAN : Oui. Pour quoi faire ? Les morts, vous me les laissez.

FRANÇOIS : Moi je veux voir.

HENRI : Je ne te le conseille pas.

FRANÇOIS, *à Jean* : Aide-moi. *(Jean aide François à monter. Il regarde à son tour par la lucarne.)* Il a… il a le crâne défoncé.

Il redescend et va s'accroupir dans un coin, tout tremblant.

HENRI, *à Jean* : C'est malin.

JEAN : Eh bien quoi ? Vous êtes si durs ; je pensais que vous pourriez supporter la vue d'un cadavre.

HENRI : Moi peut-être, pas le petit. *(À François :)* Les oraisons funèbres, c'est Jean que ça regarde. Tu n'as pas à prendre ce mort en charge. Il a fini : le silence sur lui. Toi, tu as encore un bout de chemin à faire. Occupe-toi de toi.

FRANÇOIS : J'aurai cette tête écrasée, et ces yeux…

HENRI : Ça ne te regarde plus : tu seras pas là pour te voir.

Un temps. Jean se promène de long en large puis revient se planter devant Canoris et Henri.

JEAN : Est-ce qu'il faudra qu'on m'arrache les ongles pour que je redevienne votre copain ?

CANORIS : Tu es toujours notre copain.

JEAN : Tu sais bien que non. *(Un temps.)* Qui vous dit que je n'aurais pas tenu le coup ! *(À Henri :)* Peut-être que je n'aurais pas crié, moi !

HENRI : Après ?

JEAN : Pardonnez-moi. Je n'ai que le droit de me taire.

HENRI : Jean !... Viens t'asseoir près de nous. *(Jean hésite et s'assied.)* Tu serais comme nous si tu étais à notre place. Mais nous n'avons pas les mêmes soucis. *(Jean se relève brusquement.)* Qu'est-ce qu'il y a ?

JEAN : Tant qu'ils ne l'auront pas ramenée, je ne pourrai pas tenir en place.

HENRI : Tu vois bien ; tu remues, tu t'agites : tu es trop vivant.

JEAN : Je suis resté six mois sans lui dire que je l'aimais ; la nuit quand je la prenais dans mes bras, j'éteignais la lumière. À présent elle est nue au milieu d'eux et ils promènent leurs mains sur son corps.

HENRI : Qu'est-ce que ça peut faire ? L'important c'est de gagner.

JEAN : Gagner quoi ?

HENRI : Gagner. Il y a deux équipes : l'une qui veut faire parler l'autre. *(Il rit.)* C'est idiot. Mais c'est tout ce qui nous reste. Si nous parlons, nous avons tout perdu. Ils ont marqué des points parce que j'ai crié, mais dans l'ensemble nous ne sommes pas mal placés.

JEAN : Gagnez, perdez, je m'en fous ! C'est pour rire. Elle a honte pour de vrai ; c'est pour de vrai qu'elle souffre.

HENRI : Et après ? J'ai bien eu honte, moi, quand ils m'ont fait crier. Mais ça ne dure pas. Si elle se tait, leurs mains ne pourront pas la marquer. Ce sont de pauvres types, tu sais.

JEAN : Ce sont des hommes et elle est dans leurs bras.

HENRI : Ça va. Si tu veux savoir, je l'aime aussi, moi.

JEAN : Toi ?

HENRI : Pourquoi pas ? Et je n'avais pas tellement envie de rire le soir quand vous montiez l'escalier tous les deux ; les lumières, tiens, je me suis souvent demandé si tu les éteignais.

JEAN : Toi, tu l'aimes ? Et tu peux rester tranquillement assis ?

HENRI : Sa souffrance nous rapproche. Le plaisir que tu lui donnais nous séparait davantage. Aujourd'hui je suis plus près d'elle que toi.

JEAN : Ce n'est pas vrai ! Ce n'est pas vrai ! Elle pense à

moi pendant qu'ils la torturent. Elle ne pense qu'à moi. C'est pour ne pas me livrer qu'elle endure les souffrances et la honte.

HENRI : Non. C'est pour gagner.

JEAN : Tu mens ! *(Un temps.)* Elle a dit : quand je reviendrai, il n'y aura dans mes yeux que de l'amour.

Bruit de pas dans le couloir.

HENRI : Elle revient. Tu pourras lire dans ses yeux.

La porte s'ouvre : Henri se lève.

SCÈNE II

LES MÊMES, LUCIE

Jean et Henri la regardent en silence. Elle passe toute droite, sans les regarder et va s'asseoir sur le devant de la scène. Un temps.

LUCIE : François ! *(François vient près d'elle et s'assied contre ses genoux.)* Ne me touche pas. Donne-moi le manteau de Sorbier. *(François ramasse le manteau.)* Mets-le sur mes épaules. *(Elle s'enveloppe étroitement.)*

FRANÇOIS : Tu as froid ?

LUCIE : Non. *(Un temps.)* Qu'est-ce qu'ils font ? Ils me regardent ? Pourquoi ne parlent-ils pas entre eux ?

JEAN, *s'approchant par-derrière* : Lucie !

CANORIS : Laisse-la !

JEAN : Lucie !

LUCIE, *doucement* : Qu'est-ce que tu veux ?

JEAN : Tu m'avais promis qu'il n'y aurait que de l'amour dans tes yeux.

LUCIE : De l'amour ? *(Elle hausse les épaules tristement.)*

CANORIS, *qui s'est levé* : Laisse ; tu lui parleras tout à l'heure.

JEAN, *violemment* : Fous-moi la paix. Elle est à moi. Vous m'avez lâché, vous autres, et je n'ai rien à dire ; mais vous ne me la prendrez pas. *(À Lucie :)* Parle-moi. Tu n'es pas comme eux ? Ce n'est pas possible que tu sois comme eux. Pourquoi ne réponds-tu pas ? Est-ce que tu m'en veux ?

LUCIE : Je ne t'en veux pas.

JEAN : Ma douce Lucie.

LUCIE : Je ne serai plus jamais douce, Jean.

JEAN : Tu ne m'aimes plus ?

LUCIE : Je ne sais pas. *(Il fait un pas vers elle.)* Je t'en prie, ne me touche pas. *(Avec effort.)* Je pense que je dois t'aimer encore. Mais je ne sens plus mon amour. *(Avec fatigue.)* Je ne sens plus rien du tout.

CANORIS, *à Jean* : Viens[d] donc. *(Il l'entraîne et l'oblige à s'asseoir près de lui.)*

LUCIE, *comme à elle-même* : Tout ceci n'a pas grande importance. *(À François :)* Que font-ils ?

FRANÇOIS : Ils se sont assis. Ils te tournent le dos.

LUCIE : Bien. *(Un temps.)* Dis-leur que je n'ai pas parlé.

CANORIS : Nous le savons, Lucie.

LUCIE : Bien.

(Long silence, puis bruit de pas dans le couloir. François se dresse en criant.)

Qu'est-ce que tu as ? Ah ! oui, c'est ton tour. Défends-toi bien : il faut qu'ils aient honte.

Les pas se rapprochent, puis s'éloignent.

FRANÇOIS, *s'abat sur les genoux de Lucie* : Je ne peux plus le supporter ! Je ne peux plus le supporter !

LUCIE : Regarde-moi ! *(Elle lui soulève la tête.)* Comme tu as eu peur ! Tu ne vas pas parler ? Réponds !

FRANÇOIS : Je ne sais plus. Il me restait un peu de courage, mais il n'aurait pas fallu que je te revoie. Tu es là, avec tes cheveux défaits, ta blouse déchirée et je sais qu'ils t'ont prise dans leurs bras.

LUCIE, *avec violence* : Ils ne[e] m'ont pas touchée. Personne ne m'a touchée. J'étais de pierre et je n'ai pas senti leurs mains. Je les regardais de face et je pensais : il ne se passe rien. *(Avec passion.)* Il ne s'est rien passé. À la fin[f] je leur faisais peur. *(Un temps.)* François, si tu parles, ils m'auront violée pour de bon. Ils diront : « Nous avons fini par les avoir ! » Ils souriront à leurs souvenirs. Ils diront : « Avec la môme on a bien rigolé. » Il faut leur faire honte : si je n'espérais pas les revoir, je me pendrais tout de suite aux barreaux de cette lucarne. Te tairas-tu ?

François hausse les épaules sans répondre. Un silence.

HENRI, *à mi-voix* : Eh bien, Jean, qui avait raison ? Elle veut gagner ; c'est tout.

JEAN : Tais-toi ! Pourquoi veux-tu me la prendre ? Tu es comblé ; tu mourras dans la joie et l'orgueil. Moi je n'ai qu'elle et je vais vivre !

HENRI : Je ne veux rien et ce n'est pas moi qui te la prends.

JEAN : Va ! Va ! Continue. Tu as tous les droits, même celui de me torturer : tu as payé d'avance. *(Il se lève.)* Comme vous êtes sûrs de vous. Est-ce qu'il suffit de souffrir dans son corps pour avoir la conscience tranquille ? *(Henri ne répond pas.)* Tu ne comprends donc pas que je suis plus malheureux que vous tous ?

FRANÇOIS, *qui s'est brusquement redressé* : Ha ! Ha ! Ha !

JEAN, *criant* : Le plus malheureux ! Le plus malheureux !

FRANÇOIS, *bondit sur Jean* : Regardez-le donc ! Mais regardez-le donc ! Le plus malheureux de nous tous. Il a dormi et mangé. Ses mains sont libres, il reverra le jour, il va vivre. Mais c'est le plus malheureux. Qu'est-ce que tu veux ? Qu'on te plaigne ? Salaud !

JEAN, *qui s'est croisé les bras* : Bien.

FRANÇOIS : À tous les bruits je sursaute. Je ne peux plus avaler ma salive, j'agonise. Mais le plus malheureux, c'est lui, bien sûr : moi je mourrai dans la joie. *(Avec éclat.)* Je te rendrai le bonheur, va !

LUCIE, *qui se lève brusquement* : François !

FRANÇOIS : Je te dénoncerai ! Je te dénoncerai ! Je te ferai partager nos joies.

JEAN, *d'une voix basse et rapide* : Fais-le : tu ne peux pas savoir comme je le désire.

LUCIE, *prenant François par la nuque et lui tournant*[g] *la tête vers elle* : Regarde-moi en face. Oseras-tu parler ?

FRANÇOIS : Oser ! Voilà bien vos grands mots, je te[h] dénoncerai, voilà tout. Ce sera tellement simple : ils s'approcheront de moi, ma bouche s'ouvrira d'elle-même, le nom sortira tout seul et je serai d'accord avec ma bouche. Qu'y a-t-il à oser ? Quand je vous vois pâles et crispés, avec vos airs maniaques, votre mépris ne me fait plus peur. *(Un temps.)* Je te sauverai, Lucie. Ils nous laisseront la vie.

LUCIE : Je ne veux pas de cette vie.

FRANÇOIS : Et moi j'en veux. Je veux de n'importe quelle vie. La honte ça passe quand la vie est longue.

CANORIS : Ils ne te feront pas grâce, François. Même si tu parles.

FRANÇOIS, *désignant Jean* : Au moins je le verrai souffrir.

HENRI, *se lève et va vers Lucie* : Tu crois qu'il parlera ?

LUCIE, *se tourne vers François et le dévisage* : Oui.

HENRI : Tu en es sûre ?

Ils se regardent.

LUCIE, *après une longue hésitation* : Oui.

Henri marche vers François. Canoris se lève et vient se placer près d'Henri. Tous deux regardent François.

HENRI : Je ne suis pas ton juge, François. Tu es un môme et toute cette affaire était beaucoup trop dure pour toi. À ton âge, je pense que j'aurais parlé.

CANORIS : Tout est de notre faute. Nous n'aurions pas dû t'emmener avec nous : il y a des risques qu'on ne fait courir qu'à des hommes. Nous te demandons pardon.

FRANÇOIS, *reculant* : Qu'est-ce que cela veut dire ? Qu'est-ce que vous allez me faire ?

HENRI : Il ne faut pas que tu parles, François. Ils te tueraient tout de même, tu sais. Et tu mourrais dans l'abjection.

FRANÇOIS, *effrayé* : Eh bien, je ne parlerai pas. Je vous dis que je ne parlerai pas. Laissez-moi tranquille.

HENRI : Nous n'avons plus confiance. Ils savent que tu es notre point faible. Ils s'acharneront sur toi jusqu'à ce que tu manges le morceau. Notre jeu à nous, c'est de t'empêcher de parler.

JEAN : Est-ce que vous imaginez que je vais vous laisser faire ? N'aie pas peur, petit. J'ai les mains libres et je suis avec toi.

LUCIE, *lui barrant le passage* : De quoi te mêles-tu ?

JEAN : C'est ton frère.

LUCIE : Après ? Il devait mourir demain.

JEAN : Est-ce bien toi ? Tu me fais peur.

LUCIE : Il faut qu'il se taise. Les moyens ne comptent pas.

FRANÇOIS : Vous n'allez pas... *(Ils ne répondent pas.)* Puisque je vous jure que je ne parlerai pas. *(Ils ne répondent pas.)* Lucie, au secours, empêche-les de me faire mal ; je ne parlerai pas : je te le jure à toi, je ne parlerai pas.

JEAN, *se plaçant près de François* : Vous ne le toucherez pas.

FRANÇOIS, *le regarde puis se met à crier* : Lucie ! Au secours ! Je ne veux pas mourir ici, pas dans cette nuit. Henri, j'ai quinze ans, laisse-moi vivre. Ne me tue pas dans le noir. *(Henri le serre à la gorge.)* Lucie ! *(Lucie détourne la tête.)* Je vous hais tous.

LUCIE : Mon petit, mon pauvre petit, mon seul amour, pardonne-nous. *(Elle se détourne. Un temps.)* Fais vite.

HENRI : Je ne peux pas. Ils m'ont à moitié brisé les poignets.

Un temps.

LUCIE : Est-ce fait ?
HENRI : Il est mort[j].

Lucie se retourne et prend le corps de François dans ses bras. La tête de François repose sur ses genoux. Un très long silence, puis Jean se met à parler à voix basse. Toute la conversation qui suit aura lieu à voix basse.

JEAN : Qu'est-ce que vous êtes devenus ? Pourquoi n'êtes-vous pas morts avec les autres ? Vous me faites horreur.

HENRI : Crois-tu que je m'aime ?

JEAN : Ça va. Dans vingt-quatre heures tu seras débarrassé de toi-même. Moi je reverrai tous les jours ce môme qui demandait grâce et ta gueule à toi, quand tes mains lui serraient le cou. *(Il va vers François et le regarde.)* Quinze ans ! Il est mort dans la rage et la peur. *(Il revient vers Henri.)* Il t'aimait, il s'endormait la tête sur ton épaule ; il te disait : « Je dors mieux quand tu es là. » *(Un temps.)* Salaud !

HENRI, *à Canoris et à Lucie* : Mais parlez donc, vous autres, ne me laissez pas seul. Lucie ! Canoris ! Vous l'avez tué avec mes mains ! *(Pas de réponse. Il se tourne vers Jean.)* Et toi, dis donc, toi qui me juges, qu'est-ce que tu as fait pour le défendre ?

JEAN, *avec violence* : Qu'est-ce que je pouvais faire ? Qu'est-ce que vous m'auriez laissé faire ?

HENRI : Tu avais les mains libres, il fallait frapper. *(Passionnément.)* Si tu avais frappé… si tu avais cogné jusqu'à ce que je tombe…

JEAN : Les mains libres ? Vous m'avez garrotté. Si je dis un mot, si je fais un geste : « Et les copains ? » Vous m'avez exclu, vous avez décidé de ma vie comme de sa[k] mort : froidement. Ne venez pas dire à présent que je suis votre complice, ce serait trop commode. Votre témoin, c'est tout. Et je témoigne que vous êtes des assassins. *(Un temps.)* Tu l'as tué par orgueil.

HENRI : Tu mens !

JEAN : Par orgueil ! Ils t'ont fait crier, hein ? Et tu as honte. Tu veux les éblouir, pour te racheter ; tu veux t'offrir une belle mort ? Ce n'est pas vrai ? Tu veux gagner, tu nous l'as dit. Tu nous as dit que tu voulais gagner.

HENRI : Ce n'est pas vrai ! Ce n'est pas vrai ! Lucie, dis-lui que ce n'eſt pas vrai ! *(Lucie ne répond pas, il fait un pas vers elle.)* Réponds ; eſt-ce que tu crois que je l'ai tué par orgueil ?

LUCIE : Je ne sais pas. *(Un temps, puis péniblement.)* Il ne fallait pas qu'il parle.

HENRI : Eſt-ce que tu me hais ? C'était ton frère : toi seule as le droit de me condamner.

LUCIE : Je ne te hais pas. *(Il s'approche du corps qu'elle tient dans ses bras. Vivement.)* Ne le touche pas.

Henri se détourne lentement et remonte vers Canoris.

HENRI : Canoris ! Tu n'as pas crié, toi : pourtant tu voulais qu'il meure. Eſt-ce que nous l'avons tué par orgueil ?

CANORIS : Je n'ai pas d'orgueil.

HENRI : Mais moi, j'en ai ! C'eſt vrai que j'en ai. Eſt-ce que je l'ai tué par orgueil ?

CANORIS : Tu dois le savoir.

HENRI : Je... Non, je ne sais plus. Tout s'eſt passé trop vite et maintenant il eſt mort. *(Brusquement.)* Ne m'abandonnez pas ! Vous n'avez pas le droit de m'abandonner. Quand j'avais mes mains autour de son cou, il me semblait que c'étaient nos mains et que nous étions plusieurs à serrer, autrement je n'aurais jamais pu...

CANORIS : Il fallait qu'il meure : s'il avait été plus près de moi, c'eſt moi qui aurais serré. Quant à ce qui s'eſt passé dans ta tête...

HENRI : Eh bien ?

CANORIS : Ça ne compte pas. Rien ne compte entre ces quatre murs. Il fallait qu'il meure : c'eſt tout.

HENRI : Ça va. *(Il s'approche du corps. À Lucie :)* N'aie pas peur, je ne le toucherai pas. *(Il se penche sur lui et le regarde longuement, puis il se redresse.)* Jean, quand nous avons lancé notre première grenade, combien d'otages ont-ils été fusillés ? *(Jean ne répond pas.)* Douze. Il y avait un gosse dans le lot ; il s'appelait Deſtaches. Tu te rappelles : nous avons vu les affiches dans la rue des Minimes. Charbonnel voulait se dénoncer et tu l'en as empêché.

JEAN : Après ?

HENRI : T'es-tu demandé pourquoi tu l'en as empêché ?

JEAN : Ce n'eſt pas pareil.

HENRI : Peut-être. Tant mieux pour toi si tes motifs étaient plus clairs : tu as pu garder une bonne conscience. Mais Deſtaches eſt mort tout de même. Je n'aurai plus jamais une bonne conscience, plus jamais jusqu'à ce qu'ils me collent contre un mur avec un bandeau sur les yeux. Mais pourquoi voudrais-je en avoir une ? Il fallait que le gosse meure.

JEAN : Je ne voudrais pas être à ta place.

HENRI, *doucement* : Tu n'es pas dans le coup, Jean ; tu ne peux ni comprendre ni juger.

Un long silence, puis la voix de Lucie. Elle caresse les cheveux de François sans le regarder. Pour la première fois depuis le début de la scène elle parle à haute voix.

LUCIE : Tu es mort et mes yeux sont secs ; pardonne-moi[l] : je n'ai plus de larmes et la mort n'a plus d'importance. Dehors ils sont trois cents, couchés dans les herbes, et moi aussi, demain, je serai froide et nue, sans même une main pour caresser mes cheveux. Il n'y a rien à regretter, tu sais : la vie non plus n'a pas beaucoup d'importance. Adieu, tu as fait ce que tu as pu. Si tu t'es arrêté en route, c'est que tu n'avais pas encore assez de forces. Personne n'a le droit de te blâmer.

JEAN : Personne. *(Un long silence. Il vient s'asseoir près de Lucie[m].)* Lucie ! *(Elle fait un geste.)* Ne me chasse pas, je voudrais t'aider.

LUCIE, *étonnée* : M'aider à quoi ? Je n'ai pas besoin d'aide.

JEAN : Si. Je crois que si : j'ai peur que tu ne te brises.

LUCIE : Je tiendrai bien jusqu'à demain soir.

JEAN : Tu es trop tendue, tu ne tiendras pas. Ton courage t'abandonnera tout d'un coup.

LUCIE : Pourquoi t'inquiètes-tu de moi ? *(Elle le regarde.)* Tu as de la peine. Bon, je vais te rassurer et puis tu t'en iras. Tout est devenu très simple depuis que le petit est mort ; je n'ai plus à m'occuper que de moi. Et je n'ai pas besoin de courage pour mourir, tu sais : de toute façon tu penses bien que je n'aurais pas pu lui survivre longtemps. À présent, va-t'en ; je te dirai adieu tout à l'heure quand ils viendront me chercher.

JEAN : Laisse-moi rester près de toi : je me tairai si tu veux, mais je serai là et tu ne te sentiras pas seule.

LUCIE : Pas seule ? Avec toi ? Oh, Jean, tu n'as donc pas compris ? Nous n'avons plus rien de commun.

JEAN : As-tu oublié que je t'aime ?

LUCIE : C'est une autre[n] que tu aimais.

JEAN : C'est toi.

LUCIE : Je suis une autre. Je ne me reconnais pas moi-même. Il y a quelque chose qui a dû se bloquer dans ma tête.

JEAN : Peut-être. Peut-être que tu es une autre. En ce cas c'est cette autre que j'aime et, demain, j'aimerai cette morte que tu seras. C'est toi que j'aime, Lucie, *toi*, heureuse ou malheureuse, vivante ou morte, c'est toi.

LUCIE : Bon. Tu m'aimes. Et puis ?

JEAN : Tu m'aimais aussi.

LUCIE : Oui. Et j'aimais mon frère que j'ai laissé tuer. Notre amour[a] est si loin, pourquoi viens-tu m'en parler ? Il n'avait vraiment aucune importance.

JEAN : Tu mens ! Tu sais bien que tu mens ! Il était notre vie, rien de plus et rien de moins que notre vie. Tout ce que nous avons vécu, nous l'avons vécu à deux.

LUCIE : Notre vie, oui. Notre avenir. Je vivais dans l'attente, je t'aimais dans l'attente. J'attendais la fin de la guerre, j'attendais le jour où nous pourrions nous marier aux yeux de tous, je t'attendais chaque soir : je n'ai plus d'avenir, je n'attends plus que ma mort et je mourrai seule. *(Un temps.)* Laisse-moi. Nous n'avons rien à nous dire ; je ne souffre pas et je n'ai pas besoin de consolation.

JEAN : Crois-tu que j'essaie de te consoler ? Je vois tes yeux secs et je sais que ton cœur est un enfer : pas une trace de souffrance, pas même l'eau d'une larme, tout est rougi à blanc. Comme tu dois souffrir de ne pas souffrir. Ah ! j'ai pensé cent fois à la torture, j'ai tout ressenti par avance mais je n'imaginais pas qu'elle pouvait faire cette horrible souffrance d'orgueil. Lucie, je voudrais te rendre un peu de pitié pour toi-même. Si tu pouvais laisser aller cette tête raidie, si tu pouvais l'abandonner sur mon épaule. Mais réponds-moi ! Regarde-moi !

LUCIE : Ne me touche pas.

JEAN : Lucie, tu as beau faire ; nous sommes rivés ensemble. Tout ce qu'ils t'ont fait, c'est à nous deux qu'ils l'ont fait ; cette souffrance qui te fuit, elle est à moi, elle t'attend, si tu viens dans mes bras, elle deviendra *notre* souffrance. Mon amour, fais-moi confiance et nous pourrons encore dire *nous*, nous serons un couple, nous porterons tout ensemble, même ta mort. Si tu pouvais retrouver une larme...

LUCIE, *avec violence* : Une larme ? Je souhaite seulement qu'ils reviennent me chercher et qu'ils me battent pour que je puisse me taire encore et me moquer d'eux et leur faire peur. Tout est fade ici : l'attente, ton amour, le poids de cette tête sur mes genoux. Je voudrais que la douleur me dévore, je voudrais brûler, me taire et voir leurs yeux aux aguets.

JEAN, *accablé* : Tu n'es plus qu'un désert d'orgueil.

LUCIE : Est-ce ma faute ? C'est dans mon orgueil qu'ils m'ont frappée. Je les hais mais ils me tiennent. Et je les tiens aussi. Je me sens plus proche d'eux que de toi. *(Elle rit.)* Nous ! Tu veux que je dise : nous ! As-tu les poignets écrasés comme Henri ? As-tu des plaies aux jambes comme Canoris ? Allons, c'est une comédie : tu n'as rien ressenti, tu imagines tout.

JEAN : Les poignets écrasés... Ha ! Si vous ne demandez que cela pour qu'on soit des vôtres, ce sera bientôt fait.

Il cherche[p] *autour de lui, avise un lourd chenet et s'en empare. Lucie éclate de rire.*

LUCIE : Qu'est-ce que tu fais ?

JEAN, *étalant sa main gauche sur le plancher, la frappe avec le chenet qu'il tient de la main droite* : J'en ai assez de vous entendre vanter vos douleurs comme si c'étaient des mérites. J'en ai[q] assez de vous regarder avec des yeux de pauvre. Ce qu'ils vous ont fait, je peux me le faire : c'est à la portée de tous.

LUCIE, *riant* : Raté, c'est raté. Tu peux te casser les os, tu peux te crever les yeux : c'est toi, c'est toi qui décides de ta douleur. Chacune des nôtres est un viol parce que ce sont d'autres hommes qui nous les ont infligées. Tu ne[r] nous rattraperas pas.

Un temps. Jean jette le chenet et la regarde. Puis il se lève.

JEAN : Tu as raison ; je ne peux pas vous rejoindre : vous êtes ensemble et je suis seul. Je ne bougerai plus, je ne vous parlerai plus, j'irai me cacher dans l'ombre et vous oublierez que j'existe. Je suppose que c'est mon lot dans cette histoire et que je dois l'accepter comme vous acceptez le vôtre. *(Un temps.)* Tout à l'heure une idée m'est venue : Pierre a été tué près de la grotte de Servaz[1] où nous avions des armes. S'ils me lâchent, j'irai chercher son corps, je mettrai quelques papiers dans sa veste et je le traînerai dans la grotte. Comptez quatre heures après mon départ et quand ils recommenceront l'interrogatoire, révélez-leur cette cachette. Ils y trouveront Pierre et croiront que c'est moi. Alors, je pense qu'ils n'auront plus de raison de vous torturer et qu'ils en finiront vite avec vous. C'est tout. Adieu.

Il va au fond. Long silence. Puis des pas dans le couloir. Un milicien apparaît avec une lanterne ; autour de la pièce, il promène la lanterne.

LE MILICIEN, *apercevant François* : Qu'est-ce qu'il a ?
LUCIE : Il dort.
LE MILICIEN, *à Jean* : Viens, toi. Il y a du nouveau pour toi.

Jean hésite, regarde tous les personnages avec une sorte de désespoir et suit le Milicien. La porte se referme.

SCÈNE III

CANORIS, HENRI, LUCIE

LUCIE : Il est[s] tiré d'affaire, n'est-ce pas ?
CANORIS : Je le crois.
LUCIE : Très bien. Voilà un souci de moins. Il va retrouver ses pareils et tout sera pour le mieux. Venez près de moi. *(Henri et Canoris se rapprochent.)* Plus près : à présent nous sommes entre nous. Qu'est-ce qui vous arrête ? *(Elle les regarde et comprend.)* Ah ! *(Un temps.)* Il devait mourir ; vous savez bien qu'il devait mourir. Ce sont ceux d'en bas qui l'ont tué par nos mains. Venez, je suis sa sœur et je vous dis que vous n'êtes pas coupables. Étendez vos mains sur lui : depuis qu'il est mort, il est des nôtres. Voyez comme il a l'air dur. Il ferme sa bouche sur un secret. Touchez-le.
HENRI, *caressant les cheveux de François* : Mon petit ! Mon pauvre petit !
LUCIE : Ils t'ont fait crier[t], Henri, je t'ai entendu. Tu dois avoir honte.
HENRI : Oui.
LUCIE : Je sens ta honte avec ta chaleur. C'est ma honte. Je lui disais que j'étais seule et je lui mentais. Avec vous, je ne me sens pas seule. *(À Canoris :)* Tu n'as pas crié, toi : c'est dommage.
CANORIS : J'ai honte aussi.
LUCIE : Tiens ! Pourquoi ?
CANORIS : Quand Henri a crié, j'ai eu honte.
LUCIE : C'est bien. Serrez-vous contre moi. Je sens vos bras et vos épaules, le petit pèse lourd sur mes genoux. C'est

bien. Demain je me tairai. Ah ! comme je vais me taire. Pour lui, pour moi, pour Sorbier, pour vous. Nous ne faisons qu'un.

RIDEAU [u]

QUATRIÈME TABLEAU [a]

Avant le lever du rideau, une voix monstrueuse et vulgaire chante : Si tous les cocus avaient des clochettes. *Le rideau se lève sur la salle de classe. C'est le lendemain matin. Pellerin boit, assis sur un banc, il a l'air éreinté. À la chaire Landrieu boit ; il est à moitié saoul. Clochet est debout près de la fenêtre. Il bâille ; de temps à autre Landrieu éclate [b] de rire.*

SCÈNE I

PELLERIN, LANDRIEU, CLOCHET

PELLERIN : Pourquoi ris-tu ?
LANDRIEU, *mettant sa main en cornet, devant son oreille* : Quoi ?
PELLERIN : Je te demande pourquoi tu ris.
LANDRIEU, *désignant le pick-up et criant* : À cause de ça.
PELLERIN : Hé ?
LANDRIEU : Oui, je trouve ça marrant comme idée.
PELLERIN : Quelle idée ?
LANDRIEU : Mettre des clochettes aux cocus.
PELLERIN : Oh ! Merde ! J'entends rien.

Il va à l'appareil.

LANDRIEU, *criant* : N'éteins pas. *(Pellerin tourne le bouton. Silence).* Tu vois, tu vois.
PELLERIN, *interdit* : Qu'est-ce que je vois ?
LANDRIEU : Le froid.
PELLERIN : Tu as froid, au mois de juillet ?
LANDRIEU : Je te dis qu'il fait froid ; tu ne comprends rien.
PELLERIN : Qu'est-ce que tu me disais ?
LANDRIEU : Quoi ?
PELLERIN : À propos de cocus.

LANDRIEU : Qui te parle de cocus ? Cocu toi-même. *(Un temps.)* Je vais chercher les informations.

Il se lève et va au poste de T.S.F.

CLOCHET : Il n'y en a pas.
LANDRIEU : Pas d'informations ?
CLOCHET : Ce n'est pas l'heure.
LANDRIEU : C'est ce que nous allons voir !

Il empoigne le bouton. Musique, brouillage.

PELLERIN : Tu nous casses les oreilles.
LANDRIEU, *s'adressant au poste* : Salaud ! *(Un temps.)* Je m'en fous, j'écouterai la B.B.C. ; quelle longueur d'onde ?
PELLERIN : Vingt et un mètres.

Landrieu manœuvre le bouton : discours en tchèque. Landrieu se met à rire.

LANDRIEU, *riant* : C'est du tchèque, tu te rends compte ; en ce moment, il y a un Tchèque qui parle à Londres. C'est grand le monde. *(Il secoue l'appareil.)* Tu ne peux pas causer français ? *(Il éteint le poste.)* Donne-moi à boire. *(Pellerin lui verse un verre de vin. Il va à lui et boit.)* Qu'est-ce que nous foutons ici ?
PELLERIN : Ici ou ailleurs…
LANDRIEU : Je voudrais être au baroud…
PELLERIN : Hum !
LANDRIEU : Parfaitement, je voudrais y être. *(Il le saisit par les bras de sa veste.)* Ne viens pas me dire que j'ai peur de mourir.
PELLERIN : Je ne dis rien.
LANDRIEU : Qu'est-ce que c'est, la mort ? Hein ? Qu'est-ce que c'est ? D'abord faut qu'on y passe, demain, après-demain, ou dans trois mois.
CLOCHET, *vivement* : Ce n'est pas vrai ! Ce n'est pas vrai. Les Anglais seront rejetés à la mer.
LANDRIEU : À la mer ? Tu les auras au cul, les Anglais. Ici dans ce village. Et ce sera le grand boum-boum, le zim-ba-da-boum, pan sur l'église, pan sur la mairie. Qu'est-ce que tu feras, Clochet ? Tu seras dans la cave ! Ha ! Ha ! dans la cave ! on rigolera bien ! *(À Pellerin :)* Une fois qu'on est mort… j'ai perdu mon idée. Tiens, les petits malins d'en haut, on va les abattre, eh bien, ça ne me fait ni chaud ni froid. Chacun son tour. Voilà ce que je me dis. Aujourd'hui le leur. Demain le

mien. Est-ce que ce n'est pas régulier ? Je suis régulier, moi. *(Il boit.)* On est des bêtes. *(À Clochet :)* Pourquoi bâilles-tu ?

CLOCHET : Je m'ennuie.

LANDRIEU : Tu n'as qu'à boire. Est-ce que je m'ennuie ? Tu préfères nous épier, tu rédiges ton rapport dans ta tête. *(Il verse un verre de vin et le tend à Clochet.)* Bois, allons, bois !

CLOCHET : Je ne peux pas, j'ai mal au foie.

LANDRIEU : Tu boiras ce verre ou tu le recevras dans la figure. *(Un temps. Clochet avance la main, prend le verre et boit.)* Ha ! ha ! des bêtes, tous des bêtes, et c'est très bien comme ça. *(On entend des pas ; quelqu'un marche au grenier. Ils lèvent tous trois les yeux. Ils écoutent en silence puis brusquement Landrieu se détourne, court à la porte, l'ouvre et appelle.)* Corbier ! Corbier ! *(Un milicien paraît.)* Va les faire taire. Cogne dedans. *(Le Milicien sort, Landrieu referme la porte et revient vers les autres ; tous trois ont le nez en l'air et écoutent. Un silence.)* Il faudra revoir leurs gueules. Sale journée.

PELLERIN : Vous avez besoin de moi pour les interroger ?

LANDRIEU : Comment ?

PELLERIN : Je pensais que le chef se cache peut-être en forêt. Je pourrais prendre vingt hommes et faire une battue.

LANDRIEU, *le regardant* : Ah ? *(Un temps. On entend toujours marcher.)* Tu resteras ici.

PELLERIN : Bon. *(Il hausse les épaules.)* Nous perdons notre temps.

LANDRIEU : Ça se peut, mais nous le perdrons ensemble.

Ils regardent au plafond malgré eux et échangent les répliques qui suivent, la tête levée, jusqu'à ce que le bruit cesse.

CLOCHET : Il est temps de faire descendre le môme.

LANDRIEU : Le môme, je m'en fous. C'est les types que je veux faire parler.

PELLERIN : Ils ne parleront pas.

LANDRIEU : Je te dis qu'ils parleront. Ce sont des bêtes, il faut savoir les prendre. Ha ! nous n'avons pas cogné assez fort. *(Bousculade au grenier, puis silence. Landrieu satisfait.)* Qu'est-ce que tu en dis ? Les voilà calmés. Rien ne vaut la manière forte.

Visiblement, ils sont soulagés.

CLOCHET : Tu devrais tout de même commencer par le petit.

LANDRIEU : D'accord. *(Il va à la porte.)* Corbier ! *(Pas de réponse.)* Corbier ! *(Des pas précipités dans le couloir. Corbier paraît.)* Va chercher le môme.

CORBIER : Le môme ? Ils l'ont buté.

LANDRIEU : Quoi ?

CORBIER : Ils l'ont buté pendant la nuit. Je l'ai trouvé, la tête sur les genoux de sa sœur. Elle disait qu'il dormait ; il est déjà froid, avec des traces de doigts sur le cou.

LANDRIEU : Ah ? *(Un temps.)* Qui est-ce qui marchait ?

CORBIER : Le Grec.

LANDRIEU : Bon. Tu peux t'en aller.

Corbier s'en va. Silence. Clochet lève malgré lui la tête vers le plafond.

PELLERIN, *explosant* : Douze balles dans la peau, tout de suite. Qu'on ne les revoie plus.

LANDRIEU : Tais-toi ! *(Il va à la radio et tourne le bouton. Valse lente. Puis il revient à la chaire, se verse à boire. Au moment où il repose son verre, il voit le portrait de Pétain.)* Tu vois ça, tu vois ça, mais tu t'en laves les mains. Tu te sacrifies ; tu te donnes à la France, les petits détails tu t'en fous. Tu es entré dans l'histoire, toi. Et nous, nous sommes dans la merde. Saloperie ! *(Il lui jette son verre de vin à la figure.)*

CLOCHET : Landrieu !

LANDRIEU : Mets ça dans ton rapport. *(Un temps. Il s'est calmé avec effort. Il revient vers Pellerin.)* Douze balles dans la peau, ce serait trop facile. C'est ce qu'ils souhaitent, comprends-tu ?

PELLERIN : Tant mieux pour eux, si c'est ce qu'ils souhaitent. Mais qu'on en finisse, et qu'on ne les revoie plus.

LANDRIEU : Je ne veux pas qu'ils crèvent sans avoir parlé.

PELLERIN : Ils n'ont plus rien à nous dire. Depuis vingt-quatre heures qu'ils sont là, leur chef a eu tout le temps de se tailler.

LANDRIEU : Je me fous de leur chef, je veux qu'ils parlent.

PELLERIN : Et s'ils[d] ne parlent pas ?

LANDRIEU : Ne te casse pas la tête.

PELLERIN : Mais tout de même, s'ils ne parlent pas ?

LANDRIEU, *criant* : Je te dis de ne pas te casser la tête.

PELLERIN : Eh bien, fais-les chercher.

LANDRIEU : Naturellement, je vais les faire chercher.

Il ne bouge pas. Clochet se met à rire.

CLOCHET : Si c'étaient des martyrs, hein ?

Landrieu va brusquement à la porte.

LANDRIEU : Amène-les.
CORBIER, *paraissant* : Tous les trois ?
LANDRIEU : Oui ! tous les trois.

Clochet sort.

PELLERIN : La fille, tu aurais pu la laisser en haut.

Bruit de pas par-dessus leur tête.

LANDRIEU : Ils descendent. *(Il va à la radio et l'arrête.)* S'ils donnent[e] leur chef, je leur laisse la vie sauve.
CLOCHET : Landrieu, tu es fou !
LANDRIEU : Ta gueule !
CLOCHET : Ils méritent dix fois la mort.
LANDRIEU : Je me fous de ce qu'ils méritent. Je veux qu'ils cèdent. Ils ne me feront pas le coup du martyre.
PELLERIN : Je… écoute, je ne pourrais pas le supporter. Si je devais penser qu'ils vivront, qu'ils nous survivront peut-être et que nous serons toute leur vie ce souvenir dans leur tête…
LANDRIEU : Tu n'as pas besoin de t'en faire. S'ils parlent pour sauver leur vie, ils éviteront de se rappeler ce genre de souvenir. Les voilà.

Pellerin se lève brusquement et fait disparaître sous la chaire[f] les bouteilles et les verres. Ils attendent tous trois, immobiles et debout.

SCÈNE II

LES MÊMES, LUCIE, HENRI,
CANORIS, TROIS MILICIENS

Ils se regardent en silence.

LANDRIEU : Le petit qui était avec vous, qu'en avez-vous fait ?

Ils ne répondent pas.

PELLERIN : Assassins !
LANDRIEU : Tais-toi. *(Aux autres :)* Il voulait parler, hein ? Et vous, vous avez voulu l'en empêcher.
LUCIE, *violemment* : Ce n'est pas vrai. Il ne voulait pas parler. Personne ne voulait parler.

LANDRIEU : Alors ?

HENRI : Il était trop jeune. Ça ne valait pas la peine de le laisser souffrir.

LANDRIEU : Qui de vous l'a étranglé ?

CANORIS : Nous avons décidé ensemble et nous sommes tous responsables.

LANDRIEU : Bien. *(Un temps.)* Si vous donnez les renseignements qu'on vous demande, vous avez la vie sauve.

CLOCHET : Landrieu !

LANDRIEU : Je vous ai dit de vous taire. *(Aux autres :)* Acceptez-vous ? *(Un temps.)* Alors ? C'est oui ou c'est non ? *(Ils gardent le silence. Landrieu est décontenancé.)* Vous refusez ? Vous donnez trois vies pour en sauver une ? Quelle absurdité. *(Un temps.)* C'est la vie que je vous propose ! La vie ! La vie ! Êtes-vous sourds ?

Un silence, puis Lucie s'avance vers eux.

LUCIE : Gagné ! Nous avons gagné ! Ce moment-ci nous paye de bien des choses. Tout ce que j'ai voulu oublier cette nuit, je suis fière de m'en souvenir[g]. Ils m'ont arraché ma robe. *(Montrant Clochet.)* Celui-ci pesait sur mes jambes. *(Montrant Landrieu.)* Celui-ci me tenait les bras. *(Montrant Pellerin.)* Et celui-ci m'a prise de force. Je peux le dire à présent, je peux le crier : vous m'avez violée et vous en avez honte. Je suis lavée. Où sont vos pinces et vos tenailles ? Où sont vos fouets ? Ce matin vous nous suppliez de vivre. Et c'est non. Non ! Il faut que vous finissiez votre affaire[h].

PELLERIN : Assez ! Assez ! Cognez dessus !

LANDRIEU : Arrêtez ! Pellerin, je ne serai peut-être plus longtemps votre chef, mais tant que je commanderai, on ne discutera pas mes ordres. Emmenez-les.

CLOCHET : On ne les travaille pas un petit peu tout de même ? Parce qu'enfin tout ça ce sont des mots. Rien que des mots. Du vent. *(Désignant Henri.)* Ce type-là nous est arrivé tout faraud hier et nous l'avons fait crier comme une femme.

HENRI : Vous verrez si vous me faites crier aujourd'hui.

LANDRIEU : Travaille-les si tu en as le courage.

CLOCHET : Oh moi ! tu sais, même si c'étaient des martyrs, ça ne me gênerait pas. J'aime le travail pour lui-même. *(Aux Miliciens :)* Conduisez-les sur les tables.

CANORIS : Un moment[i]. Si nous acceptons, qu'est-ce qui nous prouve que vous nous laisserez la vie ?

LANDRIEU : Vous avez ma parole.

CANORIS : Oui. Enfin, il faudra s'en contenter. C'est pile ou face. Que ferez-vous de nous ?

LANDRIEU : Je vous remettrai aux autorités allemandes.

CANORIS : Qui nous fusilleront.

LANDRIEU : Non. Je leur expliquerai votre cas.

CANORIS : Bien. *(Un temps.)* Je suis disposé à parler si mes camarades le permettent.

HENRI : Canoris !

CANORIS : Puis-je rester seul avec eux ? Je crois que je pourrai les convaincre.

LANDRIEU, *le dévisageant* : Pourquoi veux-tu parler ? Tu as peur de mourir ?

Un long silence, puis Canoris baisse la tête.

CANORIS : Oui.

LUCIE : Lâche !

LANDRIEU : Bon. *(Aux Miliciens :)* Toi, mets-toi devant la fenêtre. Et toi, garde la porte. Venez, vous autres. Tu as un quart d'heure pour les décider.

Landrieu, Pellerin et Clochet sortent par la porte du fond.

SCÈNE III

CANORIS, LUCIE, HENRI

Pendant toute la première partie de la scène, Lucie demeure silencieuse et paraît ne pas s'intéresser au débat.

CANORIS, *va jusqu'à la fenêtre et revient. Il revient vers eux et, d'une voix vive et basse* : Le soleil se couche. Il va pleuvoir[j]. Êtes-vous fous ? Vous me regardez comme s'il s'agissait de livrer notre chef. Je veux simplement les envoyer à la grotte de Servaz, comme Jean nous l'a conseillé. *(Un temps. Il sourit.)* Ils nous ont un peu abîmés, mais nous sommes encore parfaitement utilisables. *(Un temps.)* Allons ! Il faut parler : on ne peut pas gaspiller trois vies. *(Un temps. Doucement.)* Pourquoi voulez-vous mourir ? À quoi cela sert-il ? Mais répondez ! À quoi cela sert-il ?

HENRI : À rien.

CANORIS : Alors ?

HENRI : Je suis fatigué.

CANORIS : Je le suis encore davantage. J'ai quinze ans de plus que toi et ils m'ont travaillé plus dur. La vie qu'ils me laisseront n'a rien de bien enviable.

HENRI, *doucement* : Est-ce que tu as une telle peur de la mort ?

CANORIS : Je n'ai pas peur. Je leur ai menti tout à l'heure et je n'ai pas peur. Mais nous n'avons pas le droit de mourir pour rien.

HENRI : Ah ! pourquoi pas ? Pourquoi pas ? Ils m'ont brisé les poignets, ils m'ont arraché la peau : est-ce que je n'ai pas payé ? Nous avons gagné. Pourquoi veux-tu[k] que je recommence à vivre quand je peux mourir d'accord avec moi-même ?

CANORIS : Il y a des copains à aider.

HENRI : Quels copains ? Où ?

CANORIS : Partout.

HENRI : Tu parles ! S'ils nous font grâce, ils nous enverront dans les mines de sel.

CANORIS : Eh bien, on s'évade.

HENRI : Toi, tu t'évaderas ? Tu n'es plus qu'une loque.

CANORIS : Si ce n'est pas moi, ce sera toi.

HENRI : Une chance sur cent.

CANORIS : Ça vaut qu'on prenne le risque. Et même si on ne s'évade pas, il y a d'autres hommes dans les mines : des vieux qui sont malades, des femmes qui ne tiennent pas le coup. Ils ont besoin de nous.

HENRI : Écoute, quand j'ai vu le petit par terre, tout blanc, j'ai pensé : ça va, j'ai fait ce que j'ai fait et je ne regrette rien. Seulement, bien sûr, c'était dans la supposition que j'allais mourir à l'aube. Si je n'avais pas pensé qu'on serait six heures plus tard sur le même tas de fumier… *(Criant.)* Je ne veux pas lui survivre. Je ne veux pas survivre trente ans à ce môme. Canoris[l], ce sera si facile : nous n'aurons même pas le temps de regarder les canons de leurs fusils.

CANORIS : Nous n'avons pas le droit de mourir pour rien.

HENRI : Est-ce que ça garde un sens de vivre quand il y a des hommes qui vous tapent dessus jusqu'à vous casser les os ? Tout est noir. *(Il regarde par la fenêtre.)* Tu as raison, la pluie va tomber.

CANORIS : Le ciel s'est entièrement couvert. Ce sera une bonne averse.

HENRI, *brusquement* : C'était par orgueil.

CANORIS : Quoi ?

HENRI : Le petit. Je crois que je l'ai tué par orgueil.

CANORIS : Qu'eſt-ce que ça peut faire : il fallait qu'il meure.

HENRI : Je traînerai ce doute comme un boulet. À toutes les minutes de ma vie, je m'interrogerai sur moi-même. *(Temps.)* Je ne peux pas ! Je ne peux pas vivre.

CANORIS : Que d'hiſtoires ! Tu auras assez à faire avec les autres, va ; tu t'oublieras... tu t'occupes trop de toi, Henri ; tu veux sauver ta vie... Bah ! Il faut travailler ; on se sauve par-dessus le marché. *(Un temps.)* Écoute, Henri : si tu meurs aujourd'hui, on tire le trait : tu l'as tué par orgueil, c'eſt fixé, pour toujours. Si tu vis...

HENRI : Eh bien ?

CANORIS : Alors rien n'eſt arrêté : c'eſt sur ta vie entière qu'on jugera chacun de tes actes. *(Un temps.)* Si tu te laisses tuer quand tu peux travailler encore, il n'y aura rien de plus absurde que ta mort. *(Un temps.)* Je les appelle ?

HENRI, *désignant Lucie* : Qu'elle décide.

CANORIS : Tu entends, Lucie ?

LUCIE : Décider quoi ? Ah oui : eh bien c'eſt tout décidé : dis-leur que nous ne parlerons pas et qu'ils fassent vite.

CANORIS : Et les copains, Lucie ?

LUCIE : Je n'ai plus de copains. *(Elle va vers les Miliciens.)* Allez les chercher : nous ne parlerons pas.

CANORIS, *la suivant, aux Miliciens* : Il reſte cinq minutes. Attendez.

Il la ramène sur le devant de la scène.

LUCIE : Cinq minutes ; oui. Et qu'espères-tu ? Me convaincre en cinq minutes ?

CANORIS : Oui.

LUCIE : Cœur pur[m] ! Tu peux bien vivre, toi, tu as la conscience tranquille, ils t'ont un peu bousculé, voilà tout. Moi, ils m'ont avilie, il n'y a pas un pouce de ma peau qui ne me fasse horreur. *(À Henri :)* Et toi, qui fais des manières parce que tu as étranglé un môme, te rappelles-tu que ce môme était mon frère et que je n'ai rien dit ? J'ai pris tout le mal sur moi ; il faut qu'on me supprime et tout ce mal avec. Allez-vous-en ! Allez vivre, puisque vous pouvez vous accepter. Moi, je me hais et je souhaite qu'après ma mort tout soit sur terre comme si je n'avais jamais exiſté.

HENRI : Je ne te quitterai pas, Lucie, et je ferai ce que tu auras décidé.

Un temps.

CANORIS : Il faut donc que je vous sauve malgré vous.

LUCIE : Tu parleras ?

CANORIS : Il le faut.

LUCIE, *violemment* : Je leur dirai que tu mens et que tu as tout inventé. *(Un temps.)* Si j'avais su que tu allais manger le morceau, crois-tu que je vous aurais laissé toucher à mon frère ?

CANORIS : Ton frère voulait livrer notre chef et moi je veux les lancer sur une fausse piste.

LUCIE : C'est la même chose. Il y aura le même triomphe dans leurs yeux.

CANORIS : Lucie ! C'est donc par orgueil que tu as laissé mourir François ?

LUCIE : Tu perds ton temps. À moi, tu n'arriveras pas à donner des remords.

UN MILICIEN : Il reste deux minutes.

CANORIS : Henri !

HENRI : Je ferai ce qu'elle aura décidé.

CANORIS, *à Lucie* : Pourquoi te soucies-tu de ces hommes ? Dans six mois ils se terreront dans une cave et la première grenade qu'on jettera sur eux par un soupirail mettra le point final à toute cette histoire. C'est tout le reste qui compte. Le monde et ce que tu fais dans le monde, les copains et ce que tu fais pour eux.

LUCIE : Je suis sèche, je me sens seule, je ne peux penser qu'à moi[a].

CANORIS, *doucement* : Est-ce que tu ne regrettes vraiment rien sur cette terre ?

LUCIE : Rien. Tout est empoisonné.

CANORIS : Alors…

Geste résigné. Il fait un pas vers les Miliciens. La pluie se met à tomber ; par gouttes légères et espacées d'abord puis par grosses gouttes pressées.

LUCIE, *vivement* : Qu'est-ce que c'est ? *(À voix basse et lente.)* La pluie. *(Elle va jusqu'à la fenêtre et regarde tomber la pluie. Un temps.)* Il y a trois mois que je n'avais entendu le bruit de la pluie. *(Un temps.)* Mon vieux, *pendant tout ce temps*, il a fait beau, c'est horrible. Je ne me rappelais plus, je croyais qu'il fallait toujours vivre sous le soleil. *(Un temps.)* Elle tombe fort, ça va sentir la terre mouillée. *(Ses lèvres se mettent à trembler.)* Je ne veux pas… je ne veux pas…

Henri et Canoris viennent près d'elle.

HENRI : Lucie !

LUCIE : Je ne veux pas pleurer, je deviendrais comme une bête. *(Henri la prend dans ses bras.)* Lâchez-moi ! *(Criant.)* J'aimais vivre, j'aimais vivre ! *(Elle sanglote sur l'épaule d'Henri.)*

LE MILICIEN, *s'avançant* : Alors ? c'est l'heure.

CANORIS, *après un regard à Lucie* : Va dire à tes chefs que nous allons parler.

Le Milicien sort. Un temps.

LUCIE, *se reprenant* : C'est vrai ? Nous allons vivre ? J'étais déjà de l'autre côté... Regardez-moi. Souriez-moi. Il y a si longtemps que je n'ai vu de sourire... Est-ce que nous faisons bien, Canoris ? Est-ce que nous faisons bien ?

CANORIS : Nous faisons bien. Il faut vivre. *(Il avance vers un milicien.)* Va dire à tes chefs que nous allons parler.

Le Milicien sort.

SCÈNE IV

LES MÊMES, LANDRIEU, PELLERIN, CLOCHET

LANDRIEU : Eh bien ?

CANORIS : Sur la route de Grenoble, à la borne 42, prenez le sentier à main droite. Au bout de cinquante mètres en forêt vous trouverez un taillis et derrière le taillis une grotte. Le chef est caché là avec des armes.

LANDRIEU, *aux Miliciens* : Dix hommes. Qu'ils partent aussitôt. Tâchez de le ramener vivant. *(Un temps.)* Reconduisez les prisonniers là-haut.

Les Miliciens font sortir les prisonniers. Clochet hésite un instant, puis se glisse derrière eux.

SCÈNE V

LANDRIEU, PELLERIN, *puis* CLOCHET

PELLERIN : Tu crois qu'ils ont dit la vérité ?

LANDRIEU : Naturellement. C'est des bêtes. *(Il s'assied au bureau.)* Eh bien ? On a fini par les avoir. Tu as vu leur sortie ? Ils étaient moins fiers qu'à l'entrée. *(Clochet rentre. Aimablement.)* Alors, Clochet ? On les a eus ?

CLOCHET, *se frottant les mains d'un air distrait* : Oui, oui ; on les a eus.

PELLERIN, *à Landrieu.* Tu les laisses vivre ?

LANDRIEU : Oh ! de toute façon, à présent… *(Salve sous les fenêtres.)* Qu'est-ce que… ? *(Clochet rit d'un air confus derrière sa main.)* Clochet, tu n'as pas…

Clochet fait signe que oui en riant toujours.

CLOCHET : J'ai pensé que c'était plus humain.

LANDRIEU : Salaud !

Deuxième salve, il court à la fenêtre.

PELLERIN : Laisse donc, va, jamais deux sans trois.

LANDRIEU : Je ne veux pas…

PELLERIN : On aurait bonne mine aux yeux du survivant.

CLOCHET : Dans un instant, personne ne pensera plus rien de tout ceci. Personne d'autre que nous.

Troisième salve, Landrieu tombe assis.

LANDRIEU : Ouf !

Clochet va à la radio et tourne les boutons. Musique.

RIDEAU

Autour de « Morts sans sépulture »

TABLEAU IV, FIN DE LA SCÈNE III DE L'ÉDITION ORIGINALE

CANORIS, *doucement* : Comme tu te prends au sérieux.

LUCIE, *décontenancée* : Quoi ?

CANORIS : Comme tu prends ton corps au sérieux. Et ta vie, et ta mort et celle du petit. Voyons, Lucie : tout cela ne compte pas.

LUCIE : Et ma haine et ma honte et mes remords, est-ce que cela compte ?

CANORIS : Bah ! c'est du bruit dans ta tête.

LUCIE : Et ces hommes qui nous ont torturés ? Leurs yeux brillaient quand ils ont compris que tu allais manger le morceau. Tu leur as rendu leur propre estime.

CANORIS : Ce sont des hommes de rien. Dans six mois ils se terreront dans une cave et la première grenade qu'on jettera sur eux par un soupirail mettra le point final à toute cette histoire.

LUCIE : Qu'est-ce qui compte ?

CANORIS : Tout le reste. Le monde et ce que tu fais dans le monde : les copains et ce que tu fais pour eux.

LUCIE : Je suis sèche, je me sens seule, je ne peux penser qu'à moi.

HENRI : C'est l'orgueil qui t'isole. Tu te cramponnes et tu as peur de lâcher prise. Moi aussi j'avais peur d'ouvrir les mains. Il faut les ouvrir. Laisse-toi aller.

LUCIE : Si je me laissais aller, je deviendrais une bête. Je pleurerais.

HENRI : Pourquoi refuserais-tu de pleurer ? Sois modeste. Je sais : les héros n'ont pas de larmes. Mais les ordres ont changé : on ne nous demande plus d'être des héros ; il faut vivre. Est-ce que tu ne regrettes rien sur terre ?

LUCIE : Rien. Tout est empoisonné.

HENRI : Même ce ciel pâle au-dessus de Tignes ? Même la neige autour du lac ? Tu la reverras, si tu vis. Tu la reverras. Et les mômes qu'on rencontrait, au printemps, assises sur un tronc d'arbre, devant la scierie. Elles nous souriaient au passage et ça sentait le bois mouillé.

LUCIE : Pauvres gosses.

HENRI : Tu les regrettes ?

LUCIE : Elles se sont enfuies quand les Allemands sont arrivés. Je ne les retrouverai pas.

HENRI : Il y a d'autres gosses dans les camps. Même au-dessus des camps, il y a un bout de ciel. *(Lucie éclate en sanglots.)* Lucie ! Ma douce Lucie.

LUCIE : Je reverrai le ciel ? *(Un temps.)* Viens près de moi. Regarde-moi, souris. Il y a si longtemps que je n'ai vu de sourire. Fait-il beau ? *(Henri lui désigne la fenêtre sans répondre.)* C'est vrai : *pendant tout ce temps* il a fait beau, c'est horrible. Ce ciel devait fourmiller d'étoiles, il devait y avoir des hommes et des femmes sur toutes les routes. J'aime tant les routes le soir. Alors c'est vrai ? Je vais en revoir ? Est-ce que nous faisons bien, Henri ? Est-ce que nous faisons bien ?

CANORIS : Nous faisons bien. Il faut vivre. *(Il avance vers un milicien.)* Va dire à tes chefs que nous allons parler.

Le Milicien sort.

DÉCLARATIONS DE SARTRE

« PARU », N° 13, DÉCEMBRE 1945

Les personnages ont déjà parcouru, eux, le chemin de la liberté. L'action se passe dans un maquis, et la pièce a pour thème ce que j'appellerai, faute d'un mot meilleur, l'héroïsme. Je m'efforcerai de montrer ce qu'il y a dans l'héroïsme de total, comme je montrerai, dans un prochain numéro des *Temps modernes*, ce qu'il y a de total dans l'antisémitisme. […]

« COMBAT », 30 OCTOBRE 1946

Ce n'est pas une pièce sur la Résistance. Ce qui m'intéresse, ce sont les situations limites, et les réactions de ceux qui s'y trouvent placés. J'ai pensé à un moment à situer ma pièce pendant la guerre d'Espagne. Elle pourrait aussi bien se passer en

Chine. Mes personnages se posent cette question qui a tourmenté tant d'hommes de notre génération dans le monde entier : « Comment tiendrais-je devant la torture ? » Question que leurs pères n'ont pas eu à se poser. C'est ce qu'observe l'un d'eux dont le père, considéré comme un héros parce qu'il avait été tué, aurait peut-être faibli dans le supplice.

Comme je considère que le théâtre moderne doit être contemporain, je ne récrirais pas aujourd'hui une pièce comme *Les Mouches*. J'ai choisi pour cadre une aventure de la clandestinité en France, et j'ai voulu montrer en particulier cette espèce d'intimité qui finit par naître entre le bourreau et sa victime, et qui dépasse le conflit de principes. Le milicien a besoin d'abaisser le résistant, de le contraindre à une lâcheté proche de la sienne : car cela lui apporte la seule justification qu'il puisse trouver.

« LES CAHIERS LIBRES DE LA JEUNESSE », Nº 1, 15 FÉVRIER 1960

C'est une pièce manquée. En gros, j'ai traité un sujet qui ne donnait aucune possibilité de respiration : le sort des victimes était absolument défini d'avance, personne ne pouvait supposer qu'ils parleraient, donc, pas de suspense, comme on dit aujourd'hui. Je mettais en scène des gens au destin clairement marqué. Il y a deux possibilités au théâtre : celle de subir et celle d'échapper. Les cartes étaient déjà sur la table. C'est une pièce très sombre, sans surprise. Il aurait mieux valu en faire un roman ou un film.

LA PUTAIN RESPECTUEUSE

Pièce en un acte et deux tableaux

À Michel et à Zette Leiris[1].

PERSONNAGES[1]

LIZZIE	*Héléna Bossis*
LE NÈGRE	*Habib Benglia*
FRED	*Yves Vincent*
JOHN	*Roland Bailly*
JAMES	*Michel Jourdan*
LE SÉNATEUR	*Robert Moor*
PREMIER HOMME	*Eugène Durand*
DEUXIÈME HOMME	*Maïk*
TROISIÈME HOMME	*Claude Régy*

DÉCOR

Une chambre meublée quelque part dans le sud des États-Unis.

La Putain respectueuse *a été présenté pour la première fois au théâtre Antoine (direction Simone Berriau) le 8 novembre 1946.*

PREMIER TABLEAU

Une chambre dans une ville américaine du Sud. Murs blancs. Un divan. À droite, une fenêtre, à gauche une porte (salle de bains). Au fond, une petite antichambre donnant sur la porte d'entrée.

SCÈNE I

LIZZIE, *puis* LE NÈGRE

Avant que le rideau se lève, bruit de tempête sur la scène. Lizzie est seule, en bras de chemise, elle manœuvre l'aspirateur. On sonne. Elle hésite, regarde vers la porte de la salle de bains. On sonne à nouveau. Elle arrête l'aspirateur et va entrouvrir la porte de la salle de bains.

LIZZIE, *à mi-voix* : On sonne, ne te montre pas. *(Elle va ouvrir. Le Nègre apparaît dans le cadre de la porte. C'est un gros et grand nègre à cheveux blancs. Il se tient raide.)* Qu'est-ce que c'est ? Vous devez vous tromper d'adresse. *(Un temps.)* Mais qu'est-ce que vous voulez ? Parlez donc.

LE NÈGRE, *suppliant* : S'il vous plaît, madame, s'il vous plaît.

LIZZIE : De quoi ? *(Elle le regarde mieux.)* Attends. C'est toi qui étais dans le train ? Tu as pu leur échapper ? Comment as-tu trouvé mon adresse ?

LE NÈGRE : Je l'ai cherchée, madame. Je l'ai cherchée partout. *(Il fait un geste pour entrer.)* S'il vous plaît !

LIZZIE : N'entre pas. J'ai quelqu'un. Mais qu'est-ce que tu veux ?

LE NÈGRE : S'il vous plaît.

LIZZIE : Mais quoi ? quoi ? tu veux de l'argent ?

LE NÈGRE : Non, madame. *(Un temps.)* S'il vous plaît, dites-lui que je n'ai rien fait.

LIZZIE : À qui ?

LE NÈGRE : Au juge. Dites-le-lui, madame. S'il vous plaît, dites-le-lui.

LIZZIE : Je ne dirai rien du tout.

LE NÈGRE : S'il vous plaît.

LIZZIE : Rien du tout. J'ai assez d'embêtements dans ma propre vie, je ne veux pas m'appuyer ceux des autres. Va-t'en.

LE NÈGRE : Vous savez que je n'ai rien fait. Est-ce que j'ai fait quelque chose ?

LIZZIE : Tu n'as rien fait. Mais je n'irai pas chez le juge. Les juges et les flics, je les rends par les trous de nez.

LE NÈGRE : J'ai quitté ma femme et mes enfants, j'ai tourné en rond toute la nuit. Je n'en peux plus.

LIZZIE : Quitte la ville.

LE NÈGRE : Ils guettent dans les gares.

LIZZIE : Qui est-ce qui guette ?

LE NÈGRE : Les Blancs.

LIZZIE : Quels Blancs ?

LE NÈGRE : Tous les Blancs. Vous n'êtes pas sortie ce matin ?

LIZZIE : Non.

LE NÈGRE : Il y a beaucoup de gens dans les rues. Des jeunes et des vieux ; ils s'abordent sans se connaître.

LIZZIE : Qu'est-ce que ça veut dire ?

LE NÈGRE : Ça veut dire qu'il ne me reste plus qu'à courir en rond jusqu'à ce qu'ils m'attrapent. Quand des Blancs qui ne se connaissent pas se mettent à parler entre eux, il y a un nègre qui va mourir. *(Un temps.)* Dites que je n'ai rien fait, madame. Dites-le au juge ; dites-le aux gens du journal. Peut-être qu'ils l'imprimeront. Dites-le, madame, dites-le ! dites-le !

LIZZIE : Ne crie pas. J'ai quelqu'un. *(Un temps.)* Pour le journal, n'y compte pas. C'est pas le moment de me faire remarquer. *(Un temps.)* S'ils me forcent à témoigner, je te promets de dire la vérité.

LE NÈGRE : Vous leur direz que je n'ai rien fait ?

LIZZIE : Je leur dirai.

LE NÈGRE : Vous me le jurez, madame ?

LIZZIE : Oui, oui.

LE NÈGRE : Sur le Bon Dieu qui nous voit.

LIZZIE : Oh ! va te faire foutre. Je te le promets, ça doit te suffire. *(Un temps.)* Mais va-t'en ! Va-t'en donc !

LE NÈGRE, *brusquement* : S'il vous plaît, cachez-moi.

LIZZIE : Te cacher ?

LE NÈGRE : Vous ne voulez pas, madame ? Vous ne voulez pas ?

LIZZIE : Te cacher ! Moi ? Tiens. *(Elle lui claque la porte au nez.)* Pas d'histoires. *(Elle se tourne vers la salle de bains.)* Tu peux sortir.

Fred sort en bras de chemise, sans col ni cravate.

SCÈNE II

LIZZIE, FRED

FRED : Qu'est-ce que c'était ?

LIZZIE : C'était rien.

FRED : Je croyais que c'était la police.

LIZZIE : La police ? Tu as quelque chose à faire avec la police ?

FRED : Moi, non. Je croyais que c'était pour toi.

LIZZIE, *offensée* : Dis donc ! Je n'ai jamais pris un sou à personne !

FRED : Et tu n'as jamais eu affaire à la police ?

LIZZIE : Pas pour des vols, en tout cas.

Elle s'active avec l'aspirateur. Bruit de tempête.

FRED, *agacé par le bruit* : Ha !

LIZZIE, *criant pour se faire entendre* : Qu'est-ce qu'il y a, mon chéri ?

FRED, *criant* : Tu me casses les oreilles.

LIZZIE, *criant* : J'ai bientôt fini. *(Un temps.)* Je suis comme ça.

FRED, *criant* : Comment ?

LIZZIE, *criant* : Je te dis que je suis comme ça.

FRED, *criant* : Comme quoi ?

LIZZIE, *criant* : Comme ça. Le lendemain matin, c'est plus fort que moi : il faut que je prenne un bain et que je passe l'aspirateur.

Elle abandonne l'aspirateur.

FRED, *désignant le lit* : Pendant que tu y es, couvre ça.

LIZZIE : Quoi ?

FRED : Le lit. Je te dis de le couvrir. Ça sent le péché.

LIZZIE : Le péché ? Où vas-tu chercher ce que tu dis ? Tu es pasteur ?

FRED : Non. Pourquoi ?

LIZZIE : Tu parles comme la Bible. *(Elle le regarde.)* Non, tu n'es pas pasteur : tu te soignes trop. Fais voir tes bagues. *(Avec admiration.)* Oh, dis donc ! dis donc ! Tu es riche ?

FRED : Oui.

LIZZIE : Très riche ?

FRED : Très.

LIZZIE : Tant mieux. *(Elle lui met les bras autour du cou et lui tend ses lèvres.)* Je trouve que c'est mieux pour un homme, d'être riche, ça donne confiance.

Il hésite à l'embrasser, puis se détourne.

FRED : Couvre le lit.

LIZZIE : Bon. Bon, bon ! Je vais le couvrir. *(Elle le couvre et rit toute seule.)* « Ça sent le péché ! » J'aurais pas trouvé ça. Dis donc, c'est *ton* péché, mon chéri. *(Geste de Fred.)* Oui, oui : c'est le mien aussi. Mais j'en ai tant sur la conscience... *(Elle s'assied sur le lit et force Fred à s'asseoir près d'elle.)* Viens. Viens t'asseoir sur *notre* péché. C'était un beau péché, hein ? Un péché mignon. *(Elle rit.)* Mais ne baisse pas les yeux. Est-ce que je te fais peur ? *(Fred la serre brutalement contre lui.)* Tu me fais mal ! Tu me fais mal ! *(Il la lâche.)* Drôle de pistolet ! Tu n'as pas l'air bon. *(Un temps.)* Dis-moi ton petit nom. Tu ne veux pas ? Ça me gêne, tu sais, de ne pas savoir ton petit nom. Ça sera bien la première fois. Le nom de famille, c'est bien rare s'ils le disent, et je les comprends. Mais le petit nom ! Comment veux-tu que je vous distingue les uns des autres si je ne sais pas vos petits noms ? Dis-le-moi, dis-le-moi, mon chéri.

FRED : Non.

LIZZIE : Alors, tu seras Monsieur sans nom. *(Elle se lève.)* Attends. Je vais finir de ranger. *(Elle déplace quelques objets.)* Là. Là. Tout est en ordre. Les chaises en rond autour de la table : c'est plus distingué. Tu ne connais pas un marchand de gravures ? Je voudrais mettre des images au mur. J'en ai une dans ma malle, une belle. *La Cruche cassée*, ça s'appelle : on voit une jeune fille ; elle a cassé sa cruche, la pauvre. C'est français[1].

FRED : Quelle cruche ?

LIZZIE : Je ne sais pas, moi : sa cruche. Elle devait avoir une cruche. Je voudrais une vieille grand-mère pour lui faire pendant. Elle tricoterait ou elle raconterait une histoire à ses petits-enfants. Ah ! je vais tirer les rideaux et ouvrir la fenêtre. *(Elle le fait.)* Ce qu'il fait beau ! Voilà une journée qui commence. *(Elle s'étire.)* Ha ! je me sens à mon aise : il fait beau, j'ai pris un bon bain, j'ai bien fait l'amour ; ce que je suis bien, ce que je me sens bien ! Viens voir ma vue ; viens ! J'ai une belle vue. Rien que des arbres, ça fait riche. Dis[a] donc, j'ai eu du pot : du premier coup j'ai trouvé une chambre dans les beaux quartiers. Tu ne viens pas ? Tu n'aimes donc pas ta ville ?

FRED : Je l'aime de ma fenêtre.

LIZZIE, *brusquement* : Ça ne porte pas malheur, au moins, de voir un nègre au réveil ?

FRED : Pourquoi ?

LIZZIE : Je… il y en a un qui passe sur le trottoir d'en face.

FRED : Ça porte toujours malheur de voir des nègres. Les nègres, c'est le diable. *(Un temps.)* Ferme la fenêtre.

LIZZIE : Tu ne veux pas que j'aère ?

FRED : Je te dis de fermer la fenêtre. Bon. Et tire les rideaux. Rallume.

LIZZIE : Pourquoi ? C'est à cause des nègres ?

FRED : Imbécile.

LIZZIE : Il fait un si beau soleil.

FRED : Pas de soleil ici. Je veux que ta chambre reste comme elle était cette nuit. Ferme la fenêtre, je te dis. Le soleil, je le retrouverai dehors.

Il se lève, va vers elle et la regarde.

LIZZIE, *vaguement inquiète* : Qu'est-ce qu'il y a ?

FRED : Rien. Donne-moi ma cravate.

LIZZIE : Elle est dans la salle de bains. *(Elle sort. Fred ouvre rapidement les tiroirs de la table et fouille. Lizzie rentre avec la cravate.)* La voilà ! Attends. *(Elle lui fait le nœud.)* Tu sais, je ne fais pas souvent le client de passage parce qu'il faut voir trop de figures nouvelles. Mon idéal, ce serait d'être une chère habitude pour trois ou quatre personnes d'un certain âge, un le mardi, un le jeudi, un pour le week-end. Je te dis ça : tu es un peu jeune, mais tu as le genre sérieux, des fois que tu te sentirais tenté. Bon, bon, je dis plus rien. Tu y réfléchiras !

Là ! Là ! Tu es beau comme un astre. Embrasse-moi, mon joli ; embrasse-moi pour la peine. Tu ne veux pas m'embrasser ?

Il l'embrasse brusquement et brutalement puis la repousse.

Ouf !

FRED : Tu es le diable.

LIZZIE : Hein ?

FRED : Tu es le diable.

LIZZIE : Encore la Bible ! Qu'est-ce qui te prend ?

FRED : Rien. Je me marrais.

LIZZIE : Tu as de drôles de façons de te marrer. *(Un temps.)* Tu es content ?

FRED : Content de quoi ?

LIZZIE, *elle l'imite en souriant* : Content de quoi ? Que tu es bête, ma petite fille.

FRED : Ah ! Ah oui… Très content. Très content. Combien veux-tu ?

LIZZIE : Qui est-ce qui te cause de ça ? Je te demande si tu es content, tu peux bien me répondre gentiment. Qu'est-ce qu'il y a ? Tu n'es pas vraiment content ? Oh ! ça m'étonnerait, tu sais, ça m'étonnerait.

FRED : Ferme-la.

LIZZIE : Tu me serrais fort, tellement fort. Et puis tu m'as dit tout bas que tu m'aimais.

FRED : Tu étais saoule.

LIZZIE : Non, je n'étais pas saoule.

FRED : Si, tu étais saoule.

LIZZIE : Je te dis que non.

FRED : En tout cas, moi je l'étais. Je ne me rappelle rien.

LIZZIE : C'est dommage. Je me suis déshabillée dans la salle de bains et quand je suis retournée près de toi, tu es devenu tout rouge, tu ne te rappelles pas ? Même que j'ai dit : « Voilà mon écrevisse. » Tu ne te rappelles pas que tu as voulu éteindre la lumière et que tu m'as aimée dans le noir ? J'ai trouvé ça gentil et respectueux. Tu ne te rappelles pas ?

FRED : Non.

LIZZIE : Et quand on jouait aux deux nouveau-nés qui sont dans le même berceau ? Ça, tu te rappelles ?

FRED : Je te dis de la boucler. Ce qu'on fait la nuit appartient à la nuit. Le jour, on n'en parle pas.

LIZZIE, *avec défi* : Et si ça me fait plaisir d'en parler ? J'ai bien rigolé, tu sais.

FRED : Ah ! tu as bien rigolé ! *(Il marche sur elle, lui caresse doucement les épaules et referme ses mains autour de son cou.)* Ça vous fait toujours rigoler quand vous croyez avoir entortillé un homme. *(Un temps.)* Je l'ai oubliée, ta nuit. Complètement oubliée. Je revois le dancing, c'est tout. Le reste, c'est toi qui te le rappelles, toi seule. *(Il lui serre le cou.)*

LIZZIE : Qu'est-ce que tu fais ?

FRED : Je te serre le cou.

LIZZIE[b] : Tu me fais mal.

FRED : Toi seule. Si je serrais un tout petit peu plus, il n'y aurait plus personne au monde pour se rappeler cette nuit. *(Il la lâche.)* Combien veux-tu ?

LIZZIE : Si tu as oublié, c'est que j'ai mal travaillé. Je ne veux pas que tu paies de l'ouvrage mal faite.

FRED : Pas d'histoires : combien ?

LIZZIE : Écoute donc ; je suis ici depuis avant-hier, tu es le premier qui me fait visite : au premier je me donne pour rien, ça me portera bonheur.

FRED : Je n'ai pas besoin de tes cadeaux. *(Il pose un billet de dix dollars sur la table.)*

LIZZIE : Je n'en veux pas de ton fafiot, mais je vais voir à combien tu m'estimes. Attends, que je devine ! *(Elle prend le billet et ferme les yeux.)* Quarante dollars ? Non. C'est trop et puis il y aurait deux billets. Vingt dollars ? Non plus ? Alors, c'est que c'est plus de quarante dollars. Cinquante. Cent ? *(Pendant tout ce temps, Fred la regarde en riant silencieusement.)* Tant pis, j'ouvre les yeux. *(Elle regarde le billet.)* Tu ne t'es pas trompé ?

FRED : Je ne crois pas.

LIZZIE : Tu sais ce que tu m'as donné ?

FRED : Oui.

LIZZIE : Reprends-le. Reprends-le tout de suite. *(Il le refuse du geste.)* Dix dollars ! Dix dollars ! On t'en foutra, des jeunes filles comme moi, pour dix dollars ! Tu les as vues, mes jambes ? *(Elle les lui montre.)* Et mes seins, tu les as vus ? Est-ce que ce sont des seins de dix dollars ? Reprends ton billet et tire-toi, avant que je me fiche en colère. Dix dollars ! Monsieur m'embrassait partout, Monsieur voulait tout le temps recommencer, Monsieur m'a demandé de lui raconter mon enfance ; et, ce matin, Monsieur s'est offert des mauvaises humeurs, il m'a fait la gueule comme s'il me payait au mois : tout ça pour combien ? Pas pour quarante, pas pour trente, pas pour vingt : pour *dix* dollars.

FRED : Pour une cochonnerie, c'est large.

LIZZIE : Cochon toi-même ! D'où sors-tu, paysan ? Ta mère devait être une fière traînée, si elle ne t'a pas appris à respecter les femmes.

FRED : Vas-tu te taire ?

LIZZIE : Une fière traînée ! Une fière traînée.

FRED, *d'une voix blanche* : Un conseil, ma petite : ne parle pas trop souvent de leurs mères aux gars de chez nous[2], si tu ne veux pas te faire étrangler.

LIZZIE, *marchant sur lui* : Étrangle-moi donc ! Étrangle-moi pour voir !

FRED, *reculant* : Tiens-toi tranquille. *(Lizzie prend une potiche sur la table dans l'intention évidente de la lui casser sur la tête.)* Voilà dix dollars de plus, mais tiens-toi tranquille. Tiens-toi tranquille ou je te fais boucler !

LIZZIE : Toi, tu me ferais boucler ?

FRED : Moi.

LIZZIE : Toi ?

FRED : Moi.

LIZZIE : Ça m'étonnerait.

FRED : Je suis le fils de Clarke.

LIZZIE : Quel Clarke ?

FRED : Le sénateur.

LIZZIE : Vraiment ? Et moi je suis la fille de Roosevelt[3].

FRED : Tu as vu la tête de Clarke dans les journaux ?

LIZZIE : Oui… Après ?

FRED : Le voilà. *(Il montre une photo.)* Je suis à côté de lui, il me tient par l'épaule.

LIZZIE, *subitement calmée* : Dis donc ! Ce qu'il est bien, ton père ! Laisse-moi voir.

Fred lui arrache la photo des mains.

FRED : Ça suffit.

LIZZIE : Ce qu'il est bien. Il a l'air si juste, si sévère ! C'est vrai ce qu'on dit, que sa parole est de miel ? *(Il ne répond pas.)* Le jardin, il est à vous ?

FRED : Oui.

LIZZIE : Il a l'air si grand. Et les petites sur les fauteuils, ce sont tes sœurs ? *(Il ne répond pas.)* Elle est sur la colline, ta maison ?

FRED : Oui.

LIZZIE : Alors, le matin, quand tu prends ton breakfast, tu vois toute la ville de ta fenêtre ?

FRED : Oui.

LIZZIE : Est-ce qu'on sonne la cloche, aux heures des repas, pour vous appeler ? Tu peux bien me répondre.

FRED : On tape sur un gong.

LIZZIE, *extasiée* : Sur un gong ! Je te comprends pas. Moi, avec une famille pareille et une pareille maison, faudrait me payer pour que je découche. *(Un temps.)* Pour ta maman, je m'excuse : j'étais en colère. Est-ce qu'elle est aussi sur la photo ?

FRED : Je t'ai défendu de me parler d'elle.

LIZZIE : Bon, bon. *(Un temps.)* Je peux te poser une question ? *(Il ne répond pas.)* Si l'amour te dégoûte, qu'est-ce que tu es venu faire chez moi ? *(Il ne répond pas. Elle soupire.)* Enfin ! À tant faire que d'être ici, j'essaierai de m'habituer à vos manières.

Un temps. Fred se donne un coup de peigne devant la glace.

FRED : Tu viens du Nord ?

LIZZIE : Oui.

FRED : De New York ?

LIZZIE : Qu'est-ce que ça peut te faire ?

FRED : Tu as parlé de New York tout à l'heure.

LIZZIE : Tout le monde peut parler de New York, ça ne prouve rien.

FRED : Pourquoi n'es-tu pas restée là-bas ?

LIZZIE : J'en avais marre.

FRED : Des ennuis ?

LIZZIE : Bien sûr : je les attire, il y a des natures comme ça[c]. Tu vois ce serpent ? *(Elle lui montre le bracelet.)* Il porte la poisse[d].

FRED : Pourquoi le mets-tu ?

LIZZIE : À présent que je l'ai, il faut que je le garde. Il paraît que c'est terrible, les vengeances de serpent.

FRED : C'est toi que le Nègre a voulu violer ?

LIZZIE : Quoi ?

FRED : Tu es arrivée avant-hier par le rapide de 6 heures ?

LIZZIE : Oui.

FRED : Alors c'est bien toi.

LIZZIE : Personne n'a voulu me violer. *(Elle rit avec un peu d'amertume.)* Me violer ! Tu te rends compte ?

FRED : C'est toi, Webster me l'a dit hier, au dancing.

LIZZIE : Webster ? *(Un temps.)* C'est donc ça !

FRED : Quoi ?

LIZZIE : C'est donc ça que tes yeux brillaient. Ça t'excitait, hein ? Salaud ! Avec un père qui est si bon.

FRED : Imbécile ! *(Un temps.)* Si je pensais que tu as couché avec un Noir…

LIZZIE : Eh bien ?

FRED : J'ai cinq domestiques de couleur. Quand on m'appelle au téléphone et que l'un d'eux décroche l'appareil, il l'essuie avant de me le tendre[4].

LIZZIE, *sifflement admiratif* : Je vois.

FRED, *doucement* : Nous n'aimons pas beaucoup les nègres, ici. Ni les Blanches qui s'amusent avec eux.

LIZZIE : Suffit. J'ai rien contre eux, mais je ne voudrais pas qu'ils me touchent.

FRED : Est-ce qu'on sait ? Tu es le diable. Le Nègre aussi est le diable… *(Brusquement.)* Alors ? il a voulu te violer ?

LIZZIE : Mais qu'est-ce que ça peut te faire ?

FRED : Ils sont montés à deux dans ton compartiment. Au bout d'un moment, ils se sont jetés sur toi. Tu as appelé à l'aide et des Blancs sont venus. Un des nègres a tiré son rasoir et un Blanc l'a abattu d'un coup de revolver. L'autre nègre s'est sauvé !

LIZZIE : C'est ce que t'a raconté Webster ?

FRED : Oui.

LIZZIE : D'où le savait-il ?

FRED : Toute la ville en parle.

LIZZIE : Toute la ville ? C'est bien ma veine. Vous n'avez donc rien d'autre à faire ?

FRED : Est-ce que les choses se sont passées comme je l'ai dit ?

LIZZIE : Pas du tout. Les deux nègres se tenaient tranquilles et parlaient entre eux ; ils ne m'ont même pas regardée. Après, quatre Blancs sont montés et il y en a deux qui m'ont serrée de près. Ils venaient de gagner un match de rugby, ils étaient saouls. Ils ont dit que ça sentait le nègre et ils ont voulu jeter les Noirs par la portière. Les autres se sont défendus comme ils ont pu ; à la fin, un Blanc a reçu un coup de poing sur l'œil ; c'est là qu'il a sorti son revolver et qu'il a tiré. C'est tout. L'autre nègre a sauté du train comme on arrivait en gare.

FRED : On le connaît. Il ne perdra rien pour attendre. *(Un temps.)* Quand on t'appellera chez le juge, c'est cette histoire-là que tu vas raconter ?

LIZZIE : Mais qu'est-ce que ça peut te faire ?

FRED : Réponds.

LIZZIE : Je n'irai pas chez le juge. Je te dis que j'ai horreur des complications.

FRED : Il faudra bien que tu y ailles.

LIZZIE : Je n'irai pas. Je ne veux plus avoir affaire à la police.

FRED : Ils viendront te chercher.

LIZZIE : Alors je dirai ce que j'ai vu.

Un temps.

FRED : Est-ce que tu te rends bien compte de ce que tu vas faire ?

LIZZIE : Qu'est-ce que je vais faire ?

FRED : Tu vas témoigner contre un Blanc pour un Noir.

LIZZIE : Si c'est le Blanc qui est coupable.

FRED : Il n'est pas coupable.

LIZZIE : Puisqu'il a tué, il est coupable.

FRED : Coupable de quoi ?

LIZZIE : D'avoir tué !

FRED : Mais c'est un nègre qu'il a tué.

LIZZIE : Eh bien ?

FRED : Si on était coupable chaque fois qu'on tue un nègre…

LIZZIE : Il n'avait pas le droit.

FRED : Quel droit ?

LIZZIE : Il n'avait pas le droit.

FRED : Il vient du Nord, ton droit. *(Un temps.)* Coupable ou non, tu ne peux pas faire punir un type de ta race.

LIZZIE : Je ne veux faire punir personne. On me demandera ce que j'ai vu et je le dirai.

Un temps. Fred marche sur elle.

FRED : Qu'est-ce qu'il y a entre toi et ce nègre ? Pourquoi le protèges-tu ?

LIZZIE : Je ne le connais même pas.

FRED : Alors ?

LIZZIE : Je veux dire la vérité !

FRED : La vérité ! Une putain à dix dollars qui veut dire la vérité ! Il n'y a pas de vérité : il y a des Blancs et des Noirs, c'est tout. Dix-sept mille Blancs, vingt mille Noirs. Nous ne sommes pas à New York, ici : nous n'avons pas le droit de rigoler. *(Un temps.)* Thomas est mon cousin.

LIZZIE : Quoi ?

FRED : Thomas, le type qui a tué : c'est mon cousin.

LIZZIE, *saisie* : Ah ?

FRED : C'est un homme de bien. Ça ne te dit pas grand-chose ; mais c'est un homme de bien.

LIZZIE : Un homme de bien qui se poussait tout le temps contre moi et qui essayait de relever mes jupes. Passe-moi l'homme de bien ! Ça ne m'étonne pas que vous soyez de la même famille.

FRED, *levant la main* : Saloperie ! *(Il se contient.)* Tu es le diable : avec le diable, on ne peut faire que le mal. Il a relevé tes jupes, il a tiré sur un sale nègre, la belle affaire ; ce sont des gestes qu'on a sans y penser, ça ne compte pas. Thomas est un chef, voilà ce qui compte.

LIZZIE : Ça se peut. Mais le Nègre n'a rien fait.

FRED : Un nègre a toujours fait quelque chose.

LIZZIE : Jamais je ne donnerai un homme aux poulets.

FRED : Si ce n'est pas lui, ce sera Thomas. De toute façon, tu en donneras un. À toi de choisir.

LIZZIE : Et voilà. Je suis dans la crotte jusqu'au cou ; pour changer. *(À son bracelet :)* Saleté, pourriture, tu n'en fais jamais d'autres ! *(Elle le jette par terre.)*

FRED : Combien veux-tu ?

LIZZIE : Je ne veux pas un sou.

FRED : Cinq cents dollars.

LIZZIE : Pas un sou.

FRED : Il te faudrait beaucoup plus d'une nuit pour gagner cinq cents dollars.

LIZZIE : Surtout si j'ai affaire à des pingres comme toi. *(Un temps.)* C'est donc pour ça que tu m'as fait signe hier soir ?

FRED : Dame.

LIZZIE : C'est donc pour ça. Tu t'es dit : voilà la môme, je vais la raccompagner chez elle et je lui mettrai le marché en main. C'est donc pour ça ! Tu me tripotais les mains mais tu étais froid comme la glace, tu pensais : comment que je vais lui amener ça ? *(Un temps.)* Mais dis donc ! Mais dis donc, mon petit gars… Si tu es monté pour me proposer ta combine, tu n'avais pas besoin de coucher avec moi. Hein ? Pourquoi as-tu couché avec moi, salaud ? Pourquoi as-tu couché avec moi ?

FRED : Du diable si je le sais.

LIZZIE, *s'effondre en pleurant sur une chaise* : Salaud ! Salaud ! Salaud !

FRED : Cinq cents dollars ! Ne chiale pas, bon Dieu ! Cinq cents dollars ! Ne chiale pas ! Ne chiale pas. Allons, Lizzie ! Lizzie ! Sois raisonnable ! Cinq cents dollars !

LIZZIE, *sanglotant* : Je ne suis pas raisonnable. Je ne veux pas de tes cinq cents dollars, je ne veux pas faire de faux témoignage ! Je veux retourner à New York, je veux m'en aller ! Je veux m'en aller ! *(On sonne. Elle s'arrête net. On sonne encore une fois. À voix basse.)* Qu'est-ce que c'est ? Tais-toi. *(Longue sonnerie.)* Je n'ouvrirai pas. Tiens-toi tranquille.

Coups dans la porte.

UNE VOIX : Ouvrez. Police.

LIZZIE, *à voix basse* : Les flics. Ça devait arriver. *(Elle montre le bracelet.)* C'est à cause de lui. *(Elle se baisse et le remet à son bras.)* Il vaut encore mieux que je le garde. Cache-toi.

Coups dans la porte.

LA VOIX : Police !

LIZZIE : Mais cache-toi donc. Va dans le cabinet de toilette. *(Il ne bouge pas. Elle le pousse de toutes ses forces.)* Mais va ! Va donc !

LA VOIX : Tu es là, Fred ? Fred ? Tu es là ?

FRED : Je suis là !

Il la repousse, elle le regarde avec stupeur.

LIZZIE : C'était donc pour ça !

Fred va ouvrir, John et James entrent.

SCÈNE III

LES MÊMES, JOHN *et* JAMES

La porte d'entrée reste ouverte.

JOHN : Police. Lizzie Mac Kay, c'est toi ?

LIZZIE, *sans l'entendre, continue à regarder Fred* : C'était pour ça !

JOHN, *la secouant par l'épaule* : Réponds quand on te parle.

LIZZIE : Hein ? Oui, c'est moi.

JOHN : Tes papiers.

LIZZIE, *elle s'est maîtrisée, durement* : De quel droit m'interrogez-vous ? Qu'est-ce que vous venez faire chez moi ?

(John montre son étoile.) N'importe qui peut mettre une étoile. Vous êtes des copains à Monsieur et vous vous êtes entendus pour me faire chanter.

John lui met une carte sous le nez.

JOHN : Tu connais ça ?

LIZZIE, *montrant James* : Et lui ?

JOHN, *à James* : Montre ta carte. *(James la montre. Lizzie la regarde, va à la table sans rien dire, en tire des papiers et les leur donne. Désignant Fred.)* Tu l'as ramené chez toi, hier soir ? Tu sais que la prostitution est un délit ?

LIZZIE : Vous êtes tout à fait sûrs que vous avez le droit d'entrer chez les gens sans mandat ? Vous ne craignez pas que je vous cause des ennuis ?

JOHN : T'en fais pas pour nous. *(Un temps.)* On te demande si tu l'as ramené chez toi.

Elle a changé, depuis que les policiers sont entrés. Elle est devenue plus dure et plus vulgaire.

LIZZIE : Vous cassez pas la tête. Bien sûr, que je l'ai ramené chez moi. Seulement, j'ai fait l'amour gratis. Ça vous la coupe ?

FRED : Vous trouverez deux billets de dix dollars sur la table. Ils sont à moi.

LIZZIE : Prouve-le.

FRED, *sans la regarder, aux deux autres* : Je les ai pris à la banque hier matin, avec vingt-huit autres de la même série. Vous n'aurez qu'à vérifier les numéros.

LIZZIE, *violemment* : Je les ai refusés. Je les ai refusés, ses sales fafiots. Je les lui ai jetés à la figure.

JOHN : Si tu les as refusés, comment se trouvent-ils sur la table ?

LIZZIE, *après un silence* : Je suis faite. *(Elle regarde Fred avec une sorte de stupeur et, d'une voix presque douce.)* C'était donc pour ça ? *(Aux autres :)* Alors ? Qu'est-ce que vous voulez de moi ?

JOHN : Assieds-toi. *(À Fred :)* Tu l'as mise au courant ? *(Fred fait un signe de tête.)* Je te dis de t'asseoir. *(Il la jette dans un fauteuil.)* Le juge est d'accord pour relâcher Thomas, s'il a ton témoignage écrit. On l'a rédigé pour toi, tu n'as qu'à signer. Demain, on t'interrogera régulièrement. Tu sais lire ? *(Lizzie hausse les épaules, il lui tend un papier.)* Lis et signe.

LIZZIE : C'est faux d'un bout à l'autre.

JOHN : Ça se peut. Après ?

LIZZIE : Je ne signerai pas.

FRED : Embarquez-la. *(À Lizzie :)* C'est dix-huit mois.

LIZZIE : Dix-huit mois, oui. Et quand je sortirai, je te ferai la peau.

FRED : Pas si je peux l'empêcher. *(Ils se regardent.)* Vous devriez télégraphier à New York ; je crois qu'elle a eu des ennuis là-bas.

LIZZIE, *avec admiration* : Tu es salaud comme une femme. J'aurais jamais cru qu'un type puisse être aussi salaud.

JOHN : Décide-toi. Tu signes ou je t'emmène en taule.

LIZZIE : J'aime mieux la taule. Je ne veux pas mentir.

FRED : Pas mentir, roulure ! Et qu'est-ce que tu as fait toute la nuit ? Quand tu m'appelais mon chéri, mon amour, mon petit homme, tu ne mentais pas ? Quand tu soupirais, pour me faire croire que je te donnais du plaisir, tu ne mentais pas ?

LIZZIE, *avec défi* : Ça t'arrangerait, hein ? Non, je ne mentais pas.

Ils se regardent. Fred détourne les yeux.

FRED : Finissons-en. Voilà mon stylo. Signe.

LIZZIE : Tu peux te l'accrocher.

Un silence. Les trois hommes sont embarrassés.

FRED : Et voilà ! Voilà où nous en sommes ! C'est le meilleur de la ville et son sort dépend des caprices d'une môme. *(Il marche de long en large, puis revient brusquement sur Lizzie.)* Regarde-le. *(Il lui montre une photo.)* Tu en as vu des hommes, dans ta chienne de vie. Y en a-t-il beaucoup qui lui ressemblent ? Regarde ce front, regarde ce menton, regarde ses médailles sur son uniforme. Non, non : ne détourne pas les yeux. Va jusqu'au bout : c'est ta victime, il faut que tu la regardes en face. Tu vois comme il a l'air jeune, comme il a l'air fier, comme il est beau ! Sois tranquille, quand il sortira de prison, après dix ans, il sera plus cassé qu'un vieillard, il aura perdu ses cheveux et ses dents. Tu peux être contente, c'est du beau travail. Jusqu'ici, tu chipais l'argent dans les poches ; cette fois, tu as choisi le meilleur et tu lui prends la vie. Tu ne dis rien ? Tu es donc pourrie jusqu'aux os ? *(Il la jette à genoux.)* À genoux, putain ! À genoux devant le portrait de l'homme que tu veux déshonorer !

Clarke entre par la porte qu'ils ont laissée ouverte.

SCÈNE IV

LES MÊMES, *plus* LE SÉNATEUR

LE SÉNATEUR : Lâche-la. *(À Lizzie :)* Relevez-vous.

FRED : Hello !

JOHN : Hello !

LE SÉNATEUR : Hello ! Hello !

JOHN, *à Lizzie* : C'est le sénateur Clarke.

LE SÉNATEUR, *à Lizzie* : Hello !

LIZZIE : Hello !

LE SÉNATEUR : Bon. Les présentations sont faites. *(Il regarde Lizzie.)* Voilà donc cette jeune fille. Elle a l'air tout à fait sympathique.

FRED : Elle ne veut pas signer.

LE SÉNATEUR : Elle a parfaitement raison. Vous entrez chez elle sans en avoir le droit. *(Sur un geste de John, avec force.)* Sans en avoir le moindre droit ; vous la brutalisez et vous voulez la faire parler contre sa conscience. Ce ne sont pas des procédés américains. Est-ce que le Nègre vous a violentée, mon enfant ?

LIZZIE : Non.

LE SÉNATEUR : Parfait. Voilà qui est clair. Regardez-moi dans les yeux. *(Il la regarde.)* Je suis sûr qu'elle ne ment pas. *(Un temps.)* Pauvre Mary ! *(Aux autres :)* Eh bien, garçons, venez. Nous n'avons plus rien à faire ici. Il ne nous reste qu'à nous excuser auprès de mademoiselle.

LIZZIE : Qui est Mary ?

LE SÉNATEUR : Mary ? C'est ma sœur, la mère de cet infortuné Thomas. Une pauvre chère vieille qui va en mourir. Au revoir, mon enfant.

LIZZIE, *d'une voix étranglée*[e] : Sénateur !

LE SÉNATEUR : Mon enfant ?

LIZZIE : Je regrette.

LE SÉNATEUR : Qu'y a-t-il à regretter, puisque vous avez dit la vérité ?

LIZZIE : Je regrette que ce soit… cette vérité-là.

LE SÉNATEUR : Nous n'y pouvons rien ni l'un ni l'autre et personne n'a le droit de vous demander un faux témoignage. *(Un temps.)* Non. Ne pensez plus à elle.

LIZZIE : À qui ?

LE SÉNATEUR : À ma sœur. Vous ne pensiez pas à ma sœur ?

LIZZIE : Si.

LE SÉNATEUR : Je vois clair en vous, mon enfant. Voulez-vous que je vous dise ce qu'il y a dans votre tête ? *(Imitant Lizzie.)* « Si je signais, le Sénateur irait la trouver chez elle, il lui dirait : " Lizzie Mac Kay est une bonne fille ; c'est elle qui te rend ton fils. " Et elle sourirait à travers ses larmes, elle dirait : " Lizzie Mac Kay ? Je n'oublierai pas ce nom-là. " Et moi qui suis sans famille, que le destin a reléguée au ban de la société, il y aurait une petite vieille toute simple qui penserait à moi dans sa grande maison, il y aurait une mère américaine qui m'adopterait dans son cœur. » Pauvre Lizzie, n'y pensez plus.

LIZZIE : Elle a les cheveux blancs ?

LE SÉNATEUR : Tout blancs. Mais le visage est resté jeune. Et si vous connaissiez son sourire... Elle ne sourira plus jamais. Adieu. Demain vous direz la vérité au juge.

LIZZIE : Vous partez ?

LE SÉNATEUR : Eh bien, oui : je vais chez elle. Il faut que je lui rapporte notre conversation.

LIZZIE : Elle sait que vous êtes ici ?

LE SÉNATEUR : C'est à sa prière que je suis venu.

LIZZIE : Mon Dieu ! Et elle attend ? Et vous allez lui dire que j'ai refusé de signer. Comme elle va me détester !

LE SÉNATEUR, *lui mettant les mains sur les épaules* : Ma pauvre enfant, je ne voudrais pas être à votre place.

LIZZIE : Quelle histoire ! *(À son bracelet :)* C'est toi, saleté, qui es cause de tout.

LE SÉNATEUR : Comment ?

LIZZIE : Rien. *(Un temps.)* Au point où en sont les choses, c'est malheureux que le Nègre ne m'ait pas violée pour de bon.

LE SÉNATEUR, *ému* : Mon enfant.

LIZZIE, *tristement* : Ça vous aurait fait tant plaisir et à moi ça m'aurait coûté si peu de peine.

LE SÉNATEUR : Merci ! *(Un temps.)* Comme je voudrais vous aider. *(Un temps.)* Hélas, la vérité est la vérité.

LIZZIE, *tristement* : Ben oui.

LE SÉNATEUR : Et la vérité, c'est que le Nègre ne vous a pas violée.

LIZZIE, *même jeu* : Ben oui.

LE SÉNATEUR : Oui. *(Un temps.)* Bien entendu, il s'agit là d'une vérité du premier degré.

LIZZIE, *sans comprendre* : Du premier degré…

LE SÉNATEUR : Oui : je veux dire une vérité… populaire.

LIZZIE : Populaire ? C'est pas la vérité ?

LE SÉNATEUR : Si, si, c'est la vérité. Seulement… il y a plusieurs espèces de vérités.

LIZZIE : Vous pensez que le Nègre m'a violée ?

LE SÉNATEUR : Non. Non, il ne vous a pas violée. D'un certain point de vue, il ne vous a pas violée du tout. Mais voyez-vous, je suis un vieil homme qui a beaucoup vécu, qui s'est souvent trompé et qui, depuis quelques années, se trompe un petit peu moins souvent. Et j'ai sur tout ceci une opinion différente de la vôtre.

LIZZIE : Mais quelle opinion ?

LE SÉNATEUR : Comment vous expliquer ? Tenez : imaginons que la nation américaine vous apparaisse tout à coup. Qu'est-ce qu'elle vous dirait ?

LIZZIE, *effrayée* : Je suppose qu'elle n'aurait pas grand-chose à me dire.

LE SÉNATEUR : Vous êtes communiste ?

LIZZIE : Quelle horreur : non !

LE SÉNATEUR : Alors, elle a beaucoup à vous dire. Elle vous dirait : « Lizzie, tu en es arrivée à ceci qu'il te faut choisir entre deux de mes fils. Il faut que l'un ou l'autre disparaisse. Que fait-on dans des cas pareils ? On garde le meilleur. Eh bien, cherchons quel est le meilleur. Veux-tu ? »

LIZZIE : Je veux bien. Oh, pardon ! Je croyais que c'était vous qui parliez.

LE SÉNATEUR : Je parle en son nom. *(Il reprend.)* « Lizzie, ce nègre que tu protèges, à quoi sert-il ? Il est né au hasard, Dieu sait où. Je l'ai nourri et lui, que fait-il pour moi en retour ? Rien du tout, il traîne, il chaparde, il chante, il s'achète des complets rose et vert[5]. C'est mon fils et je l'aime à l'égal de mes autres fils. Mais je te le demande : est-ce qu'il mène une vie d'homme ? Je ne m'apercevrai même pas de sa mort. »

LIZZIE : Ce que vous parlez bien.

LE SÉNATEUR, *enchaînant* : « L'autre, au contraire, ce Thomas, il a tué un Noir, c'est très mal. Mais j'ai besoin de lui. C'est un Américain cent pour cent, le descendant d'une de nos plus vieilles familles, il a fait ses études à Harvard, il est officier — il me faut des officiers — il emploie deux mille ouvriers dans son usine — deux mille chômeurs s'il venait à mourir — c'est un chef, un solide rempart contre le communisme, le syndicalisme et les juifs. Il a le devoir de vivre et toi tu as le devoir de lui conserver la vie. C'est tout. À présent, choisis. »

LIZZIE : Ce que vous parlez bien.

LE SÉNATEUR : Choisis !

LIZZIE, *sursautant* : Hein ? Ah oui… *(Un temps.)* Vous m'avez embrouillée, je ne sais plus où j'en suis.

LE SÉNATEUR : Regardez-moi, Lizzie. Avez-vous confiance en moi ?

LIZZIE : Oui, sénateur.

LE SÉNATEUR : Croyez-vous que je peux vous conseiller une mauvaise action ?

LIZZIE : Non, sénateur.

LE SÉNATEUR : Alors il faut signer. Voilà ma plume.

LIZZIE : Vous croyez qu'elle sera contente de moi ?

LE SÉNATEUR : Qui ?

LIZZIE : Votre sœur.

LE SÉNATEUR : Elle vous aimera de loin comme sa fille.

LIZZIE : Peut-être qu'elle m'enverra des fleurs ?

LE SÉNATEUR : Peut-être bien.

LIZZIE : Ou sa photo avec un autographe.

LE SÉNATEUR : C'est bien possible.

LIZZIE : Je la mettrai au mur. *(Un temps. Elle marche avec agitation.)* Quelle histoire ! *(Revenant sur le Sénateur.)* Qu'est-ce que vous lui ferez, au Nègre, si je signe ?

LE SÉNATEUR : Au Nègre ? Bah ! *(Il la prend par les épaules.)* Si tu signes, toute la ville t'adopte. Toute la ville. Toutes les mères de la ville.

LIZZIE : Mais…

LE SÉNATEUR : Est-ce que tu crois qu'une ville tout entière peut se tromper ? Une ville tout entière, avec ses pasteurs et ses curés, avec ses médecins, ses avocats et ses artistes, avec son maire et ses adjoints et ses associations de bienfaisance. Est-ce que tu le crois ?

LIZZIE : Non. Non. Non.

LE SÉNATEUR : Donne-moi ta main. *(Il la force à signer.)* Voilà. Je te remercie au nom de ma sœur et de mon neveu, au nom des dix-sept mille Blancs de notre ville, au nom de la nation américaine que je représente en ces lieux. Ton front. *(Il la baise au front.)* Venez, vous autres. *(À Lizzie :)* Je te reverrai dans la soirée : nous avons encore à parler.

Il sort.

FRED, *sortant* : Adieu, Lizzie.
LIZZIE : Adieu. *(Ils sortent. Elle reste écrasée, puis se précipite vers la porte.)* Sénateur ! Sénateur ! Je ne veux pas ! Déchirez le papier ! Sénateur ! *(Elle revient sur la scène, prend l'aspirateur machinalement.)* La nation américaine ! *(Elle met le contact.)* J'ai comme une idée qu'ils m'ont roulée !

Elle manœuvre l'aspirateur avec rage.

RIDEAU

DEUXIÈME TABLEAU

Même décor, douze heures plus tard. Les lampes sont allumées, les fenêtres sont ouvertes sur la nuit. Rumeurs qui vont en croissant. Le Nègre paraît à la fenêtre, enjambe l'entablement et saute dans la pièce déserte. Il va jusqu'au milieu de la scène. On sonne. Il se cache derrière un rideau. Lizzie sort de la salle de bains, va jusqu'à la porte d'entrée, ouvre.

SCÈNE I

LIZZIE, LE SÉNATEUR,
LE NÈGRE, *caché*

LIZZIE : Entrez ! *(Le Sénateur entre.)* Alors ?
LE SÉNATEUR : Thomas est dans les bras de sa mère. Je viens vous porter leurs remerciements.
LIZZIE : Elle est heureuse ?
LE SÉNATEUR : Tout à fait heureuse.
LIZZIE : Elle a pleuré ?
LE SÉNATEUR : Pleuré ? Pourquoi ? C'est une femme forte.
LIZZIE : Vous m'aviez dit qu'elle pleurerait.
LE SÉNATEUR : C'était une façon de parler.
LIZZIE : Elle ne s'y attendait pas, hein ? Elle croyait que j'étais une mauvaise femme et que je témoignerais pour le Nègre.
LE SÉNATEUR : Elle s'était remise entre les mains de Dieu.
LIZZIE : Qu'est-ce qu'elle pense de moi ?
LE SÉNATEUR : Elle vous remercie.

LIZZIE : Elle n'a pas demandé comment j'étais faite ?
LE SÉNATEUR : Non.
LIZZIE : Elle trouve que je suis une bonne fille ?
LE SÉNATEUR : Elle pense que vous avez fait votre devoir.
LIZZIE : Ah oui ?...
LE SÉNATEUR : Elle espère que vous continuerez à le faire.
LIZZIE : Oui, oui...
LE SÉNATEUR : Regardez-moi, Lizzie. *(Il la prend par les épaules.)* Vous continuerez à le faire ? Vous ne voudriez pas la décevoir ?
LIZZIE : Ne vous frappez pas. Je ne peux plus revenir sur ce que j'ai dit, ils me colleraient en taule. *(Un temps.)* Qu'est-ce que c'est que ces cris ?
LE SÉNATEUR : Ce n'est rien.
LIZZIE : Je ne peux plus les supporter. *(Elle va fermer la fenêtre.)* Sénateur ?
LE SÉNATEUR : Mon enfant ?
LIZZIE : Vous êtes sûr que nous ne nous sommes pas trompés, que j'ai fait ce que je devais ?
LE SÉNATEUR : Absolument sûr.
LIZZIE : Je ne m'y reconnais plus ; vous m'avez embrouillée ; vous pensez trop vite pour moi. Quelle heure est-il ?
LE SÉNATEUR : 11 heures.
LIZZIE : Encore huit heures avant le jour. Je sens que je ne pourrai pas fermer l'œil. *(Un temps.)* Les nuits sont aussi chaudes que les journées. *(Un temps.)* Et le Nègre ?
LE SÉNATEUR : Quel nègre ? Ah ! eh bien, on le cherche.
LIZZIE : Qu'est-ce qu'on lui fera ? *(Le Sénateur hausse les épaules, les cris augmentent. Lizzie va à la fenêtre.)* Mais qu'est-ce que c'est que ces cris ? Il y a des hommes qui passent avec des torches électriques et des chiens. C'est une retraite aux flambeaux ? Ou bien... Dites-moi ce que c'est, sénateur ! Dites-moi ce que c'est !
LE SÉNATEUR, *tirant une lettre de sa poche* : Ma sœur m'a chargé de vous remettre ceci.
LIZZIE, *vivement* : Elle m'a écrit ? *(Elle déchire l'enveloppe, en tire un billet de cent dollars, fouille pour trouver une lettre, n'en trouve pas, froisse l'enveloppe et la jette à terre. Sa voix change.)* Cent dollars. Vous devez être content : votre fils m'en avait promis cinq cents, vous faites une belle économie.
LE SÉNATEUR : Mon enfant.
LIZZIE : Vous remercierez madame votre sœur. Vous lui direz que j'aurais préféré une potiche ou des bas nylon,

quelque chose qu'elle se serait donné la peine de choisir. Mais c'est l'intention qui compte, n'est-ce pas ? *(Un temps.)* Vous m'avez bien eue.

Ils se regardent. Le Sénateur se rapproche.

LE SÉNATEUR : Je vous remercie, mon enfant ; nous causerons un peu seul à seule. Vous traversez une crise morale et vous avez besoin de mon appui.

LIZZIE : J'ai surtout besoin de fric mais je pense qu'on s'arrangera, vous et moi. *(Un temps.)* Jusqu'ici, je préférais les vieux parce qu'ils ont l'air respectable mais je commence à me demander s'ils ne sont pas encore plus chinois que les autres.

LE SÉNATEUR, *égayé* : Chinois ! Je voudrais que mes collègues vous entendent. Quel naturel délicieux ! Il y a quelque chose en vous que vos désordres n'ont pas entamé ! *(Il la caresse.)* Oui. Oui. Quelque chose. *(Elle se laisse faire, passive et méprisante.)* Je reviendrai, ne m'accompagnez pas.

Il sort. Lizzie reste figée sur place. Mais elle prend le billet, le froisse, le jette par terre, se laisse tomber sur une chaise et éclate en sanglots. Dehors, les hurlements se rapprochent. Coups de feu dans le lointain. Le Nègre sort de sa cachette. Il se plante devant elle. Elle lève la tête et pousse un cri.

SCÈNE II

LIZZIE, LE NÈGRE

LIZZIE : Ha ! *(Un temps. Elle se lève.)* J'étais sûre que tu viendrais. J'en étais sûre. Par où es-tu entré ?

LE NÈGRE : Par la fenêtre.

LIZZIE : Qu'est-ce que tu veux ?

LE NÈGRE : Cachez-moi.

LIZZIE : Je t'ai dit que non.

LE NÈGRE : Vous les entendez, madame ?

LIZZIE : Oui.

LE NÈGRE : C'est la chasse qui a commencé.

LIZZIE : Quelle chasse ?

LE NÈGRE : La chasse au nègre.

LIZZIE : Ha ! *(Un long temps.)* Tu es sûr qu'ils ne t'ont pas vu entrer ?

LE NÈGRE : Sûr.

LIZZIE : Qu'est-ce qu'ils te feront, s'ils te prennent ?

LE NÈGRE : L'essence.

LIZZIE : Quoi ?

LE NÈGRE : L'essence. *(Il fait un geste explicatif.)* Ils y mettront le feu.

LIZZIE : Je vois. *(Elle va à la fenêtre et tire les rideaux.)* Assieds-toi. *(Le Nègre se laisse tomber sur une chaise.)* Il a fallu que tu viennes chez moi. Je n'en aurai donc jamais fini ? *(Elle vient sur lui presque menaçante.)* J'ai horreur des histoires, comprends-tu ? *(Tapant du pied.)* Horreur ! Horreur ! Horreur !

LE NÈGRE : Ils croient que je vous ai porté tort, madame.

LIZZIE : Après ?

LE NÈGRE : Ils ne viendront pas me chercher ici.

LIZZIE : Sais-tu pourquoi ils te font la chasse ?

LE NÈGRE : Parce qu'ils croient que je vous ai porté tort.

LIZZIE : Sais-tu qui le leur a dit ?

LE NÈGRE : Non.

LIZZIE : C'est moi. *(Un long silence. Le Nègre la regarde.)* Qu'est-ce que tu en penses ?

LE NÈGRE : Pourquoi avez-vous fait ça, madame ? Oh ! pourquoi avez-vous fait ça ?

LIZZIE : Je me le demande.

LE NÈGRE : Ils n'auront pas de pitié ; ils me fouetteront sur les yeux, ils verseront sur moi leurs bidons d'essence. Oh ! pourquoi avez-vous fait ça ? Je ne vous ai pas porté tort.

LIZZIE : Oh ! si, tu m'as porté tort. Tu ne peux pas savoir à quel point tu m'as porté tort ! *(Un temps.)* Tu n'as pas envie de m'étrangler ?

LE NÈGRE : Ils forcent souvent les gens à dire le contraire de ce qu'ils pensent.

LIZZIE : Oui. Souvent. Et quand ils ne peuvent pas les y forcer, ils les embrouillent avec leurs boniments. *(Un temps.)* Alors ? Non ? Tu ne m'étrangles pas ? Tu as bon caractère. *(Un temps.)* Je te cacherai jusqu'à demain soir. *(Il fait un mouvement.)* Ne me touche pas : je n'aime pas les nègres. *(Cris et coups de feu au-dehors.)* Ils se rapprochent. *(Elle va à la fenêtre, écarte les rideaux et regarde dans la rue.)* Nous sommes propres !

LE NÈGRE : Qu'est-ce qu'ils font ?

LIZZIE : Ils ont mis des sentinelles aux deux bouts de la rue et ils fouillent toutes les maisons. Tu avais bien besoin de venir ici. Il y a sûrement quelqu'un qui t'a vu entrer dans la rue. *(Elle regarde de nouveau.)* Voilà. C'est à nous. Ils montent.

LE NÈGRE : Combien sont-ils ?

LIZZIE : Cinq ou six. Les autres attendent en bas. *(Elle revient vers lui.)* Ne tremble pas. Ne tremble pas, bon Dieu ! *(Un temps. À son bracelet :)* Cochon de serpent ! *(Elle le jette par terre et le piétine.)* Saloperie ! *(Au Nègre :)* Tu avais bien besoin de venir ici. *(Il se lève et fait un mouvement pour partir.)* Reste. Si tu sors, tu es fait.

LE NÈGRE : Les toits.

LIZZIE : Avec cette lune ? Tu peux y aller, si tu t'en ressens pour servir de carton. *(Un temps.)* Attendons. Ils ont deux étages à fouiller avant le nôtre. Je te dis de ne pas trembler. *(Long silence. Elle marche de long en large. Le Nègre reste écrasé sur sa chaise.)* Tu n'as pas d'armes ?

LE NÈGRE : Oh ! Non.

LIZZIE : Bon.

Elle fouille dans un tiroir et sort un revolver.

LE NÈGRE : Qu'est-ce que vous voulez faire, madame ?

LIZZIE : Je vais leur ouvrir la porte et les prier d'entrer. Voilà[a] vingt-cinq ans qu'ils me roulent avec leurs vieilles mères aux cheveux blancs et les héros de la guerre et la nation américaine. Mais j'ai compris. Ils ne m'auront pas jusqu'au bout. J'ouvrirai la porte et je leur dirai : « Il est là. Il est là mais il n'a rien fait ; on m'a soutiré un faux témoignage. Je jure sur le Bon Dieu qu'il n'a rien fait. »

LE NÈGRE : Ils ne vous croiront pas.

LIZZIE : Peut se faire. Peut se faire qu'ils ne me croient pas : alors, tu les viseras avec le revolver et, s'ils ne s'en vont pas, tu tireras dedans.

LE NÈGRE : Il en viendra d'autres.

LIZZIE : Tu tireras aussi sur les autres. Et si tu vois le fils du Sénateur, tâche de ne pas le rater, parce que c'est lui qui a tout manigancé. Nous sommes coincés, non ? Et de toute façon, c'est notre dernière histoire, parce que, je te le dis, s'ils te trouvent chez moi, je ne donne pas un sou de ma peau. Alors, autant crever en nombreuse compagnie. *(Elle lui tend le revolver.)* Prends ça ! Je te dis de le prendre.

LE NÈGRE : Je ne peux pas, madame.

LIZZIE : Quoi ?

LE NÈGRE : Je ne peux pas tirer sur des Blancs.

LIZZIE : Vraiment ! Ils vont se gêner, eux.

LE NÈGRE : Ce sont des Blancs, madame.

LIZZIE : Et alors ? Parce qu'ils sont blancs, ils ont le droit de te saigner comme un cochon ?

LE NÈGRE : Ce sont des Blancs.

LIZZIE : Pochetée[1] ! Tiens, tu me ressembles, tu es aussi poire que moi. Enfin, si tout le monde est d'accord[b]...

LE NÈGRE : Pourquoi vous ne tirez pas, vous, madame ?

LIZZIE : Je te dis que je suis une poire. *(On entend des pas dans l'escalier.)* Les voilà. *(Rire bref.)* On a bonne mine. *(Un temps.)* File dans le cabinet de toilette. Et ne bouge pas. Retiens ton souffle.

Le Nègre obéit, Lizzie attend. Coup de sonnette. Elle se signe, ramasse le bracelet et va ouvrir. Des hommes avec des fusils.

SCÈNE III

LIZZIE, TROIS HOMMES

LE PREMIER HOMME : Nous cherchons le Nègre.

LIZZIE : Quel nègre ?

LE PREMIER HOMME : Celui qui a violé une femme dans le train et qui a blessé le neveu du Sénateur à coups de rasoir.

LIZZIE : Nom de Dieu, c'est pas chez moi qu'il faut le chercher. *(Un temps.)* Vous ne me reconnaissez pas ?

LE DEUXIÈME HOMME : Si, si, si. Je vous ai vue descendre du train avant-hier.

LIZZIE : Parfait. Parce que c'est moi qu'il a violée, comprenez-vous. *(Brouhaha. Ils la regardent avec des yeux pleins de stupeur, de convoitise et d'une sorte d'horreur. Ils reculent légèrement.)* S'il s'amène, il tâtera de ça.

Ils rient.

UN HOMME : Vous n'avez pas envie de le voir pendre ?

LIZZIE : Venez me chercher quand vous l'aurez trouvé.

UN HOMME : Ça ne traînera pas, mon petit sucre : on sait qu'il se cache dans cette rue.

LIZZIE : Bonne chance.

Ils sortent. Elle ferme la porte. Elle va déposer le revolver sur la table.

SCÈNE IV

LIZZIE, *puis* LE NÈGRE

LIZZIE : Tu peux sortir. *(Le Nègre sort, s'agenouille et baise le bas de sa robe.)* Je t'ai dit de ne pas me toucher. *(Elle le regarde.)* Il faut tout de même que tu sois un drôle de paroissien pour avoir toute une ville après toi.

LE NÈGRE : Je n'ai rien fait, madame, vous le savez bien.

LIZZIE : Ils disent qu'un nègre a toujours fait quelque chose.

LE NÈGRE : Jamais rien fait. Jamais. Jamais.

LIZZIE, *elle se passe la main sur le front* : Je ne sais plus où j'en suis. *(Un temps.)* Tout de même, une ville entière, ça ne peut pas avoir complètement tort. *(Un temps.)* Merde ! Je n'y comprends plus rien.

LE NÈGRE : C'est comme ça, madame. C'est toujours comme ça avec les Blancs.

LIZZIE : Toi aussi, tu te sens coupable ?

LE NÈGRE : Oui, madame.

LIZZIE : Et pourtant tu n'as rien fait ?

LE NÈGRE : Non, madame.

LIZZIE : Mais qu'est-ce qu'ils ont donc, pour qu'on soit toujours de leur côté ?

LE NÈGRE : Ce sont des Blancs.

LIZZIE : Je suis une Blanche, moi aussi. *(Un temps. Bruit de pas dehors.)* Ils redescendent. *(Elle se rapproche de lui instinctivement. Il tremble, mais il lui met la main autour des épaules. Les pas décroissent. Silence. Elle se dégage brusquement.)* Ah, dis donc ? Ce qu'on est seuls ! Nous avons l'air de deux orphelins[2]. *(On sonne. Ils écoutent en silence. On sonne encore.)* File dans le cabinet de toilette.

Coups dans la porte d'entrée. Le Nègre se cache. Lizzie va ouvrir.

SCÈNE V

FRED, LIZZIE

LIZZIE : Tu es fou ? Pourquoi tapes-tu dans ma porte ? Non, tu n'entreras pas, tu m'en as assez fait voir. Va-t'en, va-t'en, salaud, va-t'en ! va-t'en ! *(Il la repousse, ferme la porte et la prend par les épaules. Long silence.)* Alors ?

FRED : Tu es le diable !

LIZZIE : C'est pour me dire ça que tu voulais enfoncer ma porte ? Quelle tête ! D'où sors-tu ? *(Un temps.)* Réponds.

FRED : Ils ont attrapé un nègre. Ce n'était pas le bon. Ils l'ont lynché tout de même.

LIZZIE : Après ?

FRED : J'étais avec eux.

Lizzie siffle.

LIZZIE : Je vois. *(Un temps.)* On dirait que ça te fait de l'effet de voir lyncher un nègre.

FRED : J'ai envie de toi.

LIZZIE : Quoi ?

FRED : Tu es le diable ! Tu m'as jeté un sort. J'étais au milieu d'eux, j'avais mon revolver à la main et le nègre se balançait à une branche. Je l'ai regardé et j'ai pensé : j'ai envie d'elle[3]. Ce n'est pas naturel.

LIZZIE : Lâche-moi. Je te dis de me lâcher.

FRED : Qu'est-ce qu'il y a là-dessous ? Qu'est-ce que tu m'as fait, sorcière ? Je regardais le nègre et je t'ai vue. Je t'ai vue te balancer au-dessus des flammes. J'ai tiré.

LIZZIE : Ordure ! Lâche-moi ! Lâche-moi ! Tu es un assassin.

FRED : Qu'est-ce que tu m'as fait ? Tu colles à moi comme mes dents à mes gencives. Je te vois partout, je vois ton ventre, ton sale ventre de chienne, je sens ta chaleur dans mes mains, j'ai ton odeur dans les narines. J'ai couru jusqu'ici, je ne savais pas si c'était pour te tuer ou pour te prendre de force. Maintenant, je sais. *(Il la lâche brusquement.)* Je ne peux pourtant pas me damner pour une putain. *(Il revient sur elle.)* C'est vrai ce que tu m'as dit, ce matin ?

LIZZIE : Quoi ?

FRED : Que je t'avais donné du plaisir ?

LIZZIE : Laisse-moi tranquille.

FRED : Jure que c'est vrai. Jure-le ! *(Il lui tord le poignet. On entend du bruit dans le cabinet de toilette.)* Qu'est-ce que c'est ? *(Il écoute.)* Il y a quelqu'un ici.

LIZZIE : Tu es fou. Il n'y a personne.

FRED : Si. Dans le cabinet de toilette.

Il marche vers le cabinet de toilette.

LIZZIE : Tu n'entreras pas.

FRED : Tu vois bien qu'il y a quelqu'un.

LIZZIE : C'est mon client d'aujourd'hui. Un type qui paie. Là. Es-tu content ?

FRED : Un client ? Tu n'auras plus de client. Plus jamais. Tu es à moi. *(Un temps.)* Je veux voir sa tête. *(Il crie.)* Sortez de là !

LIZZIE, *criant* : Ne sors pas. C'est un piège.

FRED : Sacrée fille de putain. *(Il l'écarte violemment, va vers la porte et l'ouvre. Le Nègre sort.)* C'est ça, ton client ?

LIZZIE : Je l'ai caché parce qu'on veut lui faire du mal. Ne tire pas, tu sais bien qu'il est innocent.

Fred tire son revolver. Le Nègre prend brusquement son élan, le bouscule et sort. Fred lui court après. Lizzie va jusqu'à la porte d'entrée par où ils ont disparu tous deux et se met à crier.

Il est innocent ! Il est innocent !

Deux coups de feu, elle revient, le visage dur. Elle va à la table, prend le revolver. Fred revient. Elle se tourne vers lui, dos au public, en tenant son arme derrière elle. Il jette la sienne sur la table.

Alors, tu l'as eu ? *(Fred ne répond pas.)* Bon. Eh bien, à présent, c'est ton tour.

Elle le vise avec le revolver.

FRED : Lizzie ! J'ai une mère.

LIZZIE : Ta gueule ! On m'a déjà fait le coup.

FRED, *marchant lentement sur elle* : Le premier Clarke a défriché toute une forêt à lui seul ; il a tué seize Indiens de sa main avant de périr dans une embuscade ; son fils a bâti presque toute cette ville ; il tutoyait Washington et il est mort à Yorktown, pour l'indépendance des États-Unis ; mon arrière-grand-père était chef des Vigilants, à San Francisco, il a sauvé vingt-deux personnes pendant le grand incendie ; mon grand-père est revenu s'établir ici, il a fait creuser le canal du Mississipi[4] et il a été gouverneur de l'État. Mon père est sénateur ; je serai sénateur après lui : je suis son seul héritier mâle et le dernier de mon nom. Nous avons fait ce pays et son histoire est la nôtre. Il y a eu des Clarke en Alaska, aux Philippines, dans le Nouveau-Mexique[5]. Oseras-tu tirer sur toute l'Amérique[d] ?

LIZZIE : Si tu avances, je te bute.

FRED : Tire ! Mais tire donc ! Tu vois, tu ne peux pas. Une fille comme toi *ne peut pas* tirer sur un homme comme moi. Qui es-tu ? Qu'est-ce que tu fais dans le monde ? As-tu seulement connu ton grand-père ? Moi, j'ai le droit de vivre : il y a beaucoup de choses à entreprendre et l'on m'attend[6]. Donne-moi ce revolver. *(Elle le lui donne, il le met dans sa poche.)* Pour ce qui est du Nègre, il courait trop vite : je l'ai raté. *(Un temps. Il lui entoure les épaules de son bras.)* Je t'installerai sur la colline, de l'autre côté de la rivière, dans une belle maison avec un parc. Tu te promèneras dans le parc, mais je te défends de sortir : je suis très jaloux. Je viendrai te voir trois fois par semaine, à la nuit tombée : le mardi, le jeudi et pour le week-end. Tu auras des domestiques nègres et plus d'argent que tu n'en as jamais rêvé, mais il faudra me passer tous mes caprices. Et j'en aurai ! *(Elle s'abandonne un peu plus dans ses bras.)* C'est vrai que je t'ai donné du plaisir ? Réponds. C'est vrai ?

LIZZIE, *avec lassitude* : Oui, c'est vrai.

FRED, *en lui tapant la joue* : Allons, tout est rentré dans l'ordre. *(Un temps.)* Je m'appelle Fred.

RIDEAU

Autour de « La Putain respectueuse »

JAMES ET LIZZIE

1re version

[1er TABLEAU]

[SCÈNE IV]

[JAMES *biffé*] FRED : Et voilà où nous en sommes ! C'était le meilleur de la ville, le fils d'un magistrat, un gars solide et religieux, dur avec les hommes, timide avec les femmes — et son honorabilité dépend du bon vouloir d'une putain ! C'est à se taper le derrière par terre.

[JAMES *biffé*] JOHN : Voyons, Lizzie, écoute. Qu'est-ce que c'est ce nègre ? Crois-tu qu'il ait le droit de vivre ? Il est né au hasard, dans une portée de Noirs et, pendant que tu t'interroges, il y a déjà cent négrillons qui viennent de naître pour le remplacer. À quoi sert-il ? Il traîne, il chaparde, il chante, il s'achète des chemises vertes ou roses, est-ce que c'est une vie d'homme ça ? Est-ce que tu es communiste ?

LIZZIE : Non, quelle horreur !

[JAMES *biffé*] JOHN : Alors tu respectes les familles américaines. Tu n'as pas eu de chance, tu as eu de mauvais parents, j'en suis sûr, et tu n'as pas fondé un foyer. Mais tu les connais nos familles. Tu sais ce que c'est qu'une mère américaine.

FRED : Tais-toi. Ne lui parle pas de nos mères.

JAMES : Veux-tu me laisser parler. C'est une bonne fille, elle me comprend. Tu sais ce que ça coûte d'élever un fils. Hein ! Tant de soins, tant de sacrifices, tant d'efforts. Et pendant ce temps-là, le père lutte au-dehors pour gagner sa vie. Eh bien, tu ne crois pas qu'un jeune homme qui a été élevé comme ça a le droit de vivre ? Toutes les larmes de sa mère lui donnent le droit de vivre. C'est un beau fruit des États-Unis. Et voilà : tu tiens l'honneur d'une famille entre tes mains. Tu peux te venger de n'avoir pas de mère. Ou tu peux au contraire te sauver.

FRED : Une fois dans ta vie, fais quelque chose d'utile. Son père était magistrat et lui c'est un chef. J'ai été élevé avec lui, c'était toujours lui le général ou le dictateur. Il est beau et il est fort, il a fait la guerre comme un héros, si tu voyais toutes ces décorations sur sa poitrine. Il n'a jamais transigé, il est la terreur des nègres et des communistes. Si ses projets réussissent notre ville deviendra un grand port fluvial, tout le commerce d'ouest en est passera par ici. Regarde-le : c'est un homme, un vrai et tu n'en as pas vu souvent. *(Il tire la photo.)* Regarde-le, regarde-le. À genoux, putain, devant le portrait de l'homme que tu vas déshonorer.

Il la jette à genoux. Elle se laisse à moitié faire et puis elle se relève brusquement.

LIZZIE : Donnez le papier.

JAMES : Tu signes ?

LIZZIE : De toute façon et quoi que je fasse, je vais me mépriser. Vous m'avez emberlificotée avec vos histoires et je n'y vois plus clair. *(Elle signe.)*

JAMES : Allons-nous-en.

LIZZIE, *avec un cynisme appliqué* : Et mes cinq cents dollars.

JAMES : Quels cinq cents dollars ?

LIZZIE, *montrant Fred* : Ceux qu'il m'avait promis.

FRED : Il fallait accepter quand je te les ai proposés. Tu n'auras rien.

LIZZIE, *seule* : C'est donc pour ça qu'il était monté.

RIDEAU

IIe TABLEAU

Même décor, douze heures plus tard. Les lumières sont allumées. Dehors, il fait nuit.

SCÈNE I

LIZZIE, JAMES

James est assis. Lizzie debout.

JAMES : Alors voilà. C'est sa mère en personne qui m'envoie vous remercier.

LIZZIE, *heureuse et flattée* : Me remercier. Comment est-elle ?

JAMES : C'est une vieille dame un peu grasse, avec de beaux cheveux blancs et un regard très pur.

LIZZIE : Vous lui direz… vous lui direz…

JAMES : Elle m'a chargé aussi de vous remettre ça. *(Il lui tend un billet de cent dollars.)*

LIZZIE, *blessée* : Ah ! Ah oui ! Ça aussi. Bon. Vous ne lui direz rien du tout. Vous lui direz que j'ai pris les cent dollars sans rien dire, parce que je suis une salope.

JAMES : Je ne comprends pas.

LIZZIE : Ça va. N'essayez pas. Vous m'avez eue avec vos familles nombreuses, ça doit vous suffire. Le respect. Mince alors. Vous m'avez eue par le respect. Vous m'avez fait le coup de l'ordre et des grandes familles. Vous avez dû deviner que je pleure aux films bien-pensants. Mince alors ! Je suis née respectueuse. Donnez-moi un homme à plumer je m'en charge mais quand je me promène entre les villas du parc le soir et que j'entends la cloche qui appelle les dix ou douze mômes pour le dîner, je me sens heureuse. Vous m'avez eue avec ça. Et puis pour finir, la vieille me refile un billet de cent dollars. *(Bruit dehors.)* Qu'est-ce que c'est que ça ?

JAMES : Rien du tout. Ne vous en occupez pas.

LIZZIE, *va à la fenêtre* : Des types avec des torches électriques et des fusils. Dites donc... mais dites donc. C'est la chasse au nègre, qu'ils font.

JAMES : Ne vous occupez donc pas de ça.

LIZZIE : La chasse aux nègres... Allez-vous-en ! Allez-vous-en, vous m'avez empoisonnée, je ne pourrai plus jamais me regarder en face. Reprenez votre argent. *(Elle le lui jette à la figure.)* Allez-vous-en ! Allez-vous-en !

Il se lève et s'en va. Lizzie restée seule ouvre les fenêtres et se penche dans la rue. On entend des hurlements et, au loin, des coups de feu.

LA SCÈNE FINALE D'APRÈS LE SCÉNARIO DACTYLOGRAPHIÉ

On sonne.

LIZZIE : Qu'est-ce que c'est ?

FRED, *off* : C'est moi, ouvre !

LIZZIE : Va te faire foutre !

FRED, *off* : Ouvre bon Dieu ! ouvre !

LIZZIE : Je ne veux plus te voir. Plus jamais ! Va-t'en ! Va-t'en !

[Lizzie cache Sydney dans la salle de bains, puis ouvre la porte.]

Et maintenant ? Tu es bien avancé ! Qu'est-ce que tu veux ?

FRED : Viens !

LIZZIE, *n'en croit pas ses oreilles* : Quoi ???

FRED : Viens ! La voiture est en bas. On part.

LIZZIE : Moi avec toi ? Tu n'es pas cinglé ?

FRED : Viens ! Tu es à moi.

LIZZIE : Mais comment donc !

FRED : Tu es à moi ! *(Rumeurs de foule au-dehors. Pendant toute la scène : rumeurs de la foule plus ou moins fortes.)* Ne regarde pas ! Regarde-moi… mais regarde-moi, bon Dieu ! Écoute, j'ai une maison à une heure d'ici. On n'en bougera plus, on ne saura plus rien. Pas de journal, pas de radio, on oubliera tout !

LIZZIE : Ça t'arrangerait bien !

FRED : Quand on reviendra, tout sera rentré dans l'ordre.

LIZZIE : Ah, parce qu'on reviendra ! Lâche ! Ça va, on m'a déjà fait le coup. Je ne suis pas d'ici et maintenant que je vous ai vus, j'en suis fière.

FRED, *off. Misérablement* : Lizzie !

LIZZIE, *dure* : Qu'est-ce que tu veux encore ? Que je te console ?

FRED : Lizzie, je… n'aurais pas dû te faire ça. Je… je te demande pardon.

LIZZIE : Moi, c'est rien. Mais il y a le Nègre… Quelle horreur ! Et c'est toi qui as tout fait ! Tu n'as pas honte ? *(Un temps.)* Le Nègre…

FRED : Je m'en fous du Nègre. *(D'une voix changée.)* Qu'est-ce que je pouvais faire ? Il y avait mon père, les flics, la famille… Et puis les Blancs qui allaient perdre la face devant les Noirs. Hein ? Qu'est-ce que je pouvais faire ?

LIZZIE : En somme, si ça se retrouvait, tu remettrais ça ?

FRED : Je ne sais pas… je ne sais plus où j'en suis. *(Rumeur plus violente de la foule, sirène de la police.)* Viens, Lizzie… On n'en parlera plus.

LIZZIE : Tu crois que ça suffira pour qu'on n'y pense plus ?

FRED : Moi, je n'y penserai plus ! Je n'y penserai jamais !

LIZZIE : Comment feras-tu ?

FRED : Je sais m'arranger.

LIZZIE : Moi, je ne pourrai pas.

FRED : Lizzie… Si jamais on sent qu'on va y penser… *(Un temps.)* Eh bien ! On fera l'amour pour s'en empêcher… On fera tout le temps l'amour, tout le temps !

LIZZIE : Salaud ! *(Presque tendrement.)* Salaud… Salaud… Si t'avais pas ta belle gueule…

FRED, *humblement* : Si tu restes avec moi, je deviendrai peut-être un peu moins salaud… *[Il se dirige vers la salle de bains.]*

LIZZIE : Où vas-tu ?

FRED : J'ai soif. Qu'est-ce que tu as ?

LIZZIE : Rien. Reste ici. Je t'apporte à boire.

FRED : Il y a quelqu'un ici ?

LIZZIE : Mais non…

FRED : Alors. *[Elle lui résiste.]* Tu vois bien qu'il y a quelqu'un.

LIZZIE : C'est un client.

FRED, *crie vers la porte* : Fini les clients ! Foutez le camp d'ici les clients !

LIZZIE : Je t'en supplie, n'ouvre pas !

FRED : Sortez de là !

LIZZIE, *crie* : C'est foutu !

[Il ouvre la porte et voit le Nègre.]

FRED, *écumant* : Tu couches avec un nègre !

LIZZIE : Fred, je t'en supplie ! Ce n'est pas vrai !

FRED : Salope, tu me le paieras ! *[Il saisit le Nègre et crie par la fenêtre.]* Eh ! Il est là !… Il est là, les gars ! Il est là !

LIZZIE*[, le revolver au poing]* : Lâche-le et tais-toi !

Sirènes renouvelées.

FRED : Tu ne feras pas ça !

LIZZIE : Regarde-moi ! *[Froidement.]* Je n'ai pas couché avec lui, Fred. Je voulais seulement l'aider. Mais toi, salaud, tu as perdu. Tu m'as perdue pour de bon.

FRED : Lizzie…

LIZZIE*[, au Nègre]* : Il y a des voitures en bas. Descendons !

Lizzie et le Nègre sortent dans la rue et se précipitent vers le fourgon des policiers, poursuivis par la foule.

LIZZIE, *crie* : Il a rien fait… il est innocent… Il a rien fait !… Il a rien fait… il est innocent…

[Ils montent dans le fourgon qui démarre. Lizzie hésite puis prend la main du Nègre et lui sourit.
Fred est sorti et parle à un inconnu.]

L'INCONNU : Mais qu'est-ce que c'est que cette fille ? Elle est folle…

FRED : C'est une putain…

PROJET DE SCÉNARIO

Une gare, dans le Sud. 5 heures. Plus de place. Deux femmes. Elles changent de train. Vont jusqu'au compartiment des nègres. S'installent. Deux nègres. Parlent entre eux. Les deux femmes les regardent. En parlent comme d'*hommes*.

Quelques instants plus tard, les joueurs de rugby. Saouls. Teddy, beau brun, à l'air dur. On va tout de même chez les nègres ? Ils y vont. Rixe. Tension. Peur chez les nègres. Ça sent le nègre. Provocation, on va les jeter par la portière. Un nègre sort son rasoir. Teddy le tue. Les femmes tirent le signal d'alarme. Arrêt à quelques centaines de mètres de la gare. Les joueurs s'enfuient. Teddy reste. L'autre nègre s'enfuit. Arrivée de gens avec des lanternes. Arrestation de Teddy. Aux deux femmes : vous témoignerez. Votre adresse. Suspectes parce que fardées.

On les embarque. Fred, un des joueurs de rugby, montant vers le quartier élégant de la ville. Va prévenir la famille. Tableau. La mère de Teddy, tante de Fred, austère et puritaine. Le Sénateur. Deux petites sœurs. Le frère cadet sympathique. Exposé des faits. La décision. Téléphone au commissariat.

Interrogatoire des deux femmes. On veut leur faire dire. Qui êtes-vous ? Entraîneuses de dancing. Menaces. On les relâche. Téléphone : elles n'ont rien dit. Épisode du nègre qui nettoie le récepteur. Le Sénateur et Fred. Coup d'œil à Fred. Il prend son chapeau et sort.

Au dancing. Racole la petite.

En simultané : la fuite du Nègre, le dancing, la fuite. Début d'agitation populaire.

La nuit. Rapports avec l'autre. Le lendemain. Le Nègre. La visite du Sénateur. La vieille veut témoigner. N'est pas une putain. Se donne pour rien.

Suite.

La chasse au nègre. Le jeune fils et le Sénateur.

Suite comme on sait.

Le Nègre tombe entre les mains de la police. Sauvé au dernier moment. La vie dans la maison. Ne sortent pas. Les domestiques noirs. Les regardent silencieusement. Sa peur. Rapport avec une domestique nègre.

Le rôle de la vieille négresse.

Les remords de Fred.

Les déclarations à la justice. J'ai fait un faux témoignage. Je l'ai forcé à le faire. Conclusion : ils s'en vont. Carrière politique de Fred brisée. Teddy s'en tire avec quatre ans (il était ivre).

PRÉFACE
DE LA TRADUCTION AMÉRICAINE

Quand j'ai fait représenter cette pièce, on a dit que j'avais montré bien peu de reconnaissance envers l'hospitalité américaine. On a dit que j'étais anti-américain. Je ne le suis pas. Je ne sais même pas ce que ce mot signifie. Je suis antiraciste car je sais ce que le racisme, lui, signifie. Mes amis américains — tous ceux que j'ai aimés parmi ceux qui m'ont reçu — sont également antiracistes. Aussi je suis sûr que je n'ai rien écrit qui leur déplaise ou qui me révèle comme ingrat envers eux.

On a dit que j'avais vu la paille dans l'œil du voisin et non la poutre dans le mien. Il est vrai que nous autres Français avons des colonies et que notre comportement y laisse à désirer. Mais quand il s'agit d'oppression, il n'y a plus ni paille ni poutre ; il faut la dénoncer partout où elle existe.

L'écrivain ne peut pas accomplir grand-chose dans le monde. Il peut seulement dire ce qu'il a vu. J'ai attaqué l'antisémitisme. Aujourd'hui, dans cette pièce, j'attaque le racisme. Demain je consacrerai un numéro de ma revue à attaquer le colonialisme. Je ne crois pas que mes écrits aient beaucoup d'importance ou qu'ils changeront quoi que ce soit, ou même qu'ils me gagneront beaucoup d'amis. Tant pis : je fais mon travail d'écrivain.

Voici les documents de l'affaire. Je suis heureux que les lecteurs de *Twice A Year* aient la possibilité de juger si j'ai voulu insulter les États-Unis ou si j'ai simplement fait le tableau de certaines relations entre les Blancs et les Noirs, relations qui ne se limitent pas exclusivement à l'Amérique.

Il serait étrange qu'il y eût des gens à New York pour m'accuser d'anti-américanisme au moment même où la *Pravda* à Moscou m'accuse énergiquement d'être un agent de la propagande américaine. Mais si cela devait arriver, cela ne prouverait qu'une chose : soit que je suis bien maladroit, soit que j'ai raison.

LES MAINS SALES

Pièce en sept tableaux

À Dolorès.

Les Mains sales a été représenté pour la première fois à Paris, le 2 avril 1948, sur la scène du théâtre Antoine (Simone Berriau, directrice) et avec la distribution suivante[1] :

HOEDERER	*André Luguet*
HUGO	*François Périer*
OLGA	*Paula Dehelly*
JESSICA	*Marie Olivier*
LOUIS	*Jean Violette*
LE PRINCE	*Jacques Castelot*
SLICK	*Roland Bailly*
GEORGES	*Maurice Regamey*
KARSKY	*Robert Le Béal*
FRANTZ	*Maïk*
CHARLES	*Christian Marquand*

Mise en scène de Pierre Valde
Décors d'Émile et Jean Bertin
Maquettes d'Olga Choumansky

PREMIER TABLEAU

CHEZ OLGA

Le rez-de-chaussée d'une maisonnette, au bord de la grand-route. À droite, la porte d'entrée et une fenêtre dont les volets sont clos. Au fond, le téléphone sur une commode. À gauche, vers le fond, une porte. Table, chaises. Mobilier hétéroclite et bon marché. On sent que la personne qui vit dans cette pièce est totalement indifférente aux meubles. Sur la gauche, à côté de la porte, une cheminée : au-dessus de la cheminée une glace. Des autos passent de temps en temps sur la route. Trompes. Klaxons.

SCÈNE I

OLGA, *puis* HUGO

Olga, seule, assise devant un poste de T.S.F., manœuvre les boutons de la radio. Brouillage, puis une voix assez distincte.

SPEAKER : Les armées allemandes battent en retraite sur toute la largeur du front. Les armées soviétiques se sont emparées de Kischnar à quarante kilomètres de la frontière illyrienne. Partout où elles le peuvent les troupes illyriennes refusent le combat ; de nombreux transfuges sont déjà passés du côté des Alliés. Illyriens nous savons qu'on vous a contraints de prendre les armes contre l'U.R.S.S., nous connaissons les sentiments profondément démocratiques de la population illyrienne et nous[1]...

Olga tourne le bouton, la voix s'arrête. Olga reste immobile, les yeux fixes. Un temps. On frappe. Elle sursaute. On frappe encore. Elle va lentement à la porte. On frappe de nouveau.

OLGA : Qui est-ce ?
VOIX DE HUGO : Hugo.
OLGA : Qui ?
VOIX DE HUGO : Hugo Barine[2].

Olga a un bref sursaut, puis elle reste immobile devant la porte.

Tu ne reconnais pas ma voix ? Ouvre, voyons ! Ouvre-moi.

Olga va rapidement vers la commode… prend un objet de la main gauche, dans le tiroir, s'entoure la main gauche d'une serviette, va ouvrir la porte, en se rejetant vivement en arrière, pour éviter les surprises. Un grand garçon de vingt-trois ans se tient sur le seuil.

HUGO : C'est moi. *(Ils se regardent un moment en silence.)* Ça t'étonne ?

OLGA : C'est ta tête qui m'étonne.

HUGO : Oui. J'ai changé. *(Un temps.)* Tu m'as bien vu ? Bien reconnu ? Pas d'erreur possible ? *(Désignant le revolver caché sous la serviette.)* Alors, tu peux poser ça.

OLGA, *sans poser le revolver* : Je croyais que tu en avais pour cinq ans.

HUGO : Eh bien oui : j'en avais pour cinq ans.

OLGA : Entre et ferme la porte.

Elle recule d'un pas. Le revolver n'est pas tout à fait braqué sur Hugo mais il s'en faut de peu. Hugo jette un regard amusé au revolver et tourne lentement le dos à Olga, puis ferme la porte.

Évadé ?

HUGO : Évadé ? Je ne suis pas fou. Il a fallu qu'on me pousse dehors, par les épaules. *(Un temps.)* On m'a libéré pour ma bonne conduite.

OLGA : Tu as faim ?

HUGO : Tu aimerais, hein ?

OLGA : Pourquoi ?

HUGO : C'est si commode de donner : ça tient à distance.

Et puis on a l'air inoffensif quand on mange. *(Un temps.)* Excuse-moi : je n'ai ni faim ni soif.

OLGA : Il suffisait de dire non.

HUGO : Tu ne te rappelles donc pas : je parlais trop.

OLGA : Je me rappelle.

HUGO, *regarde autour de lui* : Quel désert ! Tout est là, pourtant. Ma machine à écrire ?

OLGA : Vendue.

HUGO : Ah ? *(Un temps. Il regarde la pièce.)* C'est vide.

OLGA : Qu'est-ce qui est vide ?

HUGO, *geste circulaire* : Ça ! Ces meubles ont l'air posés dans un désert. Là-bas, quand j'étendais les bras je pouvais toucher à la fois les deux murs qui se faisaient face. Rapproche-toi. *(Elle ne se rapproche pas.)* C'est vrai ; hors de prison on vit à distance respectueuse. Que d'espace perdu ! C'est drôle d'être libre, ça donne le vertige. Il faudra que je reprenne l'habitude de parler aux gens sans les toucher.

OLGA : Quand t'ont-ils lâché ?

HUGO : Tout à l'heure.

OLGA : Tu es venu ici directement ?

HUGO : Où voulais-tu que j'aille ?

OLGA : Tu n'as parlé à personne ?

Hugo la regarde et se met à rire.

HUGO : Non, Olga. Non. Rassure-toi. À personne.

Olga se détend un peu et le regarde.

OLGA : Ils ne t'ont pas rasé la tête.

HUGO : Non.

OLGA : Mais ils ont coupé ta mèche.

Un temps.

HUGO : Ça te fait plaisir de me revoir ?

OLGA : Je ne sais pas.

Une auto sur la route. Klaxon ; bruit de moteurs. Hugo tressaille. L'auto s'éloigne. Olga l'observe froidement.

Si c'est vrai qu'ils t'ont libéré, tu n'as pas besoin d'avoir peur.

HUGO, *ironiquement* : Tu crois ? *(Il hausse les épaules. Un temps.)* Que devient Louis ?

OLGA : Ça va.

HUGO : Et Laurent ?

OLGA : Il… n'a pas eu de chance.

HUGO : Je m'en doutais. Je ne sais pas pourquoi, j'avais pris l'habitude de penser à lui comme à un mort. Il doit y avoir du changement.

OLGA : C'est devenu beaucoup plus dur depuis que les Allemands sont ici.

HUGO, *avec indifférence* : C'est vrai. Ils sont ici.

OLGA : Depuis trois mois. Cinq divisions. En principe elles traversaient pour aller en Hongrie. Et puis elles sont restées.

HUGO : Ah ! Ah ! *(Avec intérêt.)* Il y a des nouveaux chez vous ?

OLGA : Beaucoup.

HUGO : Des jeunes ?

OLGA : Pas mal de jeunes. On ne recrute pas tout à fait de la même façon. Il y a des vides à combler : nous sommes… moins stricts.

HUGO : Oui, bien sûr : il faut s'adapter. *(Avec une légère inquiétude.)* Mais pour l'essentiel, c'est la même ligne ?

OLGA, *embarrassée* : Eh bien… en gros, naturellement.

HUGO : Enfin voilà : vous avez vécu. On s'imagine mal, en prison, que les autres continuent à vivre. Il y a quelqu'un dans ta vie ?

OLGA : De temps en temps. *(Sur un geste de Hugo.)* Pas en ce moment.

HUGO : Est-ce[a]… que vous parliez de moi quelquefois ?

OLGA, *mentant mal* : Quelquefois.

HUGO : Ils arrivaient la nuit sur leurs vélos, comme de mon temps, ils s'asseyaient autour de la table, Louis bourrait sa pipe et quelqu'un disait : c'est par une nuit pareille que le petit s'est proposé pour une mission de confiance ?

OLGA : Ça ou autre chose.

HUGO : Et vous disiez : il s'en est bien tiré, il a fait sa besogne proprement et sans compromettre personne.

OLGA : Oui. Oui. Oui.

HUGO : Quelquefois, la pluie me réveillait ; je me disais : ils auront de l'eau ; et puis, avant de me rendormir : c'est peut-être cette nuit-ci qu'ils parleront de moi. C'était ma principale supériorité sur les morts : je pouvais encore penser que vous pensiez à moi. *(Olga lui prend le bras d'un geste involontaire et maladroit. Ils se regardent. Olga lâche le bras de Hugo. Hugo se raidit un peu.)* Et puis, un jour, vous vous êtes dit : il en a encore pour trois ans et quand il sortira *(changeant de ton sans quitter Olga des yeux)*... quand il sortira on l'abattra comme un chien pour sa récompense.

OLGA, *reculant brusquement* : Tu es fou ?

HUGO : Allons, Olga ! Allons ! *(Un temps.)* C'est toi qu'ils ont chargée de m'envoyer les chocolats ?

OLGA : Quels chocolats ?

HUGO : Allons, allons !

OLGA, *impérieusement* : Quels chocolats ?

HUGO : Des chocolats à la liqueur, dans une boîte rose. Pendant six mois un certain Dresch[b] m'a expédié régulièrement des colis. Comme je ne connaissais personne de ce nom, j'ai compris que les colis venaient de vous et ça m'a fait plaisir. Ensuite les envois ont cessé et je me suis dit : ils m'oublient. Et puis, voici trois mois, un paquet est arrivé, du même expéditeur, avec des chocolats et des cigarettes. J'ai fumé les cigarettes et mon voisin de cellule a mangé les chocolats. Le pauvre type s'en est très mal trouvé. Très mal. Alors j'ai pensé : ils ne m'oublient pas.

OLGA : Après ?

HUGO : C'est tout.

OLGA : Hoederer avait des amis qui ne doivent pas te porter dans leur cœur.

HUGO : Ils n'auraient pas attendu deux ans pour me le faire savoir. Non, Olga, j'ai eu tout le temps de réfléchir à cette histoire et je n'ai trouvé qu'une seule explication : au début le Parti pensait que j'étais encore utilisable et puis il a changé d'avis.

OLGA, *sans dureté* : Tu parles trop, Hugo. Toujours trop. Tu as besoin de parler pour te sentir vivre.

HUGO : Je ne te le fais pas dire : je parle trop, j'en sais trop long, et vous n'avez jamais eu confiance en moi. Il n'y a pas besoin de chercher plus loin. *(Un temps.)* Je ne vous en veux pas, tu sais. Toute cette histoire était mal commencée.

OLGA : Hugo, regarde-moi. Tu penses ce que tu dis ? *(Elle le regarde.)* Oui, tu le penses. *(Violemment.)* Alors, pourquoi es-tu venu chez moi ? Pourquoi ? Pourquoi ?

HUGO : Parce que *toi* tu ne pourras pas tirer sur moi. *(Il regarde le revolver qu'elle tient encore et sourit.)* Du moins je le suppose.

Olga jette avec humeur le revolver entouré de son chiffon sur la table.

Tu vois.

OLGA : Écoute, Hugo : je ne crois pas un mot de ce que tu m'as raconté et je n'ai pas reçu d'ordre à ton sujet. Mais si jamais j'en reçois, tu dois savoir que je ferai ce qu'on me commandera. Et si quelqu'un du Parti m'interroge, je leur dirai que tu es ici, même si l'on devait te descendre sous mes yeux. As-tu de l'argent ?

HUGO : Non.

OLGA : Je vais t'en donner et tu t'en iras.

HUGO : Où ? Traîner dans les petites rues du port ou sur les docks ? L'eau est froide, Olga. Ici, quoi qu'il arrive, il y a de la lumière et il fait chaud. Ce sera une fin plus confortable.

OLGA : Hugo je ferai ce que le Parti me commandera. Je te jure que je ferai ce qu'il me commandera.

HUGO : Tu vois bien que c'est vrai.

OLGA : Va-t'en.

HUGO : Non. *(Imitant Olga.)* « Je ferai ce que le Parti me commandera. » Tu auras des surprises. Avec la meilleure volonté du monde, ce qu'on fait, ce n'est jamais ce que le Parti vous commande. « Tu iras chez Hoederer et tu lui lâcheras trois balles dans le ventre. » Voilà un ordre simple, n'est-ce pas ? J'ai été chez Hoederer et je lui ai lâché trois balles dans le ventre. Mais c'était autre chose. L'ordre ? Il n'y avait plus d'ordre. Ça vous laisse tout seul les ordres, à partir d'un certain moment. L'ordre était resté en arrière et je m'avançais seul et j'ai tué tout seul et… je ne sais même plus pourquoi. Je voudrais que le Parti te commande de tirer sur moi. Pour voir. Rien que pour voir.

OLGA : Tu verrais. *(Un temps.)* Qu'est-ce que tu vas faire à présent ?

HUGO : Je ne sais pas. Je n'y ai pas pensé. Quand ils ont ouvert la porte de la prison j'ai pensé que je viendrais ici et je suis venu.

OLGA : Où est Jessica ?

HUGO : Chez son père. Elle m'a écrit quelquefois, les premiers temps. Je crois qu'elle ne porte plus mon nom.

OLGA : Où veux-tu que je te loge ? Il vient tous les jours des camarades. Ils entrent comme ils veulent.

HUGO : Dans ta chambre aussi ?

OLGA : Non.

HUGO : Moi, j'y entrais. Il y avait une courtepointe rouge

sur le divan, aux murs un papier à losanges jaunes et verts, deux photos dont une de moi.

OLGA : C'est un inventaire ?

HUGO : Non : je me souviens. J'y pensais souvent. La seconde photo m'a donné du fil à retordre : je ne sais plus de qui elle était.

Une auto passe sur la route, il sursaute. Ils se taisent tous les deux. L'auto s'arrête. Claquement de portière. On frappe.

OLGA : Qui est là ?

VOIX DE CHARLES : C'est Charles.

HUGO, *à voix basse* : Qui est Charles ?

OLGA, *même jeu* : Un type de chez nous.

HUGO, *la regardant* : Alors ?

Un temps très court. Charles frappe à nouveau.

OLGA : Eh bien ? Qu'est-ce que tu attends ? Va dans ma chambre : tu pourras compléter tes souvenirs.

Hugo sort. Olga va ouvrir.

SCÈNE II

OLGA, CHARLES *et* FRANTZ

CHARLES : Où est-il ?

OLGA : Qui ?

CHARLES : Ce type. On le suit depuis sa sortie de taule. *(Bref silence.)* Il n'est pas là ?

OLGA : Si. Il est là.

CHARLES : Où ?

OLGA : Là. *(Elle désigne sa chambre.)*

CHARLES : Bon.

Il fait signe à Frantz de le suivre, met la main dans la poche de son veston et fait un pas en avant. Olga lui barre la route.

OLGA : Non.

CHARLES : Ça ne sera pas long, Olga. Si tu veux, va faire un tour sur la route. Quand tu reviendras tu ne trouveras plus personne et pas de traces. *(Désignant Frantz.)* Le petit est là pour nettoyer.

OLGA : Non.

CHARLES : Laisse-moi faire mon boulot, Olga.

OLGA : C'est Louis qui t'envoie ?

CHARLES : Oui.

OLGA : Où est-il ?

CHARLES : Dans la voiture.

OLGA : Va le chercher. *(Charles hésite.)* Allons[d] ! Je te dis d'aller le chercher.

Charles fait un signe et Frantz disparaît. Olga et Charles restent face à face, en silence. Olga, sans quitter Frantz des yeux, ramasse sur la table la serviette enveloppant le revolver.

SCÈNE III

OLGA, CHARLES, FRANTZ, LOUIS

LOUIS : Qu'est-ce qui te prend ? Pourquoi les empêches-tu de faire leur travail ?

OLGA : Vous êtes trop pressés.

LOUIS : Trop pressés ?

OLGA : Renvoie-les.

LOUIS : Attendez-moi dehors. Si j'appelle, vous viendrez. *(Ils sortent.)* Alors ? Qu'est-ce que tu as à me dire ?

Un temps.

OLGA, *doucement* : Louis, il a travaillé pour nous.

LOUIS : Ne fais pas l'enfant, Olga. Ce type[e] est dangereux. Il ne faut pas qu'il parle.

OLGA : Il ne parlera pas.

LOUIS : Lui ? C'est le plus sacré bavard...

OLGA : Il ne parlera pas.

LOUIS : Je me demande si tu le vois comme il est. Tu as toujours eu un faible pour lui.

OLGA : Et toi un faible contre lui. *(Un temps.)* Louis, je ne t'ai pas fait venir pour que nous parlions de nos faiblesses ; je te parle dans l'intérêt du Parti. Nous avons perdu beaucoup de monde depuis que les Allemands sont ici. Nous ne pouvons pas nous permettre de liquider ce garçon sans même examiner s'il est récupérable.

LOUIS : Récupérable ? C'était un petit anarchiste indiscipliné, un intellectuel qui ne pensait qu'à prendre des attitudes, un bourgeois qui travaillait quand ça lui chantait et qui laissait tomber le travail pour un oui, pour un non.

OLGA : C'est aussi le type qui, à vingt ans, a descendu Hoederer au milieu de ses gardes du corps et s'est arrangé pour camoufler un assassinat politique en crime passionnel.

LOUIS : Était-ce un assassinat politique ? C'est une histoire[f] qui n'a jamais été éclaircie.

OLGA : Eh bien, justement : c'est une histoire qu'il faut éclaircir à présent.

LOUIS : C'est une histoire qui pue ; je ne voudrais pas y toucher. Et puis, de toute façon je n'ai pas le temps de lui faire passer un examen.

OLGA : Moi, j'ai le temps. *(Geste de Louis.)* Louis, j'ai peur que tu ne mettes trop de sentiment dans cette affaire.

LOUIS : Olga, j'ai peur que tu n'en mettes beaucoup trop, toi aussi.

OLGA : M'as-tu jamais vu céder aux sentiments ? Je ne te demande pas de lui laisser la vie sans conditions. Je me moque de sa vie. Je dis seulement qu'avant de le supprimer on doit examiner si le Parti peut le reprendre.

LOUIS : Le Parti ne peut plus le reprendre : plus maintenant. Tu le sais[g] bien.

OLGA : Il travaillait sous un faux nom et personne ne le connaissait sauf Laurent, qui est mort et Dresden qui est au front. Tu as peur qu'il ne parle ? Bien encadré, il ne parlera pas. C'est un intellectuel et un anarchiste ? Oui, mais c'est aussi un désespéré. Bien dirigé, il peut servir d'homme de main pour toutes les besognes. Il l'a prouvé.

LOUIS : Alors ? Qu'est-ce que tu proposes ?

OLGA : Quelle heure est-il ?

LOUIS : 9 heures.

OLGA : Revenez à minuit. Je saurai pourquoi il a tiré sur Hoederer, et ce qu'il est devenu aujourd'hui. Si je juge en conscience qu'il peut travailler avec nous, je vous le dirai à travers la porte, vous le laisserez dormir tranquille et vous lui donnerez vos instructions demain matin.

LOUIS : Et s'il n'est pas récupérable ?

OLGA : Je vous ouvrirai la porte.

LOUIS : Gros risque pour peu de choses.

OLGA : Quel risque ? Il y a des hommes autour de la maison ?

LOUIS : Quatre.

OLGA : Qu'ils restent en faction jusqu'à minuit. *(Louis ne bouge pas.)* Louis, il a travaillé pour nous. Il faut lui laisser sa chance.

LOUIS : Bon. Rendez-vous à minuit.

Il sort.

SCÈNE IV

OLGA, *puis* HUGO

Olga va à la porte et l'ouvre. Hugo sort.

HUGO : C'était ta sœur.

OLGA : Quoi ?

HUGO : La photo sur le mur. C'était celle de ta sœur. *(Un temps.)* Ma photo à moi, tu l'as ôtée. *(Olga ne répond pas. Il la regarde.)* Tu fais une drôle de tête. Qu'est-ce qu'ils voulaient ?

OLGA : Ils te cherchent.

HUGO : Ah ! Tu leur as dit que j'étais ici ?

OLGA : Oui.

HUGO : Bon.

Il va pour sortir.

OLGA : La nuit est claire et il y a des camarades autour de la maison.

HUGO : Ah ? *(Il s'assied à la table.)* Donne-moi à manger.

Olga va chercher une assiette, du pain et du jambon. Pendant qu'elle dispose l'assiette et les aliments sur la table, devant lui, il parle :

Je ne me suis pas trompé, pour ta chambre. Pas une fois. Tout est comme dans mon souvenir. *(Un temps.)* Seulement quand j'étais en taule, je me disais : c'est un souvenir. La vraie chambre est là-bas, de l'autre côté du mur. Je suis entré, j'ai regardé ta chambre et elle n'avait pas l'air plus vraie que mon souvenir. La cellule aussi, c'était un rêve. Et les yeux de Hoederer, le jour où j'ai tiré sur lui. Tu crois que j'ai une chance de me réveiller ? Peut-être quand tes copains viendront sur moi avec leurs joujoux…

OLGA : Ils ne te toucheront pas tant que tu seras ici.

HUGO : Tu as obtenu ça ? *(Il se verse un verre de vin.)* Il faudra bien que je finisse par sortir.

OLGA : Attends. Tu as une nuit. Beaucoup de choses peuvent arriver en une nuit.
HUGO : Que veux-tu qu'il arrive ?
OLGA : Des choses peuvent changer.
HUGO : Quoi ?
OLGA : Toi. Moi.
HUGO : Toi ?
OLGA : Ça dépend de toi.
HUGO : Il s'agit que je te change ?

Il rit, la regarde, se lève et vient vers elle. Elle s'écarte vivement.

OLGA : Pas comme ça. Comme ça, on ne me change que quand je veux bien.

Un temps. Hugo hausse les épaules et se rassied. Il commence à manger.

HUGO : Alors ?
OLGA : Pourquoi ne reviens-tu pas avec nous ?
HUGO, *se mettant à rire* : Tu choisis bien ton moment pour me demander ça.
OLGA : Mais si c'était possible ? Si toute cette histoire reposait sur un malentendu ? Tu ne t'es jamais demandé ce que tu ferais, à ta sortie de prison ?
HUGO : Je n'y pensais pas.
OLGA : À quoi pensais-tu ?
HUGO : À ce que j'ai fait. J'essayais de comprendre pourquoi je l'avais fait.
OLGA : As-tu fini par comprendre ? *(Hugo hausse les épaules.)* Comment est-ce arrivé, avec Hoederer ? C'est vrai qu'il tournait autour de Jessica ?
HUGO : Oui.
OLGA : C'est par jalousie que…
HUGO : Je ne sais pas. Je… ne crois pas.
OLGA : Raconte.
HUGO : Quoi ?
OLGA : Tout. Depuis le début.
HUGO : Raconte, ça ne sera pas difficile : c'est une histoire que je connais par cœur ; je me la répétais tous les jours en prison. Quant à dire ce qu'elle signifie, c'est une autre affaire. C'est une histoire idiote, comme toutes les histoires. Si tu la regardes de loin, elle se tient à peu près ; mais si tu te rapproches, tout fout le camp. Un acte ça va trop vite. Il sort de

toi brusquement et tu ne sais pas si c'est parce que tu l'as voulu ou parce que tu n'as pas pu le retenir. Le fait est que j'ai tiré…

OLGA : Commence par le commencement.

HUGO : Le commencement, tu le connais aussi bien que moi. D'ailleurs est-ce qu'il y en a un ? On peut commencer l'histoire en mars 43 quand Louis m'a convoqué. Ou bien un an plus tôt quand je suis entré au Parti. Ou peut-être plus tôt encore, à ma naissance. Enfin bon. Supposons que tout a commencé en mars 1943[3].

Pendant qu'il parle l'obscurité se fait peu à peu sur la scène.

DEUXIÈME TABLEAU

Même décor, deux ans plus tôt, chez Olga. C'est la nuit. Par la porte du fond, côté cour, on entend un bruit de voix, une rumeur qui tantôt monte et tantôt s'évanouit comme si plusieurs personnes parlaient avec animation.

SCÈNE I

HUGO, IVAN, *puis* LOUIS

Hugo tape à la machine. Il paraît beaucoup plus jeune que dans la scène précédente. Ivan se promène de long en large.

IVAN : Dis !

HUGO : Eh ?

IVAN : Tu ne pourrais pas t'arrêter de taper ?

HUGO : Pourquoi ?

IVAN : Ça m'énerve.

HUGO : Tu n'as pourtant pas l'air d'un petit nerveux.

IVAN : Ben non. Mais en ce moment ça m'énerve. Tu peux pas me causer ?

HUGO, *avec empressement* : Moi, je ne demande pas mieux. Comment t'appelles-tu ?

IVAN : Dans la clandestinité, je suis Ivan. Et toi ?

HUGO : Raskolnikoff[1].

IVAN, *riant* : Tu parles d'un nom.
HUGO : C'est mon nom dans le Parti.
IVAN : Où c'est que tu l'as pêché ?
HUGO : C'est un type dans un roman.
IVAN : Qu'est-ce qu'il fait ?
HUGO : Il tue.
IVAN : Ah ! Et tu as tué, toi ?
HUGO : Non. *(Un temps.)* Qui est-ce qui t'a envoyé ici ?
IVAN : C'est Louis.
HUGO : Et qu'est-ce que tu dois faire ?
IVAN : Attendre qu'il soit 10 heures.
HUGO : Et après ?

Geste d'Ivan pour indiquer que Hugo ne doit pas l'interroger.
Rumeur qui vient de la pièce voisine. On dirait une dispute.

IVAN : Qu'est-ce qu'ils fabriquent les gars, là-dedans ?

Geste de Hugo qui imite celui d'Ivan, plus haut, pour indiquer qu'on ne doit pas l'interroger.

HUGO : Tu vois : ce qu'il y a d'embêtant, c'est que la conversation ne peut pas aller bien loin.

Un temps.

IVAN : Il y a longtemps que tu es au Parti ?
HUGO : Depuis 42 ; ça fait un an. J'y suis entré quand le Régent a déclaré la guerre à l'U.R.S.S. Et toi ?
IVAN : Je ne me rappelle même plus. Je crois bien que j'y ai toujours été. *(Un temps.)* C'est toi qui fais le journal ?
HUGO : Moi et d'autres.
IVAN : Il me passe souvent par les pattes mais je ne le lis pas. C'est pas votre faute mais vos nouvelles sont en retard de huit jours sur la B.B.C. ou la Radio soviétique.
HUGO : Où veux-tu qu'on les prenne, les nouvelles ? On est comme vous, on les écoute à la radio.
IVAN : Je ne dis pas. Tu fais ton boulot, il n'y a rien à te reprocher. *(Un temps.)* Quelle heure est-il ?
HUGO : 10 heures moins cinq.
IVAN : Ouf. *(Il bâille.)*
HUGO : Qu'est-ce que tu as ?
IVAN : Rien.
HUGO : Tu ne te sens pas bien ?

IVAN : Si. Ça va.
HUGO : Tu n'as pas l'air à ton aise.
IVAN : Ça va, je te dis. Je suis toujours comme ça avant.
HUGO : Avant quoi ?
IVAN : Avant rien. *(Un temps.)* Quand je serai sur mon vélo, ça ira mieux. *(Un temps.)* Je me sens trop doux. Je ne ferais pas de mal à une mouche.

Il bâille. Entre Olga, par la porte d'entrée.

SCÈNE II

LES MÊMES, OLGA

Elle pose une valise près de la porte.

OLGA, *à Ivan* : Voilà. Tu pourras la fixer sur ton porte-bagages ?
IVAN : Montre. Oui. Très bien.
OLGA : Il est 10 heures. Tu peux filer. On t'a dit pour le barrage et la maison ?
IVAN : Oui.
OLGA : Alors bonne chance.
IVAN : Parle pas de malheur. *(Un temps.)* Tu m'embrasses ?
OLGA : Bien sûr.

Elle l'embrasse sur les deux joues.

IVAN, *il va prendre la valise et se retourne au moment de sortir. Avec une emphase comique* : Au revoir, Raskolnikoff.
HUGO, *en souriant* : Va au diable.

Ivan sort.

SCÈNE III

HUGO, OLGA

OLGA : Tu n'aurais pas dû lui dire d'aller au diable.
HUGO : Pourquoi ?
OLGA : Ce ne sont pas des choses qu'on dit.
HUGO, *étonné* : Toi, Olga, tu es superstitieuse ?
OLGA, *agacée* : Mais non.

Hugo la regarde attentivement.

HUGO : Qu'est-ce qu'il va faire ?
OLGA : Tu n'as pas besoin de le savoir.
HUGO : Il va faire sauter le pont de Korsk ?
OLGA : Pourquoi veux-tu que je te le dise ? En cas de coup dur, moins tu en sauras, mieux ça vaudra.
HUGO : Mais tu le sais, toi, ce qu'il va faire ?
OLGA, *haussant les épaules* : Oh ! moi…
HUGO : Bien sûr : toi, tu tiendras ta langue. Tu es comme Louis : ils te tueraient sans que tu parles. *(Un bref silence.)* Qui vous prouve que je parlerais ? Comment pourrez-vous me faire confiance si vous ne me mettez pas à l'épreuve ?
OLGA : Le Parti n'est pas une école du soir. Nous ne cherchons pas à t'éprouver mais à t'employer selon ta compétence.
HUGO, *désignant la machine à écrire* : Et ma compétence, c'est ça ?
OLGA : Saurais-tu déboulonner des rails ?
HUGO : Non.
OLGA : Alors ? *(Un silence. Hugo se regarde dans la glace.)* Tu te trouves beau ?
HUGO : Je regarde si je ressemble à mon père. *(Un temps.)* Avec des moustaches, ce serait frappant.
OLGA, *haussant les épaules* : Après ?
HUGO : Je n'aime pas mon père.
OLGA : On le sait.
HUGO : Il m'a dit : « Moi aussi, dans mon temps, j'ai fait partie d'un groupe révolutionnaire ; j'écrivais dans leur journal. Ça te passera comme ça m'a passé… »
OLGA : Pourquoi me racontes-tu ça ?
HUGO : Pour rien. J'y pense chaque fois que je me regarde dans une glace. C'est tout.
OLGA, *désignant la porte de la salle de réunion* : Louis est là-dedans ?
HUGO : Oui.
OLGA : Et Hoederer ?
HUGO : Je ne le connais pas, mais je suppose. Qui est-ce au juste ?
OLGA : C'était un député du Landstag avant la dissolution[2]. À présent il est secrétaire du Parti. Hoederer, ça n'est pas son vrai nom.
HUGO : Quel est son vrai nom ?

OLGA : Je t'ai déjà dit que tu étais trop curieux.

HUGO : Ça crie fort. Ils ont l'air de se bagarrer.

OLGA : Hoederer a réuni le Comité pour le faire voter sur une proposition.

HUGO : Quelle proposition ?

OLGA : Je ne sais pas. Je sais seulement que Louis est contre.

HUGO, *souriant* : Alors, s'il est contre, je suis contre aussi. Pas besoin de savoir de quoi il s'agit. *(Un temps.)* Olga, il faut que tu m'aides.

OLGA : À quoi ?

HUGO : À convaincre Louis qu'il me fasse faire de l'action directe. J'en ai assez d'écrire pendant que les copains se font tuer.

OLGA : Tu cours des risques, toi aussi.

HUGO : Pas les mêmes. *(Un temps.)* Olga, je n'ai pas envie de vivre.

OLGA : Vraiment ? Pourquoi ?

HUGO, *geste* : Trop difficile.

OLGA : Tu es marié, pourtant.

HUGO : Bah !

OLGA : Tu aimes ta femme.

HUGO : Oui. Bien sûr. *(Un temps.)* Un type qui n'a pas envie de vivre, ça doit pouvoir servir, si on sait l'utiliser. *(Un temps. Cris et rumeurs qui viennent de la salle de réunion.)* Ça va mal, là-dedans.

OLGA, *inquiète* : Très mal[a].

SCÈNE IV

LES MÊMES, LOUIS

La porte s'ouvre. Louis sort avec deux autres hommes qui passent rapidement, ouvrent la porte d'entrée et sortent.

LOUIS : C'est fini.

OLGA : Hoederer ?

LOUIS : Il est parti par-derrière avec Boris et Lucas.

OLGA : Alors ?

LOUIS, *hausse les épaules sans répondre. Un temps. Puis* : Les salauds !

OLGA : Vous avez voté ?

LOUIS : Oui. *(Un temps.)* Il est autorisé à engager les pourparlers. Quand il reviendra avec des offres précises, il emportera le morceau.

OLGA : À quand la prochaine réunion ?

LOUIS : Dans dix jours. Ça nous donne toujours une semaine. *(Olga lui désigne Hugo.)* Quoi ? Ah ! oui... Tu es encore là, toi ? *(Il le regarde et reprend distraitement :)* Tu es encore là... *(Hugo fait un geste pour s'en aller.)* Reste. J'ai peut-être du travail pour toi. *(À Olga :)* Tu le connais mieux que moi. Qu'est-ce qu'il vaut ?

OLGA : Ça peut aller.

LOUIS : Il ne risque pas de se dégonfler ?

OLGA : Sûrement pas. Ce serait plutôt...

LOUIS : Quoi ?

OLGA : Rien. Ça peut aller.

LOUIS : Bon. *(Un temps.)* Ivan est parti ?

OLGA : Il y a un quart d'heure.

LOUIS : Nous sommes aux premières loges : on entendra l'explosion d'ici. *(Un temps. Il revient vers Hugo.)* Il paraît que tu veux *agir* ?

HUGO : Oui.

LOUIS : Pourquoi ?

HUGO : Comme ça.

LOUIS : Parfait. Seulement tu ne sais rien faire de tes dix doigts.

HUGO : En effet. Je ne sais rien faire.

LOUIS : Alors ?

HUGO : En Russie, à la fin de l'autre siècle, il y avait des types qui se plaçaient sur le passage d'un grand-duc avec une bombe dans leur poche. La bombe éclatait, le grand-duc sautait et le type aussi. Je peux faire ça[3].

LOUIS : C'étaient des anars. Tu en rêves parce que tu es comme eux : un intellectuel anarchiste. Tu as cinquante ans de retard : le terrorisme, c'est fini.

HUGO : Alors je suis[b] un incapable.

LOUIS : Dans ce domaine-là, oui.

HUGO : N'en parlons plus.

LOUIS : Attends. *(Un temps.)* Je vais peut-être te trouver quelque chose à faire.

HUGO : Du *vrai* travail ?

LOUIS : Pourquoi pas ?

HUGO : Et tu me ferais *vraiment* confiance ?

LOUIS : Ça dépend de toi.

HUGO : Louis, je ferai n'importe quoi.

LOUIS : Nous allons voir. Assieds-toi. *(Un temps.)* Voilà la situation : d'un côté le gouvernement fasciste du Régent qui a aligné sa politique sur celle de l'Axe[4] ; de l'autre notre Parti qui se bat pour la démocratie, pour la liberté, pour une société sans classes. Entre les deux, le Pentagone qui groupe clandestinement les bourgeois libéraux et nationalistes[5]. Trois groupes d'intérêts inconciliables, trois groupes d'hommes qui se haïssent. *(Un temps.)* Hoederer nous a réunis ce soir parce qu'il veut que le Parti prolétarien s'associe aux fascistes et au Pentagone pour partager le pouvoir avec eux, après la guerre. Qu'en penses-tu ?

HUGO, *souriant* : Tu te moques de moi.

LOUIS : Pourquoi ?

HUGO : Parce que c'est idiot.

LOUIS : C'est pourtant ça qu'on vient de discuter ici pendant trois heures.

HUGO, *ahuri* : Enfin... C'est comme si tu me disais qu'Olga nous a tous dénoncés à la police et que le Parti lui a voté des félicitations.

LOUIS : Que ferais-tu si la majorité s'était déclarée en faveur de ce rapprochement ?

HUGO : Tu me le demandes sérieusement ?

LOUIS : Oui.

HUGO : J'ai quitté ma famille et ma classe, le jour où j'ai compris ce que c'était que l'oppression. En aucun cas, je n'accepterais de compromis avec elle.

LOUIS : Mais si les choses en étaient venues là ?

HUGO : Alors, je prendrais un pétard et j'irais descendre un flic sur la place Royale ou avec un peu de chance un milicien. Et puis j'attendrais à côté du cadavre pour voir ce qui m'arriverait. *(Un temps.)* Mais c'est une blague.

LOUIS : Le Comité a accepté la proposition de Hoederer par quatre voix contre trois. Dans la semaine qui vient, Hoederer rencontrera les émissaires du Régent.

HUGO : Est-ce qu'il est vendu ?

LOUIS : Je ne sais pas et je m'en fous. Objectivement, c'est un traître ; ça me suffit.

HUGO : Mais Louis... enfin, je ne sais pas, moi, c'est... c'est absurde : le Régent nous hait, il nous traque, il combat contre l'U.R.S.S. aux côtés de l'Allemagne, il a fait fusiller des gens de chez nous : comment peut-il... ?

LOUIS : Le Régent ne croit plus à la victoire de l'Axe : il

veut sauver sa peau. Si les Alliés gagnent, il veut pouvoir dire qu'il jouait double jeu.

HUGO : Mais les copains…

LOUIS : Tout le P.A.C.[6] que je représente est contre Hoederer. Seulement, tu sais ce que c'est : le Parti prolétarien est né de la fusion du P.A.C. et des sociaux-démocrates. Les sociaux-démocrates ont voté pour Hoederer et ils ont la majorité.

HUGO : Pourquoi ont-ils… ?

LOUIS : Parce que Hoederer leur fait peur…

HUGO : Est-ce que nous ne pouvons pas les lâcher ?

LOUIS : Une scission ? Impossible. *(Un temps.)* Tu es avec nous, petit ?

HUGO : Olga et toi vous m'avez tout appris et je vous dois tout. Pour moi, le Parti, c'est vous.

LOUIS, *à Olga* : Il pense ce qu'il dit ?

OLGA : Oui.

LOUIS : Bon. *(À Hugo :)* Tu comprends bien la situation : nous ne pouvons ni nous en aller ni l'emporter au Comité. Mais il s'agit uniquement d'une manœuvre de Hoederer. Sans Hoederer, nous mettons les autres dans notre poche. *(Un temps.)* Hoederer a demandé mardi dernier au Parti de lui fournir un secrétaire. Un étudiant. Marié.

HUGO : Pourquoi, marié ?

LOUIS : Je ne sais pas. Tu es marié ?

HUGO : Oui.

LOUIS : Alors ? Tu es d'accord ?

Ils se regardent un moment.

HUGO, *avec force* : Oui.

LOUIS : Très bien. Tu partiras demain avec ta femme. Il habite à vingt kilomètres d'ici, dans une maison de campagne qu'un ami lui a prêtée. Il vit avec trois costauds qui sont là en cas de coup dur. Tu n'auras qu'à le surveiller ; nous établirons une liaison dès ton arrivée. Il ne faut pas qu'il rencontre les envoyés du Régent. Ou, en tout cas, il ne faut pas qu'il les rencontre deux fois, tu m'as compris ?

HUGO : Oui.

LOUIS : Le soir que nous te dirons, tu ouvriras la porte à trois camarades qui achèveront la besogne ; il y aura une auto sur la route et tu fileras avec ta femme pendant ce temps-là.

HUGO : Oh ! Louis.

LOUIS : Quoi ?

HUGO : C'est donc ça ? Ce n'est que ça ? Voilà ce dont tu me juges capable ?

LOUIS : Tu n'es pas d'accord ?

HUGO : Non. Pas du tout : je ne veux pas faire le mouton. On a des manières, nous autres. Un intellectuel anarchiste n'accepte pas n'importe quelle besogne.

OLGA : Hugo !

HUGO : Mais voici ce que je vous propose : pas besoin de liaison, ni d'espionnage. Je ferai l'affaire moi-même.

LOUIS : Toi ?

HUGO : Moi.

LOUIS : C'est du travail trop dur pour un amateur.

HUGO : Vos trois tueurs, ils rencontreront peut-être les gardes du corps de Hoederer ; ils risquent de se faire descendre. Moi, si je suis son secrétaire et si je gagne sa confiance, je serai seul avec lui plusieurs heures par jour.

LOUIS, *hésitant* : Je ne…

OLGA : Louis !

LOUIS : Eh ?

OLGA, *doucement* : Fais-lui confiance. C'est un petit gars qui cherche sa chance. Il ira jusqu'au bout.

LOUIS : Tu réponds de lui ?

OLGA : Entièrement.

LOUIS : Bon. Alors écoute…

Explosion sourde dans le lointain.

OLGA : Il a réussi.

LOUIS : Éteins ! Hugo, ouvre la fenêtre !

Ils éteignent et ouvrent la fenêtre.
Au fond la lueur rouge d'un incendie.

OLGA : Ça brûle, là-bas. Ça brûle. Tout un incendie. Il a réussi.

Ils sont tous à la fenêtre.

HUGO : Il a réussi. Avant la fin de la semaine, vous serez ici, tous les deux, par une nuit pareille, et vous attendrez les nouvelles ; et vous serez inquiets et vous parlerez de moi et je compterai pour vous. Et vous vous demanderez : qu'est-ce qu'il fait ? Et puis il y aura un coup de téléphone ou bien quelqu'un frappera à la porte et vous vous sourirez comme vous faites à présent et vous vous direz : « Il a réussi. »

RIDEAU

TROISIÈME TABLEAU

Un pavillon. Un lit, armoires, fauteuils, chaises. Des vêtements de femme sur toutes les chaises, des valises ouvertes sur le lit.

Jessica emménage. Elle va regarder à la fenêtre. Revient. Va à une valise fermée qui est dans un coin (initiales H.B.[1]*), la tire sur le devant de la scène, va jeter un coup d'œil à la fenêtre, va chercher un complet d'homme pendu dans un placard, fouille dans les poches, sort une clé, ouvre la valise, fouille hâtivement, va regarder à la fenêtre, revient, fouille, trouve quelque chose qu'elle regarde, dos tourné au public, nouveau coup d'œil à la fenêtre. Elle tressaille, ferme rapidement la valise, remet la clé dans le veston et cache, sous le matelas, les objets qu'elle tient à la main.*

Hugo entre.

SCÈNE I

JESSICA, HUGO

HUGO : Il n'en finissait pas. Tu as trouvé le temps long ?
JESSICA : Horriblement.
HUGO : Qu'as-tu fait ?
JESSICA : J'ai dormi.
HUGO : On ne trouve pas le temps long quand on dort.
JESSICA : J'ai rêvé que je trouvais le temps long, ça m'a réveillée et j'ai défait les valises. Qu'est-ce que tu penses de l'installation ? *(Elle désigne le pêle-mêle des vêtements sur le lit et les chaises.)*
HUGO : Je ne sais pas. Elle est provisoire ?
JESSICA, *fermement* : Définitive.
HUGO : Très bien.
JESSICA : Comment est-il ?
HUGO : Qui ?
JESSICA : Hoederer.
HUGO : Hoederer ? Comme tout le monde.
JESSICA : Quel âge a-t-il ?
HUGO : Entre deux âges.
JESSICA : Entre lesquels ?

HUGO : Vingt et soixante.

JESSICA : Grand ou petit ?

HUGO : Moyen.

JESSICA : Signe distinctif ?

HUGO : Une grande balafre, une perruque et un œil de verre.

JESSICA : Quelle horreur !

HUGO : C'est pas vrai. Il n'a pas de signes distinctifs.

JESSICA : Tu fais le malin mais tu serais bien incapable de me le décrire.

HUGO : Bien sûr que si, j'en serais capable.

JESSICA : Non, tu n'en serais pas capable.

HUGO : Si.

JESSICA : Non. Quelle est la couleur de ses yeux ?

HUGO : Gris.

JESSICA : Ma pauvre abeille, tu crois que tous les yeux sont gris. Il y en a des bleus, des marrons, des verts et des noirs. Il y en a même de mauves. Quelle est la couleur des miens ? *(Elle se cache les yeux avec sa main.)* Ne regarde pas.

HUGO : Ce sont deux pavillons de soie, deux jardins andalous, deux poissons de lune.

JESSICA : Je te demande leur couleur.

HUGO : Bleu.

JESSICA : Tu as regardé.

HUGO : Non, mais tu me l'as dit ce matin.

JESSICA : Idiot. *(Elle vient sur lui.)* Hugo, réfléchis bien : est-ce qu'il a une moustache ?

HUGO : Non. *(Un temps. Fermement.)* Je suis sûr que non.

JESSICA, *tristement* : Je voudrais pouvoir te croire.

HUGO, *réfléchit puis se lance* : Il avait une cravate à pois.

JESSICA : À pois ?

HUGO : À pois.

JESSICA : Bah ?

HUGO : Le genre… *(Il fait le geste de nouer une lavallière.)* Tu sais.

JESSICA : Tu t'es trahi, tu t'es livré ! Tout le temps qu'il te parlait, tu as regardé sa cravate. Hugo, il t'a intimidé.

HUGO : Mais non !

JESSICA : Il t'a intimidé !

HUGO : Il n'est pas intimidant.

JESSICA : Alors pourquoi regardais-tu sa cravate ?

HUGO : Pour ne pas l'intimider.

JESSICA : C'est bon. Moi je le regarderai et quand tu

voudras savoir comment il est fait, tu n'auras qu'à me le demander. Qu'est-ce qu'il t'a dit ?

HUGO : Je lui ai dit que mon père était vice-président des Charbonnières de Tosk et que je l'avais quitté pour entrer au Parti.

JESSICA : Qu'est-ce qu'il t'a répondu ?

HUGO : Que c'était bien.

JESSICA : Et après ?

HUGO : Je ne lui ai pas caché que j'avais mon doctorat mais je lui ai bien fait comprendre que je n'étais pas un intellectuel et que je ne rougissais pas de faire un travail de copiste et que je mettais mon point d'honneur dans l'obéissance et la discipline la plus stricte.

JESSICA : Et qu'est-ce qu'il t'a répondu ?

HUGO : Que c'était bien.

JESSICA : Et ça vous a pris deux heures ?

HUGO : Il y a eu les silences.

JESSICA : Tu es de ces gens qui vous racontent toujours ce qu'ils disent aux autres et jamais ce que les autres leur ont répondu.

HUGO : C'est parce que je pense que tu t'intéresses plus à moi qu'aux autres.

JESSICA : Bien sûr, mon abeille. Mais toi, je t'ai. Les autres, je ne les ai pas.

HUGO : Tu veux avoir Hoederer ?

JESSICA : Je veux avoir tout le monde.

HUGO : Hum ! Il est vulgaire.

JESSICA : Comment le sais-tu puisque tu ne l'as pas regardé ?

HUGO : Il faut être vulgaire pour porter une cravate à pois.

JESSICA : Les impératrices grecques couchaient avec des généraux barbares.

HUGO : Il n'y avait pas d'impératrices en Grèce.

JESSICA : À Byzance il y en avait.

HUGO : À Byzance il y avait des généraux barbares et des impératrices grecques mais on ne dit pas ce qu'ils faisaient ensemble.

JESSICA : Qu'est-ce qu'ils pouvaient faire d'autre ? *(Un léger silence.)* Il t'a demandé comment j'étais ?

HUGO : Non.

JESSICA : D'ailleurs tu n'aurais pas pu lui répondre : tu n'en sais rien. Il n'a rien dit d'autre sur moi ?

HUGO : Rien.

JESSICA : Il manque de manières.

HUGO : Tu vois. D'ailleurs il eſt trop tard pour t'intéresser à lui.

JESSICA : Pourquoi ?

HUGO : Tu tiendras ta langue ?

JESSICA : À deux mains.

HUGO : Il va mourir.

JESSICA : Il eſt malade ?

HUGO : Non, mais il va être assassiné. Comme tous les hommes politiques.

JESSICA : Ah ! *(Un temps.)* Et toi, petite abeille, es-tu un homme politique ?

HUGO : Certainement.

JESSICA : Et qu'eſt-ce que doit faire la veuve d'un homme politique ?

HUGO : Elle entre dans le parti de son mari et elle achève son œuvre.

JESSICA : Seigneur ! J'aimerais beaucoup mieux me tuer sur ta tombe.

HUGO : Ça ne se fait plus qu'à Malabar[2].

JESSICA : Alors, écoute ce que je ferais : j'irais trouver tes assassins un à un, je les ferais brûler d'amour et quand ils croiraient enfin pouvoir consoler ma langueur hautaine et désolée je leur plongerais un couteau dans le cœur.

HUGO : Qu'eſt-ce qui t'amuserait le plus ? Les tuer ou les séduire ?

JESSICA : Tu es bête et vulgaire.

HUGO : Je croyais que tu aimais les hommes vulgaires. *(Jessica ne répond pas.)* On joue ou on ne joue pas ?

JESSICA : On ne joue plus. Laisse-moi défaire mes valises.

HUGO : Va ! Va !

JESSICA : Il ne reſte plus que la tienne. Donne-moi la clé.

HUGO : Je te l'ai donnée.

JESSICA, *désignant la valise qu'elle a ouverte au début du tableau* : Pas de celle-là.

HUGO : Celle-là, je la déferai moi-même.

JESSICA : Ce n'eſt pas ton affaire, ma petite âme.

HUGO : Depuis quand eſt-ce la tienne ? Tu veux jouer à la femme d'intérieur ?

JESSICA : Tu joues bien au révolutionnaire.

HUGO : Les révolutionnaires n'ont pas besoin de femmes d'intérieur : ils leur coupent la tête.

JESSICA : Ils préfèrent les louves aux cheveux noirs, comme Olga.

HUGO : Tu es jalouse ?

JESSICA : Je voudrais bien. Je n'y ai jamais joué. On y joue ?

HUGO : Si tu veux.

JESSICA : Bon. Alors donne-moi la clé de cette valise.

HUGO : Jamais !

JESSICA : Qu'est-ce qu'il y a dans cette valise ?

HUGO : Un secret honteux.

JESSICA : Quel secret ?

HUGO : Je ne suis pas le fils de mon père.

JESSICA : Comme ça te ferait plaisir, mon abeille. Mais ce n'est pas possible : tu lui ressembles trop.

HUGO : Ce n'est pas vrai ! Jessica. Tu trouves que je lui ressemble ?

JESSICA : On joue ou on ne joue pas ?

HUGO : On joue.

JESSICA : Alors, ouvre cette valise.

HUGO : J'ai juré de ne pas l'ouvrir.

JESSICA : Elle est bourrée de lettres de la louve ! ou de photos peut-être ? Ouvre !

HUGO : Non.

JESSICA : Ouvre. Ouvre.

HUGO : Non et non.

JESSICA : Tu joues ?

HUGO : Oui.

JESSICA : Alors, pouce : je ne joue plus. Ouvre la valise.

HUGO : Pouce cassé : je ne l'ouvrirai pas.

JESSICA : Ça m'est égal, je sais ce qu'il y a dedans.

HUGO : Qu'est-ce qu'il y a ?

JESSICA : Il y a… il y a… *(Elle passe la main sous le matelas, puis met les deux mains derrière son dos et brandit des photos.)* Ça !

HUGO : Jessica !

JESSICA, *triomphante* : J'ai trouvé la clé dans ton costume brun[a], je sais quelle est ta maîtresse, ta princesse, ton impératrice. Ça n'est pas moi, ça n'est pas la louve, c'est toi mon chéri, c'est toi-même. Douze photos de toi dans ta valise.

HUGO : Rends-moi ces photos.

JESSICA : Douze photos de ta jeunesse rêveuse. À trois ans, à six ans, à huit, à dix, à douze, à seize. Tu les as emportées quand ton père t'a chassé, elles te suivent partout : comme il faut que tu t'aimes.

HUGO : Jessica, je ne joue plus.

JESSICA : À six ans, tu portais un col dur, ça devait racler ton cou de poulet, et puis tout un habit de velours avec une lavallière. Quel beau petit homme, quel enfant sage ! Ce sont les enfants sages, madame, qui font les révolutionnaires les plus terribles. Ils ne disent rien, ils ne se cachent pas sous la table, ils ne mangent qu'un bonbon à la fois, mais plus tard ils le font payer cher à la société. Méfiez-vous des enfants sages !

Hugo qui fait semblant de se résigner saute brusquement sur elle.

HUGO : Tu me les rendras, sorcière ! Tu vas me les rendre.

JESSICA : Lâche-moi ! *(Il la renverse sur le lit.)* Attention ; tu vas nous faire tuer.

HUGO : Rends-les.

JESSICA : Je te dis que le revolver va partir ! *(Hugo se relève, elle montre le revolver qu'elle a tenu derrière son dos.)* Il y avait aussi ça, dans la valise.

HUGO : Donne.

Il le lui prend, va fouiller dans son costume brun, prend la clé, revient à la valise, l'ouvre, ramasse les photos et les met avec le revolver dans la valise. Un temps.

JESSICA : Qu'est-ce que c'est que ce revolver ?

HUGO : J'en ai toujours un avec moi.

JESSICA : C'est pas vrai. Tu n'en avais pas avant de venir ici. Et tu n'avais pas non plus cette valise. Tu les as achetés en même temps. Pourquoi as-tu ce revolver ?

HUGO : Tu veux le savoir ?

JESSICA : Oui mais réponds-moi, sérieusement. Tu n'as pas le droit de me tenir en dehors de ta vie.

HUGO : Tu n'en parleras à personne ?

JESSICA : À personne au monde.

HUGO : C'est pour tuer Hoederer.

JESSICA : Tu es assommant, Hugo. Je te dis que je ne joue plus.

HUGO : Ha ! Ha ! Est-ce que je joue ? Est-ce que je suis sérieux ? Mystère… Jessica, tu seras la femme d'un assassin !

JESSICA : Mais tu ne pourras jamais, ma pauvre petite abeille ; veux-tu que je le tue à ta place ? J'irai m'offrir à lui et je…

HUGO : Merci et puis tu le manqueras ! J'agirai moi-même.

JESSICA : Mais pourquoi veux-tu le tuer ? Un homme que tu ne connais pas.

HUGO : Pour que ma femme me prenne au sérieux. Est-ce que tu me prendras au sérieux ?

JESSICA : Moi ? Je t'admirerai, je te cacherai, je te nourrirai, je te distrairai dans ta cachette et quand nous aurons été dénoncés par les voisins, je me jetterai sur toi malgré les gendarmes et je te prendrai dans mes bras en te criant : je t'aime…

HUGO : Dis-le-moi à présent.

JESSICA : Quoi ?

HUGO : Que tu m'aimes.

JESSICA : Je t'aime.

HUGO : Dis-le-moi pour de vrai.

JESSICA : Je t'aime.

HUGO : Ce n'est pas pour de vrai.

JESSICA : Mais qu'est-ce qui te prend ? Tu joues ?

HUGO : Non. Je ne joue pas.

JESSICA : Pourquoi me demandes-tu ça ? Ce n'est pas dans tes habitudes.

HUGO : Je ne sais pas. J'ai envie de penser que tu m'aimes. C'est bien mon droit. Allons, dis-le. Dis-le *bien*[b].

JESSICA : Je t'aime. Je t'aime. Non : je t'aime. Ah ! va au diable. Comment le dis-tu, toi ?

HUGO : Je t'aime.

JESSICA : Tu vois : tu ne sais pas mieux que moi.

HUGO : Jessica, tu ne crois pas ce que je t'ai dit.

JESSICA : Que tu m'aimais ?

HUGO : Que j'allais tuer Hoederer.

JESSICA : Naturellement, je le crois.

HUGO : Fais un effort, Jessica. Sois sérieuse.

JESSICA : Pourquoi faut-il que je sois sérieuse ?

HUGO : Parce qu'on ne peut pas jouer tout le temps.

JESSICA : Je n'aime pas le sérieux mais on va s'arranger : je vais jouer à être sérieuse.

HUGO : Regarde-moi dans les yeux. Sans rire. Écoute : pour Hoederer, c'est vrai. C'est le Parti qui m'envoie.

JESSICA : Je n'en doute pas. Pourquoi ne me l'as-tu pas dit plus tôt ?

HUGO : Peut-être tu aurais refusé de m'accompagner.

JESSICA : Pourquoi ? Ce sont des affaires d'homme, ça ne me regarde pas.

HUGO : C'est une drôle de besogne, tu sais… Le type a l'air coriace.

JESSICA : Eh bien nous allons le chloroformer et l'attacher à la gueule d'un canon.

HUGO : Jessica ! Je suis sérieux.

JESSICA : Moi aussi.

HUGO : Toi, tu joues à être sérieuse. Tu me l'as dit.

JESSICA : Non, c'est toi.

HUGO : Il faut me croire, je t'en supplie.

JESSICA : Je te croirai si tu crois que je suis sérieuse.

HUGO : Bon. Eh bien, je te crois.

JESSICA : Non. Tu joues à me croire.

HUGO : Nous n'en sortirons pas. *(On frappe à la porte.)* Entrez !

Jessica se place devant la valise, dos tourné au public pendant qu'il va ouvrir.

SCÈNE II

SLICK, GEORGES, HUGO, JESSICA

Slick et Georges entrent, souriants. Mitraillettes et ceinturons avec revolvers. Un silence.

GEORGES : C'est nous.

HUGO : Oui ?

GEORGES : On venait voir si vous n'aviez pas besoin d'un coup de main.

HUGO : Un coup de main pour quoi faire ?

SLICK : Pour emménager.

JESSICA : Vous êtes bien gentils mais je n'ai besoin de personne.

GEORGES, *désignant les vêtements de femme épars sur les meubles* : Tout ça faut le plier.

SLICK : Ça irait plus vite si on s'y mettait tous les quatre.

JESSICA : Vous croyez ?

SLICK, *il a pris une combinaison sur un dossier de chaise et la tient à bout de bras* : Ça se plie par le milieu, non ? Et puis on rabat les côtés ?

JESSICA : Oui. Eh bien, je vous verrais plutôt vous spécialiser dans le travail de force.

GEORGES : Touche pas, Slick. Ça va te donner des idées. Excusez-le, madame : nous n'avons pas vu de femmes depuis six mois.

SLICK : On ne savait même plus comment c'était bâti.

Ils la regardent.

JESSICA : Ça vous revient ?

GEORGES : Peu à peu.

JESSICA : Il n'y en a donc pas, au village ?

SLICK : Il y en a, mais on ne sort pas.

GEORGES : L'ancien secrétaire sautait le mur toutes les nuits, total qu'on l'a retrouvé un matin la tête dans une mare. Alors le Vieux[3] a décidé que le suivant serait marié pour avoir sa suffisance à domicile.

JESSICA : C'était très délicat de sa part.

SLICK : Seulement nous, c'est pas dans ses idées qu'on ait notre suffisance.

JESSICA : Tiens ? Pourquoi ?

GEORGES : Il dit qu'il veut qu'on soit des bêtes sauvages.

HUGO : Ce sont les gardes du corps de Hoederer.

JESSICA : Figure-toi que je l'avais deviné.

SLICK, *désignant sa mitraillette* : À cause de ça ?

JESSICA : À cause de ça aussi.

GEORGES : Faudrait pas nous prendre pour des professionnels, hein ? Moi je suis plombier. On fait un petit extra, parce que le Parti nous l'a demandé.

SLICK : Vous n'avez pas peur de nous ?

JESSICA : Au contraire ; seulement j'aimerais *(désignant mitraillettes et revolvers)* que vous vous débarrassiez de votre panoplie. Posez ça dans un coin.

GEORGES : Impossible.

SLICK : Défendu.

JESSICA : Est-ce que vous vous en séparez pour dormir ?

GEORGES : Non, madame.

JESSICA : Non ?

SLICK : Non.

HUGO : Ils sont à cheval sur le règlement. Quand je suis entré chez Hoederer, ils me poussaient avec le canon de leurs mitraillettes.

GEORGES, *riant* : Voilà comme nous sommes.

SLICK, *riant* : S'il avait bronché, vous seriez veuve.

Tout le monde rit.

JESSICA : Il a donc bien peur, votre patron.

SLICK : Il n'a pas peur mais il ne veut pas qu'on le tue.

JESSICA : Pourquoi[c] le tuerait-on ?

SLICK : Pourquoi, je ne sais pas. Mais ce qui est sûr c'est

qu'on veut le tuer. Ses copains sont venus l'avertir, il y a tantôt quinze jours.

JESSICA : Comme c'est intéressant.

SLICK : Oh ! Vous en reviendrez. Ce n'est même pas spectaculaire. Faut monter la garde, c'est tout[d].

Pendant la réplique de Slick, Georges fait un tour dans la pièce d'un air faussement négligent. Il va au placard ouvert et en sort le costume de Hugo.

GEORGES : Hé, Slick ! Vise-moi s'il est bien loqué !

SLICK : Ça fait partie de son métier. Un secrétaire, tu le regardes pendant qu'il écrit ce que tu causes, faut qu'il te plaise, sans ça, tu perds le fil de tes idées.

Georges palpe le costume en feignant de le brosser.

GEORGES : Méfiez-vous des placards, les murs sont cracra.

Il va remettre le costume dans le placard puis revient près de Slick. Jessica et Hugo se regardent.

JESSICA, *prenant son parti* : Eh bien… asseyez-vous.

SLICK : Non. Non. Merci.

GEORGES : Ça va comme ça.

JESSICA : Nous ne pouvons rien vous offrir à boire.

SLICK : N'importe comment nous ne buvons pas dans le service.

HUGO : Et vous êtes en service ?

GEORGES : Nous sommes *toujours* en service.

HUGO : Ah ?

SLICK : Je vous dis, faut être des saints pour faire ce sacré métier.

HUGO : Moi je ne suis pas encore en service. Je suis chez moi, avec ma femme. Asseyons-nous, Jessica.

Ils s'asseyent tous deux.

SLICK, *allant à la fenêtre* : Belle vue.

GEORGES : C'est joli chez eux.

SLICK : Et calme.

GEORGES : T'as vu le lit s'il est grand… il y en a pour trois.

SLICK : Pour quatre : des jeunes mariés ça se blottit.

GEORGES : Toute cette place perdue, quand il y en a qui couchent par terre.

SLICK : Tais-toi, je vais en rêver cette nuit.

JESSICA : Vous n'avez pas de lit ?

SLICK, *égayé* : Georges !
GEORGES, *riant* : Oui.
SLICK : Elle demande si on a un lit !
GEORGES, *désignant Slick* : Il dort sur le tapis du bureau, moi dans le couloir, devant la chambre du Vieux.
JESSICA : Et c'est dur ?
GEORGES : Ça serait dur pour votre mari, parce qu'il a l'air délicat. Nous autres on s'y est fait. L'ennui, c'est qu'on n'a pas de pièce où se tenir. Le jardin n'est pas sain, alors on passe la journée dans le vestibule.

Il se baisse et regarde sous le lit.

HUGO : Qu'est-ce que vous regardez ?
GEORGES : Des fois qu'il y aurait des rats.

Il se relève.

HUGO : Il n'y en a pas ?
GEORGES : Non.
HUGO : Tant mieux.

Un temps.

JESSICA : Et vous l'avez laissé tout seul votre patron ? Vous n'avez pas peur qu'il lui arrive malheur si vous restez trop longtemps absents ?
SLICK : Il y a Léon, qui est resté là-bas. *(Désignant l'appareil téléphonique.)* Et puis, s'il y avait du pet, il peut toujours nous appeler.

Un temps. Hugo se lève, pâle d'énervement. Jessica se lève aussi.

HUGO : Ils sont sympathiques, hein ?
JESSICA : Exquis.
HUGO : Et tu as vu comme ils sont bâtis ?
JESSICA : Des armoires ! Ah ! vous allez faire un trio d'amis. Mon mari adore les tueurs. Il aurait voulu en être un.
SLICK : Il n'est pas taillé pour. Il est fait pour être secrétaire.
HUGO : On s'entendra bien, allez ! Moi je serai le cerveau, Jessica les yeux, vous les muscles. Tâte les muscles, Jessica ! *(Il les tâte.)* Du fer. Tâte.
JESSICA : Mais M. Georges n'en a peut-être pas envie.
GEORGES, *raide* : Ça m'est égal.
HUGO : Tu vois ; il est enchanté. Allons, tâte, Jessica, tâte. *(Jessica tâte.)* Du fer, hein ?

JESSICA : De l'acier.

HUGO : On se tutoie, nous trois, hein ?

SLICK : Si tu veux, mon petit gars !

JESSICA : C'est tellement aimable à vous d'être venus nous voir.

SLICK : Tout le plaisir est pour nous, hein, Georges ?

GEORGES : On est heureux d'avoir vu votre bonheur.

JESSICA : Ça vous fera un sujet de conversation dans votre vestibule.

SLICK : Bien sûr et puis la nuit on se dira : « Ils sont au chaud, il tient sa petite femme dans ses bras. »

GEORGES : Ça nous rendra courage.

HUGO, *va à la porte et l'ouvre* : Revenez quand vous voudrez, vous êtes chez vous.

Slick s'en va tranquillement à la porte et la referme.

SLICK : On s'en va. On s'en va tout de suite. Le temps d'une petite formalité.

HUGO : Quelle formalité ?

SLICK : Fouiller la chambre.

HUGO : Non.

GEORGES : Non ?

HUGO : Vous ne fouillerez rien du tout.

SLICK : Te fatigue pas, petite tête, on a des ordres.

HUGO : Des ordres de qui ?

SLICK : De Hoederer.

HUGO : Hoederer vous a donné l'ordre de fouiller ma chambre ?

GEORGES : Voyons, mon petit pote, fais pas l'idiot. Je te dis qu'on nous a prévenus : il va y avoir du baroud un de ces jours. Alors tu penses comme on va te laisser entrer ici sans regarder tes poches. Tu pourrais balader des grenades ou n'importe quelle pétoire quoique j'ai dans l'idée que tu n'es pas doué pour le tir au pigeon.

HUGO : Je vous demande si Hoederer vous a nommément chargé de fouiller dans mes affaires.

SLICK, *à Georges* : Nommément.

GEORGES : Nommément.

SLICK : Personne n'entre ici sans qu'on le fouille. C'est la règle. Voilà tout.

HUGO : Et moi vous ne me fouillerez pas. Ce sera l'exception. Voilà tout.

GEORGES : Tu n'es pas du Parti ?

HUGO : Si.

GEORGES : Alors qu'est-ce qu'on t'a appris là-bas ? Tu ne sais pas ce que c'est qu'une consigne ?

HUGO : Je le sais aussi bien que vous.

SLICK : Et quand on te donne une consigne, tu ne sais pas que tu dois la respecter ?

HUGO : Je le sais.

SLICK : Eh bien ?

HUGO : Je respecte les consignes mais je me respecte aussi moi-même et je n'obéis pas aux ordres idiots qui sont faits exprès pour me ridiculiser.

SLICK : Tu l'entends. Dis, Georges, est-ce que tu te respectes ?

GEORGES : Je crois pas. Ça se saurait. Et toi Slick ?

SLICK : T'es pas fou ? T'as pas le droit de te respecter si t'es pas au moins secrétaire.

HUGO : Pauvres idiots ! Si je suis entré au Parti, c'est pour que tous les hommes, secrétaires ou non, en aient un jour le droit.

GEORGES : Fais-le taire, Slick, ou je vais pleurer. Nous, mon petit pote, si on y est entré c'est qu'on en avait marre de crever de faim.

SLICK : Et pour que tous les gars dans notre genre aient un jour de quoi bouffer.

GEORGES : Ah, Slick, assez de salades. Ouvre ça pour commencer.

HUGO : Tu n'y toucheras pas.

SLICK : Non, mon petit pote ? Et comment que tu feras pour m'en empêcher ?

HUGO : Je n'essayerai pas de lutter contre un rouleau compresseur, mais si seulement tu poses ta patte dessus, nous quittons la villa ce soir et Hoederer pourra se chercher un autre secrétaire.

GEORGES : Oh ! dis, tu m'intimides ! Un secrétaire comme toi, j'en fais un tous les jours.

HUGO : Eh bien fouille, si tu n'as pas peur, fouille donc !

Georges se gratte le crâne. Jessica qui est restée très calme pendant toute cette scène vient vers eux.

JESSICA : Pourquoi ne pas téléphoner à Hoederer ?

SLICK : À Hoederer ?

JESSICA : Il vous mettra d'accord.

Georges et Slick se consultent du regard.

GEORGES : Peut se faire. *(Il va à l'appareil, sonne et décroche.)* Allo, Léon ? Va dire au Vieux que le petit poteau ne veut pas se laisser faire. Quoi ? Oh ! des boniments. *(Revenant vers Slick.)* Il est parti pour voir le Vieux.

SLICK : D'accord. Seulement je vais te dire, Georges. Moi je l'aime bien, Hoederer, mais si ça lui chantait de faire une exception pour ce gosse de riches, alors qu'on a foutu à poil jusqu'au facteur, eh bien, je lui rends mon tablier.

GEORGES : Je suis d'accord. Il y passera ou c'est nous qu'on s'en va.

SLICK : Parce que ça se peut que je me respecte pas, mais j'ai ma fierté comme les autres.

HUGO : Ça se peut bien, mon grand camarade ; mais quand ce serait Hoederer lui-même qui donnerait l'ordre de fouille, je quitterais cette maison cinq minutes après.

GEORGES : Slick !

SLICK : Oui ?

GEORGES : Tu ne trouve pas que Monsieur a une gueule d'aristocrate ?

HUGO : Jessica !

JESSICA : Oui ?

HUGO : Tu ne trouves pas que ces Messieurs ont des gueules de cognes ?

SLICK, *marche sur lui et lui met la main sur l'épaule* : Fais gaffe, mon petit gars ; parce que si c'est qu'on est des cognes, des fois on pourrait se mettre à cogner !

Entre Hoederer.

SCÈNE III

LES MÊMES, HOEDERER

HOEDERER : Pourquoi[e] me dérange-t-on ?

Slick fait un pas en arrière.

SLICK : Il ne veut pas qu'on le fouille.

HOEDERER : Non ?

HUGO : Si vous leur permettez de me fouiller, je m'en vais. C'est tout.

HOEDERER : Bon.

GEORGES : Et si tu nous en empêches, c'est nous qu'on s'en va.

HOEDERER : Asseyez-vous. *(Ils s'asseyent de mauvaise grâce.)* À propos, Hugo, tu peux me tutoyer. Ici, tout le monde se tutoie.

Il prend un slip et une paire de bas sur le dossier du fauteuil et se dispose à les porter sur le lit.

JESSICA : Vous permettez ?

Elle les lui prend des mains et les roule en boule, puis sans bouger de place, elle les jette sur le lit.

HOEDERER : Comment t'appelles-tu ?

JESSICA : Les femmes aussi vous les tutoyez ?

HOEDERER : Oui.

JESSICA : Je m'y ferai. Je m'appelle Jessica.

HOEDERER, *la regardant toujours* : Je croyais que tu serais laide.

JESSICA : Je suis désolée.

HOEDERER, *la regardant toujours* : Oui. C'est regrettable.

JESSICA : Faut-il que je me rase la tête ?

HOEDERER, *sans cesser de la regarder* : Non. *(Il s'éloigne un peu d'elle.)* C'est à cause de toi qu'ils voulaient en venir aux mains ?

JESSICA : Pas encore.

HOEDERER : Que ça n'arrive jamais. *(Il s'assied*[f] *dans le fauteuil.)* La fouille, c'est sans importance.

SLICK : Nous...

HOEDERER : Sans aucune importance. Nous en reparlerons. *(À Slick :)* Qu'est-ce qu'il y a eu ? Qu'est-ce que vous lui reprochez ? Il est trop bien habillé ? Il parle comme un livre ?

SLICK : Question de peau.

HOEDERER : Pas de ça ici. Les peaux, on les laisse au vestiaire. *(Il les regarde.)* Mes enfants, vous êtes mal partis. *(À Hugo :)* Toi, tu fais l'insolent parce que tu es le plus faible. *(À Slick et à Georges :)* Vous, vous avez vos gueules des mauvais jours. Vous avez commencé par le regarder de travers. Demain vous lui ferez des farces et la semaine prochaine, quand j'aurai besoin de lui dicter une lettre, vous viendrez me dire qu'on l'a repêché dans l'étang.

HUGO : Pas si je peux l'empêcher...

HOEDERER : Tu ne peux rien empêcher. Ne te crispe pas, mon petit. Il ne faut pas que les choses en arrivent là, voilà tout. Quatre hommes qui vivent ensemble, ça s'aime ou ça se massacre. Vous allez me faire le plaisir de vous aimer.

GEORGES, *avec dignité* : Les sentiments ne se commandent pas.

HOEDERER, *avec force* : Ils se commandent. Ils se commandent quand on est en service, entre types du même parti.

GEORGES : On n'est pas du même parti.

HOEDERER, *à Hugo* : Tu n'es pas de chez nous ?

HUGO : Si.

HOEDERER : Alors ?

SLICK : On est peut-être du même parti mais on n'y est pas entré pour les mêmes raisons.

HOEDERER : On y entre toujours pour la même raison.

SLICK : Tu permets ! Lui, c'était pour apprendre aux pauvres gens le respect qu'ils se doivent.

HOEDERER : Bah ?

GEORGES : C'est ce qu'il a dit.

HUGO : Et vous, vous n'y êtes entrés que pour bouffer à votre faim. C'est ce que vous avez dit.

HOEDERER : Eh bien ? Vous êtes d'accord.

SLICK : Pardon ?

HOEDERER : Slick ! Tu ne m'as pas raconté que tu avais honte d'avoir faim ? *(Il se penche vers Slick et attend une réponse qui ne vient pas.)* Et que ça te faisait rager parce que tu ne pouvais penser à rien d'autre ? Et qu'un garçon de vingt ans a mieux à faire qu'à s'occuper tout le temps de son estomac ?

SLICK : Tu n'avais pas besoin de parler de ça devant lui.

HOEDERER : Tu ne me l'as pas raconté ?

SLICK : Qu'est-ce que ça prouve ?

HOEDERER : Ça prouve que tu voulais ta bouffe et un petit quelque chose en plus. Lui, il appelle ça le respect de soi-même. Il faut le laisser dire. Chacun peut employer les mots qu'il veut[4].

SLICK : Ça n'était pas du respect. Ça me ferait bien mal qu'on appelle ça du respect. Il emploie les mots qu'il trouve dans sa tête ; il pense tout avec sa tête.

HUGO : Avec quoi veux-tu que je pense ?

SLICK : Quand on la saute, mon pote, c'est pas avec sa tête qu'on pense. C'est vrai que je voulais que ça cesse, bon Dieu oui. Rien qu'un moment, un petit moment, pour pouvoir m'intéresser à autre chose. À n'importe quoi d'autre que moi. Mais c'était pas du respect de moi-même. Tu n'as jamais eu faim et tu es venu chez nous pour nous faire la morale comme les dames visiteuses qui montaient chez ma mère quand elle était saoule pour lui dire qu'elle ne se respectait pas.

HUGO : C'est faux.

GEORGES : Tu as eu faim, toi ? Je crois que tu avais plutôt besoin de prendre de l'exercice avant les repas pour te mettre en appétit.

HUGO : Pour une fois, tu as raison, mon grand camarade : l'appétit je ne sais pas ce que c'est. Si tu avais vu les phosphatines de mon enfance, j'en laissais la moitié : quel gaspillage ! Alors on m'ouvrait la bouche, on me disait : une cuillerée pour papa, une cuillerée pour maman, une cuillerée pour la tante Anna. Et on m'enfonçait la cuiller jusqu'au fond de la gorge. Et je grandissais, figure-toi. Mais je ne grossissais pas. C'est le moment où on m'a fait boire du sang frais aux abattoirs, parce que j'étais pâlot : du coup je n'ai plus touché à la viande. Mon père disait chaque soir : « Cet enfant n'a pas faim... » Chaque soir, tu vois ça d'ici : « Mange, Hugo, mange. Tu vas te rendre malade. » On m'a fait prendre de l'huile de foie de morue : ça c'est le comble du luxe : une drogue pour te *donner faim* pendant que les autres dans la rue se seraient vendus pour un bifteck ; je les voyais passer de ma fenêtre avec leur pancarte : « Donnez-nous du pain. » Et j'allais m'asseoir à table. Mange, Hugo, mange. Une cuillerée pour le gardien qui est en chômage, une cuillerée pour la vieille qui ramasse les épluchures dans la poubelle, une cuillerée pour la famille du charpentier qui s'est cassé la jambe. J'ai quitté la maison. Je suis entré au Parti et c'était pour entendre la même chanson : « Tu n'as jamais eu faim, Hugo, de quoi que tu te mêles ? Qu'est-ce que tu peux comprendre ? Tu n'as jamais eu faim. » Eh bien non, je n'ai jamais eu faim. Jamais ! Jamais ! Jamais ! Tu pourras peut-être me dire, toi, ce qu'il faut que je fasse pour que vous cessiez tous de me le reprocher.

Un temps.

HOEDERER : Vous entendez ? Eh bien renseignez-le. Dites-lui donc ce qu'il faut qu'il fasse. Slick ! Que lui demandes-tu ? Qu'il se coupe une main ? Qu'il se crève un œil ? Qu'il t'offre sa femme ? Quel prix doit-il payer pour que vous lui pardonniez ?

SLICK : Je n'ai rien à lui pardonner.

HOEDERER : Si : d'être entré au Parti sans y être poussé par la misère.

GEORGES : On ne lui reproche pas. Seulement il y a un monde entre nous : lui, c'est un amateur, il y est entré parce qu'il trouvait ça bien, pour faire un geste. Nous, on ne pouvait pas faire autrement.

HOEDERER : Et lui, tu crois qu'il pouvait faire autrement ? La faim des autres, ça n'est pas non plus très facile à supporter.

GEORGES : Il y en a beaucoup qui s'en arrangent très bien.

HOEDERER : C'est qu'ils n'ont pas d'imagination. Le malheur avec ce petit-là, c'est qu'il en a trop.

SLICK : Ça va. On ne lui veut pas de mal. On ne le blaire pas, c'est tout. On a tout de même le droit…

HOEDERER : Quel droit ? Vous n'avez aucun droit. Aucun. « On ne le blaire pas »… Espèces de salauds, allez regarder vos gueules dans la glace et puis vous reviendrez me faire de la délicatesse de sentiment si vous en avez le courage. On juge un type à son travail. Et prenez garde que je ne vous juge au vôtre, parce que vous vous relâchez drôlement ces temps-ci.

HUGO, *criant* : Mais ne me défendez pas ! Qui vous demande de me défendre ? Vous voyez bien qu'il n'y a rien à faire ; j'ai l'habitude. Quand je les ai vus entrer, tout à l'heure, j'ai reconnu leur sourire. Ils n'étaient pas beaux. Vous pouvez me croire ; ils venaient me faire payer pour mon père et pour mon grand-père et pour tous ceux de ma famille qui ont mangé à leur faim. Je vous dis que je les connais : jamais ils ne m'accepteront ; ils sont cent mille qui me regardent avec ce sourire. J'ai lutté, je me suis humilié, j'ai tout fait pour qu'ils oublient, je leur ai répété que je les aimais, que je les enviais, que je les admirais. Rien à faire ! Rien à faire ! Je suis un gosse de riche, un intellectuel, un type qui ne travaille pas de ses mains. Eh bien ! qu'ils pensent ce qu'ils veulent. Ils ont raison, c'est une question de peau.

Slick et Georges se regardent en silence.

HOEDERER, *aux gardes du corps* : Eh bien ? *(Slick et Georges haussent les épaules en signe d'incertitude.)* Je ne le ménagerai pas plus que vous : vous savez que je ne ménage personne. Il ne travaillera pas de ses mains, mais je le ferai trimer dur. *(Agacé.)* Ah ! Finissons-en.

SLICK, *se décidant* : Bon ! *(À Hugo :)* Mon petit gars, ce n'est pas que tu me plaises. On aura beau faire, il y a quelque chose entre nous qui ne colle pas. Mais je ne dis pas que tu sois le mauvais cheval et puis c'est vrai qu'on était mal parti. On va tâcher de ne pas se rendre la vie dure. D'accord ?

HUGO, *mollement* : Si vous voulez !

SLICK : D'accord, Georges ?

GEORGES : Marchons comme ça.

Un temps.

HOEDERER, *tranquillement* : Reste la question de la fouille.

SLICK : Oui. La fouille… Oh ! à présent…

GEORGES : Ce qu'on en disait c'était pour dire.

SLICK : Histoire de marquer le coup.

HOEDERER, *changeant de ton* : Qui vous demande votre avis ? Vous ferez cette fouille si je vous dis de la faire. *(À Hugo, reprenant sa voix ordinaire :)* J'ai confiance en toi, mon petit, mais il faut que tu sois réaliste. Si je fais une exception pour toi aujourd'hui, demain ils me demanderont d'en faire deux, et pour finir, un type viendra nous massacrer tous parce qu'ils auront négligé de retourner ses poches. Suppose qu'ils te demandent poliment, à présent que vous êtes amis, tu les laisserais fouiller ?

HUGO : Je… crains que non.

HOEDERER : Ah ! *(Il le regarde.)* Et si c'est moi qui te le demande ? *(Un temps.)* Je vois : tu as des principes. Je pourrais en faire une question de principes, moi aussi. Mais les principes et moi… *(Un temps.)* Regarde-moi. Tu n'as pas d'armes ?

HUGO : Non.

HOEDERER : Ta femme non plus ?

HUGO : Non.

HOEDERER : C'est bon. Je te fais confiance. Allez-vous-en, vous deux.

JESSICA : Attendez. *(Ils se retournent.)* Hugo, ce serait mal de ne pas répondre à la confiance par la confiance.

HUGO : Quoi ?

JESSICA : Vous pouvez fouiller partout.

HUGO : Mais, Jessica…

JESSICA : Eh bien quoi ? Tu vas leur faire croire que tu caches un revolver.

HUGO : Folle !

JESSICA : Alors, laisse-les faire. Ton orgueil est sauf puisque c'est nous qui les en prions.

Georges et Slick restent hésitants sur le pas de la porte.

HOEDERER : Eh bien ? Qu'est-ce que vous attendez ? Vous avez compris ?

SLICK : On croyait…

HOEDERER : Il n'y a rien à croire, faites ce qu'on vous dit.

SLICK : Bon. Bon. Bon.

GEORGES : C'était pas la peine de faire toutes ces histoires.

Pendant qu'ils se mettent à fouiller, mollement, Hugo ne cesse de regarder Jessica avec stupeur.

HOEDERER, *à Slick et à Georges* : Et que ça vous apprenne à faire confiance aux gens. Moi, je fais toujours confiance. À tout le monde. *(Ils fouillent.)* Que vous êtes mous ! Il faut que la fouille soit sérieuse puisqu'ils vous l'ont proposée sérieusement. Slick, regarde sous l'armoire. Bon. Sors le costume. Palpe-le.

SLICK : C'est déjà fait.

HOEDERER : Recommence. Regarde aussi sous le matelas. Bien. Slick, continue. Et toi, Georges, viens ici. *(Désignant Hugo.)* Fouille-le. Tu n'as qu'à tâter les poches de son veston. Là. Et de son pantalon. Bien. Et la poche-revolver. Parfait.

JESSICA : Et moi ?

HOEDERER : Puisque tu le demandes. Georges. *(Georges ne bouge pas.)* Eh bien ? Elle te fait peur ?

GEORGES : Oh ! ça va.

Il va jusqu'à Jessica, très rouge et l'effleure du bout des doigts. Jessica rit.

JESSICA : Il a des mains de cameriste.

Slick est arrivé devant la valise qui contenait le revolver.

SLICK : Les valises sont vides ?

HUGO, *tendu* : Oui.

Hoederer le regarde avec attention.

HOEDERER : Celle-là aussi ?

HUGO : Oui.

Slick la soulève.

SLICK : Non.

HUGO : Ah… non, pas celle-là. J'allais la défaire quand vous êtes entrés.

HOEDERER : Ouvre.

Slick ouvre et fouille.

SLICK : Rien.

HOEDERER : Bon. C'est fini. Tirez-vous.

SLICK, *à Hugo* : Sans rancune.

HUGO : Sans rancune.

JESSICA, *pendant qu'ils sortent* : J'irai vous faire visite dans votre vestibule.

SCÈNE IV

JESSICA, HOEDERER, HUGO

HOEDERER : À ta place, je n'irais pas les voir trop souvent.

JESSICA : Oh ! pourquoi ? Ils sont si mignons ; Georges surtout : c'est une jeune fille.

HOEDERER : Hum ! *(Il va vers elle.)* Tu es jolie, c'est un fait. Ça ne sert à rien de le regretter. Seulement, les choses étant ce qu'elles sont, je ne vois que deux solutions. La première, si tu as le cœur assez large, c'est de faire notre bonheur à tous.

JESSICA : J'ai le cœur tout petit.

HOEDERER : Je m'en doutais. D'ailleurs, ils s'arrangeraient pour se battre tout de même. Reste la seconde solution : quand ton mari s'en va, tu t'enfermes et tu n'ouvres à personne — pas même à moi.

JESSICA : Oui. Eh bien, si vous permettez, je choisirai la troisième.

HOEDERER : Comme tu voudras. *(Il se penche sur elle et respire profondément.)* Tu sens bon. Ne mets pas ce parfum quand tu iras les voir.

JESSICA : Je n'ai pas mis de parfum.

HOEDERER : Tant pis.

Il se détourne et marche lentement jusqu'au milieu de la pièce puis s'arrête. Pendant toute la scène ses regards furèteront partout. Il cherche quelque chose. De temps en temps son regard s'arrête sur Hugo et le scrute.

Bon. Eh bien, voilà ! *(Un silence.)* Voilà ! *(Un silence.)* Hugo, tu viendras chez moi demain matin à 10 heures.

HUGO : Je sais.

HOEDERER, *distraitement, pendant que ses yeux furètent partout* : Bon. Bon, bon. Voilà. Tout est bien. Tout est bien qui finit bien. Vous faites des drôles de têtes, mes enfants. Tout est bien, voyons ! tout le monde est réconcilié, tout le monde s'aime… *(Brusquement.)* Tu es fatigué, mon petit.

HUGO : Ce n'est rien.

Hoederer le regarde avec attention. Hugo, gêné, parle avec effort.

Pour… l'incident de tout à l'heure je… je m'excuse.

HOEDERER, *sans cesser de le regarder* : Je n'y pensais même plus.

HUGO : À l'avenir, vous…

HOEDERER : Je t'ai dit de me tutoyer.

HUGO : À l'avenir tu n'auras plus sujet de te plaindre. J'observerai la discipline.

HOEDERER : Tu m'as déjà raconté ça. Tu es sûr que tu n'es pas malade ? *(Hugo ne répond pas.)* Si tu étais malade, il serait encore temps de me le dire et je demanderais au Comité d'envoyer quelqu'un pour prendre ta place.

HUGO : Je ne suis pas malade.

HOEDERER : Parfait. Eh bien, je vais vous laisser. Je suppose que vous avez envie d'être seuls. *(Il va à la table et regarde les livres.)* Hegel, Marx, très bien. Lorca, Eliot : connais pas.

Il feuillette les livres.

HUGO : Ce sont des poètes.

HOEDERER, *prenant d'autres livres* : Poésie… Poésie… Beaucoup de poésie. Tu écris des poèmes ?

HUGO : N-non.

HOEDERER : Enfin, tu en as écrit. *(Il s'éloigne de la table, s'arrête devant le lit.)* Une robe de chambre, tu te mets bien. Tu l'as emportée quand tu as quitté ton père ?

HUGO : Oui.

HOEDERER : Les deux complets aussi, je suppose.

Il lui tend une cigarette.

HUGO, *refusant* : Merci.

HOEDERER : Tu ne fumes pas ? *(Geste de négation de Hugo.)*

Bon. Le Comité me fait dire que tu n'as jamais pris part à une action directe. C'est vrai ?

HUGO : C'est vrai.

HOEDERER : Tu devais te ronger. Tous les intellectuels rêvent de faire de l'action.

HUGO : J'étais chargé du journal.

HOEDERER : C'est ce qu'on me dit. Il y a deux mois que je ne le reçois plus. Les numéros d'avant, c'est toi qui les faisais ?

HUGO : Oui.

HOEDERER : C'était du travail honnête. Et ils se sont privés d'un si bon rédacteur pour me l'envoyer ?

HUGO : Ils ont pensé que je ferais ton affaire.

HOEDERER : Ils sont bien gentils. Et toi ? Ça t'amusait de quitter ton travail ?

HUGO : Je…

HOEDERER : Le journal, c'était à toi ; il y avait des risques, des responsabilités ; en un sens, ça pouvait même passer pour de l'action. *(Il le regarde.)* Et te voilà secrétaire. *(Un temps.)* Pourquoi l'as-tu quitté ? Pourquoi ?

HUGO : Par discipline.

HOEDERER : Ne parle pas tout le temps de discipline. Je me méfie des gens qui n'ont que ce mot à la bouche.

HUGO : J'ai besoin de discipline.

HOEDERER : Pourquoi ?

HUGO, *avec lassitude* : Il y a beaucoup trop de pensées dans ma tête. Il faut que je les chasse.

HOEDERER : Quel genre de pensées ?

HUGO : « Qu'est-ce que je fais ici ? Est-ce que j'ai raison de vouloir ce que je veux ? Est-ce que je ne suis pas en train de me jouer la comédie ? » Des trucs comme ça.

HOEDERER, *lentement* : Oui. Des trucs comme ça. Alors, en ce moment, ta tête en est pleine ?

HUGO, *gêné* : Non… Non, pas en ce moment. *(Un temps.)* Mais ça peut revenir. Il faut que je me défende. Que j'installe d'autres pensées dans ma tête. Des consignes : « Fais ceci. Marche. Arrête-toi. Dis cela. » J'ai besoin d'obéir. Obéir et c'est tout. Manger, dormir, obéir.

HOEDERER : Ça va. Si tu obéis, on pourra s'entendre. *(Il lui met la main sur l'épaule.)* Écoute… *(Hugo se dégage et saute en arrière. Hoederer le regarde avec un intérêt accru. Sa voix devient dure et coupante.)* Ah ? *(Un temps.)* Ha ! Ha !

HUGO : Je… je n'aime pas qu'on me touche.

HOEDERER, *d'une voix dure et rapide* : Quand ils ont fouillé dans cette valise, tu as eu peur : pourquoi ?

HUGO : Je n'ai pas eu peur.

HOEDERER : Si. Tu as eu peur. Qu'est-ce qu'il y a dedans ?

HUGO : Ils ont fouillé et il n'y avait rien.

HOEDERER : Rien ? C'est ce qu'on va voir. *(Il va à la valise et l'ouvre.)* Ils cherchaient une arme. On peut cacher des armes dans une valise mais on peut aussi y cacher des papiers.

HUGO : Ou des affaires strictement personnelles.

HOEDERER : À partir du moment où tu es sous mes ordres, mets-toi bien dans la tête que tu n'as plus rien à toi. *(Il fouille.)* Des chemises, des caleçons, tout est neuf. Tu as donc de l'argent ?

HUGO : Ma femme en a.

HOEDERER : Qu'est-ce que c'est que ces photos ? *(Il les prend et les regarde. Un silence.)* C'est ça ! C'est donc ça ! *(Il regarde une photo.)* Un costume de velours… *(Il en regarde une autre.)* Un grand col marin avec un béret. Quel petit Monsieur !

HUGO : Rendez-moi ces photos.

HOEDERER : Chut ! *(Il le repousse.)* Les voilà donc, ces affaires strictement personnelles. Tu avais peur qu'ils ne les trouvent.

HUGO : S'ils avaient mis dessus leurs sales pattes, s'ils avaient ricané en les regardant, je…

HOEDERER : Eh bien, le mystère est éclairci : voilà ce que c'est que de porter le crime sur sa figure : j'aurais juré que tu cachais au moins une grenade. *(Il regarde les photos.)* Tu n'as pas changé. Ces petites jambes maigres… Évidemment tu n'avais jamais d'appétit. Tu étais si petit qu'on t'a mis debout sur une chaise, tu t'es croisé les bras et tu toises ton monde comme un Napoléon. Tu n'avais pas l'air gai. Non… ça ne doit pas être drôle tous les jours d'être un gosse de riches. C'est un mauvais début dans la vie. Pourquoi trimbales-tu ton passé dans cette valise puisque tu veux l'enterrer ? *(Geste vague de Hugo.)* De toute façon, tu t'occupes beaucoup de toi.

HUGO : Je suis dans le Parti pour m'oublier.

HOEDERER : Et tu te rappelles à chaque minute qu'il faut que tu t'oublies. Enfin ! Chacun se débrouille comme il peut. *(Il lui rend les photos.)* Cache-les bien. *(Hugo les prend et les met dans la poche intérieure de son veston.)* À demain, Hugo.

HUGO : À demain.

HOEDERER : Bonsoir, Jessica.

JESSICA : Bonsoir.

Sur le pas de la porte, Hoederer se retourne.

HOEDERER : Fermez les volets et tirez les verrous. On ne sait jamais qui rôde dans le jardin. C'est un ordre.

Il sort.

SCÈNE V

HUGO, JESSICA

Hugo va à la porte et donne deux tours de clé.

JESSICA : C'est vrai qu'il est vulgaire. Mais il ne porte pas de cravate à pois.

HUGO : Où est le revolver ?

JESSICA : Comme je me suis amusée, ma petite abeille. C'est la première fois que je te vois aux prises avec de vrais hommes.

HUGO : Jessica, où est ce revolver ?

JESSICA : Hugo, tu ne connais pas les règles de ce jeu-là : et la fenêtre ? On peut nous regarder du dehors.

Hugo va fermer les volets et revient vers elle.

HUGO : Alors ?

JESSICA, *tirant le revolver de son corsage* : Pour la fouille, Hoederer ferait mieux d'engager aussi une femme. Je vais me proposer.

HUGO : Quand l'as-tu pris ?

JESSICA : Quand tu es allé ouvrir aux deux chiens de garde.

HUGO : Tu t'es bien moquée de nous. J'ai cru qu'il t'avait attrapée à son piège.

JESSICA : Moi ? J'ai manqué lui rire au nez : « Je vous fais confiance ! Je fais confiance à tout le monde. Que ça vous apprenne à faire confiance… » Qu'est-ce qu'il s'imagine ? Le coup de la confiance, c'est avec les hommes que ça prend.

HUGO : Et encore !

JESSICA : Veux-tu te taire, ma petite abeille. Toi, tu as été ému.

HUGO : Moi ? Quand ?

JESSICA : Quand il t'a dit qu'il te faisait confiance.

HUGO : Non, je n'ai pas été ému.

JESSICA : Si.

HUGO : Non.

JESSICA : En tout cas, si tu me laisses jamais avec un beau garçon, ne me dis pas que tu me fais confiance, parce que je te préviens : ce n'est pas ça qui m'empêchera de te tromper, si j'en ai envie. Au contraire.

HUGO : Je suis bien tranquille, je partirais les yeux fermés.

JESSICA : Tu crois qu'on me prend par les sentiments ?

HUGO : Non, ma petite statue de neige ; je crois à la froideur de la neige. Le plus brûlant séducteur s'y gèlerait les doigts. Il te caresserait pour te réchauffer un peu et tu lui fondrais entre les mains.

JESSICA : Idiot ! Je ne joue plus. *(Un très bref silence.)* Tu as eu bien peur ?

HUGO : Tout à l'heure ? Non. Je n'y croyais pas. Je les regardais fouiller et je me disais : « Nous jouons la comédie. » Rien ne me semble jamais tout à fait vrai.

JESSICA : Même pas moi ?

HUGO : Toi ? *(Il la regarde un moment puis détourne la tête.)* Dis, tu as eu peur, toi aussi ?

JESSICA : Quand j'ai compris qu'ils allaient me fouiller. C'était pile ou face. Georges, j'étais sûr qu'il me toucherait à peine mais Slick m'aurait empoignée. Je n'avais pas peur qu'il trouve le revolver : j'avais peur de ses mains.

HUGO : Je n'aurais pas dû t'entraîner dans cette histoire.

JESSICA : Au contraire, j'ai toujours rêvé d'être une aventurière.

HUGO : Jessica, ce n'est pas un jeu. Ce type est dangereux.

JESSICA : Dangereux ? Pour qui ?

HUGO : Pour le Parti.

JESSICA : Pour le Parti ? Je croyais qu'il en était le chef.

HUGO : Il en est *un* des chefs. Mais justement : il…

JESSICA : Surtout, ne m'explique pas. Je te crois sur parole.

HUGO : Qu'est-ce que tu crois ?

JESSICA, *récitant* : Je crois que cet homme est dangereux, qu'il faut qu'il disparaisse et que tu viens pour l'abat…

HUGO : Chut ! *(Un temps.)* Regarde-moi. Des fois je me dis que tu joues à me croire et que tu ne me crois pas vraiment et d'autres fois que tu me crois au fond mais que tu fais semblant de ne pas me croire. Qu'est-ce qui est vrai ?

JESSICA, *riant* : Rien n'est vrai.

HUGO : Qu'est-ce que tu ferais si j'avais besoin de ton aide ?

JESSICA : Est-ce que je ne viens pas de t'aider ?

HUGO : Si, mon âme, mais ce n'est pas cette aide-là que je veux.

JESSICA : Ingrat.

HUGO, *la regardant* : Si je pouvais lire dans ta tête…

JESSICA : Demande-moi.

HUGO, *haussant les épaules* : Bah ! *(Un temps.)* Bon Dieu quand on va tuer un homme, on devrait se sentir lourd comme une pierre. Il devrait y avoir du silence dans ma tête. *(Criant.)* Du silence ! *(Un temps.)* As-tu vu comme il est dense ? Comme il est vivant ? *(Un temps.)* C'est vrai ! C'est vrai ! C'est vrai que je vais le tuer : dans une semaine il sera couché par terre et mort avec cinq trous dans la peau. *(Un temps.)* Quelle comédie !

JESSICA, *se met à rire* : Ma pauvre petite abeille, si tu veux me convaincre que tu vas devenir un assassin, il faudrait commencer par t'en convaincre toi-même.

HUGO : Je n'ai pas l'air convaincu, hein ?

JESSICA : Pas du tout : tu joues mal ton rôle.

HUGO : Mais je ne joue pas, Jessica.

JESSICA : Si, tu joues.

HUGO : Non, c'est toi. C'est toujours toi.

JESSICA : Non c'est toi. D'ailleurs comment pourrais-tu le tuer, c'est moi qui ai le revolver.

HUGO : Rends-moi ce revolver.

JESSICA : Jamais de la vie : je l'ai gagné. Sans moi tu te le serais fait prendre.

HUGO : Rends-moi ce revolver.

JESSICA : Non, je ne te le rendrai pas, j'irai trouver Hoederer et je lui dirai : je viens faire votre bonheur et pendant qu'il m'embrassera…

Hugo, qui fait semblant de se résigner, se jette sur elle, même jeu qu'à la première scène, ils tombent sur le lit, luttent, crient et rient. Hugo finit par lui arracher le revolver pendant que le rideau tombe et qu'elle crie :

Attention ! Attention ! Le revolver va partir !

RIDEAU

QUATRIÈME TABLEAU

LE BUREAU DE HOEDERER

Pièce austère mais confortable. À droite, un bureau ; au milieu, une table chargée de livres et de feuillets avec un tapis qui tombe jusqu'au plancher. À gauche, sur le côté, une fenêtre au travers de laquelle on voit les arbres du jardin. Au fond, à droite, une porte ; à gauche de la porte une table de cuisine qui supporte un fourneau à gaz. Sur le fourneau, une cafetière.

Chaises disparates. C'est l'après-midi.

Hugo est seul. Il s'approche du bureau, prend le porte-plume de Hoederer et le touche. Puis il remonte jusqu'au fourneau, prend la cafetière et la regarde en sifflotant. Jessica entre doucement.

SCÈNE I

JESSICA, HUGO

JESSICA : Qu'est-ce que tu fais avec cette cafetière ?

Hugo repose précipitamment la cafetière.

HUGO : Jessica, on t'a défendu d'entrer dans ce bureau.

JESSICA : Qu'est-ce que tu faisais avec cette cafetière ?

HUGO : Et toi, qu'est-ce que tu viens faire ici ?

JESSICA : Te voir, mon âme.

HUGO : Eh bien, tu m'as vu. File ! Hoederer va descendre.

JESSICA : Comme je m'ennuyais de toi, ma petite abeille !

HUGO : Je n'ai pas le temps de jouer, Jessica.

JESSICA, *regardant autour d'elle* : Naturellement tu n'avais rien su me décrire. Ça sent le tabac refroidi comme dans le bureau de mon père quand j'étais petite. C'est pourtant facile de parler d'une odeur.

HUGO : Écoute-moi bien…

JESSICA : Attends ! *(Elle fouille dans la poche de son tailleur.)* J'étais venue pour t'apporter ça.

HUGO : Quoi, ça ?

JESSICA, *sortant le revolver de sa poche et le tendant à Hugo sur la paume de sa main* : Ça ! Tu l'avais oublié.

HUGO : Je ne l'ai pas oublié : je ne l'emporte jamais.

JESSICA : Justement : tu ne devrais pas t'en séparer.

HUGO : Jessica, puisque tu n'as pas l'air de comprendre, je te dis tout net que je te défends de remettre les pieds ici. Si tu veux jouer, tu as le jardin et le pavillon.

JESSICA : Hugo, tu me parles comme si j'avais six ans.

HUGO : À qui la faute ? C'est devenu insupportable ; tu ne peux plus me regarder sans rire. Ce sera joli quand nous aurons cinquante ans. Il faut en sortir ; ce n'est qu'une habitude, tu sais ; une sale habitude que nous avons prise ensemble. Est-ce que tu me comprends ?

JESSICA : Très bien.

HUGO : Tu veux bien faire un effort ?

JESSICA : Oui.

HUGO : Bon. Eh bien commence par rentrer ce revolver.

JESSICA : Je ne peux pas.

HUGO : Jessica !

JESSICA : Il est à toi, c'est à toi de le prendre.

HUGO : Mais puisque je te dis que je n'en ai que faire.

JESSICA : Et moi qu'est-ce que tu veux que j'en fasse ?

HUGO : Ce que tu voudras, ça ne me regarde pas.

JESSICA : Tu ne prétends pas obliger ta femme à promener toute la journée une arme à feu dans sa poche ?

HUGO : Rentre chez nous et va la déposer dans ma valise.

JESSICA : Mais je n'ai pas envie de rentrer ; tu es monstrueux !

HUGO : Tu n'avais qu'à ne pas l'apporter.

JESSICA : Et toi, tu n'avais qu'à ne pas l'oublier.

HUGO : Je te dis que je ne l'ai pas oublié.

JESSICA : Non ? Alors, Hugo, c'est que tu as changé tes projets.

HUGO : Chut.

JESSICA : Hugo, regarde-moi dans les yeux. Oui ou non, as-tu changé tes projets ?

HUGO : Non, je ne les ai pas changés.

JESSICA : Oui ou non, as-tu l'intention de…

HUGO : Oui ! Oui ! Oui ! Mais pas aujourd'hui.

JESSICA : Oh ! Hugo, mon petit Hugo, pourquoi pas aujourd'hui ? Je m'ennuie tant, j'ai fini tous les romans que tu m'as donnés et je n'ai pas de goût pour rester toute la journée sur mon lit comme une odalisque, ça me fait engraisser. Qu'attends-tu ?

HUGO : Jessica, tu joues encore.

JESSICA : C'est toi qui joues. Voilà dix jours que tu prends de grands airs pour m'impressionner et finalement l'autre vit toujours. Si c'est un jeu, il dure trop longtemps : nous ne parlons plus qu'à voix basse, de peur qu'on ne nous entende et il faut que je te passe toutes tes humeurs, comme si tu étais une femme enceinte.

HUGO : Tu sais bien que ce n'est pas un jeu.

JESSICA, *sèchement* : Alors c'est pis : j'ai horreur que les gens ne fassent pas ce qu'ils ont décidé de faire. Si tu veux que je te croie, il faut en finir aujourd'hui même.

HUGO : Aujourd'hui, c'est inopportun.

JESSICA, *reprenant sa voix ordinaire* : Tu vois !

HUGO : Ah ! tu m'assommes. Il attend des visites, là !

JESSICA : Combien ?

HUGO : Deux.

JESSICA : Tue-les aussi.

HUGO : Il n'y a rien de plus déplacé qu'une personne qui s'obstine à jouer quand les autres n'en ont pas envie. Je ne te demande pas de m'aider, oh ! non ! Je voudrais simplement que tu ne me gênes pas.

JESSICA : Bon ! Bon ! Fais ce que tu voudras puisque tu me tiens en dehors de ta vie. Mais prends ce revolver parce que, si je le garde, il déformera mes poches.

HUGO : Si je le prends, tu t'en iras ?

JESSICA : Commence par le prendre.

Hugo prend le revolver et le met en poche.

HUGO : À présent, file.

JESSICA : Une minute ! J'ai tout de même le droit de jeter un coup d'œil dans le bureau où mon mari travaille. *(Elle passe derrière le bureau de Hoederer. Désignant le bureau.)* Qui s'assied là ? Lui ou toi ?

HUGO, *de mauvaise grâce* : Lui. *(Désignant la table.)* Moi, je travaille à cette table.

JESSICA, *sans l'écouter* : C'est son écriture ? *(Elle a pris une feuille sur le bureau.)*

HUGO : Oui.

JESSICA, *vivement intéressée* : Ha ! Ha, ha !

HUGO : Pose ça.

JESSICA : Tu as vu comme elle monte ? et qu'il trace les lettres sans les relier ?

HUGO : Après ?

JESSICA : Comment, après ? C'est très important.

HUGO : Pour qui ?

JESSICA : Tiens ! Pour connaître son caractère. Autant savoir qui on tue. Et l'espace qu'il laisse entre les mots ! On dirait que chaque lettre est une petite île ; les mots ce seraient des archipels. Ça veut sûrement dire quelque chose.

HUGO : Quoi ?

JESSICA : Je ne sais pas. Que c'est agaçant : ses souvenirs d'enfance, les femmes qu'il a eues, sa façon d'être amoureux, tout est là et je ne sais pas lire... Hugo tu devrais m'acheter un livre de graphologie, je sens que je suis douée.

HUGO : Je t'en achèterai un si tu t'en vas tout de suite.

JESSICA : On dirait un tabouret de piano.

HUGO : C'en est un.

JESSICA, *s'asseyant sur le tabouret et le faisant tourner* : Comme c'est agréable ! Alors, il s'assied, il fume, il parle et tourne sur son tabouret.

HUGO : Oui.

Jessica débouche un carafon sur le bureau et le flaire.

JESSICA : Il boit ?

HUGO : Comme un trou.

JESSICA : En travaillant ?

HUGO : Oui.

JESSICA : Et il n'est jamais saoul ?

HUGO : Jamais.

JESSICA : J'espère que tu ne bois pas d'alcool, même s'il t'en offre : tu ne le supportes pas.

HUGO : Ne fais pas la grande sœur ; je sais très bien que je ne supporte pas l'alcool, ni le tabac, ni le chaud, ni le froid, ni l'humidité, ni l'odeur des foins, ni rien du tout.

JESSICA, *lentement* : Il est là, il parle, il fume, il boit, il tourne sur son guéridon...

HUGO : Oui et moi je...

JESSICA, *avisant le fourneau* : Qu'est-ce que c'est ? Il fait sa cuisine lui-même ?

HUGO : Oui.

JESSICA, *éclatant de rire* : Mais pourquoi ? Je pourrais la lui faire, moi, puisque je fais la tienne ; il pourrait venir manger avec nous.

HUGO : Tu ne la ferais pas aussi bien que lui ; et puis je crois que ça l'amuse. Le matin il nous fait du café. Du très bon café de marché noir...

JESSICA, *désignant la cafetière* : Là-dedans ?

HUGO : Oui.

JESSICA : C'est la cafetière que tu avais dans les mains quand je suis entrée ?

HUGO : Oui.

JESSICA : Pourquoi l'avais-tu prise ? Qu'est-ce que tu y cherchais ?

HUGO : Je ne sais pas. *(Un temps.)* Elle a l'air vrai quand il la touche. *(Il la prend.)* Tout ce qu'il touche a l'air vrai. Il verse le café dans les tasses, je bois, je le regarde boire et je sens que le vrai goût du café est dans sa bouche à lui[1]. *(Un temps.)* C'est le vrai goût du café qui va disparaître, la vraie chaleur, la vraie lumière. Il ne restera que ça. *(Il montre la cafetière.)*

JESSICA : Quoi, ça ?

HUGO, *montrant d'un geste plus large la pièce entière* : Ça : des mensonges. *(Il repose la cafetière.)* Je vis dans un décor.

Il s'absorbe dans ses réflexions.

JESSICA : Hugo !

HUGO, *sursautant* : Eh ?

JESSICA : L'odeur du tabac s'en ira quand il sera mort. *(Brusquement.)* Ne le tue pas.

HUGO : Tu crois donc que je vais le tuer ? Réponds ? Tu le crois ?

JESSICA : Je ne sais pas. Tout a l'air si tranquille. Et puis ça sent mon enfance… Il n'arrivera rien ! Il ne peut rien arriver, tu te moques de moi.

HUGO : Le voilà. File par la fenêtre. *(Il cherche à l'entraîner.)*

JESSICA, *résistant* : Je voudrais voir comment vous êtes quand vous êtes seuls.

HUGO, *l'entraînant* : Viens vite.

JESSICA, *très vite* : Chez mon père, je me mettais sous la table et je le regardais travailler pendant des heures.

Hugo ouvre la fenêtre de la main gauche, Jessica lui échappe et se glisse sous la table. Hoederer entre.

SCÈNE II

LES MÊMES, HOEDERER

HOEDERER : Qu'est-ce que tu fais là-dessous ?

JESSICA : Je me cache.

HOEDERER : Pour quoi faire ?

JESSICA : Pour voir comment vous êtes quand je ne suis pas là.

HOEDERER : C'est manqué. *(À Hugo :)* Qui l'a laissée entrer ?

HUGO : Je ne sais pas.

HOEDERER : C'est ta femme : tiens-la mieux que ça.

JESSICA : Ma pauvre petite abeille, il te prend pour mon mari.

HOEDERER : Ce n'est pas ton mari ?

JESSICA : C'est mon petit frère.

HOEDERER, *à Hugo* : Elle ne te respecte pas.

HUGO : Non.

HOEDERER : Pourquoi l'as-tu épousée ?

HUGO : Parce qu'elle ne me respectait pas.

HOEDERER : Quand on est du Parti, on se marie avec quelqu'un du Parti.

JESSICA : Pourquoi ?

HOEDERER : C'est plus simple.

JESSICA : Comment savez-vous que je ne suis pas du Parti ?

HOEDERER : Ça se voit. *(Il la regarde.)* Tu ne sais rien faire, sauf l'amour…

JESSICA : Même pas l'amour. *(Un temps.)* Est-ce que vous pensez que je dois m'inscrire au Parti ?

HOEDERER : Tu peux faire ce que tu veux : le cas est désespéré.

JESSICA : Est-ce que c'est ma faute ?

HOEDERER : Que veux-tu que j'en sache ? Je suppose que tu es à moitié victime, à moitié complice, comme tout le monde.

JESSICA, *avec une brusque violence* : Je ne suis complice de personne. On a décidé de moi sans me demander mon avis.

HOEDERER : C'est bien possible. De toute façon la question de l'émancipation des femmes ne me passionne pas.

JESSICA, *désignant Hugo* : Vous croyez que je lui fais du mal ?

HOEDERER : C'est pour me demander ça que tu es venue ici ?

JESSICA : Pourquoi pas ?

HOEDERER : Je suppose que tu es son luxe. Les fils de bourgeois qui viennent à nous ont la rage d'emporter avec eux un peu de leur luxe passé, comme souvenir. Les uns, c'est leur liberté de penser, les autres, une épingle de cravate. Lui, c'est sa femme.

JESSICA : Oui. Et vous, naturellement vous n'avez pas besoin de luxe.

HOEDERER : Naturellement non. *(Ils se regardent.)* Allez, ouste, disparais, et ne remets plus les pieds ici.

JESSICA : Ça va. Je vous laisse à votre amitié d'hommes[a].

Elle sort avec dignité.

SCÈNE III

HUGO, HOEDERER

HOEDERER : Tu tiens à elle ?

HUGO : Naturellement.

HOEDERER : Alors, défends-lui de remettre les pieds ici. Quand j'ai à choisir entre un type et une bonne femme, c'est le type que je choisis ; mais il ne faut tout de même pas me rendre la tâche trop difficile.

HUGO : Qui vous demande de choisir ?

HOEDERER : Aucune importance : de toute façon c'est toi que j'ai choisi.

HUGO, *riant* : Vous ne connaissez pas Jessica.

HOEDERER : Ça se peut bien. Tant mieux, alors. *(Un temps.)* Dis-lui tout de même de ne pas revenir. *(Brusquement.)* Quelle heure est-il ?

HUGO[b] : 4 h 10.

HOEDERER : Ils sont en retard.

Il va à la fenêtre, jette un coup d'œil au-dehors puis revient.

HUGO : Vous n'avez rien à me dicter ?

HOEDERER : Pas aujourd'hui. *(Sur un mouvement de Hugo.)* Non. Reste. 4 h 10 ?

HUGO : Oui.

HOEDERER : S'ils ne viennent pas, ils le regretteront.

HUGO : Qui vient ?

HOEDERER : Tu verras. Des gens de ton monde. *(Il fait quelques pas.)* Je n'aime pas attendre. *(Revenant vers Hugo.)* S'ils viennent, l'affaire est dans le sac ; mais, s'ils ont eu peur au dernier moment, tout est à recommencer. Et je crois que je n'en aurai pas le temps. Quel âge as-tu ?

HUGO : Vingt et un ans.

HOEDERER : Tu as du temps, toi.

HUGO : Vous n'êtes pas si vieux non plus.

HOEDERER : Je ne suis pas vieux mais je suis visé. *(Il lui montre le jardin.)* De l'autre côté de ces murs, il y a des types qui pensent nuit et jour à me descendre ; et comme, moi, je ne pense pas tout le temps à me garder, ils finiront sûrement par m'avoir.

HUGO : Comment savez-vous qu'ils y pensent nuit et jour ?

HOEDERER : Parce que je les connais. Ils ont de la suite dans les idées.

HUGO : Vous les connaissez ?

HOEDERER : Oui. Tu as entendu un bruit de moteur ?

HUGO : Non. *(Ils écoutent.)* Non.

HOEDERER : Ce serait le moment pour un de ces types de sauter par-dessus le mur. Il aurait l'occasion de faire du beau travail.

HUGO, *lentement* : Ce serait le moment…

HOEDERER, *le regardant* : Tu comprends, il vaudrait mieux pour eux que je ne puisse pas recevoir ces visites. *(Il va au bureau et se verse à boire.)* Tu en veux ?

HUGO : Non. *(Un temps.)* Vous avez peur ?

HOEDERER : De quoi ?

HUGO : De mourir.

HOEDERER : Non, mais je suis pressé. Je suis tout le temps pressé. Autrefois ça m'était égal d'attendre. À présent je ne peux plus.

HUGO : Comme vous devez les haïr.

HOEDERER : Pourquoi ? Je n'ai pas d'objection de principe contre l'assassinat politique. Ça se pratique dans tous les partis.

HUGO : Donnez-moi[c] de l'alcool.

HOEDERER, *étonné* : Tiens ! *(Il prend le carafon et lui verse à boire. Hugo boit sans cesser de le regarder.)* Eh bien quoi ? Tu ne m'as jamais vu ?

HUGO : Non. Je ne vous ai jamais vu.

HOEDERER : Pour toi je ne suis qu'une étape, hein ? C'est naturel. Tu me regardes du haut de ton avenir. Tu te dis : « Je passerai deux ou trois ans chez ce bonhomme et, quand il sera crevé, j'irai ailleurs et je ferai autre chose… »

HUGO : Je ne sais pas si je ferai jamais autre chose.

HOEDERER : Dans vingt ans tu diras à tes copains : « C'était le temps où j'étais secrétaire chez Hoederer. » Dans vingt ans. C'est marrant !

HUGO : Dans vingt ans…

HOEDERER : Eh bien ?

HUGO : C'est loin.

HOEDERER : Pourquoi ? Tu es tubard ?

HUGO : Non. Donnez-moi encore un peu d'alcool. *(Hoederer lui verse à boire.)* Je n'ai jamais eu l'impression que je ferai de vieux os. Moi aussi, je suis pressé.

HOEDERER : Ce n'est pas la même chose.

HUGO : Non. *(Un temps.)* Des fois, je donnerais ma main à couper pour devenir tout de suite un homme et d'autres fois il me semble que je ne voudrais pas survivre à ma jeunesse.

HOEDERER : Je ne sais pas ce que c'est.

HUGO : Comment ?

HOEDERER : La jeunesse, je ne sais pas ce que c'est : je suis passé directement de l'enfance à l'âge d'homme.

HUGO : Oui. C'est une maladie bourgeoise. *(Il rit.)* Il y en a beaucoup qui en meurent.

HOEDERER : Veux-tu que je t'aide ?

HUGO : Hein ?

HOEDERER : Tu as l'air si mal parti. Veux-tu que je t'aide ?

HUGO, *dans un sursaut* : Pas vous ! *(Il se reprend très vite.)* Personne ne peut m'aider.

HOEDERER, *allant à lui* : Écoute, mon petit. *(Il s'arrête et écoute.)* Les voilà. *(Il va à la fenêtre. Hugo l'y suit.)* Le grand, c'est Karsky, le secrétaire du Pentagone. Le gros, c'est le prince Paul.

HUGO : Le fils du Régent ?

HOEDERER : Oui. *(Il a changé de visage, il a l'air indifférent, dur et sûr de lui.)* Tu as assez bu. Donne-moi ton verre. *(Il le vide dans le jardin.)* Va t'asseoir ; écoute tout ce qu'on te dira et si je te fais signe, tu prendras des notes.

Il referme la fenêtre et va s'asseoir à son bureau.

SCÈNE IV

LES MÊMES, KARSKY, LE PRINCE PAUL, SLICK, GEORGES

Les deux visiteurs entrent, suivis par Slick et Georges qui leur poussent leurs mitraillettes dans les reins.

KARSKY : Je suis Karsky.

HOEDERER, *sans se lever* : Je vous reconnais.

KARSKY : Vous savez qui eſt avec moi ?

HOEDERER : Oui.

KARSKY : Alors renvoyez vos molosses.

HOEDERER : Ça va comme ça, les gars. Tirez-vous.

Slick et Georges sortent.

KARSKY, *ironiquement* : Vous êtes bien gardé.

HOEDERER : Si je n'avais pas pris quelques précautions ces derniers temps, je n'aurais pas le plaisir de vous recevoir.

KARSKY, *se retournant vers Hugo* : Et celui-ci.

HOEDERER : C'eſt mon secrétaire. Il reſte avec nous.

KARSKY, *s'approchant* : Vous êtes Hugo Barine ? *(Hugo ne répond pas.)* Vous marchez avec ces gens ?

HUGO : Oui.

KARSKY : J'ai rencontré votre père la semaine dernière. Eſt-ce que ça vous intéresse encore d'avoir de ses nouvelles ?

HUGO : Non.

KARSKY : Il eſt fort probable que vous porterez la responsabilité de sa mort.

HUGO : Il eſt à peu près certain qu'il porte la responsabilité de ma vie. Nous sommes quittes.

KARSKY, *sans élever la voix* : Vous êtes un petit malheureux.

HUGO : Dites-moi…

HOEDERER : Silence, toi. *(À Karsky :)* Vous n'êtes pas venu ici pour insulter mon secrétaire, n'eſt-ce pas ? Asseyez-vous, je vous prie. *(Ils s'asseyent.)* Cognac ?

KARSKY : Merci.

LE PRINCE : Je veux bien.

Hoederer le sert.

KARSKY : Voilà donc le fameux Hoederer. *(Il le regarde.)* Avant-hier vos hommes ont encore tiré sur les nôtres.

HOEDERER : Pourquoi ?

KARSKY : Nous avions un dépôt d'armes dans un garage et vos types voulaient le prendre : c'est aussi simple que ça.

HOEDERER : Ils ont eu les armes ?

KARSKY : Oui.

HOEDERER : Bien joué.

KARSKY : Il n'y a pas de quoi être fier : ils sont venus à dix contre un.

HOEDERER : Quand on veut gagner, il vaut mieux se mettre à dix contre un, c'est plus sûr.

KARSKY : Ne poursuivons pas cette discussion, je crois que nous ne nous entendrons jamais : nous ne sommes pas de la même race.

HOEDERER : Nous sommes de la même race, mais nous ne sommes pas de la même classe.

LE PRINCE : Messieurs, si nous venions à nos affaires.

HOEDERER : D'accord. Je vous écoute.

KARSKY : C'est nous qui vous écoutons.

HOEDERER : Il doit y avoir malentendu.

KARSKY : C'est probable. Si je n'avais pas cru que vous aviez une proposition précise à nous faire, je ne me serais pas dérangé pour vous voir.

HOEDERER : Je n'ai rien à proposer.

KARSKY : Parfait.

Il se lève.

LE PRINCE : Messieurs, je vous en prie. Rasseyez-vous, Karsky. C'est un mauvais début. Est-ce que nous ne pourrions pas mettre un peu de rondeur dans cet entretien ?

KARSKY, *au Prince* : De la rondeur ? Avez-vous vu ses yeux quand ses deux chiens de garde nous poussaient devant eux avec leurs mitraillettes ? Ces gens-là nous détestent. C'est sur votre insistance que j'ai consenti à cette entrevue, mais je suis convaincu qu'il n'en sortira rien de bon.

LE PRINCE : Karsky, vous avez organisé l'an dernier deux attentats contre mon père et pourtant j'ai accepté de vous rencontrer. Nous n'avons peut-être pas beaucoup de raisons de nous aimer mais nos sentiments ne comptent plus quand il s'agit de l'intérêt national. *(Un temps.)* Cet intérêt bien sûr, il est arrivé que nous ne l'entendions pas toujours de la même façon. Vous, Hoederer, vous vous êtes fait l'interprète peut-être un peu trop exclusif des revendications légitimes de la classe travailleuse. Mon père et moi, qui avons toujours été favorables à ces revendications, nous avons été obligés, devant l'attitude inquiétante de l'Allemagne, de les faire passer au second plan, parce que nous avons compris que notre premier devoir était de sauvegarder l'indépendance du territoire, fût-ce au prix de mesures impopulaires.

HOEDERER : C'est-à-dire en déclarant la guerre à l'U.R.S.S.

LE PRINCE, *enchaînant* : De leur côté, Karsky et ses amis, qui ne partageaient pas notre point de vue sur la politique extérieure, ont peut-être sous-estimé la nécessité qu'il y avait pour l'Illyrie à se présenter unie et forte aux yeux de l'étranger, comme un seul peuple derrière un seul chef ; et ils ont formé un parti clandestin de résistance. Voilà comment il arrive que des hommes également honnêtes, également dévoués à leur patrie se trouvent séparés momentanément par les différentes conceptions qu'ils ont de leur devoir. *(Hoederer rit grossièrement.)* Plaît-il ?

HOEDERER : Rien. Continuez.

LE PRINCE : Aujourd'hui, les positions se sont heureusement rapprochées et il semble que chacun de nous ait une compréhension plus large du point de vue des autres. Mon père n'est pas désireux de poursuivre cette guerre inutile et coûteuse. Naturellement nous ne sommes pas en mesure de conclure une paix séparée, mais je puis vous garantir que les opérations militaires seront conduites sans excès de zèle. De son côté, Karsky estime que les divisions intestines ne peuvent que desservir la cause de notre pays et nous souhaitons les uns et les autres préparer la paix de demain en réalisant aujourd'hui l'union nationale. Bien entendu cette union ne saurait se faire ouvertement sans éveiller les soupçons de l'Allemagne, mais elle trouvera son cadre dans les organisations clandestines qui existent déjà.

HOEDERER : Et alors ?

LE PRINCE : Eh bien, c'est tout. Karsky et moi voulions vous annoncer l'heureuse nouvelle de notre accord de principe.

HOEDERER : En quoi cela me regarde-t-il ?

KARSKY : En voilà assez : nous perdons notre temps.

LE PRINCE, *enchaînant* : Il va de soi que cette union doit être aussi large que possible. Si le Parti prolétarien témoigne le désir de se joindre à nous…

HOEDERER : Qu'est-ce que vous offrez ?

KARSKY : Deux voix pour votre parti dans le Comité national clandestin que nous allons constituer.

HOEDERER : Deux voix sur combien ?

KARSKY : Sur douze.

HOEDERER, *feignant un étonnement poli* : Deux voix sur douze ?

KARSKY : Le Régent déléguera quatre de ses conseillers et les six autres voix seront au Pentagone. Le président sera élu.

HOEDERER, *ricanant* : Deux voix sur douze.

KARSKY : Le Pentagone embrasse la majeure partie du paysannat, soit cinquante-sept pour cent de la population, plus la quasi-totalité de la classe bourgeoise, le prolétariat ouvrier représente à peine vingt pour cent du pays et vous ne l'avez pas tout entier derrière vous.

HOEDERER : Bon. Après ?

KARSKY : Nous opérerons un remaniement et une fusion par la base de nos deux organisations clandestines. Vos hommes entreront dans notre dispositif pentagonal.

HOEDERER : Vous voulez dire que nos troupes seront absorbées par le Pentagone.

KARSKY : C'est la meilleure formule de réconciliation.

HOEDERER : En effet : la réconciliation par anéantissement d'un des adversaires. Après cela, il est parfaitement logique de ne nous donner que deux voix au Comité central. C'est même encore trop : ces deux voix ne représentent plus rien.

KARSKY : Vous n'êtes pas obligé d'accepter.

LE PRINCE, *précipitamment* : Mais si vous acceptiez, naturellement, le gouvernement serait disposé à abroger les lois de 39 sur la presse, l'unité syndicale et la carte de travailleur.

HOEDERER : Comme c'est tentant ! *(Il frappe sur la table.)* Bon. Eh bien nous avons fait connaissance ; à présent mettons-nous au travail. Voici mes conditions : un comité directeur réduit à six membres. Le Parti prolétarien disposera de trois voix ; vous vous répartirez les trois autres comme vous voudrez. Les organisations clandestines resteront rigoureusement séparées et n'entreprendront d'action commune que sur un vote du Comité central. C'est à prendre ou à laisser.

KARSKY : Vous vous moquez de nous ?

HOEDERER : Vous n'êtes pas obligés d'accepter.

KARSKY, *au Prince* : Je vous avais dit qu'on ne pouvait pas s'entendre avec ces gens-là. Nous avons les deux tiers du pays, l'argent, les armes, des formations paramilitaires entraînées, sans compter la priorité morale que nous donnent nos martyrs ; et voilà une poignée d'hommes sans le sou qui réclame tranquillement la majorité au Comité central.

HOEDERER : Alors ? C'est non ?

KARSKY : C'est non. Nous nous passerons de vous.

HOEDERER : Alors, allez-vous-en. *(Karsky hésite un instant, puis se dirige vers la porte. Le Prince ne bouge pas.)* Regardez le Prince, Karsky : il est plus malin que vous et il a déjà compris.

LE PRINCE, *à Karsky, doucement* : Nous ne pouvons pas rejeter ces propositions sans examen.

KARSKY, *violemment* : Ce ne sont pas des propositions ; ce sont des exigences absurdes que je refuse de discuter.

Mais il demeure immobile.

HOEDERER : En 42 la police traquait vos hommes et les nôtres, vous organisiez des attentats contre le Régent et nous sabotions la production de guerre ; quand un type du Pentagone rencontrait un gars de chez nous il y en avait toujours un des deux qui restait sur le carreau. Aujourd'hui brusquement vous voulez que tout le monde s'embrasse. Pourquoi ?

LE PRINCE : Pour le bien de la Patrie.

HOEDERER : Pourquoi n'est-ce pas le même bien qu'en 42 ? *(Un silence.)* Est-ce que ce ne serait pas parce que les Russes ont battu Paulus à Stalingrad et que les troupes allemandes sont en train de perdre la guerre ?

LE PRINCE : Il est évident que l'évolution du conflit crée une situation nouvelle. Mais je ne vois pas…

HOEDERER : Je suis sûr que vous voyez très bien au contraire… Vous voulez sauver l'Illyrie, j'en suis convaincu. Mais vous voulez la sauver telle qu'elle est, avec son régime d'inégalité sociale et ses privilèges de classe. Quand les Allemands semblaient vainqueurs, votre père s'est rangé de leur côté. Aujourd'hui que la chance tourne, il cherche à s'accommoder des Russes. C'est plus difficile.

KARSKY : Hoederer, c'est en luttant contre l'Allemagne que tant des nôtres sont tombés et je ne vous laisserai pas dire que nous avons pactisé avec l'ennemi pour conserver nos privilèges.

HOEDERER : Je sais, Karsky : le Pentagone était anti-allemand. Vous aviez la partie belle : le Régent donnait des gages à Hitler pour l'empêcher d'envahir l'Illyrie. Vous étiez aussi anti-russe, parce que les Russes étaient loin. L'Illyrie, l'Illyrie seule : je connais la chanson. Vous l'avez chantée pendant deux ans à la bourgeoisie nationaliste. Mais les Russes se rapprochent, avant un an ils seront chez nous ; l'Illyrie ne sera plus tout à fait aussi seule. Alors ? Il faut trouver des garanties. Quelle chance si vous pouviez leur dire : le Pentagone travaillait pour vous et le Régent jouait double jeu. Seulement voilà : ils ne sont pas obligés de vous croire. Que feront-ils ? Hein ? Que feront-ils ? Après tout nous leur avons déclaré la guerre.

LE PRINCE : Mon cher Hoederer, quand l'U.R.S.S. comprendra que nous avons sincèrement…

HOEDERER : Quand elle comprendra qu'un dictateur fasciste et un parti conservateur ont sincèrement volé au secours de sa victoire, je doute qu'elle leur soit très reconnaissante. *(Un temps.)* Un seul parti a conservé la confiance de l'U.R.S.S., un seul a su rester en contact avec elle pendant toute la guerre, un seul parti peut envoyer des émissaires à travers les lignes, un seul peut garantir votre petite combinaison : c'est le nôtre. Quand les Russes seront ici, ils verront par nos yeux. *(Un temps.)* Allons : il faut en passer par où nous voudrons.

KARSKY : J'aurais dû refuser de venir.

LE PRINCE : Karsky !

KARSKY : J'aurais dû prévoir que vous répondriez à des propositions honnêtes par un chantage abject.

HOEDERER : Criez : je ne suis pas susceptible. Criez comme un cochon qu'on égorge. Mais retenez ceci : quand les armées soviétiques seront sur notre territoire, nous prendrons le pouvoir ensemble, vous et nous, si nous avons travaillé ensemble ; mais si nous n'arrivons pas à nous entendre, à la fin de la guerre mon parti gouvernera *seul*. À présent, il faut choisir.

KARSKY : Je…

LE PRINCE, *à Karsky* : La violence n'arrangera rien : il faut prendre une vue réaliste de la situation.

KARSKY, *au Prince* : Vous êtes un lâche : vous m'avez attiré dans un guet-apens pour sauver votre tête.

HOEDERER : Quel guet-apens ? Allez-vous-en si vous voulez. Je n'ai pas besoin de vous pour m'entendre avec le Prince.

KARSKY, *au Prince* : Vous n'allez pas…

LE PRINCE : Pourquoi donc ? Si la combinaison vous déplaît, nous ne voudrions pas vous obliger à y participer, mais ma décision ne dépend pas de la vôtre.

HOEDERER : Il va de soi que l'alliance de notre parti avec le gouvernement du Régent mettra le Pentagone en situation difficile pendant les derniers mois de la guerre ; il va de soi aussi que nous procéderons à sa liquidation définitive quand les Allemands seront battus. Mais puisque vous tenez à rester pur…

KARSKY : Nous avons lutté trois ans pour l'indépendance de notre pays, des milliers de jeunes gens sont morts pour notre cause, nous avons forcé l'estime du monde, tout cela pour qu'un beau jour le parti allemand s'associe au parti russe et nous assassine au coin d'un bois.

HOEDERER : Pas de sentimentalisme, Karsky : vous avez perdu parce que vous deviez perdre. « L'Illyrie, l'Illyrie seule… » c'est un slogan qui protège mal un petit pays entouré de puissants voisins. *(Un temps.)* Acceptez-vous mes conditions ?

KARSKY : Je n'ai pas qualité pour accepter : je ne suis pas seul.

HOEDERER : Je suis pressé, Karsky.

LE PRINCE : Mon cher Hoederer, nous pourrions peut-être lui laisser le temps de réfléchir : la guerre n'est pas finie et nous n'en sommes pas à huit jours près.

HOEDERER : Moi, j'en suis à huit jours près. Karsky, je vous fais confiance. Je fais toujours confiance aux gens, c'est un principe. Je sais que vous devez consulter vos amis mais je sais aussi que vous les convaincrez. Si vous me donnez aujourd'hui votre acceptation de principe, je parlerai demain aux camarades du Parti.

HUGO, *se dressant brusquement* : Hoederer !

HOEDERER : Quoi ?

HUGO : Comment osez-vous… ?

HOEDERER : Tais-toi.

HUGO : Vous n'avez pas le droit. Ce sont… Mon Dieu ! ce sont les mêmes. Les mêmes qui venaient chez mon père… Ce sont les mêmes bouches mornes et frivoles et… et ils me poursuivent jusqu'ici. Vous n'avez pas le droit, ils se glisseront partout, ils pourriront tout, ce sont les plus forts…

HOEDERER : Vas-tu te taire !

HUGO : Écoutez bien, vous deux : il n'aura pas le Parti derrière lui pour cette combine ! Ne comptez pas sur lui pour vous blanchir, il n'aura pas le Parti derrière lui.

HOEDERER, *calmement, aux deux autres* : Aucune importance. C'est une réaction strictement personnelle.

LE PRINCE : Oui, mais ces cris sont ennuyeux. Est-ce

qu'on ne pourrait pas demander à vos gardes du corps de faire sortir ce jeune homme ?

HOEDERER : Mais comment ! Il va sortir de lui-même. *(Il se lève et va vers Hugo.)*

HUGO, *reculant :* Ne me touchez pas. *(Il met la main à la poche où se trouve son revolver.)* Vous ne voulez pas m'écouter ? Vous ne voulez pas m'écouter ?

À ce moment une forte détonation se fait entendre, les vitres volent en éclats, les montants de la fenêtre sont arrachés.

HOEDERER : À plat ventre !

Il saisit Hugo par les épaules et le jette par terre. Les deux autres s'aplatissent aussi.

SCÈNE V

LES MÊMES, LÉON, SLICK, GEORGES
qui entrent en courant.
Plus tard, JESSICA

SLICK : Tu es blessé ?

HOEDERER, *se relevant* : Non. Personne n'est blessé ? *(À Karsky qui s'est relevé :)* Vous saignez ?

KARSKY : Ce n'est rien. Des éclats de verre.

GEORGES : Grenade ?

HOEDERER : Grenade ou pétard. Mais, ils ont visé trop court. Fouillez le jardin.

HUGO, *tourné vers la fenêtre, pour lui-même* : Les salauds ! Les salauds !

Léon et Georges sautent par la fenêtre.

HOEDERER, *au Prince* : J'attendais quelque chose de ce genre mais je regrette qu'ils aient choisi ce moment.

LE PRINCE : Bah ! Ça me rappelle le palais de mon père. Karsky ! Ce sont vos hommes qui ont fait le coup ?

KARSKY : Vous êtes fou ?

HOEDERER : C'est moi qu'on visait ; cette affaire ne regarde que moi. *(À Karsky :)* Vous voyez : mieux vaut prendre des précautions. *(Il le regarde.)* Vous saignez beaucoup.

Jessica entre, essoufflée.

JESSICA : Hoederer est tué ?

HOEDERER : Votre mari n'a rien. *(À Karsky :)* Léon vous fera monter dans ma chambre et vous pansera et puis nous reprendrons cet entretien.

SLICK : Vous devriez tous monter, parce qu'ils peuvent remettre ça. Vous causerez pendant que Léon le pansera.

HOEDERER : Soit.

Georges et Léon entrent par la fenêtre.

Alors ?

GEORGES : Pétard. Ils l'ont jeté du jardin et puis ils ont calté. C'est le mur qui a tout pris.

HUGO : Les salauds.

HOEDERER : Montons. *(Ils se dirigent vers la porte. Hugo va pour les suivre.)* Pas toi.

Ils se regardent, puis Hoederer se détourne et sort.

SCÈNE VI

HUGO, JESSICA, GEORGES *et* SLICK

HUGO, *entre ses dents* : Les salauds.

SLICK : Hein ?

HUGO : Les gens qui ont lancé le pétard, ce sont des salauds.

Il va se verser à boire.

SLICK : Un peu nerveux, hein ?

HUGO : Bah !

SLICK : Il n'y a pas de honte. C'est le baptême du feu. Tu t'y feras.

GEORGES : Faut même qu'on te dise : à la longue, ça distrait. Pas vrai, Slick ?

SLICK : Ça change, ça réveille, ça dégourdit les jambes.

HUGO : Je ne suis pas nerveux. Je râle.

Il boit.

JESSICA : Après qui, ma petite abeille ?

HUGO : Après les salauds qui ont lancé le pétard.

SLICK : Tu as de la bonté de reste : nous autres, il y a longtemps qu'on ne râle plus.

GEORGES : C'est notre gagne-pain : si c'était pas d'eux autres, nous, on ne serait pas ici.

HUGO : Tu vois : tout le monde est calme, tout le monde est content. Il saignait comme un cochon, il s'essuyait la joue en souriant, il disait : « Ce n'est rien. » Ils ont du courage. Ce sont les plus grands fils de putain de la terre et ils ont du courage, juste ce qu'il faut pour t'empêcher de les mépriser jusqu'au bout. *(Tristement.)* C'est un casse-tête. *(Il boit.)* Les vertus et les vices ne sont pas équitablement répartis.

JESSICA : Tu n'es pas lâche, mon âme.

HUGO : Je ne suis pas lâche, mais je ne suis pas courageux non plus. Trop de nerfs. Je voudrais m'endormir et rêver que je suis Slick. Regarde : cent kilos de chair et une noisette dans la boîte crânienne, une vraie baleine. La noisette, là-haut, elle envoie des signaux de peur et de colère, mais ils se perdent dans cette masse. Ça le chatouille, c'est tout.

SLICK, *riant* : Tu l'entends.

GEORGES, *riant* : Il n'a pas tort.

Hugo boit.

JESSICA : Hugo !

HUGO : Hé ?

JESSICA : Ne bois plus.

HUGO : Pourquoi ? Je n'ai plus rien à faire. Je suis relevé de mes fonctions.

JESSICA : Hoederer t'a relevé de tes fonctions ?

HUGO : Hoederer ? Qui parle de Hoederer ? Tu peux penser ce que tu veux de Hoederer, mais c'est un homme qui m'a fait confiance. Tout le monde ne peut pas en dire autant. *(Il boit. Puis va vers Slick.)* Il y a des gens qui te donnent une mission de confiance, hein, et tu te casses le cul pour l'accomplir et puis, au moment où tu vas réussir, tu t'aperçois qu'ils se foutaient de toi et qu'ils ont fait faire la besogne par d'autres.

JESSICA : Veux-tu te taire ! Tu ne vas pas leur raconter nos histoires de ménage.

HUGO : De ménage ? Ha ! *(Déridé.)* Elle est merveilleuse !

JESSICA : C'est de moi qu'il parle. Voilà deux ans qu'il me reproche de ne pas lui faire confiance.

HUGO, *à Slick* : C'est une tête, hein ? *(À Jessica :)* Non, tu ne me fais pas confiance. Est-ce que tu me fais confiance ?

JESSICA : Certainement pas en ce moment.

HUGO : Personne ne me fait confiance. Je dois avoir

quelque chose de travers dans la gueule. Dis-moi que tu m'aimes.

JESSICA : Pas devant eux.

SLICK : Ne vous gênez pas pour nous.

HUGO : Elle ne m'aime pas. Elle ne sait pas ce que c'est que l'amour. C'est un ange. Une statue de sel.

SLICK : Une statue de sel ?

HUGO : Non, je voulais dire une statue de neige. Si tu la caresses, elle fond.

GEORGES : Sans blague.

JESSICA : Viens, Hugo. Rentrons.

HUGO : Attends, je vais donner un conseil à Slick. Je l'aime bien Slick, je l'ai à la bonne, parce qu'il est fort et qu'il ne pense pas. Tu veux un conseil, Slick ?

SLICK : Si je ne peux pas l'éviter.

HUGO : Écoute : ne te marie pas trop jeune.

SLICK : Ça ne risque rien.

HUGO, *qui commence à être saoul* : Non, mais écoute : ne te marie pas trop jeune. Tu comprends ce que je veux dire, hein ? Ne te marie pas trop jeune. Te charge pas de ce que tu ne peux pas faire. Après ça pèse trop lourd. Tout est si lourd. Je ne sais pas si vous avez remarqué : c'est pas commode d'être jeune. *(Il rit.)* Mission de confiance. Dis ! où elle est la confiance ?

GEORGES : Quelle mission ?

HUGO : Ah ! Je suis chargé de mission.

GEORGES : Quelle mission ?

HUGO : Ils veulent me faire parler, mais avec moi c'est du temps perdu. Je suis impénétrable. *(Il se regarde dans la glace.)* Impénétrable ! Une gueule parfaitement inexpressive. La gueule de tout le monde. Ça devrait se voir, bon Dieu ! Ça devrait se voir !

GEORGES : Quoi ?

HUGO : Que je suis chargé d'une mission de confiance.

GEORGES : Slick ?

SLICK : Hmm…

JESSICA, *tranquillement* : Ne vous cassez pas la tête : ça veut dire que je vais avoir un enfant. Il se regarde dans la glace pour voir s'il a l'air d'un père de famille.

HUGO : Formidable ! Un père de famille ! C'est ça. C'est tout à fait ça. Un père de famille. Elle et moi nous nous entendons à demi-mot. Impénétrable ! Ça devrait se reconnaître un… père de famille. À quelque chose. Un air sur le visage. Un goût dans la bouche. Une ronce dans le cœur. *(Il boit.)* Pour Hoederer, je regrette. Parce que, je vous le dis, il aurait pu m'aider. *(Il rit.)* Dites : ils sont là-haut qui causent et Léon lave le sale groin de Karsky. Mais vous êtes donc des bûches ? Tirez-moi dessus.

SLICK, *à Jessica* : Ce petit gars-là ne devrait pas boire.

GEORGES : Ça ne lui réussit pas.

HUGO : Tirez sur moi, je vous dis. C'est votre métier. Écoutez donc : un père de famille, c'est jamais un vrai père de famille. Un assassin, c'est jamais tout à fait un assassin. Ils jouent, vous comprenez. Tandis qu'un mort, c'est un mort pour de vrai. Être ou ne pas être, hein[2] ? Vous voyez ce que je veux dire. Il n'y a rien que je puisse être sinon un mort avec six pieds de terre par-dessus la tête. Tout ça, je vous le dis, c'est de la comédie. *(Il s'arrête brusquement.)* Et ça aussi c'est de la comédie. Tout ça ! Tout ce que je vous dis là. Vous croyez peut-être que je suis désespéré ? Pas du tout : je joue la comédie du désespoir. Est-ce qu'on peut en sortir ?

JESSICA : Est-ce que tu veux rentrer ?

HUGO : Attends. Non. Je ne sais pas… Comment peut-on dire : je veux ou je ne veux pas ?

JESSICA, *remplissant un verre* : Alors bois.

HUGO : Bon.

Il boit.

SLICK : Vous n'êtes pas cinglée de le faire boire.

JESSICA : C'est pour en finir plus vite. À présent, il n'y a plus qu'à attendre.

Hugo vide le verre. Jessica le remplit.

HUGO, *saoul* : Qu'est-ce que je disais ? Je parlais d'assassin ? Jessica et moi nous savons ce que ça veut dire. La vérité c'est que ça cause trop là-dedans. *(Il se frappe le front.)* Je voudrais le silence. *(À Slick :)* Ce qu'il doit faire bon dans ta tête : pas un bruit, la nuit noire. Pourquoi tournez-vous si vite ? Ne riez pas : je sais que je suis saoul, je sais que je suis abject. Je vais vous dire : je ne voudrais pas être à ma place. Oh ! mais non. Ça n'est pas une bonne place. Ne tournez pas ! Le tout c'est d'allumer la mèche. Ça n'a l'air de rien mais je ne vous souhaite pas d'en être chargés. La mèche, tout est là. Allumer la mèche. Après, tout le monde saute et moi avec : plus besoin d'alibi, le silence, la nuit. À moins que[d] les morts aussi ne jouent la comédie. Supposez qu'on meure et qu'on découvre que les morts sont des vivants qui jouent à être morts ! On verra. On verra. Seulement faut allumer la mèche. C'est le moment psychologique. *(Il rit.)* Mais ne tournez pas, bon Dieu ! ou bien je tourne aussi. *(Il essaye de tourner et tombe sur une chaise.)* Et voilà les bienfaits d'une éducation bourgeoise.

Sa tête oscille. Jessica s'approche et le regarde.

JESSICA : Bon. C'est fini. Voulez-vous m'aider à le porter dans son lit ?

Slick la regarde en se grattant le crâne.

SLICK : Il cause trop, votre mari.

JESSICA, *riant* : Vous ne le connaissez pas. Rien de ce qu'il dit n'a d'importance.

Slick et Georges le soulèvent par les épaules et les pieds.

RIDEAU

CINQUIÈME TABLEAU

DANS LE PAVILLON

SCÈNE I

HUGO, JESSICA, *puis* OLGA

Hugo est étendu dans son lit, tout habillé, sous une couverture. Il dort. Il s'agite et gémit dans son sommeil. Jessica est assise à son chevet, immobile. Il gémit encore ; elle se lève et va dans le cabinet de toilette. On entend l'eau qui coule, Olga est cachée derrière les rideaux de la fenêtre. Elle écarte les rideaux, elle passe la tête. Elle se décide et s'approche de Hugo. Elle le regarde. Hugo gémit. Olga lui redresse la tête et arrange son oreiller. Jessica revient sur ces entrefaites et voit la scène. Jessica tient une compresse humide.

JESSICA : Quelle sollicitude ! Bonjour, madame.

OLGA : Ne criez pas. Je suis…

JESSICA : Je n'ai pas envie de crier. Asseyez-vous donc. J'aurais plutôt envie de rire.

OLGA : Je suis Olga Lorame.

JESSICA : Je m'en suis doutée.

OLGA : Hugo vous a parlé de moi ?

JESSICA : Oui.

OLGA : Il est blessé ?

JESSICA : Non : il est saoul. *(Passant devant Olga.)* Vous permettez ? *(Elle pose la compresse sur le front de Hugo.)*

OLGA : Pas comme ça. *(Elle arrange la compresse.)*

JESSICA : Excusez-moi.

OLGA : Et Hoederer ?

JESSICA : Hoederer ? Mais asseyez-vous, je vous en prie. *(Olga s'assied.)* C'est vous qui avez lancé cette bombe, madame ?

OLGA : Oui.

JESSICA : Personne n'est tué : vous aurez plus de chance une autre fois. Comment êtes-vous entrée ici ?

OLGA : Par la porte. Vous l'avez laissée ouverte quand vous êtes sortie. Il ne faut jamais laisser les portes ouvertes.

JESSICA, *désignant Hugo* : Vous saviez qu'il était dans le bureau ?

OLGA : Non.

JESSICA : Mais vous saviez qu'il pouvait y être ?

OLGA : C'était un risque à courir.

JESSICA : Avec un peu de veine, vous l'auriez tué.

OLGA : C'est ce qui pouvait lui arriver de mieux.

JESSICA : Vraiment ?

OLGA : Le Parti n'aime pas beaucoup les traîtres.

JESSICA : Hugo n'est pas un traître.

OLGA : Je le crois. Mais je ne peux pas forcer les autres à le croire. *(Un temps.)* Cette affaire traîne : il y a huit jours qu'elle devrait être terminée.

JESSICA : Il faut trouver une occasion.

OLGA : Les occasions, on les fait naître.

JESSICA : C'est le Parti qui vous a envoyée ?

OLGA : Le Parti ne sait pas que je suis ici : je suis venue de moi-même.

JESSICA : Je vois : vous avez mis une bombe dans votre sac à main et vous êtes venue gentiment la jeter sur Hugo pour sauver sa réputation.

OLGA : Si j'avais réussi on aurait pensé qu'il s'était fait sauter avec Hoederer.

JESSICA : Oui, mais il serait mort.

OLGA : De quelque manière qu'il s'y prenne, à présent, il n'a plus beaucoup de chances de s'en tirer.

JESSICA : Vous avez l'amitié lourde.

OLGA : Sûrement plus lourde que votre amour. *(Elles se regardent.)* C'est vous qui l'avez empêché de faire son travail ?

JESSICA : Je n'ai rien empêché du tout.

OLGA : Mais vous ne l'avez pas aidé non plus.

JESSICA : Pourquoi l'aurais-je aidé ? Est-ce qu'il m'a consultée avant d'entrer au Parti ? Et quand il a décidé qu'il n'avait rien de mieux à faire de sa vie que d'aller assassiner un inconnu, est-ce qu'il m'a consultée ?

OLGA : Pourquoi vous aurait-il consultée ? Quel conseil auriez-vous pu lui donner ?

JESSICA : Évidemment.

OLGA : Il a choisi ce Parti ; il a demandé cette mission : ça devrait vous suffire.

JESSICA : Ça ne me suffit pas.

Hugo gémit.

OLGA : Il ne va pas bien. Vous n'auriez pas dû le laisser boire.

JESSICA : Il irait encore plus mal s'il avait reçu un éclat de votre bombe dans la figure. *(Un temps.)* Quel dommage qu'il ne vous ait pas épousée : c'est une femme de tête qu'il lui fallait. Il serait resté dans votre chambre à repasser vos combinaisons pendant que vous auriez été jeter des grenades aux carrefours et nous aurions tous été très heureux. *(Elle la regarde.)* Je vous croyais grande et osseuse.

OLGA : Avec des moustaches ?

JESSICA : Sans moustache mais avec une verrue sous le nez. Il avait toujours l'air si important quand il sortait de chez vous. Il disait : « Nous avons parlé politique. »

OLGA : Avec vous naturellement, il n'en parlait jamais.

JESSICA : Vous pensez bien qu'il ne m'a pas épousée pour ça. *(Un temps.)* Vous êtes amoureuse de lui, n'est-ce pas ?

OLGA : Qu'est-ce que l'amour vient faire ici ? Vous lisez trop de romans.

JESSICA : Il faut bien s'occuper quand on ne fait pas de politique.

OLGA : Rassurez-vous ; l'amour ne tracasse pas beaucoup les femmes de tête. Nous n'en vivons pas.

JESSICA : Tandis que moi, j'en vis ?

OLGA : Comme toutes les femmes de cœur.

JESSICA : Va pour femme de cœur. J'aime mieux mon cœur que votre tête.

OLGA : Pauvre Hugo !

JESSICA : Oui. Pauvre Hugo ! Comme vous devez me détester, madame.

OLGA : Moi ? Je n'ai pas de temps à perdre. *(Un silence.)* Réveillez-le. J'ai à lui parler.

JESSICA, *s'approche du lit et secoue Hugo* : Hugo ! Hugo ! Tu as des visites.

HUGO : Hein ? *(Il se redresse.)* Olga ! Olga, tu es venue ! Je suis content que tu sois là, il faut que tu m'aides. *(Il s'assied sur le bord du lit.)* Bon Dieu que j'ai mal au crâne. Où sommes-nous ? Je suis content que tu sois venue, tu sais. Attends : il est arrivé quelque chose, un gros ennui. Tu ne peux plus m'aider. À présent, tu ne peux plus m'aider. Tu as lancé le pétard, n'est-ce pas ?

OLGA : Oui.

HUGO : Pourquoi ne m'avez-vous pas fait confiance ?

OLGA : Hugo, dans un quart d'heure, un camarade jettera une corde par-dessus le mur et il faudra que je m'en aille. Je suis pressée et il faut que tu m'écoutes.

JESSICA : Pourquoi ne m'avez-vous pas fait confiance ?

OLGA : Jessica, donnez-moi ce verre et cette carafe.

Jessica les lui donne. Elle remplit le verre et jette l'eau à la figure de Hugo.

HUGO : Pfou !

OLGA : Tu m'écoutes ?

HUGO : Oui. *(Il s'essuie.)* Qu'est-ce que je tiens comme mal au crâne. Il reste de l'eau dans la carafe ?

JESSICA : Oui.

HUGO : Verse-moi à boire, veux-tu ? *(Elle lui tend le verre et il boit.)* Qu'est-ce qu'ils pensent les copains ?

OLGA : Que tu es un traître.

HUGO : Ils vont fort.

OLGA : Tu n'as plus un jour à perdre. L'affaire doit être réglée avant demain soir.

HUGO : Tu n'aurais pas dû lancer le pétard.

OLGA : Hugo, tu as voulu te charger d'une tâche difficile

et t'en charger seul. J'ai eu confiance la première, quand il y avait cent raisons de te refuser et j'ai communiqué ma confiance aux autres. Mais nous ne sommes pas des boy-scouts et le Parti n'a pas été créé pour te fournir des occasions d'héroïsme. Il y a un travail à faire et il faut qu'il soit fait ; peu importe par qui. Si dans vingt-quatre heures tu n'as pas terminé ta besogne, on enverra quelqu'un pour la finir à ta place.

HUGO : Si on me remplace, je quitterai le Parti.

OLGA : Qu'eſt-ce que tu t'imagines ? Crois-tu qu'on peut quitter le Parti ? Nous sommes en guerre, Hugo, et les camarades ne rigolent pas. Le Parti, ça se quitte les pieds devant.

HUGO : Je n'ai pas peur de mourir.

OLGA : Ce n'eſt rien de mourir. Mais mourir si bêtement, après avoir tout raté ; se faire buter comme une donneuse, pis encore comme un petit imbécile dont on se débarrasse par crainte de ses maladresses. Eſt-ce que c'eſt ça que tu veux ? Eſt-ce que c'eſt ça que tu voulais, la première fois que tu es venu chez moi, quand tu avais l'air si heureux et si fier ? Mais dites-le-lui, vous ! Si vous l'aimez un peu, vous ne pouvez pas vouloir qu'on l'abatte comme un chien.

JESSICA : Vous savez bien, madame, que je n'entends rien à la politique.

OLGA : Qu'eſt-ce que tu décides ?

HUGO : Tu n'aurais pas dû jeter ce pétard.

OLGA : Qu'eſt-ce que tu décides ?

HUGO : Vous le saurez demain.

OLGA : C'eſt bon. Adieu, Hugo.

HUGO : Adieu, Olga.

JESSICA : Au revoir, madame.

OLGA : Éteignez. Il ne faut pas qu'on me voie sortir.

Jessica éteint. Olga ouvre la porte et sort.

SCÈNE II

HUGO, JESSICA

JESSICA : Je rallume ?

HUGO : Attends. Elle sera peut-être obligée de revenir.

Ils attendent dans le noir.

JESSICA : On pourrait entrouvrir les volets, pour voir.
HUGO : Non.

Un silence.

JESSICA : Tu as de la peine ? *(Hugo ne répond pas.)* Réponds, pendant qu'il fait noir.
HUGO : J'ai mal au crâne, c'est tout. *(Un temps.)* Ça n'est pas grand-chose, la confiance, quand ça ne résiste pas à huit jours d'attente.
JESSICA : Pas grand-chose, non.
HUGO : Et comment veux-tu vivre, si personne ne te fait confiance ?
JESSICA : Personne ne m'a jamais fait confiance, toi moins que les autres. Je me suis tout de même arrangée.
HUGO : C'était la seule qui croyait un peu en moi.
JESSICA : Hugo…
HUGO : La seule, tu le sais bien. *(Un temps.)* Elle doit être en sûreté à présent. Je crois qu'on peut rallumer. *(Il rallume. Jessica se détourne brusquement.)* Qu'est-ce qu'il y a ?
JESSICA : Ça me gêne de te voir à la lumière.
HUGO : Veux-tu que j'éteigne ?
JESSICA : Non. *(Elle revient vers lui.)* Toi. Toi, tu vas tuer un homme.
HUGO : Est-ce que je sais ce que je vais faire ?
JESSICA : Montre-moi le revolver.
HUGO : Pourquoi ?
JESSICA : Je veux voir comment c'est fait.
HUGO : Tu l'as promené sur toi tout l'après-midi.
JESSICA : À ce moment-là, ce n'était qu'un jouet.
HUGO, *le lui tendant* : Fais attention.
JESSICA : Oui. *(Elle le regarde.)* C'est drôle.
HUGO : Qu'est-ce qui est drôle ?
JESSICA : Il me fait peur à présent. Reprends-le. *(Un temps.)* Tu vas tuer un homme.

Hugo se met à rire.

Pourquoi ris-tu ?
HUGO : Tu y crois à présent ! Tu t'es décidée à y croire ?
JESSICA : Oui.
HUGO : Tu as bien choisi ton moment : personne n'y croit plus. *(Un temps.)* Il y a huit jours, ça m'aurait peut-être aidé…
JESSICA : Ce n'est pas ma faute : je ne crois que ce que je

vois. Ce matin encore, je ne pouvais même pas imaginer qu'il meure. *(Un temps.)* Je suis entrée dans le bureau tout à l'heure, il y avait le type qui saignait et vous étiez tous des morts. Hoederer, c'était un mort ; je l'ai vu sur son visage ! Si ce n'est pas toi qui le tue, ils enverront quelqu'un d'autre.

HUGO : Ce sera moi. *(Un temps.)* Le type qui saignait, c'était sale, hein ?

JESSICA : Oui. C'était sale.

HUGO : Hoederer aussi va saigner.

JESSICA : Tais-toi.

HUGO : Il sera couché par terre avec un air idiot et il saignera dans ses vêtements.

JESSICA, *d'une voix lente et basse* : Mais tais-toi donc.

HUGO : Elle a jeté un pétard contre le mur. Il n'y a pas de quoi être fière : elle ne nous voyait même pas. N'importe qui peut tuer si on ne l'oblige pas à voir ce qu'il fait. J'allais tirer, moi. J'étais dans le bureau, je les regardais en face et j'allais tirer ; c'est elle qui m'a fait manquer mon coup.

JESSICA : Tu allais tirer pour de bon ?

HUGO : J'avais la main dans ma poche et le doigt sur la gâchette.

JESSICA : Et tu allais tirer ! Tu es sûr que tu aurais pu tirer ?

HUGO : Je… j'avais la chance d'être en colère. Naturellement, j'allais tirer. À présent tout est à recommencer. *(Il rit.)* Tu l'as entendue : ils disent que je suis un traître. Ils ont beau jeu : là-bas, quand ils décident qu'un homme va mourir, c'est comme s'ils rayaient un nom sur un annuaire : c'est propre, c'est élégant. Ici, la mort est une besogne Les abattoirs, c'est ici. *(Un temps.)* Il boit, il fume, il me parle du Parti, il fait des projets et moi je pense au cadavre qu'il sera, c'est obscène. Tu as vu ses yeux ?

JESSICA : Oui.

HUGO : Tu as vu comme ils sont brillants et durs ? Et vifs ?

JESSICA : Oui.

HUGO : C'est peut-être dans ses yeux que je tirerai. On vise le ventre, tu sais, mais l'arme se relève.

JESSICA : J'aime ses yeux.

HUGO, *brusquement* : C'est abstrait.

JESSICA : Quoi ?

HUGO : Un meurtre, je dis que c'est abstrait. Tu appuies sur la gâchette et après ça tu ne comprends plus rien à ce qui arrive. *(Un temps.)* Si l'on pouvait tirer en détournant la tête. *(Un temps.)* Je me demande pourquoi je te parle de tout ça.

JESSICA : Je me le demande aussi.

HUGO : Je m'excuse. *(Un temps.)* Pourtant si j'étais dans ce lit, en train de crever, tu ne m'abandonnerais tout de même pas ?

JESSICA : Non.

HUGO : C'est la même chose ; tuer, mourir, c'est la même chose : on est aussi seul. Il a de la veine, lui, il ne mourra qu'une fois. Moi, voilà dix jours que je le tue, à chaque minute. *(Brusquement.)* Qu'est-ce que tu ferais, Jessica ?

JESSICA : Comment ?

HUGO : Écoute : si demain je n'ai pas tué, il faut que je disparaisse ou alors que j'aille les trouver et que je leur dise : faites de moi ce que vous voudrez. Si je tue... *(Il se cache un instant le visage avec la main.)* Qu'est-ce qu'il faut que je fasse ? Que ferais-tu ?

JESSICA : Moi ? Tu me le demandes à moi ce que je ferais à ta place ?

HUGO : À qui veux-tu que je le demande ? Je n'ai plus que toi au monde.

JESSICA : C'est vrai. Tu n'as plus que moi. Plus que moi. Pauvre Hugo. *(Un temps.)* J'irais trouver Hoederer et je lui dirais : voilà ; on m'a envoyé ici pour vous tuer mais j'ai changé d'avis et je veux travailler avec vous.

HUGO : Pauvre Jessica !

JESSICA : Ce n'est pas possible ?

HUGO : C'est justement ça qui s'appellerait trahir.

JESSICA, *tristement* : Tu vois ! Je ne peux rien te dire. *(Un temps.)* Pourquoi n'est-ce pas possible ? Parce qu'il n'a pas tes idées ?

HUGO : Si tu veux. Parce qu'il n'a pas mes idées.

JESSICA : Et il faut tuer les gens qui n'ont pas vos idées ?

HUGO : Quelquefois.

JESSICA : Mais pourquoi as-tu choisi les idées de Louis et d'Olga ?

HUGO : Parce qu'elles étaient vraies.

JESSICA : Mais, Hugo, suppose que tu aies rencontré Hoederer l'an dernier, au lieu de Louis. Ce sont ses idées à lui qui te sembleraient vraies.

HUGO : Tu es folle.

JESSICA : Pourquoi ?

HUGO : On croirait à t'entendre que toutes les opinions se valent et qu'on les attrape comme des maladies.

JESSICA : Je ne pense pas ça ; je... je ne sais pas ce que je pense. Hugo, il est si fort, il suffit qu'il ouvre la bouche pour qu'on soit sûr qu'il a raison. Et puis je croyais qu'il était sincère et qu'il voulait le bien du Parti.

HUGO : Ce qu'il veut, ce qu'il pense, je m'en moque. Ce qui compte c'est ce qu'il fait.

JESSICA : Mais…

HUGO : *Objectivement*, il agit comme un social-traître[1].

JESSICA, *sans comprendre* : Objectivement ?

HUGO : Oui.

JESSICA : Ah ! *(Un temps.)* Et lui, s'il savait ce que tu prépares, est-ce qu'il penserait que tu es un social-traître ?

HUGO : Je n'en sais rien.

JESSICA : Mais est-ce qu'il le penserait ?

HUGO : Qu'est-ce que ça peut faire ? Oui, probablement.

JESSICA : Alors, qui a raison ?

HUGO : Moi.

JESSICA : Comment le sais-tu ?

HUGO : La politique est une science. Tu peux démontrer que tu es dans le vrai et que les autres se trompent.

JESSICA : Dans ce cas pourquoi hésites-tu ?

HUGO : Ce serait trop long à t'expliquer.

JESSICA : Nous avons la nuit.

HUGO : Il faudrait des mois et des années.

JESSICA : Ah ! *(Elle va aux livres.)* Et tout est écrit là-dedans ?

HUGO : En un sens, oui. Il suffit de savoir lire.

JESSICA : Mon Dieu ! *(Elle en prend un, l'ouvre, le regarde, fascinée et le repose en soupirant.)* Mon Dieu !

HUGO : À présent, laisse-moi. Dors ou fais ce que tu veux.

JESSICA : Qu'est-ce qu'il y a ? Qu'est-ce que j'ai dit ?

HUGO : Rien. Tu n'as rien dit. C'est moi qui suis coupable : c'était une folie de te demander de l'aide. Tes conseils viennent d'un autre monde.

JESSICA : À qui la faute ? Pourquoi ne m'a-t-on rien appris ? Pourquoi ne m'as-tu rien expliqué ? Tu as entendu ce qu'il a dit ? Que j'étais ton luxe. Voilà dix-neuf ans qu'on m'a installée dans votre monde d'hommes avec défense de toucher aux objets exposés et vous m'avez fait croire que tout marchait très bien et que je n'avais à m'occuper de rien sauf de mettre des fleurs dans les vases. Pourquoi m'avez-vous menti ? Pourquoi, m'avez-vous laissée dans l'ignorance, si c'était pour m'avouer un beau jour que ce monde craque de partout et que vous êtes des incapables et pour m'obliger à choisir entre un suicide et un assassinat ? Je ne veux pas choisir : je ne veux pas que tu te laisses tuer, je ne veux pas que tu le tues. Pourquoi m'a-t-on mis ce fardeau sur les épaules ? Je ne connais rien à vos histoires et je m'en lave les mains. Je ne suis ni oppresseur, ni social-traître, ni révolutionnaire, je n'ai rien fait, je suis innocente de tout.

HUGO : Je ne te demande plus rien, Jessica.

JESSICA : C'est trop tard, Hugo ; tu m'as mise dans le coup. À présent il faut que je choisisse. Pour toi et pour moi : c'est ma vie que je choisis avec la tienne et je… Oh ! mon Dieu ! je ne peux pas.

HUGO : Tu vois bien.

Un silence. Hugo est assis sur le lit, les yeux dans le vide. Jessica s'assied près de lui et lui met les bras autour du cou.

JESSICA : Ne dis rien. Ne t'occupe pas de moi. Je ne te parlerai pas ; je ne t'empêcherai pas de réfléchir. Mais je serai là. Il fait froid au matin : tu seras content d'avoir un peu de ma chaleur, puisque je n'ai rien d'autre à te donner. Ta tête te fait toujours mal ?

HUGO : Oui.

JESSICA : Mets-la sur mon épaule. Ton front brûle. *(Elle lui caresse les cheveux.)* Pauvre tête.

HUGO, *se redressant brusquement* : Assez !

JESSICA, *doucement* : Hugo !

HUGO : Tu joues à la mère de famille.

JESSICA : Je ne joue pas. Je ne jouerai plus jamais.

HUGO : Ton corps est froid et tu n'as pas de chaleur à me donner. Ce n'est pas difficile de se pencher sur un homme avec un air maternel et de lui passer la main dans les cheveux ; n'importe quelle fillette rêverait d'être à ta place. Mais quand je t'ai prise dans mes bras et que je t'ai demandé d'être ma femme, tu ne t'en es pas si bien tirée.

JESSICA : Tais-toi.

HUGO : Pourquoi me tairais-je ? Est-ce que tu ne sais pas que notre amour était une comédie ?

JESSICA : Ce qui compte, cette nuit, ce n'est pas notre amour : c'est ce que tu feras demain.

HUGO : Tout se tient. Si j'avais été sûr… *(Brusquement.)* Jessica, regarde-moi. Peux-tu me dire que tu m'aimes ? *(Il la regarde. Silence.)* Et voilà. Je n'aurai même pas eu ça.

JESSICA : Et toi, Hugo ? Crois-tu que tu m'aimais ? *(Il ne répond pas.)* Tu vois bien. *(Un temps. Brusquement.)* Pourquoi n'essayes-tu pas de le convaincre ?

HUGO : De le convaincre ? Qui ? Hoederer ?

JESSICA : Puisqu'il se trompe, tu dois pouvoir le lui prouver.

HUGO : Penses-tu ! Il est trop chinois.

JESSICA : Comment sais-tu que tes idées sont justes si tu ne peux pas le démontrer ? Hugo, ce serait si bien, tu réconcilierais tout le monde, tout le monde serait content, vous travailleriez tous ensemble. Essaye, Hugo, je t'en prie. Essaye au moins une fois avant de le tuer.

On frappe. Hugo se redresse et ses yeux brillent.

HUGO : C'est Olga. Elle est revenue ; j'étais sûr qu'elle reviendrait. Éteins la lumière et va ouvrir.

JESSICA : Comme tu as besoin d'elle.

Elle va éteindre et ouvre la porte. Hoederer entre. Hugo rallume quand la porte est fermée.

SCÈNE III

HUGO, JESSICA, HOEDERER

JESSICA, *reconnaissant Hoederer* : Ha !

HOEDERER : Je t'ai fait peur ?

JESSICA : Je suis nerveuse, ce soir. Il y a eu cette bombe...

HOEDERER : Oui. Bien sûr. Vous avez l'habitude de rester dans le noir ?

JESSICA : J'y suis forcée. Mes yeux sont très fatigués.

HOEDERER : Ah ! *(Un temps.)* Je peux m'asseoir un moment ? *(Il s'assied dans le fauteuil.)* Ne vous gênez pas pour moi.

HUGO : Vous avez quelque chose à me dire ?

HOEDERER : Non. Non, non. Tu m'as fait rire tout à l'heure : tu étais rouge de colère.

HUGO : Je...

HOEDERER : Ne t'excuse pas : je m'y attendais. Je me serais même inquiété si tu n'avais pas protesté. Il y a beaucoup de choses qu'il faudra que je t'explique. Mais demain. Demain nous parlerons tous les deux. À présent ta journée est finie. La mienne aussi. Drôle de journée hein ? Pourquoi n'accrochez-vous pas de gravures aux murs ? Ça ferait moins nu. Il y en a au grenier. Slick vous les descendra.

JESSICA : Comment sont-elles ?

HOEDERER : Il y a de tout. Tu pourras choisir.

JESSICA : Je vous remercie. Je ne tiens pas aux gravures.

HOEDERER : Comme tu voudras. Vous n'avez rien à boire ?

JESSICA : Non. Je regrette.

HOEDERER : Tant pis ! Tant pis ! Qu'est-ce que vous faisiez avant que j'arrive ?

JESSICA : Nous causions.

HOEDERER : Eh bien causez ! causez ! Ne vous occupez pas de moi. *(Il bourre sa pipe et l'allume. Un silence très lourd. Il sourit.)* Oui, évidemment.

JESSICA : Ce n'est pas très commode de s'imaginer que vous n'êtes pas là.

HOEDERER : Vous pouvez très bien me mettre à la porte. *(À Hugo :)* Tu n'es pas obligé de recevoir ton patron quand il a des lubies. *(Un temps.)* Je ne sais pas pourquoi je suis venu. Je n'avais pas sommeil, j'ai essayé de travailler… *(Haussant les épaules.)* On ne peut pas travailler tout le temps.

JESSICA : Non.

HOEDERER : Cette affaire va finir…

HUGO, *vivement* : Quelle affaire ?

HOEDERER : L'affaire avec Karsky. Il se fait un peu tirer l'oreille mais ça ira plus vite que je ne pensais.

HUGO, *violemment* : Vous…

HOEDERER : Cht. Demain ! Demain ! *(Un temps.)* Quand une affaire est en voie de se terminer, on se sent désœuvré. Vous aviez de la lumière il y a un moment ?

JESSICA : Oui.

HOEDERER : Je m'étais mis à la fenêtre. Dans le noir, pour ne pas servir de cible. Vous avez vu comme la nuit est sombre et calme ? La lumière passait par la fente de vos volets. *(Un temps.)* Nous avons vu la mort de près.

JESSICA : Oui.

HOEDERER, *avec un petit rire* : De tout près. *(Un temps.)* Je suis sorti tout doucement de ma chambre. Slick dormait dans le couloir. Dans le salon, Georges dormait. Léon dormait dans le vestibule. J'avais envie de les réveiller et puis… Bah ! *(Un temps.)* Alors voilà : je suis venu. *(À Jessica :)* Qu'est-ce qu'il y a ? Tu avais l'air moins intimidée cet après-midi.

JESSICA : C'est à cause de l'air que vous avez.

HOEDERER : Quel air ?

JESSICA : Je croyais que vous n'aviez besoin de personne.

HOEDERER : Je n'ai besoin de personne. *(Un temps.)* Slick m'a dit que tu étais enceinte ?

JESSICA, *vivement* : Ce n'est pas vrai.

HUGO : Voyons, Jessica, si tu l'as dit à Slick, pourquoi le cacher à Hoederer ?

JESSICA : Je me suis moquée de Slick.

HOEDERER, *la regarde longuement* : Bon. *(Un temps.)* Quand j'étais député au Landstag, j'habitais chez un garagiste. Le soir je venais fumer la pipe dans leur salle à manger. Il y avait une radio, les enfants jouaient… *(Un temps.)* Allons je vais me coucher. C'était un mirage.

JESSICA : Qu'est-ce qui était un mirage ?

HOEDERER, *avec un geste* : Tout ça. Vous aussi. Il faut travailler, c'est tout ce qu'on peut faire. Tu téléphoneras au village, pour que le menuisier vienne réparer la fenêtre du bureau. *(Il le regarde.)* Tu as l'air éreinté. Il paraît que tu t'es saoulé ? Dors, cette nuit. Tu n'as pas besoin de venir avant 9 heures.

Il se lève. Hugo fait un pas. Jessica se jette entre eux.

JESSICA : Hugo, c'est le moment.

HUGO : Quoi ?

JESSICA : Tu m'as promis de le convaincre.

HOEDERER : De me convaincre ?

HUGO : Tais-toi.

Il essaie de l'écarter. Elle se met devant lui.

JESSICA : Il n'est pas d'accord avec vous[a].

HOEDERER, *amusé* : Je m'en suis aperçu.

JESSICA : Il voudrait vous expliquer.

HOEDERER : Demain ! Demain !

JESSICA : Demain il sera trop tard.

HOEDERER : Pourquoi ?

JESSICA, *toujours devant Hugo* : Il… il dit qu'il ne veut plus vous servir de secrétaire si vous ne l'écoutez pas. Vous n'avez sommeil ni l'un ni l'autre et vous avez toute la nuit et… et vous avez frôlé la mort, ça rend plus conciliant.

HUGO : Laisse tomber, je te dis.

JESSICA : Hugo, tu m'as promis ! *(À Hoederer :)* Il dit que vous êtes un social-traître.

HOEDERER : Un social-traître ! Rien que ça !

JESSICA : Objectivement. Il a dit : objectivement.

HOEDERER, *changeant de ton et de visage* : Ça va. Eh bien, mon petit gars, dis-moi ce que tu as sur le cœur, puisqu'on ne peut pas l'empêcher. Il faut que je règle cette affaire avant d'aller me coucher. Pourquoi suis-je un traître[b] ?

HUGO : Parce que vous n'avez pas le droit d'entraîner le Parti dans vos combines.

HOEDERER : Pourquoi pas ?

HUGO : C'est une organisation révolutionnaire et vous allez en faire un parti de gouvernement.

HOEDERER : Les partis révolutionnaires sont faits pour prendre le pouvoir.

HUGO : Pour le prendre. Oui. Pour s'en emparer par les armes. Pas pour l'acheter par un maquignonnage.

HOEDERER : C'est le sang que tu regrettes ? J'en suis fâché mais tu devrais savoir que nous ne pouvons pas nous imposer par la force. En cas de guerre civile, le Pentagone a les armes et les chefs militaires. Il servirait de cadre aux troupes contre-révolutionnaires.

HUGO : Qui parle de guerre civile ? Hoederer, je ne vous comprends pas ; il suffirait d'un peu de patience. Vous l'avez dit vous-même : l'Armée rouge chassera le Régent et nous aurons le pouvoir pour nous seuls.

HOEDERER : Et comment ferons-nous pour le garder ? *(Un temps.)* Quand l'Armée rouge aura franchi nos frontières, je te garantis qu'il y aura de durs moments à passer.

HUGO : L'Armée rouge…

HOEDERER : Oui, oui. Je sais. Moi aussi, je l'attends. Et avec impatience. Mais il faut bien que tu te le dises : toutes les armées en guerre, libératrices ou non, se ressemblent : elles vivent sur le pays occupé. Nos paysans détesteront les Russes, c'est fatal, comment veux-tu qu'ils nous aiment, nous que les Russes auront imposés ? On nous appellera le parti de l'étranger ou peut-être pis. Le Pentagone rentrera dans la clandestinité ; il n'aura même pas besoin de changer ses slogans.

HUGO : Le Pentagone, je…

HOEDERER : Et puis, il y a autre chose : le pays est ruiné ; il se peut même qu'il serve de champ de bataille. Quel que soit le gouvernement qui succédera à celui du Régent, il devra prendre des mesures terribles qui le feront haïr. Au lendemain du départ de l'Armée rouge, nous serons balayés par une insurrection.

HUGO : Une insurrection, ça se brise. Nous établirons un ordre de fer.

HOEDERER : Un ordre de fer ? Avec quoi ? Même après la révolution le prolétariat restera le plus faible et pour longtemps. Un ordre de fer ! Avec un parti bourgeois qui fera du sabotage et une population paysanne qui brûlera ses récoltes pour nous affamer ?

HUGO : Et après ? Le Parti bolchevik en a vu d'autres en 17.

HOEDERER : Il n'était pas imposé par l'étranger. Maintenant écoute, petit, et tâche de comprendre ; nous prendrons le pouvoir avec les libéraux de Karsky et les conservateurs du Régent. Pas d'histoires, pas de casse : l'Union nationale. Personne ne pourra nous reprocher d'être installés par l'étranger. J'ai demandé la moitié des voix au Comité de Résistance mais je ne ferai pas la sottise de demander la moitié des portefeuilles. Une minorité, voilà ce que nous devons être. Une minorité qui laissera aux autres partis la responsabilité des mesures impopulaires et qui gagnera la popularité en faisant de l'opposition à l'intérieur du gouvernement. Ils sont coincés : en deux ans tu verras la faillite de la politique libérale et c'est le pays tout entier qui nous demandera de faire notre expérience.

HUGO : Et à ce moment-là le Parti sera foutu.

HOEDERER : Foutu ? Pourquoi ?

HUGO : Le Parti a un programme : la réalisation d'une économie socialiste et un moyen : l'utilisation de la lutte de classes. Vous allez vous servir de lui pour faire une politique de collaboration de classes dans le cadre d'une économie capitaliste. Pendant des années vous allez mentir, ruser, louvoyer, vous irez de compromis en compromis ; vous défendrez devant nos camarades des mesures réactionnaires prises par un gouvernement dont vous ferez partie. Personne ne comprendra : les durs nous quitteront, les autres perdront la culture politique qu'ils viennent d'acquérir. Nous serons contaminés, amollis, désorientés ; nous deviendrons réformistes et nationalistes ; pour finir, les partis bourgeois n'auront qu'à prendre la peine de nous liquider. Hoederer ! ce Parti, c'est le vôtre, vous ne pouvez pas avoir oublié la peine que vous avez prise pour le forger, les sacrifices qu'il a fallu demander, la discipline qu'il a fallu imposer. Je vous en supplie : ne le sacrifiez pas de vos propres mains.

HOEDERER : Que de bavardages ! Si tu ne veux pas courir de risques il ne faut pas faire de politique.

HUGO : Je ne veux pas courir ces risques-là.

HOEDERER : Parfait : alors comment garder le pouvoir ?

HUGO : Pourquoi le prendre ?

HOEDERER : Es-tu fou ? Une armée socialiste va occuper le pays et tu la laisserais repartir sans profiter de son aide ?

C'est une occasion qui ne se reproduira jamais plus : je te dis que nous ne sommes pas assez forts pour faire la révolution seuls.

HUGO : On ne doit pas prendre le pouvoir à ce prix.

HOEDERER : Qu'est-ce que tu veux faire du Parti ? Une écurie de courses ? À quoi ça sert-il de fourbir un couteau tous les jours si l'on n'en use jamais pour trancher ? Un parti, ce n'est jamais qu'un moyen. Il n'y a qu'un seul but : le pouvoir.

HUGO : Il n'y a qu'un seul but : c'est de faire triompher nos idées, toutes nos idées et rien qu'elles.

HOEDERER : C'est vrai : tu as des idées, toi. Ça te passera.

HUGO : Vous croyez que je suis le seul à en avoir ? Ça n'était pas pour des idées qu'ils sont morts, les copains qui se sont fait tuer par la police du Régent ? Vous croyez que nous ne les trahirions pas, si nous faisions servir le Parti à dédouaner leurs assassins ?

HOEDERER : Je me fous des morts. Ils sont morts pour le Parti et le Parti peut décider ce qu'il veut. Je fais une politique de vivant, pour les vivants.

HUGO : Et vous croyez que les vivants accepteront vos combines ?

HOEDERER : On les leur fera avaler tout doucement.

HUGO : En leur mentant ?

HOEDERER : En leur mentant quelquefois.

HUGO : Vous… vous avez l'air si vrai, si solide ! Ça n'est pas possible que vous acceptiez de mentir aux camarades.

HOEDERER : Pourquoi ? Nous sommes en guerre et ça n'est pas l'habitude de mettre le soldat heure par heure au courant des opérations.

HUGO : Hoederer, je… je sais mieux que vous ce que c'est que le mensonge ; chez mon père tout le monde se mentait, tout le monde me mentait. Je ne respire que depuis mon entrée au Parti. Pour la première fois j'ai vu des hommes qui ne mentaient pas aux autres hommes. Chacun pouvait avoir confiance en tous et tous en chacun, le militant le plus humble avait le sentiment que les ordres des dirigeants lui révélaient sa volonté profonde et, s'il y avait un coup dur, on savait pourquoi on acceptait de mourir. Vous n'allez pas…

HOEDERER : Mais de quoi parles-tu ?

HUGO : De notre parti.

HOEDERER : De notre parti ? Mais on y a toujours un peu

menti. Comme partout ailleurs. Et toi Hugo, tu es sûr que tu ne t'es jamais menti, que tu n'as jamais menti, que tu ne mens pas à cette minute même.

HUGO : Je n'ai jamais menti aux camarades. Je… À quoi ça sert de lutter pour la libération des hommes, si on les méprise assez pour leur bourrer le crâne ?

HOEDERER : Je mentirai quand il faudra et je ne méprise personne. Le mensonge, ce n'est pas moi qui l'ai inventé : il est né dans une société divisée en classes et chacun de nous l'a hérité en naissant. Ce n'est pas en refusant de mentir que nous abolirons le mensonge : c'est en usant de tous les moyens pour supprimer les classes.

HUGO : Tous les moyens ne sont pas bons.

HOEDERER : Tous les moyens sont bons quand ils sont efficaces.

HUGO : Alors, de quel droit condamnez-vous la politique du Régent ? Il a déclaré la guerre à l'U.R.S.S. parce que c'était le moyen le plus efficace de sauvegarder l'indépendance nationale.

HOEDERER : Est-ce que tu t'imagines que je la condamne ? Il a fait ce que n'importe quel type de sa caste aurait fait à sa place. Nous ne luttons ni contre des hommes ni contre une politique mais contre la classe qui produit cette politique et ces hommes.

HUGO : Et le meilleur moyen que vous ayez trouvé pour lutter contre elle, c'est de lui offrir de partager le pouvoir avec vous ?

HOEDERER : Parfaitement. Aujourd'hui, c'est le meilleur moyen. *(Un temps.)* Comme tu tiens à ta pureté, mon petit gars ! Comme tu as peur de te salir les mains. Eh bien reste pur ! À qui cela servira-t-il et pourquoi viens-tu parmi nous ? La pureté, c'est une idée de fakir et de moine. Vous autres, les intellectuels, les anarchistes bourgeois, vous en tirez prétexte pour ne rien faire. Ne rien faire, rester immobile, serrer les coudes contre le corps, porter des gants. Moi j'ai les mains sales. Jusqu'aux coudes. Je les ai plongées dans la merde et dans le sang. Et puis après ? Est-ce que tu t'imagines qu'on peut gouverner innocemment[2] ?

HUGO : On s'apercevra peut-être un jour que je n'ai pas peur du sang.

HOEDERER : Parbleu : des gants rouges, c'est élégant[3]. C'est le reste qui te fait peur. C'est ce qui pue à ton petit nez d'aristocrate.

HUGO : Et nous y voilà revenus : je suis un aristocrate, un type qui n'a jamais eu faim ! Malheureusement pour vous, je ne suis pas seul de mon avis.

HOEDERER : Pas seul ? Tu savais donc quelque chose de mes négociations avant de venir ici ?

HUGO : N-non. On en avait parlé en l'air, au Parti, et la plupart des types n'étaient pas d'accord et je peux vous jurer que ce n'étaient pas des aristocrates.

HOEDERER : Mon petit, il y a malentendu : je les connais, les gars du Parti qui ne sont pas d'accord avec ma politique et je peux te dire qu'ils sont de mon espèce, pas de la tienne — et tu ne tarderas pas à le découvrir[4]. S'ils ont désapprouvé ces négociations, c'est tout simplement qu'ils les jugent inopportunes ; en d'autres circonstances ils seraient les premiers à les engager. Toi, tu en fais une affaire de principes.

HUGO : Qui a parlé de principes ?

HOEDERER : Tu n'en fais pas une affaire de principe ? Bon. Alors voici qui doit te convaincre : si nous traitons avec le Régent, il arrête la guerre ; les troupes illyriennes attendent gentiment que les Russes viennent les désarmer ; si nous rompons les pourparlers, il sait qu'il est perdu et il se battra comme un chien enragé ; des centaines de milliers d'hommes y laisseront leur peau. Qu'en dis-tu ? *(Un silence.)* Hein ? Qu'en dis-tu ? Peux-tu rayer cent mille hommes d'un trait de plume ?

HUGO, *péniblement* : On ne fait pas la révolution avec des fleurs. S'ils doivent y rester…

HOEDERER : Eh bien ?

HUGO : Eh bien tant pis !

HOEDERER : Tu vois ! tu vois bien ! Tu n'aimes pas les hommes, Hugo. Tu n'aimes que les principes.

HUGO : Les hommes ? Pourquoi les aimerais-je ? Est-ce qu'ils m'aiment ?

HOEDERER : Alors pourquoi es-tu venu chez nous ? Si on n'aime pas les hommes on ne peut pas lutter pour eux.

HUGO : Je suis entré au Parti parce que sa cause est juste et j'en sortirai quand elle cessera de l'être. Quant aux hommes, ce n'est pas ce qu'ils sont qui m'intéresse mais ce qu'ils pourront devenir.

HOEDERER : Et moi, je les aime pour ce qu'ils sont[5]. Avec toutes leurs saloperies et tous leurs vices. J'aime leurs voix et leurs mains chaudes qui prennent et leur peau, la plus nue de toutes les peaux, et leur regard inquiet et la lutte désespérée qu'ils mènent chacun à son tour contre la mort et contre l'angoisse. Pour moi, ça compte un homme de plus ou de moins dans le monde. C'est précieux. Toi, je te connais bien mon petit, tu es un destructeur. Les hommes, tu les détestes parce que tu te détestes toi-même ; ta pureté ressemble à la mort et la révolution dont tu rêves n'est pas la nôtre : tu ne veux pas changer le monde, tu veux le faire sauter[6].

HUGO, *s'est levé* : Hoederer !

HOEDERER : Ce n'est pas ta faute : vous êtes tous pareils. Un intellectuel ça n'est pas un vrai révolutionnaire ; c'est tout juste bon à faire un assassin.

HUGO : Un assassin. Oui !

JESSICA : Hugo !

Elle se met entre eux. Bruit de clé dans la serrure. La porte s'ouvre. Entrent Georges et Slick.

SCÈNE IV

LES MÊMES, SLICK *et* GEORGES

GEORGES : Te voilà. On te cherchait partout.

HUGO : Qui vous a donné ma clé ?

SLICK : On a les clés de toutes les portes. Dis : des gardes du corps !

GEORGES, *à Hoederer* : Tu nous a fianqué la frousse. Il y a Slick qui se réveille : plus de Hoederer. Tu devrais prévenir quand tu vas prendre le frais.

HOEDERER : Vous dormiez…

SLICK, *ahuri* : Et alors ? Depuis quand nous laisses-tu dormir quand tu as envie de nous réveiller ?

HOEDERER, *riant* : En effet, qu'est-ce qui m'a pris ? *(Un temps.)* Je vais rentrer avec vous. À demain, petit. À 9 heures. On reparlera de tout ça. *(Hugo ne répond pas.)* Au revoir, Jessica.

JESSICA : À demain, Hoederer.

Ils sortent.

SCÈNE V

JESSICA, HUGO

Un long silence.

JESSICA : Alors ?

HUGO : Eh bien, tu étais là et tu as entendu.

JESSICA : Qu'est-ce que tu penses ?

HUGO : Que veux-tu que je pense ? Je t'avais dit qu'il était chinois.

JESSICA : Hugo ! Il avait raison.

HUGO : Ma pauvre Jessica ! Qu'est-ce que tu peux en savoir ?

JESSICA : Et toi qu'en sais-tu ? Tu n'en menais pas large devant lui.

HUGO : Parbleu ! Avec moi, il avait beau jeu. J'aurais voulu qu'il ait affaire à Louis ; il ne s'en serait pas tiré si facilement.

JESSICA : Peut-être qu'il l'aurait mis dans sa poche.

HUGO, *riant* : Ha ! Louis ? Tu ne le connais pas : Louis ne peut pas se tromper.

JESSICA : Pourquoi ?

HUGO : Parce que. Parce que c'est Louis.

JESSICA : Hugo ! Tu parles contre ton cœur. Je t'ai regardé pendant que tu discutais avec Hoederer : il t'a convaincu.

HUGO : Il ne m'a pas convaincu. Personne ne peut me convaincre qu'on doit mentir aux camarades. Mais s'il m'avait convaincu, ce serait une raison de plus pour le descendre parce que ça prouverait qu'il en convaincra d'autres. Demain matin, je finirai le travail.

RIDEAU

SIXIÈME TABLEAU

LE BUREAU DE HOEDERER

Les deux portants des fenêtres, arrachés, ont été rangés contre le mur, les éclats de verre ont été balayés, on a masqué la fenêtre par une couverture fixée avec des punaises, qui tombe jusqu'au sol.

SCÈNE I

HOEDERER, *puis* JESSICA

Au début de la scène, Hoederer debout devant le réchaud se fait du café en fumant la pipe. On frappe et Slick passe la tête par l'entrebâillement de la porte.

SLICK : Il y a la petite qui veut vous voir.

HOEDERER : Non.

SLICK : Elle dit que c'est très important.

HOEDERER : Bon. Qu'elle entre. *(Jessica entre, Slick disparaît.)* Eh bien ? *(Elle se tait.)* Approche. *(Elle reste devant la porte avec tous ses cheveux dans la figure. Il va vers elle.)* Je suppose que tu as quelque chose à me dire ? *(Elle fait oui de la tête.)* Eh bien dis-le et puis va-t'en.

JESSICA : Vous êtes toujours si pressé…

HOEDERER : Je travaille.

JESSICA : Vous ne travailliez pas : vous faisiez du café. Je peux en avoir une tasse ?

HOEDERER : Oui. *(Un temps.)* Alors ?

JESSICA : Il faut me laisser un peu de temps. C'est si difficile de vous parler. Vous attendez Hugo et il n'a même pas commencé de se raser.

HOEDERER : Bon. Tu as cinq minutes pour te reprendre. Et voilà du café.

JESSICA : Parlez-moi.

HOEDERER : Hein ?

JESSICA : Pour que je me reprenne. Parlez-moi.

HOEDERER : Je n'ai rien à te dire et je ne sais pas parler aux femmes.

JESSICA : Si. Très bien.

HOEDERER : Ah ?

Un temps.

JESSICA : Hier soir…

HOEDERER : Eh bien ?

JESSICA : J'ai trouvé que c'était vous qui aviez raison.

HOEDERER : Raison ? Ah ! *(Un temps.)* Je te remercie, tu m'encourages.

JESSICA : Vous vous moquez de moi.

HOEDERER : Oui.

Un temps.

JESSICA : Qu'est-ce[a] qu'on ferait de moi, si j'entrais au Parti ?

HOEDERER : Il faudrait d'abord qu'on t'y laisse entrer.

JESSICA : Mais si on m'y laissait entrer, qu'est-ce qu'on ferait de moi ?

HOEDERER : Je me le demande. *(Un temps.)* C'est ça que tu es venue me dire ?

JESSICA : Non.

HOEDERER : Alors ? Qu'est-ce qu'il y a ? Tu t'es fâchée avec Hugo et tu veux t'en aller ?

JESSICA : Non. Ça vous ennuierait si je m'en allais ?

HOEDERER : Ça m'enchanterait. Je pourrais travailler tranquille.

JESSICA : Vous ne pensez pas ce que vous dites.

HOEDERER : Non ?

JESSICA : Non. *(Un temps.)* Hier soir quand vous êtes entré vous aviez l'air tellement seul.

HOEDERER : Et alors ?

JESSICA : C'est beau, un homme qui est seul.

HOEDERER : Si beau qu'on a tout de suite envie de lui tenir compagnie. Et du coup il cesse d'être seul : le monde est mal fait.

JESSICA : Oh ! avec moi, vous pourriez très bien rester seul. Je ne suis pas embarrassante.

HOEDERER : Avec toi ?

JESSICA : C'est une manière de parler. *(Un temps.)* Vous avez été marié ?

HOEDERER : Oui.

JESSICA : Avec une femme du Parti ?

HOEDERER : Non.

JESSICA : Vous disiez qu'il fallait toujours se marier avec des femmes du Parti.

HOEDERER : Justement.

JESSICA : Elle était belle ?

HOEDERER : Ça dépendait des jours et des opinions.

JESSICA : Et moi, est-ce que vous me trouvez belle ?

HOEDERER : Est-ce que tu te fous de moi ?

JESSICA, *riant* : Oui.

HOEDERER : Les cinq minutes sont passées. Parle ou va-t'en.

JESSICA : Vous ne lui ferez pas de mal.

HOEDERER : À qui ?

JESSICA : À Hugo ! Vous avez de l'amitié pour lui, n'est-ce pas ?

HOEDERER : Ah ! pas de sentiment ! Il veut me tuer, hein ? C'est ça ton histoire ?

JESSICA : Ne lui faites pas de mal.

HOEDERER : Mais non, je ne lui ferai pas de mal.

JESSICA : Vous… vous le saviez ?

HOEDERER : Depuis hier. Avec quoi veut-il me tuer ?

JESSICA : Comment ?

HOEDERER : Avec quelle arme ? Grenade, revolver, hache d'abordage, sabre, poison ?

JESSICA : Revolver.

HOEDERER : J'aime mieux ça.

JESSICA : Quand il viendra ce matin, il aura son revolver sur lui.

HOEDERER : Bon. Bon, bon. Pourquoi le trahis-tu ? Tu lui en veux ?

JESSICA : Non. Mais…

HOEDERER : Eh bien ?

JESSICA[b] : Il m'a demandé mon aide.

HOEDERER : Et c'est comme ça que tu t'y prends pour l'aider ? Tu m'étonnes.

JESSICA : Il n'a pas envie de vous tuer. Pas du tout. Il vous aime bien trop. Seulement il a des ordres. Il ne le dira pas mais je suis sûre qu'il sera content, au fond, qu'on l'empêche de les exécuter.

HOEDERER : C'est à voir.

JESSICA : Qu'est-ce que vous allez faire ?

HOEDERER : Je ne sais pas encore.

JESSICA : Faites-le désarmer tout doucement par Slick. Il n'a qu'un revolver. Si on le lui prend, c'est fini.

HOEDERER : Non. Ça l'humilierait. Il ne faut pas humilier les gens. Je lui parlerai.

JESSICA : Vous allez le laisser entrer avec son arme ?

HOEDERER : Pourquoi pas ? Je veux le convaincre. Il y a cinq minutes de risques, pas plus. S'il ne fait pas son coup ce matin, il ne le fera jamais.

JESSICA, *brusquement* : Je ne veux pas qu'il vous tue.

HOEDERER : Ça t'embêterait si je me faisais descendre ?

JESSICA : Moi ? Ça m'enchanterait.

On frappe.

SLICK : C'est Hugo.

HOEDERER : Une seconde. *(Slick referme la porte.)* File par la fenêtre.

JESSICA : Je ne veux pas vous laisser.

HOEDERER : Si tu restes, c'est sûr qu'il tire. Devant toi il ne se dégonflera pas. Allez, ouste !

Elle sort par la fenêtre et la couverture retombe sur elle.

Faites-le entrer.

SCÈNE II

HUGO, HOEDERER

Hugo entre. Hoederer va jusqu'à la porte et accompagne Hugo ensuite jusqu'à sa table. Il restera tout près de lui, observant ses gestes en lui parlant et prêt à lui saisir le poignet si Hugo voulait prendre son revolver.

HOEDERER : Alors ? Tu as bien dormi ?

HUGO : Comme ça.

HOEDERER : La gueule de bois ?

HUGO : Salement.

HOEDERER : Tu es bien décidé ?

HUGO, *sursautant* : Décidé à quoi ?

HOEDERER : Tu m'avais dit hier soir que tu me quitterais si tu ne pouvais pas me faire changer d'avis.

HUGO : Je suis toujours décidé.

HOEDERER : Bon. Eh bien nous verrons ça tout à l'heure. En attendant travaillons. Assieds-toi. *(Hugo s'assied à sa table de travail.)* Où en étions-nous ?

HUGO, *lisant ses notes* : « D'après les chiffres du recensement professionnel, le nombre des travailleurs agricoles est tombé de huit millions sept cent soixante et onze mille en 1906 à... »

HOEDERER : Dis donc : sais-tu que c'est une femme qui a lancé le pétard ?

HUGO : Une femme ?

HOEDERER : Slick a relevé des empreintes sur une platebande. Tu la connais ?

HUGO : Comment la connaîtrais-je ?

Un silence.

HOEDERER : C'est drôle, hein ?

HUGO : Très.

HOEDERER : Tu n'as pas l'air de trouver ça drôle. Qu'est-ce que tu as ?

HUGO : Je suis malade.

HOEDERER : Veux-tu que je te donne ta matinée ?

HUGO : Non. Travaillons.

HOEDERER : Alors, reprends cette phrase.

Hugo reprend ses notes et recommence à lire.

HUGO : « D'après les chiffres du recensement... »

Hoederer se met à rire. Hugo lève la tête brusquement.

HOEDERER : Tu sais pourquoi elle nous a manqué ? Je parie qu'elle a lancé son pétard en fermant les yeux.

HUGO, *distraitement* : Pourquoi ?

HOEDERER : À cause du bruit. Elles ferment les yeux pour ne pas entendre ; explique ça comme tu pourras. Elles ont toutes peur du bruit, ces souris, sans ça elles feraient des tueuses remarquables. Elles sont butées, tu comprends : elles reçoivent les idées toutes faites, alors elles y croient comme au Bon Dieu. Nous autres, ça nous est moins commode de tirer sur un bonhomme pour des questions de principes parce que c'est nous qui faisons les idées et que nous connaissons la cuisine : nous ne sommes jamais tout à fait sûrs d'avoir raison. Tu es sûr d'avoir raison, toi ?

HUGO : Sûr.

HOEDERER : De toute façon, tu ne pourrais pas faire un tueur. C'est une affaire de vocation.

HUGO : N'importe qui peut tuer si le Parti le commande.

HOEDERER : Si le Parti te commandait de danser sur une corde raide, tu crois que tu pourrais y arriver ? On est tueur de naissance. Toi, tu réfléchis trop : tu ne pourrais pas.

HUGO : Je pourrais si je l'avais décidé.

HOEDERER : Tu pourrais me descendre froidement d'une balle entre les deux yeux parce que je ne suis pas de ton avis sur la politique ?

HUGO : Oui, si je l'avais décidé ou si le Parti me l'avait commandé.

HOEDERER : Tu m'étonnes. *(Hugo va pour plonger la main dans sa poche mais Hoederer la lui saisit et l'élève légèrement au-dessus de la table.)* Suppose que cette main tienne une arme et que ce doigt-là soit posé sur la gâchette…

HUGO : Lâchez ma main.

HOEDERER, *sans le lâcher* : Suppose que je sois devant toi, exactement comme je suis et que tu me vises…

HUGO : Lâchez-moi et travaillons.

HOEDERER : Tu me regardes et au moment de tirer, voilà que tu penses : « Si c'était lui qui avait raison ? » Tu te rends compte ?

HUGO : Je n'y penserais pas. Je ne penserais à rien d'autre qu'à tuer.

HOEDERER : Tu y penserais : un intellectuel, il faut que ça pense. Avant même de presser sur la gâchette tu aurais déjà vu toutes les conséquences possibles de ton acte : tout le travail d'une vie en ruine, une politique flanquée par terre, personne pour me remplacer, le Parti condamné peut-être à ne jamais prendre le pouvoir…

HUGO : Je vous dis que je n'y penserais pas !

HOEDERER : Tu ne pourrais pas t'en empêcher. Et ça vaudrait mieux parce que, tel que tu es fait, si tu n'y pensais pas *avant*, tu n'aurais pas trop de toute ta vie pour y penser *après. (Un temps.)* Quelle rage avez-vous tous de jouer aux tueurs ? Ce sont des types sans imagination : ça leur est égal de donner la mort parce qu'ils n'ont aucune idée de ce que c'est que la vie. Je préfère les gens qui ont peur de la mort des autres : c'est la preuve qu'ils savent vivre.

HUGO : Je ne suis pas fait pour vivre, je ne sais pas ce que c'est que la vie et je n'ai pas besoin de le savoir. Je suis de trop, je n'ai pas ma place et je gêne tout le monde ; personne ne m'aime, personne ne me fait confiance.

HOEDERER : Moi, je te fais confiance.

HUGO : Vous ?

HOEDERER : Bien sûr. Tu es un môme qui a de la peine à passer à l'âge d'homme mais tu feras un homme très acceptable si quelqu'un te facilite le passage. Si j'échappe à leurs pétards et à leurs bombes, je te garderai près de moi et je t'aiderai.

HUGO : Pourquoi me le dire ? Pourquoi me le dire aujourd'hui ?

HOEDERER, *le lâchant* : Simplement pour te prouver qu'on ne peut pas buter un homme de sang-froid à moins d'être un spécialiste.

HUGO : Si je l'ai décidé, je dois pouvoir le faire. *(Comme à lui-même, avec une sorte de désespoir.)* Je *dois* pouvoir le faire.

HOEDERER : Tu pourrais me tuer pendant que je te regarde ? *(Ils se regardent. Hoederer se détache de la table et recule d'un pas.)* Les vrais tueurs ne soupçonnent même pas ce qui se passe dans les têtes. Toi, tu le sais : pourrais-tu supporter ce qui se passerait dans la mienne si je te voyais me viser ? *(Un temps. Il le regarde toujours.)* Veux-tu du café ? *(Hugo ne répond pas.)* Il est prêt ; je vais t'en donner une tasse. *(Il tourne le dos à Hugo et verse du café dans une tasse. Hugo se lève et met la main dans la poche qui contient le revolver. On voit qu'il lutte contre lui-même. Au bout d'un moment, Hoederer se retourne et revient tranquillement vers Hugo en portant une tasse pleine. Il la lui tend.)* Prends. *(Hugo prend la tasse.)* À présent donne-moi ton revolver. Allons donne-le : tu vois bien que je t'ai laissé ta chance et que tu n'en as pas profité. *(Il plonge la main dans la poche de Hugo et la ressort avec le revolver.)* Mais c'est un joujou !

Il va à son bureau et jette le revolver dessus.

HUGO : Je vous hais.

Hoederer revient vers lui.

HOEDERER : Mais non, tu ne me hais pas. Quelle raison aurais-tu de me haïr ?

HUGO : Vous me prenez pour un lâche.

HOEDERER : Pourquoi ? Tu ne sais pas tuer mais ça n'est pas une raison pour que tu ne saches pas mourir. Au contraire.

HUGO : J'avais le doigt sur la gâchette.

HOEDERER : Oui.

HUGO : Et je… *(Geste d'impuissance.)*

HOEDERER : Oui. Je te l'ai dit : c'est plus dur qu'on ne pense.

HUGO : Je savais que vous me tourniez le dos exprès. C'est pour ça que…

HOEDERER : Oh ! de toute façon…

HUGO : Je ne suis pas un traître !

HOEDERER : Qui te parle de ça ? La trahison aussi, c'est une affaire de vocation.

HUGO : Eux, ils penseront que je suis un traître parce que je n'ai pas fait ce qu'ils m'avaient chargé de faire.

HOEDERER : Qui, eux ? *(Silence.)* C'est Louis qui t'a envoyé ? *(Silence.)* Tu ne veux rien dire : c'est régulier. *(Un temps.)* Écoute : ton sort est lié au mien. Depuis hier, j'ai des atouts dans mon jeu et je vais essayer de sauver nos deux peaux ensemble. Demain j'irai à la ville et je parlerai à Louis. Il est coriace mais je le suis aussi. Avec tes copains, ça s'arrangera. Le plus difficile, c'est de t'arranger avec toi-même.

HUGO : Difficile ? Ça sera vite fait. Vous n'avez qu'à me rendre le revolver.

HOEDERER : Non.

HUGO : Qu'est-ce que ça peut vous faire que je me flanque une balle dans la peau. Je suis votre ennemi.

HOEDERER : D'abord, tu n'es pas mon ennemi. Et puis tu peux encore servir.

HUGO : Vous savez bien que je suis foutu.

HOEDERER : Que d'histoires ! Tu as voulu te prouver que tu étais capable d'agir et tu as choisi les chemins difficiles : comme quand on veut mériter le ciel ; c'est de ton âge. Tu n'as pas réussi : bon, et après ? Il n'y a rien à prouver, tu sais, la révolution n'est pas une question de mérite mais d'efficacité ; et il n'y a pas de ciel. Il y a du travail à faire, c'est tout. Et il faut faire celui pour lequel on est doué : tant mieux s'il est facile. Le meilleur travail n'est pas celui qui te coûtera le plus ; c'est celui que tu réussiras le mieux.

HUGO : Je ne suis doué pour rien.

HOEDERER : Tu es doué pour écrire.

HUGO : Pour écrire ! Des mots ! Toujours des mots !

HOEDERER : Eh bien quoi ? Il faut gagner. Mieux vaut un bon journaliste qu'un mauvais assassin.

HUGO, *hésitant mais avec une sorte de confiance* : Hoederer ! Quand vous aviez mon âge…

HOEDERER : Eh bien ?

HUGO : Qu'est-ce que vous auriez fait à ma place ?

HOEDERER : Moi ? J'aurais tiré. Mais ce n'est pas ce que j'aurais pu faire de mieux. Et puis nous ne sommes pas de la même espèce.

HUGO : Je voudrais être de la vôtre : on doit se sentir bien dans sa peau.

HOEDERER : Tu crois ? *(Un rire bref.)* Un jour, je te parlerai de moi.

HUGO : Un jour ? *(Un temps.)* Hoederer j'ai manqué mon coup et je sais à présent que je ne pourrai jamais tirer sur vous parce que… parce que je tiens à vous. Mais il ne faut pas vous y tromper : sur ce que nous avons discuté hier soir je ne serai jamais d'accord avec vous, je ne serai jamais des vôtres et je ne veux pas que vous me défendiez. Ni demain ni un autre jour.

HOEDERER : Comme tu voudras.

HUGO : À présent, je vous demande la permission de vous quitter. Je veux réfléchir à toute cette histoire.

HOEDERER : Tu me jures que tu ne feras pas de bêtises avant de m'avoir revu ?

HUGO : Si vous voulez.

HOEDERER : Alors, va. Va prendre l'air et reviens dès que tu pourras. Et n'oublie pas que tu es mon secrétaire. Tant que tu ne m'auras pas buté ou que je ne t'aurai pas congédié, tu travailleras pour moi.

Hugo sort.

HOEDERER, *va à la porte* : Slick !

SLICK : Eh ?

HOEDERER : Le petit a des ennuis. Surveillez-le de loin et, si c'est nécessaire, empêchez-le de se flanquer en l'air. Mais doucement. Et s'il veut revenir ici, tout à l'heure ne l'arrêtez pas au passage sous prétexte de l'annoncer. Qu'il aille et vienne comme ça lui chante : il ne faut surtout pas l'énerver.

Il referme la porte, retourne à la table qui supporte le réchaud et se verse une tasse de café. Jessica écarte la couverture qui dissimule la fenêtre et paraît.

SCÈNE III

JESSICA, HOEDERER

HOEDERER : C'est encore toi, poison ? Qu'est-ce que tu veux ?

JESSICA : J'étais assise sur le rebord de la fenêtre et j'ai tout entendu.

HOEDERER : Après ?

JESSICA : J'ai eu peur.

HOEDERER : Tu n'avais qu'à t'en aller.

JESSICA : Je ne pouvais pas vous laisser.

HOEDERER : Tu n'aurais pas été d'un grand secours.

JESSICA : Je sais. *(Un temps.)* J'aurais peut-être pu me jeter devant vous et recevoir les balles à votre place.

HOEDERER : Que tu es romanesque.

JESSICA : Vous aussi.

HOEDERER : Quoi ?

JESSICA : Vous aussi, vous êtes romanesque : pour ne pas l'humilier, vous avez risqué votre peau.

HOEDERER : Si on veut en connaître le prix, il faut la risquer de temps en temps.

JESSICA : Vous lui proposiez votre aide et il ne voulait pas l'accepter et vous ne vous découragiez pas et vous aviez l'air de l'aimer.

HOEDERER : Après ?

JESSICA : Rien. C'était comme ça, voilà tout.

Ils se regardent.

HOEDERER : Va-t'en ! *(Elle ne bouge pas.)* Jessica je n'ai pas l'habitude de refuser ce qu'on m'offre et voilà six mois que je n'ai pas touché à une femme. Il est encore temps de t'en aller mais dans cinq minutes il sera trop tard. Tu m'entends ? *(Elle ne bouge pas.)* Ce petit n'a que toi au monde et il va au-devant des pires embêtements. Il a besoin de quelqu'un qui lui rende courage.

JESSICA : Vous, vous pouvez lui rendre courage. Pas moi. Nous ne nous faisons que du mal.

HOEDERER : Vous vous aimez.

JESSICA : Même pas. On se ressemble trop.

Un temps.

HOEDERER : Quand est-ce arrivé ?

JESSICA : Quoi ?

HOEDERER, *geste* : Tout ça. Tout ça, dans ta tête ?

JESSICA : Je ne sais pas. Hier, je pense, quand vous m'avez regardée et que vous aviez l'air d'être seul.

HOEDERER : Si j'avais su…

JESSICA : Vous ne seriez pas venu ?

HOEDERER : Je… *(Il la regarde et hausse les épaules. Un temps.)* Mais bon Dieu ! si tu as du vague à l'âme, Slick et Léon sont là pour te distraire. Pourquoi m'as-tu choisi ?

JESSICA : Je n'ai pas de vague à l'âme et je n'ai choisi personne. Je n'ai pas eu besoin de choisir.

HOEDERER : Tu m'embêtes. *(Un temps.)* Mais qu'attends-tu ? Je n'ai pas le temps de m'occuper de toi ; tu ne veux pourtant pas que je te renverse sur ce divan et que je t'abandonne ensuite.

JESSICA : Décidez.

HOEDERER : Tu devrais pourtant savoir…

JESSICA : Je ne sais rien, je ne suis ni femme ni fille, j'ai vécu dans un songe et quand on m'embrassait ça me donnait envie de rire. À présent je suis là devant vous, il me semble que je viens de me réveiller et que c'est le matin. Vous êtes vrai. Un vrai homme de chair et d'os, j'ai vraiment peur de vous et je crois que je vous aime pour de vrai. Faites de moi ce que vous voudrez : quoi qu'il arrive, je ne vous reprocherai rien.

HOEDERER : Ça te donne envie de rire quand on t'embrasse ? *(Jessica gênée baisse la tête.)* Hein ?

JESSICA : Oui.

HOEDERER : Alors, tu es froide ?

JESSICA : C'est ce qu'ils disent.

HOEDERER : Et toi, qu'en penses-tu ?

JESSICA : Je ne sais pas.

HOEDERER : Voyons. *(Il l'embrasse.)* Eh bien ?

JESSICA : Ça ne m'a pas donné envie de rire.

La porte s'ouvre. Hugo entre.

SCÈNE IV

HOEDERER, HUGO, JESSICA

HUGO : C'était donc ça ?

HOEDERER : Hugo…

HUGO : Ça va. *(Un temps.)* Voilà donc pourquoi vous m'avez épargné. Je me demandais : pourquoi ne m'a-t-il pas fait abattre ou chasser par ses hommes. Je me disais : ça n'est pas possible qu'il soit si fou ou si généreux. Mais tout s'explique : c'était à cause de ma femme. J'aime mieux ça.

JESSICA : Écoute…

HUGO : Laisse donc, Jessica, laisse tomber. Je ne t'en veux pas et je ne suis pas jaloux ; nous ne nous aimions pas. Mais lui, il a bien failli me prendre à son piège. « Je t'aiderai, je te ferai passer à l'âge d'homme. » Que j'étais bête ! Il se foutait de moi.

HOEDERER : Hugo, veux-tu que je te donne ma parole que…

HUGO : Mais ne vous excusez pas. Je vous remercie au contraire : une fois au moins vous m'aurez donné le plaisir de vous voir déconcerté. Et puis… et puis… *(Il bondit jusqu'au bureau, prend le revolver et le braque sur Hoederer.)* Et puis vous m'avez délivré.

JESSICA, *criant* : Hugo !

HUGO : Vous voyez, Hoederer, je vous regarde dans les yeux et je vise et ma main ne tremble pas et je me fous de ce que vous avez dans la tête.

HOEDERER : Attends, petit ! Ne fais pas de bêtises. Pas pour une femme !

Hugo tire trois coups. Jessica se met à hurler. Slick et Georges entrent dans la pièce.

Imbécile. Tu as tout gâché.

SLICK : Salaud !

Il tire son revolver.

HOEDERER : Ne lui faites pas de mal. *(Il tombe dans un fauteuil.)* Il a tiré par jalousie.

SLICK : Qu'est-ce que ça veut dire ?

HOEDERER : Je couchais avec la petite. *(Un temps.)* Ah ! c'est trop con[d] !

Il meurt.

RIDEAU

SEPTIÈME TABLEAU

DANS LA CHAMBRE D'OLGA

SCÈNE UNIQUE

OLGA, HUGO[a]

On entend d'abord leurs voix dans la nuit et puis la lumière se fait peu à peu.

OLGA : Est-ce que c'était vrai ? Est-ce que tu l'as vraiment tué à cause de Jessica ?

HUGO : Je… je l'ai tué parce que j'avais ouvert la porte. C'est tout ce que je sais. Si je n'avais pas ouvert cette porte… Il était là, il tenait Jessica dans ses bras, il avait du rouge à lèvres sur le menton. C'était trivial. Moi, je vivais depuis longtemps dans la tragédie. C'est pour sauver la tragédie que j'ai tiré[b].

OLGA : Est-ce que tu n'étais pas jaloux ?

HUGO : Jaloux ? Peut-être. Mais pas de Jessica.

OLGA : Regarde-moi et réponds-moi sincèrement car ce que je vais te demander a beaucoup d'importance. As-tu l'orgueil de ton acte ? Est-ce que tu le revendiques ? Le referais-tu, s'il était à refaire ?

HUGO : Est-ce que je l'ai seulement fait ? Ce n'est pas moi qui ai tué, c'est le hasard. Si j'avais ouvert la porte deux minutes plus tôt ou deux minutes plus tard, je ne les aurais pas surpris dans les bras l'un de l'autre, je n'aurais pas tiré. *(Un temps.)* Je venais pour lui dire que j'acceptais son aide.

OLGA : Oui.

HUGO : Le hasard a tiré trois coups de feu, comme dans les mauvais romans policiers. Avec le hasard tu peux commencer les « si » : « *si* j'étais resté un peu plus longtemps devant les châtaigniers, *si* j'avais poussé jusqu'au bout du jardin, *si* j'étais rentré dans le pavillon… » Mais moi. *Moi*, là-dedans, qu'est-ce que je deviens ? C'est un assassinat sans assassin[1]. *(Un temps.)* Souvent, dans la prison, je me demandais : qu'est-ce qu'Olga me dirait, si elle était ici ? Qu'est-ce qu'elle voudrait que je pense ?

OLGA, *sèchement* : Et alors ?

HUGO : Oh, je sais très bien ce que tu m'aurais dit. Tu m'aurais dit : « Sois modeste, Hugo. Tes raisons, tes motifs, on s'en moque. Nous t'avions demandé de tuer cet homme et tu l'as tué. C'est le résultat qui compte. » Je… je ne suis pas modeste, Olga. Je n'arrivais pas à séparer le meurtre de ses motifs.

OLGA : J'aime mieux ça.

HUGO : Comment, tu aimes mieux ça ? C'est toi qui parles, Olga ? C'est toi qui m'as toujours dit…

OLGA : Je t'expliquerai. Quelle heure est-il ?

HUGO, *regardant son bracelet-montre* : Minuit moins vingt.

OLGA : Bien. Nous avons le temps. Qu'est-ce que tu me disais ? Que tu ne comprenais pas ton acte.

HUGO : Je crois plutôt que je le comprends trop. C'est une boîte qu'ouvrent toutes les clés. Tiens, je peux me dire tout aussi bien, si ça me chante, que j'ai tué par passion politique et que la fureur qui m'a pris, quand j'ai ouvert la porte, n'était que la petite secousse qui m'a facilité l'exécution.

OLGA, *le dévisageant avec inquiétude* : Tu crois, Hugo ? Tu crois *vraiment* que tu as tiré pour de *bons* motifs ?

HUGO : Olga, je crois tout. J'en suis à me demander si je l'ai tué pour de vrai.

OLGA : Pour de vrai ?

HUGO : Si tout était une comédie ?

OLGA : Tu as vraiment appuyé sur la gâchette.

HUGO : Oui. J'ai vraiment remué le doigt. Les acteurs aussi remuent les doigts, sur les planches. Tiens regarde : je remue l'index, je te vise. *(Il la vise de la main droite, l'index replié.)* C'est le même geste. Peut-être que ce n'est pas moi qui étais vrai. Peut-être c'était seulement la balle. Pourquoi souris-tu ?

OLGA : Parce que tu me facilites beaucoup les choses.

HUGO : Je me trouvais trop jeune ; j'ai voulu m'attacher un crime au cou, comme une pierre[2]. Et j'avais peur qu'il ne soit lourd à supporter. Quelle erreur : il est léger, horriblement léger. Il ne pèse pas. Regarde-moi : j'ai vieilli, j'ai passé deux ans en taule, je me suis séparé de Jessica et je mènerai cette drôle de vie perplexe, jusqu'à ce que les copains se chargent de me libérer. Tout ça vient de mon crime, non ? Et pourtant il ne pèse pas, je ne le sens pas. Ni à mon cou, ni sur mes épaules, ni dans mon cœur. Il est devenu mon destin, comprends-tu, il gouverne ma vie du dehors mais je ne peux ni le voir, ni le toucher, il n'est pas à moi, c'est une maladie mortelle qui tue sans faire souffrir. Où est-il ? Existe-t-il ? J'ai tiré pourtant. La porte s'est ouverte… J'aimais Hoederer, Olga. Je l'aimais plus que je n'ai aimé personne au monde. J'aimais le voir et l'entendre, j'aimais ses mains et son visage et, quand j'étais avec lui, tous mes orages s'apaisaient. Ce n'est pas mon crime qui me tue, c'est sa mort. *(Un temps.)* Enfin voilà. Rien n'est arrivé. Rien. J'ai passé dix jours à la campagne et deux ans en prison ; je n'ai pas changé ; je suis toujours aussi bavard. Les assassins devraient porter un signe distinctif. Un coquelicot à la boutonnière. *(Un temps.)* Bon. Alors ? Conclusion ?

OLGA : Tu vas rentrer au Parti.

HUGO : Bon.

OLGA : À minuit, Louis et Charles doivent revenir pour t'abattre. Je ne leur ouvrirai pas. Je leur dirai que tu es récupérable.

HUGO, *il rit* : Récupérable ! Quel drôle de mot. Ça se dit des ordures, n'est-ce pas ?

OLGA : Tu es d'accord ?

HUGO : Pourquoi pas ?

OLGA : Demain tu recevras de nouvelles consignes.

HUGO : Bien.

OLGA : Ouf ! *(Elle se laisse tomber sur une chaise.)*

HUGO : Qu'est-ce que tu as ?

OLGA : Je suis contente. *(Un temps.)* Tu as parlé trois heures et j'ai eu peur tout le temps.

HUGO : Peur de quoi ?

OLGA : De ce que je serais obligée de leur dire. Mais tout va bien. Tu reviendras parmi nous et tu vas faire du travail d'homme.

HUGO : Tu m'aideras comme autrefois ?

OLGA : Oui, Hugo. Je t'aiderai.

HUGO : Je t'aime bien, Olga. Tu es restée la même. Si pure, si nette. C'est toi qui m'as appris la pureté.

OLGA : J'ai vieilli ?

HUGO : Non.

Il lui prend la main.

OLGA : J'ai pensé à toi tous les jours.

HUGO : Dis, Olga !

OLGA : Eh bien ?

HUGO : Le colis, ce n'est pas toi ?
OLGA : Quel colis ?
HUGO : Les chocolats.
OLGA : Non. Ce n'est pas moi. Mais je savais qu'ils allaient l'envoyer.
HUGO : Et tu les as laissés faire ?
OLGA : Oui.
HUGO : Mais qu'est-ce que tu pensais en toi-même ?
OLGA, *montrant ses cheveux* : Regarde.
HUGO : Qu'est-ce que c'est ? Des cheveux blancs ?
OLGA : Ils sont venus en une nuit. Tu ne me quitteras plus. Et s'il y a des coups durs, nous les supporterons ensemble.
HUGO, *souriant* : Tu te rappelles : Raskolnikoff.
OLGA, *sursautant* : Raskolnikoff ?
HUGO : C'est le nom que tu m'avais choisi pour la clandestinité. Oh, Olga, tu ne te rappelles plus.
OLGA : Si. Je me rappelle.
HUGO : Je vais le reprendre.
OLGA : Non.
HUGO : Pourquoi ? Je l'aimais bien. Tu disais qu'il m'allait comme un gant.
OLGA : Tu es trop connu sous ce nom-là.
HUGO : Connu ? Par qui ?
OLGA, *soudain lasse* : Quelle heure est-il ?
HUGO : Moins cinq.
OLGA : Écoute, Hugo. Et ne m'interromps pas. J'ai encore quelque chose à te dire. Presque rien. Il ne faut pas y attacher d'importance. Tu… tu seras étonné d'abord mais tu comprendras peu à peu.
HUGO : Oui ?
OLGA : Je… je suis heureuse de ce que tu m'as dit, à propos de ton… de ton acte. Si tu en avais été fier ou simplement satisfait, ça t'aurait été plus difficile.
HUGO : Difficile ? Difficile de quoi faire ?
OLGA : De l'oublier.
HUGO : De l'oublier ? Mais Olga…
OLGA : Hugo ! Il faut que tu l'oublies. Je ne te demande pas grand-chose ; tu l'as dit toi-même : tu ne sais ni ce que tu as fait ni pourquoi tu l'as fait. Tu n'es même pas sûr d'avoir tué Hoederer. Eh bien, tu es dans le bon chemin ; il faut aller plus loin, voilà tout. Oublie-le ; c'était un cauchemar. N'en parle plus jamais ; même à moi. Ce type qui a tué Hoederer est mort. Il s'appelait Raskolnikoff ; il a été

empoisonné par des chocolats aux liqueurs. *(Elle lui caresse les cheveux.)* Je te choisirai un autre nom.

HUGO : Qu'est-ce qui est arrivé, Olga ? Qu'est-ce que vous avez fait ?

OLGA : Le Parti a changé sa politique. *(Hugo la regarde fixement.)* Ne me regarde pas comme ça. Essaye de comprendre. Quand nous t'avons envoyé chez Hoederer, les communications avec l'U.R.S.S. étaient interrompues. Nous devions choisir seuls notre ligne. Ne me regarde pas comme ça, Hugo ! Ne me regarde pas comme ça.

HUGO : Après ?

OLGA : Depuis, les liaisons sont rétablies. L'hiver dernier l'U.R.S.S. nous a fait savoir qu'elle souhaitait, pour des raisons purement militaires, que nous nous rapprochions du Régent[3].

HUGO : Et vous… vous avez obéi ?

OLGA : Oui. Nous avons constitué un comité clandestin de six membres avec les gens du gouvernement et ceux du Pentagone.

HUGO : Six membres. Et vous avez trois voix ?

OLGA : Oui. Comment le sais-tu ?

HUGO : Une idée. Continue.

OLGA : Depuis ce moment les troupes ne se sont pratiquement plus mêlées des opérations. Nous avons peut-être économisé cent mille vies humaines. Seulement du coup les Allemands ont envahi le pays.

HUGO : Parfait. Je suppose que les Soviets vous ont aussi fait entendre qu'ils ne souhaitaient pas donner le pouvoir au seul Parti prolétarien ; qu'ils auraient des ennuis avec les Alliés et que, d'ailleurs, vous seriez rapidement balayés par une insurrection ?

OLGA : Mais…

HUGO : Il me semble que j'ai déjà entendu tout cela. Alors, Hoederer ?

OLGA : Sa tentative était prématurée et il n'était pas l'homme qui convenait pour mener cette politique.

HUGO : Il fallait donc le tuer : c'est lumineux. Mais je suppose que vous avez réhabilité sa mémoire ?

OLGA : Il fallait bien.

HUGO : Il aura sa statue à la fin de la guerre, il aura des rues dans toutes nos villes et son nom dans les livres d'histoire. Ça me fait plaisir pour lui. Son assassin, qui est-ce que c'était ? Un type aux gages de l'Allemagne ?

OLGA : Hugo…

HUGO : Réponds.

OLGA : Les camarades savaient que tu étais de chez nous. Ils n'ont jamais cru au crime passionnel. Alors on leur a expliqué… ce qu'on a pu.

HUGO : Vous avez menti aux camarades.

OLGA : Menti, non. Mais nous… nous sommes en guerre, Hugo. On ne peut pas dire toute la vérité aux troupes.

Hugo éclate de rire.

Qu'est-ce que tu as ! Hugo ! Hugo !

Hugo se laisse tomber dans un fauteuil en riant aux larmes.

HUGO : Tout ce qu'il disait ! Tout ce qu'il disait ! C'est une farce.

OLGA : Hugo !

HUGO : Attends, Olga, laisse-moi rire. Il y a dix ans que je n'ai pas ri aussi fort. Voilà un crime embarrassant : personne n'en veut. Je ne sais pas pourquoi je l'ai fait et vous ne savez qu'en faire. *(Il la regarde.)* Vous êtes pareils.

OLGA : Hugo, je t'en prie…

HUGO : Pareils. Hoederer, Louis, toi, vous êtes de la même espèce. De la *bonne* espèce. Celle des durs, des conquérants, des chefs. Il n'y a que moi qui me suis trompé de porte.

OLGA : Hugo, tu aimais Hoederer.

HUGO : Je crois que je ne l'ai jamais tant aimé qu'à cette minute.

OLGA : Alors il faut nous aider à poursuivre son œuvre. *(Il la regarde. Elle recule.)* Hugo !

HUGO, *doucement* : N'aie pas peur, Olga. Je ne te ferai pas de mal. Seulement il faut te taire. Une minute, juste une minute pour que je mette mes idées en ordre. Bon. Alors, moi, je suis récupérable. Parfait. Mais tout seul, tout nu, sans bagages. À la condition de changer de peau — et si je pouvais devenir amnésique, ça serait encore mieux. Le crime, on ne le récupère pas, hein ? C'était une erreur sans importance. On le laisse où il est, dans la poubelle. Quant à moi, je change de nom dès demain, je m'appellerai Julien Sorel ou Rastignac ou Muichkine[4] et je travaillerai la main dans la main avec les types du Pentagone.

OLGA : Je vais…

HUGO : Tais-toi, Olga. Je t'en supplie, ne dis pas un mot. *(Il réfléchit un moment.)* C'est non.

OLGA : Quoi ?

HUGO : C'est non. Je ne travaillerai pas avec vous.

OLGA : Hugo, tu n'as donc pas compris. Ils vont venir avec leurs revolvers…

HUGO : Je sais. Ils sont même en retard.

OLGA : Tu ne vas pas te laisser tuer comme un chien. Tu ne vas pas accepter de mourir pour rien ! Nous te ferons confiance, Hugo. Tu verras, tu seras pour de bon notre camarade, tu as fait tes preuves…

Une auto. Bruit de moteur.

HUGO : Les voilà.

OLGA : Hugo, ce serait criminel ! Le Parti…

HUGO : Pas de grands mots, Olga. Il y a eu trop de grands mots dans cette histoire et ils ont fait beaucoup de mal. *(L'auto passe.)* Ce n'est pas leur voiture. J'ai le temps de t'expliquer. Écoute : je ne sais pas pourquoi j'ai tué Hoederer mais je sais pourquoi j'aurais dû le tuer : parce qu'il faisait de la mauvaise politique, parce qu'il mentait à ses camarades et parce qu'il risquait de pourrir le Parti. Si j'avais eu le courage de tirer quand j'étais seul avec lui dans le bureau, il serait mort à cause de cela et je pourrais penser à moi sans honte. J'ai honte de moi parce que je l'ai tué… après. Et vous, vous me demandez d'avoir encore plus honte et de décider que je l'ai tué pour rien. Olga, ce que je pensais sur la politique de Hoederer je continue à le penser. Quand j'étais en prison, je croyais que vous étiez d'accord avec moi et ça me soutenait ; je sais à présent que je suis seul de mon opinion mais je ne changerai pas d'avis.

Bruit de moteur.

OLGA : Cette fois les voilà. Écoute, je ne peux pas… prends ce revolver, sors par la porte de ma chambre et tente ta chance.

HUGO, *sans prendre le revolver* : Vous avez fait de Hoederer un grand homme. Mais je l'ai aimé plus que vous ne l'aimerez jamais. Si je reniais mon acte, il deviendrait un cadavre anonyme, un déchet du Parti. *(L'auto s'arrête.)* Tué par hasard. Tué pour une femme.

OLGA : Va-t'en.

HUGO : Un type comme Hoederer ne meurt pas par

hasard. Il meurt pour ses idées, pour sa politique ; il est responsable de sa mort. Si je revendique mon crime devant tous, si je réclame mon nom de Raskolnikoff et si j'accepte de payer le prix qu'il faut, alors il aura eu la mort qui lui convient.

On frappe à la porte.

OLGA : Hugo, je…

HUGO, *marchant vers la porte* : Je n'ai pas encore tué Hoederer, Olga. Pas encore. C'est à présent que je vais le tuer. Et moi avec.

On frappe de nouveau.

OLGA, *criant* : Allez-vous-en ! Allez-vous-en !

Hugo ouvre la porte d'un coup de pied.

HUGO, *il crie* : Non récupérable.

RIDEAU

Autour des « Mains sales »

ESQUISSES DU TABLEAU II

BROUILLON D'UN RÉCIT FAIT PAR HUGO

Depuis Stalingrad le Régent ne croyait plus à la victoire de l'Allemagne. Il cherchait en sous-main à se rapprocher des partis clandestins de résistance pour pouvoir dire qu'il jouait double jeu, si les Alliés gagnaient la guerre. Il n'avait pas eu de peine à convaincre les gens du Pentagone parce que c'étaient des bourgeois et qu'ils avaient au fond les mêmes intérêts que lui. Avec notre Parti c'était plus difficile. Chez nous le groupe de Hoederer était pour le Rapprochement et l'Union nationale clandestine. C'était l'idée de Hoederer, il était buté là-dessus. Le groupe de Louis était contre. J'étais du groupe de Louis. Je ne connaissais pas Hoederer mais j'avais horreur des compromis. Nous étions en minorité. Un soir Louis est venu me trouver dans ma chambre. Il m'a dit : « Tu veux toujours *agir* ? » J'avais honte parce que les copains faisaient sauter des ponts ou sabotaient la production de guerre pendant [que je faisais de la littérature *biffé*] j'écrivais des articles pour notre canard. J'ai dit : « Oui. Oui, je veux agir. » Et il m'a dit : « Hoederer demande un secrétaire. Un secrétaire marié. Veux-tu aller là-bas ? » Et j'ai dit « oui » parce que j'avais compris ce que ça signifiait. Hoederer habitait dans une maison de campagne, à vingt kilomètres de la ville. Il vivait avec trois costauds qui étaient là pour les coups durs. Le lendemain, je suis parti avec Jessica et j'ai été m'installer chez lui.

Je crois qu'au début je ne me rendais pas bien compte.

ÉBAUCHE DE LA SCÈNE I

Chez Olga
Scène avec le tueur

OLGA, HUGO

Veux voir Louis : Hoederer m'a proposé une place de secrétaire.
mène l'affaire
C'était par une nuit pareille à celle-ci j'étais venu chez toi pour rencontrer Louis. Il y avait des troupes allemandes qui passaient devant la porte.

Chez Olga

Se lester d'un crime bien lourd. À Olga.
Les copains se font tuer moi je ne risque rien
L'intellectuel et l'action (Louis)
La comédie. Le père qui a passé par la gauche
Pourquoi te regardes-tu dans la glace
Je veux voir si je ressemble à mon père.
Et alors, tu lui ressembles.
Oui. Si j'avais des moustaches.
Article anticlérical.
Je le recommencerai
Inutile. Les typos se sont fait prendre. Le journal ne paraîtra pas
Oh Louis.
Six types pris hier soir.
C'est un cercle vicieux. Vous m'employez là parce que vous n'avez pas confiance en moi et vous n'avez pas confiance en moi parce que je ne risque rien.

PLAN DU TABLEAU

SCÈNE I

Hugo — Le Tueur, des gens dans la pièce. Rumeurs. Arrivée de Louis. Engueulade : pas d'anticléricalisme. Comme il te parle ! Scène avec le tueur.

SCÈNE II

[Louis sort *biffé*] Arrivée d'Olga. Elle appelle Louis. Les protes sont arrêtés. Hugo pâlit. Demande à partir en mission. Ça lui est refusé. Le tueur part.

SCÈNE III

Olga — Hugo. A) Premières explications. Grande réunion B) Les raisons de vouloir l'action C) Allusions jalouses à Jessica D) La pureté d'Olga.

Cris. La porte s'ouvre. Hoederer sort avec ses gardes. Quelques mots avec Louis. D'autres types sortent.

SCÈNE IV

Louis et un autre. Louis : tu veux toujours une action ?
Oui.

ESQUISSES DES SCÈNES I, III ET IV DU PLAN

[SCÈNE I]

LOUIS, *à Hugo* : Il y a longtemps que c'est commencé ?
HUGO : Je ne sais pas je suis là depuis une demi-heure. C'était commencé quand je suis arrivé.
LOUIS : Le numéro 1, tu ne sais pas si il est déjà là ?
HUGO : Je ne le connais pas. Deux types ont frappé depuis que je suis là et j'ai ouvert.
LOUIS : Bon. Je te rapporte ça.
HUGO : Qu'est-ce que c'est ?
LOUIS : Ton article. À refaire.
HUGO : Pourquoi ?
LOUIS : Gauchisme.
HUGO : Moi ?
LOUIS : Toi. Qu'est-ce que c'est que cette sortie anticléricale là ? Voilà un journal que les copains se débrouillent pour distribuer aussi dans les campagnes et tu veux que les paysans lisent ça. Tu es complètement fou. Le Pentagone a déjà leur oreille, il sait leur parler. Si nous voulons gagner du terrain de ce côté-là, il faut y aller mou.
HUGO : Mais…

LOUIS : Il n'y a pas de mais. Tu vas recommencer ça cette nuit et que ce soit prêt demain matin. Si tu veux faire de la littérature, écris dans les revues littéraires mais un journal comme le nôtre n'est pas fait pour te donner des occasions de briller. Et qu'est-ce que c'est que le style ? « Traîner dans les champs la robe noire des curés... » Dis, qu'est-ce que tu crois faire ? De la poésie. Je n'aime pas beaucoup ça mon petit gars. Tu couperas ces trente lignes et comme la mise en page est faite tu les remplaceras par trente lignes d'attaque contre le Pentagone. Tu diras que c'est un parti de résistance nationaliste et que ses intérêts sont au fond les mêmes que ceux du Régent. Tu expliqueras que la classe bourgeoise joue double jeu. Elle a délégué le Régent pour la représenter en cas de victoire d'Hitler et le Pentagone en cas de victoire de l'U.R.S.S. Et écris ça simplement. Pas de style artiste. Il faut que tout le monde puisse comprendre dans les usines et aux champs. [Les copains ne risquent pas la prison et pis en distribuant pour que tu fasses de la littérature *add. interl.*] Allez grouille. *(Il va vers Ivan.)* Bonne chance, Ivan. *(Il lui met la main sur l'épaule et répète en souriant :)* Bonne chance.

Puis il va à la porte du fond et l'ouvre. On entend les voix plus fortes et la phrase : Ce rapprochement est nécessaire.

Hugo et Ivan seuls. Hugo relit l'article que Louis lui a rendu.

[IVAN :] Dis comment qu'il te cause, Louis. Qu'est-ce que tu lui as fait ?

[HUGO :] Moi ? rien.

[IVAN :] Il n'a pas l'air de t'avoir à la bonne.

[HUGO :] Penses-tu. C'est le ton qu'il a d'ordinaire.

[IVAN :] C'est le ton qu'il a avec toi. Je ne voudrais pas qu'il me cause comme ça.

[HUGO :] Il me parle comme ça parce que [j'ai tort *biffé*] je le mérite. J'ai tort, tu comprends ; je suis coupable. Je vais chercher mes idées trop loin, je me préoccupe trop de ce qui me paraît vrai et pas assez de ce qui *est* vrai. Je veux encore briller. Je ne m'en rendais pas compte mais c'est que c'est plus profond que je ne pensais. Je ne suis pas au point, tu comprends ? J'ai de mauvaises habitudes. Et de l'orgueil. Il faut taper dur et briser mon orgueil.

IVAN : C'est toi qui fais le [journal *biffé*] canard ?

HUGO : Moi et d'autres. Moi je fais l'article à gauche en première page.

IVAN : À gauche en première page. Faut que je te le dise : il me passe souvent par les pattes mais je le lis pas. C'est pas ta faute mais vos nouvelles sont en retard de huit jours sur la B.B.C. ou la radio soviétique.

HUGO : Où veux-tu qu'on les prenne les nouvelles ? On est comme tous, on les écoute à la radio.

IVAN : Je ne te dis pas. Tu fais ton boulot mais moi je ne suis pas obligé de te lire.

HUGO : Peut-être que tu n'aimes pas la lecture.

IVAN : Peut-être bien que j'aime mieux la vie au grand air.

HUGO : Est-ce qu'on lit autour de toi, le canard ?

IVAN : Non.

HUGO : Non ?

IVAN : Les types ont la radio ou bien ils vont l'écouter chez le voisin. C'est plus vivant et puis dis, les deux fois que je l'ai lu ton canard, j'y ai trouvé des trucs on se demande où vous allez les chercher. Vous êtes des

[SCÈNE III]

LOUIS : Hoederer

HOEDERER : Hé ?

LOUIS : Écoute moi…

HOEDERER : Non. Tu as eu [tout *biffé*] le temps de parler tout à l'heure. [Dans dix jours il y aura une nouvelle réunion et tu pourras dire tout ce que tu as sur le cœur. D'ici là tu n'as qu'à te taire *biffé*]

Ils se regardent. Pendant ce temps, les autres ont ouvert la porte, constaté que la grand-route était déserte et sont sortis avec précaution.

LOUIS : Tout à l'heure c'était devant les autres. Je voudrais te parler à toi seul.

HOEDERER : [Inutile *biffé*] Espères-tu me convaincre ?

LOUIS : Non.

HOEDERER : Crois-tu que tu me feras peur ?

LOUIS : Non.

HOEDERER : Alors c'est inutile. Bonsoir.

[SCÈNE IV]

[Fragment d'une première rédaction.]

LOUIS : Alors ?

VICTOR : Je peux faire la besogne tout seul.

OLGA : Toi ? Mon pauvre petit est-ce que tu te rends bien

compte de ce que c'eſt tirer sur un vrai bonhomme vivant ? et qui vous regarde ? De tirer sur lui à froid, à l'heure dite, parce qu'on a décidé de tirer dessus ? C'eſt plus dur que de faire sauter un pont, tu sais.

VICTOR, *hausse les épaules* : Les gens me paraissent si peu vivants.

LOUIS : Celui-là l'eſt bon *[plusieurs mots illisibles]*. Et il n'eſt pas tombé sur la tête. C'eſt du gros travail pour un amateur et tu risques d'y laisser ta peau.

VICTOR : Après ? Ça n'eſt pas toi qui me regretteras. Tu devrais être content, si je te débarrasse d'un type en crevant moi-même. Ça fait d'une pierre deux coups.

LOUIS, *le regarde. Lentement* : Tu es peut-être capable de ça.

VICTOR : Dame ! Un anarchiſte.

LOUIS : Mon petit gars, je ne t'ai rien commandé, tu n'as aucune ordre. Tu ne fais même pas partie du mouvement. Tu nous a plaqués pour te marier et moi je t'ai foutu dehors. C'eſt tout. À présent, va, va gagner ta vie chez Hoederer. Je ne m'occupe pas de ce que tu fais. Pas de liaisons, pas de surveillance, tu es libre. Maintenant s'il y a jamais un coup dur et si tu es obligé de te sauver, tu peux compter sur nous pour t'accueillir.

VICTOR, *ironique* : Et si j'y laisse ma peau, je peux compter sur vous pour ma veuve. C'eſt bon. Adieu.

LOUIS : Il serait souhaitable que ces entrevues avec le Régent et son fils s'arrêtent le plus tôt possible.

VICTOR : Compris. Adieu Olga.

OLGA : Adieu.

Victor sort. Olga et Louis se regardent. Louis hausse les épaules.

LOUIS : On peut toujours essayer.

OLGA, *regarde vers la porte par où Victor eſt sorti* : Il ne reviendra pas.

LOUIS : Ce ne sera pas une grande perte.

Olga prend machinalement les verres et la bouteille et va les ranger.

[Réécriture de la même scène.]

[Ivan eſt passé ? *biffé*]

[OLGA :] Salaud !

LOUIS : Il nous a eus.

[OLGA :] Vous avez voté ?

[LOUIS :] Le vote n'eſt pas définitif. Mais on l'a autorisé à engager les pourparlers et quand il reviendra avec des propositions précises, il emportera le morceau. Ce sont des lâches et il leur fait peur.

[OLGA :] Alors ?

[LOUIS :] Eh bien nous avons une semaine devant nous pour agir. Il ne faut pas qu'il rencontre… *(Geste d'Olga.)* Quoi ? Ah oui. Tu es encore là toi. *(Il le regarde pensivement.)* Tu es là… Tu es là…

[HUGO :] Qu'est-ce qu'il a ? Pourquoi me regardes-tu de cette façon ?

[LOUIS :] Hoederer a besoin d'un secrétaire.

[OLGA :] Louis tu veux…

[LOUIS :] Qu'en penses-tu ? Tu le connais mieux que moi. Peut-on lui faire confiance ?

[OLGA :] Entièrement confiance.

[LOUIS :] Bien. *(Un temps.)* Ivan est passé ?

[OLGA :] Oui.

[LOUIS :] À quelle heure ?

[OLGA :] [*Vivement add. interl.*] 10 h 25.

[LOUIS :] Bien. S'il a de la chance il aura fini son travail dans un quart d'heure. On entendra l'explosion d'ici. *(Il revient vers Hugo.)* Alors, tu veux toujours agir ?

[HUGO :] Je ferai n'importe quoi.

[LOUIS :] Tu sais que c'est difficile surtout pour un type comme toi.

[HUGO :] Je ferai de mon mieux.

[LOUIS :] Bon. Alors écoute. Tu as vu Hoederer ? Le grand qui est sorti. C'est le secrétaire du Parti. Il a besoin d'un secrétaire. Marié. Tu es bien marié ?

[HUGO :] Oui mais je ne vois pas.

[LOUIS :] Tu veux bien me laisser parler ? Assied-toi. Qu'est-ce que tu penses des compromis et de ce genre de choses.

[HUGO :] Quels compromis ?

[LOUIS :] En général.

[HUGO :] Tu veux dire pour le Parti ?

[LOUIS :] Oui.

[HUGO :] Je pense que la force du Parti c'est de n'avoir jamais fait de compromis. Je suis entré au Parti parce qu'il était pur.

[LOUIS :] Bien. Suppose que le Parti s'associe aux gens du Pentagone et aux ministres du Régent pour partager avec eux le pouvoir après la guerre.

[HUGO :] Quoi ?

[LOUIS :] Suppose-le. Que ferais-tu ?

[HUGO :] Louis ! Vous ne pouvez pas vouloir ça. Comment pourrait-il en être question. Nous allons gagner, l'Armée rouge viendra.

[LOUIS :] Suppose qu'il en soit question.

[HUGO :] J'aimerais mieux crever. Écoute-moi : j'ai quitté ma famille et ma classe parce que je les haïssais, ce n'est pas pour les retrouver ici.

[LOUIS :] Tu as entendu notre conversation tout à l'heure ? C'est de ça qu'on parlait.

[HUGO :] Vous…

[LOUIS :] Hoederer proposait de se rapprocher clandestinement du Régent et du Pentagone.

[HUGO :] Mais le Régent…

[LOUIS :] C'est le Régent qui fait des propositions. Il nous a précipités dans la guerre aux côtés de Hitler parce qu'il croyait que l'Allemagne serait victorieuse. À présent il ne le croit plus. Alors ? Que veux-tu qu'il fasse ? Qu'il attende tranquillement ici que l'Armée rouge vienne et que les Illyriens le pendent ? Pas si bête. Il y a 2 partis de résistance : le parti nationaliste et bourgeois du Pentagone et le nôtre. Il nous a fait toucher en sous-main pour savoir si nous serions d'accord pour réaliser une union sacrée clandestine.

[HUGO :] Mais…

[LOUIS :] Le jour où le pays sera libéré, il viendra dire qu'il a joué double jeu.

[HUGO :] Mais vous ne pouvez pas…

[LOUIS :] Hoederer est partisan du rapprochement, il a enlevé un premier vote aujourd'hui.

[HUGO :] Louis, je ne comprends pas. En 40 le parti communiste et le parti [prolétarien *biffé*] social-démocrate ont été dissous et tu m'as toujours dit que Hoederer et toi vous aviez réussi à fusionner les 2 partis en un parti clandestin. Nous avons réussi l'unité d'action, la reconstitution clandestine des syndicats, l'établissement d'un programme commun en cas de victoire soviétique. Les types ont confiance en nous parce que nous sommes purs…

[LOUIS :] Bon. Et après…

[HUGO :] Qu'est-ce qu'il y a ? Hoederer est vendu ?

[LOUIS :] Je ne crois pas. Je me fous des raisons pour lesquelles il agit ainsi. Peut-être est-il sincère. Objectivement c'est un traître.

[HUGO :] Oui. C'est un traître. C'est *contre* les fascistes que nous luttons, contre les bourgeois. Bon Dieu il faudra encore que j'obéisse aux amis de mon père. Et mon père il entrera dans le coup.

[LOUIS :] Veux-tu être le secrétaire de Hoederer ?

Ils se regardent. Hugo comprend et dit joyeusement :

Oui.

Il habite [à la campagne *biffé*] à vingt kilomètres d'ici dans une villa qu'on lui a prêtée. Il y a trois types avec lui, trois costauds qui sont là pour les coups durs. Tu n'auras qu'à le surveiller. Nous établirons une liaison et puis un soir tu ouvriras la porte aux copains. [Compris *biffé*] D'accord ?

[HUGO :] Non.

[LOUIS :] Non ?

[HUGO :] Je ne veux pas être un espion. On a des manières.

[LOUIS :] Très bien. *(Explosion.)* Ça y est. Éteignez. Olga, ouvre la fenêtre. Ça brûle. Ça y est ! Ça y est !

[HUGO :] Écoute-moi, Louis. Je ne veux pas faire l'espion mais je veux faire le travail moi-même. Un soir comme celui-ci vous attendrez, juste comme vous attendez en ce moment et vous vous direz est-ce qu'il a réussi. Et j'aurai réussi.

DÉCLARATIONS DE SARTRE

ENTRETIEN AVEC GUY DORNAND

(« Franc-Tireur », 25 mars 1948)

— J'ai longuement hésité [entre deux titres : *Crime passionnel* ou *Les Mains sales*]. *Les Mains sales*… je craignais par moments que ce titre ne prêtât à une interprétation tendancieuse du fait que j'ai situé l'action de ma pièce dans des milieux de gauche. Et je l'ai finalement conservé parce qu'elle n'est pas, *à aucun degré*, une pièce politique…

— *Disons : péripolitique ?*

— Exactement *sur* la politique. Si une épigraphe devait lui être donnée, ce serait cette phrase de Saint-Just : « Nul ne gouverne innocemment. » Autrement dit, on ne fait pas de politique (quelle qu'elle soit), sans se salir les mains, sans être contraint à des compromis entre l'idéal et le réel.

— *Pourquoi avoir choisi de situer la pièce dans un parti d'extrême gauche ?*

— Par sympathie pour eux : parce que je les connais mieux. Parce que, dans les partis conservateurs ou réactionnaires, ne se pose pas, ou pas aussi ardemment, le problème complexe de la « fin » et des « moyens ».

ENTRETIEN AVEC J.-B. JEENER
(« Le Figaro », 30 mars 1948)

— Le théâtre n'est fait ni pour la démonstration ni pour les solutions. Il se nourrit de questions et de problèmes.

— *Qui départagera Créon et Antigone ?*

— Comme dans Sophocle, aucun de mes personnages n'a tort ni raison. Un mot de Saint-Just : « Nul ne gouverne innocemment » m'a fourni le thème des *Mains sales*. Partant de lui, j'ai mis en scène le conflit qui oppose un jeune bourgeois idéaliste aux nécessités politiques. Ce garçon a déserté sa classe au nom de cet idéal et c'est encore en son nom qu'il tuera le chef qu'il admirait mais qui a préféré la fin au choix des moyens. J'ajoute que ce droit, il le perdra en l'exerçant. À son tour, il aura les mains sales.

— *Ainsi Oreste doit venger son père, mais, ayant tué sa mère, c'est contre lui que se tourneront les Érynnies... Votre pièce échappe-t-elle à l'actualité ?*

— Certainement pas. Techniquement, c'est une comédie dramatique en langue « commune » et elle se situe pendant l'occupation allemande. Mes personnages sont à peu près dans la situation que l'on connut pendant la Trêve de Paris. L'Armée rouge a bousculé l'ennemi, la libération est proche. En l'attendant, faut-il encore sacrifier 300 000 vies humaines ou pactiser avec l'ennemi ? Vous comprendrez donc pourquoi j'ai repris mon premier titre.

— *Pourquoi avez-vous choisi des vedettes du Boulevard ?*

— L'acteur de classique se meut sur un plan particulier. Le Boulevard reste l'école du naturel. Celui qui en vient est libre de plier et de s'élever. L'autre reste un spécialiste. Je suis très satisfait de la distribution. André Luguet confère l'autorité qu'il fallait au chef réaliste qu'il incarne. Il y a chez François Périer une complexité qui s'allie à son personnage de bourgeois venu au marxisme. De même Paula Dehelly et Marie Olivier marquent la différence entre la militante et la femme.

ENTRETIEN AVEC RENÉ GUILLY
(« Combat », 31 mars 1948)

— *Vous donnez raison à l'idéalisme et à la pureté ?*

— Absolument pas. Je ne prends pas parti. Une bonne pièce de théâtre doit poser les problèmes et non les résoudre. Dans la tragédie grecque, tous les personnages ont raison et tous ont tort : c'est pour cela qu'ils se massacrent et que leur mort atteint à la grandeur tragique. D'ailleurs, lorsqu'il sort de prison, Hugo se rend compte que ceux qui l'ont poussé à tuer Hoederer ne l'ont fait que pour des raisons tactiques et qu'ils appliquent la même politique que Hoederer. Il comprend qu'il a tué pour rien, qu'il a agi contre lui-même, et il se fait tuer.

— *La situation que vous décrivez s'est produite dans presque tous les pays occupés. C'est le problème qui s'est posé aux partis ouvriers : fallait-il collaborer, au sein de la Résistance, avec les partis bourgeois ?*

— C'est exact. Mais le problème est plus général encore. C'est Lénine qui, le premier, dans *La Maladie infantile du communisme*, l'a traité. Il s'est posé également, avant la guerre, au parti socialiste que le Front populaire avait porté au pouvoir.

— *Il n'y a donc dans votre pièce aucune allusion au gaullisme ?*

— Aucune. Toute l'action est située à l'intérieur du parti prolétarien. Je ne m'occupe, je vous le répète, que de ceci : un révolutionnaire peut-il, au nom de l'efficacité, risquer de compromettre son idéal ? A-t-il le droit de se « salir les mains » ?

ENTRETIEN AVEC FRANCIS JEANSON
« SARTRE PAR LUI-MÊME »

Je voulais d'abord qu'un certain nombre des jeunes gens d'origine bourgeoise qui ont été mes élèves ou mes amis, et qui ont actuellement vingt-cinq ans, puissent retrouver quelque chose d'eux dans les hésitations de Hugo. Hugo n'a jamais été pour moi un personnage sympathique, et je n'ai jamais considéré qu'il eût raison par rapport à Hoederer. Mais j'ai voulu représenter en lui les tourments d'une certaine jeunesse qui, bien qu'elle ressente une indignation très proprement communiste, n'arrive pas à rejoindre le Parti à cause de la culture libérale qu'elle a reçue. Je n'ai pas voulu dire qu'ils avaient tort ni qu'ils avaient raison : à ce moment-là, j'aurais écrit une pièce à thèse. J'ai simplement voulu les décrire. Mais c'est l'attitude de Hoederer qui seule me paraît saine…

ENTRETIEN AVEC PAOLO CARUSO
(Postface à l'édition italienne)

— *D'abord je voudrais vous demander ce que vous pensiez des* Mains sales *juste après avoir écrit la pièce, c'est-à-dire avant qu'elle fût présentée au public ; ensuite, ce que vous en avez pensé après les réactions du public et de la critique ; finalement, ce que vous en pensez maintenant, seize ans plus tard. En d'autres termes, y a-t-il eu de votre part une « redécouverte » de l'œuvre quand, sous les yeux du public, elle a acquis une dimension objective, une réalité sociale ? La voyez-vous d'une façon différente maintenant, dans une situation historique modifiée et étant donné les changements survenus dans le monde et en vous-même ? Enfin, votre jugement s'est-il transformé à la lumière de vos idées actuelles, au stade actuel de votre évolution ? […]*

— Vous faites bien de me poser cette question, parce qu'une œuvre théâtrale appartient beaucoup moins à son auteur que, par exemple, un roman et parce qu'elle peut souvent lui causer des surprises. En effet, ce qui arrive entre le public et l'auteur le jour de la « générale » et les jours suivants crée une certaine réalité objective de la pièce que, très souvent, l'auteur n'avait ni prévue ni voulue.

— *Vous faites allusion, si je ne me trompe, à un élément « médiateur » qui existe dans le théâtre mais qui manque dans un livre : la réalisation scénique du spectacle par le metteur en scène, les acteurs, etc.*

— … et à la manière dont l'ensemble se manifeste. Il y a aussi le fait que le public — surtout le public engagé et donc sensible à l'influence du moment — vient voir la pièce pour des raisons qui sont justement celles qui l'empêcheront de la comprendre à fond.

— *Il est inévitable, certes, d'avoir des préjugés ou de s'attendre à quelque chose.*

— Et, d'autre part, on ne peut nier, objectivement, qu'à un certain moment, étant donné les circonstances dans lesquelles elle sort, une pièce assume un sens objectif qui lui est attribué par un public. Il n'y a rien à faire : si toute la bourgeoisie française fait un succès triomphal aux *Mains sales*, et si les communistes l'attaquent, cela veut dire qu'en réalité quelque chose est arrivé. Cela veut dire que la pièce est devenue par *elle-même* anticommuniste, objectivement, et que les intentions de l'auteur ne comptent plus. Qu'est-ce qui m'intéresse alors, en ce moment ? Eh bien, c'est de faire un essai, car nous sommes dans une autre période, pour interroger de nouveau l'objectivité de cette pièce. En somme, pour parler comme Hegel, j'ai sur la pièce ma certitude subjective, mon point de vue, que j'ai cherché à réexaminer avant d'accepter la proposition du Teatro Stabile de Turin de la représenter au public. Mon point de vue a un peu changé, mais il reste essentiellement le même ; je continue à penser, subjectivement, c'est-à-dire dans la mesure où je l'ai écrite, que ce n'est pas une œuvre anticommuniste et que c'est, au contraire, au moins une œuvre de « compagnon de route ». Mais si la pièce devait se confirmer à Turin comme une œuvre anticommuniste, si mon accord avec les forces de gauche n'empêchait pas la presse de droite et la bourgeoisie de dire qu'elle est anticommuniste, la question serait réglée une fois pour toutes et *Les Mains sales* ne serait jamais plus représenté. C'est pour cette raison que j'attribue une grande importance à la tentative du Teatro Stabile. C'est, comme je l'ait dit, un essai.

— *Mais que prévoyez-vous ? Vous avez cru, en 1948, ne pas avoir fait une pièce anticommuniste. Votre opinion actuelle coïncide-t-elle avec celle d'autrefois ? Ou bien, le sens objectif de la pièce est-il resté identique ?*

— Précisément non. Mon point de vue est resté en substance le même, sauf que maintenant peut-être je donne un autre sens, ou mieux, une autre valeur pratique au drame. Je retiens, si vous voulez, que l'élément principal du malentendu est venu du fait que l'assassinat politique qui se trouve dans la pièce a été vu comme une constante de la lutte à l'intérieur du P.C. On a pu, par exemple, écrire que, si Thorez se trouvait en désaccord avec un camarade du Parti, il devrait payer quelqu'un pour l'assassiner. Mais il est évident que le sens de l'œuvre n'est pas du tout celui-là. Dans une période de résistance armée clandestine — prenons par exemple le cas du F.L.N. — se présentent des cas où la suppression physique d'une opposition est nécessaire, parce que l'opposition représente une menace terrible. Ceci, d'ailleurs, est arrivé en France pendant la Résistance, et pas seulement chez les communistes, naturellement. Ce sont des mesures que, personnellement, je considère comme inévitables. En somme, il n'est pas possible d'imaginer une lutte armée clandestine contre un ennemi plus fort, menée avec les mêmes moyens que ceux d'un parti démocratique, même centralisé, qui fait ses actions en pleine lumière ; car ce sont deux choses tout à fait différentes. Or, c'est justement le crime politique qui est mis en avant pour désigner la pièce comme étant « de gauche » ; malgré le fait, d'ailleurs, que Hoederer, le héros positif, dise à un certain point : « Je n'ai rien contre le crime politique ; il s'accomplit toujours quand les circonstances l'exigent. » Autrement dit, on a fait du crime politique un moyen de lutte adopté exclusivement par les partis de gauche et typique de leur action, alors qu'il est absolument certain que ces partis ont habituellement une technique bien différente. Ce serait comme si vous aviez montré un sabotage pendant une résistance et comme si on était venu vous dire : « Selon vous, ce sont les communistes qui sont les saboteurs », alors qu'en réalité tout le monde sait que la méthode du sabotage dans les usines est rejetée comme inefficace par le Parti communiste.

— *Je dirais qu'on pourrait reprocher aux partis communistes le défaut contraire, d'éviter le sabotage même dans les cas où il apparaît comme l'unique forme de lutte possible, et certainement pas d'être des « saboteurs systématiques ».*

— Sans aucun doute. Ils ont toujours désapprouvé le sabotage comme une méthode erronée parce que trop individuelle. Pour les mêmes raisons, ils ont pris position contre l'assassinat politique, même dans des circonstances où la lutte était suffisamment difficile pour l'exiger. Ceci dit, dans le contexte d'une résistance tout change et, dans ce cas particulier, ce n'est plus un communiste qui est contraint d'avoir recours en cas de nécessité à l'assassinat politique, c'est un « résistant ». Parce qu'en de telles circonstances, il y a eu aussi de célèbres cas d'assassinat politique du côté adverse.

— *Ceci donc était une première équivoque à éclaircir. Mais comment est-elle possible ? Vous avez présenté le phénomène à la suite duquel la pièce est devenue aux yeux du public et de la critique, objectivement, une pièce anticommuniste colorée en quelque sorte d'un sens réactionnaire, et ce phénomène n'a pas de cause déterminée, mais est le résultat de plusieurs facteurs. Simone de Beauvoir, cependant, a indiqué dans* La Force des choses *une succession nettement chronologique : dans un premier temps la presse bourgeoise n'était pas sûre de pouvoir louer la pièce, elle a attendu la réaction des communistes, et c'est seulement lorsque ceux-ci se sont à grands cris prononcés contre, qu'elle s'est mise à prodiguer des éloges.*

— Il est certain, en effet, que le malentendu est né d'abord parmi les communistes, et ceci pour deux raisons, l'une profonde, l'autre, occasionnelle. La raison profonde est le stalinisme, c'est-à-dire le fait qu'un « compagnon de route » *critique* n'était pas toléré à cette époque ; un compagnon de route d'accord en tout, oui, mais un compagnon de route critique était un ennemi. Or, vous savez très bien que j'ai toujours voulu — et je le veux encore — être vis-à-vis des communistes un compagnon de route critique. Il me semble d'ailleurs qu'à un intellectuel le devoir s'impose d'unir la discipline et la critique ; c'est une contradiction, mais une contradiction dont nous avons la responsabilité, et c'est à nous de concilier les deux choses. La critique sans une discipline, sans un accord de base, ne marche pas ; mais l'accord sans critique ne marche pas non plus (il peut marcher, mais là n'est pas la tâche particulière de l'intellectuel). Un intellectuel est justement celui qui, au nom de sa propre finalité et à partir d'un processus objectif, voit se définir devant lui une forme de réaction positive, qu'il a le devoir d'exprimer.

— *Et la raison occasionnelle ?*

— C'est ce que je considère maintenant comme une erreur, quoique légère : la constitution du R.D.R., c'est-à-dire d'un groupement auquel j'ai adhéré *de la gauche* (cela est si vrai que c'est moi qui en ai provoqué la désintégration, pour des raisons de gauche). En somme, du moment que nous étions repoussés par le Parti, nous avons voulu alors constituer un groupe de gauche qui aurait eu sa propre autonomie, mais à côté du Parti. Il y a eu des erreurs, comme je l'ai signalé dans mon essai sur Merleau-Ponty (« Merleau-Ponty vivant ») : la première était que, même si nous avions réussi, nous n'aurions pu attirer qu'une clientèle paracommuniste, donc priver les communistes d'adhérents possibles.

— *Et il est donc naturel que le P.C. vous ait considérés comme des concurrents, c'est-à-dire des adversaires.*

— Tout à fait naturel. En plus, il y avait à l'intérieur de ce groupe des personnes qui voulaient en profiter pour des raisons d'arrivisme personnel. Le groupe était déjà constitué depuis longtemps quand *Les Mains sales* a été monté, et il était inévitable que la pièce obtînt l'étiquette R.D.R. et qu'elle devînt donc anticommuniste.

— *Vous m'avez donné deux raisons qui sont quand même toutes les deux extérieures à l'œuvre. À ces raisons, j'ajouterais que la pièce en elle-même est construite d'une façon telle que, par nécessité interne, elle conduit le public, et même vous, à s'identifier avec Hugo. Non pas à* sympathiser *avec lui, et encore moins à lui donner raison : Hugo a tort du début jusqu'à la fin. C'est à Hoederer d'avoir raison. Mais il a raison pour Hugo ; et, naturellement, pour le public et pour l'auteur, en tant qu'ils s'identifient sur un certain mode avec Hugo. En effet, Hugo étant le protagoniste, il est inévitable de se mettre dans ses souliers, d'adhérer de quelque façon à son drame et de ressentir personnellement ses contradictions, tout en éprouvant de l'antipathie pour le personnage. Alors les dernières paroles par lesquelles Hugo voudrait justifier son propre suicide [...] sont une protestation contre la tentative des dirigeants du Parti de déformer le passé, protestation à laquelle le public ne peut pas rester insensible. Ainsi, par horreur de cette « mystification exercée avec violence idéaliste » que vous avez reprochée à certains pseudo-marxistes, le public, à juste titre, donne à la fin raison à Hugo et tort à ceux qu'il désigne d'une façon simpliste comme « les communistes ». Je crois que c'est là le motif* interne *pour lequel* Les Mains sales *a pu être considéré comme anticommuniste. De plus le public de gauche ne pouvait pas condamner le geste final de Hugo et accepter la thèse de ses camarades du Parti. La* praxis *et le réalisme politique ont leurs exigences : mais pour l'avenir, et non pour le passé. Personne ne peut approuver quelqu'un qui falsifie des documents et qui dénature la signification de l'histoire passée.*

— Certes. Et ceci est incontestablement la raison de l'hostilité des communistes, *à cette époque*, envers *Les Mains sales*. Ma pièce, en effet, n'a pas d'intentions apologétiques, c'est plutôt une *adhésion critique* au mouvement socialiste et elle exerce sa critique, justement, en s'attaquant aux méthodes staliniennes alors en vigueur. La falsification du passé a été une pratique systématique du stalinisme. Par exemple, n'importe quel procès fait sous ce régime entraînait tout le passé de l'accusé, même s'il était question de communistes très connus. Quiconque à un certain point trahit, a dû forcément toujours être un traître. Aujourd'hui il n'en est pas ainsi, mais alors, oui. En vertu de certains principes dogmatiques, pour des raisons dialectiques bien connues, un homme n'a pas pu être un révolutionnaire et puis, à un certain point, ne plus l'être. Du moment qu'il ne l'est plus, il ne l'a jamais été : voilà le principe stalinien. On remonte donc jusqu'à la naissance de l'accusé et « on se rend compte », en falsifiant tout, qu'il a toujours été un contre-révolutionnaire. C'est justement contre cette falsification du passé que Hugo a raison dans ses dernières répliques. Il a raison, mais, d'autre part, il existe au même moment une exigence de *praxis* qui fait que Louis et ses camarades ne peuvent plus reprendre la politique de Hoederer en déclarant que celui-ci était un chien. Au maximum ils peuvent dire qu'au fond on se trompait sur le moment où il fallait commencer la nouvelle tactique.

— *Bien sûr, selon la logique stalinienne. Mais il est peut-être trop évident qu'ils pouvaient reconnaître leurs propres erreurs, comme ils l'ont fait d'ailleurs dans certains cas…*

— Oui, mais quand une erreur mène à l'assassinat…

— *Ils pouvaient toujours se dire de bonne foi, convaincus de servir la cause de la révolution ; la présenter même comme une erreur inévitable. Pour revenir à notre sujet, il me semble que la version de Simone de Beauvoir, sur laquelle vous me paraissez être assez d'accord, ait beaucoup négligé cet aspect de l'affaire, c'est-à-dire ce mécanisme psychologique qui, selon moi, a beaucoup contribué à donner aux* Mains sales *l'étiquette anticommuniste. Je le répète, Hugo a tort. […] Mais pour le public, le fait que les répliques finales donnent à tout le reste un sens qui justifie Hugo et condamne le parti révolutionnaire est d'une grande efficacité dramatique. Le geste de Hugo est pris au sérieux et il ne peut pas, comme le prétend Simone de Beauvoir, être compris comme une sorte de caprice ou un entêtement gratuit à assumer un assassinat commis sans même savoir pourquoi, sans même avoir établi qui, de Louis ou de Hoederer, avait raison, et presque pour montrer, aux autres et à soi-même, qu'il était capable de le commettre. Il y a cela, naturellement, mais ce que le public suit davantage est autre chose. Hugo a été placé aux côtés de Hoederer pour le tuer ; il était un instrument d'assassinat, ses intentions, ses vacillations et le sens qu'il donnait au crime n'ont plus d'importance sur ce plan, car Hugo n'était que l'arme du crime ; ce qui compte plutôt, c'est le sens que lui donnaient les dirigeants, ceux qui ensuite ont remplacé Hoederer au pouvoir. Ce sens est désormais indissociable de la mort de Hoederer. Le changer est une falsification, et le public condamne non pas Hugo qui veut l'empêcher, mais les autres qui veulent la perpétrer.*

— Attention. Hoederer lui-même était d'accord pour ne pas laisser apparaître l'assassinat politique. En mourant, il dit : « Je couchais avec la petite », ce qui est faux, mais lui permet de sauver à la fois Hugo et l'unité du Parti. Lui aussi veut éviter que ne se créent des divisions au sein du Parti, c'est-à-dire que les uns réprouvent l'assassinat et que les autres l'approuvent comme l'élimination d'un dangereux traître.

— *Sans doute. Mais peut-être cet élément, pour le public, a-t-il été moins important.*

— Mais il était important pour moi.

— *Je le sais bien. Mais en ce moment je ne veux pas discuter la signification de la pièce, je cherche tout simplement à m'expliquer comment on a pu la voir de cette façon. Comment un sens a-t-il prévalu sur les autres ? Comment ce sens-là et non un autre ? Je ne crois pas qu'il y ait seulement les deux raisons « extérieures » que vous avez signalées. Je crois au contraire qu'une autre raison, non moins importante, réside dans le fait que le public, comme je l'ai dit, s'identifie davantage avec Hugo qu'avec Hoederer. Hoederer est presque un idéal incarné, c'est le révolutionnaire pour qui le public éprouve une grande admiration. Il est le rôle positif. Mais le drame humain, du premier acte jusqu'au dernier, est celui de Hugo. Ce que le public suit surtout, c'est ce qui arrive à Hugo, et il voit le monde de la pièce par ses yeux.*

— C'est vrai. Mais ceci étant établi, le sens de la pièce ne coïncide pas avec le destin de Hugo. J'ai voulu faire deux choses. D'une part, examiner dialectiquement le problème des exigences de la *praxis* à l'époque. Vous savez que chez nous, en France, il y a eu un cas analogue à celui de Hoederer, le cas Doriot, même si cela ne s'est pas terminé par un assassinat ; Doriot voulait un rapprochement du P.C. avec les sociaux-démocrates de la S.F.I.O., et pour cette raison il a été exclu du Parti. Un an après, pour éviter que la situation française ne dégénère en fascisme et en se basant sur des directives soviétiques précises, le P.C. a parcouru le chemin que Doriot avait indiqué, mais sans jamais pourtant reconnaître que celui-ci avait raison ; et il a établi les bases du Front populaire. C'est ceci qui m'intéresse : la nécessité dialectique à l'intérieur d'une *praxis*.

Il y a aussi un autre point que je tiens à préciser : j'ai la plus grande compréhension pour l'attitude de Hugo, mais vous avez tort de penser que je m'incarne en lui. Je m'incarne en Hoederer. Idéalement, bien sûr ; ne croyez pas que je prétende être Hoederer, mais dans un sens je me sens beaucoup plus réalisé quand je pense à lui. Hoederer est celui que je voudrais être si j'étais un révolutionnaire, donc je suis Hoederer, ne serait-ce que sur un plan symbolique. [...]

TÉMOIGNAGE DE FRANÇOIS PÉRIER

« Mes jours heureux »

Nous étions en 1949, non en 48, oui c'est cela, un beau jour de mars 1948. Je me rendais au théâtre des Ambassadeurs où je jouais une comédie anglo-saxonne quand, devant l'entrée des artistes, je tombe sur Lucien Brûlé, l'administrateur du théâtre Antoine. Il était accompagné d'un petit homme au débit précis et saccadé. Mais il émanait de sa personne une douceur rare, une tendresse, un abandon de myope qui vous donnaient l'envie d'être son ami, son protecteur. Il ne me parla pas de son projet, simplement il voulait savoir si je pouvais le jouer. Il m'avoua sans fioritures qu'il avait déjà proposé le rôle à plusieurs comédiens, que c'était quelque chose que je n'avais pas l'habitude de faire. Le plus incroyable, c'est que Lucien Brûlé n'avait même pas songé à me le présenter. Nous échangeâmes nos numéros de téléphone et il me glissa simplement : « C'est urgent. »

Un comédien qui nous avait aperçus me dépassa dans l'escalier qui menait aux loges et me lança : « Dis donc, je ne savais pas que tu connaissais Sartre ! » Sartre ! À l'époque, on connaissait le nom de Sartre mais les médias n'avaient pas encore popularisé son visage. Quelques instants plus tard, dans les coulisses, j'ouvrais son manuscrit et je découvrais le titre : *Les Mains sales*.

Aussitôt de retour chez moi, je me suis plongé dans le texte. Même si je n'en saisissais pas toutes les nuances, j'étais enthousiasmé par la pièce, totalement différente de ce que j'avais interprété jusque-là. Je ne pouvais m'empêcher de penser à Sartre, j'avais envie de lui donner tout de suite mon accord, et surtout de le convaincre de me choisir. J'ai regardé ma montre.

Tant pis, me suis-je dit. J'ai attrapé mon téléphone, composé son numéro. Il avait la réputation d'un homme de la nuit, puis un esprit toujours en éveil comme le sien ne s'arrête jamais d'écrire, de penser. Après tout, il m'avait précisé que c'était urgent. De toute façon, il fallait que je lui dise, il fallait qu'il comprenne au timbre de ma voix que j'étais déterminé à incarner son Hugo, le héros des *Mains sales*. Il a décroché immédiatement. Il n'a même pas paru surpris. À la vitesse de mon émotion, de mon désir, je lui expliquai qu'il fallait absolument que je lui lise sa pièce telle que je l'avais ressentie. « Pourquoi pas maintenant ? » m'a-t-il proposé. À 3 heures du matin, je traversai en voiture un Paris désert…

Il m'a ouvert la porte en robe de chambre. Je me souviens qu'en dessous il portait un gilet et une cravate. Je l'accompagnai jusqu'à son bureau, son cabinet de travail. Il régnait dans cette pièce en désordre une atmosphère unique, incomparable. La génie de Jean-Paul Sartre s'étalait devant moi à travers ces tasses de café vides et ces cendriers remplis, ces livres entrouverts et ces feuillets entassés un peu partout. Tant bien que mal, il fit un peu de place sur sa table de travail, me proposa un siège, et là, moi, je commençai à lui lire sa pièce.

Étrangement, l'enjeu dramatique de la pièce se confondait avec l'émotion de cette lecture nocturne, quand un héros du théâtre de comédie tente de persuader l'auteur de *L'Être et le Néant* qu'il peut devenir l'interprète de son œuvre comme Hugo, son héros, s'acharne à persuader Hoederer, le militant, qu'un fils de la bourgeoisie peut intégrer le parti communiste. Et comme Hugo enivré par la personnalité d'Hoederer, une motivation souterraine m'animait : j'aimais Sartre, j'adulais ce petit homme grand philosophe qui allait faire confiance à l'élève indiscipliné de Janson-de-Sailly. Sa laideur me bouleversait. Elle était sa vérité orgueilleusement affichée. Et il y avait surtout cet œil « boiteux », comme il le qualifiait lui-même, auquel rien n'échappait, un œil de cyclope à côté d'un œil humain, qui donnait à sa physionomie si particulière une dimension mythologique.

LE DIABLE ET LE BON DIEU

Trois actes et onze tableaux

Le Diable et le Bon Dieu *a été représenté pour la première fois sur la scène du théâtre Antoine (Simone Berriau directrice) le jeudi 7 juin 1951. Mise en scène de Louis Jouvet. Décors de Félix Labisse.*

Les principaux rôles ont été tenus par :

PIERRE BRASSEUR	*Gœtz*
JEAN VILAR	*Heinrich*
HENRI NASSIET	*Nasty*
JEAN TOULOUT	*Tetzel*
R.-J. CHAUFFARD	*Karl*
MARIA CASARÈS	*Hilda*
MARIE OLIVIER	*Catherine*

ACTE I

PREMIER TABLEAU

À gauche, entre ciel et terre, une salle du palais de l'Archevêque ; à droite, la maison de l'Évêque et les remparts.

Seule la salle du palais est éclairée pour l'instant.

Le reste de la scène est plongé dans l'ombre.

SCÈNE UNIQUE

L'ARCHEVÊQUE, *à la fenêtre* : Viendra-t-il ? Seigneur, le pouce de mes sujets a usé mon effigie sur mes pièces d'or et votre pouce terrible a usé mon visage : je ne suis plus qu'une ombre d'archevêque. Que la fin de ce jour m'apporte la nouvelle de ma défaite, on verra au travers de ma personne tant mon usure sera grande : et que ferez-vous, Seigneur, d'un ministre transparent ? *(Le Serviteur entre.)* C'est le colonel Linehart ?

LE SERVITEUR : Non. C'est le banquier Foucre[1]. Il demande...

L'ARCHEVÊQUE : Tout à l'heure. *(Un temps.)* Que fait Linehart ? Il devrait être ici avec des nouvelles fraîches. *(Un temps.)* Parle-t-on de la bataille aux cuisines ?

LE SERVITEUR : On ne parle que de cela, monseigneur.

L'ARCHEVÊQUE : Qu'en dit-on ?

LE SERVITEUR : Que l'affaire est admirablement engagée, que Conrad[2] est coincé entre le fleuve et la montagne, que...

L'ARCHEVÊQUE : Je sais, je sais. Mais si l'on se bat, on peut être battu.

LE SERVITEUR : Monseigneur…

L'ARCHEVÊQUE : Va-t'en. *(Le Serviteur s'en va.)* Pourquoi l'avoir permis, mon Dieu ? L'ennemi a envahi mes terres et ma bonne ville de Worms[3] s'est révoltée contre moi. Pendant que je combattais Conrad, elle m'a donné un coup de poignard dans le dos. Je ne savais pas, Seigneur, que vous aviez sur moi de si grands desseins : faudra-t-il que j'aille mendier de porte en porte, aveugle et conduit par un enfant ? Naturellement, je suis tout à votre disposition si vous tenez vraiment à ce que votre volonté soit faite. Mais considérez, je vous prie, que je n'ai plus vingt ans et que je n'ai jamais eu la vocation du martyre.

On entend au loin les cris de Victoire ! Victoire ! *Les cris se rapprochent. L'Archevêque prête l'oreille et met la main sur son cœur.*

LE SERVITEUR, *entrant* : Victoire ! Victoire ! Nous avons la victoire, monseigneur. Voici le colonel Linehart.

LE COLONEL, *entrant* : Victoire, monseigneur. Victoire totale et réglementaire. Un modèle de bataille, une journée historique : l'ennemi perd six mille hommes égorgés ou noyés, le reste est en déroute.

L'ARCHEVÊQUE : Merci. Mon Dieu. Et Conrad ?

LE COLONEL : Il est parmi les morts.

L'ARCHEVÊQUE : Merci, mon Dieu. *(Un temps.)* S'il est mort, je lui pardonne. *(À Linehart :)* Toi, je te bénis. Va répandre la nouvelle.

LE COLONEL, *rectifiant la position* : Peu après le lever du soleil, nous aperçûmes un nuage de poussière…

L'ARCHEVÊQUE, *l'interrompant* : Non, non ! Pas de détails ! Surtout pas de détails. Une victoire racontée en détail, on ne sait plus ce qui la distingue d'une défaite. C'est bien une victoire, au moins ?

LE COLONEL : Une merveille de victoire : l'élégance même.

L'ARCHEVÊQUE : Va. Je vais prier. *(Le Colonel sort. L'Archevêque se met à danser.)* J'ai gagné ! j'ai gagné ! *(La main au cœur.)* Aïe ! *(Il se met à genoux sur son prie-Dieu.)* Prions.

Une partie de la scène s'éclaire sur la droite : ce sont des remparts, un chemin de ronde. Heinz et Schmidt sont penchés sur les créneaux.

HEINZ : Ce n'est pas possible… ce n'est pas possible ; Dieu ne l'a pas permis.

SCHMIDT : Attends, ils vont les recommencer. Regarde ! Un — deux — trois... Trois... et un — deux — trois — quatre — cinq...

NASTY[4], *paraît sur les remparts* : Eh bien ! Qu'avez-vous ?

SCHMIDT : Nasty ! Il y a de très mauvaises nouvelles.

NASTY : Les nouvelles ne sont jamais mauvaises pour celui que Dieu a élu.

HEINZ : Depuis plus d'une heure, nous regardons les signaux de feu. De minute en minute, ils reviennent toujours pareils. Tiens ! Un — deux — trois et cinq ! *(Il lui désigne la montagne.)* L'Archevêque a gagné la bataille.

NASTY : Je le sais.

SCHMIDT : La situation est désespérée : nous sommes coincés dans Worms sans alliés ni vivres. Tu nous disais que Gœtz se lasserait, qu'il finirait par lever le siège, que Conrad écraserait l'Archevêque. Eh bien, tu vois, c'est Conrad qui est mort et l'armée de l'Archevêque va rejoindre celle de Gœtz sous nos murs et nous n'aurons plus qu'à mourir.

GERLACH, *entre en courant* : Conrad est battu. Le bourgmestre et les échevins se sont réunis à l'hôtel de ville et délibèrent.

SCHMIDT : Parbleu ! Ils cherchent le moyen de faire leur soumission.

NASTY : Avez-vous la foi, mes frères ?

TOUS : Oui, Nasty, oui !

NASTY : Alors, ne craignez point. La défaite de Conrad, c'est un signe.

SCHMIDT : Un signe ?

NASTY : Un signe que Dieu me fait. Va, Gerlach, cours jusqu'à l'hôtel de ville et tâche de savoir ce que le Conseil a décidé.

Les remparts disparaissent dans la nuit.

L'ARCHEVÊQUE, *se relevant* : Holà ! *(Le Serviteur entre.)* Faites entrer le Banquier. *(Le Banquier entre.)* Assieds-toi, banquier. Tu es tout crotté : d'où viens-tu ?

LE BANQUIER : J'ai voyagé trente-six heures pour vous empêcher de faire une folie.

L'ARCHEVÊQUE : Une folie ?

LE BANQUIER : Vous allez égorger une poule qui vous pond chaque année un œuf d'or.

L'ARCHEVÊQUE : De quoi parles-tu ?

LE BANQUIER : De votre ville de Worms : on m'apprend

que vous l'assiégez. Si vos troupes la saccagent, vous vous ruinez et moi avec vous. Est-ce à votre âge qu'il faut jouer les capitaines ?

L'ARCHEVÊQUE : Ce n'est pas moi qui ai provoqué Conrad.

LE BANQUIER : Pas provoqué, peut-être. Mais qui me dit que vous ne l'avez pas provoqué à vous provoquer ?

L'ARCHEVÊQUE : C'était mon vassal et il me devait obéissance. Mais le Diable lui a soufflé d'inciter les chevaliers à la révolte et de se mettre à leur tête.

LE BANQUIER : Que ne lui avez-vous donné ce qu'il voulait avant qu'il ne se fâchât ?

L'ARCHEVÊQUE : Il voulait tout.

LE BANQUIER : Eh bien, passe pour Conrad. C'est sûrement l'agresseur puisqu'il est battu. Mais votre ville de Worms…

L'ARCHEVÊQUE : Worms mon joyau, Worms mes amours, Worms l'ingrate s'est révoltée contre moi le jour même que Conrad a passé la frontière.

LE BANQUIER : C'est un grand tort. Mais les trois quarts de vos revenus viennent d'elle. Qui paiera vos impôts, qui me remboursera mes avances si vous assassinez vos bourgeois comme un vieux Tibère ?

L'ARCHEVÊQUE : Ils ont molesté les prêtres et les ont obligés à s'enfermer dans les couvents, ils ont insulté mon évêque et lui ont interdit de sortir de l'évêché.

LE BANQUIER : Des enfantillages ! Ils ne se seraient jamais battus si vous ne les y aviez forcés. La violence, c'est bon pour ceux qui n'ont rien à perdre.

L'ARCHEVÊQUE : Qu'est-ce que tu veux ?

LE BANQUIER : Leur grâce. Qu'ils payent une bonne amende et n'en parlons plus.

L'ARCHEVÊQUE : Hélas !

LE BANQUIER : Quoi, hélas ?…

L'ARCHEVÊQUE : J'aime Worms, banquier ; même sans amende, je lui pardonnerais de grand cœur.

LE BANQUIER : Eh bien, alors ?

L'ARCHEVÊQUE : Ce n'est pas moi qui l'assiège.

LE BANQUIER : Et qui donc ?

L'ARCHEVÊQUE : Gœtz.

LE BANQUIER : Qui est ce Gœtz ? Le frère de Conrad ?

L'ARCHEVÊQUE : Oui. Le meilleur capitaine de toute l'Allemagne.

LE BANQUIER : Que fait-il sous les murs de votre ville ? N'est-ce pas votre ennemi ?

L'ARCHEVÊQUE : À vrai dire, je ne sais pas trop ce qu'il est. D'abord l'allié de Conrad et mon ennemi, ensuite mon allié et l'ennemi de Conrad ; et à présent… Il est d'humeur changeante, c'est le moins qu'on puisse dire.

LE BANQUIER : Pourquoi prendre des alliés si suspects ?

L'ARCHEVÊQUE : Avais-je le choix ? Conrad et lui ont envahi mes terres ensemble. Heureusement, j'ai appris que la discorde s'était mise entre eux et j'ai promis à Gœtz en secret les terres de son frère s'il se joignait à nous. Si je ne l'avais détaché de Conrad, il y a beau temps que j'aurais perdu la guerre.

LE BANQUIER : Donc, il est passé de votre côté avec ses troupes. Après ?

L'ARCHEVÊQUE : Je lui ai donné la garde de l'arrière-pays. Il a dû s'ennuyer : je suppose qu'il n'aime pas la vie de garnison : un beau jour il a conduit son armée sous les remparts de Worms et il a commencé le siège sans que je l'en prie.

LE BANQUIER : Ordonnez-lui… *(L'Archevêque sourit tristement et hausse les épaules.)* Il ne vous obéit pas ?

L'ARCHEVÊQUE : Où as-tu pris qu'un général en campagne obéissait à un chef d'État ?

LE BANQUIER : En somme, vous êtes entre ses mains.

L'ARCHEVÊQUE : Oui.

Les remparts s'éclairent.

GERLACH, *entrant* : Le Conseil a décidé d'envoyer des parlementaires à Gœtz.

HEINZ : Et voilà ! *(Un temps.)* Les lâches !

GERLACH : Notre seule chance, c'est que Gœtz leur fasse des conditions inacceptables. S'il est tel qu'on le dit, il ne voudra pas même nous prendre à merci.

LE BANQUIER : Peut-être épargnera-t-il les biens.

L'ARCHEVÊQUE : Pas même les vies humaines ; j'en ai peur.

SCHMIDT, *à Gerlach* : Mais pourquoi[a] ? Pourquoi ?

L'ARCHEVÊQUE : C'est un bâtard de la pire espèce : par la mère[5]. Il ne se plaît qu'à faire le mal.

GERLACH : C'est une tête de cochon, un bâtard : il aime à faire le mal. S'il veut saccager Worms, il faudra que les bourgeois se battent le dos au mur.

SCHMIDT : S'il compte raser la ville, il n'aura pas la naïveté de le dire. Il demandera qu'on le laisse entrer en promettant de ne toucher à rien.

LE BANQUIER, *indigné* : Worms me doit trente mille ducats :

il faut arrêter ça tout à l'heure. Faites marcher vos troupes contre Gœtz.

L'ARCHEVÊQUE, *accablé* : J'ai peur qu'il ne me les batte.

La salle de l'archevêché disparaît dans la nuit.

HEINZ, *à Nasty* : Alors ? Est-ce que nous sommes vraiment perdus ?

NASTY : Dieu est avec nous, mes frères : nous ne pouvons pas perdre. Cette nuit, je sortirai de Worms et j'essaierai de traverser le camp pour gagner Waldorf ; huit jours suffiront pour réunir dix mille paysans en armes.

SCHMIDT : Comment pourrons-nous tenir huit jours ? Ils sont capables de lui ouvrir les portes dès ce soir.

NASTY : Il faut qu'ils ne puissent pas les ouvrir.

HEINZ : Tu veux t'emparer du pouvoir ?

NASTY : Non. La situation est trop incertaine.

HEINZ : Alors ?

NASTY : Il faut compromettre les bourgeois de façon qu'ils craignent pour leur tête.

TOUS : Comment ?

NASTY : Par un massacre.

Sous les remparts, la scène s'éclaire. Une femme est assise, les yeux fixes, contre l'escalier qui mène au chemin de ronde. Elle a trente-cinq ans, elle est en haillons. Un curé passe, lisant son bréviaire.

... Quel est ce curé ? Pourquoi n'est-il pas enfermé avec les autres ?

HEINZ : Tu ne le reconnais pas ?

NASTY : Ah ! C'est Heinrich. Comme il a changé. N'empêche, on aurait dû l'enfermer.

HEINZ : Les pauvres l'aiment parce qu'il vit comme eux : on a craint de les mécontenter.

NASTY : C'est lui le plus dangereux.

LA FEMME, *apercevant le Curé* : Curé ! Curé ! *(Le Curé s'enfuit. Elle crie.)* Où cours-tu si vite ?

HEINRICH[6], *s'arrêtant* : Je n'ai plus rien ! Plus rien ! Plus rien ! J'ai tout donné.

LA FEMME : Ce n'est pas une raison pour t'enfuir quand on t'appelle.

HEINRICH, *revenant vers elle avec lassitude* : Tu as faim ?

LA FEMME : Non.

HEINRICH : Alors, que demandes-tu ?

LA FEMME : Je veux que tu m'expliques.

HEINRICH, *vivement* : Je ne peux rien expliquer.

LA FEMME : Tu ne sais même pas de quoi je parle.

HEINRICH : Eh bien, va. Va vite. Qu'est-ce qu'il faut expliquer ?

LA FEMME : Pourquoi l'enfant est mort[7].

HEINRICH : Quel enfant ?

LA FEMME, *riant un peu* : Le mien. Voyons, curé, tu l'as enterré hier : il avait trois ans et il est mort de faim.

HEINRICH : Je suis fatigué, ma sœur, et je ne vous reconnais plus. Je vous vois à toutes le même visage avec les mêmes yeux.

LA FEMME : Pourquoi est-il mort ?

HEINRICH : Je ne sais pas.

LA FEMME : Tu es curé, pourtant.

HEINRICH : Oui, je le suis.

LA FEMME : Alors, qui m'expliquera, si toi tu ne peux pas ? *(Un temps.)* Si je me laissais mourir à présent, ce serait mal ?

HEINRICH, *avec force* : Oui. Très mal.

LA FEMME : C'est bien ce que je pensais. Et pourtant, j'en ai grande envie. Tu vois bien qu'il faut que tu m'expliques.

Un silence. Heinrich se passe la main sur le front et fait un violent effort.

HEINRICH : Rien n'arrive sans la permission de Dieu et Dieu est la bonté même ; donc ce qui arrive est le meilleur.

LA FEMME : Je ne comprends pas.

HEINRICH : Dieu sait plus de choses que tu n'en sais : ce qui te paraît un mal est un bien à ses yeux parce qu'il en pèse toutes les conséquences.

LA FEMME : Tu peux comprendre ça, toi ?

HEINRICH : Non ! Non ! Je ne comprends pas ! Je ne comprends rien ! Je ne peux ni ne veux comprendre ! Il faut croire ! Croire ! Croire !

LA FEMME, *avec un petit rire* : Tu dis qu'il faut croire et tu n'as pas du tout l'air de croire à ce que tu dis.

HEINRICH : Ce que je dis, ma sœur, je l'ai répété tant de fois depuis trois mois que je ne sais plus si je le dis par conviction ou par habitude. Mais ne t'y trompe pas : j'y crois. J'y crois de toutes mes forces et de tout mon cœur. Mon Dieu, vous m'êtes témoin que pas un instant le doute n'a effleuré mon cœur. *(Un temps.)* Femme, ton enfant est au ciel et tu l'y retrouveras.

Heinrich s'agenouille.

LA FEMME : Oui, curé, bien sûr. Mais le ciel, c'est autre chose. Et puis, je suis si fatiguée que je ne trouverai plus jamais la force de me réjouir. Même là-haut.

HEINRICH : Ma sœur, pardonne-moi.

LA FEMME : Pourquoi te pardonnerais-je, bon curé ? Tu ne m'as rien fait.

HEINRICH : Pardonne-moi. Pardonne en ma personne à tous les prêtres, à ceux qui sont riches comme à ceux qui sont pauvres.

LA FEMME, *amusée* : Je te pardonne de grand cœur. Ça te fait plaisir ?

HEINRICH : Oui. À présent, ma sœur, nous allons prier ensemble ; prions Dieu qu'il nous rende l'espoir.

Pendant les dernières répliques, Nasty descend lentement les marches de l'escalier des remparts.

LA FEMME, *elle voit Nasty et s'interrompt. Joyeusement* : Nasty ! Nasty !

NASTY : Que me veux-tu ?

LA FEMME : Boulanger, mon enfant est mort. Tu dois savoir pourquoi, toi qui sais tout.

NASTY : Oui, je le sais.

HEINRICH : Nasty, je t'en supplie, tais-toi. Malheur à ceux par qui le scandale arrive.

NASTY : Il est mort parce que les riches bourgeois de notre ville se sont révoltés contre l'Archevêque, leur très riche seigneur. Quand les riches se font la guerre, ce sont les pauvres qui meurent.

LA FEMME : Est-ce que Dieu leur avait permis de faire cette guerre ?

NASTY : Dieu le leur avait bien défendu.

LA FEMME : Celui-ci dit que rien n'arrive sans sa permission.

NASTY : Rien sauf le Mal qui naît de la méchanceté des hommes.

HEINRICH : Boulanger, tu mens, tu mélanges le vrai et le faux de manière à tromper les âmes.

NASTY : Soutiendras-tu que Dieu permet ces deuils et ces souffrances inutiles ? Moi, je dis qu'il est innocent de tout[8].

Heinrich se tait.

LA FEMME : Alors Dieu ne voulait pas que mon enfant meure ?

NASTY : S'il l'avait voulu, l'aurait-il fait naître ?

LA FEMME, *soulagée* : J'aime mieux ça. *(Au Curé :)* Tu vois, comme ça, je comprends. Alors, il est triste, le Bon Dieu, quand il voit que j'ai de la peine ?

NASTY : Triste à mourir.

LA FEMME : Et il ne peut rien pour moi ?

NASTY : Si, bien sûr. Il te rendra l'enfant.

LA FEMME, *déçue* : Oui. Je sais ! au ciel.

NASTY : Au ciel, non. Sur terre.

LA FEMME, *étonnée* : Sur terre ?

NASTY : Il faut d'abord passer par le chas d'une aiguille et supporter sept années de malheur et puis le règne de Dieu commencera sur la terre : nos morts nous seront rendus, tout le monde aimera tout le monde et personne n'aura faim !

LA FEMME : Pourquoi faut-il attendre sept ans ?

NASTY : Parce qu'il faut sept années de lutte pour nous débarrasser des méchants.

LA FEMME : Il y aura fort à faire.

NASTY : C'est pour cela que le Seigneur a besoin de ton aide.

LA FEMME : Le Seigneur Tout-Puissant a besoin de mon aide à moi ?

NASTY : Oui, ma sœur. Pour sept ans encore, le Malin règne sur terre ; mais, si chacun de nous se bat courageusement, nous nous sauverons tous et Dieu avec nous. Me crois-tu ?

LA FEMME, *se levant* : Oui, Nasty : je te crois.

NASTY : Ton fils n'est pas au ciel, femme, il est dans ton ventre et tu le porteras pendant sept années et au bout de ce temps, il marchera à ton côté, il mettra sa main dans la tienne et tu l'auras enfanté pour la deuxième fois[9].

LA FEMME : Je te crois, Nasty, je te crois.

Elle sort.

HEINRICH : Tu la perds.

NASTY : Si tu en es sûr, pourquoi ne m'as-tu pas interrompu ?

HEINRICH : Ah ! Parce qu'elle avait l'air moins malheureux. *(Nasty hausse les épaules et sort.)* Seigneur, je n'ai pas eu le courage de le faire taire ; j'ai péché. Mais je crois, mon

Dieu, je crois en votre toute-puissance, je crois en votre Sainte Église, ma mère, corps sacré de Jésus dont je suis un membre ; je crois que tout arrive par vos décrets, même la mort d'un enfant et que tout eſt bon. Je le crois parce que c'eſt absurde ! Absurde ! Absurde[10] !

Toute la scène s'eſt éclairée. Des bourgeois avec leurs femmes sont groupés autour du palais de l'Évêque et attendent.

LA FOULE

— Y a-t-il des nouvelles ?…
— Pas de nouvelles…
— Que fait-on ici ?
— On attend…
— Qu'eſt-ce qu'on attend ?
— Rien…
— Vous avez vu ?…
— À droite.
— Oui.
— Les sales gueules.
— Quand l'eau remue, la vase remonte.
— On n'eſt plus chez soi dans les rues.
— Il faut la finir, cette guerre, il faut la finir vite. Sinon il y aura du vilain.
— Je voudrais voir l'Évêque, moi, je voudrais voir l'Évêque.
— Il ne se montrera pas. Il eſt bien trop en colère…
— Qui ?… Qui ?…
— L'Évêque…
— Depuis qu'il eſt enfermé ici, on le voit quelquefois à sa fenêtre, il soulève le rideau et il regarde.
— Il n'a pas l'air bon.
— Qu'eſt-ce que vous voulez qu'il vous dise, l'Évêque ?
— Il a peut-être des nouvelles.

Murmures.

VOIX DANS LA FOULE

— Évêque ! Évêque ! Montre-toi !…
— Conseille-nous.
— Que va-t-il arriver[b] ?…

LA VOIX : C'eſt la fin du monde !

Un homme sort de la foule, bondit jusqu'à la façade de l'évêché et s'y adosse. Heinrich s'écarte de lui et rejoint la foule.

LE PROPHÈTE

Le monde est foutu ! foutu !
Battons nos charognes.
Battez, battez, battez : Dieu est là.

Cris et commencement de panique.

UN BOURGEOIS : Là ! Là ! Du calme. Ce n'est qu'un prophète.

LA FOULE : Encore un ? Ça suffit ! Tais-toi. Il en sort de partout. C'était bien la peine d'enfermer nos curés.

LE PROPHÈTE

La terre a des odeurs.
Le soleil s'est plaint au Bon Dieu !
Seigneur, je veux m'éteindre.
J'en ai plein le dos de cette pourriture.
Plus je la réchauffe, plus elle pue.
Elle salit le bout de mes rayons.
Malheur ! dit le soleil. Ma belle chevelure d'or trempe dans la merde.

UN BOURGEOIS, *le frappant* : Ta gueule !

Le Prophète tombe assis par terre. La fenêtre de l'évêché s'ouvre violemment. L'Évêque paraît à son balcon en grand appareil.

LA FOULE : L'Évêque !

L'ÉVÊQUE : Où sont les armées de Conrad ? Où sont les chevaliers ? Où est la légion des anges qui devait mettre l'ennemi en déroute ? Vous êtes seuls, sans amis, sans espoir et maudits. Allons, bourgeois de Worms, répondez ; si c'est plaire au Seigneur que d'enfermer ses ministres, pourquoi le Seigneur vous a-t-il abandonnés ? *(Gémissements de la foule.)* Répondez !

HEINRICH : Ne leur ôtez pas leur courage.

L'ÉVÊQUE : Qui parle ?

HEINRICH : Moi, Heinrich, curé de Saint-Gilhau.

L'ÉVÊQUE : Avale ta langue, prêtre apostat. Oses-tu bien regarder ton évêque en face ?

HEINRICH : S'ils vous ont offensé, monseigneur, pardonnez leur offense comme je vous pardonne ces insultes.

L'ÉVÊQUE : Judas ! Judas Iscariote ! Va te pendre !

HEINRICH : Je ne suis pas Judas[c].

L'ÉVÊQUE : Alors, que fais-tu au milieu d'eux ? Pourquoi les soutiens-tu ? Pourquoi n'es-tu pas enfermé avec nous ?

HEINRICH : Ils m'ont laissé libre parce qu'ils savent que je les aime. Et si je n'ai pas rejoint de moi-même les autres prêtres, c'est pour qu'il y ait des messes dites et des sacrements donnés dans cette ville perdue. Sans moi, l'Église serait absente, Worms livrée sans défense à l'hérésie et les gens mourraient comme des chiens[d]... Monseigneur, ne leur ôtez pas leur courage !

L'ÉVÊQUE : Qui t'a nourri ? Qui t'a élevé ? Qui t'a appris à lire ? Qui t'a donné ta science ? Qui t'a fait prêtre[11] ?

HEINRICH : C'est l'Église, ma Très Sainte Mère.

L'ÉVÊQUE : Tu lui dois tout. Tu es d'Église d'abord.

HEINRICH : Je suis d'Église d'abord, mais je suis leur frère.

L'ÉVÊQUE, *fortement* : D'Église d'abord.

HEINRICH : Oui. D'Église d'abord, mais...

L'ÉVÊQUE : Je vais parler à ces hommes. S'ils s'obstinent dans leurs erreurs et s'ils veulent prolonger leur rébellion, je te commande de rejoindre les gens d'Église, tes véritables frères, et de t'enfermer avec eux au couvent des Minimes ou dans le Séminaire. Obéiras-tu à ton évêque ?

UN HOMME DU PEUPLE : Ne nous abandonne pas, Heinrich, tu es le curé des pauvres, tu nous appartiens.

HEINRICH, *avec accablement mais d'une voix ferme* : Je suis d'Église d'abord : monseigneur, je vous obéirai.

L'ÉVÊQUE : Habitants de Worms, regardez-la bien, votre ville blanche et populeuse, regardez-la pour la dernière fois : elle va devenir le séjour infect de la famine et de la peste ; et pour finir, les riches et les pauvres se massacreront entre eux. Quand les soldats de Gœtz y entreront, ils ne trouveront que des charognes et des décombres. *(Un temps.)* Je puis vous sauver, mais il faut savoir m'attendrir.

LES VOIX : Sauvez-nous, monseigneur. Sauvez-nous !

L'ÉVÊQUE : À genoux, bourgeois orgueilleux et demandez pardon à Dieu ! *(Les bourgeois s'agenouillent les uns après les autres. Les hommes du peuple restent debout.)* Heinrich ! T'agenouilleras-tu ? *(Heinrich s'agenouille.)* Seigneur Dieu, pardonne-nous nos offenses et calme la colère de l'Archevêque. Répétez.

LA FOULE : Seigneur Dieu, pardonnez-nous nos offenses et calmez la colère de l'Archevêque.

L'ÉVÊQUE : Amen. Relevez-vous. *(Un temps.)* Vous délivrerez d'abord les prêtres et les moines, puis vous ouvrirez les portes de la ville ; vous vous agenouillerez sur le parvis de la cathédrale et vous attendrez dans le repentir. Nous, cependant, nous irons en procession supplier Gœtz de vous épargner.

UN BOURGEOIS : Et s'il ne voulait rien entendre ?

L'ÉVÊQUE : Au-dessus de Gœtz, il y a l'Archevêque. C'est notre père à tous et sa justice sera paternelle.

Depuis un moment, Nasty est apparu sur le chemin de ronde. Il écoute en silence, puis sur la dernière réplique, il descend deux marches de l'escalier des remparts.

NASTY : Gœtz n'est pas à l'Archevêque. Gœtz est au Diable. Il a prêté serment à Conrad, son propre frère et cependant, il l'a trahi. S'il vous promet aujourd'hui la vie sauve, serez-vous assez sots pour croire à sa parole ?

L'ÉVÊQUE : Toi, là-haut, qui que tu sois, je t'ordonne...

NASTY : Qui es-tu pour me commander ? Et vous, qu'avez-vous besoin de l'écouter ? Vous n'avez d'ordres à recevoir de personne, sauf des chefs que vous vous êtes choisis.

L'ÉVÊQUE : Et qui donc t'a choisi, barbouillé ?

NASTY : Les pauvres. *(Aux autres :)* Les soldats sont avec nous ; j'ai posté des hommes aux portes de la ville ; si quelqu'un parle de les ouvrir, la mort.

L'ÉVÊQUE : Courage, malheureux, conduis-les à leur perte. Ils n'avaient qu'une chance de salut et tu viens de la leur ôter.

NASTY : S'il n'y avait plus d'espoir, je serais le premier à vous conseiller de vous rendre. Mais qui prétendra que Dieu nous abandonne ? On a voulu vous faire douter des anges ? Mes frères, les anges sont là ! Non, ne levez pas les yeux, le ciel est vide. Les anges sont au travail sur terre ; ils s'acharnent sur le camp ennemi.

UN BOURGEOIS : Quels anges ?

NASTY : L'ange du choléra et celui de la peste, l'ange de la famine et celui de la discorde. Tenez bon : la ville est imprenable et Dieu nous aide. Ils lèveront le siège.

L'ÉVÊQUE : Habitants de Worms, pour ceux qui écoutent cet hérésiarque, c'est l'enfer ; j'en témoigne sur ma part de paradis.

NASTY : Ta part de paradis, il y a beau temps que Dieu l'a donnée aux chiens.

L'ÉVÊQUE : Et la tienne, bien sûr, il te la garde au chaud en attendant que tu viennes la prendre ! Il se réjouit en ce moment de t'entendre insulter son prêtre.

NASTY : Qui t'a fait prêtre ?

L'ÉVÊQUE : La Sainte Église.

NASTY : Ton Église est une putain[12] : elle vend ses faveurs aux riches. Toi, tu me confesserais ? Toi, tu me remettrais mes péchés ? Ton âme a la pelade, Dieu grince des dents quand il la voit. Mes frères, pas besoin de prêtres : tous les hommes peuvent baptiser, tous les hommes peuvent absoudre, tous les hommes peuvent prêcher. Je vous le dis en vérité : tous les hommes sont prophètes ou Dieu n'existe pas.

L'ÉVÊQUE : Hou ! Hou ! Hou ! Anathème ! *(Il lui jette son aumônière au visage.)*

NASTY, *désignant la porte du palais* : Cette porte est vermoulue ; on l'emporterait d'un coup d'épaule. *(Silence.)* Comme vous êtes patients, mes frères ! *(Un temps. Aux hommes du peuple :)* Ils sont tous de mèche : l'Évêque, le Conseil, les riches ; ils veulent rendre la ville parce que vous leur faites peur. Et qui paiera pour tous s'ils la rendent ? Vous ! Toujours vous ! Allons, levez-vous, mes frères, il faut tuer pour gagner le ciel.

Les hommes du peuple grondent.

UN BOURGEOIS, *à sa femme* : Viens ! Retirons-nous.

UN AUTRE, *à son fils* : Vite ! Nous allons fermer les volets de la boutique et nous barricader chez nous.

L'ÉVÊQUE : Mon Dieu, vous m'êtes témoin que j'ai fait ce que j'ai pu pour sauver ce peuple. Je mourrai sans regrets, dans votre gloire, car je sais à présent que votre colère va s'abattre sur Worms et la réduire en poudre.

NASTY : Ce vieux vous mange vivants. D'où vient que sa voix soit si pleine ? C'est qu'il bouffe. Allez faire un tour dans ses greniers : vous y trouverez assez de pain[e] pour nourrir un régiment pendant six mois.

L'ÉVÊQUE, *d'une voix forte* : Tu mens. Mes greniers sont vides et tu le sais.

NASTY : Allez-y voir, mes frères. Allez-y voir. Le croirez-vous sur parole ?

Les bourgeois se retirent en hâte. Les hommes du peuple restent seuls avec Nasty.

HEINRICH, *s'approchant de Nasty* : Nasty !

NASTY : Qu'est-ce que tu veux, toi ?

HEINRICH : Tu le sais, pourtant, que ses greniers sont vides. Tu sais qu'il mange à peine, qu'il donne sa part aux pauvres.

NASTY : Es-tu pour ou contre nous ?

HEINRICH : Je suis pour vous quand vous souffrez, contre vous quand vous voulez verser le sang de l'Église.

NASTY : Tu es pour nous quand on nous assassine, contre nous quand nous osons nous défendre.

HEINRICH : Je suis d'Église, Nasty.

NASTY : Enfoncez la porte !

Les hommes s'attaquent à la porte. L'Évêque prie en silence, debout.

HEINRICH, *se jetant devant la porte* : Il faudra me tuer…

UN HOMME DU PEUPLE : Te tuer ? Pour quoi faire ?

Ils le frappent et le jettent à terre.

HEINRICH : Vous m'avez frappé ! Je vous aimais plus que mon âme et vous m'avez frappé ! *(Il se relève et marche sur Nasty.)* Pas l'Évêque, Nasty, pas l'Évêque ! Moi, si tu veux, mais pas l'Évêque.

NASTY : Pourquoi pas ? C'est un affameur !

HEINRICH : Tu sais que non ! Tu le sais. Si tu veux libérer tes frères de l'oppression et du mensonge, pourquoi commences-tu par leur mentir ?

NASTY : Je ne mens jamais.

HEINRICH : Tu mens : il n'y a pas de grain dans ses greniers.

NASTY : Que m'importe ! Il y a de l'or et des pierreries dans ses églises. Tous ceux qui sont morts de faim au pied de ses christs de marbre et de ses vierges d'ivoire, je dis qu'il les a fait mourir.

HEINRICH : Ce n'est pas la même chose. Tu ne fais peut-être pas de mensonge, mais tu ne dis pas la vérité.

NASTY : Je ne dis pas la tienne : je dis la nôtre. Et, si Dieu aime les pauvres, c'est la nôtre qu'il fera sienne au jour du Jugement.

HEINRICH : Eh bien, laisse-lui juger l'Évêque. Mais ne verse pas le sang de l'Église.

NASTY : Je ne connais qu'une Église : c'est la société des hommes.

HEINRICH : De tous les hommes, alors, de tous les chrétiens liés par l'amour. Mais toi, tu inaugures ta société par un massacre.

NASTY : Il est trop tôt pour aimer. Nous en achèterons le droit en versant le sang.

HEINRICH : Dieu a défendu la violence ; il l'abomine.

NASTY : Et l'enfer ? Crois-tu qu'on n'y fait pas violence aux damnés ?

HEINRICH : Dieu a dit : Celui qui tirera l'épée...

NASTY : Périra par l'épée... Eh bien, oui, nous périrons par l'épée. Tous. Mais nos fils verront Son Règne sur la terre. Allons, va-t'en. Tu ne vaux pas mieux que les autres.

HEINRICH : Nasty ! Nasty ! Pourquoi ne m'aimez-vous pas ? Que vous ai-je fait ?

NASTY : Tu nous as fait que tu es curé et qu'un curé reste curé quoi qu'il fasse.

HEINRICH : Je suis l'un de vous. Pauvre et fils de pauvre.

NASTY : Eh bien, cela prouve que tu es un traître, voilà tout.

HEINRICH, *criant* : Ils ont enfoncé la porte ! *(La porte a cédé en effet et les hommes se précipitent dans le palais. Heinrich se jetant à genoux :)* Mon Dieu, si vous aimez encore les hommes, si vous ne les avez pas pris tous en horreur, empêchez ce meurtre.

L'ÉVÊQUE : Je n'ai pas besoin de tes prières, Heinrich ! Vous tous qui ne savez ce que vous faites, je vous pardonne. Mais toi, prêtre apostat, je te maudis.

HEINRICH : Ha !

Il tombe prostré.

L'ÉVÊQUE : Alléluia ! Alléluia ! Alléluia !

Des hommes le frappent. Il s'écroule sur le balcon[13].

NASTY, *à Schmidt* : Eh bien, qu'ils essaient de rendre la ville, à présent.

UN HOMME DU PEUPLE, *paraissant à la porte* : Il n'y avait pas de grain dans le grenier.

NASTY : C'est qu'ils l'auront caché au couvent des Minimes.

L'HOMME, *criant* : Au couvent des Minimes ! Au couvent !

Des hommes sortent en courant.

HOMMES DU PEUPLE : Au couvent ! Au couvent !

NASTY, *à Schmidt* : Cette nuit, j'essaierai de franchir les lignes.

Ils sortent. Heinrich se relève, regarde autour de lui. Il est seul avec le Prophète. Il aperçoit l'Évêque, les yeux grands ouverts, qui le regarde.

HEINRICH, *il va pour entrer dans le palais. L'Évêque étend le bras pour le repousser* : Je n'entrerai pas. Baisse ton bras, baisse-le. Si tu n'es pas tout à fait mort, pardonne. C'est lourd, une rancune, c'est terrestre ; laisse-la sur terre : meurs léger. *(L'Évêque essaie de parler.)* Quoi ? *(L'Évêque rit.)* Un traître ? Mais oui, bien sûr. Eux aussi, tu sais, ils m'appellent traître. Mais dis-moi donc : comment puis-je m'arranger pour trahir tout le monde à la fois ? *(L'Évêque rit toujours.)* Pourquoi ris-tu ? Allons. *(Un temps.)* Ils m'ont frappé. Et pourtant je les aimais. Dieu ! Comme je les aimais. *(Un temps.)* Je les aimais, mais je leur mentais. Je leur mentais par mon silence. Je me taisais ! Je me taisais ! Bouche cousue, dents serrées : ils crevaient comme des mouches et je me taisais. Quand ils voulaient du pain, j'arrivais avec le crucifix. Tu crois que ça se mange, le crucifix ? Ah ! Baisse ton bras, va, nous sommes complices. J'ai voulu vivre leur pauvreté, souffrir de leur froid, de leur faim : ils mouraient tout de même, n'est-ce pas ; tiens, c'était une manière de les trahir : je leur faisais croire que l'Église était pauvre. À présent, la rage les a pris et ils ont tué ; ils se perdent : ils n'auront jamais connu que l'enfer ; dans cette vie d'abord et demain dans l'autre. *(L'Évêque prononce quelques mots inintelligibles.)* Mais que veux-tu que j'y fasse ? Comment puis-je les en empêcher ? *(Il va au fond et regarde dans la rue.)* La place grouille de monde ; ils cognent avec des bancs contre la porte du couvent. Elle est solide. Elle tiendra jusqu'au matin. Je n'y puis rien. Rien ! Rien ! Allons, ferme la bouche, meurs dignement. *(L'Évêque laisse tomber une clé.)* Qu'est-ce que c'est cette clé ? Quelle porte ouvre-t-elle ? Une porte de ton palais ? Non ? De la cathédrale ? Oui ? De la sacristie ? Non ?... De la crypte ?... C'est la porte de la crypte ? Celle qui est toujours fermée ? Eh bien ?

L'ÉVÊQUE : Souterrain.

HEINRICH : Qui mène où ?... Ne le dis pas ! Puisses-tu mourir avant de le dire.

L'ÉVÊQUE : Dehors.

HEINRICH : Je ne la ramasserai pas. *(Silence.)* Un souterrain part de la crypte et mène hors la ville. Tu veux que j'aille chercher Gœtz et que je le fasse entrer dans Worms par le souterrain ? Ne compte pas sur moi.

L'ÉVÊQUE : Deux cents prêtres. Leur vie entre tes mains.

Un temps.

HEINRICH : Parbleu voilà donc pourquoi tu riais. C'est une bonne farce. Merci, bon évêque, merci. Les pauvres massacreront les prêtres ou Gœtz massacrera les pauvres. Deux cents prêtres ou vingt mille hommes, tu me laisses un beau choix à faire. Vingt mille hommes, c'est beaucoup plus que deux cents, bien sûr ; la question est de savoir combien d'hommes vaut un prêtre. À moi d'en décider : après tout, je suis d'Église. Je ne la ramasserai pas : ces curés iront droit au ciel. *(L'Évêque s'effondre.)* À moins qu'ils ne meurent comme toi, la rage au cœur. Eh bien, tu en as fini, bonsoir ; pardonnez-lui, mon Dieu, comme je lui pardonne. Je ne la ramasserai pas. Voilà tout. Non ! Non ! Non ! *(Il ramasse la clé.)*

LE PROPHÈTE, *qui s'est relevé.*

Seigneur, que ta volonté soit faite.
Le monde est foutu ! foutu !
Que ta volonté soit faite !

HEINRICH : Seigneur, tu as maudit Caïn et les enfants de Caïn : que ta volonté soit faite. Tu as permis que les hommes aient le cœur rongé, que leurs intentions soient pourries, que leurs actions se décomposent et puent : que ta volonté soit faite. Seigneur, tu as voulu que la trahison fût mon lot sur la terre : que ta volonté soit faite ! Que ta volonté soit faite ! Que ta volonté soit faite !

Il sort.

LE PROPHÈTE

Battons nos charognes.
Battez, battez : Dieu est là !

DEUXIÈME TABLEAU

Aux abords du camp de Gœtz. C'est la nuit. Au fond, la ville. Un officier paraît et regarde la ville. Un autre officier entre immédiatement après lui.

SCÈNE I[14]

LES OFFICIERS, HERMANN

DEUXIÈME OFFICIER : Qu'est-ce que tu fais ?
PREMIER OFFICIER : Je regarde la ville : des fois qu'elle s'envolerait, un beau jour…
DEUXIÈME OFFICIER, *au premier* : Elle ne s'envolera pas. Nous n'aurons pas cette chance. *(Se retournant brusquement.)* Qu'est-ce que c'est[g] ?

Deux hommes passent, portant sur une civière une forme recouverte d'un drap. Ils se taisent. Le Premier Officier va à la civière, soulève le drap et le laisse tomber.

PREMIER OFFICIER : À la rivière ! tout de suite !
DEUXIÈME OFFICIER : Il est… ?
PREMIER OFFICIER : Noir.

Un temps. Les deux Infirmiers se mettent en marche. Le malade gémit.

DEUXIÈME OFFICIER : Attendez.

Ils s'arrêtent.

PREMIER OFFICIER : Eh bien quoi ?
DEUXIÈME OFFICIER : Il est vivant.
PREMIER OFFICIER : Je ne veux pas le savoir. À la rivière !
DEUXIÈME OFFICIER, *aux Infirmiers* : Quel régiment ?
L'INFIRMIER : Croix bleue.
DEUXIÈME OFFICIER : Eh ! c'est le mien. Demi-tour !
PREMIER OFFICIER : Tu es fou ! À la rivière !
DEUXIÈME OFFICIER : Je ne laisserai pas noyer mes hommes comme une portée de chats.

Ils se regardent. Les Infirmiers échangent un coup d'œil rigolard, posent le mort et attendent.

PREMIER OFFICIER : Mort ou vivant, si on le garde il foutra le choléra à l'armée entière.

TROISIÈME OFFICIER, *entrant* : Et si ce n'est pas le choléra, ce sera la panique[15]. Allez ! Jetez-le dans la rivière !

L'INFIRMIER : Il gémit.

Un temps. Le Deuxième Officier se tourne avec humeur vers les Infirmiers, tire rageusement sa dague et frappe le corps.

DEUXIÈME OFFICIER : Il ne gémira plus. Allez ! *(Les deux hommes sortent.)* Trois. Trois depuis hier.

HERMANN, *entrant* : Quatre. Il y en a un qui vient de tomber au beau milieu du camp.

DEUXIÈME OFFICIER : Les hommes l'ont vu ?

HERMANN : Au beau milieu du camp, je te dis.

TROISIÈME OFFICIER : Si c'était moi qui commandais, on lèverait le siège cette nuit.

HERMANN : D'accord. Mais ce n'est pas toi qui commandes.

PREMIER OFFICIER : Eh bien, il faut lui parler.

HERMANN : Et qui parlera ? *(Un silence. Les regardant :)* Vous ferez tout ce qu'il voudra.

DEUXIÈME OFFICIER : Alors, nous sommes foutus. Si le choléra nous épargne nous serons égorgés par nos troupes.

HERMANN : À moins que ce ne soit lui qui crève.

PREMIER OFFICIER : Lui ? Du choléra ?

HERMANN : Du choléra ou d'autre chose. *(Un silence.)* On m'a fait dire que l'Archevêque ne verrait pas sa mort d'un mauvais œil.

Silence.

DEUXIÈME OFFICIER : Je ne pourrais pas.

PREMIER OFFICIER : Moi non plus, il me dégoûte tellement que j'aurais horreur de lui faire mal.

HERMANN : On ne te demande rien. Sauf de te taire et de laisser faire ceux qui sont moins dégoûtés que toi.

Silence. Gœtz et Catherine entrent.

SCÈNE II

LES MÊMES, GŒTZ, CATHERINE

GŒTZ[16], *entrant*: Vous n'avez rien à m'apprendre ? Pas même que les soldats manquent de pain ? Pas même que le choléra va décimer les troupes ? Vous n'avez rien à me demander ? Pas même de lever le siège pour éviter une catastrophe ? *(Un temps.)* Je vous fais donc si peur ?

Ils se taisent.

CATHERINE[17] : Comme ils te regardent, mon bijou. Ces gens-là ne t'aiment guère et je ne serais pas étonnée qu'on te retrouve un jour sur le dos avec un gros couteau dans la panse.

GŒTZ : M'aimes-tu, toi ?

CATHERINE : Foutre non !

GŒTZ : Eh bien, tu vois que tu ne m'as pas tué.

CATHERINE : Ce n'est pas faute d'en avoir eu envie.

GŒTZ : Je sais : tu fais des rêves jolis. Mais je suis tranquille : à l'instant de ma mort tu serais cajolée par vingt mille hommes. Et vingt mille hommes, c'est un peu trop, même pour toi.

CATHERINE : Mieux vaut vingt mille qu'un seul qui vous fait horreur.

GŒTZ : Ce que j'aime en toi, c'est l'horreur que je t'inspire. *(Aux Officiers :)* Quand donc voulez-vous que je lève le siège ? Jeudi ? Mardi ? Dimanche ? Eh bien, mes amis, ce n'est ni mardi, ni jeudi, que je prendrai la ville : c'est cette nuit.

DEUXIÈME OFFICIER : Cette nuit ?

GŒTZ : Tout à l'heure. *(Regardant la ville.)* Une petite lumière bleue, là-bas, vous la voyez ? Tous les soirs je la regarde et tous les soirs, à cette minute même, elle s'éteint. Tenez : qu'est-ce que je vous disais ? Eh bien, je viens de la voir s'éteindre pour la cent unième et dernière fois. Bonsoir : il faut bien tuer ce qu'on aime[18]. En voilà d'autres… d'autres lumières qui disparaissent. Dame, il y a des gens qui se couchent tôt parce qu'ils veulent se lever tôt demain. Et il n'y aura pas de demain. Belle nuit, hein ? Pas très claire mais fourmillante d'étoiles : tout à l'heure, la lune va se lever. Tout juste le genre de nuit où il n'arrive rien. Ils ont tout prévu, tout accepté, même le massacre : mais pas pour cette nuit. Le ciel est si pur qu'il donne confiance, cette nuit leur appartient. *(Brusquement.)* Quelle puissance ! Dieu, cette ville est à moi et je te la donne. Tout à l'heure je la ferai flamber pour ta gloire ! *(Aux Officiers :)* Un prêtre s'est échappé de Worms et prétend nous y faire entrer[19]. Le capitaine Ulrich l'interroge.

TROISIÈME OFFICIER : Hum !

GŒTZ : Quoi ?

TROISIÈME OFFICIER : Je me méfie des traîtres.

GŒTZ : Tiens : moi je les adore.

Un officier entre en poussant le prêtre avec un soldat.

SCÈNE III

LES MÊMES, HEINRICH, LE CAPITAINE

HEINRICH, *tombant aux genoux de Gœtz* : Torturez-moi ! Arrachez-moi les ongles ! Écorchez-moi vivant !

Gœtz éclate de rire.

GŒTZ, *tombant aux genoux du prêtre* : Étripez-moi ! Rouez-moi vif ! Écartelez-moi ! *(Il se relève.)* Eh bien, la glace est rompue. *(Au Capitaine :)* Qui est-ce ?

LE CAPITAINE : C'est Heinrich, le curé de Worms, celui qui devait nous livrer la ville.

GŒTZ : Eh bien ?

LE CAPITAINE : Il ne veut plus parler.

GŒTZ, *va à Heinrich* : Pourquoi ?

LE CAPITAINE : Il dit simplement qu'il a changé d'avis.

TROISIÈME OFFICIER : Changé d'avis ! Sacredieu ! Cassez-lui les dents ! Brisez-lui l'échine !

HEINRICH : Cassez-moi les dents ! Brisez-moi l'échine !

GŒTZ : Quel enragé ! *(À Heinrich :)* Pourquoi voulais-tu nous livrer la ville ?

HEINRICH : Pour sauver les prêtres que la populace veut massacrer.

GŒTZ : Et pourquoi t'es-tu ravisé ?

HEINRICH : J'ai vu les gueules de vos reîtres.

GŒTZ : Après ?

HEINRICH : Elles parlent.

GŒTZ : Que disent-elles ?

HEINRICH : Que je provoquerais un massacre en voulant empêcher quelques meurtres.

GŒTZ : Tu en avais déjà vu, pourtant, des reîtres. Et tu savais qu'ils n'avaient pas l'air bon.

HEINRICH : Ceux-ci sont pires que les autres.

GŒTZ : Bah ! Bah ! Tous les soldats se ressemblent. Qui croyais-tu trouver ici ? Des anges ?

HEINRICH : Des hommes. Et je voulais demander à ces hommes d'épargner d'autres hommes. Ils seraient entrés dans la ville s'ils m'avaient juré de laisser la vie à tous ses habitants.

GŒTZ : Tu croyais donc à ma parole ?

HEINRICH : À *ta* parole ? *(Il le regarde.)* Tu es Gœtz ?

GŒTZ : Oui.

HEINRICH : Je... je pensais pouvoir m'y fier.

GŒTZ, *étonné* : À ma parole ? *(Un temps.)* Je te la donne. *(Heinrich se tait.)* Si tu nous fais entrer dans la ville, je jure de laisser la vie sauve à ses habitants.

HEINRICH : Et tu voudrais que je te croie ?

GŒTZ : N'en avais-tu pas l'intention ?

HEINRICH : Oui : avant de t'avoir vu.

GŒTZ, *se met à rire* : Eh oui, je sais : ceux qui me voient se fient rarement à ma parole : je dois avoir l'air trop intelligent pour la tenir. Mais écoute donc : prends-moi au mot. Pour voir ! Rien que pour voir... Je suis chrétien après tout : si je te jurais sur la Bible ? Fais-moi le coup de la confiance imbécile ! Vous autres, les prêtres, n'est-ce pas votre rôle de tenter les méchants par le Bien ?

HEINRICH : Te tenter par le Bien, toi ? Ça te ferait trop de plaisir !

GŒTZ : Tu me connais. *(Il le regarde en souriant.)* Allez-vous-en tous.

Les Officiers et Catherine sortent.

SCÈNE IV

GŒTZ, HEINRICH

GŒTZ, *avec une sorte de tendresse* : Tu es en sueur. Comme tu souffres !

HEINRICH : Pas assez ! Ce sont les autres qui souffrent, pas moi. Dieu a permis que je sois hanté par la souffrance d'autrui sans jamais la ressentir. Pourquoi me regardes-tu ?

GŒTZ, *toujours avec tendresse* : J'ai eu cette gueule de faux jeton. C'est toi que je regarde et c'est de moi que j'ai pitié : nous sommes de la même espèce.

HEINRICH : C'est faux ! Toi, tu as livré ton frère. Moi, je ne livrerai pas les miens.

GŒTZ : Tu les livreras cette nuit.

HEINRICH : Ni cette nuit ni jamais.

Un temps.

GŒTZ, *sur un ton détaché* : Qu'est-ce que les pauvres vont faire aux prêtres ? Les pendre aux crocs des bouchers ?

HEINRICH, *dans un cri* : Tais-toi ! *(Il se reprend.)* Ce sont les horreurs de la guerre. Je ne suis qu'un humble curé, impuissant à les éviter.

GŒTZ : Hypocrite ! Cette nuit tu as pouvoir de vie et de mort sur vingt mille hommes.

HEINRICH : Je ne veux pas de ce pouvoir. Il vient du Diable.

GŒTZ : Tu n'en veux pas mais tu l'as. *(Heinrich s'enfuit en courant.)* Holà ! Qu'est-ce que tu fais ? Si tu fuis, tu as décidé.

Heinrich revient, le regarde et se met à rire.

HEINRICH : Tu as raison. Que je m'enfuie ou que je me tue, ça n'arrange rien. Ce sont des façons de me taire. Je suis l'élu de Dieu.

GŒTZ : Dis plutôt que tu es fait comme un rat.

HEINRICH : C'est la même chose : un élu, c'est un homme que le doigt de Dieu coince contre un mur. *(Un temps.)* Seigneur, pourquoi moi ?

GŒTZ, *doucement* : Voici le moment de l'agonie. Je voudrais te l'abréger. Laisse-moi t'aider.

HEINRICH : M'aider, toi, quand Dieu se tait ? *(Un temps.)* Allons, j'ai menti : je ne suis pas son élu. Pourquoi le serais-je ? Qui me forçait à sortir de la ville ? Qui m'a donné mandat de venir te trouver ? La vérité, c'est que je me suis élu moi-même. Quand je venais te demander la grâce de mes frères, j'étais déjà sûr de ne pas l'obtenir. Ce n'est pas la méchanceté de vos visages qui m'a fait changer d'avis, c'est leur réalité. Je rêvais de faire le Mal et quand je vous ai vu, j'ai compris que j'allais le faire pour de vrai. Sais-tu que je hais les pauvres ?

GŒTZ : Oui, je le sais.

HEINRICH : Pourquoi s'en vont-ils quand je leur tends les

bras ? Pourquoi souffrent-ils toujours tellement plus que je ne pourrai jamais souffrir[20] ? Seigneur, pourquoi avez-vous permis qu'il y ait des pauvres ? Ou alors que ne m'avez-vous fait moine ? Dans un couvent, je ne serais qu'à vous. Mais comment n'être qu'à vous seul tant qu'il y aura des hommes pour mourir de faim ? *(À Gœtz :)* J'étais venu te les livrer tous et j'espérais que tu les exterminerais, afin que je puisse oublier qu'ils ont jamais été.

GŒTZ : Eh bien alors ?

HEINRICH : Alors, j'ai changé d'avis : tu n'entreras pas dans la ville.

GŒTZ : Et si c'était la volonté de Dieu que tu nous y fasses entrer ? Écoute un peu : si tu te tais, les prêtres meurent cette nuit ; ça, c'est sûr. Mais les pauvres ? Crois-tu qu'ils vont survivre ? Je ne lèverai pas le siège : dans un mois, tout le monde aura crevé de faim à Worms. Il ne s'agit pas pour toi de disposer de leur mort ou de leur vie, mais de choisir pour eux entre deux genres de morts. Couillon, prends donc la plus rapide. Sais-tu ce qu'ils y gagneront ? S'ils meurent cette nuit avant d'avoir tué les prêtres, ils gardent les mains pures ; tout le monde se retrouve au ciel. Dans le cas contraire, pour quelques semaines que tu leur laisses, tu les envoies, tout souillés de sang, en enfer. Voyons, curé : c'est le Démon qui te souffle d'épargner leurs vies terrestres pour leur donner le temps de se damner. *(Un temps.)* Dis-moi comment on entre dans la ville.

HEINRICH : Tu n'existes pas.

GŒTZ : Hé ?

HEINRICH : Tu n'existes pas. Tes paroles sont mortes avant d'entrer dans mes oreilles, ton visage n'est pas de ceux qu'on rencontre en plein jour. Je sais tout ce que tu diras, je prévois tous tes gestes. Tu es ma créature, et je te souffle tes pensées. Je rêve, tout est mort et l'air a goût de sommeil.

GŒTZ : En ce cas, je rêve aussi car je te prévois si minutieusement que tu m'ennuies déjà. Reste à savoir lequel des deux habite le rêve de l'autre.

HEINRICH : Je ne suis pas sorti de la ville ! Je n'en suis pas sorti ! Nous jouons devant des toiles peintes[21]. Allons, beau parleur, donne-moi la comédie. Sais-tu ton rôle ? Le mien est de dire non. Non ! Non ! Non ! Non ! Tu ne dis rien ? Tout ceci n'est qu'une tentation très ordinaire et sans beaucoup de vraisemblance. Que ferais-je au camp de Gœtz, moi ? *(Il désigne la ville.)* Si ces lumières pouvaient s'éteindre !

Que fait-elle là-bas puisque je suis dedans ? *(Un temps.)* Il y a tentation mais je ne sais pas où elle est. *(À Gœtz :)* Ce que je sais parfaitement, c'est que je vais voir le Diable : quand il se prépare à me faire ses grimaces, on commence le spectacle par des fantasmagories.

GŒTZ : Tu l'as déjà vu ?

HEINRICH : Plus souvent que tu n'as vu ta propre mère.

GŒTZ : Je lui ressemble ?

HEINRICH : Toi, pauvre homme ? Tu es le bouffon.

GŒTZ : Quel bouffon ?

HEINRICH : Il y a toujours un bouffon. Son rôle est de me contrarier. *(Un temps.)* J'ai gagné.

GŒTZ : Quoi ?

HEINRICH : J'ai gagné. La dernière lumière vient de s'éteindre : disparu le simulacre diabolique de Worms. Allons ! Tu vas disparaître à ton tour, et cette tentation ridicule prendra fin. La nuit, la nuit partout. Quel repos.

GŒTZ : Continue, prêtre, continue. Je me rappelle tout ce que tu vas dire. Il y a un an… Oh oui, mon frère, je me rappelle : comme tu voudrais faire entrer toute cette nuit dans ta tête ! Comme je l'ai voulu !

HEINRICH, *murmure* : Où vais-je me réveiller ?

GŒTZ, *riant tout à coup* : Tu es réveillé, truqueur, et tu le sais. Tout est vrai. Regarde-moi, touche-moi, je suis de chair et d'os. Tiens, la lune se lève et ta cité diabolique sort de l'ombre ; regarde-la : est-ce une image ? Allons ! C'est du vrai roc, ce sont de vrais remparts, c'est une vraie ville avec des vrais habitants. Toi, tu es un vrai traître.

HEINRICH : On est un traître quand on trahit. Et tu auras beau faire, je ne trahirai pas.

GŒTZ : On trahit quand on est un traître : tu trahiras. Voyons, curé, tu es *déjà* un traître : deux partis s'affrontent et tu prétends appartenir aux deux à la fois. Donc tu joues double jeu, donc tu penses en deux langues : la souffrance des pauvres, tu l'appelles épreuve en latin d'Église et en allemand iniquité. Que t'arrivera-t-il de plus si tu me fais entrer dans la ville ? Tu deviendras le traître que tu étais, tout simplement. Un traître qui trahit, c'est un traître qui s'accepte.

HEINRICH : Comment sais-tu cela si ce n'est pas moi qui te dicte tes paroles ?

GŒTZ : Parce que je suis un traître. *(Un temps.)* J'ai déjà fait le chemin qui te reste à faire, pourtant regarde-moi : n'ai-je pas la mine florissante ?

HEINRICH : Tu es florissant parce que tu as suivi ta nature. Tous les bâtards trahissent, c'est connu. Mais moi je ne suis pas bâtard.

GŒTZ, *hésite à frapper puis se contient* : D'ordinaire ceux qui m'appellent bâtard ne recommencent pas.

HEINRICH : Bâtard !

GŒTZ : Curé, curé, sois sérieux. Ne me force pas à te couper les oreilles : ça n'arrangerait rien puisque je te laisserais ta langue. *(Brusquement, il l'embrasse.)* Salut, petit frère ! salut en bâtardise ! Car toi aussi tu es bâtard ! Pour t'engendrer, le clergé a couché avec Misère ; quelle maussade volupté ! *(Un temps.)* Bien sûr que les bâtards trahissent : que veux-tu qu'ils fassent d'autre ? Moi, je suis agent double de naissance : ma mère s'est donnée à un croquant et je suis fait de deux moitiés qui ne collent pas ensemble : chacune des deux fait horreur à l'autre. Crois-tu que tu es mieux loti ? Un demi-curé ajouté à un demi-pauvre, ça n'a jamais fait un homme entier. Nous ne *sommes* pas et nous *n'avons* rien. Tous les enfants légitimes peuvent jouir de la terre sans payer. Pas toi, pas moi. Depuis mon enfance, je regarde le monde par un trou de la serrure : c'est un beau petit œuf bien plein où chacun occupe la place qui lui est assignée, mais je peux t'affirmer que nous ne sommes pas dedans. Dehors ! Refuse ce monde qui ne veut pas de toi ! Fais le Mal : tu verras comme on se sent léger. *(Un officier entre.)* Que veux-tu ?

L'OFFICIER : L'envoyé de l'Archevêque est arrivé.

GŒTZ : Qu'il vienne.

L'OFFICIER : Il est porteur de nouvelles ; l'ennemi laisse sept mille morts, c'est la déroute.

GŒTZ : Et mon frère ? *(L'Officier veut lui parler à l'oreille.)* Ne m'approche pas et parle haut.

L'OFFICIER : Conrad est mort.

À partir de là Heinrich regarde attentivement Gœtz.

GŒTZ : Bien. On a retrouvé son corps ?

L'OFFICIER : Oui.

GŒTZ : En quel état ? Réponds !

L'OFFICIER : Défiguré.

GŒTZ : Un coup d'épée ?

L'OFFICIER : Les loups.

GŒTZ : Quels loups ? Il y a des loups ?

L'OFFICIER : La forêt d'Arnheim…

GŒTZ : C'est bon. Qu'on me laisse régler ce compte-ci et

je marcherai contre eux avec l'armée entière ; j'écorcherai tous les loups d'Arnheim. Va-t'en. *(L'Officier sort. Un temps.)* Mort sans confession ; les loups lui ont mangé la face, mais tu vois : je souris.

HEINRICH, *doucement* : Pourquoi l'as-tu trahi ?

GŒTZ : Parce que j'ai le goût du définitif. Curé, je me suis fait moi-même : bâtard, je l'étais de naissance, mais le beau titre de fratricide, je ne le dois qu'à mes mérites. *(Un temps.)* Elle est à moi, à présent, à moi seul.

HEINRICH : Qu'est-ce qui est à toi ?

GŒTZ : La maison des Heidenstamm. Finis, les Heidenstamm, liquidés, je les recueille tous en moi, depuis Albéric qui en fut le fondateur jusqu'à Conrad, le dernier héritier mâle. Regarde-moi bien, curé, je suis un caveau de famille. Pourquoi ris-tu ?

HEINRICH : Je croyais que je serais seul à voir le Diable cette nuit, mais à présent je pense que nous le verrons tous les deux.

GŒTZ : Je me moque du Diable ! Il reçoit les âmes mais ce n'est pas lui qui les damne. Je ne daigne avoir affaire qu'à Dieu, les monstres et les saints ne relèvent que de lui. Dieu me voit, curé, il sait que j'ai tué mon frère et son cœur saigne. Eh bien, oui, Seigneur, je l'ai tué. Et que peux-tu contre moi ? J'ai commis le pire des crimes et le Dieu de justice ne peut me punir : il y a plus de quinze ans qu'il m'a damné. Allons, assez pour aujourd'hui : c'est fête. Je vais boire.

HEINRICH, *allant à lui* : Tiens !

Il sort une clé de sa poche et la lui tend.

GŒTZ : Qu'est-ce que c'est ?

HEINRICH : Une clé.

GŒTZ : Quelle clé ?

HEINRICH : Celle de Worms.

GŒTZ : Assez pour aujourd'hui, je te dis. Un frère, foutre ! On n'enterre pas son frère tous les jours : je peux bien me donner congé jusqu'à demain.

HEINRICH, *avance sur lui* : Lâche !

GŒTZ, *s'arrêtant* : Si je prends cette clé je brûlerai tout.

HEINRICH : Au fond de ce ravin, il y a un grand rocher blanc. À sa base, caché par des broussailles, il y a un trou. Vous suivrez le souterrain et vous trouverez une porte qui s'ouvre avec ceci.

GŒTZ : Comme ils vont t'aimer, tes pauvres ! Comme ils vont te bénir !

HEINRICH : Ça ne me regarde plus. Moi, je me perds. Mais je te confie mes pauvres, bâtard. À présent, c'est à toi de choisir.

GŒTZ : Tu disais tout à l'heure qu'il suffisait de voir ma gueule…

HEINRICH : Je ne l'avais pas assez bien vue.

GŒTZ : Et que vois-tu à présent ?

HEINRICH : Je vois que tu te fais horreur.

GŒTZ : C'est vrai, mais ne t'y fie pas ! Je me fais horreur depuis quinze ans. Et après ? Est-ce que tu ne comprends pas que le Mal est ma raison d'être ? Donne-moi cette clé. *(Il la prend.)* Eh bien, prêtre, tu te seras menti jusqu'au bout. Tu pensais avoir trouvé un truc pour te masquer ta trahison. Mais pour finir, tu as trahi tout de même. Tu as livré Conrad.

HEINRICH : Conrad ?

GŒTZ : Ne t'inquiète pas : tu me ressembles tant que je t'ai pris pour moi.

Il sort.

TROISIÈME TABLEAU

La tente de Gœtz.
Par l'ouverture, on aperçoit très loin la ville au clair de lune.

SCÈNE I

HERMANN, CATHERINE

Hermann entre et tente de se cacher derrière le lit de camp. Sa tête et son corps disparaissent, on ne voit plus que ses énormes fesses.

Catherine entre, s'approche et lui donne un coup de pied.

Il se relève effaré.

Elle bondit en arrière en riant.

LE TROISIÈME OFFICIER, HERMANN[22] : Si tu cries…

CATHERINE : Si je crie tu es pris et Gœtz te fera pendre, mieux vaut causer. Que vas-tu lui faire ?

L'OFFICIER : Ce que je vais lui faire, catin, si tu avais du sang dans les veines, il y a beau temps que tu le lui aurais fait. Allons ! Va te promener et remercie Dieu qu'on se charge de la besogne à ta place. Entends-tu ?

CATHERINE : Qu'est-ce que je deviendrai, s'il meurt ? Tout le camp me sautera dessus.

L'OFFICIER : Nous te ferons fuir.

CATHERINE : Me donnerez-vous de l'argent ?

L'OFFICIER : Nous t'en donnerons un peu.

CATHERINE : Payez-moi ma dot et j'entrerai au couvent.

L'OFFICIER, *riant* : Au couvent, toi. Si tu veux vivre en communauté, je te conseille plutôt le bordel : avec le talent que tu as dans les cuisses, tu gagneras de l'or. Allons, décide-toi. Je ne te demande que le silence.

CATHERINE : Pour ce qui est de mon silence, tu peux y compter : de toute façon, je ne te livrerai pas. Quant à te laisser l'égorger… ça dépend.

L'OFFICIER : Ça dépend de quoi ?

CATHERINE : Nous n'avons pas les mêmes intérêts[b], mon capitaine. L'honneur de l'homme, ça se répare à la pointe du couteau. Mais moi, il m'a faite putain et je suis beaucoup plus difficile à raccommoder. *(Un temps.)* Cette nuit la ville est prise ! finie la guerre, tout le monde s'en va. Quand il viendra ici, tout à l'heure, je lui demanderai ce qu'il compte faire de moi. S'il me garde…

L'OFFICIER : Gœtz te garder ? Tu es folle. Que veux-tu qu'il fasse de toi ?

CATHERINE : S'il me garde tu ne le toucheras pas.

L'OFFICIER : Et s'il te chasse ?

CATHERINE : Alors, il est à toi. Si je crie : « Tu l'auras voulu ! » sors de ta cachette et tu l'auras à merci.

L'OFFICIER : Tout cela ne me dit rien qui vaille. Je n'aime pas que mon entreprise dépende d'une histoire de cul.

CATHERINE, *qui depuis un moment regarde au-dehors* : Alors, tu n'as plus qu'à te mettre à genoux pour lui demander ta grâce : le voilà.

Hermann court se cacher. Catherine se met à rire.

SCÈNE II

GŒTZ, CATHERINE, HERMANN, *caché*

GŒTZ, *entrant* : Pourquoi ris-tu ?

CATHERINE : Je riais à mes songes : je te voyais mort avec une dague dans le dos. *(Un temps.)* Alors, il a parlé ?

GŒTZ : Qui ?

CATHERINE : Le Curé.

GŒTZ : Quel curé ? Ah oui ! Oui, oui, naturellement.

CATHERINE : Et c'est pour cette nuit ?

GŒTZ : Est-ce que ça te regarde ? Ôte-moi mes bottes. *(Elle les lui ôte.)* Conrad est mort.

CATHERINE : Je le sais ; tout le camp sait.

GŒTZ : Donne-moi à boire. Il faut fêter cela. *(Elle le sert.)* Bois aussi.

CATHERINE : Je n'en ai pas envie.

GŒTZ : Bois, nom de Dieu, c'est fête.

CATHERINE : Belle fête qui a commencé par un massacre et qui finira par un carnage.

GŒTZ : La plus belle fête de ma vie. Demain, je pars pour mes terres.

CATHERINE, *saisie* : Si tôt ?

GŒTZ : Si tôt ! Voilà trente ans que j'en rêve. Je n'attendrai pas un jour de plus. *(Catherine semble troublée.)* Tu ne te sens pas bien ?

CATHERINE, *se reprenant* : C'est de t'entendre parler de *tes* terres quand le corps de Conrad est encore chaud.

GŒTZ : Voilà trente ans qu'elles sont miennes en secret. *(Il lève son verre.)* Je bois à mes terres et à mon château. Trinque ! *(Elle lève son verre en silence.)* Dis : À tes terres !

CATHERINE : Non.

GŒTZ : Pourquoi, garce ?

CATHERINE : Parce qu'elles ne sont pas à toi. Cesseras-tu d'être bâtard parce que tu as assassiné ton frère ? *(Gœtz se met à rire et lui envoie une gifle ; elle l'esquive et se rejette en arrière en riant.)* Les terres, ça se transmet par héritage.

GŒTZ : Il aurait fallu me payer cher pour que j'accepte d'en hériter. Ce qui est à moi, c'est ce que je prends. Allons, trinque ou je me fâche.

CATHERINE : À tes terres ! À ton château !

GŒTZ : Et qu'il y ait la nuit, dans les couloirs, beaucoup de fantômes indignés.

CATHERINE : C'est vrai, cabotin, que ferais-tu sans public ? Je bois aux fantômes. *(Un temps.)* Ainsi, mon mignon, ce qui est à toi, c'est ce que tu prends ?

GŒTZ : Cela seulement.

CATHERINE : Alors, outre ton manoir et ton domaine, tu possèdes un trésor sans prix dont tu ne parais pas te soucier.

GŒTZ : Qu'est-ce que c'est ?

CATHERINE : Moi, mon chéri, moi. Ne m'as-tu pas prise de force ? *(Un temps.)* Que comptes-tu faire de moi ? Décide.

GŒTZ, *il la regarde et réfléchit* : Eh bien, je t'emmène.

CATHERINE : Tu m'emmènes ? *(Elle marche avec hésitation.)* Pourquoi m'emmènes-tu ? Pour installer une putain dans un château historique ?

GŒTZ : Pour faire coucher une putain dans le lit de ma mère.

Un temps.

CATHERINE : Et si je refusais ? Si je ne voulais pas te suivre ?

GŒTZ : J'espère bien que tu ne le veux pas.

CATHERINE : Ah ! Tu m'emmènes de force. Ça me soulage. J'aurais eu honte de te suivre volontairement. *(Un temps.)* Pourquoi veux-tu toujours arracher ce qu'on t'accorderait peut-être de bonne grâce ?

GŒTZ : Pour être sûr qu'on me l'accordera de mauvaise grâce. *(Il va vers elle.)* Regarde-moi, Catherine. Qu'est-ce que tu me caches ?

CATHERINE, *vivement* : Moi, rien !

GŒTZ : Depuis quelque temps tu n'es plus la même. Tu me détestes toujours bien fort, n'est-ce pas ?

CATHERINE : Pour cela oui : bien fort !

GŒTZ : Tu rêves toujours que tu m'assassines ?

CATHERINE : Plusieurs fois par nuit.

GŒTZ : Tu n'oublies pas au moins que je t'ai souillée et avilie ?

CATHERINE : Je n'en ai garde.

GŒTZ : Et tu subis mes caresses avec répugnance ?

CATHERINE : Elles me font frissonner.

GŒTZ : Parfait. Si tu t'avisais de te pâmer entre mes bras, je te chasserais à l'instant.

CATHERINE : Mais…

GŒTZ : Je n'accepterai plus rien, pas même les faveurs d'une femme.

CATHERINE : Pourquoi ?

GŒTZ : Parce que j'ai trop reçu. Pendant vingt ans, ils m'ont tout donné gracieusement, jusqu'à l'air que je respirais : un bâtard, il faut que ça baise la main qui le nourrit. Oh ! Comme je vais donner à présent ! Comme je vais donner[23] !

FRANTZ, *entrant* : L'envoyé de Son Excellence est là.

GŒTZ : Qu'il entre.

SCÈNE III

LES MÊMES, LE BANQUIER

LE BANQUIER : Je suis Foucre.

GŒTZ : Je suis Gœtz et voici Catherine.

LE BANQUIER : Heureux de saluer un aussi grand capitaine.

GŒTZ : Et moi de saluer un aussi riche banquier.

LE BANQUIER : Je suis porteur de trois excellentes nouvelles.

GŒTZ : L'Archevêque est victorieux, mon frère est mort, son domaine est à moi. N'est-ce pas cela ?

LE BANQUIER : Tout juste. Eh bien, je…

GŒTZ : Fêtons-les. Voulez-vous boire ?

LE BANQUIER : Mon estomac ne supporte plus le vin. Je…

GŒTZ : Voulez-vous cette jolie fille ? Elle est à vous.

LE BANQUIER : Je ne saurais que faire d'elle. Je suis trop vieux.

GŒTZ : Ma pauvre Catherine, il ne veut pas de toi. *(Au Banquier :)* Préférez-vous les jeunes garçons ? Il y en aura un ce soir même sous votre tente.

LE BANQUIER : Non, non ! Pas de jeune garçon ! Pas de jeune garçon ! Je…

GŒTZ : Que diriez-vous d'un lansquenet ? J'en ai un de six pieds, le visage couvert de poils ; vous jureriez Polyphème.

LE BANQUIER : Oh ! Oh ! Surtout pas…

GŒTZ : En ce cas, nous allons vous donner de la gloire. *(Il appelle.)* Frantz ! *(Frantz paraît.)* Frantz, tu promèneras Monsieur à travers le camp, veille à ce que les soldats crient « Vive le Banquier ! » en jetant leurs chapeaux en l'air.

Frantz sort.

LE BANQUIER : Je vous suis obligé, mais je souhaiterais vous parler d'abord en particulier.

GŒTZ, *étonné* : Et qu'est-ce que vous faites depuis que vous êtes entré ? *(Désignant Catherine.)* Ah ! Celle-ci… C'est un animal domestique : parlez sans vous gêner.

LE BANQUIER : Son Éminence a toujours été pacifique et vous savez que feu votre frère était responsable de la guerre…

GŒTZ : Mon frère ! *(Très violent.)* Si cette vieille bourrique ne l'avait poussé à bout…

LE BANQUIER : Monsieur…

GŒTZ : Oui. Oubliez ce que je viens de dire, mais vous m'obligeriez en laissant mon frère en dehors de tout ceci. Après tout, je porte son deuil.

LE BANQUIER : Son Éminence donc a décidé de célébrer le retour de la paix par des mesures de clémence exceptionnelles.

GŒTZ : Bravo ! Elle ouvrira les prisons ?

LE BANQUIER : Les prisons ? Oh non !

GŒTZ : Souhaite-t-elle que je fasse remise de leur peine aux soldats que j'ai punis ?

LE BANQUIER : Elle le souhaite certainement. Mais l'amnistie qu'elle envisage est d'un caractère plus général. Elle veut l'étendre à ses sujets de Worms.

GŒTZ : Ah ! Ah !

LE BANQUIER : Elle a décidé de ne pas leur tenir rigueur d'un égarement passager.

GŒTZ : Eh bien, c'est une excellente idée.

LE BANQUIER : Serions-nous d'accord ? si vite ?

GŒTZ : Entièrement d'accord.

Le Banquier se frotte les mains.

LE BANQUIER : Eh bien, tout est parfait ; vous êtes un homme raisonnable. Quand songez-vous à lever le siège ?

GŒTZ : Demain tout sera fini.

LE BANQUIER : Demain, c'est un peu tôt tout de même. Son Éminence désire entrer en pourparlers avec les assiégés. Si votre armée demeure encore quelques jours sous leurs murs, les négociations s'en trouveront facilitées.

GŒTZ : Je vois. Et qui va négocier avec eux ?

LE BANQUIER : Moi.

GŒTZ : Quand ?

LE BANQUIER : Demain.

GŒTZ : Impossible.

LE BANQUIER : Pourquoi ?

GŒTZ : Catherine ! On le lui dit ?

CATHERINE : Bien sûr, mon bijou.

GŒTZ : Dis-lui, toi. Moi je n'ose pas, ça va lui faire trop de peine.

CATHERINE : Demain, banquier, tous ces gens-là seront morts.

LE BANQUIER : Morts ?

GŒTZ : Tous.

LE BANQUIER : Tous morts ?

GŒTZ : Morts tous. Cette nuit. Vous voyez cette clé ? C'est celle de la ville. Dans une heure d'ici, nous commencerons le massacre.

LE BANQUIER : Tous ? Même les riches ?

GŒTZ : Même les riches.

LE BANQUIER : Mais vous approuviez la clémence de l'Archevêque…

GŒTZ : Je l'approuve encore. Il est offensé et prêtre : deux raisons de pardonner. Mais moi, pourquoi pardonnerais-je ? Les habitants de Worms ne m'ont pas offensé. Non, non : je suis militaire donc je tue. Je les tuerai conformément à mon office et l'Archevêque leur pardonnera, conformément au sien[24].

Un temps. Puis le Banquier se met à rire. Catherine puis Gœtz rient aussi.

LE BANQUIER, *riant* : Vous aimez rire.

GŒTZ, *riant* : Je n'aime que cela.

CATHERINE : Il a beaucoup d'esprit, n'est-ce pas ?

LE BANQUIER : Beaucoup. Et il mène fort bien son affaire.

GŒTZ : Quelle affaire ?

LE BANQUIER : Depuis trente ans, je me règle sur un principe : c'est que l'intérêt mène le monde. Devant moi, les hommes ont justifié leurs conduites par les motifs les plus nobles. Je les écoutais d'une oreille et je me disais : « Cherche l'intérêt. »

GŒTZ : Et quand vous l'aviez trouvé ?

LE BANQUIER : On causait.

GŒTZ : Avez-vous trouvé le mien ?

LE BANQUIER : Voyons !

GŒTZ : Quel est-il ?

LE BANQUIER : Doucement. Vous appartenez à une catégorie difficilement maniable. Avec vous, il faut avancer pas à pas.

GŒTZ : Quelle catégorie ?

LE BANQUIER : Celle des idéalistes.

GŒTZ : Qu'est-ce que c'est que ça ?

LE BANQUIER : Voyez-vous, je divise les hommes en trois catégories : ceux qui ont beaucoup d'argent, ceux qui n'en ont point du tout et ceux qui en ont un peu. Les premiers veulent garder ce qu'ils ont : leur intérêt, c'est de maintenir l'ordre ; les seconds veulent prendre ce qu'ils n'ont pas : leur intérêt, c'est de détruire l'ordre actuel et d'en établir un autre qui leur soit profitable. Les uns et les autres sont des réalistes, des gens avec qui on peut s'entendre. Les troisièmes veulent renverser l'ordre social pour prendre ce qu'ils n'ont pas, tout en le conservant pour qu'on ne leur prenne pas ce qu'ils ont. Alors, ils conservent en fait ce qu'ils détruisent en idée, ou bien ils détruisent en fait ce qu'ils font semblant de conserver. Ce sont eux les idéalistes.

GŒTZ : Les pauvres gens. Comment les guérir ?

LE BANQUIER : En les faisant passer dans une autre catégorie sociale. Si vous les enrichissez, ils défendront l'ordre établi.

GŒTZ : Enrichissez-moi donc. Qu'est-ce que vous m'offrez ?

LE BANQUIER : Les terres de Conrad.

GŒTZ : Vous me les avez déjà données.

LE BANQUIER : En effet. Rappelez-vous seulement que vous les devez à la bonté de Son Éminence.

GŒTZ : Croyez que je ne l'oublie pas. Ensuite ?

LE BANQUIER : Votre frère avait des dettes.

GŒTZ : Le pauvre !

Il se signe. Sanglot nerveux.

LE BANQUIER : Qu'est-ce que c'est ?

GŒTZ : Peu de chose : l'esprit de famille. Donc il avait des dettes.

LE BANQUIER : Nous pourrions les payer.

GŒTZ : Ce n'est pas mon intérêt puisque je n'avais pas l'intention de les reconnaître. C'est celui de ses créanciers.

LE BANQUIER : Une rente de mille ducats ?...

GŒTZ : Et mes soldats ? S'ils refusaient de partir les mains vides ?

LE BANQUIER : Mille[i] autres ducats à distribuer aux troupes. Est-ce assez ?

GŒTZ : C'est trop.

LE BANQUIER : Alors, nous sommes d'accord ?

GŒTZ : Non.

LE BANQUIER : Deux mille ducats de rente ? Trois mille. Je n'irai pas plus loin.

GŒTZ : Qui vous le demande ?

LE BANQUIER : Que voulez-vous donc ?

GŒTZ : Prendre la ville et la détruire.

LE BANQUIER : Passe encore de la prendre. Mais sacrebleu, pourquoi vouloir la détruire ?

GŒTZ : Parce que tout le monde veut que je l'épargne.

LE BANQUIER, *atterré* : Il faut que je me sois trompé…

GŒTZ : Eh oui ! Tu n'as pas su trouver mon intérêt ! Voyons : quel est-il ? Cherche ! Cherche donc ! Mais presse-toi : il faut que tu l'aies trouvé avant une heure ; si d'ici là tu n'as pas découvert les ficelles qui font marcher la marionnette, je te ferai promener à travers les rues et tu verras s'allumer un à un les foyers de l'incendie.

LE BANQUIER : Vous trahissez la confiance de l'Archevêque.

GŒTZ : Trahir ? Confiance ? Vous êtes tous les mêmes, vous autres, les réalistes : quand vous ne savez plus que dire, c'est le langage des idéalistes que vous empruntez[j].

LE BANQUIER : Si vous rasez la ville, vous n'aurez pas les terres de Conrad.

GŒTZ : Gardez-les ! Mon intérêt, banquier, c'était de les avoir et d'y vivre. Mais je ne suis pas si sûr que l'homme agisse par intérêt. Allons, gardez-les et que Son Éminence se les foute au cul. J'ai sacrifié mon frère à l'Archevêque et l'on voudrait que j'épargne vingt mille manants ? J'offre les habitants de Worms aux mânes de Conrad : ils rôtiront en son honneur. Quant au domaine de Heidenstamm, que l'Archevêque s'y retire, s'il veut, et qu'il se consacre à l'agriculture : il en aura besoin, car j'entends le ruiner cette nuit. *(Un temps.)* Frantz ! *(Frantz paraît.)* Prends ce vieux réaliste, veille à ce qu'on lui rende les honneurs et quand il sera sous sa tente, attache-lui solidement les mains et les pieds.

LE BANQUIER : Non ! non, non, non !

GŒTZ : Quoi donc ?

LE BANQUIER : J'ai d'atroces rhumatismes, vos cordes vont m'assassiner. Voulez-vous ma parole de ne pas quitter ma tente ?

GŒTZ : Ta parole ? C'est ton intérêt de me la donner, mais

tout à l'heure ce sera ton intérêt de ne pas la tenir. Va, Frantz, et serre les nœuds bien fort.

Frantz et le Banquier sortent. Aussitôt on entend les cris de Vive le Banquier *tout proches puis qui vont en s'éloignant et en s'affaiblissant.*

SCÈNE IV

GŒTZ, CATHERINE, HERMANN, *caché*

GŒTZ : Vive le Banquier ! *(Il éclate de rire.)* Adieu les terres ! Adieu les champs et les rivières ! Adieu le château !

CATHERINE, *riant* : Adieu les terres ! Adieu le château ! Adieu les portraits de famille !

GŒTZ : Ne regrette rien ! nous nous y serions ennuyés à mourir. *(Un temps.)* Le vieil imbécile ! *(Un temps.)* Ah ! Il ne fallait pas me défier !

CATHERINE : Tu as mal ?

GŒTZ : De quoi te mêles-tu ? *(Un temps.)* Le Mal, ça doit faire mal à tout le monde. Et d'abord à celui qui le fait.

CATHERINE, *timidement* : Et si tu ne prenais pas la ville ?

GŒTZ : Si je ne la prenais pas, tu serais châtelaine.

CATHERINE : Je n'y pensais pas.

GŒTZ : Bien sûr que non. Alors réjouis-toi : je la prendrai.

CATHERINE : Mais pourquoi ?

GŒTZ : Parce que c'est mal.

CATHERINE : Et pourquoi faire le Mal ?

GŒTZ : Parce que le Bien est déjà fait.

CATHERINE : Qui l'a fait ?

GŒTZ : Dieu le Père. Moi, j'invente. *(Il appelle.)* Holà ! Le capitaine Schœne. Tout de suite !

Gœtz reste à l'entrée de la tente et regarde au-dehors.

CATHERINE : Qu'est-ce que tu regardes ?

GŒTZ : La ville. *(Un temps.)* Je me demande s'il y avait de la lune.

CATHERINE : Quand ? Où ?...

GŒTZ : L'an dernier, quand j'allais prendre Halle. C'était une nuit pareille à celle-ci, je me tenais à l'entrée de la tente et je regardais le beffroi, au-dessus des remparts. Au matin, nous avons donné l'assaut. *(Il revient vers elle.)* En tout cas, je foutrai le camp avant que ça ne pue. À cheval et bonjour.

CATHERINE : Tu… t'en vas ?

GŒTZ : Demain, avant midi, et sans prévenir personne.

CATHERINE : Et moi ?

GŒTZ : Toi ? Bouche-toi le nez et souhaite que le vent ne souffle pas de ce côté-ci. *(Entre le Capitaine.)* Deux mille hommes en armes : les régiments de Wolfmar et d'Ulrich. Qu'ils soient prêts à me suivre dans une demi-heure. Le reste de l'armée en état d'alerte. Faites tout dans le noir et sans bruit. *(Le Capitaine sort. Jusqu'à la fin de l'acte, on entendra les bruits étouffés des préparatifs.)* Donc, mignonne, tu ne seras pas châtelaine.

CATHERINE : J'en ai peur.

GŒTZ : Es-tu bien déçue ?

CATHERINE : Je n'y croyais guère.

GŒTZ : Pourquoi ?

CATHERINE : Parce que je te connais.

GŒTZ, *violemment* : Toi, tu me connais ? *(Il s'arrête et rit.)* Après tout, moi aussi, je dois être prévisible. *(Un temps.)* Tu dois t'être fait tes petites idées sur la manière de me prendre : tu m'observes, tu me regardes…

CATHERINE : Un chien regarde bien un évêque.

GŒTZ : Oui, mais il voit un évêque à tête de chien. J'ai une tête de quoi ? De chien ? De maquereau ? De morue ? *(Il la regarde.)* Viens sur le lit.

CATHERINE : Non.

GŒTZ : Viens, te dis-je, je veux faire l'amour.

CATHERINE : Je ne t'ai jamais vu si pressant. *(Il la prend par l'épaule.)* Ni si pressé. Qu'as-tu ?

GŒTZ : C'est le Gœtz à tête de morue qui me fait signe. Lui et moi, on veut se mélanger. Et puis l'angoisse porte à l'amour.

CATHERINE : Tu as de l'angoisse ?

GŒTZ : Oui. *(Il remonte, s'assied sur le lit, tournant le dos à l'Officier caché.)* Allons ! Viens !

Catherine va à lui et le tire vivement. Elle s'assied à sa place.

CATHERINE : Je viens, oui, je suis à toi. Mais dis-moi d'abord ce que je vais devenir ?

GŒTZ : Quand ?

CATHERINE : À partir de demain.

GŒTZ : Que veux-tu que j'en sache ! Ce que tu voudras.

CATHERINE : C'est-à-dire : catin.

GŒTZ : Eh bien, ça me paraît la meilleure solution, non ?

CATHERINE : Si ça ne me plaît pas ?

GŒTZ : Trouve un couillon qui t'épouse.

CATHERINE : Que vas-tu faire, toi ?

GŒTZ : Rempiler. On dit que les hussites[25] sont nerveux ; j'irai cogner dessus.

CATHERINE : Emmène-moi.

GŒTZ : Pour quoi faire ?

CATHERINE : Il y a des jours où tu auras besoin d'une femme ; quand il y aura clair de lune et qu'il te faudra prendre une ville, et que tu auras l'angoisse et que tu te sentiras amoureux.

GŒTZ : Toutes les femmes sont pareilles. Mes hommes m'en rapporteront par douzaines si l'envie m'en prend.

CATHERINE, *brusquement* : Je ne veux pas !

GŒTZ : Tu ne veux pas ?

CATHERINE : Je peux être vingt femmes, cent, si ça te plaît, toutes les femmes. Prends-moi en croupe, je ne pèse rien, ton cheval ne me sentira pas. Je veux être ton bordel ! *(Elle se serre contre lui.)*

GŒTZ : Qu'est-ce qui te prend ? *(Un temps. Il la regarde. Brusquement.)* Va-t'en. J'ai honte pour toi.

CATHERINE, *suppliante* : Gœtz !

GŒTZ : Je ne supporterai pas que tu me regardes avec ces yeux. Il faut que tu sois une fière saloperie pour oser m'aimer après tout ce que je t'ai fait.

CATHERINE, *criant* : Je ne t'aime pas ! Je te jure ! Et si je t'aimais, tu ne le saurais jamais ! Et qu'est-ce que ça peut te faire qu'on t'aime si on ne te le dit pas !

GŒTZ : Qu'ai-je à faire d'être aimé ? Si tu m'aimes, c'est toi qui auras tout le plaisir. Va-t'en, salope ! Je ne veux pas qu'on profite de moi.

CATHERINE, *criant* : Gœtz ! Gœtz ! ne me chasse pas ! Je n'ai plus personne au monde !

Gœtz cherche à la jeter hors de la tente. Elle se cramponne à ses mains.

GŒTZ : T'en iras-tu ?

CATHERINE : Tu l'auras voulu. Gœtz ! Tu l'auras voulu. *(Hermann sort de sa cachette et se précipite, le couteau levé.)* Ah ! prends garde !

GŒTZ, *se retourne et saisit Hermann par le poignet* : Frantz ! *(Des soldats entrent. Il rit.)* J'aurai tout de même réussi à en pousser un à bout.

HERMANN, *à Catherine* : Ordure ! Donneuse !

GŒTZ, *à Catherine* : Tu étais complice ? J'aime mieux ça : j'aime beaucoup mieux ça ! *(Il lui caresse le menton.)* Emmenez-le… Je déciderai de son sort tout à l'heure.

Les Soldats sortent en emmenant Hermann[k]. *Un temps.*

CATHERINE : Que vas-tu lui faire ?

GŒTZ : Je ne peux pas en vouloir aux gens qui cherchent à me tuer. Je les comprends trop bien. Je le ferai mettre en perce, tout simplement, comme un gros tonneau qu'il est.

CATHERINE : Et à moi, que feras-tu ?

GŒTZ : C'est vrai qu'il faut que je te punisse.

CATHERINE : Tu n'y es pas obligé.

GŒTZ : Si. *(Un temps.)* Il y a beaucoup de mes soldats qui ont la gorge sèche quand ils te voient passer. Je vais leur faire cadeau de toi. Après, si tu vis, nous choisirons quelque reître bien borgne et bien vérolé et le curé de Worms vous mariera.

CATHERINE : Je ne te crois pas.

GŒTZ : Non ?

CATHERINE : Non. Tu n'es pas… Tu ne le feras pas. J'en suis sûre. J'en suis sûre !

GŒTZ : Je ne le ferai pas ? *(Il appelle.)* Frantz ! Frantz ! *(Entrent Frantz et deux soldats.)* Occupe-toi de la mariée, Frantz !

FRANTZ : Quelle mariée ?

GŒTZ : Catherine. Tu la marieras d'abord à tous, en grande cérémonie, ensuite…

SCÈNE V

LES MÊMES, NASTY

Nasty entre, va à lui et le frappe sur l'oreille.

GŒTZ : Hé là, rustre, que fais-tu ?

NASTY : Je te frappe sur l'oreille.

GŒTZ : Je l'ai senti. *(En le maintenant.)* Qui es-tu ?

NASTY : Nasty le boulanger.

GŒTZ, *aux Soldats* : Est-ce Nasty ?

LES SOLDATS : Oui, c'est lui.

GŒTZ : Bonne prise, par ma foi.

NASTY : Tu ne m'as pas pris, je me suis livré.

GŒTZ : Si tu veux : le résultat est le même. Dieu me comble de ses cadeaux aujourd'hui. *(Il le regarde.)* Voilà donc Nasty, seigneur de tous les gueux d'Allemagne. Tu es tel que je l'imaginais : décourageant comme la vertu.

NASTY : Je ne suis pas vertueux. Nos fils le seront si nous versons assez de sang pour leur donner le droit de l'être.

GŒTZ : Je vois : tu es prophète !

NASTY : Comme tout le monde.

GŒTZ : Vraiment ? Alors, je suis prophète, moi aussi ?

NASTY : Toute parole témoigne de Dieu ; toute parole dit tout sur toute chose.

GŒTZ : Foutre ! Il faudra que je surveille ce que je dis.

NASTY : À quoi bon ? Tu ne pourras pas t'empêcher de tout dire.

GŒTZ : Bon. Eh bien, toi, réponds à mes questions et tâche de ne pas dire tout à fait tout, sinon nous n'en finirons pas. Donc, tu es Nasty, prophète et boulanger.

NASTY : Oui, je le suis.

GŒTZ : On te disait dans Worms.

NASTY : J'en suis sorti.

GŒTZ : Cette nuit ?

NASTY : Oui.

GŒTZ : Pour me parler ?

NASTY : Pour chercher des renforts et t'attaquer par-derrière.

GŒTZ : Excellente idée : qu'est-ce qui t'a fait changer d'avis ?

NASTY : En traversant le camp, j'ai appris qu'un traître vous avait livré la ville.

GŒTZ : Tu as dû passer un sale quart d'heure ?

NASTY : Oui. Très sale.

GŒTZ : Alors ?

NASTY : J'étais assis sur une pierre derrière la tente. J'ai vu la tente s'éclairer un peu et des ombres s'agiter. À ce moment-là, j'ai reçu mandat d'aller à toi et de te parler.

GŒTZ : Qui t'a donné ce mandat ?

NASTY : Qui veux-tu que ce soit ?

GŒTZ : En effet, qui ? Heureux homme : tu as des mandats et tu sais qui t'a mandaté. Moi aussi j'en ai, figure-toi — tiens, celui de brûler Worms. Mais je n'arrive pas à savoir qui me les a donnés. *(Un temps.)* Est-ce Dieu qui t'a commandé de me frapper sur l'oreille ?

NASTY : Oui.

GŒTZ : Pourquoi ?

NASTY : Je ne sais pas. Peut-être pour décoller la cire qui te bouche l'ouïe.

GŒTZ : Ta tête est mise à prix. Est-ce que Dieu t'en a prévenu ?

NASTY : Dieu n'avait pas besoin de me prévenir. J'ai toujours su comment je finirais.

GŒTZ : Il est vrai que tu es prophète.

NASTY : Pas besoin d'être prophète : nous autres, nous n'avons que deux manières de mourir. Ceux qui se résignent meurent de faim, ceux qui ne se résignent pas sont pendus. À douze ans, tu sais déjà si tu te résignes ou non.

GŒTZ : Parfait. Eh bien, jette-toi vite à mes genoux.

NASTY : Pour quoi faire ?

GŒTZ : Pour implorer ma pitié, je suppose. Est-ce que Dieu ne te l'a pas commandé ?

Frantz lui met ses bottes.

NASTY : Non : tu n'as pas de pitié, Dieu non plus. Et pourquoi t'implorerais-je, moi qui, le jour venu, n'aurai de pitié pour personne.

GŒTZ, *se relevant* : Alors, qu'est-ce que tu viens foutre ici ?

NASTY : T'ouvrir les yeux, mon frère.

GŒTZ : Oh ! nuit merveilleuse, tout bouge, Dieu marche sur la terre, ma tente est un ciel rempli d'étoiles filantes et voici la plus belle : Nasty, prophète de la boulange, qui vient m'ouvrir les yeux. Qui aurait cru que le ciel et la terre feraient tant d'embarras pour une ville de vingt-cinq mille âmes ? Au fait, boulanger, qui te prouve que tu n'es pas la victime du Diable ?

NASTY : Quand le soleil t'éblouit, qui te prouve qu'il ne fait pas nuit ?

GŒTZ : La nuit, quand tu rêves au soleil, qui te prouve qu'il fait jour ? Et si j'avais vu Dieu, moi aussi ? Hein ? Ah ! ce serait soleil contre soleil. *(Un temps.)* Je les ai tous dans mes mains, tous : celle-ci qui voulait m'assassiner, l'envoyé de l'Archevêque et toi, le roi des gueux ; son index a défait un complot et démasqué les coupables ; mieux, c'est un de ses ministres qui m'a porté, de sa part, les clés de la ville.

NASTY, *d'une voix changée, impérative et brève* : Un de ses ministres ? Lequel ?

GŒTZ : Que t'importe puisque tu vas mourir. Allons, avoue que Dieu est avec moi.

NASTY : Avec toi ? Non. Tu n'es pas l'homme de Dieu. Tout au plus son frelon.

GŒTZ : Qu'en sais-tu ?

NASTY : Les hommes de Dieu détruisent ou construisent et toi tu conserves.

GŒTZ : Moi ?

NASTY : Tu mets du désordre. Et le désordre est le meilleur serviteur de l'ordre établi. Tu as affaibli la chevalerie entière en trahissant Conrad et tu affaibliras la bourgeoisie en détruisant Worms. À qui cela profite-t-il ? Aux grands. Tu sers les grands, Gœtz, et tu les serviras quoi que tu fasses : toute destruction brouillonne affaiblit les faibles, enrichit les riches, accroît la puissance des puissants.

GŒTZ : Donc, je fais le contraire de ce que je veux ? *(Avec ironie.)* Heureusement, Dieu t'a envoyé pour m'éclairer. Que me proposes-tu ?

NASTY : Une alliance nouvelle.

GŒTZ : Oh ! Une nouvelle trahison ? Que c'est gentil : de ça, au moins, j'ai l'habitude, ça ne me changera pas beaucoup. Mais si je ne dois faire alliance ni avec les bourgeois ni avec les chevaliers ni avec les princes, je ne vois pas très bien à qui je dois m'allier.

NASTY : Prends la ville, massacre les riches et les prêtres, donne-la aux pauvres, lève une armée de paysans et chasse l'Archevêque ; demain, tout le pays marche avec toi.

GŒTZ, *stupéfait* : Tu veux que je m'allie aux pauvres ?

NASTY : Aux pauvres, oui ! À la plèbe des villes et des campagnes.

GŒTZ : L'étrange proposition !

NASTY : Ce sont tes alliés naturels. Si tu veux détruire pour de bon, raser les palais et les cathédrales édifiés par Satan, briser les statues obscènes des païens, brûler les milliers de livres qui propagent un savoir diabolique, supprimer l'or et l'argent, viens à nous. Sans nous, tu tournes en rond, tu ne fais de mal qu'à toi-même. Avec nous, tu seras le fléau de Dieu.

GŒTZ : Que ferez-vous des bourgeois ?

NASTY : Nous leur prendrons leurs biens, pour vêtir ceux qui sont nus et nourrir ceux qui ont faim.

GŒTZ : Des prêtres ?

NASTY : Nous les renverrons à Rome.

GŒTZ : Et des nobles ?

NASTY : Nous leur trancherons la tête.

GŒTZ : Et quand nous aurons chassé l'Archevêque ?

NASTY : Il sera temps de bâtir la cité de Dieu.

GŒTZ : Sur quelles bases ?

NASTY : Tous les hommes sont égaux et frères, tous sont en Dieu et Dieu est en tous ; le Saint-Esprit parle par toutes les bouches, tous les hommes sont prêtres et prophètes, chacun peut baptiser, marier, annoncer la bonne nouvelle et remettre les péchés ; chacun vit publiquement sur terre à la face de tous et solitairement dans son âme en face de Dieu.

GŒTZ : On ne rira pas tous les jours dans votre cité.

NASTY : Peut-on rire de ceux qu'on aime ? La loi sera l'amour.

GŒTZ : Que serai-je là-dedans, moi ?

NASTY : L'égal de tous.

GŒTZ : Et s'il ne me plaît pas d'être votre égal ?

NASTY : L'égal de tous les hommes ou le valet de tous les princes : choisis.

GŒTZ : Ta proposition est honnête, boulanger. Seulement, voilà : les pauvres me font mourir d'ennui ; ils ont horreur de tout ce qui me plaît.

NASTY : Qu'est-ce donc qui te plaît ?

GŒTZ : Tout ce que vous voulez détruire : les statues, le luxe, la guerre.

NASTY : La lune n'est pas à toi, bonne dupe, et tu te bats pour que les nobles puissent en jouir.

GŒTZ, *profondément et sincèrement* : Mais j'aime les nobles.

NASTY : Toi ? Tu les assassines.

GŒTZ : Bah ! Je les assassine un petit peu, de temps en temps, parce que leurs femmes sont fécondes et qu'elles en font dix pour un que je tue. Mais je ne veux pas que vous me les pendiez tous. Pourquoi vous aiderais-je à souffler le soleil et tous les flambeaux terrestres ? Ce serait la nuit polaire.

NASTY : Tu continueras donc à n'être qu'un vacarme inutile ?

GŒTZ[m] : Inutile, oui. Inutile aux hommes. Mais que me font les hommes. Dieu m'entend, c'est à Dieu que je casse les oreilles et ça me suffit, car c'est le seul ennemi qui soit digne de moi. Il y a Dieu, moi et les fantômes. C'est Dieu que je crucifierai cette nuit, sur toi et sur vingt mille hommes parce que sa souffrance est infinie et qu'elle rend infini celui qui le fait souffrir. Cette ville va flamber. Dieu le sait. En ce moment il a peur, je le sens ; je sens son regard sur mes mains, je sens son souffle sur les cheveux, ses anges pleurent. Il se dit « Gœtz n'osera peut-être pas » — tout comme s'il n'était qu'un homme. Pleurez, pleurez les anges : j'oserai. Tout à l'heure, je marcherai dans sa peur et dans sa colère. Elle flambera : l'âme du Seigneur est une galerie de glaces, le feu s'y reflétera dans des millions de miroirs. Alors, je saurai que je suis un monstre tout à fait pur. *(À Frantz :)* Mon ceinturon.

NASTY, *d'une voix changée* : Épargne les pauvres. L'Archevêque est riche, tu peux te divertir à le ruiner, mais les pauvres, Gœtz, ça n'est pas drôle de les faire souffrir.

GŒTZ : Oh ! non, ce n'est pas drôle.

NASTY : Alors ?

GŒTZ : J'ai mon mandat, moi aussi.

NASTY : Je t'en supplie à genoux.

GŒTZ : Je croyais qu'il t'était défendu de supplier.

NASTY : Rien n'est défendu s'il s'agit de sauver des hommes.

GŒTZ : Il me semble, prophète, que Dieu t'a fait tomber dans un guet-apens. *(Nasty hausse les épaules.)* Tu sais ce qui va t'arriver ?

NASTY : Torture et pendaison, oui. Je te dis que je l'ai toujours su.

GŒTZ : Torture et pendaison… Torture et pendaison… que c'est monotone. L'ennui avec le Mal, c'est qu'on s'y habitue, il faut du génie pour inventer. Cette nuit, je ne me sens guère inspiré.

CATHERINE : Donne-lui un confesseur.

GŒTZ : Un…

CATHERINE : Tu ne peux pas le laisser mourir sans une absolution.

GŒTZ : Nasty ! Voilà le génie. Bien sûr, brave homme, je vais te donner un confesseur ! C'est mon devoir de chrétien. Et puis je te réserve une surprise. *(À Frantz :)* Va me chercher le prêtre… *(À Nasty :)* Voilà un acte comme je les aime : à facettes. Est-il bon ? Est-il mauvais ? La raison s'y perd.

NASTY : Un Romain ne me souillera pas.

GŒTZ : On te torturera jusqu'à ce que tu te confesses, c'est pour ton bien.

Entre Heinrich.

SCÈNE VI

LES MÊMES, HEINRICH

HEINRICH : Tu m'as fait tout le mal que tu pouvais. Laisse-moi.

GŒTZ : Que faisait-il ?

FRANTZ : Il était assis dans le noir et remuait la tête.

HEINRICH : Qu'est-ce que tu me veux ?

GŒTZ : Te faire travailler de ton métier. Cette femme, il faut la marier tout de suite. Quant à celui-ci, tu lui donneras les derniers sacrements.

HEINRICH : Celui-ci ?... *(Il voit Nasty.)* Ah !...

GŒTZ, *feignant d'être étonné* : Vous vous connaissez ?

NASTY : Voilà donc le ministre de Dieu qui t'a donné cette clé ?

HEINRICH : Non ! Non, non !

GŒTZ : Curé, tu n'as pas honte de mentir ?

HEINRICH : Nasty ! *(Nasty ne le regarde même pas.)* Je ne pouvais pas laisser massacrer les prêtres. *(Nasty ne répond pas. Heinrich s'approche de lui.)* Dis, pouvais-je les laisser massacrer ? *(Un temps. Il se détourne et va vers Gœtz.)* Eh bien ? Pourquoi faut-il que je le confesse ?

GŒTZ : Parce qu'on va le pendre.

HEINRICH : Vite, alors, vite ! Pendez-le vite ! Et pour le confesser, trouvez-en un autre.

GŒTZ : Ce sera toi ou personne.

HEINRICH : Ce sera donc personne.

Il va pour sortir.

GŒTZ : Hep ! Hep ! *(Heinrich s'arrête.)* Peux-tu le laisser mourir sans confession ?

HEINRICH, *revenant lentement sur ses pas* : Non, bouffon, non ; tu as raison : je ne peux pas. *(À Nasty :)* Agenouille-toi. *(Un temps.)* Tu ne veux pas ? Frère, ma faute ne rejaillit pas sur l'Église et c'est au nom de l'Église que je te remettrai tes péchés ! Veux-tu que je me confesse publiquement ? *(À tous :)* J'ai livré ma ville au massacre par malice et rancœur ; je mérite le mépris de tous. Crache-moi au visage et n'en parlons plus. *(Nasty ne bouge pas.)* Toi, le soldat, crache !

FRANTZ, *égayé, à Gœtz* : Cracherai-je ?

GŒTZ, *débonnaire* : Crache, mon enfant, prends du bon temps.

Frantz crache.

HEINRICH : Voilà qui est fait. Heinrich est mort de honte. Reste le prêtre. Un prêtre quelconque : c'est devant lui que tu dois t'agenouiller. *(Après un instant d'attente, il le frappe brusquement.)* Assassin ! Il faut que je sois fou pour m'humilier devant toi quand tout est arrivé par ta faute !

NASTY : Par ma faute ?

HEINRICH : Oui ! Oui ! Par ta faute. Tu as voulu jouer les prophètes et te voilà vaincu, captif, bon à pendre et tous ceux qui t'ont fait confiance vont mourir. Tous ! Tous ! Ha ! Ha ! Tu prétendais savoir aimer les pauvres et que moi je ne le savais pas ; eh bien, vois : tu leur as fait plus de mal que moi.

NASTY : Plus que toi, fumier ! *(Il se jette sur Heinrich. On les sépare.)* Qui a trahi ? Toi ou moi ?

HEINRICH : Moi ! moi ! Moi ! Mais je ne l'aurais jamais fait si tu n'avais assassiné l'Évêque.

NASTY : Dieu m'a commandé de le frapper parce qu'il affamait les pauvres.

HEINRICH : Dieu, vraiment ? Comme c'est simple : alors Dieu m'a commandé de trahir les pauvres parce qu'ils voulaient massacrer les moines !

NASTY : Dieu ne *peut pas* commander de trahir les pauvres : il est avec eux.

HEINRICH : S'il est avec eux d'où vient que leurs révoltes aient toujours échoué ? D'où vient qu'il ait permis aujourd'hui encore que ta révolte à toi finisse dans le désespoir ? Allons, réponds ! Réponds ! Réponds donc ! Tu ne peux pas[n] ?

GŒTZ : Voici. Voici le moment. Voici l'angoisse et la sueur de sang. Va ! Va ! l'angoisse est bonne. Comme ton visage est doux : je le regarde et je sens que vingt mille hommes vont mourir. Je t'aime. *(Il l'embrasse sur la bouche.)* Allons, frère, tout n'est pas dit : j'ai décidé de prendre Worms, mais si Dieu est avec toi, quelque chose peut arriver qui m'en empêchera.

NASTY, *sourdement, avec conviction* : Quelque chose arrivera.

HEINRICH, *criant* : Rien ! Rien du tout ! Rien n'arrivera. Ce serait trop injuste. Si Dieu avait dû faire un miracle, pourquoi ne l'aurait-il pas fait avant que je ne trahisse. Pourquoi m'a-t-il perdu s'il te sauve ?

Entre un officier. Tous sursautent.

L'OFFICIER : Tout est prêt. Les soldats sont rangés sur le bord du ravin, derrière les chariots.

GŒTZ : Déjà ! *(Un temps.)* Va dire au capitaine Ulrich que j'arrive.

L'Officier sort. Gœtz se laisse tomber sur une chaise.

CATHERINE : Voilà ton miracle, mon mignon. *(Gœtz se passe la main sur le visage.)* Va ! Pille et massacre ! Bonsoir.

GŒTZ, *avec une lassitude qui se changera progressivement en exaltation factice* : C'est le moment des adieux. Quand je reviendrai, j'aurai du sang partout et ma tente sera vide. Dommage, je m'étais habitué à vous. *(À Nasty et Heinrich :)* Vous passerez la nuit ensemble comme une paire d'amoureux. *(À Heinrich :)* Veille à lui tenir la main bien doucement pendant qu'on le tenaillera. *(À Frantz, désignant Nasty :)* S'il accepte de se confesser, arrêtez la torture aussitôt ; dès qu'il sera absous, pendez-le. *(Comme s'il venait de se rappeler l'existence de Catherine.)* Ah ! la mariée ! Frantz, tu iras quérir les valets d'écurie et tu les présenteras à Madame. Qu'ils fassent d'elle ce qu'ils veulent sauf la tuer.

CATHERINE, *brusquement se jette à ses genoux* : Gœtz ! Pitié ! Pas ça ! Pas cette horreur ! Pitié !

GŒTZ, *recule avec étonnement* : Tu crânais si bien tout à l'heure… Tu n'y croyais pas ?

CATHERINE : Non, Gœtz, je n'y croyais pas.

GŒTZ : Dans le fond, je n'y croyais pas moi-même. Le Mal, on y croit *après*. *(Elle lui embrasse les genoux.)* Frantz, délivre-moi d'elle. *(Frantz la prend et la jette sur le lit.)* Voilà. Voilà. Je n'oublie rien… Non ! Je crois que c'est tout. *(Un temps.)* Toujours pas de miracle : je commence à croire que Dieu me laisse carte blanche. Merci, mon Dieu, merci beaucoup. Merci pour les femmes violées, merci pour les enfants empalés, merci pour les hommes décapités. *(Un temps.)* Si je voulais parler ! J'en sais long, va, sale hypocrite. Tiens, Nasty, je vais te casser le morceau : *Dieu se sert de moi.* Tu as vu, cette nuit : eh bien, il m'a fait relancer par ses anges.

HEINRICH : Ses anges ?

GŒTZ : Vous tous. Catherine est très certainement un ange. Toi aussi, le Banquier aussi. *(Revenant à Nasty.)* Et cette clé ? Est-ce que je la lui demandais, moi, cette clé ? Je n'en soupçonnais pas même l'existence : mais il a fallu qu'il charge un de ses curés de me la mettre dans la main. Tu sais ce qu'il veut, naturellement : que je lui sauve sa prêtraille et ses nonnes. Alors il me tente, en douce, il fait naître des occasions sans se compromettre. Si je suis pris, il aura le droit de me désavouer : après tout, je pouvais lancer la clé dans le ravin.

NASTY : Eh bien, oui, tu le pouvais, tu le peux encore.

GŒTZ : Voyons mon ange : tu sais bien que je ne le peux pas.

NASTY : Pourquoi pas ?

GŒTZ : Parce que je ne peux pas être un autre que moi. Allons, je vais prendre un bon petit bain de sang pour lui rendre service. Mais quand ce sera fini, il va encore se boucher le nez et crier qu'il n'avait pas voulu cela. Tu ne le veux pas, Seigneur, vraiment ? Alors il est encore temps d'empêcher. Je ne réclame pas que le ciel me tombe sur la tête ; un crachat suffira : je glisse dessus, je me romps la cuisse, fini pour aujourd'hui. Non ? Bon, bon. Je n'insiste pas. Tiens, Nasty, regarde cette clé : c'est bon, une clé, c'est utile. Et des mains, donc ! C'est du bel ouvrage : il faut louer Dieu de nous en avoir donné. Alors une clé dans une main, ça ne peut pas être mauvais : louons Dieu pour toutes les mains qui tiennent des clés en cet instant dans toutes les contrées du monde. Mais quant à ce que la main fait de la clé, le Seigneur décline toute responsabilité, ça ne le regarde plus, le pauvre. Oui, Seigneur, vous êtes l'innocence même : comment concevriez-vous le néant, vous qui êtes la plénitude ? Votre regard est lumière et change tout en lumière : comment connaîtriez-vous le demi-jour de mon cœur ? Et votre entendement infini, comment pourrait-il entrer dans mes raisons sans les faire éclater ? Haine et faiblesse, violence, mort, déplaisir, c'est ce qui vient de l'homme seul ; c'est mon seul empire et je suis seul dedans : ce qui s'y passe n'est imputable qu'à moi. Va, va, je prends tout sur moi et je ne dirai rien. Au jour du Jugement, motus, bouche cousue, j'ai trop de fierté, je me laisserai condamner sans piper mot. Mais ça ne te gêne pas un peu, un tout petit peu d'avoir damné ton homme de main ? J'y vais, j'y vais : les soldats attendent, la bonne clé m'entraîne, elle veut retrouver sa serrure natale. *(À la sortie, il se retourne.)* Connaissez-vous mon pareil ? Je suis l'homme qui met le Tout-Puissant mal à l'aise. En moi°,

Dieu prend horreur de lui-même ! Il y a vingt mille nobles, trente archevêques, quinze rois, on a vu trois empereurs à la fois, un pape et un antipape[26], mais citez-moi un autre Gœtz ? Quelquefois, j'imagine l'enfer comme un désert qui n'attend que moi. Adieu. *(Il va pour sortir. Heinrich éclate de rire.)* Qu'est-ce qu'il y a ?

HEINRICH : L'enfer est une foire, imbécile ! *(Gœtz s'arrête et le regarde. Aux autres :)* Voici le visionnaire le plus étrange : l'homme qui se croit seul à faire le Mal. Chaque nuit la terre d'Allemagne est éclairée par des torches vivantes ; cette nuit comme toutes les nuits, les villes flambent par douzaines et les capitaines qui les saccagent ne font pas tant d'histoires. Ils tuent, les jours ouvrables et, le dimanche, ils se confessent, modestement. Mais celui-ci se prend pour le Diable en personne parce qu'il accomplit son devoir de soldat. *(À Gœtz :)* Si tu es le Diable, bouffon, qui suis-je, moi qui prétendais aimer les misérables et qui te les livre ?

Gœtz le regarde un peu fasciné pendant toute la réplique. À la fin, il se secoue.

GŒTZ : Qu'est-ce que tu réclames ? Le droit d'être damné ? Je te l'accorde. L'enfer est assez grand pour que je ne t'y rencontre pas.

HEINRICH : Et les autres ?

GŒTZ : Quels autres ?

HEINRICH : *Tous* les autres. Tous n'ont pas la chance de tuer, mais tous en ont envie.

GŒTZ : Ma méchanceté n'est pas la leur : ils font le Mal par luxure ou par intérêt : moi je fais le Mal pour le Mal.

HEINRICH : Qu'importent les raisons s'il est établi qu'on ne peut faire que le Mal.

GŒTZ : Est-ce établi ?

HEINRICH : Oui, bouffon, c'est établi.

GŒTZ : Par qui ?

HEINRICH : Par Dieu lui-même. Dieu a voulu que le Bien fût impossible sur terre.

GŒTZ : Impossible ?

HEINRICH : Tout à fait impossible : impossible l'amour ! Impossible la justice ! Essaie donc d'aimer ton prochain, tu m'en diras des nouvelles.

GŒTZ : Et pourquoi ne l'aimerais-je pas, si c'était mon caprice ?

HEINRICH : Parce qu'il suffit qu'un seul homme en haïsse

un autre pour que la haine gagne de proche en proche l'humanité entière.

GŒTZ, *enchaînant* : Celui-ci aimait les pauvres.

HEINRICH : Il leur mentait sciemment, il excitait leurs passions les plus basses, il les a contraints d'assassiner un vieillard. *(Un temps.)* Que pouvais-je faire, moi ? Hein, que pouvais-je faire ? J'étais innocent et le crime a sauté sur moi comme un voleur. Où était le Bien, bâtard ? Où était-il ? Où était le moindre mal[27] ? *(Un temps.)* Tu prends beaucoup de peine pour rien, fanfaron de vice ! Si tu veux mériter l'enfer, il suffit que tu restes dans ton lit. Le monde est iniquité ; si tu l'acceptes, tu es complice, si tu le changes, tu es bourreau. *(Riant.)* Ha ! la terre pue jusqu'aux étoiles[p].

GŒTZ : Alors, tous damnés ?

HEINRICH : Ah non ! pas tous ! *(Un temps.)* J'ai la foi, mon Dieu, j'ai la foi. Je ne commettrai pas le péché de désespoir : je suis infecté jusqu'aux moelles, mais je sais que tu me sauveras si tu l'as décidé. *(À Gœtz :)* Nous sommes tous également coupables, bâtard, nous méritons tous également l'enfer mais Dieu pardonne quand il lui plaît de pardonner.

GŒTZ : Il ne me pardonnera pas malgré moi.

HEINRICH : Misérable fétu, comment peux-tu lutter contre sa miséricorde ? Comment lasseras-tu son infinie patience ? Il te prendra entre ses doigts s'il lui plaît, pour t'enlever jusqu'à son paradis ; il cassera d'un coup de pouce ta volonté mauvaise, il t'ouvrira les mâchoires, il te gavera de sa bienveillance et tu te sentiras devenir bon malgré toi. Va ! Va brûler Worms, va saccager, va égorger ; tu perds ton temps et ta peine : un de ces jours, tu te retrouveras au purgatoire comme tout le monde.

GŒTZ : Donc tout le monde fait le Mal ?

HEINRICH : Tout le monde.

GŒTZ : Et personne n'a jamais fait le Bien ?

HEINRICH : Personne.

GŒTZ : Parfait. *(Il rentre sous la tente.)* Moi, je te parie de le faire.

HEINRICH : De faire quoi ?

GŒTZ : Le Bien. Tiens-tu le pari ?

HEINRICH, *haussant les épaules* : Non, bâtard, je ne parie rien du tout.

GŒTZ : Tu as tort ; tu m'apprends que le Bien est impossible, je parie donc que je ferai le Bien : c'est encore la meilleure manière d'être seul. J'étais criminel, je me change : je retourne ma veste et je parie d'être un saint.

HEINRICH : Qui en jugera ?

GŒTZ : Toi, dans un an et un jour. Tu n'as qu'à parier.

HEINRICH : Si tu paries, tu as perdu d'avance, imbécile ! Tu feras le Bien pour gagner un pari.

GŒTZ : Juste ! Eh bien, jouons aux dés. Si je gagne, c'est le Mal qui triomphe. Si je perds. Ah ! si je perds, je ne me doute même pas de ce que je ferai. Eh bien ? Qui joue contre moi ? Nasty[q] !

NASTY : Non.

GŒTZ : Pourquoi pas ?

NASTY : C'est mal.

GŒTZ : Eh bien, oui, c'est mal. Qu'est-ce que tu t'imagines ? Voyons, boulanger, je suis encore méchant.

NASTY : Si tu veux faire le Bien, tu n'as qu'à décider de le faire, tout simplement.

GŒTZ : Je veux mettre le Seigneur au pied du mur. Cette fois, c'est oui ou c'est non : s'il me fait gagner, la ville flambe, et ses responsabilités sont bien établies. Allons, joue : si Dieu est avec toi, tu ne dois pas avoir peur. Tu n'oses pas, lâche ! Tu préfères être pendu ? Qui osera ?

CATHERINE : Moi !

GŒTZ : Toi, Catherine ? *(Il la regarde.)* Pourquoi pas ? *(Il lui donne les dés.)* Joue.

CATHERINE, *jouant* : Deux et un. *(Elle frissonne.)* Tu auras du mal à perdre.

GŒTZ : Qui vous dit que je souhaite perdre ? *(Il met les dés dans le cornet.)* Seigneur, vous êtes coincé. Le moment est venu d'abattre votre jeu.

Il joue.

CATHERINE : Un et un… Tu as perdu !

GŒTZ : Je me conformerai donc à la volonté de Dieu. Adieu[r], Catherine.

CATHERINE : Embrasse-moi. *(Il l'embrasse.)* Adieu, Gœtz.

GŒTZ : Prends cette bourse et va où tu veux. *(À Frantz :)* Frantz, va dire au capitaine Ulrich qu'il envoie les soldats se coucher. Toi, Nasty, rentre dans la ville, il est encore temps d'arrêter la meute. Si vous ouvrez les portes dès l'aube, si les prêtres sortent de Worms sains et saufs et viennent se placer sous ma garde, je lèverai le siège à midi. D'accord[28] ?

NASTY : D'accord.

GŒTZ : As-tu retrouvé ta foi, prophète ?

NASTY : Je ne l'avais jamais perdue.

GŒTZ : Veinard !

HEINRICH : Tu leur rends la liberté, tu leur rends la vie et l'espoir. Mais à moi, chien, à moi que tu as contraint de trahir, rendras-tu la pureté ?

GŒTZ : C'est affaire à toi de la retrouver. Après tout, il n'y a pas eu grand mal de fait.

HEINRICH : Qu'importe ce qui a été fait ! C'est mon intention qui comptait. Je te suivrai[s], va, je te suivrai, pas à pas, nuit et jour ; compte sur moi pour peser tes actes. Et tu peux être tranquille, dans un an et un jour, où que tu ailles, je serai au rendez-vous.

GŒTZ : Voici l'aube. Comme elle est froide. L'aube et le Bien sont entrés sous ma tente et nous ne sommes pas plus gais : celle-ci sanglote, celui-ci me hait : on se croirait au lendemain d'une catastrophe. Peut-être que le Bien est désespérant… Peu m'importe, d'ailleurs, je n'ai pas à le juger, mais à le faire. Adieu.

Il sort. Catherine éclate de rire.

CATHERINE, *riant aux larmes* : Il a triché ! Je l'ai vu, je l'ai vu, il a triché pour perdre !

RIDEAU

ACTE II[1]

QUATRIÈME TABLEAU[2]

SCÈNE I

KARL, DEUX PAYSANS

PREMIER PAYSAN : Ça gueule dur, là-dedans.

KARL : Ce sont les barons : vous pensez bien qu'ils sont fous de rage.

PREMIER PAYSAN : S'il allait prendre peur et renoncer ?

KARL : Pas de danger, il est têtu comme une vache. Cachez-vous, le voilà.

SCÈNE II

LES PAYSANS, *cachés*, GŒTZ *et* KARL

GŒTZ : Mon frère, veux-tu nous porter un carafon de vin ? Trois verres suffiront : je ne bois pas. Fais-le pour l'amour de moi.

KARL : Pour l'amour de toi, je le ferai, mon frère.

Gœtz sort. Les Paysans sortent de leur cachette, riant et se frappant les cuisses.

LES PAYSANS : Mon frère, mon petit frère ! Frérot ! Tiens ! Voilà pour l'amour de toi. *(Ils s'envoient des claques en riant.)*

KARL, *déposant des verres sur un plateau* : Tous les domestiques sont ses frères. Il dit qu'il nous aime, il nous cajole et nous embrasse parfois. Hier il s'est amusé à me laver les pieds. Le gentil seigneur, le bon frère. Pouah ! *(Il crache.)* C'est un mot qui m'écorche la bouche et je crache toutes les fois que je l'ai prononcé. Il sera pendu pour m'avoir appelé frère et quand on lui passera la corde au cou je le baiserai sur les lèvres et je lui dirai : « Bonsoir, frérot. Meurs pour l'amour de moi. »

Il sort portant les verres et le plateau.

PREMIER PAYSAN : Voilà un homme. On ne lui en conte point.

DEUXIÈME PAYSAN : On m'a dit qu'il savait lire.

PREMIER PAYSAN : Foutre.

KARL, *revient* : Voici les ordres. Parcourez les terres de Nossak et de Schulheim. Annoncez la nouvelle dans le moindre hameau : « Gœtz donne aux paysans les terres de Heidenstamm. » Laissez-les souffler et puis : « S'il a donné ses terres, le putassier, le bâtard, pourquoi le très haut seigneur de Schulheim ne vous donne-t-il pas les siennes ? » Travaillez-les, rendez-les fous de rage, mettez le trouble partout. Allez. *(Ils sortent.)* Gœtz, mon frère chéri, tu verras comme je vais les gâcher tes bonnes œuvres. Donne-les, tes terres, donne-les donc : un jour tu regretteras de ne pas être mort avant de les avoir données. *(Il rit.)* De l'amour ! Tous les jours je t'habille et je te déshabille, je vois ton nombril, tes doigts de pied, ton cul et tu voudrais que je t'aime.

Je t'en foutrai, de l'amour. Conrad était dur et brutal mais ses insultes m'offensaient moins que ta bonté. *(Entre Nasty.)* Que veux-tu ?

SCÈNE III

KARL *et* NASTY

NASTY : Gœtz m'a fait mander.

KARL : Nasty !

NASTY, *le reconnaissant* : C'est toi !

KARL : Tu connais Gœtz ? Belle relation.

NASTY : Ne t'occupe pas de ça. *(Un temps.)* Je sais ce que tu projettes, Karl ! Tu feras sagement de te tenir coi et d'attendre mes ordres.

KARL : Les campagnes n'ont que faire des ordres de la ville.

NASTY : Si tu tentes ce sale coup, je te ferai pendre.

KARL : Prends garde que ce ne soit toi, le pendu. D'abord que fais-tu ici ? C'est louche. Tu viens parler avec Gœtz et puis tu nous déconseilles la révolte : qui me dit qu'on ne t'a pas payé !

NASTY : Qui me dit qu'on ne t'a pas payé pour faire éclater trop tôt l'émeute qui couve et pour la faire écraser par les seigneurs ?

KARL : Voilà Gœtz.

SCÈNE IV

GŒTZ, NASTY, LES BARONS

Gœtz entre à reculons, les barons Schulheim, Nossak, Rietschel l'entourent en hurlant.

NOSSAK : Les paysans tu t'en fous : ce que tu veux c'est notre peau.

SCHULHEIM : Tu veux laver dans notre sang les putasseries de ta mère ?

NOSSAK : Et devenir le fossoyeur de la noblesse allemande.

GŒTZ : Mes frères, mes très chers frères, je ne sais même pas de quoi vous parlez.

RIETSCHEL : Tu ne sais pas que ton geste va mettre le feu aux poudres ? Que nos paysans deviendront fous furieux si nous ne leur donnons sur l'heure les terres, l'or, jusqu'à nos chemises et notre bénédiction par-dessus le marché ?

SCHULHEIM : Tu ne sais pas qu'ils viendront nous assiéger dans nos châteaux ?

RIETSCHEL : Que c'est la ruine pour nous si nous acceptons et la mort si nous refusons ?

NOSSAK : Tu ne le sais pas ?

GŒTZ : Mes très chers frères…

SCHULHEIM : Pas de boniments ! Renonces-tu ? Réponds par oui ou par non.

GŒTZ : Mes très chers frères, pardonnez-moi : c'est non.

SCHULHEIM : Tu es un assassin.

GŒTZ : Oui, mon frère, comme tout le monde.

SCHULHEIM : Un bâtard !

GŒTZ : Oui : comme Jésus-Christ[3].

SCHULHEIM : Sac à merde ! Excrément de la terre !

Il lui envoie son poing dans la figure. Gœtz chancelle puis se redresse, avance sur lui ; tous se reculent. Tout à coup, Gœtz se jette à terre de tout son long.

GŒTZ : Au secours, les anges ! Aidez-moi à me vaincre ! *(Il tremble de tous ses membres.)* Je ne frapperai pas. Je me couperai la main droite si elle veut frapper. *(Il se tord sur le sol. Schulheim lui donne un coup de pied.)* Roses, pluie de roses, caresses. Comme Dieu m'aime ! J'accepte tout. *(Il se relève.)* Je suis un chien de bâtard, un sac à merde, un traître, priez pour moi.

SCHULHEIM, *le frappant* : Renonces-tu ?

GŒTZ : Ne frappez pas, vous vous saliriez.

RIETSCHEL, *menaçant* : Renonces-tu ?

GŒTZ : Seigneur, délivrez-moi de l'abominable envie de rire !

SCHULHEIM : Bon Dieu !

RIETSCHEL : Venez, nous perdons notre temps.

SCÈNE V

NASTY, GŒTZ, KARL

Gœtz revient vers Nasty.

GŒTZ, *joyeusement* : Salut, Nasty. Salut, mon frère. Je suis heureux de te revoir. Sous les murs de Worms, il y a deux mois, tu m'as offert l'alliance des pauvres. Eh bien, je l'accepte. Attends : c'est à moi de parler ; je vais te donner de bonnes nouvelles. Avant de faire le Bien je me suis dit qu'il fallait le connaître et j'ai réfléchi longtemps. Eh bien ! Nasty, je le connais. Le Bien, c'est l'amour, bon : mais le fait est que les hommes ne s'aiment pas ; et qu'est-ce qui les en empêche ? L'inégalité des conditions, la servitude et la misère. Il faut donc les supprimer. Jusqu'ici nous sommes d'accord, n'est-ce pas ? Rien d'étonnant à cela : j'ai profité de tes leçons. Oui, Nasty, j'ai beaucoup pensé à toi, ces derniers temps. Seulement toi, tu veux remettre à plus tard le règne de Dieu ; moi, je suis plus malin : j'ai trouvé un moyen pour qu'il commence tout de suite, au moins dans un coin de la terre, ici. Premier temps : j'abandonne mes terres aux paysans. Deuxième temps : sur cette même terre, j'organise la première communauté chrétienne ; tous égaux ! Ah ! Nasty, je suis capitaine : je livre la bataille du Bien et je prétends la gagner tout de suite et sans effusion de sang. Aide-moi, veux-tu ? Tu sais parler aux pauvres. À nous deux nous reconstruirons le paradis, car le Seigneur m'a choisi pour effacer notre péché originel. Tiens, j'ai trouvé un nom pour mon phalanstère : je l'appelle la Cité du Soleil[4]. Qu'y a-t-il ? Ah ! tête de mule ! Ah ! Rabat-joie ! Qu'as-tu encore à me reprocher ?

NASTY : Garde tes terres pour toi.

GŒTZ : Garder mes terres ! Et c'est toi, Nasty, qui me le demandes. Parbleu, je m'attendais à tout sauf à celle-là.

NASTY : Garde-les. Si tu nous veux du bien, tiens-toi tranquille et surtout ne touche à rien.

GŒTZ : Tu le crois donc aussi, toi, que les paysans vont se révolter ?

NASTY : Je ne le crois pas, je le sais.

GŒTZ : J'aurais dû m'en douter. J'aurais dû prévoir que je scandaliserais ton âme étroite et butée. Ces porcs tout à l'heure, toi, à présent, comme il faut que j'aie raison pour que vous criiez si fort. Eh bien, voilà qui m'encourage ! Je les donnerai, ces terres ; comme je vais les donner ! Le Bien se fera contre tous.

NASTY : Qui t'a prié de les donner ?

GŒTZ : Je sais qu'il faut que je les donne.

NASTY : Mais qui t'en a prié ?

GŒTZ : Je le sais, te dis-je. Je vois mon chemin comme je te vois : Dieu m'a prêté sa lumière.

NASTY : Quand Dieu se tait, on peut lui faire dire ce que l'on veut.

GŒTZ : Oh ! prophète admirable ! Trente mille paysans meurent de faim, je me ruine pour soulager leur misère et tu m'annonces tranquillement que Dieu m'interdit de les sauver.

NASTY : Toi, sauver les pauvres ? Tu ne peux que les corrompre.

GŒTZ : Et qui les sauvera ?

NASTY : Ne t'inquiète pas d'eux ; ils se sauveront tout seuls.

GŒTZ : Et qu'est-ce que je deviendrai, moi, si l'on m'ôte les moyens de faire le Bien ?

NASTY : Tu as de la besogne, administrer ta fortune et l'accroître, voilà de quoi remplir une vie.

GŒTZ : Il faut donc pour te plaire que je devienne un mauvais riche ?

NASTY : Il n'y a pas de mauvais riches. Il y a des riches, c'est tout.

GŒTZ : Nasty, je suis des vôtres.

NASTY : Non.

GŒTZ : N'ai-je pas été pauvre toute ma vie ?

NASTY : Il y a deux espèces de pauvres, ceux qui sont pauvres ensemble et ceux qui le sont tout seuls. Les premiers sont les vrais, les autres sont des riches qui n'ont pas eu de chance.

GŒTZ : Et les riches qui ont donné leurs biens, ce ne sont pas des pauvres non plus, j'imagine.

NASTY : Non, ce sont d'anciens riches.

GŒTZ : Alors, j'étais perdu d'avance. Honte à toi, Nasty, tu condamnes un chrétien sans recours. *(Il marche avec agitation.)* Si fiers que soient les hobereaux qui me haïssent, vous êtes encore plus fiers et j'aurais moins de mal à entrer dans leur caste que dans la vôtre. Patience ! Merci, Seigneur : je les aimerai donc sans être payé de retour. Mon amour fera crouler les murs de ton âme revêche ; il désarmera la hargne des pauvres. Je vous aime, Nasty, je vous aime tous.

NASTY, *plus doucement* : Si tu nous aimes, renonce à ton projet.

GŒTZ : Non.

NASTY, *sur un ton changé, plus pressant* : Écoute, j'ai besoin de sept ans.

GŒTZ : Pour quoi faire ?

NASTY : Dans sept ans nous serons prêts à commencer la guerre sainte. Pas avant. Si tu jettes aujourd'hui les paysans dans la bagarre, je ne leur donne pas huit jours pour se faire massacrer. Ce que tu auras détruit en une semaine, il faudra plus d'un demi-siècle pour le reconstruire.

KARL : Les paysans viennent d'arriver, seigneur.

NASTY : Renvoie-les, Gœtz. *(Gœtz ne répond pas.)* Écoute, si tu veux vraiment nous aider, tu le peux.

GŒTZ, *à Karl* : Prie-les d'attendre, mon frère. *(Karl sort.)* Qu'est-ce que tu me proposes ?

NASTY : Tu garderas tes terres.

GŒTZ : Cela dépendra de ce que tu me proposes.

NASTY : Si tu les gardes, elles peuvent nous servir de lieu d'asile et de lieu de rassemblement. Je m'établirai dans un de tes villages. D'ici, mes ordres rayonneront sur toute l'Allemagne, d'ici partira dans sept ans le signal de la guerre. Tu peux nous rendre des services inestimables. Eh bien ?

GŒTZ : C'est non.

NASTY : Tu refuses ?

GŒTZ : Je ne ferai pas le Bien à la petite semaine. Tu ne m'as donc pas compris, Nasty ? Grâce à moi, avant la fin de l'année, le bonheur, l'amour et la vertu régneront sur dix mille arpents de terre. Sur mon domaine je veux bâtir la Cité du Soleil et toi tu veux que j'en fasse un repaire d'assassins.

NASTY : On sert le Bien comme un soldat, Gœtz, et quel est le soldat qui gagne une guerre à lui tout seul ? Commence par être modeste.

GŒTZ : Je ne serai pas modeste. Humble tant qu'on voudra, mais pas modeste. La modestie est la vertu des tièdes. *(Un temps.)* Pourquoi t'aiderai-je à préparer la guerre ? Dieu a défendu de verser le sang et tu veux ensanglanter l'Allemagne ! Je ne serai pas ton complice.

NASTY : Tu ne verseras pas le sang ? Eh bien, donne tes terres, donne ton château et tu verras si la terre allemande ne se met pas à saigner.

GŒTZ : Elle ne saignera pas. Le Bien ne peut pas engendrer le Mal.

NASTY : Le Bien n'engendre pas le Mal, soit : puisque ta folle générosité va provoquer un massacre, c'est donc que tu ne fais pas le Bien.

GŒTZ : Le Bien, c'est de perpétuer la souffrance des pauvres ?

NASTY : Je demande sept ans.

GŒTZ : Et ceux qui mourront d'ici là ? Ceux qui ayant passé leur vie dans la haine et la peur crèveront dans le désespoir.

NASTY : Dieu ait leur âme.

GŒTZ : Sept ans ! Et puis dans sept ans viendront sept ans de guerre et puis sept ans de pénitence parce qu'il faudra relever les ruines et qui sait ce qui viendra ensuite ; une nouvelle guerre peut-être et une nouvelle pénitence et de nouveaux prophètes qui demanderont sept ans de patience. Charlatan, les feras-tu patienter jusqu'au jour du Jugement ? Moi, je dis que le Bien est possible, tous les jours, à toute heure, en ce moment même : je serai celui qui fait le Bien tout de suite. Heinrich disait : « Il a suffi que deux hommes se haïssent pour que la haine, de proche en proche, gagne tout l'univers. » Et moi, je dis, en vérité, il suffit qu'un homme aime tous les hommes d'un amour sans partage pour que cet amour s'étende de proche en proche à toute l'humanité.

NASTY : Et tu seras cet homme ?

GŒTZ : Je le serai, oui, avec l'aide de Dieu. Je sais que le Bien est plus pénible que le Mal. Le Mal ce n'était que moi, le Bien c'est tout. Mais je n'ai pas peur. Il faut réchauffer la terre et je la réchaufferai. Dieu m'a donné mandat d'éblouir et j'éblouirai, je saignerai de la lumière. Je suis un charbon ardent, le souffle de Dieu m'attise, je brûle vif. Boulanger, je suis malade du Bien et je veux que cette maladie soit contagieuse. Je serai témoin, martyr et tentation.

NASTY : Imposteur !

GŒTZ : Tu ne me troubleras pas ! Je vois, je sais, il fait grand jour : je prophétiserai.

NASTY : C'est un faux prophète, un suppôt du Diable, celui qui dit : je ferai ce que je crois bon, dût le monde en périr.

GŒTZ : C'est un faux prophète et un suppôt du Diable celui qui dit : périsse d'abord le monde et je verrai ensuite si le Bien est possible.

NASTY : Gœtz, si tu me gênes, je t'abattrai.

GŒTZ : Tu pourrais me tuer, toi, Nasty ?

NASTY : Oui, si tu me gênes.

GŒTZ : Moi, je ne pourrais pas : c'est l'amour qui est mon lot. Je vais leur donner mes terres.

CINQUIÈME TABLEAU

Devant le portail d'une église de village. Sous le porche, deux sièges. Sur l'un il y a un tambour, sur l'autre, une flûte.

SCÈNE I

GŒTZ *et* NASTY, *puis* LES PAYSANS

GŒTZ, *entre en appelant* : Holà ! Ho ! Pas une âme à trente lieues : ils se terrent. Ma bonté a fondu sur eux comme une catastrophe. Les imbéciles. *(Il se retourne brusquement sur Nasty.)* Pourquoi me suis-tu ?

NASTY : Pour assister à ton échec.

GŒTZ : Il n'y aura pas d'échec. Je pose aujourd'hui la première pierre de ma cité. Ils sont dans les caves, j'imagine. Mais patience. Que j'en attrape seulement une demi-douzaine et tu verras si je ne sais pas les convaincre. *(Cris, musique de fifre.)* Qu'est-ce que c'est ? *(Entre une procession de paysans à moitié ivres, portant une sainte de plâtre sur un brancard.)* Vous êtes bien gais. Fêtez-vous le don gracieux de votre ancien seigneur ?

UN PAYSAN : Dieu nous en garde, bon moine.

GŒTZ : Je ne suis pas moine. *(Il rejette son capuchon.)*

LES PAYSANS : Gœtz !

Ils reculent effrayés. Quelques-uns se signent.

GŒTZ : Gœtz, oui, Gœtz, le croque-mitaine ! Gœtz l'Attila qui a donné ses terres par charité chrétienne. Ai-je l'air si redoutable ? Approchez : je veux vous parler. *(Un temps.)* Eh bien ? Qu'attendez-vous ? Approchez ! *(Silence obstiné[a] des Paysans. Sur un ton plus impérieux.)* Qui commande ?

UN VIEILLARD, *de mauvaise grâce* : Moi.

GŒTZ : Approche.

Le Vieillard se détache du groupe et vient vers lui. Les Paysans les regardent en silence.

Dis-moi : j'ai vu des sacs de grain dans la grange seigneuriale. Vous ne m'avez donc pas compris ? Plus de dîmes, plus de redevances.

LE VIEILLARD : Pour un peu de temps encore, nous laissons tout en état.

GŒTZ : Pourquoi ?

LE VIEILLARD : Pour voir venir.

GŒTZ : Très bien. Le grain pourrira. *(Un temps.)* Et que dites-vous de votre nouvelle condition ?

LE VIEILLARD : Nous n'en parlons pas, mon seigneur.

GŒTZ : Je ne suis plus ton seigneur. Appelle-moi ton frère, tu entends ?

LE VIEILLARD : Oui, mon seigneur.

GŒTZ : Ton frère, te dis-je.

LE VIEILLARD : Non. Pour cela, non.

GŒTZ : Je te l'or… Je t'en prie.

LE VIEILLARD : Vous serez mon frère tant qu'il vous plaira, mais je ne serai pas le vôtre. Chacun sa place, mon seigneur.

GŒTZ : Va ! Va ! Tu t'habitueras. *(Désignant la flûte et le tambour.)* Qu'est-ce que cela ?

LE VIEILLARD : Une flûte et un tambour.

GŒTZ : Qui en joue ?

LE VIEILLARD : Les moines.

GŒTZ : Il y a des moines ici ?

LE VIEILLARD : Le frère Tetzel est arrivé de Worms avec deux moinillons, pour nous vendre des indulgences.

GŒTZ, *amèrement* : Voilà donc pourquoi vous êtes si gais ? *(Brusquement.)* Au Diable ! Je ne veux pas de ça ici. *(Silence du Vieillard.)* Ces indulgences ne valent rien. Crois-tu que Dieu va maquignonner ses pardons ? *(Un temps.)* Si j'étais encore ton maître et si je te commandais de chasser ces trois larrons, le ferais-tu ?

LE VIEILLARD : Oui, je le ferais.

GŒTZ : Eh bien, pour la dernière fois, c'est ton maître qui t'ordonne…

LE VIEILLARD : Vous n'êtes plus notre maître.

GŒTZ : Va-t'en ; tu es trop vieux. *(Il le repousse, saute sur une marche et s'adresse à tous.)* Vous êtes-vous seulement demandé pourquoi je vous avais fait cadeau de mes terres ? *(Désignant un paysan.)* Réponds, toi.

LE PAYSAN : Je sais pas.

GŒTZ, *à une femme* : Et toi ?

LA FEMME, *hésitant* : C'est peut-être… que vous avez voulu nous rendre heureux.

GŒTZ : Bien répondu ! Oui, c'est là ce que j'ai voulu. Seulement le bonheur n'est qu'un moyen. Que comptez-vous faire ?

LA FEMME, *effrayée* : Du bonheur ? Mais il faudrait d'abord qu'on l'ait.

GŒTZ : Vous l'aurez, n'ayez crainte. Qu'en ferez-vous ?

LA FEMME : On n'y a pas pensé. On ne sait même pas ce que c'est.

GŒTZ : Moi, j'y ai pensé pour vous. *(Un temps.)* Vous savez que Dieu nous commande d'aimer. Seulement voilà : jusqu'ici c'était impossible. Hier encore, mes frères, vous étiez bien trop malheureux pour qu'on songe à vous demander de l'amour. Eh bien j'ai voulu que vous fussiez sans excuse. Je vais vous rendre gros et gras et vous aimerez, morbleu, j'exigerai que vous aimiez tous les hommes. Je renonce à commander à vos corps, mais c'est pour guider vos âmes car Dieu m'éclaire. Je suis l'architecte et vous êtes les ouvriers : tout à tous, les outils et les terres en commun, plus de pauvres, plus de riches, plus de loi sauf la loi d'amour. Nous serons l'exemple de toute l'Allemagne. Allons les gars, on tente le coup ? *(Silence.)* Il ne me déplaît pas de vous faire peur au commencement : rien n'est plus rassurant qu'un bon vieux diable. Mais les anges, mes frères, les anges sont suspects ! *(La foule sourit, soupire et s'agite.)* Enfin ! Enfin vous me souriez.

LA FOULE : Les voilà ! Les voilà !

GŒTZ, *se retournant, voit Tetzel, avec dépit* : Que le Diable emporte les moines !

SCÈNE II

LES MÊMES, TETZEL, DEUX MOINILLONS *et* UN CURÉ

Les deux Moinillons prennent leurs instruments. On apporte une table qu'on pose sur la marche supérieure. Tetzel pose ses rouleaux de parchemin sur la table.

TETZEL[5] : Eh bien, les gros pères ! Approchez ! Approchez ! Je n'ai pas mangé d'ail ! *(Ils rient.)* Comment ça va-t-il par ici ? La terre est bonne ?

LES PAYSANS : Point trop mauvaise.

TETZEL : Et les épouses ? Toujours détestables ?

LES PAYSANS : Ah dame ! C'est comme partout.

TETZEL : Ne vous plaignez pas : elles vous protègent contre le Diable parce qu'elles sont plus garces que lui. *(La foule rit.)* Ah ! mes petits gars, c'est pas tout ça : on va parler de choses sérieuses ! Musique ! *(Tambour et fifre.)* Toujours travailler, c'est bel et bon, mais des fois, on s'appuie sur sa bêche, on regarde au loin et on se dit : « Qu'est-ce qui va m'arriver après la mort ? » C'est pas le tout d'avoir une belle tombe bien fleurie : l'âme n'y demeure point. Où ira-t-elle ? En enfer ? *(Tambour.)* Ou au paradis ? *(Flûte.)* Bonnes gens, vous pensez bien que le Bon Dieu s'est posé la question. Il se fait tant de soucis pour vous, le Bon Dieu, qu'il n'en dort plus. Tiens, toi, là, comment t'appelles-tu ?

LE PAYSAN : Peter.

TETZEL : Eh bien, Peter, tu bois bien un petit coup de trop de temps à autre ? Allons, ne mens point !

LE PAYSAN : Eh ! ça m'arrive.

TETZEL : Et ta femme, tu la bats ?

LE PAYSAN : Quand j'ai bu.

TETZEL : Cependant tu crains Dieu ?

LE PAYSAN : Oh oui, mon frère !

TETZEL : Et la Vierge, tu l'aimes ?

LE PAYSAN : Plus que ma mère.

TETZEL : Et voilà le Bon Dieu dans l'embarras. « Cet homme-là n'est pas bien méchant, qu'il se dit. Et je n'ai point envie de lui faire grand mal. Pourtant il a péché, il faut donc que je le punisse. »

LE PAYSAN, *désolé* : Hélas !

TETZEL : Attends donc. Heureusement qu'il y a les saints ! Chacun d'eux a mérité cent mille fois le ciel, mais ça ne lui sert à rien puisqu'il n'y peut entrer qu'une fois. Alors, qu'est-ce qu'il s'est dit, le Bon Dieu ? Il s'est dit : « Les entrées qui n'ont point d'usage, pour ne pas les laisser perdre, je m'en vais les distribuer à ceux qui les méritent pas. Ce brave Peter, s'il achète une indulgence au frère Tetzel, il entrera dans mon paradis avec une des cartes d'invitation de saint Martin. » Hein ? Hein ? Ça, c'est trouvé, non ? *(Acclamations.)* Allons, Peter, sors ta bourse. Mes frères, Dieu lui propose ce marché incroyable : le paradis pour deux écus ; quel est le grigou, quel est le ladre qui ne donnera pas deux écus pour sa vie éternelle ? *(Il prend les deux écus de Peter.)* Merci. Allons, rentre chez toi et ne pèche plus. Qui en veut ? Tenez, voici un article avantageux : ce rouleau-ci quand vous le présenterez à votre curé, il sera obligé de vous faire remise d'un péché mortel à votre choix. Pas vrai, curé ?

LE CURÉ : Obligé, c'est vrai.

TETZEL : Et ça ? *(Il brandit un parchemin.)* Ah ! ça, mes frères, c'est une délicatesse du Bon Dieu ! Les indulgences que voici, on les a tout spécialement étudiées pour les braves gens qui ont de la famille au purgatoire. Si vous donnez la somme nécessaire, toute votre feue famille déploiera ses ailes et s'envolera vers le ciel. C'est deux écus par personne transférée ; le transfert est immédiat. Allons ! Qui en veut ? Qui en veut ? Toi, qui as-tu perdu ?

UN PAYSAN : Ma mère.

TETZEL : Ta mère, c'est tout ? À ton âge, tu n'as perdu que ta mère ?

LE PAYSAN, *hésitant* : J'ai bien un oncle aussi...

TETZEL : Et tu laisserais ton pauvre oncle en purgatoire ? Allons, allons ! Compte-moi quatre écus. *(Il les prend et les tient au-dessus de l'aumônière.)* Attention, les gars, attention : quand les écus tomberont les âmes s'envoleront[6]. *(Il laisse tomber les écus dans l'aumônière. Trait de flûte.)* Et d'une ! *(Second trait de flûte.)* Et de deux ! Les voilà ! Les voilà ! Elles voltigent au-dessus de vous : deux beaux papillons blancs ! *(Flûte.)* À bientôt ! À bientôt ! Priez pour nous et bien le bonjour à tous les saints. Allons, les gars, un petit salut pour les deux mignonnes. *(Applaudissements.)* À qui le tour ? *(Les Paysans s'approchent en grand nombre.)* Pour ta femme et ta grand-mère ? Pour ta sœur ? *(Flûte — Flûte.)* Payez ! Payez !

GŒTZ : Arrière !

Rumeurs dans la foule.

TETZEL, *au Curé* : Qui est-ce ?

LE CURÉ : C'est leur ancien seigneur. Rien à craindre.

GŒTZ : Insensés qui vous croyez quittes avec une aumône, pensez-vous que les martyrs se soient laissés brûler vifs pour que vous entriez au paradis comme dans un moulin ? Quant aux saints, vous ne vous sauverez pas en achetant leurs mérites mais en acquérant leurs vertus !

UN PAYSAN : Alors, j'aime mieux me pendre et qu'on me damne tout de suite. On ne peut pas devenir saint quand on travaille seize heures par jour.

TETZEL, *au Paysan* : Tais-toi donc, gros bête : on ne t'en

demande pas tant. Achète de temps à autre un couple d'indulgences et il te prendra en sa miséricorde.

GŒTZ : Va ! Achète-lui sa camelote. Il te fera payer deux écus le droit de retourner à tes vices, mais Dieu ne ratifiera pas le marché ! Tu cours à l'enfer.

TETZEL : Ôte-leur l'Espérance ! Ôte-leur la Foi ! Courage ! Que mettras-tu à la place ?

GŒTZ : L'amour.

TETZEL : Que sais-tu de l'amour ?

GŒTZ : Qu'en sais-tu toi-même ? Comment pourrait-il les aimer celui qui les méprise assez pour leur rendre le ciel ?

TETZEL, *aux Paysans* : Moi, mes petits agneaux, je vous méprise ?

TOUS : Oh !

TETZEL : Moi, mes petits poulets, je ne vous aime pas ?

LES PAYSANS : Si, si ! Tu nous aimes !

TETZEL : Je suis d'Église, mes frères : hors de l'Église, point d'amour. L'Église est notre mère à tous ; par le canal de ses moines et de ses prêtres, elle dispense à tous ses fils, aux plus déshérités comme aux favoris du sort, le même amour maternel. *(Clochettes, crécelle. Le Lépreux apparaît. Les Paysans se réfugient à l'autre bout de la scène, pris de panique.)* Qu'est-ce que c'est ?

Le Curé et les Moinillons rentrent en courant dans l'église.

LES PAYSANS, *lui montrent le Lépreux du doigt* : Là ! Là ! Prends garde ! Le Lépreux !

TETZEL, *horrifié* : Doux Jésus !

Un temps. Gœtz s'approche du Lépreux.

GŒTZ, *désignant le Lépreux à Tetzel* : Embrasse-le !

TETZEL : Pouah !

GŒTZ : Si l'Église aime sans dégoût ni recul le plus déshérité de ses fils, qu'attends-tu pour l'embrasser ? *(Tetzel fait signe que non avec la tête.)* Jésus l'eût pris dans ses bras. Moi je l'aime mieux que toi.

Un temps. Il va au Lépreux.

LE LÉPREUX, *entre ses dents* : Encore un qui va me faire le coup du baiser au lépreux[7].

GŒTZ : Approche, mon frère.

LE LÉPREUX : Ça y est ! *(Il s'approche de mauvaise grâce.)* S'il y va de votre salut, je ne peux pas refuser, mais faites vite. Tous les mêmes : on croirait que le Bon Dieu m'a donné la lèpre tout exprès pour leur fournir l'occasion de gagner le ciel. *(Gœtz va l'embrasser.)* Pas sur la bouche ! *(Baiser.)* Pouah ! *(Il s'essuie.)*

TETZEL, *se met à rire* : Eh bien ? Tu es content ? Regarde-le qui s'essuie la bouche. Est-il moins lépreux qu'avant ? Dis-moi, lépreux, comment va la vie ?

LE LÉPREUX : Elle irait mieux s'il y avait moins d'hommes sains et plus de lépreux.

TETZEL : Où vis-tu ?

LE LÉPREUX : Avec d'autres lépreux dans la forêt.

TETZEL : Et que faites-vous toute la journée ?

LE LÉPREUX : On se raconte des histoires de lépreux.

TETZEL : Pourquoi es-tu descendu au village ?

LE LÉPREUX : Je suis venu voir si je pourrais glaner une indulgence.

TETZEL : À la bonne heure.

LE LÉPREUX : C'est vrai que vous les vendez ?

TETZEL : Deux écus.

LE LÉPREUX : Je n'ai pas le sou.

TETZEL, *triomphant, aux Paysans* : Regardez ! *(Au Lépreux :)* Tu vois cette belle indulgence toute neuve. Qu'aimes-tu mieux ? Que je te la donne, ou que je te baise sur les lèvres ?

LE LÉPREUX : Parbleu…

TETZEL : Ah ! Je ferai ce que tu voudras. Choisis.

LE LÉPREUX : Parbleu, j'aime mieux que tu me la donnes.

TETZEL : La voilà, *gratis pro Deo*, c'est un cadeau de ta Sainte Mère l'Église. Tiens.

LE LÉPREUX : Vive l'Église !

Tetzel la lui jette. Le Lépreux la saisit au vol.

TETZEL : Va-t'en vite, à présent.

Le Lépreux sort. Clochettes et crécelle.

Eh bien ? Qui l'aimait le mieux ?

LA FOULE : C'est toi ! C'est toi ! Hurrah pour Tetzel !

TETZEL : Allons, mes frères ! À qui le tour ? Pour ta sœur qui est morte au pays lointain. *(Flûte.)* Pour tes tantes qui t'ont élevé. Pour ta mère. Pour ton père et ta mère, pour ton fils aîné ! Payez ! Payez ! Payez !

GŒTZ : Chiens ! *(Il frappe sur la table et envoie rouler le tambour en bas des marches.)* Le Christ a chassé les marchands du

Temple… *(Il s'arrête, regarde les Paysans silencieux et hostiles, rabat son capuchon sur son visage et se jette à genoux contre le mur de l'église en gémissant.)* Ho ! Ho ! Ho ! Honte sur moi ! Je ne sais pas leur parler. Seigneur, faites-moi trouver le chemin de leur cœur !

Les Paysans le regardent ; Tetzel sourit ; les Paysans regardent Tetzel. Tetzel cligne de l'œil, met le doigt sur la bouche pour imposer silence et, d'un mouvement de la tête, leur indique l'entrée de l'église.

Il y entre sur la pointe des pieds.

Les Paysans entrent dans l'église en portant la sainte sur un brancard. Ils disparaissent tous. Un instant de silence, puis Heinrich apparaît sur le seuil de l'église en costume laïque.

SCÈNE III

HEINRICH, GŒTZ, NASTY

Heinrich descend vers Gœtz sans voir Nasty.

HEINRICH : Tu prends les âmes pour des légumes.

GŒTZ : Qui parle ?

HEINRICH : Le jardinier peut décider de ce qui convient aux carottes mais nul ne peut choisir le bien des autres à leur place.

GŒTZ : Qui parle ? Heinrich ?

HEINRICH : Oui.

GŒTZ, *il se relève et rejette son capuchon en arrière* : J'étais sûr de te revoir à mon premier faux pas. *(Un temps.)* Que viens-tu faire ici ? Nourrir ta haine ?

HEINRICH : « Celui qui sème le Bien récoltera le Bien. » Tu as dit ça, n'est-ce pas ?

GŒTZ : Je l'ai dit, je le redis encore.

Un temps.

HEINRICH : Je suis venu t'apporter la récolte.

GŒTZ : Il est trop tôt pour récolter.

Un temps.

HEINRICH : Catherine se meurt : c'est[b] ta première moisson.

GŒTZ : Elle se meurt ? Dieu ait son âme. Que veux-tu que j'y fasse ? *(Heinrich rit.)* Ne ris pas, imbécile ! Tu vois bien que tu ne sais pas rire.

HEINRICH, *sur un ton d'excuse* : Il me fait des grimaces.

GŒTZ, *se retournant vivement* : Qui ? *(Il comprend.)* Ah ! *(Se retournant vers Heinrich.)* Ah ça, vous ne vous quittez plus !

HEINRICH : Plus guère.

GŒTZ : Ça te fait une compagnie.

HEINRICH, *se passant la main sur le visage* : Il est fatigant.

GŒTZ, *allant à Heinrich* : Heinrich… Si je t'ai fait du mal, pardonne-moi.

HEINRICH : Te pardonner, pour que tu ailles te vanter partout d'avoir changé la haine en amour comme le Christ changeait l'eau en vin.

GŒTZ : Ta haine m'appartient. Je te délivrerai d'elle et du Diable.

HEINRICH, *d'une voix changée comme si un autre parlait par sa bouche* : Au nom du Père, du Fils et du Saint-Esprit. Le Père c'est moi, le Diable est mon fils ; la haine, c'est le Saint-Esprit. Tu auras plus vite fait de débiter en tronçons la Trinité céleste que de couper notre Trinité en trois.

GŒTZ : Alors, bonsoir. Va dire tes messes à Worms et rendez-vous dans neuf mois.

HEINRICH : Je ne retournerai jamais à Worms et je ne dirai plus jamais de messe. Je ne suis plus d'Église, bouffon. On m'a retiré le droit de célébrer les offices et d'administrer les sacrements[8].

GŒTZ : Qu'est-ce qu'ils peuvent bien te reprocher ?

HEINRICH : De m'être fait payer pour livrer la ville.

GŒTZ : C'est un mensonge infect.

HEINRICH : Ce mensonge c'est moi qui l'ai fait. Je suis monté en chaire et j'ai tout confessé devant tous ; mon amour de l'argent, ma jalousie, mon indiscipline et mes désirs charnels.

GŒTZ : Tu mentais.

HEINRICH : Après ? On répétait partout dans Worms que l'Église abominait les pauvres et qu'elle m'avait donné l'ordre de les livrer au massacre. Il fallait lui fournir un prétexte pour me désavouer.

GŒTZ : Eh bien, tu as expié.

HEINRICH : Tu sais bien qu'on n'expie jamais !

GŒTZ : C'est vrai. Rien n'efface rien. *(Un temps. Brusquement allant à Heinrich.)* Qu'arrive-t-il à Catherine ?

HEINRICH : Son sang pourrit, son corps s'est couvert d'ulcères. Voici trois semaines qu'elle n'a ni dormi ni mangé.

GŒTZ : Pourquoi n'es-tu pas resté près d'elle ?

HEINRICH : Elle n'a que faire de moi ni moi d'elle.

Nasty entre et reste au fond.

GŒTZ : Il faut la soigner.

HEINRICH : Elle ne peut pas guérir, il faut qu'elle meure.

GŒTZ : De quoi meurt-elle ?

HEINRICH : De honte. Son corps lui fait horreur à cause de toutes les mains d'hommes qui se sont posées dessus. Son cœur la dégoûte encore plus parce que ton image est restée dedans. Sa maladie mortelle, c'est toi.

GŒTZ : C'était l'an passé, curé, et je ne reconnais pas les fautes de l'année dernière. Je paierai pour cette faute dans l'autre monde et pendant l'éternité. Mais dans ce monde-ci, fini, je n'ai pas une minute à perdre.

HEINRICH : Donc il y a deux Gœtz.

GŒTZ : Deux, oui. Un vivant qui fait le Bien et un mort qui faisait le Mal.

HEINRICH : Et tu as enterré tes péchés avec le mort ?

GŒTZ : Oui.

HEINRICH : Parfait. Seulement ce n'est pas le mort qui est en train d'assassiner la petite, c'est le beau Gœtz tout pur qui s'est voué à l'amour.

GŒTZ : Tu mens ! C'est le Gœtz malfaisant qui a commis le crime.

HEINRICH : Ce n'était pas un crime. En la souillant tu lui as donné beaucoup plus que tu ne possédais toi-même : l'amour. Le fait est qu'elle t'aimait, je ne sais pas pourquoi. Et puis, un beau jour, la grâce t'a touché, alors, tu as mis une bourse dans la main de Catherine et tu l'as chassée. Elle en meurt.

GŒTZ : Pouvais-je vivre avec une putain ?

HEINRICH : Oui, puisque c'était toi qui l'avais rendue telle.

GŒTZ : Il fallait renoncer au Bien ou renoncer à elle.

HEINRICH : Si tu l'avais gardée, tu la sauvais peut-être et toi avec elle. Mais quoi ? Sauver une âme, une seule ? Un Gœtz peut-il s'abaisser à cela ? On avait de plus grands projets.

GŒTZ, *brusquement* : Où est-elle ?

HEINRICH : Sur tes propres terres.

GŒTZ : Elle voulait donc me revoir ?

HEINRICH : Oui. Et puis le Mal l'a abattue sur la route.

GŒTZ : Où ?

HEINRICH : Je ne te le dirai pas : tu lui as fait assez de mal.

GŒTZ, *levant le poing, furieux* : Je… *(Il se calme.)* C'est bon, je la trouverai moi-même. Adieu, Heinrich. *(S'inclinant du côté du Diable.)* Mes respects. *(Il se retourne vers Nasty.)* Viens, Nasty.

HEINRICH, *saisi* : Nasty !

Nasty veut suivre Gœtz. Heinrich lui barre la route.

SCÈNE IV

HEINRICH, NASTY

HEINRICH, *timidement* : Nasty ! *(Plus fort.)* Nasty, je te cherchais. Arrête ! Il faut que je te parle. Méprise-moi tant que tu voudras pourvu que tu m'écoutes. J'ai traversé les terres de Schulheim : la révolte couve.

NASTY : Laisse-moi passer. Je le sais.

HEINRICH : Cette révolte, tu la souhaites ? Dis, la souhaites-tu ?

NASTY : Est-ce que ça te regarde ? Laisse-moi passer.

HEINRICH, *étendant les bras* : Tu ne passeras pas sans m'avoir répondu.

Nasty le regarde en silence, puis se décide.

NASTY : Que je la souhaite ou non, personne ne peut plus l'empêcher.

HEINRICH : Moi, je peux. Je peux élever en deux jours une digue contre la mer. En échange, Nasty, je voudrais que tu me pardonnes.

NASTY : Encore le jeu du pardon ? *(Un temps.)* C'est un jeu qui m'ennuie : je ne suis pas dans le coup. Je n'ai qualité ni pour condamner ni pour absoudre : c'est l'affaire de Dieu.

HEINRICH : Si Dieu me donnait à choisir entre son pardon et le tien, c'est le tien que je choisirais.

NASTY : Tu ferais le mauvais choix ; tu lâcherais le paradis pour un souffle de voix.

HEINRICH : Non, Nasty ; je lâcherais le pardon du ciel pour celui de la terre.

NASTY : La terre ne pardonne pas.

HEINRICH : Tu me fatigues.

NASTY : Quoi ?

HEINRICH : Ce n'est pas à toi que je parle. *(À Nasty :)* Tu ne me rends pas la tâche facile ; on me pousse à la haine, Nasty ; on me pousse à la haine et tu ne m'aides pas. *(Il se signe par trois fois.)* Bon, me voilà tranquille pour un moment. Alors, écoute. Vite. Les paysans s'organisent. Ils vont parlementer avec les barons. Cela nous donne quelques jours.

NASTY : Qu'en feras-tu ?

HEINRICH, *désignant l'église* : Tu les as vus ; ils se feraient hacher pour l'Église ; il y a plus de piété dans ces campagnes que dans tout le reste de l'Allemagne.

Nasty secoue la tête.

NASTY : Tes curés sont impuissants : on les aime, c'est vrai, mais s'ils condamnent la révolte, ils prêcheront dans le désert.

HEINRICH : Ce n'est pas sur leurs discours que je compte, c'est sur leur silence. Imagine : un beau matin, à leur réveil, les villageois trouvent la porte de leur église ouverte et l'église vide : l'oiseau s'est envolé. Personne devant l'autel, personne devant la sacristie ni dans la crypte, personne au presbytère…

NASTY : Est-ce réalisable ?

HEINRICH : Tout est prêt. As-tu des hommes ici ?

NASTY : Quelques-uns.

HEINRICH : Qu'ils traversent le pays et braillent plus fort que les autres, en blasphémant, surtout. Il faut qu'ils provoquent le scandale et l'horreur. Puis, à Righi, dimanche prochain, qu'ils s'emparent du curé en pleine messe, qu'ils l'entraînent dans la forêt et qu'ils reviennent avec leurs épées tachées de sang. Tous les prêtres de la région quitteront secrètement leurs villages la nuit d'après et se rendront au château de Markstein où on les attend. À partir de lundi, Dieu remonte au ciel. Les enfants ne seront plus baptisés, les fautes ne seront plus absoutes et les malades craindront de mourir sans confession ! La peur étouffera la révolte.

NASTY, *réfléchissant* : Cela peut être…

La porte de l'église s'ouvre. Bouffées d'orgue. Les Paysans sortent en portant la statue sur le brancard.

NASTY, *les regardant* : Si cela peut être, cela sera.

HEINRICH : Nasty, je t'en supplie, si l'entreprise réussit, dis-moi que tu me pardonneras.

NASTY : Je veux bien le dire. Le malheur, c'est que je sais qui tu es.

SIXIÈME TABLEAU

L'intérieur de l'église quinze jours plus tard. Tous les villageois s'y sont réfugiés et n'en sortent plus. Ils y mangent, ils y dorment. En ce moment ils prient. Nasty et Heinrich les regardent prier. Des hommes et des femmes sont couchés sur le sol ; on a transporté les malades et les infirmes dans l'église. Il y en a qui gémissent et s'agitent au pied de la chaire[c].

SCÈNE I

LES PAYSANS *en prière*,
NASTY *et* HEINRICH

NASTY, *à lui-même* : Je ne peux plus les entendre ! Hélas ! Vous n'aviez rien à vous que votre colère et j'ai soufflé dessus pour l'éteindre.

HEINRICH : Qu'est-ce que tu dis ?

NASTY : Rien.

HEINRICH : Tu n'es pas content ?

NASTY : Non.

HEINRICH : Partout les gens s'écrasent dans les églises, la peur les tenaille et la révolte est tuée dans l'œuf. Que veux-tu de plus ? *(Nasty ne répond pas.)* Je me réjouirai donc pour deux. *(Nasty le frappe.)* Qu'est-ce qui te prend ?

NASTY : Si tu te réjouis, je te casse les reins.

HEINRICH : Tu ne veux pas que je me réjouisse de notre victoire ?

NASTY : Je ne veux pas que tu te réjouisses d'avoir mis des hommes à quatre pattes.

HEINRICH : Ce que j'ai fait, je l'ai fait pour toi et avec ton accord. Douterais-tu de toi, prophète ? *(Nasty hausse les épaules.)* Ce n'est pourtant pas la première fois que tu leur mens.

NASTY : C'est la première fois que je les jette à genoux pour les empêcher de se défendre ; c'est la première fois que je pactise avec la superstition et que je fais alliance avec le Diable.

HEINRICH : Tu as peur ?

NASTY : Le Diable est la créature de Dieu ; si Dieu le veut, le Diable m'obéira. *(Brusquement.)* J'étouffe dans cette église, allons-nous-en.

SCÈNE II

HEINRICH *et* NASTY *vont pour sortir.* GŒTZ *entre brusquement et marche sur Heinrich.*

GŒTZ : Chien ! Tous les moyens te sont bons pour gagner ton pari. Tu me fais perdre quinze jours, j'ai parcouru dix fois mon domaine pour la découvrir et j'apprends qu'elle était ici, pendant que je la cherchais au Diable. Ici, malade, couchée sur la pierre. Par ma faute. *(Heinrich se dégage et sort avec Nasty. Gœtz répète pour lui-même.)* Par ma faute[d]... Rien, je sonne creux. Tu veux de la honte, je n'en ai pas. C'est l'orgueil qui suinte de toutes mes plaies : depuis trente-cinq ans je crève d'orgueil, c'est ma façon de mourir de honte. Il faudra changer ça. *(Brusquement.)* Ôte-moi la pensée ! Ôte-la ! Fais que je m'oublie ! Change-moi en insecte ! Ainsi soit-il ! *(Le murmure des Paysans qui prient croît, puis décroît.)* Catherine ! *(Il avance à travers la foule, regardant chacun et appelant.)* Catherine ! Catherine ! *(Il s'avance vers une forme[e] sombre étendue sur la dalle. Il soulève la couverture qui l'enveloppe. Il la laisse retomber, rassuré. Il disparaît derrière un pilier. On l'entend appeler encore.)* Catherine !

SCÈNE III

LES PAYSANS, *seuls*

Une horloge sonne sept coups.

UN DORMEUR, *qui était couché sur la dalle, s'éveille en sursaut* : Quelle heure est-il ? Quel jour sommes-nous ?

L'HOMME : C'est un matin de dimanche et il est 7 heures.

— Non, ce n'est pas dimanche.

— Finis les dimanches, finis, il n'y en aura plus jamais, notre curé les a emportés avec lui.

— Il nous a laissé les jours de la semaine, les jours maudits du travail et de la faim[f].

LE PAYSAN : Alors, au Diable ! Je me rendors ! Vous me réveillerez pour le Jugement.

UNE FEMME : Prions.

Hilda entre, portant une botte de paille et suivie par deux paysannes qui portent de la paille également.

SCÈNE IV

LES MÊMES, HILDA, *puis* GŒTZ

PREMIÈRE FEMME : Hilda, c'est Hilda !

DEUXIÈME FEMME : Tu nous manquais. Que se passe-t-il dehors ? Raconte-nous.

HILDA : Il n'y a rien à raconter. C'est le silence partout, sauf que les bêtes crient parce qu'elles ont peur.

UNE VOIX : Fait-il beau ?

HILDA : Je ne sais pas.

LA VOIX : Tu n'as pas regardé le ciel ?

HILDA : Non. *(Un temps.)* J'ai rapporté de la paille pour faire des lits aux malades. *(Aux deux paysannes :)* Aidez-moi. *(Elles soulèvent un malade et le déposent sur un lit de paille.)* Là. À celui-ci, maintenant. *(Même jeu.)* À celle-ci. *(Elles soulèvent une vieille femme qui se met à sangloter.)* Ne pleure pas, je t'en supplie ; ne leur ôte pas leur courage. Allons, grand-mère, si tu te mets à pleurer, ils vont tous pleurer avec toi.

LA VIEILLE, *pleurnichant* : Mon chapelet, là… *(Elle désigne la dalle à l'endroit où elle reposait auparavant.)*

HILDA, *agacée, prend le chapelet et le lui jette sur les genoux* : Tiens ! *(Elle se reprend et plus doucement.)* Prie, va, prie ! Mieux vaut la prière que les pleurs, ça fait moins de bruit. Ah ! Par exemple, il ne faut pas prier et pleurer à la fois. *(Elle lui essuie les yeux avec son mouchoir.)* Là ! Là ! Mouche-toi ! C'est fini ! Ne pleure plus, je te dis : nous ne sommes pas coupables et Dieu n'a pas le droit de nous punir.

LA VIEILLE, *pleurnichant* : Hélas ! ma fille ! Tu sais bien qu'il a tous les droits.

HILDA, *avec violence* : S'il avait le droit de punir les innocents, je me donnerais tout de suite au Diable. *(Ils sursautent et la regardent. Elle hausse les épaules et va s'accoter au pilier. Elle demeure un instant le regard fixe, comme obsédée par un souvenir. Puis, tout à coup, avec dégoût.)* Pouah !

PREMIÈRE FEMME : Hilda ! Qu'est-ce que tu as ?

HILDA : Rien.

LA FEMME : Tu savais si bien nous rendre l'espoir…

HILDA : L'espoir en qui ? en quoi ?

LA FEMME : Hilda, si tu désespères, nous désespérerons tous avec toi.

HILDA : C'est bon. Ne faites pas attention à ce que je dis. *(Elle frissonne.)* Il fait froid. Vous êtes la seule chaleur du monde. Il faut vous serrer les uns contre les autres et attendre.

UNE VOIX : Qu'est-ce qu'il faut attendre ?

HILDA : D'avoir chaud. Nous avons faim et soif, nous avons peur, nous avons mal, mais la seule chose qui compte, c'est d'avoir chaud.

LA FEMME : Eh bien, viens contre moi, viens ! *(Hilda ne bouge pas. La Femme se lève et va à elle.)* Elle est morte ?

HILDA : Oui.

LA FEMME : Dieu ait son âme.

HILDA : Dieu ? *(Rire bref.)* Il n'en veut pas.

LA FEMME : Hilda ! Comment oses-tu dire ça ?

Rumeurs dans la foule.

HILDA : Elle a vu l'enfer avant de mourir. Tout à coup elle s'est redressée, elle a dit ce qu'elle voyait et puis elle est morte.

LA FEMME : Personne ne la veille ?

HILDA : Non. Veux-tu y aller ?

LA FEMME : Pas pour l'or du monde.

HILDA : C'est bon. J'y retournerai tout à l'heure. Laisse-moi un peu de temps pour me réchauffer.

LA FEMME, *se retournant vers la foule* : Prions, mes frères ! Implorons le pardon pour cette pauvre morte, qui a vu l'enfer et qui risque d'être damnée.

Elle s'éloigne et s'agenouille. La rumeur monotone de la prière. Gœtz apparaît et regarde Hilda qui est restée appuyée au pilier.

HILDA, *à mi-voix* : Implorer ton pardon ! Qu'as-tu donc à nous pardonner ? C'est à toi d'implorer le nôtre ! Pour moi, je ne sais ce que tu me réserves et je ne la connaissais guère, mais si tu la condamnes, je ne veux pas de ton ciel. Crois-tu que mille ans de paradis me feraient oublier la terreur de ses yeux ? Je n'ai que mépris pour tes élus imbéciles qui ont le cœur de se réjouir quand il y a des damnés en enfer et des pauvres sur la terre ; moi, je suis du parti des hommes et je ne le quitterai pas ; tu peux me faire mourir sans prêtre et me convoquer par surprise à ton Tribunal : nous verrons qui jugera l'autre. *(Un temps.)* Elle l'aimait. Toute la nuit, elle a hurlé après lui. Mais qu'avait-il donc, ce bâtard ? *(Elle se retourne brusquement vers eux.)* Si vous voulez prier, demandez que le sang versé à Righi retombe sur la tête de Gœtz !

UNE VOIX : De Gœtz !

HILDA : C'est lui le coupable !

VOIX : Que Dieu punisse Gœtz le bâtard !

GŒTZ, *rire bref* : Et voilà ! Que je fasse le Mal, que je fasse le Bien je me fais toujours détester. *(À un paysan :)* Quelle est cette personne ?

LE PAYSAN : Eh bien, c'est Hilda.

GŒTZ : Hilda qui ?

LE PAYSAN : Hilda Lemm[9]. Son père est le plus riche meunier du village.

GŒTZ, *avec amertume* : Vous l'écoutez comme un oracle. Elle vous a dit de prier contre Gœtz et vous voilà tous à genoux.

LE PAYSAN : Ah ! C'est que nous l'aimons bien.

GŒTZ : Vous l'aimez ? Elle est riche et vous l'aimez ?

LE PAYSAN : Elle n'est plus riche. L'an dernier, elle devait prendre le voile et puis pendant la famine, elle a renoncé à ses vœux pour venir habiter parmi nous.

GŒTZ : Comment fait-elle pour qu'on l'aime ?

LE PAYSAN : Elle vit comme une bonne sœur, elle se prive de tout, elle aide tout le monde…

GŒTZ : Oui, oui. Tout ça, je sais le faire. Il doit y avoir autre chose, hein ?

LE PAYSAN : Rien que je sache.

GŒTZ : Rien ? Hum !

LE PAYSAN : Elle est… Elle est aimable.

GŒTZ, *se met à rire* : Aimable ? Merci, bonhomme, tu m'éclaires. *(Il s'éloigne.)* S'il est vrai qu'elle fait le Bien, je me réjouirai, seigneur, je me réjouirai comme il faut : pourvu que ton règne arrive peu importe que ce soit par elle ou par moi. *(Il la regarde avec animosité.)* Comme une bonne sœur ! Et moi ? Est-ce que je ne vis pas comme un moine ? Qu'a-t-elle fait que je ne fasse ? *(Il s'approche.)* Bonjour ! Connais-tu Catherine ?

HILDA, *sursautant* : Pourquoi me demandes-tu ça ? Qui es-tu ?

GŒTZ : Réponds-moi. La connais-tu ?

HILDA : Oui. Oui. Je la connais. *(Elle rejette brusquement le capuchon de Gœtz et lui découvre le visage.)* Et toi, je te connais aussi, bien que je ne t'aie jamais vu. Tu es Gœtz ?

GŒTZ : Oui, je le suis.

HILDA : Enfin !

GŒTZ : Où est-elle ? *(Elle le regarde sans répondre avec un sourire de colère.)*

HILDA : Tu la verras, rien ne presse.

GŒTZ : Crois-tu qu'elle ait envie de souffrir cinq minutes de plus ?

HILDA : Crois-tu qu'elle cessera de souffrir à ta vue ? *(Elle le regarde. Un temps.)* Vous attendrez tous les deux.

GŒTZ : Nous attendrons quoi ?

HILDA : Que je t'aie regardé bien à mon aise.

GŒTZ : Folle ! Je ne te connais ni ne veux te connaître.

HILDA : Moi je te connais.

GŒTZ : Non.

HILDA : Non ? Tu as sur la poitrine une touffe de poils frisés, on dirait du velours noir ; à gauche de l'aine une veine mauve qui gonfle quand tu fais l'amour, au-dessus des reins une envie grosse comme une fraise.

GŒTZ : D'où le sais-tu ?

HILDA : Voilà cinq jours et cinq nuits que je veille Catherine. Nous étions trois dans la chambre, elle, moi, toi. Et nous avons fait ménage à trois. Elle te voyait partout et j'avais fini par te voir. Vingt fois par nuit la porte s'ouvrait et tu entrais. Tu la regardais d'un air paresseux et fat et tu lui caressais la nuque avec deux doigts. Comme ça. *(Elle lui prend la main brutalement.)* Eh bien, qu'est-ce qu'ils ont, ces doigts ? Qu'est-ce qu'ils ont ? C'est de la chair avec du poil dessus. *(Elle le rejette violemment.)*

GŒTZ : Que disait-elle ?

HILDA : Tout ce qu'il fallait pour que je te prenne en horreur.

GŒTZ : Que j'étais brutal, grossier, repoussant ?

HILDA : Que tu étais beau, intelligent, courageux, que tu étais insolent et cruel, qu'une femme ne pouvait te voir sans t'aimer[10].

GŒTZ : Elle te parlait d'un autre Gœtz ?

HILDA : Il n'y en a qu'un.

GŒTZ : Mais regarde-moi avec *tes* yeux. Où est la cruauté ? Où est l'insolence ? Hélas, où est l'intelligence ? Autrefois, je voyais clair et loin, parce que le Mal est simple, mais ma vue s'est brouillée et le monde s'est rempli de choses que je ne comprends pas. Hilda ! S'il te plaît ? Ne sois pas mon ennemie.

HILDA : Qu'est-ce que ça peut te faire, puisque je n'ai pas les moyens de te nuire ?

GŒTZ, *désignant les Paysans* : Auprès de ceux-là, tu m'as nui.

HILDA : Ceux-là sont à moi et moi à eux ; ne viens pas les mêler à tes histoires.

GŒTZ : C'est vrai qu'ils t'aiment ?

HILDA : Oui, c'est vrai.

GŒTZ : Pourquoi ?

HILDA : Je ne me le suis jamais demandé.

GŒTZ : Bah ! C'est parce que tu es belle !

HILDA : Non, mon capitaine. Vous autres, vous aimez les belles femmes parce que vous n'avez rien à faire et parce que vous mangez des mets épicés. Mes frères à moi travaillent tout le jour et ils ont faim : ils n'ont pas d'yeux pour la beauté des femmes.

GŒTZ : Alors, quoi ? C'est parce qu'ils ont besoin de toi ?

HILDA : C'est plutôt parce que moi, j'ai besoin d'eux.

GŒTZ : Pourquoi ?

HILDA : Tu ne peux pas comprendre.

GŒTZ, *allant à elle* : Est-ce qu'ils t'ont aimée tout de suite ?

HILDA : Tout de suite, oui.

GŒTZ, *à lui-même* : C'est bien ce que je pensais : tout de suite ou jamais. C'est gagné ou perdu d'avance ; le temps et l'effort n'y font rien. *(Brusquement.)* Dieu ne peut pas vouloir ça, c'est injuste. Autant dire qu'il y a des gens qui naissent damnés.

HILDA : Il y en a : Catherine, par exemple.

GŒTZ, *sans l'écouter* : Qu'est-ce que tu leur as fait, sorcière ? Il a bien fallu que tu leur fasses quelque chose pour réussir là où j'ai échoué ?

HILDA : Et toi, pour envoûter Catherine, qu'est-ce que tu lui as fait ?

Ils se regardent fascinés.

GŒTZ, *sans cesser de la regarder* : Tu m'as volé leur amour. Quand je te regarde, c'est leur amour que je vois.

HILDA : Moi, quand je te regarde, je vois l'amour de Catherine et ça me fait horreur.

GŒTZ : Qu'est-ce que tu me reproches ?

HILDA : Je te reproche, au nom de Catherine, de l'avoir réduite au désespoir.

GŒTZ : Cela ne te regarde pas.

HILDA : Je te reproche, au nom de ces femmes et de ces hommes, d'avoir jeté sur nous tes terres par tombereaux et de nous avoir ensevelis dessous.

GŒTZ : Va te faire foutre !... Je n'ai pas à me justifier devant une femme.

HILDA : Je te reproche, en mon propre nom, d'avoir couché avec moi contre ma volonté.

GŒTZ, *stupéfait* : Couché avec toi ?

HILDA : Cinq nuits de suite, tu m'as possédée par ruse et par violence.

GŒTZ, *riant* : Il a fallu que ce soit en rêve !

HILDA : En rêve, oui. C'était en rêve. Dans le sien : elle m'a attirée dedans. J'ai voulu souffrir de ses souffrances comme je souffre des leurs, mais c'était un piège ; car il a fallu que je t'aime de son amour. Dieu soit loué, je te vois. Je te vois de jour et je me délivre ! Le jour, tu n'es plus que toi-même.

GŒTZ : Eh bien, oui, réveille-toi, tout s'est passé dans ta tête ; je ne t'ai pas touchée, jusqu'à ce matin, je ne t'avais jamais vue : il ne t'est rien arrivé.

HILDA : Rien. Absolument rien. Elle criait dans mes bras, mais qu'importe : il ne m'est rien arrivé puisque tu n'as touché ni mes seins ni ma bouche. Parbleu, mon beau capitaine, tu es seul comme un riche et tu n'as jamais souffert que des blessures qu'on t'a faites, c'est ton malheur. Moi, je sens mon corps à peine, je ne sais pas où ma vie commence ni où elle finit et je ne réponds pas toujours quand on m'appelle, tant ça m'étonne, parfois, d'avoir un nom. Mais je souffre dans tous les corps, on me frappe sur toutes les joues, je meurs de toutes les morts ; toutes les femmes que tu as prises de force, tu les as violées dans ma chair.

GŒTZ, *triomphant* : Enfin ! *(Hilda le regarde avec surprise.)* Tu seras la première !

HILDA : La première ?

GŒTZ : La première à m'aimer.

HILDA : Moi ? *(Elle rit.)*

GŒTZ : Tu m'aimes déjà. Je t'ai tenue dans mes bras cinq nuits et je t'ai marquée. Tu aimes en moi l'amour que Catherine me portait et moi, en toi, j'aime l'amour de ceux-ci. Tu m'aimeras. Et s'ils sont à toi, comme tu le prétends, il faudra bien qu'ils m'aiment à travers toi.

HILDA : Si mes yeux devaient te regarder un jour avec tendresse, je me les crèverais tout de suite. *(Il la saisit par le bras. Elle cesse brusquement de rire et le regarde avec méchanceté.)* Catherine eſt morte.

GŒTZ : Morte ! *(Il eſt assommé par la nouvelle.)* Quand ?

HILDA : Tout à l'heure.

GŒTZ : Elle a… souffert ?

HILDA : Elle a vu l'enfer.

GŒTZ, *chancelant* : Morte !

HILDA : Elle t'échappe, hein ? Va donc lui flatter la nuque.

Silence, puis cris au fond de l'église. Les Paysans se relèvent et se tournent vers l'entrée de l'église. Un moment d'attente.

Les rumeurs croissent, puis Heinrich et Naſty paraissent, portant Catherine sur une civière.

SCÈNE V

LES MÊMES, HEINRICH, NASTY *et* CATHERINE

CATHERINE, *elle ne crie plus. Elle marmotte à demi dressée* : Non ! Non ! Non ! Non ! Non !

GŒTZ, *criant* : Catherine ! *(À Hilda :)* Charogne ! Tu m'as menti !

HILDA : Je… Je ne t'ai pas menti, Gœtz, son cœur avait cessé de battre. *(Elle se penche sur Catherine.)*

HEINRICH : Nous l'avons entendue crier de la route : elle dit que le Diable la guette. Elle nous a suppliés de la porter au pied de la croix.

La foule se dresse devant eux, menaçante.

VOIX : Non ! Non ! Elle eſt damnée ! Hors d'ici ! Dehors ! Hors d'ici tout de suite !

GŒTZ : Parbleu, chiens, je vous apprendrai la charité chrétienne !

HILDA : Tais-toi ; tu ne sais faire que du mal. *(Aux Paysans :)* C'eſt un cadavre : l'âme s'y cramponne parce qu'elle eſt entourée de démons. Vous aussi, le Diable vous guette. Qui donc aura pitié de vous si vous n'avez pitié d'elle ? Qui donc aimera les pauvres si les pauvres ne s'aiment pas entre eux ? *(La foule s'écarte en silence.)* Portez-la aux pieds du Chriſt puisqu'elle le demande.

Heinrich et Nasty portent la civière au pied de la croix.

CATHERINE : Est-il là ?

HILDA : Qui ?

CATHERINE : Le Curé.

HILDA : Pas encore.

CATHERINE : Va le chercher ! Vite ! Je tiendrai jusqu'à ce qu'il arrive.

GŒTZ, *s'approchant* : Catherine !

CATHERINE : Est-ce lui ?

GŒTZ : C'est moi, mon amour.

CATHERINE : Toi ? Ah ! Je croyais que c'était le Curé. *(Elle se met à crier.)* Je veux un prêtre, allez le chercher, vite ; je ne veux pas mourir sans confession !

GŒTZ : Catherine, tu n'as rien à craindre, ils ne te feront pas de mal ; tu as trop souffert sur terre.

CATHERINE : Je te dis que je les vois.

GŒTZ : Où ?

CATHERINE : Partout. Jetez-leur de l'eau bénite. *(Elle se remet à crier.)* Sauve-moi, Gœtz, sauve-moi ; c'est toi qui as tout fait, je ne suis pas coupable. Si tu m'aimes, sauve-moi !

Hilda l'entoure de ses bras et tente de la recoucher sur la civière. Catherine se débat en criant.

GŒTZ, *suppliant* : Heinrich !

HEINRICH : Je ne suis plus d'Église !

GŒTZ : Elle ne le sait pas. Si tu faisais le signe de la croix sur son front, tu la sauverais de l'horreur.

HEINRICH : À quoi bon puisqu'elle retrouvera l'horreur de l'autre côté de la mort.

GŒTZ : Mais ce sont des visions, Heinrich !

HEINRICH : Tu crois ? *(Il rit.)*

GŒTZ : Nasty, toi qui prétends que tous les hommes sont prêtres…

Nasty hausse les épaules et fait un geste d'impuissance accablée.

CATHERINE, *sans les entendre* : Mais vous ne voyez donc pas que je vais mourir ? *(Hilda veut l'obliger à se recoucher.)* Laissez-moi ! Laissez-moi !

GŒTZ, *à lui-même* : Si seulement je pouvais… *(Il prend soudain sa décision et se tourne vers la foule.)* Cette femme s'est perdue par ma faute et c'est par moi qu'elle sera sauvée. Allez-vous-en. *(Ils sortent lentement. Nasty entraîne Heinrich. Hilda hésite.)* Toi aussi, Hilda.

Elle le regarde et sort.

SCÈNE VI

GŒTZ, CATHERINE ; *plus tard*, LA FOULE

GŒTZ : Je te tiens ! Tout avare que tu sois de tes miracles, il faudra bien, ce coup-ci, que tu en fasses un pour moi.
CATHERINE : Où vont-ils ? Ne me laisse pas seule.
GŒTZ : Non, Catherine, non, mon amour, je te sauverai.
CATHERINE : Comment feras-tu ? Tu n'es pas prêtre[g].
GŒTZ : Je vais demander au Christ de me donner tes péchés. M'entends-tu ?
CATHERINE : Oui.
GŒTZ : Je les porterai à ta place. Ton âme sera pure comme au jour de ta naissance. Plus pure que si le prêtre t'avait absoute.
CATHERINE : Comment saurai-je s'il t'a exaucé ?
GŒTZ : Je vais prier : si je reviens vers toi avec une face rongée de lèpre ou de gangrène, me croiras-tu[11] ?
CATHERINE : Oui, mon amour, je te croirai.

Il s'éloigne.

GŒTZ : Ces péchés sont à moi, tu le sais. Rends-moi ce qui m'appartient. Tu n'as pas le droit de condamner cette femme puisque je suis le seul coupable. Allons ! Voici mes bras, voici ma face et ma poitrine. Ronge mes joues, que ses péchés soient le pus de mes yeux et de mes oreilles, qu'ils brûlent mon dos, mes cuisses et mon sexe comme un acide. Donne-moi la lèpre, le choléra, la peste, mais sauve-la !
CATHERINE, *plus faiblement* : Gœtz ! Au secours !
GŒTZ : Est-ce que tu m'écoutes, Dieu sourd ? Tu ne refuseras pas le marché que je te propose car il est juste.
CATHERINE : Gœtz ! Gœtz ! Gœtz !
GŒTZ : Ah ! Je ne peux plus entendre cette voix. *(Il grimpe dans la chaire[12].)* Es-tu mort pour les hommes, oui ou non ? Alors vois : les hommes souffrent. Il faut recommencer à mourir. Donne ! Donne-moi tes blessures ! Donne-moi la plaie de ton flanc, donne les deux trous dans tes mains. Si

un Dieu a pu souffrir pour eux, pourquoi pas un homme ? Es-tu jaloux de moi ? Donne tes stigmates ! Donne-les ! *(Il étend les bras en croix face au Christ.)* Donne-les ! Donne-les ! Donne-les ! *(Il répète :* Donne-les ! *comme une espèce de chant incantatoire.)* Es-tu sourd ? Parbleu, je suis trop bête ; aide-toi, le ciel t'aidera ! *(Il tire un poignard de sa ceinture, se frappe la main gauche avec sa main droite, la main droite avec sa main gauche, puis le flanc. Puis il jette le couteau derrière l'autel, se penche et met du sang sur la poitrine du Christ.)* Venez tous ! *(Ils entrent.)* Le Christ a saigné. *(Rumeurs. Il lève les mains.)* Voyez, dans sa miséricorde, il a permis que je porte les stigmates. Le sang du Christ, mes frères, le sang du Christ ruisselle de mes mains. *(Il descend les marches de la chaire et s'approche de Catherine.)* Ne crains plus rien mon amour. Je touche ton front, tes yeux et ta bouche avec le sang de notre Jésus. *(Il lui met du sang sur le visage.)* Les vois-tu encore ?

CATHERINE : Non.

GŒTZ : Meurs en paix.

CATHERINE : Ton sang, Gœtz, ton sang. Tu l'as donné pour moi.

GŒTZ : Le sang du Christ, Catherine.

CATHERINE : Ton sang…

Elle meurt.

GŒTZ : Agenouillez-vous tous. *(Ils s'agenouillent.)* Vos prêtres sont des chiens ; mais ne craignez point ; je reste au milieu de vous : tant que le sang du Christ sur ces mains coulera, aucun malheur ne vous touchera. Retournez dans vos maisons et réjouissez-vous, c'est fête. Aujourd'hui, le règne de Dieu commence pour tous. Nous bâtirons la Cité du Soleil.

Un temps.

La foule s'écoule lentement sans mot dire. Une femme passe près de Gœtz, lui saisit la main et se barbouille la figure de son sang. Hilda reste la dernière, elle s'approche de Gœtz, mais Gœtz ne la voit pas.

HILDA : Ne leur fais pas de mal.

Gœtz ne répond pas. Elle s'en va. Gœtz chancelle et s'appuie contre un pilier.

GŒTZ : Ils sont à moi. Enfin[b].

RIDEAU[13]

ACTE III

SEPTIÈME TABLEAU

Une place à Altweiler.

SCÈNE I

DES PAYSANS *réunis autour d'*UNE PAYSANNE *qui leur sert d'*INSTRUCTEUR. *Plus tard* KARL *et* LA JEUNE FEMME.

L'INSTRUCTEUR *(C'est une jeune femme à l'air doux. Elle tient un bâton avec lequel elle désigne des lettres tracées sur le sol)* : Quelle est cette lettre ?

UN PAYSAN : C'est un A.

L'INSTRUCTEUR : Et celle-ci ?

UN AUTRE PAYSAN : C'est un M[1].

L'INSTRUCTEUR : Et ces trois-là ?

UN PAYSAN : O S R.

L'INSTRUCTEUR : Non !

UN AUTRE PAYSAN : O U R.

L'INSTRUCTEUR : Et le mot entier ?

UN PAYSAN : Amour.

TOUS LES PAYSANS : Amour, Amour…

L'INSTRUCTEUR : Courage, mes frères ! bientôt vous saurez lire. Vous distinguerez le Bien du Mal et le vrai du faux. À présent, réponds, toi, là… Qu'est-ce que notre première nature ?

UNE PAYSANNE, *répondant comme au catéchisme* : Notre première nature est la nature que nous avions avant de connaître Gœtz.

L'INSTRUCTEUR : Qu'était-elle ?

UN PAYSAN, *même jeu* : Elle était mauvaise.

L'INSTRUCTEUR : Comment faut-il combattre notre première nature ?

UN PAYSAN : En créant une seconde nature.

L'INSTRUCTEUR : Comment créer en nous une seconde nature ?

UNE PAYSANNE : En apprenant au corps les gestes de l'amour.

L'INSTRUCTEUR : Les gestes de l'amour sont-ils l'amour ?

UNE PAYSANNE : Non, les gestes de l'amour ne sont pas...

Hilda entre, les Paysans la désignent.

L'INSTRUCTEUR : Quoi ? *(Elle se retourne.)* Ah ! Hilda !... *(Un temps.)* Ma sœur... Tu nous gênes.

HILDA : Comment vous gênerais-je : je ne dis rien.

L'INSTRUCTEUR : Tu ne dis rien mais tu nous regardes et nous savons que tu ne nous approuves pas.

HILDA : Ne puis-je penser ce que je veux ?

L'INSTRUCTEUR : Non, Hilda. Ici on pense au grand jour et tout haut. Les pensées de chacun appartiennent à tous. Veux-tu te joindre à nous ?

HILDA : Non !

L'INSTRUCTEUR : Tu ne nous aimes donc pas ?

HILDA : Si, mais à ma manière.

L'INSTRUCTEUR : N'es-tu pas heureuse de notre bonheur ?

HILDA : Je... Ah ! mes frères, vous avez tant souffert : si vous êtes heureux il faut que je le sois aussi.

Entre Karl avec un bandeau sur les yeux, conduit par une jeune femme.

L'INSTRUCTEUR : Qui va là ?

LA JEUNE FEMME : Nous cherchons la Cité du Soleil.

UN PAYSAN : La Cité du Soleil, vous y êtes.

LA JEUNE FEMME, *à Karl* : Je l'aurais parié. Quel dommage que tu ne puisses voir leur bonne mine : elle te réjouirait.

Les Paysans s'empressent autour d'eux.

LES PAYSANS : Les pauvres gens ! Avez-vous soif ? Avez-vous faim ? Asseyez-vous donc !

KARL, *s'asseyant* : Ah ! vous êtes bien bons.

UN PAYSAN : Tout le monde est bon ici. Tout le monde est heureux.

UN AUTRE PAYSAN : Mais par ces temps troublés on ne voyage plus guère. Et nous sommes réduits à nous aimer entre nous. C'est pourquoi ta venue nous comble de joie.

UNE PAYSANNE : Il est doux de pouvoir gâter un étranger. Que voulez-vous ?

LA JEUNE FEMME : Nous voulons voir l'homme aux mains qui saignent.

KARL : Eſt-ce vrai qu'il fait des miracles ?

UNE PAYSANNE : Il ne fait que cela.

KARL : Eſt-ce vrai que ses mains saignent ?

UN PAYSAN : Elles ne reſtent pas un jour sans saigner.

KARL : Alors je voudrais qu'il mette un peu de sang sur mes pauvres yeux afin de me rendre la vue.

UNE PAYSANNE : Ah ! ah ! C'eſt juſtement son affaire. Il te guérira !

KARL : Que vous avez de chance, vous qui possédez un tel homme. Et vous ne faites plus jamais le Mal ?

UN PAYSAN : Personne ne boit, personne ne vole.

UN AUTRE PAYSAN : Interdit aux maris de battre leurs femmes.

UN PAYSAN : Interdit aux parents de frapper leurs enfants.

KARL, *s'asseyant sur le banc* : Pourvu que ça dure.

UN PAYSAN : Ça durera autant que Dieu voudra.

KARL : Hélas ! *(Il soupire.)*

L'INSTRUCTEUR : Pourquoi soupires-tu ?

KARL : La petite a vu partout des hommes en armes. Les paysans et les barons vont se battre.

L'INSTRUCTEUR : Sur les terres de Heidenſtamm ?

KARL : Non, mais tout autour d'elles.

L'INSTRUCTEUR : En ce cas, cela ne nous regarde pas. Nous ne voulons de mal à personne et notre tâche eſt de faire régner l'amour.

KARL : Bravo ! Laissez-les donc s'entre-tuer. La haine, les massacres, le sang des autres sont les aliments nécessaires de votre bonheur.

UN PAYSAN : Qu'eſt-ce que tu dis ? Tu es fou.

KARL : Ma foi, je répète ce qui se dit partout.

L'INSTRUCTEUR : Que dit-on ?

KARL : Ils disent que votre bonheur a rendu leurs souffrances plus insupportables et que le désespoir les a poussés aux résolutions extrêmes. *(Un temps.)* Bah ! Vous avez raison de ne pas vous en soucier : quelques gouttes de sang sur votre bonheur, la belle affaire ! Ce n'eſt pas le payer trop cher !

L'INSTRUCTEUR : Notre bonheur eſt sacré. Gœtz nous l'a dit. Car nous ne sommes pas heureux pour notre seul compte, mais pour le compte de tous. Nous témoignons à tous et devant tous que le bonheur eſt possible. Ce village est un sanctuaire et tous les paysans devraient tourner les yeux vers nous comme les chrétiens vers la Terre sainte.

KARL : Quand je retournerai au village, j'annoncerai partout cette bonne nouvelle. Je connais des familles entières qui crèvent de faim et qui seront bien aises d'apprendre que vous êtes heureux pour leur compte. *(Silence embarrassé des Paysans.)* Et que ferez-vous, bonnes gens, si la guerre éclate ?

UNE PAYSANNE : Nous prierons.

KARL : Ah ! je crains que vous ne soyez obligés de prendre parti.

L'INSTRUCTEUR : Pour cela, non !

TOUS LES PAYSANS : Non ! Non ! Non !

KARL : N'est-ce pas une guerre sainte que celle des esclaves qui veulent devenir des hommes ?

L'INSTRUCTEUR : Toutes les guerres sont impies, nous demeurerons les gardiens de l'amour et les martyrs de la paix.

KARL : Les seigneurs pillent, violent, tuent vos frères à vos portes et vous ne les haïssez pas ?

UNE PAYSANNE : Nous les plaignons d'être méchants.

TOUS LES PAYSANS : Nous les plaignons.

KARL : S'ils sont méchants, n'est-il pas juste que leurs victimes se révoltent ?

L'INSTRUCTEUR : La violence est injuste d'où qu'elle vienne.

KARL : Si vous condamnez les violences de vos frères, vous approuvez donc celles des barons ?

L'INSTRUCTEUR : Non, certes.

KARL : Il le faut bien, puisque vous ne voulez pas qu'elles cessent.

L'INSTRUCTEUR : Nous voulons qu'elles cessent par la volonté des barons eux-mêmes.

KARL : Et qui leur donnera cette volonté ?

L'INSTRUCTEUR : Nous.

TOUS LES PAYSANS : Nous ! Nous !

KARL : Et d'ici là, qu'est-ce que les paysans doivent faire ?

L'INSTRUCTEUR : Se soumettre, attendre et prier.

KARL : Traîtres, vous voilà démasqués : vous n'avez d'amour que pour vous-mêmes. Mais prenez garde ; si cette guerre éclate, on vous demandera des comptes et l'on n'admettra point que vous soyez restés neutres pendant que vos frères se faisaient égorger. Si les paysans remportent la victoire, craignez qu'ils ne brûlent la Cité du Soleil pour vous punir de les avoir trahis. Quant aux seigneurs, s'ils gagnent, ils ne toléreront pas qu'une terre noble demeure aux mains de serfs. Aux armes, les gars, aux armes ! Si vous ne vous battez pas par fraternité, que ce soit du moins par intérêt : le bonheur, ça se défend.

UN PAYSAN : Nous ne nous battrons point.

KARL : Alors, on vous battra.

L'INSTRUCTEUR : Nous baiserons la main qui nous frappe, nous mourrons en priant pour ceux qui nous tuent. Tant que nous vivons vous avez la ressource de nous faire périr, mais quand nous serons morts nous nous installerons dans vos âmes et nos voix résonneront dans vos oreilles.

KARL : Parbleu, vous savez votre leçon ! Ah ! vous n'êtes pas les plus coupables, le criminel c'est le faux prophète qui a mis dans vos yeux cette douceur égarée.

LES PAYSANS : Il insulte notre Gœtz !

Ils marchent sur lui.

LA JEUNE FEMME : Frapperez-vous un aveugle, vous qui prétendez vivre pour aimer ?

UN PAYSAN, *arrachant le bandeau de Karl* : Bel aveugle ! Regardez : c'est Karl, le valet du château, son cœur est pourri par la haine et voici plusieurs semaines qu'il rôde, prêchant la discorde et la rébellion.

LES PAYSANS : Pendons-le !

HILDA : Eh bien, gentils moutons, vous voilà donc enragés ? Karl est un chien car il vous pousse à la guerre. Mais il dit vrai et je ne vous permettrai pas de frapper celui qui dit la vérité, d'où qu'il vienne. Il est vrai, mes frères, que votre Cité du Soleil est bâtie sur la misère des autres : pour que les barons la tolèrent, il faut que leurs paysans se résignent à l'esclavage. Mes frères, je ne vous reproche pas votre bonheur, mais je me sentais plus à l'aise quand nous étions malheureux ensemble, car notre malheur était celui de tous les hommes. Sur cette terre qui saigne toute joie est obscène et les gens heureux sont seuls.

UN PAYSAN : Va ! Tu n'aimes que la misère, Gœtz veut construire, lui !

HILDA : Votre Gœtz est un imposteur. *(Rumeurs.)* Eh bien ? Qu'attendez-vous pour me battre et me pendre ?

Entre Gœtz.

SCÈNE II

LES MÊMES, GŒTZ

GŒTZ : Quels sont ces visages menaçants ?
UN PAYSAN : Gœtz, c'est…
GŒTZ : Tais-toi ! Je ne veux plus voir de sourcils froncés. Souriez d'abord, vous parlerez ensuite. Allons, souriez !

Les Paysans sourient.

UN PAYSAN, *souriant* : Cet homme vient nous prêcher la révolte.
GŒTZ : Tant mieux, c'est une épreuve. Il faut savoir entendre la parole de haine.
UNE PAYSANNE, *souriant* : Il t'a insulté, Gœtz, et traité de faux prophète.
GŒTZ : Mon bon Karl, me hais-tu si fort ?
KARL : Ma foi oui : assez fort.
GŒTZ : C'est donc que je n'ai pas su me faire aimer : pardonne-moi. Raccompagnez-le jusqu'à l'entrée du village, donnez-lui des vivres et le baiser de paix.
KARL : Tout ceci finira par un massacre, Gœtz. Que le sang de ces hommes retombe sur ta tête.
GŒTZ : Ainsi soit-il.

Ils sortent.

SCÈNE III

LES MÊMES,
moins KARL *et* LA JEUNE FEMME

GŒTZ : Prions pour eux.
L'INSTRUCTEUR : Gœtz, il y a quelque chose qui nous tourmente.
GŒTZ : Parle.
L'INSTRUCTEUR : C'est rapport à Hilda. Nous l'aimons bien mais elle nous gêne : elle n'est pas d'accord avec toi.
GŒTZ : Je le sais.
HILDA : Qu'est-ce que ça peut vous faire, puisque je m'en vais ?

GŒTZ, *saisi* : Tu t'en vas ?

HILDA : Tout à l'heure.

GŒTZ : Pourquoi ?

HILDA : Parce qu'ils sont heureux.

GŒTZ : Eh bien ?

HILDA : Aux gens heureux, je suis inutile.

GŒTZ : Ils t'aiment.

HILDA : Bien sûr, bien sûr. Mais ils se consoleront.

GŒTZ : Ils ont encore besoin de toi.

HILDA : Tu crois ? *(Elle se tourne vers les Paysans.)* Est-ce que je vous fais encore besoin ? *(Silence gêné des Paysans.)* Tu vois bien. À quoi pourrais-je leur servir, puisqu'ils t'ont. Adieu.

GŒTZ, *aux Paysans* : Vous la laisserez partir sans un mot ? Ingrats, qui donc vous a sauvés du désespoir quand vous étiez malheureux ? Reste Hilda, c'est en leur nom que je t'en prie. Et vous, je vous commande de lui rendre votre amour.

HILDA, *avec une soudaine violence* : Garde tout : tu m'as volé ma bourse, mais tu ne me feras pas l'aumône avec mon argent.

L'INSTRUCTEUR : Reste, Hilda, puisqu'il le veut. Nous lui obéirons, je te le jure et nous t'aimerons comme le saint homme nous le commande.

HILDA : Chut ! Chut ! Vous m'avez aimée par un mouvement naturel de vos cœurs : à présent c'est fini, n'en parlons plus. Oubliez-moi, oubliez-moi vite : le plus tôt sera le mieux.

GŒTZ, *aux Paysans* : Laissez-nous.

Les Paysans s'en vont[a].

SCÈNE IV

GŒTZ, HILDA

GŒTZ : Où iras-tu ?

HILDA : N'importe où. Ce n'est pas la misère qui manque.

GŒTZ : Toujours la misère ! Toujours le malheur ! N'y a-t-il rien d'autre ?

HILDA : Pour moi rien. C'est ma vie.

GŒTZ : Faut-il toujours souffrir de leur souffrance ? Est-ce qu'on ne peut pas se réjouir de leur bonheur ?

HILDA, *violemment* : Moi, je ne peux pas ! Le beau bonheur ! Ils bêlent. *(Avec désespoir.)* Ô Gœtz, depuis que tu es parmi nous, je suis l'ennemie de mon âme. Quand elle parle, j'ai honte de ce qu'elle dit. Je sais qu'ils n'ont plus faim et qu'ils travaillent moins dur : s'ils veulent ce bonheur de brebis, je dois le vouloir avec eux. Eh bien, je ne peux pas, je ne peux pas le vouloir. Il faut que je sois un monstre : j'ai moins d'amour pour eux depuis qu'ils ont moins de souffrance. Pourtant, j'ai la souffrance en horreur. *(Un temps.)* Est-ce que je suis méchante ?

GŒTZ : Toi ? Non. Tu es jalouse.

HILDA : Jalouse. Oui. À en crever. *(Un temps.)* Tu vois, il est grand temps que je m'en aille : tu m'as pourrie. Où que je sois, quoi que tu entreprennes, il faut que tu fasses lever le Mal dans les cœurs. Adieu.

GŒTZ : Adieu. *(Elle ne s'en va pas.)* Eh bien ? Qu'est-ce que tu attends ? *(Elle va pour sortir.)* Hilda, s'il te plaît, ne m'abandonne pas. *(Elle rit.)* Qu'as-tu ?

HILDA, *sans méchanceté* : C'est toi, toi qui m'as tout pris qui me demandes à moi de ne pas t'abandonner ?

GŒTZ : Plus ils m'aiment et plus je suis seul. Je suis leur toit et je n'ai pas de toit. Je suis leur ciel et je n'ai pas de ciel. Si, j'en ai un : celui-ci, vois comme il est loin. Je voulais me faire pilier et porter la voûte céleste. Je t'en fous : le ciel est un trou. Je me demande même où Dieu loge. *(Un temps.)* Je ne les aime pas assez : tout vient de là. J'ai fait les gestes de l'amour, mais l'amour n'est pas venu : il faut croire que je ne suis pas doué. Pourquoi me regardes-tu ?

HILDA : Tu ne les aimais même pas. Tu m'as volée pour rien.

GŒTZ : Ah ! Ce n'était pas leur amour qu'il fallait te prendre, c'était le tien. Il faudrait que je les aime avec ton cœur. Tiens, je t'envie jusqu'à ta jalousie. Tu es là, tu les regardes, tu les touches, tu es chaleur, tu es lumière et *tu n'es pas* moi, c'est insupportable. Je ne comprends pas pourquoi nous faisons deux et je voudrais devenir toi en restant moi-même.

Entre Nasty.

SCÈNE V

GŒTZ, HILDA, NASTY

NASTY, *d'une voix sourde* : Gœtz ! Gœtz ! Gœtz !

GŒTZ, *se retournant* : Qui est-ce ?… Nasty !…

NASTY : Les hommes sont sourds.

GŒTZ : Sourds ? Sourds à ta voix ? C'est neuf.

NASTY : Oui. C'est neuf.

GŒTZ : Dieu te met à l'épreuve comme les autres ? Nous verrons comment tu t'en tireras.

NASTY : Que Dieu m'éprouve tant qu'il voudra. Je ne douterai pas de lui ni de ma mission ; et s'il doute de moi, c'est qu'il est fou.

GŒTZ : Parle à présent.

NASTY, *désignant Hilda* : Renvoie-la.

GŒTZ : Elle, c'est moi. Parle ou va-t'en.

NASTY : Bien. *(Un temps.)* La révolte a éclaté.

GŒTZ : Quelle révolte ? *(Brusquement.)* Ce n'est pas moi ! Ce n'est pas ma faute ! Qu'ils se massacrent entre eux, je n'y suis pour rien !

NASTY : Ils n'étaient retenus que par la crainte de l'Église : tu leur as prouvé qu'ils n'avaient pas besoin de prêtres ; à présent les prophètes pullulent. Mais ce sont des prophètes de colère qui prêchent la vengeance.

GŒTZ : Et tout est mon œuvre ?

NASTY : Oui.

GŒTZ : Tiens ! *(Il le frappe.)*

NASTY : Frappe ! Frappe donc !

GŒTZ : Ha ! *(Il tourne sur lui-même.)* Que le Mal était doux : je pouvais tuer ! *(Il marche. Un temps.)* Allons ! Qu'as-tu à me demander ?

NASTY : Tu peux éviter le pire.

GŒTZ : Moi ? *(Rire sec.)* J'ai le mauvais œil, imbécile. Comment oses-tu te servir de moi ?

NASTY : Je n'ai pas le choix… Nous n'avons pas d'armes, pas d'argent, pas de chefs militaires et nos paysans sont trop indisciplinés pour faire de bons soldats. Dans quelques jours commenceront nos revers ; dans quelques mois, les massacres.

GŒTZ : Alors ?

NASTY : Il reste une chance. Aujourd'hui, je ne peux pas endiguer la révolte ; dans trois mois, je le pourrai. Si nous gagnons une bataille rangée, une seule, les barons nous offriront la paix.

GŒTZ : Quel est mon rôle ?

NASTY : Tu es le meilleur capitaine d'Allemagne.

GŒTZ, *il le regarde, puis se détourne* : Ah ! *(Un silence.)* Réparer ! Toujours réparer ! Vous me faites perdre mon temps, tous tant que vous êtes. Bon Dieu, j'ai autre chose à faire, moi.

NASTY : Et tu laisseras le monde entier s'entr'égorger pourvu que tu puisses construire ta Cité joujou, ta ville modèle ?

GŒTZ : Ce village est une arche, j'y ai mis l'amour à l'abri, qu'importe le déluge si j'ai sauvé l'amour.

NASTY : Es-tu fou ? Tu n'échapperas pas à la guerre, elle viendra te chercher jusqu'ici. *(Silence de Gœtz.)* Alors ? Tu acceptes ?

GŒTZ : Pas si vite. *(Il revient sur Nasty.)* La discipline manque : il faudra que je la crée. Sais-tu ce que ça veut dire ? Des pendaisons.

NASTY : Je le sais.

GŒTZ : Nasty, il faut pendre des pauvres. Les pendre au hasard, pour l'exemple : l'innocent avec le coupable. Que dis-je ? Ils sont tous innocents. Aujourd'hui je suis leur frère et je vois leur innocence. Demain, si je suis leur chef, il n'y a plus que des coupables et je ne comprends plus rien : je pends.

NASTY : Soit. Il le faut.

GŒTZ : Il faut aussi que je me change en boucher ; vous n'avez ni les armes ni la science : le nombre est votre seul atout. Il faudra gaspiller les vies. L'ignoble guerre !

NASTY : Tu sacrifieras vingt mille hommes pour en sauver cent mille.

GŒTZ : Si seulement j'en étais sûr ! Nasty, tu peux me croire, je sais ce que c'est qu'une bataille : si nous engageons celle-ci, nous aurons cent chances contre une de la perdre.

NASTY : Je prendrai donc cette chance unique. Allons ! Quels que soient les desseins de Dieu, nous sommes ses élus : moi son prophète et toi son boucher ; il n'est plus temps de reculer.

Un temps.

GŒTZ : Hilda !

HILDA : Que veux-tu ?

GŒTZ : Aide-moi. Que ferais-tu à ma place ?

HILDA : Je ne serai jamais à ta place ni ne veux l'être. Vous êtes des meneurs d'hommes, vous autres, et je ne suis qu'une femme. À vous, je n'ai rien à donner.

GŒTZ : Je n'ai confiance qu'en toi.

HILDA : En moi ?

GŒTZ : Plus qu'en moi-même.

HILDA : Pourquoi veux-tu me rendre complice de tes crimes ? Pourquoi m'obliges-tu à décider à ta place ? Pourquoi me donnes-tu puissance de vie et de mort sur mes frères ?

GŒTZ : Parce que je t'aime.

HILDA : Tais-toi. *(Un temps.)* Ah ! tu as gagné : tu m'as fait passer de l'autre côté de la barrière ; j'étais avec ceux qui souffrent, à présent je suis avec ceux qui décident des souffrances. Ô Gœtz, jamais plus je ne pourrai dormir ! *(Un temps.)* Je te défends de verser le sang. Refuse.

GŒTZ : Nous prenons la décision ensemble ?

HILDA : Oui. Ensemble.

GŒTZ : Et nous en porterons les conséquences ensemble ?

HILDA : Ensemble quoi qu'il arrive.

NASTY, *à Hilda* : De quoi te mêles-tu ?

HILDA : Je parle au nom des pauvres.

NASTY : Personne d'autre que moi n'a le droit de parler en leur nom.

HILDA : Pourquoi donc ?

NASTY : Parce que je suis l'un d'entre eux.

HILDA : Toi, un pauvre ? Il y a beau temps que tu ne l'es plus. Tu es un chef.

Gœtz s'est plongé dans ses pensées et n'a pas écouté. Il relève brusquement la tête.

GŒTZ : Pourquoi ne pas leur dire la vérité ?

NASTY : Quelle vérité ?

GŒTZ : Qu'ils ne savent pas se battre et qu'ils sont perdus s'ils commencent la guerre.

NASTY : Parce qu'ils tueront celui qui la leur dira.

GŒTZ : Et si c'était moi qui le leur disais ?

NASTY : Toi ?

GŒTZ : J'ai du crédit auprès d'eux parce que je suis prophète et que j'ai donné mes biens. Que faire du crédit sinon le risquer ?

NASTY : Une chance sur mille.

GŒTZ : Une chance sur mille : bien ! As-tu le droit de la refuser ?

NASTY : Non. Je n'ai pas le droit. Viens.

HILDA : N'y va pas.

GŒTZ, *la prend par les épaules* : Ne crains rien : cette fois-ci, Dieu est de notre côté. *(Il appelle.)* Venez tous ! *(Les Paysans reviennent sur scène.)* On se bat partout. Demain, l'Allemagne entière va brûler. Je descends parmi les hommes pour sauver la paix.

TOUS LES PAYSANS : Hélas, Gœtz, ne nous abandonne pas. Que ferons-nous sans toi ?

GŒTZ : Je reviendrai, mes frères : ici est mon Dieu, ici mon bonheur, ici sont mes amours ; je reviendrai. Voici Hilda. Je vous confie à elle. Si, pendant mon absence, on voulait vous enrôler dans l'un ou l'autre parti, refusez de vous battre. Et si l'on vous menace, répondez aux menaces par l'amour. Rappelez-vous, mes frères, rappelez-vous : l'amour fera reculer la guerre.

Ils sortent.

SCÈNE VI

LES MÊMES, *moins* GŒTZ *et* NASTY

LES PAYSANS : S'il ne revenait pas ?

Un silence.

HILDA : Prions. *(Un temps.)* Prions pour que l'amour fasse reculer la guerre.

LES PAYSANS, *s'agenouillent* : Mon Dieu, que l'amour fasse reculer la guerre.

HILDA, *debout* : Que mon amour fasse reculer la guerre. Ainsi soit-il.

La scène est plongée dans le noir et les premières répliques du huitième tableau enchaînent immédiatement sur la dernière réplique de Hilda.

HUITIÈME ET NEUVIÈME TABLEAUX

Le camp des Paysans.
Rumeurs, cris dans l'obscurité.

SCÈNE I

GŒTZ, NASTY, KARL, LES PAYSANS

VOIX : Hou ! Hou ! Hou !

VOIX DE GŒTZ, *dominant le tumulte* : Vous mourrez tous !

VOIX : À mort ! À mort ! *(Lumière. Une clairière dans la forêt. C'est la nuit. Paysans avec des bâtons et des fourches. Quelques-uns ont des épées. D'autres tiennent des torches. Gœtz et Nasty sont debout sur un promontoire rocheux et dominent la foule.)* Hou ! Hou ! Hou !

GŒTZ : Pauvres gens, vous n'avez même pas le courage de regarder la vérité en face ?

UNE VOIX : La vérité, c'est que tu es un traître.

GŒTZ : La vérité, mes frères, l'aveuglante vérité, c'est que vous ne savez pas vous battre.

Un paysan taillé en hercule s'avance.

LE COSTAUD : Je ne sais pas me battre ? *(Hilarité de la foule.)* Hé, les gars, paraît que je ne sais pas me battre ! Je t'attrape un taureau par les cornes et je lui tords le cou.

Gœtz saute sur le sol et s'approche de lui.

GŒTZ : Apparemment, grand frère, que tu es trois fois plus fort que moi ?

LE COSTAUD : Moi, frérot ?

Il lui donne une bourrade qui l'envoie à cinq pas.

GŒTZ : Parfait. *(À un des paysans :)* Donne ce bâton. *(À l'hercule :)* Et toi, prends celui-ci. En garde. Allons, pique taille sabre, estoque. *(Il pare, esquive ses coups.)* Tu vois ! Tu vois ! Tu vois ! De quoi te sert ta force ? Tu ne fais gémir que les esprits de l'air et saigner que le vent. *(Ils se battent.)* À présent, mon frère, pardonne-moi : je vais t'assommer un tout petit peu. C'est pour le bien commun. Là ! *(Il l'assomme.)* Doux Jésus, pardon. *(Le Paysan s'écroule.)* Êtes-vous convaincus : c'était le plus fort et je suis loin d'être le plus habile. *(Un temps. Les Paysans se taisent, étonnés. Gœtz jouit un instant de sa victoire puis il reprend :)* Voulez-vous que je vous dise pourquoi vous n'avez pas peur de la mort ? Chacun de vous pense qu'elle tombera sur le voisin. *(Un temps.)* Mais voici que je m'adresse à Dieu Notre Père et que je lui dis : Mon Dieu, si tu veux que j'aide ces hommes-là, fais-moi connaître d'un signe ceux qui périront à la guerre. *(Tout à coup il feint la frayeur.)* Ho ! ho ! ho ! ho ! Qu'est-ce que je vois ? Aïe, mes frères, qu'est-ce qui vous arrive ? L'atroce vision ! Ah ! vous voilà bien arrangés !

UN PAYSAN, *inquiet* : Qu'y a-t-il ? Qu'est-ce que c'est ?...

GŒTZ : Il y a que Dieu a fait fondre vos chairs comme cire à cacheter : je ne vois plus que vos os ! Bonne Vierge ! Tous ces squelettes !

UN PAYSAN : D'après toi, qu'est-ce que ça veut dire ?

GŒTZ : Dieu ne veut pas de la révolte et me désigne ceux qui vont y laisser leur peau.

LE PAYSAN : Qui, par exemple ?

GŒTZ : Qui ? *(Il tend l'index vers lui, et d'une voix terrible.)* Toi ! *(Silence.)* Et toi ! Et toi ! Et toi ! Quelle danse macabre !

UN PAYSAN, *ébranlé mais doutant encore* : Qui nous prouve que tu es prophète ?

GŒTZ : Hommes de peu de foi, si vous voulez des preuves, regardez ce sang. *(Il lève les mains. Silence. À Nasty :)* J'ai gagné.

NASTY, *entre ses dents* : Pas encore. *(Karl s'avance.)* Prends garde à celui-ci, c'est le plus coriace.

KARL : Ô mes frères trop crédules, quand donc apprendrez-vous la méfiance ? Vous êtes si doux et si tendres que vous ne savez même pas haïr ! Aujourd'hui encore, il suffit qu'un homme vous parle à voix de Seigneur pour que vous courbiez la tête. Quoi donc ? Il y a un peu de sang sur ses mains ? La belle affaire ! S'il faut saigner pour vous convaincre, je saignerai.

Il lève les mains en l'air, elles se mettent à saigner.

GŒTZ : Qui es-tu ?

KARL : Prophète comme toi.

GŒTZ : Prophète de haine !

KARL : C'est le seul chemin qui mène à l'amour.

GŒTZ : Mais je te reconnais. Tu es Karl, mon valet.

KARL : Pour te servir.

GŒTZ : Un valet-prophète, c'est bouffon.

KARL : Pas plus qu'un général-prophète.

GŒTZ, *descendant les marches* : Fais voir tes mains ! *(Il les retourne.)* Parbleu, cet homme cachait dans ses manches des vessies pleines de sang.

KARL : Fais voir les tiennes. *(Il les regarde.)* Cet homme gratte avec ses ongles de vieilles plaies pour en faire sortir quelques gouttes de pus. Allons, mes frères, mettez-nous à l'épreuve et décidez lequel de nous est prophète.

RUMEURS : Oui… Oui…

KARL : Sais-tu faire ça ? *(Il fait fleurir une baguette.)* Et ça ? *(Il sort un lapin de son chapeau.)* Et ça ? *(Il s'entoure de fumée.)* Montre-nous ce que tu sais faire.

GŒTZ : Ce sont des jongleries que j'ai vues cent fois sur les places publiques. Je ne suis pas bateleur.

UN PAYSAN : Ce que fait un bateleur, un prophète doit savoir le faire.

GŒTZ : Je n'entrerai pas en compétition de miracles avec mon valet de chambre. Mes frères, j'étais général avant d'être prophète. Il s'agit de guerre : si vous ne croyez pas au prophète, faites confiance au général.

KARL : Vous ferez confiance au général quand le général aura prouvé qu'il n'est pas un traître.

GŒTZ : Ingrat ! C'est pour l'amour de toi et de tes frères que je me suis dépouillé de mes biens.

KARL : Pour l'amour de moi ?

GŒTZ : Oui, de toi qui me hais.

KARL : Tu m'aimes donc ?

GŒTZ : Oui, mon frère, je t'aime.

KARL, *triomphant* : Il s'est trahi, mes frères ! Il nous ment[b] ! Regardez ma gueule et dites-moi comment on pourrait m'aimer. Et vous, les gars, vous tous tant que vous êtes, croyez-vous que vous êtes aimables ?

GŒTZ : Idiot ! Si je ne les aimais pas, pourquoi leur aurais-je donné mes terres ?

KARL : En effet. Pourquoi ? Toute la question est là. *(Brusquement.)* Dieu ! Dieu qui sonde les reins et les cœurs, au secours ! Je te prête mon corps et ma bouche : dis-nous pourquoi Gœtz le bâtard a donné ses terres.

Karl se met à pousser des cris épouvantables.

LES PAYSANS : Dieu est là ! Dieu va parler !

Ils s'agenouillent.

GŒTZ : Dieu ! Il ne manquait plus que ça.
KARL, *il a fermé les yeux et parle d'une voix étrange qui ne semble pas lui appartenir* : Holà, ho ! ho ! la terre !
LES PAYSANS : Holà, ho ! Holà ho !
KARL, *même jeu* : Ici, Dieu, je vous vois : les hommes, je vous vois.
LES PAYSANS : Aie pitié de nous.
KARL, *même jeu* : Gœtz est-il là ?
UN PAYSAN : Oui, notre Père, sur la droite, un peu en arrière de toi.
KARL, *même jeu* : Gœtz, Gœtz ! Pourquoi leur as-tu donné tes terres ? Réponds.
GŒTZ : À qui ai-je l'honneur de parler ?
KARL, *même jeu* : Je suis celui qui suis.
GŒTZ : Eh bien, si tu es qui tu es, c'est que tu sais ce que tu sais et tu dois savoir pourquoi j'ai fait ce que j'ai fait.
LES PAYSANS, *menaçants* : Hou ! Hou ! Réponds ! Réponds !
GŒTZ : À vous, je réponds, mes frères. À vous, pas à lui. J'ai donné mes terres pour que tous les hommes soient égaux.

Karl rit.

LES PAYSANS : Dieu qui rit ! Dieu qui rit !

Nasty a descendu les marches et s'est placé derrière Gœtz.

KARL, *même jeu.*

Tu mens, Gœtz, tu mens à ton Dieu.
Et vous, mes fils, écoutez !
Quoi que fasse un seigneur, il ne sera jamais votre égal.
Et voilà pourquoi je vous demande de les tuer tous.
Celui-ci vous a donné ses terres.
Mais vous, pouviez-vous lui donner les vôtres ?
Il pouvait choisir de donner ou de garder.
Mais vous, pouviez-vous refuser ?
À celui qui donne un baiser ou un coup
Rendez un baiser ou un coup
Mais à celui qui donne sans que vous puissiez rendre
Offrez toute la haine de votre cœur.

Car vous étiez esclaves et il vous asservit
Car vous étiez humiliés et il vous humilie davantage.
Cadeau du matin, chagrin !
Cadeau du midi, souci !
Cadeau du soir, désespoir !

GŒTZ : Ah ! le beau prêche ! Qui vous a donné la vie et la lumière ? C'est Dieu : le don est sa loi, quoi qu'il fasse, il donne. Et qu'est-ce que vous pouvez lui rendre, vous qui n'êtes que poussière ? Rien ! Conclusion : c'est Dieu que vous devez haïr.

LE PAYSAN : Dieu, c'est différent.

GŒTZ : Pourquoi nous a-t-il créés à son image ? Si Dieu est générosité et amour, l'homme, sa créature, doit être amour et générosité ! Mes frères, je vous en conjure : acceptez mes dons et mon amitié. Je ne vous demande pas, oh non, de reconnaissance ; je voudrais simplement que vous ne condamniez pas mon amour comme un vice et que vous ne me reprochiez pas mes cadeaux comme des crimes.

UN PAYSAN : Cause toujours : moi, je n'aime pas les aumônes.

KARL, *reprenant sa voix naturelle et montrant le mendiant* : En voilà un qui a compris. Les terres sont à vous : celui qui prétend vous les donner vous dupe, car il donne ce qui n'est pas à lui. Prenez-les ! Prenez et tuez, si vous voulez devenir des hommes. C'est par la violence que nous nous éduquerons.

GŒTZ : N'y a-t-il que la haine, mes frères ? Mon amour…

KARL : Ton amour vient du Diable, il pourrit ce qu'il touche. Ah ! les gars, si vous pouviez voir les gens d'Altweiler : il lui a suffi de trois mois pour faire d'eux des castrats. Il vous aimera si fort qu'il tranchera toutes les couilles du pays pour les remplacer par des pervenches. Ne vous laissez pas faire : vous étiez des bêtes et la haine vous a changés en hommes ; si on vous l'ôte, vous retomberez à quatre pattes et vous retrouverez le malheur muet des bêtes.

GŒTZ : Nasty ! Aide-moi.

NASTY, *désignant Karl* : La cause est jugée. Dieu est avec lui.

GŒTZ, *stupéfait* : Nasty !

LES PAYSANS : Va-t'en ! Va-t'en ! au Diable !

GŒTZ, *emporté par la rage* : Je m'en vais, n'ayez pas peur. Courez à la mort ; si vous crevez, je danserai. Que vous êtes laids ! Peuple de lémures et de larves, je remercie Dieu de m'avoir montré vos âmes ; car j'ai compris que je m'étais trompé ; il est juste que les nobles possèdent le sol, car ils ont l'âme fière ; il est juste que vous marchiez à quatre pattes, croquants, car vous n'êtes que des porcs.

LES PAYSANS, *veulent se jeter sur lui* : À mort ! À mort !

GŒTZ, *arrachant une épée à un paysan* : Venez me prendre !

NASTY, *levant la main* : Assez. *(Silence absolu.)* Cet homme s'est fié à votre parole. Apprenez à la tenir, même envers l'ennemi.

La scène se vide peu à peu et retombe dans les ténèbres. La dernière torche est fixée au rocher ; Nasty la prend à la main et va pour partir.

Va-t'en, Gœtz ; va-t'en vite !

GŒTZ : Nasty ! Nasty ! pourquoi m'as-tu abandonné[2] ?

NASTY : Parce que tu as échoué.

GŒTZ : Nasty, ce sont des loups. Comment peux-tu rester avec eux ?

NASTY : Tout l'amour de la terre est en eux.

GŒTZ : En eux ? Si tu as pu trouver une paillette d'amour dans ces tonnes de fumier c'est que tu as de bons yeux. Moi, je n'ai rien vu.

NASTY : C'est vrai, Gœtz : tu n'as rien vu[c].

Il sort.
La nuit.
Des rumeurs qui s'éloignent, un cri de femme lointain, puis une faible lumière sur Gœtz.

SCÈNE II

GŒTZ, *seul*

GŒTZ : Vous crèverez, chiens ! Je vous nuirai de façon mémorable. À moi, ma méchanceté : viens me rendre léger ! *(Un temps.)* C'est pour rire. Le Bien m'a rincé l'âme : plus une goutte de venin. Parfait : en route pour le Bien, en route pour Altweiler ; il faut me pendre ou faire le Bien. Mes enfants m'attendent, mes chapons, mes castrats, mes anges de basse-cour : ils me feront fête. Bon Dieu qu'ils m'ennuient. Ce sont les autres que j'aime : les loups. *(Il se met en marche.)* Eh bien, seigneur, à toi de me guider dans la nuit obscure. Puisqu'il faut persévérer malgré l'échec, que tout échec me soit un signe, tout malheur une chance, toute disgrâce une grâce : donne-moi le bon emploi de mes infortunes. Seigneur, je le crois, je veux le croire, tu as permis que je roule hors du monde parce que tu me veux tout à toi.

Et voilà, mon Dieu : nous sommes de nouveau face à face, comme au bon vieux temps où je faisais le Mal. Ah ! je n'aurais jamais dû m'occuper des hommes : ils gênent. Ce sont des broussailles qu'il faut écarter pour parvenir à toi. Je viens à toi, Seigneur, je viens, je marche dans ta nuit : donne-moi la main. Dis : la nuit, c'est toi, hein ? La nuit, l'absence déchirante de tout ! Car tu es celui qui est présent dans l'universelle absence, celui qu'on entend quand tout est silence, celui qu'on voit quand on ne voit plus rien. Vieille nuit, grande nuit d'avant les êtres, nuit du non-savoir, nuit de la disgrâce et du malheur, cache-moi, dévore mon corps immonde, glisse-toi entre mon âme et moi-même et ronge-moi. Je veux le dénuement, la honte et la solitude du mépris car l'homme est fait pour détruire l'homme en lui-même et pour s'ouvrir comme une femelle au grand corps noir de la nuit. Jusqu'à ce que je goûte à tout, je n'aurai plus de goût à rien, jusqu'à ce que je possède tout je ne posséderai plus rien. Jusqu'à ce que je sois tout, je ne serai plus rien en rien. Je m'abaisserai au-dessous de tous et toi, Seigneur, tu me prendras dans les filets de ta nuit et tu m'élèveras au-dessus d'eux. *(D'une voix forte et angoissée.)* Mon Dieu ! Mon Dieu ! Est-ce ta volonté ? Cette haine de l'homme, ce mépris de moi-même, ne les ai-je pas déjà cherchés, quand j'étais mauvais ? La solitude du Bien, à quoi la reconnaîtrai-je de la solitude du Mal ? *(Le jour s'est levé lentement.)* Le jour se lève, j'ai traversé ta nuit. Sois béni de me donner ta lumière : je vais voir clair. *(Il se retourne et voit Altweiler en ruine. Hilda est assise sur un tas de pierres et de gravats, la tête entre ses mains. Il crie.)* Ha[3] !

SCÈNE III

GŒTZ, HILDA

HILDA, *relève la tête et regarde* : Enfin !

GŒTZ : Où sont les autres ? Morts ? Pourquoi ? Parce qu'ils refusaient de se battre ?

HILDA : Oui.

GŒTZ : Rends-moi ma nuit ; cache-moi les hommes. *(Un temps.)* Comment est-ce arrivé ?

HILDA : Des paysans sont venus de Walsheim avec des armes ; ils nous ont demandé de nous joindre à eux et nous n'avons pas voulu.

GŒTZ : Alors, ils ont mis le feu au village. C'est parfait. *(Il éclate de rire.)* Pourquoi n'es-tu pas morte avec les autres ?

HILDA : Tu le regrettes ?

GŒTZ : Parbleu ! Pas de survivants, c'était tellement plus simple.

HILDA : Je le regrette aussi. *(Un temps.)* Ils nous avaient enfermés dans une maison et ils y avaient mis le feu. C'était bien.

GŒTZ : Oui, c'était bien, c'était très bien.

HILDA : À la fin, une fenêtre s'est ouverte. J'ai sauté. La mort ça m'était égal, mais je voulais te revoir.

GŒTZ : Pour quoi faire ? Tu m'aurais revu au ciel.

HILDA : Nous n'irons pas au ciel, Gœtz, et même si nous y entrions tous les deux, nous n'aurions pas d'yeux pour nous voir, pas de mains pour nous toucher. Là-haut, on ne s'occupe que de Dieu. *(Elle vient le toucher.)* Tu es là : un peu de chair usée, rugueuse, misérable, une vie — une pauvre vie. C'est cette chair et cette vie que j'aime. On ne peut aimer que sur terre et contre Dieu.

GŒTZ : Je n'aime que Dieu et je ne suis plus sur terre.

HILDA : Alors tu ne m'aimes pas ?

GŒTZ : Non. Et toi non plus, Hilda, toi non plus tu ne m'aimes pas. Ce que tu prends pour de l'amour, c'est de la haine.

HILDA : Pourquoi te haïrais-je ?

GŒTZ : Parce que tu crois que j'ai tué les tiens.

HILDA : C'est moi qui les ai tués.

GŒTZ : Toi ?

HILDA : C'est moi qui ai dit non. Je les aimais mieux morts qu'assassins. Ô Gœtz, de quel droit ai-je choisi pour eux ?

GŒTZ : Bah ! Fais comme moi ! Lave-toi les mains de tout ce sang. Nous ne sommes rien, nous ne pouvons rien sur rien. L'homme rêve qu'il agit mais c'est Dieu qui mène.

HILDA : Non, Gœtz, non. Sans moi, ils vivraient encore.

GŒTZ : Eh bien, soit. Sans toi, peut-être. Moi je n'y suis pour rien.

HILDA : « Nous avons pris la décision ensemble et nous en supporterons les conséquences ensemble. » Souviens-toi.

GŒTZ : Nous ne sommes pas ensemble. Tu as voulu me voir ? Eh bien, regarde-moi, touche-moi. Bien : à présent va-t'en. De ma vie je ne regarderai plus un visage. Je n'aurai d'yeux que pour la terre et les pierres. *(Un temps.)* Je t'ai interrogé, mon Dieu, et tu m'as répondu. Sois béni parce que tu m'as révélé la méchanceté des hommes. Je châtierai leurs fautes sur ma propre chair, je tourmenterai ce corps par la faim, le froid et le fouet : à petit feu, à tout petit feu. Je détruirai l'homme puisque tu l'as créé pour qu'il soit détruit. C'était mon peuple : un tout petit peuple, un seul village, presque une famille. Mes sujets sont morts et moi, le vif, je meurs au monde et je passerai le reste de ma vie à méditer sur la mort. *(À Hilda :)* Tu es encore là. Va-t'en. Va chercher ailleurs la misère et la vie.

HILDA : Le plus misérable, c'est toi : ici est ma place. Je resterai ici.

DIXIÈME TABLEAU

Le village en ruine, six mois plus tard.

SCÈNE I

HILDA, *puis* HEINRICH

Assise à la même place qu'au tableau précédent Hilda regarde vers la route. On devine tout à coup qu'elle voit arriver quelqu'un. Elle se dresse à demi et attend.

Heinrich entre, des fleurs à son chapeau, un bouquet à la main.

HEINRICH : Nous voilà. *(Il se tourne vers un personnage invisible.)* Ôte ton bonnet. *(À Hilda :)* Je m'appelle Heinrich ; autrefois je disais la messe, aujourd'hui je vis d'aumônes. *(Au Diable :)* Où cours-tu ? Viens ici. *(À Hilda :)* Quand ça sent la mort, il est à son affaire. Mais il ne ferait pas de mal à une mouche.

HILDA : Il y a un an et un jour, n'est-ce pas ? Un an et un jour depuis Worms ?

HEINRICH : Qui te l'a dit ?

HILDA : J'ai compté les jours.

HEINRICH : On t'a parlé de moi ?

HILDA : Oui. Autrefois.

HEINRICH : Belle journée, hein ? J'ai cueilli des fleurs sur la route : c'est un bouquet d'anniversaire. *(Il les lui tend.)*

HILDA : Je n'en veux pas. *(Elle les pose à côté d'elle.)*

HEINRICH : Il ne faut pas avoir peur des gens heureux.

HILDA : Tu n'es pas heureux.

HEINRICH : Je te dis que c'est fête : cette nuit j'ai dormi. Allons, petite sœur, il faut me sourire : j'aime tous les hommes sauf un et je veux que tout le monde soit content. *(Brusquement.)* Va le chercher. *(Elle ne bouge pas.)* Allons ! Ne le fais pas attendre.

HILDA : Il ne t'attend pas.

HEINRICH : Lui ? Tu m'étonnes. Nous sommes une paire d'amis et je parie qu'il s'est fait beau pour me recevoir.

HILDA : Épargne-le. Reprends ton bouquet et va-t'en.

HEINRICH, *au Diable* : Tu l'entends ?

HILDA : Laisse ton Diable, je n'y crois pas.

HEINRICH : Moi non plus.

HILDA : Eh bien, alors ?

HEINRICH, *riant* : Ha ! ha ! ha ! Tu es une enfant.

HILDA : Celui qui t'a offensé n'est plus : il est mort au monde. Il ne te reconnaîtrait même pas et toi, je suis sûre que tu ne pourrais pas le reconnaître. Tu cherches un homme et tu en retrouveras un autre.

HEINRICH : Je prendrai ce que je trouverai.

HILDA : Épargne-le, je t'en supplie. Pourquoi voudrais-tu me nuire à moi qui ne t'ai rien fait ?

HEINRICH : Je ne songe pas à te nuire : tu me plais beaucoup.

HILDA : Par toutes les blessures que tu lui feras, je saignerai.

HEINRICH : Tu l'aimes ?

HILDA : Oui.

HEINRICH : On peut donc l'aimer ? C'est drôle. *(Il rit.)* Moi, plusieurs personnes ont essayé. Mais sans succès. T'aime-t-il ?

HILDA : Il m'a aimée tant qu'il s'est aimé lui-même.

HEINRICH : S'il t'aime, je regretterai moins de te faire souffrir.

HILDA : Pardonne-lui ses offenses et Dieu te pardonnera les tiennes.

HEINRICH : Mais je n'ai pas envie du tout qu'Il me pardonne. La damnation a ses bons côtés, le tout est de s'y faire.

Je m'y suis fait. Je ne suis pas encore en enfer et j'y ai déjà mes petites habitudes.

HILDA : Pauvre homme !

HEINRICH, *en colère* : Non ! Non ! Non ! Je ne suis pas un pauvre homme. Je suis heureux, je te dis que je suis heureux. *(Un temps.)* Allons ! Appelle-le. *(Elle se tait.)* Il vaut mieux que ce soit toi qui l'appelles : il aura la surprise de me voir. Tu ne veux pas ? Je l'appellerai donc moi-même. Gœtz ! Gœtz ! Gœtz !

HILDA : Il n'est pas ici.

HEINRICH : Où est-il ?

HILDA : Dans la forêt. Il y reste parfois des semaines entières.

HEINRICH : Loin d'ici ?

HILDA : À vingt-cinq lieues.

HEINRICH, *au Diable* : Tu la crois, toi ? *(Il ferme les yeux et écoute ce que lui souffle le Diable.)* Oui. Oui. Oui. *(Il sourit malicieusement. Puis :)* Eh bien, comment puis-je le trouver ?

HILDA : Cherche, bon curé, cherche. Ton camarade saura te guider.

HEINRICH : Dieu te garde, ma sœur. *(Au Diable :)* Allons, viens, toi.

Il disparaît. Hilda reste seule et le suit des yeux.

SCÈNE II

HILDA, GŒTZ

Gœtz entre, portant un fouet dans sa main droite, une cruche dans sa main gauche. Il a l'air épuisé.

GŒTZ : Qui m'appelle ? *(Hilda ne répond pas.)* Il y avait quelqu'un qui m'appelait. J'ai entendu sa voix.

HILDA : Tu entends toujours des voix quand tu jeûnes.

GŒTZ : D'où viennent ces fleurs ?

HILDA : Je les ai cueillies.

GŒTZ : Ça ne t'arrive pas souvent de cueillir des fleurs. *(Un temps.)* Quel jour sommes-nous ? Quel jour de l'année ?

HILDA : Pourquoi me le demandes-tu ?

GŒTZ : Quelqu'un devait venir cet automne.

HILDA : Qui ?

GŒTZ : Je ne sais plus. *(Un temps.)* Dis. Quel jour ? Quel jour de quel mois ?

HILDA : Crois-tu que je compte les jours ? Il n'y en a plus qu'un seul, toujours recommencé : on nous le donne à l'aube et on nous le retire à la nuit. Tu es une horloge arrêtée qui dit toujours la même heure.

GŒTZ : Arrêtée ? Non : j'avance. *(Il agite la cruche.)* Tu entends ? Ça clapote. L'eau fait une musique d'ange : j'ai l'enfer dans la gorge et le paradis dans les oreilles.

HILDA : Il y a combien de temps que tu n'as pas bu ?

GŒTZ : Trois jours. Il faut que je tienne jusqu'à demain.

HILDA : Pourquoi jusqu'à demain ?

GŒTZ, *riant d'un air idiot* : Ha ! Ha ! Il le faut ! Il le faut ! *(Un temps. Il remue la cruche.)* Clapp ! Clapp ! Hein ? Je ne connais pas de bruit plus déplaisant pour un homme qui meurt de soif.

HILDA : Amuse-toi, cajole tes désirs. Boire quand on a soif, ce serait trop simple ! Si tu n'entretenais sans cesse une tentation dans ton âme, tu risquerais de t'oublier.

GŒTZ : Comment pourrais-je me vaincre si je ne me tentais pas ?

HILDA : Ô Gœtz, est-il possible que tu croies vivre cette journée pour la première fois ? La cruche, le bruit de l'eau, ces peaux blanches sur tes lèvres, je connais tout par cœur. Est-ce que tu ne sais pas ce qui va arriver ?

GŒTZ : Je tiendrai jusqu'à demain matin : c'est tout.

HILDA : Tu n'as jamais tenu jusqu'au bout parce que tu t'imposes des épreuves trop longues. Tu vas remuer cette cruche jusqu'à ce que tu tombes. Et quand tu seras tombé je te ferai boire.

GŒTZ : Tu veux du neuf ? En voici. *(Il penche la cruche.)* Les fleurs ont soif. Buvez, les fleurs, buvez mon eau, que le ciel visite vos petits gosiers d'or. Tu vois : elles renaissent. La terre et les plantes acceptent mes dons : ce sont les hommes qui les refusent. *(Il renverse la cruche.)* Et voilà : plus moyen de boire. *(Il rit et répète péniblement.)* Plus moyen… Plus moyen…

HILDA : Est-ce la volonté de Dieu que tu deviennes gâteux ?

GŒTZ : Bien sûr. Il faut détruire l'homme, n'est-ce pas ? *(Il jette la cruche.)* Eh bien, fais-moi boire, à présent !

Il tombe.

HILDA, *le regarde froidement puis se met à rire* : Tu penses bien que j'ai toujours de l'eau en réserve : je te connais. *(Elle va chercher une cruche d'eau, revient et soulève la tête de Gœtz.)* Allons, bois.

GŒTZ : Pas avant demain.

HILDA : Dieu te souhaite maniaque et gâteux, mais non point mort. Donc, il faut boire.

GŒTZ : Je fais trembler l'Allemagne et me voici sur le dos comme un nourrisson aux mains d'une nourrice. Es-tu satisfait, Seigneur, et connais-tu pire abjection que la mienne ? Hilda, toi qui prévois tout, si j'étanche ma soif tu sais ce qui viendra après ?

HILDA : Oui, je sais, le grand jeu, la tentation de la chair : tu voudras coucher avec moi.

GŒTZ : Et tu veux tout de même que je boive ?

HILDA : Oui.

GŒTZ : Si je me jetais sur toi ?

HILDA : Dans l'état où tu es ? Allons, tout est réglé comme la messe : tu crieras des injures et des obscénités et puis pour finir tu te donneras le fouet. Bois.

GŒTZ, *prenant la cruche* : Encore une défaite ! *(Il boit.)* Le corps est une chiennerie. *(Il boit.)*

HILDA : Le corps est bon. La chiennerie, c'est ton âme.

GŒTZ, *reposant la cruche* : La soif est partie ; je me sens vide. *(Un temps.)* J'ai sommeil.

HILDA : Dors.

GŒTZ : Non, puisque j'ai sommeil. *(Il la regarde.)* Montre tes seins. *(Elle ne bouge pas.)* Allons, montre-les, tente-moi ; fais-moi crever de désir. Non ? Ah ! garce, pourquoi ?

HILDA : Parce que je t'aime.

GŒTZ : Chauffe ton amour à blanc, plonge-le dans mon cœur, que ça grésille et que ça fume ! Si tu m'aimes, il faut me torturer.

HILDA : Je suis à toi : pourquoi ferais-je de mon corps une machine à supplices ?

GŒTZ : Si tu voyais en moi, tu m'écraserais la gueule. Ma tête est un sabbat dont tu es toutes les sorcières.

HILDA, *riant* : Tu te vantes.

GŒTZ : Je voudrais que tu sois une bête pour te monter comme une bête.

HILDA : Comme tu souffres d'être un homme !

GŒTZ : Je ne suis pas un homme, je ne suis rien. Il n'y a que Dieu. L'homme, c'est une illusion d'optique. Je te dégoûte, hein ?

HILDA, *tranquillement* : Non, puisque je t'aime.

GŒTZ : Tu vois bien que je cherche à t'avilir ?

HILDA : Oui, parce que je suis ton bien le plus précieux.

GŒTZ, *avec colère* : Tu ne joues pas le jeu !
HILDA : Non, je ne le joue pas.
GŒTZ : Tant que tu resteras près de moi, je ne me sentirai pas tout à fait immonde.
HILDA : C'est pour ça que je reste.

Gœtz se lève péniblement.

GŒTZ : Si je te prends dans mes bras, me repousseras-tu ?
HILDA : Non.
GŒTZ : Même si je viens à toi le cœur rempli d'ordures ?
HILDA : Si tu oses me toucher, c'est que ton cœur sera pur.
GŒTZ : Hilda, comment peut-on s'aimer sans honte ? Le péché de concupiscence est le plus abject.
HILDA : Regarde-moi, regarde-moi bien, regarde mes yeux, mes lèvres, ma gorge et mes bras : suis-je un péché ?
GŒTZ : Tu es belle. La beauté, c'est le Mal.
HILDA : Tu en es sûr ?
GŒTZ : Je ne suis plus sûr de rien. *(Un temps.)* Si j'assouvis mes désirs, je pèche mais je m'en délivre ; si je refuse de les satisfaire, ils infectent l'âme tout entière… La nuit tombe : au crépuscule il faut avoir bonne vue pour distinguer le Bon Dieu du Diable. *(Il s'approche, la touche et s'éloigne brusquement.)* Coucher avec toi sous l'œil de Dieu ? Non : je n'aime pas les partouzes. *(Un temps.)* Si je connaissais une nuit assez profonde pour nous cacher à son regard…
HILDA : L'amour est cette nuit-là : les gens qui s'aiment, Dieu ne les voit plus.

Gœtz hésite puis se rejette en arrière.

GŒTZ : Donnez-moi les yeux du lynx de Béotie pour que mon regard pénètre sous cette peau. Montrez-moi ce qui se cache dans ces narines et dans ces oreilles. Moi qui répugne à toucher du doigt le fumier, comment puis-je désirer tenir dans mes bras le sac d'excréments lui-même[4] ?
HILDA, *violemment* : Il y a plus d'ordures dans ton âme que dans mon corps. C'est dans ton âme qu'est la laideur et la saleté de la chair. Moi je n'ai pas besoin d'un regard de lynx : je t'ai soigné, lavé, j'ai connu l'odeur de ta fièvre. Ai-je cessé de t'aimer ? Chaque jour tu ressembles un peu plus au cadavre que tu seras et je t'aime toujours. Si tu meurs, je me coucherai contre toi et je resterai là jusqu'à la fin, sans manger ni boire, tu pourriras entre mes bras et je

t'aimerai charogne : car l'on n'aime rien si l'on n'aime pas tout[5].

GŒTZ, *lui tendant le fouet* : Fouette-moi. *(Hilda hausse les épaules.)* Allons, fouette, fouette, venge sur moi Catherine morte, ta jeunesse perdue et tous ces gens qu'on a brûlés par ma faute.

HILDA, *éclatant de rire* : Oui, je te fouetterai, sale moine, je te fouetterai parce que tu as ruiné notre amour. *(Elle prend le fouet.)*

GŒTZ : Sur les yeux, Hilda, sur les yeux.

SCÈNE III

LES MÊMES, HEINRICH

HEINRICH : Fouettez ! Fouettez ! Faites comme si je n'étais pas là. *(Il s'avance. À Hilda :)* Le camarade m'a soufflé d'aller faire un tour et de revenir doucement. On ne le trompe pas, tu sais. *(À Gœtz :)* Elle voulait nous empêcher de nous revoir. Est-ce vrai que tu ne m'attendais pas ?

GŒTZ : Moi ? Je comptais les jours.

HILDA : Tu les comptais ? Oh ! Gœtz, tu m'as menti. *(Elle le regarde.)* Qu'est-ce que tu as ? Tes yeux brillent, tu n'es plus le même.

GŒTZ : C'est le plaisir de le revoir.

HILDA : Drôle de plaisir : il va te faire tout le Mal qu'il pourra.

GŒTZ : C'est la preuve qu'il m'aime. Tu es jalouse, hein ? *(Elle ne répond pas. Il se tourne vers Heinrich.)* Les fleurs, c'est toi qui les as cueillies ?

HEINRICH : Oui. Pour toi.

GŒTZ : Merci. *(Il ramasse le bouquet.)*

HEINRICH : Bon anniversaire, Gœtz.

GŒTZ : Bon anniversaire, Heinrich.

HEINRICH : Tu vas probablement mourir cette nuit…

GŒTZ : Vraiment ? Pourquoi ?

HEINRICH : Des paysans te cherchent pour te tuer. Il a fallu que je coure pour les devancer.

GŒTZ : Me tuer, foutre ! C'est me faire bien de l'honneur : je me croyais parfaitement oublié. Et pourquoi veulent-ils me tuer ?

HEINRICH : Jeudi dernier, dans la plaine de Gunsbach, les

barons ont taillé en pièces l'armée de Nasty. Vingt-cinq mille morts ; c'est la déroute. D'ici deux ou trois mois la révolte sera écrasée.

GŒTZ, *violemment* : Vingt-cinq mille morts ! Il ne fallait pas la livrer, cette bataille. Les imbéciles ! Ils auraient dû… *(Il se calme.)* Au Diable. Nous sommes nés pour mourir. *(Un temps.)* On me met tout sur le dos, naturellement ?

HEINRICH : Ils disent que tu aurais évité la tuerie si tu avais pris la tête des troupes. Sois content, tu es l'homme le plus détesté d'Allemagne.

GŒTZ : Et Nasty ? Il est en fuite ? Prisonnier ? Mort ?

HEINRICH : Devine.

GŒTZ : Va te faire foutre. *(Il se plonge dans ses pensées.)*

HILDA : Savent-ils qu'il est ici ?

HEINRICH : Oui.

HILDA : Qui le leur a dit ? Toi ?

HEINRICH, *désignant le Diable* : Moi, non : lui.

HILDA, *doucement* : Gœtz ! *(Elle lui touche le bras.)* Gœtz !

GŒTZ, *sursautant* : Hein ! Quoi ?

HILDA : Tu ne peux pas rester ici.

GŒTZ : Et pourquoi ? Il faut payer, non ?

HILDA : Tu n'as pas à payer : tu n'es pas coupable.

GŒTZ : Mêle-toi de ce qui te regarde.

HILDA : Cela me regarde. Gœtz, il faut partir.

GŒTZ : Partir où ?

HILDA : N'importe où, pourvu que tu sois à l'abri. Tu n'as pas le droit de te faire tuer.

GŒTZ : Non.

HILDA : Ce serait tricher.

GŒTZ : Ah oui : tricher… Eh bien quoi ? N'ai-je pas triché toute ma vie ? *(À Heinrich :)* Toi, commence ton réquisitoire : c'est le moment, je suis à point.

HEINRICH, *désignant Hilda* : Dis-lui de s'en aller.

HILDA : Tu n'as qu'à parler devant moi, je ne le quitterai pas.

GŒTZ : Il a raison, Hilda : ce procès doit se juger à huis clos.

HILDA : Quel procès ?

GŒTZ : Le mien.

HILDA : Pourquoi te laisses-tu faire ce procès ? Chasse ce prêtre et quittons le village.

GŒTZ : Hilda, j'ai besoin qu'on me juge. Tous les jours, à toutes les heures, je me condamne, mais je n'arrive pas à me convaincre parce que je me connais trop pour me faire confiance. Je ne vois plus mon âme parce que j'ai le nez dessus : il faut que quelqu'un me prête ses yeux.

HILDA : Prends les miens.

GŒTZ : Tu ne me vois pas non plus : tu m'aimes. Heinrich me déteste, donc il peut me convaincre : quand mes pensées sortiront de sa bouche, j'y croirai.

HILDA : Si je m'en vais, me promets-tu de fuir avec moi tout à l'heure ?

GŒTZ : Oui, si je gagne mon procès.

HILDA : Tu sais bien que tu as décidé de le perdre. Adieu, Gœtz.

Elle va vers lui, l'embrasse et sort.

SCÈNE IV

GŒTZ, HEINRICH

GŒTZ, *jette le bouquet* : Vite, à l'ouvrage ! Fais-moi tout le mal que tu peux.

HEINRICH, *le regardant* : Ce n'était pas ainsi que je t'imaginais.

GŒTZ : Courage, Heinrich, la tâche est facile. La moitié de moi-même est ta complice contre l'autre moitié. Va, fouille-moi jusqu'à l'être puisque c'est mon être qui est en cause.

HEINRICH : C'est donc vrai que tu veux perdre ?

GŒTZ : Mais non, n'aie pas peur. Seulement je préfère le désespoir à l'incertitude.

HEINRICH : Eh bien… *(Un temps.)* Attends : c'est un trou de mémoire. Je suis sujet à ces absences ; ça va me revenir. *(Il marche avec agitation.)* J'avais pourtant bien pris mes précautions ; ce matin j'ai tout repassé dans ma tête… C'est ta faute : tu n'es pas comme tu devrais être. Il fallait que tu sois couronné de roses avec des yeux triomphants, j'aurais bousculé ta couronne et saccagé ton triomphe ; à la fin, tu serais tombé sur les genoux… Où est ta superbe ? Où est ton insolence ? Tu es à demi mort, quel plaisir veux-tu que je prenne à t'achever ? *(Avec rage.)* Ah ! Je ne suis pas encore assez méchant !

GŒTZ, *riant* : Tu te crispes, Heinrich, détends-toi, prends ton temps.

HEINRICH : Il n'y a pas une minute à perdre. Je te dis qu'ils sont sur mes talons. *(Au Diable :)* Souffle-moi, souffle-moi : aide-moi à le haïr de près. *(Plaintivement.)* Il n'est jamais là quand on a besoin de lui.

GŒTZ : Moi, je vais te souffler. *(Un temps.)* Les terres.

HEINRICH : Les terres ?

GŒTZ : Ai-je eu tort de les donner ?

HEINRICH : Ah ! les terres... Mais tu ne les as pas données : on ne peut donner que ce qu'on a.

GŒTZ : Bien dit ! La possession est une amitié entre l'homme et les choses ; mais dans ma main à moi les choses hurlaient. Je n'ai rien donné. J'ai lu publiquement un acte de donation, c'est tout. Cependant, curé, s'il est vrai que je n'ai pas donné mes terres, il est vrai aussi que les paysans les ont reçues. Que répondre à cela ?

HEINRICH : Ils ne les ont pas reçues puisqu'ils ne peuvent pas les garder. Quand les barons auront envahi le domaine et installé un petit cousin de Conrad dans le château des Heidenstamm, que restera-t-il de cette fantasmagorie ?

GŒTZ : À la bonne heure. Ni données, ni reçues : c'est plus simple. Les pistoles du Diable se changeaient en feuilles mortes quand on voulait les dépenser : mes bienfaits leur ressemblent : quand on y touche, ils se changent en cadavres. Mais l'intention, tout de même ? Hein ? Si j'avais eu vraiment l'intention de bien faire, ni Dieu ni le Diable ne pourraient me l'ôter. Attaque l'intention. Ronge-la.

HEINRICH : Ce sera sans peine : comme tu ne pouvais jouir de ces biens, tu as voulu t'élever au-dessus d'eux en feignant de t'en dépouiller.

GŒTZ : Ô voix d'airain, publie, publie ma pensée : je ne sais plus si je t'écoute ou si c'est moi qui parle. Ainsi donc tout n'était que mensonge et comédie ? Je n'ai pas agi : j'ai fait des gestes. Ah, curé, tu me grattes où ça me démange. Après ? Après ? Qu'a-t-il fait, le cabotin ? Eh bien, tu t'essouffles vite !

HEINRICH, *gagné par la frénésie de Gœtz* : Tu as donné pour détruire.

GŒTZ : Tu y es ! Il ne me suffisait pas d'avoir assassiné l'héritier...

HEINRICH, *même jeu* : Tu as voulu pulvériser l'héritage.

GŒTZ : J'ai levé à bout de bras le vieux domaine de Heidenstamm...

HEINRICH, *même jeu* : Et tu l'as jeté contre le sol pour le réduire en miettes.

GŒTZ : J'ai voulu que ma bonté soit plus dévastatrice que mes vices.

HEINRICH : Et tu y as réussi : vingt-cinq mille cadavres ! En un jour de vertu tu as fait plus de morts qu'en trente-cinq années de malice.

GŒTZ : Ajoute que ces morts sont des pauvres : ceux mêmes à qui j'ai feint d'offrir les biens de Conrad !

HEINRICH : Dame : tu les as toujours détestés.

GŒTZ, *levant le poing* : Chien ! *(Il s'arrête et se met à rire.)* J'ai voulu te frapper ; c'est signe que tu es dans le vrai. Ha ! ha ! Voilà donc où le bât me blesse. Insiste ! Accuse-moi de détester les pauvres et d'avoir exploité leur gratitude pour les asservir. Autrefois je violais les âmes par la torture, à présent je les viole par le Bien. J'ai fait de ce village un bouquet d'âmes fanées. Pauvres gens, ils me singeaient et moi je singeais la vertu : ils sont morts en martyrs inutiles, sans savoir pourquoi. Écoute, curé ; j'avais trahi tout le monde et mon frère mais mon appétit de trahison n'était pas assouvi : alors, une nuit, sous les remparts de Worms, j'ai inventé de trahir le Mal, c'est toute l'histoire. Seulement le Mal ne se laisse pas si facilement trahir : ce n'est pas le Bien qui est sorti du cornet à dés : c'est un Mal pire. Qu'importe d'ailleurs : monstre ou saint, je m'en foutais, je voulais être inhumain. Dis, Heinrich, dis que j'étais fou de honte et que j'ai voulu étonner le ciel pour échapper au mépris des hommes. Allons ! Qu'attends-tu ? Parle ! Ah, c'est vrai, tu ne peux pas parler : c'est ta voix que j'ai dans ma bouche. *(Imitant Heinrich.)* Tu n'as pas changé de peau, Gœtz, tu as changé de langage. Tu as nommé amour ta haine des hommes et générosité ta rage de destruction. Mais tu es resté pareil à toi-même ; pareil : rien d'autre qu'un bâtard[6]. *(Reprenant sa voix naturelle.)* Mon Dieu, je témoigne qu'il dit vrai ; moi, l'accusé, je me reconnais coupable. J'ai perdu mon procès, Heinrich. Es-tu content ?

Il chancelle et s'appuie contre le mur.

HEINRICH : Non.

GŒTZ : Tu es difficile.

HEINRICH : Ô mon Dieu, est-ce là ma victoire ? Comme elle est triste.

GŒTZ : Que feras-tu quand je serai mort ? Je vais te manquer.

HEINRICH, *désignant le Diable* : Celui-ci me donnera fort à faire. Je n'aurai pas le temps de penser à toi.

GŒTZ : Tu es sûr qu'ils veulent me tuer, au moins ?
HEINRICH : Sûr.
GŒTZ : Les braves gens. Je leur tendrai le cou et tout finira : bon débarras pour tout le monde.
HEINRICH : Rien ne finit jamais.
GŒTZ : Rien ? Ah oui, il y a l'enfer. Eh bien, ça me changera.
HEINRICH : Ça ne te changera pas : tu y es. Le compère m'a appris *(désignant le Diable)* que la terre est apparence : il y a le ciel et l'enfer, c'est tout. La mort, c'est un attrape-nigauds pour les familles ; pour le défunt, tout continue.
GŒTZ : Tout va continuer pour moi ?
HEINRICH : Tout. Tu jouiras de toi pendant l'éternité.

Un temps.

GŒTZ : Comme il semblait proche, le Bien, quand j'étais malfaisant. Il n'y avait qu'à tendre les bras. Je les ai tendus et il s'est changé en courant d'air. C'est donc un mirage ? Heinrich, Heinrich, le Bien est-il possible ?
HEINRICH : Joyeux anniversaire. Il y a un an et un jour, tu m'as posé la même question. Et j'ai répondu : non. C'était la nuit, tu riais en me regardant, tu disais : « Tu es fait comme un rat. » Et puis, tu t'es tiré d'affaire avec un coup de dés. Eh bien, vois : c'est la nuit, une nuit toute pareille et qui est-ce qui est dans la ratière ?
GŒTZ, *bouffonnant* : C'est moi.
HEINRICH : T'en tireras-tu ?
GŒTZ, *cessant de bouffonner* : Non. Je ne m'en tirerai pas. *(Il marche.)* Seigneur, si vous nous refusez les moyens de bien faire, pourquoi nous en avez-vous donné l'âpre désir ? Si vous n'avez pas permis que je devienne bon, d'où vient que vous m'ayez ôté l'envie d'être méchant ? *(Il marche.)* Curieux tout de même qu'il n'y ait pas d'issue.
HEINRICH : Pourquoi fais-tu semblant de lui parler ? Tu sais bien qu'il ne répondra pas.
GŒTZ : Et pourquoi ce silence ? Lui qui s'est fait voir à l'ânesse du prophète[7], pourquoi refuse-t-il de se montrer à moi ?
HEINRICH : Parce que tu ne comptes pas. Torture les faibles ou martyrise-toi, baise les lèvres d'une courtisane ou celles d'un lépreux, meurs de privations ou de voluptés : Dieu s'en fout.
GŒTZ : Qui compte alors ?
HEINRICH : Personne. L'homme est néant. Ne fais pas

l'étonné : tu l'as toujours su ; tu le savais quand tu as lancé les dés. Sinon pourquoi aurais-tu triché ? *(Gœtz veut parler.)* Tu as triché, Catherine t'a vu : tu as forcé ta voix pour couvrir le silence de Dieu. Les ordres que tu prétends recevoir, c'est toi qui te les envoies.

GŒTZ, *réfléchissant* : Moi, oui.

HEINRICH, *étonné* : Eh bien, oui. Toi-même.

GŒTZ, *même jeu* : Moi seul.

HEINRICH : Oui, te dis-je, oui.

GŒTZ, *relevant la tête* : Moi seul, curé, tu as raison. Moi seul. Je suppliais, je quémandais un signe, j'envoyais au ciel des messages : pas de réponse. Le ciel ignore jusqu'à mon nom. Je me demandais à chaque minute ce que je pouvais *être* aux yeux de Dieu. À présent je connais la réponse : rien. Dieu ne me voit pas, Dieu ne m'entend pas, Dieu ne me connaît pas. Tu vois ce vide au-dessus de nos têtes ? C'est Dieu. Tu vois cette brèche dans la porte ? C'est Dieu. Tu vois ce trou dans la terre ? C'est Dieu encore. Le silence, c'est Dieu. L'absence, c'est Dieu. Dieu, c'est la solitude des hommes. Il n'y avait que moi : j'ai décidé seul du Mal ; seul, j'ai inventé le Bien. C'est moi qui ai triché, moi qui ai fait des miracles, c'est moi qui m'accuse aujourd'hui, moi seul qui peux m'absoudre ; moi, l'homme. Si Dieu existe, l'homme est néant ; si l'homme existe[8]… Où cours-tu ?

HEINRICH : Je m'en vais ; je n'ai plus rien à faire avec toi.

GŒTZ : Attends, curé : je vais te faire rire.

HEINRICH : Tais-toi !

GŒTZ : Mais tu ne sais pas encore ce que je vais te dire. *(Il le regarde et brusquement.)* Tu le sais !

HEINRICH, *criant* : Ce n'est pas vrai ! Je ne sais rien, je ne veux rien savoir.

GŒTZ : Heinrich, je vais te faire connaître une espièglerie considérable : Dieu n'existe pas. *(Heinrich se jette sur lui et le frappe. Gœtz, sous les coups, rit et crie.)* Il n'existe pas. Joie, pleurs de joie[9] ! Alléluia. Fou ! Ne frappe pas : je nous délivre. Plus de ciel, plus d'enfer : rien que la terre.

HEINRICH : Ah ! Qu'il me damne cent fois, mille fois, pourvu qu'il existe. Gœtz, les hommes nous ont appelés traîtres et bâtard ; et ils nous ont condamnés. Si Dieu n'existe pas, plus moyen d'échapper aux hommes. Mon Dieu, cet homme a blasphémé, je crois en vous, je crois ! Notre Père qui êtes aux cieux, j'aime mieux être jugé par un être infini que par mes égaux.

GŒTZ : À qui parles-tu ? Tu viens de dire qu'il était sourd. *(Heinrich le regarde en silence.)* Plus moyen d'échapper aux hommes. Adieu les monstres, adieu les saints. Adieu l'orgueil. Il n'y a que des hommes.

HEINRICH : Des hommes qui ne veulent pas de toi, bâtard.

GŒTZ : Bah ! Je m'arrangerai. *(Un temps.)* Heinrich, je n'ai pas perdu mon procès : il n'a pas eu lieu faute de juge. *(Un temps.)* Je recommence tout.

HEINRICH, *sursautant* : Tu recommences quoi ?

GŒTZ : La vie.

HEINRICH : Ce serait trop commode. *(Il se jette sur lui.)* Tu ne recommenceras pas. Fini : c'est aujourd'hui qu'il faut tirer le trait.

GŒTZ : Laisse-moi, Heinrich, laisse-moi. Tout est changé, je veux vivre.

Il se débat.

HEINRICH, *l'étranglant* : Où est ta force, Gœtz, où est ta force ? Quelle chance que tu veuilles vivre : tu crèveras dans le désespoir ! *(Gœtz affaibli tente vainement de le repousser.)* Que toute ta part d'enfer tienne en cette dernière seconde.

GŒTZ : Lâche-moi. *(Il se débat.)* Parbleu, si l'un de nous doit mourir, autant que ce soit toi !

Il le frappe avec un couteau.

HEINRICH : Ha ! *(Un temps.)* Je ne veux pas cesser de haïr, je ne veux pas cesser de souffrir. *(Il tombe.)* Il n'y aura rien, rien, rien. Et toi, demain, tu verras le jour.

Il meurt.

GŒTZ : Tu es mort et le monde reste aussi plein : tu ne manqueras à personne. *(Il prend les fleurs et les jette sur le cadavre.)* La comédie du Bien s'est terminée par un assassinat ; tant mieux, je ne pourrai plus revenir en arrière. *(Il appelle.)* Hilda ! Hilda !

SCÈNE V

HILDA, GŒTZ

La nuit est tombée.

GŒTZ : Dieu est mort.
HILDA : Mort ou vivant que m'importe ! Il y a longtemps que je ne me souciais plus de lui. Où est Heinrich ?
GŒTZ : Il s'en est allé[d].
HILDA : As-tu gagné ton procès ?
GŒTZ : Il n'y a pas eu de procès : je te dis que Dieu est mort. *(Il la prend dans ses bras.)* Nous n'avons plus de témoin, je suis seul à voir tes cheveux et ton front. Comme tu es *vraie* depuis qu'il n'est plus. Regarde-moi, ne cesse pas un instant de me regarder : le monde est devenu aveugle ; si tu détournais la tête, j'aurais peur de m'anéantir. *(Il rit.)* Enfin seuls !

Lumière. Des torches se rapprochent.

HILDA : Les voilà. Viens.
GŒTZ : Je veux les attendre.
HILDA : Ils vont te tuer.
GŒTZ : Bah ! Qui sait ? *(Un temps.)* Restons : j'ai besoin de voir des hommes.

Les torches se rapprochent.

ONZIÈME TABLEAU

Le camp des Paysans.

SCÈNE I

KARL, LA SORCIÈRE, LES DEUX PAYSANS,
puis NASTY

La Sorcière frotte les Paysans avec une main de bois.

NASTY, *entrant* : Qu'est-ce que tu fais ?
LA SORCIÈRE : Ceux que je frotte avec cette main de bois

deviennent invulnérables : ils donnent des coups et n'en reçoivent point[10].

NASTY : Jette cette main ! *(Il marche sur elle.)* Allons ! Jette-la. *(La Sorcière se réfugie derrière Karl.)* Karl ! Tu es dans le coup ?

KARL : Oui. Laisse-la faire.

NASTY : Tant que je commanderai, les chefs ne mentiront pas à leurs troupes.

KARL : Alors les troupes crèveront avec leurs chefs.

NASTY, *aux Paysans* : Foutez-moi le camp.

Ils sortent. Un temps. Karl vient vers Nasty.

KARL : Tu hésites, Nasty, tu rêves et pendant ce temps, les désertions se multiplient ! L'armée perd ses soldats comme un blessé perd son sang. Il faut arrêter l'hémorragie. Et nous n'avons plus le droit d'être délicats sur les moyens.

NASTY : Que veux-tu faire ?

KARL : Donner l'ordre à tous de se laisser frotter par cette belle enfant. S'ils se croient invulnérables, ils resteront.

NASTY : J'en avais fait des hommes, tu les changes en bêtes.

KARL : Mieux vaut des bêtes qui se font tuer sur place que des hommes qui foutent le camp.

NASTY : Prophète d'erreur et d'abomination !

KARL : Eh bien, oui, je suis un faux prophète. Et toi, qu'est-ce que tu es ?

NASTY : Moi, je ne voulais pas cette guerre…

KARL : Ça se peut, mais puisque tu n'as pas su l'empêcher, c'est que Dieu n'était pas avec toi.

NASTY : Je ne suis pas un faux prophète, mais un homme que le Seigneur a trompé. Fais ce que tu voudras. *(Karl sort avec la Sorcière.)* Oui, mon Dieu, vous m'avez trompé car vous m'avez laissé croire que j'étais votre élu ; mais comment vous reprocherais-je de mentir à vos créatures et comment douterais-je de votre amour, moi qui aime mes frères comme je les aime et qui leur mens comme je leur mens ?

SCÈNE II

NASTY, GŒTZ, HILDA,
TROIS PAYSANS *armés*

NASTY, *sans surprise* : Vous voilà donc !

UN PAYSAN, *désignant Gœtz* : Nous le cherchions pour l'égorger un petit peu. Mais ce n'est plus le même homme : il reconnaît ses fautes et dit qu'il veut se battre dans nos rangs. Alors voilà : nous te l'amenons.

NASTY : Laissez-nous. *(Ils sortent.)* Tu veux te battre dans nos rangs ?

GŒTZ : Oui.

NASTY : Pourquoi ?

GŒTZ : J'ai besoin de vous. *(Un temps.)* Je veux être un homme parmi les hommes.

NASTY : Rien que ça ?

GŒTZ : Je sais : c'est le plus difficile. C'est pour cela que je dois commencer par le commencement.

NASTY : Quel est le commencement ?

GŒTZ : Le crime. Les hommes d'aujourd'hui naissent criminels, il faut que je revendique ma part de leurs crimes si je veux ma part de leur amour et de leurs vertus. Je voulais l'amour pur : niaiserie ; s'aimer, c'est haïr le même ennemi : j'épouserai donc votre haine. Je voulais le Bien : sottise ; sur cette terre et dans ce temps, le Bien et le Mauvais sont inséparables : j'accepte d'être mauvais pour devenir bon.

NASTY, *le regardant* : Tu as changé.

GŒTZ : Drôlement ! J'ai perdu quelqu'un qui m'était cher.

NASTY : Qui ?

GŒTZ : Quelqu'un que tu ne connais pas. *(Un temps.)* Je demande à servir sous tes ordres comme simple soldat.

NASTY : Je refuse.

GŒTZ : Nasty !

NASTY : Que veux-tu que je fasse d'*un* soldat quand j'en perds cinquante par jour.

GŒTZ : Quand je suis venu à vous, fier comme un riche, vous m'avez repoussé et c'était justice car je prétendais que vous aviez besoin de moi. Mais je vous dis aujourd'hui que j'ai besoin de vous et si vous me repoussez vous serez injustes car il est injuste de chasser les mendiants.

NASTY : Je ne te repousse pas. *(Un temps.)* Depuis un an et un jour, ta place t'attend ; prends-la. Tu commanderas l'armée.

GŒTZ : Non ! *(Un temps.)* Je ne suis pas né pour commander. Je veux obéir.

NASTY : Parfait ! Eh bien, je te donne l'ordre de te mettre à notre tête. Obéis.

GŒTZ : Nasty, je suis résigné à tuer, je me ferai tuer s'il le faut ; mais je n'enverrai personne à la mort : à présent, je sais ce que c'est que de mourir. Il n'y a rien, Nasty, rien : nous n'avons que notre vie.

HILDA, *lui imposant silence* : Gœtz ! Tais-toi !

GŒTZ, *à Hilda* : Oui. *(À Nasty :)* Les chefs sont seuls : moi, je veux des hommes partout : autour de moi, au-dessus de moi et qu'ils me cachent le ciel. Nasty, permets-moi d'être n'importe qui.

NASTY : Mais tu es n'importe qui. Crois-tu qu'un chef vaille plus qu'un autre ? Si tu ne veux pas commander, va-t'en.

HILDA, *à Gœtz* : Accepte.

GŒTZ : Non. Trente-six ans de solitude, ça me suffit.

HILDA : Je serai avec toi.

GŒTZ : Toi, c'est moi. Nous serons seuls ensemble.

HILDA, *à mi-voix* : Si tu es soldat parmi les soldats, leur diras-tu que Dieu est mort ?

GŒTZ : Non.

HILDA : Tu vois bien.

GŒTZ : Qu'est-ce que je vois ?

HILDA : Tu ne seras jamais pareil à eux. Ni meilleur ni pire : autre[11]. Et si vous tombez d'accord, ce sera par malentendu.

GŒTZ : J'ai tué Dieu parce qu'il me séparait des hommes et voici que sa mort m'isole encore plus sûrement. Je ne souffrirai pas que ce grand cadavre empoisonne mes amitiés humaines : je lâcherai le paquet, s'il le faut.

HILDA : As-tu le droit de leur ôter leur courage ?

GŒTZ : Je le ferai peu à peu. Au bout d'un an de patience…

HILDA, *riant* : Dans un an, voyons, nous serons tous morts.

GŒTZ : Si Dieu n'est pas, pourquoi suis-je seul, moi qui voudrais vivre avec tous ?

Entrent des paysans poussant la Sorcière devant eux.

LA SORCIÈRE : Je vous jure que cela ne fait pas de mal. Si cette main vous frotte, vous serez invulnérables.

PAYSANS : Nous te croirons si Nasty se laisse frotter.

La Sorcière s'approche de Nasty.

NASTY : Va-t'en au Diable !

LA SORCIÈRE, *à mi-voix* : De la part de Karl : laisse-moi faire ou tout est foutu.

NASTY, *à haute voix* : C'est bon. Fais vite.

Elle le frotte. Les Paysans applaudissent.

UN PAYSAN : Frotte aussi le moine.

GŒTZ : Mordieu !

HILDA, *doucement* : Gœtz !

GŒTZ : Frotte la belle enfant, frotte bien fort.

Elle frotte.

NASTY, *violemment* : Allez-vous-en !

Ils s'en vont.

GŒTZ : Nasty, tu en es venu là ?

NASTY : Oui.

GŒTZ : Tu les méprises donc ?

NASTY : Je ne méprise que moi. *(Un temps.)* Connais-tu plus singulière bouffonnerie : moi, qui hais le mensonge, je mens à mes frères pour leur donner le courage de se faire tuer dans une guerre que je hais.

GŒTZ : Parbleu, Hilda, cet homme est aussi seul que moi.

NASTY : Bien plus. Toi, tu l'as toujours été. Moi, j'étais cent mille et je ne suis plus que moi. Gœtz, je ne connaissais ni la solitude ni la défaite ni l'angoisse et je suis sans recours contre elles.

Entre un soldat.

LE SOLDAT : Les chefs veulent te parler.

NASTY : Qu'ils entrent. *(À Gœtz :)* Ils vont me dire que la confiance est morte et qu'ils n'ont plus d'autorité.

GŒTZ, *d'une voix forte* : Non. *(Nasty le regarde.)* La souffrance, l'angoisse, les remords, bon pour moi. Mais toi, si tu souffres, la dernière chandelle s'éteint : c'est la nuit. Je prends le commandement de l'armée.

Entrent les chefs et Karl.

UN CHEF : Nasty, il faut savoir finir une guerre. Mes hommes...

NASTY : Tu parleras quand je te donnerai la parole. *(Un temps.)* Je vous annonce une nouvelle qui vaut une victoire : nous avons un général et c'est le plus fameux capitaine de l'Allemagne.

UN CHEF : Ce moine ?

GŒTZ : Tout sauf moine !

Il rejette sa robe et paraît en soldat.

LES CHEFS : Gœtz !

KARL : Gœtz ! Parbleu...

UN CHEF : Gœtz ! Ça change tout !

UN CHEF : Qu'est-ce que ça change, hein ? Qu'est-ce que ça change ? C'est un traître. Vous verrez s'il ne vous fait pas tomber dans un guet-apens mémorable.

GŒTZ : Approche ! Nasty m'a nommé chef et capitaine. M'obéiras-tu ?

UN CHEF : Je crèverais plutôt.

GŒTZ : Crève donc, mon frère ! *(Il le poignarde.)* Quant à vous, écoutez ! je prends le commandement à contrecœur ; mais je ne le lâcherai pas. Croyez-moi, s'il y a une chance de gagner cette guerre, je la gagnerai. Proclamez sur l'heure qu'on pendra tout soldat qui tentera de déserter. Je veux pour ce soir un état complet des troupes, des armes et des vivres ; vous répondez de tout sur votre tête. Nous serons sûrs de la victoire quand vos hommes auront plus peur de moi que de l'ennemi. *(Ils veulent parler.)* Non. Pas un mot, allez. Demain vous saurez mes projets. *(Ils sortent. Gœtz pousse du pied le cadavre.)* Voilà le règne de l'homme qui commence. Beau début. Allons, Nasty, je serai bourreau et boucher.

Il a une brève défaillance.

NASTY, *lui mettant la main sur l'épaule* : Gœtz...

GŒTZ : N'aie pas peur, je ne flancherai pas. Je leur ferai horreur puisque je n'ai pas d'autre manière de les aimer, je leur donnerai des ordres, puisque je n'ai pas d'autre manière d'obéir, je resterai seul avec ce ciel vide au-dessus de ma tête, puisque je n'ai pas d'autre manière d'être avec tous. Il y a cette guerre à faire et je la ferai.

RIDEAU

Autour du « Diable et le Bon Dieu »

LES MANUSCRITS DE LA PHASE PRÉPARATOIRE

TROIS PLANS

Acte I

La tente et le pari

Acte II

1) Le don
2) Les indulgences
3) Le miracle : les péchés de la vieille
4) Le paysan lui demande de prendre la tête du soulèvement
5) Prêche vainement. Le prêtre à la fin
variant : tu as fait le mal

Acte III

1) La tentation par la femme
La venue du prêtre. Pas de Dieu
Il l'étrangle
2) La nuit, les étoiles
3) Le camp

★

Scène II

Les nobles

Scène III

Tetzel prêche les indulgences devant les paysans :
Voyez voler l'âme du Purgatoire. Elle vous frôle, elle est heureuse.

Apparition du moine X
Faites pénitence.

Si le pape a le pouvoir de sauver les âmes de l'enfer, quelle cruauté s'il ne les sauve pas toutes.

Scène IV

Les péchés de la vieille sur soi
(ou l'inverse d'abord IV puis III)

Scène V

L'ermitage (le chef lui parle de la révolte) Non
Pas verser le sang. Pas de révolte.

Scène VI

Prêche de X aux paysans : encore *aristocrate*, il leur prêche de *se soumettre*. (Comme Luther à la même date)
Se soumettre entendez-vous se *sou-mettre*.
On l'engueule. « Après ce que j'ai fait pour vous. »
Qu'est-ce que ça peut nous faire ce que tu as fait ?

Scène VII

L'ermitage : la sœur. Arrive le curé. Il le tue

Scène VIII

La nuit, les étoiles.

Scène IX

Le camp.

★

1) La victoire. Troque le Mal pour le Bien
Dans la tente

2) Renonciation à ses biens. Dispute avec les seigneurs. Il est déjà un ermite. Non.

3) Créer une scène à l'ermitage avec visite du paysan.
« Viens nous commander militairement. » « Non. Je ne toucherai plus aux armes. »
Tout est à feu et à sang. Apparition de la sœur (belle-sœur).

4) Scène de la Tentation. Arrivée du prêtre. Assassinat du prêtre.

5) Solitude et peur dans la nature.
Immense ciel plein d'étoiles. Tentation de coucher avec la sœur. Fuite.

6) Il ira se battre et commander les paysans.

Donc : Il fait le même Bien que le Mal. Bien trouble qui met le pays à feu et à sang. Décidant le Bien pour être personnel et jetant ses biens aux paysans, il provoque une émeute, refuse de commander, puis accepte. Lorsque Dieu n'existe plus.

AVANT LE PARI.
SOUS LES MURAILLES DE WORMS

[f° 7] Scène I

Les gens murmurent : il faut lever le siège.

« Non. Le traître va nous la livrer, si nous ne pouvons entrer par surprise. »

Nerveux :

L'issue de la grande bataille

Les troupes de l'archevêque sont trop nombreuses.

Oui, mais il est si peu homme de guerre.

Pourquoi n'es-tu pas là-bas ?

C'est lui qui l'a voulu. Il a eu peur que nous ne nous réconciliions sur son dos. Moi ça ne m'aurait pas gêné. J'aurais même combattu contre lui.

Il marche de long en large.

Donner. Avoir pour donner. J'aurais voulu avoir pour donner. Je détruis. Détruire c'est donner à Dieu. Je donne à Dieu des hommes et des femmes.

[f° 9] Fais venir le traître.

Scène II

Pourquoi refuses-tu de trahir jusqu'au bout ?

Je veux vous renseigner. Trahir c'est trop, j'ai peur.

Si on te coupait en morceaux

Vous confondez les rôles. Je suis traître, je ne suis pas lâche.

(Pensif) Tu as raison un traître n'est pas nécessairement un lâche. Il faut du courage pour trahir.

J'ai des remords, je deviens fou, je pense en deux langues. Qui est-ce ? Double individu (c'est religieux)

On vient lui annoncer la mort de son frère. C'est l'envoyé de l'archevêque. Qu'il attende.

[f° 11] Tu vois, je suis *né* traître. Paysan je les trahirai pour les nobles. Noble je les trahirai pour les paysans. La trahison c'est notre issue. Vouloir ce qu'on est. Tiens, écoute donc. La femme de mon frère a demandé un sauf-conduit pour elle et son domestique. On rigolera. Cela ne te tente pas. Il le tente.

L'autre accepte : je vous ouvrirai les portes de la ville cette nuit à 2 heures.

Alors, bien doucement : Va-t'en vite ! Va-t'en !

Une fois qu'il est sorti : Je l'aurais tué. Faire le Mal, ce n'est pas si commode. On a des répugnances à vaincre.

Scène III

L'envoyé de l'archevêque.

[f° 19] Dit à l'envoyé : Je livrerai la ville au massacre.

Alors vous n'aurez pas les terres.

Scène IV

La femme et le paysan

D'abord : sauf-conduit

Et si je vous livrais ?

Je vous hais.

Pourquoi ne pas me prendre vous ?

J'en ai trop envie et on ne sortirait pas de la famille.

Je tiens trop à vous. Faire le Mal, ma belle, exige parfois qu'on se fasse un peu de mal.

On vient lui annoncer que le domestique c'est le chef des paysans.

Très bien. Tu me trompais toi aussi. Ça m'amuse moins. Ça a l'air d'une vengeance ou d'une punition. Je ne t'en veux pas, tu sais.

[f° 22] Pas du tout. C'est normal.

Arrive le chef des paysans.

Ascétisme

Défi

Tous les hommes sont pourris. Le monde va finir. Le Christ était un homme. Un paysan. Il a souffert pour nous.

Pour vous ? Les paysans ? Penses-tu. C'était un don du seigneur. Mort en seigneur et pour les seigneurs.

Il faut qu'il se confesse.

Je ne veux pas. Je ne crois pas en la confession.

Laisse-le donc crever comme un chien.

Non : je veux être seul en Enfer. Va me chercher un prêtre.

[f° 25] On amène un prêtre.

Le prêtre : sentiment de faute épouvantable parce qu'il ne croit pas en Dieu. De là sa psychologie minutieuse, son épanchement des motifs. Il affirme d'autant plus la nécessité de la foi qu'il n'y croit plus.

[f° 28] On le suppliciera pour le forcer à se confesser.

Je ne veux pas le confesser. Je ne veux pas le suivre à l'échafaud.

Gonzesse ! Âme sensible ! Tu veux qu'il aille en enfer.

Il ira si Dieu le veut.

(On l'emmène)

Toi la belle, je te donnerai aux soldats. Je fais le Mal.

Le prêtre intervient :

Tout le monde fait le Mal.

J'y mets ma conscience. Alors c'est un moindre mal. Qui peut dire ce qui est plus mal, d'une brute ou d'un prince du Mal.

J'ai trahi mon frère.

Ton frère faisait le Mal. C'était un brigand. Tu as fait le Bien.

Trahir le Mal c'est faire un Mal encore.

Tout le monde est pourri depuis la faute. Être loin des hommes, c'était faire le Bien.

Je parie.

Alors tu le feras par pari.

Bon. Remettons-nous-en au hasard.

[fº 29] Joue aux dés avec moi.

Non.

Alors toi.

Oui.

Si je gagne, etc.

On lui met sa cuirasse : « Il va y avoir du sang, cette nuit. »

Les hommes d'armes. Sept cents hommes prêts. Toute l'armée en alerte.

Perd.

1) Lève le siège

2) Fait venir le paysan. Le libère.

3) Laisse aller la femme.

APRÈS LE PARI. DANS L'ERMITAGE DE GŒTZ

Scène dans l'ermitage

Prière : J'ai tout donné aux hommes et les hommes sont ingrats. C'est à toi, à toi seul que je veux tout donner. C'est toi que j'ai cherché à travers tout, Dieu. Je suis de la poussière, de la poussière. Je veux *être* humble. Je ne peux pas. Je me déteste et pourtant j'ai de l'orgueil. Quand serai-je délivré de moi ? Je voudrais connaître le plus grand péché, les tentations les plus grandes.

La fille se présente.

Le prêtre crie de loin : Il n'y a que le Mal ! Dieu n'existe pas ! Tout le Mal nous engouffre, nous engloutit.

[f° 50] Raison de la passion du prêtre : si Gœtz a raison, le prêtre est damné.

Le prêtre monte.

Eh bien, tu as perdu. Six mille paysans sont en révolte, des seigneurs s'arment. Trois cents paysans massacrés à Eylau. Tu as fait plus de mal depuis que tu veux faire le Bien. Au reste tu n'as pas changé. Bien et Mal c'est la même chose pour toi.

Le prêtre croit en Dieu jusqu'au bout. Et révèle à l'autre qu'il n'y a jamais cru.

1) Tu as triché. Je t'ai vu.

Non.

Si, dit la femme, je t'ai vu aussi

C'était Dieu qui armait ma main

Et quand tu t'es donné des coups de couteau ?

C'est le Seigneur qui m'en a inspiré l'idée.

Alors tu n'es pas libre, c'est le Seigneur qui opère en toi ?

Si ! Je suis libre.

Tu étais de mauvaise foi. Ce doigt qui poussait les dés, ce bras qui frappait les coups de dague, tu voulais ignorer qu'ils étaient à toi. Hein ? Ta main, c'était Dieu.

Qu'as-tu fait de pire quand tu cherchais le Mal que quand tu as cherché le Bien ?

Que fallait-il faire ? Ne pas donner mes biens ? Conserver la dîme maudite ? opprimer les paysans pour ne pas inquiéter les seigneurs ? Et si je voulais les aider, ne les conduirais-je pas à la révolte ? Devais-je me désintéresser de tout et venir ici dans le quiétisme et la paresse ?

Je ne sais pas ce que tu devais faire. Tout ce que tu pouvais faire était mal. Nous sommes dans le monde du Mal.

Est-ce ma faute ? Mes intentions étaient pures.

Tu mens ! Tes intentions n'étaient pas pures. Tu es un faux saint. Tu voudrais *être* un saint. Tout ce que tu as fait dans le Bien c'est exactement ce que tu faisais dans le Mal.

1) Donner.

Mais tu l'as dit : tu détruisais pour donner. À présent tu donnes pour détruire. Il y avait de la haine et du ressentiment dans le fait de donner ce qui ne t'a jamais appartenu, tu détruisais la propriété de ton frère. Et en même temps tu affirmais tes droits. Tu n'en avais jamais joui, tu le sais bien. Alors tu l'as donné pour en jouir un instant, un seul instant. Incendiaire.

2) Tu as toujours su que ça les condamnait à la révolte et quand ils t'ont prié d'être leur chef tu les as *trahis* comme tu as trahi ton frère.

La fille :

3) Tes privations avec moi ? Tu me refusais au nom du Mal,

tu me refuses au nom du Bien. C'est pareil. Tu aimes te faire souffrir, parce que tu t'aimes et tu te détestes.

4) Les hommes ne s'y sont pas trompés. Ils t'ont renvoyé tes générosités. Tu es seul au milieu de nous comme tu étais seul au milieu de tes troupes.

5) Tu voulais être le Christ. Le premier. Tu as perdu.

Non. J'ai gagné

Tu as perdu.

Je ne crois pas à ton jugement. Dieu seul peut me juger.

Tu ne crois pas en Dieu. Dieu c'était le moyen d'être par-delà les hommes au plus haut ou au plus bas comme tu veux. Tu ne crois pas. (Ici : Tu as *triché*, je l'ai vu)

Tais-toi. Il ne fallait pas le dire.

Oui je sais : tes terribles colères. Eh bien réfrène-la donc celle-là, vas-y.

S'il existe ; qu'il fasse un miracle. Qu'il me préserve du Mal et toi de la mort. Retiens mon bras !

(Il frappe)

Dieu est mort.

(Elle rit)

Dieu peut-être. Mais celui-là sûrement. Mort comme un rat.

Ah celui-là. Qu'est-ce que ça peut faire ? J'ai tant de morts sur la conscience.

Le ciel et les étoiles.

Brusquement s'adoucit :

Je suis malheureux ! Ce petit monde colorié... Alors qu'est-ce que c'est, tout ça ? Si la lune était une autre terre. Et les étoiles ? Si tout était vivant... ou si tout était mort, c'est pareil. Je suis petit comme un ciron.

Tu es bâtard.

Qu'est-ce que c'est, bâtard ? Je suis né d'un homme et d'une femme comme les autres. Tout reflue tout. Je savais tout. Tout ce que j'ai fait était sous regard. Un regard qui n'existait pas. J'ai joué la comédie pour ce regard. J'ai menti à Dieu pour le faire exister.

« Celui qui aime Dieu qu'il ne voit pas et qui n'aime pas son prochain qu'il voit, celui-là est un menteur. »

Ce qui reflue

Solitude

Contingence

Délaissement

Unicité de la vie

Que faire, que décider ? Pour qui ? Contre qui ? Tout est pareil.

Alors je peux te prendre ?

Non, tu n'étais que mon péché, tu n'es plus rien qu'un corps, je voulais la perdition de ton âme.

Va pour s'en aller. Et scène d'amour.

GŒTZ, LA FEMME DE SON FRÈRE
ET LE CHEF DES PAUVRES

SCÈNE II

Gœtz et un officier. Elle va à l'Officier.

ELLE : Eh bien vous m'avez vue : laissez-moi partir *(L'Officier va pour répondre. Gœtz lui fait un signe, il se tait.)* Qu'attendez-vous ? Vous pouvez penser que je n'aime pas beaucoup vous voir. *(L'Officier se tait toujours.)* J'ai apporté l'argent. Que voulez-vous de plus ?

L'OFFICIER : Je ne suis pas Gœtz.

ELLE : Ah ! *(Elle regarde Gœtz déconcertée.)*

GŒTZ : Vous ne vouliez pas que ce fût moi.

ELLE : Bah !

GŒTZ : Comment donc ? Votre mari a trente ans. Vous saviez que je suis le cadet et celui-là a près du double de mon âge. Je vous plais donc.

ELLE : À moitié, oui. Un bâtard ne peut plaire qu'à moitié. J'aime votre tournure qui est noble.

GŒTZ : Merci.

ELLE : Vous ressemblez à mon mari avec je ne sais quoi de bas qui vient sûrement de la roture.

GŒTZ : Ce que vous appelez bassesse, moi je l'appelle intelligence. Votre mari est sot.

ELLE : Votre père était moine, je crois.

GŒTZ : En effet.

[ELLE :] Bon. Vous m'avez vue. Vous êtes compliqué, hein ? Vous aimez le remords.

GŒTZ : J'adore ça.

[ELLE :] Eh bien laissez-moi partir.

GŒTZ : Pas tout de suite.

[ELLE :] J'ai votre parole.

GŒTZ : Un bâtard n'a pas de parole. Ou plutôt le seigneur en moi promet mais le rustre ne tient pas.

[ELLE :] Mais le demi-seigneur et le demi-rustre feront un damné entier pour rôtir en enfer. Qu'avez-vous à me dire ?

GŒTZ : Que vous êtes belle, par exemple. N'ayez pas peur, je ne vous toucherai pas.

[ELLE :] C'est votre parole ?

[GŒTZ :] Non, ce n'eſt pas ma parole. Je ne veux pas vous toucher. Je voulais vous voir. Vous devez avoir de longues cuisses blondes. Elles sont chaudes sous la robe… Je vous ai fait beaucoup de mal.

[ELLE :] À moi, non.

[GŒTZ :] Quel orgueil ! À votre mari, c'eſt la même chose. Je voulais vous voir. Penser : c'eſt elle qui me maudit, qui me hait. Il faut s'imaginer les choses. Ça fait un étrange plaisir. On a plaisir à imaginer les cris, les sanglots.

[ELLE :] Je ne pleure jamais.

[GŒTZ :] Ce corps a bougé dans la rage. Au lit, nue, vous avez trépigné en frottant ces longues cuisses l'une contre l'autre. Et puis je suis heureux que vous soyez belle, ça fait plus honte.

[ELLE :] Parce que vous avez honte ?

[GŒTZ :] Je ne me refuse aucun luxe. Vous m'intimidez. J'ai une nouvelle à vous apprendre.

[ELLE :] Laquelle ?

GŒTZ : Attendez. *(Il l'embrasse.)* Parbleu, vous vous êtes laissée faire.

[ELLE :] Oui. Je voulais connaître le goût de votre bouche. Allez-y.

GŒTZ : Mon frère eſt mort. Il a été tué dans la bataille.

[ELLE :] Je le savais. On l'a dit au camp il y a une heure.

GŒTZ : Et vous m'avez embrassé ?

[ELLE :] C'eſt sans rapport. Je vous ai embrassé comme je vous regarde à présent. Je cherche à tout connaître de vous. À tout me rappeler. Si vous étiez nu, je passerais la main sur vos flancs et vos épaules, je garderais aussi ce souvenir.

GŒTZ : Vous ne le garderiez pas longtemps. Vous ne sortirez pas d'ici. Je ne vous toucherai pas, mais je fais cadeau de vous à mes hommes. C'eſt un très beau cadeau.

[ELLE :] J'aurais parié que vous me désirez.

[GŒTZ :] Je vous désire en effet. Je désire en vous beaucoup plus que vous-même. Vous seriez laide je vous désirerais encore. Je désire la noblesse. Si je vous renversais, je courberais sous moi toute la noblesse d'Allemagne.

[ELLE :] Pourquoi ne le faites-vous pas ?

[GŒTZ :] C'eſt plus drôle de donner la noblesse d'Allemagne aux reîtres.

[ELLE :] Vous y perdez.

[GŒTZ :] Beaucoup. Ça me fera grincer des dents de voir le spectacle d'autant qu'ils ne sauront pas se servir de vous. Qu'on leur donne une maritorne ou une noble femme pour eux c'eſt pareil. Vieille ou laide… Ce sont des porcs.

[ELLE :] Alors ?

[GŒTZ :] Pour faire le Mal il faut savoir se faire un peu de mal. Votre domestique aura la vie sauve. Qu'il aille se faire pendre ailleurs ou qu'il s'enrôle chez nous s'il veut. Ha ! Ça vous fait plaisir. C'est votre amant.

[ELLE :] Porc ! *(Elle le gifle.)*

[GŒTZ :] Viens là, toi. Que je te regarde. Mais c'est Murger. *(À l'Officier :)* Murger, le chef des bandes paysannes. Je ne savais pas qu'il s'était enfermé ici. *(Murger sort un poignard. L'autre l'arrête, l'Officier crie aux armes. On le tient.)* Vous l'avez trahi, Murger ! Je suppose qu'il y a quelques bandes de reîtres à rôder par ici. Vous alliez les chercher et elles nous seraient tombées sur le dos pendant que les autres forçaient une sortie. Pas mal. Moi, ça me navre. Désolé, navré. Je fais le mal gratuitement. À présent je vais *punir*. C'est beaucoup moins drôle. En tout cas vous avez perdu d'avance. Un curé nous ouvrira la ville cette nuit. Vous la verrez prise et vous crèverez après l'un et l'autre. *(Il rit.)* Je souffre. Ha ! Rien n'est plus triste que de faire souffrir. Voyez-vous le Mal exige une sensibilité exquise. Il faut savoir aimer pour faire souffrir. Je vous jure que j'apprécie tout à fait votre peau. On va la froisser, la déchirer. Moi je vous aurais fait souffrir en artiste. Mais ça n'est pas mal non plus de le faire en brute. J'avais du vin de Malvoisie, je l'ai donné à mes sauvages. Ils l'ont englouti sans savoir. Et je sais qu'on peut vous parler, qu'on pourrait vous aimer. J'apprécie ce que je perds. Pourquoi donc m'avez-vous embrassé ?

[ELLE :] Si je t'avais vu nu, si j'avais senti ton odeur, touché ta peau, j'aurais su que tout un homme souffrait quand on t'aurait torturé. Il y a des places tendres, ridiculement enfantines dans le corps d'un homme. Là et là *(elle le touche à la [un mot illisible])* et à la saignée du coude. J'aurais aimé les remonter, je les aurais signalées au bourreau.

[GŒTZ :] Délicieuse enfant. Tu ne m'intéresses plus ; c'est celui-là que je veux interroger. Tu es Murger ?

[MURGER :] Oui.

[GŒTZ :] Tu nous hais.

[MURGER :] Oui.

[GŒTZ :] Je me demande si à vous deux vous me haïssez autant que je me hais moi-même. Je suis un polichinelle, tu comprends.

[MURGER :] Un comédien.

[GŒTZ :] C'est ça. Très exactement. Un comédien.

[MURGER :] Je te hais pour de vrai. Toi tu es un truqueur. Tu ne te hais même pas.

[GŒTZ :] Très juste. Au fond, je ne me hais pas. On ne peut

pas se haïr. Je fais semblant et puis j'arrive à me faire quelque mal. Mais *toi*, tu me hais.

[MURGER :] Oui. Et tous les nobles. Pas toi plus que les autres.

[GŒTZ :] Que leur veux-tu ? Moi je les hais aussi.

[MURGER :] Je veux les faire travailler à la charrue comme nous. Chien ! *(Il le soufflette.)*

[GŒTZ :] Les nobles sont respectables. Je les hais, mais je ne veux pas qu'ils meurent. Qu'aurais-je à haïr ? Je veux que le monde demeure ce qu'il est. Mon frère était bon.

[ELLE :] Non. Ton frère était brutal et bête.

[GŒTZ :] Je croyais que vous l'aimiez.

[ELLE :] Imbécile !

[GŒTZ :] Alors pourquoi me hais-tu ?

[ELLE :] Parce que tu m'as humiliée, déchue de mon rang, pris mes biens.

[GŒTZ :] Et toi ?

[MURGER :] Parce que les hommes sont tous égaux.

[GŒTZ :] Tous égaux !

[MURGER :] Le Christ est mort pour tous.

[GŒTZ :] Il est mort pour toi ?

[MURGER :] Le Christ était un paysan, comme nous. Sa mère l'a accouché dans la souffrance. Il était le plus pauvre des hommes. Et le plus laid, il a souffert le plus ignominieux supplice.

[GŒTZ :] Tu y étais ? Moi j'ai dans l'idée qu'il n'a pas été accouché. Un ventre de femme, c'est de l'ordure.

[ELLE :] Tu n'aimes pas beaucoup les femmes.

[GŒTZ :] Non : c'est une femme qui m'a mis au monde. Il est apparu un beau jour de l'autre côté du ventre de sa mère, tout joli. Et il était noble et il souffrait pour les nobles. Et je crois que le jour du supplice, il s'est hâté de regagner le Ciel et que c'est une poupée qui était sur la croix à sa place.

[MURGER :] Qu'est-ce que tu as à gagner à ça ? tu n'es pas noble.

[GŒTZ :] J'aime être à part de la hiérarchie. Mais pas comme tout le monde. Si tout le monde était pareil je serais un entre cent mille. J'aime mon Mal.

GŒTZ ET LE PRÊTRE.
ÉBAUCHE DU TABLEAU II, SCÈNE IV

HANS : L'Église est pourrie, perdue, c'est la putain du pape. Le Jugement dernier va venir.

GŒTZ : Quand ?

HANS : Demain, après-demain, tout de suite.

GŒTZ : Alors tu es bien bon de t'occuper de vingt-cinq mille bourgeois. Et puis ?

HANS : Je rêvais d'une alliance des bourgeois et des seigneurs et d'une épuration de l'Église.

GŒTZ : Et puis ?

HANS : Et puis c'est horrible à présent là-dedans. Les bourgeois ne sont plus les maîtres. C'est la populace qui règne. À tous les coins de rue on prophétise, nous avons cinquante Jésus-Christ. Des femmes sautent en l'air et se déchirent ou dansent nues au carrefour ; j'ai horreur de ce qui se passe. J'aime un ordre de fer. Mais il faut qu'il soit juste. J'aimais obéir comme un bâton. Mais il faudrait que j'estime mes supérieurs. Bon : j'ai tenu jusqu'à hier et puis ils ont massacré les chanoines, brûlé une église, il y avait des jeunes filles dans un couvent, les parents sont venus les chercher, elles se sont accrochées au crucifix, ils les ont jetées dehors, emportées chez eux. L'une d'elles a eu le pied brisé. Je ne peux pas supporter ça. Je veux l'ordre.

GŒTZ : Oui. Tu es un vrai traître. Un traître de naissance. Un traître né, qui pense en deux langages. Tu veux la discipline et la révolte, l'ordre et la libre critique. Tu es double. À ce titre prodigieusement intéressant.

HANS : Je ne veux pas vous intéresser. Je m'en moque. Hier j'ai dit : l'ordre régnera. Je suis parti pour vous livrer la ville. Et je vous ai vu : vous êtes le crime, la violence, l'iniquité, le mal. Tous. Vous plus que les autres. Les autres ce sont des brutes. Vous, vous faites peur. Je ne trahirai pas.

GŒTZ : Mais tu es traître. Tu es un agent double. Tu le seras toute ta vie. Disputé, arraché ! Traître aux révoltés parce que tu es pour l'ordre, traître à l'ordre parce que tu es révolté, jamais entièrement avec personne, honteux, plein de remords trahissant tout le monde et toi-même. Tu ne trahiras pas *une fois*. Soit. Mais ta vie entière sera une trahison.

HANS : Comment le savez-vous si bien ?

GŒTZ : Moi ? Parce que je suis un traître. *(Un officier entre, chuchote à l'oreille.)* Ah ! Et l'Archevêque a gagné la bataille ?

OFFICIER : Oui.

GŒTZ : Il fallait qu'il ait l'avantage du nombre. C'est un mauvais soldat. Oui, je recevrai son envoyé plus tard.

L'Officier sort.

Tu sais ce que j'ai fait : j'ai tué mon frère. Tu vois ça ne m'a rien fait. Si, si : si je n'avais pas trahi pour l'Archevêque, j'étais avec lui, il ne serait pas mort. Mort comme un cochon le visage mangé par les chiens. Mort désespéré et maudit. Sans prêtre. En enfer tout droit. Et tu sais, je supporte ça fort bien. Avec le sourire.

LE PRÊTRE : Horreur !

GŒTZ : Mais non : je suis édifiant. Parce que je suis ton prochain. Je te ressemble comme une goutte d'eau à une autre goutte d'eau. Après la trahison tu seras comme moi, soulagé. Moi aussi je suis double. On t'a dit que j'étais bâtard n'est-ce pas ? N'hésite pas. C'est vrai d'ordinaire on ne le répète pas deux fois en ma présence. Mais je te le permets parce que tu me ressembles. Tu es un bâtard de la bourgeoisie et de l'Église. Hein ? On te l'a dit ?

LE PRÊTRE : Oui.

GŒTZ : Parbleu. D'ailleurs je te touche de près. Ma mère est une Willamberg mais elle s'est fait enceinter par un moine. Mon frère aîné est comte de Stuptz. Moi non. Mon père m'a fait élever avec les valets. Un moine. Tu comprends : un paysan. Que suis-je, hein ? Un noble ou un vilain ? Le monde est si petit, si bien en ordre. Le soleil et la lune sont faits pour éclairer la terre, la terre pour être cultivée par les paysans et les paysans pour nourrir les seigneurs. Tout est en ordre et moi je suis tombé à côté du monde. La moitié de moi-même dégoûte l'autre moitié. Je me suis mis d'abord du côté du bien.

LE PRÊTRE : Sais-tu seulement où est le Bien ?

GŒTZ : Oui. Le Bien c'est les nobles. Ce qu'un noble fait est toujours bon. Ce sont les élus de Dieu, ils ont le courage, la force et la richesse. J'ai guerroyé sous les ordres de mon frère. Mais je n'ai rien moi, je suis pauvre. Je ne peux pas être bon. Je le haïssais et les respectais. Alors j'ai choisi le Mal. Quand mon frère a envahi les terres je suis passé sous la bannière de l'Archevêque. Il est mort, j'aurai ses terres. Et vois comme je suis paisible ? Je ne suis pas chargé de soulager ton âme de ses péchés. Regarde-moi. N'est pas traître qui veut. C'est une espèce très rare. Oui. Tu es de leur espèce. Tu as l'œil en feu, tu es maigre. Les traîtres sont des fous. Tu es fou.

HANS : Ils m'ont rendu fou.

GŒTZ : Qui ?

HANS : Tous. Vous aussi. Quand je vous ai vus…

GŒTZ : Oui, hein ? ce serait si simple de trahir le Mal pour le Bien. Mais on trahit le Mal pour un autre Mal. Nous avons de sales gueules, hein ?

HANS : Oui. D'horribles gueules. Vous voulez tuer.

GŒTZ : On me dit que tu es prêtre ?

HANS : Je l'étais.

GŒTZ : Tu suis ce chien, Luther ?

HANS : Pas en tout. Je... Bon eh bien, j'étais avec les bourgeois de la ville contre l'Archevêque.

GŒTZ : On m'avait dit que tu étais pour nous.

HANS : C'est que je n'ai pas levé le doigt. Ai-je l'air d'un homme d'action ? Si tu agis ton acte se pourrit tout de suite. Ainsi en a décidé Dieu.

GŒTZ : Moi tu sais mon intention est pourrie à la base.

HANS : Les miennes aussi. Alors il ne faut pas agir.

GŒTZ : Pourtant te voilà ici.

HANS : Eh bien oui mais tu vois c'est mon tort, et j'arrête l'acte à temps. À présent je me tais, j'avale ma langue ; si tu me touches j'arrête mon cœur. Qui pourrait me faire parler ?

GŒTZ : Toi-même. Tu sais bien l'acte est là devant toi. Il te fascine. Laissons cela.

GŒTZ, CATHERINE ET LE CURÉ. NOUVELLE ÉBAUCHE DU TABLEAU II

SCÈNE IV

GŒTZ, WANDA

W. : Quelle est cette femme, dans le camp ?

G. : C'est la femme de mon frère. Elle était enfermée dans la ville. Elle a demandé un sauf-conduit pour le rejoindre.

W. : Tu le lui as donné ?

G. : Pourquoi pas ?

W. : Je ne veux pas que tu la voies.

G. : Pourquoi ? Jalouse ? Je ne la toucherai pas.

[Suivent ces deux lignes :]

Thème de la destruction. Réduire à zéro.

Le Mal. Détruire. Détruire et donner. Lassitude du Mal.

SCÈNE V

GŒTZ, W., LE CURÉ

LE CURÉ : Torturez-moi. Les fers, l'estrapade, l'entonnoir. Allez-y. Je ne parlerai pas.

G. : Je ne torturerai pas. J'aime bien les traîtres. La trahison, c'est élégant.

LE C[URÉ] : Je ne suis pas un traître.

G. : Tu l'as été. D'intention en tout cas. Quand tu as quitté la ville, tu voulais nous la livrer.

[LE CURÉ :] Oui. À présent je ne veux plus. Torture-moi. *(W. rit.)* Pourquoi ris-tu ?

W. : Si tu veux faire faire quelque chose à Gœtz ne lui demande pas de le faire. Il fera le contraire. À présent, tu es sûr de ne pas être torturé. C'est peut-être un malin.

G. : Il meurt d'envie qu'on le torture. Pourquoi te ferais-je ce plaisir ? Tu as eu une intention criminelle et tu voudrais que je te purifie par le feu et la souffrance ? Je ne suis pas chargé de soulager ton âme de ses péchés. Regarde-moi : n'est pas traître qui veut. C'est une espèce rare. Oui : tu *es* un traître. Tu es de la bonne espèce. Maigre, agité, l'œil de feu. Tu trahiras. Tu ne peux pas t'en empêcher. Tu es *fou*. Les traîtres sont des fous. *(Un temps.)* Alors tu es venu, tu nous as vus et tu n'as plus eu envie de trahir. C'est ça ?

C. : C'est ça.

G. : Parbleu. Tu t'imaginais qu'on trahit le Mal pour le Bien. Ça n'est pas vrai. On trahit le Mal pour un plus grand Mal. Nous avons de sales gueules, hein ?

C. : D'horribles gueules. Vous puez le sang. Je voulais arrêter le massacre là-haut. Je vous ai vus et j'ai compris que ce serait un massacre pire. Vous ne saurez rien.

G. : Tu es prêtre.

C. : Je l'étais, je ne le suis plus.

G. : Défroqué ?

C. : J'ai décidé de ne plus être prêtre.

G. : Pourquoi ne veux-tu plus parler ?

C. : J'étais avec les bourgeois contre l'Archevêque.

G. : On m'avait dit que tu étais pour nous.

C. : Je n'étais pour personne. En mon cœur avec les bourgeois et contre l'Archevêque. Mais je n'ai pas levé le doigt. Si tu agis ton acte se pourrit dès qu'il sort de toi, même si tes intentions sont pures, et elles ne le sont jamais. Ainsi en a décidé Dieu.

G. : Moi, mes intentions sont pourries. Se veulent telles.

C. : Il ne faut pas agir. Jamais. Il faut attendre Dieu en soi, l'espérer, le recevoir.

G. : Pourtant te voilà ici.

C. : C'est ma très grande faute. À présent je me tais ! J'avale ma langue ; si tu me touches, j'arrête mon cœur. Qui pourrait me faire parler ?

G. : Toi-même. Laissons cela pour plus tard. Pourquoi étais-tu contre l'Archevêque ?

C. : Toi aussi tu es contre lui. Comment pourrait-on ne pas l'être ? Il a vingt-sept ans, il a acheté sa charge avec l'argent d'un banquier, il pressure les bourgeois, vend des indulgences, invente des reliques, ridiculise l'Église. L'Église est perdue, pourrie, c'est la putain de Babylone. Le Jugement dernier va venir, le feu nous brûlera tous.

G. : Quand ça ?

C. : Après-demain, demain, aujourd'hui.

G. : Et tu as scrupule à épargner la vie de vingt-cinq mille bourgeois.

C. : Je voulais la pénitence sur la terre, l'épuration de l'Église. Les bourgeois d'ici sont durs et sombres. On aurait fait régner une loi de fer.

G. : Et puis ?

C. : C'est la populace qui règne. Le désordre. On prophétise à tous les carrefours. Il y a des femmes qui dansent la poitrine nue. Je rêvais d'un ordre de fer.

AUTOUR DE DOSIA. PREMIÈRE VERSION DE L'ACTE I

UNE SCÈNE ABANDONNÉE : LA CAPITULATION DES BOURGEOIS DE WORMS

LE HÉRAUT : Habitants de Worms, regardez de tous vos yeux : voici ce que Gœtz le bâtard a fait de vos plénipotentiaires !

Gémissements à la cantonade. Puis quatre bourgeois apparaissent les yeux bandés, nus jusqu'à la ceinture. Sur la poitrine de chacun d'eux, un écriteau est attaché : « Capitulation. »

Il les a fait fouetter sur les yeux !

Les quatre bourgeois gémissent. Le Prophète rit.

LE PROPHÈTE : Dieu ôtera les moules de leurs coquilles
Et les yeux de vos orbites
Avec des millions de cuillers d'or.

UN BOURGEOIS : Ta gueule ! *(Il frappe le Prophète qui tombe assis par terre.)*

UN HOMME DU PEUPLE, *à un autre* : C'est bien fait. Qu'allaient-ils faire là-bas ? Demander grâce ? Ils ont récolté ce qu'ils ont semé.

UN BOURGEOIS, *timidement* : Ils ont repoussé nos propositions ?

LE HÉRAUT, *montrant les pancartes* : Imbécile ! Sais-tu lire ?

La foule lit lentement : ca-pi-tu-la-tion.

Si nous ouvrons nos portes à l'instant, il dit qu'il [vous *lecture conjecturale*] fera grâce de la vie.

UN BOURGEOIS : C'est tout ce qu'il promet ?

LE HÉRAUT : C'est tout.

LE BOURGEOIS : Il n'a pas parlé de nos biens ?

LE HÉRAUT : Non. *(Un silence.)* En route.

UN BOURGEOIS : Où allez-vous ?

LE HÉRAUT : Par toute la ville pour montrer à tous les honneurs qu'on a rendus aux ambassadeurs de Worms.

LE PRÊTRE HEINRICH, *désignant les quatre bourgeois* : Ces hommes vont en mourir.

LE HÉRAUT : C'est probable. Mais que faire d'eux ? Ce sont des loques. Qu'ils servent au moins à relever vos courages. Allons ! En route.

Ils sortent.

UN HOMME DU PEUPLE : À relever nos courages ou à nous foutre la trouille ? Le Conseil n'est pas chaud pour la guerre. S'il voulait provoquer la panique, il ne s'y prendrait pas autrement.

UN AUTRE : Je voudrais que Nasty fût ici.

DOSIA HARANGUE LES BOURGEOIS DE WORMS

L'ÉVÊQUE : Répétez après moi : Pardonne-nous nos offenses.

LA FOULE : Pardonne-nous nos offenses.

L'ÉVÊQUE : Apaise le courroux de l'Archevêque.

LA FOULE : Apaise le courroux de l'Archevêque.

L'ÉVÊQUE : Et délivre-nous du Mal.

LA FOULE : Et délivre-nous du Mal.

L'ÉVÊQUE : Amen.

LA FOULE : Amen.

Pendant la prière, Dosia est apparue sur le chemin de ronde. Elle écoute avec mépris.

DOSIA : Debout ! Debout ! Ce n'est pas Dieu qui vous assiège, pas même l'Archevêque : c'est Gœtz, le frère de mon mari.

L'ÉVÊQUE, *un instant déconcerté, se ressaisit* : Crie, crie donc, oiseau de malheur, ils n'ont plus d'oreilles pour t'entendre : Gœtz vous assiège, mes enfants, cela est vrai. Mais vous savez bien qu'il est aux ordres de l'Archevêque.

DOSIA : Aux ordres de l'Archevêque ? Méchant vieillard, tu

empestes, tu grouilles de vers, tu coules et tu cherches encore à nuire. Aux ordres de l'Archevêque ? Non, non, je me trompais, tu es déjà mort : ce mensonge est si bête qu'aucune bouche humaine n'a pu le prononcer ; ce que je prenais pour des paroles, c'était le bourdonnement des mouches autour de cette viande avariée, c'était une plainte échappée de ce cadavre en décomposition. Gœtz n'est aux ordres de personne : s'il a un maître, c'est le Diable et, quand vous l'aurez laissé entrer, il vous le fera bien voir.

L'ÉVÊQUE : Et toi, mégère, veux-tu nous faire croire que c'est ta bouche qui parle ? C'est la plaie gangrenée que tu portes entre les jambes. Quant à vous, descendants du vieil Adam, souvenez-vous d'Ève : tout votre malheur vient d'elle. La femme est une chair en folie, un vase d'iniquités. Une fois vous l'avez écoutée, cette sorcière, vous vous êtes soulevés à sa voix ; voyez où elle vous a menés. Si vous l'aviez prise alors, roulée dans un tapis et donnée en cadeau à son beau-frère, nous vivrions en paix.

DOSIA : Habitants de Worms, Gœtz a prêté serment à son frère, pour la mauvaise comme pour la bonne fortune : et cependant il l'a trahi. Gœtz vous a juré que vos parlementaires vous reviendraient sans dommage : et cependant il les a fait fouetter. Aujourd'hui, habitants de Worms, Gœtz promet de vous laisser la vie sauve et vous croyez à sa parole ! La peur vous a-t-elle rendus gâteux ? Levez les herses, baissez les ponts-levis, ouvrez les portes et que vos femmes aillent cueillir des bouquets. Il y aura fête et bal de nuit, ce soir : vos filles danseront jusqu'à l'aube et vous porterez tous des coquelicots sur le cœur.

L'ÉVÊQUE : Tu veux qu'ils se battent ?

DOSIA : Oui.

L'ÉVÊQUE : Parfait. Alors, où est Conrad ? Pourquoi ton mari n'est-il pas là pour les défendre ? Conrad est bel homme, mes fils, il fait bien l'amour ; cette femelle veut sauver le mâle qui lui donnait du plaisir. Que vous périssiez ou non, elle s'en moque ; elle vous sacrifiera jusqu'au dernier pour fixer ici les troupes de Gœtz.

DOSIA : Suis-je de celles qu'on soumet par le plaisir ? Conrad a pris le sien en moi comme il en avait le droit, mais il ne m'en a point donné car je n'en voulais pas.

L'ÉVÊQUE : Eh bien, soit. Ce n'est pas l'amant que tu défends, c'est le conjoint, l'associé, le chef de famille. Que vous importe à vous ? Pourquoi feriez-vous le jeu des chevaliers ? Vous aiment-ils ? Quand ils rencontrent un marchand dans la campagne, ils le détroussent et lui coupent les mains. Vos intérêts ne sont pas les leurs.

DOSIA : Eh bien, rendez-vous ! rendez-vous donc : vous en aurez plus vite fini.

UN BOURGEOIS : Madame ! Madame !

DOSIA : Qu'est-ce que tu veux ?

UN BOURGEOIS : Si nous suivons votre conseil, Conrad viendra-t-il un jour à notre aide ?

L'ÉVÊQUE : Eh bien ? Réponds ! Réponds-lui donc !

DOSIA, *lentement* : Il ne faut pas compter sur Conrad.

LE BOURGEOIS : Alors ? Quelle chance avons-nous de nous tirer d'affaire ?

DOSIA : Je n'en sais rien. Pourquoi s'acharner à vivre ? Ce n'est pas la question.

LE BOURGEOIS : Quelle est la question ?

DOSIA : C'est de bien mourir.

LE BOURGEOIS : Hélas madame, on meurt toujours mal.

DOSIA : Ceux qui meurent mal, ce sont les chiens de ton espèce. Un homme meurt joyeusement, frappé en pleine poitrine.

LE BOURGEOIS : Vous l'entendez ? Je meurs bien si l'épée qui m'embroche entre par la poitrine et ressort par le dos, mal si elle entre par le dos et ressort par la poitrine. Mais je m'en fous, madame, d'être tué par-devant ou par-derrière : de toute façon j'aurai la même longueur d'acier dans le corps.

AUTRE BOURGEOIS : Et s'il faut tout vous dire, j'aime mieux qu'on me tue par-derrière : au moins je ne verrai pas venir le coup.

DOSIA : Un noble ! Je donnerais mes terres pour qu'un noble fût ici. Les nobles savent mourir.

UN BOURGEOIS : C'est pour ça qu'ils sont nés.

DOSIA : Tu dis vrai : ils sont voués à la mort, créés et mis au monde pour la donner et recevoir. Ils commencent à mourir le jour de leur naissance ; à chaque bataille, ils meurent en droit et si en fait ils en réchappent, c'est par malchance.

UN BOURGEOIS : On le sait : ce sont des morts.

DOSIA : Des morts vivants, oui. Je suis la femme d'un mort, morte moi-même et j'en suis fière. Vous, vous n'êtes que des ventres. Vous ne savez donc pas haïr ? On vient de vous fesser et vous ne songez qu'à demander pardon. Pour moi, s'il m'est donné de verser de l'huile bouillante sur leurs faces barbues et de les voir se changer en mousseline rouge, j'accepte les pires supplices, d'être violée et étranglée. Mourir n'est rien quand on hait : on brûle si fort au-dedans qu'on ne sent pas les coups. Mais prenez garde, victimes nées ; la résignation sensibilise : quand les tenailles mordront votre chair molle, la peur et l'humilité décupleront vos souffrances.

Entre Nasty suivi d'hommes du peuple en loques qui portent des armes.

HOMMES DU PEUPLE : Nasty ! Enfin !

NASTY : Avez-vous fini, beaux oiseaux, de gueuler du haut de vos perchoirs ? Qui êtes-vous pour conseiller le peuple ? Et vous, jobards, qu'avez-vous besoin d'écouter la criaillerie d'un perroquet et d'une perruche. Vous n'avez d'ordre à recevoir que des chefs que vous avez choisis. Celle-ci, c'est une femme saoule. Saoule d'orgueil et de ressentiment. Qu'elle aille cuver son vin ailleurs. Quant à ce vieux maniaque, il veut vous faire vivre à genoux. « Rendez-vous ! Prosternez-vous ! Priez ! Demandez pardon. » Dites-lui merde !

UN BOURGEOIS : Et qui es-tu, à ton tour, pour nous donner l'ordre de nous battre, toi qui nous conseilles d'obéir à nos chefs élus ? Es-tu le bourgmestre de notre ville ?

NASTY : Je suis le bourgmestre des pauvres. Dix mille pauvres m'obéissent et, si je leur en donnais l'ordre, bourgeois, ils t'étriperaient avec plaisir.

ALLIANCE ENTRE DOSIA ET NASTY

NASTY : S'il était contre la violence, il serait contre le peuple car le peuple est violence parce qu'on l'a forgé par la violence.

HEINRICH : Celui qui frappe avec l'épée…

NASTY : Par l'épée ? Non, Heinrich : pas moi. C'est la hache qui m'attend et je le sais. Mais cela vaut mieux que de mourir de faim.

HEINRICH : Ils ont enfoncé la porte.

L'ÉVÊQUE : Merci, mon Dieu, de me faire mourir par la main des impies, merci de m'avoir accordé de témoigner pour toi jusque dans ma mort.

HEINRICH, *se jetant à genoux* : Mon Dieu, je t'en conjure, ne permets pas ce meurtre.

L'ÉVÊQUE : Je n'ai pas besoin de tes prières, Heinrich ! Vous tous qui ne savez ce que vous faites, je vous pardonne. Mais toi, mauvais prêtre, je te maudis.

HEINRICH : Ha !

Il tombe prostré. Les hommes sont parvenus au premier étage. Ils frappent l'Évêque dans le dos. L'Évêque s'écroule sur le balcon. Dosia descend l'escalier du rempart et va sur Nasty.

DOSIA : Beau travail. Tu sais tuer. Tu n'es pas noble pourtant. *(Nasty hausse les épaules.)* Tu m'as appelée perruche. Paye-toi. *(Elle le gifle. Il ne bronche pas.)* Là. Nous sommes quittes. *(Elle rit.)* Tu es sûr de ce que tu entreprends ?

NASTY : Sûr.

DOSIA : Tu es certain que tu ne conduis pas le peuple au massacre ?

NASTY : Oui.

DOSIA : Ah ! *(Elle rit.)*

NASTY : Que veux-tu dire ?

DOSIA : Quelqu'un m'a fait des signaux, tout à l'heure, de la colline.

NASTY : Eh bien : parle.

DOSIA : L'Archevêque a remporté la victoire. Conrad est mort. *(Un temps.)* Tu vois bien : il faut qu'ils se battent, mais pour bien mourir.

NASTY : Tu mens.

DOSIA : En ai-je l'air ?

NASTY : Tu n'es pas bien triste de cette mort.

DOSIA : Qui te dit que je ne le suis pas ? Du reste nous sommes des morts nous autres. Conrad, bah... Je faisais l'amour avec un mort.

On jette des meubles par la fenêtre, des matelas. Nasty est accablé.

[f° 71] Alors ? Vous êtes perdus ?

NASTY : Si je pouvais sortir de cette ville... Il y a dix mille paysans dans l'arrière-pays qui n'attendent que mon signal.

DOSIA : Veux-tu sortir ?

NASTY : Quand ? Comment ?

DOSIA : Cette nuit, avec moi. Tout est prêt. Conrad a encore des amis dans le camp de Gœtz.

NASTY : Qu'est-ce que tu vas fabriquer là-bas ?

DOSIA : Ça me regarde.

NASTY, *la regarde* : Oui. Tu sais : un assassinat ne change rien. Un chef mort, il en vient un autre.

DOSIA : Pour moi, ça change. Ça change beaucoup. D'ailleurs tu te trompes. Gœtz seul compte : il tient son armée par la terreur. Après lui ce sera la débandade.

NASTY : En tout cas, ça ne peut nuire. Je partirai avec toi. Mais ne frappe pas avant que je ne sois sorti du camp.

DOSIA ET CATHERINE

La tente de Gœtz.
Entrent LE QUATRIÈME OFFICIER *et* DOSIA.

QUATRIÈME OFFICIER : C'est là.
DOSIA : Bon.
QUATRIÈME OFFICIER : Vous vous cacherez ici et vous attendrez. Prenez garde qu'il quitte rarement sa catin blonde.
DOSIA : Je souhaite qu'il fasse l'amour. Son dos sera plus facile à trouer.

Catherine entre.

DOSIA : Si tu cries…
CATHERINE, *se met à rire* : Si je crie, des hommes vous sauteront dessus avant que vous ayez eu le temps de frapper. Vous êtes entre mes mains. Vous venez le tuer, n'est-ce pas ?
DOSIA : Qu'est-ce que ça peut te faire ? Tu ne l'aimes guère si ce qu'on m'a dit est vrai.
CATHERINE : Guère.
DOSIA : Allons, ne te mêle pas de cette affaire. Ce que je lui ferai, si tu avais du sang dans les veines, il y a beau temps que tu l'aurais fait.
CATHERINE : Mais… Vous êtes une femme !
DOSIA : Décide-toi.
CATHERINE : La femme de Conrad. Il m'a parlé de vous.
DOSIA : Le chien. S'il a prononcé mon nom, j'en changerai.
CATHERINE : S'il meurt, que deviendrai-je ?
L'OFFICIER : Nous te sauverons en même temps qu'elle. Tu as ma parole. Es-tu d'accord ? Presse-toi, il va rentrer.
CATHERINE : Et si vous le manquez ?
DOSIA : Le manquer ? Je suis forte comme un homme.
L'OFFICIER : Comment peux-tu hésiter ? Il t'a prise de force et livrée à ses hommes, il te garde de force ici.
DOSIA : Est-ce vrai ?
CATHERINE : C'est vrai.
DOSIA : Alors ! tu aimes ça peut-être ?
CATHERINE : Pas plus qu'il ne faut.

AUTRE VERSION DE LA RENCONTRE
DE DOSIA ET DE CATHERINE

CATHERINE : Il m'a d'abord donnée aux deux plus laids de ses reîtres : quand ils m'ont dépucelée, il était présent. Ensuite il m'a contrainte de vivre avec un troisième qui ne valait pas mieux mais qui savait faire travailler les femmes. Quand celui-là s'est lassé de moi, quand il m'a eu chassée comme la dernière des filles, alors Gœtz m'a prise, habillée de riches étoffes, couverte de bijoux et installée dans sa tente. Il me touche peu, mais il m'offre, de temps à autre, aux visiteurs de marque.

DOSIA : Ton histoire me fend le cœur, mais je n'ai pas le temps de l'écouter : garde-la pour tes futures compagnes de bordel.

CATHERINE : L'histoire est finie. Je vous donnerai les détails au bordel quand je vous y retrouverai. Je voulais seulement vous montrer que nous n'avons pas les mêmes intérêts : il vous a humiliée, vous voulez donc le tuer, c'est logique. Mais moi, quel profit tirerais-je de sa mort ? Votre poignard peut lui faire un trou dans le dos : il ne bouchera pas celui que ses hommes m'ont fait. Il vous a faite veuve : le mal n'est pas grand, il suffira de vous remarier. L'honneur militaire ça se répare dans le sang. Mais moi, je suis devenue putain : c'est beaucoup plus difficile de me réparer. Écoutez : cette nuit il doit entrer dans la ville, la campagne est finie, il viendra ici tout à l'heure pour me dire ce qu'il veut faire de moi. S'il me garde…

DOSIA : Lui, te garder ? Tu es folle ? C'est un aigle borgne et boiteux, mais quoi qu'il fasse, il est d'une race d'aigle, toi tu es un mouton enragé, si on gratte ton vernis de colère, on trouve la résignation bourgeoise ; tu es une pucelle d'arrière-boutique qu'on a déguisée en putain. À la longue tu dois décourager jusqu'à la *[f° 7]* cruauté.

CATHERINE, *enchaînant d'un air obstiné* : S'il me garde, vous ne le toucherez pas ; soyez-en sûre.

DOSIA, *ironiquement* : Va, va, baise-lui les mains : il te fera grand honneur en tolérant que tu demeures sa concubine.

CATHERINE : Au point où j'en suis, c'est ce concubinage qui me souillera le moins. Où irais-je, s'il crève ? Il faut que je sois à lui ou à tout le monde. Si je partage son lit, j'ai une chance de rester quelque temps la femme d'un seul homme.

DOSIA : Sa femme, non : sa ribaude.

CATHERINE : Si je suis vingt ans sa ribaude, qu'est-ce qui me distinguera d'une épouse ?

DOSIA : Et s'il te renvoie, tout à l'heure ?

CATHERINE : Alors il est à vous. Si je crie « Tu l'auras voulu », sortez de votre cachette : je m'arrangerai pour qu'il vous tourne le dos et je lui tiendrai les mains.

L'OFFICIER, *à Dosia* : Tout ceci sent mauvais, je n'aime pas que mon *[un mot illisible]* dépende d'une histoire de cul.

DOSIA : Tu es fou ? jamais l'occasion ne sera meilleure : tu sais bien que Gœtz va la chasser comme une malpropre.

CATHERINE, *qui depuis un moment regarde au-dehors* : Alors mets-toi à genoux et demande-lui pardon, car il vient. *(Dosia se cache.)* Je suis folle de bonheur, je jouis ! Quelle tête il ferait, ce tranche-montagne, s'il savait que je tiens sa vie dans mes mains ?

Entre Gœtz.

DOSIA TENTE DE TUER GŒTZ

CATHERINE : Je ne veux pas.

GŒTZ : Vraiment ? *(Il se penche sur elle puis l'embrasse.)* Mais ma parole, tu es consentante ! Tu brûles ! Tu me désires ! Va-t'en, chienne. N'as-tu pas honte ?

CATHERINE : Gœtz…

GŒTZ : Tu vas sortir à l'instant ou j'appelle mes hommes et je te donne au plus laid ! Allons, va. *(Il la prend par l'épaule et la pousse dehors.)*

CATHERINE : Tu l'auras voulu. *(Dosia sort de derrière le lit.)* Ah ! prends garde.

GŒTZ, *se retourne et prend le poignet de Dosia* : Holà ! *(Les hommes entrent.)* Désarmez-le. Mais c'est une femme ! *(À Catherine :)* Tu vois : on n'en manque jamais. Une de perdue, dix de retrouvées. Laissez-nous et gardez la tente.

Ils sortent.

DOSIA : Tu vois, petite : je t'avais bien dit qu'il ne t'emmènerait pas.

GŒTZ : Tu étais complice ? J'aime mieux ça ! J'aime beaucoup mieux ça ! *(Il lui caresse le menton.)*

DOSIA : Complice, oui, mais pas jusqu'au bout. Salope ! tu l'as prévenu, tu n'es qu'un paillasson, il n'a qu'à s'essuyer les pieds sur toi.

[f° 87] CATHERINE : Tais-toi, la veuve.

Dosia se jette sur elle, elles commencent à lutter, Gœtz éclate de rire et les regarde.

GŒTZ, *les séparant* : D'abord, qui es-tu toi ? *(Il la regarde.)* Vous êtes Dosia, la femme de Conrad.

DOSIA : Oui

GŒTZ : Frantz !

FRANTZ : Oui.

GŒTZ : Conduis Catherine dans la tente du Banquier.

FRANTZ : Faut-il l'attacher ?

GŒTZ : Non.

CATHERINE : Que vas-tu faire de moi ?

GŒTZ : Rien.

CATHERINE : Je ne veux pas te laisser avec cette garce ! Je ne veux pas que tu la touches, je ne veux pas.

GŒTZ : Emmenez-la.

Frantz et deux soldats l'emmènent se débattant.

GŒTZ ET DOSIA.
LA BÂTARDISE ET LA NOBLESSE (1)

[f° 82] DOSIA : Eh bien, qu'as-tu à me dire ? *(Un temps.)* Tu as avalé ta langue ! Tant mieux pour toi : le bourreau n'aura pas à te l'arracher. *(Un temps.)* Je te croyais beau parleur. Est-ce la colère qui t'étouffe ?

GŒTZ : Non. Pas la colère : je n'en veux jamais aux gens qui cherchent à m'assassiner. *(Un temps.)* C'est l'émotion, Dosia. Et le respect : je ne pouvais souhaiter de plus grand bonheur que de vous voir sous cette tente.

DOSIA : Du bonheur dans ton âme, c'est du sucre sur une merde. L'affreux mélange : je regrette d'en être la cause.

GŒTZ : Vous m'avez fait beaucoup d'honneur en essayant de me tuer. Vous avez longuement chevauché, vous vous êtes glissée dans ce camp, vous êtes restée plus d'une heure dans cette cachette inconfortable, votre beau corps est tout froissé : tout cela à cause de moi. Votre pensée depuis plusieurs jours n'est occupée que de moi. Je ne valais pas tant de peine.

DOSIA : Tu ne vaux pas de peine du tout. Tu ne comptes pas. Je devais venger Conrad. Il se trouve que je dois le venger sur toi. Bon. C'est donc toi que j'ai frappé. Mais tu n'es rien : tout juste la gaine de chair que je dois donner à mon couteau.

[f° 83] GŒTZ : Si cette gaine avait su quelle main tenait le couteau, elle se serait ouverte d'elle-même pour recevoir la lame. Je regrette que vous ayez échoué.

DOSIA : Je n'ai pas échoué, pour ce qui est de moi. Ce qui devait être fait l'a été. C'est ta jument qui s'est effarouchée. Mon seul tort a été de me fier à une demoiselle de boutique. Non, tout ceci a assez duré. Fais-moi vite donner un cheval et un sauf-conduit. Je n'ai plus rien à faire ici.

GŒTZ : Vous allez vous retirer, j'imagine, dans le château d'un de vos parents.

DOSIA : Sans doute.

GŒTZ : Pour y mettre au point quelque nouvelle manière de m'assassiner ?

DOSIA : N'eſt-ce pas une raison de vivre ? S'il faut tout te dire, bâtard, je ne suis pas si mécontente que tu aies survécu : cela prolonge ma vie.

GŒTZ : Vous tuerez-vous donc après m'avoir tué ?

DOSIA : Non, foutre. Je me remarierai. Mais mieux vaut un mari mort à venger qu'un mari vivant à servir. Aujourd'hui, Conrad, c'eſt moi. Il eſt au fond de moi, impuissant ; c'eſt mon sang qui le nourrit. Je ne suis pas veuve, je suis enceinte de feu mon époux. *(Elle le regarde.)* La prochaine fois, je ne te frapperai pas moi-même, je te livrerai à un spécialiſte.

GŒTZ : Plomb fondu, tenailles rougies, brodequins et tout ?

[f° 84] DOSIA : Cela et d'autres traitements que j'inventerai. Alors ! Ce cheval ?

GŒTZ : Je vous admire. Quelle étrange chose que d'être née, pas un inſtant vous n'avez pensé que vous étiez entre mes mains.

DOSIA : Entre tes mains ? Tu as été élevé dans les cuisines, m'a-t-on dit. Comment une baronne serait-elle entre les mains d'un cuisinier ? C'eſt ton lit ? *(Elle s'y assied.)* Allons, donne-moi à boire. *(Il la sert. Elle boit puis le regarde.)* Tu es joli garçon. Belle bouche rouge. Beaux yeux.

Elle lui jette le reſte de son verre au visage. Il s'essuie.

GŒTZ : Comme je vous admire ! Vous n'avez peur de rien et ce n'eſt même pas du courage : c'eſt un défaut d'imagination. La noblesse vous possède comme un démon, elle vous occupe, elle bouche tous les trous de votre corps. Tout semble vous appartenir. Cette tente n'eſt plus à moi depuis que vous y êtes. La noblesse : être au-dessus du monde, le monde eſt fait pour vous. Il vaut mieux voir la noblesse au fond des yeux d'une femme que d'un homme. Conrad doutait quelquefois. Pas souvent. Je l'ai vu inquiet. Vous, vous ne l'êtes pas, car la noblesse vous vient des hommes. Au fond de vos yeux, elle eſt plus pure, plus belle, plus inaccessible, plus cruelle. Je vous regarde et je sens plus amèrement que je suis un bâtard. Vous me volez toute la terre ; tant que vous y êtes, il n'y a pas de place pour moi. *(Il rêve.)* Que vais-je faire de vous ?

DOSIA : Que peux-tu faire de moi ?

GŒTZ : N'importe quoi. Par exemple vous défigurer avec la pointe de mon épée.

[fº 85] DOSIA : Il ne peut rien m'arriver que par mes pairs. Tu es une maladie. Je te supporterai comme le choléra.

GŒTZ : Je vais vous épouser sur ce lit.

DOSIA : M'épouser ?

GŒTZ : Vous violer si vous préférez.

DOSIA : Tu n'auras pas ce plaisir. Crois-tu que je vais me défendre pour que tu me prennes de force, te résister pour que tu jouisses de forcer ma résistance ? *(Elle s'étend sur le lit.)* Viens : je t'attends. Eh bien ? le respect t'a noué l'aiguillette ? D'ailleurs tu es impuissant : j'ai vu cette fille s'acharner sur toi, autant chatouiller un vieillard.

GŒTZ : Elle ne me plaisait pas.

DOSIA : Je te plais, moi ?

GŒTZ : Personne ne m'a jamais plu autant que vous.

DOSIA, *riant* : Vraiment ? et qu'est-ce que tu aimes, cuisinier, mes yeux, mes cheveux, ma taille, mes jambes ?

GŒTZ : Votre noblesse. Seriez-vous laide à faire peur que je ne vous désirerais pas moins. Si je vous tiens sur ce lit, si je vous pénètre, j'aurai soumis toute la noblesse. Figurez-vous que j'ai renoncé aux terres de Conrad, par moralité. Vous êtes ma récompense. Je vais prendre en un instant mes terres, mon château, avec le vieux Heidenstamm.

[fº 86] DOSIA : Eh bien, prends, bavard ! Que de mots. Tu ne posséderas rien du tout. Tes terres, tu aurais pu vivre vingt ans dessus sans les avoir, mais elles sont muettes et tu te serais menti. Mais moi je parle, je suis la voix de tes terres, du château, la voix de la noblesse et je te dirai : non.

GŒTZ, *s'approche d'elle* : Si je te donnais du plaisir…

DOSIA : Imbécile ! J'espère bien en avoir. Avec Conrad, j'ai toujours refusé d'en prendre parce qu'il était mon égal. Je n'aurais jamais voulu crier sous un homme qui me voulait par la naissance. Mais avec le jardinier, j'en ai eu parce que c'était un serf et qu'il ne comptait pas plus qu'un singe. J'en aurai avec toi, bâtard, parce que tu ne comptes pas non plus. Mais tu m'en donneras pour de bon. Tu seras mon instrument ; mon valet de lit.

Il la prend dans ses bras.

GŒTZ : Je te ferai un bâtard.

DOSIA : Un bâtard de bâtard, ça doit être mauvais comme un diable. N'aie crainte : s'il voit le jour, je l'étoufferai. *(Gœtz l'embrasse.)* Pas mal. Bon baiser de bâtard, chaud et froid. Recommence. Eh bien !

Il la lâche.

GŒTZ : J'ai tué Conrad et vous vous laissez cajoler.

DOSIA : Oui, et je coucherai nue contre toi nu. Je caresserai ton corps et je trouverai ces places enfantines où le poil n'a pas poussé. Je les indiquerai au bourreau. Ce sera un plaisir de connaître par ma chair cette *[f° 79]* chair qu'il tenaillera. Je jouirai deux fois de tes douleurs.

GŒTZ, *se jetant la face contre terre* : Marche-moi sur le visage, crève-moi les yeux de tes éperons, j'ai trahi mon frère que j'aimais, je suis une ordure.

DOSIA : Cabotin ! Oui, je te marcherai dessus ! Qu'est-ce que tu imagines ? Qu'es-tu ? Une vaine agitation, une grosse masse. Tu peux nuire tant que tu veux, cela n'amène rien. Je ne te hais même pas, je te méprise.

GŒTZ, *se relevant* : J'ai cru que c'était le Jugement dernier. Comme il tombait de haut, ton mépris ! Comme il était glacé ! Voilà comment j'aime les femmes. À présent je pourrais te prendre six fois de suite.

DOSIA : Ce n'est même pas vrai. Et le contraire n'est pas vrai non plus. Il n'y a que des mensonges et des mensonges de mensonges. Tu te bats les flancs pour éprouver quelque chose, mais tu ne ressens jamais rien, tu es creux. Viens.

GŒTZ : Non. Je vais te livrer à mes hommes.

DOSIA, *saisie* : À tes hommes ?

GŒTZ : Oui. Ils feront de toi ce qu'ils voudront. J'ai joui de ton mépris comme il convenait ; à présent je jouirai de ton avilissement. Résultat : zéro. Tu méprises ce que tu avilis, tu avilis ce qui te méprise. J'adore les tourniquets.

DOSIA : Lâche ! Tu n'oses pas me prendre, je te fais peur !

GŒTZ : C'est de moi que j'ai peur. Imagine que je me mette à tenir à toi. Non. Ils me débarrasseront de toi. N'aie pas peur, je *[f° 80]* souffrirai autant que toi.

DOSIA : Il ne m'arrivera rien ! Je suis fille de chevalier et femme de baron, Dieu foudroiera celui qui me touche. Les viols et les supplices, c'est pour les autres. Je connais ma naissance et je sens mon destin. Tu mourras de ma main.

GŒTZ ET DOSIA.
LA BÂTARDISE ET LA NOBLESSE (2)

[f° 73] GŒTZ : Qui vous a fait entrer dans le camp ? Qui vous a conduite jusqu'à ma tente et cachée sous mon lit ?

DOSIA : Ta catin.

GŒTZ : Allons donc : elle ne m'a pas quitté plus de vingt minutes. *(Un temps.)* Un officier causait avec elle quand je suis entré ici : Kuntz. *(Elle réprime un mouvement.)* Tiens ! Vous le connaissez donc ? Voyons : vous n'avez pu parler à Catherine ailleurs que sous cette tente. Or Kuntz m'a quitté en même temps qu'elle et je l'ai retrouvé avec elle. Il faut qu'il ait assisté à votre entretien. Holà ! *(Un officier paraît.)* Emparez-vous du capitaine Kuntz et mettez-le sous bonne garde. Le lieutenant Fischer le remplacera à la tête de ses troupes. Allez. *(L'Officier disparaît. Gœtz va à sa table et trace quelques mots sur un papier.)* Voilà un sauf-conduit. Frantz vous donnera un cheval. Allez-vous-en.

DOSIA : Qu'allez-vous faire à Kuntz ?

GŒTZ : À Kuntz ? Bah ! Je ne lui en veux pas : je ne peux pas en vouloir aux gens qui cherchent à me tuer, je les comprends trop. Mais il faut qu'ils payent : je le ferai pendre.

DOSIA : Tant pis pour lui.

GŒTZ : Vous ne semblez pas très émue.

DOSIA : Il avait quitté mon mari pour toi : c'est un demi-traître. Je ne le plains donc qu'à demi.

[f° 11] GŒTZ : Parfait. Eh bien, à présent, partez vite.

DOSIA : Une minute, bâtard. Je ne suis pas si pressée et je n'ai pas l'habitude qu'on me congédie.

GŒTZ : Vous n'avez rien à faire ici.

DOSIA : C'est moi qui en suis juge. Je n'ai rien à faire ailleurs non plus.

GŒTZ : Bon. *(Un temps.)* Regardez-moi, regardez-moi de tous vos yeux et partez.

DOSIA : Te regarder ? Pour quoi faire ?

GŒTZ : Eh bien, je suppose que vous voulez connaître votre victime. Jusqu'ici vous ne m'avez vu que de dos.

DOSIA : Tu ne m'intéresses guère. Tu es un bâtard comme les autres, plein de malice et de dépit. Mon père en a fait par douzaines ; je sais ce que c'est. *(Elle s'approche de lui.)* Le premier de l'an, ils venaient au château, en rang et on donnait à chacun un écu et une petite brioche.

GŒTZ : Alors pourquoi restez-vous ?

DOSIA : Parce que je m'amuse. De ma vie, je ne me suis autant amusée. Il paraît que tu vas prendre et brûler cette ville ? Je veux voir ça. Et puis, où veux-tu que j'aille ?

GŒTZ : Où seriez-vous allée si vous m'aviez tué ?

[f° 10] DOSIA : T'imagines-tu qu'on pense à ces choses-là ?

GŒTZ : Je n'ai nulle envie de vous faire pendre.

DOSIA : Qui t'y oblige ? Ne me pends pas.

GŒTZ : Écoutez, Dosia. Si dépourvu d'intérêt que soit un

bâtard, il vaut mieux que vous sachiez ceci : je suis un saint à l'envers.

DOSIA : Toi, un saint à l'envers ?

GŒTZ : Dès qu'un saint a une petite envie personnelle, quelque chose en lui réclame qu'il la sacrifie à Dieu. Il se débat tant qu'il peut et puis il finit par la sacrifier. Moi, c'est le contraire. Vous voyez, en ce moment je suis bien doux, bien tranquille et j'ai envie de vous épargner. Vous êtes noble, Dosia, vous êtes belle et puis vous êtes toute ma famille. Autant de raisons pour que je vous lâche. Mais tout à l'heure, ce seront autant de raisons pour vous tuer.

DOSIA : Que tu es compliqué, bâtard !

GŒTZ : Les bâtards sont toujours compliqués. Vous devriez savoir ça puisque votre père en a fait en si grande quantité.

DOSIA : Tu as raison, mais je l'avais oublié. Depuis cinq ans, je ne fréquente plus que ces blocs de pierre que sont les nobles.

GŒTZ : N'en dites pas de mal, ils ont de la chance. Ils sont purs. *(Un temps.)* Je vous en prie, partez.

[f° 9] DOSIA, *l'imitant* : Partez, ou je vais devenir terrible. Crois-tu me faire peur ?

GŒTZ : Voilà comment vous êtes. Ce n'est même pas du courage : c'est un défaut d'imagination. Vous ne pensez pas que la pendaison puisse vous arriver. Le viol, la tuerie, c'est aux autres que ça arrive. Et pourtant je peux vous faire pendre. Vous seriez bien surprise.

DOSIA : Oui, une maladie peut me terrasser aussi. Un bâtard, qu'est-ce que c'est ? Une maladie. Je me dirais : j'ai le choléra. Une baronne peut avoir le choléra.

GŒTZ : Une baronne peut aussi se balancer au bout d'une corde en tirant la langue aux spectateurs.

DOSIA : À quels spectateurs ? Si je décide que je meurs dans mon lit, qui de vous aura le droit de dire le contraire ? Des reîtres ! Est-ce que ça voit ? Vos yeux sont des oignons qui ont fricassé dans vos orbites.

[f° 74] GŒTZ, *sourdement* : Allez-vous-en.

DOSIA : C'est tout ? Pas de cris, pas de jurons, pas de menaces. Tu me déçois.

GŒTZ : Allez-vous-en. Conrad est entré avec vous sous cette tente. Tout son amour est sur vous ; vous êtes à lui. *(Ironique avec effort.)* On devrait enterrer les veuves avec leurs maris défunts.

DOSIA : Qui te permet de me voir à travers Conrad ? Qu'a-t-il à faire ici ? Est-ce Conrad ou moi ton assassin ?

GŒTZ : Vous n'êtes pas tout à fait mon assassin et vous êtes tout à fait sa veuve.

DOSIA : Je suis ton assassin, bâtard. Je n'ai pas manqué mon coup : tu ne m'avais pas entendu venir et j'avais déjà repéré la place que je frapperais sur ton large dos. Techniquement tu es mort. Ce n'est pas ma faute si ta jument s'est mise à hennir. D'ailleurs je ne regrette pas que tu aies survécu : ça me permettra de recommencer.

GŒTZ : Qu'est-ce que vous auriez fait si j'étais mort ?

DOSIA : Je me serais remariée.

GŒTZ : Eh bien, allez-vous-en et remariez-vous.

[f° 76] DOSIA : Oh mais pardon ! Ce sont mes vacances. Je ne me remarierai pas tant que tu vivras. Mais regarde-moi donc ! Est-ce que je te fais peur ?

GŒTZ : Oui.

DOSIA : Tant mieux. À présent, écoute ce que je vais te dire, bâtard. Je voulais te frapper de dos, tu serais tombé sur le nez et tu n'aurais jamais su qui t'avait tué. Je suppose que tu serais mort d'orgueil si tu avais pu penser qu'une baronne avait fait tout ce chemin pour te tuer. Maintenant que tu sais, il faut perdre tes illusions. Ne va pas t'imaginer que je te hais. On ne hait pas un bâtard. Tu n'es rien pour moi que la gaine que je dois donner à mon couteau.

GŒTZ : Alors pourquoi venger Conrad ?

DOSIA : N'est-ce pas la coutume de venger son mari ?

GŒTZ : C'est aussi la coutume de le pleurer.

DOSIA : Je ne pleure jamais. Venger un mari mort, c'est mieux que de le soigner vivant. Qui comptait ? Conrad ! Ce qui m'arrivait, c'était la conséquence de ce qui lui arrivait à lui. Pour finir, il m'est arrivé qu'il est mort. À présent ce qui m'arrive dépend de moi. Conrad est en moi, mon sang le nourrit et j'en fais ce que je veux. Je ne suis pas veuve, je suis grosse de mon mari.

GŒTZ ET DOSIA.
LA BÂTARDISE ET LA NOBLESSE (3)

DOSIA : Le sexe mâle, crois-tu que c'est cette limace entre vos jambes ? Allons donc. C'est ce qu'on fait. Et qu'est-ce que faisait Conrad que je ne puisse faire ? Chasser, se battre, commander à des soldats, couper les mains des marchands ? Je suis capable de tout. Tu verras cette belle veuve rouge. Ou plutôt tu ne verras rien car je t'aurai crevé la peau. *(Gœtz se baisse et prend un gros livre qui cale le pied de la table.)* Qu'est-ce que c'est que ça ?

[f° 126] GŒTZ : Une bible.

DOSIA : Et que fais-tu d'une bible, suppôt du Diable ?

GŒTZ : Différentes choses. Cette table était boiteuse et jusqu'ici, cette bible me servait à caler son pied. À présent, vous allez jurer dessus.

DOSIA : Jurer quoi ? De renoncer à ma vengeance ?

GŒTZ : Votre vengeance, je m'en fous. Vous allez jurer de vous remarier au plus tôt.

DOSIA : Tu es fou ?

GŒTZ : Écoutez. Les terres, je ne les aurai pas : c'est une affaire réglée. Mais je ne veux pas non plus que vous les ayez. N'importe qui d'autre, l'empereur, le légat du pape ou le roi de France, ça m'est égal. Mais pas vous.

DOSIA : Pourquoi, puisque tu ne peux plus les avoir ?

GŒTZ : Parce que vous êtes une Heidenstamm. Les Heidenstamm, fini ! je n'en veux plus. Vous l'avez échappé belle, tout à l'heure : si vous aviez eu un petit de Conrad, je vous faisais pendre. Une femme sans rejeton, passe : je la laisse vivre. Mais à condition qu'elle change de nom. Vous et moi, vois-tu, nous sommes des demi-portions. Celui qui aura les terres deviendra portion complète. Et je ne veux pas qu'il y ait dans mon château un Heidenstamm complet qui ne soit pas moi. Si quelqu'un doit porter dans son ventre Conrad, le vieil Heidenstamm, une mère et tous les aïeux, je serai celui-là. Jusqu'à ma mort, je serai le tombeau d'une maison en ruine, j'aurai ma noblesse au-dedans de moi. La noblesse, après tout, c'est la Mort autant que la Naissance. Je me contenterai donc de mes morts : mais vous, vous ne les aurez pas.

DOSIA : Et pourquoi pas ?

GŒTZ : Parce que vous auriez tout. Est-ce que j'ai, moi, cette arrogance imbécile et superbe qui vous vient d'être née ? Même dans les yeux du vieil Heidenstamm, la noblesse était moins cruelle et moins inaccessible. Ça me fait mal de vous regarder. À peine êtes-vous entrée sous cette tente et déjà elle n'était plus à moi. Part à deux : gardez la naissance et je prends la mort. Jurez de vous marier : vous avez trop de feu ; des enfants, du lait dans les seins, vous verrez, ça vous donnera la langueur qui vous manque. Vous mangerez de bonnes gourmandises, vous jouerez du luth, vous engraisserez. Et la Maison des Heidentstamm vous abandonnera pour toujours à l'instant que votre nouveau maître vous aura mis l'anneau au doigt.

DOSIA : Bien crié, bâtard !

GŒTZ : Jurez donc.

DOSIA : Au diable. *(Elle prend la bible et la lance au loin.)*

GŒTZ : Si vous ne jurez pas, je vous marierai moi-même et sur l'heure. Je choisirai quelque reître borgne et bien vérolé : nous avons ici un curé de Worms qui célébrera la cérémonie. *(Dosia ne répond pas.)* Vous entendez ?

LA RENCONTRE DE GŒTZ ET DE NASTY
(FUTURE SCÈNE V DU TABLEAU III)

[GŒTZ :] Enfin un rustre ! Des yeux ouverts. Pas de mort dedans. Avec vous, comme tout est simple ! Le blanc est blanc et le noir est le noir. Ne t'inquiète pas, j'ai eu affaire à une belle morte. Surveille-la, Frantz, nous la marierons tout à l'heure. D'abord à plusieurs et puis ce qui en restera à un seul. *(Elle se couche sur le lit, dédaigneusement.)* Venons à toi. Tu prétends t'appeler Nasty.

[NASTY :] Oui.

[GŒTZ :] C'est toi qui étais impliqué dans la ligue des pauvres ?

[NASTY :] Oui.

[GŒTZ :] Ta tête est mise à prix.

[NASTY :] Oui.

[GŒTZ :] Et tu es venu te livrer. Bien. Où allais-tu ?

[NASTY :] Je quittais la ville.

[GŒTZ :] Pour aller chercher du renfort ?

[NASTY :] Pour me mettre en sûreté.

[GŒTZ :] Je ne te crois pas. Mais je vois bien que tu n'en diras pas plus. Tu est un dur naturellement. Et puis ?

[NASTY :] Et puis j'ai entendu tes capitaines donner des ordres à des hommes. Vous entrerez cette nuit, guidés par un traître, on a promis aux soldats qu'ils massacreraient tout…

[GŒTZ :] Dieu me pardonne, tu m'interroges ?

[NASTY :] Pourquoi pas ?

[GŒTZ :] C'est juste. Alors ?

[NASTY :] Alors je suis venu te demander de renoncer à ton projet.

[GŒTZ :] Quelle nuit merveilleuse ! Nuit pleine d'étoiles filantes. Tout bouge. Des gens vont et viennent. J'aurais tant d'embarras pour prendre une ville de cent vingt-cinq mille âmes. De la petite province. Alors bien, parle, tu veux me demander d'avoir pitié ?

[NASTY :] Pitié, non. D'ailleurs je te connais : tu ne peux pas avoir pitié.

[GŒTZ :] Juste. Alors ?

[NASTY :] Tu fais une politique d'enfant terrible. Où ça te mènera-t-il ?

[GŒTZ :] Que veux-tu dire ?

[NASTY :] Regardons un peu : tu trahis ton frère et tu le fais massacrer avec ses chevaliers. Donc tu es contre la petite noblesse, la classe de ta mère. Tu es contre les bourgeois et le peuple puisque tu veux raser la ville. En principe tu es contre les grands puisque tu veux ruiner l'Archevêque.

DOSIA : Ajoute qu'il est contre lui-même puisque le Banquier lui a offert des terres et qu'il les refuse.

[GŒTZ :] Eh bien : c'est cohérent. Je suis contre tout le monde.

[NASTY :] Ouais. En apparence. Mais si on regardait les résultats ?

[GŒTZ :] Les résultats ?

[NASTY :] Supposons que tu as pris et rasé la ville. L'Archevêque est ruiné. Qu'arrive-t-il ?

[GŒTZ :] Que veux-tu que j'en sache ?

[NASTY :] Eh bien, il meurt, car il est vieux. Personne ne veut plus d'un archevêque qui ne rapporte plus. Et ce sera l'archevêque d'une ville comme Mayence qui [prendra en main *lecture conjecturale*] pour l'honneur et la puissance ce territoire désolé. Conclusion : concentration de pouvoir dans les mains des grands. Attends : les ennemis des grands qui tempèrent leur pouvoir, ce sont les petits nobles et les bourgeois. Tu fais massacrer les nobles et tu trahis les bourgeois ; conclus : les princes se renforcent et sont en plus petit nombre contre des ennemis affaiblis et plus faciles à tuer. Bref, toute destruction effectuée au hasard a pour effet de renforcer la puissance des princes. Tu liquides les classes intermédiaires et tu travailles au profit d'individus qui t'excluent et qui te méprisent et que tu hais. En somme, tu as choisi une haine apparente, une haine jouée. Et quoi que tu fasses, tu es au service des grands, tu leur fais du bien.

[GŒTZ :] Pas mal raisonné.

[NASTY :] Prenons la chose d'un autre biais : tu fais le Mal. Mais tu nies que c'est le Mal. Donc tu confirmes leur Bien. Ce dont ils ont peur, c'est d'un autre Bien.

[GŒTZ :] Alors que proposes-tu ?

[NASTY :] Il y a des hommes aujourd'hui qui sont à la fois contre les grands et les petits nobles, contre les bourgeois et contre les prêtres de Rome, je te propose de t'allier avec eux. Prends la ville. Massacre les prêtres et quelques bourgeois, s'il te plaît, et allie-toi aux pauvres. Donne la ville aux pauvres, lève des armées paysannes, marche contre l'Archevêque, tu es notre allié naturel : nous voulons détruire les classes que tu hais.

[GŒTZ :] La merveilleuse proposition. On ne me l'avait jamais faite.

[NASTY :] Si tu veux, tout le pays marche avec toi.

[GŒTZ :] Que ferez-vous ?

[NASTY :] Une vraie communauté chrétienne. Tous égaux en Christ. Sans noblaillons et sans papistes.

[GŒTZ :] La noblesse est établie par Dieu.

[NASTY :] Par Dieu ! Allons donc ! Adam et Ève étaient-ils nobles ? Tous les hommes sortent d'eux. Et Jésus est-il mort pour les nobles ? Pour tous les hommes.

[GŒTZ :] Blablablabla ! Tu t'imagines qu'il est mort pour toi, barbouillé. Pour ces culs-terreux qui savent dix mots du langage humain ! Un Dieu serait descendu sur la croix pour racheter des bêtes !

[NASTY :] N'ai-je pas une âme immortelle comme toi ?

[GŒTZ :] Toi peut-être. Mais j'en connais qui n'en ont pas.

[NASTY :] Tous les hommes ont une âme. Tous les hommes sont… Dieu. Dieu est dans l'âme de tous les hommes, même dans la tienne. Tous les hommes sont prophètes ou Dieu n'existe pas. Pas de prêtres. Jésus-Christ et nous. Pas d'autres contacts avec Dieu que de moi seul à lui seul. Plus de prêtres, plus de riches, plus de nobles. Des hommes, des égaux. Viens avec nous. Tu es de notre espèce.

[GŒTZ :] De votre espèce !

[NASTY :] Oui. Un bâtard, c'est une victime. Tu n'as pas demandé à naître bâtard. Tu crois avoir du sang noble dans les veines. Mais eux ne le croient pas. Ni nous. Tu le crois seul.

[GŒTZ :] Très bien. Écoute-moi. Je suis peut-être né bâtard. Il y a très longtemps. Mais à présent je me suis fait bâtard. Je ne veux point détruire l'ordre établi au profit d'un autre. La noblesse, je la hais, mais je la désire. J'en ai besoin comme d'un vautour qui me ronge le foie. Je n'aime pas les pauvres. Ils sont laids et ennuyeux. Ils souffrent toujours. Ils ont l'air abrutis, les yeux humides de pleurs. Ils ne pensent qu'à manger. Ils sont élémentaires. Moi je suis compliqué. Si on faisait un bout de chemin ensemble, quelle place aurais-je dans votre cité ? Aucune. Vous êtes sévères et austères. Il n'y aurait plus de mal, plus de désespoir. Des idylles austères et des fêtes civiques. Merci. J'aime ma complication. J'aime faire le Mal, mais comprends-moi : aux yeux de Dieu. Peut-être que mes actes profitent à l'archevêque de Mayence. Mais je me fous de l'archevêque de Mayence. Je sais qu'ils désolent Dieu. Tu veux des rapports avec Dieu sans prêtre, mais je les ai, ces rapports. Je lui navre l'âme et il me réserve une petite place à part en enfer.

[NASTY :] Peut-être ne viendras-tu jamais à nous. En tout cas, si tu y viens, j'ai peur qu'il ne soit trop tard. Écoute, as-tu réfléchi à ce qu'est la souffrance pour les pauvres ? Celle-là, c'est une noble. C'est amusant peut-être d'humilier son orgueil. C'est une belle fille, c'est drôle de la violer. Voler l'argent de l'Archevêque et le boire, c'est amusant. Mais les pauvres, tu l'as dit, ils ont une souffrance ennuyeuse et sans fin. Toujours la même, ils la connaissent par cœur : la faim, le froid, les coups. Tu ne leur apporteras rien qu'ils ne connaissent déjà. Tu ne pourras même pas les opprimer, ils le sont déjà. Ils ont l'âme amère. Une guerre, sais-tu ce que c'est pour eux ? Pour vous trahisons, complications, renversements d'alliance. Pour eux, c'est toujours pareil. Toujours : la faim et le froid et le travail de plus en plus dur. Rien d'autre. Est-ce amusant ?

[GŒTZ :] Non. C'est horrible.

[NASTY :] Alors ?

[GŒTZ :] Alors, c'est précisément pour cela qu'il faut que je les tue. Voler un riche, ce n'est pas si mal. Voler un pauvre, voilà le péché.

[NASTY :] Écoute.

[GŒTZ :] Assez ! Je ne t'[écoute *lecture conjecturale*] pas. Je vais régler ton sort.

[NASTY :] Oh, je te connais, va. Tortures et mort. J'y étais promis.

[GŒTZ :] Veux-tu un prêtre ?

[NASTY :] Un prêtre, jamais. Il souillerait mon âme.

[GŒTZ :] Tu en auras un. Il assistera à la torture. Il y aura bien un moment où tu lâcheras prise.

[NASTY :] Je ne dois jamais me confesser.

[GŒTZ :] Tu te confesseras. J'ai ce qu'il faut sous la main. Appelez le prêtre.

VERS LA RÉDACTION FINALE. ACTE III

GŒTZ JUGE UN FRATRICIDE

QUATRIÈME TABLEAU

Une place d'Altweiler. Un arbre au milieu de la place.

SCÈNE Ire

Paysans, paysannes. Entrent Karl et Dosia, tenus en laisse par deux hommes (le frère de Karl et le frère de Dosia) et les mains attachées. Tous quatre sont sales et sauvages. Karl est à moitié nu. Dosia a sa robe déchirée et du sang sur le visage. Les Paysans et les quatre nouveaux venus se regardent en silence.

LE BEAU-FRÈRE : Nous voulons voir l'homme aux mains qui saignent.

UN PAYSAN : Il va venir.

LE BEAU-FRÈRE : Ici ?

LE PAYSAN : Tous les jours il s'assied sous cet arbre pour arranger nos affaires et régler nos différends. *(Un temps.)* Vous avez l'air épuisés. *(Pas de réponse.)* Vous venez de loin ?

LE FRÈRE : Oui.

UNE PAYSANNE : Dieu me pardonne : ces deux-là sont attachés. *(Désignant le visage de la Femme.)* Il faut laver ce sang.

LE BEAU-FRÈRE : Celui qui a versé le sang portera la marque du sang.

LA PAYSANNE, *sans s'émouvoir se tourne vers un enfant* : Va me chercher de l'eau et un mouchoir.

LE BEAU-FRÈRE : Vous ne demandez pas ce qu'ils ont fait ? *(Silence.)* Vous n'êtes pas curieux.

UN PAYSAN : Non. Nous ne sommes pas curieux.

LE BEAU-FRÈRE : Celui-ci est fratricide ; celle-là, c'est un adultère. *(Durement à Karl et Dosia :)* Avancez : qu'on vous voie. *(Aux Paysans :)* Vous pouvez frapper, mais ne les tuez pas.

Un temps.

UNE PAYSANNE : Les pauvres gens.

Rumeur : Les pauvres gens. Ça fait bien du malheur.

UN PAYSAN : Vous avez soif ?

LE FRÈRE : Oui.

Le Paysan sort sa gourde. Pendant ce temps, l'enfant a apporté de l'eau dans un seau et une serviette. La Paysanne lave le visage de Dosia.

LE PAYSAN : Vous ne leur détachez pas les mains ?

LE BEAU-FRÈRE : Non. *(Le Paysan s'approche de Karl et le fait boire.)* C'est lui qu'on sert d'abord ?

LE PAYSAN : C'est lui qui a le plus soif.

LE BEAU-FRÈRE : Qui êtes-vous et qu'est-ce que ce village ? Nous cherchions un saint et nous en trouvons cinquante.

LE PAYSAN : Ce n'est pas que nous soyons des saints, hélas : c'est que nous ne sommes plus méchants.

LE FRÈRE : Comment diable faites-vous ?

LE PAYSAN : Nous n'avons plus peur.

LE FRÈRE : C'est donc vrai qu'il fait des miracles ?

PREMIER PAYSAN : C'est vrai.

LE FRÈRE : C'est vrai que ses mains saignent ?

LE PAYSAN : Elles ne restent pas un jour sans saigner.

LE FRÈRE : C'est vrai que tout est commun entre vous ?

LE PAYSAN : C'est vrai.

LE FRÈRE, *les regardant* : Vous êtes de drôles de gens.

Les Paysans rient.

LA PAYSANNE : Pour cela, oui : et ça nous arrive à nous-mêmes de nous sentir drôles en dedans ; c'est qu'on n'a pas encore l'habitude.

LE BEAU-FRÈRE : L'habitude de quoi ?

LA PAYSANNE : De nous aimer. Mais ça vient petit à petit. *(Elle récite machinalement.)* Quand notre amour aura grandi, nous ferons régner la paix sur le monde.

LE FRÈRE : La paix ?

LA PAYSANNE : Tout le monde s'aimera, tout le monde embrassera tout le monde.

LE FRÈRE : Plus jamais le frère ne tuera son frère ?

UN PAYSAN : Plus jamais. Et plus jamais le frère ne tiendra son frère en laisse.

LE FRÈRE : Ainsi soit-il.

Entre Gœtz. On lui fait fête. Des femmes lui baisent les mains. Il sourit à tous. Il a l'air doux, las et, par moments, anxieux.

SCÈNE II

LES MÊMES, GŒTZ

UN PAYSAN : Ces gens-là veulent te voir.

LE BEAU-FRÈRE : C'est toi dont les mains saignent ?

GŒTZ : C'est moi.

LE BEAU-FRÈRE : On ne parle que de toi. C'est vrai que tu es un saint homme ?

LES PAYSANS, *riant* : Oh ! oui. C'est vrai.

LE BEAU-FRÈRE : Tu n'en as pas l'air.

GŒTZ : Qu'y puis-je ?

LE BEAU-FRÈRE : Si tu l'es, prouve-le.

GŒTZ : Comment ?

LE BEAU-FRÈRE, *désignant la laisse qui tient Dosia* : Fais fleurir cette corde.

GŒTZ : Je n'ai rien à prouver : je ne suis pas allé te chercher.

LE FRÈRE, *au Beau-Frère* : Il ne sera pas dit que j'aurai fait cette route pour rien : je me fie à lui sans preuve.

LE BEAU-FRÈRE : Soit. Moi aussi.

GŒTZ : Que me voulez-vous ?

LE BEAU-FRÈRE, *désignant Karl et Dosia* : Nous voulons que tu les juges.

GŒTZ : Je ne jugerai personne. Allez-vous-en.

LE BEAU-FRÈRE : Tu ne veux pas ?

GŒTZ : Non, car il est dit : « Tu ne jugeras point. »

LE BEAU-FRÈRE, *au Frère* : Tu vois ! *(Un temps.)* Mieux valait en finir tout de suite. Qu'allons-nous faire d'eux à présent ?

UNE PAYSANNE : Gœtz, prends garde. Si tu refuses de les juger, Dieu sait si ces hommes ne vont pas les tuer.

GŒTZ, *d'une voix forte et anxieuse* : Qu'ai-je à faire avec ces gens ? Pourquoi réclamez-vous toujours davantage ? Croyez-vous que j'ai réponse à tout ?

LE PAYSAN : Oui, nous le croyons.

GŒTZ, *aux Paysans* : Qu'exigez-vous de moi ?

LE PAYSAN : Que tu effaces ce crime de la terre et que tout soit pour tous comme s'il n'avait jamais été commis.

Un temps.

GŒTZ : C'est bon. Déliez-les. *(Ils n'obéissent pas.)* Je ne jugerai pas votre affaire tant qu'ils auront les mains liées.

LE BEAU-FRÈRE : Il est fort comme un bœuf.

GŒTZ : Après ?

LE BEAU-FRÈRE : Il va nous assommer.

GŒTZ : Je le délierai donc moi-même. *(Il va à l'assassin.)* Tu es libre. Pour ce qui est de moi, tu peux t'en aller, car je ne te jugerai pas sans ton consentement. Mais si tu as un poids sur le cœur et si tu veux que je l'ôte, reste.

Il coupe leurs liens. Dosia se précipite dans les bras de Karl.

DOSIA : Viens. Partons.

Il l'entoure de ses bras.

GŒTZ : Eh bien ?

KARL : Je reste.

Gœtz va s'asseoir sur son siège, au pied de l'arbre.

GŒTZ : Parlez.

LE BEAU-FRÈRE : Ils ont tué Hadrian.

GŒTZ : Qui est Hadrian ?

LE FRÈRE : Nous étions trois frères : Hadrian, c'était l'aîné et le chef de la famille, il avait épousé Dosia. *(Il la montre.)* Karl, c'était le cadet et moi, je suis le benjamin. Nous vivions dans la montagne avec nos femmes et nos enfants. Dosia et Karl ont commis le péché de chair, puis ils ont comploté la mort d'Hadrian et, pour finir, Karl l'a tué à coups de bâton.

GŒTZ, *à Karl* : Aimes-tu cette femme ?

KARL : Je l'ai prouvé.

GŒTZ : Réponds. L'aimes-tu ?

KARL : Oui, puisque j'ai tué pour l'avoir.

GŒTZ : Regrettes-tu ton acte ?

KARL : Non.

GŒTZ, *à la Femme* : Tu savais que Karl voulait tuer Hadrian ?

DOSIA : Oui.

GŒTZ : Et tu ne l'en as pas empêché ?

DOSIA : Je suis à Karl et je trouve bon tout ce qu'il fait.

GŒTZ, *aux deux autres* : Après ?

LE FRÈRE : Nous ne savons que faire d'eux. Celui-ci veut qu'on les tue et moi je ne veux pas. Alors nous te les avons amenés pour que tu décides de leur sort.

GŒTZ, *au Beau-Frère* : Qui es-tu ?

LE BEAU-FRÈRE : Le frère de cette femme.

GŒTZ : C'est toi qui veux les tuer ?

LE BEAU-FRÈRE : Oui.

GŒTZ : Pourquoi ?

LE BEAU-FRÈRE : Celui qui a tué, faut qu'on le tue.

GŒTZ : Mais pourquoi ?

LE BEAU-FRÈRE : Parce qu'on ne doit pas tuer.

GŒTZ : Je vois. Et toi ?

LE FRÈRE : Je ne veux pas qu'on le tue.

GŒTZ : Pourquoi ?

LE FRÈRE : On ne tuera pas mon frère.

GŒTZ : Mais s'il est coupable ?

LE FRÈRE, *portant la main à son couteau* : Vingt dieux ! on ne tuera pas mon frère.

GŒTZ : Parfait. Acceptez-vous ma sentence ?

FRÈRE ET BEAU-FRÈRE : Oui.

GŒTZ : Jurez.

LE BEAU-FRÈRE *et* LE FRÈRE : Nous le jurons.

GŒTZ : Jurez sur la tête de vos enfants.

TOUS DEUX : Sur la tête de nos enfants, nous jurons d'accepter ta sentence.

GŒTZ : Bien. *(Il se plonge la tête dans les mains et réfléchit. Puis il va vers Karl.)* Au nom du Père, du Fils et du Saint-Esprit, je te baptise Hadrian. *(Il fait le signe de la croix sur Karl. À Dosia :)* Voici ton mari : par le sang du Christ, je vous unis. *(Au Frère et au Beau-Frère :)* Voici le chef de votre famille, vous lui devez obéissance car je lui donne tous les pouvoirs d'Hadrian.

LE BEAU-FRÈRE, *violemment* : Parbleu…

GŒTZ, *le regardant d'un air terrible* : As-tu juré ? Hein ? As-tu juré ?

LE BEAU-FRÈRE, *baissant la tête* : J'ai juré.

LE FRÈRE : Mais, saint homme, un assassin ne peut commander.

GŒTZ : Où est l'assassin ? C'était un cadet au cœur rongé d'envie. Il est mort avec sa victime et je ne vois ici d'autre cadet que toi. Allons, ce crime est effacé. Oubliez-le comme je l'oublie et comme tous ceux-ci vont l'oublier. Hadrian est mort, vive Hadrian. Toi, Schuler, conduis-les jusqu'à l'église : ils y passeront tout le jour à prier. Allez. *(Des paysans emmènent les quatre personnages stupéfaits.)* Êtes-vous contents ?

UN PAYSAN : Lui obéiront-ils, Gœtz ?

GŒTZ : Ils sont nés pour obéir.

LE PAYSAN : Pourquoi ne lui as-tu pas fait jurer d'être bon ?

GŒTZ : Il est heureux : pourquoi serait-il méchant ?

UNE PAYSANNE : Pourtant, il est coupable ?

GŒTZ : Après ? Je vous ai dit que je ne jugerais pas : ce sont les morts qu'on juge et Dieu est là pour ça. Nous sommes des vivants, mes frères, et nous devons faire confiance aux vivants.

UNE PAYSANNE : Mais Hadrian ? Il est mort tout de même, le pauvre.

GŒTZ : Eh bien, si vous voulez, nous allons prier pour le repos de son âme.

Ils vont prier. Certains se sont agenouillés déjà quand Hilda paraît.

SCÈNE ABANDONNÉE :
HILDA DÉNONCE L'IMPOSTURE
DE GŒTZ

LA FEMME : Nous voulons qu'elle te dise en face et à voix haute ce qu'elle nous chuchote quand tu as le dos tourné.

GŒTZ, *se tournant vers Hilda* : Parle.

HILDA : Je n'ai rien à te dire. *(Elle se tourne vers les autres.)* Mais à vous tous je répète sans crainte et devant lui qu'il se fait saigner à volonté en arrachant ses croûtes chaque matin avec ses ongles.

LA FOULE, *indignée* : Hilda !

HILDA : Quant aux blessures elles-mêmes il se les est faites en se trouant les paumes avec un couteau que j'ai trouvé derrière l'autel et que voici. *(Elle le jette sur le sol.)* Son nom est gravé sur la garde.

GŒTZ : Voyons ce couteau. *(Il le ramasse.)* Eh bien, je le reconnais : il m'appartient. *(Il le regarde.)* Il est en effet couvert de sang séché. Il y en a sur la lame et sur le manche.

Silence.

HILDA, *à la foule* : Eh bien ? Vous ne dites rien ?

UNE PAYSANNE : Hilda ! Dans le malheur tu étais notre amie. À présent nous sommes heureux : pourquoi veux-tu nous ôter notre bonheur ?

HILDA : Qu'est-ce qu'un bonheur fondé sur le mensonge ?

UN PAYSAN : Gœtz n'a pas menti. Si Dieu ne l'inspirait pas, crois-tu qu'il lui aurait suffi de deux mois pour nous changer ? Rappelle-toi ce que nous étions et vois ce que nous sommes.

UNE FEMME : Est-ce que tu ne peux pas te réjouir avec nous ? Est-ce qu'il faut souffrir pour que tu nous aimes ?

UN AUTRE : Nous étions rongés de peur et d'envie ; à présent nous sommes purs. Mais si tu parvenais à nous persuader que Gœtz est un imposteur nous retomberions aussitôt dans la faute et dans le malheur.

HILDA : Le malheur ? Hélas ! Hélas !

UN AUTRE : Eh bien quoi ?

HILDA : Vous que j'ai tant aimés, que j'aime encore, vous serez plus malheureux que vous n'avez jamais été.

TOUS : Quand ?

HILDA : Je ne sais pas. Bientôt. Votre bonheur est construit sur du sable. Personne ne peut donner le bonheur. Dieu nous a créés un jour de mauvaise humeur et sans trop savoir pourquoi. À présent il nous contemple avec déplaisir comme un mauvais peintre contemple son œuvre et sa volonté c'est que nous souffrions sans cesse, et que la même quantité de souffrance se conserve dans l'univers. Si vous voulez que votre prochain souffre moins, vous n'avez qu'un moyen c'est de souffrir davantage. Mais le rêve le plus insensé c'est de croire que vous et votre prochain vous pouvez vous délivrer ensemble du malheur.

UN PAYSAN : Et c'est pourtant ce qui est arrivé.

GŒTZ : Qu'importe ce qu'elle a fait. Car elle l'a fait par amour. Elle vous aime mille fois plus que vous ne vous aimez vous-même. Mes frères rendez-lui votre amour, je vous en conjure ; rendez-lui votre amour pour l'amour de moi.

HILDA : Tais-toi. Je ne veux pas de tes amours. Je ne veux pas qu'ils m'aiment en service commandé. Leur amour était à moi. Tu me l'as pris : c'est dans l'ordre. Mais ne t'avise pas de me le rendre ! C'est une insolence que je ne supporterais pas. Je partirai demain, cette décision est irrévocable.

GŒTZ, *aux Paysans* : Laissez-nous. Il faut que je lui parle.

NOTES PRISES PAR SARTRE PENDANT LES RÉPÉTITIONS

[Feuillet BNF :]

Sans poésie
Sans unité
réalisme et préraphaélitisme
1) tableau
Rajouter quelques phrases
Régler la sortie des bourgeois
On doit sentir que la porte s'enfonce
on doit voir des hommes derrière lui (pas les voir frapper)
l'évêque trop tremblant
trop de oui — trop de phrases
« Après tout je suis d'Église… »
2 *[un mot illisible]* de bourgeoises
2) tableau
Absence totale poésie.
Éclairage à régler.
Jeux de lumière
Problème de la ville : peut-être à cacher
La fuite de Vilar très mauvaise. Gœtz doit l'arrêter *avec la voix*
3) tableau
Catherine : un peu moins tourner la tête vers l'entrée de la tente.
Plus de « Vive le banquier. »
Va-et-vient de soldats devant la tente
Verse de l'eau dans son verre
D'une manière générale, scène de la boisson mal réglée
Il lui dit « Bois » en lui tournant le dos
Coup sur l'oreille. *Réflexe* : « Holà, rustre, que fais-tu ? »
Dernier monologue à travailler (à Dieu)
Brasseur coupe la réplique de Catherine
« Je ne sais pas ce que je ferai. » Hésitant
« Je ne veux plus rien accepter, même les faveurs d'une femme. »

[Feuillet Austin :]

4 5 6 : Objection générale : on ne croit pas à la méprise de Gœtz. Manque de mouvement.

4) tableau
Costume Chauffard impossible
Costumes barons : impossibles
tête nue — pas de couronne
scène des coups mal réglée.
5) tableau
chapeau haut de forme
Gœtz remet son capuchon et s'agenouille contre le mur.
6) tableau
Remettre voûtes à l'église. Il faut étouffante atmosphère.
Christ indispensable
Scène des stigmates à retravailler (molle et lente)
les coups de couteau plus violents.
L'escalier — ça ne va pas.
Quand il dit : « Je ne peux plus entendre ses [cris *lecture conjecturale*]. » Il est auprès de Catherine ou dans la chaire mais pas à 3 mètres d'elle.
Joué sans chaleur et sans conviction.
Trop brute
7) tableau
La scène des gifles, etc. : inadmissible. Observations fortes pour une fois ; ils ne doivent pas rire. *[un mot illisible]* la joue en charge. Devraient être troublés, etc.
Les paysans devraient être partis quand Gœtz parle à Wanda. *Un temps* souvent réclamé.
« Que *mon* amour fasse reculer la guerre. »

PRIÈRE D'INSÉRER DE L'ÉDITION ORIGINALE

Cette pièce peut passer pour un complément, une suite aux *Mains sales*, bien que l'action se situe quatre cents ans auparavant. J'essaie de montrer un personnage aussi étranger aux masses de son époque qu'Hugo, le jeune bourgeois, héros des *Mains sales*, l'était, et aussi déchiré. Cette fois, c'est un peu plus gros. Gœtz, mon héros, incarné par Pierre Brasseur, est déchiré, parce que, bâtard de noble et de paysan, il est également repoussé des deux côtés. Le problème est de savoir comment il lâchera l'anarchisme de droite pour aller prendre part à la guerre des paysans…

J'ai voulu montrer que mon héros, Gœtz, qui est un genre de franc-tireur et d'anarchiste du mal, ne détruit rien quand il croit beaucoup détruire. Il détruit des vies humaines, mais ni la société, ni les assises sociales, et tout ce qu'il fait finit par profiter au prince, ce qui l'agace profondément. Quand, dans la deuxième partie, il essaie de faire un bien absolument pur, cela ne signifie rien non plus. Il donne des terres à des paysans, mais ces terres sont reprises à la suite d'une guerre générale, qui d'ailleurs éclate à propos de ce don. Ainsi, en voulant faire l'absolu dans le bien ou dans le mal, il n'arrive qu'à détruire des vies humaines…

La pièce traite entièrement des rapports de l'homme à Dieu, ou, si l'on veut, des rapports de l'homme à l'absolu…

beaucoup d'histoires. Il [illegible] les vices humains, mais il [illegible] société [illegible] tout ce qu'il leur faut pour profiter au prince, et conclut [illegible] prolongement. Quant, dans la deuxième partie, il essaie [illegible] seulement [illegible] de signaler [illegible] pas [illegible] des [illegible] ces [illegible] sont reprises à la suite d'une figure [illegible] d'ailleurs éclairer un peu [illegible] de ce défi. Ainsi en voulant faire l'absolu dans le [illegible] mal, il n'arrive qu'à détruire des [illegible] humaines.

La [illegible] rapports de l'homme à Dieu, ou, si l'on veut, des rapports de l'homme à l'absolu.

ALEXANDRE DUMAS

KEAN

Adaptation de Jean-Paul Sartre

Cinq actes

DISTRIBUTION
rôles principaux

KEAN	*Pierre Brasseur*
ANNA DAMBY	*Marie Olivier*
ÉLÉNA, COMTESSE DE KOEFELD	*Claude Gensac*
AMY, COMTESSE DE GOSSWILL	*Camille Fournier*
COMTE DE KOEFELD	*Henri Nassiet*
PRINCE DE GALLES	*Roger Pigaut*
SALOMON	*Jacques Hilling*

Mise en scène de Pierre Brasseur

Décors et costumes de A. Trauner

Musique de scène de J.-A. Petit

Divertissement chorégraphique par Georges Lafaye

Kean *dans l'adaptation de J.-P. Sartre a été représenté pour la première fois au théâtre Sarah-Bernhardt en novembre 1953.*

ACTE I

PREMIER TABLEAU

Un salon chez le comte de Koefeld

SCÈNE I

ÉLÉNA, L'INTENDANT, UN DOMESTIQUE

L'INTENDANT, *donnant des ordres* : A-t-on dressé les tables de jeu ?

LE DOMESTIQUE : Deux de whist, une de boston.

L'INTENDANT : Vous avez prévenu les musiciens ?

LE DOMESTIQUE : Ils seront au grand salon à 9 heures et demie.

ÉLÉNA, *écrivant une lettre* : Et n'oubliez pas les cigares pour les messieurs… Tout est bien ; monsieur l'intendant, ne vous éloignez pas de la soirée, je vous prie.

L'Intendant sort.

LE DOMESTIQUE, *annonçant* : Milady comtesse de Gosswill.

ÉLÉNA : Oh ! faites entrer, faites entrer vite !

Amy entre. Le Domestique sort.

SCÈNE II

ÉLÉNA, AMY

ÉLÉNA : Amy, que vous êtes gentille de venir si tôt : nous avons tant de choses à nous dire !

AMY : J'ai voulu arriver avant tout le monde. Si vous saviez comme je me suis dépêchée ! On ne se voit plus, ma chérie, on se rencontre. Mon Dieu, que je suis fatiguée ! Il y avait ces courses à New Market[1]… Naturellement je n'ai pas pu me dispenser d'y aller.

ÉLÉNA : Je croyais que vous détestiez les courses.

AMY : Je les déteste, en effet ; je trouve absurde qu'on se réunisse pour voir des chevaux courir : bien sûr, les chevaux courent, qu'y a-t-il d'étonnant à cela ; c'est dans leur nature ; et que voulez-vous qu'ils fassent d'autre avec leurs quatre grandes pattes bêtes ? Et les hommes, à part monter les chevaux, qu'est-ce qu'ils savent faire ? Alors si vous mettez une douzaine d'hommes sur une douzaine de chevaux, tout ça va sacrer, tempêter, cravacher, sauter, galoper et il serait fort extraordinaire qu'il n'y ait pas un cheval avec son homme pour arriver avant les autres. Faut-il déranger les gens du monde pour leur montrer ces galopades ! Seulement j'ai des *obligations*, Éléna. Vous avez d'ailleurs les mêmes, mais vous les remplissez de moins en moins souvent.

ÉLÉNA : Je ne suis pas anglaise, ma chérie, et je n'ai pas…

AMY : Vous n'êtes pas anglaise, mais vous êtes femme d'ambassadeur. Comment saurions-nous que nous sommes en paix avec les Danois si l'ambassadrice du Danemark ne paraît pas à nos fêtes ? Cette semaine j'ai eu l'Opéra trois fois, deux bals et quatre dîners : qu'est-ce que vous voulez, je ne suis pas de fer et quand je vois mes amies se dérober à leurs devoirs, je vous le dis franchement, Éléna, ça me démoralise.

ÉLÉNA : J'ai été hier à Drury Lane[2].

AMY : À Drury Lane, c'est mieux que rien. Mais ce n'est guère fatigant, cela. On peut se détendre, dans sa loge, fermer les yeux, dormir même. Moi, pendant ce temps-là, je dansais avec le vieux duc de Leicester qui est boiteux ; quand je suis rentrée, je boitais aussi. Et qu'est-ce qu'on jouait à Drury Lane ?

ÉLÉNA : *Hamlet.*

AMY : Encore ! L'ennui, avec les auteurs morts, c'est qu'ils ne se renouvellent pas.

ÉLÉNA : Ils se renouvellent chaque fois qu'ils sont joués par des acteurs nouveaux.

AMY : Oui, on dit ça. Mais, vous savez, quand on a vu vingt fois Othello étouffer Desdémone avec un oreiller, ils peuvent bien changer d'Othello et de Desdémone, c'est toujours le même oreiller. La première fois que j'ai vu *Hamlet*, j'avais quinze ans. Quand il a crié : « Un rat ! » je suis montée sur mon strapontin en serrant mes jupes autour de mes chevilles. Mais à présent, l'effet de surprise est gâché : que ce soit Young ou Kemble[3] qui dise : « Un rat ! », je ne marche plus : je sais très bien que c'est Polonius qui se cache derrière le rideau.

ÉLÉNA : Hier soir, vous auriez sauté sur votre strapontin.

AMY : En serrant mes jupes contre mes chevilles ?

ÉLÉNA : Et en criant !

AMY : Alors c'était Kean ?

ÉLÉNA : C'était Kean.

AMY : Et qu'a-t-il donc de si merveilleux ?

ÉLÉNA : Je ne sais pas. Je… j'ai cru voir Hamlet lui-même.

AMY : La belle affaire ! Un homme qui n'a qu'un geste à faire pour tuer son beau-père et qui met cinq actes à s'y décider ! Mais c'est un triple-patte, votre Hamlet. Quelle rage a-t-on d'aller voir au théâtre des gens qu'on ne voudrait pas fréquenter ? Voir Hamlet ! Ah ! Si vous me disiez que vous alliez voir Kean…

ÉLÉNA : Kean ? Est-ce qu'il y a un Kean ? L'homme que j'ai vu hier était Hamlet en personne.

AMY : Oui : comme il était Roméo avant-hier et Macbeth le mois dernier. Quelle joie pour sa maîtresse, s'il en a une : un soir elle s'endort entre les bras du prince de Danemark et le lendemain dans ceux du More de Venise. La plus volage y trouve son compte. Éléna, vous ne me battrez pas ?

ÉLÉNA : Sûrement pas. Qu'y a-t-il ?

AMY : Ah ! c'est une histoire de fous. Je vous la raconte pour vous faire rire.

ÉLÉNA : Je rirai de bon cœur. Allez donc.

AMY : Personne ne peut nous entendre ?

ÉLÉNA : Mais vous me faites peur, Amy.

AMY : Savez-vous ce qu'on dit ?

ÉLÉNA : Qui : on ?

AMY : Le monde.

ÉLÉNA : Alors je le devine : on dit qu'un mari trompe sa femme ou qu'une femme trompe son mari. N'eſt-ce pas cela ?

AMY : Pas tout à fait.

ÉLÉNA : Et *de qui* ne le dit-on pas tout à fait ?

AMY, *lui prenant les mains* : Éléna, chère amie… *(Un temps.)* De vous.

ÉLÉNA : De moi. Voyons cela.

AMY : On dit que Shakespeare vous tourne la tête.

ÉLÉNA : Quand cela serait, les Anglais devraient en être flattés.

AMY : Ils le sont, bien sûr, ils le sont.

ÉLÉNA : Si Shakespeare eſt leur Dieu, pourquoi ne serait-il pas le mien ?

AMY : Eh bien voilà juſtement : ils commencent à se demander si c'eſt bien pour le Dieu que vous allez à l'église.

ÉLÉNA : Et qui vais-je adorer ?

AMY : Le prêtre.

ÉLÉNA : Young ?

AMY : Bah !

ÉLÉNA : Macready[4] ?

AMY : Voyons !

ÉLÉNA : Kemble ?

AMY : Ha ! Ha ! *(Un très léger temps.)* Kean.

ÉLÉNA : Oh ! la bonne folie. Et d'où vient cela ?

AMY : Sait-on jamais ? Ce sont des bruits qui tombent du ciel.

ÉLÉNA : Qui tombent du ciel tout droit dans les oreilles de nos meilleures amies. *(Elle touche l'oreille d'Amy.)* Que de bruits errants sont entrés dans cette belle oreille ! *(Elle feint d'écouter.)* Parbleu, c'eſt un coquillage : j'entends la mer. Alors ? Je l'aime ?

AMY : Passionnément.

ÉLÉNA : Que ferais-je pour lui ?

AMY : Tout.

ÉLÉNA : Cela me flatte. J'ai du sang italien et je n'aime ni ne hais à moitié. Et l'on me condamne.

AMY : On vous plaint.

ÉLÉNA : Dommage. J'aimerais mieux être blâmée.

AMY : Pensez donc ! Aimer Kean.

ÉLÉNA : Doucement, ma chérie : je n'ai pas fait d'aveux. Et pourquoi n'aimerait-on pas Kean ?

AMY : Mais c'est un comédien.

ÉLÉNA : Sans doute. Et alors ?

AMY : Ces sortes de gens n'ayant pas accès dans nos salons...

ÉLÉNA : ... ne doivent pas être reçus dans nos boudoirs... Amy, j'ai rencontré M. Kean chez le prince de Galles.

AMY : Un prince peut se permettre des caprices... Sérieusement, Éléna, c'est quelqu'un de très mal.

ÉLÉNA : Est-ce possible ?

AMY : Mon Dieu, mais il n'y a que vous pour l'ignorer ! Savez-vous qu'il a eu mille et deux femmes ?

ÉLÉNA : Mille et deux ?

AMY : Mille et deux.

ÉLÉNA : Pas une de plus, pas une de moins ?

AMY : Justement : à la prochaine, il dit qu'il sera l'égal de don Juan.

ÉLÉNA : Voyez-vous cela : je serai donc mille et troisième ?

AMY : Eh oui... à moins que d'ici là...

ÉLÉNA : Je vois ! Le pauvre homme : il doit être bien las.

AMY : Mais, Éléna, ce n'est pas si fatigant. Et puis voilà dix ans qu'il est célèbre. Mille femmes en dix ans, cela n'en fait jamais qu'une tous les trois jours ; avec deux mois chaque année pour se reposer.

ÉLÉNA : En ce cas, où est le crime ? Ces femmes sont consentantes, j'imagine ? M. Kean sait s'organiser, voilà tout.

AMY : Ah ! Ne plaisantez pas : c'est un damné, fou d'orgueil, qui enrage de n'être pas né, un prodigue qui jette l'argent par les fenêtres pour rivaliser de faste avec le prince de Galles, un homme criblé de dettes qui serait en prison depuis longtemps s'il ne spéculait sur les bontés de certaines grandes dames, un parvenu dont les goûts vulgaires attestent la basse naissance...

ÉLÉNA : Kean, vulgaire ?

AMY : Chaque soir il quitte le manteau de Richard ou d'Henri pour courir les tavernes en costume de matelot.

ÉLÉNA : Tout de bon ?

AMY : Tout de bon.

ÉLÉNA : Ah ! pour le coup, vous avez raison : c'est quelqu'un de très mal.

AMY : Vous voyez bien.

ÉLÉNA : Un homme vil !

AMY : À la bonne heure.

ÉLÉNA : Aux mœurs abominables !

AMY : Hélas !

ÉLÉNA : Et c'est cet homme-là que vous me donnez pour amant ? Comme il faut que vous m'aimiez !

AMY : Éléna ! Je ne l'ai jamais cru !

ÉLÉNA : Bien sûr, ma chérie. Et croyez bien que je ne crois pas que vous le croyez. Sur ce point je suis tout à fait comme vous et je vous défends partout où je vais.

AMY : Vous me défendez ? Grands dieux, contre qui ?

ÉLÉNA : Contre les bruits. Vous savez : les bruits qui tombent du ciel. Et comment va Lord Delmours ?

AMY : Lord Delmours… Mais… est-ce que je sais ? Je… le connais à peine.

ÉLÉNA : Ah ! c'est que je demande à tout le monde de ses nouvelles. N'est-il pas adorable ? Il me plaît tant, ce bon jeune homme, ce beau jeune homme, si joli, si poli, si délicat, qu'on a peur de le fêler en haussant la voix. Et ses longs cils, chérie, comme ils doivent être doux quand ils palpitent contre une joue. Toutes les qualités, en somme, sauf une : il n'est pas très discret.

AMY : Pas très discret ?

ÉLÉNA : Non, pas très. Mais qui croirait ce qu'il dit ? Tout le monde le tient pour un fat et un sot. Vous disiez ?

AMY : Moi ? Eh bien, je ne disais rien du tout.

ÉLÉNA : Alors je n'ai rien dit non plus. *(Elles rient.)* Comme le temps passe à ne rien dire.

AMY : Comme le temps passe à dire des riens. *(Elle prend l'éventail.)* Oh ! le bel éventail !

ÉLÉNA : C'est un cadeau.

AMY : De qui ?

ÉLÉNA : D'un don Juan qui a eu mille femmes, d'un prodigue, d'un homme criblé de dettes…

AMY : De…

ÉLÉNA : Non, chère amie : du prince de Galles.

AMY : Hé !

ÉLÉNA : Est-ce qu'on me prêterait *aussi* un faible pour le prince de Galles ?

AMY : On lui en prête un pour vous, en tout cas. Ne verrons-nous pas ce cher ambassadeur ?

ÉLÉNA : Vos désirs sont des ordres : le voilà.

SCÈNE III

LES MÊMES, LE COMTE

LE COMTE : À demain tous les souverains d'Europe : ce soir, je ne connais qu'une seule reine. *(Il baise la main d'Amy.)*

AMY : Quel malheur qu'on ne puisse vous croire !

LE COMTE : Et pourquoi ne me croiriez-vous pas ?

AMY : C'est que je connais les diplomates : s'ils disent blanc, ils pensent noir.

LE COMTE : Alors je vais dire noir. Oui, je dirai, belle comtesse, que cette robe vient du mauvais faiseur et qu'elle vous fait une taille affreuse.

Il rit.

AMY : Et qu'est-ce qui me prouve que vous ne le pensez pas ?

LE COMTE, *interdit* : Mais comtesse…

AMY : Si j'étais à faire peur, vous ne vous y prendriez pas autrement : vous mettriez à profit la méfiance que les diplomates m'inspirent et vous me diriez la vérité pour me faire croire que vous mentez. C'est de la diplomatie à la deuxième puissance.

ÉLÉNA : Oui, mais supposez que je sois jalouse et qu'il veuille vous complimenter sans me donner l'éveil. Il tablera sur les degrés différents de nos naïvetés. En vous disant qu'il vous trouve laide, il vous fera savoir qu'il ment tout en me donnant à croire qu'il dit vrai. C'est la troisième puissance.

AMY : Et voici la quatrième : imaginez qu'il vous croie volage et qu'il veuille piquer votre jalousie. Il dira que je suis laide pour que vous pensiez qu'il veut vous faire croire que je lui déplais. Quant à la cinquième…

LE COMTE : De grâce, mesdames, arrêtez-vous. Je vous jure que la diplomatie n'est pas si compliquée : s'il fallait tant réfléchir, ce sont les femmes qu'on nommerait aux ambassades.

AMY : Eh bien, comte, suis-je belle ? Suis-je laide ? Que dites-vous ?

LE COMTE : Madame, je ne sais plus que dire…

AMY : Vous prenez le meilleur parti : je croirai vos silences.

ÉLÉNA : N'aurons-nous pas Lord Gosswill ?

AMY : Je crains que non : il aide Lord Mewill à se mésallier.

ÉLÉNA : Lord Mewill ? Il se marie ?

AMY : Il le faut bien puisqu'il est ruiné.

ÉLÉNA : Qui épouse-t-il ?

AMY : Un sac d'or.

ÉLÉNA : Mais il a bien un nom, ce sac ?

AMY : Si vous voulez. Mais c'est un de ces noms qui ne disent rien et qu'on n'arrive pas à retenir. Annie… Anna…

LE COMTE : Damby.

ÉLÉNA : Damby ? Eh bien justement : c'est un nom qui me dit quelque chose. Quelque chose, mais quoi ?

LE COMTE : Anna Damby, chère amie, c'est cette jeune fille qui a une loge à Drury Lane, juste en face de la nôtre.

ÉLÉNA : Et qui mange Kean des yeux ? Mais elle est ravissante.

AMY : Vraiment ?

ÉLÉNA : Enfin, elle n'est pas mal. Ce que je lui reprocherai plutôt, c'est de ne pas savoir se tenir : elle ne manque pas une seule représentation et c'est même cette assiduité un peu… outrée qui me l'a fait remarquer.

LE COMTE : Soyez sûre qu'elle vous a remarquée, elle aussi.

ÉLÉNA : Et pourquoi m'aurait-elle remarquée ? Est-ce que je me penche presque à mi-corps hors de ma loge ? Est-ce que j'applaudis chaque tirade à faire craquer mes gants ?

AMY : C'est peut-être qu'elle aime Shakespeare ?

ÉLÉNA : Shakespeare ? Je vous crois bien ! J'espère pour cette petite que son mariage l'assagira.

AMY : Il commence à m'intriguer, ce séducteur. *(Au Comte :)* Aurais-je l'indiscrétion, monsieur, de vous demander une place dans votre loge pour la première fois qu'il jouera ?

LE COMTE : Comment ? Vous aussi, vous voulez le voir ?

AMY : Oui : et de près. De votre avant-scène, on ne doit rien perdre de ses physionomies.

LE COMTE : Parfait : eh bien vous le verrez ce soir de plus près encore.

AMY : Ce soir ?

LE COMTE : Il dîne avec nous.

ÉLÉNA : Vous l'avez invité, monsieur ? Sans m'en prévenir ?

LE COMTE : Invité… invité… Est-ce qu'on invite ces gens-là ? Disons que je me suis assuré les services d'un bouffon. Il jouera Falstaff au dessert.

ÉLÉNA : Sans m'en prévenir !

LE COMTE : Éléna, il faut bien que je fasse ma cour au Prince royal qui daigne s'amuser de lui ; voyez, mesdames : je ménageais cette surprise à Son Altesse et vous m'avez arraché mon secret ; dites encore que je suis diplomate. *(L'Intendant apporte une lettre.)* Vous permettez. *(Il lit.)* Étrange époque, en vérité, où l'on voit un comédien refuser l'invitation d'un ministre !

ÉLÉNA : C'est Kean ?

LE COMTE : Oui.

ÉLÉNA : Il refuse ?

LE COMTE : Oui ! C'est à ne pas croire !

ÉLÉNA : Votre lettre était-elle convenable, au moins ?

LE COMTE : Jugez-en sur la réponse. *(Il lit à voix haute :)* « Monseigneur, je suis désespéré. L'honneur très rare que vous avez bien voulu me faire, c'est au comédien, j'en suis sûr, qu'il s'adresse. Bien que vous ayez eu l'extrême délicatesse de ne pas me le dire, je gage que vous auriez été déçu ce soir si je n'avais pas joué, après le dîner, Falstaff le gros pitre ou Bottom à la tête d'âne et j'étais déjà transporté d'aise à l'idée de vous plaire. Malheureusement l'on ne peut inviter le comédien sans l'homme et l'homme est retenu par une affaire qu'il ne peut remettre. Soyez assez bon, Monseigneur, pour déposer mes regrets les plus vifs et mes hommages les plus respectueux aux pieds de Madame la Comtesse. »

AMY : Eh ! Mais, c'est de l'insolence.

LE COMTE, *agacé* : Mais non, chère amie, ce n'est pas de l'insolence.

AMY : Non ?

LE COMTE : Non. Parce que si c'était de l'insolence, il faudrait que je me fâchasse. Or ma dignité d'ambassadeur m'interdit de me fâcher… Éléna, qu'avez-vous ?

Ayant aperçu le Prince, Éléna s'incline en une révérence.

UN DOMESTIQUE : Son Altesse Royale, le prince de Galles.

Le Domestique sort.

SCÈNE IV

LES MÊMES, LE PRINCE

LE PRINCE, *entre, les regarde et rit* : Ha ! Ha !

LE COMTE, *amusé de le voir rire* : Hi ! Hi !

LE PRINCE, *gaieté croissante* : Ha ! Ha ! Ha !

LE COMTE : Hi ! Hi ! Hi !

ÉLÉNA : Monseigneur, vous êtes bien gai.

LE PRINCE, *baisemain* : Il faut me pardonner, mesdames ; je ris parce que l'aventure la plus folle court dans les rues de Londres sans masque.

ÉLÉNA : Nous vous pardonnerons, monseigneur, si vous nous la contez.

LE PRINCE : Comment donc ! Je la dirais aux roseaux de la Tamise si je n'avais personne pour m'écouter.

ÉLÉNA : Je déclare d'avance que je n'en croirai pas un mot.

AMY : Dites toujours, monseigneur : nous n'avons pas besoin de la croire pour la répéter.

LE PRINCE : Lord Mewill... *(Il éclate de rire.)* Ha ! Ha !

LE COMTE, *riant* : Hi ! Hi !

LE PRINCE : Lord Mewill...

Il rit. Tout le monde rit.

AMY : De grâce, monseigneur, de grâce !

LE PRINCE, *péniblement* : Laissé pour compte !

LE COMTE : Laissé pour compte ? Mais je croyais que...

LE PRINCE : Qu'il se mariait ? Eh bien, il le croyait comme vous, je suppose. La preuve en est qu'il avait remonté sa garde-robe, sa maison, et remis à neuf chevaux, voitures, créances et créanciers. Et puis, ce soir, quand on est allé chercher sa fiancée... *(Il se remet à rire.)* Pfuitt !...

LE COMTE : Pfuitt ?...

AMY : Pfuitt ?...

LE PRINCE : Envolée ! La porte ouverte, la cage vide !

Il rit.

ÉLÉNA : Pauvre enfant qu'on voulait marier contre son cœur ! *(Le Prince rit toujours.)* Vous riez, monseigneur ! Et s'il lui était arrivé malheur ?

LE PRINCE : Est-ce un malheur de partir en voyage avec celui qu'on aime ?

ÉLÉNA : Avec celui qu'on aime ?

AMY : On connaît donc le nom du ravisseur ?

LE PRINCE : Si on le connaît ? C'est le nom le plus illustre !

AMY : Oh ! Prince, prince, je vous en supplie !

LE COMTE : Mesdames, ne pressez pas trop Son Altesse, vous l'embarrasseriez peut-être beaucoup.

LE PRINCE : Moi ? Non, mon cher, je ne m'attaque pas à la bourgeoisie. Mesdames, il s'agit d'un roi qui porte sa couronne quand j'attends encore la mienne — et Dieu prête longue vie à mon frère[5].

ÉLÉNA : Mais enfin, qui est-ce ?

LE PRINCE : C'est don Juan ! C'est Faublas ! C'est le Richelieu des trois royaumes !… Edmond Kean.

ÉLÉNA : Kean !

LE PRINCE : À cette heure, mesdames, il est avec elle sur la route de Liverpool.

ÉLÉNA : C'est… c'est impossible.

AMY : Mais pourquoi donc, Éléna : vous nous disiez vous-même que cette jeune fille le dévorait des yeux…

LE COMTE : Voilà donc la raison de son refus ?

LE PRINCE : De son refus ? Il devait venir ?

LE COMTE : Je l'avais invité, monseigneur, croyant vous plaire.

LE PRINCE : Eh bien, c'est un bonheur qu'il ait refusé : on vous aurait pris pour son complice et vous auriez brouillé le Danemark et l'Angleterre… Mesdames, il faudra fêter cet événement qui ramène la paix dans nos foyers : c'est un bienfait pour la morale publique et je parie que la moitié de Londres illuminera ce soir.

AMY : Était-il si redoutable ?

LE PRINCE : Eh ! Eh !

AMY : On prétend que certaines grandes dames ont été assez bonnes pour l'élever jusqu'à elles.

LE PRINCE : Madame, elles ont été meilleures encore car il faut plutôt dire qu'elles sont descendues jusqu'à lui.

ÉLÉNA : Monseigneur, je ne puis admettre…

LE COMTE : Éléna…

ÉLÉNA : Pardonnez-moi, monseigneur, et daignez me tenir quelque temps encore pour une provinciale : après tout, je n'ai passé qu'un hiver à Londres et nos Danois ont la barbarie de respecter leurs femmes. Mais n'ayez crainte : mes prétentions tomberont au prochain automne, avec les feuilles ; je rirai de mon sexe avec vos beaux esprits et je calomnierai toutes mes amies pour vous plaire. *(Se retournant vers Amy, vivement.)* À commencer par toi !

LE PRINCE : Madame, c'est à moi de vous demander pardon et de vous dire merci.

ÉLÉNA : Vous, monseigneur, me dire merci ?

LE PRINCE : Je connaissais votre grâce et vos sourires, mais je dois vous remercier pour m'avoir fourni l'occasion d'admirer votre colère. Que le Comte est donc heureux : tel que je le vois, je me plais à croire que vous le grondez souvent.

LE COMTE, *avec fatuité* : Eh oui ! Souvent ; très souvent !

ÉLÉNA : Bah ! Pas si souvent que cela.

LE PRINCE : Quant à nos grandes dames, je ne voulais pas médire d'elles : je les plaignais. Ce n'est pas leur faute, après tout, si notre cour est efféminée[6]. Et quand elles s'entichent de Kean, elles courent après une illusion d'homme.

ÉLÉNA : Une illusion ? Kean n'est donc pas un homme ?

LE PRINCE : Et non, madame : c'est un acteur.

ÉLÉNA : Et qu'est-ce donc qu'un acteur ?

LE PRINCE : C'est un mirage.

ÉLÉNA : Et les princes ? Ne sont-ils pas des mirages, eux aussi ?

LE PRINCE : Madame, c'est ce qu'on ne peut savoir qu'en s'approchant d'eux jusqu'à les toucher.

UN DOMESTIQUE : Monsieur Kean.

ÉLÉNA : Kean !

LE COMTE : Kean.

LE PRINCE : Kean ? Mais voilà qui se complique. *(Il se frotte les mains.)* J'adore les complications.

LE COMTE : Faites entrer.

SCÈNE V

LES MÊMES, KEAN

KEAN : Mesdames... Monsieur... *(Découvrant le Prince.)* Son Altesse daignera-t-elle recevoir mes hommages ? *(Personne ne bouge.)* Je vous supplie de me pardonner les inconséquences de ma conduite : il est vrai que je ne croyais pas pouvoir me rendre à votre gracieuse invitation et voyez : une circonstance inattendue a bouleversé mes projets et m'a fait un devoir de vous demander votre aide.

LE COMTE : J'avoue, monsieur, que je ne comptais plus sur vous.

KEAN : Hélas, monsieur, je m'en doutais. Un instant, peut-être, vous m'avez fait l'honneur de désirer ma présence et, voyez ma disgrâce, je n'en ai pas su profiter : croyez que je regrette d'arriver au moment où personne ne me désire plus. *(Un temps. Ils restent figés.)* Eh bien oui : je me suis encore mis dans une situation fausse : mais que voulez-vous, c'est professionnel ; les situations fausses, j'en vis ; tous les soirs, l'homme que je rencontre est précisément celui qui me souhaiterait aux cinq cents diables, la femme à qui je déclare mon amour cache derrière son dos le poignard qui me tuera. Vous ne savez pas tout ce que nos auteurs peuvent imaginer : parfois j'avoue ma passion à mon frère sans savoir qu'il est mon rival et il se tait comme vous faites tous en ce moment et d'autres fois, la femme que j'aime me croit coupable et je dois lui prouver mon innocence à la barbe de son mari et du roi. Hier encore, le roi du Danemark — votre pays, monsieur — faisait peser sur moi un regard insoutenable. Eh bien, je le soutenais tout de même, ce regard : après tout, c'était ce monarque qui m'avait rendu orphelin. Décidément, je n'ai pas de bonheur avec le Danemark : aujourd'hui, c'est son ambassadeur qui m'accable d'un regard que je ne dois pas pouvoir soutenir. Ah ! je le soutiendrai, monsieur, je le soutiendrai tout de même : et savez-vous pourquoi ? C'est que je suis mithridatisé : nous autres, acteurs, quand nous nous assurons sur scène de notre mépris, il faut que ce mépris soit perceptible à mille autres personnes. Il flambe, il rutile, il éblouit. Le mépris d'Henri IV, Falstaff le reçoit dans l'œil sans ciller. C'est ce qui me permet, monsieur, d'endurer votre réprobation sans rentrer sous terre : elle est terrible, bien sûr, mais voyez-vous, elle a le défaut d'être vraie. Et quelquefois je me demande si les sentiments vrais ne sont pas tout simplement des sentiments mal joués[7]. Allons, monsieur, et vous, monseigneur, faites-moi confiance : tout à l'heure nous rirons de bon cœur, tous ensemble. Les auteurs dramatiques me plongent chaque soir dans des situations fausses, mais chaque soir ils m'en tirent. De celle-ci, comme de toutes les autres, n'ayez crainte, je saurai nous tirer.

LE COMTE : Je ne vois qu'un moyen pour cela, monsieur :

c'est que vous preniez congé. Avec les bruits qu'on fait courir sur vous et que monseigneur nous a rapportés, vous sentez certainement…

KEAN : Que ma présence ici n'est pas opportune ? Monsieur, je suis pénétré de son inopportunité : pourtant, ce sont ces bruits qui m'ont amené chez vous.

AMY : Sont-ils faux, monsieur ?

KEAN : Non, madame, ils sont vrais : Miss Anna Damby s'est présentée chez moi.

ÉLÉNA : Eh bien, monsieur, que voulez-vous que cela nous fasse ? Souhaitez-vous que mon mari fasse part de vos bonnes fortunes aux cours étrangères ?

KEAN : Madame, tout est vrai, sauf sur un point : elle est repartie sans m'avoir trouvé.

LE PRINCE : On m'a bien dit pourtant…

KEAN : Qu'elle est restée ? Ah ! Monseigneur, c'est que l'espion qui l'a vue entrer n'aura pas eu la patience d'attendre qu'elle sorte. *(Avec feu.)* Le résultat de ce beau travail, c'est qu'elle est compromise.

LE PRINCE : Quel feu ! Et comme vous défendez la réputation des femmes ! Il me semble que vous n'avez pas toujours eu ce souci.

KEAN : Monseigneur, j'ai exprimé, donc ressenti toutes les passions ; chaque matin j'en prends une que j'assortis à mon habit et elle me dure la journée entière. Aujourd'hui j'ai choisi la passion noble. *(Au Comte :)* Monsieur, je n'ai d'espoir qu'en vous.

LE COMTE : En moi ? Et que diable voulez-vous que je fasse ? Si vous êtes innocent vous n'avez qu'à démentir.

KEAN : Démentir ? Ah ! Monsieur, vous ne savez donc pas ce qu'on pense de nous ? *(Se tournant vers Éléna.)* Si je démentais, madame, si je vous disais simplement : « Ce n'est pas vrai, je ne connais pas Miss Damby, et je ne saurais l'aimer », me croiriez-vous ?

ÉLÉNA : Sans autre preuve ?

KEAN : Sans autre preuve que ma parole d'honneur.

AMY : Éléna, tu ne le croirais pas, j'espère !

ÉLÉNA : Non : je ne le croirais pas.

KEAN : Voyez, monsieur, Mme de Koefeld, elle-même, n'a pas su voir l'honneur de l'homme derrière les extravagances de l'acteur. L'honneur de Kean : cela vous fait rire. Mais vous[a], monsieur l'ambassadeur, vous qui avez un honneur héréditaire, vous qui avez droit au respect par naissance, si vous preniez la parole pour dire… Non, pour imposer le silence aux mauvaises langues, il ne suffit pas d'imposer le respect : il faut être vénéré. Madame, Londres tout entier vous vénère. Daignerez-vous donner vous-même ce démenti ?

ÉLÉNA : Mais, monsieur Kean, je ne peux le donner que si je vous crois sincère.

KEAN, *lui tendant une lettre* : Daignez jeter les yeux sur cette lettre : vous pourrez affirmer devant tous que l'honneur de Miss Damby est sans tache.

LE COMTE : Lisez vous-même, monsieur, nous vous écoutons.

KEAN : Excusez-moi, monsieur, il faut laisser à chacun ce qui lui revient : l'honneur aux hommes du monde, l'intelligence et le talent aux acteurs, aux femmes la délicatesse du cœur. Un secret dont dépend le bonheur, l'avenir et peut-être la vie d'une femme, ne peut être révélé qu'à une femme. Lisez, madame, je vous en supplie.

LE PRINCE : Mon rang me donne-t-il le droit d'entrer dans la confidence ?

KEAN : Monseigneur, tous les hommes sont égaux devant un secret.

LE PRINCE, *prenant Kean à part* : Kean, quel jeu joues-tu ?

KEAN : Quel jeu ? Eh ! Monseigneur, quel jeu voulez-vous que ce soit ? Je joue la comédie, voilà tout. *(À Éléna :)* Madame, je vous renouvelle ma prière.

LE COMTE : Je ne sais vraiment…

AMY, *prenant le bras du Comte* : Allons, comte, vous êtes diplomate : dès que votre femme saura le secret, vous le devinerez.

LE PRINCE, *le prenant par l'autre bras* : Et quand vous l'aurez deviné, vous nous le direz.

Ils l'emmènent plus loin.

ÉLÉNA : Et cette lettre suffirait à vous justifier ? *(Elle la prend. Elle lit.)* « Monsieur, je me suis présentée à vous et ne vous ai pas trouvé. Je n'ai pas l'honneur d'être connue de vous, mais quand vous saurez que ma vie entière va dépendre des conseils que vous voudrez bien me donner, je suis sûre que vous ne refuserez pas de me rencontrer demain. Anna Damby. » Merci, monsieur, merci mille fois. Mais quelle réponse avez-vous fait à cette lettre ?

KEAN, *bas* : Tournez la page, madame.

ÉLÉNA, *lisant bas* : « Je ne savais comment vous voir, Éléna ; je n'osais vous écrire ; une occasion se présente et je la saisis. Vous savez que les rares moments que vous dérobez pour moi à ceux qui vous entourent passent si rapides et si tourmentés, qu'ils ne marquent réellement dans ma vie que par leur souvenir… » *(Elle s'arrête.)*

KEAN, *bas* : Daignez lire jusqu'au bout, madame.

ÉLÉNA, *lisant* : « J'ai souvent cherché par quel moyen une femme de votre monde et qui m'aimerait vraiment, pourrait m'accorder par hasard une heure sans se compromettre et voici ce que j'ai trouvé : si cette femme m'aimait assez pour m'accorder cette heure, en échange de laquelle je donnerais ma vie, elle pourrait, en passant devant le théâtre de Drury Lane, faire arrêter la voiture au bureau de location et entrer sous le prétexte de retirer un coupon ; l'homme qui tient le bureau m'est dévoué, et je lui ai donné l'ordre d'ouvrir une porte secrète que j'ai fait percer dans ma loge, à une femme vêtue de noir et voilée qui daignera peut-être venir m'y voir demain soir. » *(À voix haute.)* Voici votre lettre, monsieur.

Elle lui tend la lettre, Kean la prend.

KEAN : Mille grâces, madame la comtesse. *(S'inclinant.)* Monsieur le comte… Milady… Monseigneur…

Il va pour sortir.

AMY, *qui s'est avancée* : Eh bien, Éléna ?

LE PRINCE : Eh bien, madame ?

LE COMTE : Eh bien, comtesse ?

ÉLÉNA, *lentement* : C'était à tort que l'on accusait M. Kean de l'enlèvement de Miss Anna Damby.

LE PRINCE, *le regardant s'éloigner* : Ah ! Monsieur Kean, vous venez de nous jouer là une charade dont je vous donne ma parole que je saurai le mot.

KEAN, *arrivé à la porte, se retourne et salue* : Merci, madame la comtesse.

RIDEAU

ACTE II

DEUXIÈME TABLEAU

La loge de Kean

SCÈNE I

KEAN, SALOMON

SALOMON : Maître ?
KEAN : Eh ?
SALOMON : Puis-je vous parler ?
KEAN : Plus tard ! Plus tard ! Quelle heure est-il ?
SALOMON : 6 heures.
KEAN : Tu verras qu'elle ne va pas venir !
SALOMON : Allons donc !
KEAN : Tu verras ! tu verras !
SALOMON : Ce serait bien la première.
KEAN : Les autres, je ne les aimais pas. Il n'y a pas plus exacte qu'une femme que l'on n'aime pas. La porte ouvre bien au moins ?
SALOMON : Je l'ai huilée ce matin même.
KEAN : Suppose qu'elle soit venue, qu'elle ait tenté de l'ouvrir et qu'elle n'y soit pas parvenue ?
SALOMON : Aucune chance ! *(Il va à la porte secrète, l'ouvre et la referme.)* Un enfant l'ouvrirait avec un doigt.
KEAN : Bon. Eh bien, il ne reste plus qu'à attendre. J'ai horreur d'attendre. *(Agacé par le violon d'un musicien des rues, il tend une bourse à Salomon.)* Jette-lui cette bourse et qu'il s'en aille. *(Salomon tire les pièces de la bourse, en jette la moitié au musicien et remet l'autre dans la bourse qu'il va remettre dans la robe de chambre de Kean.)* Que fais-tu ?
SALOMON : Je partage : la moitié pour vous, la moitié pour lui.
KEAN : Qu'est-ce qui te prend ? Je n'aime pas les demi-mesures.

SALOMON : Alors il fallait garder tout.

KEAN : *Toi*, tu veux m'empêcher de faire la charité ?

SALOMON : Oui, quand vous la faites avec le bien des autres.

KEAN : Ces ducats…

SALOMON : Ces ducats, nous les gagnâmes le mois passé, mais voilà tantôt trois ans que nous les dépensâmes avec tous ceux que nous gagnerons pendant les six prochaines années.

KEAN : C'est donc l'argent de mes créanciers ?

SALOMON : Hélas !

KEAN : Raison de plus pour le distribuer : je sauve leur âme.

Il va pour jeter la bourse par la fenêtre. Salomon lui barre le passage.

SALOMON : Vous me passerez plutôt sur le corps ! *(S'accrochant à Kean.)* Maître, c'est tout ce qui nous reste !

KEAN : Tout ?

SALOMON : Tout le liquide, oui.

KEAN : Alors nous n'avons plus un sou ?

SALOMON : Plus l'ombre d'un.

KEAN : Enfin je vais porter des pantalons collants ! Sais-tu ce que je lui reprochais à ton liquide ? C'est d'être beaucoup trop solide : il s'entasse au fond des poches, et déforme les habits. Salomon, tu verras comme j'ai la cuisse belle.

SALOMON : Je le verrai mieux encore quand vous irez cul nu.

KEAN, *sévèrement* : Eh bien, Salomon ? Es-tu fou ?

SALOMON : Je ne suis pas fou mais je déteste votre insouciance.

KEAN : Pourquoi me soucierai-je de l'argent ? À quoi sert-il ?

SALOMON : À payer ce qu'on achète.

KEAN : Et que veux-tu que j'en fasse moi qui achète tout sans rien payer ?

SALOMON : Ce que je veux que vous en fassiez ? Vous le saurez à l'instant, pour peu que vous m'écoutiez.

KEAN : Je t'écouterai quand tu voudras, mon bon Salomon.

SALOMON : À la bonne heure.

KEAN : Sauf aujourd'hui.

SALOMON, *navré* : J'aurais dû m'en douter. Demain n'est-ce pas ?

KEAN : Oui, demain.

SALOMON : Pourtant l'occasion ne sera jamais si belle :

vous traînez de fauteuil en fauteuil, vous bâillez, vous vous ennuyez ferme…

KEAN : J'attends une femme, coquin…

SALOMON : C'est bien ce que je dis.

KEAN, *enchaînant* : … et je m'ennuie parce que l'amour est ennuyeux.

SALOMON : Laissez-moi vous dresser le bilan de votre situation financière à ce jour et je vous promets que vous ne vous ennuierez pas : le temps passera comme un songe.

KEAN : Et si je veux m'ennuyer, moi ?

SALOMON : Pour quoi faire ?

KEAN : Pour l'amour de l'amour. Sérieusement, quand veux-tu que je médite sur le charme de celle que j'aime ?

SALOMON : Dame ! quand elle sera là.

KEAN : Quand elle sera là, je n'aurai plus une minute pour la voir : je serai bien trop occupé à l'épier[1]. Allons ! laisse-moi me recueillir. *(Il s'étend sur le divan et ferme les yeux.)* Éléna !

SALOMON, *s'approchant à pas de loup et lui criant à l'oreille* : Vous êtes aux abois !

KEAN, *sursaute* : Hé ?

SALOMON : Aux abois.

KEAN : Il ne fallait pas le dire ! Comment veux-tu que j'aille lui parler d'amour à présent ? *(Un temps.)* Aux abois ! Parbleu : la belle nouvelle ! Depuis trente-cinq ans que ça dure, crois-tu que je ne le sais pas ? Vingt fois j'ai voulu me pendre ; cent fois j'ai pensé mourir de faim. Déjà, dans ma petite enfance…

SALOMON, *un cri* : Ah ! non ! Non : tout mais pas votre enfance ; je n'ai pas mérité ça !

KEAN : Pas mon enfance ? Qu'est-ce qu'elle t'a fait ?

SALOMON : Elle m'a fait que je l'adore, que je la respecte, que je la plains mais que je la connais par cœur et que nous n'arriverons à rien si vous persistez à me la raconter chaque fois que je vous parle d'argent. Ce n'est pas à l'enfant, s'il vous plaît, que nous avons affaire : c'est à l'homme. L'enfant[a] vivait dans la misère et ne songeait qu'à s'en évader ; l'homme a vécu dix ans dans le luxe… Maître, c'est *votre* luxe que je veux préserver : je vous en prie, écoutez-moi.

KEAN, *indigné* : *Mon* luxe ? Mais de quoi parles-tu ?

SALOMON, *geste* : Eh bien : de tout cela, de votre hôtel, de votre équipage et de vos six laquais…

KEAN : Mais c'est le luxe des autres, imbécile ! L'hôtel croule sous les hypothèques ; l'équipage est impayé ; aux laquais, je dois six mois de gages. Ce divan appartient en légitime propriété à Gregor MacPherson, antiquaire écossais ; cette robe de chambre… Tu veux savoir la ressemblance entre l'homme et l'enfant : eh bien, l'enfant ne possédait que les trous de son habit d'Arlequin et l'homme n'a rien à lui sauf les dettes qui sont les trous de son budget. Tiens : que les créanciers s'avisent de remporter leurs fournitures, je me retrouverai tout nu dans Piccadilly, avec dix ans de moins sur les épaules.

SALOMON : À vous entendre, on croirait que vous le souhaitez.

KEAN : C'est que je me sens libre : ils me gardent ma place, dans la troupe du vieux Bob. Je reprendrai mon masque, ma batte et mon costume troué.

SALOMON : Quand ?

KEAN : Quand je voudrai : je n'ai rien donc rien ne me tient. Tout est provisoire, je vis au jour le jour la plus fabuleuse imposture. Pas un liard, rien dans les mains, rien dans les poches : mais il me suffit de claquer des doigts pour convoquer des esprits souterrains qui m'apportent des tapis d'Orient, des joyaux et des bouquets. *(Il claque des doigts. On frappe à la porte.)* Qu'est-ce que c'est ?

SALOMON, *qui est allé ouvrir* : Des fleurs.

KEAN : Eh bien ? Qu'en dis-tu ? Suis-je un illusionniste ou un enchanteur ? Dispose-les : c'est pour elle. *(Un temps.)* Tu fais la grimace, je crois ?

SALOMON : Elles doivent coûter un écu la pièce.

KEAN : Elles ? Qui ça, elles ?

SALOMON : Les fleurs, tiens !

KEAN : Où vois-tu des fleurs ?

SALOMON : Là.

KEAN : Ce sont des mirages. Les ai-je payées ?

SALOMON : Pour cela non.

KEAN : Quel en est le propriétaire légitime ?

SALOMON : Le fleuriste de Soho Square.

KEAN : Est-ce un jobard ? Un pigeon ? Un prodigue ?

SALOMON : C'est le plus fieffé grigou et qui ne donne rien pour rien.

KEAN : Tu vois bien : n'ayant rien donné, je n'ai rien reçu ; donc elles sont encore dans sa boutique et tu es le jouet d'une illusion d'optique. Ombres de roses, salut ! Entrez dans la fantasmagorie. Il me plaît de régner sur des mirages et je vous aime d'autant plus que vous n'existez pas. Regarde comme elles s'ouvrent, comme elles s'abandonnent : si je les avais achetées, je serais déjà rassasié d'elles ; mais je les désire encore parce qu'elles se faneront sans m'avoir appartenu. Jouis, Salomon.

SALOMON, *étonné* : Hé ?

KEAN : Jouis.

SALOMON : Que je jouisse ? De quoi ?

KEAN : De tout ce qui n'est pas à toi. De l'air du temps, des femmes des autres, de ces fleurs ! *(Il lui jette une rose.)* Jouis, mais ne possède pas !

SALOMON : Jouir sans posséder : c'est faire des dettes.

KEAN : Eh bien fais-en ! Regarde : ne faut-il pas qu'on m'adore pour m'offrir ces bouquets ? Tant que tu ne payes pas tes dettes, ce sont des souvenirs d'amour, des preuves de la bonté humaine. Ah ! le bon fleuriste ! le brave homme ! C'est trop, c'est beaucoup trop ; vraiment, il me gâte, je vais le gronder ! Et sais-tu qu'il prie Dieu chaque jour de me garder en vie ? *(Un temps.)* Salomon, m'aimes-tu ?

SALOMON : Vous le savez !

KEAN : Alors tu dois aimer qu'on m'aime : au lieu de me reprocher mes dettes, aide-moi à les multiplier.

SALOMON : Impossible.

KEAN : Quoi ? Qu'est-ce qui est impossible ?

SALOMON : La multiplication des dettes.

KEAN : Parce que ?

SALOMON : Crédit fini.

KEAN : Fini ? Mais hier encore…

SALOMON : C'était hier.

KEAN : Alors c'est que le cœur des hommes a changé en une nuit !

SALOMON : Le cœur des hommes, non : mais celui de vos créanciers. Ils se sont donné le mot. Finis les prêts sur gages et ventes à tempérament.

KEAN : Et c'est à présent que tu me le dis ?

SALOMON : Voilà une heure que j'essaye de placer un mot !

KEAN : Qu'ils aillent au diable ! Les bailleurs de fonds ne manquent pas.

SALOMON : On fait circuler dans tout Londres une mise en garde qui vous concerne.

KEAN : Et que dit-elle ?

SALOMON : « Plus un sol à l'acteur Kean. »

KEAN : Mais que veulent-ils, à la fin ?

SALOMON : Qu'on les rembourse.

KEAN : Les requins ! *(Il marche de long en large.)* Est-ce qu'on va me laisser travailler de mon métier ? Est-ce que ces gens-là s'imaginent que je peux répéter Richard III dans un taudis ? Courage : assassinez le plus grand acteur du siècle : vous verrez comme vos nuits redeviendront mornes ! *(À Salomon :)* Eh bien ! que fais-tu là, toi ? On m'étrangle, on m'égorge et tu bayes aux corneilles : cours ! cherche de l'argent !

SALOMON : Mais où ?

KEAN : Ah ! débrouille-toi. Mon affaire est de le dépenser et la tienne de le trouver. *(Brusquement.)* Mais dis donc, toi... Approche ! Qu'est-ce qui se passe ? Qu'est-ce que c'est que cette histoire ? S'ils ne me font plus crédit, c'est qu'ils ne me font plus confiance. Et s'ils ont perdu confiance, c'est que j'ai perdu... Va sur l'heure au bureau et demande le livre de recettes.

SALOMON : Que vous importent les recettes ? Elles ne sont pas à vous.

KEAN : Je veux savoir si elles ont baissé... Parce que, si elles ont baissé, Salomon, c'est que moi aussi, j'ai baissé.

SALOMON : Hier on a refusé six cents personnes.

KEAN : Et avant-hier ?

SALOMON : Avant-hier, sept cent cinquante.

KEAN : Tu vois ! Tu vois ! Pourquoi cette différence ?

SALOMON : C'est à cause du différend qui s'est élevé entre notre gouvernement et celui de la Hollande.

KEAN : Au diable la politique ! Elle remplit les prisons et vide les théâtres. Salomon, tu me jures qu'on m'aime encore ?

SALOMON : À la folie !

KEAN : Écoute, mon ami, mon frère, toi qui m'apprends mes rôles tous les matins et qui me les souffles tous les soirs, dis-moi franchement : est-ce que je baisse ? Ne crains pas de me faire mal : je veux quitter la scène avant de m'y couvrir de honte.

SALOMON : Vous n'avez jamais mieux joué.

KEAN : Jamais mieux ? Mais il m'est arrivé d'être *aussi bon* ?

SALOMON : Dame !

KEAN : J'ai compris. *(Il marche avec agitation.)* Je ne baisse pas encore, mais je ne monte plus. Cela veut dire que je suis perdu ; au théâtre comme en amour, il n'y a qu'une loi : monte ou dégringole. Mais, bon Dieu, qu'exige-t-on de moi ? Que je me surpasse ? Et avec quoi ? Nos auteurs sont des nains ! Si vous voulez un Super-Kean, donnez-moi un Super-

Shakespeare. Salomon, je suis Aladin ; ma lampe c'est mon génie. Si elle devait un jour s'éteindre…

SALOMON : Elle ne s'éteindra pas ; elle brillera jusqu'à votre mort.

KEAN : Elle… Touche du bois, malheureux ! Touche du bois ! *(Ils touchent les bras d'un fauteuil. D'une voix changée.)* Alors ? Qu'est-ce qu'il faut faire ?

SALOMON : Premièrement : des économies.

KEAN : Sur ce point, je suis catégorique : jamais. Passons aux autres points.

SALOMON : Ce serait pourtant si facile !

KEAN : Et que diable veux-tu que j'économise ?

SALOMON : Vous aimez si peu la société des hommes : ne leur donnez pas de souper.

KEAN : Il y a beau temps que je n'en donne plus.

SALOMON : Vous en donnez un ce soir. C'est l'habilleur qui me l'a dit.

KEAN : Ce soir ? Mais ce n'est pas un souper ! Je vais chez Peter Patt, au *Coq noir*, tu sais ce coupe-gorge, ce repaire de truands, au bord de la Tamise.

SALOMON : Et qu'allez-vous faire là ?

KEAN : Donner un repas de baptême.

SALOMON : Combien de couverts ?

KEAN : Je ne sais pas moi ; deux ou trois douzaines.

SALOMON : Sans compter ceux des clochards que vous ramasserez sur votre route.

KEAN : Ah ça ! Monsieur Salomon, qu'espérez-vous ? M'empêcher de traiter mes amis ?

SALOMON : Ces truands sont vos amis ?

KEAN : Pas les truands, imbécile ! Mes saltimbanques ! La troupe du vieux Bob. Ceux-là, vois-tu, ils sont sacrés. J'ai traîné la misère avec eux, j'ai mendié, j'ai dansé aux carrefours, ils m'ont appris les sept souplesses du corps, le Niagara et les soleils : voudrais-tu que je les oubliasse ? Toute mon enfance, Salomon. Exiges-tu que je renie mon enfance ?

SALOMON : Pour l'amour de Dieu, laissez votre enfance en paix.

KEAN : Bon : je n'en parlerai plus si tu ne me parles plus de mes dettes. Viens ce soir, Salomon, tu es cordialement invité : le vieux Bob a son douzième enfant et je suis le parrain. Allons, viens !

SALOMON, *lugubre* : Ça va faire un couvert de plus.

KEAN : Peter Patt nous fait encore crédit, je t'en réponds ! Eh bien, Salomon, ris un peu ! Pourquoi fais-tu cette tête de mauvais prêtre ? Veux-tu sourire ! Qu'est-ce qu'il y a encore ? Tu n'as pas tout dit ? Encore une histoire d'argent, hein ?

SALOMON : Le…

KEAN : Ah ! tais-toi ! tais-toi ! Tu vas me gâcher ma belle humeur : Salomon, c'est une comtesse, j'aurai besoin de toute ma patience ! *(Un temps.)* Et puis, tiens ! parle : qu'est-ce que c'est ?

SALOMON : C'est le bijoutier : vous lui avez signé un billet de quatre cents livres. Pour le collier que vous offrîtes à Fanny Hearst.

KEAN : Ce sont des choses qu'on fait sans y penser.

SALOMON : Oui, mais vous n'avez pas honoré votre signature.

KEAN : Ma signature ? Quand l'ai-je donnée ?

SALOMON : Il y a tantôt six mois.

KEAN : Depuis j'ai joué Hamlet, Roméo, Macbeth, Lear, et tu dis que je ne l'ai pas honorée !

SALOMON : Je veux dire que vous n'avez pas payé.

KEAN : Ah ça, tu es fou ? Tu choisis le moment où j'aime Éléna pour me faire payer un collier à Fanny ? Ce serait une infidélité.

SALOMON : Oui, mais le bijoutier, lui, qui vit de l'infidélité des autres…

KEAN : Qu'est-ce qu'il a fait ?

SALOMON : Les avocats viennent de m'apprendre qu'il a demandé prise de corps contre vous.

KEAN : Contre *moi* ? Je te parie qu'il ne l'obtiendra pas.

SALOMON : Ils disent qu'il est assuré de l'obtenir.

KEAN : Et s'il l'obtenait ?

SALOMON : Ce serait la saisie, certainement — et la prison, peut-être.

KEAN : Nous verrons si le peuple de Londres me laissera emprisonner. Kean en prison ? Tous les théâtres des deux mondes fermeraient en signe de deuil ! *(Changeant de ton. Morne.)* Ça y est ! Tu l'as gâchée, imbécile.

SALOMON : Quoi ?

KEAN : L'humeur ! Je le sais parbleu bien que je suis perdu, brûlé, coulé, fini ! Seulement moi, j'ai la politesse de ne pas en parler.

SALOMON : Je pensais…

KEAN : Quoi encore ?

SALOMON : Que vous pourriez… demander secours au prince de Galles.

KEAN : Au diable ! Il a plus de dettes que moi.

SALOMON : Peut-être intercéderait-il auprès du roi.

KEAN : Je verrai. À présent, tais-toi !

SALOMON : Un prêt d'argent…

KEAN, *avec violence* : À partir d'aujourd'hui, je t'interdis de prononcer ce mot obscène en ma présence. Que vais-je dire à Éléna ? Comment oserai-je lui ouvrir les bras ? Tu m'as souillé.

SALOMON, *qui suit son idée* : Si le roi payait la moitié de vos dettes — la moitié seulement — avec l'argent que vous gagnez…

KEAN : Moi, gagner de l'argent ! J'aimerais mieux crever !

SALOMON : Mais pourtant…

KEAN : Qu'est-ce que tu racontes ? Crois-tu qu'on me paye pour jouer ? Je suis un prêtre : tous les soirs je célèbre la messe et toutes les semaines je reçois des offrandes, voilà tout. L'argent pue, Salomon. Tu peux le voler ou, à la rigueur, le recevoir en héritage. Mais avec celui que tu gagnes, il n'est qu'une manière d'en user. *(Il s'est rapproché de la fenêtre. Le violoneux a repris la ritournelle.)* Le jeter par les fenêtres ! *(Il jette la bourse.)*

SALOMON, *pousse un grand cri* : Oh ! Mon Dieu !

KEAN, *d'abord déconcerté par son propre geste, hausse les épaules* : Bah ! tant pis ! *(Gentiment.)* Tu me prêteras un schilling[b], ce soir, pour mes cigares.

SALOMON : Oui, maître.

On frappe.

KEAN : Encore ! Sommes-nous dans un moulin ? Je n'y suis pour personne.

Salomon est allé ouvrir.

SALOMON : C'est…

KEAN, *avec impatience* : Eh bien ? Qui ?

SALOMON : Le prince de Galles.

KEAN : Dis à Son Altesse que je ne puis la voir.

SCÈNE II

LE PRINCE, KEAN, SALOMON

LE PRINCE, *entrant* : Que vous ne *pouvez* me voir, monsieur Kean ?

Salomon sort.

KEAN, *enchaînant* : Que je ne puis la voir sans un plaisir extrême et toujours neuf.

LE PRINCE : Cela va de soi. N'empêche que je te dérange et que tu me voudrais au diable.

KEAN : Votre Altesse ne me dérange jamais.

LE PRINCE : Tu flattes par habitude mais tu serres les dents si fort que les mots ont de la peine à passer.

KEAN : Mauvaise diction alors ? C'est grave. *(Il répète en articulant comme pour un exercice de diction.)* Vo-tre Al-te-sse ne-me-dé-ran-ge-ja-mais.

LE PRINCE : Jamais ?

KEAN : Jamais !

LE PRINCE : Mais si tu attendais une femme ? Kean, il faudrait me le dire, je me retirerais sur-le-champ.

KEAN : Monseigneur, je n'attends personne.

LE PRINCE : Menteur ! Et ces bouquets ?

KEAN : Ce sont les fleurs que m'envoient mes admiratrices.

LE PRINCE : Et ce déshabillé somptueux ?

KEAN : Chaque soir je m'habille pour plaire à l'Angleterre. N'ai-je pas le droit de me déshabiller pour me plaire ?

LE PRINCE : Qui t'a fait cette robe de chambre ?

KEAN : Perkins[2].

LE PRINCE : Je lui commanderai dès demain la pareille.

KEAN : Encore ?

LE PRINCE : Que dis-tu ?

KEAN : C'est la sixième fois que Votre Altesse veut bien s'inspirer de mes goûts...

LE PRINCE : Où est le mal ?

KEAN : Cette robe de chambre, toute l'Europe la portera la semaine prochaine.

LE PRINCE : À ta place, j'en serais fier.

KEAN : Monseigneur, il y a beau temps que ma voix et

mon visage sont à tout le monde et que les comédiens du Royaume-Uni m'ont volé mes manières. Du moins avais-je, autrefois, quelques hardes que je portais pour moi seul ; à huis clos, ce miroir me renvoyait l'image du *vrai* Kean que j'étais seul à connaître. Quand je m'y regarde aujourd'hui, je n'y vois plus qu'une gravure de mode. Grâce à la bienveillance de Votre Altesse, je suis devenu public jusque dans ma vie privée.

LE PRINCE : Plains-toi ! C'est le prix que tu payes pour mon amitié. *(Un temps.)* Qui seras-tu ce soir ?

KEAN : Roméo.

LE PRINCE : Roméo, à ton âge ? Mon pauvre vieux Kean ! Il avait dix-huit ans quand il s'est tué, n'est-ce pas ?

KEAN : À peu près.

LE PRINCE : Voilà donc vingt ans que tu lui survis ?

KEAN : Voilà vingt ans que je l'empêche de mourir.

LE PRINCE : Et ta Juliette, quel âge a-t-elle ?

KEAN : C'est Mistress MacLeish[3].

LE PRINCE : Quelle horreur ! C'est elle qui a dépucelé le roi mon frère. À vous deux vous avez cent ans ! Les planches vont s'écrouler sous le poids de vos années ! Je ne conçois pas comment les spectateurs pourront supporter les vieilles amours de votre vieux couple !

KEAN : Où serait le talent si je ne pouvais leur faire croire que j'ai dix-huit ans ?

LE PRINCE : Pour toi, passe encore ; mais pour la MacLeish…

KEAN : Où serait le génie si je ne pouvais leur persuader qu'elle en a seize ?

LE PRINCE : Et comment t'y prendras-tu ?

KEAN : Je m'arrangerai pour qu'ils ne regardent que moi ; ils la verront par mes yeux.

LE PRINCE : Et quand elle parlera ?

KEAN : On attendra que je lui réponde. D'ailleurs le rôle de Juliette est un peu faible. Avec des longueurs. Je l'ai fait revoir et considérablement alléger.

LE PRINCE : Il faudra tout de même qu'elle parle : si l'on s'apercevait de son existence…

KEAN : Je surveille mon public : s'il se tourne sur elle, je lui coupe la réplique.

LE PRINCE : Je vois. Pourquoi regardes-tu ta montre ?

KEAN : Pour savoir si c'est l'heure de mon lait de poule. J'en prends pour m'éclaircir la voix.

LE PRINCE : Vraiment ? Une heure et demie avant de jouer ? Quand tu paraîtras sur scène, il y aura beau temps qu'il aura fait son effet. Et pour tes nerfs ?

KEAN : Comment ?

LE PRINCE : Pour tes nerfs, que prends-tu ? Tu m'as l'air fort agité, ce soir.

KEAN : C'est le plaisir inattendu que me fait votre visite.

LE PRINCE : Tais-toi donc ! Allons, monsieur Kean ! On sait d'où vient votre impatience, on connaît votre secret.

KEAN : Je n'ai jamais eu de secret pour Votre Altesse.

LE PRINCE : C'était vrai jusqu'à hier.

KEAN : Jusqu'à hier ?

LE PRINCE : Cette lettre que tu as fait lire à la comtesse de Koefeld.

KEAN : Ah ! Monseigneur, elle contenait le secret de Miss Damby.

LE PRINCE : J'ai cru pourtant reconnaître de loin ton écriture. Et je me demandais si le secret dont tu faisais la confidence n'était pas celui de ton vieux cœur incorrigible. *(Il récite.)* « J'ai souvent cherché comment une femme qui m'aimerait véritablement… »

KEAN : Monseigneur !

LE PRINCE, *enchaînant* : « … pourrait m'accorder par hasard une heure sans se compromettre… »

KEAN : Monseigneur, qui vous l'a dit ?

LE PRINCE : Qui ? Ah ! Devine ! Qui pouvait le savoir ? *(Un temps.)* Qu'avez-vous monsieur Kean ?

KEAN, *colère blanche* : Tout juste un brin de colère. *(Il s'assied.)*

LE PRINCE : Vous vous asseyez, ma parole.

KEAN, *riant avec effort* : M'asseoir devant Votre Altesse ? Jamais. Je me laisse tomber dans un fauteuil.

LE PRINCE : Mais tu bégayes !

KEAN, *riant* : Eh bien oui ! Voyez-vous cela sur une scène ? Je suis Othello, on m'apprend que Desdémone me trompe et je tombe sur une chaise. J'entends d'ici les sifflets. Le public réclame que nous donnions plus de noblesse et d'amplitude à l'expression de nos sentiments. Monseigneur, j'ai tous les dons : l'ennui c'est qu'ils sont imaginaires. Qu'un faux prince me vole ce soir une fausse maîtresse et vous verrez si je sais crier. Mais quand le vrai prince de Galles vient me dire en face : « Tu t'es confié à une femme, et hier cette femme et moi nous t'avons bafoué », la colère me coupe bras et jambes et me fait bégayer. J'ai toujours dit que la Nature était une copie très inférieure de l'Art. *(Il s'est ressaisi.)* Donc, monseigneur, la comtesse de Koefeld vous a tout dit ?

LE PRINCE : Tu avoues ? Tu avoues que tu lui as donné rendez-vous pour ce soir dans ta loge et que tu l'attends ? Allons, je serai bon prince ; puisque j'ai ton aveu, je vais arrêter ton supplice : elle ne m'a rien dit. *(Kean garde le silence.)* Rien, pas un mot : je plaisantais. *(Un temps.)* Eh bien, Kean, faudra-t-il que nous vous donnions notre parole ?

KEAN : J'ai foi dans la parole de Votre Altesse comme dans les Saintes Écritures — sauf quand il s'agit d'une femme. Monseigneur, nous avons trop souvent menti ensemble à des maris.

LE PRINCE : À des maris, soit. Mais à toi, mon ami ?

KEAN : À moi ? Oh ! Monseigneur ! Et Jenny ? Et May ? Et Laura ? *(Un temps.)* Cette lettre, il faut qu'on vous l'ait récitée par cœur, sinon comment la connaîtriez-vous ?

LE PRINCE : Comment ? Mais, pauvre fou, c'est toi-même qui me l'as fait lire ! Oui, toi ! une première fois, c'était il y a trois ans, avant de l'envoyer à Lady Blythe ; une seconde fois, c'était l'an dernier, avant de la glisser dans le secrétaire de la comtesse Potocka ; une troisième fois... Et puis, tiens, la troisième fois, s'il faut tout dire, je l'ai retenue dans ma mémoire et j'ai pris la liberté de l'envoyer en mon nom à Lady La Plante.

KEAN, *riant* : C'était donc cela !

LE PRINCE, *riant* : Eh oui ! Rien que cela !

KEAN, *riant* : Je vous l'avais fait lire moi-même ! Et vous ne saviez rien du tout ! On ne vous a rien dit !

LE PRINCE, *riant* : Rien : je tentais ma chance. *(Avec reproche.)* Oh ! Kean ! La *même* lettre ! N'as-tu pas honte ?

KEAN, *tout à fait rasséréné* : Ne suis-je pas le même homme ? Et puis, cette fois tout est changé.

LE PRINCE : Comment changé ? Tu l'as écrite pourtant.

KEAN : Je l'ai écrite, oui. Mais je ne vous l'ai pas montrée.

LE PRINCE : C'est donc que tu aimes ?

KEAN : À en crever.

LE PRINCE, *riant* : Roméo !

KEAN : Non. Non, je ne suis pas Roméo. Roméo aime à en mourir. Moi, je vous dis que j'en crève. Tout à l'heure, sur les planches, j'irai vivre un bel amour imaginaire ; mais celui que je ressens pour de vrai ressemble à mes colères : il ne se joue, ni ne se chante, ni ne se parle. Je le bégaye et il m'abrutit.

LE PRINCE : Eh bien, guéris-toi.

KEAN : Si je le pouvais !

LE PRINCE : Tu ne le peux pas ?

KEAN : Monseigneur, cette fois, je n'aime pas pour mon plaisir.

LE PRINCE : Kean, si je te demandais de renoncer à cette femme ?

KEAN : C'est donc pour cela que vous êtes venu ?

LE PRINCE : C'est pour cela.

KEAN : Alors vous êtes...

LE PRINCE, *riant* : Sur les rangs ? Dieu non ! J'ai mis trois femmes dans mon cœur et elles s'entre-déchirent comme des chats dans un sac, je suis couvert de sang. Que ferais-je d'une quatrième ? Ce que j'en dis, c'est pour toi. Sais-tu que tu as pauvre mine ? Et puis tu t'es conduit hier soir comme un dément. Ces folles passions ne sont plus de ton âge, Kean, elles t'abrutissent, tu le dis toi-même, et l'Angleterre ne veut pas perdre son meilleur comédien.

KEAN : Si l'Angleterre veut me garder, qu'elle me laisse mes passions. Il faut que je les aie toutes pour pouvoir toutes les exprimer. Je n'avais ressenti que les joies de l'amour, à présent j'en connais les affres et vous mesurerez le profit que j'en tire, monseigneur, si vous venez me voir jouer *Othello*.

LE PRINCE : Kean, renonce à cette femme.

KEAN : Plaît-il ?

LE PRINCE : Si ce n'est par sagesse, que ce soit par obéissance.

KEAN : Oh ! Pardon, monseigneur : je croyais m'adresser au joyeux compère que j'ai souvent suivi dans ses équipées nocturnes et plus d'une fois ramené sur mes épaules. Mais je connais mon erreur : je parle au prince de Galles. Obéir ? Parbleu, c'est le premier de mes devoirs. Mais si Votre Altesse exige que je me soumette à ses volontés, qu'elle souffre du moins que je ne partage plus ses plaisirs : ils me rendraient le respect... difficile.

LE PRINCE, *sèchement* : Kean ! *(Un temps.)* Mettons que je te le demande au nom du roi.

KEAN : Au nom du roi ? Est-ce que Sa Majesté se soucie de mes amours ?

LE PRINCE : Sa Majesté souhaite que tu laisses les ambassadrices en paix. Le comte de Koefeld est un homme éminent qui sert les intérêts de son pays tout en ménageant les nôtres : imagine qu'on apprenne… Allons, Kean, tu sais bien qu'on le rappellerait sur l'heure. Et qui mettrait-on à sa place ? Sais-tu que nous avons d'importantes affaires au Danemark ?

KEAN : Oui. Du fromage.

LE PRINCE : Plaît-il ?

KEAN : Je dis que ces importantes affaires se réduisent aux achats de fromage que nos marchands font à Copenhague. Ah ! l'étrange balance, monseigneur ! Dans un de ses plateaux vous mettez un fromage et vous voulez que je mette mon cœur dans l'autre ?

LE PRINCE : Et si j'y mettais de l'or ?

KEAN : Du côté cœur ?

LE PRINCE : Non : du côté fromage. Tu as des dettes…

KEAN : Qui le saurait mieux que vous, monseigneur, puisque nous les avons faites ensemble.

LE PRINCE : Si tu obéis, le roi te les paye. Allons, Kean, je connais ton cœur et tu ne me feras pas croire qu'il vaut plus de six mille ducats. Tiens ! *(Il lui tend un papier.)*

KEAN : Qu'est-ce que c'est ?

LE PRINCE : Une renonciation écrite.

KEAN, *lisant* : « Je renonce contre six mille ducats à poursuivre de mes assiduités… » Pouah ! Pour six mille ducats ! Monseigneur, je ne doute pas que vous estimiez mon amour à son juste prix, mais j'aurais cru que vous attachiez plus de valeur à ma parole ! Il ne vous suffit pas que je vende mon âme au diable : vous voulez que je lui signe un contrat.

LE PRINCE, *riant* : Kean, en toute autre occasion, ta parole m'aurait suffi. Mais tu ne voudrais pas que je m'y fie quand il s'agit de femmes ? Combien de fois avons-nous menti ensemble à des maris ? Combien de fois m'as-tu trompé avec mes propres maîtresses ? Avec ce billet, je serai tranquille. Si tu devais chercher à revoir Éléna, je le lui ferais remettre aussitôt. Allons, signe et je te fais porter l'argent ce soir. *(Un temps.)* Eh bien ?

KEAN : Si Sa Majesté s'intéresse aux usuriers du royaume, qu'elle commence par payer vos dettes, monseigneur. Vos créanciers attendent depuis plus longtemps que les miens.

LE PRINCE : Monsieur Kean ! Quelle est cette façon de me parler ?

KEAN : Monseigneur, quelle est cette façon de me traiter ?

LE PRINCE : Là ! Là ! J'ai eu tort. Mais tu ne m'avais pas habitué à prendre tes amours au tragique. Lady Blythe elle-même, je crois que tu lui aurais préféré six mille ducats. Et Lady Montague…

KEAN : Lady Blythe, monseigneur, a voulu sentir les mains d'Othello sur ses belles épaules et les lèvres de Roméo sur sa belle bouche ; de Kean, je me demande si elle a jamais entendu parler. Quant à Lady Montague, je n'étais pour elle qu'une commodité privée. Au début de notre aventure, je ne l'aurais pas quittée pour six mille ducats, mais c'est parce qu'elle m'en avait offert sept mille pour me garder.

LE PRINCE : Kean ! Ce cynisme ne te sied pas.

KEAN : Eh bien quoi, monseigneur ? Vous auriez mauvaise grâce à me reprocher de me vendre à l'instant même où vous avez essayé de m'acheter. Qui suis-je sinon celui que vous avez fait de moi ?

LE PRINCE : Moi ?

KEAN : Vous et tous les autres ! Dame ! c'est que les hommes sérieux ont besoin d'illusion : entre deux maquignonnages, ils aiment à croire qu'on peut vivre et mourir pour autre chose que du fromage. Que font-ils ? Ils prennent un enfant et le changent en trompe l'œil[4]. Un trompe-l'œil, une fantasmagorie, voilà ce qu'ils ont fait de Kean. Je fais trembler des royaumes pour rire, aux applaudissements des marchands de fromage, je suis faux prince, faux ministre, faux général. À part cela, rien. Ah ! si : une gloire nationale. Mais à la condition que je ne m'avise pas d'exister pour de vrai. Tout à l'heure, tenez, je vais prendre une vieille putain dans mes bras et l'Angleterre criera : « Vivat ! » ; mais si je baisais les mains de la femme que j'aime, on me lapiderait. Comprenez-vous que je veuille peser de mon vrai poids sur le monde ? Que j'en aie assez d'être une image de lanterne magique ? Voilà vingt ans que je fais des gestes pour vous plaire ; comprenez-vous que je puisse vouloir faire des actes[5] ?

LE PRINCE : Qui t'en empêche ?

KEAN : Eh ! Quels droits m'a-t-on laissés ? Nous autres, comédiens, on nous a mis hors la loi. Puis-je prendre part au gouvernement ? Acheter un brevet de capitaine ? Me battre en duel ? Témoigner en justice ? Tenez : je ne peux même pas vendre des fromages. Vous ne me laissez rien à faire sauf l'amour ; je ne suis un homme que dans le lit de vos femmes, c'est dans leur lit que je suis votre égal. Eh bien, qu'on ne vienne pas m'y chercher !

LE PRINCE : Écoute donc, imbécile ! Il ne s'agit pas de toi, il s'agit d'elle. Votre histoire est la fable de Londres. As-tu vu, hier soir, les yeux brillants de la comtesse de Gosswill ? Cette peste a compris ton manège et Dieu sait ce qu'elle est en train de raconter.

KEAN : Je vous remercie de votre avertissement : à l'avenir, monseigneur, je prendrai mes précautions. *(Brusquement.)* Toutes les ambassadrices ont des amants et personne ne leur en fait reproche !

LE PRINCE : Des amants, oui. Mais…

KEAN : Mais pas Kean ! Tant que leurs amants sont des seigneurs, fussent-ils tarés, ou des bourgeois, fussent-ils usuriers, tout le monde s'incline. Mais si l'une d'elles jetait les yeux sur un acteur, fût-il le premier du royaume, haro sur elle : on lui passerait plus volontiers un valet de pied. *(Un temps.)* Eh bien, va pour le scandale.

LE PRINCE : Es-tu fou ? Elle sera…

KEAN : Répudiée ? Chassée de la Cour ? Montrée au doigt ? Tant mieux : il ne lui restera que moi. Croyez-vous que je ne puisse remplacer l'Univers ?

LE PRINCE : Tu prétends lui vouloir du bien et tu la perds ?

KEAN : Qui vous a dit que je lui voulais du bien ?

LE PRINCE : Puisque tu l'aimes !

KEAN : Je l'aime et je lui veux du mal : c'est comme cela que nous aimons, nous autres.

LE PRINCE : Qui, *vous* ?

KEAN : Nous, les comédiens ! Combler d'honneurs une femme que j'aimerais, croyez-vous que je n'y ai pas souvent rêvé ? Mais puisque cela m'est défendu, j'accepte le risque de la déshonorer. S'il faut me perdre et la perdre, tant mieux : au moins je l'aurais marquée !

LE PRINCE : Kean, tu la hais !

KEAN : Moi ? Je donnerais ma vie…

LE PRINCE : Pour lui prendre sa réputation. Qu'y gagneras-tu ? Pour guérir ton orgueil malade, il faudrait qu'une femme renonçât d'elle-même à son orgueil ; pour te sauver, il faudrait qu'elle veuille se perdre ; tu ne te sentiras un homme comme nous que lorsqu'elle préférera la honte que tu lui donnes aux honneurs que nous lui rendons ; tu ne te vengeras de la noblesse que si la femme que tu aimes la détruit en elle pour te suivre ; c'est *nous*, c'est *nous* que tu poursuis en Éléna, nous les *vrais* hommes. *(Il rit.)* C'est nous que tu veux posséder !

KEAN : Et quand cela serait ?

LE PRINCE : Mais, Kean, il faudrait qu'elle t'aimât !

KEAN : Eh bien ?

LE PRINCE : Pauvre Kean ! *(Un temps.)* Tu crois donc qu'elle t'aime ?

KEAN : Je le crois si bien, monseigneur *(coup d'œil à la montre)* que je supplie Votre Altesse…

LE PRINCE : De décamper ? *(Il rit.)* Je te parie qu'elle ne viendra pas.

KEAN : Je vous dis qu'elle viendra. Elle est en route…

LE PRINCE : Tiens-tu le pari ?

KEAN : Je le tiens !

LE PRINCE : L'enjeu ?

KEAN : Si elle vient, vous payez mes dettes.

LE PRINCE : Soit. Et si elle ne vient pas…

KEAN : Je signe le papier.

LE PRINCE : Donc, monsieur Kean, je paye vos dettes dans les deux cas ? *(Un temps.)* Kean, elle ne viendra pas : il y a bal chez Lady Malborough et je l'ai fait inviter ce matin avec le comte de Koefeld. Elle s'apprête en ce moment…

KEAN : Croyez-vous qu'elle préférerait un bal…

LE PRINCE : À ta loge ? Parbleu oui, je le crois. Kean, penses-tu que *nos* femmes puissent tenir à *vous* pour de bon ?

KEAN : Il suffira pour vous en convaincre que vous daigniez rester avec moi jusqu'à ce qu'on frappe à cette porte.

LE PRINCE : Je te tiendrai donc compagnie jusqu'à ton entrée en scène. *(On frappe. Kean se tourne vers la porte secrète.)* Ah ! non, monsieur Kean : c'est à cette porte-ci. *(Il désigne l'entrée de la loge.)*

KEAN : Entrez !

SALOMON, *entrant* : Un mot pour vous.

Salomon sort.

KEAN, *prenant la lettre et lisant* : Eh bien, monseigneur, vous avez gagné. Les salons de Lady Malborough ont pour l'ambassadrice de Danemark plus d'attraits que la loge d'un comédien. *(Un temps.)* Allons ! Moquez-vous de moi ! Mais non, ne prenez pas cette peine, vos railleries n'approcheraient pas de celles que je m'adresse. Qui aimait qui ? Car vous avez raison : moi non plus, je ne l'aimais pas ; c'était encore de l'illusionnisme. Voyons ! pouvais-je prétendre à son amour ? Bon : alors je l'ai désirée d'autant plus fort que je voyais davantage l'impossibilité de l'obtenir. Vous appelez ça de la haine ? Pourquoi pas ? Le fait est que, si je me trouvais transporté dans sa chambre, je sonnerais ses domestiques et je la prendrais devant eux. Tout ce que vous avez dit n'est peut-être que la centième partie de ce que je me dis sur moi-même. Je *sais* que je ne suis rien à côté d'elle. Rien. Et rien à côté de son mari, qui est gâteux. Mais *pourquoi* ne suis-je rien ? Je dois être imbécile : il m'est impossible de comprendre pourquoi l'Angleterre entière me met en même temps si haut et si bas. *(Criant brusquement.)* Vous m'écartelez ! Vous m'écartelez, entre votre admiration et votre mépris ! Suis-je un roi ou un pitre, hein ? Choisissez !... Ah ! Je dois être fou d'orgueil : il m'est impossible de ne pas me prendre pour le premier. Pour le premier de vous tous ! *Qui* a mon génie ? Et pourtant, croyez, monseigneur, que je suis pénétré de mon humilité profonde. Mon génie n'est *rien*. Rien qu'une manière de dire les mots, de faire les gestes, rien qu'un tour de prestidigitation. Je suis l'homme qui se fait disparaître lui-même, tous les soirs. Comme je voudrais me faire disparaître en cet instant ! Ah ! C'est étrange d'avoir tant d'amour-propre et si peu d'estime pour soi. *(Sur un geste du Prince.)* Ne craignez rien, ce n'est que Kean, l'acteur, en train de jouer le rôle de Kean. Et vous, qui êtes-vous ? Vous jouez le rôle du prince de Galles, n'est-ce pas ? Bien, bien. Voyons qui sera le plus applaudi ! Oh ! Vous êtes déjà très fort. Mais prenez garde à la comtesse de Koefeld. De nous trois, c'est elle qui joue le mieux. *(Il rit.)* Et comment s'appelle la pièce ? *Comme il vous plaira* sans doute. Ou *Beaucoup de bruit pour rien* ? Tenez, nous allons faire en sorte que tout finisse bien : le Prince et la Comtesse auront beaucoup d'enfants et le vieux Comte recevra beaucoup de décorations. Quant au pitre, eh bien, on paye ses dettes. Donnez-moi ce papier, monseigneur.

LE PRINCE, *doucement* : Non.

KEAN : Comment ? Mais il faut bien que je signe... *(On frappe à la porte secrète. Ils écoutent, Kean reprend de l'assurance puis il éclate de rire.)* Décidément, c'est la journée des dupes. *(On refrappe. En allant ouvrir :)* Je crains que notre conversation n'ait plus d'objet.

La porte s'ouvre seule. Paraît Anna[d] voilée.

LE PRINCE : Je le crains aussi. *(Prenant congé.)* Bonsoir, monsieur Kean. Mes hommages, madame.

Il sort.

SCÈNE III

KEAN, ANNA

KEAN : Je ne vous attendais plus, mais je vous espérais encore. Merci, Éléna, merci d'avoir récompensé ma foi.

ANNA : Comme c'est beau ce que vous dites ! Malheureusement je… je ne suis pas Éléna.

KEAN : Alors qui êtes-vous et qui vous a permis ?… *(Il lui ôte son voile.)* Vous êtes Miss Damby.

ANNA, *tristement* : Oui, mais je vois bien que j'ai tort de l'être.

KEAN : Qui vous a laissée entrer par cette porte ?

ANNA : Ah ! Je n'aurais pas dû… Je vois bien que vous n'êtes pas content du tout. *(Avec vivacité.)* Ça n'est pas tout à fait ma faute : on m'avait dit chez vous que vous étiez au théâtre ; je m'y suis donc rendue et j'ai trouvé toutes les portes closes sauf celle du bureau de location. Alors je me suis approchée du guichet comme si je voulais prendre un billet et j'ai demandé si je pouvais vous parler.

KEAN : Votre voile était baissé ?

ANNA : Il le fallait : mon tuteur et Lord Mewill me font rechercher.

KEAN : Eh bien, c'est un malentendu, voilà tout. Il n'y a de la faute de personne. *(Riant.)* Et l'autre qui s'attife pour aller au bal ! Elle aura de la peine à convaincre le Prince de son innocence. Ah ! c'est vraiment la journée des dupes.

ANNA : Alors, vous ne m'en voulez pas ?

KEAN : Moi, vous en vouloir ? Au contraire : vous m'avez fait gagner un pari et sauvé d'une humiliation.

ANNA : J'ai fait ça ?

KEAN : Oui. Ça vous étonne ?

ANNA : Non. Je porte chance, vous vous en apercevrez mieux quand nous nous connaîtrons. Alors je reste… *(Elle s'assied.)*

KEAN : Vous… euh !… Bah ! Restez donc : j'aime la compagnie. Qu'est-ce que vous attendez de moi ?

ANNA, *récitant sa leçon* : Monsieur, tout à l'heure je ne savais pas encore si j'aurais recours à vos conseils ou si je demanderais asile au couvent de Mayfair.

KEAN, *récitant Hamlet* : Entre au couvent ! Entre au couvent ! *(Il rit.)* Vous êtes donc catholique ?

ANNA : Oui.

KEAN : Irlandaise, peut-être ?

ANNA : Oui.

KEAN : J'aime bien les Irlandais : ils boivent sec. Voulez-vous boire ?

ANNA : Non.

KEAN : Dans ce cas, souffrez que je boive seul. *(Il boit.)* À la santé de l'Irlande ! *(Il boit.)* Et du Danemark. Je ne me gêne pas devant vous, n'est-ce pas ? On vous a dit que je m'enivrais.

ANNA : On me l'a dit.

KEAN : Ce n'était plus vrai depuis quelques semaines. Mais je sens que je vais m'y remettre. Vous aurez l'honneur de voir le grand Kean en état d'ivresse.

ANNA : Monsieur Kean ! Vous... vous ne devriez pas boire ce soir.

KEAN : Parce que vous êtes dans ma loge ? Voyez-vous cela ! Vous entrez ici par effraction et vous voudriez, par-dessus le marché, que je renonce à mes habitudes. Allons, vous n'y perdrez rien : le vin me porte à la galanterie.

ANNA : Ce n'est pas pour moi, ce que j'en dis : mais... vous jouez ce soir !

KEAN : Si je ne me trompe, mademoiselle, vous êtes venue pour me demander des conseils et non pour m'en donner ? *(Il boit.)* D'ailleurs, ne craignez rien, il n'y a pas de meilleur comédien qu'un ivrogne. Et puis le public est si bête : il n'y verra que du feu. Vous-même, je vous ai, vingt fois, surprise à m'applaudir. Quelle ardeur ! Comme vos yeux brillaient !

ANNA : Vous m'avez donc remarquée ?

KEAN : Oui et vous m'avez bien fait rire : parce que j'étais saoul, ma pauvre demoiselle, saoul comme une barrique.

ANNA : Je le savais.

KEAN : Bah !

ANNA, *sortant un carnet de son sac* : Vous vous êtes enivré le 15 décembre ; vous avez trébuché en vous inclinant devant la Reine Mère et vous l'avez appelée Polonius ; vous avez recommencé le 18 décembre et vous avez récité le monologue de *Hamlet* de manière si émouvante que les larmes ont sauté de mes yeux.

KEAN : Vous voyez bien !

ANNA : Oui, seulement ce soir-là, on donnait le *Roi Lear*.

KEAN, *sursautant* : Bon Dieu ! Et que disait le public ?

ANNA : Eh bien, n'est-ce pas, de toute manière, le roi Lear est complètement fou ; alors ça n'est pas tellement étonnant qu'il se prenne pour Hamlet. Le 22 décembre…

KEAN : Assez ! Assez ! Ainsi vous saviez que j'étais saoul et vous applaudissiez tout de même ?

ANNA : C'était pour vous encourager.

KEAN : M'encourager ? Moi ?

ANNA : Chaque mot vous coûte un tel effort et puis vous avez l'air si fragile : j'ai tout le temps peur que votre mémoire ne vous abandonne et que vous restiez en panne au beau milieu d'une phrase avec tous ces gens sur la scène et dans la salle qui attendent en vous regardant. Ah ! c'est à ce moment-là qu'on apprécie le travail des artistes. Moi, c'est bien simple, je suis en nage quand je quitte ma loge, ces soirs-là. Heureusement, vous avez un souffleur admirable !

KEAN : En somme, vous applaudissiez le souffleur.

ANNA : Vous aussi. C'est si émouvant un homme qui lutte contre sa langue. Et puis je pensais que vous étiez malheureux.

KEAN, *vexé* : Malheureux ! Comme vous y allez ! Moi, Kean, malheureux ! C'est bien la première fois qu'on me le dit. D'ordinaire, on me jalouse plus qu'on ne me plaint. Cet homme qui vient de sortir, il m'envie tout : mes succès, mon talent, jusqu'aux femmes qui m'aiment. Eh bien, savez-vous qui c'est ? Le prince de Galles.

ANNA : Alors vous n'êtes pas malheureux ?

KEAN : Êtes-vous malheureux ? Êtes-vous amoureux ? Voilà bien les femmes ! Être ou ne pas être. Je ne suis rien, ma petite. Je joue à être ce que je suis. De temps en temps Kean donne la comédie à Kean ; pourquoi n'aurais-je pas mes fêtes intimes ? *(Il boit.)* Tenez, vous avez de la chance : vous allez assister à un festival Kean ! Vous verrez : toute la lyre. Du sublime à l'obscène. *(Il rit. Puis, changeant de ton.)* Je souffre comme un chien.

ANNA : Kean !

KEAN, *étudiant, sur trois tons différents* : Je souffre comme un chien ! Je souffre comme un chien ! Je souffre comme un chien[6] ! Quelle intonation préférez-vous ? Chère Miss Damby, je me supplicie à mes heures pour tout connaître. *(Il boit.)* Allez-vous-en…

ANNA : Pourquoi ?

KEAN : Je pressens que je vais me rendre détestable.

ANNA : Vous aurez de la peine à vous faire détester de moi. *(Elle rit.)* Je reste.

KEAN : À la bonne heure ! On reste mais on est prévenue, hein ? On ne s'étonnera pas si Roméo se change en Falstaff. Donc vous venez me demander conseil. À *moi* ! Je crois que vous auriez mieux fait d'entrer au couvent tout de suite. *(Un temps.)* Je ne vous fais pas peur ?

ANNA : Non.

KEAN : Même pas ? Allons, vous avez bien raison. Kean est un pistolet chargé à blanc : il fait du bruit mais pas de mal[7]. On peut le bafouer, vous entendez, le bafouer : et qu'arrive-t-il, rien du tout. Il tombe sur une chaise et bégaye ! *(Il rit.)* Des mots ! Des mots ! Des mots ! Vous connaissez ? *(Il boit.)* Ceci dit, vous pourriez vous tromper, mademoiselle. Vous faites connaissance de l'acteur Kean à un bien mauvais moment. Ce soir, le grand Kean n'aime pas beaucoup les femmes et s'il lui en tombe une sous la main… *(Il la regarde.)* Vous êtes belle… La beauté, c'est humiliant. Humiliant, comprenez-vous ? La beauté, la noblesse : c'est hors d'atteinte. *(Il s'approche.)* Savez-vous mon rêve secret : tenir une belle femme entre quatre murs et la ridiculiser. *(Brusquement.)* Reculez ! Vous ne savez pas votre rôle. Pourquoi ne reculez-vous pas ?

ANNA : Parce que je me sens en sécurité.

KEAN : Coucheriez-vous dans mon lit ?

ANNA : Non.

KEAN : Vous avez tort : je vous traiterais comme une sœur. *(Il récite Hamlet.)* « Puis-je me mettre entre vos genoux ? »

ANNA, *lui donne la réplique* : « Vous êtes jovial, monseigneur. »

KEAN, *s'interrompt, étonné* : D'où connaissez-vous cela ?

ANNA : C'est le rôle d'Ophélie : je le sais par cœur.

KEAN : Tiens ! *(Un temps.)* En somme, qu'est-ce que vous voulez ?

ANNA : Je veux jouer.

KEAN : À quoi ? Au petit chaperon rouge et au grand méchant loup ? Au petit mari et à la petite femme ? À la maman ? Aux trois petits cochons ?

ANNA : Je veux devenir une actrice.

KEAN, *éclate de rire* : Pardonnez-moi, mais c'est si drôle : la fille d'un marchand de fromage veut jouer la comédie ! Votre père se retourne dans sa tombe, Miss Damby ! Vous, actrice ! Mais c'est le dernier des métiers. Quelle étrange idée ! Qui vous l'a mise en tête ?

ANNA : Vous.

KEAN : Moi ?

ANNA : Votre exemple m'a prouvé qu'on peut se créer des ressources glorieuses et honorables.

KEAN : Honorables ! *(Il boit et se lève en titubant.)* Est-ce que j'ai l'air d'un homme honorable ? L'honorabilité, malheureuse, mais vous l'aviez sans sortir de votre famille : c'est le privilège des marchands de fromage. Pour glorieux, oui : je suis glorieux. Et après ? Si les commères de votre quartier vous reprochent votre inconduite, on appelle ça le déshonneur ; mais si toute l'Angleterre vous traite de putain, c'est la gloire. Si j'en avais le temps, je vous offrirais mon bras et nous irions faire un tour dans les rues de Londres ; vous entendriez les gens sur mon passage : « Oh ! Mais dites donc : c'est *ça*, Kean ? Ah bien ! Je le croyais mieux que ça. Ce qu'il est gros ! Et ce qu'il a l'air de s'en croire. Et puis pas jeune du tout ! Vous avez vu ses cheveux : il doit porter perruque. J'ai envie de tirer dessus pour savoir s'ils sont vrais. » Dans l'ancien temps, quand un homme avait commis quelque forfait bien noir, on donnait à tout citoyen qui le rencontrerait permission de l'abattre à vue, sans sommation et comme un chien : la gloire, c'est ça. Rentrez donc chez vous, Miss Damby : vous n'avez rien à faire ici.

ANNA, *souriant* : Monsieur Kean, je suis en fuite depuis hier soir : c'est plus qu'il n'en faut pour déshonorer une femme.

KEAN : Et cela ne vous suffit pas ?

ANNA : Ma foi, puisque j'ai commencé, autant aller jusqu'au bout, n'est-ce pas ?

KEAN, *étonné* : Bon, bon. Ce que j'en disais... Vous m'avez demandé un conseil et je vous l'ai donné.

ANNA : Ce n'était pas celui-là que je vous demandais.

KEAN : Et lequel donc ?

ANNA : Je voulais savoir si vous me croyez capable de jouer.

KEAN : Il faudrait pour cela que je vous aie entendue.

ANNA : Je sais tous les rôles de femme de Shakespeare.

KEAN : Voyez-vous cela ! *(Un temps.)* Qui vous a fait travailler ?

ANNA : Vous.

KEAN : Encore moi ?

ANNA : Je vous récitais mes rôles, vous me donniez la réplique — je vous ai si souvent entendu — et je m'imaginais les critiques que vous me feriez.

KEAN : Voyons le résultat. Que me jouez-vous ?

ANNA : Desdémone, Juliette, Ophélie, ce que vous voudrez.

KEAN : Va pour Ophélie.

Elle récite. Il boit.

ANNA, *en Ophélie* : Voici du fenouil et des colombines : pour vous ; et pour vous voilà de la rue ; j'en garde un peu pour moi. Nous pourrons l'appeler, *l'herbe des beaux dimanches.* Euh ! euh… je ne sais plus ce que je dois dire.

KEAN : Ça ne fait rien. Vous voulez la vérité ?

ANNA : Oui.

KEAN : Toute la vérité ?

ANNA : Oui. *(Effrayée par son air.)* Enfin… *presque* toute.

KEAN, *récitant Hamlet* : « Au couvent ! Au couvent ! »

ANNA : C'est… sans espoir ?

KEAN : Sans aucun espoir.

ANNA : J'ai été… très mauvaise ?

KEAN, *méprisant* : Pire que mauvaise : assez bonne.

ANNA : Eh bien alors… en travaillant… J'ai de la volonté, vous savez. Beaucoup de volonté. Tout ce que je veux, je l'obtiens.

KEAN : Parbleu ! Il faut de la volonté pour s'enrichir dans les fromages ; et les filles de fromagers héritent de la volonté paternelle. Vous tâcherez d'acquérir du talent petit à petit comme votre père gagnait des sous. Comme vous allez vous appliquer ! J'en suis fatigué d'avance. Et vous ferez des progrès ! Que de progrès ! Toujours des progrès, vous n'aurez jamais fini de faire des progrès. Ça sera pas mal, puis assez bien, puis vraiment pas mal, puis bien, très bien, mieux encore, parfait, plus que parfait. Et après ? *(L'imitant.)* « J'obtiens tout ce que je veux ! » *(Voix normale.)* Avec de la volonté, petite, on peut obtenir la lune qui, après tout, n'est qu'un fromage dans le ciel. Mais on ne peut pas devenir une actrice. Est-ce que vous croyez qu'il faut *bien* jouer ? Est-ce que je joue bien, moi ? Est-ce que j'ai de la volonté ? On est acteur comme on est prince : de naissance. Et votre volonté ne peut rien contre cela.

ANNA : Monsieur Kean, il *faut* que je joue.

KEAN : Pour quoi faire ?

ANNA : Pour gagner ma vie.

KEAN : Vous n'êtes pas riche ?

ANNA : J'ai tout abandonné en fuyant.

KEAN, *éclatant de rire* : Tout abandonné. Et l'on vient parmi les gueux chercher un petit métier honnête ! On économisera comme papa ! On sera assidue, courageuse, dure à la peine, comme papa ! Le travail et l'épargne : quel tableau édifiant ! Il n'y manque qu'un livre de comptes en partie double. Shakespeare, Marlowe, Ben Johnson, regardez ! Regardez la fille aux fromages qui veut appliquer au théâtre les qualités de son père ! Au couvent, Miss Damby, au couvent ! Donnez vos vertus au Bon Dieu : le public n'en a que faire. On ne joue pas pour gagner sa vie. On joue pour mentir, pour se mentir, pour être ce qu'on ne peut pas être et parce qu'on en a assez d'être ce qu'on est. On joue pour ne pas se connaître et parce qu'on se connaît trop. On joue les héros parce qu'on est lâche et les saints parce qu'on est méchant ; on joue les assassins parce qu'on meurt d'envie de tuer son prochain, on joue parce qu'on est menteur de naissance. On joue parce qu'on aime la vérité et parce qu'on la déteste. On joue parce qu'on deviendrait fou si on ne jouait pas. Jouer ! Est-ce que je sais, moi, quand je joue ? Est-ce qu'il y a un moment où je cesse de jouer ? Regardez-moi : est-ce que je hais les femmes ou est-ce que je joue à les haïr ? Est-ce que je joue à vous faire peur et à vous dégoûter ou est-ce que j'ai très réellement et très méchamment envie de vous faire payer pour les autres ? Hein ? Retournez compter vos sous d'or et laissez-nous nos louis de carton !

ANNA, *doucement* : Monsieur Kean, si vous jouiez un peu à être bon ?

KEAN, *interdit* : À être bon ? Tiens ! Pourquoi pas ? Ce n'est pas un rôle de répertoire, mais je ne déteste pas l'improvisation. *(Un temps.)* Si j'étais bon… si j'étais bon… *(Joué.)* Vous avez vu le côté doré de notre existence et il vous a éblouie. C'est à moi de vous montrer le revers de cette médaille brillante qui porte deux couronnes, une de fleurs, une d'épines.

ANNA, *riant* : Ce que vous êtes drôle quand vous êtes bon !

KEAN, *imperturbable* : Votre candeur, votre jeunesse vont rendre délicate la tâche que je me suis imposée. Il y a des choses difficiles à dire pour un homme de mon âge, difficiles à comprendre pour une jeune fille du vôtre. Vous m'excuserez, n'est-ce pas, si l'expression ternissait la chasteté de la pensée.

ANNA, *joué* : Edmond Kean ne dira rien que ne puisse entendre Anna Damby, je l'espère.

KEAN, *joué* : Pardon, mademoiselle, mais je me tairai à l'instant, ou vous me permettez de tout dire.

ANNA, *baissant son voile* : Parlez, monsieur !

KEAN, *voix changée* : As-tu envie de te vendre ?

ANNA, *naturelle* : Est-ce que c'est absolument nécessaire ?

KEAN : Indispensable. Il faut que tu couches… Voyons… *(il compte sur ses doigts)* avec le directeur, avec l'acteur principal et avec l'auteur. Et remarque, je ne parle pas des extras.

ANNA : Pour ce qui est de l'auteur, j'ai de la chance : Shakespeare est mort. Quant au directeur, il fait tout ce que l'acteur principal lui demande.

KEAN : Reste l'acteur principal. Tiens : suppose que tu viennes voir notre gloire nationale, le grand Kean, pour lui demander sa protection. S'il te l'accorde, tu seras demain Juliette ou Desdémone ; s'il s'y oppose, inutile d'insister, ta carrière est morte avant d'être née. Qu'est-ce qu'il va faire, l'acteur Kean ? Tu t'imagines peut-être que tu vas le prendre par les sentiments ? Qu'il va te faire engager pour tes beaux yeux ? Tu tombes mal : l'acteur Kean connaît trop les femmes et les grands sentiments. Les grands sentiments, il en vit. Quant aux femmes…

ANNA : Il en vit aussi quelquefois, m'a-t-on dit…

KEAN : Non : il en meurt. Donc te voilà chez cet homme aigri, déçu, méchant peut-être mais encore noble ! Te voilà avec ton innocence et ta sournoiserie ! La lutte sera chaude : que va-t-il se passer ? Ha ! Ha ! Que va-t-il se passer ? Tiens : jouons la scène. Nous verrons si tu as du talent pour improviser. Je suis Kean, tu es toi. Sors. Bien. Entre à présent. Non, non : ne relève pas ton voile. Là, c'est parfait. *(Il joue.)* Qu'est-ce que vous voulez ?

ANNA : Monsieur Kean, je veux jouer la comédie.

KEAN, *naturel* : Mais non : c'est comme cela[f]. Tu perds toutes tes chances. C'est un vaniteux, tu sais, un écorché qui a l'orgueil à vif. Il faut le flatter. Recommence. Invente.

ANNA : Je ne sais pas inventer.

KEAN : Laisse parler ton cœur.

ANNA, *improvisant* : Me voilà donc venue chez lui… Aurai-je le courage de lui dire ce qui m'amène ?… Oh ! Mon Dieu ! Mon Dieu ! Donnez-moi de la force car je me sens mourir.

KEAN, *parlé* : Pas mal. *(Joué.)* Qu'est-ce que vous me voulez ?

ANNA, *extasiée* : Oh ! C'est sa voix. *(À Kean :)* Excusez mon trouble, monsieur, il est bien naturel : et si modeste que vous soyez, vous comprendrez que votre réputation, votre talent, votre génie…

KEAN : Très bien.

ANNA : … m'effrayent plus encore que votre accueil ne me rassure. On vous dit cependant aussi bon que grand… Si vous n'eussiez été que grand, je ne serais pas venue à vous.

KEAN : Je ne suis pas bon.

ANNA : Hein ?

KEAN : Je te dis que je ne suis pas bon.

ANNA : Vous me le dites pour de vrai ou c'est dans votre rôle ?

KEAN, *hargneux* : Je n'en sais rien. Je te dis que je ne suis pas bon. Approche. Tu veux faire du théâtre ?

ANNA : Vous avez deviné juste, monsieur, et j'attends beaucoup de vous. Il s'agit de mon bonheur, de mon avenir, de ma vie peut-être…

KEAN : Toutes les mêmes. Dès qu'elles ont une frimousse et une tournure elles se figurent qu'elles peuvent jouer. Lève ton voile. *(Anna obéit.)* Pas mal ! Pas mal du tout. Qu'est-ce que ça prouve ? Que tu peux faire le malheur d'un homme. Mais comment veux-tu que je sache si tu feras le bonheur du public. Montre tes jambes.

ANNA, *joué* : Oh ! Monsieur !

KEAN : Quoi ? Ça te gêne ?

ANNA, *parlé* : Moi ? Pas du tout ! *(Elle relève sa jupe.)*

KEAN : Hein !… Es-tu folle ? Tu devais refuser !

ANNA : Pourquoi ? Puisque je veux faire du théâtre.

KEAN : Ce n'est pas dans ton personnage. Dis : Horreur !

ANNA : Horreur !

Elle pouffe.

KEAN : Mieux que ça.

ANNA, *cherchant le ton juste* : Horreur ! Horreur… Horreur !

KEAN : Bon. Marche. Mieux que ça. Comme une reine. Pas mal pour une fromagère. Prends l'air humilié.

ANNA : Pourquoi ?

KEAN : Parce que je t'humilie, bon Dieu ! Je te l'ai dit : je déteste les femmes. Regarde, je m'approche, j'étends la main, je te prends par l'épaule. Tu pousses un cri.

ANNA : Ha !

KEAN : Je veux abattre ton orgueil. Peut-être que je veux me venger sur toi d'une femme que je hais. Tu es vierge ?

ANNA : Non.

KEAN : Comment non ? Bien sûr que si, tu l'es ! Dis : oui.

ANNA, *sans conviction* : Oui.

KEAN : Mieux que ça.

ANNA : Oui.

KEAN, *agacé* : Enfin, l'es-tu ou ne l'es-tu pas ?

ANNA : Comme vous voudrez.

KEAN : Tu es vierge et je te fais horreur.

ANNA : Oh ! Non, monsieur Kean !

KEAN : Bien sûr que si. Allez, reprends ta place. *(Il vient sur elle.)* Petite imbécile, tu as voulu m'avoir, hein ? Tu l'as bien montée, ta comédie : le fiancé brutal, la fuite, l'escalier dérobé, les coïncidences. Tu voulais jouer sans payer. Rien à faire : pour s'offrir le plaisir de se moquer de moi, il faut être au moins comtesse. Tu payeras. Et pas seulement pour toi : pour toutes les femmes qui essayent de duper les pauvres hommes en cette minute même. Sais-tu que tu m'agaces, avec ta petite tête volontaire et butée. Toi aussi tu es orgueilleuse, hein ? Vous êtes toutes folles d'orgueil. Eh bien, il faut le laisser au vestiaire, ton orgueil. Tu ne mettras jamais les pieds sur une scène ou tu feras tout ce que je te demanderai. Choisis. *(Il la prend dans ses bras.)* Allons : choisis !

ANNA, *d'une voix claire et tranquille* : C'est tout choisi : je ferai tout ce que vous me demanderez.

KEAN : Hein ? *(Il la lâche et va boire un coup.)* Ma pauvre enfant, vous êtes incapable d'improviser.

ANNA : Mais je laisse parler mon cœur. Puisque je vous dis que je veux faire du théâtre. Reprenons, si vous voulez. *(Elle s'approche d'un air engageant.)* Je ferai tout ce que vous…

KEAN, *vivement* : Non, non : restez où vous êtes. *(Un temps.)* Allons ! Je te ferai travailler et si tu as le moindre talent, je t'engage. N'aie pas peur : sans conditions.

ANNA : Sans rien me demander ?

KEAN : Mais non, voyons ! C'était de la comédie.

ANNA, *déçue* : Ah ! Bon.

KEAN : Comment : ah ! Bon ! Je te l'ai dit.

ANNA : Avec vous, on ne sait jamais.

KEAN : Avec toi non plus, petite peste. Allons ! file : tu as gagné.

ANNA : Vous jouez à être bon ?

KEAN : Je joue, je ne joue pas : je n'en sais rien. Je suis saoul, voilà ce que je sais : profites-en.

ANNA : J'en profite. *(Elle embrasse Kean sur les deux joues et s'enfuit prestement.)* À demain !

Elle sort.

SCÈNE IV

KEAN, SALOMON

KEAN, *seul. Il continue à s'habiller en chantonnant. Puis s'apercevant qu'il chantonne, il a un* Oh ! *scandalisé. Il s'arrête, puis* : Éléna… Éléna… *(Agacé.)* Non ! *(Plus sombre.)* Éléna. Tu m'as fait mal ce soir. *(Coup d'œil à la glace.)* Éléna ! tu m'as fait mal. *(Articulant.)* Tu-m'as-fait-mal. É-lé-na-tu-m'as-fait-mal. *(Il met ses souliers à la poulaine, sa cape et sa toque.)* Éléna. *(Il se regarde dans la glace.)* Juliette ! Juliette ! *(Il récite le rôle.)* « Oui, j'en crois ma Juliette. Oui, c'est bien le soleil et c'est bien l'alouette… »

Sonnerie de scène.

SALOMON, *entrant* : Vite, vite. En scène.

KEAN, *coup d'œil à la glace* : Salomon, quel âge est-ce que j'ai ?

SALOMON, *stylé* : Dix-huit ans, maître.

KEAN, *récite son rôle.*

Vois ce trait lumineux de mon bonheur jaloux
Qui perce l'horizon et s'étend jusqu'à nous
Vois au ciel moins obscur les étoiles pâlir
Il faut partir et vivre ou rester et mourir.

Complètement ivre.

Rester et mourir ! C'est idiot ! *(Il rit.)* Il y a du monde ce soir ?

SALOMON : C'est plein.

KEAN : Les imbéciles ! Ils viennent voir un Roméo de quarante-huit ans[8] à qui sa Juliette fait porter des cornes. *(Il rit.)* Je leur en foutrai, moi, du Roméo. Je leur en foutrai ! *(Salomon le soutient respectueusement et le pousse vers la porte. Avant de sortir, Kean se tournant vers le public.)* Je déteste le public !

RIDEAU

ACTE III

TROISIÈME TABLEAU

Dans la taverne du « Coq noir[1] »

SCÈNE I

BUVEURS. LES SALTIMBANQUES *font des tours.* KEAN *entre. Chapeau rabattu sur les yeux. Il s'installe à une table et demande à boire. Il est sombre.*

KEAN : À boire.

PETER PATT, *qui regarde les saltimbanques* : Minute ! Il n'y a pas le feu, non ?

KEAN, *furieux* : Vas-tu me servir à boire, salope, ou faut-il que je te casse les reins ?

PETER PATT, *joyeusement* : Ah ! Votre Honneur, c'est vous ?

KEAN : Non.

PETER PATT : Hein ?

KEAN : Non, ce n'est pas moi.

PETER PATT : Monsieur Kean !

KEAN : Absent jusqu'à la fin du mois.

PETER PATT : Puisque je vous dis que je vous reconnais !

KEAN : Tu m'as déjà vu cette gueule ?

Il a l'air très sombre en effet et presque fou.

PETER PATT : Oh ! non, heureusement[a].

KEAN : Tu vois bien que tu ne me reconnais pas. Va me chercher du champagne et ramène une putain pour trinquer.

PETER PATT : C'est que…

KEAN : Eh bien ?

PETER PATT, *désignant les saltimbanques* : Ces gens-là vous attendent : vous leur avez donné rendez-vous.

Kean les regarde, morose et sans les reconnaître.

KEAN : Au diable. Va me chercher à boire.

Peter Patt sort en faisant signe à une fille de rejoindre Kean.

LA FILLE : Me voilà !

KEAN : Comment t'appelles-tu ?

LA FILLE : Fanny.

KEAN : Fanny, pauvre faneuse fanée... *(Il s'interrompt.)* Tu fais l'amour à crédit ?

Peter Patt est revenu avec le champagne. Il fait signe à la fille de dire oui.

LA FILLE : Oui, monsieur.

KEAN : Appelle-moi Roméo. *(Il lui sert à boire. Les saltimbanques se sont rapprochés et le regardent en silence.)* Qui êtes-vous ? Et que me voulez-vous ? *(Navrés, les saltimbanques grondent.)* Ah ! C'est vous. *(Il se lève et va vers eux.)* Mes pauvres amis, mes frères, il faut me pardonner : je suis saoul. C'est pour un baptême ?

UN SALTIMBANQUE, *toujours triste* : Pour un repas de baptême, oui. Vous nous aviez invités. Mais puisque vous nous avez oubliés...

KEAN : Moi, oublier mes compagnons de misère ? Embrassez-moi. *(Embrassades.)* Je vous aime tous du fond du cœur. *(À Peter Patt :)* Tu l'as préparé, ce repas ?

PETER PATT : Bien sûr.

KEAN : Mangeons-le donc. *(Aux saltimbanques :)* Où est l'heureux père ?

UN SALTIMBANQUE : Le vieux Bob ? Hélas, il lui est arrivé malheur !

KEAN : Tu veux dire qu'il est...

UN SALTIMBANQUE : Non. Mais il s'est foulé le pied. Il doit garder le lit pendant six semaines.

KEAN : Eh bien, ça le reposera. Tiens, je l'envie : je n'ai jamais rien pu garder moi, même le lit.

UN SALTIMBANQUE : Seulement pendant ce temps-là...

KEAN : Eh bien...

UN SALTIMBANQUE : La troupe entière périra de faim.

KEAN : Vous ne pouvez pas jouer sans lui ?

UN SALTIMBANQUE : Vous savez bien que non.

KEAN : Vous crevez de faim, vous avez l'occasion de faire un bon repas et vous alliez repartir, le ventre creux, parce que j'avais l'air de ne pas vous reconnaître. Je retrouve la fierté des saltimbanques, ma fierté d'autrefois. Attendez...

(Il cherche sa bourse et se rappelle qu'il n'a plus rien. Avec rage.) Au diable, je n'ai plus… *(Il prend un pot d'eau sur la table et le tend à Fanny.)* Juliette, verse-moi ça sur la tête. *(Elle hésite.)* Je te dis de verser : il faut que je me dessoûle. *(Elle verse. Il se secoue.)* Bon. À présent fous-moi le camp. *(Il la regarde.)* Et puis non, tiens, tu es maigre à pleurer : reste, tu dîneras avec nous. *(Aux autres :)* Six semaines sans manger… Ça m'est arrivé, vous savez : il y a seize ans. Et puis non : ce n'était que trois semaines. Peter Patt, donne-moi une plume et de l'encre.

PETER : Voilà !

KEAN, *s'assied, écrivant* : Fais porter cette lettre au directeur de Drury Lane. Je lui annonce que je jouerai demain le dernier acte d'*Othello* au bénéfice d'un de mes anciens camarades qui a eu un accident.

UN SALTIMBANQUE : Ah ! ça c'est un véritable ami !

UNE SALTIMBANQUE : Dans le bonheur comme dans le malheur.

PETER, *appelant* : Philips !

Un garçon entre. Kean lui donne la lettre.

KEAN : Tiens, il y a une réponse. Eh bien, tout le monde est-il prêt ?

UN SALTIMBANQUE : Tout le monde.

KEAN : Eh bien ! allons souper.

Ils sortent.

SCÈNE II

PETER, *puis* ANNA

Peter reste seul un moment puis Anna entre.

ANNA : Monsieur, je voudrais une chambre.

PETER : Elle est prête.

ANNA : Comment ?

PETER : Quelqu'un m'a ordonné de préparer la meilleure chambre de mon auberge pour une dame qui devait venir ce soir. La dame, c'est vous, je le présume ?

ANNA : Oui. C'est moi. Menez-moi vite à cette chambre, mon ami ; je crains à tout moment que quelqu'un n'entre ici.

PETER : Dolly ! Dolly. *(Une femme entre.)* La chambre n° 1, celle qui est propre. Conduisez. Madame désirerait-elle quelque chose ?

ANNA : Merci, je n'ai besoin de rien.

Elle disparaît.

SCÈNE III

PETER, SALOMON

SALOMON, *entrant* : Kean est-il parti ?

PETER : Non ! Il est en train de souper avec les saltimbanques.

SALOMON : Envoie-le chercher. Vite. Fais-lui dire que je l'attends, que j'ai à lui parler.

PETER, *à un garçon* : Tu entends ?

Le Garçon sort. Salomon marche de long en large. Rentre Kean.

SCÈNE IV

SALOMON, KEAN

KEAN : Qu'est-ce qu'il y a ?

SALOMON : Un malheur, maître !

KEAN : Parbleu ! Que peut-il m'arriver d'autre ? Eh bien ? Va !

SALOMON : Le bijoutier a obtenu prise de corps contre vous.

KEAN, *se met à rire* : C'est trop drôle.

SALOMON : Plaît-il ?

KEAN : Sais-tu que j'ai eu ce soir l'occasion de régler toutes mes dettes ?

SALOMON : Mon Dieu !

KEAN : Et que j'ai refusé ?

Il rit.

SALOMON : Maître ! Mais le shérif et les attorneys sont à votre hôtel !

KEAN : Qu'est-ce que tu veux que ça me fasse, puisque je n'y suis pas ?

SALOMON : Ils disent qu'ils attendront jusqu'à ce que vous rentriez.

KEAN : Parfait. Eh bien, je ne rentrerai pas.

SALOMON : Maître !

KEAN : Eh bien ?

SALOMON : La personne qui vous a proposé de payer vos dettes… est-ce qu'on ne pourrait pas la rattraper ?

KEAN, *durement* : Non ! *(Plus doucement.)* Allons, mon vieux Salomon, ne fais pas cette tête. Qu'est-ce qui nous manque, ici ? J'ai bon vin, bonne table, crédit ouvert et inépuisable. Et puis j'ai des amis. Des amis qui m'aiment à me faire oublier… le monde entier. Pour eux, je suis un homme, comprends-tu, et ils le croient si fort qu'ils finiront par m'en persuader. Allons, Salomon, viens te mettre à table, je change de vie. Quant au shérif, qu'il attende : nous verrons lequel de nous deux se lassera le premier.

SCÈNE V

LES MÊMES, ANNA *entre vivement*

ANNA : Me voilà !

KEAN : Hé ?

ANNA : Je dis : me voilà !

KEAN : Parbleu ! Je le vois bien. Que diable faites-vous ici ?

ANNA : J'étais dans ma chambre et j'ai entendu votre voix.

KEAN : Dans votre chambre ? Vous avez une chambre dans ce bordel ?

ANNA, *amusée* : Ah ! C'est un bordel ?

KEAN : Enfin… pas tout à fait.

ANNA : Bordel ou non, je suis dans la chambre que vous m'avez retenue.

KEAN : Moi ? Je vous ai retenu une chambre ? *(À Salomon :)* Va te mettre à table. J'arrive. *(Salomon sort.)* Qu'est-ce que c'est que cette histoire ? Pourquoi faut-il que je vous retrouve partout ?

ANNA, *montrant la lettre* : Si vous ne vouliez pas me voir, il ne fallait pas m'écrire cette lettre !

KEAN, *exaspéré* : Oh ! Oh ! Oh ! Mais je ne vous ai pas écrit !

ANNA, *lisant* : « On vous a suivie ; votre retraite est découverte ; on sollicite, pour vous en arracher, un ordre qu'on obtiendra. Rendez-vous cette nuit sur le port ; demandez la taverne du *Coq noir* ; quelqu'un viendra vous y prendre pour vous conduire près de moi. Ne craignez rien et faites-moi confiance : j'ai pour vous autant de respect que d'amour. Kean. »

KEAN, *répétant les derniers mots* : Que d'amour ! *(Il hausse les épaules.)*

ANNA, *têtue* : Que d'amour. Vous avez mis ça.

KEAN : Mais puisque je vous dis que ce n'est pas moi… Et puis, d'abord, c'est stupide, si j'avais voulu vous voir je n'aurais pas pris toutes ces précautions.

ANNA : Vous avez mis un post-scriptum : « On me fait suivre. Voilà pourquoi je ne viens pas moi-même et pourquoi l'homme qui doit venir vous chercher sera probablement masqué. »

KEAN : Masqué ! *(Il se met à rire.)* Je n'ai pas de chance : je sors du théâtre pour y rentrer. J'en ai assez, moi, du théâtre, des épées, des mystères et des conspirateurs masqués. Savez-vous pourquoi je suis ici ? Pour boire et pour manger. Ça c'est vivre. J'ai le droit de vivre, non ? *(Avec colère.)* Autant de respect que d'amour ! Un homme masqué ! *(Brusquement.)* Regardez-moi : c'est vous qui l'avez écrite, cette lettre.

ANNA : Non.

KEAN : Bah ! Vous en seriez bien capable.

ANNA : J'en serais capable, mais le fait est que je ne l'ai pas écrite.

KEAN : Montrez-la. *(Il la regarde.)* C'est une écriture d'homme. Bon : alors vous vous êtes mise dans de beaux draps.

ANNA : Moi ?

KEAN : Parbleu ! C'est un coup de votre tuteur ou de votre fiancé.

ANNA : De mon tuteur sûrement pas : il n'a pas d'imagination.

KEAN : Lord Mewill en a beaucoup, lui. C'est clair : on vous a fait venir ici et l'on vous y cueillera comme une fleur.

ANNA : Non.

KEAN : Pourquoi ?

ANNA : Parce que vous allez me défendre.

KEAN : Je vais vous défendre, c'est une affaire entendue. Seulement, voulez-vous me dire, s'il vous plaît, pourquoi je ne peux pas faire un pas sans vous rencontrer ? Pourquoi, hier soir, tout Londres répétait que je vous avais enlevée ? Pourquoi tout à l'heure vous êtes entrée chez moi par une porte secrète et pourquoi à présent, je vous retrouve dans un bordel où vous allez m'obliger à me colleter avec des personnages masqués ?

ANNA : D'abord, ce n'est pas un bordel. Et puis les personnages ne seront peut-être pas masqués ?

KEAN : Enfin, pourquoi faut-il que vous mettiez la tragédie — et quand je dis la tragédie : mettons la tragédie bouffe — à tous les carrefours de ma vie. Y a-t-il tant de romanesque dans la tête des filles de fromagers ?

ANNA : Du romanesque ? Mais Kean, vous vous trompez ! Je ne suis pas romanesque du tout.

KEAN : Alors ?

ANNA : Je ne suis pas romanesque mais j'ai horreur de m'ennuyer. *(Gentiment.)* En ce moment, je trouve tout très amusant. Pas vous ? *(À l'aise.)* Mais asseyez-vous donc. Tenez, donnez-moi un peu de champagne.

KEAN, *s'asseyant malgré lui* : On m'attend.

ANNA : Je sais. *(Un temps.)* Je m'ennuyais tellement chez mon tuteur que j'en suis tombée malade.

KEAN : Vous n'allez pas me raconter votre vie ?

ANNA : Préférez-vous me raconter la vôtre ?

KEAN : Non.

ANNA : Écoutez-moi cinq minutes : c'est pour vous expliquer. Donc je m'ennuyais, je m'étiolais. Enfin, je tombais en langueur : vous savez ce que c'est.

KEAN : Oui. Vous aviez besoin d'un mari.

ANNA : J'avais besoin de distractions. Ce sont les médecins qui l'ont dit. Ils ont dit : cette fille va mourir, il lui faut des bals, des fêtes, des spectacles. Moi, les bals, vous savez... Vous aimez ça, les bals ?

KEAN : Je... Non.

ANNA : Il faut vous dire que j'avais fauté. Oh ! par ennui, simplement. Alors on préféra le spectacle au bal parce qu'on pouvait me tenir à l'œil.

KEAN, *furieux* : Vous êtes idiote !

ANNA : Pourquoi ?

KEAN : Je trouve idiot que vous ayez fauté. Ça... ça ne vous va pas du tout. A-t-on idée ! Avec qui ?

ANNA : Bah ! c'est si loin... et puis c'était si ennuyeux que je suis redevenue vierge tout de suite après. Donc, je vais au théâtre. À Drury Lane. Première pièce : il y avait sur scène un jeune homme ravissant. Mon Dieu ! et quelle voix et comme il parlait bien d'amour. Et pourtant, sa Juliette était si laide ! C'était Roméo. La soirée passa comme une seconde : je n'avais pas parlé, je n'avais pas respiré, je n'avais pas applaudi.

KEAN : Vous avez eu tort : les acteurs ont besoin d'encouragement. Qui jouait Roméo ?

ANNA : Le surlendemain, on me conduisait au *More de Venise*. Ah ! le bel homme ! Et qu'il était agréablement jaloux. J'adorerais, moi, qu'on m'étouffe avec un oreiller : je trouve ça délicat. Mourir dans les plumes, quel rêve. Desdémone jouait très mal et puis elle était trop vieille. Mais lui ! Pour tout dire, je le préférais encore à Roméo parce que j'ai toujours eu du goût pour les hommes mûrs.

KEAN : Hum ! Et qui jouait Othello ?

ANNA : Le lendemain, j'ai demandé moi-même à retourner au théâtre. Cette fois, on donnait *Hamlet*. Un pauvre jeune homme qui pense trop. Mais si joliment. Dommage qu'il ait eu affaire à cette petite oie blanche. Moi, je lui aurais répondu : j'aime que les hommes aient de la conversation. Enfin elle meurt : bon débarras. Mais le pauvre meurt aussi. Et stupidement. Cette fois, j'ai pleuré, ah ! comme j'ai pleuré et, soyez content, j'ai applaudi.

KEAN : Et qui jouait Hamlet ?

ANNA : Kemble !

KEAN, *bondissant* : Quoi ?

ANNA, *riant* : Mais non, Kean, mais non. C'était vous, bien sûr. Et Roméo, c'était vous. Et Othello, c'était vous. Et Hamlet, c'était vous. Mais avouez que Kemble ne joue pas mal.

KEAN : Bah !

ANNA : Alors j'ai fait prendre mes renseignements et j'ai appris que vous étiez ivrogne, paillard, perdu de dettes, tantôt mélancolique, tantôt forcené et je me suis dit : cet homme a besoin d'une femme.

KEAN, *l'imitant* : J'ai besoin de distractions.

ANNA : Vous avez besoin d'une femme. D'une fille de commerçant, volontaire et têtue, aussi peu romanesque que possible : pour mettre un peu d'ordre dans votre vie.

KEAN : De l'ordre ! C'est cela : et le génie qu'est-ce qu'il deviendrait pendant que j'aurais de l'ordre ?

ANNA : Vous ne me comprenez pas : l'ordre, ce serait ma partie ; le génie ce serait la vôtre. Oh ! Kean, tout serait net et propre, j'organiserais tout et vous ne vous en apercevriez même pas. Tous les soirs, de 9 à minuit, vous iriez rugir et puis vous rentreriez et vous trouveriez le calme, le luxe… *(baissant les yeux)* la volupté…

KEAN : Viens là, petite sœur. Tiens, veux-tu que je te dise : tu es encore plus folle et plus romanesque que moi.

Il l'embrasse sur le front.

ANNA : Alors, vous ne voulez pas ?

KEAN : Bien sûr que non : avec ton ordre et mon désordre, je ne nous donnerais pas huit jours pour mettre le feu à la maison.

ANNA : Vous finirez par accepter, j'en suis sûre. Vous êtes très faible, vous savez ; et moi, tout ce que je veux…

KEAN : Tu l'obtiens, je sais. *(Un garçon entre en courant.)* Qu'est-ce que c'est ?

LE GARÇON : C'est une lettre du théâtre, monsieur Kean. En réponse à votre lettre.

KEAN : Voyons cela. *(Il parcourt la lettre des yeux.)* Allons bon ! *(Au Garçon :)* Retourne d'où tu viens et dis qu'on pose les affiches dès demain matin : je m'arrangerai pour lui trouver une remplaçante. *(Le Garçon s'en va.)* Toi qui peux tout ce que tu veux, veux-tu toujours jouer Desdémone ?

ANNA : Desdémone ?

KEAN : Demain soir, je donne une représentation au profit de mes amis ; j'ai pris la décision tout à l'heure et on me fait dire qu'on n'a pas le temps de prévenir Mistress MacLeish qui est à sa campagne jusqu'à vendredi. Veux-tu la remplacer ?

ANNA : Mais… je n'ai jamais…

KEAN : Tu viendras demain dès midi dans ma loge et je te ferai travailler jusqu'au lever du rideau.

ANNA : Kean, je jouerai… avec vous ?

KEAN : Avec moi, oui.

ANNA : Vous voyez, vous voyez : c'est la preuve que je vous épouserai.

KEAN : Mais oui, mais oui ! En attendant, il faut que j'essaye de te sortir du guêpier où tu t'es fourrée.

ANNA : Quel guêpier ? Ah ! j'avais oublié. Comme c'est amusant ! Je me demande ce que vous allez faire.

KEAN, *appelant* : Peter ! Va me chercher un flic.

Peter entre, puis sort en courant et ramène un constable.

SCÈNE VI

KEAN, ANNA, LE CONSTABLE

KEAN : Monsieur le constable, voici Miss Damby, l'une des plus riches héritières de Londres, à qui l'on veut faire violence pour le choix d'un époux ; je vous ai appelé pour vous la confier…

LE CONSTABLE : Quel changement ! Et qui êtes-vous, monsieur, pour réclamer mon ministère avec tant d'autorité ?

KEAN, *déclamant* : Peu importe qui réclame la protection de la loi puisque la loi est égale pour tous[b].

LE CONSTABLE : Kean ! Comment ne vous ai-je pas reconnu, moi qui vous ai vu jouer cent fois et qui suis l'un de vos plus chauds admirateurs… Ainsi, mademoiselle, vous réclamez ma protection ? Eh bien, elle vous est acquise. Seulement dites-moi de quelle manière…

KEAN : Anna, montez avec monsieur le constable dans votre chambre : vous lui raconterez tout. Moi, il faut que je reste ici. J'attends quelqu'un.

ANNA : J'espère que vous le battrez ?

KEAN : Pourquoi pas ? Surtout si c'est celui que je crois.

ANNA : Alors je veux rester : pour voir.

KEAN : Veux-tu me faire le plaisir d'aller dans ta chambre ?

ANNA, *cri de joie* : Ah !

KEAN : Quoi ?

ANNA : C'est la joie. Vous m'avez parlé comme un époux[c].

Anna et le Constable sortent.

SCÈNE VII

KEAN *seul, puis* LORD MEWILL

KEAN : Un masque[d]. Pourquoi un masque ? Un homme à gage n'aurait pas besoin de se masquer… Parbleu !… Mais c'est le fiancé en personne, c'est Lord Mewill, pair d'Angleterre ! Pris en flagrant délit de rapt et de faux en écriture. Mais alors… mais alors… Je peux cogner ! Cogner sur un Lord pour de vrai : mon rêve ! Prince, pour se venger de la noblesse, Kean n'aura pas besoin de passer par les femmes. Puisque je n'ai pu faire toucher les épaules à cette noble Lady, je vais mettre un Lord sur le dos. Un Lord sur le dos : je me sens vivre. Je vais cogner sur un Lord et j'aurai la loi pour moi. Mon Dieu, mon Dieu, je vous en prie, faites qu'il vienne. Le voilà !

Lord Mewill entre masqué.

LORD MEWILL : Pardon, mon ami, mais je voudrais passer.
KEAN : Pardon, mon ami, mais vous ne passerez pas.
LORD MEWILL : Qu'est-ce que cela veut dire ?
KEAN : Ça veut dire que je n'aime pas les masques.
LORD MEWILL : Non ?
KEAN : Non.
LORD MEWILL : Et pourquoi cela ?
KEAN : Parce que c'était déjà démodé sous Marie la Catholique.
LORD MEWILL : Il peut y avoir des cas où l'on doit cacher son visage.
KEAN : Le vôtre est-il si laid ? *(Lord Mewill veut passer. Kean l'en empêche tout en parlant.)* Est-ce qu'il est grêlé par la petite vérole ? Défiguré par un chancre mou ? Avez-vous le nez rongé ? Des taches lie-de-vin sur les joues ? Des verrues comme des courges avec des poils dessus ? Une balafre ? Quelqu'un vous a-t-il *déjà* coupé les oreilles et le nez ? Ce serait dommage : il ne me resterait plus rien à faire.
LORD MEWILL : Allez-vous me laisser passer, imbécile.
KEAN : Non, mon joli.
LORD MEWILL : Qu'est-ce que tu veux ? De l'argent ?
KEAN : Je veux voir ta petite gueule toute nue. *(Changeant de ton.)* Et si tu n'enlèves pas ton masque toi-même, c'est moi qui vais te l'ôter.
LORD MEWILL : Sacredieu !

Il se jette en avant. Kean lui saisit le bras droit avec le bras gauche.

KEAN : Alors ? Tu l'ôtes, oui ? Tu as une main libre : sers-t'en. Parce que si je suis obligé de me servir de la mienne, je risque de te raboter un peu les joues. Tu ne veux pas ? Très bien. *(Il lui arrache son masque.)* Entrez tous avec de la lumière, j'ai attrapé un cancrelat et je veux voir comment il est bâti.

Ils entrent.

LORD MEWILL : Kean !

KEAN, *jouant la surprise* : Oh ! C'est Lord Mewill ! Quelle surprise et que d'excuses ! Figurez-vous, mylord, que je vous avais pris pour un cancrelat et que j'allais vous écraser. Vous comprenez, j'ai si souvent pris Polonius pour un rat que j'ai une déformation professionnelle.

LORD MEWILL : C'est un guet-apens !

KEAN : Vous dissipez mes derniers doutes. *(Aux autres :)* Ce n'est pas un cancrelat, puisqu'il parle. Allons, calmez-vous, monsieur, rien ne sortira d'ici.

LORD MEWILL : Alors, qu'est-ce que vous voulez ?

KEAN : Vous m'avez insulté en couvrant de mon nom vos entreprises, vous allez me rendre raison et tout sera dit.

LORD MEWILL : Il n'y a qu'une difficulté à cela, monsieur : un pair d'Angleterre ne peut pas se battre avec un saltimbanque.

KEAN, *reposant le tabouret qu'il avait levé* : Mais bien sûr : où avais-je la tête ? Vous êtes Lord et je suis saltimbanque, *donc* nous ne nous battrons pas. Vous descendez des Plantagenêts en ligne directe, je dirais même que vous en descendez à toute vitesse ; moi je ne descends de personne : je monte. N'empêche que vous êtes Lord, que je suis saltimbanque et que nous ne nous battrons pas. Vous siégez[e] à la Cour suprême, vous faites et défaites les lois, les portes du Palais de nos rois s'ouvrent au seul bruit de votre nom, mais il est si grand, ce nom, si lourd qu'il vous écrase, vous ne le portez pas, vous êtes aplati dessous : quand vous voulez respirer un brin et faire vos sales coups, vous prenez le mien. Moi, voyez-vous, je suis plus dégoûté et je ne voudrais du vôtre pour rien au monde : mon nom est à moi ; je ne l'ai pas reçu, mylord, je l'ai fait ; n'empêche que… *(Successivement il se désigne et désigne Lord Mewill, puis agitant l'index, il fait signe que non, qu'ils ne se battront pas.)* Vous avez raison ! Vous avez raison. Nous ne nous battrons pas : vous êtes tombé trop bas, mes coups d'épée passeraient au-dessus de votre tête. Je suis monté trop haut, c'est à peine si les vôtres piqueraient le talon de mes bottes. *(Un temps.)* Mylord, en tout ceci, vous n'avez oublié qu'une chose : c'est que vous êtes en mon pouvoir ; nous ne nous battrons pas, c'est une affaire entendue : mais qu'est-ce que vous diriez si, *moi*, je vous battais ? Hein ? Savez-vous que les saltimbanques ont les mains fortes ? Savez-vous que je pourrais vous briser comme je briserais ce verre *(riant)*… si je n'aimais mieux m'en servir pour porter un toast. Verse, Peter. *(Peter verse à boire.)* Au bonheur de

Miss Anna Damby, à son libre choix d'un époux… et puisse cet époux lui donner tout le bonheur qu'elle mérite et que je lui souhaite.

TOUS : Vive monsieur Kean !

KEAN, *à Lord Mewill* : Monsieur, vous êtes libre de vous retirer[f].

RIDEAU

ACTE IV

QUATRIÈME TABLEAU

La loge de Kean

SCÈNE I

ANNA, SALOMON

ANNA, *répète le rôle de Desdémone. Puis sur le même ton* : Quelle heure est-il ?

SALOMON : Encore ?

ANNA : Quoi : encore ?

SALOMON : Vous demandez l'heure ; je dis : encore ! C'est la septième fois que vous le demandez. Il est 6 heures et demie.

ANNA, *pleurant* : Salomon, il ne viendra plus !

SALOMON, *masquant son inquiétude* : Il viendra puisqu'il doit jouer.

ANNA : Et s'il décidait de ne pas jouer ?

SALOMON : Ah ! pour ça, soyez sûre qu'il l'a décidé.

ANNA : Vous voyez !

SALOMON : Chaque fois qu'il s'est saoulé, il jure ses grands dieux qu'il ne mettra plus les pieds sur une scène et qu'il reprendra son métier de bateleur. Vous voyez le résultat !

ANNA : Cette fois-ci, ça sera peut-être pour de bon.

SALOMON : Pensez-vous ! Il a promis de jouer au profit de ses saltimbanques : il tient toujours ses promesses.

ANNA : Et s'il lui était arrivé malheur ?

SALOMON : Bah ! Bah ! Un malheur à lui ? C'est la chance en personne ! Les seuls malheurs de cet homme-là, ce sont ses bonnes fortunes.

ANNA : Vous dites ça pour me rassurer, mais je vois bien que vous êtes inquiet.

SALOMON : Mais non. Reprenez votre rôle.

ANNA : Mais que peut-il faire ?

SALOMON : Vous voulez que je vous le dise ? Eh bien, il cuve son vin.

ANNA : Mais où ? Puisqu'il n'est pas chez lui.

SALOMON : Est-ce que je sais ! Une fois, on l'a retrouvé dans un fossé de la route de Cambridge, à dix lieues d'ici, personne n'a jamais su comment il se trouvait là. Il dormait comme un Jésus.

ANNA : Qu'est-ce que vous faites ?

SALOMON : Je regarde l'heure.

ANNA : Vous voyez bien que vous êtes inquiet.

SALOMON : Je vous dis de reprendre votre rôle.

ANNA, *récitant* : « Venez au lit, monseigneur. » *(Parlé.)* Vous l'aimez bien ?

SALOMON : Qui ?

ANNA : Lui.

SALOMON : Plus qu'aucune de ses femmes ne l'a jamais aimé.

ANNA : Alors je vous promets qu'il n'y aura rien de changé ! Vous habiterez avec nous.

SALOMON : Avec vous ? Quand ?

ANNA : Mais quand nous serons mariés. *(Récitant.)* « Venez au lit, monseigneur. »

SALOMON : Pas comme ça. C'est trop dur. Vous y mettez trop de force.

ANNA : C'est que j'en ai.

SALOMON : Elle n'en avait pas, elle. Pauvre chère créature, c'était un souffle.

ANNA : Un souffle ? Je vous crois bien ! Il fallait qu'elle ait de la poigne, cette petite, pour s'être fait épouser par son général.

SALOMON : C'était une victime, une martyre.

ANNA : Vous en connaissez, vous, des jolies femmes qui sont des martyres ? Le martyre, c'est pour les laides : il faut bien leur laisser quelque chose.

SALOMON : Vous dites des sottises.

ANNA : Qui me prouve que vous n'en dites pas ? Est-ce que vous comprenez les femmes ?

SALOMON : Avec toutes celles qui sont passées dans cette loge, ça serait malheureux si je ne les comprenais pas.

ANNA : Et Shakespeare, est-ce que vous le comprenez ?

SALOMON : Voilà dix ans que je le souffle.

ANNA : La belle raison.

SALOMON : Et Mistress MacLeish, est-ce qu'elle le comprend, elle ? Eh bien, elle a toujours joué Desdémone en douceur ; dès que le rideau se lève, vous croiriez qu'elle est morte.

ANNA : Cette vieille peau ! Elle joue doucement parce qu'elle a peur de tomber en poussière. Je suis jeune, moi, j'ai du sang ! Je jouerai comme je voudrai. *(Elle récite.)* « Venez au lit… » *(Elle s'arrête brusquement.)* Ah ! Vous m'avez découragée. Pourquoi n'est-il pas là ? Il n'y a que lui qui sache. Il m'avait dit : « À midi. Dans ma loge. Sois exacte. »

SALOMON : Il était saoul.

ANNA : Justement : il l'a répété quand il ne l'était plus.

SALOMON : Il n'a pas cessé une minute de l'être.

ANNA : À 6 heures du matin il ne l'était plus. Vous ne l'avez pas vu : c'était dans sa voiture, il me raccompagnait chez ma tante, il faisait beau, le jour se levait et il m'a pris les mains et il m'a appelée son gâteau de miel.

SALOMON : S'il fallait verser des pensions de veuve à toutes les femmes qu'il a appelées « mon gâteau de miel », l'État ferait banqueroute.

ANNA : Vous êtes un sot, monsieur Salomon. Et « petite sœur » ? Y en a-t-il beaucoup qu'il ait appelées « petite sœur » ?

SALOMON : Ah ! ça non ! Ce n'est pas son genre, les sœurs.

ANNA, *fièrement* : *Moi*, il m'a appelée « petite sœur ».

SALOMON : Il n'y a pas de quoi se vanter.

ANNA : Salomon, je lui ai dit que j'avais fauté. Est-ce que j'ai bien fait ?

SALOMON : Et naturellement vous n'avez jamais fauté ?

ANNA : Bien sûr que non.

SALOMON : Ça se voit, vous savez.

ANNA, *mécontente* : Ah ! ça se voit ?

SALOMON : Oui. Mais de toute façon, ça n'a aucune importance. Il n'en est pas à cela près. *(On entend sacrer dans la coulisse. Bruit.)* Le voilà.

ANNA : Enfin !

SALOMON : Si j'ai un conseil à vous donner, ce serait de filer par la porte secrète.

ANNA : Pourquoi ?

SALOMON : Vous l'entendez : il eſt d'une humeur de dogue.

ANNA : Mais il a besoin de moi !

SALOMON : Besoin de vous ?

ANNA : Je lui ai promis de jouer Desdémone.

SALOMON : Ça ne serait pas plutôt lui qui vous aurait promis de vous la faire jouer ? *(Sur un geſte d'Anna.)* De toute façon, il eſt à cent lieues d'y penser. Il va entrer, réclamer un tapis...

ANNA : Pourquoi un tapis ?...

Kean entre brusquement.

SCÈNE II

ANNA, SALOMON, KEAN

KEAN : Salomon ! Un tapis !

SALOMON : Quoi ?

KEAN : Un tapis, une peau de lion, n'importe quoi... *(Apercevant Anna.)* Encore vous !

ANNA : Vous m'avez dit que...

KEAN : Quoi ? Qu'eſt-ce que j'ai dit ?

ANNA : Que je ferai Desdémone ce soir.

KEAN : Vraiment ? Je devais être fabuleusement saoul ! Eh bien, mademoiselle, vous ne jouerez pas Desdémone, voilà tout.

ANNA, *désolée* : Oh ! Pourquoi ?

KEAN : Parce que personne ne jouera ce soir ! Tu entends, Salomon : je ne joue plus !

SALOMON : Bien, maître.

KEAN : Ni ce soir, ni jamais !

SALOMON : Oui, maître.

KEAN : Tu en prends facilement ton parti, au moins.

SALOMON : Maître, je suis conſterné.

KEAN : Et ce tapis, voyons ? Vas-tu le chercher ?

ANNA, *excédée* : À la fin, qu'eſt-ce que vous voulez faire avec un tapis ?

KEAN : Des culbutes ! J'ai commencé par là. C'eſt par là que je finirai. Fais afficher aux quatre murs de Londres que

Kean, le paillasse, fera des tours de souplesse dans Regent Street et dans Saint James, à la condition qu'il lui sera payé huit guinées par fenêtre. Ha ! Ha ! Tout le monde voudra voir comment Hamlet marche sur les mains, comment Othello fait le saut de carpe ! Je ferai fortune en huit jours ; tandis que, dans ce théâtre maudit, il me faudra des années pour amasser de quoi mourir au fond du Devonshire, entre un morceau de bœuf salé et un pot de bière. La gloire ! Le génie ! L'Art ! L'Art ! Cette fois-ci, mon vieux Salomon, j'ai compris ! Sais-tu ce que je suis ? La victime de Shakespeare : je me crève pour qu'il revive, le vieux vampire !

ANNA : Kean ! Votre art ! Comment pouvez-vous ?

KEAN : *Mon* art ! Ha ! Ha ! On voit que vous vendez des fromages, mademoiselle. Les fromages sont des animaux timides et nourrissants. Mais l'Art est vorace : vous ne voyez donc pas qu'il me bouffe tout cru ! Je vous dis que j'ai tout compris : je fais un métier de dupe, je tire les marrons du feu pour Shakespeare ! Au diable Shakespeare : puisqu'il a fait ses pièces, qu'il les joue.

ANNA, *doucement* : Kean ! Qu'y a-t-il ?

KEAN : Il y a que mon hôtel est cerné par la police et que ma chambre à coucher grouille d'huissiers. Il y a que j'ai passé la nuit dans une taverne et toute la journée dans une voiture. Il y a que j'ai des courbatures et qu'on me cogne à coups de bêche sur le crâne ! Il y a que je vais me faire emboîter, comprenez-vous ! Et tout cela pour une misérable somme de quatre cents livres !

ANNA : Tu vois, je te l'avais dit. Si tu voulais seulement mettre un peu d'ordre dans ta vie !

KEAN : De l'ordre ! *(Il rit.)* Tiens, c'est bien le moment de m'en parler. Je veux faire du désordre, moi ! Je veux fouetter une grande dame et dire publiquement son fait à un prince ! Et si ça ne suffit pas, je foutrai le feu au théâtre ! L'ordre par le vide : voilà mon affaire. Le feu au théâtre et Kean périra dans les flammes. Quelle apothéose ! Bon Dieu, j'ai mal au crâne ! *(Brusquement.)* Et d'abord, depuis quand me tutoyez-vous ?

ANNA : Depuis hier.

KEAN : Depuis hier ? *(Inquiet.)* Et qu'est-ce que nous avons fait hier, tous les deux ?

ANNA : Beaucoup de choses.

KEAN, *de plus en plus inquiet* : Ah !

ANNA : Tu m'as pris les mains…

KEAN : Les mains ? Et…

ANNA : C'est tout.

KEAN : Les mains ! Tu vois, Salomon, je vieillis : c'est l'heure de la retraite. Comment veux-tu que je joue, si je ne fais plus l'amour ? Alors je t'ai pris les mains et proposé de jouer Desdémone ?

ANNA : Oui.

KEAN : Eh bien, tu joueras.

ANNA : Je croyais que tu ne jouais plus.

KEAN : Ce soir il faut encore que je joue. À cause du vieux Bob ! Mais c'est la dernière fois.

SALOMON : Bien.

KEAN : La dernière fois, tu entends.

SALOMON : Oui, maître. *(Un temps.)* Maître, si vous jouez ce soir, est-ce que vous ne pourriez pas… sur la recette…

KEAN : Hé ?

SALOMON : Prendre les quatre cents livres ?

KEAN : Elle n'est pas à moi, la recette, Salomon ! Tu veux que je me fasse payer les services que je rends ? C'est un conseil de laquais ! Qu'est-ce qu'on joue[a] ?

SALOMON : Le dernier acte d'*Othello*.

KEAN : C'est gai ! Rugir avec ce mal de crâne ! *(À Anna :)* Allons, mets-toi sur le divan que je t'étouffe.

ANNA : Je voudrais que Salomon s'en aille.

KEAN : Tu ne veux pas mourir devant lui, hein ? Salomon, voilà la pudeur ! Il est vrai qu'il n'y a rien de plus nu qu'un cadavre. *(À Salomon :)* Allons, va-t'en.

Salomon sort.

SCÈNE III

ANNA, KEAN

KEAN : Regarde-moi. Sais-tu que tu ferais une morte ravissante ? Aïe !

ANNA : Quoi ? Qu'est-ce que c'est ?

KEAN : C'est ce maudit crâne. Que je voudrais qu'il fût postiche ! Comme la bosse de Richard : je pourrais l'ôter.

ANNA : Vous avez bien mal ?

KEAN : Parbleu ! Je paye ! Vois comme je suis bête : si je t'avais caressée hier au lieu de m'enivrer, je serais sain comme l'œil à cette heure, et gai comme un pinson.

Pendant qu'il parle, elle est allée tremper une serviette dans la cuvette.

ANNA : Laissez-vous faire. *(Elle lui met le turban.)* Ça va mieux ?

KEAN : C'est frais ! Je dois avoir l'air affreux ?

ANNA : Vous êtes splendide ! vous avez l'air d'un pirate.

KEAN, *agréablement surpris* : Un pirate ? Pourquoi pas ? Tiens : voilà ce que j'aurais dû être !

ANNA : Je vous aurais suivi.

KEAN : Habillée en garçon. Tu aurais été le mousse favori du grand Kean, le roi de l'île aux Tortues.

ANNA, *tendrement* : Et nous aurions été pendus ensemble...

KEAN : Quelle belle fin pour un couple : entre ciel et terre, face à face et chacun tirant la langue à l'autre : c'est le symbole de toutes les histoires d'amour ! *(Un temps.)* Bon. Eh bien, allonge-toi, je vais t'expliquer comment on meurt. Passe-moi l'oreiller.

Elle est couchée sur le divan. Il tient l'oreiller. La porte secrète s'ouvre. Éléna apparaît et éclate de rire.

SCÈNE IV

KEAN, ANNA, ÉLÉNA

ÉLÉNA : Kean en bonnet de nuit avec un oreiller dans les bras ! Voilà de quoi guérir vos admiratrices ! Je vous réveille ? *(Kean arrache son bonnet avec dépit.)* Je suis venue vous féliciter : ce matin, tout Londres vous marie avec Mademoiselle. Mais, à ce que je vois, le mariage doit être déjà célébré : je trouve à votre loge un petit air de foyer.

KEAN, *dignement* : Éléna, je répète la dernière scène d'*Othello*.

ÉLÉNA : Ah ! Mme Kean joue Desdémone ? Mais c'est charmant : un vrai ménage d'artistes. Et... cela ne vous effraye pas, madame, de débuter après une nuit d'orgie ? Vous n'êtes pas trop fatiguée ? Car, si j'en crois ce qu'on m'a rapporté, vous étiez hier soir...

ANNA : Dans un bordel, mais oui, madame[b].

ÉLÉNA : Kean, votre femme est exquise, mais son esprit sent la boutique. Je n'ai pas de goût pour les disputes et je me retire, heureuse d'avoir vu votre bonheur.

KEAN : Restez, madame. Et toi, petite, va dans ta loge.

ANNA : Je n'ai pas de loge.

KEAN : Salomon va t'en trouver une. Salomon ! *(Salomon entre.)* Une loge pour la petite.

ANNA : Je ne veux pas te laisser seul avec Madame.

ÉLÉNA : On se tutoie ? À la bonne heure !

KEAN : Tout le monde se tutoie au théâtre. *(À Anna :)* Toi, si tu ne disparais pas sur-le-champ, tu ne joueras pas ce soir !

ANNA, *entraînée par Salomon, criant* : Si vous me faites remplacer par Madame, faites-lui plutôt jouer *La Mégère apprivoisée*…

Ils sortent tous deux.

SCÈNE V

KEAN, ÉLÉNA

KEAN, *consterné* : Et voilà !

ÉLÉNA, *riant nerveusement* : Oui, voilà ! Voilà ! Merci, Kean : j'allais peut-être faire pour vous la plus grande folie de ma vie, mais vous m'avez arrêtée à temps…

KEAN, *avec agitation* : Si vous étiez venue hier soir, si seulement vous étiez venue…

ÉLÉNA : C'est cela ! Grondez-moi : je trahis la confiance de mon mari, je foule aux pieds la morale et ma pudeur, je viens chez vous au prix de mille dangers, je trouve votre loge transformée en chambre à coucher, une femme étendue sur votre divan et vous, Kean, vous avec un bonnet de nuit sur la tête : mais c'est moi qui suis l'accusée, c'est moi qui dois me défendre !

KEAN : Éléna, il n'y a rien entre Miss Damby et moi. *(Elle ne répond pas.)* Je vous le jure ! *(Elle ne répond pas.)* Éléna, me croyez-vous ?

ÉLÉNA : Hélas ! je suis assez sotte pour vous croire. *(Un temps.)* Mais si vous jouez ce soir avec elle, je ne vous reverrai de ma vie.

KEAN : Madame, il est trop tard pour la remplacer.

ÉLÉNA : Parfait. Elle m'aura donc insultée impunément et tout à l'heure, de ma loge, je la verrai dans vos bras. Croyez-vous que je le supporterai ?

KEAN, *suppliant* : Éléna, nous jouons *Othello*. Le dernier acte. Je ne fais rien d'autre que l'étouffer. L'étouffer, m'entendez-vous ? Et de loin, à bras tendus. Avec un oreiller ! Vous voyez : il n'y aura pas même de contact. Si… si cette jeune personne n'a pas eu la chance de vous plaire, cela vous fera sûrement plaisir de la voir étouffer. Ah ! rien de tout cela ne serait arrivé si vous étiez venue hier !

ÉLÉNA : Mais c'est qu'il suit son idée. Savez-vous ce que vous mériteriez ? Que je me taise ! Que je ne réponde même pas à vos injustes reproches. Mais je ne suis pas comme vous, moi : votre inquiétude me fait mal et je veux la calmer. Kean, je ne suis pas venue hier, parce que je ne le *pouvais pas*.

KEAN, *brusquement* : Parbleu ! C'est un devoir que d'aller au bal !

ÉLÉNA : Pour une ambassadrice, oui, c'est un devoir. Kean, je suis allée à ce bal parce que mon mari m'a ordonné de m'y rendre. Là : êtes-vous content ?

KEAN : Ordonné ?

ÉLÉNA : Eh oui ! Ordonné. Ses instructions lui enjoignent de faire sa cour au prince de Galles.

KEAN : C'est vrai, j'oubliais le prince de Galles. Eh bien ! Le comte de Koefeld ne pouvait-il s'y rendre seul à ce bal ? Ne pouviez-vous trouver un prétexte ?

ÉLÉNA : Une migraine ? Des vapeurs ? Ah ! vous ne connaissez pas mon mari : il est terrible.

KEAN : Tiens ! Je ne l'aurais pas cru.

ÉLÉNA : À quoi servirait d'être diplomate si l'on ne savait dissimuler ses passions ? Tenez, vous m'obligez à vous avouer ce que j'avais l'intention de vous taire : mon mari a des soupçons.

KEAN : Des soupçons ? À propos de… nous ?

ÉLÉNA : Eh oui : à propos de nous. Ah ! J'avais raison de ne pas vouloir vous le dire : vous voilà tout inquiet. Comprenez-vous à présent que je ne pouvais lui désobéir ? Si j'avais refusé de le suivre à ce bal, il aurait feint d'y aller sans moi et serait revenu à l'improviste pour me surprendre. Mon Dieu ! s'il ne m'avait pas trouvée… Kean, est-ce donc là votre amour : souhaitez-vous donc qu'il me jette au ruisseau ? Qu'il me tue ?

KEAN, *désolé* : Madame…

ÉLÉNA : Ah ! il est homme à le faire…

KEAN : Éléna, je vous demande pardon.

ÉLÉNA : Voilà comme vous êtes, vous autres hommes, injustes, exigeants, cruels : il ne vous suffit pas qu'on vous confie son honneur, il faut encore qu'on risque de le perdre pour l'amour de vous ! Allons, Kean, allez jusqu'au bout, mettez le comble à votre injustice, à vos cruautés, au mal que vous me faites. Mais dis-le, barbare, que je dois me déshonorer pour te plaire !

KEAN : Éléna ! *(Il tombe à ses genoux.)* Si vous saviez comme j'ai souffert ! J'ai cru mourir.

ÉLÉNA : On dit pourtant que vous avez passé la nuit à faire la fête !

KEAN : La fête ! Éléna, je me suis enivré comme aux pires moments de ma vie, je me suis colleté avec un portefaix, j'ai insulté un pair d'Angleterre, ah ! j'aurais tué si cela m'avait permis d'échapper à ces horribles… horribles souffrances.

ÉLÉNA : Fou ! Pour un simple contretemps…

KEAN : Il s'agit bien d'un contretemps…

ÉLÉNA : Et de quoi donc ?

KEAN : Je suis jaloux, Éléna. J'ai du vitriol dans les veines.

ÉLÉNA : Jaloux ? Vous ?

KEAN : Jaloux, torturé, obsédé, humilié, avili !

ÉLÉNA : Jaloux ? Et de qui, bon Dieu ?

KEAN : Vous le savez bien.

ÉLÉNA : Non, je vous le jure.

KEAN : Ne jurez pas, car je ne croirais plus à vos autres serments : les femmes ont un instinct qui leur dit que nous les aimons, bien avant que nous le leur disions nous-mêmes.

ÉLÉNA : Mais beaucoup de jeunes gens me font la cour, monsieur.

KEAN : Il ne s'agit pas d'eux, Éléna, le prince de Galles était-il au bal hier soir ?

ÉLÉNA : Oui, naturellement.

KEAN : Vous a-t-il parlé ?

ÉLÉNA : Assez longuement.

KEAN : De quoi ?

ÉLÉNA : De quoi voulez-vous qu'on parle ? De… de rien.

KEAN : De rien ! Ah ! c'est ce que je craignais !

ÉLÉNA : Eh bien, de tout si vous voulez.

KEAN : De tout, de rien, c'est pareil. Pendant que les bouches parlent pour ne rien dire, les yeux se font comprendre sans parler. Il vous a regardée n'est-ce pas ?

ÉLÉNA : Il me regarde toujours.

KEAN : Et… comment s'est-il comporté ?

ÉLÉNA : Quelle question. Comme à son ordinaire : il était ironique, léger, charmant.

KEAN : Charmant !

ÉLÉNA : Est-ce qu'il n'est pas charmant ?

KEAN : Hélas !

ÉLÉNA : À la fin vous m'ennuyez. Suis-je ici pour parler du prince de Galles ? Est-ce lui ou est-ce moi que vous prétendez aimer ?

KEAN : Madame, il vous aime.

ÉLÉNA : Lui ? Mais, Kean, vous me rendez confuse. Le prince de Galles ! Il ne fait pas même attention à moi.

KEAN, *avec reproche* : Éléna !

ÉLÉNA : Eh bien... s'il faut tout vous dire, il m'avait semblé autrefois... quand il m'a fait cadeau de cet éventail... Et puis je n'y ai plus pensé... Je n'ai pensé qu'à vous, ingrat !

KEAN : Le prince de Galles est venu hier dans ma loge et m'a demandé de renoncer à vous.

ÉLÉNA, *joyeusement* : Le prince de Galles ? Est-ce possible ? Et qu'a-t-il dit ? Vite, vite : racontez-moi.

KEAN : Hélas, madame. Vous voyez bien !

ÉLÉNA : Qu'est-ce que je vois ?

KEAN : Votre ton, vos manières, tout indique que la nouvelle vous enchante.

ÉLÉNA : Kean, êtes-vous fou ? Je... je vous demandais seulement de m'expliquer au plus vite cette étrange aventure. Car enfin, d'où le prince de Galles peut-il savoir que je... vous veux du bien ? Oh ! Kean, c'est vous qui le lui avez dit ?

KEAN : Moi ?

ÉLÉNA : Jamais je ne vous en aurais cru capable...

KEAN : Madame, il a deviné que je vous aimais.

ÉLÉNA : Mais quand ? Mais comment ?

KEAN : L'autre soir, quand je vous ai montré la lettre de Miss Damby.

ÉLÉNA : Kean, voyez ma confiance en vous. Par deux fois ce soir je vous ai cru sur parole. J'espère que vous vous en souviendrez si vous veniez un jour à douter de moi.

KEAN : Madame, je n'aurai pas besoin de m'en souvenir, je ne doute jamais de vous.

ÉLÉNA : Eh bien, pauvre prince, à supposer qu'il m'aime — et vous comprenez bien que j'admets cette supposition pour vous plaire —, que voulez-vous que j'y fasse ?

KEAN : Ah ! Je ne veux rien et je ne sais qu'une chose : c'est que je ne pourrais le voir à vos côtés sans devenir fou.

ÉLÉNA : Mon Othello ! Mais comment faire ? Il est trop tard à présent pour décommander la soirée...

KEAN : Qu'y a-t-il à décommander ? Et qu'avait-on projeté ?

ÉLÉNA : Il nous a fait l'honneur, hier, de nous demander une place dans notre avant-scène.

KEAN : Pour ce soir ?

ÉLÉNA : Oui.

KEAN : Vous voulez dire qu'il sera dans votre loge pendant que je jouerai ?

ÉLÉNA : Oui, pendant que vous tiendrez cette créature dans vos bras.

KEAN : Ah ! Madame, moi, ce sera pour rire, comme tout ce que je fais.

ÉLÉNA : Vous voulez dire que moi…

KEAN : Non, madame, je ne veux rien dire. Mais je vais vous faire une requête que je vous supplie de ne pas repousser : pendant tout le temps que je jouerai, ne lui parlez pas, ne lui souriez pas, ne l'écoutez pas ! Madame, ne me quittez pas des yeux. Ma demande peut vous sembler inconvenante, mais j'y attache une importance extrême : si je surprenais un signe d'entente entre vous deux, je ne serais plus maître de moi.

ÉLÉNA : Et qu'arriverait-il, monsieur ?

KEAN : Supposez que je perde la mémoire, que je reste cloué de chagrin au beau milieu de la scène sans pouvoir m'arracher une parole ? Supposez que j'éclate en sanglots. *(Elle rit.)* Ne riez pas : je serais perdu !

ÉLÉNA : Savez-vous bien que vous me demandez d'être impolie avec le frère du roi ? De lui tourner le dos ? De lui signifier qu'il m'importune ? Mais, Kean, s'il est blessé, c'est le Danemark qui en pâtira.

KEAN : Le Danemark ! Le Danemark ! Toujours le Danemark et ses vaches laitières. Tenez, madame : c'est moi qu'on a blessé.

ÉLÉNA : Vous ?

KEAN : Oui, moi. Hier soir. Et profondément ! On m'a laissé entendre que vous ne m'aimiez pas. Vous n'auriez pour moi qu'un caprice, vous auriez jeté les yeux sur un comédien par désœuvrement et parce que cette sorte de gens, existant à peine, ne peuvent compromettre une grande dame. Il s'agirait d'un jeu, je ne serais pour vous qu'un divertissement.

ÉLÉNA : Qui vous a dit cela ?

KEAN : Le prince de Galles.

ÉLÉNA : Bah ! C'est qu'il était jaloux.

KEAN : Vous avouez donc qu'il vous aime ?

ÉLÉNA : Je n'avoue rien du tout.

KEAN : Éléna, mon amour a besoin que vous lui prouviez le vôtre.

ÉLÉNA : Votre amour ? Non : votre orgueil. Cette preuve, ce n'est pas à vous que vous souhaitez que je la donne : c'est au Prince. Il vous a humilié hier en prétendant que je ne vous aimais pas et vous attendez de moi que je le détrompe. Mon amour ? Ah ! vous ne vous en souciez guère en ce moment : ce qui compte à vos yeux, c'est l'opinion du Prince.

KEAN : Éléna, cette preuve sera comprise de moi seul ; elle ne vaudra que pour moi. N'est-il pas naturel qu'une spectatrice porte toute son attention sur le spectacle, qu'elle n'ait d'yeux que pour l'acteur, surtout quand cet acteur s'appelle Kean ? Qui pourrait vous en blâmer ? Le Prince vous parlera à l'oreille et vous ne répondrez pas ? La belle affaire : il pensera que vous êtes distraite, que vous tremblez pour la pauvre Desdémone. Et moi, moi je serai guéri. Savez-vous que je me suis mis tout entier dans mon amour : il faut qu'il réussisse ou que je crève. Vous êtes une grande dame et je ne suis qu'un saltimbanque : mais c'est un honneur que je vous fais, madame, en comptant sur vous seule pour montrer au saltimbanque qu'il peut être aimé comme un lord.

ÉLÉNA : Eh bien, soit ! Mais donnant, donnant !

KEAN : Ah ! demandez-moi tout ce que vous voudrez !

ÉLÉNA : Vous renverrez la petite Damby chez elle et vous jouerez avec la vieille MacLeish.

KEAN, *désespéré* : Éléna ! La vieille MacLeish habite hors de Londres et je n'ai pas le temps de la faire prévenir !

ÉLÉNA : Eh ! que m'importe. Arrangez-vous : faites tenir le rôle par le souffleur.

KEAN : Le souffleur ! Salomon dans un rôle de jeune femme ? Le public…

ÉLÉNA : Si vous avez du génie vous ferez croire au public que le souffleur est la plus ravissante des Desdémone.

KEAN, *gémissant* : Je ne suis pas un prestidigitateur : je suis un comédien.

ÉLÉNA : Vous voilà donc, monsieur Kean ! Vos exigences grandissent de jour en jour et quand on ose, en retour, vous faire la demande la plus simple et la plus légitime, vous refusez tout net. Eh bien, je vous le dis sans fard : si cette fille paraît sur la scène à vos côtés, je me tournerai à l'instant vers le Prince et je lui rirai au visage. Ah ! je vous ferai pâlir, moi, monsieur le jaloux… je…

On frappe[c].

KEAN, *effrayé* : Ah ! Mon Dieu ! *(Haut.)* Qui est là ?

VOIX DU PRINCE : Moi !

ÉLÉNA, *bas* : La voix du prince de Galles.

Pendant ce temps elle cherche comment peut s'ouvrir la porte secrète.

KEAN, *haut* : Qui vous ?

LE PRINCE : Le prince de Galles pardieu !

LA VOIX DU COMTE : Et le comte de Koefeld !

ÉLÉNA, *bas* : Ciel, mon mari ! Je suis perdue !

KEAN, *bas* : Silence ! Votre voile et sortez, sortez ! *(Haut.)* Pardon, mon prince… Mais j'ai pour le moment le malheur… *(Bas à Éléna :)* Dépêchez-vous !

ÉLÉNA : Comment s'ouvre cette porte ?

KEAN, *haut* : … d'avoir à mes trousses certains hommes qui me poursuivent pour quatre cents livres sterling…

VOIX DU PRINCE : Je comprends !

KEAN, *haut* : Et qui n'hésiteraient pas à emprunter le nom respectable de Votre Altesse pour parvenir jusqu'à moi. Ayez donc la bonté de me faire passer votre nom, écrit de votre main, monseigneur.

VOIX DU PRINCE : Que fais-tu donc ?

KEAN, *haut* : Je retire la clef pour vous laisser le passage… *(Bas à Éléna qui sort :)* Adieu, Éléna… je vous aime, est-ce que vous exaucerez mon vœu ?

ÉLÉNA, *bas* : Et vous exaucerez-vous, le mien ?

KEAN, *bas* : Je…

ÉLÉNA : Donnant, donnant, je ne reviens pas sur ce que j'ai dit.

Elle disparaît, la porte se referme. Par la serrure de la porte d'entrée sort un petit rouleau de papier.

KEAN, *allant le prendre* : Une banknote de quatre cents livres, c'est une carte royale. Entrez, mon prince, car c'est bien vous !

Il ouvre la porte, le Prince et le Comte entrent.

SCÈNE VI

KEAN, LE PRINCE, LE COMTE

LE PRINCE, *entrant et regardant de tous les côtés* : Vous ne vous doutez pas d'une chose, monsieur le comte : c'est qu'en entrant dans la loge de Roméo, nous avons fait fuir Juliette.

LE COMTE : Vraiment ?

KEAN : Oh ! quelle idée folle, monseigneur ! Voyez, cherchez.

LE PRINCE : Oh ! une loge d'acteur, c'est machiné comme un château d'Ann Radcliffe[1]... Il y a des trappes invisibles qui donnent dans des souterrains, des panneaux qui s'ouvrent sur des corridors inconnus, des...

KEAN, *au Comte* : Combien je suis reconnaissant à Votre Excellence d'avoir daigné venir dans la loge d'un pauvre acteur !

LE PRINCE : Ne vous en prenez pas à votre mérite, monsieur le fat, mais à la curiosité... le Comte, tout diplomate qu'il est, n'avait jamais mis le pied dans les coulisses d'un théâtre, et il a voulu voir...

KEAN : Un acteur qui s'habille, j'en préviens Votre Altesse. Nous avons, monsieur le comte, une étiquette bien plus sévère à observer, nous autres courtisans du public, que vous messeigneurs les courtisans du roi. Il faut que nous soyons prêts à l'heure, sous peine d'être sifflés ; et, tenez, voilà la seconde fois que l'on sonne ; ainsi vous permettez ?...

LE COMTE : Eh ! mon Dieu, faites comme si nous n'étions pas là... à moins que nous ne vous gênions.

KEAN : Point du tout...

SALOMON, *entrant* : Me voilà, maître.

KEAN : Mais auparavant, monseigneur, reprenez, je vous prie, ce billet.

LE PRINCE : Point ! C'est une dette d'honneur que j'ai envers toi.

KEAN : Envers moi ?

LE PRINCE : Le pari d'hier.

KEAN : Si c'est cela, mon prince, l'enjeu était beaucoup plus élevé.

LE PRINCE : Je sais, Kean. Ceci n'est qu'un commencement. *(Au Comte :)* Il s'agit, comte, d'un pari que j'ai fait et dont je ne sais encore si je l'ai perdu ou gagné.

LE COMTE : En ce cas, monseigneur, pourquoi payez-vous ?

LE PRINCE : Parce que cela ne change rien, figurez-vous : gagnant ou perdant, monsieur Kean s'est arrangé pour que je paye.

KEAN : J'accepte donc. Salomon, mon ami, tu sais ce qu'il faut faire de cet argent.

Il passe derrière un paravent.

LE COMTE, *bas au Prince* : Et vous croyez, monsieur, qu'il était avec une femme ?

LE PRINCE, *même jeu* : J'en suis sûr...

LE COMTE : Miss Anna, peut-être.

LE PRINCE : C'est fort difficile à savoir...

LE COMTE, *apercevant l'éventail oublié par sa femme* : Eh bien ! je le saurai moi ! Je vous en réponds.

Il met l'éventail dans sa poche sans que le Prince s'en aperçoive.

LE PRINCE : Mais comment ?

LE COMTE : C'est un secret diplomatique.

KEAN, *derrière le paravent* : Eh bien, Votre Altesse, quelles nouvelles ?

LE PRINCE : Aucune bien importante... si ce n'est qu'un insolent a insulté et menacé Lord Mewill, hier soir, au *Coq noir*.

LE COMTE : Et pourquoi ?

KEAN : Parce que Lord Mewill avait refusé de se battre avec lui sous prétexte qu'il était comédien. J'ai entendu parler de cela, ce me semble.

LE PRINCE : Qu'en pensez-vous, comte ?

LE COMTE, *au Prince* : Je ne sais quelles sont les habitudes anglaises, monseigneur, mais, quand nous autres Danois, nous nous croyons insultés, nous nous battons avec tout le monde !

KEAN : S'il en est ainsi, monseigneur, vive Copenhague ! Je vous promets d'aller m'y faire tuer.

LE COMTE : Vous y serez bien reçu. *(Au Prince :)* Laissons-nous M. Kean achever sa toilette, monseigneur ?

KEAN, *bas au Prince* : Je désirerais vivement parler à Votre Altesse.

LE PRINCE : Allez toujours, comte, je vous rejoins.

LE COMTE : Votre Altesse sait le numéro de la loge ?

LE PRINCE : Oui, à l'avant-scène. Vous me direz, n'est-ce pas ?
LE COMTE : Soyez tranquille. *(Il salue.)* Monsieur Kean…
KEAN, *s'inclinant* : Monseigneur…

Le Comte sort.

SCÈNE VII

KEAN, LE PRINCE

LE PRINCE : Et ce pari, vaurien, l'ai-je gagné ou perdu ? Eh bien ! réponds !

KEAN : Mais vous le savez aussi bien que moi, monseigneur. Vous avez dû voir Mme de Koefeld au bal.

LE PRINCE : Elle y a paru, c'est vrai. Mais fort tard. Cette femme voilée…

KEAN : Cette femme voilée… c'était une parente.

LE PRINCE : Donc j'ai gagné ? *(Kean ne répond pas.)* Tu ne dis rien ? Alors j'ai perdu.

KEAN : Dans les deux cas, monseigneur, je vous demanderais la permission de me taire : si vous aviez perdu, pour ménager l'honneur d'une femme ; si vous aviez gagné, pour ménager mon orgueil.

LE PRINCE : C'est bon, je mènerai mon enquête. Que veux-tu de moi ?

KEAN : Puis-je vous poser une question ?

LE PRINCE : Tu as le front de me poser des questions quand tu refuses de me répondre aux miennes ? Allons, va, va. Interroge-moi.

KEAN : Que suis-je pour vous ?

LE PRINCE, *surpris* : Hé ?

KEAN : Oui. Que suis-je ? Un protégé ou un ami ?

LE PRINCE : Mais… Au diable ! A-t-on idée de poser des questions si brutalement ? Un protégé [d] ou un ami ! Mais je n'en sais rien : est-ce qu'on pense à ces choses-là. Ma bourse est à toi, mon palais t'est ouvert à toute heure du jour et de la nuit et quand tu as besoin de mon influence, elle t'est acquise. Cela ne te suffit pas ?

KEAN : Toutes ces faveurs, monseigneur, s'accordent de prince à sujet.

LE PRINCE : Que te faut-il donc ?

KEAN : Supposons que je demande à Votre Altesse un de ces sacrifices qui se font d'égal à égal…

LE PRINCE : Eh bien ?

KEAN : La bienveillance du protecteur irait-elle jusqu'au dévouement de l'ami ?

LE PRINCE : Fais-en l'épreuve.

KEAN : Monseigneur… n'allez pas dans sa loge.

LE PRINCE : Dans sa loge ? *(Comprenant.)* Ah !…

KEAN : Vous êtes jeune, vous êtes beau, vous êtes prince. Il n'y a pas de femme en Angleterre qui puisse résister à vos séductions. Pour vos distractions, vos caprices, vos amours vous avez Londres, l'Écosse et l'Irlande. Faites la cour à toutes les femmes…

LE PRINCE, *l'imitant* : « Mais laissez-moi Éléna. » C'est bien cela ? *(Kean s'incline.)* Eh bien, c'est qu'elle est venue. Tu avoues.

KEAN : Si je vous adresse cette demande, monseigneur, c'est justement qu'elle n'est pas venue. Heureux, croyez-vous que je me soucierais des hommes qui la voient. Mais puisque je dois renoncer à elle, qu'il me soit du moins possible d'ignorer le bonheur des autres.

LE PRINCE : Si je me retire, un autre prendra ma place.

KEAN : Ah ! que m'importent les autres ! Avec les autres elle ne pourra que déchoir… *(Un temps.)* N'allez pas dans sa loge, monseigneur. N'y allez pas ce soir.

LE PRINCE : Voilà donc le sacrifice que je dois faire ?

KEAN : Oui. Le voilà.

LE PRINCE : Eh bien, je n'irai pas dans sa loge.

KEAN, *joyeusement* : Monseigneur…

LE PRINCE : Attend ! *(Il tire un papier de son sein.)* À la condition que tu signes ce papier.

KEAN : Qu'est-ce que c'est ?

LE PRINCE : La reconnaissance de dettes que tu devais me signer hier.

KEAN : Et par laquelle je m'engageais à ne plus la revoir ?

LE PRINCE : Oui : contre six mille ducats.

KEAN, *vivement* : Mais je ne veux pas signer cela !

LE PRINCE : Tu t'es trahi, Kean ! Si tu ne veux pas signer, c'est que tu l'as revue !

KEAN : Non, Votre Altesse ! mais lorsqu'elle est au spectacle, et que, de la scène où je suis enchaîné, je vous vois entrer dans sa loge… oh ! alors vous ne pouvez comprendre tout ce qui se passe dans mon âme ; je ne vois plus, je n'entends plus ; tout mon sang se porte à ma tête, et il me semble que je vais perdre la raison.

LE PRINCE : Tu es son amant !

KEAN : Non, je vous jure… Mais, si vous avez la moindre amitié pour moi… et si vous ne voulez pas m'entraîner à quelque scandale… dont je me repentirais du fond de mon cœur… n'allez plus dans sa loge, je vous en conjure ! Tenez, rien qu'en parlant de cela, je m'oublie. Voilà que l'on commence et je ne suis pas prêt.
LE PRINCE : Je te laisse.
KEAN : Vous me promettez ?…
LE PRINCE : Avoue que tu es son amant.
KEAN : Mais je ne puis avouer ce qui n'est pas !
LE PRINCE : Alors signe.
KEAN : Non, monseigneur, je ne signerai pas.
LE PRINCE : Adieu, Kean.
KEAN : Monseigneur…
LE PRINCE : Je vais t'applaudir.
KEAN : Dans votre loge ?
LE PRINCE : Pas de demi-confidences, monsieur Kean ou je ne fais qu'une demi-promesse.
KEAN, *s'inclinant* : Agissez comme bon vous semblera, monseigneur.
LE PRINCE : Merci de la permission, monsieur Kean.

Il sort.

SCÈNE VIII

SALOMON, KEAN

SALOMON, *entre, tenant le manteau d'Othello* : Maître !… Maître !… dépêchons-nous…
KEAN : Me voilà. *(On entend frapper. Bas.)* Salomon, on frappe à la porte secrète. Va ouvrir.

Salomon ouvre la porte. Entre la femme de chambre d'Éléna.

SCÈNE IX

GIDSA, SALOMON, KEAN

KEAN : Que voulez-vous, Gidsa ? Qu'est-il arrivé ?
GIDSA, *entrant* : Ma maîtresse a oublié son éventail et je viens le chercher.

KEAN : Son éventail ? L'as-tu vu, Salomon ?

SALOMON : Non, maître.

KEAN : Voyez, Gidsa ; cherchez.

GIDSA : Oh ! mon Dieu, comment cela se fait-il ? C'est que ma maîtresse y tenait beaucoup, c'était un cadeau du prince de Galles.

KEAN : Parbleu, j'allais l'oublier. Cherchez bien, Gidsa, cherchez bien : le cadeau d'un prince ne doit pas s'égarer dans la loge d'un comédien ! *(Un temps.)* Voyez dans sa voiture, elle l'y a peut-être oublié.

GIDSA : Vous avez raison…

Elle disparaît et la porte se referme.

SCÈNE X

KEAN : Un éventail donné par le prince de Galles !… Je conçois que l'on tienne à un présent royal. *(Appelant.)* Darius ! Eh bien ! est-ce qu'il ne viendra pas cet imbécile de coiffeur ? Darius !

SALOMON : Ménagez votre diamant, maître, et laissez-moi l'appeler à votre place… *(Appelant.)* Darius !

DARIUS, *entrant une perruque à la main* : Voilà ! Voilà[e] !

KEAN, *s'asseyant* : Qu'est-ce que tu faisais donc, drôle ? Tu bavardais, n'est-ce pas ? Viens ici et coiffe-moi.

LE RÉGISSEUR, *ouvrant la porte* : Peut-on sonner au foyer du public, monsieur Kean ?

KEAN : Oui ! Je suis prêt.

LE RÉGISSEUR : Merci ! Maître !

Il s'incline et sort.

KEAN : Pendant qu'on me coiffe, Salomon, va donc donner un coup d'œil à la salle et reviens me dire qui est dans la loge du comte de Koefeld.

Salomon sort. Entre Anna en Desdémone. Il pouffe de rire.

SCÈNE XI

KEAN, ANNA, DARIUS

KEAN : Comme tu es faite ! Petite malheureuse, mais qui t'a fardée ? Qui t'a habillée ?

ANNA : Moi-même.

KEAN : Tu ferais rire un corbillard. Tiens : agenouille-toi, je vais tâcher de t'arranger un peu. *(Il la farde et la coiffe.)* Tu as le trac ?

ANNA : Non.

KEAN : Sois tranquille : si tu bafouilles, je coupe ta réplique ; si tu ne sais pas où te placer, je te tirerai par le bras, tu n'auras qu'à me suivre. Et si tu as un trou de mémoire, tu n'as qu'à me dire : « Je vous aime. » Dans les pièces d'amour, ça colle toujours. *(Un temps.)* Moi, je n'ai plus personne pour me tirer par le bras ou pour me souffler mes répliques : c'est ce qui fait que j'ai toujours un peu le trac. Darius, passe-moi la bouteille. *(Il boit.)* C'est le meilleur remède. *(Il boit.)* Je suis crevé. Je te parie que je me fais emboîter, Darius.

DARIUS, *souriant* : Je tiens le pari. Combien ?

KEAN, *brusquement* : Non, non : pas de paris. Assez de paris pour aujourd'hui. *(Entre Salomon.)* Alors ?

SALOMON : La salle est déjà pleine et dehors on fait la queue jusqu'à Haymarket.

KEAN : La comtesse de Koefeld est-elle dans sa loge ?

SALOMON : Elle y est, maître. Et le comte de Koefeld aussi, avec une autre dame et le prince de Galles, qui vient d'y entrer.

KEAN : J'en étais sûr ! Lui, mon ami !... Il n'y a d'amitié qu'entre égaux, prince, et il y a autant de vanité à vous de m'avoir dans votre voiture que de sottise à moi d'y monter. *(À Anna :)* Si je te demandais de renoncer à jouer, petite, ça te ferait beaucoup de peine ?

ANNA : Beaucoup.

KEAN : Mais, si c'était pour mon bonheur ?

ANNA : Pour ton bonheur ? Pour ton bonheur je ferais n'importe quoi.

KEAN : Merci. *(Il l'embrasse. À Darius :)* Va demander à Miss Gish si elle sait le rôle de Desdémone. Elle est sûrement dans sa loge puisqu'elle joue ce soir. Sinon cherche Miss Prigent[2].

Darius sort en courant.

ANNA : Elle ne veut pas que je joue, n'est-ce pas ?
KEAN : Non, elle ne veut pas que tu joues.
ANNA : Et ça vous rend heureux de me sacrifier à elle ?
KEAN : Pas plus que ça !
ANNA : C'est ce que je me disais : vous n'avez pas l'air fier.
LE RÉGISSEUR, *à la porte* : On va lever le rideau, monsieur Kean.
KEAN : Je ne suis pas prêt.
LE RÉGISSEUR : Mais vous avez dit qu'on pouvait sonner !
KEAN : Allez au diable !
LE RÉGISSEUR, *se sauve en criant* : Ne levez pas le rideau ! Ne levez pas le rideau !
DARIUS, *rentre en courant* : Miss Gish ne sait pas le rôle. Mais elle sait Cordelia du *Roi Lear*, elle demande si ça fera l'affaire.
KEAN : Non. Ça ne fera pas l'affaire. Et Miss Prigent ?
DARIUS : Miss Gish vous rappelle que Miss Prigent est tombée malade jeudi dernier.
KEAN : C'est bon, je ne jouerai pas !
SALOMON : Maître ! Maître, qu'est-ce que vous dites ?
KEAN, *ferme* : Je ne jouerai pas, voilà ce que je dis.
LE RÉGISSEUR, *revenant sur ce dernier mot* : Monsieur, on vous y forcera !
KEAN : Et qui cela s'il vous plaît ?
LE RÉGISSEUR : Le constable.
KEAN : Qu'il vienne.
SALOMON : Maître, maître, au nom du Ciel ! ils vous mettront en prison.
KEAN : En prison ? Eh bien, tant mieux. Je ne jouerai pas.
SALOMON : Rien ne peut vous faire changer de résolution ?
KEAN : Rien au monde ! Je ne jouerai pas.
LE RÉGISSEUR : Mais la recette est faite.
KEAN : Qu'on rende l'argent !
LE RÉGISSEUR : Monsieur, vous manquez à vos devoirs.
KEAN : Je ne jouerai pas, je ne jouerai pas, je ne jouerai pas !

Il prend une chaise et la brise.

LE RÉGISSEUR : Faites comme vous voudrez, je ne suis pas le bénéficiaire.

Il sort. Kean tombe sur un fauteuil. Bruit prolongé.

ANNA, *doucement* : Kean ! Et le père Bob ! Pistol ! Poum ! Ketty ! Ce n'est pas leur faute si tu as du chagrin. Kean ! Tu n'étais pas content tout à l'heure et ce soir, si tu ne joues pas, tu le seras moins encore. Tu leur avais donné ta parole, tu sais. Et ce serait la première fois que tu y manquerais.

KEAN : C'est bon. Où est Darius ?

SALOMON : Il s'est sauvé.

DARIUS, *sortant du cabinet aux habits* : Me voilà !

KEAN : Où est le Régisseur ?

SALOMON, *à Darius* : Va le chercher.

KEAN : Mon manteau ! *(On le lui donne.)* Qu'est-ce que c'est que ça ? C'est mon ceinturon que je vous demande.

DARIUS, *revenant* : Voilà, monsieur Kean, voilà.

LE RÉGISSEUR, *entrant* : Vous m'avez fait appeler ?

KEAN : Oui, monsieur. Mon épée !

SALOMON : Votre épée ?

KEAN : Eh ! oui, sans doute, mon épée ; cela t'étonne ?... Avec quoi veux-tu que je me tue ? *(Au Régisseur :)* Monsieur, je joue.

LE RÉGISSEUR : Oh ! merci, monsieur Kean, merci.

Il sort.

SALOMON : Il était temps ! Il paraît que le public commence à casser les banquettes.

KEAN : Il a raison, monsieur ; je voudrais bien vous voir dans la salle, si vous aviez pris votre billet à la porte, et qu'on vous fît attendre... Qu'est-ce que vous diriez ?

SALOMON : Dame ! maître...

KEAN : Qu'est-ce que tu dirais ? Tu dirais qu'un acteur se doit au public avant tout.

SALOMON : Oh !

KEAN : Et tu aurais raison.

LE RÉGISSEUR : Me voilà prêt, monsieur Kean. Puis-je faire l'annonce ?

KEAN : Oui, monsieur. *(À Anna :)* Allons, montre-toi. Bon, ça peut aller. Quand on applaudira, ne manque pas de faire la révérence. Y a-t-il beaucoup de monde ?

LE RÉGISSEUR : Salle comble !... On se bat encore à la porte.

KEAN : Allons, cheval de charrue, va-t'en labourer ton Shakespeare.

CINQUIÈME TABLEAU

La scène du théâtre de Drury Lane

SCÈNE I

LE PUBLIC, *sur l'air des lampions* : Commencez ! Commencez ! Commencez !

LE PRINCE, *à Éléna* : Qui jouera Desdémone ?

ÉLÉNA, *sèchement* : J'espère pour Kean que ce sera Mistress MacLeish.

LE PRINCE : Pourquoi l'espérez-vous ?

ÉLÉNA, *se reprenant* : Parce qu'il est habitué à elle. Avec toute autre partenaire, il se couvrirait de ridicule.

AMY, *très excitée* : Vous avez vu ?

ÉLÉNA : Qu'est-ce que j'ai vu ?

AMY : Dans la loge, là, là, en face de nous : Lord Mewill. Il y aura du vilain, j'en suis sûre. Kean l'a frappé, cette nuit, pour défendre une jeune fille.

ÉLÉNA : Bah ! Il y a sûrement beaucoup d'exagération dans cette histoire.

Le comte de Koefeld s'est endormi.

LE PRINCE : Madame, j'admire votre mari. Comment peut-il dormir dans ce bruit ?

ÉLÉNA, *furieuse, secoue son mari* : Monsieur !

LE COMTE, *réveillé en sursaut* : Hé ?

ÉLÉNA : Monsieur, nous avons ce soir Son Altesse Royale et vous m'aviez promis de ne pas dormir.

LE PRINCE, *pour l'apaiser* : Je vous en prie, madame ! Le Comte ne dort pas : il s'exerce à l'impénétrabilité diplomatique.

Le Comte sourit et se rendort.

LE PUBLIC : Commencez ! Commencez ! Commencez !

LE RÉGISSEUR, *au public* : Milords et messieurs, M. Kean s'étant trouvé subitement indisposé, et craignant de ne pas se montrer digne de l'honorable empressement que vous lui témoignez, me charge de réclamer toute votre indulgence.

Le Régisseur salue de nouveau et se retire. L'orchestre joue God Save the King. *Le rideau se lève.*

ÉLÉNA, *entre ses dents* : C'est elle ! Il va me le payer.
AMY : Que dites-vous, chérie ?
ÉLÉNA : Rien du tout.

SCÈNE II

Desdémone est au lit. De chaque côté du lit, un flambeau. Othello s'approche et la regarde.

KEAN, *en Othello* : La cause, la cause, ô mon âme, tu seras seule à la connaître ; et toi, ciel trop chaste au regard innombrable et glacé, ferme tes millions d'yeux, donne-moi la nuit noire et puisse-t-elle ensevelir ensemble la coupable et son bourreau ; ce que mes mains vont faire, puisse l'ombre le cacher, puisse l'oubli m'en délivrer. Ô nuit, ravage mon cœur et ronge ma mémoire. *(Il la regarde.)* La mort, oui. Mais sans laisser de traces. Ni marques, ni cicatrices. Le sang ne coulera pas et je ne ferai pas d'accrocs à ce manteau de neige. Si la mort pouvait te prendre toute vive et te garder chaude et blanche comme le sommeil, je t'aurais tuée pour mieux t'aimer. Allons, la nuit ! La nuit sur tout ceci. *(Il s'approche du flambeau.)* D'abord cette petite âme, au bout de la mèche… *(Il souffle.)* Morte ! Hélas, toi, je pourrais te rallumer si j'en avais envie. Mais l'autre flamme, celle qui tiédit sa tendre chair, si je l'éteins, c'est fini. *(Un temps.)* Et si, demain, je veux la revoir ? Où trouver le feu prométhéen qui la ranimera ? Ce que je déferai ce soir, nul ne pourra plus le refaire, pas même moi. *(Brusquement.)* Pourquoi voudrais-je la revoir ? Qu'elle meure sinon elle en trompera d'autres. Qu'elle meure vite et *pour toujours. (Il se penche et l'embrasse.)* Innocente ! Innocente ! Innocente est son haleine, innocent son parfum ! Innocents sont tes cheveux, tes cils, tes oreilles, tes beaux bras. Tout ton corps est pur ; pur, nocturne et muet comme les forêts, comme la mer. Faire justice ? Est-ce qu'il y a une justice pour les vagues et pour les arbres ? Mais *toi*, toi qui m'as fait tant de mal, Desdémone, où es-tu ? où te caches-tu ? *(Il l'embrasse.)* Encore ! Encore ! Encore ! C'est le dernier : mon dernier baiser, doux et mortel comme toi si douce, si mortellement douce… *(Il pleure.)* Oui, je pleure mais tu n'y gagneras rien : ma douleur, comme le ciel, châtie ceux qu'elle aime.

Elle s'éveille. Applaudissements.

LE PRINCE, *à Amy* : Eh bien, qu'en dites-vous ?
AMY : Bah ! J'aime mieux Kemble !
LE PRINCE : Tiens, pourquoi donc ?
AMY : Kemble joue Shakespeare. Et j'ai le sentiment que c'est Shakespeare qui joue Kean.

On applaudit toujours.

ANNA, *jouant Desdémone* : Qui est là ?
KEAN, *parlé* : Tais-toi.
ANNA, *jouant Desdémone* : Othello !
KEAN, *parlé* : Veux-tu te taire ! Laisse-les applaudir jusqu'au bout !

Il s'incline.

LE PUBLIC : Bravo ! Bravo !
KEAN, *s'incline. À Salomon* : Combien ?
SALOMON : Ça fait trois minutes qu'ils applaudissent.
KEAN : Trente secondes de plus que mardi dernier. *(Il s'incline. Les applaudissements cessent.)* À toi, poulette, babille ; et n'aie pas peur : ce soir le public a du génie.
ANNA, *jouant Desdémone* : Qui est là ? Othello ?
KEAN, *jouant Othello* : Oui, Desdémone.
ANNA, *en Desdémone* : Voulez-vous venir au lit, monseigneur ?
KEAN, *en Othello* : Avez-vous fait votre prière ?
ANNA, *en Desdémone* : Oui, monseigneur.
KEAN, *en Othello* : Vous avez demandé pardon pour tout ?
ANNA, *en Desdémone* : Oui, monseigneur.
KEAN, *en Othello* : S'il vous souvient de quelque crime que la grâce du Ciel n'ait pas absout, implorez-la vite.
ANNA, *en Desdémone* : Hélas, monseigneur, que voulez-vous dire ?
KEAN, *en Othello* : Rien que ce que je dis. Allons, fais vite.

Elle prie, il marche autour du lit.

ÉLÉNA : Monseigneur !
LE PRINCE : Madame !
ÉLÉNA : Est-il possible de jouer plus mal que cette petite ?

LE PRINCE : Tout est possible, madame, sauf d'être plus belle que vous. Qui est-ce ?

ÉLÉNA : Comment le saurais-je ?

Kean s'est arrêté et les regarde fixement. Ils se taisent.

KEAN, *en Othello* : Est-ce fait ? Je ne voudrais pas tuer ton âme sans qu'elle fût préparée.

ANNA, *en Desdémone* : Vous parlez de tuer ?

KEAN, *en Othello* : Oui, j'en parle.

ANNA, *en Desdémone* : Alors… *(Elle hésite.)*… alors…

SALOMON, *soufflant* : Que le Ciel ait pitié de moi.

ANNA, *cherche à entendre* : Hé ?…

SALOMON, *soufflant* : Que le Ciel ait pitié de moi.

Elle ne comprend pas.

ANNA, *brusquement, en Desdémone* : Je t'aime.

SALOMON, *soufflant* : Non ! Non ! Que le Ciel ait pitié de moi.

ANNA, *éperdue, en Desdémone* : Je t'aime, je t'aime, je t'aime.

KEAN, *en Othello* : Non, impudente, tu ne m'aimes pas.

ANNA : Je…

KEAN, *en Othello* : Tu ne m'aimes pas et l'heure n'est plus aux mensonges. Sais-tu ce que tu devrais dire en cet instant fatal : tu devrais dire : que le Ciel ait pitié de moi.

ANNA, *parlé* : Ah ! que le Ciel ait pitié de moi ? Merci. *(Joué.)* Que le Ciel ait pitié de moi.

KEAN, *en Othello* : Amen ! de tout mon cœur.

ÉLÉNA, *au Prince* : Et par-dessus le marché, elle ne sait pas son rôle. C'est un comble !

LE COMTE DE KOEFELD, *éveillé en sursaut* : Qui est-ce qui ne sait pas son rôle ?

ÉLÉNA : La petite, là.

LE COMTE : Ah ! Ophélie ?

ÉLÉNA : C'est cela ! c'est cela ! Dormez.

Le Comte se rendort. Kean s'est franchement tourné vers l'avant-scène.

ANNA : Si vous parlez ainsi, j'espère que vous ne me tuerez pas. *(Kean ne répond pas.)* Si vous parlez ainsi, j'espère que vous ne me tuerez pas.

KEAN, *en Othello, distraitement* : Si fait ! Si fait ! Je vais te tuer dans un instant.

LORD MEWILL, *à ses amis* : Il est en panne.

Il sort un sifflet à roulettes de sa poche et siffle. Kean tressaille et se retourne lentement vers Anna.

KEAN, *en Othello* : Pense à tes péchés.

ANNA, *en Desdémone* : Je n'en ai qu'un, c'est de trop vous aimer.

KEAN : C'est pour celui-là que tu vas mourir.

ANNA : Pourquoi vous mordez-vous la lèvre ?... Pourquoi vous mordez-vous la lèvre ?... *(Elle hésite.)*

SALOMON, *soufflant* : Pourquoi ce sang dans vos yeux ?

ANNA : Pourquoi ces yeux dans votre sang ? *(Se rendant compte du lapsus.)* Oh !

Légère rumeur d'étonnement.

KEAN, *parlé* : Idiote ! Rattrape ça.

ANNA, *parlé* : Je ne sais pas faire !

KEAN : Bon ! *(En Othello, superbe.)* Les yeux de mon sang sont les soupçons de mon cœur ; les yeux qui pullulent dans mes veines te regardent à travers ma peau et te voient nue ! Si mes yeux sont injectés de sang, sorcière, c'est que toi, dans mon sang, tu as injecté des yeux !

Applaudissements. Kean salue.

AMY, *au Prince* : C'est dans Shakespeare, ça ?

LE PRINCE, *flegmatique* : Oh ! pourquoi pas ?

KEAN, *à Anna* : Allons ! vite. Enchaîne.

ANNA, *parlé* : Comment voulez-vous que je m'y retrouve, si vous inventez le texte !

KEAN, *à Salomon* : Souffle !

SALOMON, *soufflant* : Je suis perdue.

ANNA, *prenant sa décision brusquement, se jette à moitié hors du lit et se cramponne à Kean* : Je t'aime ! Je t'aime !

KEAN, *surpris* : Tu es folle ! Lâche-moi. *(Il essaye de se dégager.)*

ANNA, *se cramponnant, en Desdémone* : Tue-moi si tu le veux, tu ne m'empêcheras pas de t'aimer.

Ils se battent, elle crie : Je t'aime *et il finit par la rejeter sur son lit.*

ANNA, *dans un souffle* : Je t'aime.

LE COMTE DE KOEFELD, *brusquement réveillé* : Bravo. *(Il applaudit. À Éléna :)* Elle est excellente cette petite.

ÉLÉNA, *agacée* : Ah ! Dormez donc.

Applaudissements.

KEAN : Petite imbécile, c'est un succès volé ! *(En Othello.)* Ce mouchoir que je t'avais donné...

ANNA, *en Desdémone* : Eh bien, monseigneur ?

KEAN, *en Othello* : Tu l'as donné à Cassio.

ANNA, *en Desdémone* : Non, sur ma vie. Faites venir l'homme et interrogez-le.

KEAN, *en Othello* : Chère âme, prends garde au parjure : tu es sur ton lit de mort.

ANNA, *en Desdémone* : Alors que le Seigneur ait pitié de moi.

KEAN, *en Othello* : Amen ! encore une fois.

ANNA, *en Desdémone* : Et vous aussi, ayez pitié. Jamais je ne vous ai offensé. Jamais je n'ai eu d'amour pour Cassio ! Jamais je ne lui ai donné de gages.

KEAN, *en Othello* : Veux-tu me faire douter de mes sens : j'ai vu le mouchoir à son bras.

ANNA, *en Desdémone* : C'est qu'il l'aura trouvé.

KEAN, *en Othello* : Veux-tu me faire douter de ma raison ? Peine perdue : j'ai porté la sentence et je l'exécute. Ce n'est pas un crime, putain, que de te donner la mort, c'est un sacrifice.

ANNA, *en Desdémone* : Othello !

KEAN, *en Othello* : Tais-toi, je suis sourd et mon cœur est mort. Quand je verrais la preuve de ton innocence, je refuserais d'y croire : de ce côté-ci de la tombe, personne ne peut plus me convaincre. Tout mon fol amour, je le souffle à la face du ciel, comme ceci. *(Il éteint le second flambeau.)* Disparu. Parais, grande et noire rancune du fond de ton enfer. Mon cœur grouille de serpents. Comme un torrent se rue vers la mer, mes pensées vont s'engloutir dans une immense et profonde vengeance : jamais elles ne reflueront vers l'amour. Déjà ton complice est mort. Mort, entends-tu ? Quand il aurait eu autant de vies que de cheveux, mon énorme haine les aurait arrachées toutes. À présent, c'est ton tour.

ANNA, *en Desdémone* : Tuez-moi demain ! Laissez-moi vivre cette nuit.

KEAN, *en Othello* : Pas de sursis.

ANNA, *en Desdémone* : Rien qu'une demi-heure.

ÉLÉNA : Grands dieux ! Pourvu qu'il la tue tout de suite.

Le Prince rit. Amy et Éléna rient aussi. Kean se tourne vers l'avant-scène et se croise les bras.

SALOMON, *lui soufflant* : Il est trop tard. *(Kean ne bouge pas.)* Il est trop tard !

KEAN, *tourné vers la loge* : Il est trop tard. Quand on m'offense, je tue.

Il fait un pas vers la loge, Anna sort du lit en chemise, court à lui et le tire par la manche.

ANNA, *improvisant* : Alors tuez-moi vite. Allons, Othello, courage. Tuez-moi.

KEAN, *grondant* : La paix, toi.

ANNA, *improvisant* : Non, non, j'en ai assez, je veux que vous m'assassiniez tout de suite. Je ne peux supporter votre mépris et je préfère mourir. Étranglez-moi. Tenez ! Avec cet oreiller.

Elle lui met l'oreiller dans les bras. Éléna éclate de rire. Kean bondit vers l'avant-scène.

KEAN, *d'une voix forte* : Silence !

LE PRINCE, *d'abord stupéfait, s'est ressaisi. À Éléna* : Dieu me pardonne, madame, c'est à moi qu'il parle.

ÉLÉNA : Monseigneur, je vous en supplie, tournez-vous vers la scène et ne me regardez plus.

KEAN : Puis-je prier Votre Altesse de bien vouloir se taire ?

LE PRINCE, *un peu plus haut* : Madame…

ÉLÉNA, *parlant sans le regarder* : Plus un mot, si vous m'aimez. Que le scandale éclate et j'en serai la première victime.

LE PRINCE : Eh bien, écoutons M. Kean : je suis curieux de savoir jusqu'où il peut aller.

KEAN : Où vous croyez-vous ? À la Cour ? Dans un boudoir ? Partout ailleurs vous êtes prince, mais ici je suis roi et je vous dis que vous allez vous taire à l'instant ou que nous cesserons de jouer. Nous travaillons, monsieur, et s'il est une chose que les oisifs devraient respecter, c'est le travail des autres.

LE PRINCE, *à mi-voix* : Arrête, Kean ! Tu ne vois donc pas que tu te perds ?

KEAN : Et si je veux me perdre ?

LE PRINCE : Imbécile !

KEAN : Qu'est-ce que vous avez dit ? *(Grondements dans le public. Kean fait face.)* Ah ! vous êtes encore là, vous autres : je vous avais oubliés. Eh bien ? Qu'est-ce qui vous fâche ? Vous avez payé pour voir du sang et vous voulez voir du sang : c'est ça ? Du sang de poulet, bien entendu. Qu'est-ce que vous diriez si je vous montrais du sang d'homme ?

Il avance vers la loge en essayant de dégainer : le pommeau de l'épée lui reste dans la main avec un minuscule tronçon de lame. Le public rit et siffle. On crie : En prison ! Arrêtez-le ! *Le Constable se dirige vers Kean en longeant l'avant-scène du comte de Koefeld. Le Prince l'aperçoit. Kean reste immobile, tête basse, prostré.*

LE PRINCE : Hé ! *(Le Constable se retourne.)* Qu'allez-vous faire, monsieur ?

LE CONSTABLE : Je vais l'arrêter, monseigneur.

LE PRINCE : Rentrez chez vous et attendez les ordres.

Le Constable se retire. Anna, cependant, a repris le coussin et s'est placée derrière Kean dans l'espoir de le faire jouer.

ANNA : Othello, mon cher seigneur… *(Il ne répond pas.)* Othello !

Il tressaille.

KEAN : Qui m'appelle Othello ? Qui est-ce qui croit que je joue Othello ? *(Se désignant.)* Ça, Othello ? Allons : c'était un tueur ; moi, je… je… je… suis un bègue. *(Un temps.)* Mon Dieu, faites que je sois Othello, donnez-moi sa force et sa rage. Une minute, une seule minute : je l'ai joué si souvent que ça devrait être possible. Une minute : le temps de secouer les piliers du théâtre et de faire tomber le lustre sur ces têtes. *(Il fait un violent effort sur lui-même comme s'il voulait se transformer en Othello de l'intérieur.)* Qu'est-ce qui me manque ? J'ai pourtant les vêtements de ce moricaud et je suis dans ses chaussures. Ah ! prince de Galles, prince de Galles, tu as de la chance : si j'étais *vrai* tu n'en mènerais pas large. *(Cris et sifflets.)* Mesdames, messieurs, il n'y aura pas de mise à mort, ce soir. Nous faisons grâce aux coupables. *(Anna s'approche, l'oreiller à la main.)* Toi, fous-moi le camp, tu ne sais pas ton rôle. *(Il lui prend l'oreiller.)* Donne-moi ça. *(Tourné vers Éléna.)* Vous, madame, pourquoi ne joueriez-vous pas Desdémone ? Je vous étranglerais si gentiment ? *(Élevant l'oreiller au-dessus de sa tête.)* Mesdames, messieurs, l'arme du crime. Regardez ce que j'en fais. *(Il le jette devant l'avant-scène, juste aux pieds d'Éléna.)* À la plus belle. Cet oreiller, c'est mon cœur ; mon cœur de lâche tout blanc : pour qu'elle pose dessus ses petits pieds. *(À Anna :)* Va chercher Cassio, ton amant : il pourra désormais te cajoler sous mes yeux. *(Se frappant la poitrine.)* Cet homme n'est pas dangereux. C'est à tort qu'on prenait Othello pour un grand cocu royal. Je suis un co… co… un… co… co… mique. *(Rires. Au prince de Galles :)* Eh bien, monseigneur, je vous l'avais prédit : pour une fois qu'il me prend une vraie colère, c'est l'emboîtage. *(Les sifflets redoublent :* À bas Kean ! À bas l'acteur ! *Il fait un pas vers le public et le regarde. Les sifflets cessent.)* Tous, alors ? Tous contre moi ? Quel honneur ! Mais pourquoi ? Mesdames, messieurs, si vous me permettez une question. Qu'est-ce que je vous ai fait ? Je vous connais tous mais c'est la première fois que je vous vois ces gueules d'assassins. Est-ce que ce sont vos vrais visages ? Vous veniez ici chaque soir et vous jetiez des bouquets sur la scène en criant bravo. J'avais fini par croire que vous m'aimiez… Mais dites donc, mais dites donc : *qui* applaudissiez-vous ? Hein ? Othello ? Impossible : c'est un fou sanguinaire. Il faut donc que ce soit Kean. « Notre grand Kean, notre cher Kean, notre Kean national[3]. » Eh bien le voilà, votre Kean ! *(Il tire un mouchoir de sa poche et se frotte le visage. Des traces livides apparaissent.)* Oui, voilà l'homme. Regardez-le. Vous n'applaudissez pas ? *(Sifflets.)* C'est curieux, tout de même : vous n'aimez que ce qui est faux.

LORD MEWILL, *de sa loge* : Cabotin !

KEAN : Qui parle ? Eh ! Mais c'est Mewill ! *(Il s'approche de la loge.)* J'ai flanché tout à l'heure parce que les princes m'intimident, mais je te préviens que les punaises ne m'intimident pas. Si tu ne fermes pas ta grande gueule, je te prends entre deux ongles et je te fais craquer. Comme ça. *(Il fait le geste. Le public se tait.)* Messieurs dames, bonsoir. Roméo, Lear et Macbeth se rappellent à votre bon souvenir : moi je vais les rejoindre et je leur dirai bien des choses de votre part. Je retourne dans l'imaginaire où m'attendent mes superbes colères. Cette nuit, mesdames, messieurs, je serai Othello, chez moi, à bureaux fermés, et je tuerai pour de bon. Évidemment, si vous m'aviez aimé… Mais il ne faut pas trop demander, n'est-ce pas ? À propos, j'ai eu tort, tout à l'heure, de vous parler de Kean. Kean est mort en bas âge. *(Rires.)* Taisez-vous donc, assassins, c'est vous qui l'avez tué ! C'est vous qui avez pris un enfant pour en faire un monstre[4] ! *(Silence effrayé du public.)* Voilà ! C'est parfait : du calme, un silence de mort. Pourquoi siffleriez-vous : il n'y a personne en scène. Personne. Ou peut-être un acteur en train de jouer Kean dans le rôle d'Othello[5]. Tenez, je vais vous faire un aveu : je n'existe pas vraiment, je fais semblant. Pour vous plaire, messieurs, mesdames, pour vous plaire. Et je… *(Il hésite et puis, avec un geste « À quoi bon ! »)*… c'est tout.

Il s'en va, à pas lents, dans le silence ; sur scène tous les personnages sont figés de stupeur. Salomon sort de son trou, fait un geste désolé au public et crie en coulisse.

SALOMON : Rideau ! voyons ! Rideau !

UN MACHINISTE : J'étais allé chercher le médecin de service.

SALOMON : Baisse le rideau, je te dis… *(Il s'avance vers le public.)* Mesdames et messieurs… la représentation ne peut continuer. Le soleil de l'Angleterre s'est éclipsé : le célèbre, l'illustre, le sublime Kean vient d'être atteint d'un accès de folie.

Bruit dans le public. Le Comte réveillé en sursaut se frotte les yeux.

LE COMTE : C'est fini ? Eh bien, monseigneur, comment trouvez-vous Kean ?

LE PRINCE, *du ton que l'on prend pour féliciter un acteur de son jeu* : Il a été tout simplement admirable.

RIDEAU

ACTE V

SIXIÈME TABLEAU

Le salon de Kean

SCÈNE I

LE RÉGISSEUR, DARIUS, SALOMON

Il est 10 heures du matin. Salomon, seul, se verse deux ou trois petits verres d'eau-de-vie.

Entrent le Régisseur et Darius, sur la pointe des pieds.

SALOMON : Qu'est-ce que vous voulez ?
LE RÉGISSEUR : Le voir.
SALOMON : Il est dans sa chambre avec le médecin. Inscrivez-vous.

Il leur présente la liste et ils s'inscrivent.

LE RÉGISSEUR : Comment a-t-il passé la nuit ?
SALOMON : À quatre pattes sur l'armoire.
DARIUS : Il est donc vraiment fou ?
SALOMON : À lier.
DARIUS : Alors, en ce moment, le médecin le saigne ?
SALOMON : À blanc.
LE RÉGISSEUR : Quelle est sa folie ?
SALOMON : Frénétique.
DARIUS : Qu'est-ce qu'il fait ?
SALOMON : Il frappe.
LE RÉGISSEUR : Sur quoi ?
SALOMON : Sur tout.
DARIUS : Il attaque son semblable ?
SALOMON : De préférence.
DARIUS : Un chien l'aura mordu.
SALOMON : J'en ai peur. *(Un temps. Feignant d'entendre.)* Chut !

LE RÉGISSEUR : Hé ?
SALOMON : Un grondement.
DARIUS : C'est… ?
LE RÉGISSEUR : Kean ?

Salomon acquiesce.

DARIUS *et* LE RÉGISSEUR, *précipitamment* : Adieu, adieu, mon pauvre Salomon.

Ils se sauvent en désordre.

SCÈNE II

KEAN, SALOMON

Kean entre, la tête basse, sans voir Salomon.

SALOMON : Maître…

KEAN, *sursautant* : Hein ? *(Il reconnaît Salomon.)* Je ne suis plus ton maître. Appelle-moi monsieur Edmond. *(Un temps.)* Il y avait quelqu'un ? Je t'ai entendu parler.

SALOMON : Des acteurs, maître.

KEAN : Des acteurs ? Alors il n'y avait personne. *(Il rit.)* Personne ! Personne ! Que leur as-tu dit ?

SALOMON : Je dis à tout le monde que vous êtes fou.

KEAN : Que le grand Kean est fou ? Imbécile, c'est le contraire. Va dire aux habitants de Londres qu'un marchand nommé Edmond vient de retrouver la raison. *(Pinçant le menton de Salomon.)* J'ai compris : Shakespeare est un fromage.

SALOMON, *effrayé* : Comment… ?

KEAN : Un fromage. Et je le débitais par tranches. Pourquoi ne me l'as-tu pas dit ?

SALOMON, *effrayé* : Qu'est-ce que je ne vous ai pas dit ?

KEAN : Que j'étais un marchand de fromage. *(Calme.)* Tu vois que je suis parfaitement raisonnable ? Hein ? Parfaitement raisonnable, tu entends ?

SALOMON : Hum…

KEAN : Répète, maroufle ! « Vous êtes parfaitement raisonnable. »

SALOMON : Vous êtes parfaitement raisonnable.

KEAN : Bien. À présent pars et va crier la nouvelle aux carrefours.

SALOMON : Non.

KEAN, *bondissant sur lui* : Comment, non ?
SALOMON : Si je dis que vous êtes raisonnable…
KEAN : Eh bien ?
SALOMON : Ils vous mettront en prison.
KEAN : En prison ? Parce que je suis raisonnable ? Drôle de monde ! Tant pis : j'irai donc en prison.
SALOMON : Si vous êtes en prison, vous ne jouerez plus.
KEAN : Le beau malheur !
SALOMON, *doucement* : Défendez-vous !
KEAN : Hein ?
SALOMON : Ne vous laissez pas aller, maître ! Défendez-vous. Ils vous ont toujours tout permis…
KEAN : Parbleu, je le sais : j'avais l'immunité des bouffons.
SALOMON : Mais cette fois-ci…
KEAN : Eh bien ?
SALOMON : Cette fois-ci, c'est sérieux : on veut vous perdre.
KEAN : Qui, on ?
SALOMON : Lord Mewill, d'autres aussi. Et puis il y a le public : quand il a trop admiré, il faut qu'il tue. Défendez-vous, je vous en supplie : faites-leur face.
KEAN : Bah ! Crois-tu que je veuille demander ma grâce ? Ils l'accorderaient au bouffon. S'ils me mettent en prison, c'est qu'ils me tiennent pour un homme. Je préfère ça.
SALOMON : Il ne s'agit pas de demander grâce.
KEAN : Et que veux-tu que je fasse ?
SALOMON : Si vous consentiez… pour un jour ou deux…
KEAN : À quoi ?
SALOMON : À faire semblant…
KEAN, *se frappant le front pour indiquer la folie* : De ?…
SALOMON : Oui. *(Geste de Kean. Salomon, précipitamment :)* Vous étiez si beau dans *Le Roi Lear*.
KEAN, *lentement* : *Le Roi Lear* ? *(À Salomon, affectueusement :)* Mon pauvre vieux, même si je le voulais, ce serait impossible. Je ne peux plus jouer.
SALOMON, *interdit* : Vous ne pouvez plus ?
KEAN : Non.
SALOMON : Mais quand avez-vous ?…
KEAN : Oh ! cette nuit. J'ai réfléchi. Pour jouer, il faut se prendre pour un autre. Je me prenais pour Kean, qui se prenait pour Hamlet, qui se prenait pour Fortinbras.
SALOMON : Ah ! Hamlet…
KEAN : Oui : Hamlet se prenait pour Fortinbras. Mais chut ! C'est un secret. Quelle cascade de malentendus ! *(Un temps.)*

Fortinbras lui ne se prenait pour personne. Fortinbras et M. Edmond sont de la même espèce : ils sont ce qu'ils sont et disent ce qui est. Tu peux leur demander le temps qu'il fait, l'heure qu'il est et le prix du pain. Mais n'essaie surtout pas de leur faire jouer la comédie. Tiens ! tu es un vieux fou, tu ne comprends rien. Tire les rideaux. *(Salomon tire les rideaux. Une vive lumière entre dans la pièce.)* Quel temps fait-il ?

SALOMON : Vous ne le voyez pas ? Il fait grand soleil.

KEAN : Voilà donc votre soleil. Il faudra que je m'y habitue. Celui de Kean était peint sur une toile. Salomon, le ciel de Londres était une toile peinte : tous les matins, tu tirais les rideaux, je levais la tête et je voyais… Ah ! je ne sais plus ce que je voyais. Quand l'homme est faux, tout est faux autour de lui. Sous un faux soleil, le faux Kean criait les fausses souffrances de son faux cœur. Aujourd'hui, cet astre est véritable. Comme elle est morne, la vraie lumière. Dis, Salomon, la vérité, ça devrait éblouir, ça devrait aveugler ! C'est *vrai*, c'est *vrai* que je suis un homme fini. Eh bien, je n'arrive pas à y croire. Il y a des moments où j'ai le sentiment que je vais tout comprendre et puis ça s'évanouit. *(Un temps.)* Prête-moi cent florins, donne la moitié aux domestiques et renvoie-les sur-le-champ. Garde l'autre pour toi. J'attendrai la police dans ce fauteuil.

SALOMON : Dans le fauteuil de Richard III.

KEAN, *sèchement* : Dans ce fauteuil. Quand tu t'en iras, laisse la porte d'entrée grande ouverte : j'entends que les flics entrent chez moi comme dans un moulin.

SALOMON : Comme les Gaulois entrèrent au Sénat de Rome ?

KEAN : Hein ? Qui t'a dit que j'y pensais ?

SALOMON : C'est dans *Brennus*, le manuscrit que vous m'avez fait lire.

KEAN : Tu as raison, parbleu : je voulais faire un geste. Sais-tu que j'étais peuplé de gestes : il y en avait pour toutes les heures, pour toutes les saisons, pour tous les âges de la vie. J'avais appris à marcher, à respirer, à mourir. Heureusement ils sont morts. Plus morts que des branches mortes : je les ai tous tués d'un coup, hier soir. Si j'en sors un, il casse. Tu ne fais jamais de gestes, toi ? Non, bien sûr. Allons, je les arracherai de moi et si je n'y parviens pas, je me couperai les deux bras. *(Il rit.)* Tu m'entends ? Tu m'entends ? Ah ! cabotin, tu as la vie dure. Il faut être simple. Parfaitement simple. *(Avec une brusque violence.)* Va-t'en ! Va-t'en ou je t'étrangle. *(Calmé.)* Non, reste. Tu ne me gênes pas. *(Il s'assied.)* Non. *(Il se relève.)* Tu vois : le type qui s'asseyait, ça n'était pas moi, c'était Richard III. *(Il se rassied.)* Et ça, c'est Shylock, le juif de Venise. Tant pis. Ça viendra peu à peu. J'imiterai le naturel jusqu'à ce qu'il devienne une seconde nature. *(Un temps.)* Dis, toi : hier soir, tu m'as vu ?

SALOMON : Hélas !

KEAN : Eh bien ! qu'est-ce que j'ai fait ?

SALOMON : Vous avez insulté le prince de Galles, un pair d'Angleterre et sept cent quatre-vingt-deux personnes.

KEAN : Oui, oui, je sais. Mais qu'est-ce que c'était ?

SALOMON : Ils disent que c'était un crime. Un crime de lèse-majesté.

KEAN : Ce n'est pas ce que je te demande, imbécile. Était-ce un geste ou un acte ?

SALOMON : Je ne sais pas.

KEAN : C'était un geste, entends-tu ? Le dernier. Je me prenais pour Othello ; et l'autre, qui riait dans sa loge, je la prenais pour Desdémone. Un geste sans portée, dont je ne dois compte à personne : les somnambules ne sont pas responsables.

SALOMON : Eh bien, c'est ce que je vous dis : vous n'êtes pas coupable et c'est pour cela qu'il faut vous défendre.

KEAN, *d'une voix forte* : Tu mens ! C'était un acte. C'était un acte puisqu'il a ruiné ma vie. Dix ans de prison, hein ? Ce n'est pas trop cher puisque je leur ai vraiment fait peur. Salomon, Salomon, un acte ou un geste ? Voilà la question. Sept cent quatre-vingt-deux personnes m'ont vu faire un crime : donc un acte délibéré. Mais moi ? Est-ce que je l'ai voulu, ce crime, ou l'ai-je rêvé ? Ai-je voulu risquer ma fortune et ma vie ? Est-ce que je ne me figurais pas que je jouissais encore de l'immunité des bouffons ? Allons, c'était un suicide pour rire. Mais on avait chargé le pistolet et le grand Kean s'est tué pour de bon ! *(La tête dans ses mains.)* Si seulement je pouvais revenir en arrière !

SALOMON : Vous le pouvez. Il suffit de me laisser faire : je me charge de tout.

KEAN, *se reprenant* : Imbécile ! Si je pouvais revenir en arrière, ce serait pour refaire sciemment ce que j'ai fait à l'aveuglette. Je leur dirais minutieusement ma haine, je détaillerais les insultes et j'en guetterais les effets sur leur visage. Si l'on doit se perdre, que ce soit du moins au grand jour. Moi j'ai vécu et je suis mort dans les ténèbres. Mais quand donc fera-t-il jour ? *(Un temps.)* Tu vois, je suis passé d'un monde à l'autre ; me voici du côté des souffleurs et des marchands de fromage : et je n'y vois pas plus clair. *(Brusquement.)* Et si j'étais Kean, hein ? Kean en train de se prendre pour M. Edmond ? Nous autres, quand il nous arrive un malheur, il nous faut mimer l'émotion pour la ressentir. *(Il lève un fauteuil et le frappe sur le sol.)* Ces meubles sont trop légers. Quelle pacotille ! Des éléments de décor, voilà ce que c'est ! *(Il rit.)* En prison ! En prison ! Les cachots ont des portes de bronze. *(Il s'effondre sur une chaise.)* Salomon, la prison me fait peur. *(Un temps.)* Tu connais l'histoire de la grenouille qui voulait se faire aussi grosse qu'un bœuf ? Le bœuf, c'est le prince de Galles. Un bœuf ? Dis plutôt un taureau. J'étais malade d'orgueil. L'orgueil, c'est l'envers de la honte. Une bulle : elle enfle, elle enfle et puis elle crève. Hier soir, j'ai éclaté. *(Un temps.)* Quand je sortirai de prison, je vendrai des fromages. Quelle chance : fini l'orgueil, finie la honte. Enfin je pourrai être n'importe qui. *(Salomon a pris la liste et la tient négligemment à la main.)* Que tiens-tu là ?

SALOMON : Rien qui vous intéresse. La liste des imbéciles qui, depuis ce matin, sont venus rendre visite à *n'importe qui. (Feignant de la regarder.)* Il y a là plus de deux noms qui sont bien étonnés de se trouver ensemble. Des noms de riches, de nobles, de puissants… des noms d'artistes, d'ouvriers, de portefaix… depuis celui du duc de Sutherland, Premier ministre, jusqu'à celui de William, le cocher. Pauvres gens ! Ils vous prennent pour Kean.

KEAN : Donne. *(Il lit.)* Que de noms ! Tous, excepté celui que je cherche. Si elle n'a pas envoyé, c'est qu'elle va venir. Salomon ne laisse entrer personne excepté…

SALOMON : Excepté *elle* !

Il rit.

KEAN : Pourquoi ris-tu ?

SALOMON : C'est parce que je vous retrouve : M. Edmond n'est pas capable de passion.

KEAN : Non : il n'en est pas capable. *(Un temps.)* Voilà tout ce qui me reste de Kean : une passion folle et sans espoir. Si ce feu s'éteignait dans mon cœur, il ne resterait plus que des cendres. Il faut qu'il brûle. *Il le faut.* Va, va… et si elle vient, fais-la entrer à l'instant.

SALOMON : Soyez tranquille.

Il sort.

KEAN, *seul* : 10 heures et pas un mot d'elle. Ah ! vous étiez plus inquiète de votre éventail, madame ! Ou bien c'est qu'elle m'en veut ! Elle me reproche de l'avoir compromise… *(Un temps.)* L'éventail !… Si c'était le Comte qui l'avait trouvé !… Mais oui ! Mais c'est l'évidence ! Il l'a trouvé. Il l'a trouvé quand elle était dans ma loge. À cette heure, soupçonnée, accusée, déchirée peut-être, elle m'appelle à son secours… Salomon ! Salomon !…

SALOMON, *apparaissant* : Maître ?

KEAN : Fais mettre les chevaux à la voiture !

SALOMON : Les chevaux ?

KEAN : Oui ! à moins que tu ne veuilles la tirer toi-même !

SALOMON : Vous sortez ?

KEAN : Oui, je sors ! Allons, cours ! Ne vois-tu pas que j'ai la fièvre, que la tête me brûle, que le sang me bout ?… D'ailleurs, je fermerai les stores, je me contenterai de passer sous ses fenêtres, je… *(Voyant que Salomon n'est pas sorti.)* Eh bien, pas encore ?

SALOMON : J'y vais, j'y vais… Ah ! l'on frappe.

KEAN : Oui, oui, l'on frappe. Eh bien, va ouvrir.

SALOMON : Et si c'est elle, vous resterez, n'est-ce pas ?

KEAN, *riant* : Imbécile !

SALOMON : J'y cours.

Il sort.

KEAN, *seul* : Eh bien ! qu'est-ce que j'ai, moi ? Ma parole, mon cœur bat le tambour. Allons, je n'ai pas besoin de jouer la folie, je suis fou pour de bon.

Salomon rentre avec Anna.

SCÈNE III

KEAN, ANNA, SALOMON

KEAN : Allons bon !… Salomon ! Je t'avais dit de ne laisser entrer personne !

SALOMON : Maître, la petite Anna, est-ce que c'est quelqu'un ? Elle ne sera qu'un instant d'ailleurs, elle veut vous dire adieu !

KEAN : Adieu ? Tu t'en vas ?
ANNA : Oui.

Salomon sort.

SCÈNE IV

KEAN, ANNA

KEAN : Tu quittes Londres ?
ANNA : Je quitte l'Angleterre.
KEAN : Ah ! tu… Eh bien, mais c'est parfait. Tu as raison, petite : il faut que les rats quittent le navire après[a] le naufrage. *(Un temps.)* Qu'est-ce que tu attends, sauve-toi ! Tu vois bien que je suis en train de sombrer.
ANNA : Si vous aviez été vraiment fou, je serais restée pour vous soigner.
KEAN : Que veux-tu ? Je n'ai pas cette chance : je suis simplement un homme fini, déshonoré, ruiné, et, par-dessus le marché, passible de prison : il n'y a pas de quoi retenir une femme.
ANNA : Oh ! Kean, pourquoi avez-vous fait ça ?
KEAN : Quoi ça ?
ANNA : Ça, hier.
KEAN : Ah ! L'improvisation de la fin ? Eh bien, pour m'amuser. Tu n'as donc jamais eu envie de tout casser ?
ANNA : Oh ! non : pourquoi ?
KEAN : Je ne sais pas, moi : pour voir ce qui arrivera. Suppose que ta vie ne soit qu'un songe. Tu te pinces et tu te réveilles : hier soir je me suis pincé. Un joli suicide, non ? La gloire et l'amour, c'étaient des boniments, mais la prison, crois-moi, ce sera du vrai. Brr ! Comme ça doit être vrai : surtout l'hiver. Où vas-tu ?
ANNA : En Amérique.
KEAN : En Amérique ? Qu'est-ce que tu vas faire là-bas ?
ANNA : Le correspondant du théâtre de New York m'a vue jouer hier soir et m'a trouvée bonne.
KEAN : Il a eu le toupet de te trouver bonne pendant que j'agonisais sur la scène ! Cet homme n'a pas de cœur.
ANNA : Toujours est-il qu'il m'a signé un engagement.
KEAN : Il est fou. Il est complètement fou. Et toi, tu es idiote : tu n'es pas prête, voyons ! Moi, je t'aurais fait travailler.

ANNA : Vous n'auriez pas pu, puisque vous serez en prison.

KEAN : Tu as, ma foi, raison. Et ton tuteur, il te laisse partir sans mot dire ? Il manque d'autorité.

ANNA : Depuis mes aventures, il n'a plus qu'une idée : m'envoyer aux antipodes.

KEAN : En un sens, je le comprends. Bon, eh bien, tout est dit.

ANNA : Tout est dit.

KEAN : Au fait, pourquoi pars-tu ?

ANNA, *étonnée* : Comment ? Mais parce que vous ne m'aimez pas.

KEAN : Ah ! Parce que... Au fait, c'est vrai : je ne t'aime pas.

ANNA : Vous l'aviez donc oublié ?

KEAN : Oh ! tu sais, aujourd'hui, je n'ai guère la tête à moi. En somme, tu n'as pas réussi ton coup.

ANNA : Non.

KEAN : Je croyais que tu obtenais tout ce que tu voulais.

ANNA : Je le croyais aussi.

KEAN : Tu vois, c'était du bluff. Je me disais : « Cette gamine peut tout ce qu'elle veut ; un de ces jours, je me réveillerai fou d'elle. » Ça promettait d'être très drôle. Et puis non : c'était encore du théâtre. Tiens, tu m'as déçu. Bah ! ne regrette rien : j'aurais fait un mari détestable.

ANNA : C'est bien ce que j'espérais.

KEAN : Si je me mariais, tu penses bien que ce serait pour avoir quelqu'un à qui parler de moi.

ANNA : Je sais très bien écouter.

KEAN : Tant mieux pour toi : tu écouteras quelqu'un de ces puritains de Nouvelle-Écosse ; je te vois très bien femme de pasteur. Et quand pars-tu ?

ANNA : Dans deux heures.

KEAN, *brutalement* : Quoi ?

ANNA : Une place est retenue sur le paquebot *Le Washington.*

KEAN : Eh bien, bonne chance !

ANNA : Bonne chance aussi.

KEAN : Tu m'écriras, quand je serai en prison ?

ANNA : Je vous enverrai des paquets.

KEAN : De New York ? Ils seront pourris en arrivant. *(Un temps.)* Note que je pourrais te donner l'ordre de rester.

ANNA : Un ordre ? À moi ?

KEAN : Parfaitement. À toi. N'aie pas peur : je n'en ferai

rien. Mais ce serait mon droit. Car enfin, c'est par ta faute que tout est arrivé. Si tu n'avais pas paru sur la scène, Éléna ne m'aurait pas défié et je n'aurais pas fait d'esclandre. Oui. Oui, tout bien considéré, tu es l'unique responsable. Et je sais ce que beaucoup de gens te diraient à ma place. Ils te diraient que c'est tout de même trop facile d'entrer dans une vie, de la saccager et de s'envoler d'un coup d'aile. Oui, à regarder les choses en face, c'est ce qu'ils te diraient. Sans compter l'injustice proprement dégoûtante du dénouement : tu provoques un scandale, tu brises mon cœur et ma carrière ; résultat : on t'engage à New York et moi, on me met en prison. En somme, les bons sont punis et les méchants récompensés. Ceci dit, bien entendu, je ne veux pas te retenir. Tu penses bien que je n'ai pas de place pour toi dans ma vie. Mais il est certain que si tu avais eu un peu de sensibilité — oh ! tiens, c'est même trop exiger — disons : un peu de tact, ou simplement un grain de politesse, l'idée de m'abandonner ne te serait même pas venue. Car c'est un véritable abandon ! Une défection inqualifiable ! Une trahison !

ANNA : Mais puisque vous ne m'aimez pas !…

KEAN : Heureusement que je ne t'aime pas. Il ferait bon voir que j'aime une gamine irresponsable qui ruine la vie d'un homme par caprice !

ANNA : C'est idiot, ce que vous dites : si vous m'aimiez, je resterais.

KEAN : C'est ça. Pour que tu daignes rester, il faut que je me jette à tes genoux et que j'aille mettre des gants blancs pour demander ta main à ton tuteur. Petite morveuse ! Tu en as vu des hommes de quarante ans aux pieds d'une gamine ? Sais-tu ce que je ferais, si je n'étais pas galant homme ? *(Il se lève et va vers elle.)* Je te donnerais une bonne fessée ! Oui, une bonne fessée ! Et rien de tout cela ne serait arrivé, si tu en avais reçu chaque fois que tu en méritais.

SALOMON, *entre en courant* : Maître ! Maître ! C'est elle !

SCÈNE V

KEAN, ANNA, SALOMON

KEAN, *dérangé, sans réfléchir* : Qu'elle aille au diable ! Hein ? Quoi ? Tu veux dire…

ANNA : C'est Éléna ?

KEAN : Oui. Mais ne va pas t'imaginer que j'en ai fini avec toi. Tiens, entre là, petite mijaurée, et songe, pour te distraire, à la fessée que je vais te donner tout à l'heure. *(Il la fait entrer dans une chambre. À Salomon :)* À présent, fais entrer l'autre !

Salomon sort. Kean prend une glace et change de visage en s'y regardant. Entre Éléna.

SCÈNE VI

KEAN, ÉLÉNA

KEAN : Éléna ! C'est vous ! Vous êtes donc venue, au risque de tout ce qui pourrait vous arriver ?… Si vous saviez comme je vous attendais ! Me pardonnez-vous ?

ÉLÉNA : Est-ce qu'une femme ne pardonne pas toujours les folies qu'on fait à cause d'elle ?

KEAN : Laissez-moi vous regarder ! Comme vous êtes pâle ! Comme vous êtes belle. Et que je suis heureux de vous voir là. Je ne regrette plus mon coup de tête, dût-il me perdre, si c'est à lui que je dois votre visite.

ÉLÉNA : J'avoue que j'ai longtemps hésité. Mais notre danger commun…

KEAN : Commun ?

ÉLÉNA : Une lettre pouvait être surprise… je tremblais que vous ne fussiez déjà arrêté.

KEAN : Ah ! les choses en sont là ?

ÉLÉNA : Oui, les choses en sont là ! Un procès terrible vous menace, Kean, fuyez ! vous n'avez pas une minute à perdre… Cette nuit, quittez Londres, quittez l'Angleterre, si c'est possible… Vous ne serez en sûreté qu'en France ou en Belgique.

KEAN : Moi, fuir ? moi, quitter Londres ? Vous ne me connaissez pas, Éléna. Lord Mewill veut de la publicité, nous lui en donnerons ; son nom n'est pas encore assez honorablement connu, il le sera comme il mérite de l'être.

ÉLÉNA : Vous oubliez qu'un autre nom sera prononcé aux débats : on cherchera les motifs de ce double emportement, contre le Prince royal et Lord Mewill, et on le trouvera.

KEAN : Oui, oui… vous avez raison… et tout cela est peut-être un bonheur… M'aimez-vous, Éléna ?

ÉLÉNA : Vous le demandez !

KEAN : Écoutez : vous aussi vous êtes compromise.
ÉLÉNA : Je le sais.
KEAN : Non, vous ne savez pas tout encore ; cet éventail que vous avez oublié dans ma loge…
ÉLÉNA : Eh bien ?
KEAN : Il a été trouvé.
ÉLÉNA : Par qui ?
KEAN : Je crains que ce ne soit par le Comte.
ÉLÉNA : Grands dieux !

Un temps.

KEAN, *doucement* : Éléna, fuirai-je seul ?
ÉLÉNA : Oh ! Kean !
KEAN : Eh bien ?
ÉLÉNA : Vous êtes insensé. Non, non : c'est impossible !
KEAN : Ma berline est attelée.
ÉLÉNA : Cruel ! Et l'honneur ?
KEAN : En connaissez-vous de plus grand que de quitter l'Angleterre au bras du roi de Londres ? Ici, vous n'êtes que comtesse ; là-bas, vous serez reine en exil.
ÉLÉNA : Et mon mari ?
KEAN : Je m'incline devant sa douleur future.
ÉLÉNA : Il en mourra.
KEAN : Si ce n'est lui, ce sera moi. Autant sauver le plus jeune.
ÉLÉNA : Et plus tard, quand nous aurons retrouvé la raison, comment supporterez-vous d'avoir causé sa mort ?
KEAN : Allégrement.
ÉLÉNA : Et s'il vous tuait d'abord ?
KEAN : Hypothèse improbable.
ÉLÉNA : Ah ! qu'en savez-vous ?
KEAN : Trop myope.
ÉLÉNA : Kean ! Et mes enfants ?
KEAN, *très étonné* : Vos enfants ? Mais, madame, vous n'en avez pas.
ÉLÉNA : J'ai juré d'en avoir !
KEAN : Juré ? À qui ?
ÉLÉNA : Devant Dieu, à mon mari.
KEAN : N'est-ce que cela ? Devant Dieu, vous en aurez : je m'y engage.
ÉLÉNA : Vous ne m'entendez pas : j'ai promis au Comte de lui donner un fils, un héritier.
KEAN : Dieu n'a pas pris note de votre serment : il s'inté-

resse à la conservation de l'espèce et non à celle d'une famille particulière.

ÉLÉNA : Mais je l'adore déjà, ce fils. Si je pars avec vous, je l'étouffe dans mon sein. Ah ! Kean, je vous ai aimé jusqu'à l'adultère, mais ne me demandez pas d'aller jusqu'à l'infanticide !

KEAN : En un mot, vous refusez ?

ÉLÉNA : Ai-je dit cela ? Refuser, accepter, de toute façon c'est choisir le désespoir. Tenez, mon ami, j'y vois encore trop clair. Si vous devez ruiner ma vie, faites-moi d'abord perdre la tête.

KEAN, *tendrement* : Éléna ! *(Il la prend dans ses bras.)*

ÉLÉNA, *se dégageant* : Pas comme cela ! Parlez-moi, grisez-moi de vos paroles : vous n'aurez pas trop de tout votre génie. Ah ! je sens que la lutte sera terrible ; je résisterai de toutes mes forces et je ne céderai qu'au vertige. Montrez-moi que je suis pour vous l'univers et que vous saurez me tenir lieu de tout. *(Kean ne répond pas. Elle répète, étonnée.)*... que vous saurez me tenir lieu de tout.

KEAN, *agacé* : Ah ! ne soufflez pas !

ÉLÉNA, *stupéfaite* : Comment ?

KEAN, *interdit* : Ne... *(Il s'arrête.)*

ÉLÉNA : Qu'avez-vous dit ?

KEAN : Ce que j'ai... Ma foi, vous étiez là, déconcertée, vous répétiez la fin de votre phrase. Ça m'a rappelé... Qu'est-ce que ça m'a donc rappelé ? *(Il se met à rire.)* Eh ! parbleu, madame, vous attendiez la réplique.

ÉLÉNA : Comment osez-vous... ?

KEAN : Eh ! Je n'ose rien : je ne joue plus, voilà tout. Pouce ! Rideau !

ÉLÉNA : Je n'entends rien à ce que vous dites. Seriez-vous vraiment fou ou bien est-ce moi que vous voulez rendre folle ? *(Un temps.)* Regardez-moi. Dans les yeux. J'ai compris.

KEAN : Qu'est-ce que vous avez encore compris ?

ÉLÉNA : Vous souffrez comme un damné !

KEAN : Mais non. Pas tant que cela, je vous assure.

ÉLÉNA : Votre amour vous torture et c'est par vengeance que vous tentez de l'avilir. Comme c'est horrible, Kean, et comme c'est beau ! Tenez, mon pauvre ami, prenez ma main, pressez-la contre vos lèvres et puisse cet innocent contact vous délivrer de vos mauvaises pensées. Comme vous savez rugir, mon lion ! Mais qui vous a dit que je n'allais pas accepter de vous suivre ? Vous avez manqué de patience. *(Agacée.)* Eh bien ! Vais-je attendre longtemps ? Baisez-la.

KEAN, *sans prendre la main* : Éléna, puisque je vous dis que c'est fini. Vous n'allez tout de même pas jouer toute seule ?

ÉLÉNA, *brusquement* : Partons !

KEAN, *stupéfait* : Hein ?

ÉLÉNA : Tu m'as bien dit que ta berline était prête ? Eh bien, tu m'emmèneras. Ah ! je joue la comédie ! Tu n'auras pas trop de toute ta vie pour me payer ce mot-là. Je suis ardente, moi, entends-tu, je suis entière, je suis vraie, je suis jalouse, je suis terrible, j'ai la candeur des Danoises et la passion des Italiennes, je peux être ange ou tigresse. Pour l'homme que j'aimerai, je foulerai aux pieds ma pudeur et ma réputation, je réduirai mes proches au désespoir, je l'accompagnerai partout, au bagne et jusque sur l'échafaud. *(Elle le regarde avec des yeux étincelants.)* Na !

KEAN, *sans bouger* : Et c'est moi que vous aimez ?

ÉLÉNA : Toi ? Je te hais ! Eh bien, qu'attends-tu ? Enlève-moi ! Emporte-moi dans tes bras ! *(Il ne bouge pas. Long silence[b].)* Ainsi, monsieur, vous disiez vrai : votre amour n'était qu'une comédie. Je vous l'avoue : quand vous m'avez fait tout à l'heure cette... confession, je vous regardais de tous mes yeux et je n'arrivais pas à vous croire. Ce n'est pourtant pas faute d'avoir été prévenue ; savez-vous ce qu'on dit partout ? « Le grand Kean est une outre pleine de vent. » Mais je suis danoise et naïve : je crois bien que j'étais la seule dans tout Londres à vous prendre au sérieux. La comédie ? Vraiment ? *Moi* je ne vous donnais pas la comédie : j'étais venue, au mépris du scandale, pour partager vos peines et me perdre avec vous. À présent, vous êtes au pied du mur : je vous ai dit : « Partons ! » et vous restez là les bras ballants, l'œil vitreux, honteux d'être lâche et trop lâche pour avoir même un sursaut d'orgueil. Une femme prête à se perdre pour vous ? Grands dieux, que feriez-vous d'elle ? Celles dont vous daignez faire le bonheur, il faut que d'autres les habillent, les nourrissent et les protègent ; vous jouez les amants tous les soirs à Drury Lane et quelquefois, l'après-midi, chez les particuliers : c'est ce qu'on appelle, je crois, faire des cachets. N'ayez crainte, monsieur : je vous rends votre liberté. Vous fuirez seul, vous irez seul faire sur le continent une tournée triomphale. Et ne croyez surtout pas que je vous garde rancune : c'est à moi de m'excuser, au contraire. J'avais eu la folie de vous prendre pour un homme et ce n'est pas votre faute si vous n'êtes qu'un acteur.

KEAN, *furieux* : Un acteur, ce n'est pas un homme ?

ÉLÉNA : Non, mon pauvre ami et le prince de Galles l'a bien dit : c'est un reflet.

KEAN : Ah ! il a dit cela ?

Il l'empoigne et la soulève.

ÉLÉNA, *effrayée* : Que faites-vous ? Que faites-vous donc ?

KEAN : Vous le voyez : je vous enlève.

Il va pour sortir en la portant dans ses bras.

ÉLÉNA : Attendez ! Attendez !

KEAN : Qu'y a-t-il à attendre ?

ÉLÉNA : Je… je veux reprendre mes esprits. Lâchez-moi. Un instant, un seul instant. Et je vous suivrai de mon plein gré. *(Il la repose.)* Donc, nous partons ?

KEAN : Ma foi oui. Nous partons.

ÉLÉNA : Et vous ne regretterez rien ?

KEAN : Rien. Et vous ?

ÉLÉNA : Rien du tout. Où allons-nous ? À Madrid ? À Rome ? À Paris ?

KEAN : À Amsterdam.

ÉLÉNA : Tiens ! *(Un temps.)* Je n'aime pas Amsterdam.

KEAN : Moi non plus. Tant pis.

Il va pour l'emporter.

ÉLÉNA : Encore un mot. *(Il s'arrête.)* Combien de temps me donnez-vous pour apprendre mes rôles ?

KEAN : Lesquels ?

ÉLÉNA : Eh bien, tous : Desdémone, Juliette, Ophélie…

KEAN : Ah ! Parce que vous comptez jouer ?

ÉLÉNA : Que voulez-vous que je fasse toute la journée ? Que je vous attende ?

KEAN : Vous ne jouerez pas, Éléna. Ni moi. Fini. Vous partez avec M. Edmond, le bijoutier. Oui, j'ai des bijoux fort beaux, des cadeaux d'admiratrices. Vous savez : le prix de mes cachets. Je compte ouvrir un commerce. N'ayez pas peur. Vous ne manquerez de rien. Sauf de compagnie, peut-être : je crains que vous n'aimiez guère celle des bijoutiers, mes confrères, et je doute que la haute société ouvre ses portes à un acteur en fuite et à une femme perdue. Mais nous nous suffirons, n'est-ce pas ? Les jours ouvrables j'irai à la boutique et vous lirez des romans sur un sofa. Nous passerons les dimanches chez nous, la main dans la main, les yeux dans les yeux ; et, trois soirs par semaine, nous irons au théâtre pour renouveler notre provision de mots d'amour. En avant !

Il la soulève de terre. Elle le griffe et le bat.

ÉLÉNA : Lâchez-moi ! lâchez-moi ! Au secours !

Kean la repose sur le sol et se met à rire.

KEAN, *l'imitant* : Jusqu'au bagne ! Jusqu'à l'échafaud ! Jusqu'au bout du monde ! *(Il rit.)* Vous voyez bien que c'était de la comédie.

ÉLÉNA, *le regarde, déconcertée, puis se met à rire* : Le mot est un peu dur. Disons : de la coquetterie.

KEAN : Vous n'aviez jamais songé à fuir avec moi.

ÉLÉNA : Songé ? Si : j'en ai caressé l'idée.

KEAN : L'idée, bien sûr. Mais la réalité ?

ÉLÉNA : Monsieur, une honnête femme ne caresse pas les réalités.

KEAN : Soyez franche : vous veniez me redemander vos lettres.

ÉLÉNA, *indignée* : Non !

KEAN : Non ? C'est parfait : je les garde.

ÉLÉNA, *faiblement* : Enfin je ne voulais pas... vous les redemander tout de suite.

KEAN : Pas tout de suite, bien sûr, vous y auriez mis les formes. Seulement le temps presse : ils vont venir m'arrêter. *(Il va chercher les lettres.)* Les voici. Comptez-les.

ÉLÉNA : Je vous fais confiance.

KEAN : Mais non, vous ne me faites pas confiance. *(Il compte.)* Un, deux, trois, quatre, cinq, six, sept.

ÉLÉNA, *négligemment* : Il y en avait huit.

KEAN : La huitième, rappelez-vous, je l'ai déchirée devant vous et sur votre prière. Allons, prenez. *(Elle ne bouge pas.)* Comment ? Pas encore ? *(Il pose les lettres sur la table.)* Je les laisse à portée de votre main : vous les prendrez quand vous jugerez le moment venu.

ÉLÉNA : Fi donc !

KEAN : Qu'est-ce qu'il y a ? J'ai été trop vite ? J'avoue que dans une pièce moderne, j'aurais d'abord refusé de vous les rendre. Mais j'ai sauté quelques répliques : elles faisaient longueur. Vous ne me croyez pas ? Jugez-en. *(Joué.)* Vos lettres ? Jamais. C'est tout ce qui me reste de vous. Vous avez renié notre amour mais vous ne pouvez pas exiger que j'en détruise le souvenir. *(Imitant Éléna.)* La raison l'exige. Vous aimerez une autre femme et ces lettres qui sont en ce moment des souvenirs d'amour ne seront plus que des trophées de victoire.

ÉLÉNA, *riant aux larmes* : Arrêtez ! Arrêtez ! C'est vrai, c'est ma foi vrai : je vous aurais dit ça ! Oh ! c'est... ridicule !

KEAN : Oui ; voilà notre erreur : nous attaquions nos scènes deux ou trois tons trop haut. *(Souriant.)* Quelle rage nous a pris d'être nobles ensemble.

ÉLÉNA : Oh ! Kean, c'est si amusant de vivre au-dessus de ses moyens. *(Rêveuse.)* Une vraie passion, tout de même, ça doit être bien beau.

KEAN, *sceptique* : Croyez-vous ?

ÉLÉNA : Je le crois. Avec votre génie, vous pouvez faire le difficile. Je n'ai pas vos moyens, alors je mise sur l'amour. L'amour c'est le génie du pauvre. *(Elle rit. Sans méchanceté.)* Si j'étais partie avec vous, vous auriez été bien attrapé !

KEAN : Pensez-vous. J'étais bien tranquille. Tout ce que je risquais, c'est que vous m'accompagniez jusqu'à Douvres.

ÉLÉNA : En somme, vous n'en vouliez qu'à l'ambassadrice.

KEAN : Dites plutôt à l'ambassadeur. Je suis bâtard, comprenez-vous. Pour un bâtard, c'est flatteur de tromper une Excellence. Et vous ? C'était le roi de Londres que vous vouliez séduire.

ÉLÉNA : Je veux séduire tous les hommes. Parce que je suis laide, vous comprenez ?

KEAN : Laide ? Vous ?

ÉLÉNA : Mon pauvre ami, toutes les femmes sont laides. La beauté, c'est un travail : si vous saviez comme c'est pénible, toute une longue bête blanche à peindre et à parfumer tous les jours[1] !

KEAN, *souriant* : Alors, il faut que ça paye ?

ÉLÉNA : Bien sûr. Il faut que ça paye. *(Ils rient.)* Assez ! Assez ! Un voile, Kean, vite un voile. Restons dans la comédie sentimentale ; nous autres femmes, nous nous aventurons rarement sur le terrain de la farce. Eh bien, parlez, dites n'importe quoi : j'ai horreur de rester à découvert.

KEAN : Bonne chance, Éléna.

ÉLÉNA, *étonnée* : Bonne chance ?

KEAN : Eh bien oui : je ne suis pas du cinq et je ne reviendrai pas saluer à la fin de la pièce. Mais toi, ce sont tes meilleures scènes qu'il te reste à jouer.

ÉLÉNA : Mes meilleures scènes ?

KEAN : Avec le prince de Galles.

ÉLÉNA : Ah ? Ah oui ! Peut-être.

KEAN : Alors je te dis : bonne chance. Voilà.

ÉLÉNA : Tu n'es donc plus jaloux ? *(Kean secoue la tête.)* Plus du tout ? C'est drôle.

KEAN : Non. Plus du tout. Sais-tu pourquoi ? Le prince de Galles, c'est moi. Tiens, nous sommes trois victimes. Toi, tu es née fille ; lui, il est trop bien né ; moi trop mal : le résultat, c'est que tu jouis de ta beauté par les yeux des autres et que je découvre mon génie dans leurs applaudissements ; quant à lui, c'est une fleur ; pour qu'il puisse se sentir prince, il faut qu'on le respire. Beauté, royauté, génie : un seul et même mirage. Tu as raison : nous ne sommes que des reflets. Nous vivons tous trois de l'amour des autres et nous sommes tous trois incapables d'aimer. Tu voulais mon amour ; moi le tien, lui le nôtre. Quel chassé-croisé ! Tiens, tu vas rire : il me traite de reflet mais, dans le fond, il me prend pour un homme ; il aurait tout donné pour être moi. Il se saoulait avec mon vin, il me prenait mes femmes et mes robes de chambre. S'il te court après, c'est qu'il croit que je t'aime. Et moi, pendant ce temps-là, je jouais Henri IV pour me changer en prince. Trois reflets : chacun des trois croit à la vérité des deux autres : voilà la comédie. Jaloux ? Oh non : c'est toi qui seras jalouse : le Prince ne tient qu'à moi. Pourquoi ris-tu ?

ÉLÉNA : Parce que je pense à Shakespeare.

KEAN : Il n'y a pas de quoi rire.

ÉLÉNA : Si. Parce que, dans Shakespeare, il y a beau temps que nous serions tous morts. Tu aurais tué le Prince en duel.

KEAN : Ton mari m'aurait fait assassiner.

ÉLÉNA : Le roi l'aurait fait décapiter.

KEAN : Et tu te serais tuée sur nos tombes.

ÉLÉNA, *riant* : Quel massacre ! *(Sérieusement.)* Dis ! Pourquoi sommes-nous condamnés à jouer la comédie de salon ?

KEAN, *haussant les épaules* : Aujourd'hui l'amour est comique.

ÉLÉNA : Il n'y a donc plus de tragédie ?

KEAN : Si : en politique. Mais ce n'est pas notre rayon. Ne regrette rien : tu t'es brillamment tirée d'affaire et Dieu sait que la scène n'était pas commode. Le dépit, la passion, la colère, tu as tout joué, même la sincérité. Tu as du génie. Au revoir ma Juliette ; au revoir ma Desdémone ; au revoir ma Portia.

ÉLÉNA : Au revoir Falstaff !

KEAN : Ne sois donc pas méchante. Est-ce que tu m'en veux ?

ÉLÉNA : On ne peut pas en vouloir à M. Edmond. Quant au grand Kean…

KEAN : Eh bien ?

ÉLÉNA : Je n'oublierai jamais qu'il s'est tué pour moi.

KEAN : Pour vous ? Hum !

ÉLÉNA : Chut ! chut ! C'est *pour moi* qu'il s'est tué. D'ailleurs qu'en savez-vous, bijoutier, et qu'est-ce que vous pouvez comprendre à l'amour ?

KEAN : C'est que j'ai recueilli son dernier soupir.

ÉLÉNA : Et qu'a-t-il dit, avant de mourir ?

KEAN, *gentiment* : Eh bien, qu'il mourait pour vous.

ÉLÉNA : Vous voyez bien !

KEAN : Il m'a chargé aussi de vous rendre vos lettres. *(Il les lui tend.)* Les prendrez-vous ?

ÉLÉNA : Oui. Pour obéir aux dernières volontés d'un mort. Merci. *(Elle les met dans son sein. Gentiment.)* Que dois-je souhaiter à M. Edmond ? D'être passionnément aimé ?

KEAN : Les bijoutiers n'inspirent guère de passion. Souhaite-moi plutôt d'aimer, ça me changera.

Il lui baise la main.

VOIX DU COMTE : Je vous dis, monsieur, que j'entrerai.

VOIX DE SALOMON : Et je vous dis, moi, que vous n'entrerez pas.

Éléna et Kean se regardent et se mettent à rire.

ÉLÉNA, *riant* : Mon Dieu ! Mais voilà mon mari.

KEAN : Oh ! les superbes accents. Il ne joue sûrement pas dans la même pièce que nous. Vous l'entendez ? C'est de la tragédie pure.

ÉLÉNA : Il se croit encore dans Shakespeare.

KEAN : Parbleu, on ne l'aura pas averti. *(Riant.)* Vous verrez qu'il vient pour me tuer !

ÉLÉNA, *riant* : C'est affreux, je ne veux pas voir ça. *(Se dirigeant vers la pièce où s'est cachée Anna.)* J'attendrai dans cette chambre que vous en ayez fini.

KEAN : Non. Pas par là. *(Il lui montre l'autre chambre.)* Par là. Personne ne vous verra : les fenêtres donnent sur la Tamise.

ÉLÉNA : Bien entendu, je vous défends de vous battre : le Comte n'est plus jeune, un mauvais coup est vite reçu.

KEAN : Le pauvre homme ! N'ayez crainte. Hier je l'aurais provoqué en rêve, tué en rêve et il serait mort pour de bon. Mais aujourd'hui… Adieu, Éléna.

ÉLÉNA : Adieu.

Elle ferme la porte.

VOIX DU COMTE : Je vous dis qu'il faut que je le voie.

KEAN, *ouvrant la porte* : Qu'est-ce à dire, Salomon ? Et pourquoi ne laisses-tu pas entrer le comte de Koefeld ?

SCÈNE VII

KEAN, LE COMTE, SALOMON

SALOMON : Mais vous m'aviez dit…

KEAN : Que je ne voulais recevoir personne ? C'est vrai, mais j'étais loin de m'attendre à l'honneur que me fait le comte de Koefeld.

Salomon sort.

LE COMTE : Monsieur, vous rappelez-vous ce que je vous ai dit hier ?

KEAN : Mais bien sûr ! Qu'est-ce que c'était ?

LE COMTE : Je vous ai dit : nous autres, Danois, quand on nous offense, nous nous battons avec tout le monde.

KEAN : Si je me rappelle ! Ah ! la belle maxime, monsieur le comte, et comme elle m'avait plu.

LE COMTE : Merci. Je…

KEAN : Quelle largeur d'idée, surtout. Ah ! nous autres Anglais, on ne nous a pas habitués à pareil langage.

LE COMTE : Eh bien je suis offensé et je viens me battre.

KEAN : Offensé ? Ah ! Vous m'étonnez. Avec des idées si larges, avec une telle grandeur d'âme, avec un sens si humain de l'égalité ? Bah ! Un cœur comme le vôtre ne s'offense pas : il comprend tout. Tenez : quel que soit le misérable qui a eu le tort de vous déplaire, je suis sûr qu'il est en ce moment plus malheureux que vous.

LE COMTE : Je vous dis que je veux me battre.

KEAN : Eh bien, si rien ne peut vous faire changer d'idée, je serai ravi d'être votre témoin.

LE COMTE : Mon témoin ! Monsieur, c'est avec vous que je me bats !

KEAN : Avec moi ? Ah ! non.

LE COMTE : Plaît-il ?

KEAN : Non, non. Je regrette. Impossible.

LE COMTE : Et pourquoi donc ?

KEAN : Parce que je ne me bats pas. D'abord, je ne vous ai pas offensé.

LE COMTE : Si. Mortellement.

KEAN, *doux reproche* : Monsieur ! Reconnaissez tout de même que je le saurais.

LE COMTE : Je comprends votre délicatesse, mais c'est une insulte de plus.

KEAN : Alors, je vous ai offensé ? Après tout, puisque vous le dites… Eh bien je vous fais mes excuses.

LE COMTE : Vos excuses ?

KEAN : Les plus plates.

LE COMTE : Mais je n'en veux pas !

KEAN : Puis-je me permettre d'insister. Je vous jure que c'est de bon cœur et vous n'auriez aucun scrupule à les accepter si vous saviez comme il m'en coûte peu de vous les faire. Non ? Eh bien vous ne partirez pas d'ici sans emporter quelque chose : un bibelot, des fleurs. Comme je ne peux pas vous donner cette réparation par les armes, il faut bien que je vous offre un dédommagement.

LE COMTE : C'est là que vous faites erreur, monsieur ! Cette réparation, vous me la donnerez.

KEAN : Hélas non ! Sans façon. Puisque vous êtes offensé, je trouve légitime que vous vouliez vous battre. Mais pour cette même raison vous trouverez bon que je ne me batte pas, puisque vous ne m'avez pas fait d'offense.

LE COMTE : Qu'à cela ne tienne !

KEAN : Qu'est-ce que vous pariez que vous n'y arriverez pas : j'ai très bon caractère et je ne me vexe pas facilement.

LE COMTE : Vous êtes un menteur !

KEAN, *réjoui* : Ça, c'est bien vrai : un menteur professionnel.

LE COMTE : Un pleutre !

KEAN : Sincèrement je ne le pense pas. Mais sait-on jamais ?

LE COMTE : Un chien !

KEAN : Pour cela non. Un chien, vous savez bien, c'est un quadrupède ! *(Amical.)* Allons, allons ! Vous ne croyez pas un mot de ce que vous dites.

LE COMTE : Monsieur, je vous ai adressé des insultes irréparables dans l'intention bien arrêtée de vous marquer au fer rouge.

KEAN : Ah ! si vous l'avouez, comment pourrais-je vous en vouloir ?

LE COMTE, *levant la main sur lui* : Tiens !

KEAN, *lui attrapant la main au vol* : N'ayez crainte, cher ami, j'ai déjà oublié cet instant d'égarement. *(Sérieusement.)* Monsieur, c'est inutile : je ne peux pas me battre avec vous. Ce sont les enfants qui se battent. Et les nobles. Et je me suis aperçu cette nuit que je n'étais plus des uns et que je ne serai jamais des autres. Bien sûr, j'ai donné quelques coups d'épée, dans ma vie : mais c'était encore de la comédie. Je risquais la mort parce que je n'étais pas né. Et puis j'enrageais contre les nobles : puisque leur sang ne coulait pas dans mes veines, je voulais le faire couler hors des leurs. Mais la comédie est finie : M. Edmond ne se battra pas. Voyons, monsieur, n'est-ce pas assez d'avoir eu le malheur de vous blesser ? Faut-il encore que je vous tue ?

LE COMTE : C'est bon, je ne puis vous forcer la main. Mais il faut que ma colère se répande.

KEAN : Répandez ! Répandez ! Ces tapis sont épais ! Ils boiront votre fiel.

LE COMTE : Songez-y bien : si ce n'est sur vous, ce sera donc sur votre complice.

KEAN : Car j'ai un complice ?

LE COMTE : Vous le savez bien : vous avez peur de ma vengeance et vous la renvoyez à une femme.

KEAN : Il y a une femme dans l'affaire ? Et je la connais ? Alors laissez-moi deviner. Elle est jeune ou vieille ?

LE COMTE : Je vais vous éclairer. Connaissez-vous cet éventail ?

KEAN : Cet éventail ?

LE COMTE : Il appartient à la Comtesse.

KEAN : Eh bien, monsieur ?

LE COMTE : Eh bien, monsieur, cet éventail, je l'ai trouvé hier…

SALOMON, *rentrant vivement* : Ce billet urgent du Prince.

KEAN : Plus tard !

SALOMON, *bas* : Non, tout de suite !

KEAN, *au Comte* : Vous permettez, monsieur le comte ?

LE COMTE : Faites, faites ; je ne m'éloigne pas.

KEAN, *lit rapidement, puis* : Vous connaissez l'écriture du prince de Galles, monsieur ?

LE COMTE : Sans doute ; mais que peut avoir à faire l'écriture du prince de Galles… ?

KEAN, *lui tendant la lettre* : Lisez.

LE COMTE, *lisant* : « Mon cher Kean, voulez-vous faire chercher avec le plus grand soin dans votre loge : je crois avoir oublié hier l'éventail de la comtesse de Koefeld que je lui avais emprunté, afin de faire faire le pareil pour la duchesse de Northumberland. J'irai vous demander raison aujourd'hui de la sotte querelle que vous m'avez cherchée hier au théâtre, à propos de cette petite fille d'opéra ; je n'aurais jamais cru qu'une amitié comme la nôtre pût être altérée par de semblables bagatelles. Votre affectionné, George. » Parfait ! Eh bien, voilà une lettre qui vient à point. Oh ! fort à point, monsieur Kean.

KEAN : Nierez-vous qu'elle soit du Prince ?

LE COMTE : Je ne le nie pas. C'est bien pour cela que je n'y crois qu'à demi.

KEAN : Que faut-il donc pour vous rassurer ?

LE COMTE : Une seule chose : que vous veuillez bien me mettre en présence de la femme voilée qui est entrée chez vous tout à l'heure.

KEAN : Aucune femme n'est entrée chez moi depuis hier soir.

LE COMTE, *avec emportement* : Vous mentez ! *(Se radoucissant.)* Allons, monsieur Kean, ne compromettez pas l'effet de cette lettre. Je suis à demi convaincu ; persuadez-moi tout à fait.

KEAN : Il n'y a pas de femme ici.

LE COMTE : Je vous dis que je l'ai vue entrer de mes yeux.

KEAN : Je…

Anna surgit.

SCÈNE VIII

KEAN, LE COMTE, ANNA

ANNA : Eh bien, Kean ! Et cette fessée ? Oh ! pardon ! je ne savais pas que vous receviez.

LE COMTE : Eh bien, monsieur, vous voyez !

KEAN : Vous avez dit : une femme est entrée ici. Comment voulez-vous que je pense à cette gamine ?

LE COMTE : Pour moi, c'est une femme. Et fort belle. Je vous remercie. *(Il salue, fait un pas, puis se ravise.)* On parle de vous arrêter : n'oubliez pas que les palais consulaires sont inviolables et que l'ambassade de Danemark est un palais consulaire.

KEAN : Merci, monsieur.

LE COMTE : Adieu. *(Il s'incline.)* Madame.

ANNA : Pas encore, monsieur.

LE COMTE : Ah ! ce sera bientôt, mademoiselle, j'en suis sûr.

Il sort.

SCÈNE IX

KEAN, ANNA

KEAN : Merci.

ANNA : Pourquoi ne m'avez-vous pas fait entrer vous-même ?

KEAN : Tu écoutais donc ? Eh bien, j'y ai pensé… mais je ne voulais pas te compromettre.

ANNA : Bah ! Je le suis déjà. Un peu plus, un peu moins.

KEAN : En somme, tu m'as fait cadeau de ta réputation.

ANNA : Ma foi oui.

KEAN : Sans même savoir si je t'épouserais. Sais-tu, petite, que ton cadeau, hier encore, m'eût rendu fou de joie !

ANNA : Pourquoi pas aujourd'hui ?

KEAN : Hier, je voulais qu'une femme — n'importe laquelle — se perdît pour moi…

ANNA : Et aujourd'hui ?

KEAN, *la regardant* : Je suis sensible à des avantages plus substantiels. *(Un temps.)* À l'autre ! *(Il fait un pas vers la porte où est Éléna.)* Rentre dans ta cachette. Et puis non : reste. Qu'est-ce que cela peut faire à présent ? Éléna ! *(Il ouvre la porte.)* Hé ?

ANNA : Quoi ?

Il entre et ressort.

KEAN : Pffuitt ! Partie ! Envolée ! Et les fenêtres ouvertes. Cela tient du miracle.

Il rit.

ANNA : Vous riez ! Cette fenêtre donne sur la Tamise : elle s'est peut-être…

KEAN : Tuée ? Sois tranquille : ces femmes-là ne se tuent pas. Mais, par exemple, je voudrais bien savoir…

SCÈNE X

KEAN, ANNA, SALOMON

SALOMON, *entrant* : Deux personnes attendent dans votre antichambre. Laquelle dois-je faire entrer d'abord ?
KEAN : Qui eſt-ce ?
SALOMON : L'une, c'eſt un conſtable, l'autre, c'eſt le prince de Galles.
KEAN : Que veut le Conſtable ?
SALOMON : Vous arrêter…
KEAN : Et le Prince ?

SCÈNE XI

KEAN, ANNA, SALOMON, LE PRINCE

LE PRINCE, *entrant* : Empêcher qu'on t'arrête.
KEAN : Merci, monseigneur. Et merci pour la lettre. Malheureusement Éléna…

Geſte vers la fenêtre.

LE PRINCE : Ne t'inquiète pas. Elle eſt tirée d'affaire.
KEAN : Par qui ?
LE PRINCE : Par un ami qui veille sur vous depuis hier, et qui, à tout hasard, prévoyant tout péril, avait une gondole sous tes fenêtres et une voiture devant ta porte.
KEAN : Et où eſt-elle ?
LE PRINCE : Chez elle, où je l'ai fait reconduire par un homme de confiance. As-tu reçu ma lettre ?
KEAN : Oui, mon prince, et vous m'avez sauvé deux fois. Comment expierai-je mes torts envers vous ?
LE PRINCE : En me pardonnant ceux que j'ai envers toi. *(Un temps.)* J'ai obtenu du roi que vos six mois de prison fussent convertis en une année d'exil.
KEAN : Et où m'envoie Votre Altesse ?
LE PRINCE : Où vous voudrez ! Pourvu que vous quittiez l'Angleterre… Paris… Berlin… New York…

KEAN, *regardant Anna* : Eh bien, ce sera New York !

ANNA, *vient vers lui* : Que dites-vous ?

KEAN : Je partirai dans une heure. Le bâtiment m'est-il désigné ?

LE PRINCE : Vous avez toute liberté de choisir.

KEAN : Je choisis le paquebot *Le Washington*, Salomon ! Envoie quelqu'un retenir une place à bord.

ANNA : C'est qu'il en faudra deux.

KEAN : Deux ? Pourquoi ?

ANNA : Dame : il faut aussi la mienne !

KEAN : Mais je croyais… Tu m'as donc menti ?

ANNA : Oui.

KEAN : Pour quoi faire ?

ANNA : Pour que vous m'épousiez.

LE PRINCE : J'espère que l'air de l'Amérique vous réussira.

KEAN : Je compte m'y marier, monseigneur. *(Poussant Anna vers le Prince.)* Miss Anna Damby n'a l'air de rien, mais elle obtient tout ce qu'elle veut.

ANNA : Monseigneur.

Révérence.

LE PRINCE, *surpris* : Qu'est-ce donc, monsieur Kean ? Vous emmèneriez une femme avec vous ?

KEAN : Sa Majesté l'aurait-elle défendu ?

LE PRINCE : Non, bien sûr : si tes intentions sont honnêtes…

KEAN : Votre Altesse semble déçue.

LE PRINCE : Moi ? Pas du tout. À ton âge, il est grand temps de faire une fin. Simplement tu… tu me surprends. Je te croyais du feu dans l'âme, de la passion, j'attribuais ton goût de la démesure à la profondeur de tes sentiments… et j'ai peur de m'être trompé. Parle franchement : tu n'as pas le cœur brisé ?

KEAN : Ma foi non.

LE PRINCE : Un peu ? un tout petit peu brisé ?

KEAN : Pas même fêlé.

LE PRINCE : C'est drôle. À ta place, je… Et moi qui avais des remords : parbleu ! j'étais bien bête. Tu ne l'aimes donc plus ?

KEAN : Qui ?

LE PRINCE : Éléna, voyons !

KEAN : L'ai-je aimée ?

LE PRINCE, *furieux* : Alors, je te trouve bien étourdi ! Tu t'es lancé les yeux fermés dans cette aventure ; moi, naturellement, je t'ai suivi et tu viens me dire à présent… *(Se tournant vers Anna.)* D'autant plus, mademoiselle, qu'elle n'était pas du tout mon type. Et sans mon aveugle confiance dans le goût de votre fiancé… J'en étais venu à me dire : mais qu'est-ce qu'il lui trouve ? Et je croyais qu'elle avait des charmes secrets. *(Revenant sur Kean, furieux.)* Mais si tu ne l'aimes plus, malheureux, que veux-tu que je fasse d'elle ? *(Il regarde Anna.)* Vous, du moins, mademoiselle, il suffit de vous apercevoir pour comprendre que notre grand Kean est resté le plus fin des connaisseurs. *(À Kean :)* Fascinante, mon cher. Fascinante !

KEAN : Votre Altesse dit cela de toutes les femmes que j'ai l'honneur de lui présenter.

LE PRINCE : Mais cette fois-ci, monsieur, c'est différent : votre fiancée m'aurait fasciné même si je l'avais connue par mes propres moyens.

Il s'approche d'Anna.

KEAN : Hé là ! Monseigneur : celle-ci, je l'épouse !

ANNA, *doucement à Kean* : N'aie pas peur, mon chéri. Les princes séduisent les bergères mais pas les filles de fromagers.

LE PRINCE : Ainsi, mademoiselle, vous obtenez tout ce que vous voulez ?

ANNA : Oui, monseigneur.

LE PRINCE : Je vous crois sans peine : si vous vous mettiez en tête de séduire un prince du sang, je suis sûr que vous y parviendriez.

ANNA : J'en suis sûre aussi, monseigneur. Tellement sûre que je n'ai même pas envie d'essayer.

Kean se met à rire, rassuré.

LE PRINCE, *à Kean* : Elle est beaucoup trop bien pour toi. *(Sans cesser de la regarder.)* Comme je vais m'ennuyer sans vous deux. Tiens ! j'ai eu tort de demander ta grâce ! Si tu étais resté en prison, j'aurais eu la ressource d'aller t'y voir ; nous aurions parlé de toi, mademoiselle et moi.

KEAN : Vous parlerez de moi avec Éléna.

LE PRINCE, *très sec* : Éléna m'importune et je vais faire en sorte que le comte de Koefeld soit rappelé sur l'heure au Danemark. Quant à toi, prends garde, je n'ai qu'un mot à dire…

ANNA, *doucement* : Monseigneur…

LE PRINCE : Eh bien ?

ANNA, *douloureuse* : J'aurais souhaité que Votre Altesse ménageât ma douleur. Mais puisqu'il faut tout vous avouer : Kean l'aime encore.

LE PRINCE : Il aime Éléna ?

ANNA : À la folie.

LE PRINCE, *rasséréné, mais encore incrédule* : Que ne le disait-il ?

ANNA : Vous n'avez donc pas compris qu'il essayait de sauver la face.

KEAN, *furieux* : Dis donc, toi !

ANNA, *le pince sournoisement pour le faire taire* : Et puis il ne voulait pas me faire de peine.

LE PRINCE : Il vous épouse, pourtant.

ANNA : Justement. Les femmes qu'on aime, est-ce qu'on les épouse ? Tenez, au moment où vous êtes entré, savez-vous ce qu'il me disait ? Il me disait : « Tu seras mon infirmière. »

KEAN, *furieux* : Je n'ai…

LE PRINCE : Kean, c'est vrai ce qu'elle dit ?

KEAN : Je… *(Anna lui donne un coup de pied. Morose.)* Oui, oui, si vous voulez.

LE PRINCE, *détendu* : Mon bon Kean, je te retrouve ! Je savais bien, moi, que ton cœur est vaste comme la mer. Tu l'aimes ! Parbleu. Tu la trouves…

ANNA, *vivement* : Fascinante !

LE PRINCE : Fascinante, c'est cela. Elle a…

ANNA : Un je-ne-sais-quoi. Ce sont les mots qu'il a employés.

LE PRINCE : Un je-ne-sais-quoi. Parfait ! C'est parfait ! Kean, je t'ai fait mal, n'est-ce pas ? Pardonne-moi, je t'en prie ! Si tu savais comme je vais avoir des remords. *(Désinvolte et distrait, à Anna :)* Et toi, petite, soigne-le bien ! L'Angleterre te confie son trésor le plus précieux. *(À Kean :)* Tu ne m'en veux pas ?

KEAN, *exaspéré* : Bah ! Bah ! laissons cela. Eh bien, Salomon, qu'est-ce que tu fais ? Va retenir deux places sur le paquebot.

SALOMON, *entrant avec les valises* : Trois.

KEAN : Pourquoi trois ?

SALOMON : Du moment que vous jouerez la comédie tous les deux, il vous faut un souffleur !

KEAN, *à Salomon et à Anna, les prenant dans ses bras*: Vous êtes mes deux seuls, mes deux vrais amis !

LE PRINCE, *de loin, prêt à sortir*: Et vous, monsieur Kean, vous êtes un ingrat !

KEAN, *allant vers lui*: Ah, monseigneur, le beau mot de théâtre. Ce sera si vous voulez bien le mot de la fin.

Il se jette dans ses bras.

RIDEAU

FIN

Autour de « Kean »

PREMIÈRES VERSIONS

ACTE II, SCÈNES I-III

La loge de Kean.

SCÈNE I

KEAN, SALOMON

KEAN : Salomon, quelle heure est-il ?
SALOMON : Un peu moins de 6 heures.
KEAN : Tu verras qu'elle ne va pas venir.
SALOMON : Allons donc.
KEAN : Tu verras ! Tu verras !
SALOMON : Ce serait bien la première.
KEAN : Les autres, je ne les aimais pas. Il n'y a pas plus exacte qu'une femme qu'on n'aime pas. Celle-là sait que je l'aime. *(On frappe.)* Qu'est-ce que c'est ?
SALOMON, *qui est allé ouvrir* : Des fleurs.
KEAN : Parfait. Dispose-les.

Salomon les dispose.

SALOMON : Que reste-t-il à faire ?
KEAN : Il reste à attendre. J'ai horreur d'attendre. Tiens ! Lis-moi les feuilles.
SALOMON, *met ses lunettes et prend les journaux* : Ah ! Ah ! Oh !
KEAN : Eh bien ? Quoi donc ?
SALOMON : Il paraît que le tzar n'est pas content.
KEAN, *distraitement* : Vraiment ?
SALOMON : À cause des Turcs qui lui ont joué un mauvais tour.
KEAN : Au diable les Turcs. Qu'y a-t-il d'autre ?

SALOMON : On mande de Paris que le ministre de la Guerre…

KEAN : As-tu fini ? Qui s'occupe de cela ? Qui est-ce que cela intéresse ? Ils nous ennuient avec leur politique. La politique vide les théâtres et remplit les prisons. C'est bien connu. Lis-moi ce qu'on dit de nous.

SALOMON, *lisant* : Théâtre de Drury Lane. Représentation d'*Hamlet*. Le spectacle d'hier a attiré peu de monde.

KEAN : Parbleu. On n'a guère refusé que cinq cents personnes et je n'ai noté que trois évanouissements dans la salle.

SALOMON, *lisant* : « La médiocrité du spectacle… »

KEAN : Mais voyons ! Ce n'était que Shakespeare ! Après tout cet homme a bien le droit de ne pas aimer Shakespeare.

SALOMON : « La médiocrité des acteurs… »

KEAN : Mistress Siddons, Mistress MacLeish et Kean : une troupe de banlieue, somme toute.

SALOMON : Il dit que Mistress Siddons a une voix de rainette.

KEAN : Il faut avouer qu'il n'a pas tort.

SALOMON : Et que Mistress MacLeish, à son âge et avec sa barbe, devrait faire le spectre plutôt qu'Ophélie.

KEAN, *riant* : Ah ! pour le coup, il est dans le vrai. La vieille devient imbuvable et j'ai failli lui éclater de rire au nez. Et de moi, que dit-il ? Comment suis-je arrangé ?

SALOMON, *hésitant* : Vous vous agacerez.

KEAN : Va, va ! Je voudrais bien qu'il m'agaçât. Si j'avais le bonheur d'être vexé, je resterais un moment sans penser à elle et elle arriverait sans que je l'aie attendu. Eh bien ?

SALOMON, *lisant* : « Ce frénétique de Kean a fait d'Othello un sauvage. »

KEAN, *riant* : Un sauvage ? Et que veut-il que j'en fasse ? Un ravissant ? Non : cela ne m'agace pas. Qui signe ?

SALOMON : Cooksmann.

KEAN : Je m'en doutais.

SALOMON : Qui est ce Cooksmann ?

KEAN : Un critique dramatique qui n'aime pas le théâtre.

SALOMON : Alors pourquoi prend-il ce métier ?

KEAN : Tu en connais beaucoup, toi, des gens qui aiment le métier qu'ils ont ? Sais-tu, Salomon, que la plupart de nos critiques sont comme lui ?

SALOMON : C'est absurde.

KEAN : Bah ! tu serais comme eux, si l'on t'asseyait tous les soirs, après un maigre souper, sur un fauteuil étroit pour te faire assister au triomphe des autres.

SALOMON : C'est-à-dire…

KEAN : Bah ! tu n'aurais qu'un espoir, c'est de les voir un jour se casser la gueule. Continue.

SALOMON, *prenant un autre journal*: « La représentation a été magnifique... »

KEAN : À la bonne heure !

SALOMON : « La salle regorgeait de monde... »

KEAN : Salomon, tu m'étonnes.

SALOMON : « La grande et sombre figure d'Yago... »

KEAN : Ah ! mais j'y suis. C'est signé Cléandre, n'est-ce pas ?

SALOMON : Oui.

KEAN : Alors il n'y a pas de mal. C'est Brixon lui-même.

SALOMON : *Notre* Brixon ?

KEAN : Eh oui. Celui qui jouait Yago. Comme il n'était pas content des critiques, il a pris le meilleur parti ; il fait ses articles lui-même, à présent.

SALOMON, *scandalisé* : Oh !

KEAN : Il n'y a pas de mal. Chacun a le droit de dire du bien de soi.

SALOMON : Oui mais... il parle aussi de vous.

KEAN, *récitant* : « La faiblesse de l'acteur chargé de représenter Othello... » C'est cela, n'est-ce pas ?

SALOMON : À peu près.

KEAN, *riant* : Pauvre Brixon ! Il me fait de la peine. Allons ce n'est pas non plus lui qui me blessera.

SALOMON, *étonné* : En voilà un qui vous couvre d'éloges.

KEAN : Tu as dû mal lire. Qui est-ce ?

SALOMON : Shapiro.

KEAN : Shapiro ? Il me hait !

SALOMON : Dame, écoutez donc, il ne dit que du bien de vous : « Kean a été excellent. Beaucoup de force et d'émotion... une vive intelligence du texte... »

KEAN, *assombri* : Continue, continue : il y a un serpent sous ces fleurs.

SALOMON : « Toutefois... »

KEAN : Nous y sommes.

SALOMON : « Le très honorable talent de cet acteur n'a pu nous faire oublier le génie du grand Kemble. Kean a *joué* Hamlet. Kemble, l'an dernier, fut Hamlet lui-même. »

KEAN, *avec colère* : Ce cuistre ! Salomon, si tu avais vu Kemble en Hamlet ! Il avait l'air d'un marchand de tapis. Au reste ce fut un four mémorable. *(Il rit.)* Tiens, celui-là m'a vexé. Ah, c'est qu'il connaît la musique : ce n'est pas avec leurs blâmes que les critiques nous font le plus de mal, c'est avec les éloges qu'ils font aux autres.

SALOMON : Voulez-vous que je continue ?

KEAN : Non, non : j'ai mon compte. Cette petite écharde suffira pour m'occuper jusqu'à l'arrivée d'Éléna.

On frappe.

SALOMON, *allant ouvrir* : Ah ! C'est toi.

KEAN : Qui est-ce ?

SALOMON : Maître, c'est un pauvre garçon que vous ne vous rappelez sans doute plus : le fils du vieux Bob, le petit Pistol, le saltimbanque.

KEAN : Moi, oublier mes vieux camarades ? Entre, Pistol ! Entre !

[Fin du manuscrit[1]*. Le dactylogramme poursuit :]*

SCÈNE II

Salomon a ouvert la porte toute grande : on entend la voix de :

PISTOL, *criant* : Sur les pieds ou sur les mains ?

KEAN : Comme il te plaira, suivant ton inspiration.

On voit Pistol arriver loin faisant plusieurs sauts périlleux ; il termine en s'approchant de Kean sur les mains.

KEAN, *riant* : Bravo ! Bravo ! Toujours aussi merveilleux !... Mais maintenant mets-toi sur tes pieds. Tu as besoin de tes mains pour serrer les miennes.

PISTOL : Oh ! Monsieur Kean, c'est trop d'honneur.

KEAN : Alors embrasse-moi. *(Il le prend dans ses bras et l'embrasse.)* Eh bien, mon pauvre enfant, comment va la troupe ?

PISTOL : Elle boulotte... enfin de temps en temps...

KEAN : Tes frères... tes sœurs ?

PISTOL : Les plus petits font les trois premières souplesses du corps. Les plus grands le saut du Niagara et les entre-deux dansent déjà sur la corde.

KEAN : C'est le beau métier qui rentre... Ils n'ont plus le vertige... ils s'envoleront bientôt... Et le vieux Bob ?

PISTOL : Il sonne toujours de la trompette comme un enragé, on a voulu l'engager comme cornemuse major dans un régiment d'Écossais... il n'a pas voulu.

KEAN : Pourquoi ?...

PISTOL : Parce qu'ils voulaient lui donner le grade de caporal.

KEAN : Et la respectable Mme Bob ?

PISTOL : Elle vient d'accoucher de son treizième ; la mère et l'enfant se portent bien, je vous remercie, monsieur Kean.

KEAN : Et toi, mon grand ?

PISTOL : Eh bien, c'est moi qui vous remplace. J'ai hérité de votre habit et de votre batte... je joue les Arlequins. Ah dame !

j'ai pas vos jeux de physionomie, mais je n'ai surtout pas votre force…

KEAN : Et tu viens me demander des leçons ?

PISTOL : Oh ! non, non… Il y a cependant la danse des œufs, vous savez… que vous devriez bien me montrer quand vous faisiez comme ça… *(Il fait un petit pas de danse et Kean lui envoie deux, trois objets, ce qui lui permet de jongler, tout en continuant de parler.)* Je n'ai jamais pu l'apprendre tout à fait ce tour-là ! J'en casse toujours deux ou trois, maintenant j'ai trouvé le truc… Je les fais durcir, ils ne sont pas perdus, je les mange : mais ce n'est pas pour ça que je suis venu… Quand mon père a vu que le Bon Dieu lui envoyait un treizième marmot, il lui a dit : « Tu portes un mauvais numéro toi ! », avec ça il était venu au monde un vendredi. Alors ! il fallait lui choisir un parrain à la hauteur. « Lequel ? a dit ma mère. Le prince de Galles ? ou le roi d'Angleterre ? » Moi je leur ai dit : « Mieux que ça : M. Kean. » Ils m'ont tous répondu : « Il ne voudra pas… il est si loin de nous maintenant… il est si grand… il est si haut… — Eh bien donnez-moi une échelle… J'irai moi », que j'ai dit et me voilà. *(Tombant à genoux.)* Vous ne me refuserez pas, monsieur Kean ?

KEAN : Veux-tu te relever, imbécile ? par l'âme de Shakespeare qui a commencé par être un bateleur et un saltimbanque comme nous !… Non seulement je ne te refuserai pas, mais nous ferons à ton treizième frère un baptême royal, sois tranquille !

PISTOL : C'est une sœur !

KEAN : Tant pis ! On la soignera bien quand même !

PISTOL : Et quand ce beau jour ? Monsieur Kean ?

KEAN : Ce beau jour ?… Ce soir.

PISTOL : Convenu !

Il fait des sauts périlleux, cabrioles et termine par la roue.

SALOMON : Qu'est-ce que tu fais là ? Tu vas tout casser !

PISTOL : Père Salomon… je suis comme les paons… Quand je suis content je fais la roue… Et où ferons-nous la fête ?

KEAN : Au *Coq noir* ! Chez Peter Patt !

[Reprise du manuscrit :]

SCÈNE III

KEAN, SALOMON

KEAN : Salomon, je parie qu'il est 7 heures.

SALOMON : 7 heures moins le quart.

KEAN : Elle devrait être là. La porte ouvre bien au moins ?

SALOMON : Je l'ai huilée ce matin même.

KEAN : Suppose qu'elle soit venue, qu'elle ait tenté de l'ouvrir et qu'elle n'y soit pas parvenue.

SALOMON : Aucune chance. *(Il va à la porte secrète et l'ouvre puis la referme.)* Un enfant l'ouvrirait avec un doigt.

On frappe.

KEAN : Encore ! Ah ! ça, suis-je dans un moulin ? Salomon, je n'y suis plus pour personne.

Salomon est allé ouvrir.

SALOMON : C'est…

KEAN, *avec impatience* : Eh bien ? Qui ?

SALOMON : Le prince de Galles.

KEAN : Dis à Son Altesse que je ne puis la voir.

[La suite enchaîne avec la scène II *de l'acte II de l'édition.]*

ACTE III, SCÈNES I-VII

SCÈNE I

JOHN COOKS, BUVEURS, *au fond. À droite,* LE CONSTABLE *lisant un journal.*

PREMIER BUVEUR : Alors ?

JOHN : Alors je le feinte du gauche, il baisse sa garde et je lui écrase mon poing sur la gueule. Knock-out.

DEUXIÈME BUVEUR : Paraît que tu lui as cassé sept dents ?

JOHN, *tendant son verre* : Trois en haut, quatre en bas : deux canines, cinq incisives. Le duc de Sutherland m'a donné une guinée par dent cassée.

TROISIÈME BUVEUR : Il a dû gagner gros s'il pariait sur toi ?

JOHN : Tu sais ce qu'il m'a dit ? Il m'a dit : John ! avec tes victoires tu entretiens mon écurie de courses.

PREMIER BUVEUR : Et tu n'as attrapé qu'un coup de soleil sur l'œil ?

JOHN : Rien que ça. Aujourd'hui noir, demain violet, après-demain jaune et c'est fini.

[Interruption du manuscrit. Le dactylogramme reprend :]

SCÈNE II

LES MÊMES, LORD MEWILL

LORD MEWILL : Le maître de la taverne ?

PETER : Me voilà, Votre Honneur.

LORD MEWILL : Écoutez, mon ami, et retenez bien ce que je vais vous dire.

PETER : J'écoute.

LORD MEWILL, *mystérieux* : Une jeune fille viendra ce soir et demandera une chambre, vous lui ouvrirez la plus propre de votre taverne. Tout ce qu'elle désirera, vous lui donnerez. Ayez pour elle les plus grands soins, les plus grands égards ; car cette jeune fille est destinée à devenir une des plus grandes dames de l'Angleterre. Voici pour vous payer de vos peines. *(Il lui donne une poignée d'or.)*

PETER, *en regardant l'or* : Vous n'avez rien d'autre à me recommander Mylord ?

LORD MEWILL : Pouvez-vous me faire connaître le patron d'un petit bâtiment, bon voilier, que je puisse affréter pour huit jours ?

PETER : J'ai votre affaire. *(Appelant.)* Tom ! *(Tom s'approche.)* Voici un gentleman *(bas à Tom)* qui aurait besoin d'un joli slop pour huit jours.

TOM : Pour le temps qu'il voudra, le tout est de s'entendre.

LORD MEWILL : Mais bon marcheur.

TOM : Oh ! *La Reine Élizabeth* est connue dans le port, vous pouvez vous informer à qui vous voudrez si elle ne file pas ses huit nœuds à l'heure.

LORD MEWILL : Et peut-elle remonter jusqu'ici ?

TOM : Je la mènerai où je voudrai. Elle ne tire que trois pieds d'eau... Faites défoncer un tonneau de bière, et je me charge de l'amener sur le toit s'il le faut !

LORD MEWILL : Et peut-on la voir ?

TOM : Elle est ancrée à un quart de mille d'ici.

LORD MEWILL : Eh bien allons, nous causerons d'affaires en route.

TOM : Volontiers Milord.

Il boit, puis il sort avec Lord Mewill.

SCÈNE III

LES MÊMES, *moins* TOM
et LORD MEWILL

Pendant ce temps un groupe s'est formé au fond de la taverne, à qui John Cooks raconte ses exploits.

PREMIER BUVEUR, *s'adressant à John en se levant* : Et l'autre, pour combien de temps en aura-t-il après cette correction ?

JOHN, *riant* : Pour ses trois bons mois… Six semaines de bouillie… six semaines de panade. Ça lui apprendra à se frotter à John Cooks.

Et tous rient en continuant à discuter sur le match.

[Reprise du manuscrit[1] :]

SCÈNE IV

LES MÊMES, KEAN, *entrant, il est vêtu en matelot et toujours ivre.*

KEAN : Master Peter Patt !

PETER : Voilà ! Ah ! c'est vous Votre Honneur ?

KEAN : Tu crois ? *(Il rit.)* Le souper ?

PETER : On le dresse dans la grande salle.

KEAN : Et ?

PETER : Oh ! Ce qu'il y a de meilleur, voyez-vous, ça n'est pas encore assez bon pour Votre Honneur.

KEAN : Personne n'est encore arrivé ?

PETER : Personne.

KEAN, *s'asseyant* : Bon. À boire.

PETER : Ale ? Porter ?

KEAN : Tu me prends pour un Flamand ? Du champagne.

Peter sort.

JOHN : Tu l'as entendu ce marin d'eau douce ? Paraît que la bière lui déshonorerait le gosier ?

Peter rentre avec le vin et sert puis regarde Kean avec admiration.

PETER : Monsieur Kean.

KEAN : Hé ?

PETER : J'ai été vous voir jouer, l'autre semaine. C'était… c'était…

KEAN, *brutalement* : Ton rôti brûle, Peter. Va le surveiller.

PETER : J'y vais Votre Honneur.

JOHN : Vous le connaissez, ce mec-là ?

BUVEURS : Non.

JOHN : Mine de rien, les gars, on va se marrer cinq minutes.

BUVEUR : Qu'est-ce que tu vas lui faire ?

JOHN : S'il boit un seul verre de son picrate, je ne m'appelle plus John Cooks. *(S'approchant de Kean d'un air goguenard.)* Alors beau baleinier, nous avons pêché beaucoup de baleines ?

KEAN : Qu'est-ce que t'as sur l'œil ?

JOHN : Et nous changeons l'huile en vin ?

KEAN : Il n'est pas beau, ton coquard, tu devrais te faire mettre des sangsues. *(Il se verse à boire.)*

JOHN : J'espère que nous avons demandé du meilleur ? *(Il avale le champagne.)*

KEAN : Je vois ce que c'est ! Monsieur veut qu'on lui poche l'autre, pour faire la paire. C'est pas bête ça, mon vieux, pas bête du tout. T'auras l'air de porter lunettes.

JOHN : Et ça serait toi, l'ami, qui me le pocherait mon œil ?

KEAN, *se versant un second verre* : Je veux ! J'avais envie de cogner, figure-toi, et tu feras très bien l'affaire à part que tu es peut-être un peu fluet.

JOHN : Eh bien, montre-nous tes talents : ça nous désennuiera. *(Il boit.)*

KEAN, *ôtant sa veste* : N'aie pas peur, au moins, j'opère sans douleur. Je te poche l'œil, tu vas dans les roses et c'est fini.

JOHN, *riant* : Ha ! Ha ! Ha !

TOUS : Bravo ! Bravo !

PETER, *rentrant* : John ! Qu'est-ce que tu fais ?

JOHN : Tu le vois bien : je m'apprête.

PETER : Que fait Votre Honneur ?

KEAN : Tu le vois bien : je me prépare.

PETER, *à John* : Tu ne sais pas à qui tu as affaire ?

JOHN : J'ai affaire à un petit gars qui va prendre une châtaigne sur sa belle gueule, c'est tout ce que je veux savoir.

PETER : Monsieur le constable.

LE CONSTABLE, *montant sur une chaise* : Laisse-moi regarder, idiot.

PETER : Et merde ! Battez-vous, si ça vous fait plaisir !

[Interruption du manuscrit. Le dactylogramme poursuit :]

Bagarres. Tables et tabouret qui volent. Finalement, Kean, d'un superbe coup de poing, envoie John dans les bras de ses amis. Kean remet sa veste et va s'asseoir.

KEAN : Peter !

PETER, *réapparaissant, car il avait disparu effrayé* : Voilà !

KEAN : Un autre verre !

PETER : C'est déjà fini… ça n'a pas été long !

LE CONSTABLE, *applaudissant, descendant de sa table, allant vers Kean* : Voulez-vous me permettre de vous offrir mes compliments monsieur le marin ?

KEAN : Voulez-vous me permettre de vous offrir un verre de ce vin de Champagne, monsieur le constable ?

LE CONSTABLE : Vous avez donné là un triomphant coup de poing jeune homme.

[Reprise du manuscrit :]

KEAN : Vous me flattez, monsieur : c'est un pauvre petit coup de poing de troisième ordre, une misère. Tenez : si j'avais serré le coude au corps et dégagé le bras du bas en haut, je lui fendais la tête.

LE CONSTABLE : C'est un petit malheur, monsieur le marin : vous ferez mieux la prochaine fois.

KEAN : J'ai fait ce que je voulais : il avait reçu un traînard sur l'œil gauche et je lui avais promis le pareil sur l'œil droit. Il a été servi.

LE CONSTABLE : Oh ! religieusement, il n'a rien à dire : et si vous voulez mon avis votre travail est de meilleur qualité que celui de son adversaire d'hier soir. C'est fignolé.

KEAN : Je vois que vous êtes amateur.

[Interruption du manuscrit. Le dactylogramme poursuit :]

LE CONSTABLE : Oh ! Je suis passionné. Il ne se passe pas dans l'arrondissement un boxing ou un combat de coqs que je n'y assiste ; j'adore les artistes.

KEAN : Vraiment ? eh bien monsieur le constable si vous voulez être un de mes convives je vous ferai connaître un artiste.

LE CONSTABLE : Vous donnez un souper ?

KEAN : Oui ! et je suis même parrain. Tenez voilà les marraines, ne sont-elles pas jolies…

Il désigne le groupe d'acrobates, Pistol, Poum, Ketty, Daisy.

On les avait vus apparaître dehors pendant la bagarre et maintenant ils entrent en dansant.

LE CONSTABLE, *remettant ses lunettes* : Charmantes ! Je vais chez moi prévenir ma femme que je ne rentrerai pas de bonne heure.

KEAN : Prévenez-la que vous ne rentrerez pas du tout, c'est plus prudent.

Le Constable sort.

SCÈNE V

KEAN *prenant* KETTY, DAISY *dans ses bras, les embrasse sur les lèvres.*

KEAN : Je peux bien vous embrasser sur les lèvres, je vous ai connues si petites !

KETTY, *troublée* : Oh ! Monsieur Kean !

DAISY : Quel honneur vous nous faites !

KEAN : Vous vous souvenez donc toujours du pauvre bateleur, David ! Quoiqu'il ait changé de nom.

POUM, *criant* : Et qu'il s'appelle maintenant...

KEAN, *un doigt sur les lèvres* : Chut... ici je suis incognito. Et qu'avez-vous fait mes enfants depuis que je ne vous ai vus ?

KETTY : Nous allons vous le faire voir !

Elle fait un geste à Poum qui fait marcher son orgue de Barbarie, et Daisy, Ketty, Pistol, dansent et jonglent. Kean danse avec eux ; pour terminer Pistol fait un saut périlleux, ils s'embrassent et rient tous.

KEAN, *aux filles* : Avec un talent pareil, vous n'avez pas encore trouvé de mari !

DAISY : On n'a pas le temps d'y penser !

KETTY : Il faut renouveler nos tours toutes les semaines.

[Reprise du manuscrit :]

KEAN : Mais si la chose arrivait jamais, Ketty, viens me trouver : je me charge de la dot.

KETTY : Je ne me marierai jamais, monsieur Kean.

KEAN : Tiens, pardonne-moi, Ketty. Tu as plus de cœur qu'une grande dame. Et moi je suis un imbécile.

[Interruption du manuscrit. Reprise du dactylogramme qui poursuit la réplique :]

(À Pistol :) Et le vieux Bob il ne vient pas ?

PISTOL, *triste* : Le vieux Bob, figurez-vous qu'il est dans son lit.

KEAN : Qu'est-ce qu'il fait dans son lit ?

PISTOL, *parlant très vite* : Imaginez-vous monsieur…

POUM, *interrompant* : Incognito !

PISTOL : Il était descendu dans la rue superbe… chapeau gris.

POUM : Son carrick pistache.

DAISY : Et son grand col de chemise qui lui guillotine les oreilles.

PISTOL : Nous nous mettons en route…

KETTY : Mais il avait oublié sa trompette !

DAISY : Il voulait vous en jouer un petit air au dessert pour vous distraire.

PISTOL : Moi je lui dis : gardez donc votre respiration pour une autre circonstance !

POUM : Là-dessus, il se met en colère.

PISTOL : Et m'envoie chercher sa trompette en m'allongeant un coup de pied aux fesses de toutes ses forces ! Heureusement que je connais ses manies et que je ne le perds jamais de vue quand il me parle.

KEAN : Bah ! un coup de pied au cul de plus… c'est tout ?

PISTOL : Mais non ! Le malheur c'est que j'ai fait un saut de côté !

KEAN : Tu ne l'as pas reçu… ? Parfait ! Un de moins.

PISTOL : Oui mais il a perdu l'équilibre, il est tombé à la renverse.

KETTY : Dans la boue !

DAISY : Et il s'est fait mal !

POUM : Quel malheur !

KEAN : Il est blessé ?

PISTOL : On croit qu'il s'est démis quelque chose.

KETTY : J'ai été chercher le médecin.

KEAN : Et qu'est-ce qu'il a dit ?

POUM : Que le vieux Bob en avait au moins pour six semaines sans bouger de son lit.

KEAN : Eh bien, ça le reposera !

PISTOL : Oui mais pendant ce temps-là toute la troupe se serrera le ventre !

POUM : Parce que la trompette du père Bob, elle est connue comme l'enseigne de M. Peter, à la parade.

KEAN : Il n'y a pas d'autres malheurs que ça ?

DAISY : C'en est un que de jeûner six semaines quand on n'est pas dans le carême !

KEAN, *criant* : Peter !

PETER, *accourant* : Votre Honneur !

SCÈNE VI

LES MÊMES

KEAN : Une plume… de l'encre… et du papier.

KETTY : Que va-t-il faire ?

Ils se groupent tous dans un coin.

PETER : Voilà !

KEAN, *s'assied, écrivant* : Fais porter cette lettre au directeur du théâtre de Drury Lane. Je lui annonce que je jouerai demain le dernier acte d'*Othello* au profit d'un de mes anciens camarades qui a eu un accident.

PISTOL : Ah ! ça c'est un véritable ami !

KETTY : Dans le bonheur comme dans le malheur.

Ils dansent.

PETER, *appelant* : Philippe !

Un matelot s'avance. Kean lui donne la lettre.

KEAN : Tiens ! il y a réponse. Eh bien, tout le monde est prêt ? J'ai faim et soif !

TOUS : En avant ! Nous sommes prêts !

KEAN : À table !

DAISY : Il ne faut pas attendre le vicaire.

KEAN : Le vicaire attendrait à la rigueur… mais un bon souper n'attend pas ! *(À Peter :)* Toi ! Je te le recommande !

PETER : Soyez tranquille. Je vais voir si la broche tourne.

KEAN : Sommelier ! Sommelier !

SCÈNE VII

LES MÊMES,
UN MATELOT, *avec un tablier*

UN MATELOT : Voilà !

PETER : Vous aurez soin que l'on ne mette pas une goutte d'eau dans les bouteilles que l'on servira devant M. Kean !

LE MATELOT : Et pour les autres ?

PETER : Pour les autres… ? vous écouterez la voix de votre conscience.

LE MATELOT : Je vois.

Ils sont tous passés à table dans la pièce du fond d'où on entend la musique.

[La scène VIII *du manuscrit correspond à la scène* II *du IIIe tableau de l'édition et, à quelques détails près, le reste de l'acte est conforme au texte publié.]*

ACTE IV, IIe TABLEAU[1], SCÈNE I

Les quinquets de la rampe apparaissent ainsi que la grosse boîte du souffleur ; le rideau se lève sur le décor qui représente le Rideau de Théâtre de Drury Lane encadré d'avant-scène avec des personnages peints en tenue de soirée de l'époque 1820.

La lumière dans tout ce tableau ne viendra que du bas. Dans la salle du VRAI THÉÂTRE, *dans l'avant-scène du premier étage à droite :* ÉLÉNA *et le* COMTE DE KOEFELD *font leur entrée, suivis d'*AMY.

Le public continue à manifester son mécontentement.

UN GARDE NATIONAL *se promène dans l'allée de gauche en calmant le public avec des gestes.*

UNE OUVREUSE, *court vers le Garde en criant* : Dites-leur qu'il joue !

LE GARDE, *s'adressant au balcon, dit* : Silence ! Silence ! Il joue.

Une autre ouvreuse vend des fruits confits et bonbons.

LE GARDE, *rattrapant l'Ouvreuse qui allait s'en aller, lui désigne Lord Mewill qui vient d'entrer dans l'avant-scène, premier étage de gauche. Il est suivi d'un dandy* : Celui-là il faut l'avoir à l'œil ! C'est celui que M. Kean a insulté la nuit dernière dans une taverne…

L'OUVREUSE : Il n'a pas une tête à faire du scandale !

LE GARDE : Surveillons toujours… surtout que le prince de Galles sera là ce soir…

Le Régisseur apparaît devant le rideau et s'incline.

LE GARDE, *en s'éloignant ainsi que l'Ouvreuse, se dirigeant vers le fond de la salle* : Chut ! Chut !

L'OUVREUSE : Allons bon ! Qu'est-ce qu'il va annoncer ?

LE GARDE : Qu'il ne joue peut-être plus ; avec lui…

Elle fait un geste qui signifie folie.

LE RÉGISSEUR : Calmez-vous… calmez-vous… *(Le public se calme.)* Mylords et messieurs… M. Kean s'étant trouvé subitement très déprimé et craignant de ne pas se trouver digne de l'honorable empressement que vous lui témoignez, me charge de réclamer toute votre indulgence.

Applaudissements du public. Cris. Bravos.

LE RÉGISSEUR, *revenant* : Je dois ajouter que M. Kean ne jouera pas dans ses décors, les ayant prêtés à Macready pour ses représentations de province.

Oh ! *désappointé du public.*

Mais nous avons fait pour le mieux !... De plus Desdémone sera joué pour la première fois par une actrice inconnue.

Ah ! *de satisfaction du public, réaction d'Éléna piquée, qui seule fait un* Oh ! *de mécontentement. Le Régisseur sort, pendant que le prince de Galles entre dans son avant-scène. Il salue Lord Mewill qui s'incline. L'orchestre joue le* God Save the King. *Lord Mewill, le Dandy, Éléna, Amy et le Comte se lèvent. On frappe les trois coups ; le rideau se lève, on aperçoit un pompier qui regarde la scène, sa tête dépassant les coulisses, ne s'apercevant pas que le rideau est levé. Puis il disparaît rapidement car Salomon, à moitié sorti du trou du souffleur, lui a fait un signe impératif. Il rentre dans son trou après avoir jeté un rapide coup d'œil dans l'avant-scène du Prince.*

LE PUBLIC, *sur l'air des lampions* : Commencez ! Commencez !

[La suite enchaîne avec la scène I du Ve tableau de l'acte IV de l'édition.]

ACTE IV, Ve TABLEAU, SCÈNE II

[La réplique d'Anna, p. 639] : Othello, mon cher seigneur... *(Il ne répond pas.)* Othello ! *enchaîne sur :]*

KEAN : Qui est-ce qui m'appelle Othello ? Qui est-ce qui croit que je joue ici Othello ?

ANNA : Kean ! Kean !

KEAN : Je ne suis pas... *(Grondements du public.)* Eh bien quoi ? Qu'est-ce qu'il y a ? Ah ! Vous avez payé pour voir du sang. Du sang de poulet naturellement. Voulez-vous que je vous montre du sang d'homme ? *(Il court jusqu'à l'avant-scène en essayant de dégainer.)*

ANNA, *criant* : Kean.

KEAN, *s'arrête et chancelle. Puis revient au milieu de la scène* : Vous voyez bien. Je ne suis pas O... thello... Othello, c'est un tueur.

Moi… je … je… suis un b… bègue. *(Il rit.)* Qu'est-ce que j'avais dit : pour une fois qu'il me prend en scène une vraie colère, c'est l'emboîtage. *(Au public :)* Imbéciles, vous n'aimez que ce qui est faux. Mesdames, messieurs, il n'y aura pas de mise à mort. Ce soir, je fais grâce aux coupables. Si vous n'êtes pas contents, faites-vous rembourser. *(Il va chercher l'oreiller.)* Voici l'arme du crime. Regardez ce que j'en fais. *(Il le jette contre l'avant-scène.)* À la plus belle pour qu'elle pose dessus ses petits pieds. *(Il rit.)* Othello sans oreiller, qu'est-ce que c'est ? Un cocu sans ses cornes. Mesdames, messieurs, c'est à tort qu'on m'a pris pour un grand cocu royal, je suis un co… co… cu… co… co… mique. Un paillasse. Pas même : un paillasson. Tenez, je suis Falstaff, le compagnon de débauche du Prince royal. *(À Anna :)* Toi, tu es Quickly, l'hôtelière. Allons verse, verse l'ombre d'un vin dans cette ombre de coupe pour que je boive à la santé du prince de Galles, le plus débauché de nous tous, le plus va… vaniteux, le plus méchant. Au prince de Galles à qui tout est bon depuis la fille à matelots jusqu'à la fille d'honneur. Au prince de Galles qui ne peut regarder une femme sans la souiller. Car je les connais, moi, les yeux du prince de Galles et je sais à quoi il pense, madame, quand il vous regarde. À la santé du prince de Galles qui me disait son ami et dont je n'étais que le bouffon. Prince de Galles, prince de Galles, tu as de la chance : si j'étais Othello, tu n'en mènerais pas large. *(Avec rage.)* Yago, Desdémone, aidez-moi, je veux *être* Othello ; mon Dieu, par pitié, donnez-moi la force de ce moricaud et sa rage. Mais qu'est-ce qui me manque ? C'est pourtant son costume. *(Il rit.)* Pardon, mesdames et messieurs, ce n'est rien : tout juste un personnage qui s'est trompé de peau. Je suis Falstaff et Falstaff adore les coups de pieds au cul. Venez, venez ; quand on m'en donne, je dis merci. Et toi, prince, courage, prends ma femme, je te la vends six mille ducats et je bois à tes amours.

LORD MEWILL : À bas Kean ! À bas l'acteur.

KEAN : Chut ! Kean est mort. Mort en bas âge. *(Au public :)* Taisez-vous, assassins : c'est vous qui l'avez tué ! N'avez-vous pas honte d'avoir pris un enfant pour en faire un monstre ? Kean ? Allons, vous voyez bien que je suis Polichinelle, le Falstaff des carrefours. Un bâton à Polichinelle, un bâton pour rosser Lord Mewill, le coureur de dot, le lâche qui porte une épée et refuse de se battre avec ceux dont il a volé le nom. Un bâton pour Lord Mewill et nous rirons. *(Sa voix se brise.)* Ne craignez rien : je ne pleurerai pas. C'est Kemble qui sait pleurer en scène. Ah ! l'animal : ses larmes sautent autour de lui comme des puces. Il faut l'avoir vu chialer dans *Hamlet.* Il *est* Hamlet, lui ;

moi, je le joue. Tenez, la vérité c'est que je ne suis rien. Vous croyez que j'existe ? C'est pas vrai. Il n'y a personne en scène. Ou peut-être un acteur qui est en train de jouer Kean dans le rôle d'Othello. De toute façon : rien. Une image. Allons, bonsoir messieurs-dames, Roméo, Lear et Macbeth se rappellent à votre bon souvenir et s'excusent de n'avoir pu se rendre à votre invitation. Moi je vais les rejoindre et je leur dirai bien des choses de votre part ; je retourne dans l'imaginaire où m'attendent mes superbes colères. Cette nuit, messieurs, mesdames, je serai Macbeth et je tuerai pour de bon. Du calme, voyons, vous ne vous apercevrez même pas de ma disparition. Pourquoi ? Ah ! Je vais faire mon dernier aveu : je n'étais pas vraiment un homme, je faisais semblant d'en être un. Pour vous plaire, messieurs-dames, pour vous plaire. *(Il rit.)* À moi Mercutio, Horatio, Tybalt, emportez-moi, ne me laissez pas sur ces planches. Vous voyez bien que je m'avilis. *(On l'entraîne.)* À moi Yago ! à moi Shakespeare…

[Le manuscrit s'arrête ici. Le dactylogramme poursuit :]

(Il a fait tomber deux portants du fond en sortant et hurle jusque dans sa loge.) Au secours ! Goethe, Molière, Aristophane, Schiller ! Corneille ! Racine !

SALOMON, *qui était déjà sorti de son trou, essayant avec des gestes de calmer Kean, sort complètement, fait un geste désolé au public et crie en coulisses* : Rideau, voyons, rideau !

LE POMPIER, *sortant sa tête comme si c'était le spectacle* : Pourquoi ? C'est déjà fini ?

SALOMON : Imbécile ! *(Il court vers le fond.)*

LE MACHINISTE : J'étais allé chercher le médecin de service.

SALOMON : Baisse le rideau, je te dis…

Le Machiniste part en courant. Le Régisseur vient en courant du fond. Salomon se précipite vers lui. Anna, en relevant ses robes, traverse la scène en courant. Pendant ce temps le Régisseur a dit quelques mots tout bas à Salomon et veut descendre vers le public ; Salomon le repousse et, sortant son mouchoir, se mouche, et avec des sanglots dans la voix s'adresse au public.

Mylords et messieurs… la représentation ne peut continuer, le soleil de l'Angleterre s'est éclipsé, l'illustre Kean vient d'être atteint d'un accès de folie !

La Comtesse pousse un cri de désespoir, et sa tête tombe sur le rebord de l'avant-scène. Le Comte la prend par le bras et brusquement la sort de l'avant-scène ; le Prince ricane. Amy très nerveuse se trémousse. On joue le God Save the King *très vite et très fort et tout le monde est obligé de rester immobile, pendant que Lord Mewill murmure méchamment :*

LORD MEWILL : Cabotin ! Pitre ! Il entendra parler de moi… Aucun respect du public. Que fait la police ?…

Le public hurle et chante pendant que tout le monde continue à courir dans tous les sens sur la scène.
Le grand rideau du vrai *théâtre descend.*

ACTE V, SCÈNE VI

KEAN, ÉLÉNA

KEAN : Éléna ! C'est vous ! Vous êtes donc venue au risque de tout ce qui pourrait vous arriver ?… Si vous saviez comme je vous attendais ! Me pardonnez-vous ?

ÉLÉNA : Est-ce qu'une femme ne pardonne pas toujours les folies qu'on fait à cause d'elle ?

KEAN : Laissez-moi vous regarder ! Comme vous êtes pâle ! Comme vous êtes belle. Et que je suis heureux de vous voir là. J'avoue que je ne regrette plus qu'à demi mon coup de tête, dût-il me perdre, si c'est à lui que je dois votre visite.

ÉLÉNA : J'avoue que j'ai longtemps hésité. Mais notre danger commun…

KEAN : Commun ?

ÉLÉNA : Une lettre pouvait être surprise : je tremblais que vous ne fussiez déjà arrêté…

KEAN : Ah ! les choses en sont là ?

ÉLÉNA : Hélas ! le bruit commence à se répandre que c'est un accès de colère, et non point de folie, qui vous a fait insulter le Prince royal et Lord Mewill… On assure que ce dernier a vu, ce matin, le roi, auquel il s'est plaint, et le ministre, dont il a obtenu un mandat… Un procès terrible vous menace, Kean, fuyez ! vous n'avez pas une minute à perdre… et, cette nuit, quittez Londres, quittez l'Angleterre, si c'est possible… Vous ne serez en sûreté qu'en France ou en Belgique.

KEAN : Moi, fuir ? moi, quitter Londres, l'Angleterre, comme un lâche qui tremble ?… Oh ! vous ne me connaissez pas, Éléna. Lord Mewill veut de la publicité, nous lui en donnerons ; son nom n'est pas encore assez honorablement connu, il le sera comme il mérite de l'être.

ÉLÉNA : Vous oubliez qu'un autre nom aussi sera prononcé aux débats : on cherchera les motifs de ce double emportement, contre le Prince royal et Lord Mewill, et on le trouvera.

KEAN : Oui, oui… vous avez raison… et tout cela est peut-être un bonheur… M'aimez-vous Éléna ?

ÉLÉNA : Vous le demandez ?

KEAN : Écoutez : vous aussi, vous êtes compromise.

ÉLÉNA : Je le sais.

KEAN : Non, vous ne savez pas tout encore ; cet éventail que vous avez oublié hier dans ma loge…

ÉLÉNA : Eh bien ?

KEAN : Je crains qu'il n'ait été trouvé par le Comte.

ÉLÉNA : Grands dieux !

Un temps.

KEAN, *doucement* : Éléna, fuirai-je seul ?

ÉLÉNA : Kean, vous êtes insensé… Non, non, c'est chose impossible, non ! Notre amour fut un instant de folie auquel il ne faut plus songer et que nous devons oublier nous-mêmes afin que les autres l'oublient *(il ne répond rien)* afin que les autres l'oublient.

KEAN, *distrait* : Ne soufflez pas…

ÉLÉNA : Comment ?

KEAN, *étonné* : Je… *(Il se met à rire.)* Vous étiez là, déconcertée, vous répétiez la fin de votre phrase… ça m'a rappelé… Eh parbleu, chère madame, vous attendiez que je vous donne la réplique.

ÉLÉNA : Kean ! Comment osez-vous… ?

KEAN, *doucement* : Non, non, Éléna, non, non. Je ne joue plus. Je ne sais pas pourquoi : tout d'un coup, ça ne m'amuse plus. Il n'a jamais été question pour nous de fuir ensemble. J'aurais été aussi embarrassé que vous. Mais on croit toujours qu'il faut jouer la scène jusqu'au bout. À mon avis, c'est du scrupule.

ÉLÉNA : Kean, vous ne m'aimez plus ?

KEAN : Nous sommes-nous jamais aimés, madame ?

ÉLÉNA : N'allons pas si loin, Kean. J'admets qu'il est temps de quitter la tragédie. Mais restons au moins dans la comédie sentimentale. Nous autres femmes, nous nous aventurons rarement sur le terrain de la farce.

KEAN : Comme vous voudrez. Donc nous nous sommes aimés. Tout un printemps ?

ÉLÉNA : Voilà. Tout un printemps.

KEAN : Au fait vous veniez sans doute me redemander vos lettres ?

ÉLÉNA : La raison l'exige, Kean… Vous aimerez une autre

femme et ces lettres qui sont en ce moment des souvenirs d'amour ne seront plus que des trophées de victoire, je vous…

KEAN : Ne prenez pas tant de peine, madame. J'ai compris dès votre arrivée que vous les souhaitiez et j'ai tout de suite décidé de vous les rendre. Les voilà.

ÉLÉNA : Merci. Puis-je vous demander…

KEAN : Pourquoi je ne joue plus ? Je ne sais pas. Peut-être parce que j'ai joué hier le rôle de ma vie.

ÉLÉNA : C'est vrai : vous étiez superbe. C'est tout de même pour moi que vous l'avez joué.

KEAN : Je n'en suis pas sûr.

ÉLÉNA : Laissez-moi le croire.

KEAN : Certainement. *(Il s'incline pour lui baiser la main.)*

LE COMTE : Je vous dis que j'entrerai, monsieur !

SALOMON : Je vous dis que vous n'entrerez pas, moi.

Éléna et Kean se regardent et se mettent à rire.

KEAN : Le Comte : mais ce n'est plus la peine. Nous avons quitté la tragédie.

ÉLÉNA : C'est qu'on a oublié de le prévenir. Ah ! ça, j'espère que je puis me cacher, moi ?

KEAN : Bien sûr. Non, pas par là. Par ici, là, du moins, personne ne vous verra : les fenêtres donnent sur la Tamise.

ÉLÉNA : Une faveur. Ne vous battez pas. Le Comte n'est plus jeune ; un mauvais coup est vite reçu.

KEAN : N'ayez crainte. Quand je pense que si je l'avais rencontré hier, je l'aurais provoqué en rêve, tué en rêve et qu'il serait mort pour de bon. Adieu madame.

ÉLÉNA : Adieu.

LE COMTE : Je vous dis qu'il faut que je le voie.

KEAN, *allant ouvrir la porte* : Qu'est-ce à dire, Salomon ? et pourquoi ne laissez-vous pas entrer M. le comte de Koefeld ?

Le Comte entre.

[La suite enchaîne avec la scène VII *de l'acte V de l'édition.]*

À PROPOS DE KEAN

(Texte du programme)

Lorsque le célèbre Kean, de passage à Paris, jouait Shakespeare en anglais sur la scène de l'Odéon, Frédérick Lemaître lui faisait faire le tour des cabarets[1]. Kean buvait et lui racontait sa vie ;

Lemaître buvait et l'écoutait, pensant : « Il n'y a que deux acteurs au monde, lui et moi. » Kean s'en retourna en Angleterre et, peu après, mourut. Frédérick Lemaître pensa : « Il n'y a plus qu'un seul acteur au monde » et, pour en mieux persuader le public, il conçut le désir insensé de s'identifier au mort. M. de Courcy, polygraphe en renom, reçut donc commande d'une pièce sur Kean dont Lemaître interpréterait le principal rôle. Et Alexandre Dumas ? Que vient-il faire dans cette histoire ? Je suppose qu'on ne le saura jamais : ce qui est sûr, c'est qu'il signa et toucha de l'argent ; la pièce figure aujourd'hui dans ses œuvres complètes avec sa seule signature. Le succès acheva de tourner la tête du comédien français qui finit par se confondre tout à fait avec son confrère anglais : à la fin de sa vie, il eut la douleur d'apprendre qu'on reprenait *Kean* — à l'Odéon, je crois — mais avec un interprète italien ; dans sa rage, il couvrit Paris d'affiches qui portaient ces mots : « Le véritable Kean, c'est moi. » Plus tard, le rôle séduisit d'autres comédiens, en particulier Lucien Guitry ; après la Première Guerre mondiale, Ivan Mosjoukine fut Kean au cinéma. La raison de ce succès persistant, c'est que la pièce est toujours actuelle : elle permet tous les vingt-cinq ans à un acteur célèbre de « faire le point » ; Lemaître, Guitry, Mosjoukine, à tour de rôle, sont venus parler au public de leur art, de leur vie privée, de leurs difficultés et de leurs infortunes, mais selon les règles de leur métier : discrètement, pudiquement, c'est-à-dire en se glissant dans la peau d'un autre. Tous ces grands morts qui l'ont joué successivement ont enrichi le rôle de leurs souvenirs. Aujourd'hui, Kean, avec ses désordres, son génie et ses malheurs, a cessé d'être un personnage historique ; il s'est élevé au rang des mythes : c'est le patron des acteurs. Ce soir, si Pierre Brasseur a la chance que je lui souhaite, le miracle se reproduira, qui depuis cent ans fait la fortune de la pièce : vous ne saurez plus si vous voyez Brasseur en train de jouer Kean ou Kean en train de jouer Brasseur. La tâche de l'adaptateur était modeste : il fallait ôter la rouille et quelques moisissures, bref nettoyer, émonder, pour permettre au public de prêter toute son attention à ce spectacle exceptionnel : un acteur dont le rôle est d'incarner son propre personnage.

ENTRETIEN AVEC RENÉE SAUREL

(« Les Lettres françaises », 12-19 novembre 1953)

— *Qu'avez-vous fait de cette pièce ? Avez-vous conservé l'intrigue et les personnages, fidèlement ?*

— Le plus fidèlement possible. J'ai seulement supprimé une ou deux scènes par trop rocambolesques. Telle qu'elle est, la pièce me semble intéressante, non par l'intrigue elle-même, mais parce qu'elle est une sorte d'occasion unique pour un acteur, un « piège à acteur ». J'ai respecté le plus possible l'œuvre de Dumas, enfin… de Dumas, de Courcy et Théaulon, si vous voulez. Il y a tout de même un changement de registre. À notre époque, les gens sont plus lucides, plus conscients des problèmes. On est aussi déchiré, aussi contradictoire, mais moins « agi » qu'à l'époque de Kean, où il n'y avait pas de prise de conscience. J'ai essayé de rendre ça sensible.

— *En dehors de l'intérêt que présente le héros de la pièce, y a-t-il un autre intérêt, social, par exemple ?*

— *Le Figaro* vient de me reprocher… d'avoir supprimé le côté social de l'œuvre ! Son côté… progressiste ! Il n'y en a pas dans la pièce de Dumas, je vous l'affirme. Dumas, d'ailleurs, était très snobé par l'aristocratie. Et vous verrez que le prince de Galles, dans *Kean*, a le beau rôle. C'est même lui qui intervient auprès du roi pour atténuer les mesures prises à l'encontre de Kean, après un scandale particulièrement bruyant…

— *Kean interpellant le prince de Galles dans la loge de sa bien-aimée Mme de Koefeld ?*

— C'est cela. Kean adressant publiquement au prince de violentes injures. J'ai récrit la pièce dans un esprit de respect absolu, sans jamais tomber dans la parodie, qui me paraît un genre impuissant, valable seulement pour le cabaret. Et avec sympathie pour ce Kean qui a été un extraordinaire bonhomme, dépassant de loin son époque, ahurissant les critiques d'alors, trouvant des attitudes que l'on eût admises… cinquante ans plus tard. […]

J'ai pensé que l'histoire pouvait être émouvante, de cet homme qui devint acteur pour s'évader de son ressentiment contre la société, et qui apporta avec lui une sorte de force révolutionnaire. Il y a de l'*Hernani* en *Kean*, et j'aime bien *Hernani*.

NEKRASSOV

Pièce en huit tableaux

DISTRIBUTION

par ordre d'entrée en scène

PREMIER TABLEAU

Berge de la Seine

LE CLOCHARD	*Edmond Tamiz*
LA CLOCHARDE	*Leccia*
GEORGES DE VALERA	*Michel Vitold*
INSPECTEUR GOBLET	*R.-J. Chauffard*[1]
PREMIER AGENT	*René Claudet*
DEUXIÈME AGENT	*André Bonnardel*

DEUXIÈME TABLEAU

Bureau de Palotin

JULES PALOTIN	*Armontel*[2]
SECRÉTAIRE	*Vera Pharès*
SIBILOT	*Jean Parédès*[3]
TAVERNIER	*Robert Seller*
PÉRIGORD	*Clément Harari*
MOUTON	*Jean Toulout*

TROISIÈME TABLEAU

Salon de Sibilot

GEORGES	*Michel Vitold*
UN AGENT	*André Bonnardel*
VÉRONIQUE	*Marie Olivier*[4]
SIBILOT	*Jean Parédès*
GOBLET	*R.-J. Chauffard*

QUATRIÈME TABLEAU
Bureau de Palotin

TAVERNIER	*Robert Seller*
PÉRIGORD	*Clément Harari*
SECRÉTAIRE	*Vera Pharès*
PALOTIN	*Armontel*
GEORGES	*Michel Vitold*
SIBILOT	*Jean Parédès*
MOUTON	*Jean Toulout*
LERMINIER	*Daniel Mendaille*
CHARIVET	*Max Mégy*
NERCIAT	*Georges Sellier*
BERGERAT	*Lefèvre-Bel*

CINQUIÈME TABLEAU
Un appartement au George-V

PREMIER GARDE DU CORPS	*Pierre Duncan*
DEUXIÈME GARDE DU CORPS	*Bernard Aldone*
GARÇON FLEURISTE	*Jacques Muller*
GEORGES	*Michel Vitold*
SIBILOT	*Jean Parédès*
MADAME CASTAGNIÉ	*Christine Caron*
VÉRONIQUE	*Marie Olivier*

SIXIÈME TABLEAU
Salon chez Mme Bounoumi

BAUDOUIN	*François Darbon*
CHAPUIS	*Michel Salina*
MADAME BOUNOUMI	*Suzanne Grey*
NERCIAT	*Georges Sellier*
PERDRIÈRE	*André Bugnard*
CHARIVET	*Max Mégy*
BERGERAT	*Lefèvre-Bel*
LERMINIER	*Daniel Mendaille*
PÉRIGORD	*Clément Harari*
SECRÉTAIRE	*Vera Pharès*
PHOTOGRAPHE	*Jacques Muller*
PREMIER INVITÉ	*André Bonnardel*
DEUXIÈME INVITÉ	*Claude Rio*
PREMIÈRE INVITÉE	*Claude Bonneville*
DEUXIÈME INVITÉE	*Odile Adam*

TROSIÈME INVITÉE	*Dominique Laurens*
QUATRIÈME INVITÉE	*Betty Garel*
PALOTIN	*Armontel*
MOUTON	*Jean Toulout*
DEMIDOFF	*Jean Le Poulain*
GOBLET	*R.-J. Chauffard*
GEORGES	*Michel Vitold*
SIBILOT	*Jean Parédès*
PREMIER GARDE	*Pierre Duncan*
DEUXIÈME GARDE	*Bernard Aldone*

SEPTIÈME TABLEAU

Salon de Sibilot

GEORGES	*Michel Vitold*
VÉRONIQUE	*Marie Olivier*
CHAPUIS	*Michel Salina*
BAUDOUIN	*François Darbon*
PREMIER INFIRMIER	*Jean-Pierre Duclosse*
DEUXIÈME INFIRMIER	*Ernest Varial*
GOBLET	*R.-J. Chauffard*
DEMIDOFF	*Jean Le Poulain*

HUITIÈME TABLEAU

Bureau de Palotin

NERCIAT	*Georges Sellier*
CHARIVET	*Max Mégy*
BERGERAT	*Lefèvre-Bel*
LERMINIER	*Daniel Mendaille*
PALOTIN	*Armontel*
BAUDOUIN	*François Darbon*
CHAPUIS	*Michel Salina*
MOUTON	*Jean Toulout*
SIBILOT	*Jean Parédès*
TAVERNIER	*Robert Seller*
PÉRIGORD	*Clément Harari*

Décors de Jean-Denis Malclès,
peints par Jean Bertin

Mise en scène de Jean Meyer

Nekrassov *a été représenté pour la première fois au théâtre Antoine (direction Simone Berriau) le 8 juin 1955.*

PREMIER TABLEAU

Décor : la berge de la Seine, près d'un pont. Clair de lune.

SCÈNE I

LE CLOCHARD, *endormi*,
LA CLOCHARDE, *assise et rêvant*

LA CLOCHARDE : Oh !
LE CLOCHARD, *à moitié réveillé* : Eh !
LA CLOCHARDE : Ce qu'elle est jolie !
LE CLOCHARD : Quoi ?
LA CLOCHARDE : La lune.
LE CLOCHARD : C'est pas joli, la lune : on la voit tous les jours.
LA CLOCHARDE : C'est joli parce que c'est rond.
LE CLOCHARD : De toute façon, c'est pour les riches. Et les étoiles aussi.

Il se recouche et s'endort.

LA CLOCHARDE : Dis donc ! Dis donc ! *(Elle le secoue.)*
LE CLOCHARD : Est-ce que tu vas me foutre la paix ?
LA CLOCHARDE, *très excitée* : Là ! Là ! Là !
LE CLOCHARD, *se frottant les yeux* : Où ?
LA CLOCHARDE : Sur le pont, près du bec de gaz. C'en est un !
LE CLOCHARD : Ça n'aurait rien d'extraordinaire. C'est la saison à présent.

LA CLOCHARDE : Il regarde la lune. Ça m'amuse parce que moi, tout à l'heure, je la regardais aussi. Il ôte son veston. Il le plie. Il est pas mal, dis donc !

LE CLOCHARD : De toute façon, c'est une petite nature.

LA CLOCHARDE : Pourquoi ?

LE CLOCHARD : Parce qu'il veut se noyer.

LA CLOCHARDE : Ça serait pourtant mon genre, la noyade. À condition de ne pas plonger. Je me coucherais sur le dos, je m'ouvrirais et l'eau m'entrerait de partout, comme un petit amant.

LE CLOCHARD : C'est que tu es femme. Un vrai mâle, quand il sort de ce monde, faut que ça pète. Ce garçon-là, ça ne m'étonnerait pas qu'il soit un peu féminin sur les bords.

Il se recouche.

LA CLOCHARDE : Tu n'attends pas de le voir sauter ?

LE CLOCHARD : Bien le temps. Tu me réveilleras quand il se sera décidé.

Il s'endort.

LA CLOCHARDE, *à elle-même* : C'est le moment que je préfère ! Juste avant le plongeon. Ils ont l'air doux. Il se penche, il regarde la lune dans l'eau. L'eau coule, la lune ne coule pas. *(Secouant le Clochard.)* Ça y est ! Ça y est ! *(Bruit de plongeon.)* Fièrement plongé, hein ?

LE CLOCHARD : Bah !

Il se lève.

LA CLOCHARDE : Où vas-tu ?

LE CLOCHARD : Son veston ! Il est resté là-haut.

LA CLOCHARDE : Tu ne vas pas me laisser seule avec ce noyé !

LE CLOCHARD : Tu n'as rien à craindre. Il est au fond. *(Il va pour sortir.)* Merde, il est pas mort.

LA CLOCHARDE : Hein ?

LE CLOCHARD : C'est rien : c'est la tête qui reparaît. Juste la tête : c'est normal. *(Il se rassied.)* Seulement il faut que j'attende un peu. Tant qu'il est vivant, je touche pas au veston : ce serait du vol. *(Il fait claquer sa langue avec blâme.)* Ttttt !...

LA CLOCHARDE : Qu'est-ce qu'il y a ?

LE CLOCHARD : Je n'aime pas ça.

LA CLOCHARDE : Mais quoi ?

LE CLOCHARD : Il nage !

LA CLOCHARDE : Ah ! tu n'es jamais content.

LE CLOCHARD : J'aime pas les toquards !

LA CLOCHARDE : Toquard ou non, il y passera.

LE CLOCHARD : N'empêche : c'est un toquard ! Et puis le veston est foutu. Moi, au moins, j'attends le décès. Mais le premier qui passe sur le pont, je te parie qu'il n'a pas ma délicatesse.

Il s'approche d'une bitte d'amarrage et déroule la corde qui l'entoure.

LA CLOCHARDE : Robert, qu'est-ce que tu fais ?

LE CLOCHARD, *déroulant la corde* : Je détache cette corde.

LA CLOCHARDE : Pour quoi faire ?

LE CLOCHARD, *même jeu* : Pour la lui jeter.

LA CLOCHARDE : Et pourquoi veux-tu la lui jeter ?

LE CLOCHARD : Pour qu'il l'attrape.

LA CLOCHARDE : Arrête, malheureux ! Laisse ça aux professionnels. Nous autres, clochards, faut qu'on soye un parterre de fleurs. Si tu te mets en avant, tu connaîtras ta douleur.

LE CLOCHARD, *convaincu* : Vieille, tu parles comme un livre.

LA CLOCHARDE : Alors ne lui jette pas cette corde.

LE CLOCHARD : Il faut que je la lui jette.

LA CLOCHARDE : Pourquoi ?

LE CLOCHARD : Parce qu'il nage.

LA CLOCHARDE, *elle s'approche du bord du quai* : Arrête, alors ! Arrête donc ! Tu vois : c'est trop tard : il a coulé. Bon débarras.

LE CLOCHARD, *regarde à son tour* : Misère de nous !

Il se recouche.

LA CLOCHARDE : Et le veston ? Tu ne vas pas le chercher ?

LE CLOCHARD : Je n'ai plus le cœur à l'ouvrage. Voilà un homme mort faute de secours ; eh bien ! ça me fait penser à moi : si on m'avait aidé, dans la vie… *(Il bâille.)*

LA CLOCHARDE : Vite, Robert, vite !

LE CLOCHARD : Laisse-moi dormir.

LA CLOCHARDE : Vite, je te dis ! La corde ! Il revient sur l'eau. *(Elle relève le Clochard.)* Salaud ! tu laisserais un homme dans la peine ?

LE CLOCHARD, *il se lève en bâillant* : Tu as donc changé d'avis ?

LA CLOCHARDE : Oui.

LE CLOCHARD, *achevant de dérouler la corde* : Pourquoi ?

LA CLOCHARDE : Parce qu'il eſt revenu sur l'eau.

LE CLOCHARD : Allez donc comprendre les femmes.

Il jette la corde.

LA CLOCHARDE : Bien visé ! *(Indignée.)* Tu te rends compte : il ne la prend pas !

LE CLOCHARD, *ramenant la corde* : Toutes les mêmes ! Voilà un homme qui vient de se jeter à l'eau et tu voudrais qu'il s'en laisse sortir sans proteſter ! Tu ne sais donc pas ce que c'eſt que l'honneur ?

Il rejette la corde.

LA CLOCHARDE : Il l'a prise ! Il l'a prise !

LE CLOCHARD, *déçu* : Même qu'il n'a pas fait beaucoup de manières. Je te dis qu'il eſt féminin sur les bords.

LA CLOCHARDE : Il se hale tout seul. Sauvé ! Tu n'es pas fier de toi ? Moi je me sens fière : c'eſt comme si tu m'avais fait un enfant.

LE CLOCHARD : Tu vois ! il n'y a pas que de mauvaises gens, dans la vie. Moi, si j'avais rencontré quelqu'un comme moi pour me tirer de la merde…

Paraît Georges ruisselant d'eau.

SCÈNE II

LES MÊMES, GEORGES

GEORGES, *furieux* : Bande de cons !

LA CLOCHARDE, *triſtement* : Et voilà !

LE CLOCHARD : Voilà l'ingratitude humaine.

GEORGES, *prenant le Clochard par sa veſte et le secouant* : De quoi te mêles-tu, sac à poux ? Tu te prends pour la Providence ?

LE CLOCHARD : On avait cru…

GEORGES : Rien du tout ! La nuit eſt claire comme le jour et tu ne pouvais pas te méprendre sur mes intentions. Je voulais me tuer, entends-tu ? Êtes-vous tombés si bas que vous ne respeƈtiez plus la dernière volonté d'un mourant ?

LE CLOCHARD : Vous n'étiez pas mourant.

GEORGES : Si, puisque j'allais mourir.

LE CLOCHARD : Vous n'alliez pas mourir puisque vous n'êtes pas mort.

GEORGES : Je ne suis pas mort parce que vous avez violé ma dernière volonté.

LE CLOCHARD : Laquelle ?

GEORGES : Celle de mourir.

LE CLOCHARD : Ce n'était pas la dernière.

GEORGES : Si !

LE CLOCHARD : Non, puisque vous nagiez.

GEORGES : La belle affaire ! Je nageais un tout petit peu en attendant de couler. Si vous n'aviez pas lancé la corde…

LE CLOCHARD : Eh ! si vous ne l'aviez pas prise…

GEORGES : Je l'ai prise parce que j'y étais forcé.

LA CLOCHARDE : Forcé par quoi ?

GEORGES : Tiens : par la nature humaine. C'est contre nature, le suicide !

LE CLOCHARD : Vous voyez bien !

GEORGES : Qu'est-ce que je vois ? Tu es naturiste[1], toi ? Je savais bien qu'elle protesterait, ma nature, mais je m'étais arrangé pour qu'elle proteste trop tard : le froid se chargeait de m'engourdir et l'eau de me bâillonner. Tout était prévu, tout, sauf qu'un vieillard stupide irait spéculer sur mes bas instincts !

LE CLOCHARD : Nous ne pensions pas à mal.

GEORGES : Voilà bien ce que je vous reproche ! Tout le monde pense à mal : est-ce que tu ne pouvais pas faire comme tout le monde ? Si tu avais pensé à mal, tu aurais attendu gentiment que je coule, tu serais monté sur le pont, en douce, pour ramasser le veston que j'y ai laissé et tu aurais fais trois heureux : moi qui serais mort et vous deux qui auriez gagné trois mille francs.

LE CLOCHARD : Le veston vaut trois mille francs[2] !

Il veut s'esquiver. Georges le rattrape.

GEORGES : Trois mille au bas mot ; peut-être quatre. *(Le Clochard veut s'esquiver, Georges le rattrape.)* Reste ici ! Tant que je vis, mes vêtements m'appartiennent.

LE CLOCHARD : Hélas !

GEORGES : Un beau veston tout neuf, bien chaud, à la dernière mode, doublé de soie, avec des poches intérieures ! Il te passera sous le nez : je l'emporterai dans la mort. As-tu compris, imbécile ? Ton intérêt, c'était que je meure.

LE CLOCHARD : Je le savais, monsieur, je n'avais souci que du vôtre.

GEORGES, *violent* : Qu'est-ce que tu as dit ? Menteur !

LE CLOCHARD : Je voulais vous rendre service.

GEORGES : Tu mens ! *(Le Clochard veut protester.)* Pas un mot ou je cogne.

LE CLOCHARD : Cognez tant que vous voudrez : je dis la vérité.

GEORGES : J'ai vécu trente-cinq ans, vieillard, j'ai fait l'expérience de toutes les bassesses et je croyais connaître le cœur de l'homme. Mais il aura fallu que j'attende mon dernier jour pour qu'une créature humaine ose me déclarer en face *(désignant le fleuve)* et devant mon lit de mort qu'elle a voulu me rendre service ! Personne, entends-tu bien, personne n'a jamais rendu service à personne. Heureusement ! Sais-tu que je serais ton obligé ? Ton obligé moi ? Tu vois : j'en ris, j'aime mieux en rire. *(Pris d'un soupçon.)* Ôte-moi d'un doute : t'imaginerais-tu, par hasard, que je te dois la vie ? *(Il le secoue.)* Réponds !

LE CLOCHARD : Non, monsieur, non !

GEORGES : À qui est-elle, ma vie ?

LE CLOCHARD : Elle est à vous. Entièrement à vous.

GEORGES, *lâchant le Clochard* : Oui, vieillard, elle est à moi ; je ne la dois à personne, pas même à mes parents qui furent victimes d'une erreur de calcul. Qui m'a nourri, élevé ? Qui a consolé mes premiers chagrins ? Qui m'a protégé contre les dangers du monde ? Moi ! Moi seul ! C'est à moi seul que je dois des comptes. Je suis fils de mes œuvres ! *(Il reprend le Clochard au collet.)* Dis-moi la vraie raison qui t'a poussé ! Je veux la savoir avant de mourir. L'argent, hein ? Vous pensiez que j'allais vous en donner ?

LE CLOCHARD : Monsieur, quand on se tue, c'est qu'on n'en a pas.

GEORGES : Alors, il faut qu'il y ait autre chose. *(Illuminé brusquement.)* Parbleu ! c'est que vous êtes des monstres d'orgueil.

LE CLOCHARD, *stupéfait* : Nous ?

GEORGES : Tu t'es dit : « Voilà un homme de qualité, bien mis, bien pris, dont le visage, sans être régulièrement beau, respire l'intelligence et l'énergie : assurément ce monsieur sait ce qu'il veut : s'il a décidé de mettre fin à ses jours, ce doit être pour des raisons capitales. Eh bien ! moi, moi, le rat d'égout, le cloporte, la taupe infecte à la cervelle pourrie, je vois plus clair que cet homme-là, je connais ses intérêts mieux qu'il ne fait et je décide à sa place qu'il vivra ! » Ce n'est pas de l'orgueil ?

LE CLOCHARD : Ma foi…

GEORGES : Néron arrachait des esclaves à leurs épouses pour les jeter aux poissons ; et toi, plus cruel que lui, tu m'arraches aux poissons pour me jeter aux hommes. T'es-tu seulement demandé ce qu'ils voulaient faire de moi, les hommes ? Non : tu n'as suivi que ton caprice. Pauvre France, que va-t-elle devenir si ses clochards s'offrent des plaisirs d'empereur romain !

LE CLOCHARD, *effrayé* : Monsieur…

GEORGES : D'empereur romain ! Votre suprême jouissance, c'est de faire manquer leur mort à ceux qui ont manqué leur vie. Tapis dans l'ombre, vous guettez le désespéré du jour pour tirer ses ficelles.

LE CLOCHARD : Quelles ficelles ?

GEORGES : Ne fais pas l'innocent, Caligula[3] ! Des ficelles nous en avons tous et nous dansons quand on sait les tirer. Je suis payé pour le savoir : j'ai joué dix ans à ce jeu-là. Seulement, moi, je n'aurais pas été m'attaquer, comme vous faites, aux enfants martyrs, aux filles séduites et aux pères de famille en chômage. J'allais trouver les riches chez eux, au faîte de leur puissance, et je leur vendais du vent ! Ah ! la vie est une partie de poker où la paire de sept bat le carré pointu puisqu'un Caligula de la pouille peut me faire danser au clair de lune, moi qui manœuvrais les grands de la terre ! *(Un temps.)* Bon ! Eh bien ! je vais me noyer. Bonsoir.

LE CLOCHARD *et* LA CLOCHARDE : Bonsoir.

GEORGES, *revenant sur eux* : Vous n'allez pas recommencer ?

LE CLOCHARD : Recommencer ?

GEORGES : Oui ! la corde, là, vous n'allez pas…

LE CLOCHARD : Oh ! pour cela non ! Je vous jure qu'on ne nous y reprendra pas.

GEORGES : Si je me débats ?

LA CLOCHARDE : Nous nous frotterons les mains.

GEORGES : Si j'appelle au secours ?

LA CLOCHARDE : Nous chanterons pour couvrir votre voix.

GEORGES : Parfait ! C'est parfait ! *(Il ne bouge pas.)*

LE CLOCHARD : Bonsoir.

GEORGES : Que de temps perdu ! Je devrais être mort depuis dix minutes.

LE CLOCHARD, *timidement* : Oh ! monsieur, dix minutes, qu'est-ce que c'est ?

LA CLOCHARDE : Quand on a, comme vous, l'Éternité devant soi.

GEORGES : Je voudrais vous y voir ! Elle était devant moi, l'Éternité, c'est un fait. Seulement je l'ai laissée filer par votre faute, et je ne sais plus comment la rattraper.

LE CLOCHARD : Elle ne doit pas être loin.

GEORGES, *désignant le fleuve* : Ne cherchez pas : elle est là. La question, c'est de l'y rejoindre. Comprenez-moi : j'avais la chance peu commune de passer sur un pont et d'être désespéré en même temps ; ces coïncidences se retrouvent difficilement. La preuve, c'est que je n'y suis plus, sur le pont. Et j'espère — je dis bien : *j'espère* — que je suis encore désespéré. Ah ! les voilà !

LE CLOCHARD, *sursautant* : Qui ?

GEORGES : Mes raisons de mourir. *(Il compte sur ses doigts.)* Elles y sont toutes.

LE CLOCHARD, *vite* : On ne veut pas vous retenir, monsieur, mais puisque vous les avez retrouvées…

LA CLOCHARDE, *vite* : Si nous n'étions pas indiscrets…

LE CLOCHARD, *vite* : Cela nous amuserait de les connaître.

LA CLOCHARDE, *vite* : Nous voyons beaucoup de noyés ces temps-ci…

LE CLOCHARD, *vite* : Mais ce n'est pas tous les jours qu'on a l'occasion de leur parler.

GEORGES : Chavirez, les étoiles ! Ciel, remporte ta lune ! Il faut un double soleil pour éclairer le fond de la bêtise humaine. *(Aux Clochards :)* Osez-vous bien me demander mes raisons de mourir ? C'est à moi, malheureux, c'est à moi de vous demander vos raisons de vivre !

LE CLOCHARD : Nos raisons… *(À la Clocharde :)* Tu les connais, toi ?

LA CLOCHARDE : Non.

LE CLOCHARD : On vit… C'est comme ça.

LA CLOCHARDE : Puisqu'on a commencé, autant continuer.

LE CLOCHARD : On arrivera toujours : pourquoi descendre en marche ?

GEORGES : Vous arriverez ; mais dans quel état[4] ? Vous serez charognes avant d'être cadavres. Prenez la chance que je vous offre ; donnez-moi la main et sautons : à trois, la mort devient une partie de plaisir.

LA CLOCHARDE : Mais pourquoi mourir ?

GEORGES : Parce que vous êtes tombés. La vie, c'est une panique dans un théâtre en feu. Tout le monde cherche la sortie, personne ne la trouve, tout le monde cogne sur tout le monde. Malheur à ceux qui tombent : ils sont piétinés sur-le-champ. Sentez-vous le poids de quarante millions de Français qui vous marchent sur la gueule ? On ne marchera pas sur la mienne. J'ai piétiné tous mes voisins ; aujourd'hui je suis à terre : eh bien, bonsoir ! J'aime mieux bouffer des pissenlits que des semelles de soulier. Sais-tu que j'ai porté longtemps du poison dans le chaton d'une bague ? Quelle légèreté : j'étais mort d'avance, je planais au-dessus de l'entreprise humaine et je la considérais avec un détachement d'artiste. Et quelle fierté ! Ma mort et ma naissance, j'aurai tout tiré de moi ; fils de mes œuvres, je suis mon propre parricide. Sautons, camarades : l'unique différence entre l'homme et la bête, c'est qu'il peut se donner la mort et qu'elle ne le peut pas. *(Il essaie d'entraîner le Clochard.)*

LE CLOCHARD : Sautez le premier, monsieur : je demande à réfléchir.

GEORGES : Je ne t'ai donc pas convaincu ?

LE CLOCHARD : Pas tout à fait.

GEORGES : Il est grand temps que je me supprime : je baisse. Pour convaincre, autrefois, je n'avais qu'à parler. *(À la Clocharde :)* Et toi ?

LA CLOCHARDE : Non !

GEORGES : Non ?

LA CLOCHARDE : Sans façon.

GEORGES : Viens donc ! Tu mourras dans les bras d'un artiste. *(Il cherche à l'entraîner.)*

LE CLOCHARD : Ma vieille, nom de Dieu, ma vieille ! Elle est à moi : c'est ma femme. Au secours ! Au secours !

GEORGES, *lâchant la Clocharde* : Tais-toi donc. Ils vont t'entendre.

Lumières sur le pont et dans le lointain. Sifflets.

LES CLOCHARDS, *voyant les torches électriques* : Les poulets !

GEORGES : C'est moi qu'ils cherchent !

LE CLOCHARD : Vous êtes casseur ?

GEORGES, *blessé* : Ai-je la mine d'un casseur, bonhomme ? Je suis escroc. *(Sifflets. Pensivement.)* La mort ou cinq ans de taule ? Voilà la question.

LE CLOCHARD, *regardant le pont* : Ils ont l'air de vouloir descendre.

LA CLOCHARDE : Qu'est-ce que je t'avais dit, Robert ? Ils vont nous prendre pour ses complices et nous battre jusqu'au sang. *(À Georges :)* Je vous en prie, monsieur, si c'est encore votre intention de vous tuer, ne vous gênez pas pour nous. On vous serait même bien reconnaissants si vous vous décidiez avant qu'on ait les flics sur les reins. Monsieur, s'il vous plaît, rendez-nous ce service.

GEORGES : Je n'ai jamais rendu service à personne et ce n'est pas le jour de ma mort que je vais commencer. *(Le Clochard et la Clocharde se consultent du regard, puis se jettent sur Georges et tentent de le pousser à l'eau.)* Hé là ! Que faites-vous ?

LE CLOCHARD : On vous donne un coup de main, monsieur.

LA CLOCHARDE : Comme c'est le premier pas qui coûte…

LE CLOCHARD : On veut vous le faciliter.

GEORGES : Voulez-vous me lâcher !

LE CLOCHARD, *poussant* : N'oubliez pas que vous êtes à terre, monsieur.

LA CLOCHARDE : Tombé, fini, lessivé !

LE CLOCHARD : Et qu'on va vous marcher sur la gueule !

GEORGES : Allez-vous noyer votre enfant ?

LA CLOCHARDE : Notre enfant ?

GEORGES : Je suis votre enfant. C'est toi qui l'as dit tout à l'heure. *(Il les repousse et les fait tomber par terre.)* J'ai des droits sur vous, infanticides ! À vous de protéger le fils que vous avez mis au monde contre son gré ! *(Regardant à droite et à gauche.)* Ai-je le temps de fuir ?

LE CLOCHARD : Ils viennent des deux côtés.

GEORGES : S'ils me prennent, ils vous battent : donc mes intérêts sont les vôtres. Voilà ce que j'aime : en me sauvant, vous vous sauverez et je ne vous devrai rien ; pas même de la reconnaissance. Qu'est-ce que c'est que ça ? *(Il désigne une tache sombre sur le quai.)*

LE CLOCHARD : C'est mon costume de rechange.

GEORGES : Donne-le-moi. *(Le Clochard le lui donne.)* Parfait ! *(Il ôte son pantalon et met le costume.)* Quelle saloperie : c'est plein de poux. *(Il jette son pantalon dans la Seine.)* Frictionnez-moi !

LE CLOCHARD : On n'est pas vos domestiques.

GEORGES : Vous êtes mon père et ma mère. Frictionnez-moi ou je frappe. *(Ils le frictionnent.)* Les voilà ! Je me couche et je dors. Dites que je suis votre fils. *(Il se couche.)*

LE CLOCHARD : Ils ne vont pas nous croire.

GEORGES : Ils vous croiront si vous laissez parler votre cœur.

SCÈNE III

LES MÊMES, L'INSPECTEUR GOBLET,
DEUX AGENTS

L'INSPECTEUR : Bonjour, mes jolis.
LE CLOCHARD, *grognement indistinct* : Hon !
L'INSPECTEUR : Qui est-ce qui a crié ?
LA CLOCHARDE : Quand ?
L'INSPECTEUR : Tout à l'heure.
LA CLOCHARDE, *désignant son mari* : C'était lui.
L'INSPECTEUR : Pourquoi criait-il ?
LA CLOCHARDE : Je le battais.
L'INSPECTEUR : C'est vrai, ce qu'elle dit ? Réponds ! *(Il le secoue.)*
LE CLOCHARD : Ne me touchez pas ! Nous sommes en république et j'ai le droit de crier quand ma femme me bat.
L'INSPECTEUR : Chut ! Chut ! Sois bien patient, bien doux : je suis de la police.
LE CLOCHARD : Je n'ai pas peur de la police.
L'INSPECTEUR : C'est un tort.
LE CLOCHARD : Pourquoi ? Je n'ai rien fait de mal.
L'INSPECTEUR : Prouve-le.
LE CLOCHARD : C'est à vous de prouver que je suis coupable.
L'INSPECTEUR : Je ne demanderais pas mieux, mais la police est pauvre : aux preuves, qui sont hors de prix, nous préférons les aveux, qui ne coûtent rien.
LE CLOCHARD : Je n'ai pas fait d'aveux.
L'INSPECTEUR : Sois tranquille, tu en feras : tout se passera dans la légalité. *(Aux Agents :)* Embarquez-les.
PREMIER AGENT : Qu'est-ce qu'on leur fait avouer, patron ?
L'INSPECTEUR : Eh bien ! le crime de Pontoise et le casse de Charenton. *(Ils entraînent les Clochards.)* Arrêtez ! *(Il va vers les Clochards. Gentiment.)* Est-ce qu'on ne pourrait pas s'arranger en copains, nous trois ? Je serais désolé qu'on vous abîmât.
LA CLOCHARDE : On ne demande pas mieux, inspecteur.
L'INSPECTEUR : Je cherche un homme. Trente-cinq ans, un mètre soixante-dix-huit, cheveux noirs, yeux gris, costume de tweed, très élégant. L'avez-vous vu ?

LE CLOCHARD : Quand ?

L'INSPECTEUR : Cette nuit.

LE CLOCHARD : Ma foi non. *(À la Clocharde :)* Et toi ?

LA CLOCHARDE : Oh non ! un si bel homme, vous pensez bien que je l'aurais remarqué !

Georges éternue.

L'INSPECTEUR : Qui est-ce ?

LA CLOCHARDE : C'est notre grand fils.

L'INSPECTEUR : Pourquoi claque-t-il des dents ?

LA CLOCHARDE : Parce qu'il dort.

LE CLOCHARD : Quand il dort, il claque des dents ; c'est depuis l'enfance.

L'INSPECTEUR, *aux Agents* : Secouez-le.

On secoue Georges qui se redresse et se frotte les yeux.

GEORGES : Quand on a des gueules comme les vôtres, ça devrait être défendu de réveiller les gens en sursaut.

L'INSPECTEUR, *se présentant* : Inspecteur Goblet. Sois poli.

GEORGES : Poli ? Je n'ai rien fait : trop honnête pour être poli. *(À la Clocharde :)* Je rêvais, maman.

L'INSPECTEUR : Les cris de ton père ne t'ont pas réveillé ?

GEORGES : Il a crié ?

L'INSPECTEUR : Comme un cochon qu'on égorge.

GEORGES : Il crie tout le temps : j'ai l'habitude.

L'INSPECTEUR : Tout le temps ? Pourquoi ?

GEORGES : Parce que ma mère le bat tout le temps.

L'INSPECTEUR : Elle le bat et tu ne l'en empêches pas ? Pourquoi ?

GEORGES : Parce que je suis du parti de maman.

L'INSPECTEUR : As-tu vu un grand brun aux yeux gris, en costume de tweed ?

GEORGES : Si je l'ai vu, le salaud ! C'est lui qui voulait me foutre à l'eau.

L'INSPECTEUR : Quand ? Où ?

GEORGES : Dans mon rêve.

L'INSPECTEUR : Imbécile !

Un agent entre en courant.

L'AGENT : On a trouvé son veston sur le pont.

L'INSPECTEUR : C'est qu'il a plongé. Ou qu'il veut nous le faire croire. *(Aux Clochards :)* Vous n'avez rien entendu ?

LA CLOCHARDE : Non.

L'INSPECTEUR, *aux Agents* : Vous croyez qu'il s'est noyé, vous ?

PREMIER AGENT : M'étonnerait.

L'INSPECTEUR : Moi aussi. C'est un lion, ce type-là : il se battra jusqu'à son dernier souffle. *(Il s'assied au bord de l'eau.)* Asseyez-vous les gars. Si, si, asseyez-vous : nous sommes tous égaux devant l'échec. *(Les Agents s'asseyent.)* Puisons notre réconfort dans le spectacle de la nature. Quel clair de lune ! Voyez-vous la Grande Ourse ? Oh ! et la Petite ! Par cette nuit merveilleuse, la chasse à l'homme devrait être un plaisir.

PREMIER AGENT : Hélas !

L'INSPECTEUR : Je l'ai dit au chef, vous savez. Je lui ai dit : « Patron, j'aime mieux vous dire que je ne l'attraperai pas ! » Je suis un médiocre, moi, et je n'en n'ai pas honte : les médiocres sont le sel de la terre. Donnez-moi un assassin médiocre et je vous l'épingle en moins de deux : entre médiocres, on se comprend, on se prévoit. Mais cet homme-là, que voulez-vous, je ne le *sens* pas. C'est l'escroc du siècle, l'homme sans visage : cent deux escroqueries, pas une condamnation. Que puis-je faire ? Le génie me met mal à l'aise : je ne le prévois pas. *(Aux Agents :)* Où est-il ? Que fait-il ? Quelles sont ses réactions ? Comment voulez-vous que je le sache : ces gens-là ne sont pas faits comme nous. *(Il se penche.)* Tiens ? Qu'est-ce que c'est ? *(Il repêche le pantalon.)* Son pantalon !

PREMIER AGENT : Il s'en sera débarrassé pour nager.

L'INSPECTEUR : Impossible : je l'ai retrouvé sur la troisième marche ; *au-dessus de l'eau ! (Georges rampe sur la gauche et disparaît.)* Attendez un peu... Il s'est déshabillé ici. Il a fallu qu'il trouve des vêtements de rechange. Et ces vêtements... Parbleu ! *(Il se retourne vers la place que Georges a quittée.)* Arrêtez-le ! Arrêtez-le !

Les Agents se mettent à courir.

LE CLOCHARD : Irma[5] ?

LA CLOCHARDE : Robert ?

LE CLOCHARD : Tu as compris ?

LA CLOCHARDE : J'ai compris. Donne-moi la main.

LE CLOCHARD : Adieu, Irma.

LA CLOCHARDE : Robert, adieu.

L'INSPECTEUR, *se retournant sur eux* : Quant à vous, mes

salopards… *(Les deux Clochards plongent debout en se tenant par la main.)* Repêchez-les ! Repêchez-les ! Arrêtez-le ! Arrêtez-le ! *(Les Agents accourent et se jettent à l'eau. L'Inspecteur s'éponge le front.)* J'avais bien dit que je ne l'attraperais pas !

RIDEAU

DEUXIÈME TABLEAU

Décor : le bureau de Jules Palotin, directeur de Soir à Paris[1]. *Un grand bureau pour lui. Un petit pour la Secrétaire. Chaises, téléphone, etc. Des affiches de* Soir à Paris. *Une glace. Au mur, trois photos de Palotin.*

SCÈNE I

JULES, LA SECRÉTAIRE

JULES, *regardant des photos qui le représentent* : Elles me ressemblent assez. Qu'en dis-tu ?

LA SECRÉTAIRE : Je préfère celle-là.

JULES : Prends des punaises : on va les mettre au mur.

Ils mettent les photos au mur tout en parlant.

LA SECRÉTAIRE : Le conseil d'administration s'est réuni.

JULES : Quand ?

LA SECRÉTAIRE : Hier.

JULES : Sans m'aviser ? Cela ne sent pas bon. Qu'ont-ils dit ?

LA SECRÉTAIRE : Lucien a tenté d'écouter, mais ils parlaient trop bas. À la sortie, le président a dit qu'il passerait vous voir aujourd'hui[2].

JULES : Ça pue ! Fifi ! Ça pue ! Ce vieux grigou veut ma peau.

Téléphone.

LA SECRÉTAIRE : Allô, oui. Bien, monsieur le président. *(À Jules :)* Qu'est-ce que je disais ? C'est lui : il demande si vous pourrez le recevoir dans une heure.

JULES : Bien sûr, puisque je ne peux pas l'empêcher.
LA SECRÉTAIRE : Oui, monsieur le président. Bien, monsieur le président.

Elle raccroche.

JULES : Ladre ! Fesse-mathieu ! Grigou ! *(On frappe à la porte.)* Qu'est-ce que c'est ?

La porte s'ouvre. Sibilot paraît.

SCÈNE II

SIBILOT, JULES, LA SECRÉTAIRE

JULES : C'est toi, Sibilot ? Entre. Qu'est-ce que tu veux ? J'ai trois minutes à t'accorder. *(Sibilot entre.)* Assieds-toi. *(Jules ne s'assied jamais. Il marche à travers la pièce.)* Eh bien ? Parle.
SIBILOT : Il y a sept ans, patron, vous décidâtes de consacrer la cinq à combattre la propagande communiste et vous me fîtes l'honneur de me la confier tout entière. Depuis, je m'épuise à la tâche ; je compte pour rien d'avoir perdu ma santé, mes cheveux, ma bonne humeur et si, pour vous servir, il fallait devenir plus triste et plus quinteux encore, je n'hésiterais pas un instant. Mais il est un bien auquel je ne puis renoncer sans que le journal lui-même en souffre : c'est la sécurité matérielle. La lutte contre les séparatistes exige de l'invention, du tact et de la sensibilité ; pour frapper les esprits, je ne crains pas d'avancer qu'il faut être un peu visionnaire. Ces qualités ne m'ont pas été refusées, mais comment les conserverai-je, si les soucis extérieurs me rongent ? Comment trouver l'épigramme vengeresse, la remarque au vitriol, le mot qui ne pardonne pas, comment peindre l'Apocalypse qui nous menace et prophétiser la fin du monde si mes souliers prennent l'eau et si je ne puis les faire ressemeler ?
JULES : Combien gagnes-tu ?
SIBILOT, *désignant la dactylo* : Demandez-lui de sortir. *(Jules le regarde avec surprise.)* Je vous en prie : juste une minute.
JULES, *à la Secrétaire* : Va chercher la morasse. *(Elle sort.)* Qui t'empêche de parler devant elle ?
SIBILOT : J'ai honte d'avouer ce que je gagne.
JULES : C'est trop ?
SIBILOT : Trop peu.

JULES : Voyons cela.

SIBILOT : Soixante-dix mille.

JULES : Par an ?

SIBILOT : Par mois.

JULES : Mais c'est un salaire très honnête et je ne vois pas ce qui te fait honte.

SIBILOT : Je dis à tout le monde que j'en gagne cent.

JULES : Eh bien ! continue. Tiens : je te permets de monter jusqu'à cent vingt : on croira que tu en gagnes quatre-vingt-dix.

SIBILOT : Merci, patron… *(Un temps.)* Vous ne pourriez pas me les donner pour de vrai ?

JULES, *sursautant* : Les cent vingt ?

SIBILOT : Oh ! non : les quatre-vingt-dix. Depuis cinq ans ma femme est en clinique et je ne peux plus suffire à son entretien.

JULES, *se touchant le front* : Elle est… *(Sibilot fait un signe d'assentiment.)* Incurable ? *(Nouveau signe d'assentiment.)* Mon pauvre vieux. *(Un temps.)* Et ta fille ? Je croyais qu'elle t'aidait ?

SIBILOT : Elle fait ce qu'elle peut, mais elle n'est pas riche. Et puis elle n'a pas mes idées.

JULES : L'argent n'a pas d'idées, voyons !

SIBILOT : C'est que… elle est progressiste[3].

JULES : Va ! Va ! Cela lui passera.

SIBILOT : En attendant, je boucle mon budget avec l'or de Moscou. Pour un professionnel de l'anticommunisme, c'est gênant.

JULES : Au contraire : tu fais ton devoir. Tant que cet or reste entre tes mains, il ne peut pas nuire.

SIBILOT : Même avec l'or de Moscou, les fins de mois sont un cauchemar !

JULES, *pris d'un soupçon* : Regarde-moi, Sibilot. Dans les yeux. Droit dans les yeux : aimes-tu ton métier ?

SIBILOT : Oui, patron.

JULES : Hum ! Et moi, mon enfant, m'aimes-tu ?

SIBILOT : Oui, patron.

JULES : Eh bien, dis-le !

SIBILOT : Patron, je vous aime.

JULES : Dis-le mieux que cela !

SIBILOT : Je vous aime !

JULES : C'est mou ! mou ! mou ! Sibilot, notre journal est un acte d'amour, le trait d'union entre les classes, et je veux que mes collaborateurs y travaillent par amour. Je ne te garderais pas un instant de plus si je te soupçonnais de faire ton métier par appétit du gain.

SIBILOT : Vous savez, patron, l'amour, à la cinq, je n'ai pas souvent l'occasion…

JULES : Quelle erreur, Sibilot ! À la cinq, l'amour est entre les lignes. Tu te bats pour l'amour de l'amour contre les gredins qui veulent retarder la fraternisation des classes en empêchant la bourgeoisie d'intégrer son prolétariat. C'est une tâche grandiose : j'en connais qui se feraient un devoir de la remplir pour rien. Et toi, toi qui as la chance de servir la plus noble des causes et d'être payé par-dessus le marché, tu oses me réclamer une augmentation ? *(La Secrétaire rentre avec le journal.)* Laisse-nous. J'étudierai ton cas avec bienveillance.

SIBILOT : Merci, patron.

JULES : Je ne te promets rien.

SIBILOT : Merci, patron.

JULES : Je t'appellerai quand j'aurai pris ma décision. Au revoir, mon ami.

SIBILOT : Au revoir, patron. Et merci.

Il sort.

SCÈNE III

JULES, LA SECRÉTAIRE

JULES, *à la Secrétaire* : Il gagne soixante-dix billets par mois et il veut que je l'augmente. Qu'est-ce que tu en dis ?

LA SECRÉTAIRE, *indignée* : Oh !

JULES : Veille à ce qu'il ne mette plus les pieds ici. *(Il prend le journal et le parcourt.)* Oh ! Oh ! Oh ! *(Il ouvre la porte de son bureau.)* Tavernier ! Périgord ! Conférence de une !

Entrent Tavernier et Périgord. La Secrétaire sort.

SCÈNE IV

JULES, TAVERNIER,
PÉRIGORD, LA SECRÉTAIRE

JULES : Qu'est-ce qu'il y a, mes enfants ? Des soucis de cœur ? Des ennuis de santé ?

TAVERNIER, *étonné* : Ma foi non…

PÉRIGORD, *étonné* : Je ne crois pas…

JULES : Alors on ne m'aime plus ?

TAVERNIER : Oh ! Jules.

PÉRIGORD : Tu sais très bien que tout le monde t'adore.

JULES : Non : vous ne m'adorez pas. Vous m'aimez un peu, parce que je suis aimable, mais vous ne m'adorez pas. Ce n'eśt pas le zèle qui vous manque, c'eśt l'ardeur. Voilà mon plus grand malheur : j'ai du feu dans les veines et je suis entouré par des tièdes !

TAVERNIER : Qu'eśt-ce que nous avons fait, Jules ?

JULES : Vous m'avez saboté la une en y collant des titres à faire rigoler les Papous.

PÉRIGORD : Qu'eśt-ce qu'il fallait mettre, patron ?

JULES : C'eśt moi qui vous le demande, mes enfants. Proposez ! *(Silence.)* Cherchez bien : je veux un titre locomotive, un titre atomique ! Voilà huit jours que nous croupissons.

TAVERNIER : Il y a bien le Maroc[4].

JULES : Combien de morts ?

PÉRIGORD : Dix-sept.

JULES : Tiens ! Deux de plus qu'hier. À la deux. Et vous titrez : « Marrakech : touchantes manifeśtations de loyalisme. » En sous-titre : « Les éléments sains de la population réprouvent les faćtieux. » Nous avons une photo de l'ex-sultan jouant aux boules ?

TAVERNIER : Elle eśt aux archives.

JULES : À la une. Ventre. Légende : « L'ex-sultan du Maroc semble s'habituer à sa nouvelle résidence. »

PÉRIGORD : Tout cela ne donne pas le gros titre.

JULES : En effet. *(Il réfléchit.)* Adenauer ?

TAVERNIER : Il nous a engueulés hier.

JULES : Dédaignons : pas un mot. La guerre ? Comment eśt-elle, aujourd'hui ? Froide ? Chaude ?

PÉRIGORD : Bonne.

JULES : Tiède, en somme. Elle vous ressemble. *(Périgord lève le doigt.)* Tu as un titre ?

PÉRIGORD : « La guerre s'éloigne. »

JULES : Non, mes enfants, non. Qu'elle s'éloigne tant qu'elle veut, la guerre. Mais pas à la une. À la une, les guerres se rapprochent. À Washington ? Personne n'a babillé ? Ike ? Dulles ?

PÉRIGORD : Muets.

JULES : Qu'eśt-ce qu'ils foutent ? *(Tavernier lève le doigt.)* Vas-y.

TAVERNIER : « Silence inquiétant de l'Amérique. »

JULES : Non.

TAVERNIER : Mais...

JULES : L'Amérique n'inquiète pas : elle rassure.

PÉRIGORD : « Silence rassurant de l'Amérique. »

JULES : Rassurant ! Mais, mon vieux, je ne suis pas seul : j'ai des devoirs envers les actionnaires. Tu parles que je vais m'amuser à foutre « rassurant » en gros titre pour que les gens puissent le voir de loin. S'ils sont rassurés d'avance, pourquoi veux-tu qu'ils m'achètent le journal ?

TAVERNIER, *levant le doigt* : « Silence inquiétant de l'U.R.S.S. »

JULES : Inquiétant ? L'U.R.S.S. t'inquiète, à présent ? Et la bombe H, alors ? Qu'est-ce que c'est ? Du mouron pour les oiseaux ?

PÉRIGORD : Je propose un surtitre : « L'Amérique ne prend pas au tragique le... » et, au-dessous : « Silence inquiétant de l'U.R.S.S. »

JULES : Tu taquines l'Amérique, mon petit ! Tu lui cherches des poux !

PÉRIGORD : Moi ?

JULES : Parbleu ! S'il est inquiétant, ce silence, l'Amérique a tort de ne pas s'en inquiéter.

PÉRIGORD : « Washington ne prend ni au tragique, ni à la légère le SILENCE INQUIÉTANT DE L'U.R.S.S. »

JULES : Qu'est-ce que c'est que ça ? Un titre de journal ou la charge des éléphants sauvages. Du rythme, bon Dieu, du rythme. Il faut aller vite ! vite ! vite ! Ça ne s'écrit pas, un journal, ça se danse. Sais-tu comment on l'écrirait, ton titre, chez les Amerlauds : « U.R.S.S. : Silence ; U.S.A. : Sourires. » Voilà du swing ! Ah ! que n'ai-je des collaborateurs américains ! *(La Secrétaire entre.)* Qu'est-ce que c'est ?

LA SECRÉTAIRE : Le maire de Travadja.

JULES, *à Périgord* : Les photographes sont là ?

PÉRIGORD : Non.

JULES : Comment ! Tu n'as pas convoqué les photographes ?

PÉRIGORD : Mais je ne savais pas...

JULES : Faites attendre et ramassez tous les photographes de la maison ! *(À Périgord :)* Combien de fois t'ai-je dit que je veux un journal humain ! *(La Secrétaire est sortie.)* Nous sommes beaucoup trop loin du lecteur : il faut désormais que *Soir à Paris* s'associe dans toutes les mémoires à un visage familier, souriant, attendri. Quel visage, Tavernier ?

TAVERNIER : Le tien, Jules.

JULES, *à Périgord* : Travadja a été détruite par une avalanche[5] et son maire vient recevoir le produit de la collecte que nous avons organisée ; comment n'as-tu pas compris, Périgord, que c'était l'occasion pour moi d'apparaître, pour la première fois, à notre clientèle et de lui refléter sa propre générosité ?

La Secrétaire entre.

LA SECRÉTAIRE : Les photographes sont là.

JULES : Faites entrer le Maire. *(Elle sort.)* Où est Travadja ? Vite !

PÉRIGORD : Au Pérou.

JULES : Tu es sûr ? Je croyais que c'était au Chili.

PÉRIGORD : Tu dois le savoir mieux que moi.

JULES : Et toi ? Qu'est-ce que tu en penses ?

TAVERNIER : J'aurais penché pour le Pérou mais tu as sûrement raison : c'est...

JULES : Pas de pommade ! Je n'ai pas honte d'être autodidacte ! Apportez la mappemonde ! *(Ils l'apportent. Jules s'agenouille devant elle.)* Je ne trouve pas le Pérou.

TAVERNIER : En haut et à gauche. Pas si haut : là !

JULES : Dis donc, c'est un mouchoir de poche. Et Travadja ?

TAVERNIER : C'est le point noir, à droite.

JULES, *sec* : Tu as meilleure vue que moi, Tavernier.

TAVERNIER : Je te demande pardon, Jules.

Le maire de Travadja entre, suivi des Photographes.

SCÈNE V

LE MAIRE DE TRAVADJA, JULES, TAVERNIER, PÉRIGORD, LA SECRÉTAIRE, L'INTERPRÈTE, DES PHOTOGRAPHES

JULES : Nom de Dieu, où est le chèque ? *(Il se fouille.)*

TAVERNIER : Dans ton veston.

JULES : Mais où est mon veston ?

LE MAIRE, *comme s'il commençait une allocution* : Na...

JULES, *pressé* : Bonjour, monsieur ! Mettez-vous là. *(Aux Photographes :)* Il est à vous. Occupez-le.

LE MAIRE : Na...

Les Photographes l'entourent. Éclairs de magnésium.

JULES : Tavernier, Périgord ! Aidez-moi. *(À quatre pattes sous les bureaux.)*

LE MAIRE : Na... *(Photos.)* Na...

Photos.

JULES, *il sort son veston de dessous une table et en tire un chèque. Cri de victoire* : Je l'ai !

LE MAIRE : Na... *(Photos.)* Oujdja !... *(Il éclate en sanglots.)*

JULES, *aux Photographes* : Foncez ! Bon Dieu ! Foncez ! *(À la Secrétaire :)* Prenez la légende : « Le maire de Travadja pleure de gratitude devant notre directeur. » *(Les Photographes ont pris leurs photos. Le Maire pleure toujours. À l'Interprète :)* Dites-lui de s'arrêter. Les photos sont prises.

L'INTERPRÈTE : O ca ri.

LE MAIRE : Ou pe ca mi neu.

L'INTERPRÈTE : Il a préparé un discours dans l'avion. Il pleure parce qu'on l'empêche de le prononcer.

JULES : Vous le traduirez et nous le publierons *in extenso.*

L'INTERPRÈTE : Ra ca cha pou !

LE MAIRE : Paim pon !

L'INTERPRÈTE : Il tient à le prononcer. Je me permets de vous faire remarquer que la ville de Travadja est située à 3 810 mètres d'altitude et que l'air y est rare. Facilement essoufflés, les orateurs ont appris la concision.

JULES : Vite ! alors, vite !

LE MAIRE, *lentement* : Na vo ki. No vo ka. Ké ko ré.

L'INTERPRÈTE : Les enfants de Travadja n'oublieront jamais la générosité du peuple français.

Un temps.

JULES : Après ?

L'INTERPRÈTE : C'est tout.

JULES, *donnant le signal des applaudissements* : Le merveilleux discours ! *(À Périgord :)* Il sera tout de même bon de l'étoffer. *(Au Maire :)* À nous deux, Travadja. *(Il lui tend le chèque. Le Maire le prend.)* Reprenez-le-lui ! Vite ! C'est pour les Photographes.

On reprend le chèque au Maire.

UN PHOTOGRAPHE, *déposant un bottin sur le plancher* : Julot[6].

JULES : Eh ?

LE PHOTOGRAPHE : Si tu voulais bien monter sur le bottin…

JULES : Pourquoi ?

LE PHOTOGRAPHE : La générosité, ça se pratique de haut en bas.

JULES : Alors, mettez deux bottins.

Il monte sur les bottins et tend le chèque. Le Maire prend le chèque. Flash.

LE PHOTOGRAPHE : Encore ! *(Il reprend le chèque au Maire et le tend à Jules. Même jeu.)* Encore !

Même jeu. Le Maire se met à pleurer.

JULES : Assez, nom de Dieu ! Assez ! *(Il met le chèque dans la main du Maire. À l'Interprète :)* Comment dit-on : au revoir ?

L'INTERPRÈTE : La pi da.

JULES, *au Maire* : Lapida !

LE MAIRE : La pi da.

Ils s'embrassent.

JULES, *serrant le Maire dans ses bras* : Mes enfants, je crois que je pleure. Un flash, vite !

Photos. Jules écrase une larme et montre en souriant son doigt humide au Maire. Le Maire en fait autant et touche le doigt de Jules avec son doigt. Photo.

JULES, *aux Photographes* : Promenez-le : Sacré-Cœur, Soldat inconnu, Folies-Bergère. *(Au Maire :)* Lapida !

LE MAIRE, *sort à reculons en s'inclinant* : La pi da, la pi da.

Les Photographes, l'Interprète sortent.

SCÈNE VI

JULES, TAVERNIER, PÉRIGORD, LA SECRÉTAIRE

JULES : Mes enfants, y a-t-il un plus grand plaisir que de faire le bien ? *(Brusquement.)* Oh ! Oh ! Oh !

PÉRIGORD, *inquiet* : Jules…

JULES : Du silence, mes enfants : je sens venir une idée.

PÉRIGORD, *à la dactylo* : Arrête, Fifi, arrête : voici l'Idée !

Silence. Jules marche de long en large.

JULES : Quel jour sommes-nous ?
PÉRIGORD : Mardi.
JULES : Parfait. Je veux un jour de bonté par semaine : ce sera le mercredi. Je compte sur toi, Périgord : dès le vendredi, trouve des réfugiés, des rescapés, des survivants, des orphelins tout nus. Le samedi, tu ouvres la collecte et le mercredi, tu annonces les résultats. Compris, mon petit gars ? Qu'est-ce que tu nous prépares, pour mercredi prochain ?
PÉRIGORD : Eh bien… je… Pourquoi pas les sans-logis[7] ?
JULES : Les sans-logis ? Excellent ! Où habitent-ils, tes sans-logis ? À Caracas ? À Porto Rico ?
PÉRIGORD : Je pensais à ceux de chez nous.
JULES : Tu es fou ! Il faut que nos sinistrés soient victimes de catastrophes strictement naturelles : sinon, tu vas galvauder l'amour dans des histoires sordides d'injustice sociale. Vous rappelez-vous notre campagne : « Tout le monde est heureux » ? Nous n'avons pas convaincu tout à fait tout le monde à l'époque. Eh bien ! nous lancerons cette année une campagne nouvelle : « Tout le monde est bon » et vous verrez : tout le monde nous croira. Voilà ce que j'appelle, moi, la meilleure propagande contre le communisme. Au titre, les enfants ! Au titre ! Qu'est-ce que vous proposiez ?
TAVERNIER : On ne proposait rien, Jules. On était dans le cirage.
PÉRIGORD : À part les dix-sept morts marocains…
TAVERNIER, *enchaînant* : … deux suicides, un miracle à Trouville, des échanges de notes diplomatiques, un vol de bijoux…
PÉRIGORD, *enchaînant* : … quatre accidents de route et deux incidents de frontière…
TAVERNIER, *enchaînant* : … il n'est rien arrivé du tout.
JULES : Rien de neuf ! Et vous vous plaignez ? Qu'est-ce qu'il vous faut ? La prise de la Bastille ? Le serment du Jeu de Paume ? Mes enfants, je suis un journal gouvernemental et ce n'est pas à moi d'écrire l'histoire, puisque le gouvernement s'obstine à ne pas la faire et que le public n'en veut pas. À chacun son métier : la grande histoire aux historiens, aux grands quotidiens, le quotidien. Et le quotidien, c'est le contraire du neuf : c'est ce qui se reproduit tous les jours depuis la création du monde : homicides, vols, détournements de mineurs, jolis gestes et prix de vertu. *(Téléphone.)* Qu'est-ce que c'est ?

LA SECRÉTAIRE, *qui a décroché* : C'est Lancelot, patron.

JULES : Allô ? Oh ! Ah ! À quelle heure ? Bon, bon, bon. *(Il raccroche.)* Votre titre est trouvé, les enfants : Georges de Valera vient de s'échapper[8].

PÉRIGORD : L'escroc ?

TAVERNIER : L'homme des cinquante millions ?

JULES : Lui-même. C'est le Génie du Siècle. Vous mettrez sa photo à la une à côté de la mienne.

TAVERNIER : Le bien et le mal, patron.

JULES : L'attendrissement[a] et l'indignation sont des sentiments digestifs : n'oubliez pas que notre journal tombe l'après-midi[9]. *(Téléphone.)* Quoi ? Quoi ? Quoi ? Non ! Non ! On n'a pas de détails ? Oh ! Oh ! Oh ! Bon. *(Il raccroche.)* Nom de Dieu de nom de Dieu de nom de Dieu !

TAVERNIER : On l'a rattrapé ?

JULES : Non, mais les gros titres ne viennent jamais seuls. Tout à l'heure j'en manquais ; à présent, j'en ai un de trop.

TAVERNIER : Qu'est-ce qui est arrivé ?

JULES : Le ministre de l'Intérieur soviétique a disparu.

PÉRIGORD : Nekrassov ? Il est en taule ?

JULES : C'est bien plus drôle, il aurait choisi la liberté[10].

PÉRIGORD : Qu'est-ce qu'on en sait ?

JULES : Presque rien, c'est bien ce qui m'embête. Il n'était pas à l'Opéra, mardi dernier, et, depuis, personne ne l'a vu.

TAVERNIER : D'où vient la nouvelle ?

JULES : De Reuter et de l'A.F.P.

TAVERNIER : Et Tass ?

JULES : Pas un mot.

TAVERNIER : Hum !

JULES : Eh oui : hum !

TAVERNIER : Alors ? Que fait-on ? Nekrassov ou Valera ?

JULES : Nekrassov. Qu'on mette « Nekrassov disparu » et en sous-titre : « Le ministre de l'Intérieur soviétique aurait choisi la liberté. » Vous avez une photo ?

PÉRIGORD : Tu la connais, Jules : on dirait un pirate, il porte une patte sur l'œil droit.

JULES : Vous la mettrez à côté de la mienne pour garder le contraste du bien et du mal.

PÉRIGORD : Et celle de Valera ?

JULES : À la quatre ! *(Téléphone.)* Si c'est un gros titre, je fais un malheur.

LA SECRÉTAIRE : Allô ? Oui. Oui, monsieur le président. *(À Jules :)* C'est le président du conseil d'administration.

JULES : Faites monter le grigou !

LA SECRÉTAIRE, *à l'appareil* : Oui, monsieur le président. Tout de suite, monsieur le président.

Elle raccroche.

JULES, *à Tavernier et à Périgord* : Disparaissez, les enfants. À tout à l'heure.

Périgord et Tavernier sortent. Jules considère son veston avec perplexité, puis, après un instant d'hésitation, il le met.

SCÈNE VII

JULES, MOUTON, LA SECRÉTAIRE

JULES : Bonjour, mon cher président.

MOUTON : Bonjour, mon cher Palotin. *(Il s'assied.)* Asseyez-vous donc.

JULES : Si vous n'y voyez pas d'inconvénients, je préfère rester debout.

MOUTON : J'y vois beaucoup d'inconvénients. Comment voulez-vous que je vous parle si je dois vous chercher sans cesse aux quatre coins de ce bureau ?

JULES : Ce sera comme vous voudrez !

Il s'assied.

MOUTON : Je viens vous annoncer une excellente nouvelle : le ministre de l'Intérieur m'a téléphoné hier et il a bien voulu me laisser entendre qu'il envisageait de nous concéder l'exclusivité des annonces du travail[11].

JULES : Les annonces du travail ? C'est... c'est inespéré !...

MOUTON : N'est-ce pas ? À l'issue de cet entretien téléphonique, j'ai pris sur moi de réunir le conseil et tous nos amis sont d'accord pour souligner l'extrême importance de cette décision : nous pourrons améliorer la qualité du journal en réduisant les frais.

JULES : Nous paraîtrons sur vingt pages ; nous coulerons *Paris-Presse* et *France-Soir* !

MOUTON : Nous serons le premier quotidien à publier des photos en couleur.

JULES : Et qu'est-ce qu'il demande en retour, le ministre ?

MOUTON : Voyons, cher ami ! Rien ! Rien du tout ! Nous

acceptons la faveur quand elle reconnaît le mérite et nous la repoussons quand elle prétend acheter les consciences. Le ministre est jeune, allant, sportif ! Il veut galvaniser ses collègues, faire un gouvernement vraiment moderne. Et, comme *Soir à Paris* est un journal gouvernemental, on lui donne les moyens de se moderniser. Le ministre a même eu ce mot délicieux : « Que la feuille de chou devienne une feuille de choc ! »

JULES, *rit aux éclats, puis brusquement sérieux* : Il m'a traité de feuille de chou ?

MOUTON : C'était une boutade. Mais il faut bien que je vous le dise, certains de mes collègues m'ont fait remarquer que *Soir à Paris* s'endort un peu. La tenue du journal est parfaite, mais on n'y trouve plus ce mordant, ce chien qui ont fait l'engouement du public.

JULES : Il faut tenir compte de la détente internationale. Périgord me disait très justement tout à l'heure qu'il ne se passe rien.

MOUTON : Bien sûr ! Bien sûr ! Vous savez que je vous défends toujours. Mais je comprends le ministre. « La virulence, m'a-t-il dit, sera le new-look de la politique française. » Il nous avantagera sur nos confrères lorsque nous aurons fait nos preuves. Or voici que l'occasion se présente de montrer que nous avons la « virulence » requise. En substance, voici que ce que le ministre a bien voulu m'apprendre : des élections partielles vont avoir lieu en Seine-et-Marne. C'est la circonscription que les communistes ont choisie pour tenter une épreuve de force. Cette épreuve, le cabinet l'accepte ; les élections se feront pour ou contre le réarmement allemand. Vous connaissez Mme Bounoumi[12] : c'est la candidate du gouvernement. Cette épouse chrétienne, mère de douze enfants vivants, sent battre le cœur des foules françaises. Sa propagande simple et touchante devrait servir d'exemple à nos hommes politiques et aux directeurs de nos grands quotidiens. Voyez cette affiche : *(Il sort une affiche de sa serviette et la déroule. On lit :* Vers la Fraternité par le Réarmement *et plus bas* Pour protéger la Paix, tous les moyens sont bons, même la Guerre.*)* Comme elle est directe ! J'aimerais la voir à votre mur.

JULES, *à la Secrétaire* : Fifi ! Punaises !

La Secrétaire met l'affiche au mur.

MOUTON : Si le mérite gagnait toujours, Mme Bounoumi l'emporterait sans peine. Malheureusement, la situation n'est pas très brillante : nous ne pouvons compter au départ que sur trois cent mille voix ; les communistes en ont autant, peut-être un peu davantage ; une bonne moitié des électeurs s'abstiendra, comme à l'ordinaire. Reste une centaine de milliers de voix qui doivent se porter sur le député radical, Perdrière. Cela signifie qu'il y aura ballottage et que le communiste risque de passer au second tour.

JULES, *qui ne comprend pas* : Ah ! Ah !

MOUTON : Pour éviter ce qu'il ne craint pas d'appeler un désastre, le ministre ne voit qu'un moyen : obtenir le désistement de Perdrière au profit de Mme Bounoumi. Seulement voilà : Perdrière ne veut pas se désister.

JULES : Perdrière ? Mais je le connais : c'est l'ennemi juré des Soviets. Nous avons dîné à la même table.

MOUTON : Je le connais encore mieux : c'est mon voisin de campagne.

JULES : Il m'a tenu des propos très sensés.

MOUTON : Vous voulez dire qu'il condamnait la politique de l'U.R.S.S. ?

JULES : C'est cela.

MOUTON : Voilà l'homme ! Il déteste les communistes et ne veut pas qu'on réarme l'Allemagne.

JULES : Surprenante contradiction !

MOUTON : Son attitude est purement sentimentale. Savez-vous le fond de l'affaire ? Les Allemands ont ravagé sa propriété en 40 et, en 44, ils l'ont déporté.

JULES : Et alors ?

MOUTON : C'est tout ! Il ne veut rien apprendre et rien oublier.

JULES : Oh !

MOUTON : Et c'était, notez bien, une toute petite déportation qui n'a duré que huit à dix mois.

JULES : La preuve, c'est qu'il en est revenu.

MOUTON, *haussant les épaules* : Eh bien, voilà : il se bute sur des souvenirs ; il fait de la germanophobie. Ce qui est d'autant plus absurde que l'histoire ne se répète pas : à la prochaine Mondiale, c'est la terre russe que les Allemands vont ravager, ce sont les Russes qu'ils déporteront.

JULES : Parbleu !

MOUTON : Vous pensez bien qu'il le sait !

JULES : Cela n'ébranle pas ses convictions ?

MOUTON : Au contraire ! Si l'on mettait des Russes à Buchenwald, il prétend qu'il ne le souffrirait pas. *(Léger sou-*

rire.) Quand on lui parle des Allemands, c'est le cas de le dire qu'il voit rouge. *(Rire poli de Jules.)* Eh bien voilà ! vous savez tout : Perdrière craint les Allemands plus que les Russes ; il se désistera si vous lui faites craindre les Russes plus que les Allemands.

JULES : Si *vous* lui faites... Qui cela *vous* ?

MOUTON : Vous.

JULES : Moi ? Comment voulez-vous que je m'y prenne ? Je n'ai pas d'influence sur lui.

MOUTON : Il faut en acquérir.

JULES : Par quel moyen ?

MOUTON : Ses cent mille électeurs lisent *Soir à Paris.*

JULES : Après ?

MOUTON : Soyez virulent. Faites peur.

JULES : Peur ? Mais je ne fais que cela : ma cinquième page tout entière est consacrée au péril rouge.

MOUTON : Justement. *(Un léger silence.)* Mon cher Palotin, le conseil m'a chargé de vous dire que votre cinquième page ne vaut plus rien du tout. *(Jules se lève.)* Mon ami, je vous conjure de rester assis. *(Pressant.)* Faites-moi ce plaisir. *(Jules se rassied.)* Autrefois, nous lisions la cinq avec profit. Je me rappelle votre belle enquête : « La Guerre, demain ! » On transpirait d'angoisse. Et vos montages photographiques : Staline entrant à cheval dans Notre-Dame en flammes ! De purs chefs-d'œuvre. Mais voici plus d'un an que je note un relâchement suspect, des oublis criminels. Vous parliez de famine en U.R.S.S. et vous n'en parlez plus. Pourquoi ? Prétendez-vous que les Russes mangent à leur faim !

JULES : Moi ? Je m'en garde bien.

MOUTON : L'autre jour, je vois votre photo : « Ménagères soviétiques faisant la queue devant un magasin d'alimentation » et j'ai la stupeur de constater que certaines de ces femmes sourient, que toutes portent des souliers. Des souliers, à Moscou ! Il s'agissait évidemment d'une photo de propagande soviétique que vous avez prise, par erreur, pour une photo de l'A.F.P. Des souliers ! Mais bon Dieu de bois, il fallait au moins leur couper les pieds. Des sourires ! En U.R.S.S. ! Des sourires !

JULES : Je ne pouvais pas leur couper la tête.

MOUTON : Pourquoi pas ? Vous l'avouerai-je ? Je me suis demandé si vos opinions n'avaient pas changé !

JULES, *dignement* : Je suis un journal objectif, un journal gouvernemental et mes opinions sont immuables tant que le gouvernement ne change pas les siennes.

MOUTON : Bien. Très bien. Et vous n'êtes pas inquiet ?

JULES : Pourquoi le serais-je ?

MOUTON : Parce que les gens commencent à se rassurer.

JULES : À se rassurer ? Mon cher président, vous ne croyez pas que vous exagérez ?

MOUTON : Je n'exagère jamais. Il y a deux ans, on donnait un bal en plein air à Rocamadour. La foudre tombe inopinément à cent mètres de là. Panique : cent morts. Les survivants ont déclaré à l'enquête qu'ils s'étaient crus bombardés par un avion soviétique. Voilà qui prouve que la presse objective faisait bien son travail. Bon. Hier l'I.F.O.P. a publié les résultats de ses derniers sondages. En avez-vous pris connaissance ?

JULES : Pas encore.

MOUTON : Les enquêteurs ont interrogé dix mille personnes de tous les milieux et de toutes les conditions. À la question : « Où mourrez-vous ? » dix pour cent des sujets ont répondu qu'ils n'en savaient rien et les autres — c'est-à-dire la quasi-totalité — qu'ils mourraient dans leurs lits.

JULES : Dans leurs lits ?

MOUTON : Dans leurs lits. Et c'étaient des Français moyens, des lecteurs de notre journal. Ah ! qu'il est loin, Rocamadour, et quel recul, en deux ans !

JULES : Il ne s'en est pas trouvé un seul pour répondre qu'il mourrait calciné, pulvérisé, volatilisé ?

MOUTON : Dans leurs lits !

JULES : Quoi ? Pas un pour mentionner la bombe H, le rayon qui tue, les nuages radioactifs, les cendres de mort, les pluies de vitriol ?

MOUTON : Dans leurs lits. En plein XXe siècle, avec les progrès étourdissants de la technique, ils croient qu'ils mourront dans leurs lits, comme au Moyen Âge ! Ah ! mon cher Palotin, laissez-moi vous dire, en toute amitié, que vous êtes un grand coupable.

JULES, *se levant* : Mais je n'y suis pour rien !

MOUTON, *se levant aussi* : Votre journal est mou ! Tiède ! Fade ! Larmoyant ! Hier encore, vous avez parlé de la paix !

Il avance sur Jules.

JULES, *reculant* : Non !

MOUTON, *avançant* : Si ! À la une !

JULES, *même jeu* : Ce n'eſt pas moi ! C'eſt Molotov[13] : je n'ai fait que reproduire son discours.

MOUTON, *avançant* : Vous l'avez reproduit *in extenso*. Il fallait en donner des extraits !

JULES : Les exigences de l'information…

MOUTON : Eſt-ce qu'elles comptent, quand l'univers eſt en danger ? Les puissances de l'Oueſt sont unies par la terreur. Si vous leur rendez la sécurité, où puiseront-elles la force de préparer la guerre ?

JULES, *coincé contre son bureau* : La guerre ? Quelle guerre ?

MOUTON : La prochaine.

JULES : Mais je n'en veux pas, moi, de la guerre.

MOUTON : Vous n'en voulez pas ? Mais dites-moi, Palotin : où pensez-vous mourir ?

JULES : Dans mon…

MOUTON : Dans votre… ?

JULES : Dans un… Eh ! qu'eſt-ce que j'en sais ?

MOUTON : Vous êtes un neutraliſte qui s'ignore, un pacifiſte honteux, un marchand d'illusions !

JULES, *sautant sur ses bottins et criant* : Laissez-moi ! La paix ! La paix ! La paix ! La paix !

MOUTON : La paix ! Vous voyez bien que vous la voulez. *(Un silence. Jules saute sur le sol.)* Allons, rasseyez-vous et reprenons notre calme. *(Jules s'assied.)* Nul ne méconnaît vos grandes qualités. Je le disais hier encore au conseil : vous êtes le Napoléon de l'information objeƈtive. Mais serez-vous celui de la virulence ?

JULES : Je le serai aussi.

MOUTON : Prouvez-le.

JULES : Comment ?

MOUTON : Obtenez le déſiſtement de Perdrière. Lancez une campagne terrible, gigantesque ; déchirez les rêves morbides de votre clientèle. Montrez que la survivance matérielle de la France dépend de l'armée allemande et de la suprématie américaine. Donnez-nous peur de vivre plus encore que de mourir.

JULES : Je… je le ferai.

MOUTON : Si la tâche vous effraie, il eſt encore temps de reculer.

JULES : Elle ne m'effraie pas. *(À la Secrétaire :)* Fais monter Sibilot d'urgence.

LA SECRÉTAIRE, *au téléphone* : Envoyez Sibilot.

JULES : Ah ! les pauvres bougres ! les pauvres bougres !

MOUTON : Qui ?

JULES : Les lecteurs ! Ils pêchent tranquillement à la ligne, ils font la belote tous les soirs et l'amour deux fois par semaine en attendant de mourir dans un lit : je vais gâcher leur plaisir.

MOUTON : Ne vous attendrissez pas, cher ami. Songez à vous dont la situation est très menacée, à moi qui vous défends sans cesse. Songez surtout au pays ! Demain matin, à 10 heures, le conseil d'administration va se réunir : il serait très souhaitable que vous puissiez nous soumettre vos nouveaux projets. Non, non : restez assis. Ne me raccompagnez pas.

Il sort. Jules saute sur ses pieds et arpente la pièce en courant presque.

JULES : Nom de Dieu ! Nom de Dieu de nom de Dieu !

Entre Sibilot.

SCÈNE VIII

JULES, SIBILOT, LA SECRÉTAIRE

JULES : Approche !

SIBILOT : Patron, je vous dis merci.

JULES : Ne me remercie pas, Sibilot, ne me remercie pas encore.

SIBILOT : Ah ! je tiens à le faire d'avance et quelle que soit votre décision. Je ne pensais pas, voyez-vous, que vous me rappelleriez si vite.

JULES : Tu te trompais.

SIBILOT : Je me trompais. Je me trompais par défaut d'amour. À force de dénoncer le mal, j'avais fini par le voir partout et je ne croyais plus à la générosité humaine. Pour tout dire, c'est l'Homme, patron, l'Homme lui-même qui m'était devenu suspect.

JULES : Te voilà rassuré ?

SIBILOT : Entièrement. À partir de cet instant, j'aime l'Homme et je crois en lui.

JULES : Tu as de la veine. *(Il arpente la pièce.)* Mon ami, notre conversation m'a ouvert les yeux. Ne m'as-tu pas dit que ton métier réclamait de l'invention ?

SIBILOT : Pour cela, il en faut.

JULES : De la sensibilité, du tact et même de la poésie ?

SIBILOT : Ma foi oui !

JULES : En somme — ne craignons pas les mots — une manière de génie ?

SIBILOT : Je n'aurais pas osé…

JULES : Mais ne te gêne donc pas !

SIBILOT : Eh bien ! d'une certaine façon…

JULES : Parfait. *(Un temps.)* Voilà qui prouve que tu n'es pas du tout l'homme qu'il me faut. *(Sibilot se lève, interdit.)* Reste assis ! C'est moi le patron, c'est moi qui marche, ici ! Et je marcherai si je veux jusqu'à demain !

SIBILOT : Vous avez dit… ?

JULES : Assis ! *(Sibilot se rassied.)* J'ai dit que tu es un incapable, un brouillon et un saboteur. Du tact ? De la finesse ? Toi ? Tu laisses passer des photos qui montrent des femmes soviétiques en manteau de fourrure, chaussées comme des reines et souriant jusqu'aux oreilles ! La vérité, Sibilot, c'est que tu as trouvé une planque, un fromage, une retraite pour tes vieux jours ! Tu prends la cinquième page de *Soir à Paris* pour un asile de vieillards. Et, du haut de tes soixante-dix billets, tu méprises tes camarades qui se crèvent à la tâche. *(À la Secrétaire :)* Car il gagne…

SIBILOT, *cri déchirant* : Patron, ne le dites pas !

JULES, *impitoyable* : Soixante-dix billets par mois pour passer, dans mon journal, de la pommade à la Russie soviétique !

SIBILOT : Ce n'est pas vrai !

JULES : Je me demande quelquefois si tu n'es pas un sous-marin !

SIBILOT : Je vous jure…

JULES : Un sous-marin ! Un crypto ! Un para[14] !

SIBILOT : Arrêtez, patron ! Je crois que je vais devenir fou.

JULES : Est-ce que tu ne m'as pas confessé toi-même que tu recevais de l'or moscovite ?

SIBILOT : Mais c'est ma fille…

JULES : Eh bien, oui, c'est ta fille ! Après ? Il faut bien que quelqu'un te le donne. *(Sibilot veut se lever.)* Reste assis ! Et choisis : tu es un vendu ou un incapable.

SIBILOT : Je vous donne ma parole que je ne suis ni l'un ni l'autre !

JULES : Prouve-le !

SIBILOT : Mais comment ?

JULES : Demain je lance une campagne contre le parti communiste ; je veux qu'il soit à genoux d'ici quinze jours. Il me faut un démolisseur de première classe, un cogneur, un bûcheron. Sera-ce toi ?

SIBILOT : Oui, patron.

JULES : Je te croirai si tu me donnes une idée sur l'heure !

SIBILOT : Une idée... pour la campagne...

JULES : Tu as trente secondes.

SIBILOT : Trente secondes pour une idée ?

JULES : Tu n'en as plus que quinze. Ah ! nous allons voir si tu as du génie !

SIBILOT : Je... la vie de Staline en images !

JULES : La vie de Staline en images ? Pourquoi pas celle de Mahomet ? Sibilot, les trente secondes sont passées : tu es congédié !

SIBILOT : Patron, je vous en supplie, vous ne pouvez pas... *(Un temps.)* J'ai une femme, j'ai une fille.

JULES : Une fille ! Parbleu, c'est elle qui t'entretient.

SIBILOT : Écoutez bien ce que je vous dis, patron : si vous me remerciez, je rentre chez moi et j'ouvre le gaz.

JULES : Pour la perte que ce serait ! *(Un temps.)* Je veux bien te donner jusqu'à demain. Mais si demain, à 10 heures du matin, tu n'entres pas dans mon bureau avec une idée fracassante, tu peux faire tes bagages.

SIBILOT : Demain matin ?...

JULES : Tu as la nuit devant toi. File !

SIBILOT : Vous aurez votre idée, patron. Mais j'aime mieux vous dire que je ne crois plus à l'Homme.

JULES : Pour la besogne que tu vas faire, il est recommandé de ne pas y croire.

Sibilot s'en va, accablé.

RIDEAU

TROISIÈME TABLEAU

Décor : un salon la nuit.

SCÈNE I

GEORGES, VÉRONIQUE

Georges entre par la fenêtre, manque de renverser un vase et le rattrape à temps. Sifflets. Il se plaque contre le mur. Un agent passe la tête entre les battants de la fenêtre ; il éclaire l'intérieur avec sa torche électrique. Georges attend en retenant son souffle. L'Agent disparaît. Georges respire. Au bout d'un moment, on voit qu'il lutte contre l'envie d'éternuer. Il se pince le nez, ouvre la bouche et finit par éternuer bruyamment.

VÉRONIQUE, *voix lointaine* : Qu'est-ce que c'est ?

Georges éternue encore. Il se précipite vers la fenêtre, enjambe la balustrade. Sifflets tout proches. Il rentre précipitamment dans la pièce. À ce moment, Véronique entre et donne la lumière. Georges recule et s'adosse à la muraille.

GEORGES, *les mains en l'air* : Foutu !

VÉRONIQUE : Qu'est-ce qui est foutu ? *(Elle regarde Georges.)* Tiens ! Un voleur.

GEORGES : Un voleur ? Où donc ?

VÉRONIQUE : Vous n'êtes pas voleur ?

GEORGES : Pas le moins du monde : je vous rends visite.

VÉRONIQUE : À cette heure de la nuit ?

GEORGES : Oui.

VÉRONIQUE : Et pourquoi mettez-vous les mains en l'air ?

GEORGES : Justement : parce qu'il fait nuit. Un visiteur nocturne lève les mains quand il est surpris, c'est l'usage.

VÉRONIQUE : Eh bien ! la politesse est faite : baissez-les.

GEORGES : Ce ne serait pas prudent.

VÉRONIQUE : En ce cas, levez-les bien haut, faites comme chez vous. *(Elle s'assied.)* Prenez donc un siège : vous mettrez les coudes sur les appuis, c'est plus commode. *(Il s'assied les mains levées. Elle l'observe.)* Vous avez raison ; je n'aurais jamais dû vous prendre pour un voleur.

GEORGES : Merci.

VÉRONIQUE : De rien.

GEORGES : Si, si ! Les apparences sont contre moi et je suis heureux que vous consentiez à me croire.

VÉRONIQUE : Je crois vos mains. Voyez comme elles ont l'air bête : vous n'avez jamais rien fait de vos dix doigts.

GEORGES, *entre ses dents* : Je travaille avec la langue.

VÉRONIQUE, *enchaînant* : Les mains d'un voleur, au contraire, sont prestes, nerveuses, spirituelles...

GEORGES, *vexé* : Qu'est-ce que vous en savez ?

VÉRONIQUE : J'ai fait les tribunaux.

GEORGES : Vous les avez faits ? Je ne vous en félicite pas.

VÉRONIQUE : Je les ai faits deux ans. À présent, je fais la politique étrangère.

GEORGES : Journaliste ?

VÉRONIQUE : Voilà. Et vous ?

GEORGES : Moi ? Ce qui m'attirerait plutôt, ce sont les carrières artistiques.

VÉRONIQUE : Qu'est-ce que vous faites ?

GEORGES : Dans la vie ? Je parle.

VÉRONIQUE : Et dans ce salon ?

GEORGES : Dans ce salon aussi.

VÉRONIQUE : Bon ! Eh bien ! parlez.

GEORGES : De quoi ?

VÉRONIQUE : Vous devez le savoir. Dites ce que vous avez à dire.

GEORGES : À vous ? Oh ! non. Appelez votre mari.

VÉRONIQUE : Je suis divorcée.

GEORGES, *montrant une pipe sur la table* : C'est vous qui fumez la pipe ?

VÉRONIQUE : C'est mon père.

GEORGES : Vous vivez avec lui ?

VÉRONIQUE : Je vis chez lui.

GEORGES : Appelez-le.

VÉRONIQUE : Il est à son journal.

GEORGES : Ah ! vous êtes tous les deux journalistes ?

VÉRONIQUE : Oui, mais dans des journaux différents.

GEORGES : De sorte que nous sommes seuls dans cet appartement.

VÉRONIQUE : Cela vous choque ?

GEORGES : C'est une situation fausse : compromettante pour vous, désagréable pour moi.

VÉRONIQUE : Je ne la trouve pas compromettante.

GEORGES : Raison de plus pour que je la trouve désagréable.

VÉRONIQUE : Eh bien, bonsoir ! Vous reviendrez quand mon père sera rentré.

GEORGES : Bonsoir ! Bonsoir ! *(Il se lève mollement. Sifflets au-dehors. Il se rassied.)* Si je ne vous dérange pas, je préfère l'attendre ici.

VÉRONIQUE : Vous ne me dérangez pas, mais j'allais sortir. Je veux bien vous laisser seul dans l'appartement, mais j'aimerais tout de même savoir ce que vous y venez faire.

GEORGES : Rien de plus légitime. *(Un temps.)* Voilà.

Un temps.

VÉRONIQUE : Eh bien ?

Georges éternue et frappe du pied.

GEORGES : Un rhume ! Un rhume ! Unique et ridicule vestige d'un acte manqué : je voulais me refroidir, j'ai pris un refroidissement.

VÉRONIQUE, *lui tendant un mouchoir* : Mouchez-vous !

GEORGES, *les mains toujours en l'air* : Impossible !

VÉRONIQUE : Pourquoi ?

GEORGES : Je ne peux pas baisser les mains.

VÉRONIQUE : Levez-vous. *(Il se lève. Elle se suspend à ses bras sans pouvoir parvenir à les baisser.)* Vous êtes paralysé ?

GEORGES : C'est l'effet de la méfiance.

VÉRONIQUE : Vous vous méfiez de moi.

GEORGES : Je me méfie des femmes.

VÉRONIQUE, *sèchement* : Bien. *(Elle lui reprend le mouchoir et le mouche.)* Soufflez ! Plus fort. Voilà.

Elle plie le mouchoir et le met dans la poche de Georges.

GEORGES, *furieux* : Que c'est désagréable ! Bon Dieu, que c'est désagréable.

VÉRONIQUE : Détendez-vous.

GEORGES : Facile à dire.

VÉRONIQUE : Renversez la tête en arrière, fermez les yeux et comptez jusqu'à mille.

GEORGES : Et qu'est-ce que vous ferez, vous, quand j'aurai

les yeux fermés ? Vous vous glisserez dehors pour appeler la police ou bien vous irez chercher un pistolet dans un tiroir…

VÉRONIQUE : Voulez-vous que je lève les mains en l'air ? *(Elle lève les mains. Georges baisse lentement les siennes.)* Enfin ! Vous vous sentez mieux ?

GEORGES : Oui. Plus à l'aise.

VÉRONIQUE : Alors, vous allez pouvoir répondre ?

GEORGES : Naturellement. À quoi ?

VÉRONIQUE : Voilà une heure que je vous demande ce que vous faites ici.

GEORGES : Ce que je fais ici ? Rien de plus simple. Mais baissez les mains, voyons ! C'est insupportable ! Et je ne pourrai pas vous parler tant que vous les tiendrez au-dessus de votre tête. *(Véronique baisse les mains.)* Bien !

VÉRONIQUE : Je vous écoute.

GEORGES : Que je déplore l'absence de votre père ! J'aime les femmes, j'adore les couvrir de bijoux et de caresses ; je leur donnerais tout avec joie — sauf des explications.

VÉRONIQUE : Comme c'est curieux. Pourquoi ?

GEORGES : Parce qu'elles ne les comprennent pas, madame. Tenez, supposons — à titre d'exemple, bien entendu — que je vous dise ceci : « Je suis un escroc, la police me poursuivait, votre fenêtre était ouverte, je suis entré. » Voilà qui paraît simple et net. Eh bien ! qu'avez-vous compris ?

VÉRONIQUE : Ce que j'ai compris ? Je ne sais pas, moi…

GEORGES : Vous voyez ! Vous ne le savez même pas !

VÉRONIQUE : J'ai compris que vous étiez un escroc…

GEORGES : Et voilà tout !

VÉRONIQUE : N'est-ce pas l'essentiel ? *(Un bref silence.)* Je trouve que c'est dommage.

GEORGES : Vous préférez les voleurs ?

VÉRONIQUE : Oui, parce qu'ils travaillent de leurs mains.

GEORGES : Vous faites de l'ouvriérisme ? *(Un temps.)* En tout cas, l'expérience est concluante : vous avez compris tout de travers.

VÉRONIQUE : Vous n'êtes pas un escroc ?

GEORGES : Non ! ce n'est pas l'essentiel ! L'essentiel, c'est que j'ai les flics à mes trousses. Un homme ne s'y serait pas trompé. *(Criant subitement.)* J'ai les flics à mes trousses, comprenez-vous ?

VÉRONIQUE : Bon, bon ! Ne criez pas.

Un temps.

GEORGES : Eh bien ? qu'allez-vous faire ?

VÉRONIQUE : Tirer les rideaux.

Elle va à la fenêtre et les tire.

GEORGES : Et de moi ?

VÉRONIQUE : De vous ? Que puis-je faire ? Êtes-vous une guitare pour que je vous pince ? Une mandoline pour que je vous gratte ? Un clou pour que je vous tape sur la tête ?

GEORGES : Alors[a] ?

VÉRONIQUE : Alors, rien. Je n'ai que faire de vous.

GEORGES : Rien, c'est la réponse la plus imprécise. Rien, cela veut dire n'importe quoi. Tout peut arriver, vous pouvez fondre en larmes ou me crever les yeux avec votre épingle à chapeau. Ah ! que n'ai-je rencontré monsieur votre père. Savez-vous ce qu'il m'aurait répondu ?

VÉRONIQUE : Je vais vous livrer à la police.

GEORGES, *sursautant* : Vous allez me livrer à la police ?

VÉRONIQUE : Mais non ! Je vous dis ce qu'aurait répondu mon père.

GEORGES : La belle réponse ! Voilà un homme !

VÉRONIQUE : Il se peut, mais, s'il était ici, vous auriez déjà les menottes aux mains.

GEORGES : Non !

VÉRONIQUE : Non ?

GEORGES : Non. Les hommes, je sais les convaincre. Ce sont des esprits logiques ; grâce à la logique, je téléguide leurs pensées. Mais vous, madame, vous ! Où est votre logique ? Où est votre bon sens ? Si je vous ai comprise, vous n'avez *pas* l'intention de me livrer ?

VÉRONIQUE : Vous m'avez comprise.

GEORGES : Et voilà justement pourquoi vous me livrerez. Ne protestez pas : vous êtes comme toutes les femmes, impulsive et convulsionnaire ; vous me sourirez, vous me cajolerez et puis vous prendrez peur de mes oreilles ou d'un poil qui me sortira du nez et vous vous mettrez à crier.

VÉRONIQUE : Ai-je crié quand je vous ai découvert ?

GEORGES : Justement : vous êtes en retard d'un cri. Et je connais les femmes. Tous les cris qu'elles ont à pousser, elle les poussent, sans vous faire grâce d'un seul. Vous retenez encore le vôtre, mais il suffira que la police frappe à votre porte : vous vous ferez un plaisir de le lâcher. Quel malheur que vous ne soyez pas un homme : vous eussiez pu devenir ma chance. Femme, vous êtes par nature mon destin.

VÉRONIQUE : Votre destin, moi ?

GEORGES : Quoi d'autre ? Une porte qui se referme, un nœud qui se resserre, un couperet qui tombe : c'est la femme.

VÉRONIQUE, *irritée* : Vous vous êtes trompé d'étage : pour le destin, adressez-vous à la dame du second qui a ruiné deux pères de famille. Moi, je laisse toutes les portes ouvertes et je... *(Elle s'arrête et se met à rire.)* Vous avez bien failli m'avoir...

GEORGES : Plaît-il ?

VÉRONIQUE : On a deux cordes à son arc : le raisonnement pour les hommes et le défi pour les femmes. On fait semblant de penser que nous sommes toutes pareilles parce qu'on croit savoir que chacune de nous veut être unique. « Vous êtes femme, *donc* vous me livrerez. » Vous comptiez me piquer au jeu et que j'aurais à cœur de vous prouver que je ne ressemble à personne. Mon pauvre ami, c'est peine perdue : je n'ai aucune envie d'être unique, je ressemble à toutes les femmes et je suis contente de leur ressembler.

On sonne à la porte d'entrée.

GEORGES : C'est...

VÉRONIQUE : J'en ai peur.

Il lève les mains.

GEORGES : Vous allez me livrer ?

VÉRONIQUE : Qu'en pensez-vous ? *(Elle voit ses mains levées.)* Baissez vos mains, vous me faites perdre la tête.

Il met les mains dans ses poches.

GEORGES : Qu'allez-vous faire ?

VÉRONIQUE : Ce que toutes les femmes feraient à ma place. *(Un temps.)* Que feraient-elles ?

GEORGES : Je ne sais pas.

VÉRONIQUE : Vous êtes d'avis qu'elles crieraient ?

GEORGES : Je vous dis que je n'en sais rien.

VÉRONIQUE : Vous étiez plus assuré, tout à l'heure.

On sonne de nouveau.

Vous n'avez qu'un mot à dire et je deviens impulsive. Convulsionnaire.

GEORGES : Suis-je tombé si bas que mon sort soit entre les mains d'une femme ?

VÉRONIQUE : Faites un signe et je le remets aux mains des hommes.

On frappe à la porte. Police !

GEORGES, *prenant sa décision* : Il est entendu que je ne suis en aucun cas votre obligé.

VÉRONIQUE : C'est entendu.

GEORGES : Que vous ne compterez pas sur ma reconnaissance…

VÉRONIQUE : Je ne suis pas si folle.

GEORGES : Et que je vous rendrai le mal pour le bien.

VÉRONIQUE : C'est entendu.

GEORGES : Alors cachez-moi ! *(Brusquement affolé.)* Vite ! Qu'attendez-vous ?

VÉRONIQUE, *montrant la porte de sa chambre* : Entrez là.

Il disparaît, elle va ouvrir. L'inspecteur Goblet passe la tête par l'entrebâillement de la porte.

SCÈNE II

VÉRONIQUE, L'INSPECTEUR GOBLET

GOBLET : Naturellement, madame, vous n'avez pas vu un homme brun d'un mètre soixante-dix-huit…

VÉRONIQUE, *vivement* : Naturellement non !

GOBLET : J'en étais sûr.

Il s'incline et disparaît. Elle referme la porte.

SCÈNE III

VÉRONIQUE, GEORGES

VÉRONIQUE : Vous pouvez revenir.

Il rentre drapé dans une couverture rouge. Elle se met à rire.

GEORGES, *digne* : Il n'y a pas de quoi rire. J'essaye de me réchauffer. *(Il s'assied.)* Vous avez menti !

VÉRONIQUE : Dame !

GEORGES : C'est du propre !

VÉRONIQUE : J'ai menti pour vous.

GEORGES : Cela n'arrange rien.

VÉRONIQUE : C'est trop fort ! Vous ne mentez pas, peut-être ?

GEORGES : Moi, c'est différent : je suis malhonnête. Mais si tous les honnêtes gens faisaient comme vous…

VÉRONIQUE : Eh bien ?

GEORGES : Que deviendrait l'ordre social ?

VÉRONIQUE : Bah !

GEORGES : Quoi, bah ! Qu'est-ce que cela veut dire, bah ?

VÉRONIQUE : Cet ordre-là…

GEORGES : Vous en connaissez un meilleur ?

VÉRONIQUE : Oui.

GEORGES : Lequel ? Où est-il ?

VÉRONIQUE : Trop long à vous expliquer. Disons simplement que j'ai menti aux flics parce que je ne les aime pas.

GEORGES : Vous êtes entôleuse ? kleptomane ?

VÉRONIQUE : Je vous dis que je suis journaliste et honnête.

GEORGES : Alors vous les aimez. L'honnête homme aime les flics par définition.

VÉRONIQUE : Pourquoi les aimerais-je ?

GEORGES : Parce qu'ils vous protègent.

VÉRONIQUE : Ils me protègent si peu qu'ils m'ont cogné dessus la semaine dernière. *(Retroussant ses manches.)* Regardez ces bleus.

GEORGES : Oh !

VÉRONIQUE : Voilà ce qu'ils ont fait.

GEORGES, *surpris* : C'était une erreur ?

VÉRONIQUE : Non.

GEORGES : Alors vous êtes coupable ?

VÉRONIQUE : Nous manifestions.

GEORGES : Qui, vous ?

VÉRONIQUE : Moi et d'autres manifestants.

GEORGES : Vous manifestiez quoi ?

VÉRONIQUE : Notre mécontentement.

GEORGES : Incroyable ! Regardez-vous, regardez-moi et dites lequel de nous a le droit d'être mécontent ! Eh bien ! je ne le suis pas. Pas du tout : jamais je ne me suis plaint ; de ma vie je n'ai manifesté. Au seuil de la prison, de la mort, j'accepte le monde ; vous avez vingt ans, vous êtes libre et vous le refusez. *(Soupçonneux.)* Vous êtes rouge, en somme.

VÉRONIQUE : Rose[1].

GEORGES : De mieux en mieux. Et votre père ? Que dit-il de tout cela ?

VÉRONIQUE : Il s'en désole, le pauvre cher homme.

GEORGES : Il est de l'autre bord ?

VÉRONIQUE : Il écrit dans *Soir à Paris*.

GEORGES : Vous m'en voyez ravi : c'est mon journal. Un grand honnête homme, votre père. Et qui n'a qu'une faiblesse : vous. *(Il frissonne, éternue et se drape plus étroitement dans sa couverture.)* Charmante soirée ! Je dois la vie à un clochard qui a du goût pour les actes gratuits et la liberté à une révolutionnaire qui a le culte du genre humain : il faut que nous soyons dans la semaine de bonté ! *(Un temps.)* Vous devez être contente : vous avez semé le désordre, trahi votre classe, menti à vos protecteurs naturels, humilié un mâle…

VÉRONIQUE : Humilié !

GEORGES : Parbleu ! Vous avez fait de moi un objet. Le malheureux objet de votre philanthropie.

VÉRONIQUE : Seriez-vous moins objet dans le panier à salade ?

GEORGES : Non, mais je pourrais vous haïr et me réfugier dans mon for intérieur. Ah ! vous m'avez joué un bien mauvais tour !

VÉRONIQUE : Moi ?

GEORGES, *avec force* : Un bien mauvais tour ! Vous ne voyez pas plus loin que le bout de votre nez. Mais je réfléchis, moi : j'envisage l'avenir. Il est sombre, l'avenir, très sombre. Ce n'est pas tout de sauver les gens, ma petite : il faut leur donner le moyen de vivre. Vous êtes-vous demandé ce que j'allais devenir ?

VÉRONIQUE : Vous redeviendrez escroc, j'imagine.

GEORGES : Eh bien justement : non !

VÉRONIQUE : Quoi ? Vous serez honnête homme ?

GEORGES : Je ne dis pas cela. Je dis que je n'ai plus les moyens d'être malhonnête. L'escroquerie nécessite un certain capital, une mise de fonds : deux complets, un smoking, si possible un habit, douze chemises, six paires de caleçons, six paires de chaussettes, trois paires de souliers, un jeu de cravates, une épingle d'or, une serviette de cuir, une paire de lunettes en écaille. Je ne possède que ces loques et je suis sans le sou : comment voulez-vous que je fasse ? Puis-je me présenter en cette tenue chez le directeur de la Banque de France ? On m'a fait tomber trop bas. Beaucoup trop bas pour que je puisse remonter. Tout est de votre faute : vous ne m'avez sauvé de la taule que pour me précipiter dans l'abjection. En prison, je gardais ma figure ; clochard, je perds la face. Clochard, moi ? Je ne vous remercie pas, madame.

VÉRONIQUE : Si je vous procurais un emploi ?

GEORGES : Un emploi : trente mille francs par mois, du travail et un employeur ? Gardez-le : je ne me vends pas.

VÉRONIQUE : Combien vous faudrait-il pour remonter votre garde-robe ?

GEORGES : Je n'en sais rien.

VÉRONIQUE : J'ai un peu d'argent sur moi...

GEORGES : Plus un mot. L'argent, c'est sacré : je ne l'accepte jamais, je le prends.

VÉRONIQUE : Prenez-le.

GEORGES : Je ne peux pas vous le prendre puisque vous me le donnez. *(Brusquement.)* Je vous propose une affaire. Évidemment, elle est honnête, mais je n'ai pas le droit de faire le difficile. Je vous donne une interview en exclusivité mondiale.

VÉRONIQUE : Vous ? À moi ?

GEORGES : Vous êtes journaliste ? Posez-moi des questions.

VÉRONIQUE : Mais sur quoi ?

GEORGES : Sur mon art.

VÉRONIQUE : Puisque je vous dis que je fais la politique étrangère ! Et puis mon journal ne s'intéresse pas aux escrocs.

GEORGES : Parbleu : un journal progressiste ! Comme il doit être ennuyeux. *(Un temps.)* Je suis Georges de Valera.

VÉRONIQUE, *saisie tout de même* : Le...

GEORGES : Le grand Valera, oui.

VÉRONIQUE, *hésitante* : Évidemment...

GEORGES : Votre canard est pauvre, j'imagine.

VÉRONIQUE : Assez, oui.

GEORGES : Je ne demande que deux complets, une douzaine de chemises, trois cravates et une paire de souliers. On peut me payer en nature. *(Il se lève.)* En 1917, à Moscou, un enfant bleu naissait d'un garde noir et d'une Russe blanche...

VÉRONIQUE : Non.

GEORGES : Cela ne vous intéresse pas ?

VÉRONIQUE : Je n'ai pas le temps : je vous ai dit que j'allais sortir.

GEORGES : Et plus tard ?

VÉRONIQUE : Franchement, non. Les escrocs, vous savez, géniaux ou non...

GEORGES : Allez au diable ! *(On entend la porte d'entrée claquer.)* Qu'est-ce que c'est ?

VÉRONIQUE : Patatras !… C'est mon père.

GEORGES : Je vais…

VÉRONIQUE : S'il vous voit, il vous livre. Entrez là pour l'instant, je vais l'amadouer.

Georges disparaît au moment où la porte s'ouvre.

SCÈNE IV

VÉRONIQUE, SIBILOT

SIBILOT : Tu es encore là, toi ?

VÉRONIQUE : J'allais partir. Je ne pensais pas que tu rentrerais si tôt.

SIBILOT, *amer* : Moi non plus !

VÉRONIQUE : Écoute, papa, il faut que je te dise…

SIBILOT : Les salauds !

VÉRONIQUE : Qui ?

SIBILOT : Tout le monde. J'ai honte d'être homme. Donne-moi à boire.

VÉRONIQUE, *le servant* : Figure-toi…

SIBILOT : Oublieux, menteurs, lâches et méchants, voilà ce que nous sommes. La seule justification de l'espèce humaine, c'est la protection des animaux.

VÉRONIQUE : Tout à l'heure, j'ai…

SIBILOT : Je voudrais être chien[2] ! Ces bêtes nous donnent l'exemple de l'amour et de la fidélité. Et puis non : les canidés sont dupes de l'homme, ils ont la sottise de nous aimer. Je voudrais être chat. Chat, non : tous les mammifères se ressemblent ; que ne suis-je requin pour suivre les navires à la trace et manger les matelots !

VÉRONIQUE : Qu'est-ce qu'on t'a encore fait, mon pauvre papa ?

SIBILOT : On m'a foutu à la porte, mon enfant.

VÉRONIQUE : On te fout à la porte tous les quinze jours.

SIBILOT : Cette fois, c'est cuit ! Véronique, tu m'es témoin que je bouffe du communiste depuis près de dix ans. C'est une nourriture indigeste et monotone. Combien de fois ai-je souhaité changer de régime alimentaire, bouffer du curé, pour voir, du franc-maçon, du milliardaire, de la femme ! En vain : le menu est fait pour toujours. Ai-je jamais renâclé à l'ouvrage ? Je n'avais pas fini de digérer Malenkov qu'il fallait attaquer Khrouchtchev[3]. Me suis-je plaint ? Chaque jour j'inventais une sauce nouvelle : qui a fait le sabotage du *Dixmude* ? et le complot antinational, qui l'a fait ? Et le coup des pigeons voyageurs[4] ? Moi, toujours moi ! Dix ans j'ai défendu l'Europe, de Berlin à Saïgon : j'ai bouffé du Viet, j'ai bouffé du Chinois, j'ai bouffé l'armée soviétique avec ses avions et ses chars. Eh bien ! mon enfant, mesure l'ingratitude humaine : à la première défaillance de mon estomac, le patron m'a foutu à la porte.

VÉRONIQUE : On t'a vraiment renvoyé ?

SIBILOT : Comme un malpropre. À moins de trouver une idée d'ici demain.

VÉRONIQUE, *sans aucune sympathie* : Tu la trouveras, n'aie pas peur.

SIBILOT : Non, pas cette fois-ci ! Qu'est-ce que tu veux, je ne suis pas un titan ; je suis un homme très ordinaire qui a dilapidé sa substance grise pour soixante-dix mille francs par mois. Dix ans j'ai fulguré, c'est vrai : j'étais Pégase, j'avais des ailes. Les ailes ont pris feu ; qu'est-ce qui reste : une rosse, bonne pour l'équarrissage. *(Il marche de long en large.)* Dix ans de loyaux services : tu attendrais une parole humaine, un geste de gratitude. Rien, le blâme et la menace : c'est tout. Tiens, je finirai par les haïr, moi, tes communistes ! *(Timidement.)* Ma petite fille ?

VÉRONIQUE : Papa ?

SIBILOT : Tu n'aurais pas, toi — je dis cela tout à fait en l'air — tu n'aurais pas une idée ? Tu ne sais rien contre eux ?

VÉRONIQUE : Oh ! papa !

SIBILOT : Écoute-moi, mon petit : je ne me suis jamais élevé contre tes fréquentations bien qu'elles m'aient compromis et qu'elles soient peut-être à l'origine de mon malheur. Je t'ai toujours laissée libre, depuis la maladie de ta pauvre mère, à seule charge pour toi de m'éviter le pire quand tes amis prendraient le pouvoir. Est-ce que tu ne récompenseras pas ma tolérance ? Laisseras-tu ton vieux père dans la merde ? Je te demande un petit effort, mon enfant, un tout petit effort. Tu les vois de près, toi, les communistes : tu dois en avoir gros sur le cœur.

VÉRONIQUE : Mais non, papa.

SIBILOT : Allons donc !

VÉRONIQUE : Puisque ce sont mes amis !

SIBILOT : Raison de plus. De qui veux-tu connaître les

tares, si ce n'est pas de tes amis ? Moi, je n'ai que des amis à la rédaction du canard : eh bien ! je te jure que si je voulais parler !... Tiens, je te propose un échange : tu me dis ce que tu sais sur Duclos et je te casse le morceau sur Julot-les-Bretelles ; tu auras la matière d'un papier terrible ! Veux-tu ?

VÉRONIQUE : Non, papa !

SIBILOT : Je suis Job. Ma propre fille m'abandonne sur mon fumier. Va-t'en !

VÉRONIQUE : Je m'en vais, je m'en vais. Mais je voudrais te dire...

SIBILOT : Véronique ! Sais-tu ce qui est en train de mourir ? L'Homme : Travail, Famille, Patrie, tout fout le camp. Tiens, voilà un papier : « Le Crépuscule de l'Homme. » Qu'en dis-tu ?

VÉRONIQUE : Tu lis ça tous les mois dans *Preuves*[5].

SIBILOT : Tu as raison. Qu'il aille au diable !

VÉRONIQUE : Qui ?

SIBILOT : L'Homme ! Je suis bien bon de me casser le cul pour soixante-dix mille francs par mois. Après tout les communistes ne m'ont rien fait ! Avec soixante-dix mille francs par mois, il serait même légitime que je sois de leur côté !

VÉRONIQUE : Je ne te le fais pas dire.

SIBILOT : Non, ma fille, non : tu ne me tenteras pas. Je suis un homme à l'ancienne mode ; j'aime trop la liberté, j'ai trop le respect de la dignité humaine. *(Il se redresse brusquement.)* Il est propre, le respect de la dignité humaine, il est beau ! Vidé comme un malpropre ! Un vieux du métier, un père de famille ! À la rue, avec un mois de salaire, sans retraite !... Tiens, c'est peut-être un sujet, cela : en U.R.S.S., les vieux travailleurs n'ont pas droit à la retraite. *(Se regardant les cheveux dans la glace.)* Il faudrait quelque chose sur leurs cheveux blancs.

VÉRONIQUE : Ils ont des retraites, papa.

SIBILOT : Tais-toi donc : laisse-moi réfléchir. *(Un temps.)* Ça ne va pas. Le lecteur serait en droit de nous dire : « Il se peut que l'ouvrier russe n'ait pas de retraite, mais ce n'est tout de même pas une raison pour réarmer l'Allemagne ! » *(Un temps.)* Véronique, il *faut* réarmer l'Allemagne. Mais pourquoi, hein ? Pour quelle raison ?

VÉRONIQUE : Il n'y en a pas.

SIBILOT : Si, mon enfant, il y en a une ! C'est que j'en ai bavé toute ma vie comme un Russe et que j'en ai marre : je veux que les autres en bavent à leur tour. Et ils en baveront, s'ils réarment, je te le jure. Réarmez, réarmez donc ! Réarmez l'Allemagne, le Japon, foutez le feu aux quatre coins du monde ! Soixante-dix mille balles pour défendre l'Homme : tu te rends compte ! À ce prix-là, tous les hommes peuvent bien crever !

VÉRONIQUE : Tu crèveras aussi.

SIBILOT : Tant mieux ! Ma vie n'a été qu'un long enterrement, personne ne suivait le cortège. Mais ma mort, pardon, elle fera du bruit. Quelle apothéose ! Je veux bien partir en fusée si j'ai vu le petit père Julot faire le soleil au-dessus de ma tête ! Soixante-dix mille balles par mois, soixante-dix coups de pied au cul par jour ! Crevons tous ensemble et vive la guerre !

Il s'étrangle et tousse.

VÉRONIQUE : Bois.

Elle le fait boire.

SIBILOT : Ouf !

VÉRONIQUE : Il y a un clochard dans ma chambre.

SIBILOT : Il est communiste ?

VÉRONIQUE : Pas du tout.

SIBILOT : Alors, que veux-tu que ça me fasse ?

VÉRONIQUE : Il est traqué par la police.

SIBILOT : Eh bien ! téléphone au commissariat et demande qu'on passe le prendre.

VÉRONIQUE : Mais papa, je veux le garder.

SIBILOT : Qu'est-ce qu'il a fait, ton bonhomme ? S'il a volé, il faut le punir.

VÉRONIQUE : Il n'a pas volé. Sois gentil : ne t'occupe pas de lui. Cherche ton idée bien tranquillement. Au matin, il s'en ira sans faire de bruit et nous ne le verrons plus jamais.

SIBILOT : C'est bon ! s'il se tient tout à fait tranquille, je fermerai les yeux sur sa présence. Mais, si la police vient le chercher, ne compte pas sur moi pour mentir !

VÉRONIQUE, *entrouvrant la porte de sa chambre* : Je m'en vais. Vous pouvez rester ici toute la nuit, mais ne sortez pas de ma chambre. Au revoir. *(Elle referme la porte.)* À demain, papa. Et ne t'inquiète pas pour ton idée : c'est toujours la même qui vous ressert, tu es *obligé* de la retrouver.

SCÈNE V

SIBILOT, *seul*

SIBILOT : Va au diable ! *(Elle sort.)* La même idée ! Bien sûr que c'est la même idée ! Et après ? Ça me fait une belle jambe, s'il faut chaque fois l'habiller de neuf ! *(Il se plonge la tête dans les mains.)* La vie de Staline en images… Ils n'en veulent pas, les imbéciles, je me demande bien pourquoi ! *(Georges éternue, Sibilot prête l'oreille, puis revient à ses méditations.)* Sabotage… complot… trahison… terreur… *(À chaque mot il réfléchit et secoue la tête.)* Famine… Famine ? Hé ! *(Un temps.)* Non : trop usé ; cela sert depuis 1918. *(Il prend des journaux et les feuillette.)* Qu'est-ce qu'ils ont fait, les Russes ? *(Feuilletant les journaux.)* Rien ? Ce n'est pas possible ! À qui fera-t-on croire qu'il ne se commet pas chaque jour une injustice ou un crime crapuleux dans un pays de 200 millions d'habitants. Le voilà bien, le Rideau de fer. *(Il réfléchit de nouveau.)* Sabotage… Complot… *(Georges éternue. Agacé.)* Si seulement je pouvais travailler tranquille ! Trahison… Complot… Prenons par l'autre bout : Culture occidentale… Mission de l'Europe… Droits de l'esprit… *(Georges éternue.)* Assez ! Assez ! *(Il se remet à rêver.)* La vie de Staline en images. *(Sifflets dans la rue. Crucifié.)* Oh ! *(Il replonge la tête dans les mains. Illuminé.)* La vie de Staline sans images… *(Georges éternue.)* Je le tuerai, celui-là.

GEORGES, *à la cantonade* : Nom de Dieu de nom de Dieu de nom de Dieu !

SIBILOT : Qu'on m'en délivre ! Bon Dieu ! qu'on m'en délivre ! *(Il va au téléphone, fait un numéro.)* Allô ? Le commissariat ? Ici René Sibilot, journaliste, 13, rue Goulden, au rez-de-chaussée, porte à gauche. Un individu vient de pénétrer chez moi. Il paraît que la police le recherche. C'est cela : envoyez-moi quelqu'un.

La porte s'ouvre sur ces derniers mots et Georges paraît.

SCÈNE VI

SIBILOT, GEORGES

GEORGES : Enfin une réaction saine ! Monsieur, vous êtes un homme normal. Permettez-moi de vous serrer la main.

Il s'avance la main tendue.

SIBILOT, *sautant en arrière* : Au secours !

GEORGES, *se jetant sur Sibilot* : Chut ! Chut ! *(Il lui plaque une main sur la bouche.)* Ai-je la tête d'un assassin ? Quel malentendu ! Je vous admire et vous croyez que je veux vous égorger. Oui, je vous admire : votre coup de téléphone était sublime ; il devrait servir d'exemple à toutes ces bonnes gens qu'un faux libéralisme égare et qui sont en train de perdre le sentiment de leurs droits. Ne craignez pas que je m'échappe ; je veux servir votre gloire : les journaux publieront demain qu'on m'a arrêté chez vous. Vous me croyez, n'est-ce pas ? Vous me croyez ? *(Bâillonné, Sibilot fait un signe d'acquiescement.)* À la bonne heure ! *(Il lâche Sibilot et fait un pas en arrière.)* Laissez-moi contempler l'honnête homme dans sa haute et pleine majesté ! *(Un temps.)* Si je vous disais que j'ai tenté de me tuer, tout à l'heure, pour échapper à mes poursuivants ?…

SIBILOT : N'essayez pas de m'attendrir !

GEORGES : Parfait ! Et si je tirais de mes loques un sachet de poudre, si j'en avalais le contenu, si je tombais mort à vos pieds ?…

SIBILOT : Eh bien ?

GEORGES : Que diriez-vous ?

SIBILOT : Je dirais : « Le misérable s'est fait justice. »

GEORGES : Paisible certitude d'une conscience sans reproches ! On voit, monsieur, que vous n'avez jamais douté du bien…

SIBILOT : Parbleu !

GEORGES : … et que vous n'écoutez pas ces doctrines subversives qui font du criminel un produit de la société.

SIBILOT : Un criminel est un criminel.

GEORGES : De mieux en mieux ! Un criminel est un criminel : que cela est bien dit ! Ah ! ce n'est pas vous que je risquerais d'attendrir en évoquant mon enfance malheureuse.

SIBILOT : Vous tomberiez mal : j'étais un enfant martyr.

GEORGES : Et peu vous chaut, n'est-ce pas, que je sois une victime de la Première Guerre mondiale, de la Révolution russe et du régime capitaliste ?

SIBILOT : Il y en a d'autres qui sont victimes de tout cela — moi, par exemple — et qui ne s'abaissent pas à voler.

GEORGES : Vous avez réponse à tout. Rien ne mord sur vos convictions. Ah ! monsieur, pour avoir ce front d'airain, ces yeux d'émail et ce cœur de pierre, il faut que vous soyez antisémite ?

SIBILOT : J'aurais dû m'en douter : vous êtes juif ?

GEORGES : Non, monsieur, non. Et, pour tout vous avouer, je partage votre antisémitisme. *(Sur un geste de Sibilot.)* Ne vous offensez pas : partager, c'est trop dire ; disons que j'en ramasse les miettes. N'ayant pas le bonheur d'être honnête, je ne jouis pas de vos certitudes. Je doute, monsieur, je doute : c'est le propre des âmes troubles. Je suis, si vous le voulez bien, un antisémite probabiliste. *(En confidence.)* Et les bicots ? Vous les détestez, n'est-ce pas ?

SIBILOT : En voilà assez ! Je n'ai ni le temps ni l'envie d'écouter votre bavardage. Je vous prie de rentrer à l'instant dans cette chambre et d'y attendre sans bruit l'arrivée de la police.

GEORGES : Je me retire ! Je me retire dans vos appartements ! Dites-moi seulement que vous détestez les bicots.

SIBILOT : Eh oui !

GEORGES : Mieux que cela. Pour me faire plaisir. Je vous jure que c'est ma dernière question.

SIBILOT : Ils n'ont qu'à rester chez eux.

GEORGES : À merveille. Souffrez, monsieur, que je vous tire mon chapeau : vous êtes honnête jusqu'à la férocité. Après ce bref tour d'horizon, notre identité de vue est manifeste, ce qui ne saurait m'étonner : quelles honnêtes gens nous ferions, nous autres, les crapules, si votre police nous en laissait le temps !

SIBILOT : Est-ce que vous allez foutre le camp ?

GEORGES : Encore un mot, monsieur, un seul, et je m'en vais. Quoi ! vous, Français, fils et petit-fils de paysan français, et moi, l'apatride, l'hôte provisoire de la France ; vous l'honnêteté même, et moi le crime, par-dessus tous les vices et toutes les vertus, nous nous donnons la main, nous condamnons ensemble les juifs, les communistes et les idées subversives[6] ? Il faut que notre accord ait une signification profonde. Cette signification, je la connais, monsieur, et je vais vous la dire : nous respectons tous deux la propriété privée.

SIBILOT : Vous respectez la propriété ?

GEORGES : Moi ? Mais j'en vis, monsieur ! Comment ne la respecterais-je pas ? Allez, monsieur, votre fille voulait me sauver ; vous, vous m'avez dénoncé, mais je me sens plus proche de vous que d'elle. La conclusion pratique que je tire de tout cela, c'est que nous avons le devoir, vous et moi, de travailler ensemble.

SIBILOT : Travailler ensemble ? Qui ? Nous ? Vous êtes fou !

GEORGES : Je peux vous rendre un grand service !

SIBILOT : Vous m'étonnez.

GEORGES : Tout à l'heure, j'avais l'oreille contre la porte et je n'ai rien perdu des propos que vous teniez à votre fille. Vous cherchiez une idée, je crois ? Eh bien ! cette idée, je suis en mesure de vous la donner.

SIBILOT : Une idée ? Sur le communisme ?

GEORGES : Oui.

SIBILOT : Vous… vous connaissez la question.

GEORGES : Un escroc doit tout connaître.

SIBILOT : Eh bien ! donnez-la, votre idée, donnez-la vite et je réclamerai pour vous l'indulgence du tribunal.

GEORGES : Impossible !

SIBILOT : Pourquoi ?

GEORGES : Je ne puis vous aider que si j'ai les mains libres.

SIBILOT : La police…

GEORGES : La police, oui. Elle va venir. Elle vient. Elle sera là dans deux minutes. J'ai donc le temps de me présenter : orphelin de père et de mère, acculé depuis l'enfance à choisir entre le génie ou la mort, je n'ai pas eu de mérite à choisir le génie. Je suis génial, monsieur, comme vous êtes honnête. Avec la même surabondance impitoyable. Avez-vous jamais imaginé ce que pourrait faire l'alliance du génie et de l'honnêteté, de l'inspiration et de l'entêtement, de la lumière et de l'aveuglement ? Nous serions maîtres du monde. Moi, *j'ai* des idées, j'en produis à chaque minute par douzaines : malheureusement, elles ne convainquent personne ; je n'y tiens pas assez. Vous, vous n'en avez pas, ce sont elles qui vous ont ; elles vous tiennent dans leurs griffes, elles vous labourent le crâne et vous bouchent les yeux ; c'est précisément pour cela qu'elles convainquent les autres ; ce sont des rêves de pierre, elles fascinent tous ceux qui ont la nostalgie de la pétrification. À présent, supposez qu'une pensée nouvelle, s'échappant de moi, s'empare de vous : elle prendrait vite votre allure, la pauvre, elle aurait l'air si dur, si bête et si vrai qu'elle s'imposerait à l'univers.

On sonne. Sibilot qui écoutait, fasciné, sursaute.

SIBILOT : C'est…
GEORGES : Oui. À vous de décider. Si vous me livrez, vous passez une nuit blanche et vous êtes renvoyé demain matin. *(On resonne.)* Si vous me sauvez, mon génie vous fait riche et célèbre.
SIBILOT, *tenté* : Qui me prouvera que vous avez du génie ?
GEORGES, *regagnant la chambre du fond* : Demandez à l'Inspecteur.

Il disparaît pendant que Sibilot va ouvrir.

SCÈNE VII

SIBILOT, L'INSPECTEUR GOBLET

GOBLET : Monsieur Sibilot ?
SIBILOT : C'est moi.
GOBLET : Où est-il ?
SIBILOT : Qui ?
GOBLET : Georges de Valera.
SIBILOT, *impressionné* : Vous cherchez Georges de Valera ?
GOBLET : Oui. Oh ! sans espoir. C'est une anguille. Vous permettez que je m'assoie ? *(Il s'assied.)* Je vois que vous n'avez pas de piano à queue ? Je vous félicite.
SIBILOT : Vous n'aimez pas les pianos à queue ?
GOBLET : J'en ai trop vu.
SIBILOT : Où donc ?
GOBLET : Chez les riches. *(Il se présente.)* Inspecteur Goblet.
SIBILOT : Enchanté !
GOBLET : Que j'aime donc votre intérieur. Je sens que je ne le quitterai pas sans regret.
SIBILOT : Vous êtes chez vous.
GOBLET : Vous ne croyez pas si bien dire : votre *living-room* est l'exacte réplique du mien. 1925 ?
SIBILOT : Hé ?
GOBLET, *geste circulaire* : Les meubles : 1925 ?
SIBILOT : Ah ! 1925 ? Eh bien, oui.

GOBLET : L'exposition des Arts décoratifs, notre jeunesse…

SIBILOT : L'année de mon mariage.

GOBLET : Et du mien. Nos femmes ont choisi les meubles avec leurs mères ; nous n'avions rien à dire, les beaux-parents avançaient l'argent. Vous aimez ça, vous, les chaises 1925 ?

SIBILOT : Vous savez, on finit par ne plus les voir. *(Secouant la tête.)* À mes yeux, c'était une installation provisoire…

GOBLET : Naturellement ! Qu'est-ce qui n'est pas provisoire ? Et puis, un beau jour, vingt ans plus tard…

SIBILOT : On s'aperçoit qu'on va bientôt mourir et que le provisoire était du définitif.

GOBLET : Nous mourrons comme nous avons vécu : en 1925. *(Il se lève brusquement.)* Qu'avez-vous là ? Un tableau de maître ?

SIBILOT : Mais non : c'est une reproduction.

GOBLET : Tant mieux. Je déteste les tableaux et les voitures de maîtres parce que les riches en font collection et que l'on nous oblige à connaître toutes les marques.

SIBILOT : Qui, vous ?

GOBLET : Nous, de la Mondaine.

SIBILOT : Pour quoi faire ?

GOBLET : Pour mettre du liant dans la conversation. *(S'approchant du tableau.)* Celui-ci, c'est un Constable. Je n'aurais pas cru que vous aimiez les Constable.

SIBILOT : Je les préfère aux moisissures.

GOBLET, *soulevant le tableau* : Ah ! parce que, *sous* le Constable…

SIBILOT : Parbleu !

GOBLET : L'humidité, n'est-ce pas ?

SIBILOT : C'est le voisinage de la Seine.

GOBLET : Ne m'en parlez pas : j'habite à Gennevilliers. *(Georges éternue plusieurs fois et se met à jurer.)* Qu'est-ce que c'est ?

SIBILOT : C'est le voisin. Il ne peut pas supporter l'humidité : ça l'enrhume.

GOBLET : Vous avez encore de la chance que ce soit le voisin. À Gennevilliers, c'est *moi* qui suis enrhumé. *(Il se rassied.)* Cher monsieur, l'homme est un étrange animal : je raffole de votre appartement parce qu'il me rappelle le mien dont j'ai horreur.

SIBILOT : Allez donc expliquer cela !

GOBLET : Eh bien ! c'est que mes fonctions m'appellent dans les beaux quartiers. Autrefois j'étais de la Mondaine ; on m'a mis sur les J-3 tragiques[7] et les escrocs : tout cela nous ramène à Passy. J'enquête au-dessus de ma condition, cher monsieur, et on me le fait sentir. Il faut monter par l'escalier de service, attendre entre un piano et une plante verte, sourire à des dames en peau de gant et à des messieurs parfumés qui me traitent comme si j'étais un domestique ; et pendant ce temps-là, comme ils fourrent des glaces partout, je vois ma pauvre gueule sur tous les murs.

SIBILOT : Vous ne pouvez pas les remettre à leur place ?

GOBLET : À leur place ? Mais ils y sont ! C'est moi qui ne suis pas à la mienne. Mais vous devez connaître tout cela, dans votre partie.

SIBILOT : Moi ? Si je vous disais que je dois, chaque jour, embrasser le derrière de mon directeur !

GOBLET : Ce n'est pas possible ! On vous y oblige ?

SIBILOT : C'est manière de parler.

GOBLET : Allez, je sais ce que parler veut dire et j'ai, moi qui vous parle, embrassé plus de mille fois celui du directeur de la Sûreté. Voilà bien ce qui me plaît, dans votre intérieur : c'est qu'il sent la gêne et l'humilité fière. Enfin j'enquête chez un égal : chez moi-même, en quelque sorte. Je suis libre : s'il me prenait la fantaisie de vous boucler ou de vous passer à tabac, personne ne protesterait.

SIBILOT : Vous y songez ?

GOBLET : Grands dieux, non ! Vous avez une tête bien trop sympathique. Une tête comme la mienne ! À soixante mille francs par mois.

SIBILOT : Soixante-dix.

GOBLET : Soixante, soixante-dix, c'est bien pareil, allez ! On change de tête à partir de cent billets. *(Ému.)* Mon pauvre Sibilot !

SIBILOT : Mon pauvre inspecteur !

Ils se serrent la main.

GOBLET : Nous seuls pouvons mesurer notre misère et notre grandeur. Donnez-moi donc à boire.

SIBILOT : Volontiers.

Il remplit deux verres.

GOBLET, *levant son verre* : Aux gardiens de la culture occidentale[8].

Il boit.

SIBILOT : Que la victoire demeure à ceux qui défendent les riches sans les aimer. *(Il boit.)* À propos, vous n'auriez pas une idée ?

GOBLET : Contre qui ?

SIBILOT : Contre les communistes.

GOBLET : Ah ! vous êtes à la propagande ! Eh bien ! vous ne la trouverez pas, votre idée : elle est beaucoup trop maligne pour vous. Pas plus que je ne trouverai mon Valera.

SIBILOT : Il est trop malin ?

GOBLET : Lui ? Si je ne craignais pas les grands mots, je vous dirais que c'est un génie. À propos, vous m'avez bien dit qu'il s'était réfugié dans votre appartement ?

SIBILOT : Je… J'ai dit qu'un individu…

GOBLET : C'est lui sans aucun doute. S'il y était tout à l'heure, il devrait y être encore : toutes les fenêtres de l'immeuble sont surveillées. J'ai des hommes dans le couloir et dans l'escalier. Bon. Eh bien ! voilà qui va vous prouver l'estime où je le tiens : je ne fouillerai pas dans cette chambre, je ne pénétrerai même pas dans les autres pièces. Et savez-vous pourquoi ? Parce que je sais qu'il s'est arrangé pour se rendre méconnaissable ou pour quitter les lieux. Qui sait où il est ? Et sous quel déguisement ? C'est peut-être vous.

SIBILOT : Moi ?

GOBLET : Rassurez-vous : la médiocrité ne s'imite pas. Finissons-en, cher monsieur : dites-moi deux mots pour mon rapport. Vous l'avez entrevu ; vous vous êtes précipité au téléphone pour nous prévenir et il a profité de ces quelques minutes d'inattention pour disparaître ? C'est bien cela ?

SIBILOT : Je…

GOBLET : Parfait ! *(Un temps.)* Il ne me reste plus qu'à me retirer. En emportant le souvenir enchanteur de trop brefs instants. Nous devrions nous revoir.

SIBILOT : Je ne demande pas mieux.

GOBLET : Je me permettrai de vous téléphoner de temps à autre. Quand nous serons libres tous les deux, nous irons au cinéma, en garçons. Ne me raccompagnez pas !

Il sort.

SCÈNE VIII

SIBILOT, GEORGES

SIBILOT, *va ouvrir la porte de la chambre* : Donnez-moi votre idée et foutez le camp.

GEORGES : Non !

SIBILOT : Pourquoi ?

GEORGES : Sans moi, mes idées s'étiolent. Nous sommes inséparables.

SIBILOT : Dans ces conditions, je me passerai de vous. Sortez !

GEORGES : Tu n'as pas entendu ce que t'a dit l'Inspecteur ? Je suis un génie, papa !

SIBILOT, *résigné* : Alors ? Qu'est-ce que vous voulez ?

GEORGES : Peu de chose. Que tu me gardes près de toi, jusqu'à ce que la police ait évacué l'immeuble.

SIBILOT : Et puis ? Pas d'argent ?

GEORGES : Non. Mais tu me refileras un de tes vieux costumes.

SIBILOT : C'est bon. Restez. *(Un temps.)* Votre idée, à présent.

GEORGES, *va s'asseoir, se verse un verre de vin, bourre et allume sans se presser une des pipes de Sibilot* : Eh bien ! voilà…

RIDEAU

QUATRIÈME TABLEAU

Décor : le bureau de Jules Palotin.

SCÈNE I

JULES, TAVERNIER, PÉRIGORD,
LA SECRÉTAIRE

JULES : Quelle heure est-il ?

TAVERNIER : 10 heures moins deux.

JULES : Pas de Sibilot ?
TAVERNIER : Non.
JULES : Il arrivait toujours avant l'heure…
PÉRIGORD : Il n'est pas encore en retard.
JULES : Non ! Mais il n'est déjà plus en avance. Je ne suis pas secondé.

Téléphone.

LA SECRÉTAIRE, *au téléphone* : Allô ? Oui. Oui, monsieur le président. *(À Jules :)* Le conseil d'administration vient de se réunir. Le président demande s'il y a du neuf.
JULES : Du neuf ? Qu'il aille se faire foutre ! Dites que je suis sorti.
LA SECRÉTAIRE : Non, monsieur le président : il doit être au marbre. *(À Jules :)* Il n'a pas l'air content.
JULES : Dis-lui que je lui réserve une heureuse surprise.
LA SECRÉTAIRE, *au téléphone* : Il a dit en quittant le bureau qu'il vous réservait une heureuse surprise. Bien.
JULES : Qu'a-t-il répondu ?
LA SECRÉTAIRE : Que le conseil attendait votre coup de téléphone.
JULES : Vieux grigou ! Ladre ! Je t'en foutrai, moi, des surprises. *(À la Secrétaire :)* Demande-moi Sibilot tout de suite.
LA SECRÉTAIRE, *au téléphone* : Sibilot chez le patron. *(À Jules :)* Il n'est pas arrivé.
JULES : Quelle heure est-il ?
LA SECRÉTAIRE : 10 h 5.
JULES, *aux autres* : Je vous l'avais dit : on commence par ne plus être en avance et l'on finit par arriver en retard. *(Un temps.)* Bien ! Bien, bien, bien ! Attendons ! *(Il s'assied et prend une attitude reposée.)* Attendons dans le calme. *(Il prend une autre attitude reposée.)* Dans le calme complet. *(À Tavernier et à Périgord :)* Détendez-vous. *(La Secrétaire commence à taper. Il crie.)* J'ai dit dans le calme ! *(Sautant brusquement sur ses pieds.)* Je ne suis pas fait pour attendre. *(Il marche.)* On tue quelqu'un !
TAVERNIER : Où ça, patron ?
JULES : Est-ce que je sais ? Au Caire, à Hambourg, à Valparaíso, à Paris. Un avion à réaction explose au-dessus de Bordeaux. Un paysan découvre dans son champ les empreintes d'un Martien. Je suis l'actualité, mes enfants : l'actualité n'attend pas. *(Téléphone.)* C'est Sibilot ?
LA SECRÉTAIRE, *au téléphone* : Allô, oui ? Oui, monsieur

le ministre. *(À Jules :)* C'est le ministre de l'Intérieur : il demande s'il y a du neuf.

JULES : Je ne suis pas là.

LA SECRÉTAIRE : Non, monsieur le ministre, M. le directeur n'est pas là. *(À Jules :)* Il est furieux.

JULES : Dis-lui que je lui réserve une surprise.

LA SECRÉTAIRE : M. le directeur a dit tout à l'heure qu'il vous réservait une surprise. Bien, monsieur le ministre. *(Elle raccroche.)* Il retéléphonera dans une heure.

JULES : Une heure ! Une heure pour trouver cette surprise…

PÉRIGORD : Tu la trouveras, Jules !

JULES : Moi ? J'en serais le premier surpris. *(Il s'arrête de marcher.)* Revenons au calme. Tonnerre de Dieu ! Efforçons-nous de penser à autre chose. *(Un temps.)* Eh bien ?

TAVERNIER, *surpris* : Eh bien ?

JULES : Pensez !

PÉRIGORD : Bien, patron. À quoi ?

JULES : Je vous l'ai dit : à autre chose.

PÉRIGORD : Nous y pensons.

JULES : Pensez tout haut !

PÉRIGORD, *pensant* : Je me demande si le propriétaire va réparer la toiture. Mon avocat me conseille de lui faire un procès ! Il dit que je le gagnerai, mais je n'en suis pas sûr.

TAVERNIER, *pensant* : Où donc ai-je pu mettre ce carnet de métro ? J'ai vainement fouillé toutes mes poches. Pourtant, je me revois encore, ce matin, devant le guichet : je prends ma monnaie de la main droite, et de la gauche…

JULES : Voleurs !

TAVERNIER, *réveillé en sursaut* : Qu'est-ce que c'est ?

JULES : Enfin je vois dans vos cœurs ; et qu'est-ce que j'y trouve ? Des toitures et des tickets de métro ! Vos pensées sont à moi : je les paye et vous me les volez ! *(À la Secrétaire :)* Je veux Sibilot ! Téléphone à son domicile personnel.

LA SECRÉTAIRE : Bien, Jules. *(Elle forme un numéro. Elle attend. Jules cesse de marcher, il attend.)* On ne répond pas.

JULES : Je le fous dehors ! Non, non, je n'écoute rien ! Je le fous dehors ! Par qui le remplacer ?

TAVERNIER : Thierry Maulnier[1] ?

JULES : Non.

TAVERNIER : C'est un esprit distingué, qui a grand-peur du communisme.

JULES : Oui, mais il n'a pas la peur communicative et j'en connais deux qui, pour avoir lu ses articles, sont allés droit s'inscrire au P.C. *(Brusquement.)* Et Nekrassov ? Quelles nouvelles ?

PÉRIGORD : On le signale à Rome.

JULES : À Rome ? C'est foutu : la Démocratie chrétienne va le garder.

TAVERNIER : Tass a démenti, d'ailleurs : il serait en Crimée depuis quinze jours.

JULES : Pourquoi pas ? Ne parlons pas trop de lui pour l'instant. Attendez confirmation et ne dites surtout pas qu'il est à Rome : avec la crise de l'hôtellerie, ce n'est pas le moment de faire de la réclame pour le tourisme italien. Voyons, mes enfants : prenons le taureau par les cornes. Vous y êtes ?

TAVERNIER *et* PÉRIGORD : Jules, nous y sommes.

JULES : Pour lancer une campagne, que faut-il ?

PÉRIGORD : Des capitaux.

JULES : Nous les avons. Et puis ?

TAVERNIER : Une victime.

JULES : Nous l'avons aussi. Mais encore ?

PÉRIGORD : Un thème.

JULES : Un thème, voilà ! Un thème.

TAVERNIER : Un thème fracassant !

PÉRIGORD : Percutant !

TAVERNIER : Terreur et sex-appeal !

PÉRIGORD : Un peu de squelette et un peu de fesse !

JULES : Ah ! je le vois, ce thème, je le vois !

TAVERNIER : Nous aussi, patron, nous le voyons...

JULES : Je le tiens...

PÉRIGORD : Nous le tenons ! Nous le tenons !

JULES : Vous aussi, vous le tenez ?

TAVERNIER : Parbleu !

JULES : Eh bien ! dites-moi ce que c'est ?

PÉRIGORD : Ah ! n'est-ce pas, c'est une vue d'ensemble...

TAVERNIER : Un tout qu'on peut difficilement...

PÉRIGORD : Je crois qu'il faudrait trouver quelqu'un pour le...

TAVERNIER : Enfin, pour le...

JULES : Et voilà ! *(Il s'assied accablé. Brusquement.)* Vous riez, les enfants ?

TAVERNIER, *indigné* : Nous, Jules ! Comment peux-tu le croire ?

JULES : Vous auriez tort de rire : si je saute, vous sautez avec moi.

Téléphone.

LA SECRÉTAIRE : Oui ? Qu'il monte tout de suite. *(À Jules :)* C'est Sibilot.

JULES : Enfin !

Ils s'immobilisent tous quatre, le regard fixé sur la porte vitrée. Quand elle s'ouvre, Jules fait signe à Tavernier et à Périgord de sortir. Ils sortent, la Secrétaire les suit.

SCÈNE II

JULES, SIBILOT, GEORGES

JULES : Mon brave Sibilot. Sais-tu que j'ai failli attendre.

SIBILOT : Il faut m'excuser, patron !

JULES : Va, va. C'est oublié ! Qui est ce monsieur ?

SIBILOT : C'est un monsieur.

JULES : Je le vois bien.

SIBILOT : Je vous parlerai de lui tout à l'heure.

JULES : Bonjour, monsieur. *(Georges ne répond pas.)* Il est sourd ?

SIBILOT : Il ne comprend pas le français.

JULES, *à Georges, montrant un fauteuil* : Asseyez-vous donc. *(Il fait le geste de s'asseoir. Georges reste impassible.)* Il ne comprend pas non plus les gestes ?

SIBILOT : C'est parce que vous les avez faits en français.

Georges s'éloigne et prend sur le bureau un journal qui porte un gros titre : NEKRASSOV DISPARU.

JULES : Il lit ?

SIBILOT : Non. Non, non. Il regarde les images.

JULES, *mettant les mains sur les épaules de Sibilot.* Alors, mon vieux ?

SIBILOT, *sans comprendre* : Alors ?

JULES : Ton idée ?

SIBILOT : Ah ! mon idée… *(Un temps.)* Patron, je suis navré.

JULES, *furieux* : Tu n'as pas d'idée ?

SIBILOT : C'est-à-dire… *(Georges derrière Jules lui fait signe de parler.)* Oh ! si patron. Bien sûr que si.

JULES : Tu n'as pas l'air d'en être très fier.

SIBILOT : Non. *(Gestes de Georges.)* Mais je… je suis un modeste.

JULES : Est-elle bonne, au moins ?

Geste de Georges.

SIBILOT, *dans un murmure* : Ah ! trop bonne !

JULES : Et tu t'en plains ? Sibilot, tu es un original. *(Un temps.)* Voyons cela. *(Silence de Sibilot.)* Tu ne dis rien. *(Exhortations muettes de Georges. Sibilot se tait.)* Je vois ce que c'est : tu veux ton augmentation. Écoute, mon vieux. Tu l'auras, je te le promets : tu l'auras si ton idée me plaît.

SIBILOT : Oh ! Non ! Non, non !

JULES : Qu'est-ce que c'est ?

SIBILOT : Je ne veux pas qu'on m'augmente !

JULES : Eh bien ! je ne t'augmenterai pas, là ! Es-tu content ? *(Agacé.)* À la fin, parleras-tu ? *(Sibilot désigne Georges du doigt.)* Eh bien ?

SIBILOT : C'est elle !

JULES : Qui, elle ?

SIBILOT : Lui.

JULES, *sans comprendre* : Lui, c'est elle ?

SIBILOT : Lui, c'est l'idée.

JULES : Ton idée, c'est lui ?

SIBILOT : Ce n'est pas *mon* idée. Non, non, non ! Ce n'est pas *mon* idée !

JULES : Alors, c'est la sienne ?

Georges fait signe que non.

SIBILOT, *obéissant à Georges* : Non plus.

JULES, *désignant Georges* : Enfin, qui est-ce ?

SIBILOT : Un… un étranger.

JULES : De quelle nationalité ?

SIBILOT : Ah ! *(Fermant les yeux.)* Soviétique.

JULES, *déçu* : Je vois.

SIBILOT, *lancé* : Un fonctionnaire soviétique qui a franchi le Rideau de fer.

JULES : Un fonctionnaire supérieur ?

Georges fait signe à Sibilot de dire oui.

SIBILOT : Oui… *(Repris par sa terreur.)* C'est-à-dire non. Moyen. Très moyen. Un tout petit fonctionnaire.

JULES : Bref, un homme de rien.

SIBILOT : Voilà !

Gestes furieux de Georges.

JULES : Et qu'est-ce que tu veux que j'en foute, mon ami, de ton fonctionnaire soviétique ?

SIBILOT : Rien, patron, absolument rien.

JULES : Comment, rien ? Pourquoi l'as-tu amené ?

SIBILOT, *se ressaisissant* : Je pensais qu'il pourrait nous fournir…

JULES : Quoi ?

SIBILOT : Des renseignements.

JULES : Des renseignements ! Sur quoi ? Sur les machines à écrire soviétiques ? Sur les lampes de bureau ou les ventilateurs ? Sibilot, je t'ai chargé de lancer une campagne de grand style et tu me proposes des ragots dont « Paix et liberté » ne voudrait pas[2]. Depuis Kravchenko, sais-tu combien j'en ai vu défiler, moi, de fonctionnaires soviétiques ayant choisi la liberté ? Cent vingt-deux, mon ami, vrais ou faux. Nous avons reçu des chauffeurs d'ambassade, des bonnes d'enfants, un plombier, dix-sept coiffeurs et j'ai pris l'habitude de les refiler à mon confrère Robinet du *Figaro*[3], qui ne dédaigne pas la petite information. Résultat : baisse générale sur le Kravchenko. Le dernier en date, Demidoff, un grand administrateur, celui-là, un économiste distingué, c'est à peine s'il a fourni quatre papiers et Bidault, lui-même, ne l'invite plus à dîner. *(Il va vers Georges.)* Ah ! monsieur a franchi le Rideau de fer. Ah ! monsieur a choisi la liberté ! Eh bien ! fais-lui donner une soupe et envoie-le, de ma part, à l'Armée du salut.

SIBILOT : Bravo ! Patron !

JULES : Hé !

SIBILOT : Vous ne pouvez pas savoir comme je suis content. *(À Georges, vengeur :)* À l'Armée du salut ! À l'Armée du salut !

JULES : C'est tout ? Tu n'as pas d'autre idée ?

SIBILOT, *se frottant les mains* : Aucune ! Absolument aucune !

JULES : Imbécile ! Tu es congédié !

SIBILOT : Oui, patron ! Merci, patron ! Au revoir, patron !

Il va pour sortir. Georges l'arrête et le ramène au milieu de la scène.

GEORGES : Vous permettez ?

JULES : Vous parlez donc français ?

GEORGES : Ma mère était française.

JULES, *à Sibilot* : Et menteur, avec ça ! Fous-moi le camp !

GEORGES, *maintenant Sibilot* : Je le lui avais caché par précaution.

JULES : Monsieur, je vous félicite de manier si bien notre belle langue, mais, en français comme en russe, vous me faites perdre mon temps et je vous serais reconnaissant de quitter mon bureau sur-le-champ.

GEORGES : C'est ce que je compte faire. *(À Sibilot :)* À *France-Soir*, vite[4] !

JULES : À *France-Soir* ? Pourquoi ?

GEORGES, *allant pour sortir* : Votre temps est trop précieux ; je ne vous importunerai pas davantage.

JULES, *se plaçant devant lui* : Je connais bien mon confrère Lazareff et je puis vous assurer qu'il ne fera rien pour vous.

GEORGES : J'en suis convaincu : je n'attends rien de personne et personne ne peut m'aider. Mais, moi, je peux faire beaucoup pour son journal et pour votre pays.

JULES : Vous ?

GEORGES : Moi.

JULES : Que ferez-vous donc ?

GEORGES : Vous allez perdre votre temps.

SIBILOT : Oui, patron, oui : vous allez perdre votre temps. *(À Georges :)* Sortons.

JULES : Sibilot ! À la niche ! *(À Georges :)* Je dispose tout de même de cinq minutes et il ne sera pas dit que j'aurai renvoyé un homme sans l'entendre.

GEORGES : C'est vous qui me priez de rester ?

JULES : C'est moi qui vous en prie.

GEORGES : Soit.

Il plonge sous la table et se promène à quatre pattes.

JULES : Que faites-vous ?

GEORGES : Pas de magnétophone caché ? Pas de micro ? Bon. *(Il se relève.)* Avez-vous du courage ?

JULES : Je le crois.

GEORGES : Si je parle, vous serez en danger de mort.

JULES : En danger de mort ? Ne parlez pas ! Si, parlez ! Parlez vite.

GEORGES : Regardez-moi. Mieux que cela. *(Un temps.)* Eh bien ?

JULES : Eh bien quoi ?

GEORGES : Vous avez publié ma photo en première page de votre journal.

JULES : Vous savez, les photos… *(Le regardant.)* Je ne vois pas.

GEORGES, *se mettant une patte noire sur l'œil droit* : Et comme ceci ?

JULES : Nekrassov !

GEORGES : Si vous criez, vous êtes perdu. Il y a sept communistes en armes dans vos bureaux.

JULES : Leurs noms ?

GEORGES : Plus tard ! Le danger n'est pas immédiat.

JULES : Nekrassov ! *(À Sibilot :)* Et tu ne me l'avais pas dit !

SIBILOT : Je vous jure que je ne le savais pas, patron. Je vous le jure.

JULES : Nekrassov ! Mon vieux Sibilot, tu as du génie !

SIBILOT : Patron, je suis indigne ! indigne ! indigne.

JULES : Nekrassov ! Tiens, je t'adore ! *(Il l'embrasse.)*

SIBILOT, *se laissant tomber dans le fauteuil* : Tout est consommé !

Il s'évanouit.

GEORGES, *le regardant avec mépris* : Enfin seuls ! *(À Jules :)* Causons.

JULES : Je ne voudrais pas vous blesser. Mais…

GEORGES : Vous ne le pourriez pas, même si vous le vouliez.

JULES : Qu'est-ce qui me prouve que vous êtes Nekrassov ?

GEORGES, *riant* : Rien !

JULES : Rien ?

GEORGES : Rien du tout. Fouillez-moi.

JULES : Je ne…

GEORGES, *violent* : Je vous dis de me fouiller !

JULES : Bon ! Bon ! *(Il fouille.)*

GEORGES : Qu'avez-vous trouvé ?

JULES : Rien.

GEORGES : La voilà, la preuve irréfutable. Que ferait un imposteur ? Il vous montrerait son passeport, un livret de famille, une carte d'identité soviétique. Mais vous, Palotin, si vous étiez Nekrassov et si vous vous proposiez de franchir le Rideau de fer, seriez-vous assez imbécile pour garder sur vous vos papiers ?

JULES : Ma foi non.

GEORGES : Voilà ce qu'il fallait démontrer.

JULES : C'est lumineux. *(Rembruni.)* Mais, à ce compte-là, n'importe qui pourrait…

GEORGES : Ai-je l'air de n'importe qui ?

JULES : Déjà l'on vous signale en Italie...

GEORGES : Parbleu ! Et l'on me signalera demain en Grèce, en Espagne, en Allemagne occidentale. Mais faites-les venir, ces imposteurs ; faites-les venir tous et la vérité vous aveuglera. Le véritable Nekrassov a vécu trente-cinq ans dans l'enfer rouge : il a les yeux d'un homme qui revient de loin. Regardez mes yeux ! Le véritable Nekrassov a tué cent dix-huit personnes de sa propre main ! Regardez mes mains. Le véritable Nekrassov a fait régner dix ans la terreur ! Convoquez les faussaires qui m'ont volé mon nom et vous verrez qui d'entre nous est le plus terrible. *(Brusquement, sur Jules.)* Avez-vous peur ?

JULES : Je... *(Il recule et manque heurter la valise.)*

GEORGES : Malheureux ! Ne touchez pas à la valise !

JULES, *criant* : Ah ! *(Regardant la valise.)* Qu'est-ce qu'il y a dedans ?

GEORGES : Vous le saurez plus tard. Éloignez-vous. *(Jules se rencoigne.)* Vous voyez : vous avez peur. Déjà ! Ah ! je vous ferai mourir de peur, tous, vous verrez si je suis Nekrassov !

JULES : J'ai peur, mais j'hésite encore. Si vous me trompiez...

GEORGES : Eh bien ?

JULES : Le journal serait coulé. *(Sonnerie de téléphone. Il décroche.)* Allô ! Bonjour, mon cher ministre. Oui. Oui. Mais naturellement ! Rien ne me tient plus à cœur que cette campagne. Oui. Oui. Mais non : je n'y mets aucune mauvaise volonté ! Je vous demande quelques heures. Quelques heures seulement. Oui, du nouveau. Je ne peux pas m'expliquer par téléphone. Mais je vous en prie, ne vous fâchez... Il a raccroché !

Il raccroche.

GEORGES, *ironique* : Vous avez grand besoin que je sois Nekrassov.

JULES : Hélas !

GEORGES : Donc je le suis.

JULES : Plaît-il ?

GEORGES : Avez-vous oublié votre catéchisme ? On prouvait Dieu par le besoin que l'homme a de lui.

JULES : Vous connaissez le catéchisme ?

GEORGES : Nous connaissons tout. Allons, Jules, vous

avez entendu le ministre : si je ne suis pas Nekrassov, vous n'êtes plus Palotin, le Napoléon de la presse. Êtes-vous Palotin ?

JULES : Oui.

GEORGES : Voulez-vous le rester ?

JULES : Oui.

GEORGES : Alors je suis Nekrassov.

SIBILOT, *reprenant ses esprits* : Il ment, patron, il ment !

JULES, *se jetant sur lui* : Imbécile ! Incapable ! Crétin ! De quoi te mêles-tu ? Cet homme est Nekrassov et vient de me le prouver.

SIBILOT : Il vous l'a prouvé ?

JULES : Irréfutablement !

SIBILOT : Mais je vous jure…

JULES : Sors d'ici ! À l'instant !

GEORGES : Va-t'en, mon bon Sibilot. Attends-moi dehors.

Ils le poussent.

SIBILOT, *disparaissant* : Je ne suis responsable de rien ! Je me lave les mains de toute l'affaire !

La porte se referme sur lui.

SCÈNE III

GEORGES, JULES

GEORGES : Au travail !

JULES : Vous savez tout, n'est-ce pas ?

GEORGES : Sur quoi ?

JULES : Sur l'U.R.S.S. ?

GEORGES : Voyons !

JULES : Et c'est… terrible ?

GEORGES, *pénétré* : Ah !

JULES : Pourriez-vous me dire…

GEORGES : Rien. Appelez votre conseil d'administration : j'ai des conditions à poser.

JULES : À moi, vous pouvez bien…

GEORGES : Rien, vous dis-je. Appelez le conseil.

JULES, *prenant le téléphone* : Allô. Mon cher président, la surprise est arrivée. Elle vous attend. Oui. Oui. Oui. Eh oui ! Vous voyez que je tiens toujours mes promesses. *(Il raccroche.)* Il est furieux, le vieux saligaud !

GEORGES : Pourquoi ?
JULES : Il espérait bien avoir ma peau !
GEORGES : Comment s'appelle-t-il ?
JULES : Mouton.
GEORGES : Je retiens son nom.

Un temps.

JULES : J'aurais pourtant voulu, en les attendant…
GEORGES : Un échantillon de ce que je sais. Bon. Eh bien ! je peux dévoiler dans ses détails le fameux plan C pour l'occupation de la France en cas de guerre mondiale.
JULES : Il y a un plan C pour l'occupation de la France ?
GEORGES : Vous en avez parlé dans votre journal l'an dernier.
JULES : Oui ? Ah ! oui. Mais je… souhaitais une confirmation.
GEORGES : N'avez-vous pas écrit, à l'époque, que le plan C contenait la liste des futurs fusillés ? Eh bien ! vous aviez raison.
JULES : On fusillera des Français ?
GEORGES : Cent mille.
JULES : Cent mille !
GEORGES : L'avez-vous écrit, oui ou non ?
JULES : Vous savez, on écrit ça sans y penser. Et vous avez la liste ?
GEORGES : J'ai appris par cœur les vingt mille premiers noms.
JULES : Donnez-m'en quelques-uns. Qui sera fusillé ? Herriot[5] ?
GEORGES : Bien entendu.
JULES : Lui qui a toujours été si aimable avec vous — enfin, avec eux ! Cela m'amuse beaucoup ! Qui d'autre ? Tous les ministres, je pense ?
GEORGES : Et tous les anciens ministres.
JULES : C'est-à-dire un député sur quatre.
GEORGES : Pardon ! Un député sur quatre sera passé par les armes *à titre d'ancien ministre*. Mais les trois autres peuvent être exécutés pour d'autres raisons.
JULES : Je vois : toute l'Assemblée y passera, sauf les communistes.
GEORGES : Sauf les communistes ? Pourquoi ?
JULES : Ah ! parce que les communistes aussi…
GEORGES : Chut !

JULES : Mais…

GEORGES : Vous n'êtes pas encore assez endurci pour supporter la vérité ! Je ferai mes révélations petit à petit.

JULES : Connaissez-vous Perdrière ?

GEORGES : Perdrière ?

JULES : Nous aimerions qu'il figurât sur la liste.

GEORGES : Tiens ! Pourquoi ?

JULES : Comme cela ! Pour lui donner à réfléchir. S'il n'y est pas, tant pis.

GEORGES : C'est que je connais deux Perdrière. L'un s'appelle René…

JULES : Ce n'est pas lui.

GEORGES : Tant mieux : parce que, lui, il n'est pas sur la liste.

JULES : Le nôtre, c'est Henri. Un radical-socialiste.

GEORGES : Henri ! C'est cela. Je ne connais que lui. Un député ?

JULES : Non. Il l'a été. Mais il ne l'est plus. Il se présente aux élections partielles de Seine-et-Marne.

GEORGES : C'est lui. Vous pensez bien qu'on ne l'épargnera pas. Il est même de la toute première fournée.

JULES : Vous me faites plaisir. Et dans le journalisme ? Qui ?

GEORGES : Beaucoup de gens.

JULES : Mais, par exemple, qui ?

GEORGES : Vous !

JULES : Moi ? *(Il se jette au téléphone.)* Périgord ! Titre sur six colonnes : « Nekrassov à Paris ; notre directeur sur la liste noire. » C'est amusant, hein ? Oui, très amusant ! *(Il raccroche. Tout à coup.)* Moi ? Fusillé ! C'est… c'est inadmissible.

GEORGES : Bah !

JULES : Mais je suis un journal gouvernemental, voyons ! Il y aura bien un gouvernement, quand les Soviets occuperont Paris !

GEORGES : Sans doute.

JULES : Eh bien alors ?

GEORGES : Ils garderont *Soir à Paris*, mais ils liquideront le personnel.

JULES : Fusillé ! Le plus drôle, c'est que cela ne m'est pas entièrement désagréable. Cela donne du poids, de la taille. Je grandis. *(Il se met devant la glace.)* Fusillé ! Fusillé ! Cet homme-là *(il se montre dans la glace)* sera fusillé. Hé ! je me vois avec d'autres yeux. Savez-vous ce que cela me rappelle : le jour où j'ai reçu ma Légion d'honneur. *(Se tournant vers Georges.)* Et le conseil d'administration ?

GEORGES : Vous n'aurez qu'à m'en nommer les membres et je vous dirai le sort qui les attend.

JULES : Les voici !

Entrent les membres du conseil d'administration.

SCÈNE IV

JULES, GEORGES, MOUTON, NERCIAT, LERMINIER, CHARIVET, BERGERAT

MOUTON : Mon cher Palotin...

JULES : Messieurs, voici ma surprise !

TOUS : Nekrassov !

JULES : Nekrassov, oui ! Nekrassov qui m'a fourni des preuves irréfutables de son identité, qui parle français et qui s'apprête à faire au monde entier des révélations stupéfiantes. Il sait par cœur, entre autres, le nom des vingt mille personnes que le commandement soviétique s'apprête à fusiller quand les troupes russes occuperont la France.

LE CONSEIL, *rumeurs* : Des noms ! Des noms ! En sommes-nous ? En suis-je ?

GEORGES : J'aimerais connaître ces messieurs par leur nom.

JULES : Cela va de soi. *(Désignant le membre le plus proche.)* M. Lerminier.

LERMINIER : Enchanté.

GEORGES : Exécuté.

JULES : M. Charivet.

CHARIVET : Enchanté.

GEORGES : Exécuté.

JULES : M. Nerciat.

NERCIAT : Enchanté.

GEORGES : Exécuté.

NERCIAT : Monsieur, cela m'honore.

JULES : M. Bergerat.

BERGERAT : Enchanté.

GEORGES : Exécuté.

BERGERAT : Voilà qui prouve, monsieur, que je suis bon Français.

JULES : Et voici notre président, M. Mouton.

GEORGES : Mouton ?

JULES : Mouton.
GEORGES : Ah !
MOUTON, *s'avançant* : Enchanté.
GEORGES : Enchanté.
MOUTON : Plaît-il ?
GEORGES : Je dis : enchanté.
MOUTON, *riant* : C'est un lapsus ?
GEORGES : Non.
MOUTON : Vous voulez dire : exécuté.
GEORGES : Je veux dire ce que je dis.
MOUTON : Mouton, voyons ! Mou-ton. Comme un mouton.
JULES : M comme Marie, O comme Octave…
GEORGES : Inutile. M. Mouton n'est pas sur la liste.
MOUTON : Vous m'aurez oublié.
GEORGES : Je n'oublie rien.
MOUTON : Et pourquoi, s'il vous plaît, ne daigne-t-on pas m'exécuter ?
GEORGES : Je l'ignore.
MOUTON : Ah ! non : ce serait trop commode. Je ne vous connais pas, vous me déshonorez et vous refuseriez de vous expliquer ? J'exige…
GEORGES : La liste noire de la presse nous a été fournie par le ministre de l'Information sans commentaires.
NERCIAT : Mon cher Mouton…
MOUTON : Il s'agit d'une plaisanterie, messieurs, d'une simple plaisanterie.
GEORGES : Un ministre soviétique ne plaisante jamais.
MOUTON : C'est infiniment désagréable ! Voyons, chers amis, dites à M. Nekrassov que mes états de service font de moi la victime désignée du gouvernement soviétique : ancien combattant de 14, croix de guerre, je préside quatre conseils d'administration et je… *(Il s'arrête.)* Enfin, dites quelque chose ! *(Silence gêné.)* Palotin, vous avez l'intention de publier cette liste ?
JULES : Je ferai ce que vous déciderez, messieurs.
BERGERAT : Il va de soi qu'il faut la publier.
MOUTON : Eh bien ! veillez à y mettre mon nom. Le public ne comprendrait pas qu'on l'oublie. Vous auriez des protestations !

Georges prend son chapeau et va pour sortir.

JULES : Où allez-vous ?
GEORGES : À *France-Soir.*

NERCIAT : À *France-Soir* ? Mais…

GEORGES : Je ne mens jamais, c'est ma force. Vous reproduirez mes déclarations sans les altérer ou je m'adresserai à d'autres.

MOUTON : Allez au diable ! Nous nous passerons de vous !

NERCIAT : Vous êtes fou, mon cher !

CHARIVET : Complètement fou !

BERGERAT, *à Georges* : Veuillez nous excuser, cher monsieur.

LERMINIER : Notre président est très nerveux…

CHARIVET : Et son émotion est légitime.

NERCIAT : Mais nous souhaitons la vérité.

BERGERAT : Toute la vérité.

LERMINIER : Rien que la vérité.

JULES : Et nous publierons tout ce que vous voudrez.

MOUTON : Je vous dis que cet homme est un imposteur.

Rumeurs de désapprobation.

GEORGES : À votre place, monsieur, je ne parlerais pas d'imposture : car enfin ce n'est pas moi, c'est vous qu'on a exclu de la liste noire.

MOUTON, *aux membres du conseil* : Laisserez-vous insulter votre président ? *(Silence.)* Le cœur de l'homme est creux et plein d'ordures[6] : vous me connaissez depuis vingt ans, mais qu'importe ? Il a suffi d'un mot prononcé par un inconnu : déjà vous vous défiez de moi. De moi, votre ami !

CHARIVET : Mon cher Mouton…

MOUTON : Arrière ! Votre âme est gangrenée par l'appétit du gain ! On compte éblouir les concierges par des révélations sensationnelles et dénuées de fondement, on espère doubler la vente, on sacrifie vingt ans d'amitié au veau d'or ! Eh bien ! révélez, messieurs, révélez ! Je vous quitte et vais chercher la preuve que cet homme est un menteur, un faussaire, un escroc. Priez Dieu que je la trouve avant que le monde entier rie de votre folie. Au revoir. Quand nous nous reverrons, vous aurez un sac de cendres sur la tête et vous vous frapperez la poitrine en implorant mon pardon !

Il sort.

SCÈNE V

LES MÊMES, *moins* MOUTON,
LA SECRÉTAIRE

NERCIAT : Tiens !

CHARIVET : Tiens ! Tiens !

LERMINIER : Tiens ! Tiens ! Tiens !

BERGERAT : Tiens ! Tiens ! Tiens ! Tiens !

GEORGES : Ah ! messieurs ! Vous en verrez bien d'autres !

NERCIAT : Nous ne demandons qu'à voir.

BERGERAT : Parlez ! Parlez vite !

GEORGES : Un instant, messieurs ! J'ai des explications à vous donner et des conditions à poser.

LERMINIER : Nous vous écoutons.

GEORGES : Pour éviter les malentendus, je tiens d'abord à préciser que je vous méprise.

NERCIAT : Parbleu ! cela va de soi.

BERGERAT : Et nous comprendrions mal qu'il en fût autrement.

GEORGES : Vous représentez à mes yeux les abjects suppôts du capitalisme.

CHARIVET : Bravo !

GEORGES : J'ai quitté ma patrie quand j'ai compris que les maîtres du Kremlin trahissaient le principe de la Révolution, mais ne vous y trompez pas : je demeure communiste ir-ré-duc-ti-ble-ment !

LERMINIER : Cela vous honore.

NERCIAT : Et nous vous savons gré de votre franchise.

GEORGES : En vous donnant les moyens de renverser le régime soviétique, je ne suis pas sans savoir que je prolonge d'un siècle la société bourgeoise.

TOUS : Bravo ! Très bien ! Très bien !

GEORGES : Je m'y résigne avec douleur parce que mon objectif principal est de purifier le mouvement révolutionnaire. Qu'il meure, s'il le faut : dans cent ans il renaîtra de ses cendres ; alors, nous reprendrons notre marche en avant et, cette fois, j'aime mieux vous dire que nous gagnerons.

NERCIAT : Dans cent ans, c'est cela !

CHARIVET : Dans cent ans ! Le déluge !

NERCIAT : Pour moi, j'ai toujours dit que nous allions au socialisme. Le tout, c'est d'y aller doucement.

BERGERAT : D'ici là, n'ayons qu'un souci : abattre l'U.R.S.S. !

CHARIVET : Abattre l'U.R.S.S., bravo !

LERMINIER : Abattre l'U.R.S.S. ! Abattre l'U.R.S.S. ! Écraser le parti communiste français !

La Secrétaire apporte des coupes de champagne sur un plateau.

NERCIAT, *levant sa coupe* : À la santé de notre cher ennemi !

GEORGES : À la vôtre ! *(Ils trinquent et boivent.)* Voici mes conditions. Pour moi, je ne veux rien.

LERMINIER : Rien ?

GEORGES : Rien : un appartement au *George-V*, deux gardes du corps, des habits décents et de l'argent de poche.

NERCIAT : D'accord.

GEORGES : Je dicterai mes mémoires et mes révélations à un journaliste éprouvé.

JULES : Voulez-vous Cartier[7] ?

GEORGES : Je veux Sibilot.

JULES : Parfait.

GEORGES : J'entends qu'on l'augmente. Combien touche-t-il ?

JULES : Euh... Soixante-dix billets par mois.

GEORGES : Affameur ! Vous triplerez la somme.

JULES : Je vous le promets.

GEORGES : Au travail !

JULES : Et les sept communistes ?

GEORGES : Quels communistes ?

JULES : Ceux qui sont en armes dans mes bureaux ?

GEORGES : Ah !... Ah ! Oui.

NERCIAT : Il y a des communistes à *Soir à Paris* ?

JULES, *à Georges* : Sept ! N'est-ce pas ?

GEORGES : Oui. Oui, oui. C'est le chiffre que je vous ai donné.

NERCIAT : Incroyable ! Comment se sont-ils glissés...

GEORGES, *riant* : Ha ! Ha ! Ha ! Vous êtes naïfs !

LERMINIER : En armes ? Quelles armes ?

GEORGES : L'arsenal ordinaire : grenades, bombes au plastic, revolvers. Et puis, il doit y avoir quelques mitraillettes sous le plancher.

NERCIAT : C'est fort dangereux.

GEORGES : Mais non : pas pour l'instant. Revenons à notre sujet.

BERGERAT : Mais *c'est* notre sujet.

NERCIAT : Et permettez-moi de vous dire que votre première tâche doit être d'empêcher le massacre du conseil d'administration.

GEORGES : Ils ne songent pas à vous massacrer.

NERCIAT : Alors pourquoi ces armes ?

GEORGES : Chut !

NERCIAT, *étonné* : Chut ?

GEORGES : Vous saurez chaque chose en son temps.

JULES : De toute façon, il faut assainir le personnel. M. Nekrassov va nous donner ces sept noms.

LERMINIER, *riant* : Je pense bien qu'il va nous les donner. Il s'en fera même un plaisir !

BERGERAT : Les salauds ! Les salauds ! Les salauds ! Les salauds !

LERMINIER : Vous les flanquerez dehors, ce matin même !

JULES : Et s'ils me tirent dessus ?

BERGERAT : Prévenez la police et demandez un car d'inspecteurs.

NERCIAT : Au moindre geste, bouclés !

CHARIVET : Vous pensez bien qu'ils n'oseront rien faire.

LERMINIER : De toute manière, il sera bon de donner leurs adresses au ministère de l'Intérieur : il y a là une filière à ne pas négliger.

NERCIAT : J'y pense : Palotin, vous téléphonerez à tous nos confrères du soir et du matin pour leur communiquer la liste : ces gaillards doivent être rayés de la profession.

LERMINIER : Qu'ils disparaissent !

CHARIVET : Qu'ils crèvent de faim, ces pirates !

BERGERAT : Malheureusement, leur parti les nourrira !

CHARIVET : Leur parti ? Il les laissera tomber dès qu'on saura qu'ils sont brûlés.

NERCIAT : Vous ne craignez pas qu'ils jettent des bombes pour se venger ?

CHARIVET : On fera garder l'immeuble par les C.R.S.

LERMINIER : Par la troupe, s'il le faut.

CHARIVET : Pendant six mois !

LERMINIER : Pendant un an ! Pendant deux ans !

BERGERAT : Ah ! ces messieurs veulent la bagarre : eh bien ! je vous garantis qu'ils l'auront !

NERCIAT, *se tournant vers Georges* : Nous vous écoutons, cher monsieur.

GEORGES : Je… je crains de ne pas retrouver tous les noms.

JULES, *à la Secrétaire* : Fifi ! Donne la liste du personnel. *(Fifi apporte la liste. Il la prend. À Georges :)* Voilà qui vous rafraîchira la mémoire. Vous n'aurez qu'à pointer.

Il met la liste sur son bureau et fait signe à Georges de s'asseoir. Georges s'assied devant le bureau. Long silence.

BERGERAT : Alors ?

GEORGES, *malgré lui* : Je ne suis pas une donneuse.

LERMINIER, *surpris* : Plaît-il ?

GEORGES, *pris au piège* : Je veux dire…

BERGERAT, *soupçonneux* : Vous refusez de donner les noms ?

GEORGES, *se ressaisissant* : Moi ? Vous aurez des noms par milliers. Mais vous êtes des enfants : pour démasquer une poignée d'ennemis, vous allez donner l'alarme à tous les autres. La situation est beaucoup plus grave que vous ne l'imaginez. Sachez qu'on a truqué le monde, que vous avez vécu dans l'erreur et que, si le destin ne m'avait mis sur votre route, vous alliez mourir dans l'ignorance.

BERGERAT : Dans l'ignorance de quoi ?

GEORGES : Ah ! comment me faire comprendre ? Vos esprits ne sont pas préparés à recevoir la vérité et je ne puis tout vous découvrir en une fois. *(Brusquement.)* Considérez plutôt cette valise. *(Il prend la valise et la pose sur le bureau de Jules.)* Qu'a-t-elle de particulier ?

JULES : Rien.

GEORGES : Je vous demande pardon : elle a ceci de particulier qu'elle ressemble à toutes les autres valises.

NERCIAT : On jurerait qu'elle est faite en France.

GEORGES : Elle *n'est pas* faite en France. Mais vous pouvez vous procurer la pareille au *Bazar de l'Hôtel de Ville* pour la somme de trois mille cinq cents francs.

LERMINIER, *frappé* : Oh !

BERGERAT : C'est très fort !

GEORGES : Est-il assez terrible, cet objet neutre et froid, *sans aucune marque distinctive* ? Il paraît si banal qu'il en devient suspect ; soustrait par son insignifiance aux enquêtes, aux fiches signalétiques, sa vue frappe d'horreur sur l'instant, mais on en oublie aussitôt la forme et jusqu'à la couleur. *(Un silence.)* Savez-vous ce qu'on y met ? Sept kilos de poudre radioactive. Dans chacune de vos grandes villes, un communiste s'est établi, avec une valise toute semblable à celle-ci. Tantôt c'est un marguillier, un inspecteur des Finances, un professeur de danse et de maintien — et tantôt c'est une vieille fille qui vit avec des chats ou des oiseaux. La valise reste au grenier, sous d'autres valises, au milieu des malles, des vieux poêles, des mannequins d'osier. Qui donc s'aviserait d'aller l'y chercher ? Mais, au jour dit, le même message chiffré sera délivré dans toutes les villes de France et toutes les valises seront ouvertes à la fois. Vous devinez le résultat : cent mille morts par jour.

TOUS, *terrorisés* : Ha !

GEORGES : Voyez plutôt ! *(Il va pour ouvrir la valise.)*

BERGERAT, *dans un cri* : Ne l'ouvrez pas !

GEORGES : N'ayez crainte : elle est vide ! *(Il l'ouvre.)* Approchez : regardez l'étiquette, observez les courroies, touchez les soufflets…

Les membres du conseil s'approchent un à un et touchent la valise timidement.

BERGERAT, *la touchant* : C'est vrai ! C'est pourtant vrai !

LERMINIER, *même jeu* : Quel cauchemar !

CHARIVET : Les salauds !

NERCIAT : Les salauds ! Les salauds ! Les salauds !

BERGERAT : Ah ! que je les hais !

LERMINIER : Nous n'allons tout de même pas crever comme des rats ! Que faire ?

GEORGES : Construire des appareils de détection : nous avons quelques mois encore. *(Un temps.)* M'avez-vous compris ? Êtes-vous convaincus que la partie sera dure et qu'on risque de tout compromettre en punissant des subalternes sans importance ?

CHARIVET : Donnez-nous leurs noms tout de même.

LERMINIER : Nous vous promettons qu'ils ne seront pas inquiétés.

BERGERAT : Mais nous voulons savoir à qui nous avons affaire…

NERCIAT : Et regarder le danger en face.

GEORGES : Eh bien ! soit. Mais vous suivrez mes instructions à la lettre : je viens de trouver le moyen de les mettre hors d'état de nuire.

BERGERAT : Quel moyen ?

GEORGES : Augmentez-les. *(Rumeurs.)* Publiez partout que vous êtes enchantés de leurs services et que vous leur accordez une augmentation substantielle.

BERGERAT : Vous croyez qu'on peut les corrompre ?

GEORGES : Pour cela non. Mais vous les déconsidérerez aux yeux de leurs chefs. Cette faveur inexplicable fera croire qu'ils ont trahi.

LERMINIER : Vous en êtes sûr ?

GEORGES : C'est l'évidence même. Du coup, vous n'aurez plus à vous soucier d'eux : la main de Moscou se chargera de les liquider.

Il va au bureau, s'assied et pointe sept noms sur la liste.

NERCIAT : Non ! Non, non et non ! Je ne veux pas qu'on augmente ces salauds !

LERMINIER : Voyons, Nerciat !

BERGERAT : Puisqu'on vous dit que c'est pour mieux les perdre !

CHARIVET : Nous les embrassons pour les étouffer[8].

NERCIAT : Eh bien ! faites ce que vous voudrez !

Georges se lève et tend la liste.

JULES, *lisant* : Samivel[9] ? Ce n'est pas possible !

BERGERAT : Mme Castagnié ? Qui l'eût cru ?

GEORGES, *les interrompant du geste* : Ceci n'est rien. Je lèverai les voiles un à un et vous verrez le monde comme il est. Quand vous vous méfierez de votre fils, de votre femme, de votre père ; quand vous irez vous regarder dans la glace en vous demandant si vous n'êtes pas communiste à votre insu, vous commencerez à entrevoir la vérité. *(Il s'assied au bureau de Jules et les invite à s'asseoir.)* Prenez place, messieurs, et travaillons : nous n'avons pas trop de temps si nous voulons sauver la France.

RIDEAU

CINQUIÈME TABLEAU

Décor : un appartement au George-V. *Le salon. Volets clos. Rideaux tirés. Trois portes : l'une à gauche donne sur la chambre à coucher, la seconde au fond, sur la salle de bains. La troisième à droite, sur une antichambre. D'énormes gerbes de fleurs entassées contre le mur. Surtout des roses.*

SCÈNE I

Un GARÇON DE COURSES *entre, portant une gerbe de roses, suivi par deux* GARDES DU CORPS *qui lui appliquent leurs revolvers contre les reins. Il pose la corbeille et sort à reculons par la porte de droite, en levant les mains en l'air. La porte de gauche s'ouvre, et* GEORGES *paraît en robe de chambre. Il bâille.*

SCÈNE II

GEORGES, LES DEUX GARDES DU CORPS

GEORGES : Qu'est-ce que c'est ?
PREMIER GARDE DU CORPS : Fleurs.
GEORGES, *bâillant, s'approche des fleurs* : Encore des roses ! Ouvrez la fenêtre.
PREMIER GARDE DU CORPS : Non.
GEORGES : Non ?
PREMIER GARDE DU CORPS : Dangereux.
GEORGES : Tu ne sens donc pas que ces roses puent ?
PREMIER GARDE DU CORPS : Non.
GEORGES : Tu as de la chance. *(Il prend l'enveloppe et l'ouvre.)* « Avec l'admiration passionnée d'un groupe de femmes françaises. » On m'admire, hein ?
PREMIER GARDE DU CORPS : Oui.
GEORGES : On m'aime ?
PREMIER GARDE DU CORPS : Oui.
GEORGES : Un peu, beaucoup, passionnément ?

PREMIER GARDE DU CORPS : Passionnément.

GEORGES : Pour aimer si fort, il faut bougrement haïr.

PREMIER GARDE DU CORPS : Haïr qui ?

GEORGES : Les autres. *(Il se penche sur les fleurs.)* Respirons le parfum de la haine. *(Il respire.)* C'est puissant, vague et croupi. *(Montrant les fleurs.)* Voilà le danger ! *(Les Gardes sortent leurs revolvers et les braquent sur les fleurs.)* Ne tirez pas : c'est l'hydre aux mille têtes. Mille petites têtes rouges de colère, qui s'égosillent et jettent leur odeur comme un cri avant de mourir. Ces roses exhalent du poison.

DEUXIÈME GARDE DU CORPS : Poison ?

PREMIER GARDE DU CORPS, *au second* : Laboratoire de toxicologie. Gutenberg 66-21.

L'autre se dirige vers le téléphone.

GEORGES : Trop tard : tout est empoisonné ici puisque je travaille dans la haine.

PREMIER GARDE DU CORPS, *incompréhensif* : La haine ?

GEORGES : Ah ! c'est une passion malodorante ! Mais, si tu veux tirer les ficelles, il faut les prendre où elles sont, même dans la crotte. Je les ai toutes en main, c'est mon jour de gloire et vive la haine, puisque c'est à la haine que je dois ma puissance. Ne me regardez pas de cet œil-là : je suis poète ; êtes-vous chargés de me comprendre ou de me protéger ?

PREMIER GARDE DU CORPS : Protéger.

GEORGES : Eh bien ! protégez, protégez. Quelle heure est-il ?

PREMIER GARDE DU CORPS, *coup d'œil à son bracelet-montre* : 17 h 30.

GEORGES : Quel temps fait-il ?

DEUXIÈME GARDE DU CORPS, *va consulter un baromètre près de la fenêtre* : Beau fixe.

GEORGES : Température ?

PREMIER GARDE DU CORPS, *va consulter un thermomètre accroché au mur* : 20 degrés Réaumur.

GEORGES : Le bel après-midi de printemps ! Ciel pur, le soleil incendie les vitres ; en vêtements clairs, une foule tranquille monte et descend les Champs-Élysées, la lumière du soir adoucit les visages. Eh bien ! je suis content de le savoir. *(Il bâille.)* Emploi du temps ?

PREMIER GARDE DU CORPS, *consultant une liste* : À 17 h 40, Sibilot pour vos mémoires.

GEORGES : Après ?

PREMIER GARDE DU CORPS : À 18 h 30, une journaliste du *Figaro.*

GEORGES : Vous la fouillerez soigneusement. On ne sait jamais. Après ?

PREMIER GARDE DU CORPS : Soirée dansante.

GEORGES : Chez qui ?

PREMIER GARDE DU CORPS : Chez Mme Bounoumi.

GEORGES : Elle donne une soirée, celle-là ?

PREMIER GARDE DU CORPS : Pour fêter le désistement de son concurrent, Perdrière.

GEORGES : Je le fêterai : c'est mon œuvre. Disparaissez.

Ils sortent. Il referme la porte et bâille.

SCÈNE III

GEORGES, *seul*

GEORGES, *s'approche de la glace, se regarde, tire la langue* : Sommeil trouble, langue chargée, manque d'appétit : trop de banquets officiels — et puis je ne sors plus guère. *(Il bâille.)* Un soupçon d'ennui : c'est normal ; on est toujours seul au faîte de la puissance. Petits hommes transparents, je vois vos cœurs et vous ne voyez pas le mien. *(Téléphone.)* Allô ? Lui-même. Un salaud ? Ah ! c'est vous, cher monsieur, qui me tenez pour un salaud. C'est la trente-septième fois que vous avez la bonté de m'en informer. Veuillez croire désormais que je suis parfaitement renseigné sur vos sentiments et ne prenez plus la peine… Il a raccroché. *(Il marche.)* Un salaud, un traître au Parti, c'est vite dit. *Qui* est un salaud ? Pas moi, Georges de Valera, qui n'ai jamais été communiste et ne trahis personne. Pas Nekrassov, qui se soigne en Crimée sans penser à mal. Mon interlocuteur anonyme parle donc pour ne rien dire. *(Il va vers la glace.)* À moi[a] donc mon enfance ! Oh ! le joli traîneau de bois peint. Mon père m'y assoit : en avant ! Clochettes, claquements de fouet, la neige…

Sibilot est entré depuis quelques instants.

SCÈNE IV

SIBILOT, GEORGES

SIBILOT : Qu'est-ce que tu fais là ?

GEORGES : Mes gammes !

SIBILOT : Quelles gammes ?

GEORGES : Je me mens !

SIBILOT : À toi aussi ?

GEORGES : À moi d'abord. J'ai trop de penchant pour le cynisme ; il est indispensable que je sois ma première dupe. Sibilot, je meurs. Tu me surprends en pleine agonie.

SIBILOT : Hein !

GEORGES : Je meurs Valera pour renaître Nekrassov.

SIBILOT : Tu n'es pas Nekrassov !

GEORGES : Je le suis de la tête aux pieds, de la maturité jusqu'à l'enfance.

SIBILOT : De la tête aux pieds, tu es un misérable escroc qui court au désastre et va m'y entraîner si je n'y mets bon ordre !

GEORGES : Ho ! Ho ! *(Le regardant.)* Toi, tu nous mijotes un coup de probité bête qui nous perdra. Eh bien, parle ! Que veux-tu faire ?

SIBILOT : Nous dénoncer !

GEORGES : Imbécile ! Tout allait si bien !

SIBILOT : J'ai pris ma résolution tout à l'heure et je viens te prévenir : demain matin, à 11 heures, je me jette aux pieds de Jules et j'avoue tout : tu as dix-sept heures pour préparer ta fuite.

GEORGES : Es-tu fou ? Perdrière se désiste, *Soir à Paris* a doublé son tirage, tu gagnes 210 000 francs par mois et tu veux te dénoncer ?

SIBILOT : Oui !

GEORGES : Pense à moi, malheureux ! J'ai le pouvoir suprême, je suis l'éminence grise du pacte Atlantique, je tiens la guerre et la paix dans mes mains, j'écris l'histoire, Sibilot, j'écris l'histoire et c'est le moment que tu choisis pour me foutre des peaux de banane sous les pieds ? Sais-tu que j'ai rêvé de cet instant toute ma vie ? Profite donc de ma puissance : tu seras mon Faust. Veux-tu l'argent ? La beauté ? La jeunesse ?

SIBILOT, *haussant les épaules* : La jeunesse…

GEORGES : Pourquoi pas ? C'eſt une queſtion d'argent. *(Sibilot va pour sortir.)* Où vas-tu ?

SIBILOT : Me dénoncer.

GEORGES : Tu te dénonceras, n'aie crainte, tu te dénonceras ; mais rien ne presse : nous avons le temps de causer. *(Il ramène Sibilot au milieu de la pièce.)* Tu es mort de peur, mon ami. Qu'eſt-ce qu'il y a ?

SIBILOT : Il y a que Mouton aura ta peau et par conséquent la mienne. Il s'eſt adjoint Demidoff, un vrai Kravchenko, celui-là, authentifié par l'agence Tass, et il te cherche. S'ils te trouvent — et ils te trouveront forcément — Demidoff dénoncera ton impoſture : nous serons foutus.

GEORGES : N'eſt-ce que cela ? Qu'on me l'amène, ton Demidoff : je me charge de lui. Je les prends tous : induſtriels et banquiers, magiſtrats et miniſtres, colons américains, réfugiés soviétiques : et je les fais danser. C'eſt tout ?

SIBILOT : Oh ! non. Il y a bien pis !

GEORGES : Tant mieux : je m'amuserai.

SIBILOT : Il y a que Nekrassov vient de faire une déclaration à la radio.

GEORGES : Moi ? Je te jure que je n'en ai fait aucune.

SIBILOT : Il n'eſt pas queſtion de toi ; j'ai dit Nekrassov.

GEORGES : Nekrassov, c'eſt moi.

SIBILOT : Je parle de celui de Crimée.

GEORGES : De quoi vas-tu te mêler ? Tu es français, Sibilot : balaye devant ta porte et ne t'occupe pas de ce qui se passe en Crimée.

SIBILOT : Il prétend qu'il eſt guéri et qu'il regagnera Moscou vers la fin de cette semaine.

GEORGES : Après ?

SIBILOT : Après ? Nous sommes foutus !

GEORGES : Foutus ? Parce qu'un bolchevik a débité des sornettes au micro ? Toi, Sibilot, toi, le champion de l'anticommunisme, tu fais confiance à ces gens-là ? Tiens : tu me déçois.

SIBILOT : Tu seras moins déçu, vendredi, quand tous les ambassadeurs et les journaliſtes étrangers, conviés à l'Opéra de Moscou, verront Nekrassov, en personne, dans la loge du gouvernement !

GEORGES : Ah ! parce que, vendredi…

SIBILOT : Oui !

GEORGES : C'eſt annoncé ?

SIBILOT : Oui !

GEORGES : Eh bien ! ils auront vu mon sosie. Car j'ai un sosie, là-bas, comme les autres ministres. Nous craignons si fort les attentats que nous nous faisons remplacer dans les cérémonies officielles. Tiens, note donc cela : c'est à publier demain. Attends : il faut apporter la petite touche de vérité amusante, inventer l'anecdote qu'on n'invente pas. Voici : mon sosie me ressemblait si fort qu'on ne pouvait nous distinguer l'un de l'autre à dix pas. Malheureusement, quand on me l'amena, je m'aperçus qu'il avait un œil de verre. Juge de mon embarras ! J'ai dû répandre le bruit qu'un mal inguérissable me rongeait l'œil droit : voilà l'origine de cette patte. Tu titreras : « Parce que son sosie était borgne, Nekrassov porte un bandeau sur l'œil. » As-tu noté ?

SIBILOT : À quoi bon ?

GEORGES, *avec autorité* : Note ! *(Sibilot hausse les épaules, tire son crayon et prend quelques notes.)* Tu concluras par ce défi : quand le prétendu Nekrassov entrera dans la loge du gouvernement, qu'il ôte son bandeau, s'il l'ose. J'ôterai le mien à la même heure devant des oculistes et des médecins : ils verront tous que j'ai deux yeux en bon état. Quant à l'autre, s'il n'a qu'un œil, nous tenons la preuve irréfutable que cet homme n'est pas moi. Écris-tu ?

SIBILOT : J'écris mais cela ne servira pas.

GEORGES : Parce que ?

SIBILOT : Parce que je veux me dénoncer ! Je suis[b] honnête, comprends-tu, honnête ! honnête ! honnête !

GEORGES : Qui est-ce qui t'a dit le contraire ?

SIBILOT : Moi ! Moi ! Moi !

GEORGES : Toi ?

SIBILOT : Moi qui me répète cent fois par jour que je suis un malhonnête homme ! Je mens, Georges ; je mens comme je respire. Je mens à mes lecteurs, à ma propre fille, à mon patron !

GEORGES : Tu ne mentais donc pas avant de me connaître ?

SIBILOT : Même si je mentais, j'avais l'approbation de mes supérieurs. Je faisais des mensonges contrôlés, estampillés, des mensonges de grande information, des mensonges d'intérêt public.

GEORGES : Et tes mensonges présents, ils ne sont plus d'intérêt public ? Ce sont les mêmes, voyons !

SIBILOT : Les mêmes, oui : mais je les fais sans la garantie du gouvernement. Il n'y a que moi sur terre à savoir qui tu es ; c'est ce qui m'étouffe : mon crime n'est pas de mentir, mais de mentir tout seul.

GEORGES : Eh bien va ! Qu'attends-tu ? Cours te dénoncer ! *(Sibilot fait un pas.)* Une simple question, une seule, et je te rends la liberté. Que vas-tu dire à Jules ?

SIBILOT : Tout !

GEORGES : Tout quoi ?

SIBILOT : Tu le sais bien !

GEORGES : Ma foi non.

SIBILOT : Eh bien ! je lui dirai que j'ai menti et que tu n'es pas *vraiment* Nekrassov.

GEORGES : Comprends pas.

SIBILOT : C'est pourtant clair.

GEORGES : Que veut dire ce *vraiment* ? *(Sibilot hausse les épaules.)* Es-tu *vraiment* Sibilot ?

SIBILOT : Oui, je suis Sibilot, oui, je suis ce père de famille infortuné que tu as corrompu, misérable, et qui est en train de souiller ses cheveux blancs.

GEORGES : Prouve-le.

SIBILOT : J'ai des papiers.

GEORGES : Moi aussi, j'en ai.

SIBILOT : Les miens sont vrais.

GEORGES : Les miens aussi. Veux-tu voir le permis de séjour que la préfecture de police m'a délivré ?

SIBILOT : Il ne vaut rien.

GEORGES : Pourquoi, s'il te plaît ?

SIBILOT : Parce que tu n'es pas Nekrassov.

GEORGES : Et tes papiers, à toi, sont valables ?

SIBILOT : Oui.

GEORGES : Pourquoi ?

SIBILOT : Parce que je suis Sibilot.

GEORGES : Tu vois : ce ne sont pas les papiers qui prouvent l'identité.

SIBILOT : Eh bien ! non : ce ne sont pas les papiers.

GEORGES : Alors ? Prouve-moi que tu es Sibilot.

SIBILOT : Tout le monde te le dira.

GEORGES : Tout le monde, c'est combien de personnes ?

SIBILOT : Cent, deux cents, je ne sais pas moi, mille…

GEORGES : Mille personnes te prennent pour Sibilot, tu voudrais que je les croie sur parole et tu récuses le témoignage de deux millions de lecteurs qui me tiennent pour Nekrassov ?

SIBILOT : Ce n'est pas la même…

GEORGES : Prétends-tu imposer silence à l'immense rumeur qui fait de moi le héros de la liberté, le champion de l'Occident ? Opposes-tu ta misérable conviction individuelle à la foi collective qui galvanise les bons citoyens ? C'est toi, dont l'identité n'est même pas établie, c'est toi qui vas étourdiment pousser deux millions d'hommes au désespoir. Courage : ruine ton patron ! Fais mieux encore : provoque la chute du ministère. J'en sais qui riront d'aise.

SIBILOT : Qui donc ?

GEORGES : Les communistes, parbleu ! Travaillerais-tu pour eux ?

SIBILOT, *inquiet* : Voyons, Georges !

GEORGES : Ah ! tu ne serais pas le premier qu'ils auraient payé pour démoraliser l'opinion !

SIBILOT : Je te jure…

GEORGES : Comment veux-tu que je te croie, toi qui viens de me confesser ta malhonnêteté profonde ?

SIBILOT, *s'affolant* : Il faut me croire : je suis un honnête homme malhonnête, mais je ne suis pas un malhonnête homme !

GEORGES : Admettons. Mais alors… Mais alors… Ho ! Ho ! Que t'arrive-t-il ? Mon malheureux ami, pourrai-je te tirer d'affaire ?

SIBILOT : Qu'y a-t-il encore ?

GEORGES : Comment te faire comprendre ? Tiens : mets d'un côté quarante millions de Français, nos contemporains, assurés de vivre au beau milieu du XXe siècle et, de l'autre côté, un individu, un seul, qui s'obstine à déclarer qu'il est l'empereur Charles Quint[1]. Comment l'appelles-tu, cet homme-là ?

SIBILOT : Un fou.

GEORGES : Et voilà justement ce que tu es, toi qui prétends nier des vérités fondées sur le consentement universel.

SIBILOT : Georges !

GEORGES : Sais-tu ce qu'il va te faire, Jules, quand il verra son plus vieil employé se jeter à ses genoux et le supplier d'enterrer son journal de ses propres mains ?

SIBILOT : Il va me chasser !

GEORGES : Lui ? Pas du tout ! Il va te faire enfermer !

SIBILOT, *atterré* : Oh[c] !

GEORGES : Tiens ; lis ce télégramme : il est de MacCarthy qui me propose un engagement de témoin à charge permanent. Voici les félicitations de Franco, celles de la Fruit

Company, un mot cordial d'Adenauer, une lettre autographe du sénateur Borgeaud[2]. À New York, mes révélations ont fait monter les cours de la Bourse ; partout, c'est le boom sur les industries de guerre. De gros intérêts sont en jeu ; Nekrassov, ce n'est plus seulement moi : c'est un nom générique pour les dividendes que touchent les actionnaires des fabriques d'armement. Voilà l'objectivité, mon vieux, voilà la réalité ! Que peux-tu contre cela ? Tu as mis la machine en marche : c'est vrai. Mais elle te broiera si tu essayes de l'arrêter. Au revoir, mon pauvre ami. Je t'aimais. *(Sibilot ne bouge pas.)* Qu'attends-tu ?

SIBILOT, *d'une voix étranglée* : Peut-on me guérir ?

GEORGES : De ta folie ?

SIBILOT : Oui.

GEORGES : Je crains qu'il ne soit trop tard.

SIBILOT : Mais si tu me soignais, Georges ? Si tu voulais bien me soigner ?

GEORGES : Eh ! je ne suis pas psychiatre. *(Un temps.)* Il est vrai qu'il s'agit plutôt d'une rééducation. Souhaites-tu que je te rééduque ?

SIBILOT : S'il te plaît !

GEORGES : Commençons ! Prends l'attitude d'honnêteté.

SIBILOT : Je ne sais pas la prendre !

GEORGES : Enfonce-toi profondément dans ce fauteuil. Pose les pieds sur le pouf. Mets cette rose à ta boutonnière. Prends ce cigare.

Il présente un miroir à Sibilot.

SIBILOT, *se regardant* : Eh !

GEORGES : Te sens-tu plus honnête, à présent ?

SIBILOT : Peut-être un peu plus.

GEORGES : Bien. Laisse de côté tes certitudes personnelles et dis-toi bien qu'elles sont fausses puisque personne ne les partage. Elles t'exilaient. Rejoins le troupeau ; rappelle-toi que tu es un bon Français. Regarde-moi avec les yeux innombrables des Français qui nous lisent. Qui vois-tu ?

SIBILOT : Nekrassov !

GEORGES : À présent, je sors et je rentre. Mets-toi en état de sincérité. De sincérité collective, bien entendu. Quand je pousserai la porte, tu me diras : « Bonjour Nikita... »

Il sort. Sibilot s'installe, boit et fume. Georges rentre.

SIBILOT : Bonjour, Nikita.
GEORGES : Bonjour, Sibilot.
SIBILOT : L'ai-je bien dit ?
GEORGES : Pas trop mal. *(Il fait le tour du fauteuil de Sibilot, se penche brusquement sur lui et lui met les mains sur les yeux.)* Coucou !
SIBILOT : Laisse-moi tranquille… Nikita !
GEORGES : De mieux en mieux. Lève-toi.

Sibilot se lève, le dos tourné à Georges. Georges le chatouille.

SIBILOT, *se tordant et riant malgré lui* : Finis donc !… Nikita !
GEORGES : Tu guériras ! *(Un temps.)* Assez pour aujourd'hui : travaillons ! Chapitre VIII : Entrevue tragique avec Staline.
SIBILOT, *notant* : Entrevue tragique avec Staline.

Sonnerie de téléphone.

GEORGES, *décrochant* : Allô, oui ? Mme Castagnié ? Attendez. *(À Sibilot :)* C'est un nom qui me dit quelque chose.
SIBILOT : C'est une dactylo de *Soir à Paris*.
GEORGES : Ah ! une des sept qu'ils voulaient foutre à la porte et que j'ai fait augmenter ? Qu'est-ce qu'elle me veut ?
SIBILOT : C'est Jules qui l'aura envoyée !
GEORGES, *à l'appareil* : Qu'elle monte. *(Revenant à Sibilot après avoir raccroché.)* Entrevue tragique avec Staline. En sous-titre : « Je m'échappe du Kremlin en chaise à porteurs[3]. »
SIBILOT : Nikita ! Est-ce possible ?
GEORGES : Rien de plus naturel. On me poursuit. Je me réfugie dans une salle du musée, encombrée de carrosses. Dans un coin, une chaise à porteurs…
UN GARDE DU CORPS : Mme Castagnié.
GEORGES : Qu'elle entre. Et surtout ne l'effrayez pas avec vos revolvers.

SCÈNE V

GEORGES, SIBILOT,
MADAME CASTAGNIÉ

SIBILOT, *allant à elle* : Bonjour, madame Castagnié.
MADAME CASTAGNIÉ : Bonjour, monsieur Sibilot. Je ne

croyais pas vous trouver là. *(Désignant Georges.)* Nekrassov, c'est lui ?

SIBILOT : C'est lui. C'est notre Nikita.

GEORGES : Mes hommages, madame.

MADAME CASTAGNIÉ : Je voudrais savoir pourquoi vous m'avez fait renvoyer.

GEORGES : Hein ?

SIBILOT : On vous a renvoyée ?

MADAME CASTAGNIÉ, *à Georges* : Vous le savez très bien, monsieur ! Ne faites pas l'étonné.

GEORGES : Je vous jure que…

MADAME CASTAGNIÉ : M. Palotin m'a convoquée tout à l'heure. Ces messieurs du conseil étaient là, ils n'avaient pas l'air bon.

GEORGES : Et alors ?

MADAME CASTAGNIÉ : Alors ? Eh bien ! ils m'ont renvoyée.

GEORGES : Mais pourquoi ? Pour quel motif ?

MADAME CASTAGNIÉ : Quand j'ai voulu le savoir, j'ai cru qu'ils allaient me sauter dessus. Ils étaient tous à me crier dans la figure : « Demandez à Nekrassov ! Nekrassov vous le dira ! »

GEORGES : Les salauds ! Les salauds !

MADAME CASTAGNIÉ : Je ne voudrais pas vous vexer, mais, si vous leur avez fait de mauvais rapports sur moi, vous êtes encore plus salaud qu'eux.

GEORGES : Mais je n'ai rien dit ! Je n'ai rien fait ! Je ne vous connais même pas.

MADAME CASTAGNIÉ : Ils m'ont dit de m'adresser à vous : c'est donc que vous savez quelque chose.

GEORGES : Enfin, madame, m'avez-vous jamais vu avant aujourd'hui ?

MADAME CASTAGNIÉ : Jamais.

GEORGES : Vous voyez bien !

MADAME CASTAGNIÉ : Qu'est-ce que cela prouve ? Vous vouliez peut-être ma place.

GEORGES : Qu'est-ce que j'en ferais ? C'est une plaisanterie, madame, une plaisanterie de mauvais goût.

MADAME CASTAGNIÉ : Je suis veuve avec une fille malade : si je perds mon emploi, nous sommes à la rue : il n'y a pas de quoi plaisanter.

GEORGES : Vous avez raison. *(À Sibilot :)* Les salauds !

MADAME CASTAGNIÉ : Qu'est-ce que vous avez contre moi ?

GEORGES : Mais rien ! Au contraire, Sibilot m'est témoin que j'ai voulu vous faire augmenter.

MADAME CASTAGNIÉ : Me faire augmenter ?

GEORGES : Oui.

MADAME CASTAGNIÉ : Menteur ! Vous disiez tout à l'heure que vous ne me connaissiez pas !

GEORGES : Je vous connaissais un peu. Je savais quels loyaux services vous rendiez depuis plus de vingt ans…

MADAME CASTAGNIÉ : Il y a cinq ans que je suis dans la boîte.

GEORGES : Je vais tout vous avouer. D'importantes raisons politiques…

MADAME CASTAGNIÉ : La politique, je ne m'en suis jamais mêlée. Et mon pauvre mari ne voulait pas en entendre parler. Je n'ai pas d'instruction, monsieur, mais je ne suis pas tout à fait idiote, et je ne coupe pas dans vos boniments.

GEORGES, *décrochant le téléphone* : Donnez-moi *Soir à Paris*. *(À Mme Castagnié :)* C'est un malentendu ! Un simple malentendu ! *(À l'appareil :)* Allô, *Soir à Paris* ? Je voudrais parler au directeur. Oui. De la part de Nekrassov. *(À Mme Castagnié :)* On vous rendra votre emploi ; je m'en porte garant. Avec des excuses.

MADAME CASTAGNIÉ : Je n'ai pas besoin d'excuses. Je veux qu'on me rende mon emploi.

GEORGES : Allô ? Il n'est pas dans son bureau ? Mais il est dans la maison ? Où ? Bon. Dites-lui qu'il m'appelle d'urgence, dès qu'il reviendra. *(Il raccroche.)* Tout va s'arranger, madame, tout va s'arranger. En attendant, voulez-vous me permettre… *(La main au portefeuille.)*

MADAME CASTAGNIÉ : Je ne veux pas qu'on me fasse la charité.

GEORGES : À quoi pensez-vous ? Pas de charité, bien sûr. Mais un don amical…

MADAME CASTAGNIÉ : Vous n'êtes pas mon ami.

GEORGES : Aujourd'hui, non. Mais je le serai quand vous aurez repris votre emploi. Vous verrez ! Vous verrez ! *(Brusquement saisi.)* Oh ! *(Un temps.)* Et les autres ?

MADAME CASTAGNIÉ : Et les autres ?

GEORGES : Savez-vous s'ils en ont renvoyé d'autres ?

MADAME CASTAGNIÉ : On le disait.

GEORGES : Qui ? Combien ?

MADAME CASTAGNIÉ : Je ne sais pas. On m'a donné mon congé, j'ai pris mes affaires et je suis partie.

GEORGES, *à Sibilot* : Tu verras qu'ils les auront renvoyés ! Les putois ! Les chacals ! Les bousiers ! Je croyais leur avoir fait peur. Eh bien ! mon vieux Sibilot, profite de la leçon : la peur est moins forte que la haine. *(Il prend son chapeau.)* Il faut que cette comédie cesse. Venez avec nous, madame. M'attaquer aux pauvres, moi ? Ce serait la première fois de ma vie. Je vais prendre Jules à la gorge.

Il a ouvert la porte. Un garde du corps paraît.

LE GARDE DU CORPS : Non.

GEORGES : Comment non ? Je veux sortir !

LE GARDE DU CORPS : Impossible. Danger !

GEORGES : Eh bien ! vous nous accompagnerez.

LE GARDE DU CORPS : Défendu.

GEORGES : Et si je veux passer tout de même ?

LE GARDE DU CORPS, *bref ricanement* : Ha !

GEORGES : Va-t'en ! Je ne sortirai pas. *(À Sibilot :)* Va trouver Jules avec madame, et dis-lui que je ne rigole plus : si le personnel congédié n'est pas réintégré dans les vingt-quatre heures, je donne la suite de mes mémoires au *Figaro*. Va. Madame, il se peut que je vous aie fait du tort, mais c'était contre ma volonté et je vous jure qu'on vous dédommagera. *(Sibilot et Mme Castagnié sortent.)* Tu ne me dis pas au revoir, Sibilot ?

SIBILOT : Au revoir.

GEORGES : Au revoir qui ?

SIBILOT : Au revoir, Nikita.

GEORGES : Dès que tu auras vu Jules, téléphone-moi.

GEORGES, *seul* : Renvoyés… *(Il se met à marcher.)* Ah ! ce n'est pas ma faute ! La haine est une passion que je n'éprouve pas moi-même : je suis obligé de manier des forces terribles et que je connais imparfaitement. Je m'adapterai, je… Renvoyés !… Ils n'avaient que leur salaire pour vivre — peut-être vingt mille francs d'économies… Je les couvrirai d'or, le conseil d'administration les attendra devant la porte, avec des roses, des brassées de roses…

SCÈNE VI

GEORGES, LE GARDE DU CORPS

UN GARDE DU CORPS, *entrant* : La journaliste du *Figaro*.
GEORGES : Qu'elle entre ! Attendez : est-elle jolie ?
LE GARDE DU CORPS : Ça peut aller.

Georges va à la glace, met sa patte noire, se contemple un moment, l'ôte et la met dans sa poche.

GEORGES : Introduisez-la.

Entre Véronique.

SCÈNE VII

GEORGES, VÉRONIQUE

GEORGES, *apercevant Véronique* : Ha ! *(Il met les mains en l'air.)*
VÉRONIQUE : Je vois que vous me reconnaissez.
GEORGES, *baissant les mains* : Oui. Vous êtes au *Figaro*, à présent ?
VÉRONIQUE : Oui.
GEORGES : Je vous croyais communisante.
VÉRONIQUE : On change. Où est Nekrassov ?
GEORGES : Il… Il est sorti.
VÉRONIQUE : Je l'attendrai. *(Elle s'assied.)* Vous l'attendez aussi ?
GEORGES : Moi ? Non.
VÉRONIQUE : Qu'est-ce que vous faites ici ?
GEORGES : Oh ! vous savez, moi, je ne fais jamais grand-chose. *(Un temps. Il se lève.)* Je commence à croire que Nekrassov ne rentrera pas de la soirée. Vous feriez mieux de revenir demain.
VÉRONIQUE : D'accord. *(Georges paraît soulagé. Elle tire un bloc-notes de son sac.)* Mais, pendant que je vous tiens, vous allez me dire ce que vous savez de lui.
GEORGES : Je ne sais rien du tout.
VÉRONIQUE : Allons donc ! Pour que ses gardes du corps vous laissent occuper son salon en son absence, il faut que vous soyez de ses intimes !

GEORGES, *déconcerté* : De ses intimes ? Évidemment, c'est… c'est logique. *(Un temps.)* Je suis son cousin.

VÉRONIQUE : Ah ! Ah !

GEORGES : La sœur de ma mère est restée en Russie : Nekrassov est son fils. L'autre matin, je trouve un journal sur un banc, je le ramasse, j'apprends que mon cousin vient d'arriver…

VÉRONIQUE : Vous parvenez à le joindre, vous lui parlez de la famille : il vous ouvre les bras…

GEORGES : Et me prend pour secrétaire.

VÉRONIQUE : Secrétaire ? Pouah !

GEORGES : Attendez ! Je suis son secrétaire pour rire : avant quinze jours, je décampe avec le magot.

VÉRONIQUE : En attendant, vous l'aidez dans ses sales besognes !

GEORGES : *Sales besognes ?* Dis donc, la môme, tu n'es pas au *Figaro* !

VÉRONIQUE : Moi ? Bien sûr que non !

GEORGES : Tu as encore menti ?

VÉRONIQUE : Oui.

GEORGES : C'est ton journal progressiste qui t'envoie ?

VÉRONIQUE : Non. Je suis venue de moi-même. *(Un silence.)* Alors ? Parlez-moi de lui. Que fait-il quand vous êtes ensemble ?

GEORGES : Il boit.

VÉRONIQUE : Que dit-il ?

GEORGES : Il se tait.

VÉRONIQUE : C'est tout ?

GEORGES : C'est tout.

VÉRONIQUE : Il ne parle jamais de sa femme ? De ses trois fils, qu'il a laissés là-bas ?

GEORGES : Fiche-moi la paix ! *(Un temps.)* Il m'a donné sa confiance et je ne veux pas le trahir.

VÉRONIQUE : Vous ne voulez pas le trahir et vous allez l'escroquer.

GEORGES : Je vais l'escroquer, mais cela n'empêche pas les sentiments. J'ai toujours eu de la sympathie pour mes victimes ; c'est le métier qui l'exige : comment escroquer sans plaire et comment plairais-je si l'on ne me plaisait pas ? Toutes mes affaires ont débuté par un coup de foudre réciproque.

VÉRONIQUE : Vous avez eu le coup de foudre pour Nekrassov ?

GEORGES : Oh ! un très petit coup de foudre. Une étincelle.
VÉRONIQUE : Pour cette ordure ?
GEORGES : Je t'interdis…
VÉRONIQUE : Vous le défendez ?
GEORGES : Je ne le défends pas. C'est le mot qui me choque dans ta bouche.
VÉRONIQUE : Ce n'est pas une ordure ?
GEORGES : Peut-être bien que si. Mais tu n'as pas le droit de condamner un homme que tu ne connais même pas.
VÉRONIQUE : Je le connais fort bien.
GEORGES : Tu le connais ?
VÉRONIQUE, *doucement* : Voyons ! puisque c'est toi.
GEORGES, *répétant sans comprendre* : Ah ! oui : puisque c'est moi. *(Sautant sur ses pieds.)* Ce n'est pas moi ! Ce n'est pas moi ! Ce n'est pas moi ! *(Elle le regarde en souriant.)* Où as-tu pris cela ?
VÉRONIQUE : Mon père…
GEORGES : Il te l'a dit ?
VÉRONIQUE : Non.
GEORGES : Alors ?
VÉRONIQUE : Comme tous les spécialistes du mensonge public, il ment très mal dans le privé.
GEORGES : Ton père est gâteux ! *(Il marche à travers la pièce.)* Allons ! je veux te faire plaisir et supposer un instant que je sois Nekrassov.
VÉRONIQUE : Merci.
GEORGES : Que ferais-tu, si je l'étais ? Tu me donnerais aux poulets ?
VÉRONIQUE : Est-ce que je t'ai donné, l'autre nuit ?
GEORGES : Publierais-tu mon vrai nom dans ton canard ?
VÉRONIQUE : Pour l'instant, ce serait une maladresse : nous manquons de preuves et l'on ne nous croirait pas.
GEORGES, *rassuré* : En somme, j'ai réduit mes adversaires à l'impuissance ?
VÉRONIQUE : Pour l'instant, oui, nous sommes impuissants.
GEORGES, *riant* : Gauche, droite, centre : je vous ai tous dans ma main. Tu dois mourir de rage, la belle enfant ! Confidence pour confidence : Nekrassov, c'est bien moi. Te rappelles-tu le clochard misérable que tu as reçu dans ta chambre ? Quel chemin j'ai fait, depuis ! Quel bond vertigineux ! *(Il s'arrête et la regarde.)* Au fait, que viens-tu faire ici ?
VÉRONIQUE : Je suis venue te dire que tu es une ordure.

GEORGES : Laisse[d] les grands mots, je suis blindé : tous les matins *L'Humanité* me traite de rat visqueux[4].

VÉRONIQUE : C'est un tort.

GEORGES : J'aime te l'entendre dire.

VÉRONIQUE : Tu n'es pas un rat visqueux : tu es une ordure.

GEORGES : Ah ! tu m'agaces ! *(Il fait quelques pas et revient sur Véronique.)* Un grand fonctionnaire soviétique qui viendrait à Paris tout exprès pour donner des armes aux ennemis de son peuple et de son parti, je t'accorde que ce serait une ordure et même — je vais plus loin que toi — un fumier. Mais je n'ai jamais été ministre, moi, ni membre du P.C., j'avais six mois quand j'ai quitté l'U.R.S.S. et mon père était russe blanc : je ne dois rien à personne. Quand tu m'as connu, j'étais un escroc génial et solitaire, le fils de mes œuvres. Eh bien ! je le suis toujours : hier je vendais de faux immeubles et de faux titres ; aujourd'hui, je vends de faux tuyaux sur la Russie. Où est la différence ? *(Elle ne répond pas.)* Enfin, tu n'aimes pas particulièrement les riches : est-ce un si grand crime de les duper ?

VÉRONIQUE : Tu crois vraiment duper les riches ?

GEORGES : Qui paye mes notes de tailleur et d'hôtel ? Qui a payé ma Jaguar ?

VÉRONIQUE : Pourquoi payent-ils ?

GEORGES : Parce que je leur vends mes salades.

VÉRONIQUE : Pourquoi te les achètent-ils ?

GEORGES : Parce que… Ma foi, cela les regarde. Je n'en sais rien.

VÉRONIQUE : Ils te les achètent pour les refiler aux pauvres.

GEORGES : Aux pauvres ? Qui est-ce qui pense aux pauvres ?

VÉRONIQUE : Les lecteurs de *Soir à Paris*, les prends-tu pour des millionnaires ? *(Tirant un journal de son sac.)* « Nekrassov déclare : l'ouvrier russe est le plus malheureux de la terre. » Tu as dit cela ?

GEORGES : Oui. Hier.

VÉRONIQUE : Pour qui l'as-tu dit ? Pour les pauvres ou pour les riches ?

GEORGES : Est-ce que je sais ? Pour tout le monde ! Pour personne. C'est une plaisanterie sans conséquence.

VÉRONIQUE : Ici, oui. Au milieu des roses. De toute façon, personne au *George-V* n'a jamais vu d'ouvriers. Mais sais-tu ce que cela veut dire à Billancourt[5] ?

GEORGES : Je[e]…

VÉRONIQUE : « Touchez pas au capitalisme ou vous tomberez dans la barbarie. Le monde bourgeois a ses défauts, mais c'est le meilleur des mondes possibles. Misère pour misère, tâchez de faire bon ménage avec la vôtre ; soyez convaincus que vous n'en verrez jamais la fin et remerciez le Ciel de ne pas vous avoir fait naître en U.R.S.S. »

GEORGES : Ne me dis pas qu'ils y croient : ils ne sont pas si bêtes.

VÉRONIQUE : Heureusement : sinon ils n'auraient plus qu'à se saouler à mort ou à ouvrir le gaz. Mais, quand il ne s'en trouverait qu'un sur mille pour avaler tes boniments, tu serais déjà un assassin. On t'a bien eu, mon pauvre Georges !

GEORGES : Moi ?

VÉRONIQUE : Parbleu : tu croyais voler l'argent des riches, mais tu le gagnes. Avec quelle hauteur, l'autre nuit, tu as refusé l'emploi que je te proposais : « Moi, travailler ! » Eh bien ! tu as des employeurs, à présent, et qui te font travailler dur.

GEORGES : Ce n'est pas vrai !

VÉRONIQUE : Allons, allons, tu sais très bien qu'on te paye pour désespérer les pauvres.

GEORGES : Écoute…

VÉRONIQUE, *enchaînant* : Tu étais escroc dans l'innocence, sans méchanceté, à moitié faisan, à moitié poète. Sais-tu ce qu'ils ont fait de toi ? Un travailleur de la merde. Si tu ne veux pas te mépriser, il faudra que tu deviennes méchant.

GEORGES, *entre ses dents* : Les salauds !

VÉRONIQUE : Qui est-ce qui tire les ficelles, cette fois-ci ?

GEORGES : Les ficelles ?

VÉRONIQUE : Oui.

GEORGES : Eh bien… *(Se ressaisissant.)* C'est moi. Toujours moi.

VÉRONIQUE : Donc tu as l'intention formelle de désespérer les pauvres ?

GEORGES : Non.

VÉRONIQUE : Alors, c'est qu'on te manœuvre ?

GEORGES : Personne ne peut me manœuvrer : personne au monde.

VÉRONIQUE : Il faut tout de même choisir : tu es dupe ou criminel.

GEORGES : Le choix sera vite fait : vive le crime !

VÉRONIQUE : Georges !

GEORGES : Je désespère les pauvres ? Et après ? Chacun pour soi ; ils n'ont qu'à se défendre ! Je calomnie l'U.R.S.S. ? C'est exprès : je veux détruire le communisme en Occident. Quant à tes ouvriers, qu'ils soient de Billancourt ou de Moscou, je les…

VÉRONIQUE : Tu vois, Georges ; tu vois que tu commences à devenir méchant.

GEORGES : Bon ou méchant, je m'en moque. Le bien et le mal, je prends tout sur moi : je suis responsable de tout.

VÉRONIQUE, *lui montrant un article de* Soir à Paris : Même de cet article ?

GEORGES : Bien entendu. De quoi s'agit-il ? *(Il lit.)* « M. Nekrassov déclare qu'il connaît parfaitement Robert Duval et Charles Maistre[6]. » Je n'ai jamais rien dit de pareil.

VÉRONIQUE : Je m'en doutais : c'est même pour cela que je suis venue te voir.

GEORGES : Robert Duval ? Charles Maistre ? Jamais entendu ces noms-là.

VÉRONIQUE : Ce sont des journalistes de chez nous. Ils ont écrit contre le réarmement de l'Allemagne.

GEORGES : Après ?

VÉRONIQUE : On veut te faire dire que l'U.R.S.S. les a payés.

GEORGES : Et si je le dis ?

VÉRONIQUE : Ils sont déférés devant un tribunal militaire pour trahison.

GEORGES : Sois tranquille. On ne m'arrachera pas un mot. Tu me crois ?

VÉRONIQUE : Je te crois. Mais prends garde : on ne se contente plus de tes mensonges ; on commence à t'en attribuer que tu n'as jamais faits.

GEORGES : Tu parles de cet entrefilet ? C'est un subalterne qui aura fait du zèle ; je lui ferai laver la tête. Je vois Jules tout à l'heure et je lui ordonnerai de publier un démenti.

VÉRONIQUE, *sans conviction* : Fais ce que tu peux.

GEORGES : C'est tout ce que tu as à me dire ?

VÉRONIQUE : C'est tout.

GEORGES : Bonsoir.

VÉRONIQUE : Bonsoir. *(La main sur le loquet de la porte.)* Je te souhaite de ne pas devenir trop méchant.

Elle sort.

SCÈNE VIII

GEORGES, *seul* : Cette petite n'entend rien à la politique. Une primaire : voilà ce que c'est. *(S'adressant à la porte.)* Croyais-tu que je tomberais dans tes pièges ? Je fais toujours le contraire de ce qu'on attend de moi. *(Il traverse la pièce et va chercher son smoking.)* Désespérons Billancourt ! Je trouverai des slogans terribles ! *(Il va chercher une chemise et un col. Il chantonne.)* Désespérons Billancourt ! Désespérons Billancourt ! *(Sonnerie de téléphone. Il décroche l'appareil.)* C'est toi, Sibilot ?... Alors ?... Hein ?... Voyons ! Ce n'est pas possible... Tu as vu Jules en personne ?... Tu lui as dit que j'exigeais ?... Imbécile ! Tu n'auras pas su lui parler ! Tu trembles devant lui : il fallait l'intimider. Il va chez la mère Bounoumi, ce soir ? Bon : c'est moi qui lui parlerai. *(Il raccroche.)* On me refuse quelque chose, *à moi* ? *(Il se laisse tomber dans un fauteuil. Bref accablement.)* J'en ai plein mes bottes de la politique ! Plein mes bottes ! *(Il se relève brusquement.)* On me cherche ! On me cherche ! Eh bien ! j'ai le sentiment qu'on va me trouver ! L'épreuve de force, je l'accepte. Je suis même très content : c'est l'occasion d'asseoir mon autorité. *(Riant.)* Je les ferai rentrer sous terre. *(Téléphone. Il décroche.)* Allô ! C'est encore toi... Pardon, mais qui êtes-vous ? Ah ! parfait ! Justement, j'étais en train de penser à vous. Un salaud ? Mais parfaitement, cher monsieur, le dernier des salauds. Je dis mieux : une ordure. Je fais renvoyer des employés subalternes, je livre des journalistes aux poulets, je désespère les pauvres et ce n'est qu'un commencement. Mes prochaines révélations provoqueront des suicides en chaîne. Vous, bien sûr, vous êtes un honnête homme. Je vois ça d'ici : vos habits sont fatigués, vous prenez le métro quatre fois par jour, vous sentez le pauvre. C'est que le mérite n'est pas récompensé ! Moi, j'ai l'argent, la gloire et les femmes. Si vous me rencontrez dans ma Jaguar, garez-vous : je fais exprès de raser les trottoirs pour éclabousser les honnêtes gens[7]. *(Il raccroche.)* Cette fois, c'est moi qui ai raccroché le premier. *(Il rit.)* Elle a raison, la môme, et je vais devenir méchant. *(Donnant des coups de pied dans les corbeilles de roses qu'il renverse une à une.)* Méchant ! Méchant ! Très méchant !

RIDEAU

SIXIÈME TABLEAU

Décor : un petit salon attenant à un grand salon et servant de buffet. À gauche, une fenêtre entrouverte sur la nuit. Au fond, une porte ouverte à deux battants sur le grand salon. Entre la fenêtre et la porte, on a disposé de grandes tables couvertes de nappes blanches. Assiettes de petits-fours et de sandwiches. Par la porte du fond, on voit passer des invités : il y a foule dans le grand salon. Les uns passent devant la porte du petit salon sans entrer, d'autres entrent et vont se servir au buffet. À droite, une porte close. Quelques meubles. Fauteuils, tables ; mais très peu : on a fait le vide pour que les invités puissent circuler librement.

SCÈNE I

MADAME BOUNOUMI, BAUDOUIN, CHAPUIS,
GROUPES D'INVITÉS

BAUDOUIN, *arrêtant Mme Bounoumi et lui présentant Chapuis* : Chapuis.

CHAPUIS, *présentant Baudouin* : Baudouin.

Baudouin et Chapuis sortent leurs cartes et les présentent en même temps.

BAUDOUIN *et* CHAPUIS : Inspecteurs de la Défense du territoire.

BAUDOUIN : Spécialement chargés par la présidence…

CHAPUIS : De veiller sur Nekrassov.

BAUDOUIN : Est-il arrivé ?

MADAME BOUNOUMI : Pas encore.

CHAPUIS : Il serait imprudent de le faire entrer par la grande porte.

BAUDOUIN : Et, si vous le permettez, nous allons donner des ordres…

CHAPUIS : Pour qu'il passe par l'entrée de service…

BAUDOUIN, *désignant la porte à droite* : Qui accède directement ici.

MADAME BOUNOUMI : Pourquoi ces précautions ?

CHAPUIS, *en confidence* : La possibilité d'un attentat n'est pas exclue.

MADAME BOUNOUMI, *saisie* : Ah !

BAUDOUIN : N'ayez crainte, madame.

CHAPUIS : Nous sommes là !

BAUDOUIN : Nous sommes là.

Ils disparaissent. Des invités sont entrés : parmi eux, Perdrière, Jules, Nerciat.

SCÈNE II

MADAME BOUNOUMI, PERDRIÈRE,
JULES PALOTIN, NERCIAT, DES INVITÉS,
DES PHOTOGRAPHES, PÉRIGORD

NERCIAT, *entourant Perdrière de son bras* : Voici l'enfant prodigue. Je bois à Perdrière !

TOUS : À Perdrière !

PERDRIÈRE : Mesdames, messieurs, j'étais une vieille bourrique. Je bois à l'homme providentiel qui m'a dessillé les yeux.

JULES, *souriant* : Merci.

PERDRIÈRE, *sans l'entendre* : À Nekrassov !

TOUS : À Nekrassov !

JULES, *vexé, à Nerciat* : Nekrassov ! *(Il hausse les épaules.)* Que serait-il sans moi ?

Il s'éloigne.

NERCIAT, *à Perdrière* : Dites quelque chose sur Palotin.

PERDRIÈRE : Je bois à Palotin qui... qui a eu le courage de publier les révélations de Nekrassov.

QUELQUES INVITÉS : À Palotin.

JULES, *vexé* : Les gens ne connaissent pas la puissance de la presse.

PERDRIÈRE : Je saisis l'occasion pour vous demander pardon à tous de mon obstination, de mon aveuglement imbécile, de ma...

Il se met à pleurer. On l'entoure.

MADAME BOUNOUMI : Mon bon Perdrière...

PERDRIÈRE, *se débattant* : Je veux demander pardon ! Je veux demander pardon...

MADAME BOUNOUMI : Oublions le passé. Embrassez-moi.

Elle l'embrasse.

JULES, *aux Photographes* : Photos ! *(Périgord passe avec un verre. Jules l'empoigne par le bras. Le contenu du verre se répand.)* Ho ! Ho ! Ho !

PÉRIGORD : L'idée, patron ?

JULES : Oui, l'idée. Prends note de tout ce que je dis. *(À tous :)* Chers amis… *(On fait silence.)* Vous en êtes, j'en suis, Perdrière en est : tous, ici, nous sommes de futurs fusillés. Voulez-vous transformer cette soirée déjà mémorable en un véritable moment de la conscience humaine[1] ? Fondons le club des F.F.

TOUS : Bravo ! Vive les F.F. !

JULES : Au cours de la soirée, nous élirons un bureau provisoire pour établir les statuts. Je me propose pour la présidence. *(Applaudissements. À Périgord :)* À la une, demain, avec mon portrait. *(Entre Mouton.)* Qu'est-ce que c'est ? Mouton ? *(Il rejoint Nerciat et Mme Bounoumi.)* Vous avez vu ?

SCÈNE III

LES MÊMES,
plus MOUTON *et* DEMIDOFF

MADAME BOUNOUMI : Oh !

NERCIAT : Qui l'a invité ?

MADAME BOUNOUMI : Pas moi. Avec qui est-il ?

JULES : Avec Demidoff[a].

NERCIAT : Ce Russe ? Ils ont du toupet !

MADAME BOUNOUMI : Mon Dieu ! L'attentat !

NERCIAT : Plaît-il ?

MADAME BOUNOUMI : La possibilité d'un attentat n'est pas exclue.

NERCIAT : Ils viendraient pour…

MADAME BOUNOUMI : Ah ! je n'en sais rien, mais j'ai deux inspecteurs à côté et je vais les prévenir.

Pendant ce dialogue, Mouton s'est avancé au milieu des invités. À chacun d'eux, il adresse un sourire ou tend la main. Mais tout le monde lui tourne le dos. Il s'incline devant Mme Bounoumi.

MOUTON : Madame…

MADAME BOUNOUMI : Non, monsieur. Non ! *Nous*, nous allons mourir, nous vous souhaitons longue vie et nous ne vous saluons pas !

LES INVITÉS, *en sortant* : Vivent les F.F. ! *(À l'intention de Mouton :)* À bas les futurs fusilleurs !

Ils sortent.

SCÈNE IV

MOUTON, DEMIDOFF

Demidoff va au buffet et se sert largement.

MOUTON : L'accueil est plutôt froid.

DEMIDOFF, *mangeant* : Je n'ai pas remarqué.

MOUTON : Vous ne remarquez jamais rien !

DEMIDOFF : Jamais ! Je suis ici pour dénoncer le régime soviétique et non pour observer les mœurs de l'Occident.

Il boit et mange.

MOUTON : Ils me prennent pour un communiste.

DEMIDOFF : C'est curieux.

MOUTON : Non, ce n'est pas curieux : c'est tragique, mais ce n'est pas curieux : il faut se mettre à leur place. *(Brusquement.)* Fiodor Petrovitch !

DEMIDOFF : Hé ?

MOUTON : Cette liste est fausse, n'est-ce pas ?

DEMIDOFF : Quelle liste ?

MOUTON : Celle des futurs fusillés…

DEMIDOFF : Je l'ignore.

MOUTON, *sursautant* : Comment ?

DEMIDOFF : Je le saurai quand j'aurai vu Nekrassov.

MOUTON : Il se pourrait donc qu'elle fût vraie ?

DEMIDOFF : Oui : si Nekrassov est vraiment Nekrassov.

MOUTON : Je serais perdu. *(Demidoff hausse les épaules.)* Malheureux ! Si les Russes m'épargnent, c'est que je les sers.

DEMIDOFF : Évidemment.

MOUTON : Mais c'est absurde, voyons ! Fiodor Petrovitch, vous ne pouvez tout de même pas croire…

DEMIDOFF : Je ne crois rien.

MOUTON : Ma vie témoigne pour moi. Je n'ai fait que les combattre.

DEMIDOFF : Qu'en savez-vous ?

MOUTON, *accablé* : Voilà ! Qu'en sais-je ? Pour être tout à fait franc, j'ai parfois le sentiment qu'on me manœuvre ; je me rappelle des faits troublants... *(Un temps.)* Mon secrétaire était communiste ; quand je m'en suis aperçu, je l'ai chassé.

DEMIDOFF : Y a-t-il eu scandale ?

MOUTON : Oui.

DEMIDOFF : Vous avez fait leur jeu.

MOUTON : Vous le pensez, vous aussi ? Je n'osais pas me l'avouer. *(Un temps.)* Pendant les dernières grèves, seul de ma profession, je n'ai rien accordé aux grévistes. Résultat : trois mois plus tard, aux élections syndicales...

DEMIDOFF : Tout le personnel votait pour la C.G.T.

MOUTON : Comment le savez-vous ?

DEMIDOFF : C'est classique.

MOUTON : En somme, je leur ai fourni des recrues. *(Demidoff fait un signe d'assentiment.)* Hélas ! *(Un temps.)* Fiodor Petrovitch, regardez-moi : j'ai la tête d'un honnête homme ?

DEMIDOFF : D'un honnête Occidental.

MOUTON : C'est même une belle tête de vieillard ?

DEMIDOFF : De vieil Occidental.

MOUTON : Avec cette tête-là, puis-je être communiste ?

DEMIDOFF : Pourquoi pas ?

MOUTON : Je me suis élevé à la force des poignets. Grâce à mon travail.

DEMIDOFF : Grâce à la chance aussi.

MOUTON, *bref sourire à ses souvenirs* : J'ai eu de la chance, oui.

DEMIDOFF : La chance, c'était eux.

MOUTON, *sursautant* : Eux ?

DEMIDOFF : Il se peut qu'ils aient fait votre fortune parce que vous étiez leur créature sans le savoir. Peut-être ont-ils tout agencé de telle façon que chacun de vos gestes produise, à votre insu, l'effet souhaité par Moscou.

MOUTON : Ma vie serait truquée de bout en bout ? *(Signe d'assentiment de Demidoff. Brusquement.)* Répondez-moi franchement : si tout le monde me prend pour un révolutionnaire et si j'agis en toute circonstance comme le Parti l'exige, qu'est-ce qui me distingue d'un militant inscrit ?

DEMIDOFF : Vous ? Rien. Vous êtes un communiste *objectif.*

MOUTON : Objectif ! Objectif ! *(Il sort son mouchoir et s'essuie le front.)* Ah ! je suis un possédé[2] ! *(Regardant brusquement le mouchoir.)* Qu'est-ce que c'est ? Nous parlions, tous les deux, et je me retrouve en train d'agiter un mouchoir. Comment est-il venu dans ma main ?

DEMIDOFF : Vous l'avez sorti de votre poche.

MOUTON, *égaré* : Je l'ai... ! Ah ! c'est pis que je ne pensais. Ils se sont arrangés pour que je donne moi-même le signal. Quel signal ? À qui ? À vous, peut-être ! Qui me dit que vous n'êtes pas leur agent ? *(Demidoff hausse les épaules.)* Vous voyez : je deviens fou. Fiodor Petrovitch, je vous en conjure, décommunisez-moi !

DEMIDOFF : Comment ?

MOUTON : Démasquez ce misérable !

DEMIDOFF : Je le démasquerai si c'est un imposteur.

MOUTON, *repris d'inquiétude* : Et si c'était vraiment Nekrassov ?

DEMIDOFF : Je le flétrirai devant tous.

MOUTON, *hochant la tête* : Le flétrir...

DEMIDOFF : Je tiens pour complice du régime tous ceux qui ont quitté l'U.R.S.S. après moi.

Goblet paraît au fond.

SCÈNE V

MOUTON, DEMIDOFF, GOBLET

MOUTON : Il serait beaucoup plus efficace de le traiter d'imposteur, en tout cas.

DEMIDOFF : Non. *(Geste de Mouton.)* N'insistez pas : je suis incorruptible. *(Mouton soupire.)* Eh bien ! qu'attendez-vous ? Cherchons-le.

MOUTON : J'ai convoqué un inspecteur de la Sûreté. Si le prétendu Nekrassov est un imposteur, il faut qu'il appartienne à la pègre internationale. Je le ferai mettre en prison pour la vie. *(Apercevant Goblet.)* Eh bien, Goblet ! Entrez donc. *(Goblet s'approche.)* Vous regarderez avec soin l'homme que je vous désignerai. Si c'est un repris de justice, arrêtez-le sur-le-champ.

GOBLET : Devant tout le monde ?

MOUTON : Naturellement.

GOBLET : Est-il beau ?

MOUTON : Pas mal.

GOBLET, *désolé* : On va encore faire la comparaison.
MOUTON : Quelle comparaison ?
GOBLET : De sa tête à la mienne.
MOUTON : Vous refuseriez… ?
GOBLET : Je ne refuse rien. J'aime mieux les arrêter quand ils sont laids, voilà tout.

SCÈNE VI

MOUTON, DEMIDOFF, GOBLET, BAUDOUIN, CHAPUIS, *qui viennent d'entrer*

BAUDOUIN, *montrant sa carte à Mouton* : Défense du territoire[3]. Papiers ?
MOUTON : Je suis Charles Mouton…
CHAPUIS : Justement ! Suspect.

Mouton hausse les épaules et montre sa carte d'identité.

BAUDOUIN : Bon. *(À Demidoff :)* Toi, on te connaît. Va et n'oublie pas que tu es l'hôte de la France.
CHAPUIS : Éloignez-vous. Nous voulons dire un mot à l'inspecteur Goblet.
MOUTON, *à Goblet* : Nous faisons le tour des salons pour voir si notre homme est arrivé. Attendez-nous ici.

Demidoff et Mouton sortent.

SCÈNE VII

BAUDOUIN, CHAPUIS, GOBLET

BAUDOUIN, *barrant le passage à Goblet* : Qu'est-ce que tu viens foutre ici, collègue ?
GOBLET : Je suis invité.
CHAPUIS : Invité ? Avec ta gueule ?
GOBLET : Si vous êtes invités avec les vôtres, pourquoi ne le serais-je pas avec la mienne ?
CHAPUIS : Nous ne sommes pas invités : nous sommes en service.
GOBLET : Eh bien, moi aussi !
BAUDOUIN : Tu cherches quelqu'un, peut-être ?

GOBLET : Ça ne vous regarde pas.

CHAPUIS : Mais dis donc, collègue…

BAUDOUIN : Laisse-le : c'est un cachottier. *(À Goblet :)* Cherche qui tu veux, mais n'essaye pas de nous doubler.

GOBLET, *ahuri* : Vous doubler ?

CHAPUIS : Taquine pas Nekrassov.

GOBLET, *ahuri* : Eh ?

BAUDOUIN : Le taquine pas, mon vieux, si tu tiens à ton gagne-pain.

GOBLET, *cherchant toujours à comprendre* : Nekrassov ?

CHAPUIS : Nekrassov, oui. Touches-y pas !

GOBLET : Je n'ai pas d'ordres à recevoir de vous, collègues : je suis de la P.J. et j'obéis à mes chefs.

CHAPUIS : Ça se peut, mais tes chefs obéissent aux nôtres. Au revoir, collègue.

BAUDOUIN, *souriant* : Au revoir ! Au revoir !

SCÈNE VIII

GOBLET, *seul, puis* DES INVITÉS

GOBLET, *entre ses dents* : Allez vous faire foutre ! *(Rêveur.)* Nekrassov : j'ai vu ce nom-là dans le journal…

SCÈNE IX

GOBLET, GEORGES, SIBILOT,
LES DEUX GARDES DU CORPS, UN INVITÉ

GEORGES, *aux deux Gardes du corps* : Allez jouer. *(Il referme la porte sur eux. À Sibilot :)* Tiens-toi droit ! De la morgue, bon Dieu ! *(Il lui ébouriffe les cheveux.)* Et de la nonchalance. Voilà !

SIBILOT : Entrons. *(Georges le retient.)* Qu'est-ce que tu as ?

GEORGES : Le mal des sommets. J'entrerai, ils se jetteront à mes pieds, ils me baiseront les mains : cela me donne le vertige. Est-il possible qu'un seul homme fasse l'objet de tout cet amour, de toute cette haine ? Rassure-moi, Sibilot : ce n'est pas moi qu'on aime, ce n'est pas moi qu'on déteste ; je ne suis qu'une image ?

Mouton et Demidoff passent au fond.

SIBILOT : Je… *(Apercevant Mouton.)* Tourne-toi !

GEORGES : Qu'y a-t-il ?

SIBILOT : Tourne-toi, te dis-je, ou nous sommes perdus ! *(Georges se retourne, face à la scène.)* Mouton vient de passer avec Demidoff. Ils te cherchent.

GEORGES : Demidoff, je m'en fous. C'est Jules et Nerciat qui comptent. Ces imbéciles croient tirer mes ficelles.

SIBILOT : Écoute, Nikita…

GEORGES : Tais-toi ! Je leur ferai voir qui est le maître. Mme Castagnié reprendra demain son emploi sinon… *(Il frappe du pied avec agacement.)* Le diable m'emporte !

SIBILOT : Qu'est-ce qu'il y a encore ?

GEORGES : Il y a que je dois jouer ce soir une partie décisive et que je ne me sens pas d'humeur à la gagner. Qu'est-ce que c'est ?

Un invité, titubant, vient d'entrer. Il s'adosse à la table du buffet, prend un verre, le boit et le tient en l'air comme s'il portait un toast.

L'INVITÉ : En joue ! Feu ! Vive la France ! *(Il s'écroule.)*

GOBLET, s'élançant : Le pauvre homme ! *(Il s'agenouille près de lui.)*

L'INVITÉ, *ouvrant un œil* : Quelle gueule ! Donne-moi le coup de grâce.

Il s'endort. Goblet, furieux, le pousse sous le buffet et rabat la nappe sur lui. Georges l'aperçoit.

GEORGES, *à Sibilot* : Goblet !

Il tourne brusquement le dos à Goblet.

SIBILOT : Où ?

GEORGES : Derrière toi. Ça commence mal.

SIBILOT, *sûr de lui* : J'en fais mon affaire.

GEORGES : Toi ?

SIBILOT : Il m'aime. *(Il va à l'Inspecteur, les bras ouverts.)* Viens dans mes bras !

GOBLET, *effrayé* : Je ne vous connais pas !

SIBILOT : Tu me fais de la peine ! Je suis Sibilot, voyons. Tu ne te rappelles pas ?

GOBLET, *toujours méfiant* : Si.

SIBILOT : Alors ? Embrassons-nous !

GOBLET : Non.
SIBILOT, *reproche déchirant* : Goblet !
GOBLET : Vous n'êtes plus le même.
SIBILOT : Allons donc !
GOBLET : Vous avez changé de costume.
SIBILOT : N'est-ce que cela ? Je suis ici sur l'ordre de mon directeur et l'on m'a prêté ces vêtements pour que je fasse bonne figure.
GOBLET : On ne vous a pas prêté votre tête !
SIBILOT : Qu'est-ce qu'elle a ?
GOBLET : C'est une tête à deux cents billets.
SIBILOT : Es-tu fou ? C'est la tête de ce costume. *(Il prend Goblet par le bras.)* Je ne te quitte plus. As-tu soif ?
GOBLET : Oui, mais rien ne passe.
SIBILOT : Le gosier, hein ? Verrouillé ? Je connais cela. Ah ! nous ne sommes pas à notre place. Sais-tu ce que nous devrions faire ? L'office est clair, aéré, spacieux, plein de soubrettes charmantes : allons-y prendre un verre.
GOBLET : C'est que j'attends...
SIBILOT : Un verre, inspecteur, un verre. Nous serons comme chez nous.

Il l'entraîne.

SCÈNE X

GEORGES, *seul*, *puis* BAUDOUIN *et* CHAPUIS

GEORGES, *seul* : Ouf !
CHAPUIS, *apparaissant à une porte* : Psstt !
BAUDOUIN, *à l'autre porte* : Psstt !
GEORGES : Hé ?
BAUDOUIN : Nous sommes les inspecteurs de la Défense du territoire.
CHAPUIS : Et nous vous souhaitons la bienvenue...
BAUDOUIN : Sur le territoire que nous défendons.
GEORGES : Merci.
CHAPUIS : Ne vous faites surtout pas de souci.
BAUDOUIN : Reposez-vous entièrement sur nous.
CHAPUIS : À l'heure du danger, nous sommes là.
GEORGES : À l'heure du danger ? Il y a un danger ?
BAUDOUIN : La possibilité d'un attentat n'est pas exclue.

GEORGES : Un attentat contre qui ?

BAUDOUIN, *souriant* : Contre vous.

CHAPUIS, *riant franchement* : Contre vous !

GEORGES : Hé là ! Mais dites-moi donc…

BAUDOUIN : Chut ! Chut ! Nous veillons !

CHAPUIS : Nous veillons !

Ils disparaissent à l'instant même où Mme Bounoumi fait son entrée avec les Invités.

SCÈNE XI

GEORGES, MADAME BOUNOUMI, NERCIAT, JULES, PERDRIÈRE, INVITÉS, INVITÉES, PHOTOGRAPHES, PÉRIGORD

MADAME BOUNOUMI : Voici notre sauveur !

TOUS : Vive Nekrassov !

UN INVITÉ : Monsieur, vous êtes un homme !

GEORGES : Monsieur, vous en êtes un autre.

UNE INVITÉE : Vous êtes beau !

GEORGES : C'est pour vous plaire.

UNE AUTRE INVITÉE : Monsieur, je serais fière d'avoir un enfant de vous.

GEORGES : Madame, nous y songerons.

MADAME BOUNOUMI : Cher ami, direz-vous quelques mots ?

GEORGES : Volontiers. *(Élevant la voix.)* Mesdames, messieurs, les civilisations sont mortelles, l'Europe ne se pense plus en termes de liberté, mais en termes de destin ; le miracle grec est en danger : sauvons-le[4].

TOUS : Mourons pour le miracle grec ! Mourons pour le miracle grec !

Applaudissements. Mme Bounoumi pousse Perdrière vers Georges.

MADAME BOUNOUMI, *à Georges* : Voilà quelqu'un qui vous admire.

GEORGES : Vous m'admirez, monsieur ? Cela suffit pour que je vous aime. Qui êtes-vous ?

PERDRIÈRE : Je suis votre obligé, monsieur, et je le resterai toute ma vie.

GEORGES, *stupéfait* : Moi, j'ai obligé quelqu'un ?

PERDRIÈRE : Vous m'avez obligé à me désister.

GEORGES : Perdrière ! *(Perdrière veut lui baiser la main. Il l'en empêche.)* Embrassons-nous, voyons !

Ils s'embrassent.

MADAME BOUNOUMI : Photos ! *(Flashes. Elle prend Georges par un bras. Perdrière lui prend l'autre.)* Nous trois, à présent. Prenez le groupe.

JULES, *vivement* : Vous permettez ? *(Il prend le bras de Perdrière.)*

GEORGES : Non, mon petit Jules, non. Tout à l'heure.

JULES : Pourquoi refuses-tu systématiquement de te faire photographier avec moi ?

GEORGES : Parce que tu as la bougeotte : ce sera de la pellicule perdue.

JULES : Permets...

GEORGES : Non, mon vieux ; j'ai mon public : des gens qui achètent ton canard pour y découper mon portrait et ils ont bien le droit...

JULES : Il se peut que tu aies ton public. Mais moi j'ai *mes* photographes et je trouve inadmissible que tu leur interdises de me photographier.

GEORGES : En vitesse, alors ! *(Flash.)* Là ! Là ! Suffit. Et viens me parler. *(Il l'entraîne sur le devant de la scène.)*

JULES : Qu'est-ce que tu me veux ?

GEORGES : Je veux que tu rendes leur emploi aux sept collaborateurs que tu as renvoyés.

JULES : Encore ! Mais cela ne te regarde pas, mon vieux ! C'est une affaire strictement intérieure.

GEORGES : Toutes les affaires du journal me regardent.

JULES : Qui est directeur ? Toi ou moi ?

GEORGES : Toi : mais tu ne le resteras pas longtemps si tu joues à ce jeu-là. Je demanderai ta tête au conseil.

JULES : Eh bien ! voici Nerciat qu'ils ont élu président jeudi, en remplacement de Mouton : tu n'as qu'à t'adresser à lui.

GEORGES, *prenant Nerciat par le bras et le ramenant près de Jules* : Mon cher Nerciat...

NERCIAT : Mon cher Nekrassov...

GEORGES : Puis-je vous demander une faveur ?

NERCIAT : Elle est accordée d'avance.

GEORGES : Vous rappelez-vous cette pauvre Mme Castagnié ?

NERCIAT : Ma foi, non.

GEORGES : La secrétaire que vous avez renvoyée.

NERCIAT : Ah ! parfaitement. C'était une communiste.

GEORGES : Elle est veuve, mon cher Nerciat.

NERCIAT : Oui. Veuve de communiste.

GEORGES : Elle a une fille infirme.

NERCIAT : Infirme ? Une aigrie. De la graine de communiste.

GEORGES : Elle n'avait que son salaire pour vivre. Faut-il qu'elle ouvre le gaz ?

NERCIAT : Cela ferait deux communistes de moins. *(Un temps.)* Que voulez-vous ?

GEORGES : Que vous lui rendiez son emploi.

NERCIAT : Mais, mon cher Nekrassov, je ne peux rien par moi-même. *(Un temps.)* Croyez que je transmettrai votre requête au conseil d'administration. *(Georges est ivre de colère, mais il se contient.)* Est-ce tout ?

GEORGES : Non. *(Sortant* Soir à Paris *de sa poche.)* Qu'est-ce que cela ?

NERCIAT, *lisant* : « Nekrassov déclare : je connais personnellement les journalistes Duval et Maistre. » Eh bien ? C'est une déclaration que vous avez faite.

GEORGES : Justement non.

NERCIAT : Vous ne l'avez pas faite ?

GEORGES : Pas du tout.

NERCIAT : Ho ! Ho ! *(À Jules, sévèrement :)* Mon cher Jules, vous m'étonnez. Vous connaissez pourtant la devise du journal : « Vérité toute nue ».

JULES, *happant Périgord au passage* : Périgord ! *(Périgord s'approche.)* Je suis très surpris : voici des propos qu'on a prêtés à Nekrassov et qu'il n'a jamais tenus !

PÉRIGORD, *prend le journal et le lit* : Ah ! Ah ! ce sera la petite Tapinois.

JULES : La petite Tapinois !

PÉRIGORD : Elle aura cru bien faire.

JULES : Pas de ça chez nous, Périgord. La Vérité toute nue. Fous-moi Tapinois à la porte !

GEORGES : Je ne demande pas cela.

JULES : À la porte ! À la porte !

GEORGES : Non, Jules, je t'assure. Assez de renvois !

JULES : Alors passe-lui un bon savon et dis-lui qu'elle se doit de garder sa place à l'intervention personnelle de Nekrassov.

GEORGES : C'est cela. *(Un temps.)* En ce qui me concerne, je me contenterai d'un démenti.

JULES, *stupéfait* : D'un quoi ?
GEORGES : D'un démenti que vous publierez demain.
JULES : Un démenti ?
NERCIAT : Un démenti ?
PÉRIGORD : Un démenti ?

Ils se regardent.

JULES : Mais, Nikita, ce serait la pire maladresse.
PÉRIGORD : On se demanderait ce qui nous prend.
NERCIAT : Avez-vous jamais vu un journal démentir ses propres informations à moins d'y être contraint par les tribunaux ?
JULES : Nous attirerions aussitôt l'attention du public sur ce malheureux entrefilet.
PÉRIGORD : Que personne n'a lu, j'en suis convaincu.
JULES, *à Nerciat* : Vous l'aviez remarqué, mon cher président ?
NERCIAT : Moi ? Pas du tout. Et, pourtant, je lis le journal de la première ligne à la dernière.
JULES : Si l'on commence ce petit jeu-là, où s'arrêtera-t-on ? Faudra-t-il consacrer chaque numéro à démentir le précédent ?
GEORGES : Très bien. Que comptez-vous faire ?
NERCIAT : À quel sujet ?
GEORGES : Pour ces déclarations ?
JULES : N'en plus parler, tout simplement ; ensevelir la nouvelle sous les nouvelles du jour suivant. C'est encore la meilleure méthode. Crois-tu que nos lecteurs se rappellent d'un jour à l'autre ce qu'ils ont lu ? Mais, mon vieux, s'ils avaient de la mémoire, on ne pourrait même pas publier le bulletin météorologique !
NERCIAT, *se frottant les mains* : Eh bien, voilà ! Tout est réglé.
GEORGES : Non.
NERCIAT : Non ?
GEORGES : Non ! J'exige que vous fassiez paraître un démenti.
NERCIAT : Vous exigez ?
GEORGES : Oui. Au nom des services que je vous ai rendus…
NERCIAT : Nous vous les avons payés.
GEORGES : Au nom de la gloire que j'ai acquise…
JULES : Ta gloire, mon pauvre Nikita, je ne voulais pas te le dire, mais elle est en baisse. Jeudi, nous avons plafonné

avec deux millions de vendus. Mais, depuis, nous sommes redescendus à 1 700 000.

GEORGES : C'est encore bien au-dessus de vos tirages habituels.

JULES : Attends la semaine prochaine.

GEORGES : Quoi, la semaine prochaine ?

JULES : On redescendra à 900 000 ; et qu'est-ce que tu auras été ? Une montée en flèche de nos ventes, une dégringolade en flèche et puis plus rien : la mort.

GEORGES : Pas si vite : je tiens en réserve des révélations sensationnelles !

JULES : Trop tard : c'est l'effet de choc qui compte. Le lecteur est saturé : si tu nous apprenais demain que les Russes mangent leurs enfants, il ne réagirait même plus.

Entrent Mouton et Demidoff.

SCÈNE XII

LES MÊMES, MOUTON, DEMIDOFF

MOUTON, *d'une voix forte* : Messieurs ! *(Tout le monde fait silence et se retourne sur lui.)* Vous êtes trahis.

Rumeurs. Les Invités s'agitent.

NERCIAT : Que venez-vous faire ici, Mouton ?

MOUTON : Démasquer un traître. *(Désignant Demidoff.)* Voici Demidoff, l'économiste soviétique, qui a travaillé dix ans au Kremlin. Écoutez ce qu'il va nous dire. *(À Demidoff, désignant Georges :)* Regardez-le bien, l'homme qui se fait passer pour Nekrassov : le reconnaissez-vous ?

DEMIDOFF : Il faut que je change de lunettes. *(Il ôte ses lunettes, en met une autre paire et regarde autour de lui.)* Où est-il ?

GEORGES, *se jetant sur lui et l'embrassant* : Enfin ! Je t'ai cherché si longtemps !

Mouton le tire en arrière.

MOUTON, *à Demidoff* : Le reconnaissez-vous ?

GEORGES : Sortez tous : je lui apporte un message secret.

MOUTON : Nous ne sortirons pas avant que l'affaire soit réglée.

Les inspecteurs de la Défense du territoire sont entrés.

BAUDOUIN, *surgissant devant Mouton* : Oh ! si, monsieur, vous sortirez.

MOUTON : Mais je...

BAUDOUIN : Défense du territoire. C'est un ordre.

CHAPUIS, *aux autres* : Vous aussi, messieurs, s'il vous plaît.

Ils font sortir les Invités. Demidoff et Georges restent seuls.

SCÈNE XIII

DEMIDOFF, GEORGES

DEMIDOFF, *qui n'a cessé d'examiner Georges et ne s'est aperçu de rien* : Cet homme-là n'est pas Nekrassov.

GEORGES : Ne te fatigue pas : nous sommes seuls.

DEMIDOFF : Tu n'es pas Nekrassov. Nekrassov est petit, râblé ; il boite légèrement.

GEORGES : Il boite ? Je regrette de ne pas l'avoir su plus tôt. *(Un temps.)* Demidoff, il y a longtemps que je voulais te parler.

DEMIDOFF : Je ne te connais pas.

GEORGES : Moi, je te connais très bien : j'ai pris des renseignements sur toi. Tu es arrivé en France en 1950 : à cette époque-là, tu étais lénino-bolchevik et tu te sentais bien seul. Tu t'es rapproché un moment des trotskistes et tu es devenu trotskisto-bolchevik. Après l'éclatement de leur groupe, tu t'es retourné vers Tito et tu t'es fait appeler titisto-bolchevik. Quand la Yougoslavie s'est réconciliée avec l'U.R.S.S., tu as reporté tes espoirs sur Mao Tsé-toung et tu t'es déclaré toungisto-bolchevik. La Chine n'ayant pas rompu avec les Soviets, tu t'es détourné d'elle et tu t'intitules bolchevik-bolchevik. Est-ce exact ?

DEMIDOFF : C'est exact.

GEORGES : Ces grands changements ont eu lieu dans ta tête et tu n'as jamais cessé d'être seul. Autrefois, *Soir à Paris* publiait tes articles : à présent l'on n'en veut plus nulle part. Tu vis dans une mansarde, avec un chardonneret. Bientôt le chardonneret mourra, ton propriétaire te mettra à la porte et tu iras coucher sur la péniche de l'Armée du salut.

DEMIDOFF : La misère ne me fait pas peur ; je n'ai qu'un but : anéantir la bureaucratie soviétique.

GEORGES : Eh bien[b] ! c'est foutu, mon pauvre vieux. L'Occident t'a mangé : tu ne comptes plus.

DEMIDOFF, *le prenant à la gorge* : Vipère lubrique !

GEORGES : Lâche-moi, Demidoff, lâche-moi, donc ! Je vais te donner un moyen de te tirer d'affaire.

DEMIDOFF, *le lâchant* : Inutile.

GEORGES : Pourquoi ?

DEMIDOFF : Tu n'es pas Nekrassov et je suis ici pour le dire.

GEORGES : Ne le dis pas, malheureux : tu servirais tes ennemis. Il faut que ta haine des Soviets soit bien faible pour qu'elle n'ait pas fait taire en toi l'amour de la vérité. Réfléchis ! Mouton t'a tiré de l'oubli pour me confondre ; la besogne faite, il t'y laissera retomber. Un jour, on te trouvera dans une fosse, mort d'impuissance et de haine rentrée, et qui est-ce qui se tapera sur les cuisses ? Les bureaucrates de toutes les Russies !

DEMIDOFF : Tu n'es pas Nekrassov. Nekrassov boite...

GEORGES : Oui, oui. Je sais. *(Un temps.)* Demidoff, je voudrais entrer au parti bolchevik-bolchevik.

DEMIDOFF : Toi ?

GEORGES : Moi. Mesures-tu le pas de géant que tu viens de faire ? Quand un parti n'a qu'un membre, il y a fort peu de chances pour qu'il en ait jamais deux. Mais, s'il en a deux, qui l'empêche demain d'en compter un million ? Acceptes-tu ?

DEMIDOFF, *étourdi par la nouvelle* : Mon parti aurait deux membres ?

GEORGES : Oui. Deux.

DEMIDOFF, *soupçonneux* : Tu sais que notre principe est la centralisation ?

GEORGES : Je le sais.

DEMIDOFF, *enchaînant* : Et notre règle, la démocratie autoritaire.

GEORGES : Je le sais.

DEMIDOFF : Le dirigeant, c'est moi.

GEORGES : Je serai le militant de base.

DEMIDOFF : À la moindre activité fractionnelle, je t'exclus !

GEORGES : N'aie crainte : je te suis dévoué. Mais le temps presse. Aujourd'hui je suis célèbre ; demain, peut-être, on m'aura oublié. Profite de l'occasion, vite ! Mes articles font le tour du monde : je les écrirai sous ta dictée.

DEMIDOFF : Tu dénonceras la génération de techniciens qui a supplanté les vieux révolutionnaires ?

GEORGES : Dans chaque colonne.
DEMIDOFF : Tu diras tout le mal que je pense d'Orloff ?
GEORGES : Qui est Orloff ?
DEMIDOFF : Mon ancien chef de bureau. Un chacal.
GEORGES : Il sera demain la risée de l'Europe.
DEMIDOFF : Parfait. *(Il lui tend la main.)* Tope là, Nekrassov.

Georges lui serre la main. Les Invités apparaissent timidement sur le seuil de la porte.

SCÈNE XIV

LES INVITÉS, GEORGES, DEMIDOFF, MOUTON, BAUDOUIN, CHAPUIS

MOUTON : Eh bien ! Demidoff, qui est cet homme ?
DEMIDOFF : Lui ? C'est Nekrassov.

Acclamations.

MOUTON : Vous mentez ! Qu'avez-vous combiné quand vous étiez seuls ?

GEORGES : Je lui donnais des nouvelles de la résistance clandestine qui s'organise en U.R.S.S.

MOUTON : Imposteur !

GEORGES, *aux Invités* : Je vous prends à témoin que cet individu fait le jeu des communistes !

INVITÉS, *à Mouton* : À Moscou ! À Moscou !

MOUTON : Tu m'acculés au suicide, misérable, mais je t'entraînerai dans la mort. *(Il sort un revolver et le braque sur Georges.)* Remerciez-moi, messieurs : je débarrasse la terre d'une canaille et d'un communiste objectif !

MADAME BOUNOUMI : L'attentat ! L'attentat !

Baudouin et Chapuis se jettent sur Mouton et le désarment. Les deux tueurs entrent en courant par la porte de droite.

CHAPUIS, *aux deux Gardes du corps, désignant Mouton* : Reconduisez monsieur.

MOUTON, *se débattant* : Laissez-moi ! Laissez-moi !

LES INVITÉS : À Moscou ! À Moscou !

Les Gardes du corps le soulèvent et l'emportent par la porte de droite.

BAUDOUIN, *aux Invités*: Nous avions prévu cet attentat. Mesdames et messieurs, tout danger est écarté ; veuillez regagner les salons. Nous vous enlevons quelques instants M. Nekrassov pour établir avec lui les moyens d'assurer sa protection, mais n'ayez crainte : nous vous le rendrons bientôt.

Les Invités sortent.

SCÈNE XV

GEORGES, BAUDOUIN, CHAPUIS

BAUDOUIN : Avouez, monsieur, que nous sommes vos anges gardiens.

CHAPUIS : Et que, sans nous, ce misérable vous tuait à bout portant.

GEORGES : Je vous remercie, messieurs.

BAUDOUIN : Je vous en prie : nous n'avons fait que notre devoir.

CHAPUIS : Et nous sommes trop heureux de vous avoir tiré d'affaire.

Georges s'incline légèrement et va pour sortir. Baudouin le prend par le bras.

GEORGES : Mais…

CHAPUIS : Nous avons des embêtements, voyez-vous.

BAUDOUIN : Et nous aurions besoin que vous nous donniez un coup de main.

GEORGES, *s'asseyant*: En quoi puis-je vous être utile ?

Les Inspecteurs s'asseyent.

CHAPUIS : Eh bien ! voilà : nous sommes sur une grave affaire de démoralisation nationale.

GEORGES : La France serait démoralisée ?

CHAPUIS : Pas encore, monsieur : nous veillons !

BAUDOUIN : Mais le fait est qu'on cherche à lui saboter le moral.

GEORGES : Pauvre France ! Et qui ose…

CHAPUIS : Deux journalistes.

GEORGES : Deux pour quarante millions d'habitants ? Ce pays se laisse facilement abattre.

BAUDOUIN : Ces deux hommes ne sont que des symboles. Et le gouvernement veut atteindre dans leur personne une presse détestable qui mystifie ses lecteurs.

CHAPUIS : Il faut frapper vite et fort.

BAUDOUIN : Nous comptons les arrêter demain. Après-demain au plus tard.

CHAPUIS : Mais on nous demande de fournir la preuve que les deux accusés ont participé sciemment à une entreprise de démoralisation nationale…

BAUDOUIN : Ce qui est à nos yeux parfaitement inutile…

CHAPUIS : Mais que le législateur a cru devoir exiger.

BAUDOUIN : Or, pour une fois, la chance nous sert…

CHAPUIS : Vous êtes là !

GEORGES : Je suis là ?

BAUDOUIN : N'êtes-vous pas là ?

GEORGES : Ma foi, j'y suis. J'y suis autant que je peux y être.

CHAPUIS : Eh bien ! vous nous servirez de témoin.

BAUDOUIN : En qualité de ministre soviétique, vous avez certainement employé ces journalistes.

CHAPUIS : Et vous nous obligeriez fort en nous le confirmant.

GEORGES : Comment s'appellent-ils ?

CHAPUIS : Robert Duval et Charles Maistre.

GEORGES : Maistre et Duval… Duval et Maistre… Eh bien ! je ne les connais pas.

BAUDOUIN : Impossible !

GEORGES : Pourquoi donc ?

CHAPUIS : Vous avez déclaré hier, dans *Soir à Paris*, que vous les connaissiez fort bien.

GEORGES : On m'a prêté des propos que je n'avais jamais tenus.

BAUDOUIN : Il se peut. Mais l'article est là. Et puis, de toute façon, ce sont des communistes : Duval est un membre influent du P.C.

CHAPUIS : Duval, voyons ! Il faut que vous le connaissiez !

GEORGES : En U.R.S.S., chaque ministre a ses agents personnels que les autres ne connaissent pas. Cherchez à la Propagande, à l'Information ou peut-être aux Affaires étrangères. Moi, comme vous le savez, j'étais à l'Intérieur.

BAUDOUIN : Nous comprenons parfaitement vos scrupules…

CHAPUIS : Et nous aurions les mêmes à votre place.

BAUDOUIN : Mais puisque Duval eﬆ communiﬆe…

CHAPUIS : Il n'eﬆ pas nécessaire que vous ayez vu son nom de vos propres yeux.

BAUDOUIN : Et vous avez la certitude morale que c'eﬆ un agent soviétique.

CHAPUIS : Vous pouvez donc témoigner en toute tranquillité d'esprit qu'il a été payé pour faire son travail.

GEORGES : Je regrette, mais je ne témoignerai pas.

Un silence.

BAUDOUIN : Très bien.

CHAPUIS : Parfait !

BAUDOUIN : La France eﬆ le pays de la liberté : chez nous, tout le monde eﬆ libre de parler ou de se taire.

CHAPUIS : Nous nous inclinons, nous nous inclinons !

BAUDOUIN : Et nous souhaitons que nos chefs s'inclinent à leur tour. *(Un temps. À Chapuis :)* S'inclineront-ils ?

CHAPUIS, *à Baudouin* : Qui sait ? L'ennui, c'eﬆ que M. Nekrassov a de nombreux ennemis.

BAUDOUIN, *à Georges* : Des gens que votre gloire indispose…

CHAPUIS, *à Georges* : Et qui prétendent que vous nous êtes envoyé par Moscou.

GEORGES : C'eﬆ absurde !

CHAPUIS : Bien entendu.

Ils se lèvent et l'encadrent.

BAUDOUIN : Mais il faut faire taire les calomnies.

CHAPUIS : Par un aﬆe qui vous engage sérieusement.

BAUDOUIN : Après tout, le mois dernier, vous étiez encore l'ennemi juré de notre pays…

CHAPUIS : … et rien ne prouve que vous ayez cessé de l'être…

BAUDOUIN : On nous a souvent dit que nous méconnaissions nos devoirs…

CHAPUIS : … et qu'il fallait d'urgence vous reconduire à la frontière.

BAUDOUIN : Imaginez que nous vous remettions à la police soviétique !

CHAPUIS : Après vos déclarations, vous passeriez un sale quart d'heure !

GEORGES : Vous auriez le cœur de me chasser, moi qui ai fait confiance à l'hospitalité française ?

CHAPUIS, *riant* : Ha ! Ha !

BAUDOUIN, *riant* : L'hospitalité !

CHAPUIS, *à Baudouin* : Pourquoi pas le droit d'asile ?

CHAPUIS : Il se croit au Moyen Âge !

BAUDOUIN : Nous sommes hospitaliers pour les lords anglais…

CHAPUIS : … pour les touristes allemands…

BAUDOUIN : … pour les soldats américains…

CHAPUIS : … et pour les interdits de séjour belges…

BAUDOUIN : … mais franchement, vous ne voudriez pas que nous le fussions pour les citoyens soviétiques !

GEORGES : C'est un chantage, en somme ?

CHAPUIS : Non, monsieur : c'est un dilemme.

BAUDOUIN : Je dirais même : une alternative.

Un silence.

GEORGES : Faites-moi reconduire à la frontière.

Un temps.

BAUDOUIN, *changeant de ton* : Alors, mon petit Georges ? On fait le méchant ?

CHAPUIS : On fait le dur ?

GEORGES, *se levant en sursaut* : Quoi ?

BAUDOUIN : Rassieds-toi.

Ils le font rasseoir.

CHAPUIS : Tu nous fais pas peur, tu sais !

BAUDOUIN : Nous autres, on a vu de vrais durs. Des hommes.

CHAPUIS : Un escroc, on sait bien que ça n'est qu'une lope.

BAUDOUIN : Une gonzesse.

CHAPUIS : Des fois qu'on te chatouillerait un peu…

BAUDOUIN : Tu te mettrais tout de suite à table.

GEORGES : Je ne comprends pas ce que vous voulez dire.

CHAPUIS : Oh ! que si, tu le comprends !

BAUDOUIN : On veut dire que tu es Georges de Valera, la petite frappe internationale et qu'on peut te remettre sur-le-champ à l'inspecteur Goblet qui te recherche !

GEORGES, *s'efforçant de rire* : Georges de Valera ? C'est un malentendu ! Un malentendu très divertissant. Je…

CHAPUIS : Te casse pas la tête. Voilà huit jours que tes gardes du corps te photographient en douce et sur toutes les coutures. Ils ont même pris tes empreintes digitales. Nous n'avons eu qu'à comparer avec ta fiche anthropométrique. Tu es cuit.

GEORGES : Merde.

Un silence.

BAUDOUIN : Remarque bien : on n'est pas mauvais, nous autres.

CHAPUIS : Et puis, l'escroquerie, ça n'est pas notre rayon.

BAUDOUIN : Ça regarde la P.J. Et la P.J., chez nous, on ne l'a pas à la bonne.

CHAPUIS : L'inspecteur Goblet, on se le met où tu penses.

BAUDOUIN : On veut la peau des deux journalistes, c'est tout.

CHAPUIS : Et, si tu nous la donnes, tu seras Nekrassov tant que ça te plaira.

BAUDOUIN : Tu nous rendras de petits services.

CHAPUIS : On te montrera des gens de temps en temps.

BAUDOUIN : Tu diras que tu les connais : pour nous faire plaisir.

CHAPUIS : Et nous, en échange, on la bouclera.

BAUDOUIN : On est seuls à savoir la chose, tu comprends.

CHAPUIS : Remarque, on l'a bien dit au président du conseil.

BAUDOUIN : Mais ça ne fait rien : il ne le sait pas.

CHAPUIS : Il a dit : « Je veux pas le savoir. »

BAUDOUIN : Et cet homme-là, il sait ce qu'il veut !

CHAPUIS : T'as compris le coup, petite tête ?

BAUDOUIN : Jeudi, nous viendrons te chercher et nous t'emmènerons chez le juge d'instruction.

CHAPUIS : Il te demandera si tu connais Duval…

BAUDOUIN : Et tu répondras : oui, parce que tu ne pourras pas faire autrement.

CHAPUIS : Bonsoir, mon petit pote : au plaisir.

BAUDOUIN : À jeudi, Toto. Oublie pas.

Ils sortent.

SCÈNE XVI

GEORGES, *seul, puis* DEMIDOFF

GEORGES : Bon !… Bon, bon, bon !… *(Il va à la glace.)* Adieu, grande steppe russe de mon enfance, adieu la gloire ! Nekrassov, adieu ! Adieu, pauvre cher grand homme ! Adieu, traître, ordure, adieu, salaud ! Vive Georges de Valera ! *(Il se fouille.)* Sept mille francs. J'ai bouleversé l'univers et ça me rapporte sept mille francs : chien de métier. *(À la glace :)* Georges, mon vieux Georges, tu n'imagines pas le plaisir que j'ai de te retrouver ! *(Il remonte.)* Mesdames et messieurs, Nekrassov étant mort, Georges de Valera va filer à l'anglaise. *(Il réfléchit.)* La grande entrée : impossible ; les flics la surveillent. L'entrée de service… *(Il va ouvrir la porte de droite.)* Merde : mes deux tueurs gardent le couloir. *(Il traverse la salle.)* La fenêtre ? *(Il se penche.)* Elle est à dix mètres du sol : je vais me casser la gueule. Pas de gouttière en vue ? *(Il monte sur le rebord de la fenêtre.)* Trop loin. Bon Dieu, si je trouvais un moyen d'occuper mes deux tueurs…

Demidoff est entré, le saisit par les hanches et le fait descendre de la fenêtre.

DEMIDOFF : Pas de ça, militant. Je te le défends.

GEORGES : Je…

DEMIDOFF : Le suicide, on y songe les trois premiers mois. Ensuite, tu verras, on s'y fait. J'ai passé par là. *(En confidence.)* J'ai quitté le grand salon parce que j'ai un peu bu. Il ne faut pas que je me saoule, militant. Veilles-y. Quand je suis saoul, je deviens terrible.

GEORGES, *très intéressé* : Ah ! Ah !

DEMIDOFF : Oui.

GEORGES : Vraiment terrible ?

DEMIDOFF : Je casse tout. Je tue quelquefois.

GEORGES : C'est très intéressant, ce que tu me dis là !

Irruption des Invités et de Mme Bounoumi.

SCÈNE XVII

GEORGES, DEMIDOFF, MADAME BOUNOUMI,
PERDRIÈRE, TOUS LES INVITÉS

MADAME BOUNOUMI, *à Georges* : Enfin, on peut vous approcher. Vous ne partez pas, j'espère ? Nous allons commencer les jeux de société.

GEORGES : Les jeux de société ?

MADAME BOUNOUMI : Oui !

GEORGES : J'en connais un qui faisait rire aux larmes tout le personnel du Kremlin.

MADAME BOUNOUMI : Vous m'intriguez beaucoup : qu'est-ce que c'est ?

GEORGES : Eh bien ! voilà : les jours de bonne humeur, nous avions coutume de faire boire Demidoff. Vous n'imaginez pas les idées ravissantes qui lui viennent quand il est ivre. C'est un vrai poète.

MADAME BOUNOUMI : Mais c'est charmant ! Si nous essayions ?

GEORGES : Faites circuler le mot d'ordre, je me charge du reste.

MADAME BOUNOUMI, *à un invité* : Il faut enivrer Demidoff : il paraît qu'il est très amusant quand il a bu.

Le mot d'ordre circule.

GEORGES, *à Demidoff* : Nos amis veulent choquer leurs verres contre le tien.

DEMIDOFF : Soit. *(Regardant les verres qu'un domestique apporte sur un plateau.)* Qu'est-ce que c'est ?

GEORGES : Dry Martini.

DEMIDOFF : Pas de boisson américaine. Vodka !

MADAME BOUNOUMI, *aux domestiques* : Vodka !

Un domestique apporte des verres de vodka sur un plateau.

DEMIDOFF, *il lève son verre* : Je bois à la destruction des bureaucrates soviétiques !

MADAME BOUNOUMI *et* LES INVITÉS : À l'anéantissement des bureaucrates !

GEORGES, *prenant un verre sur le plateau et le tendant à Demidoff* : Tu oublies les technocrates.

DEMIDOFF : À la destruction des technocrates !

LES INVITÉS : À la destruction des technocrates !

Il boit.

GEORGES, *lui tendant un nouveau verre* : Et Orloff ? *(Aux Invités :)* C'est son chef de bureau.

DEMIDOFF, *buvant* : À la pendaison d'Orloff !

LES INVITÉS : À la pendaison d'Orloff !

GEORGES, *lui tendant un verre* : C'est l'occasion de porter un toast au parti bolchevik-bolchevik[5].

DEMIDOFF : Tu crois ?

GEORGES : Dame ! Tu le feras connaître : il faut songer à la publicité.

DEMIDOFF, *buvant* : Au parti bolchevik-bolchevik !

LES INVITÉS : Au parti bolchevik-bolchevik !

La plupart sont franchement ivres. On voit apparaître des chapeaux de papier, des mirlitons et des serpentins. Pendant la scène qui suit, les tirades de Demidoff seront scandées par des sons de mirliton.

DEMIDOFF, *à Georges* : À quoi dois-je boire, à présent ?

GEORGES, *lui tendant un verre* : À ton chardonneret.

DEMIDOFF : À mon chardonneret !

LES INVITÉS : À son chardonneret !

Georges lui tend un nouveau verre.

DEMIDOFF : Et à présent ?

GEORGES : Je ne sais pas, moi… À la France, peut-être : ce serait poli.

DEMIDOFF : Non ! *(Levant son verre.)* Je bois au bon petit peuple russe, que les mauvais bergers tiennent enchaîné.

LES INVITÉS : Au peuple russe !

DEMIDOFF : Vous le délivrerez, n'est-ce pas ? Mon pauvre petit peuple, vous allez le délivrer ?

TOUS : Nous le délivrerons ! Nous le délivrerons !

Mirlitons.

DEMIDOFF : Merci. Je bois au déluge de fer et de feu qui s'abattra sur mon peuple !

TOUS : Au déluge ! Au déluge !

DEMIDOFF, *à Georges* : Qu'est-ce que je bois là ?

GEORGES : De la vodka.

DEMIDOFF : Non !

GEORGES : Regarde. *(Il prend la bouteille et la lui montre.)*

DEMIDOFF : Sauve qui peut ! C'est de la vodka française ! Je suis un traître !

GEORGES : Voyons, Demidoff !

DEMIDOFF : Tais-toi, militant ! Tout Russe qui boit de la vodka française est un traître à son peuple : il faut m'exécuter. *(À tous :)* Allons ! Qu'attendez-vous ?

MADAME BOUNOUMI, *tentant de le calmer* : Mon cher Demidoff, nous sommes bien loin d'y penser !

DEMIDOFF, *la repoussant* : Alors, libérez-les tous, tous. Tous les Russes ! S'il reste un survivant, un seul, il viendra pointer son doigt sur ma poitrine et me dire : Fiodor Petrovitch, tu bois de la vodka française. *(Répondant à un interlocuteur imaginaire.)* C'est de la faute d'Orloff, mon petit père : je ne pouvais plus le supporter ! *(Il boit.)* Je bois à la bombe libératrice ! *(Silence terrorisé. À Perdrière, menaçant :)* Bois, toi !

PERDRIÈRE : À la bombe !

DEMIDOFF, *menaçant* : À quelle bombe ?

PERDRIÈRE : Je ne sais pas, moi... À la bombe H.

DEMIDOFF : Putois ! Chacal ! Espères-tu nous faire croire qu'on arrêtera l'histoire avec un pétard ?

PERDRIÈRE : Mais je ne veux pas l'arrêter !

DEMIDOFF : Et moi, je veux qu'on l'arrête tout de suite. Parce que je sais qui l'écrit ! C'est mon petit peuple avec ses mauvais bergers. Comprenez-vous ? Orloff lui-même écrit l'histoire et, moi, je suis tombé hors d'elle comme un petit oiseau tombe du nid. *(Suivant des yeux un objet invisible qui traverse la salle à une très grande vitesse.)* Ce qu'elle va vite ! Arrêtez-la ! Arrêtez-la ! *(Prenant un verre.)* Je bois à la bombe Z qui fera sauter la terre. *(À Perdrière :)* Bois !

PERDRIÈRE, *à demi étranglé*[d] : Non.

DEMIDOFF : Tu ne veux pas que la terre saute ?

PERDRIÈRE : Non.

DEMIDOFF : Et comment arrêteras-tu l'histoire des hommes si tu ne détruis pas l'espèce humaine ? *(À la fenêtre.)* Regardez ! Regardez la lune. Autrefois, c'était une terre. Mais les capitalistes lunaires ont eu plus de cran que vous : quand ils ont compris que ça sentait le roussi, ils lui ont bouffé son atmosphère à coups de bombe au cobalt. C'est ce qui vous explique le silence des cieux : des millions de lunes roulent dans l'espace, millions d'horloges arrêtées au même moment de l'histoire. Il n'y en a plus qu'une pour faire tic tac du côté du soleil, mais, si vous avez du courage, ce bruit scandaleux va cesser. Je bois à la prochaine lune : à la terre ! *(Georges tente de s'esquiver.)* Où vas-tu, militant ? Bois à la lune !

GEORGES : À la lune !

DEMIDOFF, *boit et recrache avec dégoût* : Pouah ! *(À Georges :)* Tu te rends compte, militant ; je suis sur la lune future et j'y bois de la vodka française. Mesdames, messieurs, je suis un traître ! L'histoire gagnera, je vais mourir et les enfants liront mon nom dans les livres : Demidoff le traître buvait de la vodka française chez Mme Bounoumi. J'ai tort, mesdames et messieurs, tort devant les siècles futurs. Levez vos verres, je me sens seul. *(À Perdrière :)* Toi, chacal, crie avec moi : Vive le processus historique[6] !

PERDRIÈRE, *terrorisé* : Vive le processus historique !

DEMIDOFF : Vive le processus historique qui m'écrasera comme une bouse et qui cassera les vieilles sociétés comme je casse cette table !

Il jette à terre la table du buffet. Terreur.

SCÈNE XVIII

LES MÊMES, LES DEUX GARDES DU CORPS, GOBLET, SIBILOT

GEORGES, *ouvrant la porte de droite aux deux Gardes du corps* : Il devient fou ! Maîtrisez-le.

Les Gardes du corps se précipitent sur Demidoff et tentent de le maîtriser. Georges va pour s'enfuir, mais il se trouve nez à nez avec Goblet qui entre par la porte de droite en portant Sibilot ivre mort sur ses épaules.

GOBLET, *déposant Sibilot dans un fauteuil* : Étends-toi, mon vieux. Attends, je vais te mettre une compresse.

SIBILOT : Mon bon Goblet, tu es ma mère. *(Éclatant en sanglots.)* J'ai trahi ma mère. Je l'ai attirée dans les cuisines pour l'empêcher d'arrêter un escroc !

GOBLET, *se redressant* : Quel escroc ?

SIBILOT : Georges de Valera !

Pendant ce temps, Georges fait un détour pour atteindre la porte de droite sans passer devant Sibilot et Goblet.

GOBLET : Georges de Valera ? Où est-il ?

Georges a gagné la porte de droite.

SIBILOT, *le montrant du doigt* : Là ! Là ! Là !

GOBLET : Nom de Dieu !

Il tire son revolver et s'élance à la poursuite de Georges en tirant des coups de feu.

LES INVITÉS, *terrorisés* : Les fusilleurs ! Les fusilleurs !

DEMIDOFF, *extatique* : Enfin ! Enfin ! Voilà l'Histoire !

Baudouin et Chapuis s'élancent à la poursuite de Goblet ; Demidoff se débarrasse des Gardes du corps et s'élance à la poursuite des Inspecteurs ; les Gardes du corps se ressaisissent et s'élancent à sa poursuite.

RIDEAU

SEPTIÈME TABLEAU

Décor : le salon 1925 de Sibilot.

SCÈNE I

GEORGES, VÉRONIQUE

C'est la nuit. Georges entre par la fenêtre. Véronique entre à son tour et donne la lumière. Elle porte les mêmes vêtements qu'au III et s'apprête à sortir. Georges se place derrière elle, les mains levées, en souriant.

GEORGES : Bonsoir.

VÉRONIQUE, *se retournant* : Tiens ! Nekrassov.

GEORGES : Il est mort. Appelle-moi Georges et tire les rideaux. *(Il baisse les mains.)* Tu ne m'as jamais dit ton nom, fillette.

VÉRONIQUE : Véronique.

GEORGES : Douce France ! *(Il se laisse tomber dans un fauteuil.)* J'étais assis dans ce même fauteuil, tu t'apprêtais à sortir, des flics rôdaient autour de la maison : tout recommence. Comme j'étais jeune ! *(Prêtant l'oreille.)* Un coup de sifflet ?

VÉRONIQUE : Non. Tu es poursuivi ?

GEORGES : Depuis l'âge de vingt ans. *(Un temps.)* Je viens de les semer. Oh ! pas pour longtemps.

VÉRONIQUE : S'ils venaient ici ?

GEORGES : Ils viendront. Goblet par habitude, et la D.T. par flair. Mais pas avant dix minutes.

VÉRONIQUE : Tu t'es mis la D.T. sur le dos ?

GEORGES : L'inspecteur Baudouin et l'inspecteur Chapuis. Tu connais ?

VÉRONIQUE : Non. Mais je connais la D.T. Tu es en danger.

GEORGES, *ironiquement* : Un peu !

VÉRONIQUE : Ne reste pas ici.

GEORGES : Il faut que je te parle.

VÉRONIQUE : De toi ?

GEORGES : De tes amis.

VÉRONIQUE : Je te reverrai demain : où tu voudras, à l'heure que tu voudras. Mais file !

GEORGES, *secouant la tête* : Si je te quitte, tu ne me reverras plus : ils vont m'épingler. *(Sur un geste de Véronique.)* Ne discute pas : ce sont des choses qu'on sent lorsqu'on est du métier. D'ailleurs, où veux-tu que j'aille ? Je n'ai pas un ami pour me cacher. À minuit, un type en smoking passe inaperçu ; mais attends demain, au soleil de midi... *(Saisi d'une idée.)* Les vieux complets de ton père, où sont-ils ?

VÉRONIQUE : Il les a donnés au concierge.

GEORGES : Et les neufs ?

VÉRONIQUE : Ils ne sont pas prêts, sauf celui qu'il porte.

GEORGES : Tu vois : la chance m'a quitté. Véronique, mon étoile est morte, mon génie s'obscurcit : je suis fait. *(Il marche.)* On arrêtera quelqu'un cette nuit, sois-en sûre. Mais qui ? Qui arrêtera-t-on, peux-tu me le dire ? Goblet court après Valera et la D.T. après Nekrassov. Le premier qui met la main sur moi, je deviens ce qu'il veut que je sois. Pour qui paries-tu ? P.J. ou D.T. ? Georges ou Nikita ?

VÉRONIQUE : Je parie pour la D.T.

GEORGES : Moi aussi. *(Un temps.)* Préviens Maistre et Duval.

VÉRONIQUE : De quoi veux-tu les prévenir ?

GEORGES : Écoute, mon enfant, et tâche de comprendre *(Patiemment.)* Qu'est-ce qu'elle va faire de moi, la Défense du territoire ? Me mettre en taule ? Pas si folle : Nekrassov est l'hôte de la France. On aura loué pour moi quelque villa de banlieue, un peu solitaire, avec de belles chambres ensoleillées. On m'installera dans la plus belle de ces chambres et j'y garderai le lit nuit et jour. Parce que Nekrassov est très affaibli, le pauvre ; il a tant souffert. Ce qui n'empêchera pas ton père de poursuivre le cours de mes révélations sensationnelles : il a pris le ton et peut les fabriquer sans moi. *(Imitant le crieur de journaux.)* « Maistre et Duval se rendaient à Moscou en cachette. Nekrassov les payait en dollars ! » C'est ce qu'on appelle, je crois, créer le climat psychologique : quand on les aura bien traînés dans la boue, le public trouvera naturel qu'on les accuse de trahison.

VÉRONIQUE : Les articles de mon père, le tribunal s'en moque : il lui faut des témoins.

GEORGES : Sais-tu si je n'irai pas témoigner ?

VÉRONIQUE : Toi ?

GEORGES : Oui. Moi. Sur une civière. Je n'aime pas les coups, fillette. Si j'en prends tous les jours, je finirai par me lasser.

VÉRONIQUE : Tu crois qu'ils cogneront ?

GEORGES : Ils vont se gêner ! *(Un temps.)* Oh ! tu peux me mépriser : je suis trop artiste pour avoir du courage physique.

VÉRONIQUE : Je ne te méprise pas. Et qui te parle de courage physique ? Il suffit de savoir ce que tu préfères ?

GEORGES : Si je le savais !

VÉRONIQUE : Tu ne voudrais pas devenir une donneuse ?

GEORGES : Non, mais je n'aimerais pas non plus qu'on m'abîmât le portrait : allez donc choisir !

VÉRONIQUE : Tu as beaucoup trop d'orgueil pour parler.

GEORGES : Ai-je encore de l'orgueil ?

VÉRONIQUE : Tu en crèves !

GEORGES : Le Ciel t'entende ! N'empêche : je serais drôlement soulagé si je savais Duval et Maistre hors d'atteinte.

VÉRONIQUE : Qu'est-ce que cela changerait ?

GEORGES : Si j'en ai marre, je peux les charger : de toute façon, je sais qu'ils n'iront pas en taule.

VÉRONIQUE : Si tu les charges, ils seront condamnés.

GEORGES : La condamnation, ça ne compte pas, puisqu'on ne pourra pas les boucler.

VÉRONIQUE, *désarmée* : Mon pauvre Georges !

GEORGES, *sans l'écouter* : Tu as compris, la môme : je disparais ; toi, va leur dire de se barrer.

VÉRONIQUE : Ils ne se barreront pas.

GEORGES : Avec les flics sur les reins et cinq ans de taule qui leur pendent au nez ? Tu es cinglée.

VÉRONIQUE : Ils ne se barreront pas parce qu'ils sont innocents.

GEORGES : Et moi, tu me pressais de fuir parce que je suis coupable ? La belle logique ! Si l'on t'écoutait, tous les coupables de France iraient pêcher la truite pendant que les innocents moisiraient en prison.

VÉRONIQUE : C'est à peu près ce qui se passe.

GEORGES : Pas de boniments, souris : la vérité, c'est que vous les laissez tomber !

VÉRONIQUE : Attends qu'on les arrête et tu verras.

GEORGES : C'est tout vu : vous irez gueuler dans les rues. Affiches, meetings, cortèges : une vraie kermesse. Et vos deux camarades, où seront-ils ? En cellule. Parbleu : votre intérêt, c'est qu'on les y garde le plus longtemps possible. *(Il rit.)* Et moi, pauvre idiot qui me jette dans la gueule du loup pour les prévenir. Les prévenir ? Mais c'est que vous n'y tenez pas du tout, vous autres ! Quelle gaffe ! Je ne vous blâme pas : chacun pour soi. Seulement, vous me dégoûtez tout de même un petit peu : parce que je vais y aller, moi, en taule ; et je me sens solidaire des deux pauvres gars que vous sacrifiez. *(Véronique forme un numéro de téléphone.)* Qu'est-ce que tu fais ?

VÉRONIQUE, *à l'appareil* : C'est toi, Robert ? Je te passe un type qui veut te parler. *(À Georges :)* C'est Duval.

GEORGES : Sa ligne est peut-être surveillée.

VÉRONIQUE : Aucune importance.

Elle lui tend l'appareil.

GEORGES, *au téléphone* : Allô, Duval ? Écoutez-moi bien, mon vieux : vous serez arrêté demain, après-demain au plus tard, et très probablement condamné. Vous n'avez même pas le temps de faire votre valise : foutez le camp dès que vous aurez raccroché. Hein ? Oh ! Oh ! Oh ! *(Reposant l'appareil.)* Mais c'est qu'il m'engueule !

VÉRONIQUE, *à l'appareil* : Non, Robert, non : calme-toi ; ce n'est pas un provocateur. Mais non : rien du tout. On t'expliquera. *(À Georges :)* Veux-tu que j'appelle Maistre ?

GEORGES : N'en fais rien : j'ai compris. *(Il se met à rire.)* C'était la première fois de ma vie que je voulais rendre service. Ce sera très certainement la dernière. *(Un temps.)* Je n'ai plus qu'à m'en aller. Bonsoir et toutes mes excuses !

VÉRONIQUE : Bonsoir.

GEORGES, *explosant brusquement* : Ce sont des crétins, voilà tout ! De pauvres types sans imagination ! Ils ne se doutent même pas de ce que c'est que la taule ! Moi, je le sais.

VÉRONIQUE : Tu n'y as pas été.

GEORGES : Non, mais je suis poète. La prison colle à moi depuis ce soir et je la sens dans mes os. Savent-ils qu'on a deux chances sur cinq d'en sortir tubard ?

VÉRONIQUE : Duval y est entré le 17 octobre 1939. Il en est sorti le 30 août 1944. Tubard.

GEORGES : Alors il est inexcusable.

VÉRONIQUE : Mais non, mon petit Georges, il fait comme toi : il suit son intérêt.

GEORGES : Son intérêt ou le vôtre ?

VÉRONIQUE : Le sien, le mien, le nôtre : il n'y en a qu'un. Toi, tu n'es pas grand-chose de plus que ta peau : tu veux la sauver, rien de plus naturel. Duval tient à sa peau, mais il n'y pense pas tous les jours. Il a son parti, son activité, ses lecteurs : s'il veut sauver *tout* ce qu'il est, il faut qu'il reste.

Un temps.

GEORGES, *avec violence* : Sales égoïstes !

VÉRONIQUE : Plaît-il ?

GEORGES : Tout le monde sera content : il aura sa couronne d'épines et vous aurez vos kermesses. Mais moi, bande de salauds, moi, qu'est-ce que je deviens dans tout cela ? Un traître, une mouche, une donneuse !

VÉRONIQUE : Tu n'as qu'à…

GEORGES : Rien du tout ! Je serai ligoté sur un lit de sangle, les poulets me fileront la correction trois fois par jour ; de temps en temps, histoire de reprendre haleine, ils me demanderont : « Témoigneras-tu ? » ; je serai coincé : les cloches sonneront sous mon crâne, ma tête sera plus grosse qu'une citrouille, je penserai à ces deux martyrs, à ces deux purs qui me jouent le sale tour de ne pas s'enfuir et je me dirai : « Si tu flanches, ils en ont pour cinq berges. » Si je flanche ? Parbleu ! vous serez tous trop contents. Pas de Christ sans Judas, hein ? Tiens, pauvre Judas, en voilà un qui devait en avoir gros sur le cœur. Je le comprends, moi, cet homme. Et je l'honore[1]. Si je ne flanche pas… Eh bien ! c'est encore pour vous que je les reçois, les tripotées. Et quelle sera ma récompense ? Des crachats : ton père aura rempli *Soir à Paris* de mes fausses déclarations, vos canards célébreront en même temps l'acquittement de Duval et la défaite ignominieuse du calomniateur Nekrassov. Vous porterez vos amis en triomphe et, du même pas, vos joyeuses cohortes me marcheront sur la gueule. Manœuvré ! Manœuvré comme un enfant ! Et par tout le monde ! Là-bas, j'étais l'instrument de la haine ; ici, je suis l'instrument de l'Histoire ! *(Un temps.)* Véronique ! Si tu leur expliquais mon cas, à tes copains, peut-être qu'ils auraient la bonté de s'enfuir ?

VÉRONIQUE : J'ai peur que non.

GEORGES : Les salauds ! Tiens ! je devrais me tuer sous tes yeux et souiller de sang ton parquet. Tu as de la chance que je n'en aie plus le courage. *(Il se rassied.)* Je ne comprends plus rien à rien. J'avais ma petite philosophie, elle m'aidait à vivre : j'ai tout perdu, même mes principes. Ah ! je n'aurais jamais dû faire de politique !

VÉRONIQUE : Va-t'en, Georges, va-t'en. Nous ne te demandons rien, tu ne dois rien à personne. Mais va-t'en.

GEORGES, *à la fenêtre, entrouvre les rideaux* : La nuit. Les rues désertes. Il faudra raser les murs jusqu'au matin. Après... *(Un temps.)* Tu veux la vérité ? Je suis venu me faire prendre ici. Quand on entre dans les ordres, cela compte, la dernière tête humaine qu'on voit : on se la rappelle longtemps. J'ai voulu que ce soit la tienne. *(Véronique sourit.)* Tu devrais sourire plus souvent. Cela t'embellit.

VÉRONIQUE : Je souris aux gens qui me plaisent.

GEORGES : Je n'ai rien pour te plaire et tu ne me plais pas. *(Un temps.)* Si je pouvais empêcher ces lascars d'aller en taule, quel bon tour je vous jouerais à tous. *(Il marche.)* Au secours, mon génie ! Montre-moi que tu existes encore !

VÉRONIQUE : Le génie, tu sais...

GEORGES : Silence ! *(Il tourne le dos à Véronique et s'incline.)* Merci ! Merci ! *(Sur Véronique.)* J'ai le regret de t'annoncer que tes petits amis ne seront pas arrêtés. Adieu les kermesses et la palme du martyre. Mme Castagnié retrouvera son emploi et qui sait si les cent mille voix de Perdrière ne se reporteront pas dimanche sur le candidat communiste ! Je vous montrerai, moi, si l'on peut tirer mes ficelles à volonté.

VÉRONIQUE, *haussant les épaules* : Tu ne peux rien faire.

GEORGES : Trouve quelqu'un pour me cacher. Demain, tu viens me voir et je t'accorde une interview en exclusivité mondiale.

VÉRONIQUE : Encore !

GEORGES : Tu n'en veux pas ?

VÉRONIQUE : Non...

GEORGES : J'avais un beau titre, pourtant : « Comment je suis devenu Nekrassov, par Georges de Valera. »

VÉRONIQUE : Georges !

GEORGES : Je reste quinze jours chez ton copain : photographiez-moi sur toutes les coutures, avec et sans bandeau. Je les connais tous, les Palotin, les Nerciat, les Mouton : je ferais des révélations irréfutables.

VÉRONIQUE : Après le premier article, ils nous enverront la police. Si nous refusons de te livrer, ils écriront partout que ton témoignage est inventé.

GEORGES : Après le premier article, tu crois qu'ils oseront m'arrêter ? J'en sais trop. Et puis, quoi ? S'ils insistent, donnez mon adresse. Vous m'embêtez, avec vos martyrs : s'il en faut un, pourquoi pas moi ?

VÉRONIQUE : Tu vois bien que tu crèves d'orgueil.

GEORGES : Oui. *(Un temps.)* Pour l'interview, tu es d'accord ? *(Elle l'embrasse.)* Garde tes distances. *(Il rit.)* J'ai fini par gagner : il publiera la prose d'un escroc, ton journal progressiste. Moi, cela ne me changera guère : je dictais au papa, je dicterai à sa fille.

Baudouin et Chapuis entrent par la fenêtre.

SCÈNE II

GEORGES, VÉRONIQUE,
BAUDOUIN, CHAPUIS

CHAPUIS : Bonjour, Nikita !

BAUDOUIN : L'inspecteur Goblet te cherche.

CHAPUIS : Mais ne crains rien : nous allons te protéger.

VÉRONIQUE : Tout est perdu !

GEORGES : Qui sait ? J'ai retrouvé mon génie ; peut-être que mon étoile n'est pas morte.

BAUDOUIN : Viens avec nous, Nikita. Tu es en danger.

CHAPUIS : Cette fille fréquente les communistes.

BAUDOUIN : Peut-être qu'ils l'ont chargée de t'assassiner.

GEORGES : Je suis Georges de Valera, l'escroc, et je demande qu'on me remette aux mains de l'inspecteur Goblet.

CHAPUIS, *à Véronique* : Pauvre Nikita !

BAUDOUIN, *à Véronique* : Tes amis russes viennent d'emprisonner sa femme et ses grands fils.

CHAPUIS, *à Véronique* : La douleur l'égare et le fait déraisonner.

Baudouin va à la porte d'entrée et l'ouvre. Deux infirmiers entrent.

SCÈNE III

LES MÊMES, DEUX INFIRMIERS

BAUDOUIN, *aux Infirmiers* : Le voilà. Soyez bien doux.
CHAPUIS : Tu as besoin de repos, Nikita.
BAUDOUIN : Ces messieurs vont te conduire dans une jolie clinique.
CHAPUIS : Avec un beau jardin ensoleillé.
GEORGES, *à Véronique* : Tu vois ce qu'ils ont trouvé : c'est encore plus malin que la villa de banlieue.
BAUDOUIN, *aux Infirmiers* : Enlevez le paquet !

Les Infirmiers s'approchent en laissant la porte ouverte. Ils empoignent Georges. Entre Goblet.

SCÈNE IV

LES MÊMES, GOBLET

GOBLET : Naturellement, messieurs, mesdames, vous n'avez pas vu un homme d'un mètre soixante-dix-huit...
GEORGES, *d'une voix forte* : Ici, Goblet ! Je suis Georges de Valera !
GOBLET : Valera !
GEORGES : J'avoue cent deux escroqueries ! Tu seras inspecteur principal avant la fin de l'année.
GOBLET, *fasciné, s'avançant* : Valera !
BAUDOUIN, *lui barrant la route* : Erreur, collègue : c'est Nekrassov !
GOBLET, *l'évite et se jette sur Georges qu'il tire par un bras* : Voilà des années que je le cherche !
CHAPUIS, *tirant Georges par l'autre bras* : On te dit que c'est un fou qui se prend pour Valera !
GOBLET, *tirant sur le bras de Georges* : Lâchez-le ! C'est mon bien, c'est ma vie, c'est mon homme, c'est ma proie !
CHAPUIS, *tirant* : Lâche-le toi-même !
GOBLET : Jamais !
BAUDOUIN : Nous te ferons mettre à pied !
GOBLET : Essayez donc : il y aura du bruit !
GEORGES : Courage, Goblet ! Je suis avec toi !

BAUDOUIN, *aux Infirmiers* : Embarquez-les tous les deux !

Les Infirmiers se jettent sur Georges et Goblet.

VÉRONIQUE : Au secours !

Chapuis la bâillonne avec sa main, elle se débat violemment. À cet instant, Demidoff paraît, fou furieux.

SCÈNE V

LES MÊMES, DEMIDOFF

DEMIDOFF : Où est mon militant ?

GEORGES : À moi, Demidoff !

DEMIDOFF : Mon militant, nom de Dieu ! Rendez-moi mon militant ! Je veux mon militant !

BAUDOUIN, *à Demidoff* : De quoi je me mêle ?

DEMIDOFF : De quoi je me mêle ? Tiens ! *(Il le descend*[2]. *Les autres se jettent sur lui.)* Vive le parti bolchevik-bolchevik. Tiens ferme, militant ! À bas les flics ! *(Il descend un infirmier.)* Ah ! vous vouliez fractionner le parti bolchevik-bolchevik ! *(Il descend Chapuis.)* Ah ! vous tentiez d'arrêter la Révolution en marche ! *(Il descend Goblet. Georges et Véronique se consultent du regard et s'enfuient par la fenêtre. Demidoff descend l'autre Infirmier, regarde autour de lui et sort par la porte en criant.)* Tiens bon, militant, j'arrive !

GOBLET, *se redresse mélancoliquement* : J'avais bien dit que je ne l'arrêterais pas.

Il retombe évanoui.

RIDEAU

HUITIÈME TABLEAU

Décor : le bureau de Palotin. C'est l'aube. Lumière grise. Les lampes sont allumées.

SCÈNE I

NERCIAT, CHARIVET, BERGERAT,
LERMINIER, JULES

Nerciat porte un bonnet de papier ; Bergerat souffle dans un mirliton ; Charivet et Lerminier sont assis, accablés ; des serpentins s'entortillent autour de leurs smokings. Jules marche, un peu à l'écart. Tous ont l'air las et sinistre. Ils portent l'insigne des futurs fusillés : de larges cocardes sur lesquelles le spectateur peut voir en lettres dorées : F.F. — *Au cours du tableau, la scène s'éclairera peu à peu : le soleil illuminera franchement le bureau après le départ de Jules.*

CHARIVET : J'ai mal au crâne !

LERMINIER : Moi aussi !

BERGERAT : Moi aussi !

NERCIAT, *sec* : Moi aussi, chers amis. Et après ?

CHARIVET : Je veux me coucher.

NERCIAT : Non, Charivet, non ! Nous attendons Nekrassov et vous l'attendrez avec nous !

CHARIVET : Nekrassov ! Il court encore !

NERCIAT : On nous a promis de le ramener avant l'aube.

CHARIVET, *montrant la fenêtre* : Avant l'aube ? La voici.

NERCIAT : Justement ; tout sera bientôt fini.

CHARIVET, *s'est approché de la fenêtre. Il recule avec dégoût* : Quelle horreur !

NERCIAT : Quoi donc ?

CHARIVET : L'aube ! Je ne l'avais pas revue depuis vingt-cinq ans : ce qu'elle a pu vieillir !

Un temps.

NERCIAT : Chers amis… *(Bergerat souffle dans son mirliton.)* Pour l'amour de Dieu, Bergerat, ne soufflez plus dans ce mirliton !

BERGERAT : C'est une trompette.

NERCIAT, *patient* : Je l'admets, cher ami. Me ferez-vous le plaisir de la jeter ?

BERGERAT, *indigné* : Jeter ma trompette ! *(Après réflexion.)* Je la jetterai si vous ôtez votre bonnet de papier.

NERCIAT, *stupéfait* : Mon… ? Vous êtes ivre, mon cher. *(Il porte la main à sa tête et touche le bonnet.)* Ah !… *(Il jette le bonnet avec dépit et se redresse.)* Un peu de tenue, messieurs ! Nous siégeons. Débarrassez-vous de ces serpentins. *(Bergerat pose son mirliton sur le bureau. Les autres se brossent.)* Bien ! *(Jules, qui n'a cessé de marcher, plongé dans ses préoccupations, va au bureau, l'ouvre, y prend une bouteille d'alcool et un verre. Il va pour se verser à boire.)* Ah ! non, cher ami ! Pas vous ! Je croyais que vous ne buviez jamais.

JULES : Je bois pour oublier.

NERCIAT : Pour oublier quoi ?

JULES : Pour oublier que je tiens la plus belle information de ma carrière et qu'il m'est interdit de la publier. « Nekrassov était Valera. » Hein ? Ça vous a de la gueule ! Deux hommes célèbres en un, un gros titre qui en vaut deux. La Philippine du journalisme.

NERCIAT : Vous êtes inconscient, mon cher.

JULES : Je rêvais ! *(Il marche.)* Être un quotidien de gauche : pour un jour ! Pour un seul jour ! Quel gros titre ! *(Il s'arrête, extatique.)* Je le vois : il couvre toute la une, il s'étend à la deux, envahit la trois…

NERCIAT : En voilà assez !

JULES : Bon, bon ! *(Douloureusement.)* Après la bataille de Tsoushima, un cas de conscience analogue s'est posé au directeur d'un grand journal japonais : il a fait hara-kiri[1].

NERCIAT : Ne regrettez rien, mon ami. Nekrassov est Nekrassov ; il a pris la fuite tout à l'heure, parce qu'il s'est cru l'objet d'un attentat communiste. *(Les yeux dans les yeux de Jules.)* Voilà la vérité.

JULES, *soupirant* : Elle est moins belle que le rêve. *(On frappe.)* Entrez !

SCÈNE II

LES MÊMES, BAUDOUIN *et* CHAPUIS

Les deux Inspecteurs ont la tête entourée de bandages. Chapuis porte le bras en écharpe. Baudouin s'appuie sur des béquilles.

TOUS : Enfin !
NERCIAT : Où est-il ?
BAUDOUIN : Nous l'avons surpris chez Sibilot...
CHAPUIS : En conversation galante avec une communiste...
JULES : Avec une... Sensationnel !

Il va pour décrocher le téléphone, Nerciat l'arrête.

NERCIAT, *aux Inspecteurs* : Continuez !
BAUDOUIN : Il s'apprêtait à vendre des informations à *Libérateur*[2].
CHAPUIS : « Comment je suis devenu Nekrassov, par Georges de Valera. »
JULES : À *Libérateur* ?
BERGERAT : Par Georges de Valera ?
CHARIVET : Nous l'avons échappé belle !
NERCIAT : Naturellement, vous l'avez appréhendé ?
CHAPUIS : Naturellement.
TOUS, *sauf Jules qui rêve* : Bravo ! Messieurs ! Bravo !
CHARIVET : Enfermez-le dans une forteresse !
LERMINIER : Déportez-le à l'île du Diable !
BERGERAT : Faites-lui porter un masque de fer.
BAUDOUIN : C'est que...

Il hésite.

NERCIAT : Parlez, voyons ! Parlez !
CHAPUIS : Nous l'avions maîtrisé lorsqu'une vingtaine de communistes...
BAUDOUIN : ... se sont jetés sur nous et nous ont assommés.
CHAPUIS, *montrant ses bandages* : Voyez nos plaies.
NERCIAT : Oui, oui... Et Nekrassov ?
CHAPUIS : Il... s'est enfui... avec eux.
LERMINIER : Imbéciles !

CHARIVET : Crétins !

BERGERAT : Idiots !

BAUDOUIN, *montrant ses béquilles* : Messieurs, nous sommes victimes du devoir.

NERCIAT : Vous ne l'êtes pas assez et je regrette qu'on ne vous ait pas cassé les reins. Nous nous plaindrons au président du conseil !

BERGERAT : Et à Jean-Paul David !

NERCIAT : Sortez !

Ils sortent.

SCÈNE III

LES MÊMES,
moins BAUDOUIN *et* CHAPUIS

BERGERAT, *tristement, ôte sa cocarde et la regarde* : Fini ! *(Il la jette.)*

LERMINIER, *même jeu* : Fini !

CHARIVET, *même jeu* : Nous mourrons dans notre lit !

Un silence.

JULES, *à lui-même, avec mélancolie* : Il a de la chance !

NERCIAT : Qui ?

JULES : Mon confrère de *Libérateur.*

NERCIAT, *violemment* : Assez ! *(Il prend la bouteille et le verre de Jules et les jette sur le sol. Aux trois autres :)* Du cran, chers amis ! Envisageons l'avenir avec lucidité.

BERGERAT : Il n'y a plus d'avenir. Demain, c'est l'exécution capitale : *Libérateur* publiera la confession de Valera et nos concurrents du soir se feront un plaisir de la reproduire *in extenso.* Nous allons sombrer dans le ridicule.

CHARIVET : Dans l'odieux, cher ami ! Dans l'odieux !

LERMINIER : On nous accusera d'avoir fait le jeu des communistes !

BERGERAT : Nous sommes ruinés et déshonorés.

CHARIVET : Je veux me coucher ! Je veux me coucher !

Il va pour sortir, Nerciat le retient.

NERCIAT : Quelle rage de vous mettre au lit. Rien ne presse puisque vous êtes sûr d'y mourir. *(Bergerat souffle dans son mirliton.)* Et vous, cher ami, pour la dernière fois, laissez ce mir… cette trompette !

BERGERAT : J'ai tout de même le droit de puiser mes consolations dans la musique ! *(Sous le regard de Nerciat.)* Bon, bon !

Il jette son mirliton.

NERCIAT, *à tous* : Rien n'est perdu, mais il faut réfléchir. Comment sauver le journal ?

Long silence.

JULES : Si je pouvais me permettre…

NERCIAT : Parlez !

JULES : Prenons *Libérateur* de vitesse et publions la nouvelle dans notre numéro de cet après-midi.

NERCIAT : Hein ?

JULES, *récitant son gros titre* : « Plus fort qu'Arsène Lupin, Valera dupe la France entière. »

NERCIAT : Je vous prie de vous taire.

JULES : Nous vendrions trois millions d'exemplaires.

TOUS : Assez ! Assez ! Assez !

JULES : Bon ! Bon ! *(Il soupire.)* Le voilà bien, le supplice de Tantale !

Un temps.

NERCIAT : À la réflexion, je retiens la proposition de Palotin. Mais je la complète : nos révélations déchaîneront la colère du public…

BERGERAT : Hélas !

NERCIAT : Apaisons-le par un sacrifice humain. Nous dirons que notre bonne foi a été surprise : l'un de nous prendra toute la faute sur lui. Nous dénoncerons dans le journal sa légèreté criminelle et nous le chasserons ignominieusement.

Un silence.

CHARIVET : À qui pensez-vous ?

NERCIAT : Le conseil d'administration ne s'occupe pas de l'information proprement dite. Aucun de ses membres n'est coupable.

TOUS : Bravo !

Ils applaudissent.

JULES, *cessant d'applaudir* : Dans ce cas-là je ne vois pas… *(Il s'interrompt. Tous le regardent. Il marche. Les regards le suivent.)* Pourquoi me regardez-vous ?

NERCIAT, *s'approchant de lui* : Mon cher Palotin, du courage !
BERGERAT : Ce journal, nous le considérons un peu comme votre enfant.
CHARIVET : Ce n'est pas la première fois qu'un père aura donné sa vie contre celle de son fils.
JULES : Ah ! Ah ! vous voulez que… *(Un temps.)* J'accepte.
TOUS : Bravo !
JULES : J'accepte, mais cela ne servira guère : que suis-je ? Un modeste employé, le public ignore jusqu'à mon nom. Pour frapper les esprits, un conseil : sacrifiez plutôt votre président.
BERGERAT, *frappé* : Hé !
LERMINIER : Hé ! Hé !
CHARIVET : Palotin n'a pas tout à fait tort !
NERCIAT : Cher ami…
CHARIVET : Ah ! vous feriez un beau geste !
NERCIAT : Et vous me remplaceriez à la présidence ? Je regrette, mais c'est Palotin qui nous a présenté Valera.
CHARIVET : Oui, mais vous avez accepté ses dires sans contrôle.
NERCIAT : Vous aussi.
CHARIVET : Je ne présidais pas le conseil.
NERCIAT : Moi non plus. Le président, c'était Mouton.
CHARIVET, *marchant sur Nerciat* : Mouton se méfiait, le pauvre cher homme !
LERMINIER, *marchant sur Nerciat* : Ce n'est pas sa faute si nous sommes tombés dans le piège.
BERGERAT : C'est vous, Nerciat, c'est vous qui l'avez chassé par vos intrigues.

Nerciat, en reculant, vient heurter la valise.

CHARIVET, *dans un cri* : Attention !
NERCIAT, *se retournant* : Hé ?
TOUS : La valise !

Ils la considèrent avec terreur. Puis, brusquement, la colère les prend.

NERCIAT, *à la valise* : Saloperie ! *(Il donne un coup de pied dans la valise.)*
BERGERAT, *à la valise* : Je t'en foutrai, moi, de la poudre radioactive !

Coup de pied.

CHARIVET, *montrant la valise* : C'est elle qui est cause de tout !

LERMINIER : À mort, le Valera !

Coup de pied.

TOUS : À mort ! À mort !

Ils donnent des coups de pied à la valise. Mouton entre, suivi de Sibilot.

SCÈNE IV

LES MÊMES, MOUTON, SIBILOT

MOUTON : Bravo, messieurs : prenez de l'exercice ; c'est de votre âge.

NERCIAT : Mouton !

TOUS : Mouton ! Mouton !

MOUTON : Oui, mes amis ; Mouton, votre ancien président, à qui l'honnête Sibilot vient de tout avouer. Entrez, Sibilot, n'ayez pas peur !

SIBILOT, *entrant* : Je demande pardon à tout le monde.

JULES : Espèce d'abruti.

MOUTON : Silence ! Mon brave Sibilot, ne vous excusez pas ; vous nous avez rendu un fier service : si nous sauvons le journal, ce sera grâce à vous.

CHARIVET : Peut-on le sauver ?

MOUTON : Si j'en doutais, serais-je parmi vous ?

BERGERAT : Et vous avez le moyen ?

MOUTON : Oui.

CHARIVET, *lui prenant la main* : Nous avons été criminels…

BERGERAT : Comment pardonnerez-vous…

MOUTON : Je ne pardonne jamais : j'oublie quand on sait me faire oublier. *Soir à Paris* est un bien culturel ; s'il disparaît, la France s'appauvrit : voilà pourquoi j'impose silence à mes rancunes.

CHARIVET : Que[a] proposez-vous ?

MOUTON : Je ne propose rien : j'exige.

BERGERAT : Exigez !

MOUTON, *première exigence* : Il va de soi que je suis toujours votre président.

NERCIAT : Permettez, cher ami, un vote régulier a eu lieu…

MOUTON, *aux autres* : Ne pensez qu'au journal. Si Nerciat peut le sauver, je me retire.

CHARIVET : Nerciat ? C'est un incapable.

NERCIAT : Je tiens à dire…

TOUS, *sauf Jules et Mouton* : Démission ! Démission !

Nerciat hausse les épaules et se retire du groupe.

MOUTON, *deuxième exigence* : Vous avez renvoyé sept collaborateurs innocents. J'entends qu'on les réintègre et qu'on les dédommage.

LERMINIER : Bien entendu !

MOUTON : J'en arrive à l'essentiel. Messieurs, depuis un an, le journal glissait sur une mauvaise pente : nous ne songions qu'à augmenter la vente ; le personnel se lançait dans la recherche frénétique de l'information sensationnelle. Nous avions oublié notre belle et sévère devise : la vérité toute nue. *(Il montre l'affiche au mur.)*

LERMINIER : Hélas !

MOUTON : D'où vient le mal ? Ah ! messieurs, c'est que nous avions confié la direction de notre quotidien à un aventurier, à un homme sans principes et sans moralité : j'ai nommé Palotin.

JULES : Nous y voilà ! Parbleu : vous avez toujours voulu ma perte !

MOUTON : Messieurs, c'est à choisir : lui ou moi !

TOUS : Vous ! Vous !

JULES : J'étais le cœur du journal, on me sentait battre à toutes les lignes. Que ferez-vous, malheureux, sans le Napoléon de la presse objective ?

MOUTON : Qu'a fait la France, après Waterloo ? Elle a vécu, monsieur. Nous vivrons.

JULES : Mal ! Méfiez-vous ! *(Désignant Mouton.)* Voici Louis XVIII. Voici la Restauration. Moi je pars pour Sainte-Hélène. Mais craignez les révolutions de Juillet !

MOUTON : Sortez !

JULES : Avec joie ! Croupissez, messieurs ! Croupissez ! Depuis ce matin, l'actualité est à gauche. À gauche, la sensation quotidienne ! À gauche, le frisson nouveau ! Et, puisqu'ils sont à gauche, je vais les y rejoindre. Je fonderai un quotidien progressiste qui vous ruinera !

SIBILOT : Patron ! Patron ! Je vous demande pardon : le mensonge m'étouffait, je…

JULES : Arrière, Judas ! Va te pendre !

Il sort.

SCÈNE V

LES MÊMES, *moins* JULES

MOUTON : Ne regrettez rien : c'est une opération de salubrité publique. *(Montrant la fenêtre.)* Voyez : Palotin nous quitte et le soleil paraît. Nous dirons la vérité, messieurs, nous la crierons sur les toits. Quel beau métier que le nôtre ! Notre journal et le soleil ont la même mission : éclairer les hommes. *(Il s'approche d'eux.)* Jurez de dire la vérité. Toute la vérité. La seule vérité.

TOUS : Je le jure.

MOUTON : Approchez, Sibilot. C'est à ce grand honnête homme, c'est à notre sauveur que je vous demande de confier la direction du journal.

SIBILOT : À moi ? *(Il défaille.)*

MOUTON : Voici mon plan. J'ai téléphoné tout à l'heure au ministre ; naturellement il abandonne la poursuite contre Duval et Maistre ; le terrain n'est pas sûr.

CHARIVET : Il doit être furieux.

MOUTON : Il l'était mais je l'ai calmé ; nous avons convenu des mesures à prendre. Demain à l'aube, trois mille personnes vont se masser devant l'ambassade soviétique. À 10 heures, elles seront trente mille. Le service d'ordre sera débordé trois fois et l'on cassera dix-sept carreaux. À 15 heures, une demande d'interpellation sera déposée à l'Assemblée par un député de la majorité : il réclamera qu'on perquisitionne à l'ambassade.

CHARIVET : Vous ne craignez pas qu'un incident diplomatique…

MOUTON : Je le souhaite.

CHARIVET : Nous risquons un conflit !

MOUTON : Pensez-vous : l'U.R.S.S. et la France n'ont pas de frontière commune.

NERCIAT : À quoi tout cela rime-t-il et pourquoi faire tout ce bruit ?

MOUTON : Pour couvrir à l'avance le bruit que fera *Libérateur*. Car c'est nous, chers amis, qui donnerons le signal de la danse. La fureur populaire et les manifestations antisoviétiques, c'est notre numéro d'aujourd'hui qui va les provoquer. *(Il secoue Sibilot.)* Sibilot !

SIBILOT, *reprenant ses esprits* : Hé ?

MOUTON : Au travail, mon ami. Il faut remanier la une. Mettez-moi d'abord en surtitre : « Georges de Valera se vend aux communistes. » Que le gros titre occupe la moitié de la page : « Nekrassov enlevé par les Soviets au cours d'une réception chez Mme Bounoumi. » Et vous terminez par ce sous-titre : « Après avoir passé douze heures dans les caves de l'ambassade, le malheureux aurait été expédié à Moscou dans une malle. » Compris ?

SIBILOT : Oui, monsieur le président.

MOUTON : Prenez six colonnes et développez à votre fantaisie.

CHARIVET : Ils vont nous croire ?

MOUTON : Non, mais ils ne croiront pas non plus *Libérateur* : c'est l'essentiel. *(À Sibilot :)* À propos, mon ami, la police a trouvé une liste supplémentaire dans les papiers de Nekrassov…

CHARIVET : Une liste de…

MOUTON : De futurs fusillés, bien sûr. *(À Sibilot :)* Vous publierez les principaux noms à la une : Gilbert Bécaud, Georges Duhamel et Mouton, votre président[3].

Il se baisse, ramasse une cocarde de futur fusillé et l'épingle à sa boutonnière.

CHARIVET : Je peux me coucher ?

MOUTON : Mais oui, cher ami : je veille. *(Il pousse ses collègues vers la porte. Nerciat fait mine de résister.)* Vous aussi, Nerciat, vous aussi : quand vous avez la tête sur l'oreiller, je suis sûr que vous ne faites pas de bêtises. *(Sur le pas de la porte, Mouton se retourne vers Sibilot.)* Si vous avez besoin de moi, Sibilot, je suis dans mon bureau.

Ils sortent.

SCÈNE VI

SIBILOT, *seul,*
puis TAVERNIER *et* PÉRIGORD

Sibilot se lève et marche : d'abord lentement, puis de plus en plus vite. Pour finir, il ôte son veston et le jette à la volée sur un fauteuil, ouvre la porte et appelle.

SIBILOT : Tavernier, Périgord, conférence de une ! *(Tavernier et Périgord entrent en courant, voient Sibilot et s'arrêtent, ahuris. Sibilot les regarde dans les yeux.)* Alors, mes enfants, m'aimez-vous ?

RIDEAU

Autour de « Nekrassov »

SCÈNES RETRANCHÉES INÉDITES

SCÈNE D'OUVERTURE
TABLEAU I, SCÈNE I

LE CLOCHARD : Vieille, dommage que tu sentes si mauvais : je t'aurais bien sautée, moi, cette nuit.

LA CLOCHARDE : Ce n'est pas moi qui sens mauvais, c'est la viande.

LE CLOCHARD : Quelle viande ? Il y a de la viande ? *(Elle sort de son corsage un paquet enveloppé d'un journal.)* Elle est cuite, on dirait. C'est une chance. Où l'as-tu trouvée ?

LA CLOCHARDE : Dans la poubelle du 7.

LE CLOCHARD : Le 7 t'a toujours porté bonheur.

LA CLOCHARDE : C'est qu'il y a au 4 un pauvre monsieur qui se fait du souci : il en a perdu l'appétit.

LE CLOCHARD : Puisqu'il sait qu'il ne la mangera pas, sa viande, il ne pourrait pas la jeter un peu plus tôt.

LA CLOCHARDE : Ben, tu sais comment ils sont, leur bouffe, ils veulent bien la jeter quand ils n'en ont plus envie, mais ce qui fait mal au cœur, c'est de penser qu'elle va profiter aux autres : alors ils la gardent jusqu'à ce qu'ils la croient immangeable.

LE CLOCHARD : C'est justement leur erreur. Ce qui est immangeable pour eux ne l'est pas pour nous. *(À la réflexion.)* Il faut reconnaître qu'elle sent mauvais. Faut même se dépêcher de la manger avant qu'elle nous donne des odeurs.

Ils la coupent en deux et la mangent.

LA CLOCHARDE : Dis donc.

LE CLOCHARD : Boucle-la ! Quand tu causes, je te respire.

LA CLOCHARDE : Eh ! dis ! tu ne la sens pas, la barbaque, quand elle est dans ta bouche.

LE CLOCHARD : Ce n'est pas pareil. Je ne la sens pas : je la goûte.

LA VIEILLE, *s'essuyant les mains à sa robe* : T'es marrant, toi. Si c'est la viande qui pue, tu la manges. Mais si c'est moi, tu ne veux pas me sauter.

LE CLOCHARD : Vieille, chacun ses odeurs. Si je voulais pas te sauter, c'est que tu sentais la viande. Si la viande sentait la vieille, je ne la mangerais pas. Eh ! le journal ! le journal ! Ne le jette pas. Il est encore bon sauf les trous.

LA VIEILLE : Bon à quoi ?

LE CLOCHARD : Bon à lire. Quel jour sommes-nous.

LA CLOCHARDE, *comptant sur ses doigts* : Samedi ?

LE CLOCHARD : Samedi ? Ça, c'est du pot. Il est de lundi on va avoir des nouvelles fraîches.

Il le déplie. Taches de graisse, gros trous.
La Clocharde s'endort.
Coups de sifflets, lointains, puis rapprochés.

SIBILOT CORROMPU
TABLEAU V, SCÈNE IV

GEORGES : Que tu as bonne mine ! Sais-tu que tu plairas aux femmes ? Sens la caresse du linge frais sur ta peau : c'est un premier baiser. De belles lèvres fardées t'en donneront beaucoup d'autres. Jouis. Tiens : bois de cette fine Napoléon. *(Il lui verse à boire.)* Qu'en dis-tu ?

SIBILOT : Fameuse !

GEORGES : De la morgue, bon Dieu ! De la morgue ! Voilà. Tu me fais penser à ce grand sénateur américain. Son nom m'échappe. Un *grand* sénateur.

SIBILOT : Taft ?

GEORGES : Voilà.

SIBILOT : Eh ! *(Un temps.)* Donne-moi du feu.

GEORGES : À ton service. *(Il allume le cigare de Sibilot.)*

[...]

SIBILOT : [...] Convaincu dans mon humilité fière d'avoir choisi mes malheurs par amour de la vertu, j'étais créancier de l'univers et je me sentais supérieur à mes supérieurs. Moments exquis ! Moments à jamais perdus ! Qui veux-tu que je méprise, à présent ? Qui puis-je stigmatiser ? Qui flétrir ? Où sont les grands coupables dont l'ascension trop rapide m'inspirait un agréable dégoût ? Je me suis vendu comme eux, mais moins cher, et je me découvre tel que je suis : vieux, laid, pauvre et coupable, avec l'atroce regret de ne pas avoir fauté plus tôt quand je pouvais encore profiter de la vie.

VÉRONIQUE AU « GEORGE-V »
TABLEAU V, SCÈNE VII

VÉRONIQUE : Vous n'y habitez pas, mais vous y êtes.

GEORGES : Est-ce que j'y suis ? Est-ce que j'y suis tout à fait ? Ces murs se sont trouvés autour de moi : que pouvais-je faire ? Il faut toujours qu'il y ait des murs, n'est-ce pas ? Ceux-ci ou d'autres… Alors, j'attends : j'attends qu'ils s'écartent. *(Il la regarde.)* Vous êtes femme de chambre ?

VÉRONIQUE : N'en ai-je pas l'air.

GEORGES : Je vous croyais journaliste.

VÉRONIQUE : On change.

GEORGES : Comme c'est profond. Comme c'est vrai. On change ! Moi qui vous parle, vous n'imaginez pas à quel point j'ai changé. Est-ce que cela se voit au moins ?

[…]

V. : En attendant, vous l'aidez dans ses sales besognes.

G. : Pas du tout : je n'entends rien à la politique et n'ai d'autre office que de répondre aux lettres d'amour qu'il reçoit.

V. : Des lettres d'amour ? à lui ?

G. : Cent par jour.

V. : Les chiennes !

G. : Plaît-il ?

V. : Je pense aux femmes qui s'offrent à ce vilain macaque. Les hommes nous ont fait de bien mauvaises mœurs.

G. : Il n'est pas si vilain.

[…]

Georges embrasse Véronique et ne la lâche que lorsque la porte s'est refermée.

V. : Brute !

G. : Ingrate ! J'ai sauvé ta peau.

V. : N'empêche ! Tu n'aurais pas dû m'embrasser si fort.

G. : Bah ! Je me forçais.

V. : Menteur !

Ils rient.

G., *un pas en avant* : Véronique ?

V. : Ne t'emballe pas : tu n'as aucune chance.

G. : Tu a subi mes étreintes avec répugnance ?

V. : Oui.

G. : Menteuse.

Ils rient.

V. : Menteuse ou non. Tu n'as aucune chance.
G. : Pourquoi ?

LE PERSONNAGE SACRIFIÉ DE GABRIELLE
TABLEAU VI

[JULES :] […] parce qu'elle a délaissé la galanterie pour la politique. Voilà deux ans qu'elle est la maîtresse du ministre de l'Intérieur et vous pouvez être sûrs qu'elle vient ici pour me demander la lune. *(Entre Gabrielle. Tavernier et Périgord se retirent sans bruit mais non sans l'avoir regardée.)* Bonjour chère amie.

[…]

JULES : Qui est Mme Bounoumi ?

GABRIELLE : Une épouse chrétienne et probablement la première femme honnête qui aura franchi le seuil de votre bureau.

JULES : Vous vous intéressez aux femmes honnêtes ?

GABRIELLE : Je m'intéresse aux épouses chrétiennes.

JULES : Depuis quand ?

GABRIELLE : Depuis que je suis la maîtresse d'un ministre chrétien.

JULES : Et que faut-il que je fasse pour Mme Bounoumi ?

GABRIELLE : Vous le saurez quand elle sera là.

JULES : Quelle autorité ! *(À la Secrétaire :)* Allez vous promener. *(La Secrétaire sort.)* Je ne vous ai jamais vue si belle.

GABRIELLE, *distraitement* : N'est-ce pas, mon ami !

JULES : Rien n'est plus troublant que de rencontrer, dans une femme vraiment femme, un caractère dominateur. Tout le jour, je donne des ordres et la nuit…

GABRIELLE, *terminant pour lui* : … cela vous délasserait d'obéir.

JULES : Comme vous me connaissez bien.

GABRIELLE : Vous, non. Mais je connais tous les vices de la IVe République. Mon petit Jules, n'allez pas me faire la cour ! Je ne ferais pas du tout votre affaire puisque j'obéis la nuit pour commander le jour. Et puis ne vous rappelez-vous donc pas ? Nous avons couché ensemble sous le premier ministère Bidault.

JULES : Comment l'aurais-je oublié.

GABRIELLE : Alors ? Pourquoi recommencer puisque c'est déjà fait.

JULES : Mais parce que le plaisir…

GABRIELLE : Quel plaisir ? Tout le plaisir était pour vous. Comme toujours.

JULES : Vous m'aviez pourtant dit…

GABRIELLE : Je ne sais pas ce que je vous ai dit. Mais c'était sûrement par charité : vous aviez l'air si appliqué. Allons, ne vous fâchez pas : ils s'appliquent tous, ils veulent être reçus avec mention ; c'est ce qui les perd. Je ne suis qu'une femme, Jules : croyez-vous que je ferais de la politique si les hommes savaient faire l'amour…

Entre Mme Bounoumi.

DIALOGUE ENTRE COCARDEAU ET GEORGES DE VALERA TABLEAU VI

GEORGES, *à Mme Bounoumi* : Qui est-ce ?

MADAME BOUNOUMI : C'est Chamard, voyons, le roi de la betterave !

COCARDEAU, *s'approchant* : Monsieur, je vous félicite au nom de la culture.

GEORGES : Vous êtes betteravier, monsieur ?

MADAME BOUNOUMI : Vous connaissez sûrement les livres de Jérôme Cocardeau, le plus grand écrivain français vivant.

GEORGES, *regardant Cocardeau d'un air de doute* : Vivant ?

MADAME BOUNOUMI : Mais oui, voyons, vivant !

GEORGES, *vivement* : Je vous crois, madame, je vous crois.

COCARDEAU : Depuis vingt-cinq ans, j'assume le beau devoir de défendre la culture contre les barbaries, sauvageries et pouilleries de tout l'univers.

GEORGES : À vous tout seul ?

COCARDEAU : Je ne suis pas tout à fait tout seul. Comptez un Allemand, un Italien… un Polonais réfugié en Angleterre et peut-être — je dis peut-être — un Australien.

GEORGES : En France, il n'y a que vous.

COCARDEAU : Hélas !

GEORGES : Et vous défendez la culture contre quarante millions de Français ? c'est une tâche de géant. Comment faites-vous ?

COCARDEAU : Je témoigne.

GEORGES : De quoi ?

COCARDEAU : De moi. Chaque jour, en présence de tous, je coïncide avec moi. Je suis *moi-même*, comprenez-vous.

GEORGES : Vous-même en personne.

COCARDEAU : Oui.

GEORGES : En chair et en os.

COCARDEAU : C'est cela. Les autres n'ont qu'à faire comme moi.

GEORGES : Comme ce doit être difficile. Je ne crois pas y être jamais arrivé complètement. Comment vous y prenez-vous ?

COCARDEAU : En différant.

GEORGES : Vous différez ?

COCARDEAU : Je diffère.

GEORGES : Et de qui différez-vous ?

COCARDEAU : De tous et de chacun.

GEORGES : De moi ?

COCARDEAU : Bien entendu.

GEORGES : En ce cas, je diffère de vous.

COCARDEAU : Certes.

GEORGES : Eh bien nous nous ressemblons en ceci que nous différons tous deux l'un de l'autre.

COCARDEAU, *avec hauteur* : Non, monsieur. Vous, vous différez au premier degré. Moi je diffère aussi dans ma manière de différer.

Rumeurs dans le lointain.

SCÈNE RETRANCHÉE DU TABLEAU VI PUBLIÉE EN 1955

« Les Lettres françaises »

JULES, *à Nerciat* : Bonjour, mon cher président.

NERCIAT : Bonjour, Palotin, que dites-vous de notre réception ?

JULES : Très réussie. Mais le public est un peu mêlé. Nous avons invité les fusillés mineurs.

NERCIAT : Que voulez-vous : il fallait inviter tout le monde ou personne. Mais je reconnais avec vous que cette liste est faite en dépit du bon sens et que nous sommes exposés à rencontrer nos fournisseurs.

UN INVITÉ, *serrant la main de Nerciat au passage* : Bonjour, cher ami. Cette fête est charmante ; de ma vie je ne me suis tant amusé.

Il passe.

JULES : En voilà un qui est content.

NERCIAT : Oui. Trop.

JULES : Ça lui passera. Vous n'avez pas remarqué : il y a pas mal de gens qui sont un peu pâlots.

NERCIAT : Déjà.

JULES : Vous n'avez qu'à regarder, on se croirait sur le Calais-Douvres, par gros temps, une heure après le départ.

NERCIAT : Je voudrais bien vous croire, mais je crains que ce ne soit un effet de lumière. Où est Nekrassov ?

JULES : Il ne tardera pas.

NERCIAT : Je compte sur lui pour animer la réception.

Mme Bounoumi est entrée. Quarante ans. Fraîche, mais énorme.

Voilà notre chère hôtesse.

JULES : Bonjour, chère amie.

MADAME BOUNOUMI : Bonjour. Vous n'avez pas vu Perdrière ?

JULES : Pas encore.

MADAME BOUNOUMI : Vous êtes sûr qu'il viendra ?

JULES : Il l'a promis.

MADAME BOUNOUMI : Mon Dieu, faites qu'il vienne ? *(Aux autres :)* S'il vient, il est cuit.

Entre Cocardeau.

COCARDEAU : Mon cher Jules, si vous me présentiez à Mme Bounoumi...

JULES : Chère madame, puis-je vous présenter notre grand écrivain Jérôme Cocardeau...

MADAME BOUNOUMI : Monsieur, je vous admire depuis longtemps.

COCARDEAU : Merci. *(Baise-main à Jules.)* Je souhaiterais qu'on me photographiât ! *(Jules fait un signe au Photographe.)*

LE PHOTOGRAPHE : Un groupe ?

COCARDEAU : Un groupe d'abord.

LE PHOTOGRAPHE : Veuillez sourire. *(Un temps.)* Vous ne voulez pas ?

JULES : Mais nous sourions !

MADAME BOUNOUMI : Non, cher ami, vous ne souriez pas.

JULES : Tiens ! *(Regardant Mme Bounoumi.)* Vous non plus.

MADAME BOUNOUMI : Ah ! je croyais... *(Sourire forcé.)* Voilà.

JULES : Voilà, voilà !

Sourire forcé. Ils sourient tous. Photo.

COCARDEAU, *au Photographe* : À présent, j'aimerais que vous preniez une photo de moi. Non. Pas ici. Trouvez un cadre qui suggère ma solitude.

LE PHOTOGRAPHE : Peut-être si l'on ouvrait la fenêtre...

COCARDEAU : C'est cela, sur fond de nuit. *(Il va à la fenêtre, l'ouvre à deux battants et se place devant elle.)* Ai-je l'air seul ?

LE PHOTOGRAPHE : Ma foi…

COCARDEAU : Très bien. Faites vite. *(Photo. Il rejoint le groupe.)* Je passe mon temps à fuir les photographes, mais en cette occasion, je ne puis me dérober.

MADAME BOUNOUMI : N'eſt-ce pas ? Il me semble que c'eſt un devoir.

COCARDEAU : Un devoir, très exactement. Il faut mettre la France au courant de la terrible menace qui pèse sur ses défenseurs. J'ai toujours su que je périrais de mort violente.

MADAME BOUNOUMI : Comme c'eſt intéressant. Pourquoi donc ?

COCARDEAU : Mon ſtyle.

MADAME BOUNOUMI : Plaît-il ?

COCARDEAU : Je parle de mon ſtyle : sa concision a facilement l'air hautain. Montherlant me disait un jour : « C'eſt comme le fameux port de tête : on eſt bon pour la guillotine. » Il avait raison : à la première belle phrase qui naquit de ma plume, j'ai entendu les hurlements futurs de la masse et j'ai su qu'on m'avait condamné à mort. Mais ce n'eſt pas le tout de connaître son deſtin : il faut l'annoncer aux autres. Grâce aux révélations de Nekrassov et à votre charmante réception, madame, nous portons la mort sur nos visages. Déjà mes intimes me regardent avec une ferveur nouvelle : comme si j'étais sacré. Nous *sommes* sacrés, chers amis.

NERCIAT : C'eſt ma foi vrai.

COCARDEAU : Tout le monde n'a pas la chance d'être mort de son vivant. Vous savez qu'on donne ma pièce demain au théâtre Hébertot…

NERCIAT : *Scipion l'Africain* ?

COCARDEAU : C'eſt cela. La générale a lieu mardi. Je suis curieux de savoir si les critiques oseront m'éreinter. Que fera Boudin ?

MADAME BOUNOUMI : Boudin ?

JULES : C'eſt le critique de *Soir à Paris*. Il vous admire, cher maître.

COCARDEAU : Bien sûr : mais c'était bon de mon vivant. À présent que je suis mort, je voudrais qu'il me respectât.

JULES : N'ayez crainte : je suis mort moi-même et je lui apprendrai le respect qu'il vous doit.

COCARDEAU : Ce qui m'ennuie, c'eſt que Jean-Jacques Gautier eſt sur la liſte. Il va me mettre en pièces : de mort à mort on ne se respecte pas. Eſt-il ici ?

MADAME BOUNOUMI : Je l'ai aperçu dans le grand salon.

COCARDEAU, *s'inclinant* : Excusez-moi ; je vais lui dire deux mots.

Il sort.

UN INVITÉ, *s'approchant* : Mes félicitations, chère amie.
MADAME BOUNOUMI : Votre femme n'est pas avec vous ?
L'INVITÉ : Eh bien ! n'est-ce pas, étant donné qu'elle ne figure pas sur la liste...
MADAME BOUNOUMI : La belle affaire ; voyez, Martine et Carole sont venues.
MARTINE, *s'approchant* : Quelle soirée mer-veilleuse !
CAROLE : Tous ces hommes qu'on va tuer et qui sourient : quel moral mer-veilleux !
MADAME BOUNOUMI : Monsieur Sajerat n'a pas amené sa femme !
MARTINE : Oh ! mais c'est très vilain : nous autres épouses, nous avons le droit d'être ici, vous savez bien que nous mourrons de votre mort.
CAROLE : Moi, c'est bien simple : si on me le tue, je m'empoisonne.
MARTINE : C'est que tu n'es pas sûre de toi, ma chérie. Moi, je ne prendrai pas de drogue : à l'heure de l'exécution mon cœur s'arrêtera de lui-même.

Elles s'éloignent.

MADAME BOUNOUMI : Braves petites femmes !
NERCIAT : Braves petites Françaises !
UN AUTRE INVITÉ, *s'inclinant* : Bravo, madame ! Quelle bonne humeur ! Quel panache !

Il passe.

MADAME BOUNOUMI : Trop de bonne humeur.
NERCIAT : Oui. Trop de bonne humeur.
MADAME BOUNOUMI : Comment impressionner Perdrière si l'atmosphère ne change pas ?
JULES : Attendez un peu : ils sont si nombreux qu'ils finiront bien par se faire peur les uns aux autres. *(Dans le grand salon, une femme éclate d'un rire hystérique.)* Vous voyez que cela commence. *(Entre Champenois, rasant les murs.)* Hé ! Champenois !
CHAMPENOIS, *effrayé* : Je te serais reconnaissant de ne pas prononcer mon nom.
JULES : Qu'est-ce que cela peut te faire : de toute façon, il est sur la liste. *(À Nerciat :)* Connaissez-vous Champenois, le rédacteur en chef du *Bonnet phrygien* ? *(À Champenois :)* Monsieur Nerciat, le nouveau président de notre conseil d'administration.

Nerciat et Champenois se serrent la main.

CHAMPENOIS : Jamais je n'aurais dû venir ici : j'ai fait une folie.

JULES : Et pourquoi donc ?

CHAMPENOIS : Tu en as de bonnes mon vieux ! Mais je suis de gauche, moi : dix pour cent de mes lecteurs sont des ouvriers.

NERCIAT : Qu'est-ce que cela peut faire ? Nous sommes entre Français, ici, et vous appartenez à cette vieille gauche bien française dont nous, les modérés, nous serions les premiers à regretter la disparition. *(Geste de Champenois.)* Si, si, je lis vos éditoriaux et je salue en vous un Français véritable : un irréductible ennemi du parti de l'étranger.

CHAMPENOIS : Permettez : je suis l'irréductible ennemi du parti communiste, mais je tiens à préciser que je ne fais pas d'anticommunisme systématique.

NERCIAT : La nuance m'échappe.

CHAMPENOIS : L'anticommunisme est une manœuvre de la droite : moi j'attaque le P.C. parce que je suis plus à gauche que lui.

NERCIAT : Mais vous défendez le pacte Atlantique ? Et le réarmement allemand ?

CHAMPENOIS : Pour des raisons de gauche, monsieur.

JULES : Ne prends pas tant de peine pour te distinguer de nous ; tu sais bien que nous serons fusillés ensemble.

CHAMPENOIS : Oui, mais moi, je tomberai à gauche. *(Un photographe s'approche.)* Qu'est-ce qu'il veut, celui-là ? C'est un photographe, Jules ! Ne me joue pas ce tour-là. *(Jules fait un tour derrière Champenois. Photo.)* Tu ne la publieras pas, cette photo, dis, tu ne la publieras pas. J'ai une clientèle ouvrière et je...

JULES : Sois tranquille !

CHAMPENOIS : Je m'en vais ! Je m'en vais ! Je n'aurais jamais dû venir ici.

Il sort.

NERCIAT : Qu'est-ce qu'il est venu faire ?

JULES : Je ne sais pas : voir sa mort sur la tête des autres. *(Brusquement.)* Voilà Perdrière.

MADAME BOUNOUMI, *allant au-devant de Perdrière* : Mais c'est Perdrière ! Bonjour mon loyal adversaire.

PERDRIÈRE : Bonjour, ma tendre ennemie.

MADAME BOUNOUMI : Toujours irréductible ?

PERDRIÈRE : Plus que jamais.

MADAME BOUNOUMI : Qu'importe : la vie nous sépare, la mort nous réunira. Qui sait si l'on ne jettera pas mon corps sur le vôtre !

JULES, *à Nerciat* : Heureusement qu'il sera mort, le pauvre.

MADAME BOUNOUMI : Soyons amis. *(Elle lui tend la main. Il la prend.)*

JULES, *aux Photographes* : Photo. *(Flash.)*

MADAME BOUNOUMI : Paulo ! Marco ! *(Deux enfants entrent en courant.)* Je vous présente deux futurs petits orphelins.

PERDRIÈRE, *sans comprendre* : Orphelins...

MADAME BOUNOUMI : Orphelins de mère : ce sont deux de mes fils. Dites bonjour au monsieur, les enfants.

PAULO : Sans rancune, monsieur.

MARCO : Sans rancune.

PERDRIÈRE : Pourquoi ditez-vous : sans rancune, mes enfants ?

PAULO : Parce que vous allez faire tuer notre maman.

MADAME BOUNOUMI, *aux enfants* : Voulez-vous bien vous taire !

PERDRIÈRE : Je ne comprends pas...

MADAME BOUNOUMI : Eh bien ! n'est-ce pas, ces enfants sont simplistes : ils se disent que votre hostilité au réarmement de l'Allemagne risque de créer en Europe un vide militaire dont la conséquence fatale sera notre extermination.

PERDRIÈRE : Vous ne devriez pas parler politique devant eux.

MADAME BOUNOUMI : Allez, mes enfants ! Allez jouer au jardin pendant que vous avez encore une mère.

PAULO, *à Marco* : On va jouer aux orphelins : ça c'est marrant. *(Rire hystérique. Perdrière sursaute.)*

PERDRIÈRE : Qu'est-ce que c'est que ça ?

MADAME BOUNOUMI, *s'approchant du grand salon* : C'est Jeanne Chardin, la grande romancière : elle raconte son exécution.

UN INVITÉ, *à un autre* : Savez-vous que le peloton d'exécution se tient à moins de deux mètres des condamnés ?

L'AUTRE INVITÉ : Si près ? Je demanderai qu'on me bande les yeux.

PREMIER INVITÉ : Moi, je me tâte. J'aime bien regarder le danger en face.

Ils passent.

PERDRIÈRE, *scandalisé* : Permettez-moi de vous dire, chère amie, que cette réunion a quelque chose de malsain.

PRIÈRE D'INSÉRER DE L'ÉDITION ORIGINALE

Georges de Valera, escroc de quelque envergure, échoue, un soir qu'il est pourchassé par la police, chez Sibilot, journaliste à *Soir à Paris*. Sibilot, chef de rubrique à la page la plus spécialement chargée de l'anticommunisme, est à court d'idées. Son directeur, Palotin, l'a sommé de trouver du nouveau, car le conseil d'administration est mécontent : depuis quelque temps *Soir à Paris* se relâche. Sibillot sera chassé s'il ne trouve pas l'idée que la situation exige : les élections de Seine-et-Oise approchent.

Cette idée neuve, elle naît de l'esprit inventif de Valera. À vrai dire elle n'est pas si neuve que ça, mais il saura la mettre au goût du jour. Nekrassov, ministre soviétique en exercice, n'a pas paru à l'Opéra de Moscou le mardi précédent (il se repose en Crimée). Valera sera Nekrassov en fuite à Paris. Il aura choisi la liberté. Et ses souvenirs, il les vendra très cher.

Voici déchaînée alors la machine à faire de la guerre froide. *Soir à Paris* triple son tirage. Nekrassov, au jour le jour, ajoute à ses révélations sensationnelles des révélations plus sensationnelles encore. Il croit sa fortune assurée, mais n'est en fait qu'un instrument. Il sera rejeté le jour où il ne sera plus utile. Déjà son étoile est en baisse. Lui ou un autre…

Farce, satire, la pièce de Jean-Paul Sartre est pleine de traits féroces ; elle surprend par ses rebondissements. « Que la guerre s'éloigne, dit Palotin, mais pas de la UNE. » Cette réplique donne le ton de *Nekrassov*. C'est le « grand ton » du théâtre.

PROGRAMME DE LA REPRISE
(Février 1978)

Avant la guerre de 39, les journaux étaient remplis d'histoires tragiques et bouffonnes dont on attribuait la responsabilité aux services secrets. J'avais été frappé comme tous les Français par les disparitions successives de deux généraux russes, Koutiepov et Miller qui vivaient en France et dont personne ne devait plus entendre parler. On les disait enlevés par la police secrète soviétique. Je songeais à m'inspirer de ces événements pour écrire une pièce ou un roman. Mais ils concernaient essentiellement l'U.R.S.S. et, réflexion faite, il me parut difficile qu'un Français les racontât. Beaucoup plus tard, après la guerre, j'eus de nouveau l'idée de mettre en question la police secrète, d'une manière à la fois inquiétante et comique. Je décidai qu'en cette occurrence, l'U.R.S.S. fût innocente et que le scandale vînt essentiellement de la presse française. Elle avait propagé la nouvelle qu'un haut fonctionnaire soviétique, disparu depuis quelques jours, Nekrassov, s'était réfugié à Paris. Le prétendu Nekrassov n'était même pas russe : c'était un escroc nommé Georges de Valera, qui s'amusait à jouer ce rôle. Comment il se présentait au directeur d'un grand quotidien parisien, comment il le convainquait de sa fausse identité : cela m'amenait à décrire les principales structures d'une feuille à sensation. C'était là mon véritable propos : la dénonciation de cette presse. Sans doute, aujourd'hui, choisirais-je un autre prétexte, mais comme hier, je m'attaquerais volontiers à un certain journalisme qui abuse sans scrupule de la confiance de ses lecteurs en montant de toutes pièces de faux scandales.

une pièce ou un roman. Mais ils contenaient [illegible] U.R.S.S. [illegible] dans les [illegible]. Beaucoup plus [illegible] de nouveau [illegible] de [illegible]. La question [illegible] à la fois [illegible] et [illegible] U.R.S.S. [illegible] de la [illegible] française. [illegible] nouvelle [illegible] ses [illegible], [illegible] les jours [illegible] Dostoïevsky [illegible] pas [illegible]. Georges [illegible] qui [illegible] sur ce sujet [illegible] présente [illegible] [illegible] pour [illegible] une feuille [illegible] véritable [illegible] de la [illegible] comme [illegible] d'ailleurs [illegible] scrupule de la [illegible] de ses [illegible] pièces de [illegible] (1).

LES SÉQUESTRÉS D'ALTONA

Pièce en cinq actes

NOTE PRÉLIMINAIRE[a]

J'ai cru forger le nom de Gerlach[1]. Je me trompais : c'était une réminiscence. Je regrette mon erreur d'autant plus que ce nom est celui d'un des plus courageux et des plus notoires adversaires du national-socialisme.

Hellmuth von Gerlach a consacré sa vie à lutter pour le rapprochement de la France et de l'Allemagne et pour la paix. En 1933 il figure en tête des proscrits allemands ; on saisit ses biens et ceux de sa famille. Il devait mourir en exil, deux ans plus tard, après avoir consacré ses dernières forces à secourir ses compatriotes réfugiés.

Il est trop tard pour changer le nom de mes personnages, mais je prie ses amis et ses proches de trouver ici mes excuses et mes regrets[2].

DISTRIBUTION
dans l'ordre d'entrée en scène

LENI	*Marie Olivier*
JOHANNA	*Évelyne Rey*[1]
WERNER	*Robert Moncade*
LE PÈRE	*Fernand Ledoux*
FRANTZ	*Serge Reggiani*[2]
LE S.S. ET L'AMÉRICAIN[3]	*William Wissmer*
LA FEMME	*Catherine Leccia*
LIEUTENANT KLAGES	*Georges Pierre*
UN FELDWEBEL	*André Bonnardel*

Mise en scène de François Darbon

Décors d'Yvon Henry

Décors réalisés par Pierre Delorme et peints par Pierre Simonini

Réalisation sonore d'Antonio Malvasio

Les Séquestrés d'Altona[4] *a été représenté pour la première fois au théâtre de la Renaissance (direction Véra Korène) le 23 septembre 1959.*

ACTE PREMIER

Une grande salle encombrée de meubles prétentieux et laids, dont la plupart datent de la fin du XIXe *siècle allemand. Un escalier intérieur conduit à un petit palier. Sur ce palier, une porte close. Deux portes-fenêtres donnent, à droite, sur un parc touffu ; la lumière de l'extérieur semble presque verdie par les feuilles d'arbres qu'elle traverse. Au fond, à droite et à gauche, deux portes. Sur le mur du fond, trois immenses photos de Frantz ; un crêpe sur les cadres, en bas et à droite*[1].

SCÈNE PREMIÈRE

LENI, WERNER, JOHANNA

Leni debout, Werner assis dans un fauteuil, Johanna assise sur un canapé. Ils ne parlent pas. Puis, au bout d'un instant, la grosse pendule allemande sonne trois coups[2]. *Werner se lève précipitamment.*

LENI, *éclatant de rire* : Garde à vous ! *(Un temps.)* À trente-trois ans ! *(Agacée.)* Mais rassieds-toi !

JOHANNA : Pourquoi ? C'est l'heure ?

LENI : L'heure ? C'est le commencement de l'attente, voilà tout. *(Werner hausse les épaules. À Werner :)* Nous attendrons : tu le sais fort bien.

JOHANNA : Comment le saurait-il ?

LENI : Parce que c'est la règle[3]. À tous les conseils de famille…

JOHANNA : Il y en a eu beaucoup ?

LENI : C'étaient nos fêtes.

JOHANNA : On a les fêtes qu'on peut. Alors ?

LENI, *enchaînant* : Werner était en avance et le vieil Hindenburg[4] en retard.

WERNER, *à Johanna* : N'en crois pas un mot : le Père a toujours été d'une exactitude militaire.

LENI : Très juste. Nous l'attendions ici pendant qu'il fumait un cigare dans son bureau en regardant sa montre. À 3 h 10 il faisait son entrée, militairement. Dix minutes : pas une de plus, pas une de moins. Douze aux réunions du personnel, huit quand il présidait un conseil d'administration.

JOHANNA : Pourquoi se donner tant de peine ?

LENI : Pour nous laisser le temps d'avoir peur.

JOHANNA : Et aux chantiers ?

LENI : Un chef arrive le dernier.

JOHANNA, *stupéfaite* : Quoi ? Mais qui dit cela ? *(Elle rit.)* Personne n'y croit plus.

LENI : Le vieil Hindenburg y a cru cinquante ans de sa vie.

JOHANNA : Peut-être bien, mais à présent…

LENI : À présent, il ne croit plus à rien. *(Un temps.)* Il aura pourtant dix minutes de retard. Les principes s'en vont, les habitudes restent : Bismarck vivait encore quand notre pauvre père a contracté les siennes. *(À Werner :)* Tu ne te les rappelles pas, nos attentes ? *(À Johanna :)* Il tremblait, il demandait qui serait puni !

WERNER : Tu ne tremblais pas, Leni ?

LENI, *sèchement, elle rit* : Moi ? Je mourais de peur mais je me disais : il paiera.

JOHANNA, *ironiquement* : Il a payé ?

LENI, *souriante, mais très dure* : Il paye. *(Elle se retourne sur Werner.)* Qui sera puni, Werner ? Qui sera puni de nous deux ? Comme cela nous rajeunit ! *(Avec une brusque violence.)* Je déteste les victimes quand elles respectent leurs bourreaux.

JOHANNA : Werner n'est pas une victime.

LENI : Regardez-le.

JOHANNA, *désignant la glace* : Regardez-vous.

LENI, *surprise* : Moi ?

JOHANNA : Vous n'êtes pas si fière ! Et vous parlez beaucoup.

LENI : C'est pour vous distraire : il y a longtemps que le Père ne me fait plus peur. Et puis, cette fois-ci, nous savons ce qu'il va nous dire.

WERNER : Je n'en ai pas la moindre idée.

LENI : Pas la moindre ? Cagot, pharisien, tu enterres tout ce qui te déplaît ! *(À Johanna :)* Le vieil Hindenburg va crever, Johanna. Est-ce que vous l'ignoriez ?

JOHANNA : Non.

WERNER : C'est faux ! *(Il se met à trembler.)* Je te dis que c'est faux.

LENI : Ne tremble pas ! *(Brusque violence.)* Crever, oui, crever ! Comme un chien ! Et tu as été prévenu : la preuve, c'est que tu as tout raconté à Johanna.

JOHANNA : Vous vous trompez, Leni.

LENI : Allons donc ! Il n'a pas de secrets pour vous.

JOHANNA : Eh bien, c'est qu'il en a.

LENI : Et qui vous a informée ?

JOHANNA : Vous.

LENI, *stupéfaite* : Moi ?

JOHANNA : Il y a trois semaines, après la consultation, un des médecins est allé vous rejoindre au salon bleu.

LENI : Hilbert, oui. Après ?

JOHANNA : Je vous ai rencontrée dans le couloir : il venait de prendre congé.

LENI : Et puis ?

JOHANNA : Rien de plus. *(Un temps.)* Votre visage est très parlant, Leni.

LENI : Je ne savais pas cela. Merci. J'exultais ?

JOHANNA : Vous aviez l'air épouvantée.

LENI, *criant* : Ce n'est pas vrai !

Elle se reprend.

JOHANNA, *doucement* : Allez regarder votre bouche dans la glace : l'épouvante est restée.

LENI, *brièvement* : Les glaces, je vous les laisse.

WERNER, *frappant sur le bras de son fauteuil* : Assez ! *(Il les regarde avec colère.)* Si c'est vrai que le Père doit mourir, ayez la décence de vous taire. *(À Leni :)* Qu'est-ce qu'il a ? *(Elle ne répond pas.)* Je te demande ce qu'il a.

LENI : Tu le sais.

WERNER : Ce n'est pas vrai !

LENI : Tu l'as su vingt minutes avant moi.

JOHANNA : Leni ? Comment voulez-vous ?…

LENI : Avant d'aller au salon bleu, Hilbert est passé par le salon rose. Il y a rencontré mon frère et lui a tout dit.

JOHANNA, *stupéfaite* : Werner ! *(Il se tasse dans son fauteuil sans répondre.)* Je… Je ne comprends pas.

LENI : Vous ne connaissez pas encore les Gerlach, Johanna.

JOHANNA, *désignant Werner* : J'en ai connu un à Hambourg, il y a trois ans et je l'ai tout de suite aimé : il était libre, il était franc, il était gai. Comme vous l'avez changé !

LENI : Est-ce qu'il avait peur des mots, à Hambourg, votre Gerlach ?

JOHANNA : Je vous dis que non.

LENI : Eh bien, c'est ici qu'il est vrai.

JOHANNA, *tournée vers Werner, tristement* : Tu m'as menti !

WERNER, *vite et fort* : Plus un mot. *(Désignant Leni.)* Regarde son sourire : elle prépare le terrain.

JOHANNA : Pour qui ?

WERNER : Pour le Père. Nous sommes les victimes désignées et leur premier objectif est de nous séparer. Quoi que tu puisses penser, ne me fais pas un reproche : tu jouerais leur jeu.

JOHANNA, *tendre, mais sérieuse* : Je n'ai pas un reproche à te faire.

WERNER, *maniaque et distrait* : Eh bien, tant mieux ! Tant mieux !

JOHANNA : Que veulent-ils de nous ?

WERNER : N'aie pas peur : ils nous le diront.

Un silence.

JOHANNA : Qu'est-ce qu'il a ?

LENI : Qui ?

JOHANNA : Le Père.

LENI : Cancer à la gorge[5].

JOHANNA : On en meurt ?

LENI : En général. *(Un temps.)* Il peut traîner. *(Doucement.)* Vous aviez de la sympathie pour lui, n'est-ce pas ?

JOHANNA : J'en ai toujours.

LENI : Il plaisait à toutes les femmes. *(Un temps.)* Quelle expiation ! Cette bouche qui fut tant aimée… *(Elle voit que Johanna ne comprend pas.)* Vous ne le savez peut-être pas, mais le cancer à la gorge a cet inconvénient majeur…

JOHANNA, *comprenant* : Taisez-vous.

LENI : Vous devenez une Gerlach, bravo !

Elle va chercher la Bible, gros et lourd volume du XVIe siècle, et la transporte avec difficulté sur le guéridon.

JOHANNA : Qu'est-ce que c'est ?

LENI : La Bible. On la met sur la table quand il y a conseil de famille. *(Johanna la regarde, étonnée. Leni ajoute, un peu agacée.)* Eh bien, oui : pour le cas où nous prêterions serment.

JOHANNA : Il n'y a pas de serment à prêter.

LENI : Sait-on jamais ?

JOHANNA, *riant pour se rassurer* : Vous ne croyez ni à Dieu ni au diable.

LENI : C'est vrai. Mais nous allons au temple et nous jurons sur la Bible. Je vous l'ai dit : cette famille a perdu ses raisons de vivre, mais elle a gardé ses bonnes habitudes. *(Elle regarde l'horloge.)* 3 h 10, Werner : tu peux te lever.

SCÈNE II

LES MÊMES, LE PÈRE

Au même instant le Père entre par la porte-fenêtre. Werner entend la porte s'ouvrir et fait demi-tour. Johanna hésite à se lever ; finalement, elle va s'y résoudre, de mauvaise grâce.

Mais le Père traverse la pièce d'un pas vif et l'oblige à se rasseoir en lui mettant les mains sur les épaules.

LE PÈRE : Je vous en prie, mon enfant. *(Elle se rassied, il s'incline, lui baise la main, se redresse assez brusquement, regarde Werner et Leni.)* En somme, je n'ai rien à vous apprendre ? Tant mieux ! Entrons dans le vif du sujet. Et sans cérémonies, n'est-ce pas ? *(Un bref silence.)* Donc, je suis condamné. *(Werner lui prend le bras. Le Père se dégage presque brutalement.)* J'ai dit : pas de cérémonies. *(Werner, blessé, se détourne et se rassied. Un temps. Il les regarde tous les trois. D'une voix un peu rauque.)* Comme vous y croyez, vous, à ma mort ! *(Sans les quitter des yeux, comme pour se persuader.)* Je vais crever. Je vais crever. C'est l'évidence. *(Il se reprend. Presque enjoué.)* Mes enfants, la Nature me joue le tour le plus ignoble. Je vaux ce que je vaux, mais ce corps n'a jamais incommodé personne. Dans six mois, j'aurai tous les inconvénients d'un cadavre sans en avoir les avantages. *(Sur un geste de Werner, en riant.)* Assieds-toi : je m'en irai décemment.

LENI, *intéressée et courtoise* : Vous allez…

LE PÈRE : Crois-tu que je tolérerai l'extravagance de

quelques cellules, moi qui fais flotter l'acier sur les mers ? *(Un bref silence.)* Six mois c'est plus qu'il n'en faut pour mettre mes affaires en ordre.

WERNER : Et après ces six mois ?

LE PÈRE : Après ? Que veux-tu qu'il y ait : rien.

LENI : Rien du tout ?

LE PÈRE : Une mort industrielle : la Nature pour la dernière fois rectifiée.

WERNER, *la gorge serrée* : Rectifiée par qui ?

LE PÈRE : Par toi, si tu en es capable. *(Werner sursaute, le Père rit.)* Allons, je me charge de tout : vous n'aurez que le souci des obsèques. *(Un silence.)* Assez là-dessus. *(Un long silence. À Johanna, aimablement :)* Mon enfant, je vous demande encore un peu de patience. *(À Leni et Werner, changeant de ton :)* Vous prêterez serment l'un après l'autre[6].

JOHANNA, *inquiète* : Que de cérémonies ! Et vous disiez que vous n'en vouliez pas. Qu'y a-t-il à jurer ?

LE PÈRE, *bonhomme* : Peu de chose, ma bru ; de toute façon, les parentes par alliance sont dispensées du serment. *(Il se tourne vers son fils avec une solennité dont on ne sait si elle est ironique ou sincère.)* Werner, lève-toi. Mon fils, tu étais avocat. Lorsque Frantz est mort, je t'ai appelé à mon aide et tu as quitté le barreau sans une hésitation. Cela vaut une récompense : tu seras le maître dans cette maison et le chef de l'Entreprise. *(À Johanna :)* Rien d'inquiétant comme vous le voyez : j'en fais un roi de ce monde. *(Johanna se tait.)* Pas d'accord ?

JOHANNA : Ce n'est pas à moi de vous répondre.

LE PÈRE : Werner ! *(Impatienté.)* Tu refuses ?

WERNER, *sombre et troublé* : Je ferai ce que vous voudrez.

LE PÈRE : Cela va de soi. *(Il le regarde.)* Mais tu répugnes à le faire ?

WERNER : Oui.

LE PÈRE : La plus grande entreprise de constructions navales[7] ! On te la donne et cela te navre. Pourquoi ?

WERNER : Je… mettons que je n'en sois pas digne.

LE PÈRE : C'est fort probable. Mais je n'y peux rien : tu es mon seul héritier mâle.

WERNER : Frantz avait toutes les qualités requises.

LE PÈRE : Sauf une, puisqu'il est mort.

WERNER : Figurez-vous que j'étais un bon avocat. Et que je me résignerai mal à faire un mauvais chef.

LE PÈRE : Tu ne seras peut-être pas si mauvais.

WERNER : Quand je regarde un homme dans les yeux, je deviens incapable de lui donner des ordres.

LE PÈRE : Pourquoi ?

WERNER : Je sens qu'il me vaut.

LE PÈRE : Regarde au-dessus des yeux. *(Se touchant le front.)* Là, par exemple : il n'y a que de l'os.

WERNER : Il faudrait avoir votre orgueil.

LE PÈRE : Tu ne l'as pas ?

WERNER : D'où l'aurais-je tiré ? Pour façonner Frantz à votre image, vous n'avez rien épargné. Est-ce ma faute si vous ne m'avez enseigné que l'obéissance passive ?

LE PÈRE : C'est la même chose.

WERNER : Quoi ? Qu'est-ce qui est la même chose ?

LE PÈRE : Obéir et commander : dans les deux cas tu transmets les ordres que tu as reçus.

WERNER : Vous en recevez ?

LE PÈRE : Il y a très peu de temps que je n'en reçois plus.

WERNER : Qui vous en donnait ?

LE PÈRE : Je ne sais pas. Moi, peut-être. *(Souriant.)* Je te donne la recette : si tu veux commander, prends-toi pour un autre[8].

WERNER : Je ne me prends pour personne.

LE PÈRE : Attends que je meure : au bout d'une semaine tu te prendras pour moi.

WERNER : Décider ! Décider ! Prendre tout sur soi. Seul. Au nom de cent mille hommes. Et vous avez pu vivre !

LE PÈRE : Il y a beau temps que je ne décide plus rien. Je signe le courrier. L'année prochaine, c'est toi qui le signeras.

WERNER : Vous ne faites rien d'autre ?

LE PÈRE : Rien depuis près de dix ans.

WERNER : Qu'y a-t-il besoin de vous ? N'importe qui suffirait ?

LE PÈRE : N'importe qui.

WERNER : Moi, par exemple ?

LE PÈRE : Par exemple.

WERNER : Tout n'est pas parfait, cependant : il y a tant de rouages[a]. Si l'un d'eux venait à grincer...

LE PÈRE : Pour les rajustements, Gelber sera là. Un homme remarquable, tu sais. Et qui est chez nous depuis vingt-cinq ans.

WERNER : Somme toute, j'ai de la chance. C'est lui qui commandera.

LE PÈRE : Gelber ? Tu es fou ! C'est ton employé : tu le

paies pour qu'il te fasse connaître les ordres que tu dois donner.

WERNER, *un temps* : Oh, père, pas une fois dans votre vie, vous ne m'aurez fait confiance. Vous me jetez à la tête de l'Entreprise parce que je suis votre seul héritier mâle, mais vous avez eu d'abord la précaution de me transformer en pot de fleurs.

LE PÈRE, *riant tristement* : Un pot de fleurs ! Et moi ? Que suis-je ? Un chapeau au bout d'un mât[9]. *(D'un air triste et doux, presque sénile.)* La plus grande entreprise d'Europe... C'est toute une organisation, n'est-ce pas, toute une organisation...

WERNER : Parfait. Si je trouve le temps long, je relirai mes plaidoiries. Et puis nous voyagerons.

LE PÈRE : Non.

WERNER, *étonné* : C'est ce que je peux faire de plus discret.

LE PÈRE, *impérieux et cassant* : Hors de question. *(Il regarde Werner et Leni.)* À présent, écoutez-moi. L'héritage reste indivis. Interdiction formelle de vendre ou de céder vos parts à qui que ce soit. Interdiction de vendre ou de louer cette maison. Interdiction de la quitter : vous y vivrez jusqu'à la mort. Jurez. *(À Leni :)* Commence.

LENI, *souriante* : Honnêtement, je vous rappelle que les serments ne m'engagent pas.

LE PÈRE, *souriant aussi* : Va, va, Leni, je me fie à toi : donne l'exemple à ton frère.

LENI, *s'approche de la Bible et tend la main* : Je... *(Elle lutte contre le fou rire.)* Oh ! et puis, tant pis : vous m'excuserez, père, mais j'ai le fou rire. *(À Johanna, en aparté :)* Comme chaque fois.

LE PÈRE, *bonhomme* : Ris, mon enfant : je ne te demande que de jurer.

LENI, *souriant* : Je jure sur la Sainte Bible d'obéir à vos dernières volontés. *(Le Père la regarde en riant. À Werner :)* À toi, chef de famille !

Werner a l'air absent.

LE PÈRE : Eh bien, Werner ?

Werner lève brusquement la tête et regarde son père d'un air traqué.

LENI, *sérieusement* : Délivre-nous, mon frère : jure et tout sera fini.

Werner se tourne vers la Bible.

JOHANNA, *d'une voix courtoise et tranquille* : Un instant, s'il vous plaît. *(Le Père la regarde en feignant la stupeur pour l'intimider ; elle lui rend son regard sans s'émouvoir.)* Le serment de Leni, c'était une farce : tout le monde riait ; quand vient le tour de Werner, personne ne rit plus. Pourquoi ?

LENI : Parce que votre mari prend tout au sérieux.

JOHANNA : Une raison de plus pour rire. *(Un temps.)* Vous le guettiez, Leni.

LE PÈRE, *avec autorité* : Johanna…

JOHANNA : Vous aussi, père, vous le guettiez.

LENI : Donc vous me guettiez aussi.

JOHANNA : Père, je souhaite que nous nous expliquions franchement.

LE PÈRE, *amusé* : Vous et moi ?

JOHANNA : Vous et moi. *(Le Père sourit. Johanna prend la Bible et la transporte avec effort sur un meuble plus éloigné.)* D'abord, causer ; ensuite, jure qui voudra.

LENI : Werner ! Tu laisseras ta femme te défendre ?

WERNER : Est-ce qu'on m'attaque ?

JOHANNA, *au Père* : Je voudrais savoir pourquoi vous disposez de ma vie ?

LE PÈRE, *désignant Werner* : Je dispose de la sienne parce qu'elle m'appartient, mais je suis sans pouvoir sur la vôtre.

JOHANNA, *souriant* : Croyez-vous que nous avons deux vies ? Vous étiez[b] marié, pourtant. Aimiez-vous leur mère ?

LE PÈRE : Comme il faut.

JOHANNA, *souriant* : Je vois. Elle en est morte[10]. Nous, père, nous nous aimons plus qu'il ne faut. Tout ce qui nous concernait, nous en décidions ensemble. *(Un temps.)* S'il jure sous la contrainte, s'il s'enferme dans cette maison pour rester fidèle à son serment, il aura décidé sans moi et contre moi ; vous nous séparez pour toujours.

LE PÈRE, *avec un sourire* : Notre maison ne vous plaît pas ?

JOHANNA : Pas du tout.

Un silence.

LE PÈRE : De quoi vous plaignez-vous, ma bru ?

JOHANNA : J'ai épousé un avocat de Hambourg qui ne possédait que son talent. Trois ans plus tard, je me retrouve dans la solitude de cette forteresse, mariée à un constructeur de bateaux.

LE PÈRE : Est-ce un sort si misérable ?

JOHANNA : Pour moi, oui. J'aimais Werner pour son indépendance et vous savez bien qu'il l'a perdue.

LE PÈRE : Qui la lui a prise ?

JOHANNA : Vous.

LE PÈRE : Il y a dix-huit mois, vous avez décidé ensemble de venir vous installer ici.

JOHANNA : Vous nous l'aviez demandé.

LE PÈRE : Eh bien, si faute il y a, vous êtes complice.

JOHANNA : Je n'ai pas voulu lui donner à choisir entre vous et moi.

LE PÈRE : Vous avez eu tort.

LENI, *aimablement* : C'est vous qu'il aurait choisi.

JOHANNA : Une chance sur deux. Cent chances sur cent pour qu'il déteste son choix.

LE PÈRE : Pourquoi ?

JOHANNA : Parce qu'il vous aime. *(Le Père hausse les épaules d'un air maussade.)* Savez-vous ce que c'est qu'un amour sans espoir ?

Le Père change de visage. Leni s'en aperçoit.

LENI, *vivement* : Et vous, Johanna, le savez-vous ?

JOHANNA, *froidement* : Non. *(Un temps.)* Werner le sait, lui.

Werner s'est levé ; il marche vers la porte-fenêtre.

LE PÈRE, *à Werner* : Où vas-tu ?

WERNER : Je me retire. Vous serez plus à l'aise.

JOHANNA : Werner ! C'est pour *nous* que je me bats.

WERNER : Pour nous ? *(Très bref.)* Chez les Gerlach, les femmes se taisent.

Il va pour sortir.

LE PÈRE, *doux et impérieux* : Werner ! *(Werner s'arrête net.)* Reviens t'asseoir.

Werner revient lentement à sa place et s'assied en leur tournant le dos et en enfouissant sa tête dans ses mains pour marquer qu'il refuse de prendre part à la conversation.

WERNER : À Johanna !

LE PÈRE : Bon ! Eh bien, ma bru ?

JOHANNA, *regard inquiet vers Werner* : Remettons cet entretien. Je suis très fatiguée.

LE PÈRE : Non, mon enfant ; vous l'avez commencé : il faut le terminer. *(Un temps. Johanna, désemparée, regarde Werner en silence.)* Dois-je comprendre que vous refusez d'habiter ici après ma mort ?

JOHANNA, *presque suppliante* : Werner ! *(Silence de Werner. Elle change brusquement d'attitude.)* Oui, père. C'est ce que je veux dire.

LE PÈRE : Où logerez-vous ?

JOHANNA : Dans notre ancien appartement.

LE PÈRE : Vous retournerez à Hambourg ?

JOHANNA : Nous y retournerons.

LENI : Si Werner le veut.

JOHANNA : Il le voudra.

LE PÈRE : Et l'Entreprise ? Vous acceptez qu'il en soit le chef ?

JOHANNA : Oui, si c'est votre bon plaisir et si Werner a du goût pour jouer les patrons de paille.

LE PÈRE, *comme s'il réfléchissait* : Habiter à Hambourg...

JOHANNA, *avec espoir* : Nous ne vous demandons rien d'autre. Est-ce que vous ne nous ferez pas cette unique concession ?

LE PÈRE, *aimable, mais définitif* : Non. *(Un temps.)* Mon fils demeurera ici pour y vivre et pour y mourir comme je fais et comme ont fait mon père et mon grand-père.

JOHANNA : Pourquoi ?

LE PÈRE : Pourquoi pas ?

JOHANNA : La maison réclame des habitants ?

LE PÈRE : Oui.

JOHANNA, *brève violence* : Alors, qu'elle croule !

Leni éclate de rire.

LENI, *courtoisement* : Voulez-vous que j'y mette le feu ? Dans mon enfance, c'était un de mes rêves.

LE PÈRE, *regarde autour de lui, amusé* : Pauvre demeure : est-ce qu'elle vaut tant de haine ?... C'est à Werner qu'elle fait horreur ?

JOHANNA : À Werner et à moi. Que c'est laid !

LENI : Nous le savons.

JOHANNA : Nous sommes quatre ; à la fin de l'année nous serons trois. Est-ce qu'il nous faut trente-deux pièces encombrées ? Quand Werner est aux chantiers, j'ai peur.

LE PÈRE : Et voilà pourquoi vous nous quitteriez ? Ce ne sont pas des raisons sérieuses.

JOHANNA : Non.
LE PÈRE : Il y en a d'autres ?
JOHANNA : Oui.
LE PÈRE : Voyons cela.
WERNER, *dans un cri* : Johanna, je te défends…
JOHANNA : Eh bien, parle toi-même !
WERNER : À quoi bon ? Tu sais bien que je lui obéirai !
JOHANNA : Pourquoi ?
WERNER : C'est le père. Ah ! finissons-en.

Il se lève.

JOHANNA, *se plaçant devant lui* : Non, Werner, non !
LE PÈRE : Il a raison, ma bru. Finissons-en. Une famille, c'est une maison. Je vous demande à *vous* d'habiter cette maison parce que vous êtes entrée dans notre famille.
JOHANNA, *riant* : La famille a bon dos et ce n'est pas à elle que vous nous sacrifiez.
LE PÈRE : À qui donc, alors ?
WERNER : Johanna !
JOHANNA : À votre fils aîné.

Un long silence.

LENI, *calmement* : Frantz est mort en Argentine, il y a près de quatre ans. *(Johanna lui rit au nez.)* Nous avons reçu le certificat de décès en 56 : allez à la mairie d'Altona, on vous l'y montrera.
JOHANNA : Mort ? Je veux bien : comment appeler la vie qu'il mène ? Ce qui est sûr, mort ou vif, c'est qu'il habite ici.
LENI : Non !
JOHANNA, *geste vers la porte du premier étage* : Là-haut. Derrière cette porte.
LENI : Quelle folie ! Qui vous l'a racontée ?

Un temps. Werner se lève tranquillement. Dès qu'il s'agit de son frère, ses yeux brillent, il reprend de l'assurance.

WERNER : Qui veux-tu que ce soit ? Moi.
LENI : Sur l'oreiller ?
JOHANNA : Pourquoi pas ?
LENI : Pfoui !
WERNER : C'est ma femme. Elle a le droit de savoir ce que je sais.

LENI : Le droit de l'amour ? Que vous êtes fades[c] ! Je donnerais mon âme et ma peau pour l'homme que j'aimerais, mais je lui mentirais toute ma vie, s'il le fallait.

WERNER, *violent* : Écoutez cette aveugle qui parle des couleurs. À qui mentirais-tu ? À des perroquets ?

LE PÈRE, *impérieusement* : Taisez-vous tous les trois. *(Il caresse les cheveux de Leni.)* Le crâne est dur, mais les cheveux sont doux. *(Elle se dégage brutalement, il reste aux aguets.)* Frantz vit là-haut depuis treize ans ; il ne quitte pas sa chambre et personne ne le voit sauf Leni qui prend soin de lui.

WERNER : Et sauf vous.

LE PÈRE : Sauf moi ? Qui t'a dit cela ? Leni ? Et tu l'as crue ? Comme vous vous entendez, tous les deux, quand il s'agit de te faire du mal. *(Un temps.)* Il y a treize ans que je ne l'ai pas revu.

WERNER, *stupéfait* : Mais pourquoi ?

LE PÈRE, *très naturellement* : Parce qu'il ne veut pas me recevoir.

WERNER, *désorienté* : Ah, bon ! *(Un temps.)* Bon !

Il revient à sa place.

LE PÈRE, *à Johanna* : Je vous remercie, mon enfant. Dans la famille, voyez-vous, nous n'avons aucune prévention contre la vérité. Mais chaque fois que c'est possible, nous nous arrangeons pour qu'elle soit dite par un étranger. *(Un temps.)* Donc, Frantz vit là-haut, malade et seul. Qu'est-ce que cela change ?

JOHANNA : À peu près tout. *(Un temps.)* Soyez content, père : une parente par alliance, une étrangère, dira la vérité pour vous. Voilà ce que je sais : un scandale éclate en 46 — je ne sais lequel, puisque mon mari était encore prisonnier en France. Il semble qu'il y ait eu des poursuites judiciaires. Frantz disparaît, vous le dites en Argentine ; en fait, il se cache ici. En 56, Gelber fait un voyage éclair en Amérique du Sud et rapporte un certificat de décès. Quelque temps après, vous donnez l'ordre à Werner de renoncer à sa carrière et vous l'installez ici, à titre de futur héritier. Je me trompe ?

LE PÈRE : Non. Continuez.

JOHANNA : Je n'ai plus rien à dire. Qui était Frantz, ce qu'il a fait, ce qu'il est devenu, je l'ignore. Voici ma seule certitude : si nous restions, ce serait pour lui servir d'esclaves.

LENI, *violente* : C'est faux ! Je lui suffis.

JOHANNA : Il faut bien croire que non.
LENI : Il ne veut voir que moi !
JOHANNA : Cela se peut, mais le Père le protège de loin et c'est nous, plus tard, qui devrons le protéger. Ou le surveiller. Peut-être serons-nous des esclaves-geôliers.
LENI, *outrée* : Est-ce que je suis sa geôlière ?
JOHANNA : Qu'en sais-je ? Si c'était vous — vous deux — qui l'aviez enfermé[11] ?

Un silence. Leni tire une clé de sa poche.

LENI : Montez l'escalier et frappez. S'il n'ouvre pas, voici la clé.
JOHANNA, *prenant la clé* : Merci. *(Elle regarde Werner.)* Que dois-je faire, Werner ?
WERNER : Ce que tu veux. D'une manière ou d'une autre, tu verras que c'est un attrape-nigaud…

Johanna hésite puis gravit lentement l'escalier. Elle frappe à la porte. Une fois, deux fois. Une sorte de furie nerveuse la prend : grêle de coups contre la porte. Elle se retourne vers la salle et se dispose à descendre.

LENI, *tranquillement* : Vous avez la clé. *(Un temps. Johanna hésite, elle a peur, Werner est anxieux et agité. Johanna se maîtrise, introduit la clé dans la serrure et tente vainement d'ouvrir bien que la clé tourne.)* Eh bien ?
JOHANNA : Il y a un verrou intérieur. On a dû le tirer.

Elle commence à redescendre.

LENI : Qui l'a tiré ? Moi ?
JOHANNA : Il y a peut-être une autre porte.
LENI : Vous savez bien que non. Ce pavillon est isolé. Si quelqu'un a mis le verrou, ce ne peut être que Frantz. *(Johanna est arrivée en bas de l'escalier.)* Alors ? Nous le séquestrons, le pauvre ?
JOHANNA : Il y a bien des façons de séquestrer un homme. La meilleure est de s'arranger pour qu'il se séquestre lui-même.
LENI : Comment fait-on ?
JOHANNA : On lui ment.

Elle regarde Leni qui semble déconcertée.

LE PÈRE, *à Werner, vivement* : Tu as plaidé dans des affaires de ce genre ?

WERNER : Quelles affaires ?

LE PÈRE : Séquestration.

WERNER, *la gorge serrée* : Une fois[d].

LE PÈRE : Bien. Suppose qu'on perquisitionne ici : le parquet se saisira de l'affaire, n'est-ce pas ?

WERNER, *pris au piège* : Pourquoi perquisitionnerait-on ? En treize ans cela ne s'est jamais produit.

LE PÈRE : J'étais là.

Un silence.

LENI, *à Johanna* : Et puis, je conduis trop vite, vous me l'avez dit. Je peux faire la rencontre d'un arbre. Que deviendrait Frantz ?

JOHANNA : S'il a sa raison, il appelle les domestiques.

LENI : Il a sa raison, mais il ne les appellera pas. *(Un temps.)* On apprendra la mort de mon frère par le nez ! *(Un temps.)* Ils enfonceront la porte et le trouveront sur le parquet, au milieu des coquilles[12].

JOHANNA : Quelles coquilles ?

LENI : Il aime les huîtres.

LE PÈRE, *à Johanna, amicalement* : Écoutez-la, ma bru. S'il meurt, c'est le scandale du siècle. *(Elle se tait.)* Le scandale du siècle, Johanna...

JOHANNA, *durement* : Que vous importe ? Vous serez sous terre.

LE PÈRE, *souriant* : Moi, oui. Pas vous. Venons à cette affaire de 46. Est-ce qu'il y a prescription ? Réponds ! C'est ton métier.

WERNER : Je ne connais pas le délit.

LE PÈRE : Au mieux : coups et blessures ; au pis : tentative de meurtre.

WERNER, *gorge nouée* : Pas de prescription.

LE PÈRE : Eh bien, tu sais ce qui nous attend : complicité dans une tentative de meurtre, faux et usage de faux, séquestration.

WERNER : Un faux ? Quel faux ?

LE PÈRE, *riant* : Le certificat de décès, voyons ! Il m'a coûté assez cher. *(Un temps.)* Qu'en dis-tu, l'avocat ? C'est la cour d'assises ?

Werner se tait.

JOHANNA : Werner, le tour est joué. À nous de choisir : nous serons les domestiques du fou qu'ils te préfèrent ou nous nous assoirons sur le banc des accusés. Quel est ton choix ? Le mien est fait : la cour d'assises. Mieux vaut la prison à terme que le bagne à perpétuité. *(Un temps.)* Eh bien ?

Werner se tait. Elle fait un geste de découragement.

LE PÈRE, *chaleureusement* : Mes enfants, je tombe des nues. Un chantage ! Des pièges ! Tout sonne faux ! Tout est forcé. Mon fils, je ne te demande qu'un peu de pitié pour ton frère. Il y a des circonstances que Leni ne peut affronter seule. Pour le reste vous serez libres comme l'air. Vous verrez : tout finira bien. Frantz ne vivra pas très longtemps, j'en ai peur : une nuit, vous l'ensevelirez dans le parc ; avec lui disparaîtra le dernier des *vrais* von Gerlach… *(Geste de Werner.)* … je veux dire le dernier monstre. Vous deux vous êtes sains et normaux. Vous aurez des enfants normaux qui habiteront où ils voudront. Restez, Johanna ! pour les fils de Werner. Ils hériteront de l'Entreprise : c'est une puissance fabuleuse et vous n'avez pas le droit de les en priver.

WERNER, *sursautant, les yeux durs et brillants* : Hein ? *(Tout le monde le regarde.)* Vous avez bien dit : pour les fils de Werner ? *(Le Père étonné fait un signe affirmatif. Triomphant.)* La voilà, Johanna, la voilà la fausse manœuvre. Werner et ses enfants, père, vous vous en foutez. Vous vous en foutez ! Vous vous en foutez ! *(Johanna se rapproche de lui. Un temps.)* Même si vous viviez assez longtemps pour voir mon premier fils, il vous répugnerait parce que ce serait la chair de ma chair et que je vous ai répugné dans ma chair du jour où je suis né ! *(À Johanna :)* Pauvre père ! Quel gâchis ! Les enfants de Frantz, il les aurait adorés[e].

JOHANNA, *impérieusement* : Arrête ! Tu t'écoutes parler. Nous sommes perdus si tu te prends en pitié.

WERNER : Au contraire : je me délivre. Qu'est-ce que tu veux ? Que je les envoie promener ?

JOHANNA : Oui.

WERNER, *riant* : À la bonne heure.

JOHANNA : Dis-leur *non*. Sans cris, sans rire. Tout simplement : non.

Werner se tourne vers le Père et Leni. Ils le regardent en silence.

WERNER : Ils me regardent.

JOHANNA : Eh bien ? *(Werner hausse les épaules et va se rasseoir. Avec une profonde lassitude.)* Werner !

Il ne la regarde plus. Un long silence.

LE PÈRE, *discrètement triomphant* : Eh bien, ma bru ?

JOHANNA : Il n'a pas juré.

LE PÈRE : Il y vient. Les faibles servent les forts : c'est la loi.

JOHANNA, *blessée* : Qui est fort, selon vous ? Le demi-fou, là-haut, plus désarmé qu'un nourrisson ou mon mari que vous avez abandonné et qui s'est tiré d'affaire seul ?

LE PÈRE : Werner est faible, Frantz est fort : personne n'y peut rien.

JOHANNA : Qu'est-ce qu'ils font sur terre, les forts ?

LE PÈRE : En général, ils ne font rien.

JOHANNA : Je vois.

LE PÈRE : Ce sont des gens qui vivent par nature dans l'intimité de la mort. Ils tiennent le destin des autres dans leurs mains[13].

JOHANNA : Frantz est ainsi ?

LE PÈRE : Oui.

JOHANNA : Qu'en savez-vous, après treize ans ?

LE PÈRE : Nous sommes quatre ici dont il est le destin sans même y penser.

JOHANNA : À quoi pense-t-il donc ?

LENI, *ironique et brutale, mais sincère* : À des crabes.

JOHANNA, *ironique* : Toute la journée ?

LENI : C'est très absorbant.

JOHANNA : Quelles vieilleries ! Elles ont l'âge de vos meubles. Voyons ! Vous n'y croyez pas.

LE PÈRE, *souriant* : Je n'ai que six mois de vie, ma bru : c'est trop court pour croire à quoi que ce soit. *(Un temps.)* Werner y croit, lui.

WERNER : Vous faites erreur, père. C'étaient vos idées, non les miennes et vous me les avez inculquées. Mais puisque vous les avez perdues en cours de route, vous ne trouverez pas mal que je m'en sois délivré. Je suis un homme comme les autres. Ni fort, ni faible ; n'importe qui[14]. Je tâche de vivre. Et Frantz, je ne sais pas si je le reconnaîtrais encore, mais je suis sûr que c'est n'importe qui. *(Il montre les photos de Frantz à Johanna.)* Qu'a-t-il de plus que moi ? *(Il le regarde, fasciné.)* Il n'est même pas beau !

LENI, *ironique* : Eh non ! Même pas !

WERNER, *toujours fasciné, faiblissant déjà* : Et quand je serais né pour le servir ? Il y a des esclaves qui se révoltent. Mon frère ne sera pas mon destin.

LENI : Tu préfères que ce soit ta femme ?

JOHANNA : Vous me comptez parmi les forts ?

LENI : Oui.

JOHANNA : Quelle idée singulière ! Pourquoi donc ?

LENI : Vous étiez actrice, n'est-ce pas ? Une star ?

JOHANNA : En effet. Et puis, j'ai raté ma carrière[15]. Après ?

LENI : Après ? Eh bien, vous avez épousé Werner : depuis, vous ne faites rien et vous pensez à la mort.

JOHANNA : Si vous cherchez à l'humilier, vous perdez votre peine. Quand il m'a rencontrée, j'avais quitté la scène et le plateau pour toujours, j'étais folle : il peut être fier de m'avoir sauvée[16].

LENI : Je parie qu'il ne l'est pas.

JOHANNA, *à Werner* : À toi de parler.

Un silence. Werner ne répond pas.

LENI : Comme vous l'embarrassez, le pauvre. *(Un temps.)* Johanna, l'auriez-vous choisi sans votre échec ? Il y a des mariages qui sont des enterrements.

Johanna veut répondre. Le Père l'interrompt.

LE PÈRE : Leni ! *(Il lui caresse la tête, elle se dérobe avec colère.)* Tu te surpasses, ma fille. Si j'étais vaniteux, je croirais que ma mort t'exaspère.

LENI, *vivement* : N'en doutez pas, mon père. Vous voyez bien qu'elle compliquera le service.

LE PÈRE, *se mettant à rire, à Johanna* : N'en veuillez pas à Leni, mon enfant. Elle veut dire que nous sommes de la même espèce : vous, Frantz et moi. *(Un temps.)* Vous me plaisez, Johanna. Parfois, il m'a semblé que vous me pleureriez. Vous serez bien la seule.

Il lui sourit.

JOHANNA, *brusquement* : Si vous avez encore des soucis de vivant et si j'ai la chance de vous plaire, comment osez-vous humilier mon mari devant moi ? *(Le Père hoche la tête sans répondre.)* Êtes-vous de ce côté-ci de la mort ?

LE PÈRE : De ce côté, de l'autre : cela ne fait plus de différence. Six mois : je ne suis pas un vieillard d'avenir. *(Il regarde dans le vide et parle pour lui-même.)* L'Entreprise croîtra sans cesse, les investissements privés ne suffiront plus, il faudra que l'État y mette son nez ; Frantz restera là-haut dix ans, vingt ans. Il souffrira…

LENI, *péremptoire* : Il ne souffre pas.

LE PÈRE, *sans l'entendre* : Ma mort, à présent, c'est ma vie qui continue sans que je sois dedans. *(Un silence. Il s'est assis, tassé, le regard fixe.)* Il aura des cheveux gris... la mauvaise graisse des prisonniers...

LENI, *violemment* : Taisez-vous !

LE PÈRE, *sans l'entendre* : C'est insupportable.

Il a l'air de souffrir.

WERNER, *lentement* : Serez-vous moins malheureux si nous restons ici ?

JOHANNA, *vite* : Prends garde !

WERNER : À quoi ? C'est mon père, je ne veux pas qu'il souffre.

JOHANNA : Il souffre pour l'autre.

WERNER : Tant pis.

Il va prendre la Bible et la rapporte sur la table où Leni l'avait posée.

JOHANNA, *même jeu* : Il te joue la comédie.

WERNER, *mauvais, ton plein de sous-entendus* : Et toi ? Tu ne me la joues pas ? *(Au Père :)* Répondez... Serez-vous moins malheureux...

LE PÈRE : Je ne sais pas.

WERNER, *au Père* : Nous verrons bien.

Un temps. Ni le Père ni Leni ne font un geste. Ils attendent, aux aguets.

JOHANNA : Une question. Une seule question et tu feras ce que tu voudras.

Werner la regarde, d'un air sombre et buté.

LE PÈRE : Attends un peu, Werner. *(Werner s'écarte de la Bible avec un grognement qui peut passer pour un acquiescement.)* Quelle question, ma bru ?

JOHANNA : Pourquoi Frantz s'est-il séquestré ?

LE PÈRE : Cela fait beaucoup de questions en une.

JOHANNA : Racontez-moi ce qui s'est passé.

LE PÈRE, *ironie légère* : Eh bien, il y a eu la guerre.

JOHANNA : Oui, pour tout le monde. Est-ce que les autres se cachent ?

LE PÈRE : Ceux qui se cachent, vous ne les voyez pas.

JOHANNA : Donc, il s'est battu ?

LE PÈRE : Jusqu'au bout.

JOHANNA : Sur quel front ?

LE PÈRE : En Russie.

JOHANNA : Quand est-il revenu ?

LE PÈRE : Pendant l'automne de 46.

JOHANNA : C'est tard. Pourquoi ?

LE PÈRE : Son régiment s'est fait anéantir. Frantz est revenu à pied, en se cachant, à travers la Pologne et l'Allemagne occupée. Un jour on a sonné. *(Sonnerie lointaine et comme effacée.)* C'était lui.

Frantz apparaît au fond, derrière son père, dans une zone de pénombre. Il est en civil, il a l'air jeune : vingt-trois ou vingt-quatre ans.

Johanna, Werner et Leni, dans ce flash-back et dans le suivant, ne verront pas le personnage évoqué. Seuls ceux qui font l'évocation — le Père dans ces deux premières scènes-souvenirs[17]*, Leni et le Père dans la troisième — se tournent vers ceux qu'ils évoquent alors qu'ils ont à leur parler. Le ton et le jeu des personnages qui jouent une scène-souvenir doivent comporter une sorte de recul, de « distanciation » qui, même dans la violence, distingue le passé du présent. Pour le moment personne ne voit Frantz, pas même le Père.*

Frantz porte une bouteille de champagne débouchée dans la main droite ; on ne la distinguera que lorsqu'il aura l'occasion de boire. Une coupe à champagne, posée près de lui sur une console, est dissimulée par des bibelots. Il la prendra lorsqu'il devra boire.

JOHANNA : Il s'est enfermé tout de suite ?

LE PÈRE : Dans la maison, tout de suite ; dans sa chambre, un an plus tard.

JOHANNA : Pendant cette année-là, vous l'avez vu tous les jours ?

LE PÈRE : À peu près.

JOHANNA : Que faisait-il ?

LE PÈRE : Il buvait.

JOHANNA : Et qu'est-ce qu'il disait ?

FRANTZ, *d'une voix lointaine et mécanique* : Bonjour. Bonsoir. Oui. Non.

JOHANNA : Rien de plus.

LE PÈRE : Rien, sauf un jour. Un déluge de mots. Je n'y

ai rien compris. *(Rire amer.)* J'étais dans la bibliothèque et j'écoutais la radio.

Crépitements de radio, indicatif répété. Tous ces bruits semblent ouatés.

VOIX D'UN SPEAKER : Chers auditeurs, voici nos informations : À Nuremberg, le tribunal des Nations condamne le maréchal Goering…

Frantz va éteindre le poste. Il reste dans la zone de pénombre quand il doit se déplacer.

LE PÈRE, *se retournant en sursaut* : Qu'est-ce que tu fais ? *(Frantz le regarde avec des yeux morts.)* Je veux connaître la sentence.

FRANTZ, *d'un bout à l'autre de la scène, voix cynique et sombre* : Pendu jusqu'à ce que mort s'ensuive.

Il boit.

LE PÈRE : Qu'en sais-tu ? *(Silence de Frantz. Le Père se retourne vers Johanna.)* Vous ne lisiez pas les journaux de l'époque ?

JOHANNA : Guère. J'avais douze ans.

LE PÈRE : Ils étaient tous aux mains des Alliés. « Nous sommes allemands, donc nous sommes coupables ; nous sommes coupables parce que nous sommes allemands. » Chaque jour, à chaque page. Quelle obsession ! *(À Frantz :)* Quatre-vingts millions de criminels : quelle connerie ! Au pire, il y en a eu trois douzaines. Qu'on les pende, et qu'on nous réhabilite : ce sera la fin d'un cauchemar. *(Autoritaire.)* Fais-moi le plaisir de rallumer le poste. *(Frantz boit sans bouger. Sèchement.)* Tu bois trop. *(Frantz le regarde avec une telle dureté que le Père se tait, décontenancé. Un silence puis le Père reprend avec un désir passionné de comprendre.)* Qu'est-ce qu'on gagne à réduire un peuple au désespoir ? Qu'ai-je fait, moi, pour mériter le mépris de l'univers ? Mes opinions sont pourtant connues. Et toi, Frantz, toi qui t'es battu jusqu'au bout ? *(Frantz rit grossièrement.)* Tu es nazi ?

FRANTZ : Foutre non !

LE PÈRE : Alors, choisis : laisse condamner les responsables ou fais retomber leurs fautes sur l'Allemagne entière.

FRANTZ, *sans un geste, éclate d'un rire sauvage et sec* : Ha ! *(Un temps.)* Ça revient au même.

LE PÈRE : Es-tu fou ?

FRANTZ : Il y a deux façons de détruire un peuple : on le

condamne en bloc ou bien on le force à renier les chefs qu'il s'est donnés. La seconde est la pire.

LE PÈRE : Je ne renie personne et les nazis ne sont pas mes chefs : je les ai subis.

FRANTZ : Tu les as supportés.

LE PÈRE : Que diable voulais-tu que je fasse ?

FRANTZ : Rien.

LE PÈRE : Quant à Goering, je suis sa victime. Va te promener dans nos chantiers. Douze bombardements, plus un hangar debout : voilà comment il les a protégés.

FRANTZ, *brutalement* : Je *suis* Goering. S'ils le pendent, c'est moi le pendu.

LE PÈRE : Goering te répugnait !

FRANTZ : J'ai obéi.

LE PÈRE : À tes chefs militaires, oui.

FRANTZ : À qui obéissaient-ils ? *(Riant.)* Hitler, nous le haïssions, d'autres l'aimaient : où est la différence ? Tu lui as fourni des bateaux de guerre et je lui ai fourni des cadavres. Dis, qu'aurions-nous fait de plus, si nous l'avions adoré ?

LE PÈRE : Alors ? Tout le monde est coupable ?

FRANTZ : Nom de Dieu, non ! Personne. Sauf les chiens couchants qui acceptent le jugement des vainqueurs. Beaux vainqueurs ! On les connaît : en 1918, c'étaient les mêmes, avec les mêmes hypocrites vertus. Qu'ont-ils fait de nous, depuis lors ? Qu'ont-ils fait d'eux ? Tais-toi : c'est aux vainqueurs de prendre l'histoire en charge. Ils l'ont prise et ils nous ont donné Hitler. Des juges ? Ils n'ont jamais pillé, massacré, violé ? La bombe sur Hiroshima, est-ce Goering qui l'a lancée ? S'ils font notre procès, qui fera le leur ? Ils parlent de nos crimes pour justifier celui qu'ils préparent en douce : l'extermination systématique du peuple allemand. *(Brisant la coupe contre la table.)* Tous innocents devant l'ennemi. Tous : vous, moi, Goering et les autres.

LE PÈRE, *criant* : Frantz ! *(La lumière baisse et s'éteint autour de Frantz ; il disparaît.)* Frantz ! *(Un bref silence. Il se tourne lentement vers Johanna et rit doucement.)* Je n'y ai rien compris. Et vous ?

JOHANNA : Rien. Après ?

LE PÈRE : C'est tout.

JOHANNA : Il faudrait pourtant choisir : tous innocents ou tous coupables ?

LE PÈRE : Il ne choisissait pas.

JOHANNA, *elle rêve un instant, puis* : Cela n'a pas de sens.

LE PÈRE : Peut-être que si... Je ne sais pas.

LENI, *vivement* : Ne cherchez pas trop loin, Johanna. Goering et l'aviation de guerre, mon frère s'en souciait d'autant moins qu'il servait dans l'infanterie. Pour lui, il y avait des coupables et des innocents, mais ce n'étaient pas les mêmes. *(Au Père, qui veut parler :)* Je sais : je le vois tous les jours. Les innocents avaient vingt ans, c'étaient les soldats ; les coupables en avaient cinquante, c'étaient leurs pères.

JOHANNA : Je vois.

LE PÈRE, *il a perdu sa bonhomie détendue, quand il parle de Frantz il met de la passion dans sa voix* : Vous ne voyez rien du tout : elle ment.

LENI : Père ! Vous savez bien que Frantz vous déteste.

LE PÈRE, *avec force, à Johanna* : Frantz m'a aimé plus que personne.

LENI : Avant la guerre.

LE PÈRE : Avant, après.

LENI : Dans ce cas, pourquoi dites-vous : il m'a aimé ?

LE PÈRE, *interdit* : Eh bien, Leni... Nous parlions du passé.

LENI : Ne vous corrigez donc pas : vous avez livré votre pensée. *(Un temps.)* Mon frère s'est engagé à dix-huit ans. Si le Père veut bien nous dire pourquoi, vous comprendrez mieux l'histoire de cette famille.

LE PÈRE : Dis-le toi-même, Leni : je ne t'ôterai pas ce plaisir.

WERNER, *s'efforçant au calme* : Leni, je te préviens : si tu mentionnes un seul fait qui ne soit pas à l'honneur du Père, je quitte cette pièce à l'instant.

LENI : Tu as si peur de me croire ?

WERNER : On n'insultera pas mon père devant moi.

LE PÈRE, *à Werner* : Calme-toi, Werner : c'est moi qui vais parler. Depuis le début de la guerre, l'État nous passait des commandes. La flotte, c'est nous qui l'avons faite. Au printemps 41, le gouvernement m'a fait savoir qu'il désirait m'acheter certains terrains dont nous n'avions pas l'emploi. La lande derrière la colline : tu la connais.

LENI : Le gouvernement, c'était Himmler. Il cherchait un emplacement pour un camp de concentration.

Un silence lourd.

JOHANNA : Vous le saviez ?

LE PÈRE, *avec calme* : Oui.

JOHANNA : Et vous avez accepté ?

LE PÈRE, *sur le même ton* : Oui. *(Un temps.)* Frantz a découvert les travaux. On m'a rapporté qu'il rôdait le long des barbelés.

JOHANNA : Et puis ?

LE PÈRE : Rien. Le silence. C'est lui qui l'a rompu. Un jour de juin 41. *(Le Père se tourne vers lui et le regarde attentivement tout en continuant la conversation avec Werner et Johanna.)* J'ai vu tout de suite qu'il avait fait une gaffe. Cela ne pouvait pas tomber plus mal : Goebbels et l'amiral Dönitz se trouvaient à Hambourg et devaient visiter mes nouvelles installations.

FRANTZ, *voix jeune et douce, affectueuse mais inquiète* : Père, je voudrais vous parler.

LE PÈRE, *le regardant* : Tu as été là-bas ?

FRANTZ : Oui. *(Avec horreur, brusquement.)* Père, ce ne sont plus des hommes.

LE PÈRE : Les gardiens ?

FRANTZ : Les détenus. Je me dégoûte mais ce sont eux qui me font horreur. Il y a leur crasse, leur vermine, leurs plaies. *(Un temps.)* Ils ont tout le temps l'air d'avoir peur[18].

LE PÈRE : Ils sont ce qu'on a fait d'eux.

FRANTZ : On ne ferait pas cela de moi.

LE PÈRE : Non ?

FRANTZ : Je tiendrais le coup.

LE PÈRE : Qui te prouve qu'ils ne le tiennent pas ?

FRANTZ : Leurs yeux.

LE PÈRE : Si tu étais à leur place, tu aurais les mêmes.

FRANTZ : Non. *(Avec une certitude farouche.)* Non.

Le Père le regarde attentivement.

LE PÈRE : Regarde-moi. *(Il lui a levé le menton et plonge son regard dans ses yeux.)* D'où cela te vient-il ?

FRANTZ : Quoi ?

LE PÈRE : La peur d'être enfermé[19].

FRANTZ : Je n'en ai pas peur.

LE PÈRE : Tu le souhaites ?

FRANTZ : Je… Non.

LE PÈRE : Je vois. *(Un temps.)* Ces terrains, je n'aurais pas dû les vendre ?

FRANTZ : Si vous les avez vendus, c'est que vous ne pouviez pas agir autrement.

LE PÈRE : Je le pouvais.

FRANTZ, *stupéfait* : Vous pouviez refuser ?

LE PÈRE : Certainement. *(Frantz a un mouvement violent.)* Eh bien quoi ? Tu n'as plus confiance en moi.

FRANTZ, *acte de foi, se dominant* : Je sais que vous m'expliquerez.

LE PÈRE : Qu'y a-t-il à expliquer ? Himmler a des prisonniers à caser. Si j'avais refusé mes terrains, il en aurait acheté d'autres.

FRANTZ : À d'autres.

LE PÈRE : Justement. Un peu plus à l'ouest, un peu plus à l'est, les mêmes prisonniers souffriraient sous les mêmes kapos et je me serais fait des ennemis au sein du gouvernement.

FRANTZ, *obstiné* : Vous ne deviez pas vous mêler de cette affaire.

LE PÈRE : Et pourquoi donc ?

FRANTZ : Parce que vous êtes vous.

LE PÈRE : Et pour te donner la joie pharisienne de t'en laver les mains, petit puritain.

FRANTZ : Père, vous me faites peur : vous ne souffrez pas assez de la souffrance des autres.

LE PÈRE : Je me permettrai d'en souffrir quand j'aurai les moyens de la supprimer.

FRANTZ : Vous ne les aurez jamais.

LE PÈRE : Alors, je n'en souffrirai pas : c'est du temps perdu. Est-ce que tu en souffres, toi ? Allons donc ! *(Un temps.)* Tu n'aimes pas ton prochain, Frantz, sinon tu n'oserais pas mépriser ces détenus.

FRANTZ, *blessé* : Je ne les méprise pas.

LE PÈRE : Tu les méprises. Parce qu'ils sont sales et parce qu'ils ont peur. *(Il se lève et marche vers Johanna.)* Il croyait encore à la dignité humaine.

JOHANNA : Il avait tort ?

LE PÈRE : Cela, ma bru, je n'en sais rien. Tout ce que je peux vous dire, c'est que les Gerlach sont des victimes de Luther : ce prophète nous a rendus fous d'orgueil[20]. *(Il revient lentement à sa place première et montre Frantz à Johanna.)* Frantz se promenait sur les collines en discutant avec lui-même et, quand sa conscience avait dit oui, vous l'auriez coupé en morceaux sans le faire changer d'avis. J'étais comme lui, à son âge.

JOHANNA, *ironique* : Vous aviez une conscience ?

LE PÈRE : Oui. Je l'ai perdue : par modestie. C'est un luxe de prince. Frantz pouvait se le permettre : quand on ne fait rien, on croit qu'on est responsable de tout. Moi, je travaillais. *(À Frantz :)* Qu'est-ce que tu veux que je te dise ?

Que Hitler et Himmler sont des criminels ? Eh bien, voilà : je te le dis. *(Riant.)* Opinion strictement personnelle et parfaitement inutilisable.

FRANTZ : Alors ? Nous sommes impuissants ?

LE PÈRE : Oui, si nous choisissons l'impuissance. Tu ne peux rien pour les hommes si tu passes ton temps à les condamner devant le Tribunal de Dieu. *(Temps.)* Quatre-vingt mille travailleurs depuis mars. Je m'étends, je m'étends ! Mes chantiers poussent en une nuit. J'ai le plus formidable pouvoir.

FRANTZ : Bien sûr : vous servez les nazis.

LE PÈRE : Parce qu'ils me servent. Ces gens-là c'est la plèbe sur le trône. Mais ils font la guerre pour nous trouver des marchés et je n'irai pas me brouiller avec eux pour une affaire de terrains.

FRANTZ, *têtu* : Vous ne deviez pas vous en mêler.

LE PÈRE : Petit prince ! Petit prince ! Tu veux porter le monde sur tes épaules ? Le monde est lourd et tu ne le connais pas. Laisse. Occupe-toi de l'Entreprise : aujourd'hui la mienne, demain la tienne ; mon corps et mon sang, ma puissance, ma force, ton avenir. Dans vingt ans tu seras le maître avec des bateaux sur toutes les mers, et qui donc se souviendra de Hitler ? *(Un temps.)* Tu es un abstrait.

FRANTZ : Pas tant que vous le croyez.

LE PÈRE : Ah ! *(Il le regarde attentivement.)* Qu'as-tu fait ? Du mal ?

FRANTZ, *fièrement* : Non.

LE PÈRE : Du bien ? *(Un long silence.)* Nom de Dieu ! *(Un temps.)* Alors ? C'est grave ?

FRANTZ : Oui.

LE PÈRE : Mon petit prince, ne crains rien, j'arrangerai cela.

FRANTZ : Pas cette fois-ci.

LE PÈRE : Cette fois comme les autres fois. *(Un temps.)* Eh bien ? *(Un temps.)* Tu veux que je t'interroge ? *(Il réfléchit.)* Cela concerne les nazis ? Bon. Le camp ? Bon. *(Illuminé.)* Le Polonais ! *(Il se lève et marche avec agitation. À Johanna :)* C'était un rabbin polonais : il s'était évadé la veille et le commandant du camp nous l'avait notifié. *(À Frantz :)* Où est-il ?

FRANTZ : Dans ma chambre.

Un temps.

LE PÈRE : Où l'as-tu trouvé, celui-là ?

FRANTZ : Dans le parc : il ne se cachait même pas. Il s'est

évadé par folie ; à présent, il a peur. S'ils mettent la main sur lui…

LE PÈRE : Je sais. *(Un temps.)* Si personne ne l'a vu, l'affaire est réglée. Nous le ferons filer en camion sur Hambourg. *(Frantz reste tendu.)* On l'a vu ? Bien. Qui ?

FRANTZ : Fritz.

LE PÈRE, *à Johanna, sur le ton de la conversation* : C'était notre chauffeur, un vrai nazi.

FRANTZ : Il a pris l'auto ce matin en disant qu'il allait au garage d'Altona. Il n'est pas encore revenu. *(Avec une pointe de fierté.)* Suis-je si abstrait ?

LE PÈRE, *souriant* : Plus que jamais. *(D'une voix changée.)* Pourquoi l'as-tu mis dans ta chambre ? Pour me racheter ? *(Un silence.)* Réponds : c'est pour moi.

FRANTZ : C'est pour nous. Vous, c'est moi.

LE PÈRE : Oui. *(Un temps.)* Si Fritz t'a dénoncé…

FRANTZ, *enchaînant* : Ils viendront. Je sais.

LE PÈRE : Monte dans la chambre de Leni et tire le verrou. C'est un ordre. J'arrangerai tout. *(Frantz le regarde avec défiance.)* Quoi ?

FRANTZ : Le prisonnier…

LE PÈRE : J'ai dit : tout. Le prisonnier est sous mon toit. Va.

Frantz disparaît. Le Père se rassied.

JOHANNA : Ils sont venus ?

LE PÈRE : Quarante-cinq minutes plus tard.

Un S.S. paraît au fond. Deux hommes derrière lui, immobiles et muets.

LE S.S. : Heil Hitler.

LE PÈRE, *dans le silence* : Heil. Qui êtes-vous et que voulez-vous ?

LE S.S. : Nous venons de trouver votre fils dans sa chambre avec un détenu évadé qu'il y cache depuis hier soir.

LE PÈRE : Dans sa chambre ? *(À Johanna :)* Il n'avait pas voulu s'enfermer chez Leni, le brave gosse. Il avait pris tous les risques. Bon. Après ?

LE S.S. : Est-ce que vous avez compris ?

LE PÈRE : Très bien : mon fils vient de commettre une grave étourderie.

LE S.S., *indignation stupéfaite* : Une quoi ? *(Un temps.)* Levez-vous quand je vous parle.

Sonnerie de téléphone.

LE PÈRE, *sans se lever* : Non.

Il décroche le récepteur et sans même demander qui appelle, il le tend au S.S. Celui-ci le lui arrache.

LE S.S., *au téléphone* : Allô ? Oh ! *(Claquement de talons.)* Oui. Oui. Oui. À vos ordres. *(Il écoute et regarde le Père avec stupéfaction.)* Bien. À vos ordres. *(Claquement de talons. Il raccroche.)*

LE PÈRE, *dur, sans sourire* : Une étourderie, n'est-ce pas ?

LE S.S. : Rien d'autre.

LE PÈRE : Si vous aviez touché un seul cheveu de sa tête…

LE S.S. : Il s'est jeté sur nous.

LE PÈRE, *surpris et inquiet* : Mon fils ? *(Le S.S. fait un geste d'acquiescement.)* Et vous l'avez frappé ?

LE S.S. : Non. Je vous le jure. Maîtrisé…

LE PÈRE, *réfléchissant* : Il s'est jeté sur vous ! Ce n'est pas sa manière, il a fallu que vous le provoquiez. Qu'avez-vous fait ? *(Silence du S.S.)* Le prisonnier ! *(Il se lève.)* Sous ses yeux ? Sous les yeux de mon fils ? *(Colère blanche, mais terrible.)* Il me semble que vous avez fait du zèle. Votre nom ?

LE S.S., *piteusement* : Hermann Aldrich.

LE PÈRE : Hermann Aldrich ! Je vous donne ma parole que vous vous rappellerez le 23 juin 1941 toute votre vie. Allez.

Le S.S. disparaît.

JOHANNA : Il se l'est rappelé ?

LE PÈRE, *souriant* : Je crois. Mais sa vie n'a pas été très longue.

JOHANNA : Et Frantz ?

LE PÈRE : Relâché sur l'heure. À la condition qu'il s'engage. L'hiver suivant, il était lieutenant sur le front russe. *(Un temps.)* Qu'y a-t-il ?

JOHANNA : Je n'aime pas cette histoire.

LE PÈRE : Je ne dis pas qu'elle soit aimable. *(Un temps.)* C'était en 41, ma bru.

JOHANNA, *sèchement* : Alors ?

LE PÈRE : Il fallait survivre.

JOHANNA : Le Polonais n'a pas survécu.

LE PÈRE, *indifférent* : Non. Ce n'est pas ma faute.

JOHANNA : Je me le demande.

WERNER : Johanna !

JOHANNA : Vous disposiez de quarante-cinq minutes. Qu'avez-vous fait pour sauver votre fils ?

LE PÈRE : Vous le savez fort bien.

JOHANNA : Goebbels était à Hambourg et vous lui avez téléphoné.

LE PÈRE : Oui.

JOHANNA : Vous lui avez appris qu'un détenu s'était évadé et vous l'avez supplié de se montrer indulgent pour votre fils.

LE PÈRE : J'ai demandé aussi qu'on épargnât la vie du prisonnier.

JOHANNA : Cela va de soi. *(Un temps.)* Quand vous avez téléphoné à Goebbels…

LE PÈRE : Eh bien ?

JOHANNA : Vous ne pouviez pas *savoir* que le chauffeur avait dénoncé Frantz.

LE PÈRE : Allons donc ! Il nous espionnait sans cesse.

JOHANNA : Oui, mais il se peut qu'il n'ait rien vu et qu'il ait pris l'auto pour un tout autre motif.

LE PÈRE : Cela se peut.

JOHANNA : Naturellement, vous ne lui avez rien demandé.

LE PÈRE : À qui ?

JOHANNA : À ce Fritz ? *(Le Père hausse les épaules.)* Où est-il à présent ?

LE PÈRE : En Italie, sous une croix de bois.

JOHANNA, *un temps* : Je vois. Eh bien ; nous n'en aurons jamais le cœur net. Si ce n'est pas Fritz qui a livré le prisonnier, il faut que ce soit vous.

WERNER, *avec violence* : Je te défends…

LE PÈRE : Ne crie pas tout le temps, Werner. *(Werner se tait.)* Vous avez raison, mon enfant. *(Un temps.)* Quand j'ai pris l'appareil, je me suis dit, une chance sur deux !

Un temps.

JOHANNA : Une chance sur deux de faire assassiner un juif. *(Un temps.)* Cela ne vous empêche jamais de dormir ?

LE PÈRE, *tranquillement* : Jamais.

WERNER, *au Père* : Père, je vous approuve sans réserve. Toutes les vies se valent. Mais, s'il faut choisir, je pense que le fils passe d'abord.

JOHANNA, *doucement* : Il ne s'agit pas de ce que tu penses, Werner, mais de ce que Frantz a pu penser. Qu'a-t-il pensé, Leni ?

LENI, *souriant* : Vous connaissez pourtant les von Gerlach, Johanna.

JOHANNA : Il s'est tu ?

LENI : Il est parti sans avoir ouvert la bouche et ne nous a jamais écrit.

Un temps.

JOHANNA, *au Père* : Vous lui aviez dit : j'arrangerai tout, et il vous avait fait confiance. Comme toujours.

LE PÈRE : J'ai tenu parole : le prisonnier, j'avais obtenu qu'il ne soit pas puni. Pouvais-je m'imaginer qu'ils le tueraient devant mon fils ?

JOHANNA : C'était en 41, père. En 41, il était prudent de tout imaginer. *(Elle s'approche des photos et les regarde. Un temps. Elle regarde toujours le portrait.)* C'était un petit puritain, une victime de Luther, qui voulait payer de son sang les terrains que vous aviez vendus[21]. *(Elle se retourne vers le Père.)* Vous avez tout annulé. Il n'est resté qu'un jeu pour gosse de riches. Avec danger de mort, bien sûr : mais pour le partenaire… il a compris qu'on lui permettait tout parce qu'il ne comptait pour rien.

LE PÈRE, *illuminé, la désignant* : Voilà la femme qu'il lui fallait.

Werner et Leni lui font face brusquement.

WERNER, *furieux* : Quoi ?

LENI : Père, quel mauvais goût !

LE PÈRE, *aux deux autres* : Elle a compris du premier coup. *(À Johanna :)* N'est-ce pas ? J'aurais dû transiger pour deux ans de prison. Quelle gaffe ! Tout valait mieux que l'impunité.

Un temps. Il rêve. Johanna regarde toujours les portraits. Werner se lève, la prend par les épaules et la retourne vers lui.

JOHANNA, *froidement* : Qu'est-ce qu'il y a ?

WERNER : Ne t'attendris pas sur Frantz : ce n'était pas un type à rester sur un échec.

JOHANNA : Alors ?

WERNER, *désignant le portrait* : Regarde ! Douze décorations.

JOHANNA : Douze échecs de plus. Il courait après la mort, pas de chance : elle courait plus vite que lui. *(Au Père :)* Finissons : il s'est battu, il est revenu en 46 et puis, un an plus tard, il y a eu le scandale. Qu'est-ce que c'était ?

LE PÈRE : Une espièglerie de notre Leni.

LENI, *modestement* : Le Père est trop bon. J'ai fourni l'occasion. Rien de plus.

LE PÈRE : Nous logions des officiers américains. Elle les enflammait et puis, s'ils brûlaient bien, elle leur chuchotait à l'oreille : « Je suis nazie », en les traitant de sales juifs.

LENI : Pour les éteindre. C'était amusant, non ?

JOHANNA : Très amusant. Ils s'éteignaient ?

LE PÈRE : Quelquefois. D'autres fois ils explosaient. Il y en a un qui a pris la chose fort mal.

LENI, *à Johanna* : Un Américain, si ce n'est pas un juif, c'est un antisémite, à moins qu'il ne soit l'un et l'autre à la fois. Celui-là n'était pas un juif : il s'est vexé.

JOHANNA : Alors ?

LENI : Il a voulu me violer, Frantz est venu à mon secours, ils ont roulé par terre, le type avait le dessus. J'ai pris une bouteille et je lui en ai donné un bon coup.

JOHANNA : Il en est mort ?

LE PÈRE, *très calme* : Pensez-vous ! Son crâne a cassé la bouteille. *(Un temps.)* Six semaines d'hôpital. Naturellement, Frantz a tout pris sur lui.

JOHANNA : Le coup de bouteille aussi ?

LE PÈRE : Tout. *(Deux officiers américains paraissent au fond. Le Père se tourne vers eux.)* Il s'agit d'une étourderie, passez-moi le mot : d'une grave étourderie. *(Un temps.)* Je vous prie de remercier le général Hopkins en mon nom. Dites-lui que mon fils quittera l'Allemagne aussitôt qu'on lui aura donné ses visas.

JOHANNA : Pour l'Argentine ?

LE PÈRE, *il se tourne vers elle pendant que les Américains disparaissent* : C'était la condition.

JOHANNA : Je vois.

LE PÈRE, *très détendu* : Les Américains ont été vraiment très bien.

JOHANNA : Comme Goebbels en 41.

LE PÈRE : Mieux ! Beaucoup mieux ! Washington comptait relever notre entreprise et nous confier le soin de reconstituer la flotte marchande.

JOHANNA : Pauvre Frantz !

LE PÈRE : Que pouvais-je faire ? Il y avait de gros intérêts en jeu. Et qui pesaient plus lourd que le crâne d'un capitaine. Même si je n'étais pas intervenu, les occupants auraient étouffé le scandale.

JOHANNA : C'est bien possible. *(Un temps.)* Il a refusé de partir ?

LE PÈRE : Pas tout de suite. *(Un temps.)* J'avais obtenu les visas. Il devait nous quitter un samedi. Le vendredi matin, Leni est venue me dire qu'il ne descendrait plus jamais. *(Un temps.)* D'abord, j'ai cru qu'il était mort. Et puis, j'ai vu les yeux de ma fille : elle avait gagné.

JOHANNA : Gagné quoi ?

LE PÈRE : Elle ne l'a jamais dit.

LENI, *souriante* : Ici, vous savez, nous jouons à qui perd gagne[22].

JOHANNA : Après ?

LE PÈRE : Nous avons vécu treize ans.

JOHANNA, *tournée vers le portrait* : Treize ans.

WERNER : Quel beau travail[f] ! Croyez que j'ai tout apprécié en amateur. Comme vous l'avez manœuvrée, la pauvre. Au début, elle écoutait à peine ; à la fin, elle ne se lassait pas d'interroger. Eh bien, le portrait est achevé. *(Riant.)* « Vous êtes la femme qu'il lui fallait ! » Bravo, père ! Voilà le génie.

JOHANNA : Arrête ! Tu nous perds.

WERNER : Mais nous sommes perdus : qu'est-ce qui nous reste ? *(Il lui saisit le bras au-dessus du coude, l'attire vers lui et la regarde.)* Où est ton regard ? Tu as des yeux de statue : blancs. *(La repoussant brusquement.)* Une flatterie si vulgaire : et tu as donné dans le panneau ! Tu me déçois, ma petite.

Un temps. Tout le monde le regarde.

JOHANNA : Voici le moment.

WERNER : Quoi ?

JOHANNA : La mise à mort, mon amour.

WERNER : Quelle mise à mort ?

JOHANNA : La tienne. *(Un temps.)* Ils nous ont eus. Quand ils me parlaient de Frantz, ils s'arrangeaient pour que les mots te frappent par ricochet.

WERNER : C'est peut-être moi qu'ils ont séduit ?

JOHANNA : Ils n'ont séduit personne : ils ont voulu te faire croire qu'ils me séduisaient.

WERNER : Pourquoi, s'il te plaît ?

JOHANNA : Pour te rappeler que rien n'est à toi, pas même ta femme. *(Le Père se frotte doucement les mains. Un temps. Brusquement.)* Arrache-moi d'ici ! *(Bref silence.)* Je t'en prie ! *(Werner rit. Elle devient dure et froide.)* Pour la dernière fois, je te le demande, partons. Pour la dernière fois, entends-tu ?

WERNER : J'entends. Tu n'as plus de questions à me poser ?

JOHANNA : Non.

WERNER : Donc, je fais ce que je veux ? *(Signe de Johanna, épuisée.)* Très bien. *(Sur la Bible.)* Je jure de me conformer aux dernières volontés de mon père.

LE PÈRE : Tu resteras ici ?

WERNER, *la main toujours étendue sur la Bible* : Puisque vous l'exigez. Cette maison est la mienne pour y vivre et pour y mourir.

Il baisse la tête.

LE PÈRE, *il se lève et va à lui, estime affectueuse* : À la bonne heure.

Il lui sourit. Werner, un instant renfrogné, finit par lui sourire avec une humble reconnaissance.

JOHANNA, *les regardant tous* : Voilà donc ce que c'est qu'un conseil de famille. *(Un temps.)* Werner, je pars. Avec ou sans toi, choisis.

WERNER, *sans la regarder* : Sans.

JOHANNA : Bon. *(Un bref silence.)* Je te souhaite de ne pas trop me regretter.

LENI : C'est nous qui vous regretterons. Le Père surtout. Quand allez-vous nous quitter ?

JOHANNA : Je ne sais pas encore. Quand je serai sûre d'avoir perdu la partie.

LENI : Vous n'en êtes pas sûre ?

JOHANNA, *avec un sourire* : Eh bien, non : pas encore.

Un temps.

LENI, *croyant comprendre* : Si la police entre ici, on nous arrêtera tous trois pour séquestration. Mais moi, en plus, on m'inculpera de meurtre[23].

JOHANNA, *sans s'émouvoir* : Ai-je une tête à prévenir la police ? *(Au Père :)* Permettez-moi de me retirer.

LE PÈRE : Bonsoir, mon enfant.

Elle s'incline et sort. Werner se met à rire.

WERNER, *riant* : Eh bien… eh bien… *(Il s'arrête brusquement. Il s'approche du Père, lui touche le bras timidement et le regarde avec une tendresse inquiète.)* Est-ce que vous êtes content ?

LE PÈRE, *horrifié* : Ne me touche pas ! *(Un temps.)* Le conseil est terminé, va rejoindre ta femme.

Werner le regarde un instant avec une sorte de désespoir, puis il fait demi-tour et sort.

SCÈNE III

LE PÈRE, LENI

LENI : Est-ce que vous ne croyez pas que vous êtes tout de même trop dur ?

LE PÈRE : Avec Werner ? S'il le fallait, je serais tendre. Mais il se trouve que c'est la dureté qui paie.

LENI : Il ne faudrait pas le pousser à bout.

LE PÈRE : Bah !

LENI : Sa femme a des projets.

LE PÈRE : Ce sont des menaces de théâtre : le dépit a ressuscité l'actrice et l'actrice a voulu sa sortie.

LENI : Dieu vous entende... *(Un temps.)* À ce soir, père. *(Elle attend qu'il s'en aille. Il ne bouge pas.)* Il faut que je tire les volets et puis ce sera l'heure de Frantz. *(Avec insistance.)* À ce soir.

LE PÈRE, *souriant* : Je m'en vais, je m'en vais ! *(Un temps. Avec une sorte de timidité.)* Est-ce qu'il sait ce qui m'arrive ?

LENI, *étonnée* : Qui ? Oh ! Frantz ! Ma foi non.

LE PÈRE : Ah ! *(Avec une ironie pénible.)* Tu le ménages ?

LENI : Lui ? Vous pourriez passer sous un train... *(Avec indifférence.)* Pour tout vous dire, j'ai oublié de lui en parler.

LE PÈRE : Fais un nœud à ton mouchoir.

LENI, *prenant un mouchoir pour y faire un nœud* : Voilà.

LE PÈRE : Tu n'oublieras pas ?

LENI : Non, mais il faut qu'une occasion se présente.

LE PÈRE : Quand elle se présentera, tâche aussi de demander s'il peut me recevoir.

LENI, *avec lassitude* : Encore ! *(Dure, mais sans colère.)* Il ne vous recevra pas. Pourquoi m'obliger à vous répéter chaque jour ce que vous savez depuis treize ans ?

LE PÈRE, *violent* : Qu'est-ce que je sais, garce ? Qu'est-ce que je sais ? Tu mens comme tu respires. J'ignore si tu lui transmets mes lettres et mes prières et je me demande quelquefois si tu ne l'as pas persuadé que je suis mort depuis dix ans.

LENI, *haussant les épaules* : Qu'allez-vous chercher ?

LE PÈRE : Je cherche la vérité ou un lien à tes mensonges.

LENI, *désignant le premier étage* : Elle est là-haut, la vérité. Montez, vous l'y trouverez. Montez ! Mais montez donc !

LE PÈRE, *sa colère tombe, il semble effrayé* : Tu es folle !

LENI : Interrogez-le : vous en aurez le cœur net.

LE PÈRE, *même jeu* : Je ne connais même pas…

LENI : Le signal ! *(Riant.)* Oh ! si, vous le connaissez. Cent fois je vous ai pris à m'épier. J'entendais votre pas, je voyais votre ombre, je ne disais rien mais je luttais contre le fou rire. *(Le Père veut protester.)* Je me suis trompée ? Eh bien, j'aurai le plaisir de vous renseigner moi-même.

LE PÈRE, *sourdement et malgré lui* : Non.

LENI : Frappez quatre coups puis cinq, puis deux fois trois[24]. Qu'est-ce qui vous retient ?

LE PÈRE : Qui trouverais-je ? *(Un temps. D'une voix sourde.)* S'il me chassait, je ne le supporterais pas.

LENI : Vous aimez mieux vous persuader que je l'empêche de tomber dans vos bras.

LE PÈRE, *péniblement* : Il faut m'excuser, Leni. Je suis souvent injuste. *(Il lui caresse la tête, elle se crispe.)* Tes cheveux sont doux. *(Il la caresse plus distraitement, comme s'il réfléchissait.)* Tu as de l'influence sur lui ?

LENI, *avec orgueil* : Naturellement.

LE PÈRE : Est-ce que tu ne pourrais pas, petit à petit, en t'y prenant adroitement… Je te prie d'insister particulièrement sur ceci qui est capital : ma première visite sera aussi la dernière. Je ne resterai qu'une heure. Moins, si cela doit le fatiguer. Et surtout, dis-lui bien que je ne suis pas pressé. *(Souriant.)* Enfin : pas trop.

LENI : Une seule rencontre.

LE PÈRE : Une seule.

LENI : Une seule et vous allez mourir. À quoi bon le revoir ?

LE PÈRE : Pour le revoir. *(Elle rit avec insolence.)* Et pour prendre congé.

LENI : Qu'est-ce que cela changerait si vous partiez à l'anglaise ?

LE PÈRE : Pour moi ? Tout. Si je le revois, j'arrête le compte et je fais l'addition.

LENI : Faut-il prendre tant de peine ? L'addition se fera toute seule.

LE PÈRE : Tu crois cela ? *(Un bref silence.)* Il faut que je tire le trait moi-même sinon tout s'effilochera. *(Avec un sourire presque timide.)* Après tout, je l'ai vécue, cette vie : je ne veux pas la laisser se perdre. *(Un temps. Presque timidement.)* Est-ce que tu lui parleras ?

LENI, *brutalement* : Pourquoi le ferais-je ? Voilà treize ans que je monte la garde et je relâcherais ma vigilance quand il reste à tenir six mois ?

LE PÈRE : Tu montes la garde contre moi ?

LENI : Contre tous ceux qui veulent sa perte.

LE PÈRE : Je veux perdre Frantz ?

LENI : Oui.

LE PÈRE, *violemment* : Est-ce que tu es folle ? *(Il se calme. Avec un ardent désir de convaincre, presque suppliant.)* Écoute, il se peut que nos avis diffèrent sur ce qui lui convient. Mais je ne demande à le voir qu'une seule fois : où prendrais-je le temps de lui nuire, même si j'en avais envie ? *(Elle rit grossièrement.)* Je te donne ma parole...

LENI : Vous l'ai-je demandée ? Pas de cadeaux !

LE PÈRE : Alors, expliquons-nous.

LENI : Les von Gerlach ne s'expliquent pas.

LE PÈRE : Tu t'imagines que tu me tiens ?

LENI, *même ton, même sourire* : Je vous tiens un petit peu, non ?

LE PÈRE, *moue ironique et dédaigneuse* : Penses-tu !

LENI : Qui de nous deux, père, a besoin de l'autre ?

LE PÈRE, *doucement* : Qui de nous deux, Leni, fait peur à l'autre ?

LENI : Je ne vous crains pas. *(Riant.)* Quel bluff ! *(Elle le regarde avec défi.)* Savez-vous ce qui me rend invulnérable ? Je suis heureuse.

LE PÈRE : Toi ? Que peux-tu savoir du bonheur ?

LENI : Et vous ? Qu'en savez-vous ?

LE PÈRE : Je te vois : s'il t'a donné ces yeux, c'est le plus raffiné des supplices.

LENI, *presque égarée* : Mais oui ! Le plus raffiné, le plus raffiné ! Je tourne ! Si je m'arrêtais, je me casserais. Voilà le bonheur, le bonheur fou. *(Triomphalement et méchamment.)* Je vois Frantz, moi ! J'ai tout ce que je veux. *(Le Père rit doucement. Elle s'arrête net et le regarde fixement.)* Non. Vous ne bluffez jamais. Je suppose que vous avez une carte maîtresse. Bon. Montrez-la.

LE PÈRE, *bonhomme* : Tout de suite ?

LENI, *durcie* : Tout de suite. Vous ne la garderez pas en réserve pour la sortir quand je ne m'y attendrai pas.

LE PÈRE, *toujours bonhomme* : Et si je ne veux pas la montrer ?

LENI : Je vous y forcerai.

LE PÈRE : Comment ?

LENI : Je tiens sec. *(Elle ramasse la Bible avec effort et la pose sur une table.)* Frantz ne vous recevra pas, je le jure. *(Étendant la main.)* Je jure sur cette Bible que vous mourrez sans l'avoir revu. *(Un temps.)* Voilà. *(Un temps.)* Abattez votre jeu.

LE PÈRE, *paisible* : Tiens ! Tu n'as pas eu le fou rire. *(Il lui caresse les cheveux.)* Quand je caresse tes cheveux, je pense à la terre : au-dehors tapissée de soie, au-dedans, ça bout. *(Il se frotte doucement les mains. Avec un sourire inoffensif et doux.)* Je te laisse, mon enfant.

Il sort.

SCÈNE IV

LENI, *seule*, *puis* JOHANNA,
puis LE PÈRE

Leni reste les yeux fixés sur la porte du fond, à gauche, par où le Père est sorti. Puis elle se reprend. Elle se dirige vers les portes-fenêtres, à droite, et les ouvre, puis tire les grands volets qui les ferment et referme ensuite les portes vitrées. La pièce est plongée dans la pénombre.

Elle monte lentement l'escalier qui conduit au premier étage et frappe chez Frantz : quatre coups, puis cinq, puis deux fois trois.

Au moment où elle frappe les deux séries de trois, la porte de droite — au fond — s'est ouverte et Johanna apparaît sans bruit. Elle épie.

On entend le bruit d'un verrou qu'on tourne et d'une barre de fer qu'on lève, la porte s'ouvre en haut, en laissant fuser la lumière électrique qui éclaire la chambre de Frantz. Mais celui-ci ne paraît pas. Leni entre et ferme la porte : on l'entend tirer le verrou et baisser la barre de fer.

Johanna entre dans la pièce, s'approche d'une console et frappe de l'index deux séries de trois coups pour se les remettre en mémoire. Visiblement, elle n'a pas entendu la série de cinq et celle de quatre. Elle recommence.

À cet instant, toutes les ampoules du lustre s'allument et elle sursaute en étouffant un cri. C'est le Père qui apparaît à gauche et qui a tourné le commutateur.

Johanna se protège les yeux avec la main et l'avant-bras.

LE PÈRE : Qui est là ? *(Elle baisse la main.)* Johanna ! *(S'avançant vers elle.)* Je suis désolé. *(Il est au milieu de la pièce.)* Dans les interrogatoires de police[25], on braque des projecteurs sur l'inculpé : qu'allez-vous penser de moi qui vous envoie dans les yeux toute cette lumière ?

JOHANNA : Je pense que vous devriez l'éteindre.

LE PÈRE, *sans bouger* : Et puis ?

JOHANNA : Et puis que vous n'êtes pas de la police mais que vous comptez me soumettre à un interrogatoire policier. *(Le Père sourit et laisse tomber les bras dans un accablement feint. Vivement.)* Vous n'entrez jamais dans cette pièce. Qu'y faisiez-vous si vous ne me guettiez pas ?

LE PÈRE : Mais, mon enfant, vous n'y entrez jamais non plus. *(Johanna ne répond pas.)* L'interrogatoire n'aura pas lieu. *(Il allume deux lampes — abat-jour de mousseline rose — et va éteindre le lustre.)* Voici la lumière rose des demi-vérités. Êtes-vous plus à l'aise ?

JOHANNA : Non. Permettez-moi de me retirer.

LE PÈRE : Je vous le permettrai quand vous aurez entendu ma réponse.

JOHANNA : Je n'ai rien demandé.

LE PÈRE : Vous m'avez demandé ce que je faisais ici et je tiens à vous le dire bien que je n'aie pas lieu d'en être fier. *(Un bref silence.)* Depuis des années, presque chaque jour, quand je me suis assuré que Leni ne me surprendra pas, je m'assieds dans ce fauteuil et j'attends.

JOHANNA, *intéressée malgré elle* : Quoi ?

LE PÈRE : Que Frantz se promène dans sa chambre et que j'aie la chance de l'entendre marcher. *(Un temps.)* C'est tout ce qu'on m'a laissé de mon fils : le choc de deux semelles contre le plancher. *(Un temps.)* La nuit, je me relève. Tout le monde dort, je sais que Frantz veille : nous souffrons lui et moi des mêmes insomnies. C'est une manière d'être ensemble. Et vous, Johanna ? Qui guettez-vous ?

JOHANNA : Je ne guettais personne.

LE PÈRE : Alors, c'est un hasard, le plus grand des hasards. Et le plus heureux : je souhaitais vous parler en tête à tête. *(Irritation de Johanna. Vivement.)* Non, non, pas de secrets, pas de secrets, sauf pour Leni. Vous direz tout à Werner, j'y tiens.

JOHANNA : Dans ce cas, le plus simple serait de l'appeler.

LE PÈRE : Je vous demande deux minutes. Deux minutes et j'irai l'appeler moi-même. Si vous y tenez encore.

Surprise par la dernière phrase, Johanna s'arrête et le regarde en face.

JOHANNA : Bon. Qu'est-ce que vous voulez ?

LE PÈRE : Parler avec ma bru du jeune ménage Gerlach.

JOHANNA : Le jeune ménage Gerlach, il est en miettes.

LE PÈRE : Que me dites-vous là ?

JOHANNA : Rien de nouveau : c'est vous qui l'avez cassé.

LE PÈRE, *désolé* : Mon Dieu ! Ce sera par maladresse. *(Avec sollicitude.)* Mais j'ai cru comprendre que vous aviez un moyen de le raccommoder. *(Elle va rapidement au fond de la scène, à gauche.)* Que faites-vous ?

JOHANNA, *allumant toutes les lampes* : L'interrogatoire commence : j'allume les projecteurs. *(Revenant se placer sous le lustre.)* Où dois-je me mettre ? Ici ? Bon. À présent, sous la lumière froide des vérités entières et des mensonges parfaits, je déclare que je ne ferai pas d'aveux pour la simple raison que je n'en ai pas à faire. Je suis seule, sans force et tout à fait consciente de mon impuissance. Je vais partir. J'attendrai Werner à Hambourg. S'il ne revient pas… *(Geste découragé.)*

LE PÈRE, *gravement* : Pauvre Johanna, nous ne vous aurons fait que du mal. *(D'une voix changée, brusquement confidentielle et gaie.)* Et surtout, soyez belle.

JOHANNA : Plaît-il ?

LE PÈRE, *souriant* : Je dis : soyez belle.

JOHANNA, *presque outragée, violente* : Belle !

LE PÈRE : Ce sera sans peine.

JOHANNA, *même jeu* : Belle ! Le jour des adieux, je suppose : je vous laisserai de meilleurs souvenirs.

LE PÈRE : Non, Johanna : le jour où vous irez chez Frantz. *(Johanna reste saisie.)* Les deux minutes sont écoulées : dois-je appeler votre mari ? *(Elle fait signe que non.)* Très bien : ce sera notre secret.

JOHANNA : Werner saura tout.

LE PÈRE : Quand ?

JOHANNA : Dans quelques jours. Oui, je le verrai, votre Frantz, je verrai ce tyran domestique, mieux vaut s'adresser à Dieu qu'à ses saints.

LE PÈRE, *un temps* : Je suis content que vous tentiez votre chance.

Il commence à se frotter les mains et les met dans ses poches.

JOHANNA : Permettez-moi d'en douter.
LE PÈRE : Et pourquoi donc ?
JOHANNA : Parce que nos intérêts sont opposés. Je souhaite que Frantz reprenne une vie normale.
LE PÈRE : Je le souhaite aussi.
JOHANNA : Vous ? S'il met le nez dehors, les gendarmes l'arrêtent et la famille est déshonorée.
LE PÈRE, *souriant* : Je crois que vous n'imaginez pas ma puissance. Mon fils n'a qu'à prendre la peine de descendre : j'arrangerai tout sur l'heure.
JOHANNA : Ce sera le meilleur moyen qu'il remonte en courant dans sa chambre et qu'il s'y enferme pour toujours.

Un silence. Le Père a baissé la tête et regarde le tapis.

LE PÈRE, *d'une voix sourde* : Une chance sur dix pour qu'il vous ouvre, une sur cent pour qu'il vous écoute, une sur mille pour qu'il vous réponde. Si vous aviez cette millième chance…
JOHANNA : Eh bien ?
LE PÈRE : Consentiriez-vous à lui dire que je vais mourir ?
JOHANNA : Leni n'a pas… ?
LE PÈRE : Non.

Il a relevé la tête. Johanna le regarde fixement.

JOHANNA : C'était donc cela ? *(Elle le regarde toujours.)* Vous ne mentez pas. *(Un temps.)* Une chance sur mille. *(Elle frissonne et se reprend à l'instant.)* Faudra-t-il aussi lui demander s'il veut vous recevoir ?
LE PÈRE, *vivement, effrayé* : Non, non ! Un faire-part, rien de plus : le vieux va mourir. Sans commentaires. C'est promis !
JOHANNA, *souriant* : C'est juré sur la Bible.
LE PÈRE : Merci. *(Elle le regarde toujours. Entre ses dents, comme pour lui expliquer sa conduite, mais d'une voix sourde qu'il semble ne s'adresser qu'à lui-même.)* Je voudrais l'aider. Ne tentez rien aujourd'hui. Leni redescendra tard, il sera sans doute fatigué.
JOHANNA : Demain ?
LE PÈRE : Oui. Au début de l'après-midi.
JOHANNA : Où vous trouverais-je si j'avais besoin…
LE PÈRE : Vous ne me trouverez pas. *(Un temps.)* Je pars

pour Leipzig[26]. *(Un temps.)* Si vous manquiez votre coup… *(Geste.)* Je reviendrai dans quelques jours. Quand vous aurez gagné ou perdu.

JOHANNA, *angoissée* : Vous me laisserez seule ? *(Elle se reprend.)* Pourquoi pas ? *(Un temps.)* Eh bien, je vous souhaite bon voyage et je vous supplie de ne rien me souhaiter.

LE PÈRE : Attendez ! *(Avec un sourire d'excuse, mais gravement.)* J'ai peur de vous impatienter, mon enfant, mais je vous répète qu'il faut être belle.

JOHANNA : Encore !

LE PÈRE : Voilà treize ans que Frantz n'a vu personne. Pas une âme.

JOHANNA, *haussant les épaules* : Sauf Leni.

LE PÈRE : Ce n'est pas une âme, Leni. Et je me demande s'il la voit. *(Un temps.)* Il ouvrira la porte et que se passera-t-il ? S'il avait peur ? S'il s'enfonçait pour toujours dans la solitude ?

JOHANNA : Qu'y aurait-il de changé si je me peinturlurais le visage ?

LE PÈRE, *doucement* : Il aimait la Beauté.

JOHANNA : Qu'avait-il à en faire, ce fils d'industriel ?

LE PÈRE : Il vous le dira demain.

JOHANNA : Rien du tout. *(Un temps.)* Je ne suis pas belle. Est-ce clair ?

LE PÈRE : Si vous ne l'êtes pas, qui le sera ?

JOHANNA : Personne : il n'y a que des laides déguisées. Je ne me déguiserai plus.

LE PÈRE : Même pour Werner ?

JOHANNA : Même pour Werner, oui. Gardez-le. *(Un temps.)* Comprenez-vous le sens des mots ? On me faisait… une beauté. Une par film. *(Un temps.)* Excusez-moi, c'est une marotte. Quand on y touche, je perds la tête !

LE PÈRE : C'est moi qui m'excuse, mon enfant.

JOHANNA : Laissez donc. Vous ne pouviez pas savoir. Ou peut-être saviez-vous, peu importe. *(Un temps.)* J'étais jolie, je suppose… Ils sont venus me dire que j'étais belle et je les ai crus. Est-ce que je savais, moi, ce que je faisais sur terre ? Il faut bien justifier sa vie. L'ennui c'est qu'ils s'étaient trompés. *(Brusquement.)* Des bateaux ? Cela justifie ?

LE PÈRE : Non.

JOHANNA : Je m'en doutais. *(Un temps.)* Frantz me prendra comme je suis. Avec cette robe et ce visage. N'importe quelle femme, c'est toujours assez bon pour n'importe quel homme.

Un silence. Au-dessus de leur tête, Frantz se met à marcher. Ce sont des pas irréguliers, tantôt lents et inégaux, tantôt rapides et rythmés, tantôt des piétinements sur place.

Elle regarde le Père avec inquiétude comme si elle demandait : Est-ce Frantz ?

LE PÈRE, *répondant à ce regard* : Oui.

JOHANNA : Et vous restez des nuits entières…

LE PÈRE, *blême et crispé* : Oui.

JOHANNA : J'abandonne la partie.

LE PÈRE : Vous croyez qu'il est fou ?

JOHANNA : Fou à lier.

LE PÈRE : Ce n'est pas de la folie.

JOHANNA, *haussant les épaules* : Qu'est-ce que c'est ?

LE PÈRE : Du malheur.

JOHANNA : Qui peut être plus malheureux qu'un fou ?

LE PÈRE : Lui.

JOHANNA, *brutalement* : Je n'irai pas chez Frantz.

LE PÈRE : Si. Demain, au commencement de l'après-midi. *(Un temps.)* Nous n'avons pas d'autre chance, ni vous, ni lui, ni moi.

JOHANNA, *tournée vers l'escalier, lentement* : Je monterai cet escalier, je frapperai à cette porte… *(Un temps. Les pas ont cessé.)* C'est bon, je me ferai belle. Pour me protéger.

Le Père lui sourit en se frottant les mains.

FIN DE L'ACTE I

ACTE II

La chambre de Frantz. Une porte à gauche dans un renfoncement. (Elle donne sur le palier.) Verrou. Barre de fer. Deux portes au fond, de chaque côté du lit : l'une donne sur la salle de bains, l'autre sur les cabinets. Un lit énorme, mais sans draps ni matelas : une couverture pliée sur le sommier. Une table contre le mur de droite. Une seule chaise. Sur la gauche un amas hétéroclite de meubles cassés, de bibelots détériorés : ce monceau de détritus est ce qui reste de l'ameublement[1]*. Sur le mur du fond, un grand portrait de Hitler (à droite, au-dessus du lit). À droite aussi, des rayons. Sur les rayons, des bobines (magné-*

tophone). Des pancartes aux murs — texte en caractères d'imprimerie, lettres tracées à la main : Don't disturb. Il est défendu d'avoir peur[2]. *Sur la table, huîtres, bouteilles de champagne, des coupes, une règle, etc. Des moisissures sur les parois et au plafond.*

SCÈNE PREMIÈRE

FRANTZ, LENI

Frantz porte un uniforme de soldat en lambeaux.

Par endroits la peau est visible sous les déchirures du tissu.

Il est assis à la table et tourne le dos à Leni — et, pour les trois quarts, au public.

Sur la table, huîtres et bouteilles de champagne[3]*.*

Sous la table, caché, le magnétophone[4]*.*

Leni, face au public, balaye, tablier blanc sur sa robe.

Elle travaille tranquillement, sans empressement excessif et sans hâte, en bonne ménagère, le visage vidé de toute expression, presque endormi, pendant que Frantz parle. Mais, de temps en temps, elle lui jette de brefs coups d'œil. On sent qu'elle le guette et qu'elle attend la fin du discours.

FRANTZ : Habitants masqués des plafonds, attention ! Habitants masqués des plafonds, attention ! On vous ment[5]. Deux milliards de faux témoins ! Deux milliards de faux témoignages à la seconde ! Écoutez la plainte des hommes : « Nous étions trahis par nos actes. Par nos paroles, par nos chiennes de vie ! » Décapodes[6], je témoigne qu'ils ne pensaient pas ce qu'ils disaient et qu'ils ne faisaient pas ce qu'ils voulaient[7]. Nous plaidons : non coupable. Et n'allez surtout pas condamner sur des aveux, même signés : on disait, à l'époque : « L'accusé vient d'avouer, donc il est innocent[8]. » Chers auditeurs, mon siècle fut une braderie : la liquidation de l'espèce humaine y fut décidée en haut lieu. On a commencé par l'Allemagne jusqu'à l'os. *(Il se verse à boire.)* Un seul dit vrai : le Titan fracassé[9], témoin oculaire, séculaire, régulier, séculier, *in secula seculorum.* Moi. L'homme est mort et je suis son témoin. Siècles, je vous dirai le goût de mon siècle et vous acquitterez les accusés. Les faits, je m'en fous : je les laisse aux faux témoins ; je leur laisse les causes occasionnelles et les raisons fondamentales. Il y avait ce goût[10]. Nous en avions plein la bouche. *(Il boit.)* Et nous buvions pour le faire passer. *(Rêvant.)* C'était un drôle de goût, hein, quoi ? *(Il se lève brusquement*[11] *avec une sorte d'horreur.)* J'y reviendrai.

LENI, *croyant qu'il en a fini* : Frantz, j'ai à te parler.

FRANTZ, *criant* : Silence chez les Crabes.

LENI, *voix naturelle* : Écoute-moi : c'est grave.

FRANTZ, *aux Crabes* : On a choisi la carapace ? Bravo ! Adieu la nudité ! Mais pourquoi garder nos[a] yeux ? C'est ce que nous avions de plus laid. Hein ? Pourquoi ? *(Il feint d'attendre. Déclic*[b]*. Il sursaute. D'une autre voix sèche, rapide, rocailleuse.)* Qu'est-ce que c'est ? *(Il se tourne vers Leni et la regarde avec défiance et sévérité.)*

LENI, *tranquillement* : La bobine. *(Elle se baisse, prend le magnétophone et le pose sur la table.)* Terminée… *(Elle appuie sur un bouton, la bobine se réenroule : on entend la voix de Frantz à l'envers*[12]*.)* À présent, tu vas m'écouter. *(Frantz se laisse tomber sur la chaise et crispe la main sur sa poitrine. Elle s'interrompt : en se tournant vers lui, elle l'a vu crispé, semblant souffrir. Sans s'émouvoir.)* Qu'est-ce qu'il y a ?

FRANTZ : Que veux-tu qu'il y ait ?

LENI : Le cœur ?

FRANTZ, *douloureusement* : Il cogne !

LENI : Qu'est-ce que tu veux, maître chanteur ? Une autre bobine ?

FRANTZ, *subitement calmé* : Surtout pas ! *(Il se relève et se met à rire.)* Je suis mort. De fatigue, Leni ; mort de fatigue. Enlève ça ! *(Elle va pour ôter la bobine.)* Attends ! Je veux m'écouter.

LENI : Depuis le début ?

FRANTZ : N'importe où. *(Leni met l'appareil en marche. On entend la voix de Frantz :* Un seul dit vrai…, *etc. Frantz écoute un instant, son visage se crispe. Il parle sur la voix enregistrée.)* Je n'ai pas voulu dire cela. Mais qui parle ? Pas un mot de vrai. *(Il prête encore l'oreille.)* Je ne peux plus supporter cette voix. Elle est morte. Arrête, bon Dieu ! Arrête donc, tu me rends fou !… *(Leni, sans hâte excessive, arrête le magnétophone et réenroule la bobine. Elle écrit un numéro sur la bobine et va la ranger près des autres. Frantz la regarde, il a l'air découragé.)* Bon. Tout est à recommencer !

LENI : Comme toujours.

FRANTZ : Mais non : j'avance. Un jour les mots me viendront d'eux-mêmes et je dirai ce que je veux. Après, repos ! *(Un temps.)* Tu crois que ça existe ?

LENI : Quoi ?

FRANTZ : Le repos ?
LENI : Non.
FRANTZ : C'est ce que je pensais.

Un bref silence.

LENI : Veux-tu m'écouter ?
FRANTZ : Eh !
LENI : J'ai peur !
FRANTZ, *sursautant* : Peur ? *(Il la regarde avec inquiétude.)* Tu as bien dit : peur ?
LENI : Oui.
FRANTZ, *brutalement* : Alors, va-t'en !

Il prend une règle sur la table et, du bout de la règle, frappe sur une des pancartes : Il est défendu d'avoir peur.

LENI : Bon. Je n'ai plus peur. *(Un temps.)* Écoute-moi, je t'en prie.
FRANTZ : Je ne fais que cela. Tu me casses la tête. *(Un temps.)* Eh bien ?
LENI : Je ne sais pas exactement ce qui se prépare, mais...
FRANTZ : Quelque chose se prépare ? Où, à Washington ? À Moscou ?
LENI : Sous la plante de tes pieds.
FRANTZ : Au rez-de-chaussée ? *(Brusque évidence.)* Le Père va mourir.
LENI : Qui parle du Père ? Il nous enterrera tous.
FRANTZ : Tant mieux.
LENI : Tant mieux ?
FRANTZ : Tant mieux, tant pis, je m'en fous. Alors ? De quoi s'agit-il ?
LENI : Tu es en danger.
FRANTZ, *avec conviction* : Oui. Après ma mort ! Si les siècles perdent ma trace, la crique me croque. Et qui sauvera l'Homme, Leni ?
LENI : Qui voudra. Frantz, tu es en danger depuis hier et dans ta vie.
FRANTZ, *avec indifférence* : Eh bien, défends-moi : c'est ton affaire.
LENI : Oui, si tu m'aides.
FRANTZ : Pas le temps. *(Avec humeur.)* J'écris l'Histoire et tu viens me déranger avec des anecdotes.
LENI : Ce serait une anecdote, s'ils te tuaient ?

FRANTZ : Oui.

LENI : S'ils te tuaient trop tôt ?

FRANTZ, *fronçant le sourcil* : Trop tôt ? *(Un temps.)* Qui veut me tuer ?

LENI : Les occupants.

FRANTZ : Je vois. *(Un temps.)* On me casse la voix et on mystifie le trentième avec des documents falsifiés. *(Un temps.)* Ils ont quelqu'un dans la place ?

LENI : Je crois.

FRANTZ : Qui ?

LENI : Je ne sais pas encore. Je crois que c'est la femme de Werner.

FRANTZ : La bossue ?

LENI : Oui. Elle fouine partout.

FRANTZ : Donne-lui de la mort-aux-rats.

LENI : Elle se méfie.

FRANTZ : Que d'embarras. *(Inquiet.)* Il me faut dix ans.

LENI : Donne-moi dix minutes.

FRANTZ : Tu m'ennuies.

Il va au mur du fond et il effleure du doigt les bobines sur leur rayon.

LENI : Si on te les volait ?

FRANTZ, *il fait demi-tour brusquement* : Quoi ?

LENI : Les bobines.

FRANTZ : Tu perds la tête.

LENI, *sèchement* : Suppose qu'ils viennent en mon absence — ou mieux : après m'avoir supprimée ?

FRANTZ : Eh bien ? Je n'ouvrirai pas. *(Amusé.)* Ils veulent te supprimer, toi aussi ?

LENI : Ils y songent. Que ferais-tu sans moi ? *(Frantz ne répond pas.)* Tu mourrais de faim.

FRANTZ : Pas le temps d'avoir faim. Je mourrai, c'est tout. Moi, je parle. La Mort, c'est mon corps qui s'en charge : je ne m'en apercevrai même pas ; je continuerai à parler. *(Un silence.)* L'avantage, c'est que tu ne me fermeras pas les yeux. Ils enfoncent la porte et que trouvent-ils ? Le cadavre de l'Allemagne assassinée. *(Riant.)* Je puerai comme un remords.

LENI : Ils n'enfonceront rien du tout. Ils frapperont, tu seras encore en vie et tu leur ouvriras.

FRANTZ, *stupeur amusée* : Moi ?

LENI : Toi. *(Un temps.)* Ils connaissent le signal.

FRANTZ : Ils ne peuvent pas le connaître.

LENI : Depuis le temps qu'ils m'espionnent, tu penses bien qu'ils l'ont repéré. Le Père, tiens, je suis sûre qu'il le connaît.

FRANTZ : Ah ! *(Un silence.)* Il est dans le coup ?

LENI : Qui sait ? *(Un temps.)* Je te dis que tu leur ouvriras.

FRANTZ : Après ?

LENI : Ils prendront les bobines.

Frantz ouvre un tiroir de la table, en sort un revolver d'ordonnance et le montre à Leni en souriant.

FRANTZ : Et ça ?

LENI : Ils ne les prendront pas de force. Ils te persuaderont de les donner. *(Frantz éclate de rire.)* Frantz, je t'en supplie, changeons le signal. *(Frantz cesse de rire. Il la regarde d'un air sournois et traqué.)* Eh bien ?

FRANTZ : Non. *(Il invente à mesure ses raisons de refuser.)* Tout se tient. L'Histoire est une parole sacrée ; si tu changes une virgule, il ne reste plus rien.

LENI : Parfait. Ne touchons pas à l'Histoire. Tu leur feras cadeau des bobines. Et du magnétophone, par-dessus le marché.

Frantz va vers les bobines et les regarde d'un air traqué.

FRANTZ, *d'abord hésitant et déchiré* : Les bobines… Les bobines… *(Un temps. Il réfléchit, puis d'un geste brusque du bras gauche, il les balaye et les fait tomber sur le plancher.)* Voilà ce que j'en fais ! *(Il parle avec une sorte d'exaltation, comme s'il confiait à Leni un secret d'importance. En fait, il invente sur l'instant ce qu'il dit.)* Ce n'était qu'une précaution, figure-toi. Pour le cas où le trentième n'aurait pas découvert la vitre.

LENI : Une vitre ? Voilà du neuf. Tu ne m'en as jamais parlé.

FRANTZ : Je ne dis pas tout, sœurette. *(Il se frotte les mains d'un air réjoui, comme le Père au premier tableau.)* Imagine une vitre noire. Plus fine que l'éther. Ultrasensible. Un souffle s'y inscrit. Le *moindre* souffle. Toute l'Histoire y est gravée, depuis le commencement des temps jusqu'à ce claquement de doigts[13].

Il fait claquer ses doigts.

LENI : Où est-elle ?

FRANTZ : La vitre ? Partout. Ici. C'est l'envers du jour. Ils inventeront des appareils pour la faire vibrer ; tout va ressusciter. Hein, quoi ? *(Brusquement halluciné.)* Tous nos actes. *(Il reprend son ton brutal et inspiré.)* Du cinéma, je te dis : les Crabes en rond regardent Rome qui brûle et Néron qui danse. *(À la photo de Hitler :)* Ils te verront, petit père[14]. Car tu as dansé, n'est-ce pas ? Toi aussi, tu as dansé. *(Coups de pieds dans les bobines.)* Au feu ! Au feu ! Qu'ai-je à en foutre ? Débarrasse-moi de ça. *(Brusquement.)* Que faisais-tu le 6 décembre 44 à 20 h 30 ? *(Leni hausse les épaules.)* Tu ne le sais plus ? Ils le savent : ils ont déplié ta vie, Leni ; je découvre l'horrible vérité : nous vivons en résidence surveillée.

LENI : Nous ?

FRANTZ, *face au public* : Toi, moi, tous ces morts : les hommes. *(Il rit.)* Tiens-toi droite. On te regarde. *(Sombre, à lui-même.)* Personne n'est seul. *(Rire sec de Leni.)* Dépêche-toi de rire, pauvre Leni. Le trentième arrivera comme un voleur[15]. Une manette qui tourne, la Nuit qui vibre ; tu sauteras au milieu d'eux.

LENI : Vivante ?

FRANTZ : Morte depuis mille ans.

LENI, *avec indifférence* : Bah !

FRANTZ : Morte et ressuscitée : la vitre rendra tout, même nos pensées. Hein, quoi ? *(Un temps. Avec une inquiétude dont on ne sait pas si elle est sincère ou jouée.)* Et si nous y étions déjà ?

LENI : Où ?

FRANTZ : Au XXe siècle. Es-tu sûre que cette comédie se donne pour la première fois ? Sommes-nous vifs ou reconstitués ? *(Il rit.)* Tiens-toi droite. Si les Décapodes nous regardent, sois sûre qu'ils nous trouvent très laids.

LENI : Qu'en sais-tu ?

FRANTZ : Les Crabes n'aiment que les Crabes : c'est trop naturel.

LENI : Et si c'étaient des hommes ?

FRANTZ : Au XXXe siècle ? S'il reste un homme, on le conserve dans un musée... Tu penses bien qu'ils ne vont pas garder notre système nerveux ?

LENI : Et cela fera des Crabes ?

FRANTZ, *très sec* : Oui. *(Un temps.)* Ils auront d'autres corps, donc d'autres idées. Lesquelles, hein ? Lesquelles ?... Mesures-tu l'importance de ma tâche et son exceptionnelle difficulté ? Je vous défends devant des magistrats que je n'ai pas le plaisir de connaître. Travaux d'aveugles : tu lâches un mot ici, au jugé ; il cascade de siècle en siècle. Que voudrat-il dire là-haut ? Sais-tu qu'il m'arrive de dire *blanc* quand je veux leur faire entendre *noir* ? *(Tout à coup, il s'effondre sur sa chaise.)* Bon Dieu !

LENI : Quoi encore ?

FRANTZ, *accablé* : La vitre !

LENI : Eh bien ?

FRANTZ : Tout est en direct à présent. Il faudra nous surveiller constamment. J'avais bien besoin de la trouver, celle-là ! *(Violemment.)* Expliquer ! Justifier ! Plus un instant de répit ! Hommes, femmes, bourreaux traqués, victimes impitoyables, je suis votre martyr.

LENI : S'ils voient tout, qu'ont-ils besoin de tes commentaires ?

FRANTZ, *riant* : Ha ! mais ce sont des Crabes, Leni : ils ne comprennent rien. *(Il s'essuie le front avec son mouchoir, regarde le mouchoir et le jette avec dépit sur la table.)* De l'eau salée.

LENI : Qu'attendais-tu ?

FRANTZ, *haussant les épaules* : La sueur de sang[16]. Je l'ai gagnée. *(Il se relève, vif et faussement gai.)* À mon commandement, Leni ! Je t'utilise en direct. Un essai pour la voix. Parle fort et prononce bien. *(Très fort.)* Témoigne devant les magistrats que les Croisés de la Démocratie ne veulent pas nous permettre de relever les murs de nos maisons. *(Leni se tait, irritée.)* Allons, si tu m'obéis, je t'écouterai.

LENI, *au plafond* : Je témoigne que tout s'effondre.

FRANTZ : Plus fort !

LENI : Tout s'effondre.

FRANTZ : De Munich, que reste-t-il ?

LENI : Une paire de briques.

FRANTZ : Hambourg ?

LENI : C'est le *no man's land.*

FRANTZ : Les derniers Allemands, où sont-ils ?

LENI : Dans les caves.

FRANTZ, *au plafond* : Eh bien ! vous autres, concevez-vous cela ? Après treize ans ! L'herbe recouvre les rues, nos machines sont enfouies sous les liserons. *(Feignant d'écouter.)* Un châtiment ? Quelle bourde ? Pas de concurrence en Europe, voilà le principe et la doctrine. Dis ce qui reste de l'Entreprise.

LENI : Deux chantiers.

FRANTZ : Deux ! Avant guerre, nous en avions cent ! *(Il se frotte les mains. À Leni, voix naturelle :)* Assez pour aujourd'hui. La voix est faible mais quand tu la pousses, cela peut aller.

(Un temps.) Parle, à présent. Alors ? *(Un temps.)* On veut m'attaquer par le moral ?

LENI : Oui.

FRANTZ : Fausse manœuvre : le moral est d'acier.

LENI : Mon pauvre Frantz ! Il fera de toi ce qu'il voudra.

FRANTZ : Qui ?

LENI : L'envoyé des occupants.

FRANTZ : Ha ! Ha !

LENI : Il frappera, tu ouvriras et sais-tu ce qu'il te dira ?

FRANTZ : Je m'en fous !

LENI : Il te dira : tu te prends pour le témoin et c'est toi l'accusé. *(Bref silence.)* Qu'est-ce que tu répondras ?

FRANTZ : Je te chasse ! On t'a payée. C'est toi qui cherches à me démoraliser.

LENI : Qu'est-ce que tu répondras, Frantz ? Qu'est-ce que tu répondras ? Voilà douze ans que tu te prosternes devant ce tribunal futur et que tu lui reconnais tous les droits. Pourquoi pas celui de te condamner ?

FRANTZ, *criant* : Parce que je suis témoin à décharge !

LENI : Qui t'a choisi ?

FRANTZ : L'Histoire.

LENI : C'est arrivé, n'est-ce pas, qu'un homme se croie désigné par elle — et puis c'était le voisin qu'elle appelait.

FRANTZ : Cela ne m'arrivera pas. Vous serez tous acquittés. Même toi : ce sera ma vengeance. Je ferai passer l'Histoire par un trou de souris ! *(Il s'arrête, inquiet.)* Chut ! Ils sont à l'écoute. Tu me pousses, tu me pousses et je finis par m'emporter. *(Au plafond :)* Je m'excuse, chers auditeurs : les mots ont trahi ma pensée.

LENI, *violente et ironique* : Le voilà, l'homme au moral d'acier ! *(Méprisante.)* Tu passes ton temps à t'excuser.

FRANTZ : Je voudrais t'y voir. Ce soir, ils vont grincer.

LENI : Ça grince, les Crabes ?

FRANTZ : Ceux-là, oui. C'est très désagréable. *(Au plafond :)* Chers auditeurs, veuillez prendre note de ma rectification…

LENI, *éclatant* : Assez ! Assez ! Envoie-les promener !

FRANTZ : Tu perds l'esprit ?

LENI : Récuse leur tribunal, je t'en prie, c'est ta seule faiblesse. Dis-leur : « Vous n'êtes pas mes juges ! » Et tu n'auras plus personne à craindre. Ni dans ce monde, ni dans l'autre.

FRANTZ, *violemment* : Va-t'en !

Il prend deux coquilles et les frotte l'une contre l'autre.

LENI : Je n'ai pas fini le ménage.

FRANTZ : Très bien : je monte au trentième. *(Il se lève, sans cesser de lui tourner le dos, et retourne une pancarte qui portait les mots* Don't disturb ; *on lit à présent sur l'envers* Absent jusqu'à demain midi. *Il se rassied et recommence à frotter les coquilles l'une contre l'autre.)* Tu me regardes : la nuque me brûle. Je t'interdis de me regarder ! Si tu restes, occupe-toi ! *(Leni ne bouge pas.)* Veux-tu baisser les yeux !

LENI : Je les baisserai si tu me parles.

FRANTZ : Tu me rendras fou ! fou ! fou !

LENI, *petit rire sans gaieté* : Tu le voudrais bien.

FRANTZ : Tu veux me regarder ? Regarde-moi ! *(Il se lève. Pas de l'oie.)* Une, deux ! Une, deux !

LENI : Arrête !

FRANTZ : Une, deux ! Une, deux !

LENI : Arrête, je t'en prie !

FRANTZ : Eh quoi, ma belle, as-tu peur d'un soldat ?

LENI : J'ai peur de te mépriser.

Elle dénoue son tablier, le jette sur le lit et va pour sortir. Frantz s'arrête net.

FRANTZ : Leni ! *(Elle est à la porte. Avec une douceur un peu désemparée.)* Ne me laisse pas seul.

LENI, *elle se retourne, passionnément* : Tu veux que je reste ?

FRANTZ, *même ton* : J'ai besoin de toi, Leni.

LENI, *elle va vers lui avec un visage bouleversé* : Mon chéri !

Elle est proche de lui, elle lève une main hésitante, elle lui caresse le visage.

FRANTZ, *il se laisse faire un instant, puis bondit en arrière* : À distance ! À distance respectueuse. Et surtout pas d'émotion.

LENI, *souriant* : Puritain !

FRANTZ : Puritain ? *(Un temps.)* Tu crois ? *(Il se rapproche d'elle et lui caresse les épaules et le cou. Elle se laisse faire, troublée.)* Les puritains ne savent pas caresser. *(Il lui caresse la poitrine, elle frissonne et ferme les yeux.)* Moi, je sais. *(Elle se laisse aller contre lui. Brusquement, il se dégage.)* Va-t'en donc ! Tu me dégoûtes !

LENI, *elle fait un pas en arrière. Avec un calme glacé* : Pas toujours !

FRANTZ : Toujours ! Toujours ! Depuis le premier jour !

LENI : Tombe à genoux ! Qu'est-ce que tu attends pour leur demander pardon ?

FRANTZ : Pardon de quoi ? Rien ne s'est passé !

LENI : Et hier ?

FRANTZ : Rien, je te dis ! Rien du tout !

LENI : Rien, sauf un inceste.

FRANTZ : Tu exagères toujours !

LENI : Tu n'es pas mon frère ?

FRANTZ : Mais si, mais si.

LENI : Tu n'as pas couché avec moi ?

FRANTZ : Si peu.

LENI : Quand tu ne l'aurais fait qu'une fois... As-tu si peur des mots ?

FRANTZ, *haussant les épaules* : Les mots ! *(Un temps.)* S'il fallait trouver des mots pour toutes les tribulations de cette charogne ! *(Il rit.)* Prétendras-tu que je fais l'amour ? Oh ! sœurette ! Tu es là, je t'étreins, l'espèce couche avec l'espèce — comme elle fait chaque nuit sur cette terre un milliard de fois. *(Au plafond :)* Mais je tiens à déclarer que jamais Frantz, fils aîné des Gerlach, n'a désiré Leni, sa sœur cadette.

LENI : Lâche ! *(Au plafond :)* Habitants masqués des plafonds, le témoin du siècle est un faux témoin. Moi, Leni, sœur incestueuse, j'aime Frantz d'amour et je l'aime parce qu'il est mon frère. Si peu que vous gardiez le sentiment de la famille, vous nous condamnerez sans recours, mais je m'en moque. *(À Frantz :)* Pauvre égaré, voilà comme il faut leur parler. *(Aux Crabes :)* Il me désire sans m'aimer, il crève de honte, il couche avec moi dans le noir... Après ? C'est moi qui gagne. J'ai voulu l'avoir et je l'ai.

FRANTZ, *aux Crabes* : Elle est folle. *(Il leur fait un clin d'œil.)* Je vous expliquerai. Quand nous serons seuls.

LENI : Je te l'interdis ! Je mourrai, je suis déjà morte et je t'interdis de plaider ma cause. Je n'ai qu'un seul juge : moi, et je m'acquitte. Ô témoin à décharge, témoigne devant toi-même. Tu seras invulnérable, si tu oses déclarer : « J'ai fait ce que j'ai voulu et je veux ce que j'ai fait[17]. »

FRANTZ, *son visage se pétrifie brusquement, il a l'air froid, haineux et menaçant. D'une voix dure et méfiante* : Qu'est-ce que j'ai fait, Leni ?

LENI, *dans un cri* : Frantz ! Ils auront ta peau, si tu ne te défends pas.

FRANTZ : Leni, qu'est-ce que j'ai fait ?

LENI, *inquiète et cédant du terrain* : Eh bien... je te l'ai déjà dit...

FRANTZ : L'inceste ? Non, Leni, ce n'est pas de l'inceste que tu parlais. *(Un temps.)* Qu'est-ce que j'ai fait ?

Un long silence : ils se regardent. Leni se détourne la première.

LENI : Bon. J'ai perdu : oublie cela. Je te protégerai sans ton aide : j'ai l'habitude.

FRANTZ : Va-t'en ! *(Temps.)* Si tu n'obéis pas, je fais la grève du silence. Tu sais que je peux tenir deux mois.

LENI : Je sais. *(Un temps.)* Moi, je ne peux pas. *(Elle va jusqu'à la porte, ôte la barre, tourne le verrou.)* Ce soir, je t'apporterai le dîner.

FRANTZ : Inutile : je n'ouvrirai pas.

LENI : C'est ton affaire. La mienne est de te l'apporter. *(Il ne répond pas. En sortant, aux Crabes :)* S'il ne m'ouvre pas, mes jolis, bonne nuit !

Elle referme la porte sur elle.

SCÈNE II

FRANTZ, *seul*

Il se retourne, attend un instant, va baisser la barre de fer et tire le verrou. Son visage reste crispé pendant cette opération.

Dès qu'il se sent à l'abri, il se détend. Il a l'air rassuré, presque bonhomme : mais c'est à partir de ce moment qu'il semble le plus fou.

Ses paroles s'adressent aux Crabes, pendant toute la scène. Ce n'est pas un monologue, mais un dialogue avec des personnages invisibles.

FRANTZ : Témoin suspect. À consulter en ma présence et selon mes indications. *(Un temps. Il a l'air rassuré, las, trop doux.)* Hé ? Fatigante ? Pour cela, oui : plutôt fatigante. Mais quel feu ! *(Il bâille.)* Son principal office est de me tenir éveillé. *(Il bâille.)* Voilà vingt ans qu'il est minuit dans le siècle[18] : ça n'est pas très commode de garder les yeux ouverts à minuit. Non, non : de simples somnolences. Cela me prend quand je suis seul. *(La somnolence gagne du terrain.)* Je n'aurais pas dû la renvoyer. *(Il chancelle, se redresse brusquement, pas militaire jusqu'à sa table. Il prend des coquilles[19] et bombarde le portrait de Hitler, en criant :)* Sieg ! Heil ! Sieg ! Heil ! Sieg ! *(Au garde-à-vous, claquant les talons.)* Führer, je suis un soldat. Si je m'endors, c'est grave, c'est *très* grave : abandon de poste. Je te jure de rester éveillé. Envoyez les phares, vous autres ! Plein feu ; dans la gueule, au fond des yeux, ça réveille. *(Il attend.)* Salauds ! *(Il va vers sa chaise. D'une voix molle et conciliante.)* Eh bien, je vais m'asseoir un peu… *(Il s'assoit, dodeline de la tête, clignote des yeux.)* Des roses… Oh ! comme c'est gentil… *(Il se relève si brusquement qu'il renverse la chaise.)* Des roses ? Et si je prends le bouquet, on me fera le coup du Carnaval. *(Aux Crabes :)* Un Carnaval impudent ! À moi, les amis, j'en sais trop, on veut me pousser dans le trou, c'est la grande Tentation ! *(Il va jusqu'à sa table de nuit, prend des comprimés dans un tube et les croque.)* Pouah ! Chers auditeurs, veuillez prendre note de mon nouvel indicatif : *De Profundis Clamavi*, D.P.C. Tous à l'écoute ! Grincez ! Grincez ! Si vous ne m'écoutez pas, je m'endors. *(Il verse du champagne dans un verre, boit, répand la moitié du liquide sur sa veste militaire*[20]*, laisse retomber son bras le long de son flanc. La coupe pend au bout de ses doigts.)* Pendant ce temps, le siècle cavale… Ils m'ont mis du coton dans la tête. De la brume. C'est blanc. *(Ses yeux clignotent.)* Ça traîne au ras des champs… ça les protège. Ils rampent. Ce soir il y aura du sang[21].

Coups de feu lointains, rumeurs, galopades. Il s'enfonce dans le sommeil, ses yeux sont clos. Le Feldwebel Hermann[22] *ouvre la porte des cabinets et s'avance vers Frantz, qui s'est retourné vers le public et qui garde les yeux clos. Salut. Garde-à-vous.*

SCÈNE III

FRANTZ, LE FELDWEBEL HERMANN

FRANTZ, *d'une voix pâteuse et sans ouvrir les yeux* : Des partisans ?

LE FELDWEBEL : Une vingtaine.

FRANTZ : Des morts ?

LE FELDWEBEL : Non. Deux blessés.

FRANTZ : Chez nous ?

LE FELDWEBEL : Chez eux. On les a mis dans la grange.

FRANTZ : Vous connaissez mes ordres. Allez !

Le Feldwebel regarde Frantz d'un air hésitant et furieux.

LE FELDWEBEL : Bien, mon lieutenant.

Salut. Demi-tour. Il sort par la porte des cabinets en la refermant sur lui. Un silence. La tête de Frantz tombe sur sa poitrine. Il pousse un hurlement terrible et se réveille.

SCÈNE IV

FRANTZ, *seul*

Il se réveille en sursaut et regarde le public d'un air égaré.

FRANTZ : Non ! Heinrich ! Heinrich ! Je vous ai dit non ! *(Il se lève péniblement, prend une règle sur la table et se tape sur les doigts de la main gauche. Comme une leçon apprise.)* Bien sûr que si ! *(Coups de règle.)* Je prends tout sur moi. Qu'est-ce qu'elle disait ? *(Reprenant les mots de Leni à son compte.)* Je fais ce que je veux, je veux ce que je fais. *(Traqué.)* Audience du 20 mai 3059, Frantz von Gerlach, lieutenant. Ne jetez pas mon siècle à la poubelle. Pas sans m'avoir entendu. Le Mal, Messieurs les Magistrats, le Mal, c'était l'unique matériau. On le travaillait dans nos raffineries. Le Bien, c'était le produit fini. Résultat : le Bien tournait mal. Et n'allez pas croire que le Mal tournait bien[23]. *(Il sourit, débonnaire. Sa tête s'incline.)* Eh ? *(Criant.)* De la somnolence ? Allons donc ! Du gâtisme. On veut m'atteindre par la tête. Prenez garde à vous, les juges : si je gâte[24], mon siècle s'engloutit. Au troupeau des siècles, il manque une brebis galeuse[25]. Que dira le quarantième, Arthropodes[26], si le vingtième s'est égaré ? *(Un temps.)* Pas de secours ? Jamais de secours ? Que votre volonté soit faite[27]. *(Il regagne le devant de la scène et va pour s'asseoir.)* Ah ! Je n'aurais jamais dû la renvoyer. *(On frappe à la porte. Il écoute et se redresse. C'est le signal convenu. Cri de joie.)* Leni ! *(Il court à la porte, lève la barre, ôte le verrou, gestes fermes et décidés. Il est tout à fait réveillé. Ouvrant la porte.)* Entre vite !

Il fait un pas en arrière pour la laisser passer.

SCÈNE V

FRANTZ, JOHANNA

Johanna paraît sur le pas de la porte, très belle, maquillée, longue robe. Frantz fait un pas en arrière.

FRANTZ, *cri rauque* : Ha ! *(Il recule.)* Qu'est-ce que c'est ? *(Elle veut lui répondre, il l'arrête.)* Pas un mot ! *(Il recule et s'assied. Il la regarde longuement, assis à califourchon sur sa chaise : il a l'air fasciné. Il fait un signe d'acquiescement et dit, d'une voix contenue.)* Oui. *(Un bref silence.)* Elle entrera… *(elle fait ce qu'il dit, à mesure qu'il le dit)*… et je resterai seul. *(Aux Crabes :)* Merci, camarades ! j'avais grand besoin de vos secours. *(Avec une sorte d'extase.)* Elle se taira, ce ne sera qu'une absence ; je la regarderai !

JOHANNA, *elle a paru fascinée, elle aussi. Elle s'est reprise. Elle parle en souriant, pour dominer sa peur* : Il faut pourtant que je vous parle.

FRANTZ, *il s'est éloigné d'elle à reculons, lentement et sans la quitter du regard* : Non ! *(Il frappe sur la table.)* Je savais qu'elle gâcherait tout. *(Un temps.)* Il y a *quelqu'un* à présent. Chez moi ! Disparaissez ! *(Elle ne bouge pas.)* Je vais vous faire chasser comme une gueuse.

JOHANNA : Par qui ?

FRANTZ, *criant* : Leni ! *(Un temps.)* Tête étroite et lucide, vous avez trouvé le point faible ; je suis seul. *(Il se retourne brusquement. Un temps.)* Qui êtes-vous ?

JOHANNA : La femme de Werner.

FRANTZ : La femme de Werner ? *(Il se lève et la regarde.)* La femme de Werner ? *(Il la considère avec stupeur.)* Qui vous envoie ?

JOHANNA : Personne.

FRANTZ : Comment connaissez-vous le signal ?

JOHANNA : Par Leni.

FRANTZ, *rire sec* : Par Leni ! Je vous crois bien !

JOHANNA : Elle frappait. Je l'ai… surprise et j'ai compté les coups.

FRANTZ : On m'avait prévenu que vous fouiniez partout. *(Un temps.)* Eh bien, madame, vous avez couru le risque de me tuer. *(Elle rit.)* Riez ! Riez ! J'aurais pu tomber de saisissement. Qu'auriez-vous fait ? On m'interdit les visites — à cause de mon cœur. Cet organe aurait très certainement flanché sans une circonstance imprévisible : le hasard a voulu que vous soyez belle. Oh ! un instant : c'est bien fini. Je vous avais prise Dieu sait pour quoi... peut-être pour une vision. Profitez de cette erreur salutaire, disparaissez avant de commettre un crime !

JOHANNA : Non.

FRANTZ, *criant* : Je vais... *(Il passe vers elle, menaçant, et s'arrête. Il se laisse retomber sur une chaise. Il se prend le pouls.)* Du cent quarante au moins. Mais foutez le camp, nom de Dieu, vous voyez bien que je vais crever !

JOHANNA : Ce serait la meilleure solution.

FRANTZ : Hein ? *(Il ôte la main de sa poitrine et regarde Johanna avec surprise.)* Elle avait raison : vous êtes payée ! *(Il se lève et marche avec aisance.)* On ne m'aura pas si vite. Doucement ! Doucement ! *(Il revient brusquement sur elle.)* La meilleure solution ? Pour qui ? Pour tous les faux témoins de la terre ?

JOHANNA : Pour Werner et pour moi.

Elle le regarde.

FRANTZ, *ahuri* : Je vous gêne ?

JOHANNA : Vous nous tyrannisez.

FRANTZ : Je ne vous connais même pas.

JOHANNA : Vous connaissez Werner.

FRANTZ : J'ai oublié jusqu'à ses traits.

JOHANNA : On nous retient ici de force. En votre nom.

FRANTZ : Qui ?

JOHANNA : Le Père et Leni.

FRANTZ, *amusé* : Ils vous battent, ils vous enchaînent ?

JOHANNA : Mais non.

FRANTZ : Alors ?

JOHANNA : Chantage.

FRANTZ : Cela oui. Ça les connaît. *(Rire sec. Il revient à son étonnement.)* En mon nom ? Que veulent-ils ?

JOHANNA : Nous garder en réserve : nous prendrons la relève en cas d'accident.

FRANTZ, *égayé* : Votre mari fera ma soupe et vous balaierez ma chambre ? Savez-vous repriser ?

JOHANNA, *désignant l'uniforme en loques* : Les travaux d'aiguille ne seront pas très absorbants.

FRANTZ : Détrompez-vous ! Ce sont des trous consolidés. Si ma sœur n'avait des doigts de fée... *(Brusquement sérieux.)* Pas de relève : emmenez Werner au diable et que je ne vous revoie plus ! *(Il va vers sa chaise. Au moment de s'asseoir, il se retourne.)* Encore là ?

JOHANNA : Oui.

FRANTZ : Vous ne m'avez pas compris : je vous rends votre liberté.

JOHANNA : Vous ne me rendez rien du tout.

FRANTZ : Je vous dis que vous êtes libre.

JOHANNA : Des mots ! Du vent !

FRANTZ : On veut des actes ?

JOHANNA : Oui.

FRANTZ : Eh bien ? Que faire ?

JOHANNA : Le mieux serait de vous supprimer.

FRANTZ : Encore ! *(Petit rire.)* N'y comptez pas. Sans façons.

JOHANNA, *un temps* : Alors, aidez-nous.

FRANTZ, *suffoqué* : Hein ?

JOHANNA, *avec chaleur* : Il faut nous aider, Frantz !

Un temps.

FRANTZ : Non. *(Un temps.)* Je ne suis pas du siècle. Je sauverai tout le monde à la fois mais je n'aide personne en particulier. *(Il marche avec agitation.)* Je vous interdis de me mêler à vos histoires. Je suis un malade, comprenez-vous ? On en profite pour me faire vivre dans la dépendance la plus abjecte et vous devriez avoir honte, vous qui êtes jeune et bien portante, d'appeler un infirme, un opprimé, à votre secours. *(Un temps.)* Je suis fragile, madame, et ma tranquillité passe avant tout. D'ordre médical. On vous étranglerait sous mes yeux sans que je lève un doigt. *(Avec complaisance.)* Je vous dégoûte[28] ?

JOHANNA : Profondément.

FRANTZ, *se frottant les mains* : À la bonne heure !

JOHANNA : Mais pas assez pour que je m'en aille.

FRANTZ : Bon. *(Il prend le revolver et la vise.)* Je compte jusqu'à trois. *(Elle sourit.)* Un ! *(Un temps.)* Deux ! *(Un temps.)* Pfuitt ! Plus personne. Escamotée ! *(Aux Crabes :)* Quel calme ! Elle se tait. Tout est là, camarades : « Sois belle et tais-toi. » Une image. Est-ce qu'elle s'inscrit sur votre vitre ? Eh non ! Qu'est-ce qui s'inscrirait ? Rien n'est changé ; rien n'est arrivé. La chambre a reçu le vide en coup de faux, voilà tout. Le vide, un diamant qui ne raye aucune vitre, l'absence, la Beauté. Vous n'y verrez que du feu, pauvres Crustacés. Vous avez pris nos yeux pour inspecter ce qui existe. Mais nous, du temps des hommes, avec ces mêmes yeux, il nous arrivait de voir ce qui n'existe pas.

JOHANNA, *tranquillement* : Le Père va mourir.

Un silence. Frantz jette le revolver et se lève brusquement.

FRANTZ : Pas de chance ! Leni vient de m'apprendre qu'il se portait comme un chêne.

JOHANNA : Elle ment.

FRANTZ, *avec assurance* : À tout le monde, sauf à moi : c'est la règle du jeu. *(Brusquement.)* Allez vous cacher, vous devriez mourir de honte. Une ruse si grossière et si vite éventée ! Hein, quoi ? Deux fois belle en moins d'une heure — et vous ne profitez même pas de cette chance inouïe ! Vous êtes de l'espèce vulgaire, ma jeune belle-sœur, et je ne m'étonne plus que Werner vous ait épousée.

Il lui tourne le dos, s'assied, frappe deux coquilles l'une contre l'autre. Visage durci et solitaire : il ignore Johanna.

JOHANNA, *pour la première fois déconcertée* : Frantz ! *(Un silence.)*... Il mourra dans six mois ! *(Silence. Surmontant sa peur, elle s'approche de lui et lui touche l'épaule. Pas de réaction. Sa main retombe. Elle le regarde en silence.)* Vous avez raison : je n'ai pas su profiter de ma chance. Adieu !

Elle va pour sortir.

FRANTZ, *brusquement* : Attendez ! *(Elle se retourne lentement. Il lui tourne le dos.)* Les comprimés, là-bas, dans le tube. Sur la table de nuit. Passez-les-moi !

JOHANNA, *elle va à la table de nuit* : Benzédrine : c'est cela ? *(Il acquiesce de la tête. Elle lui jette le tube qu'il attrape au vol.)* Pourquoi prenez-vous de la benzédrine ?

FRANTZ : Pour vous supporter.

Il avale quatre comprimés.

JOHANNA : Quatre à la fois ?

FRANTZ : Et quatre tout à l'heure qui font huit. *(Il boit.)* On en veut à ma vie, madame, je le sais ; vous êtes l'outil d'un assassin. C'est le moment de raisonner juste, hein, quoi ? Et serré. *(Il prend un dernier comprimé.)* Il y avait des brumes... *(Doigt sur le front.)*... là. J'y installe un soleil. *(Il boit, fait un violent effort sur lui-même et se retourne. Visage précis et dur.)*

Cette robe, ces bijoux, ces chaînes d'or, qui vous a conseillé de les mettre ? De les mettre *aujourd'hui* ? C'est le Père qui vous envoie.

JOHANNA : Non.

FRANTZ : Mais il vous a donné ses bons avis. *(Elle veut parler.)* Inutile ! Je le connais comme si je l'avais fait. Et, pour tout dire, je ne sais plus trop qui de nous deux a fait l'autre. Quand je veux prévoir le tour qu'il manigance, je commence par me lessiver le cerveau et puis je fais confiance au vide ; les premières pensées qui naissent, ce sont les siennes. Savez-vous pourquoi ? Il m'a créé à son image — à moins qu'il ne soit devenu l'image de ce qu'il créait. *(Il rit.)* Vous n'y entendez goutte ? *(Balayant tout d'un geste las).* Ce sont des jeux de reflets. *(Imitant le Père.)* « Et surtout soyez belle ! » Je l'entends d'ici. Il aime la Beauté, ce vieux fou : donc il sait que je ne mets rien au-dessus d'elle. Sauf ma propre folie. Vous êtes sa maîtresse ? *(Elle secoue la tête.)* C'est qu'il a vieilli ! Sa complice, alors ?

JOHANNA : Jusqu'ici, j'étais son adversaire.

FRANTZ : Un renversement d'alliances ? Il adore cela. *(Brusquement sérieux.)* Six mois ?

JOHANNA : Pas plus.

FRANTZ : Le cœur ?

JOHANNA : La gorge.

FRANTZ : Un cancer ? *(Signe de Johanna.)* Trente cigares par jour ! l'imbécile ! *(Un silence.)* Un cancer ? Alors, il se tuera. *(Un temps. Il se lève, prend des coquilles et bombarde le portrait de Hitler.)* Il se tuera, vieux Führer, il se tuera ! *(Un silence. Johanna le regarde.)* Qu'est-ce qu'il y a ?

JOHANNA : Rien. *(Un temps.)* Vous l'aimez.

FRANTZ : Autant que moi-même et moins que le choléra. Que veut-il ? Une audience ?

JOHANNA : Non.

FRANTZ : Tant mieux pour lui. *(Criant.)* Je me moque qu'il vive ! Je me moque qu'il crève ! Regardez ce qu'il a fait de moi !

Il prend le tube de comprimés et va pour en dévisser le couvercle.

JOHANNA, *doucement* : Donnez-moi ce tube.

FRANTZ : De quoi vous mêlez-vous ?

JOHANNA, *tendant la main* : Donnez-le-moi !

FRANTZ : Il faut que je me dope : je déteste qu'on change

mes habitudes. *(Elle tend toujours la main.)* Je vous le donne mais vous ne me parlerez plus de cette histoire imbécile. D'accord ? *(Johanna fait un vague signe qui peut passer pour un acquiescement.)* Bon. *(Il lui donne le tube.)* Moi, je vais tout oublier. À l'instant. J'oublie ce que je veux : c'est une force, hein[29] ? *(Un temps.)* Voilà, *Requiescat in pace. (Un temps.)* Eh bien ? Parlez-moi !

JOHANNA : De qui ? De quoi ?

FRANTZ : De tout, sauf de la famille. De vous.

JOHANNA : Il n'y a rien à dire.

FRANTZ : À moi d'en décider. *(Il la regarde attentivement.)* Un piège à beauté, voilà ce que vous êtes. *(Il la détaille.)* À ce point, c'est professionnel. *(Un temps.)* Actrice ?

JOHANNA : Je l'étais.

FRANTZ : Et puis ?

JOHANNA : J'ai épousé Werner.

FRANTZ : Vous n'aviez pas réussi ?

JOHANNA : Pas assez.

FRANTZ : Figurante ? Starlette ?

JOHANNA, *avec un geste qui refuse le passé* : Bah !

FRANTZ : Star ?

JOHANNA : Comme il vous plaira.

FRANTZ, *admiration ironique* : Star ! et vous n'avez pas réussi ? Qu'est-ce que vous vouliez ?

JOHANNA : Qu'est-ce qu'on peut vouloir ? Tout.

FRANTZ, *lentement* : Tout, oui. Rien d'autre. Tout ou rien. *(Riant.)* Cela finit mal, hein ?

JOHANNA : Toujours.

FRANTZ : Et Werner ? Est-ce qu'il veut *tout* ?

JOHANNA : Non.

FRANTZ : Pourquoi l'avez-vous épousé ?

JOHANNA : Parce que je l'aimais.

FRANTZ, *doucement* : Mais non.

JOHANNA, *cabrée* : Quoi ?

FRANTZ : Ceux qui veulent tout…

JOHANNA, *même jeu* : Eh bien ?

FRANTZ : Ils ne peuvent pas aimer.

JOHANNA : Je ne veux plus rien.

FRANTZ : Sauf son bonheur, j'espère !

JOHANNA : Sauf cela. *(Un temps.)* Aidez-nous !

FRANTZ : Qu'attendez-vous de moi ?

JOHANNA : Que vous ressuscitiez.

FRANTZ : Tiens ! *(Riant.)* Vous me proposiez le suicide.

JOHANNA : C'est l'un ou l'autre.

FRANTZ, *mauvais ricanement* : Tout s'éclaire ! *(Un temps.)* Je suis inculpé de meurtre et c'est ma mort civile qui a mis fin aux poursuites. Vous le saviez, n'est-ce pas ?

JOHANNA : Je le savais.

FRANTZ : Et vous voulez que je ressuscite ?

JOHANNA : Oui.

FRANTZ : Je vois. *(Un temps.)* Si l'on ne peut pas tuer le beau-frère, on le fait mettre sous les verrous. *(Elle hausse les épaules.)* Dois-je attendre ici la police ou me constituer prisonnier ?

JOHANNA, *agacée* : Vous n'irez pas en prison.

FRANTZ : Non ?

JOHANNA : Évidemment non.

FRANTZ : Alors, c'est qu'il arrangera mon affaire. *(Johanna fait un signe d'acquiescement.)* Il ne se décourage donc pas ? *(Avec une ironie pleine de ressentiment.)* Que n'a-t-il fait pour moi, le brave homme ! *(Geste pour désigner la chambre et lui-même.)* Et voilà le résultat ! *(Avec violence.)* Allez tous au diable !

JOHANNA, *déception accablée* : Oh ! Frantz ! Vous êtes un lâche !

FRANTZ, *se redressant avec violence* : Quoi ? *(Il se reprend. Avec un cynisme appliqué.)* Eh bien, oui. Après ?

JOHANNA : Et ça ?

Elle effleure du bout des doigts ses médailles.

FRANTZ : Ça ? *(Il arrache une médaille, ôte le papier d'argent. Elle est en chocolat, il la mange.)* Oh ! je les ai toutes gagnées ; elles sont à moi, j'ai le droit de les manger[30]. L'héroïsme, voilà mon affaire. Mais les héros… Enfin, vous savez ce que c'est.

JOHANNA : Non.

FRANTZ : Eh bien, il y a de tout : des gendarmes et des voleurs, des militaires et des civils — peu de civils —, des lâches et même des hommes courageux ; c'est la foire. Un seul trait commun : les médailles. Moi, je suis un héros lâche et je porte les miennes en chocolat : c'est plus décent. Vous en voulez ? N'hésitez pas : j'en ai plus de cent dans mes tiroirs.

JOHANNA : Volontiers.

Il arrache une médaille et la lui tend.
Elle la prend et la mange.

FRANTZ, *brusquement avec violence* : Non !

JOHANNA : Plaît-il ?

FRANTZ : Je ne me laisserai pas juger par la femme de mon frère cadet. *(Avec force.)* Je ne suis pas un lâche, madame, et la prison ne me fait pas peur : j'y vis. Vous ne résisteriez pas trois jours au régime que l'on m'impose.

JOHANNA : Qu'est-ce que cela prouve ? Vous l'avez choisi.

FRANTZ : Moi ? Mais je ne choisis jamais, ma pauvre amie ! Je suis choisi. Neuf mois avant ma naissance, on a fait choix de mon nom, de mon office, de mon caractère et de mon destin. Je vous dis qu'on me l'impose, ce régime cellulaire[31], et vous devriez comprendre que je ne m'y soumettrais pas sans une raison capitale.

JOHANNA : Laquelle ?

FRANTZ, *il fait un pas en arrière. Un bref silence* : Vos yeux brillent. Non, madame, je ne ferai pas d'aveux.

JOHANNA : Vous êtes au pied du mur, Frantz : ou vos raisons seront valables, ou la femme de votre frère cadet vous jugera sans recours.

Elle s'est approchée de lui et veut détacher une médaille.

FRANTZ : C'est vous, la mort ? Non, prenez plutôt les croix : c'est du chocolat suisse.

JOHANNA, *prenant une croix* : Merci. *(Elle s'éloigne un peu de lui.)* La mort ? Je lui ressemble ?

FRANTZ : Par moments.

JOHANNA, *elle jette un coup d'œil à la glace* : Vous m'étonnez. Quand ?

FRANTZ : Quand vous êtes belle. *(Un temps.)* Vous leur servez d'outil, madame. Ils se sont arrangés pour que vous me demandiez des comptes. Et si je vous les rends, je risque ma peau. *(Un temps.)* Tant pis : je prends tous les risques, allez-y !

JOHANNA, *après un temps* : Pourquoi vous cachez-vous ici ?

FRANTZ : D'abord, je ne me cache pas. Si j'avais voulu échapper aux poursuites, il y a beau temps que je serais parti pour l'Argentine. *(Montrant le mur.)* Il y avait une fenêtre. Ici. Elle donnait sur ce qui fut notre parc.

JOHANNA : Sur ce qui *fut* ?

FRANTZ : Oui. *(Ils se regardent un instant. Il reprend.)* Je l'ai fait murer. *(Un temps.)* Il se passe quelque chose. Au-dehors. Quelque chose que je ne peux pas voir.

JOHANNA : Quoi ?

FRANTZ, *il la regarde avec défi* : L'assassinat de l'Allemagne.

(Il la regarde toujours, mi-suppliant, mi-menaçant, comme pour l'empêcher de parler : ils ont atteint la zone dangereuse.) Taisez-vous : j'ai vu les ruines.

JOHANNA : Quand ?

FRANTZ : À mon retour de Russie.

JOHANNA : Il y a quatorze ans de cela.

FRANTZ : Oui.

JOHANNA : Et vous croyez que rien n'a changé ?

FRANTZ : Je *sais* que tout empire d'heure en heure.

JOHANNA : C'est Leni qui vous informe ?

FRANTZ : Oui.

JOHANNA : Lisez-vous les journaux ?

FRANTZ : Elle les lit pour moi. Les villes rasées, les machines brisées, l'industrie saccagée, la montée en flèche du chômage, et de la tuberculose, la chute verticale des naissances, rien ne m'échappe. Ma sœur recopie toutes les statistiques *(désignant le tiroir de la table)*, elles sont rangées dans ce tiroir ; le plus beau meurtre de l'Histoire, j'ai toutes les preuves. Dans vingt ans au moins, dans cinquante ans au plus, le dernier Allemand sera mort. Ne croyez pas que je me plaigne : nous sommes vaincus, on nous égorge, c'est impeccable. Mais vous comprenez peut-être que je n'aie pas envie d'assister à cette boucherie. Je ne ferai pas le circuit touristique des cathédrales détruites et des fabriques incendiées, je ne rendrai pas visite aux familles entassées dans les caves, je ne vagabonderai pas au milieu des infirmes, des esclaves, des traîtres et des putains. Je suppose que vous êtes habituée à ce spectacle mais, je vous le dis franchement, il me serait insupportable. Et les lâches, à mes yeux, sont ceux qui peuvent le supporter. Il fallait la gagner, cette guerre. Par tous les moyens. Je dis bien *tous* ; hein, quoi ? ou disparaître. Croyez que j'aurais eu le courage militaire de me faire sauter la tête, mais puisque le peuple allemand accepte l'abjecte agonie qu'on lui impose, j'ai décidé de garder une bouche pour crier non. *(Il s'énerve brusquement.)* Non ! *Non coupable ! (Criant.)* Non ! *(Un silence.)* Voilà.

JOHANNA, *lentement ; elle ne sait que décider* : L'abjecte agonie qu'on lui impose…

FRANTZ, *sans la quitter des yeux* : J'ai dit : voilà, voilà tout.

JOHANNA, *distraitement* : Eh oui, voilà. Voilà tout. *(Un temps.)* C'est pour cette seule raison que vous vous enfermez ?

FRANTZ : Pour cette seule raison. *(Un silence. Elle réfléchit.)* Qu'est-ce qu'il y a ? Finissez votre travail. Je vous ai fait peur ?

JOHANNA : Oui.

FRANTZ : Pourquoi, bonne âme ?

JOHANNA : Parce que vous avez peur.

FRANTZ : De vous ?

JOHANNA : De ce que je vais dire. *(Un temps.)* Je voudrais ne pas savoir ce que je sais.

FRANTZ, *dominant son angoisse mortelle, avec défi* : Qu'est-ce que vous savez ? *(Elle hésite, ils se mesurent du regard.)* Hein ? Qu'est-ce que vous savez ? *(Elle ne répond pas. Un silence. Ils se regardent : ils ont peur. On frappe à la porte : cinq, quatre, trois fois deux. Frantz sourit vaguement. Il se lève et va ouvrir une des portes du fond. On entrevoit une baignoire. À voix basse.)* Ce ne sera qu'un instant.

JOHANNA, *à mi-voix* : Je ne me cacherai pas.

FRANTZ, *un doigt sur les lèvres* : Chut ! *(À voix basse.)* Si vous faites la fière, vous perdez le bénéfice de votre petite combinaison.

Elle hésite, puis se décide à entrer dans la salle de bains. On frappe encore.

SCÈNE VI

FRANTZ, LENI

Leni porte un plateau.

LENI, *stupéfaite* : Tu ne t'es pas verrouillé ?

FRANTZ : Non.

LENI : Pourquoi ?

FRANTZ, *sec* : Tu m'interroges ? *(Vite.)* Donne-moi ce plateau et reste ici.

Il lui prend le plateau des mains et va le porter sur la table.

LENI, *ahurie* : Qu'est-ce qui te prend ?

FRANTZ : Il est trop lourd. *(Il se retourne et la regarde.)* Me reprocherais-tu mes bons mouvements ?

LENI : Non, mais j'en ai peur. Quand tu deviens bon, je m'attends au pire.

FRANTZ, *riant* : Ha ! Ha ! *(Elle entre et ferme la porte derrière elle.)* Je ne t'ai pas dit d'entrer. *(Un temps. Il prend une aile de poulet et mange.)* Eh bien, je m'en vais dîner. À demain.

LENI : Attends. Je veux te demander pardon. C'est moi qui t'ai cherché querelle.

FRANTZ, *la bouche pleine* : Querelle ?

LENI : Oui, tout à l'heure.

FRANTZ, *vague* : Ah oui ! Tout à l'heure… *(Vivement.)* Eh bien, voilà ! Je te pardonne.

LENI : Je t'ai dit que j'avais peur de te mépriser : c'était faux.

FRANTZ : Parfait ! Parfait ! Tout est parfait.

Il mange.

LENI : Tes Crabes, je les accepte, je me soumets à leur tribunal. Veux-tu que je le leur dise ? *(Aux Crabes :)* Crustacés, je vous révère.

FRANTZ : Qu'est-ce qui te prend ?

LENI : Je ne sais pas. *(Un temps.)* Il y a cela aussi que je voulais te dire : j'ai besoin que tu existes, toi, l'héritier du nom, le seul dont les caresses me troublent sans m'humilier. *(Un temps.)* Je ne vaux rien, mais je suis née Gerlach, cela veut dire : folle d'orgueil — et je ne puis faire l'amour qu'avec un Gerlach. L'inceste, c'est ma loi, c'est mon destin. *(Riant.)* En un mot, c'est ma façon de resserrer les liens de famille.

FRANTZ, *impérieusement* : Suffit. À demain la psychologie. *(Elle sursaute, sa défiance lui revient, elle l'observe.)* Nous sommes réconciliés, je t'en donne ma parole. *(Un silence[c].)* Dis-moi, la bossue…

LENI, *prise au dépourvu* : Quelle bossue ?

FRANTZ : La femme de Werner. Est-elle jolie au moins ?

LENI : Ordinaire.

FRANTZ : Je vois. *(Un temps. Sérieusement.)* Merci, petite sœur. Tu as fait ce que tu as pu. Tout ce que tu as pu. *(Il la reconduit jusqu'à la porte. Elle se laisse faire, mais demeure inquiète.)* Je n'étais pas un malade très commode, hein ? Adieu !

LENI, *essayant de rire* : Quelle solennité ! Je te reverrai demain, tu sais.

FRANTZ, *doucement, presque tendrement* : Je l'espère de tout mon cœur.

Il a ouvert la porte. Il se penche et l'embrasse sur le front. Elle hausse la tête, l'embrasse brusquement sur la bouche et sort.

SCÈNE VII

FRANTZ, *seul*

Il referme la porte, met le verrou, sort son mouchoir et s'essuie les lèvres. Il revient vers la table.

FRANTZ : Ne vous y trompez pas, camarades : Leni ne *peut pas* mentir. *(Montrant la salle de bains.)* La menteuse est là : je vais la confondre, hein, quoi ? N'ayez crainte : je connais plus d'un tour. Vous assisterez ce soir à la déconfiture d'un faux témoin. *(Il s'aperçoit que ses mains tremblent, fait un violent effort sur lui-même sans les quitter des yeux.)* Allons, mes petites, allons donc ! Là ! là ! *(Elles cessent peu à peu de trembler. Coup d'œil à la glace, il tire sur sa veste et rajuste son ceinturon. Il a changé. Pour la première fois, depuis le début du tableau, il a la pleine maîtrise de soi. Il va à la porte de la salle de bains, l'ouvre et s'incline.)* Au travail, madame !

Johanna entre. Il ferme la porte et la suit, dur, aux aguets. Durant toute la scène suivante, il sera visible qu'il cherche à la dominer.

SCÈNE VIII

FRANTZ, JOHANNA

Frantz a refermé la porte. Il revient se placer devant Johanna. Johanna a fait un pas vers la porte d'entrée. Elle s'arrête.

FRANTZ : Ne bougez pas. Leni n'a pas quitté le salon.

JOHANNA : Qu'y fait-elle ?

FRANTZ : De l'ordre. *(Un nouveau pas.)* Vos talons ! *(Il frappe de petits coups contre la porte pour imiter le bruit des talons de femme. Frantz parle sans quitter Johanna des yeux. On sent qu'il mesure le risque qu'il court et que ses paroles sont calculées.)* Vous vouliez partir, mais vous aviez des révélations à me faire ?

JOHANNA, *elle semble mal à l'aise depuis qu'elle est sortie de la salle de bains* : Mais non.

FRANTZ : Ah ? *(Un temps.)* Tant pis ! *(Un temps.)* Vous ne direz rien ?

JOHANNA : Je n'ai rien à dire.

FRANTZ, *il se lève brusquement* : Non, ma chère belle-sœur, ce serait trop commode. On a voulu m'affranchir, on a changé d'avis et puis l'on s'en ira pour toujours en laissant derrière soi des doutes choisis qui vont m'empoisonner : pas de ça ! *(Il va à la table, prend deux coupes et une bouteille. En versant du champagne dans les coupes.)* C'est l'Allemagne ? Elle se relève ? Nous nageons dans la prospérité ?

JOHANNA, *exaspérée* : L'Allemagne…

FRANTZ, *très vite, se bouchant les oreilles* : Inutile ! Inutile ! Je ne vous croirai pas. *(Johanna le regarde, hausse les épaules et se tait. Il marche, désinvolte et plein d'aisance.)* En somme, c'est un échec.

JOHANNA : Quoi ?

FRANTZ : Votre équipée.

JOHANNA : Oui. *(Un temps, voix sourde.)* Il fallait vous guérir ou vous tuer.

FRANTZ : Eh oui ! *(Aimablement.)* Vous trouverez autre chose. *(Un temps.)* Moi, vous m'avez donné le plaisir de vous regarder et je tiens à vous remercier de votre générosité.

JOHANNA : Je ne suis pas généreuse.

FRANTZ : Comment appellerez-vous la peine que vous avez prise ? Et ce travail au miroir ? Cela vous a coûté plusieurs heures. Que d'apprêts pour un seul homme !

JOHANNA : Je fais cela tous les soirs.

FRANTZ : Pour Werner.

JOHANNA : Pour Werner. Et quelquefois pour ses amis.

FRANTZ, *il secoue la tête en souriant* : Non.

JOHANNA : Je traîne en souillon dans ma chambre ? Je me néglige ?

FRANTZ : Non plus. *(Il cesse de la regarder, tourne les yeux vers le mur et la décrit comme il l'imagine.)* Vous vous tenez droite. Très droite. Pour garder la tête hors de l'eau. Cheveux tirés. Lèvres nues. Pas un grain de poudre. Werner a droit aux soins, à la tendresse, aux baisers : aux sourires, jamais ; vous ne souriez plus.

JOHANNA, *souriant* : Visionnaire !

FRANTZ : Les séquestrés disposent de lumières spéciales qui leur permettent de se reconnaître entre eux.

JOHANNA : Ils ne doivent pas se rencontrer bien souvent.

FRANTZ : Eh bien, vous voyez : cela se produit quelquefois.

JOHANNA : Vous me reconnaissez ?

FRANTZ : Nous nous reconnaissons.

JOHANNA : Je suis une séquestrée ? *(Elle se lève, se regarde dans la glace et se retourne, très belle, provocante pour la première fois.)* Je n'aurais pas cru.

Elle va vers lui.

FRANTZ, *vivement* : Vos talons !

Johanna ôte ses souliers en souriant et les jette l'un après l'autre contre le portrait de Hitler[32].

JOHANNA, *proche de Frantz* : J'ai vu la fille d'un client de Werner : enchaînée, trente-cinq kilos, couverte de poux. Je lui ressemble ?

FRANTZ : Comme une sœur. Elle voulait tout, je suppose : c'est jouer perdant. Elle a tout perdu et s'est enfermée dans sa chambre pour faire semblant de tout refuser[33].

JOHANNA, *agacée* : Va-t-on parler de moi longtemps ? *(Elle fait un pas en arrière et, désignant le plancher :)* Leni doit avoir quitté le salon.

FRANTZ : Pas encore.

JOHANNA, *coup d'œil au bracelet-montre* : Werner va rentrer. 8 heures.

FRANTZ, *violent* : Non ! *(Elle le regarde avec surprise.)* Jamais d'heure ici : l'Éternité. *(Il se calme.)* Patience : vous serez libre bientôt.

Un temps.

JOHANNA, *mélange de défi et de curiosité* : Alors ? Je me séquestre ?

FRANTZ : Oui.

JOHANNA : Par orgueil ?

FRANTZ : Dame !

JOHANNA : Qu'est-ce qui vous manque ?

FRANTZ : Vous n'étiez pas assez belle.

JOHANNA, *souriant* : Flatteur !

FRANTZ : Je dis ce que vous pensez.

JOHANNA : Et vous ? Que pensez-vous ?

FRANTZ : De moi ?

JOHANNA : De moi.

FRANTZ : Que vous êtes possédée.

JOHANNA : Folle ?

FRANTZ : À lier.

JOHANNA : Qu'est-ce que vous me racontez ? Votre histoire ou la mienne ?

FRANTZ : La nôtre.

JOHANNA : Qu'est-ce qui vous possédait, vous ?

FRANTZ : Est-ce que cela porte un nom ? Le vide. *(Un temps.)* Disons : la grandeur… *(Il rit.)* Elle me possédait mais je ne la possédais pas.

JOHANNA : Voilà.

FRANTZ : Vous vous guettiez, hein ? Vous cherchiez à vous surprendre ? *(Johanna fait un signe d'acquiescement.)* Vous vous êtes attrapée ?

JOHANNA : Pensez-vous ! *(Elle se regarde dans la glace sans complaisance.)* Je voyais *ça. (Elle désigne son reflet. Un temps.)* J'allais dans les salles de quartier. Quand la star Johanna Thies glissait sur le mur du fond, j'entendais une petite rumeur. Ils étaient émus, chacun par l'émotion de l'autre. Je regardais…

FRANTZ : Et puis ?

JOHANNA : Et puis rien. Je n'ai jamais vu ce qu'ils voyaient. *(Un temps.)* Et vous ?

FRANTZ : Eh bien, j'ai fait comme vous : je me suis raté. On m'a décoré devant l'armée entière. Est-ce que Werner vous trouve belle ?

JOHANNA : J'espère bien que non. Un seul homme, vous pensez ! Est-ce que cela compte ?

FRANTZ, *lentement* : Moi, je vous trouve belle.

JOHANNA : Tant mieux pour vous mais ne m'en parlez pas. Personne, vous m'entendez, personne, depuis que le public m'a rejetée… *(Elle se calme un peu et rit.)* Vous vous prenez pour un corps d'armée.

FRANTZ : Pourquoi pas ? *(Il ne cesse[d] pas de la regarder.)* Il faut me croire, c'est votre chance, si vous me croyez, je deviens innombrable.

JOHANNA, *riant nerveusement* : C'est un marché : « Entrez dans ma folie, j'entrerai dans la vôtre. »

FRANTZ : Pourquoi pas ? Vous n'avez plus rien à perdre. Et, quant à ma folie, il y a longtemps que vous y êtes entrée. *(Désignant la porte d'entrée.)* Quand je vous ai ouvert la porte, ce n'est pas moi que vous avez vu : c'est quelque image au fond de mes yeux.

JOHANNA : Parce qu'ils sont vides.

FRANTZ : Pour cela même.

JOHANNA : Je ne me rappelle même plus ce que c'était, la photo d'une star défunte. Tout a disparu quand vous avez parlé.

FRANTZ : Vous avez parlé d'abord.

JOHANNA : Ce n'était pas supportable. Il fallait rompre le silence.

FRANTZ : Rompre le charme.

JOHANNA : De toute manière, c'était bien fini. *(Un temps.)* Qu'est-ce qui vous prend ? *(Elle rit nerveusement.)* On dirait l'œil de la caméra. Assez. Vous êtes mort.

FRANTZ : Pour vous servir. La mort est le miroir de la mort. Ma grandeur reflète votre beauté.

JOHANNA : C'est aux vivants que je voulais plaire.

FRANTZ : Aux foules éreintées qui rêvent de mourir ? Vous leur montriez le visage pur et tranquille de l'Éternel Repos. Les cinémas sont des cimetières, chère amie. Comment vous appelez-vous ?

JOHANNA : Johanna.

FRANTZ : Johanna, je ne vous désire pas, je ne vous aime pas. Je suis votre témoin et celui de tous les hommes. Je porte témoignage devant les siècles et je dis : vous êtes belle.

JOHANNA, *comme fascinée* : Oui.

Il frappe violemment sur la table.

FRANTZ, *d'une voix dure* : Avouez que vous avez menti : dites que l'Allemagne agonise.

JOHANNA, *elle tressaille presque douloureusement. C'est un réveil* : Ha ! *(Elle frissonne, son visage se crispe. Elle devient un instant presque laide.)* Vous avez tout gâché.

FRANTZ : Tout : j'ai brouillé l'image. *(Brusquement.)* Et vous voudriez me faire revivre ? Vous casseriez le miroir pour rien. Je descendrais parmi vous. Je mangerais la soupe en famille et vous iriez à Hambourg avec votre Werner. Où cela nous mènera-t-il ?

JOHANNA, *elle s'est reprise. Souriant* : À Hambourg.

FRANTZ : Vous n'y serez plus jamais belle.

JOHANNA : Non. Plus jamais.

FRANTZ : Ici, vous le serez tous les jours.

JOHANNA : Oui, si je reviens tous les jours.

FRANTZ : Vous reviendrez.

JOHANNA : Vous ouvrirez la porte ?

FRANTZ : Je l'ouvrirai.

JOHANNA, *imitant Frantz* : Où cela nous mènera-t-il ?

FRANTZ : Ici, dans l'Éternité.

JOHANNA, *souriant* : Dans un délire à deux… *(Elle réfléchit. La fascination disparue, on sent qu'elle revient à ses projets initiaux.)* Bon. Je reviendrai.

FRANTZ : Demain ?

JOHANNA : Demain, peut-être.

FRANTZ, *doucement. Silence de Johanna* : Dites que l'Allemagne agonise. Dites-le, sinon le miroir est en miettes[34]. *(Il s'énerve, ses mains recommencent à trembler.)* Dites-le ! Dites-le ! Dites-le !

JOHANNA, *lentement* : Un délire à deux : soit. *(Un temps.)* L'Allemagne est à l'agonie.

FRANTZ : C'est bien vrai ?

JOHANNA : Oui.

FRANTZ : On nous égorge ?

JOHANNA : Oui.

FRANTZ : Bien. *(Il tend l'oreille.)* Elle est partie. *(Il va ramasser les souliers de Johanna, s'agenouille devant elle et les lui chausse. Elle se lève. Il se relève et s'incline, claquant les talons.)* À demain ! *(Johanna va presque jusqu'à la porte, il la suit, tire le verrou, ouvre la porte. Elle lui fait un signe de tête et un très léger sourire. Elle va pour partir, il l'arrête.)* Attendez ! *(Elle se retourne, il la regarde avec une défiance soudaine.)* Qui a gagné ?

JOHANNA : Gagné quoi ?

FRANTZ : La première manche.

JOHANNA : Devinez.

Elle sort. Il ferme la porte. Barre de fer. Verrou. Il semble soulagé. Il remonte vers le milieu de la pièce. Il s'arrête.

SCÈNE IX

FRANTZ, *seul*

FRANTZ : Ouf ! *(Le sourire reste un instant sur son visage et puis les traits se crispent. Il a peur.) De profundis clamavi ! (La souffrance le submerge.)* Grincez ! Grincez ! Grincez donc !

Il se met à trembler.

FIN DE L'ACTE II

ACTE III

Le bureau de Werner. Meubles modernes. Un miroir. Deux portes.

SCÈNE PREMIÈRE[1]

LE PÈRE, LENI

On frappe. La scène est déserte. On frappe encore. Puis le Père entre. Il porte une serviette de la main gauche ; son imperméable est enroulé sur son bras droit. Il referme la porte, pose imperméable et serviette sur un fauteuil puis, se ravisant, revient à la porte et l'ouvre.

LE PÈRE, *appelant à la cantonade* : Je te vois ! *(Un très léger silence.)* Leni !

Leni paraît au bout d'un instant.

LENI, *avec un peu de défi* : Me voilà !

LE PÈRE, *en lui caressant les cheveux* : Bonjour. Tu te cachais ?

LENI, *léger recul* : Bonjour, père. Je me cachais, oui. *(Elle le regarde.)* Quelle mine !

LE PÈRE : Le voyage m'a fouetté le sang.

Il tousse. Toux sèche et brève qui fait mal.

LENI : Il y a la grippe à Leipzig ?

LE PÈRE, *sans comprendre* : La grippe ? *(Il a compris.)* Non. Je tousse. *(Elle le regarde avec une sorte de peur.)* Qu'est-ce que cela peut te faire ?

LENI, *elle s'est détournée et regarde dans le vide* : J'espère que cela ne me fera rien.

Un temps.

LE PÈRE, *jovial* : Donc, tu m'espionnais ?

LENI, *aimable* : Je vous épiais. Chacun son tour.

LE PÈRE : Tu ne perds pas de temps : j'arrive.

LENI : Je voulais savoir ce que vous feriez en arrivant.

LE PÈRE : Tu vois : je rends visite à Werner.
LENI, *coup d'œil à son bracelet-montre* : Vous savez très bien que Werner est aux chantiers.
LE PÈRE : Je l'attendrai.
LENI, *feignant la stupeur* : Vous ?
LE PÈRE : Pourquoi pas ?

Il s'assied.

LENI : Pourquoi pas, en effet ? *(Elle s'assied à son tour.)* En ma compagnie ?
LE PÈRE : Seul.
LENI : Bien. *(Elle se relève.)* Qu'avez-vous fait ?
LE PÈRE, *étonné* : À Leipzig ?
LENI : Ici.
LE PÈRE, *même jeu* : Qu'est-ce que j'ai fait ?
LENI : Je vous le demande.
LE PÈRE : Il y a six jours que je suis parti, mon enfant.
LENI : Qu'avez-vous fait dimanche soir ?
LE PÈRE : Ah ! Tu m'agaces. *(Un temps.)* Rien. J'ai dîné et j'ai dormi.
LENI : Tout a changé. Pourquoi ?
LE PÈRE : Qu'est-ce qui a changé ?
LENI : Vous le savez.
LE PÈRE : Je sors d'avion : je ne sais rien, je n'ai rien vu.
LENI : Vous me voyez.
LE PÈRE : Justement. *(Un temps.)* Tu ne changeras jamais, Leni. Quoi qu'il arrive.
LENI : Père ! *(Désignant le miroir.)* Moi aussi, je me vois. *(Elle s'en approche.)* Naturellement vous m'avez décoiffée. *(Se recoiffant.)* Quand je me rencontre…
LE PÈRE : Tu ne te reconnais plus ?
LENI : Plus du tout. *(Elle laisse tomber les bras.)* Bah ! *(Se regardant avec une lucidité étonnée.)* Quelle futilité ! *(Sans se retourner.)* Hier, au dîner, Johanna s'était fardée.
LE PÈRE : Ah ? *(Ses yeux brillent un instant mais il se reprend.)* Alors ?
LENI : Rien de plus.
LE PÈRE : C'est ce que toutes les femmes font tous les jours.
LENI : C'est ce qu'elle ne fait jamais.
LE PÈRE : Elle aura voulu reprendre en main son mari.
LENI : Son mari ! *(Moue insultante.)* Vous n'avez pas vu ses yeux.

LE PÈRE, *souriant* : Eh bien, non. Qu'est-ce qu'ils avaient ?

LENI, *brièvement* : Vous les verrez. *(Un temps. Rire sec.)* Ah ! vous ne reconnaîtrez personne. Werner parle haut ; il mange et boit comme quatre.

LE PÈRE : Ce n'est pas moi qui vous ai changés.

LENI : Qui d'autre ?

LE PÈRE : Personne : les folies de ce vieux gosier. Bon : quand un père prend congé... Mais de quoi te plains-tu ? Je vous ai donné six mois de préavis. Vous aurez tout le temps de vous y faire et tu devrais me remercier.

LENI : Je vous remercie. *(Un temps. D'une voix changée.)* Dimanche dans la soirée, vous nous avez fait cadeau d'une bombe à retardement. Où est-elle ? *(Le Père hausse les épaules et sourit.)* Je la trouverai.

LE PÈRE : Une bombe ! Pourquoi veux-tu... ?

LENI : Les grands de ce monde ne supportent pas de mourir seuls.

LE PÈRE : Je vais faire sauter la famille entière ?

LENI : La famille, non : vous ne l'aimez pas assez pour cela. *(Un temps.)* Frantz.

LE PÈRE : Pauvre Frantz ! Je l'emporterais seul dans ma tombe quand l'univers me survivra ? Leni, j'espère bien que tu m'en empêcheras.

LENI : Comptez sur moi. *(Elle fait un pas vers lui.)* Si quelqu'un tente de l'approcher, vous partirez tout de suite et seul.

LE PÈRE : Bon. *(Un silence. Il s'assied.)* Tu n'as rien d'autre à me dire ? *(Elle fait signe que non. Avec autorité mais sans changer de ton.)* Va-t'en.

Leni le regarde un instant, incline la tête et sort. Le Père se lève, va ouvrir la porte, jette un coup d'œil dans le couloir comme pour vérifier que Leni ne s'y cache pas, referme la porte, lui donne un tour de clé et met son mouchoir sur la clé de manière à masquer la serrure. Il se retourne, traverse la pièce, va à la porte du fond et l'ouvre.

SCÈNE II

LE PÈRE, *puis* JOHANNA

LE PÈRE, *d'une voix forte* : Johanna !

Il est interrompu par une quinte de toux. Il se retourne : à présent qu'il est seul, il ne se maîtrise plus, et visiblement, il souffre. Il va au bureau, prend une carafe, se verse un verre d'eau et le boit. Johanna entre par la porte du fond et le voit de dos.

JOHANNA : Qu'est-ce que… *(Il se retourne.)* C'est vous ?

LE PÈRE, *d'une voix encore étranglée* : Eh bien, oui ! *(Il lui baise la main. Sa voix s'affermit.)* Vous ne m'attendiez pas ?

JOHANNA : Je vous avais oublié. *(Elle se reprend et rit.)* Vous avez fait un bon voyage ?

LE PÈRE : Excellent. *(Elle regarde le mouchoir sur la clé.)* Ce n'est rien : un œil crevé. *(Un temps. Il la regarde.)* Vous n'êtes pas fardée.

JOHANNA : Non.

LE PÈRE : Vous n'irez donc pas chez Frantz ?

JOHANNA : Je n'irai chez personne : j'attends mon mari.

LE PÈRE : Mais vous l'avez vu ?

JOHANNA : Qui ?

LE PÈRE : Mon fils.

JOHANNA : Vous avez deux fils et je ne sais duquel vous parlez.

LE PÈRE : De l'aîné. *(Un silence.)* Eh bien, mon enfant ?

JOHANNA, *sursautant* : Père ?

LE PÈRE : Et notre accord ?

JOHANNA, *avec un air de stupeur amusée* : C'est vrai : vous avez des droits ! Quelle comédie. *(Presque en confidence.)* Tout est comique, au rez-de-chaussée, même vous qui allez mourir. Comment faites-vous pour garder cet air raisonnable ? *(Un temps.)* Bon, je l'ai vu. *(Un temps.)* Je suis sûre que vous ne comprendrez rien.

LE PÈRE, *il s'attendait à cet aveu mais ne peut l'entendre sans une sorte d'angoisse* : Vous avez vu Frantz ? *(Un temps.)* Quand ? Lundi ?

JOHANNA : Lundi et tous les autres jours.

LE PÈRE : Tous les jours ! *(Stupéfait.)* Cinq fois ?

JOHANNA : Il faut croire. Je n'ai pas compté.

LE PÈRE : Cinq fois ! *(Un temps.)* C'est un miracle. *(Il se frotte les mains.)*

JOHANNA, *avec autorité et sans élever la voix* : S'il vous plaît. *(Le Père remet les mains dans ses poches.)* Ne vous réjouissez pas.

LE PÈRE : Il faut m'excuser, Johanna. Dans l'avion de retour, j'avais des sueurs froides : je croyais tout perdu.

JOHANNA : Eh bien ?

LE PÈRE : J'apprends que vous le voyez chaque jour.

JOHANNA : C'est moi qui perds tout.

LE PÈRE : Pourquoi ? *(Elle hausse les épaules.)* Mon enfant, s'il vous ouvre sa porte, il faut que vous vous entendiez, tous les deux.

JOHANNA : Nous nous entendons. *(Ton cynique et dur.)* Comme larrons en foire.

LE PÈRE, *déconcerté* : Hein ? *(Silence.)* Enfin, vous êtes bons amis ?

JOHANNA : Tout sauf des amis.

LE PÈRE : Tout ? *(Un temps.)* Vous voulez dire…

JOHANNA, *surprise* : Quoi ? *(Elle éclate de rire.)* Amants ? Figurez-vous que nous n'y avons pas pensé. Était-ce nécessaire à vos projets ?

LE PÈRE, *avec un peu d'humeur* : Je m'excuse, ma bru, mais c'est votre faute : vous ne m'expliquez rien parce que vous avez décidé que je ne comprendrais pas.

JOHANNA : Il n'y a rien à expliquer.

LE PÈRE, *inquiet* : Il n'est pas… malade, au moins ?

JOHANNA : Malade ? *(Elle comprend. Avec un écrasant mépris.)* Oh ! Fou ? *(Haussant les épaules.)* Que voulez-vous que j'en sache ?

LE PÈRE : Vous le voyez vivre.

JOHANNA : S'il est fou, je suis folle. Et pourquoi ne le serais-je pas ?

LE PÈRE : En tout cas vous pouvez me dire s'il est malheureux.

JOHANNA, *amusée* : Et voilà ! *(En confidence.)* Là-haut, les mots n'ont pas le même sens.

LE PÈRE : Bien. Comment dit-on, là-haut, qu'on souffre ?

JOHANNA : On ne souffre pas.

LE PÈRE : Ah ?

JOHANNA : On est occupé.

LE PÈRE : Frantz est occupé ? *(Signe de Johanna.)* À quoi ?

JOHANNA : À quoi ? Vous voulez dire : par qui ?

LE PÈRE : Oui : c'est ce que je veux dire. Alors ?

JOHANNA : Cela ne me regarde pas.

LE PÈRE, *doucement* : Vous ne voulez pas me parler de lui ?

JOHANNA, *avec une profonde lassitude* : En quelle langue ? Il faut tout le temps traduire : cela me fatigue. *(Un temps.)* Je vais m'en aller, père.

LE PÈRE : Vous l'abandonnerez ?

JOHANNA : Il n'a besoin de personne.

LE PÈRE : Naturellement, c'est votre droit, vous êtes libre. *(Un temps.)* Vous m'aviez fait une promesse.

JOHANNA : Je l'ai tenue.

LE PÈRE : Il sait… *(Signe de Johanna.)* Qu'a-t-il dit ?

JOHANNA : Que vous fumiez trop.

LE PÈRE : Et puis ?

JOHANNA : Rien d'autre.

LE PÈRE, *profondément blessé* : Je le savais ! Elle lui ment sur toute la ligne, la garce ! Que ne lui aura-t-elle pas raconté, pendant treize ans…

Johanna rit doucement. Il s'arrête net et la regarde.

JOHANNA : Vous voyez bien que vous ne comprenez pas ! *(Il la regarde, durci.)* Que croyez-vous que je fasse, chez Frantz ? Je lui mens.

LE PÈRE : Vous ?

JOHANNA : Je n'ouvre pas la bouche sans lui mentir.

LE PÈRE, *stupéfait et presque désarmé* : Mais… vous détestiez le mensonge.

JOHANNA : Je le déteste toujours.

LE PÈRE : Eh bien ?

JOHANNA : Eh bien, voilà : je mens. À Werner par mes silences ; à Frantz par mes discours.

LE PÈRE, *très sec* : Ce n'est pas ce dont nous avions convenu.

JOHANNA : Eh non !

LE PÈRE : Vous aviez raison : je… je ne comprends pas. Vous allez contre vos propres intérêts !

JOHANNA : Contre ceux de Werner.

LE PÈRE : Ce sont les vôtres.

JOHANNA : Je n'en sais plus rien.

Un silence. Le Père, un instant désemparé, se reprend.

LE PÈRE : Êtes-vous passée dans l'autre camp ?

JOHANNA : Il n'y a pas de camp.

LE PÈRE : Bon. Alors, écoutez-moi : Frantz est fort à plaindre et je conçois que vous ayez voulu le ménager. Mais vous ne pouvez plus continuer dans cette voie ! Si vous cédez à la pitié qu'il vous inspire...

JOHANNA : Nous n'avons pas de pitié.

LE PÈRE : Qui, vous ?

JOHANNA : Leni et moi.

LE PÈRE : Leni, c'est une autre affaire. Mais vous, ma bru, quelque nom que vous donniez à vos sentiments, ne mentez plus à mon fils : vous le dégradez. *(Elle sourit. Avec plus de force.)* Il n'a qu'une envie : se fuir. Quand vous l'aurez lesté par vos mensonges, il en profitera pour couler à pic.

JOHANNA : Je n'ai pas le temps de lui faire grand mal : je vous dis que je m'en vais.

LE PÈRE : Quand et où ?

JOHANNA : Demain, n'importe où.

LE PÈRE : Avec Werner ?

JOHANNA : Je ne sais pas.

LE PÈRE : C'est une fuite ?

JOHANNA : Oui.

LE PÈRE : Mais pourquoi ?

JOHANNA : Deux langages, deux vies, deux vérités, vous ne trouvez pas que c'est trop pour une seule personne ? *(Elle rit.)* Les orphelins de Düsseldorf, tenez, je n'arrive pas à me débarrasser d'eux.

LE PÈRE : Qu'est-ce que c'est ? Un mensonge ?

JOHANNA : Une vérité d'en haut. Ce sont des enfants abandonnés : ils meurent de faim dans un camp. Il faut qu'ils existent d'une manière ou d'une autre puisqu'ils me poursuivent jusqu'au rez-de-chaussée. Hier soir, il s'en est fallu de peu que je ne demande à Werner si nous pourrions les sauver. *(Elle rit.)* Cela ne serait rien. Mais là-haut...

LE PÈRE : Eh bien ?

JOHANNA : Je suis ma pire ennemie. Ma voix ment, mon corps la dément. Je parle de la famine et je dis que nous en crèverons. À présent, regardez-moi : ai-je l'air dénourrie ? Si Frantz me voyait...

LE PÈRE : Il ne vous voit donc pas ?

JOHANNA : Il n'en est pas encore à me regarder. *(Comme à elle-même.)* Un traître[2]. Inspiré. Convaincant. Il parle, on l'écoute. Et puis, tout à coup, il s'aperçoit dans la glace ; un écriteau lui barre la poitrine, avec ce seul mot, qu'on lira s'il se tait : trahison. Voilà le cauchemar qui m'attend chaque jour dans la chambre de votre fils.

LE PÈRE : C'est le cauchemar de tout le monde. Tous les jours et toutes les nuits.

Un silence.

JOHANNA : Puis-je vous poser une question ? *(Sur un signe du Père.)* Qu'ai-je à faire dans cette histoire ? Pourquoi m'y avez-vous embarquée ?

LE PÈRE, *très sec* : Vous perdez l'esprit, ma bru : c'est vous qui avez décidé de vous en mêler.

JOHANNA : Comment saviez-vous que je m'y déciderais ?

LE PÈRE : Je ne le savais pas.

JOHANNA : Ne mentez pas, vous qui me reprochez mes mensonges. En tout cas, ne mentez pas trop vite ; six jours, c'est long, vous m'avez laissé le temps de réfléchir. *(Un temps.)* Le conseil de famille s'est tenu pour moi seule.

LE PÈRE : Non, mon enfant : pour Werner.

JOHANNA : Werner ? Bah ! Vous l'attaquiez pour que je le défende. C'est moi qui ai eu l'idée de parler à Frantz, j'en conviens. Ou plutôt, c'est moi qui l'ai trouvée : vous l'aviez cachée dans la pièce et vous me guidiez avec tant d'adresse qu'elle a fini par me sauter aux yeux. Est-ce vrai ?

LE PÈRE : Je souhaitais en effet que vous rencontriez mon fils ; pour des raisons que vous connaissez fort bien.

JOHANNA, *avec force* : Pour des raisons que je ne connais pas. *(Un temps.)* Quand vous nous avez mis en présence, moi qui sais, lui qui ne veut pas savoir, m'avez-vous prévenue qu'il suffisait d'un mot pour le tuer ?

LE PÈRE, *dignement* : Johanna, j'ignore tout de mon fils.

JOHANNA : Tout, sauf qu'il cherche à se fuir et que nous l'y aidons par nos mensonges. Allons ! Vous jouez à coup sûr : je vous dis qu'un mot suffit pour le tuer et vous ne bronchez même pas.

LE PÈRE, *souriant* : Quel mot, mon enfant ?

JOHANNA, *lui riant au nez* : Opulence.

LE PÈRE : Plaît-il ?

JOHANNA : Celui-là ou n'importe quel autre, pourvu qu'il fasse entendre que nous sommes la nation la plus riche de l'Europe. *(Un temps.)* Vous ne semblez pas très étonné.

LE PÈRE : Je ne le suis pas. Il y a douze ans, j'ai compris les craintes de mon fils à certains propos qui lui ont échappé. Il a cru qu'on voulait anéantir l'Allemagne et s'est retiré pour ne pas assister à notre extermination. En ce temps-là, si l'on avait pu lui dévoiler l'avenir, il guérissait à l'instant. Aujourd'hui, le sauvetage sera plus difficile : il a pris des habitudes, Leni le gâte, la vie monacale présente certaines commodités. Mais ne craignez rien : le seul remède à son mal, c'est la vérité. Il rechignera d'abord parce que vous lui ôterez ses raisons de bouder et puis, dans une semaine, il sera le premier à vous remercier.

JOHANNA, *violente* : Quelles fadaises ! *(Brutalement.)* Je l'ai vu hier, cela ne vous suffit pas ?

LE PÈRE : Non.

JOHANNA : Là-haut, l'Allemagne est plus morte que la lune. Si je la ressuscite, il se tire une balle dans la bouche.

LE PÈRE, *riant* : Pensez-vous !

JOHANNA : Je vous dis que c'est l'évidence.

LE PÈRE : Il n'aime plus son pays ?

JOHANNA : Il l'adore.

LE PÈRE : Eh bien, alors ! Johanna, cela n'a pas le sens commun.

JOHANNA : Oh ! pour cela, non ! *(Riant avec un peu d'égarement.)* Le sens commun ! Voilà ce qu'il y a *(désignant le Père)* dans cette tête. Dans la mienne, il y a ses yeux. *(Un temps.)* Arrêtez tout. Votre machine infernale va vous éclater entre les mains[3].

LE PÈRE : Je ne peux rien arrêter.

JOHANNA : Alors, je partirai sans le revoir et pour toujours. Quant à la vérité, je la dirai, soyez tranquille. Mais pas à Frantz. À Werner.

LE PÈRE, *vivement* : Non ! *(Il se reprend.)* Vous ne lui feriez que du mal.

JOHANNA : Est-ce que je lui fais du bien, depuis dimanche ? *(On entend le klaxon lointain d'une auto.)* Le voilà : il saura tout dans un quart d'heure.

LE PÈRE, *impérieusement* : Attendez ! *(Elle s'arrête, interdite. Il va à la porte, ôte le mouchoir et tourne la clé, puis se retourne vers Johanna.)* Je vous fais une proposition. *(Elle reste silencieuse et crispée. Un temps.)* Ne racontez rien à votre mari. Allez voir Frantz une dernière fois et dites-lui que je sollicite une entrevue. S'il accepte, je délie Werner de son serment et vous partirez *tous les deux* quand il vous plaira. *(Un silence.)* Johanna ! je vous offre la liberté.

JOHANNA : Je sais.

L'auto est entrée dans le parc.

LE PÈRE : Eh bien ?

JOHANNA : Je n'en veux pas à ce prix.

LE PÈRE : Quel prix ?

JOHANNA : La mort de Frantz.

LE PÈRE : Mon enfant ! Que vous est-il arrivé ? Je crois entendre Leni.

JOHANNA : Vous l'entendez. Nous sommes sœurs jumelles. Ne vous en étonnez pas : c'est vous qui nous avez faites pareilles. Et quand toutes les femmes de la terre défileraient dans la chambre de votre fils, ce seraient autant de Leni qui se tourneraient contre vous.

Freins. L'auto s'arrête devant le perron.

LE PÈRE : Je vous en prie, ne décidez rien encore ! Je vous promets...

JOHANNA : Inutile. Pour les tueurs à gages, adressez-vous à l'autre sexe.

LE PÈRE : Vous direz tout à Werner ?

JOHANNA : Oui.

LE PÈRE : Fort bien. Et si je disais tout à Leni ?

JOHANNA, *stupéfaite et effrayée* : À Leni, vous ?

LE PÈRE : Pourquoi pas ? La maison sauterait.

JOHANNA, *au bord de la crise de nerfs* : Faites sauter la maison ! Faites sauter la planète ! Nous serons enfin tranquilles. *(Un rire d'abord sombre et bas qui s'enfle malgré elle.)* Tranquilles ! Tranquilles ! Tranquilles !

Un bruit de pas dans le corridor. Le Père va rapidement à Johanna, la prend brutalement par les épaules et la secoue en la regardant fixement.

Johanna parvient à se calmer. Le Père s'éloigne d'elle à l'instant où la porte s'ouvre.

SCÈNE III

LES MÊMES, WERNER

WERNER, *entrant à pas pressés et voyant le Père* : Tiens !

LE PÈRE : Bonjour, Werner.

WERNER : Bonjour, père. Êtes-vous content de votre voyage ?

LE PÈRE : Hé ! *(Il se frotte les mains sans s'en apercevoir.)* Content, oui. Content. Très content, peut-être.

WERNER : Vous souhaitiez me parler ?

LE PÈRE : À toi ? Mais pas du tout. Je vous laisse, mes chers enfants. *(À la porte.)* Johanna, ma proposition tient toujours.

Il sort.

SCÈNE IV

JOHANNA, WERNER

WERNER : Quelle proposition ?

JOHANNA : Je te le dirai.

WERNER : Je n'aime pas qu'il vienne fouiner ici. *(Il va prendre une bouteille de champagne et deux coupes dans une armoire, pose les deux coupes sur le bureau et commence à déboucher la bouteille.)* Champagne ?

JOHANNA : Non.

WERNER : Très bien. Je boirai seul.

Johanna écarte les coupes.

JOHANNA : Pas ce soir, j'ai besoin de toi.

WERNER : Tu m'étonnes. *(Il la regarde. Brusquement.)* En tout cas, cela n'empêche pas de boire. *(Il fait sauter le bouchon. Johanna pousse un léger cri. Werner se met à rire, remplit les deux coupes et la regarde.)* Ma parole, tu as peur !

JOHANNA : Je suis nerveuse.

WERNER, *avec une sorte de satisfaction* : Je dis que tu as peur. *(Un temps.)* De qui ? Du père ?

JOHANNA : De lui aussi.

WERNER : Et tu veux que je te protège ? *(Ricanant, mais un peu plus détendu.)* Les rôles sont renversés. *(Il boit sa coupe d'un trait.)* Raconte-moi tes ennuis. *(Un silence.)* C'est donc si difficile ? Viens ! *(Elle ne bouge pas. Il l'attire à lui, crispée.)* Mets ta tête sur mon épaule. *(Il incline presque de force la tête de Johanna. Un temps. Il se regarde dans la glace et sourit.)* Retour à l'ordre. *(Un très léger silence.)* Parle, ma chérie !

JOHANNA, *relevant la tête pour le regarder* : J'ai vu Frantz.

WERNER, *il la repousse avec colère* : Frantz ! *(Il lui tourne le dos, va au bureau, se verse une autre coupe de champagne, boit une gorgée, posément, et se retourne vers elle, calmé, souriant.)* Tant mieux ! Tu connaîtras toute la famille. *(Elle le regarde, déconcertée.)* Comment le trouves-tu, mon frère aîné, une armoire, hein ? *(Toujours ahurie, elle fait non de la tête.)* Tiens ! *(Amusé.)* Tiens ! Tiens ! Serait-il malingre ? *(Elle a de la peine à parler.)* Eh bien ?

JOHANNA : Tu es plus grand que lui.

WERNER, *même jeu* : Ha ! Ha ! *(Un temps.)* Et son bel habit d'officier ? Il le porte toujours ?

JOHANNA : Ce n'est plus un bel habit.

WERNER : Des loques ? Mais, dites-moi donc, ce pauvre Frantz est très abîmé. *(Silence crispé de Johanna. Il prend sa coupe.)* À sa guérison. *(Il lève la coupe puis, s'apercevant que Johanna a les mains vides, il va chercher l'autre coupe et la lui tend.)* Trinquons ! *(Elle hésite. Impérieux.)* Prends cette coupe.

Elle se durcit et prend la coupe.

JOHANNA, *avec défi* : Je bois à Frantz !

Elle veut choquer sa coupe contre celle de Werner. Celui-ci retire vivement la sienne.

Ils se regardent un instant, interloqués l'un et l'autre. Puis Werner éclate de rire et jette le contenu de sa coupe sur le plancher.

WERNER, *avec une violence gaie* : C'est pas vrai ! C'est pas vrai ! *(Stupeur de Johanna. Il va sur elle.)* Tu ne l'as jamais vu. Pas un instant, je n'ai marché. *(Lui riant au nez.)* Et le verrou, mon petit ? Et la barre de fer ? Ils ont un signal, sois-en sûre.

JOHANNA, *elle a repris son air glacé* : Ils en ont un. Je le connais.

WERNER, *riant toujours* : Comment donc ? Tu l'auras demandé à Leni !

JOHANNA : Je l'ai demandé au Père.

WERNER, *frappé* : Ah ! *(Un long silence. Il va au bureau, pose sa coupe et réfléchit. Il se retourne sur Johanna ; il a gardé son air jovial mais on sent qu'il fait un grand effort pour se maîtriser.)* Eh bien ! Cela devait arriver. *(Un temps.)* Le Père ne fait rien pour rien : quel est son intérêt dans cette histoire ?

JOHANNA : Je voudrais le savoir.

WERNER : Qu'est-ce qu'il t'a proposé, tout à l'heure ?

JOHANNA : Il te déliera de ton serment si Frantz lui accorde un rendez-vous.

WERNER, *il est devenu sombre et méfiant, sa méfiance s'accroîtra au cours des répliques suivantes* : Un rendez-vous… Et Frantz l'accordera ?

JOHANNA, *avec assurance* : Oui.
WERNER : Et puis ?
JOHANNA : Rien. Nous serons libres.
WERNER : Libres de quoi faire ?
JOHANNA : De nous en aller.
WERNER, *rire sec et dur* : À Hambourg ?
JOHANNA : Où nous voudrons.
WERNER, *même jeu* : Parfait ! *(Rire dur.)* Eh bien, ma femme, c'est le plus beau coup de pied au cul que j'aie reçu de toute ma vie.
JOHANNA, *stupéfaite* : Werner, le Père ne songe pas un seul instant...
WERNER : À son fils cadet ? Bien sûr que non. Frantz prendra mon bureau, il s'assiéra dans mon fauteuil et boira mon champagne, il jettera ses coquilles sous mon lit. À part cela, qui songerait à moi ? Est-ce que je compte ? *(Un temps.)* Le vieux a changé d'avis : voilà tout.
JOHANNA : Mais tu ne comprends donc rien ?
WERNER : Je comprends qu'il veut mettre mon frère à la tête de l'Entreprise. Et je comprends aussi que tu leur as délibérément servi d'intermédiaire : pourvu que tu m'arraches d'ici, peu t'importe qu'on m'en arrache à coups de pied. *(Johanna le regarde avec froideur. Elle le laisse poursuivre sans même essayer de s'expliquer.)* On brise ma carrière d'avocat pour me mettre en résidence surveillée dans cette affreuse bâtisse, au milieu de mes chers souvenirs d'enfance ; un beau jour, le fils prodigue consent à quitter sa chambre, on tue le veau gras[4], on me fout dehors et tout le monde est content, à commencer par ma femme ! Une excellente histoire, non ? Tu la raconteras : à Hambourg. *(Il va au bureau, se verse une coupe de champagne et boit. Son ivresse — légère mais manifeste — ne cessera de croître jusqu'à la fin de l'acte.)* Pour les valises, tu feras tout de même bien d'attendre un peu. Parce que, vois-tu, je me demande si je me laisserai faire. *(Avec force.)* J'ai l'Entreprise, je la garde : on verra ce que je vaux. *(Il va s'asseoir à son bureau. D'une voix calme et rancuneuse, avec un soupçon d'importance.)* À présent, laisse-moi : il faut que je réfléchisse.

Un temps.

JOHANNA, *sans se presser, d'une voix froide et tranquille* : Il ne s'agit pas de l'Entreprise : personne ne te la dispute.
WERNER : Personne, sauf mon père et son fils.
JOHANNA : Frantz ne dirigera pas les chantiers.

WERNER : Parce que ?

JOHANNA : Il ne le veut pas.

WERNER : Il ne le *veut pas* ou il ne le *peut pas* ?

JOHANNA, *à contrecœur* : Les deux. *(Un temps.)* Et le Père le sait.

WERNER : Alors ?

JOHANNA : Alors, il veut revoir Frantz avant de mourir.

WERNER, *un peu soulagé, mais défiant* : C'est louche.

JOHANNA : Très louche. Mais cela ne te concerne pas.

Werner se lève et va jusqu'à elle. Il la regarde dans les yeux, elle soutient son regard.

WERNER : Je te crois. *(Il boit. Johanna détourne la tête, agacée.)* Un incapable ! *(Il rit.)* Et par-dessus le marché, un gringalet. Dimanche, le Père parlait de mauvaise graisse.

JOHANNA, *vivement* : Frantz n'a que la peau sur les os.

WERNER : Oui. Avec un petit ventre, comme tous les prisonniers. *(Il se regarde dans la glace et bombe le torse, presque inconsciemment.)* Incapable. Loqueteux. À demi cinglé. *(Il se tourne vers Johanna.)* Tu l'as vu… souvent ?

JOHANNA : Tous les jours.

WERNER : Je me demande ce que vous trouvez à vous dire. *(Il marche avec une assurance nouvelle.)* « Pas de famille sans déchet[5]. » Je ne sais plus qui a dit cela. Terrible, mais vrai, hein ? Seulement, jusqu'ici, le déchet, je croyais que c'était moi. *(Mettant les mains sur les épaules de Johanna.)* Merci, ma femme : tu m'as délivré. *(Il va pour prendre sa coupe, elle le retient.)* Tu as raison : plus de champagne ! *(Il balaie les deux coupes de la main. Elles tombent et se brisent.)* Qu'on lui porte les bouteilles de ma part. *(Il rit.)* Quant à toi, tu ne le reverras plus : je te l'interdis[6].

JOHANNA, *toujours glacée* : Très bien. Emmène-moi d'ici.

WERNER : Je te dis que tu m'as délivré. Je me faisais des idées, vois-tu. Désormais, tout ira bien.

JOHANNA : Pas pour moi.

WERNER : Non ? *(Il la regarde, son visage change, ses épaules se voûtent légèrement.)* Même si je te jure que je changerai de peau et que je les mettrai tous au pas ?

JOHANNA : Même.

WERNER, *brusquement* : Vous avez fait l'amour ! *(Rire sec.)* Dis-le, je ne t'en voudrai pas : il n'avait qu'à siffler, paraît-il, les femmes tombaient sur le dos. *(Il la regarde d'un air mauvais.)* Je t'ai posé une question.

JOHANNA, *très dure* : Je ne te pardonnerai pas si tu me forces à répondre.

WERNER : Réponds et ne pardonne pas.

JOHANNA : Non.

WERNER : Vous ne faites pas l'amour. Bon ! Mais tu meurs d'envie de le faire.

JOHANNA, *sans éclat mais avec une sorte de haine* : Tu es ignoble.

WERNER, *souriant et mauvais* : Je suis un Gerlach. Réponds.

JOHANNA : Non.

WERNER : Alors, qu'as-tu à craindre ?

JOHANNA, *toujours glacée* : Avant toi, la mort et la folie m'ont attirée. Là-haut, cela recommence. Je ne le veux pas. *(Un temps.)* Ses crabes, j'y crois plus que lui.

WERNER : Parce que tu l'aimes.

JOHANNA : Parce qu'ils sont vrais. Les fous disent la vérité, Werner.

WERNER : Vraiment. Laquelle ?

JOHANNA : Il n'y en a qu'une : l'horreur de vivre. *(Retrouvant sa chaleur.)* Je ne veux pas ! Je ne veux pas ! Je préfère me mentir. Si tu m'aimes, sauve-moi. *(Désignant d'un geste le plafond.)* Ce couvercle m'écrase. Emmène-moi dans une ville où tout soit à tout le monde, où tout le monde se mente. Avec du vent. Du vent qui vienne de loin. Nous nous retrouverons, Werner, je te le jure !

WERNER, *avec une violence soudaine et sauvage* : Nous retrouver ? Ha ! Et comment t'aurais-je perdue, Johanna ? Je ne t'ai jamais eue. Laisse donc ! Je n'avais que faire de ta sollicitude. Tu m'as trompé sur la marchandise ! Je voulais une femme, je n'ai possédé que son cadavre. Tant pis si tu deviens folle : nous resterons ici ! *(Il l'imite.)* « Défends-moi ! Sauve-moi ! » Comment ? En foutant le camp ? *(Il se domine. Sourire mauvais et froid.)* Je me suis emporté tout à l'heure. Excuse-moi. Tu feras tout pour rester une épouse honnête : c'est le rôle de ta vie. Mais tout le plaisir sera pour toi. *(Un temps.)* Jusqu'où faudra-t-il aller pour que tu oublies mon frère ? Jusqu'où fuirons-nous ? Des trains, des avions, des bateaux : que d'histoires et quelle fatigue ! Tu regarderas tout de ces yeux vides : une sinistrée de luxe, cela ne te changera guère. Et moi ? T'es-tu demandé ce que je penserai pendant ce temps-là ? Que je me suis déclaré battu d'avance et que je me suis enfui sans lever un doigt. Un lâche, hein, un lâche : c'est comme cela que tu m'aimes, tu pourras me consoler. Maternellement. *(Avec force.)* Nous resterons ici ! Jusqu'à ce qu'un de nous trois crève : toi, mon frère ou moi.

JOHANNA : Comme tu me détestes !

WERNER : Je t'aimerai quand je t'aurai conquise. Et je vais me battre, sois tranquille. *(Il rit.)* Je gagnerai : vous n'aimez que la force, vous autres femmes. Et la force, c'est moi qui l'ai.

Il la prend par la taille et l'embrasse brutalement. Elle le frappe de ses poings fermés, se dégage et se met à rire.

JOHANNA, *riant aux éclats* : Oh ! Werner, est-ce que tu crois qu'il mord ?

WERNER : Qui ? Frantz ?

JOHANNA : Le soudard à qui tu veux ressembler. *(Un temps.)* Si nous restons, j'irai chez ton frère tous les jours.

WERNER : J'y compte bien. Et tu passeras toutes les nuits dans mon lit. *(Il rit.)* Les comparaisons se feront d'elles-mêmes.

JOHANNA, *lentement et tristement* : Pauvre Werner !

Elle va vers la porte.

WERNER, *brusquement désemparé* : Où vas-tu ?

JOHANNA, *avec un rire mauvais* : Je vais comparer.

Elle ouvre la porte et sort sans qu'il fasse un geste pour la retenir.

FIN DE L'ACTE III

ACTE IV

La chambre de Frantz. Même décor qu'au II. Mais toutes les pancartes ont disparu. Plus de coquilles d'huîtres sur le plancher. Sur la table une lampe de bureau. Seul, le portrait de Hitler demeure.

SCÈNE PREMIÈRE

FRANTZ, *seul* : Habitants masqués des plafonds, attention ! Habitants masqués des plafonds, attention ! *(Un silence. Tourné vers le plafond.)* Hé ? *(Entre ses dents.)* Je ne les sens pas. *(Avec force.)* Camarades ! Camarades ! L'Allemagne vous parle, l'Allemagne martyre ! *(Un temps. Découragé.)* Ce public est gelé. *(Il se lève et marche.)* Impression curieuse mais invérifiable : ce soir l'Histoire va s'arrêter. Pile ! L'explosion de la planète est au programme, les savants ont le doigt sur le bouton, adieu ! *(Un temps.)* On aimerait pourtant savoir ce qui serait advenu de l'espèce humaine au cas où elle aurait survécu. *(Agacé, presque violent.)* Je fais la putain pour leur plaire et ils n'écoutent même pas. *(Avec chaleur.)* Chers auditeurs, je vous en supplie, si je n'ai plus votre oreille, si les faux témoins vous ont circonvenus… *(Brusquement.)* Attendez ! *(Il fouille dans sa poche.)* Je tiens le coupable. *(Il sort un bracelet-montre en le tenant par l'extrémité du bracelet de cuir, avec dégoût.)* On m'a fait cadeau de cette bête et j'ai commis la faute de l'accepter[1]. *(Il la regarde.)* Quinze minutes ! On a quinze minutes de retard ! Inadmissible. Je la fracasserai, moi, cette montre. *(Il la met à son poignet.)* Quinze minutes ! Seize à présent. *(Avec éclat.)* Comment garderai-je ma patience séculaire si l'on m'agace par des piqûres d'épingle ? Tout finira très mal. *(Un temps.)* Je n'ouvrirai pas : c'est simple ; je la laisserai deux heures entières sur le palier.

On frappe trois coups. Il se hâte d'aller ouvrir.

SCÈNE II

FRANTZ, JOHANNA

FRANTZ, *reculant pour laisser entrer Johanna* : 17 !

Il montre du doigt le bracelet-montre.

JOHANNA : Plaît-il ?

FRANTZ, *voix de l'horloge parlante* : 4 h 17 mn 30 s. M'avez-vous apporté la photo de mon frère ? *(Un temps.)* Eh bien ?

JOHANNA, *de mauvaise grâce* : Oui.

FRANTZ : Montrez-la-moi.

JOHANNA, *même jeu* : Qu'allez-vous en faire ?

FRANTZ, *rire insolent* : Qu'est-ce qu'on fait d'une photo ?

JOHANNA, *après une hésitation* : La voilà.

FRANTZ, *la regardant* : Eh bien, je ne l'aurais pas reconnu. Mais c'est un athlète ! Félicitations ! *(Il met la photo dans sa poche.)* Et comment vont nos orphelins ?

JOHANNA, *déconcertée* : Quels orphelins ?

FRANTZ : Voyons ! Ceux de Düsseldorf.

JOHANNA : Eh bien… *(Brusquement.)* Ils sont morts.

FRANTZ, *au plafond* : Crabes, ils étaient sept cents. Sept cents pauvres gosses sans feu ni lieu… *(Il s'arrête.)* Ma chère amie, je me fous de ces orphelins. Qu'on les enterre au plus vite ! Bon débarras. *(Un temps.)* Et voilà ! Voilà ce que je suis devenu par votre faute : un mauvais Allemand.

JOHANNA : Par ma faute ?

FRANTZ : J'aurais dû savoir qu'elle déréglerait tout. Pour chasser le temps de cette chambre, il m'a fallu cinq années ; pour l'y ramener, vous n'avez eu besoin que d'un instant. *(Il montre le bracelet.)* Cette bête câline qui ronronne autour de mon poignet et que je fourre dans ma poche quand j'entends frapper Leni, c'est le Temps Universel, le Temps de l'horloge parlante, des indicateurs et des observatoires. Mais qu'est-ce que vous voulez que j'en fasse ? Est-ce que je suis universel, moi ? *(Regardant la montre.)* Je trouve ce cadeau suspect.

JOHANNA : Eh bien, rendez-le-moi !

FRANTZ : Pas du tout ! Je le garde. Je me demande seulement pourquoi vous me l'avez fait.

JOHANNA : Puisque je vis encore, autant que vous viviez.

FRANTZ : Qu'est-ce que c'est vivre ? Vous attendre ? Je n'attendais plus rien avant mille ans. Cette lampe ne s'éteint pas ; Leni vient quand elle veut ; je dormais au petit bonheur, quand le sommeil voulait bien me prendre : en un mot, je ne savais jamais l'heure. *(Avec humeur.)* À présent, c'est la bousculade des jours et des nuits. *(Coup d'œil à la montre.)* 4 h 25 ; l'ombre s'allonge, la journée se fane : je déteste les après-midi. Quand vous partirez, il fera nuit : ici, en pleine clarté ! Et j'aurai peur. *(Brusquement.)* Ces pauvres petits quand va-t-on les mettre en terre ?

JOHANNA : Lundi, je crois.

FRANTZ : Il faudrait une chapelle ardente à ciel ouvert, dans les ruines de l'église. Sept cents petits cercueils veillés par une foule en haillons ! *(Il la regarde.)* Vous ne vous êtes pas fardée ?

JOHANNA : Comme vous voyez.

FRANTZ : Un oubli ?

JOHANNA : Non. Je ne comptais pas venir.

FRANTZ, *violent* : Quoi ?

JOHANNA : C'est le jour de Werner. *(Un temps.)* Eh bien, oui : le samedi.

FRANTZ : Qu'a-t-il besoin d'un jour, il a toutes les nuits. Le samedi ?... Ah, oui : la semaine anglaise. *(Un temps.)* Et le dimanche aussi, naturellement !

JOHANNA : Naturellement !

FRANTZ : Si je vous comprends, nous serions un samedi. Ah, madame, la montre ne le dit pas : il faut m'offrir un agenda. *(Il ricane un peu puis, brusquement.)* Deux jours sans vous ? Impossible.

JOHANNA : Pensez-vous que je priverais mon mari des seuls moments que nous puissions vivre ensemble ?

FRANTZ : Pourquoi pas ? *(Elle rit sans lui répondre.)* Il a des droits sur vous ? Je regrette, mais j'en ai, moi aussi.

JOHANNA, *avec une sorte de violence* : Vous ? Aucun. Pas le moindre !

FRANTZ : Est-ce moi qui suis allé vous chercher ? *(Criant.)* Quand comprendrez-vous que ces attentes mesquines me détournent de mon office. Les Crabes sont perplexes, ils se méfient : les faux témoins triomphent. *(Comme une insulte.)* Dalila !

JOHANNA, *éclatant d'un rire mauvais* : Pfou ! *(Elle va vers lui et le regarde avec insolence.)* Et voilà Samson ? *(Riant de plus belle.)* Samson ! Samson[2] ! *(Cessant de rire.)* Je le voyais autrement.

FRANTZ, *formidable* : C'est moi. Je porte les siècles ; si je me redresse, ils s'écrouleront. *(Un temps. Voix naturelle, ironie amère.)* D'ailleurs c'était un pauvre homme, j'en suis convaincu. *(Il marche à travers la chambre.)* Quelle dépendance ! *(Un silence. Il s'assied.)* Madame, vous me gênez.

Un temps.

JOHANNA : Je ne vous gênerai plus.

FRANTZ : Qu'avez-vous fait ?

JOHANNA : J'ai tout dit à Werner.

FRANTZ : Tiens ! Pourquoi donc ?

JOHANNA, *amère* : Je me le demande.

FRANTZ : Il a bien pris la chose ?

JOHANNA : Il l'a prise fort mal.

FRANTZ, *inquiet, nerveux* : Il nous quitte ? Il vous emmène ?

JOHANNA : Il reste ici.

FRANTZ, *rasséréné* : Tout va bien. *(Il se frotte les mains.)* Tout va très bien.

JOHANNA, *ironie amère* : Et vous ne me quittez pas des yeux ! Mais qu'est-ce que vous voyez ? *(Elle s'approche, lui prend la tête dans les mains et l'oblige à la regarder.)* Regardez-moi. Oui. Comme cela. À présent, osez dire que tout va très bien.

FRANTZ, *il la regarde et se dégage* : Je vois, oui, je vois ! Vous regrettez Hambourg. La vie facile. L'admiration des hommes et leurs désirs. *(Haussant les épaules.)* Cela vous regarde.

JOHANNA, *triste et dure* : Samson n'était qu'un pauvre homme.

FRANTZ : Oui. Oui. Oui. Un pauvre homme.

Il se met à marcher de côté.

JOHANNA : Qu'est-ce que vous faites ?

FRANTZ, *d'une voix rocailleuse et profonde* : Je fais le crabe. *(Stupéfait de ce qu'il vient de dire.)* Hein, quoi ? *(Revenant vers Johanna, voix naturelle.)* Pourquoi suis-je un pauvre homme ?

JOHANNA : Parce que vous ne comprenez rien. *(Un temps.)* Nous allons souffrir l'Enfer.

FRANTZ : Qui ?

JOHANNA : Werner, vous et moi. *(Un bref silence.)* Il reste ici par jalousie.

FRANTZ, *stupéfait* : Quoi ?

JOHANNA : Par jalousie. Est-ce clair ? *(Un temps. Haussement d'épaules.)* Vous ne savez même pas ce que c'est. *(Rire de Frantz.)* Il m'enverra chez vous tous les jours, même le dimanche. Il se martyrisera, aux chantiers, dans son grand bureau de ministre. Et le soir, je paierai[3].

FRANTZ, *sincèrement surpris* : Je vous demande pardon, chère amie. Mais de *qui* est-il jaloux ? *(Elle hausse les épaules. Il sort la photo et la regarde.)* De moi ? *(Un temps.)* Lui avez-vous dit… ce que j'étais devenu ?

JOHANNA : Je le lui ai dit.

FRANTZ : Eh bien, alors ?

JOHANNA : Eh bien, il est jaloux.

FRANTZ : C'est de la perversité ! Je suis un malade, un fou peut-être ; je me cache. La guerre m'a cassé, madame.

JOHANNA : Elle n'a pas cassé votre orgueil.

FRANTZ : Et cela suffit pour qu'il me jalouse ?

JOHANNA : Oui.

FRANTZ : Dites-lui que mon orgueil est en miettes. Dites que je fanfaronne pour me défendre. Tenez ; je vais m'abaisser à l'extrême : dites à Werner que je suis jaloux.

JOHANNA : De lui ?

FRANTZ : De sa liberté, de ses muscles, de son sourire, de

sa femme, de sa bonne conscience. *(Un temps.)* Hein ? Quel baume pour son amour-propre !

JOHANNA : Il ne me croira pas.

FRANTZ : Tant pis pour lui. *(Un temps.)* Et vous ?

JOHANNA : Moi ?

FRANTZ : Est-ce que vous me croyez ?

JOHANNA, *incertaine, agacée* : Mais non.

FRANTZ : Madame, des indiscrétions ont été commises : je suis au courant, minute par minute, de votre vie privée.

JOHANNA, *haussant les épaules* : Leni vous ment.

FRANTZ : Leni ne parle jamais de vous. *(Désignant sa montre.)* C'est la babillarde : elle raconte tout. Dès que vous m'avez quitté, elle cause : 8 heures et demie, dîner de famille ; 10 heures, chacun se retire, tête à tête avec votre mari. 11 heures, toilette nocturne, Werner se couche, vous prenez un bain. Minuit, vous entrez dans son lit.

JOHANNA, *rire insolent* : Dans son lit. *(Un temps.)* Non.

FRANTZ : Des lits jumeaux ?

JOHANNA : Oui.

FRANTZ : Sur lequel faites-vous l'amour ?

JOHANNA, *exaspérée, avec insolence* : Tantôt sur l'un, tantôt sur l'autre.

FRANTZ, *grognant* : Hon ! *(Il regarde la photo.)* Quatre-vingts kilos ! Il doit vous écraser, l'athlète ! Vous aimez cela ?

JOHANNA : Si je l'ai choisi, c'est que je préfère les athlètes aux gringalets.

FRANTZ, *il regarde la photo en grognant puis la remet dans sa poche* : Soixante heures que je n'ai pas fermé l'œil.

JOHANNA : Pourquoi ?

FRANTZ : Vous ne coucherez pas avec lui pendant mon sommeil !

JOHANNA, *rire sec* : Eh bien, ne dormez plus jamais !

FRANTZ : C'est mon intention. Cette nuit, quand il vous prendra, vous saurez que je veille.

JOHANNA, *violente* : Je regrette mais je vous priverai de ces sales plaisirs solitaires. Dormez cette nuit : Werner ne me touchera pas.

FRANTZ, *déconcerté* : Ah !

JOHANNA : Cela vous déçoit ?

FRANTZ : Non.

JOHANNA : Il ne me touchera plus tant que nous resterons ici par sa faute. *(Un temps.)* Savez-vous ce qu'il s'imagine ?

Que vous m'avez séduite ! *(Insultante.)* Vous ! *(Un temps.)* Vous vous ressemblez !

FRANTZ, *montrant la photo* : Mais non.

JOHANNA : Mais si. Deux Gerlach, deux abstraits, deux frères visionnaires ! Qu'est-ce que je suis, moi ? Rien : un instrument de supplice. Chacun cherche sur moi les caresses de l'autre. *(Elle s'approche de Frantz.)* Regardez ce corps. *(Elle lui prend la main et l'oblige à la poser sur son épaule.)* Autrefois, quand je vivais chez les hommes, ils n'avaient pas besoin de messes noires pour le désirer. *(Elle s'éloigne et le repousse. Un temps. Brusquement.)* Le Père veut vous parler.

FRANTZ, *ton neutre* : Ah !

JOHANNA : Si vous le recevez, il déliera Werner de son serment.

FRANTZ, *calme et neutre* : Et puis ? Vous vous en irez ?

JOHANNA : Cela ne dépendra plus que de Werner.

FRANTZ, *même jeu* : Vous souhaitez cette entrevue ?

JOHANNA : Oui.

FRANTZ, *même jeu* : Il faut que je renonce à vous voir ?

JOHANNA : Naturellement.

FRANTZ, *même jeu* : Que deviendrai-je ?

JOHANNA : Vous rentrerez dans votre Éternité.

FRANTZ : Bien. *(Un temps.)* Allez dire à mon père…

JOHANNA, *brusquement* : Non !

FRANTZ : Hé ?

JOHANNA, *avec une violence chaleureuse* : Non ! Je ne lui dirai rien.

FRANTZ, *impassible, sentant qu'il a gagné* : Il faut que je lui donne ma réponse.

JOHANNA, *même jeu* : Inutile : je ne la transmettrai pas.

FRANTZ : Pourquoi m'avoir transmis sa demande ?

JOHANNA : C'est malgré moi.

FRANTZ : Malgré vous ?

JOHANNA, *petit rire, regard encore chargé de haine* : Figurez-vous que j'avais envie de vous tuer.

FRANTZ, *très aimable* : Oh ! Depuis longtemps ?

JOHANNA : Depuis cinq minutes.

FRANTZ : Et c'est déjà fini ?

JOHANNA, *souriante et calme* : Il me reste le désir de vous labourer les joues. *(Elle lui griffe le visage à deux mains. Il se laisse faire.)* Comme ceci.

Elle laisse retomber ses mains et s'éloigne.

FRANTZ, *toujours aimable* : Cinq minutes ! Vous avez de la chance : moi, l'envie de vous tuer me dure toute la nuit.

Un silence. Elle s'assied sur le lit et regarde dans le vide.

JOHANNA, *à elle-même* : Je ne partirai plus.

FRANTZ, *qui la guette* : Plus jamais ?

JOHANNA, *sans le regarder* : Plus jamais.

Elle a un petit rire égaré, elle ouvre les deux mains comme si elle laissait échapper un objet et regarde à ses pieds. Frantz l'observe et change de maintien : il redevient maniaque et gourmé comme au deuxième acte.

FRANTZ : Restez avec moi, alors. Tout à fait.

JOHANNA : Dans cette chambre ?

FRANTZ : Oui.

JOHANNA : Sans jamais en sortir ? *(Signe de Frantz.)* La séquestration ?

FRANTZ : Cela même. *(Il parle en marchant. Johanna le suit des yeux. À mesure qu'il parle, elle se reprend et se durcit : elle comprend que Frantz ne cherche qu'à protéger son délire.)* J'ai vécu douze ans sur un toit de glace au-dessus des sommets ; j'avais précipité dans la nuit la fourmillante verroterie[4].

JOHANNA, *déjà méfiante* : Quelle verroterie ?

FRANTZ : Le monde, chère madame. Le monde où vous vivez. *(Un temps.)* Cette pacotille d'iniquité ressuscite. Par vous : quand vous me quittez, elle m'entoure parce que vous êtes dedans. Vous m'écrasez aux pieds de la Suisse saxonne[5], je divague dans un pavillon de chasse à cinq mètres au-dessus de la mer. L'eau renaît dans la baignoire autour de votre chair. À présent l'Elbe coule et l'herbe croît. Une femme est un traître, madame.

JOHANNA, *sombre et durcie* : Si je trahis quelqu'un ce n'est pas vous.

FRANTZ : C'est moi ! C'est moi *aussi*, agent double ! Vingt heures sur vingt-quatre vous voyez, vous sentez, vous pensez sous mes semelles avec tous les autres : vous me soumettez aux lois du vulgaire. *(Un temps.)* Si je vous tiens sous clé, calme absolu : le monde retournera aux abîmes, vous ne serez que ce que vous êtes : *(la désignant)* ça ! Les Crabes me rendront leur confiance et je leur parlerai.

JOHANNA, *ironique* : Me parlerez-vous quelquefois ?

FRANTZ, *montrant le plafond* : Nous leur parlerons ensemble. *(Johanna éclate de rire. Il la regarde, déconcerté.)* Vous refusez ?

JOHANNA : Qu'y a-t-il à refuser ? Vous me racontez un cauchemar : j'écoute. Voilà tout.

FRANTZ : Vous ne quitterez pas Werner ?

JOHANNA : Je vous ai dit que non.

FRANTZ : Alors, quittez-moi. Voici la photo de votre mari. *(Il la lui donne, elle la prend.)* Quant à la montre, elle entrera dans l'Éternité au quatrième top exactement. *(Il défait le bracelet et regarde le cadran.)* Hop ! *(Il la jette sur le sol.)* Désormais, il sera 4 h 30 à toute heure. En souvenir de vous, madame. Adieu. *(Il va à la porte, ôte le verrou, lève la barre. Long silence. Il s'incline et lui montre la porte. Elle va jusqu'à l'entrée sans se presser, tire le verrou et baisse la barre. Puis elle revient vers lui, calme et sans sourire, avec une réelle autorité.)* Bon ! *(Un temps.)* Qu'allez-vous faire ?

JOHANNA : Ce que je fais depuis lundi : la navette.

Geste.

FRANTZ : Et si je n'ouvrais pas ?

JOHANNA, *tranquille* : Vous ouvrirez.

Frantz se baisse, ramasse la montre et la porte à son oreille. Son visage et sa voix changent : il parle avec une sorte de chaleur. À partir de cette réplique, une vraie complicité s'établit entre eux pour un moment.

FRANTZ : Nous avons de la chance : elle marche. *(Il regarde le cadran.)* 4 h 31 ; l'Éternité plus une minute. Tournez, tournez, les aiguilles : il faut vivre. *(À Johanna :)* Comment ?

JOHANNA : Je ne sais pas.

FRANTZ : Nous serons trois fous furieux.

JOHANNA : Quatre.

FRANTZ : Quatre ?

JOHANNA : Si vous refusez de le recevoir, le Père avertira Leni.

FRANTZ : Il en est bien capable.

JOHANNA : Qu'arriverait-il ?

FRANTZ : Leni n'aime pas les complications.

JOHANNA : Alors ?

FRANTZ : Elle simplifiera.

JOHANNA, *prenant dans sa main le revolver qui se trouve sur la table de Frantz* : Avec ça ?

FRANTZ : Avec ça ou autrement.

JOHANNA : En pareil cas, les femmes tirent sur la femme.

FRANTZ : Leni n'est femme qu'à demi.

JOHANNA : Cela vous ennuierait de mourir ?

FRANTZ : Franchement, oui. *(Geste au plafond.)* Je n'ai pas trouvé les mots qu'ils peuvent comprendre. Et vous ?

JOHANNA : Je n'aimerais pas que Werner reste seul.

FRANTZ, *petit rire, en conclusion* : Nous ne pouvons ni mourir, ni vivre.

JOHANNA, *même jeu* : Ni nous voir ni nous quitter[6].

FRANTZ : Nous sommes drôlement coincés.

Il s'assied.

JOHANNA : Drôlement.

Elle s'assied sur le lit. Silence. Frantz tourne le dos à Johanna et frotte deux coquilles l'une contre l'autre.

FRANTZ, *tournant le dos à Johanna* : Il faut qu'il y ait une issue.

JOHANNA : Il n'y en a pas.

FRANTZ, *avec force* : Il faut qu'il y en ait une ! *(Il frotte ses coquilles avec une violence maniaque et désespérée.)* Hein, quoi ?

JOHANNA : Laissez donc vos coquilles. C'est insupportable.

FRANTZ : Taisez-vous ! *(Il jette les coquilles contre le portrait de Hitler.)* Voyez l'effort que je fais. *(Il se retourne à demi vers elle et lui montre ses mains tremblantes.)* Savez-vous ce qui me fait peur ?

JOHANNA : L'issue ? *(Signe affirmatif de Frantz, toujours crispé.)* Qu'est-ce que c'est ?

FRANTZ : Doucement. *(Il se lève et marche avec agitation.)* Ne me pressez pas. Toutes les voies sont barrées, même celle du moindre mal. Reste un chemin qu'on ne barre jamais, vu qu'il est impraticable : celui du pire. Nous le prendrons.

JOHANNA, *dans un cri* : Non !

FRANTZ : Vous voyez bien que vous connaissez la sortie.

JOHANNA, *avec passion* : Nous avons été heureux.

FRANTZ : Heureux en Enfer ?

JOHANNA, *elle enchaîne passionnément* : Heureux en Enfer oui. Malgré vous, malgré moi. Je vous en prie, je vous en supplie, restons ce que nous sommes. Attendons sans un mot, sans un geste. *(Elle le prend par le bras.)* Ne changeons pas.

FRANTZ : Les autres changent, Johanna, les autres vont nous changer. *(Un temps.)* Croyez-vous que Leni nous laissera vivre ?

JOHANNA, *avec violence* : Leni, je me charge d'elle. S'il faut tirer, je tirerai la première.

FRANTZ : Écartons Leni. Nous voilà seuls et face à face : qu'arrivera-t-il ?

JOHANNA, *avec la même passion* : Rien n'arrivera ! Rien ne changera ! Nous serons...

FRANTZ : Il arrivera que vous me détruirez.

JOHANNA, *même jeu* : Jamais !

FRANTZ : Vous me détruirez lentement, sûrement, par votre seule présence. Déjà ma folie se délabre ; Johanna, c'était mon refuge ; que deviendrai-je quand je verrai le jour ?

JOHANNA, *même jeu* : Vous serez guéri.

FRANTZ, *bref éclat* : Ha ! *(Un temps. Rire dur.)* Je serai gâteux.

JOHANNA : Je ne vous ferai jamais de mal ; je ne songe pas à vous guérir : votre folie, c'est ma cage. J'y tourne en rond.

FRANTZ, *avec une tendresse amère et triste* : Vous tournez, petit écureuil ? Les écureuils ont de bonnes dents : vous rongerez les barreaux.

JOHANNA : C'est faux ! Je n'en ai pas même le désir. Je me plie à tous vos caprices.

FRANTZ : Pour cela, oui. Mais cela se voit trop. Vos mensonges sont des aveux.

JOHANNA, *crispée* : Je ne vous mens jamais !

FRANTZ : Vous ne faites que cela. Généreusement. Vertueusement. Comme un brave petit soldat. Seulement vous mentez très mal. Pour bien mentir, voyez-vous, il faut être soi-même un mensonge : c'est mon cas. Vous, vous êtes vraie. Quand je vous regarde, je connais que la vérité existe et qu'elle n'est pas de mon bord. *(Riant.)* S'il y a des orphelins à Düsseldorf, je parie qu'ils sont gras comme des cailles !

JOHANNA, *d'une voix mécanique et butée* : Ils sont morts ! L'Allemagne est morte !

FRANTZ, *brutalement* : Taisez-vous ! *(Un temps.)* Eh bien ? Vous le connaissez, à présent, le chemin du pire ? Vous m'ouvrez les yeux parce que vous essayez de me les fermer. Et moi qui, chaque fois, vous déjoue, je me fais votre complice parce que... parce que je tiens à vous.

JOHANNA, *qui s'est un peu reprise* : Donc chacun fait le contraire de ce qu'il veut ?

FRANTZ : Exactement.

JOHANNA, *d'une voix rogue et heurtée* : Eh bien ? Quelle est l'issue ?

FRANTZ : Que chacun veuille ce qu'il est contraint de faire.

JOHANNA : Il faut que je veuille vous détruire ?

FRANTZ : Il faut que nous nous aidions à vouloir la Vérité.

JOHANNA, *même jeu* : Vous ne la voudrez jamais. Vous êtes truqué jusqu'aux os.

FRANTZ, *sec et distant* : Eh ! ma chère, il fallait bien me défendre. *(Un temps. Plus chaleureux.)* Je renoncerai sur l'heure à l'illusionnisme, quand… *(Il hésite.)*

JOHANNA : Quand ?

FRANTZ : Quand je vous aimerai plus que mes mensonges, quand vous m'aimerez malgré ma vérité.

JOHANNA, *ironiquement* : Vous avez une vérité ? Laquelle ? Celle que vous dites aux Crabes ?

FRANTZ, *bondissant sur elle* : *Quels* crabes ? Êtes-vous folle ? Quels crabes ? *(Un temps. Il se détourne.)* Ah ! oui. Eh bien, oui… *(D'un trait, brusquement.)* Les Crabes sont des hommes. *(Un temps.)* Hein, quoi ? *(Il s'assied.)* Où ai-je été chercher cela ? *(Un temps.)* Je le savais… autrefois… Oui, oui, oui. Mais j'ai tant de soucis. *(Un temps. D'un ton décidé.)* De vrais hommes, bons et beaux, à tous les balcons des siècles. Moi, je rampais dans la cour ; je croyais les entendre : « Frère, qu'est-ce que c'est que ça ? » Ça, c'était moi… *(Il se lève. Salut militaire, garde-à-vous. D'une voix forte.)* Moi, le Crabe. *(Il se tourne vers Johanna et lui parle familièrement.)* Eh bien, j'ai dit non : des hommes ne jugeront pas mon temps. Que seront-ils, après tout ? Les fils de nos fils. Est-ce qu'on permet aux marmots de condamner leurs grands-pères ? J'ai retourné la situation ; j'ai crié : « Voici l'homme ; après moi, le déluge ; après le déluge, les Crabes, *vous* ! » Démasqués, tous ! les balcons grouillaient d'arthropodes. *(Solennel.)* Vous n'êtes pas sans savoir que l'espèce humaine est partie du mauvais pied : j'ai mis le comble à sa poisse fabuleuse en livrant sa dépouille mortelle au tribunal des Crustacés. *(Un temps. Il marche de côté, lentement.)* Bon. Alors, ce seront des hommes. *(Il rit doucement, d'un air égaré et marche à reculons vers le portrait de Hitler.)* Des hommes, voyez-vous cela ! *(Brusquement hérissé.)* Johanna, je récuse leur compétence, je leur ôte cette affaire et je vous la donne. Jugez-moi.

JOHANNA, *avec plus de résignation que de surprise* : Vous *juger* ?

FRANTZ, *criant* : Vous êtes sourde ? *(La violence fait place à l'étonnement anxieux.)* Hein, quoi ? *(Il se reprend. Rire sec, presque fat, mais sinistre.)* Vous me jugerez, ma foi, vous me jugerez.

JOHANNA : Hier encore, vous étiez le témoin. Le témoin de l'Homme.

FRANTZ : Hier, c'était hier. *(Il se passe la main sur le front.)* Le témoin de l'Homme… *(Riant.)* Et qui voulez-vous que ce soit ? Voyons, madame, c'est l'Homme, un enfant le devinerait. L'accusé témoigne pour lui-même. Je reconnais qu'il y a cercle vicieux. *(Avec une fierté sombre.)* Je suis l'Homme, Johanna ; je suis tout homme et tout l'Homme, je suis le Siècle *(brusque humilité bouffonne)*, comme n'importe qui.

JOHANNA : En ce cas je ferai le procès d'un autre.

FRANTZ : De qui ?

JOHANNA : De n'importe qui.

FRANTZ : L'accusé promet d'être exemplaire : je devais témoigner à décharge mais je me chargerai si vous voulez. *(Un temps.)* Bien entendu, vous êtes libre. Mais si vous m'abandonnez sans m'entendre et par peur de me connaître, vous aurez porté sentence, bon gré, mal gré. Décidez. *(Un temps. Il désigne le plafond.)* Je leur dis ce qui me passe par la tête : jamais de réponse. Je leur raconte des blagues, aussi, histoire de rire : j'en suis encore à me demander s'ils les gobent ou s'ils les retiennent contre moi. Une pyramide de silence au-dessus de ma tête, un millénaire qui se tait : ça me tue. Et s'ils m'ignorent ? S'ils m'ont oublié ? Qu'est-ce que je deviens, moi, sans tribunal ? Quel mépris ! — « Tu peux faire ce que tu veux, on s'en fout ! » — Alors ? Je compte pour du beurre ? Une vie qui n'est pas sanctionnée, la terre la boit. C'était l'Ancien Testament[7]. Voici le Nouveau. Vous serez l'avenir et le présent, le monde et moi-même ; hors de vous, rien : vous me ferez oublier les siècles, je vivrai. Vous m'écouterez, je surprendrai vos regards, je vous entendrai me répondre ; un jour, peut-être, après des années, vous reconnaîtrez mon innocence et je le saurai. Quelle fête carillonnée : vous me serez tout et tout m'acquittera. *(Un temps.)* Johanna ! Est-ce que c'est possible ?

Un temps.

JOHANNA : Oui.

FRANTZ : On peut encore m'aimer ?

JOHANNA, *sourire triste mais avec une profonde sincérité* : Malheureusement[a].

Frantz se lève. Il a l'air délivré, presque heureux. Il va vers Johanna et la prend dans ses bras.

FRANTZ : Je ne serai plus jamais seul… *(Il va pour l'embrasser puis, brusquement, il l'éloigne et reprend son air maniaque et dur. Johanna le regarde, comprend qu'il est entré dans sa solitude et se durcit à son tour. Avec une ironie mauvaise mais qui ne porte que sur lui-même.)* Je vous demande pardon, Johanna ; il est un petit peu tôt pour corrompre le juge que je me suis donné.

JOHANNA : Je ne suis pas votre juge. Ceux qu'on aime, on ne les juge pas.

FRANTZ : Et si vous cessiez de m'aimer ? Est-ce que ce ne serait pas le jugement ? Le jugement dernier ?

JOHANNA : Comment le pourrais-je ?

FRANTZ : En apprenant qui je suis.

JOHANNA : Je le sais déjà.

FRANTZ, *se frottant les mains d'un air réjoui* : Oh ! non. Pas du tout ! Pas du tout ! *(Un temps. Il a l'air tout à fait fou.)* Un jour viendra, pareil à tous les jours, je parlerai de moi, vous m'écouterez et, tout d'un coup, l'amour s'écroulera ! Vous me regarderez avec horreur et je me sentirai redevenir… *(il se met à quatre pattes et marche de côté)*… crabe !

JOHANNA, *le regardant avec horreur* : Arrêtez !

FRANTZ, *à quatre pattes* : Vous ferez ces yeux ! Justement ceux-là ! *(Il se relève prestement.)* Condamné, hein ? Condamné sans recours ! *(D'une voix changée, cérémonieuse et optimiste.)* Bien entendu, il est également possible que je fasse l'objet d'un acquittement.

JOHANNA, *méprisante et tendue* : Je ne suis pas sûre que vous le souhaitiez.

FRANTZ : Madame, je souhaite en finir : d'une manière ou d'une autre.

Un temps.

JOHANNA : Vous avez gagné, bravo ! Si je pars, je vous condamne ; si je reste, vous mettez la méfiance entre nous ; elle brille déjà dans vos yeux. Eh bien, suivons le programme : veillons à nous dégrader ensemble, avilissons-nous bien soigneusement et l'un par l'autre ; nous ferons de notre amour un instrument de torture ; nous boirons, n'est-ce pas ? Vous vous remettrez au champagne ; moi, c'était le whisky, j'en apporterai. Chacun sa bouteille, face à l'autre et seul. *(Avec un sourire mauvais.)* Savez-vous ce que nous serons, témoin de l'Homme ? Un couple comme tous les couples ! *(Elle se verse du champagne et lève la coupe.)* Je bois à nous ! *(Elle boit d'un trait et jette la coupe contre le portrait de Hitler. La coupe se brise en heurtant le portrait. Johanna va prendre un fauteuil sur le tas de meubles brisés, le redresse et s'assied.)* Alors ?

FRANTZ, *déconcerté* : Johanna… Est-ce que…

JOHANNA : C'est moi qui interroge. Alors ? Qu'avez-vous à dire ?

FRANTZ : Vous ne m'avez pas compris. S'il n'y avait que nous deux, je vous jure…

JOHANNA : Qu'y a-t-il d'autre ?

FRANTZ, *péniblement* : Leni, ma sœur. Si je me décide à parler, c'est pour nous sauver d'elle. Je dirai… ce qui est à dire, sans m'épargner mais à ma façon, petit à petit ; cela prendra des mois, des années, peu importe ! Je ne demande que votre confiance et vous aurez la mienne, si vous me promettez de ne plus croire que moi.

JOHANNA, *elle le regarde longuement. Plus douce* : Bon. Je ne croirai que vous.

FRANTZ, *avec un peu de solennité, mais sincèrement* : Tant que vous tiendrez cette promesse, Leni sera sans pouvoir sur nous. *(Il va s'asseoir.)* J'ai eu peur. Vous étiez dans mes bras, je vous désirais, j'allais vivre… et, tout d'un coup, j'ai vu ma sœur et je me suis dit : elle nous cassera. *(Il sort un mouchoir de sa poche et s'éponge le front.)* Ouf ! *(D'une voix douce.)* C'est l'été, n'est-ce pas ? Il doit faire chaud. *(Un temps. Le regard dans le vide.)* Savez-vous qu'il avait fait de moi une assez formidable machine ?

JOHANNA : Le Père ?

FRANTZ, *même jeu* : Oui. Une machine à commander. *(Petit rire. Un temps.)* Un été de plus ! et la machine tourne encore. À vide, comme toujours. *(Il se lève.)* Je vous dirai ma vie ; mais ne vous attendez pas à de grandes scélératesses. Oh, non : même pas cela. Savez-vous ce que je me reproche : je n'ai rien fait. *(La lumière baisse lentement.)* Rien ! Rien ! Jamais !

SCÈNE III[8]

FRANTZ, JOHANNA, UNE FEMME

UNE VOIX DE FEMME, *doucement* : Soldat !

JOHANNA, *sans entendre la Femme* : Vous avez fait la guerre.

FRANTZ : Pensez-vous !

Il commence à faire sombre.

VOIX DE FEMME, *plus fort* : Soldat !

FRANTZ, *debout sur le devant de la scène, seul visible. Johanna, assise sur le fauteuil est entrée dans l'ombre* : La guerre, on ne la fait pas : c'est elle qui nous fait. Tant qu'on se battait, je rigolais bien : j'étais un civil en uniforme. Une nuit, je suis devenu soldat pour toujours. *(Il prend derrière lui, sur la table, une casquette d'officier et s'en coiffe d'un geste brusque.)* Un pauvre gueux de vaincu, un incapable. Je revenais de Russie, je traversais l'Allemagne en me cachant, je suis entré dans un village en ruines.

LA FEMME, *toujours invisible, plus fort* : Soldat !

FRANTZ : Hein ? *(Il se retourne brusquement. De la main gauche, il tient une torche électrique ; de la main droite, il tire son revolver de son étui, prêt à tirer ; la torche électrique n'est pas allumée.)* Qui m'appelle ?

LA FEMME : Cherche bien.

FRANTZ : Combien êtes-vous ?

LA FEMME : À ta hauteur, plus personne. Par terre, il y a moi. *(Frantz allume brusquement sa torche en la dirigeant vers le sol. Une femme noire est accotée contre le mur, à demi couchée sur le parquet.)* Éteins ça, tu m'éblouis. *(Frantz éteint. Reste une clarté diffuse qui les enveloppe et qui les rend visibles.)* Ha ! Ha ! Tire ! Tire donc ! Finis ta guerre en assassinant une Allemande !

Frantz s'aperçoit qu'il a, sans même y prendre garde, braqué son revolver contre la Femme. Il le remet avec horreur dans sa poche.

FRANTZ : Que fais-tu là ?

LA FEMME : Tu vois ; je suis au pied du mur. *(Fièrement.)* C'est mon mur. Le plus solide du village. Le seul qui ait tenu.

FRANTZ : Viens avec moi.

LA FEMME : Allume ta torche. *(Il l'allume, le faisceau lumineux éclairant le sol. Il fait sortir de l'ombre une couverture qui enveloppe la Femme des pieds à la tête.)* Regarde. *(Elle soulève un peu la couverture. Il dirige la torche vers ce qu'elle lui montre et que le public ne voit pas*[9]*. Puis avec un grognement, brusquement il éteint.)* Eh oui : c'étaient mes jambes.

FRANTZ : Que puis-je faire pour toi ?

LA FEMME : T'asseoir une minute. *(Il s'assied près d'elle.)* J'ai mis au pied du mur un soldat de chez nous ! *(Un temps.)* Je ne demandais plus rien d'autre. *(Un temps.)* J'espérais que ce serait mon frère, mais il a été tué. En Normandie. Tant pis ; tu feras l'affaire. Je lui aurais dit : « Regarde ! *(Montrant les ruines du village.)* C'est ton ouvrage. »

FRANTZ : Son ouvrage ?

LA FEMME, *directe, sur Frantz* : Et le tien, mon garçon !

FRANTZ : Pourquoi ?

LA FEMME, *c'est une évidence* : Tu t'es laissé battre.

FRANTZ : Ne dis pas de bêtises. *(Il se lève brusquement, face à la Femme. Son regard rencontre une affiche, jusqu'alors invisible et qu'un projecteur éclaire. Elle est collée sur le mur, à un mètre soixante-quinze du sol, à droite de la Femme :* Les coupables, c'est vous !*)* Encore ! Ils la mettent donc partout[10] !

Il va pour la déchirer.

LA FEMME, *la tête renversée en arrière, le regardant* : Laisse-la ! Laisse, je te dis, c'est *mon* mur ! *(Frantz s'éloigne.)* Les coupables, c'est vous ! *(Elle lit et le désigne.)* Toi, mon frère, vous tous !

FRANTZ : Tu es d'accord avec eux ?

LA FEMME : Comme la nuit avec le jour. Ils racontent au Bon Dieu que nous sommes des cannibales et le Bon Dieu les écoute parce qu'ils ont gagné. Mais on ne m'ôtera pas de l'idée que le vrai cannibale, c'est le vainqueur. Avoue-le, soldat : tu ne voulais pas manger de l'homme.

FRANTZ, *avec lassitude* : Nous en avons détruit ! Détruit ! Des villes et des villages ! Des capitales !

LA FEMME : S'ils vous ont battus, c'est qu'ils en ont détruit plus que vous. *(Frantz hausse les épaules.)* As-tu mangé de l'homme ?

FRANTZ : Et ton frère ? Est-ce qu'il en a mangé ?

LA FEMME : Sûrement pas : il gardait les bonnes manières. Comme toi.

FRANTZ, *après un silence* : On t'a parlé des camps ?

LA FEMME : Desquels ?

FRANTZ : Tu sais bien : les camps d'extermination.

LA FEMME : On m'en a parlé.

FRANTZ : Si l'on t'apprenait que ton frère, au moment de sa mort, était gardien dans l'un de ces camps, tu serais fière ?

LA FEMME, *farouche* : Oui. Écoute-moi bien, mon garçon, si mon frère avait des morts par milliers sur la conscience, si, parmi ces morts, il se trouvait des femmes pareilles à moi, des enfants pareils à ceux qui pourrissent sous ces pierres, je serais fière de lui : je saurais qu'il est au Paradis et qu'il a le droit de penser : « Moi, j'ai fait ce que j'ai pu ! » Mais je le connais : il nous aimait moins que son honneur, moins que ses vertus. Et voilà ! *(Geste circulaire. Avec violence.)* Il fallait la Terreur — que vous dévastiez tout !

FRANTZ : Nous l'avons fait.

LA FEMME : Jamais assez ! Pas assez de camps ! Pas assez de bourreaux ! Tu nous a trahis en donnant ce qui ne t'appartenait pas : chaque fois que tu épargnais la vie d'un ennemi, fût-il au berceau, tu prenais une des nôtres ; tu as voulu combattre sans haine et tu m'as infectée de la haine qui me ronge le cœur. Où est ta vertu, mauvais soldat ? Soldat de la déroute, où est ton honneur ? Le coupable, c'est toi ! Dieu ne te jugera pas sur tes actes, mais sur ce que tu n'as pas osé faire : sur les crimes qu'il fallait commettre et que tu n'as pas commis ! *(L'obscurité s'est faite peu à peu. Seule l'affiche reste visible. La voix répète en s'éloignant.)* Le coupable, c'est toi ! C'est toi ! C'est toi !

L'affiche s'éteint.

SCÈNE IV

FRANTZ, JOHANNA

VOIX DE FRANTZ, *dans la nuit* : Johanna !

Lumière. Frantz est debout, tête nue, près de sa table. Johanna est assise dans le fauteuil. La Femme a disparu.

JOHANNA, *sursautant* : Eh bien ?

Frantz va vers elle. Il la regarde longuement.

FRANTZ : Johanna !

Il la regarde, essayant de chasser ses souvenirs.

JOHANNA, *se rejetant en arrière avec un peu de sécheresse* : Qu'est-elle devenue ?

FRANTZ : La femme ? Cela dépend.

JOHANNA, *surprise* : De quoi donc ?

FRANTZ : De mes rêves.

JOHANNA : Ce n'était pas un souvenir ?

FRANTZ : C'est aussi un rêve[11]. Tantôt je l'emmène, tantôt je l'abandonne et tantôt… De toute façon, elle crève, c'est un cauchemar. *(Le regard fixe, pour lui-même.)* Je me demande si je ne l'ai pas tuée.

JOHANNA, *sans surprise, mais avec peur et dégoût* : Ha !

Il se met à rire.

FRANTZ, *un geste pour appuyer sur une gâchette imaginaire* : Comme ça. *(Défi souriant.)* Vous l'auriez laissée souffrir ? Sur toutes les routes il y a des crimes. Des crimes préfabriqués qui n'attendent que leur criminel. Le vrai soldat passe et s'en charge. *(Brusquement.)* L'histoire vous déplaît ? Je n'aime pas vos yeux ! Ah ! Donnez-lui la fin qu'il vous plaira. *(Il s'éloigne d'elle à grands pas. Près de la table, il se retourne.)* « Le coupable, c'est toi ! » Qu'en dites-vous ? Elle avait raison ?

JOHANNA, *haussant les épaules* : Elle était folle.

FRANTZ : Oui. Qu'est-ce que cela prouve ?

JOHANNA, *avec force et clarté* : Nous avons perdu parce que nous manquions d'hommes et d'avions !

FRANTZ, *l'interrompant* : Je sais ! Je sais ! Cela regarde Hitler. *(Un temps.)* Je vous parle de moi. La guerre était mon lot : jusqu'où devais-je l'aimer ? *(Elle veut parler.)* Réfléchissez ! Réfléchissez bien : votre réponse sera décisive.

JOHANNA, *mal à l'aise, agacée et durcie* : C'est tout réfléchi.

FRANTZ, *un temps* : Si j'avais commis en effet tous les forfaits qu'on a jugés à Nuremberg...

JOHANNA : Lesquels ?

FRANTZ : Est-ce que je sais ! Génocide et tout le bordel !

JOHANNA, *haussant les épaules* : Pourquoi les auriez-vous commis ?

FRANTZ : Parce que la guerre était mon lot : quand nos pères ont engrossé nos mères, ils leur ont fait des soldats. Je ne sais pas pourquoi.

JOHANNA : Un soldat c'est un homme.

FRANTZ : C'est d'abord un soldat. Alors ? M'aimeriez-vous encore ? *(Elle veut parler.)* Mais prenez votre temps, nom de Dieu ! *(Elle le regarde en silence.)* Eh bien ?

JOHANNA : Non.

FRANTZ : Vous ne m'aimeriez plus ? *(Signe de Johanna.)* Je vous ferais horreur ?

JOHANNA : Oui.

FRANTZ, *éclatant de rire* : Bon, bon, bon ! Rassurez-vous, Johanna : vous avez affaire à un puceau. Innocence garantie. *(Elle reste défiante et dure.)* Vous pouvez bien me sourire : j'ai tué l'Allemagne par sensiblerie.

La porte de la salle de bains s'ouvre. Klages entre, referme la porte et va s'asseoir, à pas lents, sur la chaise de Frantz. Frantz ni Johanna ne lui prêtent attention.

SCÈNE V

FRANTZ, JOHANNA, KLAGES

FRANTZ : Nous étions cinq cents près de Smolensk. Accrochés à un village. Commandant tué, capitaines tués : restaient nous deux, les deux lieutenants et un Feldwebel. Drôle de triumvirat : le lieutenant Klages, c'était le fils d'un pasteur ; un idéaliste, dans les nuages… Heinrich, le Feldwebel, avait les pieds sur terre, mais il était cent pour cent nazi. Les partisans nous coupaient de l'arrière : ils tenaient la route sous leur feu. Trois jours de vivres. On a trouvé deux paysans russes, on les a mis dans une grange et baptisés prisonniers[b].

KLAGES, *accablé* : Quelle brute !

FRANTZ, *sans se retourner* : Eh ?

KLAGES : Heinrich ! Je dis : quelle brute !

FRANTZ, *vague, même jeu* : Ah oui…

KLAGES, *piteux et sinistre* : Frantz, je suis dans un merdier ! *(Frantz se retourne brusquement vers lui.)* Les deux paysans, il s'est mis en tête de les faire parler.

FRANTZ : Ah ! Ah ! *(Un temps.)* Et toi, tu ne veux pas qu'il les bouscule ?

KLAGES : J'ai tort ?

FRANTZ : La question n'est pas là.

KLAGES : Où est-elle ?

FRANTZ : Tu lui as défendu d'entrer dans la grange ? *(Signe de Klages.)* Donc, il ne faut pas qu'il y entre.

KLAGES : Tu sais bien qu'il ne m'écoutera pas.

FRANTZ, *feignant l'étonnement indigné* : Hein ?

KLAGES : Je ne trouve pas les mots.

FRANTZ : Hein ?

KLAGES : Les mots pour le convaincre.

FRANTZ, *stupéfait* : Et par-dessus le marché, tu veux qu'il soit convaincu ! *(Brutal.)* Traite-le comme un chien, fais-le ramper !

KLAGES : Je ne peux pas. Si je méprise un homme, un seul, même un bourreau, je n'en respecterai plus aucun.

FRANTZ : Si un subordonné, un seul refuse de t'obéir, tu ne seras plus obéi par aucun. Le respect de l'homme, je m'en moque, mais si tu fous la discipline en l'air, c'est la déroute, le massacre ou les deux à la fois.

KLAGES, *il se lève, va vers la porte, l'entrouvre et jette un coup d'œil au-dehors* : Il est devant la grange : il guette. *(Il referme la porte et se tourne vers Frantz.)* Sauvons-les !

FRANTZ : Tu les sauveras si tu sauves ton autorité.

KLAGES : J'avais pensé…

FRANTZ : Quoi ?

KLAGES : Heinrich t'écoute comme le Bon Dieu.

FRANTZ : Parce que je le traite comme un tas de merde : c'est logique.

KLAGES, *gêné* : Si l'ordre venait de toi… *(Suppliant.)* Frantz !

FRANTZ : Non. Les prisonniers, c'est ton rayon. Si je donne un ordre à ta place, je te déconsidère. Et si je suis tué dans une heure, après t'avoir coulé, Heinrich commandera seul. Ce sera la catastrophe : pour mes soldats parce qu'il est bête, pour tes prisonniers parce qu'il est méchant. *(Il traverse la salle et s'approche de Johanna.)* Et surtout pour Klages : tout lieutenant qu'il était, Heinrich l'aurait mis au trou.

JOHANNA : Pourquoi ?

FRANTZ : Klages souhaitait notre défaite.

KLAGES : Je ne la souhaite pas : je la veux !

FRANTZ : Tu n'as pas le droit !

KLAGES : Ce sera l'effondrement de Hitler.

FRANTZ : Et celui de l'Allemagne. *(Riant.)* Kaputt ! Kaputt ! *(Revenant à Johanna.)* C'était le champion de la restriction mentale ; il condamnait les nazis dans son âme pour se cacher qu'il les servait dans son corps.

JOHANNA : Il ne les servait pas !

FRANTZ, *à Johanna* : Allez ! Vous êtes de la même espèce. Ses mains les servaient, sa voix les servait. Il disait à Dieu : « Je ne veux pas ce que je fais ! » mais il le faisait. *(Revenant à Klages.)* La guerre passe par toi. En la refusant, tu te condamnes à l'impuissance : tu as vendu ton âme pour rien, moraliste. La mienne, je la ferai payer. *(Un temps.)* D'abord gagner ! Ensuite, on s'occupera de Hitler[12].

KLAGES : Il ne sera plus temps.

FRANTZ : Nous verrons ! *(Revenant sur Johanna, menaçant.)* On m'avait trompé, madame, et j'avais décidé qu'on ne me tromperait plus.

JOHANNA : Qui vous avait trompé ?

FRANTZ : Vous le demandez ? Luther. *(Riant.)* Vu ! Compris[c] ! J'ai envoyé Luther au diable et je suis parti. La guerre était mon destin et je l'ai voulue de toute mon âme. J'agissais, enfin ! Je réinventais les ordres ; j'étais d'accord avec moi.

JOHANNA : Agir, c'est tuer ?

FRANTZ, *à Johanna* : C'est agir. Écrire son nom.

KLAGES : Sur quoi ?

FRANTZ, *à Klages* : Sur ce qui se trouve là. J'écris le mien sur cette plaine. Je répondrai de la guerre comme si je l'avais faite à moi seul et, quand j'aurai gagné, je rempilerai.

JOHANNA, *très sèche* : Et les prisonniers, Frantz ?

FRANTZ, *se retournant vers elle* : Hé ?

JOHANNA : Vous qui répondez de tout, avez-vous répondu d'eux ?

FRANTZ, *un temps* : Je les ai tirés d'affaire. *(À Klages :)* Comment lui donner cet ordre sans compromettre ton autorité ? Attends un peu. *(Il réfléchit.)* Bien ! *(Il va à la porte et l'ouvre. Appelant.)* Heinrich !

Il revient vers la table, Heinrich entre en courant.

SCÈNE VI

FRANTZ, JOHANNA, KLAGES, HEINRICH

HEINRICH, *salut militaire. Garde-à-vous* : À vos ordres, mon lieutenant.

Un vague sourire de confiance heureuse, presque tendre, éclaire son visage quand il s'adresse à Frantz.

FRANTZ, *il s'avance vers le Feldwebel sans hâte et l'inspecte de la tête aux pieds* : Feldwebel, vous vous négligez. *(Désignant un bouton qui pend à une boutonnière.)* C'est quoi, ça ?

HEINRICH : C'est… heu… c'est un bouton, mon lieutenant.

FRANTZ, *bonhomme* : Vous alliez le perdre, mon ami. *(Il le lui arrache d'un coup sec et le garde dans la main gauche.)* Vous le recoudrez.

HEINRICH, *désolé* : Mon lieutenant, personne n'a plus de fil.

FRANTZ : Tu réponds, sac à merde ? *(Il le gifle de la main droite, à toute volée, par deux reprises.)* Ramasse ! *(Il laisse tomber le bouton. Le Feldwebel se baisse pour le ramasser.)* Garde à vous !

(Le Feldwebel a ramassé le bouton. Il se met au garde-à-vous.) À partir d'aujourd'hui, le lieutenant Klages et moi, nous avons décidé de changer nos fonctions toutes les semaines. Vous le conduirez tout à l'heure aux avant-postes ; moi, jusqu'à lundi, je prends ses attributions. Rompez. *(Heinrich fait le salut militaire.)* Attendez ! *(À Klages :)* Il y a des prisonniers, je crois ?

KLAGES : Deux.

FRANTZ : Très bien : je les prends en charge.

HEINRICH, *ses yeux brillent, il croit que Frantz acceptera ses suggestions* : Mon lieutenant !

FRANTZ, *brutal, l'air étonné* : Quoi ?

HEINRICH : C'est des partisans.

FRANTZ : Possible ! Après ?

HEINRICH : Si vous permettiez…

KLAGES : Je lui ai déjà interdit de s'occuper d'eux.

FRANTZ : Vous entendez, Heinrich ? Voilà qui est réglé. Dehors !

KLAGES : Attends. Sais-tu ce qu'il m'a demandé ?

HEINRICH, *à Frantz* : Je… je plaisantais, mon lieutenant.

FRANTZ, *fronçant le sourcil* : Avec un supérieur ? *(À Klages :)* Qu'a-t-il demandé ?

KLAGES : « Que ferez-vous si je ne vous obéis pas ? »

FRANTZ, *d'une voix neutre* : Ah ! *(Il se tourne vers Heinrich.)* Aujourd'hui, Feldwebel, c'est à moi de vous répondre. Si vous n'obéissez pas… *(Frappant sur son étui à revolver)*… je vous abattrai.

Un temps.

KLAGES, *à Heinrich* : Conduisez-moi aux avant-postes.

Il échange un clin d'œil avec Frantz et sort derrière Heinrich.

SCÈNE VII

FRANTZ, JOHANNA

FRANTZ : C'était bien de tuer mes soldats ?

JOHANNA : Vous ne les avez pas tués.

FRANTZ : Je n'ai pas *tout* fait pour les empêcher de mourir.

JOHANNA : Les prisonniers n'auraient pas parlé.

FRANTZ : Qu'en savez-vous ?

JOHANNA : Des paysans ? Ils n'avaient rien à dire.

FRANTZ : Qui prouve que ce n'étaient pas des partisans ?

JOHANNA : En général, les partisans ne parlent pas.

FRANTZ : En général, oui ! *(Insistant, l'air fou.)* L'Allemagne vaut bien un crime[13], hein, quoi ? *(Mondain, d'une aisance égarée, presque bouffonne.)* Je ne sais pas si je me fais comprendre. Vous êtes déjà une autre génération. *(Un temps. Violent, dur, sincère, sans la regarder, l'œil fixe, presque au garde-à-vous.)* La vie brève ; avec une mort de choix ! Marcher ! Marcher ! Aller au bout de l'horreur, dépasser l'Enfer ! Une poudrière : je l'aurais foudroyée dans les ténèbres, tout aurait sauté sauf mon pays ; un instant, j'aurais été le bouquet tournoyant d'un feu d'artifice mémorable et puis plus rien : la nuit et mon nom, seul, sur l'airain. *(Un temps.)* Avouons que j'ai renâclé. Les principes, ma chère, toujours les principes. Ces deux prisonniers inconnus, vous pensez bien que je leur préférais mes hommes. Il a pourtant fallu que je dise non ! Et je serais un cannibale ? Permettez : tout au plus un végétarien. *(Un temps. Pompeux, législateur.)* Celui qui ne fait pas tout ne fait rien : je n'ai rien fait. Celui qui n'a rien fait n'est personne. Personne ? *(Se désignant comme à l'appel.)* Présent ! *(Un temps. À Johanna :)* Voilà le premier chef d'accusation.

JOHANNA : Je vous acquitte.

FRANTZ : Je vous dis qu'il faut en débattre.

JOHANNA : Je vous aime.

FRANTZ : Johanna ! *(On frappe à la porte d'entrée, cinq, quatre, deux fois trois coups. Ils se regardent.)* Eh bien, c'était un peu tard.

JOHANNA : Frantz…

FRANTZ : Un peu tard pour m'acquitter. *(Un temps.)* Le Père a parlé. *(Un temps.)* Johanna, vous verrez une exécution capitale.

JOHANNA, *le regardant* : La vôtre ? *(On recommence à frapper.)* Et vous vous laisserez égorger ? *(Un temps.)* Vous ne m'aimez donc pas ?

FRANTZ, *riant silencieusement* : Notre amour, je vous en parlerai tout à l'heure… *(désignant la porte)*… en sa présence. Ce ne sera pas beau. Et rappelez-vous ceci : je vous demanderai votre aide et vous ne me la donnerez pas. *(Un temps.)* S'il reste une chance… Entrez là.

Il l'entraîne vers la salle de bains. Elle entre. Il referme la porte et va ouvrir à Leni.

SCÈNE VIII

FRANTZ, LENI

FRANTZ, *il défait précipitamment son bracelet-montre et le met dans sa poche. Leni entre en portant sur une assiette un petit gâteau de Savoie recouvert de sucre blanc. Sur le gâteau, quatre bougies. Elle porte un journal sous son bras gauche* : Pourquoi me déranger à cette heure-ci ?

LENI : Tu sais l'heure ?

FRANTZ : Je sais que tu viens de me quitter.

LENI : Le temps t'a paru court.

FRANTZ : Oui. *(Désignant le gâteau.)* Qu'est-ce que c'est ?

LENI : Un petit gâteau : je te l'aurais donné demain pour ton dessert.

FRANTZ : Et puis ?

LENI : Tu vois : je te l'apporte ce soir. Avec des bougies.

FRANTZ : Des bougies, pourquoi ?

LENI : Compte-les.

FRANTZ : Une, deux, trois, quatre. Eh bien ?

LENI : Tu as trente-quatre ans.

FRANTZ : Oui : depuis le 15 février.

LENI : Le 15 février, c'était un anniversaire.

FRANTZ : Et aujourd'hui ?

LENI : Une date.

FRANTZ : Bon. *(Il prend le plateau et le porte sur la table.)* « Frantz ! » C'est toi qui as écrit mon nom ?

LENI : Qui veux-tu que ce soit ?

FRANTZ : La Renommée ! *(Il contemple son nom.)* « Frantz » en sucre rose. Plus joli mais moins flatteur que l'airain. *(Il allume les bougies.)* Brûlez doucement, cierges : votre consomption sera la mienne. *(Négligemment.)* Tu as vu le Père !

LENI : Il m'a rendu visite.

FRANTZ : Dans ta chambre ?

LENI : Oui !

FRANTZ : Il est resté longtemps ?

LENI : Bien assez.

FRANTZ : Dans ta chambre : c'est une faveur exceptionnelle.

LENI : Je la paierai !

FRANTZ : Moi aussi.

LENI : Toi aussi.

FRANTZ, *il coupe deux tranches du gâteau* : Ceci est mon corps. *(Il verse du champagne dans deux coupes.)* Ceci est mon sang[14]. *(Il tend le gâteau à Leni.)* Sers-toi. *(Elle secoue la tête en souriant.)* Empoisonné ?

LENI : Pour quoi faire ?

FRANTZ : Tu as raison : pourquoi ? *(Il tend une coupe.)* Tu accepteras bien de porter une santé ? *(Leni la prend et la considère avec méfiance.)* Un crabe ?

LENI : Du rouge à lèvres.

Il lui arrache la coupe et la brise contre la table.

FRANTZ : C'est le tien ! Tu ne sais pas faire la vaisselle. *(Il lui tend l'autre coupe pleine. Elle la prend. Il verse du champagne dans une troisième coupe qu'il se réserve.)* Bois à moi !

LENI : À toi. *(Elle lève la coupe.)*

FRANTZ : À moi ! *(Il choque sa coupe contre la sienne.)* Qu'est-ce que tu me souhaites ?

LENI : Qu'il n'y ait rien.

FRANTZ : Rien ? Oh ! Après ? Excellente idée ! *(Levant sa coupe.)* Je bois à rien. *(Il boit, repose la coupe. Leni chancelle, il la reçoit dans ses bras et la conduit au fauteuil.)* Assieds-toi, petite sœur.

LENI, *s'asseyant* : Excuse-moi : je suis fatiguée. *(Un temps.)* Et le plus dur reste à faire.

FRANTZ : Très juste. *(Il s'essuie le front.)*

LENI, *comme à elle-même* : On gèle. Encore un été pourri.

FRANTZ, *stupéfait* : On étouffe.

LENI, *bonne volonté* : Ah ? Peut-être. *(Elle le regarde.)*

FRANTZ : Tu me regardes ?

LENI : Oui. *(Un temps.)* Tu es un autre. Ça devrait se voir.

FRANTZ : Ça ne se voit pas ?

LENI : Non. Je vois *toi*. C'est décevant. *(Un temps.)* La faute n'est à personne, mon chéri : il aurait fallu que tu m'aimes. Mais je pense que tu ne le pouvais pas.

FRANTZ : Je t'aimais bien.

LENI, *cri de violence et de rage* : Tais-toi ! *(Elle se maîtrise mais sa voix garde jusqu'au bout une grande dureté.)* Le Père m'a dit que tu connaissais notre belle-sœur.

FRANTZ : Elle vient me voir de temps en temps. Une bien brave fille : je suis content pour Werner. Qu'est-ce que tu m'as raconté ? Elle n'est pas du tout bossue.

LENI : Mais si.

FRANTZ : Mais non ! *(Geste vertical de la main.)* Elle est…

LENI : Oui : elle a le dos droit. Ça n'empêche pas qu'elle soit bossue. *(Un temps.)* Tu la trouves belle ?

FRANTZ : Et toi ?

LENI : Belle comme la mort.

FRANTZ : C'est très fin ce que tu dis là : je lui en ai fait la réflexion moi-même.

LENI : Je bois à elle !

Elle vide sa coupe et la jette.

FRANTZ, *ton objectif* : Tu es jalouse ?

LENI : Je ne sens rien.

FRANTZ : Oui. C'est trop tôt.

LENI : Beaucoup trop tôt.

Un temps. Frantz prend un morceau de gâteau et le mange.

FRANTZ, *désignant le gâteau et riant* : C'est un étouffe-coquin ! *(Il tient sa tranche de gâteau dans la main gauche. De la droite, il ouvre le tiroir, y prend le revolver et, tout en mangeant, le tend à Leni.)* Tiens.

LENI : Que veux-tu que j'en fasse ?

FRANTZ, *se montrant* : Tire. Et laisse-la tranquille.

LENI, *riant* : Remets ça dans ton tiroir. Je ne sais même pas m'en servir.

FRANTZ, *il garde le bras tendu. Le revolver est à plat dans sa main* : Tu ne lui feras pas de mal ?

LENI : L'ai-je soignée treize ans ? Ai-je mendié ses caresses ? Avalé ses crachats[15] ? L'ai-je nourrie, lavée, vêtue, défendue contre tous ? Elle ne me doit rien et je ne la toucherai pas. Je souhaite qu'elle ait un peu de peine, mais c'est pour l'amour de toi.

FRANTZ, *c'est plutôt une affirmation* : Moi, je te dois tout ?

LENI, *farouche* : Tout !

FRANTZ, *désignant le revolver* : Prends-le donc.

LENI : Tu en meurs d'envie. Quel souvenir tu lui laisserais ! Et comme le veuvage lui siérait : elle en a la vocation. *(Un temps.)* Je ne songe pas à te tuer, mon cher amour, et je ne crains rien au monde plus que ta mort. Seulement je suis obligée de te faire beaucoup de mal : mon intention est de tout dire à Johanna.

FRANTZ : Tout ?

LENI : Tout. Je te fracasserai dans son cœur. *(La main de Frantz se crispe sur le revolver.)* Tire donc sur ta pauvre sœurette : j'ai fait une lettre ; en cas de malheur, Johanna la recevra ce soir. *(Un temps.)* Tu crois que je me venge ?

FRANTZ : Tu ne te venges pas ?

LENI : Je fais ce qui est juste. Mort ou vif, il est juste que tu m'appartiennes puisque je suis la seule à t'aimer tel que tu es.

FRANTZ : La seule ? *(Un temps.)* Hier, j'aurais fait un massacre. Aujourd'hui, j'entrevois une chance. Une chance sur cent pour qu'elle m'accepte. *(Remettant le revolver dans le tiroir.)* Si tu es encore vivante, Leni, c'est que j'ai décidé de courir cette chance jusqu'au bout.

LENI : Très bien. Qu'elle sache ce que je sais et que la meilleure gagne.

Elle se lève, va vers la salle de bains. En passant derrière lui, elle jette le journal sur la table. Frantz sursaute.

FRANTZ : Quoi ?

LENI : C'est le *Frankfurter Zeitung* : on parle de nous.

FRANTZ : De toi et de moi ?

LENI : De la famille. Ils font une série d'articles : « Les Géants qui ont reconstruit l'Allemagne. » À tout seigneur, tout honneur ; ils commencent par les Gerlach.

FRANTZ, *il ne se décide pas à prendre le journal* : Le Père est un géant ?

LENI, *désignant l'article* : C'est ce qu'ils disent ; tu n'as qu'à lire : ils disent que c'est le plus grand de tous. *(Frantz prend le journal avec une sorte de grognement rauque ; il l'ouvre. Il est assis face au public, le dos tourné à la salle de bains, la tête cachée par les feuilles déployées. Leni frappe à la porte de la salle de bains.)* Ouvrez ! Je sais que vous êtes là.

SCÈNE IX

FRANTZ, LENI, JOHANNA

JOHANNA, *ouvrant la porte* : Tant mieux. Je n'aime pas me cacher. *(Aimable.)* Bonjour.

LENI, *aimable* : Bonjour.

Johanna, inquiète, écarte Leni, va directement à Frantz et le regarde lire.

JOHANNA : Les journaux ? *(Frantz ne se retourne même pas. Tournée vers Leni.)* Vous allez vite.

LENI : Je suis pressée.

JOHANNA : Pressée de le tuer ?

LENI, *haussant les épaules* : Mais non.

JOHANNA : Courez : nous avons pris de l'avance ! Depuis aujourd'hui je suis convaincue qu'il supportera la vérité.

LENI : Comme c'est drôle : il est convaincu, lui aussi, que vous la supporterez.

JOHANNA, *souriant* : Je supporterai tout. *(Un temps.)* Le Père vous a fait son rapport ?

LENI : Mais oui.

JOHANNA : Il m'en avait menacée. C'est lui qui m'a donné le moyen d'entrer ici.

LENI : Ah !

JOHANNA : Il ne vous l'avait pas dit ?

LENI : Non.

JOHANNA : Il nous manœuvre.

LENI : C'est l'évidence.

JOHANNA : Vous acceptez cela ?

LENI : Oui.

JOHANNA : Que demandez-vous ?

LENI, *désignant Frantz* : Que vous sortiez de sa vie.

JOHANNA : Je n'en sortirai plus.

LENI : Je vous en ferai sortir.

JOHANNA : Essayez !

Un silence.

FRANTZ, *il pose son journal, se lève, va à Johanna. De tout près* : Vous m'avez promis de ne croire que moi, Johanna, c'est le moment de vous rappeler votre promesse : aujourd'hui notre amour ne tient qu'à cela.

JOHANNA : Je ne croirai que vous. *(Ils se regardent. Elle lui sourit avec une confiance tendre mais le visage de Frantz est blême et bouleversé de tics. Il se force à lui sourire, se détourne, regagne sa place et reprend son journal.)* Eh bien, Leni ?

LENI : Nous sommes deux. Une de trop. Celle-là doit se désigner elle-même.

JOHANNA : Comment ferons-nous ?

LENI : Il faut une sérieuse épreuve : si vous gagnez, vous me remplacez.

JOHANNA : Vous tricherez.

LENI : Pas la peine.

JOHANNA : Parce que ?

LENI : Vous devez perdre.

JOHANNA : Voyons l'épreuve.

LENI : Bien. *(Un temps.)* Il vous a parlé du Feldwebel Heinrich et des prisonniers russes ? Il s'est accusé d'avoir condamné à mort ses camarades en sauvant la vie de deux partisans ?

JOHANNA : Oui.

LENI : Et vous lui avez dit qu'il avait eu raison ?

JOHANNA, *ironique* : Vous savez tout !

LENI : Ne vous en étonnez pas : il m'a fait le coup.

JOHANNA : Alors ? Vous prétendez qu'il a menti ?

LENI : Rien n'est faux de ce qu'il vous a dit.

JOHANNA : Mais...

LENI : Mais l'histoire n'est pas finie. Johanna, voici l'épreuve.

FRANTZ : Formidable ! *(Il rejette le journal et se lève, blême avec des yeux fous.)* Cent vingt chantiers ! On irait de la terre à la lune en mettant bout à bout le parcours annuel de nos bateaux. L'Allemagne est debout ! vive l'Allemagne ! *(Il va vers Leni à grands pas mécaniques.)* Merci, ma sœur. À présent, laisse-nous.

LENI : Non.

FRANTZ, *impérieux, criant* : J'ai dit : laisse-nous.

Il veut l'entraîner.

JOHANNA : Frantz !

FRANTZ : Eh bien ?

JOHANNA : Je veux savoir la fin de l'histoire.

FRANTZ : L'histoire n'en a pas : tout le monde est mort, sauf moi.

LENI : Regardez-le. Un jour, en 49, il m'a tout avoué.

JOHANNA : Avoué ? Quoi ?

FRANTZ : Des bobards. Peut-on lui parler sérieusement ? Je rigolais ! *(Un temps.)* Johanna, vous m'avez promis de ne croire que moi.

JOHANNA : Oui.

FRANTZ : Croyez-moi, bon Dieu ! Croyez-moi donc !

JOHANNA : Je... Vous n'êtes plus le même en sa présence. *(Leni rit.)* Donnez-moi l'envie de vous croire ! Dites-moi qu'elle ment, parlez ! Vous n'avez rien fait, n'est-ce pas ?

FRANTZ, *c'est presque un grognement* : Rien.

JOHANNA, *avec violence* : Mais dites-le, il faut que je vous entende ! Dites : je n'ai rien fait !

FRANTZ, *d'une voix égarée* : Je n'ai rien fait.

JOHANNA, *elle le regarde avec une sorte de terreur et se met à crier* : Ha ! *(Elle étouffe son cri.)* Je ne vous reconnais plus.

FRANTZ, *s'obstinant* : Je n'ai rien fait.

LENI : Tu as laissé faire.

JOHANNA : Qui ?

LENI : Heinrich.

JOHANNA : Les deux prisonniers ?...

LENI : Ces deux-là pour commencer.

JOHANNA : Il y en a eu d'autres ?

LENI : C'est le premier pas qui coûte.

FRANTZ : Je m'expliquerai. Quand je vous vois toutes les deux, je perds la tête. Vous me tuez... Johanna, quand nous serons seuls... Tout est allé si vite[16]... Mais je retrouverai mes raisons, je dirai la vérité entière, Johanna, je vous aime plus que ma vie...

Il la prend par le bras. Elle se dégage en hurlant.

JOHANNA : Lâchez-moi !

Elle se range à côté de Leni. Frantz reste hébété en face d'elle.

LENI, *à Johanna* : L'épreuve est bien mal engagée.

JOHANNA : Elle est perdue. Gardez-le.

FRANTZ, *égaré* : Écoutez-moi, vous deux...

JOHANNA, *avec une sorte de haine* : Vous avez torturé ! Vous[17] !

FRANTZ : Johanna ! *(Elle le regarde.)* Pas ces yeux ! Non. Pas ces yeux-là ! *(Un temps.)* Je le savais ! *(Il éclate de rire et se met à quatre pattes.)* À reculons ! À reculons ! *(Leni crie. Il se relève.)* Tu ne m'avais jamais vu en crabe, sœurette ? *(Un temps.)* Allez-vous-en, toutes les deux ! *(Leni va vers la table et veut ouvrir le tiroir.)* 5 h 10. Dites à mon père que je lui donne rendez-vous à 6 heures dans la Salle des Conseils. Sortez ! *(Un long silence. La lumière baisse. Johanna sort la première sans se retourner. Leni hésite un peu et la suit. Frantz s'assied et reprend son journal.)* Cent vingt chantiers : un Empire[18] !

ACTE V

Même décor qu'au premier acte. Il est 6 heures[a]. Le jour baisse. On ne s'en aperçoit pas d'abord parce que les volets des portes-fenêtres sont clos et que la pièce est plongée dans la pénombre. L'horloge sonne six coups. Au troisième coup, le volet de la porte-fenêtre de gauche s'ouvre du dehors et la lumière entre. Le Père pousse la porte-fenêtre, il entre à son tour. Au même moment, la porte de Frantz s'ouvre, au premier étage, et Frantz paraît sur le palier. Les deux hommes se regardent un moment. Frantz porte à la main une petite valise noire et carrée : son magnétophone.

SCÈNE PREMIÈRE[1]

LE PÈRE, FRANTZ

FRANTZ, *sans bouger* : Bonjour, père.

LE PÈRE, *voix naturelle et familière* : Bonjour, petit. *(Il chancelle et se rattrape au dossier d'une chaise.)* Attends : je vais donner de la lumière.

Il ouvre l'autre porte-fenêtre et pousse l'autre volet. La lumière verdie du premier acte — vers sa fin — entre dans la pièce.

FRANTZ, *il a descendu une marche* : Je vous écoute.

LE PÈRE : Je n'ai rien à te dire.

FRANTZ : Comment ? Vous importunez Leni par des suppliques…

LE PÈRE : Mon enfant, je suis dans ce pavillon parce que tu m'y as convoqué.

FRANTZ, *il le regarde avec stupeur puis éclate de rire* : C'est ma foi vrai. *(Il descend une marche et s'arrête.)* Belle partie ! Vous avez joué Johanna contre Leni puis Leni contre Johanna. Mat en trois coups.

LE PÈRE : Qui est mat ?

FRANTZ : Moi, le roi des noirs. Vous n'êtes pas fatigué de gagner ?

LE PÈRE : Je suis fatigué de tout, mon fils, sauf de cela : on ne gagne jamais ; j'essaie de sauver la mise.

FRANTZ, *haussant les épaules* : Vous finissez toujours par faire ce que vous voulez.

LE PÈRE : C'est le plus sûr moyen de perdre.

FRANTZ, *âprement* : Pour cela, oui ! *(Brusque.)* Au fait, que voulez-vous ?

LE PÈRE : En ce moment ? Te voir.

FRANTZ : Me voilà ! Rassasiez-vous de ma vue tant que vous le pouvez encore : je vous réserve des informations choisies. *(Le Père tousse.)* Ne toussez pas.

LE PÈRE, *avec une sorte d'humilité* : J'essaierai. *(Il tousse encore.)* Ce n'est pas très commode… *(Se maîtrisant.)* Voilà.

FRANTZ, *regardant son père. Lentement* : Quelle tristesse ! *(Un temps.)* Souriez donc ! C'est fête : père et fils se retrouvent, on tue le veau gras. *(Brusquement.)* Vous ne serez pas mon juge.

LE PÈRE : Qui parle de cela ?

FRANTZ : Votre regard. *(Un temps.)* Deux criminels : l'un condamne l'autre au nom de principes qu'ils ont tous deux violés ; comment appelez-vous cette farce ?

LE PÈRE, *tranquille et neutre* : La Justice. *(Un bref silence.)* Tu es un criminel ?

FRANTZ : Oui. Vous aussi. *(Un temps.)* Je vous récuse.

LE PÈRE : Pourquoi donc as-tu voulu me parler ?

FRANTZ : Pour vous informer : j'ai tout perdu, vous perdrez tout. *(Un temps.)* Jurez sur la Bible que vous ne me jugerez pas ! Jurez ou je rentre à l'instant dans ma chambre.

LE PÈRE, *il va jusqu'à la Bible, l'ouvre, étend la main* : Je le jure !

FRANTZ : À la bonne heure ! *(Il descend, va jusqu'à la table et pose le magnétophone sur celle-ci. Il se retourne. Père et fils sont face à face et de plain-pied.)* Où sont les années ? Vous êtes pareil.

LE PÈRE : Non.

FRANTZ, *il s'approche comme fasciné. Avec une insolence marquée mais défensive* : Je vous revois sans aucune émotion. *(Un temps, il lève la main et, d'un geste presque involontaire, la pose sur le bras de son père.)* Le vieil Hindenburg. Hein, quoi ? *(Il se rejette en arrière. Sec et mauvais.)* J'ai torturé. *(Un silence. Avec violence.)* Vous entendez ?

LE PÈRE, *sans changer de visage* : Oui, continue.

FRANTZ : C'est tout. Les partisans nous harcelaient ; ils avaient la complicité du village : j'ai tenté de faire parler les villageois. *(Un silence. Sec et nerveux.)* Toujours la même histoire.

LE PÈRE, *lourd et lent mais inexpressif* : Toujours.

Un temps. Frantz le regarde avec hauteur.

FRANTZ : Vous me jugez, je crois ?

LE PÈRE : Non.

FRANTZ : Tant mieux. Mon cher père, autant vous prévenir : je suis tortionnaire parce que vous êtes dénonciateur.

LE PÈRE : Je n'ai dénoncé personne.

FRANTZ : Et le rabbin polonais ?

LE PÈRE : Pas même lui. J'ai pris des risques… déplaisants.

FRANTZ : Je ne dis rien d'autre. *(Il revoit le passé.)* Des risques déplaisants ? Moi aussi, j'en ai pris. *(Riant.)* Oh ! de très déplaisants ! *(Il rit. Le Père en profite pour tousser.)* Qu'est-ce qu'il y a ?

LE PÈRE : Je ris avec toi.

FRANTZ : Vous toussez ! Arrêtez, nom de Dieu, vous me déchirez la gorge.

LE PÈRE : Excuse-moi.

FRANTZ : Vous allez mourir ?

LE PÈRE : Tu le sais.

FRANTZ, *il va pour s'approcher. Brusque recul* : Bon débarras ! *(Ses mains tremblent.)* Cela doit faire un mal de chien.

LE PÈRE : Quoi ?

FRANTZ : Cette bon Dieu de toux.

LE PÈRE, *agacé* : Mais non.

La toux reprend puis se calme.

FRANTZ : Vos souffrances, je les ressens. *(Le regard fixe.)* J'ai manqué d'imagination.

LE PÈRE : Quand ?

FRANTZ : Là-bas. *(Un long silence. Il s'est détourné du Père, il regarde vers la porte du fond. Quand il parle, il vit son passé, au présent, sauf lorsqu'il s'adresse directement au Père.)* Les supérieurs : en bouillie ; le Feldwebel et Klages : à ma main ; les soldats : à mes genoux. Seule consigne : tenir. Je tiens. Je choisis les vivants et les morts : toi, va te faire tuer ! toi reste ici ! *(Un temps. Sur le devant de la scène, noble et sinistre.)* J'ai le pouvoir suprême. *(Un temps.)* Hein, quoi ? *(Il paraît écouter un interlocuteur invisible, puis se retourne vers son père.)* On me demandait : « Qu'en feras-tu ? »

LE PÈRE : Qui ?

FRANTZ : C'était dans l'air de la nuit. Toutes les nuits. *(Imitant le chuchotement d'interlocuteurs invisibles.)* Qu'en feras-tu ? Qu'en feras-tu ? *(Criant.)* Imbéciles ! J'irai jusqu'au bout.

Au bout du pouvoir ! *(Au Père, brusquement :)* Savez-vous pourquoi ?

LE PÈRE : Oui.

FRANTZ, *un peu décontenancé* : Ah ?

LE PÈRE : Une fois dans ta vie, tu as connu l'impuissance.

FRANTZ, *criant et riant* : Le vieil Hindenburg a toute sa tête : vive lui ! Oui, je l'ai connue. *(Cessant de rire.)* Ici, à cause de vous ! Vous leur avez livré le rabbin, ils se sont mis à quatre pour me tenir et les autres l'ont égorgé. Qu'est-ce que je pouvais faire ? *(Levant le petit doigt de la main gauche et le regardant.)* Pas même lever l'auriculaire. *(Un temps.)* Expérience curieuse, mais je la déconseille aux futurs chefs : on ne s'en relève pas. Vous m'avez fait Prince, mon père. Et savez-vous ce qui m'a fait Roi ?

LE PÈRE : Hitler.

FRANTZ : Oui. Par la honte. Après cet… incident, le pouvoir est devenu ma vocation. Savez-vous aussi que je l'ai admiré ?

LE PÈRE : Hitler ?

FRANTZ : Vous ne le saviez pas ? Oh ! je l'ai haï. Avant, après. Mais ce jour-là, il m'a possédé[2]. Deux chefs, il faut que cela s'entre-tue ou que l'un devienne la femme de l'autre. J'ai été la femme de Hitler[3]. Le rabbin saignait et je découvrais, au cœur de mon impuissance, je ne sais quel assentiment. *(Il revit le passé.)* J'ai le pouvoir suprême. Hitler m'a fait un Autre, implacable et sacré : lui-même. Je suis Hitler et je me surpasserai. *(Un temps. Au Père :)* Plus de vivres[4] ; mes soldats rôdaient autour de la grange. *(Revivant le passé.)* Quatre bons Allemands m'écraseront contre le sol et mes hommes à moi saigneront les prisonniers à blanc. Non ! Je ne retomberai jamais dans l'abjecte impuissance. Je le jure. Il fait noir. L'horreur est encore enchaînée… je les prendrai de vitesse : si quelqu'un la déchaîne, ce sera moi. Je revendiquerai le mal, je manifesterai mon pouvoir par la singularité d'un acte inoubliable : changer l'homme en vermine *de son vivant* ; je m'occuperai seul des prisonniers, je les précipiterai dans l'abjection : ils parleront. Le pouvoir est un abîme dont je vois le fond ; cela ne suffit pas de choisir les morts futurs ; par un canif et un briquet, je déciderai du règne humain. *(Égaré.)* Fascinant ! Les souverains vont en Enfer, c'est leur gloire : j'irai.

Il demeure halluciné sur le devant de la scène.

LE PÈRE, *tranquillement* : Ils ont parlé ?

FRANTZ, *arraché à ses souvenirs* : Hein, quoi ? *(Un temps.)* Non. *(Un temps.)* Morts avant.

LE PÈRE : Qui perd gagne.

FRANTZ : Eh ! tout s'apprend : je n'avais pas la main. Pas encore.

LE PÈRE, *sourire triste* : N'empêche : le règne humain, ce sont eux qui en ont décidé.

FRANTZ, *hurlant* : J'aurais fait comme eux ! Je serais mort sous les coups sans dire un mot ! *(Il se calme.)* Et puis, je m'en fous ! J'ai gardé mon autorité.

LE PÈRE : Longtemps ?

FRANTZ : Dix jours. Au bout de ces dix jours, les chars ennemis ont attaqué, nous sommes tous morts — même les prisonniers. *(Riant.)* Pardon ! Sauf moi ! moi pas mort ! Pas mort du tout ! *(Un temps.)* Rien n'est certain de ce que j'ai dit — sinon que j'ai torturé.

LE PÈRE : Après ? *(Frantz hausse les épaules.)* Tu as marché sur les routes ? Tu t'es caché ? Et puis tu es revenu chez nous ?

FRANTZ : Oui. *(Un temps.)* Les ruines me justifiaient : j'aimais nos maisons saccagées, nos enfants mutilés. J'ai prétendu que je m'enfermais pour ne pas assister à l'agonie de l'Allemagne ; c'est faux. J'ai souhaité la mort de mon pays et je me séquestrais pour n'être pas témoin de sa résurrection. *(Un temps.)* Jugez-moi !

LE PÈRE : Tu m'as fait jurer sur la Bible…

FRANTZ : J'ai changé d'avis : finissons-en.

LE PÈRE : Non.

FRANTZ : Je vous dis que je vous délie de votre serment.

LE PÈRE : Le tortionnaire accepterait le verdict du dénonciateur ?

FRANTZ : Il n'y a pas de Dieu, non ?

LE PÈRE : Je crains qu'il n'y en ait pas : c'est même parfois bien embêtant.

FRANTZ : Alors, dénonciateur ou non, vous êtes mon juge naturel. *(Un temps. Le Père fait non de la tête.)* Vous ne me jugerez pas ? Pas du tout ? Alors, vous avez autre chose en tête ! Ce sera pis ! *(Brusquement.)* Vous attendez. Quoi ?

LE PÈRE : Rien : tu es là.

FRANTZ : Vous attendez ! Je les connais vos longues, longues attentes : j'en ai vu en face de vous, des durs, des méchants. Ils vous injuriaient, vous ne disiez rien, vous attendiez : à la fin les bonshommes se liquéfiaient. *(Un temps.)* Parlez ! Parlez ! Dites n'importe quoi. C'est insupportable.

Un temps.

LE PÈRE : Que vas-tu faire ?
FRANTZ : Je remonterai là-haut.
LE PÈRE : Quand redescendras-tu ?
FRANTZ : Plus jamais.
LE PÈRE : Tu ne recevras personne ?
FRANTZ : Je recevrai Leni : pour le service.
LE PÈRE : Et Johanna ?
FRANTZ, *sec* : Fini ! *(Un temps.)* Cette fille a manqué de cran…
LE PÈRE : Tu l'aimais ?
FRANTZ : La solitude me pesait. *(Un temps.)* Si elle m'avait accepté comme je suis…
LE PÈRE : Est-ce que tu t'acceptes, toi ?
FRANTZ : Et vous ? Vous m'acceptez ?
LE PÈRE : Non.
FRANTZ, *profondément atteint* : Pas même un père.
LE PÈRE : Pas même.
FRANTZ, *d'une voix altérée* : Alors ? Qu'est-ce que nous foutons ensemble ? *(Le Père ne répond pas. Avec une angoisse profonde.)* Ah, je n'aurais pas dû vous revoir ! Je m'en doutais ! Je m'en doutais.
LE PÈRE : De quoi ?
FRANTZ : De ce qui m'arriverait.
LE PÈRE : Il ne t'arrive rien.
FRANTZ : Pas encore. Mais vous êtes là et moi ici : comme dans mes rêves. Et, comme dans mes rêves, vous attendez. *(Un temps.)* Très bien. Moi aussi, je peux attendre. *(Désignant la porte de sa chambre.)* Entre vous et moi, je mettrai cette porte. Six mois de patience. *(Un doigt vers la tête du Père.)* Dans six mois ce crâne sera vide, ces yeux ne verront plus, les vers boufferont ces lèvres et le mépris qui les gonfle.
LE PÈRE : Je ne te méprise pas.
FRANTZ, *ironique* : En vérité ! Après ce que je vous ai appris ?
LE PÈRE : Tu ne m'as rien appris du tout.
FRANTZ, *stupéfait* : Plaît-il ?
LE PÈRE : Tes histoires de Smolensk, je les connais depuis trois ans.

HÉCUBE

Elle vit ? Elle voit encore le ciel
et les étoiles de cette nuit ?
Réponds ! Que d'embarras !
Tu n'as pas l'air fier.

TALTHYBIOS

Nous l'avons mise à l'abri.

HÉCUBE

À l'abri de quoi ?

TALTHYBIOS

De tous les maux.

HÉCUBE

Ah ?

Un silence.

Andromaque[a] ?

TALTHYBIOS

Eh bien, n'est-ce pas, la femme d'Hector
c'est une part de choix.
On l'adjuge au fils d'Achille.

HÉCUBE

Et moi ? Moi, cassée par l'âge
et qui ne peux marcher sans cette béquille,
à quoi puis-je servir encore ?
Qui peut vouloir de moi ?

TALTHYBIOS

Ulysse. Tu seras esclave chez lui.

HÉCUBE

Non ! Non ! Pas lui.
Je crache sur ce chien,
sur ce monstre à la langue double
qui souffle la discorde et la haine
partout où régnait l'amitié.
Ulysse ! Troyennes, pleurez sur votre reine,
la plus malheureuse, c'est moi !

LE CHŒUR, *à Talthybios.*

Et nous ? Et nous ? Qu'allons-nous devenir ?

TALTHYBIOS

Mais je n'en sais rien du tout,
ce n'est pas mon affaire.
Le fretin, on va le tirer au sort.

Aux gardes :

Allez chercher Cassandre.
Agamemnon la réclame sur l'heure.
Qu'est-ce que c'est ?
La tente est rouge.
Vite ! Allez voir si les Troyennes
n'essaient pas de se faire brûler vives.
Je comprends qu'un cœur libre
n'accepte pas facilement le malheur,
mais je ne veux pas de suicide ! Compris ?
Et surtout pas de torches vivantes.
Ce serait trop commode pour elles
et c'est moi qui aurais les ennuis.

HÉCUBE

Il n'y a pas d'incendie.
C'est Cassandre,
la folle.

SCÈNE V

LES MÊMES, CASSANDRE

CASSANDRE

Flamme,
flamme légère,
lève-toi,
danse,
vive et sacrée,
dresse ta fierté sous le ciel noir
danse autour de ma torche,
monte

FRANTZ, *violent* : Impossible ! Morts ! Pas de témoin. Morts et enterrés. Tous.

LE PÈRE : Sauf deux que les Russes ont libérés. Ils sont venus me voir. C'était en mars 56. Ferist et Scheidemann : tu te les rappelles ?

FRANTZ, *décontenancé* : Non. *(Un temps.)* Qu'est-ce qu'ils voulaient ?

LE PÈRE : De l'argent contre du silence.

FRANTZ : Alors ?

LE PÈRE : Je ne sais pas chanter.

FRANTZ : Ils sont…

LE PÈRE : Muets. Tu les avais oubliés : continue.

FRANTZ, *le regard dans le vide* : Trois ans ?

LE PÈRE : Trois ans. J'ai notifié presque aussitôt ton décès, et, l'année suivante, j'ai rappelé Werner : c'était plus prudent.

FRANTZ, *il n'a pas écouté* : Trois ans ! Je tenais des discours aux Crabes, je leur mentais ! Et pendant trois ans, ici, j'étais à découvert. *(Brusquement.)* C'est depuis ce moment, n'est-ce pas, que vous cherchez à me voir ?

LE PÈRE : Oui.

FRANTZ : Pourquoi ?

LE PÈRE, *haussant les épaules* : Comme cela !

FRANTZ : Ils étaient assis dans votre bureau, vous les écoutiez parce qu'ils m'avaient connu et puis — à un moment donné — l'un des deux vous a dit : « Frantz von Gerlach est un bourreau. » Coup de théâtre ! *(Essayant de plaisanter.)* Cela vous a bien surpris, j'espère ?

LE PÈRE : Non. Pas beaucoup.

FRANTZ, *criant* : J'étais propre, quand je vous ai quitté ! J'étais pur, j'avais voulu sauver le Polonais… Pas surpris ? *(Un temps.)* Qu'avez-vous pensé ? Vous ne saviez rien encore et, tout d'un coup, vous avez su ! *(Criant plus fort.)* Qu'avez-vous pensé, nom de Dieu !

LE PÈRE, *tendresse profonde et sombre* : Mon pauvre petit !

FRANTZ : Quoi ?

LE PÈRE : Tu me demandes ce que j'ai pensé ! Je te le dis. *(Un temps. Frantz se redresse de toute sa taille puis s'abat en sanglotant sur l'épaule de son père.)* Mon pauvre petit ! *(Il lui caresse gauchement la nuque.)* Mon pauvre petit !

Un temps.

FRANTZ, *se redressant brusquement* : Halte ! *(Un temps.)* Effet de surprise. Seize ans que je n'avais pleuré : je recommencerai dans seize ans. Ne me plaignez pas, cela me donne envie de mordre. *(Un temps.)* Je ne m'aime pas beaucoup.

LE PÈRE : Pourquoi t'aimerais-tu ?

FRANTZ : En effet.

LE PÈRE : C'est moi que cela regarde.

FRANTZ : Vous m'aimez, vous ? Vous aimez le boucher de Smolensk ?

LE PÈRE : Le boucher de Smolensk, c'est toi.

FRANTZ : Bon, bon, ne vous gênez pas. *(Rire volontairement vulgaire.)* Tous les goûts sont dans la nature. *(Brusquement.)* Vous me travaillez[5] ! Quand vous montrez vos sentiments, c'est qu'ils peuvent servir vos projets. Je vous dis que vous me travaillez : des coups de boutoir et puis on s'attendrit ; quand vous me jugerez à point… Allons ! Vous n'avez eu que trop de temps pour ruminer cette affaire et vous êtes trop impérieux pour n'avoir pas envie de la régler à votre façon.

LE PÈRE, *ironie sombre* : Impérieux ! Cela m'a bien passé. *(Un temps. Il rit pour lui seul, égayé mais sinistre. Puis il se retourne sur Frantz. Avec une grande douceur, implacable.)* Mais pour cette affaire, oui : je la réglerai.

FRANTZ, *bondissant en arrière* : Je vous en empêcherai : est-ce que cela vous regarde ?

LE PÈRE : Je veux que tu ne souffres plus.

FRANTZ, *dur et brutal comme s'il accusait une autre personne* : Je ne souffre pas : j'ai fait souffrir. Peut-être saisirez-vous la nuance ?

LE PÈRE : Je la saisis.

FRANTZ : J'ai tout oublié. Jusqu'à leurs cris. Je suis vide.

LE PÈRE : Je m'en doute. C'est encore plus dur, non ?

FRANTZ : Pourquoi voulez-vous ?

LE PÈRE : Tu es possédé depuis quatorze ans par une souffrance que tu as fait naître et que tu ne ressens pas.

FRANTZ : Mais qui vous demande de parler de moi ? Oui. C'est encore plus dur : je suis son cheval, elle me chevauche[6]. Je ne vous souhaite pas ce cavalier-là. *(Brusquement.)* Alors ? Quelle solution ? *(Il regarde son père, les yeux écarquillés.)* Allez au diable !

Il lui tourne le dos et remonte l'escalier péniblement.

LE PÈRE, *il n'a pas fait un geste pour le retenir. Mais quand Frantz est sur le palier du premier étage, il parle d'une voix forte* : L'Allemagne est dans ta chambre ! *(Frantz se retourne lentement.)* Elle vit, Frantz ! Tu ne l'oublieras plus.

FRANTZ : Elle vivote, je le sais, malgré sa défaite. Je m'en arrangerai.

LE PÈRE : À cause de sa défaite, c'est la plus grande puissance de l'Europe. T'en arrangeras-tu ? *(Un temps.)* Nous sommes la pomme de discorde et l'enjeu. On nous gâte ; tous les marchés nous sont ouverts, nos machines tournent : c'est une forge. Défaite providentielle, Frantz : nous avons du beurre et des canons. Des soldats, mon fils ! Demain la bombe ! Alors nous secouerons la crinière et tu les verras sauter comme des puces, nos tuteurs.

FRANTZ, *dernière défense* : Nous dominons l'Europe et nous sommes battus ! Qu'aurions-nous fait vainqueurs ?

LE PÈRE : Nous ne pouvions pas vaincre.

FRANTZ : Cette guerre, il fallait donc la perdre ?

LE PÈRE : Il fallait la jouer à qui perd gagne : comme toujours.

FRANTZ : C'est ce que vous avez fait ?

LE PÈRE : Oui : depuis le début des hostilités.

FRANTZ : Et ceux qui aimaient assez le pays pour sacrifier leur honneur militaire à la victoire…

LE PÈRE, *calme et dur* : Ils risquaient de prolonger le massacre et de nuire à la reconstruction. *(Un temps.)* La vérité, c'est qu'ils n'ont rien fait du tout, sauf des meurtres individuels.

FRANTZ : Beau sujet de méditation : voilà de quoi m'occuper dans ma chambre.

LE PÈRE : Tu n'y resteras plus un instant.

FRANTZ : C'est ce qui vous trompe : je nierai ce pays qui me renie.

LE PÈRE : Tu l'as tenté treize ans sans grand succès. À présent, tu sais tout : comment pourrais-tu te reprendre à tes comédies ?

FRANTZ : Et comment pourrais-je m'en déprendre ? Il faut que l'Allemagne crève ou que je sois un criminel de droit commun.

LE PÈRE : Exact.

FRANTZ : Alors ? *(Il regarde le Père, brusquement.)* Je ne veux pas mourir.

LE PÈRE, *tranquillement* : Pourquoi pas ?

FRANTZ : C'est bien à vous de le demander. Vous avez écrit votre nom.

LE PÈRE : Si tu savais comme je m'en fous !

FRANTZ : Vous mentez, père : vous vouliez faire des bateaux et vous les avez faits.

LE PÈRE : Je les faisais pour toi.

FRANTZ : Tiens ! Je croyais que vous m'aviez fait pour eux. De toute façon, ils sont là. Mort, vous serez une flotte. Et moi ? Qu'est-ce que je laisserai ?

LE PÈRE : Rien.

FRANTZ, *avec égarement* : Voilà pourquoi je vivrai cent ans. Je n'ai que ma vie, moi. *(Hagard.)* Je n'ai qu'elle ! On ne me la prendra pas. Croyez que je la déteste, mais je la préfère à *rien.*

LE PÈRE : Ta vie, ta mort, de toute façon, c'est *rien.* Tu n'es rien, tu ne fais rien, tu n'as rien fait, tu ne peux rien faire[7]. *(Un long temps. Le Père s'approche lentement de l'escalier. Il se place contre la lampe au-dessous de Frantz et lui parle en levant la tête.)* Je te demande pardon.

FRANTZ, *raidi par la peur* : À moi, vous ? C'est une combine ! *(Le Père attend. Brusquement.)* Pardon de quoi ?

LE PÈRE : De toi. *(Un temps. Avec un sourire.)* Les parents sont des cons : ils arrêtent le soleil. Je croyais que le monde ne changerait plus. Il a changé. Te rappelles-tu cet avenir que je t'avais donné ?

FRANTZ : Oui.

LE PÈRE : Je t'en parlais sans cesse et, toi, tu le voyais. *(Frantz fait un signe d'assentiment.)* Eh bien, ce n'était que mon passé.

FRANTZ : Oui.

LE PÈRE : Tu le savais ?

FRANTZ : Je l'ai toujours su. Au début, cela me plaisait.

LE PÈRE : Mon pauvre petit ! Je voulais que tu mènes l'Entreprise après moi. C'est elle qui mène. Elle choisit ses hommes. Moi, elle m'a éliminé : je possède mais je ne commande plus. Et toi, petit prince, elle t'a refusé du premier instant : qu'a-t-elle besoin d'un prince ? Elle forme et recrute elle-même ses gérants. *(Frantz descend les marches lentement pendant que le Père parle.)* Je t'avais donné tous les mérites et mon âpre goût du pouvoir, cela n'a pas servi. Quel dommage ! Pour agir, tu prenais les plus gros risques et, tu vois, elle transformait en gestes tous tes actes. Ton tourment a fini par te pousser au crime et jusque dans le crime elle t'annule : elle s'engraisse de ta défaite. Je n'aime pas les remords, Frantz, cela ne sert pas. Si je pouvais croire que tu sois efficace ailleurs et autrement… Mais je t'ai fait monarque ; aujourd'hui cela veut dire : propre à rien[b].

FRANTZ, *avec un sourire* : J'étais voué ?

LE PÈRE : Oui.

FRANTZ : À l'impuissance ?

LE PÈRE : Oui.

FRANTZ : Au crime ?

LE PÈRE : Oui.

FRANTZ : Par vous ?

LE PÈRE : Par mes passions, que j'ai mises en toi. Dis à ton tribunal de Crabes que je suis seul coupable — et de tout.

FRANTZ, *même sourire* : Voilà ce que je voulais vous entendre dire. *(Il descend les dernières marches et se trouve de plain-pied avec le Père.)* Alors j'accepte.

LE PÈRE : Quoi ?

FRANTZ : Ce que vous attendez de moi. *(Un temps.)* Une seule condition, tous les deux, tout de suite.

LE PÈRE, *brusquement décontenancé* : Tout de suite ?

FRANTZ : Oui.

LE PÈRE, *voix enrouée* : Tu veux dire aujourd'hui ?

FRANTZ : Je veux dire : à l'instant. *(Un silence.)* C'est ce que vous vouliez ?

LE PÈRE, *il tousse* : Pas... si tôt.

FRANTZ : Pourquoi pas ?

LE PÈRE : Je viens de te retrouver.

FRANTZ : Vous n'avez retrouvé *personne.* Même pas vous. *(Il est calme et simple, pour la première fois, mais parfaitement désespéré.)* Je n'aurai rien été qu'une de vos images. Les autres sont restées dans votre tête. Le malheur a voulu que celle-ci se soit incarnée. À Smolensk, une nuit, elle a eu... quoi ? Une minute d'indépendance. Et voilà : vous êtes coupable de tout sauf de cela. *(Un temps.)* J'ai vécu treize ans avec un revolver chargé dans mon tiroir. Savez-vous pourquoi je ne me suis pas tué ? Je me disais : ce qui est fait restera fait. *(Un temps. Profondément sincère.)* Cela n'arrange rien de mourir : cela ne m'arrange pas. J'aurais voulu... vous allez rire : j'aurais voulu n'être jamais né. Je ne mentais pas toujours, là-haut. Le soir, je me promenais à travers la chambre et je pensais à vous.

LE PÈRE : J'étais ici, dans ce fauteuil. Tu marchais : je t'écoutais.

FRANTZ, *indifférent et neutre* : Ah ! *(Enchaînant.)* Je pensais : s'il trouvait moyen de la rattraper, cette image rebelle, de la reprendre en soi[c], de l'y résorber, il n'y aurait jamais eu que lui.

LE PÈRE : Frantz, il n'y a jamais eu que moi.

FRANTZ : C'est vite dit : prouvez-le. *(Un temps.)* Tant que nous vivrons, nous serons deux. *(Un temps.)* La Mercedes avait six places mais vous n'emmeniez que moi. Vous disiez : « Frantz, il faut t'aguerrir, nous ferons de la vitesse. » J'avais huit ans ; nous prenions cette route au bord de l'Elbe… Il existe toujours, le Teufelsbrücke ?

LE PÈRE : Toujours.

FRANTZ : Passe dangereuse : il y avait des morts chaque année.

LE PÈRE : Il y en a chaque année davantage.

FRANTZ : Vous disiez : « Nous y sommes » en appuyant sur l'accélérateur. J'étais fou de peur et de joie.

LE PÈRE, *souriant légèrement* : Une fois, nous avons failli capoter.

FRANTZ : Deux fois. Les autos vont plus vite, aujourd'hui ?

LE PÈRE : La Porsche de ta sœur fait du 180.

FRANTZ : Prenons-la.

LE PÈRE : Si tôt !..

FRANTZ : Qu'espérez-vous ?

LE PÈRE : Un répit.

FRANTZ : Vous l'avez. *(Un temps.)* Vous savez bien qu'il ne durera pas. *(Un temps.)* Je ne passe pas d'heure sans vous haïr.

LE PÈRE : En ce moment ?

FRANTZ : En ce moment, non. *(Un temps.)* Votre image se pulvérisera avec toutes celles qui ne sont jamais sorties de votre tête. Vous aurez été ma cause et mon destin jusqu'au bout.

Un temps.

LE PÈRE : Bien. *(Un temps.)* Je t'ai fait, je te déferai. Ma mort enveloppera la tienne[8] et, finalement, je serai seul à mourir[9]. *(Un temps.)* Attends. Pour moi non plus, je ne pensais pas que tout irait si vite. *(Avec un sourire qui cache mal son angoisse.)* C'est drôle, une vie qui éclate sous un ciel vide. Ça… ça ne veut rien dire. *(Un temps.)* Je n'aurai pas de juge. *(Un temps.)* Tu sais, moi non plus, je ne m'aimais pas.

FRANTZ, *posant la main sur le bras du Père* : Cela me regardait.

LE PÈRE, *même jeu* : Enfin, voilà. Je suis l'ombre d'un nuage ; une averse et le soleil éclairera la place où j'ai vécu. Je m'en fous : qui gagne perd. L'Entreprise qui nous écrase, je l'ai faite. Il n'y a rien à regretter. *(Un temps.)* Frantz, veux-tu faire un peu de vitesse ? Cela t'aguerrira.

FRANTZ : Nous prenons la Porsche[10] ?
LE PÈRE : Bien sûr. Je vais la sortir du garage. Attends-moi.
FRANTZ : Vous ferez le signal ?
LE PÈRE : Les phares ? Oui. *(Un temps.)* Leni et Johanna sont sur la terrasse. Dis-leur adieu.
FRANTZ : Je… Soit… Appelez-les.
LE PÈRE : À tout à l'heure, mon petit.

Il sort.

SCÈNE II

FRANTZ *seul,*
puis LENI *et* JOHANNA

On entend le Père crier à la cantonade.

LE PÈRE, *à la cantonade* : Johanna ! Leni !

Frantz s'approche de la cheminée et regarde sa photo. Brusquement, il arrache le crêpe et le jette sur le sol.

LENI, *qui vient d'apparaître sur le seuil* : Qu'est-ce que tu fais ?
FRANTZ, *riant* : Je suis vivant, non ?

Johanna entre à son tour. Il revient sur le devant de la scène.

LENI : Tu es en civil, mon lieutenant ?
FRANTZ : Le Père va me conduire à Hambourg et je m'embarquerai demain. Vous ne me verrez plus. Vous avez gagné, Johanna : Werner est libre. Libre comme l'air. Bonne chance. *(Il est au bord de la table. Touchant le magnétophone de l'index.)* Je vous fais cadeau du magnétophone. Avec mon meilleur enregistrement : le 17 décembre 53. J'étais inspiré. Vous l'écouterez plus tard : un jour que vous voudrez connaître l'argument de la Défense, ou tout simplement, vous rappeler ma voix. L'acceptez-vous ?
JOHANNA : Je l'accepte.
FRANTZ : Adieu.
JOHANNA : Adieu.
FRANTZ : Adieu, Leni. *(Il lui caresse les cheveux comme le Père.)* Tes cheveux sont doux.
LENI : Quelle voiture prenez-vous ?
FRANTZ : La tienne.

LENI : Et par où passerez-vous ?
FRANTZ : Par l'Elbe-Chaussee.

Deux phares d'auto s'allument au-dehors ; leur lumière éclaire la pièce à travers la porte-fenêtre.

LENI : Je vois. Le Père te fait signe. Adieu.

Frantz sort. Bruit d'auto. Le bruit s'enfle et décroît. Les lumières ont balayé l'autre porte-fenêtre et ont disparu. La voiture est partie[11].

SCÈNE III

JOHANNA, LENI

LENI : Quelle heure est-il ?
JOHANNA, *plus proche de l'horloge* : 6 h 32.
LENI : À 6 h 39 ma Porsche sera dans l'eau[12]. Adieu !
JOHANNA, *saisie* : Pourquoi ?
LENI : Parce que le Teufelsbrücke est à sept minutes d'ici.
JOHANNA : Ils vont…
LENI : Oui.
JOHANNA, *dure et crispée* : Vous l'avez tué !
LENI, *aussi dure* : Et vous ? *(Un temps.)* Qu'est-ce que cela peut faire : il ne voulait pas vivre.
JOHANNA, *qui se tient toujours, prête à craquer* : Sept minutes.
LENI, *elle se rapproche de l'horloge* : Six à présent. Non. Cinq et demie.
JOHANNA : Est-ce qu'on ne peut pas…
LENI, *toujours dure* : Les rattraper ? Essayez. *(Un silence.)* Qu'allez-vous faire à présent ?
JOHANNA, *essayant de se durcir* : Werner en décidera. Et vous ?
LENI, *désignant la chambre de Frantz* : Il faut un séquestré, là-haut. Ce sera moi. Je ne vous reverrai plus, Johanna. *(Un temps.)* Ayez la bonté de dire à Hilde qu'elle frappe à cette porte demain matin, je lui donnerai mes ordres. *(Un temps.)* Deux minutes encore. *(Un temps.)* Je ne vous détestais pas. *(Elle s'approche du magnétophone.)* L'argument de la Défense.

Elle l'ouvre.

JOHANNA : Je ne veux pas…
LENI : Sept minutes ! Laissez donc : ils sont morts.

Elle appuie sur le bouton du magnétophone immédiatement après ses derniers mots. La voix de Frantz retentit presque aussitôt. Leni traverse la pièce pendant que Frantz parle. Elle monte l'escalier et entre dans la chambre.

VOIX DE FRANTZ, *au magnétophone* : Siècles, voici mon siècle, solitaire et difforme, l'accusé[13]. Mon client s'éventre de ses propres mains ; ce que vous prenez pour une lymphe blanche, c'est du sang : pas de globules rouges, l'accusé meurt de faim. Mais je vous dirai le secret de cette perforation multiple : le siècle eût été bon si l'homme n'eût été guetté par son ennemi cruel, immémorial, par l'espèce carnassière[14] qui avait juré sa perte, par la bête sans poil et maligne, par l'homme. Un et un font un, voilà notre mystère. La bête se cachait, nous surprenions son regard, tout à coup, dans les yeux intimes de nos prochains ; alors nous frappions : légitime défense préventive. J'ai surpris la bête, j'ai frappé, un homme est tombé, dans ses yeux mourants j'ai vu la bête, toujours vivante, moi. Un et un font un : quel malentendu[15] ! De qui, de quoi, ce goût rance et fade dans ma gorge ? De l'homme ? De la bête ? De moi-même ? C'est le[d] goût du siècle. Siècles heureux, vous ignorez nos haines, comment comprendriez-vous l'atroce pouvoir de nos mortelles amours. L'amour, la haine, un et un... Acquittez-nous ! Mon client fut le premier à connaître la honte : il sait qu'il est nu. Beaux enfants, vous sortez de nous, nos douleurs vous auront faits[16]. Ce siècle est une femme, il accouche, condamnerez-vous votre mère ? Hé ? Répondez donc ! *(Un temps.)* Le trentième ne répond plus[17]. Peut-être n'y aura-t-il plus de siècles après le nôtre. Peut-être qu'une bombe aura soufflé les lumières. Tout sera mort : les yeux, les juges, le temps. Nuit[18]. Ô tribunal de la nuit, toi qui fus, qui seras, qui es, j'ai été ! J'ai été ! Moi, Frantz, von Gerlach, ici, dans cette chambre, j'ai pris le siècle sur mes épaules et j'ai dit : j'en répondrai[19]. En ce jour et pour toujours. Hein quoi[20] ?

Leni est entrée dans la chambre de Frantz. Werner paraît à la porte du pavillon. Johanna le voit et se dirige vers lui. Visages inexpressifs. Ils sortent sans se parler. À partir de Répondez donc, *la scène est vide.*

RIDEAU

Autour des « Séquestrés d'Altona »

FRAGMENTS MANUSCRITS DE L'ACTE I, SCÈNE II

PREMIER FRAGMENT
(Feuillets 12 à 45)

Johanna se retourne brusquement sur Werner.

WERNER : Je me retire *[voir p. 870]*. Vous serez plus à l'aise pour parler de moi.

JOHANNA, *d'un air inquiet* : Werner ! C'est de *nous* que je parle, c'est *nous* que je défends. Si seulement tu m'aidais...

WERNER : Pourquoi le ferai-je ? Je ne t'ai rien demandé. Chez les Gerlach, les femmes se taisent.

JOHANNA : Dis-leur ce que tu me disais ce matin et je me tais à l'instant.

WERNER : Je ne dirai rien. Je m'en vais. *(Il va pour sortir.)*

LE PÈRE, *doux et impérieux* : Werner ! *(Werner s'arrête net.)* Reviens t'asseoir. *(Werner revient lentement à sa place en traînant les pieds comme un enfant boudeur. Il se rassied en tournant le dos aux autres personnages et en enfouissant sa tête dans ses mains comme s'il refusait de prendre part à la conversation.)* Qu'est-ce que tu disais, hier encore ? *(Silence de Werner.)* Bon. *(S'adressant à Johanna :)* Eh ! bien, ma bru, continuons.

JOHANNA, *regarde Werner avec inquiétude. Elle lui pose la main sur l'épaule. Il frissonne mais sans répondre. Se tournant vers le père* : Je suis très fatiguée, père. Remettons cet entretien.

LE PÈRE, *bonhomme* : Mais non, mon enfant : il faut terminer. *(Un temps. Johanna, désemparée, regarde Werner en silence.)* Vous refusez d'habiter ici après ma mort ? *(Un temps.)* C'est cela ?

JOHANNA, *presque suppliante* : Werner ! *(Il ne répond pas. Elle change brusquement d'attitude et se tourne vers le père avec calme et décision.)* Oui. C'est cela.

LE PÈRE : Où logerez-vous ?

JOHANNA : Dans notre ancien appartement.

LE PÈRE : Vous retournerez à Hambourg ?

JOHANNA : Oui.

LE PÈRE : Et l'héritage ? Vous acceptez qu'il demeure indivis ?

JOHANNA : Si c'est votre bon plaisir et si Werner a du goût pour jouer les patrons de paille.

LE PÈRE : Comment serait-il patron s'il ne réside pas ici ?

JOHANNA : Père ! D'ici aux chantiers il y a dix-huit minutes d'auto ; de Hambourg vingt-cinq : cela ne fait aucune différence.

LE PÈRE, *souriant* : Cela fait sept minutes de plus. Un chef est avare de son temps.

JOHANNA, *vivement* : L'êtes-vous du vôtre ? Tout à l'heure vous aviez dix minutes de retard.

LE PÈRE, *même jeu* : Touché.

JOHANNA : Nous ne demandons rien d'autre, père. Est-ce que vous ne nous ferez pas cette unique concession ?

LE PÈRE, *aimable mais définitif* : Non. *(Un temps.)* Il s'agit de mes volontés testamentaires, Johanna, et non d'un maquignonnage. Mon fils demeurera ici pour y vivre et pour y mourir comme je fais et comme ont fait avant moi mon père et mon grand-père.

JOHANNA : Mais pourquoi ?

LE PÈRE : Pourquoi pas ?

JOHANNA : L'entreprise, peut-être qu'elle exige un maître. Mais la maison ? Est-ce qu'elle réclame des habitants ?

LE PÈRE : Oui.

JOHANNA, *brève violence* : Alors qu'elle croule !

Leni éclate de rire.

[Un feuillet manque.]

JOHANNA : À Werner, non : à moi. *(Effleurant divers meubles du bout des doigts :)* Que c'est laid !

LENI, *souriant* : Nous le savons.

JOHANNA : Je n'en doute pas : Werner m'a souvent dit que le père rêvait d'une aristocratie nouvelle, d'un grand patronat humaniste et puritain. Les Gerlach ont du goût, de la culture, tout ce que vous voudrez, n'empêche que ces objets sont ici et qu'on ne les a pas même déplacés depuis la fin du siècle dernier.

LENI : Nous avons des traditions, je vous l'ai dit. Ces meubles plaisaient à notre grand-père. Nous les gardons mais nous ne forçons personne à les aimer : la meilleure preuve c'est que je les déteste.

JOHANNA : Peut-être. Mais je suis née entre les deux guerres et je refuse de vivre au temps de Bismarck.

LENI : Ce temps-là ou le nôtre…

JOHANNA : Nous sommes quatre ; à la fin de l'année nous serons trois. Est-ce qu'il nous faut ces trente-deux pièces encombrées ? Je ne peux faire un pas sans me cogner à vos meubles mais je peux errer tout le jour d'un étage à l'autre sans rencontrer âme qui vive. J'étouffe et je suis perdue : vous avez mis le désert dans un fourre-tout. Ces boiseries travaillent ; elles ne cessent pas de craquer : quand Werner est aux chantiers, j'ai peur.

LENI, *engageante* : Je viendrai vous tenir compagnie.

JOHANNA : Merci : je ne serai pas beaucoup plus rassurée. Pourquoi riez-vous ?

LENI, *riant* : Père, tout est improvisé.

Le père sourit sans répondre.

JOHANNA, *déconcertée* : Qu'est-ce qui est improvisé ?

LENI : Tout. Tous vos griefs. Quelle excellente épouse ! Vous plaidez contre vos intérêts, Johanna.

JOHANNA : De quoi parlez-vous ?

LENI : Ce n'est pas notre maison qui vous fait peur : c'est Hambourg.

JOHANNA, *qui paraît étonnée* : Hambourg ? Puisque je vous dis que je veux y retourner !

LENI : Lorsque vous êtes arrivée ici, au bras de Werner, vous aviez des yeux traqués, j'ai pensé : elle porte le deuil. Pourquoi ?

JOHANNA : Le père avait rappelé Werner ; mon mari venait de renoncer à sa carrière : je portais le deuil de mon bonheur.

LENI : De votre bonheur ou de votre gloire ?

JOHANNA : La gloire ? *(Elle rit à son tour.)* Je ne l'ai pas eue, je ne sais pas ce que c'est.

LENI : En un an et demi vous n'êtes pas sortie une seule fois.

JOHANNA : Où irai-je ?

LENI : Où ? À Hambourg.

JOHANNA : Et qu'y ferai-je ?

LENI : Vous feriez des visites ou bien recevriez vos amis dans votre bel appartement.

JOHANNA : Je n'ai pas d'amis. *(Vivement.)* Et puis Hambourg est loin.

LENI : À trois quarts d'heure d'ici. D'un bout à l'autre de la journée, autos et chauffeurs sont à votre disposition. Si vous la détestiez autant que vous dites, notre forteresse, vous ne vous y seriez pas enfermée dix-huit mois. Je ne dis pas qu'elle vous ait rendu la gaieté. Pas même le goût de vivre. Mais vous aviez besoin de calme et cette maison vous l'a donné.

JOHANNA : N'importe quelle tanière m'aurait suffi.

LE PÈRE, *qui ne l'a pas quittée des yeux* : C'est donc vrai, mon enfant : vous songiez à quitter Hambourg ?

JOHANNA : Quand ?

LE PÈRE : Quand j'ai fait appel à Werner.

JOHANNA : Oui. Non. À quoi bon m'expliquer devant vous qui ne voudrez ni ne pourrez me comprendre.

LE PÈRE : Je vous en prie.

JOHANNA : Hambourg, c'est ma ville, j'y suis née, j'ai traîné dans ses rues. Mais ils étaient en train de m'en chasser. Ils m'ont refusé la gloire, vous le savez. Mais ils ne me permettaient pas non plus d'avoir une vie privée. Hors de l'appartement, avec ou sans Werner, ils me traquaient.

LE PÈRE : Qui ?

JOHANNA : Tout le monde : les inconnus qui me connaissaient.

LE PÈRE : Qu'est-ce qu'ils faisaient ?

JOHANNA : Ils me regardaient.

LE PÈRE : Sans un mot ?

JOHANNA : Non, mais je savais ce qu'ils pensaient : la presse avait annoncé que je ne tournerais plus.

LE PÈRE : Alors ? Qu'est-ce qu'ils pensaient ?

JOHANNA : « Elle a raté son coup
Elle s'est rompu le cou. »

Vous savez : comme dans la chanson. Quand ils parlaient, c'était pire. Une vieille m'a dit : « Vous étiez mon actrice préférée ! » J'ai cru qu'on jetait des fleurs sur ma tombe. Croyez-le, père : votre maison m'a déplu tout de suite ; si j'y ai retrouvé le calme c'est que je ne voyais plus personne et que personne ne me voyait plus.

LE PÈRE : Eh bien restez ici.

JOHANNA : Non.

LE PÈRE : À Hambourg vous retrouverez les mêmes gens dans les mêmes rues.

JOHANNA : Non. Pas les mêmes. Je retrouverai des gens qui ne me reconnaîtront plus. Dix-huit mois, pensez donc ! Dix-huit mois d'absence pour une vedette ratée : à la place de mon visage il y a un trou dans les mémoires.

LE PÈRE : Ou un autre visage. *(Johanna se crispe sans répondre.)* Qu'est-ce qui vous sera le plus pénible ? Que les passants se rappellent votre nom ou qu'ils vous aient tout à fait oubliée ? *(Elle ne répond pas. Un temps.)* Eh bien, la preuve est faite : si vous étiez seule en cause, mon enfant, vous resteriez ici.

JOHANNA, *avec violence* : Non !

LE PÈRE : Allons donc ! Vous vous sacrifiez à Werner et vous mentez pour ménager son orgueil.

WERNER, *se retournant brusquement* : Tu vois ! Tu vois ! Je t'avais dit qu'ils en viendraient là !

JOHANNA, *hésitante* : Werner…

WERNER : Tais-toi. Tu n'as réussi qu'à m'avilir.

JOHANNA, *vivement* : Attention ! Fais attention ! Voici le premier de leurs pièges, tu m'avais prévenue et tu vas tomber dedans !

LE PÈRE : Où voyez-vous des pièges ? Vous avez dit vous-même que vous détestiez Hambourg et que vous y retourneriez seulement pour le bien de Werner.

JOHANNA, *avec passion* : D'abord je ne l'ai pas dit. Et quand cela serait, le bien de Werner est mon bien. Je voulais être incomparable, j'étais folle : j'ai perdu, bonsoir, fini. Il ne me restait qu'à prendre congé décemment ; *(désignant Werner)* je l'ai rencontré à temps, c'est tout. Vous le savez : quand je le défends, vous savez que je défends ma peau ; je n'ai qu'une raison de vivre : lui. Hambourg, j'y retournerai : demain si l'on veut ; les gens, leurs souvenirs je m'en moque, je m'en moque ! Mais si vous l'enfermez ici pour le torturer et pour le dégrader, je tomberai comme lui et plus bas encore.

LE PÈRE : Et qui aura l'audace de torturer mon unique héritier mâle ? Pas moi : je serai mort.

JOHANNA, *désignant le vase de fleurs* : Ce vase.

LE PÈRE : C'est lui le bourreau ?

JOHANNA : Entre autres. Il n'a pas toujours occupé cette place.

LE PÈRE, *riant* : Bien sûr que si.

JOHANNA : Bien sûr que non. D'abord il y en avait deux.

LENI : Deux ? Mais quand ?

JOHANNA : Il y a de cela vingt ans. Chère Leni, il faut croire que vous n'êtes pas assez malheureuse pour avoir la mémoire longue.

LENI, *riant* : Moi ? J'ai une mémoire d'éléphant. *(Montrant Werner.)* Je suppose que nous n'avons pas les mêmes souvenirs…

JOHANNA, *enchaînant* : Ni les mêmes malheurs ? Cela se peut. Depuis le dernier conseil de famille…

LENI : 1936.

JOHANNA, *enchaînant* : Werner n'a pas mis les pieds dans ce salon. Ce matin il se rappelait tous les meubles. Il m'a dit : « Tu verras un vase de Chine sur une console, ils y auront mis des fleurs. Dans mon enfance il était sur la cheminée…

LE PÈRE, *intéressé malgré lui* : Oui.

JOHANNA, *enchaînant* : … et il y en avait un autre qui lui faisait pendant ; celui-là, je ne l'ai jamais oublié. »

LE PÈRE, *à Werner* : Parbleu ! C'est toi qui l'as cassé !

JOHANNA : Oui, père : sous vos yeux. Il avait onze ans. Il me l'a dit ; il m'a dit : « Je mourais de honte ! » et la honte est revenue, ce matin, la même, après vingt ans.

LE PÈRE : La honte ? *(Un temps.)* Je n'y suis pour rien.

JOHANNA : Pour tout.

LE PÈRE : Je ne l'ai pas battu.

JOHANNA : Vous ne le battiez jamais.

LE PÈRE, *à Werner* : Alors ? Qu'est-ce que je t'ai fait ?

JOHANNA : Vous lui avez dit, après un long silence : « Tu as des mains qui portent sentence. »

LE PÈRE : Ce n'était pas bien méchant.

JOHANNA : À Werner d'en juger, père. Des mains qui portent sentence. Des mains de brise-tout, gourdes et brutales. Frantz avait l'adresse d'un artisan, lui. C'est ce que vous disiez, en tout cas. Pauvre Werner ; vous ne l'avez pas battu, soyez tranquille : vous étiez beau, calme admirable, comme tous les jours, et vous l'avez écrasé sous votre talon. Comme tous les jours. *(Sur un geste du père.)* Saviez-vous qu'il a voulu se couper les mains ? Il s'était mis à les haïr. Bien entendu vous ne vous doutez même pas de ce qui l'a fait changer d'idée.

WERNER, *violent* : Johanna !

JOHANNA, *sans se soucier de Werner* : Il devait se couper la main gauche avec la main droite. Mais, s'il devenait manchot, la main droite lui restait pour compte : il a renoncé parce qu'il ne trouvait pas le moyen de s'en débarrasser.

LE PÈRE : Et cet enfant terrorisé serait devenu l'avocat Gerlach, l'homme libre et fort que vous avez épousé ?

JOHANNA : L'avocat vivant loin d'ici. *(Un temps.)* Il y a plus de meubles dans cette demeure que de grains de sable sur les plages de la mer du Nord ; soulevez-en un, n'importe lequel, et vous mettrez en fuite des cloportes. Ce sont les excellents souvenirs de votre fils cadet.

LE PÈRE, *sans la moindre émotion* : Les souvenirs, cela meurt. Tous les miens sont morts : je les raconte mais je ne peux plus les revivre. Ceux de Werner… Il n'a plus dix ans !

JOHANNA, *montrant Werner, boudeur et craintif* : Regardez-le et dites-moi son âge ! Ici, son enfance est partout : s'il reste, vous l'enfermez dedans.

LE PÈRE, *bonhomme* : Mais non !

LENI, *brusquement* : Mais si ! *(Il se retourne, étonné, vers elle.)* À Nuremberg, il y a une vierge de bois. Un peu plus grande que nature. Et creuse. Autrefois on l'ouvrait, on y poussait les condamnés à mort, on la refermait sur eux, bon débarras ! L'intérieur était hérissé de poignards. *(Geste pour désigner la maison tout entière.)* La vierge, la voilà. *(Johanna la regarde avec surprise. Tout d'un coup, Leni se retourne sur elle.)* Et après ? J'y suis, moi ; les poignards m'ont *[sic]* trouent pas la peau. Vous voyez qu'on n'en meurt pas tout à fait.

JOHANNA, *qui s'est ressaisie* : Je vois surtout que vous êtes libre de vous en aller.

LENI : Libre ? *(Elle se met à rire. Brusquement.)* En tout cas, je ne plains pas votre mari : il passera par où j'ai passé ; rien de plus, rien de moins. *(À Werner :)* Tu me tiendras compagnie.

LE PÈRE, *s'est approché de Werner. Il le regarde. Au bout d'un moment* : C'est vrai ?

WERNER, *péniblement* : Quoi ?

LE PÈRE : Ce que dit ta femme ?

WERNER : Elle dit ce qu'elle veut : cela ne m'engage pas.

LE PÈRE, *fronçant les sourcils* : Ce n'est pas une réponse.

WERNER : Vous n'en aurez pas d'autre. J'assiste à cet entretien contre mon gré et je refuse d'y prendre part.

LE PÈRE, *à Johanna* : Les Gerlach ne sont pas tendres et mon père m'a fait beaucoup de mal. Il se peut que j'aie blessé Werner autrefois : je n'étais pas commode. Dans ce cas, je vous prie de m'excuser.

JOHANNA, *indignée* : C'est moi que vous en priez ?

LE PÈRE : Werner aussi, naturellement. *(Sa voix se durcit malgré lui.)* Tu entends ?

WERNER : J'entends, oui.

LE PÈRE : Tu ne m'excuses pas ?

WERNER : Je n'ai pas à vous excuser. Un fils n'excuse pas son père. Jamais.

LE PÈRE : Comme tu voudras. *(Il va vers la console et prend le vase.)* Le vase te fait horreur ? *(Il le prend et le brise.)* Tu vois, je t'en débarrasse. *(Avec un regret ironique.)* Un Ming ! *(À Werner riant :)* Tu as cassé l'un, je casse l'autre : ceci efface cela. *(Vers Johanna :)* S'il vous paraît nécessaire de modifier certains détails de l'ameublement, vous voyez que je n'y suis pas opposé : nous en discuterons dans les mois qui viennent. *(Johanna ne répond pas. Il revient sur Werner.)* Werner, mon fils, je veux bien croire que tes plaies saigneront tant que je vivrai : mais tu vas me pousser dans la fosse et tu la combleras avec de la terre ; un peu de patience. Dans six mois, un beau jour, le vent ouvrira les portes et balaiera tes souvenirs. Quand tu seras le maître, pourras-tu penser à ces vases sans sourire ? J'emporterai ton enfance avec moi. Lève-toi, Werner. *(Werner se lève mollement.)* Et prête serment.

JOHANNA : Non, Werner : pas avant que nous ayons parlé ensemble, tous les deux et seuls.

WERNER : Au bout du compte je leur obéirai, tu le sais bien.

JOHANNA : Je ne sais rien. Pourquoi leur obéir ?

WERNER, *allant vers la table* : C'est mon père. Ah ! Finissons-en.

JOHANNA, *se plaçant devant lui* : Non, Werner ! Non !

LE PÈRE : Il a raison, ma bru. Finissons-en. Une famille c'est une maison. Je vous demande à vous d'habiter cette maison parce que vous êtes entrée dans notre famille et que vous avez le devoir de la perpétuer. Vous donnerez à Werner un fils…

JOHANNA, *dans un cri* : Ah ! Pas ici !

LE PÈRE, *presque naïf, réellement étonné* : Mais, Johanna, nous y sommes tous nés.

JOHANNA, *avec force* : Justement ! *(Elle profite d'un léger flottement chez ses interlocuteurs.)* Finissons-en, soit. Une seule question, père, et Werner fera ce qu'il voudra. *(Le père incline la tête.)* Vous nous sacrifiez à la famille Gerlach ?

LE PÈRE : Comme je me suis sacrifié moi-même.

JOHANNA : Et c'est par cette seule raison que vous nous enchaînerez ici ?

LE PÈRE : Il n'y en a pas d'autres.

JOHANNA : Vraiment ? *(À Werner qui veut la faire taire :)* Laisse-moi : à présent je lutte seule : contre eux et, s'il le faut, contre toi. *(Au père :)* Perpétuer la famille ! Et si je jurais sur la Bible de n'avoir pas d'enfants tant que nous resterons dans cette maison ?

LE PÈRE : Eh bien ?

JOHANNA : Auriez-vous les mêmes exigences ?

LE PÈRE, *après un bref silence* : Oui.

JOHANNA, *riant* : Voila ce que j'attendais ! *(Un temps.)* La famille a bon dos ! Vous vous en moquez bien, comme de tout, et ce n'est pas à elle que vous nous sacrifiez.

LE PÈRE : À qui donc, alors ?

JOHANNA : À votre fils aîné.

WERNER : Johanna !

Un long silence.

LENI, *calmement* : Frantz est mort en Argentine, il y a près de quatre ans. [*Voir p. 872.*]

SECOND FRAGMENT

(Feuillets 68 à 71)

[*Le passage qui suit enchaîne sur la réplique de Leni, p. 877, 24e ligne :* C'est très absorbant.]

JOHANNA : Je l'imagine sans peine. J'avais une tante qui ne pensait qu'aux chats ; elle en avait douze : c'était sa manière à elle de détester les hommes. Une forte, je suppose. Dans les derniers mois de la guerre elle est morte de faim. Frantz a de la chance qu'il se trouve des faibles pour le nourrir. *(Au père :)*

Quelles vieilleries ! Elles ont l'âge de vos meubles. Voyons, père, vous n'y croyez pas !

LE PÈRE, *souriant* : Pour croire à quelque chose, il faudrait être sûr de vivre plus de six mois. *(Un temps.)* Werner y croit, lui.

WERNER, *brusquement* : Vous faites erreur, mon père. Ce sont vos idées non les miennes : voila longtemps que je m'en suis délivré. *(Il se lève et marche avec agitation. À Johanna, en riant :)* J'étais du commun, moi, il paraît que cela se voyait. *(Désignant son père :)* Quand on voulait lui plaire, on disait : « Ce n'est pas un Gerlach » ou bien : « Il ressemble à sa mère, quel dommage ! » Et ma mère était là.

JOHANNA : Qu'est-ce qu'elle disait ?

WERNER : Rien. C'est vrai que je lui ressemblais. *(Un temps.)* Frantz et moi, nous aimions les mêmes gens et les mêmes choses, seulement, moi, je les aimais vulgairement. *(Avec violence.)* Et j'ai marché !

LENI : Tu as couru.

WERNER : Eh bien voilà : je ne marche plus. Ni fort ni faible. Un homme parmi les hommes ; n'importe qui : je tâche de vivre. Et Frantz, je ne sais pas si je le reconnaîtrais encore, mais je suis sûr que c'est n'importe qui. Finie, la race des Seigneurs : elle a mis le pays au bord de la ruine et les bombes l'ont exterminée. *(Il montre les photos de Frantz à Johanna. C'est dans le même mouvement mais il faiblit déjà.)* Qu'est-ce qu'il a de plus que moi ? *(Il le regarde fasciné. Un temps.)* Il n'est même pas beau.

LENI, *ironique* : Eh, non ! Même pas !

WERNER, *sans entendre, toujours fasciné* : Et quand je serais né pour le servir ? Il y a des esclaves qui se révoltent. Je quitterai la maison. Frantz ne sera pas mon destin.

LENI : Ce sera donc Johanna ?

JOHANNA : Vous me comptez parmi les forts ?

LENI : Pourquoi pas ?

JOHANNA : Vous perdez votre peine. Moi, son destin ? Il vous l'a dit : nous tâchons de vivre ; il m'aide et j'essaye de l'aider.

LENI : Pendant tout un hiver, les journaux vous ont appelée Destinée.

JOHANNA : Dans une autre vie.

LENI, *geste vers Werner* : Deux ans avant que vous le rencontriez.

JOHANNA : C'est ce que je dis.

LENI, *au père* : À cause de cet Anglais, vous savez.

LE PÈRE : Mais non, je ne sais pas. Il s'est tué ?

JOHANNA : Oui.

LE PÈRE : Pour vous ?

JOHANNA : Personne ne se tue pour personne. *(Avec défi.)* Je couchais avec lui, Werner le sait.

LE PÈRE : Alors ?

JOHANNA : Il faut croire que cela ne lui suffisait pas.

LE PÈRE : Qu'est-ce qu'il voulait ?

JOHANNA : Rien ! On se tue pour rien : vous le savez ! Tant pis pour lui.

WERNER, *l'interrompant* : À quoi bon, l'Anglais, ce n'est qu'un moyen : ils cherchent à m'humilier. Jusque dans notre amour.

JOHANNA, *aux deux autres* : Cherchez ! Cherchez bien ! *(Un temps.)* Quand Werner m'a connue, j'avais quitté la scène et l'écran, j'étais perdue. Il peut être fier de m'avoir sauvée.

LENI : Je parie qu'il ne l'est pas.

JOHANNA : À toi de parler, Werner. Dis-leur que l'homme le plus jaloux ne peut souhaiter femme plus fidèle. Je ne sors jamais, je ne lis guère, je fuis les souvenirs et je n'ai pas de rêves. Quand il est présent, je m'oublie ; quand il est absent, je l'attends. *(Werner se tait.)* Eh bien ?

LENI : Que voulez-vous qu'il dise ? Il ne sait pas lui-même si vous l'aimez tant que votre seul plaisir est de l'attendre ou si peu que vous avez perdu le goût de vivre. Johanna ! Il n'est pas de votre espèce, voyons ! L'auriez-vous choisi sans votre insuccès d'actrice ? Il y a des mariages qui sont des enterrements. *[Voir p. 878.]*

FRAGMENT MANUSCRIT DE L'ACTE I, SCÈNE IV

(Feuillets 126 à 129)

LE PÈRE : Il les trouvait dans son lit.

JOHANNA : Le pauvre !

LE PÈRE : Le pauvre, oui. Je le lui ai dit souvent : « Si l'on n'aime pas les femmes, qu'est-ce qu'il reste ? »

JOHANNA : Et que répondait-il ?

LE PÈRE : Rien.

JOHANNA, *souriant* : Dans ces conditions je ne vois pas trop…

LE PÈRE : C'était leur Beauté qu'il aimait.

JOHANNA, *lentement* : Leur Beauté…

LE PÈRE : La leur, celle d'un marbre ou d'un air de musique : il disait qu'il n'y en avait qu'une.

JOHANNA, *souriant avec amertume* : Je vois : c'est comme cela qu'on se brise le cœur. *(Avec violence.)* Et après ? Qu'avait-il à en faire, ce fils d'industriel ?

LE PÈRE : Vous le saurez demain.

JOHANNA : Je ne veux rien savoir. *(Martelant les mots.)* Je ne suis pas belle. Est-ce clair ?

LE PÈRE : Si vous ne l'êtes pas qui le sera ?

[Un feuillet manque.]

JOHANNA : Si vous cherchez bien, vous trouverez le pareil entre les grosses joues de Gertie Larmann : elle voulait mon amant, elle ne l'a pas eu, elle m'a pris mon nez. Ils étaient une armée, ils se penchaient sur moi du matin au soir et je vous garantis qu'ils peinaient dur : greffe, vivisection, remodelage et raffinage. Moi, je n'étais que le matériau. Et passablement usé. Regardez ma peau sous cette lumière de vérité !

LE PÈRE, *souriant* : Je ne vois pas de rides.

JOHANNA : Bien sûr. Les rides du plaisir et de la peine, nous ne les avons pas, nous autres : hors du studio, défense de rire et de pleurer. Mais approchez, voyez ces fines craquelures : il y en a partout ; toutes les crèmes de la terre ne les effaceront pas. Pour les cacher, ils étalaient le fard au couteau et le fard me rongeait par en dessous. J'ai brûlé ma vraie peau pour la face en peau de gants qu'on m'a vue trois ans de suite sur les écrans. Sans succès : il y avait un vice dans le matériau ou bien les ouvriers m'ont sabotée ; ce qui est sûr, c'est qu'on m'a chassée. Dieu merci ! Celles qui continuent, les pauvres, elles seront mises à la retraite dans dix ans, sans pension d'invalidité, avec des visages vitriolés. *(Riant.)* Soyez belle ! Belle pour un seul homme ! Qu'est-ce que vous croyez ? Qu'on peut consommer de nos jours la beauté dans le privé ? Allons donc : c'est une production de masse. J'avais une tête publique, père. Une tête pour douze millions d'hommes. Les femmes qui me voyaient de près, je sais qu'elles se disaient : « Mais qu'est-ce qu'on lui trouve ? » Oh ! Rien sauf des méplats photogéniques et *(désignant ses joues)* des plages de chair qui réfléchissaient la lumière comme il faut. Ces vertus n'apparaissaient qu'aux techniciens : quand j'avais la folie d'interroger un miroir ou les yeux d'un amant, j'y voyais ça *(elle montre son visage)* rien de plus. La marchandise était ailleurs : s'il arrive qu'un de mes films revienne à l'affiche, emmenez Frantz à Hambourg ; pour cinq marks vous verrez ma Beauté morte : une ombre sur un mur. *(Comme à elle-même, amère et dure.)* Cinq marks. Cela devait être encore trop cher.

LE PÈRE : Johanna, je vous prie d'excuser…

JOHANNA : Laissez donc : c'est une marotte. Quand on y touche, je perds la tête. J'ai parlé comme une échappée d'asile ; vous ne pouviez pas savoir… Ou peut être saviez-vous : peu importe. *(Un temps.)* J'étais jolie, je suppose. Ils sont venus me dire que j'étais belle ; je les ai crus : est-ce que je savais, moi, ce que je faisais sur terre. Il faut bien justifier sa vie. L'ennui c'est qu'ils s'étaient trompés. Tout est fini, à présent. Et je reste injustifiable. *(Brusquement.)* Des bateaux ? Cela justifie ?

LE PÈRE : Non. *[Voir p. 901.]*

MANUSCRIT FINAL

ACTE II, SCÈNE I

(Feuillets 182 à 185)

FRANTZ : Chers auditeurs, *[voir p. 903]* mon siècle fut une braderie : la liquidation de l'espèce humaine y fut décidée en haut lieu. On a commencé par l'Allemagne, noblesse oblige, et le morceau de planète est nettoyé jusqu'à l'os. *(Il se verse à boire.)* Un seul dit vrai : le Titan fracassé, témoin oculaire, séculaire, régulier, séculier, *in saecula saeculorum*, Moi. Siècles, je vous dirai le goût de mon siècle et vous acquitterez les accusés. Les faits, je m'en fous : je les laisse aux faux témoins ; je leur laisse les causes occasionnelles et les raisons fondamentales. Il y avait ce goût. Nous en avions plein la bouche. *(Il boit.)* Et nous buvions pour le faire passer. *(Rêvant.)* C'était un drôle de goût, hein quoi ? *(Il se lève brusquement, avec une sorte d'horreur.)* J'y reviendrai. *(Sans se retourner, il désigne Leni par-dessus son épaule.)* La petite va vous faire rire. Ma sœur : vous vous connaissez. *(À Leni :)* Révérence ! *(Elle s'incline légèrement.)* Elle court partout, elle lit pour moi : c'est mon informatrice. *(À Leni, impérieusement :)* Parle de Battista.

LENI, *sans cesser de balayer, récitant sa leçon avec indifférence* : Cesare Battista.

FRANTZ : Présente-le, voyons !

LENI : Dictateur.

FRANTZ : Où ?

LENI : À Cuba.

FRANTZ : Grade militaire ?

LENI : Sergent.

FRANTZ : Nous, c'était un caporal. Le siècle avance, les dictateurs montent en grade. Comment traite-t-il les prisonniers ?

LENI : Il les châtre.

FRANTZ : Les États-Unis ? Qu'est-ce qu'ils lui envoient ?

LENI : De l'or, une ambassade et des machines à sous.

FRANTZ : Et les Anglais ?

LENI : Des machines de guerre.

FRANTZ : Payées.

LENI : Avec l'or américain.

FRANTZ : Et qu'en fait Battista ?

LENI : Avec les machines américaines, il ruine son peuple ; avec les machines anglaises il tire dessus.

FRANTZ : À la bonne heure. Anglais, Amerlauds : les mêmes qui ont liquidé l'Allemand pour barbarie. Vive le Progrès ! *(Chantant d'une voix fausse et brutale.)*

Ha ! Ha ! Ha ! Qui l'eût cru ?
On s'ra tous, tous mourus
Tués sans pitié ! comme des chiens, dans la rue
C'est le progrès.

(Désignant Hitler.) Le précurseur ! *(Il jette une coquille vide contre le portrait.)* Contente, vieille bourrique ? *(Aux Crabes :)* Je plaisante ; vous ne condamnerez pas cet Autrichien : est-ce qu'il compte ? Un seul prophète : l'Allemand. Mort, il règne sur ses vainqueurs ; du détroit de Behring à la Terre de Feu, on l'imite. Pourquoi ? Parce que l'Allemand, c'était l'Homme. Il ne reste que des singes. *(Un silence. Les yeux fixes, solennel.)* Crabes, l'Homme est mort et je suis son Témoin. *(Il s'arrête, crispé.)*

[*Enchaîne avec la réplique de Leni, p. 904, 4e ligne :* Frantz, j'ai à te parler.]

ACTE II, SCÈNE V

(Feuillets 236 à 243 et 410 à 413)

FRANTZ : Elle entrera, [*voir p. 916*] elle fermera la porte... *(Elle fait ce qu'elle[1] dit à mesure qu'il le dit.)* Bouche close ! Je suis seul. *(Aux crabes :)* Merci, camarades : j'avais grand besoin de vos secours. *(Avec une sorte d'extase.)* Elle se taira, ce ne sera qu'une absence ; je la regarderai !

JOHANNA, *elle a paru fascinée, elle aussi. Elle s'est reprise. Elle parle en souriant, pour dominer sa peur* : Il faut pourtant que je vous parle.

FRANTZ, *il s'est éloigné d'elle à reculons, lentement et sans la quitter du regard* : Non ! *(Il frappe la table.)* Je savais qu'elle gâcherait tout. *(Un temps.)* Il y a *quelqu'un*, à présent. Chez moi ! Disparaissez ! *(Elle ne bouge pas.)* Qui vous a permis... ?

JOHANNA, *avec calme* : Vous.

FRANTZ : C'est faux !

JOHANNA, *elle prendra de l'audace peu à peu* : Vous m'avez dit d'entrer et de fermer la porte.

FRANTZ : Il y a malentendu. Je m'adressais… En tout cas, je ne m'adressais pas à vous. Acceptez mes excuses et retirez-vous.

JOHANNA : Je veux vous parler d'abord.

FRANTZ, *avec irritation* : Nous n'avons rien à nous dire, madame. *(Un temps.)* Qui vous envoie ? Un faux témoin ? Je vais vous faire chasser comme une gueuse.

JOHANNA : Par qui ?

FRANTZ : Leni ! *(Un temps.)* Tête étroite et lucide, vous avez trouvé le point faible : je suis seul. Restez donc ! Mais pour ce qui est de me fracasser, n'y comptez pas : moral d'acier. *(Il s'assied en lui tournant le dos et se verse un verre de champagne.)*

JOHANNA : Vous allez bouder ? Quelle patience pour un militaire. Avec Leni cela doit prendre à tous les coups : elle a trop de sang. *(Un temps.)* Moi, je suis très patiente : les globules rouges, vous savez ? Il paraît que j'en manque. Boudez, je bavarde : nous verrons qui se lassera le premier. *(Elle regarde autour d'elle.)* Bouteilles, coquilles, pancartes, moisissures : c'est classique. On m'avait fait craindre une chaîne. Il n'y en a pas ; tant mieux pour vous. Vous supportez cette chaleur ? Et ce parfum à couper au couteau ? Affaire d'entraînement. *(Apercevant le portrait de Hitler.)* Tiens ! Hitler. Vous êtes nazi ? *(Elle s'approche.)* Non : ce Führer est trop endommagé. *(Elle ramasse une coquille sur le lit et la jette sans violence contre le portrait.)* Lapidé par des coquilles. Bah ! Cela ne prouve rien : les sauvages battent leurs idoles. *(Elle s'est approchée de la chaise et se tient derrière lui. Elle l'irrite volontairement mais reste sur ses gardes et ne cesse de le surveiller.)* Des haillons mais Leni vous coupe les ongles. Elle vous coupe les cheveux à la dernière mode. *(Lui effleurant la joue du bout des doigts.)* Et vous vous rasez de près. Bref, une abjection très étudiée. *(Elle rit.)* À les entendre, au rez-de-chaussée, vous seriez un héros de tragédie. Moi, les séquestrés me font rire. Eh bien, j'avais raison ! *(Elle rit.)* J'avais raison ! J'avais raison ! *(Frantz tressaille.)* Ne vous fâchez pas : si vous pouviez voir ce que je vois, vous ririez aussi. Un lit, une table, une chaise ; un petit homme sur la chaise… *(Mouvement nerveux de Frantz.)* Petit, non. Mais enfin vous n'êtes pas grand : Werner a la tête de plus que vous.

FRANTZ, *sans se retourner* : Mais non !

Il boit.

JOHANNA : Un mètre quatre-vingt-deux.

FRANTZ : Mon frère ? *(Il se retourne brusquement.)* Qui êtes-vous ?

JOHANNA : Sa femme.

FRANTZ : La femme de Werner ? *(Il se lève et la regarde.)* La femme de Werner ! *(Il la considère avec stupeur.)*

JOHANNA, *amusée* : On vous avait dit que j'étais à faire peur ?

FRANTZ : Peu importe ce qu'on m'a dit. Qui vous envoie ?

JOHANNA : Personne.

FRANTZ : Comment connaissez-vous le signal ?

JOHANNA : Par Leni.

FRANTZ, *rire sec* : Par Leni ! Je vous crois bien !

JOHANNA : Elle frappait. Je l'ai... surprise et j'ai compté les coups.

FRANTZ : Elle m'avait prévenu que vous fouiniez partout. *(Un temps.)* Eh bien, madame, vous avez couru le risque de me tuer. *(Elle rit.)* Riez ! Riez ! J'aurais pu tomber de saisissement. Qu'auriez-vous fait. On m'interdit les visites — à cause de mon cœur. Cet organe aurait très certainement flanché sans une circonstance imprévisible : le hasard a voulu que vous soyez belle. Oh ! un instant. C'est bien fini. Je vous avais prise Dieu sait pour quoi... peut-être pour une vision. Profitez de cette erreur salutaire, disparaissez avant de commettre un crime ! *(Enflant la voix.)* Allez marivauder dans le siècle.

JOHANNA : Le siècle n'est pas drôle : autant marivauder ici.

FRANTZ : D'où tirez-vous cette assurance, madame ? Vous avez été belle mais je vous avertis que cela ne se reproduira pas. Cela va, cela vient, cela ne reste jamais en place. Quand la vision se désagrège, savez-vous ce qui paraît ? *(Désignant la glace.)* Regardez-vous dans la glace.

JOHANNA : Que verrai-je ?

FRANTZ : Une bête.

JOHANNA : Je la connais depuis longtemps.

FRANTZ : Une bête rouge de chaleur. La sueur perle à votre front. Vous n'osez pas ?

Elle va se regarder.

JOHANNA : Une vraie bête, oui. *(Elle arrange ses cheveux.)* En sueur, vous avez raison. *(Elle se retourne et lui fait face.)* Tant mieux. La bête est dans la place. Et la bête c'est moi et moi, j'ai affaire à vous. *(Se désignant puis le désignant.)* Cette bête-ci à celle-là.

FRANTZ : Mettez-vous bien dans la tête que je n'ai affaire à personne et que vous n'avez pas affaire à moi. *(Un temps.)* Finissons-en. Sortez !

JOHANNA : Non.

FRANTZ : Non ?

JOHANNA : J'aurais peur de vous laisser des regrets.

FRANTZ : Quoi ? *(Rire énorme)* Dis donc, la petite belle-sœur, tu crois m'avoir tombé ?

JOHANNA : Je crois que vous avez peur.

FRANTZ : De quoi, s'il te plaît.

JOHANNA : De rester seul.

FRANTZ : Est-ce que je ne t'ai pas suppliée de me laisser ?

JOHANNA : Mollement.

FRANTZ : Pouvais-je te jeter dehors ?

JOHANNA : Si vous en aviez eu la moindre envie, vous l'auriez fait sans vous gêner.

FRANTZ : Tu vas voir si je me gêne. *(Il va vers elle, menaçant et s'arrête. Il se laisse retomber sur sa chaise.)* Je vous avais prévenue : vous m'assassinez ! *(Il se prend le pouls.)* Du cent quarante au moins. Mais foutez le camp, nom de Dieu, vous voyez bien que je vais crever.

JOHANNA : Naturellement.

[f° 410] FRANTZ : Que deviendrai-je ?

JOHANNA : Vous rentrerez dans votre Éternité.

FRANTZ : Bien. *(Un temps.)*

JOHANNA : Alors ? Quand voulez-vous le recevoir ?

FRANTZ : Mon père ? Attendez. *(Il s'assied à califourchon sur sa chaise.)* Pourquoi ce rendez-vous ? *(Elle veut parler.)* Non, non : c'est moi que j'interroge. Ou plutôt c'est lui : je le connais comme ma poche. *(Un temps.)* J'y suis. *(Un temps. Il se lève.)* Il a tout réussi sauf moi. En conséquence, il veut m'emporter avec lui : les siècles ne connaîtront que sa gloire. *(Un temps.)* Il m'effacera, madame, vous le saviez et vous vous êtes chargée de lui préparer la besogne. *(Il s'approche d'elle.)* Ne le niez pas : il faudrait n'avoir pas ces yeux.

JOHANNA, *sans s'excuser, calme et objective* : J'avais refusé.

FRANTZ : Et puis ?

JOHANNA, *même jeu* : Werner est rentré.

FRANTZ : Alors ?

JOHANNA, *même jeu* : Rien. Je ne permettrai pas qu'il s'avilisse.

FRANTZ : Vous préférez m'anéantir.

JOHANNA, *faux calme, on sent la violence* : Oui.

FRANTZ, *éclatant de rire* : Pauvre enfant, je suis intouchable : votre Werner a besoin de moi.

JOHANNA, *violence* : Mon Werner a besoin de votre mort.

FRANTZ : Erreur, madame, erreur : que ferait un jaloux sans son rival ? Il vit de moi. *(Touchant de l'index tendu la poitrine de Johanna.)* Il veut me vaincre sur ce corps. Si je monte au ciel, quand il vous accablerait de plaisir, quand il vous arracherait des gémissements inouïs, comment savoir si je n'aurais pu faire mieux encore ? Mort, je reste invaincu. *(Rire sec.)* Il ne s'en relèvera pas.

JOHANNA : C'est mon affaire.

FRANTZ : Prenez garde ! Je deviendrai son vampire : nous serons deux en un.

JOHANNA, *trop dure* : Tant mieux : je vous aurai tous les deux sous la main !

FRANZ : Parfait. *(Un temps.)* Allez dire à mon père...

JOHANNA, *brusquement* : Non !

FRANTZ : Hé ?

JOHANNA, *avec une violence chaleureuse* : Non ! Je ne lui dirai rien.

FRANTZ, *impassible, sachant qu'il a gagné* : Il faut que je lui donne ma réponse.

JOHANNA, *même jeu* : Inutile : je ne la lui transmettrai pas.

FRANTZ : Pourquoi m'avoir transmis sa demande ?

JOHANNA : C'est malgré moi.

FRANTZ : Malgré vous ?

JOHANNA, *petit rire, regard encore chargé de haine* : Figurez-vous que j'avais envie de vous tuer. [...]

DÉCLARATIONS DE SARTRE AVANT LA CRÉATION DE LA PIÈCE

ENTRETIEN AVEC MADELEINE CHAPSAL

(« L'Express », 10 septembre 1959)

— Ce fut beaucoup plus difficile que pour *Huis clos*. Dans *Huis clos* il y avait trois personnes à faire avancer — ici il y en a cinq — et il n'y avait pas d'événements : tout résidait dans le mouvement que se donnaient ces personnes en agissant les unes sur les autres. Ici, c'est pareil, mais il y a cinq personnes à faire évoluer au lieu de trois, cinq personnes qui sont tenues les unes par les autres et se commandent mutuellement. Les difficultés sont multipliées. D'eux d'entre elles, le père et le fils, communiquent à distance, sans se voir. Ce mouvement — qui peut être différent pour chaque pièce, sinusoïdal, en hélicoïde — je le vois ici en spirale. Ça n'a pas été facile à mettre au point. En plus j'ai voulu introduire dans *Les Séquestrés* une dimension qui ne se trouvait pas dans *Huis clos* : le passé. On parlait du passé dans *Huis clos*, mais il n'intervenait pas pour modifier le présent. Ici les personnages sont tout le temps commandés, tenus par le passé comme ils le sont les uns par les autres. C'est à cause du passé, du leur, de celui de tous, qu'ils agissent d'une certaine façon. Comme dans la vie réelle.

— *Quelle émotion particulière entendez-vous donner par* Les Séquestrés *?*

— Le sentiment de l'ambiguïté de notre temps. La morale, la politique, plus rien n'est simple. Il y a cependant des actes inacceptables.

PROPOS RECUEILLIS
PAR CHARLES HAROCHE
(« France nouvelle », 17 septembre 1959)

[...] Il s'agit d'une famille de gros industriels allemands, anoblie sous Guillaume II, qui disposait de très importantes constructions navales, héritées au moment où le chef d'entreprise et le propriétaire ne faisaient qu'une même et unique personne. Quand les nazis gouvernent, von Gerlach, un homme dur, cynique, considérait que c'était la plèbe qui s'emparait du pouvoir. Mais, objectivement, l'hitlérisme cherchait des débouchés extérieurs. Malgré les réserves qu'il pouvait faire à son propos, Gerlach compose avec lui. Comment ? Dans une contradiction qui sera le noyau de l'âme de Gerlach ! Il ne peut pas admettre, son éducation s'y oppose, les camps de concentration, mais il raisonne ainsi : « Je ne peux pas souffrir les exactions hitlériennes, mais ce n'est pas moi qui crée les camps, je vends seulement les terrains sur lesquels ils sont construits. »

Sa fortune est fabuleuse. C'est un magnat. Il est le fruit de son milieu qui change et qui fait que, tout en collaborant avec le nazisme, sur le plan moral il en a horreur. Une horreur impuissante, d'ailleurs. Le luthérianisme y est pour quelque chose, et surtout le spectacle tragique — tout intérieur — de ne pouvoir exercer le pouvoir — dans tous les sens du terme — comme naguère.

Après la guerre, quand tous les crimes furent consommés et acceptés, la même contradiction profonde entre sa formation psychologique et la réalité allemande s'impose de nouveau à lui. Des projets de reconstruction de la flotte marchande en Allemagne occidentale entrent dans le cadre de la politique américaine en Europe, de la guerre froide. Gerlach collabore avec les capitalistes américains. De nouveau, son entreprise échappe à son contrôle, parce qu'il y a d'autres participants, d'autres phénomènes qui tissent la complexité de la vie économique actuelle du capitalisme, tout engagé qu'il est dans la technocratie. Les fonctions de propriétaire et celles de gestion sont séparées, la puissance — ou plutôt les éléments de la puissance — personnelle disparaissent.

Telle est l'atmosphère dramatique dans laquelle se débat Gerlach. Il a un fils. Il l'avait eu trente-cinq années plus tôt, c'est-à-dire quand il était le maître incontesté de ses constructions navales. Il l'a élevé comme devant être un futur chef. Il lui a transmis un rôle, une notion de la responsabilité à un moment où il ne pouvait plus l'exercer, ni lui ni son fils. C'est son destin de s'affronter à son état de culture, avec un commandement qui se dérobe. Élevé en grand capitaliste, à la manière du rêve florentin d'une éducation italienne conquérante et artistique, le fils, Frantz, tente de sauver son puritanisme protestant en tentant de soustraire aux nazis un prisonnier pourchassé par eux. On tue la victime devant lui et l'on exige qu'il se rachète par un engagement volontaire dans la Wehrmacht à l'âge de dix-neuf ans. Nous voici dans la guerre. Sur le front russe, coupé de ses arrières, Frantz a un pouvoir absolu de vie et de mort sur les populations. Puissance enivrante et provisoire ! Il assiste aux crimes dont il a horreur, son régiment est anéanti. Il revient chez lui, après avoir traversé des pays dévastés par la guerre : l'U.R.S.S., la Pologne et l'Allemagne. Il pense à ce qu'il faudrait faire pour qu'il n'y ait plus de telles ruines. Il pense surtout à son avenir, par-delà l'avenir de l'Allemagne. Si elle se relève et change, il n'est, lui, qu'un criminel de guerre. Il s'enferme donc, il se séquestre pendant treize ans pour ne pas voir cette résurrection, parce qu'elle liquide complètement ce qu'il était, ce qu'il est à ses propres yeux. Il refuse de voir son père qui l'adore, et qui n'ignore pas que c'est sa propre image que reflète la personnalité de son fils. Faut-il le mettre en face de la vérité ? C'est risquer de le perdre. Le père a des sentiments ambivalents à son égard. On voit que le drame est joué d'avance. Gerlach retrouve son fils et lui raconte la vérité, avec l'intention que tous les deux se décideront à se suicider. Ils vont en auto sur l'Elbe et se tuent.

[...] Pour moi, le monde fait l'homme et l'homme fait le monde. Je n'ai pas voulu seulement mettre en scène des caractères, mais suggérer que des circonstances objectives conditionnent la formation et le comportement de tel ou tel individu, à un moment donné. J'avais pensé donner un autre titre à ma pièce : par exemple, « Qui perd gagne », mais il lui aurait manqué l'autre face de la médaille qui me paraît aussi importante : « Qui gagne perd. » [...] J'ai voulu décrire une situation qui existe réellement, établir le constat de décès d'un monde. [...] J'ai mis en mouvement des hommes par qui, selon la formule de Marx, le capitalisme s'exprime. [...] Quand je parle de l'ambiguïté de notre temps, je veux dire par là que jamais l'homme n'a été aussi prêt qu'aujourd'hui à conquérir sa liberté, et qu'il se trouve en même temps plongé dans les combats les plus graves. [...] Jusqu'alors, j'avais fait des pièces avec des héros et des conclusions qui, d'une manière ou d'une autre, supprimaient les contradictions. C'est le cas du *Diable et le Bon Dieu.* Mais dans la société bourgeoise où nous vivons, il est très difficile de faire autre chose, pour un auteur comme moi, que du réalisme critique. Si un héros à la fin se réconcilie avec lui-même, le public qui le regarde faire — dans la pièce — risque aussi de se réconcilier avec ses interrogations, avec les questions non résolues.

PROPOS RECUEILLIS
PAR CLAUDE SARRAUTE
(« Le Monde », 17 septembre 1959)

[...] Je ne pense pas que l'on puisse établir de comparaison terme à terme entre notre situation actuelle et celle de nos voisins [allemands]. Elles sont radicalement différentes. Reste alors un problème d'ordre général : la responsabilité du soldat que les circonstances ont conduit à aller trop loin, un cas de conscience comme il en existera toujours et partout. La situer, la dater en France aujourd'hui entraînait trop de risques. Dont le moindre n'était pas de tomber dans le réalisme socialiste, négation même du théâtre. Il ne s'agit pas d'une pièce politique, notez-le, mais d'un sujet d'actualité vis-à-vis duquel j'ai tenu à garder mes distances, pour le dépasser et réserver ainsi la part du mythe. Dans *Nekrassov*, la seule de mes pièces dont l'action se déroule dans notre pays, de nos jours, le recul était obtenu, je crois, par le comique, le grotesque de la situation. Tout le reste de mon théâtre, à la seule exception des *Morts sans sépulture*, témoigne de ce même désir d'éloignement.

DÉCLARATIONS DE SARTRE APRÈS LA CRÉATION DE LA PIÈCE

ENTRETIEN AVEC BERNARD DORT
(« Théâtre populaire », nº 36, 4e trimestre 1959)

— *En 1955, après* Nekrassov, *vous nous aviez déclaré : « Pour moi, maintenant, je n'ai plus rien à dire aux bourgeois », et vous n'envisagiez pas d'écrire encore pour le théâtre, dans les conditions actuelles de son fonctionnement. Mais les conditions de représentation des* Séquestrés d'Altona *ne sont guère différentes de celles de vos œuvres dramatiques anté-*

rieures. Auriez-vous donc changé d'opinion ou pensez-vous que quelque chose, dans le monde ou dans le théâtre, a changé ?

— Ce n'est pas moi qui ai changé, c'est la situation. Lorsque j'ai fait représenter *Nekrassov*, la violence physique n'était pas répandue en France comme elle l'est aujourd'hui : elle n'était pas promue au rang des formes de répression. Il y avait certes un appareil répressif, mais c'était l'appareil traditionnel, normal si l'on ose dire.

Ce qui m'a paru grave, c'est la mise en place, en Algérie, en France même, d'un nouvel appareil répressif dont personne ne peut prétendre qu'il soit nécessité par la situation. Car le développement du système capitaliste n'est pas lié aux tortures pratiquées en Algérie. On pourrait même soutenir le contraire. Ces tortures compromettent la cause du capitalisme : les plus lucides parmi les bourgeois le comprennent.

C'est pourquoi il m'a paru nécessaire d'évoquer le problème ainsi posé — de l'évoquer au théâtre, c'est-à-dire pour tous, pour le plus grand nombre, pour des bourgeois aussi.

Lorsqu'on veut mettre en question l'intérêt foncier de la bourgeoisie, il est inutile de s'adresser à des bourgeois. Les mystifications liées au capitalisme apparaissent de plus en plus clairement : les bourgeois les connaissent et s'en accommodent. S'ils tolèrent, exceptionnellement, qu'on les leur montre, ils dévaluent aussitôt le fait de les montrer. Marx le remarquait déjà : la bourgeoisie a pris conscience d'elle-même en tant que classe. Aujourd'hui, elle a adopté une attitude lucide et cynique vis-à-vis de son développement historique.

Mais du moment qu'on veut évoquer un phénomène marginal par rapport à ce développement historique, il est possible de le faire devant un public bourgeois : cela vaut, je pense, pour le colonialisme français qui est, par tradition, marginal (nos colonies nous ont toujours coûté plus qu'elles ne nous rapportaient).

Je ne veux pourtant pas dire que j'ai écrit *Les Séquestrés* pour un public exclusivement bourgeois. J'estime que l'on doit montrer ces phénomènes marginaux à toute la population — d'autant plus que dans notre pays le racisme n'est pas l'apanage de la classe bourgeoise, mais une réaction commune à des milieux fondamentalement opposés, en lutte les uns contre les autres, défendant des intérêts contradictoires. Pourquoi, alors, ne pas essayer de susciter une contre-réaction dans ces milieux ?

C'est pourquoi je pense que *Les Séquestrés* pourrait être représenté aussi bien devant un public populaire que devant des spectateurs bourgeois : dans cette pièce j'ai essayé de démystifier l'héroïsme (militaire) en montrant le lien qui l'unit à la violence inconditionnée. Cela concerne tout le monde.

— *Pourquoi donc avoir situé votre pièce en Allemagne, alors qu'elle est aussi spécifiquement française ?*

— D'abord, parce que je tenais à avoir une assez large audience et que cela aurait été impossible si j'avais abordé de front le problème de la violence, tel qu'il se présente aujourd'hui dans la société française. Je ne dis même pas que ma pièce aurait été un « four » ou que ses représentations auraient été interdites… L'autocensure aurait joué avant et je n'aurais pas trouvé de directeur pour la monter : il n'y aurait même pas eu scandale, rien qu'un étouffement…

Mais ce n'est pas la seule raison : quoique nous ne soyons pas les Allemands, quoique nos problèmes diffèrent de ceux qui étaient les leurs au moment du nazisme, il y a entre les Allemands et nous des liens très particuliers. Nous nous sommes trouvés, vis-à-vis d'eux, exactement dans la situation où se trouvent les Algériens vis-à-vis de nous aujourd'hui.

Si ma pièce est bien celle que j'ai voulu faire, je voudrais que la première réaction du spectateur soit de condamner ces gens qui lui sont montrés, les mêmes que ceux qui opérèrent rue des Saussaies[1]. Puis que, petit à petit, ce spectateur soit gagné par un malaise, pour finalement reconnaître que ces Allemands, c'est nous, c'est lui-même. Disons que le mirage théâtral devrait s'effacer pour laisser la place à la vérité qui est derrière ce mirage.

Cela correspond à ce que je crois être une exigence esthétique du théâtre : la nécessité de prendre une certaine distance vis-à-vis de l'objet évoqué, en le déplaçant dans le temps ou dans l'espace. D'une part, les passions mises en scène doivent être suffisamment amorties pour ne pas gêner la prise de conscience ; d'autre part, doit se produire ce que j'appellerai l'évanouissement du mirage théâtral, de l'*illusion comique* au sens que Corneille donnait à ce terme. Il faut que le spectateur soit dans la situation de l'ethnographe qui s'installe parmi des paysans d'une société arriérée. Au début, il les traite presque en objets. Puis, peu à peu, au cours de l'étude, son point de vue se modifie, et il finit par découvrir qu'en étudiant ces paysans, c'est lui-même qu'il étudie et découvre.

— *Ne craignez-vous pas que, dans la réalité du théâtre parisien, ce mécanisme un peu subtil ne fonctionne pas ? […]*

— […] Ce que je soutiens dans *Les Séquestrés*, c'est que personne, dans une société historique qui se transforme en société de répression, n'est exempt du risque de torturer…

Cela, je crois que les spectateurs des *Séquestrés* l'ont compris : aucun d'entre eux n'a pris au pied de la lettre l'Allemagne que je montre, aucun n'a cru que je voulais réellement parler de ce qui arrive à un ex-soldat allemand en 1959. Derrière cette Allemagne, tous ont lu Algérie — tous, même les critiques.

— *N'avez-vous pas cependant choisi des données à la fois trop exceptionnelles et trop précises ? Nous voulons dire : en prenant comme protagonistes des rois, des princes de l'industrie, les Gerlach, n'avez-vous pas conféré à vos héros une sorte d'auréole romantique qui permet mal l'évanouissement du mirage dont vous parlez ? Et à l'inverse, en situant de façon précise votre pièce à Hambourg, dans une société capitaliste où l'ère des directeurs succède à celle des propriétaires, n'avez-vous pas rendu presque impossible la transposition que devrait faire le spectateur ?*

— J'ai fait exprès de prendre ces von Gerlach, c'est-à-dire une grande famille industrielle, à demi noble ou qui a été anoblie pendant le IIe Reich. Car ce que je voulais marquer c'est que ces gens-là n'étaient pas nazis, qu'ils n'ont fait que se servir de l'étiquette nazie alors qu'ils méprisaient les nazis, coupables à leurs yeux d'avoir amené, comme auraient pu le faire des communistes ou des socialistes, « la plèbe au pouvoir ». Et de telles familles ont réellement existé. Ce qui m'a intéressé aussi, c'est que je pouvais, en toute vraisemblance, leur prêter un orgueil protestant quasi pur.

[...] Avec des personnages comme les Gerlach, j'avais d'emblée à ma disposition une contradiction fondamentale : celle qui existe entre la puissance industrielle de ces gens, leur titre nobiliaire, leur passé, leur culture, et leur collaboration avec les nazis qu'ils méprisent. Ils pensent contre et ils agissent pour. Ainsi pouvais-je poser en clair le problème de la *collusion*, qui est essentiel si l'on veut comprendre les hommes.

Avec *Grand'Peur et misère du IIIe Reich*, j'estime que Brecht a échoué dans la mesure où il n'a pas montré la collusion. Il a évoqué la peur, de façon parfois saisissante, mais c'est tout. Ce qui ne suffit pas.

Je crois même que des petits-bourgeois peuvent mieux se comprendre à travers des personnages de théâtre aussi différents d'eux que le sont ces Gerlach, qu'à travers des petits-bourgeois comme eux : ils ont tôt fait de se désolidariser des petits-bourgeois qu'on leur montre, de se refuser à comprendre. Nous retrouvons la nécessité d'une distanciation...

— *N'aurait-il pas été préférable alors de traiter les Gerlach sur le mode comique ? C'est d'ailleurs une des idées chères à Brecht : il pensait que la comédie est plus apte que la tragédie à représenter le monde contemporain sur la scène ; il soutenait même qu'elle traite moins que la tragédie « les souffrances des hommes par-dessous la jambe ».*

— Oui, Adamov pense aussi que la bourgeoisie ne peut être que comique sur la scène. Et Lacan dit que l'homme est comique alors que la femme ne l'est pas. Cela peut se discuter...

Seulement, n'oubliez pas qu'il n'y a pas de bourgeois sans ouvriers, pas plus qu'il n'y a de colons sans colonisés, ni d'exploiteurs sans exploités, et que si les uns sont comiques les autres peuvent difficilement l'être.

Là, j'étais obligé de me tenir à la lettre de ma pièce. Des millions de juifs morts dans les camps, dans les fours crématoires, voilà le nazisme. Il était impossible de montrer sur le mode comique des choses qui évoquent cela.

[...] La distanciation ne doit pas détruire l'*Einfühlung* chère aux expressionnistes. Les deux doivent aller de pair. Pour faire comprendre au public ce que c'est que de revenir d'une guerre et de se rappeler qu'on y a été un bourreau, il faut que ce public puisse s'identifier au héros en question. Il faut qu'il puisse *se haïr en lui.*

[...] Mon sujet, c'est un jeune qui revient d'Algérie, qui a vu là-bas certaines choses, qui y a peut-être participé, et qui se tait. Impossible de le mépriser, de l'éloigner de nous par le comique — impossible théâtralement et même politiquement. Car enfin la situation politique française exige aussi que l'on récupère de tels hommes, en dépit des saloperies qu'ils ont pu faire.

Je ne m'intéresse pas aux brutes. Du reste, des brutes, il y en a dans toutes les guerres ; pendant la guerre de 14 il y en a eu, mais ce qu'il n'y a pas eu, c'est ce dont je veux parler et qui est notre problème aujourd'hui : une jeunesse démoralisée par la complicité qui lui est imposée.

— *Pourquoi, dès lors, ne pas avoir montré le déroulement temporel de cette démoralisation : au lieu des résultats de la collusion, cette collusion elle-même ?*

— Encore s'agit-il de savoir *où* l'on montre ce que l'on veut montrer. Montrer la collusion elle-même ne me paraît pas possible au théâtre. Dans un roman, oui, à condition que cela ne fasse l'objet que d'un chapitre, que d'une partie de ce roman. Au théâtre, montrer la collusion, c'est en faire un mécanisme, quelque chose de sommaire et que nous connaissons déjà.

Du reste, il n'est pas intéressant de faire une œuvre, un roman ou une pièce, à partir d'une défaite, d'y montrer seulement la dégradation de ce qui est donné au départ. Aussi, en général, on essaye, pour compenser, de trouver une contrepartie à cette défaite et on invente des héros positifs. Vous voyez à quelles simplifications on en arrive.

Il est inutile de consacrer une pièce à montrer comment un soldat qui, après avoir commencé par refuser d'enterrer les fusillés, l'accepte, puis, sous la pression d'un milieu, d'une propagande, en vient à assister à des séances de torture et à y participer lui-même...

Par contre, il faut montrer les gens *après*. Ils ont été des bourreaux, ils ont accepté de l'être : comment vont-ils s'en arranger ou ne pas s'en arranger ? Mon sujet idéal, c'eût été de montrer non seulement celui qui revient, qui s'est constitué tel qu'il est, mais sa famille autour de lui, autour de son silence. Il est là comme un ferment grâce auquel les contradictions se multiplient, et lui-même n'est que contradictions… À partir de là, il serait possible d'esquisser, théâtralement, une véritable étude sociale.

Dans *Les Séquestrés*, j'ai gonflé ce sujet jusqu'au mythe.

[…] La situation des Gerlach correspondant à la situation des Dupont ou des Durand français d'aujourd'hui, les Gerlach renvoient le spectateur petit-bourgeois français à lui-même.

Ce n'est d'ailleurs qu'une question préjudicielle : une fois posée la situation de ces gens qui pensent contre et qui sont amenés (ou qui ont été amenés) à agir pour, la pièce peut commencer.

— *Un rapport essentiel ne s'en trouve-t-il pas néanmoins faussé : celui du conditionnement social, économique, des personnages ? Les Gerlach ne sont-ils pas fondamentalement plus libres que des petits-bourgeois français ?*

— Ne définissons pas seulement le conditionnement économique en termes de rareté (ou d'abondance contre la rareté). Les contraintes économiques jouent aussi bien sur ces industriels que sur de petits-bourgeois français : autant que des prolétaires sont conditionnés par la misère, les Gerlach sont conditionnés par les nécessités de la production, par l'élévation de la productivité qui leur retire des mains les leviers de commande.

Dans cette perspective, le cas de Frantz n'apparaît plus comme psychologique : c'est celui d'un homme voué à l'impuissance par la puissance de son père. Celui-ci a « arrangé » toutes les folies de jeunesse de Frantz. Ne l'eût-il pas fait qu'elles se seraient « arrangées » d'elles-mêmes — parce que Frantz est un Gerlach, le fils d'un des plus gros industriels du monde. Ainsi Frantz ne peut échapper à cette contradiction objective : il est un futur chef et il est irresponsable.

D'autre part, l'évolution de la société allemande amène le père à voir ses pouvoirs réels lui échapper. Les directeurs se substituent aux propriétaires. Sans doute garde-t-il une influence certaine sur la marche de son entreprise, mais il n'en décide plus : d'autres calculent, prévoient, choisissent à sa place. Là aussi, nous nous trouvons en présence d'une évolution objective.

— *[…] Il ne nous semble pas que, jusqu'alors, vous ayez assez fait crédit à un metteur en scène, que vous ayez accordé l'importance qu'elle mérite à la représentation scénique de vos œuvres — à leur réalisation. Sur la scène, une œuvre dramatique peut « s'augmenter ». Entre les choses et les personnages peut être créée — et c'est là le travail du metteur en scène — une sorte de dialectique…*

— Je vous arrête à ce terme de dialectique. Il ne peut pas y avoir une dialectique entre les choses, les objets scéniques, et les personnages. Au théâtre, l'action de l'homme sur la chose diffère fondamentalement de celle de cette chose sur l'homme : l'une est subordonnée à l'autre, elle ne lui est pas liée dialectiquement.

— *Parlons alors d'une dialectique entre les significations des choses et celles des personnages, telle que nous la trouvons par exemple dans les spectacles du Berliner Ensemble…*

— Mais ce n'est pas neuf, c'est même très ancien… Et puis je crois que c'est surtout valable pour le cinéma, beaucoup moins pour le théâtre.

Au théâtre, il ne faut pas trop attirer l'attention sur les choses en tant qu'elles sont une réalité objective : le spectateur, lui, sait bien qu'elles n'existent pas, qu'elles sont fausses. Au cinéma, par contre, les choses sont à la fois plus réelles et plus irréelles : elles nous sont données à travers tout un jeu d'illusions ; une fois que nous sommes entrés dans ce jeu, nous pouvons les tenir pour réelles. […]

— *N'aurait-il pas été possible néanmoins de mieux préciser l'environnement de vos personnages, de mieux montrer, par cet environnement même, leurs contradictions objectives ?*

— Il est vrai : nous avions pensé que le troisième acte des *Séquestrés* se passerait dans une pièce du même style que celle du premier acte, mais où le mobilier eût été moderne, avec des objets genre scandinave, un bar, des tables de verre… C'est l'appartement de Werner et de Johanna, d'une autre génération, mal à l'aise ici. Si nous y avons renoncé, c'est pour des raisons financières.

De telles *indications* par le décor, par les objets, me paraissent nécessaires. Mais faut-il aller plus loin ? Faut-il esquisser à partir de là une esthétique théâtrale, comme vous avez tendance à le faire, sur l'exemple de Brecht et de son travail au Berliner Ensemble ? Je ne le pense pas. Pour faire du décor, des objets, un contrepoint à l'action théâtrale, il faut agir avec beaucoup de discernement. Et surtout réfléchir à la philosophie qui peut sous-tendre cette esthétique.

Que Brecht ait réussi dans sa mise en scène de *Mère Courage* à traduire matériellement la guerre, sa durée, ce n'est pas douteux. Mais doit-on procéder ainsi dans tous les cas ?

— *La question que vous posez ainsi est peut-être plus large que celle du rôle du décor et des accessoires. Au fond, n'est-ce pas celle du choix entre ce que Brecht appelait le théâtre dramatique, c'est-à-dire un théâtre de conflits, et le théâtre épique, c'est-à-dire un théâtre qui montre des contradictions dans le temps, qui décrit une société de l'extérieur ?*

— Peut-on décrire une société, sa société, de l'extérieur ? Je ne le crois pas. On ne peut le faire que de l'intérieur. La description de la société par le théâtre est donc toujours une pseudo-description, puisque celui qui décrit est à l'intérieur de l'objet qu'il décrit.

L'objectif et le subjectif ne peuvent qu'être mêlés : ils le sont dans *Les Séquestrés d'Altona* où, je vous le concède, il y a beaucoup de subjectif.

Shakespeare lui-même, Shakespeare surtout, ne décrit pas du dehors : ses personnages sont profondément liés aux spectateurs. Et c'est pour cela que son théâtre constitue le plus grand exemple qui soit de théâtre populaire : dans ce théâtre, le public retrouvait, retrouve encore, ses propres problèmes, et les revit. [...]

Quant à la nécessité de ce que vous appelez après Brecht un théâtre épique, elle m'apparaît bien dans la mesure où je pense que le théâtre doit représenter l'homme tel qu'il est changé par le monde et le monde tel qu'il est changé par l'homme, mais j'estime qu'on ne peut l'ériger en une loi générale. Comme je vous le disais tout à l'heure : toute dramaturgie suppose une philosophie. [...]

— *Nous n'avons jamais voulu faire du théâtre épique une catégorie esthétique formelle. Brecht lui-même s'en est défendu : son théâtre épique repose sur une analyse des contradictions de la société capitaliste et le* Verfremdungseffekt *(effet de distanciation) est pour lui le moyen de mettre au jour ces contradictions, de montrer ce qu'il appelle le « gestus social » de tout acte.*

— Oui, mais nous revenons à cette question préalable de la philosophie, du système de valeurs qui sous-tend l'œuvre. Brecht était sans doute marxiste, mais il ne suffit pas de le dire. Ce qui fonde son œuvre, c'est une certaine idéologie marxiste, qui s'est éteinte avec Brecht. Maintenant il faut refaire cette idéologie, c'est-à-dire en faire une autre, proche sans doute mais forcément (les temps ont changé) différente de celle de Brecht.

Quant à l'analyse des contradictions de notre société, bien sûr c'est la tâche de tout théâtre. Le théâtre est un lieu où apparaissent nos contradictions : Hegel a été le premier à le constater, mais le fait remonte à l'Antiquité. Un seul changement depuis : dans le théâtre antique, les différents termes des contradictions étaient représentés par des personnages différents : dans le théâtre moderne, ces contradictions se sont intériorisées, elles peuvent coexister dans un même personnage.

Brecht a mis de nouveau l'accent sur la nécessité de montrer en clair nos contradictions. C'est en quoi il me paraît proche des Grecs et de nos classiques — beaucoup plus proche d'eux que de Shakespeare, auquel on a pris l'habitude de le comparer.

Mais ces problèmes sont trop vastes pour que nous puissions faire plus que de les aborder. Dans ce domaine de la réflexion esthétique, disons de la réflexion sur les moyens d'expression spécifiques à telle ou telle forme d'art, la confusion qui règne actuellement nous interdit d'examiner ici ces problèmes à fond. Peut-être faudra-t-il que nous les reprenions un jour.

ENTRETIENS AVEC ALAIN KŒHLER

(« Perspectives du théâtre »,
n° 3, mars 1960 ; n° 4, avril 1960)

— *J'aimerais vous demander comment vous jugez les rôles de Leni et de Johanna, il me semble qu'elles sont l'une et l'autre des sortes de vampires.*

— [...] Leni et Johanna tuent Frantz. L'une à petit feu, en le maintenant certes en vie, mais en le tuant lentement quand même ; l'autre tout à fait puisqu'elle est à la base de la vérité, et que la vérité tuera Frantz. Autrement dit, c'est un homme qui ne peut ni supporter le mensonge parce qu'alors c'est la folie, ni supporter la vérité parce qu'alors c'est la mort. Donc, en effet, je les considère l'une et l'autre des espèces de vampires, mais je n'exprime pas par là le point de vue général sur ce que peut être une femme.

[...] Leni et Johanna sont également faites par Frantz puisqu'il exige qu'on lui mente, et, lorsque Johanna monte le voir, décidée à lui dire la vérité, c'est lui, Frantz, qui, par un système d'enjôlement, en essayant de découvrir son propre mensonge à elle, finit par créer cette fascination qui oblige la jeune femme à mentir. Et ce sont, à partir de là, les circonstances qui imposent cette espèce de délire à deux parce que ce n'est pas tenable autrement. Il est vrai, ces deux femmes ne peuvent être que des vampires. Au fond, le seul rapport humain de Frantz s'établit avec son père. Toute l'histoire ne fait que résumer un rapport de quinze ans et Frantz usera de Leni, sa sœur, contre le père.

— *Mais ces femmes que sont-elles vraiment ?*

— Chacune d'elles cherche son intérêt, qui n'est pas rigoureusement celui de Frantz. La passion monstrueuse de l'une — j'ai voulu cet inceste pour de multiples raisons, en particulier pour montrer qu'il ne s'agissait pas, qu'il ne pouvait pas s'agir, parce qu'alors, cela aurait été incompréhensible, d'une femme simplement dévouée à Frantz et comprenant mal ses intérêts. Il fallait un élément égoïste, plus ou moins aveugle.

Pour Leni, il est certain que son point de vue est tout à fait en deçà du problème éthique. Elle pense de Frantz : « Tu as fait cela, tu as torturé, maintenant, tu n'as plus qu'à l'assumer. Bon. Tu dis : j'ai torturé. Et puis voilà, c'est fini. » Leni ne se rend pas compte que c'est précisément là que le problème se pose. Est-ce qu'on peut accepter l'horreur comme cela quand on est Frantz ? Et Leni demeure toute fière d'accepter, elle, son inceste, en criant : « Moi, j'accepte. Pourquoi n'en fais-tu point autant ? » Elle ne voit pas du tout que ce n'est absolument pas la même chose de revendiquer son inceste dans une famille déjà pas mal détruite, à une époque où la moralité est très assouplie, ou de revendiquer tranquillement le fait d'avoir fait souffrir des hommes jusqu'à la mort. Leni, donc, mentira tant que Frantz ne sera pas capable de dire : « Moi, j'ai fait cela et je l'assume. » Et en même temps, Leni sait très bien que Frantz ne le dira jamais. On est donc dans un perpétuel provisoire où Leni est à la fois celle qui domine et celle qui est dominée. Car, naturellement, Frantz se sert aussi de sa sœur.

Pour Johanna, c'est différent. [...] elle se présente au départ avec l'intention sincère de lui dire : « Écoutez, voilà les faits, maintenant rendez-nous notre liberté. » Seulement, elle a cette faille d'être de la même espèce que lui. Lui a été atteint au cœur. Cet homme qui voulait la grandeur, se retrouve ayant torturé. Il est possible, peut-être, que ce soit plus acceptable pour un homme modeste de se dire : « J'y ai été entraîné », que l'on puisse davantage récupérer quelqu'un qui a fait ce genre de choses et reconnaît : « Bon Dieu, c'est dégoûtant, mais je n'aurais su faire mieux », que récupérer un homme qui a tout misé sur la grandeur, qui a même, à un moment donné, cru que la grandeur exigeait d'aller jusque-là, et qui, tout d'un coup, constate que son action n'a servi à rien et que, d'ailleurs, c'était de la fausse grandeur et du vide. Quant à Johanna, de son côté, elle trouve l'équivalent de la grandeur qui est la beauté. Autre forme de vide, car la beauté demande, au niveau où se place Johanna, le niveau d'une star, une reconnaissance, une reconnaissance publique. Autrement, cette beauté n'existe pas. Autrement, c'est une jolie femme, qui plaît à beaucoup d'hommes, mais ce n'est pas une belle femme. Une belle femme, c'est la star dont on dit par exemple : la belle Ava Gardner ; Johanna a eu, à un moment, sa reconnaissance ; et puis, comme cela arrive souvent au cinéma, elle ne l'a plus eue ensuite. On ignore si c'est parce qu'elle n'était pas tout à fait belle, ou parce qu'elle ne jouait pas tout à fait assez bien, ou parce que le goût du public s'est porté vers les filles de dix-sept ans alors qu'avant c'était celles de vingt-cinq ans. [...] Johanna ne s'est jamais vue belle. Elle savait qu'on la trouvait belle, puis elle a su qu'on la trouvait moins belle. Mais, elle se voyait toujours de la même façon dans la glace ; c'est-à-dire ni belle, ni pas belle, mais une matière à travailler.

— *Tout comme Frantz, ni coupable, ni pas coupable, mais une conscience à éclairer.*

— L'un et l'autre se retrouvent à partir de là. Frantz oblige Johanna à un « délire à deux ». Si elle lui dit que l'Allemagne est morte et que, par conséquent, elle sert la grandeur de Frantz, alors, à ce moment-là, lui, lui dira qu'elle est belle. Et comme ce sera un homme assez exceptionnel qui le lui dira, alors Johanna servira Frantz. Elle le croira. Autrement dit, Johanna considère que cet individu (dans le texte imprimé, j'avais beaucoup insisté, mais nous avons dû faire des coupures, sur le côté prophète de Frantz) peut la convaincre. Cela engendre donc un délire, mais qui ne peut durer. Et c'est l'écroulement de ce délire qui rendra Johanna de nouveau vampire. [...] en réalité Frantz refuse toute assistance. Il s'arrange pour faire horreur. Il ne s'écrie pas : « Eh bien, je vais tout raconter. » Johanna est donc pardonnable de s'en aller. Frantz ne veut plus d'elle.

— *Démission du monde des femmes.*

— Voilà. Tout à fait. Tout de suite. Parce qu'il y a de la publicité maintenant qui est donnée au fait. Leni le savait mais n'en parlait jamais. Johanna ne le savait pas. Maintenant, c'est dit et Frantz ne pense qu'à son père, se prépare à affronter son père.

— *Ce qu'en somme, il a toujours voulu d'une certaine manière.*

— Oui, essentiellement.

— *Sur un autre plan, il m'a semblé que dans* Les Séquestrés d'Altona, *justement se dessinait une amorce vers ce qu'on pourrait, assez grossièrement, nommer une impression d'en haut. [...] Est-ce que vous estimez que l'on puisse voir se dégager dans* Altona, *une recherche du divin ? Vos personnages sont tous rigoureusement protestants.*

— Ils le sont. J'ai voulu qu'ils le soient totalement. C'est une histoire protestante. Elle ne pourrait pas se passer de la même manière avec des catholiques. En particulier, les catholiques ont trop encore, même s'ils ne croient plus au sens des hiérarchies de l'Église, le besoin de trouver des intermédiaires entre eux-mêmes et leurs fautes. Là, c'est tout à fait autre chose. Il y a les crabes ou Dieu, peu importe. Ou bien alors, rien. [...] ils sont protestants. Et l'appel d'en haut dissimule, pour eux, un appel à ce Dieu auquel ils ne croient plus. Ce n'est pas douteux. Pour eux, mais pas pour moi. Voilà qui fait toute la différence. J'ai voulu que l'on pense sans cesse à un Dieu qu'ils n'ont plus pour les caractériser à la fois comme des protestants, et comme des gens de notre époque. Ils sont désarmés devant une faute absolue. J'ai voulu cela. Mais, d'un autre côté, j'ai voulu marquer autre chose et qui est un point de vue complètement différent, qui est notre point de vue, à ceux que je nomme « nous » parce qu'ils sont incroyants comme moi : c'est le point de vue vis-à-vis de l'Histoire. Non pas que je considère l'Histoire comme la seule maîtresse, mais simplement parce qu'aujourd'hui nous avons une conscience historique. Tous. Nous savons que nous voyons les gens du passé et nous les jugeons. Nous savons ce que nous devons penser, mettons de la bourgeoisie française au temps de la Commune, ou des réactions de Versailles, etc., et dans ces conditions, nous ne pouvons pas ne pas savoir que nous serons jugés et jugés par des gens qui restent fort ambigus pour nous. C'est pour cela que je les appelle des crabes. Comment seront-ils ? De toute façon, ils auront des principes de jugement que nous ne comprendrions pas, ou que nous n'accepterions pas, faute d'en avoir suivi tous les développements. Nous serons donc jugés par des êtres qui nous échappent, et au nom de principes qui ne sont pas tout à fait les nôtres, et en même temps sans doute, aussi comme nous le faisons, au nom de nos propres principes. Ainsi ce sentiment d'être à découvert vis-à-vis, en effet, d'une espèce de verticalité de siècles, est un sentiment qui existe, je crois, chez pas mal de gens aujourd'hui.

[...] J'ai donc voulu indiquer non pas qu'il faille recommencer à croire en Dieu, mais que notre athéisme d'aujourd'hui, je l'ai écrit un peu partout, n'est pas un athéisme satisfait. C'est un athéisme, en fait, peu éloigné du temps où Nietzsche disait « Dieu est mort ». Nous sommes encore des survivants.

— *Pensez-vous alors que l'homme protestant soit plus près d'être un homme conscient que l'homme catholique ? Croyez-vous que cette position, si j'ose dire, « branchée en direct », l'autorise, lui permette d'avoir une conscience plus éveillée, plus présente ?*

— Je crois qu'il comprend mieux. Mais je crois aussi que le protestantisme s'est arrêté trop tôt. Par exemple, cette phrase fort belle : « Tous les hommes sont prophètes. » C'est très probablement une idée égalitaire. Seulement, il était infiniment trop tôt, le progrès social ne permettait pas une réelle application d'un principe de ce genre — ce qui conduirait alors précisément à des vues socialistes — il en résulte que l'égalité protestante reste très formelle. À mon avis, les meilleurs démocrates se trouvent encore parmi les protestants. [...] En ce sens justement que nous traitons notre voisin comme un prophète, c'est-à-dire qu'il a le droit de mettre son bulletin dans l'urne mais qu'il peut, par ailleurs, mourir de faim puisque après tout les prophètes peuvent mourir de faim. Donc le problème reste entier. Mais cependant, il y a dans la révolution protestante une tendance très profonde à la responsabilité de tout, et seul vis-à-vis de Dieu. Cela peut conduire à une responsabilité sociale, seul vis-à-vis d'une société, sans les intermédiaires obligés.

Il est certain qu'en général je me suis plutôt mieux entendu, dans la vie littéraire, avec des protestants ou avec des lecteurs protestants, qu'avec des lecteurs catholiques. Ces protestants étaient, tout en faisant les réserves que vous pouvez imaginer puisqu'ils étaient croyants, beaucoup plus près d'accepter des idées comme l'idée de la solitude et du délaissement de l'homme. Nous nous sommes trouvés tout à fait en accord quand il s'agissait de l'homme seul. [...]

Je ne pense pas, ou alors il faut préciser, que le théâtre soit un « véhicule philosophique » pour reprendre votre expression. Je ne pense pas — pas plus d'ailleurs que dans le roman ou au cinéma — qu'une philosophie, dans sa totalité et en même temps dans ses détails, puisse s'exprimer sous une forme théâtrale. Car, au fond, elle ne peut s'exprimer que par des ouvrages philosophiques. Mais, bien sûr, chaque forme littéraire peut donner, mettons, une sensibilité ou être chargée d'une sensibilité philosophique. Le roman a sa manière de traiter les questions.

À mon avis, ce qui échappe à la philosophie, c'est toujours le singulier en tant que tel, c'est-à-dire ce qui arrive à un individu. Même si elle va aussi loin que possible, la philosophie est obligée, à un moment donné, de s'accompagner si on la prend dans le sens précisément d'aller le plus loin possible dans la recherche individuelle du singulier, de recherches vers le roman. [...]

Il me semble que le théâtre ne doit pas dépendre de la philosophie qu'il exprime. Il doit exprimer une philosophie, mais il ne faut pas qu'on puisse à l'intérieur de la pièce poser le problème de la valeur de la philosophie qui s'y exprime. Il faut que la pièce donne une vision totale d'un moment ou d'une autre chose, mais il faut en même temps que ce qui s'y révèle, se révèle d'une manière entièrement théâtrale. Si nous ne croyons pas d'une manière ou d'une autre au marxisme, — et je dois dire que, personnellement, je crois sous la forme brechtienne tout à fait au marxisme —, si nous ne croyons pas au marxisme pour constituer, d'une certaine façon, la « montre » brechtienne, nous pouvons dire alors : ce n'est pas de la sorte que les choses se passent. Le mythe ainsi, à mon avis, doit être beaucoup plus insinuant, c'est-à-dire qu'il doit être tel qu'on ne s'aperçoive même pas que c'est une philosophie. [...]

Ce que j'appelle le mythe philosophique, c'est autre chose. C'est une façon de donner en totalité, dans un drame, un moment de la réalité sociale et individuelle. Mais il faut que ce soit tellement enveloppé dans l'histoire, dans le côté dramatique de l'histoire, dans son développement, qu'on ne puisse pas déclarer que la pièce est valable à partir de certains principes, ni que l'on accepte une chose et en refuse une autre.

— *Ainsi le théâtre serait une vision globale, uniquement globale ?*

— Absolument. Le problème du singulier me semble être celui du roman. Je ne pense pas qu'il y ait des individus au théâtre. Hamlet naturellement est un individu, mais il est surtout un mythe. C'est le mythe de l'individu à un moment précis. Mais l'auteur dramatique ne peut pas faire la recherche fouillée qui donnerait alors un caractère extrêmement complexe comme celui d'un héros de Proust par exemple. Un certain théâtre s'y est essayé, mais en perdant sa valeur théâtrale au profit alors de très peu de gains. [...] Par contre, le mythe exprimera beaucoup pour un certain type d'individus précisément plus mythiques que psychologiques, contenant si vous voulez le mythe d'une psychologie.

[...] Exemple, dans la mesure où le personnage de Mère Courage est un personnage frappant, il est effectivement au niveau du mythe car ce qu'il représente n'est pas les mésaventures d'une femme au temps de la guerre de Trente Ans, ce qui n'aurait qu'un intérêt strictement historique, mais quelque chose de beaucoup plus dense, c'est-à-dire les contradictions vis-à-vis d'une guerre de presque chacun de nous.

— *Il est donc essentiel au théâtre qu'il y ait des personnages ?*

— Il le faut nécessairement. Et ces personnages ne seront ni des personnages typiques, ni des personnages individuels au sens singulier du terme. Ce ne sera ni la duchesse de Guermantes ou Albertine, ni non plus des êtres complètement abstraits comme on en voit au XVIIIe siècle et qui représentent un trait de caractère grossi. Ce n'est évidemment pas ainsi qu'est né *L'Avare* de Molière, je ne pense pas à cela mais plutôt à la corruption dans le XVIIIe siècle de l'équilibre classique. [...]

— La manière la plus pénétrante, pour l'individu en tant que tel, reste tout de même le cinéma. Je ne vois pas une pièce de théâtre valable qui donnerait *Citizen Kane*[1]. Malgré tout, Citizen Kane n'est pas uniquement un personnage qui se borne à être une totalisation de ce qu'Orson Welles pouvait voir comme un directeur de grande presse américaine, c'est un personnage très individualisé et dont les histoires sont très particulières, qui a des traits très particuliers. Je ne sais si cela passerait au théâtre. [...] Au théâtre, le personnage doit être individualisé par le drame. Je ne dis pas l'intrigue, mais le drame, rien de plus. Un être se trouve dans une certaine situation avec ses conflits, et — à partir de là — il est individu. [...]

Si une pièce de théâtre est réussie, nulle part, dans aucune forme de fiction, le personnage n'a plus d'action sur le public. Nulle part. Y compris le cinéma. Néanmoins, cette action est d'un type très particulier. Encore une fois, le théâtre prend toujours les choses au niveau du mythe. Et bien évidemment, il vaut mieux voir jouer *Phèdre* qu'un vaudeville, dans la mesure où l'amour en tant que passion de Phèdre est mythique. [...]

— Ce qui introduirait ou non la nécessité que les spectateurs « pensent » les personnages ? Brecht demandait au public un certain complément. Croyez-vous qu'il vaille mieux présenter une œuvre entièrement construite, accomplie, ou faut-il laisser au spectateur une marge dans laquelle, justement, il infiltrera toute sa dimension personnelle ?

— Je crois qu'il faut laisser une marge au spectateur. Mais j'irais dans le sens inverse du théâtre brechtien. Non que je ne considère pas ce théâtre comme l'événement essentiel d'aujourd'hui et correspondant à notre époque, mais simplement, je crois qu'il y a place pour différentes espèces de rapports avec le public. [...]

Dans *Les Séquestrés d'Altona*, je ne pense pas, en effet, que personne ait l'idée d'admirer Frantz qui est une victime dans la mesure où l'on veut l'excuser, et un bourreau dans la mesure où l'on veut le condamner. Je souhaite simplement que les scrupules de conscience et les contradictions intérieures de Frantz, poussés au plus fort, au mythe, puissent donner des moyens aux spectateurs, pendant un moment, de participer à ce Frantz, d'être lui-même. (C'est pour cela, et non pas pour des raisons strictement dramatiques, que je réserve jusqu'au quatrième acte, la révélation que Frantz a torturé. C'est parce que je souhaite qu'au moment où les choses vont se dégrader et où Frantz va être en plein dans ses contradictions, je souhaite qu'alors Frantz soit le personnage auquel le spectateur participe. À ce moment-là, le public ressentira en lui-même la contradiction d'en face, et il la sentira de telle sorte qu'elle deviendra la sienne.) Naturellement, le spectateur n'a pas torturé, mais ce n'est pas la question ; il a été comme nous tous complice de ceci ou de cela, vous connaissez toutes les complicités objectives que l'on peut avoir, et, par conséquent, si le spectateur est atteint, il l'est dans ce genre de complicité forcée, objective, etc. Mais cela parce qu'au départ, on lui a donné la possibilité de s'assimiler au personnage. [...] Nous pouvons être touchés, touchés non pas au sens d'émus mais touchés vraiment, par un personnage si nous pensons « c'est peut-être quelqu'un comme nous », et s'il nous présente même — on ne peut pas être totalement innocent — une possibilité permanente de dégradation qui est toujours la nôtre, étant donné qu'une société vit autour de nous et que l'on ne sait rien d'elle. Vous voyez donc en quel sens je dirais qu'il faut laisser au spectateur une liberté. Il ne s'agit pas de l'écraser sous des personnages multiples et trop purs.

— *Vous écartez d'emblée la notion de « héros ».*

— Il ne faut pas de héros. Surtout pas aujourd'hui. Mais le problème se pose quelquefois en termes de héros. Par exemple, la contradiction qu'il y a dans *Antigone* vient d'une lutte assez froide entre les vieilles familles et la cité. À cette époque, la cité venait à peine de se constituer et, par conséquent, de se dissocier des vieilles familles. C'était donc un problème réel et il était naturel que quelqu'un, Antigone, représente la famille patriarcale, et que quelqu'un d'autre, Créon, représente la cité. Et Sophocle vraisemblablement était du côté de ces familles, plutôt aristocrate à ce moment-là que démocrate, du moins d'après cette pièce. C'est alors normal qu'il y ait deux héros. La contradiction est extérieure. Mais à notre siècle, les contradictions étant intérieures aussi bien qu'extérieures, nous n'avons plus besoin de deux personnages, elles sont à l'intérieur d'un seul. Il n'y a plus de héros au sens où ils représenteraient un point de vue strict, rigoureux, simple et vécu jusqu'au bout, jusqu'à la mort, jusqu'à la victoire. Il y a, au contraire, des contradictions intimes, ce qu'il faut essayer de faire passer plus ou moins au mythe. Et la liberté qui est celle du spectateur viendra précisément de ce malaise du personnage qui en face ne l'écrase pas mais l'attire. Et le spectateur se trouvera ainsi par rapport à lui-même en malaise jusqu'au bout.

« NOUS SOMMES TOUS DES VICTIMES DE LUTHER »

(« Der Spiegel », 11 mai 1960)

— *Monsieur Sartre, votre nouvelle pièce* Les Séquestrés d'Altona *se situe en Allemagne, mais le sujet de cette pièce, ou du moins l'un de ses sujets, est le problème de l'Algérie.*

— En réalité il ne s'agit exactement ni de la culpabilité nazie ou de la culpabilité allemande ni des fautes commises dans la guerre d'Algérie, bien que ces deux thèmes soient abordés dans la pièce. Il s'agit au contraire surtout de montrer comment vit l'homme d'aujourd'hui, comment il se débrouille dans la situation où il se trouve. Dans l'époque que nous avons vécue, dans notre siècle de violence et de sang, l'homme adulte d'aujourd'hui — même s'il n'a que trente ou trente-cinq ans — est forcément témoin ou complice et il a une responsabilité à assumer ; qu'il s'agisse de ceux qui, en France, n'ont pu protester contre certains excès commis dans le cours de la guerre d'Algérie ou ont même plus ou moins été entraînés, ou qu'il s'agisse de ceux qui ont toléré dans la guerre de 39 des excès ou y ont pris une part active, ou qu'il s'agisse encore de gens qui ne sont ni allemands ni français. On peut en tout cas constater dans presque tous les pays l'existence d'une complicité passive ou active qui peut s'assimiler à de tels excès. Le fait est que nous vivons dans un siècle de violence et de sang, et d'une certaine manière nous avons intériorisé cette violence et cette injustice. C'est pourquoi le problème est de représenter ce que nous sommes aujourd'hui.

— *Le problème est universel, le décor est allemand. Si nous vous comprenons bien, l'Allemagne sert en quelque sorte d'arrière-plan mythologique pour représenter le problème de la culpabilité, de la collusion en général.*

— Il y a deux raisons pour lesquelles j'ai pris ce sujet allemand. La première, pratique, était d'obtenir une distance pour traiter ce problème. Il est bien évident que si j'avais pris pour sujet des événements politiques de l'histoire française récente, j'aurais provoqué des passions parmi les spectateurs. La scène n'aurait plus été alors une scène mais une tribune politique, et ainsi le théâtre aurait franchi les limites de sa mission qui consiste à montrer et à représenter, peut-être aussi à faire participer, mais certainement pas à fournir une tribune politique. Il est aussi absolument nécessaire de transposer. Pourquoi choisir la forme théâtrale si l'on veut provoquer directement les passions politiques, ce qui exclut la possibilité d'une réflexion ?

[...] Il s'agissait en fait de parler des Français à nous autres Français. Mais nous ne sommes pas les seuls ; on aurait par exemple aussi pu prendre Chypre où s'est passée toute une série de choses qui n'étaient pas exactement souhaitables ; on aurait pu prendre d'autres faits analogues et qu'on peut noter partout, à l'Ouest comme à l'Est.

— *Vous entendez par là le traitement des prisonniers, la mise à la question, la torture ?*

— Le héros de la pièce, en définitive, est un tortionnaire. Toute la question était pour moi de montrer que la pratique de la torture s'est généralisée au cours des trente dernières années — c'est un fait qui me paraît d'une importance décisive — alors qu'au XIXe siècle, malgré tout, la torture était méprisée.

— *Vous disiez qu'il y avait deux raisons qui vous avaient fait choisir l'Allemagne comme thème.*

— La seconde raison est que si au théâtre on veut captiver les spectateurs, il faut prendre des situations extrêmes. Eh bien il me semble que, après le régime national-socialiste et après la guerre de 40-45, la situation d'un Allemand de quarante ans, qui a fait cette guerre et qui peut par conséquent s'interroger intérieurement sur l'ensemble des motifs qui l'ont conduit à se comporter dans la guerre de la façon dont il s'est comporté, de même que sur sa complicité — la situation de cet Allemand est beaucoup plus radicale que celle des autres. [...]

À mon avis, le problème d'avoir à porter un jugement sur le passé historique récent et d'avoir à en assumer la responsabilité est beaucoup plus aigu, plus clair pour les Allemands. Nous Français aurons vraisemblablement à nous occuper de la même question dans quelques années.

— *[...] Frantz von Gerlach donne l'impression qu'il est un demi-fou. Est-ce là vraiment un symbole, une figuration, une personnification de la situation d'un homme d'aujourd'hui, qui se sent responsable de son époque ?*

— Il s'agit d'une situation que j'appellerais volontiers une situation limite, mais pas une situation extraordinaire. Je voudrais prendre en considération le cas de beaucoup de jeunes soldats qui ont pris part à une guerre ou à des actions militaires qu'à la vérité ils désapprouvaient intérieurement mais dans lesquelles ils ont été complices d'un certain nombre d'excès. Ces jeunes soldats se sont enfermés à leur retour dans une sorte de silence [...]. Il y a là comme le début d'une séquestration volontaire et quelque chose qui ressemble à une fuite. En même temps cette fuite signifie naturellement une condamnation dont on ne veut pas se rendre conscient et qu'on ne veut pas non plus exprimer. Cette situation existe donc. Elle existe aussi sous cette forme-ci : bien souvent des communautés de jeunes qui ont vécu les mêmes choses cherchent à regagner ces jeunes gens et à les réintégrer à la vie en leur disant par exemple : « Ce que tu as fait était très bien et ce serait à refaire s'il le fallait », ou encore : « En fait oui, tout ça était mal, mais ta participation n'a été qu'accidentelle ; c'était probablement impossible ou en tout cas extrêmement difficile de ne pas prendre part à ces choses et c'est pourquoi tu peux maintenant sans façons redevenir politiquement actif. »

— *Le personnage principal de votre pièce, Frantz von Gerlach, qui a, comme lieutenant allemand à Smolensk, torturé des prisonniers, réclame un juge, même si ce n'est pas un juge ordinaire. Or, en général, le boucher de Smolensk ne cherche pas son juge mais cherche, au contraire, à le fuir.*

— Oui, mais son malheur, sa condamnation en quelque sorte est précisément la fuite. Le sens de la pièce est que le Père, qui aime son fils, préfère la mort de son fils à cette fuite. C'est la fuite qui est finalement la pire des condamnations, n'est-ce pas ? Fuir, toujours, toujours fuir, se mentir, fuir... Cette fuite est dégradante, et pour cette raison le Père veut la transformer en suicide.

— *Oui, mais le Père a accepté la situation après la guerre, la prospérité, le fait qu'il n'y a pas eu de punition.*

— Le Père l'a accepté. Le Père n'est pas un homme à scrupules : il n'est pas particulièrement moral.

— *Il représente le comportement courant.*

— Oui, il représente la morale bourgeoise. Mais il s'est abondamment compromis. Lui aussi pourrait se poser le problème de sa complicité. Par exemple il est évident qu'il a été forcé — en tant que capitaine d'industrie — à transformer son entreprise industrielle en entreprise de guerre. Il est donc aussi responsable. Mais il n'est pas de bonne foi ; il est banal et même de mauvaise foi en ce sens qu'il se refuse obstinément à se poser le problème pour lui-même. La seule chose qui préoccupe le Père, c'est la conscience morale de son fils. [...] En d'autres termes : le Père ne se serait jamais permis le luxe d'une conscience inquiète si son fils était mort à la guerre ou s'il avait la conscience tranquille. C'est par le fils que l'inquiétude morale pénètre dans la maison et atteint finalement le Père.

— *Vous dites que le fils est un cas limite ; mais en même temps il représente de toute évidence une certaine catégorie d'Allemands que vous avez voulu décrire ?*

— Pour vous dire la vérité, je n'ai en fait voulu décrire aucune catégorie d'Allemands. Les Allemands — remarquez, je ne dis pas ça maintenant seulement parce que je suis interrogé par un hebdomadaire allemand — ne m'ont en l'occurrence intéressé que par rapport à un problème qui se pose aussi à nous de nouveau depuis quelque temps, et justement, comme je vous l'ai dit, en tant que situation limite de ce problème. Et, de plus, ce sont plutôt les Allemands de 1945 qui m'intéressent dans cette pièce, non les Allemands de 1960.

— *Une demi-génération plus tard...*

— En fait j'ai voulu dire par là qu'il y a des problèmes de générations. Parmi les gens qui comprennent le moins ma pièce je vois par exemple les très jeunes chez nous. Là il n'y a pas d'option du public ; ils ne sont ni pour Frantz — même s'ils ont accepté certaines choses — ni contre lui. Ou alors ils sont contre lui mais sans la moindre passion. Pour eux, ceux qui ont dix-huit ans, il présente un problème quelconque. Ils ne peuvent pas encore se considérer comme responsables de quoi que ce soit — ils n'ont pas encore fait leur service militaire, ils ne sont pas encore entrés en contact avec la réalité algérienne.

— *L'action des* Séquestrés d'Altona *n'est pas prise dans la réalité...*

— ... parce que la pièce n'est pas conçue de manière réaliste. [...] Ce qui m'importe ce sont davantage les problèmes allemands que les Allemands. Je me rappelle par exemple que lorsque j'étais à Berlin, c'était en 47 ou 48...

— *En 1948.*

— Je me rappelle avoir parlé en 1948 avec des Allemands qui m'ont beaucoup intéressé pour une raison précise. Les discussions qui eurent lieu là-bas à l'époque sont toujours restées vivantes dans mon souvenir[1]. Je me suis trouvé à propos de ma pièce *Les Mouches* en face de deux catégories d'Allemands. Les uns me reprochaient sévèrement d'avoir déclaré que le repentir n'a pas de fonction éthique, qu'un jugement sur le passé est naturellement inévitable, que le changement par rapport au passé est également inévitable, mais que le repentir au sens propre n'est pas une catégorie éthique. On m'avait reproché cela car ces Allemands désiraient que le repentir entre en quelque sorte dans la vie quotidienne allemande. D'autres, au contraire, qui m'intéressaient beaucoup plus, étaient des gens intérieurement déchirés, problématiques. Ce n'étaient pas des gens comme Frantz, en tout cas à ce qu'il me semble, et ils disaient : « Nous étions contre les nazis, nous avons fait la guerre parce qu'il fallait que notre pays la gagne et nous nous refusons à éprouver des remords. » Ces gens m'intéressaient beaucoup plus parce que c'étaient eux, précisément, qui se battaient avec des problèmes. Car en même temps ils se jugeaient eux-mêmes et se trouvaient par là dans une situation très complexe. J'ai trouvé cette attitude au fond extrêmement sympathique, cette attitude de gens intérieurement déchirés qui se disaient : « Alors quoi ? Je suis allé à la guerre comme soldat, que peut-on me reprocher ? »

— *Frantz par exemple…*

— Il y a justement cela aussi chez Frantz.

— *Au début il est un puritain, à partir d'un certain moment il glisse.*

— Ah, voilà ! D'abord je pense qu'il glisse déjà dès le début. Dans sa première discussion avec son père — au premier acte, où il y a une discussion quand il est tout jeune et qu'il a découvert le camp de prisonniers, le camp de concentration. Il a glissé à partir du moment où il a éprouvé de l'horreur pour les prisonniers du camp, au moment où, au nom de la dignité humaine, il a non seulement condamné le système des camps de concentration — ce qui était très bien d'un point de vue moral — mais aussi les prisonniers, de façon affective, émotionnelle en quelque sorte, quand il a dit : « Ce ne sont plus des hommes[2]. » À partir de là il a glissé. Son père lui avait dit, pour se moquer de lui (car il n'est pas précisément indulgent avec les hommes, le Père) : « Tu n'aimes pas les hommes, tu n'aimes que les principes, le puritanisme[3]. »

— *Au cours de la pièce Frantz déclare qu'il veut, en tant que représentant de sa génération, prendre sur lui la culpabilité de tous les Allemands, de tout son siècle. Son évolution morale va dans une certaine mesure en sens inverse de celle de son père. Son père, l'image de Dieu le Père, si l'on veut…*

— Je refuse cette idée d'image de Dieu le Père. Cela a été écrit à plusieurs reprises par des critiques catholiques, mais je ne vois absolument pas ce que Dieu vient faire ici. En fait le père est simplement le portrait d'une certaine forme de capitaines d'industrie, dont le type est d'ailleurs déjà dépassé au moment où l'histoire commence.

[…] Mais l'évolution de Frantz se fait de la manière suivante : son orgueil, qu'il a hérité de son père, son désir de mériter par son comportement moral la haute position de chef d'entreprise que son père va lui donner, l'ont mené à un puritanisme aristocratique. C'est-à-dire qu'il veut au fond mériter ses biens par ses actes. Ce n'est donc pas un rapport direct aux hommes qui l'a déterminé à condamner les camps de concentration ou la torture. C'est un rapport direct à la morale protestante ou à un humanisme pratique immédiat et de forme puritaine, si l'on veut. Ce qui lui manquera toujours, c'est…

— *Un contact…*

— … un contact humain qui soit suffisamment fort le jour où il est lui-même tenté de torturer, pour qu'il ne puisse pas le faire, parce que c'est un homme qui se trouve en face de lui. Il entre une bonne part d'abstraction dans l'orgueil de Frantz. […]

— Vous dites quelque part dans la pièce : « Nous sommes tous des victimes de Luther[4]*. » […] C'est là, au moins pour des protestants, une interprétation surprenante.*

— Oui, voyez-vous, selon moi les protestants français incroyants — je dis « incroyants » parce que beaucoup de nos protestants ont perdu la foi religieuse, bien qu'ils gardent très sévèrement le lien moral —, beaucoup de ces protestants pensent ou sont victimes de l'idée que la révolution égalitaire a été accomplie dans l'instant où Luther a dit que chaque homme pouvait être le représentant de sa communauté religieuse. Ces protestants ont une idée formelle de l'égalité, qui les rend souvent inflexibles, au moment où il s'agirait de voir que l'égalité est dans la réalité une pure abstraction et que l'égalité doit être totale. Dès lors — et j'en connais beaucoup qui sont ainsi — ils pensent que chaque idée représente l'homme universel et ils ont tout de suite des jugements universels, et d'une universalité si rigoureuse et si abstraite que souvent la réalité concrète de la situation leur échappe — et que, d'autre part, c'est ainsi qu'on fait un genre de législateurs aristocratiques. Autrement dit, à force de croire à la révolution égalitaire, le protestant devient l'aristocrate de l'universel. Je ne sais pas si vous voyez là une explication. En tout cas c'est le genre d'hommes que j'ai voulu dépeindre.

[…] Quoi qu'il en soit, le fait qu'il y a eu la révolution de 1789 est d'une très grande importance pour la France. La Révolution, si vous voulez, a produit une sorte de protestantisme laïque.

— Selon les Églises évangéliques, Luther a fait apparaître une sorte de responsabilité directe entre les hommes et Dieu, alors que l'Église catholique se perpétue comme institution déléguée entre Dieu et les croyants. Dès lors, cette responsabilité directe doit entraîner des conséquences qui, au fond, vont dans le sens de votre philosophie de la responsabilité existentielle.

— Oui, c'est exact. Je pense que l'existence d'une hiérarchie catholique qu'on a voulu imposer à l'individu, surtout lorsqu'il se confesse à un directeur de conscience, conduit à l'humilité — qui n'est pas une vertu : la modestie est une vertu, mais pas l'humilité — et cela conduit ainsi à une certaine fuite devant la responsabilité. D'un autre côté, je pense que cette totale responsabilité en face de Dieu que l'homme prend sur lui est vraiment admirable dans la religion protestante — pour autant qu'elle est vraiment pratiquée. Par conséquent, à cet égard, il me semble que — lorsque les religions sont pratiquées — la supériorité du protestantisme est tout à fait certaine. Mais un état de tiédeur religieuse ou d'incroyance, d'orgueil dans l'éducation protestante comporte le danger d'éloigner des vrais problèmes et des hommes. Et à ce moment une éducation catholique peut retrouver sa valeur. C'est la complexité du problème. Car lorsque — formé par une éducation catholique — on vit avec le sentiment des énormes charges qu'on porte sur ses épaules, de la modestie qu'il faut à chacun, de la difficulté qu'il y a à édicter des lois, alors on trouve la vraie place de l'homme. Je crois aussi qu'il y a un orgueil protestant qui est considérable lorsque, comme dans le cas de mon héros, il est accompagné d'un orgueil humain et mondain.

— *Pour parler de Frantz von Gerlach : le héros de votre pièce, dans l'affaire du Polonais évadé, ne veut pas tant sauver cet homme que sa propre intégrité morale. Il voudrait garder le sentiment d'être un homme moral — ce qui est aussi du ressort de l'orgueil. Mais il n'a toutefois à cet instant absolument pas le pouvoir de sauver cet homme.*

— Il n'avait pas le pouvoir de le sauver. Mais il est très intelligent et ce n'est pas le fait qu'il ne pouvait pas sauver cet homme qui l'a le plus bouleversé, qui l'a rendu le plus malheureux, mais le fait qu'il n'a pas pu payer le prix de son acte. C'est-à-dire que c'est un jeune homme courageux et fier et il n'a pas pu sauver le Polonais : le Polonais est capturé et abattu. Mais lui aussi, Frantz, devait s'attendre à la mort : il s'était opposé à un pouvoir, il savait ce qu'il faisait, il risquait sa vie, il aurait donc dû être tué. Mais la puissance de son père a suffi à empêcher qu'il fût exécuté par les S.S.

— *Frantz ne pouvait lui-même rien faire de plus. En revanche, quelque chose a été fait de lui.*

— Oui, c'est là qu'est sa véritable impuissance. C'est tout à fait comme quand un fils de famille a une liaison et qu'il a ensuite des ennuis et le père vient avec son argent et règle l'affaire. Ce que Frantz a fait n'a pas plus d'importance que s'il avait eu une petite aventure scandaleuse qu'on aurait cachée. Il comptait quasiment pour rien, et c'est ça qui lui donne le vrai sentiment de son impuissance.

[Suit un passage sur Johanna.]

— *Frantz von Gerlach, dans sa séquestration, polémique contre l'idée de culpabilité collective et dit…*

— Celui qui plaide au début contre la responsabilité collective ce n'est pas Frantz, c'est le Père. Il dit : « Il faut en prendre sept ou huit ou cent qui sont vraiment coupables », et Frantz répond : « Si vous tuez les chefs auxquels le peuple a obéi, tout en disant : " Mais le peuple n'est pas responsable, parce qu'il a été trompé ", vous agissez comme si vous condamniez le peuple[5]. » C'est son opinion personnelle. Il veut dire ceci : « J'ai exécuté les ordres et c'est pourquoi ma responsabilité est directement liée aux ordres qu'on m'a donnés et à ma libre décision d'obéir. Si on me dit que je suis coupable, on me condamne. Mais si on me dit : " Tu as exécuté les ordres mais tu n'es en aucune façon responsable, ce sont les chefs qui sont responsables et nous les avons exécutés ", on me traite de façon pire que si on me condamne. Car on me considère alors comme totalement irresponsable. J'étais lieutenant sur le front, j'ai obéi à certains ordres, j'ai commis certains actes — si on condamne mes supérieurs militaires mais pas moi, alors on compte pour rien mes tourments de conscience, mes propres décisions d'aller jusque-là et pas plus loin » —, etc. Et par conséquent il trouve que c'est trop facile de se débarrasser des chefs et de ne pas prendre en considération le problème de la collectivité.

— *Les discours que Frantz adresse aux « crabes » ne sont-ils pas une sorte de plaidoyer contre l'idée de culpabilité collective ?*

— Oui, en ce sens que la culpabilité collective existe nécessairement dans la mesure où elle représente pour chacun un type d'indifférence ou de volontaire semi-inconscience ou de tolérance. On voit cela tous les jours en France. On peut aussi voir cela dans d'autres pays, à la lecture des journaux. On manque un peu du besoin de savoir, on manque un peu du besoin d'apprendre la vérité, et le résultat, à strictement parler, est qu'on en vient à la culpabilité collective.

— *C'est, par exemple, ce que Karl Jaspers aussi a écrit*[6].

— Oui, et je me suis d'ailleurs inspiré dans une certaine mesure de ses idées sur quelques points particuliers, sur des points qui concernent la culpabilité collective en tant que telle. Seulement, il est évident que Frantz, dans son orgueil, ne peut pas prendre en considération le problème de la culpabilité collective. Ça ne l'intéresse pas. Ça ne l'intéresse pas pour cette raison qu'il est un juste qui voudrait libérer moralement ses compatriotes du repentir, et qu'il est trop orgueilleux pour penser que ses fautes ne sont pas autres que celles des simples soldats. Pour lui le problème est celui de sa propre responsabilité, et par cette raison ses rapports avec le problème collectif sont toujours plus ou moins faux ou faussés quand il parle de cela.

— *C'est le problème pour lui. […] Le cas exemplaire que nous voyons dans votre pièce montre que ceux qui se sont rendus coupables de tels crimes, par exemple le fier Frantz von Gerlach, se suicident. Pourtant, une société ne peut pas s'attendre à ce que les coupables se suicident.*

— Oui, c'est vrai, c'est tout à fait vrai. Il y a là en fait une contradiction ; mais ce qu'il faut voir aussi ce n'est pas le problème de la responsabilité sous sa forme directe, mais le problème de l'homme seul, qui vit sa responsabilité individuellement, alors qu'elle est en fait liée à des structures collectives. […] Ce qui m'intéresse dans la pièce, c'est le problème de ce que des gens comme ceux-là éprouvent, ce qu'ils pensent de la façon dont ils sont eux-mêmes dépendants. S'ils sont conscients de ce qu'ils ont fait et s'ils sont conscients du fait que cette conscience est toujours un peu mensongère. J'ai essayé, en même temps que je montrais le crime de Frantz, de montrer ce crime comme presque inévitable. Il y a un bref instant de liberté mais en fait tout concourait à conduire Frantz à son acte. Naturellement il était libre de choisir autrement, même si ce n'a été qu'un très court instant. Mais au fond Frantz est un homme tellement formé par sa famille, tellement formé par l'horrible expérience de son impuissance, il a en outre été si peu élevé pour l'amour des hommes, pour les liens humains, qu'il devait presque nécessairement faire ce qu'il a fait finalement. Mais il n'était naturellement pas obligé de le faire. C'est là que surgit bien sûr le problème de la liberté, que nous n'avons pas examiné ensemble. Quand Frantz s'accuse en face du Père, il ne sait pas encore ce qu'il aura à payer pour son orgueil. Ce que son père va lui expliquer c'est qu'au fond il ne pouvait rien faire d'autre que ce qu'il a fait, et qu'il était par conséquent aussi impuissant dans le mal que dans le bien. À partir de là, Frantz ne peut rien choisir d'autre que la mort.

— *Le « tribunal des crabes » dont vous parlez est une allégorie. C'est un symbole de quoi ?*

— Pour Frantz il est nécessaire que son orgueil, qui a été profondément humilié, puisque rien ne lui a réussi, trouve une surcompensation, comme disent les analystes. D'où l'impulsion à se faire le prophète de sa nation et de son siècle — devant les siècles à venir. Il le fait, et il le fait encore davantage dans le texte non abrégé de la pièce que dans la version pour la scène, car pour celle-ci c'eût été trop long. Je voulais montrer que Frantz, dans ce moment — et c'est le seul élément vraiment pathologique de son cas, si vous voulez —, se prend véritablement, dans son orgueil, pour un témoin du siècle. Autrement dit, il est d'une certaine façon un Luther laïcisé, qui ne témoigne plus devant Dieu mais devant l'éternité des siècles, ce qui est sa manière ici aussi de rencontrer Dieu. Ça c'est donc le premier sens. Mais en même temps il s'agit bien entendu d'une fuite, car Frantz déplace le problème. Le problème n'est pas pour lui qu'il y ait des « crabes » ou qu'il y ait Dieu, ou qu'il y ait n'importe quoi. Il ne s'agit pas non plus de témoigner instantanément des souffrances de son peuple ; il s'agit avant tout, par son témoignage, de se décharger de ce qu'il a fait.

— *Mais il ne se présente pas devant ce tribunal imaginaire comme accusé mais toujours et expressément comme témoin.*

— C'est sa façon de se retrancher de la société, sa tentative de dire : « Je suis avocat de cette Allemagne », etc., mais en même temps il se met un peu à part. C'est là l'élément un peu pathologique, la fuite et l'orgueil. Mais ce que, de façon générale, j'ai voulu mettre en lumière dans cette pièce, ce que j'ai essayé de faire, c'est de donner au spectateur l'impression — je ne sais pas si j'ai réussi ou non — qu'il y a un jugement des siècles sur nous, comme il y a un jugement de notre siècle sur le XIXe siècle ou sur le XVIIIe ; et je voudrais que le spectateur se sente un peu l'objet de ce jugement. Autrement dit, la pièce entière est en même temps dirigée sur le présent et déplacée vers le passé — passé non pas pour nous, mais passé par rapport à quelque chose qui regarde et dont on ne connaît pas le jugement.

— *Les « crabes » signifient le jugement de l'histoire ?*

— Ils représentent évidemment le jugement de l'histoire, le jugement…

— *Le jugement définitif ?*

— Entre nous soit dit, il n'y a pas de jugement objectif ou définitif.

— *Il n'y a pas de « crabes ».*

— Il n'y a pas de « crabes ». Mais il y a quand même un jugement, un jugement relatif mais perpétuel. Par exemple, le capitaine Dreyfus était innocent ; il n'y a pas là de jugement, mais il est absolument certain, après cinquante ans, que le jugement a été rendu sur cette affaire.

— *Vous avez dit que Frantz von Gerlach n'avait eu de liberté que pendant un très court moment, et qu'au fond ce qu'il a fait était inévitable pour lui. Cette situation vaut-elle selon vous pour celle des Allemands ou des gens de ces années-là ?*

— Oui, oui, je pense aussi…

— *Il n'y a que de courts moments d'alternative ?*

— Hm, hm, hm — c'est ce que je pense, c'est bien mon opinion. Il y a des psychanalystes qui disent quelque chose qui me paraît dans une grande mesure juste, à savoir que la responsabilité d'un criminel n'est pas donnée dans l'instant où il tue, mais dans l'instant où il se décide à entrer avec la victime dans un système de relations qui le conduit plus ou moins irrévocablement au meurtre. Je partage tout à fait cette idée. Le moment de la liberté est dans l'instant où le meurtrier a encore une possibilité de changer les rapports. L'exemple donné par un psychanalyste est le suivant : un jeune homme a un complexe d'Œdipe — en bref : sentiments de jalousie, de haine et d'amour pour sa mère — et il sent très bien que tout cela peut le conduire à des actes de violence contre sa mère. En même temps, il ne s'en va pas et reste avec elle. Des gens connaissent ces problèmes et lui font une proposition ; ils sont prêts à lui trouver du travail dans une ville de province, loin de sa mère. Le moment où il est responsable est le moment où il se refuse à accepter cette proposition, où il s'engage à mener cette vie à deux qui le mène au meurtre. Dans le cas de la politique c'est exactement pareil : il y a des moments qui sont « ponctuels » et dans notre situation actuelle il y a aussi de tels moments de décision… […]

— *Dans la tragédie antique le héros n'a pas d'alternative parce qu'il est coupable par décision, par caprice des dieux. Le théâtre conçu comme institution morale devrait à proprement parler donner au héros une alternative. Mais Frantz von Gerlach n'a pas d'alternative.*

— Non, il n'a pas d'alternative — en 1959. Il en avait une en 44.

— *Frantz est donc déjà mort, dans une certaine mesure ; c'est un mort qui a survécu.*

— […] Le vrai problème est celui-ci : est-ce que Frantz va continuer dans la déchéance jusqu'à la mort, qui peut le frapper à soixante-dix ans, ou va-t-il un jour affronter la situation telle qu'elle est ? C'est-à-dire va-t-il tirer les conclusions de ses actes et de son impuissance ?

— *Il dit lui-même que mourir n'a pas de sens pour lui, et le fait qu'il meurt dans la pièce n'a pas de sens non plus.*

— On m'a reproché de le faire mourir. On m'a dit : pourquoi ne continue-t-il pas à vivre pour se racheter ? Mais c'est une objection assez absurde. […] ce qu'il y a de particulier dans le cas de Frantz c'est qu'il ne peut tout simplement rien faire ; il est aussi impuissant avant qu'après — par le fait qu'il a été élevé uniquement en vue de devenir capitaine d'industrie et parce que la place à laquelle on l'a destiné n'existe plus. C'est-à-dire que Frantz devait être le chef autoritaire d'une entreprise familiale à une époque où le propriétaire était vraiment le chef de son entreprise. Mais maintenant il se trouve face à une sorte de complexe géant dans lequel il ne jouera plus qu'un rôle secondaire. […]

— *Est-il [le public] incité à un choix, un choix moral, à un choix quelconque — en face de gens qui ne font plus rien, qui ne peuvent plus rien changer ?*

— Vous savez, à mon avis cette pièce n'est pas tout à fait du type « choix moral », elle n'implique pas de choix moral, en tout cas beaucoup moins que mes pièces précédentes. Si vous prenez par exemple *La Putain respectueuse* : le personnage doit choisir entre le mensonge et la vérité…

— *Excepté* Huis clos *où personne ne peut plus non plus rien choisir.*

— Dans *Huis clos* il n'y a pas d'alternative. Et c'est pourquoi j'ai comparé ma nouvelle pièce avec *Huis clos* ; il s'agit en effet plutôt d'une pièce descriptive.

— *Les héros sont morts.*

— Oui, dans les deux cas ils sont morts et dans les deux cas c'est, si vous voulez, notre « partie morte » qui est représentée.

— *Frantz ne peut plus rien faire. Mais les spectateurs le peuvent-ils ? Le public peut-il se racheter ?*

— Je vous l'ai dit, le rachat d'une faute, cela n'a pas beaucoup de sens pour moi car je ne crois pas au repentir. Mais en principe un soldat qui revient d'Algérie peut naturellement s'arranger avec sa conscience et puis rejoindre un mouvement, par exemple un parti qui exige la paix en Algérie. Il peut dire ce qu'il pense, remplir une fonction de témoin — témoin pour lui-même et témoin pour les autres, il peut agir. Et cela dépend d'ailleurs justement de la manière dont les gens envisagent la paix, de la manière dont ils se comportent avec les soldats — c'est-à-dire s'ils disent : « Oui, d'accord, il faut que ça change, il faut en finir. Tu as fait ceci ou cela, tu as évité ceci ou cela, mais ce n'est pas une raison pour se retirer de la vie. »

— *Le vieux Gerlach, dans votre pièce, a un second fils, Werner, le mari de Johanna, qui hérite de l'entreprise. Il n'est pas très sympathique, mais il est un de ceux qui disent : « Tout cela n'est pas une raison pour se retirer de la vie. »*

— Ce que j'ai essayé de faire — selon une construction un peu complexe — c'est d'abord de décrire les rapports de gens placés dans une certaine situation, de montrer comment dans ce groupe chacun est le destin de tous les autres. Dans *Huis clos* c'était différent : c'était l'enfer et chacun était le bourreau des deux autres — mais c'était une situation très extraordinaire. […]

[Dans *Les Séquestrés*] je voulais montrer, dans une situation fermée, comment le maillon le plus faible de la chaîne est en réalité aussi important que tous les autres. J'ai voulu montrer comment dans cette histoire le destin de Frantz dépend de chacun des autres, y compris des décisions du plus faible, Werner. Si le frère, Werner, ne s'était pas décidé, par orgueil et par jalousie — vers la fin du troisième acte —, à rester dans la famille, alors il n'y aurait pas eu de quatrième acte. Peut-être Werner serait-il parti et Frantz aurait continué sa vie, n'est-ce pas — mais la jalousie de Werner contraint sa femme à monter chez Frantz, etc. Après cela le Père intervient lui-même auprès de Leni, et vous connaissez la suite de l'histoire. Ce que je voulais montrer, sur le plan théâtral, c'est une sorte de circularité de l'action. Il ne s'agit pas comme dans *Huis clos* d'une action à trois personnages, dont le schéma serait le triangle, mais plutôt d'une action à cinq personnages, une action qui tourne en rond, et de telle façon qu'elle montre le déplacement du destin de chacun. Chacun est le destin de chacun.

— *Ainsi la famille représente la société, en un certain sens.*

— Ici la famille représente en effet la société.

[Suit un passage sur le personnage de Werner que Sartre aurait souhaité développer dans un sens plus positif, mais la pièce était déjà trop longue.]

ENTRETIEN AVEC ORESTE F. PUCCIANI

(« Tulane Drama Review », mars 1961)

— *J'ai souvent entendu reprocher à votre pièce d'être un « drame bourgeois ». Cela me paraît injuste. À mon avis le premier, le troisième et le cinquième acte sont volontairement « bourgeois » : la réalité « d'en bas », du rez-de-chaussée. Mais la réalité « d'en haut », celle de l'étage, est très différente. C'est de l'« avant-garde ». Il y a deux niveaux : physique et métaphysique.*

— Oui. Exactement. C'est exactement ça. Peut-être pas « métaphysique », mais c'est quand même ça. Nous sommes obligés de commencer par le monde bourgeois. Il n'y a pas d'autre point de départ. En ce sens, l'existentialisme est une idéologie bourgeoise, c'est certain. Mais c'est le seul point de départ. Dans un monde différent, le théâtre lui-même serait différent. Et la philosophie aussi. Mais nous n'avons pas atteint ce stade. Dans une société en révolution permanente, le théâtre, la littérature seraient une critique permanente, une contestation permanente. Nous n'en sommes pas là, il s'en faut de beaucoup. Mais il est entièrement faux d'appeler ma pièce un drame bourgeois. Le drame bourgeois n'existe que pour éliminer le problème qu'il traite. Ce n'est pas le cas des *Séquestrés*. Il y a une libération véritable dans les deux suicides. Il n'y a pas de mystère révélé. Il y a une dialectique.

— *Pour en revenir au titre de la pièce, voudriez-vous me dire pourquoi vous avez choisi ce titre ? J'entends presque étymologiquement.*

— Eh bien, vous savez ce que cela veut dire. En France on appelle « séquestré » quelqu'un qui s'enferme volontairement ou qui est enfermé. Je ne sais pas si vous connaissez les *Souvenirs de la cour d'assises* de Gide. Peut-être vous rappelez-vous *La Séquestrée de Poitiers*[1] ?

— *Oui. Je me demandais s'il y avait un écho de cela.*

— Assurément.

« LA QUESTION »

(Programme de la reprise de 1965)

J'ai écrit *Les Séquestrés d'Altona* pendant la guerre d'Algérie. À cette époque on commettait là-bas en notre nom d'inexcusables violences et l'opinion française, inquiète mais mal informée, ne réagissait guère. C'est ce qui m'avait donné le besoin de présenter la torture sans masque et publiquement. Point de thèse : il me paraissait qu'il suffisait de la montrer nue pour la faire condamner.

Depuis, cinq ans se sont écoulés, la paix est revenue en Algérie et la pièce a perdu sa trop brûlante actualité. Pourtant je suis heureux que le Théâtre vivant la reprenne. J'écris ces quelques lignes pour donner mes raisons. En 59, je n'ai pas voulu poser ce qu'Alleg appelle « la Question[1] » au niveau des simples exécutants qui, la plupart du temps, ont obéi passivement, par peur ou par insensibilité. Il fallait mettre en cause les vrais responsables, ceux qui donnaient les ordres. Toutefois, pour éviter un déchaînement de passions qui eût obscurci le jugement du spectateur et pour garder la « distance » qu'exige le théâtre, j'ai situé l'action dans l'Allemagne d'après-guerre : mon principal personnage est un ancien officier allemand, auquel j'ai prêté beaucoup (le courage, la sensibilité, la culture, une morale puritaine) et qui prétend avoir été jusqu'au crime pour sauver son pays d'un danger mortel. Son acte est d'autant plus condamnable : on peut lui trouver des explications, pas une seule excuse. D'autre part sa séquestration volontaire, l'empressement qu'il met à se mentir et sa prétendue folie — qui n'est qu'un vain effort pour s'embrumer l'esprit — tout prouve qu'il a depuis longtemps pris conscience de son crime et qu'il s'épuise à se défendre devant des magistrats invisibles pour se cacher la sentence de mort qu'il a déjà portée sur lui-même. Ce changement de lieu, cette ambiguïté de Frantz, son mélange monstrueux de mauvaise foi et de lucidité ont fait que ma pièce a pris, sous ma plume, un sens un peu différent de celui que je lui assignais d'abord. À présent que la guerre est finie, c'est cette signification à demi volontaire et plus générale que je voudrais voir ressortir. Aucun de nous n'a été bourreau mais, d'une manière ou d'une autre, nous avons tous été complices de telle ou telle politique que nous désavouerions aujourd'hui. Nous aussi, nous nous fuyons et nous revenons sans cesse à nous demander quel rôle nous avons joué — si petit qu'il ait été — dans cette Histoire qui est la nôtre, que nous faisons et qui déchire et dévie des actions que nous devons pourtant reconnaître pour les nôtres. Nous aussi, nous oscillons entre un état d'indifférence menteuse et une inquiétude qui s'interroge sans cesse : qui sommes-nous ? qu'avons-nous voulu faire et qu'avons-nous fait pour de vrai ? comment les magistrats invisibles — nos petits-fils — nous jugeront-ils ? En ce sens, Frantz, cas limite, fuyard qui se questionne implacablement sur ses responsabilités historiques devrait, si j'ai de la chance, nous fasciner et nous faire horreur dans la mesure même où nous lui ressemblons. Hier *Les Séquestrés d'Altona* condamnaient une pratique intolérable. Aujourd'hui, avec le retour de la paix, cette pratique, en France, a disparu. Si l'on reprend la pièce aujourd'hui, si, par quelque côté, comme je le souhaite, elle demeure actuelle, c'est — en dehors de toute condamnation et de toute conclusion — qu'elle a posé, presque en dépit de moi-même, et qu'elle pose encore au public — la question principale : qu'as-tu fait de ta vie[2] ?

LETTRES ADRESSÉES À SARTRE

LETTRE DE SIMONE BERRIAU

(14 septembre 1959)

Théâtre Antoine-Simone Berriau.

Paris, 14 septembre 1959.

Cher J. P. Sartre,

Si je me suis abstenue hier soir c'est que je connaissais par avance vos arguments et que je savais l'inutilité de la démarche faite par mes associés Mme Véra Korène et M. Perrin.

Je partage entièrement leur angoisse et leur inquiétude. Vous avez dit à Mme Véra Korène que le rôle des directeurs n'était pas dans la salle et, qu'en somme, il leur faudrait se contenter de rester dans leur bureau. C'est ce que je ferai. Vous prenez l'entière responsabilité de votre spectacle aussi bien pour la mise en scène que pour sa distribution mais il est tout de même de mon devoir — aussi réduit que soit le rôle que vous me faites jouer — d'attirer votre attention sur le péril que nous courons.

Il y a d'abord la longueur de la pièce. Le 4e tableau m'a paru interminable ; il y aurait à pratiquer dans votre pièce plus d'une demi-heure de coupures mais je sais que vous ne les ferez pas. Il sera 10 h et demie quand vous finirez le 4e tableau ; le public aura déjà encaissé 2 heures de texte ; vous lui imposez là un acte interminable. Vous en jugerez d'ailleurs vous-même lundi devant le public mais il sera trop tard.

C'est inutile que je vous parle des comédiens puisqu'ils ont votre agrément et celui de Mme Simone de Beauvoir, mais, pour moi, votre pièce n'est pas défendue. Marie Olivier est la meilleure ; si vous arrivez à lui supprimer ses éclats de voix qui font une sonorité vulgaire et nuisent à la diction son interprétation est valable. Celle d'Évelyne Rey ne fait pas le poids, elle est uniformément la même pendant tous les tableaux, son jeu ne varie jamais ; c'est maladroit, petite fille et comme elle ne joue pas la comédie seule, dans toutes ses scènes avec M. Reggiani, on peut dire qu'il n'a rien en face de lui pour lui répondre.

Tout cela est triste. Je croyais que l'expérience *Nekrassov* nous mettrait à l'abri de tous ces emmerdements mais vous n'avez pas tenu vos engagements Sartre. Je vous entends encore me dire au St-Tropez « bien entendu Simone que je viendrais un jour avec mon manuscrit sous le bras pour le terminer et que c'est vous qui déciderez si vous voulez monter la pièce ou non ».

Je vous ai fait une fois de plus toutes les concessions et la moindre n'est pas celle d'avoir pris un second théâtre.

Tristement vôtre

SIMONE BERRIAU.

LETTRE DE SIMONE JOLLIVET
(19 septembre 1959)

Spectacles Charles Dullin.

Samedi matin.
[*cachet de la poste* : 19 septembre 1959]

Cher Sartre

Je t'envoie ce pneu afin de te préciser (puisque vous êtes en train d'y travailler) ce que je voulais dire à propos du premier tiers de ton acte I. — Tu n'étais pas encore arrivé l'autre soir. Depuis lors, dans ma solitude concentrée (encore un « Séquestré »...) j'ai beaucoup revu et re-entendu ta pièce et il m'est apparu que son « tempo », ainsi que la nature du dialogue est d'une *espèce neuve* (procédant davantage de celui du cinéma que de celui du théâtre à l'ancienne — et j'emploie ce terme *[une flèche renvoie à « cinéma »]* par commodité mais ce n'est pas celui qui convient. *En cela tu as parfaitement réussi ton coup.*

Seulement comme ton œuvre se joue sur une scène de théâtre à l'italienne, ne disposant pas de moyens également nouveaux, je pense que pour faire entrer le public dans ton jeu tu dois légèrement « truquer », au début. — Il ne s'agit pas d'une concession au public, mais d'assurer la vie de l'ensemble, or le « démarrage » a une telle importance que cela vaut la peine d'y penser. — L'essentiel réside en ce « tempo » du début. — Il faudrait, en somme, qu'il devienne un peu plus « piaffant » et plus exactement « allegro maestoso sostenuto ». Cela « paumerait » ton public et le ferait tout naturellement couler vers le 2e tiers du I, là où tu voulais l'amener.

Du reste, j'ai l'impression certaine que les coupures faites n'ont pas déséquilibré ta pièce : la proportion des actes est bonne dans leurs rapports entre eux et aussi à celui de l'ensemble.

Ta dernière scène est belle : j'ai d'ailleurs besoin de la revoir — entendre, et achevée.

À demain soir.

TOULOUSE.

EURIPIDE

LES TROYENNES

Adaptation de Jean-Paul Sartre

PERSONNAGES ET INTERPRÈTES
par ordre d'entrée en scène

POSÉIDON	*Jean Martinelli*
PALLAS ATHÉNA	*Françoise Le Bail*
HÉCUBE	*Éléonore Hirt*
TALTHYBIOS	*Jean-Pierre Bernard*
CASSANDRE	*Judith Magre*
ANDROMAQUE	*Nathalie Nerval*
MÉNÉLAS	*Yves Vincent*
HÉLÈNE	*Françoise Brion*

FEMMES DE TROIE

Christiane Ballester, Hélène Chatelain, Jacqueline Devissy, Danièle Dubreuil, Annick Fougery, Florence Giorgetti, Ginette Letondal, Monireh, Claire Nadeau, Bernadette Onfroy, Catherine Rethi, Simone Rieutor, Rachel Salik, Maryvonne Schiltz, Maïa Simon, Laurence Weber.

Dispositif scénique et costumes de Jean Tsarouchis
Musique de Jean Prodromides
Mise en scène de Michel Cacoyannis

Assistante du décorateur Chloé Georgeakis
Assistante chorégraphique Yvonne Cartier

Le Théâtre national populaire, sous la direction de Georges Wilson, a présenté Les Troyennes *pour la première fois, au théâtre du Palais de Chaillot, à Paris, le 10 mars 1965.*

LES TROYENNES

INTRODUCTION

Pourquoi *Les Troyennes* ? La tragédie grecque est un beau monument en ruine qu'on visite avec respect, sous la conduite d'exégètes scrupuleux, mais que personne n'aurait l'idée d'habiter. Périodiquement, les dévots du théâtre antique tentent de ressusciter les drames d'Eschyle, Sophocle ou Euripide, tels que pouvaient les voir les Athéniens. Mais il est difficile de croire à des parodies, si pieuses soient-elles. Ce théâtre est loin de nous, parce qu'il s'inspire d'une conception religieuse du monde qui nous est devenue complètement étrangère. Son langage peut séduire : il ne convainc plus. Opinion toute personnelle sans doute, à laquelle l'abus des versions grecques n'a pas peu contribué. Mais puisque Jean-Paul Sartre a choisi d'adapter pour le T.N.P. une tragédie antique, et, parmi toutes les tragédies possibles, la plus statique, la moins « théâtrale » qui soit, celle que les Athéniens eux-mêmes n'ont pas immédiatement admise, j'ai voulu connaître les raisons de son choix. Voici comme il le justifie.

[BERNARD PINGAUD.]

Contrairement à ce que l'on croit souvent, la tragédie grecque n'est pas un théâtre sauvage. Nous imaginons des acteurs bondissant, rugissant et se roulant sur la scène, en proie à des transes prophétiques. Mais ces acteurs parlent à travers des masques et marchent sur des cothurnes. Le spectacle tragique, représenté dans des conditions aussi artificielles que rigoureuses, est d'abord une cérémonie, *qui vise, certes, à impressionner le spectateur, mais non pas à le mobiliser. L'horreur s'y fait majestueuse, la cruauté solennelle. C'est vrai d'Eschyle, écrivant pour un public qui croit encore aux grandes légendes et à la puissance mystérieuse des dieux. Mais c'est encore plus vrai d'Euripide, qui marque la fin du cycle tragique et le passage à une autre forme de spectacle : la comédie « moyenne » de Ménandre. Car, au moment où Euripide compose* Les Troyennes, *les croyances sont devenues des mythes plus ou moins suspects. Incapable encore de renverser les vieilles idoles, l'esprit critique des Athéniens est déjà capable de les contester. La représentation a gardé sa valeur rituelle. Mais le public s'intéresse davantage à la façon de dire qu'à ce qui est dit ; et les morceaux de bravoure traditionnels, qu'il apprécie en connaisseur, prennent à ses yeux un nouveau sens. La tragédie devient ainsi une conversation à demi-mot sur des poncifs. Les expressions qu'emploie Euripide sont les mêmes, en apparence, que celles de ses prédécesseurs. Mais parce que le public n'y croit plus ou y croit moins, elles résonnent autrement, elles disent autre chose. Pensez à Beckett ou à Ionesco, c'est le même phénomène : il consiste à utiliser le poncif pour le détruire de l'intérieur, et naturellement la démonstration sera d'autant plus forte que le poncif s'affichera avec plus d'évidence, avec plus d'éclat. Le public athénien « recevait »* Les Troyennes *comme le public bourgeois reçoit aujourd'hui* Godot *ou* La Cantatrice chauve *: ravi d'entendre des lieux communs, mais conscient aussi d'assister à leur décomposition.*

D'où une grave difficulté pour le traducteur. Si, fidèle à la lettre du texte, je parle de « l'aurore aux ailes blanches » ou d'Athènes « brillante comme de l'huile », j'aurai l'air d'adopter la langue du XVIIIe *siècle. Je dirai le poncif ; mais le spectateur français de 1965, incapable de deviner ce qu'il signifie — parce que le contexte religieux et culturel qu'il évoque n'existe plus pour lui —, le prendra au pied de la lettre. C'est l'écueil de la traduction, d'ailleurs excellente, publiée chez Budé : le poncif s'affirme au lieu de se détruire. Dans quatre ou cinq siècles, les comédiens qui voudront jouer Beckett ou Ionesco auront affaire à un problème identique : comment marquer la distance du public au texte ?*

Entre la tragédie d'Euripide et la société athénienne du Ve *siècle existe un rapport implicite que nous ne pouvons plus voir aujourd'hui que du dehors. Si je veux rendre ce rapport sensible, je ne peux donc pas me contenter de traduire la pièce, il faut que je l'*adapte.

Un langage de pure imitation était exclu ; la transposition en français parlé moderne l'était également, car le texte doit aussi marquer sa propre distance par rapport à nous. J'ai donc choisi un langage poétique, qui garde au texte son caractère cérémonieux, sa valeur rhétorique — mais qui en modifie l'accent. Parlant à demi-mot pour un public complice, qui, s'il ne croit plus aux belles légendes, aime encore qu'on les lui raconte, Euripide peut se permettre des effets d'humour ou de préciosité. Il m'a semblé que, pour obtenir les mêmes effets, je devais utiliser un langage moins destructeur : que le public prenne d'abord les légendes au sérieux, on pourra ensuite montrer leur inefficacité. L'humour sous-jacent d'Euripide, nous l'acceptons chez Talthybios, parce que Talthy-

bios, c'est le « brave soldat Chveik », l'homme moyen dépassé par les événements, ou chez Hélène à cause d'Offenbach. Partout ailleurs, il risquait de détruire non seulement les poncifs, mais la pièce elle-même. Je ne pouvais donc le retrouver que par la distance, en obligeant le spectateur à prendre un recul par rapport au drame.

Mais il n'y a pas que le problème du langage. Il y a aussi un problème de culture. Le texte d'Euripide contient de nombreuses allusions que le public athénien comprenait immédiatement, mais auxquelles nous ne sommes plus sensibles parce que nous avons oublié les légendes. J'en ai supprimé quelques-unes, et développé d'autres. Ainsi les Grecs n'avaient pas besoin que Cassandre s'expliquât longuement sur le sort final d'Hécube. Ils savaient très bien que, transformée en chienne, elle monterait sur le mât du navire qui devait l'emporter et tomberait à l'eau. Mais lorsque, à la fin du drame, nous voyons Hécube partir avec ses compagnes, nous pouvons croire qu'elle les suivra en Grèce. Le vrai dénouement est beaucoup plus fort. Il signifie que toutes les prédictions de Cassandre seront vérifiées : Ulysse mettra dix ans à retrouver sa patrie, la flotte grecque périra dans un naufrage, Hécube ne quittera pas le sol troyen. C'est pourquoi j'ai ajouté le monologue final de Poséidon.

De même, le spectateur athénien savait que Ménélas, après avoir rejeté Hélène, se laisserait fléchir et l'emmènerait sur son propre bateau. Le chœur, chez Euripide, y fait d'ailleurs une discrète allusion. Mais rien ne permet au spectateur français, qui a entendu les serments de Ménélas, d'imaginer ce revirement. Il faut donc le lui montrer : d'où la plainte indignée du chœur qui assiste au départ du navire emportant les époux réconciliés.

D'autres modifications tiennent au style général de la pièce. Ce n'est pas une tragédie, comme Antigone, *c'est un* oratorio. *J'ai essayé de la « dramatiser » en marquant des oppositions qui restent implicites chez Euripide : le conflit entre Andromaque et Hécube, la double attitude d'Hécube, qui tantôt s'abandonne à son malheur, tantôt réclame justice ; le revirement d'Andromaque, cette « petite bourgeoise » qui apparaît d'abord sous les traits de l'épouse, puis sous ceux de la mère ; la fascination érotique de Cassandre, qui se précipite dans le lit d'Agamemnon en sachant pourtant qu'elle périra avec lui.*

Tout cela, me direz-vous, ne justifie pas le choix de la pièce. Il faut donc dire un mot du contenu. Les Troyennes *ont été représentées pendant la guerre d'Algérie, dans une traduction très fidèle de Jacqueline Moatti. J'avais été frappé du succès qu'avait obtenu ce drame auprès d'un public favorable à la négociation avec le F.L.N. C'est évidemment cet aspect qui m'a intéressé d'abord. Vous n'ignorez pas que, du temps même d'Euripide, il avait une signification politique précise. Il était une condamnation de la guerre en général et des expéditions coloniales en particulier.*

La guerre, nous savons aujourd'hui ce que cela signifie : une guerre atomique ne laissera ni vainqueurs ni vaincus. C'est précisément ce que toute la pièce démontre : les Grecs ont détruit Troie, mais ils ne tireront aucun bénéfice de leur victoire puisque la vengeance des dieux les fera périr tous. Que « tout homme sensé doive éviter la guerre », comme l'affirme Cassandre, il n'était même pas besoin de le dire : la situation des uns et des autres en témoigne assez. J'ai préféré laisser à Poséidon le mot de la fin : « Vous en crèverez. Tous. »

Quant aux guerres coloniales, c'est le seul point sur lequel je me suis permis d'accentuer un peu le texte. Je parle à plusieurs reprises de l'« Europe » : c'est une idée moderne, mais elle répond à l'opposition antique entre Grecs et Barbares, entre la Grande Grèce qui développait sa civilisation vers la Méditerranée, et les établissements d'Asie Mineure où l'impérialisme colonial d'Athènes s'exerçait avec une férocité qu'Euripide dénonce sans ménagement. Et si l'expression de « sale guerre » prend pour nous un sens très précis, reportez-vous au texte grec : vous verrez qu'elle s'y trouve, ou à peu près.

Restent les dieux. C'est l'autre aspect intéressant du drame. Là, je crois avoir suivi très fidèlement Euripide. Mais, pour rendre intelligible la critique d'une religion qui nous est devenue totalement étrangère, il fallait encore marquer la distance. Les dieux qui apparaissent dans Les Troyennes *sont à la fois puissants et ridicules. D'un côté, ils dominent le monde : la guerre de Troie a été leur œuvre. Mais, vus de près, on s'aperçoit qu'ils ne se conduisent pas autrement que les hommes et que, comme eux, ils sont menés par de petites vanités, de petites rancunes. « Les dieux ont bon dos », dit Hécube quand Hélène rejette sur Athéna la responsabilité de sa mauvaise conduite. Le prologue démontre pourtant que la déesse est capable de trahir ses propres alliés pour peu qu'on l'offense. Pourquoi n'aurait-elle pas vendu son sanctuaire afin d'acquérir un prix de beauté ? Comme il n'utilise les poncifs que pour mieux les détruire, Euripide se sert ainsi de la légende pour faire apparaître, toujours sans appuyer, en opposant seulement les mythes les uns aux autres, les difficultés d'un polythéisme auquel son public ne croit déjà plus. Le monothéisme échappe-t-il à cette condamnation ? L'émouvante prière d'Hécube à Zeus, qui étonne Ménélas — et qui laisse pressentir une sorte de religiosité à la Renan, selon laquelle l'histoire, en dernière analyse, obéirait à une Raison suprême —, peut le laisser croire un instant. Mais Zeus ne vaut pas mieux que sa femme ou sa fille. Il ne fera rien pour sauver les Troyens d'un sort injuste, et c'est, par un singulier paradoxe, la déraison de tous les dieux réunis qui vengera les Troyens.*

La pièce s'achève donc dans le nihilisme total. Ce que les Grecs sentaient comme une contradiction subtile — la contradiction du monde dans lequel il leur fallait vivre —, nous qui voyons le drame du dehors, nous y reconnaissons une négation, un refus. J'ai voulu marquer ce retournement : le désespoir final d'Hécube, sur lequel j'ai mis l'accent, répond au mot terrible de Poséidon. Les dieux crèveront avec les hommes, et cette mort commune est la leçon de la tragédie.

JEAN-PAUL SARTRE.

(Propos recueillis par Bernard Pingaud dans Bref, *journal mensuel du Théâtre national populaire, février 1965.)*

SCÈNE I

Poséidon entre.

POSÉIDON

Moi, dieu de la Mer,
Poséidon,
j'ai quitté mes Néréides,
les vives danseuses des abysses
et je viens regarder
flammes et flocons noirs,
ce qui fut Troie.
Phoibos et moi nous avons pris des pierres
et bâti de nos mains les murs de cette ville,
autrefois.
Depuis je n'ai pas cessé de l'aimer.

Un temps. Il regarde la ville.

Il n'en restera rien.
Dans les bois sacrés, plus de prêtres
sauf morts ;
nos temples saignent,
les Grecs ont tout saccagé.
Zeus, roi des dieux, mon frère,
sur les marches de ton autel
ils ont égorgé Priam.

Un temps.

Ils emporteront leur butin,
l'or et les bijoux de la Phrygie.
Ils reverront leurs enfants et leurs femmes,
ces Grecs acharnés à détruire ma ville.

Dix fois la saison des semailles est revenue
et ils restaient là
vieillissant,
obstinés à ne pas lever le siège.
Eh bien, c'est fini, à présent :
leurs vaisseaux sont prêts,
on attend le vent.
Ce n'est pas le courage qui a gagné mais la ruse.
Les Troyens[a] sont morts.
Tous.
Voici les Troyennes.
Les unes seront le lot des chefs ;
on tirera les autres au sort.
Cette femme, à plat ventre, c'est la pauvre reine.
Elle pleure son mari et ses fils.
C'est *moi* qui suis vaincu !
Qui desservira mon culte ?
Qui me rendra les honneurs
sur cette terre brûlée ?
La femme de mon frère, Héra,
déesse d'Argos,
et Pallas Athéna, ma nièce,
déesse de l'Attique,
se sont unies pour perdre mes Phrygiens ;
elles m'ont fait tort.
J'abandonne.
Qu'ai-je à faire de ces ruines[b] ?
Cité de gloire, adieu !
Adieu remparts, créneaux,
beaux donjons tout ronds et lisses,
mon œuvre. Adieu.
Ah ! Pallas, Pallas Athéna,
si tu n'étais pas si rancunière
cette ville serait encore debout.

Pallas entre et s'approche de lui.

SCÈNE II

PALLAS, POSÉIDON

PALLAS

Poséidon !

Il la regarde avec colère, se détourne et va pour sortir.

Attends !
Dieu puissant, tous les dieux t'honorent
et tu es le plus proche parent de mon père.

POSÉIDON

Quand tu es courtoise, Athéna,
je me méfie.

PALLAS

Si je mets de côté nos[a] haines recuites,
m'écouteras-tu ?

POSÉIDON

Je ne…

Il se reprend. Ironique.

Pourquoi pas ?
Il est doux de converser en famille,
chère nièce.

PALLAS

Tu es bien conciliant. Tant mieux.
Je vais te faire une proposition
qui nous intéresse tous les deux.
Il s'agit de Troie.

POSÉIDON

Vois ce qu'il en reste !
Il est trop tard pour la prendre en pitié.

PALLAS

Je n'ai pas l'ombre de pitié pour ta ville.
J'avais décidé de l'anéantir, c'est fait, tant mieux.

Un temps.

Je veux châtier les Grecs.

POSÉIDON

Les Grecs ?

PALLAS

Oui. Les Grecs. M'aideras-tu ?

POSÉIDON

Ce sont tes alliés, tu viens de leur donner la victoire.
Pallas Athéna, ô Déesse Raison,
tu n'es pas raisonnable.
Tu passes de l'amour à la haine
capricieusement.

PALLAS

Ils m'ont offensée.
Cassandre s'était réfugiée dans mon temple,
Ajax est allé l'y chercher,
il l'a traînée dehors par les cheveux.
Crois-tu qu'il s'est trouvé quelqu'un, chez les Grecs,
pour le punir ou tout simplement pour le blâmer ?
Personne.
Et mon temple brûle.

POSÉIDON

Comme le mien.

PALLAS

Comme le tien.
M'aideras-tu ?

Poséidon hésite.

Tu réjouirais les Troyens morts.

POSÉIDON

Tu m'as fait grand tort, ma nièce.
Ne crois pas que j'oublie ma rancœur.
Mais je t'aiderai.

PALLAS

Il faut leur ménager un terrible retour,
Zeus m'a promis ses pluies, ses grêlons, l'ouragan.
Il jettera sa foudre sur la flotte.
Toi, ramasse tes vagues,
entasse-les
et, quand elles auront la hauteur d'une colline,
qu'elles croulent sur eux.
Ceux qui atteindront le détroit d'Eubée,
que la mer se creuse sous leurs navires,
qu'elle ouvre ses oubliettes et qu'ils y tombent tous,
qu'ils s'y noient
et que la Grèce apprenne à me respecter.

POSÉIDON

Ce sera fait :
sur les plages de Mykonos,
à Scyros, à Lemnos,
contre les récifs de Délos,
au pied du promontoire de Capharée,
mes bouches vomiront leurs cadavres.
Regagne l'Olympe, ma nièce.
Guette.
Quand ils dénoueront les cordages,
demande à ton père ses flèches de feu.

Ils s'éloignent ; chacun de son côté.

SCÈNE III

HÉCUBE, *puis* LES TROYENNES

HÉCUBE, *essayant de se relever.*

Debout !
Pauvre vieille,
redresse ton cou brisé.
La chance tourne : apprends la patience.
À quoi bon les regrets ?
Pourquoi vivre à contre-courant ?
Dérive ! Dérive !
Le destin t'entraîne : laisse-toi porter.

Le courage lui manque. Elle cesse de se raisonner.

Je ne peux pas me résigner.
Douleurs, ô mes douleurs,
il n'est pas une douleur au monde qui ne soit mienne !
Reine, je devins l'épouse d'un roi.
Je lui ai donné les plus beaux fils :
la lance grecque me les a tués un à un.
Et Priam, mon mari, mon roi,
j'étais là quand ils l'ont saigné
sur les marches de l'autel ;
j'ai vu sa gorge ouverte
et le sang qui giclait.
Mes filles, je les ai élevées
pour les plus grands rois de l'Asie :
elles serviront en Europe
sous de mauvais maîtres.
Ô ma race,
voile gonflée de gloire qui claquait au soleil,
le vent tombe et tu t'effondres :
tu n'étais que du vent.

Un temps.

Je parle trop, mais je ne puis me taire
et le silence ne vaut pas mieux que les mots.
Pleurer ? Je n'ai plus de larmes.
Il faudrait jeter ce corps contre terre
et qu'il y mène le deuil sans bruit,
roulant d'un flanc à l'autre,
comme une barque dans la tempête.

Elle va[a] *pour se laisser tomber sur le sol mais se reprend et se redresse.*

Non.
Les malheureux sont seuls au monde,
mais il leur reste une voix pour chanter.
Je chanterai.
Navires, beaux navires,
il y a dix ans,
où donc alliez-vous ?
Vos rameurs peinaient,
vos proues fendaient la mer violette,
vous glissiez d'un port à l'autre,

où donc alliez-vous ?
Vous alliez chercher la Grecque infidèle,
Hélène, épouse de Ménélas,
et vous portiez la mort aux Troyens.
Navires, beaux navires,
vous avez mouillé dans nos havres
et des hommes de fer ont sauté de vos ponts
il y a dix ans de cela.
Aujourd'hui vous allez repartir
et vous m'emporterez, moi, l'aïeule ;
le visage ruiné, la tête rase,
je servirai chez un autre.
Fallait-il massacrer mon peuple,
plonger ces femmes dans le deuil
et me précipiter dans l'abjection
pour la gloire de ramener chez les Grecs
la honte de la Grèce ?

Elle frappe dans ses mains.

Debout !
Veuves troyennes, vierges de Troie, fiancées des morts,
regardez ces pierres qui fument et noircissent,
regardez-les pour la dernière fois
et gémissons sur notre sort.

Le premier demi-chœur sort des tentes.

LE CORYPHÉE

Tes cris ont percé la toile de ces tentes,
Hécube, et la peur crevant nos poitrines
s'est glissée dans nos cœurs.
Que vas-tu nous apprendre ?

HÉCUBE

Regardez les bateaux dans la crique.

UNE FEMME

Les Grecs ont cargué les voiles.

UNE AUTRE

Je vois des hommes qui portent des rames.

TOUTES

Ils vont partir.

LE CORYPHÉE, *se tournant vers les tentes.*

Venez apprendre votre sort,
les Grecs préparent leur retour,
quittez vos tentes, malheureuses, toutes !

HÉCUBE

Ah ! non. Pas toutes.
Toutes sauf Cassandre !
Empêchez-la de sortir : elle est folle.
Épargnez-moi du moins ce comble du malheur :
rougir devant des Grecs.

UNE FEMME

Qu'est-ce qu'ils vont faire ?
Nous tuer sur place ?

UNE AUTRE

Nous arracher à notre terre,
nous emporter sur l'eau ?

HÉCUBE

Je ne sais qu'une chose :
le pire est sûr.

À elle-même :

Esclave.
De qui ? Où ?
En Argos ? À Phtia ?
Sur une île de la mer ?
Vieillarde piteuse,
plus morte que vive,
inutile frelon dans une ruche étrangère,
à quoi puis-je servir ?
Je me tiendrai jour et nuit devant une porte,
ou bien je garderai des enfants,
à moins que je ne fasse le pain.
Guenille, ô mon triste corps,
on te couvrira de guenilles,
tu coucheras sur la terre nue.

Un temps.

Et j'étais reine de Troie !

UNE FEMME

Si je tourne et retourne ma navette,
ce ne sera plus jamais sur les métiers de l'Ida.

UNE AUTRE

Je n'ai plus de famille, ma maison a brûlé.
Je regarde ses murs roussis par le feu
et je sais que je les vois pour la dernière fois.
Aïe, aïe, aïe, aïe !

LE CORYPHÉE

Tais-toi !
Garde ta patience,
les pires souffrances sont à venir.

UNE FEMME

Y a-t-il des souffrances pires ?

UNE AUTRE

Oui. Un Grec, peut-être, une nuit
te mettra de force dans son lit.

LA PREMIÈRE

Cette nuit-là, je la maudis d'avance
pour l'horreur qu'elle cache dans sa nuit.

UNE FEMME

Déracinée,
arrachée à l'Asie,
il me faudra vivre et mourir en Europe.
Cela veut dire : en enfer.

UNE AUTRE

Peut-être serai-je porteuse d'eau.

UNE AUTRE

Si le sort me désignait
pour être servante en Attique
ou sur la terre féconde du Pénée
aux pieds de l'Olympe !
On dit qu'il fait bon vivre là-bas
même pour une esclave.

UNE FEMME

Tout plutôt que les bords détestés de l'Eurotas.
J'y verrais Hélène triomphante
et je devrais obéir à Ménélas,
le boucher de Troie.

LE CORYPHÉE

Attention ! Quelqu'un !

LES AUTRES

Qui ?

LE CORYPHÉE

Un Grec. Comme il court !
Il vient nous faire connaître notre sort.
C'est fait. Tout est décidé.
Nous n'avons pas quitté notre sol
et déjà nous sommes là-bas,
sur la terre dorienne,
esclaves.

SCÈNE IV

LES MÊMES, TALTHYBIOS

TALTHYBIOS, *à Hécube.*

C'est moi, Talthybios,
héraut de l'armée grecque.
Tu me reconnais bien, noble dame.
Souvent j'ai franchi les portes de ta ville
pour vous délivrer les messages de nos généraux.
On m'a chargé de te faire une communication officielle.

HÉCUBE

Ô mes Troyennes !
Il est venu, le moment que je craignais.

TALTHYBIOS

Eh bien oui : votre sort est décidé.

HÉCUBE

Où allons-nous ?

TALTHYBIOS

On va vous séparer.
À chacune son maître.

HÉCUBE

Quels seront les maîtres ?
Dis, en est-il au moins une parmi nous,
une seule,
qui ait un peu de chance ?

TALTHYBIOS

Je suis venu pour te répondre.
Mais ne demande pas tout à la fois.

HÉCUBE

Bien. *(Un temps.)* Cassandre ?

TALTHYBIOS

Elle est parmi les plus chanceuses, justement.
Agamemnon veut ta fille.

HÉCUBE

Elle servira Clytemnestre !
Pouah !

TALTHYBIOS

Pas du tout !
Le Roi des rois la prend pour concubine.

HÉCUBE

Pour concubine ?

TALTHYBIOS

Mettons qu'il y aura mariage — mais secret.

HÉCUBE

Je vois. Sais-tu qu'elle appartient au Soleil
à lui seul
et que le Dieu aux cheveux d'or
exige qu'elle reste vierge.

TALTHYBIOS

Justement ! Ce qui attire en elle
le roi des Grecs,
c'est sa virginité sacrée
de prophétesse.

HÉCUBE

Jette les clés du temple, pauvre enfant,
arrache les saintes bandelettes,
couvre tes cheveux de poussière !

TALTHYBIOS

Eh bien quoi ? Partager la couche d'un grand roi
ce n'est pas si mal, après tout.

HÉCUBE

Polyxène ? Vous me l'avez prise : où est-elle ?

TALTHYBIOS

Elle sert Achille.

HÉCUBE

Achille est mort.

TALTHYBIOS

Elle le sert.

HÉCUBE

Étrange coutume des Grecs.
T'ai-je donné le jour, mon enfant,
pour te mettre au service d'une tombe ?

TALTHYBIOS

Elle a de la chance, elle aussi,
beaucoup de chance.
Cassandre elle-même l'enviera souvent.

HÉCUBE

Pourquoi ?

TALTHYBIOS

Elle a trouvé la paix.

droite et souple dans les airs !
Hymen ! Hyménée,
béni soit l'époux.
Et moi, Vierge du Soleil,
future épouse d'un grand roi,
moi, les dieux,
bénissez-moi !

À Hécube :

Prends le flambeau, mère,
mène le cortège.
Qu'est-ce qu'il y a ? Qui pleures-tu ?
Ah oui : mon père et mes frères…
Trop tard : je me marie.
Joie ! Joie ! larmes de joie !
Prends !

Elle lui tend la torche.

Tu ne veux pas ? Bon.
C'est moi qui porterai le feu.
Hymen, Hyménée !
Un Grec va me prendre !
Reine de la nuit
enflamme tes étoiles.
Que de torches : tout brûle !
Je suis éblouie, tant mieux.
Il faut mille soleils pour m'éclairer
quand j'entrerai, Vierge sacrée,
dans le lit d'un ennemi.
Saute, ma flamme,
plus haut, plus haut
jusqu'au ciel.
Évän, evoe,
ce jour est plus beau
que mes plus beaux jours, du temps de mon père.
Phoibos, mon Dieu, conduis le chœur
et toi, mère, entre dans la danse[a].
Allons ! en mesure !
Danse pour me plaire.
Troyennes
où sont vos robes de fête ?
Il faut crier de joie !
Iiou ! Iiou !

Chantez avec moi !
Iiou ! Iiou !

LE CORYPHÉE

Retiens-la, reine, retiens-la
sinon elle va bondir d'un saut
tout droit dans le lit d'un Grec.

HÉCUBE

Donne-moi ce flambeau, mon enfant.
Tu ne le tiens pas bien droit.

LE CHŒUR

Elle délire,
le malheur ne lui a pas rendu la raison.

CASSANDRE

Elles me croient folle !
Écoute, mère :
il faut te réjouir de mes noces royales
et si, tout d'un coup, le cœur me manque,
pousse-moi[b] dans les bras d'Agamemnon,
qu'il m'emporte vers Argos :
là-bas notre grand lit nuptial
sera son lit de mort.
Hélène a fait tuer des Grecs par milliers
devant nos remparts.
Et moi je leur ferai plus de mal encore.
Cassandre sera leur fléau.
Il va crever, le grand roi, le bon roi
à cause de moi !
À cause de moi, sa maison va crouler.
Je ruinerai sa race
comme il a ruiné la nôtre.
Cesse de pleurer : il est venu le temps de rire !
De rire aux éclats !
Je t'annonce que mon père et mes frères seront vengés !

HÉCUBE

Par toi ?

CASSANDRE

Par moi.

HÉCUBE

Ma fille, pauvre esclave sans force,
comment pourras-tu…

CASSANDRE

La hache !
Là ! En plein crâne !
Ce n'est pas moi qui la tiendrai,
mais je te garantis qu'il saignera
le Roi des rois.
Oh ! comme il va saigner !

Joyeusement.

Moi, on me coupera le cou.
Hymen ! Hyménée.

Un temps.

Longtemps après, le fils tuera sa mère et s'enfuira,
les chiennes à ses trousses.
Finis, les Atrides ! On n'en parlera plus jamais.

LE CHŒUR

Cassandre, tais-toi !
Tu nous fais honte,
ta mère a honte de toi !
Pas devant les Grecs, Cassandre !
Pas devant nos vainqueurs !

CASSANDRE

Pourquoi me taire ?
Je dis ce que m'a dit le Soleil.
Je pourrais…
Bah ! c'est trop sale.
Vous avez raison : je me tairai.

À Hécube[c] *:*

Ne pleure pas.
Les Grecs ont la victoire ; et après ?
Vaincue, brûlante, humiliée,
la meilleure part est à Troie.
Dans cette plaine nos ennemis sont tombés
par milliers.

Était-ce pour défendre leurs frontières
ou les remparts de leur cité ?
Non. Ils sont morts pour rien, à l'étranger,
sans revoir leurs enfants ni leurs pères,
ces vieux lâches qui n'ont pas su les empêcher de partir.
Pas de tombeaux pour les Grecs,
pas de libations funéraires !
La terre troyenne les a dévorés pêle-mêle,
et leurs femmes ne retrouveront jamais leurs os.
D'autres — qu'ils détestaient peut-être —
élèveront[d] leurs fils.
Misérables ! engloutis mais non pas ensevelis,
vous n'êtes pas même des ombres.
Ici, la vermine vous ronge ; chez vous, l'oubli.
Oubliés. Ha ! Anéantis.
Quant aux vivants, Apollon m'a dit ce que font leurs épouses,
et comment Clytemnestre attend Agamemnon.
Mais je ne le répéterai pas.
Fière expédition !
Pour faire la chasse à une seule infidèle,
ils ont laissé leurs femmes pendant dix ans
et l'adultère s'est installé, tranquille,
dans toutes les maisons de Grèce.

À Talthybios :

C'est ce que vous appelez, je crois, gagner la guerre ?
Nous, nous l'avons perdue
mais je n'en ai pas honte.
Il n'est pas un de nos morts
qui ne soit tombé sur notre sol
en défendant notre ville.
Tant qu'ils ont vécu, chaque soir,
après les durs combats du jour,
ils revenaient parmi nous.
Quand vos lances les perçaient,
des mains pieuses ramassaient leurs corps
sur le champ de bataille.
Ils sont ensevelis, ici même,
tous, avec tous les honneurs
dans la terre de leurs ancêtres.
Leurs femmes menaient le deuil
et Troie, tout entière, les pleurait.

À Hécube :

Remercie les Grecs !
Hector était modeste et doux.
C'est eux qui en ont fait un héros malgré lui :
il en a tant tué de sa main
qu'on répétera son nom dans les siècles futurs.
Gloire aux défenseurs de la patrie.
Mais les autres, les conquérants,
ceux qui font une sale guerre et qui en meurent,
leur mort est plus bête encore que leur vie.

Aux Troyennes :

Relevez la tête et soyez fières,
laissez-moi le soin de venger vos hommes,
mes noces perdront leurs bourreaux.

UNE FEMME

Je voudrais te croire,
Cassandre !
Je t'envie ce rire de folle,
ces airs de défi.
Mais regarde-nous,
regarde-toi !
Tu chantes, tu cries,
et après ? Ce ne sont que des mots.

TALTHYBIOS

Des mots qui lui coûteraient cher
si elle avait toute sa raison.

À lui-même :

Voyez pourtant ! On vénère les grands,
on les croit sages
et pour finir, ils ne valent pas mieux que nous.
Le roi très puissant d'Argos
s'est mis en tête d'aimer cette folle
dont moi, pauvre diable,
pour tout l'or du monde je ne voudrais pas.
Allons, belle fiancée, viens, suis-nous !
Ris, pleure ou marmonne :
tu as entendu ce que disent tes compagnes !
Des mots ! Rien d'autre que des mots.

À Hécube :

Prépare-toi, je viendrai te chercher
dès qu'Ulysse m'en donnera l'ordre.
Tu auras une bonne place, là-bas,
tu seras domestique de Pénélope,
une dame bien honnête, à ce qu'on dit.

CASSANDRE

Domestique ?
Je n'en vois qu'un ici, c'est toi.
Toi, valet de cour impudent et servile !
Sais-tu de quoi tu parles ?
Ma mère n'ira pas à Ithaque,
Apollon me dit qu'elle mourra ici.

TALTHYBIOS

Hé ? Je voudrais bien voir ça !
Un suicide me mettrait…

CASSANDRE

Qui a parlé de suicide ?

TALTHYBIOS

Et comment veux-tu… ?

CASSANDRE

Comment ? Hein, comment ?
Je le sais, mais je ne te le dirai pas.
Quant au sage Ulysse
à la langue subtile,
le pauvre homme ne sait pas ce qui l'attend.
Dix ans !
Dix ans pareils à ceux que nous venons de vivre,
pleins de boue, pleins de sang,
avant qu'il retrouve Ithaque.
Tout est en place, on l'attend sur la mer.
Le Cyclope, d'abord, géant cannibale
qui guette la chair fraîche du haut de son rocher.
Circé qui change les hommes en pourceaux,
les mangeurs de lotus,
et Charybde et Scylla, les écueils mortels ;
de belles connaissances à faire !

Oh ! le goût salé des naufrages, comme il va le savourer !
Échappé par miracle à la mort,
il descendra, pour finir, aux Enfers,
et soyez sûrs que les nôtres l'y attendent.
Comme il va souffrir !
Plus d'une fois, je vous le jure, Troyennes,
il vous enviera vos malheurs.

Elle semble voir.

Bon. Il remonte de l'Hadès
et quand il met le pied sur son île,
la place est prise.

Son excitation prophétique est tombée.

Pourquoi parler d'Ulysse ?
Qu'ai-je à faire de lui ?

À Talthybios :

Qu'attends-tu ?
J'ai hâte de m'unir à mon fiancé
pour le meilleur et pour le pire.
Non : pour le pire, toujours.
Hymen, Hyménée !
Notre mariage sera l'enfer.
Roi des rois,
généralissime,
ne compte pas sur un enterrement au soleil.
La nuit t'avalera ; ni vu ni connu.
On jettera ton corps dans un ravin,
Hymen, Hyménée,
près de mon cadavre tout nu,
et les vautours nous mangeront ensemble,
toi, le Roi,
Moi, la prêtresse d'Apollon,
unis dans la mort
par les coups de bec des mêmes rapaces.
Adieu mes voiles,
adieu mes bandeaux et ma robe,
parures de mes extases ;
je vous arrache de ce corps
pendant qu'il est encore pur[f].
Porte-les, brise rapide,
à mon Dieu d'amour,

au Soleil.
Où dois-je embarquer ?
Je suis la mort,
mettez un pavillon noir
au mât du vaisseau qui m'emporte.
Adieu, ma mère,
sois calme : tu vas bientôt mourir.
Et vous, frères couchés sous la terre,
père qui me donnas la lumière,
je viens,
vous ne m'attendrez pas longtemps.
J'arriverai chez vous
victorieuse
à la tête du cortège damné
des Atrides qui vous ont tués
et qui vont s'entr'égorger.
Hymen, Hyménée !

On l'entraîne.

Iou ! Iou !
Hymen, Hyménée !

Elle s'en va. Hécube s'écroule.

SCÈNE VI

HÉCUBE, LE CHŒUR

CORYPHÉE

Hécube !
Elle est tombée sans un cri. L'abandonnerez-vous ?
C'est encore la Reine.
Relevez-la.

Des femmes la relèvent.

HÉCUBE

Je ne souhaitais pas votre aide
et je ne vous remercie pas.
Je voulais épouser la terre étroitement
et me confondre avec son inconscience inerte.
Car nous sommes inertes, comprenez-vous ?
Nous ne pouvons plus rien

sauf attendre et subir.
Inertes mais, hélas, conscientes.

LE CHŒUR

Reine, implorons les dieux !

HÉCUBE, *farouche.*

Non !
Ce sont des alliés suspects.
Taisons-nous.

LE CHŒUR

Le silence nous fait peur.

HÉCUBE

Alors, cessez de vous plaindre,
et rappelons-nous notre dernier jour de bonheur.

LE CHŒUR, *voix alternées.*

C'était hier.
Notre dernier jour de bonheur
fut pour Troie le commencement de la mort.
Du haut des remparts, ce matin-là,
je vis la plage et la mer
désertes à perte de vue :
les Grecs avaient brûlé leurs tentes,
leur flotte avait disparu.
Seul, au milieu de la plaine,
il y avait un grand cheval sur quatre roues,
un cheval de bois
dont les harnais d'or scintillaient.
Tout le peuple troyen
debout sur le roc de la citadelle
criait : « C'est fini, ils sont partis ;
— les Grecs ont levé le siège
— le temps de nos épreuves est passé :
hissez l'idole de bois sur notre Acropole !
Nous la consacrerons à Pallas Athéna,
la noble fille de Zeus
qui nous a pardonné. »
Tout le monde criait et chantait.
On s'embrassait dans les rues,
les vieillards et les vierges,

sur le pas des portes,
demandaient : qu'est-ce qu'il y a ?
et nous répondions : ce qu'il y a, c'est la paix.
On entoura l'idole avec des cordes
pour la haler jusqu'au temple d'Athéna.
Je m'y suis mise comme les autres,
j'ai tiré, j'ai poussé, j'ai peiné.
Le travail prit fin à la tombée du jour,
et nous avons chanté victoire dans la nuit
au son des flûtes lydiennes[a]
et puis, une à une, se sont éteintes
dans les maisons les lampes éclatantes,
les torches fumeuses dans les rues.
Nous autres, épuisées de joie,
nous chantions encore, dans l'ombre
à voix presque basse : c'est la paix ! c'est la paix !
Ainsi prit fin le dernier jour de Troie,
notre dernier jour de bonheur.

LE CORYPHÉE

Il n'est de pire mensonge que le bonheur.
On se fascine sur l'apparence
sans voir la bête immonde qu'elle dissimule.
Il était minuit, les maisons bourdonnaient encore de nos chants,
lorsque,
du sommet de la ville haute
jusqu'aux dernières masures de la ville basse,
le cri de mort
dévala.
C'était la guerre
et Pallas n'avait rien pardonné.
Les Grecs, sortis de leur cachette,
égorgeaient nos hommes et tous nos enfants mâles.
Notre dernier jour de bonheur s'achevait,
le premier jour de notre mort commençait.

HÉCUBE

Troie n'a pas été conquise,
les Troyens n'ont pas été vaincus,
une déesse les a livrés,
perfide et rancuneuse comme une femme.

LE CORYPHÉE

Reine, regarde. Un char !

Hécube reste immobile.

SCÈNE VII

HÉCUBE, LE CHŒUR,
ANDROMAQUE, UNE FEMME

UNE FEMME

Regarde, regarde. C'est Andromaque, ta bru,
la femme de ton fils Hector.
Elle porte Astyanax dans ses bras.

À Andromaque :

Où le mène-t-on ?

ANDROMAQUE

Chez mon maître.

Hécube se retourne enfin, regarde Andromaque sans amitié et voit Astyanax.

HÉCUBE

Malheur ! Ô malheur !

ANDROMAQUE

Pourquoi gémis-tu ?
C'est *mon* malheur.

HÉCUBE

C'est le nôtre.

ANDROMAQUE

Non.

HÉCUBE

N'êtes-vous pas mes enfants ?

ANDROMAQUE

Nous l'étions.

HÉCUBE

Je porte le deuil de tous mes fils.

ANDROMAQUE

Et moi du seul Hector.

HÉCUBE

Je pleure sur notre ville qui brûle.

ANDROMAQUE

Je pleure sur la ville d'Hector.

HÉCUBE

Sur notre maison royale.

ANDROMAQUE

Sur la maison où je suis devenue femme,
où j'accouchai d'Astyanax.

HÉCUBE

Elle brûle, elle a brûlé, elle croule,
tout va s'effondrer.

ANDROMAQUE

Par ta faute.
Tu as donné le jour à Pâris, l'aventurier.
Les dieux savaient que c'était un monstre.
Ils t'ont donné l'ordre de le tuer.
Tu ne l'as pas fait, tu es punie,
et nous autres, les innocents,
sans avoir pris part à la faute,
nous partageons le châtiment.
Tu peux être fière : pour l'amour d'une femme
— était-ce de l'amour ? —
ton fils a fait tomber Troie.
Pallas rit de joie :
au pied de sa statue
gisent les cadavres de nos hommes ;
au-dessus de l'Acropole,
les rapaces tournent
et nous sommes esclaves !

HÉCUBE, *ébranlée,*
se cache la figure de ses mains.

Priam, mon époux, mon Seigneur,
sors de l'Hadès,
dis-lui qu'elle ment ! Viens me protéger.

ANDROMAQUE

Hector, mon homme aux bras puissants,
qui t'es sacrifié pour rien,
noble victime des crimes de ton frère,
viens me sauver
ou me venger.

Elle se reprend. Plus doucement, mais sans tendresse.

Vieille, je ne t'aimais guère
car tu n'as pas toujours été bonne pour moi.
Mais je te plains de tout mon cœur.

Un temps.

Polyxène est morte.

HÉCUBE

Morte ! Que je suis lâche !
Voilà ce que Talthybios voulait me dire :
et je n'ai pas osé le comprendre.
Morte ! Comment ?

ANDROMAQUE

Égorgée sur le tombeau d'Achille.

Un temps.

J'ai vu son corps et j'ai quitté le char
pour la couvrir de mon voile noir.

HÉCUBE

Égorgée sur une tombe.
Comme une chèvre,
comme un bœuf !
Mort infâme !

ANDROMAQUE

Infâme, non.
Elle est morte, c'est tout,
plus heureuse que moi qui vis.

HÉCUBE

Ma fille, que dis-tu ?
Tu le sais bien, pourtant : la mort c'est le vide ;
dans la vie la plus misérable
il reste au moins l'espoir.

ANDROMAQUE

Quelle rage de vivre !
Tu sais bien que tu as tout perdu ;
tes fils sont morts
et ton ventre est trop vieux pour en enfanter d'autres.
Non. Plus d'espoir. Tant mieux.
Ne t'accroche plus aux planches pourries,
lâche prise, laisse-toi couler, tu souffriras moins.
La mort, c'est le vide, oui.
Le vide : le calme éternel.
Écoute : Polyxène n'est jamais née.
Morte, elle ignore tout,
le silence et le bruit,
la lumière et la nuit,
le bonheur et le malheur.
Elle ne sait plus qu'elle a souffert :
elle ne l'a jamais su.
Moi, je souffre et je le sais.
Je m'étais appliquée à tenir parfaitement
mon rôle de femme et de mère.
Nous autres, quoi que nous fassions,
si l'on nous rencontre hors de nos maisons,
nous prêtons à médire.
À cause de cela, je n'ai jamais quitté la mienne.
Jamais les murs n'y ont résonné
d'un vain caquetage féminin.
Je savais offrir à mon Hector
des yeux calmes,
une présence silencieuse.
Quand il le fallait, j'avais appris à lui résister ;
quand il le fallait, je savais me laisser vaincre.

Mon honnêteté venait du fond de mon cœur,
et je ne voulais d'autre guide que ma conscience.
Vois-tu, vieille reine, je ne souhaitais que son bonheur
et, pour moi, que le renom d'une épouse parfaite.
Hélas, c'est ma gloire qui me perd,
le bruit de mes vertus est parvenu jusqu'aux Grecs ;
l'assassin d'Hector laisse un fils, Néoptolème,
qui m'a réclamée pour son lit.
Je ne veux pas, je ne veux pas
que le visage aimé s'efface de ma mémoire.
Je n'ai que dégoût
pour celle qui souille
les premiers souvenirs de sa chair.
Quand on la sépare de son mâle,
une pouliche refuse de tirer sur le joug.
Pourtant ce n'est qu'une bête.
Et moi...
Ils disent qu'une seule nuit de plaisir
suffit à mater une femme.
Faudra-t-il que je me méprise ?
Que j'aille mendier les caresses de mon nouveau mari ?
Hector, je t'aimais, je t'aime ;
Je n'ai connu d'autre homme que toi.
J'aimais ta force, ton courage, ta sagesse,
j'aimais tes mains sur mon corps :
empêche-moi de gémir sous d'autres mains.
Ah ! trop heureuse Polyxène,
assassinée
mais vierge ;
emportez-moi, cachez-moi,
mon corps me fait horreur et pitié !

À Hécube :

Menteuse ! La vie, c'est l'espoir, dis-tu ?
Eh bien, regarde-moi, je vis et l'espoir est mort
car je sais ce qui m'attend.

LE CORYPHÉE

Tu es princesse mais nous sommes tes semblables.
En peignant ton malheur
tu me fais mieux ressentir le mien.
Hélas !

HÉCUBE

Quand la mer est forte,
le marin lutte de bon cœur.
Mais quand elle devient enragée,
il se laisse ballotter par les flots
et s'abandonne au sort.
Regarde-moi.
Mes malheurs me dépassent.
Je cède à la vague,
j'attends et je me tais.
Hector est mort, ma fille,
tes pleurs ne le feront pas revivre.
Oublie-le.
Par ces mêmes vertus qu'il aimait
et dont tu es si fière,
tâche de plaire à ton nouveau mari.

ANDROMAQUE

C'est toi, la vieille,
toi, la mère d'Hector,
qui me donnes ce conseil d'entremetteuse ?
Pouah !

HÉCUBE

Fais-le pour ton fils,
pour Astyanax, fils de mon fils,
prince de Troie et dernier de sa race,
pour qu'un jour par lui ou par ses fils
cette ville morte renaisse et nous venge.
Le destin de notre famille est dans tes mains.

Entre Talthybios.

Qu'y a-t-il ?

SCÈNE VIII

LES MÊMES, TALTHYBIOS

TALTHYBIOS, *va à Andromaque.*

Ne me hais pas.

ANDROMAQUE

Quoi ?

TALTHYBIOS

Je ne suis qu'un messager.
Je te communique à regret
les nouvelles décisions de mes maîtres.

ANDROMAQUE

Sois clair.
On dirait que tu as peur de parler.

TALTHYBIOS

Ton fils…

ANDROMAQUE

On nous sépare ?

TALTHYBIOS

D'une certaine façon,
oui.

ANDROMAQUE

Nous n'aurons pas le même maître ?

TALTHYBIOS

Il n'aura pas de maître du tout.

ANDROMAQUE

Vous l'abandonnez ici ?

TALTHYBIOS

Je voudrais te ménager.

ANDROMAQUE

Je n'ai que faire de tes pudeurs.
Finis ton travail, valet !

TALTHYBIOS

Ils vont le tuer.

Un silence. Andromaque serre son fils contre elle et le regarde. Il continue avec précipitation.

C'est Ulysse.
Il a dit devant l'Assemblée des Grecs :
« Si nous laissons la vie
au prince héritier de Troie,
au fils du puissant Hector,
nous allons au-devant de grands embarras. »
L'Assemblée lui a donné raison.

Un temps.

Ne le serre pas si fort.
Donne-le.

Elle résiste et se dégage.

Allons ! donne-le.
Que peux-tu faire ?
Ta ville et ton mari ont disparu de la terre.
Tu es en notre pouvoir.
Faudra-t-il te l'arracher ?
Crois-tu que l'armée grecque n'est pas capable
de venir à bout d'une femme ?
Incline-toi devant les ordres,
sois digne dans le malheur.
Qu'est-ce qu'il faut faire, grands dieux,
pour que tu nous laisses prendre cet enfant ?
Écoute : n'attire pas sur toi la haine
ou qui sait ? la honte.
Si tu irrites les militaires,
on laissera son cadavre aux vautours.
Si tu files doux,
on te permettra peut-être de l'enterrer,
et nos généraux te considéreront d'un œil bienveillant.

ANDROMAQUE, *aux soldats.*

Ne le touchez pas ! Je vous le donnerai. Tout à l'heure.

Ils s'écartent sans la quitter des yeux.

Mon petit !
Tu vas me quitter,
tu vas mourir. Sais-tu pourquoi ?
Ton père était trop grand,
ses vertus seront cause de ta mort.
On m'a menti, l'autre année,

on m'a dit que je portais dans mon ventre
le futur roi de l'Asie
aux belles moissons,
et j'ai accouché d'une pauvre petite victime,
j'ai fourni aux Grecs un martyr.
Tu pleures ! Tu t'accroches à ma robe
de tes petits doigts crispés.
Est-ce que tu devines ton sort ?

Brusquement.

Sors de terre, Hector, reprends ta lance,
massacre-les, sauve ton fils !

Un temps.

Il ne viendra pas,
il est mort.
Nous sommes tout seuls
nous deux, mon trésor ;
je ne suis pas bien forte
et je ne pourrai pas leur résister longtemps.
Ils vont te prendre,
ils te jetteront du haut des remparts
la tête la première. *(Un cri.)* Ha !

Un temps.

Corps, cher corps,
tu vis encore
et tu sens si bon !

Elle l'embrasse.

J'étais fière, quand je t'allaitais.
Si j'avais su, j'aurais mieux aimé t'étouffer sur l'instant
de mes mains
en t'embrassant.
Embrasse-moi,
serre-moi fort,
mets ta bouche contre la mienne.

Elle se redresse.

Hommes de l'Europe,
vous méprisez l'Afrique et l'Asie
et vous nous appelez barbares, je crois,
mais quand la gloriole et la cupidité

vous jettent chez nous,
vous pillez, vous torturez, vous massacrez.
Où sont les barbares, alors ?
Et vous, les Grecs, si fiers de votre humanité,
où êtes-vous ?
Je vous le dis : pas un de nous
n'aurait osé faire à une mère
ce que vous me faites à moi,
avec le calme de la bonne conscience.

Violemment.

Barbares ! Barbares !
Vous tuez mon fils à cause d'une putain.

Les soldats lui prennent l'enfant.

Honte sur moi qui n'ai pas la force de protéger mon fils
et maudits soient les enfants d'Ulysse.

TALTHYBIOS, *aux soldats.*

Emportez-le. Je vous rejoins sur les remparts.

À lui-même :

Mission vraiment désagréable !
On aurait pu me l'épargner.
J'ai un cœur, moi.
Enfin, c'est la guerre.

HÉCUBE

Aïe, aïe, aïe,
fils de mon fils,
dernier espoir de ma race,
je ne puis rien t'offrir
que ces coups dont je frappe ma tête et ma poitrine plate.
Adieu[a].

On emmène Andromaque.

SCÈNE IX

HÉCUBE, LE CHŒUR

C'est l'aube.

LE CHŒUR, *après un temps.*

L'aurore !
Pour la deuxième fois elle éclaire
notre ville en flammes.
Pour la deuxième fois,
elle éclaire sur nos rivages
des envahisseurs venus de Grèce
pour ravager notre pays.
La première fois — il y a longtemps, longtemps ! —
Télamon régnait sur Salamine.
C'est une île de la mer,
bourdonnante d'abeilles.
En face d'Athènes,
la ville de Pallas,
qui luit comme de l'huile au soleil,
l'île se penche doucement
vers les saintes collines de l'Attique
où Pallas Athéna, un jour,
fit paraître le premier rameau d'olivier.
C'est de là qu'ils sont partis
la première fois,
pour raser notre ville
et coloniser l'Asie.
Déjà ils nous enviaient nos moissons,
les gens d'Europe,
ils haïssaient déjà notre race
et nous appelaient des sauvages,
eux, les impitoyables.
Une fois déjà leur flotte a mouillé dans nos criques,
une fois déjà nos murs ont brûlé,
le roi de Troie est tombé sous leurs coups.
Ils sont repartis pourtant,
sans conquérir nos provinces.
C'est que nous étions chers aux dieux
en ce temps.

Éros, doux tyran
des hommes et du ciel,
tu nous aidais, alors.
Tu enflammas l'Aurore aux ailes blanches,
folle d'amour pour un des nôtres,
pour Tithon frère de notre roi mort ;
elle lui fit partager sa couche
et son immortalité.
Du gentil Ganymède,
un garçon de chez nous,
Zeus, amoureux, fit son mignon.
Ils furent vite rebâtis nos murs
et la prospérité revint bientôt
car les dieux nous bénissaient.
Aurore, douce Aurore,
te voilà, comme hier et comme demain,
légère et gaie.
Les Grecs sont revenus,
nos maisons brûlent.
Nos hommes sont morts.
Autour des fosses où l'on a
entassé leurs cadavres,
nous tournoyons,
grands oiseaux de deuil.
Mais ta belle lumière sereine
caresse gentiment
les décombres et les flaques de sang.
Tithon, fils de Troie, où es-tu ?
Assis près d'elle, sans doute,
dans son char de déesse
comme il convient à un époux.
Qu'attends-tu ? Sauve-nous !

Un temps.

Rien. L'autre fois pourtant tu nous as aidés.
C'est que tu étais un dieu tout neuf, alors,
entré de la veille dans l'éternité.
À présent tu t'y es accoutumé
et tu regardes notre malheur
avec le calme implacable des immortels.
Et toi, joli Ganymède,
à petits pas
tu apportes les amphores à ton Seigneur

et tu vas verser le vin dans sa coupe d'or.
Tu es beaucoup trop occupé, n'est-ce pas,
pour donner un regard à la terre.

Criant.

Ta race va disparaître.
Ils sont en train de tuer Astyanax.
Tithon ! Ganymède ! Au secours !

Un temps.

Voilà.
L'Aube est horriblement belle
et les dieux nous ont abandonnés.

Elles se laissent tomber sur le sol. Entre Ménélas.

SCÈNE X

LES MÊMES, MÉNÉLAS, *puis* HÉLÈNE

MÉNÉLAS

Qu'il fait beau !
Je jouis !
Ô Soleil, éclaire de tous tes feux ce jour béni.
Elle est là,
dans cette baraque,
captive et mêlée aux Troyennes,
l'infidèle !
Je vais la reprendre
et comme elle va payer !
Enfin !
Il faut vous dire que je suis le roi Ménélas,
bien connu pour son infortune.
Il y a de mauvaises langues, chez nous,
pour prétendre que j'ai déchaîné ce carnage
à cause de ma femme.
Permettez ! J'ai mobilisé l'armée grecque
pour tirer vengeance d'un homme,
de Pâris, cette ordure, que j'avais reçu dans mon palais
et qui, pour me remercier,
a pris le large, avec mon épouse.
Celui-là, grâce aux dieux,

il a subi sa peine
et sa ville aussi je l'ai châtiée.
Quant à… quant à la Grecque
— son nom me reste dans la gorge
et je suis demeuré dix ans sans pouvoir le prononcer —
l'armée me laisse le choix :
Je la tue sur-le-champ, à Troie,
puisqu'elle a choisi d'être troyenne,
ou je la ramène à Sparte
et je règle son compte là-bas.
J'ai décidé de la prendre avec moi :
je veux la tenir en mon pouvoir
pour quelque temps encore.
Après la traversée, je la livrerai
aux veuves, aux orphelins,
aux mères désolées
des Grecs qui sont tombés
sur la terre barbare.
Lapidée ! C'est ainsi qu'elle finira.

À ses soldats :

Allez la chercher !
Et qu'on la traîne ici par les cheveux,
par ses cheveux infâmes,
souillés de caresses,
si beaux !
Vous la jetterez à mes pieds. Ici.
Et puis vous hisserez les voiles
et nous attendrons le vent[a].

HÉCUBE

Enfin.

Un temps.

Toi,
l'inconnu,
l'inconnaissable,
l'omniprésent,
qui es capable au même moment
de siéger là-haut
sur le toit de la terre
et de te glisser en dessous du monde
pour le soutenir au milieu du vide

en le serrant dans tes mains,
Zeus,
qui que tu sois,
Loi de nature
ou Raison chez l'homme,
enfin je peux croire en toi.
Je crois ! Je crois en ta justice,
je crois, ô joie, la seule qui me reste,
je crois que tu punis les méchants !

MÉNÉLAS[b]

Drôle de prière ! Qui es-tu ?

HÉCUBE

Hécube, reine de Troie.

MÉNÉLAS

Je te reconnais. Alors ?

HÉCUBE

Tu veux châtier Hélène
n'est-ce pas ?

MÉNÉLAS

Oui, je le veux.

HÉCUBE

Tu veux la tuer, je t'ai bien entendu ?

MÉNÉLAS

Mais oui ! Mais oui !

HÉCUBE

Alors je dis que Zeus est juste
et que tu fais bien[c].
Mais ne la regarde pas !

MÉNÉLAS

Je veux la regarder.
Il y a dix ans que je ne l'ai vue,
elle a dû vieillir, la fière Hélène.

HÉCUBE

Elle n'a pas vieilli
et tu le sais bien.
Ces femmes-là vieillissent tard et d'un seul coup.
Pour ses beaux yeux de mort
les hommes n'ont pas fini de s'entre-tuer,
ni les villes de brûler.

Hélène sort de la tente.

Va-t'en sans la regarder.
Si ton désir est en cendres
elle va le rallumer.
Ménélas, elle va te reprendre !

MÉNÉLAS

Ha ! Ha !

Il se retourne et voit Hélène.

Lâchez-la.

HÉLÈNE

Fallait-il user de violence,
ô roi, mon époux,
pour m'amener à toi ?
Je t'avais vu, j'accourais.
Tu me hais, je pense.
Et moi, je t'attendais.
Tu n'as pas changé.

Un temps.

Je veux te poser une question,
une seule.
Que va-t-on faire de moi ?

MÉNÉLAS

Ce que je voudrai.
L'armée m'a donné le choix :
j'ai choisi la mort.

HÉLÈNE

C'est bien.
Qu'il en soit selon ta volonté.
Mais d'abord, laisse-moi t'expliquer.

MÉNÉLAS

Tu n'expliqueras rien,
tu mourras, c'est tout.

HÉLÈNE

As-tu peur de m'entendre ?

MÉNÉLAS

C'est toi qui auras peur. Grand-peur.

HÉCUBE

Eh bien, le mal est fait : tu l'as vue.
Autant qu'elle parle, à présent, puisqu'elle y tient,
mais je lui répondrai.
Tu sauras les crimes qu'elle a commis
ici, parmi nous, opposant les Troyens aux Troyens.
Va, je lui ferai rentrer ses arguments dans la gorge
et je te rendrai le courage de l'exécuter.

MÉNÉLAS

Nous perdons notre temps.
Qu'elle parle !
Mais c'est bien pour toi, vieille, que j'y consens.
Qu'elle n'aille pas s'imaginer
que je me laisse attendrir par ses charmes.

HÉLÈNE, *va se placer devant Ménélas.*

Ne te détourne pas,
regarde-moi,
aie le courage de regarder ta victime.
Sais-tu que ce serait un crime de me tuer ?
Tu crois que je suis ton ennemie.
Non : toi, tu es le mien.
Moi, hélas, je suis bien loin de te haïr.
Si tu savais… Attends,
il faut que je mette mes idées en ordre.
Je devine les accusations qu'on a portées contre moi
et je veux y répondre, point par point.
Toi, que mes raisons te paraissent bonnes ou mauvaises,
sois un homme
écoute et réponds.

Un temps.

Tu veux une coupable ? Eh bien, prends la vieille.
La cause première de ce gâchis, c'est elle.
Pâris est sorti de son ventre.
Les dieux avaient prévu que ce ruffian
serait fauteur de guerre — et de quelle guerre !
Ils lui ont commandé de le tuer. L'a-t-elle fait ?
Non. Ni elle ni son complice, le roi Priam,
bon, mais trop faible.
Tout vient de là : c'est la fatalité, vois-tu.
Donc Pâris, à vingt ans, monte sur l'Ida ;
il rencontre trois déesses qui le prennent pour arbitre.
« Qui de nous trois est la plus belle ? »
Sais-tu ce que lui offrait Pallas
pour acheter son jugement ?
La Grèce, tout simplement. Avec l'appui d'Athéna
il l'aurait conquise en un tournemain.
Et Héra : « Si je gagne tu auras l'Asie entière
et les confins de l'Europe. »
Cypris, en cas de victoire, n'a rien promis
sauf moi. Elle m'a décrite, elle a gagné !
Quelle chance pour vous !
S'il eût préféré l'une des deux autres déesses,
une armée troyenne eût ravagé la Grèce.
Sans ce corps, que tu as fait brutaliser par tes hommes
vous seriez sous le joug d'un Asiatique.
Vous devriez me couronner de lauriers.
Grâce à moi, Troie ne vous gênera plus
et la route d'Asie vous est ouverte.
Mais votre bonheur a fait mon malheur.
Dans cette affaire, la victime, c'est moi.
Cypris m'a maquignonnée.
Ô beauté, beauté, ma gloire !
Tu es devenue ma honte.

MÉNÉLAS

Pourquoi es-tu partie,
femme indigne ?

HÉLÈNE

Mais c'est toi qui es parti, mon chéri !
Ô le plus inconscient des maris,

tu as quitté Sparte pour la Crète
et tu m'as laissée en tête à tête
avec ton hôte, ce maudit.

MÉNÉLAS

Tout de même,
tu pouvais résister.

HÉLÈNE

Moi, simple mortelle,
résister à la déesse Aphrodite ?
En serais-tu capable, toi ?
Tiens : peux-tu la punir de ce qu'elle m'a fait ?
Tu serais plus fort que le roi des dieux,
car Zeus est son esclave, comme tout le monde.
Pourquoi je suis partie ?
C'est une question que je me suis souvent posée.
Et la réponse est toujours la même :
je ne sais pas, c'est *une autre* qui s'est enfuie,
c'était moi et ce n'était pas moi.
Aphrodite était cachée dans ton palais,
invisible, derrière Pâris :
elle m'a tout simplement emportée.
Mais écoute : tant que Pâris a vécu
Cypris m'enchaînait à lui ;
impossible de rompre ces liens odieux et sacrés.
Mais, à peine est-il mort, j'ai tout fait pour te rejoindre.
La nuit je montais sur les remparts
et j'attachais des cordes aux créneaux.
Je voulais me laisser glisser jusqu'à terre
et courir jusqu'aux tentes grecques,
jusqu'à toi.
Les sentinelles en témoigneront, car
hélas
on m'a toujours reprise.
C'est qu'un autre homme veillait,
encore un fils de la vieille :
Deiphobe m'avait enlevée de force
et me gardait prisonnière
contre ma volonté, contre la vôtre,
contre celle des Troyens.
Voilà ma triste histoire :
je suis la proie du destin.

Enlevée, mariée de force à un homme détesté,
retenue contre mon gré dans une ville étrangère,
j'ai sauvé ma patrie au prix de mon honneur
et l'on m'y attend pour me lapider.
Haïe des Grecs,
détestée des Troyens,
je suis seule au monde,
personne ne me comprend.
Dis, mon époux, as-tu bien le droit de me faire mourir ?
moi qu'on a portée à Troie par ordre supérieur ?
Si tu ne me rétablis pas dans mes prérogatives,
dans notre couche,
et sur ton trône,
tu insulteras les dieux
follement.

HÉCUBE

Les dieux ! Ils ont bon dos !

LE CHŒUR

Courage, reine !
Cette femme est dangereuse :
elle agit mal et parle trop bien.
Détruis l'effet de ses beaux discours.

HÉCUBE

Tu veux nous faire croire que les déesses
sont des filles
folles de leur corps
comme toi ?
Elles seraient capables de vendre leurs villes saintes
pour corrompre le jury d'un prix de beauté ?
Héra donnerait Argos, son sanctuaire ?
Athéna livrerait son Athènes aux Troyens ?
Elles s'amusaient, voyons !
De la coquetterie, c'est vrai, elles en ont,
mais jamais elles n'ont pris ce concours au sérieux.
Héra n'a que faire d'être la plus belle.
Que ferait-elle de la beauté, la femme de Zeus ?
Espère-t-elle un mari plus haut placé ?
Et Pallas, qu'en ferait-elle ?
Elle qui a supplié son père,
le roi des dieux,

de la conserver pucelle.
Diras-tu qu'elle fait la chasse aux maris ?
Va, prête aux dieux tous les vices,
tu ne nous empêcheras pas de voir le tien
qui crève les yeux.
Aphrodite ? Tiens, tu me ferais rire
si j'en avais le cœur.
Aphrodite serait entrée dans le palais de Ménélas
sur les talons de mon fils ?
Et tu veux qu'on te croie
quand chacun sait qu'il lui suffisait d'un geste
sans quitter le ciel
pour te transporter sur notre sol
toi et ta ville entière autour de toi
avec ses remparts, son palais et ses temples.
Tu veux savoir le vrai, roi Ménélas ?
Eh bien, rappelle-toi : mon fils était beau.
Dès qu'elle l'a vu,
brûlée de désirs,
c'est sa propre chair qui est devenue Cypris.
Quand les hommes deviennent fous d'amour
ils ne reconnaissent pas leur folie
et lui donnent le nom d'Aphrodite.
Donc Pâris était beau
merveilleusement.
Il est entré chez toi,
elle a vu l'or rutiler
sur ses habits de prince asiatique.
Alors elle s'est affolée,
le corps moite de convoitise,
l'âme obsédée de calculs.

À Hélène :

Tu vivais chichement, n'est-ce pas ?
Sparte est pauvre. Là-bas,
même une reine doit compter.
Tu rêvais de luxe ;
tu voulais forniquer toutes les nuits
et jeter l'or tous les jours par toutes les fenêtres.
Tu as lâché ton mari pour un beau mâle
et la mesquinerie de ton petit royaume
pour la ville la plus riche de l'Asie.
On t'a enlevée, vraiment ?

Pâris t'a emmenée de force ?
Allons donc : cela se saurait.
Tu as poussé des cris, je suppose.
Qui les a entendus ?
Tes frères vivaient encore,
ils n'étaient pas encore montés au ciel
vivre au milieu des étoiles.
Les as-tu appelés ?
Donc, tu débarques clandestinement et de ton plein gré
à Troie.
Les Grecs qui te suivent à la trace
débarquent derrière toi
et c'est la guerre.
As-tu seulement versé une larme
quand tu voyais les tiens tomber devant nos murs ?
Si les Grecs remportaient une victoire
tu n'avais plus que le nom de Ménélas à la bouche
pour piquer la jalousie de Pâris.
Mais, si la fortune changeait de camp,
tu ne soufflais plus mot de ton ancien mari.
Opportuniste !
Tu suivais la chance, jamais la vertu.
À présent qu'ils ont gagné,
tu viens nous raconter
qu'on te trouvait tous les soirs
suspendue à des cordes
et qu'on te rattrapait au vol.
Les hommes des remparts, dis-tu, en témoigneront.
Chienne, tu sais bien qu'ils sont morts
par ta faute
comme tous nos hommes.
Moi, hélas, je suis vivante
et voici mon témoignage :
cent fois je suis venue te trouver
et je t'ai dit : « Va-t'en,
mon fils se remariera sans peine,
va-t'en, retourne chez les Grecs,
tu nous rendras la paix
aux uns comme aux autres
puisque c'est pour toi que nous faisons
la guerre.
Va-t'en, je t'aiderai,
je te ferai conduire en secret

à leurs navires. »
Ces discours-là, ma fille,
tu ne les aimais guère.
Revenir à Sparte ?
Il aurait fallu quitter le palais de Pâris
où tu te pavanais, délirante d'orgueil.
Tu voulais sentir sur toi
les regards brûlants de nos hommes
et que la cour entière du roi Priam
se prosternât devant ta beauté.
Regardez cette robe, ces parures et ces fards !
Tu as sorti tous tes charmes
pour séduire ton pauvre mari.
Tête farineuse et peinte
et sale
tête à crachats !
Il fallait te traîner à ses pieds, ordure,
humble, en guenilles,
morte de peur
les cheveux ras !
Ménélas, courage !
Il n'y aura pas de victoire pour les Grecs
tant que tu ne l'auras pas exécutée.
C'est ton devoir.
Pour toutes les autres, ton acte aura force de loi :
la mort pour la femme adultère.

LE CHŒUR

Si tu hésites,
tes ancêtres te maudiront,
la Grèce te reprochera ta veulerie.
Sois fort, sois noble, punis-la.

MÉNÉLAS

Bien, nous sommes d'accord :
elle a quitté mon palais de son plein gré,
Aphrodite n'a rien à voir dans cette affaire.
Tu vas mourir tout de suite
pour apprendre à ne plus me déshonorer.
C'est l'armée qui va te lapider. Tu as de la chance :
tes souffrances ne dureront pas plus d'un moment,
les nôtres ont duré dix ans.

HÉLÈNE[d]

Je t'en supplie,
Ménélas, mon cher époux, mon roi,
pardonne-moi.
Je n'ai rien fait.
Si. Je sais, mon chéri, je t'ai fait mal.
Mais ce sont les dieux, tu le sais bien.
Pardonne, je t'en supplie. Pardonne.

HÉCUBE

Cette fois, je prêterai ma voix à nos ennemis,
aux Grecs morts, à leurs alliés morts :
ne les trahis pas, ne trahis pas leurs enfants.

MÉNÉLAS

Tais-toi, vieille !

Désignant Hélène.

Cette femme ne m'intéresse plus du tout.

Aux soldats :

Qu'on la fasse monter sur mon bateau.

HÉCUBE

Tu voulais la tuer ici
sur l'heure.

MÉNÉLAS

C'était la colère.
J'en reviens à ma première décision.
Il est plus convenable qu'elle meure en Grèce.

On emmène Hélène.

HÉCUBE

En Grèce, soit,
mais qu'elle n'y aille pas sur ton bateau !

MÉNÉLAS

Pourquoi pas ?
Est-elle devenue si lourde en dix ans ?

HÉCUBE

Même quand il croit son cœur mort,
il n'est pas d'amant qui n'aime encore,
il n'est pas d'amant qui n'aime toujours.

MÉNÉLAS

Encore faut-il que l'être aimé reste le même.
J'aimais ça, moi ?
Ce doit être un malentendu.
Vieille, je suivrai ton conseil : il est sage.
Elle s'embarquera sur un autre navire
et mourra sur la terre grecque, la misérable,
comme elle le mérite. Misérablement.
Puisse son châtiment frapper toutes les femmes.
Ce n'est pas facile de les rendre chastes,
mais fussent-elles pires encore qu'elles ne sont,
on leur apprendra l'honnêteté par la terreur.

Il s'en va.

SCÈNE XI

LE CHŒUR, HÉCUBE,
puis TALTHYBIOS *avec le corps d'*ASTYANAX

LE CHŒUR

Tu crois qu'il va la tuer ?

HÉCUBE

Une chance sur deux.

LE CHŒUR, *se retournant.*

Regardez ! Regardez !
Le fourbe, le menteur, le lâche !
Elle monte sur son bateau,
il la rejoint, tout est perdu !
Elle fera de lui son esclave.
Elle régnera sur Sparte, impunie.
Le crime paie.

HÉCUBE

Zeus, je t'ai cru juste, je suis folle.
Pardonne-moi.
L'amertume de nos morts
ne sera pas adoucie.
Ils se pressent sur la plage, invisibles.
Ils voient s'embarquer, triomphante,
Hélène, la peste rouge,
et savent, à présent, qu'ils sont morts pour rien.

LE CHŒUR

Pour rien,
Hélène reverra Sparte.
Elle régnera,
le crime paie.
Zeus, tu as livré aux Grecs nos temples,
nos autels au parfum léger,
notre ville riche et pieuse qui t'honorait,
nos champs féconds, nos havres,
les torrents glacés, dévalant
de l'Ida, cime glorieuse,
qui vibre chaque matin
sous les premiers rayons du soleil.
Nous sommes innocents et tu nous laisses souffrir,
pour rien
tandis qu'Hélène s'embarque avec Ménélas
et qu'elle régnera sur Sparte :
le crime paie.
Tu te passeras de nos sacrifices,
roi des dieux, et tu t'en moques.
Tu ne nous entendras plus chanter ta gloire,
tu ne respireras plus la bonne odeur
de nos crêpes sacrées ;
tes statues de bois et d'or
qui brillaient sous la pleine lune,
elles brûlent, et toi, du haut du ciel,
tu regardes du même œil impassible
s'écrouler la ville qui t'honorait
et Ménélas emmener la Grecque
dont l'impudeur devrait t'offenser.
On dénoue les cordages,
nos hommes sont morts pour rien,

Hélène s'embarque,
elle régnera sur Sparte,
le crime paie.
Toi que j'aimais,
mon homme, père de mes fils,
tu rôderas parmi ces pierres,
inquiet, solitaire,
glacé par l'angoisse des morts sans tombeau.
On m'emmène loin de toi
vers Argos, vers Tyrinthe,
les villes cyclopéennes
qui dressent contre le ciel
leurs épaisses murailles de nuit.
Écoute : on nous sépare, nos enfants crient :
« Mère, ma mère, où es-tu ?
Ils m'entraînent vers un bateau noir. »
Cher époux, tu as souffert
et tu souffres encore
pour rien, mon cher mort, pour rien !
Le navire de Ménélas prend le large,
Hélène régnera à bord,
nous serons battues, violées, asservies,
mais elle, la très honorable dame,
la chaste épouse de Ménélas
on lui apporte ses coffres,
elle en sort des miroirs d'or
et s'y regarde, complaisante,
toujours émerveillée d'être belle,
le crime paie.

HÉCUBE

Bon voyage, Hélène,
bon retour
et crève en route !
S'il est un dieu,
qu'il prenne à deux mains sa foudre,
qu'il vise bien,
qu'un éclair déchire le ciel
et frappe de plein fouet le pont de ta galère,
qu'il la casse en deux,
qu'elle prenne feu, qu'elle sombre.
Et toi, Ménélas, cocu magnifique,
crève aussi[a] !

Que les bouches de l'eau vous avalent tous les deux
et vous rejettent noyés
sur une plage de ta chère patrie.
Toi, putain, verte et gonflée d'eau,
on verra si tu es encore belle,
et si le crime paie !

TALTHYBIOS, *est entré.*

Hum !

LE CHŒUR

Hélas !
Aïe, aïe, aïe !
Voici le petit cadavre,
Astyanax,
ils l'ont lancé comme un disque
du haut des tours.

TALTHYBIOS

Hécube, tous nos vaisseaux ont pris le large
sauf un
qui t'attend avec le reste du butin.
Le fils d'Achille a dû partir en toute hâte ;
chez lui la guerre s'est rallumée :
un aventurier s'est emparé du royaume de son père.

HÉCUBE

La guerre, ici, dix ans,
et, là-bas, tout recommence.
Son père détrôné ! Ne compte pas sur moi pour le plaindre.
Andromaque ?

TALTHYBIOS

Il l'a prise avec lui.
Avant de partir elle s'est recueillie sur le tombeau d'Hector.
Très émouvant : tu vois, j'en ai les yeux mouillés.
Dans sa bonté,
Néoptolème n'a pas défendu qu'on donne au jeune mort
une sépulture.
Regarde !

HÉCUBE

Le bouclier d'Hector !

TALTHYBIOS

Il appartient de droit au fils de son vainqueur,
mais il y renonce ;
on ne le transportera pas
au palais de Phthia,
Andromaque ne verra pas
cette triste relique
au mur de sa nouvelle chambre nuptiale !
Ce serait trop cruel et nous sommes humains,
nous autres d'Europe.
Ne cherchez pour Astyanax
ni pierres ni planches de cèdre :
son tombeau, le voici.

Il désigne le bouclier.

J'ai l'ordre de te remettre ce corps,
car la mère s'en est allée sur l'eau
et son seigneur était trop pressé pour lui permettre
d'enterrer elle-même son fils.
Prends-le dans tes bras.
Fais-lui la toilette des morts ;
mais vite !
Vois : pour gagner du temps
j'ai lavé ses plaies dans le Scamandre.
Il est vrai qu'il saigne encore un peu
mais tout va s'arrêter de soi-même.
Presse-toi !
Nous, nous allons creuser sa tombe près d'ici.
Si nous conjuguons nos efforts
le bateau pourra partir bientôt
et je reverrai enfin ma chère patrie.

HÉCUBE

Posez
sur notre sol
ce bouclier rond.
Je l'aimais.
Cet anneau garde l'empreinte de son bras.
La sueur qui coulait de son front
a raviné tes bords courbes.
Arme d'airain poli, éblouissante au soleil,
qui protégeait la vie d'un héros,

tu descendras dans les ténèbres de la terre
et deviendras pour toujours
le noir cercueil d'un enfant.

Un temps. Elle prend Astyanax dans ses bras.

Grecs vaniteux,
enivrés de vos prouesses,
vous ne devez pas être bien fiers, aujourd'hui.
Hector est mort.
Morts tous les Troyens.
La ville est en cendres
et le royaume un désert.
Restait un enfant, un seul,
sans forces et qui parlait à peine :
il vous a fait peur et vous avez perdu la tête.
Craigniez-vous vraiment qu'il ne relevât Troie de ses ruines ?
Alors c'est que votre puissance décline.
Vous vous déchirerez dans des guerres civiles
et tomberez désunis dans d'autres mains,
des mains de fer qui vous enchaîneront
comme vous nous enchaînez aujourd'hui.
Ici, sur cette terre morte,
au milieu des colonnes brisées,
une tombe restera avec cette épitaphe :
« Ci-gît, assassiné,
l'enfant qui terrorisait la Grèce. »

Penchée sur Astyanax :

Mon chéri !
Tu n'auras connu ni la force de l'adolescence
ni l'amour ni la royauté
qui nous égale aux dieux,
tu n'auras pas eu le privilège
de tomber dans la force de l'âge,
l'arme à la main, devant nos remparts.
Si le bonheur existe,
tu l'avais sous la main.
Et pourtant les biens de ce monde,
petite âme confuse, indécise,
tu n'en as pas même un souvenir.
Pas une seule victoire au tir à l'arc
ou dans les courses de char :
tu es mort sans avoir vécu.

Pauvre tête,
les pierres de nos vieux murs
élevés par Phoibos et Poséidon
l'ont brisée,
arrachant ses boucles
que sa mère se plaisait à tourner entre ses doigts.
Je hais le miroitement rouge du sang
qui sourd de ton crâne éclaté.
Tes mains
— je disais toujours : il aura les mains de son père —
inertes, disloquées,
ne seront plus jamais des mains.
La nuit, j'entrais dans ta chambre
pour te regarder dormir.
Peines d'amour perdues !
Tant de soucis, tant de soins
pour rien, toujours pour rien !
Te rappelles-tu, l'an dernier ?
Tu étais bien malade et je t'ai guéri,
t'épargnant une mort de hasard
pour te réserver à cette mort ignoble !
Femmes, allez chercher dans les tentes
le peu que nous possédons encore
pour parer ce pauvre corps.

Quelques femmes entrent dans les tentes. Hécube couche Astyanax sur le bouclier.

Et je croyais au bonheur !
La fortune est saoule.
Elle titube, se cogne à l'un, à l'autre
et ne reste jamais en place.
Il faut qu'un homme soit fou pour se dire heureux
avant le dernier moment de son dernier jour.

Les femmes reviennent avec des ornements funèbres.

Je vais panser tes plaies,
triste médecin qui ne guérit pas,
ton père se chargera du reste
chez les morts.

Aux femmes :

Qu'avez-vous trouvé ?

UNE FEMME

Ces quelques voiles.

HÉCUBE

Cela suffira :
les riches offrandes, les morts s'en moquent,
c'est la vaine gloriole des vivants.

Des soldats prennent le cadavre sur le bouclier. Elle se contient.

Adieu.

En le voyant disparaître, brusque explosion.

Vous m'avez toujours détestée,
dieux sauvages.
Troie vous était odieuse entre toutes les villes.
Nous vous honorions, nous faisions les sacrifices
rituellement.
En vain.
Aujourd'hui nous souffrons l'enfer
et vous riez dans votre ciel.
Mais vous faites erreur, les Immortels,
il fallait nous détruire dans un tremblement de terre.
Personne n'eût parlé de nous !
Nous avons tenu dix ans contre la Grèce entière
et ses lâches alliés d'Asie,
et nous mourons, vaincus par une ignoble ruse.
Dans deux mille ans encore
notre nom sera dans toutes les bouches ;
on reconnaîtra notre gloire
et votre stupide injustice.
Et vous n'y pourrez rien
car vous serez morts depuis longtemps,
Olympiens,
comme nous.
Eh bien ! foudroyez-moi !

Un temps.

Lâches !

LE CORYPHÉE

Tais-toi, nous t'en supplions,
tu vas attirer sur nous de nouveaux malheurs.
Les voici !
On promène des torches sur l'Acropole.
Je vois du feu partout.
Qu'est-ce que c'est ?

Entre Talthybios.

TALTHYBIOS

J'ai donné l'ordre aux officiers d'achever l'ouvrage
et d'incendier tout ce qui tient encore debout.

À des officiers de sa suite :

Brûlez Troie.
Il n'en faut pas laisser pierre sur pierre
si nous voulons chasser toute inquiétude
de notre joyeux retour.
Vous, les femmes, dès que vous entendrez la trompette,
rendez-vous sur la plage :
ce sera le signal du départ.

Entrent des soldats.

Ulysse envoie ces hommes te chercher,
Hécube ; suis-les, pauvre vieille.

HÉCUBE

Voici le plus grand de mes malheurs,
et le dernier :
on m'arrache à ma patrie et ma ville est en flammes.
Troie, l'orgueil de l'Asie, reçois mon dernier salut.
Bientôt tu ne seras plus rien :
des décombres au milieu des ronces.
Ô dieux sourds !
Sourds, non. Mauvais.
À quoi bon les invoquer ?
Hâtez-vous, vieilles jambes,
je mettrai ma gloire à mourir ici :
ma patrie en feu sera mon bûcher !

Elle marche vers le fond de la scène.

TALTHYBIOS

Hé là ! Hé là !
Arrêtez-la : que dirait Ulysse ?
Après tous ses ennuis
elle n'a plus sa tête à elle.

On retient Hécube.

HÉCUBE

Hélas ! Hélas ! Hélas !
Pardonne, père de notre race,
vois-tu le sort qu'on inflige à ton sang ?

LE CHŒUR

Il le voit mais que peut-il ?
Troie est rayée du nombre des cités vivantes.
Il n'y a plus de Troie.

HÉCUBE

Hélas ! Hélas ! Hélas !
Les toits et la ville s'embrasent,
nos murs solides se changent
en cette affreuse lumière impalpable,
l'incendie ravage les palais.
Notre patrie, c'est cette fumée
qui s'envole au ciel et disparaît.

LE CHŒUR

Hélas.

HÉCUBE

Ô terre nourricière !

LE CHŒUR

Hélas.

HÉCUBE

Je te frappe de mes mains.

Elle frappe le sol.

LE CHŒUR

Hélas.

HÉCUBE

Rends-moi mes enfants !

Le Chœur s'agenouille et frappe le sol.

LE CHŒUR

Rends-nous nos fils et nos frères,
rends-nous nos maris morts !

HÉCUBE

Retiens-nous, patrie, on nous emporte,
ouvre-toi sous le pas des Grecs
pour nous engloutir avec eux.

LE CHŒUR

Entendez-vous ! Entendez-vous[b] !

HÉCUBE

C'est le fracas de Troie qui s'écroule.
Portez-nous, chiens, tirez-nous,
poussez-nous de force,
nous n'irons pas de notre plein gré
vers l'exil et l'esclavage.

On les entraîne. La scène reste vide un instant.

SCÈNE DERNIÈRE

POSÉIDON,
*il apparaît et regarde les captives
qu'on pousse vers la plage.*

Malheureuse Hécube,
non !
Tu n'iras pas mourir chez tes ennemis.
Tout à l'heure, quand on t'embarquera,
tu tomberas dans mon royaume,
la mer,
où je suis seul maître,
et je te ferai rocher tout près de ton sol.
Mes vagues se briseront contre toi
et rediront nuit et jour ton innombrable plainte.

Il appelle :

Pallas ! Pallas Athéna ! À l'œuvre !

Un éclair dans le ciel.
Un temps.

À présent vous allez payer.
Faites la guerre, mortels imbéciles,
ravagez les champs et les villes,
violez les temples, les tombes,
et torturez les vaincus.
Vous en crèverez.
Tous.

FIN

Appendices

BARIONA, OU LE JEU DE LA DOULEUR ET DE L'ESPOIR[1]

[PROLOGUE]

Morceau d'accordéon.

LE MONTREUR D'IMAGES : Mes bons messieurs, je vais vous raconter les aventures extraordinaires et inouïes de Bariona, le fils du Tonnerre[2]. Cette histoire se passe au temps que les Romains étaient maîtres en Judée et j'espère qu'elle vous intéressera. Vous pourrez regarder, pendant que je raconte, les images qui sont derrière moi : elles vous aideront à vous représenter les choses comme elles étaient. Et si vous êtes contents, soyez généreux. En avant la musique, on va commencer.

Accordéon.

Mes bons messieurs, voici le prologue. Je suis aveugle par accident mais avant de perdre la vue, j'ai regardé plus de mille fois les images que vous allez contempler et je les connais par cœur car mon père était montreur d'images comme moi et il m'a légué celles-ci en héritage. Celle que vous voyez derrière moi et que je vous désigne du bâton, je sais qu'elle représente Marie de Nazareth. Un ange vient lui annoncer qu'elle aura un fils et que ce fils sera Jésus, notre Seigneur.

L'ange est immense avec des ailes comme deux arcs-en-ciel. Vous pouvez le voir, moi, je ne le vois plus, mais je le regarde encore dans ma tête. Il a coulé comme une inondation dans l'humble maison de Marie et il la remplit à présent de son corps fluide et sacré et de son grand vêtement flottant. Si vous regardez attentivement le tableau, vous remarquez qu'on voit les meubles de la pièce à travers le corps de l'ange. On a voulu marquer ainsi sa transparence angélique. Il se tient devant Marie et Marie le regarde à peine. Elle réfléchit. Il n'a pas eu besoin de déchaîner sa voix pareille à l'ouragan. Il n'a pas parlé car Marie a compris son message sans paroles ; elle le pressentait déjà dans sa chair. À présent l'ange se tient devant Marie et Marie eſt innombrable et sombre comme une forêt, la nuit, et la bonne nouvelle s'eſt perdue en elle comme un voyageur s'égare dans les bois. Et Marie eſt pleine d'oiseaux et du long bruissement des feuillages. Et mille pensées sans paroles s'éveillent en elle, de lourdes pensées de mères qui sentent la douleur. Et voyez[a], l'ange a l'air interdit devant ces pensées trop humaines : il regrette d'être ange parce que les anges ne peuvent pas naître, ni souffrir. Et ce matin d'Annonciation, devant les yeux surpris d'un ange, c'eſt la fête des hommes car c'eſt au tour de l'homme d'être sacré. Regardez bien l'image, mes bons messieurs, et en avant la musique, le prologue eſt terminé ; l'hiſtoire commence neuf mois plus tard, le 24 décembre, dans les hautes montagnes de Judée.

Musique. Nouvelle image.

LE RÉCITANT : À présent, voici des rochers et voici un âne. Le tableau représente un défilé très sauvage. L'homme qui chemine sur l'âne eſt un fonctionnaire romain. Il eſt gros et gras, mais de fort méchante humeur. Neuf mois ont passé depuis l'Annonciation et le Romain se hâte à travers les gorges car le soir va tomber et il veut atteindre Bethsur[3] avant la nuit. Bethsur eſt un village de huit cents habitants, situé à vingt-cinq lieues de Bethléem et à sept lieues d'Hébron. Celui qui sait lire pourra, rentré chez lui, le retrouver sur une carte. À présent vous allez voir quelles sont les intentions de ce fonctionnaire, car il vient d'arriver à Bethsur et d'entrer chez Lévy, le Publicain[4].

Le rideau se lève.

PREMIER TABLEAU

Chez Lévy, le Publicain

SCÈNE I

LÉLIUS, LE PUBLICAIN

LÉLIUS, *s'inclinant vers la porte* : Mes hommages, madame. Mon cher, votre femme eѕt charmante. Hem ! Allons, il faut penser aux choses sérieuses. Asseyez-vous — mais si, mais si, asseyez-vous — et causons. Je viens ici pour ce dénombrement[1]…

LE PUBLICAIN : Attention, monsieur le Superrésident, attention ! *(Il ôte sa pantoufle et frappe le sol.)*

LÉLIUS : Qu'eѕt-ce que c'était ? Une tarentule ?

LE PUBLICAIN : Une tarentule. Mais à cette époque de l'année, le froid les engourdit passablement. Celle-là se traînait et dormait à moitié.

LÉLIUS : Charmant. Et vous avez aussi des scorpions, bien entendu. Des scorpions pareillement endormis, qui vous tueraient net, en bâillant de sommeil, un homme de cent quatre-vingts livres. Le froid de vos montagnes peut transir un citoyen romain, mais il ne réussit pas à faire crever vos sales bêtes. On devrait avertir, à Rome, les jeunes gens qui préparent l'École coloniale, que la vie d'un adminiѕtrateur des colonies eѕt un damné tourment.

LE PUBLICAIN : Oh, monsieur le Superrésident !

LÉLIUS : J'ai dit : un damné tourment, mon cher. Voilà deux jours que j'erre à dos de mulet sur ces montagnes et je n'ai pas vu créature humaine ; pas même un végétal, pas même un chiendent. Des blocs de pierres rousses sous ce ciel impitoyable d'un bleu glacé, et puis ce froid, toujours ce froid qui pèse sur moi comme un minéral et puis de loin en loin, un village en bouse de vache comme celui-ci. Brrr ! Quel froid ! Même ici, chez vous… Naturellement, vous autres juifs, vous ne savez pas vous chauffer ; vous êtes surpris chaque année par l'hiver, comme si c'était le premier hiver du monde. Vous êtes de vrais sauvages.

LE PUBLICAIN : Puis-je vous offrir un peu d'eau-de-vie pour vous réchauffer ?

LÉLIUS : De l'eau-de-vie ? Hem. Je vous dirais que l'administration coloniale est très stricte : nous ne devons rien accepter de nos subordonnés, quand nous sommes en tournée d'inspection. Allons, il faudra que je couche ici. Je partirai pour Hébron après-demain. Bien entendu, il n'y a pas d'auberge ?

LE PUBLICAIN : Le village est très pauvre, monsieur le Superrésident ; il n'y vient jamais personne. Mais si j'osais...

LÉLIUS : Vous m'offririez un lit chez vous ? Mon pauvre ami, vous êtes bien gentil, mais c'est toujours la même chose : interdiction de coucher chez nos subordonnés quand nous sommes en tournée. Que voulez-vous ? Nos règlements ont été rédigés par des fonctionnaires qui n'ont jamais quitté l'Italie et qui ne se doutent même pas de ce qu'est la vie coloniale. Où faut-il que je couche ? À la belle étoile ? Dans une étable ? Cela n'est pas conforme non plus à la dignité d'un fonctionnaire romain.

LE PUBLICAIN : Puis-je me permettre d'insister ?

LÉLIUS : C'est cela, mon ami. Insistez, insistez. Je finirai peut-être par céder à vos instances. Ce que vous voulez dire, si je vous comprends bien, c'est que votre demeure est la seule au village qui puisse aspirer à l'honneur de recevoir le représentant de Rome ? Ouais... Oh, et puis, en somme, je ne suis pas tout à fait en tournée d'inspection... Mon cher, je coucherai chez vous ce soir.

LE PUBLICAIN : Comment puis-je vous remercier de l'honneur que vous me faites ? Je suis profondément ému...

LÉLIUS : Je pense bien, mon ami, je pense bien. Mais n'allez pas crier cela sur les toits : vous vous nuiriez autant qu'à moi.

LE PUBLICAIN : Je n'en soufflerai mot à personne.

LÉLIUS : Parfait. *(Il étend ses jambes.)* Ouf ! Je suis épuisé. J'ai visité quinze villages. Dites-moi, vous me parliez d'une certaine eau-de-vie, tout à l'heure.

LE PUBLICAIN : La voilà.

LÉLIUS : Il faut que j'en boive, parbleu ! Puisque vous m'offrez le gîte, il est convenable que vous me donniez aussi le boire et le manger. Excellente eau-de-vie. Elle mériterait d'être romaine.

LE PUBLICAIN : Merci, monsieur le Superrésident.

LÉLIUS : Ouf ! Mon cher, ce dénombrement est une

histoire impossible et je ne sais quel courtisan alexandrin a pu en donner l'idée au divin César. Il s'agit simplement de recenser tous les hommes sur la terre. Remarquez : il y a là une idée grandiose [; jusqu'ici c'était l'ère de l'homme naturel, la plupart des hommes croissaient au hasard, comme de la mauvaise herbe, et disparaissaient sans laisser de traces sauf en quelques cœurs. Le divin César vient de créer l'ère de l'homme social : l'homme social, celui qui correspond à sa fiche individuelle. Désormais la mort n'est plus qu'un accident sans importance. L'être de chair disparaît mais la fiche demeure ; elle nous confère une dignité nouvelle et l'immortalité sociale. Hem ! Oui. Seulement cela va faire beaucoup de paperasse. Et puis on aurait pu désigner quelques fonctionnaires qui se seraient uniquement consacrés à ce travail. Au lieu de cela on nous en surcharge sans nous débarrasser des affaires courantes, je ne sais plus où donner de la tête]. Et puis, allez vous y reconnaître en Palestine : la plupart de vos coreligionnaires ne savent même pas la date de leur naissance. Ils sont nés l'année de la grande crue, l'année de la grande moisson, l'année du grand orage… De vrais sauvages. Je ne vous froisse pas, bien entendu ? Vous êtes un homme cultivé quoique israélite.

LE PUBLICAIN : J'ai eu le très grand avantage de faire mes études à Rome.

LÉLIUS : À la bonne heure. Cela se voit à vos manières. [Vous avez appris la sobriété du geste. Voyez-vous, ce qui nous tue à petit feu, nous autres les administrateurs coloniaux, ce sont les gestes de vos compatriotes. Toujours ces mains qui volettent autour d'eux comme des pigeons autour d'un charmeur d'oiseaux. Ces mains, toujours ces mains de prestidigitateurs, au marché, au temple, qui bruissent comme un feuillage, qui tournent, qui virevoltent, la paume en avant… quand ils viennent m'expliquer leurs affaires, pliés en deux, la tête inclinée de côté, avec leurs maudits petits gestes étriqués et serviles, je ne peux pas détourner les yeux de leurs mains. Ma femme me dit toujours : regarde-les dans les yeux. Ou alors juste au front, entre les sourcils. Cela, c'est le regard majestueux. Je l'ai appris du procurateur de Syrie et je reconnais qu'il n'y a rien de plus déconcertant que de se sentir regardé à la racine du nez, comme ceci.

LE PUBLICAIN : En effet.

LÉLIUS : Oui. Hem ! Notez que je peux tout comme un autre et mieux, peut-être, que beaucoup, charger mon regard de la majesté romaine. Mais je ne puis supporter la vue des visages juifs. Tenez, avez-vous mangé de nos foies gras ? Ils ont un goût si fort qu'on s'en écœure en quelques bouchées. Eh bien voilà : les visages de juifs ont trop de goût, ils donnent la nausée. Ces yeux superbes et liquides, ces joues toutes tremblantes d'humilité, ces larges bouches amères et comiques qui semblent perpétuellement distendues par l'envie de vomir ou de pleurer et la bonté épaisse de leurs lèvres… c'est indécent, mon cher, indécent. Ah ! Quand reverrai-je les foules romaines et nos visages à nous, nos visages qui ne signifient rien. Voyez-vous, la grandeur de notre nation vient de ce que nos visages sont inexpresssifs. Nous sommes lourds et stables, nos faces sont opaques et rien ne pénètre par nos yeux que l'essentiel.

LE PUBLICAIN : Oui, monsieur le Superrésident.

LÉLIUS : Quand je pense que mon cousin est entré après moi dans la carrière et qu'il a été envoyé en Grèce, je ne puis me défendre d'un peu de mélancolie. Il n'aura connu que les roses de notre métier, je n'en aurai eu que les épines. Quinze ans de Judée, le bled, la brousse, les sauvages pendant quinze ans. Je sais : cela trempe le caractère… Hem ! Donnez-moi encore un peu d'eau-de-vie. Cela trempe le caractère mais tout de même… *(Il boit.)* Tout de même, la Grèce, le pays de Ménandre et d'Anacréon[2].

LE PUBLICAIN : Les Grecs font aussi des gestes avec leurs mains.

LÉLIUS : Oui. Hem. Mais ce sont des Méditerranéens authentiques. Vous, vous êtes des Orientaux.] Voyez, vous êtes des Orientaux, saisissez-vous la nuance ? Vous ne serez jamais des rationalistes, vous êtes un peuple de sorciers. De ce point de vue, vos prophètes vous ont fait beaucoup de mal, ils vous ont habitués à la solution paresseuse : le Messie, celui qui viendra tout arranger, qui rejettera d'une chiquenaude la domination romaine et qui assiéra la vôtre sur le monde. Et vous en consommez, des messies ! Chaque semaine, il en surgit un nouveau et vous vous dégoûtez de lui en huit jours, comme nous faisons à Rome, pour les chanteurs de music-hall ou pour les gladiateurs. Le dernier qu'on a amené devant moi était albinos et aux trois quarts idiot, mais il y voyait la nuit comme tous ceux de son espèce : les gens d'Hébron n'en revenaient pas. Voulez-vous que je vous dise : le peuple juif n'est pas pubère.

LE PUBLICAIN : En effet, monsieur le Superrésident, il

serait à souhaiter que beaucoup de nos étudiants puissent aller à Rome.

LÉLIUS : Oui. Cela fournirait des cadres. Notez que le gouvernement de Rome, pourvu qu'il fût consulté auparavant, ne verrait pas d'un mauvais œil le choix d'un messie convenable, quelqu'un qui descendrait d'une vieille famille juive, par exemple, qui aurait fait ses études chez nous et qui présenterait des garanties de respectabilité. Il se pourrait même que nous financions l'entreprise — ceci, entre nous, n'est-ce pas ? — car nous commençons à nous lasser des Hérode et puis nous voudrions, dans son intérêt même, que le peuple juif se mette une bonne fois un peu de plomb dans la tête. Un vrai messie, un homme qui ferait preuve d'une compréhension réaliste de la situation de la Judée, nous aiderait. [Voyez-vous, votre religion est jeune encore, bien qu'elle soit aussi vieille que la nôtre. Elle est restée un élément de trouble, d'anarchie et de vie spirituelle, parce qu'elle n'a pas connu encore le phénomène d'ossification qu'est une Révélation. Des extases mystiques, des ferveurs, des attentes, des émois sans cause, parbleu ! Mais nous avons connu cela aussi, du temps de Numa Pompilius[3]. En ce temps-là, notre jeune foi était comme la vôtre, elle fermentait comme un vin nouveau. Mais nous avons eu nos révélations et notre religion s'est fixée, elle est devenue une vieille et sage Église d'État, un facteur d'ordre. Personne ne croit plus guère, sauf le bas peuple que cela tient en haleine ; mais nous respectons nos temples et nos dieux. Voilà. Le jour où vous aurez opéré cette métamorphose, votre croissance sera achevée et vous pourrez aspirer au titre de pays sans mandat. Mais vous n'en êtes pas là : vous êtes trop instables, votre destin c'est d'être perpétuellement en gésine, perpétuellement travaillés par une Révélation qui ne vient jamais. *(Il rit.)* Le juif ou le raté de la Révélation.]

Hem ! Oui. Brr… brrr… qu'il fait froid chez vous. Dites-moi, vous avez convoqué le chef du village ?

LE PUBLICAIN : Oui, monsieur le Superrésident. Il sera ici dans un instant.

LÉLIUS : Il faut qu'il prenne en main cette histoire de recensement ; il devrait pouvoir m'apporter les listes dès demain soir.

LE PUBLICAIN : À vos ordres.

LÉLIUS : Combien êtes-vous ?

LE PUBLICAIN : Environ huit cents.

LÉLIUS : Le village est riche ?

LE PUBLICAIN : Hélas !

LÉLIUS : Ah ! Ah !

LE PUBLICAIN : On se demande comment les gens peuvent vivre. Il y a quelques maigres pâturages ; encore faut-il faire dix à quinze kilomètres pour les trouver. C'est tout. Le village se dépeuple lentement. Chaque année, cinq ou six de nos jeunes gens descendent sur Bethléem. Déjà la proportion des vieillards l'emporte sur celle des jeunes. D'autant que la natalité est faible.

LÉLIUS : Que voulez-vous ? On ne peut blâmer ceux qui vont à la ville. Nos colons ont installé d'admirables usines à Bethléem. C'est peut-être par là que vous viendront les lumières. Une civilisation technique, vous voyez ce que je veux dire. Hem ? Dites-moi, je ne suis pas venu seulement pour recenser. Qu'est-ce que vous récoltez ici, comme impôts ?

LE PUBLICAIN : Eh bien, il y a deux cents indigents qui ne rapportent rien et les autres payent leurs dix drachmes. Comptez, bon an mal an, cinq mille cinq cents drachmes. Une misère.

LÉLIUS : Oui. Hem ! Eh bien, désormais, il faudra tâcher de leur en soutirer huit mille. Le procurateur porte la capitation à quinze drachmes.

LE PUBLICAIN : Quinze drachmes ! C'est… C'est impossible.

LÉLIUS : Ah ! voilà un mot que vous n'avez pas dû entendre souvent, quand vous étiez à Rome. Allons, ils ont sûrement plus d'argent qu'ils ne veulent bien le dire. Et puis… hem ! Vous savez que le gouvernement ne veut pas mettre le nez dans les affaires des publicains, mais de toute façon je crois que vous n'y perdez pas. N'est-ce pas ?

LE PUBLICAIN : Je ne dis pas… Je ne dis pas… [Quinze drachmes ! Mais ils vont m'arracher les yeux. Nous sommes déjà tellement impopulaires. Évidemment c'est une opération intéressante.

LÉLIUS : Notez bien, mon ami, que vous ne serez pas en cause. J'ai convoqué le chef du village pour lui notifier la décision du procurateur. C'est lui qui en fera part aux anciens. Vous n'aurez qu'à collecter les impôts.

LE PUBLICAIN : Dans ce cas…] C'est bien seize drachmes que vous avez dit ?

LÉLIUS : Quinze.

LE PUBLICAIN : Oui, mais la seizième est pour mes frais.

LÉLIUS : Ah ! Hem ! *(Il rit.)* Ce chef… quel homme est-ce ?… Il s'appelle Bariona, n'est-ce pas ?

LE PUBLICAIN : Oui, Bariona.

LÉLIUS : C'est délicat. Très délicat. On a fait une grosse faute à Bethléem. Son beau-frère habitait la ville, il y a eu je ne sais quelle histoire embrouillée de vol et puis finalement le tribunal juif l'a condamné à mort.

LE PUBLICAIN : Je sais. Il a été crucifié. La nouvelle nous en est parvenue voici un mois environ.

LÉLIUS : Oui. Hem. Et comment le chef a-t-il pris la chose ?

LE PUBLICAIN : Il n'a rien dit.

LÉLIUS : Oui. Mauvais. Très mauvais ça… Ah ! c'est une lourde erreur. [Mais nous n'en sommes pas responsables. Le gouvernement de Rome a tout intérêt à ménager les chefs locaux. Nous avons fait ce que nous avons pu, mais le type en question ne ressortissait pas de nos tribunaux. Ce sont les vôtres qui l'ont condamné. Ils ont été inflexibles. Mais naturellement, c'est nous qui prenons le contrecoup. Tout ce que nous faisons de bien, Hérode s'en attribue le mérite et s'il y a une faute de commise, on nous la fait retomber sur le dos.] Oui. Alors, quel genre de type, ce Bariona ?

LE PUBLICAIN : Peu traitable.

LÉLIUS : La race des petits chefs féodaux. Je m'en doutais. Ces montagnards sont rudes comme leurs rochers. Est-ce qu'il reçoit de l'argent de nous ?

LE PUBLICAIN : Il ne veut rien accepter de Rome.

LÉLIUS : Dommage. Ah ! cela ne sent pas bon. Il ne nous aime pas, j'imagine ?

LE PUBLICAIN : On ne sait pas. Il ne dit rien.

LÉLIUS : Marié, oui ? Des enfants ?

LE PUBLICAIN : Il en voudrait, dit-on. Mais il n'en a pas. C'est son plus grand souci.

LÉLIUS : Ça ne va pas ! Ça ne va pas du tout. Il doit bien avoir un point faible. Les femmes ? Les décorations ? Non ? Enfin, nous verrons bien.

LE PUBLICAIN : Le voilà.

LÉLIUS : Ça va être dur.

Entre Bariona.

LE PUBLICAIN : Bonjour, monseigneur.

BARIONA : Dehors, chien ! Tu pourris l'air que tu respires, je ne veux pas rester dans la même chambre que toi. *(Le Publicain sort.)* Mes respects, monsieur le Superrésident.

SCÈNE II

LÉLIUS, BARIONA

LÉLIUS : Je vous salue, grand chef, et je vous apporte le salut du procurateur.

BARIONA : Je suis d'autant plus sensible à cet hommage que j'en suis tout à fait indigne. Je suis un homme déshonoré, à présent, le chef d'une famille tarée[a].

LÉLIUS : Vous voulez parler de cette déplorable affaire ? Le procurateur m'a tout spécialement chargé de vous dire combien il regrettait les rigueurs du tribunal juif.

BARIONA : Je vous prie de dire au procurateur que je le remercie de sa gracieuse sollicitude. Elle me rafraîchit et me surprend comme une ondée bienfaisante au cœur torride de l'été. Connaissant la toute-puissance du procurateur et voyant qu'il laissait les juifs rendre un tel arrêt, j'avais pensé qu'il les approuvait.

LÉLIUS : Eh bien, vous vous trompiez. Vous vous trompiez du tout au tout. [Mais nous ne sommes plus des enfants : vous savez comme moi que le gouvernement de Rome s'est fait un devoir de respecter les institutions et les mœurs des pays qu'il protège et il se défend, en conséquence, d'intervenir dans vos affaires intérieures.] Nous avons tenté de fléchir le tribunal juif, mais que pouvions-nous faire ? Il a été inébranlable et nous avons déploré son zèle intempestif. Faites comme nous, chef : durcissez votre cœur et sacrifiez votre ressentiment aux intérêts de la Palestine. Dites-vous qu'elle n'a pas d'intérêt plus urgent — même s'il doit en résulter quelques désagréments pour certains — que de conserver ses coutumes et son administration locale.

BARIONA : Je ne suis qu'un chef de village et vous m'excuserez si je n'entends rien à cette politique. Mon raisonnement est certainement plus fruste : je me dis que j'ai servi Rome avec loyauté et que Rome peut tout. Il faut donc que j'aie cessé de lui plaire pour qu'elle laisse mes ennemis de la ville me faire cette injure. Un moment, j'ai cru prévenir ses vœux en me démettant de tous mes pouvoirs. Mais les habitants de ce village, qui m'ont gardé, eux, leur confiance, m'ont prié de rester à leur tête.

LÉLIUS : Et vous avez accepté ? À la bonne heure. Vous

avez compris qu'un chef doit faire passer les affaires publiques avant ses rancunes personnelles.

BARIONA : Je n'ai pas de rancune contre Rome.

LÉLIUS : Parfait. Parfait. Parfait. Hem ! Les intérêts de votre patrie, chef, sont de laisser guider doucement ses pas vers l'indépendance par la main ferme et bienveillante de Rome. [Nous avons à cœur non de vous asservir mais d'aider à vos progrès. Et lorsque nous avons affaire à des gens éclairés comme vous, nous nous bornons à réclamer d'eux leur collaboration.

BARIONA : Ma collaboration ne vous a jamais manqué jusqu'ici et je ne compte pas vous la retirer. Vous avez raison. Je suis trop petit pour mettre mes déconvenues personnelles en balance avec les bienfaits que Rome prodigue à mon pays.

LÉLIUS, *à part* : Hem. Je crois qu'il se moque de moi. *(Haut.)*] Voulez-vous que je vous donne sur l'heure l'occasion de prouver au procurateur que votre amitié pour Rome est toujours aussi vive ?

BARIONA : Je vous écoute.

LÉLIUS : Rome est engagée contre son gré dans une guerre longue et difficile. Plus encore que comme une aide effective, elle apprécierait une contribution extraordinaire de la Judée à ses dépenses de guerre comme un témoignage de solidarité.

BARIONA : Vous voulez élever les impôts ?

LÉLIUS : Rome s'y trouve contrainte.

BARIONA : La capitation ?

LÉLIUS : Oui.

BARIONA : Nous ne pouvons pas payer davantage.

LÉLIUS : On ne vous demande qu'un tout petit effort. Le procurateur a porté la capitation à seize drachmes.

BARIONA : Seize drachmes ! Venez voir. Ces vieux tas de boue rouges, gercés, fendillés, crevassés comme nos mains, ce sont nos maisons. Elles tombent en poussière, elles ont cent ans. Regardez cette femme qui passe, courbée sous le poids d'un fagot, ce type qui porte une hache : ce sont des vieux. Tous des vieux. Le village agonise. Avez-vous entendu un cri d'enfant depuis que vous êtes ici ? Des gosses, il en reste peut-être une vingtaine. Bientôt ils partiront à leur tour. Qu'est-ce qui pourrait les retenir : pour acheter la misérable charrue qui sert à tout le village, nous nous sommes endettés jusqu'au cou ; les impôts nous accablent, il faut que nos bergers fassent dix lieues pour mener nos moutons à de maigres pâturages. Le village saigne. Depuis que vos colons romains ont créé ces scieries mécaniques à Bethléem, notre plus jeune sang coule en hémorragie et cascade de rocher en rocher comme une source chaude jusqu'aux basses terres qu'il arrose. Nos jeunes gens sont là-bas, dans la ville. Dans la ville où on les asservit, où on les paie un salaire de famine, dans la ville qui les tuera tous comme elle a tué Simon, mon beau-frère. Ce village agonise, monsieur le Superrésident, il sent déjà. Et vous venez pressurer cette charogne, vous venez encore nous demander de l'or pour vos villes, pour la plaine ! Laissez-nous donc mourir tranquilles. Dans cent ans, il ne restera plus trace de notre hameau, ni sur cette terre, ni dans la mémoire des hommes.

[LÉLIUS : Allons ! Allons ! Ne vous laissez pas aller au pessimisme, ce n'est pas digne d'un chef. Vos jeunes gens désertent la campagne ? Mais c'est un phénomène normal, je dirai même mieux : c'est une garantie de santé sociale. Vous autres, montagnards vigoureux et frustes, vous apportez à la ville votre sens réaliste de l'épargne, votre patience et votre labeur — et vous recevez, en retour, nos lumières. C'est la condition même du progrès.

BARIONA : Le progrès, c'est une histoire des villes. Un village ne progresse pas. Il vit et meurt. Le nôtre est en train de mourir, ne le tourmentez pas.]

LÉLIUS : Eh bien, grand chef, pour ma part, je suis très sensible à ce que vous avez bien voulu me dire et je comprends vos raisons ; mais que puis-je faire ? L'homme est de cœur avec vous, mais le fonctionnaire romain a reçu des ordres et il faut qu'il les exécute.

BARIONA : Oui. Et si nous refusons de payer cet impôt ?

LÉLIUS : Ce serait une grave imprudence. Le procurateur ne saurait admettre la mauvaise volonté. Je crois pouvoir vous dire qu'il sera très sévère. On prendra vos moutons.

BARIONA : Des soldats viendront dans notre village comme à Hébron l'an dernier ? Ils violeront nos femmes et emmèneront nos bêtes ?

LÉLIUS : Il vous appartient de l'éviter.

BARIONA : C'est bien. Je vais réunir le conseil des Anciens pour lui faire part de vos vœux. Comptez sur une prompte exécution. Je souhaite que le procurateur se rappelle longtemps notre docilité.

LÉLIUS : Vous pouvez en être sûr. Le procurateur tiendra compte de vos difficultés présentes, que je lui retracerai fidèlement. Soyez sûr que, si nous pouvons vous aider, nous ne resterons pas inactifs. Je vous salue, grand chef.

BARIONA : Mes respects, monsieur le Superrésident.

Il sort.

LÉLIUS, *seul* : Cette obéissance subite ne me dit rien qui vaille ; ce moricaud aux yeux de feu est en train de méditer un sale coup. Lévy ! Lévy ! *(Entre le Publicain.)* Donnez encore un peu de votre eau-de-vie, mon ami, car il faut que je me prépare aux plus grands embarras.

RIDEAU

LE RÉCITANT

Et il a raison, ce fonctionnaire romain. Il a raison de se méfier, car Bariona, en sortant de chez le Publicain, a fait sonner la trompette pour appeler les Anciens au conseil.

Le rideau se lève.

DEUXIÈME TABLEAU

Devant les murs de la ville

SCÈNE I

LE CHŒUR DES ANCIENS

Sons de trompe dans la coulisse, les Anciens entrent peu à peu.

CHŒUR DES ANCIENS

Voici : la trompe a sonné
Nous avons revêtu nos habits de fête
Et nous avons franchi les portes de bronze } *Tutti*
Et nous siégeons devant le mur de terre rouge
Comme autrefois.

Notre village agonise et sur nos maisons de boue sèche *Tournoie le vol noir du Corbeau.*	*Ténors* *C*
À quoi bon tenir un conseil *Lorsque notre cœur est en cendres* *Et que nous roulons dans notre tête* *Des pensées d'impuissance ?*	*B*

PREMIER ANCIEN : Que nous veut-on ? Pourquoi nous réunir ? Autrefois, du temps de ma jeunesse, les décisions du conseil étaient efficaces et je n'ai jamais reculé même devant le propos le plus hardi. Mais à quoi bon, aujourd'hui ?

LE CHŒUR

À quoi bon nous faire sortir des trous *Où nous nous terrons pour mourir* *Comme des bêtes malades.* *Du haut de ces murs, autrefois*	*B*
Nos pères ont repoussé l'ennemi, *Mais ils sont lézardés, à présent ; ils tombent en ruines*	*R*
Nous n'aimons pas nous regarder en face *Car nos visages ridés nous rappellent un temps disparu.*	*M*

DEUXIÈME ANCIEN : On dit qu'un Romain est arrivé dans le village et qu'il est descendu chez Lévy, le Publicain.

TROISIÈME ANCIEN : Que nous veut-il ? Peut-on pressurer un âne mort ? Nous n'avons plus d'argent et nous serions de mauvais esclaves. Qu'on nous laisse crever en paix !

LE CHŒUR

Voici Bariona, notre chef *Il est jeune encore, mais* *Son cœur est plus ridé que les nôtres,*	*C*	*Tous*
Il vient et son front *Paraît l'entraîner vers la terre,*	*V*	
Il marche lentement, *Et son âme est pleine de suie.*	*M*	

Bariona entre lentement, ils se lèvent.

SCÈNE II

BARIONA : Ô mes compagnons !

LE CHŒUR : Bariona ! Bariona !

BARIONA : Un Romain est venu de la ville, portant les ordres du procurateur. Il paraît que Rome fait la guerre. Nous paierons désormais une capitation de seize[a] drachmes.

LE CHŒUR : Hélas !

PREMIER ANCIEN : Bariona, nous ne pouvons pas, nous ne *pouvons pas* payer cet impôt. Nos bras sont trop faibles, nos bêtes crèvent, le mauvais sort est sur notre village. Il ne faut pas obéir à Rome.

DEUXIÈME ANCIEN : Bien. Alors les soldats viendront ici te prendre tes moutons comme à Hébron, l'autre hiver ; ils te traîneront par la barbe sur les routes et le tribunal de Bethléem te fera rosser sur la plante des pieds.

PREMIER ANCIEN : Alors toi, tu es pour qu'on paye ? Tu es vendu aux Romains ?

DEUXIÈME ANCIEN : Je ne suis pas vendu, mais je suis moins bête que toi et je sais voir les choses : quand l'ennemi est le plus fort, je sais qu'il faut courber la tête.

PREMIER ANCIEN : M'écoutez-vous, camarades ? Sommes-nous tombés si bas ? Jusqu'ici nous avons cédé à la force, mais c'est assez à présent : ce que nous ne pouvons pas faire, nous ne le ferons pas. Nous irons quérir ce Romain chez Lévy et nous le pendrons aux créneaux des remparts.

DEUXIÈME ANCIEN : Tu veux te révolter, toi qui n'as même plus la force d'un enfant. Ton épée tomberait de ton bras sénile au premier choc et tu nous ferais tous massacrer.

PREMIER ANCIEN : Ai-je dit que je ferai la guerre moi-même ? Il y en a tout de même encore parmi nous qui n'ont pas trente-cinq ans.

DEUXIÈME ANCIEN : Et tu prêches la révolte à ceux-là ? Tu veux qu'ils se battent pour que tu puisses garder tes sous ?

TROISIÈME ANCIEN : Silence ! Écoutez Bariona.

LE CHŒUR : Bariona, Bariona ! Écoutez Bariona !

BARIONA : Nous paierons cet impôt.

LE CHŒUR : Hélas !

BARIONA : Nous paierons cet impôt. *(Un temps.)* Mais personne, après nous, ne paiera plus d'impôts dans ce village.

PREMIER ANCIEN : Comment cela pourra-t-il se faire ?

BARIONA : Parce qu'il n'y aura plus personne pour payer l'impôt. Ô mes compagnons, voyez pourtant notre état : vos fils vous ont abandonnés pour descendre à la ville et vous avez voulu rester, parce que vous êtes fiers. Et Marc, Simon, Balaam, Jérévah, quoique étant jeunes encore, demeurent avec nous, car ils sont fiers aussi. Et moi, qui suis votre chef, j'ai fait comme eux, ainsi que l'ordonnaient mes ancêtres. Et pourtant voici : le village est comme un théâtre vide, lorsque le rideau est tombé et que les spectateurs sont partis. Les grandes ombres de la montagne se sont étendues sur lui. Je vous ai réunis et nous sommes tous là, assis au soleil couchant. Pourtant, chacun de nous est seul, dans le noir, et le silence est autour de nous, comme un mur. Silence très étonnant : le moindre cri d'enfant suffirait à le rompre, mais nous aurions beau unir nos efforts et crier tous ensemble, nos vieilles voix viendraient se casser contre lui. Nous sommes enchaînés sur notre roc comme de vieux aigles pouilleux et ceux d'entre nous qui ont encore la jeunesse du corps ont vieilli par en dessous et leur cœur est dur comme une pierre car ils n'ont plus rien à espérer, depuis leur enfance, ils n'ont plus rien à espérer sauf la mort. Or, la chose était déjà telle du temps de nos pères : le village agonise depuis que les Romains sont entrés en Palestine et celui d'entre nous qui engendre est coupable car il prolonge cette agonie. Écoutez : au mois dernier, lorsqu'on m'a appris la mort de mon beau-frère, je suis monté sur le mont Saron[1] ; j'ai vu de haut notre village écrasé sous le soleil et j'ai médité dans mon cœur. J'ai pensé : je ne suis jamais descendu de mon aire et pourtant je connais le monde car, où que soit un homme, le monde tout entier se presse autour de lui. Mon bras est encore vigoureux mais je suis sage comme un vieillard. Voici qu'il est temps d'interroger ma sagesse. Les aigles planaient au-dessus de ma tête dans le ciel froid, je regardais notre village et ma sagesse m'a dit : le monde n'est qu'une chute interminable et molle, le monde n'est qu'une motte de terre qui n'en finit pas de tomber. Des gens et des choses apparaissent soudain en un point de la chute et à peine apparus, ils sont pris par cette chute universelle, ils se mettent à tomber, ils se désagrègent et se défont. Ô compagnons, ma sagesse m'a dit : la vie est une défaite, personne n'est victorieux et tout le monde est vaincu ; tout s'est très mal passé toujours et la plus grande folie de la terre, c'est l'espoir.

LE CHŒUR : La plus grande folie de la terre c'est l'espoir !

BARIONA : Or, mes compagnons, nous ne devons pas nous résigner à la chute, car la résignation est indigne d'un homme. C'est pourquoi je vous dis : il faut résoudre nos âmes au désespoir. Quand je suis descendu du mont Saron, mon cœur s'était fermé comme un poing sur ma peine, il la serrait fort et dur, comme l'aveugle serre son bâton dans sa main. Mes compagnons, refermez vos cœurs sur votre peine, serrez fort, serrez dur car la dignité de l'homme est dans son désespoir. Voici ma décision : nous ne nous révolterons point — un vieux chien galeux qui se révolte, on le renvoie d'un coup de pied à sa niche. Nous paierons l'impôt pour que nos femmes ne souffrent point. Mais le village va s'ensevelir de ses propres mains. Nous ne ferons plus d'enfants. J'ai dit.

PREMIER ANCIEN : Quoi ! Plus d'enfants !

BARIONA : Plus d'enfants. Nous n'aurons plus commerce avec nos femmes. Nous ne voulons plus perpétuer la vie ni prolonger les souffrances de notre race. Nous n'engendrerons plus, nous consommerons notre vie dans la méditation du mal, de l'injustice et de la souffrance. Et puis, dans un quart de siècle, les derniers d'entre nous seront morts. Peut-être partirai-je le dernier. En ce cas, lorsque je sentirai venir mon heure, je revêtirai mes habits de fête et je m'étendrai sur la grande place, la face tournée vers le ciel. Les corbeaux nettoieront ma charogne et le vent dispersera mes os. Alors le village retournera à la terre. Le vent fera battre les portes des maisons vides, nos murailles de terre s'écrouleront comme la neige de printemps aux flancs des montagnes, il ne restera plus rien de nous sur la terre ni dans la mémoire des hommes.

LE CHŒUR

Est-il possible que nous passions le reste de nos jours
Sans voir le sourire d'un enfant ?
Le silence d'airain s'épaissit autour de nous.
Hélas ! pour qui donc travaillerai-je ?
Pourrons-nous vivre sans enfants ?

BARIONA : Quoi ? Vous vous lamentez ? Oseriez-vous donc encore créer de jeunes vies avec votre sang pourri ? Voulez-vous rafraîchir avec des hommes nouveaux l'interminable agonie du monde ? Quel destin souhaitez-vous pour vos enfants futurs ? Qu'ils demeurent ici, solitaires et déplumés, l'œil fixe, comme des vautours en cage ? Ou bien qu'ils descendent là-bas dans les villes, pour se faire esclaves des Romains, travailler à des tarifs de famine et pour finir, peut-être, mourir sur la croix. *(Aux prisonniers :)* Et vous autres, les prisonniers de guerre, les vaincus, est-ce que ça vous tente de donner le jour à de futurs prisonniers de guerre ? Souhaitez-vous que vos enfants crèvent comme vos frères et comme vos pères entre deux lignes de barbelés, les tripes au soleil, saignant dans la boue et maudissant ceux qui les ont engendrés ? *(Aux juifs :)* Vous obéirez. Et je souhaite que notre exemple soit publié partout en Judée et qu'il soit à l'origine d'une religion nouvelle, la religion du néant, et que les Romains demeurent les maîtres dans nos villes désertes et que notre sang retombe sur leurs têtes. Répétez après moi le serment que je vais faire : devant le dieu de la Vengeance et de la Colère, devant Jéhovah, je jure de ne point engendrer. Et si je manque à mon serment, que mon enfant naisse aveugle, qu'il souffre de la lèpre, qu'il soit un objet de dérision pour les autres, et pour moi de honte et de douleur. Répétez, juifs, répétez !

LE CHŒUR : Devant le dieu de Vengeance et de Colère…

LA FEMME DE BARIONA : Arrêtez !

SCÈNE III

CHŒUR DES ANCIENS, BARIONA, SARAH[2]

BARIONA : Que veux-tu, Sarah ?

SARAH : Arrêtez !

BARIONA : Qu'y a-t-il ? Parle !

SARAH : Je… venais t'annoncer… Oh Bariona, tu m'as maudite ! Tu as maudit mon ventre et le fruit de mon ventre !

BARIONA : Tu ne veux pas dire… ?

SARAH : Si. Je suis enceinte, Bariona ; je venais te l'apprendre, je suis enceinte de toi.

BARIONA : Hélas !

LE CHŒUR : Hélas !

SARAH : Tu es entré en moi et tu m'as fécondée et je me suis ouverte à toi et nous avons prié ensemble Jéhovah pour qu'il nous donne un fils. Et aujourd'hui que je le porte en moi et que notre union est enfin bénie, tu me repousses et tu voues notre enfant à la mort. Bariona, tu m'as menti.

Tu m'as meurtrie, tu m'as fait saigner et j'ai souffert sur ta couche et j'ai tout accepté parce que je croyais que tu voulais un fils. Mais je vois à présent que tu me mentais et que tu cherchais seulement ton plaisir. Et toutes les joies que mon corps t'a données, toutes les caresses que je t'ai faites et reçues, tous nos baisers, toutes nos étreintes, je les maudis à mon tour.

BARIONA : Sarah ! Ce n'est pas vrai, je ne t'ai pas menti. Je voulais un fils. Mais aujourd'hui, j'ai perdu tout espoir et toute foi. Cet enfant que j'ai tant souhaité et que tu portes en toi, c'est *pour lui* que je ne veux pas qu'il naisse. Va chez le sorcier, il te donnera des herbes et tu redeviendras stérile.

SARAH : Bariona ! je t'en prie.

BARIONA : Sarah, je suis seigneur du village et maître de la vie et de la mort. J'ai décidé que ma famille s'éteindrait avec moi. Va. Et n'aie point de regrets ; il aurait souffert, il t'aurait maudite.

SARAH : Quand je serais certaine qu'il me trahira, qu'il mourra sur la croix comme les voleurs et en me maudissant, je l'enfanterais encore.

BARIONA : Mais pourquoi ? Pourquoi ?

SARAH : Je ne sais pas. J'accepte pour lui toutes les souffrances qu'il va souffrir et pourtant je sais que je les ressentirai toutes dans ma chair. Il n'est pas une épine de son chemin qui se plantera dans son pied sans se planter dans mon cœur. Je saignerai à flots ses douleurs.

BARIONA : Crois-tu que tu les allégeras par tes pleurs ? Personne ne pourra souffrir pour lui ses souffrances ; pour souffrir, pour mourir, on est toujours seul. Quand même tu serais au pied de sa croix, il serait seul à suer son agonie. C'est pour ta joie que tu veux l'enfanter, non pour la sienne. Tu ne l'aimes pas assez.

SARAH : Je l'aime déjà, quel qu'il puisse être. Toi, je t'ai choisi entre tous, je suis venue à toi parce que tu étais le plus beau et le plus fort. Mais celui que j'attends, je ne l'ai pas choisi et je l'attends. Je l'aime à l'avance, même s'il est laid, même s'il est aveugle, même si votre malédiction doit le couvrir de lèpre, je l'aime à l'avance, cet enfant sans nom et sans visage, mon enfant.

BARIONA : Si tu l'aimes, aie pitié de lui. Laisse-le dormir du sommeil calme de ceux qui ne sont pas encore nés. Veux-tu donc lui donner pour patrie la Judée esclave ? Pour demeure, ce roc glacé et venteux ? Pour toit, cette boue lézardée ? Pour compagnons, ces vieillards amers ? Et pour famille, notre famille déshonorée ?

SARAH : Je veux lui donner aussi le soleil et l'air frais et les ombres violettes de la montagne et le rire des filles. Je t'en prie, laisse un enfant naître, laisse encore une fois une jeune chance se courir dans le monde.

BARIONA : Tais-toi. C'est un piège. On croit toujours qu'il y a une chance à courir. Chaque fois qu'on met un enfant au monde, on croit qu'il a sa chance et ce n'est pas vrai : les jeux sont faits d'avance. La misère, la mort, le désespoir, l'attendent aux carrefours.

SARAH : Bariona, je suis devant toi comme une esclave devant son seigneur et je te dois l'obéissance. Pourtant, je sais que tu te trompes et que tu fais mal. Je ne connais pas l'art de la parole et je ne trouverai ni les mots ni les raisons qui pourraient te confondre. Mais j'ai peur devant toi : te voici éblouissant d'orgueil et de mauvaise volonté comme un ange révolté, comme l'ange du Désespoir, mais mon cœur n'est pas avec toi.

Lélius s'avance.

SCÈNE IV

LES MÊMES, LÉLIUS

LÉLIUS : Madame, messieurs !

LE CHŒUR : Le Romain !

Ils se lèvent tous.

LÉLIUS : Je passais, messieurs, et j'ai surpris votre débat. Hem ! Permettez-moi, chef, d'appuyer les arguments de votre épouse et de vous exposer le point de vue romain. Madame, si vous voulez m'en croire, fait preuve d'un sens exquis des réalités civiques et cela devrait vous faire honte, chef. Elle a compris qu'en cette affaire, vous n'étiez pas seul en cause et qu'il fallait considérer d'abord l'intérêt de la société. Rome, tutrice bienveillante de la Judée, est engagée dans une guerre qui promet d'être fort longue et le jour viendra, sans doute, où elle fera appel au concours des indigènes qu'elle protège, arabes, noirs, israélites. Qu'arriverait-il alors si elle ne trouvait plus que des vieillards pour répondre à son appel ? Voudriez-vous que le bon droit succombe faute de bras pour le défendre ? Il serait scandaleux que les guerres victorieuses de Rome dussent s'arrêter faute de soldats. Mais, dussions-nous vivre en paix durant des siècles, n'oubliez pas qu'alors c'est l'industrie qui réclamerait vos enfants. En cinquante ans les salaires ont beaucoup augmenté, ce qui prouve que la main-d'œuvre est insuffisante. J'ajoute que cette obligation de maintenir les salaires si haut est une lourde charge pour le patronat romain. Si les Juifs font de nombreux enfants, l'offre de travail dépassant enfin les demandes, les salaires pourront baisser considérablement et nous dégagerons ainsi des capitaux qui pourraient être plus utiles ailleurs. Faites-nous des ouvriers et des soldats, chef, cela est votre devoir. C'est là ce que madame sentait confusément et je suis fort heureux d'avoir pu lui prêter mon modeste concours pour expliquer son sentiment.

SARAH : Bariona, je ne m'y reconnais plus. Ce n'est pas du tout ce que je voulais dire.

BARIONA : Je sais. Vois pourtant quels sont tes alliés et courbe la tête. Femme, cet enfant que tu veux faire naître c'est comme une nouvelle édition du monde. Par lui les nuages et l'eau et le soleil et les maisons et la peine des hommes existeront une fois de plus. Tu vas recréer le monde, il va se former comme une croûte épaisse et noire autour d'une petite conscience scandalisée qui demeurera là, prisonnière, au milieu de la croûte, comme une larme[b]. Comprends-tu quelle énorme incongruité, quelle monstrueuse faute de tact ce serait de tirer ce monde raté à de nouveaux exemplaires ? Faire un enfant c'est approuver la création du fond de son cœur, c'est dire au Dieu qui nous tourmente : « Seigneur, tout est bien et je vous rends grâce d'avoir fait l'Univers. » Veux-tu vraiment chanter cet hymne ? Peux-tu prendre sur toi de dire : si ce monde était à refaire, je le referais tout juste comme il est ? Laisse, ma douce Sarah, laisse. L'existence est une lèpre affreuse qui nous ronge tous et nos parents ont été coupables. Garde tes mains pures, Sarah, et puisses-tu dire au jour de ta mort : je ne laisse personne après moi pour perpétuer la souffrance humaine. Allons, vous autres, jurez !

LÉLIUS : Je saurai bien empêcher cela.

BARIONA : Et comment vous y prendrez-vous, monsieur le Superrésident ? Nous jetterez-vous en prison ? Ce serait le plus sûr moyen de séparer l'homme de la femme et de les faire mourir stériles, chacun de son côté.

LÉLIUS, *terrible* : Je vais... *(Calmé.)* Hem ! Je vais en référer au procurateur.

BARIONA : Devant le dieu de la Vengeance et de la Colère, je jure de ne pas engendrer.

LE CHŒUR : Devant le dieu de la Vengeance et de la Colère, je jure de ne pas engendrer.

BARIONA : Et si je manquais à mon serment, que mon enfant naisse aveugle.

LE CHŒUR : Et si je manquais à mon serment, que mon enfant naisse aveugle.

BARIONA : Qu'il soit un objet de dérision pour les autres, et pour moi de honte et de douleur !

LE CHŒUR : Qu'il soit un objet de dérision pour les autres, et pour moi de honte et de douleur !

BARIONA : Voilà. Nous sommes liés. Allez et soyez fidèles à votre serment.

SARAH : Et si pourtant c'était la volonté de Dieu que nous engendrions ?

BARIONA : Alors qu'il fasse un signe à son serviteur. Mais qu'il se hâte, qu'il m'envoie ses anges avant l'aube. Car mon cœur est las de l'attendre et l'on ne se déprend pas aisément du désespoir quand on y a goûté une fois.

RIDEAU

LE RÉCITANT

Et voilà ! Voilà Bariona qui met le Seigneur en demeure de se manifester. Ah, je n'aime pas ça ! je n'aime pas ça du tout ! Vous savez ce qu'on dit chez moi ? On dit : ne réveillez pas le chat qui dort. Quand Dieu reste tranquille, ça va comme ça peut, mais on reste entre hommes, on s'arrange, on s'explique, la vie demeure quotidienne. Mais si Dieu se met à bouger, patatras, c'est comme un tremblement de terre et les hommes tombent à la renverse ou sur le nez et après, c'est le diable pour s'y retrouver, il faut tout recommencer. Et justement, dans l'histoire que je vous raconte, Dieu s'est piqué au jeu, ça n'a pas dû plaire à cet homme que Bariona le traite comme ça. Il s'est dit : « De quoi ? » et pendant la nuit, il a envoyé son ange sur la terre, à quelques lieues de Bethsur. Je vais vous montrer l'ange ; regardez bien et en avant la musique… Vous voyez, tous ces bonshommes qui s'écroulent, ce sont des bergers qui paissaient leurs troupeaux dans la montagne. Et naturellement, on a peint avec soin les ailes de l'ange et l'artiste a fait ce qu'il pouvait pour le rendre superbe. Mais je vais vous dire mon idée ; ça ne s'est pas passé comme ça. J'y ai longtemps cru à cette image, tant que j'y voyais encore clair, parce qu'elle m'éblouissait. Mais depuis que je n'y vois plus, j'ai réfléchi et j'ai changé d'avis. Un ange, voyez-vous, ça ne doit pas montrer volontiers ses ailes. Vous avez certainement rencontré des anges, dans votre vie, et peut-être y en a-t-il parmi vous. Eh bien ? Avez-vous jamais vu leurs ailes ? Un ange, c'est un homme comme vous et moi, mais le Seigneur a étendu sa main sur lui et il a dit : « Voici j'ai besoin de toi ; pour cette fois-ci, tu feras l'ange. » Et le bonhomme s'en va parmi les autres, tout ébloui, comme Lazare le ressuscité parmi les vivants, et il a sur la figure un petit air louche, un petit air ni chair ni poisson, parce qu'il n'en revient pas d'être ange. Tout le monde se méfie de lui car l'ange, c'est celui par qui le scandale arrive. Et je vais vous dire ma pensée : quand on rencontre un ange, un vrai, on commence par croire que c'est un diable. Pour en revenir à notre histoire, moi, je verrais plutôt les choses comme ceci : c'est sur un plateau, tout en haut de la montagne, les bergers sont là, autour d'un feu et l'un d'eux joue de l'harmonica.

Le rideau se lève.

TROISIÈME TABLEAU

Dans la montagne, au-dessus de Bethsur

SCÈNE I

SIMON *joue de l'harmonica.*

LE PASSANT : Bonne nuit, les gars !

SIMON : Hé ! Qui est là !

LE PASSANT : C'est Pierre, le menuisier d'Hébron. Je reviens de chez vous.

SIMON : Salut, petit père. La nuit est douce, hein ?

LE PASSANT : Beaucoup trop douce. Je n'aime pas ça ! Je marchais dans le noir, sur la roche dure et stérile et je croyais traverser un jardin plein de fleurs énormes et chauffées par le soleil en fin d'après-midi, tu sais, quand elles vous lâchent au nez tout leur parfum. Je suis content de vous avoir trouvés, je me sentais plus seul au milieu de cette douceur-là qu'au sein d'un ouragan. Et puis j'ai rencontré sur les routes une odeur épaisse comme un brouillard.

SIMON : Quelle espèce d'odeur ?

LE PASSANT : Plutôt bonne. Mais ça me tournait la tête, on aurait dit qu'elle était vivante, comme un banc de poissons, comme une compagnie de perdrix ou plutôt comme ces gros nuages de pollen qui courent sur la terre féconde des plaines au printemps et qui sont parfois si épais qu'ils cachent le soleil. Elle est tombée sur moi tout d'un coup et je la sentais frissonner autour de moi ; j'en étais tout empoissé.

SIMON : Vous avez de la chance. Votre odeur n'est pas montée jusqu'à nous et je ne sens que le parfum naturel de mes compagnons qui évoque plutôt l'ail et le bouc.

LE PASSANT : Non ! Si vous aviez été à ma place, vous auriez eu peur comme moi. Ça craquait, ça chantonnait, ça bruissait tout partout, à ma droite, à ma gauche, devant moi, derrière moi ; on aurait dit que des bourgeons poussaient à des arbres invisibles, on aurait dit que la nature avait choisi ces plateaux déserts et glacés pour se donner à elle seule, pendant une nuit d'hiver, la fête magnifique du printemps.

SIMON : Fan de chichourle[1] !

LE PASSANT : Il y avait de la sorcellerie là-dessous ; je n'aime pas que ça sente le printemps au milieu de l'hiver ; il y a un temps pour chaque saison.

SIMON, *à part* : Il eſt devenu fada, le pauvre... *(Haut.)* Alors comme ça, vous venez de Bethsur ?

LE PASSANT : Oui. Il s'en passe de drôles, là-bas.

SIMON : Ah, ah ? Asseyez-vous et racontez-nous ça par le menu ! J'aime bien bavarder autour d'un grand feu, mais nous ne voyons jamais personne, nous autres bergers. Ceux-ci dorment et ces deux-là qui veillent avec moi n'ont pas de conversation. C'eſt Ruth, je parie, hé ? Son mari l'aura surprise avec Chalam ? J'ai toujours prédit que ça tournerait mal : ils ne se cachaient pas assez.

LE PASSANT : Vous n'y êtes pas du tout. C'eſt Bariona, votre chef. Il s'eſt adressé à Dieu et lui a dit : fais-moi signe avant l'aube, sinon je défendrai à mes hommes d'avoir commerce avec leurs femmes.

SIMON : D'avoir commerce avec leurs femmes ? Fan de chichourle, il eſt devenu complètement potaſtre[2]. Il ne crachait pourtant pas sur les caresses de la sienne, si ce qu'on dit eſt vrai. Il faut qu'elle lui ait taillé des cornes.

LE PASSANT : Non pas.

SIMON : Eh bien, alors ?

LE PASSANT : Il paraît que c'eſt de la politique.

SIMON : Ah ! Si c'eſt de la politique... Mais dites donc, collègue, c'eſt une politique bien chagrine. Je ne serais pas né, moi, si mon père avait fait de cette politique-là.

LE PASSANT : C'eſt bien ce que veut Bariona : empêcher les enfants de naître.

SIMON : Ouais. Eh bien, si je n'étais pas né, moi, je le regretterais. Ça ne va pas tous les jours comme on voudrait, je n'en discute pas. Mais voyez : il y a des moments qui ne sont pas bien mauvais, on gratte un peu la guitare, on boit un petit coup de vin et puis on voit tout autour de soi, sur les autres montagnes, des feux de bergers, tout pareils à celui-ci, qui clignent de l'œil. Eh, vous autres, entendez-vous ? Bariona défend à ses hommes de coucher avec leurs femmes.

CAÏPHE : Non ? Et avec qui coucheront-ils ?

LE PASSANT : Avec personne.

PAUL : Les pauvres bougres ! Ils vont devenir enragés !

LE PASSANT : Et vous autres, les bergers ? Cela vous concerne aussi, car enfin, vous êtes de Bethsur.

SIMON : Bah ! Nous ne serons pas bien en peine. L'hiver eﬆ la morte saison pour les amours, mais au printemps les fillettes d'Hébron viennent nous retrouver sur la montagne. Et puis s'il fallait se reposer quelque temps, je ne serais pas trop privé : on m'a toujours trop aimé pour mon goût.

LE PASSANT : Allons, Dieu vous garde.

CAÏPHE : Vous boirez bien un petit coup ?

LE PASSANT : Ma foi non ! Je ne suis pas rassuré. Je ne sais trop ce qu'il y a ce soir dans la montagne, mais j'ai hâte d'être chez moi. Quand les éléments se font la fête, il ne fait pas bon être sur les chemins. Bonsoir !

CAÏPHE, PAUL, SIMON : Bonsoir.

CAÏPHE : Qu'eﬆ-ce qu'il raconte ?

SIMON : Eﬆ-ce que je sais ? Il a senti une odeur, entendu un certain bruit… des fariboles.

Un silence.

PAUL : Il a pourtant la tête solide, le père Pierre.

CAÏPHE : Bah ! Il eﬆ possible qu'il ait vu vraiment quelque chose. Celui qui va par les routes fait souvent d'étranges rencontres.

SIMON : Quoi que ce soit qu'il ait vu, je souhaite que cela ne monte pas jusqu'ici.

PAUL : Dis-donc, toi, joue-nous quelque chose.

Simon joue de l'harmonica.

CAÏPHE : Et puis après ?

SIMON : Je n'ai plus envie de jouer.

Un temps.

CAÏPHE : Je ne sais ce qui tient les moutons en éveil : depuis la tombée de la nuit, je ne fais qu'entendre leurs clochettes.

PAUL : Et les chiens sont nerveux : ils aboient après la lune et il n'y a pas de lune.

Un temps.

CAÏPHE : Je n'en reviens pas : Bariona interdire les rapports des hommes avec les femmes. Il faut qu'il ait bien changé car autrefois c'était un fameux coureur et il y en a plus d'une dans les fermes autour de Bethsur qui doit se rappeler.

PAUL : C'eſt une mauvaise affaire pour sa femme ! C'eſt qu'il eſt bel homme, Bariona !

CAÏPHE : Et elle donc ! J'aimerais mieux l'avoir dans mon lit que le tonnerre.

Un temps.

SIMON : Hé là ! C'eſt pourtant vrai qu'il y a autour de nous une espèce d'odeur qui ne nous ressemble pas.

CAÏPHE : Oui. Ça sent plutôt fort. C'eſt une drôle de nuit. Voyez comme les étoiles sont proches, on dirait que le ciel eſt posé contre la terre. Et pourtant il fait noir comme dans un four.

PAUL : Il y a des nuits comme celle-là. On croit qu'elles vont accoucher de quelque chose, tant elles pèsent lourd et puis, finalement, il n'en sort qu'un peu de vent à l'aube.

CAÏPHE : Toi, tu n'y vois que du vent. Mais des nuits comme celles-ci sont plus riches en intersignes que la mer en poissons. Il y a sept ans, je m'en souviendrai toujours, je veillais ici même et c'était une nuit à faire dresser les cheveux sur la tête, ça criait, ça gémissait de partout ; l'herbe était couchée comme si le vent l'avait foulée de ses sabots et pourtant il n'y avait point de vent. Eh bien, le lendemain matin, quand je suis rentré chez moi, la vieille m'a appris que le père était mort.

Simon éternue.

Qu'eſt-ce qu'il y a ?

SIMON : C'eſt ce parfum qui me chatouille les narines. Il devient de plus en plus fort. On se croirait dans la boutique d'un coiffeur arabe. Alors vous croyez qu'il arrivera quelque chose, cette nuit ?

CAÏPHE : Oui.

SIMON : Ce sera quelque événement considérable à en juger par la force de cette odeur. La mort d'un roi pour le moins. Je ne me sens pas du tout tranquille, je n'ai pas besoin que les morts me fassent des signes et je trouve que les rois pourraient bien trépasser sans le faire annoncer au sommet des montagnes. Les morts de rois, c'eſt des hiſtoires pour occuper les oisifs dans les villes. Mais nous n'avons pas besoin de ça ici.

CAÏPHE : Chut ! Tais-toi.

SIMON : Qu'eſt-ce qu'il y a ?

CAÏPHE : On dirait que nous ne sommes pas seuls. Je sens comme une présence, mais je ne saurais dire lequel de mes cinq sens m'en avertit. C'eſt tout rond et doux contre moi.

SIMON : Oh ! là, là ! Si on réveillait les autres ? Il y a près de moi quelque chose de tendre et chaud qui se frotte, c'est comme le dimanche quand je prends le chat de chez nous sur mes genoux.

CAÏPHE : Mes narines débordent d'une odeur énorme et suave, le parfum m'engloutit comme la mer. C'est un parfum qui palpite, qui frôle et qui me *voit*, une suavité géante qui fuse à travers ma peau jusqu'à mon cœur, je suis transi jusqu'aux moelles par une vie qui n'est pas la mienne et que je ne connais pas, je suis perdu au fond d'une autre vie comme au fond d'un puits, j'étouffe, je suis noyé de parfums, je lève la tête et je ne vois plus les étoiles ; les piliers immenses d'une tendresse étrangère s'élèvent autour de moi jusqu'aux cieux et je suis plus petit qu'un vermisseau.

PAUL : C'est vrai, on ne voit plus les étoiles.

SIMON : Ça passe. L'odeur est moins forte.

CAÏPHE : Oui, ça passe, c'est en train de passer. C'est fini. Comme la terre et les cieux sont vides à présent ! Allons, reprends ton harmonica, nous allons reprendre notre garde. Ce n'est sans doute pas l'unique merveille que nous verrons de la nuit. Paul, mets une bûche dans le feu. Il va s'éteindre.

Entre l'Ange.

SCÈNE II

LES MÊMES, L'ANGE

L'ANGE : Est-ce que je peux me chauffer un moment ?

PAUL : Qui êtes-vous ?

L'ANGE : Je viens d'Hébron. J'ai froid.

CAÏPHE : Chauffez-vous si vous voulez. Et si vous avez soif, voilà du vin. *(Un temps.)* Vous êtes monté par le chemin des chèvres ?

L'ANGE : Je ne sais pas. Oui, je crois.

CAÏPHE : Avez-vous senti cette odeur qui rôde sur les routes ?

L'ANGE : Quelle odeur ?

CAÏPHE : Une odeur… Bon, si vous ne l'avez pas sentie, il n'y a rien à en dire. Vous avez faim ?

L'ANGE : Non.

CAÏPHE : Vous êtes pâle comme la mort.

L'ANGE : Je suis pâle parce que j'ai reçu un coup.

CAÏPHE : Un coup ?

L'ANGE : Oui. C'eſt venu comme un coup de poing. À présent, il faut que je voie Simon, Paul et Caïphe. C'eſt vous, n'eſt-ce pas ?

TOUS TROIS : Oui.

L'ANGE : Voilà Simon, n'eſt-ce pas ? Et voilà Paul ? Et vous, vous êtes Caïphe ?

CAÏPHE : D'où nous connaissez-vous ? Vous êtes d'Hébron ?

PAUL : Ma parole, il a l'air de dormir debout. *(Haut.)* Et vous avez affaire à nous ?

L'ANGE : Oui. Je vous ai cherché au milieu de vos troupeaux et vos chiens ont hurlé à ma vue.

SIMON, *à part* : Je comprends ça !

L'ANGE : J'ai un message pour vous.

SIMON : Un message ?

L'ANGE : Oui. Excusez-moi, la route eſt longue et je ne sais plus ce que j'avais à vous dire. J'ai froid. *(Avec éclat.)* Seigneur, ma bouche eſt amère et mes épaules fléchissent sous votre énorme poids. Je vous porte, Seigneur, et c'eſt comme si je portais la terre entière. *(Aux autres :)* Je vous fais peur, n'eſt-ce pas ? J'ai marché vers vous dans la nuit, les chiens hurlaient à la mort sur mon passage et j'ai froid. J'ai toujours froid.

SIMON : C'eſt un pauvre fada.

CAÏPHE : Tais-toi. Et toi, délivre-nous ton message.

L'ANGE : Le message ? Ah oui, le message. Voici : réveillez vos compagnons et mettez-vous en marche. Vous irez à Bethsur et vous crierez partout la bonne nouvelle.

CAÏPHE : Quelle nouvelle ?

L'ANGE : Attendez. C'eſt à Bethléem, dans une étable. Attendez et faites silence. Il y a au ciel un grand vide et une grande attente car rien encore ne s'eſt produit. Et il y a ce froid dans mon corps pareil au froid du ciel. En ce moment, dans une étable il y a une femme couchée sur de la paille. Faites silence car le ciel s'eſt vidé tout entier comme par un grand trou, il eſt désert et les anges ont froid. Ah ! qu'ils ont froid !

SIMON : Ça n'a pas du tout l'air d'une bonne nouvelle.

CAÏPHE : Tais-toi !

Un long silence.

L'ANGE : Voilà. Il eſt né. Son esprit infini et sacré eſt prisonnier dans un corps d'enfant tout souillé et s'étonne de souffrir et d'ignorer. Voilà : notre maître n'eſt plus rien qu'un enfant. Un enfant qui ne sait pas parler. J'ai froid, Seigneur, que j'ai froid. Mais c'est assez pleuré sur la peine des anges et sur l'immense désert des cieux. Partout sur terre courent des odeurs légères et c'est au tour des hommes de se réjouir. N'ayez pas peur de moi. Simon, Caïphe et Paul, réveillez vos compagnons.

Ils secouent les dormeurs.

PREMIER BERGER : Homph ! Qu'est-ce que c'est !

DEUXIÈME BERGER : Laissez-moi dormir. Je rêvais que je tenais dans mes bras une gentille pucelle.

TROISIÈME BERGER : Et moi, je rêvais que je mangeais.

TOUS

Pourquoi nous tirer du sommeil ?
Et qui est celui-là, au long visage blême
Qui semble, comme nous, s'éveiller ?

L'ANGE : Allez à Bethsur et criez partout : le Messie est né. Il est né dans une étable, à Bethléem.

TOUS : Le Messie.

L'ANGE : Dites-leur : « Descendez en foule dans la ville de David pour adorer le Christ, votre Sauveur. Et vous le reconnaîtrez à ceci que vous trouverez un petit enfant emmailloté et couché dans une crèche. » Toi, Caïphe, va trouver Bariona qui souffre et dont le cœur est plein de fiel et dis-lui : « Paix sur terre aux hommes de bonne volonté ! »

TOUS : Paix sur terre aux hommes de bonne volonté.

SIMON : Venez, vous autres, hâtons-nous et nous tirerons de leur lit les habitants de Bethsur et nous jouirons de leurs mines stupéfaites. Car rien n'est plus agréable que d'annoncer une bonne nouvelle.

PAUL : Et qui gardera nos moutons ?

L'ANGE : Je les garderai.

TOUS : Allons ! Allons, vite ; Paul, prends ta gourde et toi, Simon, ton accordéon. Le Messie est parmi nous. Hosannah ! Hosannah !

Ils sortent en se bousculant.

L'ANGE : J'ai froid.

RIDEAU

QUATRIÈME TABLEAU

Une place de Bethsur au petit matin

LES BERGERS[1]

<table>
<tr><td>Nous avons quitté le sommet de la montagne
Et nous sommes descendus parmi les hommes
Car notre cœur était plein d'allégresse.</td><td>Tous</td></tr>
<tr><td>Là-bas dans la ville aux toits plats et aux maisons blanches
Que nous ne connaissons pas et pouvons à peine imaginer
Au milieu d'une grande foule d'hommes qui dormaient
Étendus sur le dos</td><td>Roceil</td></tr>
<tr><td>Trouant de son petit corps blanc les ténèbres maléfiques de la nuit des villes
De la nuit des carrefours
Et remontant des profondeurs du néant
Comme un poisson au ventre argenté remonte des abîmes de la mer
Le Messie nous est né !
Le Messie, le roi de Judée, celui que nous promettaient les Prophètes
Le Seigneur des Juifs est né, ramenant la joie sur notre terre.
Désormais, l'herbe va croître au sommet des montagnes
Et les moutons vont paître seuls
Et nous n'aurons plus rien à faire,</td><td></td></tr>
<tr><td>Et nous nous étendrons sur le dos tout le jour,
Nous caresserons les filles les plus belles
Et nous chanterons des hymnes à la louange du Seigneur.
C'est pourquoi nous avons bu et chanté sur la route</td><td>Tous</td></tr>
<tr><td>Et nous sommes ivres d'une ivresse légère
Pareille à celle de la danseuse aux pieds de chèvre
Qui a longtemps tourné au son du flûteau.</td><td>Coulomb</td></tr>
</table>

Ils dansent. Simon joue de l'harmonica.

CAÏPHE : Holà ! Jérévah, ceins tes reins et viens apprendre la bonne nouvelle.

TOUS : Debout ! Debout, Jérévah !

JÉRÉVAH : Qu'y a-t-il ? Êtes-vous fous ? Est-ce qu'on ne peut plus dormir tranquille ? J'avais déposé mes soucis avec mes vêtements au pied de ma couche et je rêvais que j'étais jeune.

TOUS : Descends, Jérévah, descends ! Nous t'apportons la bonne nouvelle.

JÉRÉVAH : Qui êtes-vous, vous autres ? Ah ! ce sont les bergers du mont Saron. Que venez-vous faire au village et qui garde vos moutons ?

CAÏPHE : Dieu les garde. Il aura soin qu'aucun ne s'égare car cette nuit est bénie entre toutes, elle est féconde comme un ventre de femme, elle est jeune comme la première nuit du monde. Jérévah ! C'est la première nuit du monde, car tout recommence du commencement et tous les hommes de la terre sont admis à courir leur chance à nouveau.

JÉRÉVAH : Est-ce que les Romains ont quitté la Judée ?

PAUL : Descends ! Descends ! Tu sauras tout. Nous, cependant, réveillons les autres.

SIMON : Chalam ! Chalam !

CHALAM : Ouf ! Je sors de mon lit et j'y vois à peine. Y a-t-il le feu ?

SIMON : Descends, Chalam, et viens te joindre à nous.

CHALAM : Êtes-vous fous de réveiller un homme à cette heure-ci ? Ne savez-vous pas avec quelle impatience nous attendons chaque jour le sommeil, nous autres de Bethsur, le sommeil qui ressemble à la mort ?

SIMON : Désormais, Chalam, tu ne voudras plus dormir, tu courras comme un cabri, même la nuit, aux flancs des montagnes et tu cueilleras des fleurs pour t'en faire une couronne.

CHALAM : Qu'est-ce que tu chantes ? Il n'y a pas de fleurs aux flancs des montagnes.

SIMON : Il y en aura. Et il va pousser des citronniers et des orangers à la cime des monts et nous n'aurons qu'à étendre la main pour cueillir des oranges d'or grosses comme la tête d'un enfant. Nous t'apportons la bonne nouvelle.

CHALAM : On a trouvé un engrais nouveau ? On a revalorisé les produits de la campagne ?

SIMON : Descends ! Descends ! Et nous te dirons tout !

Les gens sortent peu à peu de leurs maisons et se groupent sur la place.

LE PUBLICAIN, *paraît sur son escalier* : Qu'y a-t-il ? Êtes-vous ivres ? Il y a quarante ans que je n'ai entendu de cris de joie dans la rue. Et vous choisissez pour crier le jour où j'ai un Romain dans ma maison ! C'est scandaleux.

PAUL : Les Romains seront chassés de la Judée à grands coups de pied au cul et nous pendrons les publicains par les pieds au-dessus de brasiers ardents.

LE PUBLICAIN : C'est la révolution ! C'est la révolution !

LÉLIUS, *apparaît en pyjama avec son casque* : Hem ! Qu'est-ce qu'il y a ?

LE PUBLICAIN : C'est la révolution ! C'est la révolution !

LÉLIUS : Juifs ! Savez-vous que le gouvernement romain vengerait ma mort dans des flots de sang ?

[CAÏPHE : Taisez-vous ! Car ce n'est pas à vous que nous en avons pour l'instant. Aujourd'hui, ce n'est pas encore le jour du règlement de comptes. C'est le jour de la joie. Et vous tous qui êtes ici, habitants de Bethsur et des environs, écoutez la bonne nouvelle : un ange du Seigneur s'est présenté à nous et la gloire du Seigneur a resplendi autour de nous et nous fûmes saisis d'une grande peur. Alors l'Ange nous a dit : « N'ayez point de peur car je vous annonce une grande joie pour tout le peuple. C'est qu'aujourd'hui, à Béthleem, le Sauveur qui est le Christ, le Seigneur vous est né. Et vous le reconnaîtrez à ceci : c'est que vous trouverez le petit enfant emmailloté et couché dans une crèche. »

LA FOULE : Le Messie ! Le Messie est né ! Hosannah ! Le Messie est né !

PREMIER ANCIEN : Voyez, c'est la réponse du Seigneur notre Dieu à Bariona. Bariona s'est tourné vers le Seigneur et lui a dit : « Fais-moi signe sinon mes hommes n'engendreront plus. » Et le Seigneur notre Dieu lui a fait signe. Il a fait naître son propre fils, de notre naissance à tous. Et c'est sa réponse à ceux qui ne veulent point engendrer, car il a fait naître le Christ, comme un homme qui dépose sa semence dans le sein de son épouse.

LA FOULE : Hosannah ! Le Messie est né ! Le Messie est né !

JÉRÉVAH : La terre fleurira autour de notre village.

CHALAM : Nos femmes enfanteront des gars solides qui réjouiront notre vieillesse.

PREMIER ANCIEN : Les Romains seront chassés et la Judée régnera sur le monde.

UN JUIF : Les méchants seront punis et les bons récompensés !]

CAÏPHE : Villageois et bergers, chantons et dansons car l'âge d'or est revenu !

TOUS, *chantent.*

L'Éternel règne ! Que la terre tressaille de joie, que toutes les îles se réjouissent !
La nuée et l'obscurité sont autour de lui, la justice et le jugement sont la base de son trône. Le feu marche autour de lui et embrase de tous côtés ses ennemis.
Ses éclairs brillent par tout le monde et la terre tremble en le voyant.
Les montagnes fondent comme de la cire à cause de la présence de l'Éternel, à cause de la présence du Seigneur de toute la terre.
Les Cieux annoncent sa Justice et tous les peuples voient sa gloire.
Sion l'a entendu et s'est réjouie et les filles de Juda ont tressailli d'allégresse.
Que la mer clame sa joie et la terre et tous ceux qui l'habitent.
Que les fleuves frappent des mains et que les montagnes chantent.
Car l'Éternel vient pour juger la terre : il jugera le monde avec justice et les peuples avec équité.

BARIONA, *entre* : Chiens ! N'êtes-vous donc heureux que lorsqu'on vous dupe avec des paroles de miel ? N'avez-vous pas assez de cœur au ventre pour regarder la vérité en face ? Vos chants m'arrachent les oreilles et vos danses de femme saoule me font vomir de dégoût.

LA FOULE : Mais Bariona ! Bariona ! Christ est né !

BARIONA : Le Christ ! Pauvres fous ! Pauvres aveugles !

CAÏPHE : Bariona, l'Ange m'a dit : va trouver Bariona qui souffre et dont le cœur est plein de fiel et dis-lui : « Paix sur terre aux hommes de bonne volonté. »

BARIONA : Ha ! La bonne volonté ! La bonne volonté du pauvre qui meurt de faim sans se plaindre sous l'escalier du riche, la bonne volonté de l'esclave qu'on flagelle et qui dit merci, la bonne volonté des soldats qu'on pousse au massacre et qui se battent sans savoir pourquoi ! Que n'est-il ici, votre ange, et que ne fait-il ses commissions lui-même. Je lui répondrai : « Il n'y a pas de paix pour moi sur la terre et je veux être un homme de mauvaise volonté. »

La foule gronde.

De mauvaise volonté ! Contre les dieux, contre les hommes, contre le monde, j'ai cuirassé mon cœur d'une triple cuirasse. Je ne demanderai pas de grâce et je ne dirai pas merci. Je ne plierai le genou devant personne, je mettrai ma dignité dans ma haine, je tiendrai un compte exact de toutes mes souffrances et de celles des autres hommes. Je veux être le témoin et la balance de la peine de tous, je la recueille et la garde en moi comme un blasphème, semblable à une colonne d'injustice, je veux me dresser contre le ciel. Je mourrai seul et irréconcilié et je veux que mon âme monte vers les étoiles telle une grande clameur de cuivre, une clameur irritée.

CAÏPHE : Prends garde, Bariona ! Dieu t'a fait signe et tu refuses de l'entendre.

BARIONA : L'Éternel m'aurait-il montré sa face entre les nuages que je refuserais encore de l'entendre car je suis libre et contre un homme libre Dieu lui-même ne peut rien. Il peut me réduire en poudre ou m'enflammer comme un brandon, il peut faire que je me torde dans les souffrances comme le sarment dans le feu, mais il ne peut rien contre ce pilier d'airain, contre cette colonne inflexible : la liberté de l'homme. Mais d'abord, imbéciles, où prenez-vous qu'il m'ait fait signe ? Vous voilà bien crédules. À peine ceux-ci ont-ils raconté leur histoire que vous vous ruez dans la crédulité, comme s'il s'agissait de déposer votre épargne dans les caisses d'une banque de la ville. Voyons, toi, Simon, le plus jeune des bergers, approche, tu as l'air plus naïf que les autres et tu me rendras plus fidèlement les faits tels qu'ils se sont passés. Qui vous a annoncé la bonne nouvelle ?

SIMON : Hé ! Seigneur, c'était un ange.

BARIONA : D'où sais-tu qu'il était ange ?

SIMON : C'est à cause de la grande peur que j'ai eue. Quand il s'est approché du feu, j'ai pensé tomber sur le derrière.

BARIONA : Oui. Et comment était-il, cet ange ? Il avait de grandes ailes éployées ?

SIMON : Ma foi non. Il avait un air d'avoir deux airs et il flageolait sur ses jambes. Et il avait froid. Ah ! Le pauvre, comme il avait froid !

BARIONA : Bel envoyé du Ciel, assurément. Et quelle preuve vous a-t-il donnée de ce qu'il avançait ?

SIMON : Eh bien... Il a... Il a... Il n'a pas donné de preuves du tout.

BARIONA : Quoi ? Pas le moindre petit miracle ? Il n'a pas changé le feu en eau ? Ni même fait fleurir le bout de vos bâtons ?

SIMON : Nous n'avons pas pensé à le lui demander et je le regrette car j'ai de mauvais rhumatismes qui me tourmentent la cuisse et j'aurais dû, tant qu'il y était, le prier de m'en délivrer. Il parlait à contrecœur. Il nous a dit : « Allez à Bethléem, cherchez l'étable et vous y trouverez un enfant emmailloté. »

BARIONA : Parbleu ! La belle affaire. Il y a présentement une grande foule à Bethléem, à cause du dénombrement. Les auberges refusent du monde, nombreux sont les gens qui couchent à la belle étoile et dans les étables. Je veux parier que vous trouverez plus de vingt nourrissons dans les crèches. Vous n'aurez que l'embarras du choix.

LA FOULE : C'est pourtant vrai.

BARIONA : Et puis ? Qu'a-t-il fait ensuite, votre ange ?

SIMON : Il s'en est allé.

BARIONA : En allé ? Il a disparu, veux-tu dire, il s'est évanoui, en fumée, comme ses pareils ont accoutumé ?

SIMON : Non, non. Il est parti sur ses deux pieds, en boitant un peu, d'une façon très naturelle.

BARIONA : Et voilà votre ange, ô têtes folles ! Alors il suffit que des bergers ivres de vin rencontrent dans la montagne un simple d'esprit qui leur radote je ne sais quoi sur la venue du Christ, et vous voilà bavant de joie et jetant vos chapeaux en l'air ?

PREMIER ANCIEN : Hélas, Bariona, il y a si longtemps que nous l'attendons !

BARIONA : Qui attendez-vous ? Un roi, un puissant de la terre qui paraîtra dans toute sa gloire et traversera le ciel comme une comète, précédé de l'éclat des trompettes. Et que vous donne-t-on ? Un enfant de gueux, tout souillé, vagissant dans une étable, avec des brins de paille piqués dans ses langes. Ah ! le beau roi ! Allez, descendez, descendez à Bethléem, assurément, cela vaut le voyage.

LA FOULE : Il a raison ! Il a raison !

BARIONA : Rentrez chez vous, bonnes gens, et montrez à l'avenir plus de discernement. Le Messie n'est pas venu et voulez-vous que je vous dise, il ne viendra jamais. Le monde est une chute interminable, vous le savez bien. Le Messie, ce serait quelqu'un qui arrêterait cette chute, qui renverserait soudain le cours des choses et ferait rebondir le monde en l'air comme une balle. Alors on verrait les fleuves remonter de la mer jusqu'à leurs sources, les fleurs pousseraient sur le roc et les hommes auraient des ailes et nous naîtrions vieillards pour rajeunir ensuite jusqu'à la petite enfance. C'est l'univers d'un fou que vous imaginez là. Je n'ai qu'une certitude, c'est que tout tombera toujours, les fleuves dans la mer, les peuples anciens sous la domination des peuples jeunes, les entreprises humaines dans la décrépitude, et nous autres dans l'infâme vieillesse. Rentrez chez vous.

LÉLIUS, *au Publicain* : Je ne crois pas que jamais fonctionnaire romain se soit trouvé devant un cas plus embarrassant. Si je ne les détrompe pas, ils vont descendre en masse à Bethléem et faire là-bas un hourvari qui m'attirera des histoires. Et si je les détrompe, ils vont persévérer avec d'autant plus de force dans leur abominable erreur d'hier et ils ne feront plus d'enfants. Que faire ? Hem ! Le mieux est de ne rien dire et de laisser les événements suivre leur cours naturel. Rentrons et feignons de n'avoir rien entendu.

JÉRÉVAH : Allons, rentrons chez nous ! Nous avons encore le temps de dormir un petit somme. Je rêverai que je suis heureux et riche. Et personne ne pourra me voler mes rêves.

Le jour se lève peu à peu. La foule se dispose à quitter la place. Musique.

CAÏPHE : Attendez donc, vous autres, attendez ! Quelle est cette musique ? Et qui donc vient vers nous en si bel équipage ?

JÉRÉVAH : Ce sont des rois d'Orient, tout chamarrés d'or. Je n'ai jamais rien vu de si beau.

LE PUBLICAIN, *à Lélius* : J'ai vu des rois semblables à l'exposition coloniale de Rome, il y a tantôt vingt ans.

PREMIER ANCIEN : Rangez-vous afin de leur faire place. Car leur cortège vient par ici.

Entrent les Rois mages.

MELCHIOR : Bonnes gens, qui commande ici ?

BARIONA : C'est moi.

MELCHIOR : Sommes-nous encore loin de Bethléem ?

BARIONA : C'est à vingt lieues.

MELCHIOR : Je suis heureux d'avoir enfin rencontré quelqu'un pour me renseigner. Tous les villages des environs sont déserts, car leurs habitants sont partis adorer le Christ.

TOUS : Le Christ ! Alors, c'est vrai ? Le Christ est né ?

SARAH, *qui s'est mêlée à la foule* : Ah dites-nous, dites-nous qu'il est né et réchauffez notre cœur. Il est né l'enfant divin.

Il y a eu une femme qui a eu cette chance ! Ah ! femme doublement bénie !

BARIONA : Toi aussi, Sarah ? Toi aussi ?

BALTHAZAR : Le Christ est né ! Nous avons vu son étoile se lever à l'Orient et nous l'avons suivie.

TOUS : Le Christ est né !

PREMIER ANCIEN : Tu nous trompais, Bariona, tu nous trompais !

JÉRÉVAH : Mauvais berger, tu nous as menti, tu voulais nous faire crever, hein ? sur ce roc stérile, et pendant ce temps-là, ceux des basses terres auraient joui à leur content de notre Seigneur.

BARIONA : Pauvres idiots ! Vous croyez ceux-là parce qu'ils sont chamarrés d'or.

CHALAM : Et ta femme ? Regarde-la, regarde-la ! Et dis si elle n'y croit point. Car tu l'as trompée comme nous.

LÉLIUS, *au Publicain* : Hé, hé ! Cela tourne mal pour notre vautour arabe. J'ai bien fait de ne pas m'en mêler.

LA FOULE : Suivons les Rois mages ! Descendons avec eux sur Bethléem !

BARIONA : Vous n'irez pas ! Tant que je serai votre chef, vous n'irez pas.

BALTHAZAR : Quoi donc ? Vous empêchez vos hommes d'aller adorer le Messie ?

BARIONA : Je ne crois pas au Messie ni à toutes vos fariboles. Vous autres les riches, les rois, je vois clair dans votre jeu. Vous dupez les pauvres avec des sornettes pour qu'ils se tiennent tranquilles. Mais je vous dis que vous ne me duperez pas. Habitants de Bethsur, je ne veux plus être votre chef, car vous avez douté de moi. Mais je vous le répète une dernière fois : contemplez votre malheur en face, car la dignité de l'homme est dans son désespoir.

BALTHAZAR : Es-tu sûr qu'elle n'est pas plutôt dans son espérance ? Je ne te connais point, mais je vois à ton visage que tu as souffert et je vois aussi que tu t'es complu à ta douleur. Tes traits sont nobles mais tes yeux sont à demi clos et tes oreilles semblent bouchées, il y a dans ton visage la pesanteur qu'on rencontre sur ceux de l'aveugle et du sourd ; tu ressembles à l'une de ces idoles tragiques et sanglantes qu'adorent les peuples païens. Une idole farouche, aux cils baissés, aveugle et sourde aux paroles humaines, et qui n'entend que les conseils de son orgueil. Pourtant, regarde-nous : nous avons souffert nous aussi et nous sommes savants parmi les hommes. Mais lorsque cette étoile nouvelle s'est levée, nous avons quitté sans hésiter nos royaumes et nous l'avons suivie et nous allons adorer notre Messie.

BARIONA : Eh bien, allez ! et adorez-le. Qui vous empêche et qu'y a-t-il de vous à moi ?

BALTHAZAR : Quel est ton nom ?

BARIONA : Bariona. Et puis après ?

BALTHAZAR : Tu souffres, Bariona.

Bariona hausse les épaules.

Tu souffres et pourtant ton devoir est d'espérer. Ton devoir d'homme. C'est pour toi que le Christ est descendu sur la terre. Pour toi plus que pour tout autre car tu souffres plus que tout autre. L'Ange n'espère point car il jouit de sa joie et Dieu lui a d'avance tout donné et le caillou n'espère pas non plus car il vit stupidement dans un présent perpétuel. Mais lorsque Dieu a façonné la nature de l'homme, il a fondu ensemble l'espoir et le souci. Un homme, vois-tu, est toujours beaucoup plus que ce qu'il est. Tu vois cet homme-ci, tout alourdi par sa chair, enraciné sur la place par ses deux grands pieds et tu dis, étendant la main pour le toucher : il est là. Et cela n'est pas vrai : où que soit un homme, Bariona, il est toujours *ailleurs*. Ailleurs, par-delà ces cimes violettes que tu vois d'ici, à Jérusalem, à Rome, par-delà cette journée glacée, demain. Et tous ceux-ci qui t'entourent, il y a beau temps qu'ils ne sont plus ici : ils sont à Bethléem, dans une étable, autour du petit corps chaud d'un enfant. Et tout cet avenir dont l'homme est pétri, toutes ces cimes, tous ces horizons violets, toutes ces villes merveilleuses qu'il hante sans y avoir jamais mis les pieds, c'est l'Espoir. C'est l'Espoir. Regarde les prisonniers qui sont devant toi, qui vivent dans la boue et le froid. Sais-tu ce que tu verrais si tu pouvais suivre leur âme ? Les collines et les doux méandres d'un fleuve et des vignes et le soleil du Sud, *leurs* vignes et *leur* soleil. C'est là-bas qu'ils sont. Et les vignes dorées de septembre, pour un prisonnier transi et plein de vermine, c'est l'Espoir. L'Espoir et le meilleur d'eux-mêmes. Et toi, tu veux les priver de leurs vignes et de leurs champs et de l'éclat des lointaines collines, tu veux ne leur laisser que la boue et les poux et les rutabagas, tu veux leur donner le présent effaré de la bête. Car c'est là ton désespoir : ruminer l'instant qui passe, regarder entre tes pieds d'un œil rancuneux et stupide, arracher ton âme de l'avenir et la renfermer en cercle autour du présent. Alors tu ne seras plus un homme, Bariona, tu ne seras plus qu'une pierre dure et noire sur la route. Sur la route passent les caravanes, mais la pierre reste seule et figée comme une borne dans son ressentiment.

BARIONA : Tu radotes, vieillard.

BALTHAZAR : Bariona, il est vrai que nous sommes très vieux et très savants et nous connaissons tout le mal de la terre. Pourtant, quand nous avons vu cette étoile au ciel, nos cœurs ont battu de joie comme ceux des enfants et nous avons été pareils à des enfants et nous nous sommes mis en route, car nous voulions accomplir notre devoir d'homme qui est d'espérer. Celui qui perd l'espoir, Bariona, celui-là sera chassé de son village et sera maudit et les pierres du chemin lui seront plus rudes et les ronces plus piquantes et le fardeau qu'il porte plus lourd et toutes les malchances s'abattront sur lui comme des abeilles irritées et chacun se moquera de lui et criera : « Haro. » Mais à celui qui espère, tout est sourires, et le monde est donné comme un cadeau. Allons vous autres, voyez si vous devez rester ici ou vous déterminer à nous suivre.

TOUS : Nous te suivons.

BARIONA : Arrêtez ! Ne partez pas ! J'ai encore à vous parler.

Ils sortent en le bousculant.

Toi, Jérévah ! Tu fus mon compagnon autrefois et tu me croyais toujours sur parole. N'as-tu plus confiance en moi ?

JÉRÉVAH : Laisse-moi : tu nous as trompés.

Il s'en va.

BARIONA : Et toi, l'Ancien, tu étais toujours de mon avis dans les conseils.

L'ANCIEN : Tu étais le chef, alors. Aujourd'hui, tu n'es plus rien. Laisse-moi passer.

BARIONA : Eh bien partez ! Partez, pauvres fous. Viens, Sarah ! Nous resterons seuls ici.

SARAH : Bariona, je vais les suivre.

BARIONA : Sarah ! *(Un temps.)* Mon village est mort, ma famille est déshonorée, mes hommes m'abandonnent. Je ne croyais pas pouvoir souffrir davantage et je me trompais. Sarah, c'est de toi que m'est venu le coup le plus dur. Tu ne m'aimais donc pas ?

SARAH : Je t'aime, Bariona. Mais comprends-moi, là-bas il

y a une femme heureuse et comblée, une mère qui a enfanté pour toutes les mères et c'est comme une permission qu'elle m'a donnée, la permission de mettre mon enfant au monde. Je veux la voir, la *voir*, cette mère heureuse et sacrée. Elle a sauvé mon enfant, il naîtra, je le sais à présent. Où, peu importe ? Sur le bord du chemin ou dans une étable comme le sien. Et je sais aussi que Dieu est avec moi. *(Timidement.)* Viens avec nous, Bariona.

BARIONA : Non. Fais ce que tu veux.

SARAH : Alors, adieu !

BARIONA : Adieu. *(Un temps.)* Ils sont partis, Seigneur, toi et moi, nous sommes seuls. J'ai connu bien des souffrances, mais il a fallu que je vive jusqu'à ce jour pour goûter la saveur amère de l'abandon. Hélas, que je suis seul ! Mais tu n'entendras pas, Dieu des Juifs, une seule plainte de ma bouche. Je veux vivre longtemps, délaissé sur cette roche stérile, moi qui n'ai jamais demandé à naître et je veux être ton remords.

RIDEAU

CINQUIÈME TABLEAU

Devant la maison du Sorcier

SCÈNE I

BARIONA, *seul*

BARIONA : Un dieu se transformer en homme ! Quel conte de nourrice ! Je ne vois pas ce qui pourrait le tenter dans notre condition humaine. Les dieux demeurent au ciel, tout occupés à jouir d'eux-mêmes. Et s'il leur arrivait de descendre parmi nous, ce serait sous quelque forme brillante et fugace, comme un nuage pourpre ou un éclair. Un dieu se changerait en homme ? Le Tout-Puissant, au sein de sa gloire, contemplerait ces poux qui grouillent sur la vieille croûte de la terre et qui la souillent de leurs excréments, et il dirait : je veux être une de ces vermines-là ? Laissez-moi rire. Un dieu s'aštreindre à naître, à demeurer neuf mois comme une fraise de sang ? Ils arriveront aux premières heures de la nuit car les femmes qui sont avec eux vont retarder leur marche… Eh bien qu'ils aillent donc rire et crier sous les étoiles et réveiller Bethléem endormie. Les baïonnettes romaines ne tarderont pas à leur piquer les fesses et à leur refroidir le sang.

Entre Lélius.

SCÈNE II

LÉLIUS, BARIONA

LÉLIUS : Ah ! Voici le chef Bariona. Je suis heureux de vous voir, chef. Si, si, très heureux. Des dissentiments politiques ont pu nous séparer mais, pour l'inštant, il ne rešte plus que nous deux dans ce village désert. Le vent s'ešt levé et fait battre les portes. Il y en a qui s'ouvrent toutes seules sur de grands trous noirs. Cela donne le frisson. Nous avons tout intérêt à nous rapprocher.

BARIONA : Je n'ai pas peur des portes qui claquent et vous avez Lévy, le Publicain pour vous tenir compagnie.

LÉLIUS : Eh non, juštement vous allez rire : le vieux Lévy a suivi vos hommes en m'empruntant mon âne. J'en serai réduit à rentrer à pied. *(Bariona rit.)* Oui, hem ! C'ešt très drôle, en effet. Et… que pensez-vous de tout ceci, chef ?

BARIONA : Monsieur le Superrésident, j'allais vous poser la même queštion.

LÉLIUS : Oh ! moi… Ils vous ont plaqué, hein ?

BARIONA : Il ne tenait qu'à moi de les suivre. Allez-vous poursuivre votre voyage, monsieur le Superrésident ?

LÉLIUS : Bah ! Ce n'ešt plus la peine puisqu'il paraît que tous les villages de la montagne se sont vidés de leurs habitants. La montagne entière ešt en visite à Bethléem. Je vais rentrer chez moi. À pied. Et vous ? Vous allez rešter seul ici ?

BARIONA : Oui.

LÉLIUS : C'ešt une aventure incroyable.

BARIONA : Il n'y a d'incroyable que la sottise des hommes.

LÉLIUS : Oui. Hem ! Vous n'y croyez pas à ce messie, vous ? *(Bariona hausse les épaules.)* Oui. Évidemment. J'ai tout de même envie d'aller faire un petit tour dans cette étable. On ne sait jamais : ces Mages avaient l'air si convaincus…

BARIONA : Alors vous aussi, vous vous laissez impressionner par les uniformes. Pourtant, vous devriez y être habitués, vous autres, les Romains.

LÉLIUS : Hem ! Vous savez, nous avons à Rome un autel pour les dieux inconnus[1]. C'est une mesure de prudence que j'ai toujours approuvée et qui me dicte ma conduite présente. Un dieu de plus ne peut pas nous faire de mal, nous en avons déjà tant. Et il y a assez de bœufs et de chèvres dans notre Empire pour suffire à tous les sacrifices.

BARIONA : Si un dieu s'était fait homme *pour moi*, je l'aimerais à l'exclusion de tous les autres, il y aurait comme un lien du sang entre lui et moi et je n'aurais pas trop de ma vie pour lui prouver ma reconnaissance : Bariona n'est pas un ingrat. Mais quel dieu serait assez fou pour cela ? Pas le nôtre assurément. Il s'est toujours montré plutôt distant.

LÉLIUS : On dit à Rome que Jupiter de temps à autre prend la forme humaine quand il a repéré du haut de l'Olympe quelque gente pucelle. Mais je n'ai pas besoin de vous dire que je n'y crois pas.

BARIONA : Un dieu-homme, un dieu fait de notre chair humiliée, un dieu qui accepterait de connaître ce goût de sel qu'il y a au fond de nos bouches quand le monde entier nous abandonne, un dieu qui accepterait par avance de souffrir ce que je souffre aujourd'hui… Allons, c'est une folie.

LÉLIUS : Oui. Hem ! J'irai tout de même faire un tour là-bas, on ne sait jamais. Et puis nous allons avoir particulièrement besoin des dieux, nous autres deux, car enfin, vous avez perdu votre place et je risque la mienne.

BARIONA : Vous risquez la vôtre ?

LÉLIUS : Eh ! parbleu. Imaginez-vous cette avalanche de montagnards aux jambes courtes dévalant dans les rues de Bethléem. Ça me fait mal rien que d'y penser. Le procurateur ne me le pardonnera jamais.

BARIONA : Par le fait, ce sera comique. Et qu'allez-vous faire, si l'on vous met à pied ?

LÉLIUS : Je me retirerai à Mantoue, c'est ma ville natale. Je vous avoue que je le désirais fort ; cela m'arrive un peu plus tôt que je ne pensais, voilà tout.

BARIONA : Et Mantoue est certainement une fort grande cité d'Italie, toute ceinturée d'usines ?

LÉLIUS : Pensez-vous ! C'est une toute petite ville, au contraire. Elle est toute blanche, dans la vallée, au bord d'une rivière.

BARIONA : Quoi ? Pas d'usines ? Pas la moindre petite

scierie mécanique ? Mais vous allez vous ennuyer à mourir. Vous regretterez Bethléem.

LÉLIUS : Fichtre non. Voyez-vous, Mantoue eﬆ célèbre en Italie, parce que nous y élevons des abeilles. Beaucoup d'abeilles. Mon grand-père était si connu des siennes qu'elles ne le piquaient pas, quand il venait prendre leur miel. Elles volaient à sa rencontre et se posaient sur sa tête et dans les plis de sa toge ; il ne prenait ni gants ni masques. Et moi-même, je m'y connais assez, je l'avoue. Mais je ne sais si mes abeilles me reconnaîtront quand je reviendrai à Mantoue. Il y a six ans que je n'y suis allé. Nous faisons du bon miel, vous savez, du vert, du brun, du noir et du jaune. J'ai toujours rêvé d'écrire un traité d'apiculture. Pourquoi riez-vous ?

BARIONA : Parce que je pense aux discours de ce vieux fou : l'homme eﬆ un perpétuel ailleurs, l'homme c'eﬆ l'Espoir. Vous aussi, monsieur le Superrésident, vous avez votre Ailleurs, vous avez votre Espoir. Ah ! la charmante petite fleur bleue et comme elle vous va. Eh bien, allez, monsieur le Superrésident, allez faire du miel à Mantoue. Je vous salue.

LÉLIUS : Adieu.

Le Sorcier sort de sa maison.

SCÈNE III

BARIONA, LÉLIUS, LE SORCIER

LE SORCIER : Messeigneurs, je vous salue.

BARIONA : Te voilà, vieille crapule ? Tu n'es donc pas parti avec les autres ?

LE SORCIER : Mes vieilles jambes sont trop faibles, monseigneur.

LÉLIUS : Qui eﬆ-ce ?

BARIONA : C'eﬆ notre sorcier, un gaillard qui connaît son affaire. Il a prédit deux ans à l'avance la mort de mon père.

LÉLIUS : Encore un prophète ; il n'y a que cela chez vous.

LE SORCIER : Je ne suis pas un prophète et je ne suis pas inspiré de Dieu. Je lis dans le tarot et le marc de café et ma science eﬆ toute terreﬆre.

LÉLIUS : Eh bien, dis-nous donc quel eﬆ ce messie qui vide tous les villages montagnards comme un aspirateur éle﬇rique.

BARIONA : Parbleu non ! Je ne veux plus entendre parler

de ce messie. C'est l'affaire de mes compatriotes. Ils m'ont abandonné et je les abandonne à mon tour.

LÉLIUS : Laissez donc, mon cher, laissez-le faire. Il peut nous donner des renseignements intéressants.

BARIONA : À votre aise.

LÉLIUS : Va, raconte ton affaire. Et tu auras cette bourse si je suis content.

LE SORCIER : C'est que je suis un peu gêné quand il s'agit des choses divines, ça n'est pas ma partie. Je préférerais que vous m'interrogiez sur la fidélité de votre femme, par exemple. Ce serait plus dans mes cordes.

LÉLIUS : Hem ! Ma femme est fidèle, bonhomme, c'est là un article de foi. La femme d'un fonctionnaire romain ne doit pas être soupçonnée. D'ailleurs si vous la connaissiez, vous sauriez que les bridges, les ouvroirs et les présidences de comités féminins occupent toute son activité.

LE SORCIER : C'est parfait, monseigneur. En ce cas, je m'efforcerai de vous parler du Messie. Mais excusez-moi, il convient d'abord que j'entre en transe.

LÉLIUS : Ce sera long ?

LE SORCIER : Non. C'est une toute petite formalité. Le temps de danser un peu et de me griser de tam-tam.

Il danse en jouant du tam-tam.

LÉLIUS : De vrais sauvages.

LE SORCIER : Je vois ! Je vois ! Un enfant dans une étable.

LÉLIUS : Et puis ?

LE SORCIER : Et puis il grandit.

BARIONA : Évidemment.

LE SORCIER, *vexé* : Cela n'est pas si évident. Il y a beaucoup de mortalité infantile parmi les juifs. Bref il descend parmi les hommes et leur dit : « Je suis le Messie. » Il s'adresse surtout aux enfants des pauvres.

LÉLIUS : Il leur prêche la révolte ?

LE SORCIER : Il leur dit : « Rendez à César ce qui appartient à César. »

LÉLIUS : Voilà qui me plaît beaucoup.

BARIONA : Et moi cela ne me plaît pas du tout. C'est un vendu que votre Messie.

LE SORCIER : Il ne reçoit d'argent de personne. Il vit très modestement. Il fait quelques petits miracles. Il changera l'eau en vin à Cana. J'en ferais autant : c'est une question de poudres. Il ressuscite un nommé Lazare.

LÉLIUS : Un compère. Et puis ? Un peu d'hypnotisme, sans doute ?

LE SORCIER : Je suppose. Il y a une histoire de petits pains.

BARIONA : Je vois le genre. Et puis ?

LE SORCIER : C'est tout pour les miracles. Il semble les faire à contrecœur.

BARIONA : Parbleu. Il ne doit pas savoir s'y prendre. Et puis ? Que dit-il ?

LE SORCIER : Il dit : « Celui qui veut gagner sa vie la perdra. »

LÉLIUS : Très bien !

LE SORCIER : Il dit que le royaume de son père n'est pas ici-bas.

LÉLIUS : Parfait. Cela fait prendre patience.

LE SORCIER : Il dit aussi qu'il est plus facile à un chameau de passer par le chas d'une aiguille qu'au riche d'entrer dans le royaume des cieux.

LÉLIUS : Cela c'est moins bon. Mais je l'excuse : si on veut réussir auprès du bas peuple, on doit se résoudre à égratigner un peu le capitalisme. L'essentiel, d'ailleurs, c'est qu'il laisse aux riches le royaume de la terre.

BARIONA : Et après ? Que lui arrive-t-il ?

LE SORCIER : Il souffre et il meurt.

BARIONA : Comme tout le monde.

LE SORCIER : Plus que tout le monde. Il est arrêté, traîné devant un tribunal, dépouillé nu, fouetté, moqué de tous et, pour finir, crucifié. Les gens s'attroupent autour de sa croix et lui disent : « Sauve-toi toi-même, si tu es le roi des Juifs. » Et il ne se sauve pas, il crie d'une voix forte : « Mon Père, mon Père ! Pourquoi m'as-tu abandonné ? » Et il meurt.

BARIONA : Et il meurt ? Oui-da ! Le beau Messie. Nous en avons eu tout de même de plus brillants et qui sont tombés dans l'oubli !

LE SORCIER : Celui-ci ne sera pas si vite oublié. Je vois au contraire un grand rassemblement de nations autour de ses disciples. Et sa parole est portée par-delà les mers jusqu'à Rome et plus loin jusqu'aux forêts ténébreuses de la Gaule et de la Germanie.

BARIONA : Qu'est-ce donc qui les réjouit tant ? Sa vie ratée ou sa mort ignominieuse ?

LE SORCIER : Je crois que c'est sa mort.

BARIONA : Sa mort ! Parbleu, s'il était possible d'empêcher cela… Mais non, qu'ils se débrouillent. Ils l'auront voulu.

(Un temps.) Mes hommes ! Mes hommes joindre leurs gros doigts noueux et s'agenouiller devant un esclave mort sur la croix ! Mort sans même un cri de révolte, en exhalant, comme un soupir, un doux reproche étonné ! Mort comme un rat pris au piège. Et mes hommes, mes hommes à moi vont l'adorer. Allons, donnez-lui sa bourse et qu'il disparaisse. Car je suppose que tu n'as plus rien à nous dire ?

LE SORCIER : Plus rien, monseigneur. Merci, messeigneurs.

Le Sorcier sort.

LÉLIUS : D'où vous vient cette agitation subite ?

BARIONA : Vous ne voyez donc pas qu'il s'agit de l'assassinat du peuple juif ? Vous autres, les Romains, vous auriez voulu nous châtier que vous ne vous y seriez pas pris autrement. Allons, parlez franchement : il est des vôtres, ce messie, Rome le paye ?

LÉLIUS : Considérez qu'il a présentement douze heures d'existence. Il est tout de même un peu jeune pour s'être déjà vendu.

BARIONA : Je revois Jérévah, le solide, le brutal Jérévah, guerrier plus encore que pasteur, mon lieutenant, autrefois, dans nos luttes contre Hébron, et je l'imagine tout parfumé, tout pommadé par cette religion-là. Il va bêler comme un mouton… Ah ! il faut se hâter d'en rire… Sorcier ! Sorcier !

LE SORCIER : Monseigneur ?

BARIONA : Tu dis que la foule adoptera sa doctrine ?

LE SORCIER : Oui, monseigneur.

BARIONA : Ô Jérusalem humiliée !

LÉLIUS : Mais enfin qu'est-ce qui vous prend ?

BARIONA : Je ne connais qu'une crucifiée, c'est Sion, Sion que les vôtres, les Romains aux casques de cuivre, ont clouée de leurs mains sur la croix. Et nous autres, nous avons toujours cru qu'il viendrait un jour où elle arracherait du poteau ses pieds et ses mains martyrisés et qu'elle marcherait sur ses ennemis, sanglante et superbe. Et c'était là notre croyance au Messie. Ah ! s'il était venu, cet homme au regard insoutenable, tout cuirassé du fer étincelant, s'il m'avait mis un glaive dans la main droite et s'il m'avait dit : « Ceins tes reins et suis-moi ! » Comme je l'aurais suivi dans le fracas des mêlées, faisant sauter les têtes romaines comme on décapite dans les champs les coquelicots. Nous avons grandi dans cet espoir, nous serrions les dents et si, d'aventure, un Romain passait dans notre village, nous aimions le suivre du regard et chuchoter longtemps dans son dos car sa vue entretenait la haine dans nos cœurs. Je suis fier ! Je suis fier car je n'ai jamais accepté mon esclavage et je n'ai jamais cessé d'attiser en moi le feu torride de la haine. Et, ces derniers jours, voyant que notre village exsangue n'avait plus assez de forces pour la révolte, j'ai préféré qu'il s'anéantisse pour ne pas le voir se plier au joug des Romains !

LÉLIUS : Charmant. Voilà le genre de discours à quoi on expose un fonctionnaire romain quand on l'envoie en tournée dans un village perdu. Mais je ne vois pas ce que ce messie vient faire en tout cela.

BARIONA : C'est que vous ne voulez pas comprendre : nous attendions un soldat et on nous envoie un agneau mystique qui nous prêche la résignation et qui nous dit : « Faites comme moi, mourez sur votre croix sans vous plaindre, en douceur, pour éviter de scandaliser vos voisins. Soyez doux. Doux comme des enfants. Léchez votre souffrance à petits coups comme un chien battu lèche son maître pour se faire pardonner. Soyez humbles. Pensez que vous avez mérité vos douleurs et, si elles sont trop fortes, rêvez qu'elles sont des épreuves et qu'elles vous purifient. Et si vous sentez monter en vous une colère d'homme, étouffez-la bien. Dites merci, toujours merci. Merci quand on vous donne une gifle, merci quand on vous donne un coup de pied. Faites des enfants pour préparer de nouveaux derrières aux coups de pied de l'avenir. Des enfants de vieux qui naîtront résignés et dorloteront leurs vieilles petites douleurs ridées avec l'humilité qui convient. Des enfants qui seront nés tout exprès pour souffrir comme moi : je suis né pour la croix. Et si vous êtes bien humbles et bien contrits, si vous avez fait résonner votre sternum comme une peau d'âne en battant votre coulpe avec application, alors vous aurez une place, peut-être, au Royaume des humbles, qui est aux Cieux. » Mon peuple, devenir *ça* : un peuple de crucifiés consentants. Mais qu'es-tu donc devenu, Jéhovah, dieu de la Vengeance ? Ah ! Romains, si cela est vrai, vous ne nous aurez pas fait le quart du mal que nous allons nous faire. Nous allons tarir les sources vives de notre énergie, nous allons signer notre arrêt. La résignation nous tuera et je la hais, Romain, plus encore que je ne vous hais.

LÉLIUS : Hé là ! hé là donc ! vous avez perdu votre bon sens, chef. Et dans votre égarement, vous prononcez des paroles regrettables.

BARIONA : Tais-toi ! *(À lui-même :)* Si je pouvais empêcher cela… Conserver en eux la flamme pure de la révolte… Ô mes hommes ! Vous m'avez abandonné et je ne suis plus votre chef. Mais du moins je ferai cela pour vous. Je descendrai à Bethléem. Les femmes retardent leur marche et je connais des raccourcis qu'ils ignorent : j'y serai avant eux. Et il ne faut pas longtemps, j'imagine, pour tordre le cou frêle d'un enfant, fût-il le roi des Juifs !

Il sort.

LÉLIUS : Suivons-le. Je crains qu'il ne se porte aux pires extrémités. Voilà pourtant ce qu'est la vie d'un administrateur colonial.

RIDEAU

LE MONTREUR D'IMAGES

Mes bons messieurs, je me suis abstenu de paraître pendant les scènes que vous venez de voir pour laisser aux événements le soin de s'enchaîner d'eux-mêmes. Et vous voyez que l'intrigue s'est nouée fortement puisque voilà notre Bariona courant à travers la montagne pour tuer le Christ. Mais à présent, nous avons un petit moment de répit, car tous nos personnages sont sur la route, les uns ayant pris les chemins muletiers et les autres les sentiers de chèvres. La montagne fourmille d'hommes en liesse et le vent porte les échos de leur joie jusqu'aux bêtes des cimes. Je vais profiter de ce répit pour vous montrer le Christ dans l'étable, car vous ne le verrez pas autrement : il ne paraît pas dans la pièce. Ni Joseph. Ni la Vierge Marie. Mais, comme c'est aujourd'hui Noël, vous avez le droit d'exiger qu'on vous montre la crèche. La voici. Voici la Vierge et voici Joseph et voici l'Enfant Jésus. L'artiste a mis tout son amour dans ce dessin mais vous le trouverez peut-être un peu naïf. Voyez, les personnages ont de beaux atours mais ils sont tout raides : on dirait des marionnettes. Ils n'étaient sûrement pas comme ça. Si vous étiez comme moi dont les yeux sont fermés... Mais écoutez : vous n'avez qu'à fermer les yeux pour m'entendre et je vous dirai comment je les vois au-dedans de moi. La Vierge est pâle et elle regarde l'enfant. Ce qu'il faudrait peindre sur son visage c'est un émerveillement anxieux qui n'a paru qu'une fois sur une figure humaine. Car le Christ est son enfant, la chair de sa chair et le fruit de ses entrailles. Elle l'a porté neuf mois et elle lui donnera le sein et son lait deviendra le sang de Dieu. Et par moments, la tentation est si forte qu'elle oublie qu'il est Dieu. Elle le serre dans ses bras et elle dit : mon petit ! Mais à d'autres moments, elle demeure tout interdite et elle pense : Dieu est là — et elle se sent prise d'une horreur religieuse pour ce Dieu muet, pour cet enfant terrifiant. Car toutes les mères sont ainsi arrêtées par moments devant ce fragment rebelle de leur chair qu'est leur enfant et elles se sentent en exil à deux pas de cette vie neuve qu'on a faite avec leur vie et qu'habitent des pensées étrangères. Mais aucun enfant n'a été plus cruellement et plus rapidement arraché à sa mère car il est Dieu et il dépasse de tous côtés ce qu'elle peut imaginer. Et c'est une dure épreuve pour une mère d'avoir honte de soi et de sa condition humaine devant son fils. Mais je pense qu'il y a aussi d'autres moments, rapides et glissants, où elle sent *à la fois* que le Christ est son fils, son petit à elle et qu'il est Dieu. Elle le regarde et elle pense : « Ce Dieu est mon enfant. Cette chair divine est ma chair. Il est fait de moi, il a mes yeux et cette forme de sa bouche c'est la forme de la mienne. Il me ressemble. Il est Dieu et il me ressemble. » Et aucune femme n'a eu de la sorte son Dieu pour elle seule. Un Dieu tout petit qu'on peut prendre dans ses bras et couvrir de baisers, un Dieu tout chaud qui sourit et qui respire, un Dieu qu'on peut toucher et qui vit. Et c'est dans un de ces moments-là que je peindrais Marie, si j'étais peintre, et j'essaierais de rendre l'air de hardiesse tendre et de timidité avec lequel elle avance le doigt pour toucher la douce petite peau de cet enfant-Dieu dont elle sent sur ses genoux le poids tiède et qui lui sourit. Et voilà pour Jésus et pour la Vierge Marie.

Et Joseph ? Joseph, je ne le peindrai pas. Je ne montrerai qu'une ombre au fond de la grange et deux yeux brillants. Car je ne sais que dire de Joseph et Joseph ne sait que dire de lui-même. Il adore et il est heureux d'adorer et il se sent un peu en exil. Je crois qu'il souffre sans se l'avouer. Il souffre parce qu'il voit combien la femme qu'il aime ressemble à Dieu, combien déjà elle est du côté de Dieu. Car Dieu a éclaté comme une bombe dans l'intimité de cette famille. Joseph et Marie sont séparés pour toujours par cet incendie de clarté. Et toute la vie de Joseph, j'imagine, sera pour apprendre à accepter.

Mes bons messieurs, voilà pour la Sainte Famille. À présent nous allons reprendre l'histoire de Bariona car vous savez qu'il veut étrangler cet enfant. Il court, il se hâte et le voilà arrivé. Mais avant de vous le montrer, voici une petite chanson de Noël.

En avant la musique.

SIXIÈME TABLEAU

À Bethléem, devant une étable

SCÈNE I

LÉLIUS, BARIONA, *avec des lanternes*

LÉLIUS : Ouf ! J'ai les jambes brisées et je suis hors d'haleine. Vous avez couru comme un feu follet en pleine nuit à travers la montagne ; je n'avais pour m'éclairer que cette pauvre lanterne.

BARIONA, *à lui-même* : Nous sommes arrivés avant eux.

LÉLIUS : J'ai pensé mille fois me casser le cou.

BARIONA : Plût à Dieu que vous fussiez au fond d'un précipice, tous les os rompus. Je vous y aurais poussé de mes mains si je n'avais eu l'esprit distrait par d'autres soucis. *(Un temps.)* Alors, c'est ici. On voit un rais de lumière qui filtre sous la porte. On n'entend pas un bruit. Il est là, de l'autre côté de cette cloison, le roi des Juifs ! Il est là. L'affaire sera promptement réglée.

LÉLIUS : Qu'allez-vous faire ?

BARIONA : Quand ils viendront, ils trouveront un enfant mort.

LÉLIUS : Est-ce possible ? Méditez-vous vraiment cette abominable entreprise ? Ne vous suffit-il pas d'avoir voulu tuer votre propre enfant ?

BARIONA : N'est-ce pas la mort du Messie qu'ils doivent adorer ? Eh bien, moi, je l'avance de trente-trois ans, cette mort. Et je lui évite les affres ignominieuses de la croix. Un petit cadavre violet sur de la paille ! Qu'ils s'agenouillent devant lui s'ils veulent. Un petit cadavre emmailloté. Et c'en sera fait pour toujours de ces beaux prêches sur la résignation et sur l'esprit de sacrifice.

LÉLIUS : Vous êtes bien déterminé ?

BARIONA : Oui.

LÉLIUS : Je vous épargnerai donc mes discours. Mais souffrez du moins que je m'en aille. Je n'ai plus assez de force pour empêcher ce meurtre ; vous me couperiez la gorge pardessus le marché et il n'est pas conforme à la dignité d'un citoyen romain de coucher la nuit sur une route de Judée avec le col tranché. Mais je ne puis non plus sanctionner par ma présence une telle abomination. J'appliquerai le principe de mon chef, le procurateur : laissez les juifs se débrouiller entre eux. Je vous salue.

Il sort ; Bariona, resté seul, se rapproche de la porte.

[*SCÈNE II*

BARIONA, *seul*

BARIONA : Quel silence. Peut-être qu'ils dorment. Devraije vraiment frapper un enfant endormi ? Je vois la tête de mes hommes, quand ils arriveront, hurlant leur joie sur les places et qu'ils trouveront... Bah ! de quoi peuvent-ils se plaindre ? Ils veulent un crucifié et ils l'auront car le tribunal juif me condamnera sans aucun doute à la croix. Si l'on ne s'était pas tellement hâté de supplicier mon beau-frère, ils auraient pu dresser nos deux croix le même jour. La fin de notre famille eût été plus édifiante et plus spectaculaire. Ainsi finissent les Bariona. Il est vrai que j'aurai peut-être un héritier. Mais je doute que Sarah ose donner le jour au fils d'un crucifié.

Il va pour entrer. Marc apparaît.]

SCÈNE III

MARC, BARIONA

MARC, *avec une lanterne* : Holà, bonhomme. Que venez-vous faire ici ?

BARIONA : Est-ce à vous qu'appartient cette étable ?

MARC : Oui.

BARIONA : N'y hébergez-vous pas un homme appelé Joseph et une femme appelée Marie ?

MARC : Un homme et une femme sont venus avant-hier me demander l'hospitalité. Ils couchent là, en effet.

BARIONA : Je recherche mes cousins de Nazareth qui doivent venir ici pour le dénombrement. La femme était enceinte, n'est-ce pas ?

MARC : Oui. C'est une toute jeune femme de mine modeste avec des sourires et des révérences d'enfant. Mais il y a dans sa modestie une fierté que je n'ai vue à personne. Savez-vous qu'elle a accouché la nuit dernière ?

BARIONA : Vraiment ? J'en suis heureux, si c'est ma cousine. L'enfant est bien venu ?

MARC : C'est un fils. Un beau petit. Ma mère me dit que je lui ressemblais à cet âge. Comme ils ont l'air de l'aimer ! La mère, à peine délivrée, l'a lavé et pris sur ses genoux. Elle est là, toute pâle, appuyée contre une poutre, et le regarde sans mot dire. Et lui, l'homme, il n'est plus tout jeune, n'est-ce pas ? Et il a de grandes *[un feuillet manque]*

Il sait que cet enfant passera par toutes les souffrances qu'il a déjà connues. Et j'imagine qu'il doit penser : peut-être qu'il réussira ce que j'ai manqué.

BARIONA : Je ne sais pas. Je n'ai pas de fils.

MARC : Alors vous êtes comme moi. Et je vous plains. Vous n'aurez jamais le regard, ce regard lumineux et un peu comique d'homme qui se tient en arrière, tout embarrassé de son grand corps et qui regrette de n'avoir pas souffert les souffrances de l'accouchement pour son fils.

BARIONA : Qui es-tu ? Et pourquoi me parles-tu de la sorte ?

MARC : Je suis un ange, Bariona. Je suis ton ange. Ne tue pas cet enfant.

BARIONA : Va-t'en.

MARC : Oui. Je m'en vais. Car nous autres, les anges, nous

ne pouvons rien contre la liberté des hommes. Mais pense au regard de Joseph.

Il sort.

SCÈNE IV

BARIONA, *seul*

BARIONA : Je n'ai que faire des anges ! *(Il va jusqu'à la porte et l'entrebâille.)* Il eﬅ là, ce Joseph, tout muet et tout farouche avec sa figure noire et ses yeux clairs. Ah ! Je ne pourrais jamais étrangler cette jeune vie. Il n'aurait pas fallu le voir d'abord à travers le regard de son père. *(Prières et chants dans la rue.)* Voilà mes hommes : il eﬅ temps, car les autres seront là bientôt. Et telle sera la dernière prouesse de Bariona : étrangler un enfant. *(Il entrouvre la porte.)* La lampe fume, les ombres montent jusqu'au plafond, comme de grands piliers mouvants. La femme me tourne le dos et je ne vois pas l'enfant : il eﬅ sur ses genoux, j'imagine. Mais je vois l'homme. C'eﬅ vrai : comme il le regarde ! Avec quels yeux ! Que peut-il y avoir derrière ces deux yeux clairs, clairs comme deux absences dans ce visage dense et raviné ? Quel espoir ? Non, ce n'eﬅ pas de l'espoir. Ni non plus de la résignation. Et quels nuages d'horreur monteraient du fond de lui-même et viendraient obscurcir ces deux taches de ciel s'il me voyait étrangler son enfant. Bon. Cet enfant, je ne l'ai pas vu, mais je sais déjà que je ne le toucherai pas. Pour trouver le courage d'éteindre cette jeune vie entre mes doigts, il n'aurait pas fallu l'apercevoir d'abord au fond des yeux de son père. Allons, je suis vaincu. *(Cris de la foule.)* Les voilà. Je ne veux pas qu'ils me reconnaissent. *(Il se cache le visage avec un pan de son manteau et se tient à l'écart.)*

SCÈNE V

BARIONA, LA FOULE

LA FOULE : Hosannah ! Hosannah !
CAÏPHE : Voici l'étable !

Un grand silence.

SARAH : L'enfant eſt là. Dans cette étable.

CAÏPHE : Entrons et agenouillons-nous devant lui pour l'adorer.

PAUL : Et nous annoncerons à sa mère que nous précédons de peu le cortège des Rois mages.

CHALAM : J'embrasserai ses menottes et m'en trouverai tout rajeuni comme si j'avais baigné mes vieux os dans une fontaine de Jouvence.

CAÏPHE : Eh ! Vous autres, rassemblez vos présents et tenons-nous prêts à les donner à sa Sainte Mère pour l'honorer. Moi, je lui apporte du lait de brebis dans ma gourde.

PAUL : Et moi deux grands écheveaux de laine que j'ai tondus moi-même au dos de mes moutons.

PREMIER ANCIEN : Et moi cette vieille médaille d'argent que mon grand-père gagna à un concours de tir.

LE PUBLICAIN : Et moi, je lui donnerai l'âne qui m'a porté jusqu'ici.

PREMIER ANCIEN : Il ne t'aura pas coûté cher, ton cadeau, c'eſt l'âne du Romain.

LE PUBLICAIN : Raison de plus. À celui qui vient de nous délivrer de Rome, un âne volé aux Romains ne saurait déplaire.

PAUL : Et toi, Simon, que donnes-tu à notre Seigneur ?

SIMON : Pour aujourd'hui, je ne lui donne rien car j'ai été pris de court. Mais j'ai composé une chanson pour lui énumérer tous les cadeaux que je lui ferai plus tard.

Mon doux Jésus, pour voſtre feſte…

LA FOULE : Heïah ! Heïah !

PREMIER ANCIEN : Silence et entrons en ordre et mettez le chapeau à la main. Si le vent et la course ont dérangé vos vêtements, rajuſtez-les.

Ils entrent les uns après les autres.

BARIONA : Sarah eſt là, avec les autres. Elle eſt pâle. Pourvu que cette longue marche ne l'ait pas épuisée. Ses pieds saignent. Ah ! comme elle a l'air joyeux ! Il ne reſte pas, derrière ces yeux illuminés, le plus petit souvenir de moi.

La foule eſt entrée dans l'étable.

Qu'eſt-ce qu'ils font ? On n'entend plus un bruit mais ce silence n'eſt pas pareil à celui de nos montagnes, au silence glacé de la raréfaction qui règne dans nos corridors de granit. C'est un silence plus dense que celui d'une forêt, un silence qui se dresse vers le ciel et bruisse aux étoiles comme un gros vieux arbre dont le vent berce la chevelure. Se sont-ils mis à genoux ? Ah si je pouvais être parmi eux, invisible : car en vérité le spectacle ne doit pas être ordinaire ; tous ces hommes durs et sérieux, âpres à la peine et au gain, agenouillés devant un enfant qui vagit. Le fils de Chalam, qui le quitta à quinze ans pour avoir reçu trop de taloches, il rigolerait de voir son père adorer un marmot. Sera-ce le règne des enfants sur les parents ? *(Un silence.)* Ils sont là, naïfs et heureux dans l'étable tiède, après leur grande course dans le froid, ils ont joint les mains et ils pensent : quelque chose a commencé. Et ils se trompent, c'est entendu, et ils sont tombés dans un piège et ils paieront ça cher plus tard, mais tout de même, ils auront eu cette minute-ci ; ils ont de la chance de pouvoir croire à un commencement. Qu'y a-t-il de plus émouvant pour un cœur d'homme que le commencement d'un monde et la jeunesse aux traits ambigus et le commencement d'un amour, quand tout est encore possible, quand le soleil est présent dans l'air et sur les visages comme une fine poussière sans s'être encore montré et qu'on pressent dans la fraîcheur aigre du matin les lourdes promesses du jour. Dans cette étable un matin se lève ; dans cette étable, il fait matin. Et ici, dehors, il fait nuit. Nuit sur la route et dans mon cœur. Une nuit sans étoiles, profonde et tumultueuse comme la haute mer. Voilà. Je suis ballotté par la nuit comme une barrique par les vagues et l'étable est derrière moi, lumineuse et close, comme l'arche de Noé elle vogue sur la nuit, enfermant en elle le matin du monde. Son premier matin. Car il n'y avait jamais eu de matin. Il avait chu des mains de son créateur indigné et il tombait dans une fournaise ardente, dans le noir, et les grandes langues brûlantes de cette nuit sans espoir passaient sur lui, le couvrant de cloques et faisant foisonner le pullulement des cloportes et des punaises. Et moi je demeure dans la grande nuit terrestre, dans la nuit tropicale de la haine et du malheur. Mais — ô Puissance trompeuse de la foi — pour mes hommes, des milliers d'années après la création, se lève, dans cette étable, à la clarté d'une chandelle, le premier matin du monde.

La foule chante un Noël.

Ils chantent comme des pèlerins qui se sont mis en marche dans la nuit fraîche avec la besace, les sandales, le bourdon, et qui voient paraître au loin les premières pâleurs grises. Ils chantent et cet enfant est là, entre eux, comme le pâle soleil de l'Orient ; le soleil des premières heures qu'on peut encore regarder en face. Un enfant tout nu, couleur de soleil levant. Ah ! le beau mensonge. Je donnerais ma main droite pour pouvoir y croire, fût-ce un instant. Est-ce ma faute à moi, Seigneur, si vous m'avez créé comme une bête nocturne et si vous avez marqué dans ma chair ce terrible secret : il n'y aura jamais de matin ? Est-ce ma faute si je *sais*, moi, que votre Messie est un pauvre gueux qui crèvera sur la croix, si je sais que Jérusalem sera toujours captive ?

Deuxième Noël.

Voici : ils chantent et je me tiens seul au seuil de leur joie, comme un hibou et je cligne de l'œil, effaré par la lumière. Ils m'ont abandonné et ma femme est parmi eux et ils se réjouissent, ayant oublié jusqu'à mon existence. Je suis sur la route, du côté du monde qui finit, et eux sont du côté du monde qui commence. Je me sens plus seul au bord de leur joie et de leur prière que dans mon village désert. Et je regrette d'être descendu parmi les hommes, car je ne trouve plus en moi assez de haine. Hélas, pourquoi l'orgueil de l'homme est-il semblable à la cire et pourquoi suffit-il, pour le ramollir, des premiers rayons de l'aurore ? Je voudrais leur dire : c'est vers l'infâme résignation que vous allez, vers la mort de votre courage, vous serez pareils à des femmes et à des esclaves, et si l'on vous frappe sur une joue, vous tendrez l'autre. Et je me tais, je reste immobile, je n'ai pas le cœur de leur ôter cette confiance bénie en la vertu du matin.

Troisième Noël.
Entrent les Rois mages.

SCÈNE VI

BARIONA, LES ROIS MAGES

BALTHAZAR : Te voilà, Bariona ? Je pensais bien te retrouver ici.

BARIONA : Je ne suis pas venu pour adorer votre Christ.

BALTHAZAR : Non, mais pour te punir toi-même et demeurer seul en marge de notre foule heureuse, comme *[lacune d'un ou de plusieurs feuillets]* hommes qui sont accourus cette nuit à son berceau de paille ; ils le trahiront comme ils t'ont trahi. Ils l'accablent présentement de leurs cadeaux et de leur tendresse, mais il n'est pas un seul d'entre eux, pas un seul, entends-tu, qui ne l'abandonnerait s'il connaissait l'avenir. Car il les décevra tous, Bariona. Ils attendent de lui qu'il chasse les Romains et les Romains ne seront pas chassés, qu'il fasse pousser des fleurs et des fruits sur le roc et le roc demeurera stérile, qu'il mette un terme à la souffrance humaine et dans deux mille ans l'on souffrira comme aujourd'hui.

BARIONA : C'est ce que je leur ai dit.

BALTHAZAR : Je sais. Et c'est pour cela que je te parle en ce moment car tu es plus près du Christ qu'eux tous et tes oreilles peuvent s'ouvrir pour recevoir la véritable bonne nouvelle.

BARIONA : Et quelle est cette bonne nouvelle ?

BALTHAZAR : Écoute : le Christ souffrira dans sa chair parce qu'il est homme. Mais il est Dieu aussi et, avec toute sa divinité, il est *par-delà* cette souffrance. Et nous autres, les hommes faits à l'image de Dieu, nous sommes par-delà toutes nos souffrances dans la mesure où nous ressemblons à Dieu. Vois-tu, jusqu'à cette nuit, l'homme avait les yeux bouchés par sa souffrance comme Tobie par la fiente des oiseaux. Il ne voyait qu'elle et il ne se voyait pas, il ne savait pas qu'il était homme et il se prenait pour une bête blessée et ivre de douleur qui bondit à travers les bois pour fuir sa blessure et qui emporte partout son mal avec elle. Et toi, Bariona, tu étais un homme de l'ancienne loi. Tu as considéré ton mal avec amertume et tu as dit : je suis blessé à mort, et tu voulais te coucher sur le flanc et consommer le reste de ta vie dans la méditation de l'injustice qu'on t'avait faite. Or, le Christ est venu pour vous racheter ; il est venu pour souffrir et pour vous montrer comme il faut en user avec la souffrance. Car il ne faut pas la ruminer, ni mettre son honneur à souffrir plus que les autres, ni non plus s'y résigner. C'est une chose toute naturelle et tout ordinaire que la souffrance et il convient de l'accepter comme si elle vous était due et il est malséant d'en parler trop, fût-ce avec soi-même. Mets-toi en règle avec elle au plus vite ; installe-la bien au chaud au creux de ton cœur comme un chien couché près du foyer. Ne pense rien sur elle, sinon qu'elle est là, comme cette pierre est là sur la route, comme la nuit est là autour de nous. Alors tu découvriras cette vérité que le Christ est venu t'apprendre et que tu savais déjà : c'est que tu n'es pas ta souffrance. Quoi que tu fasses et de quelque façon que tu l'envisages, tu la dépasses infiniment car elle est tout juste ce que tu veux qu'elle soit. Que tu t'appesantisses sur elle comme une mère se couche sur le corps glacé de son enfant pour le réchauffer ou que tu t'en détournes au contraire avec indifférence, c'est toi qui lui donnes son sens et qui la fais ce qu'elle est. Car en elle-même, ce n'est rien que de la matière humaine et le Christ est venu t'apprendre que tu es responsable envers toi-même de ta souffrance. Elle est de la nature des pierres et des racines, de tout ce qui a une pesanteur et qui tend naturellement vers le bas, et c'est elle qui t'enracine sur cette terre, c'est à cause d'elle que tu pèses lourdement sur le chemin et presses le sol avec la plante de tes pieds. Mais toi, tu es un au-delà de ta propre souffrance, car tu la façonnes à ton gré, tu es léger, Bariona, ah, si tu savais combien l'homme est léger. Et si tu acceptes ta part de douleur comme ton pain quotidien, alors tu es *par-delà*. Et tout ce qui est par-delà ton lot de souffrances et par-delà tes soucis, tout cela t'appartient, tout, tout ce qui est léger, c'est-à-dire le monde. Le monde et toi-même, Bariona, car tu es à toi-même un don perpétuellement gratuit. Tu souffres et je n'ai aucune pitié de ta souffrance : pourquoi donc ne souffrirais-tu pas ? Mais il y a autour de toi cette belle nuit d'encre et il y a ces chants dans l'étable et il y a ce beau froid sec et dur, impitoyable comme une vertu, et tout cela t'appartient. Elle t'attend, cette belle nuit gonflée de ténèbres et que des feux traversent comme des poissons fendent la mer. Elle t'attend au bord de ta route, timidement et tendrement, car le Christ est venu pour te la donner. Jette-toi vers le ciel, Bariona, perce ta douleur comme une épée et jette-toi vers le ciel et alors tu seras libre, ô créature de surplus parmi toutes les créatures de surplus, libre et tout haletant, tout étonné d'exister en plein cœur de Dieu, dans le royaume de Dieu qui est au ciel — et aussi sur la terre.

BARIONA : Est-ce là ce que le Christ est venu nous apprendre ?

BALTHAZAR : Il a aussi un message à te délivrer.

BARIONA : À moi ?

BALTHAZAR : À toi. Il est venu te dire : laisse ton enfant naître. Il souffrira, c'est vrai. Mais cela ne te regarde pas. N'aie pas pitié de ses souffrances, tu n'en as pas le droit. Lui seul aura affaire à elles et il en fera tout juste ce qu'il voudra. Car il sera libre. Même s'il est boiteux, même s'il doit aller à la guerre et y perdre ses jambes ou ses bras, même si celle qu'il aime doit le trahir sept fois, il est libre, libre de se réjouir éternellement de son existence. Tu me disais tantôt que Dieu ne peut rien contre la liberté de l'homme ; et c'est vrai. Mais quoi donc ? Une liberté neuve va s'élancer vers le ciel comme un grand pilier d'airain et tu aurais le cœur d'empêcher cela ? Le Christ est né pour tous les enfants du monde, Bariona. Et chaque fois qu'un enfant va naître, le Christ naîtra en lui et par lui, éternellement, pour se faire bafouer avec lui par toutes les douleurs et pour échapper en lui et par lui à toutes les douleurs, éternellement. Il vient dire aux aveugles, aux chômeurs, aux mutilés et aux prisonniers de guerre : vous ne devez pas vous abstenir de faire des enfants. Car même pour les aveugles et pour les chômeurs et pour les prisonniers de guerre et pour les mutilés, il y a de la joie.

BARIONA : C'est tout ce que tu avais à me dire ?

BALTHAZAR : Oui.

BARIONA : Alors, c'est bien. Entre à ton tour dans cette étable et laisse-moi seul car je veux méditer et m'entretenir avec moi-même.

BALTHAZAR : Au revoir, Bariona, ô premier disciple du Christ.

BARIONA : Laisse-moi. Ne dis rien de plus. Va-t'en.

Balthazar sort. Bariona reste seul.

SCÈNE VII

BARIONA, *seul*

BARIONA : Libre… ! Ah ! cœur crispé sur ton refus, il faudrait desserrer tes doigts et t'ouvrir, il faudrait accepter… Il faudrait entrer dans cette étable et m'agenouiller. Ce serait la première fois de ma vie. Entrer, rester à l'écart des autres qui m'ont trahi, à genoux dans un retrait sombre… et alors le vent glacé de minuit et l'empire infini de cette nuit sacrée m'appartiendraient. Je serais libre, libre contre Dieu et pour Dieu, contre moi-même et pour moi-même… *(Il fait quelques pas. Chœur dans l'étable.)* Ah ! Comme il est dur *[lacune d'un ou de plusieurs feuillets]*

SEPTIÈME TABLEAU

SCÈNE I

JÉRÉVAH : Ils ne pourront pas s'enfuir. Des troupes viennent par le sud et par le nord, enserrant Bethléem dans un étau.

PAUL : On pourrait suggérer à Joseph de remonter par nos montagnes. Ils seraient à l'abri, là-haut.

CAÏPHE : Impossible. La route des montagnes prend sur la grand-route à sept bonnes lieues d'ici. Les troupes qui viennent de Jérusalem y seront avant nous.

PAUL : Alors... À moins d'un miracle.

CAÏPHE : Il n'y aura pas de miracle : le Messie est encore trop petit, il ne comprend pas encore. Il sourira à l'homme bardé de fer qui va se pencher sur son berceau pour lui percer le cœur.

CHALAM : Ils entreront dans toutes les maisons, et, saisissant les nouveau-nés par les pieds, ils feront éclater leurs têtes contre les murs.

UN JUIF : Du sang ! Encore du sang ! Hélas !

LA FOULE : Hélas !

SARAH : Mon enfant, mon Dieu, mon petit ! Toi que j'aimais déjà comme si j'étais ta mère et que j'adorais comme ta servante. Toi que j'aurais voulu accoucher dans les douleurs, ô Dieu qui t'es fait mon fils, ô fils de toutes les femmes, les hommes, les mâles vont te faire souffrir. Tu étais à moi, à moi, tu m'appartenais plus, déjà, que cette fleur de chair qui s'épanouit dans ma chair. Tu étais mon enfant et le destin de cet enfant qui dort au fond de moi, et voici qu'ils se sont mis en marche pour te tuer. Car ce sont toujours les mâles qui nous déchirent au gré de leur plaisir et qui font souffrir nos petits. Ô Dieu le Père, Seigneur qui me vois, Marie est dans l'étable, encore heureuse et sacrée, et elle ne peut te prier de sauvegarder son fils car elle ne se doute encore de rien. Et les mères de Bethléem sont heureuses, dans leurs maisons, bien au chaud, elles sourient à leurs petits enfants, ignorantes du danger qui monte vers elles. Mais moi, moi qui suis seule sur la route et qui n'ai pas encore d'enfant, regarde-moi puisque tu m'as choisie en cet instant pour suer l'agonie de toutes les mères. Ô Seigneur, je souffre et je me tords comme un ver coupé, mon angoisse est énorme et semblable à l'Océan ; Seigneur je *suis* toutes les mères et je te dis : prends-moi, torture-moi, crève-moi les yeux, arrache-moi les ongles, mais sauve-le ! Sauve le roi de Judée, sauve ton fils et sauve aussi nos petits.

Un silence.

CAÏPHE : Allons ! Tu avais raison, Bariona. Tout s'est très mal passé toujours et ça continue. À peine aperçoit-on une faible lumière que les puissants de la terre soufflent dessus pour l'éteindre.

CHALAM : Alors, ce n'était donc pas vrai que les orangers allaient pousser au sommet des montagnes et que nous n'aurions plus rien à faire et que j'allais rajeunir ?

BARIONA : Non. Cela n'était pas vrai.

CAÏPHE : Et cela n'était pas vrai que la paix viendrait sur la terre pour les hommes de bonne volonté ?

BARIONA : Oh ! si. Cela c'était vrai. Si vous saviez comme c'était vrai !

CHALAM : Je ne comprends pas ce que tu veux dire. Mais je sais que tu avais raison avant-hier quand tu nous prêchais de ne plus faire d'enfants. Notre peuple est maudit. Vois : les femmes des basses terres ont enfanté et on vient égorger leurs nouveau-nés dans leurs bras.

CAÏPHE : Nous aurions dû t'écouter et ne jamais descendre à la ville. Car ce qui se passe dans les villes n'est point fait pour nous.

JÉRÉVAH : Rentrons à Bethsur et toi, Bariona, guide rude mais prévoyant, pardonne-nous nos offenses et reprends ta place à notre tête.

TOUS : Oui ! Oui ! Bariona ! Bariona !

BARIONA : Ô hommes de peu de foi. Vous m'avez trahi pour le Messie et voilà qu'au premier souffle du vent vous trahissez le Messie et revenez à moi.

TOUS : Pardonne-nous, Bariona.

BARIONA : Suis-je de nouveau votre chef ?

TOUS : Oui, oui.

BARIONA : Exécuterez-vous mes ordres aveuglément ?

TOUS : Nous le jurons !

BARIONA : Alors, écoutez ce que je vous ordonne : toi, Simon, va prévenir Joseph et Marie. Dis-leur qu'ils sellent l'âne de Lélius et qu'ils suivent la route jusqu'au carrefour. Tu les guideras, tu leur feras prendre la route des montagnes jusqu'à Hébron. Qu'ils redescendent ensuite vers le nord : la route est libre.

PAUL : Mais, Bariona, les Romains seront avant eux au carrefour ?

BARIONA : Non. Car nous allons, nous autres, nous porter à leur rencontre, et nous les ferons reculer. Nous les occuperons bien assez longtemps pour que Joseph puisse passer.

PAUL : Que dis-tu ?

BARIONA : Ne vouliez-vous pas votre Christ ? Eh bien, qui donc le sauvera, si ce n'est vous ?

CAÏPHE : Mais ils vont nous tuer tous. Nous n'avons que des bâtons et des coutelas.

BARIONA : Attachez vos coutelas au bout de vos bâtons et vous vous en servirez comme de piques.

CHALAM : Nous serons tous massacrés.

BARIONA : Eh bien oui ! Je pense que nous serons tous massacrés. Mais écoutez : je *crois*, à présent, à votre Christ. Il est vrai ; Dieu est venu sur terre. Et à présent il réclame de vous ce sacrifice. Le lui refuserez-vous ? Empêcherez-vous vos enfants de recevoir son enseignement ?

PAUL : Bariona, toi le sceptique, toi qui refusas longtemps de suivre les Rois mages, crois-tu vraiment que cet enfant... ?

BARIONA : Je vous le dis en vérité : cet enfant est le Christ.

PAUL : Alors, je te suis.

BARIONA : Et vous mes compagnons ? Vous regrettiez souvent les sanglantes bagarres de notre jeunesse contre les gens d'Hébron. Voici revenu le temps de combattre, le temps des moissons rouges et des groseilles de sang qui perlent aux lèvres des blessures. Refuserez-vous de combattre ? Préférez-vous mourir de misère et de vieillesse dans votre nid d'aigle là-haut ?

TOUS : Non ! Non ! Nous te suivrons, nous sauverons le Christ. Hurrah !

BARIONA : Ô mes compagnons, je vous retrouve et je vous aime. Allons, laissez-moi seul quelques instants car je veux méditer un plan d'attaque. Courez par la ville et ramassez toutes les armes que vous pourrez trouver.

TOUS : Vive Bariona !

Ils sortent.

SCÈNE II

BARIONA, SARAH

SARAH : Bariona.

BARIONA : Ma douce Sarah !

SARAH : Pardonne-moi, Bariona !

BARIONA : Je n'ai rien à te pardonner. Le Christ t'appelait et tu as été vers lui par la route royale. Et moi, j'ai suivi des chemins plus détournés. Mais nous avons fini par nous retrouver.

SARAH : Est-ce que tu veux vraiment mourir ? Le Christ exige au contraire que l'on vive.

BARIONA : Je ne veux pas mourir. Je n'ai aucune envie de mourir. J'aimerais vivre et jouir de ce monde qui m'est découvert et t'aider à élever notre enfant. Mais je veux empêcher qu'on ne tue notre Messie et je crois bien que je n'ai pas le choix : je ne puis le défendre qu'en donnant ma vie.

SARAH : Je t'aime, Bariona.

BARIONA : Sarah ! Je sais que tu m'aimes et je sais aussi que tu aimes ton enfant futur plus encore que moi. Mais je n'en conçois pas d'amertume. Sarah ! nous allons nous quitter sans larmes. Il faut te réjouir au contraire, car le Christ est né et ton enfant va naître.

SARAH : Je ne pourrais pas vivre sans toi…

BARIONA : Sarah ! Il faut au contraire que tu t'accroches à la vie avec avarice, avec âpreté, pour notre enfant. Élève-le sans rien lui cacher des misères du monde et arme-le contre elles. Et je te charge d'un message pour lui. Plus tard, quand il aura grandi — pas tout de suite, pas à la première peine d'amour, pas à la première déception —, beaucoup plus tard, lorsqu'il sentira son immense solitude et son délaissement, lorsqu'il te parlera d'un certain goût de fiel qu'il y aura au fond de sa bouche, dis-lui : ton père a souffert tout ce que tu souffres et il est mort dans la joie.

SARAH : Dans la joie.

BARIONA : Dans la joie ! Je déborde de joie comme une coupe trop pleine. Je suis libre, je tiens mon destin dans mes mains. Je marche contre les soldats d'Hérode et Dieu marche à mon côté. Je suis léger, Sarah ! Je suis léger. Ah, si tu savais comme je suis léger ! Ô Joie ! Joie ! Pleurs de joie !

Adieu, ma douce Sarah. Lève la tête et souris-moi. Il faut être joyeuse : je t'aime et le Christ est né.

SARAH : Je serai joyeuse. Adieu, Bariona.

La foule revient sur la scène.

SCÈNE III

LES MÊMES, LA FOULE

PAUL : Nous sommes prêts à te suivre, Bariona.

TOUS : Nous sommes prêts.

BARIONA : Mes compagnons, soldats du Christ, vous avez l'air farouches et résolus et je sais que vous vous battrez bien. Mais je veux de vous plus encore que cette résolution sombre. Je veux que vous mouriez dans la joie. Le Christ est né, ô mes hommes, et vous allez accomplir votre destin. Vous allez mourir en guerriers comme vous le rêviez dans votre jeunesse et vous allez mourir pour Dieu. Il serait indécent de garder ces mines renfrognées. Allons, buvez un petit coup de vin, je vous le permets, et marchons contre les mercenaires d'Hérode, marchons, saouls d'espoir, de chants et de vin.

LA FOULE : Bariona ! Bariona ! Noël ! Noël !

BARIONA, *aux prisonniers* : Et vous, les prisonniers, voici terminé ce Jeu de Noël qui fut écrit pour vous. Vous n'êtes pas heureux et peut-être y en a-t-il plus d'un qui a senti dans sa bouche ce goût de fiel, ce goût âcre et salé dont je parle. Mais je crois que pour vous aussi, en ce jour de Noël, et tous les autres jours, il y aura encore de la joie !

Documents sur « Bariona »

DÉCLARATIONS DE SARTRE

« L'AVANT-SCÈNE THÉÂTRE », N°s 402-403, 1er-15 MAI 1968

À me voir écrire un mystère, certains ont pu croire que je traversais une crise spirituelle. Non ! un même refus du nazisme me liait aux prêtres prisonniers dans le camp. La Nativité m'avait paru le sujet capable de réaliser l'union la plus large des chrétiens et des incroyants. Et il était convenu que je dirais ce que je voudrais.

Pour moi, l'important dans cette expérience était que, prisonnier, j'allais pouvoir m'adresser aux autres prisonniers et évoquer nos problèmes communs. Le texte était plein d'allusions à la situation du moment et parfaitement claires pour chacun de nous. L'envoyé de Rome à Jérusalem, dans notre esprit, c'était l'Allemand. Nos gardiens y virent l'Anglais dans ses colonies !

Je jouais un des Rois mages. Lequel ? Je ne m'en souviens plus. Mais j'exprimais des idées existentialistes en refusant à Bariona le droit de se suicider et en le décidant à combattre.

Pourquoi je n'ai pas repris plus tard *Bariona* ? Parce que la pièce était mauvaise. Elle sacrifiait trop à de longs discours démonstratifs.

« TRAVAIL THÉÂTRAL », N° 32-33, 1980

[...] C'est [...] moi qui ai monté *Bariona* et j'y jouais aussi un petit rôle (celui du Roi mage noir Balthazar). Ça se passait en Judée sous l'occupation romaine. Bien sûr, dans les Romains, nous voyions, nous, les Allemands. Il y avait un petit groupe de

Judéens, de Juifs qui, apprenant la nouvelle de la naissance du Christ, partent pour le voir dans la cahute où il est né et tentent de le défendre contre les Romains chargés de mettre à mort les enfants. Ils se font massacrer, mais permettent à Joseph et à Marie de prendre la fuite avec l'enfant. C'était un jésuite qui tenait le rôle de Bariona, le chef du village juif ; il avait une tête curieuse, intéressante. Moi, je m'étais efforcé de conserver à cette légende religieuse son charme, et de ne pas rompre celui-ci en collant dessus des réflexions athées. Mais ça ne vaut pas grand-chose : les personnages parlent trop, ils font de belles phrases. Or, il faut absolument éviter cela au théâtre.

TÉMOIGNAGE DE MARIUS PERRIN

(« Avec Sartre au Stalag XII D »)

La rédaction de *Bariona* est terminée. Sartre est plus pris que jamais. Il veille à tout. Feller et Leroy qui le voient faire m'assuraient qu'il donne l'impression d'avoir été metteur en scène toute sa vie. Il mène rondo son personnel. À un « artiste » dont la bonne foi était douteuse il aurait rappelé qu'il était « payé pour faire ça » ! Je me rends régulièrement aux répétitions de la chorale, qu'Espit[allier] dirige avec vigueur. Le « Chœur des Pèlerins » est rentré, somme toute, sans difficulté. Le morceau retentit… Je suppose que nos Teutons seront ravis de cet hommage à leur culture… Sartre chante et entraîne. Nous éprouvons tous, je crois, la puissance du travail fait ensemble de bon cœur…

[…] Il me tardait de savoir ce que Sartre allait faire en guise de « Noël ». J'ai vu, et, Dieu merci, il est resté lui-même. Il nous a fait plaisir sans se faire violence. Rien, dans ce *Bariona*, du « Mystère de Noël » classique : on n'y voit ni la Vierge ni l'Enfant, sinon en filigrane. *[Suit un long résumé de la pièce.]*

[…] Nous [Perrin et Sartre] avons un peu parlé de *Bariona*, à son corps défendant. Je m'étonnais que la censure ait laissé dire le « Faites-nous des soldats et des ouvriers »… qu'ils n'aient pas vu là une provocation. Il a souri : « Ils ont sans doute pris ça pour une exhortation ! Chacun lit ce qu'il désire… Et puis, ajouta-t-il, il ne faut pas les prendre pour plus intelligents qu'ils ne sont !… » J'émets l'hypothèse qu'ils raisonnent comme Lélius : il faut laisser du mou et des illusions… Faire croire au prisonnier qu'il lui reste encore beaucoup de libertés, puisqu'il a celle de rire de son geôlier… « Et si beaucoup d'Allemands pensaient comme nous au fond ? » conclut Sartre.

[…] Assisté tout à l'heure à un débat fort amical — était-ce même un débat ? — entre Sartre et Espit[allier]. Celui-ci disait, à propos de *Bariona*, que c'est tout de même un avantage d'avoir la foi… Posant sa pipe sur la table, Sartre lui demanda ce qu'il entendait quand il parlait « d'avoir la foi ». Était-ce une chose qu'il possédait, comme lui-même possédait cette pipe ? Un objet extérieur qui aurait quelque lien magique avec son possesseur ? « N'est-ce pas plutôt une attitude fondamentale que vous assumez en vous faisant croyant ? Un choix qu'il vous faut sans cesse refaire sur fond d'une certaine incroyance ? Vous êtes prêtre… Vous devez bien chaque matin, quand vous dites la messe, vous rappeler, renouveler votre prêtrise ? (Il emploie ce mot rare, paraissant ignorer " sacerdoce " : il n'est pas de la maison !) Il n'y a que les saints de bois qui sont ce qu'ils sont »… Espit reconnut de bonne grâce qu'il s'était mal exprimé, et, comme il est modeste, il le remercia de cette leçon de spiritualité. […]

[LA PART DU FEU]

I

Radio : Deux avions américains abattus par des Migs.
Entre Feller.

LE PSYCHIATRE : Que puis-je pour vous ?

FELLER : Je ne sais pas. Vous êtes psychiatre ? J'ai lu votre nom dans l'annuaire. Je l'ai pris au hasard. Je dois vous prévenir tout de suite : je ne suis pas kleptomane, je n'ai pas la folie des grandeurs, je n'ai pas le vertige et je n'ai pas de complexe d'infériorité. Sexuellement : normal. Terriblement normal. Avec une petite préférence pour les grandes femmes belles et froides. Mais ce sont nos Américaines n'est-ce pas ? Je ne suis pas fou. Ai-je l'air d'un fou ?

LE PSYCHIATRE : Je ne sais pas à quoi ressemblent les fous.

FELLER : Vous n'avez pas l'air sympathique. Tant mieux. Je ne veux pas de sympathie. Vous devez me trouver très antipathique.

LE PSYCHIATRE : Dans ce bureau je n'ai pas de sympathie ni d'antipathie pour personne.

FELLER : À la bonne heure. Le froid. L'isolement.

LE PSYCHIATRE : Que voulez-vous de moi ?

FELLER : Ah oui. Eh bien sûrement pas d'analyse. Je veux parler devant vous. Ne cherchez pas à m'expliquer : je suis avocat et je sais qu'on peut démontrer le pour et le contre. Ne m'interrogez pas. Cela me troublerait. J'ai horreur des questions. On en pose partout. Je veux penser à haute voix devant vous. Parce que ça m'oblige à sortir de ma réserve mentale. Au-dedans, je suis ligoté. Je ne pense plus. Depuis quelques années j'ai appris à arrêter mes pensées. À présent elles s'arrêtent toutes seules.

Devant vous peut-être qu'elles n'oseront plus s'arrêter. Il faut que je me couche là ?

LE PSYCHIATRE : Si vous voulez.

FELLER : Pourquoi ?

LE PSYCHIATRE : C'est l'habitude.

FELLER : Parfait. Ne renonçons pas aux habitudes. C'est elles qui font marcher le monde, n'est-ce pas ? *(Il se couche.)* Je veux savoir ce que vaut ma vie. Le problème est là, n'est-ce pas ? Attendez. Je me présente. Feller, conseiller juridique du secrétaire général de l'O.N.U., quarante ans, veuf, un fils. J'ai de l'argent. Ma femme m'a laissé une fortune. L'O.N.U. paie bien. Je vaux cent mille dollars par an. Je suis libéral, formé par Roosevelt. Cela signifie que je suis contre les trusts, pour la garantie des droits individuels, contre la guerre, contre les communistes. Mais je pense que les communistes ont le droit de parler. Leurs erreurs peuvent se démontrer logiquement. Êtes-vous de mon avis ?

LE PSYCHIATRE : Je n'ai pas d'avis.

FELLER : C'est vrai vous êtes psychiatre.

LE PSYCHIATRE : Pourquoi êtes-vous venu me trouver ?

FELLER : Si je croyais en Dieu j'aurais été trouver un prêtre : c'est le secret professionnel. Je suis sûr que vous garderez mes idées.

LE PSYCHIATRE : Vous n'avez pas d'amis ?

FELLER : Est-ce que vous croyez qu'on peut parler à ses amis. Bon. Je reprends : quarante ans, un fils que j'adore, il a quinze ans, cent mille dollars, un poste important. Je travaille pour la paix. J'ai contribué à sauver la paix en Israël. À maintenir l'intégrité de cet admirable organisme, l'O.N.U. En 1947 il y a eu le coup de Prague[1]. Un Tchèque devait être renvoyé. J'ai mis les choses au point… *(Le bureau de l'O.N.U. s'éclaire. Il y va. Il s'installe et parle. Les deux secrétaires sont là.)* Que nous importe que le gouvernement tchèque ait changé. Un fonctionnaire de l'O.N.U. appartient à l'O.N.U. Savez-vous qu'il était même question de nous donner un statut international ? Nous vous garderons. N'ayez crainte. *(Il lui serre la main et revient vers l'autre.)* J'ai aidé plus d'un. Ma devise : tout pour l'O.N.U. Je défends l'organisme et sa pureté contre tous. Alors ? Riche, utile… J'ai toujours pensé qu'il fallait s'améliorer en améliorant les autres : une vie bénie c'est celle qui réussit. On m'envie. Bon. Alors voulez-vous me dire pourquoi j'ai peur ?

LE PSYCHIATRE : Vous avez peur ? De quoi ?

FELLER : Je suis ici pour le savoir. Je fouillerai ma vie. Si je rencontre face à face ce qui me fait peur, peut-être aurai-je moins peur ? Je veux savoir ce que vaut ma vie. La leur arracher des mains.

LE PSYCHIATRE : Des mains de qui ?

FELLER : Je vous ai dit de ne pas poser de questions. Mais je vous répondrai : on me fait mon procès, dans l'ombre. Un jour je serai jugé. On dira : celui-ci est comme ci ou comme ça et ce sera fait, classé. Pour toujours. Je veux me défendre, leur arracher ma vie des mains. Vous avez entendu cette histoire d'avion.

LE PSYCHIATRE : Oui.

FELLER : Qu'en pensez-vous ?

LE PSYCHIATRE : Rien.

FELLER : Et voilà deux hommes d'aujourd'hui. Face à face. Et chacun n'a rien à dire à l'autre. Quelle image ! *(Il rit.)* Qui peut juger ma vie si Dieu n'existe pas ? Les autres ? De quel droit ? Je veux la penser tout entière pour la leur arracher des mains. Mais revenons à cette histoire d'avions, voulez-vous ? Moi je dis : ce sont des avions d'observation ; ils prennent des photos. Ce n'est pas un crime. On leur tire dessus. C'est normal. Et la guerre peut éclater. Du jour au lendemain. La guerre, c'est la mort de l'homme. Vous le savez. La bombe à l'hydrogène bouffera l'atmosphère de la terre. En fera une lune. Ça ne vous dit rien à vous de mourir sans que les hommes survivent ? Moi ça me fait horreur. Il y aurait intérêt pourtant : personne ne me jugerait. Mais c'est deux fois mourir. Vous ne trouvez pas ça atroce. Ces volumes roulant dans l'espace et de temps en temps l'un jette une ombre sur l'autre. On aura tout fait pour rien. Tous les problèmes en suspens. L'homme est méchant. Fou et méchant.

LE PSYCHIATRE : Non.

FELLER : Tous les hommes sont fous et méchants. S'ils deviendront mieux *[sic]*, c'est encore pis. Ils vont nous juger. Vous imaginez les inconnus masqués qui vont nous juger. Encore un procès. Comment dérober ma vie ? Je voudrais être n'importe qui. Mais mon nom est marqué. La guerre ! Ou la condamnation à jamais.

LE PSYCHIATRE : Pourquoi pas l'acquittement ?

FELLER : Pensez-vous. Personne ne sera acquitté. J'ai peur. Au secours ! Vous ne pouvez pas m'aider. Je sais que je ne dis rien. Tout s'évade en idées générales. Toujours je me fuis. Tenez : interrogez-moi. Cela vaudra mieux.

LE PSYCHIATRE : Pourquoi êtes-vous venu me voir ?

FELLER : Je vous l'ai dit.

LE PSYCHIATRE : Vous n'avez pas d'ami ?

FELLER : Si. *(Tim sort de l'ombre.)* Je préfère ne pas en parler.

LE PSYCHIATRE : Pas de femme ?

FELLER : Je vous ai dit que j'étais veuf.

LE PSYCHIATRE : Pas d'amies ?

FELLER : Si, ma secrétaire. Type idéaliste. C'est l'autre que je voulais. *(Scène.)*

LE PSYCHIATRE : Vous ne lui avez parlé de rien.

FELLER : Une fois. J'ai essayé. *(Scène.)* Ça lui a fait peur. J'ai arrêté.

LE PSYCHIATRE : Pourquoi aujourd'hui plutôt qu'un autre jour ?

FELLER : Parce qu'il s'est produit deux petits incidents qui prouvent que mes nerfs sont à bout.

LE PSYCHIATRE : Racontez-les-moi.

FELLER : Le premier, c'était avant-hier samedi. Il faut vous dire que j'avais été énervé dès le matin.

LA BONNE : Un gars de la police est venu.

FELLER : Ah !

LA BONNE : Il a posé des tas de questions.

FELLER : Vraiment !

LA BONNE : Qui vous receviez. Quels journaux vous lisiez. J'ai dit que je ne savais pas et qu'il n'avait qu'à s'en aller.

FELLER : Vous avez eu tort. Il faut toujours répondre à la police. Ces gens font leur métier. *(S'adressant au Psychiatre :)* C'est vrai : ils ne font que leur devoir. Et souvent… Une enquête de police en soi, c'est la routine, simplement la routine du métier. Je n'aime pas les flics. Mais il faut se mettre à leur place : on leur dit d'enquêter, ils enquêtent. S'agissant de moi, il y a cent à parier contre un que cela ne me concernait pas.

LE PSYCHIATRE : Cependant ça ne vous plaisait pas.

FELLER : À cause de cet état de peur où je suis. Un rien m'agace. Je n'ai pas pu travailler de la journée.

La Bonne annonce M. Goldschmidt.

Qu'il aille au diable. Non, faites-le entrer.

GOLDSCHMIDT : Bonjour.

FELLER : Bonjour. Comment vas-tu, vieil idéaliste.

GOLDSCHMIDT : Pas mal, vieux réaliste.

FELLER : Réaliste ! Qu'est-ce que tu en sais. Tu prends un martini ?

GOLDSCHMIDT : Non. Écoute [*un prénom, abrégé :* Roy *ou* Ron], je viens te parler de ton fils.

FELLER : Ah ! C'est le professeur qui vient me voir. Je t'écoute.

GOLDSCHMIDT : Il ne fait pas grand-chose.

FELLER : Je sais, je sais. Après ?

GOLDSCHMIDT : J'ai essayé de lui parler des Rosenberg. Ton fils a crié : « Pendez-les ! »

FELLER : Je te ferai remarquer qu'il y avait un certain manque de tact à parler des Rosenberg. Tu as une classe. Ce n'est pas pour cela.

GOLDSCHMIDT : Je dois discuter les actualités sociales.

FELLER : Les Rosenberg ne sont pas une actualité. Et pas sociale. Ils ont fait de l'espionnage industriel.

GOLDSCHMIDT : Méritent-ils la mort ?

FELLER : Je ne sais pas. Je fais mon travail à l'O.N.U. Si tu me parles de l'O.N.U., je te dirai cet employé est coupable. Mais le juge est informé. En tous cas, les gosses ne peuvent pas juger. C'est ton vieil idéalisme qui l'emporte.

GOLDSCHMIDT : Que tu croies les Rosenberg coupables, c'est ton affaire. Irais-tu le prouver en portant une pancarte et en criant « Grillez-les ! ».

FELLER : Non.

GOLDSCHMIDT : C'est ce qu'a fait ton fils.

FELLER : Ah ! *(Un moment de réflexion.)* C'est toi qui l'y avais poussé.

GOLDSCHMIDT : Ou tu as beaucoup changé, Feller, ou tu ne peux te reconnaître en lui.

FELLER : Après ? Que puis-je faire ? Le battre ? Je suis contre la violence. Jamais je ne l'ai puni. Tu es pour les punitions, vieil idéaliste ?

GOLDSCHMIDT : Non.

FELLER : Alors ?

GOLDSCHMIDT : Si tu avais entendu cinquante gosses de quinze ans réclamer la mort des deux accusés, tu jugerais que quelque chose ne va pas en Amérique.

FELLER : Que veux-tu que j'y fasse.

GOLDSCHMIDT : Je veux que tu lui parles.

FELLER, *tristement* : Lui parler ? Tu pourrais lui parler toi ?

GOLDSCHMIDT : Moi, non. Mais il t'aime.

FELLER : Tu crois qu'il m'aime ?

GOLDSCHMIDT : À sa manière, oui.

FELLER : Écoute. Je vais lui parler.

Goldschmidt s'en va. Feller revient vers le Psychiatre.

Ça m'intimidait. C'est dur de parler à un gosse. Autrefois je le pouvais. *(Il rit péniblement.)* Mais quinze ans… c'est l'âge ingrat n'est-ce pas.

On sonne deux coups, il quitte le Psychiatre et se précipite. Le Gosse entre.

FELLER : Bonjour.

LE GOSSE : Bonjour. *(Il sifflote.)*

FELLER : Qu'est-ce que tu as fait ce matin ?

LE GOSSE : Moto. Avec MacCarthy.

FELLER : Bonne promenade ?

LE GOSSE : Oui. *(Un silence. Le Gosse lève la tête.)* Catherine m'a dit que Goldschmidt sortait de chez toi.

FELLER : Oui.

LE GOSSE : C'est un vieux con.

FELLER : Crois-tu que c'est très malin de parler comme ça de ton professeur ? Tu sais bien que ce n'est pas un con.

LE GOSSE : Il nous assomme. Il est périmé. Je sais de quoi il t'a parlé.

FELLER : Alors si tu le sais...

LE GOSSE : Les Rosenberg, hein ?

FELLER : Oui.

LE GOSSE : C'est un vieux con.

FELLER : Kid, écoute-moi.

LE GOSSE : Ça y est.

FELLER : Veux-tu m'écouter ?

LE GOSSE : Je sais tout ce que tu vas me dire.

FELLER : Voyons cela.

LE GOSSE : Il est possible que les Rosenberg soient coupables mais ce n'est pas une raison pour que nous, enfants et [privés *lecture conjecturale*], nous réclamions leur tête.

FELLER : Eh bien, si tu le sais, pourquoi ?

LE GOSSE : Parce que je trouve cela idiot. Si des millions d'Américains ne réclamaient pas leur mort, on trouverait moyen de les acquitter parce que des vieilles canailles idéalistes comme Goldschmidt réclameraient leur acquittement.

FELLER : Tu as changé, Kid.

LE GOSSE : Oh ! laisse tomber.

FELLER : Pourquoi n'aurais-je pas le droit de te dire que tu as changé. Je sais qui te met ces idées dans la tête : MacCarthy.

LE GOSSE : Personne ne met mes idées dans la tête, je me les fais tout seul.

FELLER : Tu as plus confiance en MacCarthy qu'en moi.

LE GOSSE : J'ai confiance en personne.

FELLER : Mais bon Dieu qu'est-ce que ça te fout, à toi, les Rosenberg ?

LE GOSSE : Ce sont des communistes. Et des juifs.

FELLER : Donc il faut les tuer.

LE GOSSE : Il faut tuer tous les communistes.

FELLER : Pourquoi ?

LE GOSSE : Parce qu'ils veulent nous tuer.

FELLER : Tu es sûr qu'ils veulent nous tuer ?

LE GOSSE : Et toi, tu n'en es pas sûr ? Ils t'ont fait une jolie frousse le jour de Lake City.

FELLER : Je te défends de te mêler à des manifestations, quelles qu'elles soient.

LE GOSSE : Ça tombe mal, on va manifester cet après-midi avec les copains.

FELLER : Je te le défends.

LE GOSSE : Grillez les Rosenberg !

Feller se jette sur lui et le bat.

Je te hais ! Avec moi, bien sûr ! Tu bats les mômes.

Feller revient vers le Psy.

FELLER : Et voilà.

LE PSYCHIATRE : Il vous avait poussé à bout. Il voulait que vous le frappiez.

FELLER : Pourquoi ?

LE PSYCHIATRE : Je ne sais pas. Je ne le connais pas.

FELLER : J'ai senti ça.

LE PSYCHIATRE : Et pourquoi l'avez-vous battu ?

FELLER : Je ne sais pas.

LE PSYCHIATRE : Vous étiez en colère.

FELLER : Oui. Non. Non. J'avais peur.

LE PSYCHIATRE : Peur de quoi ?

FELLER : Je ne sais pas.

LE PSYCHIATRE : Essayez de vous rappeler la scène. Tâchez de revoir.

Feller revient à la place qu'il occupait. Dernières phrases répétées. Le haut-parleur. À mort les Rosenberg. Grillez-les ! Pendez-les. À mort Feller.

FELLER : Non ! Non !

Des hommes entourent le Fils et crient avec lui. Il se jette sur eux et les bat. Ils disparaissent. Reste le Fils effondré qui dit :

LE GOSSE : Je te hais.

FELLER : J'ai cru qu'ils étaient cent mille et ce n'était qu'un gosse.

LE PSYCHIATRE : Qui est son oncle John ?

FELLER : C'est John MacCarthy le [fasciste *[lecture conjecturale]* *biffé*] sénateur[2]. Le frère de ma femme.

LE PSYCHIATRE : Il n'a pas vos idées.

FELLER : Lui ? C'est lui qui fait la chasse aux sorcières partout.

LE PSYCHIATRE : Vous vous entendez bien ?

FELLER : Très bien. À part ça c'est un bon garçon.

LE PSYCHIATRE : Il ne vous reproche pas vos opinions.

FELLER : Le frère de sa sœur, c'est sacré[3]. Il m'a défendu cent fois.

LE PSYCHIATRE : Vous avez perdu votre femme quand ?

FELLER : Elle est morte pendant la guerre. Elle était belle et froide. Je l'avais rencontrée à une cocktail party. C'était la première fois que j'étais invité. J'ai été pauvre. Les gens me *[un mot illisible]*. Et ce n'était rien. *(Les gens tournent en rond.)* Soudain je l'ai vue. C'était le mirage pur, tout ce que je n'avais jamais eu. Je me suis approché : je lui ai dit « Nous sommes les seuls à n'avoir pas bu ». Elle ne répondait pas, elle souriait. Dix ans plus tard je lui parlais encore, elle ne répondait jamais. *(Il lui parle. C'est la même que la Secrétaire mais en blond.)* Mon beau mirage. Tu es tout. Je voudrais te faire jouir. Je voudrais t'émouvoir. Le monde serait à moi, tu es tout ce qui m'est refusé. *(Il revient vers le Psychiatre.)* Je crois qu'elle était amoureuse de son frère.

LE PSYCHIATRE : Vous m'avez parlé d'un autre fait qui vous a fait venir ici.

FELLER : Ah oui. Ce matin à l'O.N.U. C'est lui qui m'a décidé. J'avais quitté mon bureau et je suis passé au bar. Il y avait des gens qui riaient. Je me sentais seul. Je me suis approché. Il y a eu un froid. Et puis ils m'ont tapé cordialement sur l'épaule et se sont mis exprès à parler de la pluie et du beau temps.

PREMIER O.N.U. : Quelle pluie !

DEUXIÈME O.N.U. : C'est une saloperie de temps, hein ?

TROISIÈME O.N.U., *étourdiment* : Un temps pourri.

PREMIER O.N.U., *très vite* : Pourri. Mais non. Pourquoi pourri, c'est normal.

QUATRIÈME O.N.U. : Normal en août, des pluies torrentielles.

PREMIER O.N.U. : Écoutez. En 1882, en 1910 et en 1927 le maximum de pluie dépassait le nôtre.

UN NOUVEAU VENU : À moins que ce ne soit ces expériences de pluie artificielle.

DEUXIÈME O.N.U. : Jamais de la vie. Il y a des experts. Ça ne risque rien.

FELLER, *au Psychiatre* : Même la pluie et le beau temps. Ils avaient peur de moi. Même la pluie et le beau temps, c'était un sujet défendu.

Il revient au groupe.

Il pleut des pluies radioactives au Japon. Et vous savez très bien qu'on accuse la bombe atomique. Un temps détraqué pour mille ans. Il nous pleuvra dessus comme sur Vénus. En attendant qu'on nous bouffe l'atmosphère.

Il part à grands pas. Les autres le regardent ahuris. La lumière s'éteint.

LE PSYCHIATRE : Je ne comprends pas bien. Votre fils vous accuse d'idéalisme et vous effrayez les gens de l'O.N.U. Qui êtes-vous ?

FELLER : Je veux le savoir. Est-ce juste que je leur fasse peur ? C'est que je suis leur supérieur et que ce sont des lâches. Voilà tout. Je les défends. Je passe ma vie à les défendre et voilà ! 4 h 05. Donnez-moi les nouvelles. *(La radio marche. La protestation repoussée en termes insolents.)* C'est la guerre. Et après tout, tant mieux. La guerre, c'est le courage, la peur, la lâcheté. S'il y a la guerre, je m'engage. Je n'avais pas de problème à la guerre.

LE PSYCHIATRE : Vous n'avez donc pas peur de la guerre.

FELLER : J'ai peur… Non je n'en ai pas peur.

LE PSYCHIATRE : Quand avez-vous commencé à avoir peur ?

FELLER : Il y a deux ans. À l'occasion d'une petite plaisanterie sans importance. On était dans ma maison de campagne avec la secrétaire, etc.

LE PSYCHIATRE : Vous emmeniez la secrétaire ?

FELLER : Oui.

LE PSYCHIATRE : Votre fils ne vous en voulait pas ?

FELLER : Il ne savait rien. Je suis sûr qu'il ne savait rien. Il y avait d'autres amis. Mais quand vous m'y faites penser. Il était très désagréable avec elle. *(Scène entre le Fils et la Secrétaire.)* Pourtant nous avions des chambres séparées. Je l'avais fait venir pour du travail et il ne se passait rien entre nous.

Les autres amis sont groupés autour du feu et de la Secrétaire. On frappe.

Entrez.

Des hommes entrent.

[LES HOMMES :] Considérez-vous comme en état d'arrestation.

FELLER : Qui êtes-vous et de quel droit ?

[LES HOMMES :] Bas les pattes. Nous sommes membres du parti communiste. L'U.R.S.S. lance partout des parachutistes.

La Secrétaire crie, l'autre Femme aussi.

FELLER : Vous êtes surtout des plaisantins. Je vous prie de sortir tout de suite.

Par la fenêtre on voyait passer des groupes de paysans enchaînés.

LE GOSSE : Salauds. Tuez-moi. Je vous hais.

Les autres se mettent à rire : Voilà un bon petit citoyen américain. On lui fera passer cela.

FELLER, *seul avec les autres* : Je vous assure que c'est une plaisanterie.

LA FEMME : Nous allons mourir.

LE GOSSE : Si j'avais un pistolet.

Il en trouve un. Veut tirer. Feller le désarme.

FELLER : Nous sommes restés ainsi pendant quatre heures. Au bout de quatre heures un type est venu.

[LE TYPE :] Nous vous annonçons que l'opération a pleinement réussi. Nous sommes membres de l'*American Legion*[4] et avec l'autorisation du gouvernement nous sommes venus vérifier les dispositifs de défense du village. Merci. Toi, tu es un brave petit Américain et nous te donnons une médaille de civisme.

Il s'en va.
Brouhaha.

FELLER, *riant* : Je vous avais bien dit. Je vous avais bien dit.

Il s'évanouit.

LE GOSSE : Lâche !

LE PSYCHIATRE : De quoi avez-vous peur ?

FELLER : De rien, j'ai su que c'était une blague au commencement.

LE PSYCHIATRE : Ça ne fait rien. Ça vous a représenté quelque chose. Avez-vous peur des communistes ?

FELLER : Je ne sais pas. Non : je n'ai pas peur d'eux.

LE PSYCHIATRE : Et de l'*American Legion* ?

FELLER : Non plus.

LE PSYCHIATRE : Des deux.

FELLER : Peut-être, je ne sais pas.

LE PSYCHIATRE : Revoyez donc la scène.

Feller la revoit. Il n'est pas dedans.

FELLER : Je vois... Je ne veux pas.

LE PSYCHIATRE, *insiste* : Que voyez-vous ?

À ce moment le téléphone sonne.

UNE VOIX, *au téléphone* : Il faut que vous veniez. On va porter l'affaire des avions devant l'O.N.U.

FELLER, *métamorphosé* : Je peux sortir. J'aiderai à un accord. *(Au Psychiatre :)* Je m'excuse. Je me suis trompé. Cette séance n'a servi à rien. Je n'en sais pas plus qu'au commencement. C'est ma complaisance morbide à moi-même. Il faut agir ! Agir ! C'est cela qui me fera tout oublier.

LE PSYCHIATRE, *se lève* : Ne le faites pas.

FELLER : Quoi ?

LE PSYCHIATRE : Ce que vous avez peur de faire.

FELLER : Qu'est-ce que j'ai peur de faire ?

LE PSYCHIATRE : Si je le savais. Mais c'est de vous que vous avez peur.

FELLER : Non. C'est du monde ! Le monde est mauvais.

LE PSYCHIATRE : Tout à l'heure vous avez cru trouver votre image et vous avez arrêté net. Ne le faites pas.

FELLER : Comment savez-vous que je ne dois pas le faire, que c'est mal ?

LE PSYCHIATRE : Je ne sais pas si c'est mal mais je sais que si vous le faites, vous éclatez. Bien ou mal, c'est ce que vous ne pourrez jamais faire sans vous *tuer* moralement.

FELLER : Gros malin. Adieu.

Il sort.

IIe TABLEAU

LE PSYCHIATRE : Qui vient ?

L'INFIRMIÈRE : Mme Smith. *(On sonne.)* Excusez-moi.

Elle revient.

C'est le type de l'autre jour. Feller. Il insiste pour passer tout de suite.

LE PSYCHIATRE : Faites-le entrer.

L'INFIRMIÈRE : Mme Smith attend.

LE PSYCHIATRE : Dites-lui qu'il n'y aura pas d'analyse aujourd'hui.

L'INFIRMIÈRE : Docteur c'est… c'est un passe-droit. Mme Smith aura des angoisses toute la journée. Vous savez ce que c'est quand on ne vous a pas vu.

LE PSYCHIATRE : Je sais. Faites entrer Feller.

L'INFIRMIÈRE : Mais…

LE PSYCHIATRE : Il ne s'agit pas de guérison. Mais ce type a quelque chose derrière la tête. Il y a quelque chose de louche qui est en jeu. Il y a quelque chose à découvrir et à empêcher. Il faut que je le voie.

L'Infirmière fait entrer Feller.

FELLER : Est-ce que vous pouvez me faire dormir ?

LE PSYCHIATRE : Je ne sais pas.

FELLER : Je ne dors plus jamais. J'ai pris toutes les drogues. Elles m'abrutissent c'est tout. Savez-vous comment je tiens ? Somnifère la nuit, benzédrine le matin[1].

LE PSYCHIATRE : Il faudrait vous ôter votre angoisse. Comment le puis-je si vous ne m'aidez pas.

FELLER : Je ne veux pas d'analyse.

LE PSYCHIATRE : Personne ne vous parle d'analyse. De toute façon vous êtes trop agité pour la supporter. Je voudrais seulement parler de vous. Hier vous êtes parti au moment où l'on pouvait commencer.

FELLER : Eh bien vous voyez, je suis revenu.

LE PSYCHIATRE : Pourquoi êtes-vous revenu ?

FELLER : Parce que… je vois un peu plus clair. Cette nuit, j'ai vu mes idées plus en ordre. Vous avez compris peut-être que j'étais ambitieux ? C'est mon ambition qui me soutenait. À présent je ne peux pas monter plus haut.

LE PSYCHIATRE : C'est ce qui vous fait peur.

FELLER : Non. Mais ça fait un vide. Le monde a changé, n'est-ce pas. Quand il change, il rejette les gens.

Il va voir Tim à l'hôpital[2].

TIM, *appelle faiblement* : Feller ! Feller !

FELLER : Il m'appelait tout le temps. Il avait les deux jambes coupées au genou.

Il s'approche de Tim sur son lit d'hôpital.

Mon pauvre vieux.

TIM : Je ne suis pas malheureux. Je réapprendrai à marcher. *(Il fait quelques pas avec Feller).* Écoute : mes jambes, ça m'est égal. Je les donne pour la paix. Regarde le journal. L'Amérique est la maîtresse du monde. Il fallait qu'elle fasse régner la paix. Rien de plus. Nous devons le faire. L'aider. J'ai payé le droit de parler. Tous les gars d'autrefois il faut les retrouver, il faut lutter. L'Amérique a besoin d'une gauche. Il faut que les syndicats fassent de la politique. Il faut lutter contre les trusts. Mes jambes me gênaient. Elles me faisaient courir. À présent ma passion c'est d'écrire. Il faut soutenir le père White[3].

FELLER, *au Psychiatre* : On avait toutes les chances. Le père White avec nous, Roosevelt au pouvoir. On a lutté, je vous jure. En Asie surtout. On a empêché le gouvernement d'envoyer des armes à Tchang Kaï-chek. Nous voulions une entente entre communistes et le Kuomintang. Je suis allé à l'O.N.U.

Dialogue avec son fils (douze ans).
LE FILS : Et tu es avocat pour les défendre ?
FELLER : Oui. Et on s'est battu pour qu'on puisse avoir la paix et que chacun de nous puisse vivre sa vie.

LE PSYCHIATRE : À ce moment-là, il était comme ça avec vous ?
FELLER : Oui. Comme ça.
LE PSYCHIATRE : Pourquoi a-t-il changé ?
FELLER : Je ne sais pas. Tout a changé. J'étais heureux. Roosevelt est mort et puis les autres sont venus au pouvoir. Tim allait trop loin pour moi.

FELLER : Enfin ce sont les communistes qui gagnent.
TIM : Ce sont les meilleurs qui gagnent.
FELLER : Ce n'est pas ce que nous voulions.
TIM : Nous voulions la vraie paix avec un régime accepté par le peuple.
FELLER : Ils vont faire la chasse à l'homme. Vous traquer. Moi je suis défendu par mon statut de fonctionnaire international.
TIM : On se défendra. Le vieux White ne se laissera pas faire.

Trygve Lie pas réélu. Feller veut démissionner. La Secrétaire idéaliste l'y pousse.

FELLER, *moitié pour lui-même, moitié pour le Psychiatre* : Il fallait tenir bon. Se serrer les coudes. L'événement nous donnait tort. Mais nous avions raison. Il fallait le prouver, ne pas se laisser abattre comme des chiens dans la rue.

Affiches de journaux, voix : « Procès de White. Communiste, etc. »

En montage : Des dates. Des commentaires.

FELLER, *parle toujours* : Tim était malade. Tubard. Lésion au poumon. C'est moi qui les ai réunis les gars.

FELLER : On était quinze. On était plus que six. Trois en Europe, un en prison. Ceux qui n'étaient pas venus.

FELLER : Hello !
[PREMIER AMI :] Hello ! Comment va X ?
[DEUXIÈME AMI :] Pas fort. Pourquoi nous as-tu réunis ?
FELLER : Nous devons nous défendre. Le lobby chinois nous poursuit. C'est une maffia. Ils veulent se venger. Si nous restons un à un, ils nous auront les uns après les autres. Il faut fonder une association de défense. Et chaque fois que l'un sera attaqué, les autres iront à son secours. Nous sommes encore une force.
[PREMIER AMI :] Nous sommes impuissants. Les intellectuels ont toujours été impuissants. L'Amérique est immense, lourde à remuer. Il faut attendre. C'est la réaction. Elle passera.
FELLER : On n'a pas oublié les reportages de Snow[4].
SNOW : Malheureusement pas un journal ne veut de moi. J'écris pour les enfants. Faisons-nous oublier. Toi parbleu tu es protégé. Tu es de l'O.N.U.
FELLER : Je démissionne.
[TROISIÈME AMI :] Je veux bien lutter. Mais pas tout seul. Qui nous appuiera ? Les syndicats ? Nous n'avons pas les masses avec nous. L'idée absurde qu'on peut faire un changement à partir de la classe cultivée.
FELLER : Nous ne les avons pas parce que nous n'avons pas su leur parler.
[QUATRIÈME AMI :] Et si nous avons fait des erreurs, de bonne foi ? Si nous avons fait le jeu des communistes ?
FELLER : C'est faux. Tim me dirait.
[QUATRIÈME AMI :] Tim ? Il est communiste.
FELLER : Communiste ? Vous êtes fous.
[QUATRIÈME AMI :] On le sait.
FELLER : Le vieux White…
[QUATRIÈME AMI :] Celui-là va faire une confession publique.
FELLER : Nous n'avons pas tort.

[FELLER :] J'ai décidé d'aller voir MacCarthy.
MACCARTHY : Vous êtes des idéalistes. Nous sommes réalistes. *(Sa femme :* White est un vieux salaud. Il se confessera.*)* Ne démissionne pas de l'O.N.U. Je ne puis te protéger sans cela. Cette nuit il y avait des gens. Ils ont corné aux fenêtres.

Va voir White.
WHITE : Vous avez tort de venir. C'est dangereux.
FELLER : Est-ce que vous allez vous confesser demain ?

WHITE : Oui. Je déferai le mal que j'ai fait. Que nous avons tous fait.

(Pendant qu'ils causent, brouhaha dehors.)

FELLER : L'intention…

WHITE : Qu'importe l'intention. Nous avons donné la Chine aux communistes. Et Lénine disait : « Le chemin passe par la Chine. » Nous avons nui à nos compatriotes pour des idées générales et les trusts. Je suis coupable. Je suis un juif abstrait. Apatride.

FELLER : Pourquoi avez-vous tort ?

WHITE : Parce que tout le monde est contre nous.

[TRYGVE LIE :] C'est la faute des Russes. S'ils avaient voté pour moi. On demandera les dossiers de la F.B.I. et on renverra les communistes. L'O.N.U. demeurera pure.

La scène du libéral renvoyé.

Je vous déteste. — Vous êtes destructeur sans courage. — Vous avouerez tout.

Abstraits.

C'est votre portrait que vous faites.

Il s'en va.

Arrive Wanda.

John. Je suis convoquée par la commission d'enquête.

Toi ? Il faut te défendre. Refuse de parler.

Elle refuse.

MacCarthy — Trygve Lie — Feller

MACCARTHY : Nous déclencherons une attaque formidable contre l'O.N.U.

TRYGVE LIE : C'est votre maîtresse, n'est-ce pas ? Vous ne pouvez pas laisser l'O.N.U. pourrir, le seul organe de paix, pour sauver votre maîtresse.

MACCARTHY : Si elle n'a rien à se reprocher, elle n'a rien à craindre.

TRYGVE LIE : Il faut que tout soit clair. Au grand jour. L'O.N.U. est une maison de verre.

FELLER : Vous disiez : renvoyer en douce.

TRYGVE LIE : À ce moment-là on ne nous attaquait pas.

Ils lui demandent de trouver un point pour la faire parler. Accablé. Puis invente : fidélité à la puissance hôtesse.

La scène où l'on *autorise* Wanda a faire sa confession.

« C'est toi qui m'a dénoncée. Pour te débarrasser de moi ! »

Chez l'autre.

Sado-masochisme des deux. Couchent ensemble.

Tim vient voir Feller. Le menace. *La Nation*[5] publiera. Discussion : on ne peut pas faire la part du feu.

La révolte du psychiatre : « Vous êtes un salaud. »

FELLER : Guérissez-moi.

LE PSYCHIATRE : Je ne peux pas vous guérir. C'est la situation.

FELLER : Alors adieu.

LE PSYCHIATRE : Il n'a pas dit encore le fond. Il prépare pis encore. J'ai eu tort de me laisser aller à la colère.

RIDEAU

[IIIe TABLEAU]

[Ms. Vian, ffos 14-15.]

Trygve Lie.

Cèdent en voulant défendre.

Les renvois. Dossier de la F.B.I.[1].

La visite du petit juif.

L'individu séparé et sauvé par Dieu[a].

[Ms. Vian, fo 10.]

1) MacCarthy demande d'expulser les communistes.

Trygve Lie veut les expulser pour prévenir une enquête.

Demande communication dossiers F.B.I. Feller lui indiquera les gens à expulser.

2) Trygve Lie avait demandé les dossiers au département d'État. On ne les lui a pas transmis. Première incursion : on réclame qu'il renvoie les communistes. Hésitations, discussions. Il suffit de le faire en douce. Feller lui propose de demander les dossiers de la F.B.I.

Première idée : faire la part du Diable. Idée de la pureté contre la théorie de l'internationalisation. Les renvois sans motifs.

Feller plaide au tribunal international. Théorie du respect pour la puissance invitante.

3) X refuse de répondre. On agit auprès de Trygve Lie. Le refus des Soviets de l'inviter à dîner. L'article américain : vendu aux Soviets. Donne l'ordre de répondre. À cette personne qu'on doit voir discuter.

4) La F.B.I. partout à l'O.N.U. Elle demande communication des dossiers sur les fonctionnaires. Feller est chargé du contact avec la F.B.I. Cette fois-ci, c'est lui qui désigne aux F.B.I. ceux qu'il faut soumettre aux enquêtes.

[Ms. Vian, f° 5.]

La Séance

Tim offre de répondre pour lui et de se taire pour les autres. On lui refuse ce droit. Il dit : « je le prendrai ». MacCarthy lui demande les noms de ses amis dans les administrations. Il refuse. Outrage. Cinq ans. Il les *ridiculise.*

(Peut-être à la télévision : projection. Feller et le psychiatre y assistent).

« Vous tous qui m'écoutez à la télévision si seulement vous voulez bien n'avoir pas peur. »

« Vous entendez, Feller ? »

C'est là l'aveu, après la télévision : MacCarthy le tient. Il m'a demandé [avant *lecture conjecturale*] la première séance de lui donner la liste.

FELLER : J'ai trop accepté pour pouvoir refuser : comprenez-vous cela ? Il y a des cadavres entre nous. Je n'ai pas la force nécessaire et puis je dégoûte tout le monde.

Il a voulu jouer double jeu et l'organisme administratif a été plus fort que lui.

[Ms. Vian, f° 7.]

La marche dans la rue.

Affiches lumineuses et projections, phrases publicitaires prononcées à haute voix — toujours sur le bon américain, sur la Bible, sur le confort, sur l'intégration. Je marchais. Il répond aux annonces publicitaires, il parle, il les insulte.

La visite du petit juif : il l'engueule. L'autre lui rétorque : « Vous faites votre propre procès. »

LE PSYCHIATRE : Il avait raison. C'est vous que vous voulez punir.

[Ms. Cau, ffos 29-30.]

FELLER : Ma vie c'est l'histoire de la solitude et de la peur. J'ai toujours été *l'Autre*. Je me suis toujours senti coupable.

LE PSYCHIATRE : Avez-vous livré le dossier ?

FELLER : Non. Pas encore mais je vais le faire. Je veux me faire accepter[b].

LE PSYCHIATRE : Vous êtes perdu. Ils n'ont pas besoin de vous.

FELLER : Guérissez-moi.

LE PSYCHIATRE : Je ne peux pas. C'est social. Ne livrez pas ce dossier.

FELLER : Et après ? Je serai poursuivi à mon tour et ruiné.

LE PSYCHIATRE : Et si vous le livrez ? Vous serez épuré aussi. Je ne peux pas vous guérir. Je pense que vous serez mieux dans votre peau si vous ne le livrez pas.

FELLER : On m'a fait ce que je suis. Je ne vois qu'un moyen de le défaire. Je rentre chez moi. Je vous téléphonerai.

[Ms. Cau, ffos 7-8.]

À la fin.

LE PSYCHIATRE : Feller on va vous accuser, vous diffamer, vous emprisonner peut-être. Mais vous n'aurez qu'un seul juge : moi. Moi qui représente tout le monde, tous les juifs et tous les hommes. Moi que vous avez choisi. À présent partez.

FELLER : Une parole de pitié ?

LE PSYCHIATRE : Je ne peux pas. Vous n'en voulez même pas. Mais sachez que si vous refusez de livrer vous êtes acquitté.

FELLER : Que vaut ma vie ?

LE PSYCHIATRE : C'est maintenant qu'elle peut valoir quelque chose.

FELLER : Bien. Ils viennent dans une heure. Je vous téléphonerai.

Le psychiatre attend.

La table d'écoute :

Nous communiquons. Mais on nous écoute. (Un type surgit

très loin dans l'ombre, casque à l'oreille, table d'écoute. Prend des notes. Quand il raccroche, le type disparaît.)

Le type paraîtra chaque fois qu'il téléphone.

[Ms. Cau, f° 13.]

Avant-dernière scène : avec son fils.

FELLER : Tu pourrais me sauver.

[Ms. Cau, ff^os 7-8.]

La lumière s'allume de l'autre côté. Une fenêtre. C'est son bureau. Il est là avec sa secrétaire. Il téléphone :

[FELLER :] Vous voulez du scandale.

[UNE VOIX, *au téléphone* :] Oui.

[FELLER :] Vous en aurez. Vous voulez que je me tue.

[UNE VOIX, *au téléphone* :] Oui.

[FELLER :] Je vais le faire.

FELLER : Mourir, oui, il y en a qui meurent mais en héros. Vous voulez que je meure en lâche.

LE PSYCHIATRE : Je saurai la vérité de votre mort. Vous ne pouvez mourir en héros puisque vous n'êtes pas un héros.

FELLER : Mais comment ferait un héros à ma place.

LE PSYCHIATRE : Il ne s'y trouverait pas.

LE PSYCHIATRE, *au téléphone* : Du courage. N'ayez plus peur. On vous a ôté votre vie, on ne vous ôtera pas votre mort. Vous aurez servi la paix.

FELLER : Il y en a d'autres qui servent en vivant, en combattant pour elle.

LE PSYCHIATRE : Chacun son lot. Vous êtes un monstre. Votre vie est nuisible. Mais votre mort peut servir. Avez-vous peur de mourir ?

FELLER : Non. Les voilà.

Ils entrent.

[Ms. Cau, f° 13.]

Dernière scène : Feller très calme reçoit les types (MacCarthy-F.B.I.).

FELLER : Oui j'ai été communiste, mon tort c'est de ne pas l'être resté. J'avais donné un sens à ma vie.

MACCARTHY : Nous savons déshonorer les morts.

[Feller] se jette par la fenêtre.
MACCARTHY, *se penche et regarde* : Foutons le camp.

Le médecin sonne. Sonnerie dans la chambre vide de Feller.
LE PSYCHIATRE : Vous mettez « Malade guéri ».

[RIDEAU]

Fragments de « La Part du feu »

FRAGMENT I

[Ms. Cau, ffos 1-4.]

Ire séance

Le monologue. Le psychiatre interroge.
Actes bizarres.
1) Le bar de l'O.N.U. La bombe atomique.
« Vous me prenez pour un provocateur. »
LE PSYCHIATRE : Pourquoi ne vous aiment-ils pas ?
FELLER : Bah ! Ce sont des lâches. J'ai une fonction.
Expérience à l'O.N.U.
LE PSYCHIATRE : Vous avez parlé de deux actes bizarres.
Feller.
2) Le fils.
Rosenberg.
UN VIEUX COPAIN : J'ai essayé de leur parler des Rosenberg.
(Il appelle le fils.)
[LE] FILS : Grillez-les. Pendez-les.
FELLER : Vous y croyez vous à l'innocence des Rosenberg ?
LE PSYCHIATRE : Je suis psychiatre.

LE PSYCHIATRE : En somme tout cela représente une sorte de solitude ? Avez-vous des amis ? Une femme...
FELLER : Ma femme est morte.
LE PSYCHIATRE : Une maîtresse ?
FELLER : Oui. Enfin si l'on veut. Deux secrétaires, l'une riche belle et froide. Ces femmes m'attirent. Je voudrais les faire jouir. Une autre, une petite.
Scène de racolage.

Scène d'ivresse. Elle parle trop (idéalisme). Refroidi. Impuissant.

LE PSYCHIATRE : Pourquoi ?

FELLER : Je ne sais pas : j'ai horreur d'un certain libéralisme idéaliste. J'en ai une autre à présent : elle ne partage pas mes idées.

LE PSYCHIATRE : Un ami ?

FELLER : Oui. Un. Nous ne nous entendons plus (directeur de *La Nation*).

[Scène de la brouille *biffé*]

LE PSYCHIATRE : Comment était votre femme ?

FELLER : Riche, froide. [La femme *biffé*] La sœur du sénateur MacCarthy. Elle ressemble à ma première secrétaire.

LE PSYCHIATRE : Votre métier ?

FELLER : C'est un beau métier : la paix. J'ai contribué aux négociations avec Israël, etc. J'ai sauvé des fonctionnaires tchèques (scène au bureau de Feller. Un Tchèque vient).

Durant cette première séance il est déjà sommé de répondre à la comm[ission] touchant son ami. Il vient au fond pour demander une solution.

Il se dit libéral : contre les gros trusts, contre les communistes, contre la guerre.

FELLER : À la guerre, on n'avait pas peur Tim et moi (tranchée) : l'avenir est à nous. (Il fouille dans sa poche et jette ses médailles sur le bureau.) Tenez : ce sont mes médailles, je ne les porte pas parce que j'ai horreur de la guerre.

LE PSYCHIATRE : Mais, vous les aviez dans la poche.

FELLER : Toujours. Ça me rappelle que j'ai été courageux.

LE PSYCHIATRE : Quand avez-vous eu peur pour la première fois ?

FELLER : Il y a deux ans. À propos d'une farce.

Après la guerre : toute une bande liée à Wallace[1]. Progressisme question de culture.

Mort de Roosevelt.

Affaire White (chef du parti).

Nous protesterons. La scène avec les amis. *[un mot illisible]* MacCarthy.

Le désaveu public de [Wall *biffé*] White.

La scène chez lui : il confie des documents. Il s'explique.

Le retour chez lui : dans la rue les enseignes lumineuses.

(Un coup de revolver soudain. Il revient, il veille le type. Quelque chose de moi était mort. Tim est venu le veiller aussi. Ils discutent.)

Je ne veux être ni pour le parti du réarmement américain ni pour l'U.R.S.S.

Scènes intercalaires avec son fils. Ce fils va de plus en plus chez le beau-frère.

Il revient : MacCarthy[a] m'a dit que tu avais des amis dangereux. Anxiété du gosse. Incertitude du père qui répond mal.

Trygve Lie pas réélu. Veut démissionner. Tim le lui conseille.

MacCarthy l'en empêche : votre statut international me permet de vous protéger. Sinon ça irait très mal. Trygve Lie le prie de rester pour résister aux Américains.

Donc scène Feller — Tim
Feller — MacCarthy
Feller — Trygve Lie.

FELLER : L'argent j'en ai. J'ai peur pour ma réputation et j'ai peur des masses.

Veut l'intégration dans la haute société (fils de commerçants pauvres). Voit clair : un conservateur leur résisterait peut-être. Mais un libéral c'est suspect. Ils veulent la peau de mes semblables et c'est moi qu'ils chargent de l'avoir.

Scène au bureau : la femme froide : c'est une petite salope. Elle a été communiste.

Scène au restaurant. « Elle veut ta peau. » Je le sais. Elle lui dit qu'elle l'aime. Il fait le chevalier : je suis resté pour défendre les gens.

Trygve Lie et lui : faire la part du feu. Si la Russie nous aidait. J'ai demandé au Département d'État de me fournir les dossiers. Il a refusé. Il faut les faire filer en douce. Sauver l'O.N.U. Feller conseiller juridique invente la notion du respect de la puissance hôte. Le chef du personnel est là. Sa théorie : le simple soupçon d'être communiste nuit à l'O.N.U. Donc un suspect doit être chassé. La théorie du respect de la puissance invitante suffit pour renvoyer en douce comme le souhaite Trygve Lie.

FELLER : J'ai couru l'Europe. J'allais plaider à Genève. (Plaidoirie.)

Demandent les dossiers de la F.B.I.

Plan d'introduire des communistes : White le poursuit.

Scène avec un homme qui est sa propre image. « Vous faites votre propre procès. »

Le chef du personnel se saoule devant lui : il a vraiment peur des espions, avoue qu'il est communiste : croit à la victoire de l'U.R.S.S.

Wanda dénoncée par Maud. Vient demander secours. Lui conseille de refuser de parler. La couvrira.

Scène chez Trygve Lie : autorise à parler.

Wanda vient le trouver. Il la repousse. Elle croit que c'est lui qui l'a dénoncée. Il enquête : c'est Maud. Il couche avec. Elle l'emmène dans son milieu.

Nuit formidable. Elle jouit. Il s'attache à elle. Les questions : est-ce une espionne ?

Tim dans son bureau : campagne de presse. Tu avilis l'O.N.U. C'est toi qui l'avilis. Entre Trygve Lie. Dispute entre eux trois.

MacCarthy : pression sur Tim ; on le fera passer à la commission d'enquête s'il publie. Il répond qu'il publiera. (Tim est infirme. Poliomyélite, depuis la guerre). Il sait que les dossiers sont passés par la F.B.I.

Le psychiatre en colère : objectif et subjectif.
LE PSYCHIATRE : Subjectivement vous êtes un homme de gauche tourmenté et faible. Objectivement vous êtes une broyeuse. Un tyran. Un dictateur. Je comprends pourquoi les gens avaient peur de vous, l'autre matin.

Enfin on arrive au fond de la peur. Le petit a dénoncé Tim à MacCarthy après l'article. Il lui a parlé des dossiers secrets de Feller. MacCarthy vient le trouver : nous savons que tu as été communiste.

Quinze jours. J'ai lâché parce que j'aime les trains qui partent. Il faut livrer ou être livré.

Demande à la femme (dont il est amoureux) : que feras-tu ? Elle très dure : je couperai avec toi.

Son fils le traite de sale communiste.

Le suicide.

FRAGMENT II

[Ms. Cau, ff^os 24-26.]

FELLER : J'ai une bonne vie, de l'argent, des responsabilités. Je veux savoir ce que je fais sur terre. (Quarante-cinq ans.) Sa femme. Il la décrit, elle sort progressivement de l'ombre.

Sa froideur. Ce qu'il en veut : l'intégration.

Je plais aux femmes. Mais ça m'est égal. Ce que je veux c'est elle.

Une fois, elle s'est émue.

Scène.

« Étalon ? »

Alors…

Il a été impuissant. Scène avec la femme.

Elle se moque de lui. « Tu m'intimides. »

Je voulais être haut placé *pour elle.*

Elle n'est qu'un symbole de l'intégration. On vit très bien comme ça, n'est-ce pas, tous les ménages sont ainsi ?

LE PSYCHIATRE : Beaucoup.

Elle avait un premier mari. Ardente.

Elle lui fait quitter les Associations juives : « Pourquoi ? Tu es un homme comme les autres. Pas un juif, un américain. »

Il dit : « Je l'aime passionnément... »

et puis : « Qu'est-ce que c'est aimer ? Je la hais. »

Rêves de violence.

Son fils : « Je l'ai battu. »

Scène d'avant :

Les Rosenberg. Pendez-les. Non. C'est parce que tu es juif. Toi aussi tu es juif. Non demi. Tu as fait de moi un monstre.

— Est-ce que vous croyez les Rosenberg innocents ?

— Je suis psychiatre. Je n'ai pas à vous répondre.

— Pour moi c'est important. Est-ce parce que je suis juif ?

Rien n'est à moi.

Le mirage de l'intégration. Cocktail party, solitudes et saouleries. Ne se saoule pas et reste seul. Mélange d'insolence et de servilité.

— Rosenberg : vous avez bien une opinion ?

— Non pas comme psychiatre.

— Vous ne vous prononcez pas. Vous craignez de perdre un client.

— Je perdrais mon pouvoir sur vous si j'étais homme.

— Votre psychiatrie ça guérit des complexes idiots. Mais vous ne comprenez pas qu'on peut devenir fou faute de savoir si les Rosenberg sont coupables.

— Et que feriez-vous de plus s'ils étaient innocents ?

— Rien.

— C'est autre chose qui vous chiffonne, hein ?

— Rien d'autre.

Rôle important de l'enfant. La mère l'a pris. Revient aux trois actes.

La baignade aux lacs du Connecticut. Deux scènes : on leur refuse le bain, ils vont ailleurs. La femme éclate. Il part avec son fils.

Au début : mon bon ami le sénateur MacCarthy.

IIe tableau

Trygve Lie lui découvre qu'il donne les dossiers à la police.

Il lui décrit un homme désintégré, dangereux. « Mais cet homme c'est moi. »

Le juif qui vient se plaindre. L'autre le terrorise.

MacCarthy arrive et le terrorise : le pourcentage en juifs est trop considérable à l'O.N.U., on l'attaque.

LE PSYCHIATRE : Pouah !

Vous avez dit : Pouah ! Vous n'êtes plus médecin mais homme. Je m'en vais.

Le psychiatre s'excuse.

— Qui êtes-vous ? Un communiste ? Ou peut-être un membre de la F.B.I.

Plaide contre [une *lecture conjecturale*] femme à Genève.

Son ami refuse de répondre à la commission d'enquête : fonctionnaire de l'O.N.U.

Feller conseille à Trygve Lie de les autoriser à répondre.

« Je pense qu'il faut abattre le communisme pour qu'un vrai mouvement socialiste naisse en Amérique. »

« Je voudrais que tout le monde s'aime. »

« Quelque part on me fait mon procès. Je veux répondre. »

Il donne beaucoup d'argent. Très généreux.

Le milieu maccarthyste (catholiques, etc.) c'est le plus intégré. C'est pour cela.

Mirage.

Le cocktail où tout le monde l'écoute : il y rencontre sa femme.

Essaye de raconter ses scrupules à sa femme. Rien à faire. « Va. Sales communistes ! Ces gens se sont mis hors la loi. Il faut user contre eux de ce qui est hors la loi. »

Scène d'expulsion. Le type revient prendre ses affaires. « Pour un salaud, tu es un salaud… » Il en dit autant. Mais « ce type » c'était moi.

La guerre avec l'U.R.S.S. menace. Tout se passe dans cette atmosphère. Bombarder la Chine.

FRAGMENT III

[Ms. Cau, ffos 27-29.]

L'arrivée.

FELLER : Vous n'avez pas l'air sympathique. Pas de questions. Je viens pour vous parler de ma vie. Les autres me font mon procès. Non je ne suis pas fou. C'est un procès réel qu'on me fait quelque part. Accessoirement je voudrais savoir ce que vaut une vie. Ma vie. Je ne sais plus distinguer le bien du mal. Si vous découvriez que votre meilleur ami a des activités anti-américaines que feriez-vous ? Ah ! ne vous pressez pas de répondre. La morale privée et la morale publique. C'est un cas de conscience.

LE PSYCHIATRE : C'est votre cas ?

FELLER : Ne posez pas de question.

LE PSYCHIATRE : La question n'a pas de sens : moi je suis psychiatre, je ne suis pas partie. Je peux vous dire si votre conduite libère quelque chose en vous. Mais je n'ai pas à vous dire mon avis. Si ce n'est pas votre cas, alors la question est abstraite et n'a aucun sens.

FELLER : Oubliez-la. C'était un exemple. Monsieur, je suis riche, j'ai une excellente position, avocat à l'O.N.U., j'ai une femme, un fils, ménage très uni. J'ai d'excellents amis et je viens vous demander ce que vaut la vie d'un homme. Et puis non. Posez-moi des questions.

LE PSYCHIATRE : Vous avez d'excellents amis. Pourquoi êtes-vous venu me trouver ?

FELLER : Est-ce que l'on confie à des amis des folies ? Actes bizarres.

1) Les conversations de bar à l'O.N.U.

2) J'ai battu mon fils.

J'ai horreur de la violence. Une horreur maladive.

Intervention de la femme.

Ma femme le soutient.

Ressentiment contre le fils.

L'affaire Rosenberg. Parce que tu es juif.

LE PSYCHIATRE : Vous êtes juif ?

FELLER : Oui. Mais c'est sans importance. Aucune solidarité avec ceux de ma race. Mon meilleur ami est juif. Mais c'est un hasard. Je ne connais pas les pogroms ni les violences. Mon meilleur ami je l'ai soutenu. Ma femme ne l'aime pas. Il a épousé une juive, lui.

Scène de discussion.

Je crois qu'il est communiste, ou l'a été.

LE PSYCHIATRE : Et vous ?

FELLER : J'ai épousé celle que j'aimais. Il se trouve qu'elle n'était pas juive. Je l'aime. Mais elle ne m'aime pas. Elle m'aime convenablement.

Scène avec elle. Sa froideur.

Une fois elle est venue à moi.

J'ai été impuissant.

Mon fils : elle l'a eu d'un autre, d'un non-juif. On le lui a caché. Il me hait parce qu'il se croit demi-juif.

Rien n'est à moi : les meubles, etc.

Scène du cocktail : quand je l'ai connue. Seule dans le cocktail, un mirage. (Elle est veuve.)

LE PSYCHIATRE : C'est l'intégration que vous cherchiez en elle.

FELLER : C'est ça, l'intégration. Je voudrais être n'importe qui.

Courts sketches sur sa vie à lui.

Antisémitisme un sketch (le lac du Connecticut).

Il veut lutter individuellement. Association de juifs (il les quitte). La mauvaise odeur. Contre l'antisémitisme s'imposer.

Avocat à l'O.N.U. Rencontre MacCarthy. Présenté de force aux catholiques. Ils m'intègrent si je les sers. Est-ce bien un ménage qui est le meilleur possible.

Dit qu'il se sent *coupable.*

Quitte le docteur : banals troubles d'intégration chez un juif. Je ne reviendrai pas.

LE PSYCHIATRE : Ne le faites pas.

FELLER : Quoi ?

LE PSYCHIATRE : Ce que vous voulez faire. Si vous ne vous sentez pas coupable, pourquoi prendre un juif pour juge. Vous saviez que j'étais juif.

FIN DU TABLEAU

IIe tableau

Il entre.

Je crois sérieusement que je deviens fou.

J'ai failli étrangler ma secrétaire.

Couche avec elle. Il se lève et va pour l'étrangler.

« Vous êtes communiste ?

— Quoi ?

— Qui me prouve que vous n'êtes pas communiste ou expert de la F.B.I. Je suis anticommuniste. Savez-vous quel est mon métier ? »

Trygve Lie et le type.
Les plaidoiries.
La conversation avec le petit juif qui veut se faire réintégrer.
MacCarthy et les dossiers.
Des accusés se targuent de leur droit de se taire. Conseil à Trygve Lie : déliez-les de leur serment.
La femme (troublée par MacCarthy) dénonce les jeunes juifs.
Croit que le mari a un dossier sur eux. Des plaintes qu'il n'a pas transmises.
Scènes entre MacCarthy et Vitold : on sait que vous avez été inscrit au parti.
Scène avec le jeune juif : toi c'est moi. Moi comme j'aurais dû être.

FRAGMENT IV

[Ms. Vian, ffos 1-2.]

Ire scène

FELLER : Je parlerai, vous n'interrogez pas. J'ai horreur des questions. On en pose partout. Des enquêtes. On instruit mon procès. Non je ne suis pas fou. Des hommes demandent *qui* je suis. Je ne suis pas homosexuel, etc. J'ai peur. Je vous parle à cause du secret professionnel. Sinon je ne peux parler à personne. Je ne suis pas fou. Vous n'avez pas l'air sympathique : tant mieux. Que vaut une vie ? Deux thèmes : la terre sera une lune. J'ai peur de mourir avec l'humanité. Que pensez-vous de l'avion américain abattu par les avions russes ? Et l'autre thème : comment les hommes nous jugeront-ils ? Plus tard. J'ai tout ce que je veux. Amis, un fils, argent. Un poste à l'O.N.U., une bonne mission : la paix. J'ai signé le pacte Israël. L'affaire tchécoslovaque : j'ai défendu les gens, ils ont gardé leur poste. Je suis libéral, contre les trusts, contre les communistes, contre la guerre. Termine en pleurant : au secours. Interrogez-moi. Qui suis-je ? Que vaut ma vie ?
LE PSYCHIATRE : Pourquoi êtes-vous venu me voir ?
FELLER : Je vous l'ai dit : secret professionnel.
LE PSYCHIATRE : Pourquoi aujourd'hui plutôt qu'un autre jour.
FELLER : Faits bizarres.
1) J'ai battu mon fils.

Un copain vient le voir (qui l'agace d'ailleurs) professeur de son fils.
A voulu parler des Rosenberg. « À mort ! Pendez-les. » Le renvoie avec agacement.

Mais quand le fils arrive, il lui parle. Réponse : Sales juifs. Il faut les pendre. Il le bat.

À ce moment-là il m'a fait peur. Les masses américaines m'ont fait peur. Les conformistes. Ils nous écrasent tous. Je l'ai battu *pour me défendre.* J'ai horreur de la violence.

Il s'éloigne de moi.

LE PSYCHIATRE : Pourquoi ?

FELLER : Je ne sais pas. Vous croyez les Rosenberg innocents ?

LE PSYCHIATRE : Je suis psychiatre, je n'ai pas à vous le dire.

FELLER : Il va chez mon beau-père, le sénateur MacCarthy. Le frère de ma femme. Elle est morte. Elle était belle et froide. J'aurais tout donné pour la faire jouir. Je crois qu'elle était amoureuse de son frère.

Scène (la femme MacCarthy).

LE PSYCHIATRE : Vous m'avez dit que vous aviez un autre fait particulier.

FELLER : Oui, ce matin à l'O.N.U.

Scène.

Vous avez peur de moi.

Éclate sur la bombe atomique.

Vous me prenez pour un provocateur ?

Ça peut me nuire très sérieusement.

LE PSYCHIATRE : Pourquoi vous craignent-ils ?

FELLER : Bah ! Ce sont des lâches. Parce que je suis fonctionnaire supérieur.

LE PSYCHIATRE : Vous parliez de vos amis. On dirait que vous êtes solitaire. Pas d'amis ?

FELLER : J'en avais un, Tim. Il dirige *La Nation.* Un canard qui fait trop de bruit.

LE PSYCHIATRE : Eh bien ?

FELLER : Je ne veux pas vous en parler.

LE PSYCHIATRE : Et des maîtresses ?

FELLER : J'en avais une, ma secrétaire. J'ai deux secrétaires. J'aimais mieux la froide, riche. J'ai eu la petite.

Saoulerie. Babillage. Impuissance.

J'ai horreur d'un certain idéalisme. Depuis j'ai l'autre. Elle ne partage pas mes idées. Je ne veux pas en parler non plus.

LE PSYCHIATRE : Quand avez-vous eu peur pour la première fois ?

FELLER : À l'occasion d'une farce qu'on m'a faite à la campagne : le gosse, la secrétaire, un ami, Feller. Les communistes.

Il s'évanouit. Mépris du gosse.

FRAGMENT V

[Ms. Vian, ffos 18 et 3.]

LE PSYCHIATRE : De quoi avez-vous peur ?
FELLER : Je ne sais pas.
LE PSYCHIATRE : Des communistes ?
FELLER : Je ne sais pas.
LE PSYCHIATRE : De la *Legion* ?
FELLER : Je ne sais pas.
LE PSYCHIATRE : Ou des deux peut-être ?
FELLER : Peut-être.

Il est très mal à l'aise. Il veut s'en aller. Il dit qu'il ne reviendra plus.

LE PSYCHIATRE : Ne le faites pas.
FELLER : Quoi ?
LE PSYCHIATRE : Ce que vous avez peur de faire.
FELLER : Et de quoi ai-je peur ?
LE PSYCHIATRE : De vous. De faire une certaine chose. Je ne sais ce que c'est. Mais je puis vous le dire : ne la faites pas.
FELLER : Allez au diable.

IIe tableau

Le psychiatre va recevoir Mme Smith. Le type insiste pour entrer.
INFIRMIÈRE : Vous ne pouvez pas.
LE PSYCHIATRE : Dites-lui que je ne peux pas la recevoir aujourd'hui.
INFIRMIÈRE : Vous la perdez.
LE PSYCHIATRE : Oui mais ce type, c'est plusieurs à la fois. Il y a quelque chose de plus à sauver qu'une raison humaine. Quoi ? Je ne sais pas. Faites-le entrer.
Avez-vous fait l'acte ?
FELLER : Je n'ai rien fait. Rien. Je veux savoir ce que vaut ma vie. À vous de me le dire. À la guerre, je n'avais pas peur. (Il fouille dans sa poche et jette les médailles sur la table.) Je ne les porte pas sur moi.
LE PSYCHIATRE : Mais vous les avez en poche.
FELLER : Oui, pour me rappeler le temps où je n'avais pas peur.

Tim et lui dans une tranchée. Ils parlent de l'avenir.

Quand je suis revenu : Roosevelt. Affaires de Chine.

Parle à son fils : il faut devenir meilleur en rendant les autres meilleurs. Le gosse écoute passionnément.

J'étais heureux.

[LE PARI]

PROJET RACONTÉ PAR COLETTE AUDRY

(1955)

Le rideau se lève sur un couple misérable de personnes déplacées qui sont au plus bas de leur détresse, d'autant plus que la femme s'est aperçue qu'elle attend un enfant. L'homme et la femme discutent ensemble. Le mari voudrait que la femme le fasse passer ; la femme, instinctivement, y répugne ; le mari argumente, lui dit que si c'est pour faire un gosse qui doit avoir une vie semblable à celle qu'ils ont, ce n'est vraiment pas la peine de mettre un malheureux sur la terre. La femme répond : « Mais qui te dit qu'il sera malheureux ? » Discussion entre le mari et la femme qui ne sont pas d'accord sur l'issue de cette grossesse. Tout à coup : coup de tonnerre ; effet fantastique à la manière du théâtre moyenâgeux.

Apparition d'un personnage surnaturel, disons : plus ou moins diabolique.

Ce personnage s'intéresse au couple et dit : « Mes amis, je vous vois hésitants sur le sort de votre enfant. Je vais vous faire un grand cadeau : je vais vous montrer la vie qui l'attend, et d'après la vie que vous aurez contemplée, vous déciderez si vous devez le garder ou le faire disparaître ; il est bien entendu que sa vie est tracée irrévocablement sur le plan des épisodes, des intrigues et de l'action : on ne peut rien y changer. Tout le monde est prêt derrière ce rideau, il ne manque plus qu'une seule personne, c'est votre enfant. Voulez-vous voir sa vie ? » Le couple acquiesce. Coup de tonnerre.

Le rideau s'ouvre et découvre la scène qui est remplie de différentes mansions, comme au Moyen Âge. Tous les personnages qui doivent rencontrer l'enfant puis l'homme sont là, chacun dans une case.

Le personnage surnaturel décrit d'une façon animée et avec l'aide des personnages des différentes cases l'existence de cet être humain qui doit naître. C'est une existence atroce : difficultés, misère, et qui se termine au poteau d'exécution.

Le noir se fait, le rideau se referme et le personnage surnaturel dit maintenant au couple : « À présent que vous connaissez la vie qui attend votre enfant, vous n'avez plus qu'à décider. Au revoir, mes amis. » Et il disparaît.

Le mari triomphe et dit à sa femme : « Eh bien, maintenant, tu vois ce qu'il te reste à faire ; si tu as envie d'accoucher d'un malheureux, fais-le, mais tu as la garantie que sa vie sera un martyre. » Et la femme, obstinée, répond : « Moi je fais le pari qu'il s'en tirera.

— Mais, espèce d'imbécile, puisqu'il n'y a rien à changer de sa vie !

— Peut-être ne changera-t-il pas sa vie, mais je fais le pari qu'il la transformera. »

Devant une abrutie pareille, le mari est découragé, et le couple disparaît après avoir décidé que la femme ferait son gosse. C'est la fin de la première partie.

Quand la deuxième partie commence, le rideau se lève sur les mêmes cases avec les mêmes personnages que l'on a vus : mais cette fois, il y a un personnage supplémentaire, c'est le jeune homme, fils de ce couple de personnes déplacées.

Le public connaît donc sa vie et, lui, est le seul à ne pas savoir ce qui va arriver.

Effectivement, il ne change rien au matériel de son existence et sa vie se termine comme convenu au poteau d'exécution, mais grâce à son apport personnel, à son choix et à son sens de la liberté, il métamorphose cette vie atroce en une vie sublime.

Je crois qu'il y a là un sujet qui peut nous permettre de comprendre presque physiquement le sens que Sartre donne au mot : liberté.

PROJET RACONTÉ PAR SARTRE À BERNARD DORT

(1979)

J'aurais aimé reprendre la vieille forme des mansions. Et y raconter la vie d'un homme, sur une grande scène, avec plusieurs étages de mansions remplies de personnages. J'en avais même une idée assez précise. Il y aurait eu, au premier plan, côté jardin, une mansion, la seule visible d'abord, où viennent d'arriver un homme et une femme qui ont échappé à quelque chose de terrible : une attaque, pire peut-être, un camp. La femme est enceinte : l'idée de mettre un enfant au monde, dans le monde tel qu'il est, l'horrifie. Soudain, son horreur tourne en joie : c'est qu'elle a eu un rêve. Elle a vu la vie du fils qu'elle attend. Alors, brusquement, la scène s'allume, et l'on voit plusieurs étages de mansions, avec des personnages, pour l'instant immobiles et silencieux, dont la dernière, tout en haut, se termine par une sorte de croix, entourée de soldats armés de fusils. Au moment où naît l'enfant, meurt, là-haut, un homme de trente-cinq ans. Cet homme est un révolutionnaire. Ensuite, toute sa vie va se dérouler, de mansion en mansion. Et l'on comprend la joie de sa mère : c'est la vie d'un révolutionnaire, et sa fin est tragique, mais heureuse. Car il est le dernier révolutionnaire à mourir pour la révolution. Celle-ci a triomphé.

Iconographie
des mises en scène

Les Mouches

Mise en scène de Charles Dullin
au théâtre de la Cité (1943).

B.N.F., Paris. Photo Harcourt.

Les Mouches

Mise en scène de Raymond Hermantier
au théâtre du Vieux-Colombier (1951).
Olga Dominique et Michel Herbault.

Photo © Lipnitzki/ Roger-Viollet.

Les Mouches
Mise en scène de Raymond Hermantier
au théâtre du Vieux-Colombier (1951).

Photo © Lipnitzki/Roger-Viollet.

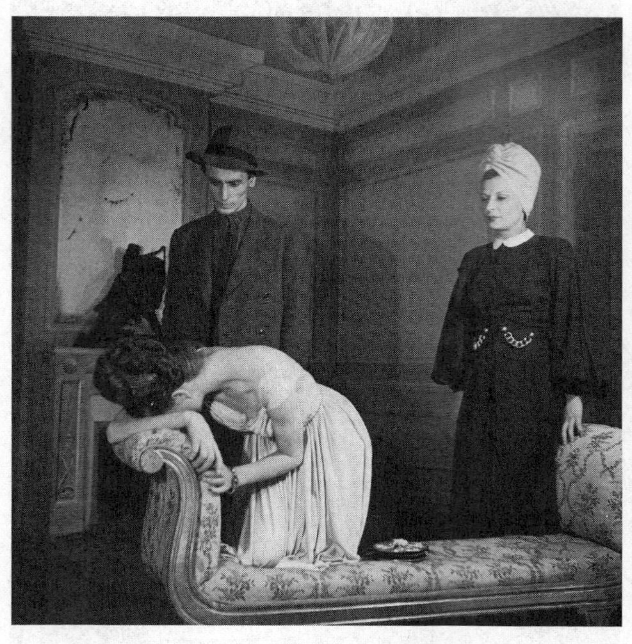

Huis clos

Mise en scène de Raymond Rouleau
au théâtre du Vieux-Colombier (1944).
Gaby Sylvia, Michel Vitold et Tania Balachova.

Photo © Serge Lido/ Sipa Press.

Huis clos

Mise en scène de Michel Vitold
au théâtre de la Potinière (1946).
Michel Vitold et Michelle Alfa.

Photo © Agence Bernand.

Huis clos

Mise en scène de Claude Régy
à la Comédie-Française (1990).
Michel Aumont, Christine Fersen et Muriel Mayette.

Photo © Pascal Gély/ Agence Bernand.

Huis clos

Mise en scène de Michel Raskine
au théâtre de l'Athénée (1993).
Marief Guittier et Marie-Christine Orry.

Photo © Ramon Senera / Enguerand.

Morts sans sépulture

Mise en scène de Michel Vitold
au théâtre Antoine (1946).
Jean-Paul Sartre, Marie Olivier,
Alain Cuny et Michel Vitold.

Photo © Agence Bernand.

Morts sans sépulture

Mise en scène de Michel Vitold
au théâtre Antoine (1946).
Michel Vitold et Marie Olivier.

Photo © Lipnitzki/Roger-Viollet.

Morts sans sépulture

Mise en scène de Michel Vitold
au théâtre Antoine (1946).
Alain Cuny, Marie Olivier et Michel Vitold.

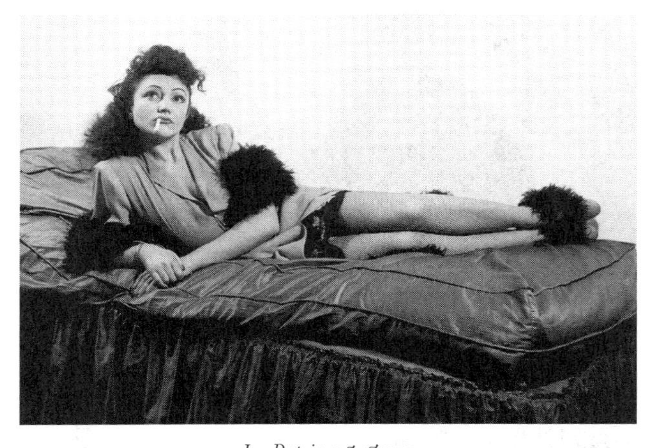

La Putain respectueuse

Mise en scène de Julien Bertheau
au théâtre Antoine (1946).
Héléna Bossis.

Photo © Lipnitzki/Roger-Viollet.

La Putain respectueuse

Mise en scène de Julien Bertheau
au théâtre Antoine (1946).
Habib Benglia et Héléna Bossis.

La Putain respectueuse

Mise en scène de Julien Bertheau
au théâtre Antoine (1946).
Maïk, Eugène Durand et Héléna Bossis.

Les Mains sales

Mise en scène de Pierre Valde
au théâtre Antoine (1948).
Paula Dehelly et François Périer.

Photo © Lipnitzki/ Roger-Viollet.

Les Mains sales
Mise en scène de Pierre Valde
au théâtre Antoine (1948).
Marie Olivier et François Périer.

Les Mains sales

Mise en scène de Pierre Valde
au théâtre Antoine (1948).
André Luguet, Roland Bailly et François Périer.

Photo © Lipnitzki/Roger-Viollet.

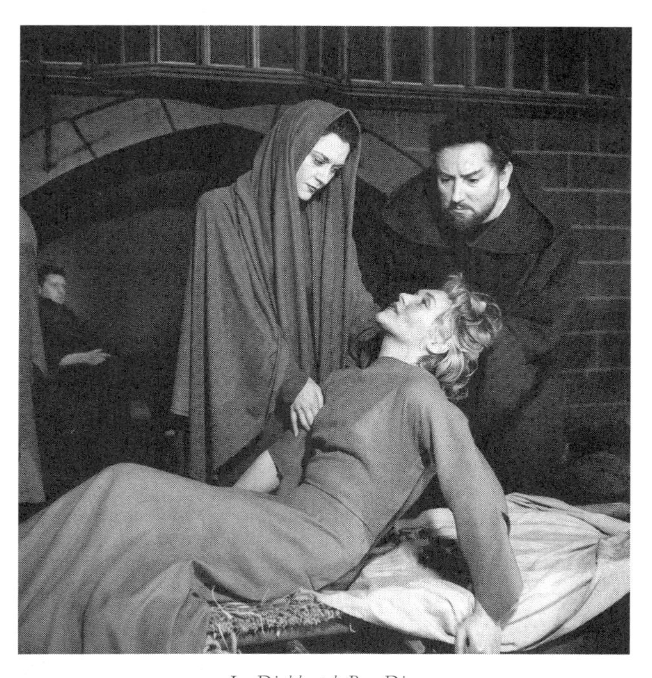

Le Diable et le Bon Dieu

Mise en scène de Louis Jouvet
au théâtre Antoine (1951).
Maria Casarès, Pierre Brasseur et Marie Olivier.

Photo © Lipnitzki/Roger-Viollet.

Le Diable et le Bon Dieu

Mise en scène de Louis Jouvet
au théâtre Antoine (1951).
Pierre Brasseur.

Photo © Agence Bernand.

Le Diable et le Bon Dieu

Mise en scène de Georges Wilson
au Théâtre national populaire (1968).
Alain Mottet et François Périer.

Coll. Roger-Pic. Photo © Paris. B.N.F. Département des Arts du spectacle.

Kean
Mise en scène de Pierre Brasseur
au théâtre Sarah-Bernhardt (1953).
Camille Fournier, Pierre Brasseur, Claude Gensac et Roger Pigaut.

Kean

Mise en scène de Pierre Brasseur
au théâtre Sarah-Bernhardt (1953).
Marie Olivier et Pierre Brasseur.

Photo © Lipnitzki/Roger-Viollet.

Kean

Mise en scène de Pierre Brasseur
au théâtre Sarah-Bernhardt (1953).
Pierre Brasseur, Roger Pigaut, Claude Gensac,
Camille Fournier et Henri Nassiet.

Photo © Lipnitzki/Roger-Viollet.

Nekrassov

Mise en scène de Jean Meyer
au théâtre Antoine (1955).
Leccia, Edmond Tamiz et Michel Vitold.

Nekrassov

Mise en scène de Jean Meyer
au théâtre Antoine (1955).
Armontel, Michel Vitold,
Michel Salina et Robert Seller.

Photo © Lipnitzki/Roger-Viollet.

Nekrassov

Mise en scène de Jean Meyer
au théâtre Antoine (1955).
Jean Le Poulain

Les Séquestrés d'Altona

Mise en scène de François Darbon
au théâtre de la Renaissance (1959).
Fernand Ledoux et Serge Reggiani.

Les Séquestrés d'Altona

Mise en scène de François Périer
au théâtre de l'Athénée (1965).
Serge Reggiani.

Les Séquestrés d'Altona

Mise en scène de François Périer
au théâtre de l'Athénée (1965).
Claude Dauphin et Évelyne Rey.

Photo © Lipnitzki/Roger-Viollet.

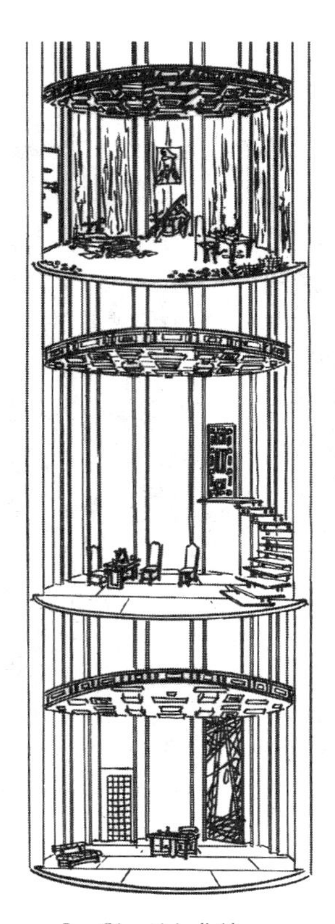

Les Séquestrés d'Altona

Mise en scène de François Périer
au théâtre de l'Athénée (1965).
Esquisse du décor par André Acquart (© *A.D.A.G.P., 2005*).

B.N.F., Paris. Photo © B.N.F.

Les Troyennes

Mise en scène de Michel Cacoyannis
au Théâtre national populaire (1965).
Éléonore Hirt.

Photo © Lipnitzki/Roger-Viollet.

Les Troyennes

Mise en scène de Michel Cacoyannis
au Théâtre national populaire (1965).
Éléonore Hirt et Yves Vincent.

Photo © Lipnitzki/Roger-Viollet.

Les Troyennes

Mise en scène de Michel Cacoyannis
au Théâtre national populaire (1965).
Nathalie Nerval.

NOTICES, NOTES ET VARIANTES

LES MOUCHES

NOTICE

Drame de la liberté, s'inspirant de la fatalité qui, dans la mythologie grecque, accable la famille des Atrides, et prenant cette fatalité à rebours, *Les Mouches* n'aurait certainement pas été écrit sous cette forme sans la défaite et l'occupation de la France par les armées allemandes en 1940. Pourtant si cette pièce survit à son contexte circonstanciel, c'est d'abord grâce à sa réussite esthétique et à la force de l'appel à la liberté qu'elle lance. Ingrid Galster a montré que s'il est tout à fait légitime d'entendre dans la rude poésie lyrique, dans les dialogues fermement argumentés et les plaisantes ruptures de ton des *Mouches* un appel crypté à la résistance contre l'occupant, la portée de la pièce, comme l'avait vu et exprimé Maurice Merleau-Ponty dès 1943[1], est plus métaphysique que civique[2]. La pièce évoque par le biais du mythe une situation où chacun se retrouve devant des choix essentiels de survie, qui sont en réalité des choix de vie ou de mort dans la vie, et qui concernent les individus dans leur isolement même, en tant que personnes, atomes d'un ensemble d'« hommes ordinaires », avant que ne se posent à eux collectivement les problèmes d'organisation de la cité, puisque celle-ci est confisquée par la tyrannie, elle-même vécue par ses victimes comme une fatale défaite, ce qu'on appelle justement la fatalité. Ami de Sartre, comme lui professeur de philosophie, Merleau-Ponty donnait donc en clair le message de la pièce, énigme elle-même clairement résumée par l'échange de répliques reproduit sur le bandeau publicitaire du volume[3] publié deux mois avant

1. Maurice Merleau-Ponty, « *Les Mouches* », *Confluences*, 3e année, no 25, septembre-octobre 1943, p. 514-516 ; *Parcours, 1935-1951*, Verdier, 1997, p. 61-64. *Confluences* paraissait à Lyon et avait publié dans son numéro d'avril-mai 1943 le Ier tableau de l'acte II.

2. Voir Ingrid Galster, *Le Théâtre de Jean-Paul Sartre devant ses premiers critiques*, t. I : *Les Pièces créées sous l'occupation allemande, « Les Mouches » et « Huis clos »*, Tübingen, Günter Narr Verlag/Paris, Jean-Michel Place, 1986 (rééd. L'Harmattan, 2001). On se reportera particulièrement aux pages 50 à 192, qui donnent une analyse remarquable de la naissance de la pièce, de son contenu idéologique, de sa représentation, de sa réception. Voir aussi le Dossier de réception des *Mouches*, p. 1283-1288.

3. Voir Autour des *Mouches*, p. 72.

la première représentation. C'est bien la liberté comme problème que posait la pièce pour les spectateurs de 1943, et qu'elle continue de poser pour ceux d'aujourd'hui.

Les circonstances de la création.

Les relations de Sartre et de Charles Dullin s'étaient nouées au milieu des années 1930 par l'intermédiaire de Simone Jollivet[1] et, depuis 1934, Sartre et Simone de Beauvoir avaient assisté aux premières et souvent aux répétitions de plusieurs des pièces que créait Dullin[2]. Sartre pensa tout naturellement à lui pour monter la pièce qu'il écrivit à son retour de captivité, mais les choses se passèrent d'une façon plus compliquée.

Les conditions du théâtre parisien sous l'occupation allemande et le gouvernement de Vichy avaient notablement changé depuis 1940. La politique générale appliquée par l'ambassadeur du Reich à Paris, Otto Abetz, consistait à faire en sorte que la vie culturelle continuât en apparence comme avant la guerre. Il s'agissait de persuader les Français qu'une entente était possible avec l'Allemagne, et que la culture française pouvait contribuer à la création d'une Europe soumise à l'Ordre nouveau. Il fallait donc que cette culture française vive, dans tous les domaines, et qu'elle garde un semblant d'autonomie[3]. L'Allemagne nazie souhaitait la collaboration, mais à défaut de l'obtenir pleinement, elle voulait que règne en France un simulacre de liberté.

Le théâtre connut une floraison exceptionnelle, moins par la qualité générale des pièces représentées[4] que par une forte augmentation de la fréquentation des salles de théâtre parisiennes et la création de nouveaux lieux de représentation pour un type de théâtre différent. La concurrence du cinéma qui, selon Sartre et d'autres observateurs, avait gravement handicapé la création théâtrale dans les années 1930, faiblit beaucoup sous le gouvernement de Vichy : les films américains n'étaient plus importés, la production de films français était encadrée, les films allemands étaient spontanément boycottés par le public. Celui-ci se mit donc à aller au théâtre beaucoup plus souvent qu'avant la guerre. Le

1. Voir la Préface, p. XIX-XXII.

2. Leurs relations étaient si proches que l'agent des Renseignements généraux qui établit la fiche de Sartre en 1947 lui attribua la paternité d'une pièce, *Le Tsar Lénine*, représentée à l'Atelier durant la saison 1931-1932 (il s'agit d'une œuvre en trois actes et un épisode de François Porché). La fiche des R.G. datée du 20 novembre 1947 indique : « En 1936 ou 1937, la première pièce de M. Sartre, *Le Tsar Lénine*, a été jouée au théâtre de l'Atelier dont le directeur était à l'époque M. Charles Dullin qui avait pour amie intime une dame Jollivet, apparentée à M. Sartre. Depuis 1945, ses pièces, *Huis clos*, *Morts sans sépulture*, et *La Putain respectueuse* ont été jouées sur différentes scènes parisiennes et même l'une d'entre elles, *Huis clos* en Amérique. » Voir l'article de Michel-Antoine Burnier (avec J. Caumer), « Sartre en fiches », *L'Express*, 5 septembre 1996, p. 49-51.

3. Voir Otto Abetz, *Histoire d'une politique franco-allemande, 1930-1950. Mémoires d'un ancien ambassadeur*, Delamain et Boutelleau, 1953 ; Manfred Flügge, *Verweigerung oder Neue Ordnung. Jean Anouilhs Antigone im politischen und ideologischen Kontext der Bersatzungszeit 1940-1944*, Rheinfelden, 1982 ; et I. Galster, *Le Théâtre de Jean-Paul Sartre devant ses premiers critiques*, t. I, p. 73.

4. Malgré ces notables exceptions que furent les créations de *La Reine morte*, de Montherlant, monté par Pierre Dux en octobre 1942, du *Soulier de satin*, de Claudel, mis en scène par Jean-Louis Barrault en novembre 1943 à la Comédie-Française, de l'*Antigone* d'Anouilh au théâtre de l'Atelier par André Barsacq, et, on va le voir, des *Mouches* de Sartre monté par Dullin au théâtre de la Cité.

théâtre redevenait le moyen privilégié de faire entendre dans une forme pure et un langage spécifique la grande souffrance humaine, les espoirs et les désespoirs vécus en silence par chacun, l'interrogation sur le sens de l'existence. « Le chagrin et la colère », comme le dit Sartre[1], donnaient une nouvelle urgence à la forme théâtrale, à la cérémonie même que constitue une représentation, au simple fait de sortir pour aller s'asseoir dans une salle au milieu du public. Ainsi, et paradoxalement, les années noires ont été aussi « un âge d'or du théâtre[2] ». Le film de François Truffaut, *Le Dernier Métro*, sorti l'année de la mort de Sartre, en 1980, a donné aux générations qui n'ont pas connu Paris sous l'Occupation, une idée de ce que pouvait être alors la vie théâtrale[3]. C'est dans ce climat, en tout cas, que fut créé *Les Mouches*.

De retour de captivité, Sartre avait pour souci immédiat de faire jouer les deux sœurs Kosakiewicz, Olga et Wanda, dont il avait matériellement et moralement la charge. Wanda était l'amante de Sartre depuis 1939. Elle était une actrice inexpérimentée, inscrite au cours Dullin, comme sa sœur aînée Olga et l'amie de celle-ci, Olga Kechelievitch, qui allait devenir la compagne puis l'épouse de Marc Barbezat, petit industriel lyonnais, imprimeur et éditeur que l'on retrouvera à l'occasion de *Huis clos*. Il apparut vite à Sartre que ces jeunes femmes totalement inconnues ne pourraient jouer sur une scène que s'il écrivait pour elles une pièce où elles auraient des rôles à leur mesure, comme l'avait suggéré alors Jean-Louis Barrault[4]. Mais ses propres priorités étaient de parachever son roman *L'Âge de raison*, de poursuivre l'écriture du *Sursis* (les deux premiers tomes des *Chemins de la liberté*, dont il avait formé le projet en 1938), et de continuer à écrire *L'Être et le Néant*, le « traité de métaphysique » qu'il avait commencé en captivité[5].

Résister ne pouvait être pour Sartre un but. Comme il le dira plus tard à John Gerassi : « La résistance n'est pas un projet pour un homme, ce ne peut être qu'un projet pour un homme en guerre, mais le but ce doit être autre chose[6]. » Pour Sartre, en 1943, le but, c'est de *créer*.

Son projet est tout à la fois artistique, éthique, politique et social. Il dira d'un mot qu'il est « total ». Et c'est bien lui que l'on trouve au cœur du drame des *Mouches*. Une rapide analyse de la pièce fait apparaître que son sujet profond n'est pas la résistance mais bien la liberté : la rupture avec le système de pensée qui lie l'ordre et la religion. Les deux personnages qui s'opposent en un conflit sans merci ne sont pas Oreste, le jeune homme à la recherche de son acte libre, et Égisthe, le tyran, mais bien Oreste et Jupiter, le garant de l'ordre qui permet à Égisthe de régner sur un peuple accablé par le remords et la culpabilité. Égisthe, c'est

1. « Report from France », *Tomorrow*, vol. IV, août 1945, p. 62-64.
2. Maurice Vaïsse, préface au livre de Serge Added, *Le Théâtre dans les années Vichy, 1940-1944*, Ramsay, 1992, p. II.
3. François Truffaut, ardent admirateur de Sartre, a dit lui-même de son film qu'il voulait, en écartant toute considération idéologique et toute vision héroïque, montrer que les Français ne furent jamais aussi libres que sous l'occupation allemande, selon l'expression de Sartre (voir Antoine de Baecque et Serge Toubiana, *François Truffaut*, Gallimard, 1996, p. 518).
4. Voir la lettre de Sartre à Jean-Louis Barrault, Autour des *Mouches*, p. 73-76.
5. Voir la lettre du 22 juillet 1940, *Lettres au Castor et à quelques autres*, Gallimard, 1983, t. II, p. 285.
6. Entretiens inédits avec John Gerassi (entretien n° 12, 14 mai 1971).

Pétain, bien sûr, mais Jupiter est le Dieu de l'Église qui justifie le pouvoir du Maréchal. Jupiter est un personnage qui amuse le peuple avec des tours de magie, mais qui surtout le terrorise avec les Érynnies. Celles-ci ont pour seuls complices les remords que les hommes et les femmes du peuple éprouvent pour un crime qu'ils n'ont pas commis mais qu'ils ont accepté : une faute originelle qui les enferme dans la peur. Ce qui fait des *Mouches* une pièce foncièrement antireligieuse et antichrétienne, en tous les cas anticatholique. Le départ final d'Oreste qui ne veut pas prendre la place d'Égisthe, comme le lui demande Jupiter, a le sens d'un appel à la liberté de chacun. Ni Dieu ni maître, et malheur au peuple qui a besoin de héros. Oreste ne sera pas un chef, mais un homme libre, et chacun des habitants d'Argos devra trouver la liberté pour son propre compte. Oreste les a seulement délivrés des Érynnies, les chiennes de garde de Jupiter, les instruments de sa terreur. Si Dieu n'a plus de servants qui terrorisent la Cité, les hommes peuvent vouloir leur propre liberté. Oreste leur a montré la voie, mais c'est à eux d'agir. Ils sont, comme l'a prédit Jupiter, condamnés à cette terrible liberté. La résistance est l'affaire de chacun, ce n'est pas d'abord le pouvoir d'un chef futur. En ce sens la pièce est aussi, ou apparaît rétrospectivement, antigaulliste. Le but n'est pas la résistance, le but est ce que la liberté permet : à chacun de se créer lui-même à travers son acte, son œuvre.

Sartre et le néo-classicisme.

Les Mouches, pièce qui est la première de son auteur à avoir été représentée sur une scène professionnelle, un grand théâtre parisien dirigé par un grand créateur, est né dans une des périodes les plus noires de l'histoire européenne, où la liberté d'expression était le plus lourdement empêchée. Le paradoxe intellectuel de ce drame, la liberté sous la terreur, apparaît rétrospectivement dans l'*incipit* fameux de « La République du silence », peut-être la phrase la plus frappante de Sartre, et l'une des plus connues : « Jamais nous n'avons été plus libres que sous l'occupation allemande[1]. »

Pour décrire les conditions dans lesquelles la pièce a été conçue, Simone de Beauvoir est le témoin le plus direct et, à l'égard de Sartre, le plus impliqué. Elle nous apprend que c'est la représentation des *Suppliantes* d'Euripide, dans une mise en scène à grand spectacle de Jean-Louis Barrault, durant l'été de 1941, qui donna l'idée à Sartre d'écrire une pièce mythologique pour Barrault en demandant à celui-ci d'y faire jouer ses protégées[2]. Le projet de création du réseau « Socialisme et liberté » abandonné[3], à son cœur défendant, Sartre, écrit Beauvoir, « s'attela alors opiniâtrement à la pièce qu'il avait commencée : elle représentait l'unique forme de résistance qui lui fût accessible ». Et elle ajoute : « Nous avions décidé de vivre comme si nous avions été assurés de la victoire finale[4]. » Elle explique aussi que les écrivains hostiles à la collaboration s'étaient mis d'accord pour ne pas publier dans les journaux et les revues de la zone occupée. Pour la publication des livres et la représentation des

1. *Les Lettres françaises*, n° 20, 9 septembre 1944 ; *Situations, III*, Gallimard, 1949, p. 11.
2. Voir *La Force de l'âge*, Gallimard, 1960, p. 499.
3. Voir la Chronologie, *Œuvres romanesques*, p. LVI et LVII.
4. *La Force de l'âge*, p. 515. Sur le projet de « Socialisme et liberté », voir *ibid.*, p. 504-514.

pièces, les règles étaient plus souples, et laissées à l'appréciation des auteurs. Une pièce, *Jeanne d'Arc avec nous*, de Claude Vermorel, créée en janvier 1942 et qui tint l'affiche jusqu'en avril puis fut reprise à la rentrée, semble avoir levé les scrupules que Sartre pouvait éprouver à laisser représenter la pièce qu'il avait commencé à écrire, dans un café de l'île de Porquerolles, durant l'été de 1941[1], et qu'il termina au printemps de 1942. Comme *Les Mouches*, la *Jeanne d'Arc* de Vermorel, sous un mythe national, pouvait donner à entendre un appel à la résistance.

Dans les années 1920 déjà, il y avait eu en France une vogue pour le théâtre antique, avec la mise en scène de plusieurs pièces d'Eschyle, de Sophocle, d'Euripide, d'Aristophane. Cet engouement succédait à un long discrédit de l'Antiquité, discrédit qui datait du romantisme, et qu'on entendait encore dans l'opérette *La Belle Hélène* (1864) d'Offenbach, que Sartre appréciait. Il semble avoir connu son *Orphée aux enfers*, avec un Jupiter déguisé en mouche. Alimentée par la réanimation des mythes grecs fondamentaux dans la pensée psychanalytique et par l'avant-garde littéraire représentée par l'*Ulysse* de Joyce (1922 ; traduction française en 1929), cette vogue ne cessa pas après la défaite, comme on l'a vu pour la représentation des *Suppliantes* par J.-L. Barrault. Cet intérêt pour les mythes anciens se manifesta dans un mouvement dont la pièce de Sartre s'inspire pour le contester avec ses propres moyens : le théâtre néo-classique. Jean Giraudoux en a été le principal représentant, mais Jean Cocteau, pour commencer, et bien d'autres y ont aussi sacrifié. Le théâtre néo-classique avait pour fonction de rendre une dignité au théâtre qui, selon les tenants de cette esthétique, s'était fourvoyé dans la comédie ou le drame bourgeois, autrement dit le théâtre de Boulevard. Il faisait pièce ainsi au théâtre catholique de masse qui s'était constitué contre le théâtre de Boulevard et ses thèmes psychologiques. Théâtre catholique et théâtre néo-classique s'opposaient au théâtre bourgeois, à la comédie de mœurs où les qualités tenues pour essentiellement françaises de légèreté et d'agrément devaient obligatoirement occuper la première place, comme le prouve abondamment le théâtre de Sacha Guitry, triomphateur de cette époque, avec Henry Bernstein. Guitry d'ailleurs s'empara également du cinéma pour y offrir les mêmes comédies douces amères, à la virtuosité verbale étourdissante… et qui rapportaient gros. La concurrence du cinéma obligea ainsi le théâtre à se concentrer sur son essence, c'est-à-dire le débat sur les problèmes de la cité, avec une grande économie de moyens, et une inventivité scénique permanente — dont le premier avocat et illustrateur fut Jacques Copeau, maître de Jouvet et de Dullin et, à travers eux, de Giraudoux et de Sartre. Quant au retour de l'histoire sur la scène théâtrale, il correspond au sentiment de catastrophe imminente qui est au cœur de la tragédie antique et qui

1. Simone de Beauvoir note : « Il écrivait les premières répliques d'un drame sur les Atrides. Toute nouvelle invention, ou presque, prenait d'abord chez lui la forme mythique et je pensai que bientôt il expulserait de sa pièce Électre, Oreste et leur famille » (*ibid.*, p. 508). Mais, deux pages plus loin, elle raconte qu'à la fin de leur périple en zone libre où il ne parvint pas à intéresser Malraux, Gide, Daniel Mayer à ses projets de résistance intellectuelle, Sartre se remit au travail : « Non, il ne renonçait pas aux Atrides ; il avait trouvé le moyen d'utiliser leur histoire pour attaquer l'ordre moral, pour refuser les remords dont Vichy et l'Allemagne essayaient de nous infester, pour parler de la liberté » (*ibid.*, p. 510).

creuse son chemin dans les esprits avec la perspective d'une nouvelle guerre, le sentiment d'impuissance étant la forme nouvelle du Destin.

Le néo-classicisme est fondé sur une culture commune à l'auteur et à son public : une culture de son temps vue à travers le prisme de la culture classique. L'*Électre* de Giraudoux — après le succès, en 1935, de *La guerre de Troie n'aura pas lieu* — a marqué, en 1937, l'apogée du théâtre moderne néo-classique en France. Maurice Martin du Gard rappelait que la critique, en son temps, avait reproché à la *Bérénice* de Racine des allusions perpétuelles à des faits contemporains qui interdiraient à l'œuvre d'être comprise un an après, et il concluait : « À M. Giraudoux, on intente un procès presque pareil, pour avoir accordé à son public un crédit dont la postérité ne manquera pas de le récompenser dans les classes, car, une fois de plus, en sortant d'*Électre*, il m'apparaît comme la providence des professeurs de l'avenir[1]. » Cette remarque caustique peut-elle s'appliquer aussi aux *Mouches* du professeur Sartre ? La réponse se trouve en partie dans le commentaire que donne Gérard Genette, dans *Palimpsestes*, de la pièce de Giraudoux. L'*Électre* de celui-ci réhabilite Égisthe, « personnage ci-devant fort déprécié, ou négligé », qui devient, chez Giraudoux, « l'une des premières figures modernes de l'homme d'État peu scrupuleux sur les moyens, mais dévoué à sa cause : de là [...] le Créon d'Anouilh, et le Hoederer des *Mains sales* ». Tout le suspens de la pièce tient au débat entre Électre et Égisthe, qui incarnent deux causes : la justice et la raison d'État. La mise en avant du personnage est tout autre, sur le même thème, dans *Les Mouches* de Sartre : « Ici, et pour la première fois depuis Eschyle, Électre s'efface après avoir transmis à son frère la charge de la vengeance. C'est de nouveau Oreste le héros ; mais son véritable adversaire n'est plus Égisthe, ni même Clytemnestre : c'est Jupiter, présent (d'abord incognito) sur scène, et qui, garant de l'ordre humain et divin et de la soumission des hommes à leurs maîtres, veut maintenir Argos dans la peur des morts et dans la culpabilité. Les hommes sont libres et ne le savent pas. Oreste le devine, et accomplit son meurtre pour l'exemple, comme symbole de la liberté humaine. Dans cette fable philosophique, c'est évidemment lui qui est valorisé, aux dépens de tous : dieux et rois oppresseurs, hommes inconscients de leur propre pouvoir — et de leur propre valeur. » Genette note enfin que « [...] nous connaissons *d'avance* l'issue d'une histoire *passée* ; notre culture prescrit après coup ce qui ne fut jadis inéluctable que d'être aujourd'hui connu, et ne subit d'autre fatalité que l'impuissance de l'événement à éviter ce qui, de lui, est déjà dit et *entendu*[2] ».

La nouveauté des *Mouches* qui fait échapper la pièce à l'esthétique néo-classique réside dans l'invention par Sartre d'un troisième acte qui ne correspond pas à l'attente du public cultivé. Son double meurtre commis, Oreste ne devient pas fou, il assume son acte, en fait un acte fondateur de *sa* liberté et de la liberté des autres, s'ils veulent bien n'en éprouver, comme lui, aucun remords. Il échappe et à la fatalité et à l'accomplissement de la malédiction pesant sur les Atrides : il rompt avec la tradition, à tous les sens du terme. Sartre refuse la valorisation d'Égisthe : il fait du

1. *Les Nouvelles littéraires*, mai 1937 ; cité dans le dossier critique établi par Tiphaine Samoyault, *Électre*, Livre de poche, 1996, p. 163.

2. *Palimpsestes : la littérature au second degré*, Le Seuil, 1982, p. 394-396.

chef de la cité son principal oppresseur, contre Giraudoux. Mais, en bon philosophe, il s'en prend au fondement de cette oppression sociale, à sa justification idéologique : la religion de la faute. C'est pourquoi il « christianise » Jupiter et fait de celui-ci l'adversaire de la liberté qu'incarne Oreste. De ce point de vue, le drame sartrien est très différent de la tragédie selon Hegel : Jupiter et Oreste ne s'affrontent pas comme les représentants de droits opposés et d'égale valeur. Jupiter n'a aucun souci réel de la cité, il a le souci de son pouvoir sur les hommes. Et Oreste n'a pas d'abord le souci de la cité : il a le souci de sa liberté, face au Dieu, face à lui-même. Il se déprend du pouvoir de Jupiter sur lui. Leur lutte n'est pas juridique, ce ne sont pas des lois qui s'opposent, mais des philosophies. Gérard Genette a raison de parler de « fable philosophique » pour caractériser *Les Mouches*. On ajoutera simplement que c'est une fable philosophique sur fond politique allusif — et que la situation même de 1943 n'en permettait pas d'autre : le sens contemporain de la pièce devait nécessairement passer en contrebande. D'où le dialogue ouvertement philosophique entre Oreste et Jupiter, avec des formules qui s'impriment dans la mémoire. D'où aussi une solide charpente dramatique, une intrigue qui mêle habilement au mythe un suspens tenant à la question : Oreste échappera-t-il à la fatalité des Atrides tout en accomplissant son destin ? L'indécision du héros, sa brusque conversion, l'ouverture de sens qui suspend la fin de la pièce (départ héroïque après le tyrannicide ou fuite ?) contribuent à éviter les pièges de la pièce à thèse à coloration antique. Si elle ne comporte pas de novation délibérée dans la forme de son écriture, elle permet en revanche, par la sauvage paganisation de la légende grecque mêlée d'humour anachronique, d'échapper au néo-classicisme strict, et offre au metteur en scène, au décorateur et aux acteurs un large spectre d'expression, allant du comique au cérémonial de terreur, de l'élégie au dialogue intellectuel, de la tendresse à la tension solitaire d'un héros jeune (Oreste a dix-huit ans) qui passe brusquement à l'âge adulte. Les ruptures de ton assurent à la pièce une vitalité que des répliques parfois trop longues pouvaient menacer. La présence des Érynnies, chiennes jappantes et littéralement effrayantes, contribue fortement à la tension dramatique qui repose sur les choix des personnages principaux. Elles incarnent la « situation » (l'occupation par le remords et la terreur) avec une formidable efficacité.

C'est bien par rapport à l'*Électre* de Giraudoux que Sartre conçoit *Les Mouches* en une sorte de dialogue polémique. Que Dullin eût monté le premier grand succès scénique de Giraudoux, *Siegfried*, en 1933, et inscrit ainsi une date dans l'histoire du théâtre, rendait d'autant plus vif le défi que Sartre lançait à son aîné normalien dix ans plus tard par le truchement du même Dullin. De plus, la pièce avait été reprise, juste avant *Les Mouches*, en avril, au théâtre de l'Ambigu. Notons encore que l'*Iphigénie à Delphes* de l'auteur allemand, nietzschéen et bien-pensant, Gerhardt Hauptmann, avait été joué deux jours avant *Les Mouches*, succédant à des représentations des *Iphigénie* d'Euripide et de Goethe à la Comédie-Française, des *Érynnies* de Leconte de Lisle à l'Odéon et d'une adaptation du mythe d'*Œdipe* par Paul Mariel sous le titre *Dieu est innocent*.

Quelle est la nouveauté des *Mouches* par rapport au modèle giralducien ? D'abord, peut-être, une plus grande fidélité aux exemples antiques. D'Eschyle à Euripide en passant par Sophocle, la loi du talion est contestée par le débat qui prend en compte les conséquences morales, politiques, religieuses de l'exécution de la vengeance commandée par Apollon. La question posée dans les tragédies grecques est bien celle de la responsabilité du héros tragique, et c'est sur elle que Sartre, affinant ses modèles dans le sens d'une interrogation morale et psychologique, va mettre l'accent au détriment de la malédiction des Atrides. Ainsi, il n'évoque même plus explicitement le sacrifice d'Iphigénie par son père Agamemnon pour justifier le meurtre de celui-ci par Clytemnestre. Et c'est par le départ sans remords d'Oreste que *Les Mouches* se distingue le plus de la tradition, dans laquelle le héros finit généralement fou. Oreste, héros « nietzschéen » en un certain sens qu'on va voir, pas plus que Zarathoustra, ne veut de disciples. La filiation contestataire par rapport à l'*Électre* de Giraudoux peut se lire jusque dans le titre : au début d'*Électre*, le Jardinier s'adresse aux Euménides en leur lançant : « Voulez-vous partir ! Allez-vous nous laisser ! On dirait des mouches. » Le titre, bien sûr, évoque d'abord Nietzsche, comme l'a montré de façon décisive Jean-François Louette[1] : il est une réponse directe au chapitre « Des mouches de la place publique » de *Ainsi parlait Zarathoustra*[2]. Mais si la pièce mène un dialogue avec Nietzsche et finalement contre Nietzsche, c'est en empruntant des éléments du style giralducien pour le subvertir dans un sens proprement sartrien, où le mélange de grotesque, de lyrisme, d'ironie, de parodie produit une tragédie explosive, parce que composée également de farce, de mythe et de drame politique. Selon la formule de J.-F. Louette, « l'intérêt de cette pièce engagée, c'est précisément *de ne pas trop savoir en quelle direction elle doit s'engager*[3] ». Le Nietzsche qui est contesté est celui du « sur-homme », Oreste apparaissant plutôt comme un « dernier homme » que comme un prophète du malheur des hommes et un fondateur d'une nouvelle morale, par-delà le Bien et le Mal. De même que Sartre diffère sans cesse de fournir sa morale, son Oreste n'en indique pas une — « les bons sentiments ne sont jamais donnés d'avance : il faut que chacun les invente à son tour[4] » —, mais il fait ressentir la nécessité d'une morale. Elle était certes affirmée chez Giraudoux, dans ce que Sartre appelle son « eudémonisme païen », une morale satisfaite par l'appel à l'harmonie qui résulte, pour l'homme, de la réalisation spontanée de son essence. « Tout homme est responsable de l'harmonie universelle, il doit se soumettre de son plein gré à la nécessité des archétypes[5] », écrit Sartre en exposant avec quelque ironie l'aristotélisme anachronique de Giraudoux. C'est donc dans un tout

1. Jean-François Louette, « Autour des *Mouches* », *Sartre* contra *Nietzsche (« Les Mouches », « Huis clos », « Les Mots »)*, Grenoble, Presses universitaires de Grenoble, 1996, p. 55-61.

2. Le titre lui-même, avec ses multiples connotations, pouvait aussi référer indirectement à la délation, dans le contexte de l'Occupation et de la Milice partout présente, où les Allemands étaient fréquemment désignés comme des « doryphores ». Une « mouche » dans le vocabulaire politico-gangstérique de l'époque désigne ce qu'on appelle aujourd'hui dans le « milieu » une « balance » : un délateur, un dénonciateur, un « mouchard » est un indicateur de police (voir Michel Leiris, « Oreste et la cité », *Les Lettres françaises* clandestines, nº 12, décembre 1943 ; Dossier de réception des *Mouches*, p. 1286-1287. Mais l'essentiel dans ce titre, *Les Mouches*, est qu'il annonce une satire à la Aristophane, plutôt qu'une tragédie à la Eschyle.

3. J.-F. Louette, *Sartre* contra *Nietzsche (« Les Mouches », « Huis clos », « Les Mots »)*, p. 59.

4. « La Nationalisation de la littérature » (1946) ; *Situations, II*, Gallimard, 1948, p. 53.

5. « M. Giraudoux et Aristote. À propos de *Choix des élues* » (mars 1940) ; *Situations, I*, Gallimard, 1947, p. 88.

autre esprit, celui d'un existentialisme immergé dans le présent, que Sartre emprunte à Giraudoux quelques-uns de ses traits spécifiques : l'usage libre d'une langue parlée alternant avec une langue très littéraire, le recours aux anachronismes, le dialogue d'idées philosophiques appliqué à des actions tirées de la mythologie. Giraudoux et Sartre ont en commun une culture, mais chez Giraudoux cette culture est mise en jeu avec euphorie et optimisme (« *Électre* finit sur une catastrophe et sur une aube[1] », note Sartre), alors que chez son cadet elle est contestée par dérision, et elle ne peut aboutir que sur une action. De sorte que cette pièce engagée exhibe aussi la théâtralité de l'engagement[2].

Peut-être Sartre avait-il en tête cette citation de *Ainsi parlait Zarathoustra* : « Où cesse la solitude commence la place publique ; et où commence la place publique commence aussi le bruit des grands comédiens et le bourdonnement des mouches venimeuses[3]. » La politique est aussi le lieu du théâtre, si le théâtre est le lieu de la politique. Contraint par la situation à faire passer son message de résistance par contrebande, il emprunte à la grande tradition théâtrale pour traiter ce qu'il appelle son « vrai sujet », comptant sur le public pour décrypter le mythe. « Pourquoi faire déclamer des Grecs [...] si ce n'est pour déguiser sa pensée sous un régime fasciste ? Le véritable drame, celui que j'aurais voulu écrire, c'est celui du terroriste qui, en descendant des Allemands dans la rue, déclenche l'exécution de cinquante otages[4]. » Après la Libération, présentant *Morts sans sépulture*, qui traitait directement de la Résistance, Sartre déclara : « Comme je considère que le théâtre moderne doit être contemporain, je ne récrirais plus aujourd'hui une pièce comme *Les Mouches*[5]. » Mais, en réalité, une pensée fait plus que se déguiser sous un mythe, elle se révèle dans sa profondeur philosophique, et il n'y a pas lieu de regretter que Sartre ait traité indirectement son « vrai sujet ».

La pensée de Sartre, en 1942-1943, est en train de s'éprouver dans la rédaction de son grand traité d'ontologie phénoménologique, *L'Être et le Néant*. Il y développe une philosophie de la liberté qui n'est pas désengagée par rapport à la situation concrète, les allusions à l'Occupation y sont nombreuses ; la notion de « situation » y est travaillée de façon cruciale. Il est donc normal qu'écrivant simultanément une pièce qui a la même fonction que l'essai philosophique et que tout ce qu'il compose parallèlement, Sartre traite philosophiquement de ce qu'il y a de plus dramatique dans sa pensée : l'idée même d'une liberté à laquelle l'homme est condamné et qu'il doit cependant conquérir et faire sienne, parce qu'elle est au fondement de son existence. Cette idée va apparaître dans tout son paradoxe une fois confrontée au *fatum* grec, qui fonde aussi pour une large part la culture chrétienne, avec ses notions conjointes de faute originelle et de culpabilité.

1. *Ibid.*, p. 83.
2. Comme l'ont souligné John Ireland, *Sartre, un art déloyal. Théâtralité et engagement*, Jean-Michel Place, 1994 ; et J.-F. Louette, *Sartre* contra *Nietzsche (« Les Mouches », « Huis clos », « Les Mots »)*, p. 33, 54 et 60.
3. Henri Albert trad., *Œuvres*, R. Laffont, coll. « Bouquins », 1998, t. II, p. 322.
4. Interview à *Carrefour*, 9 septembre 1944.
5. *Combat*, 30 octobre 1946.

Les emprunts aux modèles antiques.

On sait que Sartre avait écrit dans sa jeunesse une pièce, intitulée *Épiméthée*, vraisemblablement inspirée du *Prométhée* d'Eschyle, dans laquelle il opposait les deux figures antagonistes d'Épiméthée, l'ingénieur, et de Prométhée, l'artiste, l'homme seul. Était-ce déjà l'homme libre qu'allait incarner Oreste ? Dans le mythe antique, Prométhée, qui se révolte contre les dieux, en vain, finit par reconnaître la force du destin, de la nécessité. Le destin, dans la vision grecque, est tout ce qui échappe à notre décision, tout ce qui nous laisse sans choix. Sartre écrit cet *Épiméthée*, aujourd'hui perdu, pendant son service militaire, à l'âge de vingt-cinq ans, et l'on peut supposer qu'il renversait le mythe antique pour mettre l'accent non seulement sur la solitude de l'artiste, mais sur le choix volontaire qu'il fait de cette solitude, en laquelle réside sa grandeur. La grandeur est un thème obsessionnel chez le jeune Sartre, on le retrouvera dans un des titres envisagés pour sa trilogie romanesque sur la liberté, qui était précisément *La Grandeur*. On le retrouve tout aussi bien, mais tourné en dérision, dans la nouvelle *Érostrate* (1936) où un raté se rêve grand à travers un crime gratuit et spectaculaire qui le fera rester dans la mémoire des hommes comme un « héros noir[1] ». Le retournement opéré par Sartre sur le *fatum* grec ne consiste pas à nier la nécessité, mais à revendiquer pour l'homme la liberté de choisir le destin qui lui est assigné, de le réclamer pour sien, et d'en modifier le sens. C'est en quoi Oreste, dans la vaste galerie des héros mythologiques, devait lui apparaître comme le plus propre à incarner à la fois sa révolte personnelle — Oreste a subi le plus irréparable des torts : sa mère lui a ravi son père et a mis à sa place dans son lit l'assassin du père — et sa révolte civique : exclu de la cité, élevé loin des siens, il revient pour trouver au pouvoir l'usurpateur criminel.

Inutile de chausser des lunettes de psychanalyste pour lire dans le mythe qui structure cette situation une variante du complexe d'Œdipe freudien, qu'on pourrait appeler le complexe d'Oreste : celui qui tourne en haine meurtrière le sentiment de rivalité et de ressentiment qu'un garçon peut éprouver à l'égard du beau-père qui lui a ravi l'amour exclusif de sa mère. Si, derrière Jupiter, on peut apercevoir, après la lecture des *Mots*, la figure fantasmée de Charles Schweitzer, grand-père comédien de lui-même, et même bouffon, mais aussi dévorant[2], derrière Égisthe et Clytemnestre se profilent les ombres bourgeoises de l'ingénieur Joseph Mancy et de son épouse Anne-Marie veuve Sartre, née Schweitzer : la mère de Sartre. Cette dernière se voit en quelque sorte divisée en deux personnages, la sœur et la mère : la jeune Électre qui n'ose pousser jusqu'au bout sa révolte et la majestueuse Clytemnestre rongée par le remords d'avoir trahi et son mari et son fils. Nous n'insisterons pas davantage sur les résonances affectives du drame pour Sartre, qui devait sans doute en être parfaitement conscient, et même en jouer comme il joue ailleurs sur les références implicites ou même expli-

1. *Œuvres romanesques*, p. 269-270.
2. Voir Josette Pacaly, « Relecture des *Mouches* à la lumière des *Mots* », *Études philosophiques et littéraires*, n° 2, mars 1968, p. 43-47.

cites à la psychanalyse dans ses intrigues[1]. Plus structurant peut-être, parce que moins évident, le conflit se déroule entre le principe de la puissance paternelle et celui de la puissance maternelle, qui n'a pu supplanter la première qu'aidée par l'usurpateur, et le fils apparaît alors comme le restaurateur de la filiation patrilinéaire. Nous avons affaire là à des archétypes qui organisent toute la mythologie antique, et que Sartre reprend sans les thématiser explicitement, mais comme arrière-plan culturel de sa pièce. La malédiction des Atrides n'y apparaît que comme un signe de connivence pour le public de culture classique, et c'est Égisthe qui y fait référence, en s'adressant à Électre : « [...] c'est toujours le vieux sang pourri des Atrides qui coule dans tes veines », dans la scène de l'invocation aux morts (p. 30). La malédiction elle-même n'a pas dans la pièce de fonction dramatique : ce n'est pas contre elle qu'Oreste s'insurge, mais contre l'autorité divine qui la fonderait et la perpétuerait. Il se pourrait que Sartre ait eu en tête ce qui dans le mythe constitue la faute même des Atrides : l'orgueil. Il est au cœur du drame sartrien : orgueil de Jupiter, orgueil d'Électre, orgueil d'Oreste, et c'est leur conflit qui précipite l'action, car il est un des noms de la liberté. Si l'homme est incréé, ou si le Dieu est sans plus de pouvoir sur lui, le sentiment de sa liberté ne peut se vivre que dans l'orgueil exalté ou l'angoisse vertigineuse, ou plutôt dans l'alternance des deux.

Le mythe d'Oreste, dans la tragédie grecque, est livré par Eschyle dans *L'Orestie*, trilogie datée de 458 avant Jésus-Christ, par Sophocle dans *Électre*, et par Euripide dans *Oreste*, tragédie contemporaine de celle de Sophocle, et probablement un peu postérieure — les datations ne sont pas certaines, mais une cinquantaine d'années séparent la trilogie d'Eschyle des tragédies de Sophocle et d'Euripide. En cinquante ans, l'évolution du mythe est considérable, moins dans le développement de l'intrigue (elle est l'objet de variantes depuis sa première apparition dans les poèmes homériques) que dans sa signification par rapport à la cité, à sa religion, à son ordre politique. *L'Orestie* d'Eschyle est tout entier traversé d'un intense sentiment religieux : il dispense une crainte révérencieuse des dieux, il montre les « effrayantes souffrances des effrois » (*Les Choéphores*, v. 586) qui constituent la situation fondamentale des hommes dans un monde régi par des dieux désaccordés. Chez Sophocle, Oreste n'est pas saisi par le délire après le double meurtre, les Érynnies viennent à son secours, et le triomphe l'attend dans la cité, parce qu'il a obéi aux dieux tout en exerçant son autorité de prince légitime. Chez Euripide, au contraire, Oreste regrette son acte et se lamente, tombe malade d'une agitation délirante, jusqu'à son acquittement par le tribunal des dieux rassemblés sur l'Arès — fin qui n'est pas sans poser problème, car Euripide y semble parler contre sa conviction « humaniste » opposée à l'arbitraire des dieux, puisqu'il fait triompher la théocratie, peut-être ironiquement. Si l'*Oreste* d'Euripide paraît bien fournir l'inspiration première de Sartre pour *Les Mouches*, il se pourrait que ce soit cette ironie que le philosophe prenne justement à la lettre en substituant au jugement des dieux celui d'Oreste seul, qui assume son acte sans être tenté par la folie du remords à laquelle Électre succombe finalement. Mais il fait là, bien sûr, une lecture moderne du *pathos* grec. La question

1. Voir « L'Enfance d'un chef », *Œuvres romanesques*, p. 314-388.

du droit nouveau, en accord avec l'intérêt de la cité, substitué au droit ancien entièrement soumis à la volonté des dieux, dans *L'Orestie* d'Eschyle, l'évolution de cette question du respect de la loi divine dans les tragédies de Sophocle et d'Euripide n'ont évidemment plus la même prévalence dans le drame sartrien, où la loi divine est mise en question par la conscience individuelle, notion qui n'a pas de sens pour les Grecs. Sartre, on le verra, ne pose pas ultimement la question de la cité, contrairement à ce que peut laisser croire une lecture superficielle de l'analyse donnée par Leiris à l'époque de la création[1].

Genèse et création.

Sartre ne s'est guère exprimé sur la genèse de sa pièce et n'a pas indiqué ses sources ni la manière dont il les a utilisées. L'absence de manuscrit et même de dactylographie nous laisse dans l'ignorance, notamment sur les modifications apportées au texte imprimé, comme c'est presque toujours le cas, pour la représentation scénique. L'absence aussi de documents de travail ne nous incite pas aux conjectures. Sartre a-t-il relu les pièces d'Eschyle, de Sophocle et d'Euripide la plume à la main ? Avouons que nous n'en savons rien. Il serait bien hasardeux de conclure, au su de son travail sur le texte des *Troyennes* d'Euripide pour l'adaptation qu'il en a donnée en 1965, qu'il a fait un effort philologique quelconque pour composer *Les Mouches*[2]. Aurait-il pu dire, comme Giraudoux pour son *Électre*, qu'il n'a pas lu les éditions des tragiques grecs qu'il avait achetées en vue de sa pièce ? Il est tout à fait plausible qu'il se soit, comme son aîné, largement reposé sur sa propre culture classique pour refabriquer le mythe à sa guise[3]. En revanche, nous connaissons la source en quelque sorte « naturelle » de la pièce : Simone de Beauvoir nous apprend que Sartre, pour décrire Argos, au premier acte, s'était inspiré de l'écrasante chaleur qu'il avait connue en cherchant une taverne où se restaurer, avec elle et Bost, en plein midi, durant l'été de 1937, dans les rues du village d'Emborio sur l'île de Santorin[4].

Si nous savons fort peu de choses sur la genèse scripturale de la pièce, nous sommes en revanche bien informés sur les conditions pratiques de sa création. La pièce a été écrite entre l'été de 1941 et le printemps de 1942[5]. Six mois environ, c'est peu, quand on se rappelle que Sartre, alors, est aussi occupé par la rédaction de *L'Être et le Néant*. Simone de Beauvoir ne fait pas état de problèmes qu'aurait rencontrés Sartre au cours de

1. Voir « Oreste et la cité », Dossier de réception des *Mouches*, p. 1286-1287.

2. Dans son ouvrage en suédois, *Existentialismen : Studier i dess idétradition och litterära yttringar* (Stockholm, 1966), Thure Stenström, qui a eu avec Sartre un entretien (16 juin 1965), mentionne deux ouvrages qu'il lui a dit avoir lu en 1942 et qui lui auraient donné quelques idées pour *Les Mouches* : *Les Mythes romains* de Georges Dumézil et *Les Étrusques et leur civilisation* de V. Basanoff. Au premier de ces ouvrages pourrait correspondre celui de Georges Dumézil, *L'Héritage indo-européen à Rome*, introduction aux séries « Jupiter, Mars, Quirinus » et « Les Mythes romains », Gallimard, 1949. Pour le deuxième ouvrage cité, il s'agit vraisemblablement de celui de Vsevolod Basanoff, *Les Dieux des Romains*, P.U.F., 1942.

3. Pierre Brunel, *Pour Électre*, Armand Colin, 1982, p. 177-179, donne une liste qui semble exhaustive des œuvres postérieures à l'Antiquité inspirées du mythe d'Électre.

4. Voir *La Force de l'âge*, p. 316. Sartre lui-même raconte longuement cette visite au village « terrifié » d'Emborio dans sa lettre datée d'Athènes, 6 août 1937 (Autour des *Mouches*, p. 71-72).

5. L'édition originale des *Mouches* (Gallimard, 1943) porte l'achevé d'imprimer de décembre 1942.

la rédaction ; lui-même n'a jamais parlé des *Mouches* comme d'une pièce qu'il aurait eu de la facilité à écrire, comme *Huis clos*, ou de grandes difficultés, comme *Le Diable et le Bon Dieu.* C'est pour le montage financier que les difficultés allèrent jusqu'à mettre en péril la création. Après que Jean-Louis Barrault, pour qui, somme toute, la pièce avait été écrite, se fut « défilé », selon les termes de Simone de Beauvoir[1], Sartre se mit en quête d'un mécène. Dans sa lettre à Barrault datée du 9 juillet 1942, il lui retire sa pièce en lui faisant le reproche d'avoir indéfiniment tardé à tenir un engagement pris « un peu à la légère » et termine en disant qu'il s'est tourné vers Dullin et que celui-ci accepte de monter *Les Mouches*, avec Olga dans le rôle d'Électre[2].

Sartre se mit donc en quête d'un commanditaire. Il en trouva un en la personne d'un certain Néron, recommandé par Maurice Merleau-Ponty. Un jeune homme élégant et disert se présenta, au café de Flore, en compagnie d'une « brune agréable », tout aussi élégante. Il se disait fortuné et ami des arts, prêt à financer le coûteux montage de la pièce. Quand le moment fut venu de verser un million en espèces, Néron se jeta dans le lac du bois de Boulogne d'où il fut repêché par un officier allemand[3]. Mais, d'après Beauvoir, c'est avec Dullin que les négociations rocambolesques eurent lieu. Dullin venait d'accepter la proposition de la Ville de Paris de reprendre le théâtre Sarah-Bernhardt sous le nom de théâtre de la Cité[4], scène encore plus grande que le théâtre de Paris, qu'il avait dirigé de 1940 à 1941, avec une salle de 1 243 places. Après l'échec cuisant de la nouvelle pièce de sa compagne Simone Jollivet, *La Princesse des Ursins*, monter la première pièce d'un jeune auteur inconnu au théâtre

1. *La Force de l'âge*, p. 529.

2. Voir Autour des *Mouches*, p. 76. La lettre de Sartre était conservée dans les papiers de la succession Madeleine Renaud/Jean-Louis Barrault (tous deux décédés en 1994) et elle a été acquise par le département des Arts du spectacle de la Bibliothèque nationale (Arsenal). Cette lettre confirme que Sartre a envisagé, au début, de faire jouer sa pièce sans la signer. Est-ce pour des raisons de prudence politique ? Mais alors comment expliquer qu'il la juge « sage », si ce n'est d'un point de vue formel ? I. Galster, *Le Théâtre de Jean-Paul Sartre devant ses premiers critiques*, t. I, p. 66, se réfère, sur cette question, au livre de Jean-Louis Barrault, *Souvenirs pour demain*, Le Seuil, 1972. Stenström indique d'éventuels scrupules politiques de Barrault (*Existentialismen : Studier i dess idétradition och litterära yttringar*, p. 192). Ces scrupules ne pouvaient être que des prudences par rapport à Vichy. Sartre raconte, dans ses entretiens avec John Gerassi (14 mai 1971), qu'il tenait Barrault pour un attentiste prudent, et qu'il lui interdit l'accès au Théâtre-Français, qu'il occupait durant les journées de la Libération. Il y avait sans aucun doute entre eux, comme eût dit Ibsen, « un cadavre dans la cargaison ». Barrault lui-même donne des explications quelque peu différentes à son abandon des *Mouches* : il n'était pas d'accord avec les méthodes de travail de Sartre et le projet de financement s'écroula.

3. Voir *La Force de l'âge*, p. 522 et 529.

4. Selon Beauvoir, c'est sous l'influence de Simone Jollivet que Dullin accepta cette responsabilité. Dullin expliqua dans *Comœdia* du 11 octobre 1941 la raison de son choix de l'appellation « théâtre de la Cité » pour l'ex-Sarah-Bernhardt, plutôt que « théâtre des Deux Rives » : « J'aimerais que la nouvelle appellation théâtre de la Cité comportât pour le public une idée de communauté » (cité d'après Annette Fuchs-Betteridge, *Le Théâtre en France pendant l'occupation allemande. 1940-1944*, thèse de doctorat d'université, Paris, 1969, p. 278 — pour plus de détails voir I. Galster, *Le Théâtre de Jean-Paul Sartre devant ses premiers critiques*, t. I, p. 68). Il fut reproché à Sartre, quarante-deux ans après les faits, et de façon posthume, d'avoir accepté non pas tant de faire jouer *Les Mouches* avec l'accord de la censure allemande, mais de l'avoir fait dans un théâtre « aryanisé » (voir l'interview de Vladimir Jankélévitch dans *Libération* du 10 juin 1985 ; l'article de Michel Contat, « Les Philosophes sous l'Occupation », *Le Monde*, 28 juin 1985 ; et la polémique qui s'est ensuivie, avec la protestation de Simone de Beauvoir, Jacques-Laurent Bost et Jean Pouillon, *Le Monde*, juillet 1985).

n'était pas sans risques. Dullin accepta de les prendre, sans plus de commanditaire, et Sartre lui en fut toujours reconnaissant — le défendant après la Libération, quand l'attitude ambiguë de Dullin à l'égard de l'occupant lui valut des difficultés. De la mésaventure néronienne résulta quand même un profit : la « brune agréable » connaissait l'officier allemand chargé de la censure du théâtre ; elle lui mit sous les yeux une copie des *Mouches* et obtint son accord pour la représentation[1]. Dans ses mémoires, l'ancien lieutenant Gerhard Heller affecté à la *Propaganda-Abteilung* s'attribue le mérite d'être intervenu personnellement pour faire autoriser la pièce, après avoir vu une répétition : « Sartre avait du courage : j'avais bien compris qu'à travers les paroles et les actes d'Électre et d'Oreste, ce n'étaient pas seulement Égisthe et Clytemnestre qui étaient visés[2]. » Est-il plausible que la pièce ait été mise en répétition sans l'accord préalable de la censure ? Et la censure ne devait-elle pas donner aussi son accord pour la publication en librairie, en tous les cas pour accorder à l'éditeur le papier nécessaire ? Un autre accord était indispensable, tout à fait clandestin celui-là, mais d'importance, celui du Comité national des écrivains (C.N.E.), principale organisation de la Résistance pour les intellectuels, auquel Sartre appartenait depuis le début de l'année. On sait que cette autorisation lui fut accordée, et que l'organe du C.N.E., *Les Lettres françaises*, publia, dans son numéro 12, en décembre 1943, six mois après la création, un article, « Oreste et la cité », qui valait blanc-seing[3].

La pièce fut publiée par Gallimard avant sa représentation, en avril 1943, avec un prière d'insérer rédigé par Sartre, où il était question de la liberté comme de « l'engagement le plus absurde et le plus inexorable[4] ».

La création a été décrite de façon très vivante par Simone de Beauvoir qui assista aux répétitions[5]. Ce témoignage concernant la réception immédiate de l'œuvre est discutable. Mais nous n'en avons pas d'autre pour le travail de Dullin avec les comédiens. Sartre avait donné à *Comœdia* une interview d'avant-première dans laquelle il évite de parler directement du contenu politique de la pièce, mais y fait néanmoins des allusions très claires[6].

1. Lors de la préparation des entretiens du film *Sartre par lui-même*, Sartre nous dit que la femme nommée Renée Martinaud par Beauvoir dans *La Force de l'âge* (p. 529) était Renée Saurel, qui allait plus tard tenir la chronique de théâtre dans *Les Temps modernes*. Dans les entretiens avec Gerassi (15 octobre 1971), il parle au contraire d'une jeune comédienne luxembourgeoise de chez Dullin qui avait une relation avec un Allemand des services de censure. L'Allemand en question pourrait être Gerhard Heller (voir le témoignage de celui-ci dans A. Fuchs-Betteridge, *Le Théâtre en France pendant l'occupation allemande. 1940-1944* ; Autour des *Mouches*, p. 85).

2. *Un Allemand à Paris, 1940-1944*, Le Seuil, 1981, p. 160. Les conditions dans lesquelles le visa de censure a été finalement attribué aux *Mouches* ne sont pas exactement établies. Voir I. Galster, *Le Théâtre de Jean-Paul Sartre devant ses premiers critiques*, t. I, p. 72-86.

3. Cet article est attribué de façon erronée à Jean Lescure dans l'*Album des lettres françaises clandestines*. On sait qu'il a pour auteur Michel Leiris, qui l'a repris, avec quelques modifications mineures, dans son recueil *Brisées* (Gallimard, coll. « Folio essais », 1992, p. 84-88). Voir le Dossier de réception des *Mouches*, p. 1286-1287.

4. Voir Autour des *Mouches*, p. 73.

5. Voir *La Force de l'âge*, p. 552-554.

6. « Ce que nous dit Jean-Paul Sartre de sa première pièce », interview par Yvon Novy, *Comœdia*, 24 avril 1943, donnée par Sartre malgré les règles tacitement adoptées, dont parle Beauvoir (*La Force de l'âge*, p. 528), de ne pas écrire dans les journaux de la zone occupée. Voir Autour des *Mouches*, p. 76-77.

La générale eut lieu le mercredi 2 juin 1943 à 20 heures, et la représentation dura deux heures. Le jour même, un colonel allemand avait été tué près de la Madeleine. À la générale, raconte Simone de Beauvoir, un jeune homme se présenta à Sartre : c'était Albert Camus, à qui il allait demander de mettre en scène *Huis clos* et de jouer le rôle de Garcin. La création eut lieu le lendemain, 3 juin. Le programme comportait un court texte d'« Analyse », probablement rédigé par Sartre[1].

La mise en scène.

Il semble que ce soit la mise en scène de Charles Dullin plus que le contenu de la pièce de Sartre qui ait impressionné le public et la critique. Sartre débattit de la mise en scène avec Dullin[2]. Vers la fin de sa vie, Sartre disait, à son sujet : « Le travail du metteur en scène est tellement important que je ne me suis pas senti vraiment présent sur la scène. C'était quelque chose qui se faisait à partir de ce que j'avais écrit, mais qui n'était pas ce que j'avais écrit. Je n'ai plus eu cette impression par la suite[3]. »

Le public était peu homogène, composé pour une part de jeunes gens qui suivaient le travail de Dullin, d'étudiants et d'intellectuels *a priori* intéressés, et pour une autre part de spectateurs peu avertis, qui furent déroutés ; il y avait aussi quelques militaires en *feldgrau* — une publicité avait été payée dans un journal allemand donnant le guide des spectacles parisiens. Les jeunes gens qui, comme Michel Tournier, Gilles Deleuze, Alexandre Astruc, Jean Duvignaud, virent la pièce sans douter un instant qu'en faisant appel à un sens philosophique de la liberté elle impliquait aussi un appel à la lutte pour la libération politique n'insistent guère dans leurs témoignages sur la nouveauté de la mise en scène. Faut-il en conclure que la réalisation de Charles Dullin, pour spectaculaire qu'elle fût, ne renouvelait pas son esthétique ? Certes, en 1943, Dullin était une « valeur établie », et il avait sa période de grande créativité derrière lui. Il avait été, de 1927 à 1939, celui des quatre metteurs en scène du Cartel[4] qui manifestait les plus hautes ambitions artistiques, en partie héritées des idées sur la poétique du théâtre de Jacques Copeau, avec qui lui-même et Jouvet avaient collaboré, comme cofondateurs, en 1913, du Vieux-Colombier. Le vaste plateau du théâtre de la Cité lui inspira pour *Les Mouches* une mise en scène à grand spectacle, avec, pour le décor, les costumes et les éclairages, des influences composites qui intégraient des éléments d'art africain ou océanique à des découpages scéniques géométriques et des évocations plastiques de l'art antique, avec mouvements de foule, danses, et des expérimentations d'avant-garde influencées par le russe Alexandr Taïrov et ses réinterprétations du mystère et de l'arlequinade. Les Érynnies étaient masquées et pourvues d'ailes. Le but recherché était de faire participer le public à une sorte de cérémonie sacrée où la musique de Jacques Besse jouée aux ondes Martenot devait

1. Voir Autour des *Mouches*, p. 77-78.
2. Voir « Dullin et *Les Mouches* », *Le Nouvel Observateur*, 8 décembre 1969. Cet article est en fait un extrait quelque peu remanié de « Ce que fut la création des *Mouches* » publié par Sartre dans les *Cahiers Charles Dullin* en mars 1966 et que nous reproduisons (voir Autour des *Mouches*, p. 78-80).
3. Simone de Beauvoir, *La Cérémonie des adieux* suivi de *Entretiens avec J.-P. Sartre, août-septembre 1974*, Gallimard, 1981, p. 238-239.
4. Voir la Préface, p. XX-XXI.

contribuer à un effet de terreur distancée par un comique étrange et révéler sous le poli bien français des mots une pulsion plus archaïque, une poésie plus intensément tellurique, une vive tension dramatique. La mise en scène devait donc jouer le texte comme une exécution provocante et sauvage, mettant en œuvre toutes les ressources du théâtre, récitatifs, chant et ballet compris. Le spectacle, qualifié dans *Le Petit Parisien* d'« invraisemblable bric-à-brac cubiste et dadaïste » par le critique collaborationniste Alain Laubreaux[1], déclencha une véritable querelle esthétique, avec des défenseurs convaincus et des adversaires acharnés. La mise en scène elle-même était une provocation pour ceux qui vilipendaient, avec les nazis, « l'art dégénéré » et ce qu'il devait aux arts primitifs. Les années 1920 et 1930 ont vu un développement continu de l'ethnologie, pour laquelle Sartre, surtout après la guerre, manifesta un intérêt constant. La mise en scène de Charles Dullin pour *Les Mouches* a sans doute été influencée par les idées d'Antonin Artaud sur le théâtre comme « art total », et il peut l'avoir conçue en partie par une sorte de concurrence avec Jean-Louis Barrault, dont les idées étaient elles-mêmes très novatrices. Après tout, la pièce avait failli être montée par Barrault, et Dullin se devait de montrer qu'il n'était pas moins inventif que son jeune rival. Et les références plastiques aux arts non européens pouvaient être interprétées comme une forme de résistance au nazisme et à son esthétique monumentale, d'inspiration romaine.

Les vingt-cinq représentations prévues eurent un succès assez mitigé[2]. La pièce fut reprise à l'automne de 1943 en alternance avec deux pièces de Molière et une pièce de Courteline. Elle connut en tout quarante-cinq représentations puis fut retirée de l'affiche. Charles Dullin devait se rappeler que les recettes furent « lamentables[3] ».

La réception critique immédiate.

Dans son étude sur la réception des *Mouches*, Ingrid Galster dénombre trente-trois comptes rendus, parus en juin et juillet 1943, ce qui indique assez la curiosité éveillée par la pièce et le spectacle. « Ce fut un éreintage rapide et total », se souvint plus tard Dullin[4]. Ce n'est pas tout à fait exact pour la presse : si deux tiers environ des critiques sont, en effet, nettement défavorables, voire hostiles, surtout ceux qui, comme Laubreaux, écrivent dans les journaux à relativement gros tirage, d'autres chroniqueurs trouvent le spectacle réussi, et quatre critiques, dont Albert Buesche de la *Pariser Zeitung*, reconnaissent à la pièce un rang exceptionnel et saluent en son auteur un écrivain appelé à compter. Ce qui, de toute évidence, fit problème ou rencontra l'incompréhension, c'est le sens philosophique de l'œuvre. Il se peut que ce soit dû à la saturation « atridienne » que nous avons signalée précédemment : les critiques avaient le sentiment d'avoir déjà compris la leçon et que celle-ci était

1. *Le Petit Parisien*, 5 juin 1943 ; Dossier de réception des *Mouches*, p. 1282. Le chef de cabinet adjoint du préfet de police nota dans son journal : « Euripide chez les nègres de l'Oubangui » (voir I. Galster, *Le Théâtre de Jean-Paul Sartre devant ses premiers critiques*, t. I, p. 108).
2. Voir l'article de *Comœdia* du 19 juin 1943, Dossier de réception des *Mouches*, p. 1284.
3. Autour des *Mouches*, p. 87.
4. *Ibid.*, p. 86.

grecque, qu'elle ressuscitait les grandes fatalités ; à en croire A. Buesche dans son compte rendu de la *Pariser Zeitung*[1], la civilisation européenne, au moment de prendre un nouveau départ, se retournait vers ses origines antiques pour les interroger. La notion de « liberté », pourtant cruciale et explicite dans la pièce, n'était pas mentionnée dans la moitié des comptes rendus, et ceux qui l'évoquaient ne lui donnaient pas de rôle central. De ce point de vue, le malentendu, peut-être volontaire, fut total. Bien sûr, personne, dans la presse, si l'allusion à un Oreste résistant et terroriste avait été perçue, n'aurait pu l'imprimer. Mais le public a très bien pu entendre le message politique crypté de la pièce, et le souvenir qu'en gardent les témoins qui n'ont pu s'exprimer sur-le-champ va bien dans ce sens[2].

Un des rares défenseurs des *Mouches* situé à la droite nationaliste, Thierry Maulnier, s'en prit à la critique en général pour son incompétence et l'accusa d'avoir été « radicalement incapable de comprendre le sens littéral, pourtant évident et provocant, d'une œuvre qui visait évidemment plus haut qu'elle[3] ». Dans la presse, Oreste fut le plus souvent vu comme un champion gidien de l'individualisme et de l'anarchie[4]. Si le rôle fut en général jugé trop lourd pour le frêle Jean Lanier, l'Électre d'Olga Dominique fut remarquée par beaucoup : un critique perspicace releva son « physique du café de Flore[5] » — la vogue du Saint-Germain-des-Prés existentialiste se laissait pressentir. Quant à Dullin en Jupiter, il fut loué par certains pour être resté fidèle à lui-même, comparé par André Castelot à Jouvet chez Giraudoux (« Le cher mendiant de Giraudoux est devenu un Zeus de marché aux Puces ») et assimilé par A. Buesche à un « Zeus despotique expliquant et enseignant comme un rabbin[6] ».

Le sens philosophique de la pièce.

Le départ d'Oreste d'Argos, cette fuite qui n'en est pas une puisqu'il entraîne avec lui, en un acte de libérateur, les mouches du remords, dessine une forme ambiguë de l'héroïsme. Sartre lui-même devait juger sévèrement, à la fin de sa vie, au nom d'une morale de l'engagement civique pratique, ce qu'il appela alors l'aristocratisme d'Oreste. « J'avais une espèce de tendance à la solitude romantique », dit-il à propos des *Mouches* à John Gerassi[7]. La pièce, selon lui, représentait l'attitude des résistants qui se battaient contre les Allemands mais ne voulaient pas prendre le pouvoir. Et il ajoute, plus généralement : « Il y a probablement une tendance aristocratique dans cette pièce, à distinguer les résistants des autres. » Cet aristocratisme que Sartre se reproche, *a posteriori*,

1. Voir « Un étrange libérateur », Dossier de réception des *Mouches*, p. 1287-1288.

2. C'est le cas notamment de Michel Tournier et de Gilles Deleuze.

3. *La Revue universelle*, n° 62, 25 juillet 1943 ; Dossier de réception des *Mouches*, p. 1285. Cette revue paraissait à Vichy. L'article de Thierry Maulnier est analysé en détail par I. Galster, *Le Théâtre de Jean-Paul Sartre devant ses premiers critiques*, t. I, p. 154-157.

4. Georges Chaperot, le successeur de Lucien Rebatet au *Cri du peuple*, conclut ainsi son jugement sur le personnage d'Oreste : « Tout cela ne vous a-t-il pas un petit air N.R.F. 1925 ? » (Dossier de réception des *Mouches*, p. 1283).

5. François Sentein, *Idées*, juillet 1943.

6. Respectivement, I. Galster, *Le Théâtre de Jean-Paul Sartre devant ses premiers critiques*, t. I, p. 141, et « Un étrange libérateur », Dossier de réception des *Mouches*, p. 1288.

7. Entretien du 12 novembre 1971.

est celui du créateur. Mais il découle philosophiquement de la mort de Dieu que la pièce, après Nietzsche, annonce une nouvelle fois. Si Dieu n'existe pas, il faut qu'un Absolu existe : les Autres, un Autre qui soit le même, la communauté des lecteurs, représentée par un seul être qui vous lit et vous aime. Dieu est remplacé par les Autres qui sont nos *témoins*, qui voient en nous comme par transparence : l'humanité qui nous sauve de l'oubli et de la méconnaissance par la *reconnaissance*, qui n'est pas forcément gratitude et surtout pas soumission. Pour cela, il faut faire une œuvre qui témoigne que l'homme a voulu devenir homme. Si Dieu n'existe pas, il faut créer l'Homme. Il faut *créer*, construire, voilà l'impératif moral auquel Sartre est en train d'aboutir et qu'il cherchera à fonder, après la guerre, dans ses *Cahiers pour une morale*, sans d'ailleurs y parvenir. Il est difficile de supposer qu'Oreste quitte Argos pour se réaliser par une œuvre, comme Roquentin a quitté Bouville pour écrire un roman. Contrairement à Roquentin, le héros a fait l'expérience de la vie de la cité. Il l'a délivrée des remords et de la culpabilité. À elle de se prendre en charge. Le résistant redevient un homme parmi les hommes. Son avenir est indéfini. Pour Sartre, cela signifie, ultimement, continuer à faire ce qu'on est le mieux à même de faire — mais ce thème-là n'est pas explicitement donné dans la pièce. La fin est ouverte : à chaque spectateur de décider ce qu'Oreste devrait faire.

On a peut-être insuffisamment souligné que cette fin correspond à l'inachèvement de *L'Être et le Néant*, au fait que le traité d'ontologie phénoménologique de Sartre se termine sur l'ouverture d'une perspective morale qui viserait à la reprise authentique du pour-soi dans un projet pratique et non plus dans le vain désir, « la passion inutile » d'être Dieu, en-soi-pour-soi. Le départ d'Oreste, qui peut être interprété comme une pirouette philosophique ou une dérobade, peut aussi être vu, plus justement, comme une suspension du sens, en attendant qu'une morale pratique soit fondée. En une certaine façon, la pièce en déblaye le chemin, d'abord en fondant la liberté comme choix en même temps que comme condamnation subie. Les formules abondent dans *L'Être et le Néant* que la pièce reprend en formules plus littéraires. Ainsi le philosophe écrit cette phrase devenue célèbre : « Je suis condamné à exister pour toujours par-delà mon essence, par-delà les mobiles et les motifs de mon acte : je suis condamné à être libre[1]. » Dans la pièce, le mot philosophique de « contingence » est évidemment évité, mais l'idée s'y trouve, que Sartre formule ainsi dans l'ouvrage philosophique : « Nous disions que la liberté n'est pas libre de ne pas être libre et qu'elle n'est pas libre de ne pas exister. C'est qu'en effet le fait de ne pas pouvoir ne pas être libre est la *facticité* de la liberté, et le fait de ne pas pouvoir ne pas exister est sa *contingence*[2]. » C'est ce que Jupiter donne pour la vraie condamnation : « Pauvres gens ! Tu vas leur faire cadeau de la solitude et de la honte, tu vas arracher les étoffes dont je les avais couverts, et tu leur montreras soudain leur existence, leur obscène et fade existence, qui leur est donnée pour rien » (p. 65). Enfin, thème philosophique central de l'existentialisme sartrien, que les pièces de Sartre, après *Huis clos*, montreront de plus en plus prégnant, jusqu'à peser, dans *Les Séquestrés*

1. *L'Être et le Néant*, Gallimard, 1943, p. 515.
2. *Ibid.*, p. 567.

d'Altona, comme une malédiction *matérielle* : « [...] le paradoxe de la liberté : il n'y a de liberté qu'en *situation* et il n'y a de situation que par la liberté[1]. »

Ces propositions philosophiques, la pièce les présente dans une situation extrême, certes complexe, si on la réfère à son contexte historique, mais rendues « lisibles » par le recours même au mythe, avec ce qu'il implique de généralisation. Oreste, individualité distincte, est aussi, comme tout un chacun, un sujet philosophique, conscience qui n'existe qu'en se choisissant. La responsabilité en découle logiquement : « L'homme, étant condamné à être libre, porte le poids du monde entier sur ses épaules : il est responsable du monde et de lui-même en tant que manière d'être[2]. » Cette responsabilité totale montre tout le développement subséquent de la pensée de Sartre : elle est en réalité impossible à assumer, quand bien même elle est absolument nécessaire. Et c'est dans la tension de cette réalité morale vécue que l'œuvre continuera à se développer. Mais restons-en encore un instant à Oreste. « Tout projet de la liberté est *projet ouvert*, et non projet fermé[3] », dit *L'Être et le Néant*. Le héros quitte donc Argos en assumant sa responsabilité, en attirant derrière lui les mouches de la culpabilité. Que fera-t-il après, meurtrier pour toujours aux yeux des autres ? Le contexte politique de la pièce, à sa création, incite à rapprocher le départ d'Oreste d'un passage rarement cité de *L'Être et le Néant* : « Un juif n'est pas juif d'*abord*, pour être *ensuite*, honteux ou fier ; mais c'est son orgueil d'être juif, sa honte ou son indifférence qui lui révélera son être-juif ; et cet être-juif n'est rien en dehors de la libre manière de le prendre. Simplement, bien que je dispose d'une infinité de manières d'assumer mon être-pour-autrui, je *ne puis pas ne pas l'assumer* : nous retrouvons ici cette condamnation à la liberté que nous définissions plus haut comme *facticité* ; je ne puis ni m'abstenir totalement par rapport à ce que je suis (pour l'autre) — car *refuser* n'est pas s'abstenir, c'est assumer encore — ni le subir passivement (ce qui, en un sens, revient au même) ; dans la fureur, la haine, l'orgueil, la honte, le refus écœuré ou la revendication joyeuse il faut que je choisisse d'être ce que je suis[4]. » Qu'est Oreste si ce n'est justement un être *diasporique*, comme *L'Être et le Néant* qualifie le pour-soi ? L'homme libre, au stade où le prend Sartre dans *Les Mouches*, reste à la fin ce qu'il était au début : sans attache, sans cité, sans appartenance, sans peuple. Ce qui l'a changé c'est l'acte, le meurtre. Pour autrui. Pour lui-même, Oreste reste libre et indéfini : une conscience de sa non-coïncidence avec elle-même. Mais il s'est fait lui-même par l'acte libérateur et a donné naissance à un homme pour qui les jeux ne sont pas faits. *Les Mouches* met en scène l'acte de naissance, sanglante, de ce nouvel homme[5]. Les pièces suivantes, après l'autre expérience en vase clos que représente *Huis clos* pour l'analyse des relations de mauvaise foi avec autrui, rendront concrètes par le recours à l'actualité (*La Putain respectueuse*, *Morts sans sépulture*, *Les Mains sales*) ou à l'histoire (*Le Diable et le Bon Dieu*) les données contraignantes de la

1. *Ibid.*, p. 569.
2. *Ibid.*, p. 639.
3. *Ibid.*, p. 589.
4. *Ibid.*, p. 612.
5. Thème sur lequel insiste l'essai de François Noudelmann, *« Huis clos » et « Les Mouches » de Jean-Paul Sartre*, Gallimard, 1993, en recourant aussi à quelques notions psychanalytiques.

situation. Mais le héros sartrien aura toujours à s'y choisir, et à faire son choix dans la solitude. Même Gœtz, qui choisit de rejoindre une lutte qui ne peut tout à fait être la sienne, car sa bâtardise l'exile irrémédiablement, se décide solitairement et assume sa solitude de chef militaire — c'est sa seule compétence — par un meurtre exemplaire. On peut dire qu'il signe ainsi son style.

Sartre ne fait pas autre chose dans *Les Mouches* en recourant à l'ironie *meurtrière*, au comique grinçant, au pathétique philosophique, et ses anachronismes giralduciens représentent beaucoup plus qu'une concession à l'esprit du temps[1]. L'écriture théâtrale de Sartre, acérée, son style dramatique, bousculé, ses ruptures de ton de dialoguiste virtuose sont fidèles à sa philosophie ; en effet, par le langage autant que par la construction dramatique, *Les Mouches*, comme d'ailleurs tout le théâtre de Sartre, congédie l'ennemi principal de la liberté, celui qui est tapi en nous-mêmes et qui s'appelle le *sérieux*. « L'esprit de sérieux » est défini par Sartre comme la tentative par le pour-soi de lire les valeurs dans le monde, de donner priorité au monde sur soi. Ce que fait précisément la religion — du moins la religion chrétienne constituée par Sartre en son adversaire — lorsqu'elle prétend que les valeurs divines sont inscrites dans le monde, dans la nature ou en soi-même, et qu'il suffit de les déchiffrer à la lumière de la révélation pour garantir et l'ordre social et le salut personnel. Là réside l'irréligiosité foncière de cette pièce religieuse en ses allusions et références : il s'agit de défaire plutôt que de renouer le lien social, du moment que celui-ci est aliénant, dans un régime d'inégalité sociale et d'ordre moral où l'Église appuie le Pouvoir[2]. *Les Mouches* est programmé pour dynamiter Dieu par le rire, et c'est en quoi ce drame est une malicieuse machine infernale. Le reste appartient à l'action…

Quelques interprétations critiques.

Maurice Blanchot a donné ce qui semble être la première lecture de la pièce de Sartre, lue et non pas vue au théâtre, dans le *Journal des débats*, en 1943[3]. Son article, « Le Mythe d'Oreste », insiste sur la parenté des *Mouches* avec *Les Choéphores* et *Les Euménides* d'Eschyle, dont nous avons déjà souligné l'inspiration religieuse. Cette lecture philosophique est subtile et intéressante parce qu'elle souligne la liberté implicite dans la conscience qu'a Oreste d'être libre et de l'action que cette conscience entraîne : « Oreste ne doit pas seulement détruire pour lui-même la loi du remords, il doit l'abolir pour les autres et établir par la seule manifestation de sa liberté un ordre d'où aient disparu les représailles intérieures et les légions de la justice peureuse. » Il a raison de dire qu'Oreste est « un homme qui a décidé de porter atteinte au sacré, de peser hardi-

1. Voir l'article d'Anne-Marie Monluçon, « Anachronisme et actualité dans *Électre* de Giraudoux et *Les Mouches* de Sartre », *Les Temps modernes*, nº 601, octobre-novembre 1998, p. 76-108.

2. Thure Stenström, dans son article « Jean-Paul Sartre's First Play », *Orbis Litterarum*, vol. XXII, nos 1-4, Copenhague, 1967, note que Sartre lui a dit, en 1965, avoir parfaitement su, en 1942-1943, que l'Église catholique n'a pas été unanime dans son soutien à Pétain et que beaucoup de prêtres ont été résistants ou ont aidé la Résistance, mais qu'il voulait mettre en cause l'attitude politique du haut clergé.

3. Article repris dans *Faux pas*, Gallimard, 1943, p. 72-78.

ment dans sa balance le monde supérieur ». Il ajoute : « Chacun de ses gestes est un défi à l'ordre. Son existence est une faute, un péché permanents. » Mais, par une sorte de spiritualisme radical bien dans sa manière, Blanchot ne fait-il pas un contresens en posant la question : « On peut se demander pourquoi cette impression de sacrilège fait parfois défaut à la pièce qu'elle devrait soutenir. Est-ce parce que Sartre a donné une expression parodique de ce monde des dieux et des remords ou bien n'a-t-il pas poussé assez loin l'abjection qu'il dépeint ? » Pour nous, il est bien évident que l'intention politique de la pièce entraînait nécessairement la parodie et qu'il faut que Jupiter soit un magicien pour que ses charlataneries se dénoncent d'elles-mêmes. Blanchot, résolument apolitique à ce moment-là, aurait voulu un Jupiter sacré. Or Sartre, très volontairement, propose au spectateur un farceur, un sacré Jupiter. La conclusion de Blanchot est : « À la grandeur d'Oreste il manque d'être impie contre une piété véritable, de bafouer des dieux qui soient vraiment des dieux et de provoquer l'écroulement d'un monde titanesque que sa liberté pourra détruire justement parce qu'elle n'est rien. »

La lecture qui a été dite « politique » de la pièce par Michel Leiris dans son célèbre article « Oreste et la cité[1] » des *Lettres françaises* ne l'est en fait que très partiellement, mais autant qu'elle peut l'être, pour une raison simple : *Les Lettres françaises* est un organe unitaire, dans lequel coexistent des écrivains communistes et des écrivains qui ne le sont pas. Une lecture strictement politique des *Mouches* aurait dû prendre parti sur l'avenir, c'est-à-dire sur l'organisation politique de la Cité future, la IVe République. En 1943, il n'en est pas question. Aussi bien, nous l'avons dit, la pièce n'est-elle pas *politique* ; elle pose les conditions essentielles d'un rapport à la Cité qui soit moralement acceptable : la liberté voulue, et vécue par chacun comme « son propre chemin ». Le fait même que Leiris tire une analogie entre Oreste et le chaman guérisseur qui prend sur lui « toute la culpabilité latente de la société », ou le bouc émissaire qui permet aux autres de se décharger de leurs péchés, indique que la liberté d'Oreste et son acte libérateur se situent à un niveau symbolique qu'il importe de déchiffrer si l'on veut en tirer une conséquence pour l'action. Leiris est trop fin connaisseur du vocabulaire de Sartre à cette époque pour ne pas employer à bon escient le mot « geste » plutôt que celui d'« acte » pour décrire le meurtre symbolique auquel Oreste s'est résolu pour accéder à l'âge d'homme[2]. Acte qui engage, ou geste qui représente, cette problématique existentielle sera celle de Mathieu, dans *Les Chemins de la liberté*, puis d'Hugo dans *Les Mains sales*, héros qui restent au seuil de l'histoire où l'acte se transforme en actions qui engagent non plus seulement ceux qui les accomplissent, mais ceux au nom de qui elles sont accomplies, et deviennent par là effectivement politiques. Francis Jeanson a porté sur le personnage d'Oreste le jugement le plus sévère — que Sartre semble avoir largement repris à son compte lorsqu'il parle de son « aristocratisme romantique[3] », et ce d'autant plus volontiers que Jeanson, en 1955, exprimait déjà le jugement *a posteriori* de Sartre : « Si aristocratique que soit sa liberté, encore exige-t-elle le regard des autres [celui de la foule] pour s'assurer d'être. [...] Il s'expose, il s'exhibe, il

1. Voir le Dossier de réception des *Mouches*, p. 1286-1287.
2. Voir Francis Jeanson, *Sartre par lui-même*, Le Seuil, 1955, p. 20.
3. Voir n. 12, p. 69.

provoque leur violence et se fait un peu bousculer par eux, mais en se prouvant qu'il reste maître de la situation. Tout le piège est là : les violer pour les séduire à ce viol en retour, et posséder ainsi leur vie, leur chaleur humaine, en se donnant l'illusion d'être possédé par eux. Car il ne peut s'agir que d'une illusion : ce que vise Oreste, c'est le sentiment d'être violé, joint à la conscience de demeurer vierge. De fait, il ne court aucun risque : il est frigide. Et c'est froidement qu'il prend congé de " ses " hommes, en conclusion de cette fête qu'il vient de s'offrir. Ici l'acte d'Oreste, *acte* pour lui seul, s'achève en représentation et révèle son être-pour-autrui : un pur *geste*, doublement théâtral, — par son allure spectaculaire et par le choix que fait Oreste d'y jouer le rôle d'un héros déjà entré dans la légende[1]. »

C'est toujours la fin de la pièce qui enclenche la discussion idéologique ou philosophique sur sa signification profonde. Dès la création, Henri Ghéon, dans une perspective chrétienne, insiste sur le caractère christique de l'acte par lequel Oreste prend sur lui les fautes et les remords des Argiens. Mais il souligne que le contexte païen rend le sacrifice d'Oreste absurde, car il est impuissant à racheter la « faute originelle », celle-ci n'ayant aucune place dans la pièce. L'œuvre, d'ailleurs, selon Ghéon, serait trop compliquée pour que le public puisse comprendre que le péché, pour Sartre, ne consiste pas à désobéir à Dieu mais à lui obéir[2]. Gabriel Marcel insiste sur la solitude finale d'Oreste, dénouement sur lequel il émet des réserves intéressantes : « Au terme de la tragédie, Oreste est seul et cette solitude est peut-être moins la rançon de sa victoire qu'elle en est le fruit. Je veux dire que dans une telle perspective la solitude ne saurait être regardée comme un châtiment ou comme un mal, au contraire. On peut se demander si elle n'est pas le bien suprême pour une âme qui s'est révélée assez forte pour l'accepter. » Pour Gabriel Marcel, le refus du pouvoir est en lui-même assez ambigu : « C'est dire que la liberté à laquelle [Oreste] accède est au fond la moins créatrice qui soit, et qu'elle ne peut, en fin de compte, inaugurer un ordre neuf. On peut même aller jusqu'à se demander si Oreste ne répudie pas à l'avance tout ordre quel qu'il soit ; car, de cet ordre, s'il était le promoteur, il risquerait aussi de devenir le prisonnier[3]. » En effet, à ce stade de la pensée de Sartre, et dans la situation de 1943, et dans le genre théâtral choisi par Sartre, il n'y a pas place pour une réflexion sur « l'ordre nouveau ». Ce sont des questions que Sartre se posera plus tard, et toujours secondairement, la priorité étant celle du dévoilement du négatif que les groupes sociaux mettent en œuvre dans l'histoire. Significativement, Gabriel Marcel, « philosophe-dramaturge » tardivement converti au catholicisme, et qui restera toujours hostile à Sartre, parle de tragédie quand pour Sartre il s'agit d'un drame, ce qui implique une fin positive et de l'action. Le malentendu est total. Mais la lecture de Gabriel Marcel est intelligente dans sa perspective à lui. Et Sartre, on l'a vu, a insisté plus tard sur les limites de l'acte d'Oreste et sur la nécessité de le poursuivre par une action continue en vue d'une libération effective

1. F. Jeanson, *Sartre par lui-même*, p. 26-27.
2. Voir le compte rendu par Henri Ghéon paru dans *Voix françaises* le 30 juillet 1943, Dossier de réception des *Mouches*, p. 1284.
3. Gabriel Marcel, « *Les Mouches* », cité par I. Galster, *Le Théâtre de Jean-Paul Sartre devant ses premiers critiques*, t. I, p. 173-174.

de tous par eux-mêmes. L'ordre à inventer ne peut être qu'un ordre construit par tous et dans lequel tous reconnaissent leur projet, ce qui implique l'autonomie de l'agent historique. L'autonomie par rapport à la construction sociale est-elle une utopie irréalisable ? Ou bien, même en tenant compte des nécessités qui la limitent pendant la construction d'une société où les besoins de chacun pourront être satisfaits, l'autonomie n'est-elle pas le projet démocratique dans sa figure asymptotique ? Le rôle du théâtre, pour Sartre, n'est pas de dessiner l'utopie, mais de la faire désirer comme une issue à la situation désespérante des hommes dans leur histoire concrète. « L'auteur dramatique présente aux hommes l'*eidos* de leur existence quotidienne ; il leur montre leur propre vie comme s'ils la voyaient de l'extérieur[1] », dira Sartre plus tard.

Lucien Goldmann cherche à justifier le dénouement des *Mouches* par la philosophie de Sartre et par le jeu avec la tradition grecque : « Là aussi, apparaît une autre idée essentielle de la pensée existentialiste : pour l'individu, aucun engagement, aucun acte ne saurait assurer plus qu'une liberté provisoire, nécessairement bornée par la limite infranchissable, la mort. Plus tôt ou plus tard, tout pour-soi, même le plus conscient et le plus libre, se transforme en en-soi. / La tradition grecque ne parlait pas de la mort d'Oreste, mais offrait à Sartre une métaphore de la mort : la folie du héros. Aussi la pièce se termine-t-elle par le départ d'Oreste qui, perdant sa lucidité, croit qu'en quittant solitaire la ville qui lui reste étrangère il l'a néanmoins libérée et emporte les mouches avec lui[2]. » En réalité, tout comme *L'Être et le Néant*, *Les Mouches* pourrait être défini comme une « eidétique de la mauvaise foi[3] ». C'est dans cette perspective qu'il nous paraît le plus juste d'interpréter aujourd'hui le personnage d'Oreste et d'analyser l'ambiguïté qui plane sur la fin de la pièce. Oreste représente la prise de conscience d'une liberté qui choisit d'échapper à la mauvaise foi. Mais l'acte d'héroïsme solitaire par lequel cette liberté s'affirme est un moyen de salut personnel et non de libération pratique. Cette attitude correspond à celle de Sartre à une époque où il concevait encore l'engagement comme un problème de morale individuelle. Il n'a véritablement dépassé cette conception que plus tard, lorsqu'il s'est rendu compte que la morale qu'il était en train d'élaborer risquait de rester une « morale d'écrivain ». On sait que la répudiation de cette morale et la quête d'une morale de la *praxis* constituent quelques-unes des raisons qui ont amené Sartre à renoncer au théâtre et à recourir à des gestes théâtraux *dans la vie* — car sa notoriété ne lui en permettait plus d'autres — pour assumer sa condition d'intellectuel politique : le tonneau de Billancourt, d'où il harangue les ouvriers pour que l'union du peuple et des intellectuels se refasse, est un symbole quasi beckettien à la fois de cette solitude et de son refus. Oreste est revenu à Billancourt où « son » peuple le regarde avec méfiance et étonnement.

Sous le regard de Jupiter, une symétrie se dessine entre les personnages d'Égisthe, le tyran soumis, et d'Oreste, le fils rebelle. L'un a besoin de l'autre. René Girard s'était déjà demandé si leur conflit ne surgissait pas, non d'une différence, mais d'une identité, d'un « désir commun d'un

1. « Sartre par Sartre », *Le Nouvel Observateur*, 26 janvier 1970.
2. « Le Théâtre de Jean-Paul Sartre », *Structures mentales et création culturelle*, Anthropos, 1970, p. 227.
3. « Merleau Ponty », *Situations, IV*, Gallimard, 1964, p. 196.

seul et même objet, la puissance royale[1] ». Ce serait mettre, dans une perspective psychanalytique, l'opposition entre les deux hommes sous le signe de la rivalité œdipienne. Idée que reprend Josette Pacaly, mais en la déplaçant. C'est de Jupiter qu'Oreste est le rival, et finalement le vainqueur. Si Égisthe est le double d'Oreste, Jupiter est aussi le double d'Égisthe. Jupiter est le signifiant ultime du pouvoir, et c'est à lui que s'en prend Oreste pour s'en libérer. Cependant, la question du pouvoir reste entière à la fin de la pièce, si celle de la liberté a été posée dans toute son extension philosophique. Celle de Dieu, en revanche, a été réglée avec celle de la liberté, comme l'a bien vu R.-M. Albérès[2], qui cite cette réplique décisive d'Oreste : « Mais, tout à coup, la liberté a fondu sur moi et m'a transi, la nature a sauté en arrière, et je n'ai plus eu d'âge, et je me suis senti tout seul, au milieu de ton petit monde bénin, comme quelqu'un qui a perdu son ombre ; et il n'y a plus rien eu au ciel, ni Bien, ni Mal, ni personne pour me donner des ordres » (p. 64). L'idée de Dieu n'est pas compatible avec l'idée de liberté, et moins encore avec sa pratique, car celle-ci est refus de tout pouvoir autre que celui de la liberté elle-même, dans la solitude et la responsabilité. C'est ce qu'avait vu aussi Pierre-Henri Simon, qui, au contraire d'Henri Ghéon en 1943, avait souligné, en 1950, qu'Oreste « est exactement “ l'Anti-Christ ”, et sa passion, qu'il accepte en rédempteur et en sacrifié, est l'inverse de celle du Calvaire ». Le Christ, dit-il, a pris les péchés du monde pour les expier devant Dieu. « Mais Oreste délivre son peuple du péché en niant le péché, c'est-à-dire en récusant l'ordre de Jupiter, en revendiquant pour l'homme la plénitude de la liberté[3]. » Ce que cette vue a de romantique — et qui apparaît dans le fait qu'Oreste parle de sa liberté comme les artistes romantiques parlaient de leur « démon » créateur — Robert Champigny l'a souligné en montrant l'analogie qui existe entre l'Abraham du Kierkegaard de *Crainte et tremblement* et l'Oreste de Sartre qui est lui aussi un chevalier non de la croyance, mais de la foi en la liberté dissociée du pouvoir[4].

En 1985 encore, le psychanalyste André Green soulignait : « Oreste, par son acte libre, devient un héros chrétien, l'agneau pascal qui rachète les péchés du monde, comme Sartre n'a cessé, sa vie durant, d'adopter cette position éthique. [...] Sartre voulant écrire une tragédie sort de la fatalité et de la culpabilité antiques, en croyant accéder à la liberté. Mais il demeure sous le coup de déterminations inconscientes et n'échappe pas à une autre fatalité, quand bien même il récuserait sa marque indélébile : la chrétienne[5]. » En suivant son interprétation, on définirait l'autocréation d'Oreste par le meurtre comme une figuration mythique de

1. « Rupture et création littéraire », *Les Chemins actuels de la critique*, Georges Poulet éd., Plon, 1967, p. 394.

2. Voir *Jean-Paul Sartre*, Éditions universitaires, 1962, p. 93-94. Notons que l'auteur, qui écrivait dans *La Revue des étudiants* au moment de la création des *Mouches*, était un adversaire résolu de Sartre, qui parla de lui plus tard, en 1944, comme d'un « petit cuistre venimeux » qui lui « aboyait aux chausses toutes les semaines » (voir Michel Contat et Michel Rybalka, *Les Écrits de Sartre*, Gallimard, 1970, p. 654).

3. *L'Homme en procès*, Neuchâtel, La Baconnière, 1950, p. 67-68.

4. Voir *Stages on Sartre's Way, 1938-1952*, Bloomington, Indiana University Press, 1959, p. 91-92.

5. *La Déliaison. Psychanalyse, anthropologie et littérature*, Les Belles Lettres, 1992, p. 360-361 (le texte « Des *Mouches* aux *Mots* » date de 1985).

l'auto-engendrement de Sartre par l'écriture. Si Sartre a pu s'identifier à Oreste, c'est en sublimant son angoisse de mort (la castration) en désir d'écrire. On aurait ainsi, avec *Les Mouches*, une conversion dans les deux sens du terme, psychanalytique et religieux, ce qui correspond bien à ce qu'a dit Sartre du transfert qu'il a opéré de sa religiosité enfantine et de son désir de sainteté dans les belles-lettres[1].

Bariona et *Les Mouches*, John Ireland l'a fort justement montré, forment un couple de pièces que l'on peut lire comme un « théâtre de la conversion », parce que, dans les deux cas, c'est celle-ci qui compte, et non l'action par laquelle elle se prolongera. Cette conversion consiste bien en ce « sabotage de la transcendance[2] » qu'il faut concevoir comme un transfert de la puissance divine sur l'homme : il n'y a de transcendance que de la conscience humaine. Et l'expérience de cette transcendance se fait, dans un premier moment, par la révolte contre tous les pouvoirs, et a pour condition un athéisme radical, comme le montre Julia Kristeva, qui voit dans l'Oreste sartrien non un avatar de l'Œdipe freudien, un anti-Œdipe, mais bien un achèvement d'Œdipe, « l'accomplissement de sa logique révoltée et l'annonce d'une étrangeté impensable[3] ». Selon elle, l'alternative à l'athéisme ne peut être que la psychose, et l'Oreste sartrien indique une voie d'échappement à cette alternative, en esquissant ce qui sera l'un des thèmes du théâtre sartrien, directement traité dans *Kean* (et, ajouterons-nous, dans *Nekrassov*), à savoir le *jeu*, celui du comédien qui l'est d'autant plus qu'il se présente en martyr. Il faut alors s'imaginer Oreste quittant Argos en dansant, comme un héros qui aurait retrouvé la joie nietzschéenne en se départissant de toutes les lourdeurs du sérieux, à commencer par celle du tragique. Mais il faut se garder de voir dans cette image d'un Oreste heureux une simplification joyeuse. On la dira plutôt sarcastique, à la façon de Chaplin. Jean-François Louette a bien montré les manœuvres de parodie et d'autodérision qu'il y a dans l'héroïsme à la fois nietzschéen et anti-nietzschéen du personnage et de la pièce tout entière, avec ses allusions politiques permanentes qui ne peuvent jamais être prises à la lettre[4].

La dramaturgie sartrienne dans « Les Mouches ».

Un des rares critiques à s'être attaché à définir la dramaturgie sartrienne, Robert Lorris, porte sur *Les Mouches* une appréciation nuancée[5]. Alors que pour le critique anglais Harold Hobson, les personnages ne font que se lancer au visage des blocs de rhétorique sans jamais dialoguer[6] — et cette accusation d'abus d'une rhétorique de monologue se

1. Josette Pacaly note dans « Relecture des *Mouches* à la lumière des *Mots* » : « Une relecture des *Mouches* à la lumière des *Mots* nous permet donc d'entrevoir à quel point la démystification religieuse, chez Sartre, est une entreprise mêlée, puisque le message chrétien n'a jamais été perçu, chez lui, qu'à travers le double prisme de la soumission infantile et des affres de la création littéraire. »

2. J. Ireland, *Sartre, un art déloyal. Théâtralité et engagement*, p. 89.

3. Julia Kristeva, *Sens et non-sens de la révolte. Pouvoirs et limites de la psychanalyse, I*, Fayard, 1996, p. 339.

4. Voir J.-F. Louette, *Sartre* contra *Nietzsche (« Les Mouches », « Huis clos », « Les Mots »)*, p. 60.

5. Voir *Sartre dramaturge*, Nizet, 1975, p. 15-49.

6. *The French Theatre of Today. An English View*, Londres, Harrap, 1953 ; cité par R. Lorris, *Sartre dramaturge*, p. 47.

retrouve chez beaucoup de commentateurs hostiles à la pièce —, Lorris, tout au contraire, et fort pertinemment, montre que la pièce est certes une *Lehrstück* (une pièce didactique), mais qu'elle est soutenue par un principe dramatique fort : la naissance ontologique du héros libre (son isolement premier, son désir de pénétrer la cité pour lui appartenir, le meurtre du roi, le refus de prendre sa place) est scandée d'actes irréversibles autant que d'argumentations qui relancent le drame. Lorris est convaincant aussi quand il décrit le rythme de la pièce, fondé sur une alternance de temps forts (hostilité d'Argos, menaces de Jupiter, insultes d'Électre à sa statue, fête des Morts, meurtre, danse des Érynnies, invectives de la foule) et de temps faibles (attente, réflexion), le tout étant mené sur un tempo rapide, qui est le tempo même de la crise. Il a raison aussi de souligner l'importance de la fête des Morts qui est, dans la pièce, l'expression du sacré — dans un climat de cérémonie vaudou —, « un sacré qui se manifeste presque exclusivement par des interdits[1] ». La présence constante du protagoniste, qui n'éveille ni sympathie ni compassion, ni terreur ni pitié, mais adhésion intellectuelle, place la pièce sur un double registre : dramatique par la tension créée au moyen d'une continuité haletante, et épique par la distance didactique qu'introduisent à la fois les effets d'humour par rapport au mythe et la réflexion d'Oreste sur ses propres décisions.

Ainsi, avec sa pièce publiquement inaugurale, un style dramatique sartrien est donné, qui ira en se développant tantôt dans le sens de la participation affective, tantôt dans celui de la distanciation critique, le ressort de ce théâtre restant toujours une prise de conscience dans une situation de crise où l'alternative est la vie ou la mort. Cette structure bipolaire (participation et distance) permet les variations de ton d'une pièce à l'autre, et aussi à l'intérieur de chaque pièce. L'écriture du dialogue reste essentiellement un jeu, un exercice jubilant de se savoir libre par rapport à l'intention première qui est de convaincre en argumentant. Cette liberté d'écriture, sa séduction même, donne au théâtre de Sartre, par-delà son didactisme, une vive *excitation* qui est sensible autant à la lecture qu'à l'audition, et peut-être même davantage à la lecture, car la représentation des pièces sartriennes — c'est très sensible pour *Les Mouches* — demande une invention scénique et une présence *habitée* des comédiens qui constituent un défi difficile à relever. Contrairement à *Huis clos*, qui demande un minimum de moyens scéniques, *Les Mouches*, avec ses trois actes, dont le deuxième est divisé en deux tableaux (supposant donc un changement de décor), est une pièce qui appelle en quelque sorte une superproduction, des moyens coûteux, toute une féerie. Celle-ci est d'autant plus importante qu'il s'agit de distinguer formellement aussi l'opposition entre la tragédie (conflit irrésolu, poids inexorable de la faute ou du destin, fin négative) et le drame qu'est *Les Mouches* : à l'austérité de la tragédie, à sa froide ou brûlante rigueur, doit s'opposer la dépense somptueuse, l'excès et même l'incongruité.

Il est frappant de constater que *Les Mouches*, drame métaphysique *et* pièce politique cryptée, ne prend toute sa portée que dans des contextes politiques de forte tension entre la société civile et le pouvoir politique. Sartre est personnellement intervenu pour discuter du sens de sa pièce à deux reprises. La première fois, c'était en 1948, à Berlin. La pièce avait

1. *Ibid.*, p. 24.

été montée au Hebbel-Theater par Jürgen Fehling, dans le cadre d'un débat national sur le thème de la culpabilité du peuple allemand dans les crimes du national-socialisme. Ceux qui prônaient pour l'Allemagne un face-à-face courageux avec son propre passé et une prise de conscience de sa responsabilité historique voyaient dans le plaidoyer de la pièce contre l'idéologie du repentir une argumentation pour l'oubli. La pièce avait pourtant été montée dans un style expressionniste brutal et des décors qui évoquaient les camps. Dans la presse sous contrôle russe, il y eut de vives attaques contre Sartre et sa philosophie. Sartre répondit que dans le contexte de l'occupation allemande de la France, en 1943, la pièce, avec les moyens propres du théâtre, avait cherché à « extirper quelque peu cette maladie du repentir », mais que là-dessus se greffait un deuxième problème, moral celui-là, celui des attentats suivis d'exécutions d'otages. Parlant explicitement de sa pièce comme d'une allégorie, Sartre disait qu'elle engageait les auteurs d'attentats à assumer leurs actes même quand ils avaient causé la mort d'innocents[1]. En 1968, après la répression soviétique du Printemps de Prague, à un moment où la « normalisation » n'était pas encore achevée, où une intervention de sa part pouvait aider les marxistes libéraux, Sartre accepta de se rendre à Prague où un théâtre présentait pour la première fois *Les Mouches*. Cette représentation avait été décidée avant l'intervention des chars soviétiques dans la ville. Sartre ne fit pas de comparaison entre la situation de la Tchécoslovaquie et celle de la France occupée, mais insista sur l'espoir raisonnable qui pouvait être fondé pour l'avenir sur le courage du peuple tchécoslovaque lui-même. Oreste, sans doute, représentait dans le contexte de cette situation un comportement de courage individuel couplé à un sens de la responsabilité sociale. Mais, à notre connaissance, Sartre n'insista guère sur cette signification de la pièce et se contenta de déclarations générales à la presse, laissant l'œuvre parler d'elle-même à un public forcément concerné. Par sa simple présence, Sartre semble avoir voulu infléchir le sens de la pièce vers un engagement optimiste de l'intellectuel dans le combat pour un socialisme fondé sur la liberté. Ce n'était pas forcer le sens des *Mouches*, mais tirer l'histoire autant que la pièce elle-même vers le drame plutôt que la tragédie.

On peut se demander pourquoi la pièce, depuis la reprise par Raymond Hermantier, au théâtre du Vieux-Colombier, en 1951, avec Olga Dominique dans le rôle d'Électre, a été assez peu représentée en France. Cette reprise n'avait pas été un succès. Durant toute la période où le théâtre a été dominé en France d'abord par le brechtisme, puis par les metteurs en scène à la recherche d'innovations scéniques, la pièce a été rangée dans la catégorie du théâtre à lire plutôt qu'à jouer. Elle demande, en fait, un égal investissement dans la mise en valeur du texte que dans un cérémonial théâtral ambigu, qui réclame à la fois une ritualisation quasi intemporelle, mettant en valeur le jeu avec le mythe, et une politisation allusive. Une mise en scène récente, par Stéphane Aucante, au théâtre Hébertot, en 1998, a révélé que les virtualités scéniques de la pièce restent intactes dès lors que sont évités l'académisme et son envers, le bric-à-brac spectaculaire pour le décor, et l'histrionisme pour les comédiens. Servie comme un texte où se nouent des contradictions

1. Voir Autour des *Mouches*, p. 82-83.

vivantes, par un Oreste qui passe sous nos yeux de l'adolescence à l'âge d'homme, une Électre désemparée, sensuelle et ravagée par le ressentiment, un Égisthe d'autant plus tyrannique qu'il est faible, une Clytemnestre charnelle et amoureuse de la mort, un Jupiter prêt à tous les rôles pour sauvegarder son pouvoir, *Les Mouches* reste une pièce vibrante, passionnante à suivre, étrangement drôle et puissamment émouvante, autant par sa construction dramatique que par les contrastes de son style. La langue théâtrale de Sartre, qu'il avait jugée encore trop verbeuse, nous semble au contraire y déployer une superbe alacrité.

MICHEL CONTAT, en collaboration avec INGRID GALSTER[1].

DOSSIER DE RÉCEPTION

Le premier compte rendu paraissant dans la presse parisienne est signé le 5 juin 1943 par le critique collaborationniste Alain Laubreaux dans *Le Petit Parisien* :

> Encore une Électre ! Quand nous serons à cent… Mais celle-ci offre une particularité. Quoique née la dernière et la dernière venue, elle nous laisse l'impression d'être la plus vieille de toutes, la plus surannée. Cela tient à l'œuvre, sans doute, qui cherche son originalité sans la trouver, entre quatre ou cinq imitations, mais surtout au spectacle qui nous restitue, dans un invraisemblable bric-à-brac cubiste et dadaïste, une avant-garde depuis longtemps passée à l'arrière-garde.

Il revient sur la pièce dans sa chronique théâtrale intitulée « L'Épate de mouches » publiée le 11 juin 1943 dans l'hebdomadaire fasciste *Je suis partout* :

> La trouvaille de M. Sartre, sur laquelle repose toute son œuvre, c'est d'avoir incorporé les Érinnyes dans la faune des cadavres, mêlant ainsi les corruptions de la chair aux cris ténébreux qui montent des âmes. Cela pouvait être l'inspiration d'un poète du mal, et nous devons à cette source impure quelques-uns des plus beaux poèmes de Baudelaire (rappelez-vous : *Et les vers rongeront ta peau comme un remords*). Mais M. Jean-Paul Sartre, en dépit qu'il en ait, n'est pas un poète : c'est un rhétoricien attentif, un assembleur de mots. Il confectionne avec préméditation des bouquets d'acariens. Il peint dans un cloaque à l'aide de ce que vous pensez. Mais cela n'est horrible que dans l'intention.
>
> Reste le spectacle. […] C'est un moment de l'art dramatique, l'esthétique d'une époque périmée qui se dresse sous nos yeux, et d'ailleurs s'effondre aussitôt, malgré le délire enthousiaste de quelques catéchumènes excités, soutenu par l'incorrigible nostalgie d'un quarteron de badernes assises sur les ruines d'un futurisme de bazar.

Le quotidien *La France socialiste* s'adresse aux anciens lecteurs des organes du parti communiste et du parti socialiste interdits. Le compte

1. L'analyse de la pièce donnée dans cette Notice m'a été inspirée en bien des points par l'ouvrage d'Ingrid Galster, *Le Théâtre de Jean-Paul Sartre devant ses premiers critiques*. Je lui ai soumis une première version de la Notice sur laquelle elle a fait des remarques dont j'ai tenu compte. C'est pourquoi je souligne sa collaboration à ce texte.

rendu de Georges Ricou paru le 12 juin 1943 s'en prend surtout à la mise en scène :

> La présentation s'encombre d'une mise en scène qui se veut originale, mais se réalise avec une telle lourdeur, une telle absence de style, une telle accumulation de procédés baroques, depuis longtemps heureusement abandonnés, que la tragédie perd tout intérêt dans le bric-à-brac des décors, des costumes, des accessoires et des masques qui mêlent fâcheusement les décorations tapissières inspirées du style grec, les parures de l'art nègre, et les réminiscences cubistes, dadaïstes, futuristes.

Le quotidien *Les Nouveaux Temps*, création spéciale d'Otto Abetz dirigée par Jean Luchaire, publie le 13 juin 1943 un compte rendu intitulé « Quand volent les Euménides » et signé Armory :

> Fâcheusement noyées dans une redondance verbale, quelques-unes des répliques de ces *Mouches* ont quand même çà et là un son d'une belle ampleur. Mais cette spéculation constante, ces récitatifs orgueilleux : ce néo-hellénisme cubique, ne sont que littérature. C'était un ouvrage fait pour être lu, non représenté. M. Charles Dullin y vit l'occasion d'une mise en scène, d'ailleurs somptueuse, et par endroits fort belle, mais cauchemardesque, partageant en notre mémoire le souvenir du film du docteur Caligari et celui des processions exotiques de l'Exposition coloniale de Vincennes, avec masques, tam-tams, emblèmes monstrueux et rites fanatiques. [...] M. Jean-Paul Sartre n'a pris dans les malheurs des Atrides que le prétexte de fouiller une humanité qu'il déteste, se complaisant dans un péjoratisme négatif, en étalant tout ce qu'il y a de peu ragoûtant en notre triste monde.

De nombreux critiques établissent une comparaison avec l'*Électre* de Giraudoux : Jean-Michel Renaitour, *L'Œuvre*, 7 juin 1943 ; Charles Méré, *Aujourd'hui*, 12 juin. Nous citons André Castelot, *La Gerbe*, 17 juin :

> Comment définir *Les Mouches*, de M. Jean-Paul Sartre ? Nous écrirons que c'est l'*Électre* de Jean Giraudoux, repensée par un dadaïste ou un surréaliste attardé... pour ne pas dire par quelque névrotique ! [...]
>
> C'est un carnaval plutonesque monté au Grand-Guignol ! La nausée vous vient au cœur ! [...]
>
> Il faut le reconnaître, M. Charles Dullin s'est trompé.

Dans *Le Cri du peuple*, quotidien fondé par Jacques Doriot, George Chaperon, successeur de Lucien Rebatet, écrit le 21 juin 1943, ayant fait les louanges de Giraudoux :

> Avec M. Jean-Paul Sartre, c'est une autre affaire. Il s'agit d'un littérateur, et cela se sent. La langue est dure, avec parfois de belles résonances. Au passage, certaines images frappent l'esprit par leur accent. [...] Mais il lui manque cette qualité primordiale de l'écrivain de théâtre : *le jeu*. [...] Le débat s'institue entre deux conceptions de l'esprit plutôt qu'entre deux êtres de chair et de sang. Oreste, par opposition à Électre, représente l'individu libre et, par là, son crime achevé — crime librement consenti — échappera aux Érinnyes (les Mouches) qui personnifient le remords. Tout cela ne vous a-t-il pas un petit air N.R.F. 1925 ?

Comœdia, à la suite de l'accueil défavorable de la critique, notamment celui de Roland Purnal dans ce même journal le 12 juin 1943, publia le 19 juin l'entrefilet suivant :

La création des *Mouches* au théâtre de la Cité a suscité des « mouvements divers » dans l'opinion artistique. Dans sa grande majorité, la critique a jugé avec dureté l'œuvre de Jean-Paul Sartre. Ici même, Roland Purnal, dont personne ne saurait nier la probité ni la sagacité, a exprimé la « déception » qu'il a éprouvée à la représentation de ce drame.

Cependant, le retentissement produit par les *Mouches* a été profond, aussi bien dans les milieux intellectuels que chez les jeunes qui y ont vu une prise de contact avec un monde nouveau et ressenti une sensation de découverte.

Aussi ouvrirons-nous prochainement le débat sur les *Mouches*.

Pierre Ducrocq, collaborateur à Radio Paris et grand admirateur de Laubreaux, répliqua, indigné, dans l'hebdomadaire politico-littéraire *Révolution nationale* dirigé par Lucien Combelle :

Comœdia ne se contente pas de désavouer son collaborateur, il accuse tous les autres critiques d'avoir jugé sévèrement une œuvre que les jeunes et les intellectuels (y aurait-il une différence ?) reconnaissent comme une révélation originale et une prise de contact avec de grands problèmes. À ce sujet je pense que les grands problèmes sont depuis longtemps établis en ce moment et que les « prises de contact » ne manquent pas, en dehors de la baraque démodée de Dullin-Zeus.

Le débat annoncé n'a pas été publié. En revanche, Sartre et Dullin ont trouvé des défenseurs, à l'intérieur et à l'extérieur de la presse parisienne. Comme Maurice Rostand, le fils de l'auteur du *Cyrano* (*Paris-Midi*, 7 juin 1943), et le jeune Paul-Louis Mignon, futur critique dramatique de Radio France (*L'Information universitaire*, 12 juin), Yves Bonnat reconnaît aux *Mouches* un rang exceptionnel. Il écrit le 10 juillet dans *Les Beaux-Arts* :

Quelque considération que l'on ait de l'aspect philosophique des *Mouches*, on doit lui reconnaître une exceptionnelle puissance d'évocation, des qualités de style et d'écriture, de clarté même, peu courantes. La mise en scène barbare et monumentale de Dullin, le décor, les costumes et les masques, agressifs et bien rythmés de H. G. Adam — exception faite pour la grande statue de Jupiter qui fait penser à un Picasso raté — la musique volontairement lourde et grinçante de J. Besse, et l'interprétation générale portent le texte jusqu'aux plus hautes cimes.

L'auteur dramatique catholique Henri Ghéon qui, suivant la bande publicitaire du livre, soulève « le procès de la création » comme thème principal des *Mouches*, défend à son tour la pièce le 30 juillet 1943 dans l'hebdomadaire *Voix françaises* paraissant à Bordeaux :

Comment reprocher à l'auteur des *Mouches* d'avoir repris un grand sujet appartenant au patrimoine dramatique de tous les peuples civilisés d'Occident ? Il n'aura fait là que se conformer à la meilleure tradition, à la fois antique et constante. Que l'on en abuse aujourd'hui ne change rien à la question. M. Sartre a autant de droits sur la légende des Atrides que M. Giraudoux ; pourquoi le traiter autrement ? La déforme-t-il beaucoup plus ? La rénove-t-il beaucoup moins ? Ce n'est pas mon avis. Tenons-lui compte d'une ambition qui ne tend pas vers le médiocre, du courage qu'il lui fallut pour affronter les risques d'une comparaison que le crédit de son prédécesseur pouvait bien lui rendre fatale. Mais, d'autre part, ne différons pas davantage à remercier M. Charles Dullin de jouer la difficulté en montant une œuvre de cette ampleur.

La défense de Thierry Maulnier, intellectuel notoire venant de l'Action française, est surtout un règlement de comptes avec Alain Laubreaux. Maulnier s'exprime le 25 juillet 1943 dans *La Revue universelle* de Vichy, organe officieux de l'État français :

> À la scène, *Les Mouches* ont été en même temps un succès et un échec. Succès, parce que l'importance de cet ouvrage et la grandeur du sujet avec lequel il se mesure ont été immédiatement perçues par tout ce qui, à Paris, n'a pas rabaissé le théâtre au niveau d'un futile et vulgaire délassement. Échec, parce que le public capable de porter de l'intérêt à une telle œuvre est limité par l'austérité même avec laquelle elle se borne à sa donnée essentielle, — sans jouer en même temps, comme c'est le cas du théâtre de Giraudoux, à donner au spectateur frivole un plaisir tout extérieur qui le dispense d'en pénétrer le sens —, est un public peu nombreux ; parce que ce public s'est trouvé dispersé dès les premières représentations dans un théâtre trop vaste, aux dimensions duquel la mise en scène de M. Charles Dullin et les décors voulus par lui ne s'étaient pas entièrement adaptés ; enfin, parce que la critique dramatique parisienne, plus médiocre dans son ensemble qu'elle ne l'a jamais été, hostile par système et par goût à tout ce qui s'aventure hors des chemins les plus battus, tout juste capable de traduire l'affection de la partie la plus vulgaire du public pour ce qui ne choque point les habitudes et ne sollicite point la pensée, s'est montrée radicalement incapable de comprendre le sens littéral, pourtant évident et provocant, d'une œuvre qui visait évidemment plus haut qu'elle. Il est possible qu'à cet aveuglement se soit ajoutée quelque cabale, dirigée d'ailleurs moins contre M. Jean-Paul Sartre que contre M. Charles Dullin, à qui son amour extrêmement désintéressé du théâtre a valu beaucoup d'ennemis. Mais si l'on songe que les critiques qui ont jugé (avec sévérité) la pièce de M. Jean-Paul Sartre se sont montrés non seulement incapables d'en apercevoir les beautés mais également incapables de s'apercevoir que cette violente apologie de la révolte contre l'ordre divin et humain dirigeait son tranchant contre beaucoup des choses qu'ils prétendent défendre, on tombera d'accord qu'en présence de la pièce de M. Jean-Paul Sartre, les critiques ont surtout fait la preuve de leur indignité. Ils n'ont pas approuvé ; ils n'ont pas condamné. Ils se sont ennuyés, paraît-il. Or, pour le spectateur, pour le lecteur des *Mouches*, l'ennui est la seule attitude vraiment inexcusable.

Jean Duncant, dans *Combats*, organe de la Milice paraissant à Vichy, vise lui aussi directement Laubreaux dans un article du 7 août 1943. Son texte prouve l'existence d'un bruit sur les intentions contestataires de Sartre :

> On sait ce que sont *Les Mouches* : un divertissement un peu confus sur le thème de la vengeance d'Oreste, auquel plusieurs se sont complu à donner assez sottement une signification politique. Il n'en a pas fallu davantage à M. Laubreaux pour qu'il déchaîne son courroux.

Maurice Merleau-Ponty publie sa défense dans le numéro de septembre-octobre 1943 de *Confluences*, revue opposante qui parut légalement à Lyon[1]. Il vise, lui aussi, surtout la critique de Laubreaux.

> La publication des *Mouches* est opportune. Il est entendu qu'un texte écrit pour le théâtre est fait pour être joué et que le spectateur est seul juge. Encore faut-il qu'il regarde et qu'il écoute. Parmi les spectateurs attentifs, sans relations et sans ambition dans le monde du théâtre, nous sommes beaucoup à penser

1. Le texte intégral est compris dans M. Merleau-Ponty, *Parcours, 1935-1951*, p. 61-64.

qu'un certain nombre de critiques n'ont ici ni regardé ni écouté. Quoi d'étonnant s'ils donnent, à la publication, des signes d'inquiétude ? En face du texte publié, il est moins facile de ruser. Le public tient en mains les pièces du procès. Regardons-les avec lui.

D'abord, au théâtre comme à la lecture, il saute aux yeux que le critique a tort de chercher le sujet des *Mouches* dans le « caractère » d'Oreste, dans l'« état d'esprit » d'Electre, ou dans la fameuse vengeance des orphelins. [...] « Encore une Électre », dit le critique. Pourquoi pas, si les légendes grecques sont le meilleur scénario qui soit pour un drame de la liberté ?

Voilà un mot qui figure bien dix fois dans la pièce et pas une dans la plupart des comptes rendus. Est-il donc sans valeur dramatique ?

En dehors de la presse parisienne, d'autres comptes rendus prouvent que leurs auteurs ont compris, eux aussi, l'actualité des *Mouches*. Dans un ouvrage collectif des Éditions du Cerf (*Chercher Dieu*) dont l'imprimatur date du 1er juillet 1943[1], le philosophe et auteur dramatique catholique Gabriel Marcel se livre à une étude philosophique détaillée du texte paru en volume et déclare négliger consciemment le côté politique :

Comment tout ceci doit-il être interprété ? Je laisserai délibérément de côté les allusions qui peuvent viser certaines propensions récentes au *mea culpa*, ainsi que les encouragements officiels auxquels cette propension a donné lieu. En s'y attachant, on réduirait arbitrairement la portée de l'ouvrage. Ce qui me paraît en cause, c'est une conception générale de l'ordre qui, dans la pensée de l'auteur, paraît être liée à l'ontologie classique.

L'agrégatif et normalien René-Marill Albérès saisit lui aussi le côté contestataire de la pièce. Son compte rendu paru le 19 juin 1943 sous le titre « Oreste champion de l'anarchisme » fut publié à Montpellier dans *L'Écho des étudiants*, bimensuel intellectuel très « Révolution nationale » :

C'est un manifeste d'anarchisme : nul homme n'a à obéir à un Dieu ni à un pouvoir quelconque [...]. M. Sartre est de ceux qui veulent saper le pouvoir des rois et des dieux. Pour lui, les hommes sont libres et ne le savent pas : on les dupe en leur parlant de remords, de péchés et de fautes.

Dans son compte rendu de la pièce publiée en volume, Lionel de Roulet, ancien élève de Sartre et beau-frère de Simone de Beauvoir, était plus explicite. Son texte parut le 15 mars 1944 dans *La France libre* de Londres, revue dont la rédaction fut dirigée par Raymond Aron. Ayant décrit le régime d'Argos, de Roulet poursuit :

Ce régime, fondé sur l'auto-accusation, justifié par les péchés de la collectivité, nous semble familier. Écœuré par l'abjection dans laquelle il voit maintenus ses compatriotes, Oreste en viendra peu à peu à l'idée que seule la disparition du roi et de la reine permettra de ramener la dignité à Argos. [...] Il est temps que l'homme se consacre aux affaires d'hommes, à faire régner la justice, à se délivrer de l'oppression, même au prix de la violence.

C'est Michel Leiris qui publia anonymement le seul compte rendu présenté dans la presse clandestine. Le texte, intitulé « Oreste et la cité », parut en décembre 1943 dans *Les Lettres françaises*, l'organe du Comité

1. Repris en version abrégée dans Gabriel Marcel, *L'Heure théâtrale*, Plon, 1959, p. 179-185.

national des écrivains[1]. C'est aussi une défense contre les attaques de la presse collaborationniste :

> Les mouches — j'entends ici : les vraies, les policières, celles qui pullulent dans les journaux stipendiés — ont bourdonné très fort, l'été dernier, contre ces autres *Mouches*, pièce dont le thème est celui de *L'Orestie* d'Eschyle et qui vient d'être reprise au théâtre de la Cité.
>
> L'aubaine était en effet excellente, car dans cette œuvre — telle qu'on n'en avait pas vue en France d'aussi puissante depuis nombre d'années — un problème crucial est abordé : celui de la liberté comme fondement même de l'homme ou condition *sine qua non* pour qu'il y ait, au sens strict du terme, « humanité ».
>
> [...] À ces apports tout nouveaux au thème classique de *L'Orestie*, il faut joindre la conduite de l'Oreste des *Mouches* à l'égard du peuple qu'il a débarassé de ses tyrans. Alors qu'à la fin de *L'Orestie* Oreste retourne à Mycènes pour rentrer en possession de l'héritage paternel, Oreste, dans *Les Mouches*, refuse de régner et quitte sa ville natale sans intention de retour, entraînant avec lui les mouches ou Érynnies qui infestaient la ville.
>
> [...] Dressé contre le pouvoir spirituel que représente un dieu cauteleux et le pouvoir temporel qu'incarne Égisthe le soudard, l'acte d'affirmation de soi accompli par Oreste prend figure de révolution. Aussi éloigné du scepticisme confortable qu'il tenait de sa culture humaniste et libérale que de la révolte élémentaire d'Électre qui n'est qu'aveugle déchaînement, pareillement dédaigneux de la vie trop facile qu'on mène dans une cité telle que Corinthe et de la dévotion tremblante aux morts en laquelle se complaisent les habitants d'Argos, Oreste a brisé le cercle fatal, frayé la voie qui mène du règne de la nécessité à celui de la liberté. Mais il ne saurait être question, pour lui, d'une prise du pouvoir : libre, Oreste a rompu le cercle et n'a donc pas à dominer les autres, à traiter autrui comme une chose ; parce qu'il est sans chaînes, il n'a pas besoin d'enchaîner.
>
> [...] Révélée à elle-même par le geste d'Oreste, on peut penser que la cité d'Argos, au lieu d'être un agrégat de maîtres et d'esclaves, se changera en une association d'hommes devenus conscients de leurs responsabilités et, affranchis du joug, se tenant à leur propre hauteur, par-delà bonheur et désespoir.
>
> Telle est, en traits rapides, la grande leçon morale qui semble devoir être tirée des *Mouches*, au niveau de la cité.

La presse allemande paraissant à Paris fut assez favorable à la pièce. Le compte rendu en langue allemande d'Albert Buesche dans la *Pariser Zeitung* du 9 juin 1943 fut parmi les premiers. Il a pour titre « Un étrange libérateur[2] ».

> L'Oreste de Sartre ne tue point par vengance, mais par amour de la « liberté ». Ce n'est pas pour rendre le peuple heureux ou pour peut-être régner lui-même qu'il chasse les spectres des sombres instincts de masse, mais, au contraire, pour la gloire du surhomme : on pense à un Nietzsche dramatisé.
>
> [...] Une étrange théologie. La vision du monde qui est ici dessinée réclame violemment une interprétation différente. Car l'acte libérateur d'Oreste n'est pas autre chose qu'une étape de son évolution intérieure, une sorte d'« acte gratuit » (au sens de Gide), c'est-à-dire un acte sans motivation intelligible. Car il faut supposer qu'après la mort d'Égisthe Argos est loin de devenir politiquement raisonnable et heureuse. Au nom d'une motivation apparemment noble, Oreste laisse les Argiens d'une certaine façon dans le pétrin. Il demeure celui

1. Il a été repris dans *Les Critiques de notre temps et Sartre*, Jacques Lecarme éd., Garnier, 1973, p. 73-77 ; et dans le livre de M. Leiris, *Brisées*, p. 84-88.
2. Traduction de l'allemand par Ingrid Galster.

qui ne comprend pas. Vers le dénouement, le dieu Zeus devient de plus en plus désespéré — tout comme le sont les hommes qu'il a créés ou les pensées que laisse la pièce.

Le spectateur est-il dupé au nom d'une notion complètement différente de la liberté, ou s'agit-il du reflet d'une époque embrouillée jusqu'à la moelle — c'est ce qu'on se demande. La pièce tient des deux, sans être clairement l'un ou l'autre.

La forme que Sartre a choisie pour son drame est un mélange bizarre de mystère barbare et de dialogue didactique entre homme et dieu : à la fois cynique et théâtral, finement taillé et frappant fortement les sens.

La représentation au théâtre de la Cité, c'est du bon Dullin. Étonnant dans ses hardiesses, imaginatif, original. Il est vrai, un peu le théâtre russe de 1925. L'utilisation de masques (pour les guerriers et les démons) est réussie. Dullin lui-même en Zeus despotique expliquant et enseignant comme un rabbin, réduit à un minimum de mouvement et d'expression — voilà une réalisation impressionnante. Les autres forment à côté de lui un ensemble de valeur et d'humeur égales. Olga Dominique était une Électre imprégnée de la fatalité des Atrides. Delia-Col en Clytemnestre : sur la réserve, ennuyée, vicieuse et malgré tout royale. Jean Lanier laissait soupçonner derrière l'éphèbe grec Oreste son descendant tardif, Hamlet. Dommage que la musique de scène et le bruitage (très antique et très moderne) aient parfois fait une concurrence désagréable à la parole (et chaque parole est d'importance chez Sartre).

Il faut admettre que la représentation est traversée par un souffle d'apocalypse. Le spectateur est profondément remué.

I. G.

BIBLIOGRAPHIE
ET PRINCIPALES MISES EN SCÈNE

Principales mises en scène.

1943 : théâtre de la Cité, Paris. Mise en scène de Charles Dullin (voir p. 2).
1948 : Hebbel-Theater, Berlin. Mise en scène de Jürgen Fehling.
1951 : théâtre du Vieux-Colombier, Paris. Mise en scène de Raymond Hermantier ; avec Olga Dominique (Électre).
1998 : théâtre Hébertot, Paris. Mise en scène de Stéphane Aucante ; avec Patrick Béthune (Oreste).

Bibliographie.

ADDED (Serge), *Le Théâtre dans les années Vichy, 1940-1944*, Ramsay, 1992. Voir notamment les pages 255-262 sur *Les Mouches*, avec un document intéressant sur *Huis clos*.

BARRAULT (Jean-Louis), « Rencontre avec J.-P. Sartre », *Réflexions sur le théâtre*, J. Vautrain, 1949 ; rééd. Éditions du Levant, 1996, p. 140-142.

BASANOFF (Vsevolod), *Les Dieux des Romains*, P.U.F., 1942.

BRUNEL (Pierre), *Le Mythe d'Électre*, Armand Colin, 1971 ; nouvelle édition augmentée, Genève, Slatkine, 1995.

CHAMPIGNY (Robert), « *The Flies* », *Stages on Sartre's Way*, Bloomington, Indiana University Press, 1959.

DELEUZE (Gilles), « Le " Je me souviens " de Gilles Deleuze », entretien avec Didier Eribon, *Le Nouvel Observateur*, 16-22 novembre 1995.

FRANÇOIS (Jean-Claude), « La Réception des *Mouches* de Sartre à Berlin-Est », *Le Texte et l'Idée*, vol. V, 1990, p. 193-217.

GALSTER (Ingrid), « *Les Mouches* sous l'Occupation », *Les Temps modernes*, « Témoins de Sartre », nos 531-533, octobre-décembre 1990, vol. II, p. 844-859.

GIRARD (René), « Rupture et création littéraire », *Les Chemins actuels de la critique*, Georges Poulet éd., Plon, 1967.

GREEN (André), « Des *Mouches* aux *Mots* », *La Déliaison. Psychanalyse, anthropologie et littérature*, Les Belles Lettres, 1992, p. 340-370.

HAFFTER (Peter), « Pour une sémiotique de l'espace dans *Les Mouches* de Jean-Paul Sartre », *Proceedings of the XIIth Congress of the International Comparative Literature Association*, Roger Bauer éd., Munich, Judicium, 1990, vol. V, p. 125-130.

IRELAND (John), *Sartre, un art déloyal. Théâtralité et engagement*, Jean-Michel Place, 1994.

KRISTEVA (Julia), *Sens et non-sens de la révolte. Pouvoirs et limites de la psychanalyse, I*, Fayard, 1996.

LUSSET (Félix), « Un épisode de l'histoire de la Mission culturelle française à Berlin (1946-1948) : Sartre et Simone de Beauvoir à Berlin à l'occasion des représentations des *Mouches* au théâtre Hebbel (janv. 1948) », *La Dénazification par les vainqueurs : la politique culturelle des occupants en Allemagne (1945-1949)*, Jérôme Vaillant éd., Lille, Presses universitaires de Lille, 1981, p. 91-103.

MARSH (Patrick), « Le Théâtre à Paris sous l'occupation allemande », *Revue de la Société d'histoire du théâtre*, vol. XXXIII, 1981, p. 197-369.

MONLUÇON (Anne-Marie), « Anachronisme et actualité dans *Électre* de Giraudoux et *Les Mouches* de Sartre », *Les Temps modernes*, no 601, octobre-novembre 1998, p. 76-108.

MOURGUES (Odette de), « Avatars of Jupiter in Sartre's *Les Mouches* and Giraudoux's *Amphitryon 38* », *Myth and its Making in the French Theatre. Studies presented to W. B. Howarth*, E. Freeman, H. Mason, M. O'Regan, et S. W. Taylor éd., Cambridge, Cambridge University Press, 1988, p. 166-176.

NOUDELMANN (François), *« Huis clos » et « Les Mouches » de Jean-Paul Sartre*, Gallimard, coll. « Foliothèque », 1993.

PACALY (Josette), « Relecture des *Mouches* à la lumière des *Mots* », *Études philosophiques et littéraires*, no 2, mars 1968.

SARTRE (Jean-Paul), *Bariona/Die Fliegen*. [*Bariona*], nouvelle traduction ; postface de Michel Rybalka, Andrea Spingler trad. ; [*Die Fliegen*], nouvelle traduction de Traugott König, Reinbek bei Hamburg, Rowohlt, 1989.

SIMON (Pierre-Henri), « Jean-Paul Sartre et le destin », *Témoins de l'homme, la condition humaine dans la littérature contemporaine*, Armand Colin, 1951.

WROBLEWSKY (Vincent von), « Von der Verführung zur Freiheit. Zu Jean-Paul Sartre Theaterästhetik », *Blätter des Deutschen Theaters*, no 7, Berlin, 1987, p. 212-215.

— « Orest und die Wege zur Freiheit », dans Jean-Paul Sartre, *Die Fliegen*, Theaterprogramm, Deutsches Theater Berlin, Kammerspiele, 1987.

M. C.

NOTE SUR LE TEXTE

Les Mouches, drame en trois actes, a été publié par Gallimard en 1943, 145 pages, avec un achevé d'imprimer daté de décembre 1942 ; 15 exemplaires pur fil et 525 exemplaires reliés Héliona. Le volume a été mis en vente en avril 1943. La pièce a été reprise dans *Théâtre I*, Gallimard, 1947, sans modifications majeures.

Un fragment (acte II, Ier tableau complet, sans variantes) avait été prépublié dans *Confluences*, 3e année, no 19, avril-mars 1943, p. 371-391.

Nous ne disposons d'aucun manuscrit pour *Les Mouches*, pas même d'une feuille de brouillon, ni d'une quelconque indication sur son possesseur. Il est probable que Sartre en a fait cadeau après l'avoir publié. Mais il se peut aussi qu'il l'ait perdu.

Le texte que nous donnons est celui de l'édition originale (1943) qui ne présente pas de variantes significatives par rapport à l'édition de 1947.

M. C.

NOTES

Acte I.

1. Ahenobarbus : « qui a la barbe couleur d'airain ». L'original donnait par erreur « Aenobarbus », que nous corrigeons. Cet adjectif, purement romain, est ici un anachronisme plaisant. Nous n'avons pas trouvé trace de l'existence d'une statue de Jupiter à Palerme. Mais on se rappelle qu'Ahenobarbus est le nom de famille de Néron, et que Néron est le surnom du commanditaire défaillant de la pièce ; voir la Notice, p. 1267, et n. 2, p. 79.

2. Pierre Brunel, dans son édition d'extraits commentés des *Mouches* (Bordas, 1974), signale qu'il s'agit là sans doute d'une réminiscence d'un conte de Grimm, *Le Vaillant Petit Tailleur*, et que cette réminiscence est plus nette encore dans l'acte II, IIe tableau, scène II, où le Premier Soldat donne une gifle au Deuxième Soldat et s'écrie : « [...] regarde, j'en ai tué sept d'un coup, tout un essaim » (p. 43).

3. Démétrios est l'un des surnoms de Zeus. L'original donne « Démétros » ; nous corrigeons d'après l'édition de 1947.

4. Oreste représente le résistant qui tue au risque de faire exécuter des otages. C'est à ces exécutions que doivent penser les spectateurs, plus loin, quand Jupiter dit à la Vieille : « Car tu es assez vieille pour les avoir entendus, toi, ces énormes cris qui ont tourné en rond tout un matin dans les rues de la ville » (p. 7). Peut-être pourrait-on entendre dans ces cris ceux des résistants torturés ; mais aussi le grand cri étouffé des juifs arrêtés un matin lors de la rafle du Vél d'Hiv ?

5. Dans *Le Sursis* (*Œuvres romanesques*, p. 894), Philippe, cet alter ego de l'adolescent Sartre en jeune Baudelaire, évoque sa mère, « ses beaux bras nus », « ses joues parfumées », et la qualifie d'« hétaïre du général »,

son beau-père. Mais les « bras parfumés » sont sans doute plus simplement l'épithète homérique de Clytemnestre.

6. Le mot, habituellement, est masculin. Sartre déjà l'emploie au féminin dans *La Nausée* (*Œuvres romanesques*, p. 39). P. Brunel signale que dans *Électre* de Giraudoux, il s'applique à Agathe qui, pour échapper à son destin, « regagn[ait] le dessous de sa pierre [comme] la petite cloporte qui a eu la menace du jour » (I, v).

7. Ce nom est peut-être emprunté au *Philèbe* de Platon, dialogue dans lequel le personnage éponyme soutient la thèse selon laquelle le Bien s'identifie au plaisir. L'Oreste éduqué par le Pédagogue serait un personnage à la Giraudoux. Voir la Notice, p. 1260-1263.

8. Voir le premier vers du « Chant de la contingence » que Sartre perdit, et dont il ne se rappellait que l'incipit : « J'apporte l'ennui, j'apporte l'oubli » (cité dans la Chronologie, *Œuvres romanesques*, p. XLIII). Ce qu'Oreste peut apporter au peuple d'Argos, selon Jupiter, c'est la prise de conscience de la contingence, la Nausée somme toute.

9. Formule burlesque à cause du « tsé, tsé » qui la conclut en évoquant la mouche asiatique et africaine, gallicisée par le « galla » (qui évoque la poule — *gallina*, en latin). La référence principale est Aristophane : le chœur des grenouilles, dans la pièce du même nom, qui chantent à satiété, tandis que Dionysos traverse le Styx dans la barque de Charon, « Brékékékex coax coax ».

10. Le « scepticisme souriant », c'est l'enseignement d'Anatole France (avant son propre engagement). C'est l'idéologie des clercs que Sartre récuse. La trahison de cette idéologie consiste à se mêler des affaires de la cité, à en faire « son » affaire.

11. On songe naturellement aux « idées qui nous ont fait tant de mal » évoquées par le maréchal Pétain, dans son discours du 20 juin 1940.

12. Pausanias (IIe siècle) est l'auteur de dix livres de *Description de la Grèce*, ou *Périégèse*.

13. Ce temple dédié à Artémis, l'une des Sept Merveilles du monde, fut incendié par Érostrate en 356 avant Jésus-Christ Voir *Érostrate*, *Œuvres romanesques*, p. 269.

14. Sartre décrit là la culture classique qui lui a été dispensée, dans les grands lycées parisiens, puis à l'École normale supérieure. Il dira d'elle plus tard : « C'est une très mauvaise culture » (Alexandre Astruc et Michel Contat, *Sartre, un film*, Gallimard, 1977, p. 30). C'est la culture dont est tissée la pièce, et qu'il s'emploie à défaufiler. Elle est fondée sur la maîtrise du monde par le savoir, et sur l'abstention pratique, hors de sa pure et simple transmission. C'est donc sa situation de professeur agrégé de philosophie que Sartre met en cause. Oreste, c'est lui au sortir de l'École normale.

15. Verbe crucial de la philosophie de l'action de Sartre. Le mot même d'engagement au sens à la fois politique et existentiel du terme est apparu dans l'entourage de la revue *Esprit* (Denis de Rougemont, Emmanuel Mounier), dans les années 1930.

16. Voir la Notice, p. 1257-1258.

17. Ce style petit-dorien est un anachronisme plaisant formé sur « petit-bourgeois ».

18. Ancienne ville de Grèce (dans l'Épire), célèbre pour son temple de Zeus.

19. Ce qui est à peu près la définition de l'enfer dans *Huis clos*.

20. Voir *Les Mots* (Gallimard, 1964, p. 65) où Sartre se souvient que la vue d'une gravure de Gustave Doré illustrant le récit où un Sarrasin belliqueux est fendu de haut en bas par le coup de sabre d'un paladin lui arrachait à chaque fois des larmes de rire. Il dit, à la fin de ce paragraphe des *Mots* (p. 66), qu'il doit aux magazines et aux livres pour enfants « [sa] fantasmagorie la plus intime : l'optimisme ». Et de conclure : « Enfin je tenais ce qu'il me fallait : l'Ennemi, haïssable, mais somme toute inoffensif puisque ses projets n'aboutissaient pas et même, en dépit de ses efforts et de son astuce diabolique, servaient la cause du Bien [...]. » À la lumière de ce passage, Jupiter apparaît non comme un dieu, mais comme un diable risible, dont la déconfiture tournera au Bien.

21. « Filer doux » est l'expression qui condamne chez Sartre la docilité, la passivité, la complicité avec les bourreaux.

22. Le visage d'Olga, créatrice et, dans une certaine mesure, inspiratrice du rôle d'Électre, est peu décrit par Simone de Beauvoir, dans *La Force de l'âge* (p. 170) : « Son visage pâle envahi de cheveux blonds me sembla presque apathique », ensuite vient la description d'une très jeune fille se livrant à la danse jusqu'à l'épuisement. Voir aussi le personnage d'Ivich dans *L'Âge de raison*, *Œuvres romanesques*, p. 447.

23. Possible allusion à la liaison qu'Agamemnon avait eue avec Cassandre.

24. Dans son *Électre*, Giraudoux aussi mentionnait ce thème du meurtre dans la baignoire (I, III, où Jupiter déguisé en mendiant affirme qu'Égisthe veut tuer Électre dans sa baignoire).

25. Mentor, personnage de l'*Odyssée*, a été popularisé par *Les Aventures de Télémaque* de Fénelon (1699) au point que ce nom propre est devenu un nom commun signifiant « guide, conseiller sage et expérimenté » (*Robert*). Il se révèle être Minerve elle-même qui a pris cette figure pour mieux protéger Télémaque — ce que savaient tous les jeunes gens ayant fait des études classiques.

Acte II.

1. Dans l'Antiquité romaine, les « larves » sont les esprits des morts qui viennent hanter les vivants ; les « harpies », des monstres fabuleux, à tête de femme et à corps de vautour, à griffes acérées. Les « vampires », monstres suceurs de sang, appartiennent aux légendes germaniques.

2. L'évocation des morts, note P. Brunel (*Les Mouches*, p. 45), est représentée dans la Bible (Samuel, XXVIII, 3-19) et dans l'*Odyssée* (chant XI). Ajoutons l'*Énéide* (livre V) et, plus près de Sartre, le discours aux morts dans *La guerre de Troie n'aura pas lieu* de Giraudoux (II, V), et le premier acte du *Repos du septième jour* de Paul Claudel (1896).

3. Ironie de Sartre donnant à cette femme adultère le nom, connu de tous les étudiants, de la chaste amante d'Hippolyte (Racine, *Phèdre*) ? Aricie et, plus bas, Nicias et Segeste représentent les trois péchés pour lesquels sont punis les gens d'Argos : l'adultère, l'abandon d'une mère par son fils, l'usure — ce dernier péché étant d'ordinaire attribué aux juifs, en pays chrétien.

4. Le thème de l'« héautontimorouménie » est récurrent chez Sartre, qui dénonce cette manie chez Baudelaire.

5. Hugo von Hofmannsthal terminait son *Elektra* (1903) sur une danse sauvage de la princesse après la mort de Clytemnestre et d'Égisthe,

une danse de joie et de haine, si frénétique qu'Électre en tombait morte. Sa signification, chez Sartre, est différente. Oubliant sa haine (elle se le reprochera, p. 35), Électre s'élance dans une danse du bonheur, le bonheur qu'elle a entr'aperçu au cours de la précédente conversation avec Philèbe. Mais la danse sera interrompue, car ce bonheur est illusoire.

6. Formule comique, pour un geste qui doit inquiéter autant que faire rire.

7. Dans la mise en scène qu'a donnée des *Mouches* Stéphane Aucante en 1998, Égisthe était vêtu d'un uniforme noir sanglé de cuir, comme un chef de la Milice, ou un fasciste italien.

8. Chez Hegel, la « belle âme » est un concept négatif : celui de la bonne conscience, ou « la génialité morale qui sait que la voix intérieure de son savoir immédiat est voix divine » (*Phénoménologie de l'esprit*, J. Hyppolite trad., Aubier, 1947, t. II, p. 186).

9. Francis Jeanson avait déjà remarqué que Jupiter, ici, « a gaffé » : il a donné un signe *trop* clair. Il note avec pertinence : « Zeus, c'est le symbole du Bien, le principe moral. Jupiter, c'est le patron de tous les Égisthes : c'est la contrainte exercée au nom du Bien, la religion du repentir, l'Église temporelle et ses " mômeries ", l'ordre de la Nature comme justification de cet " ordre moral " dont se réclame toute tyrannie. Reste que le Bien lui-même dissimule et favorise, sous la fausse universalité d'une morale abstraite, le conformisme social et la résignation à l'ordre établi ; si Jupiter est le bras séculier, c'est la pure Loi de Zeus qui fournit les textes… » (*Sartre par lui-même*, p. 15.)

10. Voleur d'âmes (comme l'est le joueur de flûte de Hamelin, à la fin du conte du même nom, qui, parce que les villageois ne l'ont pas payé, emmène avec lui les enfants dans une caverne) ? L'âme est évidemment le siège du remords. Manger rêves et cauchemars est une fonction de l'analyste, mais aussi du curé, ou du chaman.

11. Voir Cocteau, *La Machine infernale* (1934 ; *Théâtre complet*, Bibl. de la Pléiade, p. 472), réécriture au théâtre du mythe d'Œdipe.

12. Le Tartare, dans la mythologie grecque, est un espace souterrain qui constituait le fond des Enfers et dans lequel Zeus précipitait ses ennemis.

13. La danse de Jupiter, dont P. Brunel dit justement qu'elle est « danse de rapt de la liberté des hommes » (*Les Mouches*, p. 69), renvoie à Nietzsche. Voir J.-F. Louette, *Sartre* contra *Nietzsche (« Les Mouches », « Huis clos », « Les Mots »)*, p. 44.

14. Sartre utilise souvent, de façon parodique, le « joie, joie, pleurs de joie » du « Mémorial » de Pascal. Voir, par exemple, la lettre de Daniel à Mathieu, dans *Le Sursis* (*Œuvres romanesques*, p. 1095).

15. On sera sensible à la résonance fantasmatique de cette réplique si l'on pense à ce que Sartre dit de l'inceste dans une note des *Mots* (p. 41) et si l'on met les mots d'Oreste dans la bouche de Poulou s'adressant à Anne-Marie, sa mère-sœur (voir la Notice, p. 1264). François Noudelmann a pu montrer que la succession des scènes à deux « correspond strictement au récit d'une aventure amoureuse : elle débute par la rencontre (I, IV), se poursuit par la déclaration (II, I-IV), s'accomplit dans l'action (II, I-II), se détériore au moment des doutes (II, II-VIII), et se clôt par la rupture (III, III) » (*« Huis clos » et « Les Mouches » de Jean-Paul Sartre*, p. 91).

Acte III.

1. Sartre, en visite à Delphes, en 1937, écrit plaisamment à Wanda qu'il a trouvé une carte postale avec une superbe reconstruction : « Le mur d'enceinte était relevé, on avait représenté le bois de lauriers d'Apollon et une superbe statue géante du dieu, dont parlent les Anciens et dont on n'a rien retrouvé. C'était affreux » (lettre du 12 août 1937, « Lettres à Wanda », *Les Temps modernes*, nos 531-533, octobre-décembre 1990, vol. II, p. 1363).

2. Les Érynnies sont ici les porteuses de fantasmes sexuels sadiques. On peut imaginer le libre cours que donne Sartre à sa frustration et à son désir sadique pour Olga, qui joue Électre et pour qui il écrit.

3. L'appellation de *chiennes* est traditionnelle pour les Érinnyes dans la tragédie antique.

4. Dans la troisième pièce de *L'Orestie* d'Eschyle, les Érinnyes se présentaient elles-mêmes comme les « tristes enfants de la Nuit ». Voir Clémence Ramnoux, *La Nuit et les Enfants de la nuit dans la tradition grecque*, Flammarion, 1959, et Pierre Brunel, *Le Mythe d'Électre*, Armand Colin, 1971, p. 83-84.

5. Sartre se souvient sans doute du monologue d'Auguste, dans *Cinna*, de Corneille (IV, II, v. 1130) : « Rentre en toi-même, Octave, et cesse de te plaindre ».

6. Souvenir de Pascal (*Pensées*, éd. Le Guern, no 185, sur la disproportion de l'homme et de l'univers). Toute cette tirade mélodramatique de Jupiter est une parodie de Pascal (et en partie de Heidegger) en style giralducien et aussi sartrien (celui de *Saint Genet, comédien et martyr*, plus que de *L'Être et le Néant*).

7. Comme Peter Schlemihl, le héros du conte d'Adalbert von Chamisso (1814).

8. Nouvelle autocitation du « Chant de la contingence » (voir n. 8, p. 10).

9. Jupiter reproche à Oreste, qui est là le porte-parole de Sartre, de vouloir apporter aux hommes le dévoilement de l'existence contingente qu'opérait *La Nausée*, et dans ses termes mêmes (« obscène », « fade »).

10. C'est évidemment la formule clé, non seulement de la pièce, mais de la philosophie de Sartre, qui engage à un pari par-delà le désespoir.

11. On retrouvera cette expression « des gants rouges » dans *Les Mains sales* (p. 331) où c'est Hoederer qui accuse Hugo de se contenter de gants rouges (le terrorisme gauchiste), quand lui a les mains plongées dans la merde et le sang du réel.

12. Voir *L'Être et le Néant*, p. 626-627, pour une analyse approfondie de nos rapports aux morts. Ici, Oreste, en prenant tous les morts sous sa propre responsabilité, confisque celle des Argiens. C'est en quoi il fait preuve d'« aristocratisme » (voir la Notice, p. 1271 et 1275).

13. Qu'est-ce qu'un roi sans terre et sans sujets ? Un roi en exil, c'est-à-dire un homme, tout un homme… Rappelons ici le premier titre de l'autobiographie de Sartre : *Jean sans terre*.

14. Scyros est une île de la mer Égée, au nord-est de l'Eubée. Dans ses « Lettres à Wanda » (p. 1317), Sartre parle de « Syros ou Syra », petite ville où il s'apprête à coucher. Plus loin il mentionne Syra

comme une ville et Syros comme une île des Cyclades qu'il aperçoit en passant en bateau.

15. Reprise hellénisée de la légende germanique du *Joueur de flûte de Hamelin*, déjà évoquée n. 10, p. 40.

Autour des « Mouches »

LETTRE À WANDA KOSAKIEWICZ

Dans les « Lettres à Wanda » publiées par *Les Temps modernes* (nos 531-533, octobre-décembre 1990, vol. II, p. 1292-1433), et qui datent de l'été de 1937, on trouve des descriptions de lieux qui inspireront Sartre pour la conception des *Mouches*, notamment au sujet de la petite ville d'Emborio, dans les Cyclades, dont Simone de Beauvoir dit, dans *La Force de l'âge* (Gallimard, 1960, p. 316), que Sartre l'avait en tête en écrivant le premier acte de sa pièce. Nous reproduisons ici un extrait de la lettre du 6 août 1937 (*Les Temps modernes*, p. 1329-1347).

L'ÉDITION ORIGINALE

Le volume a été mis en vente en avril 1943, soit trois mois avant la création. Nous reproduisons la bande publicitaire et le prière d'insérer, de la main de Sartre, qui accompagnait cette édition.

SUR LA CRÉATION DES « MOUCHES »

◆ LETTRE À JEAN-LOUIS BARRAULT. — Dans une lettre du 9 juillet 1942, Sartre communique à Jean-Louis Barrault (qui avait d'abord voulu monter la pièce) qu'il a confié la mise en scène à Charles Dullin. Nous reproduisons cette lettre, qui a été publiée une première fois par Ingrid Galster dans « *Huis clos* et *Le Soulier de satin*. À propos d'une lettre inédite de Jean-Paul Sartre à Jean-Louis Barrault », *Romanische Forschungen*, 1998.

◆ ENTRETIEN AVEC YVON NOVY. — Le 24 avril 1943, Sartre a accordé une interview d'avant-première publiée par *Comœdia*, que nous reproduisons ici. Il y exposait ses intentions à Yvon Novy.

◆ « ANALYSE » DE LA PIÈCE. — Le programme des *Mouches* comportait un court texte d'« Analyse », probablement rédigé par Sartre, du moins le programme de la reprise, car nous n'avons pu voir celui de la première. Ce cahier, vendu au prix de 5 francs pour la représentation au théâtre de la Cité, ex-théâtre Sarah-Bernhardt (comme le précise en dernière page le petit cahier de 8 pages, format 10 × 13), présente, en page 2, un texte non signé, sous le titre *Les Mouches* avec le sous-titre « Analyse », que nous reproduisons. Il ne donne pas exactement les mêmes indications pour la distribution et la caractérisation de la pièce que l'édition du volume *Théâtre I* de 1947. À la page 5 figurait le texte suivant : « LES MOUCHES / Pièce en 3 actes et 4 tableaux de / Jean-Paul Sartre / Mise en scène de Charles Dullin / Partition musicale de Jacques Besse / Décors, costumes et masques de Henri-Georges Adam / DISTRIBUTION DANS L'ORDRE D'ENTRÉE EN SCÈNE : L'Idiot René Suzor / Les vieilles femmes Christine Urbain / Germaine Martner / Arlette Ducas / Martine Chardin / Oreste Jean Lanier / Le Pédagogue J.-F. Joffre / Une Femme Anne-Marie Luthereau / Zeus Charles Dullin / Électre Olga Dominique / Clytemnestre Della-Col / Les Femmes du peuple Arlette Ducas / Denise Perret / Germaine Martner / Christine Urbain / Gisèle Anina / Martine Chardin / Marie Olivier / Les Hommes du peuple Robert Charlys / Arthur Bender / Jean-François Darbon / Jacques Chauffard / Edmond Tamiz / André Mariot / Les Enfants Roger Jeannot / Christ. Winckelmuller / Jean-Claude Marchal / Max Brose / 1er Serviteur Jacques Pruvost / 2e Serviteur Jean Dara / 1er Garde Pierre Paulet / 2e Garde Claude Desailly / Égisthe Henri Norbert / Le Grand Prêtre Paul Œttly / 1er Soldat Lucien Arnaud / 2e Soldat Marcel d'Orval / 1re Érinnye Monique Hermant / Les Érinnyes Anne-Marie Luthereau / Arlette Ducas / Gisèle Anina / Brigitte Sabouraud / Marie Olivier / Les chanteuses Suzanne Vidal / Gabrielle Parodi / Orchestre sous la direction d'Alfred Abondance / Les décors ont été exécutés par Laverdet & Streif / Les costumes par Muelle / Les masques par le sculpteur Colamarini / Ondes musicales Martenot / Danse d'Électre réglée par Mme de Linieres. » En regard de cette page se trouve un pavé de « SOS Pour sauver l'enfance parisienne, du Secours national, Entr'aide du maréchal ». Il est probable que le programme (notre exemplaire provient de la collection Jean Aubier) soit celui de la reprise à l'automne 1943 et que la distribution ait été alors modifiée pour certains rôles. On remarquera que Wanda Kosakiewicz y figure parmi les Femmes du peuple sous le nom de scène « Marie Olivier » qu'elle portera pour la création de *Morts sans sépulture*, la première pièce de Sartre qu'elle ait créée avec un rôle relativement important. Enfin nous ne savons pas sous quel nom se cache la deuxième Olga, si elle figure encore dans les représentations de la reprise.

◆ CE QUE FUT LA CRÉATION DES « MOUCHES ». — Nous reproduisons un texte rédigé par Sartre lors de la reprise des *Mouches* au Vieux-Colombier en janvier 1951. Il est possible que ce texte — qui comporte plusieurs approximations — soit celui qui ait été lu au cours d'un hommage à Charles Dullin à l'Atelier en février 1950.

◆ [SUR CHARLES DULLIN]. — Sartre a associé *Les Mouches* à Dullin dans plusieurs textes (voir Michel Contat et Michel Rybalka, *Les Écrits de Sartre*, Gallimard, 1970, 47/129, p. 164-165 ; et 66/443, p. 431). Dans le texte que nous reproduisons où il lui rend hommage (*Cahiers Charles Dullin*, II, mars 1966), il rappelle ce que fut la création des *Mouches*.

1. Écrivain et scénariste, frère aîné de Jacques-Laurent Bost, lequel fut élève de Sartre au lycée du Havre et est resté depuis l'un de ses amis les plus intimes.

2. Le commanditaire en question, un escroc qui « répondait au beau nom de Néron », était un petit employé qui jouait non sans grandeur les mécènes intellectuels, et Simone de Beauvoir, qui raconte plaisamment l'épisode dans *La Force de l'âge* (p. 259-532), est elle-même, bien qu'elle fût avertie, devenue sa victime, en 1945, au moment où se montait sa pièce *Les Bouches inutiles*. Sartre a pu, dans une certaine mesure, s'inspirer de ce personnage en créant le Georges de Valera de *Nekrassov*.

« LES MOUCHES » EN ALLEMAGNE

◆ « APRÈS NOTRE DÉFAITE... ». — Nous reproduisons le texte écrit par Sartre, en 1947, à l'occasion des représentations données en Allemagne dans la zone d'occupation française par la Compagnie des Dix dirigée par Claude Martin. Il a été publié dans *Verger*, n° 2, juin 1947.

◆ DISCUSSION AUTOUR DES « MOUCHES ». — En 1948, *Les Mouches* fut joué en allemand à Berlin, au Hebbel-Theater, dans une mise en scène de Jürgen Fehling. À cette occasion, Sartre se rendit à Berlin et participa à un débat qui fut suivi avec une attention passionnée par un public nombreux. Le débat, qui eut lieu le 1er février 1948, fut publié par la revue *Verger* (n° 5, 1948) sous le titre « Discussion autour des *Mouches* ». Y prirent part, outre Sartre, M. Lusset, attaché culturel français à Berlin, Günther Weisenborn, M. Theunissent, Édouard Roditi, Walter Karsch, W.-D. Zimmermann, Jürgen Fehling et le professeur Steiniger. Nous en reproduisons ici de larges extraits.

1. Voir Philippe Pétain, *La France nouvelle*, Fasquelle, 1943, p. 167 : « Vous souffrez et vous souffrirez longtemps encore, car nous n'avons pas fini de payer toutes nos fautes. »
2. Voir l'article non signé (écrit par Michel Leiris), « Oreste et la cité », dans *Les Lettres françaises* clandestines, n° 12, décembre 1943 ; Dossier de réception des *Mouches*, p. 1286-1287.

TÉMOIGNAGES

◆ GERHARD HELLER. — La censure exercée par les autorités occupantes incombait au groupe « Théâtre » de la Propagande. Nous disposons d'un témoignage du lieutenant Gerhard Heller, qui dirigeait le groupe « Littérature » de la Propagande avant que ce service fût pris en charge, en 1942, par l'ambassade où Heller exerçait les mêmes fonctions. Il écrit en 1961 à la chercheuse Annette Fuchs-Betteridge (*Le Théâtre en France pendant l'occupation allemande. 1940-1944*, thèse de doctorat d'université, Paris, 1969, annexe, p. 398), à propos de l'accueil des *Mouches* par l'occupant le texte que nous reproduisons.

◆ CHARLES DULLIN, « CE FUT UN ÉREINTAGE RAPIDE ET TOTAL... ». — Charles Dullin évoqua en 1948, dans une émission de la Radiodiffusion française intitulée « Défense de désespérer », son souvenir de la création des *Mouches*. Son témoignage fut précédé par l'extrait d'une conférence de Sartre sur la responsabilité de l'écrivain et suivi de l'interprétation de la scène IV de l'acte II et de la scène finale de la pièce par Madeleine Robinson (Électre) et Michel Auclair (Oreste). Le texte que nous reproduisons (« Ce fut un éreintage rapide et total... », *Ce sont les dieux qu'il nous faut*, Gallimard, 1969, p. 259-260) présente de légères modifications par rapport au texte lu à la radio.

HUIS CLOS

NOTICE

Huis clos est la pièce la plus célèbre de Sartre : succès d'édition (en août 2004, 2,4 millions d'exemplaires vendus, sans compter les éditions collectives : *Théâtre* dans la collection « Blanche »), succès de représentation (aisée à monter, la pièce est constamment jouée, en particulier à Paris et aux États-Unis). Succès critique aussi[1] : elle est la moins contestée par les adversaires de l'auteur, dans la mesure notamment où elle semble à la fois plus simple, plus théâtrale et moins engagée que bien d'autres textes sartriens, moins liée à l'actualité qu'à une philosophie (exposée en 1943 dans *L'Être et le Néant*) et donc, selon une vision classique, plus apte à trouver durablement son public. Contre cette opinion, nous nous proposons ici de montrer à quel point *Huis clos*, créé le 27 mai 1944 au théâtre du Vieux-Colombier, prend *aussi* sens dans son contexte historique, et ce par des moyens proprement littéraires.

On ne saurait être trop attentif à la cohérence politique du projet de Sartre, écrivain de théâtre sous l'Occupation[2]. Cette cohérence est repérable dans un mouvement dialectique de type philosophique : si chaque pièce de Sartre esquisse une thèse que la suivante réfute ou atténue[3], alors *Huis clos* reprend le débat sur l'acte sans remords ouvert dans *Les Mouches*, pour montrer que l'opinion d'autrui joue aussi un rôle dans la définition de la qualité éthique, dont Oreste décidait trop solitairement ; ainsi, dans le cas de Garcin, toute une vie de pacifisme honorable peut-elle être anéantie par un seul acte suspect de lâcheté ? *Morts sans sépulture* viendra répondre, par la bouche de Canoris, que « c'est sur ta vie entière qu'on jugera chacun de tes actes » (p. 197). Mais on doit aussi se demander pourquoi, s'il était toujours décidé à résister par l'écriture, Sartre aurait voulu franchir le triple obstacle de la censure (autocensure préalable des directeurs de théâtre, visa de la censure allemande avant la mise

1. Jean-Pierre Sarrazac écrit ainsi que *Huis clos* « sert de pont entre la dramaturgie pirandellienne et celle des années cinquante » (*Théâtres intimes*, Actes Sud, 1989, p. 100) ; et Michel Corvin : « Sartre a fondé sur l'exploitation du phénomène théâtral le sens même de sa pièce [...] Faire de la forme même du théâtre classique le contenu d'une pièce contemporaine est loin de manquer d'originalité » (*Le Théâtre en France du Moyen Âge à nos jours*, J. de Jomaron éd., Librairie générale française, coll. « La Pochothèque », 1993, p. 916-917).

2. Sur l'attente de la résistance intellectuelle envers Sartre, voir Simone de Beauvoir, *La Force de l'âge*, Gallimard, 1960, p. 597-598.

3. Voir Marylin Gaddis Rose, « Sartre and the Ambiguous Thesis Play », *Modern Drama*, nº 8, mai 1965, p. 12-19.

en répétition, censure *a posteriori* lors d'une des premières représentations par un officier allemand attentif à ce qui aurait pu viser l'occupant), sinon parce qu'il croyait à une certaine portée politique de *Huis clos* ?

De la petite à la grande Histoire.

Les témoignages[1] sur la composition de *Huis clos* à l'automne de 1943 et sur les circonstances qui conduisirent à sa création le 27 mai 1944 s'accordent sur les grandes lignes de la genèse matérielle de la pièce, que l'on peut résumer comme suit. Le texte est écrit entre octobre et décembre 1943. Le projet est tout d'abord de nature privée, Sartre voulant fournir des rôles à deux élèves du cours de théâtre Charles Dullin : sa propre maîtresse, Wanda Kosakiewicz (qui devait jouer Estelle), et une des amies de celle-ci, Olga Kechelievitch, la femme de Marc Barbezat, industriel à Décines, près de Lyon, et éditeur d'une belle revue, *L'Arbalète*. Sartre demande à Camus, avec qui il s'était lié d'amitié depuis qu'il l'avait rencontré en juin 1943 à la générale des *Mouches*, de bien vouloir mettre la pièce en scène, et de tenir le rôle de Garcin (il avait d'abord songé à Roger Blin). Dans un deuxième temps, Gaston Gallimard donne la pièce à lire à un riche industriel, Annet Badel, qui venait de racheter le célèbre théâtre du Vieux-Colombier ; Badel veut la monter, et du coup le projet change de nature. Après des discussions ou tractations sur le détail desquelles les témoignages divergent, l'équipe initiale, à l'exception de Chauffard qui conserve le rôle pour lequel il avait été pressenti, celui du Garçon, est écartée au profit de figures plus connues dans le monde du théâtre parisien : Raymond Rouleau met la pièce en scène ; le rôle de Garcin est tenu par Michel Vitold ; la femme de Badel, Gaby Sylvia, joue Estelle ; et Tania Balachova devient Inès[2].

Ces témoignages néanmoins laissent incertains deux points d'importance. Quelle fut, d'une part, la raison du retrait de Camus ? Se retira-t-il de lui-même, fut-il écarté par Rouleau ou par Badel, ou encore voulut-il marquer sa solidarité avec Olga Barbezat, arrêtée par les Allemands le 10 février 1944[3] et emprisonnée à Fresnes jusqu'à la mi-mai 1944 ? D'autre part, Annet Badel prétendit le 8 septembre 1944, dans *Libération*, que la pièce fut autorisée, puis interdite, puis définitivement autorisée par la censure allemande, ce que confirma Gerhard Heller, le responsable du groupe « Littérature » de la *Propaganda-Abteilung*, dans une lettre à Ingrid Galster en date du 15 juin 1980 ; mais personne d'autre n'atteste le fait, et le dossier du Vieux-Colombier, tel qu'il est conservé dans les archives de la *Propaganda* (aux Archives nationales), ne contient, selon la même chercheuse, aucun document relatif à un refus de visa par les Allemands[4]. Autorisée par la censure allemande, la représentation de

1. Voir Simone de Beauvoir, *La Force de l'âge*, p. 568-569 ; Maurice Bessy, *Les Passagers du souvenir*, Albin Michel, 1977 ; Robert Kanters, *À perte de vue. Souvenirs*, Le Seuil, 1981 ; Marc Barbezat, « Comment je suis devenu l'éditeur de Jean Genet », dans Jean Genet, *Lettres à Olga et Marc Barbezat*, L'Arbalète, 1988. Voir aussi Autour de *Huis clos*, p. 139-141.

2. Pour plus de détails, voir n. 1, p. 90.

3. Sur ces différentes versions, voir les témoignages dans Autour de *Huis clos*, p. 139-141.

4. Voir Ingrid Galster, *Le Théâtre de Jean-Paul Sartre devant ses premiers critiques*, t. I : *Les Pièces créées sous l'occupation allemande, « Les Mouches » et « Huis clos »*, Tübingen, Günter Narr Verlag/Paris, Jean-Michel Place, 1986, p. 203-205.

Huis clos bénéficiait cependant aussi de l'accord (secret naturellement) du Comité national des écrivains, dont Sartre était membre depuis janvier 1943, et auquel appartenait également le metteur en scène, Raymond Rouleau.

Simone de Beauvoir indique comment Sartre voulut écrire une pièce pour « rendre service à des débutantes[1] » et avant tout à sa jeune maîtresse, Wanda Kosakiewicz (Marie Olivier, de son nom de scène), confirmant ainsi l'une des fonctions constantes du théâtre de Sartre, qui apparaissait déjà lors des spectacles de marionnettes qu'il organisait, dans son enfance, au Luxembourg[2] : séduire les cœurs féminins par ses inventions.

Il s'agit aussi de panser son propre cœur. Si *Huis clos* devait servir anecdotiquement la consolidation d'une intrigue amoureuse, la pièce vise, plus profondément, la *catharsis* d'une autre histoire d'amour : celle, douloureuse, du trio que formèrent Sartre, Beauvoir et Olga Kosakiewicz (la sœur aînée de Wanda), à Rouen, en 1936. Le roman de Simone de Beauvoir, *L'Invitée*, paru à la fin de l'été de 1943 chez Gallimard, en retrace l'échec ; son épigraphe, empruntée à Hegel, évoque singulièrement le substrat philosophique de *Huis clos*, la lutte des consciences et des regards : « Chaque conscience poursuit la mort de l'autre. » Le roman décrit les avatars douloureux d'un trio que rend peu à peu infernal la jalousie de Xavière (qui, en un sens, transpose Olga), présentée comme un « noir enfer[3] » auquel Françoise (inspirée de Beauvoir) espère échapper en la tuant par le gaz. Le même rôle cathartique de l'écriture s'exerce différemment : avec *L'Invitée*, Beauvoir, comme elle l'explique dans *La Force de l'âge*[4], liquide ses rancunes contre Olga et conquiert par le meurtre fictif une autonomie par rapport à Sartre. Avec *Huis clos*, Sartre dépeint Olga sous les traits d'une enfant gâtée, sotte et capricieuse, tout en présentant Simone de Beauvoir comme une dure lesbienne sans pitié, et un juge d'une cruelle lucidité (« mon petit juge » est aussi l'un des noms qu'il lui donne dans ses lettres). Le théâtre ici remplace les psychodrames auxquels Sartre et Beauvoir aimaient à se livrer : face à « des situations désagréables ou difficiles : nous les transposions, nous les poussions à l'extrême, ou nous les ridiculisions ; [...] cela nous aidait beaucoup à les dominer[5] ». *Huis clos*, c'est le trio poussé aux extrémités les plus infernales, mais non sans drôlerie, on y reviendra.

Qu'il s'inscrive ou non dans un psychodrame, le portrait de Beauvoir en Inès serait chose peu galante, de la part de Sartre, si en même temps, et à l'inverse de cette manière de vengeance, il ne prenait courageusement sa défense. On peut en effet voir dans *Huis clos* la réponse de Sartre à la suspension de Simone de Beauvoir[6] : accusée par la mère de Nathalie Sorokine de nourrir des amitiés particulières avec ladite Nathalie, une de ses élèves (ce qui était chose vraie), d'avoir un amant (Sartre), et de parler en classe de Gide et Proust, Beauvoir fut, sur la base d'un rapport

1. *La Force de l'âge*, p. 568.
2. Voir *Carnets de la drôle de guerre*, XII, Gallimard, 1995, p. 502-503.
3. Gallimard, coll. « Soleil », 1961, p. 348.
4. *La Force de l'âge*, p. 348-349.
5. *Ibid.*, p. 23.
6. Voir Ingrid Galster, « L'Actualité de *Huis clos* en 1944 », *Les Temps modernes*, nº 592, février-mars 1997, p. 195-205.

du recteur de l'Université de Paris adressé au secrétariat d'État à l'Éducation nationale, relevée de ses fonctions par Abel Bonnard, ministre de Vichy et homosexuel notoire, qui sera condamné à mort à la Libération pour intelligence avec l'ennemi. Visé lui aussi dans le rapport, ayant de peu échappé à la sanction qui toucha Beauvoir en juin 1943, Sartre, dès l'automne, prend sa plume : si l'on compare les personnages d'Estelle et d'Inès, il apparaît à l'évidence que l'écrivain donne à voir une réhabilitation de la lesbienne — la plus lucide des trois personnages, et la moins coupable, puisqu'elle semble n'avoir commis aucun crime, au sens propre du mot[1] —, qui avait été condamnée en la personne de Simone de Beauvoir, sur le plan biographique, au nom des valeurs de Vichy. Il conduit aussi une vive satire de la bourgeoisie vichyste, à travers le personnage d'Estelle, que disqualifient son mariage d'argent, son consentement à l'adultère, sa courte morale des apparences sauves et, pour couronner le tout, l'infanticide qu'elle commet en Suisse — telle est pour Sartre la triste vérité du vertuisme de surface cher à Vichy.

En même temps qu'il vole au secours de Simone de Beauvoir, Sartre médite sur le choc que fut pour lui la guerre, laquelle, il l'a souvent dit, coupa sa vie en deux et lui fit découvrir l'Histoire. Dans cette perspective, *Huis clos* vaut à la fois comme l'image d'une situation historique — l'Occupation — et comme une réflexion sur une conduite face à l'Histoire — le pacifisme.

« On se croirait dans une cellule de Fresnes ou de la Santé » : telle est l'idée qui vient à Jean Guéhenno en voyant le début de la pièce[2] — mais vite il se désole de ne retrouver que le trio du Boulevard. Un mois plus tard, le 2 juillet 1944, dans l'édition française de la *Pariser Zeitung*, Albert Buesche estime en revanche que la pièce reflète « l'atmosphère et l'expérience acquise » durant la guerre[3]. *Huis clos* dramatise en effet des situations vécues par Sartre, et par nombre de Français sous l'Occupation : la séquestration, la pénurie de livres, la surveillance perpétuelle par de mystérieux « ils[4] », la parole vécue comme un risque et la constante menace de la délation à un tiers, les interrogatoires sans douceur. Il n'est pas jusqu'à la donnée initiale, pour étrange qu'elle soit, qui ne se prête à une interprétation en termes historiques : ces morts vivants que sont les personnages en enfer représentent les Français réduits, faute de pouvoir développer librement leurs propres projets, au statut d'objets entre les mains des Allemands ou des Alliés — dépouillés de tout avenir. Aussi la chanson d'Inès sonne-t-elle comme une amère protestation : elle figure une contre-mise à mort symbolique des « [...] Généraux / Des Évêques, des Amiraux » (p. 105), bref de tous ces hauts personnages qui firent les notables fondements de Vichy[5].

1. Le texte ménage à dessein une ambiguïté : on ne sait au juste si le mari de Florence, l'amante d'Inès, fut victime d'un accident ou poussé au suicide.

2. *Journal des années noires* (1947), Gallimard, coll. « Folio », 1973, p. 411.

3. Voir le Dossier de réception de *Huis clos*, p. 1318.

4. Pronom qui désignait alors les Allemands : « On disait : " Ils l'ont arrêté " et ce " Ils ", semblable à celui dont usent parfois les fous pour nommer leurs persécuteurs fictifs, désignait à peine des hommes : plutôt une sorte de poix vivante et impalpable qui noircissait tout, jusqu'à la lumière » (« Paris sous l'Occupation », *Situations, III*, Gallimard, 1949, p. 22).

5. Voir Philippe Burrin, *La France à l'heure allemande*, Le Seuil, 1995 ; rééd. coll. « Points », 1997, p. 222-232.

Tout en prenant position contre les valeurs pudibondes et hypocrites de Vichy et contre l'enfer de l'Occupation[1], Sartre amorce une réflexion sur une autre conduite possible, désengagée : le choix du pacifisme. Là encore il s'agit d'exorciser un démon intime : dans le premier des *Carnets de la drôle de guerre*, l'écrivain se fait en effet grief, et à une bonne partie de sa génération, d'avoir été pacifiste, ce qui mena fort sûrement à la guerre. Garcin représente donc une virtualité de Sartre : un Sartre qui n'aurait pas rompu avec lui-même lors de la mobilisation et de la guerre, et qui aurait poussé son pacifisme jusqu'à l'extrême — jusqu'à la désertion[2]. Dans des termes moins psychologiques, ceux de l'histoire littéraire, on dira que Garcin est un personnage de Malraux qui émigre chez Giono. Dès juin 1944, René-Marill Albérès devinait dans Garcin « un Garine ou un Garcia avili, écrasé, souillé[3] ». À l'opposé des héros positifs des *Conquérants* en 1928 (Garine le révolutionnaire) ou de *L'Espoir* en 1937 (Garcia et Magnin, chefs exemplaires), Garcin est menacé de n'être qu'une… garce. Le pacifiste : héros efféminé, qui ne sait s'il déserte par courage ou lâcheté. Or Garcin aimait à se faire « faire des rêves simples. Il y avait une prairie… Une prairie, c'est tout. Je rêvais que je me promenais dedans » (p. 93). Dans cette rêverie de nature, qui vaut comme un oubli fantasmé de l'Histoire, ne pourrait-on voir une allusion parodique à l'univers bucolique de ce soldat de la Première Guerre mondiale devenu un pacifiste notoire, et auquel Sartre s'intéresse beaucoup quand la Seconde Guerre éclate : Jean Giono[4] ?

Cocteau aussi bien que Drieu La Rochelle, chacun dans son *Journal*, firent à Sartre une objection : « Je reproche à Sartre, écrit Cocteau le 1er juillet 1944, d'avoir mis en scène des damnés conformistes, d'être en règle avec l'Institut catholique. » Et Drieu, le 10 juillet : Sartre « fait sien entièrement le point de vue moraliste qui implique un enfer et un ciel. […] ces trois criminels se considèrent comme tels[5] ». À quoi l'on peut faire, du point de vue de Sartre, une triple réponse.

Tout d'abord, le recours à l'enfer est une nécessité pour franchir l'obstacle de la censure : à l'époque où prévaut la devise « Travail, Famille, Patrie », impossible de mettre sur scène une lesbienne célibataire et mécontente de son emploi, une oisive, adultère, infanticide et portée sur les plaisirs de la chair, un déserteur adultère lui aussi, sans les placer en enfer — au moins les apparences de leur condamnation sont-elles sauves. Les apparences, car — et c'est la deuxième réponse —, quoi qu'en disent Cocteau et Drieu, aucun des trois damnés ne se condamne lui-même. Le narcissisme d'Estelle est en deçà du Bien et du Mal ; elle a

1. C'est ce qu'a souligné l'important ouvrage d'Ingrid Galster, *Le Théâtre de Jean-Paul Sartre devant ses premiers critiques*, t. I, p. 198-199.

2. Sur cette alternative désertion/soumission à l'ordre de mobilisation, voir les *Carnets de la drôle de guerre*, 27 septembre 1939, p. 58-60, et le personnage de Philippe (pacifiste et déserteur) dans *Le Sursis* (*Œuvres romanesques*, p. 733-1133).

3. Voir le Dossier de réception de *Huis clos*, p. 1319-1320.

4. Voir le cinquième (décembre 1939) des *Carnets de la drôle de guerre* : Sartre admire (p. 353) la « belle préface » de Giono aux *Carnets de moleskine* de Lucien Jacques (journal d'un brancardier durant la guerre de 1914), préface qui défend le pacifisme ; « ce qu'il y a de si juste dans la préface de Giono, note-t-il le 23 décembre, c'est qu'il explique que l'homme tend à la fois à la grandeur et à la facilité et que la guerre apporte la grandeur par la facilité » (p. 380).

5. Respectivement *Journal 1942-1945*, Gallimard, 1989, p. 526 ; et *Journal 1939-1945*, Gallimard, 1992, p. 399-401. Voir Autour de *Huis clos*, p. 142-143.

tué son enfant, et son amant s'est suicidé ? Eh bien il a eu tort, puisque son « mari ne s'est jamais douté de rien » (p. 113). Inès, quant à elle, *se plaît* à être méchante : brouillant le manichéisme, elle fait du Mal son Bien, et ne s'en dédit point (nulle pitié pour Garcin, nulle contrition quant à son passé). Le drame de Garcin, lui, provient de ce qu'il ne sait s'il fut, désertant, lâche ou brave : il s'engage dans un procès aussi *infini* que son séjour en enfer, avec Inès pour juge — infini, alors que le Jugement chrétien se veut dernier. Donner à voir un procès en moralité sans dernier mot, voilà qui aurait dû suffire à épargner à Sartre l'accusation d'être, comme disait Drieu, un chrétien qui s'ignore. D'autant, et enfin, que Sartre n'ignore certes pas à quel point dans *Huis clos* il prend le théâtre chrétien, ou plus précisément catholique, pour cible.

Ce théâtre, sous l'Occupation, connaît un très net renouveau. Quelques dates : *L'Annonce faite à Marie*, « mystère en quatre actes et un prologue », grâce notamment à une subvention de l'administration des Beaux-Arts de Vichy, réclamée par Claudel et obtenue en mars[1], est rejoué en octobre 1941 au théâtre de l'Œuvre ; en juillet 1943, Jacques Copeau donne à Beaune *Le Miracle du pain doré* ; adapté par Jean-Louis Barrault, *Le Soulier de satin* triomphe à partir de novembre 1943 sur la scène de la Comédie-Française ; en juin 1944, on peut voir à Paris, en même temps donc que *Huis clos*, aussi bien *La Brebis égarée* de Francis Jammes (1913) que *Les Aventures de Gilles ou le Saint malgré lui* d'Henri Ghéon (1922), « miracle populaire en quatre épisodes en prose ».

Ces deux dernières pièces sont mises en relation, dans divers comptes rendus de 1944, avec *Huis clos*[2]. On ne sait si Sartre les avait lues, même s'il cite le nom d'Henri Ghéon à l'occasion de la rédaction de *Bariona*[3], et s'il se tenait au courant de l'actualité théâtrale. Il est certain en revanche, d'une part, qu'il avait vu en 1934 le *Mystère de la Passion* en Bavière, à Oberammergau[4] — il s'en souvient dans *Bariona* —, et d'autre part qu'il avait lu, tout comme *L'Annonce faite à Marie*, *Le Soulier de satin*, dès sa publication en 1929, aux dires de Beauvoir, et de nouveau pendant sa captivité en Allemagne, au Stalag XII D, en 1940-1941 ; puis qu'il l'avait vu monté par Barrault[5].

Pour résumer cette vive réplique au théâtre catholique[6], et claudélien en particulier, on peut dire d'abord que Sartre écrit *Huis clos* contre un genre, celui du mystère. Trois indices ici. Si les trappes ont pour fonction, dans le plancher de la scène d'un mystère, de favoriser les passages surnaturels de lieu en lieu, dans *Huis clos* elles appartiennent au piège qui menace les personnages (voir p. 115), et qui eût en Claudel ravivé l'hor-

1. Voir Serge Added, *Le Théâtre dans les années Vichy, 1940-1944*, Ramsay, 1992, p. 81.
2. Voir le Dossier de réception de *Huis clos*, p. 1318.
3. Voir *Lettres au Castor et à quelques autres*, Gallimard, 1983, t. II, p. 300.
4. Voir *La Force de l'âge*, p. 202-203. — Rappelons aussi que Sartre, au témoignage de Colette Audry (en 1955), avait eu le projet d'une autre pièce, « Le Pari », qui empruntait au théâtre du Moyen Âge des effets fantastiques et son système de mansions ou cases divisant la scène (Michel Contat et Michel Rybalka, *Les Écrits de Sartre*, Gallimard, 1970, p. 293-294) ; voir p. 1215-1217.
5. Voir *La Force de l'âge*, p. 51 et 578 ; et Ronald Hayman, *Sartre. A Biography*, New York, Simon and Schuster, 1987, p. 173.
6. Voir Jean-François Louette, « *Huis clos* : l'enfer et la politique », *Sartre* contra *Nietzsche*, Grenoble, P.U.G., 1996, p. 71-148 ; « *Huis clos* de Sartre : " L'enfer, c'est les Autres " », *Magazine littéraire*, juillet-août 1997 ; « *Huis clos* et ses cibles (Claudel, Vichy) », *Cahiers de l'Association internationale des études françaises*, n° 50, mai 1998, p. 311-330.

reur des lieux clos qu'il exprime souvent. Écoutons, ensuite, la criante dissonance entre la musique de Claudel (ainsi la chanson du Paradis, à la fin de *L'Annonce*, ou la « divine musique » du monde dans la deuxième journée du *Soulier*, sc. VIII) et la grinçante chanson anarchiste d'Inès (p. 104-105). Enfin, si *Huis clos* est un contre-mystère, c'est parce qu'il réduit la célèbre Gueule d'Enfer de la scène médiévale aux dimensions des lèvres pulpeuses d'Estelle, dont Inès loue, de rouge maquillée, la « bouche d'enfer » (p. 106).

Huis clos s'écrit contre un genre, mais aussi contre un personnage, celui de la femme-étoile : Estelle, sombre étoile qui se refuse à jamais à sublimer son désir, Estelle qu'Inès par dérision nomme « la petite sainte » (p. 103), Estelle vouée au bleu (robe, canapé) — couleur associée à la Vierge dans l'iconographie chrétienne — et nièce d'une tante Marie. Incapable de « sauver » Garcin par son amour, Estelle est une anti-Prouhèze, le contraire de cette étoile spirituelle, de cette femme de rédemption[1].

Contre des thèmes aussi — ainsi celui du miracle : ils pleuvent chez un Ghéon, avec toujours pour sens de confirmer le dogme ; chez Sartre, un seul miracle, celui de la porte qui s'ouvre, mais de sens incertain, puisque nul dogme ne peut alors indiquer un choix à Garcin, ou choisir à sa place. Autres thèmes, ceux de la résurrection d'un enfant (qu'on retrouve dans *L'Annonce faite à Marie*), ou encore celui, capital, du sacrifice (du désir à Dieu, de l'immédiat à l'éternel) : tous les textes de Claudel qui de 1943 à 1944 accompagnent la création du *Soulier de satin* à la Comédie-Française insistent sur ce point[2]. Au rebours *Huis clos* montre des damnés qui ne regrettent pas le moins du monde d'avoir cédé à ce que Pétain, appelant à l'esprit de sacrifice, blâmait comme l'esprit de jouissance. Il ne s'agit pas pour autant de prêter à Claudel en 1943 des positions pétainistes : l'idée de sacrifice n'a certes pas été inventée par Vichy. Mais de souligner comment, contre un idéalisme de l'oblation transfiguratrice que Sartre, non sans simplification peut-être, voit dans *Le Soulier de satin*, *Huis clos* rappelle la légitimité du désir et du corps[3]. Seul l'amour humain, avec sa dimension physique, peut adoucir la torture d'exister sous le regard d'autrui.

Enfin la pièce s'en prend à un ressort dramaturgique, celui de la communion, qui pour Copeau, par exemple, devrait prévaloir entre la scène et la salle, et les unir[4] — Claudel parle lui de « communication

1. Beauvoir relève l'importance de cette métaphore de l'étoile chez Claudel. Voir *Le Deuxième Sexe*, Gallimard, 1949, t. I, p. 352 et 364. Claudel en 1944 parle de Rodrigue et Prouhèze comme des « amants stellaires » et nomme Prouhèze « l'étoile pure dans le rayon de son Créateur » (« Allocution prononcée par Paul Claudel au cours d'un gala organisé par Marie Bell au profit des cheminots », *Théâtre*, Bibl. de la Pléiade, t. II, p. 1476 ; et « *Le Soulier de satin* et le Public », *ibid.*, p. 1480).

2. Voir *ibid.*, p. 1475, 1476, 1480.

3. Voir les *Carnets de la drôle de guerre*, décembre 1939, p. 371-372, et *Les Mots*, Gallimard, 1964, p. 81 (le grand-père Schweitzer apprend à Sartre à voir la sainteté selon les catholiques comme « mépris sadique du corps »).

4. Henri Gouhier, dans *L'Essence du théâtre* (Plon, 1943), cite ainsi Jacques Copeau : « Il n'y aura de théâtre nouveau que le jour où l'homme de la salle pourra murmurer les paroles de l'homme de la scène en même temps que lui et du même cœur que lui » (p. 215). Et Gouhier ajoute ceci : « La communion autour de l'action est, pour le théâtre, une condition d'existence ; la communion autour de l'idée ne lui ajouterait qu'une raison d'être » (p. 216).

magnétique » et de « fascination[1] ». Or tant la philosophie que l'esthétique de Sartre s'inscrivent en faux contre ce type de relation.

Gai savoir et pour-autrui.

« Comment pouvez-vous croire ces âneries ? » demande le Garçon à Garcin, qui évoquait ce que sur terre on raconte de l'enfer (p. 92). Souvenir ou rencontre, c'est aussi un mot de Nietzsche : Zarathoustra raille les « âneries divines[2] ». En écrivant *Huis clos*, Sartre se pose en héritier de Nietzsche : lui aussi veut liquider les vieux mythes chrétiens — pour celui de l'enfer, quelque antique qu'il soit, une heure et vingt minutes lui suffisent… La représentation de l'enfer que donne la pièce le soumet en effet à la corrosion d'une ironie très efficace.

La dignité de l'enfer chrétien s'accommode aussi mal de sa mise en rapport, sur le plan historique, avec l'occupation de la France par le IIIe Reich, que de la référence, sur le plan générique, au théâtre de Boulevard, qu'imposent d'emblée et le décor et le Garçon.

Sur le plan du langage, Sartre s'amuse à mettre en relation, ou en contradiction, certaines expressions toutes faites avec les données de la situation. Ce sont parfois des clichés : Garcin note que « la glace est rompue » (p. 96), ce qui s'accorde trop bien aux conditions « climatiques » de l'enfer ; Inès, quoique déjà morte, s'exclame « c'est à mourir de rire » (p. 125). Parfois aussi des mots (« parbleu », « dame ») ou des expressions (« mon sourire, dit Estelle, ira au fond de vos prunelles et Dieu sait ce qu'il va devenir », p. 107) révèlent l'influence du christianisme sur la langue, mais ne sont guère à leur place en enfer. Le même effet d'inadéquation, source de comique, est visé par la multiplication des mots comme « bon » et « bien » dans la bouche des damnés : il y a là à la fois antiphrase (puisque désaccord avec une situation qui ne laisse rien attendre de bon) et mention distanciée du lexique manichéen du christianisme. *Huis clos* s'évertue ainsi à dissoudre par le rire tous ces grumeaux de religion qui pèsent sur notre langue.

Sur le plan des conduites, Sartre souligne les inconséquences de l'image chrétienne de l'enfer : si celle-ci prête, afin qu'ils souffrent, un corps aux damnés, pourquoi ne pourraient-ils chercher à en user pour jouir ? D'ailleurs, si Dieu est amour, comment a-t-il pu créer un tel lieu de souffrances ? Question que suggère une réplique ironique d'Inès : « […] ils ont tout réglé. Jusque dans les moindres détails, avec amour » (p. 102). De plus, aucune des conduites chrétiennes ne se révèle efficace dans cette situation de huis clos : ni les supplications, ni l'entraide, ni la pitié, ni le salut par l'amour. Et puis au fond, quel sens peut avoir la condition de morts vivants ? Le Garçon le souligne, qui fait observer à Garcin que l'emploi du verbe « vivre » est impropre (p. 94) — et pourtant quel autre mot utiliser ? Contradiction inhérente à la notion même de l'enfer chrétien. À dire vrai l'on trouve la même au théâtre : tout acteur, expliquera *L'Idiot de la famille*, est à la fois présence (sur scène) et absence (renvoi à un personnage), vie (libre action charnelle) et mort (soumission à un rôle fixé). Ce qui permet à Sartre, comme le montrent

1. Claudel, « *Le Soulier de satin* et le Public », *Théâtre*, t. II, p. 1477.
2. « La Fête de l'âne », *Ainsi parlait Zarathoustra*, IV, Henri Albert trad. ; *Œuvres*, Laffont, coll. « Bouquins », 1993, t. II, p. 534.

les jeux multipliés sur le mot « personne » (quelqu'un, nul être, une *persona*), de suggérer que le mythe chrétien de l'enfer se réduit à un cas particulier de l'ontologie du théâtre : tous deux ont en partage le même *peu d'être.*

On ferait mieux ressortir encore cette visée antireligieuse en comparant *Huis clos* à une pièce de Sutton Vane (1888-1963), *Outward Bound* (1923), dont le début, aux yeux de Cocteau, comme il l'écrit dans son *Journal*, semble un clair modèle du texte de Sartre[1]. Joué plus de huit cents fois à Londres, *Au grand large* est monté par Louis Jouvet à la fin de décembre 1926, à la Comédie des Champs-Élysées, avec un grand succès, publié dans *La Petite Illustration*, revue hebdomadaire dont Sartre était friand, le 9 avril 1927, et repris par Jouvet en 1934. La scène représente le bar d'un paquebot ; sous les yeux d'un barman sont introduits divers personnages, qui ont en commun de ne pas trop savoir où les conduit leur *passage* en mer. Très progressivement l'on comprend que tous les voyageurs sont morts (et notamment deux amants qui se sont donné la mort par le gaz), et que le bateau se dirige vers un endroit qui ouvre à la fois sur le ciel et sur l'enfer. L'examinateur entre en scène, procède à une série d'interrogatoires afin de décider du sort des passagers, et l'intrigue amoureuse se dénoue : le couple des suicidés, morts prématurés, peut retourner sur terre. Les analogies avec *Huis clos* sont évidentes[2] mais une différence capitale existe : l'examinateur qualifié disparaît de *Huis clos.* Pas de pasteur, pas de juge suprême : dans le trio, chacun est le juge des deux autres. Ce qui est prononcé dans *Huis clos*, c'est la liquidation du Jugement dernier, et son remplacement par le jugement humain du pour-autrui, autre forme d'aliénation, on va le voir, mais moins irrémédiable.

Proposant un gai savoir, dans la lignée de Nietzsche, *Huis clos* s'appuie aussi, en effet, sur une philosophie propre à Sartre, formulée en 1943 dans *L'Être et le Néant*, et avant tout sur l'analyse qui y est faite du pour-autrui. La chose fut notée, dès juin 1944, par R.-M. Albérès : Sartre donne à la France un théâtre philosophique[3]. On le lui a reproché, comme si c'était un crime pour un écrivain que d'être philosophe. Quoi qu'il en soit, nombreux sont les commentaires qui expliquent la pièce par le traité philosophique[4] : et de fait la honte, le sadisme, la mauvaise foi, le désir, la crainte, la liberté, la possessivité (qui ressortit à la catégorie de l'avoir) — autant de conduites et de concepts sur lesquels *L'Être et le Néant* jette un éclairage précieux. N'oublions pas non plus l'analyse que l'on y lit de la mort : contre la notion développée par Heidegger du *Sein zum Tode*, qui intériorise la mort en la définissant comme *ma* possibilité propre, Sartre conçoit la condition de mort comme un passage abrupt et absurde dans l'impersonnalité (ce qu'exprime le statut des damnés, clients d'une sorte de grand hôtel accueillis par un personnage-fonction,

1. Voir Autour de *Huis clos*, p. 142. C'est aussi ce que notait Robert Brasillach dans son compte rendu de la pièce (*La Chronique de Paris*, juin 1944, repris dans *Œuvres complètes*, Au club de l'honnête homme, 1964, p. 713).

2. Voir encore, dans la production sartrienne, le scénario *Les jeux sont faits* (écrit, selon Beauvoir, à la fin de 1943, donc dans la même période que *Huis clos*), Nagel, 1947.

3. Voir le Dossier de réception de *Huis clos*, p. 1319.

4. Le meilleur nous semble être celui de Peter Royle, *L'Enfer et la Liberté. Étude de « Huis clos » et des « Mouches »*, Québec, Presses de l'université Laval, 1973.

le Garçon), et comme le moment d'une exposition maximale au jugement d'autrui — et c'est ainsi que Garcin se désole des avis irrémédiables de Gomez : « La caractéristique d'une vie morte, c'est que c'est une vie dont l'Autre se fait le gardien[1] », ou le fossoyeur, l'avocat ou le procureur. La mort, forme suprême de l'aliénation : « [...] être mort, c'est être en proie aux vivants[2]. » Ce qui suppose une certaine consistance de l'être-pour-autrui : non point un spectre, dit Sartre, mais « un être réel », auquel les personnages de *Huis clos* donnent figure.

Si donc théâtre philosophique il y a, la vraie question est de savoir comment se marient philosophie et théâtre. Deux remarques s'imposent à ce point.

C'est le propre du théâtre, rappelons-le, que d'effacer la voix de l'auteur derrière la multiplicité de ses personnages. Les sentences, que l'on pourrait tenir pour didactiques, et qui sont au reste assez rares dans *Huis clos* (« On est ce qu'on veut », dit certes Garcin, p. 126 ; et bien sûr « l'Enfer, c'est les Autres », p. 128), se placent donc dans la dépendance d'un personnage — et leur validité se trouve limitée par la personnalité même de l'énonciateur : Garcin a-t-il vraiment réussi à être ce qu'il voulait (un héros) ? Ses propres faiblesses ne le rendent-elles pas la proie d'autrui ? Bref ne consent-il pas au jugement cruel d'autrui — pour avoir eu peur d'emprunter la porte qui s'est ouverte, peur d'inventer son chemin ? L'exemple de Garcin montre comment une sentence peut être soit démentie, soit relativisée par les actes mêmes du personnage qui la profère.

D'autre part, le théâtre de Sartre ne peut accueillir sa philosophie que pour autant que cette dernière est éminemment dramatique. Propriété qui tient à la définition même du « pour-soi » comme être qui est ce qu'il n'est pas et n'est pas ce qu'il est : toute conscience pour Sartre se donne comme l'actrice d'elle-même, tout homme pour le comédien de sa vie, toute vie pour le songe projeté d'un comédien. Une philosophie de la non-coïncidence avec soi-même prédisposait le sujet sartrien à devenir un être de scène. Ou, pour le dire autrement, la philosophie sartrienne se trouve être pirandellienne. Qu'est-ce en effet que le pirandellisme ? On empruntera une réponse à Bernard Dort, qui le résume en trois traits[3] : incertitude de la personnalité (impossibilité de ne pas jouer un rôle), conflit entre la vie et la forme (c'est-à-dire l'image de soi-même que chacun se voit imposer par le regard d'autrui), détermination de la vie par un « instant éternel ». La transposition à *Huis clos* est aisée : les personnages y vont de comédie en comédie (la coquetterie, le courage, la méchanceté, le sadisme, etc.) et tendent à dénoncer les structures mêmes de l'énonciation théâtrale (Inès : « Pour qui jouez-vous la comédie ? », p. 103) ; le regard d'autrui est médusant ; l'instant éternel est celui des crimes ou fautes passés, à jamais ressassés... Pirandello a certes marqué quasiment toute la scène française de l'entre-deux-guerres, mais avec Sartre sa dramaturgie rencontrait une philosophie comme un maître son marteau.

1. *L'Être et le Néant*, Gallimard, 1943, p. 626.
2. *Ibid.*, p. 628.
3. « Pirandello et le théâtre français » (1962), *Théâtre public, 1953-1966*, Le Seuil, 1967. Voir aussi Thomas Bishop, *Pirandello and the French Theatre*, New York, New York University Press, 1960.

Car le pirandellisme sartrien comporte une dimension offensive nette, et double : il sert le projet de contester le dogme chrétien de l'enfer, de le ronger par cette atmosphère d'irréalité qui gagne la scène ; il permet aussi de présenter de manière satirique une expérience humaine, celle de la condition féminine moderne. On gagne en effet à lire *Huis clos* comme un résumé, dramatisé et anticipé, du *Deuxième Sexe*, que Simone de Beauvoir publie en 1949. Ce qui relie les deux textes, c'est le problème du pour-autrui : dimension fondamentale de toute existence, mais certains êtres — les femmes — en éprouvent la force plus encore que d'autres — les hommes —, s'il est vrai, comme le soutient Beauvoir, que ce qui caractérise fondamentalement la femme, c'est d'être l'Autre ; la femme est ce sujet que l'homme constitue en objet, et à qui il est imposé de « s'assumer comme l'Autre[1] ». On pourra donc voir dans les personnages d'Estelle et d'Inès deux manières de vivre cette situation : Estelle se fait doublement objet, morte elle veut encore plaire, elle se maquille pour modeler la nature selon le désir de l'homme, etc. ; Inès, en tant peut-être que femme du ressentiment[2], tente de se ressaisir comme sujet et par la domination. La narcissiste aime s'aimer et s'aime aimée, la lesbienne cherche à reprendre aux mâles les trésors de la féminité. Drame du rapport à l'Autre, *Huis clos* met aussi en scène la « riotte perpétuelle » qui, selon le mot de Montaigne cité par Beauvoir, sépare les sexes. Montrer l'impossibilité de l'amour, ce n'est donc pas seulement stigmatiser une certaine naïveté du christianisme, c'est aussi protester contre l'état actuel de notre civilisation, qui aux femmes propose « comme ultime salut un stérile enfer[3] ».

On aura noté comment Sartre et Beauvoir donnent une majuscule au mot « Autre(s) ». Elle est, pour le coup, *capitale*, et présente dès 1944 dans le texte que donne la revue *L'Arbalète*, laquelle publie une préoriginale de la pièce sous le titre *Les Autres*. En 1965, Sartre éclairera cette sentence : « [...] si mes rapports [avec les autres] sont mauvais, je me mets dans la totale dépendance d'autrui. Et alors en effet je suis en enfer[4]. » C'est dire ceci : les autres ne sont l'enfer *que si* j'en fais les Autres, de grands fétiches hypostasiés, des figures divines — puisque l'Autre par excellence, dans l'esprit de Sartre, c'est Dieu[5]. L'enfer, c'est l'autre vécu comme un Dieu, juge suprême et perpétuel. Supprimez du monde des hommes le schème théologique, c'est-à-dire le pouvoir *théoscopique*, et le regard de l'Autre perd sa majuscule avec sa majesté, il n'est plus nécessairement l'aliénant avatar humain du cruel jugement de Dieu.

De là deux conséquences qui s'enchaînent. D'une part, la nécessité s'impose, pour qui veut tirer une morale de la pièce, d'un mouvement d'inversion dialectique[6] : si l'on veut vivre dans la liberté, il faut renverser la conduite des morts représentés sur scène. Ne faites pas ce que vous voyez, suggère la pièce, selon le schéma de l'engagement négatif que

1. *Le Deuxième Sexe*, t. I, p. 31.
2. Voir l'analyse de Rhiannon Goldthorpe, « *Huis clos* : Distance and Ambiguity », *Sartre : Literature and Theory*, Cambridge, Cambridge University Press, 1986.
3. *Le Deuxième Sexe*, t. II, p. 507.
4. Voir Autour de *Huis clos*, p. 137.
5. Voir « Dieu, c'est l'Autre. L'Autre absolu et infini », *Saint Genet, comédien et martyr*, Gallimard, 1952, p. 160.
6. Voir I. Galster, *Le Théâtre de Jean-Paul Sartre devant ses premiers critiques*, t. I, p. 197 et 239.

Sartre reprendra plus d'une fois[1]. Ce qui est donc montré sur scène c'est *l'antithèse* de ce qui aux yeux de Sartre serait souhaitable : l'appel à la libération — ne soyez pas des morts vivants[2] — se fait ainsi *a contrario*. Toute la pièce engage à l'authenticité, mais celle-ci n'est jamais définie d'avance : il revient à chacun de l'inventer pour lui-même[3].

D'autre part, si le but poursuivi par Sartre est bien de nous faire échapper à l'enfer de la violence intersubjective, ou du moins de tendre à diminuer la soumission au regard de l'Autre, dès lors le fait de liquider, par la dérision, le mythe chrétien de l'enfer, apogée du schème théoscopique, revêt un sens politique : c'est travailler médiatement à faire advenir ce que *Qu'est-ce que la littérature ?* définira comme une « collectivité sans clivages[4] ». Serait-ce alors pousser trop loin le goût du paradoxe que de voir en *Huis clos* l'esquisse inversée, se dessinant *per negationem*, du « long rêve impuissant d'unité », du « grand désir de solidarité » des Français sous l'occupation allemande[5] ?

Huis clos se présente ainsi comme une « pièce à antithèse » plutôt qu'à thèse. Il ne saurait dès lors y avoir communion dans une relation, affective ou didactique, de compréhension directe. La pièce joue d'autres ressorts dramaturgiques : de façon constante elle cherche à créer une certaine gêne.

La géhenne et la gêne.

Le coup de génie de Sartre, dans *Huis clos*, c'est en effet d'avoir compris que la représentation de la géhenne exigeait une dramaturgie de la gêne. Malaise face à l'espace, acceptation forcée d'une position de voyeur, incertitude intellectuelle, voilà ce que *Huis clos* réserve à son public. On peut décrire cette situation des spectateurs en explorant trois tensions constitutives de la pièce : entre violence dramatique et recul formel, entre naturalisme et irréalisme, entre Boulevard et Histoire.

L'indéniable efficacité dramatique de *Huis clos* tient à de multiples causes. La simplicité et la tension de l'intrigue[6], tout d'abord : dans un lieu quelque peu énigmatique en viennent à se rejoindre trois personnages dont les noms mêmes (Garc*in*-*Inès*-*Es*telle) expriment la liaison indissoluble (Garcin cherche l'approbation morale d'Inès, qui désire Estelle, qui veut séduire Garcin). L'intrigue progresse en gros du passé au futur : long processus de confessions (fausses puis vraies), exploration ensuite des solutions possibles pour vivre/être morts ensemble

1. Voir Jean-François Louette, *Jean-Paul Sartre*, Hachette, 1993, p. 138 et suiv.
2. Francis Jeanson repérait déjà dans la pièce « cette *mort vivante* à quoi se condamnent les hommes lorsqu'ils renient leur propre liberté » (*Sartre par lui-même*, Le Seuil, 1955, p. 30).
3. Sur l'authenticité, voir les *Carnets de la drôle de guerre*, p. 244 (« réaliser pleinement son être-en-situation ») et les *Réflexions sur la question juive* (1946), Gallimard, coll. « Folio essais », 1995, p. 109 : « [...] prendre une conscience lucide et véridique de la situation, [...] assumer les responsabilités et les risques que cette situation comporte, [...] la revendiquer dans la fierté ou dans l'humiliation, parfois dans l'horreur et la haine. »
4. Gallimard, coll. « Folio essais », 1985, p. 192.
5. *Situations, III*, p. 41.
6. Robert Lorris (*Sartre dramaturge*, Nizet, 1975) en donne une très bonne analyse, dans laquelle il étudie les deux niveaux de conversation (mondaine, infernale), les espaces de référence (le visible, en enfer, et l'invisible pour les spectateurs, sur terre), les cinq moments d'un tempo saccadé, les différents conflits (espace/personnages, paraître/être, personnages entre eux), la logique des aveux par bribes.

(silence, entraide, pitié, amour, etc.), et enfin ouverture vers l'avenir, placé sous le double signe de la répétition (« [...] continuons », p. 128) et de l'espoir — celui, chez Garcin, d'un jour convaincre Inès de son courage. D'habiles contrastes se tissent entre temps éternel, temps de la terre, plus rapide, et temps explosif des crises[1]. Le style de *Huis clos* contribue à l'efficacité de la pièce : dans l'ensemble, une fois faite la part, au début, du langage mondain chez Estelle, ou d'intellectuel chez Garcin, il vaut par sa concision, et son intensité — entendons par là que Sartre, conformément à ce qu'il indique, quelques jours après la création de *Huis clos*, dans la conférence « Le Style dramatique », multiplie les situations dans lesquelles le langage acquiert une force d'acte : serments, interrogatoires, aveux, insultes, déclarations d'amour, prières et supplications... Enfin, *Huis clos* est une pièce des corps exposés : François-Charles Bauer en blâme « l'exhibitionnisme[2] », et il faut mesurer l'effet provocateur, et l'efficacité théâtrale, des scènes de séduction entre Inès et Estelle, entre Estelle et Garcin — ces deux-là iront-ils, se demande-t-on un instant, jusqu'à faire l'amour sur scène ?

Il revient au metteur en scène de doser cette torture par voyeurisme qu'est le spectacle de la luxure, torture qui peut être plus ou moins plaisante : elle est atroce pour Inès qui regarde le couple enlacé, elle ne saurait manquer de gêner un peu tout spectateur. Symétriquement, l'interrogatoire d'Estelle suscite un mélange d'embarras et d'intérêt sadique — autre forme de gêne, que cette luxure au spectacle de la torture... Sartre réussit à faire du regard l'outil d'une violence perpétuelle, qui met aux prises aussi bien les personnages entre eux que la salle avec la scène.

Ainsi impliqué dans le spectacle, le public se trouve cependant convié aussi à prendre quelque distance. La réussite au théâtre, estime Sartre, suppose un « recul formel[3] ». Deux moyens l'assurent, dans le cas de *Huis clos*. D'une part, le recours au mythe, « situation très générale » où tous puissent se reconnaître[4] : Sartre construit une image épurée de l'enfer qu'il ouvre à tous par-delà les appartenances religieuses. D'autre part, *Huis clos* laisse transparaître quelques traits de la tragédie, genre par excellence, aux yeux de Sartre, de la distance entre scène et salle (tout en les prenant, on y reviendra, dans une logique de mélange des genres) : ainsi de ces différentes formes du tragique que sont la séquestration sans remède, la répétition inexorable, la présence d'une transcendance (« ils ») aux desseins incertains, figure de la fatalité. *Huis clos*, ou la tragédie du pour-autrui.

Bassesse du rut, ou noblesse de la tragédie ? Et d'ailleurs : tragédie, mais aussi drame naturaliste. Non seulement en raison du cri d'Estelle contre Inès et Garcin (« Vous êtes ignobles », p. 112), ou de l'emploi d'un langage sans grandeur particulière, parfois même un peu relâché (Garcin : « [...] je ne suis pas un gentilhomme, je n'aurai pas peur de cogner sur une femme », p. 119), ni même parce que le décor propose la chambre d'hôtel et la cheminée bourgeoise typiques des drames naturalistes[5].

1. Voir n. 13, p. 109.
2. Voir *L'Écho de Paris*, 3-4 juin 1944.
3. « Le Style dramatique », *Un théâtre de situations*, Gallimard, coll. « Folio », 1992 (1re éd. 1973), p. 32.
4. Voir « Forger des mythes » (1946), *ibid.*, p. 68 et 63.
5. Pensons aussi, dans le domaine du roman, à *L'Enfer* de Barbusse, que Sartre avait lu.

Mais aussi parce que *Huis clos* s'écrit en relation avec *La Danse de mort* de Strindberg[1] — une femme et deux hommes, dans le huis clos d'une île —, drame que Sartre évoquera en janvier 1949[2], et aussi avec *Orage*, que Jean Vilar donna en 1943 au Théâtre de Poche, puis au Vieux-Colombier, avec un grand succès[3]. On ne se demandera pas ici si le mot de « drame naturaliste » est bien approprié, ou s'il faut plutôt l'englober dans la catégorie du « théâtre intime », avec Jean-Pierre Sarrazac, qui en retrace l'histoire d'Ibsen à Beckett, en passant par Strindberg, Pirandello, et, précisément, *Huis clos*[4] : hybridation du mode dramatique et du mode narratif, dramaturgie de la confession (ou bien rétrospective analytique, considération d'un événement décisif antérieur au temps du drame, et qui tend à remplacer l'action au présent), geste testamentaire d'examen de son existence, articulation problématique de l'intersubjectivité et de l'intrasubjectivité, voilà autant de concepts, ou de problèmes, sur lesquels revient Sarrazac et qui jettent un jour précieux sur *Huis clos*. De fait, en lisant la pièce de Sartre, l'on pense tantôt à Ibsen (*Hedda Gabler* : le salon, la problématique du « triangle », mais surtout l'orientation féministe qui peut se lier au personnage d'Inès, la critique enfin de la morale des apparences, qui, si on lui obéit, transforme les humains en *revenants*), tantôt à Strindberg : pour la misogynie exaltée que Garcin finit par déclarer face à Estelle, pour la scène de ménage infinie, avec son âpre méchanceté découlant de la guerre des sexes, pour la forme, proche du théâtre de chambre pratiqué par le Suédois — brièveté, décor unique, nombre restreint de personnages —, pour l'effet de scandale enfin (de *Mademoiselle Julie*, par exemple, on avait, quelque soixante ans avant *Huis clos*, blâmé la crudité sexuelle excessive). Quoi qu'il en soit, Sartre dit admirer, chez Strindberg, une « impression indéfinissable d'inachèvement », une « ambiguïté hésitante[5] » qui préserve la liberté des personnages, cependant que la fin estompée suggère un inexprimable au-delà, un sens mystérieux. C'est aussi l'effet que cherche à produire la fin de *Huis clos* : on ne sait si l'ultime parole indique une résignation, un encroûtement définitif sous le regard d'autrui, ou bien une assomption virile, par Garcin, de la situation.

La gêne du spectateur attentif s'augmente alors d'un nouveau conflit de codes génériques : ce drame naturaliste est aussi un drame fantastique. C'est ce qui ressort, d'une part, du thème général, quelle qu'en soit la valeur symbolique : comme dans *Les jeux sont faits*, Sartre anime des morts vivants, aux paupières coupées. Il organise, d'autre part, une articulation complexe entre deux espaces, scénique (l'enfer, la mort) et extra-scénique (la terre, la vie), espace évoqué qui lui-même peut correspondre à un passé (les souvenirs racontés) ou à un présent (choses vues par un personnage : enterrement d'Estelle, Pierre et Olga au dancing[6]...). De

1. Voir les remarques de Jean Haas le 3 août 1944, Dossier de réception de *Huis clos*, p. 1317-1318.
2. Dans « Strindberg notre " créancier " », *Un théâtre de situations*, p. 71.
3. Voir Göran Wiren, « Strindberg et Jean Vilar », *Revue de la Société d'histoire du théâtre*, novembre 1978, p. 359-369.
4. Voir *Théâtres intimes* ; et *Théâtres du moi, théâtres du monde*, Rouen, Éditions Médianes, 1995.
5. *Un théâtre de situations*, p. 72.
6. Voir Michael Issacharoff, « Le Visible et l'Invisible », *L'Espace du discours*, José Corti, 1985, p. 85-95.

plus, le lieu principal n'est pas une île, comme dans *La Danse de mort*, ce qui eût limité l'espace infernal, mais une chambre, sans fenêtre, dans une sorte d'hôtel formé d'une succession sans fin apparente de chambres, couloirs et escaliers. Cette illimitation est capitale : « On ne fait pas sa part au fantastique : il n'est pas ou s'étend à tout l'univers[1] », à tout ce deuxième monde, souterrain, qu'est l'enfer. *Huis clos* évoque donc « ce labyrinthe de couloirs, de portes, d'escaliers qui ne mènent à rien », caractéristique, selon l'analyse conduite par Sartre en 1943, de Kafka. C'est un monde dans lequel les moyens (l'espace clos et irrationnel) semblent dominer les fins (les humains) : telle est la définition sartrienne du fantastique moderne, « la révolte des moyens contre les fins[2] ». On comprend dès lors le curieux statut des objets dans *Huis clos* : ils manifestent le même type de « finalité fuyante et saugrenue[3] » — ainsi du bronze, ou du coupe-papier, qui ne saurait servir ni à ouvrir des livres (significativement, il n'y en a pas en enfer), ni à tuer des... morts. Objet délié de sa fin, il apparaît à la fois comme pure matérialité, et comme parfait accessoire de théâtre.

Car Sartre cherche à organiser un conflit entre réalisme et irréalisme, qui lui aussi peut embarrasser le spectateur. D'un côté, un décor convenu, non dépaysant, dont Garcin, faisant le tour du locataire, commence par explorer toute la matérialité, et qui suscite l'illusion réaliste : ce salon bourgeois, la plupart des spectateurs le retrouveront chez eux. Mais de l'autre, un dépouillement — Cocteau est sensible à la « volonté d'être vide » du décor[4] —, une stylisation, qui placent la pièce dans la tradition du « tréteau nu » chère au Cartel[5], dont le metteur en scène Raymond Rouleau, ancien élève de Dullin, passait pour l'héritier. Autre forme de la même tension : le spectateur aperçoit tout d'abord une scène de Boulevard, ce qui le place dans une situation connue, de distance confortable ; mais peu à peu s'installe une contestation de l'illusion théâtrale : ainsi tels mots de Garcin (« Tous ces regards qui me mangent... », p. 127) et le jeu de scène qui les accompagne (subite volte-face) impliquent le public dans l'affrontement scopique qui est au cœur de *Huis clos* ; l'assistance (si mal nommée) se fait bourreau à son tour, la frontière s'estompe entre scène et salle, les spectateurs sont gagnés par la contagion de ce non-être qui prévaut sur scène, où règne le faire-semblant. D'ailleurs, immobiles et dans le noir, ne sont-ils pas eux aussi comme des morts ? C'était déjà ce que suggérait Égisthe à l'acte II des *Mouches*[6].

Impliqué, par ces jeux pirandelliens, comme bourreau ou comme mort vivant, le spectateur l'est aussi comme juge. Car c'est l'une des grandes originalités de *Huis clos* que d'ouvrir le Boulevard à l'Histoire.

Le théâtre de Boulevard : intrigue habile et de caractère privé, décor sans surprise, avec un rôle essentiel assigné aux portes et aux lits, multiplication des bons mots d'auteur[7]. On voit bien comment Sartre parodie

1. « *Aminadab*, ou du fantastique considéré comme un langage » (1943), *Situations, I*, Gallimard, 1947, p. 115.
2. *Ibid.*, respectivement p. 121 et 119.
3. *Ibid.*, p. 121.
4. Voir Autour de *Huis clos*, p. 142.
5. Voir la Préface, p. XX-XXI.
6. Voir p. 28.
7. Voir Pascal Ayoun, « L'Inspiration boulevardière dans le théâtre de Sartre », *Les Temps modernes*, nos 531-533, octobre-décembre 1990.

ces traits : les mots d'auteur existent, mais trop grands pour le Boulevard, puisque s'y mêle une philosophie — « de la métaphysique mise en Boulevard », telle était la définition que Bernard Frank donna un jour de *Huis clos*[1] ; le lit se multiplie en trois canapés, mais toute étreinte, dans le trio, est empêchée par une coprésence éternelle ; la porte devient le lieu d'une épreuve capitale (fuir ou rester ?) ; l'intrigue est certes habile et fondée sur un trio, mais celui-ci est perverti par le motif de l'homosexualité, et celle-là revêt, à cause de Garcin, un caractère public.

Huis clos s'ouvre en effet à une réflexion sur le jugement de l'Histoire. On ne sait si Garcin convaincra Inès ; mais cette incertitude même est propre au jugement de la postérité. La mort est bien ce « destin [...] en suspens, en sursis » dont parlait *L'Être et le Néant*[2]. Dans le *Huis clos* tourné par Jacqueline Audry, en 1954, Gomez conduit le procès de Garcin comme s'il dirigeait une cellule du Parti, ce pourquoi il exige une unanimité dans la condamnation ; mais du coup Garcin apparaît (comme Nizan...) susceptible d'une réhabilitation ultérieure... En pleine guerre, après avoir posé le problème du terrorisme dans *Les Mouches*, Sartre pose celui du pacifisme : lâche mauvaise foi de Garcin, ou courage singulier, à contre-courant ? C'est l'une des dimensions de la réflexion à laquelle, non sans inconfort, sont conviés les spectateurs.

Faire réfléchir : ce but, pour Sartre, suppose de modifier la relation entre scène et salle. Pour substituer peu à peu la réflexion à la communion, la pièce elle-même va critiquer les ressorts traditionnels de la participation. On a déjà compris comment le rire, dans un contexte funèbre, ne pouvait que devenir exercice d'un humour noir et grinçant, quelque peu *diabolique*. Parallèlement, la terreur et la pitié, sentiments trop prenants, fussent-ils même au service d'une *catharsis*, se voient critiquées dans la pièce : « [...] gardez votre pitié » (p. 115), dit Inès à Garcin (aussi bien la pitié fait-elle l'objet, chez Nietzsche, d'une condamnation que Sartre reprend à son compte) ; et encore : « [...] vous n'avez pas le droit de m'infliger le spectacle de votre peur » (p. 97). Terreur et pitié : mauvaises passions, d'une liberté qui ne se maîtrise plus, d'une charité humiliante. C'est à la réflexion libre (sur le pacifisme, sur la soumission au regard d'autrui) qu'elles doivent, chez le spectateur, céder la place.

Par cette mise en cause de la *catharsis*, par ce jeu sur les frontières du comique et du tragique, par le processus aussi de resserrement de l'espace (la communication qui peu à peu cesse avec les vivants), *Huis clos* ouvre la voie au théâtre à venir d'un Beckett[3]. Mais, par la progressive ambiguïté qu'il fait découvrir chez les damnés (qu'a fait Inès, au juste ? Estelle n'est-elle pas la victime de la condition d'objet faite aux femmes, qui les pousse à un narcissisme pouvant aller jusqu'au meurtre d'une fille, rivale par excellence ? Garcin, lâche déserteur ou pacifiste courageux ?), *Huis clos* s'oppose, de son temps propre, à toute la morale vichyste des

1. *Arts*, 30 septembre 1959.
2. P. 629.
3. Voir Jacques Truchet, « *Huis clos* et *L'État de siège*, signes avant-coureurs de l'anti-théâtre », *Le Théâtre moderne*, t. II : *Depuis la Seconde Guerre mondiale*, Jean Jacquot éd., Éditions du C.N.R.S., 1967, p. 29-36 ; et notre « Beckett et Sartre : vers un théâtre lazaréen », *Lire Beckett. « En attendant Godot » et « Fin de partie »*, D. Alexandre et J.-Y. Debreuille éd., Lyon, Presses universitaires de Lyon, 1998, p. 97-109. *Comédie* (1963), avec son trio (deux femmes et un homme), ses jarres, et ses interrogatoires (par la lumière qui commande la parole) semble clairement une réécriture de *Huis clos*.

valeurs univoques, stables et connues. Sous l'Occupation, il se peut que l'ambiguïté morale d'un texte ait par elle-même eu une vertu politique.

Et de même le choix du genre du Boulevard. Sous Vichy se multiplient les condamnations contre ce théâtre tenu pour commercial, décadent, intimement lié à la IIIe République, et même « enjuivé[1] ». Sartre non seulement y recourt, mais le fait se télescoper avec cet autre genre qu'est le mystère… Ce qui revient à jouer le « mauvais » théâtre contre le « bon » (selon l'axiologie de Vichy), la provocation érotique contre l'apologie du sacrifice, et, si l'on veut, Cocteau contre Claudel.

Plus encore qu'Armand Salacrou (on a souvent rapproché de *Huis clos* une pièce qu'il donne en 1936, *L'Inconnue d'Arras*), Cocteau fournissait en effet à Sartre l'exemple d'un dépassement du Boulevard vers une signification plus profonde, et moins anodine. On se souviendra à ce point du scandale que causa, en octobre 1941, la reprise des *Parents terribles*, l'une des deux seules pièces que Beauvoir se rappelle avoir vues cette année-là[2]. Plusieurs traits rapprochent les deux pièces : la liberté dans la présentation de la chair, la peinture d'une bourgeoisie à la dérive et d'une crise de la famille, le recul enfin pris par rapport au genre, dont Cocteau soutient avoir voulu faire le « portrait » tout en haussant le thème « presque à la tragédie[3] ». Cette proximité entre Cocteau et Sartre se dessine dans les réactions de la critique de droite : Brasillach en 1938 avait traité *Les Parents terribles* d'« ordure » ; c'est le même mot qu'André Castelot appliquera à *Huis clos* en 1944[4].

En revanche, on pouvait s'en douter, Cocteau fut l'un des plus sûrs défenseurs de *Huis clos*[5]. Position qui invite à replacer la pièce de Sartre dans un contexte un peu plus large, celui de la querelle des « mauvais maîtres », selon le nom que lui donna André Rousseaux en septembre 1940[6]. Le débat est le suivant : à qui incombe la responsabilité intellectuelle de la défaite ? Réponse de Vichy : parmi les grands écrivains, avant tout à Gide, Proust, Cocteau. Or c'est dans leur lignée que se situe Sartre, fidèle en cela à Simone de Beauvoir, que l'on a vue accusée d'évoquer Gide et Proust dans ses cours. Héritier de Cocteau, on vient de le comprendre. Héritier de Gide par la défense de l'inversion, la lutte contre le dogme d'un jugement *dernier*, la préférence pour l'ambiguïté : « Ne jugez pas », titre d'une collection lancée par Gide, s'appliquerait, paradoxalement, assez bien à *Huis clos* pourvu qu'on ajoute « du moins pas définitivement ». Héritier de Proust, enfin : entre autres significations, le bronze de Barbedienne fonctionne comme un clin d'œil à l'univers proustien[7], ou comme la suggestion d'une complicité, puisque dans *Sodome et Gomorrhe* Mme Verdurin fait savoir à M. de Cambremer que « de grand diables de bronze de Barbedienne » ont été expédiés au gre-

1. Voir S. Added, *Le Théâtre dans les années Vichy, 1940-1944*, p. III ; voir aussi p. 32-33, 288-289, et 302.
2. Voir *La Force de l'âge*, p. 521.
3. Selon un article des *Nouvelles littéraires*, 31 janvier 1946 ; *Les Parents terribles*, Gallimard, coll. « Folio théâtre », 1994, p. 223.
4. Voir le Dossier de réception de *Huis clos*, p. 1317.
5. Voir *La Force de l'âge*, p. 599.
6. Voir Wolfgang Babilas, « La Querelle des mauvais maîtres » (1981), *La Littérature française sous l'Occupation*, Reims, Presses universitaires de Reims, 1989, p. 197-226.
7. Mais on trouve aussi deux bronzes de Barbedienne au chapitre XI d'*Un rude hiver* de Queneau (1939), que Sartre avait apprécié.

nier de La Raspelière[1] — d'où Sartre en a ressorti un, pour le placer sur la cheminée de *Huis clos*.

Pour reprendre la distinction que propose l'historien Gérard Loiseaux[2], Sartre a donc pratiqué à la fois la littérature de la Résistance (en écrivant dans les *Lettres françaises* clandestines, notamment contre Drieu La Rochelle en avril 1943), et la littérature du Refus, qui supposait d'utiliser des « formes de contrebande intellectuelle et de sabotage » pour « neutraliser le poison de la propagande[3] ». Dans *Huis clos*, Sartre cherche à tourner la censure en donnant une valeur d'ordre politique à un objet du décor (le bronze proustien), à un genre (le Boulevard), à l'intertextualité (contre *Le Soulier de satin*), à des thèmes (l'étoile, l'infanticide, l'inversion, etc.), à une chanson (Inès anarchiste). La visée politique s'inscrit ainsi de manière oblique, à l'abri de la donnée fictive de base (il s'agit de l'enfer, ce qui semble valoir condamnation), et d'un mélange de genres qui ne peut manquer de brouiller la réception. Sartre va jusqu'à emprunter un peu aux contes de fée (Estelle au miroir des yeux d'Inès, c'est aussi la marâtre de Blanche-Neige menacée par le loup du Chaperon rouge) : on est alors à la limite de l'autodérision (un conte de fée, et quel conte, en enfer !), et l'ironie, qualité éminemment littéraire aux yeux de Sartre, vient équilibrer les intentions politiques. « Dans la " littérature engagée ", écrira-t-il en octobre 1945, *l'engagement* ne doit, en aucun cas, faire oublier la *littérature*[4] » : c'était somme toute le bon côté de la censure que de forcer la littérature à dire obliquement, c'est-à-dire à être elle-même.

JEAN-FRANÇOIS LOUETTE.

DOSSIER DE RÉCEPTION

Nombreux sont les critiques qui se montrent enthousiasmés par *Huis clos*. Ils louent l'intelligence de Sartre et l'originalité de sa vision de l'enfer. Ainsi en est-il de Maurice Rostand, *Paris-Midi*, 4 juin 1944 ; d'Armory (Jean Luchaire), *Les Nouveaux Temps*, 6 juin ; d'Henri-René Lenormand, *Panorama*, 22 juin ; de Pierre Cauchois, *Chantiers*, 25 juin. Nous citons Roland Purnal, *Comœdia*, 10 juin :

> Prise au nid, c'est le mot, la solitude humaine. Personnages, lieux et objets, tout est ici pour nous convaincre qu'un seul être a la parole : à savoir l'auteur. Je n'aurais garde de m'en plaindre. Car pour une fois, je vous le jure, le texte ne sera pas un prétexte. Toute la pièce tend à illustrer ce constat que le néant est la condition de notre existence, qu'il le faut chercher avant tout au plus secret de nous-mêmes et que rien ne saurait prévaloir sur ce décret inexorable.
>
> On ne saurait trop signaler à quel point cette œuvre étonnante échappe à tout réalisme. M. Jean-Paul Sartre fait mine de donner des gages, mais il faut bien voir qu'au fond il ne nous en donne guère. Pas plus que ne sont obser-

1. *À la recherche du temps perdu*, Bibl. de la Pléiade, t. III, p. 310.
2. *La Littérature de la défaite et de la collaboration* (1981), Fayard, 1995, p. 610.
3. Jean Fouquet, « Échec à la propagande culturelle », *Les Lettres françaises* clandestines, n° 14, mars 1944, cité par I. Galster, *Le Théâtre de Jean-Paul Sartre devant ses premiers critiques*, t. I, p. 89.
4. *Situations, II*, Gallimard, 1948, p. 30.

vées *[sic]* aucune des précautions qu'exigerait la vraisemblance. Si par hasard, l'on pouvait parler de réalisme, c'est essentiellement, ce me semble, de ce réalisme magique, dont l'auteur a usé déjà dans son œuvre romanesque. Il en résulte une puissance d'évocation tout à fait extraordinaire. Je le répète : aucun souci de vraisemblance. Pour ma part, je souscris pleinement à un parti pris de ce genre. N'est-ce pas cela d'ailleurs qui fait la beauté de l'ouvrage ?

Qu'est-ce qui nous émeut dans ce drame ? L'accent je suppose. Et par ce mot, j'entends surtout l'espèce de fascination qui semble émaner d'abord du sentiment que nous avons de l'absurde. Chaque personnage qu'on nous montre est beaucoup moins un être en chair et en os qu'un moment de la détresse humaine. Si l'on veut, le chant même de la Malédiction.

Qui n'a pas entendu cette pièce ne peut pas se faire une idée du pathétique où parvient la misère de la créature que rien ne défend plus d'elle-même. Où l'horreur de vivre trouve enfin son expression la plus aiguë. Il fallait une singulière audace pour ainsi oser battre en brèche la sensiblerie du public. Pièce pénible, *[un blanc dans l'article]* étouffante, rébarbative *[un blanc dans l'article]* où s'affirme un talent incontestable. C'est un chef-d'œuvre d'angoisse et d'âpreté douloureuse, un chant qui vient de l'abîme. Il faut remonter jusqu'à Strindberg pour trouver quelque chose d'aussi fort.

Certains y voient un événement théâtral qui fera date. Ainsi, Claude Jamet écrit dans « L'Enfer selon saint Sartre[1] », *Germinal*, 30 juin 1944 :

Il y a là une puissance poétique, une virtuosité sans filet — mythologique ou théologique — devant laquelle on ne saurait s'incliner trop bas !

Mais le plus beau, j'y insiste, c'est qu'on n'a pas le temps de réfléchir sur le moment ; c'est qu'on est pris, haletant, passionné de bout en bout ; et suant comme Garcin lui-même d'une angoisse que rien ne vient rafraîchir ou dénouer à la fin ; et pour cause ; c'est qu'on en sort comme d'un roman de Dostoiewski, ou d'un conte d'Edgar Poe, mais théâtral encore une fois. Car « c'est du théâtre », et du vrai ! Les pensées — s'il nous en vient, après — sont de surcroît ; la pièce n'en a pas besoin. Quant à ceux qui s'inquiètent de la moralité ou de la « morbidité » possible d'un tel spectacle, j'aurais honte de leur répondre. L'univers de J.-P. Sartre n'est évidemment pas celui de Claudel ou de Giraudoux. Mais tant mieux ! puisque c'est le sien. Allez-vous le refuser ? Je ne sais qu'une chose, en tout cas, c'est que Jean-Paul Sartre est certainement — depuis Anouilh — le plus grand « événement » du jeune théâtre français.

L'importance de *Huis clos* et le talent de Sartre sont reconnus par d'autres critiques. Mais ils soulignent aussi le malaise que la pièce provoque chez le spectateur et l'impression d'étouffement qui en résulte : Charles Méré, « De l'enfer au paradis », *Aujourd'hui*, 17-18 juin 1944 ; Jean Faydit de Terssac, *Le Pays libre*, 25 juin ; Robert Brasillach, *La Chronique de Paris*, juin. Partagé entre fascination et répulsion, Robert Brasillach revient sur la pièce dans *La Chronique de Paris* de juillet :

De la pièce de Jean-Paul Sartre, nous avons parlé récemment. L'auteur n'est pas de nos amis, il n'est pas davantage un compagnon de nos espérances. Pourquoi ne serait-il pas un compagnon de nos dégoûts ? Cet univers infernal, terriblement limité, a, il faut le dire, une extraordinaire puissance. Aucun romancier de l'entre-deux-guerres, spécialiste attitré de l'Enfer, ni Julien Green, ni François Mauriac, n'a jamais produit, en face de *Huis clos*, que des contrefaçons à l'eau de rose. Peu de pièces m'ont laissé une impression plus forte, que le temps ne fait qu'accentuer. Oui, elle sent véritablement le soufre,

1. Repris dans Claude Jamet, *Images mêlées de la littérature et du théâtre*, Éditions de l'Élan, 1948, p. 13-18. En juin paraît aussi un article de G. Dumur dans *Combat*.

et le poison de cet enfer intellectualiste n'avait jamais été distillé avec cette implacable rigueur. *Huis clos* restera comme le monument bizarre d'un monde agonisant, où l'avenir ira chercher, il n'en faut pas douter, le témoignage de la plus lucide négation[1].

À l'inverse, plusieurs critiques ne voient dans *Huis clos* qu'un phénomène éphémère lié à une mode, bientôt dépassée : François-Charles Bauer, *L'Écho de la France*, 3-4 juin 1944 ; Robert Francis, *Le Réveil du peuple*, 4 juin ; ou encore Georges Pelorson qui, dans la *Révolution nationale* du 10 juin, déclare :

Signe des temps ? Les flammes de l'enfer hantent nos scènes. [...] Cet enfer, vous l'avez reconnu, lecteurs : c'est celui de l'intelligence. Le roi de ce palais, c'est la conscience — mais non plus la conscience qui pèse (les antiques balances de Minos) ; non plus une conscience dont la fonction est le partage. Non : la conscience à l'état pur [...]. Oui, il y a dans la situation brute de ces trois êtres, virtuellement, toute la tragédie. Elle est pourtant absente de l'œuvre.

Je ne crois pas me tromper en disant que la raison en est simplement qu'aucun des personnages ne parvient à éveiller dans le spectateur pas plus l'horreur que la pitié.

[...] *Huis clos* ne peut passer inaperçu du public. La pièce est de notre temps : elle plaira pour cela. De même qu'un jour, pour cela aussi, elle sera rejetée (et par M. Sartre un des premiers, je l'espère) : lorsque nous nous serons débarrassés un bon coup de la nausée qui nous oppresse.

Nombreux enfin sont les critiques qui se déclarent affligés par *Huis clos* et expriment leur dégoût : Alain Laubreaux, « Enfer et damnation », *Je suis partout*, 9 juin 1944 ; Jean Sylvain, *L'Appel*, 15 juin ; Jacques de Féraudy, *Au pilori*, 15 juin ; Georges Oltramare, *Aspect*, « Revue européenne et mondiale », 7 juillet. Certains vont même jusqu'à demander son interdiction, comme André Castelot, dans *La Gerbe*, le 8 juin :

On ne peut rêver une heure plus pénible, plus laide, plus remplie d'immoralité, plus éloignée des buts que le théâtre se doit d'atteindre. [...] Ne tardons cependant pas davantage à dire que, en dépit de quelques longueurs, en dépit d'une construction chaotique, *Huis clos* est une pièce remarquable. C'est « du théâtre ». Nous voulons dire par là que cette œuvre atrocement pénible nous est présentée avec un indéniable talent.

Et cela n'en est que plus grave ! [...] Il serait tout aussi souhaitable qu'un *Conseil de l'Ordre des auteurs dramatiques*, dont notre éminent collaborateur H.-R. Lenormand a maintes fois défini la tâche ici même (projet qui aurait tous les avantages de la dictature sans en avoir les inconvénients), puisse interdire, non pour médiocrité, mais pour laideur néfaste, une ordure aussi écœurante que *Huis clos*, ordure de valeur, sans doute, ordure dont la moisissure est surtout interne, mais ordure tout de même... n'ayons pas peur des mots !

Huis clos fut souvent comparé au théâtre de Strindberg, notamment par Jean Haas dans *Combats*, organe de la Milice, le 3 août 1944 :

Entre *La Danse de mort* et *Huis clos*, il y a, sinon identité, sinon filiation, du moins parenté et analogie éclatantes. Dans l'une et dans l'autre pièce, trois personnages sont seuls en scène. Dans l'une et dans l'autre, ces trois protagonistes n'ont pas d'autre raison d'être que de se faire souffrir mutuellement. Dans l'une

1. *Œuvres complètes*, Maurice Bardèche éd., Au club de l'honnête homme, 1964, t. XII, p. 718-719.

et dans l'autre, l'action referme sur elle-même le cycle tragique, et la dernière scène restitue le tableau même de la première. Dans l'une et dans l'autre, surtout, l'on respire la même atmosphère forcenée, l'on se baigne dans la même boue d'ignominie, l'on touche le fond du même abîme de bassesse humaine.

Ainsi le drame de Strindberg vient-il renforcer un mouvement littéraire et théâtral dont Sartre et Camus sont les promoteurs vivants. Par lui comme par eux, le public est invité d'assister aux débats, aux déchirements et à l'avilissement d'une humanité singulièrement médiocre, singulièrement soumise aux forces du mal, et qui se complaît dans ce mal et cette médiocrité. Il s'agit d'imposer une vision du monde et de la vie selon laquelle la souffrance et la laideur seraient souveraines et dépourvues de toute justification. Il est assez significatif que ces deux vivants et ce mort se rencontrent à Paris au cours de l'été 1944 pour marquer la vie dramatique à leurs couleurs de bassesse, de mort et de frénésie.

L'on voit bien, il y a une distinction nécessaire à signaler entre Sartre et Strindberg. L'horreur prend chez ce dernier une valeur de protestation, de revendication, de désespoir, qu'elle a perdue chez l'auteur des *Mouches*. Dans *Huis clos*, non seulement en vertu du caractère irrémédiable de la damnation, mais aussi par une tendance profonde de l'esprit sartrien, l'infamie est admise, accentuée, avec résignation, on pourrait presque dire avec une sorte d'affreuse tendresse, celle qui est due à l'irrépressible réalité. Du pessimisme de Strindberg au nihilisme de Sartre, l'esprit de négation a fait un pas de plus. Mais s'il importe de le constater, c'est pour ne pas oublier que le premier ouvrait la voie au second, et y conduisait immanquablement. *La Danse de mort* et *Huis clos* témoignent d'une même démarche vers l'abandon de toute hauteur humaine.

La pièce a aussi été rapprochée de celles d'Henri Ghéon, notamment dans le compte rendu que le critique allemand, Albert Buesche, publie le 2 juillet 1944 sous le titre « En cage » dans l'édition hebdomadaire française de la *Pariser Zeitung*, où il laisse penser qu'il prête à Sartre, comme dans le cas des *Mouches*, des intentions politiques :

Jean-Paul Sartre, aussi symboliquement que prudemment, intitule sa pièce en un acte *Huis clos*. Derrière ce titre se dresse une réalité plus simple, celle d'hommes en cage. D'après l'auteur, nous avons beau secouer les barreaux de notre vie, ils ne bougent jamais ; nous sommes à jamais les prisonniers de notre destin. Sartre défend la thèse de la prédestination ou plutôt de la prévision. Il choisit, ce faisant, l'aspect pessimiste du problème. Lui aussi nous offre un théâtre philosophique. C'est le contraire de Ghéon, lequel laisse aux hommes le libre arbitre et la foi dans un bien justement récompensé. Ghéon croit à une divinité bonne et juste. Chez Sartre, par contre, les destinées sont régies par un démon mystérieux, inique et féroce.

Chez Ghéon, tout garde l'apparence d'une improvisation légère ; chez Sartre, la construction exacte savamment calculée domine. Sartre et Ghéon sont absolument différents tant par l'âge que par le tempérament, la religion, l'optique et l'expérience de la vie. Mais ce sont deux Français de la génération présente et des représentants typiques d'un bon nombre d'hommes qui leur ressemblent. *L'Egidius* de Ghéon remonte loin dans l'époque de l'avant-guerre ; il est en dehors du temps et n'a, du reste, jamais prétendu à l'actualité. Par contre, *Huis clos*, de Sartre, a été écrit en pleine guerre ; c'est une œuvre qui reflète l'atmosphère et l'expérience acquise durant cette période. [...] Non, les personnages de Sartre ne provoquent en nous aucun sentiment d'horreur, pas plus qu'ils ne suscitent de foi inébranlable dans le châtiment de Dieu. Une seule réaction domine chez nous devant ce qui se passe devant nos yeux, et c'est le dégoût.

Une partie des spectateurs accueillera sans doute cette réaction comme tout à fait justifiée. Une autre, la minorité, se montrera peut-être impressionnée par l'idée du châtiment du mal. De toute façon, le public paraît, cette fois-ci, comprendre M. Sartre beaucoup mieux que l'année dernière lorsqu'on représentait *Les Mouches*. Le public applaudit ; il est manifestement touché.

Si A. Buesche apparente *Huis clos* au « théâtre philosophique », René-Marill Albérès dans « Jean-Paul Sartre et l'enfer terrestre », *L'Écho des étudiants*, 24 juin 1944, sera parmi les premiers à mettre la pièce en résonance avec *L'Être et le Néant* :

Depuis quelque sept ou huit ans, par ses essais, ses romans et sa philosophie, Jean-Paul Sartre défie [le] bien avec l'impudence orgueilleuse de Don Juan. Trouvera-t-il le Commandeur sur son chemin ? En tout cas, le voilà déjà familiarisé avec l'Enfer.

Jean-Paul Sartre est le philosophe du désespoir. D'un désespoir qui n'admet pas comme le désespoir kierkegaardien le paradoxe de l'espérance. Non. D'un désespoir qui nie la vie éternelle et souille la vie terrestre.

[...] Il est très difficile de raconter cette pièce. Il ne s'y passe rien. Trois êtres parlent ou se taisent, s'entendent à deux contre un, changent de camp, et recommencent. En vérité, c'est du marivaudage. On songe à *Il faut qu'une porte soit ouverte ou fermée*. Et ce n'est pas seulement parce que Sartre a choisi qu'elle soit fermée, en appelant la pièce *Huis clos*. Mais le marivaudage de Marivaux et de Musset est agréable. Celui de Sartre est malpropre. C'est un marivaudage de la cochonnerie et de la saleté.

Il est normal que des damnés soient chargés de crimes. Nous verrons tout à l'heure pour quelles raisons philosophiques et pour quelles raisons sentimentales Sartre préfère les damnés aux élus. Il faut des crimes, soit. Mais pourquoi des crimes malpropres ? On dirait que c'est à plaisir. Il y a une damnation joyeuse, celle de la chair païenne triomphante, et une damnation triste. Sartre, comme Mauriac, a choisi la seconde. On se demande qui ne serait rendu pudibond malgré lui par les bizarres goûts de Sartre.

C'est incontestablement ingénieux et par là, attachant. Mais il y a quelque chose de nouveau dans le théâtre de Sartre. Au fond, l'époque médiocre de Feydeau, Capus, Donnay, Hervieu nous avait habitués au théâtre de mœurs. L'époque moins médiocre qui l'a suivie, au théâtre poétique, au théâtre historique.

Mais, quoi qu'on ait pu dire, nous n'avions jamais eu de théâtre philosophique. Si on l'a prétendu, c'est à tort. [...]

Les pièces de Sartre sont bâties sur des sous-entendus, sur une philosophie sous-jacente à l'œuvre dramatique, et qui fait corps avec elle. À voir une pièce de Sartre en homme de théâtre, on est sûr de ne rien y comprendre. Il est vrai que si Sartre a du génie, il n'est nul besoin d'avoir consacré deux mois de sa vie à lire *L'Être et le Néant* pour goûter les essais dramatiques du philosophe. Pourtant, cette orientation est nouvelle. Sartre capte le roman et le théâtre non en homme de lettres, mais en pionnier d'une nouvelle philosophie, en homme qui veut faire entrer, par le détour de la sensibilité et de la littérature, sa philosophie dans la tête du public non philosophe. C'est un apôtre, ce Sartre, et un apôtre de Lucifer, comme il l'avoue. D'où ces phrases de la pièce qu'il assène sur le bon public et qui sont autant d'allusions fortes à la philosophie sartrienne : « Je n'ai point rêvé cet héroïsme. Je l'ai choisi. On est ce que l'on veut », ou : « Tu n'es rien d'autre que ta vie. »

[...] *Huis clos* a beau évoquer l'Enfer, cet Enfer n'est autre que la vie terrestre elle-même, telle que la voit Sartre. Car Sartre refuse toute espérance et même celle de l'Enfer. [...] *Huis clos*, comme *Les Mouches*, est l'image de la terrible condition humaine, sans issue, sans valeur, sans espoir. *Huis clos* exprime comme *Les Mouches* ce pessimisme sartrien qui, au-delà du pessimisme, est justement nommé le désespoir. Remarquons que Sartre, au fond, ne quitte pas la théologie chrétienne. L'Enfer chrétien est l'absence de Dieu, la privation d'amour, la mort de l'espoir. Sartre veut tuer l'espoir sur terre ; il institue réellement l'Enfer terrestre.

Pourtant, il y a autre chose. [...] Il semble que, depuis quelque temps, Sartre livre son démon intérieur, tout de morbidité et de crainte : ce qu'il aime, ce sont les êtres rétractés sur leur ordure. Son Garcin se ressent de l'influence de

Malraux, jusque dans son nom. Mais c'est un Garine ou un Garcin avili, écrasé, souillé. Car la philosophie de Sartre et sa sensibilité sont deux choses distinctes, dont la concordance n'est que contingente chez lui.

INGRID GALSTER et JEAN-FRANÇOIS LOUETTE.

BIBLIOGRAPHIE, PRINCIPALES MISES EN SCÈNE ET FILMOGRAPHIE

Principales mises en scène.

1944 : théâtre du Vieux-Colombier, Paris. Mise en scène de Raymond Rouleau (voir p. 90).

1946 : théâtre de la Potinière, Paris. Mise en scène de Michel Vitold ; avec Michelle Alfa (Estelle), Tania Balachova (Inès), Michel Vitold (Garcin).

1956 : Théâtre en Rond, Paris. Mise en scène de Michel Vitold ; avec Judith Magre (Inès), Évelyne Rey (Estelle), Michel Vitold (Garcin).

1962 : Tréteau de Paris, Paris. Mise en scène de Tania Balachova ; avec Jean-François Calvé (Garcin), Danièle Lebrun (Estelle), Marguerite Lebrun (Inès).

1965 : théâtre Gramont, Paris. Mise en scène de Michel Vitold ; décors de Gigia Sidoli ; avec Danièle Lebrun (Estelle), Christiane Lenier (Inès), Michel Vitold (Garcin). *Huis clos* est accompagné d'une pièce d'Ionesco, *Les Chaises.* Voir Autour de *Huis clos*, p. 138.

1981 : théâtre des Mathurins, Paris. Mise en scène de Georges Wilson ; avec Nicole Calfan (Estelle), Christine Delaroche (Inès), Daniel Gélin (Garcin).

1990 : Comédie-Française, Paris. Mise en scène de Claude Régy ; avec Michel Aumont (Garcin), Christine Fersen (Inès), Muriel Mayette (Estelle), Jean-Yves Dubois (le Garçon). Le spectacle dure deux heures vingt environ, sans entracte, soit une heure de plus qu'en 1944. Dans un vaste espace clos de hauts murs nus, ni canapés, ni cheminée, ni bronze ; rien d'autre que trois rangées de gradins, creusés à même le parquet, qui font face à la salle. Une épure hiératique.

1991 : théâtre de la Salamandre, Lille. Mise en scène de Michel Raskine ; avec Christian Drillaud (Garcin), Arno Feffer (le Garçon), Marief Guittier (Inès), Marie-Christine Orry (Estelle). De la fin de 1993 à février 1994, elle est reprise à Paris, au théâtre de l'Athénée, pour marquer le cinquantenaire de la création de la pièce. Une grosse enseigne rouge surplombe la scène, comme sur la façade d'un théâtre de Boulevard. Lumière crue, sons stridents ; Garcin finit en slip blanc et maillot de corps, Estelle en petite culotte et soutien-gorge, Inès est en cuir noir. Un « *Huis clos* grunge », selon *Libération* (8-9 janvier 1994), dans lequel, délibérément, Estelle ne rime plus avec belle. Voir J.-F. Louette, *Sartre* contra *Nietzsche*, chap. II.

1995 : Aktéon théâtre, Paris. Mise en scène de Stéphane Aucante ; avec Marine Arnault (Estelle), Jean-Pierre Fermet (le Garçon), Christine Gidrol (Inès), Gilles Tiphaine (Garcin). Le metteur en scène installe des rideaux noirs, trois chaises, trois téléviseurs, aux écrans orientés vers le fond de la scène, et télécommandés par le Garçon, qui reste sur scène durant toute la pièce. Pour le mot de la fin les trois personnages s'avancent vers le public, sur lequel le Garçon oriente la lampe de manière menaçante.

2000 : théâtre Marigny, Paris. Mise en scène de Robert Hossein ; avec Claire Borotra (Estelle), Yves Le Moign' (le Garçon), François Marthouret (Garcin), Claire Nebout (Inès). Robert Hossein a lui-même tenu le rôle de Garcin en 1977 dans une mise en scène d'Andreas Voutsinas, au Théâtre de Boulogne-Billancourt, et en 2002 au théâtre Marigny dans sa propre mise en scène.

2000 : Comédie de Béthune. Mise en scène d'Agathe Alexis ; avec Bruno Buffoli (Garcin), Valérie Dablemont (Estelle), Laurent Hatat (le Garçon), Dominique Michel (Inès). Le metteur en scène, s'inspirant du Genet des *Bonnes*, « joue sur l'angoisse et un rire grinçant, dans une sorte de cérémonial qui commence sur un rythme lent puis s'accélère », pour créer un « expressionnisme existentiel » ; Estelle, « petite, ronde, [...] est une sorte de poupée qui semble davantage sortie de *La Ronde*, de Schnitzler, ou inspirée de la *Lulu* de Wedekind, que de la comédie de boulevard parisienne » ; le public est pris au piège, puisque « toutes les issues sont closes durant la représentation » (compte rendu de Michel Contat dans *Le Monde*, 12 janvier 2001).

Bibliographie.

« Huis clos ». Jean-Paul Sartre, *Comédie-Française*, numéro spécial 185, mai 1990, notamment N. Guibert, « La Carrière de *Huis clos* », p. 35-38.

AYOUN (Pascal), « L'Inspiration boulevardière dans le théâtre de Sartre », *Les Temps modernes*, « Témoins de Sartre », nos 531-533, octobre-décembre 1990, p. 821-843.

BISHOP (Thomas), *« Huis clos » de Jean-Paul Sartre*, Hachette, coll. « Lire aujourd'hui », 1975.

CAMPBELL (Robert), *Jean-Paul Sartre ou une littérature philosophique*, Éditions Pierre Ardent, 1946, p. 137-150.

CHRISTOUT (Marie-Françoise), GUIBERT (Noëlle) et PAULY (Danièle), *Théâtre du Vieux-Colombier 1913-1993*, Norma, 1993, notamment p. 126-127.

FERRARO (Thierry), *Étude de « Huis clos »*, Marabout, 1994.

GADDIS ROSE (Marylin), « Sartre and the Ambiguous Thesis Play », *Modern Drama*, no 8, mai 1965, p. 12-19.

GALSTER (Ingrid), « L'Actualité de *Huis clos* en 1944 », *Les Temps modernes*, no 592, février-mars 1997, p. 195-205.

—, « *Huis clos* et *Le Soulier de satin*. À propos d'une lettre inédite de Jean-Paul Sartre à Jean-Louis Barrault », *Romanische Forschungen*, vol. CX, deuxième cahier, 1998, p. 202-209.

—, *Le Théâtre de Jean-Paul Sartre devant ses premiers critiques*, t. I : *Les Pièces créées sous l'occupation allemande, « Les Mouches » et « Huis clos »*, Tübingen, Günter Narr Verlag/Paris, Jean-Michel Place, 1986 ; rééd. L'Harmattan, 2001.

GOLDTHORPE (Rhiannon), « *Huis clos* : Distance and Ambiguity » (1980), *Sartre : Literature and Theory*, Cambridge, Cambridge University Press, 1984, p. 84-96.

GRÉGOIRE (Vincent), « Empire du regard, règne du miroir : l'enfer dans *Huis clos* », *Les Lettres romanes*, 1995, vol. XLIX, nos 3-4, p. 287-297.
ISSACHAROFF (Michael), « L'Espace et le Regard dans *Huis clos* », *Magazine littéraire*, nos 103-104, septembre 1975, p. 22-27.
—, « Le Visible et l'Invisible : *Huis Clos* » (1977), *Le Spectacle du discours*, José Corti, 1985, p. 85-95.
JEANSON (Francis), *Sartre par lui-même*, Le Seuil, coll. « Écrivains de toujours », 1955, p. 28-35.
KRYSINSKI (Wladimir), « Sartre et la métamorphose du cercle pirandellien », *Sartre et la mise en signe*, Michael Issacharoff et Jean-Claude Vilquin éd., Paris, Klincksieck/Lexington, French forum, 1982, p. 83-102.
LECHERBONNIER (Bernard), *« Huis clos », Sartre : analyse critique*, Hatier, coll. « Profil d'une œuvre », 1972.
LORRIS (Robert), *Sartre dramaturge*, Nizet, 1975, notamment p. 51-86.
LOUETTE (Jean-François), « Beckett et Sartre : vers un théâtre lazaréen », *Lire Beckett. « En attendant Godot » et « Fin de partie »*, Didier Alexandre et Jean-Yves Debreuille éd., Lyon, Presses universitaires de Lyon, 1998, p. 97-109.
—, « *Huis clos* de Sartre : " L'enfer, c'est les Autres " », *Magazine littéraire*, juillet-août 1997, p. 85-89.
—, « *Huis clos* et ses cibles (Claudel, Vichy) », *Cahiers de l'Association internationale des études françaises*, n° 50, mai 1998, p. 311-330.
—, « *Huis clos* : l'enfer et la politique », *Sartre* contra *Nietzsche (« Les Mouches », « Huis clos », « Les Mots »)*, Grenoble, Presses universitaires de Grenoble, 1996, p. 71-148.
—, « Sur la dramaturgie de *Huis clos* », *Les Temps modernes*, n° 577, décembre 1994, p. 56-82.
MARCEL (Gabriel), « *Huis clos* » (1945), *L'Heure théâtrale. De Giraudoux à Jean-Paul Sartre*, Plon, 1959, p. 190-199.
MCCALL (Dorothy), *The Theater of Jean-Paul Sartre*, New York, Columbia University Press, 1969, p. 110-127.
NOUDELMANN (François), *« Huis clos » et « Les Mouches » de Jean-Paul Sartre*, Gallimard, coll. « Foliothèque », 1993.
PAULY (Rebecca), « *Huis clos*, *Les Mots* et *La Nausée* : le bronze de Barbedienne et le coupe-papier », *The French Review*, vol. LX, 1987, p. 626-634.
ROYLE (Peter), *Sartre, l'enfer et la liberté. Étude de « Huis clos » et des « Mouches »*, Québec, Presses de l'université Laval, 1973, notamment p. 15-140.
SAKHAROFF (Micheline), « The Polyvalence of Theatrical Language in *No Exit* », *Modern Drama*, n° 16, 1973, p. 199-205.
SIMON (Pierre-Henri), « L'Autre dans le théâtre de J.-P. Sartre », *Théâtre et destin*, Armand Colin, 1959, p. 165-189.
SWERLING (Anthony), « Sartre's *Huis clos* », *Strindberg's Impact in France*, Cambridge, Trinity Lane Press, 1971, p. 92-100.
TRUCHET (Jacques), « *Huis clos* et *L'État de siège*, signes avant-coureurs de l'anti-théâtre », *Le Théâtre moderne*, t. II : *Depuis la Seconde Guerre mondiale*, Jean Jacquot éd., Éditions du C.N.R.S., 1967, p. 29-36.
VERSTRAETEN (Pierre), « *Huis clos* pour tout Autre », *Literarische Diskurse des Existentialismus*, Helene Harth et Volker Roloff éd., Tübingen, Stauffenburg Verlag, 1986, p. 91-102.

WITAKER (Edward A.), « Playing Hell », *Yearbook of English Studies*, vol. IX, 1979, p. 167-187.

Filmographie.

1954 : Huis clos, sortie en décembre. Réalisation de Jacqueline Audry ; dialogues additionnels de Pierre Laroche ; musique de Joseph Kosma ; avec Arletty (Inès), Gaby Sylvia (Estelle), Frank Villard (Garcin), Yves Deniaud (le Garçon). Cette adaptation, qui semble avoir eu peu de succès, présente de réelles qualités. L'esprit satirique du texte est préservé : en enfer arrivent un prêtre, un souteneur, un général, un principal de collège... La chambre des damnés est pourvue d'une espèce de fenêtre-écran, où ils voient les scènes de leur vie passée, et qui, lorsque les vivants ont oublié les morts, devient un mur. Le groupe des amis de Garcin organise une sorte de procès posthume, et Gomez demande l'unanimité (qu'il obtient) dans la condamnation. Par ailleurs, dans ce film, Florence n'est pas morte : elle a manqué son suicide, et son mari (qui lui aussi vit toujours) accepte son retour au foyer : curieux triomphe du couple hétérosexuel, dont enrage Inès, qui s'exclame : « Je suis sûre que j'embrasse mieux. » Ce film a été réédité en vidéo par René Château, puis par Régie Cassette Vidéo en 1993.
1964 : adaptation télévisée pour la B.B.C. par Peter Luke.
1965 : dramatique réalisée pour l'O.R.T.F. par Michel Mitrani, sous-titrée « Reportage sur l'enfer de Sartre » ; avec Michel Auclair (Garcin), R.-J. Chauffard (le Garçon), Judith Magre (Inès), Évelyne Rey (Estelle). De nombreux comptes rendus favorables paraissent dans la presse. Voir les réflexions de Bernard Pingaud, « *Huis clos* ou la téléfraction », *Les Temps modernes*, n° 235, décembre 1965, p. 1144-1146.

J.-F. L.

NOTE SUR LE TEXTE

Pour l'établissement du texte, nous avons retenu, comme édition de référence, et sauf exception que nous justifions en variante, l'édition originale (sigle : *orig.*), que nous avons pu consulter aux archives des Éditions Gallimard, c'est-à-dire le *Huis clos* publié en 1945 (Gallimard, 2 274 exemplaires, achevé d'imprimer le 19 mars 1945). Ce que nous savons des pratiques de Sartre nous conduit en effet à penser qu'il ne s'est pas lui-même chargé de la relecture des éditions ultérieures de sa pièce.

Les variantes proposées proviennent de trois sources. D'une part, nous avons exploité le dossier des manuscrits de la pièce, dont la B.N.F. est dépositaire, et qui se compose de deux ensembles inégaux. Le premier comprend 5 feuillets provenant des Papiers Jean Cau (vente Drouot, 1993). Quatre d'entre eux donnent une esquisse du développement des relations dans le trio, entrecoupée de fragments de dialogue (voir Autour de *Huis clos*, p. 129-136). Le dernier est un avant-texte de la fin de la pièce. Le deuxième (sigle : *ms.*) est constitué de 28 feuillets, manuscrit B.N.F. non coté. D'autre part, nous donnons (sauf pour ce qui concerne la ponctuation) les leçons de la préoriginale (sigle : *préorig.*), soit le texte publié en avril 1944, sous le titre *Les Autres*, dans le numéro 8 de *L'Arbalète.* Enfin, nous avons aussi tenu compte des épreuves (8 feuillets), corrigées de la main de Sartre, correspondant à une partie de la préoriginale (*L'Arbalète*), qui se trouvent à la Beinecke Library of Rare Books and Manuscripts de Yale (sigle : *épr.*).

J.-F. L.

NOTES ET VARIANTES

[Page de titre.]

a. À madame Louis Morel. *préorig.*

1. « Cette Dame » était le nom que Sartre et Beauvoir donnaient à Mme Louis Morel (Mme Lemaire dans les Mémoires de Beauvoir, qui en fait un portrait dans *La Force de l'âge*, p. 39-43), dont ils fréquentaient volontiers la maison de campagne au Touez en Maine-et-Loire (« La Pouèze » selon les Mémoires). C'est chez elle que Sartre commença la rédaction de la pièce qui allait devenir *Huis clos.*

Personnages.

1. Née à Saint-Pétersbourg en 1902, Tania Balachova est morte à Paris en 1973. À l'époque où est créé *Huis clos*, elle est l'ex-femme de Raymond Rouleau. Sous l'Occupation, elle fut suspectée d'être communiste par le Comité d'organisation des entreprises du spectacle (voir S. Added, *Le Théâtre dans les années Vichy, 1940-1944*, p. 191). Inès est son premier grand rôle, selon le *Dictionnaire encyclopédique du théâtre* (Michel Corvin éd., Larousse, 1998), qui évoque son « visage étrange, son regard fixe, sa voix coupante ».
2. Voir la Notice, p. 1299.
3. De son vrai nom Michel Sayanoff (Kharkov, Russie, 1915 - Paris, 1994). Michel Vitold arrive en France âgé d'une dizaine d'années. Il suit les cours de Dullin, chez qui il débute en 1937 dans le rôle du jeune Caton de *Jules César*, puis ceux de Raymond Rouleau. Il jouera *Huis clos*, son plus grand succès, pendant vingt ans, atteignant, d'une reprise à l'autre, la millième représentation.
4. Ancien élève de Sartre au lycée Pasteur, R.-J. Chauffard fait ses débuts de comédien dans *Huis clos.* Metteur en scène des *Bouches inutiles* de Simone de Beauvoir, il sera ensuite étroitement associé au Nouveau Théâtre.
5. Né en 1914, décorateur de cinéma, Max Douy avait déjà travaillé pour Grémillon, Prévert et Bresson (*Les Dames du bois de Boulogne*). À la demande de Rouleau, qui s'était fait une spécialité des éclairages oniriques, il avait construit le décor de la pièce dans une matière perméable à la lumière.
6. Dans une mise en scène de Raymond Rouleau (1904-1981). Né à Bruxelles, Rouleau y remporte divers prix au Conservatoire. Acteur déjà renommé, il se voit confier sa première mise en scène professionnelle à

l'âge de dix-huit ans, au théâtre du Marais, où il restera de 1922 à 1926. Charles Dullin l'engage : il demeure à l'Atelier de 1927 à 1930, tout en participant aux côtés d'Artaud aux spectacles du théâtre Alfred-Jarry. C'est à la même époque qu'il devient une vedette du cinéma français, et aussi le réalisateur de cinq films. Sa popularité d'acteur de cinéma est très grande durant la guerre (en 1944, il tient le premier rôle dans un film de Jacques Becker, *Falbalas*). Voir Robert Brasillach, *Animateurs de théâtre*, La Table ronde, 1954, p. 178-180.

Scène I.

a. moments où je regarderai *orig. Nous adoptons la leçon de préorig.* ◆◆ *b. Dans épr., la scène se termine sur ces mots :* Non, rien. Allez-vous en.

1. Le garçon d'étage transpose Charon, le passeur des morts, notent André Castelot (*La Gerbe*, 8 juin 1944) et Claude Jamet (« L'Enfer selon saint Sartre », *Germinal*, 30 juin 1944).

2. Selon Sartre (« Le Style dramatique », *Un théâtre de situations*, p. 50), le bronze qui se trouvait sur scène n'était pas de Ferdinand Barbedienne (1810-1892), et il aurait représenté « une femme nue à cheval sur un nu ». Sartre lui nie toute utilité. On peut cependant y voir un résumé du mauvais goût bourgeois (c'est l'interprétation de Cocteau, pour qui cette laideur participe à l'enfer, *ibid.*). Voir aussi la Notice, p. 1314-1315.

3. Peut-être Sartre s'est-il souvenu des *Conquérants* de Malraux : Garine, découvrant le corps torturé de son camarade Klein, remarque qu'on lui a coupé les paupières (*Œuvres complètes*, Bibl. de la Pléiade, t. I, p. 243-244).

4. Cette réplique, dans le contexte de pénurie de l'Occupation, « déchaîne des rires que Sartre n'avait pas escomptés », note Simone de Beauvoir (*La Force de l'âge*, p. 598).

5. Pas de livres en enfer, car ils seraient un refuge possible contre Autrui (voir *L'Être et le Néant*, p. 313). Voir aussi *Qu'est-ce que la littérature ?* p. 194-195 : la littérature est le contraire de l'enfer, dans la mesure où son essence implique une communication libre et non violente entre égaux.

Scène III.

a. rester *[p. 96, avant-dernière ligne]* seul. Il faut que j'agite en moi-même d'importantes questions. Mais je pense que nous pourrons nous arranger et réduire nos rapports au strict nécessaire. Je suis très accommodant, je parle peu, je m'occupe beaucoup de moi-même, je dois me mettre en ordre. Seulement *ms.*

Scène IV.

1. On songe à l'analyse, bien postérieure, que Sartre donnera de l'envie dans *L'Idiot de la famille*, Gallimard, 1971, t. I, p. 422 et suiv. : « L'envieux ne peut convoiter que ce que l'autre possède déjà. [...] C'est pour cela que l'envieux *part perdant* » (*ibid.*, p. 439).

Scène V.

a. dis que j'ignore *orig. Nous adoptons la leçon de préorig.* ◆◆ *b. Fin de la réplique dans orig. :* Vous avez été dégoûtée de lui. *Nous adoptons la leçon de préorig.* ◆◆ *c.* de *préorig.* ◆◆ *d.* air-là ? Je l'aimais tant. Un matin à 5 heures dans un bar de la rue Fontaine… Ah ! *ms.* ◆◆ *e.* mon regard. Ah ! S'il pouvait peser le poids du plomb sur ses épaules. Notre chère *ms.* ◆◆ *f.* agréable à voir. Mes yeux sont morts, ma bouche eſt morte. Pourvu que l'on me regarde faire éclore toute une femme, eſt-ce que ce n'eſt pas flatteur ? Écoute, j'ai toujours vécu séparée de moi-même : je ne m'appartiens que dans le cœur. *[Plusieurs mots illisibles.]* Écoute *ms.* ◆◆ *g.* faut lui répondre qu'il s'eſt enfui comme un héros, qu'il a déserté comme un lion. *ms.* ◆◆ *h.* réfléchi… *[17 lignes plus haut]* Eſt-ce que ce sont de vrais motifs ? Suppose que je me sois menti… [Ils m'ont jeté en prison et les officiers m'ont dit : tu es un lâche. *biffé*] Je me disais : je sers la cause de la paix, je la défendrai mieux. Suppose que j'ai eu les foies ! Depuis le jour où ils m'ont arrêté, je m'interroge. Et l'acte eſt là, impénétrable. Je… J'ai pris le train. On peut lui donner le sens qu'on veut. Ah ! Si l'on pouvait reprendre son coup. Mais c'eſt fini. [L'acte eſt là-bas. *lecture conjecturale*] Je me disais : si seulement je pouvais bien mourir. Si seulement… / INÈS : Et comment es-tu mort ? / GARCIN : Mal. *(Inès éclate de rire. Garcin la regarde et ajoute vivement :)* Oh ! C'était une simple défaillance physiologique. Elle ne compte pas ; l'essentiel c'était d'être déterminé à bien mourir. Seulement je ne sais toujours pas si j'étais [lâche *lecture conjecturale*]. / INÈS : Ça me paraît clair. / GARCIN : Naturellement ça te paraît clair. Pas à moi. Je ne suis même pas sûr d'être un [lâche *lecture conjecturale*]. À présent la guerre eſt finie. Ils sont rentrés chez eux. Ah ! Qu'eſt-ce que cela peut faire ? Qu'eſt-ce que cela peut faire ? Viens, toi, montre tes yeux. Ils sont verts, on dirait. J'aime *ms.* ◆◆ *i.* C'eſt vrai ? Alors tu penses / [ESTELLE :] Je pense que tu avais peur, peut-être, mais tu n'es pas parti parce que tu avais peur. Tu te serais fait couper la main plutôt que de partir. *[Plusieurs mots illisibles.]* Eſtelle nous allons pouvoir lutter contre eux tous : je défendrai ta beauté comme le plus fidèle des miroirs et toi *(Inès* *ms.* ◆◆ *j.* Allez-vous *[16 lignes plus haut]* ouvrir. / INÈS : Eſtelle, il a peur de nous ; c'eſt à mourir de rire. / ESTELLE : Lâche, lâche. Ah ! C'eſt bien vrai que tu es un lâche. / GARCIN : Tant que tu voudras. Mais je demande à être lâche tout seul. Ouvrez ! *ms.* ◆◆ *k. Ce* il *ne figure pas dans orig. Nous corrigeons.* ◆◆ *l.* Tu n'as rien *préorig.* ◆◆ *m.* l'étoffe *[7 lignes plus haut]*. Ha ! L'amour n'eſt pas beau quand on le voit du dehors. Il a les mains […] / ESTELLE : Chante ! Chante ! / INÈS : Idiote ! Tu crois triompher. Tu n'as donc pas compris. Nous ne sommes pas ici pour rire, mon petit. Moi, j'ai fait souffrir une femme et je paye : c'eſt toi qui me fais souffrir. Toi ! Si on m'avait jamais dit… Enfin ! lui, il ne s'eſt jamais occupé que de lui : il paye, son être même dépend des autres. De moi. Tu comprends. Je le tiens à la laisse comme un fox-terrier. Mais tu ne comprends toujours pas ? / ESTELLE : Je comprends qu'il me tient dans ses bras. / INÈS : Tu ne comprends pas que tu es damnée : tu étais trop lâche pour aimer sur terre. Ici tu veux aimer mais l'amour eſt impossible. Je suis entre vous comme une vitre. Il ne t'embrasse pas. ESTELLE : Garcin, qu'eſt-ce qu'il y a ? / *Geſte de Garcin* *ms.* ◆◆ *n. Dans ms., cette réplique eſt suivie de :* INÈS : L'enfer, c'eſt moi. Je suis ton enfer Garcin.

1. Ici se met en place un jeu sur un double espace, scénique, qui eſt commun à tous les personnages, et diégétique, lequel eſt évoqué et vu par un seul personnage à la fois, ce qui traduit, sur le plan dramaturgique,

l'irrémédiable séparation des expériences et des consciences. Le procédé, qui est l'une des grandes originalités de *Huis clos*, a plusieurs effets : les personnages sont tour à tour spectateurs de la terre (redoublement de la relation théâtrale) ; le huis clos est ouvert mais pour n'en être que mieux fermé lorsque cette relation à la terre se perdra (donc progression dramatique de la séquestration) ; l'ensemble du dispositif contribue à l'atmosphère fantastique.

2. Cet euphémisme (qu'on rencontrait déjà chez Salacrou, dans *L'Inconnue d'Arras*, acte II, Gallimard, coll. « Folio », 1973, p. 87) révèle la mauvaise foi d'Estelle. Voir *L'Être et le Néant* (p. 338) : « En particulier l'absence suppose la conservation de l'existence *concrète* [...] : la mort n'est pas une absence. »

3. On pourra lire, dans la *Critique de la raison dialectique* (Gallimard, 1960, t. I, p. 554-557), une analyse du statut d'employé des postes comme « individu commun », « généralité humaine », « produit inessentiel de la communauté », en qui l'exigence de l'usager traite « la fonction comme ligne de force essentielle ».

4. Le but de cette attente, pour ces « ils » maléfiques, se laisse résumer par un mot de Nietzsche, dont on sait que Sartre était grand lecteur : « Un sûr moyen de monter les gens et de leur mettre de méchantes pensées en tête, c'est de les faire longtemps attendre. Cela rend immoral » (*Humain, trop humain*, § 390, *Œuvres*, t. I, p. 599).

5. Tout ce récit d'Estelle renvoie à une situation conventionnelle, qu'on rencontre aussi bien dans le mélodrame (le sacrifice de la pauvre orpheline) qu'au Boulevard (le mariage d'argent, le coup de foudre, l'amant) ou dans le drame naturaliste (dans *Une maison de poupée* d'Ibsen, Mme Linde dit s'être mariée, ou « vendue », pour élever ses deux petits frères).

6. Bernard Lecherbonnier (*« Huis clos », Sartre : analyse critique*, Hatier, 1972, p. 31) rapproche de ces lignes un passage, dans l'article consacré à Brice Parain (« Aller et retour », février 1944, repris dans *Situations, I*, p. 219), qui porte sur le langage : « Voilà cette femme immobile, haineuse et perspicace, qui me regarde sans mot dire, pendant que je vais et que je viens dans la chambre. Aussitôt tous mes gestes me sont aliénés, volés, ils se composent, là-bas, en un horrible bouquet que j'ignore ; là-bas, je suis gauche, ridicule. Là-bas, dans le feu de ce regard. [...] Voilà tout le langage : c'est ce dialogue muet et désespéré. Le langage, c'est l'être-pour-autrui. »

7. Gabriel Marcel entend là « une chanson genre Marianne Oswald » (« *Huis clos* », *Horizon*, juillet 1945 ; *L'Heure théâtrale. De Giraudoux à Jean-Paul Sartre*, Plon, 1959, p. 193). Sur cette chanteuse qu'aimaient Sartre et Beauvoir, voir *La Force de l'âge*, p. 329-330. Mais comme cette chanson semble avoir été composée par Sartre dès 1934 (*ibid.*, p. 204-205), on peut aussi l'écouter comme une sorte de *song* à la Brecht, *song* qui prend du recul par rapport à l'action et en un sens la résume. On notera que Sartre et Beauvoir avaient en octobre 1930 vu *L'Opéra de quat' sous* monté par Gaston Baty au théâtre Montparnasse : « L'œuvre nous parut refléter le plus pur anarchisme : [...]. Sartre sut par cœur toutes les chansons de Kurt Weill » (*ibid.*, p. 54-55). — Sur le sens politique, en 1944, et anticlaudélien de cette chanson, voir la Notice, p. 1304. — Sur son sens psychologique (Inès, femme du ressentiment, qui renchérit sur l'aliénation qui lui est imposée en célébrant le pire et en vivant sa révolte dans l'ima-

ginaire), voir, à la suite de R. Goldthorpe (« *Huis clos* : Distance and Ambiguity », *Sartre : Literature and Theory*, p. 84-96), *L'Idiot de la famille*, t. I, p. 399-403, et 420-421.

8. Si le début de la pièce évoque un grand hôtel, ce mot renvoie très nettement à l'univers kafkaïen du *Procès*.

9. Sur la « magie du miroir » pour la narcissiste, qui prend son reflet pour son moi, voir *Le Deuxième Sexe*, t. II, p. 461-463. Sur le miroir comme moyen de prendre sur soi le point de vue d'autrui, voir *L'Idiot de la famille*, t. I, p. 678-681.

10. On pense ici, d'une part, au conte de *Blanche-Neige*, dont l'adaptation cinématographique était sortie en 1938 (voir *La Force de l'âge*, p. 402 ; et *Carnets de la drôle de guerre*, p. 97). Mais, d'autre part, Sartre se souvient peut-être du *Jules César* de Shakespeare, monté par Dullin en 1936-1937 ; au début de la pièce (I, II), Cassius s'adresse ainsi à Brutus : « [...] puisque, pour mieux voir, il vous faut un reflet, je serai cette glace modeste qui vous découvrira ce vous-même, ignoré de vous. » Il y aurait ainsi à la fois parodie de la tragédie (l'enjeu n'est plus l'honneur et l'hostilité à César, mais la coquetterie), parodie du mystère (l'enfer devient conte de fées), donc mélange des genres, et un zeste d'autodérision. Voir la Notice, p. 1315.

11. Le mot « goût » a ici plusieurs sens : préférences sexuelles, jugement esthétique, et même connaissance gustative, puisque Inès est ce loup qui invite Estelle, désignée comme « la petite », à l'apprivoiser. Par ce dernier sens (gustatif) la réplique renvoie directement à celle, fameuse, de Prouhèze, lors de son dialogue avec l'ange gardien, dans *Le Soulier de satin* (elle parle de Rodrigue) : « Eh quoi ! Il ne connaîtra point ce goût que j'ai ? » (version intégrale : troisième journée, sc. VIII ; version pour la scène : IIe partie, sc. IV ; *Théâtre*, t. II, respectivement p. 820 et 1074).

12. Dans *Une maison de poupée*, la pièce d'Ibsen que les Pitoëff avaient montée au théâtre de l'Œuvre en décembre 1930, puis reprise plusieurs fois jusqu'en 1938, Helmer ne cesse de s'adresser à sa femme Nora par cette apostrophe affectueuse et réductrice (« mon alouette chérie »). Hasard ou clin d'œil de Sartre à la tradition du drame naturaliste ? Mais l'alouette est aussi l'oiseau auquel on dit « je te plumerai... ».

13. Voir ce que Sartre dit du révolutionnaire Joseph Le Bon, qui, au tribunal lui demandant en 1795 des comptes sur sa « politique répressive dans le Pas-de-Calais », répondit « avec une sorte d'étonnement : " Je ne comprends pas... tout s'est passé si vite... " » (*Situations, IX*, Gallimard, 1972, p. 254-255).

14. On pense au suicide de Jésus la Chouette, qui se jette sous la baladeuse d'un tramway. Voir Sartre, *Écrits de jeunesse*, Gallimard, 1990, p. 130-131.

15. Pour cette hantise du visage qui se défait, voir Roquentin au miroir, dans *La Nausée* (*Œuvres romanesques*, p. 22-23), et, dans *Le Sursis*, cet « ouvrage du colonel Picot, sur les blessés de la face », avec des photos, que découvre Pierre à Marrakech, et qui ravive sa peur de la guerre (*ibid.*, p. 782-783).

16. Voir *Le Deuxième Sexe*, t. II, p. 48 (la crainte de la gestation, prolifération d'un corps parasite), p. 295 (la femme « bourgeoisement mariée » a les moyens « de se payer un voyage en Suisse, où l'avortement est libéralement toléré »), p. 413 (la jalousie de la coquette qui voit dans sa fille une rivale). — Notons par ailleurs que l'infanticide est un thème

du drame naturaliste (on songe à *Hedda Gabler* d'Ibsen : en se donnant la mort, Hedda tue l'enfant qu'elle porte).

17. Ce terme désigne souvent, dans le langage de Sartre et de Beauvoir, une homosexuelle. On le rencontre par exemple, sous la plume de Beauvoir, dans les *Lettres à Sartre* (Gallimard, 1990, t. I, p. 173), et dans le *Journal de guerre* (Gallimard, 1990, p. 88). C'est Mme Morel (voir n. 1, p. 89) qui aurait lancé le mot en ce sens dans la « famille » sartrienne.

18. Ce *blues* de W. C. Handy (1914) fut notamment popularisé par la version qu'en donna Bessie Smith en 1925. Voir Simone de Beauvoir, *La Force de l'âge*, p. 145.

19. Sur la danse, voir l'*Esquisse d'une théorie des émotions*, Hermann, 1965, p. 49-50 (la danse de joie comme exemple d'une incantation émotive, moyen de s'approprier symboliquement un objet par une magie qui « en mime la possession »), et *La Force de l'âge*, p. 252-253 (l'exhibition de Camille et d'Olga, comme révélation, selon Camille, d'un « signe démoniaque »). — Par ailleurs, c'est ici (et à la fin de la pièce) que la référence à *La Danse de mort* de Strindberg s'impose le plus nettement.

20. Dans cette tirade se concentre un bon nombre des motifs par lesquels *Huis clos* s'oppose au *Soulier de satin*. Prouhèze est cette eau qui seule peut désaltérer Rodrigue (« Seule l'étoile qu'elle est / peut rafraîchir en moi cette soif affreuse », *Théâtre*, t. II, version pour la scène, p. 984) ; Estelle morte et ayant noyé son enfant traite avec ironie l'expression d'« eau vive », empruntée au Nouveau Testament (Jean, IV, 10-11). Camille remet dans la main de Prouhèze qui dort un grain de son chapelet qu'elle avait perdu : « goutte d'eau », « grain de cristal » (*ibid.*, p. 1066) ; Estelle conjoint les mêmes mots (« eau vive », « cristal ») mais le cristal se brise, claire allusion à la scène de ménage du Boulevard, et à l'impureté du personnage (qu'elle assume). Enfin, si la trajectoire de Prouhèze est la transfiguration de son corps de chair en corps stellaire (« laisse-moi devenir une étoile », *ibid.*, p. 1075), ici Estelle danse pour se faire, même morte, corps désirable aux yeux de Garcin, et du jeune Pierre (par projection imaginaire sur terre).

21. Voir *L'Être et le Néant*, p. 445 : « Les amants recherchent la solitude. C'est que l'apparition d'un tiers, quel qu'il soit, est destruction de leur amour. »

22. Cette méditation sur le caractère incompréhensible de l'acte appelle la comparaison avec ce que Ferrante, dans *La Reine morte* de Montherlant (1942), nomme « la tragédie des actes » : « Un acte n'est rien sur le moment. [...] on le retrouve quand on n'y pensait plus, et où on l'attendait le moins. Est-ce juste, cette existence interminable des actes ? Je pense que non. Mais cela est » (acte II, Ier tableau, sc. I).

23. Outre le sens obvie du mot, on peut penser à cette définition donnée dans *L'existentialisme est un humanisme*, Nagel, 1946, p. 84 : ceux qui « se cacheront, par l'esprit de sérieux ou par des excuses déterministes, leur liberté totale, je les appellerai lâches ».

24. Ce coup de théâtre constitue une péripétie fort paradoxale, puisqu'elle n'amène aucun changement dans la situation des personnages. Pourtant, quelque chose se passe : un choix. On pense à cette page de *Qu'est-ce que la littérature ?* (p. 352) sur le « théâtre de situation » : « En un sens, chaque situation est une souricière, des murs partout : je m'exprimais mal, il n'y a pas d'issues à *choisir*. Une issue, ça s'invente. Et chacun, en inventant sa propre issue, s'invente soi-même. » Il faut souligner

l'ambiguïté du choix de Garcin ; sa décision de rester est-elle inauthentique (il accepte à jamais de se soumettre au jugement d'autrui, se voue au ressassement infini), ou authentique (il ne fuit pas, mais assume son passé, défend sa désertion en ne désertant pas une seconde fois) ? Ainsi cet unique miracle (la porte est une métaphore traditionnelle de la Grâce) ne résout rien pour les personnages, à la différence de ce qui (aux yeux de Sartre) se passe dans le théâtre catholique.

25. « Couteau », « poison » : ces mots d'Inès, et aussi le rôle qu'elle a joué de « sinistre miroir », font songer à un poème des *Fleurs du mal*, « L'Héautontimorouménos », qui avait beaucoup marqué Sartre.

26. Cette ultime phrase, d'une part, renvoie à la dramaturgie naturaliste de la scène sans fin (« Continuons » est le dernier mot de *La Danse de mort*). D'autre part, elle implique le public dans un procès inachevable : Garcin, lâche déserteur ou courageux pacifiste ? Estelle, cruelle infanticide ou victime du sort que la société bourgeoise ménage aux orphelines pauvres et jolies ? Inès, pousse-au-suicide ou aigrie tant par son humble condition sociale que par la condamnation des amours saphiques ? Notons enfin que cette chute trouvera son pendant dans la dernière page d'*En attendant Godot* : « ESTRAGON : Je ne peux plus continuer comme ça. / VLADIMIR : On dit ça. »

Autour de « Huis clos »

BROUILLONS ET ESQUISSES

◆ ÉBAUCHE DE PLAN. — Nous reproduisons ici le manuscrit de la B.N.F., non coté, f° 1 r° v°.

1. Voir n. 17, p. 115.

◆ ÉLABORATION (AVEC LE NOM DES COMÉDIENS). — Nous présentons les folios 1 à 4 d'un manuscrit de la B.N.F., provenant des Papiers Jean Cau (vente Drouot, 1993). Il s'agit de 4 pages in-folio, sur un papier à petits carreaux.

◆ GARCIN ET SON ACTE (1). — Nous reproduisons ici le manuscrit de la B.N.F., f° 3 r° v° et f° 4 r°.

◆ GARCIN ET SON ACTE (2). — Nous reproduisons le folio 17 verso du manuscrit de la B.N.F.

◆ ÉBAUCHES POUR LA FIN DE LA PIÈCE. — Ces ébauches proviennent d'un folio isolé du manuscrit Cau. Au verso figure une liste de 46 élèves, dont un Proust, avec les notes de leurs dissertations de philosophie, qui s'échelonnent de 3 pour Frétigny à 15 pour Veau. Proust obtient un 8.

PRÉFACE « PARLÉE »

Il n'existe pas, à notre connaissance, d'interview de Sartre sur *Huis clos* à l'époque de sa création. En revanche, en 1965, pour l'enregistrement phonographique de la pièce par la Deutsche Gramophon Gesellschaft (D.G.G. 43902/03), disque réalisé avec la participation de Michel Vitold, Gaby Sylvia, Christiane Lenier et R.-J. Chauffard, Sartre a enregistré une préface que nous reproduisons ici dans son intégralité et qui lève un certain nombre d'équivoques entretenues autour du sens philosophique de cette œuvre. Des extraits de cette préface parlée ont été reproduits dans la presse (en particulier *L'Express*, 11-17 octobre 1965) à l'occasion de la diffusion par l'O.R.T.F. de *Huis clos* mis en scène par Michel Mitrani.

TÉMOIGNAGES ET RÉACTIONS

◆ MAURICE BESSY, « LES PASSAGERS DU SOUVENIR ». — Extrait des *Passagers du souvenir*, Albin Michel, 1977, p. 173.

◆ MARC BARBEZAT, « COMMENT JE SUIS DEVENU L'ÉDITEUR DE JEAN GENET ». — Extrait de « Comment je suis devenu l'éditeur de Jean Genet », dans Jean Genet, *Lettres à Olga et Marc Barbezat*, L'Arbalète, 1988, p. 243-244.

1. D'une lettre de Genet à Marc Barbezat, en date du 23 mai 1944, où il écrit : « Je vous laisse à votre joie d'être ensemble », on peut déduire qu'Olga Barbezat fut libérée de Fresnes entre le 18 et le 22 mai 1944.

◆ ROBERT KANTERS, « À PERTE DE VUE. SOUVENIRS ». — R. Kanters est à l'époque le précepteur des deux enfants d'Annet Badel, avocat devenu président-directeur d'une compagnie de vente de produits pétroliers, et mari de l'actrice Gaby Sylvia. Les Gallimard sont leurs commensaux habituels. Nous reproduisons un extrait de *À perte de vue. Souvenirs*, Le Seuil, 1981, chap. v, p. 171-173.

1. Il s'agit d'une erreur : il faut lire *Les Mouches*.
2. La famille Badel y habite alors un petit hôtel particulier, près du métro Pereire.

◆ JEAN COCTEAU, « JOURNAL 1942-1945 ». — Extrait de son *Journal 1942-1945*, 1er juillet 1944, Gallimard, 1989, p. 526-527.

◆ PIERRE DRIEU LA ROCHELLE, « JOURNAL 1939-1945 ». — Extrait de son *Journal 1939-1945*, 10 juillet 1944, présenté et annoté par Julien Hervier, Gallimard, 1992, p. 399-401.

◆ DUSSANE, « NOTES DE THÉÂTRE ». — Extrait de *Notes de théâtre*, Lardanchet, 1951, p. 129-130.

MORTS SANS SÉPULTURE

NOTICE

De toutes les pièces de Sartre, *Morts sans sépulture* est celle qui a suscité le plus de scandale. La première fut houleuse principalement à cause des scènes de torture du deuxième tableau. On entendit des cris « Au Grand-Guignol ! », « Assassins[1] ! ». La pièce, courte, haletante, carrée, sans grâce scénique ni poésie verbale, porte sur la Résistance. Elle est, en 1946, la première œuvre dramatique d'importance à aborder ce sujet attendu, qui apparaissait comme une obligation pour les dramaturges de l'après-guerre à la recherche d'une renaissance du théâtre français et d'un nouveau public lassé par le théâtre d'évasion futile qui continuait de faire florès[2]. Ce qu'elle met en jeu est cette forme de guerre civile que fut la Résistance et sa répression par la Milice au moyen de la torture. La pièce s'interroge sur le sens du martyre infligé par des bourreaux à des victimes qui s'y exposent, et peut-être le simple fait de s'interroger, en deçà et au-delà des fières mythologies, est-il déjà scandaleux.

Que dit la *doxa* politique nationale en train de s'installer en 1946, produite aussi bien par les gaullistes que par les communistes ? Que le combat des résistants fut efficace et permit la libération du territoire avec l'aide des Alliés venus en renfort. Bref, que la France s'est libérée elle-même, grâce au sacrifice des plus braves, avec le soutien d'une majorité de la population que la Résistance armée, extérieure ou intérieure, incarnait en révélant sa volonté profonde. Or, que montre la pièce ? Le face-à-face solitaire de résistants captifs, qui ont échoué dans une opération mal conçue, mal organisée, perdue d'avance, coûteuse (trois cents villageois ont été massacrés), et de miliciens qui ne croient plus à leur victoire possible et s'avilissent volontairement en torturant leurs prisonniers. Et que dit-elle ? En gros, ou du moins à première vue, que le sacrifice des résistants était absurde, leur mort inutile, injustifiée, qu'ils resteront à tout jamais des morts sans sépulture. Une pièce qui heurtait à ce point les convictions du plus grand nombre avait de quoi faire scandale, moins d'ailleurs parce qu'elle portait sur scène l'extrême violence physique exercée par des hommes sur d'autres hommes, que parce qu'elle n'apportait pas de réponse à la question que se posait anxieusement le public français d'après-guerre : les résistants avaient-ils été des agents actifs et efficaces de l'histoire ou seulement des témoins héroïques ? Les Allemands sont remarquablement absents de ce drame :

1. Voir *Le Monde*, 9 novembre 1946. Le lendemain de cette représentation, Sartre fit lire, avant le lever de rideau, un avertissement par lequel il déclarait qu'il ne recherchait pas le scandale, qu'il s'était gardé « d'un réalisme de mauvais aloi » et qu'il n'avait voulu que « montrer la grandeur humaine ». Des coupures furent faites dans la scène de torture.

2. Voir Ingrid Galster, « Les " Années noires " vues par les dramaturges français de l'après-guerre », *Romanistische Zeitschrift für Literaturgeschichte / Cahiers d'histoire des littératures romanes*, vol. X, n° 3/4, 1986, p. 428-452.

tout se passe entre Français, dans le Vercors, haut lieu des combats entre résistants, Allemands et miliciens, au moment où se dessine la débâcle des armées d'occupation. Nous sommes en juillet 1944, en plein été caniculaire, un dimanche, enfermés dans une école, lieu symbolique, ici l'objet d'un dévoiement radical. Lieu par essence de la République, l'école devient sous l'État français (symbolisé par le portrait de Pétain) le théâtre d'un affrontement dont l'enjeu est plus moral que stratégique : les résistants vont-ils parler, c'est-à-dire se trahir eux-mêmes ? Pur rapport de force. Parler, ne pas parler, faire parler : c'est le corps battu, humilié, forcé, supplicié, qui est l'unique terrain de cet affrontement. Et tout se passe évidemment dans les têtes. « On est des bêtes », dit à un moment un milicien tortionnaire (p. 191). Mais justement, ni les victimes ni les bourreaux ne sont des bêtes, et si ceux-ci essaient de réduire celles-là à l'état animal, à de la chair pantelante, c'est pour obtenir une victoire : en les faisant parler, ils veulent contraindre des hommes à abdiquer leur valeur d'hommes qui réside dans la résistance à ce qui les écrase. L'accent est ainsi mis d'abord sur le cri du corps et sur le stoïcisme, dont la devise est : « souffre et meurs sans parler ». Cette situation va aussi être pour Sartre l'occasion de rendre manifeste ce sadisme qui se trouve si bien défini dans certaines pages de *L'Être et le Néant*[1].

Huis clos avait montré le combat à mort des consciences, mais c'était dans une sorte d'abstraction philosophique : les trois consciences étaient mortes puisqu'elles n'avaient plus de corps charnel capable de jouissance autant que de souffrance. Au contraire, l'affrontement des consciences — des consciences qui ne sont *politiques* qu'implicitement —, dans cette nouvelle caverne platonicienne qu'est l'école désaffectée par la guerre, a pour enjeu la résistance de corps vivants, souffrants et mortels. De corps qui ont un *pathos*, au double sens de souffrance et de droit qu'il a dans la tragédie grecque, selon Hegel. Après la pièce, ce qui continuera, c'est la vie, même si les protagonistes y laissent leur peau. Et cette vie, c'est nous spectateurs, qui l'incarnons ; c'est au public de décider du sens de la pièce, du sens qu'a pour lui la défaite ou l'amère victoire des résistants suppliciés. La dernière phrase, dite par un milicien ivre, avait, a de quoi, en elle-même, susciter le scandale : « Dans un instant, personne ne pensera plus rien de tout ceci. Personne d'autre que nous » (p. 200). Quel est ce « nous » ? Littéralement, celui des miliciens qui se savent condamnés tôt ou tard. Mais dans le huis clos du théâtre où sont enfermés public et comédiens, ce « nous » devient aussi celui du public. C'est lui qui est requis de penser quelque chose sur ce à quoi il vient d'assister : une pièce de théâtre qui présente l'héroïsme non pour le célébrer, mais pour le mettre en question. Le mettre à la question. La pièce a des accents cornéliens. Mais une pièce héroïque où l'héroïsme ne sert à rien, parce que les jeux sont faits, parce que l'histoire se déroule au loin et transforme les actes en gestes, c'est-à-dire les rend absurdes, ambigus, devient elle-même ambiguë, ou tout au moins problématique, et, pour beaucoup,

1. Voir notamment *L'Être et le Néant*, Gallimard, 1943, p. 473 : « Ce que le sadique recherche ainsi avec tant d'acharnement, ce qu'il veut pétrir avec ses mains et plier sous son poing, c'est la liberté de l'Autre [...] C'est pourquoi le sadique voudra des preuves manifestes de cet asservissement par la chair de la liberté de l'Autre : il visera à faire demander pardon, il obligera par la torture et la menace l'Autre à s'humilier, à renier ce qu'il a de plus cher. »

inacceptable. Les héros de la pièce meurent pour rien, et même le plus héroïque d'entre eux, le plus militant, le plus délivré des affres de la subjectivité, Canoris, meurt absurdement, assassiné, alors qu'il a lancé ses bourreaux sur une fausse piste par de faux aveux. Ces héros sont des victimes. Comment, survivant à une guerre où l'honneur a été perdu par la faute des collaborateurs, s'identifier à des victimes quand on n'a pas été héros soi-même, qu'on a été plus ou moins résistant, et plutôt moins que plus ? Si le théâtre avait montré des résistants forts et triomphants, le public — nécessairement composé en sa majorité d'attentistes — aurait pu projeter sur eux son propre idéal. Qui n'aurait voulu avoir résisté, en 1946 ? Et si la pièce s'était contentée de montrer l'ignominie des miliciens, le public aurait pu communier dans la haine d'un ennemi intérieur vaincu, mais peut-être moins défait qu'il eût fallu. Au lieu de quoi, les bourreaux sont présentés comme de pauvres types, des ratés, agissant par ressentiment, divisés par de petits conflits d'autorité, la mauvaise odeur de la collaboration, et les héros résistants apparaissent comme des victimes naïves et cependant cruelles. Pour les plus lucides d'entre les survivants de la France des années noires, mieux aurait peut-être valu tourner la page. Or la pièce de Sartre, avec une sorte d'obstination méchante, vient exactement empêcher les Français de tourner cette page sanglante et sans vraie gloire : la Résistance est montrée là comme une conduite difficile à *penser* sans recours à une mythologie.

Le texte où Sartre aborde de face cette question, en août 1945, « La Libération de Paris : une semaine d'apocalypse[1] », n'a rien de triomphant. Il ne célèbre pas une victoire militaire de l'insurrection sur l'occupant, mais une cérémonie libératoire qui se savait et se voulait cérémonieuse, puisque ce n'est pas l'insurrection elle-même qui a libéré Paris mais l'avancée des chars américains. Ce n'est pas du tout elle que, un an plus tard, Sartre met en scène dans *Morts sans sépulture*. Tout au contraire, nous assistons à un sacrifice obscur, ambigu, solitaire, inutile au regard de l'histoire. Nous assistons à la tentative désespérée de transformer une défaite pratique en victoire morale. La liberté qui s'affirme malgré tout dans la pièce est beaucoup plus modeste : elle est celle d'individus qui tentent de donner un sens à leur mort, du moment que leur vie ne sert plus à rien, qu'ils sont tombés dans un trou de l'histoire, dans une fosse d'oubli. Et ce qui motive la pièce, sans doute, est justement le refus de cet oubli : c'est la pièce elle-même qui doit donner à ces morts la sépulture de notre mémoire, ou du moins de celle du public de 1946. Car c'est bien à ce public bourgeois que Sartre s'adresse, ce public qui n'a pas résisté, qui n'a pas pris part aux combats, même s'il les a approuvés. À lui de prendre rétrospectivement sa part des souffrances des résistants, en subissant sa position de spectateur scandaleusement impuissant devant le déchaînement de la violence. Ces martyrs solitaires, la pièce les confie à la sauvegarde du public. *Morts sans sépulture* apparaît alors comme une cérémonie des adieux, un rituel de purification pour un public captif le temps d'une représentation : nous avons su, nous voyons joué ce qu'obscurément nous savions, nous n'oublierons pas. Pour la prise de conscience de ce que fut la Résistance en réalité, on peut dire que l'outrage au public, le scandale, Sartre les avait profondément vou-

1. Michel Contat et Michel Rybalka, *Les Écrits de Sartre*, Gallimard, 1970, p. 659-662.

lus. Les avait-il prévus ? C'est une autre question. Un texte que l'on ne peut que difficilement lui attribuer directement, « La Résistance : la France et le monde de demain, par un philosophe[1] », donne cependant son sentiment à l'égard du combat de la Résistance alors même que ce combat était en cours, en 1942-1943. À l'en croire, la Résistance se déroulait dans des conditions matérielles et surtout psychologiques désastreuses, la majorité des patriotes, à l'exception des communistes et des conservateurs, ayant une idéologie confuse, purement négative ou uniquement soucieuse de moralité individuelle. C'est en effet le cas des personnages d'Henri, de Lucie, de son jeune frère François, de Sorbier, et même de Jean, leur chef. Le seul à ne pas céder au désespoir, par dévouement total à la Cause, est un étranger, Canoris, que la pièce ne désigne pas explicitement comme un communiste mais comme un militant ayant combattu la dictature du général grec Metaxas. L'œuvre est adroitement construite sur un retournement de situation, un véritable coup de théâtre. Au premier tableau, durant les scènes I et II, la question est celle qu'énonce la toute première phrase de la pièce : « Allez-vous parler, à la fin ? » (p. 147). Ces prisonniers ont perdu la partie, ils sont mis au rebut comme les éléments du décor, objets abandonnés dans le grenier obscur, ils vont être torturés, ils le savent, et ils n'ont rien à dire, rien à avouer. Ils vont souffrir pour rien. Parler, ne pas parler, crier, ne pas crier sous la souffrance, ce sera pour chacun d'eux affaire de « moralité individuelle ». Rappelons-nous cette phrase du jeune professeur Sartre qui avait tant frappé, d'entrée de jeu, son élève du lycée Pasteur, J.-B. Pontalis, au printemps de 1941 : « Un jugement de fait porte sur ce qui est ; un jugement de valeur porte sur ce qui devrait être[2]. » Jugement de fait : ces résistants sont vaincus. Jugement de valeur : ces prisonniers devraient être vainqueurs. Pour cela, un seul moyen : se comporter en héros, triompher moralement, ne pas crier grâce. Comment, dès lors, pourraient-ils être soucieux d'autre chose que de moralité individuelle ? « C'est à moi seul que je dois des comptes à présent », dit Henri (p. 155). Et Canoris, lucide : « [...] nous sommes morts : au moment précis où nous avons cessé d'être utiles » (p. 156) ; le reste, ce sont des « affaires personnelles » qui ne l'intéressent pas, parce qu'elles appartiennent au monde de la subjectivité. Dans cette situation limite, où il n'y a rien à faire, le souci d'être ne peut concerner chacun qu'à titre personnel. Le combat, quoi qu'il en soit, se continuera sans eux. C'est alors que survient le coup de théâtre, et que la pièce, de pathétique, devient dramatique : l'arrivée inopinée de Jean, leur chef, arrêté par erreur, et dont les miliciens ne connaissent pas l'identité. À partir de ce moment, les prisonniers destinés à la torture ont quelque chose à dire : ils peuvent livrer leur chef. Ou bien tenir, et lui permettre ainsi d'avertir soixante compagnons de combat que l'opération a échoué. C'est plus qu'un cas de conscience, c'est un acte qui engage l'avenir. L'arrivée de Jean leur a

1. Voir *ibid.*, p. 110. Selon le témoignage de Dominique et Jean-Toussaint Desanti, ce texte a été rédigé par Maurice Merleau-Ponty à la fin de 1941 ou au début de 1942, et reflétait fidèlement les idées de Sartre peu après l'expérience et l'échec du groupe « Socialisme et liberté ».

2. Rapporté par J.-B. Pontalis dans le documentaire de télévision de Pierre-André Boutang et Annie Chevalley, *Sartre, si loin, si près*, diffusé par la chaîne Arte, le 13 décembre 2001.

restitué la liberté pratique, ils ne sont plus de futurs morts injustifiés, ils sont redevenus des vivants utiles, ils sont rendus à l'histoire. Mais ils vivent à présent dans une tension épouvantable, que Canoris résume bien d'une phrase, la phrase clé du premier tableau : « Nous ne sommes pas faits pour vivre toujours aux limites de nous-mêmes » (p. 162). Cette responsabilité illimitée, ils vont l'exercer par la plus affreuse décision : celle d'éliminer le plus faible d'entre eux, l'adolescent, François, qui s'est engagé sans savoir à quoi, et qui risque de ne pas tenir. Leur liberté retrouvée commence par un meurtre qu'aucun ne pourra se pardonner, et qui pourtant leur est imposé par la situation, comme un redoublement de la torture. Il est accompli avec une résolution qui ressemble presque à de la cruauté. Celui qui supporte le plus mal ce meurtre est évidemment Jean, pour qui il est commis. Après quoi, il ne peut plus songer à se livrer pour éviter aux autres la torture[1]. Le piège est refermé. Jean désormais est exclu de la petite communauté du seul fait que l'avenir lui appartient, alors que les autres sont de toute façon promis à la mort, même si cette mort peut, grâce à lui et au combat qu'il va poursuivre collectivement pour eux, prendre un sens. Les résistants ont gagné, moralement, et même militairement, pourrait-on dire, mais pour nous, leurs survivants, cette victoire est amère. Le public ne pouvait que quitter la salle avec un goût saumâtre dans la bouche : le goût du sacrifice qu'on a laissé faire à d'autres. Ce goût, Sartre sans doute le connaissait. Sa pièce est une forme d'expiation, pour lui-même comme pour son public. Elle ne donne aucune leçon, ne propose aucun modèle. Son ironie cruelle est de laisser aux miliciens l'intuition que l'histoire va les condamner en faisant de leurs victimes des martyrs. Une phrase de Canoris donne, peut-être, la clé morale de la pièce : « [...] tu t'occupes trop de toi, Henri ; tu veux sauver ta vie... Bah ! Il faut travailler ; on se sauve par-dessus le marché » (p. 197). C'est en tout cas la conviction de Sartre, et l'on retrouvera ce thème dans *Les Mots*, en 1964, au moment de la fin des illusions. Au terme de la pièce, tous les personnages, sauf Jean, sont morts ou voués à la mort. Jean a perdu la femme qu'il aimait, mais il est sauf et réussira sans doute à prévenir ses camarades. Canoris n'a pas survécu, mais il a réussi à se définir positivement. C'est lui qui a un jugement lucide sur la situation à la fois existentielle et théâtrale, lorsqu'il dit : « Rien de ce qui se passe entre ces quatre murs n'a d'importance. Espère ou désespère : il n'en sortira rien » (p. 157). C'est lui qui reste réaliste, qui refuse la culpabilité, l'orgueil et les dérives névrotiques des autres personnages, et qui fait adopter par les résistants un stratagème qui pourrait réussir. Canoris incarne la figure du militant que dessinera Sartre, opposée à celle de l'aventurier, dans sa préface au livre de Roger Stéphane, *Portrait de l'aventurier* (1950). Henri, au contraire, est un avatar du héros existentiel tourmenté, dont l'engagement ne peut jamais chasser les affres de la subjectivité. On peut voir en lui une continuation

1. La situation décrite ici peut-elle être mise en rapport avec l'affaire Jean Moulin ? Daniel Cordier, l'auteur d'une biographie de Moulin, dit à propos de l'homme qui fut accusé d'avoir trahi le grand résistant, mort sous la torture en 1943 : « René Hardy [...] a été un de nos vaillants camarades de lutte. Il a eu la malchance de tomber entre les mains de la Gestapo et de " craquer ". Mais je suis sûr qu'il n'est pas un seul résistant digne de ce nom qui, ayant eu la chance de ne jamais être arrêté, ne s'interroge avec angoisse, même cinquante ans après : Qu'aurais-je fait à la place de Hardy ? » (*Le Nouvel Observateur*, 22-28 avril 1999, p. 152).

du personnage de Garcin dans *Huis clos*[1] et une première mouture du personnage de Hugo Barine dans *Les Mains sales*. Entre Henri et Canoris, personnages très contrastés, Sartre distribue les rôles de son propre conflit intellectuel entre le marxisme et l'existentialisme, entre une morale de l'efficacité où l'individu se perd au sein du groupe uni par l'action, et une morale de l'authenticité qui commence par l'assomption de la subjectivité contre une culpabilité originelle séparant l'individu du groupe. C'est dans l'article « Matérialisme et révolution[2] » (1946) que Sartre tente d'esquisser, sur le plan philosophique, le dépassement de ce conflit entre un matérialisme qui nie la conscience et un idéalisme qui l'hypostasie. Dans *Morts sans sépulture* les deux attitudes restent opposées, dialectiquement inconciliables, mais l'on sent déjà que la sympathie politique de l'auteur va au militant sans état d'âme parce que lesté d'expérience pratique.

Sartre connaissait de première main ce que furent les combats dans le Vercors, souvent inutiles et lourds en pertes humaines. Une de ses proches, Bianca Bienenfeld, qui avait épousé un camarade d'études, Bernard Lamblin, avait vécu, avec ses parents et son mari, cachée dans une grotte du Vercors[3]. De nombreux récits circulaient. Le suicide de Pierre Brossolette, l'un des fondateurs du Conseil national de la Résistance, qui, en mars 1944, s'était jeté par la fenêtre pour échapper à un interrogatoire de la Gestapo, apparaissait comme l'un des épisodes les plus sombres et les plus héroïques de la Résistance. Sartre s'en souvint et l'inscrivit dans sa pièce comme un hommage, répondant ainsi à un devoir de mémoire. Il avait tôt pensé à composer une pièce sur des événements contemporains. En 1942-1943, il avait écrit un scénario cinématographique avec la Résistance pour thème principal[4], et il est probable que si celui-ci avait été réalisé après la guerre, la pièce lui serait apparue moins nécessaire. Il écrivit *Morts sans sépulture* dans les derniers mois de 1945, indique Simone de Beauvoir : « Au moment où les anciens collaborateurs commençaient à relever la tête, il avait eu envie de rafraîchir les mémoires[5]. » Pendant les années de l'Occupation, lui et ses amis s'étaient beaucoup interrogés : si on me torture, parlerai-je ? Beauvoir indique aussi que Sartre avait jeté dans la pièce tous ses fantasmes sur les rapports du tortionnaire et de sa victime. Sur le plan moral, il donnait raison au « militant communiste » qui vise l'efficacité, contre une morale de l'orgueil individuel. La pièce devait avoir un sens univoque, sans tomber dans le prêchi-prêcha. Des directeurs de théâtre s'étaient effrayés de l'épisode de la torture, et se récusèrent[6]. Pour finir, Simone Berriau, qui venait de reprendre le théâtre Antoine, l'accepta, et Sartre écrivit en quelques jours *La Putain respectueuse* pour compléter le spectacle. Beauvoir raconte qu'au cours des répétitions auteur et acteurs avaient fini par ne plus mesurer l'impact des scènes de torture. Il se révéla à la générale

1. Voir Robert Lorris, *Sartre dramaturge*, Nizet, 1975, p. 114 : « Henri et Sorbier se partagent la défroque de Garcin. »
2. Repris dans *Situations, III*, Gallimard, 1949, p. 135-228.
3. Voir Simone de Beauvoir, *La Force des choses*, Gallimard, 1963, p. 20-21.
4. Publié sous le titre « Résistance » dans *Les Temps modernes*, nº 609, juin-juillet-août 2000, p. 3-40.
5. *La Force des choses*, p. 127.
6. Voir les lettres de Simone de Beauvoir du 19 et du 25 janvier 1946 (*Lettres à Sartre*, t. II : *1940-1963*, Gallimard, 1990, p. 268-269 et 270-271).

que les cris de Michel Vitold, qui jouait le rôle d'Henri[1], étaient insupportables. Ainsi, écrit Beauvoir : « La femme d'Aron partit à l'entracte, ayant manqué s'évanouir, et il la suivit[2]. » En Italie, le film de Roberto Rossellini, *Rome, ville ouverte*, avait provoqué un scandale analogue. Une terrible scène de torture au chalumeau exercée sur un résistant avait paru insoutenable. Pourtant, le tortionnaire était allemand, gestapiste, et la douleur n'était filmée que sur le visage du comédien. Mais une partie de la critique italienne cria au dévoiement de l'art cinématographique. En France, André Bazin défendit vigoureusement l'esthétique du film, et celui-ci reçut, en octobre 1946, le Grand Prix du festival de Cannes, ex aequo avec *La Bataille du rail*, de René Clément, premier film français sur la Résistance intérieure. Il semble que ce qui était acceptable dans une esthétique réaliste au cinéma ne l'était pas au théâtre, où la proximité physique des comédiens implique les spectateurs jusque dans leur corps. Sartre transgressait une des règles les plus fortes du théâtre traditionnel en représentant sur scène la torture. Le critique théâtral du *Monde*, Robert Kemp, défendit *Morts sans sépulture* contre l'accusation infamante d'être grand-guignolesque, et, qualifiant la pièce de « documentaire », il écrivit : « Oui, ce réalisme qui semble fait exprès pour tordre les nerfs et lever le cœur serait fâcheux, hideux, il serait même bas… s'il n'était pas de l'histoire[3] ! »

Si Sartre avait d'une certaine façon voulu le scandale en portant le fer dans la mémoire oublieuse des années noires, il ne l'avait pas prévu sous cette forme, et il fit rapidement machine arrière sous le feu de la critique. Simone de Beauvoir l'avait prévenu[4]. Il donna avant la première une interview à *Combat* où il affirmait que sa pièce n'était pas une pièce sur la Résistance, qu'il était intéressé par les situations limites et les réactions de ceux qui s'y trouvent placés ; il insistait sur l'intimité du bourreau et de la victime[5]. Il disait aussi que le choix d'un sujet contemporain s'imposait dans une conception moderne du théâtre, et qu'il ne récrirait donc plus aujourd'hui une pièce à caractère mythologique, comme *Les Mouches*. On sait qu'il changea d'avis sur ce point, et que *Le Diable et le Bon Dieu* devait précisément traiter d'un sujet contemporain sous la figuration d'un drame à allure romantique qui avait une portée à la fois mythique et politique. Sartre donna de cette conception du mythe moderne une formulation théorique simple dans son article « Forger des mythes[6] » (1946). On ne peut pas dire qu'il y soit tout à fait parvenu avec *Morts sans sépulture* : comme dans *Antigone*, il y a bien ici, en coulisses, des cadavres qui restent exposés au soleil et auxquels il n'a pas été fait l'hommage d'une sépulture rituelle, mais les personnages obéissent à une logique réaliste contemporaine — ils sont pris dans une situation inextricable et réagissent chacun en fonction de leur personnalité, affective plus qu'intellectuelle, sauf dans le cas de Canoris. Mais lui-même n'atteint pas non plus à une dimension mythologique : il résume une attitude plus qu'il n'incarne un destin qui serait exemplaire parce qu'il en contiendrait beaucoup d'autres (comme

1. Il était aussi le metteur en scène de la pièce.
2. *La Force des choses*, p. 128.
3. *Le Monde*, 15 novembre 1946 (repris dans la rubrique « Il y a cinquante ans », *Le Monde*, 15 novembre 1996).
4. Voir la lettre qu'elle lui écrit le 25 janvier 1946 (*Lettres à Sartre*, t. II, p. 271).
5. Voir Autour de *Morts sans sépulture*, p. 202-203.
6. Repris dans *Un théâtre de situations*, Gallimard, 1992, p. 57-69.

le sera par exemple le dirigeant politique réaliste Hoederer dans *Les Mains sales*). Sartre a eu raison de voir en eux des personnages de cinéma plus que de théâtre. Le langage qu'il leur prête y est aussi pour quelque chose. Non que ce langage soit de quelque façon naturaliste, même pour les miliciens. Les résistants ici s'expriment par des formules simples, claires, dépourvues d'équivoques et de résonances, sans que leur parole les individualise fortement. On pourrait dire que tous parlent « existentiel », dans la mesure où ils disent avec les mots les plus courants leur tourment, leur cas de conscience, leur désespoir ou leur interrogation sur le sens de ce qui leur arrive. Somme toute, ils « parlent Sartre[1] », mais Sartre ne cherche pas, comme dans *Huis clos*, la formule mémorable, l'effet scénique par la simple puissance du langage. Ce qu'il semble avoir visé, plutôt, c'est une extrême sobriété. Il a dû sentir que celle-ci allait jusqu'à la sécheresse et affectait les personnages en leur ôtant de l'humanité, c'est-à-dire de la nostalgie et du désir, puisque la réécriture qu'il a opérée sur la scène III du tableau IV tente de corriger cet effet d'aridité[2]. C'est en entendant la pluie tomber et en se souvenant de l'odeur de la terre mouillée que Lucie peut enfin céder aux larmes. Contrairement à ce qu'on a pu affirmer[3], ce changement rhétorique ne modifie pas le sens de la dernière scène où apparaissent les résistants : leur décision de parler (par un faux aveu) plutôt que de se taire par orgueil devant leurs bourreaux est emportée par un retour soudain du goût de la vie, et pas seulement par une pure résolution politique. C'est la seule note de tendresse dans cette pièce tendue comme une corde prête à se rompre. Il se peut que Sartre, à l'origine, par une sorte de pudeur qui tenait aux limites de son engagement dans la Résistance, et aussi par choix esthétique, ait voulu redresser sa pièce par rapport aux débordements de lyrisme auxquels il s'était livré dans *Les Mouches*. Déjà, *Huis clos* avait marqué un progrès de l'expression vers la concision sèche. En passant de l'enfer mythique (ou philosophique) à l'enfer sur terre avec *Morts sans sépulture*, pièce qui se réclamait de la modestie existentielle devant la mort, toute rhétorique héroïque eût été insupportable. Lui reprocher, comme l'ont fait plusieurs critiques, son manque de poésie, c'était lui reprocher sa nature même de pièce impitoyable pour le public.

Paradoxalement, la pièce connut un relatif succès commercial : plus de cent cinquante représentations successives. Mais ce succès a pu tenir pour une bonne part au scandale : les spectateurs venaient assister à un événement parisien et éprouver des sensations fortes. La pièce fut diversement accueillie par la critique, et, en général, mal ; les soutiens eux-mêmes furent assez tièdes, et plutôt motivés par la solidarité idéologique contre ceux qui l'attaquaient le plus violemment.

Le jugement négatif que Sartre lui-même a fini par porter sur sa pièce est sans doute d'une excessive sévérité[4]. Il est vrai que l'action est prédéterminée, que les spectateurs ne peuvent penser que les résistants

1. Robert Kemp, *Le Monde*, 22 novembre 1946 ; voir le Dossier de réception de *Morts sans sépulture*, p. 1345.
2. Voir var. *n*, p. 198, et Autour de *Morts sans sépulture*, p. 201.
3. Voir Roger Garaudy, *Perspectives de l'homme, existentialisme, pensée catholique, marxisme*, P.U.F., 1959.
4. Voir Autour de *Morts sans sépulture*, p. 203.

vont parler, et que par conséquent la pièce ne respire pas, n'est portée par aucun suspense. Mais dans sa rigueur sombre, et sa dureté même, elle atteint une sorte de beauté qui la fait ne ressembler à aucune des autres pièces de Sartre : se tenant à part comme une statue désolée, un aride monument aux morts, elle impressionne par sa nudité. Qu'on imagine les hurlements si elle avait été décorative ! Il n'est pas anormal qu'une pièce sur la torture et la résistance à la torture provoque le malaise. Sartre s'en souviendra quand il écrira au sujet de la torture pratiquée par l'armée française en Algérie une pièce aussi ardue et complexe que *Les Séquestrés d'Altona*. C'est qu'alors la question ne sera plus celle de l'attitude à prendre devant la torture subie, au passé, mais devant celle exercée, au présent, par ses propres compatriotes[1]. *Morts sans sépulture* donne de la France de 1944 une image sans complaisance. Cela suffisait à en faire un objet de scandale. Que la pièce soit aujourd'hui difficile à représenter, tant elle colle à l'époque, ne l'empêche pas d'être forte et même saisissante à la lecture. Robert Kemp, en la défendant dans *Le Monde*, disait que personne ne saurait sans doute d'ici longtemps « trouver la synthèse poétique et dramatique[2] » que le talent de Sartre avait laissé espérer pour traiter de l'angoisse devant la torture et la mort. Il nous semble qu'il n'a pas fallu attendre si longtemps pour qu'une œuvre d'art propose cette synthèse : *Un condamné à mort s'est échappé*, réalisé en 1956 par Robert Bresson. Sartre avait pressenti que le silence des gestes et des regards dans l'art cinématographique peut être plus éloquent que le dialogue théâtral. Peut-être s'est-il piégé lui-même en refusant les pièges de la spiritualité et les tentations d'évasion par la religion ? La situation qu'il met en scène n'est pas loin de rappeler celle que décrit Pascal dans la Pensée 199 (Brunschvicg ; Le Guern 405) qu'il avait recopiée à dix-neuf ans dans son carnet : « Qu'on s'imagine un nombre d'hommes dans les chaînes, et tous condamnés à la mort, dont les uns étant égorgés à la vue des autres, ceux qui restent voient leur propre condition dans celle de leurs semblables, et, se regardant les uns les autres avec douleur et sans espérance, attendent leur tour : c'est l'image de la condition humaine[3]. » À cette situation, Pascal ne voyait qu'une réponse : la religion chrétienne, le pari sur la vie éternelle. Or Sartre voulait que ses résistants puissent être désignés, ici-bas, comme « Les Vainqueurs[4] ». La fin de la pièce, avec le retournement de situation qui fait des résistants les victimes de la pure malignité d'un personnage inconsistant, représente une victoire de l'ironie tragique. Sartre l'avait voulue pour éviter la trop facile victoire de l'humanisme qu'il évoquait en parlant de la « grandeur humaine » à laquelle cette pièce rend hommage. Mémorial pour le résistant inconnu, la pièce est un drame éthique qui n'envisage l'héroïsme que pour le soumettre finalement à l'ironie. Dérisoire et odieux instrument du destin, le milicien Clochet aurait pu, tout aussi capricieusement, laisser la vie sauve aux prisonniers. L'œuvre y aurait sans aucun doute perdu en force. Si le sujet de la pièce est, comme l'affirme Robert Lorris, celui « des conduites à adopter en certaines circonstances excep-

1. Voir la Notice des *Séquestrés d'Altona*, p. 1504-1506.
2. *Le Monde*, 22 novembre 1946.
3. Voir Sartre, « Carnet Midy », *Écrits de jeunesse*, Gallimard, 1990, p. 778. La version donnée par Sartre est approximative.
4. Voir la Note sur le texte, p. 1347.

tionnelles sans se trahir moralement[1] », la conclusion apparaît, encore une fois, comme celle, bien sartrienne, de la contingence et non celle du salut, et moins encore celle de la grâce.

MICHEL CONTAT et MICHEL RYBALKA.

DOSSIER DE RÉCEPTION

Il est généralement tenu pour acquis que *Morts sans sépulture* fut mal accueilli par la critique. Contrairement à ce qu'affirme Simone de Beauvoir en 1963[2], la pièce ne fut pas soutenue par les communistes, du moins pas par la presse du Parti, qui souligna que les personnages oubliaient la cause pour laquelle ils combattaient. Madeleine André écrit dans *Femmes françaises*, une publication du P.C.F., le 30 novembre 1946 :

> L'auteur croit nous mettre en présence de deux équipes, deux camps, entre lesquels se livre une partie de jeu, jeu terrible où l'on engage ses muscles et ses nerfs mais où rien ne subsiste de ce qui est au-delà de la souffrance, jeu dont le mot suprême sera : « J'ai gagné ! »
>
> Or que du monde de la souffrance comme du monde de la folie les vivants sont exclus, c'est là une vérité qui ne permet nullement à Sartre de préjuger des sentiments des martyrs. Qui prouve que les êtres qui ont passé par ce chemin soient desséchés, dépouillés de leur âme, dépouillés de leur idéal ?
>
> Car nous avons le témoignage de ceux qui ont pénétré dans cet univers torturé, qu'ils en soient ou non revenus. Leurs lettres, leurs dernières paroles, les mots gravés sur les murs de leurs prisons, prouvent au contraire qu'ils n'avaient perdu ni la foi ni l'espérance.
>
> *Ô mes amis, si je meurs*
> *Vous saurez pourquoi ce fut.*
>
> Alors, qu'on ne vienne pas mettre sur les lèvres de ces soldats inconnus de la Résistance des paroles qu'ils n'ont jamais prononcées ni pensées. Il n'est pas d'art qui puisse justifier une telle trahison.

Il fut souvent reproché à la pièce de manquer d'idéal, d'être fausse, artificielle, de faire parler les personnages de manière invraisemblable. Ce fut le cas d'André Ransan, dans *Résistance*, le 11 novembre 1946 :

> Pour ce qui est de la morale, le seul point qui nous intéresse ici, que nous apporte la pièce de J.-P. Sartre ? Franchement, rien de noble, rien d'élevé. Aucun grand souffle, aucune poésie ne l'animent et, ce qui est pire, aucun idéal. L'auteur rabaisse tout comme à plaisir. Il se complaît dans le morbide : il nage avec délice dans le sadisme. L'héroïsme, le sacrifice, le patriotisme, en un mot « l'acte pur » ? Fariboles ! L'orgueil seul, le fol et stupide orgueil guide toutes les actions des hommes… Quant au point de vue physique ou simplement visuel, ce spectacle n'est pas beau : « Ce n'est pas une pièce, c'est une opération chirurgicale ! » s'écrie quelqu'un près de moi. Rien de plus vrai. […] Il ne faut tout de même pas confondre théâtre et amphithéâtre ! Il ne faut pas non plus et surtout avoir l'air d'exploiter la souffrance et la mort des autres. Cela est pénible et odieux. Pour toutes ces raisons, nous pensons avec regret que la pièce de Jean-Paul Sartre est, à l'heure actuelle, une œuvre malsaine et nuisible !

1. *Sartre dramaturge*, p. 103.
2. Voir *La Force des choses*, p. 129.

Le reproche formulé de la façon la plus insistante fut celui du « sadisme » et du caractère « trouble » de la pièce : Pierre Lagarde, *Libération*, 12 novembre 1946 ; Marcel Thiébaut, *Carrefour*, 21 novembre ; Henriette Brunot, *Psyché*, n° 2, décembre. L'attaque la plus extrême vint d'un philosophe, le chrétien Gabriel Marcel, dans *Les Nouvelles littéraires*, le 21 novembre :

> Comment dénoncer l'espèce d'attentat à la pudeur dont l'auteur s'est manifestement rendu coupable [...] sans paraître se faire le champion de l'hypocrisie au théâtre ? [...] il n'est guère moins impudique de présenter au théâtre une scène de torture que de nous faire assister à un accouplement. [...] Il ne me paraît pas admissible qu'une œuvre dramatique fasse fonction d'excitant, que ce soit ou non à la façon d'un aphrodisiaque. C'est là, j'en suis convaincu, trahir une exigence imprescriptible de l'art.
>
> [...] La vérité est qu'un gouvernement digne de ce nom aurait interdit la pièce au lendemain de la première représentation.

Dans sa chronique théâtrale de la revue *Hommes et mondes*, janvier 1947[1], il tente d'approfondir son analyse :

> Le dramaturge qui met à la scène des tortionnaires dans l'exercice de leurs fonctions devient tortionnaire à son tour et se rend, en réalité, complice de ceux qu'il prétend nous faire prendre en exécration. Qu'il y ait du sadisme dans le cas de Jean-Paul Sartre, c'est, au surplus, ce qu'il paraît impossible de contester ; et la façon dont il est amené dans *L'Être et le Néant* à concevoir ce qu'il appelle, bien improprement, l'amour suffit à le montrer.

Puis en juin-août 1947, dans son bilan de la saison théâtrale paru dans la *Revue théâtrale* :

> Dans *Morts sans sépulture*, peut-être n'y a-t-il pas à proprement parler mystification ; ce qui fausse cependant la pièce, c'est cette idée qui ne saurait résister à une analyse pénétrante, que la torture est une expérience privilégiée capable de révéler à l'homme ce qu'il est et ce qu'il vaut. Cette idée est, en tout cas, celle de plusieurs des protagonistes, et l'œuvre est construite de telle manière que l'auteur semble bien la prendre à son compte. Cependant ce qu'il faut marquer avant tout, c'est que la torture est précisément destinée — et, à la limite, aboutit inévitablement — à placer l'homme dans des conditions où il ne s'appartient et ne se possède plus. Elle est la plus inhumaine des aliénations. En fait, Sartre contribue dans cette pièce — et c'est ce qu'il est difficile de lui pardonner — à fournir d'apparentes justifications à un fanatisme insupportable. La façon même dont il peint les miliciens suffit à montrer qu'il n'a pas su ou voulu s'élever au-dessus d'une mentalité partisane, qui est certes parfaitement justifiable au niveau de l'événement et tant que celui-ci dure, mais qu'un dramaturge digne de ce nom se doit de dépasser. On peut poser en principe que tout auteur dramatique qui pactise avec l'esprit partisan trahit son art.

Francis Crémieux, résistant et fils de Benjamin Crémieux mort en déportation, dans un périodique non identifié, se montra indigné :

> Ayant eu affaire trois fois dans ma vie aux brigades politiques françaises ou à la Gestapo, je veux seulement dire ceci : d'un bout à l'autre de ces quatre actes il n'y a que littérature, tout cela est faux, artificiel, gratuit, inventé, tous les per-

1. Repris dans *L'Heure théâtrale*, Plon, 1959, p. 200-205.

sonnages sont atteints de cette hypertrophie du moi qui fait les vrais existentialistes. Il est dommage que les martyrs de la résistance soient ainsi exploités.

Maurice Gillis, dans *La Vie financière*, le 16 novembre 1946, y voit une atteinte à la dignité nationale :

Il est regrettable que l'auteur, pour l'intelligibilité de sa thèse, ait préféré opposer des Français à d'autres Français, alors que celle-ci aurait été tout aussi valable s'il avait substitué des occupants à ces derniers.

Sans doute, les cruautés qu'il retrace furent exactes, mais, en les évoquant de cette façon, il rappelle la plus pénible et douloureuse aberration de notre histoire, sur laquelle il vaut mieux, pour notre dignité nationale, jeter un voile.

De façon plus mesurée, Thierry Maulnier y décelait une complaisance au sadisme inconscient du public, une « excitation morbide », dans *Spectateur*, le 19 novembre 1946 :

Le sujet de *Morts sans sépulture*, où des maquisards prisonniers subissent la torture, la manière dont ce sujet est traité — la représentation insistante de ces tortures sur la scène — la proximité saignante des événements qui font l'objet de la transfiguration théâtrale, tout cela porte l'ouvrage représenté de M. Jean-Paul Sartre aux limites de l'insoutenable.

[...] le vrai défaut de la pièce n'est pas d'avoir montré des miliciens caricaturaux. Il est de les avoir montrés. La pièce eût eu plus de force si les miliciens et les torturés avaient été invisibles, dans la coulisse, comme une fatalité présente, mais sans visage. De même, je voudrais que le rideau au troisième acte tombe au moment où les prisonniers viennent de décider l'exécution de leur camarade et marchent vers le jeune homme épouvanté ! L'effet visuel de l'étranglement me paraît détendre le drame, non le tendre, de même que l'effet visuel des tortures. Au théâtre, la seule puissance vraiment convaincante est celle du langage.

Le qualificatif de « Grand-Guignol » revient sous la plume de nombreux critiques : Jean-Jacques Gautier, *Le Figaro*, 13 novembre 1946 ; ou encore Pierre-Aimé Touchard, dans *Opéra*, le 13 novembre, qui déclare :

Une erreur manifeste de mise en scène a déformé le sens de la pièce que M. Jean-Paul Sartre a consacrée à l'évocation de certaines heures les plus dramatiques de la Résistance. Conçue comme un témoignage, cette série de sketches rapides pouvait atteindre une certaine grandeur par sa sobriété. Jouée dans un mouvement de frénésie sentimentale, elle a fâcheusement rappelé les mélodrames du Grand-Guignol. [...]

Il est évident que M. Sartre a su rassembler dans sa pièce l'évocation de la plupart des cas de conscience qui s'imposaient aux volontaires du combat clandestin. Si la pièce néanmoins émeut davantage les nerfs que le cœur, c'est dû non seulement à l'erreur d'interprétation déjà signalée, mais au simplisme excessif de l'action et à l'excès d'un réalisme qui doit plus à l'habileté de l'auteur qu'à son sens artistique.

Critiques auxquelles avait répondu par avance Guy Joly dans *L'Aurore*, le 10 novembre 1946.

« Grand-Guignol existentialiste », s'exclame-t-on déjà. Peut-être. Mais le répertoire de la rue Chaptal se joue aux quatre coins du monde depuis déjà sept ans et si M. Jean-Paul Sartre a eu le rare courage d'en aborder les nouveaux aspects, il convient, surtout, de l'en féliciter. [...] *Morts sans sépulture*, c'est le test suprême de l'homme qui, voué à la mort, face à la torture, se découvre lui-même et sait, enfin, ce qu'il vaut. [...] Œuvre poignante, au rythme lent d'agonie, qui ne sacrifie aux effets de scène que dans la stricte mesure, et rend aux morts de la Résistance le seul hommage digne de leur mémoire : celui de la vérité.

D'autres sont moins virulents et condamnent avant tout le didactisme de la pièce : Philippe Hériat, « Querelle ouverte », *La Bataille*, 13 novembre 1946 ; Marc Beigbeder, *Temps présent*, 15 novembre, puis *Le Courrier de l'étudiant*, 27 novembre ; Guy Leclerc, *L'Humanité*, 20 novembre ; René Lalou, « Théâtre didactique », *Gavroche*, 21 novembre ; Hubert Engel-hard, *Réforme*, 23 novembre ; ou encore Henri Virau, dans *Le Peuple* (publication de la C.G.T.) du 21 décembre, qui déclare :

J.-P. Sartre a voulu nous offrir un drame philosophique ayant pour cadre la résistance. Au cours de ces quatre tableaux, il nous présente non des résistants et des miliciens, mais des êtres idéaux dont le destin est pour les uns de souffrir, pour les autres de faire souffrir.

De cette conception provient la grande faiblesse du drame ; ce refus de poser des types humains détruit pour une grande part l'intérêt dramatique. Les miliciens et les résistants sont semblables. Ils mènent le même combat contre la douleur. Les rôles pourraient être inversés. Et puis tous ces hommes ignorent la haine.

Tous semblent avoir oublié pourquoi ils luttaient. Aucune allusion à un idéal quelconque, à un intérêt quelconque. [...]

Morts sans sépulture, malgré ses intentions grandioses ou à cause d'elles, est donc une erreur, et si la pièce n'était pas signée de Sartre, personne ne se fût passionné pour elle...

Nombreux sont les critiques qui s'interrogent sur la possibilité de porter pareil sujet au théâtre. Ainsi, parlant des drames de la Résistance en Europe, Guy Dumur, « Le Spectacle Sartre », *L'Arche*, nº 22, 33e année, vol. IV, décembre 1946[1], note :

Ici, dans la mesure où nous avons : 1) pensé avec intensité les termes de cette souffrance ; 2) dans la mesure où ces actes, frappant nos imaginations, en demeuraient lointains et insupportables, nous refusons d'instinct ce que nous en dit Sartre : le jeu se fait sans nous, avec trop de nous-mêmes. En même temps que nous éloignons de nous l'image de cette tragédie, nous pensons à autrui : notre attention est détournée, ne sait quel objet atteindre. La scène, en tout cas, ne la sollicite plus. Toutes les visées de l'auteur se perdent dans un remous de conscience, qui n'a plus rien de commun avec ce que nous venons chercher au théâtre. [...]

Ces personnages trop réels, aux visages que nous avons si bien connus dans les montagnes du Sud-Est, deviennent tout à coup conscients, beaucoup trop, de leur aventure, au point de la transposer, comme dirait Malraux, « en termes de destin ». Et, bien sûr, il ne pouvait en être autrement. Il est bien naïf de vouloir être au théâtre, et vouloir n'y être pas. Mais le spectateur, lui, qui voit brusquement se prolonger sur la scène une aventure qu'il a trop bien connue, qui sait de quelle réalité intouchable elle est faite, s'étonne de voir tant de vérités s'exprimer avec des paroles aussi fausses, n'entre plus dans la convention dont les lois ont été, par ailleurs, si gravement malmenées. Au contraire, les dialogues des miliciens sont d'une grande réussite ; mais c'est qu'ils sont caricaturés, qu'ils retombent sous les lois de la convention théâtrale et que le public, qui les trouve antipathiques, les tient prudemment éloignés de lui.

Mené de tricheries en tricheries, d'étonnements en déceptions, le spectateur,

1. Repris dans *Guy Dumur. L'Expression théâtrale*, Gallimard, 2001, p. 39-41.

peut-être hypocritement, ne sent plus qu'un intolérable malaise, qui pourrait être salutaire si *Morts sans sépulture* se voulait une pièce édifiante. En fait, il n'en est rien (heureusement ou malheureusement, c'est difficile à dire). On pourrait croire un moment que Sartre voulait poser le problème de la responsabilité, mais cet aspect de la question n'est que rapidement effleuré. [...]

On peut alors se demander s'il eût consenti à choisir ces exemples, s'il avait été lui-même torturé. Le respect que l'on doit conserver à l'égard de certaines façons d'être ou d'agir (selon la morale que voudra M. Sartre) n'a de valeur qu'en proportion de la sincérité de ses propres sentiments, de sa propre sûreté d'auto-analyse, ici défaillante.

Morts sans sépulture a aussi compté un grand nombre de défenseurs. Certains critiques lui reconnaissent des qualités dramatiques : Jacques Lemarchand, *Combat*, 10 novembre 1946 ; Pol Gaillard, « Bourreaux et victimes », *Les Lettres françaises*, 22 novembre ; ou encore Robert Kemp, dans *Le Monde*, les 15 et 22 novembre, qui écrit :

Morts sans sépulture n'est pas la tragédie qu'on attendait. [...] Le professeur Sartre a oublié la règle de l'unité d'action, de l'unité de thème, qui est la seule impérieuse.

Ces hommes anxieux, cette femme aux idées troubles, parlent beaucoup. On le leur reproche. Mais quels actes pourraient donc accomplir ces enchaînés, dont le pathétique est d'être impuissants ? Et s'ils ne disaient rien, comment communiquerions-nous avec eux ? Ils parlent ; trop noblement, dit-on. Ils « parlent Sartre » en effet. Rien que des phrases médailles... [...] Que ce Sartre de seconde qualité soit encore du Sartre, et plus captivant que les niaiseries de ces dernières semaines, pourquoi le nier ?

D'autres ont souligné la nécessité de traiter de la Résistance au théâtre : Georges Huisman, « Bataille autour de l'existentialisme. Spectacle Jean-Paul Sartre au théâtre Antoine », *La France au combat*, 21 novembre 1946 ; Fernand Gregh, *Cavalcade*, 28 novembre ; Jean Gandrey-Rety, dans le *Franc-Tireur*, 10 novembre, constate :

Les torturés *qui ne parlent pas*, dans la pire panique de la chair, font-ils triompher la notion du devoir à l'état pur ou bien leur frénésie du jeu qui leur impose de *gagner* jusqu'au bout sur l'adversaire ? Est-ce l'orgueil sublimé ou le renoncement total qui leur verse l'héroïsme ? Voilà deux exemples, entre autres, de l'élévation d'âme à laquelle M. Sartre convie ses personnages.

J'avoue éprouver une certaine reconnaissance respectueuse pour l'écrivain qui pose les problèmes à cette hauteur au lieu d'entonner le bas couplet facile — comme il en est tant — sur la résistance traitée en parodie.

La défense la plus résolue, mais non la plus argumentée, provient d'un poète, le surréaliste Philippe Soupault, *Le Monde illustré*, 14 décembre 1946 :

Pour ceux qui ont été victimes des miliciens, pour ceux qui ont connu l'angoisse d'être des otages, pour ceux qui attendaient l'heure de la torture, la nouvelle pièce de M. Jean-Paul Sartre, *Morts sans sépulture*, paraîtra « nécessaire ». [...] *Morts sans sépulture* est une tragédie de notre temps.

Il est certain que la grandeur de cette tragédie ne sera pas comprise par ceux qui prétendent qu'un auteur dramatique ne doit pas aborder de sujets qui sont qualifiés de philosophiques. J'estime pour ma part que cette nouvelle tragédie de M. Jean-Paul Sartre est une des œuvres qui redonnera au théâtre sa raison d'être et sa rigueur.

MICHEL CONTAT et INGRID GALSTER.

BIBLIOGRAPHIE
ET PRINCIPALES MISES EN SCÈNE

Principales mises en scène.

1946 : théâtre Antoine, Paris. Mise en scène de Michel Vitold (voir p. 146).

1948 : New Stages, Off-Broadway, New York. Connue en anglais comme *The Unburied Dead* ou *Men without Shadows*, *Morts sans sépulture* a été présenté comme *The Victors*, reprenant ainsi son titre originel, dans une traduction-adaptation de l'écrivain Thornton Wilder. Mise en scène de Mary Hunter ; avec John Larkin (Jean), Florida Friebus (Lucie), Boris Tumarin (Canoris), Larry Robinson (François), Alexander Scourby (Henri), Ernest Stone (Sorbier), Leon Janney (Pellerin). La pièce est résumée par les mots « *Drama French Politics Sex War Youth* » ; on nous dit qu'elle se situe « *during the summer of the American invasion* », et il semble qu'elle a un « *happy end* », justifiant le titre : Lucie, Henri et Canoris émergent triomphants à la fin et ne meurent pas. La critique a été divisée, à la fois sur le contenu de la pièce et sur sa mise en scène. *The Victors* n'a connu que 31 représentations.

1989 : festival off d'Avignon, sous l'égide d'Amnesty International comme part d'une campagne contre la torture. Mise en scène de Marie-Françoise Broche ; avec Jean-Claude Broche (Henri), Isabelle Leprince (Lucie), Christophe Bonzom (François et Clochet), etc.

2003 : Flea Theater, New York. Mise en scène de Simon Hammertsein.

2004 : Museo storico della liberazione di Roma, Rome. Adaptation de Pina Catanzariti, mise en scène de Marcello Cava.

Bibliographie.

ABRAHAM (Claude K.), « A Study in Autohypocrisy : *Morts sans sépulture* », *Modern Drama*, n° 3, février 1961, p. 343-347.

BRUNOT (Henriette), « *Morts sans sépulture* », *Psyché*, vol. I, n° 2, décembre 1946, p. 258-262.

CONNON (Derek F.), « Sartre and Puccini. *Morts sans sépulture* as " Shabby Little Shocker " », *Aspects of Twentieth-Century Theatre in French*, Michael Cardy et Derek Connon éd., Bern, Oxford, New York, Peter Lang, 2000, p. 39-48.

FREEMAN (Ted), « Jean-Paul Sartre : *Morts sans sépulture* », *Theatres of War : French Committed Theatre from the Second War to the Cold War*, Exeter, University of Exeter Press, 1998, p. 47-63.

GADDIS ROSE (Marilyn), « Sartre and the Ambiguous Thesis Play », *Modern Drama*, n° 8, mai 1965, p. 12-19.

GALSTER (Ingrid), « Les " Années noires " vues par les dramaturges français de l'après-guerre », *Romanistische Zeitschrift für Literaturgeschichte / Cahiers d'histoire des littératures romanes*, vol. X, n° 3/4, 1986, p. 428-445 ; *Sartre, Vichy et les intellectuels*, L'Harmattan, 2001, p. 41-56.

GRÉGOIRE (Vincent), « L'Adolescence devant la mort dans les œuvres de Camus et de Sartre », *Symposium*, vol. LVII, n° 2, été 2003, p. 93-106.

HAFFTER (Peter), « Structures de l'espace dans *Morts sans sépulture* de Jean-Paul Sartre », *Travaux de littérature*, n° 2, 1989, p. 291-304.
JAIN (Jasbir), « Guilt and Justice. Altona and Men without Shadows », *Rajastan University Studies in English*, vol. X, 1977, p. 51-61.
KRAUSS (Henning), « *Morts sans sépulture* », *Die Praxis der " littérature engagée " im Werk J.-P. Sartres, 1938-1948*, Heidelberg, C. Winter, 1970, p. 128-135.
LÉVY (Benny), « Sartre et " La République du silence " », *Littérature et Résistance*, Ruth Reichelberg et Judith Kauffmann éd., Reims, Presses universitaires de Reims, 2000, p. 237-243.
MCCALL (Dorothy), « *The Victors* », *The Theater of Jean-Paul Sartre*, New York, Columbia University Press, 1969, p. 43-52.
PANDOLFI (Vito), « *I morti senza sepoltura* », *Spettacolo del secolo*, Pise, Nistri Lischi, 1953, p. 272-279.
PAULUS (Claude), « Notes sur *Morts sans sépulture* de Jean-Paul Sartre », *Synthèses*, vol. II, n° 10, 1948, p. 113-117.
POLLMANN (Leo), *Sartre and Camus : Literature of Existence*, New York, Ungar, 1970, p. 56-63.
ROBERTO (Eugène), *La Gorgone dans « Morts sans sépulture » de Sartre*, Ottawa, Presses de l'université d'Ottawa, 1987. Il s'agit d'une étude s'appuyant sur le manuscrit de la pièce, acheté en 1969 à Paris pour l'université d'Ottawa, déposé à la bibliothèque Morisset et comprenant un relevé des variantes et biffures avec des pages en fac-similé.
WALSH (James Patrick), *Jean-Paul Sartre's « The Victors » : A Studio Theatre Production Study*, mémoire de maîtrise, Ball State University, 1970.

M. C. et M. R.

NOTE SUR LE TEXTE

Manuscrits.

Le manuscrit autographe de *Morts sans sépulture* (88 pages in-folio) a été acheté en 1969 par l'université d'Ottawa, Canada, et déposé à la bibliothèque Morisset. Il est formé de deux ensembles, non foliotés par Sartre[1]. Ces deux ensembles se trouvaient dans une feuille pliée, portant le titre, de la main de Simone de Beauvoir, *Morts sans sépulture.*

Le premier est intitulé, de la main de Sartre, *Les Vainqueurs.* En haut à droite du feuillet se lit l'inscription suivante, de la main de Beauvoir, sans doute à l'intention de la personne qui a dactylographié le texte : « Prière d'en déposer 2 exemplaires à l'hôtel de la Louisiane pour Mlle Sorokine », son ancienne élève. Ce premier ensemble a été folioté au crayon de 1 à 23. Il couvre l'acte I (ce premier ensemble comporte l'indication d'acte, pas de tableau).

Le deuxième ensemble contient un premier feuillet avec l'inscription,

1. Eugène Roberto, qui s'est servi de ce manuscrit pour son étude *La Gorgone dans « Morts sans sépulture » de Sartre* (Ottawa, Presses de l'université d'Ottawa, 1987), donne une présentation détaillée du manuscrit, pour lequel nous n'avons disposé que d'une photocopie. Les papiers, indique-t-il, sont de tailles et de qualités différentes.

de la main de Sartre : « *Morts sans sépulture* / Actes II et III. » Il est folioté de 1 à 33.

Il est organisé en trois parties : acte II (correspondant au IIe tableau de la version de 1947) ; acte II, IIe tableau (correspondant au IIIe tableau de 1947) ; acte III, IVe tableau (correspondant au IVe tableau de 1947). Plusieurs scènes sont biffées, et l'ensemble résulte d'une réorganisation, ce qui explique les incohérences dans la numérotation des scènes. Le manuscrit présente d'importantes différences tant avec l'édition originale (Marguerat) qu'avec l'édition du *Théâtre I* (1947) de Gallimard.

André Gorz nous a communiqué un feuillet, le feuillet 159, qu'il avait soustrait en 1946 à un manuscrit de *Morts sans sépulture* ayant servi à l'édition Marguerat, et que lui avait montré l'éditeur. Nous ne connaissons pas ce manuscrit. Il s'agit d'une feuille de papier blanc crème, format 17 × 21,5 à trois perforations, avec angles arrondis, écrit à l'encre bleue, sans aucune rature. On peut donc faire l'hypothèse qu'au moins pour la scène III de l'acte III, IVe tableau (selon la division de l'édition Marguerat ; scène III du tableau IV selon la division de l'édition Gallimard, scène largement modifiée), Sartre a fourni à l'éditeur suisse une version mise au net. Nous n'avons pas d'épreuves, de dactylographie ou de feuilles manuscrites pour les modifications apportées à l'acte III de l'édition Marguerat pour l'édition Gallimard.

Prépublications.

Morts sans sépulture a connu plusieurs publications. Le premier acte du premier tableau a été publié sous le titre *Les Vainqueurs* dans *Valeurs*, n° 4, janvier 1946, p. 6-23. Il s'agissait du texte intégral avec des variantes assez importantes. Le texte du premier acte, deuxième tableau, parut dans *Spectateur*, 12 novembre 1946.

Éditions.

L'édition originale a été publiée par Marguerat (Lausanne) en 1946, 195 pages, avec un achevé d'imprimer daté du 30 novembre 1946. Le volume fut tiré à 60 exemplaires sur vélin du marais et 6 000 exemplaires sur alfa et portait la dédicace : « À Dolorès ». *Morts sans sépulture* est décrit comme une « pièce en trois actes », l'acte III étant divisé en deux tableaux. À la suite d'une confusion, la scène II du dernier tableau est désignée comme « scène cinquième ». En 1947 paraît chez Gallimard, dans le volume *Théâtre I*, une nouvelle édition qui procure le texte de la version utilisée lors de la création. Il diffère sur plusieurs points de l'édition originale, mais les variantes sont presque toutes mineures, sauf celles du tableau IV, scène III (p. 181-191 de l'édition Marguerat, p. 244-249 de l'édition Gallimard ; p. 195-199 de notre édition), que nous commentons brièvement à la fin de la Notice.

Nous donnons le texte de l'édition Gallimard (sigle : *1947*) en indiquant les principales variantes par rapport au manuscrit (sigle : *ms.*) et à l'édition originale (sigle : *orig.*).

M. C. et M. R.

NOTES ET VARIANTES

[Page de titre.]

1. Sartre a hésité sur la structure à donner à sa pièce, qui ne comporte ni indication de genre, ni dédicace. La structure finale, deux actes — même si aucune mention d'acte n'est imprimée dans le corps du texte — de deux tableaux chacun, fait de *Morts sans sépulture* l'une des pièces les mieux construites du théâtre de Sartre. Dans *orig.*, qui porte en sous-titre « Pièce en trois actes » et la dédicace « À Dolorès », l'acte I correspond au Ier tableau de 1947 ; l'acte II au IIe tableau ; l'acte III, IIIe tableau (trois scènes), au IIIe tableau ; et l'acte III, IVe tableau (cinq scènes), au IVe tableau.

Premier tableau.

a. treize ans. [Elle voulait que je l'emmène à Paris quand la guerre serait finie. *biffé*] C'est *ms.* ◆◆ *b.* là-haut et faites un terrain d'atterrissage pour les Anglais. » Nous *ms. La mention de ce « terrain » entraîne dans ms. différentes allusions aux avions anglais. Nous ne relevons pas ces variantes.* ◆◆ *c.* Trois mille. Trois mille qui n'avaient *ms.* ◆◆ *d.* de nous, d'un bout à l'autre du Vercors, il n'y a plus que des Allemands, des morts *ms.* ◆◆ *e.* savent. Écoute : si j'avais un secret, je te le dirai. Tu as toute ma confiance. / FRANÇOIS : Et moi ? / CANORIS, *tendrement et tristement* : Mon pauvre petit ! Écoutez *ms.* ◆◆ *f.* veut pas *[20 lignes plus haut]* entendre. / LUCIE : Sorbier, je ne te reconnais plus : tu étais si gentil. / SORBIER, *confus* : Ça va ! *ms.* ◆◆ *g.* que j'aimerais *1947. Nous adoptons la leçon d'orig. et de ms.* ◆◆ *h. Fin de la réplique dans orig. :* rien : ils penseront que nous n'avons pas eu de chance. ◆◆ *i. Cette phrase n'est pas dans orig.* ◆◆ *j. brusquement [p. 155, 27e ligne]).* Ah ! qu'est-ce qu'on peut dire à un môme de seize ans qui va mourir pour rien. / LUCIE : Il ne meurt pas pour rien. / HENRI : Et pour qui ? pour quoi ? / LUCIE : Il ne meurt pas pour rien. Ça n'est pas possible que nous mourions pour rien. / HENRI : Il aurait fallu réussir. Si on nous avait pincés, ensuite, nous aurions pu dire que nous mourions pour [le pays *biffé*] la cause. *(Un temps.)* Il ment parce qu'on nous a donné des ordres idiots et sa mort n'est utile à personne. [Le pays *biffé*] La cause n'avait pas besoin qu'on établisse un terrain d'atterrissage sur le Vercors. Elle n'en avait pas besoin *ms.* ◆◆ *k.* À présent nous sommes déjà morts. Des morts injustifiables. / CANORIS : Est-ce que tu tiens à les désespérer ? / HENRI, *étonné* : Mais nous sommes désespérés. Et qu'est-ce que cela peut faire ? Rien de *ms.* ◆◆ *l.* Pauvre *1947. Nous adoptons la leçon de ms. et d'orig.* ◆◆ *m. Fin de la scène :* me connaître. [...] ses choux. *(Il sort. Les miliciens sortent. La clé tourne dans la serrure.)* *ms.* : me connaître. *orig.* ◆◆ *n.* Anglais *ms.* ◆◆ *o. Fin de la réplique dans ms. :* entendu. Le plancher est épais mais j'ai crié fort. ◆◆ *p. Dans ms., à la fin de cette réplique, figure une didascalie biffée : (Tous les regards se tournent vers Jean, qui a l'air torturé.)* ◆◆ *q.* son regard ? [*(Un temps.)* Ils vous appelleront à tour de rôle et moi je resterai ici, les mains libres... Ce n'est pas possible. *(Il se lève brusque-*

ment et va vers la porte.) / HENRI : Où vas-tu ? / *Jean cogne contre la porte.* / Qui préviendra les Anglais ? / JEAN, *se retourne* : Je n'ai pas l'habitude d'envoyer mes types se faire casser la gueule à ma place. *biffé*] *(À Lucie :) ms.* ◆◆ *r.* notre témoin, c'est glacial. *1947. Nous adoptons la leçon d'orig.* ◆◆ *s. Ici se termine la réplique dans ms.*

1. Les prénoms Lucie, Lucien ont généralement une connotation négative chez Sartre, qui avait commencé, comme le montre le manuscrit de *Morts sans sépulture*, par appeler le personnage Laure.

2. Le massacre d'Oradour-sur-Glane, perpétré le 10 juin 1944, pour les mêmes raisons qu'ici, avait fait 643 victimes. Mais voir var. *c*.

3. Le général Ioánnis Metaxas (1871-1941) est devenu dictateur de la Grèce en 1936.

4. Pour Sartre, les loukoums, l'absorption de sucré (comme on le voit, par exemple, dans la nouvelle « La Chambre » du *Mur*, *Œuvres romanesques*, p. 234-261) symbolisent la mauvaise foi.

5. Boîte de nuit bien connue de Paris.

6. On ne trouve pas ce nom, ni celui de Verdone, dans la région du Vercors.

Deuxième tableau.

a. Dans ms., cette réplique se poursuivait par ce passage, biffé : Je ne sais pas pourquoi. Pour le moment, j'ai la tête pleine de souvenirs. / LANDRIEU : Avant la guerre… Moi, c'était plutôt les courses. Essaie d'attraper Radio Paris. ◆◆ *b. Dans ms., cette réplique est suivie de plusieurs autres, biffées :* PELLERIN : Je regarde le coucher de soleil. / LANDRIEU : Veinard ! Moi, j'en ai assez vu, des couchers de soleil et la campagne ne me fait pas rigoler. Il a fallu que ces enfoirés d'au-dessus se mettent à jouer au Jules… *(Il mange.)* Tu as vu la souris que j'avais à Grenoble ? / PELLERIN : Non. / LANDRIEU : Elle était roulée, je te jure. Demande à Clochet, il ne se privait pas de la reluquer. / CLOCHET : Ce n'est pas vrai. / LANDRIEU : Ce n'est pas vrai ? Je ne t'ai pas surpris à lui regarder les nichons par en dessous quand elle se baissait ? / CLOCHET : Non, ce n'est pas vrai. / PELLERIN : Il n'y a pas de mal à ça, Clochet. / CLOCHET : Ce n'est pas vrai. / PELLERIN : Ne t'émeus pas. Tu es puceau ? / CLOCHET : Les femmes ne m'intéressent pas. / *Un temps.* / LANDRIEU, *à Pellerin* : Alors ? Tu bouffes ? ◆◆ *c.* la *1947. Nous adoptons la leçon d'orig.* ◆◆ *d. Pour le passage qui suit, ms. donne une version légèrement différente, biffée, et que Sartre a indiquée comme scène* IV, *ce qui se justifie par l'entrée en scène de nouveaux personnages. À cause de cette biffure, orig. et 1947 rattachent fautivement à la scène* III *ce qui constitue la scène* IV, *et donnent le numéro* IV *à la scène entre Pellerin et Landrieu, qui est en réalité la scène* V. *Il s'ensuit un décalage qui va jusqu'à la fin du tableau.* ◆◆ *e. Dans ms., après cette réplique, se trouve un passage biffé :* PELLERIN, *brusquement furieux* : Un médecin, tu n'as pas honte ? Tu savais ce que tu faisais. Cochon, tu as de l'instruction ; tu trahissais ta classe et c'est des types comme toi qui ont pourri les Français en leur mettant toutes ces sales idées en tête. / HENRI : Tu as besoin de t'exciter avant de te mettre à l'ouvrage ? / UN MILICIEN : Ta gueule. *(Il cogne.)* / LANDRIEU : Est-ce que j'ai dit de cogner ? *(Les miliciens s'arrêtent.)* Faites ce qu'on vous dit. Pas de zèle. Pourquoi es-tu entré chez les terroristes ? / HENRI : J'aime la liberté. ◆◆ *f. Fin de la réplique dans ms. :* gagné ! [*(À Clochet :)*

Souviens-toi de moi quand on t'emmènera pour te pendre. Et tâche de *[un mot illisible]. biffé*]

1. Ce portrait peut se comparer symboliquement à la statue de Jupiter dans *Les Mouches* et au bronze de Barbedienne dans *Huis clos.*

2. Joseph Darnand (1897-fusillé en 1945) avait créé en 1941 le Service d'ordre de la Légion (S.O.L.), qui se transforma le 31 mars 1943 en Milice française (dont le chef nominal était Laval).

3. Le débarquement des Alliés en Provence et à Nice eut lieu le 15 août 1944. Rappelons que l'action de *Morts sans sépulture* se déroule en juillet 1944. Dans toute la pièce, Sartre parle non des Alliés, mais des Anglais, donnant ainsi à ceux-ci le premier rôle dans la libération de la France.

4. Localité des Alpes-Maritimes.

Troisième tableau.

a. Acte II / Deuxième tableau *ms.* : Acte III / Troisième tableau *orig.* ◆◆ *b. La mention des personnages ne figure ni dans ms. ni dans orig.* ◆◆ *c.* pas dit : dans la clandestinité, le mariage fait partie des choses qu'on cache. Ma femme est morte en couches. Un jour d'été comme aujourd'hui. Je me promenais *orig.* ◆◆ *d.* LUCIE : *[p. 179, 11e ligne en bas]* De l'amour ? Ha ! *(Elle le regarde.)* Tu étais jaloux, hein ? / CANORIS, qui s'est levé : [...] tout à l'heure. / JEAN : Pourquoi m'en veux-tu ? / LUCIE : Je me disais : il pense à moi, là-haut, au-dessus de ma tête, et il a plus d'imagination qu'eux. Tu m'as salie. *(Elle se détourne brusquement.)* CANORIS, *à Jean* : Viens *ms.* ◆◆ *e.* leurs bras. / [LUCIE : Prends garde ! Si tu parles, tu nous feras perdre et tu leur rends la paix du cœur. Ils auront eu raison de nous battre puisqu'on fait parler les hommes en les battant. Ils ne sont pas à l'aise, je t'en réponds, parce que nous sommes vivants au-dessus de leur tête et que nous n'avons rien dit. De longtemps ils n'aimeront pas se rappeler mes yeux. Je ne veux pas que tu parles. Je ne veux pas qu'ils puissent causer de moi avec un sourire, en disant : Avec la môme, on a bien rigolé. Te tairas-tu ? / FRANÇOIS : Je ferai ce que je pourrai. *(Silence.)* / HENRI, *à Jean* : Eh bien, Jean ! Qui avait raison ? Elle veut gagner. / JEAN : Tais-toi ! *(Il se lève.)* Comme vous êtes sûrs de vous ! Comme vos consciences sont tranquilles ! Tu as le droit pour toi, hein ? Tu peux me torturer ; tu as payé d'avance. Eh bien, sache que je suis plus malheureux que vous tous. / FRANÇOIS, *se redresse brusquement et se met à rire* : Ha ! Ha ! *biffé*] LUCIE, *criant* : Ils ne *ms.* ◆◆ *f.* rien passé. J'ai tout anéanti dans mon silence. À la fin *orig.* ◆◆ *g. serrant orig.* ◆◆ *h.* le *orig. Nous maintenons la leçon de 1947, qui suppose que François s'adresse, à ce moment de sa réplique, à Jean.* ◆◆ *i. regardent [31 lignes plus haut]* François.) / FRANÇOIS : Qu'est-ce que tu... *(Il recule.)* Tu n'as pas le droit ! Je ne veux pas mourir. *(Henri le prend à la gorge.)* Je ne parlerai pas. Je te jure que je ne parlerai pas. / HENRI : Mon pauvre petit, tu n'auras pas la force de te taire : tu es trop faible. Je ne te juge pas. / FRANÇOIS : Je ne veux pas *ms. Dans l'édition du « Théâtre I » de 1960 (Gallimard, coll. « Soleil ») figurent ces répliques : regardent* [...] toucherez pas. / HENRI : Jean, quand les copains viendront-ils dans ce village ? / JEAN : Mardi. / HENRI : Combien seront-ils ? / JEAN : Soixante. / HENRI : Soixante qui t'ont fait confiance et qui vont crever mardi comme des rats. C'est eux ou c'est lui. Choisis. / JEAN : Vous n'avez pas le droit de me demander de choisir. / HENRI : Es-tu leur chef ? Allons. / *Jean hésite un instant, puis s'éloigne lentement. Henri s'approche de François.* / FRANÇOIS, *le regarde puis se met à crier* : Lucie ! Au secours ! Je ne veux pas . *Cette leçon, peut-être plus satisfaisante, a été reprise dans les éditions ultérieures.* ◆◆ *j. Réplique d'Henri dans ms. :* Il est mort dans la rage et la peur. ◆◆ *k.* ma *1947. Nous adoptons la leçon d'orig.* ◆◆ *l. repose [p. 183, 4e ligne] sur ses genoux.* / JEAN : Tu as tué un môme. / HENRI : Oui. / JEAN : Tu l'as tué à cause de moi. / HENRI : À cause de nous. / JEAN : Il ne se défendait même pas. Tu ne te fais pas horreur ? / HENRI : Si je me fais horreur, personne ne le saura. J'ai fait ce qu'il fallait faire. / JEAN : Comment peux-tu en être sûr ? / CANORIS : Tu n'es pas dans le coup, Jean. Tu ne peux ni comprendre, ni juger. / *Un long silence. Lucie caresse les cheveux de François sans le regarder. Pour la première fois* [...]. / LUCIE : Tu es mort, je te survis et mes yeux sont secs. Tu as glissé hors de moi sans laisser de vide. Dans vingt-quatre heures je serai comme toi, morte et nue ; pardonne-moi : *ms.* ◆◆ *m.* mes *[6 lignes plus haut]* cheveux ; d'ici là je ne pleurerai pas : j'ai d'autres soucis. Mais je dis que ta mort est injuste, puisque tu ne l'as pas acceptée. Nous nous battions pour la justice et nous avons fait le mal. Les Allemands seront chassés et la justice va renaître, mais toi tu ne renaîtras pas, ta mort restera en suspens, sans remèdes, aucun triomphe ne pourra l'effacer. Et quand il n'y aurait qu'elle, ce monde serait mauvais. Adieu. Tu as fait ce que tu as pu. Si tu t'es arrêté en route, c'est que la force t'a manqué. Personne n'a le droit de te blâmer. Personne. / HENRI : Personne. *(Un long silence. Jean vient s'asseoir par terre auprès de Lucie.)* *ms.* ◆◆ *n.* demain *[16 lignes plus haut]* soir. *(Elle le regarde.)* Qu'est-ce que tu viens chercher ici ? Ah oui ! Tu veux te rendre utile. Que vas-tu m'offrir ? Ta pitié ? / JEAN : As-tu oublié que je t'aime ? / LUCIE : Tu m'aimes ? Regarde-moi donc : est-ce qu'on peut encore m'aimer ? / JEAN : Je t'aime. / LUCIE : C'est une autre *ms.* ◆◆ *o.* Je suis une *[p. 185, dernière ligne]* autre. / JEAN : Tu es toi. Et demain, morte, avec tous ces trous dans ton visage, tu seras encore toi. C'est toi que j'aime. / LUCIE : Bon. Tu m'aimes. Et puis ? *(Elle se recule.)* Écarte-toi : je sens ta chaleur. Tu es moite, l'amour est moite. Je voudrais être un bloc de glace. / JEAN : Tu [...] laissé tuer [derrière mon dos. *biffé*]. Notre amour *ms.* ◆◆ *p.* que *[7 lignes plus haut]* de toi. / [JEAN (Crois-tu ?) *[sic]* : Écoute : je ne songe pas à te consoler, au contraire : je pense que tu te ronges de ne pas souffrir. Mais si tu voulais, nous pourrions encore dire *nous*. Toute cette souffrance que tu refuses est en moi, elle t'attend ; dis un mot et elle deviendra notre souffrance ; tout ce qu'ils t'ont fait c'est à nous qu'ils l'ont fait ; et François, que tu ne peux pas pleurer, c'est moi qui le pleure — pour nous deux : je me moque que sa mort soit injuste, je regrette ses sourires, sa voix, tous les gestes qu'il ne fera plus, comme s'il était mort dans son lit et que j'étais son père. Si tu pouvais seulement retrouver une larme... *(Il veut la prendre dans ses bras.)* / LUCIE : Ne me touche pas. *(Un temps.)* Tu sais bien que nous sommes séparés. Tu n'as rien ressenti, tu imagines tout *biffé*] As-tu les poignets [...] une comédie. [/ JEAN : Alors ? Qu'est-ce qu'il faut pour être des vôtres ? S'il suffit de souffrir dans sa chair, ce n'est pas difficile. *biffé*] *Il cherche* *ms.* ◆◆ *q.* des mérites. [J'en ai assez de les sentir me frôler, glisser le long de ma peau sans jamais entrer en moi. *biffé*] J'en ai *ms.* ◆◆ *r.* c'est *toi* qui décideras de tes douleurs. [Les nôtres ont un goût plus fort parce qu'elles nous viennent des autres et qu'elles nous humilient jusqu'au fond de notre chair. *biffé*] Chacune [...] infligées. D'autres hommes, bien vêtus, bien propres et bien gras. Tu ne *ms.* ◆◆ *s. Début de la scène dans ms. :* [HENRI, *riant* : Enfin, seuls. / LUCIE : Canoris ! Henri ! Venez près de moi. *(Ils se rapprochent.)* Je vous aime et nous ne faisons qu'un. *biffé*] LUCIE : Il est ◆◆ *t.* Plus *[11 lignes plus haut]* près : il commence à faire froid. Ils t'ont fait crier *ms.* ◆◆ *u. Fin de la scène dans ms. :* j'ai eu *[p. 188, 3ᵉ ligne en bas]* honte. / LUCIE : Alors nous ne faisons qu'un. C'est moi qu'ils ont frappé, c'est moi qui ai crié, c'est moi qui suis morte, c'est moi qui porte tes plaies. Dis, crois-tu que nous finirons par les désespérer ? / HENRI : Quand tout sera fini, ils auront de la peine à se regarder dans les yeux. / LUCIE : Comme nous allons nous taire ! Ils nous tordront les bras, ils nous casseront les dents et nous serons lavés. Une seule chaleur, une seule honte, un seul silence. Serrez-vous [...] mes genoux. Je suis bien. Depuis qu'il est mort, il est des nôtres. Voyez comme il a l'air dur. Il ferme sa bouche sur un secret. Demain je me tairai pour vous et pour lui. Nous ne nous quitterons plus. / [HENRI : Mon amour. / LUCIE : Tais-toi. Il ne faut plus parler du tout. Le petit est mort, son silence monte de mes genoux à mon ventre ; notre silence. Nous gagnerons. *biffé*] / RIDEAU

1. Le massif du Vercors comprend beaucoup de grottes, mais nous n'avons pas pu identifier une grotte de Servaz.

Quatrième tableau.

a. Acte III / Quatrième tableau *ms., orig.* ◆◆ *b. Il bâille de temps à autre. Landrieu éclate ms.* ◆◆ *c.* C'est le type que *1947. La réplique qui suit semble imposer le pluriel ; nous adoptons donc la leçon de ms. et d'orig.* ◆◆ *d.* qu'ils parlent. [Ils ne me feront pas le coup du martyre ! Parce que, s'ils sont des martyrs, nous, nous sommes des bourreaux. Pas de ça. Eux ou nous. Ce sera nous. / PELLERIN : Il faudra revoir ces blessures sur leurs torses maigres et les yeux de la fille. / LANDRIEU : Ils ne te gêneront plus, ses yeux, quand elle aura jasé. *biffé*] / PELLERIN : Et s'ils *ms.* ◆◆ *e. la radio et l'éteint.)* [Des martyrs ? C'est même pas des hommes. Des saloperies, des communistes, des enjuivés, voilà ce que c'est. Ils ont tiré dans le dos des nôtres, on ne leur fera jamais assez de mal. *biffé*] S'ils donnent *ms.* ◆◆ *f. chaise orig., 1947. Nous adoptons la leçon de ms.* ◆◆ *g.* Acceptez-vous *[8 lignes plus haut]* ? / LUCIE, *elle se met à rire et se tourne vers Henri et Canoris* : Est-ce qu'il se rend compte de ce qu'il nous demande ? / HENRI, *lui souriant* : Je ne crois pas. *(Un temps. À Lucie et Canoris :)* Ce moment-ci nous paye de bien des peines. / LANDRIEU : Alors ? Oui ou non ? / LUCIE : Mais comment êtes-vous si bêtes ? Nous voudrions parler que nous ne le pourrions pas. Nous avons la bouche cousue. / LANDRIEU, *il hésite, décontenancé puis avec chaleur* : Vous refusez ? Vous donnez trois vies pour en sauver une ? Quelle absurdité. *(À Henri, s'approchant et le touchant :)* Toi, réfléchis ; par ton silence tu les perds tous les deux. L'homme, passe encore, mais la femme ? C'est un crime. / HENRI : Un crime ? Et vous qui les envoyez au poteau, vous n'êtes pas criminels ? Après tout, si notre mort vous fait tant de peine, qui vous empêche de nous libérer sans condition ? / LANDRIEU : Vous êtes nos ennemis et j'obéis aux ordres. LUCIE : Gagné ! Nous avons gagné. Tout ce que j'ai voulu oublier cette nuit, je suis fière de m'en souvenir. *ms.* ◆◆ *h. Fin de la réplique de Lucie dans ms. :* votre affaire. [Eh bien ? Vous deux, là *(désignant Landrieu et Clochet)*, vous ne m'avez pas encore prise. Qu'attendez-vous ? C'est votre tour. Ha ! Ha ! Vous êtes condamnés. Vous serez nos bourreaux jusqu'au bout et pour rien. *biffé*] ◆◆ *i.* les tables. Toi, la petite, tu n'as pas eu grand mérite à te taire : on t'a seulement chatouillée. Aujourd'hui on va te faire mal. LUCIE : Enfin ! / CANORIS : Un moment *ms.* ◆◆ *j. Les deux premières phrases de cette réplique, ainsi que l'indication scénique, ne se trouvent que dans 1947.* ◆◆ *k.* pas payé ? Vois : Jean est hors de danger et j'ai surpris dans leurs yeux une lueur de honte. Nous avons gagné sur tous les tableaux ; à présent c'est fini, il n'y a plus qu'à tirer le trait. Pourquoi veux-tu *orig.* ◆◆ *l.* môme. Je ne veux pas me demander tous les jours si je l'ai tué par orgueil. Canoris, *orig.* ◆◆ *m. par la [p. 196, 5e ligne en bas] fenêtre.)* Tant de soleil sur tant de cadavres. Il faudra revoir tous les jours ce soleil. Pouah ! CANORIS : Tu disais hier que tu ne voulais pas d'une mort absurde. / HENRI : Oui. / CANORIS : Si tu te laisses tuer quand tu peux travailler encore, il n'y aura rien de plus absurde que ta mort. / HENRI : Ça va. *(Un temps.)* J'avais fait mes bagages ; j'étais déjà de l'autre côté. Il va falloir revenir en arrière. Je reverrai tout cela : ces murs, ces tables. Ceux-là ou d'autres... Je croyais que je les regardais pour la dernière fois. C'est drôle... / LUCIE, *brusquement* : À la bonne heure. Il n'a pas eu de peine à te convaincre. Eh bien ? Qu'attendez-vous ? Appelez-les donc. / HENRI : Il faut que tu sois d'accord. / LUCIE : D'accord ? Que vous importe mon accord ? C'est votre vie que vous allez sauver, pas la mienne. Moi, j'ai décidé de mourir. / CANORIS : Et les copains, Lucie ? / LUCIE : Ça ne prend pas. Toute ma vie j'ai aidé les copains. Je suis en règle et je peux me donner quittance. Tu permets que je m'occupe de moi ? / CANORIS : Non. / LUCIE : Imbécile ! Cœur pur ! *orig.* ◆◆ *n. Ms. comporte diverses versions de la fin de cette scène (voir aussi la version d'orig. dans le dossier documentaire, p. 201). Une version biffée de ce passage est la suivante, dans ms. :* jamais *[p. 197, 3e ligne en bas]* existé. / HENRI : Mon cher amour. Si tu vis, je te perds et je te dis qu'il faut vivre. Sais-tu ce que j'ai compris : ce qui se passe ici ne compte pas. Nous voulions nous grandir à leurs yeux pour leur faire honte et nous avons fini par ne plus voir qu'eux. Mais ce sont des hommes sans importance. Dans six mois il se terreront dans une cave et la grenade qu'on jettera sur eux par un soupirail mettra le point final à toute cette histoire. / LUCIE : Qu'est-ce que ça peut me faire, leur mort ? aujourd'hui ils sont vivants et hier ils m'ont touchée. / HENRI : Mais toi non plus, tu ne comptes pas. Ce viol, ta honte, ta vie, ta mort, ce sont des bulles de savon. / LUCIE : Qu'est-ce qui compte ? / HENRI : Les camarades. Vois Canoris, comme il est calme. Il est dans les prisons, dans les camps, dans les mines, partout sauf ici. Si tu pouvais t'oublier ! / LUCIE : Jamais ne j'ai été plus seule ni plus sèche.

Autour de « Morts sans sépulture »

TABLEAU IV, FIN DE LA SCÈNE III
DE L'ÉDITION ORIGINALE

Le manuscrit témoigne des hésitations de Sartre quant à la rédaction de la scène III du dernier tableau[1]. Reprenant son texte en 1947, il modifie encore la fin de cette scène telle qu'elle figurait dans l'édition Marguerat, après la réplique de Lucie — celle-ci étant quasi identique à celle de l'édition de 1947 (voir sa dernière réplique de la page 197). Sartre a probablement raccourci pour réduire le temps de représentation.

DÉCLARATIONS DE SARTRE

◆ « PARU ». — Sartre évoque la pièce, à l'état de projet, dans un entretien avec Christian Grisoli, dont nous donnons un extrait, réalisé en octobre 1945 et paru en décembre, dans la revue *Paru*, n° 13.

◆ « COMBAT ». — Les déclarations de Sartre aux journalistes lors de la création de la pièce reprennent toutes, à peu de choses près, les arguments qu'il donna dans un article, « *Morts sans sépulture* n'est pas une pièce sur la Résistance », paru dans *Combat*, 30 octobre 1946, et dont nous reproduisons un passage.

◆ « LES CAHIERS LIBRES DE LA JEUNESSE ». — Nous reproduisons le jugement que Sartre porta *a posteriori* sur *Morts sans sépulture*, dans *Les Cahiers libres de la jeunesse*, n° 1, 15 février 1960.

LA PUTAIN RESPECTUEUSE

NOTICE

Avec *Huis clos*, *La Putain respectueuse* est peut-être la pièce la plus strictement « existentialiste » de la production sartrienne. Il s'agit pourtant à l'origine d'un écrit de circonstance : lorsque, à la fin du mois de mars 1946, Simone Berriau accepta *Morts sans sépulture* pour le théâtre Antoine, Sartre dut convenir que l'œuvre était trop brève pour tenir l'affiche à elle seule. Pour éviter que, comme pour *Huis clos*, l'on ne complétât le spectacle par le texte d'un autre auteur, il annonça qu'il écrirait

1. Voir var. *n*, p. 198.

immédiatement une pièce en un acte comme seconde partie de programme[1].

Réflexions sur la question noire.

Sartre n'alla pas chercher très loin le sujet nécessaire : il venait tout juste de rentrer de son deuxième séjour américain[2] et était en train de préparer un numéro des *Temps modernes* sur les États-Unis (août-septembre 1946). Il y avait effectué un premier voyage de la mi-janvier à la mi-mai 1945 : l'Office of War Information de Washington avait en effet souhaité que des journalistes rendissent témoignage au public français de la puissance américaine et de l'ampleur des sacrifices de guerre consentis par la population. À la demande de Camus, Sartre avait accepté l'offre pour *Combat*, puis décidé d'écrire aussi pour *Le Figaro*. Sur la trentaine d'articles rédigés à cette occasion, deux sont particulièrement consacrés aux problèmes raciaux. Le premier, « Retour des États-Unis. Ce que j'ai appris du problème noir » (*Le Figaro*, 16 juin 1945), propose un grand nombre de données factuelles sur la situation des Noirs dans l'ensemble du pays, puis montre à partir d'exemples frappants le caractère « passionnel » de la relation interraciale. Le second, « Le Problème noir aux États-Unis » (*Le Figaro*, 30 juillet 1945), articule représentations mentales et conditions économiques concrètes en une analyse marxiste plus ambitieuse ; la conclusion annonce le duo formé, dans *La Putain respectueuse*, par Lizzie et le Nègre, deux figures, blanche et noire, d'une même aliénation sur le point de se reconnaître comme telle.

Pourtant, c'est à un ouvrage de Vladimir Pozner, *Les États-Désunis*, que *La Putain respectueuse* emprunte le plus directement son argument. Sartre avait rencontré Pozner à Los Angeles en 1945[3], mais il est probable qu'il connaissait son livre depuis sa parution très remarquée en 1937, chez Denoël. *Les États-Désunis* offrent un tableau très pessimiste de l'Amérique en crise, mais sur un mode qui n'est pas celui du reportage journalistique. Ainsi le chapitre « Le Viol », qui évoque la célèbre affaire de Scottsboro (Alabama) en 1931, se présente comme la confession d'une jeune femme, Ruby Bates, que la police contraignit à porter un faux témoignage contre un groupe de neuf hommes noirs.

L'exactitude historique du texte de Pozner importe peu ici, d'autant que l'emprunt, souvent revendiqué par Sartre, reste somme toute modeste : un décor, celui d'un Sud raciste prompt au lynchage ; une base anecdotique : une bagarre dans un train et une femme que l'on contraint au faux témoignage ; un motif psychologique et moral : le dilemme. Tout le reste est propre à la pièce. Sartre crée quelques personnages et accentue les figures ; il double le conflit racial d'un conflit social et complexifie le drame moral d'une trame sentimentale. Mais il donne à l'histoire une issue pessimiste : contrairement à Ruby, Lizzie n'aura pas le courage de revenir sur son témoignage. Quoique la pratique du lynchage eût été presque complètement éradiquée du sud des États-Unis bien avant

1. Voir *Lettres au Castor et à quelques autres*, Gallimard, 1983, t. II, p. 336.
2. Sartre séjourna aux États-Unis du 12 décembre 1945 au 15 mars 1946 pour donner une série de conférences et retrouver Dolorès Vanetti, dont il s'était épris lors de son premier voyage.
3. Voir Annie Cohen-Solal, *Sartre 1905-1980*, Gallimard, coll. « Folio », 1989, p. 411-412.

la guerre, quelques affaires ponctuelles venaient régulièrement défrayer la chronique internationale, et le sujet de la pièce avait encore une certaine actualité en 1946. Dans le courant du mois d'août de la même année, Boris Vian devait d'ailleurs écrire *J'irai cracher sur vos tombes*, qui parut sous le nom de Vernon Sullivan quelques jours après la première de la comédie de Sartre.

Une pièce « obscène », « anti-américaine » et « pessimiste ».

La Putain respectueuse est sans doute la seule pièce que Sartre écrivît sans avoir en tête une quelconque distribution ; et c'est sous le nom d'Héléna Bossis qu'Henriette Berriau, la fille de Simone Berriau, créa le rôle-titre. Sartre a pu dire qu'il en avait en partie assuré la mise en scène[1] ; il semble qu'il n'en fût rien. Celle-ci avait en effet été confiée à Julien Bertheau ; et l'auteur, trop occupé par *Morts sans sépulture*, ne se montra guère aux répétitions, qui se tinrent dans les endroits les plus divers. Créé en seconde partie de soirée le 8 novembre 1946, *La Putain respectueuse* fut nettement mieux accueilli que *Morts sans sépulture* et lui fut toujours avantageusement comparé. Mais la pièce eut aussi sa part de scandale. Si, la première semaine, *Morts sans sépulture* fut l'objet de toutes les attaques, l'attention se porta ensuite sur *La Putain respectueuse* au point qu'il y eut de vives altercations parmi les spectateurs et que des projectiles furent lancés sur la scène.

C'est néanmoins la presse qui fut le lieu privilégié des deux grandes polémiques suscitées par la pièce. La première concernait son caractère « obscène » et entraîna la censure de son titre, lui assurant ainsi une publicité paradoxale. La comédie est en effet devenue célèbre sous un titre mutilé, *La P… respectueuse*, car la direction du Métro de Paris n'accepta pas l'affichage du titre intégral sur les murs de ses couloirs : le mot scandaleux fut recouvert d'un ruban de papier noir[2]. Et sans doute y avait-il bien quelque provocation dans le choix d'un tel titre : le 13 avril 1946, le Parlement avait adopté la loi Marthe Richard réglementant la prostitution et interdisant les maisons de tolérance ; les débats avaient suscité bien des plaisanteries graveleuses : c'est dans ce contexte que les spectateurs découvraient la putain de Sartre, maniaquement ordonnée mais vulgaire à souhait, et l'on doit se souvenir qu'une partie du comique de *La Putain respectueuse* fut d'abord strictement conjoncturelle.

Le second scandale que suscita la pièce, et de loin le plus important, touchait à son « anti-américanisme ». Dans une conférence prononcée à Yale au printemps de 1946[3], Sartre lui-même avait rappelé qu'afin d'instiller un sentiment anti-américain dans la population parisienne en 1944,

1. Voir *Libération*, 30 octobre 1946 ; ou *Opéra*, 6 novembre 1946.

2. Dans certaines traductions, le titre de sa pièce fut également édulcoré (*The Respectful Prostitute* en anglais), mais aussi inversé (*Die Ehrbare Dirne* en allemand, *La Prostituée respectable*) ou récrit (*Lizzie MacKay* pour la version russe de 1954). Le titre tronqué est à l'origine d'un emploi substantivé de l'adjectif : dans l'argot parisien des années 1950-1960 et dans certains journaux populaires, « une respectueuse » désigne par euphémisme une prostituée (voir Aimo Sakari, « Jean-Paul Sartre néologiste malgré lui », *Neuphilologische Mitteilungen*, LI-1/2, 1950, p. 130-132).

3. « American Novelists in French Eyes », *Atlantic Monthly*, vol. CLXXVIII, n° 2, août 1946 (« Les Romanciers américains vus par les Français », Nadia Akrouf trad., *Nouvelle Revue française*, septembre 1997, p. 6-18).

la librairie collaborationniste Rive gauche avait précisément placé dans sa vitrine le livre de Pozner et des photographies de lynchage aux États-Unis. Il ne pouvait donc avoir, quelques semaines plus tard, la naïveté de penser que l'utilisation du même matériel ne dût conduire à la même conclusion. Mais il s'était employé à répondre indirectement à cette accusation : « Nous n'avons jamais considéré ces injustices comme une tare de la société américaine mais plutôt comme un signe des imperfections de notre temps[1]. » Bien des critiques s'interrogèrent néanmoins sur l'opportunité d'un tel sujet, et Édouard Frédéric-Dupont, alors conseiller municipal de la ville de Paris, en appela même au préfet de police afin qu'il interdît une pièce qui attaquait les libérateurs d'hier. Mais la polémique ne dura guère : Sartre répondit, à un lecteur indigné du *New York Herald Tribune*, dans le numéro du 20 novembre 1946, qu'il n'avait jamais songé à insulter l'Amérique ; en outre, loin de protester contre *La Putain respectueuse*, l'ambassade des États-Unis fit savoir que la pièce ne pouvait être considérée comme anti-américaine, qu'on songeait même à la monter rapidement aux États-Unis et qu'Héléna Bossis pourrait reprendre à New York le rôle dans lequel elle avait triomphé à Paris[2]. Les critiques avaient en effet salué avec ferveur l'interprétation de la pièce, mais aussi, presque unanimement, les remarquables qualités scéniques du texte. Rarement pièce de Sartre connut si bonne presse à sa création, et ce n'est qu'à l'occasion des reprises ultérieures que l'on se mit à trouver à *La Putain respectueuse* un caractère caricatural ou didactique.

La pièce connut une carrière brillante mais non sans heurts. Dès 1947, elle était jouée dans de nombreuses villes d'Europe et en Amérique latine ; en juillet, Sartre assista avec Simone de Beauvoir à la première londonienne, confiée au tout jeune Peter Brook et qui fut un triomphe[3]. *La Putain respectueuse* fut aussi acclamé à New York en 1948. La réception new-yorkaise de la pièce fut généralement bonne et ne posa jamais la question de son « caractère anti-américain ». De plus, la comédie fut plutôt bien accueillie par la critique noire : en 1949, la revue *Ebony* lui décerna le titre de « meilleur spectacle de l'année pour l'avancement de la cause noire » ; et elle reçut le soutien de plusieurs associations pour les droits civiques. Pourtant elle fut interdite la même année à Chicago, puis à Harlem en 1951, et en divers autres endroits. Richard Wright, avec qui Sartre s'était lié en 1946, avait tenu à écrire un bref avant-propos pour la traduction de la pièce en 1948 afin d'expliquer la pertinence du principal choix dramatique de Sartre : « Sartre sait que ce qu'on appelle problème noir aux États-Unis n'est pas du tout un problème noir, mais bien un problème blanc, un moment du problème américain en général[4]. »

Il n'y eut que de très brèves reprises parisiennes avant celle de la Comédie-Caumartin en 1953. Sans doute la réputation d'anti-américanisme de la pièce jouait-elle en sa défaveur. En 1951, plusieurs banques opposèrent ainsi cet argument à Georges Agitman-Artès, qui préparait le montage financier de l'adaptation filmique confiée à Marcel Pagliero

1. *Ibid.*
2. Entretien de l'auteur avec Héléna Bossis, septembre 1998.
3. Voir *La Force des choses*, Gallimard, 1963, p. 147-148 ; et *Lettres à Nelson Algren*, 19 juillet 1947, Gallimard, 1997, p. 51-52 : Sartre fut porté sur la scène « tout gauche, timide et silencieux » ; Rita Hayworth était dans la salle.
4. *Art and Action*, 10th anniversary issue, 1938-1948, Twice a Year Press, 1948, p. 14 ; nous traduisons. Voir la préface de Sartre, Autour de *La Putain respectueuse*, p. 243.

et Charles Brabant[1]. Celle-ci put néanmoins être projetée en octobre 1952 et représenter la France au festival de Venise. La musique de Georges Auric y remporta un prix, mais le film fut médiocrement reçu par la presse et violemment contesté par les festivaliers américains[2]. On lui reprochait ainsi d'être un pâle pastiche de film noir hollywoodien et d'être politiquement malvenu. C'est Sartre lui-même qui avait signé les dialogues, concédant aux adaptateurs (Alexandre Astruc et Jacques-Laurent Bost) et aux réalisateurs deux grandes modifications du texte[3] : la première moitié du film est ainsi consacrée aux événements qui précèdent la version scénique (depuis le crime dans le train jusqu'à la rencontre de Lizzie et de Fred dans le dancing), la seconde s'achève de façon optimiste : Lizzie n'accepte pas l'offre de Fred et décide de témoigner en faveur du Nègre[4].

Simone de Beauvoir affirma certes que Sartre « modifia spontanément » la fin du drame en le portant à l'écran : il aurait été sensible aux critiques des communistes sur la pusillanimité du Nègre et estimé que le public populaire qui serait celui du film avait un profond besoin d'optimisme, tandis que le public bourgeois des théâtres avait surtout besoin d'être inquiété[5]. Cela explique que Sartre ne fit pas de difficultés (puisque les dialogues étaient aussi de sa main) à ce que l'on substituât la scène finale du film à celle de la pièce, lorsque celle-ci fut montée à Moscou et qu'on voulut lui donner une conclusion plus conforme à la vocation politique alors et là-bas assignée à l'art dramatique[6]. L'adaptation soviétique de la pièce connut un énorme succès dès sa création en novembre 1955. Elle fut représentée jusqu'en 1966 ; quand Sartre assista en juin 1962 à la quatre centième, il s'étonna de l'ampleur des changements opérés, mais ne s'en émut guère tant il admira le jeu de Lubov Orlova[7]. Sans doute parce qu'elle présente une image peu glorieuse de l'Amérique, *La Putain respectueuse* fit d'ailleurs une belle carrière dans l'ensemble du monde communiste, et notamment à Cuba.

Une tragédie américaine déguisée en « comédie bouffe ».

Bien que la pièce eût été rédigée en quelques jours seulement, les manuscrits témoignent de changements notables dans le projet de

1. Voir Simone de Beauvoir, *Lettres à Nelson Algren*, 2 décembre 1951, p. 476. Ce fut le moindre des déboires financiers du film : le contrat signé par Sartre avec la compagnie qui assurait la tournée de la pièce aux États-Unis prévoyait aussi l'exclusivité des droits d'adaptation cinématographique. La compagnie intenta un procès au dramaturge qui dut lui payer un lourd dédommagement. Voir aussi la Filmographie, p. 1366.

2. Voir André Bazin, *Cahiers du cinéma*, n° 16, octobre 1952, p. 15-17.

3. La bibliothèque de Yale University conserve un ensemble de cinq feuillets présentant la réaction de Richard Wright à un premier projet d'adaptation cinématographique de la pièce. Il semble même que Jacques-Laurent Bost ait pris l'avis de Wright avant de s'essayer à la scénarisation de la pièce.

4. Voir Autour de *La Putain respectueuse*, p. 239-241.

5. Voir *La Force des choses*, p. 129-130.

6. Sartre s'est expliqué sur cette concession à l'optimisme révolutionnaire dans l'entretien à *Libération* du 16 juillet 1954 (commenté avec sarcasme dans *Le Figaro* du 19 juillet), puis dans l'entretien avec Kenneth Tynan pour *The Observer*, 25 juin 1961 (repris dans *Tynan Right and Left*, New York, Atheneum, 1967) : « J'ai connu trop de jeunes ouvriers qui avaient vu la pièce et avaient été découragés de la voir finir tristement. »

7. Sur la destinée complexe de la pièce en U.R.S.S., voir Elena Galtsova, « Fox-trot avec Jean-Paul Sartre (*La P... respectueuse* et *Nekrassov* en U.R.S.S.) », *Études sartriennes*, n° 8, Centre de sémiotique textuelle – Paris X, 2001.

Sartre. On retiendra ici le principal : l'introduction du personnage du sénateur Clarke. Dans une première version du texte, c'est en effet James qui se chargeait de suborner Lizzie par la douceur, après que la menace eut échoué. En créant le personnage du Sénateur, Sartre dédoublait le rôle du « salaud », dont la représentation recevait ainsi une inscription familiale et une dimension générationnelle. Il pouvait aussi complexifier le drame de Fred, en reversant la charge cynique au compte du Sénateur. Si Fred Clarke est un personnage en demi-teinte, les autres personnages masculins sont taillés d'une seule pièce, et peut-être le Nègre est-il trop respectueux, trop respectable : le costume croisé et la cravate de Habib Benglia à la création ne faisaient encore qu'accentuer son extrême déférence. Reste que Sartre crée avec Lizzie une figure particulièrement nuancée, qui n'est ni la putain au grand cœur de la mythologie française ni la prostituée vulgaire de l'imagerie américaine. Elle tient les rôles successifs qu'on lui assigne : elle se fait tour à tour oie blanche se rêvant poule de luxe (mais superstitieuse, naïve au point de croire un instant qu'une chasse au nègre est une retraite aux flambeaux, et peu aguerrie au raisonnement abstrait : elle ne parvient à gérer ni l'entrée ni la sortie de la fiction lorsque le Sénateur lui présente sa prosopopée de la Nation), puis grue qui dresse sa vulgarité en rempart. Par-delà la richesse de cette stéréotypie où Sartre puise à l'envi, le choix d'un tel rôle-titre n'avait rien de nécessaire d'un point de vue strictement dramatique, bien que toute une tradition littéraire française, et notamment celle du grand roman du XIXe siècle, ait d'abord vu dans la prostituée un de ces personnages qui servent de lien entre deux mondes : elle émane des couches populaires mais a accès à l'intimité et aux confidences des hommes les plus haut placés. Sartre, lui, n'utilise guère les potentialités de ce personnage-fonction ; et s'il choisit une putain, c'est pour une tout autre raison : comme il le montre à diverses reprises dans *L'Être et le Néant*, puis plus tard dans les *Réflexions sur la question juive*, toute relation d'ordre social ou racial a une transposition dans l'ordre sexuel ; mettre une putain au cœur de la pièce permet d'étudier sous ce prisme érotico-corporel la perception fantasmatique qu'une société a d'elle-même.

Dans sa version définitive, l'indéniable efficacité scénique du texte s'explique encore par le système complexe de renvois entre les deux tableaux : parallèles (dialogue central interrompu par l'arrivée de deux hommes ; clôture sur le portrait de Thomas puis sur l'autoportrait de Fred), emboîtements (le Sénateur et Lizzie ferment le premier tableau et ouvrent le second), renversements (Fred dans la salle de bains quand le Nègre sonne chez Lizzie ; le Nègre dans la salle de bains quand Fred revient chez Lizzie, etc.). L'ensemble du premier tableau est constitué par la comédie préméditée que Fred, ses complices, puis son père jouent à Lizzie : on tente de lui arracher un faux témoignage par l'argent, la menace, la violence, la solidarité raciale, la raison ; mais c'est par le fantasme social que l'on obtient son consentement : si elle signe, elle quittera sa marginalité pour être pleinement intégrée à la collectivité. Du coup, elle se verra dotée de racines et de cette histoire familiale qui est pourvoyeuse de droits ; elle sera pleinement « fille d'immigrants » et aura enfin des portraits sur ces murs ripolinés qu'elle rêve de décorer. Nettement plus bref que le premier, le second tableau est aussi beaucoup moins drôle et, s'il semble devoir abattre tout ce que le premier a mis en place, c'est pour rendre encore plus amère la conclusion de la pièce. Le système de parallèles et de renversements qui est à la base de toute la dramaturgie de *La Putain respectueuse* trouve un prolongement dans le subtil jeu d'échos entre répliques : les derniers mots du texte répondent ainsi à une question de la scène II et forment clausule ; dans les scènes elles-mêmes, le renversement successif des positions et répliques garantit la cohérence interne du dialogue[1].

C'est généralement dans la lignée du théâtre français du XIXe siècle que les premiers commentateurs placèrent *La Putain respectueuse.* Mais seule la comparaison avec les *Farces et moralités* d'Octave Mirbeau — et c'est d'ailleurs la plus fréquente — s'impose de façon pertinente : satire de l'hypocrisie bourgeoise dans une œuvre brève et incisive, traitement boulevardier d'une thématique politique, etc. Il serait pourtant imprudent de parler d'influence, et plus encore de modèle, mais Sartre pensait bien avoir écrit une « comédie bouffe » et insista dans les premières interviews sur le parti pris comique de la pièce, regrettant d'ailleurs, par la suite, qu'à l'exception de Paris et de Londres, les différentes créations l'eussent fait systématiquement pencher vers le mélodrame.

Les véritables sources littéraires de la pièce sont plutôt à chercher, dans la thématique même, du côté de ces romanciers américains que Sartre admire tant depuis la fin des années 1930 et qui ont déjà abondamment traité du problème racial dans le sud des États-Unis. Dans *L'Être et le Néant*, Sartre avait d'ailleurs, pour illustrer sa théorie du sadisme, utilisé l'exemple du lynchage de Christmas dans *Lumière d'août* de Faulkner (1932 ; traduit en 1935) et le texte n'est pas sans appeler d'autres rapprochements avec ce roman, ou avec *Sanctuaire* (1931 ; traduit en 1933), souvent cité par Sartre. Mais c'est plus encore au livre d'Erskine Caldwell, *Trouble in July* (1940), que la pièce fait songer ; or, si Sartre connaissait les premiers récits de Caldwell, *Bagarre de juillet* ne parut chez Gallimard que plusieurs mois après la rédaction de la pièce et rien ne permet d'affirmer qu'il eut connaissance du texte anglais.

Réflexions sur la question blanche.

« Comédie bouffe », *La Putain respectueuse* est-elle aussi une pièce à thèse ? Sans doute, et son ambition est au moins de deux ordres : politique et éthique. La pièce a une charge sociale évidente, et les critiques de gauche ne s'y trompèrent pas à la création. Dans le second de ses articles sur la question noire aux États-Unis, Sartre avait appelé de ses vœux l'union, par-delà les clivages raciaux, de la classe prolétarienne contre la classe dominante ; c'est cette union entre le Noir pourchassé et la petite Blanche que laisse espérer toute la pièce. Aussi a-t-on amèrement reproché à Sartre de ne pas l'avoir fait advenir et d'avoir donné l'avantage au souci « naturaliste » de montrer le monde tel qu'il est sur la nécessité révolutionnaire de proposer un idéal exaltant. Il est vrai que *La Putain respectueuse* ne présente pas de vraie tirade ; même la prosopopée de la Nation américaine reste brève et invite Lizzie à un jugement de bon sens et non à une réflexion sur la base de principes abstraits.

1. Ainsi, tableau I, sc. IV : « LE SÉNATEUR : [...] Ne pensez plus à elle. / LIZZIE : À qui ? / LE SÉNATEUR : À ma sœur », p. 222-223 ; « LIZZIE : Vous croyez qu'elle sera contente de moi ? / LE SÉNATEUR : Qui ? / LIZZIE : Votre sœur », p. 225.

C'est pourtant moins à des personnages singuliers qu'à des entités collectives que Lizzie se soumet : la Nation, dont l'intérêt immédiat se substitue à l'éthique comme fondement du droit, et surtout la ville, la « ville tout entière », dont la rumeur monte par la fenêtre et dont le regard définit au bout du compte la « vérité ». D'ailleurs, si l'on en juge par les avant-textes et par le titre, ce que Sartre entendait illustrer dans cette pièce, c'est d'abord la notion de « respect », comme modalité possible du rapport qu'entretient l'individu à la collectivité englobante : « Vous m'avez eue par le respect [...] Je suis née respectueuse », déclarait ainsi Lizzie à James, et la notion était développée dans une première version du second dialogue entre Lizzie et le Nègre[1]. Bizarrement, le dernier état du texte ne présente désormais qu'une occurrence des mots « respectueux » et « respecter », qui s'appliquent d'ailleurs l'un et l'autre à Fred : il ne permet plus guère de justifier l'épithète du titre, au point que celui-ci put être mal compris. Or, la notion de « respect » est ici aux confins de la réflexion sartrienne sur la valeur, la norme et la mauvaise foi, telle qu'elle se développe dès certains textes de l'avant-guerre[2] puis dans *L'Être et le Néant*. Le respect est une fausse valeur positive qui garantit l'ordre établi, et l'aliénation qui en découle est le principal obstacle à la libération intérieure et sociale ; elle correspond chez le sujet à une acception revendiquée et inauthentique de l'ordre hiérarchique vécu sur le mode du sacré.

De tels choix dramatiques et thématiques montrent que la préoccupation de Sartre dans *La Putain respectueuse* n'est pas immédiatement militante. Comme toute la production sartrienne de cette époque, la pièce est écrite à l'ombre de cette grande « Morale » à laquelle le philosophe commence alors sérieusement à s'atteler[3]. Même si les thèmes secondaires du drame (le désir, la cruauté, la mauvaise foi...) s'inscrivent fortement dans la lignée de *L'Être et le Néant*, et si la pièce appelle plus de comparaisons avec *Le Mur*, par exemple, qu'avec *Les Chemins de la liberté*, *La Putain respectueuse* reste donc bien emblématique de la pensée de Sartre en cet immédiat après-guerre, et constitue ainsi le véritable pendant littéraire des deux textes philosophiques qui paraissent la même année. Le premier, *Réflexions sur la question juive*, éclaire en quelque sorte l'arrière-fond psychologique et social d'une pièce où une minorité se « reçoit » comme telle du regard du dominant et transforme sa condition en nature ; mais tout comme les *Réflexions* offrent d'abord un portrait de l'antisémite pour procéder à l'étude de la question juive, *La Putain respectueuse* présente une analyse du racisme en guise d'introduction à la question noire et ce sont les personnages blancs qui sont étudiés, tandis que le Nègre reste anonyme.

Quant au second texte de 1946, *L'existentialisme est un humanisme*, il rend compte du mouvement dramatique même de *La Putain respectueuse* : un choix moral n'engage pas seulement un résultat présent, il affirme un ordre des valeurs et donc le monde même que j'assigne à l'humanité. De façon plus nette encore que dans *Morts sans sépulture* et *Les Mains sales*,

1. Voir respectivement Autour de *La Putain respectueuse*, p. 239 et *ms. B*, f° 32 v° et f° 33.
2. Voir « L'Enfance d'un chef », *Œuvres romanesques*, p. 386.
3. Sartre rédigea, à peu près à la même époque, un long texte sur l'oppression des Noirs aux États-Unis, qui fait souvent écho à la pièce. Tout laisse penser que ce texte était destiné à la Morale (voir *Cahiers pour une morale*, Gallimard, 1983, p. 579-594).

qui l'encadrent chronologiquement, *La Putain respectueuse* utilise fort classiquement le dilemme comme unique ressort dramatique. Comme « l'élève » de *L'existentialisme est un humanisme* devait choisir entre « deux morales », Lizzie devra — même caricaturalement — choisir entre deux « niveaux de vérité », c'est-à-dire entre deux ordres des valeurs et du monde. Mais c'est un choix qu'elle ne parvient pas à faire et « au fond — nous dit Sartre —, lorsque finit la pièce, elle ressemble à ces taureaux des courses d'Espagne que l'on a agacés durant des heures par des passes et qui restent abrutis au milieu de l'arène, alors que le matador s'en va, de dos, à petits pas tranquilles. Putain elle était, putain elle restera[1]. »

On se souvient du jugement noté par André Gide dans son *Journal* le 15 mars 1947 : « Je tiens *La Putain respectueuse* de Sartre pour une manière de chef-d'œuvre. Je n'aimais pas du tout ses deux derniers longs et fastidieux romans ; mais *La Putain*... depuis les excellents récits du *Mur*, il n'avait rien écrit de plus fort ni de plus parfait[2]. » Ce rapprochement de *La Putain respectueuse* et des nouvelles du *Mur* est si pertinent qu'il ne saurait se limiter au talent de Sartre dans la forme brève. De même que le sens de chacune des nouvelles de 1939 est conditionné par celui du récit qui précède, de même la portée de *La Putain respectueuse* dépend du texte auquel on l'apparie. On peut d'ailleurs regretter que — pour des raisons pratiques et commerciales évidentes — les grandes reprises parisiennes aient presque toujours adossé *La Putain* à *Huis clos*[3]. Non que les deux pièces n'entrent en résonance par de multiples aspects, mais il est dommage de limiter la plasticité de la première ; seuls les Mathurins, en 1965, eurent l'idée de donner *La Putain respectueuse* après *Soudain l'été dernier* de Tennessee Williams. Or, *La Putain* a cette vocation éminemment théâtrale de constituer un complément de programme[4], c'est-à-dire d'équilibrer un drame plus long et plus grave, en développant les harmoniques trop absentes des pièces à texte et non à jeu : le grinçant, le bouffon, la caricature... En cela, *La Putain respectueuse* s'inscrit dans la longue tradition de ce contrepoint farcesque qui est, depuis Shakespeare, l'autre face de la tragédie.

GILLES PHILIPPE.

DOSSIER DE RÉCEPTION

Bien des critiques furent enthousiastes : Jacques Lemarchand, *Combat*, 9 novembre 1946 ; Henri Jeanson, *Le Canard enchaîné*, 27 novembre ; Francis Ambrière, *Mercure de France*, janvier 1947, etc. Nous citons Marcel Thiébaut, *Carrefour*, 21 novembre 1946 :

1. Entretien avec Jacques Marcerou, *Libération*, 30 octobre 1946. Sartre avait reçu la presse le 29 octobre, mais la plupart des questions portèrent sur *Morts sans sépulture.*
2. *Journal*, Bibl. de la Pléiade, t. II, p. 1039-1040.
3. Voir les Principales mises en scène, p. 1365.
4. Et sans doute ne gagne-t-elle pas à être jouée pour elle-même. Ainsi l'adaptation lyrique qui en fut tirée en octobre 1967 fut-elle reçue très sévèrement (musique d'Olivier Bernard ; mise en scène de Pierre Barrat, avec Suzanne Lafaye).

La Putain respectueuse est une comédie de grande classe, rapide et profonde. Cette fois, les personnages sont des êtres de chair et non des thèmes abstraits. Aussi comme Sartre se sent plus à l'aise et avec quel éclat s'affirment ses dons d'homme de théâtre ! On pourrait, il est vrai, soutenir que là encore Sartre démontre une thèse [...]. Mais ce qui fait le prix de sa comédie, ce qui la rend merveilleusement vivante nous paraît échapper entièrement aux discussions politiques. Sa putain versatile, superstitieuse, intéressée, généreuse et sensuelle est vraie. Son jeune premier puritain et concupiscent est vrai. Les situations qu'il invente sont des situations de théâtre, les personnages vont si loin dans la révélation d'eux-mêmes qu'ils sont tout près parfois de prendre valeur de types : d'un mot, l'œuvre est une réussite.

Les critiques communistes ou d'extrême gauche furent bonnes ; elles tirèrent souvent l'opposition raciale vers une opposition sociale et rapprochèrent la situation américaine de la situation française : Jean Avran, *Ce soir*, 14 novembre 1946 ; Pol Gaillard, *Les Lettres françaises*, 22 novembre ; Antoine Goléa, *Fraternité*, 28 novembre, etc. Nous donnons un extrait de l'article de Jean Gandrey-Réty, *Franc-Tireur*, 10 novembre :

Quant à *La Putain respectueuse*, c'est une comédie bouffe où M. Jean-Paul Sartre a voulu évidemment, par un petit instantané des rapports entre Blancs et Noirs aux États-Unis, faire une satire des très pieux, et très bourgeois, et très nationaux hauts principes par quoi la casuistique des Blancs américains justifie avec une magistrale hypocrisie le bon massacre permanent des méchants Noirs. Et il est naturel que ceux des spectateurs — et il y en a dans la salle — qui sont en France la naturelle et vivante émanation d'une certaine hypocrisie bourgeoise et d'une férocité raciste certaine se jugent offensés par l'anecdote que raconte M. Sartre et se sentent chatouillés de l'envie de siffler.

D'autres critiques furent très défavorables, par exemple : Jean-Jacques Gautier, *Le Figaro*, 13 novembre 1946 ; Marcel Augagneur, *France-Soir*, 20 novembre ; Kléber Hædens, *L'Époque*, 22 novembre 1946 ; Yves Gandon, *L'Illustration*, 30 novembre. Pierre-Aimé Touchard n'aima guère la pièce et le dit dans *Opéra* le 13 novembre :

Les dernières scènes sont une charge contre l'hypocrisie américaine : elles tiennent plus de la revue que de la comédie, et leur outrance est telle que des bagarres éclatent fatalement dans la salle, dont les acteurs irresponsables sont les victimes. Ces bagarres ayant été manifestement voulues par l'auteur, je suppose qu'il en tire une grande joie. Il reste néanmoins que, si des pièces comme [...] celle de Sartre devaient se multiplier sur nos scènes, nous n'aurions plus rien à envier à l'étranger en fait de théâtre de propagande. Certes, c'est un bien que d'arracher le théâtre à sa léthargie boulevardière et de le rendre à sa mission sociale, mais enfin, nous demeurons libres de regretter que pour ce théâtre de combat, le pays de Beaumarchais n'ait à nous proposer que les lourdeurs rouées d'un Jean-Paul Sartre.

Certains critiques assez favorables à la pièce s'étonnèrent aussi de l'« opportunité » de son sujet : Robert Kemp, *Le Monde*, 22 novembre 1946 ; ou encore Thierry Maulnier dans *Le Spectateur* du 19 novembre :

Cette comédie satirique cruelle est bien conduite, et le problème de l'injustice subie par les Noirs aux États-Unis est un grave problème, qu'il ne faut pas esquiver. Mais je dois dire que cette pièce où, deux ans après la Libération de Paris, des Américains nous sont montrés avec le visage de la férocité, de l'imposture, de l'hypocrisie les plus répugnantes, produit une gêne presque intolérable. S'il y avait eu quelque soldat des États-Unis dans la salle, je n'aurais pas osé le regarder.

La querelle ne fut pas close par l'article paru le 20 novembre 1946 dans l'édition européenne du *The New York Herald Tribune*, « De la divergence d'opinions naît la liberté », et auquel la presse parisienne fit un large écho :

> Sans chercher à juger à une pareille distance du bon goût et des qualités artistiques et esthétiques de l'œuvre de Sartre, et en exprimant à M. Frédéric-Dupont toute la gratitude qu'il mérite pour sa défense de la démocratie américaine, il peut être intéressant de signaler que Sartre a défendu d'une façon très intéressante sa position envers le lynchage, dans une lettre envoyée à l'édition européenne de notre journal. Il y déclare qu'il n'est pas « anti-américain » et qu'il ne sait pas ce que signifie « être anti-américain ». « On peut, dit-il, arriver à une opinion simple et absolue en ce qui concerne un pays totalitaire, et dire que l'on est antinazi ou antifasciste, prosoviétique ou antisoviétique. Mais les États-Unis ne sont pas, et n'ont nullement le désir de constituer un tout. On trouve là-bas des institutions, des façons de penser et des façons de vivre qui sont excellentes et d'autres qui ne sont pas tout à fait aussi bonnes. »

INGRID GALSTER et GILLES PHILIPPE.

BIBLIOGRAPHIE, PRINCIPALES MISES EN SCÈNE ET FILMOGRAPHIE

Principales mises en scène.

1946 : théâtre Antoine, Paris. Mise en scène de Julien Bertheau (voir p. 206).
1947 : Lyric Hammersmith Theatre, Londres. Mise en scène de Peter Brook ; avec Betty Ann Davies (Lizzie).
1953 : Comédie-Caumartin, Paris, présentée avec *Huis clos*. Mise en scène de Jean Le Poulain ; avec Héléna Bossis (Lizzie). Repris en 1961 au théâtre du Gymnase.
1955 : théâtre Mossoviet, Moscou. Mise en scène d'Irina Anissimova-Woulf ; avec Lubov Orlova (Lizzie).
1965 : théâtre des Mathurins, Paris, présentée avec *Soudain l'été dernier* de Tennessee Williams. Mise en scène de Jean Danet ; avec Sylvia Monfort (Lizzie).
1977 : théâtre de Boulogne-Billancourt, présentée avec *Huis clos*. Mise en scène de Jacques Weber ; avec Candice Patou (Lizzie).

Bibliographie.

Avant-Scène théâtre, nos 402-403, 1er-15 mai 1968.
CHALAYE (Sylvie), *Du Noir au nègre : l'image du Noir au théâtre de Marguerite de Navarre à Jean Genet, 1550-1960*, L'Harmattan, 1998, p. 377-381.
CHRISTOPHE (Marc-A.), « Sex, Racism and Philosophy in Jean-Paul Sartre's *The Respectful Prostitute* », *College Language Association Journal*, XXIV-1, septembre 1980, p. 76-86.

GALTSOVA (Elena), « Fox-trot avec Jean-Paul Sartre (*La P… respectueuse* et *Nekrassov* en U.R.S.S.) », *Études sartriennes*, nº 8, Centre de sémiotique textuelle – Paris X, 2001, p. 221-252.
GUTHKE (Karl S.), « Kleists *Zerbrochener Krug* und Sartres *La Putain respectueuse* », *Die neueren Sprachen*, 1959, p. 466-470.
JEANSON (Francis), « Sartre et le problème noir », *Présence africaine*, nº 7, septembre 1949, p. 189-214.
LARAQUE (Frank), *La Révolte dans le théâtre de Sartre, vu par un homme du tiers-monde*, Jean-Pierre Delarge, 1976, p. 176-196.
LORRIS (Robert), *Sartre dramaturge*, Nizet, 1975, p. 117-145.
MCCALL (Dorothy), *The Theater of Jean-Paul Sartre*, New York, Columbia University Press, 1969, p. 79-86.
PESTUREAU (Gilbert), « Sartre et les U.S.A. », *Études sartriennes*, nº 2-3, Centre de sémiotique textuelle – Paris X, 1986.
VERONA (Luciano), « *La Putain respectueuse*, une tragédie américaine », *Le Théâtre de Jean-Paul Sartre*, Milan, Cisalpino-Goliardica, 1979, p. 107-121.
ZIMMERMANN (Hans-Joachim), « Noch einmal : Kleists *Zerbrochener Krug* und Sartres *La Putain respectueuse* », *Die neueren Sprachen*, 1960, p. 485-488.

Filmographie.

1952 : La P… respectueuse, sortie le 8 octobre. Production : Georges Agitman-Artès ; réalisation : Marcel Pagliero et Charles Brabant ; adaptation : Alexandre Astruc et Jacques-Laurent Bost ; dialogues : Jean-Paul Sartre et Jacques-Laurent Bost ; musique : Georges Auric. Rôles principaux : Barbara Laage (Lizzie), Ivan Desny (Fred), Walter Bryant (le Nègre, Sidney), Marcel Herrand (le Sénateur).
1973 : La P… respectueuse, première diffusion, deuxième chaîne, 24 mars. Réalisation : André Frédérick ; mise en scène : Daniel Ceccaldi. Rôles principaux : Élisabeth Wiener (Lizzie), Georges Claisse (Fred), Robert Liensol (le Nègre), Claude Dauphin (le Sénateur).

G. P.

NOTE SUR LE TEXTE

Manuscrits.

En janvier 1962, lorsque Jean-Paul Sartre et sa mère quittèrent l'appartement de la rue Bonaparte, ils laissèrent derrière eux une armoire pleine de manuscrits que le nouveau propriétaire récupéra et qu'il négocia jusqu'à sa mort auprès de libraires, de collectionneurs ou de la Bibliothèque nationale. L'ensemble des manuscrits de *La Putain respectueuse* fut ainsi divisé en deux lots de feuillets très approximativement répartis. Nous avons utilisé ces deux manuscrits autographes pour la présente édition, mais nous savons qu'ils ne rassemblent pas la totalité des brouillons de la pièce.

Le premier lot (sigle : *ms. A*) a été acquis et relié dans un état de classement peu satisfaisant par Jacques-Henri Pinault de la Librairie de l'Abbaye, qui le revendit à un investisseur privé (la S.M.A.F.), actuel propriétaire qui l'a mis en dépôt à la Bibliothèque nationale de France. Il se compose de 108 feuillets de format standard (21 × 27), écrits à l'encre noire ou bleu nuit, montés sur onglet. On notera que le premier feuillet du manuscrit n'appartient pas au même ensemble : il s'agit d'une page de format réduit, d'un beau papier filigrané, proposant un synopsis que nous reproduisons (p. 242). Le second lot (sigle : *ms. B*) est aujourd'hui la propriété du département des Manuscrits de la Bibliothèque nationale de France (N.a.fr. 25674), après avoir appartenu à Philippe Zoumeiroff, qui l'a fait relier de façon recherchée mais en entérinant un classement discutable. Il se compose de 48 feuillets de papier crème non ligné, écrits à l'encre noire.

Le premier manuscrit présente des indications de découpage par version ou par scène ; ces indications au crayon non autographes sont d'une pertinence douteuse. Il est vrai qu'il est quasiment impossible de proposer un classement définitif des brouillons de la pièce : selon son habitude, Sartre a récrit plusieurs fois de suite les mêmes répliques, est revenu momentanément à des idées abandonnées, etc. Malgré un nombre important de chutes inclassables, on peut néanmoins distinguer *mutatis mutandis* six états du texte dans l'ensemble des manuscrits dont nous disposons aujourd'hui[1]. Le premier état (ffos 2-5) est une simple esquisse des scènes II et III du premier tableau sans indications d'alternance entre les répliques ; seul le personnage masculin est nommé (Joe). Le deuxième (ffos 8-11, 13-18 et 20) contient une première mise en forme de la scène II. Le troisième (ffos 19, 21, 29 et 38-70) est nettement plus développé : il est formé d'esquisses des scènes II, III et IV du premier tableau, des scènes I et II du second et des premières versions du discours final de Fred ; il comporte des indications d'ouverture pour les deux tableaux et constitue la première version suivie de la pièce ; le personnage du Sénateur n'y a pas encore été inventé et c'est James qui joue le rôle du suborneur de Lizzie. L'apparition de Clarke est donc la principale modification introduite dans le quatrième état du texte (ffos 6, 7, 12, 22 et 24-37) qui contient des esquisses des scènes II et IV du premier tableau et des deux premières scènes du second ; le discours de James du troisième état devient ici la première version de la prosopopée de la Nation américaine. Le cinquième état du texte (ffos 72-101) présente une réécriture partielle des mêmes scènes (et de la scène III du premier tableau). Le sixième état du texte (*ms. B*) présente une première mise au net, très incomplète mais presque définitive, de la pièce ; pour la première fois, celle-ci s'ouvre sur un dialogue entre Lizzie et le Nègre.

Éditions.

La première édition (sigle : *orig.*) de *La Putain respectueuse* a paru à Genève, chez Nagel, le 29 octobre 1946, quelques jours avant la première de la pièce dont elle ne donne pas la distribution. Le texte a été

1. Nous avons proposé une description des feuillets dans le *Bulletin d'information du Groupe d'études sartriennes*, n° 13, juin 1999, p. 95-97. On y trouvera d'autres détails sur l'histoire ou la présentation des manuscrits.

repris l'année suivante en clôture du volume *Théâtre I*, chez Gallimard ; puis, en 1962, dans le volume cartonné *Théâtre*, avec une aquarelle de R. Chapelain-Midy représentant le Nègre. Si l'on excepte les réimpressions de Nagel jusque dans les années 1980, *La Putain respectueuse* ne devait plus connaître de rééditions isolées. Les différentes reprises au format de poche qui se sont succédé depuis 1954 présentent la pièce sous son titre tronqué, plus commercial, et la font suivre de *L'Engrenage* (Le Livre de poche, à partir de 1954) ou de *Morts sans sépulture* (coll. « Folio », à partir de 1972). Dans tous les cas, *La P... respectueuse* est présenté comme le texte principal du volume, et la couverture (dessin, photographie de la création) lui est consacrée ; la pièce n'est donc plus le simple complément de programme qu'elle était à l'origine.

Le texte donné ici est celui du volume *Théâtre I* de 1947 (sigle : *1947*), qui corrige les nombreuses coquilles de l'édition originale. Les quelques harmonisations auxquelles nous avons procédé pour les majuscules ou la ponctuation ne sont pas signalées en note ; pas plus que ne le sont les nombreuses variantes (mots supprimés ou redoublés) que l'on trouve dans les éditions ultérieures de la pièce et qui relèvent manifestement d'erreurs de saisie.

G. P.

NOTES ET VARIANTES

[Page de titre.]

1. Sartre se lia avec Michel Leiris à la suite des *Mouches* lorsqu'il commença à fréquenter les milieux culturels parisiens. Ils participèrent ensemble aux réunions du Comité national des écrivains, et les Leiris aidèrent souvent Sartre et Beauvoir pendant la guerre. Michel Leiris fera partie de l'équipe fondatrice des *Temps modernes*.

Personnages.

1. Dans le tout premier jet de la pièce (*ms. A*), Fred s'appelle Joe ; le premier patronyme de Lizzie est Mackenzie ; le Nègre a un prénom : Richard. Le cousin et la tante de Fred ont parfois un nom : Rockey ou Rocker.

Premier tableau.

a. riche. Voilà l'arroseuse. La ville fait sa petite toilette. Tiens des nègres. C'est rare par ici. Il y a ça de bien ici que vous avez des quartiers, les riches ici, les pauvres là et puis les Noirs de l'autre côté de la rivière, chacun chez soi, on reste entre soi, c'est mieux pour tout le monde. À N. Y. tout est mélangé dès que tu sors de la troisième avenue tu tombes chez les cloches. Je crois que je me plairai ici. Dis *ms. A (f° 41).* ◆◆ *b. Réplique de Lizzie dans ms. A (f° 8) :* Sale puritain. C'est pas moi que tu veux étrangler, c'est ta nuit. Tu as mis la tête entre mes seins et tu as vagi comme un bébé. Ça te gêne, hein ? Tes cris sont encore dans mes oreilles. Mais si tu me serrais le cou, tu les ferais taire, hein ? Et tu pourrais plus facilement t'arranger avec toi-même ? ◆◆ *c. Dans ms. A (f° 3), cet échange est plus développé :* Des ennuis ? / LIZZIE : J'ai toujours eu des ennuis. Des histoires, tu sais. J'ai horreur des histoires. On me dit qu'ici je serai tranquille. La police, je la rends par les yeux. Tu ne sais pas ce que c'est toi, cela humilie. Tu connais pas ça, toi, le flic qui vient coucher deux fois par semaine pour te foutre la paix ? Non ? Et puis tu le retrouves un jour de l'autre côté d'un bureau, il fait semblant de ne pas te reconnaître et il t'agonit. / [FRED :] Ton métier est défendu, ici. / [LIZZIE :] Oui mais on me dit qu'ils ferment les yeux. Ils ont besoin de nous. Il paraît qu'on touche pas aux femmes d'ici. / [FRED :] Ils ont besoin de vous mais ils vous détestent. / [LIZZIE :] C'est ce qu'on m'a dit. / [FRED :] Il n'y en a pas un qui ne voudrait vous tuer. / [LIZZIE :] Tu voudrais me tuer toi ? / [FRED :] Tais-toi. Tu es le diable. Tu as toutes les faiblesses des hommes dans ta tête. Tu en sais sur nous. Il faudrait coucher avec vous et puis vous étrangler. Tu es sale, tu pues. Tu fais peur. ◆◆ *d. Fin de la réplique dans ms. A (f° 79) :* ce serpent ? Je l'ai acheté à un revendeur et je l'ai porté deux ans ; qu'est-ce que j'ai pu déguster. Un beau jour, je vais chez une voyante, elle me dit : ma petite, méfiez-vous des serpents. Je lui dis : ça tombe bien, j'en porte un en bracelet. Elle le regarde, elle dit : il a appartenu à une danseuse arabe, elle est morte dans la misère, elle était très mauvaise. Je lui dis : je vais le jeter. ◆◆ *e. Cette didascalie est absente de 1947 ; nous adoptons la leçon d'orig.*

1. Sans doute Sartre songeait-il à une version gravée de la célèbre *Cruche cassée* de Jean-Baptiste Greuze (1772 ; Louvre), même si la réplique « Elle devait avoir une cruche » tend à faire penser que la cruche n'apparaît pas sur la gravure.

2. La pièce et les avant-textes multiplient les allusions à la figure maternelle. Il faut probablement voir là une influence de l'article de Philip Wylie, « Mom », *Les Temps modernes*, août-septembre 1946, p. 316-339 (extrait de *Generation of Vipers*, New York, Ferrar and Rinehardt, 1942). Wylie montre que, dans la mythologie américaine, la mère trouve place au panthéon des valeurs morales entre la Bible et le drapeau. Il évoque aussi le combat des clubs de vieilles dames pour chasser les prostituées des villes.

3. La réplique de Lizzie n'a toute sa force que si Franklin D. Roosevelt est encore président des États-Unis (1933-1945). Or, dans certains avant-textes (*ms. B*), la pièce se déroulait sous la présidence de Truman, au pouvoir depuis 1945. Il est possible que Sartre ait jugé bon d'abandonner une exacte contemporanéité qui risquait d'apparaître comme une marque d'agressivité envers les États-Unis.

4. On trouve l'origine de ce détail dans le second article consacré par Sartre au « Problème noir aux États-Unis », p. 1 : « Un ami français que j'ai retrouvé à la Nouvelle-Orléans m'a raconté cette anecdote significative : il avait une femme de chambre noire qu'il avait chargée de répondre pour lui au téléphone ; lorsqu'elle prenait la communication, elle avait soin d'envelopper l'appareil d'une serviette et elle l'essuyait avant de raccrocher. Un jour, comme il l'interrogeait, elle lui dit que ses anciens patrons américains l'obligeaient à ces précautions parce qu'ils n'auraient jamais voulu poser l'oreille contre un écouteur contaminé par

une négresse. » Voir aussi *Réflexions sur la question juive* (1946), Gallimard, coll. « Folio », 1985, p. 11-12, 56-57.

5. Parodie de la prosopopée des Lois dans le *Criton* de Platon (II, 50-54). Dès la version du texte où James se chargeait de convaincre Lizzie (*ms. A*), son discours prenait la forme d'un pastiche de maïeutique socratique.

Deuxième tableau.

a. d'entrer. Nous avons assez courbé la tête, nous deux. Ça suffit. J'ai honte de moi. Je ne peux plus me supporter. Voilà *ms. A (f° 36).* ♦♦ *b. Fin de la réplique de Lizzie dans ms. B (f° 32) :* que moi. Bon. Alors si tout le monde est d'accord. Dis-moi : nous sommes pareils, toi et moi. Toi parce que tu es noir, moi parce que je suis une putain. Est-ce qu'on va accepter jusqu'au bout leur dictature et leur police ? ♦♦ *c.* Ce sont les Blancs, madame. Ils connaissent le bien et le mal. / LIZZIE : Le bien et le mal. Oui. Ils sont le bien. Toi et moi nous sommes le mal. Ça va. Un nègre et une putain… (*Un temps. ms. B (f° 37)* ♦♦ *d. Nous possédons huit versions de cette réplique, de loin la plus travaillée par Sartre ; voici la leçon de ms. B (f° 45) :* Lizzie ! Est-ce que tu te rends compte de ce que tu vas faire ? Je suis peut-être un salaud mais je suis le fils du sénateur et je succéderai à mon père. Toute la ville met son espoir en moi. Mon père m'a tant attendu, tu sais. Il avait des filles et il craignait de n'avoir pas de fils et puis je suis venu. Tu te rends compte. Et maintenant toute la ville m'attend, les gens connaissent mon programme ; ils savent que j'aurai de la poigne et ils mettent tout leur espoir en moi. Est-ce que tu vas tuer tant d'espoir. Imagine mon enterrement. Toute la ville en deuil suivra mon cercueil, le président enverra de Washington un télégramme de condoléances à mon père. Il y aura des tombereaux de fleurs. Tout ce remue-ménage c'est toi qui l'auras fait. Toute cette douleur. Je te croyais plus discrète toi, si petite, si ignorée, une hors-la-loi, dont personne n'a besoin, tu vas déclencher ce désordre. C'est pas tant le crime qu'on te reprochera, c'est ce crime-là. Mais *qui es-tu* pour mettre une ville en deuil ? Un peu de modestie, Lizzie ! Tu vas faire pleurer des gens qui n'auraient pas consenti à te serrer la main, qui ne t'auraient sûrement pas reçue chez eux. Est-ce que tu imagines l'étonnement du maire et du député quand ils diront entre eux « notre futur sénateur est mort. Tué par une femme de rien, une de ces femmes qu'on ne fréquente pas ». Si j'étais tué par quelqu'un de mon milieu, un adversaire politique, ce serait seulement plus acceptable ou alors par un voleur, une nuit : ce serait au fond un accident. Mais toi comment pourrais-tu te mettre tout d'un coup au premier plan de l'actualité. Tu ne tiendrais pas le coup, c'est un acte beaucoup trop volumineux pour toi. Je suis un Américain cent pour cent, le fils d'une très vieille famille, c'est ce sang que tu vas répandre.

1. Adjectif invariable signifiant « maladroit », « imbécile ». Déjà rare dans les années 1940, on le trouve aussi sous la plume de Sartre dans *Le Sursis* (*Œuvres romanesques*, p. 1126).

2. Cf. « Intimité », *Œuvres romanesques*, p. 308 : « Si on pouvait rester comme ça toujours : purs et tristes comme deux orphelins […]. » En de nombreux autres points encore, les rêveries intimes de Lizzie font écho à cette nouvelle du *Mur*.

3. Voir *L'Être et le Néant*, Gallimard, 1943, p. 475 : « Ainsi le sadisme, au moment même où son but va être atteint, cède la place au désir. » Fred incarne en quelque sorte la variante « inauthentique » de la perversion sadique telle que Sartre l'analyse dans *L'Être et le Néant* (p. 469-477).

4. Allusion à des événements importants de l'histoire américaine : en 1781, la bataille de Yorktown (Virginie) provoqua la capitulation britannique et mit fin à la guerre d'Indépendance ; en 1906, un violent tremblement de terre provoqua le grand incendie qui ravagea San Francisco. Le cours du Mississipi fut aménagé dès le début du XVIIIe siècle, mais peut-être Sartre a-t-il en tête les grands travaux qui suivirent les inondations de 1927. La coïncidence entre faits historiques et succession générationnelle n'est pas nette.

5. Trois territoires dont l'histoire est emblématique de l'extension de la puissance américaine : les États-Unis achetèrent l'Alaska à la Russie en 1867 et contrôlèrent les Philippines de 1898 à 1946 ; en 1912, ils firent du Nouveau-Mexique, cédé par le Mexique en 1848, le quarante-septième État de l'Union.

6. Voir « L'Enfance d'un chef », *Œuvres romanesques*, p. 387.

Autour de « La Putain respectueuse »

JAMES ET LIZZIE
1re version

Dans la première rédaction de la pièce, James tient le rôle qui sera celui du sénateur Clarke, dans l'édition. Nous reproduisons les deux scènes dans lesquelles ce personnage apparaît (tableau I, sc. IV ; tableau II, sc. I) d'après les feuillets 60-62, 29, 63-65 de *ms. A*.

LA SCÈNE FINALE D'APRÈS LE SCÉNARIO DACTYLOGRAPHIÉ

En adaptant les dialogues de *La Putain respectueuse* pour le film de Marcel Pagliero, Sartre a souhaité donner une fin optimiste à l'histoire de Lizzie et du Nègre, puis autorisé l'utilisation de cette nouvelle version comme variante possible de la dernière scène de la pièce. Nous donnons ici la partie dialoguée telle que la présente le scénario dactylographié, indépendamment des variantes de la version filmée. Nous utilisons l'exemplaire archivé à la Bibliothèque du film, Paris, sous la cote SCEN 2015-B600, p. 155-163. Nous ajoutons, entre crochets, quelques indications scéniques permettant la compréhension du dialogue de Sartre.

PROJET DE SCÉNARIO

Ce synopsis annonce la version cinématographique de *La Putain respectueuse*, dont il partage l'onomastique. Il n'est pourtant pas exclu qu'il s'agisse ici du projet *Histoire d'un nègre*, que Sartre dit avoir conçu pour Pathé en 1944. Nous reproduisons le feuillet 1 de *ms. A*.

PRÉFACE
DE LA TRADUCTION AMÉRICAINE

Cette préface à la version américaine du texte (*Art and Action*, 10th Anniversary Issue, Twice a Year Press, 1948) parut aussi sous le titre « French Writer Answers his Varied Critics », dans le *New York Times* du 21 mars 1948. Elle reprend les arguments avancés par Sartre dans l'édition européenne du *New York Herald Tribune*, le 20 novembre 1946, en réponse au courrier d'un lecteur. Nous retraduisons la traduction de Harold Clurman.

LES MAINS SALES

NOTICE

Les Mains sales consacra Sartre grand dramaturge. Cependant, ce succès n'est pas allé sans malentendus. Au moment de sa création au théâtre Antoine, le 2 avril 1948, la grande presse la salua comme la pièce vedette de l'année, parfois comme la plus grande pièce de l'après-guerre. Malgré de rares réserves de détail, on apprécia la rigueur de la construction, la densité, la vigueur, la fermeté du dialogue ; et l'on reconnut une admirable langue de théâtre[1]. Mais les éreintages et les attaques virulentes de la presse communiste, qui la réduisaient à un ouvrage de circonstance anticommuniste, en firent bientôt un champ de bataille politique : les adversaires ne manquèrent pas d'en profiter. La pièce était anticommuniste car la droite et le P.C. voulaient qu'elle le soit[2].

La lecture étroitement politique de la pièce, son utilisation anticommuniste — explicite dans l'adaptation américaine[3], mais à laquelle n'échappa pas non plus le film réalisé par Fernand Rivers en 1951 — ainsi que les réactions violentes des communistes et de l'Union soviétique[4] décidèrent Sartre à n'autoriser sa représentation qu'avec l'accord des partis communistes des pays concernés. L'accord qui se fit avec le P.C. italien, dans un cadre d'entente plus générale, permit à Gianfranco De Bosio de réaliser une remarquable mise en scène pour le Teatro Stabile de Turin en 1964, et donna l'occasion d'un important entretien

1. Voir le Dossier de réception des *Mains sales*, p. 1387.
2. Voir Michel-Antoine Burnier, *Les Existentialistes et la Politique*, Gallimard, 1966, p. 51-54.
3. Cette adaptation était tellement tendancieuse que Sartre entreprit une action légale en février 1949.
4. Dès décembre 1948, l'U.R.S.S. fit une démarche officielle auprès des autorités d'Helsinki pour empêcher la représentation des *Mains sales* en tant que « propagande hostile à l'U.R.S.S. ».

accordé à Paolo Caruso[1] ; il confirmait cependant la persistance d'un enjeu politique. Celui-ci demeure d'une évidence éclatante si l'on considère les dates et les circonstances des principales reprises : au cours des années 1960 dans deux pays du bloc de l'Est qui s'opposaient à Moscou, la Yougoslavie et la Tchécoslovaquie ; à la fin des années 1970 dans les deux pays, l'Allemagne et l'Italie, où la dérive du mouvement de 1968 produisait une vague de terrorisme qui culmina en Italie avec l'assassinat du président du Conseil Aldo Moro par les Brigades rouges.

Par ses déclarations autant que par ses actes, Sartre n'a pas vraiment aidé à dégager son texte d'une lecture politique. Il a toujours répété que, loin de défendre une thèse et de donner des solutions, il ne faisait que poser des problèmes ; même s'il a fini par déclarer qu'il s'incarnait en Hoederer[2]. Il a précisé qu'il n'avait pas voulu faire une pièce politique mais une pièce sur la politique, en constatant qu'« on ne fait pas de politique (quelle qu'elle soit), sans se salir les mains, sans être contraint à des compromis entre l'idéal et le réel » ; cependant, il a assumé son choix de situer l'action dans un parti d'extrême gauche, si bien que la question principale devient celle-ci : « Un révolutionnaire peut-il, au nom de l'efficacité, risquer de compromettre son idéal ? A-t-il le droit de se “ salir les mains ”[3] ? » Il a enfin revendiqué l'ancrage de son texte dans l'actualité politique, en évoquant la trêve dans les combats pour la libération de Paris qui devait permettre la retraite des troupes allemandes en août 1944, le Front populaire, la Résistance, le Lénine de *La Maladie infantile du communisme*, le stalinisme, le cas Doriot et, de façon plus indirecte, l'assassinat de Trotski[4].

Le débat a longtemps tourné autour de la question de savoir qui, des deux personnages principaux, a raison et qui a tort. Il a souvent pesé sur la critique elle-même, qui, avant d'interroger la théâtralité du texte, s'est intéressé à son rôle dans la tentative sartrienne de repenser la morale[5].

Un dialogue manqué et l'issue d'une impasse.

Sartre a eu l'idée des *Mains sales* pendant les vacances de Noël de 1947 et a écrit son texte en quelques mois. La rédaction fut étroitement liée à la création du Rassemblement démocratique révolutionnaire (R.D.R.), formation politique qui se proposait de réagir à la montée du gaullisme et à la crise de la gauche[6]. La formule du Rassemblement était faite pour plaire à Sartre, ainsi que le programme de réactiver une réflexion et une

1. Voir Autour des *Mains sales*, p. 366-371.

2. Voir *Combat*, 31 mars 1948 ; la déclaration à Francis Jeanson (1955) ; et l'entretien avec Paolo Caruso (1964). Voir Autour des *Mains sales*, p. 365-366 et 370-371.

3. Respectivement *Franc-Tireur*, 25 mars 1948 ; et *Combat*, 31 mars 1948. Voir Autour des *Mains sales*, p. 363 et 365.

4. Voir Autour des *Mains sales*, p. 364-365, 367, 369-370 et 371.

5. Voir, en particulier, Francis Jeanson, *Sartre par lui-même*, Le Seuil, 1955 ; et Paul Verstraeten, *Violence et éthique. Esquisse d'une critique de la morale dialectique à partir du théâtre politique de Sartre*, Gallimard, 1972.

6. Sartre a rejoint le comité directeur du R.D.R en février 1948 ; le 27 paraissait dans *Franc-Tireur* et *Combat* le texte de l'appel lancé à l'opinion internationale par le comité d'initiative (Sartre, Georges Altman, directeur de *Franc-Tireur*, David Rousset, Bernard Lefort, Roger Stéphane, entre autres). Voir Jean-Paul Sartre, David Rousset, Gérard Rosenthal, *Entretiens sur la politique*, Gallimard, 1949 ; et la Chronologie, *Œuvres romanesques*, p. LXVI-LXVIII.

pratique politiques autour de quelques convictions communes : la menace d'une guerre due à la division du monde en deux blocs, atlantique et soviétique, était renforcée par la croyance des Européens en un fatalisme de la guerre ; l'Europe pouvait et devait, au contraire, se constituer en agent de paix et réaliser son unité et une fédération socialiste ; il fallait élaborer une alternative démocratique au stalinisme fondée sur l'adéquation entre la lutte des classes et l'émancipation du prolétariat ; une gauche révolutionnaire se devait d'expliquer le rôle historique d'un État qui, devenu le propriétaire collectif de l'économie, fondait ses privilèges et ceux de son personnel sur le travail des masses.

Cette tentative intellectuelle d'organisation d'une nouvelle gauche qui, sans s'aligner sur les prises de position du P.C., évitât toute compromission avec les partis pro-américains — ce qu'on appelait une « troisième voie » — ne fit que provoquer l'intolérance communiste et se révéla vite un échec. Quel que soit le langage employé, en ces années d'éclatement des alliances issues de la Résistance et de début de guerre froide, la critique du marxisme et des organisations du mouvement ouvrier était condamnée à être reçue comme anticommuniste. Sartre démissionna du R.D.R. le 12 octobre 1949, et quelques mois plus tard le Rassemblement éclata. Entre-temps, les communistes, qui avaient fait de Sartre leur cible privilégiée depuis sa première tentative de création d'une organisation politique (« Socialisme et liberté ») pendant l'Occupation, l'avaient traité de « hyène à stylographe » au congrès mondial pour la paix de Wroclaw, en août 1948, et Ehrenbourg avait renchéri dans *Les Lettres françaises* du 10 février 1949[1].

C'est dans ce climat de méfiance et de malentendus que Sartre essayait de faire dialoguer sa philosophie et la pensée marxiste. Avec « Matérialisme et révolution », paru dans *Les Temps modernes* en juin et juillet 1946, il avait commencé par refuser la fausse alternative entre matérialisme et idéalisme, dénonçant le caractère mythique du matérialisme dialectique et lui opposant le « réalisme révolutionnaire ». Dans *Qu'est-ce que la littérature ?* il terminait son analyse de la « situation de l'écrivain en 1947 » en refusant à celui-ci la possibilité de se mettre au service du parti communiste[2]. Mais à la suite de sa rencontre avec Elio Vittorini et du voyage que celui-ci lui avait organisé en Italie en juin 1946, il créditait le P.C.I. d'être « l'un des centres vitaux de la pensée italienne », et il faisait l'éloge de son anti-hégélianisme qui se manifestait dans « l'apologie du sujet, du risque, de l'initiative [...] le refus du dogme[3] ».

« À partir de 47, j'ai eu un double principe de référence : je jugeais aussi mes principes à partir de ceux des autres — du marxisme », nota-t-il plus tard[4]. C'est ce que confirme *Les Mains sales*, en créant deux personnages principaux, l'intellectuel qui se met au service du mouvement

1. Voir le Dossier de réception des *Mains sales*, p. 1390.
2. Voir *Qu'est-ce que la littérature ?* (1947), Gallimard, coll. « Folio essais », 1985, p. 307-320.
3. « Présentation » (non signée, mais que l'on peut raisonnablement attribuer à Sartre) du numéro des *Temps modernes* consacré à l'Italie, en septembre 1947. Sartre ne pouvait pas prévoir que le P.C.I. allait supprimer les deux revues « sartrisantes » : *Il Politecnico* (dir. F. Fortini) et *Studi filosofici* (dir. A. Banfi). Sur ce voyage en Italie, voir Simone de Beauvoir, *La Force des choses*, Gallimard, 1963, p. 92 et 109-119 ; sur les rapports avec le P.C.I., voir Rossana Rossanda, « Sartre e la sinistra italiana », *Sartre e l'Italia*, O. Pompeo Faracovi et S. Teroni éd., Livourne, Belforte, 1987, p. 251-263.
4. Notes inédites citées par S. de Beauvoir, *La Force des choses*, p. 164.

révolutionnaire et le chef marxiste de ce mouvement, et en instaurant un jeu de miroirs et de retournements avec la première morale annoncée à la fin de *L'Être et le Néant*. Une brève note sur l'amour des hommes — « Les hommes sont ignobles. Il faut les aimer pour ce qu'ils pourraient être, non pour ce qu'ils sont[1] » — est reprise dans la pièce ; attribuée à Hugo, elle provoque une dure réplique de la part de Hoederer, qui revendique un humanisme révolutionnaire et démystifie le nihilisme du bourgeois révolté[2].

Ces réflexions et ces textes théoriques constituent la toile de fond sur laquelle prennent corps les personnages des *Mains sales* et évoluent ceux des *Chemins de la liberté*. Dans le troisième tome de ce cycle romanesque, élaboré en 1947-1948, la rencontre entre un militant orthodoxe et un révolutionnaire dissident engendre non seulement l'évolution du premier, mais aussi le personnage de Hoederer, figure hypothétique du vrai militant humanisé. Et Hugo prend la relève de Mathieu Delarue, ce personnage d'intellectuel insatisfait de sa liberté abstraite et de son rapport avec l'Histoire : par son adhésion au Parti, il a franchi le fossé, il a donné à son engagement la forme concrète qu'impose l'Histoire, ce qui le met aux prises avec la question des rapports qu'entretiennent morale et politique ; par son crime, il a essayé de satisfaire son besoin de « s'enfoncer dans un acte », ce qui lui permet de constater que son acte lui échappe et ne peut recevoir un sens que de lui-même.

L'inachèvement du cycle romanesque trouve une explication de plus dans la composition des *Mains sales*. L'écriture dramatique fournit une issue à l'impasse où se trouvait le récit rétrospectif, impuissant à exprimer les ambiguïtés de l'époque dans un roman qui se situerait en 1943 : elle offrit la forme et le ton nécessaires à une mise en perspective, ainsi qu'à une ouverture sur une dimension mythique. L'espace scénique permit de recomposer les deux histoires — de l'intellectuel et du militant —, de mettre les deux personnages face à face, de les confronter au rythme imposé par une intrigue serrée et par une durée définie, de réduire le champ de l'action à une « situation limite » dont la tension est avivée par l'espace clos où se jouent les conflits. Le langage théâtral, enfin, autant, si ce n'est plus, que la participation au R.D.R., représenta un passage à l'acte, dicté par l'urgence de viser à un autre rassemblement, celui du public, appelé à considérer, par le spectacle, la complexité de la situation et les implications de tout choix[3].

L'intellectuel et l'action directe : dialogues à distance.

En décidant de porter sur la scène les questions de la violence, du meurtre, du réalisme politique, l'écrivain Sartre s'arracha d'un coup d'aile à l'enlisement dans les controverses et les discussions, les crises des comités de rédaction, les rencontres avec Malraux, Camus, Koestler,

1. *Cahiers pour une morale*, Gallimard, 1983, p. 15 ; voir aussi la place faite aux questions du mensonge, de la morale du chef, des fins et moyens, de la morale abstraite et morale concrète, de la violence.

2. Voir p. 332-333. Sur la réaction de Camus à ce passage, racontée par Sartre dans son entretien avec P. Caruso, voir Sandra Teroni, « Les “ Meurtriers délicats ” face au réalisme politique », *Études sartriennes*, n° 8, Centre de sémiotique textuelle – Paris X, 2000, p. 91-102.

3. Voir, à ce propos, « Pour un théâtre de situations » (1947), *Un théâtre de situations*, Gallimard, 1992, p. 19-21.

Merleau-Ponty, les malentendus et les brouilles. Il emprunta des masques afin de poursuivre à distance le dialogue avec ses interlocuteurs, à l'abri du dogmatisme et de la pensée réductrice, opposant à la verbosité des analyses et aux tons tranchants des prises de position un jeu d'allusions, de citations, de retournements, de reprises parodiques, dans lequel il était passé maître. Comme l'ont bien vu Françoise Bagot et Michel Kail, « avec *Les Mains sales* nous tenons un exemple achevé d'une " forme " intervenant comme argument[1] ».

Les Mains sales réactualise dans le contexte de l'après-guerre la transformation de l'intellectuel en homme d'action, dans une situation révolutionnaire ou de résistance, qui avait inspiré les premiers romans de Malraux au seuil des années 1930. Mais, en filigrane, c'est l'image de Paul Nizan qui se dessine. Après avoir pris la tête d'un mouvement d'intellectuels qui demandait au P.C.F. de rendre compte des campagnes de calomnies menées contre Nizan de manière insidieuse et perfide[2], Sartre évoque certains traits et la fin tragique de celui-ci. Il fait partager à Hugo sa hantise de la mort, son désir de s'oublier, son besoin de discipline, sa profession de journaliste pour le Parti, son mariage précoce ; il lui donne le même âge que son ami au moment où leurs chemins avaient bifurqué et où Nizan, au retour d'un long voyage à Aden, avait adhéré au parti communiste, se transformant en un militant radical et intransigeant ; il lui fait vivre le brusque réveil qui l'avait bouleversé au moment du pacte germano-soviétique et qui l'avait fait démissionner du Parti, avant de trouver la mort près de Dunkerque l'année suivante.

Le jeu d'allusions se fait encore plus indirect dans le cas de Merleau-Ponty et d'Arthur Koestler. Après quelques rencontres assez gênées, Sartre et Beauvoir rompirent avec ce dernier au cours de l'automne de 1947, en raison de sérieuses dissensions politiques. Toutefois, en abordant la question de la violence et de l'assassinat politique, Sartre s'écarte des positions exprimées par Merleau-Ponty dans son lourd réquisitoire contre l'auteur du *Zéro et l'Infini* (traduit en français en 1945) et du *Yogi et le Commissaire*. Et en présentant sa pièce à la presse, il donna comme source le mot de Saint-Just : « Nul ne gouverne innocemment », que Koestler avait placé en épigraphe de la première partie de son roman[3].

Il reste que son interlocuteur privilégié fut sans doute Camus, avec qui il ne se contentait pas de réaliser une unité d'action, malgré certaines divergences et les premières brouilles[4], mais se plaisait à un jeu discret de compétition littéraire fait d'emprunts, de retournements, de textes croisés. C'est autour de la question du meurtre qu'en novembre 1946 Camus avait lancé une véritable offensive contre les communistes, avec la suite d'articles réunis sous le titre *Ni victimes ni bourreaux*[5] : dénonçant « une immense conspiration du silence » et « un état de terreur », il en

1. *Jean-Paul Sartre : « Les Mains sales »*, P.U.F., 1992, p. 27.
2. Un communiqué à l'intention expresse du P.C.F. avait paru dans *Combat* le 4 avril et dans *Les Temps modernes* en juillet 1947.
3. Voir Autour des *Mains sales*, p. 363-364. Sous forme de question, nous retrouvons la référence dans le texte lui-même : « Est-ce que tu t'imagines qu'on peut gouverner innocemment ? » demande Hoederer en s'adressant à Hugo (p. 331). Camus revient sur ce mot de Saint-Just, dont il donne la version exacte, « Nul ne peut régner innocemment » — et le sens précis —, dans *L'Homme révolté* (*Essais*, Bibl. de la Pléiade, p. 527).
4. Voir la Chronologie, *Œuvres romanesques*, p. LXIV-LXVI.
5. Publiés dans *Combat*, du 19 au 30 novembre.

attribuait la responsabilité à la légitimation du meurtre, au réalisme politique et à l'aliénation de l'homme dans la logique historique[1]. À la suite de la lecture des *Souvenirs d'un terroriste* de Savinkov, il avait écrit *Les Meurtriers délicats*, daté de 1947, qui opposait au présent, au « temps du meurtre par procuration », où « le terrorisme est devenu confortable », où le meurtrier « est un fonctionnaire délégué », une image héroïque et morale du terrorisme. L'opposition entre les « cœurs médiocres », capables d'oublier l'un des termes du conflit (le caractère nécessaire et inexcusable du meurtre), et les « cœurs extrêmes », entre les « bourreaux philosophes », pour qui la vie humaine n'a aucune valeur, et les « grands cœurs », capables du sacrifice suprême de leur vie, encadre le récit de l'attentat contre le grand-duc Serge et de la mort de Kaliayev, pour lequel Camus reprenait les considérations et les dialogues des Mémoires de Savinkov[2]. Ce texte, qui deviendra, remanié, le chapitre de *L'Homme révolté* portant le même titre, parut en janvier 1948 dans *La Table ronde*, au moment où Camus entreprenait la rédaction d'une pièce qui allait devenir *Les Justes* ; projetée dès juin 1947, celle-ci est la transposition du récit en langage dramaturgique.

La connaissance des *Meurtriers délicats* suffirait à expliquer que Sartre, en pleine rédaction des *Mains sales*, se lance dans un jeu intertextuel ; certaines références ponctuelles encouragent cependant à penser que les deux écrivains ont eu des échanges sur leurs créations parallèles. « En Russie, à la fin de l'autre siècle, il y avait des types qui se plaçaient sur le passage d'un grand-duc avec une bombe dans leur poche. La bombe éclatait, le grand-duc sautait et le type aussi », raconte Hugo à Louis en se proposant pour l'action directe ; et il ajoute : « Je peux faire ça » (p. 263). La reprise parodique de l'histoire qui passionnait Camus n'est que trop évidente, ainsi que la distance prise par rapport à l'univers dostoïevskien. Nous sommes juste au début du long « récit » de Hugo, que celui-ci décide de faire commencer en mars 1943 ; sur fond de la dispute à l'intérieur du Comité qui va décider de son sort, Hugo, *alias* Raskolnikoff, arrête de taper à la machine et essaie d'entretenir une conversation avec un certain Ivan, dont il va (et nous allons) comprendre qu'il partira, muni d'une bombe, pour une action de sabotage. Le tableau s'achève sur Olga, Louis et Hugo assistant à la fenêtre à la réussite de l'action d'Ivan, ce qui évoque l'ouverture du deuxième acte des *Justes* sur Annenkov et Dora suivant depuis la fenêtre l'attentat contre le grand-duc. Entre-temps, l'entrée de Hugo dans l'action directe a été décidée ; et ce à la croisée de ce décor imaginaire et du réalisme politique, dans un jeu intertexuel qui ne s'arrête pas là. Sans entrer dans les détails, il suffira de remarquer que Hugo hérite de l'appellation ironique avec laquelle, chez Camus, le forçat-bourreau Foka s'adresse à Kaliayev en prison : « barine », seigneur.

D'emblée, Sartre nous propose un personnage dépourvu de tout halo mythique, marginal par rapport à l'Organisation, n'ayant pas participé à la décision d'éliminer le chef du Parti devenu traître à la classe ouvrière aux yeux d'un dirigeant minoritaire ; et il le place dans un cadre que Camus aurait qualifié de terrorisme « confortable », où le meurtre politique est entré dans la *praxis* comme solution radicale du conflit poli-

1. *Essais*, p. 329-352.
2. Voir *Théâtre, récits, nouvelles*, Bibl. de la Pléiade, p. 1827-1833.

tique. Mais il relève le défi. Hugo aussi finit par incarner sa propre idée jusqu'à la mort et par payer une vie de sa propre vie, car lui aussi méprise au fond sa propre vie, animé qu'il est, comme Kaliayev, d'une « nostalgie du sacrifice suprême[1] ». Et, tout en étant un « fonctionnaire délégué » à l'accomplissement de l'acte, il vit quand même les angoisses du tueur face à sa victime, un homme en chair et en os, un homme qu'il admire et qui l'oblige à se confronter à ses idées politiques[2].

Sartre reformule en somme le problème posé par Camus, qui est celui de la possibilité, pour le terroriste, de se racheter par le caractère métaphysique de sa révolte, en acceptant le meurtre comme nécessaire et inexcusable et en faisant le sacrifice de sa vie. Il met au centre la dialectique entre le meurtrier et sa victime, et fait de celle-ci un personnage qui a autant de droit à occuper la scène et à faire entendre ses raisons. Ce qui lui permet de débattre de la question de la « pureté » : loin d'être la pureté de cœur des « révoltés » de Camus — à commencer par Caligula, qui se veut « pur dans le mal[3] » —, celle-ci connote l'attitude de l'intellectuel face au réalisme politique du militant.

Mains pures, mains sales.

L'image des « mains pures » associée à l'intellectuel qui se tient à l'écart de l'action politique — et de l'action tout court — évoque *Lorenzaccio*, où cependant elle est dépourvue de toute connotation. Possédé par le démon de l'action mais désabusé quant à ses effets, identifiant l'action avec le meurtre et l'assumant avec orgueil, le jeune Lorenzo se charge de l'assassinat du duc Alexandre. « Laisse-moi faire mon coup ; tu as les mains pures, et moi, je n'ai rien à perdre[4] », dit-il en s'adressant à Philippe Strozzi, irrésolu sur le seuil de sa tour d'ivoire ; puis, son acte accompli, conscient de sa vanité, il sort de scène pour se livrer à la foule prête à le tuer. Hugo fait ainsi parfois écho à Lorenzaccio[5]. Quant à l'image des « mains sales », antonyme des « mains pures », tout en faisant allusion à celles-ci, elle s'enrichit d'autres références intertextuelles : suggérée par les figures du roi tyran, homme de pouvoir aux mains sanglantes, qui peuplent le théâtre grec, shakespearien et romantique, elle en est la traduction en termes modernes, comme *La Nausée* l'est de la mélancolie. En en faisant le titre d'une pièce de théâtre dont le succès a été à la hauteur des controverses qu'elle a produites et continue de produire, Sartre lui a conféré des titres de noblesse : depuis 1948, elle a fait fortune.

Le titre précéda le texte : Sartre l'avait d'abord destiné à un scénario, daté de 1946, qui, beaucoup plus que la pièce de théâtre, mérite d'être défini comme « une pièce sur la politique », et qui sera publié, en 1948,

1. *Ibid.*, p. 1830, 1832 et 1828.

2. Voir Camus, *Carnets II*, Gallimard, 1964, p. 207 : « Pièce Kaliayev : Impossible de tuer un homme en *chair*, on tue l'autocrate. Pas le type qui se rase le matin, etc. etc. »

3. *Théâtre, récits, nouvelles*, p. 58.

4. Alfred de Musset, *Lorenzaccio*, III, III.

5. Sartre, d'ailleurs, fait allusion à Musset dans son entretien avec P. Caruso (« un jeune à la Musset »). La pièce avait été jouée en 1945, mise en scène par Gaston Baty. On songe aussi à la métaphore célèbre de Péguy évoquant la morale kantienne : « Le kantisme a les mains pures, MAIS IL N'A PAS DE MAINS. Et nous, nos mains calleuses, nos mains noueuses, nos mains pécheresses, nous avons quelquefois les mains pleines » (*Victor-Marie, comte Hugo* ; *Œuvres en prose complètes*, Bibl. de la Pléiade, t. III, p. 331-332).

sous le titre *L'Engrenage*. Mais, précise la note liminaire de l'édition : « Ce scénario a été écrit pendant l'hiver 1946. Il était originellement intitulé : *Les Mains sales*. La pièce qui a hérité de son titre est donc postérieure de deux ans. Le sujet du présent ouvrage n'a rien de commun avec celui de la pièce. » Affirmation contestable ; en réalité la pièce, qui, avec le titre, hérita certains éléments de sa structure, se situe dans une contiguïté thématique avec le scénario.

C'est dans celui-ci que l'image même des « mains sales » fait son apparition. Sa genèse et son parcours ne sont pas sans intérêt. Il faut constater d'abord que Sartre n'a eu recours à aucune métaphore de ce type dans la réflexion sur la responsabilité de l'intellectuel face à l'Histoire qui l'occupait depuis 1938-1939, qu'il s'agisse de textes-manifestes comme la « Présentation » des *Temps modernes* et *Qu'est-ce que la littérature ?*, ou de l'auto-analyse réalisée dans et par les *Carnets de la drôle de guerre*. Il l'a réservée à l'écriture littéraire. Et, surtout, il n'a pas voulu confondre « engagement » et « mains sales ». Cette dernière locution, probablement puisée dans le langage politique de l'époque[1], ainsi que la question morale sous-jacente ne lui ont semblé pertinentes que rapportées au domaine du pouvoir.

L'image des « mains pures » est déjà présente dans ce singulier « mystère » sur la Nativité qu'est *Bariona* (1940), sans aucune connotation négative : « Garde tes mains pures, Sarah, et puisses-tu dire au jour de ta mort : je ne laisse personne après moi pour perpétuer la souffrance humaine » (p. 1135) — ainsi Bariona exhorte-t-il sa femme, enceinte et qui s'oppose à sa décision de ne plus enfanter pour ne pas créer des malheureux. Toujours associée à la notion d'« innocence » et enchaînant sur l'expression « se laver les mains[2] », elle est reprise dans *La Mort dans l'âme* pour résumer une attitude de mauvaise foi consistant à refuser la responsabilité[3]. Entre-temps, dans *Les Mouches*, les « gants rouges de sang jusqu'au coude » avec lesquels Égisthe parade dans la ville après le meurtre d'Agamemnon permettent à Oreste d'accuser Égisthe « d'avoir laissé son crime se dépersonnaliser, de l'avoir laissé lui échapper, devenir le crime de personne », comme le fait remarquer Denis Hollier[4], qui indique ici l'origine des « mains sales » (du titre et de la pièce).

Partageant lui aussi cette problématique de l'acte qui lui échappe — au point qu'après deux ans de prison il en est à se demander : « Mais moi.

1. Signalons l'emploi curieux qu'en fait Salacrou dans un texte écrit en sorte d'avant-première pour *Le Soldat et la Sorcière* et publié quelques jours avant la création de ce « divertissement historique » au théâtre de la Cité, le 5 décembre 1945. En intervenant sur la question de la littérature engagée, Salacrou reprend la célèbre formule sartrienne — « ne pas prendre parti, c'est encore prendre parti » — et l'achève par une image porteuse d'un jugement moral : « le parti des âmes faibles et des mains sales » (*Théâtre*, t. V, Gallimard, 1947, p. 254). Signalons aussi, dans *Les Temps modernes* de décembre 1946 (n° 15), un texte de Violette Leduc intitulé « Les Mains sales » et consacré aux travailleurs manuels.

2. Au sens de laisser à d'autres la responsabilité de quelque chose (voir Matthieu, XXVII, 24 : Ponce Pilate interpellé pour le jugement de Jésus « prit de l'eau et se lava les mains devant le peuple, en disant : " Je suis innocent du sang de ce juste " »).

3. Voir *Œuvres romanesques*, p. 1205-1206. Thème et image sont déjà présents dans le roman de Beauvoir *Le Sang des autres* (1945), qui raconte la transformation d'un fils de bourgeois, en rupture de classe mais au sang pauvre et avec le seul « souci de ne pas [se] salir les mains », en un chef résistant capable d'accepter le crime et le remords, conscient que tous les moyens sont mauvais.

4. « Actes sans paroles », *Les Temps modernes*, nos 531-533, octobre-décembre 1990, p. 815 ; voir aussi *Politique de la prose. Jean-Paul Sartre et l'an quarante*, Gallimard, 1982, p. 167-186.

Moi, là-dedans, qu'est-ce que je deviens ? C'est un assassinat sans assassin » (p. 347) —, Hugo finit cependant par assumer son acte et décider de son sens. Mais dans les deux textes auxquels elle a fourni un titre, ce n'est pas à cette problématique que renvoie l'image des « mains sales » : ce qu'elle y résume, c'est une situation où la justesse des fins légitime le débat sur les moyens dans leur relation à l'éthique, d'une part, et à l'efficacité, de l'autre. Elle évoque la question qui se pose aux époques de transformation violente, où l'action s'identifie avec la cause, c'est-à-dire où elle est justifiée ou réclamée par la nécessité de combattre le despotisme, les atteintes aux libertés, l'injustice.

C'était la question que venait de poser la Résistance et qu'évoquait, sous le titre *Nous avons les mains rouges*, un roman de Jean Meckert paru chez Gallimard en 1947. C'était aussi la question qui était à l'ordre du jour dans le débat sur la construction du socialisme et que Sartre aborda dans son scénario de 1946. Comment un révolutionnaire se transforme en despote, produit une opposition qui le renverse et qui répète l'Histoire : voilà ce à quoi doivent répondre le procès et les témoignages qui structurent le scénario dans lequel Jean Aguerre est jugé pour sa conduite autant que pour ses choix politiques. C'est à l'intérieur de cette enquête que prend place la problématique des rapports entre l'intellectuel et le politique, dessinant une parabole qui va de la collaboration à la dissidence pour aboutir à la mort. La métaphore des « mains sales », associée à son antonyme « mains propres » ou « mains pures » et déployée dans son spectre, traduit avec efficacité le divorce entre l'idéalisme des principes et le réalisme politique. Sur fond d'une véritable symbolique des mains, elle assure l'unité thématique et structurale du scénario.

Dans la pièce de théâtre, le recours à ces métaphores est beaucoup plus limité ; mais Sartre exploite toutes les variantes de l'image. Concentrées dans le cinquième tableau, nous avons d'abord les mains propres de Jessica (p. 324) qui symbolisent l'innocence, mais celle de Ponce Pilate ; puis les mains sales de Hoederer (p. 331), soit l'efficacité politique au service des hommes, comportant la nécessité de la négociation et du mensonge ; et les gants rouges de Hugo (p. 331) : le choix abstrait de la violence, la priorité des principes, le refus de la responsabilité, la mauvaise foi finalement. En fait, Hugo n'est pas conscient que lui aussi vit dans le mensonge, ayant accepté le rôle de faux secrétaire, et qu'il va se salir les mains en accomplissant un meurtre politique. Et alors que, dans les deux premiers cas, les personnages se définissent eux-mêmes, dans son cas, c'est d'abord Hoederer qui lui reproche sa pureté[1] ; il ne la revendique lui-même que dans le dernier tableau, lorsqu'il s'adresse à Olga (« Je t'aime bien, Olga. Tu es restée la même. Si pure, si nette. C'est toi qui m'as appris la pureté », p. 349), préludant ainsi au sacrifice de sa vie.

Relevons enfin qu'en passant du scénario à la pièce le titre des *Mains sales* subit un glissement sémantique : après avoir désigné le primat de l'efficacité — le prix payé à la mort et à la terreur pour défendre la révolution et marcher avec l'Histoire —, il connote la disponibilité au compromis politique et à une évaluation réaliste des rapports de force dont le

1. Au cours des pourparlers, il la reproche aussi à Karsky, le représentant des libéraux (p. 309).

but est d'épargner des vies humaines et de garantir la liberté. Cela explique que Sartre ait été tenté par des titres plus anodins, comme *Les Biens de ce monde* ou *Crime passionnel*, avant de revenir à son choix initial[1].

Le « double principe de référence » : Hugo et Hoederer.

Le passage du scénario à la pièce entraîne un changement de perspective, ainsi qu'un réajustement de l'équilibre entre les deux personnages qui s'affrontent. Paolo Caruso avait raison de faire remarquer à un Sartre obstiné à s'identifier avec Hoederer que « le drame humain, du premier acte jusqu'au dernier, est celui de Hugo » et que « le fait que les répliques finales donnent à tout le reste un sens qui justifie Hugo et condamne le parti révolutionnaire est d'une grande efficacité dramatique[2] ». Ensuite, et avec d'autres instruments d'analyse dramaturgique, les études de Bagot et Kail et de John Ireland ont montré comment l'unité dramatique de la pièce se réalise autour de Hugo et pourquoi le public s'identifie avec ce personnage[3]. Sans être le héros incontesté de la pièce, celui-ci occupe la scène non seulement par sa présence à peu près continue (25 scènes sur 29), mais parce qu'il est au centre de l'action dramatique et il polarise toutes les tensions. C'est autour de ses relations, de ses choix, de ses hésitations que se structure l'action. Sa jeunesse permet de relier la question de l'extrémisme, « maladie infantile du communisme », à la difficulté du passage à l'âge d'homme, et celle-ci aux thèmes de la paternité et du désir d'être reconnu ; sa formation intellectuelle autorise un jeu de citations littéraires, qui évoque l'écart entre réel et imaginaire ; son sentiment d'irréalité permet de développer le thème de la limite incertaine entre réalité et théâtre ; sa condition de bourgeois en rupture de classe motive la contradiction entre son désir d'intégration à une communauté en lutte et son besoin d'absolu. Car, s'il est vrai, comme le dit Denis Hollier, que son attitude est identique à celle d'Oreste dans la réconciliation impossible du langage et de l'action[4], l'en distingue son attirance pour l'anéantissement : accablé par son incapacité d'aimer et de se faire aimer, il rêve de sauter dans une action spectaculaire chargée de valeur idéale ; entre-temps, il demande au Parti de « servir » et, loin de le repousser, le dogmatisme de Louis l'attire. Le Parti-moloch et le bourgeois en mal de jeunesse sont complémentaires. En vain Hoederer, toujours au nom de l'efficacité, essaie de le persuader de ce que Sartre soutient dans *Qu'est-ce que la littérature ?*, qu'écrire est une des formes de la *praxis*, et que « mieux vaut un bon journaliste qu'un mauvais assassin » (p. 342). Coincé entre les images de lui-même qu'il récuse et celle qu'il veut imposer sans arriver à la saisir, désespéré et velléitaire, il est voué à l'échec. Par le nom qu'il lui fait adopter dans la clandestinité — Raskolnikoff —, Sartre l'inscrit dans la grande tradition littéraire de ces personnages tragiques pour lesquels le meurtre est une épreuve qu'eux-mêmes

1. *Les Temps modernes* annoncèrent en janvier 1948 la publication de fragments des *Mains sales*, tandis que *La Semaine de Paris* de janvier-février présenta la pièce sous le titre *Les Biens de ce monde* ; un article publié dans *Arts* du 26 mars titra « Le *Crime passionnel* projeté par Jean-Paul Sartre ». Voir aussi l'interview publiée dans *Franc-Tireur*, Autour des *Mains sales*, p. 363.

2. Voir Autour des *Mains sales*, respectivement p. 371 et 370.

3. Voir F. Bagot et M. Kail, *Jean-Paul Sartre : « Les Mains sales »* ; et John Ireland, *Sartre, un art déloyal. Théâtralité et engagement*, Jean-Michel Place, 1994.

4. Voir « Actes sans paroles », p. 815-818.

s'imposent, une action nécessaire dont le sens cependant leur échappe, le seul moyen de franchir l'obstacle dans l'espoir d'accéder à l'être[1]. Mais il lui donne comme patronyme un mot — Barine — qui, on l'a vu, désigne le seigneur, l'autre, par rapport au milieu des tueurs et à l'action même de tuer[2]. Et il l'accable d'ironie, sous les regards croisés de sa femme, des militants prolétaires, d'un père refusé qui continue de le hanter, d'un chef « social-traître » qui le séduit et qui se propose de l'aider.

La supériorité de Hoederer s'impose d'emblée ; son apparition retardée sur la scène ne fait qu'exalter son rôle de moteur de l'histoire et produit un effet dramatique puissant. Hoederer est tout d'abord un médiateur, comme l'a relevé Marc Buffat[3] : dans les relations entre personnes (la fouille), dans les conflits de classes tels qu'ils se manifestent à l'échelle mondiale (la guerre, avec la perspective de l'occupation et de l'asservissement d'un peuple par un autre, qui peut devenir une occasion de libération) et à l'intérieur d'un État (la possibilité, pour le Parti prolétarien, de rééquilibrer les rapports de force avec les partis bourgeois). Hoederer réussit à faire accepter le « gosse de riches » à ses gardes du corps, à faire accepter ses conditions aux représentants des classes dominantes. Son réalisme lui permet de dévoiler la mauvaise foi, de mettre à nu ce que les mots déguisent, d'obliger une fausse conscience à se confronter à la vérité : au sein du Parti, il anticipe sur une évaluation de la situation et un choix tactique qui s'imposeront après sa mort ; au cours des pourparlers avec le Prince et Karsky, il démystifie leurs discours tout faits ; il met Hugo face à sa difficulté d'abandonner ses fausses certitudes et une fausse image de soi ; il révèle à Jessica sa féminité et son désir de l'homme. C'est lui, enfin, qui incarne un humanisme réel et non de principe. Mais en même temps, il défend le mensonge, la double vérité. Et, loin de triompher (c'est la thèse de Buffat, qui en conclut à un optimisme de la pièce), il succombe aux conséquences extrêmes du réalisme politique qu'il défend, à son parti pris de confiance et à sa vulnérabilité d'homme.

Après les avoir faits se confronter, Sartre fait mourir ses deux personnages ; et de la même main, qui les condamne pour ce qu'ils sont : le chef politique parce qu'il prétend assumer une initiative non orthodoxe, l'intellectuel parce qu'il prétend décider du sens de ses actions. Leur mort témoigne d'un conflit insoluble, de même que la contradiction que vit chacun des deux, le révolutionnaire qui choisit de tout sacrifier à la Cause étant incapable de maîtriser sa chair et ses affects, l'intellectuel qui se charge du mensonge et du crime étant incapable de renoncer à son système de valeurs. Dans ce dénouement, le hasard joue un rôle capital : l'apprentissage du dialogue, l'ébauche d'un rapport authentique entre deux consciences dont on a mesuré la distance — ce qui est une nouveauté dans le théâtre de Sartre, comme le fait remarquer

1. C'est Hugo lui-même qui donne la référence au roman de Dostoïevski (p. 259). Victor Brombert suggère une autre signification de ce choix symbolique du pseudonyme, en rappelant que ce nom indique en russe un dédoublement (*La Prison romantique : essai sur l'imaginaire*, José Corti, 1975).

2. Une toute première esquisse du tableau II montre que le personnage de Hugo a d'abord été nommé Victor (voir Autour des *Mains sales*, p. 359-360), ce qui donne une étrange connotation ironique au jeune intellectuel quand on associe les deux prénoms.

3. Voir *« Les Mains sales » de Jean-Paul Sartre*, Gallimard, coll. « Foliothèque », 1991.

Francis Jeanson[1] — sont annulés par l'incident le plus banal. Et par le malentendu le plus trivial. C'est la colère qui décide enfin, une conduite magique par laquelle Hugo échappe au conflit intérieur qui double son conflit avec Hoederer et qui rend passionnelle sa conduite. Ce premier dénouement sanctionne aussi l'importance du personnage de Jessica : étrangère au discours politique, naïve et lucide en même temps, vouée à être pour autrui et cependant douée de bon sens, dans son parcours à la découverte d'elle-même et dans sa tentative d'éviter un aboutissement tragique, elle devient l'instrument du hasard, l'agent de la contingence qui fait se précipiter l'action[2].

Injustement accusée d'être une pièce à thèse, *Les Mains sales* ne nous autorise pourtant pas à parler de neutralité, car Sartre fait ses choix : donner droit de parole et dignité à la raison politique ; reconnaître la légitimité d'un questionnement sur la politique du point de vue de la morale ; assumer le conflit comme inéluctable et insoluble ; le traiter dans le concret de la situation historique, mais sans aucune réduction, en en faisant, au contraire, un lieu révélateur de la condition humaine. En choisissant d'aborder la question sous forme théâtrale, c'est-à-dire en choisissant le dialogue, la confrontation, la réplique, il montre que chacun joue son rôle ; et, non content de laisser le spectateur libre de prendre parti, il l'invite à assumer la complexité de la question, à ne pas se satisfaire de réponses toutes faites.

La tragédie, la farce, le sens.

Si le théâtre reproduit la vie, c'est que la vie est théâtre, comédie le plus souvent, tragédie parfois, et farce. Autant que la scène familiale, la scène politique est assumée comme un lieu privilégié pour ce dévoilement, qui parcourt la pièce comme un leitmotiv aux modulations variées. Introduit par le jeu auquel se livrent et dans lequel se perdent Hugo et Jessica pour contourner la vérité, scandé par les répliques de Hugo qui découvre partout la comédie, confirmé par le regard de Hoederer, ce leitmotiv atteint son acmé dans le tableau final et dans la conscience du héros au moment de son sacrifice. À ces commentaires viennent s'ajouter les gestes qui, en le mimant, déréalisent ultérieurement l'acte. C'est d'abord la victime elle-même qui le fait jouer à Hugo pour le persuader d'y renoncer ; puis Hugo le rejoue devant Olga pour essayer de lui faire comprendre le caractère abstrait que malgré tout il garde. Le questionnement pirandellien sur la limite incertaine entre la vérité et le jeu se greffe sur une problématique existentielle que partagent tous les personnages sartriens, y compris celui du récit autobiographique : c'est pour se soustraire à un manque d'être que Hugo veut passer à l'action, mais en passant à l'action il se retrouve acteur ; accomplir l'acte et le jouer pour un public finissent par se confondre[3].

1. Voir *Sartre par lui-même*, p. 44-46.

2. Sur le rôle de ce personnage, voir Jean-Pierre Boulé, « L'Envergure du personnage de Jessica dans *Les Mains sales* », *Essays on French Literature*, University of Western Australia, novembre 1995-1996, p. 132-146.

3. D. Hollier fait justement remarquer que le projet fondamental dont Sartre anime tous les protagonistes de son théâtre est d'échapper à la condition d'acteur, de sortir du théâtre (« Actes sans paroles », p. 811). Voir aussi la Notice de *Kean*, p. 1448-1449.

D'entrée de jeu, la pièce nous suggère cette perspective par une structure évoquant le théâtre dans le théâtre, ce que Sartre — défenseur d'une distance absolue, infranchissable, entre la scène et le public[1] — appelle « du théâtre pur, à la seconde puissance », dès qu'il entreprend de définir « le style dramatique[2] ». Ce fut le cinéma qui lui offrit l'occasion de creuser la question et d'innover en usant d'un procédé qu'il lui emprunte. Dans son article de 1945 sur *Citizen Kane*[3], l'hommage rendu au talent et à l'engagement politique d'Orson Welles, ainsi qu'à l'aspect novateur de son film pour l'Amérique, n'est pas dépourvu de réserves sur le caractère intellectuel, démonstratif, du film et sur sa structure, dont Sartre se demande si elle est conforme au « génie » du cinéma. Le choix de l'enquête rétrospective et fragmentaire, par témoignages rendus à un journaliste intervieweur, et donc le recours systématique au procédé du flash-back, tout en produisant un bouleversement de l'ordre temporel stimulant pour l'esprit, signalent à ses yeux une « reconstruction intellectuelle » et empêchent la participation des spectateurs, puisque « les jeux sont faits ». Mais ce film le marqua et, comme toujours, il releva le défi.

L'année suivante, à peu près au moment de la création de *Morts sans sépulture*, il assista à la représentation de la pièce de Salacrou *Les Nuits de la colère*, dont le sujet est aussi une histoire de résistance et où l'auteur recourt à la technique des flash-back et des fondus[4]. Sartre l'adopta tout de suite pour son scénario. Puis il la reprit dans *Les Mains sales*, où la structure est simplifiée par l'articulation en tableaux, par l'unité de temps, de lieu et d'action du premier et du dernier tableau, par le recours à un seul long flash-back, qui respecte l'ordre temporel linéaire. Et, surtout, ici elle a pour fonction de créer un effet de suspense et d'attente, la question que pose le premier tableau — le Parti va-t-il liquider Hugo, et pourquoi ? — ne trouvant de réponse qu'à la fin du dernier. Frappé d'un arrêt de mort (au double sens du syntagme), Hugo, en nouvelle Shéhérazade, va remplir le temps nocturne du sursis (mais réduit à la durée d'un spectacle) par un récit qui doit persuader Olga, lui sauver la vie, et peut-être, aussi, lui permettre de trouver le « pourquoi », jusqu'à ce moment insaisissable, de son acte. Mais, à la différence de Shéhérazade, il doit produire un récit qui établisse une vérité, qui ait valeur de témoignage devant un juge et qui, à la fin, rende un verdict de vie ou de mort. Au moment du dénouement, un paradoxe vient s'ajouter et créer un nouveau suspense : sans que Hugo le sache, son récit ne devait pas prouver qu'il avait accompli sa tâche (éliminer un adversaire politique), mais que, incapable d'un acte calculé et impersonnel, il avait tué par jalousie, confirmant par là son impuissance à échapper à sa condition de bourgeois qui cherche en vain à renier sa classe, et d'intellectuel à la recherche d'une impossible cohérence entre les paroles et les actes. Cet effet de surprise, qui constitue l'un des ressorts dramatiques majeurs de la pièce et qui relève du drame policier, sanctionne en même temps l'image du Parti-moloch et de son attitude despotique par rapport au sujet,

1. Voir la Notice de *Huis clos*, p. 1310.
2. « Le Style dramatique » (1944), *Un théâtre de situations*, p. 29.
3. « Quand Hollywood veut faire penser… “ Citizen Kane ” d'Orson Welles », *L'Écran français*, nº 5, 1er août 1945.
4. *La Force des choses*, p. 128.

question que la structure de la pièce montre déjà comme indissociable de l'intrigue.

Annoncé comme une narration, ce retour en arrière, marqué ainsi qu'au cinéma par un fondu au noir[1] et par le rajeunissement du protagoniste, enlève au récit sa prérogative d'instituer un sens (on se souviendra que c'est la fonction qui lui est attribuée dans *La Nausée*). Au lieu de dévoiler une vérité, il éclaire sur l'ambiguïté de toute conduite humaine : il ne rend compte ni du pourquoi de l'acte ni du changement de l'homme. Il ne produit donc aucune révélation fonctionnelle au dénouement. En même temps, plongeant dans l'action en train de se faire, le flash-back interdit la « vision avec » qui est le propre du récit à la première personne. Au point que deux scènes peuvent, et doivent, se passer de la présence de Hugo (VI, I et III). L'unité avec le cadre se réalise en revanche à d'autres niveaux. Les cinq tableaux du récit développent un thème fondamental posé par Hugo dès sa parution sur la scène, qui marque d'emblée sa différence par rapport aux militants : l'écart entre l'ordre reçu et la solitude du sujet devant son meurtre ; la distance entre la décision de faire mourir quelqu'un et l'action de tuer un homme dont on connaît les yeux, la voix, le corps, les gestes quotidiens ; la solitude, enfin, de l'homme devant la mort, qu'il tue ou qu'il meure. Ils posent aussi une autre question qui va se révéler aussi fondamentale pour Hugo, déterminante pour le dénouement de l'action enchâssée et pour l'épilogue final, inattendu : la question de l'opposition au mensonge.

Le commentaire-débat qui encadre le flash-back, destiné à poser et à résoudre le conflit entre Hugo et le Parti, représente une vision de l'acte lui-même : Hugo se « voit » accomplissant son acte et il ne s'y reconnaît pas, son acte demeurant à la lisière entre la vérité et le jeu, la tragédie et la comédie. Il l'assume donc non pas pour ce qu'il a été mais pour ce qu'il aurait dû être, il voit quand et pourquoi il aurait dû l'accomplir, il comprend qu'il a encore une chance de le constituer en vérité en décidant de son sens.

Cette structure enchâssée et le réseau thématique qui se tisse entre les deux niveaux permettent de « doubler » l'action dramatique, dans un jeu de miroirs et de retournements, de multiplier les tensions et les conflits, d'éviter le pathétique grâce à des scènes légères ou grotesques, de mélanger les procédés puisés dans le mélodrame[2] et dans le théâtre de Boulevard[3]. Par le recours systématique à la contamination des genres et par les mises à distance réciproques entre des registres variés, le langage dramatique sartrien, sans être profondément novateur, absorbe le discours métathéâtral et la parodie du théâtre.

Le texte et la scène théâtrale.

L'insistance sur la référence théâtrale — allant de Shakespeare au drame romantique et au théâtre de Pirandello, évoquant le conflit de droits dont s'est nourrie la tragédie grecque — n'épuise pas la question de la théâ-

1. Voir la didascalie à la fin du premier tableau, p. 258.
2. Dans le sens élargi que lui attribue Peter Brooks dans *The Melodramatic Imagination*, New Haven-Londres, Yale University Press, 1976.
3. Voir Pascal Ayoun, « L'Inspiration boulevardière dans le théâtre de Sartre », *Les Temps modernes*, nos 531-533, octobre-décembre 1990, p. 821-843.

tralité des *Mains sales*, c'est-à-dire de son efficacité scénique. La lecture sémiotique qu'en a faite Jean Alter, qui parle de « clôture du verbe », aboutit à des conclusions tranchantes : c'est une pièce destinée à être lue plutôt qu'à être jouée, l'absence de théâtralité étant le prix payé pour une pièce trop bien faite[1]. Des études successives, qui ont attiré l'attention sur les moyens par lesquels Sartre réussit à faire rebondir l'intrigue, à relancer le suspens, à réaliser un rythme dramatique et à imprimer à la pièce un mouvement de tension croissante, ont nuancé ce jugement[2]. Mais, malgré tout, c'est l'extrême cohérence du texte qui en est éclairée.

L'analyse du manuscrit et des corrections apportées à l'édition en volume par rapport à la prépublication dans *Les Temps modernes* témoigne du travail de l'écrivain. Ratures et biffures, dans la plupart des cas, visent à passer à l'implicite ce qui était dit d'une façon trop claire ou trop crue : sur le thème de la jeunesse (biffure de l'exergue « Il faut que jeunesse se passe »), sur les relations sexuelles entre Hugo et Olga, sur les pratiques d'élimination de l'adversaire politique dans le Parti, sur la vie privée des différents personnages, sur le désir de sérieux de la part de Hugo et sur les avances de Jessica à l'égard de Hoederer. D'autres sont dictées par un souci de cohérence dans le portrait des personnages (surtout Hoederer) ; d'autres encore tendent à améliorer le style en réduisant un excès d'éloquence et des effets de redondance. Des considérations dramaturgiques ont néanmoins joué un rôle important, amenant à renoncer à certaines anticipations : non seulement l'entrée en scène de Hoederer dès le deuxième tableau, mais aussi des allusions à la mort qu'il va rencontrer, de même qu'à la colère qui va rendre possible le crime de Hugo. Ce à quoi il faut ajouter des ratures qui rendent le dialogue plus rapide et les répliques plus incisives, la réduction de l'italique, la réécriture de la dernière didascalie qui dramatise davantage la fin de Hugo.

Étant donné peut-être l'importance que revêtait pour lui cette pièce, le risque de sa réduction à un débat idéologique, son caractère peu spectaculaire, Sartre prit soin, pour la création des *Mains sales*, de contrebalancer des exigences contradictoires et de réaliser un équilibre délicat. Il confia sa pièce au théâtre Antoine, un théâtre privé de la rive droite dirigé par Simone Berriau, qui avait déjà assuré le succès de *Morts sans sépulture* ; et il fut favorable à une distribution boulevardière, en choisissant en particulier André Luguet pour le rôle de Hoederer et François Périer pour celui de Hugo. Pour une fois, il montra qu'il ne sous-estimait pas l'importance de la mise en scène. Pierre Valde, qui l'assura, avait été le premier à recevoir le grand prix professionnel du concours des Jeunes Compagnies en 1946, un prix créé cette année-là dans le cadre de la politique de soutien de l'État au renouveau de la vie culturelle[3] ; mais Sartre s'adressa aussi à Cocteau, qui avait beaucoup apprécié *Huis clos* et qui, par son amicale supervision de la mise en scène, associa son nom à celui du personnage-symbole de l'engagement avant de se lancer avec lui dans

1. Voir « *Les Mains sales* ou la Clôture du verbe », *Sartre et la mise en signe*, M. Issacharoff et J.-C. Vilquin éd., Paris, Klincksieck/Lexington, French Forum, 1982, p. 68-82.

2. Voir F. Bagot et M. Kail, *Jean-Paul Sartre : « Les Mains sales »* ; M. Buffat, *« Les Mains sales » de Jean-Paul Sartre* ; J. Ireland, *Sartre, un art déloyal. Théâtralité et engagement* ; Robert Lorris, *Sartre dramaturge*, Nizet, 1975.

3. Voir Patricia Devaux, *Le Théâtre de la guerre froide en France. 1946-1956*, Institut d'études politiques de Paris, n. 54, p. 223.

une campagne pour éviter la condamnation définitive de Jean Genet[1]. La dédicace du manuscrit — « À Jean Cocteau sans qui cette pièce ne serait que celle qu'elle est. Avec la reconnaissance de J.-P. Sartre » — sanctionne un hommage à l'homme de théâtre autant qu'une amitié respectueuse des différences et qu'une disponibilité à l'interaction[2].

Sans Cocteau, et après lui, la pièce demeure ce qu'elle est : un texte prêt à s'animer dans la rencontre avec le lecteur, le critique, le metteur en scène et le spectateur, s'offrant à des significations multiples, n'ayant rien perdu de sa force d'impact ni de son actualité.

SANDRA TERONI.

DOSSIER DE RÉCEPTION

Parmi les toutes premières réactions, il faut signaler les articles très élogieux de Jean-Jacques Gautier dans *Le Figaro* (3 avril 1948), de Max Favalelli dans *Paris-Presse* (3 avril), de Pierre Lagarde dans *Libération* (4 avril), de Jacques Lemarchand dans *Combat* (6 avril), de Léon Treich dans *L'Ordre* (6 avril), de Thierry Maulnier dans *Spectateur* (6 avril), de Robert Kemp dans *Une semaine dans le monde* (10 avril). Nous nous limitons ici à donner quelques passages du compte rendu de Jean-Jacques Gautier :

> Je viens de voir *Les Mains Sales*, et je crois bien que c'est la plus grande pièce qui soit sortie depuis 1944, et même depuis assez longtemps avant.
>
> Pleine, solide, multiforme, puissante, violente, tragique, bouffonne et surtout vivante. […] Certains auteurs ont prétendu mettre sur pied des Hamlets modernes… Mais, le voilà l'Hamlet de notre temps ! Est-ce que Hamlet manque de vie ?
>
> *Les Mains sales* peuvent s'entendre de cent façons différentes, selon qu'on a l'esprit fait comme ci, ou comme ça ; selon que l'on pense d'une manière ou d'une autre. Et c'est bien le fait des grands ouvrages de se dépasser, de s'enrichir de toutes les interprétations que leur prêtent ceux qui en prennent connaissance. […] Quant à ce qu'elle vaut sur le plan dramatique, lorsque j'aurai dit qu'elle est bien faite, bien construite, fermement agencée, je n'aurai point exprimé tout à fait ma pensée. Toutes les répliques portent et, à une première audition, je n'en ai pas entendu qui me parussent inutiles.

Les communistes déclenchèrent leur campagne avec les articles de Guy Leclerc, « Monsieur Sartre a les mains sales », *L'Humanité*, 7 avril 1948, et de Pol Gaillard, « Quand le mensonge ridiculise. C'est Sartre qui a les mains sales », *Les Lettres françaises*, 8 avril, dont nous donnons un extrait :

> Je ne croyais pas que l'anticommunisme militant de Jean-Paul Sartre pût le condamner si vite […] à nous offrir sur une scène une histoire aussi bête, lui faire perdre à ce point tout honneur artistique. […] Je n'en finirais pas d'ana-

1. Voir la lettre « Au président de la République » parut dans *Combat* le 16 juillet 1948.
2. Les archives de Milly-la-Forêt conservent un fragment de nappe de restaurant portant d'un côté : « Je n'oublierai jamais que vous m'avez permis de donner un coup de mains aux vôtres. Jean Cocteau », et de l'autre : « Ô mon cher Cocteau, je n'oublierai jamais que vous avez donné de la pureté à mes *Mains sales*. Jean-Paul Sartre ».

lyser les absurdités de la pièce : aucun des personnages n'existe vraiment, ce sont des mannequins animés, comme Olga, ou des porte-parole de l'auteur, comme Jessica et Hugo, c'est-à-dire de purs détraqués existentialistes. [...] Le seul personnage qui ait un peu de densité humaine, il est caractéristique que ce soit Hoederer. Sartre est contraint de lui conserver de très grandes qualités pour mieux tromper les spectateurs en feignant d'être impartial et vrai. Mais le portrait reste évidemment faux et conventionnel : ce prétendu chef communiste ressemble surtout, en fait,... au Créon de l'*Antigone* d'Anouilh, en plus grossier. [...] Est-il besoin de conclure ? Si quelqu'un a les mains sales dans cette histoire, c'est Jean-Paul Sartre lui-même... Comme il ne peut pas, et pour cause, attaquer le communisme en face, sur son but, sur son action de tous les jours, il invente pour essayer de le déshonorer une histoire qu'il doit qualifier lui-même d'idiote, il fait d'un pauvre assassin à complexes le champion de la *pureté des moyens*, il représente le parti comme une bande de tueurs de Chicago, il construit les personnages de ses adversaires avec la boue dont il se contentait jusqu'ici d'avilir ses romans et sa revue *Les Temps modernes*. C'est assurément du beau travail pour la réaction sous une phraséologie révolutionnaire, mais qui porte en lui sa punition immédiate, car la vérité se venge : sauf pour le dialogue dans quelques scènes, *Les Mains sales* n'ont pas de valeur littéraire, Sartre perd son talent. Si sa pièce réussit, il aura seulement donné une preuve de plus que les anticommunistes sont de fieffés imbéciles.

Après ces attaques, Thierry Maulnier, « Avec *Les Mains sales*, Jean-Paul Sartre ouvre un débat de conscience interdit aux militants communistes », *Le Figaro littéraire*, 10 avril 1948 ; Jacques Lemarchand, « *Les Mains sales* de J.-P. Sartre », *La Gazette des Lettres*, 17 avril ; Robert Kemp, « *Les Mains sales* au théâtre Antoine », *Le Monde*, 20 avril, intervinrent de nouveau. Voici ce qu'écrivait Thierry Maulnier :

Il est à peine besoin de dire que M. Jean-Paul Sartre n'a pas voulu écrire une pièce « à thèse ».

Entre le Parti, qui mène selon l'opportunité, avec une souplesse infinie dans les moyens, une rectitude implacable dans la marche vers le but, sa politique révolutionnaire ; Hoederer, le politique réaliste qui sait qu'on n'agit pas sans « se salir les mains », mais qui agit trop tôt et est déclaré traître pour avoir proposé en 1943 la politique que ses exécuteurs feront en 1945 ; et enfin Hugo, l'idéaliste qui voudrait subordonner l'action aux « principes » et sauver la pureté des principes en toute circonstance, l'auteur nous laisse le droit de choisir. Bien plus, il ne croit pas qu'il y ait une solution « harmonieuse » au problème, et il sait qu'entre la fin et les moyens, entre le respect de la vie et les exigences de la politique, entre l'action et les principes qui la justifient, et qu'elle corrompt, la conscience reste éternellement déchirée. [...]

Au regard du bon communiste, le problème sans solution posé par *Les Mains sales* est un faux problème, ou plutôt il n'y a pas de problème. Au regard du bon communiste, Hoederer est bien un traître qu'il faut supprimer, car avoir raison deux ans trop tôt, et contre les « directives » du Parti, c'est avoir tort ; et il est naturel qu'on transfigure ensuite en héros le traître qu'on a supprimé, lorsque l'intérêt du Parti, donc de la Révolution, l'exige. Quant à Hugo, ce n'est qu'un faux communiste, un idéaliste petit-bourgeois de l'espèce la plus dangereuse, car il accorde à sa pauvre petite conscience personnelle une importance vraiment disproportionnée et à vrai dire, ce qui nous gêne un peu dans le personnage de Hugo, c'est qu'après quelques années ou quelques mois passés à militer dans le Parti, il puisse encore ignorer à ce point une des affirmations fondamentales du marxisme révolutionnaire.

Cette affirmation, c'est qu'il n'y a pas un monde de valeurs absolues et transcendantes qui puisse être opposé aux nécessités constructives de la Révolution, que la revendication de ces valeurs absolues et transcendantes est une revendication bourgeoise. Il n'y a de vérité, de morale que dans des situations historiques déterminées *au service* du prolétariat et pour faciliter sa victoire. Ce qui était vrai devient faux, ce qui était juste devient injuste selon l'évolution de l'histoire, donc selon la politique du Parti. [...]

En prétendant traiter sur le plan dramatique un débat de conscience auquel le bon militant ne saurait s'attarder sans grands inconvénients pour le service, M. Jean-Paul Sartre s'est définitivement classé parmi les intellectuels petits-bourgeois qui font le jeu de la réaction. Car la conscience — au moins lorsque la conscience vient avec ses scrupules se mettre en travers de la marche de l'histoire — la conscience, elle non plus, n'est pas « récupérable ».

Les Nouvelles littéraires publièrent deux articles élogieux : Jeanine Delpech, 15 avril 1948 ; et Gabriel Marcel, 13 mai, que nous citons :

Ceux qui me font l'honneur et l'amitié de lire attentivement ces chroniques seront sans doute bien aise de connaître mon sentiment. Il est des plus nets, et je tiens à le formuler d'autant plus catégoriquement que sur le terrain philosophique Sartre est *grosso modo* mon adversaire : la pièce est magnifique, ce n'est pas seulement et de loin ce que l'auteur a donné de plus fort au théâtre, c'est une des œuvres les plus remarquables qu'on ait vues sur la scène française depuis bien des années. Mes objections contre la doctrine n'ont rien à voir ici. Si la pièce est grande, c'est que justement elle vaut par elle-même en dehors de toute référence à un système. Il n'y a d'ailleurs pas de plus lourde erreur que de voir en elle une pièce anticommuniste, elle n'est, évidemment, pas non plus procommuniste, en réalité ce n'est pas une pièce sur le communisme. [...] Peut-être me dira-t-on : mais n'êtes-vous pas révolté, vous chrétien, par le spectacle d'une humanité semblable ? Je répondrai seulement que ce monde, en effet, hideux et rongé par la négation comme par un chancre, est tout de même bien celui de millions d'êtres aujourd'hui ; même s'il repose sur les pires erreurs métaphysiques, il est existentiellement vrai : comment, dans ces conditions, en voudrais-je à celui qui l'a fait vivre devant nous de façon aussi saisissante et, ajouterai-je, avec tant de probité ? Que Sartre écrive ou non des pièces, il s'est classé avec *Les Mains sales* parmi les grands dramaturges de son temps.

Étienne Borne prit lui aussi la défense de la pièce (« Théâtre et politique », *L'Aube*, 28 avril 1948). Georges Altman, dans son article « Il s'agit bien d'une grande pièce révolutionnaire » (*Franc-Tireur*, 5 juin) déclara :

Le mérite de Sartre, qui n'a pas été, jusqu'au R.D.R., militant politique, c'est d'avoir retrouvé par l'intuition de l'écrivain, le langage, le mouvement et le vrai pathétique de l'action. [...] De ces situations telles que l'histoire vivante du monde nous en offre chaque jour, on veut tirer réquisitoire contre des hommes et des doctrines ? Allons donc ! Pour nous, qui ne séparerons jamais la liberté de la Révolution, c'est faire acte révolutionnaire que de parler comme a fait Sartre dans *Les Mains sales*.

Les communistes poursuivirent leurs attaques. Marguerite Duras, à l'époque membre du Parti, est l'auteur d'un compte rendu publié par l'hebdomadaire *Action* le 21 mai 1948, sous le titre : « Sartre et l'humour involontaire » :

On comprend que ce que Sartre a voulu faire, c'est l'exposition de ce qu'il croit être la vie secrète, conjugale, obscène, avec ces mots d'initiés (comme le mot *récupérable*, dont les militants de fer sartriens se gargarisent), enfin les mœurs inavouables de ce qu'il croit être la vie intime des partis-de-fer. Le travail de Sartre, quelles qu'aient pu être ses intentions, est fait à merveille pour satisfaire dans son public (bourgeois) un appétit de voyeur.

Ilya Ehrenbourg, enfin, intervint à propos des *Mains sales*, qu'on lui avait envoyé de Paris, dans un article, « Contre le mensonge politique. Faulkner et Sartre vus par un écrivain soviétique. *Les Mains sales* », paru dans *Les Lettres françaises*, n° 246, 10 février 1949 :

> *Les Mains sales* sont une œuvre politique. Elle est écrite non pas par un philosophe perplexe ni par un utopiste révolté, c'est un pamphlet anticommuniste et antisoviétique mûrement réfléchi. [...] La pièce *Les Mains sales* a été écrite et mise en scène au moment où, en France, le gouvernement réactionnaire entreprenait la croisade contre les communistes, où, par le raid sur Beauregard, il lançait un défi à l'Union soviétique, au moment où il devenait le gouvernement du quarantième État de l'Amérique.
>
> Que Sartre ne se réfère pas à son individualisme, à la liberté du choix. [...]
>
> Le fait que Sartre ait écrit *Les Mains sales* au moment de la chasse aux communistes, au moment de la campagne antisoviétique acharnée qui n'est rien d'autre que la préparation de la guerre, ce fait signifie qu'il a lié son sort au sort de M. Jules Moch, au sort de M. Dulles, de M. Churchill et des autres inspirateurs de la « croisade ». Même s'il essaye de renier ses partenaires dans la calomnie, personne ne le croira : « le Maure a fait son œuvre ».
>
> Sartre a envoyé sa pièce en Amérique : il sait que c'est un bon produit d'exportation, meilleur que les vins français et les produits de la parfumerie française.
>
> On lui a demandé, de New York, s'il était d'accord pour que le titre de la pièce soit changé — *Les Gants rouges*, voilà qui est plus cinglant. Une croisade est entreprise en Amérique contre tout ce qui est « rouge ». Il faut frapper en plein front. Notre fier, notre triplement intransigeant, notre libre Sartre a acquiescé fort volontiers : allons-y pour *Les Gants rouges*...
>
> Voyant que Sartre était un homme accommodant, les Américains ont apporté quelques modifications au texte. Ils ne sont pas allés à l'encontre des idées de Sartre, non, ils ont seulement rendu le texte plus clair, compte tenu de l'intelligence quelque peu obtuse du spectateur américain.
>
> [...] Les commerçants de Chicago et les planteurs d'Oxford (Mississippi) contemplent avec ferveur le « terrible révolté », sans se douter de ce que ce « révolté » est apprivoisé depuis longtemps.
>
> Quant à Sartre, eh bien ! il en écrira bien d'autres : « de concession en concession ». De plus, on ne peut plus le taxer de manquer de jugeote : il s'est bien mis dans la tête que « c'est ce qu'on a d' mieux à faire quand on a d' l'esprit ».
>
> Je conseillerai seulement à M. Sartre de changer le titre de la pièce *Les Mains sales*, car il vaudrait peut-être mieux, en France, ne pas soulever la question de la propreté des mains : les spectateurs seraient tentés de se demander : « Et comment donc sont les mains de l'auteur ? »

Dans *Souvenirs*, Gallimard, 1962-1968, dont un extrait a été publié dans *Le Figaro littéraire* du 1er juillet 1965, Ehrenbourg regretta cet article.

INGRID GALSTER et SANDRA TERONI.

BIBLIOGRAPHIE, PRINCIPALES MISES EN SCÈNE ET FILMOGRAPHIE

Principales mises en scène.

1948 : théâtre Antoine, Paris. Mise en scène de Pierre Valde (voir p. 246).
1948 : Mansfield Theatre, New York, sous le titre de *Red Gloves.* Mise en scène de Jed Harris et adaptation de Daniel Taradash ; avec Charles Boyer (Hoederer).
1964 : Teatro Stabile, Turin. Mise en scène de Gianfranco De Bosio ; avec Giulio Bosetti (Hugo), Gianni Santuccio (Hoederer), Marina Bonfigli (Olga). C'est à cette occasion que Sartre, après s'être assuré du *placet* du P.C.I. auprès de Rossana Rossanda (responsable culturelle), leva l'interdiction qu'il faisait peser sur sa pièce depuis douze ans : pour un metteur en scène dont il venait d'apprécier le film *Il terrorista* (1963), et au moment où ses échanges amicaux avec la gauche italienne aboutissaient à des actes politiques de reconnaissance réciproque.
1968 : Théâtre Divadio E.-F. Buriana, Prague. Mise en scène de Jiri Dalik ; avec Milena Dvorska (Jessica).
1976 : théâtre des Mathurins, Paris. Mise en scène de Patrick Dréhan ; avec Paul Guers (Hoederer), Monique Lejeune (Olga), Yves-Marie Maurin (Hugo), Amélie Prévost (Jessica).
1998 : Berliner Volksbühne, Berlin. Mise en scène de Frank Castorf ; avec Kathrin Angerer (Jessica), Henry Hübchen (Hoederer), Matthias Matschko (Hugo), Silvia Rieger (Olga). Créé pendant les événements de Bosnie et dans un esprit d'audacieuse réactualisation du texte (Hoederer a été identifié à Karadzic), ce spectacle a eu en Allemagne un succès remarquable et a reçu un prix de mise en scène lors des Theatertreffen (Rencontres théâtrales) de Berlin qui se sont tenues du 1er au 24 mai 1999, en pleine guerre de Yougoslavie. La pièce a été reprise en allemand, avec un grand succès, du 10 au 12 avril 2002, au Théâtre national de Chaillot.
1998 : théâtre Antoine-Simone Berriau, Paris. Mise en scène de Jean-Pierre Dravel ; avec Yannick Debain (Hugo), Jean-Pierre Kalfon (Hoederer), Marie Lenoir (Olga), Charlotte Valandrey (Jessica). Cette reprise s'est prolongée en tournée jusqu'en février 1999.

Bibliographie.

ALTER (Jean), « *Les Mains sales* ou la Clôture du verbe », *Sartre et la mise en signe*, Michael Issacharoff et Jean-Claude Vilquin éd., Paris, Klincksieck/Lexington, French Forum, 1982.
BAGOT (Françoise), KAIL (Michel), *Jean-Paul Sartre : « Les Mains sales »*, P.U.F., coll. « Études littéraires », 1992.
BRUCHNER (Roselinde), « Jean-Paul Sartre, *Les Mains sales* : Ihre Verwendbarkeit im Hinblick auf lernzielorientiertes Testen », *Neuere Spraechen*, mai 1973, p. 266-272.

BUFFAT (Marc), *« Les Mains sales » de Jean-Paul Sartre*, Gallimard, coll. « Foliothèque », 1991.
BURNIER (Michel-Antoine), *Les Existentialistes et la Politique*, Gallimard, 1966.
GURWIRTH (Marcel), « Jean-Paul Sartre à l'école de Pierre Corneille », *Modern Language Notes*, mai 1964, p. 257-263.
HOLLIER (Denis), « Actes sans paroles », *Les Temps modernes*, n°s 531-533, octobre-décembre 1990, p. 803-820.
—, *Politique de la prose. Jean-Paul Sartre et l'an quarante*, Gallimard, 1982.
ISSACHAROFF (Michael), « Éthique et dramaturgie : la théâtralité du théâtre de Sartre (l'exemple des *Mains sales*) », *Éthique et esthétique dans la littérature française du XXe siècle*, Maurice Cagnon éd., Saratoga, Anma libri, 1978, p. 183-190.
JEANSON (Francis), *Sartre par lui-même*, Le Seuil, coll. « Écrivains de toujours », 1955.
MENDEL (Sydney), « The Ambiguity of the Rebellious Son. Observations on Sartre's Play *Dirty Hands* », *Forum*, IV, n° 9, 1966, p. 32-36.
PÉRIER (François), *Profession menteur*, Le Pré aux Clercs, 1989.
PUCCIANI (Oreste F.), « Introduction aux *Mains sales* », *French Theatre since 1930 : Six Contemporary Full-Length Plays*, New York, Blaisdell, 1954, p. 69-73.
TERONI (Sandra), « Les " Meurtriers délicats " face au réalisme politique », *Études sartriennes*, n° 8, Centre de sémiotique textuelle – Paris X, 2000, p. 91-102.
WALZER (Michael), « Political Action : the Problem of *Dirty Hands* », *Philosophy and Public Affairs*, hiver 1973, p. 160-180.

Filmographie.

1951 : sortie des *Mains sales* le 29 août. Réalisation de Fernand Rivers ; adaptation de Fernand Rivers et Jacques-Laurent Bost ; dialogues de Sartre ; musique de Paul Misraki ; production F. Rivers-Les Films Rivers ; avec Pierre Brasseur (Hoederer), Daniel Gélin (Hugo). Dans l'ensemble fidèle à la pièce, le film accentuait ses résonances anticommunistes et provoqua de violentes réactions du P.C., qui voulut y voir « un nouveau " Juif Süss " » (Jean Kanapa, *L'Humanité*, 26 septembre 1951). Dans plusieurs salles, à Paris comme en province, les projections eurent lieu sous la protection de la police. Sartre marqua nettement ses distances par rapport à cette réalisation : « Je m'en lave les mains [...] il s'agit d'une chose purement commerciale qui ne me concerne pas [...] » (Michel Contat et Michel Rybalka, *Les Écrits de Sartre*, Gallimard, 1970, p. 488).

1978 : adaptation télévisée diffusée les 14, 15 et 16 novembre sur la R.A.I. Traduction et mise en scène d'Elio Petri ; avec Marcello Mastroianni (Hoederer), Giovanni Visentini (Hugo), Giuliana de Sio (Jessica) ; musiques originales d'Ennio Morricone. La mise en scène et les techniques de tournage font ressortir la théâtralité de la pièce ; celle-ci est encadrée par les images d'une salle de théâtre : le public est constitué de jeunes militants gauchistes, qui réagissent au spectacle par une bagarre où les insultes se mêlent aux applaudissements ; dans une loge, un acteur déguisé en Staline est chargé de rappeler sa présence persistante, sous forme d'un simulacre, d'un fantôme, mais qui sera le dernier à partir. Quant à son actualité politique, elle s'imposait d'emblée, en plein affrontement entre le « compromis historique » et le terrorisme.

I. G. et S. T.

NOTE SUR LE TEXTE

Manuscrits.

Le dossier génétique de la pièce, tel qu'il est conservé à ce jour, comprend :

— 3 feuillets d'esquisse pour une partie de la scène IV du tableau II, sur papier jaune ligné, format 13,3 × 20,5, non foliotés, écrits à l'encre bleue. Don de M. Bernard Bray (qui tenait ce manuscrit de Jean Cau) à la B.N.F.

— un lot de 24 feuillets manuscrits (dont un recto verso), sur papier à lettres et non foliotés par Sartre, d'esquisses pour le tableau II (collection particulière).

— un dactylogramme avec révisions manuscrites de tous les tableaux hormis le deuxième et les épreuves corrigées du tableau II (Ohio State University, Athens). Nous n'avons pu le consulter.

— un manuscrit complet de 267 feuillets (Bibliothèque historique de la Ville de Paris). C'est le manuscrit que Sartre donna d'abord à Wanda Kosakiewicz et dont il fit par la suite cadeau à Jean Cocteau ; il porte la dédicace citée dans la Notice (p. 1387). Il est composé de feuillets de grand format, quadrillés et à lignes. L'insertion de feuillets blancs témoigne du travail de révision et de réécriture, notamment pour les tableaux II et V dans leur entier. Ce manuscrit a été envoyé en deux lots aux *Temps modernes* (ff^os^ 1 à 43 : tableaux I et II ; ff^os^ 1 à 222 : tableaux III à VII), avec annotations pour le typographe. La foliotation, faite au moyen d'un timbre, est due vraisemblablement au typographe ou à la rédaction de la revue.

Prépublication.

Les Mains sales a été prépublié dans *Les Temps modernes* : les tableaux I à III dans le numéro 30 (mars 1948, p. 1537-1580) et les tableaux IV à VII dans le numéro 31 (avril 1948, p. 1754-1813).

Édition.

L'édition originale de la pièce est publiée en 1948 chez Gallimard (achevé d'imprimer le 15 juin 1948). Le texte de cette édition n'est pas entièrement identique à celui qui fut représenté lors de la création au théâtre Antoine. Dans le livret de mise en scène conservé au théâtre (consulté par Ingrid Galster en juin 1981), la pièce comprend six tableaux au lieu de sept (il manque le deuxième de l'édition). Il y a quelques ajouts et un certain nombre de coupures, faites, sans doute, pour alléger le texte. La suppression la plus importante se trouve dans la grande scène entre Hugo et Hoederer, V[e] tableau, scène III dans l'édition. Dix lignes dans la réplique centrale de Hugo (« Pendant des années vous allez mentir, ruser, […] prendre la peine de nous liquider. », p. 329) ont également été supprimées.

Pour l'établissement du texte, nous avons retenu comme édition de référence l'édition originale (sigle : *orig.*), avec quelques régularisations mineures de ponctuation et d'orthographe. Nous indiquons les variantes les plus significatives, provenant de la préoriginale (sigle : *préorig.*) et du manuscrit complet (sigle : *ms.*).

S. T.

NOTES ET VARIANTES

[Personnages.]

1. Curieusement, Ivan n'est pas mentionné dans la liste des personnages. Lors de la création, ce rôle était tenu par Michel Jourdan.

Premier tableau.

a. Début de la réplique de Hugo dans ms. : [Je craignais de trouver un joli jeune homme aux joues roses installé devant ma machine à écrire. Tu te rappelles : j'ai eu des joues roses. C'était le temps où je t'appelais mon ogresse. *(Olga hausse les épaules.)* *biffé*] Est-ce… ◆◆ *b.* Reich *ms., préorig.* ◆◆ *c. (Un temps.)* [/ HUGO : Tu… ne me détestais pas, il me semble. / OLGA : Après ? / *[*VICTOR *biffé]* HUGO, *durement* : Ce soir, en sortant de tôle, je me suis rappelé ta tête quand j'étais couché sur toi et que ma main descendait le long de ton dos jusqu'à tes reins. Je me suis rappelé ta tête et je me suis dit : celle-là ne me livrera pas. / OLGA : Quand je laissais ta main descendre le long de mon dos, tu avais des joues roses. Elles sont grises aujourd'hui et tu as vieilli. Les ogresses n'aiment que la chair fraîche. *(Un temps.)* Mais qu'est-ce que tu veux ? *biffé en définitive*] Qu'est-ce *ms.* ◆◆ *d. hésite.)* [Le type dans la chambre, tu sais qui c'est ? / CHARLES : Louis m'a dit que c'était une donneuse. Je ne le connais pas ; je n'étais pas de son temps. / OLGA : Il a été mon amant. Pendant un an. Et ce n'est pas une donneuse. *(Un temps.)* Va chercher Louis. *biffé*] Allons ! *ms.* ◆◆ *e.* Olga. [Un temps, il y a six mois, je l'aurais laissé filer. S'il avait raconté sa petite histoire, nous aurions pu prendre nos responsabilités. Mais aujourd'hui le Parti a changé de politique. *biffé*] Ce type *ms.* ◆◆ *f.* politique. [Je suis convaincu qu'il n'aurait pas eu le courage de tirer sur Hoederer s'il ne l'avait surpris en train de coucher avec sa femme. *biffé*] C'est une histoire *ms.* ◆◆ *g.* maintenant. [Nous l'avons condamné, Olga. Nous avons cent fois condamné son acte. *biffé*] Tu le sais *ms.*

1. Ces quelques éléments situent l'action dans le contexte historique de la Seconde Guerre mondiale, à la veille d'une invasion victorieuse de l'armée soviétique sur les troupes allemandes. Par la suite, les dates et les allusions à Hitler, l'Occupation, Stalingrad, la Résistance, etc. ne font

que confirmer ce cadre. Mais Sartre n'a pas voulu donner une référence précise et, par la toponymie, il brouille les pistes : l'Illyrie est la dénomination ancienne d'une région balkanique qui s'étendait le long de la mer Adriatique, et ne correspond à aucun État moderne ; quant aux villes et autres lieux, il pourrait s'agir de réminiscences : Tosk rappelle Tomsk, grande ville de Sibérie ; Korsk est une graphie possible pour Koursk (ville de Russie, lieu d'une bataille célèbre de la Seconde Guerre mondiale) ; Kirchnar sonne tchèque et juif mais l'allusion au Landtag (voir n. 2, p. 261) fait penser à un État allemand. Pour les personnages, enfin, Sartre a mélangé des noms français (Louis, Georges, Charles) avec des noms à consonnance germanique (Hugo, Hoederer, Frantz), slave (Olga, qui est le prénom de la première tsarine, figure importante du folklore russe), ou tchèque et juif (Slick), tout en réservant un prénom anglo-saxon à la femme de Hugo, Jessica. Karsky, enfin, fait écho à Kautsky, le théoricien du parti social-démocrate allemand, auteur de nombreux ouvrages de vulgarisation du marxisme, leader de la IIe Internationale communiste, qui finit par renoncer à la théorie de l'effondrement nécessaire du capitalisme et dont les thèses furent l'objet de critiques sévères de la part de Lénine.

2. Voir la Notice, p. 1377.

3. Ces répliques de Hugo sont à rapprocher des réflexions de Roquentin, dans *La Nausée*, sur le divorce entre vivre et raconter, ainsi que sur la fonction qu'a le récit d'instaurer un sens en transformant le continuum du vécu en une histoire avec un commencement et une fin.

Deuxième tableau.

a. Après cette réplique, ms. donne cette didascalie, biffée : (La porte s'ouvre. Des hommes sortent, dont Louis et Hoederer. Pendant que Louis parle à Hoederer, les hommes sortiront un à un, prudemment et sans mot dire.) ◆◆ *b.* de retard. / HUGO : Alors je suis *ms., préorig.*

1. Protagoniste du roman de Dostoïevski, *Crime et châtiment*, devenu emblématique d'une tentative tragique de dépasser la morale commune et de se mettre au-delà du Bien et du Mal. C'est aussi à lui que pense le jeune Philippe, dont Hugo hérite certains traits, dans *Le Sursis*, au moment où il se rend au commissariat de police pour se dénoncer comme déserteur (*Œuvres romanesques*, p. 1090). Voir aussi la Notice, p. 1381-1382. — Le nom d'Ivan également est évocateur de l'univers dostoïevskien, mais dans ce contexte il n'implique aucune allusion à cette incarnation de la révolte métaphysique dont Ivan Karamazov devient l'un des symboles dans la lecture de Camus.

2. Le Landtag (et non Landstag) est l'assemblée parlementaire d'un État régional, en Allemagne.

3. Allusion aux actions des terroristes russes, en particulier à l'attentat contre le grand-duc Serge réalisé par les militants de l'« Organisation de combat » du parti socialiste révolutionnaire en février 1905. Voir la Notice, p. 1377.

4. Allusion à l'axe Rome-Berlin, désignant l'alliance entre l'Allemagne et l'Italie sanctionnée par le « pacte d'acier » en mai 1939.

5. Sartre donne ironiquement à ce groupe le nom du siège du département de la Défense des U.S.A., construit en 1941-1943.

6. Vraisemblablement, le parti d'action communiste.

Troisième tableau.

a. Orig. porte par erreur bleu *; nous adoptons la leçon de ms.* ◆◆ *b. Ce passage, depuis* Mais qu'est-ce *[5 lignes plus haut], est un ajout dans ms.* ◆◆ *c.* qu'on le tue. [GEORGES : Deux attentats dans une semaine, il trouve que ça suffit. / JESSICA : Deux seulement ? / SLICK : Et trois dans la semaine d'avant. *biffé*] / JESSICA : Pourquoi *ms.* ◆◆ *d.* Oh ! Vous en reviendrez. Ce n'est même pas spectaculaire. [De temps en temps quelque chose dégringole à travers les branches d'un tilleul ou bien c'est une balle qui tue un caveau... Faut pas trop moisir au jardin et puis, quand on est dans la villa, vaut mieux s'écarter des fenêtres ; il n'y a pas d'autres précautions à prendre. *biffé*] [Faut monter la garde, c'est tout. *add. interl.*] *ms. Dans orig., l'addition interlinéaire a été placée par erreur en début de réplique ; nous corrigeons.* ◆◆ *e. Début de la scène dans ms. :* [HOEDERER : Slick, si tu casses la gueule à mon secrétaire, tu le remplaceras. / SLICK, *grommelant* : Ça me ferait mal ! / HOEDERER : Tu écriras dix heures par jour sous ma dictée et /tu consulteras *corrigé en* tu seras obligé de lire/ tous les gros livres qui sont dans ma bibliothèque. *biffé*] / HOEDERER : Pourquoi ◆◆ *f.* n'arrive jamais. [JESSICA : Je ferai ce qui dépend de moi. / HOEDERER : Il faudra que tu te défendes. La partie va être dure. / JESSICA : Je tâcherai de la gagner. / HOEDERER : Oui, tâche de la gagner sans me faire perdre. *biffé*] *(Il s'assied ms.*

1. Ces initiales coïncident avec celles de Henry Beyle, avec qui Hugo Barine partage au moins l'égotisme.

2. Allusion au rite de la crémation des veuves sur le bûcher de leur époux, en usage à Malabar, mais aussi souvenir du poème de Baudelaire « À une Malabaraise », déjà évoqué dans *Le Sursis*, où le jeune Philippe s'adresse à la négresse en murmurant « ma belle Malabaraise » (*Œuvres romanesques*, p. 984).

3. Hoederer est appelé « le Vieux » par ses gardes du corps, comme Trotski. Voir la Notice, p. 1373.

4. Dramatisation d'un passage de *Matérialisme et révolution*, où Sartre, tout en esquissant le portrait du vrai révolutionnaire, antidéterministe, évoque ce que les marxistes eux-mêmes répondaient à l'argument d'un « matérialisme sordide des masses » : « Ils laissaient entendre que, derrière ces revendications matérielles, il y avait l'affirmation d'un humanisme, que ces ouvriers ne réclamaient pas simplement de gagner quelques sous de plus, mais que leur réclamation était comme le symbole concret de leur exigence d'être des hommes. Des hommes, c'est-à-dire des libertés en possession de leur destin » (*Situations, III*, Gallimard, 1949, p. 210). Sartre revient sur ce sujet dans le deuxième entretien avec David Rousset et Gérard Rosenthal (enregistré à l'automne de 1948), pour expliquer ce qu'est une pensée concrète (*Entretiens sur la politique*, p. 105-106).

Quatrième tableau.

a. Réplique biffée de Jessica dans ms. : Bon, bon. Je vous laisse à votre grande amitié d'hommes. Mais rappelez-vous que je viens de vous faire une visite ; si grossier que vous soyez, vous ne pouvez plus manquer de me la rendre. ◆◆ *b. Orig. et préorig. portent par erreur* HOEDERER *. Nous* *corrigeons.* ◆◆ *c.* politique. [HUGO : Et eux ? croyez-vous qu'ils vous détestent ? / HOEDERER : Je ne sais pas. / HUGO : Pour tuer un type, est-ce que c'est nécessaire de le détester ? / HOEDERER : Sûrement pas. Mais au dernier moment tâche de te ficher en colère, c'est plus sûr. / HUGO : Ça doit être difficile de tirer sur quelqu'un qui vous regarde. / HOEDERER : Très. / HUGO : Vous l'avez fait ? / HOEDERER : Autrefois. *biffé*] / HUGO : Donnez-moi *ms.* ◆◆ *d.* abject. [Combien êtes-vous donc ? Il faudrait faire sauter le monde et sauter avec. On met le feu à la mèche et la lumière jaillit. Une lumière qui ravage tout : elle entre par les yeux et par les oreilles, elle écrase les pensées et les pensées sur les pensées et les questions et les problèmes et les mots. N'être plus que cela : une lumière aveuglante qui n'éclaire rien. Après, la nuit. La nuit de l'accord avec soi. */Plusieurs mots illisibles corrigés en* Tirez-moi dessus/, bon Dieu ! *biffé*] À moins que *ms.*

1. Dans *L'Âge de raison*, Mathieu fait des remarques analogues à Brunet qui est allé lui rendre visite dans sa chambre (*Œuvres romanesques*, p. 521). Depuis l'angoissante expérience d'un défaut de maîtrise sur les choses que fait Roquentin, tous les intellectuels sartriens souffrent d'un écart insurmontable qui les sépare du réel. Sur la relation entre mains sales, sens de la réalité et vérité, voir D. Hollier, « Étude de mains », *Politique de la prose. Jean-Paul Sartre et l'an quarante*, p. 167-186.

2. La reprise, dans l'ivresse, du célèbre dilemme d'Hamlet n'est que le signal le plus explicite d'une proximité entre Hugo et ce personnage qui a été relevée depuis les premiers comptes rendus de la pièce (voir le Dossier de réception des *Mains sales*, p. 1387). La problématique à laquelle renvoie la question n'est cependant pas la même : chez Sartre — ici comme ailleurs, depuis *La Nausée* et *L'Être et le Néant* — c'est bien de l'irréductibilité de l'existence à l'être qu'il s'agit, et de la nostalgie de l'être en tant qu'il délivrerait de la Nature, de la contingence et de la comédie.

Cinquième tableau.

a. Dans orig., cette réplique était prononcée par Hugo. Nous corrigeons d'après préorig. ◆◆ *b.* social-traître ? *ms., préorig.*

1. Parodie du langage des staliniens, déjà raillé par Sartre dans *Matérialisme et révolution.*

2. Voir la Notice, p. 1376.

3. Voir la Notice, p. 1379.

4. Cette opposition entre les deux espèces n'est pas sans rappeler celle que font Julien Benda entre réalistes et idéalistes, ou Malraux entre révolutionnaires professionnels et aventuriers. Dans sa préface au *Portrait de l'aventurier* de Roger Stéphane (1950) — une sorte de commentaire, à cet égard, du sujet des *Mains sales* —, tout en développant la distinction entre le militant et l'aventurier, Sartre refuse ce dilemme et conclut à la nécessité de « récupérer les non-récupérables » (*Situations, VI*, Gallimard, 1964, p. 21).

5. Voir la Notice, p. 1375.

6. Dans un texte non signé, « Drieu La Rochelle ou la Haine de soi », paru dans *Les Lettres françaises* clandestines en avril 1943, Sartre explique le choix collaborationniste de Drieu par « la haine de soi — et la haine de

l'homme qu'elle engendre » (M. Contat et M. Rybalka, *Les Écrits de Sartre*, p. 652).

Sixième tableau.

a. Début de la réplique de Jessica dans ms. et préorig. : C'est… c'est borné. Je vous dis que j'ai tout compris et que je suis de votre avis. *(Un temps.)* Qu'est-ce ◆◆ *b.* Eh bien. / [JESSICA : Vous aviez raison, hier. / HOEDERER : Et c'est pour ça que tu veux l'empêcher de me tuer ? Tu m'étonnes. / JESSICA : S'il vous tue, il sera tué ou il va en prison. / HOEDERER : Oui. / JESSICA : Et puis il n'a pas envie de vous *biffé*] JESSICA : *ms.* ◆◆ *c.* Non. HUGO : Rendez-le moi, je vous jure que je ne m'en servirai pas contre vous. / HOEDERER : Non. / HUGO : Qu'est-ce *ms.* ◆◆ *d. Fin de la réplique de Hoederer dans ms. et préorig. :* *(Un temps.)* Tout est foutu. Pour une femme !

Septième tableau.

a. Cette indication ne figure pas dans orig. Nous la rétablissons d'après préorig. ◆◆ *b. Dans ms., la dernière phrase de cette réplique est une addition interlinéaire, qui remplace un passage biffé :* Nous étions des princes et des rois séparés par leurs destins, par leur conception du monde et de la politique, par le choix profond qu'ils avaient fait d'eux-mêmes ; je les respectais je venais de me promener dans un jardin tragique et j'avais regardé les châtaigniers écorchés par la bombe. J'ai ouvert cette porte et j'ai vu un vieux coureur qui lutinait la femme de son secrétaire ; c'était la farce. J'ai tiré pour sauver la tragédie. ◆◆ *c.* Écoute : [c'est à présent que je vais tuer Hoederer. Et je sais pourquoi je vais le tuer : pour la pureté. Je l'aime, Olga, et je pense qu'il a raison et qu'il fait ce qu'il faut faire : il triche et il ment, il faut mentir et tricher si on joue avec des tricheurs. Mais il faut de temps en temps qu'un type vienne et qu'il tue un Hoederer. Pas au nom de l'opportunisme, de la stratégie, du machiavélisme, du réalisme et de toutes ces balançoires. Au nom de principes idiots, abstraits, inefficaces. Par exemple qu'on ne peut mentir à *biffé*] je ne sais *ms.*

1. Hugo serait-il dans la situation d'Égisthe telle que la résume Oreste dans la tirade de la dernière scène des *Mouches* : « Un crime que son auteur ne peut supporter, ce n'est plus le crime de personne, n'est-ce pas ? C'est presque un accident » (p. 69) ?

2. Cf. Oreste s'adressant à Électre, dans *Les Mouches* : « […] je suis trop léger. Il faut que je me leste d'un forfait bien lourd qui me fasse couler à pic, jusqu'au fond d'Argos. […] Laisse-moi dire adieu à cette légèreté sans tache qui fut la mienne. Laisse-moi dire adieu à ma jeunesse » (p. 40).

3. La question des retournements dans la ligne politique du Parti fera l'objet d'un dialogue entre Brunet et Chalais dans l'ébauche du tome IV des *Chemins de la liberté* publiée sous le titre « Drôle d'amitié » dans *Les Temps modernes* de novembre et décembre 1949 (voir *Œuvres romanesques*, p. 1487-1500).

4. Protagonistes, respectivement, du *Rouge et le Noir* de Stendhal, du *Père Goriot* de Balzac et de *L'Idiot* de Dostoïevski.

Autour des « Mains sales »

ESQUISSES DU TABLEAU II

Un ensemble de 24 feuillets manuscrits (dont un recto verso), sur papier à lettres, offre plusieurs esquisses pour le tableau II. Les feuillets ne se suivent pas et les indications des scènes ou des personnages figurent rarement. Le foliotage n'est pas de la main de Sartre. Nous reproduisons plusieurs esquisses dans l'ordre supposé de la genèse du tableau. La transcription a été effectuée par Danièle Calvot. (S. T.)

◆ BROUILLON D'UN RÉCIT FAIT PAR HUGO. — Nous reproduisons un brouillon (f° 21) dans lequel le contenu du tableau est exposé sous la forme d'un récit fait par Hugo. (S. T.)

◆ ÉBAUCHE DE LA SCÈNE I. — Dans un des brouillons de la scène I du tableau (f° 7), Hugo est engagé en tant que secrétaire par Hoederer lui-même. (S. T.)

◆ PLAN DU TABLEAU. — Nous reproduisons un plan du tableau (f° 1) assez détaillé et prévoyant la présence physique de Hoederer sur scène bien avant qu'il n'en occupe le centre. (S. T.)

◆ ESQUISSES DES SCÈNES I, III ET IV DU PLAN. — Nous reproduisons des esquisses des scènes I (ff^os^ 3, 5 et 6) et III (f° 13) du plan. La scène IV, durant laquelle se décide la mission de Hugo, a été récrite de nombreuses fois. Une première rédaction est donnée par les trois feuillets manuscrits conservés à la B.N.F., mentionnés dans la Note sur le texte (p. 1393). Il s'agit d'une des esquisses les plus anciennes d'une partie de la scène IV, où Hugo porte le prénom de Victor. Le texte a été établi par Michel Contat. La réécriture de cette scène provient des folios 22-25 de l'ensemble des 24 feuillets manuscrits. (S. T.)

DÉCLARATIONS DE SARTRE

◆ ENTRETIEN AVEC GUY DORNAND. — Extrait d'une interview de Sartre par Guy Dornand, parue dans *Franc-Tireur*, 25 mars 1948, sous le titre « Drame politique puis crime passionnel… Jean-Paul Sartre nous parle de sa prochaine pièce ». (S. T.)

◆ ENTRETIEN AVEC J.-B. JEENER. — Extrait d'une interview de Sartre par J.-B. Jeener, parue dans *Le Figaro*, 30 mars 1948, sous le titre « Quand Cocteau, le poète, met en scène le philosophe J.-P. Sartre ». (S. T.)

◆ ENTRETIEN AVEC RENÉ GUILLY. — Extrait d'une interview de Sartre par René Guilly, parue dans *Combat*, 31 mars 1948, sous le titre « Dans *Les*

Mains sales, Jean-Paul Sartre pose le problème de la fin et des moyens ». (S. T.)

◆ ENTRETIEN AVEC FRANCIS JEANSON, « SARTRE PAR LUI-MÊME ». — Dans *Sartre par lui-même* (Le Seuil, 1955, p. 48-49), Francis Jeanson reproduit cette déclaration que Sartre lui avait faite au sujet des *Mains sales*. (S. T.)

◆ ENTRETIEN AVEC PAOLO CARUSO. — Sartre donna un long entretien au traducteur italien de la *Critique de la raison dialectique*, le 4 mars 1964, à la veille de la reprise des *Mains sales* par le Teatro Stabile de Turin (première le 24 mars 1964). Le texte a paru pour la première fois en postface à l'édition italienne : *Le Mani sporche*, traduction de Vittorio Sermonti, avec une interview de J.-P. Sartre et un témoignage de Simone de Beauvoir, Turin, Giulio Einaudi editore, 1964, p. 137-149. La traduction française est de Philip Berk. (S. T.)

TÉMOIGNAGE DE FRANÇOIS PÉRIER

Dans ses souvenirs, François Périer a raconté sa rencontre avec Sartre ; d'abord dans *Profession menteur* (Le Pré aux Clercs, 1990, p. 170-172), ensuite dans *Mes jours heureux* (Nil Éditions, 1993, p. 45-49), d'où est tiré le passage que nous reproduisons. (I. G. et S. T.)

LE DIABLE ET LE BON DIEU

NOTICE

Pendant la « drôle de guerre », le 12 janvier 1940, Sartre projette d'écrire « une grande pièce de théâtre avec sang, viols et massacres ». Il vient de finir *L'Âge de raison* et depuis novembre 1939, enthousiasmé par Shakespeare qu'il a redécouvert, il « crève d'envie d'écrire une pièce de théâtre » : « Je voulais un siège de ville, des pogroms, que sais-je[1] ? » Ce sujet plein de bruit et de fureur qu'il cherche alors en vain tout en réfléchissant à « la violence comme moyen au service de la morale[2] », il ne le trouvera qu'une décennie plus tard, pendant la guerre froide et au début de la guerre de Corée. Pour réaliser le premier projet dramatique de son âge de raison, Sartre semble donc avoir eu besoin de la notoriété de son âge mûr. Ainsi quand, le 7 juin 1951, le rideau du théâtre Antoine se lève sur le siège de Worms, « L'ange du choléra et celui de la peste, l'ange de la famine et celui de la discorde » sont au travail sur terre (p. 389) : l'action du *Diable et le Bon Dieu* a pour fond et pour enjeu les massacres de la guerre des paysans dans l'Allemagne de la Réforme, et

1. *Lettres au Castor et à quelques autres*, Gallimard, 1983 ; respectivement : t. II, p. 33 ; t. I, p. 440 (27 novembre 1939) ; t. II, p. 29 (10 janvier 1940).
2. *Ibid.*, t. I, p. 512 (28 décembre 1939).

son héros violeur et sanguinaire finit par mettre le crime au service des hommes.

Le « Soulier de Satan » ?

« Le théâtre est tellement *la chose publique, la chose du public*, qu'une pièce échappe à l'auteur dès que le public est dans la salle. [...] Ce que l'on découvre tout à coup dans sa pièce, c'est la part du diable », dira Sartre à Madeleine Chapsal en 1959[1]. À première vue, ce diable qu'est le public a pris une part importante dans la rédaction et la mise en scène du *Diable et le Bon Dieu* ; il connaît la pièce avant même qu'elle ne soit écrite, il suit les péripéties de sa réalisation, il attend de sa création un bruyant événement mondain qui donne à voir sous forme mythique la situation géopolitique du demi-siècle : un combat singulier, sur scène, entre Dieu et le diable ou leurs représentants et, dans la chronique théâtrale, entre deux dramaturges champions du christianisme et de l'athéisme, de l'idéalisme et de l'engagement, voire de l'Ouest et de l'Est : Paul Claudel, converti à la Noël 1886, et Jean-Paul Sartre, mis à l'Index en octobre 1948. Dès le début des répétitions, en avril 1951, un mot court en effet dans les coulisses : « Nous jouons *Le Soulier de Satan*[2] ! » Pour la presse, la cause était déjà entendue : *Le Diable et le Bon Dieu* sera bien une cinglante réponse au chef-d'œuvre de 1929 : « Même réduite, [la pièce] aura au moins les dimensions du *Soulier de satin*, dont elle constituera une sorte de réplique gigantesque et satanique [...], cette pièce sera une sorte d'avant-propos au traité de morale que l'auteur de *L'Être et le Néant* est en train de rédiger [...] le bien et le mal n'ont pas de sens définitif : tout dépend des hommes et des actions. » Dès le numéro d'*Opéra* en date du 3 janvier 1951, voilà donc déterminés les dimensions de la pièce, sa portée dans la vie intellectuelle du siècle, son sens et sa place dans la recherche philosophique de son auteur, et même son titre.

Jusqu'à la première représentation, le 7 juin, la presse — spécialisée (*Opéra*, *Le Figaro littéraire*, *Arts*...) ou générale (*Ce matin*, *Combat*, *Libération*, *Le Monde*, *L'Aurore*...) — fait entendre « un subtil et très intelligent tamtam publicitaire[3] » qui orchestre les thèmes, construit l'événement et oriente la réception de la pièce : « Le public hurlera de colère ou croulera d'enthousiasme », prédit *Combat* le 5 juin. Cependant, avant la fin du mois de mai, le public apprend assez peu de choses sur le contenu exact de l'œuvre. Les journalistes en retiennent surtout des répliques mémorables ; *Opéra*, le 25 avril, en rassemble un florilège, et *France-Soir*, le 31 mai, résume la pièce en deux répliques approximatives : « Il y a quinze ans que Dieu m'a damné, que peut-il contre moi ? » et : « Quand on fait

1. *L'Express*, 10 septembre 1959.

2. Claude Brûlé, « L'Histoire d'une pièce », dans l'album rassemblé par Olivier Quéant, *Théâtre de France*, t. I, Publications de France, 1951, p. 72. — Paul Claudel écrivait le 31 mai 1951 : « J.-P. Sartre donne une pièce intitulée *Le Diable et le Bon Dieu*, qui se pose comme la contrepartie humaniste du *Soulier de satin*. Toutes les banalités habituelles » (*Journal*, Bibl. de la Pléiade, t. II, p. 772). Depuis l'univers de référence (Réforme et Contre-Réforme) jusqu'à certains échos précis, Dominique Millet-Girard a ainsi proposé de voir dans *Le Diable et le Bon Dieu* une réécriture antithétique du *Soulier de satin* (*Nouveaux cahiers François Mauriac*, nº 11, 2003).

3. Patrice Sylvain, « Un brain-trust du théâtre préside à la création de la pièce de J.-P. Sartre : *Le Diable et le Bon Dieu* », *L'Aurore*, 4 juin 1951.

le mal, on a toujours bonne conscience. Depuis que je fais le bien, je suis coupable. »

Mais l'essentiel semble encore la notoriété des intervenants et les dimensions du spectacle. Le 6 janvier, *Le Figaro littéraire* prévoit déjà Pierre Brasseur comme interprète, mais encore Raymond Rouleau comme metteur en scène. Le 7 février, *Opéra* titre « Jouvet attend Sartre » et lui fait dire : « Je suis ému comme si c'était ma première mise en scène. » Les 3-4 mars, *Combat* annonce que Jean Vilar, avec son « visage osseux de prêtre politique », jouera dans la pièce et y incarnera un ecclésiastique pour la neuvième fois. Le 30 mai, *Opéra* place Maria Casarès « entre le diable Brasseur et le Dieu Sartre ». Pierre Brasseur est au sommet de sa gloire ; il est connu pour ses emplois de séducteur cynique, mais aussi pour de grands rôles au cinéma (il était déjà le partenaire de Maria Casarès en 1945 dans *Les Enfants du paradis*). Louis Jouvet, au bout d'une longue carrière, peut rivaliser de prestige avec Jean-Louis Barrault, qui avait magistralement mis en scène *Le Soulier de satin* en novembre 1943. Jean Vilar s'est déjà imposé comme acteur depuis qu'il a incarné en 1945 l'archevêque de Cantorbéry dans *Meurtre dans la cathédrale*, et comme fondateur du festival d'Avignon. Maria Casarès, qui n'a pas trente ans, a interprété les trois dernières pièces de Camus ; depuis la sortie du film *Orphée* de Cocteau en 1950, elle personnifie la Mort amoureuse de celui qu'elle doit perdre.

À la création du *Diable et le Bon Dieu* au théâtre Antoine, on attend donc les performances de ces vedettes autant que l'œuvre du dramaturge. Quant aux dimensions de la pièce, elles suscitent l'ironie : « Quatre heures et demie de spectacle, dix tableaux, dix décors. Pour le Diable et le Bon Dieu, il faut avouer que ce n'est pas trop » (*Opéra*, 9 mai 1951) ; ce sera une prouesse technique et financière : « 19 400 heures de travail exécutées par 104 techniciens, 38 projecteurs spéciaux, 600 mètres de câble, 300 kilos de clous, 2 000 mètres de toile et de cretonne pour 94 costumes portés par 50 comédiens, une tonne de peinture » (*France-Soir*, 31 mai). Les journaux, puis les rumeurs des gens de théâtre, font tout pour dramatiser cette création. *Opéra* entretient le suspense en révélant, le 9 mai, une « guerre des coupures » entre Jouvet et Sartre ; ce dernier tentera, dans *Le Monde* du 31, de minimiser l'incident. Or, la presse ne se trompe pas et les témoignages de Simone de Beauvoir, Pierre Brasseur, Léo Lapara ou Jean Cau, le secrétaire de Sartre, concordent : dès le début des répétitions, il apparaît que l'auteur et le metteur en scène ne s'entendent guère. Mais Simone Berriau, la directrice du théâtre Antoine, s'est trop engagée pour reculer, et il est trop tard pour remplacer Jouvet[1]. Le désaccord se cristallise sur la durée du spectacle : Jouvet voudrait des coupes claires, par tableaux entiers ; Sartre n'admet que des suppressions de détails et allonge encore certains passages ; Brasseur annonce qu'il paiera son million de dédit plutôt que de jouer[2]. Finalement, Sartre accepte d'amalgamer certains tableaux et de dispenser Brasseur d'un long monologue de Gœtz.

Dans la dernière semaine, cependant, cinq entretiens de Sartre, d'ampleur et de qualité inégales, tentent de ramener l'attention sur le contenu

1. Voir Simone Berriau, *Simone est comme ça*, Robert Laffont, 1973, p. 181.
2. Voir Simone de Beauvoir, *Lettres à Nelson Algren*, Gallimard, 1997, p. 449 (15 mai 1951) et p. 453 (6 juin).

de la pièce et de prévenir les malentendus. Non, la pièce n'est pas historique, on n'y parle pas de Luther, les personnages sont tous inventés. Non, la pièce n'est pas symbolique, mais elle a un « sens général » que Sartre ne se lasse pas de reformuler dans chaque entretien. En termes philosophiques, dans *L'Observateur* du 31 mai : « Si Dieu existe, le Bien et le Mal sont identiques [...] La morale suspendue à Dieu ne peut aboutir qu'à un antihumanisme. Mais Gœtz, au dernier tableau, accepte la morale relative et limitée qui convient à la destinée humaine : il remplace l'absolu par l'histoire. » En termes théologiques, qui expliquent le titre, pour *Samedi-Soir* du 2-8 juin : « Qu'il fasse le Bien ou le Mal, les résultats sont les mêmes et les mêmes désastres l'accablent. [...] Dieu détruit l'homme aussi sûrement que le Diable. Alors un choix plus radical s'offre à Gœtz : il décide que Dieu n'existe pas. Cela, c'est la conversion de Gœtz, la conversion à l'homme. [...] Entre le Diable et Dieu, il choisit l'homme[1]. » En termes plus sociologiques, pour *Paris-Presse-L'Intransigeant* du 7 juin : « Gœtz, qui est un genre de franc-tireur et d'anarchiste du mal, ne détruit rien quand il croit beaucoup détruire[2]. » En tout cas, Sartre se défend d'avoir « voulu démontrer que Dieu n'existe pas » : la pièce traite des rapports de l'homme avec l'absolu et propose une « morale de l'action participative ». Mais c'est peine perdue : « La pièce est une véritable Bible de l'athéisme », affirme *L'Aurore* le 3 juin. Et selon Simone Berriau, le soir de la générale, on distribue ces tracts sur le trottoir : « Si tu applaudis le profanateur, tu renies ton Dieu[3]. »

Pour des raisons purement pratiques, la première de la pièce eut lieu le 7 juin ; la générale seulement le 11. La critique fut souvent sévère, mais le succès très grand. On s'interrompit pour l'été, on reprit en septembre, sous la conduite de Pierre Brasseur, car Jouvet était décédé le 16 août, et sans Jean Vilar qui avait dû abandonner son rôle pour prendre la direction du T.N.P. Le spectacle se poursuivit en 1952 : on fêtera la 200e ! La pièce tourna alors en Belgique, en France, au Luxembourg, en Suisse, en Grande-Bretagne, au Maroc. Les évêques de Liège[4] et de Metz interdirent aux catholiques d'aller voir le spectacle ; à Rabat et à Casablanca, il fut accueilli par des sifflets et des cris ; les maires de Toulon, d'Alger et d'Oran n'autorisèrent pas la représentation.

« On ne peut pas écrire une pièce sans qu'il y ait d'urgence. »

Le Diable et le Bon Dieu avait-il une telle vocation au scandale ? En onze tableaux, la pièce suit une démarche dialectique correspondant à l'épreuve initiatique du personnage principal, s'adonnant au mal puis choisissant le bien et se libérant enfin de ces absolus théologiques et moraux pour se ranger du côté de l'action humaine. Mais cette dialectique ne suit pas grossièrement la division en trois actes : la synthèse n'est atteinte qu'à la toute dernière scène. La pièce repose en effet sur une organisation dramatique complexe, foncièrement binaire, qui articule rencontres individuelles et événements collectifs. Le rideau s'ouvre

1. Repris dans *Un théâtre de situations* (1re éd., 1953), Gallimard, 1992, coll. « Folio », p. 314.
2. Voir Autour du *Diable et le Bon Dieu*, p. 546-547.
3. *Simone est comme ça*, p. 183.
4. Voir le Dossier de réception du *Diable et le Bon Dieu*, p. 1425-1426.

ainsi sur un archevêque sans scrupule contraint, pour faire plier la ville de Worms entrée en révolte, de s'associer à un guerrier sans morale, Gœtz, qui vient, pour suivre ses intérêts, d'éliminer son frère Conrad. Mais la cité assiégée résiste et, par un jeu de lumière et de plateau, on passe alternativement de la chambre de l'archevêque aux remparts de Worms, où Nasty, un chrétien égalitariste en rupture d'Église, mène la révolte et se heurte à Heinrich, un curé qui n'a pas voulu se réfugier avec ses supérieurs dans l'évêché. Nasty prend l'avantage et conduit la foule au pillage et au meurtre de l'évêque. C'est alors seulement que Gœtz paraît sur scène, flanqué de Catherine, la compagne qu'il traite comme une prostituée. Heinrich vient le trouver pour lui proposer les clés de la ville, trahissant la population pour sauver les prêtres de Worms ; dans cette âme torturée, Gœtz trouve un double. Or, voici que Nasty, informé de la trahison, se livre à son tour, et demande à Gœtz d'entrer dans la cité en prenant le parti des pauvres. Au terme d'une discussion théologique sur la volonté divine, Gœtz se ravise et propose un pari : si les dés lui sont défavorables, il se consacrera au bien, le criminel deviendra un saint. Il perd et se retire pour suivre son nouveau destin ; Catherine révèle alors qu'il a triché.

Le deuxième acte présente la conversion de Gœtz qui abandonne sa vie pécheresse, son armée, sa maîtresse, ses terres. Mais ce choix absolu du bien le sépare encore plus des autres hommes : haï par les seigneurs, Gœtz n'en est pas moins rejeté par les paysans pauvres. Ceux-ci fomentent une révolte qui fait peur à Nasty parce que trop précoce. Dans une église où se sont réfugiés des villageois, Gœtz retrouve Catherine mourante et tente d'obtenir son pardon ; pour la sauver du désespoir, il décide de la mystifier en feignant de recevoir les stigmates du Christ. Catherine meurt en paix et la foule admire le miracle. Une seule personne n'est pas dupe : Hilda, une jeune femme lucide et pure, qui a assisté Catherine.

Dans le troisième acte, la menace est plus pressante : Gœtz et les villageois d'Altweiler ont fondé la Cité du Soleil, où l'amour est la seule loi. Mais elle attire le ressentiment des paysans révoltés, qui la détruiront bientôt. Gœtz doit alors reconnaître que ses engagements n'ont eu de sens qu'envers des idéaux et non pour des humains : il accepte la proposition de Nasty d'aller prêcher le renoncement aux révoltés dont la perte est assurée. Mais il ne peut les convaincre et même Nasty l'abandonne pour suivre la volonté de leurs chefs. Une année a passé depuis le pari : Heinrich revient pour constater l'impossibilité de la sainteté ; Gœtz le tue et affirme que le ciel est définitivement vide. La mort de Dieu ouvrant la voie à l'action des hommes, Gœtz accepte l'imperfection et le compromis : sur les incitations de Hilda et de Nasty, il prend la tête des troupes révoltées.

« [...] on ne peut pas écrire une pièce sans qu'il y ait d'urgence. Et vous la retrouvez en vous-même, cette urgence, parce que ce sera celle des spectateurs. Ils vivront dans l'imaginaire un moment d'urgence. Ils se demanderont si Gœtz va mourir, s'il va épouser Hilda. » Cette règle que formule Sartre en 1974[1], il l'a éprouvée intensément en rédigeant *Le Diable et le Bon Dieu*. En recoupant les annonces de la presse, les témoi-

1. Dans Simone de Beauvoir, *La Cérémonie des adieux*, suivi de *Entretiens avec Jean-Paul Sartre, août-septembre 1974*, Gallimard, 1981, p. 243.

gnages de Simone de Beauvoir dans les *Lettres à Nelson Algren*, peut-être les plus fiables parce qu'immédiats, et dans *La Force des choses*, ceux de Claude Brûlé, ainsi que les souvenirs de Simone Berriau et de Léo Lapara, on peut, malgré quelques divergences, reconstituer un calendrier approximatif de l'avancée des travaux. Le 6 janvier 1951, « Sartre a seulement mis au point son plan et ne compte en commencer la rédaction que ces jours-ci » (*Le Figaro littéraire*) ; il décide de quitter Paris pour se consacrer exclusivement à la rédaction de sa pièce. Du 23 janvier au 9 février, à La Pouèze, près d'Angers, il termine le premier acte, alors que la création est prévue pour la mi-mai. Lors d'un passage à Paris du 9 au 20 février, les principaux interprètes et le metteur en scène sont définitivement choisis : le 7 février, la presse annonçait déjà que Jouvet monterait la pièce, mais celui-ci ne donne son accord à Simone Berriau que le 20[1]. Du 21 février au 4 mars, alors que le texte est promis pour le 1er avril, Sartre ne soustrait à la rédaction du *Diable* que le temps de rédiger un hommage à Gide. Enfin, à Saint-Tropez, du 5 mars au 14 avril, « Sartre éclate de la tête à force de travailler dix heures par jour depuis plusieurs mois à une pièce de théâtre qu'on mettra en répétition à partir du 15 avril[2] » pour la jouer à partir du 1er juin, mais il n'en a écrit que les deux tiers. Il rédige le dernier acte pendant les répétitions, alors que Simone Berriau le supplie de « boucler [la pièce] en vingt répliques[3] ». Mais Sartre peine surtout sur le dixième tableau : « [...] quelle que fût la violence du réquisitoire de Heinrich contre Gœtz, la scène semblait didactique ; elle s'enfiévra d'un seul coup lorsque, devant Heinrich interdit, ce fut Gœtz lui-même qui se mit en accusation[4]. » Mais rien ne permet de dater cette découverte ni l'achèvement du manuscrit.

Ce calendrier n'aurait qu'un intérêt limité si l'urgence n'avait contraint le dramaturge à éliminer à mi-parcours un personnage capital, Dosia. Les brouillons actuellement retrouvés en témoignent. Il en existe deux ensembles fort inégaux. L'un, comptant approximativement cent quarante feuillets écrits au crayon, présente les premières notes rédigées pour la pièce : aucune Dosia n'y figure, mais la première mise en dialogue confronte Gœtz et une femme sans nom, qui développe déjà les thèmes qui seront chers à Dosia[5]. L'autre, de plusieurs centaines de feuillets rédigés à l'encre, présente, dans un grand désordre, des « chutes » éparses, incomplètes et non foliotées, des rédactions multiples de passages conservés ou abandonnés. Mais nous ne disposons pas de l'original autographe des rédactions suivies : celle qui servira à l'établissement du texte pour la scène (et nous n'avons retrouvé qu'une partie de celui-ci — « copie Compère[6] »), pour la publication dans trois numéros des *Temps modernes* au printemps de 1951, ou pour l'édition en volume à l'automne de la même année ; mais surtout nous ne savons rien ou presque de la première rédaction que Sartre présenta à Simone Berriau en février 1951. S'il n'est donc pas possible de reconstituer exactement

1. Voir Léo Lapara, *Dix ans avec Jouvet*, Éditions France-Empire, 1975, p. 265-266.
2. S. de Beauvoir, *Lettres à Nelson Algren*, p. 444 (11 avril 1951).
3. Simone de Beauvoir, *La Force des choses*, Gallimard, 1963, p. 259.
4. *Ibid.*
5. Voir Autour du *Diable et le Bon Dieu*, « Gœtz, la femme de son frère et le chef des pauvres », p. 510.
6. Voir la Note sur le texte, p. 1430.

la version du premier acte telle qu'elle fut proposée à la directrice du théâtre Antoine, on peut cependant en dégager quelques séquences cohérentes, sans savoir vraiment celles qui ont été soumises ni dans quel ordre elles avaient été assemblées. Nous en rendons brièvement compte ci-dessous ; on en trouvera les principaux passages dans le dossier documentaire donné en appendice à la pièce. Ce qu'il y a de sûr, c'est que la présence de Dosia dominait le premier acte.

Dosia est la femme de Conrad, le demi-frère de Gœtz que celui-ci a trahi ; elle paraît dès le premier tableau, sur les remparts de Worms : alors que l'évêque vient d'inviter les bourgeois à la prière et à la résignation, Dosia les incite à prendre les armes contre ce Gœtz qu'elle hait, et elle les appelle à la résistance, tout en discourant sur la supériorité de la noblesse, mise au monde pour donner et recevoir la mort. Survient Nasty, le « bourgmestre des pauvres[1] », qui a une autre stratégie : il excite le peuple contre le clergé. Dosia propose à Nasty de l'aider à quitter la ville assiégée ; pendant qu'il ira chercher du renfort, elle tentera de tuer Gœtz dans sa tente. Au deuxième tableau, comme dans la version finale, le prêtre Heinrich donne à Gœtz la clé qui lui permettra de pénétrer dans la ville ; quelques tirades évoquent le passé de Gœtz. Dosia reparaît dans ce qui correspond aux scènes IV et V du troisième tableau de notre texte, combinant avec Catherine la ruse que celle-ci noue avec l'officier Hermann dans la version finale : c'est Dosia qui se cache sous le lit et en sort au signal convenu dans l'intention de poignarder Gœtz. Comme dans la version finale, Catherine, à la dernière minute, prévient Gœtz ; les deux femmes s'insultent et en viennent aux mains, et Gœtz éclate de rire. Puis il fait sortir Catherine et ce qui se passe alors sous la tente prend une tout autre intensité : c'est un moment de séduction et de domination réciproques, c'est aussi et surtout un temps de confrontation idéologique entre deux cynismes, celui de l'aristocratie que représente Dosia, celui du héros solitaire et maléfique que croit être Gœtz. Dès la rédaction la plus ancienne de ce passage, l'essentiel est en place : Dosia insulte Gœtz, bâtard né des amours d'une femme noble et d'un moine (ou d'un paysan[2]) ; Gœtz désire en elle la noblesse, l'embrasse et promet de la donner « en cadeau » à ses reîtres. Les chutes du texte rédigé en janvier-février 1951 présentent diverses versions de la scène, plus développées, plus truculentes : le dramaturge récrit plusieurs fois chaque épisode et les enchaîne différemment. Dans la scène suivante, Nasty entre dans la tente de Gœtz pour le convaincre de combattre avec les paysans et Dosia intervient pour l'en empêcher. Elle discute théologie et politique avec le réformé : elle refuse de croire que le Christ soit mort pour les « culs-terreux[3] » et prophétise leur déroute. Puis elle retourne contre Nasty les arguments que celui-ci utilisait contre Gœtz : de même que Gœtz croit détruire quand il conserve, de même Nasty croit aider les pauvres quand il fait le jeu des grands. Redoutable dialecticienne, elle réussirait à le convaincre si Gœtz lui-même ne venait à son secours, et lorsque Heinrich à son tour reproche à Nasty d'avoir trahi les pauvres sans le savoir, c'est encore Dosia qui pousse le prêtre au bord du désespoir. C'est elle enfin qui joue aux dés avec Gœtz : plus

1. Autour du *Diable et le Bon Dieu*, « Dosia harangue les bourgeois de Worms », p. 522.
2. Voir n. 5, p. 381.
3. Autour du *Diable et le Bon Dieu*, « La rencontre de Gœtz et de Nasty », p. 537.

perverse que Catherine dans la version finale, elle triche avant Gœtz, qui s'en rend compte et l'oblige à jouer de nouveau[1].

Une certaine Dosia reparaît brièvement parmi les brouillons postérieurs à l'abandon du personnage de la femme de Conrad, mais si différente qu'on ne saurait reconnaître en elle l'orgueilleuse amazone de la première rédaction[2]. L'épisode se situe sur la place d'Altweiler, au tableau IV dans les brouillons, reporté au tableau VII dans la version finale et remplacé par la leçon d'écriture dans la Cité du Soleil (scène 1). Chez les paysans que Gœtz a contraints au bien, deux hommes conduisent en laisse Karl et Dosia : Karl « a commis le péché de chair » avec sa belle-sœur Dosia, puis il a tué son frère et rival. Le frère de Dosia et celui de Karl demandent à « l'homme aux mains qui saignent » de rendre la justice, l'un exigeant la mort de l'assassin, l'autre sa grâce au nom de droits différents. Gœtz s'exécute en rebaptisant Karl du nom du frère qu'il a assassiné. L'épisode, simple et scandaleux comme une page d'évangile, inaugure le nouveau rôle de Gœtz en Christ. Cette vignette, ce procès d'un meurtrier au centre de la Théodicée, du procès de Dieu qu'est la pièce entière, devait-elle refléter en miniature l'action principale, le fratricide jugeant le fratricide, ou compenser pour l'auteur le sacrifice d'un personnage qui lui plaisait ?

Pourquoi Sartre a-t-il renoncé à cette fascinante « veuve rouge[3] » et à la scène de tentation incestueuse qu'il représentera de nouveau dans les *Séquestrés d'Altona* ? Peut-être pour des raisons contingentes et privées : la puissance et l'éclat d'un personnage si truculent risquaient d'éclipser le rôle de Catherine réservé à Wanda Kosakiewicz (*alias* Marie Olivier) ; et l'anachronisme d'une aristocrate qui semble parfois avoir lu *Le Deuxième Sexe* pouvait susciter des interprétations désobligeantes pour Beauvoir. Peut-être, comme le suggère celle-ci, était-il simplement embarrassé pour inventer le devenir de Dosia. Que faire d'elle en effet ? La libérer ? mais alors, comment permettre à Gœtz de donner ses terres aux paysans si le droit germanique préférait la veuve au bâtard ? Autre difficulté : les notes préparatoires annonçaient une scène de tentation par une « sœur » ou une « fille », mais pour plus tard, quand le héros se serait retiré dans l'ermitage[4] ; une nouvelle « tentation » aurait eu un effet de redite. Or, le fait est que Maria Casarès était déjà engagée et qu'il fallait donc que la pièce comportât un second grand rôle féminin, et la suppression brusque d'une figure si caricaturale et d'une scène maintes fois retravaillée explique peut-être la pureté hagiographique du personnage de Hilda[5]. Celui-ci, pourtant, n'aurait atteint sa pleine signification que

1. On trouvera ces élements dans le dossier *ms. 2*, ff^os 132-135, 150-152, 221-224 et 311-314 (voir la Note sur le texte, p. 1429).

2. Voir Autour du *Diable et le Bon Dieu*, « Gœtz juge un fratricide », p. 538-543.

3. Autour du *Diable et le Bon Dieu*, « Gœtz et Dosia. La bâtardise et la noblesse (3) », p. 533.

4. Voir Autour du *Diable et le Bon Dieu*, « Trois plans », p. 503. Sartre, qui s'est toujours intéressé à la relation frère/sœur a travaillé, dans les premiers brouillons, sur plusieurs configurations, dont celle-ci : « La *Sœur* (Paralysée. Vit par procuration de la vie de son frère.) / Amour inconditionné. L'aime comme il s'aime. L'approuve jusqu'où il s'approuve, mais par suite ne peut, s'il ne s'approuve pas, lui donner un point de vue d'autrui » (*ms. 1*, f° 71).

5. Dans *Résidente privilégiée*, Maria Casarès dit qu'elle dut « passer des nuits blanches vers la soixantième représentation du *Diable et le Bon Dieu*, pour essayer de donner au personnage de Hilda, qu[elle n'a] jamais trouvé, un peu plus d'existence, de chair, et de beauté » (Fayard, 1980, p. 376).

dans un contraste avec la belle-sœur de Gœtz. Dosia, en effet, ne doute de rien, ni de Dieu, ni de la hiérarchie sociale qu'il garantit dans un conservatisme mortel ; elle prend sans donner. Hilda, en revanche et avant Gœtz, blasphème et porte accusation contre Dieu, lui substituant la fraternité, le don positif sans attente de rétribution, le pur amour. En remaniant ainsi le premier acte, Sartre a modifié l'économie générale de la pièce et sa signification. Avec Dosia incarnant une certaine idée de la noblesse, tramant une intrigue et séduisant le héros, le premier acte tendait vers la fresque sociale et historique, la reconstitution spectaculaire du siècle de Luther, voire le roman d'amour et d'aventures, l'expression de fantasmes sado-masochistes, et proposait la peinture d'un Gœtz psychologiquement plus complexe. Sans Dosia, la pièce gagne en sobriété ; l'accent se déplace sur la leçon théologique, morale et politique qu'attend le public. Dosia redoublait Gœtz, Hilda renforcera le parti de Nasty.

Comédie baroque espagnole ou drame romantique allemand ?

À l'arrivée, *Le Diable et le Bon Dieu* a tout d'un drame romantique allemand ; il puise pourtant sa structure dans une comédie baroque espagnole. C'est d'ailleurs sans doute en partie pour contrer le premier effet de lecture du texte que Sartre a tant insisté sur ce que sa pièce devait au *Rufian bienheureux* de Cervantès (*El Rufián dichoso*, 1615[1]) : « Je me suis beaucoup servi d'une pièce de Cervantès que Jean-Louis Barrault m'a signalée en 1943, alors que nous professions tous deux chez Dullin à Sarah-Bernhardt — lui, le jeu dramatique, moi, l'histoire du théâtre. Barrault voulait que j'adapte cette pièce dont le sujet est très beau. [...] On y voit un truand las de piller et voler, jouer aux dés le Bien et le Mal. Le Bien ayant gagné, il le fait, avec la même violence — jusqu'à par exemple appeler sur lui les péchés d'une vieille putain[2]. » S'il est clair que Sartre n'a pas lu la *comedia de santos* de Cervantès (les détails qu'il donne sont presque toujours erronés : ainsi, la conversion du protagoniste de Cervantès vient d'une intuition morale soudaine et non pas d'un pari, comme le voudrait Sartre), il en a scrupuleusement conservé la structure, telle que Barrault la lui avait signalée. La pièce de Cervantès propose en effet un développement en trois temps des deux parties qui fondent le genre théâtral hagiographique espagnol : un pécheur se livre à ses mauvaises actions ; converti, il les expie et parvient à la sainteté. La première journée du *Rufian* met en scène les mœurs dissolues de jeunes Sévillans, menés par l'odieux étudiant Cristobal de Lugo. Celui-ci jure de devenir bandit s'il ne parvient pas à se refaire une fortune aux cartes. Il l'emporte, mais cette victoire le trouble : il avait parié de devenir pire s'il perdait ; puisqu'il a gagné, il décide de devenir meilleur. La deuxième journée mène à Mexico, l'étudiant est devenu le père de la Croix ; il parvient à sauver du désespoir une pécheresse qui a perdu la foi. La troisième journée montre le père expiant pour le salut de cette femme et mourant dans la sainteté. C'est donc avant tout la structure du drame religieux que Sartre a retenue ; et il ira jusqu'à dire : « Je me suis trouvé

1. On trouvera la pièce traduite et présentée par Robert Marrast dans *Théâtre espagnol du XVIe siècle*, Bibl. de la Pléiade.
2. Entretien avec Claudine Chonez, *L'Observateur*, 31 mai 1951. Voir aussi entretien avec Marcel Péju, *Samedi-Soir*, 2-8 juin 1951 ; *Un théâtre de situations*, p. 313.

devant un problème nouveau pour moi, c'est-à-dire l'obligation de choisir une technique qui rejoignît celle des Anglais, des Espagnols ou de nos auteurs de mystères[1]. »

Le théâtre élisabéthain, la *comedia* espagnole, les mystères français ? Sartre a voulu reconnaître toutes les influences sauf la plus évidente : celles du théâtre allemand. Cette dénégation laisse songeur : Sartre brandit Cervantès à chaque fois qu'on lui soumet un évident rapprochement avec Goethe. Or, de fait, *Le Diable et le Bon Dieu* est une « pièce allemande » : son matériel dramatique, ses modèles théâtraux sont allemands. Faut-il d'ailleurs rappeler à quel point Sartre a été imprégné par la culture germanique ? D'origine alsacienne par sa mère, il a grandi près d'un grand-père professeur d'allemand[2], parmi les classiques de France et d'outre-Rhin ; il a plus tard approfondi sa culture philosophique allemande lors d'un séjour d'une année à Berlin. Encore enfant, Sartre put lire la pièce de Goethe *Gœtz de Berlichingen* (1773) ; quand, adolescent, il se met à écrire des romans d'aventures, l'un d'entre eux reprend son héros. Sartre s'en souvient ainsi dans *Les Mots* : « Un peu plus tard, sous le nom de Gœtz von Berlichingen, le même [héros] encore mit en déroute une armée. Un contre tous : c'était ma règle ; qu'on cherche la source de cette rêverie morne et grandiose dans l'individualisme bourgeois et puritain de mon entourage[3] » ; en 1974, Sartre reviendra plus précisément sur son premier Gœtz : « Une des œuvres héroïques que j'avais écrites à onze ans, à douze ans, s'appelait " Gœtz von Berlichingen " et, par conséquent, annonce *Le Diable et le Bon Dieu.* Gœtz était un héros remarquable ; il battait les gens, il faisait régner la terreur mais en même temps il voulait le bien. Et puis, j'avais trouvé une fin dans *Lectures pour tous.* Il s'agissait d'un homme du Moyen Âge allemand, je ne sais pas si c'était Gœtz[4]. »

Or, en 1951, Sartre était beaucoup plus réticent à admettre une quelconque influence de Goethe : « Si je connais le *Gœtz de Berlichingen* de Goethe ? Oui, j'ai voulu le lire pour voir si je pouvais y trouver quelque chose de valable pour moi ; finalement il n'y a aucun rapport. D'ailleurs mon Gœtz ne s'appelle ainsi que parce que je ne voulais pas feindre d'ignorer le personnage ; mais le mien n'est pas " Berlichingen ". Il n'est pas historique, c'est comme un composé de ces grands reîtres, barons mercenaires et chefs de bandes qui pullulaient alors[5]. » L'argumentaire reste peu convaincant : rien n'obligeait Sartre à transposer l'anecdote de Cervantès dans l'Allemagne du premier quart du XVIe siècle ; par ailleurs, le Gœtz de Goethe lui-même ne s'inspirait qu'en partie du personnage historique (1480-1562) et de ses mémoires[6]. Assurément, la base fictionnelle des deux drames diffère sensiblement ; le personnage de Goethe

1. « Avec *Le Diable et le Bon Dieu* c'est une chronique dramatique que veut nous offrir Jean-Paul Sartre », interview par J.-B. Jeener, *Le Figaro*, 2-3 juin 1951.

2. Charles Schweitzer, le grand-père maternel de Sartre, avait d'ailleurs consacré au poète allemand Hans Sachs, de la génération de Gœtz et de Luther, une thèse brillante qui fit longtemps autorité (*Un poète allemand au XVIe siècle...*, Nancy, 1887).

3. *Les Mots*, Gallimard, 1964, p. 122.

4. S. de Beauvoir, *La Cérémonie des adieux*, p. 166. L'histoire s'achevait sur l'exécution du héros par décapitation.

5. Entretien avec Claudine Chonez, *L'Observateur*, 31 mai 1951 ; Sartre fit une déclaration similaire à Jean Duché, *Le Figaro littéraire*, 30 juin ; *Un théâtre de situations*, p. 323.

6. Pour *Gœtz von Berlichingen mit der Eisernen Hand* (*Gœtz de Berlichingen à la main de fer*), voir Goethe, *Théâtre complet*, Bibl. de la Pléiade.

n'évolue guère, et son histoire se complique de plusieurs intrigues secondaires. Mais certains fils narratifs sont trop proches pour résulter d'un pur hasard : le conflit avec l'évêque de Bamberg, le siège de la ville de Nuremberg, les villages pillés lors de la guerre des Paysans, les hésitations vaincues de Gœtz qui prend la tête du mouvement des révoltés…, tout cela se trouvait chez Goethe et se retrouve transposé chez Sartre. C'est par leur ton et par leur projet que les pièces divergent : Goethe a voulu faire un portrait de l'Allemagne, il joue sur les oppositions de langue, multiplie les tableaux pour donner une vision panoramique de la société ; son Gœtz ressemble aux héros d'enfance de Sartre : brigand justicier, il se moque des puissants, se veut accueillant aux pauvres et multiplie les actions d'éclat ; fait prisonnier, il meurt entouré d'amour en s'en remettant à l'histoire et en prononçant ces mots : « Air céleste… Liberté ! liberté !… » La pièce de Goethe se voulait shakespearienne et anticlassique. Une telle ambition se retrouve bien sûr dans *Le Diable et le Bon Dieu* ; mais on voit que, pour le reste, la pièce de 1951 ne ressemble que superficiellement à *Gœtz de Berlichingen*. Malgré son exubérance, elle paraît bien sobre face à celui-ci ; elle est surtout beaucoup plus sombre. Le drame de Goethe n'était pas d'abord une pièce philosophique, théologique ou politique ; celui de Sartre noue les trois perspectives dans une réflexion prioritairement psychologique et morale, pour poser de façon générale la question du rapport aux valeurs. C'est pourtant bien dans le *Sturm und Drang* et le romantisme allemands que *Le Diable et le Bon Dieu* semble fonder sa problématique première, la confrontation entre les valeurs abstraites et les exigences concrètes de l'action juste. Par son traitement complexe et sans casuistique de la question morale, la pièce rappelle par exemple le *Michael Kohlhaas* de Kleist (1808 ; dans l'Allemagne de la Réforme, un riche marchand devient criminel par amour de la justice) ; par sa tonalité et nombre de ses filigranes thématiques, elle fait penser aux *Brigands* de Schiller (1781 ; un jeune homme dévoyé mais bon veut se repentir ; son repentir n'étant pas accepté il devient malandrin puis brigand justicier).

Bien sûr, allemande, la pièce l'est d'abord par son matériel dramatique et son décor. Sartre a partagé avec l'Allemagne éclairée et romantique une fascination pour Luther et le sentiment que la Réforme a précipité l'histoire et fait apparaître la conscience d'une nation[1]. Goethe s'inspirait librement des mémoires du vrai Gœtz von Berlichingen, Sartre puise dans des sources autrement plus sûres et tente de reconstituer, dans sa complexité, un équivalent de la situation historique de 1525 : conflits d'intérêts entre pouvoirs d'ordre et de nature différents (clergé, villes en mal de liberté, bourgeoisie, aristocratie…), effervescence idéologique (millénarisme, utopisme, protocommunisme…). Certes, le résultat final est un simple *analogon* et non une transposition de la situation historique : aucune vraie référence n'est faite à l'Empereur par exemple (que servait le Gœtz historique) ; et si Nasty représente bien l'anarchisme anabaptiste, aucun discours ne reprend vraiment les positions luthériennes. Les grands mots d'ordre théologiques de la Réforme (*sola fide ; sola scriptura*…) ne sont même pas évoqués dans la pièce.

1. On notera que, par ce qui semble un pur hasard, Cocteau prenait au même moment que Sartre l'Allemagne de 1520 pour cadre de sa pièce *Bacchus* (1951).

Le premier projet de Sartre, pourtant, avait un ancrage historique très net : il s'agissait d'étudier l'articulation entre réforme morale et réforme sociale, à partir d'un cas historique : la réaction de Luther face à la guerre des Paysans dans les années 1520. Toutes ses lectures préparatoires montrent comment ce projet a progressivement trouvé son centre : sans doute est-il parti d'un ouvrage général qui venait de paraître, l'*Histoire des sectes chrétiennes* par Gustave Welter, s'est-il lancé dans la biographie de Luther par Lucien Febvre, puis a-t-il lu de près *La Guerre des paysans* de Friedrich Engels[1]. Les notes prises par Sartre permettent ainsi de dégager les problématiques qu'il entendait privilégier dans *Le Diable et le Bon Dieu* et d'évaluer à leur lumière l'état dernier du texte. De Welter, Sartre a retenu deux choses : un débat théologique, l'opposition entre marcionisme et arianisme, dont on trouve de nombreuses traces dans les avant-textes[2], et presque rien dans le texte de juin 1951 ; une réflexion sur la signification sociale des mouvements religieux qui ont secoué l'Occident entre le XIVe et le XVIIe siècle (Savonarole, lollards anglais, hussites tchèques…), et tout particulièrement sur la question de l'anabaptisme (Nasty démarque très nettement le Thomas Münzer historique, le siège de Worms celui de Münster dont Welter fait une fort belle description, etc.[3]). Sartre prit aussi deux salves de notes sur le livre de Lucien Febvre : les unes sur la doctrine luthérienne du mal et du péché, les autres sur la guerre des Paysans et surtout sur le rapport doctrinal entre Luther et Münzer ; elles inspireront fortement les dialogues entre Gœtz et Nasty. C'est aussi chez Febvre que Sartre a découvert l'épisode historique de la vente des indulgences par le dominicain Johannes Tetzel, qu'il transposera à la scène II du tableau V. Chez Engels, Sartre néglige tout le panorama historique du début de l'ouvrage, ainsi que le détail des guerres à la fin du livre ; il se concentre à nouveau sur ce qui peut être mis en répliques dans son drame, s'intéresse encore à la modération bourgeoise de Luther contre la violence plébéienne de Münzer, mais surtout au dilemme moral de la petite noblesse allemande, incapable de se résoudre au moindre compromis avec une paysannerie qui l'aiderait à se débarrasser des princes et à renforcer le pouvoir impérial au bénéfice de tous. Omniprésent dans la première rédaction de la pièce autour du personnage de Dosia, le drame de la noblesse allemande s'efface de la rédaction définitive. Chez Engels, enfin, Sartre a trouvé quelques idées dramatiques, comme le thème du prêtre-traître.

Certains commentateurs ont avancé que Sartre avait pu faire d'autres lectures pour la pièce, comme les *Propos de table* de Luther, ou encore *Les*

1. Respectivement Gustave Welter, *Histoire des sectes chrétiennes, des origines à nos jours*, Payot, 1950 ; Lucien Febvre, *Un destin : Martin Luther* (1928 ; Sartre a utilisé l'édition de 1945, publiée aux P.U.F.) ; Friedrich Engels, *Der deutsche Bauernkrieg*, 1850 (Sartre a lu *La Guerre des paysans en Allemagne* dans la traduction de Bracke, publiée, en annexe à *La Campagne constitutionnelle*, à Paris chez Alfred Costes en 1936). Les notes sur ces textes se trouvent disséminées dans les derniers feuillets de *ms. 1*.

2. Dans la toute première rédaction de la pièce (*ms. 1 bis*, ff^os^ 12-13 ; voir p. 513), Nasty incarne l'arianisme, Dosia le marcionisme : le premier affirme la non-consubstantialité du Christ et du Père (ce que Sartre semble interpréter comme le fait que le Christ soit homme parmi les hommes), la seconde refuse d'admettre l'humanité du Christ, selon le principe que Gustave Welter résume ainsi : « Le corps de Jésus n'est qu'apparent, le Saint-Esprit n'est pas passé par Marie, le Christ est apparu brusquement en Judée sans être né ni avoir grandi » (*Histoire des sectes chrétiennes*, p. 40).

3. Voir n. 4, p. 379.

Origines du communisme, judaïques, chrétiennes, grecques, latines de Gérard Walter (1931) ; mais le texte et les avant-textes de la pièce ne permettent pas de confirmer ces hypothèses. On trouve trace en revanche d'une lecture purement ponctuelle : Sartre a en effet relevé quatre numéros de page du volume II de l'énorme synthèse de Johannes Janssen, *L'Allemagne et la Réforme*[1] : l'une de ces pages concerne la conception luthérienne de la liberté, une autre la théorie non sacramentelle du mariage, les deux dernières la doctrine luthérienne du mal et du péché. Sartre paraît s'être arrêté à l'une des propositions mises au débat par Luther vers 1515 sur la nature pécheresse de l'homme : « La vérité, c'est que l'homme, n'étant qu'une souche pourrie, ne peut produire que corruption, ne peut vouloir et faire que le mal » ; c'est ce pessimisme que Heinrich revendique superbement à la scène VI du tableau III. De toutes ces lectures, deux thèmes émergent : le premier très nettement, c'est la formulation religieuse de la révolte sociale et la solution anabaptiste ; le second, de façon plus complexe, c'est la question du mal. L'un sera développé dans le débat entre Gœtz et Nasty ; l'autre dans la confrontation entre Gœtz et Heinrich ; mais le déséquilibre s'inverse : au fur et à mesure que Sartre avance dans la rédaction, la question morale gagne du terrain sur son articulation sociale, et l'évaluation politique des valeurs laisse plus de place à son évaluation psychologique et éthique.

Pour autant, *Le Diable et le Bon Dieu* a moins à voir que son auteur a pu le dire avec le drame religieux sous toutes ses formes. Certes, Sartre a en quelque sorte « linéarisé » la relation du personnage aux valeurs : la structure du dilemme organisait dramatiquement toutes les pièces précédentes (*La Putain respectueuse*, *Morts sans sépulture*, *Les Mains sales*), elle disparaît ici ; le personnage ne se demande pas s'il agira selon son intérêt ou sa conscience, mais suit d'abord l'un plus l'autre, des contrepoints de toute sorte étant offerts par des voix tierces. Toutefois cette structure n'est pas hiérarchique comme dans la *comedia de santos*, elle est dialectique comme dans le drame ou le récit moral allemands : la seconde partie n'a pas vocation à effacer la première, mais à introduire une contradiction permettant la synthèse. C'est au seuil de cette synthèse que *Le Diable et le Bon Dieu* s'arrête[2].

Pièce philosophique ou psychanalyse existentielle ?

Il est ainsi certain qu'en se lançant dans une pièce historique Sartre a voulu en quelque sorte « dépayser » ses problématiques pour en vérifier la pertinence. On est d'ailleurs frappé de retrouver en ce début du XVIe siècle allemand des configurations de personnages rencontrées ailleurs chez Sartre, dans des contextes tout autres. Si l'on tire un fil, tout

1. Johannes Janssen, *L'Allemagne et la Réforme*, E. Paris trad., Plon-Nourrit, 9 vol., 1889-1914. Sartre a relevé les pages 75, 76, 82 et 115 du volume II : *L'Allemagne depuis le commencement de la guerre politique et religieuse jusqu'à la fin de la révolution sociale (1525)*, 1889.

2. Sartre semblera regretter sa naïveté optimiste en 1959 : « Jusqu'alors, j'avais fait des pièces avec des héros et des conclusions qui, d'une manière ou d'une autre, supprimaient les contradictions. C'est le cas du *Diable et le Bon Dieu*. […] Si un héros à la fin se réconcilie avec lui-même, le public qui le regarde faire — dans la pièce — risque aussi de se réconcilier avec ses interrogations, avec les questions non résolues » (*France nouvelle*, 17 septembre ; *Un théâtre de situations*, p. 366). Ce regret n'empêchera pas que *Le Diable et le Bon Dieu* demeure la « pièce préférée » de son auteur (*La Cérémonie des adieux*, p. 241-242).

vient : Heinrich fait de toute évidence songer au Daniel des *Chemins de la liberté* (1945-1949), hanté lui aussi jusqu'à la folie par la culpabilité et le besoin de trahir ; Nasty cumule les figures militantes et rigoureuses de Brunet et de Gomez ; dans le rôle du bel homme de trente-cinq ans, on ne trouve plus Mathieu mais Gœtz, affublé comme le premier d'un frère aîné (Jacques ou Conrad), qui a gardé toute la légitimité sociale de la fratrie, etc. *Le Diable et le Bon Dieu*, c'est un peu *Les Chemins* au bal masqué. Et au bout du compte, la question qui catalyse ces deux textes — que dois-je faire ? — est identique, quand bien même elle est envisagée sur des modes et avec des enjeux bien différents. Le bond dans le collectif comme salut paradoxal de l'individu, c'est encore la solution que proposent les deux œuvres, et, dans les deux cas, c'est l'expérience de la guerre qui doit le rendre possible.

Le Diable et le Bon Dieu n'est donc qu'une étape dans le parcours moral de Sartre, mais c'est une étape majeure. Sans doute serait-il dangereux de l'évaluer rétrospectivement, à la lumière du tournant politique qui sera bientôt celui du philosophe ; dangereux aussi d'y lire une sorte de morale provisoire entre celle qu'annonce *L'Être et le Néant* (1943) et celle que ne sera pas *Critique de la raison dialectique* (1960). Mais il est le point culminant de ce parcours philosophique qui commençait avec *L'Âge de raison* (1945). Non qu'il s'agisse pour Sartre de refonder les valeurs, mais bien de mettre au point une éthique sans garanties transcendantes, qu'il s'agisse d'un Dieu, ou même de l'humanité conçue comme un abstrait ; ce qu'il faut, c'est construire une morale de la situation et de l'altérité qui permette une sortie du solipsisme sans engluement dans des valeurs dressées en absolus. Cette éthique, Sartre a longtemps travaillé à en fournir une version développée, puis a dû renoncer à l'ambition d'écrire la « morale existentialiste » qu'annonçait la conclusion de *L'Être et le Néant.* Des notes de 1947-1948 rassemblées plus tard dans les *Cahiers pour une morale*, nous savons cependant qu'il s'agissait d'établir une heuristique, c'est-à-dire une méthodologie permettant d'évaluer en situation l'action « authentique », celle qui — débarrassée de tout recours à l'absolu — prend acte à la fois de la liberté des sujets et des exigences de la situation. *Le Diable et le Bon Dieu* n'est cependant pas une « étude de cas », comme celles qui constituent l'essentiel des *Cahiers pour une morale.* Comme le *Saint Genet*, elle se présente plutôt comme une psychologie de l'être libre confronté à des valeurs posées comme absolues et parvenant à sortir de l'aliénation par la revendication de sa contingence. Mais les deux bases du débat — la question de l'action, comme ajustement entre la liberté du sujet et les exigences du monde ; la question de la communication, comme sortie du solipsisme sans renoncement à la position centrale de l'individu — sont celles autour desquelles se sont toujours organisées les tentatives de morale existentialiste. Ainsi, c'est peut-être dans les textes moraux de Simone de Beauvoir, plus encore que dans le massif des *Cahiers*, que l'on trouve les formulations les plus proches du projet tenté dans *Le Diable et le Bon Dieu.* Dès *Pyrrhus et Cinéas*, en 1944, Beauvoir posait clairement la question de la sortie d'une éthique des valeurs à garantie divine et mettait en garde contre un humanisme qui consisterait à refonder des absolus : c'est en situation et face à autrui que la valeur de mon acte doit recevoir sa pertinence, si je veux concilier liberté et éthique. En 1947, dans *Pour une morale de l'ambiguïté*, cette éthique de l'authenticité et de la situation s'enrichissait de la thématique sartrienne du

« salut » : « C'est parce que la condition de l'homme est ambiguë qu'à travers l'échec et le scandale il cherche à sauver son existence. Ainsi, dire que l'action doit être vécue dans sa vérité, c'est-à-dire dans la conscience des antinomies qu'elle comporte, cela ne signifie pas qu'on doive y renoncer[1]. »

Ce qui intéresse Sartre en ce début des années 1950, c'est donc la psychologie morale au moins autant que l'éthique pour elle-même. Brasseur s'étonnait du fait que Sartre « n'était pas capable de [lui] dire si Gœtz était vraiment bon dans la deuxième partie[2] » ; assurément, posée dans les termes choisis par Brasseur, la question était sans pertinence. Mais la pièce est-elle si ambiguë ? Les derniers mots de l'acte II — surtout dans la version parue dans *Les Temps modernes*[3] — disent explicitement que Gœtz n'agit pas par pure bonté d'âme ; mais c'est pour devenir bon, et non pour donner le change, qu'il joue la comédie de la sainteté[4]. Il faudra encore un acte pour qu'il renonce à l'ambition du bien, adopte une morale de la situation et parvienne à sortir du solipsisme. Ainsi a-t-on souvent rapproché *Le Diable et le Bon Dieu* d'un texte bref rédigé quelques mois plus tôt, la préface à *Portrait de l'aventurier* de Roger Stéphane. Sartre y oppose l'engagement du « militant », nécessité produite par les circonstances impersonnelles de l'oppression subie, et l'engagement de l'« aventurier », issu de sphères sociales plus élevées et animé par des « raisons personnelles » opaques, qui font de lui un être radicalement séparé des autres. Le seul moyen dont dispose le second pour rejoindre les autres hommes, c'est l'« action » : celle-ci n'est pour le « militant » qu'un moyen d'atteindre une fin définie par le groupe et constitue de ce fait une entreprise positive qui le protège de la crainte de la mort ; pour l'« aventurier » en revanche, l'action est une fin en soi : il s'agit de se sauver en se justifiant, de conserver son individualité et sa différence tout en se réconciliant avec les hommes. Le projet de l'aventurier est ainsi habité par la négativité : son but fondamental est le sacrifice, qui consiste à rendre les militants témoins de sa propre mort, seul horizon de communication possible pour un homme isolé participant à une entreprise collective — la révolution — qui vise à fonder une société dont il sera exclu. Tel est du moins son projet lorsqu'il se fourvoie, et ce sera là tout le drame de Gœtz au long du troisième acte et le sens de son impossible

1. Simone de Beauvoir, *Pour une morale de l'ambiguïté*, Gallimard, 1947, p. 180. Dans un ouvrage paru au même moment, *Le Problème moral et la Pensée de Sartre* (Éditions du Myrte, 1947 ; Le Seuil, 1965), Francis Jeanson montrait aussi que la morale de Sartre reposait sur l'appréhension de l'ambiguïté et non de l'absurde de la situation humaine ; certaines de ses analyses des *Chemins de la liberté* seraient fort pertinentes pour envisager *Le Diable et le Bon Dieu*. Il est certain que ces formulations convergentes de la morale impliquée par *L'Être et le Néant* ont confirmé les intuitions personnelles de Sartre.

2. « Ma petite cervelle d'acteur m'avait soufflé que Gœtz jouait la bonté puisqu'il avait triché pour la faire. Alors, je l'ai joué avec un léger clin d'œil pour prouver qu'il n'était pas dupe de sa décision. Il en devenait malheureux. [...] Résultat, je me suis fait engueuler par la presse qui aurait préféré me voir devenir bon (solution facile et même enfantine). [...] Jouvet, qui avait mis *Le Diable et le Bon Dieu* en scène, et que je connaissais depuis longtemps (que j'aimais comme acteur et comme homme) a été incapable de me donner une précision valable. Devant l'indécision de Sartre, il n'osait pas prendre de responsabilité » (*Ma vie en vrac*, Calmann-Lévy, 1972, p. 317-318).

3. Voir var. *b*, p. 461.

4. Cette idée est acquise dès les premières notes sur le personnage : « Il est persuadé qu'il est *déjà damné* (pour la trahison de son frère) et qu'il fait le Bien gratuitement » (*ms. 1*, f° 3).

demande : être un militant parmi les autres, être « n'importe qui ». La pièce montre qu'une telle ambition est sans pertinence et rejoint ainsi la conclusion du texte de 1950 : « [...] après avoir applaudi à la victoire du militant, c'est l'aventurier que je suivrai dans sa solitude. Il a vécu jusqu'au bout une condition *impossible* : fuyant et cherchant la solitude, vivant pour mourir et mourant pour vivre, convaincu de la vanité de l'action et de sa nécessité, tentant de justifier son entreprise en lui assignant un but auquel il ne croyait pas, recherchant la totale objectivité du résultat pour la diluer dans une absolue subjectivité, voulant l'échec qu'il refusait, refusant la victoire qu'il souhaitait, voulant construire sa vie comme un destin et ne se plaisant qu'aux moments infinitésimaux qui séparent la vie de la mort. Aucune solution de ces antinomies, aucune synthèse de ces contradictoires. Abandonné à lui-même, chaque couple se déferait, les deux termes tombant chacun de son côté, ou s'anéantirait, les deux termes s'annulant l'un l'autre. Pourtant, au prix d'une tension insupportable, cet homme les a maintenus ensemble et tous à la fois dans leur incompatibilité même ; il a été la conscience permanente de cette incompatibilité[1]. »

Tout tient en une formule : « [...] je maintiens que le but ne doit pas être de supprimer le Mal mais de le conserver dans le Bien[2]. » On voit clairement dans ce texte que la morale n'est plus la mesure de l'action et que l'éthique que Sartre promeut ne se confond pas avec un système de valeurs. Le salut de Gœtz, c'est l'acceptation d'une formulation de la morale comme une série de « tourniquets » : « Je leur ferai horreur puisque je n'ai pas d'autre manière de les aimer, je leur donnerai des ordres, puisque je n'ai pas d'autre manière d'obéir, je resterai seul avec ce ciel vide au-dessus de ma tête, puisque je n'ai pas d'autre manière d'être avec tous[3] » ; cette presque dernière réplique de la pièce marque le retour aux formules paradoxales qui caractérisaient les premières paroles du personnage, mais les dépasse en les toilettant de toute mauvaise foi[4].

Ainsi, parallèlement au drame moral de Gœtz, la pièce se fait épopée politique. Pierre Verstraeten a justement montré que les quatre heures de la pièce mettaient en attente la rencontre de l'aventurier et du militant, de Gœtz et de Nasty. Submergé par la situation, ce dernier est incapable de passer à la pratique (il ne cesse d'ailleurs de la remettre à « dans sept ans ») ; il s'efface donc devant un Gœtz que sa fréquentation de la souffrance, de la solitude et du mal rend désormais capable de synthèse[5]. En cela, la pièce rejoint les problématiques des *Mains sales*. Sartre insista d'ailleurs sur ce point en 1951, dans son prière d'insérer : « Cette pièce peut passer pour un complément, une suite aux *Mains sales* [...][6]. » Une suite aux *Mains sales* ? La formule étonne ; elle est pertinente si l'on considère que Gœtz achève un parcours dans lequel Hugo restait bloqué. Mais est-ce vraiment à Hugo que pense le spectateur du *Diable et le Bon Dieu* ? N'est-ce pas, plus simplement, à Hoederer ? Dès lors, ce sont *Les*

1. « Portrait de l'aventurier », 1950 ; *Situations, VI*, Gallimard, 1964, p. 20-21.
2. *Ibid.*, p. 21-22.
3. P. 501. Voir aussi n. 18, p. 397.
4. Voir l'interview donnée à Marcel Péju, *Samedi-Soir*, 2-8 juin 1951 ; *Un théâtre de situations*, p. 315-316.
5. Voir Pierre Verstraeten, *Violence et éthique*, Gallimard, 1972, p. 115.
6. Voir Autour du *Diable et le Bon Dieu*, p. 546, et la notule, p. 1446.

Mains sales qui sont la suite du *Diable* : « Hoederer, c'est Gœtz ayant dépassé le moment, théâtral, héroïque de sa conversion à l'humain ; ou, peut-être, n'ayant jamais eu à s'y convertir. Son éthique est résolument celle de la *praxis*[1] », l'analyse de Francis Jeanson est restée fameuse : l'homme engagé est l'heureuse synthèse du militant et de l'aventurier. Pierre Verstraeten lui a fait écho en déplaçant légèrement la perspective : « Le personnage dialecticien que nous présente Hoederer est donné de façon immédiate, tandis que l'histoire de Gœtz nous montre l'expérience concrète apportant un fondement à cette vision dialectique [...] Hoederer représente Gœtz tel qu'il devient après la pièce, mais [...] il était essentiel de nous montrer le devenir-dialecticien de Hoederer, c'est-à-dire l'histoire de Hoederer avant le début des *Mains sales*[2]. »

Tout cela confirme l'intuition donnée plus haut : dans *Le Diable et le Bon Dieu*, il n'est pas question de morale, mais bien de psychologie morale. La démarche de Sartre est régressive, non pas anachronique mais archéologique : *Le Diable et le Bon Dieu* apparaît comme une étape entre *Les Mains sales* et *Saint Genet, comédien et martyr*. Hoederer, c'était Gœtz « après la pièce » ; Genet, ce sera Gœtz « avant la pièce ». On le sait, toute la première partie du drame fait largement écho aux thèmes que Sartre met au jour dans ce *Saint Genet* auquel il travaille concurremment et qui devait être publié un an après la pièce, bien que des fragments eussent commencé à paraître en revue dès 1950. On connaît l'hypothèse centrale du livre de 1952 : en choisissant d'être ce que les autres ont fait de lui, Genet trouve le moyen de donner une nouvelle assise à sa liberté et modifie le sens même de ce qui s'impose à lui du dehors. Cette problématique n'est pas au cœur de la pièce de 1951, mais elle se donne à lire dans tout le premier acte : il s'agit pour Gœtz aussi de choisir son passé, c'est-à-dire d'investir d'un sens nouveau ce qui lui est donné comme une nature indépassable : sa bâtardise. Bien que la comparaison avec le *Saint Genet* ne puisse rendre compte de la totalité du *Diable et le Bon Dieu*, on ne peut qu'être frappé par le nombre des fils thématiques communs aux deux œuvres : la sainteté dans le mal, la fuite dans l'imaginaire, la liberté comme synthèse et dépassement du bien et du mal, etc. Mais, surtout, l'assomption de la bâtardise dans la trahison qui est au cœur du débat entre Gœtz et Heinrich renvoie à la morale du « qui perd gagne » du *Saint Genet*[3] : enfants sans légitimité, Gœtz et Genet choisiront la traîtrise non seulement comme moyen de gérer leur exclusion, mais encore comme compromis paradoxal pour se trouver une place et un rôle dans l'univers social qui les exclut (c'est parce qu'il refuse ce compromis que Heinrich se perd). Ainsi construites, les deux personnalités appellent chez Sartre le même baroquisme (le monde est un théâtre ; Genet est un histrion, Gœtz un bouffon), la même splendeur stylistique, les mêmes déploiements métaphoriques. Mais, si Gœtz va moins loin que Hoederer, il va plus loin que Genet : il brise la subordination du faire à l'être, sort du stade esthétique où celui-ci se complaît, parvient à passer le stade éthique sans en rester prisonnier et aboutit au stade politique, comme Sartre lui-même.

1. Francis Jeanson, *Sartre par lui-même*, Le Seuil, 1955, p. 167.
2. P. Verstraeten, *Violence et éthique*, p. 117, note.
3. Voir n. 18, p. 397.

Gœtz, un héros de notre temps ?

Sartre, disions-nous, a voulu dépayser ses problématiques, il a aussi voulu dépayser celles de son temps. Avant même que la pièce ne fût écrite, *Le Figaro littéraire* croyait savoir que : « Une chose est certaine, c'est que bien des répliques du *Diable et le Bon Dieu* auront quelques rapports avec la plus brûlante actualité » (6 janvier 1951). Sartre devait le confirmer à diverses reprises : « cette période m'a semblé suggestive pour notre époque[1] », et chercher à évacuer la lecture religieuse de la pièce. Ainsi, déclara-t-il, c'est parce qu'au début du XVIe siècle les luttes sociales s'expriment forcément en termes religieux que cette thématique est si présente dans la pièce : « [...] ces attitudes sont brouillées par rapport à nous, il importe de le noter, en raison des conditions particulières au XVIe siècle, et que j'ai voulu respecter. Tous les personnages, notamment, se meuvent dans une atmosphère religieuse. Le chemin que suit Gœtz est un chemin de la liberté : il mène de la croyance en Dieu à l'athéisme, d'une morale abstraite, sans lieu ni date, à un engagement concret. Un autre personnage, à côté de lui, Nasty, serait le révolutionnaire. Mais, parce qu'il vit au XVIe siècle, il a une dimension religieuse. Aussi se dit-il prophète ; en d'autres temps, il eût fondé un parti politique. / Ce qui m'a frappé, quand j'étudiais la Réforme, c'est qu'il n'y a pas d'hérésie religieuse dont la clé ne soit en définitive un malaise social, mais qui se traduit à travers des idéologies propres à l'époque[2]. » En aucun cas, donc, *Le Diable et le Bon Dieu* ne serait ce manifeste athée que certains voudraient y voir : « Une chose que je voudrais souligner, parce qu'on a déjà dit des bêtises là-dessus : je n'ai jamais voulu démontrer que Dieu n'existait pas. Certes je suis athée, mais un philosophe, s'il veut prouver que Dieu n'existe pas, écrit un essai — pas une pièce qui ne prouvera jamais rien[3]. »

De telles déclarations il faut assurément prendre acte, mais sans négliger l'interprétation qui fut celle des premiers spectateurs. *Le Diable et le Bon Dieu* fut en effet reçu comme la réponse de Sartre — cet « athée providentiel » selon Mauriac[4] — à l'inquiétude de son temps et à diverses évolutions récentes de l'Église catholique : multiplication des prêtres-ouvriers (depuis 1945), renouvellement des études théologiques et interrogation sur le mal après la Deuxième Guerre mondiale (1948)[5], condamnation par le Saint-Office du communisme et des catholiques

1. Entretien au *Monde*, 31 mai 1951.
2. Entretien à *Samedi-Soir*, 2-8 juin 1951 ; *Un théâtre de situations*, p. 315.
3. *L'Observateur*, 31 mai 1951. François Périer sembla pourtant voir dans cette question une des raisons de l'« échec » de Jouvet : « Quand Jouvet a monté *Le Diable et le Bon Dieu*, je lui ai demandé pourquoi il avait accepté ce texte d'un athéisme militant qui n'était pas de nature à le séduire, au moment où il était aux prises avec une véritable crise mystique. Il m'a juste répondu, avec son air le plus pincé : " On ne refuse pas une pièce de Sartre ", ce qui ne voulait pas dire grand-chose. Sa mise en scène, quoique scrupuleuse, devait d'ailleurs rester à côté de la pièce. Sartre en fut déçu, même s'il ne devait jamais l'admettre. Il attendait de Jouvet, avec sa science du théâtre, quelque chose de plus. Leur rencontre, au fond, n'a jamais eu lieu, car ils n'étaient pas faits l'un pour l'autre » (*Profession menteur*, Le Pré aux clercs, 1990, p. 177).
4. Voir le Dossier de réception du *Diable et le Bon Dieu*, p. 1424.
5. En 1948, *Le mal est parmi nous* paraît chez Plon avec des contributions de Paul Claudel, Jacques Maritain, Henri Gouhier, Maurice de Gandillac, Gabriel Marcel.

favorables à cette doctrine (juillet 1949), proclamation d'une indulgence plénière par Pie XII à l'occasion de l'année jubilaire 1950 (décembre 1949), raidissement doctrinal de Rome (proclamation du dogme de l'assomption de la Vierge en novembre 1950). En août 1950, l'encyclique *Humani generis* avait tonné contre les existentialistes. Or, on le sait, de tous les genres littéraires, le théâtre seul maintenait en France une forte tradition de problématisation religieuse. Quel que soit le traitement reçu — apologétique ou blasphématoire —, les sujets religieux, les personnages de prêtres, les décors avec crucifix faisaient encore recette sur les scènes parisiennes (Armand Salacrou, Michel de Ghelderode, Roger Vailland, Raymond Hermentier...). Sans aucun doute, on l'a vu, Sartre se voulait un anti-Claudel ; mais la seule pièce dont il trouvât justifié de rapprocher *Le Diable et le Bon Dieu*, ce fut le *Malatesta* de Montherlant : « *Malatesta* ? Si vous voulez. Mais Malatesta est plus ambigu. Il joue constamment entre le Bien et le Mal, tandis que mon Gœtz change carrément et, croit-il, définitivement. En réalité (et c'est un des principaux aspects de ma pièce), tant qu'il n'a pas admis la mort de Dieu il reste semblable à lui-même[1]. » Publié en 1948, *Malatesta* avait été monté en décembre 1950 au théâtre Marigny. Sartre, qui ne l'aima guère, fut sans doute troublé par ce condottiere érudit et volage, hésitant entre érémitisme et esthétisme, tour à tour rebelle et jouet du pape ; mais il en avait fini depuis longtemps avec l'obsession de la gloire qui hante Montherlant et son personnage. L'Allemagne de la Réforme du *Diable et le Bon Dieu* ne ressemble en rien à la Renaissance italienne que met en scène *Malatesta*, et de toute façon, pour Sartre comme pour Montherlant, le théâtre eut toujours à voir avec le protocole religieux, et la cérémonie scénique sembla toujours convoquer chez lui (*Bariona*, *Huis clos*, *Le Pari*...) des thématiques, un discours, des postures qu'ignore totalement son œuvre romanesque.

Pourtant, si l'on en croit l'auteur, *Le Diable et le Bon Dieu*, sous ses dehors religieux, serait d'abord une pièce politique. L'Allemagne de la Réforme lui aurait fourni une sorte d'équivalent historique pour parler de son temps, de ses peurs, du sentiment général que le monde bascule. Déjà en 1944, dans un scénario à thématique fantastique rédigé pour Pathé, *La Grande Peur*, Sartre brodait sur le thème de la fin du monde et de ce que d'aucuns interprétaient déjà comme un signe avant-coureur : les désordres sociaux. Or, l'auteur y insista souvent, la pièce de 1951 est « avant tout une pièce de foules[2] » ; les positions individuelles y articulent autant de positions collectives. Derrière la guerre des Paysans de 1525 se donnent donc à lire les crises de l'après-guerre : agitation sociale en France, conflits de la décolonisation, etc., sur fond de crainte généralisée (apparition d'un monde bipolaire, obsession atomique, fantasmes d'une invasion soviétique...). La fin de la féodalité que la pièce suggère (opposition de la grande et de la petite noblesse, du haut et du bas clergé, des bourgeois et des paysans...) permet de réfléchir sur la place de l'action dans un monde en gestation d'un autre monde et sur les dou-

1. Réponse à Claudine Chonez dans *L'Observateur*, 31 mai 1951. Dans le même entretien, Sartre affirme qu'est purement fortuit le lien qui unit sa pièce avec le tout récent *Clérambard* de Marcel Aymé (dans cette comédie de 1950, un comte très violent se convertit après que saint François lui est apparu ; il met alors sa véhémence au service d'un apostolat chrétien).

2. *Le Monde*, 31 mai 1951.

leurs de l'enfantement. Le premier existentialisme sartrien visait à fonder une morale pratique à horizon politique ; il s'agit désormais d'en penser précisément les modalités et notamment de mieux articuler la liberté et l'histoire. À la lumière d'événements récents, Sartre en est ainsi venu à la certitude que ces deux notions ne sont pas nécessairement contradictoires : « C'est cette sourde certitude que le schisme yougoslave confirmera, rendant possible *Le Diable et le Bon Dieu* : la dialectique dorénavant était non seulement *possible* théoriquement mais *réelle*. Gœtz, c'est Sartre lui-même capable de répondre aux communistes et d'assigner à leur pratique ses propres exigences existentielles dans la mesure où l'étroite dogmatique communiste est en train d'éclater. L'autoritarisme bureaucratique est battu en brèche : la subjectivité des masses a été étouffée, elle exige d'être réintégrée dans la pratique révolutionnaire. Le schisme yougoslave consacre et figure cette exigence : en lui le totalitarisme communiste se trouve contesté de l'intérieur, la subjectivité sourd sous l'objectivité, révélant la liberté à l'œuvre ; c'est une trahison qui ne se dissout pas dans le non-être du Mal comme celles des grands " traîtres objectifs ", mais qui se transforme en une lancinante négativité entamant la certitude soviétique[1]. » Que la liberté ait vocation à être le moteur de l'histoire, voilà ce que la pièce proclame.

On le comprend donc, *Le Diable et le Bon Dieu* ne vise pas — en choquant le public conservateur — à retrouver les bonnes grâces des communistes après les heurts des *Mains sales* ; la presse de gauche ne sut d'ailleurs comment lire le drame de 1951. Mais Sartre a aussi découvert que la violence pouvait être parfois le seul instrument dont dispose la liberté. En cela, la pièce est bien une étape dans un parcours intellectuel et militant qui le mènera à se rapprocher du parti communiste en 1952 et à esquisser son autocritique dans *Les Mots*. La « conversion » de Gœtz annoncerait ainsi celle de Sartre au sortir d'une période de doute sur le politique, après l'échec du Rassemblement démocratique révolutionnaire (il en démissionne en octobre 1949). Mais — nous l'avons dit — l'analyse rétrospective vaut ce qu'elle vaut : la pièce ne faisait qu'inaugurer cette réflexion sur le rôle de la violence dans l'histoire qui occupera Sartre tout au long des années 1950. Mieux, *Le Diable et le Bon Dieu* fut écrit au cours de l'intermède de 1950 à 1952 où, avec le déclenchement de la guerre de Corée, Sartre « nage[a] dans l'incertitude[2] », entre un Merleau-Ponty dont il commence à s'éloigner et un Camus dont il se rapproche un peu. De ce point de vue, parmi toutes les pièces de Sartre, celle de 1951 est peut-être celle qui ressortit le moins au théâtre à thèse : s'arrêtant abruptement au moment même où Gœtz croit trouver une solution, elle reste ouverte à l'évaluation et à l'hypothèse. À en croire Simone de Beauvoir, cette solution était purement « esthétique ». Sartre, d'après elle, n'était pas dupe de lui-même, allant jusqu'à déclarer : « J'ai fait faire à Gœtz ce que je ne pouvais pas faire[3]. » Parmi toutes les pièces de Sartre encore, *Le Diable et le Bon Dieu* est celle dont le sens est le moins facile à stabiliser ; cette tâche était laissée aux metteurs en scène.

1. P. Verstraeten, *Violence et éthique*, p. 135-136. En 1950, Sartre avait réagi à la crise yougoslave dans une préface au *Communisme yougoslave* de Louis Dalmas, « Faux savants ou faux lièvres » (repris dans *Situations, VI*).
2. « Merleau-Ponty », *Situations, IV*, Gallimard, 1964, p. 240.
3. S. de Beauvoir, *La Force des choses*, p. 262.

Une solution esthétique : l'œuvre totale.

Alors que Sartre a d'abord considéré le théâtre comme un genre somme toute mineur, *Le Diable et le Bon Dieu* manifeste chez le dramaturge confirmé l'ambition de réaliser un chef-d'œuvre. A-t-il réussi ? Jouvet en doutait : « C'est un opéra qu'il eût fallu faire de ce machin-là. Avec un opéra on se fout pas mal du texte. La musique emporte tout et, façon de parler, par les oreilles on en met plein la vue. Wagner, tiens ! Voilà ce qu'il fallait, Wagner[1] ! » En l'état, la pièce ne peut que déconcerter le public ou les metteurs en scène : est-ce une pièce à voir ou une pièce à lire ? une pièce à message ou une œuvre ouverte ? On peut y voir aussi bien une énorme machine spectaculaire aux effets visuels programmés, qu'une intrigue construite avec rigueur et un texte rédigé avec brio, qui ne livre sa profondeur qu'à la lecture. Seul sans doute parmi les contemporains, Paul Ricœur prit la peine de comparer le sens que la pièce livre au spectateur et celui qu'elle propose au lecteur ; sur scène, la dimension religieuse l'emporte, il s'agit bien de confronter l'athéisme et la foi ; dans le texte, tout se complique : la question de la foi est reléguée dans les *realia* du théâtre historique et « la pointe de la pièce est éthique et politique[2] ». Alors que le spectateur est frappé par les formules, le lecteur retrouve les catégories propres de Sartre, la dramaturgie du regard et le drame de la mauvaise foi. Il faudra la deuxième mise en scène de la pièce, en 1968, pour que la presse cesse de voir dans *Le Diable et le Bon Dieu* quelque farce anticléricale et découvre que Sartre y esquissait le procès des utopies politiques et y confrontait diverses conceptions de l'action révolutionnaire : froide et planifiée selon Nasty, enragée et spontanée selon Karl.

Un telle différence dans la réception de la pièce ne s'explique pas seulement par le décalage historique, elle s'éclaire aussi par des choix de mise en scène. Ceux de Jouvet en 1951, au théâtre Antoine, relevaient du grand spectacle et misaient sur les performances individuelles des acteurs : Brasseur y était un superbe cabotin, les décors étaient grandioses, les costumes superbes[3]. Mais ce parti pris ne convenait pleinement qu'au premier acte et la deuxième moitié de la pièce décevait, par manque de rythme et de poésie. Cette grande machine tirait le drame vers cette psychomachie que le titre même de l'œuvre laissait attendre. La pièce, il est vrai, posait deux importants problèmes de transposition scénique. Le premier, c'est qu'elle ne ressortit pas dans sa totalité au même registre dramaturgique : la mise en scène du premier tableau — avec son utilisation « simultanéiste » des diverses parties de la scène, tour à tour éclairées — ne laisse pas présager que l'essentiel du drame sera dans les face-à-face. Le choix fait par Sartre, assez tardivement d'ailleurs, pour l'ouverture du *Diable et le Bon Dieu*, est très judicieux en ce qu'il permet d'exposer un monde et une situation dans leur complexité et de retarder le moment d'apparition du protagoniste, mais il crée des attentes visuelles auxquelles le reste de la pièce ne répond pas.

1. Cité par L. Lapara, dans *Dix ans avec Jouvet*, p. 276.
2. *Esprit*, novembre 1951 ; voir le Dossier de réception du *Diable et le Bon Dieu*, p. 1424-1425.
3. Sartre désapprouva ces costumes riches et fort peu réalistes (voir S. de Beauvoir, *Lettres à Nelson Algren*, p. 451 [28 mai 1951]).

Le second problème, c'est que l'œuvre d'art totale prévue par la dramaturgie n'est que difficilement compatible avec l'exposition d'une morale de l'ambiguïté et l'acceptation par un individu de la contingence de sa position historique et sociale.

C'est sans doute pour éviter ces pièges que la mise en scène de Georges Wilson de 1968 au Théâtre national populaire adopta des choix presque opposés à ceux de Jouvet, épurant — contre toute attente — le jeu des comédiens, misant sur une sobriété absolue, une rigueur, une sécheresse : décor nu, voix contenues, refus de tout « effet » dans la couleur, la lumière, des cris et des larmes. Plus d'un fut surpris de ne pas retrouver le drame historique et religieux dont il avait gardé le souvenir : avec la grandiloquence et le gigantesque, c'est Dieu lui-même qui avait été chassé de la scène ; il était mort avant même que le drame ne s'ouvrît. Cette fois, c'est bien le premier acte qui déconcerta, tandis que les suivants trouvaient le ton juste. Wilson avait mieux fait apparaître l'ambiguïté de la pièce, sa véritable portée, et la définition de l'engagement comme formule de compromis qu'elle soutient. Mais c'était déthéâtraliser la pièce, assassiner le Shakespeare qui ne sommeillait plus en Sartre.

C'est ce que comprit Daniel Mesguich en montant la pièce en 2001 au théâtre de l'Athénée-Louis Jouvet : « Je voudrais monter *Le Diable et le Bon Dieu* comme s'il avait été écrit par un Cervantès ou un Shakespeare français dans les années 1950 en France. » En faisant mine de trahir Sartre pour le rendre audible aux hommes de ce temps, il retrouvait l'auteur de *Kean* : « *Le Diable et le Bon Dieu* n'est plus, plus seulement, questionnement d'une morale existentielle, mais… du théâtre, c'est-à-dire un texte ouvert à tous les présents à venir. Et Gœtz, comme Richard III, comme Hamlet, va enfin vivre autrement que comme une marionnette à idées d'après-guerre[1]. » Sur la scène de l'Athénée, Gœtz frêle, mobile et dansant, paraît presque adolescent (et c'est peut-être ainsi que Sartre avait d'abord rêvé le rôle qu'il souhaitait au départ confier à Gérard Philipe) ; Nasty, mi-étudiant gauchiste mi-leader syndical, est moins péremptoire ; Catherine prend de la force, Hilda en perd. Plus encore que chez Wilson, la situation est délibérément dégagée du contexte historique de la fiction, les passages qui ancrent l'action dans le XVIe siècle sont supprimés ou réduits : pas de prophètes, pas de sorcière ; les anachronismes incitent à chercher une signification anhistorique à la pièce (l'archevêque écoute les informations à la radio, décroche son téléphone) ; localement apparaissent des images de la geste sartrienne : au huitième tableau, Gœtz harangue les paysans juché sur un tonneau ; au dixième, Nasty est entouré d'ouvriers de Billancourt… La presse salua unanimement le spectacle qui se joua à guichets fermés.

Or, Mesguich retrouvait une liberté qu'avaient déjà su prendre les metteurs en scène allemands du *Diable et le Bon Dieu*. Si la pièce ne connut pas le destin international de *Huis clos* ou de *La Putain respectueuse*, elle avait en effet trouvé outre-Rhin — n'était-ce pas une pièce allemande ? — d'excellents scénographes. Dès novembre 1951, elle avait été montée par Paul Rieder au National Theater de Manheim et par Karl Heinz Stroux au Deutsches Schauspielhaus de Hambourg puis à Berlin, avec un jeu sur les dialectes qui rappelait le *Gœtz* de Goethe. C'est par ces versions que la pièce avait d'ailleurs fini par gagner la reconnaissance de la presse

1. Extraits du programme signé par Daniel Mesguich.

française : « Il y a du Hitler et du Goering dans le Gœtz berlinois. Ne serait-ce pas le vrai visage de Gœtz, la véritable interprétation de la pièce[1] ? » C'est en allemand aussi que la pièce était d'abord revenue en France : la mise en scène de Hans Schalla pour le Schauspielhaus de Bochum en 1955 fut donnée l'année suivante à Paris. La critique fut fort bonne et préféra cette fois — selon Beauvoir — la seconde partie à la première. Mais Schalla n'avait pas hésité à condenser la pièce, alors que quatre ans plus tôt Jouvet n'avait obtenu que quelques coupes.

« Nous jouons devant des toiles peintes », la formule de Heinrich à la scène IV du tableau II ne résume assurément pas *Le Diable et le Bon Dieu.* Mais alors qu'elle serait fort difficile à insérer dans *Morts sans sépulture*, *La Putain respectueuse* ou *Les Mains sales*, on n'aurait aucun mal à la faire entendre dans chacune des pièces à venir (*Kean*, *Nekrassov*, *Les Séquestrés d'Altona*). En cela, *Le Diable et le Bon Dieu* marque bien un tournant dans la production théâtrale sartrienne d'après-guerre. Cette formule n'était-elle pas déjà pertinente dans la première *Passion* de Sartre ? Ainsi — et par bien d'autres points — *Le Diable et le Bon Dieu* rejoint paradoxalement son autre chef-d'œuvre dramatique, mais sa pièce la moins shakespearienne, *Huis clos.*

GENEVIÈVE IDT et GILLES PHILIPPE.

DOSSIER DE RÉCEPTION

La première eut lieu avant la générale, le 7 juin 1951 ; Simone de Beauvoir rapporte que « Daniel-Rops, qui voulait donner le ton, avait obtenu de Simone Berriau d'y assister, caché dans une baignoire, quatre jours avant la générale : dans *L'Aurore*, il la mit en charpie » (*La Force des choses*, 1963, p. 261). On le vérifiera dans cet extrait de l'article intitulé « Daniel-Rops face à Sartre : le blasphème dérisoire », paru dans *L'Aurore* du 9-10 juin :

> J'ai été déçu. Au cours des trois longs actes de *Le Diable et le Bon Dieu* — ah ! terriblement longs — je n'ai pour ainsi dire jamais eu la sensation que l'auteur de ces tirades, de ces formules frappées en série, était totalement engagé dans son œuvre, qu'il l'avait écrite avec son sang. Certes il y a des passages émouvants, des phrases qui éveillent en nous de profondes résonances, mais s'il fallait caractériser d'un mot cette œuvre aux prétentions immenses, le seul qui me paraîtrait juste serait celui de *gratuité.* [...] Le premier mérite d'une pièce à thèse n'est-il point de persuader ? Qui donc pourra-t-elle gagner à l'athéisme ? Qu'on pense à tels cris, à tels gestes de révolte contre Dieu qu'on trouve dans Dostoïevski, [...] et la pièce de Sartre paraîtra ce qu'elle est vraiment : un jeu d'école et non une œuvre de sang et de larmes — au total une parfaite production de ce type d'humanité qu'en maints passages elle condamne : un exemple de confort intellectuel.

1. Saül Colin, envoyé spécial de *Combat*, en septembre 1952. Il convient encore de signaler la mise en scène d'Alfreld Noller à Kiel en 1952. Parmi les quelques autres mises en scène européennes, on retiendra celle de Luigi Squarzinia à Gênes en 1962 ; le spectacle fut repris à Rome en 1963, avec les coupures imposées par la censure. Contrairement à Paris, la critique fut bonne, mais le public bouda la pièce (voir Raymond Millet, *Le Figaro*, 23 octobre 1963).

Après la générale du 11 juin, la pièce connut un grand succès, mais la presse lui fut souvent peu favorable. Plusieurs critiques cherchèrent à comprendre le drame et à passer sur quelques faiblesses (*Libération*, 13 juin 1951 ; *Arts*, 22 juin ; *Le Figaro littéraire*, 16 juin ; *L'Observateur*, 14 juin, etc.). Ainsi, Roger Nimier dans *Opéra*, le 13 juin :

> On ne l'a pas couronné, comme Voltaire, sur la scène, mais il fallait le faire, il faut le faire d'urgence. Les générations qui viennent paraissent si loin de ses préoccupations morales, si étrangères à sa politique, si « romantiques » au regard de son apparente sécheresse, qu'il convient de rendre justice à cette belle machine à penser, dont le ressort, par un phénomène curieux, fut un adolescent assoiffé de justice et plus émotif que ne le croient les sages bourgeois qui jugent le résultat et applaudissent en entendant des gros mots sur la scène.

Mais on jugea le plus souvent la pièce ennuyeuse, didactique et sans poésie, et cela indépendamment de l'orientation politique ou esthétique des critiques (*Le Parisien libéré*, 13 juin 1951 ; *Combat*, 13 juin et 29 juin, etc.). Voici ce qu'écrivait Thierry Maulnier dans la *Revue de Paris* de juillet :

> Anticommuniste par ses principes, Jean-Paul Sartre est antichrétien par toutes ses fibres. Sa pièce, qui est, on le sait, énorme par ses dimensions, et qui embrasse à peu près tous les thèmes principaux de la philosophie sartrienne, eût pu n'être qu'une longue, lourde et verbeuse démonstration professorale ; elle soutient l'intérêt du public, quatre heures durant, moins par ses vertus proprement dramatiques (qui sont contestables, sauf dans les trois premiers tableaux), que par son âpreté partisane, la passion avec laquelle on y sent l'auteur « engagé », sa fureur obstinée de règlement de comptes. Mais ce qui fait la force, la vie de l'œuvre, fait aussi sa faiblesse.
>
> [...] Il n'a mis sur le théâtre qu'un héros dont il fait son porte-parole un peu trop bavard et explicite, en l'entourant d'adversaires fantoches qui n'ont d'autres missions que de le mettre en valeur, de l'amener à la découverte qui fait le dénouement de la pièce — la découverte de l'inexistence de Dieu — et de lui donner raison par leur propre comportement. Il y avait, dans les vieux débats théologiques, un bon moine, tout aussi pieux, qui se faisait l'avocat du Diable. Comment Jean-Paul Sartre n'a-t-il pas vu qu'il manquait à l'équilibre de son ouvrage et même à la valeur démonstrative de son ouvrage, quelqu'un qui fût l'avocat de Dieu ?

Gabriel Marcel, *Les Nouvelles littéraires*, 14 juin 1951 :

> Après avoir mûrement réfléchi, je pense qu'on pourrait dire ceci : l'ouvrage est au fond une cote mal taillée entre la pièce historique et la pièce métaphysique, avec prépondérance de ce second aspect. Mais les circonstances politiques, auxquelles, au fond, l'auteur ne s'intéresse peut-être guère plus que le spectateur, alourdissent démesurément l'ouvrage. Or une pièce métaphysique doit présenter un développement continu et au moins *paraître* rigoureuse, c'était le cas de *Huis clos* : elle doit sinon démontrer, du moins montrer une vérité. Or ici rien ne pouvait être *montré*, car dans tous les sens les dés sont pipés. La conversion est inauthentique, l'inexistence de Dieu était postulée et par conséquent ne pouvait pas être *révélée*.

La pièce fut souvent mal reçue à gauche, pour ce qu'elle semblait dire de la démarche révolutionnaire et de la situation historique (*L'Humanité-dimanche*, 17 juin 1951). Elsa Triolet fut des plus sévères, dans *Les Lettres françaises* du 14 juin :

> Le public y voit l'intention de l'auteur de montrer l'histoire dans la mesure où loin d'éclairer les problèmes d'aujourd'hui elle illustre l'idéologie de cet auteur, en en représentant des analogies avec l'histoire de nos jours d'aujourd'hui. Or, comme cette analogie est fausse, elle les fausse, et l'idéologie de l'auteur s'en trouve basée sur une absence de base.
>
> [...] Nasty n'était pas de ces chefs qui savent ne rester qu'à un pas en avant de ceux qui les suivent. Il ne ressemble pas plus aux guides du peuple d'aujourd'hui que cette horde de misérables ignorants ne ressemble au prolétariat d'aujourd'hui. Or, pour ceux qui regardent *Le Diable et le Bon Dieu*, l'analogie se fait. Elle est fausse. Le problème qu'elle pose est un faux problème. [...] Ce qui peut intéresser dans cette grande machine, c'est la « machinerie », le « spectacle », avec son côté Ghelderode et Châtelet, les changements de décor, le mouvement des foules, la couleur des costumes. Mais, à aucun moment, la magie de l'art n'opère ici son miracle. À aucun moment le vin ne se fait sang, le verbe ne se fait chair.

La pièce fut surtout mal reçue dans les milieux chrétiens (*La Croix*, 16 juin 1951 ; *Témoignage chrétien*, 22 juin). L'article le plus important reste ici celui de François Mauriac, « Sartre l'athée providentiel », paru en première page dans *Le Figaro* du 26 juin :

> Qu'importe si la pièce a paru ennuyeuse : Sartre, lui, est intéressant. Il y a toujours eu parmi les gens de lettres quelqu'un, comme était André Gide, et comme va devenir Sartre, dont le destin fait tableau, que nous ne perdons pas de vue et qui nous aide à fixer notre position touchant les problèmes essentiels. Mais que Sartre se rassure : nous autres, chrétiens, nous ne tremblons pas pour lui comme nous avons tremblé pour Gide qui était, si j'ose dire, un vrai blasphémateur en esprit et en vérité. L'innocent Sartre, en dépit de tout l'appareil catholique de sa pièce, ne connaît que le Dieu des philosophes et des savants, le Dieu dont Descartes a besoin pour donner la chiquenaude qui met en branle le mouvement universel, le Dieu qui en effet n'existe pas. Gide, lui, s'est dressé contre le Père qui lui fut révélé dès son enfance huguenote, parce qu'alors il aimait le Fils. [...]
>
> Des quelques sottises qui ont échappé au grand Nietzsche, convenons que la plus sotte est ce « Dieu est mort » que la milice sartrienne a inscrit sur son drapeau noir ; car pour être mort, il faut avoir été, et si Dieu a été, il est encore et à jamais. Ce Dieu que le héros sartrien cherche ridiculement dans les cintres en exigeant de lui un signe, c'est au-dedans de nous qu'il se trouve et le signe qu'il nous donne, c'est l'homme dressé et la tête levée, et sa face toute baignée de lumière intérieure, c'est plus précisément l'homme Sartre et ce qu'il y a de franciscain en lui et sa fidélité aux plus pauvres en dépit de leur parti qui l'excommunie, l'homme Sartre et sa dialectique inspirée, et cette sorte de prolifération cancéreuse d'un esprit qui se dévore lui-même, qui s'irrite d'un mot vide : Dieu, — vide comme la cape abandonnée contre laquelle le taureau s'acharne, l'homme Sartre enfin qui refuse de remonter jusqu'à la source de cette puissance spirituelle dont il déborde et dont le vrai nom est amour.

Lorsque le spectacle reprit en septembre 1951, la pièce avait fini de paraître dans *Les Temps modernes* ; en octobre, elle était disponible en volume. Dans un texte majeur, Paul Ricœur développa ses « Réflexions sur *Le Diable et le Bon Dieu* » et opposa l'interprétation qu'offre le texte à la scène et à la lecture (*Esprit*, novembre 1951)[1] :

1. Dans *La Critique et la Conviction* (1re éd., 1995 ; Hachette littératures, 2001, p. 45-46), Paul Ricœur explique que cet article donna lieu à une petite relation épistolaire avec Sartre et que celui-ci s'y montrait « cordial et généreux ». Le texte d'*Esprit* est repris dans *Lectures II*, Le Seuil, 1992.

Voilà donc deux interprétations limites : celle que la première émotion du spectacle m'a proposée, et celle que la lecture a progressivement superposée. Selon la première, le problème de la foi est au centre, l'athéisme est le noyau sain éjecté d'un fruit pourri, la relation à l'absolu : Diable, Dieu. Selon la seconde, le problème de la foi et de l'athéisme relève de l'affabulation historique : la pointe de la pièce est éthique et politique.

Je ne puis croire que la deuxième interprétation puisse expulser la première. La pièce me paraît plutôt subtilement composée comme une ellipse dont le problème de l'athéisme et celui de l'action sont les deux foyers. C'est pourquoi la pièce a deux dénouements, l'un au Xe tableau : « Il n'y a pas eu de procès : je te dis que Dieu est mort » ; l'autre, au XIe tableau : « Il y a cette guerre à faire, et je la ferai. » Hilda est le témoin du premier dénouement, une fois Heinrich tué et l'illusion transcendante abolie ; Nasty est le témoin du second, une fois que Gœtz est payé de la mort de Dieu pour la subjectivité à l'histoire intersubjective (les deux dénouements sont reliés par le dernier mot du Xe tableau : Gœtz à Hilda : « Restons ; j'ai besoin de voir des hommes »).

Esprit prolongea l'analyse de la pièce en janvier 1952, dans deux textes rassemblés sous le titre « Réflexions complémentaires sur *Le Diable et le Bon Dieu* » (par Henry Dumesry et Jean-Marie Auzias). Voir aussi, parmi les premières lectures sérieuses, André Blanchet, *Études*, septembre 1951 ; Maurice Mouillaud, *La Nouvelle Critique*, septembre-octobre 1951 ; Robert Kanters, *Les Cahiers du Sud*, n° 307, 1951 ; Henri Gouhier, *La Vie intellectuelle*, juillet 1951 ; ou Maxime Chastaing dans le même périodique en novembre 1952, sous le titre « Existentialisme et imposture » (p. 65) :

Premièrement : l'intrigue de *Le Diable et le Bon Dieu* est religieuse, l'action est morale : des personnages du XVIe siècle proposent la première, les spectateurs du XXe disposent de la seconde. S'ils consentent à assister l'auteur, ces derniers diront : la pièce qui *objectivement* parle de l'athéisme, *subjectivement* ne nous en parle pas, elle nous parle de notre métier d'homme.

Deuxièmement, la philosophie de l'existence n'apparaît pas comme une métaphysique, mais comme une éthique : elle « met entre parenthèses » méthodiquement toute affirmation et toute négation du surnaturel pour ne proposer qu'un programme naturel où peuvent communier croyants et incroyants : s'humaniser soi-même en travaillant à humaniser les autres.

À partir de 1952, la presse proprement dite ne s'intéressa plus guère à la pièce qu'à l'occasion des interdictions de représentation lors des tournées, ou des affrontements avec le clergé catholique local (notamment à Liège et à Metz). Le 15 octobre, *Combat* publiait cet extrait de la lettre de l'évêque de Liège (l'affaire fit grand bruit, elle était relatée le même jour dans *L'Aurore*, *Le Figaro*, *Libération*, etc.) :

Nous apprenons avec douleur la représentation sur une scène de notre ville épiscopale d'une pièce de théâtre qui constitue une diabolique insulte à Dieu et la foi catholique. Cette pièce de théâtre est due à la plume d'un auteur qui fut, jusqu'il y a quelque temps, fort en vogue et qui se présente lui-même comme l'un des protagonistes de l'existentialisme athée, justement stigmatisé par Sa Sainteté Pie XII comme la sombre philosophie du désespoir.

Nous ne contestons pas le talent littéraire de l'auteur : il ne nous appartient pas d'en juger. Mais en raison de notre charge de gardien vigilant de la foi de nos ouailles, nous tenons à déclarer hautement : qu'aucune raison d'ordre culturel ou autre ne légitime l'assistance des catholiques à la représentation de cette œuvre ; que l'assistance à celle-ci constitue pour l'immense majorité des fidèles un grave danger de perdre la foi en Dieu et en l'Église ; qu'une telle assistance spécialement de la part des catholiques reconnus socialement comme tels constituerait au sens fort du terme un scandale grave. En conséquence, nous déclarons que l'assistance à la représentation de cette pièce constitue une faute grave contre les vertus de foi, de prudence et de charité.

INGRID GALSTER, GENEVIÈVE IDT
et GILLES PHILIPPE.

BIBLIOGRAPHIE
ET PRINCIPALES MISES EN SCÈNE

Principales mises en scène.

1951 : théâtre Antoine, Paris. Mise en scène de Louis Jouvet. Les décors conçus par Félix Labisse furent adaptés par Camille Demangeat et exécutés par Émile et Jean Bertin ; les costumes dessinés par Francine Galliard-Risler, réalisés par Mlle Schiaparelli. Avec (en plus des acteurs mentionnés dans la distribution, p. 376) Henry Darbrey (l'Évêque), Maurice Dorléac (le Banquier), Maurice Lagrenée (Schmidt), Paul Barge (Gerlach), Argus (Hermann), Georges Sellier (Heinz).

1968 : Théâtre national populaire, Paris. Mise en scène de Georges Wilson ; avec François Périer (Gœtz), Alain Mottet (Heinrich), Georges Wilson (Nasty), Francine Racette (Catherine), Judith Magre (Hilda). La presse fut favorable à la pièce. Plusieurs critiques insistèrent sur le fait que les nouvelles données historiques invitaient à une lecture nouvelle du drame de Sartre (Matthieu Galey, *Combat*, 23-24 novembre ; Philippe Madral, *L'Humanité*, 25 novembre). Le statut du dramaturge n'était plus le même en 1968 qu'en 1951, et l'on chercha souvent à retrouver les thématiques du grand écrivain institutionnalisé (Bertrand Poirot-Delpech, *Le Monde*, 23 novembre ; Jean-Jacques Gautier, *Le Figaro*, 23 novembre ; François-Régis Bastide, *Les Nouvelles littéraires*, 28 novembre, etc.). La presse chrétienne resta cependant défavorable à la pièce (Jean Vigneron, *La Croix*, 1er décembre ; Jacques Vier, *L'Homme nouveau*, 21 décembre), et Gabriel Marcel réaffirma son hostilité (voir le Dossier de réception, p. 1423) dans « Au coin du sacrilège », *Les Nouvelles littéraires*, 26 décembre.

2001 : théâtre de l'Athénée-Louis Jouvet, Paris. Mise en scène de Daniel Mesguich ; avec Christophe Maltot (Gœtz), Laurent Montel (Heinrich), William Mesguich (Nasty), Anne de Broca (Catherine), Sophie Carrier (Hilda). Sur cette reprise et son accueil critique, voir *L'Année sartrienne* (Groupe d'études sartriennes), nº 15, juin 2001, p. 176-178.

Bibliographie.

L'Avant-Scène théâtre, nos 402-403, 1er-15 mai 1968.
ARRIVÉ (Michel), « Naïves remarques sur un texte dramatique envisagé

dans sa manifestation graphique », *Australian Journal of French Studies*, XX-3, 1983, p. 278-287.

BITTOUN-DEBRUYNE (Nathalie), « Gœtz et Heinrich : assumer la bâtardise, assumer la liberté », *Somnis de Llibertat : Julien Gracq i Jean-Paul Sartre*, Cristina Solé et Pere Solà dir., Lleida, Pagès editors, 1991, p. 211-226.

COCULA (Bernard), « Gœtz, le reître philosophique de Sartre », *Nouveaux cahiers François Mauriac*, n° 11, 2003, p. 229-236.

DAVIES (Howard), « L'Idéologie théâtrale du *Diable et le Bon Dieu* », *Études sartriennes*, n° 1, 1984, p. 21-29.

FLINT (Martha), GERRARD (Charlotte), « *Le Diable et le Bon Dieu* and an Angry Young Luther », *Journal of European Studies*, II-3, 1972, p. 247-255.

HERNADI (Paul), « Situating Freedom », *Interpreting Events. Tragicomedies of History on the Modern Stage*, Ithaca, Cornell University Press, 1985, p. 77-85.

IRELAND (John), *Sartre, un art déloyal. Théâtralité et engagement*, Jean-Michel Place, 1994, p. 139-148.

JEANSON (Francis), *Sartre par lui-même*, Le Seuil, 1955, p. 52-71.

LARAQUE (Frank), *La Révolte dans le théâtre de Sartre*, Jean-Pierre Delarge, 1976, p. 110-130.

LAUNAY (Claude), *Sartre : Le Diable et le Bon Dieu*, Hatier, 1970.

LORRIS (Robert), *Sartre dramaturge*, Nizet, 1975, p. 185-220.

MERMIER (G.), « Cervantes's *El Rufian dichoso* and Sartre's *Le Diable et le Bon Dieu* », *Modern Languages*, XLVIII-4, 1967, p. 143-147.

MILLET-GIRARD (Dominique), « *Le Diable et le Bon Dieu* et *Le Soulier de satin* », *Nouveaux cahiers François Mauriac*, n° 11, 2003, p. 211-228.

MURAT (Michel), « *Le Diable et le Bon Dieu* : quelques contradictions du discours théâtral », *Études sartriennes*, n° 1, 1984, p. 31-46.

PACALY (Josette), « Le Narcissisme dans *Le Diable et le Bon Dieu* », *Études sartriennes*, n° 1, 1984, p. 5-19.

STALLONI (Yves), « Lecture suivie : Jean-Paul Sartre, *Le Diable et le Bon Dieu* », *L'École des lettres*, LXXIV, 1983 (n° 12, p. 3-16 ; n° 13, p. 3-13 ; n° 14, p. 5-12).

USALL I SALVIA (Ramon), « *Le Diable et le Bon Dieu*, de Sartre », *Anuario de filologia*, VII, 1981, p. 483-496.

VERONA (Luciano), *Le Théâtre de Jean-Paul Sartre*, Milan, Cisalpino-Goliardica, 1979, p. 85-106.

VERSTRAETEN (Pierre), *Violence et éthique. Esquisse d'une critique de la morale dialectique à partir du théâtre politique de Sartre*, Gallimard, 1972, p. 69-140.

WAELHENS (Alphonse de), « " L'homme, c'est une illusion d'optique ". Essai sur la théologie et l'anthropologie de *Le Diable et le Bon Dieu* de Jean-Paul Sartre », *Archivio di filosofia*, n° 2-3, 1977, p. 219-233.

WISSER (Richard), « Jean-Paul Sartre y el " Buon Dios " », *Folia humanistica*, III-31/32, juillet-août 1965, p. 605-629.

G. I. et G. P.

NOTE SUR LE TEXTE

Les manuscrits.

Le Diable et le Bon Dieu présente un dossier génétique d'une rare complexité. La pièce a connu une maturation assez longue et Sartre a souvent changé d'avis au cours de sa rédaction. Selon son habitude, il a par ailleurs fréquemment repris l'écriture de tel ou tel passage, avec des remords de formulation parfois légers, parfois importants. Les brouillons de la pièce ont de plus été dispersés de façon presque aléatoire, puis assez systématiquement rachetés par la B.N.F. depuis les années 1980. Les documents ainsi rassemblés n'ont à ce jour reçu ni cote définitive, ni foliotage. Celui-ci impliquerait en effet de croiser les feuillets disponibles pour recomposer les parcours de rédaction de Sartre lorsque cela est possible. En l'attente d'une cotation et d'un foliotage officiel, nous n'avons d'autre solution que de renvoyer à ces pièces en nous référant d'une part au numéro d'acquisition du lot auquel elles appartiennent, et d'autre part à la place, dans le lot, du feuillet cité. On trouvera ci-dessous l'inventaire sommaire des deux boîtes dans lesquelles la B.N.F. conserve les brouillons du *Diable et le Bon Dieu* ; les lots sont classés ici selon le stade de rédaction le mieux représenté (la plupart des lots mêlent en effet des brouillons relevant de stades de rédaction fort différents). Nous avons sélectionné, et reproduit dans l'appendice génétique de la pièce, quelques-uns des passages les plus intéressants de ces manuscrits (Autour du *Diable et le Bon Dieu*, p. 503-544).

— Lot 81-25 (sigle : *ms. 1*) : 117 feuillets de papier non ligné, 21 × 24 ; rédaction au crayon, sans continuité aucune, à raison souvent d'une seule ou de quelques lignes par feuillet. C'est l'état du projet le plus ancien que nous connaissions. Les extraits reproduits en tête de l'appendice génétique du présent volume (p. 503-510) sont empruntés aux passages les plus satisfaisants et ne donnent qu'une idée approximative de ces notes qui mêlent des ébauches de plans, de portraits et de dialogues, etc. Les feuillets 78 et suivants contiennent des notes prises sur des ouvrages savants[1]. Le lot est mêlé de quelques feuillets de « papier Sartre » qui n'y ont pas leur place (f° 55 *bis* : notes prises pendant les répétitions ; voir p. 545-546) ; ces feuilles de notes sont suivies d'esquisses, qui sont de toute évidence les plus anciennes du dossier (sauf les folios 61 *bis* et 61-6 et quelques autres feuillets portant des notes ne concernant pas la genèse de la pièce).

La structure générale du drame semble acquise ; il est déjà certain qu'il tournera autour de trois figures principales : Gœtz, le prêtre, le chef des paysans. Une ou des figures féminines sont localement évoquées, mais de façon fort imprécise : Sartre n'a pas encore décidé de mettre une femme parmi les personnages de premier plan de la pièce ; mais l'identité des supports graphiques exige qu'on rapproche de ce premier dossier la liasse 91-42 II *bis* (voir plus bas) de 22 feuillets qui marque

1. Voir la Notice, p. 1411-1412.

l'apparition du personnage qui sera nommé Dosia dans la première campagne de rédaction continue du futur acte I et dont témoignent les lots 89-25, 2000, 81-21 et de nombreux feuillets isolés du lot 91-42.

— Lot 89-25 (sigle : *ms. 2*) : 314 feuillets de papier Sartre entièrement occupés par des brouillons de ce qui deviendra le tableau III. Les folios 1-141 sont consacrés à des rédactions successives des scènes qui devaient confronter Gœtz et Dosia ; l'importance du travail effectué par Sartre rend d'autant plus spectaculaire l'abandon du second personnage dans la version définitive du texte. Les folios 142-218 sont consacrés à un travail sur la première rencontre de Gœtz et de Nasty, avec des interventions ponctuelles de Dosia et de Frantz. Les folios 219-314 mènent à la scène du pari de la fin du tableau III ; bien que Dosia et Nasty y interviennent encore beaucoup, le personnage-pivot est désormais Heinrich.

— Lot 2000 (sigle : *ms. 3*) : 28 feuillets de papier Sartre (sauf ffos 3, 4 et 5). Les premiers feuillets (1-10, 12, 16, 17, 21-25) présentent un travail sur les scènes qui devaient ouvrir le troisième tableau (Catherine et Dosia, Catherine et Gœtz, Dosia et Gœtz), mais dans un état de rédaction plus avancé que celui du lot précédent et du manuscrit dit « d'Ottawa[1] » ; les folios 11 et 13-16 présentent un état ancien du dialogue entre Gœtz et Nasty en présence de Dosia ; les folios 18-20 du dialogue entre Gœtz et Heinrich. Les folios 26-28 sont des brouillons d'une scène sans équivalent dans la version finale, mais dont nous possédons plusieurs versions : celle de la première rencontre entre Dosia et Nasty à Worms (voir Autour du *Diable et le Bon Dieu*, « Alliance entre Dosia et Nasty », p. 522-523).

— Lot 81-21 (sigle : *ms. 4*) : 33 feuillets de papier Sartre ; ébauches très rédigées, souvent fort répétitives (mais avec de belles répliques dont la grandiloquence a fini par agacer Sartre) pour le grand dialogue avec Heinrich de la scène VI du tableau III. Les folios 29, 30 et 33 sont extraits des brouillons de la première ouverture du futur tableau III, autour du personnage de Dosia.

— Lot 84-08 (sigle : *ms. 5*) : 7 feuillets de papier Sartre. Il s'agit d'une rédaction suivie, plus comique, du dialogue entre l'archevêque et le banquier du premier tableau de la pièce ; il y est encore fait allusion à Dosia.

— Lot 28276 (sigle : *ms. 6*) : 87 feuillets de papier Sartre pour un ensemble assez composite et localement confus de brouillons du premier tableau de la pièce (le folio 1 présente ainsi des dessins pour le décor). L'état du texte est généralement proche de l'état final, même si certains passages restent rédigés en style rapide ou sans indication de locuteur. Le lot garde un grand intérêt, parce qu'il fait apparaître des esquisses de scènes de foule dans Worms assiégée et présente des personnages secondaires sans équivalents dans la version finale : bourgeois et surtout bourgeoises inquiètes, prophètes et prophétesses...

— Lot 83-33 (sigle : *ms. 7*) : 108 feuillets de papier Sartre ; il s'agit d'abord de brouillons intermédiaires de la fin de la pièce (certains feuillets pourraient constituer des premières rédactions : style rapide, pas de mention de locuteurs, etc.). On trouve ainsi des passages du futur

1. La bibliothèque de l'université d'Ottawa conserve un lot de 19 feuillets de papier Sartre, présentant une rédaction avec variantes des deux scènes qui, dans la première version de la pièce, ouvraient le troisième tableau (Catherine et Dosia, Catherine et Gœtz).

tableau V ; un fort bel ensemble de scènes autour de Hilda, avec un important matériel inédit (ff[os] 37-63 : tableau VI, scènes IV à VI ; tableau VII, scènes IV et V). La seconde partie du dossier est d'un intérêt bien moindre ; il s'agit de variations sur deux scènes du tableau III, dans une rédaction déjà fort proche de l'état final.

— Lot 89-25 *bis* (sigle : *ms. 8*) : 102 feuillets de papier Sartre. Ensemble assez composite, relevant de stades de rédaction différents, mais généralement postérieurs à la première version de l'acte I. Les folios 1-59 présentent une rédaction déjà très avancée du tableau II ; les folios 20 à 59 sont une très longue version de l'actuelle scène IV du tableau II, entre Heinrich et Gœtz (une partie des thèmes sera utilisée dans la rencontre finale) ; les folios 60-102 offrent des esquisses pour le tableau III (rédaction intermédiaire à avancée) ; les folios 103-123 présentent une rédaction avancée des tableaux V, VIII et IX ; quelques-uns sont dactylographiés.

— Lot 91-42 (sigle : *ms. 9*) : il est de loin le plus important par sa masse (683 feuillets de papier Sartre) et couvre la totalité de la pièce (à la seule exception du tableau VI) ; mais son intérêt génétique est très inégal, car l'essentiel des feuillets (généralement sans numérotation continue) présente des variations sur un état du texte proche de l'état final. Les documents sont rangés par tableau (avec quelques erreurs), suivant un préclassement qui consiste le plus souvent à reconstituer un état du texte dans sa continuité et à rejeter variantes et doublons en fin de dossier (tableau I : 78 feuillets ; II : 114 feuillets ; III : 94 feuillets ; IV : 31 feuillets ; V : 36 feuillets ; VII : 82 feuillets ; VIII/IX : 24 feuillets ; X : 169 feuillets ; XI : 55 feuillets).

On doit, comme il a été dit plus haut, considérer séparément une liasse de 22 feuillets de papier 21 × 24, non ligné, sans numérotation, rédigée au crayon : il s'agit d'un brouillon de la rencontre de Gœtz et de sa belle-sœur (« Elle »), sous la tente du premier, et d'un ensemble de notes pour des passages à écrire. Ces pages relèvent d'évidence de la toute première campagne de rédaction et sont à rapprocher du lot 81-25 (*ms. 1*) ; nous les désignerons donc sous le sigle *ms. 1 bis*.

On notera enfin qu'un grand nombre de collectionneurs institutionnels ou privés détiennent encore des lots, sans doute quantitativement peu importants, du manuscrit du *Diable et le Bon Dieu*. Ainsi donnons-nous, à la fin de l'appendice génétique, l'unique feuillet détenu par le Harry Ransom Humanities Research Center d'Austin (Texas) des notes prises par Sartre lors de la mise en répétition de la pièce.

Le texte de scène.

Nous ne disposons que du premier des deux fascicules du texte tel qu'il fut distribué aux comédiens en 1951. Le Fonds Wanda Kosakiewicz (qui créa sous le nom de Marie Olivier le rôle de Catherine) de la Bibliothèque nationale de France contient en effet un exemplaire de la « copie Compère » (sigle : *CC*) de l'acte I (la maison Compère fournissait alors des reproductions des textes de théâtre en vue de leur mise en scène). De nombreuses répliques y sont biffées ; d'autres présentent un état du texte sensiblement différent de celui qui sera publié dans *Les Temps modernes*. Ces modifications sont très inégalement réparties : le tableau I est à peine modifié, le tableau II est fortement retouché (surtout les scènes I, II et IV), mais il s'agit principalement d'un toilettage ; les scènes V et VI du tableau III sont en revanche amputées de pages entières de débats entre Gœtz, Heinrich et Nasty (les pages retranchées donnaient une place considérable à Nasty ; la modification opérée recentre donc la pièce sur le couple Gœtz-Heinrich). Louis Jouvet et Simone Berriau semblent avoir obtenu que ces scènes plus didactiques soient allégées.

La prépublication.

Le Diable et le Bon Dieu a d'abord donné lieu à une publication en trois parties, à l'occasion de la première mise en scène du spectacle, dans *Les Temps modernes* (sigle : *TM*) de juin (nº 68), juillet (nº 69) et août (nº 70) 1951.

L'édition originale.

Le texte que nous donnons est celui de l'édition originale[1] débarrassé de ses erreurs (sigle : *orig.*). Celle-ci a paru en octobre 1951 sous la couverture « blanche » des Éditions Gallimard. Elle procure l'état définitif du *Diable et le Bon Dieu*, qui ne sera jamais revu ; elle comprenait un tirage de tête sur grand papier : 1 540 exemplaires numérotés sur vergé de Hollande (1 à 1475 et A à O) et sur Navarre (1476 à 1525) ; la quatrième de couverture est reproduite dans le dossier de documents[2].

Nous indiquons en variante quelques-unes des différences les plus significatives entre la préoriginale et cette édition ; ces différences sont de moins en moins nombreuses au fur et à mesure qu'on avance dans le drame, comme si Sartre n'avait plus eu le temps ou l'envie de reprendre son texte au-delà du premier acte. Celui-ci a été en effet assez considérablement retouché : coupures locales[3], redistribution de répliques, réécriture ponctuelle[4] ; Sartre semble avoir cherché à donner une allure plus formelle à sa prose (en fournissant un texte pour la lecture et non la scène) et a retranché de nombreuses marques orales (interjections, interpellations, etc.). Ces phénomènes s'observent à une échelle moindre dans les actes II et III. Sartre a, en revanche, revu la division en tableaux et en scènes de l'ensemble de la pièce : dans la préoriginale, le deuxième tableau était sans subdivision (notre texte distingue désormais quatre scènes) ; la division du sixième tableau a été entièrement reprise (et l'on est passé de cinq à six scènes) ; les scènes III et IV du tableau VII n'en formaient qu'un ; les tableaux VIII et IX ont été regroupés (dans la préoriginale, ils étaient clairement distincts, le premier avec une scène

1. Entre la préoriginale et l'originale, Sartre et ses éditeurs ont supprimé un nombre important de majuscules, mais sans obtenir un résultat cohérent. Nous avons achevé ce travail en alignant notre texte sur l'usage actuel ou sur notre protocole, mais en conservant certains choix visiblement faits par Sartre (Bien, Mal, etc.).

2. Autour du *Diable et le Bon Dieu*, p. 546-547.

3. Sartre semble avoir surtout cherché à abréger son texte : presque toutes les coupes relevées se trouvent dans l'acte I, de loin le plus long.

4. Certains passages ont été particulièrement retravaillés : toute fin du tableau I ; tableau II, scène I ; seconde moitié du tableau III, scène VI ; fin du tableau VII, scène III.

unique, le second avec deux scènes ; d'où les trois scènes du double tableau actuel).

Autres éditions.

Le texte de Sartre fut rapidement repris dans des collections de poche : dès 1958, pour « Le Livre de poche », dès 1972 pour la collection « Folio ». Il convient enfin de signaler diverses reprises occasionnelles du texte : dans le volume illustré *Théâtre*, Gallimard, 1962 (p. 329-459), avec six aquarelles de Félix Labisse ; dans *L'Avant-Scène théâtre*, n°s 402-403, 1er-15 mai 1968, p. 37-87 ; dans la collection du Théâtre national populaire, novembre 1968, avec un cahier de vingt-quatre photos de la mise en scène de Georges Wilson.

G. I. et G. P.

NOTES ET VARIANTES

Acte I.

a. à Gerlach et le banquier à l'archevêque, ensemble : Mais pourquoi ? *TM. L'un des intérêts majeurs de la division de la pièce en tableaux, c'était de produire de tels effets de simultanéisme (sur un modèle utilisé en 1945 dans « Le Sursis ») ; Sartre y a en partie renoncé pour l'originale, en préparant un texte pour la lecture et non plus pour la scène.* ◆◆ *b. Toutes ces répliques de la foule ont été réagencées entre TM et orig.* ◆◆ *c. Dans TM, cette réplique de Heinrich était la suivante :* HEINRICH *(montrant sa soutane déchirée)* : Où sont les trente deniers ? monseigneur, vous savez bien que je ne suis pas Judas. ◆◆ *d. Dans TM s'intercalait ici une réplique de l'Évêque :* Qu'ils meurent ! ◆◆ *e.* grain *TM, leçon qui semble plus acceptable.* ◆◆ *f. TM donne* prêtre *pour les trois occurrences de* curé *; ce dernier mot a sans doute été préféré pour sa valeur nettement plus dépréciative dans le discours social des années 1950.* ◆◆ *g. Début de tableau sensiblement différent dans TM :* *Un lieu désert aux abords du camp. Au loin la ville. C'est la nuit. Nasty paraît avec Schmidt.* / NASTY : On vient. Attention. *Ils disparaissent dans l'ombre. Un officier paraît et regarde la ville. Un autre officier entre immédiatement après lui.* / DEUXIÈME OFFICIER *(au premier)* : Elle ne s'envolera pas. Nous n'aurons pas cette chance. / PREMIER OFFICIER : Je n'en demande pas tant : si moi, je pouvais m'envoler… / DEUXIÈME OFFICIER *(se retournant brusquement)* : Qu'est-ce que c'est ? *Voir aussi n. 14.* ◆◆ *h. L'échange entre Catherine et l'officier donnait dans CC :* Pour te récompenser, je lui couperai les couilles quand il sera mort et je t'en ferai cadeau, tu pourras les porter en pendant d'oreille. / CATHERINE : Tu ferais mieux de les garder pour toi : à voir comme tu trembles, on pourrait penser que tu n'en as pas. Nous n'avons pas les mêmes intérêts ◆◆ *i.* vides ? Ils languissent depuis si longtemps sous les murs de Worms qu'ils ont fini par croire qu'on y pavait les rues avec de l'or. / LE BANQUIER : Mille *TM* ◆◆ *j. Dans une version manuscrite, le dialogue prenait ici une tout autre allure :* GŒTZ : C'est bien cela. La trahison n'existe pas. Votre voix l'a tuée. À présent dites : monométallisme. / LE BANQUIER : Monométallisme. Ah !… / GŒTZ : Chut ! Chut !

le monométallisme existe : vous m'en avez persuadé. En ce 15 avril 1524 on enregistre sa victoire sur le système bimétalliste *ms. 7 (f° 67)* ◆◆ *k. TM insère ici cette réplique :* GŒTZ : En somme, tu as flanché au dernier moment ? ◆◆ *l. Cette réplique et les deux précédentes sont ce qui reste d'un échange plus développé de TM :* NASTY : Les hommes de Dieu détruisent ou construisent et tu ne fais ni l'un ni l'autre. / GŒTZ : Qu'est-ce que je fais donc ? / NASTY : Tu conserves. / GŒTZ : Demande à cette catin si je ne détruis pas. / NASTY : Tu ne détruis pas si tu mets du désordre. Et le désordre est le meilleur serviteur de l'ordre établi. Ceux dont les prêtres ont peur, ce ne sont pas ceux qui font le Mal et qui le déclarent, mais ceux qui veulent un autre Bien. / GŒTZ : Comme toi ? / NASTY : Oui, comme moi. Est-ce ta tête qu'on met à prix ou la mienne ? / GŒTZ : Est-ce toi ou moi qu'on a tenté d'assassiner tout à l'heure ? / NASTY : D'assassiner, oui. Moi, on m'exécutera sur la place publique, au milieu des applaudissements. Mais toi, si quelqu'un veut te tuer il faut qu'il se cache : tu as encore trop d'alliés ; les princes savent trop bien que tu les sers. / GŒTZ : Que je les sers, moi ? Moi qui les déteste de tout mon cœur ? / NASTY : Toi. Toi qui concentres des richesses entre leurs mains par extermination de leurs adversaires. Car tu as affaibli ◆◆ *m. Un état manuscrit du texte donne une tout autre version de cette réplique de Gœtz :* Écoute, bonhomme, il se peut que mes actes, socialement parlant, soient des enfantillages mais je ne m'intéresse pas beaucoup à la société. Si j'enrichis un cardinal en ruinant un archevêque, tant pis pour l'archevêque et tant mieux pour le cardinal. Je n'ai de goût que pour la vie mystique. Le moindre de nos actes a une dimension religieuse. Il y a un mysticisme du Mal. Je ne me soucie pas des hommes mais de Dieu seul sur terre chacun de mes actes peut avoir des conséquences qui le contredisent mais dans le sein de Dieu il est pesé pour ce qu'il vaut par lui-même et son poids est un absolu. Quand je fouille en vous c'est Dieu que je cherche *ms. 8 (f° 92)* ◆◆ *n. CC intercale ici deux pages de texte ; Henrich y « tente » Nasty le premier en lui suggérant que tout ce qui arrive n'est qu'une « épreuve envoyée par Dieu » ; Gœtz, le second, en ramenant Nasty à son impératif d'efficacité. Les deux tentations (l'abandon par déresponsabilisation, le découragement devant les responsabilités) conduisaient Nasty à l'angoisse.* ◆◆ *o.* mal à l'aise, l'homme dont Dieu le Père ne peut lire les pensées, l'homme qui met le Tout-Puissant mal à l'aise, l'écharde dans le Sacré-Cœur, le complice du Créateur, l'objet de sa haine et la victime de son ingratitude ! En moi *TM* ◆◆ *p.* l'humanité *[11 lignes plus haut]* entière. Un riche, crois-tu que ça puisse aimer les pauvres, à moins de se haïr soi-même et de s'écorcher vif ? Crois-tu qu'un pauvre puisse aimer les riches sans trahir ses frères de misère ? / GŒTZ : Il peut aimer les autres pauvres ? / HEINRICH : Qu'aimerait-il en eux ? Ses humiliations ? Sa crasse ? / GŒTZ *(désignant Nasty)* : Celui-ci… / HEINRICH *(haineusement)* : Celui-ci, tu le retrouveras dans l'huile bouillante. / GŒTZ *(enchaînant)* : Celui-ci les aimait. / HEINRICH : Le bel amour ! Il leur mentait sciemment, il excitait leurs passions les plus basses, la cupidité, l'envie ; il les a contraints d'assassiner un vieillard. *(Un temps.)* Et moi ? Que pouvais-je faire, moi ? Hein, que pouvais-je faire ? J'étais innocent et le crime a sauté sur moi comme un voleur. Où était le Bien, bâtard ? Où était-il ? Où était le moindre mal ? *(Un temps.)* Tu prends beaucoup de peine pour rien, fanfaron du vice ! Si tu veux mériter l'Enfer, il suffit que tu restes dans ton lit. Le monde est iniquité ; si tu l'acceptes, tu es complice, si tu le changes, tu es bourreau. Car c'est par la violence qu'on établit la justice et c'est par la terreur qu'on la maintient. *(Riant.)* Ha ! la terre pue jusqu'aux étoiles. *TM* ◆◆ *q.* ferai. Le Bien est encore de l'autre côté du mur, invisible. Suppose que je perde : je deviens bon. L'étrange métamorphose : c'est comme si on me changeait en femme ou en cloporte. Qu'est-ce que le Bien, après tout ? Hein ? Qu'est-ce que ça peut être ? Personne ne le sait, dis-tu ? Alors, il faudra tout découvrir. Eh bien ? [...] Nasty ! *TM* ◆◆ *r. Dans TM, ces trois répliques s'insèrent entre* volonté de Dieu *et* Adieu *:* CATHERINE : Toucheras-tu encore aux femmes ? / GŒTZ : Jamais plus. / CATHERINE : Alors j'ai joué contre moi. ◆◆ *s. Dans TM s'insère la phrase suivante, entre* comptait *et* Je te suivrai *:* Maintenant, tu veux prouver que le bien est possible et que je suis damné. *Tout ce passage a été retouché entre TM et orig.*

1. On reconnaît derrière ce nom francisé l'importante dynastie banquière des Fugger (celle-ci est d'ailleurs directement mentionnée dans divers manuscrits : *ms. 5*, f° 5 ; *ms. 7*, f° 16, etc.). Bien sûr, le personnage du banquier Foucre n'a pas la prestance qu'exigerait la position des Fugger vers 1525 (ils viennent de permettre à Charles Quint de devenir empereur). Certains états manuscrits du texte mettent dans la bouche de Foucre des propos dignes d'un capitaliste du XXe siècle (*ms. 5*, f° 4 : « Le temps c'est un nom qu'on donne à la fructification du capital et à la circulation de l'or »), ou des méditations délicieusement anachroniques (« Je ne fréquente plus que l'*homo economicus*. L'*homo economicus* n'a jamais d'humeur ; il se guide sur l'appréciation exacte de ses intérêts. Et voilà ! Me voilà retombé dans l'incertitude et dans les hasards, à soixante-sept ans, parce que j'ai prêté de l'argent à un archevêque septuagénaire. Je croyais pourtant que c'était un placement de père de famille », *ms. 9*, tableau I, f° 17). Sartre a pensé un temps que Foucre pourrait être à l'origine du complot destiné à assassiner Gœtz (*ms. 9*, tableau II, f° 14).

2. Le nom de Conrad apparaît d'abord dans les manuscrits à propos du « Pauvre Conrad », branche du mouvement religieux et social du Bundschuh à l'origine de révoltes paysannes (*ms. 1*, f° 114, note de lecture sur Gustave Welter, et f° 116, note de lecture sur *La Guerre des paysans* de Engels). L'aîné de Gœtz (les manuscrits le désignent comme son frère, exceptionnellement comme son demi-frère) se prénomme alors Bernard (*ms. 1 bis*, ff[os] 2 et 3) ; le choix du prénom définitif est peut-être lié aux options sociales prêtées au personnage : « Il a été perdu parce qu'il s'est allié avec les paysans contre les princes » (f° 7). À ce stade de la rédaction, le tout premier, l'opposition entre les deux frères est clairement politique ; Sartre note en effet, au cours de sa lecture d'Engels (voir la Notice, p. 1411) : « 263 : voilà ce que veut X [Gœtz] » (*ms. 1*, f° 116), en pensant manifestement à ces lignes de *La Guerre des paysans* : « Le noblesse allemande préférait continuer d'exploiter les paysans sous une suzeraineté princière, plutôt que d'abattre les princes et les prêtres par une alliance ouverte avec les paysans *émancipés.* » Dans les premières esquisses, le frère est systématiquement donné comme « bon » (*cf. ms. 1*, f° 10) ; Sartre a renoncé plus tard à cette topique des deux frères moralement opposés.

3. La ville rhénane de Worms fut un haut lieu de la Réforme : Charles Quint y réunit en effet une diète en janvier 1521 ; Luther y fut convoqué en avril et refusa de se rétracter ; en mai, l'édit de Worms le mettait au

ban de l'Empire. Mais les événements auxquels la pièce se réfère ne sont pas historiques.

4. Avant de s'appeler Nasty (on se demande si Sartre savait que le mot signifie « méchant » en anglais) et d'être boulanger, ce personnage s'est appelé Murger et était chef des paysans ; ce premier nom était sans doute inspiré de celui de Thomas Münzer, le meneur de la guerre des Paysans, comme le rappelle Gustave Welter (*Histoire des sectes chrétiennes*, p. 128 ; voir la Notice, p. 1411). Engels voyait en Münzer un protocommuniste. Né à Stolberg à la fin du XVe siècle, Münzer fit partie, vers 1520, des « prophètes de Zwickau » dénoncés par Luther ; il devint pasteur des anabaptistes, qui recrutaient leurs membres parmi les paysans révoltés. Il incita les paysans à la révolte, ce qui aboutit au massacre de 1525. Sartre a mis dans la bouche de Nasty nombre de thèmes clairement anabaptistes : idée d'une « société des élus », méfiance absolue envers tout pouvoir politique, foi dans une inspiration personnelle directe. Ce n'est qu'à un stade très tardif de la rédaction que Nasty a cessé d'être paysan pour devenir boulanger ; soit que Sartre ait pris acte du caractère urbain du personnel du début de la pièce (le peuple de Worms) ; soit qu'il ait été intéressé par la prédication anabaptiste de Münster en 1535 (il prend une note à ce sujet en lisant Welter ; *cf. ms. 1*, f° 114), activement menée par un boulanger hollandais, Jan Matthijs ; soit qu'il ait voulu accentuer la pertinence politique du texte pour le contexte d'après-guerre et pour l'ère postrurale : afin de mieux parler aux hommes de 1951, le révolutionnaire de la pièce se devait d'être issu de la petite-bourgeoisie urbaine et non de la paysannerie.

5. Jusqu'à la toute fin de la rédaction, Sartre hésite sur le détail de la généalogie bâtarde de Gœtz : de mère noble, est-il fils de moine ou de paysan ? Les premières esquisses envisagent déjà les deux possibilités (*cf. ms. 1*, ff[os] 10 et 11).

6. On a parfois vu dans la bâtardise sacerdotale de Heinrich une allusion de Sartre à l'expérience des prêtres-ouvriers et à leurs démêlés avec la hiérarchie catholique. Sartre est revenu à deux reprises sur ce personnage : il affirmera à Marcel Péju que Heinrich représente le « côté nocturne » de la pièce (voir *Samedi-Soir*, 2-8 juin 1951 ; *Un théâtre de situations*, p. 316). Bien plus tard, en commentant un tout autre texte, Sartre se souviendra de Heinrich : « [...] quelqu'un qui fait toujours le mal quoi qu'il fasse parce qu'il est dans une situation fausse » (entretien avec Bernard Dort, *Théâtre populaire*, septembre-octobre 1955).

7. Le thème de la mort de l'enfant inscrit *Le Diable et le Bon Dieu* dans une tradition littéraire à la fois très ancienne et très actuelle en ce début des années 1950. Ce qui peut être considéré comme la scène type dans l'évaluation du mal n'avait jamais été traité directement par Sartre auparavant, alors que ce thème avait donné lieu à des pages importantes chez des auteurs que Sartre a lus de très près comme Dostoïevski (*Les Frères Karamazov*), mais aussi Céline (*Voyage au bout de la nuit*), Malraux (*L'Espoir*) et Camus (*La Peste*), ou de moins près comme Bernanos (*Sous le soleil de Satan*, *Journal d'un curé de campagne*). La discussion sur la mort de l'enfant est l'occasion de passer en revue quelques-uns des arguments les mieux connus des théodicées des XVIIe et XVIIIe siècles. Non que Sartre prenne véritablement au sérieux un questionnement sur la compatibilité de l'existence de Dieu et de celle du mal sur terre (il n'a d'ailleurs pas fait de lectures théologiques pour préparer la rédaction de

la pièce), mais cette problématique lui était au moins familière depuis qu'il avait lu Leibniz (*Discours de métaphysique* et *Essais de théodicée*) en préparant l'agrégation. On reconnaîtra ici les explications les plus discutées dans les controverses les plus célèbres : la question de la perfection de Dieu, la théorie du meilleur des mondes possibles, et le problème de la liberté de l'homme face aux impératifs divins. Il est probable que le spectateur de 1951 entendait ici un écho au sermon de Paneloux dans *La Peste* de Camus (1947).

8. Il y a peut-être ici une allusion au titre de la pièce de Lucien Fabre, *Dieu est innocent* (titre qui se donne comme une citation de *La République* de Platon). Non que cette pièce (variation sur le mythe d'Œdipe) ait en elle-même un lien direct avec *Le Diable et le Bon Dieu*, mais elle a pu attirer l'attention de Sartre pour deux raisons au moins : d'abord, parce qu'elle a paru chez Nagel en juillet 1946 (or Sartre fait paraître chez le même éditeur en mars *L'existentialisme est un humanisme*, en octobre *La Putain respectueuse*), ensuite parce qu'elle est précédée d'un avant-propos posthume de Paul Valéry — et l'on sait l'intérêt que Sartre accordait à ce dernier —, où le poète envisageait la question du mal dans l'histoire et la pertinence de la notion de destin comme solution des apories de la théodicée. Dans une préface de 1950, Sartre écrivait déjà : « Le problème reste le même dans toutes les théodicées : il faut innocenter Dieu. [...] La tâche du clerc est d'établir que le Non-Être vient de l'Être et n'a d'existence que par l'Être mais que l'Être n'en est aucunement responsable » (« Faux savants ou faux lièvres », *Situations, VI*, p. 44).

9. Cette réplique — avec, évidemment, le thème de la bâtardise — est tout ce qui reste dans le texte d'une ligne thématique fortement représentée dans les brouillons, celle de la grossesse et de la naissance ; en cela, bien des esquisses de la pièce faisaient écho, sur un mode métaphorique, à *Bariona*, voire à *L'Âge de raison*. Ainsi Dosia, la belle-sœur de Gœtz, se disait-elle enceinte de son mari assassiné (« Je ne suis pas veuve, je suis grosse de mon mari » : voir p. 533, et aussi p. 528). Quant à Gœtz, son obsession de non-engendrement pouvait prendre deux formes : non-naissance (« GŒTZ : Donc pas d'héritier. Vous avez de la chance. / DOSIA : Pourquoi ? / GŒTZ : Je veux que cette Maison s'anéantisse. Je croyais l'avoir abolie et la voilà : c'est vous. S'il y avait eu un héritier... Allons remariez-vous. Épousez quelque autre Conrad qui vous fera des enfants, la Maison s'écroulera le jour où vous changerez de nom. Elle n'existera plus qu'en moi seul. En moi qui ne suis pas né », *ms. 2*, f° 46), ou autogénèse (« J'ai porté vingt ans ma trahison dans mon ventre et à chaque minute je la sentais bouger. À présent, elle est sortie de moi, elle est lâchée dans le monde et continue ses ravages mais moi j'ai une âme toute neuve. Tu parles à une jeune accouchée. [...] J'ai accouché de moi-même », *ms. 2*, ffos 52-53).

10. La célèbre formule prêtée à Tertullien (« *credo quia absurdum* ») apparaît ici comme l'expression typique d'une mauvaise foi transformée en névrose ; elle prend d'ailleurs la forme d'un « tourniquet » (voir n. 18).

11. Ici, comme dans *La Putain respectueuse* (voir n. 5, p. 224), Sartre se souvient du *Criton* de Platon : l'institution sociale (Cité, État, Église) exige la soumission au nom de la gratitude qui lui est due. Le sujet intériorise ainsi la violence qui lui est faite et se l'approprie ; la contrainte en est bien plus efficace.

12. « C'est une phrase de Savonarole » (interview au *Figaro littéraire*,

30 juin 1951 ; *Un théâtre de situations*, p. 323) ; de fait, Gustave Welter rappelle que Savonarole utilisait fréquemment la métaphore de la « fille publique » pour désigner l'Église catholique (voir *Histoires des sectes chrétiennes*, p. 124).

13. Sans doute en 1951 se souvenait-on ici de la mort de l'archevêque Thomas Beckett dans *Meurtre dans la cathédrale* (Jean Vilar, qui joue ici Heinrich, avait monté la pièce de T. S. Eliot au Vieux-Colombier en 1945). Ou encore de *Fastes d'enfer* de Michel de Ghelderode, où un évêque meurt étouffé par une hostie empoisonnée (octobre 1949, théâtre Marigny ; la pièce avait été longuement commentée par Jean Pouillon dans *Les Temps modernes*).

14. Les premières scènes de ce tableau ont d'abord été écrites comme ouverture de la pièce (*cf. ms. 9*, tableau II). Sartre n'a ajouté le premier tableau qu'au moment de la rédaction finale, et le tableau II a gardé une allure de prologue : il s'agissait en quelque sorte de retarder l'arrivée de Gœtz. Rappelons enfin que, dans la préoriginale, ce tableau n'était pas divisé en scènes, mais se présentait comme une scène unique, à l'instar du tableau I. Voir aussi la variante *g*.

15. La préoriginale ne prévoyait pour ce passage que deux officiers, bientôt rejoints par Hermann (voir var. *g*). Ce dernier était alors désigné, dans les supports de répliques, soit comme « Hermann », soit comme « Le troisième officier », soit comme « L'officier », lorsque le contexte ne laissait pas d'ambiguïté. Bien que maladroit, ce système n'était pas incohérent. Or, en préparant l'édition originale, Sartre a voulu ajouter ici un troisième officier, distinct de Hermann, pour d'évidentes raisons d'occupation de l'espace scénique, mais sans allonger le texte, c'est-à-dire en redistribuant simplement les répliques existantes. Le problème, c'est qu'il n'a pas fait par la suite les transformations nécessaires dans les supports de répliques ; ainsi à la scène I du tableau III, Hermann restera désigné comme le « troisième officier », même lorsqu'il n'y en a pas d'autre sur scène.

16. Le personnage principal de la pièce n'a pas eu d'autre nom que Gœtz (« Goetze » signifie « faux dieu », « idole » en allemand ; c'est aussi un diminutif possible pour le prénom Gottfried, « paix de Dieu »), mais il est désigné par « X » dans quelques-uns des tout premiers feuillets des brouillons préparatoires (voir p. 504), et notamment lorsque Sartre prévoit de réutiliser pour la pièce certaines données qu'il prend en note dans des ouvrages savants. Il apparaît alors que le personnage de Gœtz, au départ du moins, a clairement été inspiré de Luther.

17. Le prénom est repris de la religieuse épousée par Luther en 1525, Catherine de Bora. Les notes prises par Sartre sur le *Luther* de Febvre montrent en effet qu'il a lu le passage intitulé « Narguer le monde : Catherine » (*cf. ms. 1*, f° 112). Dans certains manuscrits, Catherine a aussi un patronyme : Hammern (*ms. 7*, f° 41).

18. Les premières répliques de Gœtz sont sur le mode d'un paradoxisme baroque ou plutôt d'une série de « tourniquets », pour reprendre le terme par lequel Sartre, dans le *Saint Genet*, désigne des attitudes du renversement simple de l'antithèse sur la synthèse. Le mot apparaît d'ailleurs dans un brouillon de la pièce (voir « Gœtz et Dosia. La bâtardise et la noblesse (I) », p. 530). La formulation la plus emblématique du tourniquet sartrien est l'expression « qui perd gagne » ; on la trouve dans *Les Séquestrés d'Altona* (p. 892), mais aussi dans un avant-

texte du *Diable et le Bon Dieu* : « Tu connais le jeu de qui perd gagne ? C'est le perdant qui ramasse l'enjeu » (Heinrich, *ms. 8*, f° 111). Le « qui perd gagne » permet au philosophe, confronté à l'irréductibilité de toute trajectoire individuelle (fictionnelle, biographique, autobiographique), d'emblématiser des stratégies personnelles de salut (on me rejette, donc je choisis d'être rejeté ; on me considère comme un néant, eh bien, je m'anéantirais ; mon échec sera ma victoire...). Mais ce « tourniquet » n'est pas une simple ruse de la mauvaise foi ; il constitue une véritable dialectique individuelle, paradoxale certes en ce qu'elle s'arrête à l'antithèse, mais par laquelle l'individu parvient à transformer en substance l'apparence que lui renvoie le monde, et par là même à exister.

19. Dès les toutes premières esquisses du drame, Sartre a songé à un personnage de traître, comme miroir tendu à Gœtz. Mais il n'a pas tout de suite pensé confier ce rôle à un prêtre (« On lui amène un traître. Un type qui a trahi son armée », *ms. 1*, f° 85). Encouragée par la proximité phonétique des deux mots, l'idée du prêtre-traître apparaît néanmoins bien vite, très probablement lors de la lecture de *La Guerre des paysans* de Friedrich Engels (*ms. 1*, f° 116 : « Trahison : 240 » ; cette note renvoie à ce passage d'Engels : « le plan fut trahi par un ecclésiastique qui l'avait appris par la confession d'un des conjurés »).

20. Sur ce thème, voir le long développement de *L'Être et le Néant* : « [...] on souffre de ne pas souffrir assez. La souffrance dont nous *parlons* n'est jamais tout à fait celle que nous ressentons. Ce que nous appelons la " belle " ou la " bonne " ou la " vraie " souffrance et qui nous émeut, c'est la souffrance que nous lisons sur le visage des autres » (Gallimard, 1943, p. 135).

21. Le thème baroque du *theatrum mundi*, qui se lit dans toute cette scène, trouve d'autres formulations dans les brouillons : « GŒTZ : Comédie ! J'ai joué sur des tréteaux ; je n'ai pas agi, j'ai fait des gestes » (*ms. 9*, tableau X, f° 107). Faut-il rappeler que Sartre travaille au même moment à un essai qui s'inspirera du titre d'une tragédie de Rotrou, *Saint Genet, comédien et martyr* ?

22. Sur la confusion des personnages de Hermann et du Troisième Officier, voir n. 15. Dans la suite de la scène, Hermann est identifié comme « L'Officier », ce qui ne signifie pas qu'il se confonde avec « L'Officier » de la scène précédente ; à la scène IV, il sera tout simplement désigné comme « Hermann ».

23. Francis Jeanson (voir *Sartre par lui-même*, p. 62) a proposé de lire la suite du drame à la lumière de cette réplique, et l'a rapprochée de ce qu'écrivait Sartre dans *Saint Genet* : « Le geste du don nous sépare des hommes ; il n'engendre pas de réciprocité » (Gallimard, 1952, p. 535), et de cette remarque de Hugo dans *Les Mains sales* : « C'est si commode de donner : ça tient à distance » (p. 248).

24. Sur cette réplique, voir l'interview au *Figaro littéraire*, 30 juin 1951 ; *Un théâtre de situations*, p. 321.

25. On a pu reprocher à Sartre de faire un anachronisme en évoquant ici le mouvement hussite, dont on sait qu'il se développa en Bohême dans la première moitié du XVe siècle. Les notes prises par Sartre montrent qu'il n'en fut rien (on trouve dans *ms. 1*, f° 114, une chronologie précise des mouvements de réforme en Occident) ; le mouvement inspiré par Jan Hus (1370-1415) ne fut d'ailleurs éliminé qu'au début du XVIIe siècle. D'après Welter, le hussisme est le cas emblématique de la

révolte sociale réinterprétée en révolte religieuse (voir *Histoire des sectes chrétiennes*, p. 123).

26. L'allusion au pape et à l'antipape est claire : elle renvoie au grand schisme et à l'épisode historique de la papauté d'Avignon (XIVe siècle). La référence aux trois empereurs est moins nette : la situation s'est présentée à diverses reprises dans la dernière période de l'Empire romain, mais pas dans le monde médiéval que cette phrase décrit, à moins que Sartre n'ait en tête les conséquences de la quatrième croisade, qui vit l'établissement d'un Empire latin de Constantinople, tandis que se maintenait un Empire grec affaibli et que se développait l'Empire romain germanique (XIIIe siècle).

27. Jusqu'à la fin de la scène, Heinrich va combiner divers principes de théologie morale *a priori* difficilement compatibles : ici théorie classique du moindre mal ; à la réplique suivante, théorie de l'arbitraire du pardon divin (Heinrich semble soudain faire allégeance à la théorie de la prédestination, contre la théorie catholique du salut par les œuvres) ; à la dernière réplique de la scène, retour à la théorie des intentions, principe fondamental de toute casuistique. Sartre semble ici s'amuser à faire une liste de diverses solutions chrétiennes proposées à la question morale.

28. On trouve dans les manuscrits de la première rédaction des versions bien plus solennelles du serment après le pari. Sartre a ensuite eu à cœur de les simplifier, pour maintenir une ambiguïté dramatique et par haine d'une grandiloquence qu'il a systématiquement traquée en mettant le texte au point ; voir, par exemple : « J'ai gagné. Dieu est avec moi. Adieu, Dosia. *(Il se relève.)* Devant Dieu et devant vous tous, de toutes mes forces, je jure de me consacrer au Bien. Je le ferai, je sacrifierai tout pour le faire et tant mieux s'il est impossible. L'impossible ne me fait pas peur » (*ms. 2*, f° 313). On note, dans cette variante, que Gœtz est supposé avoir gagné le pari (c'est l'hypothèse retenue dans presque tous les premiers états du texte) ; ce n'est que dans l'état final que la conversion au bien résulte d'un pari perdu. Mais le texte n'est pas parfaitement cohérent, puisque Gœtz a en fait parié sur le bien un peu plus haut.

Acte II.

a. TM insère cette phrase entre Approchez *et* *(Silence obstiné* : Vous avez peur parce que vous ne comprenez pas ce qui arrive. Eh bien, je suis ici pour vous l'expliquer. *Un état manuscrit prévoyait que Gœtz fît ici son « premier prêche » (ms. 7, ff^os^ 2-3).* ◆◆ *b.* Catherine est en train de mourir : c'est *TM. Ici comme ailleurs, Sartre a tiré son texte vers la norme écrite, quitte à lui donner un accent classique.* ◆◆ *c. C'est la seule indication de décor réellement récrite entre TM et orig. La préoriginale donne en effet : L'intérieur d'une église. Une chaise, un Christ en croix, un autel, un pilier. La foule remplit l'église. Les uns sont à genoux, les autres debout, d'autres enroulés dans des couvertures et couchés sur le sol ; quelques-uns mangent.* ◆◆ *d. Dans TM, la scène* III *commence ici, avec la sortie de Heinrich et Nasty.* ◆◆ *e. s'avance d'une forme orig. Nous corrigeons.* ◆◆ *f. Dans TM, ces trois phrases étaient dites par des femmes ; cette indication, nécessaire à la compréhension du passage, semble avoir été omise par erreur dans orig.* ◆◆ *g. Ici s'insèrent, dans TM, ces deux répliques :* GŒTZ : Écoute-moi. / CATHERINE *(désignant un coin obscur)* : Les voilà ! / *Elle se met à crier, il lui met la main sur la bouche.* ◆◆ *h.* Ils sont à moi. Je les ai eus. Enfin. *TM*

1. Sartre a décrit le deuxième acte comme une nouvelle exposition de la pièce, c'est-à-dire comme « un temps faible où le spectateur peut n'écouter que d'une oreille », et se reposer avant l'acte III où culmine le drame (interview au *Figaro littéraire*, 30 juin 1951 ; *Un théâtre de situations*, p. 322). Il est de fait le plus bref des trois. Il est clair que Sartre n'a jamais réussi à choisir entre les deux structurations : pour lui, *Le Diable et le Bon Dieu* est un drame en deux parties (d'où les deux expositions, etc.) ; mais il a complexifié cette structure par une présentation en trois actes, plus dialectique : le choix du Diable, le choix du Bon Dieu, le choix de l'homme. Cette hésitation entre structure binaire et structure ternaire apparaît dès les premiers brouillons et se maintient jusque dans l'analyse que Sartre donne de la pièce après sa mise en scène.

2. Aucune édition de notre texte ne donne d'indication de lieu, de temps ou de décor pour ce tableau. On trouve dans un état antérieur du texte (correspondant à la future scène IV de ce tableau) l'indication suivante : « 2e partie. 1er tableau : une salle du château de Heidenstamm » (*ms. 9*, tableau IV, f° 5) ; elle semble demeurer pertinente pour la version finale.

3. Sartre dira avoir emprunté cette réplique au pape Clément VII (interview au *Figaro littéraire*, 30 juin 1951 ; *Un théâtre de situations*, p. 323).

4. L'allusion au célèbre ouvrage de Campanella (*La Cité du soleil, ou l'Idée d'une république philosophique*, 1623) est sans doute à lire comme une condamnation des modèles utopiques anhistoriques, et donc non situés, fondés sur un égalitarisme abstrait et sur une base théocratique plus ou moins avouée.

5. Seul personnage de la pièce directement emprunté à l'histoire de la Réforme allemande. Johannes Diez, dit Tetzel, dominicain allemand (1460 ?-1519), considéré par Léon X comme le meilleur vendeur d'indulgences du temps. Il prêcha entre 1505 et 1515, donc au moins dix ans avant la guerre des Paysans qui sert de contexte historique à la pièce. Ses prédications choquèrent violemment Luther et sont une des causes de la rupture de celui-ci avec l'Église catholique.

6. C'est en lisant Lucien Febvre que Sartre a rencontré la figure historique de Tetzel et eu l'idée d'introduire dans le drame une scène de vente d'indulgences. Après avoir lu la page 61 de l'ouvrage d'*Un destin : Martin Luther* de Lucien Febvre, Sartre note ainsi : « Serait plaisant de faire un prêcheur d'indulgences. Avec six liards une âme s'envole du purgatoire » (*ms. 1*, f° 78). La formule commerciale de Tetzel se trouve à cette même page de Febvre sans traduction : « *Sobald das Geld im Kasten klingt / Die Seele aus dem Fegfeuer springt* ». Les notes prises par Sartre sur ce passage de Febvre montrent qu'il a aussi songé un temps à mettre en scène la question des reliques.

7. Cette allusion à un thème bien connu de l'imagerie chrétienne se donne à lire à de nombreux niveaux : allusion à la figure de François d'Assise (autre pécheur converti au bien), que confirmera la scène des stigmates à la fin de l'acte II ; souvenir de Flaubert (*Légende de saint Julien l'Hospitalier*) ; évident sarcasme contre un des romans les plus populaires de François Mauriac (*Le Baiser au lépreux*, 1922).

8. C'est en lisant Gustave Welter (*cf. Histoire des sectes chrétiennes*, p. 18) que Sartre semble s'être initié aux sanctions ecclésiastiques : Heinrich est en effet frappé de « suspense personnelle ». À la scène suivante, l'évoca-

tion de la terreur des paysans en cas de non-célébration des sacrements a peut-être été inspirée à Sartre par ce que Gustave Welter dit de l'*interdit local*, sanction prévue par l'Église pour prévenir notamment la diffusion d'une hérésie.

9. Dans *TM*, le patronyme de Hilda est Lamm (« agneau », « agnelle » en allemand) ; Sartre a sans doute préféré abandonner un nom trop visiblement allégorique. Dans les brouillons, le prénom Hilda apparaît d'abord — dans ce qui deviendra la scène IV du tableau IV — pour désigner une baronne qui reproche à Gœtz d'être « le fossoyeur des Heidenstamm. Et de toute la noblesse » (*ms. 9*, f° 4), reprenant donc des thèmes du personnage abandonné de Dosia.

10. La thématique de la beauté de Gœtz est très présente dans les avant-textes de la pièce (voir « Gœtz et Dosia. La bâtardise et la noblesse (1) », p. 527-530).

11. Faire apparaître une main lépreuse est un des signes que Dieu propose à Moïse pour obtenir la confiance de son peuple, dans un passage de l'Exode dont le texte de Sartre semble se souvenir (IV, 6-7). Mais on a surtout ici un des thèmes qui rattachent *Le Diable et le Bon Dieu* à la pièce de Cervantès, *Le Rufian bienheureux* : « On le [le truand converti au bien par pari] retrouve plus tard, à peu près moine, au chevet d'une vieille prostituée, décidant d'attirer ses péchés sur lui, grâce à une sorte de gangrène » (en fait, chez Cervantès, le visage et les mains du truand repenti se couvrent de lèpre au moment même où la pécheresse qui s'est confessée à lui rend l'âme) ; mais dans la pièce de Sartre, Dieu n'envoie pas la maladie rédemptrice : « Quand [Gœtz] appelle sur lui, pour sauver une femme, une manière de gangrène, il triche une seconde fois. Toute la pièce est précisément l'histoire d'un miracle qui ne survient jamais » (interview à *Samedi-Soir*, 2 juin 1951 ; *Un théâtre de situations*, p. 313-314). Bien que Sartre semble n'avoir qu'une connaissance très imparfaite de la pièce de Cervantès, cette scène entre Catherine et Gœtz rappelle étonnamment la confrontation entre Ana de Treviño et le père de la Croix qui clôt la deuxième journée du *Rufian bienheureux*.

12. Sartre confia à Jean Duché : « Le premier jour, qui était une représentation avant les critiques, la salle avait peur. Dans la scène des stigmates, lorsque Gœtz apostrophe le Christ en croix, le public se demandait s'il allait le frapper. On ne savait pas " jusqu'où j'irais trop loin ", comme dit Cocteau » (*Le Figaro littéraire*, 30 juin 1951).

13. À cet endroit, un incident marqua la première de la pièce ; Daniel-Rops en rendit compte ainsi : « À la fin du second acte, au moment même où ce reître mal converti de Gœtz feint de recevoir les stigmates du Christ pour piper la confiance de son peuple, un sympathique garçon, dans la saine indignation de la jeunesse, lança plusieurs coups de sifflet. Aussitôt, selon les mœurs de la libre France, les anges gardiens en uniforme qui parsemaient les couloirs du théâtre l'encadraient et l'on put voir le jeune Polyeucte conduit vers la sortie… L'athéisme anarchique protégé par un garde municipal, si j'étais à la place de Sartre, je réfléchirais à ce symbole » (*L'Aurore*, 9-10 juin 1951). La veille, déjà, Jacques Aubry précisait que ces coups de sifflet coïncidaient avec le baisser de rideau et que le jeune homme avait dit vers Sartre : « Vous ne trouvez pas que la vie est assez " moche " en soi […] vous voulez encore en rajouter ? » (*L'Aurore*, 8 juin).

Acte III.

a. Ces deux dernières répliques et les didascalies afférentes ont été ajoutées entre TM et orig. Dans la préoriginale, Gœtz ne congédiait pas les paysans et la scène III *se poursuivait.* ◆◆ *b.* mes frères ! Il vous ment ! *TM, leçon qui semble ici préférable.* ◆◆ *c. Ces quatre dernières répliques sont absentes de TM.* ◆◆ *d. Intéressante variante de ces répliques dans ms. 9, tableau X, f° 141 :* GŒTZ : Hilda, Dieu est mort. / HILDA : Dieu ? Je crois plutôt que c'est Heinrich. / GŒTZ : Heinrich, Dieu, c'est pareil.

1. Cette ouverture de l'acte III semble directement inspirée de la première scène de l'acte III du *Malatesta* de Montherlant (voir la Notice, p. 1418), où des courtisans déchiffrent une à une les lettres du mot « *amor* », que forment des figurants sous les fenêtres du pape.

2. Cette réplique démarque la dernière parole du Christ (Matthieu, XXVII, 46) ; la réponse de Nasty n'en est que plus cinglante : elle érige l'Histoire en ultime sanction des actions humaines.

3. « Vous verrez à la lecture un monologue très peu orthodoxe, qui a été coupé à la scène : il est de saint Jean de la Croix » (*Le Figaro littéraire*, 30 juin 1951 ; *Un théâtre de situations*, p. 323). Bien sûr, le texte ne provient pas en l'état de saint Jean de la Croix, mais il s'inspire directement de sa thématique et de son lyrisme. Sartre a en effet découvert son œuvre en 1927, alors qu'il préparait son mémoire de Diplôme d'études supérieures, qui s'appuyait fortement sur les travaux de son directeur de recherche, Henri Delacroix.

4. « Et cette sortie de Gœtz devant Hilda, est-ce que ce n'est pas horriblement " existentialiste " ? [...] C'est une citation d'Odilon de Cluny, moine de la réforme clunisienne, que j'ai copiée dans Huizinga, *La Fin du Moyen Âge* » (*Le Figaro littéraire*, 30 juin 1951 ; *Un théâtre de situations*, p. 323). Il s'agit en fait d'Odon de Cluny : « La beauté des corps est tout entière dans la peau. En effet, si les hommes voyaient ce qui est sous la peau, doués comme les lynx de Béotie d'intérieure pénétration visuelle, la vue seule des femmes leur serait nauséabonde : cette grâce féminine n'est que saburre, sang, humeur, fiel. Considérez ce qui se cache dans les narines, dans la gorge, dans le ventre : saletés partout... Et nous qui répugnons à toucher, même du bout du doigt, de la vomissure ou du fumier, comment donc pouvons-nous désirer de serrer dans nos bras le sac d'excréments lui-même » (Johan Huizinga, *Le Déclin du Moyen Âge*, Julia Bastin trad., Payot, 1932, p. 167-168). Huizinga note que cette thématique est directement empruntée à saint Jean Chrysostome, comme le rappellera Sartre dans le *Saint Genet* (p. 491) où la même phrase est reprise.

5. C'est « une réplique essentielle de la pièce », selon Sartre (interview dans *Paris-Presse-L'Intransigeant*, 7 juin 1951 ; *Un théâtre de situations*, p. 318). Voir aussi *Le Figaro littéraire*, 30 juin 1951, *ibid.*, p. 324-325.

6. Dans les premiers brouillons de cette scène, Heinrich expliquait longuement à Gœtz que « La clé de tout, c'est la bâtardise » (*ms. 9*, tableau X, f° 65) : « GŒTZ : Conclus. / HEINRICH : Le jour où ta mère s'est fait engrosser par un gueux, elle a décidé de toi. Elle t'a fait bâtard ; où que tu ailles et quoi que tu fasses, tu ne peux t'échapper à toi-même. Bâtard tu es et tu resteras. Le Bien, tu ne l'as jamais fait ni ne le feras ; tu as fait le Mal, mais il n'y a pas de quoi te vanter puisque tu es né cou-

pable. Tu n'as pas changé de peau, Gœtz, tu as changé de langage : tu nommes tes crimes sainteté, ta rage de détruire générosité, amour ta haine, humilité ton orgueil. Aujourd'hui comme hier, tu veux étonner le Ciel et le Ciel t'ignore ; aujourd'hui comme hier, tu veux détruire le genre humain en ta personne et en celle d'autrui, mais tu n'arrives pas même à te tuer. Tu es une malfaçon, une contrefaçon, une quantité négligeable. Soumis à deux forces contraires, tu t'épuises à tourner sur toi-même, tu te fuis et te poursuis, tu te détestes et ne songes qu'à toi ; tu es toujours autre et toujours ailleurs : autre que ce que tu parais, autre que ce que tu crois être, autre que ce que nous sommes ; et tu fais autre chose que ce que tu veux. / GŒTZ : Alors, tout vient de ma bâtardise ? / HEINRICH : Tout » (fo 79).

7. Allusion biblique (l'ânesse de Balaam) ; voir Nombres, XXII, 21-35.

8. Toutes ces variations sur le lien entre existence de Dieu et morale sont la réponse que Sartre oppose à Dostoïevski : « la réalité humaine ne doit compte de sa moralité qu'à soi. Dostoïevski écrivait : " Si Dieu n'existe pas, tout est permis. " C'est la grande erreur de la transcendance. Que Dieu existe ou n'existe pas, la morale est une affaire " entre hommes " et Dieu n'a pas à y mettre son nez. L'existence de la morale, au contraire, loin de prouver Dieu, le tient à l'écart, car c'est une structure personnelle de la réalité-humaine » (*Carnets de la drôle de guerre*, 6 décembre 1939, Gallimard, 1995, p. 314). À un intervieweur de 1951 qui lui demande : « Pouvez-vous définir votre morale par rapport aux morales chrétiennes ? », Sartre répond : « Pas en deux mots. C'est une des préoccupations du prochain tome des *Chemins de la liberté*. En gros, je veux dire ceci. D'abord tout amour est contre Dieu. Dès que deux personnes s'aiment, elles s'aiment contre Dieu. " Tout amour est contre l'absolu puisqu'il est l'absolu lui-même. " Ensuite : " Si Dieu existe, l'homme n'existe pas, et si l'homme existe, Dieu n'existe pas " » (interview dans *Paris-Presse-L'Intransigeant*, 7 juin 1951 ; *Un théâtre de situations*, p. 318).

9. Sartre aime à démarquer la célèbre formule du « Mémorial » de Pascal. On en entendait d'ailleurs un écho dès la scène IV du tableau IV (« Roses, pluies de roses », p. 433). Voir aussi *Le Sursis* (*Œuvres romanesques*, p. 1095 et n. 1) et *Les Troyennes*, p. 1067.

10. On trouve dans *ms. 9*, tableau XI, quelques détails complémentaires sur cet étrange objet : « LA SORCIÈRE : C'est la main d'un Turc. Il voulut poignarder l'empereur Barberousse et sa main devint une main de bois » (fo 38).

11. On trouvera des échos de tout ceci, et de l'ensemble de la pièce, à la fin des *Mots*, l'autobiographie que Sartre mettra en chantier peu après la rédaction du *Diable et le Bon Dieu*. Les dernières pages de l'ouvrage de 1964 se souviennent manifestement de la pièce de 1951 : « Je fus d'Église… J'ai changé… Si je range l'impossible salut au magasin des accessoires, que reste-t-il ? Tout un homme, fait de tous les hommes et qui les vaut tous et que vaut n'importe qui. »

Autour du « Diable et le Bon Dieu »

LES MANUSCRITS DE LA PHASE PRÉPARATOIRE

◆ TROIS PLANS. — Nous reproduisons les trois plans les plus anciens du dossier génétique (*ms. 1*, ffos 1-2, 80-81 et 100-101).

◆ AVANT LE PARI. SOUS LES MURAILLES DE WORMS. — Nous proposons de mettre en relation un certain nombre de feuillets dispersés dans le manuscrit le plus ancien. Comme il ne s'agit que d'une reconstitution hypothétique, nous signalons dans le texte la limite entre les feuillets (*ms. 1*, ffos 7, 9, 11, 19, 22, 25, 28, 29).

◆ APRÈS LE PARI. DANS L'ERMITAGE DE GŒTZ. — Autre reconstitution possible dans le matériel correspondant à la seconde partie de la pièce (*ms. 1*, ffos 47, 50-54).

◆ GŒTZ, LA FEMME DE SON FRÈRE ET LE CHEF DES PAUVRES. — Voici une des premières mises en dialogue. Le personnage de Dosia, abandonné dans la version finale, n'a pas encore de nom ; le chef des pauvres se nomme Murger et pas encore Nasty (*ms. 1 bis*, ffos 3-13). Sur Dosia, voir la Notice, p. 1406-1407.

◆ GŒTZ ET LE PRÊTRE. ÉBAUCHE DU TABLEAU II, SCÈNE IV. — Dans cette ébauche de ce qui sera la scène IV du tableau II, le futur Heinrich s'appelle Hans (*ms. 1*, ffos 56-63).

◆ GŒTZ, CATHERINE ET LE CURÉ. NOUVELLE ÉBAUCHE DU TABLEAU II. — Dans cette version plus tardive de ce qui sera le tableau II (*ms. 9*, tableau II, ffos 10-13), la future Catherine est désignée comme Wanda, car le rôle était écrit pour Wanda Kosakiewicz ; le futur Heinrich y est désigné par sa fonction : le Curé (ou C.).

AUTOUR DE DOSIA. PREMIÈRE VERSION DE L'ACTE I

◆ UNE SCÈNE ABANDONNÉE : LA CAPITULATION DES BOURGEOIS DE WORMS. — Sartre a songé à placer entre la harangue du Prophète (p. 387) et la dispute de l'Évêque et de Dosia (voir plus bas), une scène librement inspirée de l'épisode des bourgeois de Calais (*ms. 9*, tableau I, ffos 62-63).

◆ DOSIA HARANGUE LES BOURGEOIS DE WORMS. — Dans la première rédaction du futur tableau I, c'est Dosia et non Nasty qui, descendant du chemin de ronde, vient interrompre le discours de l'Évêque (*ms. 9*, tableau I, ffos 34-36).

◆ ALLIANCE ENTRE DOSIA ET NASTY. — À la fin du tableau I, l'amorce narrative n'est pas encore constituée par le dilemme de Heinrich, mais par l'alliance de Dosia et de Nasty, de la noblesse et du peuple (*ms. 9*, tableau I, ffos 65-67, 71).

◆ DOSIA ET CATHERINE. — Dosia est sortie de Worms et s'apprête à mettre à exécution le projet dont il a été question avec Nasty à la fin du premier tableau : tuer Gœtz (*ms. 4*, ffos 29-30).

◆ AUTRE VERSION DE LA RENCONTRE DE DOSIA ET DE CATHERINE. — *Ms. 3*, ffos 6-8.

◆ DOSIA TENTE DE TUER GŒTZ. — Le dossier des manuscrits donne diverses variantes de la scène intermédiaire, où Gœtz et Catherine se disputent. Toutes mènent au « Tu l'auras voulu » (*cf.* p. 416) de Catherine, comme ici, p. 526 (*ms. 8*, ffos 89 et 87).

◆ GŒTZ ET DOSIA. LA BÂTARDISE ET LA NOBLESSE (1). — Nous disposons d'innombrables rédactions de la scène qui suit (*ms. 2*, ffos 82-86, 79-80). La deuxième liasse commence au milieu d'une réplique de Dosia, après les mots : « Ce sera un plaisir de connaître par ma chair cette » (p. 530).

◆ GŒTZ ET DOSIA. LA BÂTARDISE ET LA NOBLESSE (2). — Autre rédaction sensiblement différente (*ms. 2*, ffos 73, 11, 10, 9, 74, 76).

◆ GŒTZ ET DOSIA. LA BÂTARDISE ET LA NOBLESSE (3). — Autre rédaction avec jeu de scène autour d'une bible (*ms. 2*, ffos 36, 126-127). Nous avons publié une autre version de cette rencontre entre Dosia et Gœtz dans la *Revue internationale de philosophie*, Bruxelles, LIX-1, no 231, janvier 2005.

◆ LA RENCONTRE DE GŒTZ ET DE NASTY (FUTURE SCÈNE V DU TABLEAU III). — Première rédaction, sans nom des locuteurs, de la future scène v du tableau III (*ms. 2*, fos 132-135).

VERS LA RÉDACTION FINALE.
ACTE III

◆ GŒTZ JUGE UN FRATRICIDE. — À ce stade de la rédaction, Sartre pense diviser la pièce en deux parties ; il s'agissait donc du quatrième tableau de la seconde partie. Dosia ne saurait être ici la belle-sœur de Gœtz (voir la Notice, p. 1406) ; Sartre a simplement employé un prénom redevenu disponible après la suppression du personnage homonyme (*ms. 9*, tableau VII, ffos 1-14).

◆ SCÈNE ABANDONNÉE : HILDA DÉNONCE L'IMPOSTURE DE GŒTZ. — C'est peut-être pour alléger le drame que Sartre a renoncé à cette scène (*ms. 7*, ffos 48-50).

NOTES PRISES PAR SARTRE PENDANT LES RÉPÉTITIONS

Sur deux feuillets identiques (*ms. 1*, f° 55 *bis*, et feuillet non coté du Fonds Artinian, Harry Ransom Humanities Research Center) ; un troisième a pu être égaré.

PRIÈRE D'INSÉRER DE L'ÉDITION ORIGINALE

Sur l'édition Gallimard de 1951, le prière d'insérer (reproduit en quatrième de couverture) reprenait une déclaration de Sartre dans un entretien avec Louis-Martin Chauffier, Marcel Haedrich, Georges Sinclair, Roger Grenier et Pierre Berger (*Paris-Presse-L'Intransigeant*, 7 juin 1951 ; *Un théâtre de situations*, p. 317-318).

KEAN

NOTICE

Lorsqu'en 1953 Sartre présente son adaptation de *Kean ou Désordre et génie* d'Alexandre Dumas père, l'on ne peut qu'être frappé par le rôle réduit qu'il s'accorde dans l'entreprise : « Mon adaptation d'Alexandre Dumas ne sera pas une pièce de Jean-Paul Sartre », dira-t-il lui-même dans une interview donnée à *Combat* à la veille de la création[1]. D'autres déclarations de la même époque tendent également à minimiser sa contribution au drame de son aîné romantique. Le texte qui figure en tête du programme le soir de la première insiste : « La tâche de l'adaptateur était modeste : il fallait ôter la rouille et quelques moisissures [...][2]. » Mais l'opinion de Sartre est loin de faire l'unanimité. Une semaine après l'ouverture, la presse affiche son désaccord[3].

Alors, adaptation ou bien plus ? Au-delà d'une simple divergence d'opinion, ce partage éclaire le problème central de *Kean* : quel est son statut véritable ? La réécriture de Sartre a-t-elle seulement « ôté la rouille » à la pièce de Dumas ou l'a-t-elle transformée au point que l'adaptation est devenue une pièce d'auteur ? Mais peut-on même parler de pièce d'auteur pour le drame de Dumas ? Car Dumas non plus n'est pas à l'origine de l'œuvre qu'il signe. L'originalité des deux *Kean* réside dans le fait que ce sont par deux fois des commandes de comédiens

1. *Combat*, 5 novembre 1953, interview par Jean Carlier.
2. Autour de *Kean*, p. 691.
3. Voir, par exemple, « Un drame romantico-existentialiste », *Paris-Comœdia*, 25 novembre 1953 ; Dossier de réception de *Kean*, p. 1459.

célèbres, fascinés par l'un de leurs plus illustres prédécesseurs, Edmund Kean (1787-1833), grand acteur anglais dont la vie trouble et le jeu iconoclaste ont fait un mythe théâtral romantique. Si Sartre se situe obstinément en marge du projet que son écriture va tout de même relancer, c'est d'abord par fidélité à l'histoire littéraire, pour souligner le parallélisme entre la genèse de l'adaptation et celle de la pièce originale. De même que Dumas accepta d'écrire *Kean ou Désordre et génie* pour offrir un tremplin au grand comédien de sa génération, Frédérick Lemaître, qui avait réclamé une pièce inspirée de la vie du légendaire acteur shakespearien anglais[1], de même Sartre affirme qu'il a consenti à en faire une adaptation à la demande de son ami Pierre Brasseur, grand comédien également, et qui avait en outre, comme l'on sait, interprété de façon inoubliable Lemaître lui-même dans le film de Marcel Carné, *Les Enfants du paradis* (1945).

Mais, au-delà de ce geste inaugural en commun, la place qu'occupe Kean dans l'esprit de Sartre dépasse de loin le statut qu'il avait aux yeux de Dumas. Pour celui-ci, il s'agissait de faire de Kean un mythe romantique contemporain à la mesure du jeu spectaculaire de Lemaître, tout en ajoutant au répertoire du théâtre romantique français, dont il était l'un des fondateurs, une œuvre de référence. Mais pour Sartre ? Impossible de ne voir dans son Kean qu'une case vide que Brasseur est appelé à occuper à la recherche de ses aînés illustres. La question se complique d'ailleurs considérablement du fait qu'il faut parler de deux adaptations sartriennes. Comme nous le montrent les manuscrits et le programme de la première, l'adaptation montée par Brasseur en novembre 1953 n'est pas du tout celle que publiera Sartre en février 1954. Les modifications que subit la pièce originale marquent autant d'étapes d'une découverte progressive dont Sartre va prendre de plus en plus activement la mesure lorsqu'il se rend compte qu'il a d'autres raisons que Dumas pour s'intéresser à Kean.

Sartre et l'acteur.

Dans un article important, Jean-Jacques Roubine déclare : « [...] l'acteur constitue le pôle de la scène sartrienne. Il est l'instrument principal, et peut-être exclusif, de la théâtralité[2]. » Malgré la fréquentation de Charles Dullin et, plus tard, une réflexion conséquente sur l'esthétique théâtrale de Brecht, les problèmes de la mise en scène, de l'architecture scénique et du décor — tout le travail entourant la réalisation du spectacle — n'ont jamais suscité chez Sartre qu'un intérêt très modéré. De la plume de ce théoricien infatigable, nous n'avons rien de très suivi sur l'art de la mise en scène, ni même sur la nature et fonction du théâtre

1. Précisons toutefois que l'on ne saura jamais quel fut l'apport exact de Dumas à la pièce originale à part sa signature, puisque, à l'origine, le projet fut conçu par un dramaturge rattaché au théâtre des Variétés, Marie-Emmanuel de Théaulon, qui proposa à Frédérick Lemaître une pièce sur Kean ; mais les résultats, même revus par Frédérick de Courcy, ne suscitèrent guère l'enthousiasme de Lemaître. C'est alors que l'on fit appel à Dumas qui sut y apporter les modifications nécessaires. La première de *Kean ou Désordre et génie* eut lieu le 31 août 1836 et la pièce devint rapidement un des grands succès du répertoire de Lemaître.

2. « Sartre entre la scène et les mots », *Revue d'esthétique*, nouvelle série, n° 2 : *Sartre/Barthes*, 1981, p. 62.

conçu comme une totalité. Mais la remarque de Roubine va plus loin encore : en glissant d'une évocation de la scène concrète vers le concept plus diffus de la « théâtralité », elle laisse entendre que la fascination considérable exercée par l'acteur sur Sartre dépasse le cadre de la scène. C'est en effet dans ce débordement qu'il faut commencer à interroger les rapports de Sartre à l'acteur, car, à l'origine, la notion d'acteur chez lui est inséparable d'une réflexion sur l'esthétique en général et sur l'objet d'art en particulier.

Tout au long des années 1930, alors qu'il poursuivait ses premières recherches philosophiques, qui portaient sur l'imaginaire, Sartre avait développé une nouvelle théorie phénoménologique de l'*analogon*, concept dont les origines remontent à Aristote, pour expliquer la nature paradoxale de l'objet d'art. Pour Sartre, tout objet d'art est un *analogon*, un objet *irréel*, constitué par un acte d'imagination que le philosophe oppose à la perception. Alors que celle-ci peut saisir ce qui est « réel » d'une œuvre d'art — le grain du marbre ou de la toile, l'épaisseur de la peinture, le travail du pinceau, le vernis qu'on a passé sur les couleurs, etc. —, l'objet esthétique est réalisé par un regard qui « irréalise » ces données en les reconstituant sous forme d'image. De même, ce qui se donne à la perception sur une scène théâtrale, ce n'est pas le personnage en tant que tel mais le corps de l'acteur « qui s'irréalise dans son personnage[1] ». L'acteur, dès qu'il entre en scène, assume le paradoxe de l'œuvre d'art : il devient une réalité imaginaire[2].

Le passage de *L'Imaginaire* à *L'Être et le Néant* ne fait que resituer ce paradoxe au niveau de toute conscience humaine[3]. Comme le démontre *L'Être et le Néant*, la conscience est toujours ontologiquement à distance d'elle-même, elle ne coïncide pas avec soi. Condamnée à une transcendance perpétuelle, à être ce qu'elle n'est pas et à ne pas être ce qu'elle est[4], la conscience se trouve acculée à sa vérité foncièrement théâtrale : « Jouer, dans le vocabulaire de l'ontologie phénoménologique, c'est très précisément être-sur-le-mode-de-ne-pas-être[5]. » Comme l'a bien vu Denis Hollier, la théâtralité sartrienne répond en le modifiant au dilemme déterminant de Hamlet. Non pas être ou ne pas être mais être *et* ne pas être. Bref, ce qui fait la spécificité ontologique de l'acteur est au départ une composante fondamentale de l'identité humaine. Voilà pour Arlette Elkaïm-Sartre la clef de l'adaptation sartrienne : l'acteur de génie comprend d'emblée le rôle constitutif et problématique de l'imaginaire dans notre réalité intime et sociale[6]. Que sommes-nous, s'interroge par ailleurs Sartre, si nous avons l'obligation constante de nous faire être ce

1. *L'Imaginaire*, Gallimard, 1940, p. 243.

2. Sartre insiste pourtant sur une particularité déterminante de l'acteur : alors que le peintre ou le sculpteur fabriquent un irréel à distance, c'est-à-dire sans cesser d'être eux-mêmes, l'art de l'acteur a pour objet son propre corps (voir *ibid.*, p. 242).

3. Pour une analyse approfondie de ce problème, voir l'article de C. R. Bukala, « Sartre's *Kean* : the Drama of Consciousness », *Review of Existential Psychology and Psychiatry*, vol. XIII, nº 1, 1974, p. 57-69 ; et les belles pages consacrées à *Kean* par Francis Jeanson dans *Sartre par lui-même*, Le Seuil, 1955, p. 78-84 et 97-104.

4. Voir *L'Être et le Néant*, Gallimard, 1943, p. 33.

5. Denis Hollier, « Actes sans paroles », *Les Temps modernes*, nºs 531-533, octobre-décembre 1990, p. 813 ; repris dans *Les Dépossédés*, Minuit, 1993.

6. Dans le programme de la célèbre reprise de *Kean* en 1987, avec Jean-Paul Belmondo dans le rôle principal, Arlette Elkaïm-Sartre résume : « Si Sartre s'est plu à remodeler *Kean*, c'est sans doute parce que pour lui, l'acteur c'est l'homme : imaginaire des parents, imagi-

que nous sommes ? L'angoisse perceptible qui entoure le verbe « être » dans le théâtre de Sartre exerce une influence déterminante sur la forme particulière du drame sartrien, au moment même où le dramaturge s'apprête à se lancer dans des entreprises théâtrales politiquement « engagées ». Sommés de sortir de l'insoutenable légèreté de l'être qui s'attache à leurs activités quotidiennes et de s'impliquer dans la réalité politique qui les entoure, ses protagonistes, qu'ils s'appellent Oreste, Hugo, Gœtz ou Georges de Valera, découvrent, déconcertés, la nature équivoque de leur prise sur le réel. Comme si le terrain théâtral où ils sont appelés à s'affirmer par des actes ne pouvait que corrompre ceux-ci, obligeant leurs auteurs à reconnaître qu'ils sont condamnés à être autant les acteurs que les agents de leur vie[1].

Cette dimension de l'imaginaire, à maints égards la part maudite de l'activisme sartrien, nul ne la saisit mieux aux yeux de Sartre qu'un grand acteur. L'adaptation de *Kean ou Désordre et génie* ne manque pas de se présenter à Sartre comme l'occasion de poursuivre sur la scène les problèmes philosophiques qu'il avait abordés en philosophe pendant la décennie 1933-1943. Les premiers commentateurs de la pièce ne s'y sont d'ailleurs pas trompés, voyant dans l'adaptation sartrienne une mise en scène du « paradoxe du comédien » inexistant chez Dumas[2]. Mais loin d'être une illustration tardive des premières recherches philosophiques de Sartre, *Kean* anticipe aussi sur un deuxième examen de l'imaginaire où les composantes théâtrales joueront un rôle beaucoup plus important. Tout au long des années 1960, lorsque Sartre se trouve aux prises avec son étude monumentale sur Flaubert, *L'Idiot de la famille*, qu'il voit en grande partie comme une suite à son essai sur l'imaginaire, son interrogation des sources de l'imagination romanesque de Flaubert ne peut se passer d'une analyse ontologique du théâtre et de l'acteur[3]. Cette fois, Kean, que Sartre ne connaissait pas encore dans les années 1930, est omniprésent. Chaque fois qu'il s'agit de préciser le statut ontologique du comédien en scène, Sartre glisse de l'acteur anonyme à son incarnation consacrée, Kean. Mais pourquoi un acteur anglais, Edmund Kean, jouit-il de ce privilège insigne ?

Bâtardise et théâtre du monde.

Premier élément de réponse : Kean est un bâtard, ce qui le rapproche d'un autre « comédien » auquel Sartre, au moment d'entamer son adaptation, vient de consacrer une longue étude : Jean Genet. À l'instar de Genet (et d'autres protagonistes sartriens, notamment Gœtz), la bâtardise de Kean est au centre de sa rage de s'imposer et, de plus, elle l'aide à accéder à la lucidité lorsqu'il s'agit d'évaluer sa véritable situation et celle des autres. Comme Sartre l'a longuement démontré à propos de Genet, le bâtard, contraint de se mettre en cause à travers l'exclusion sociale dont il fait l'objet, devient à lui seul ce que Robert Harvey appelle

naire des partenaires amoureux, imaginaire dans le regard qu'on porte sur soi-même tel qu'on croit ou qu'on désire être perçu ou dans les rôles qu'on se donne afin de combler l'attente des autres, l'homme est pétri d'imaginaire. »

1. Voir D. Hollier, « Actes sans paroles », p. 813-818.

2. Voir, entre autres, Georges Lerminier, « Pierre Brasseur joue *Kean* de Dumas et Sartre : drame du comédien, ce mal aimé », *Le Parisien libéré*, 19 novembre 1953.

3. Voir « L'Acteur », *Un théâtre de situations*, Gallimard, 1992, p. 211-226.

« un modèle philosophique[1] », révélateur de l'imposture sociale et, partant, de la mauvaise foi qui guette toute conduite humaine. Pour Sartre, le bâtard approfondit la lucidité du comédien en l'étendant à tous les registres de la scène du monde, et c'est là, comme le remarque finement Julia Kristeva à la suite de Francis Jeanson, que Sartre flaire la potentialité subversive, voire politique de son comédien bâtard[2].

Mais si, comme Genet, l'acteur sartrien force le bon citoyen « à rêver le néant[3] » qui sous-tend ces cérémonies sociales, c'est à travers un spectacle qui mine subrepticement le sens et la structure du drame qu'il hérite de Dumas. En reprenant à celui-ci le procédé du « théâtre dans le théâtre », Sartre l'investit d'un tout autre pouvoir. Chez le premier, qui conçoit son drame autour de l'exclusion sociale de l'acteur, l'espace théâtral est clairement délimité : ces frontières nettes ont même pour fonction de souligner à quel point l'espace mondain reste imperméable à l'ambition sociale du comédien. Chez Sartre, le cordon sanitaire séparant les deux espaces ne fonctionne plus. À travers un ensemble de procédés dramatiques, Sartre démultiplie les registres de jeu afin de faire de l'imaginaire théâtral un virus qui gagne par contagion tout l'espace social. À la suite de celui qu'il considère comme le plus grand dramaturge du siècle, Pirandello, Sartre renouvelle le vieux *topos* du *theatrum mundi*, lieu commun philosophique depuis l'Antiquité grecque, mais qui prend tout son essor théâtral à l'âge baroque.

On sait à quel point Sartre est sensible à l'esthétique de Shakespeare, de Calderón et surtout de Rotrou, auteur du *Véritable Saint Genest*, qui donne à l'étude de Genet son titre, *Saint Genet, comédien et martyr*. Pour Rotrou comme pour Sartre, le dédoublement de l'espace théâtral s'impose comme technique idéale pour dénoncer la fausseté du monde par le moyen du spectacle. Mais à l'époque baroque, le sens du *theatrum mundi* repose sur la présence d'un spectateur divin dont la perspective transcende la comédie terrestre. Le protagoniste du chef-d'œuvre de Rotrou, Genest, comédien romain et païen, devient martyr comme son homonyme chez Sartre, mais son martyre commence au moment où, en scène, il arrête de jouer, saisi par la foi, et se met à prononcer le texte de son personnage, un converti chrétien, pour de vrai. Sous l'effet de la grâce, les répliques du comédien deviennent subitement actes de parole. Le martyre du comédien est lié à un espace théâtral, soumis chez Rotrou à la transcendance divine et chez Dumas à l'espace social. Tout autre est le martyre du « Saint Kean[4] » dont l'exploitation sociale ne fait qu'exacerber la fêlure ontologique qui abrite son génie. Le Kean de Sartre souffre d'être partout en scène, d'être possédé par des rôles dont il n'arrive jamais à se défaire. Son martyre, c'est son incarcération dans un huis clos théâtral et son calvaire, le chemin d'une dépossession inexorable jusqu'à l'inexistence[5].

1. Voir « Classy Versus Classless Bastards », *Search for a Father : Sartre, Paternity and the Question of Ethics*, Ann Arbor, University of Michigan Press, 1991, p. 193.
2. Voir *Sens et non-sens de la révolte*, Fayard, 1996, p. 343.
3. *Saint Genet, comédien et martyr*, Gallimard, 1952, p. 183.
4. Titre de l'article d'Elsa Triolet pour *Les Lettres françaises* (26 novembre 1953) qui saisit bien l'enjeu du personnage ; voir le Dossier de réception de *Kean*, p. 1458.
5. Dans sa présentation de la pièce, Sartre établit une distinction entre le « comédien », le professionnel des planches qui travaille convenablement le rôle qu'il joue en scène, et l'« acteur », qui « ne cesse de jouer, qui joue sa vie même, ne se reconnaît plus, ne sait

Mais l'apologie grandiose de l'acteur ne doit pas nous cacher sa dimension subversive. Car Sartre n'entend pas seulement dresser un portrait phénoménologique de l'acteur, mais faire le procès, par l'intermédiaire du jeu précisément, de la société comme théâtre. La démonstration vertigineuse des diverses puissances du jeu de la diplomatie dans le salon de l'ambassadeur, les échanges entre Kean et le prince de Galles au sujet de leur gloire respective, les scènes avec Éléna où prime le thème de la jalousie, tous les supports de l'intrigue sont adaptés par Sartre pour montrer à quel point les relations humaines sont « une permanente mise en théâtre[1] ». S'il est avant tout monstre sacré, à la fois célébration de l'*analogon* et acte d'accusation social, Kean est aussi le révélateur, au sens photographique du terme, d'une conscience théâtrale qui hante l'espace social. Les hommes sont des comédiens qui s'ignorent, jouant à leur insu une comédie non plus métaphysique mais mondaine ; le beau monde sacrifie à des valeurs tout aussi irréelles que celles qui font la gloire du comédien : « Beauté, royauté, génie », conclut Kean, « un seul et même mirage » (p. 659).

Kean et ses palimpsestes français.

Pourtant la question demeure : qui est ce Kean et comment se fait-il qu'il soit devenu en France, encore plus qu'en Angleterre, le mythe même de l'acteur ? Il y a tout d'abord le mystère de ses origines : la légende de Kean, enfant de la rue, saltimbanque itinérant, longtemps méconnu, qui perce enfin de façon fulgurante sur la scène de Drury Lane le soir du 26 janvier 1814, avait tout pour plaire à Dumas et à Sartre. Son jeu iconoclaste aussi.

L'échec relatif de Kean sur la scène parisienne, lors de la célèbre tournée de 1827-1828, ne semble en rien avoir endommagé son statut mythique qui se révélera, au contraire, resplendissant en 1836. Il importe toutefois de souligner qu'en l'espace de huit ans la situation du théâtre français a radicalement changé. En 1827, la tournée anglaise avait été une révélation dont Dumas fut l'un des premiers à saisir la portée : « C'était la première fois que je voyais au théâtre des passions réelles, animant des hommes et des femmes en chair et en os[2]. » En revanche, lors de la création de *Kean ou Désordre et génie* en 1836, le théâtre français estime n'avoir plus de leçons à recevoir de qui que ce soit. Marie Dorval est au faîte de la gloire. Bocage et Frédérick Lemaître aussi. Comme le rappelle Renée Saurel, non seulement la troupe de Covent Garden reçoit en 1832 un accueil glacial de la part du public parisien, mais, deux ans plus tard, « on lira dans les journaux sérieux que Macready imitait Bocage et Kean… Frédérick Lemaître[3] ! » Par conséquent, il n'est guère surprenant en 1836

plus qui il est » (voir « La Véritable Figure de Kean », *Les Lettres françaises*, 12-19 novembre 1953).

1. Michel Pruner, « Sur le *Kean* de Sartre : approche d'une théorie de l'acteur selon Sartre », *Théâtres du XIXe siècle : Scribe, Labiche, Dumas-Sartre*, Bron, C.E.R.T.C., 1982, p. 232.

2. *Mes Mémoires*, t. II, Gallimard, 1957, p. 420. Cela dit, on cherche en vain une mention de Kean dans les *Mémoires* de cette période. Rétrospectivement, Dumas affirmera avoir vu Kean jouer Othello comme « une bête féroce, moitié tigre, moitié homme » (*Souvenirs dramatiques*, t. II, Calmann-Lévy, 1881, p. 96).

3. « Kean-Dumas-Sartre et Jean-Claude Drouot dans les palais des mirages », *Les Temps modernes*, n° 444, juillet 1983, p. 168.

de voir Kean réinventé, à la mesure des ambitions scéniques de Dumas et de Frédérick Lemaître. Ce nouveau Kean, ami et rival du prince de Galles, habitué des grands salons de Londres, maître du badinage et séducteur accompli, étonne les quelques spectateurs anglais qui ont connu le modèle vivant, mort tout juste trois ans auparavant. Kean, héros mélodramatique du romantisme français, lance la série de palimpsestes qui culmine en France avec l'adaptation de Sartre[1].

Sartre et Brasseur : la genèse du projet.

Nous savons que c'est par le biais de Brasseur que Sartre a pris connaissance de Kean, mais les origines du projet par ailleurs demeurent obscures. Tout commence vraisemblablement avec Charles Dullin qui avait eu l'idée de reprendre sous l'Occupation la pièce de Dumas qu'il jugeait apte à plaire à tous les publics, d'autant plus que Dullin avait déjà en tête le comédien qu'il lui fallait pour répondre au défi du rôle principal[2]. Si le projet n'a pas abouti, le comédien envisagé, Brasseur, en a conservé l'idée près de dix ans, jusqu'au moment où, pendant les répétitions du *Diable et le Bon Dieu*, il la souffle à leur ami commun, Sartre. À quel moment Brasseur a-t-il ressenti la nécessité d'une adaptation ? Là aussi, mystère, mais on peut supposer que la question se pose déjà pour lui au moment où il parle pour la première fois à Sartre du projet de Dullin : l'année même où il s'attaque au rôle de Gœtz, il a déjà incarné Kean à la radio[3].

En mars 1953, la collaboration prend forme. Vers la fin du mois, rappelle Simone de Beauvoir, Sartre, accompagné de Michelle Vian, descend sur la Côte d'Azur où il retrouve, entre autres, Brasseur, propriétaire d'une maison à Gassin. Le commentaire de Beauvoir est particulièrement succinct : « Il demanda à Sartre d'adapter pour lui le *Kean* de Dumas et Sartre qui adore les mélodrames ne dit pas non[4]. » Après tous les problèmes qui ont accompagné les répétitions et la mise en scène du *Diable et le Bon Dieu*, Beauvoir prend soin de souligner l'harmonie de cette collaboration. Dans *La Force des choses*, l'adaptation et la création de *Kean* sont expédiées en une seule phrase : « Sartre avait écrit en quelques semaines et en s'amusant beaucoup l'adaptation de *Kean* demandée par Brasseur ; pour une fois, les répétitions se passèrent sans drame[5]. »

Ces commentaires épars de Beauvoir assignent à l'adaptation de Sartre une place mineure au sein de l'œuvre dramatique conformément

1. Entre les deux, il y a notamment *Kean ou Désordre et génie*, film tourné en 1924 par Alexandre Volkoff avec Ivan Mosjoukine dans le rôle principal, et que Sartre connaissait.

2. Voir Marie-Françoise Christout, « *Kean ou Désordre et génie* », *Œuvres et critiques*, XXI-1, 1996, p. 65.

3. C'est du moins ce que nous signale un article non signé dans *L'Aurore* (15 novembre 1953). Nous savons aussi, grâce aux archives de l'I.N.A., que Brasseur avait déjà incarné Kean à la radio en 1949 dans une adaptation très fidèle au texte de Dumas, avec Maria Casarès dans le rôle d'Anna.

4. *La Force des choses*, Gallimard, 1963, p. 320. Sartre, à son tour, ne dira pas autre chose. Pourtant, il n'est pas exclu que l'initiative de l'adaptation vienne de lui. D'après un témoignage, lors des répétitions du *Diable et le Bon Dieu*, au moment où Brasseur évoque Dullin et son désir de monter *Kean*, « Sartre s'y trouvait et demande à lire la pièce. Ensuite, il propose de l'adapter » (propos recueillis dans un article non signé de *Paris-Comœdia*, 28 octobre 1953).

5. *La Force des choses*, p. 309.

à toutes les déclarations de Sartre lui-même. En s'arrêtant au moment des répétitions, ils laissent entendre que dès lors, le contrat rempli, la pièce n'est plus à mettre à son compte. Dans le court texte de Sartre qui ouvre le programme le soir de la première[1], la même stratégie est à l'œuvre. Dès la première phrase, Sartre fait de *Kean* un défi d'acteur à acteur, une offrande à Brasseur, le cadeau qui permettra à un acteur célèbre de participer à la construction du mythe même de l'acteur « qui depuis cent ans fait la fortune de la pièce ».

Adaptation.

Qu'en est-il alors du travail « modeste » de l'adaptateur ? Cette question, relativement simple si l'on se contente de relever les différences entre les deux pièces, se complique si l'on sait qu'en novembre 1953, comme nous l'avons dit, Brasseur a mis en scène une version assez différente du texte publié et nettement plus proche de l'original de Dumas. Pour l'édition, Sartre renforce au contraire les éléments qui font de Kean un acteur très différent du héros romantique fêté par Dumas. Tout se passe comme si Sartre, fidèle à la genèse de la pièce originale, avait voulu livrer à son ami Brasseur l'adaptation légèrement remaniée de la pièce de Dumas que tous deux avaient envisagée, et, en cours de route, s'était rendu compte des insuffisances de ces remaniements[2].

Le début de la pièce subit peu de retouches. Les deux versions du premier acte demeurent près de l'original jusqu'à la dernière scène, où Sartre introduit une innovation décisive. C'est le moment où Kean se présente chez le comte de Koefeld pour démentir la rumeur selon laquelle il aurait enlevé la fiancée de Lord Mewill, Anna Damby. Chez Dumas, le héros romantique est avant tout soucieux de son honneur et de la réputation de Miss Damby ; le Kean de Sartre se moque de ces scrupules. Affrontant le mépris du Comte, il évoque, imperturbable, les composantes théâtrales de la situation, et les explore sur un mode comique à l'aide d'Hamlet et de Falstaff, personnages que sa condition d'acteur lui permet de mobiliser instantanément.

Ce moment où Sartre rompt sciemment avec les codes du drame romantique et affiche son désir de fonder l'intérêt proprement dramatique de la pièce sur une exploration théâtrale de ses théories de l'imaginaire oriente toute l'adaptation par la suite. La lucidité constante du Kean de Sartre quant à sa situation et à celle des autres le sépare de son confrère romantique, d'autant plus qu'elle est inséparable d'une ironie particulière sous-tendant des échanges amusants et mordants et qui change la tonalité de la pièce. Lorsque, dans les deuxième et troisième actes, nous quittons le monde aristocratique pour découvrir les saltimbanques, compagnons rudes et pauvres qui figurent l'attachement de Kean à ses origines modestes mais plus authentiquement humaines selon le schéma mélodramatique classique, il n'y a pas de rupture de ton

1. Voir Autour de *Kean*, p. 690-691.

2. Pour expliquer pourquoi ces changements n'ont pas été adoptés par Brasseur, quelques hypothèses s'imposent : à la différence de Lemaître un siècle plus tôt, Brasseur n'est pas uniquement l'acteur principal de *Kean*, mais son metteur en scène aussi. On peut supposer que Sartre lui a laissé choisir par amitié et par reconnaissance la version montée pour le théâtre, quitte à reprendre en main celle qu'il tenait à voir publiée.

chez Dumas[1]. Mais le protagoniste sartrien, qui mise sur d'autres effets dramatiques, s'intègre difficilement dans les scènes populaires des saltimbanques ; et l'étude des manuscrits porte à croire que Sartre s'en est rendu progressivement compte. Pour l'édition, il ne voit pas d'autre solution que de supprimer toute une série de scènes et de microséquences de l'original impliquant les saltimbanques.

Les manuscrits indiquent pourtant que Sartre a d'abord élaboré une première version conservant l'intégralité de l'acte III ; lors de la création, c'est cette version que monte Brasseur. C'est à la taverne populaire qu'a lieu la séquence de boxe où Kean triomphe d'un pugiliste professionnel — séquence qui a le double mérite de mettre en valeur l'imposante présence physique de Brasseur (comme de Lemaître), tout en préparant le duel manqué de Kean avec Lord Mewill à la fin de l'acte[2]. C'est que Brasseur veut manifestement exploiter les deux registres de *Kean* que l'adaptation a permis de mettre en évidence : s'il est sensible aux avantages de l'apport sartrien, il entend aussi miser sur les qualités plus immédiatement spectaculaires de l'original[3]. D'où les décors extravagants d'Alexandre Trauner et les somptueux costumes d'époque. D'où aussi la décision d'introduire dans ce troisième acte une vraie fête de saltimbanques agrémentée, au milieu, d'un divertissement chorégraphique avec danseurs et acrobates, conçu par Georges Lafaye. Brasseur veut démultiplier les éclairages susceptibles de faire briller son personnage et, comme le souligne Renée Saurel, il ne faut pas perdre de vue que le comédien, par son caractère, ses excès, son intempérance aussi, était, « plus proche de Dumas que de Sartre et frère puîné de Frédérick Lemaître[4] ».

Si le troisième acte est celui que Sartre transforme le plus, le deuxième est aussi sensiblement modifié. D'emblée, Sartre en change le cadre : chez Dumas tout l'acte est situé dans un salon de la maison de Kean ; Sartre le resitue au théâtre, dans la loge de l'acteur[5]. La substitution du lieu professionnel, où l'acteur prépare son entrée en scène, à celui des relations mondaines transforme totalement la rencontre avec Anna et la suite de l'adaptation. Ce qui reste discours chez Dumas (Kean fait à Anna un exposé négatif sur le métier du comédien et elle renonce aussitôt à jouer) est mis en jeu par Sartre. La scène d'Ophélie que Kean fait passer à Anna et l'improvisation qui s'ensuit préparent la multiplication des registres de jeu qui envahissent indistinctement scène théâtrale et espace social, créant une brèche qui ne cesse de s'élargir entre l'adaptation et la pièce originale.

1. C'est ce que voit clairement Anne Ubersfeld, comparant les deux versions dans son article, « Structures du théâtre d'Alexandre Dumas père », *Linguistique et littérature*, numéro spécial de *La Nouvelle Critique*, 1968, p. 146-155.

2. Voir var. *f*, p. 609.

3. Sur le plan scénique, c'est le sens de la formule utilisée par Brasseur pour faire le partage entre les deux versions : « Sartre a fait le drame intérieur de l'acteur. Alors que Dumas n'avait traité que l'extérieur » (propos recueillis par Paul Morelle, *Libération*, 4 novembre 1953).

4. « Kean-Dumas-Sartre et Jean-Claude Drouot dans les palais des mirages », p. 179.

5. Dans la version montée par Brasseur, Sartre ouvre l'acte par une scène inédite adaptée du troisième acte de la pièce de Dumas (voir Autour de *Kean*, p. 671-674). Mais comme cette scène mène directement à une nouvelle séquence saltimbanque que Sartre écartera de l'édition, cette ouverture disparaîtra aussi au profit d'une longue discussion entre Kean et Salomon sur les dettes de Kean et la tentation de l'argent, élément central de la rivalité amoureuse entre Kean et le prince de Galles.

C'est que Sartre, à l'opposé de Dumas, entend opérer une « mise en théâtre du théâtre[1] » selon une série de procédés divers. La décision d'accroître le rôle des coulisses du théâtre et de faire d'Anna le double « comédienne » du héros lui permet de faire du lieu théâtral, tel que l'acteur le vit, le point focal de l'adaptation[2]. D'une part, Sartre peut ainsi mettre en évidence les éléments du spectacle qui sont normalement cachés au spectateur et qui se rattachent au rite théâtral ; d'autre part, lorsqu'on quitte les coulisses pour la scène, le long extrait d'*Othello* joué par Kean et Anna à l'acte IV lui permet d'aborder la représentation du point de vue de l'acteur.

Deuxième procédé : par le biais de son protagoniste, Sartre introduit toute une culture théâtrale et un jeu de citations et de renvois qui jouent un rôle actif dans sa pièce. Les nombreuses références aux personnages de Shakespeare, les extraits d'*Hamlet*, de *Roméo et Juliette* et surtout d'*Othello* apportent des compléments de sens à certains moments clefs de l'intrigue ; de même, les citations qui hantent les tirades de Kean rappellent à quel point l'acteur est habité par le langage des autres. À l'intérieur de la pièce, le recours à la citation permet de constituer un véritable « puzzle de répliques[3] », comme si Sartre tenait à montrer à quel point sa pièce et son acteur principal sont parasités par l'institution théâtrale qu'ils servent.

Troisième procédé : Sartre cultive aussi l'improvisation, procédé méta-théâtral parfois spectaculaire, notamment quand Kean demande à Anna de reprendre son rôle d'ingénue pour solliciter auprès de lui la permission de jouer. Cette séquence, qui rejoue sur un mode parodique l'arrivée « réelle » d'Anna dans la loge de Kean quelques minutes plus tôt, permet de somptueux effets de décalage entre les différents niveaux de jeu. Mais l'improvisation n'est pas l'apanage des comédiens. Tout ce travail théâtral prépare la scène décisive et mondaine du dernier acte entre Kean et Éléna : la comédie de leur passion relève d'un même investissement dans les rôles au fond imaginaires que la situation leur dicte. Lorsque Kean s'en rend brusquement compte, il est significatif que les deux personnages, pour dévoiler enfin la vérité de leur relation, ne trouvent pas d'autre moyen que de passer en revue ses composantes théâtrales.

Mais comme il se doit, cette mise en théâtre du théâtre cherche sa vérité ultime auprès du public que la séquence du « théâtre dans le théâtre » a l'avantage de mettre directement en scène[4]. À travers les

1. M. Pruner, « Sur le *Kean* de Sartre : approche d'une théorie de l'acteur selon Sartre », p. 219.

2. Commentant l'intérêt porté par Michel Leiris au rapport entre la salle et les coulisses du théâtre (totalement transformé lorsque celles-ci sont mises en scène, et Leiris de citer l'exemple du *Kean* de Sartre), Denis Hollier signale un enjeu capital de l'innovation sartrienne : « […] l'ouverture d'une brèche qui permet aux deux espaces [salle et coulisses sur scène] de communiquer produit un court-circuit qui déconstruit les prémisses représentatives du spectacle théâtral classique » (préface à Michel Leiris, *La Règle du jeu*, Bibl. de la Pléiade, p. XXXIX).

3. M. Pruner, « Sur le *Kean* de Sartre : approche d'une théorie de l'acteur selon Sartre », p. 224.

4. Sartre et Brasseur se sont tôt mis d'accord pour remplacer le rôle de Roméo dans cette séquence chez Dumas par celui d'Othello, que Brasseur avait déjà incarné dans *Les Enfants du paradis* et qui permettait à Sartre de souligner la dimension théâtrale de la jalousie que l'adaptation met si fortement en valeur.

diverses réactions du public fictif devant la mise en scène d'*Othello* (les applaudissements, « bravos », sifflets, qui ponctuent le monologue de Kean), Sartre place le spectateur réel dans une position vertigineuse où il se voit dédoublé en tant que personnage de l'action, tout en restant lui-même, c'est-à-dire spectateur d'un spectacle saboté pour dévoiler les ressorts mêmes du jeu théâtral. L'ambiguïté de ce double mode de vision achève de brouiller toute délimitation possible de l'espace théâtral au moment même où Kean, en scène, sort de son rôle pour constater que sans les personnages qui l'habitent, il n'a plus d'existence. Mobilisant toutes les « sorcelleries du théâtre », Sartre se sert de la lucidité de l'acteur et de son imposture fabriquée pour créer un faux spectacle qui s'achève en procès, mettant à nu les plaies ontologiques que le théâtre et le monde se cachent.

« Kean » : une pièce intime ?

À présent, il n'est plus besoin d'insister sur la place centrale de *Kean* dans l'œuvre de Sartre : ce qui paraît au premier abord une œuvre de circonstance, et que Sartre ne manque jamais de présenter comme telle, s'impose au contraire comme un véritable carrefour des préoccupations sartriennes. Mais pourquoi Sartre a-t-il tenu à passer sous silence tout ce qui faisait l'originalité de son adaptation ? Est-ce en raison de l'aspect anachronique de *Kean* dans une période où de nouveaux courants de recherche secouent le théâtre français ? D'après Renée Saurel, à la veille de la visite du Berliner Ensemble au Festival international de théâtre de Paris, qui fut une révélation sur le plan de la scénographie et du jeu de l'acteur, au moment où Vilar, nommé directeur du Théâtre national populaire, s'installe à Chaillot, le contexte culturel contribue à faire de *Kean*, même adapté par Sartre, « une œuvre tournée vers le passé plus que vers l'avenir[1] ».

En effet. Mais plus encore qu'une œuvre démodée, *Kean* occupe une place excentrique par rapport aux autres activités de Sartre pendant cette période où la guerre froide s'intensifie et où l'écrivain se rapproche sensiblement du parti communiste. Idéologiquement, cette reprise du drame de Dumas cadrait mal avec les ambitions affichées du théoricien de la littérature engagée, d'autant plus que, on l'a dit, son adaptation s'acharne à supprimer les seuls artistes populaires de la pièce originale : les saltimbanques. Ce n'est pas le moindre des paradoxes que Sartre ait échoué à intégrer des personnages aussi positifs sur le plan idéologique[2]. Au moment où la gauche en France cherche avec Vilar les bases possibles d'un théâtre populaire authentique, débat auquel participera d'ailleurs Sartre[3], force est de reconnaître que cette exclusion est symptomatique de l'œuvre théâtrale de Sartre dans son ensemble.

En revanche, tout au long de cette adaptation résonnent des échos personnels. Sartre, intimement lié à une série de jeunes comédiennes

1. « Kean-Dumas-Sartre et Jean-Claude Drouot dans les palais des mirages », p. 176.

2. Relevons à cet égard l'interview donnée à Renée Saurel au moment de la création (voir aussi Autour de *Kean*, p. 692), où Sartre affirme : « Ce qui est intéressant, c'est le " vrai " Kean, bâtard, c'est-à-dire coupable dans l'Angleterre puritaine, humilié. Kean clown, saltimbanque, enfant de la balle. »

3. Voir, entre autres, « Théâtre populaire et théâtre bourgeois » (1955), *Un théâtre de situations*, p. 74-86.

voulant vivre de leur métier et de sa plume, peut-il être totalement absent de la scène où Anna vient demander à Kean de la faire jouer ? Mais au-delà des recoupements biographiques[1], on sent d'autres formes d'identification à l'œuvre. Dans les *Carnets de la drôle de guerre* et plus tard dans *Les Mots*, Sartre avoue avoir longtemps été possédé par « un idéal de vie de grand homme » emprunté au romantisme : c'est la vie de « Shelley, Byron, Wagner », où prime le culte du génie du XIXe siècle[2]. Kean, que Sartre ne connaissait pas au moment des *Carnets*, ne pouvait pas manquer de s'imposer dans cette série comme un exemple en or du *self-made* génie, vivant sans compromis un talent inimitable jusqu'à en mourir, délaissé par tous, à l'âge de quarante-cinq ans. Dans *Les Mots*, Sartre se moquera abondamment de ces rêves enfantins : peu importe, à la dernière page du livre, on constate chez l'homme mûr un romantisme florissant. Pardaillan l'habite encore, et l'orgueil démesuré de Kean aussi[3].

Dévoilant tous ses ressorts, ce romantisme averti n'est plus celui de Dumas. C'est que Sartre a compris avec *Kean* comme plus tard dans *Les Mots* que la moquerie n'allait pas détruire son objet. Au contraire, les effets de parodie qu'il infuse dans les scènes de Kean avec Anna et Éléna, loin d'étouffer les élans d'émotion affichés par Dumas, les renouvellent en les modifiant : la dimension affective de l'adaptation est même renforcée par ces petites agressions de l'esprit. De surcroît, les éléments parodiques rehaussent le caractère baroque de la pièce, permettant au lyrisme de Sartre de s'y glisser discrètement et de s'approprier une aire de jeu, de badinage et d'invention — tout un espace de bonheur sartrien où la philosophie et la séduction ne peuvent plus être séparées[4]. Si Brasseur jouait manifestement Kean à la recherche de Frédérick Lemaître, Sartre, après leur collaboration, se souviendra toujours de l'original, de Kean, du petit bonhomme au physique disgracieux qui en jouant se faisait tout autre devant un public ébloui. De tous temps, dans sa recherche de la gloire, comme l'attestent tant d'écrits et tout son théâtre, Sartre a voulu fasciner et séduire. Comme les très grands acteurs.

JOHN IRELAND.

1. Pour une analyse plus complète des éléments de *Kean* que Sartre a repris à son compte dans *Les Mots*, voir l'étude de Catharine Savage Brosman, « Sartre's *Kean* and Self-Portrait », *The French Review*, nº 55, numéro spécial, 1982, p. 109-122.

2. Voir les *Carnets de la drôle de guerre*, Gallimard, 1995, p. 278-279.

3. Peu avant d'entreprendre son adaptation, Sartre affirme avoir assisté à une représentation d'*Hernani* dont le public avait ri. Sa tentative d'« actualiser le mélodrame » recèle l'ambition de donner un nouveau souffle au romantisme qui lui tient à cœur. À la fin de l'interview accordée à Renée Saurel, il résume en toute simplicité : « Il y a de l'*Hernani* en *Kean*, et j'aime bien *Hernani* » (Autour de *Kean*, p. 692).

4. Comme prime de plaisir, ne voit-on pas d'ailleurs dans le rapport entre Kean et Anna, qu'il traite de « petite sœur », la version joyeuse et ludique du rapport incestueux qui a longtemps fasciné Sartre (voir *Les Mots*, Gallimard, 1964, p. 47) et dont le rapport entre Franz et Leni dans *Les Séquestrés d'Altona* serait la contrepartie négative et tragique ?

DOSSIER DE RÉCEPTION

La plupart des critiques voient dans *Kean* un tremplin pour Brasseur et signalent sa performance époustouflante compte tenu du défi athlétique que renferme le rôle. Max Favalelli dans son article « L'Un des derniers monstres sacrés » *(Paris-Presse-L'Intransigeant*, 20 novembre 1953) déclare :

> On le voit, le thème majeur de *Kean* c'est le mythe de l'Acteur. C'est le *Paradoxe* de Diderot porté au rouge vif, au feu des passions et de la démesure du romantisme. Kean ne cesse de jouer et il triche si bien avec lui-même qu'il ne sait pas à quel moment il est possible de faire le départ entre l'homme et le comédien, la fiction et la réalité. [...]
>
> *Kean*, c'est avant tout l'exhibition d'un monstre sacré. Statue de chair et de muscles, le tonnerre de sa voix grondant ainsi que la lave dans le volcan de sa vaste poitrine, Brasseur est un Kean prodigieux. Peut-être n'est-il pas encore entré dans cette géante carcasse. Cela ne tardera pas. Et le bougre y sera à son aise.

Mais dans *Dimanche-Matin*, 22 novembre 1953, un article intitulé « Brasseur dans Brasseur » et signé J. de B., souligne les limites d'un spectacle qui ne vise qu'à mettre en valeur son interprète principal :

> Si vous comptez voir Brasseur dans *Kean*, vous aurez une surprise, car vous ne verrez que Brasseur. S'il est vrai, en effet, que l'art dramatique consiste essentiellement dans un conflit de sentiments ou d'intérêts, il est évident qu'il n'y a pas de pièce.
>
> La question de savoir quelle est la part de Dumas et celle de M. Sartre dans l'ouvrage que nous avons vu est sans importance, car ni l'un ni l'autre ne s'est soucié de dresser en face de Kean des personnages dont la réalité fût comparable à la sienne. Ce n'est pas la moindre surprise de la soirée, que de voir d'excellents comédiens errer comme des ombres au milieu de l'ouragan, faire semblant d'exister, hasarder ici et là une réplique modestement cinglante, mais ils sont aussitôt balayés — parce que, en vérité, ils n'existent pas.

Pour sa part, Elsa Triolet dans « Saint Kean », *Les Lettres françaises*, 26 novembre 1953, fait le partage entre Sartre et Dumas :

> J.-P. Sartre a conservé du *Kean* de Dumas, le début — l'exposition — et la fin heureuse ; il a récrit le reste : le milieu, le cœur même de la pièce et de Kean. Le Kean de Dumas, est, malgré le désordre de sa vie, un vertueux défenseur de vierges et un grand amoureux, un vrai personnage de mélodrame, en papier mâché ; avec Sartre, Kean devient un grandiose trompe-l'œil, un faux-semblant théâtral, « donnant au toucher la sensation de la peau », jouant sa vie comme un beau rôle, et ses rôles comme s'ils étaient sa vie, expressive, hyperbolique, déchirante. Cynique, crapuleux, génial, il a dans son combat singulier avec la foule, les audaces et les mesquineries propres à ceux dont la vie dépend du *succès* qu'ils remportent.

Dans les chroniques de *Théâtre populaire*, n° 4, novembre-décembre 1953, p. 95-96, Guy Dumur aborde à son tour le problème philosophique de la vie et des rôles, soulevé par l'adaptation sartrienne :

> Le rôle de Kean n'est pas un rôle ordinaire. Il repose sur une troublante ambiguïté : l'identification d'un acteur à la vie d'un acteur. Partout ailleurs, même dans les rôles les plus intensément vécus par un acteur qui s'identifie à son personnage, il y a décalage. Le mimétisme n'est pas nécessaire. Il l'est ici. C'est ce que Dumas, lui-même « acteur » de la littérature, avait bien senti. C'est ce que Sartre a compris.

Mais pour bien des critiques, l'adaptation de Sartre a posé beaucoup de problèmes que le jeu de Brasseur, avec toutes ses qualités, n'a pas su résoudre. C'est le sentiment qu'exprime Francis Ambrière, dans son article « Un drame romantico-existentialiste », *Paris-Comœdia*, 25 novembre 1953 :

> M. Sartre a composé du Sartre sur le thème et sur l'intrigue même de son prédécesseur. Là où Dumas père explose en visionnaire (et je consens, bien sûr, que ce soit en visionnaire bavard et pressé), son collaborateur malgré lui intervient en psychologue et en philosophe. Dumas imagine et conte. M. Sartre pense et explicite. D'où vient que malgré son prodigieux abattage, M. Brasseur, coincé entre son personnage tempétueux et son personnage réfléchi, donne, en passant de l'un à l'autre, une impression de malaise ? On dirait qu'un copiste facétieux a mélangé les pages de deux manuscrits, consacrés à l'acteur Kean, l'un romantique, l'autre existentialiste, et que l'interprète principal a étudié son rôle sans daigner s'apercevoir de rien.
>
> […] La vérité, c'est qu'il fallait que M. Sartre prît davantage de libertés, ou s'astreignît à n'en prendre aucune. Il a réussi à neutraliser sa puissante personnalité durant tout le premier acte, qui est sonore, anecdotique et excellent, mais dès le second tableau, il montre le bout de l'oreille ; et sa participation va croissant, jusqu'à effacer complètement son modèle.

Pour Garambé (« J.-P. Sartre ne fera jamais d'Alexandre Dumas un bon élève », *Rivarol*, 27 novembre 1953), le parti pris philosophique de Sartre constitue une grave erreur :

> Sartre n'a pas voulu faire confiance aux vertus du mélodrame, il n'a pas cru aux profondes qualités scéniques de *Kean*. Il a cherché avant tout à rafistoler la pièce en liant ses différents morceaux par des répliques, des groupes de phrase, des passages entiers de monologue, qui lui appartenaient entièrement, qui étaient sa propriété. Ces éléments d'une autre matière littéraire, d'une autre densité de pensée paraissent plaqués sur l'énorme masse du drame romantique.

J. I.

BIBLIOGRAPHIE, PRINCIPALES MISES EN SCÈNE ET FILMOGRAPHIE

Principales mises en scène.

1953 : théâtre Sarah-Bernhardt, Paris. Mise en scène de Pierre Brasseur (voir p. 550).
1971 : Globe Theatre, Londres. Mise en scène de Frank Hauser ; avec Alan Badel.
1983 : théâtre de l'Athénée, Paris. Mise en scène de Jean-Claude Drouot ; avec Philippe Bianco, André Chanal, Sophie Deschamps, Jean-

Claude Drouot, Brigitte Hacquin, Pierre Le Rumeur, Maryvonne Schiltz, Jacques Zabor. Cette mise en scène est reprise en 1985 au théâtre de la Porte-Saint-Martin.

1987 : théâtre Marigny, Paris. Mise en scène de Robert Hossein ; avec Béatrice Agenin, Michel Beaune, Jean-Paul Belmondo, Gabriel Cattand, Sabine Haudepin, Pierre Vernier, Danielle Volle.

Bibliographie.

BROSMAN (Catharine Savage), « Sartre's *Kean* and Self-Portrait », *The French Review*, nº 55, numéro spécial, 1982, p. 109-122.

BUKALA (C. R.), « Sartre's *Kean* : the Drama of Consciousness », *Review of Existential Psychology and Psychiatry*, vol. XIII, nº 1, 1974, p. 57-69.

CHRISTOUT (Marie-Françoise), « *Kean ou Désordre et génie* », *Œuvres et critiques*, XXI-1, 1996, p. 62-72.

IRELAND (John), *Sartre, un art déloyal. Théâtralité et engagement*, Jean-Michel Place, 1994, p. 125-140.

ISSACHAROFF (Michael), « Reference Versus Repetition, or the Predicament of the Actor », *Sartre*, Christina Howells éd., Londres, Longman, 1995.

JEANSON (Francis), *Sartre par lui-même*, Le Seuil, 1955, p. 78-83 et 97-113.

LORRIS (Robert), *Sartre dramaturge*, Nizet, 1975, p. 290-306.

LUCE (Louise Fiber), « Alexandre Dumas' *Kean* : an Adaptation by Jean-Paul Sartre », *Modern Drama*, XXVIII, 3, 1985, p. 355-361.

NELSON (Robert J.), « Sartre : The Play as Lie », *Play Within a Play : the Dramatist's Conception of his Art, Shakespeare to Anouilh*, New Haven, Yale University Press, 1958, p. 95-114.

PRUNER (Michel), « Sur le *Kean* de Sartre : approche d'une théorie de l'acteur selon Sartre », *Théâtres du XIXᵉ siècle : Scribe, Labiche, Dumas-Sartre*, Bron, C.E.R.T.C., 1982, p. 211-243.

SAUREL (Renée), « Kean-Dumas-Sartre et Jean-Claude Drouot dans le palais des mirages », *Les Temps modernes*, nº 444, juillet 1983, p. 166-181.

UBERSFELD (Annie), « Structures du théâtre d'Alexandre Dumas père », *Linguistique et littérature*, numéro spécial de *La Nouvelle Critique*, 1968, p. 146-155

Filmographie.

1956 : Kean, genio e sregolatezza. Réalisation : Vittorio Gassman ; direction technique : Francesco Rosi ; production : Lux Films ; musique : Roman Vlad ; avec Vittorio Gassman (Kean), Bianca Maria Fabbri (Éléna), Anna-Maria Ferrero (Anna Damby), Gérard Landry (prince de Galles), Cesco Baseggio (Salomon). Malgré son succès en Italie, ce film n'a jamais été distribué en France.

J. I.

NOTE SUR LE TEXTE

Manuscrits.

Le manuscrit de *Kean*, légué avec d'autres éléments du dossier à la B.N.F. par Michelle Vian et récemment trouvé par Mauricette Berne parmi d'autres manuscrits non classés du Fonds Sartre, suscite plus de questions qu'il ne fournit d'explications sur la genèse de l'adaptation sartrienne. Toujours non classé, il est apparemment presque complet, mais d'une composition hétéroclite qui témoigne de la coexistence de deux adaptations enchevêtrées (d'après l'organisation provisoire de Mauricette Berne) dont il est difficile de suivre l'évolution précise avant la publication du texte définitif en février 1954.

Il se compose de plusieurs ensembles :

— 2 feuillets manuscrits datés « Dimanche 8 novembre » qui correspondent au texte que Sartre fit mettre en tête du programme de la première.

— 201 feuillets manuscrits foliotés de 1 à 167 et de 1 à 35. Le deuxième ensemble contient la tirade de Kean de la fin de l'acte IV et une première ébauche de l'acte V. Le folio 6 manque, et le dernier folio porte la mention « 20 juillet 1953 Rome ». Ce manuscrit correspond à une première version de l'adaptation vraisemblablement élaborée rapidement pendant les vacances d'été que Sartre passait souvent en Italie avec Simone de Beauvoir. Il est incomplet et s'interrompt à de nombreuses reprises, notamment pour les répliques issues des textes de Shakespeare : les citations d'*Othello* et d'*Hamlet* ne sont pas transcrites ; seules figurent celles de *Roméo et Juliette*. De même, toutes les fois où Sartre entend intégrer le texte original de Dumas, il note simplement : « Suite inchangée », avec une indication de page ou de réplique. Ce phénomène se reproduit de plus en plus fréquemment à partir de la scène IX de l'acte IV. D'après les indications de page, il est probable que Sartre avait emporté en Italie le cinquième volume du *Théâtre complet* de Dumas (Michel Lévy Frères, 1874), regroupant *Don Juan de Marana*, *Kean ou Désordre et génie* et *Piquillo*.

— 67 feuillets manuscrits, apportant pour l'essentiel des corrections qui seront intégrées dans l'édition de février 1954. Il est impossible de dater précisément la rédaction de ces feuillets, mais on peut la supposer postérieure à celle des feuillets numérotés : à deux reprises, pour le tableau V de l'acte IV et le début de l'acte V, on relève la date plus générale « octobre 53 ». À ces feuillets manuscrits se mêlent 23 pages dactylographiées non datées dont 5 ne sont pas foliotées. D'après ces feuillets, il semble que Sartre ait eu en main deux versions de son adaptation au moment de la première.

— 4 pages imprimées, format d'épreuves, numérotées de 12 à 15 qui correspondent à la première version inédite de la scène I de l'acte II. Ces pages ne donnent aucune indication de date. Y avait-il donc un projet de publication antérieur à l'édition de 1954 ?

Dactylogramme.

Le dactylogramme complet divisé en cinq actes, chacun relié d'une couverture de papier-carton rouge, ne porte aucune indication de date. Il comprend deux versions de l'acte V : l'une (qui porte la mention « mise en scène ») est presque identique à celle de l'édition. Mais elle présente des traces marquées au crayon indiquant des coupures considérables dans les longues tirades, coupures qui ont été incorporées dans l'autre version. À l'exception du dernier acte, le dactylogramme est beaucoup plus proche de la première version élaborée par Sartre. Il conserve la première version de l'ouverture de l'acte II et toute la séquence de boxe de l'acte III, tout en signalant quelques écarts par rapport au premier manuscrit. Tout porte à croire que c'est ce texte dactylographié qui a servi de base à la mise en scène de la création.

Édition.

Kean a été publié en 1954 par les Éditions Gallimard (achevé d'imprimé le 15 février 1954). La pièce de Sartre est suivie de *Kean ou Désordre et génie* d'Alexandre Dumas père, que nous ne reproduisons pas dans la présente édition.

Pour l'établissement du texte, nous avons retenu, comme édition de référence, l'édition originale (sigle : *orig.*) ; nous donnons un choix de variantes significatives du manuscrit complet (sigle : *ms.*) et du dactylogramme (sigle : *dactyl.*).

J. I.

NOTES ET VARIANTES

Acte I.

a. rire. [Aux acteurs, le démenti d'un acteur peut suffire : mais pourquoi donnerais-je ma parole d'honneur aux gens du monde ? *biffé*] Mais vous, *ms.*

1. À l'instar de Dumas, Sartre sépare en deux mots Newmarket, l'un des plus anciens champs de courses d'Angleterre, situé dans le Suffolk à 110 km de Londres. Si l'adaptation sartrienne reprend la référence, elle était vraisemblablement plus importante pour Dumas qui voulait sans doute rappeler, à titre de couleur locale, la passion sportive des aristocrates anglais.

2. Le Theatre Royal Drury Lane, l'un des plus célèbres d'Angleterre, fut fondé sous Charles II en 1662. Son histoire est marquée par une série d'âges d'or, ponctuée de crises financières et d'incendies, dont le troisième, en 1809, précède de peu les débuts légendaires de Kean en 1814. Grâce à son succès personnel, Kean permettra à Drury Lane de se relever et même de surpasser l'« autre » théâtre de Londres : Covent Garden.

3. Charles Mayne Young (1777-1856), disciple de l'école de Kemble, fit ses débuts dans le nord de l'Angleterre avant de s'imposer au

Haymarket Theatre à Londres en 1807 dans le rôle d'Hamlet. En 1822, il vint jouer avec Kean à Drury Lane. — Kemble est vraisemblablement Charles (1775-1854), longtemps dominé par l'immense talent de son frère aîné, John Philip, et qui fit ses preuves plus tard dans la carrière artistique ; son jeu fut très admiré à Paris lors de la tournée anglaise de 1827-1828.

4. Parmi les comédiens anglais contemporains auxquels Sartre fait référence après Dumas, William Charles Macready (1793-1873) est le seul rival sérieux de Kean dans le domaine de la tragédie. Installé à Covent Garden depuis 1816, il se distingua dans la création des grands rôles du répertoire shakespearien. De tous les comédiens anglais venus à Paris en 1828, il fut le plus acclamé par la critique.

5. Comme Dumas, Sartre se soucie peu de l'histoire de l'Angleterre : le prince de Galles (futur George IV, 1762-1830) est le fils de George III et non son frère. Pendant les premières années de gloire de Kean à Drury Lane, il est prince-régent. Il devient roi en 1820 à la suite de la mort de George III et meurt lui-même dix ans plus tard. L'histoire ne retient aucune indication d'une relation personnelle entre Kean et le prince de Galles.

6. Allusion probable à l'obsession de la mode qui fait fureur à la Cour anglaise pendant la Régence (voir aussi n. 2, p. 576).

7. Voir *Esquisse d'une théorie des émotions*, Hermann, 1939, p. 30-40 où Sartre expose succinctement une nouvelle approche phénoménologique de l'émotion, voisine de ses thèses sur l'imaginaire.

Acte II.

a. c'est à l'homme. [/ KEAN : Et si l'homme souffrait encore des blessures de l'enfant ? / SALOMON : Ah là là ! Il a bon dos, l'enfant, et je crois que vous l'avez inventé tout exprès pour expliquer les mauvaises humeurs de l'homme. Que vient-il faire ici ? Il était mendiant, bateleur et quelque peu voleur. L'homme est devenu tapeur. *biffé*] L'enfant *ms.* ◆◆ *b.* écu *ms. Le mot anglais choisi par Sartre s'écrit normalement « shilling ».* ◆◆ *c.* les comédiens ! [Regardez-moi donc : qui suis-je ? Qu'a-t-on fait de moi ? Je fais trembler des royaumes pour rire et je donne de faux coups d'épée. Faux roi, faux ministre, faux guerrier et, en réalité, le très obéissant compagnon de vos débauches, voilà ce que je suis : bref, un rêve public. *biffé*] Combler *ms.* ◆◆ *d. Annie ms. Tout au long du manuscrit, Sartre a le plus grand mal à se rappeler le prénom de son personnage. Souvent, on lit :* Anny *, comme si le personnage féminin de « La Nausée » hantait ces pages. Relevons aussi qu'Annie, dans « L'Imaginaire », est le prénom du personnage féminin choisi par Sartre pour illustrer la part de l'imaginaire, l'image de la femme aimée, dans la conscience de l'amoureux (p. 272-285).* ◆◆ *e.* Pourquoi pas ? [Alors sais-tu ce que je te dirais, pauvre enfant ? Je te dirais : renonce au théâtre. Tiens, écoute : supposons que tu aies du talent, que faut-il faire pour entrer au théâtre ? Trouver un protecteur. Tu t'adresses à l'acteur Kean, au directeur, à l'auteur. Pour l'auteur, tu as encore de la chance. Shakespeare est mort. Mais quel que soit celui que tu choisisses, qu'est-ce que tu crois qu'il va te demander ? Hein ? / ANNY : Il va... / KEAN : Tiens, suppose que tu te présentes chez l'acteur Kean. Nous allons jouer la scène, veux-tu. Tu entres, tu baisses ton voile, il le relève. L'acteur Kean n'aime pas les femmes, figure-toi. Elles lui en ont fait trop voir. Est-ce qu'il te désire ? Non : il veut t'humilier, t'abattre. Tu payeras pour les autres. Il te regarde, il te dit : marche. Relève un peu ta robe. *(Elle le fait.)* Jolies jambes ma foi. Alors petite, tu veux jouer ? Ma foi, c'est possible. Il faudra que tu sois gentille, bien gentille. Prends l'air effrayé, morbleu. Là, c'est mieux. Je m'approche. Tu recules. Recule. Je te veux. Je te prendrai là sur mon divan. *biffé*] Ce n'est *ms. Sartre corrigea aussitôt cette première version sommaire et mélodramatique en ouvrant considérablement l'aire du jeu à l'aide de répliques prises directement chez Dumas et jouées au deuxième degré. C'est le cas de toutes les phrases qui suivent la didascalie : Joué.* ◆◆ *f.* Mais non : ce n'est pas comme cela. *ms., dactyl. C'est peut-être la bonne leçon.*

1. D'après Sartre, « voir » la beauté d'une femme suppose un regard « irréalisant », en somme un acte d'imagination, alors que l'acte d'« épier » une femme appartient au registre de la perception. Voir la Notice, p. 1448.

2. De toute évidence, il s'agit d'un nom inventé par Sartre. Pourtant l'on sait que le prince de Galles était un passionné de la mode et comptait parmi ses amis le modèle même du dandy, George Bryan Brummel (1778-1840, surnommé Beau Brummel).

3. Alors que Dumas cite des noms de comédiennes historiques, les noms d'actrices auxquelles Kean fait allusion, ici comme à l'acte IV, scène x, semblent avoir été inventés par Sartre.

4. Voir *Saint Genet, comédien et martyr*, p. 413 : « Aux jours fériés, l'homme de bien ne déteste pas piquer une tête pour quelques heures dans un petit trou de néant pas cher : il paie des acteurs pour lui donner la comédie. » La référence à l'enfant agressé par le monde adulte et qui ne peut y répondre qu'en devenant un être imaginaire « monstrueux » fait de cette tirade un texte-carrefour dans l'œuvre de Sartre. La reprise de l'image dans le monologue apocalyptique de Kean au tableau V (p. 641) renvoie au point de départ même de l'analyse de Genet où elle trouve son expression la plus violente (*Saint Genet, comédien et martyr*, p. 29). Voir aussi *Les Mots*, p. 70.

5. On pourrait dire avec Francis Jeanson (*Sartre par lui-même*, p. 93-99) que ces questions dévoilent la théâtralité foncière qui sous-tend non seulement le problème ontologique du comédien, mais le projet théâtral de Sartre dans son ensemble. Voir aussi D. Hollier, « Actes sans paroles » ; et John Ireland, *Sartre, un art déloyal. Théâtralité et engagement*, Jean-Michel Place, 1994, p. 125-140.

6. Kean transforme ici en jeu d'acteur un thème répandu dans le théâtre de Sartre, où l'on souffre beaucoup en effet de ne pas pouvoir souffrir. De Garcin dans *Huis clos* jusqu'au Père des *Séquestrés d'Altona*, la souffrance hante la conscience du personnage sartrien comme une expérience qui lui échappe.

7. Métaphore répandue et importante chez Sartre. Le lecteur se souviendra que dans la littérature engagée les mots doivent être « des pistolets chargés » (*Qu'est-ce que la littérature ?*, Gallimard, coll. « Folio essais », 1985, p. 31).

8. « Trente-huit ans », d'après la remarque du prince de Galles, deux scènes auparavant. Faut-il voir dans cette erreur de calcul une identification de Sartre qui, lui, avait bel et bien quarante-huit ans au moment de l'adaptation de *Kean* ?

Acte III.

a. Dans ms., cette réplique est suivie de plusieurs autres, biffées : KEAN : Tu vois bien ! Comment pourrais-tu me reconnaître ? / PETER PATT : Mais puisque je vous dis que je vous reconnais. / KEAN : Alors, c'est que tu n'es pas Peter Patt. Peter Patt ne peut pas reconnaître un visage qu'il n'a jamais vu. / PETER PATT : Mais je vous jure... / KEAN : Allons, allons. Ce n'est pas toi et ce n'est pas moi : donc nous pouvons nous entendre. ◆◆ *b. Fin de la réplique :* pour tous. Mais si vous voulez savoir, je suis l'acteur Kean. *ms.* : pour tous... je suis l'acteur... *(Il se redresse le corps.)* Kean : *Kean* comme vous dites ! *dactyl.* ◆◆ *c. Fin de la scène dans ms. et dactyl. :* un époux. / LE CONSTABLE : Est-ce qu'on soupera tout de même ? KEAN : Soyez tranquille, nous ne changerons rien au programme de la soirée. *(Ils sortent.)* ◆◆ *d. Début de la réplique, biffé dans ms. :* Dans le fond, j'ai peut-être tort de m'en mêler : têtue comme elle est, si Lord Mewill ne l'épouse pas, c'est moi qu'elle finira par épouser. Seulement voilà : il y a cette histoire d'homme masqué. Un masque. ◆◆ *e.* la *[5 lignes plus haut]* tête ? Vous avez hérité d'une fortune immense ce qui est tout à l'honneur de votre appétit puisqu'il vous a suffi de dix ans pour la manger ; moi, j'ai gagné seul autant d'argent que vous en avez perdu et je puis, s'il me plaît, rivaliser de luxe avec le prince de Galles. Qu'importe : vous êtes lord et je suis saltimbanque : nous ne nous battrons pas. Vous ne daigneriez jamais paraître sur une scène, fût-ce devant un parterre de roi, mais vous ne détestez pas jouer les troisièmes couteaux à la ville ; moi, c'est tout le contraire : de 8 heures à minuit je joue tout ce qu'on veut, fût-ce le traître Yago, mais s'il fallait, après minuit, jouer le rôle de Lord Mewill, je me tiendrais pour déshonoré. Vous siégez *ms.* ◆◆ *f. Dans la mise en scène de Brasseur, Lord Mewill est accompagné de deux spadassins cachés. Dans dactyl., la scène se poursuit : (Lord Mewill sort après avoir fait signe aux spadassins cachés. Tout le monde le suit en le huant. Il ne reste en scène que Kean près de la porte et le boxeur John Cooks qui depuis son autre poche-œil a été s'écrouler sur une table du fond après avoir bu un pichet entier d'alcool, il dort profondément. Kean revient près de l'endroit où il a parlé avec Anna et il aperçoit sur le tabouret ses gants. Il les regarde tendrement ; pendant ce temps, les deux spadassins de Lord Mewill tenant l'un un gros gourdin, l'autre un poignard, viennent à pas de loup derrière Kean. Le premier va l'assommer d'un coup de gourdin ; au moment où il frappe de toutes ses forces, Kean s'est baissé pour prendre les gants d'Anna. Le gourdin va frapper la table où est affalé John Cooks, ce qui réveille ce dernier. Le deuxième spadassin va planter son poignard dans le dos de Kean lorsque John Cooks, d'un bond, est sur lui et lui envoie un puissant uppercut. Kean de son côté a envoyé rouler l'autre spadassin à terre. Kean serre la main de John Cooks et lui dit :)* / KEAN : Bravo ! petit, ce que tu viens de faire, c'est joli comme une fin d'acte.

1. Chez Dumas, la taverne s'appelle *Le Trou du Charbon*, traduction fidèle de *Coal Hole*, nom d'une taverne que Kean a réellement fréquentée. *Le Coq noir* choisi par Sartre ne semble pas correspondre à un établissement connu.

Acte IV.

a. laquais. / SALOMON : Vous leur rendriez tout… dans une semaine… le temps que je me retourne. / KEAN : Comment donc ! Kean va se faire prêter de l'argent par des saltimbanques ! Cherche autre chose. / SALOMON, *boudeur* : Ah ! Si vous ne m'aidez pas… / KEAN : Pourquoi t'aiderais-je ? Ton affaire c'est de trouver l'argent, la mienne c'est de le dépenser. Viens ici toi, et commençons. Qu'est-ce qu'on joue ? *ms.* ◆◆ *b. Réplique d'Anna dans ms. :* Dans un bordel, mais oui. Non, madame, je ne suis pas fatiguée : je vous remercie de votre sollicitude ; mais vous en jugez d'après votre âge ; rappelez-vous : vous étiez sûrement très résistante quand vous aviez le mien. ◆◆ *c. Fin de la scène dans ms., qui renvoie au texte de Dumas pour le début de la scène* VI *jusqu'à la 4*[e] *réplique du Prince* Point *(p. 623). Le début de la scène* VI *n'a vraisemblablement pas été joué lors de la création. Dactyl. donne pour la fin de la scène* V *quelques légères variantes par rapport à orig., notamment une séquence comique pour la sortie d'Éléna par la porte secrète, dont l'initiative est vraisemblablement due à Brasseur.* ◆◆ *d.* diable ! [A-t-on idée de poser les questions de manière si brutale et si tranchée. Voilà qui sent le fils du peuple plutôt que le roi de Londres. *biffé*] [A-t-on *[…]* brutalement *corr.*] Un protégé *ms.* ◆◆ *e. Nous ne disposons d'aucun manuscrit pour cette scène. Dactyl., en revanche, nous permet d'apprécier la marge de liberté exploitée par Brasseur à certains moments de la pièce dans l'interprétation de personnages secondaires. Relevons ici l'exemple de Darius :* VOIX DE DARIUS, *très efféminée* : J'ai compris ! J'ai compris ! Tout ce qu'il faut pour le moricaud… quoi ! *(Il entre en se dandinant avec perruque et barbe à la main.)* Frisé comme un mouton, vous serez content, maître ! / KEAN, *l'imitant* : Cheveux n° 1, je sais, je sais… / DARIUS : Non, c'est du trois, ça fait plus mâle, pour un général, n'est-ce pas ? / KEAN : Allez, coiffe-moi ! / DARIUS, *à Salomon* : Qu'est-ce qu'il a à être nerveux comme ça aujourd'hui, il va encore avoir un triomphe. *(À Kean :)* Mais non, nous ne sommes pas à la noce ! *(Il aide Kean à se coiffer.)*

1. Les romans dits « gothiques » d'Ann Radcliffe (1764-1823), mélangeant suspens et romantisme et situés le plus souvent dans des châteaux mystérieux, connaissent un grand succès en Europe au début du XIXe siècle.

2. Voir n. 3, p. 577.

3. En refusant ce rôle, Kean cesse d'être un *analogon*, c'est-à-dire d'appartenir au domaine de l'art, et redevient un objet livré à la perception. Voir la Notice, p. 1448.

4. Voir n. 4, p. 582.

5. Voir la Notice, p. 1455-1456.

Acte V.

a. avant *ms.* ◆◆ *b. (Il ne bouge pas.* [*Elle éclate de rire.)* Et voilà ! Voilà ce qu'il fallait démontrer : le grand Kean n'est qu'une outre gonflée de vent ! Tout à l'heure, j'étais prête à vous suivre au bout du monde. Quand je suis entrée, j'ai eu le sentiment que je vous voyais pour la première fois. Savez-vous pourquoi j'ai feint de résister, pourquoi je me suis prêtée à la comédie des lettres ? Pour vous éprouver : Dieu merci, l'épreuve est concluante. Oh ! je ne vous en veux pas et je reconnais bien volontiers que tout est ma faute. On m'avait pourtant prévenue : les femmes dont vous daignez faire le bonheur, il faut que d'autres les nourrissent, les habillent et les défendent ; vous jouez les Roméo tous les soirs à Drury Lane et parfois, l'après-midi, chez les particuliers : c'est ce qu'on appelle faire des cachets, n'est-ce pas ? J'avais négligé les avertissements de mes amis mais vous vous êtes chargé de me détromper. Je vous remercie : allons, Kean, vous fuirez seul, vous irez seul faire une tournée triomphale sur le continent. Vous pouvez tromper nos maris mais vous n'êtes pas de taille à les remplacer. *biffé*] *Long silence.)* *ms.* ◆◆ *c.* ANNA : Monseigneur *[p. 667, 19e ligne].* / *Révérence.* / KEAN : Eh bien, Salomon *ms.*

1. Voir n. 1, p. 569, et *L'Imaginaire*, p. 372.

Autour de « Kean »

PREMIÈRES VERSIONS

Comme nous l'avons déjà dit, la pièce montée par Brasseur n'est pas celle que publiera Sartre quatre mois plus tard. Mais plusieurs questions demeurent à l'heure actuelle sans réponse. Le programme de la première annonce une pièce en trois actes et sept tableaux. La pièce qui part en tournée pendant l'été de 1954 comprend trois actes et six tableaux. Entre-temps, au mois de mars, Sartre a publié l'adaptation « définitive » de *Kean* en cinq actes et six tableaux. La pièce effectivement jouée pendant l'année qui a suivi sa création reste sujette à caution. Au moment où *Kean* part en tournée, a-t-elle intégré les changements annoncés par l'édition ? De toute évidence, Brasseur a exploité une marge de liberté considérable par rapport au texte mis à sa disposition par Sartre.

Les premières versions des scènes que nous reproduisons ici proviennent du manuscrit et du dactylogramme. Dans chaque cas, nous indiquons dans le texte l'état d'après lequel celui-ci est établi. Nous respectons le découpage en cinq actes de l'édition, plutôt que celui en trois actes annoncé dans le programme de la première. Pour ce qui est du premier acte, le manuscrit n'indique aucune modification importante par rapport à *orig.*

◆ ACTE II, SCÈNES I-III. — Dans le manuscrit, le deuxième acte s'ouvre sur une longue scène, adaptée de deux scènes chez Dumas (acte III, sc. X ; et acte II, sc. II).

1. Le manuscrit s'interrompt ici avec l'indication : « Suite inchangée (124-127) », chiffres qui renvoient à l'édition de Dumas.

◆ ACTE III, SCÈNES I-VII. — Le troisième acte a été profondément remanié entre le manuscrit et l'édition. À l'origine, Sartre garde l'intégralité des scènes proposées par Dumas (à part la scène X qu'il a déjà incorporée au deuxième acte, comme nous venons de l'indiquer). Pour l'édition, Sartre, insatisfait du résultat (voir la Notice, p. 1454), substitua aux sept premières scènes de l'acte une seule, assez courte, qui évoque le repas de baptême et la décision de Kean de jouer au bénéfice de ses anciens compagnons. Nous donnons ici les sept scènes de la première version.

1. À la création, aucun critique ne mentionna cette séquence ; dix jours avant la première, Sartre affirma avoir coupé « une scène dans une taverne où Kean met K.-O., en deux rounds, un champion de boxe professionnel » (entretien avec Paul Morelle, *Libération*, 4 novembre 1953). Pourtant, le nom de John Cooks figure dans la distribution publiée dans le programme de la première. Par ailleurs, le dactylogramme porte des didascalies ajoutées à la main et ponctuant tout le combat.

◆ ACTE IV, IIe TABLEAU, SCÈNE I. — La première rédaction du manuscrit s'interrompt à la fin du IVe tableau et ne reprend qu'au moment de la grande tirade de Kean à la fin de l'acte IV. Par conséquent, pour la deuxième moitié de l'acte, nous avons dû nous appuyer sur le dactylogramme qui indique quelques changements par rapport à l'édition, en particulier des ajouts à la première scène qui, à la création, constitue un tableau inédit : Sartre et vraisemblablement Brasseur ont voulu au départ préparer plus longuement et plus minutieusement la séquence du théâtre dans le théâtre, comme en témoignent la description détaillée de la scène et les didascalies élaborées accompagnant les répliques.

1. Il s'agit du Ve tableau de l'édition.

◆ ACTE IV, Ve TABLEAU, SCÈNE II. — Sartre a écrit à l'origine une version très différente de la célèbre tirade de Kean à la fin de l'acte qui comprend de nombreux éléments du texte de Dumas. De toute évidence, il n'était pas satisfait de cette première adaptation et disposait déjà pendant les répétitions de la version qu'il allait publier quatre mois plus tard. C'est pourtant la première version que Brasseur a décidé de monter et, pour la critique, son jeu dans cette scène, écartelé entre la problématique romantique de Dumas et la démonstration philosophique de Sartre, s'est révélé problématique (voir la Notice, p. 1454).

◆ ACTE V, SCÈNE VI. — Alors qu'en général les premières versions des scènes sont celles que Sartre a écarté du texte publié ou beaucoup resserré, le cinquième acte nous offre l'exemple contraire d'une scène qu'il étoffera considérablement pour l'édition, la scène VI.

À PROPOS DE KEAN

Comme en témoigne l'interview accordée à Renée Saurel (voir p. 692), Sartre possédait les connaissances de base sur Edmund Kean, mais ses recherches ont dû être rapides et assez superficielles. En 1953, la documentation en langue française sur le comédien anglais paraît limitée : aucune des biographies anglaises n'était traduite en français et Sartre ne semble pas avoir pris connaissance du livre de Borgerhoff sur la tournée des comédiens anglais à Paris en 1827-1828, *Le Théâtre anglais à Paris sous la Restauration*, Hachette, 1912. C'est donc vraisemblablement par des articles d'encyclopédie et des propos d'amis comédiens que Sartre a rassemblé ses informations sur Kean. Le texte conçu pour présenter son adaptation, qui parut en tête du programme distribué à la première, est plus fidèle à l'esprit de Dumas qu'à la véracité historique.

1. Cette rencontre entre Kean et Lemaître n'a jamais eu lieu. Par ailleurs, c'est sur la scène des Italiens que Kean joua à Paris en 1828, et non au théâtre de l'Odéon.

ENTRETIEN AVEC RENÉE SAUREL

Avant la première de *Kean* le 14 novembre 1953, Sartre accorda à divers journalistes des interviews où il présenta la pièce. Parmi les plus importantes, relevons celles données à Jean Carlier : « Mon adaptation d'Alexandre Dumas ne sera pas une pièce de Jean-Paul Sartre », *Combat*, 5 novembre 1953 ; à Jean Duché : « Quand Sartre " rewrite " Dumas pour s'amuser et exaucer Brasseur », *Figaro littéraire*, 7 novembre 1953, et à Renée Saurel : « La Véritable Figure de Kean », *Les Lettres françaises*, 12-19 novembre 1953. C'est l'interview donnée à Renée Saurel, dont nous publions un extrait, qui éclaire le mieux le projet de Sartre. Après avoir passé en revue les moments forts de la vie de Kean et les étapes essentielles de sa carrière, Sartre en vient à son adaptation.

NEKRASSOV

NOTICE

En juin 1955, pour la première fois, Sartre fait l'expérience de l'échec sur la scène parisienne, avec *Nekrassov*. Comme cette pièce avait valeur de signe de conversion à la politique du parti communiste, et que son propos flagrant était la dénonciation de la grande presse anticommuniste, l'entourage amical et politique du Sartre d'alors a imputé cet échec à la cabale organisée par ses victimes : la froideur du public (on plafonna à la soixantième) et la tiédeur de la critique démontreraient la virulence de l'anticommunisme et prouveraient la pertinence cruelle de la satire. Sartre lui-même n'a pas allégué la cabale ou la conspiration, mais a accepté l'idée d'un échec, qui a d'ailleurs rendu très difficile la rédaction des *Séquestrés d'Altona*. *Nekrassov* a, au sein de la production théâtrale de Sartre, un statut d'exception. C'est la seule pièce qui soit à ce point liée à l'actualité politique immédiate. Elle nous apprend que les anticommunistes sont des menteurs ou des dupes, que les transfuges de l'U.R.S.S. sont des escrocs, que dans la guerre froide, c'est l'U.R.S.S. qui veut la paix, et que ce sont les États-Unis, le pacte Atlantique, les partisans du réarmement de l'Allemagne de Bonn qui font courir les risques de la guerre. L'évolution de la conjoncture désamorce d'ailleurs un peu la portée politique de la pièce. Avec le dégel s'installe la détente internationale ; « Paix et liberté » cesse de couvrir les murs de la France d'affiches antisoviétiques ; le Mouvement de la paix et l'association France-U.R.S.S. — deux organisations auxquelles Sartre a adhéré activement — se mettent en sommeil. Alors que la pièce a cessé d'être jouée, le rapport Khrouchtchev au XXe congrès du P.C. de l'U.R.S.S., en février 1956, et les deux agressions de la Hongrie par les chars soviétiques, en octobre-novembre, vont porter un coup fatal aux croyances, généreuses et toniques, qui soustendaient *Nekrassov*. Cette pièce a bien été reprise en 1968 et en 1978, mais il est probable qu'elle restera une pièce à lire, un spectacle dans un fauteuil. Essentiellement politique, elle a mal résisté au dévoilement du goulag et à l'autodissolution de l'Union soviétique. Cependant, si le lecteur veut bien rejoindre, par la pensée, les croyances qui étaient celles du quart des électeurs français en 1955 et de la quasi-totalité de l'intelligentsia, il trouvera à la lecture de *Nekrassov* des plaisirs incomparables dans l'ordre du roman d'aventures, du feuilleton théâtral, de la revue à grand spectacle, de la comédie vertigineuse. En somme, pour la première et la dernière fois, Sartre a décidé de faire une pièce exclusivement comique, et de donner libre cours à son talent de nouveau Molière, que lui prêtaient ses camarades de la rue d'Ulm, quand il avait vingt ans. C'est donc la pièce la plus légère et la plus heureuse de Sartre, la plus voltairienne aussi. On y trouve un plaisir extrême de lecture, à condition de tenir à distance cette tragédie du siècle que fut l'histoire vraie de l'U.R.S.S. Dans *Nekrassov*, que Sartre a présenté comme une « farcesatire » et judicieusement placé sous l'invocation d'Aristophane[1] (pourquoi pas des *Nuées* ?), il n'y a plus une seule ombre de tragique : le souffle frais de la comédie-ballet les a toutes dissipées.

C'est dans les ébauches, les brouillons, les variantes de longue durée que l'on aura une idée de ce qui est le plus intéressant dans *Nekrassov*. Les dossiers conservés à la Bibliothèque nationale offrent en effet au lecteur des joies incomparables à celles que procure le texte définitif. On ne parviendra sans doute jamais à reconstituer une première version de *Nekrassov*, quatre fois plus longue que celle que nous connaissons, et qui constituerait une sensationnelle « série » feuilletonesque. Nous n'avons retrouvé aucun scénario ou sommaire, mais de longues séquences éclatantes de verve et de « swing », pour reprendre un terme utilisé dans la pièce et bien emblématique des années 1950. Jamais, semble-t-il, Sartre n'a écrit avec un pareil bonheur : le rédacteur et le lecteur communient dans une sorte de jubilation dansante. Une chorégraphie légère s'empare de ce théâtre que l'on dit parfois pesant. Mais jamais non plus Sartre ne s'est moins soucié de la durée de la représentation, des longueurs possibles de son texte. Les premières versions du prologue — soit le sauvetage de Georges par le couple de clochards sur une berge de la Seine — pourraient annoncer une pièce de durée moyenne à elles toutes seules. Une superbe scène entre le directeur de *Soir à Paris* et des hétaïres fracassantes de la IVe République a été supprimée, et cette suppression est regrettable. Le personnage de Demidoff, inspiré par Koestler et joué à merveille par Jean Le Poulain paraît, dans la version imprimée, assez caricatural et bien grinçant. Dans les brouillons, on voit se dévelop-

1. Voir l'entretien de Sartre avec Henri Magnan, *Le Monde*, 1er juin 1955.

per un délire alcoolique et histrionique qui touche à la plus grande extravagance et invente une logique de l'absurde : c'est Labiche récrivant les *Études sur l'hystérie* de Freud et Breuer. Une grande scène — presque un acte — d'une manifestation populaire se terminant au poste de police a été coupée. Un joyeux foisonnement de farces et attrapes entourait le cocktail de la candidate M.R.P. : il restera un tableau de réunion politico-mondaine, traversée de courses-poursuites trop rapides pour être bien exploitées scéniquement. Les acteurs de la création — qui fut retardée au 8 juin, dans la canicule parisienne — ont assuré que la pièce fut mise en répétition alors que les deux derniers tableaux n'étaient pas encore rédigés. Sartre, peut-on présumer d'après certains brouillons, n'avait pas encore choisi son dénouement : il semble avoir écarté telle issue burlesque, mais hilarante, où tous les protagonistes se seraient retrouvés clochards sur les quais de la Seine. Il s'est résigné à une fin plus sérieuse, mais plus édifiante, où Georges se convertit au progressisme par la grâce efficace de Véronique, et où le scrupuleux Sibilot, tout scrupule surmonté, s'installe dans le fauteuil de Palotin, lui aussi parti vers la gestion d'une feuille progressiste ! Après avoir écrit des tableaux trop longs dans une effervescence communicative, Sartre les abrège excessivement. En se souvenant des répétitions agitées du *Diable et le Bon Dieu*, on imagine Simone Berriau et Jean Meyer, effrayés par la perspective de plus de quatre heures de spectacle, pressant Sartre de couper son texte, jusqu'au tout dernier moment. À la verve prolifique du début de la pièce correspond une maigreur exsangue du dénouement, qui ne nuit pas à l'intelligibilité de la pièce, ni à l'efficacité de la chute, mais qui laisse retomber cette « abominable envie de rire[1] » qui enchantait le spectateur.

Tel quel, et dans l'inachèvement qui lui est structurel, *Nekrassov* combine les vertus de l'intelligence avec la redoutable efficacité du théâtre de Boulevard, après *Donogoo* de Jules Romains (chef-d'œuvre qui a inspiré l'idée de la grande escroquerie, ainsi que celle de la scène du pont), et avant *Pauvre Bitos ou le Dîner de têtes* de Jean Anouilh.

Clefs et modèles.

Pour semer la police, l'escroc Georges de Valera se fait passer pour un ministre soviétique qui aurait fui l'U.R.S.S., Nekrassov, auprès des journalistes de *Soir à Paris*, journal anticommuniste notoire dirigé par Jules Palotin. Tous croient en cette supercherie et les déclarations du pseudo-Nekrassov défrayent la chronique. Pris à son propre jeu et utilisé par les anticommunistes, il ne peut démentir les fausses révélations qui lui sont imputées. Il décide alors de révéler sa véritable identité. Tel est en résumé l'argument de la pièce.

Pour une bonne part, *Nekrassov* est une pièce à clefs, et c'est ce qui a constitué l'une de ses faiblesses majeures. Sartre naturellement assurera le contraire, protestant qu'il n'avait jamais pensé à Lazareff, le directeur du journal le plus vendu en France, *France-Soir*[2]. En fait Sartre y pensait tellement que, dans les premiers brouillons, il écrit « Lazareff » là où il

1. *Le Diable et le Bon Dieu*, p. 433.
2. Voir l'interview par Paul Morelle, *Libération*, 7 juin 1955.

indiquera plus tard « Jules[1] » : il est de la nature des textes à clefs de susciter d'énergiques dénégations de la part de leurs auteurs, et Sartre n'a pas contrevenu à cette règle impérieuse. Dans le cas de Georges de Valera, cependant, on chercherait en vain un escroc de grande envergure, devenu mythique, dans la France de l'après-guerre. Elle préfère les casseurs et les truands, tel Pierrot le fou. Mais Georges de Valera, lui, n'est même pas cambrioleur : il ne tire ses ressources que de son pouvoir de persuasion. De tels mystificateurs, quand ils sont invincibles, ne parviennent jamais à la notoriété, puisqu'ils ne sont jamais pris. Si l'on considère la situation très précise qu'évoque la pièce en 1954, c'est-à-dire une entreprise de désinformation antisoviétique, contrôlée par l'inquiétante D.S.T., on peut trouver quelques ressemblances entre André Baranès, le mystificateur mythomane à l'origine de l'Affaire des fuites (dirigée contre le ministre de l'Intérieur François Mitterrand) qui parvint finalement à se faire acquitter, et Georges de Valera, qui probablement sortira indemne de sa grande supercherie. Mais les différences sont énormes. Simplement tous deux appartiennent, d'un peu loin, à cette catégorie de gens que Roger Stéphane avait décrite dans son *Portrait de l'aventurier* (1950, brillamment préfacé par Sartre), celle des aventuriers présumés quelque peu menteurs, opposée à celle des militants pragmatiques. Plus optimiste, Sartre rêvait à la synthèse de l'une et l'autre de ces figures dans un nouveau type d'homme révolutionnaire. C'est peut-être bien cette utopie qui sert de schème régulateur à *Nekrassov* : inaccessible, comme toute idée de la raison, elle explique aussi l'échec de la pièce dans son dénouement. L'aventurier Valera, prince de l'imposture, du simulacre et du bidonnage, peut-il vraiment devenir un loyal compagnon de route du parti communiste ? Le dramaturge n'y croit pas plus que le spectateur et s'en tient à de vagues éventualités. Il suggère, en compensation, une vocation d'éternel Judas, assurant le triomphe des religions qu'il entend bien trahir et qu'il sert en fait on ne peut mieux. Et il nous laisse au fond dans l'ignorance de ce que va devenir Georges de Valera — fin trop ouverte pour ne pas être, théâtralement, frustrante.

D'une manière générale, Georges radicalise un trait essentiel de l'homme sartrien, depuis le garçon de café de *L'Être et le Néant* jusqu'à Gœtz, Kean, Frantz. Il consiste en une impossible adhésion de soi avec soi, qui fait dépasser le visqueux de la mauvaise foi vers la translucidité (inaccessible) de la comédie, de l'imposture, de la mystification, le *retour* de la mauvaise foi opérant chaque fois que le visage se modèle sur le masque ou que le rôle est incorporé ou, simplement, pris à la lettre. Francis Jeanson, à chaud, dans son *Sartre par lui-même*, avait bien décrit cette figure dynamique du héros sartrien. Le pseudo-Nekrassov est simplement plus traître, plus bouffon, plus simulateur, plus cynique que ses confrères des autres pièces de Sartre. C'est un pur escroc, sans aucune contrepartie présumée positive : il ne croit à rien, et pas même à un ordre social dont il feint d'être le partisan pour mieux y commettre ses roue-

1. De même, dans les premières versions manuscrites de la pièce, Sartre inscrit les noms des acteurs qu'il a choisis en lieu et place de ceux des personnages. Ce n'est que dans des élaborations ultérieures que ses personnages acquièrent un nom qui leur est propre. Sartre écrivait le plus souvent ses pièces pour des acteurs déterminés. Ainsi, Michel Vitold, d'origine russe, a été le noyau même du personnage de Valera, et Wanda Kosakiewicz, russe elle aussi, celui de Véronique.

ries. Jdanov, qui avait alors du crédit, n'aurait pu imaginer un héros plus négatif, plus cosmopolite, plus déraciné, comme on eût dit à *La Nouvelle Critique*. Le seul trait spécifique de cet escroc sans identité est sa double postulation, vers l'exigence exhibitionniste de dévoiler son imposture aux yeux de tous et vers la nécessité pragmatique de la tenir secrète pour tout un chacun.

Mais il y a bien un modèle évident, qui a transmis à Valera des vertus incomparables sur le plan du récit et du spectacle. Il s'agit d'Arsène Lupin, lequel eut au début du siècle une très forte présence sur la scène parisienne, notamment grâce à l'interprétation qu'a donnée du personnage André Brulé[1]. Thierry Maulnier, en 1955, évoquait les performances de ce comédien, en regrettant que Michel Vitold ne les ait pas égalées, malgré toutes ses vertus d'acteur[2]. Sartre a plusieurs fois fait référence à Lupin dans ses œuvres majeures, malgré les connotations peu sérieuses attachées à ce nom : qui mieux que Lupin pouvait pulvériser l'esprit de sérieux ! Sartre enfant nourrissait ses fantasmes guerriers des feuilletons de Maurice Leblanc : « J'adorais le Cyrano de la pègre, Arsène Lupin, sans savoir qu'il devait sa force herculéenne, son courage narquois, son intelligence bien française à notre déculottée de 1870[3]. » Le gauchissement patriotique et populiste de cette figure essentiellement anarchique indique tout le travail de l'inconscient sur une lecture d'enfance décisive : quand Sartre, en politique, dégainera l'épée (en 1952, lors de son rapprochement avec le P.C.), après avoir sorti le stylo (en 1943, avec *Les Mouches* et ses articles dans *Les Lettres françaises*), il deviendra Arsène Lupin, défiant la bourgeoisie, la police, les piliers de la société, mais à l'intérieur d'une gymnastique ludique, sans jamais s'intégrer au « sérieux » professionnel des politiciens mandatés. Dans les *Cahiers pour une morale*, Sartre fait intervenir Lupin dans un débat institué avec Trotski sur la morale du révolutionnaire : « Qui ne louera pas, au nom même de la morale chrétienne, le fait de se donner aux opprimés comme faisaient les mythiques chevaliers errants du Moyen Âge ou Florence Nightingale ou même Arsène Lupin[4] ? » Le « même », marque de timidité, signale combien la transgression est forte qui introduit Lupin dans la culture la plus légitimée… Mais, quand à la fin de *Nekrassov*, on cherche un titre qui dénouerait, à la une, l'imbroglio, Jules, en voie de conversion à la gauche progressiste, propose, jubilant : « Plus fort qu'Arsène Lupin, Valera dupe la France entière » (p. 835). Ainsi s'établit clairement une filiation indubitable. Comme Lupin, Georges de Valera est avant tout un homme de médias, qui use de toutes les ressources de la presse écrite. Comme lui, il excelle dans les déguisements, les maquillages, les changements de voix et de discours. À la différence d'un Fantômas, l'un et l'autre se refusent à la violence. Ce sont des gentlemen, plutôt mystificateur pour Georges, plutôt cambrioleur pour Lupin. Ils ont toujours échappé à l'emprisonnement, sont sujets à des accès de mélancolie, et ne sont pas insensibles à de jeunes femmes vertueuses, qui les font douter

1. Une pièce tirée des romans d'Arsène Lupin par Maurice Leblanc fut montée par lui, avec la collaboration de Francis de Croisset, au théâtre de l'Athénée. La pièce a été reprise dans différents théâtres jusque dans les années 1940.
2. *Combat*, 13 juin 1955.
3. *Les Mots*, Gallimard, 1964, p. 95-96.
4. *Cahiers pour une morale*, Gallimard, 1983, p. 168.

de leurs systèmes de vie. Mais ce sont avant tout des héros euphoriques, qui communiquent au public leur euphorie, marquée par des bonds et rebonds, des fuites et des exploits, des disparitions et des réapparitions sous une pluie de masques et de pseudonymes. Ainsi s'explique le carnaval jubilant qui donne son rythme à cette pièce de Sartre, unique en son genre. Rien n'est tragique, tout est optimiste dans ces deux cycles : imposteurs, séducteurs, enchanteurs, nos deux héros traînent tous les cœurs après eux. Mais ils restent des solitaires aventureux, n'ayant pas besoin d'amis, seulement d'historiographes attitrés, tels que Maurice Leblanc et Jean-Paul Sartre. À vrai dire la parenté littéraire n'est pas toujours évidente dans le texte publié de la pièce, mais elle éclate dans les brouillons qui ont été conservés : ce n'est pas une pièce d'une soirée que Sartre semble composer, mais un feuilleton théâtral qui pourrait durer une semaine ou un mois, avec des péripéties et des foisonnements qui rappellent en tout point le grand style du roman populaire à composants policiers. On n'en finirait pas de noter les traits communs entre les aventures d'Arsène Lupin et celles de Georges de Valera, ces marginaux de génie, inventeurs permanents de leur libre existence. En voici au moins un : dans cette pièce, Goblet, l'inspecteur miteux de la police judiciaire, comme esclave du devoir, s'acharne à poursuivre en vain Georges qui lui échappe toujours, allégrement. L'inspecteur Ganimard, à la veille de la retraite, traque sans répit et sans succès l'évanescent Lupin. Dans les deux cas le poursuivi et le poursuivant finissent par se lier d'une étrange amitié, constituant une paire de duettistes profondément comiques.

Les cibles de la satire.

Sartre a décrit lui-même sa conversion au parti communiste, opérée en 1952 à la suite de la manifestation contre la venue à Paris du général Ridgway[1]. Il n'est pas le seul, loin de là, à rejoindre les positions du P.C. français, pourtant à son plus mauvais niveau intellectuel, et celles de l'U.R.S.S. qui vit l'une des pires périodes de son histoire, avec un retour à la grande terreur des années 1930, laquelle culmina dans le délire paranoïaque du « complot des blouses blanches[2] ». Ce n'est pas le lieu, ici, de comprendre — ni surtout de justifier — cette étonnante conversion à contretemps, qui, après le voyage agité de 1954 au pays de Malenkov, va prendre l'allure d'un serment de fraternité avec l'U.R.S.S. post-stalinienne. Quand Sartre rentre à Paris à la fin de juin 1954, il livre une série d'interviews à Jean Bedel[3], journaliste de *Libération*, alors quotidien progressiste dirigé par Emmanuel d'Astier de La Vigerie. Dans le tableau de l'U.R.S.S. engagée vers l'avenir radieux de la révolution socialiste, il n'y a aucune réserve. « La liberté de critique est totale en U.R.S.S. », énonçait le titre du premier article de *Libération*. Mieux : Sartre annonçait qu'en 1960 le niveau de vie moyen en U.R.S.S. serait de trente à quarante pour cent supérieur au niveau de vie français, vu la stagnation totale de l'économie française. C'est là la foi ardente du néo-

1. Voir « Merleau-Ponty vivant », *Les Temps modernes*, nos 184-185, octobre 1961 ; repris dans *Situations, IV*, Gallimard, 1964, p. 189-287.
2. Voir n. 6, p. 746.
3. « Les Impressions de Jean-Paul Sartre sur son voyage en U.R.S.S. », propos recueillis par Jean Bedel en cinq articles, *Libération*, 15, 16, 17-18, 19, 20 juillet 1954.

phyte apostat qui ne recule devant aucun des excès de Polyeucte. La même griserie messianique qui emporte Sartre en juillet 1954 le soutient encore en mai 1955 quand il écrit *Nekrassov*. C'est que rien de trop fâcheux ne s'est encore produit pour l'image de l'U.R.S.S. en France. Au début de 1956, Sartre réagit assez mal à la divulgation du rapport Khrouchtchev : à l'exemple des communistes français, il le refoulera, puis le désapprouvera, puis finira par le tenir pour négligeable. Il n'empêche, selon le mot de Julien Gracq, qui fut dans sa jeunesse un militant communiste, « après le rapport Khrouchtchev, toute une part, et non la moindre, de la littérature française des trente dernières années, est devenue un tiroir plein de lettres d'amour fanées[1] ». C'est seulement en 1975 que Sartre reconnaîtra qu'il avait, en 1954, « dit des choses aimables sur l'U.R.S.S. qu'[il] ne pensai[t] pas[2] ». Ç'aurait donc été des lettres de château à des hôtes généreux... Nous n'en croyons rien : le Sartre de 1954 avait choisi l'U.R.S.S. avec toute son âme, comme il avait rompu furieusement avec les États-Unis. Ce choix ne relevait d'ailleurs pas de la seule politique, mais d'une mystique, assez communément partagée en milieu intellectuel.

Entre 1952 et 1956, en même temps qu'il se convertissait au communisme, Sartre se détournait de la littérature, au sens très large où il l'avait définie dans *Qu'est-ce que la littérature ?* en 1947. Il abandonne complètement le roman, la nouvelle, le scénario de cinéma. En ce qui concerne le théâtre, il se borne à l'adaptation de *Kean*, qui lui fut demandée par Pierre Brasseur. Bien sûr, Sartre écrira des ébauches des *Mots* (alors intitulé *Jean sans terre*), mais c'est dans la perspective d'un adieu à la littérature, qui correspondrait à une déclaration de rupture formelle. Ses textes politiques ou théoriques visent à valider et à débloquer le communisme ou le marxisme. Et *Nekrassov*, avec son titre qui dénote d'emblée la Russie soviétique, est une pièce maîtresse de la production « multimédia » de Sartre : là aussi le littéraire est subordonné au politique et à l'idéologique. La foi nouvelle de Sartre communique à toute la pièce une jubilation légère, un pur bonheur, une grâce rieuse. Le malheur est que tous ces effets heureux sont procurés à propos de ce que nous savons être aujourd'hui l'une des grandes catastrophes du siècle.

À aucun moment, Sartre n'a été tenté de porter sur la scène une image de la société soviétique, ni une apologie de la construction du socialisme dans le pays élu par l'Histoire. Mais il va vouloir ridiculiser l'anticommunisme en opérant une double négation : il faut nier la négation du communisme, aussi bien en France (et ce sera *Nekrassov*) qu'aux États-Unis (et ce sera le brouillon de la pièce sur le maccarthysme[3], ou l'adaptation à inflexion surpolitisée des *Sorcières de Salem*). Il faut ouvrir la chasse aux chasseurs de sorcières. Comme en grammaire latine, cette double négation aboutira indirectement à une affirmation renforcée, elle produira immédiatement des effets comiques, à la seule vue des guignols de l'anticommunisme. Cette farce rebondissante se rapproche en effet du guignol, dont on sait que ce fut la première tentation du petit Sartre au jardin du Luxembourg[4]. Elle rappelle aussi, par son défilé de person-

1. Julien Gracq, *Lettrines*, José Corti, 1967, t. I, p. 153.
2. *Situations, X*, Gallimard, 1976, p. 220.
3. Voir *La Part du feu*, p. 1183-1202.
4. Voir *Carnets de la drôle de guerre*, Gallimard, 1995, p. 502-503.

nalités connues à peine déguisées, la revue de fin d'année ; Sartre, dès son adolescence, y avait excellé, à la khâgne de Louis-le-Grand et à l'École normale supérieure. Cette tradition déjà ancienne autorisait une grande virulence, et Sartre s'en privait moins que quiconque.

Comme cibles directement ou indirectement vouées au fouet de la satire, Sartre va choisir essentiellement Pierre Lazareff, et son journal *France-Soir*, qui travaillait effectivement dans l'anticommunisme et prisait le sensationnalisme. Il suppose Lazareff suspendu aux ordres d'un ministre de l'Intérieur, présent sur la scène par le seul téléphone. Tous les partis favorables au « réarmement allemand », c'est-à-dire à la « Communauté européenne de défense », sont égratignés, mais plus particulièrement le M.R.P. : le personnage de Mme Bounoumi, candidate du M.R.P. à l'élection législative partielle, représente bien l'hystérie anticommuniste. Mais le radical-socialiste Perdrière ne vaut pas mieux. Sartre ne dédaigne pas la vertu comique de l'antiparlementarisme goguenard. De la grande presse du soir aux intellectuels, tous engagés dans la guerre froide et dans la scission idéologique qu'elle implique en France, il n'y a qu'un pas. André Malraux, alors le prophète du R.P.F., est visé d'emblée. Sibilot, fraternisant avec Goblet, porte un toast « aux gardiens de la culture occidentale » dans ces termes emphatiques et grotesques : « Que la victoire demeure à ceux qui défendent les riches sans les aimer » (p. 750-751). Paroles de pauvres ! Les lecteurs des *Noyers de l'Altenburg* avaient en tête la belle formule du narrateur, tout à fait judicieuse en 1943 : « Ah ! que la victoire demeure avec ceux qui auront fait la guerre sans l'aimer[1] ! » Mais ils ne devaient pas être si nombreux, et le public n'a perçu que la parodie du style grandiloquent des défenseurs de l'Occident. Plus explicite est le sarcasme envers Thierry Maulnier[2], qui venait d'écrire une pièce fort anticommuniste, *La Maison de la nuit*, et en avait adapté pour le théâtre une autre, non sans succès, *La Condition humaine*. Kravchenko, l'auteur du best-seller *J'ai choisi la liberté*, est cité nommément[3], mais toute la dynamique de la pièce amène à le voir comme un simple escroc, alors que Kravchenko avait bel et bien gagné son procès contre l'hebdomadaire communiste *Les Lettres françaises*. Arthur Koestler, auteur du *Zéro et l'Infini*, n'est pas nommé, mais le personnage assez composite de Demidoff, émigré, renégat, dissident, trotskiste, et éternel scissionniste, alcoolique absolument, le vise assurément[4]. Dans les brouillons, Sartre avait mis en scène, sous leurs vrais noms, les journalistes qu'il interpellait dans « Les Communistes et la Paix[5] ». Il les effacera, comme il retranchera, *in extremis*, la scène où il ridiculisait Montherlant sous le nom de Cocardeau, Jean-Jacques Gautier, journaliste au *Figaro*, sous celui de Boudin, Georges Altman, directeur de *Franc-Tireur*, sous celui de Champenois, directeur du *Bonnet phrygien*. Si la candidate M.R.P. et le candidat radical-socialiste aux élections de Seine-et-Marne (dans la réalité, Seine-et-Oise en 1954) sont présentés comme des bouffons, un silence respectueux entoure le candidat communiste, le très jdanovien André Stil. En somme, tout anticommuniste, qu'il soit de gauche ou de droite, est un objet de dérision comique et de mépris allègre. Mais il s'est

1. *Œuvres complètes*, Bibl. de la Pléiade, t. II, p. 756.
2. Voir p. 754.
3. Voir p. 758 et 778.
4. Sur les relations entre Sartre et Koestler, voir la Notice des *Mains sales*, p. 1376.
5. Repris dans *Situations, VI*, Gallimard, 1964.

opéré une restriction du champ au journalisme, à l'intelligentsia et à la mondanité, l'épisode électoral se réduisant à si peu de choses qu'il n'entraîne ni la conviction ni l'intérêt du spectateur. L'histoire fictive intitulée *Nekrassov* a beaucoup de points communs avec l'épisode insurrectionnel et répressif de 1952 ; mais Sartre remplace le politique Jacques Duclos, arrêté à la suite de la manifestation du 28 mai, par le journaliste Duval. Tout ce qui concerne la D.S.T. (maquillée en D.T.) renvoie à l'Affaire des fuites, qui, en 1954, ébranla le ministère Mendès-France et la personne de Mitterrand. Jean Lacouture, quand il la débrouille, montre que tout est venu d'un ministre de l'Intérieur mythomane et haineux, Martinaud-Deplat[1]. À cette affaire, Sartre a bien emprunté des traits de l'escroc (acquitté) Baranès, mais il en a déplacé le centre de gravité dans les bureaux de *France-Soir*… ou plutôt de *Soir à Paris*. Les usages du théâtre, certes, ne permettaient pas la représentation directe des hommes ou des partis politiques. L'image de la presse en devient contradictoire : d'une part la salle de rédaction de *Soir à Paris* devient le laboratoire de tous les bobards anticommunistes, le quartier général des fusées antisoviétiques ; d'autre part le directeur du quotidien, Jules Palotin, prend ses ordres directement du gouvernement, lequel, comme le Dieu caché, n'intervient jamais dans la comédie. Il faudrait savoir si Jules Palotin tient toutes les ficelles du grand complot contre le communisme ou s'il n'est lui-même qu'une marionnette manipulée… hypothèse invraisemblable en ce qui concerne Pierre Lazareff. Et ce Palotin est un pleutre, un pitre, un purotin et un calotin. Sartre aurait pu développer en lui tout ce qui le rapproche de Georges : après tout, c'est un mystificateur très technique qui, alléguant la vérité toute nue, pense que, plus gros est le mensonge, mieux il passe. Prêt à tout pour le succès commercial de son journal, il va peu à peu glisser de la droite à la gauche, et, *in extremis*, annonce qu'il va fonder un journal progressiste, une fois chassé de *Soir à Paris*. Il le fait par bravade, et en s'avisant qu'une presse d'opposition est peut-être plus rentable qu'une presse liée au gouvernement. Il est aussi, il est vrai, ulcéré par les manœuvres de son conseil d'administration, et semble découvrir les horreurs de l'entreprise capitaliste à cette occasion. Son parcours pourrait donc rejoindre celui de l'autre mystificateur de la pièce, l'escroc Georges de Valera, car les deux sortent du piège en direction de la gauche progressiste. Mais autant ce thème est développé pour Georges, autant il est négligé pour Jules. Quel spectateur de 1955 aurait pu croire que Pierre Lazareff allait fonder un journal gauchiste ! La dénonciation de la presse dite bourgeoise se fait par la comédie-ballet farcesque, non par une critique qui en dévoilerait le fonctionnement économique. Le terrain du conflit dramaturgique reste essentiellement médiatique : Sartre contre Lazareff, *Libération* contre *France-Soir*, mais aussi *Le Figaro*, *Paris-Presse*, *L'Aurore*, *Combat*, *Franc-Tireur*. L'issue médiatique du combat n'était pas douteuse. Pierre Lazareff, très lié à Simone Berriau, la directrice du théâtre Antoine, semble ne pas avoir été mécontent de cette contre-publicité tapageuse. Signalons l'élégance qu'il manifesta à l'égard de Sartre, en acceptant de publier dans *France-Soir*, en 1960, son grand reportage sur Cuba[2].

1. Voir *Mitterrand, une histoire de Français*, t. I : *Les Risques de l'escalade*, Le Seuil, 1998.
2. « Ouragan sur le sucre : un grand reportage à Cuba de Jean-Paul Sartre sur Fidel Castro », série de seize articles publiés dans *France-Soir*, du 28 juin au 15 juillet 1960.

Un accueil mitigé.

Dans le passage qu'Annie Cohen-Solal consacre à *Nekrassov*, elle aboutit à l'idée que la diatribe de Sartre contre les médias déclencha la vengeance inexpiable de ces derniers contre lui[1]. Tous les critiques « de gauche » ont effectivement crié à la cabale. *Nekrassov*, comme *Phèdre*, serait un chef-d'œuvre vaincu par une cabale médiocre. Simone de Beauvoir, qui ne semble pas avoir suivi de près la gestation agitée de cette pièce, reprend cette argumentation ; la « bourgeoisie » aurait eu raison d'une pièce trop virulente pour être tolérée[2]. Son récit fourmille d'erreurs, aussi bien sur l'élimination du prologue à la scène (tous les critiques en ont parlé avec aigreur), que sur l'idée abandonnée d'un rassemblement de grévistes (ce sont des manifestants), sur le refus de Sartre de convertir Georges (il suit les conseils de Véronique, madone du progressisme), sur le compte rendu de Françoise Giroud, dont elle dit que c'est un « éreintement avide » (c'est une critique fort pénétrante, et plutôt modérée dans ses évaluations), sur la paternité attribuée à Malraux du bobard des valises radioactives à diffusion différée répandues par les services soviétiques en France (aucune référence ne vient justifier cette calomnie). La seule indication exacte, à laquelle toute la presse avait donné écho, concernait le fait que Sartre n'avait ni choisi ni écrit le dénouement quand la pièce fut mise en répétition au théâtre Antoine, et que le moral de Simone Berriau, propriétaire du théâtre, de Jean Meyer, metteur en scène peu motivé par le sujet, et de Michel Vitold, l'interprète protagoniste, en fut troublé[3]. L'examen du dossier de presse infirme, à notre sens, cette opinion dominante, répandue par Simone de Beauvoir, par Roland Barthes, par Gilles Sandier[4]. La mouvance de la gauche progressiste est alors si large que très nombreuses sont les interviews bienveillantes et les comptes rendus favorables. Toute la gauche assure avoir ri, et invite ses lecteurs à venir rire de bon cœur ; si Robert Kemp ronchonne au *Monde*, le talentueux Henry Magnan exprime dans *Combat* un enthousiasme compensateur[5]. La résistance de Françoise Giroud ne tient pas à la personne de Sartre, qu'elle respecte (elle lui ouvre ses colonnes à partir de 1956), mais à sa fidélité aux Lazareff et surtout à sa pratique de la presse, qui lui fait trouver incroyables les images qu'en donne Sartre. Elle est la seule à marquer l'indécision de Sartre à choisir soit le portrait rigoureux de l'escroc-mystificateur, soit le tableau acerbe de la presse anticommuniste.

Si l'on se déplace dans la droite classique, on sent chez les critiques une très grande peur de passer pour anticommunistes et un grand souci de démontrer leur impartialité politique en trouvant toutes les vertus possibles à la pièce de Sartre. Passionnant, de ce point de vue, est le long article de Thierry Maulnier[6] qui explique comment il aurait récrit

1. Voir *Sartre : 1905-1980*, Gallimard, coll. « Folio essais », 1989, p. 594-601.
2. *La Force des choses*, Gallimard, 1963, p. 343-344.
3. D'après le témoignage de Michel Vitold, à la Vidéothèque de Paris, lors d'une journée organisée par le Groupe d'études sartriennes sur le théâtre de Sartre, en juin 1990.
4. Voir Roland Barthes, « *Nekrassov*, juge de sa critique », *Théâtre populaire*, n° 14, juillet-août 1955 ; et Gilles Sandier, « Socrate dramaturge », *L'Arc*, n° 30, 1966.
5. Voir Robert Kemp, *Le Monde*, 14 juin 1955 ; et Henri Magnan, *Combat*, 15 juin 1955.
6. *La Revue de Paris*, juin 1955.

Nekrassov, si lui en avait été donné le loisir, et qui note que la seule critique énoncée dans la pièce à l'égard du P.C. est tout de même bien gênante : Georges explique à Véronique que le Parti a besoin de voir emprisonnés ses militants pour pouvoir justifier des campagnes du type « Libérez Henri Martin ! ». Un Jacques Duclos à la Santé, en 1952, est donc une belle aubaine pour rallier les intellectuels à la bonne cause. Le ton de ce compte rendu respire l'estime pour Sartre. *Paris-Match* assure la promotion de la pièce, avec toutes sortes de photographies des répétitions, et des enquêtes assez bien informées de Guillaume Hanoteau. À peu d'exceptions près, la critique professionnelle s'est bien conduite et ne peut se voir imputer la disparition assez rapide de la pièce. Pour l'accueil immédiat, on peut retenir du dossier de presse deux sujets d'interrogation. D'abord, y eut-il succès triomphal ou déception sensible lors de la générale ? La presse de gauche proclame le succès, la presse de droite affirme la catastrophe incontestable. Nous avons interrogé trois des invités de la générale sur l'impression qu'ils conservaient de cet après-midi du 3 juin 1955. Deux d'entre eux, Olivier Todd et Michel Tournier, en conservent soit un mauvais souvenir, soit pas de souvenir du tout. Michel Tournier, invité avec Gilles Deleuze, garde un souvenir ébloui des *Mouches*, vue en 1943, et ne peut en ranimer aucun de *Nekrassov* ; mais il ajoute : « Peut-être est-ce mieux ainsi ? » J.-B. Pontalis se souvient : « Je l'avais trouvée à l'époque caricaturale, d'un comique grinçant. À dire vrai le théâtre de Sartre n'a jamais été ce que je préférais dans son œuvre multiple : trop de ficelles, de mots d'auteur. » Certes la mémoire peut être trompeuse, mais, de cette générale de *Nekrassov*, Michel Vitold avait conservé le souvenir d'un calvaire, et d'une fureur contre l'auteur qui refaisait son texte la veille encore et proposait à l'acteur de déchiffrer ses répliques sur des papiers fixés au sol[1]. Même si l'on peut supposer que les invités n'aiment pas aujourd'hui se rappeler qu'en 1955 ils sympathisaient avec le P.C. et l'U.R.S.S., ils éprouvent tous un malaise à l'évocation de cette générale, et ce malaise ne peut que correspondre à un insuccès qui surprit. Ceux qui d'ailleurs ont célébré le succès de Sartre ont noté que les ovations faites au deuxième tableau ne se sont pas reproduites aux tableaux suivants. La faiblesse évidente de cette pièce tient dans les amaigrissements obligés qui ont réduit le septième et le huitième tableau à des schémas faméliques.

L'autre question difficile à trancher a été bien posée par Robert Kemp[2] (dont les travers sont souvent trop raillés par les auteurs). Les spectateurs qui avaient applaudi en 1948, dans ce même théâtre Antoine, aux *Mains sales*, pouvaient-ils se laisser entraîner sans résistance par *Nekrassov* ? Dans le premier cas, on voyait l'U.R.S.S. dicter des consignes contradictoires aux P.C. d'Europe centrale en 1943-1945, condamner à l'incohérence les responsables et les militants nationaux, suivre les intérêts géopolitiques du nouvel empire soviétique, et se soucier fort peu de la révolution socialiste. Louis, qui s'en tient à la politique de « classe contre classe », et Hoederer, qui veut un compromis d'union nationale, seront également désavoués par le Kominform, et leur égale faiblesse est de n'être pas en liaison avec le pouvoir stalinien. Personne n'a douté, en 1948, que *Les Mains sales* était une pièce vivement anticommuniste et

1. Dans son témoignage cité plus haut.
2. Voir *Le Monde*, 14 juin 1955.

antisoviétique. Les écrits, théoriques ou politiques, de Sartre, dans cette conjoncture, n'étaient pas tendres pour ses interlocuteurs communistes. Et la presse communiste, à laquelle Sartre n'avait accordé aucune interview, vociféra contre la pièce[1]. Tous les spectateurs de *Nekrassov* avaient en mémoire la leçon anticommuniste de la pièce de 1948. Or, à l'anticommunisme encore problématisé des *Mains sales* fait suite l'anti-anticommunisme de *Nekrassov*, qui, lui, est radical et quasi didactique, quoique par les détours de la double négation. S'il apparaît que toute forme de dissidence vis-à-vis de l'U.R.S.S. constitue une escroquerie, si toute critique à l'égard du parti communiste français ou du socialisme soviétique fait le jeu de l'anticommunisme, alors on est entré dans la mécanique aveugle de la conversion. L'euphorie de *Nekrassov* a son revers qui est la méconnaissance du réel et le dédain de s'en informer. Un an va passer, et les yeux de Sartre vont se dessiller, avec l'insurrection de cette Hongrie qui lui avait inspiré la pièce de 1948 : alors *Les Mains sales* se voit justifié, tragiquement, *Nekrassov* infirmé, et même disqualifié.

La pièce fut reprise par Hubert Gignoux, en novembre 1968, au Théâtre national de Strasbourg : c'était l'été indien du P.C. et Jacques Duclos allait faire un brillant score aux présidentielles de 1969. Georges Werler, en 1978, donna une troisième chance à la pièce au théâtre de l'Est parisien. On a parlé d'une nouvelle cabale. Mais la pièce était-elle recevable pour un public agité dans ses profondeurs par la publication de *L'Archipel du goulag*, dévoilement irréversible et irréfutable de ce que fut la terreur soviétique ? Sartre signa alors un texte assez confus, où il expliquait qu'il attaquerait volontiers la presse à sensation, mais choisirait un autre prétexte. En fait Sartre, dans les interviews qui se sont multipliées depuis 1968, n'évoque jamais cette pièce, et se voit rarement poser des questions sur elle. Une fois seulement, en 1960, il a reconnu que la pièce était « à demi manquée », et que la parade de l'escroc avait nui à l'anatomie du journal à sensation. Or c'était, littéralement, ce qu'avait noté Françoise Giroud, à la création. Y aurait-il une quatrième chance pour *Nekrassov* ? Avec la dissolution de l'U.R.S.S., avec ses adieux au communisme — et sans préjuger de retours du destin toujours possibles —, il ne semble pas qu'une représentation de *Nekrassov* soit aujourd'hui susceptible de trouver un accueil favorable. Avec le recul de l'Histoire, il apparaît que les anticommunistes avoués des années 1950 — Arthur Koestler, Thierry Maulnier, Pierre Lazareff — se situaient bien au-dessous de la vérité, plus tragique que ne le pensait quiconque. Avant d'abandonner la dimension politique de la pièce, il est bon de situer, de ce point de vue, le soutien véhément que lui apporte Roland Barthes dans *Théâtre populaire*. Barthes, qui n'est guère sartrien, mais se présente en brechtien militant, se solidarise avec Sartre, auteur de *Nekrassov*, contre tous ses rivaux bourgeois, tels que Montherlant ou Anouilh[2]. L'exécration de la « bourgeoisie », dans une acception baudelairienne et marxiste, réunit le jeune Barthes et le célèbre Sartre. Il faut ajouter que le pro-soviétisme inconditionnel de Barthes, tel qu'on va le percevoir dans la « mythologie » intitulée « La Croisière du Batory », dépasse celui de Sartre. L'antisoviétisme, selon lui, se nourrit de « mille

1. Voir la Notice des *Mains sales*, p. 1372-1374.
2. Roland Barthes, *Œuvres complètes*, t. I, Le Seuil, 1994, p. 494-495 et 502-506.

ragots improbables », les « mystifications politiques bourgeoises » dénaturent l'image de l'U.R.S.S., les journalistes du *Figaro* qui ont cru voir « l'arriération économique du régime communiste » ou « l'existence d'une bureaucratie gigantesque » ont rêvé ou ont menti[1]. Du coup, forçant le ton, Barthes, comme Cocteau[2], évoque *Le Mariage de Figaro*, à propos de *Nekrassov*, comme si on était à la veille d'une grande révolution prolétarienne. En fait, on peut soupçonner Barthes de se servir de l'échec de *Nekrassov* comme d'un bélier contre les têtes molles de la bourgeoisie exécrée. Sartre aura démasqué l'idéologie de ses juges : « On pourrait mesurer l'anticommunisme de chaque critique au bruit de ses sanglots », écrit Barthes dans une belle réplique de Boulevard. Curieusement, il n'étudie ni le langage, ni le comique, ni la mise en scène, ni l'argument de la pièce, mais souligne le caractère irréductiblement politique qu'elle a *hic et nunc* : « *Nekrassov* eût été sauvé et cajolé, s'il s'était agi d'une pièce ambiguë (ce qu'on appelle : complexe), d'une pièce inoffensive (ce qu'on appelle : impartiale), d'une pièce dégagée (ce qu'on appelle : littéraire). Malheureusement *Nekrassov* est une pièce politique, résolument politique, d'une politique que l'on n'aime pas, et c'est pour cela qu'on la condamne. » À la différence de ce « on » représentant la bourgeoisie, un public populaire, engagé, primaire aurait pu, par la prise de conscience de la servitude de la presse, accéder à un « état triomphant, jubilatoire ». Ici se voit condamné le public effectif du théâtre Antoine au nom d'un public virtuel ouvrier dont rêve toute cette génération.

« Nekrassov » en U.R.S.S.

En août 1955, la pièce fut publiée en russe dans la revue *Znamia*, sous le titre *Rien que la vérité*[3]. Cette traduction, due à Ilya Ehrenbourg et Oskar Savich, était en fait une adaptation : le texte original fut accourci d'un quart, tandis que de nouvelles répliques étaient introduites. La plupart des modifications étaient motivées par des raisons idéologiques. Les allusions aux politiciens soviétiques disparurent : plus de Malenkov, ni de Kravchenko. Même le prénom de Nekrassov, Nikita, qui pouvait évoquer Khrouchtchev, fut transformé. On supprima les clichés concernant les relations entre l'Occident et l'U.R.S.S., tel que « le Rideau de fer » (p. 744). D'autres changements relevaient plus du décalage culturel : Demidoff devint ainsi le seul représentant du « Peuple russe de plusieurs millions », traduction pour le parti « bolchevik-bolchevik » (p. 809) inventé par Sartre. Les modifications les plus importantes relevaient d'un désir de simplification : il s'agissait d'éviter, pour le spectateur soviétique, les effets de miroir, les réalités russes identifiables, mais aussi les allusions concernant les pays étrangers.

En juin 1955, *Literatournaïa gazeta* annonça dans ses colonnes la création de la pièce à Moscou, au théâtre de la Satire, dans une mise en scène de V. Ploutchek, ancien élève de Meyerhold. En novembre fut publiée une interview de Sartre, qui avait assisté aux répétitions commencées en

1. R. Barthes, « La Croisière du *Batory* », *ibid.*, p. 642-644.
2. Voir *Libération*, 20 juin 1955.
3. La section qui suit est tirée de l'article d'Elena Galtsova, « Fox-trot avec Jean-Paul Sartre (*La P… respectueuse* et *Nekrassov* en U.R.S.S.) », *Études sartriennes*, n° 8, Centre de sémiotique textuelle – Paris X, 2001, p. 221-252, que nous remercions vivement.

septembre[1]. La première représentation eut lieu le 11 mars 1956. Le titre de la pièce fut presque immédiatement changé en *Georges de Valera*. Le spectacle fut un succès ; et la critique compara le texte de Sartre à un chef-d'œuvre de la littérature russe, *Le Revizor* de Gogol, établissant une analogie entre leurs deux héros imposteurs, Khlestakov et Georges de Valera. Visiblement, Ploutchek n'accordait pas un grand intérêt à la dimension politique de la pièce, mais cherchait à incarner « une couleur locale française ». Il remania la traduction d'Ehrenbourg et de Savich, et supprima de nombreuses répliques afin de dynamiser le texte. Le décor, réalisé par Falk[2], représentait la rédaction du journal. Il formait un demi-cercle et comprenait deux niveaux, munis de nombreuses portes pivotantes. Le centre du plateau devenait une sorte de carrefour depuis lequel le rédacteur en chef criait de rage sans s'adresser à personne en particulier, tandis que tous tournaient autour de lui dans la plus grande agitation. Pour cette mise en scène, Ploutchek s'était inspiré d'une réplique de *Nekrassov* : « La vie, c'est une panique dans un théâtre en feu » (p. 704), et avait créé une véritable « machine de la folie ». Le spectacle moscovite dépassait considérablement la critique du capitalisme « inhumain », la folie paraissait être le but en soi.

Dans le même temps, *Rien que la vérité* était monté à Leningrad d'une manière beaucoup plus réaliste par Oskar Yakovlevich Remez. Les premières représentations eurent lieu à la fin d'avril 1956 au théâtre Lensoviet[3], et, en alternance, au théâtre de la Comédie. Le spectacle fut joué durant la fin de la saison 1955-1956, puis en tournée. Il fut repris sur la scène du théâtre Lensoviet en automne et durant l'hiver de la saison 1956-1957, et connut encore le succès pendant la tournée de l'été de 1957. Malgré ce succès public, les comptes rendus de presse furent extrêmement critiques, reprochant à la mise en scène sa faiblesse. Contrairement à Ploutchek, Remez avait créé un spectacle entièrement centré sur le personnage principal, faisant de Georges de Valera un artiste : le comédien qui l'incarnait, L. Chostak, allait jusqu'à exécuter sur scène des tours de cirque. La scène finale de la pièce avait été modifiée : les collaborateurs de *Soir à Paris* se réunissaient autour de la table du rédacteur en chef, donnaient des coups de poing sur la table qui s'écroulait en ensevelissant le nouveau numéro de l'ignoble journal. D'une pièce politique, l'U.R.S.S. avait fait une pièce sur le folklore français.

Une farce au rythme de dessin animé.

Pierre Lazareff était l'ami le plus ancien de Simone Berriau, laquelle avait dû être assez surprise de voir Sartre lui proposer une pièce caricaturant le patron de *France-Soir*. Magnanime, Lazareff aurait donné son autorisation à la directrice du théâtre Antoine : « Je me fous éperdument

1. L'interview de Sartre fut publiée dans *Sovetskaïa koultoura*, le 1er novembre 1955 ; le spectacle moscovite est aussi annoncé dans la revue *Théâtre*, n° 11, 1955. Le texte entier se trouve aux archives du théâtre de la Satire à Moscou, Département de la mise en scène (cote : 615-6).

2. Le peintre Robert Rafaïlovitch Falk fut un des fondateurs du groupe du « Valet de carreau ». Au retour d'un long séjour à Paris, de 1928 à 1937, il se consacra à la peinture pour le théâtre.

3. Le théâtre Lensoviet, dirigé par le célèbre scénographe N.-P. Akimov, était alors spécialisé dans les mises en scène de spectacles soviétiques contemporains.

d'être un des personnages de *Nekrassov*, la pièce de Jean-Paul Sartre. Je ne t'en voudrais pas que tu la montes, au contraire je me réjouis déjà de la voir[1]. » Le bruit courut même, démenti par les intéressés, que Lazareff avait financé en sous-main la pièce de Sartre ! En 1954, à la suite de leur voyage en U.R.S.S., Pierre, fils d'un émigré russe de Bessarabie, et sa femme Hélène livrent leur sentiment dans un texte assez raisonnable, *L'U.R.S.S. à l'heure Malenkov*, lequel entre évidemment en conflit avec les impressions soviétiques de Sartre. Lazareff, qui mesurait 1,56 m, a été salué par un subordonné comme un « Napoléon de la presse », ce que reprendra littéralement l'auteur de *Nekrassov*. Par une ironie du sort, mais aussi par son flair de grand journaliste, Lazareff, dans *France-Soir*, sera le premier en France à publier le rapport Khrouchtchev, lequel indisposa sérieusement Sartre. Entre ces deux géants de la plume, de format portatif et d'une activité inépuisable, Simone Berriau a dû bien s'amuser. Si l'on en croit les chroniqueurs, Sartre recruta d'abord, pour le rôle de Jules Palotin, Louis de Funès, qui n'avait pas encore la gloire qui sera la sienne, mais qui jouait des petits rôles désopilants dans les films de Sacha Guitry ou d'autres moins doués. Un tel choix, qui ne se confirma pas au cours des répétitions, montrait bien que Sartre voulait faire œuvre comique, sans négliger aucun des ressorts du genre.

Une comédie a ordinairement pour sujet l'histoire de deux jeunes gens qui malgré les obstacles accumulés va finir par un mariage attendrissant. Il y a des barbons qui sont des opposants, et qui compliquent la vie, mais ils ne sont pas essentiellement mauvais. Certes le rapprochement de Véronique Sibilot, vertueuse journaliste de gauche, et de Georges de Valera, individualiste de droite, escroc assermenté, peut sembler très lent à venir et très discret. Tout les oppose, puisque Véronique sauve les communistes emprisonnés et traque les mystificateurs anticommunistes, tandis que Georges (au bout de trois tableaux, il est vrai) assume le rôle d'un ministre soviétique qui serait passé à l'Ouest, déversant, sous cette identité d'emprunt, toutes les fadaises imaginables de l'antisoviétisme primaire. Mais ils finiront par se reconnaître : dans un ballet gracieux à petits pas, les prospérités de la vertu et les complications du vice feront naître une touchante complicité. Rien de plus souriant que cette intrigue, qui voit l'escroc atteindre à la sincérité, le mystificateur se résoudre à la démystification de soi, le surhomme pseudo-nietzschéen céder à la tentation de la fraternité. Jean Cocteau, avec amitié, le dit assez bien : « On ne saurait imaginer plus de grâce, plus d'aisance, de malice, sans l'ombre de méchanceté que dans cet opéra bouffe, dans cette revue de fin de siècle[2]. » Quand Françoise Giroud reconnaît là « un admirable essai sur l'escroc[3] », elle voit bien que la création de Georges, prestidigitateur qui joue cartes sur table, imposteur qui démonte les ressorts de l'imposture, est à la fois source et objet de comique. La comédie a tout assimilé de ce qui lui était le plus étranger.

Une grande métaphore théâtrale règne sur tous les personnages de la pièce, et surtout sur Georges de Valera : celle du montreur de marionnettes. À tout moment, vis-à-vis de chacun, il faut être l'illusionniste, le marionnettiste qui règne sur les hommes, réduits à l'état de gentils pan-

1. Yves Courrière, *Pierre Lazareff*, Gallimard, 1995, p. 610.
2. *Libération*, 20 juin 1955.
3. *L'Express*, 10 juin 1955.

tins. Sans être jamais dupe de l'illusion, sans jamais adhérer complètement à son rôle d'occasion et de composition, Georges répand le comique sur les vivants, s'il est vrai que le comique, c'est du mécanique plaqué « sur du vivant », selon la formule de Bergson. C'est une autre humaine comédie. Mais le marionnettiste a raison de craindre à tout moment de devenir une marionnette ; d'autres, plus puissants, tiennent, comme les Parques, les fils de sa vie : il s'en apercevra quand il sera déjà étranglé. Jules Palotin croit de son bureau diriger le monde, jeter sa toile sur la France. Entre un ministre et un conseil d'administration également sournois, il se fait éjecter de son fauteuil et va atterrir à gauche. Celui qui se prenait pour le pantin que l'on fait danser, Sibilot, se retrouvera aux commandes d'un grand journal. Dans ce dégonflement comique des volontés de puissance individuelles, il entre un soupçon de marxisme : les matamores de la parole et de l'imprimé s'aperçoivent qu'ils sont les jouets des puissances capitalistes, et que l'anticommunisme est la mystique risible des petits-bourgeois mystifiés et aliénés. Mais ils sont presque touchants, ces serviteurs de la culture occidentale, l'inspecteur Goblet et le journaliste-tâcheron Sibilot.

Le rôle de Nekrassov (*alias* Lavrenti Beria, ministre soviétique de l'Intérieur, exécuté en 1953, lors d'une purge) n'est pas du tout comique, pas plus que celui de Hitler, dont Charlie Chaplin a su tirer, dans *Le Dictateur*, de grands effets comiques, par des jeux de dédoublement. Georges de Valera, en simulant un Beria touché par la grâce, est aussi comique qu'Arsène Lupin se déguisant en Kaiser et passant en revue les troupes impériales (Jacques Becker, avec Robert Lamoureux dans le rôle, en 1956, a réinventé au cinéma ses aventures euphoriques). Quand Georges s'imagine manipuler l'opinion française, le gotha, et la classe politique, il est aussi désarmant que Jules Palotin persuadé d'être le stratège invincible de son armée de journalistes et de lecteurs. Les parcours parallèles de nos deux mégalomanes, leurs déconfitures analogues, la touche de lucidité qu'ils conservent dans les pulsions d'emprise qui les possèdent : voilà sans doute les deux fils rouges de la fable comique. Palotin est plus automatisé, plus voué au pouvoir ; Valera, lui, plus insaisissable, est tout entier dans la fuite. On dirait qu'il se fuit lui-même s'il n'avait pas réduit à une pure vanité son « soi ». Il échappe indéfiniment à lui-même et aux autres, ces « salauds » qu'il n'a pas su instrumentaliser.

Bien sûr, Georges est l'archétype d'un comédien qui n'a pas besoin du théâtre, parce qu'il a su théâtraliser le monde extérieur. Mais c'est aussi la figure spéculaire de Sartre dramaturge, puisqu'il invente à chaque instant des scénarios extravagants pour se tirer des pièges où il s'est fourré. Sartre, de son côté, invente une série de dénouements pour se tirer des embarras de sa pièce. Parfois il s'y perd : quand Georges raconte qu'il s'est enfui anachroniquement du Kremlin en chaise à porteurs, il s'approprie les aventures du marquis de Rollebon, vers 1800, dont Antoine Roquentin voulait se faire l'historiographe[1]. Quand il évoque, au bord de la mythomanie, le traîneau blanc de son enfance russe, il s'approprie l'enfance de Michel Vitold, son interprète, et le « Rosebud » d'Orson Welles dans *Citizen Kane.* Au-delà d'un pirandellisme marqué, les métamorphoses de Georges de Valera échappent à tout réalisme et

1. Voir *La Nausée* ; *Œuvres romanesques*, p. 18-22.

relèvent de la fantaisie du dessin animé. Comment un escroc résolument apolitique et indifférent à tout ce qui n'est pas son gibier peut-il en un soir devenir cet expert du communisme soviétique et de l'anticommunisme français, capable d'abuser un directeur de journal et des parlementaires, mais surtout de retourner un vrai transfuge soviétique, le terrible Demidoff ? On n'y croit peut-être pas, mais on se délecte de la proposition faite par Georges à Demidoff : devenir l'unique adhérent d'un parti dont celui-ci serait le chef inamovible ! Ici Sartre atteint à cette logique absurde que nous ne trouvons guère que chez Labiche, et avec la même grâce de funambule. Jean-Jacques Roubine avait d'ailleurs bien marqué cette affinité entre ces deux auteurs comiques, à propos de *Nekrassov*[1]. *La Poudre aux yeux*, avec ses jeux de trompeurs trompés, n'est-elle pas sans quelque rapport avec notre pièce ?

Tous les personnages de *Nekrassov* sont comiques, à les prendre dans leur être propre ou dans leurs relations, sauf un, Véronique Sibilot, dont le sérieux est imperturbable, et les qualités un peu trop exemplaires. Dans les brouillons, au moins, elle se déguisait, pour ses enquêtes, en femme de chambre et en soubrette, participant ainsi au vaudeville global. En dehors de la discrète sympathie qu'elle finit par éprouver pour Georges, le jugeant récupérable à la rigueur, elle n'éprouve aucune émotion qui la fasse dévier de sa ligne politique et de sa rectitude morale. Sa seule audace, c'est de se faire passer, au *George-V*, où Georges a pris ses quartiers, pour une journaliste du *Figaro*. Fille irréprochable d'un père anticommuniste, progressiste qu'aucun soupçon ne vient effleurer sur le bonheur qui règne en U.R.S.S., femme divorcée qu'aucune coquetterie ne tente, bonne camarade qui tend une main ferme aux égarés de l'anticommunisme et aux martyrs du communisme, elle finirait par nous faire haïr tant de vertus, si elle ne subissait pas l'imperceptible modification qui la rend sensible aux tourments de Georges. Cette statue de commandeur du communisme représente peut-être le fantasme très sartrien de la femme froide, marmoréenne même. Cela peut s'inscrire dans une certaine économie comique du double. Mais ce rôle uniformément sérieux, auquel est dévolu le célèbre reproche adressé à Georges de désespérer Billancourt (alors qu'elle dit plus exactement « désespérer les pauvres »), dans le cadre d'une argumentation de type religieux, nous semble peser sur la pièce trop lourdement. On aurait bien pu retenir le « Désespérons Billancourt ! » (p. 793) de Georges. Mais la postérité — ultime effet comique ! — ne cesse de lancer mécaniquement contre Sartre la regrettable formule de Véronique. Dans la distribution, cette jeune femme impeccable représente à elle toute seule la gauche, le progressisme, le communisme, les masses et les copains, alors que nous comptons vingt-six personnages représentant l'ordre établi, les forces de l'ordre, ou les représentants de la droite. C'est donc, vu de gauche, sous un seul angle, la grande revue de la IVe République, présumée à droite.

Pièce à grand spectacle, et à grands moyens (huit tableaux, comme le théâtre privé d'aujourd'hui ne pourrait plus se le permettre), *Nekrassov* ressortit plus à la farce qu'à la pure comédie si l'on cherche à distinguer ces deux sous-ensembles. Étudiant *L'École des maris* et *L'École des femmes*, un critique perspicace, B. Rey-Flaud, a jugé nécessaire « de faire le départ

1. Voir *Théâtre et mise en scène*, P.U.F., 1980.

entre les deux registres du comique : le registre de la farce, fondée sur la machinerie d'ensemble de la pièce, qui fonctionne sur un jeu éblouissant de quiproquos et qui emporte tous les personnages dans un mouvement minutieusement réglé, et le registre de la comédie, fondé en particulier sur l'automatisme intérieur du personnage d'Arnolphe, réduit en lui-même au rôle de pantin, dominé par sa propre passion[1] ». Il est clair que *Nekrassov* répond aux critères de la farce. Il n'existe pas ici de passion personnelle, de nécessité intérieure, ni même de passion véritable. Le mouvement perpétuel de la pièce s'explique par de grands systèmes automatisés qui sont des jeux de langage et de société. Si, dans la meilleure scène collective, les « Enchanté — Exécuté » (p. 765) se succèdent entre les membres du conseil d'administration et le pseudo-Nekrassov, c'est que le grand discours du capitalisme anticommuniste les oblige à vouloir figurer sur la liste des futures victimes des soviétiques. Il y va de leur position dirigeante dans une société bourgeoise. Si Georges mène ce jeu jusqu'au bout, c'est qu'en homme traqué il ne peut survivre que par l'énormité du mensonge, écrivant un scénario de terreur qui va à la rencontre des désirs des bourgeois, comme Sartre d'ailleurs compose une farce qui comblera les cœurs progressistes. Si Jules Palotin, une force qui va, mène la danse, avec tous ses tics verbaux et gestuels, avec son agitation quasi épileptique, c'est qu'il est le chef d'orchestre de l'énorme machine appelée *Soir à Paris* et qu'il cherche en vain à le rester jusqu'au bout. Mais c'est la machine médiatique qui le possède, et la peur secrète de se retrouver au chômage, à la rue. Ceux qui croient mener le jeu sont mus par un grand jeu dont ils découvrent peu à peu l'étendue : en somme, ce qu'on appelle justement les infrastructures économiques mondiales. Et c'est en quoi Véronique échappe à la farce planétaire, que le neveu de Rameau décrivait si bien dans sa grande satire éponyme : elle ne soupçonne pas, la pauvre, à quel point la frange progressiste est manipulée par les centrales soviétiques et utilisée pour répondre à des impératifs staliniens de la politique étrangère. On pourrait décrire la pièce comme l'interaction de deux grandes paranoïas, d'un côté celle de l'anticommunisme ou d'un maccarthysme français (qui n'a pas eu lieu) dûment démontée et dénoncée, de l'autre celle d'un communisme mondial croyant la victoire proche, celle-ci restant cachée, mais manœuvrant à leur insu Véronique et Sartre son créateur, se laissant percevoir et se donnant à décoder, pour le plus grand bien du spectacle. Car la pièce donne bien à voir, dans un grand rire, le monde de 1954, jusque dans ses aveuglements.

Si les quiproquos font la farce, alors *Nekrassov* est une farce exemplaire, farcie de toutes les méprises, les erreurs d'identification, les jeux de simulation. Les clochards croient voir se débattre un suicidé, donc un désespéré : ils voient arriver un sophiste galvanisé, un prince de l'esbroufe, un khâgneux mirobolant qui les soûle de paroles. Comme il advint à la regrettée Martine Carol (constamment citée dans les brouillons), le suicide présumé n'était qu'un bain de minuit qui relance la notoriété. L'inspecteur Goblet, que l'on prend souvent pour un clochard, prend l'escroc qu'il poursuit pour le grand fils des clochards. Véronique prend Georges pour un voleur qui entre chez elle par effraction ; ce n'est

1. *La Farce ou la Machine à rire : théorie d'un genre dramatique, 1450-1550*, Droz, 1984.

qu'un fugitif à la recherche de vêtements secs. Georges, avec une patte sur l'œil, joue le rôle de Nekrassov. Il ne convainc que Jules (qui joue peut-être à y croire, cela l'arrange), le conseil d'administration, trop heureux de voir les tirages monter, et un million de Français prêts à oublier une semaine plus tard ce qu'ils ont dévoré : les mémoires du ministre Nekrassov. Les policiers de la D.T. sont censés poursuivre le crime et l'escroquerie : ils vont protéger l'imposture de Georges, parce qu'elle est utile à la stratégie du ministre de l'Intérieur. Gendarmes et voleurs, poursuivants et poursuivis, imposteurs et dénonciateurs finissent par se confondre ou par échanger leurs rôles. Et l'on pense plus d'une fois à ce *Bal des voleurs* de Jean Anouilh, présenté comme une « comédie-ballet », et interprété en 1938 par Michel Vitold. Même Véronique va prendre Georges, qu'elle vient de rencontrer avant qu'il ne se livre à sa grande supercherie, pour le secrétaire ou pour le cousin de Nekrassov, tant les mythomanes sont persuasifs. On prend Demidoff, ce clone de Kravchenko, pour un adversaire de l'Union soviétique, mais, l'alcool aidant, il se révèle poursuivre le rêve de l'extermination des démocraties par l'Armée rouge et par les services secrets : son seul désir est de fonder un parti révolutionnaire, plus totalitaire que le bolchevik. Georges croit terroriser les célébrités en les faisant figurer dans une liste de « futurs fusillés » : il les ravit, puisque cette liste fonctionne comme celles de l'accession à la Légion d'honneur. La liste noire est devenue une liste rose, comme il est souvent advenu dans ces années lointaines. On peut joindre aux quiproquos des renversements ou des revirements, qui font fi de toute vraisemblance. Georges se voit comme un Zorro justicier, et le voici qui dénonce et fait chasser le petit personnel méritant ! D'une manière générale, radicalisant le quiproquo permanent, la pièce rend toute identité et toute nature individuelle parfaitement aléatoire et généralise le jeu de l'imposture, jusqu'à faire douter tout le monde de son seul nom. L'imposteur Valera convainc l'honnête Sibilot quand il lui fait honte de son scepticisme : « C'est toi, dont l'identité n'est même pas établie, c'est toi qui vas étourdiment pousser deux millions d'hommes au désespoir » (p. 781). Si l'on fait beaucoup, et cyniquement, le coup du désespoir dans la pièce, c'est que l'époque avait une grande faim d'espoir. S'il y a tant de quiproquos, de méprises et d'erreurs, c'est qu'une course-poursuite enragée, universelle, anime l'action. Goblet n'en finit pas de poursuivre Georges de Valera, qu'il n'a jamais pu arrêter ; à la fin de la pièce, il lui échappe encore, à lui, Goblet, qui se fait blesser par Demidoff devenu fou. Jules Palotin poursuit l'idée qui sauverait sa position et doperait les ventes, chasse les moindres incidents tels que l'absence de Nekrassov à Moscou ou la fuite de Valera à Paris. Il reste bredouille, il faudra le hasard des poursuites et des rencontres pour télescoper les deux incidents et nouer le nœud de la pièce. Véronique poursuit l'idée qui redonnerait bon moral aux ouvriers, l'homme qui aiderait à tirer Duval et Maistre des mains de la police, l'informateur qui ridiculiserait une campagne de calomnies contre la glorieuse Union soviétique. Georges poursuit l'entreprise d'usurpation d'identité qui lui permettrait d'échapper à ses poursuivants. Dans les salons de Mme Bounoumi, l'imbroglio et le chassé-croisé des poursuites constituent l'apothéose du genre. Goblet poursuit Georges que suivent ses gardes du corps et que protègent Baudoin et Chapuis, mais Demidoff se met en chasse pour capturer son militant de base. Georges, discrètement, échappera à tous ses poursuivants, comme Sartre lui-même ne cesse, de pièce en pièce, d'échapper à ses critiques comme à ses partisans.

La farce, chez Aristophane, suppose la crudité des termes, la scatologie, l'obscénité joyeuse, la gaudriole. Rien de tel dans *Nekrassov*, si l'on s'en tient à la version publiée. Tout de même, Sartre ne recule devant aucun usage d'objets triviaux ou de langages burlesques dans ses jeux de scène. Ce sont les hardes pouilleuses des clochards, les vêtements mouillés qui enrhument Georges, la patte qui le fait borgne, les fleurs qui infectent la chambre du *George-V*. Les bottins sur lesquels se juche Jules pour se mettre au niveau du maire de Travadja constituent l'un des *lazzi* de la *commedia dell'arte*, qui font de cette exhibition humanitaire une pantalonnade désopilante. Un autre *lazzi* découle de l'emploi du travadjanais, dans le dialogue immortalisé par les photographes de presse. Le distrait Jules perdant à la fois son chèque et sa veste, la farce anime tout ce deuxième tableau, et se fera trop discrète dans les derniers tableaux. Les spectateurs ont beaucoup apprécié les jeux de scène sur la valise radioactive, qui, répandue à des milliers d'exemplaires en province, attendrait le grand soir pour faire son œuvre de mort. L'excellente idée de Georges (ou de Sartre) est d'en avoir fait une valise vide, dont le vide est bien plus terrifiant que ne le serait le plein. Et quand les membres du conseil d'administration, furieux, donnent des coups de pied dans la valise vide comme dans un ballon de football, on sait que le grand bobard se dégonfle et que la pièce se dénoue, un peu rapidement sans doute.

Si une mécanique étrange et inquiétante assure bien la dérive de la pièce vers une folie douce ou vers une absurdité souriante, en revanche on peut trouver Sartre trop mesuré, trop décent dans les situations et dans les termes. Aucune pièce de lui n'est plus chaste ni moins physique, si l'on écarte les discutables sarcasmes sur la petite taille de Jules, dont il faut bien faire un Napoléon. Les spectateurs sympathisants avec le parti communiste étaient alors d'un moralisme et d'une pudibonderie qui seraient inconcevables aujourd'hui. L'image fade et immaculée de Véronique a dû les ravir, car c'était l'idéal de la plupart des jeunes militantes d'alors, éprises de vertu et hostiles à tout libertinage décadent. Or, si l'on examine les premières versions, on constate que Sartre composait spontanément de merveilleux vaudevilles, au sens licencieux du terme, et des scènes aristophanesques, d'une crudité inédite dans le théâtre de Boulevard. Il va les éliminer impitoyablement, comme s'il voulait ne pas effaroucher le public des croyants du communisme, et il a indubitablement appauvri la veine comique la plus généreuse. Au cinquième tableau, on voyait une starlette venir s'offrir, en déshabillé, à Georges. Trop occupé pour en user lui-même, celui-ci prêtait au vertueux Sibilot sa patte sur l'œil, et le faisait profiter des charmes de la starlette. Ce père de famille, après quinze ans de continence, redécouvrait les joies de l'amour. La fraternité entre les hommes laids n'est pas un vain mot : au sixième tableau, c'était Goblet qui sortait de sa grise vie grâce à la starlette que lui prêtait Sibilot. Véronique — on l'a vu — se déguisait en femme de chambre ou en soubrette sans pudeur excessive. Deux charmantes, Martine *et* Carole, se jetaient à la tête du héros, car dans l'ensemble de la pièce la constitution de paires comiques assurera l'effet burlesque ou grotesque par le jeu du dédoublement (Goblet et Sibilot sont aussi drôles, et plus attendrissants que Bouvard et Pécuchet). Dans le narcissisme obscène, Cocardeau-Montherlant, l'ancien vichyste passé à la passion nationale, qui se considère comme sacré puisqu'il était garanti « futur fusillé », parvenait à cette horreur dont Brecht nous dit qu'elle est inséparable du comique. À l'arrivée, *Nekrassov* est devenu aussi vertueux que le *Port-Royal* de Montherlant, dont Jean Meyer, précisément, venait d'assurer la mise en scène et le triomphe. Au départ, par exemple, Sartre avait imaginé un prodigieux personnage, Gabrielle, très libre sexuellement, et contrôlant le jeu politique des hommes, ces benêts. Ce personnage, sans doute inspiré par la directrice du théâtre où devait se jouer la pièce, a été supprimé. On le regrettera au vu de ces extraits originaux : « JULES : Voilà ! Savez-vous quel est mon souhait le plus cher ? Rencontrer dans une femme vraiment féminine un tempérament dominateur. Tout le jour je donne des ordres : la nuit, cela me délasserait d'obéir. / GABRIELLE : Adressez-vous ailleurs : moi, j'obéis la nuit pour commander le jour. [...] / GABRIELLE : Nous avons couché ensemble sous le premier ministère Bidault. / JULES : Comment l'aurais-je oublié ! / GABRIELLE : Alors ? Pourquoi recommencer puisque c'est déjà fait ? / JULES : Mais parce que le plaisir... / GABRIELLE : Quel plaisir ? Tout le plaisir était pour vous. Comme toujours. / JULES : Vous m'avez pourtant dit... / GABRIELLE : Je ne sais ce que je vous ai dit. Mais c'était sûrement par charité : vous aviez l'air si appliqué. Allons, ne vous fâchez pas : ils s'appliquent tous, ils veulent être reçus avec mention : c'est ce qui les perd. Je ne suis qu'une femme. Croyez-vous que je ferais de la politique si les hommes savaient faire l'amour... »

« Et croyez-vous que je ferais de la politique, si les hommes aimaient encore la littérature que j'aimais, enfant ? » aurait pu ajouter Sartre en toute franchise.

JACQUES LECARME.

DOSSIER DE RÉCEPTION

Ce dossier de réception est établi sur la base d'un ensemble de coupures de presse recueillies par Michelle Vian et qui se trouve dans une enveloppe parmi les documents de travail relatifs à *Nekrassov* conservés à la B.N.F.

Deux tendances peuvent se distinguer dans la réception : défavorable à droite, favorable à gauche, comme il fallait s'y attendre. Parmi les articles défavorables à la pièce, nous citons Robert Kemp, *Le Monde*, 14 juin 1955 :

> Pour rire aux huit sketches de M. Jean-Paul Sartre il faut vraiment être décidé à rire ; être doué d'une sympathie effrénée pour le marxisme, et d'une haine féroce contre ses adversaires. Alors tout paraît bon, même le genre ennuyeux. L'agnostique, en sociologie, le spectateur impartial dont M. Sartre devait parler à ses élèves de philosophie compte une douzaine de mots bien venus, le long de la soirée... Les intervalles sont longs, durant lesquels il se demande s'il était nécessaire d'être un grand philosophe tourmenté, un polémiste éblouissant, un maître écrivain, pour produire des scènes de revue dont le moins doué des chansonniers de Montmartre hésiterait à s'avouer l'auteur.

Max Favalelli, dans *Paris-Presse-L'Intransigeant*, le 15 juin 1955, déclare :

> De cette farce interminable — le spectacle dure plus de quatre heures — M. Sartre pourrait extraire une excellente comédie sur « l'escroc ». Le plus grave défaut de la pièce étant, outre une absence de construction assez surprenante chez le maître ouvrier des *Mains sales*, sa longueur. Il est certain que la deuxième partie exerce sournoisement sur le spectateur les mêmes effets que le trypanosome — un parasite entretenu par la réaction ! — et que l'on sort quelque peu déconcerté par cette pochade fortement étirée et en s'interrogeant : « Se peut-il que *Nekrassov* soit de la même encre que *Huis clos* ? »

Paul Gordeaux renchérit dans *France-Soir*, le 14 juin 1955 :

> L'auteur a beau accumuler les procédés satiriques, bouffons, humoristiques, trouver même quelques répliques percutantes ; les acteurs ont beau s'agiter, s'évertuer, se démener, faire feu des quatre fers ; le metteur en scène a beau organiser des fins de tableau tumultueuses et échevelées — comme dans les « folies-vaudevilles » des salles de quartier au bon vieux temps du café-concert — rien n'y fait : toutes les ficelles dramatiques et comiques, désespérément agitées à la fois, ne tirent pas un franc rire du public, que tant de tintamarre, de brouillamini, de fusées fumeuses et de pétards mouillés laissent éberlué, ahuri, déçu, assommé.
>
> Pourquoi ? C'est parce que — Feydeau ne cessait de le proclamer — on peut aller aussi loin que l'on veut dans la fantaisie et l'abracadabrant, mais à une condition, c'est que le point de départ soit plausible, logique, vraisemblable.

Dans « *Nekrassov*-qui-peut » (*Le Canard enchaîné*, 15 juin 1955), Robert Tréno remarque que la pièce devrait, comme une revue satirique, s'adapter à l'actualité :

> Le théâtre français, il faut le reconnaître, avait besoin d'un coup de fouet. De ce fouet qui fit merveille pour *Topaze*, pour *Knock* et même *Donogoo*, le fouet de la satire. Rendons grâce à Sartre de l'avoir saisi à plein manche. D'aucuns lui reprocheront d'avoir, dans *Nekrassov*, manié non pas un fouet mais un knout. Mais c'est le propre de la caricature de mécontenter le caricaturé.
>
> [...] Le principal reproche que l'on puisse faire à Sartre est qu'il n'est pas toujours dans le train. Ce qui rend parfois sa satire aristo-fanée. Nous en sommes aujourd'hui, faut-il le rappeler ? au coexistentialisme. Certes il a rajouté *in extremis* une réplique faisant état de la réconciliation U.R.S.S.-Tito. Mais il a omis de supprimer la réplique sur Adenauer. Pour être à la page, Sartre devrait rafistoler son texte avant chaque représentation. Et faire de *Nekrassov* une pièce à thèses de rechange. J'avoue que c'est une gymnastique éreintante. Tout le monde n'a pas la souplesse d'un Courtade.

Avec une violence extrême, Jeanson, dans « Le Festival des paillassons — J.-P. Sartre et la P(resse) respectueuse » (*Le Canard enchaîné*, 22 juin 1955), dénonce une cabale menée contre la pièce par *Le Figaro* (qu'il appelle « Le Flicaro »), accuse J.-J. Gautier d'avoir crié au four alors qu'il y eut succès, dénonce « l'orgueilleuse pétasse » (la presse) de mentir toujours plus :

> J'ai beaucoup ri — non que je sois d'accord avec tous les propos que Sartre prête à ses personnages — j'ai beaucoup ri parce que le rire n'a pas de parti, et aussi parce que je ne pouvais pas faire autrement, emporté que j'étais par la violence comique, l'irrésistible drôlerie, l'entrain, le mouvement, l'invention, les piquantes trouvailles, les extraordinaires situations, les percutantes répliques

d'un auteur généreux par le talent autant que par le cœur... Quel triomphe ! Quinze rappels après le premier acte, les scènes hachées d'applaudissements, le nom de Sartre acclamé à la chute du rideau... [...] Ce Sartre, décidément est un bel emmerdeur. Disons donc, et répétons, et imprimons à cinq millions d'exemplaires qu'il est très ennuyeux.

Voilà comment j'explique ce déchaînement indécent, cette hargne soudaine, cette unanimité dans la haine, ces couteaux tirés et ces affreux visages d'intellectuellement faibles.

Morvan Lebesque, dans « Enfin un théâtre satirique » (*Carrefour*, 15 juin 1955), défend aussi la pièce :

Comme beaucoup de pièces réussies, comme *Topaze*, comme *Knock*, *Nekrassov* repose sur un postulat idéal du théâtre : une escroquerie où le spectateur est « dans le coup » et qui se développe en logique pure dans l'absurde. [...] *Nekrassov* est pour les deux tiers un chef-d'œuvre.

Dans *Libération*, le 20 juin 1955, Jean Cocteau envoie un message de sympathie, à la fois habile et hyperbolique :

La pièce de Sartre est neuve. Elle bouscule tous les petits engagements confortables où chacun s'était installé en se recommandant de Sartre. Dans *Nekrassov*, il se moque gracieusement des personnes qui l'ont mal suivi et mal entendu. On ne saurait s'imaginer plus de grâce, plus d'aisance, de malice, sans l'ombre de méchanceté que dans cet opéra bouffe, dans cette revue de fin de siècle. Je suppose que *Le Mariage de Figaro* dut être une aventure du même ordre.

Françoise Giroud, dans « Sartre à la " une " » (*L'Express*, 10 juin 1955), est assez sévère. Elle note que « les coups tombent indifféremment sur les trozkysants *[sic]* et les inspecteurs de la D.S.T. » et ajoute :

La pièce souffre, en outre, d'un défaut majeur de construction. Il fallait écrire ou une critique totale de la société dont les communistes auraient aussi fait les frais. Ou opposer à l'univers des traîtres, des lâches et des absurdes le contrepoint de l'univers des justes.

[...] Il reste de ce *Nekrassov* un admirable « essai sur l'escroc » qui, dans un autre contexte, eût fait à lui seul une bonne pièce.

Dans *Combat*, le 13 juin 1955, Thierry Maulnier donne sa critique. Il définit Sartre comme « anti-anticommuniste » et note l'erreur sur les relations entre la presse et le pouvoir. Par ailleurs, il remarque assez justement que la seule critique de la stratégie communiste énoncée (qui concerne l'usage cynique des martyrs) est suspecte, du seul fait d'être énoncée par un pur escroc étranger à la politique :

Et puis, Jean-Paul Sartre lui-même ne contribue-t-il pas, à sa manière, à détruire l'espoir révolutionnaire ? Car ce communisme inoffensif et paisible, dont seul des mystificateurs aux ordres de la grande finance, des mondains frivoles et des fous éthyliques peuvent dénoncer les espoirs et les préparatifs de conquête, ce communisme dont la soi-disant activité internationale est symbolisée par la valise vide de Nekrassov, ce communisme sans autre desseins d'expansion ou d'agression que ceux que lui prêtent des calomniateurs à gages, comment, oui, comment aidera-t-il à se libérer les « pauvres » d'Occident ? On ne le voit pas très bien.

Roland Barthes fournit l'analyse la plus poussée de la pièce, dans « *Nekrassov*, juge de sa critique[1] », *Théâtre populaire*, n° 14, juillet-août 1955. Nous en donnons ici un extrait significatif :

Malheureusement pour notre critique avide de magnanimité, Sartre a peint un univers politique, et non moral. D'où tristes hochements de tête, drapés solennels dans la dignité offensée de la Littérature. Car pour notre critique, la politique — celle des autres — n'a pas droit à la complexité, sauf à en parler à coups de trompettes métaphysiques. Sartre a pourtant donné dans *Nekrassov* une scène qui est l'exemple même d'une complexité psychologique née tout entière d'un postulat politique « simple » : c'est la scène où Sibilot, le professionnel à gages de l'anti-communisme, et le Policier *reconnaissent* l'identité de leur condition sociale. Notre bonne critique l'a sauvée, cette scène, d'abord parce qu'elle n'a pu tout de même nier qu'elle fût réussie, ensuite parce que, fort aveugle de nature, elle n'en a pas vu les implications politiques. [...] Sibilot et le policier ne sont pas des « médiocres », ce sont des hommes aliénés par leur soixante-dix mille francs par mois, unis dans une même condition de servitude à l'égard de cet Ordre qui les compromet en les employant : critique d'explication, bien plus généreuse que tous les discours démagogiques sur l'égalité des citoyens français : scène admirable, et d'une dignité toute « littéraire », M. Lemarchand devrait en convenir, où il est magistralement prouvé que la politique, pour manichéenne qu'elle soit, est une réalité qui garde toutes les lettres de noblesse de la « complexité ».

La bonne éducation de nos critiques, qui rejette comme primaires la confusion des genres, la « pauvreté » littéraire et le simplisme politique, nous vaut une dernière leçon, celle-ci de réalisme : il paraît que l'argument de *Nekrassov* est « invraisemblable » (tandis qu'évidemment, Claudel et Feydeau...), la réalité y est mal observée, la satire manque son but. La bourgeoisie a toujours eu une idée très tyrannique mais très sélective de la réalité : est réel ce qu'elle voit, non ce qui est ; est réel ce qui a un rapport immédiat avec ses seuls intérêts : Kravchenko était réel. Nekrassov ne l'est pas. L'irréel n'est sauvé que lorsqu'il paraît distant, improbable et inoffensif : il n'y a en conséquence aucun mensonge à nous montrer un vieux roi portugais qui fait tuer la maîtresse de son fils par simple goût d'un noble « retirement » (*La Reine morte*) ; il y a crime monstrueux à laisser croire que les employés d'un journal parisien travaillent en bras de chemise. [...] On a trouvé encore plus risible l'idée qu'un directeur de journal puisse faire du plat à un ministre ; et l'orgueil professionnel s'en mêlant, on n'a pu se retenir de laisser entendre que c'est plutôt le contraire qui se passe, la Presse étant une sorte d'Ordre Sacerdotal qui confesse et tient les puissants du jour, un peu comme les Jésuites Louis XIV : plein d'erreurs aussi grossières, *Nekrassov* n'a pu que manquer son but. Il s'agit seulement de savoir pour qui a été écrit *Nekrassov* : *Nekrassov* n'a pas été écrit pour Mme Françoise Giroud ; *Nekrassov* a été écrit pour un public « primaire », qui ne s'embarrasse pas de nuances byzantines dans la répartition des servitudes gouvernementales ; pour ce public-là ce qui importe, c'est l'existence d'une solidarité occulte entre le gouvernement et la grande Presse : c'est cela qui est *réel*, et c'est sur cette réalité que s'exerce le pouvoir déniaisant de *Nekrassov*. Quant au marivaudage intérieur des puissants, ce public-là s'en moque. *Nekrassov* libère en lui la conscience globale d'une servitude de la grande Presse, et fait de cette lumière brutale un état triomphant, jubilatoire : cette joie de reconnaître à vif ce que l'on sait obscurément, c'est cela, somme toute, le théâtre comique, c'est cela, la catharsis de la satire.

MICHEL CONTAT et JACQUES LECARME.

1. Repris dans R. Barthes, *Œuvres complètes*, t. I : *1942-1961*, Le Seuil, 2002.

BIBLIOGRAPHIE, ET PRINCIPALES MISES EN SCÈNE

Principales mises en scène.

1955 : théâtre Antoine, Paris. Mise en scène de Jean Meyer (voir p. 694-696).
1956 : théâtre de la Satire, Moscou. Mise en scène de V. Ploutchek.
1956 : théâtre Lensoviet, Leningrad. Mise en scène d'Oskar Yakovlevich Remez ; avec L. Chostak (Georges de Valera).
1968 : Théâtre national de Strasbourg, Strasbourg. Mise en scène de Hubert Gignoux ; avec Jacques Sereys (Georges de Valera) et André Pomarat (Jules Palotin).
1978 : théâtre de l'Est parisien, Paris. Mise en scène de Georges Werler et de Jean Turpin ; dramaturgie de Maurice Delarue.

Bibliographie.

BENSIMON (Marc), « *Nekrassov* ou l'Antithéâtre », *French Review*, vol. XXI, nº 1, octobre 1957, p. 18-26.
GALTSOVA (Elena), « Fox-trot avec Jean-Paul Sartre (*La P… respectueuse* et *Nekrassov* en U.R.S.S.) », *Études sartriennes*, nº 8, Centre de sémiotique textuelle – Paris X, 2001, p. 221-252.
ISSACHAROFF (Michael), « *Nekrassov* et le discours de la farce », *Études sartriennes*, nº 2-3, Centre de sémiotique textuelle – Paris X, 1986, p. 105-117.
SCRIVEN (Michael), « Press Exposure in Sartre's *Nekrassov* », *Journal of European Studies*, nº 18, 1988.
—, « Pour un théâtre de dénonciation », *Europe*, nºs 784-785, août-septembre 1994, p. 109-121.

J. L.

NOTE SUR LE TEXTE

Manuscrits.

Deux gros cartons d'archives concernant *Nekrassov* sont accessibles au cabinet des Manuscrits de la Bibliothèque nationale. Ils sont difficiles à exploiter, n'étant pas classés, et sans doute inclassables, Sartre ne numérotant pas ses feuilles de brouillon, empilant des versions successives, pour l'écriture d'une scène, et les jetant à la corbeille après les avoir relues. Ces manuscrits sont en cours de classement et de foliotation. Nous ne pouvons donc référer précisément à des folios cotés et numérotés pour les variantes que nous proposons. Nous y référons par les lettres alphabétiques de A à H, sans plus de précision, pour ne pas induire en erreur les chercheurs qui travailleront sur ces dossiers après leur classement.

On en risquera l'inventaire suivant :

A : un classeur en simili-croco, intitulé *Brouillons de Nekrassov*, et qui comporte une dactylographie continue du tableau VI dans une version beaucoup plus longue que la version jouée (probablement) et que la version éditée (sûrement). Il comprend 289 feuillets (manuscrits et tapuscrits) ainsi que 46 feuillets — achat A 85-22. Cet achat a été fait à Michelle Vian en 1985.

B : un ensemble non paginé, de 250 feuillets, dit « achat 28-158 », contient des séquences de versions assez anciennes pour les tableaux II et VI. On y trouve une longue scène de manifestation et d'incarcération, écartée de la version publiée. Ce sont les plus anciens brouillons, qui indiquent « Lazareff » pour « Jules » et « Vitold » pour « Georges ». L'achat a été fait à M. Moriceau (acheteur de l'appartement de Sartre, rue Bonaparte).

C : un ensemble suivi, mais non paginé, de 463 feuillets manuscrits, sur trois blocs de marque « Le Messager » — achat A 82-03. Cette continuité de *Nekrassov* présente des passages raturés, mais ne tient pas compte des coupures de la version publiée. Elle n'est pas découpée en scènes. Cet achat a été fait en 1982 à Wanda Kosakiewicz, par l'intermédiaire de Jacques-Laurent Bost.

D : une autre partie de l'achat A 28-158, dans un carton intitulé *Gorz Nekrassov* contient une série de chutes et de brouillons dans le désordre le plus complet. À la qualité du papier et du stylo à bille, on devine quatre campagnes d'écriture, la mise en scène ayant suscité coupures et raccords, dont il ne reste aucun vestige. Cet achat a été fait à M. Moriceau.

E : un brouillon du tableau V contenu dans une chemise mauve, brochage orange. Achat fait en 1985 à Michelle Vian.

F : un jeu partiel d'épreuves pour la prépublication des *Temps modernes*. Achat fait en 1985 à Michelle Vian.

G : un dossier de presse, sans désignation des titres et dates des journaux découpés.

H : une collection de « *disjecta membra* » sauvés de la générale et de la couturière et rassemblés par Michelle Vian.

L'I.M.E.C. (Institut mémoire de l'édition contemporaine) possède 39 feuillets de *Nekrassov*. Cet ensemble de feuillets non foliotés, qui ne se suivent pas, comporte un dialogue entre Sibilot et Georges (actuelle scène IV, tableau V) et un dialogue entre Georges et un journaliste (actuelle scène VII, tableau V). Sartre avait tout d'abord conçu deux rôles, celui d'un journaliste du *Figaro* venant interviewer Nekrassov et celui de Véronique se faisant passer pour une soubrette du *George-V*. Pour l'édition en volume, ces deux rôles seront fondus en un seul.

La Beinecke Library de l'université de Yale possède dans son Fonds Sartre 24 feuillets de *Nekrassov* formant un brouillon pour la scène entre Georges de Valera et Sibilot qui veut se dénoncer après avoir appris que le véritable Nekrassov a fait une déclaration à la radio, à Moscou. Georges essaie de l'en dissuader en lui faisant valoir que Nekrassov est une œuvre d'art qu'ils ont créée ensemble et dont ils ont tous les deux la responsabilité. La scène, incomplète, correspond approximativement à la scène IV du tableau V.

Ce repérage n'est peut-être pas complet. Et ce désordre, cette discontinuité interdisent de reconstituer, autrement que par hypothèse, la genèse de l'œuvre, mais aussi d'espérer retrouver une version antérieure continue, très longue, très riche, et manifestement injouable.

Prépublication.

Une prépublication dans *Les Temps modernes* s'est échelonnée sur trois livraisons, de juin-juillet à septembre 1955 : n°s 114-115, p. 217-271 ; n° 116, p. 85-125 ; n° 117, p. 275-323. Nous n'en avons pas le manuscrit, et rien ne prouve qu'elle corresponde à la version jouée au théâtre Antoine, dont nous n'avons pas non plus la dactylographie.

Éditions.

Il existe deux éditions de *Nekrassov.* La pièce a été publiée dans la collection « Blanche », en 1956, chez Gallimard (214 pages). Cette édition originale comprend notamment 46 exemplaires sur vélin, dont 40 numérotés et 6 hors commerce ; 200 exemplaires sur vélin numérotés 41 à 240, et 10 hors commerce ; 1 500 exemplaires reliés d'après la maquette de Mario Prassinos. Enfin, *Nekrassov* a été publié dans la collection « Folio » en 1980. Il n'y a pas eu de travail sensible de révision entre ces deux éditions, et les différences sont minimes.

Nous donnons le texte de l'édition originale (sigle : *orig.*) de 1956. Nous indiquons les variantes les plus significatives provenant des manuscrits (sigle : *dossier ms.*) et de la prépublication (sigle : *préorig.*). On peut observer que « la farce en deux actes et huit tableaux », selon les invitations de la première, en 1955, est devenue en 1956 une « pièce en huit tableaux ».

M. C.

NOTES ET VARIANTES

Distribution.

1. Voir *Huis clos*, n. 4, p. 90.
2. Armontel remplaça le vieux Raymond Lefèvre, qui lui-même s'était substitué au jeune Louis de Funès. Les acteurs ne se bousculaient pas pour représenter Pierre Lazareff. — Dans la distribution d'*Ubu roi* d'Alfred Jarry, Giron, Pile et Cotice sont présentés comme « Palotins ». À l'acte II, scène II, « un Palotin explose ». Des ressemblances apparaissent entre le tableau IV, scène IV de *Nekrassov* et l'acte III, scène II d'*Ubu roi*, scènes de défilés de condamnés. L'influence de Jarry sur le théâtre de Sartre semble s'être limitée au seul *Nekrassov.*
3. Jean Parédès était alors une valeur sûre du cinéma comique français.
4. De son vrai nom Wanda Kosakiewicz. Voir la Notice des *Mouches*, p. 1257.

Premier tableau.

1. « Naturiste » était déjà utilisé au sens de « pratiquant le nudisme » et ne convient pas ici. On attendrait « naturaliste », terme que Sartre emploie à propos des Schweitzer, dans *Les Mots*, avec ce sens précis (p. 5). Sartre joue ici sur le double sens, comportemental et philosophique de ce terme. Il évite aussi le sens littéraire lié au « naturalisme ».

2. 3 000 anciens francs, soit une faible somme puisque le volume *Nekrassov* coûtait alors 700 anciens francs.

3. Peut-être une allusion amicale à Albert Camus, et au rôle tenu par Gérard Philipe, en 1945. Chez Sartre comme chez Anouilh, les jeux de l'intertextualité théâtrale sont fréquents.

4. Cette formule était un classique du folklore normalien, dans les années 1925. Elle s'appliquait aux arrivistes : « Il est arrivé, mais dans quel état ! »

5. *Irma la douce*, d'Alexandre Breffort, était alors un grand succès du théâtre.

Deuxième tableau.

a. mal, patron. / JULES : Peut-être vous figurez-vous que notre aimable clientèle a du goût pour les grands moments de la conscience humaine ? Ce serait bien mal la connaître, et elle a bien assez de ses propres emmerdements. L'attendrissement *dossier ms.*

1. *Soir à Paris* combine le *Paris-Soir* d'avant-guerre (possédé par Jean Prouvost, et animé par Pierre Lazareff) avec le *France-Soir* d'après-guerre, dirigé par le même Pierre Lazareff, et tirant jusqu'à deux millions d'exemplaires. Voir la Notice, p. 1471-1472.

2. Pierre Lazareff, dit le Napoléon de la presse, et son épouse Hélène Gordon-Lazareff, fondatrice de *Elle*, dite « la tzarine », n'ont jamais été propriétaires des journaux qu'ils dirigeaient.

3. Il y avait alors un parti progressiste, représenté par quatre députés à l'Assemblée nationale, dont Pierre Cot, ancien ministre et très brillant orateur. Il s'alliait en général au P.C., et se voyait suspecter par ses adversaires de « crypto-communisme ».

4. Le sultan Mohammed V fut déposé, en août 1953, au profit de l'éphémère Mohammed Ben Arafa, et déporté à Madagascar, sous l'influence du Glaoui, du maréchal Juin et de Georges Bidault. De cet événement date la réorientation politique de François Mauriac, qui rejoint *L'Express* et se retrouvera sur la même ligne politique que Sartre au sujet du Maghreb.

5. On ne voit pas à quoi correspond cette avalanche péruvienne. « Travadja » est une ville fictive ; le nom, sous la forme de « Trabadja », figure dans une chanson qui connut alors sur les ondes une certaine popularité (*Trabadja la moukère*, des Zouaves d'Afrique). Les inondations de Hollande, en 1953, suscitèrent un vaste mouvement de solidarité, à l'initiative de la grande presse.

6. Double référence à Pierre Lazareff. Sa petite taille devait, pour les photographes, être compensée. La désignation « Julot » renvoie à « Pierrot » (variante de « Pierrot-les-bretelles »), ainsi que tout le monde désignait Lazareff.

7. C'est dans l'hiver 1953-1954 que l'abbé Pierre devient célèbre en abritant les sans-logis par des occupations de maisons ou appartements inoccupés. La presse fait un très large écho aux « Pèlerins d'Emmaüs ».

8. L'information est ambiguë. Georges de Valera n'a jamais été arrêté et ne s'est pas échappé. Il a plutôt échappé aux policiers de l'inspecteur Goblet, qui le poursuivent.

9. *France-Soir*, avec *Le Monde* et *Paris-Presse*, paraissait à Paris à partir de 14 heures.

10. Allusion au livre de Kravchenko, *J'ai choisi la liberté. La Vie publique et privée d'un haut fonctionnaire soviétique*, Self, 1947. Voir la Notice, p. 1476.

11. *France-Soir* avait de fait l'exclusivité des annonces d'emploi, et jouissait ainsi de clients captifs.

12. Le *Canard enchaîné* assure que le personnage de Mme Bounoumi a été inspiré par Germaine Peyrolles, députée M.R.P., elle aussi engagée dans une élection triangulaire. Sartre a composé là une caricature d'une représentante de la démocratie chrétienne, furieusement anticommuniste, résolument familialiste. Gilles Perrault (*Go !*, Fayard, 2002, p. 91-93) a raconté comment sa mère, Germaine Peyrolles, battit de justesse André Stil, le candidat du P.C., en Seine-et-Oise (Sartre a déplacé l'action en Seine-et-Marne). Selon son témoignage, des candidats marginaux se désistèrent contre des enveloppes bourrées d'argent. Cette élection partielle, en février 1954, eut une importance nationale. Gilles Perrault, adolescent, a vu la scène que Sartre transpose dans le tableau VI.

13. En 1952, Molotov est vice-président du conseil des ministres de l'U.R.S.S. et, *de facto*, ministre des Affaires étrangères permanent.

14. « Para », comme l'indique le contexte, veut dire « paracommuniste », et non « parachutiste », selon l'abréviation qui va s'imposer en 1958.

Troisième tableau.

a. sur la tête. Une bouillotte pour que je vous mette dans mon lit. / GEORGES : Pour ce qui est de votre lit... / VÉRONIQUE : Allez ! Vous n'y brilleriez guère et vous ne seriez même pas capable de me réchauffer les pieds. / GEORGES : Alors ? *dossier ms.*

1. L'opposition rouge/rose correspond alors à l'opposition communistes/progressistes, et non, comme aujourd'hui, à la distinction communistes/socialistes.

2. On pense bien sûr à la formule célèbre : « Un anticommuniste est un chien » (*Situations, IV*, p. 248). Cependant cette formule ne se laisse pas repérer dans l'œuvre sartrienne jusqu'au texte de 1961, « Merleau-Ponty vivant ».

3. Avec cette actualisation ponctuelle, la période de la scène passe de 1952 à 1955. Ces oscillations chronologiques ne sont pas rares dans la pièce.

4. Jacques Duclos, numéro un du P.C. en l'absence de Maurice Thorez, fut arrêté en 1952 (voir « Les Communistes et la Paix », *Situations, VI*, p. 159-167). La police, découvrant des pigeons dans le coffre de sa voiture, l'accusa de communiquer par pigeons voyageurs ; Duclos mit les rieurs de son côté, en assurant qu'il les apportait à son épouse pour une cuisson aux petits oignons.

5. Revue mensuelle, dirigée par François Bondy, spécialisée dans

l'antisoviétisme, suspectée par la gauche extrême d'être financée par la C.I.A.

6. Les remarques de Georges sur l'antisémitisme présumé de Sibilot sont dans le droit fil du portrait de l'antisémite tracé dans *Réflexions sur la question juive* (1946), Gallimard, coll. « Folio essais », 1985, p. 7-64. Mais la jonction de l'anticommunisme et de l'antisémitisme est plus que discutable : l'U.R.S.S. pourchasse le sionisme et fait pendre, à Prague et à Budapest, des responsables, majoritairement juifs. Le prétendu « complot des blouses blanches », en 1952, relève du pur antisémitisme. Le P.C. français, lui aussi, vitupère le sionisme et l'État d'Israël.

7. À la fin de l'Occupation, les cartes de rationnement étaient attribuées en fonction de catégories de population. Les « J-3 » désignaient les jeunes de treize à vingt et un ans. Le sigle fut conservé par la presse pour désigner des affaires judiciaires retentissantes.

8. La réplique de Goblet fait référence à l'allocution de Malraux, en 1948, qui servit de postface aux *Conquérants* : « Si l'Europe ne se pense plus en mots de liberté, mais en termes de destin [...] » (*Œuvres complètes*, Bibl. de la Pléiade, t. I, p. 279).

Quatrième tableau.

1. Ancien normalien, de formation maurrassienne, Thierry Maulnier occupera au *Figaro* la fonction de la défense anti-sartrienne. Dramaturge, éditorialiste, anthologiste, il a une audience certaine, et ces répliques le situent assez bien dans l'échiquier idéologique.

2. « Paix et liberté », association anticommuniste dirigée par Jean-Paul David, fit une campagne d'affiches, dans les années 1950, très intense et très expressive. Signalons-en une : « À Berlin-Est, l'Armée rouge tire sur la foule ouvrière » (1953).

3. Louis Gabriel Robinet était bien l'éditorialiste attitré du *Figaro*, à l'époque de la pièce.

4. C'est une ruse classique que de nommer un journal existant (le *France-Soir* de Lazareff) pour nier qu'il soit représenté par le *Soir à Paris* de Jules Palotin.

5. Édouard Herriot, grande figure du radical-socialisme, avait reconnu l'U.R.S.S. dès 1924, en tant que président du Conseil.

6. Mouton reprend ici, littéralement, une formule de Pascal (*Pensées*, Brunschvicg, 143 ; Le Guern, 129).

7. Raymond Cartier était l'éditorialiste de *Paris-Match*. Plus tard on appellera « cartiérisme » la doctrine du désengagement de la France par rapport à l'Afrique.

8. *Cf.* « J'embrasse mon Rival, mais c'est pour l'étouffer » (Racine, *Britannicus*, IV, III, v. 1314).

9. Samivel, de son vrai nom Paul Gayet-Tancrède (1907-1992), se fait remarquer dès les années trente par des dessins humoristiques réalisés à l'encre de chine. Par la suite, ses aquarelles sur la montagne le feront connaître de par le monde.

Cinquième tableau.

a. glace.) À moi Nekrassov ! Viens sauver Valera ! Nekrassov le borgne ignore la mélancolie et navigue sans peur sur des flots de haine bouillante ; il distingue l'orge du blé, mais confond la rose et le jasmin. *(Il met son bandeau sur l'œil.)* Je ne regrette que mes chevauchées matinales. À l'aube, la steppe, c'est la mer. Je sellais mon cheval et je fonçais vers l'Est, seul avec ce gros œil de Cyclope : le soleil. À moi *dossier ms.* ◆◆ *b.* me dénoncer. Je me plaignais, c'est vrai : j'avais le bonheur de pouvoir me plaindre. Il n'y a pas de condition plus enviable que celle du juste qui souffre injustement. Je suis *dossier ms.* ◆◆ *c.* faire enfermer. J'y pense ; son premier mouvement sera peut-être de t'envoyer à l'infirmerie spéciale du Dépôt. Il faut t'éviter cela : je vais le prévenir doucement de ton état. *(Il va vers le téléphone. Sibilot veut lui barrer le passage.)* Laisse, te dis-je : tu l'as servi dix ans, il t'a beaucoup d'obligations ; je lui demanderai de te trouver une clinique tranquille. Ta femme est folle, m'as-tu dit ? Ce n'est pas la première fois qu'on voit deux époux se contaminer l'un l'autre. Mais puisque le pire est arrivé, pourquoi t'empêcherait-on de partager sa chambre ? *(Il va pour décrocher. Sibilot l'en empêche.)* / SIBILOT, *atterré* : Oh ! *dossier ms.* ◆◆ *d.* ordure. *[p. 789, dernière ligne]* Tes supériorités sont des mutilations : tu comprends trop vite pour sentir, tu parles trop bien pour dire vrai, tu es trop séduisant et trop habile pour travailler. Quand je pense à toi, je te vois sans bras ni jambes. Et sans cœur. Est-ce qu'on met un homme-tronc dans son lit ? / GEORGES : Laisse *dossier ms.* ◆◆ *e.* Billancourt ? *[p. 790, dernière ligne]* Ceux qui n'ont pas les nerfs solides, la farce est jouée ; ils ne sortiront plus de leur nuit. C'est dur, tu sais, de garder l'espoir. Quant à leur condition, ils n'ont qu'une manière de la supporter : c'est de se battre pour qu'elle change. Il y a un pays, un seul, où l'on a tenté de la changer et ton Nekrassov vient leur raconter qu'elle est devenue pire. On le paye pour désespérer les pauvres. / GEORGES : Ce n'est pas vrai. Je…

1. Allusion probable, avec un déplacement historique, au *Henri IV* de Pirandello.

2. La United Fruit Company était réputée pour avoir empêché tout changement politique au Guatemala. — Le sénateur Borgeaud représentait le groupe de pression des grands colons d'Algérie et le lobby de l'alfa.

3. Le marquis de Rollebon, à Saint-Pétersbourg, se serait déguisé en sage-femme pour parvenir au Palais et tuer le tsar Paul. Roquentin n'y croit pas trop. Ces aventures russes sortent sans doute de *Michel Strogoff.* Voir *La Nausée*, *Œuvres romanesques*, p. 22.

4. Dans « Les Communistes et la Paix » (*Situations, VI*, p. 86), Sartre a récupéré cette dénomination injurieuse, classique dans la diatribe des écrivains soviétiques contre leurs confrères occidentaux.

5. Depuis que les usines Renault s'étaient installées dans l'île Seguin à Billancourt en 1930, ce nom était devenu la métonymie de la classe ouvrière.

6. Duval correspond à Jacques Duclos. Maistre pourrait être André Stil, directeur de *L'Humanité*, arrêté quelques jours après Duclos, et qui était déjà le jeune maître de la littérature communiste, honoré du prix Lénine.

7. Simone de Beauvoir prête ces mêmes résolutions à « Marco » (c'est-à-dire à Marc Zuorro, que Sartre avait rencontré à la Cité universitaire en 1928), dans *La Force de l'âge*, Gallimard, 1960, p. 125 : « Un jour, dit-il, j'aurai une immense automobile, toute blanche ; je ferais exprès de raser le trottoir et d'éclabousser tout le monde. »

Sixième tableau.

a. Ces deux dernières répliques sont absentes d'orig. Nous les rétablissons d'après préorig. ◆◆ *b.* bureaucratie *[p. 809, dernière ligne]* soviétique. Il y a un temps pour tout. L'humanité dort, et l'U.R.S.S. est son cauchemar. Je suis le chant du coq ; je réveillerai l'Homme et l'U.R.S.S. se dissipera comme un songe au matin. Alors nous nous prendrons tous par la main et nous rirons comme des enfants. / GEORGES : Eh bien ! *dossier ms.* ◆◆ *c.* alternative. / GEORGES : Mais vous aurez des ennuis. Le ministre de l'Intérieur… *(Baudouin et Chapuis se regardent en riant.)* / CHAPUIS : Le ministre de l'Intérieur ! / BAUDOUIN : De l'Intérieur ! Le ministre ! / CHAPUIS : Mais on s'en tape, mon bon monsieur ! / BAUDOUIN : La Défense du Territoire est un organisme autonome… / CHAPUIS : Et qui n'a de comptes à rendre qu'à « Paix et liberté ». / GEORGES, *se versant un verre de whisky* : Faites ce que vous voudrez. *(Un temps.)* / BAUDOUIN, *changeant de ton* : Alors, *dossier ms.* ◆◆ *d. verre.)* / DEMIDOFF : Je bois à la bombe libératrice ! / LES INVITÉS : À la bombe ! À la bombe ! / DEMIDOFF : Je bois à l'armée allemande. Il nous faut des Allemands, beaucoup d'Allemands, tous les Allemands ! Armez les hommes, armez les femmes et les enfants, armez les vieillards ! Car si jamais mon peuple s'avisait de se défendre, ce ne serait pas trop de cent millions d'Allemands en armes pour en venir à bout ! *(Il boit.)* Mon petit peuple a foi dans sa mission et dans son étoile. Il enfoncera les digues et les barrières, il se répandra partout. Aux armes ! aux armes ! Vous verrez la mer debout, elle vous bouchera le ciel : elle s'abattra sur vous et déferlera sur la terre. *(Riant.)* Il a foi dans sa mission, mon petit peuple et n'allez pas croire qu'on peut rigoler avec lui. *(Nouveau verre.)* À la mission du bon petit peuple russe. / L'INVITÉ : Tu le trouves drôle, toi. / L'INVITÉE : Pas du tout. Et toi ? / L'INVITÉ : Moi non plus. / DEMIDOFF : Le socialisme ou le suicide de l'espèce humaine, choisissez. / PERDRIÈRE, *à demi étranglé* *dossier ms.*

1. On se rappelle la formule d'Anatole France à la mort d'Émile Zola : « Il fut un moment de la conscience humaine. »

2. L'ensemble de la scène parodie gaiement *Les Démons* de Dostoïevski, alors traduit sous le titre *Les Possédés*. Mouton et Demidoff deviennent ici des fantoches dostoïevskiens.

3. « Défense et surveillance du territoire » (D.S.T.).

4. La première formule est une citation cachée de Valéry : « Nous autres, civilisations, nous savons désormais que nous sommes mortelles » (*La Crise de l'esprit* ; *Œuvres*, Gallimard, t. I, 1960) ; la deuxième est due à Malraux ; la troisième pourrait être de Charles Maurras, de Thierry Maulnier, ou d'un helléniste pontifiant.

5. La réplique de Georges reproduit l'idée que Staline se faisait du trotskisme : à l'en croire, dès qu'il y avait deux trotskistes, il y avait deux partis concurrents. Et le trotskisme aurait été inoffensif. Sartre, ici, emboîte le pas aux communistes orthodoxes.

6. « Le processus historique » était le concept préféré et la norme exclusive dans la rhétorique de *La Pravda*.

Septième tableau.

1. Le discours sur Judas est exactement celui que tient Drieu La Rochelle dans *Les Chiens de paille* (1944). Il ne s'agit pas d'une influence, mais d'une coïncidence thématique, puisque ce livre n'est paru qu'en 1964.

2. Dans le langage familier des années 1950, « descendre » se dit quand on tue ou blesse quelqu'un d'un coup de feu : c'est le lexique de la « Série noire ». Moins souvent, dans le langage de la boxe, « descendre quelqu'un » signifie le mettre à terre dix secondes au moins en réussissant un knock-out. Ici, le lecteur pense que Demidoff abat avec une arme quatre personnes et blesse Goblet. Cependant, plus loin, Baudouin et Chapuis disent avoir été assommés par une vingtaine de communistes (p. 833) Il est donc probable qu'ils ont été « descendus » à coups de poing, ce qui maintiendrait le registre de la farce et éviterait les figures de la tragédie.

Huitième tableau.

a. pardonnerez-vous… / MOUTON : Plus un mot. Je ne pardonne jamais : j'oublie parfois quand on sait me faire oublier. Si je fais taire aujourd'hui mes rancunes, c'est que le journal est en danger. *Soir à Paris*, messieurs, est un bien culturel : grâce à nous, la Science a pénétré dans les chaumières. S'il disparaît, la France s'appauvrit. Pensons au pays, messieurs, et travaillons ! J'impose silence à mes rancunes parce que le pays est menacé. / CHARIVET : Que *dossier ms.*

1. À la bataille de Tsushima (1905), la flotte japonaise coule, dans sa totalité, la flotte russe. On ne comprend ni le cas de conscience ni le hara-kiri du journaliste japonais.

2. Tous les spectateurs de 1955 ont décodé *Libérateur* en *Libération*, journal progressiste pauvre en argent, riche en talents.

3. En 1955, Gilbert Bécaud, surnommé « Monsieur 100 000 volts », est la vedette de l'Olympia et l'idole des jeunes. — Georges Duhamel, secrétaire perpétuel de l'Académie française, est plutôt oublié du public. Des brouillons plus anciens portent le nom de Fernandel. C'était accentuer le côté burlesque de cette farce.

Autour de « Nekrassov »

SCÈNES RETRANCHÉES INÉDITES

◆ SCÈNE D'OUVERTURE. TABLEAU I, SCÈNE I. — Nous reproduisons un extrait du dialogue d'ouverture de la pièce, entre le Clochard et la Clocharde provenant de l'ensemble C décrit dans la Note sur le texte.

◆ SIBILOT CORROMPU. TABLEAU V, SCÈNE IV. — Dans l'ensemble A (ffos 25-26) se trouve une version de la scène IV du tableau V. Georges de Valera, après avoir profité des charmes d'une starlette, Carole Cherubini, en fait bénéficier Sibilot, totalement corrompu par le luxe et la luxure.

◆ VÉRONIQUE AU « GEORGE-V ». TABLEAU V, SCÈNE VII. — Dans une autre version de la scène VII du tableau V, contenue dans l'ensemble A (feuillets non foliotés), Véronique au lieu de se faire passer pour une journaliste du *Figaro*, se déguise en femme de chambre du *George-V*. S'ensuit un dialogue de vaudeville entre elle et Georges de Valera, dont nous reproduisons des extraits.

◆ LE PERSONNAGE SACRIFIÉ DE GABRIELLE. TABLEAU VI. — Sartre avait créé un personnage, Gabrielle, contrôlant le jeu politique des hommes. Ce personnage, sans doute inspiré par la directrice du théâtre où devait se jouer la pièce, a été supprimé dans la version finale. Nous reproduisons un échange entre Gabrielle et Jules Palotin, provenant de l'ensemble B, qui devait se trouver au tableau VI.

◆ DIALOGUE ENTRE COCARDEAU ET GEORGES DE VALERA. TABLEAU VI. — Nous reproduisons un dialogue provenant de l'ensemble A (feuillets non foliotés), qui se trouvait dans le tableau VI et a été ultérieurement supprimé.

SCÈNE RETRANCHÉE DU TABLEAU VI
PUBLIÉE EN 1955

Cette scène, supprimée de la version finale, a été publiée dans *Les Lettres françaises*, 16-23 juin 1955, sous le titre « Tableau inédit de *Nekrassov* : le bal des futurs fusillés ». Elle a été reprise dans Michel Contat et Michel Rybalka, *Les Écrits de Sartre*, Gallimard, 1970, p. 714-719. L'identification de Cocardeau à Malraux est exclue : l'allusion à un Scipion l'Africain au théâtre Hébertot désigne formellement Montherlant.

PRIÈRE D'INSÉRER
DE L'ÉDITION ORIGINALE

Nous reproduisons le prière d'insérer de l'édition originale, qui n'est pas de la main de Sartre.

PROGRAMME DE LA REPRISE

Cette ultime reprise de la pièce du vivant de Sartre, au théâtre de l'Est parisien, en février 1978, mise en scène par Georges Werler, scénographie de Maurice Delarue, et costumes d'André Acquart, a eu quelque retentissement dans le contexte politique de l'époque (programme commun des communistes, des socialistes et des radicaux de gauche en vue des élections législatives de mars 1978). Sartre avait donné pour le programme du spectacle le texte que nous reproduisons.

LES SÉQUESTRÉS D'ALTONA

NOTICE

Dans une interview d'avant-première, donnée à Madeleine Chapsal, Sartre déclare : « J'ai mis un an et demi à l'écrire... Je l'ai terminée il y a trois semaines, au mois d'août, pendant l'interruption des répétitions. Il reste encore dix lignes à écrire. Les dernières. Ce fut beaucoup plus difficile que pour *Huis clos*[1]. » On sait par le récit de Simone de Beauvoir que Sartre, surmené par l'écriture de *Critique de la raison dialectique*, et par les tensions politiques de cette année 1958 qui vit le retour au pouvoir du général de Gaulle, frôla de près une attaque due à l'abus de corydrane, d'alcool et de barbituriques[2]. La création des *Séquestrés d'Altona*, inachevé au début d'octobre 1958, au moment où Sartre, à la demande de Simone Berriau, accepta de voir un médecin qui lui prescrivit un repos immédiat, fut donc repoussée d'une année. De tels détails montrent que Sartre s'est attelé à une pièce-monstre, une pièce-somme : ainsi apparaît en effet, dès la première du 23 septembre 1959[3], *Les Séquestrés d'Altona.*

Plus de quatre heures de spectacle, une complexité et une ambition extrêmes : il s'agit de réfléchir sur la responsabilité de l'agent humain, dans l'Histoire et déviée par l'Histoire ; sur les problèmes du mal, et des rapports entre moyens et fins ; il s'agit aussi de suggérer l'impossibilité radicale de toute justification du pouvoir, et plus largement de toute théodicée ; il s'agit encore de montrer l'*égarement* du XXe siècle dans la violence et l'extermination. Mais l'enjeu est tout autant, pour Sartre, de résumer, voire de renverser son propre théâtre antérieur, et de redéfinir le rôle de l'écrivain, tout en rejoignant des rivaux brillants (Beckett, Genet), en se situant par rapport à Brecht, qui triomphe en France à partir de 1954, et en donnant enfin une tragédie moderne, la tragédie de notre siècle. Pièce qu'il convient donc de *méditer* : puissions-nous y inviter par ce qui suit.

1. *L'Express*, 10 septembre 1959.

2. À partir de 1946, Sartre prenait de la benzédrine (une amphétamine prescrite à l'époque pour le cœur) afin d'accélérer le rythme de sa pensée. Il l'a plus tard remplacée par la corydrane, aux effets similaires. Claude Lanzmann, dans le film de Michel Favart, *Sartre contre Sartre* (1991), quand il explique pourquoi Sartre recourait aux stimulants, emploie les mots de Frantz (voir p. 919) : « Il voulait s'installer un soleil dans la tête. » Voir aussi Simone de Beauvoir, *La Force des choses*, Gallimard, 1963, p. 474-476, 491 et 469-499.

3. La première, qui devait avoir lieu le 19 septembre 1959, fut repoussée plusieurs soirs de suite en raison d'une indisposition (grippe intestinale) de Reggiani. « Les répétitions ne commencèrent que le 17 août », déclare ce dernier dans une interview à *Arts* (30 septembre 1959). Sartre, pour la deuxième semaine de représentations, aurait accepté de couper environ une demi-heure. Mais, faute d'une copie du texte ayant servi à la représentation, nous ne savons pas exactement quelles scènes furent supprimées.

HISTOIRE ET MYTHE

Comment Sartre en vient-il à former un tel projet ? En accord avec sa conception du théâtre, la pièce sera à la fois « miroir critique[1] » d'un moment historique, et miroir mythique d'une situation limite d'ordre universel.

De la torture au martyre.

Le moment historique : avant tout celui de la guerre d'Algérie, qui a commencé en novembre 1954. Guerre atroce aux yeux de Sartre, notamment parce qu'elle fut celle de la torture dans la République : souvenons-nous qu'en 1957 Pierre-Henri Simon publie son *Contre la torture*, et Henri Alleg, en 1958, *La Question*, dont Sartre rendra compte dans un article intitulé « Une victoire[2] », qui vaudra d'être saisi au numéro de *L'Express* qui le publiait (6 mars 1958). La pièce se veut texte de combat contre la torture : Frantz, son « héros », avoue, au terme d'un long processus, qu'il a torturé deux partisans faits prisonniers sur le front russe durant la Seconde Guerre mondiale ; il se trouve depuis lors exclu de l'humain à ses propres yeux, et le jugement de Johanna, sa belle-sœur, ne fera que confirmer cette sanction par le dégoût absolu.

Cette première donnée suffit à livrer deux indications sur la dramaturgie des *Séquestrés*. D'une part, elle emprunte à la technique dite « analytique », dans laquelle l'action essentielle, selon les mots de Schiller, « a déjà eu lieu et [...] est entièrement repoussée au-delà de la tragédie[3] ». Comme dans *Œdipe-Roi* (c'est l'exemple de Schiller), le crime s'est déjà produit ; encore faut-il le porter au jour, selon un processus de « révélation graduelle[4] », malgré les voiles des mensonges que les personnages multiplient. La dimension synthétique, progressive de l'intrigue tiendra à deux autres éléments : le désir qu'a le Père (contre Leni) de revoir son fils avant de mourir, ce qui l'amène à utiliser sa bru Johanna pour tirer Frantz de sa séquestration ; le désir qu'a Johanna (contre Werner et Leni) de percer à jour l'énigme qu'est Frantz, puisque c'est à cause de lui qu'elle est retenue, avec son mari, à Altona. D'autre part, il est évident que Frantz est un soldat allemand et non français : la situation contemporaine se voit transposée temporellement (une quinzaine d'années en arrière) et géographiquement.

Certes, cette transposition ne trompa guère le public en 1959 : derrière l'Allemagne nazie, on reconnaissait aisément la France en Algérie — le prénom « Frantz » (d'ailleurs francisé, l'allemand disant « Franz ») n'est-il pas fort proche du mot *der Franzose*, le Français[5] ? Alfred Simon

1. *Les Mots*, Gallimard, 1964, p. 211.

2. Ce texte a été repris dans *Situations, V*, Gallimard, 1964, p. 72-88. Voir Michel Contat et Michel Rybalka, *Les Écrits de Sartre*, Gallimard, 1970, p. 316-317.

3. Lettre à Goethe du 2 octobre 1797, citée par Peter Szondi, *Théorie du drame moderne* (1956), L'Âge d'homme, 1983, p. 21

4. C'est le mot de Robert Lorris (*Sartre dramaturge*, Nizet, 1975, p. 260), qui note que ce procédé fondait déjà *Huis clos*, et que *tous* les personnages ont des secrets que la pièce peu à peu révèle : « inceste de Leni, impuissance du Père, besoin de désir de Johanna, jalousie de Werner » (*ibid.*, p. 275).

5. Dans un article très suggestif, Madeleine Fields va jusqu'à dire que « par son amour de la grandeur », Frantz « représente symboliquement la France vaincue et impuissante de

par exemple, dans *Esprit*, en novembre 1959, disait voir dans le magnétophone de Frantz une métamorphose transparente de la magnéto de sinistre mémoire (la « gégène ») : « une machine qui a presque le même nom que la machine à faire parler l'homme, parle au nom de l'homme ». Simone de Beauvoir, en 1963, dans *La Force des choses*[1], insiste sur une analogie historique : nous, Français, argumente-t-elle, sommes en Algérie dans la situation des Allemands en France. Nous sommes une puissance occupante, nous torturons, nous enfermons dans des camps, nous condamnons les résistants algériens après des parodies de procès… Impossible dès lors de ne pas éprouver ces sentiments qui sont ceux-là mêmes de Frantz : honte, culpabilité dévorantes, et Sartre les ressentit cruellement durant toute l'année 1958. La pièce bouleversa bien des spectateurs : elle les faisait passer du côté des bourreaux.

Il convient donc de distinguer deux angles de vue : pour le public, l'Allemagne qui a torturé, comme Frantz, en Union soviétique renvoie à la France en Algérie ; mais pour Sartre, l'inverse prévaut : les événements d'Algérie le reconduisent à l'Allemagne en guerre, ils forment la « cause occasionnelle[2] » qui le détermine à écrire cette pièce qu'il porte depuis longtemps en lui, sur la violence dans l'Histoire.

À quoi il faut sans doute ajouter l'impact sur Sartre du rapport Khrouchtchev et de Budapest écrasée : une chaîne d'équivalences, il serait aisé de le montrer, relie Frantz à Hitler, mais aussi ce dernier au « petit père » Staline (p. 908). Par cette allusion, Sartre introduit un troisième niveau de « rattachement de l'action aux événements contemporains », et suggère peut-être même qu'il se reconnaît, à travers Frantz, « responsable de la torture stalinienne[3] ».

La transposition de la situation française s'imposait doublement. En raison, d'une part, de la censure : impossible de parler directement sur scène des tortures françaises en Algérie, comme l'avaient fait voir bien des saisies des *Temps modernes*. D'autre part, cette impossibilité s'accordait avec ce que Sartre tenait pour une nécessité esthétique : celle du « recul formel[4] » qui devait conférer au spectacle la résonance et l'impact du non-familier, ou encore qui permettait d'agrandir l'Histoire aux dimensions du mythe.

À travers le personnage de Frantz, c'est en effet toute la question de l'action dans l'Histoire que Sartre porte à la scène, sous deux aspects essentiels. Celui du sang versé, tout d'abord : point de chef qui n'ait du sang sur les mains, pas d'Histoire terrestre sans crimes inexpiables. L'image qui, dans la pièce, incarne le mieux cette donnée insurpassable, c'est celle de la « vitre noire » (p. 907) sur laquelle toute l'Histoire se grave : sa couleur dit assez quel type d'événement il lui faut avant

1940, qui après vingt ans d'humiliations successives, tente d'affirmer sa force à la face du monde par les trop célèbres tortures de la guerre d'Algérie » (« De la *Critique de la raison dialectique* aux *Séquestrés d'Altona* », *Proceedings of the Modern Language Association*, vol. LXXVIII, n° 5, décembre 1963, p. 626).

1. Voir p. 405 et suiv.

2. Michel Contat, *Explication des « Séquestrés d'Altona » de Jean-Paul Sartre*, Lettres modernes / Minard, 1968, p. 12.

3. Lucien Goldmann, « Problèmes philosophiques et politiques dans le théâtre de Jean-Paul Sartre », *Structures mentales et création culturelle*, Anthropos, 1970, p. 230. Voir aussi Pierre Verstraeten, *Violence et éthique. Esquisse d'une critique de la morale dialectique à partir du théâtre politique de Sartre*, Gallimard, 1972, p. 190.

4. « Le Style dramatique », *Un théâtre de situations*, Gallimard, coll. « Folio », 1992, p. 32.

tout enregistrer. Noir : couleur morale, et c'est évidemment en termes d'éthique que se pose la question de l'action humaine. On peut y lire un conflit du réalisme — le cynisme sans concessions du Père, qui s'arrange avec les nazis tout en les méprisant — avec l'idéalisme, celui du jeune Frantz ; ou bien une lutte entre la puissance et l'impuissance[1] ; car si la vie de Frantz se noue autour d'une figure éthique classique, celle du dilemme (mettre en danger ses soldats, ou torturer des partisans), il y découvre à la fois la jouissance de la toute-puissance (décider de la vie et de la mort) et l'impossibilité de choisir, sauf à perdre son honneur de soldat. Le parcours de Frantz montre qu'on peut commencer par vouloir être pur (sauver un rabbin évadé d'un camp de concentration) et, quelques événements ou médiations plus loin, finir en tortionnaire. Renversement des fins par les moyens auquel Sartre, dans la *Critique de la raison dialectique*, qu'il écrit en même temps que *Les Séquestrés*, donne un nom : celui de « contre-finalité[2] ».

Du héros (fantasmé) au bourreau (malgré soi) : tel est le premier moment de l'itinéraire de Frantz. Mais à ce renversement dégradant il en oppose un autre, en se faisant le martyr — le témoin douloureux — de l'homme condamné à la violence. D'où l'identification de Frantz aux héros de la phorie : Atlas, Samson, mais avant tout le Christ : « [...] j'ai pris le siècle sur mes épaules et j'ai dit : j'en répondrai » (p. 993). Le projet que clame Frantz, c'est de se faire le « martyr » des « bourreaux traqués » et des « victimes impitoyables » (p. 909), de prendre sur soi la violence universelle. Le texte multiplie les signes de cette identification au Sauveur.

Une telle identification, outre qu'elle rapproche Frantz du Clamence de Camus[3] — deux juges-pénitents —, sert, chez Sartre, de multiples desseins. D'une part, elle donne à coup sûr au personnage principal de sa pièce une grandeur d'ordre mythique, surtout si l'on comprend que ce martyr du mal, qui s'adresse à la postérité avec plus ou moins d'inspiration sincère, n'est rien de moins qu'une figure de l'écrivain ou de l'artiste moderne[4]. D'autre part, elle introduit en son cœur un principe de théâtralité redoublée : Frantz ne cesse de jouer à être autre chose que lui-même. Le fait est, enfin, qu'il joue aussi pour se fuir : l'identification au mythe s'avère aussi mystification ; Frantz ainsi fuit *par en haut* — par la comédie de la sainteté et de la généralisation — la basse réalité de son crime personnel. C'est ce que suggère, entre autres significations, la parodie de l'Eucharistie (p. 973) : le sang y est devenu champagne, l'hostie s'y présente sous les espèces d'un gâteau d'anniversaire ; on ne saurait mieux dire que le mythe christique, pour Frantz, *c'est aussi du gâteau* — le fantasme commode, gourmand et pétillant, d'un gosse de riches.

1. Voir Pierre Verstraeten, « *Les Séquestrés* : nouvelle lecture des *Séquestrés* », *Concordia*, 1990.

2. Gallimard, 1960, t. I, p. 202 : « L'Homme n'a pas à lutter seulement contre la Nature, contre le milieu social qui l'a engendré, contre d'autres hommes, mais aussi contre sa propre action en tant qu'elle devient autre. » La contre-finalité, c'est « ce vol perpétuel de sa *praxis* par l'environnement technique et social » (*ibid.*, p. 279).

3. Voir *La Chute* ; *Théâtre, récits, nouvelles*, Bibl. de la Pléiade, p. 1535.

4. Ce qui a été noté par Oreste Pucciani, « *Les Séquestrés d'Altona* of J.-P. Sartre », *Sartre, a Collection of Critical Studies*, E. Kern éd., New Jersey, Prentice Hall, 1962, p. 98.

Du capital triomphant au chef impuissant.

La richesse : telle est la deuxième donnée historique dont Sartre entend partir, pour, de nouveau, la tirer vers le mythe. Converti au marxisme depuis 1952, il poursuit en effet, même s'il a rompu avec le Parti en 1956, un projet de critique corrosive du capitalisme, projet qui fait songer aux desseins de Miller dans *Mort d'un commis voyageur* (1949), une pièce que Sartre avait appréciée et qui, elle aussi, recourait au procédé du flash-back.

Les Séquestrés dénonce une double collusion du grand capitalisme allemand. D'une part, avec les nazis : le Père leur a vendu des terrains pour y bâtir un *Lager* (un « camp ») ; il construit pour eux des bateaux, mais ils font la guerre pour lui trouver des marchés. On retrouve la thèse, assez répandue à l'époque, du nazisme conçu à la fois comme marionnette et comme maladie ultime du grand capital[1]. Le cancer du Père, traduction somatique de la prolifération incontrôlée de son Entreprise, exprime cette décomposition décadente du grand capitalisme rencontrant le nazisme. C'est sur ce point que Sartre se sépare du Brecht de *Grand'peur et misère du IIIe Reich* (traduit en français à la fin de 1955, et monté à Paris en 1957) : il lui reproche d'avoir associé aux nazis cette proie pour eux trop facile qu'étaient les petits-bourgeois, apeurés et redoutant le chômage[2]. Ce que l'actualité montre à Sartre, à en croire Beauvoir, c'est plutôt une autre alliance, et qui dure : « Les anciens nazis et les hommes d'affaires qui avaient soutenu Hitler tenaient de nouveau le haut du pavé[3]. » D'autre part, Sartre entend dénoncer la collusion entre le grand capitalisme allemand et les Américains (lors de la reconstruction de l'Allemagne) : tout comme le Père avait arrangé des affaires avec les nazis, il en arrange avec les occupants américains en 1947 — dont, dans les deux cas, celles de Frantz. Là encore la voix de Beauvoir est consonante[4].

Le capitalisme allemand fournit un terrain propice à l'analyse de l'aliénation de l'homme moderne. Il montre, par exemple, la monétisation généralisée des relations et des sentiments familiaux : le lexique de l'avoir (payer, arrêter le compte, faire l'addition, etc.) ne cesse d'apparaître, dans *Les Séquestrés*, pour peindre les rapports de Leni, de Werner, de Frantz au Père, voire de Werner avec sa femme. Sartre retrouve sans doute là, outre les développements de *L'Être et le Néant* sur le désir d'« avoir », les analyses de Max Weber sur l'orientation « philofinancière » du protestantisme luthérien[5], mais aussi la tradition du drame à la Strindberg (*Créanciers*), voire Gide (*Les Faux-monnayeurs*).

1. Voir, par exemple, Charles Bettelheim, *L'Économie allemande sous le nazisme, un aspect de la décadence du capitalisme*, Marcel Rivière, 1946, avec une préface de David Rousset, très lié à Sartre à cette époque.

2. Voir l'entretien avec Bernard Dort, 4 janvier 1960 ; Autour des *Séquestrés d'Altona*, p. 1017.

3. *La Force des choses*, p. 321.

4. Voir *Lettres à Nelson Algren*, Gallimard, 1997, p. 496.

5. *L'Éthique protestante et l'Esprit du capitalisme*, publié en 1905, n'est traduit en français qu'en 1964, mais évoqué dans un article de Georges Gusdorf, « Infidélités protestantes », paru dans *Les Temps modernes* en avril 1946. Voir aussi M. Contat, *Explication des « Séquestrés d'Altona » de Jean-Paul Sartre*, p. 25.

Du capitalisme procède encore une mécanisation de l'existence humaine. Elle se manifeste, par exemple, dans le rôle de la radio dans la pièce : cet outil moderne de communication, ou de propagande, métallise les voix et détermine une situation sérielle de son public (des auditeurs séparés et passifs), exemplaire de l'atomisation des humains sous le régime capitaliste[1]. De plus, Frantz se présente (lui-même) comme « une assez formidable machine » (p. 962) : lui est dès sa naissance assigné le sort de rouage suprême de l'Entreprise. En ce sens, il deviendra une victime du « pratico-inerte[2] », car l'Entreprise, quoique créée par le Père, marche désormais toute seule. Le capitaine d'industrie devient un héros sans industrie propre, donc dégradé, le roi d'un Empire autonome et qui donc le nie.

Il y a un paradoxe de la machine-Frantz : destiné à devenir une « machine à commander » (p. 962), éduqué pour être un chef, la puissance sans limites de son père le condamne à l'impuissance, mais aussi l'évolution même du capitalisme (son autodéveloppement en *Konzerne* immaîtrisables) et encore l'inextricable dilemme dans lequel la guerre le piège. Dans le prolongement de « L'Enfance d'un chef » (1939), Sartre entend, par ce paradoxe du héros impuissant, démystifier l'héroïsme militaire, « en montrant le lien qui l'unit à la violence inconditionnée[3] » — l'explosion de violence comme seule issue, mais non comme solution. Là encore, il s'agit de jouer sur les deux registres du contemporain et du mythique. Le contemporain : en juin 1958, la grande crainte de la gauche française, c'est de Gaulle, que Sartre rebaptise « le prétendant ». Simone de Beauvoir, en Italie, lit un article du journal *Oggi* sur « Les Dix Commandements du gaullisme », le résume dans *La Force des choses*, et commente : « Ils mettent en parallèle les événements actuels avec ceux de 22, chez eux ; c'est à notre tour de goûter au fascisme et ils s'en égaient[4]. » Frantz, qui a accroché le portrait de Hitler au mur de sa chambre pour lui lancer des coquilles d'huîtres, trouve en sa figure une cible moins française et donc plus commode ; mais en évoquant Néron ou Staline, il l'universalise. D'où la dimension mythique : Frantz se compare assez explicitement à Achille (« La vie brève ; avec une mort de choix ! »), tout désolé de se retrouver Ulysse : « Celui qui n'a rien fait n'est personne. Personne ? [...] Présent ! » (p. 971). Pas plus de vrai héros que de bon chef.

Chefs il y eut pourtant, et tout particulièrement en Allemagne. Aussi la pièce se comprend-elle encore comme une genèse de l'obéissance allemande : la première réplique n'est-elle pas « Garde à vous ! », qui dit à la fois une menace et la prégnance du militarisme jusque dans la vie privée des Gerlach ? Très vite une chaîne d'équivalences ou de filiations s'établit entre Bismarck, Hindenburg, le Père, Hitler, et Frantz[5], chef

1. Voir *Critique de la raison dialectique*, t. I, p. 320 et suiv.

2. *Ibid.*, p. 225, où le titre de la section vaut définition du « pratico-inerte » : la *praxis* individuelle et collective s'objective et s'aliène dans la matière ouvrée. — Ce rapport avec le pratico-inerte a été suggéré par M. Fields dans « De la *Critique de la raison dialectique* aux *Séquestrés d'Altona* » et fermement établi par M. Contat dans *Explication des « Séquestrés d'Altona » de Jean-Paul Sartre*.

3. Entretien avec B. Dort, 4 janvier 1960 ; Autour des *Séquestrés d'Altona*, p. 1015.

4. *La Force des choses*, p. 437. Voir aussi « Le Prétendant », *Situations, V*, p. 89-101.

5. Sartre s'est inspiré, en particulier pour construire les rapports de Frantz avec un père autoritaire, du roman de Robert Merle sur Rudolf Hess, l'un des commandants

valeureux mais mauvais avocat de lui-même (à l'inverse de son frère Werner, bon avocat et mauvais chef). Or d'où vient ce sens germanique de l'obéissance ? Pour répondre, Sartre, à grands coups de plume, convoque quatre penseurs d'expression allemande de toute première importance.

Luther, maître spirituel de cette vieille famille protestante, tout hérétique qu'il ait été, a prêché l'esprit de soumission : à Dieu (sans intermédiaires ni intercesseurs), à la Bible (et le Père, par le biais du serment, s'en sert pour asseoir son autorité sur ses enfants), aux pouvoirs temporels[1]. Mais, comme le reconnaît le Père, « les Gerlach sont des victimes de Luther : ce prophète nous a rendus fous d'orgueil » (p. 885). Or cet orgueil vaut tromperie, dit Frantz, puisqu'il se brise sur l'expérience réelle de l'impuissance à rester pur. Frantz — et c'est encore l'une de ses comédies — prend alors le parti de chercher à réincarner Luther : d'où sa « vie monacale » (p. 941), son statut de frère visionnaire, son fort penchant tant pour le vin que pour le ton prophétique. Car, on s'en doute, cette réincarnation est une dégradation : une vengeance par la dérision. Après s'en être pris, dans *Huis clos*, au catholicisme (de sa mère), Sartre liquide dans *Les Séquestrés* le protestantisme (de son grand-père), *Le Diable et le Bon Dieu* formant transition, puisqu'il transpose la querelle de Luther contre les indulgences papales.

Nietzsche aussi, avec qui Sartre entretient des relations très ambivalentes[2], a joué un rôle dans la genèse du sens allemand de l'obéissance, s'il a établi, comme le dit le Père, que « les faibles servent les forts : c'est la loi » (p. 877). Frantz est un fort, comme Zarathoustra — « J'ai vécu douze ans sur un toit de glace au-dessus des sommets » (p. 955) —, mais il a fait l'expérience de la culpabilité et de la faiblesse.

Heidegger — *Sein und Zeit* paraît en 1928 — a fait vivre ses lecteurs, et surtout ceux qui se prenaient pour des seigneurs nietzschéens, dans « l'intimité de la mort », seule fréquentation qui fournît le critère de l'authenticité et autorisât à tenir « le destin des autres dans [ses] mains » (p. 877). Cette « philosophie " pathétique " », comme dit Sartre dans les *Carnets de la drôle de guerre*[3], n'a que peu disposé Frantz à l'exercice libérateur de sa raison.

Freud enfin a dégagé l'importance de l'image paternelle dans le fonctionnement de l'autorité : le « besoin collectif d'une autorité », écrit-il, naît de « l'attirance vers le père », et un grand homme ne paraît tel que parce qu'il séduit comme image paternelle[4]. Frantz sera un bourreau obéissant parce qu'il a aimé (en bon enfant) son père, mais aussi (en bon protestant) Dieu le Père, et enfin Hitler (dont, faut-il le rappeler, il

d'Auschwitz : *La mort est mon métier*, Gallimard, 1952. Henri Gouhier (« Intrigue et action : de B. Shaw à J.-P. Sartre », *La Table ronde*, novembre 1959, p. 175) parle en outre du « symbolisme théologique » qui marque la relation du père et du fils.

1. Sartre tire cette image de Luther, d'une part de l'ouvrage de Lucien Febvre (*Un destin : Martin Luther*, Rieder, 1928), déjà lu pour *Le Diable et le Bon Dieu* (voir la Notice de cette pièce, p. 1411), d'autre part de Georges Gusdorf , « Infidélités protestantes ».

2. Voir Jean-François Louette, *Sartre* contra *Nietzsche (« Les Mouches », « Huis clos », « Les Mots »)*, Grenoble, Presses universitaires de Grenoble, 1996.

3. Gallimard, 1995, p. 406. Tout un riche débat sur le nazisme de Heidegger est publié dans *Les Temps modernes* de janvier 1946 à juillet 1947, avec notamment à cette dernière date un excellent article d'Éric Weil.

4. « Moïse et son peuple », traduit dans *Les Temps modernes*, mai 1948.

se déclare la femme). Trois figures qui d'ailleurs s'équivalent, on l'a dit. Mais Freud ne fut pas seulement le théoricien de l'image paternelle : c'est l'un des sens du *Scénario Freud* (écrit par Sartre dans la même période que *Les Séquestrés*) que de montrer comment peu à peu Freud s'émancipe des figures paternelles qui l'entourent (son propre père Jakob, Breuer, Fliess...) pour en devenir une lui-même, et certes pas la moindre. Ainsi, « croire à » Freud, c'est doublement croire aux images paternelles, et par voie de conséquence se prédisposer à l'obéissance.

Au total, le chef apparaît avant tout, dans *Les Séquestrés*, comme un coupable, avec ou sans dessein de nuire. Là encore, le thème est posé dès la première scène : Leni reproche à Werner sa peur d'être puni par le Père. La référence essentielle de Sartre, pour penser cette notion, est *La Culpabilité allemande* de Karl Jaspers[1], qui distingue entre quatre formes de culpabilité (criminelle, politique, morale, métaphysique), et analyse les esquives des Allemands. Or c'est bien leur attitude de fuite par rapport à ces formes de culpabilité qui définit le Père et Frantz : le premier admet la culpabilité criminelle de quelques chefs, mais nie toute responsabilité politique des citoyens, se moque cyniquement de sa propre culpabilité morale (« les nazis ne sont pas mes chefs : je les ai subis », p. 882), et plus encore de toute culpabilité métaphysique[2] (procédant de « la solidarité indivisible », en droit du moins, de l'humanité). Frantz, à l'époque des procès de Nuremberg, niait que la culpabilité (criminelle) des chefs se puisse distinguer de celle (collective) du peuple allemand : tous innocents ou tous coupables, mais puisque la justice n'est que celle des vainqueurs, tous innocents ; c'est pratiquer ce que Jaspers appelle la « contre-attaque[3] ». Passant pour mort et se cachant, Frantz se soustrait *de facto* à sa culpabilité criminelle ; vivant tel un moine ou un ermite, extérieur à l'État, il tente de fuir la culpabilité politique ; hanté par la souffrance universelle — « Père, vous me faites peur : vous ne souffrez pas assez de la souffrance des autres » (p. 885) —, il éprouve la culpabilité métaphysique ; déchiré par sa culpabilité morale (tout acte que je commets reste en dernière instance individuel, même si j'obéis), il ne peut être jugé que par sa conscience, ou par l'autre, mais pour autant que celui-ci soit inspiré par l'amour[4] : d'où la justification philosophique de l'intrigue amoureuse avec Johanna, qui pour finir rendra une sentence de condamnation. Jusqu'alors Frantz avait multiplié les esquives, que là encore l'analyse de Jaspers détaille : esquive par la détresse extrême de l'Allemagne (le thème des orphelins de Düsseldorf), qui interdit de poser le problème de la culpabilité, par le martyre (Frantz figure son pays, qui expie pour tous), par la généralisation (tous les hommes sont coupables, et le Siècle, et l'Histoire, et Dieu).

1. *Die Schuldfrage* paraît en allemand en 1946, en français en 1948. Un compte rendu en est publié dans *Les Temps modernes* en juin 1948, p. 2284-2289. Sartre reconnaît sa dette à l'égard de Jaspers dans un entretien donné au *Spiegel* en mai 1960 (voir Autour des *Séquestrés d'Altona*, p. 1036).

2. P. Verstraeten voit justement en lui un « continuateur de la " Realpolitik " prussienne » (*Violence et éthique*, p. 147).

3. *La Culpabilité allemande*, Éditions de Minuit, 1948, p. 58.

4. Voir *ibid.*, p. 53 et 55.

FOLIE ET FANTASTIQUE

En termes de genre littéraire, vers quels modèles orientait la tension que nous venons d'analyser, entre histoire et mythe ? La réponse est simple : vers deux formes que Sartre en fait récuse, pour se tourner plutôt, en raison de l'importance qu'il accorde au thème de la folie, vers Pirandello et Genet.

La première des formes récusées, c'est le drame naturaliste. À bien des égards, la pièce pouvait paraître comme une enquête sur la société allemande, les trois décors en figurant trois moments historiques : Allemagne de Bismarck et de Hindenburg, Allemagne nazie et défaite de la chambre de Frantz, Allemagne reconstruite du bureau de Werner. Lisant un premier état de l'acte I, Simone de Beauvoir avait jeté un cri de déception : « C'est du Sudermann[1]. » Une fois la pièce jouée, *La N.R.F.* blâma sans nuances « un drame bourgeois, auquel ne manquent ni le *pater familias*, ni le fils raté, ni la fille incestueuse, ni la bru adultère[2] ». C'était ne voir ni « l'autodestruction du drame bourgeois[3] », ni la visée stratégique de cette allure naturaliste (d'ailleurs limitée aux actes I et III).

Autodestruction : le problème de la succession familiale est mineur, l'amour apparaît impossible entre tous les personnages, la légitimité de la bourgeoisie est violemment attaquée[4].

Visée stratégique et subtile : Sartre use d'une apparence de drame bourgeois naturaliste contre le drame bourgeois mythique (seconde forme récusée), qui serait celui d'un Ionesco et surtout d'un Beckett. Son dessein est à la fois de se réapproprier la thématique du « nouveau théâtre », qu'il pouvait non sans raison estimer avoir, en partie, formulée dès *La Nausée* (l'absurde, l'incommunicabilité, etc.), et de la réhistoriciser, en montrant dans quel type de société elle a pu prendre naissance. Sans mener ici une comparaison détaillée, recensons rapidement les points de contact (thématiques) entre le nouveau théâtre et *Les Séquestrés*. Ionesco : la pièce de Sartre s'ouvre sur les trois coups d'une pendule qui évoque peut-être celle de *La Cantatrice chauve*[5] ; elle fait voir un décor travaillé — tel celui d'*Amédée ou Comment s'en débarrasser* — par la prolifération (entassement de meubles au rez-de-chaussée, de coquilles d'huîtres à l'étage), comme le Père l'est par celle de son cancer et de son Entreprise ; elle ménage sa place à l'onirisme, avec les scènes-souvenirs et leur halo, ou les hallucinations de Frantz ; elle emploie, non sans dessein peut-être, l'expression de « tueurs à gages » (p. 942), puisqu'elle se termine par un monologue, écrit durant les répétitions, qui fait, à nos yeux d'aujourd'hui, pendant à ceux qui clôturent *Tueur sans gages* ou *Rhinocéros*[6]. Mais surtout, Beckett : se fermant par un monologue enregistré qui

1. *La Force des choses*, p. 475.
2. Dominique Fernandez, *La N.R.F.*, novembre 1959, p. 896.
3. R. Lorris, *Sartre dramaturge*, p. 267.
4. Pour Bernard Dort (« *Les Séquestrés d'Altona* », *Gazette de Lausanne*, 3 octobre 1959), la pièce montre « le crépuscule des bourgeois ».
5. Jean Pouillon en avait donné un compte rendu dans *Les Temps modernes* (juillet 1950), et Sartre en parle dans *Un théâtre de situations*, p. 205 et 415.
6. *Tueurs sans gages* est créé au théâtre Récamier le 27 février 1959. Le 28 novembre 1958, Ionesco donne au Vieux-Colombier une lecture de l'acte III de *Rhinocéros*.

fait songer à *La Dernière Bande*[1], la pièce s'ouvre en reprenant la situation de l'attente ; mais cette attente provient de ce que la société capitaliste allemande condamne l'homme à l'impuissance. Les analogies sont nombreuses aussi avec *Fin de partie* : Johanna refuse d'appartenir aux « esclaves-geôliers » (p. 874) d'un « tyran domestique », bref d'être le (ou la) Clov de Frantz/Hamm ; la chambre lugubre de Frantz ressemble fort au bunker-refuge de Hamm et sa famille ; le Père mourant joue une « partie » qui touche à sa fin, partie d'*échecs*, comme chez Beckett, avec comme grand coup Johanna envoyée chez Frantz, lequel se définit comme le roi des noirs, ce qui convient aussi à Hamm (si ce nom évoque Cham, fils de Noé et ancêtre de la race noire). Les calmants de Hamm deviennent les comprimés de Frantz, et tous deux ont en partage tant le sombre désir de « n'être jamais né » (p. 989) que l'obsession de la fin du monde.

Malgré cette parenté dans le désespoir[2], Sartre, contre le caractère anhistorique du pessimisme du nouveau théâtre, choisit de montrer un lieu et un moment historique précis, ce qui l'amène à recourir à la forme du drame naturaliste. On a déjà vu cependant comment il dépassait l'ancrage historique vers une portée mythique. De même il s'attache à pervertir le drame naturaliste : porteurs chacun de leur propre folie, Frantz et Johanna sont des personnages que Sartre anime en empruntant au théâtre de Pirandello ou de Genet.

Frantz IV.

Le *Caligula* de Camus, créé en septembre 1945, repris en 1950 (théâtre Hébertot) et en 1958 (Nouveau Théâtre de Paris), fournit à la pièce un contre-modèle. Pour l'avoir lu, ainsi que les comptes rendus que sa propre revue en avait publiés[3], Sartre, tout en appréciant le sens de l'anachronisme et l'humour noir de Camus, la « puissance de refus » (Jeanson) du personnage principal, pouvait s'être assigné trois objectifs : ne pas « dégager [le fou] de sa situation historique » (Ollivier) ; ne pas donner un « portrait théâtral » (toujours Ollivier) d'un fou, sans guère d'intrigue (« une suite de sketches », d'après Ollivier) ; ne pas oublier que la folie est aussi affaire de langage, dont elle fait vaciller la rationalité ou l'univocité (Caligula mime la folie mais celle-ci ne parle guère à travers lui). Il est inutile de revenir sur le premier point ; pour le deuxième, disons que Sartre noue une intrigue à la fois boulevardière et tragique (Leni désire Frantz qui désire Johanna qui est mariée à Werner qui veut l'affection du Père qui ne rêve que de revoir Frantz, son fils préféré,

1. Comme l'avait relevé Jean-Jacques Roubine, « Sartre e il " cinema nel teatro " », *Sartre e Beauvoir al cinema*, Sandra Teroni et Andrea Vannini éd., Florence, La Bottega del cinema, 1989, p. 66. On ne sait s'il y a là influence ou rencontre : la pièce de Beckett est publiée dans *Les Lettres françaises* en mars 1959 ; Sartre improvise la fin de son texte durant les répétitions.

2. Voir le compte rendu des *Séquestrés* par Pierre-Aimé Touchard : « Je ne pense pas que depuis *En attendant Godot*, nous ayons entendu une œuvre plus profondément, plus volontairement, plus totalement désespérée » (« Une pièce de Jean-Paul Sartre : *Les Séquestrés d'Altona* », *La Nef*, octobre 1959, p. 90).

3. Albert Ollivier avait rendu compte du *Caligula* de 1945 dans *Les Temps modernes* (nº 3, 1er décembre 1945) ; Francis Jeanson du *Caligula* et du *Henri IV* de 1950 dans le numéro 61, novembre 1950.

malgré Leni). Quant au troisième, notons que *Les Séquestrés* forme, avec *Les Mots*, le texte où Sartre fait le plus de place aux jeux verbaux : « mon siècle fut une braderie, dit Frantz, la *liquidation* de l'espèce humaine y fut décidée *en haut lieu* » (p. 903, nous soulignons) — sens commercial, guerrier, apocalyptique (un nouveau Déluge), allusion à l'extermination. On pourrait multiplier les exemples de cet affolement du langage[1].

Le modèle le plus prégnant des *Séquestrés* a été depuis longtemps identifié : l'*Henri IV* de Pirandello — « le plus grand dramaturge de ce début du siècle[2] » —, monté par les Pitoëff en 1925, et vu par Sartre à cette époque[3], repris en 1950 au théâtre de l'Atelier par Jean Vilar (qui jouait le rôle-titre). Comme Henri IV (d'Allemagne), Frantz est un simulateur victime de son propre mensonge, qui trouve à la fois folie et refuge dans le passé. Sur le plan dramatique, les deux pièces distribuent leurs personnages en deux groupes : ceux qui préservent la folie du héros (ainsi Leni), ceux qui tentent de l'y arracher, de lui faire retrouver la conscience du temps (Johanna, manipulée par le Père, et la montre qu'elle lui offre). Sur le plan de la dramaturgie, Sartre multiplie les jeux d'inspiration pirandellienne. D'emblée, les trois coups du lever de rideau sont redoublés par ceux de la « grosse pendule allemande », clair indice que dans la famille Gerlach prévaut la comédie affective. L'intrigue est métaphorisée, on l'a dit, comme une partie d'échecs, qui mettra mat le roi des noirs (Frantz). Bien des scènes sont régies par des schèmes de jeu internes (I, I : le jeu de l'attente, rituel familial éprouvé ; I, II : le Père comme manipulateur ou metteur en scène de sa famille ; I, IV : l'interrogatoire ; II, III : Frantz joue au magicien avec Johanna ; III, IV : Werner joue au soudard, lui dit sa femme ; IV, IX : le rituel de l'épreuve, etc.). Les proclamations de théâtralité, avec effet d'autodénonciation du spectacle, sont constantes : « Tout sonne faux ! Tout est forcé » (le Père, p. 876) ; « Ici, vous savez, nous jouons à qui perd gagne » (Leni, p. 892) ; « Es-tu sûre que cette comédie se donne pour la première fois ? » (Frantz, p. 908), etc. Et comme de juste, la folie de Frantz est profondément un trouble d'identité : « Je *suis* Goering » (p. 882).

En ce qui concerne Leni et surtout Johanna — avec les jeux sur la beauté comme irréalité, voire comme mort, sur l'absence, les reflets —, on songe au théâtre de Jean Genet : après tout, le dispositif essentiel des actes II et IV (dans une chambre, un homme accueille une femme qui joue avec lui les comédies qu'il désire, et la comédie du désir) n'est guère différent de celui du *Balcon* (1956) avec son bordel[4] ; Frantz, qui s'adresse aux crabes des balcons et dit faire la putain, est aussi, comme les personnages de Genet, obsédé par toutes les formes de la trahison, et très

1. Voir ainsi les expressions « Entrons dans le vif du sujet » (p. 865), « rectifiée » (p. 866), les bobines filmiques, chargées de fixer la *bobine* morale de Frantz, « Voyons l'épreuve » = les preuves (p. 977), etc. — Il faut rapprocher ces jeux verbaux, quand ils sont placés dans la bouche de Frantz, ce qui est le cas le plus fréquent (mais pas le seul), des analyses de *L'Imaginaire* sur l'absurdité des systèmes hallucinatoires, où foisonnent coq-à-l'âne et calembours (Gallimard, 1940, p. 201 et 203).

2. Entretien avec B. Dort, janvier 1979, *Un théâtre de situations*, p. 245.

3. Conversation avec M. Contat. Voir Bernard Dort, « Pirandello et le théâtre français », *Théâtre public, 1953-1966*, Le Seuil, 1967.

4. Voir Robert Lorris, « *Les Séquestrés d'Altona* : terme de la quête orestienne », *The French Review*, vol. XLIV, octobre 1970, p. 5-6 : « Frantz se trouve dans le cas des pensionnaires de madame Irma dans *Le Balcon* de Genet : il joue le rôle de la grandeur et de la puissance dans un cadre avilissant. »

soucieux des *rituels*[1] qui protègent sa folie et pourraient l'assurer dans sa relation à Johanna.

Par-delà Pirandello et Genet, Sartre retrouve toute une pente baroque qui lui est chère, aux vertus théâtrales incontestables ; il essaie aussi de retourner, en le portant à l'extrême et à l'excès, un principe mystifiant (la fascination par l'acteur, source capitale de la théâtralité à ses yeux[2]), afin que le spectateur se retrouve dans une relation démystifiante au spectacle (qu'il perçoive par exemple, grâce au « surjeu » fou et cérémonieux de Reggiani au monocle cranté, toute la mauvaise foi de Frantz) ; il prolonge enfin une interrogation, d'ordre philosophique et théâtral à la fois, qu'il conduit depuis longtemps sur l'irréalité.

La folie sur scène.

Portant la folie à la scène, Sartre en effet pense selon un quadruple horizon conceptuel. Celui du sens commun, tout d'abord : développant le cliché « c'est une famille de fous », le texte, montrant que tous les personnages oscillent entre folie et raison, défait — comme déjà la nouvelle « La Chambre[3] » — l'opposition trop simple du normal et du pathologique : la folie est une situation extrême mais qui peut aussi faire notre ordinaire.

Celui ensuite de *L'Imaginaire* : dans un espace et un temps où le réel à l'irréel se mêle, Frantz est très proche du « rêveur morbide » ou du « schizophrène » décrit dans le traité de 1940, il souffre de « psychose d'influence » ou de « psychose hallucinatoire chronique[4] ». Mais cette soumission à des voix autres ne doit pas faire oublier que par la folie, à demi feinte, c'est aussi un fantasme de toute-puissance que Frantz cherche à assouvir.

Celui encore de *Saint Genet* : dans une situation bloquée, pas d'autre solution que l'irréalisation du verbe, un passage à l'imaginaire dans et par le langage, ce qui explique les accents lyriques des propos de Frantz ; pour oublier qu'il a été tortionnaire, il se fait poète et s'adresse follement à ce témoin imaginaire qu'est la postérité[5]. Mais il y a plus peut-être : à travers les deux personnages féminins, Sartre conduirait, allégoriquement, une méditation sur deux visages possibles de l'art[6]. D'un côté,

1. Jean-Jacques Roubine (« Sartre entre la scène et les mots », *Revue d'esthétique*, numéro hors série : *Sartre/Barthes*, 1991, p. 67) soulignait combien cette notion de rituel devait à la théorie dramaturgique de Genet, telle que l'expose par exemple la lettre à Pauvert publiée en préface à une édition des *Bonnes*, Jean-Jacques Pauvert, 1954.

2. Voir *ibid.*, p. 61-63.

3. Pour une comparaison entre « La Chambre » (*Le Mur*) et *Les Séquestrés*, voir John K. Simon, « Madness in Sartre : Sequestration and the Room », *Yale French Studies*, nº 30, 1963.

4. *L'Imaginaire*, p. 189 et 205-206. Voir aussi Rhiannon Goldthorpe, « *Les Séquestrés d'Altona* : Imagination and Illusion » (1974), *Sartre : Literature and Theory*, Cambridge, Cambridge University Press, 1984 ; et Jean-François Louette, « L'Expression de la folie dans *Les Séquestrés d'Altona* » (1993), *Silences de Sartre*, Toulouse, Presses universitaires du Mirail, 2002.

5. Du coup, « Frantz représente une évolution intéressante du héros sartrien. Pour éviter le regard d'autrui, habilement il le quémande en orientant son jugement », note R. Lorris (*Sartre dramaturge*, p. 262).

6. Nous empruntons cette idée à Heinrich Lausberg (*Interpretationen dramatischer Dichtungen. Albert Camus, « Les Justes ». Jean-Paul Sartre, « Les Séquestrés d'Altona »*, Munich, Max Hueber Verlag, 1962, p. 181-193), mais ajoutons le rapprochement avec *Saint Genet.*

Leni qui ment (sur l'Allemagne) par égoïsme (pour garder Frantz) représenterait ainsi un art fait de mensonge vital, qui donne à son public (Frantz) ce qu'il attend sans le heurter. De l'autre, Johanna, la belle actrice, figurerait un type d'art auquel est assignée la fonction même que Genet (ou *Saint Genet*) lui accorde : dire la vérité par une multiplication de mensonges qui s'autodétruisent.

Enfin, portant la folie à la scène, Sartre se propose aussi de déporter la psychanalyse vers le théâtre. S'étant replongé dans l'œuvre de Freud pour les besoins du *Scénario Freud*, Sartre emprunte à la psychanalyse : 1) un principe de construction, celui de la « viscosité » de la libido (*Introduction à la psychanalyse*), d'où le ressassement des monologues de Frantz ; 2) un système symbolique (Johanna lançant son soulier contre le portrait de Hitler, c'est à la fois une parodie du geste de Prouhèze dédiant son soulier de satin à la Vierge, et, en vertu de l'équivalence freudienne entre soulier et sexe féminin, un renoncement à la sexualité, ainsi que Frantz le veut d'elle) ; 3) une interrogation sur la relation d'objet : Sartre fait du Père manipulateur une transparente représentation du vieux Freud (les cigares, le cancer) ; de Leni une hystérique, sans doute victime, telle la petite Dora des *Cinq psychanalyses*, d'une séduction infantile, comme le suggère le geste insistant des caresses paternelles sur ses cheveux, repris par le frère incestueux[1] ; de Frantz un paranoïaque qui souffre d'un « désir de possession homosexuelle par le père[2] », et donc, comme le célèbre président Schreber, se fantasme en femme de Dieu.

Le recours à la psychanalyse sert divers desseins. Tout d'abord, il s'impose dans la mesure où se nouent en Frantz « malaise historique » à l'égard de la génération de ses chefs et « malaise personnel » à l'égard de son père, dont l'autorité a produit une « castration séquestrante[3] ». D'autre part, le patient (le fils) apparaît comme la victime de l'analyste (le Père) : Frantz, façonné à l'image du vieux Gerlach, ne s'en libérera jamais, et Sartre suggère ainsi que la psychanalyse enferme dans l'infantilisation. Enfin, s'il construit *Les Séquestrés* comme un jeu de citations, une accumulation de fantasmes empruntés aux textes fondateurs et *joués* par un manipulateur, une hystérique et un paranoïaque pirandelliens, c'est afin de distancier la psychanalyse par la théâtralité, de montrer que l'autre scène (de l'inconscient) est aussi une scène — n'est qu'une scène ?

Le fantastique.

La référence à la psychanalyse commande pour partie l'un des dispositifs dramaturgiques essentiels de la pièce, celui du flash-back[4]. Il s'agit avant tout d'un procédé de type cinématographique. Or le cinéma est pour Sartre l'art le plus apte à dire l'intériorité de la conscience[5]. Donc,

1. O. Pucciani (« *Les Séquestrés d'Altona* of J.-P. Sartre », p. 95) note que l'inceste est latent entre tous les membres de la famille, s'appuyant sur le dégoût du Père pour Werner, et sur cette réplique de Johanna à propos de Werner et Frantz : « Chacun cherche sur moi les caresses de l'autre » (p. 954).

2. Josette Pacaly, *Sartre au miroir : une lecture psychanalytique de ses écrits biographiques*, Klincksieck, 1980, p. 278.

3. P. Verstraeten, *Violence et éthique*, p. 148 et 152.

4. Voir la Notice des *Mains sales*, p. 1384.

5. Sartre écrit dans un carnet de 1924 : le film « coule, sans s'arrêter, comme l'esprit. Accompagné de la musique qui est ce qui ressemble le plus à une âme : le film est une

pour exprimer cette conversation si intime entre le père et le fils, qu'elle n'est à la rigueur que le débat interne à une seule conscience (« Je n'aurai rien été qu'une de vos images », dit Frantz, p. 989), pas de meilleur moyen que d'introduire du cinéma dans le théâtre. Mais du coup, les flash-back, moments de confession et d'anamnèse, représentent des fragments de psychanalyse[1]. Le procédé a d'autres avantages : l'ouverture de la temporalité vers le passé, substitut d'une exposition classique ; l'assurance d'une participation forte de la part du spectateur, allant jusqu'à l'identification — c'est selon Sartre toujours le cas en face d'une image de type cinématographique[2], et c'est nécessaire puisque toute la pièce tourne autour de la fascination pour la figure du chef ; l'allégement, par le halo d'irréalité qui baigne ces scènes, de tout l'acte I, long et suspect d'être lourd ; et enfin la création d'une atmosphère fantastique. Arrêtons-nous un instant sur ces deux derniers points, d'ailleurs liés.

L'irréalité : Jean-Jacques Roubine, dans l'une des trop rares études consacrées à la dramaturgie de la pièce[3], a montré comment la chambre de Frantz, à la fenêtre murée, pouvait apparaître comme un studio de tournage, où s'élabore un film inachevable ; Frantz y transforme sa vie en un mélange de réel et de fiction, en une autofiction cinématographique. Et d'abord l'espace même qui l'entoure : c'est ainsi qu'un mur de sa chambre devient celui auquel s'adosse une Allemande mutilée. Son passé : d'où les scènes-souvenirs, et il est capital, à cet égard, que Frantz les nomme à la fois des souvenirs et des rêves, ou des cauchemars. Plus généralement, tout son rapport à l'Histoire s'irréalise, puisque celle-ci s'inscrit sur une vitre-écran, qui en ressuscite ou en efface les moindres instants à volonté. Dès lors, c'est la vie tout entière de Frantz qui se réduit à une pure gesticulation, une triste simulation. D'un film qui s'intitulerait « Procès de l'humanité » il est à la fois le réalisateur (mettant en scène Leni ou Johanna), le spectateur (jamais satisfait), et bien sûr l'acteur, qui s'adresse à trois publics (sans compter celui de la salle) : dans le passé Hitler (ou plutôt son portrait au mur), dans le présent Leni ou Johanna, dans le futur les crabes. La fonction de ce « cinéma » que « fait » Frantz est double : en (se) créant une vie substitutive, annuler le présent insupportable, irréaliser le temps (et le crime passé), le réorganiser, le rendre réversible ; il s'agirait aussi de se ménager un espace qui échappe à la Loi du Père, celle du réel, de la Faute, l'espace d'une fusion régressive avec des figures féminines, Leni, Johanna, voire la mère morte, que la pièce n'évoque qu'une fois.

La pièce se présente dès lors comme un espace de métamorphoses : annulation du présent, recréation du passé, pour se masquer une autre et terrible métamorphose — la référence à Kafka est suggérée par Frantz lui-même, qui revendique le triste honneur d'avoir, en torturant, « chang[é] l'homme en vermine *de son vivant* » (p. 982). Ou bien l'homme

conscience » (*Écrits de jeunesse*, Gallimard, 1990, p. 446) ; voir dans le même volume « Apologie pour le cinéma », p. 390. Voir aussi *Les Mots*, p. 101.

1. Voir M. Fields, « De la *Critique de la raison dialectique* aux *Séquestrés d'Altona* », p. 625 : « Dans les évocations du passé, nous revivons comme à une séance de psychanalyse les expériences de jeunesse de Frantz. »

2. Voir « Théâtre et cinéma » (1958), *Un théâtre de situations*, p. 93-98.

3. Voir « Sartre e il " cinema nel teatro " ».

en crabe : Frantz leur parle, et par trois fois en lui le crabe affleure sous l'homme, dans la deuxième scène de l'acte IV, avant que la métamorphose ne s'accomplisse, lorsque Leni a tout révélé de son crime.

Fantastique, donc, de l'humanité saisie par l'animalité ; mais aussi fantastique du double : Werner en double affadi de Frantz, Leni en double incestueux de son frère, Johanna entrant dans la folie de Frantz comme Leni, et déclarant qu'elles sont « sœurs jumelles » (p. 942), Frantz absorbé par celui qui l'a engendré, le Père se confondant avec l'Entreprise... C'est ce qui expliquerait une certaine uniformité du langage des personnages, parfois reprochée à la pièce.

Fantastique enfin d'un autre entre-deux : entre vie et mort, dans une « *lumière verdie* » (p. 979), dans un temps qui est celui de l'imminence de l'apocalypse (« ce soir l'Histoire va s'arrêter. Pile ! L'explosion de la planète est au programme », p. 949). La pièce en effet met aux prises des morts vivants. Le Père vit en sursis, dans l'ombre déjà de sa mort si proche ; Frantz est censé être mort en Argentine ; morte est sa voix enregistrée dans une « *petite valise noire et carrée* » (p. 979), un cercueil en miniature ; Johanna, Frantz la prend pour la Mort, et Werner se plaint de n'avoir « possédé que son cadavre » (p. 947)... Or les scènes-souvenirs, Sartre précise qu'elles se jouent dans une « *zone de pénombre* », et qu'il s'agit d'une « *évocation* » (p. 880) : appel aux morts, afin qu'ils sortent de leurs tombes — comme déjà dans *Les Mouches*.

En ce sens, *Les Séquestrés* ressortit au « théâtre-testament », celui qui procède d'une « attitude nettement rétrospective, quasi posthume, devant la vie et les conflits qu'elle engendre[1] ».

EXTERMINATION ET TRAGÉDIE

Une telle fascination pour la mort s'explique par un autre aspect du projet de Sartre : donner la tragédie du XXe siècle, dans le cadre d'un théâtre concentrationnaire.

Un théâtre concentrationnaire.

Frantz estime que les alliés vainqueurs ont pour projet « l'extermination systématique du peuple allemand » (p. 882) : clair discours de compensation et de dissimulation des crimes nazis contre les juifs. C'est bien d'eux qu'il est question à la scène III de l'acte IV, lorsque Frantz voit s'éclairer l'affiche « Les coupables, c'est vous ! », celle-là même que les Alliés avaient placardée un peu partout en Allemagne après avoir découvert les atrocités du camp de Bergen-Belsen[2]. Mais pour Frantz ces crimes sont d'autant plus amers qu'il a cherché à s'en excepter, en protégeant, en 1941, un rabbin polonais évadé du *Lager* construit sur les terrains vendus par le Père. Puis, devenu soldat et tortionnaire, il les a intériorisés et s'en punit d'une peine d'autoséquestration. De fait, très

1. Jean-Pierre Sarrazac, *Théâtres du moi, théâtres du monde*, Éditions médianes, 1995, p. 119-120.
2. Sartre avait lu les pages de Louis Martin-Chauffier sur « L'Enfer de Bergen-Belsen », *L'Homme et la Bête*, Gallimard, 1947 (voir notamment « Par-delà le croyable », p. 228-232). Un extrait de cet ouvrage était paru dans *Les Temps modernes*, n° 26, novembre 1947, sous le titre « Le Mois de la pire souffrance », avec pour sous-titre « L'Épreuve de la haine ».

paradoxalement — et cela peut choquer —, Frantz est à la fois un bourreau et une victime : le déshonneur du bourreau le force à se transformer en séquestré d'honneur. C'est bien l'univers concentrationnaire (malgré les huîtres et les bouteilles de champagne) qu'évoque le décor décrit au début de l'acte II : chambre délabrée, lit sans draps ni matelas, pancartes au mur (« Il est défendu d'avoir peur » évoque les célèbres « *Arbeit macht frei* » ou « *Eine Laus, dein Tod* » des camps nazis). Quand Frantz, après avoir parlé avec son père, revient d'entre les morts, arrachant le crêpe qui barrait sa photographie, c'est pour se donner la mort, comme tant de rescapés des camps. Son monologue final est hanté de thèmes concentrationnaires : la solitude et la difformité, la mort de faim, l'effort pour se cacher, les coups, l'espèce carnassière et humaine, la légitimation de la violence par la menace supposée d'un péril, le cannibalisme, la nudité douloureuse... Voilà une part essentielle de l'horreur du siècle.

Souvenons-nous, à ce point, en pensant au cinéma de Frantz, que *Nuit et brouillard* d'Alain Resnais date de 1956 ; et gardons-nous, surtout, d'oublier le constant intérêt des *Temps modernes*, dès 1945, pour la tragédie concentrationnaire[1].

On pourrait dès lors rapprocher *Les Séquestrés* et l'« art lazaréen », ou « concentrationnaire[2] », tel que Jean Cayrol l'a défini dans son article, « D'un romanesque concentrationnaire », publié dans *Esprit* en septembre 1949, et repris dans *Lazare parmi nous* en 1950. Estimant que par-delà les victimes directes « le psychisme européen et même mondial » est désormais marqué par « le concentrationnaire », Cayrol suggère que l'art peut « se renouveler par [une] intime filiation avec cette effervescence démoniaque[3] ». Sartre propose quant à lui un théâtre concentrationnaire *mais anti-lazaréen*[4]. À la différence de Cayrol, il ne maintient ni l'espoir d'une résurrection (ce que disait le nom de Lazare, dont l'histoire a souvent été lue comme annonce de la résurrection du Christ), ni l'espoir d'un salut par l'amour ; d'où le suicide du haut du Teufelsbrücke, le pont du Diable : par cette chute mortelle dans l'Elbe, Dieu le Père sera rendu à sa vérité profonde, qui est d'être le diable. La pièce se veut une contre-théodicée.

Un tel univers concentrationnaire demande aussi la résurrection d'une forme, ou d'un genre : la tragédie.

La tragédie du siècle.

Il est clair que *Les Séquestrés*, avec son héros profondément contradictoire, son alliance de grotesque et de sublime, est plus proche de la tragédie de type shakespearien ou du drame romantique (que Hugo conçoit sur le modèle anglais), que de la tragédie racinienne.

On notera en ce sens plusieurs affleurements de l'autoparodie, Sartre

1. Citons par exemple l'article anonyme signé Unger, « Sélection », n° 3, décembre 1945 ; David Rousset, « Les Jours de notre mort », mars et avril 1946 ; ou encore Jean Cayrol, « Les Rêves concentrationnaires », septembre 1948.

2. Un tel rapprochement a été esquissé par Victor Brombert, « L'Insaisissable Camp », *La Prison romantique : essai sur l'imaginaire*, José Corti, 1975.

3. *Lazare parmi nous*, Le Seuil, 1950, p. 69-70.

4. Voir Jean-François Louette, « *Les Séquestrés d'Altona* et l'Allemagne », *Recherches et travaux*, Grenoble, n° 56, 1999.

revenant sur *Les Mouches*[1], *Huis clos*[2], *Morts sans sépulture* (peut-on montrer des corps torturés ?), *Les Mains sales* (le vieux Gerlach et Hoederer, Frantz-Hugo et ses mains qui tremblent[3]), *Le Diable et le Bon Dieu* (Frantz est un Gœtz déchu, d'après la guerre faite[4]). Encore plus que de s'amuser, de faire sourire et d'intriguer[5], s'agit-il là d'un souci d'autocritique, et du dessein de montrer l'évolution d'un théâtre et d'une pensée.

Il reste que les ruptures de ton foisonnent dans le texte de Sartre (« Le vieil Hindenburg va crever », p. 863), ou les mots de Boulevard (sur l'inceste : « [...] c'est ma façon de resserrer les liens de famille », p. 926), bien à leur place au théâtre de la Renaissance ; Boulevard à quoi ressortissent encore, prises d'un peu loin, certaines situations : les cinq à sept de Frantz avec Leni puis Johanna, la scène de ménage entre Werner et Johanna à l'acte III, Johanna amenée par deux fois à se cacher de Leni dans la salle de bains... Les effets comiques ne sont pas absents de la pièce : Frantz joue au malade imaginaire, au magicien, ses médailles de « héros lâche » sont en chocolat... Et puis les personnages rient, surtout Leni, parfois Johanna.

Cependant *Les Séquestrés* ne relève pas d'un théâtre de dénonciation burlesque. La référence générique qui vient le plus naturellement à l'esprit, c'est bien celle du drame romantique[6] : Frantz serait un « Lorenzaccio nazi[7] », et *Les Séquestrés* tourne autour des mêmes thèmes que la pièce de Musset — l'action historique et le mal, l'impossible pureté, le rapport douloureux aux figures paternelles (voir Lorenzo et Philippe Strozzi), la folie, le suicide aquatique... Ajoutons à cela telle déclaration de Sartre — en 1946 il est vrai —, selon laquelle « la tragédie, pour nous, est un phénomène historique qui triompha entre le XVIe et le XVIIIe siècle et nous n'avons aucun désir de le ressusciter[8] » : vaut-il la peine de s'obstiner à voir dans *Les Séquestrés* une tragédie moderne ?

1. René Girard lit *Les Séquestrés* comme « exégèse négative des *Mouches* » (« À propos de Jean-Paul Sartre : rupture et création littéraire », *Les Chemins actuels de la critique*, G. Poulet éd., Plon, 1967, p. 397) : Égisthe (joint à Jupiter, ajouterions-nous) devient le Père, Oreste se mue, désillusionné, en Frantz, Électre en Leni (deux esclaves dans la maison paternelle), mais la révolte contre le Père est vaine, et le frère ne parvient plus à échapper à sa sœur, qui est son double. Voir aussi H. Gouhier, « Intrigue et action : de B. Shaw à J.-P. Sartre », p. 176 ; et R. Lorris, « *Les Séquestrés d'Altona* : terme de la quête orestienne » et *Sartre dramaturge*, p. 287.

2. Voir R. Lorris (« *Les Séquestrés d'Altona* : terme de la quête orestienne », p. 6) : « À la méchanceté torturante d'Inès il unit l'intellectualisme impuissant de Garcin et l'impossibilité d'exister par soi-même d'Estelle ; [...] il est la somme négative de tous les héros qui ont succédé à Oreste. »

3. Pour R. Lorris, *Sartre dramaturge*, p. 271, « Hugo cherchait à justifier, à récupérer son acte, Frantz ne cherche qu'à l'éliminer. »

4. P. Verstraeten (*Violence et éthique*, p. 180-184) note comment l'itinéraire de Gœtz (faire le mal, faire le bien, ascétisme, choix de l'efficacité sanglante) est répété et inversé par celui de Frantz (faire le bien, faire le mal, séquestration ascétique, impuissance), inversion qu'avait déjà repérée H. Gouhier (« Intrigue et action : de B. Shaw à J.-P. Sartre », p. 176).

5. Jeremy Palmer (« *Les Séquestrés d'Altona* : Sartre's Black Tragedy », *French Studies*, vol. XXIV, avril 1970, p. 150) note ainsi que la pièce déconcerte dans la mesure où les personnages semblent « jouer à l'existentialisme ».

6. Le spectateur « se demande si l'existentialisme doit conduire à pasticher le père Hugo dans ses pires égarements », écrit Robert Bourget-Pailleron dans la *Revue des deux mondes*, 15 octobre 1959, p. 728.

7. Gilles Sandier, « Socrate dramaturge », *L'Arc*, n° 30 : *Jean-Paul Sartre*, 1966, p. 77.

8. « Forger des mythes », *Un théâtre de situations*, p. 58.

Les années 1950 replacent au premier plan de la réflexion littéraire les catégories de tragique et de tragédie[1]. Mais on doit surtout noter comment le discours de Sartre sur sa propre pièce oriente systématiquement vers la tragédie ; et souvenons-nous que pour l'école d'art dramatique de Dullin, il avait fait un cours sur ce genre, ce qui dut bien le conduire vers diverses lectures. Repartons d'une définition classique : « Une pièce de théâtre qui représente une action grande et sérieuse entre des personnes illustres [...][2]. » Or, « [d]es millions de juifs morts dans les camps, dans les fours crématoires, voilà le nazisme. Il était impossible de montrer sur le mode comique des choses qui évoquent cela[3] ». Et impossible aussi de rire de la torture, qui est au fond du passé de Frantz. Illustres sont les personnages : « J'ai fait exprès de prendre ces von Gerlach, c'est-à-dire une grande famille industrielle, à demi noble ou qui a été anoblie pendant le IIe Reich[4] », sous Guillaume II. Le théâtre psychologique a « manqué la volonté, le serment, la folie d'orgueil qui sont les vertus et les vices de la tragédie[5] » : on les retrouve au cœur des *Séquestrés*.

Si l'on prend donc le parti de lire *Les Séquestrés* comme une tragédie moderne[6], on notera d'abord comment la structure de la pièce se conforme à un modèle tragique. Nos pièces, disait Sartre, « obéissent à une sorte de “ règle des trois unités ” qui n'a été qu'un peu rajeunie et modifiée[7] ». Comme le titre l'indique, tout se passe à Altona, dans la maison, divisée en deux étages[8], et dans la famille : huis clos tragique. Le temps est resserré (une semaine, à l'intérieur de laquelle les scènes-souvenirs permettent de concentrer une temporalité plus ample), et saisi au moment de la catastrophe[9] (imminence de l'arrivée du Père, imminence de sa mort, urgence à réaliser son ultime désir). L'action est commandée par la Faute tragique : la torture pour Frantz — « faute absolue », dit Sartre[10] —, ou pas assez de torture, si l'on en croit la vieille femme allemande ; pour Johanna, l'orgueil de sa beauté et un mariage de résignation ; l'amour excessif de la famille pour Leni ; le cynisme sans limites du Père... Cette même action lie les personnages selon le principe de la chaîne tragique : dans ce *Huis clos* agrandi, les cinq personnages se tiennent les uns les autres, s'aiment sans réciprocité, refusent tout

1. Voir Henri Gouhier, *Le Théâtre et l'Existence* (1952), Vrin, 1991 ; Paul Ricœur, « Sur le tragique », *Esprit*, mars 1953 ; et Camus, « Sur l'avenir de la tragédie » (1955), *Théâtre, récits et nouvelles*, p. 1701-1711.
2. *Dictionnaire de l'Académie*, 1694.
3. Entretien avec B. Dort, 4 janvier 1960 ; Autour des *Séquestrés d'Altona*, p. 1018.
4. *Ibid.*, p. 1017.
5. « Pour un théâtre de situations » (1947), *Un théâtre de situations*, p. 19.
6. Voir Philip Thody, *Les Séquestrés d'Altona*, Londres, University of London Press, 1965, p. 30 ; J. Palmer, « *Les Séquestrés d'Altona* : Sartre's Black Tragedy », p. 160-161 ; et R. Lorris, *Sartre dramaturge*, p. 261, 265, 273. En revanche M. Contat note que « par le fait même que cette tragédie est historique », donc liée à une situation « transitoire, c'est-à-dire *surmontable* », elle est « en définitive, plus optimiste que *Huis clos* » (*Explication des « Séquestrés d'Altona » de Jean-Paul Sartre*, p. 19).
7. « Forger des mythes », p. 66.
8. Entre lesquels l'alternance forme « un symbole immédiat et puissant de l'oscillation entre deux vérités opposées » (M. Fields, « De la *Critique de la raison dialectique* aux *Séquestrés d'Altona* », p. 622).
9. « En projetant dès la première scène nos protagonistes au paroxysme de leurs conflits, nous recourons au procédé bien connu de la tragédie classique, qui s'empare de l'action au moment même où elle se dirige vers la catastrophe » (« Forger des mythes », p. 66).
10. *Un théâtre de situations*, p. 372.

compromis. Conformément à l'analyse hégélienne de la tragédie antique (dans son *Cours d'esthétique*), ils sont déchirés par des conflits de droits, qui se déploient sur un plan à la fois privé (« Il a des droits sur vous ? Je regrette, mais j'en ai, moi aussi », dit Frantz à Johanna, p. 951) et éthique : on pourrait opposer la sphère de la famille, en un sens large (réalisme lucide et cynique du Père, amoralisme révolté de Leni — Antigone dégradée, sans autre amour que pour son frère —, nationalisme extrême de la vieille Allemande), et la sphère de l'universel : humanisme moraliste de Johanna, idéalisme du jeune Frantz, qui devient bel et bien un héros tragique selon Hegel, à la fois coupable et innocent (ses soldats auraient de toute façon torturé les partisans), bourreau et victime, juge et accusé, procureur et avocat[1]. Du coup s'expliquerait qu'on ait parfois pu reprocher au spectacle une « logique désincarnée[2] ». Les personnages enfin se dirigent vers une issue funeste pour tous : après la catastrophe, Frantz et son père se donnent la mort ; Leni se séquestre à la place de Frantz[3] ; à Johanna et Werner ne restent que les ruines de leur mariage. Autant de personnages, autant d'échecs.

On pourrait introduire une première objection : comment un théâtre de la liberté pourrait-il être tragique ? À quoi voici trois réponses. Tout d'abord, Sartre avec *Les Mouches* prétendait déjà proposer une « tragédie de la liberté[4] » : peut-être a-t-il cependant plutôt écrit un drame, à en croire le sous-titre de la pièce. Ensuite, on a pu soutenir — en 1952, par exemple — qu'il n'y a « pas de tragédie sans liberté », faute de quoi le monde représenté serait non pas tragique mais déterministe[5]. Enfin, si *Les Séquestrés* fait une part à la liberté, il la réduit à l'extrême, puisqu'il en met en doute la condition de possibilité, ou la forme de réalisation — à savoir le choix sensé. Pour Werner, comment choisir entre père et épouse ? Pour Johanna, choisir Werner fut un mariage-enterrement ; « je ne choisis jamais, ma pauvre amie ! Je suis choisi », clame Frantz (p. 923), qui se trouvera coincé entre l'impuissance et la cruauté ; le Père avoue que c'est l'Entreprise qui « choisit ses hommes » (p. 988). Entre la liberté et la situation ou le « pratico-inerte », la balance penche désormais du second côté. *Les Séquestrés* est dans le théâtre de Sartre la tragédie de la liberté devenue douteuse, de la responsabilité minée par la folie, de la morale demeurée introuvable, malgré les promesses faites à la fin de *L'Être et le Néant*. Désormais la revendication de responsabilité (« j'ai pris le siècle sur mes épaules », p. 993) est troublée par les sursauts de l'égarement (signalés par les récurrents « hein quoi ? »), qui

1. Voir Jean Lacroix, « *Les Séquestrés d'Altona* ou le Tragique moderne », *Cahiers de l'Institut de science économique appliquée*, n° 147, mars 1964, p. 121-122.

2. C'est l'expression de Bertrand Poirot-Delpech, à qui Colette Audry répondait en invoquant le modèle de la tragédie grecque (« *Les Séquestrés d'Altona*. Débat sur la pièce de J.-P. Sartre », *Recherches et débats du Centre catholique des intellectuels français*, n° 32, septembre 1960, p. 59-62).

3. Pour R. Girard (« À propos de Jean-Paul Sartre : rupture et création littéraire », p. 404), Sartre, « affirmant l'identité du père tyran et du fils révolté, l'identité des frères ennemis », se serait « rapproché de la tragédie mythique », qui reposerait sur « la parenté et la proximité des individus », « la répétition de l'identique, le malheur où chacun retombe par sa volonté même de le briser ».

4. Voir le prière d'insérer des *Mouches*, Autour des *Mouches*, p. 72.

5. Henri Gouhier, *Le Théâtre et l'Existence*, p. 49 et suiv. — Du même auteur, Sartre avait au moins lu *L'Essence du théâtre* (Plon, 1943), auquel il se réfère dans « Le Style dramatique », p. 22.

forment peut-être aussi une conduite de fuite, et l'impossibilité d'agir mène au pessimisme le plus absolu : six mois de vie, selon le Père, « c'est trop court pour croire à quoi que ce soit » (p. 877) ; Frantz, célébrant la messe du nihilisme, déclare : « Je bois à rien » (p. 973), et devra entendre son Père lui assener : « Tu n'es rien, tu ne fais rien, tu n'as rien fait, tu ne peux rien faire » (p. 988).

Le pratico-inerte — l'Entreprise et l'opacité de l'Histoire — constituerait donc la forme moderne de la fatalité. Oui, mais d'une fatalité par trop immanente : seconde objection contre la lecture des *Séquestrés* comme tragédie, si, ainsi que le voulait Henri Gouhier, pour qu'il y ait grandeur et tragédie, grandeur de la tragédie, la liberté doit être mise en présence d'une transcendance, définie comme un « au-delà du monde sensible » (où se déroule l'action), et des « volontés que manifeste " l'animal raisonnable "[1] ». À quoi, là encore, on pourrait répondre triplement. Tout d'abord, à bien des égards, le modèle de Sartre est Corneille, qui en un sens inscrit la transcendance dans l'homme, sous la forme de la grandeur — telles sont les questions qui obsèdent Frantz : comment ne pas manquer la grandeur, comment exister si elle se révèle hors d'atteinte, vous laissant dans « l'horreur de vivre » (p. 947). Ensuite, on repère dans *Les Séquestrés* au moins deux instances transcendantes (qu'Henri Gouhier eût en tout cas admises pour telles). D'un côté, l'Histoire, dépassant toute conscience individuelle, fonctionnant comme une « transcendance anonyme et muette[2] ». De l'autre, le Père, figure de la nécessité à laquelle le monde vous confronte[3], ou Dieu mauvais dont le fils, simple hypostase[4], est sacrifié comme un Christ, mais voué *au mal* par son père : « Vous aurez été ma cause et mon destin jusqu'au bout », dit Frantz (p. 990), c'est-à-dire jusqu'au bout de l'horreur. Enfin, l'absence de cette forme, parmi d'autres, de transcendance qu'est le divin, au sens strict, ne fait que renforcer le tragique, aux yeux de Sartre. Les séquestrés n'ont plus la foi : « Et l'appel d'en haut dissimule, pour eux, un appel à ce Dieu auquel ils ne croient plus. [...] J'ai voulu que l'on pense sans cesse à un Dieu qu'ils n'ont plus pour les caractériser à la fois comme des protestants, et comme des gens de notre époque[5] », c'est-à-dire des temps où Dieu est mort. Mais dès lors, pas de juge ultime et sûr, jamais de suppression de l'ambiguïté déchirante qui caractérise nos actes. Le sort infortuné de Frantz, en effet, ne dépend ni d'une perversité monstrueuse qui lui serait innée, ni d'un destin aveugle, mais apparaît — et Schopenhauer voyait là le meilleur type de tragédie, et le plus difficile —, « comme une suite aisée, naturelle et presque nécessaire de la conduite et des caractères humains », produisant « des actions que nous-mêmes serions peut-être capables de commettre[6] » ; de même les malheurs de Leni, de

1. *Le Théâtre et l'Existence*, p. 35.

2. *Ibid.*, p. 45 : c'est ce type de transcendance qui rendrait possible l'existence d'un « tragique de l'absurde », dont il est discuté à propos du *Malentendu* de Camus (1944). — On méditera aussi cette phrase de Camus, *L'Homme révolté* ; *Essais*, Bibl. de la Pléiade, p. 572 : « L'avenir est la seule transcendance des hommes sans Dieu. »

3. Voir M. Contat, *Explication des « Séquestrés d'Altona » de Jean-Paul Sartre*, p. 23.

4. Voir Colette Audry, « La Situation de l'héritier dans le théâtre de Sartre », *Le Théâtre tragique*, Jean Jacquot éd., Éditions du C.N.R.S., 1962, p. 451 et 457.

5. Entretien avec Alain Kœhler, Autour des *Séquestrés d'Altona*, p. 1024.

6. Schopenhauer, *Le Monde comme volonté et comme représentation*, livre troisième, § 51, A. Burdeau trad., 1888-1890, révisée par R. Roos ; rééd. P.U.F., 1966, p. 325-326. — Sartre

Johanna, ou du Père viennent de leur propre goût de l'absolu, qu'il s'appelle, respectivement, famille, beauté, fils aîné.

Frantz est condamné à faire entendre en boucle (d'où le magnétophone) une apologie, pour lui et pour nous (le siècle), qui est aussi un thrène, un « *De Profundis Clamavi* » (p. 914), submergé par la souffrance, adressé à un Dieu absent. Or le magnétophone vaut aussi comme séquestration de la parole. Il y a dans *Les Séquestrés*, pour emprunter une formule à Ionesco, toute une tragédie du langage, à la fois par défaut et par excès. Défaut de communication : qu'on songe au symbole des coquilles d'huîtres, à la multiplication des silences notés par les didascalies, mais aussi au retour ressassant des monologues de Frantz, dans une quête infinie des mots *justes*, ou encore à ses élans lyriques, emportés et affolés, dans lesquels se déploie un somptueux narcissisme du verbe. Ces élans étranges, *évoquant* (au sens magique) la mort, le malheur, le refus du monde, font alors transparaître sur scène cette poésie suggestive et visionnaire qui, moyen nécessaire pour que passe le frisson de l'invisible et le « courant tragique », serait « inscrite dans l'essence même de la tragédie[1] ». Mais cette poésie participe aussi d'un excès de parole, dans la mesure où le langage se charge de polysémie (« Je puerai comme un remords », p. 906 : comme un re-mort aussi, mort deux fois), et qu'il ne permet plus d'élucider l'ambiguïté des conduites humaines ; sans oublier que par ailleurs il acquiert une violence extrême, une force tragique — « un mot suffit pour le tuer », dit Johanna de Frantz (p. 940), et c'est ce que vérifie le dénouement.

Le spectateur peut dès lors recevoir cette tragédie de deux façons (qui d'ailleurs se mêlent). Soit comme une inexorable montée au suicide, qui culmine dans la splendide nécrologie finale, la pièce en venant à baigner dans un clair-obscur baroque : beauté du passage vers la mort, des reflets qui changent les actes en gestes, la grandeur et la beauté en monstruosités. Un clair-obscur baroque ; mais on pourrait dire aussi que Sartre retrouve les deux composantes de la tragédie (attique) selon Nietzsche. Le sombre dionysien, déjà figuré par les ivresses de Frantz, tant physiques que psychiques et verbales, s'accomplirait par le saut du haut du pont du Diable, double « rupture du principe d'individuation » : confusion du fils avec le père, et retour à « l'Unité primitive » de « l'éternelle douleur originelle » ; le clair apollinien, en revanche, s'exprimerait par la « belle apparence » du monologue final, testament où Frantz, à la fois chaman et poète[2], définit, somme toute, la responsabilité quasi christique de l'artiste face aux convulsions de l'Histoire : on n'est pas loin de la « vision rédemptrice », enfantée par l'art, dont parle Nietzsche[3].

Dans une autre réception, la pièce paraîtra une âpre tragédie qui ne maintient *in extremis* une apparence de splendeur verbale consolatrice que pour laisser en fait le dernier mot à la folie (faisant irruption avec l'ultime « hein quoi ? » de Frantz), et qui a auparavant pris soin de contester les ressorts usuels de la *catharsis*, la terreur et la pitié, plongeant ainsi le spectateur dans un profond malaise.

évoque par deux fois le système de Schopenhauer dans *L'Idiot de la famille* (Gallimard, 1988, t. I, p. 1001 ; et t. II, p. 1945).

1. H. Gouhier, *Le Théâtre et l'Existence*, p. 63-65.
2. M. Contat, *Explication des « Séquestrés d'Altona » de Jean-Paul Sartre*, p. 67.
3. *La Naissance de la tragédie* ; *Œuvres*, Bibl. de la Pléiade, t. I, p. 18 et 24-25.

Qu'on y songe en effet : nulle pitié entre les personnages. Comme aux yeux d'Inès dans *Huis clos*, la pitié paraît une passion dégradante pour celui qui en est l'objet. Apprenant le passé de Frantz, Johanna s'exclame « *avec une sorte de haine* : Vous avez torturé ! Vous ! » (p. 978). On voit bien quelle attitude dépourvue de toute sensiblerie se trouve, par translation, suggérée au public. Quant à la terreur, le processus est plus ambigu. Au début de l'acte I et de l'acte III s'affiche un rejet de la peur : dans les paroles de Leni (« Il y a longtemps que le Père ne me fait plus peur », p. 862), par la pancarte au mur de la chambre de Frantz (« Il est défendu d'avoir peur »). Mais cette pancarte a disparu, note une didascalie au début de l'acte IV ; et toute l'évolution de la pièce laisse s'enfler une peur qui tourne à la terreur. Terreur de quelle sorte, au juste ? Peut-être de celle qui ne se laisse point purger, et que provoque le dégoût absolu. Car Frantz, comme l'a dit son père, est à la fois un homme et « le dernier monstre » (p. 876), le point d'aboutissement d'une humanité prise au piège de la violence et irrécupérable.

Si l'on en revient à l'allégorie évoquée plus haut (Johanna comme figure de l'art), on comprend que le refus de Frantz par Johanna, son désamour, signifie la fin de toute *catharsis* par la reprise ou la justification — ou l'acquittement — du réel dans la « belle apparence[1] ». Voilà décidément une histoire d'amour dont la portée philosophique et esthétique est grande : la désunion entre Frantz et Johanna marque aussi le divorce entre le réel — l'homme et l'Histoire, avec leur double horreur — et la consolation par la beauté (par l'Art). Ce qui signifie du même coup que l'art n'a plus sa place dans le monde moderne par cela même qu'il est indissociable de l'humanité de l'espèce et meurt avec elle.

Au total, la pièce provoque un double mouvement affectif. De participation, avec la montée de la peur, l'identification progressive à un Frantz qui se dévoile et s'expose, et dont peu à peu l'on devient complice : Frantz, en ce sens, est notre prochain[2], et son crime est le nôtre, celui de l'espèce humaine. De rejet, à l'image du dégoût terrifié de Johanna face à l'aveu de Frantz. Ce qui entre alors en crise, c'est ce qu'Aristote nommait le *philanthrôpon*, et qui formait pour lui l'un des buts du spectacle tragique : le « sentiment d'humanité », ou « ce qui éveille le sens de l'humain », ou même la « sympathie[3] ». La pièce en effet vise à creuser en chacun de ses spectateurs une faille, qui procède tant de la reconnaissance, forcée et inadmissible à la fois, de soi-même en Frantz, que du passage de la fascination pour ce héros déchu à la distance à l'endroit de ce tortionnaire ; à opérer donc un déchirement intime, qui naît de l'expérience de l'inhumain dans l'humanité, et peut-être donnera lieu à une réflexion (amère mais libératrice ?) sur l'Histoire[4]. En tout cas, si la pièce fonctionne, elle assigne à chacun d'assumer ces tortures

1. H. Lausberg, *Interpretationen dramatischer Dichtungen. Albert Camus, « Les Justes ». Jean-Paul Sartre, « Les Séquestrés d'Altona »*, p. 194-197, 202, 219.

2. « Frantz notre prochain », tel est le titre d'un article de Bernard Dort (*Théâtre populaire*, octobre-décembre 1959 ; repris dans *Théâtre public*, Le Seuil, 1967, p. 129-135).

3. *Poétique*, 1456 a 21. Ce sont respectivement les traductions de J. Hardy (Les Belles Lettres, 1932), R. Dupont-Roc et J. Lallot (Le Seuil, 1980), M. Magnien (Livre de Poche, 1990).

4. La pièce « peut réveiller en nous, par réaction, la volonté d'une réappropriation du monde à des fins humaines, l'exigence d'un monde où l'homme serait enfin *sujet* de l'Histoire », écrivait M. Contat, *Explication des « Séquestrés d'Altona » de Jean-Paul Sartre*, p. 69.

internes, « en ce jour et pour toujours » — la plaie de son humaine monstruosité, plaie dont le théâtre de Sartre écarte les lèvres.

JEAN-FRANÇOIS LOUETTE.

DOSSIER DE RÉCEPTION

Dans l'un des trois cartons de manuscrits des *Séquestrés d'Altona* que conserve la B.N.F. se trouve un dossier de presse constitué par Michelle Vian, ainsi que des lettres ayant trait à la préparation de la première.

Quelques critiques ont jugé la pièce trop abstraite. Bertrand Poirot-Delpech, dans *Le Monde* du 26 septembre 1959, estime qu'elle s'apparente trop à une thèse philosophique :

> *Les Séquestrés d'Altona* nous livrent précisément les chapitres de la pensée sartrienne qui nous manquaient. Résumant et complétant les pièces précédentes dans ce qu'elles avaient de plus abstrait, ignorant toute chaleur humaine, le nouveau spectacle du théâtre de la Renaissance se présente comme une soutenance de thèse illustrée, dont le titre pourrait être : faute de tribunal humain et divin, seule l'histoire jugera nos actes… […]
>
> Les comédiens, dont le métier est de faire croire à la vie, sont les premiers, on les comprend, à souffrir de ce support abstrait, didactique ou inutilement grossier.

Georges Lerminier (*Le Parisien*, 26 septembre 1959), Dominique Fernandez (« *Les Séquestrés d'Altona* », *La N.R.F.*, novembre 1959, p. 893-897), Thierry Maulnier (« Marcel Aymé, Sartre, Anouilh », *Revue de Paris*, novembre 1959, p. 147-150), tout en reconnaissant des qualités aux *Séquestrés d'Altona*, expriment des vues similaires, et soulignent la lourdeur de la pièce. Marcelle Capron, dans *Combat* du 26 et 27 septembre, déclare :

> On comprend que la matière dramatique de l'histoire ait incliné Sartre à la porter au théâtre, mais il semble que, par tout ce qu'il avait à y mettre, elle eût dû faire un vaste roman. La pièce est de celle dont la densité appelle la lecture. […]
>
> Ce résumé trop long et pourtant bien schématique encore, s'il arrive à donner une idée de la manière follement romanesque — un peu touffue, un peu lourde, assez allemande — de la pièce, de ses détours, de ses replis, de sa complication pas entièrement exempte de tarabiscotage sentimental, ne peut donner une idée de sa richesse, de sa tension dramatique, de son dialogue percutant.

Certains critiques reprochent aussi à la pièce sa longueur : Max Favalelli, *Paris-Presse*, 27 septembre 1959 ; Robert Bourget-Pailleron, « Revue dramatique », *La Revue des deux mondes*, 15 octobre 1959, p. 726-728. Gabriel Marcel intitule son article des *Nouvelles littéraires* (1er octobre) : « Sartre nous tient enfermés quatre heures avec *Les Séquestrés d'Altona* » :

> Sans aucun doute ce qu'il [Sartre] a fait de meilleur depuis *Les Mains sales*. La conception de l'œuvre est originale et forte. L'exposition est magistrale et la construction rigoureuse. Il convient seulement de regretter que l'auteur n'ait

pas su élaguer davantage. La pièce aurait gagné considérablement à être resserrée. [...] J'estime qu'il faudrait couper au moins une demi-heure de texte au second et au quatrième acte. [...]

Il est clair que si Leni éprouve pour son frère une véritable passion, celle-ci n'est pas partagée. On peut même dire que d'une certaine manière, Leni lui fait horreur, mais qu'il voit en elle comme une incarnation du désastre de son peuple. Le rôle est terriblement difficile et ingrat. Mme Marie Olivier n'a ni réussi ni même cherché à le rapprocher de nous ou à l'humaniser. [...]

Au cours de scènes terriblement longues et sinueuses où on a quelquefois l'impression que l'auteur se perd dans les détours qu'il a lui-même imaginés, la relation entre Frantz et Johanna ne cessera pas d'évoluer [...]. Par moments, nous serons étrangement près de *Huis clos*, très près aussi de « La Chambre », cette nouvelle admirable où Sartre a montré avec tant de force comment un être sain d'esprit tente, sans y parvenir, de pénétrer dans l'univers d'un aliéné. [...] Mme Évelyne Rey me semble avoir interprété avec une rare intelligence le rôle difficile et très complexe de Johanna, c'est le personnage le plus strindbergien du théâtre de Sartre.

Morvan Lebesque, dans son article « Long peut-être mais sublime » (*Carrefour*, 30 septembre 1959), défend la pièce :

J'ai fait naguère le reproche à Sartre de n'être pas poète. Avec joie, je reviens aujourd'hui sur ce jugement. Il y a peut-être dans son œuvre des morceaux techniquement mieux agencés et plus habiles ; aucun n'approche *Les Séquestrés d'Altona* pour l'extraordinaire richesse du verbe et de la pensée, pour la beauté du langage et de l'inspiration. D'inoubliables répliques fusent à tous moments. Des longueurs, oui, certes, mais comme il y en a dans Dostoïevski, par exemple : insupportables seulement pour ceux (ils sont nombreux !) qui ne savent pas écouter. Les autres, je leur fais confiance : ils seront envoûtés, comme je l'ai été, par la grandeur sauvage de cette pièce. Ils seront hantés par la tragédie de Frantz tournant comme un fauve en cage dans sa cellule, ils garderont longtemps en mémoire le souvenir du terrible reclus, sanglé dans son uniforme d'assassin troué aux coudes, hurlant ses imprécations aux Invisibles et cherchant une raison à la déraison du siècle au cours d'un monologue que je n'hésite pas un instant à considérer comme celui d'un autre Hamlet, Hamlet de notre temps. [...]

Un jour, de nos doutes, de nos passions, de nos tourments et de nos colères, comme l'ultime message de Frantz lancé à la face du public, restera la voix d'un homme qui avait « la passion de comprendre l'homme » et s'appelait Jean-Paul Sartre. Enfin un écrivain qui a vraiment quelque chose à dire !

De nombreux comptes rendus établissent un parallèle entre *Les Séquestrés d'Altona* et *Huis clos* : Bernard Frank (« S.O.S. Sartre appelle Sartre », *Arts*, 30 septembre 1959) ; Pierre Berger (« La Théorie de la tragédie en veston », *Paris-Journal*, 26 septembre) ; Jacques Carat (« Sartre, le séquestré », *Preuves*, novembre 1959, p. 66-69). Henri Gouhier, dans son article « Intrigue et action : de B. Shaw à J.-P. Sartre » (*La Table ronde*, novembre 1959, p. 173-178), resitue la pièce dans l'œuvre de Sartre :

L'action dramatique arrive mal à prendre forme dans l'intrigue, parce que l'auteur ne peut être que trop intelligent. [...] Ce qui apparaît d'abord, c'est *la relation du père et du fils*, avec son symbolisme théologique. [...] Frantz von Gerlach est d'abord avec le bon Dieu, puis avec le Diable. [...] Les seules visites qu'il reçoit sont celles de sa sœur Leni : c'est elle qui, dans la pièce, rappelle l'Oreste des *Mouches* ; elle assume tous ses actes. [...] Entre sa sœur et sa belle-sœur, Frantz rappelle Garcin entre Inès et Estelle. [...] Le vieux Gerlach est cousin d'Hoederer. [...] L'histoire de son [de Sartre] théâtre montre une certaine disproportion entre la fonction dramaturgique et la fonction fabulatrice. [...] Or, il est clair que la fable n'intéresse pas notre philosophe [...] Dans *Les Séquestrés d'Altona* c'est la complication de l'intrigue qui rend la pièce obscure et nullement la complexité de la pensée.

La performance de Serge Reggiani est unanimement saluée par la presse : G. Joly (« Match à huis clos entre le diable et le Bon Dieu », *L'Aurore*, 26 septembre 1959) ; Jacques Lemarchand (*Le Figaro littéraire*, samedi 3 octobre) ; Béatrix Dussane (« Théâtre », *Le Mercure de France*, novembre 1959, p. 503-504). Paul Morelle, dans *Libération*, le 26 septembre, déclare :

Serge Reggiani fait [...] une création inoubliable ; et qui le venge, et qui le récompense de cette espèce d'ostracisme où on maintenait depuis trop longtemps cet excellent acteur. Là encore, il faudrait toute une étude pour analyser chacune des nuances de son jeu : tantôt le paroxysme obsessionnel, les rugissements à la Hitler, les tremblements nerveux à la Goebbels, tantôt la plainte sourde d'un enfant blessé, gémissant, tantôt la froide détermination d'un justicier, tantôt l'inquiète lucidité d'un coupable à la recherche d'une vérité perdue, tantôt l'homme d'avant, tantôt l'homme de maintenant, déchiré, déchirant, torturé, torturant, l'homme convulsé par toutes les contradictions de son époque. [...] *Les Séquestrés d'Altona*, c'est une des tragédies, sinon la tragédie contemporaine.

L'allusion à la guerre d'Algérie est relevée par certains critiques : Guy Leclerc (« Une œuvre monumentale », *L'Humanité*, 26 septembre 1959) ; Robert Kanters (*L'Express*, 1er octobre 1959) ; un article anonyme signé T. dans *Le Canard enchaîné*, 30 septembre 1959. Jean Gandrey-Rety, dans « Le Point critique du tragique » (*Les Lettres françaises*, 1er octobre 1959), s'exprime ainsi :

Un thème passionnant en soi que celui du nazisme et du capitalisme jumelés, alliés et antagonistes (chacun soutenant l'autre en l'épiant) parvenus à leur point le plus critique du tragi-comique de parodie. [...] Frantz croque avec une sombre drôlerie ses médailles : elles sont en chocolat. Rappelez-vous Charlot-Hitler arrachant de la poitrine de Goering les hochets de la gloire. [...] Dans quelle mesure un militaire, redevenu civil, peut-il, la guerre terminée, accepter, admettre, excuser, les actes, disons : certains crimes qu'il a commis à la guerre ?

En aucune mesure sans doute. C'est pourquoi il y a des guerres qui ne se terminent pas.

Transportez seulement Hambourg en Afrique du Nord et donnez au réquisitoire de Nuremberg le contrepoint d'un nom symbole, inlassablement clamé : Audin ! Audin ! AUDIN !

Alfred Simon, dans « Un et un font un » (*Esprit*, novembre 1959, p. 547-551), évoque le théâtre d'avant-garde :

Comme dans une comédie d'Ionesco, la cellule du prisonnier est jonchée de coquilles d'huîtres [...] Comme *Les Bonnes* et *Les Nègres* de Jean Genet, il mime un double personnage pour l'exorciser : Hamlet la conscience et Hitler le coupable, à travers lequel il se sent accusé. [...] Ionesco et Genet : ces deux noms, mieux que la référence à Brecht, soulignent la révolution qui vient de se produire dans le théâtre de Sartre. Même son langage, chargé pour la première fois d'un lyrisme intense, prouve qu'il a assimilé en la dépassant la leçon du théâtre d'avant-garde. Il a en quelque sorte réussi ce que Ionesco a manqué avec *Tueur sans gages*. [...] Frantz met fin à l'existence du bâtard sartrien, mais sa légitimité est pire que toute bâtardise.

L'analyse de la pièce la plus détaillée est donnée par Bernard Dort, dans « Frantz, notre prochain ? », *Théâtre populaire*, nº 35, octobre-décembre 1959 (repris dans *Théâtre public*, Le Seuil, 1967, p. 129-135) :

Il faudrait être sot ou Jean-Jacques Gautier — mais c'est tout un — pour dénier toute importance à la nouvelle pièce de Sartre : *Les Séquestrés d'Altona.* Comment ne pas en reconnaître l'ambition et l'ampleur, ne pas y être sensible, plus encore que dans les autres œuvres théâtrales de Sartre, à la générosité, à l'espèce d'héroïsme de la pensée sartrienne, à son besoin de comprendre les autres, de les reconnaître, presque de se confondre avec eux, avec leurs raisons, de devenir eux-mêmes, d'entrer dans leur pensée, à cette passion de l'Histoire, d'une Histoire vécue par l'homme, de notre Histoire, qui habite Sartre, qui le travaille sans relâche !

Jamais Sartre n'avait dit comme ici son angoisse devant le monde d'aujourd'hui, la nécessité de le vivre, de l'assumer pleinement, d'en être non seulement le témoin, mais un acteur responsable. Les mots qu'il prête à son héros et qu'une bande de magnétophone à la fin nous restitue, il les prend à sa charge [...].

Toute sa pièce est une interrogation à plusieurs voix sur notre façon de fuir ou d'assumer notre responsabilité d'hommes de notre temps, c'est-à-dire d'hommes coupables de Dachau comme de Stalingrad, de Hiroshima comme de la villa Susini. [...]

Mais comment juger cette pièce où Sartre a mis pêle-mêle ce qu'il définissait, il y a plusieurs années déjà, comme « nos problèmes : celui [...] de la légitimité et de la violence, celui des conséquences de l'action, celui des rapports de la personne et de la collectivité, de l'entreprise individuelle avec les constantes historiques, cent autres choses encore »... comment la juger sur la représentation du Théâtre de la Renaissance ? Rarement spectacle fut plus indigent, plus insignifiant. Les décors qui seraient l'œuvre d'un jeune peintre ont plutôt l'air de sortir des magasins de quelque opéra de province en faillite. [...]

La mise en scène de François Darbon ne corrige d'ailleurs en rien cette indétermination. [...] Seul Serge Reggiani, condamné, par définition, au monologue, échappe à ce désastre : rapide, simultanément pathétique et ironique, articulant avec une admirable clarté son texte, il prête à Frantz une mobilité intellectuelle et une instabilité psychique sans lesquelles ce personnage verserait dans un insupportable romantisme. [...]

Nous touchons ici à l'essentiel : en fait, je ne vois pas dans cette pièce — pas plus que dans les autres œuvres dramatiques de Sartre, à l'exception d'une partie de *Nekrassov* (celle qui ne concerne pas Valera-Nekrassov) — une évolution fondamentale des personnages, un changement de leur statut, ni de celui du monde où ils vivent. [...]

Sartre a plaqué, sur l'évocation d'un monde qui change, qui change les hommes et que ces hommes changent, l'image d'un *huis clos* qui relève plus de la dramaturgie classique du conflit que de ce théâtre du changement dont il parle et que Brecht a appelé « théâtre épique ». Entre le monde que vise Sartre et la façon dont il nous le montre, il y a une contradiction : une contradiction que ni son œuvre ni sa représentation ne résolvent. [...]

En faisant converger le thème de la dépossession historique du père et celui de l'impuissance du fils à vivre son Histoire, Sartre fait de son œuvre le symbole d'un monde condamné à mort plus qu'il ne nous y montre comment et à quel prix ce monde va mourir. Ses personnages expriment leur situation historique : ils ne vivent pas, ils ne sont pas changés par elle, pas plus qu'ils ne la changent. Ils la transcendent ; ils la subliment. Ils souffrent de l'Histoire et s'en délivrent. Le danger est que, faute d'être suffisamment définis, concrétisés, faute d'être, au sens strict du terme, des personnages, ils nous en délivrent du même coup.

J.-F. L.

BIBLIOGRAPHIE, PRINCIPALES MISES EN SCÈNE ET FILMOGRAPHIE

Principales mises en scène.

1959 : théâtre de la Renaissance, Paris. Mise en scène de François Darbon (voir p. 860).
1960 : théâtre d'Essen. Mise en scène d'Erwin Piscator.
1965 : théâtre de l'Athénée, Paris. Mise en scène de François Périer ; avec Serge Reggiani (Frantz), Claude Dauphin (le Père), Évelyne Rey (Johanna), Marie Olivier (Leni), Maurice Gautier (Werner). Décors d'André Acquart. Le décor irréalise l'intérieur germanique massif de 1959 en un « univers fonctionnel » (*La Croix*, 24 septembre 1959). D'après les comptes rendus de presse, Reggiani, qui pensait ne pas avoir fait le tour du rôle de Frantz, demanda à Sartre que la pièce soit reprise. C'est Sartre qui choisit François Périer pour la mise en scène, ce qui peut surprendre puisque ce dernier n'avait jusqu'alors monté que des comédies. La majorité des comptes rendus reproche à Marie Olivier sa diction incompréhensible ; Évelyne Rey est admirée même si l'on juge parfois sa performance trop mécanique. Seul Reggiani fait l'unanimité. Dans *Arts* (22 septembre 1965), Guy Dumur déclare : « Jamais Sartre n'a été plus près de *Hamlet* que dans cette pièce : Frantz von Gerlach c'est son Lorenzaccio, le Lorenzaccio du siècle qui a rétabli la torture. »
1966 : théâtre des Galeries, Bruxelles. Mise en scène de Vanderic ; avec Pierre Michaël (Frantz), Vanderic (le Père). Décors d'André Acquart. *Le Soir* (26 octobre 1966) juge la performance de Pierre Michaël supérieure à celle de Reggiani.
1966 : Théâtre flamand, Bruxelles (traduction en flamand). Mise en scène d'André Reybaz ; avec Jef Demedts (Frantz).
1982 : Petit Théâtre de la Visitation, Limoges. Mise en scène de Jean-Pierre Laruy ; avec Christian Baltauss (Frantz), Howard Vernon (le Père), Évelyne Ker (Johanna), Marie Keime (Leni), Gabriel Le Doze (Werner). Décor et costumes de Franck Vallet.

Bibliographie.

« *Les Séquestrés d'Altona*. Débat sur la pièce de J.-P. Sartre », *Recherches et débats du Centre Catholique des intellectuels français*, n° 32, septembre 1960, p. 42-66.
AUDRY (Colette), « La Situation de l'héritier dans le théâtre de Sartre », *Le Théâtre tragique*, Jean Jacquot éd., Éditions du C.N.R.S., 1962, p. 451-457.
AYOUN (Pascal), « L'Inspiration boulevardière dans le théâtre de Sartre », *Les Temps modernes*, octobre-décembre 1990, n°s 531-533, p. 821-843.
BERGEN (P.), « *Les Séquestrés d'Altona* », *La Nouvelle Critique*, n° 121, décembre 1960, p. 136-141.
BOROS (Marie-Denise), *Un séquestré : l'homme sartrien*, Nizet, 1968.

BROMBERT (Victor), « Sartre and the Drama of Ensnarement », *Ideas in the Drama*, J. Gassner éd., New York, Columbia University Press, 1964, p. 155-174.

—, « Sartre et le piège de la liberté », *La Prison romantique : essai sur l'imaginaire*, José Corti, 1975, p. 189-201.

CONTAT (Michel), *Explication des « Séquestrés d'Altona » de Jean-Paul Sartre*, Lettres modernes / Minard, 1968.

DETALLE (Anny), « Le Personnage de l'éternel adolescent dans le théâtre sartrien », *Littératures*, printemps 1984, p. 309-315.

DOUBROVSKY (Serge), « A Study in Incarceration », *Yale French Studies*, n° 25, printemps 1960, p. 85-92.

FIELDS (Madeleine), « De la *Critique de la raison dialectique* aux *Séquestrés d'Altona* », *Proceedings of the Modern Language Association*, vol. LXXVIII, n° 5, décembre 1963, p. 622-630.

GIRARD (René), « À propos de Jean-Paul Sartre : rupture et création littéraire », *Les Chemins actuels de la critique*, G. Poulet éd., Plon, 1967, p. 393-411.

GOLDMANN (Lucien), « Problèmes philosophiques et politiques dans le théâtre de Jean-Paul Sartre », *Structures mentales et création culturelle*, Anthropos, 1970, p. 193-238.

GOLDTHORPE (Rhiannon), « *Les Séquestrés d'Altona* : Imagination and Illusion », 1973 ; repris (remanié) dans *Sartre : Literature and Theory*, Cambridge, Cambridge University Press, 1984, p. 134-158.

ISSACHAROFF (Michael), « Claustration et référence : *Les Séquestrés d'Altona* », *Le Spectacle du discours*, José Corti, 1985, p. 97-103.

LACROIX (Jean), « *Les Séquestrés d'Altona* ou le Tragique moderne », *Cahiers de l'Institut de science économique appliquée*, n° 147, mars 1964, p. 115-126.

LAUSBERG (Heinrich), *Interpretationen dramatischer Dichtungen. Albert Camus, « Les Justes ». Jean-Paul Sartre, « Les Séquestrés d'Altona »*, Munich, Max Hueber Verlag, 1962.

LORRIS (Robert), « *Les Séquestrés d'Altona* : terme de la quête orestienne », *The French Review*, vol. XLIV, octobre 1970, p. 4-14.

—, *Sartre dramaturge*, Nizet, 1975, p. 255-288.

LOUETTE (Jean-François), « Beckett et Sartre : vers un théâtre lazaréen », *Lire Beckett. « En attendant Godot » et « Fin de partie »*, D. Alexandre et J.-Y. Debreuille éd., Lyon, Presses universitaires de Lyon, 1998, p. 97-109.

—, « Du *Scénario Freud* aux *Séquestrés d'Altona* », *Écrits posthumes de Sartre, II*, J. Simont éd., Vrin, 2001.

—, « *Les Séquestrés d'Altona* et l'Allemagne », *Recherches et travaux*, Grenoble, n° 56, 1999, p. 163-182.

—, « L'Expression de la folie dans *Les Séquestrés d'Altona* », *Les Temps modernes*, août-septembre 1993 ; repris dans *Silences de Sartre*, Toulouse, Presses universitaires du Mirail, 2002, p. 303-353.

MARK (James), « What's Happening to Tragedy Today ? », *Journal of European Studies*, vol. XIV, juin 1984, p. 77-95.

PALMER (Jeremy), « *Les Séquestrés d'Altona* : Sartre's Black Tragedy », *French Studies*, vol. XXIV, avril 1970, p. 150-162.

PUCCIANI (Oreste), « *Les Séquestrés d'Altona* of J.-P. Sartre », *Tulane Drama Review*, mars 1961 ; repris (abrégé) dans *Sartre, a Collection of Critical Studies*, E. Kern éd., New Jersey, Prentice Hall, 1962, p. 92-103.

REDFERN (Walter D.), *Sartre, « Huis clos » and « Les Séquestrés d'Altona »*, Londres, Grant & Cutler, 1995.
REGGIANI (Serge), « À Jean-Paul Sartre », *Dernier courrier avant la nuit*, L'Archipel, 1995, p. 99-111.
ROUBINE (Jean-Jacques), « Sartre e il " cinema nel teatro " », *Sartre e Beauvoir al cinema*, Sandra Teroni et Andrea Vannini éd., Florence, La Bottega del cinema, 1989, p. 63-74.
SANDIER (Gilles), « Socrate dramaturge », *L'Arc*, n° 3 : *Jean-Paul Sartre*, 1966, p. 77-86.
SAROCCHI (Jean), « Sartre dramaturge. *Les Mouches* et *Les Séquestrés d'Altona* », *Travaux de linguistique et de littérature*, vol. VIII, n° 2, avril 1970, p. 157-172.
SIMON (John K.), « Madness in Sartre : Sequestration and the Room », *Yale French Studies*, n° 30, 1963, p. 63-67.
THODY (Philip), *Les Séquestrés d'Altona*, Londres, University of London Press, 1965 (édition commentée).
VAN DEN HOVEN (Adrian), « Historiality, Historization and Historicity in *The Condemned of Altona* », *Sartre Studies International*, vol. III, n° 2, 1997, p. 29-51.
VERSTRAETEN (Pierre), « *Les Séquestrés* : nouvelle lecture des *Séquestrés* », *Concordia*, 1990, p. 42-52.
—, *Violence et éthique. Esquisse d'une critique de la morale dialectique à partir du théâtre politique de Sartre*, Gallimard, 1972, p. 143-217.
WITT (Mary Ann), « Towards a Theater of Immobility : *Henri IV*, *The Condemned of Altona*, and *The Balcony* », *Comparative Drama*, vol. XXIV, été 1990, p. 151-172.

Filmographie.

1963 : Film italo-français de Vittorio De Sica. Adaptation librement inspirée de la pièce de Jean-Paul Sartre. Scénario et dialogues d'Aby Mann. Avec Sophia Loren (Johanna), Fredric March (le Père), Maximilian Schell (Frantz), Robert Wagner (Werner). Distribué par 20th Century Fox. Version originale en anglais.

J.-F. L.

NOTE SUR LE TEXTE

Manuscrits.

Nous disposons pour la pièce de plusieurs manuscrits. Une liasse de 40 feuillets est conservée par la Beinecke Rare Books and Manuscripts Library de Yale University, New Haven. Elle est constituée de feuillets provenant de deux campagnes d'écriture différentes pour l'acte I. Dans la première campagne, le personnage de la fille Gerlach s'appelle Ilse. Sartre le transforme en Leni dans la deuxième. Un patronyme est donné pour Johanna : Wertheimer. L'entreprise Gerlach est mentionnée comme « la fabrique » et rien ne précise ce qu'elle produit. Un feuillet isolé de l'acte I, scène II, a été transcrit par Michel Contat chez un marchand d'autographes. Un ensemble de manuscrits est conservé au département des Manuscrits de la B.N.F., qui les a acquis en 1985 de Mme Michelle Vian (grâce aux bons offices de Michel Rybalka). Il comprend :

A : une liasse de feuillets sur laquelle figure la mention « Premier acte → février 59 » (inscription de la main de M. Vian sur une chemise ocre portant des marques de verre ou de bouteille). Le titre porté, *Les Séquestrés d'Altona*, pourrait être également de la main de M. Vian. Sous le titre deux dates, l'une de la même encre que le titre : « juin 58 », l'autre, au stylo à bille, peut-être d'une autre main : « octobre 59 ». Ces inscriptions indiquent vraisemblablement les terminus *a quo* et *ad quem* de la composition de la pièce, donnés par quelqu'un qui les connaît pour les avoir vécus, et avoir dactylographié le manuscrit. La liasse est foliotée au crayon de bois rouge de 1 à 149 ; au crayon de bois noir, de 150 à 305. Dans cet ensemble lacunaire, le rôle de Johanna est beaucoup plus développé. Il s'agit probablement du brouillon ayant servi à la rédaction de l'item B du présent inventaire.

B : « Dernier brouillon de l'acte I » (titre de la main de M. Vian). À l'intérieur d'un bloc « La Caravelle » qui porte lui-même l'inscription au stylo à encre (peut-être de la main de M. Vian) : « Brouillon du I ». Et, d'une autre main, au stylo à bille : *Les Séquestrés d'Altona.* Cet ensemble est composé de 82 feuillets foliotés par M. Vian au stylo à bille rouge, et de 129 feuillets foliotés au crayon à papier noir.

C : une liasse de feuillets provenant d'un bloc « La Caravelle », et portant pour titre « Brouillon du deuxième acte » (de la main de Sartre), et « *Les Séquestrés* » (de la main de M. Vian). Elle porte la mention, de la main de M. Vian : « 20 avril 1959 : fin du troisième tableau ». Cette liasse comprend 18 feuillets foliotés au stylo à bille rouge de la main de M. Vian (correspondant à l'acte I, scène II) ; 1 feuillet isolé (correspondant à l'acte II, scène I) ; 7 feuillets numérotés au stylo à bille rouge par M. Vian (acte II, scène I) ; 3 feuillets sans suite foliotés a, b, c au stylo rouge par M. Vian (sur la violence, les Anglais, les Américains, la torture) ; 390 feuillets numérotés au crayon à papier. Il s'agit vraisemblablement des « chutes » de la réécriture de l'acte II qui se trouve dans l'item E. Ces fragments ne se retrouvent pas dans l'édition originale.

D : un feuillet isolé d'un brouillon de l'acte II, scène V : les médailles en chocolat.

E : le manuscrit autographe final, classé par M. Rybalka, et comptant 533 feuillets. Il se trouve dans un dossier de couleur blanc cassé et inclut des passages coupés pour la préoriginale. Il est folioté au crayon à papier, de 1 à 176 (correspondant à l'acte I), le reste étant non folioté à l'origine (foliotation de M. Contat, au crayon). L'acte II occupe 143 feuillets ; l'acte III, 56 feuillets ; l'acte IV, 116 feuillets ; l'acte V, 41 feuillets (le monologue final porte l'annotation, de la main de M. Vian : « dare-dare »).

F : la dactylographie, probablement faite par M. Vian, de 20 pages des scènes I et II de l'acte IV (jusqu'à « et je vous la donne », p. 959.

G : la dactylographie pour *Les Temps modernes*, n° 165, des actes III à V, 156 pages. Elle comprend, à la fin de l'acte IV, une scène avec une femme allemande. L'acte V n'inclut pas le monologue final.

H : un feuillet d'un carnet à spirales, 9 × 14,5. Plutôt qu'un feuillet-origine, nous y voyons une esquisse de résumé pour un programme. En voici la transcription :

« Une famille de grands industriels [allemands les Von Gerlach *add.*] vit dans une [grande *corrigé en* vieille] maison riche et laide près de Hambourg. Le père sait qu'il va mourir. Il réunit ses enfants, [sa fille *add.*] son fils cadet et [sa *corrigé en* la] femme de celui-ci pour leur faire part de ses dernières volontés. Sa belle-fille comprend peu à peu qu'il veut les sacrifier à Frantz von Gerlach le fils aîné de la famille qui vit séquestré depuis treize ans dans un pavillon au milieu du parc. »

Le dossier conservé à la B.N.F. comprend aussi une enveloppe format 21 × 27, envoyée par Sartre à Michelle Vian-Léglise, à Paris, le 10 août 1959, et une enveloppe demi-format envoyée par Sartre à Michelle Léglise le 24 août 1959. Le format de ces enveloppes, les pliures du manuscrit de l'acte V et des feuillets du monologue final qu'elles ont dû contenir incitent à penser que Michelle Vian a conservé ces pièces comme les témoins matériels d'un travail particulièrement tendu et important, pour elle-même peut-être encore plus que pour son auteur.

On peut conclure de ces éléments factuels que, comme l'indique Simone de Beauvoir[1] (*La Force des choses*, p. 491) et comme le confirment des données du manuscrit de l'acte IV, Sartre avait d'abord dépeint à l'acte V un conseil de famille, réuni à la demande de Frantz, pour le juger : « Chacun expliquait son point de vue, on revenait à Sudermann », commente Beauvoir. À Rome, en juillet-août, il récrit complètement cet acte V, qu'il envoie à Michelle Vian, le 10 août. Ayant rejoint Arlette Elkaïm à Venise, il y rédige le monologue final et l'envoie à Michelle Vian, le 24 août. Cela infirme légèrement ce qu'il déclare à Madeleine Chapsal dans l'interview citée ci-dessus, mais est confirmé par le récit que fait Arlette Elkaïm-Sartre dans le film de Michel Favart, *Sartre contre Sartre* (1991), où elle se rappelle comment Sartre, torse nu en raison de la canicule vénitienne et affublé d'un chapeau de paille, improvisait dans leur chambre d'hôtel le monologue de Frantz ; elle n'était pas loin de le trouver aussi fou que son personnage.

Le dossier constitué par Michelle Vian contient aussi plusieurs documents concernant la première et un dossier de presse très complet pour les journaux parisiens. Il est fort probable que ce dossier soit celui que Simone de Beauvoir dit avoir envoyé à Sartre en Irlande, où il était parti aussitôt après la première, en compagnie d'Arlette Elkaïm, pour travailler avec John Huston au scénario sur Freud[2].

Prépublications.

Des fragments des *Séquestrés d'Altona* ont été publiés dans *France-Observateur*, le 24 septembre 1959. La préoriginale est parue dans *Les Temps modernes* : les actes I et II dans le numéro 164, octobre 1959, p. 584-656 (notons que l'éditorial de ce numéro est consacré à la guerre d'Algérie, ainsi que toute une section intitulée « Nouveaux témoignages sur les disparitions et les tortures en Algérie ») ; les actes III, IV et V dans le numéro 165, novembre 1959, p. 813-874.

1. Voir *La Force des choses*, p. 491.
2. Voir *ibid.*, p. 497.

Édition.

L'édition originale a été publiée par Gallimard en 1960 (achevé d'imprimer en janvier 1960).

Nous donnons le texte de l'édition originale (sigle : *orig.*) que nous amendons, dans les rares cas où elle est fautive, grâce aux états antérieurs du texte : le dernier état du manuscrit dont nous disposons (sigle : *ms.*) et la préoriginale (sigle : *préorig.*). Nous corrigeons, dans le texte de Sartre, l'orthographe de certains noms allemands (Sartre écrit, par exemple, Gœring au lieu de Goering).

J.-F. L.

NOTES ET VARIANTES

Les notes sont établies par Jean-François Louette et les variantes par Michel Contat.

Note préliminaire.

a. Cette note ne figure pas dans préorig.

1. Sartre a sans doute choisi un patronyme noble, pour suggérer la collusion des junkers avec les nazis. Michael Issacharoff (« Claustration et référence : *Les Séquestrés d'Altona* », *Le Spectacle du discours*, José Corti, 1985, p. 100) le lit « de guerre las ». Ce nom apparaît aussi dans *Le Diable et le Bon Dieu* (p. 379).

2. De cette méprise Serge Reggiani, défendant son personnage dans une lettre *post mortem* à Sartre, écrira ceci : « Je veux croire qu'il ne s'agit pas d'un hasard ni d'un simple tour que vous a joué votre mémoire, mais plutôt d'un hommage au vrai von Gerlach, et d'une chance de salut offerte au Frantz de la pièce » (*Dernier courrier avant la nuit*, L'Archipel, 1995, p. 108).

Distribution.

1. Évelyne Rey est le nom de scène d'Évelyne Lanzmann, sœur cadette de Claude (devenu le cinéaste que l'on connaît) et Jacques (écrivain). Née en 1930, elle s'installa à Paris après la guerre, pour faire du théâtre, et suivit notamment le cours Simon. Elle interpréta le rôle d'Estelle dans *Huis clos* au Théâtre en Rond, mis en scène par Michel Vitold (1956). C'est à cette occasion qu'elle fit la connaissance de Sartre, avec qui elle aura une longue histoire d'amour : le personnage de Johanna doit beaucoup aux réflexions d'Évelyne Rey sur les difficultés que lui causaient sa propre beauté et sa carrière.

2. Né en Italie en 1922, venu quelques années plus tard en France, Serge Reggiani entre au Conservatoire, et, quoique se sentant porté vers les rôles comiques, il obtient en 1942 deux prix, l'un de comédie, l'autre de tragédie. Il poursuit une double carrière, au cinéma et au théâtre. Il

trouve dans *Les Séquestrés*, où il a environ 1 800 lignes de texte et tient la scène pendant deux heures et demie, de son propre aveu, le rôle « le plus marquant, sans aucun doute, de [s]a carrière de comédien » (*Dernier courrier avant la nuit*, p. 93).

3. Il y a en fait deux Américains qui « paraissent au fond » dans une scène-souvenir (p. 891).

4. Pour le titre, Sartre aurait pensé en premier lieu à *L'Amour*. Rappelons aussi ce titre d'un texte que Sartre publia dans *Les Temps modernes* en novembre 1957 (repris dans *Situations, IV*, Gallimard, 1964, p. 291-346), sur le Tintoret : « Le Séquestré de Venise ».

Acte premier.

a. Tout n'est pas parfait : cependant, il y a tant de rouages *orig. Nous corrigeons.* ◆◆ *b.* êtes *orig. Nous adoptons la leçon de ms. et de préorig.* ◆◆ *c.* Que vous êtes fades ? *orig. Nous adoptons la leçon de préorig.* ◆◆ *d. Dans ms., Sartre insérait ici un long passage à propos de cette affaire qui impliquait un banquier de Hambourg et sa fille enchaînée :* Ces histoires ne sont jamais simples ; du père et de la fille on n'a jamais su qui était la victime de l'autre *, disait Werner. Pour finir, le banquier était condamné malgré la plaidoirie de Werner.* ◆◆ *e. Fin de la réplique de Werner dans ms. :* adorés. Il y a un insecte qui meurt avant que ses œufs éclosent. Il ramène de la viande fraîche dans son trou pour que ses larves puissent se nourrir après sa mort. Mais attention : la viande risque de pourrir ! Savez-vous ce qu'il fait, ce père prévoyant ? Il évite de tuer sa proie : il la pique aux ganglions pour la paralyser. Les chers petits la boufferont vivante. Le voilà, l'insecte industrieux ! *(Il a désigné le père. Geste vers la porte du premier étage.)* Sa larve est là-haut ; moi, je suis la nourriture. ◆◆ *f. portrait* : Treize ans. / WERNER : Il aurait fallu s'expatrier, lutter pour vivre, travailler ; notre Seigneur de la Guerre a préféré se faire nourrir par les autres. Eh bien, père, quelle décadence ! C'est un roi fainéant, votre fils bien-aimé. Quel titre donnerez-vous à toute cette comédie : *La Chute de la maison Gerlach* ou *Le Crépuscule des dieux* ? / JOHANNA, *mécontente mais d'une voix encore douce* : Werner, non, il ne faut pas… / WERNER : Laisse-moi tranquille, cela me fait du bien de leur dire la vérité. Tu vois : ils écoutent, ils se taisent, ils n'ont rien à répondre. Le colosse en verre filé, là-haut, c'est une imposture. *(Il la serre brutalement contre lui.)* La force, c'est moi qui l'ai. *(Elle se dégage violemment.)* Quel beau travail ! *ms.*

1. Marquant son envahissante présence, et pourtant le premier des signes qui donnent Frantz comme mort, ces portraits au mur indiquent aussi un des codes de référence de la pièce, le drame historique à la Victor Hugo (voir par exemple le début des *Burgraves*).

2. Voir la Notice, p. 1511 et 1513.

3. La scène va donc suivre un modèle, celui de l'habitude, qui détermine un redoublement de théâtralité : la famille *rejoue* un de ses rites, une de ses traditions constitutives.

4. Pour M. Contat, ce surnom fait du Père « le symbole d'une puissance autoritaire vidée de tout contenu réel, un chef dépassé par le mouvement de l'Histoire et sans prise sur celle-ci » (*Explication des « Séquestrés d'Altona » de Jean-Paul Sartre*, p. 24).

5. Autour de ce « cancer à la gorge » va se nouer tout un réseau de significations. C'est évidemment, sur le plan dramatique, ce qui motive

la fin du *statu quo*, l'entrée dans la crise, le désir qu'a le Père de revoir Frantz au plus vite. Sur le même plan, et aussi sur celui d'une justice rendue par Sartre au niveau de ses personnages, cette maladie apparaît comme la contrepartie de l'égorgement du rabbin polonais, dont il se peut que le Père ait été la cause ; elle entre en résonance avec l'égorgement de l'Allemagne dont Frantz accuse les vainqueurs. Sur le plan d'une lecture historique, le cancer métaphorise à la fois la crise de la cellule *familiale* bourgeoise et celle du régime économique capitaliste, avec la prolifération incontrôlable de ses grandes entreprises (voir la Notice, p. 1507). Sur le plan d'une philosophie de l'Histoire, le *cancer* — « crabe », en latin — du Père en fait un homme qui préfigure les crabes de l'avenir par le jugement desquels Frantz est obsédé, voire terrifié. Sur un plan métatextuel, ce cancer, maladie de la gorge, représente la décomposition de la parole littéraire dans la société des atomes modernes, décomposition dont la séquestration de la voix — métallisée — de Frantz dans un magnétophone forme un autre signe.

6. Voir les *Carnets de la drôle de guerre*, p. 221 ; et *Critique de la raison dialectique*, t. I, p. 439 et suiv.

7. Le beau-père de Sartre, Joseph Mancy, dirigea des chantiers navals à La Rochelle.

8. Propos que Sartre reprendra dans *Les Mots* (p. 13) : « Commander, obéir, c'est tout un. Le plus autoritaire commande au nom d'un autre, d'un parasite sacré — son père —, transmet les abstraites violences qu'il subit. »

9. Référence à la légende de Guillaume Tell. Le tyran Gessler avait fait placer son chapeau au bout d'un mât et ses sujets devaient le saluer bien bas. Guillaume Tell s'y refuse et Gessler le fait arrêter pour cet acte d'insoumission.

10. Sur cet effacement de la mère, voir M. Fields, « De la *Critique de la raison dialectique* aux *Séquestrés d'Altona* », p. 625, qui repère dans la famille Flaubert, telle que Sartre l'analyse dans *Questions de méthode* (1957, repris dans *Critique de la raison dialectique*, t. I, p. 13-111), le « prototype de la famille von Gerlach » : un père terrible, une mère dans son ombre, l'aîné privilégié (Achille = Frantz), le cadet mal aimé et voué au barreau (Gustave = Werner).

11. Séquestration volontaire ou contrainte : cette ambiguïté est aussi au cœur de *La Séquestrée de Poitiers* de Gide (Gallimard, 1930), que Sartre évoque dans son entretien avec Oreste Pucciani (voir Autour des *Séquestrés d'Altona*, p. 1040).

12. Lorsque le juge d'instruction entra dans la chambre de la séquestrée de Poitiers, il déclara : « Nous voyons aussi des coquilles d'huîtres, des bêtes courant sur le lit de Mlle Bastian » (*ibid.*, p. 25-26). — Pour une étude des coquilles comme métaphore de la séquestration dans l'œuvre de Sartre, voir Marie-Denise Boros, *Un séquestré : l'homme sartrien*, Nizet, 1968, p. 33-38 et 182-183.

13. Thème heideggérien. Voir *Sein und Zeit*, § 53, et la critique qu'en donne *L'Être et le Néant*, Gallimard, 1943, p. 615-633.

14. Le désir d'être « n'importe qui » réapparaît constamment chez Sartre. Voir la conclusion des *Mots* : « Tout un homme, fait de tous les hommes, et qui les vaut tous, et que vaut n'importe qui. »

15. Sartre, et sans doute le public aussi, avait probablement en tête la figure paradigmatique de la star déchue, fuyant le public dans une sorte

de réclusion volontaire : Greta Garbo, après l'échec du film *La Femme aux deux visages* (George Cukor, 1941).

16. Sur l'amour comme salut, voir *L'Être et le Néant*, p. 436-437.

17. Voir M. Issacharoff, « Claustration et référence : *Les Séquestrés d'Altona* », p. 99 : « Le personnage faisant l'évocation se situe à la fois dans les deux fuseaux horaires », le présent de l'exposition et le passé des rétrospectives. « Dans le cas de von Gerlach, cette technique est conçue, évidemment, pour mettre en relief son rôle symbolique de régisseur, car c'est lui qui tire toujours les ficelles du jeu, dans le passé comme dans le présent. »

18. Voir l'interview donné par Sartre au *Spiegel*, 11 mai 1960 ; Autour des *Séquestrés d'Altona*, p. 1033.

19. Il y aurait trois séquestrations en Frantz : celle de son enfance, « celle de son idéalisme moral ; et celle qu'il est occupé à accomplir sous nos yeux » (P. Verstraeten, *Violence et éthique*, p. 152-153).

20. Voir *Saint Genet*, Gallimard, 1952, p. 72 : « L'orgueil est la réaction d'une conscience investie par autrui et qui transforme son absolue dépendance en suffisance absolue » ; par autrui, c'est-à-dire par Dieu, ici.

21. Voir l'Épître de saint Paul aux Hébreux (IX, 13-14) : « [...] combien plus le sang du Christ [...] purifiera-t-il notre conscience des œuvres mortes pour que nous rendions un culte au Dieu vivant. »

22. Sartre dit avoir pensé donner comme titre à sa pièce « Qui perd gagne », mais il lui « aurait manqué l'autre face de la médaille qui [lui] paraît aussi importante : " Qui gagne perd " » (Autour des *Séquestrés d'Altona*, p. 1013). En Angleterre, le titre de la pièce a été traduit par *Loser wins*. — Sur ce schème important de la pensée sartrienne, voir *Le Diable et le Bon Dieu*, n. 18, p. 397.

23. D'après le récit qui précède (p. 891), il n'y a pas eu meurtre, mais tentative de meurtre.

24. Ce signal diffère au cours de la pièce : quatre, cinq, puis deux fois trois coups (p. 897) ; cinq, quatre, puis trois fois deux coups (p. 925) ; cinq, quatre puis deux fois trois coups (p. 971). Il s'agit sans doute d'une inadvertance de Sartre.

25. Tel est le modèle à l'œuvre : celui de l'interrogatoire, avec usage des projecteurs chers à la distanciation brechtienne. Le Père va retourner un agent ennemi, le déguiser (en star), et en faire son espion, que Frantz finira par traiter d'« agent double » (p. 955).

26. Leipzig se trouvait dans l'ancienne Allemagne de l'Est. G. Marcel reprocha à Sartre « de faire complètement abstraction de la coupure de l'Allemagne en deux » (« *Les Séquestrés d'Altona*. Débat sur la pièce de J.-P. Sartre », p. 54).

Acte II.

a. vos *préorig., orig. Nous adoptons la leçon de ms.* ◆◆ *b.* c'est grave. / FRANTZ : Le trentième ne répond plus. Alors, c'est qu'il n'y aura pas eu de Crabes. Ni plus de siècle du tout : une bombe aura soufflé la lumière. / LENI, *ironique* : Quelle chance : plus de juges ! / FRANTZ : Plus de juges ? Idiote ! *(Au plafond :)* Ô Nuit du Monde, Tribunal de la Nuit, qui fus, qui seras, qui es, j'ai été, j'ai été ! Ici, dans cette chambre, en ce jour et pour toujours, Frantz Gerlach a pris sur ses épaules son vieux siècle fatigué et il a dit : j'en répondrai. *(Déclic.* *ms.* ◆◆ *c. Dans ms., la fin de la scène est différente :* parole. *(Un silence.)* La bossue ? / LENI : Oui. Elle est entrée dans la Salle des Conseils, elle a vu l'escalier, une porte et la curiosité l'a rendue folle. Une intellectuelle, tu penses ! Je suis arrivée à temps pour l'attraper par le fond de sa robe et je lui ait fait descendre les marches plus vite qu'elle ne les avait montées. / FRANTZ : Une bossue ! Mon pauvre frère est bien mal loti. / LENI : Il a un faible pour l'intelligence. *Dans la suite de ce dialogue de comédie coupé par Sartre, Leni répond à Frantz qui lui demande ironiquement où Werner a rencontré sa future :* Dans l'enseignement. ◆◆ *d.* Pourquoi pas ? Je suis le dernier homme et le Témoin de l'Homme. Après moi, fini, la boucle est bouclée. *(Il ne cesse ms.*

1. M.-D. Boros (*Un séquestré : l'homme sartrien*, p. 9-10) démontre que Sartre a souligné à dessein « le côté conventionnel du monde bourgeois du rez-de-chaussée pour mieux en faire éclater le contraste avec l'univers mythique du premier étage », cet « univers désintégré de l'antithéâtre contemporain ». Voir aussi M. Issacharoff, « Claustration et référence : *Les Séquestrés d'Altona* », p. 97.

2. Ces pancartes trahissent l'angoisse de Frantz (peur du dérangement, peur de la peur). On en trouvait dans la chambre de Mélanie Bastian (*La Séquestrée de Poitiers* de Gide). Voir aussi Simone de Beauvoir, *Quand prime le spirituel*, Gallimard, 1979, p. 68 et 102 ; et la Notice, p. 1518.

3. Si Sartre insiste sur ces signes conventionnels du luxe, qui s'opposent au délabrement de la chambre de Frantz, c'est qu'il s'agit de matérialiser une contradiction propre à Frantz, dont l'analyse a été faite dans *Saint Genet* (« La Sainteté comme fait social », p. 222-231).

4. M. Issacharoff (« Claustration et référence : *Les Séquestrés d'Altona* », p. 98) note que le magnétophone est l'équivalent, à l'étage, de la Bible qui supporte les serments de la famille von Gerlach. Voir aussi *Les Mots*, p. 137 : « La voix de mon grand-père, cette voix enregistrée qui m'éveille en sursaut et me jette à ma table, je ne l'écouterais pas si ce n'était la mienne [...]. »

5. Pour une analyse stylistique des monologues de Frantz comme discours obsessionnel et hystérique, voir Gilles Philippe, *Le Discours en soi : la représentation du discours intérieur dans les romans de Sartre*, Champion, 1997, p. 340-350 et 380-386.

6. Ces crabes viennent du plus profond de l'imaginaire de Sartre (voir M.-D. Boros, *Un séquestré : l'homme sartrien*, p. 33-38) : piqué à la mescaline, il avait vu grouiller des crabes et des poulpes (voir Simone de Beauvoir, *La Force de l'âge*, Gallimard, 1960, p. 216 ; et *Les Mots*, p. 125 et 136). Aux balcons et en rond, les crabes sont une image du public et de l'Histoire, appelés à juger, dans l'ambiguïté, un être lui-même ambigu. Mais le crabe vaut aussi comme métaphore de l'homme soumis au regard d'autrui, qui fige sa peau en carapace. Voir aussi n. 5, p. 864 et la Notice, p. 1516-1517.

7. Voir l'Épître aux Romains de saint Paul (VII, 14-15) : « car je ne fais pas ce que je veux, mais je fais ce que je hais », en tant qu'« être de chair, vendu au pouvoir du péché ».

8. On pense à la fois aux aveux arrachés par la torture et aux procès soviétiques.

9. Les Titans furent précipités, et enchaînés, par Zeus dans le Tartare. Atlas, pour avoir participé à cette révolte, fut condamné à soutenir sur

ses épaules la voûte du ciel : c'est son rôle que Frantz assume (voir le monologue final, p. 993).

10. Voir Camus, *Caligula* ; *Théâtre, récits, nouvelles*, p. 93 : « cet affreux goût de sang dans ma bouche » ; et Jean Cayrol, « D'un romanesque concentrationnaire », *Esprit*, septembre 1949, p. 352 : le déporté de retour, alors que tant d'autres sont morts, « pourquoi lui a-t-on laissé ce maudit goût de l'agonie à la bouche pour l'enlever à sa passion ? ».

11. Sur la brusquerie des « spasmes de la conscience » qui font apparaître « une conscience imageante " auditive " ou " visuelle " » dans la « psychose hallucinatoire chronique », voir « Pathologie de l'imagination », *L'Imaginaire*, p. 199.

12. Parler à un magnétophone : Sartre trouve là un moyen dramatiquement et dramaturgiquement efficace de représenter l'écriture, ou l'écrivain. Par ailleurs, si Frantz choisit notamment cet « interlocuteur » par refus de parler à son Père/Freud, le magnétophone figure aussi l'écoute analytique, avec ses effets de miroir, de ressassement, d'emprisonnement peut-être, et ce que Sartre, dix ans après *Les Séquestrés*, nommera la « tragédie de l'impossible réciprocité » en commentant l'histoire de ce patient qui un jour voulut imposer un magnétophone à son analyste (voir « L'Homme au magnétophone », *Les Temps modernes*, avril 1969 ; repris dans *Situations, IX*, Gallimard, 1972, p. 329-337).

13. Voir ces paroles de Pierre, le fou, dans « La Chambre », qui évoquent de mystérieux surveillants : « S'ils veulent savoir ce que je fais, ils n'ont qu'à le lire sur l'écran, ils n'ont même pas besoin de bouger de chez eux » (*Œuvres romanesques*, p. 251). — L'expression biblique de « commencement des temps » et le ton solennel de Frantz suggèrent un souvenir possible de saint Matthieu (x, 26) : « Rien, en effet, n'est voilé qui ne sera révélé, rien de caché qui ne sera connu » (voir aussi Luc, xii, 2). Voir également la Notice, p. 1505-1506.

14. Voir la Notice, p. 1505.

15. Voir la deuxième Épître de Pierre, iii, 10 : « Il viendra, le jour du Seigneur, comme un voleur ; en ce jour, les cieux se dissiperont avec fracas, les éléments embrasés se dissoudront, la terre avec les œuvres qu'elle renferme sera consumée. »

16. Voir Luc, xxii, 44.

17. Voir *Situations, II*, Gallimard, 1975, p. 26-27 : « On ne fait pas ce qu'on veut et cependant on est responsable de ce qu'on est : voilà le fait. »

18. Vingt ans auparavant, en 1939, *S'il est minuit dans le siècle* de Victor Serge, révolutionnaire russe anti-stalinien, est paru chez Grasset.

19. Voir Mathieu dans *L'Âge de raison* : « [...] partout où je vais j'emporte ma coquille avec moi, je reste *chez moi* dans ma chambre [...] Que faire ? Briser la coquille ? C'est facile à dire » (*Œuvres romanesques*, p. 599-600). — En 1932, Nizan, à la fin d'*Aden Arabie*, écrivait ceci : les mots de droit, devoir, loyauté, charité, patrie « sont vidés. Ce sont des coquilles qui s'entrechoquent dans les conseils d'administration et les conseils de cabinet où les politiques habillent leurs mauvais coups » (rééd. La Découverte, 1987, p. 150).

20. Voir « le quiétisme de l'ivrogne solitaire » dont parle *L'Être et le Néant*, p. 722 ; et aussi le révolutionnaire Kaliayev dans *Les Justes* de Camus : « [...] on boit parce qu'on est humilié » (*Théâtre, récits, nouvelles*, p. 361).

21. Cette tirade peut se lire au regard de l'analyse que *L'Imaginaire* donne des hallucinations (p. 201-203) : « syndrome d'influence » (par les « ils »), images « *latérales, marginales* » qui arrêtent le cours des pensées (le « coton » et la « brume »), enfin « vacillation de la conscience personnelle » (d'où l'emploi du pronom démonstratif « ça » et du présentatif « il y aura »). Voir aussi Autour des *Séquestrés d'Altona*, p. 1041.

22. Ce personnage semble par la suite (II, IV ; IV, V et VI) être nommé Heinrich.

23. On retrouve, non sans dérision, la dialectique de Gœtz dans *Le Diable et le Bon Dieu*, et les « tourniquets » de *Saint Genet*.

24. En un emploi intransitif, selon le Littré, ce verbe signifie, « dans le langage des hôpitaux, être gâteux, lâcher involontairement les urines et les selles ».

25. Voir Matthieu, XVIII, 12.

26. Le mot (selon Ph. Thody, *Les Séquestrés d'Altona*, p. 205) évoque *anthropos*, puisque Frantz dira : « Les Crabes sont des hommes » (p. 959).

27. Frantz parodie la fin du Notre-Père, mais aussi deux cris de la Passion : « Cependant, non pas comme je veux, mais comme tu veux », et « Mon Dieu, mon Dieu, pourquoi m'as-tu abandonné ? » (Matthieu, XXVI, 39, et XXVII, 46).

28. Voir *Saint Genet*, p. 231 et suiv.

29. Voir Nietzsche, *La Généalogie de la morale* : la faculté d'oubli comme « une sorte de gardienne, de surveillante chargée de maintenir l'ordre psychique, la tranquillité, l'étiquette » (Henri Albert trad., révisée par Jacques Le Rider, Robert Laffont, coll. « Bouquins », 1998, p. 803).

30. J.-J. Roubine (« Sartre e il “ cinema nel teatro ” », p. 71-72) propose quatre interprétations de ce passage : le passé glorieux de Frantz est « frappé de soupçon, irréalisé » ; ce n'est plus tant un personnage dans une représentation, avec des médailles qu'on doit prendre pour vraies, qui se fait voir, qu'un acteur en cours de répétition, *entre* vie et rôle ; les médailles apparaissent comme de purs accessoires de théâtre ; Frantz essaie de manger son passé compromettant — mais il lui reste « plus de cent » médailles dans ses tiroirs…

31. Dans *Les Faux-monnayeurs*, Édouard inscrit, après une épigraphe empruntée à Paul Bourget (« La famille…, cette cellule sociale ») le titre d'un chapitre qu'il projette des *Faux-monnayeurs* : « Le Régime cellulaire » (André Gide, *Romans*, Bibl. de la Pléiade, p. 1021).

32. Voir la Notice, p. 1515.

33. Nouvelle allusion à *La Séquestrée de Poitiers*.

34. On songe souvent, en lisant cette scène, au troisième tableau du *Balcon* de Jean Genet, qui réunit le Général et la Fille, laquelle a préparé des médailles, et fait au « héros », qui ne cesse de se regarder dans le miroir, le récit de sa gloire et de sa mort.

Acte III.

1. Scène omise lors des représentations au théâtre de la Renaissance (selon Ph. Thody, *Les Séquestrés d'Altona*, p. 208).

2. Voir *Saint Genet*, p. 196-199 : « Une société en voie de désintégration, un individu à soi-même ennemi ressentant cette désintégration comme une maladie de sa personnalité, telles sont les conditions néces-

saires et suffisantes pour que la trahison ait lieu. » Voir aussi « Des rats et des hommes », *Situations, IV*, p. 38-81.

3. Cette allusion au titre de Cocteau — *La Machine infernale*, 1934 — joue, comme la fin de la pièce, sur la menace, contemporaine, de l'apocalypse nucléaire.

4. Voir Luc, xv, 11-32.

5. C'est un des mots que les nazis appliquaient aux prisonniers des camps, et que Beckett, dans *Fin de partie* (1956), prend au pied de la lettre en mettant Nagg et Nell dans des poubelles.

6. Voir M. Fields, « De la *Critique de la raison dialectique* aux *Séquestrés d'Altona* », p. 628 : « Werner ne connaît que deux formes extrêmes de l'amour : un amour sans espoir pour son père, et sa contrepartie, qui est un désir de domination à l'égard de Johanna. Ces deux attitudes excluent toute réciprocité. » Voir aussi Ph. Thody, *Les Séquestrés d'Altona*, p. 33.

Acte IV.

a. Dans ms. ce dialogue est développé. On y relève par exemple cet échange : FRANTZ : Je ne vous ai pas choisie. J'avais des juges, c'était l'Ancien Testament. Vous êtes venue, vous les avez chassés : prenez leur place ; vous serez le Testament Nouveau. *(Un temps.)* Le fond de l'affaire… Enfin, vous n'êtes pas sans savoir que je vous aime. / JOHANNA, *même jeu* : Bah ! / FRANTZ, *très courtois* : Pardon ? / JOHANNA, *toujours accablée, ton objectif* : Vous mentez encore. / FRANTZ : Non. / JOHANNA : Ceux qui veulent *tout*, vous m'avez dit qu'ils étaient incapables d'aimer. / FRANTZ : À moins d'avoir perdu la partie. / JOHANNA : S'ils la perdent ? / FRANTZ : Il arrive qu'ils fassent un virement, pas plus : ils mettent tout dans une personne. / JOHANNA : C'est ce que vous avez fait ? / FRANTZ : C'est ce que j'ai entrepris. *(Un temps. Il désigne le plafond.)* Je leur dis ce qui me passe par la tête : jamais de réponse. ◆◆ *b.* baptisé les prisonniers *préorig., orig. Nous adoptons la leçon de ms.* ◆◆ *c. La leçon de ms. est plus explicite :* Luther. Il n'apprend qu'à dire non. Je disais non à tout ; j'étais une conscience. Un jour, j'ai fait un acte. Haute moralité, cela va sans dire, valable en tout temps, en tout lieu. Vous auriez ri : je l'ai vu se volatiliser. Commencée par un refus, la clownerie s'est achevée par la négation la plus radicale : j'ai causé la mort d'un homme qui m'avait donné sa confiance. *(Riant.)* Vu ! Compris !

1. Adrian Van den Hoven (« Historiality, Historization and Historicity in *The Condemned of Altona* », *Sartre Studies International*, vol. III, n° 2, 1997, p. 44) signale qu'une montre est aussi donnée, avec le même effet, au Quentin du *Bruit et la Fureur*, roman de Faulkner dont Sartre avait rendu compte en 1939, et que Quentin, comme Frantz un peu plus loin dans la scène, essaie de la détruire. Voir *Situations, I*, Gallimard, 1947, p. 66.

2. Voir le Livre des Juges, XIII-XVI.

3. Pour J. Palmer (« *Les Séquestrés d'Altona* : Sartre's Black Tragedy », p. 153) le « projet fondamental » de Werner, la modalité de son choix de l'échec serait l'amertume. Ou bien le ressentiment, comme le Gustave de *L'Idiot de la famille*.

4. Propos d'allure nietzschéenne : voir *Humain, trop humain* (la métaphore de l'homme-fourmi : « Le Voyageur et son ombre », § 14, 16, 189), et *Ainsi parlait Zarathoustra* (Zarathoustra, habitant des montagnes, être des sommets).

5. Il s'agit d'une région d'Allemagne, montagneuse, de Dresde à la frontière tchèque, le long de l'Elbe.

6. Parodie d'Ovide, *Les Amours* : « *Nec sine te nec tecum vivere possum* » (« Je ne puis vivre ni sans toi ni avec toi »), qui est la formule même de l'amour névrotique, et un topos littéraire.

7. Sartre semble reprendre l'opposition entre le Dieu-Juge de l'Ancien Testament et le Dieu-Amour du Nouveau.

8. Toute cette scène peut se comprendre comme un débat avec Brecht, et plus précisément une réécriture de *Mère Courage* (donné à Paris par le T.N.P. en 1951, par le Berliner Ensemble en 1954). Si Mère Courage, qui elle aussi dialogue avec un officier, se laisse aller de guerre en guerre sans rien comprendre, comme si le peuple n'était pas coupable de la guerre, ici en revanche la femme *veut* la guerre jusqu'au bout ; si Mère Courage incarnait une profiteuse passive, ici la femme mutilée est une va-t-en-guerre. Deux images différentes du peuple allemand.

9. Sartre ici tient compte des reproches que lui avait attirés la représentation de la torture dans *Morts sans sépulture* ; voir la Notice de cette pièce, p. 1332 et suiv.

10. Voir la Notice, p. 1517-1518.

11. J.-J. Roubine (« Sartre e il " cinema nel teatro " », p. 67) souligne que le passé de Frantz apparaît nettement comme un *work in progress*, une œuvre (un film) à demi fictive qu'il ne cesse de modifier.

12. Telle était l'attitude, note H. Lausberg (*Interpretationen dramatischer Dichtungen. Albert Camus, « Les Justes ». Jean-Paul Sartre, « Les Séquestrés d'Altona »*, p. 155), d'un grand nombre d'officiers allemands entre 1933 et 1944.

13. Allusion au mot fameux d'Henri IV (« Paris vaut bien une messe »).

14. Voir J.-F. Louette, *Silences de Sartre*, p. 226-227. Il s'agit à la fois d'une messe noire (la parodie de l'Eucharistie comme communion dans une mort annoncée, celle des retrouvailles avec le Père), d'une messe rose (les amants incestueux partagent symboliquement, pour la dernière fois, l'ivresse et les sucreries du plaisir), et d'une messe argentée : les mots de corps et de sang, le Père les appliquait à son Entreprise ; les héritiers se partagent donc le gâteau avant même la mort du Père. Sartre suggère ainsi que Frantz ne s'est jamais défait de l'*avoir*, son ascétisme masochiste de faux saint n'étant, en un orgueilleux *potlatch*, rien d'autre qu'une façon de consommer (soi-même) sans produire (voir *Saint Genet*, p. 222-231), et sa séquestration un choix qui sera ainsi commenté à propos de Gustave : « aliéné à sa chambre, Flaubert choisit d'*être* plutôt que d'*exister*, et d'*avoir* plutôt que de *faire* » (*L'Idiot de la famille*, t. II, p. 1877).

15. Voir *Saint Genet*, p. 148 : « Marie Alacoque ramassant avec la langue les déjections des malades. »

16. Voir *Huis clos*, n. 13, p. 109.

17. Dans cette condamnation sans appel, M. Contat (*Explication des « Séquestrés d'Altona » de Jean-Paul Sartre*, p. 52-53) voit la « réaction de ces Belles Âmes qui, pendant la guerre d'Algérie, dénonçaient la torture sans s'en prendre, pratiquement, à la guerre coloniale elle-même », guerre de répression contre un peuple qui veut son indépendance. Dans sa « Réponse à Albert Camus » (*Situations, IV*, p. 90-125), telle est « l'attitude que Sartre avait dénoncée chez Camus : on la reconnaîtra chez

Johanna lorsqu'elle rejette Frantz *uniquement* parce qu'il a torturé, car elle le fait implicitement au nom d'une morale idéaliste et intransigeante qui refuse de prendre conscience des contradictions de l'Histoire ».

18. Sur cette fin de scène, voir Autour des *Séquestrés d'Altona*, p. 1023-1024. À l'origine, Sartre souhaitait que cet acte se clôture sur l'annonce d'un procès public de Frantz devant toute la famille, appelée à juger de son crime.

Acte V.

a. Il est sept heures *préorig., orig. Nous adoptons la leçon de ms., conformément à l'indication de la fin de l'acte IV.* ◆◆ *b.* dire : bon à rien *ms. Cette leçon risquait d'évoquer la célèbre plaisanterie anti-nazie sur « bon aryen ».* ◆◆ *c.* moi *préorig., orig. Nous corrigeons d'après la suite de la phrase* ◆◆ *d.* ce *orig. Nous adoptons la leçon de préorig.*

1. Gabriel Marcel (*Les Nouvelles littéraires*, 1er octobre 1959) voyait là « une scène qui est peut-être la plus belle que Sartre ait écrite »). R. Lorris (*Sartre dramaturge*, p. 271) note que cette scène est « typique des scènes de débat qui précèdent et amènent le dénouement : Jupiter-Oreste, Hoederer-Hugo, Gœtz-Heinrich », et relève que Frantz s'y voit dépossédé par le Père de tout ce qui le définissait : son secret (en fait déjà connu), son acte (« tu ne peux rien faire »), sa culpabilité (« je suis seul coupable — et de tout ») ; si bien que le fils y devient le reflet d'un être « qui, à son tour, n'est plus, puisque rejeté par l'Entreprise ».

2. Bel exemple de la polysémie recherchée par Sartre, à la fois comme marque de littérarité, comme association de tragique et de comique, et comme modalité du langage de la folie, « possédé » signifie ici à la fois : joué (berné), pris sexuellement, hanté comme un diable, eu comme une chose (en bonne logique national-capitaliste).

3. Josette Pacaly (*Sartre au miroir*, p. 255) signale le fantasme analogue d'Erik dans un épisode de *Pompes funèbres* de Genet (1947 ; Gallimard, 1953, p. 86-89), commenté par Sartre dans *Saint Genet* (p. 460).

4. C'est le thème, analysé dans la *Critique de la raison dialectique* (t. I, p. 201), de la rareté, qui engendre la haine et la violence. Voir aussi M. Fields, « De la *Critique de la raison dialectique* aux *Séquestrés d'Altona* », p. 623.

5. Étymologiquement, ce verbe « travailler » provient de *tripaliare*, torturer avec le *tripalium*, instrument à trois pieux.

6. Sartre avait lu *L'Afrique fantôme* (1934) où Leiris parle des « zar » d'Abyssinie et emploie, à propos de ces génies possesseurs, l'analogie génie/possédé = cavalier/cheval (*Miroir de l'Afrique*, Gallimard, coll. « Quarto », 1996, p. 583). Voir aussi *Saint Genet*, p. 75.

7. J. Lacroix écrit : « Rien n'advient, rien n'est à venir. Ce qui est d'ailleurs le propre du tragique, cette tentative pour arracher un événement au temps » (« *Les Séquestrés d'Altona* ou le Tragique moderne », p. 124).

8. Variation sur le proverbe latin « *hodie mihi, cras tibi* » (« aujourd'hui la mienne, demain la tienne »), souvent utilisé comme épitaphe.

9. Voir Anny Detalle (« Le Personnage de l'éternel adolescent dans le théâtre sartrien », *Littératures*, printemps 1984, p. 313) : « Le drame de l'adolescence, chez Sartre, prend [...] naissance dans l'immaturité des parents qui procréent, non point pour donner naissance à un être

différent d'eux-mêmes, mais pour se fabriquer un double. Ce faisant ils vouent à la mort, psychique d'abord, physique ensuite, l'être incomplet qu'ils ont enfanté. »

10. Cette marque de voiture de sports, fait remarquer A. Van den Hoven (« Historiality, Historization and Historicity in *The Condemned of Altona* », p. 37), fut créée par Ferdinand Porsche, qui conçut pour Hitler la voiture du peuple (la Volkswagen) ; la Porsche serait donc « à la fois un symbole du IIIe Reich et de la prospérité retrouvée de l'Allemagne de l'après-guerre ».

11. On peut éclairer cette mort nocturne, et en automobile, par l'analyse que Sartre consacrera à Flaubert, tenant les rênes de son cabriolet, et sur le point de vivre la chute de Pont-l'Évêque, dans *L'Idiot de la famille*, t. II, p. 1823 et suiv. : « L'obscurité, écrit Sartre, dénonce l'absurdité de toute entreprise, l'écrasement des projets par l'ordre inhumain des causes et des effets » (p. 1827). Elle est « invite obscure à l'autodestruction du mode fini » (p. 1828). Mais notons que Frantz, lui, ne conduit même pas : assomption jusqu'au bout de sa passivité face au Père.

12. Eau lustrale d'une purification par le suicide, eau maternelle — cette mère si peu présente dans *Les Séquestrés.*

13. Sur un plan intertextuel, on pourrait, sans méconnaître ses accents romantiques, comparer ce monologue final aux dénouements de *Caligula* de Camus, et de *Tueur sans gages* d'Ionesco. Voir la Notice, p. 1511 et 1512.

14. Voir la *Critique de la raison dialectique*, t. I, p. 208 : « Rien, en effet — ni les grands fauves, ni les microbes — ne peut être plus terrible pour l'homme qu'une espèce intelligente, carnassière, cruelle, qui saurait comprendre et déjouer l'intelligence humaine et dont la fin serait précisément la destruction de l'homme. Cette espèce, c'est évidemment la nôtre se saisissant par tout homme chez les autres dans le milieu de la rareté. »

15. Ce propos énigmatique peut s'interpréter sur plusieurs plans. Dramatique : il vise la confusion des personnages (Frantz se noyant en et avec son père, Johanna et Leni sœurs jumelles, Leni remplaçant Frantz dans la chambre de la folie). Thématique : *jamais* un et un ne font un (il n'est point, suggère la pièce, d'union par l'amour, la solitude est la loi) ; ou bien, *toujours* un et un font un, « lorsqu'un homme en rencontre un autre il y a toujours un mort et un seul survivant » (L. Goldmann, « Problèmes philosophiques et politiques dans le théâtre de Jean-Paul Sartre », p. 235). Philosophique : pas de meilleur résumé de l'analyse de la série comme addition sans somme que propose la *Critique de la raison dialectique* (M. Contat, *Explication des « Séquestrés d'Altona » de Jean-Paul Sartre*, p. 34). Intertextuel : parodie du dogme chrétien de la Trinité, et allusion au *Malentendu* de Camus (joué en juin 1944).

16. Pour cette nudité honteuse, et les douleurs de l'enfantement, voir la Genèse, III, 7-13 et 16. Voir aussi, de Sartre, *Vérité et existence*, Gallimard, 1989, p. 24 : « Il y a beau temps que nous sommes délivrés des fantômes de nos grands-pères. Si nous nous délivrions à présent des fantômes de nos arrière-petits-enfants ».

17. Cette expression semble, non sans dessein burlesque, empruntée à une demoiselle des Postes. Le téléphone est lié ici au défaut de communication (comme le magnétophone et la radio). — Notons par ailleurs avec R. Goldthorpe (« *Les Séquestrés d'Altona* : Imagination and Illusion », p. 157-158) que l'effacement des crabes du « trentième » fait du public le seul tribunal, celui de la nuit, pris dans l'obscurité de la salle et du sens,

mais amené, puisqu'il n'y a plus rien à voir, à quitter l'attitude de contemplation esthétique *avant* le baisser de rideau.

18. Avec le sang, les ténèbres forment un des thèmes fondamentaux de la folie tragique : voir *Ajax* et *Œdipe à Colone* de Sophocle, la folie d'Oreste dans *Andromaque* de Racine. — Mais on comprend aussi que cette fin des *Séquestrés*, Sartre en un sens la conçoit comme « la dernière pièce de l'histoire des hommes » (d'après E. Richer, « *Les Séquestrés d'Altona*. Débat sur la pièce de J.-P. Sartre », p. 56).

19. À rapprocher de la question de Johanna, à propos des prisonniers russes : « Vous qui répondez de tout, avez-vous répondu d'eux ? » (p. 969), et à comparer à la tirade finale d'Oreste dans *Les Mouches* : « Vos fautes et vos remords, vos angoisses nocturnes, le crime d'Égisthe, tout est à moi, je prends tout sur moi » (p. 69). R. Girard voyait dans Frantz « un Oreste revenu de ses illusions » (« À propos de Jean-Paul Sartre : rupture et création littéraire », p. 395).

20. Ce mot de la fin est celui qui, chez Frantz, signale l'irruption, mi-subie, mi-voulue, des pensées affolantes. La revendication de responsabilité suscite l'apparition de la folie : qui se veut responsable risque de devenir fou, telle est sans doute l'ultime pensée de l'engagement chez Sartre, dont on mesure le caractère pessimiste, voire paradoxal. — D'autre part, en vertu de l'inscription de cette tirade dans une double temporalité (celle de l'enregistrement passé de Frantz, et les « sept minutes » du trajet vers la mort que chronomètre Leni), le « hein quoi ? » sonne à la fois comme terme d'une séquence de « travail », et comme réaction à l'irruption de la mort.

Autour des « Séquestrés d'Altona »

FRAGMENTS MANUSCRITS DE L'ACTE I, SCÈNE II

Nous reproduisons ici les feuillets 12-45 et 68-71 provenant de l'ensemble A répertorié dans la Note sur le texte : une liasse de chutes de la réécriture de l'acte I, scène II. Ces feuillets ont été transcrits par Marie Brandewinder pour un mémoire de maîtrise de littérature française. Nous la remercions de nous avoir autorisés à nous en servir ici pour établir un texte dont nous n'avons pas conservé, sauf exception, les quelques passages biffés.

FRAGMENT MANUSCRIT DE L'ACTE I, SCÈNE IV

Dans le même ensemble A se trouvent des feuillets qui développent la discussion de la scène IV de l'acte I entre le Père et Johanna (ffos 126-129).

MANUSCRIT FINAL

Nous reproduisons un choix de fragments du manuscrit autographe final (*ms.*). Le texte a été établi par M. Contat et J.-F. Louette.

1. Il s'agit d'une erreur du manuscrit. Il faut lire « il ».

DÉCLARATIONS DE SARTRE
AVANT LA CRÉATION DE LA PIÈCE

◆ ENTRETIEN AVEC MADELEINE CHAPSAL. — Extrait d'une interview de Sartre par Madeleine Chapsal, *L'Express*, 10 septembre 1959.

◆ PROPOS RECUEILLIS PAR CHARLES HAROCHE. — Extrait d'une interview de Sartre par Charles Haroche, *France nouvelle*, 17 septembre 1959.

◆ PROPOS RECUEILLIS PAR CLAUDE SARRAUTE. — Extrait d'une interview de Sartre par Claude Sarraute, *Le Monde*, 17 septembre 1959.

DÉCLARATIONS DE SARTRE
APRÈS LA CRÉATION DE LA PIÈCE

◆ ENTRETIEN AVEC BERNARD DORT. — Les interviews données par Sartre sur *Les Séquestrés d'Altona* sont plus nombreuses que pour ses autres pièces. L'entretien le plus intéressant est celui qu'il a accordé au critique brechtien Bernard Dort pour la revue *Théâtre populaire* (nº 36, 4e trimestre 1959). Daté du 4 janvier 1960, cet entretien a donc été réalisé plusieurs mois après la première. Étant donné son importance, nous en reproduisons de larges extraits.

1. Siège de la Gestapo à Paris pendant l'Occupation.

◆ ENTRETIENS AVEC ALAIN KŒHLER. — Nous reproduisons un extrait des entretiens avec Alain Kœhler, parus dans *Perspectives du théâtre*, nº 3, mars 1960 ; et nº 4, avril 1960.

1. Rappelons que Sartre avait consacré en 1945 un article à *Citizen Kane* : « Quand Hollywood veut faire penser... » (*L'Écran français*, nº 5, 1er août 1945 ; repris dans Michel Contat et Michel Rybalka, *Les Écrits de Sartre*, Gallimard, 1970, p. 124-125).

◆ « NOUS SOMMES TOUS DES VICTIMES DE LUTHER ». — L'entretien qui suit a été réalisé par Walter Busse et Gunter Steffen en 1960, à l'occasion de la création allemande des *Séquestrés d'Altona* (*Die Eingeschlossenen*, représenté cette année-là sur quinze scènes allemandes). Le texte publié par *Der Spiegel* (11 mai 1960) est de toute évidence une traduction mot à mot de la sténographie de l'entretien. Il est retraduit par Michel Contat. Nous en donnons les extraits les plus significatifs.

1. Voir la « Discussion autour des *Mouches* », Autour des *Mouches*, p. 81-85.
2. Acte I, scène II, p. 884.
3. Le Père dit exactement (p. 885) : « Tu n'aimes pas ton prochain, Frantz, sinon tu n'oserais pas mépriser ces détenus. »
4. C'est le Père qui déclare (p. 885) : « [...] les Gerlach sont des victimes de Luther : ce prophète nous a rendus fous d'orgueil. »

5. Acte I, scène II. Ici encore les répliques de la pièce sont approximativement résumées.

6. Voir Karl Jaspers, *La Culpabilité allemande*, traduit de l'allemand par Jeanne Hersch, Éditions de Minuit, 1948.

◆ ENTRETIEN AVEC ORESTE F. PUCCIANI. — Extrait de l'interview par Oreste F. Pucciani, *Tulane Drama Review*, mars 1961.

1. Voir n. 11, p. 874, et n. 12, p. 875.

« LA QUESTION »

En 1965, pour le programme de la reprise des *Séquestrés d'Altona* au théâtre de l'Athénée, par la compagnie « Théâtre vivant », Sartre a écrit un texte, intitulé « La Question », que nous reproduisons.

1. Voir la Notice, p. 1504.

2. Le programme du théâtre de l'Athénée comportait aussi un texte bref de Claude Roy intitulé « Une tragédie moderne » où se lisent notamment ces lignes : « J'aimerais à la sortie coincer Sartre comme lui vous a coincé. " Qui a fait le coup ? allez, avoue ! allez, parle ! " Il avouerait, comme ils ont tous avoué, comme Flaubert a fini par se mettre à table : " Madame Bovary, c'est moi ". Comme Shakespeare, Dostoïevski, Kafka, Beckett, finissent par avouer, quand on sait s'y prendre. Parbleu, Frantz Gerlach, c'est lui, Sartre. Il se coupe tout le temps. Il mange le morceau. Le nommé Gerlach a les mêmes idées, les mêmes obsessions, la même fureur que le nommé Sartre. Déposition de *L'Être et le Néant*, oui, je reconnais cet individu, il est dévoré par mes idées, par le regard d'autrui, par la facticité, par l'enfer-c'est-les-autres, etc. »

LETTRES ADRESSÉES À SARTRE

Les lettres que nous reproduisons ici sont conservées à la B.N.F., départements des Manuscrits occidentaux, dans le dossier des *Séquestrés d'Altona*.

LES TROYENNES

NOTICE

La dernière pièce de Sartre n'est pas de Sartre. C'est en effet par l'adaptation d'une tragédie grecque du ve siècle avant Jésus-Christ, *Les Troyennes* d'Euripide, qu'il met un terme définitif à son activité de dramaturge. Écrite à Rome durant l'été de 1964, cette adaptation sera créée à Paris, au palais de Chaillot, le 10 mars 1965.

Sartre au T.N.P.

Entre janvier 1954, mois où paraît, avec succès, l'édition en volume des *Mots*, et octobre, date de l'attribution d'un prix Nobel spectaculairement refusé, Sartre a rappelé avec éclat que l'heure n'était pas encore venue pour lui de l'embaumement consensuel et du passage au panthéon désincarné des gloires semi-posthumes. Certes, depuis le début des années 1960, des générations nouvelles sont venues menacer ouvertement sa suprématie : le structuralisme commence à étendre son hégémonie sur les différents fronts d'un savoir jusqu'alors dominé par l'existentialisme, en particulier la philosophie et la critique littéraire. Et le Nouveau Roman bat en brèche les principes de *Qu'est-ce que la littérature ?* Mais le philosophe de la *Critique de la raison dialectique* n'a pas pris sa retraite et il tient à le faire savoir. L'adaptation des *Troyennes* s'inscrit dans cette stratégie de présence offensive. Même sans écrire une œuvre totalement originale, Sartre va de nouveau créer l'événement au cours de la saison théâtrale parisienne 1964-1965[1]. Surtout, ce choix paradoxal de la réécriture d'un classique confirme, par le sujet de la pièce et par sa forme, une décision devenue irréversible avec la guerre d'Algérie : faire ses adieux à la littérature — c'est la fonction que Sartre assigne aux *Mots* — pour mettre définitivement sa plume au service de la dénonciation des injustices. La fiction pure n'intéresse plus le romancier de *La Nausée*. Seul le travail sur Flaubert, dernier projet qui restera inachevé avec les trois tomes de *L'Idiot de la famille*, tisse encore un lien avec ses préoccupations passées par l'enquête critique que mène le livre sur la vocation d'écrivain dans une société bourgeoise. La politique a repris ses droits.

Deux ans après la fin officielle des hostilités en Algérie, la « sale guerre[2] » hante encore les mémoires. Les intellectuels progressistes poursuivent, une fois passés les risques de l'action militante, une réflexion douloureuse sur la violence exercée par les pays nantis sur le tiers-monde. Pour Sartre, le terrorisme des opprimés répond de façon légitime à cette oppression permanente des riches sur les pauvres[3]. Troisième après-guerre vécu par lui, cette période est aussi pour lui un intervalle entre deux guerres coloniales : en août 1964, moment de la rédaction des *Troyennes*, le Congrès des États-Unis donne son feu vert à l'intervention militaire au Viêt-nam ; en mars 1965, date des représentations à Paris, les premiers contingents terrestres américains débarquent sur le sol de l'ancienne Indochine. La lutte pour l'indépendance des pays en voie de développement s'articule alors de façon plus patente qu'avant sur un autre conflit parallèle : la guerre froide et ses menaces de cataclysme nucléaire. On sait combien Sartre fut sensible aux risques entraînés par cette rivalité des deux blocs, récurrente depuis 1945, avec les crises de Corée, de Berlin ou de Cuba. En ce même mois de mars 1965, il refuse l'invitation d'une université américaine, pour protester contre l'intervention militaire. C'est dans ce contexte historique marqué par l'exten-

1. Sartre ouvrira même la saison suivante avec la reprise en septembre 1965 des *Séquestrés d'Altona* dans une mise en scène de François Périer au théâtre de l'Athénée. En octobre, la télévision française diffusera une production de *Huis clos* réalisée par Michel Mitrani.

2. L'expression est mise par Sartre dans la bouche de Cassandre à la scène v des *Troyennes*, p. 1071.

3. Voir « *Les Damnés de la terre* », *Situations, V*, Gallimard, 1964, p. 189.

sion mondiale des guerres coloniales que s'inscrit la genèse de cette dernière pièce.

Le sujet des *Troyennes* semble à Sartre une prémonition de ce contexte. Pour lui, Euripide a peint les Grecs vainqueurs comme des modèles lointains de l'impérialisme moderne. Silencieux à la scène depuis cinq ans, détaché de la littérature de fiction, il choisit ce rôle effacé d'adaptateur comme un moyen terme somme toute acceptable entre le silence et l'engagement. Sans lui prendre trop de temps, ce travail lui permettra de jouer une dernière fois avec les mythes pour dénoncer cet impérialisme par la bouche de personnages imaginaires qui ne sont pas les siens mais qui diront ses mots.

Ce retour au théâtre, paradoxal dans cette apparente modestie, a lieu dans des conditions matérielles nouvelles. Avec *Les Troyennes*, Sartre voit en effet une œuvre créée pour la première fois sur une scène subventionnée, alors que toutes ses autres pièces avaient été montées dans des théâtres privés. En mars 1965, il entre donc au Théâtre national populaire. Le succès sera suffisamment important pour lui permettre d'être inscrit au répertoire de Chaillot trois ans plus tard, en novembre 1968, avec une reprise remarquée du *Diable et le Bon Dieu*, mis en scène par Georges Wilson. Celui-ci, qui dirige l'institution depuis 1963, date de la démission de Jean Vilar, réconcilia Sartre avec le T.N.P., dont le précédent directeur entretenait avec l'écrivain des rapports ambigus. Si Vilar joua le rôle de Heinrich au théâtre Antoine en 1951 à la création du *Diable et le Bon Dieu*, il apprécia modérément de voir Sartre rejoindre en 1955 les critiques d'extrême gauche qui dénonçaient l'absence du public ouvrier au T.N.P., dans la campagne orchestrée par Bernard Dort et la revue *Théâtre populaire*[1]. Or, Vilar avait lutté à sa façon contre la guerre d'Algérie : il avait adapté un classique grec d'inspiration pacifiste, *La Paix* d'Aristophane, monté à Chaillot en décembre 1961. L'*Antigone* de Sophocle en 1960 et *La guerre de Troie n'aura pas lieu* de Giraudoux en 1962 encadrent chronologiquement cette adaptation : Vilar croyait à l'utilité du recours aux légendes grecques pour faire réfléchir le public français. D'autre part, *Les Troyennes*, dans une traduction nouvelle de Jacqueline Moatti, avait été mis en scène par Jean Tasso et joué en tournée, également en 1961. Commentant ce spectacle militant, Sartre déclare avoir été « frappé du succès qu'avait obtenu ce drame auprès d'un public favorable à la négociation avec le F.L.N.[2] ». Le T.N.P. reprend donc à son compte en 1965 à la fois une tradition de Vilar, la relecture « actualisée » des classiques, et un geste récent de théâtre engagé qu'il transforme en production importante. Il fait appel à des noms connus : outre Sartre pour le texte, la mise en scène est en effet confiée au Grec Michel Cacoyannis[3], remarqué pour avoir porté au cinéma en 1962 l'*Électre*

1. Voir « Théâtre populaire et théâtre bourgeois », *Un théâtre de situations*, Gallimard, coll. « Folio », 1992, p. 74-87.
2. Voir p. 1049.
3. L'intercesseur unique, qui avertit Sartre que Wilson souhaitait monter un classique grec, fut Claude Lanzmann dont l'épouse, Judith Magre, travaillait occasionnellement avec la troupe du T.N.P. depuis 1963. Sartre choisit *Les Troyennes* et Judith Magre (dont ce devait être la troisième Cassandre en deux ans) proposa Michel Cacoyannis pour la mise en scène (renseignements recueillis par Michel Contat auprès de Claude Lanzmann et de Judith Magre en juin 2002).

d'Euripide avec Irène Papas, et devenu mondialement célèbre en 1965 avec *Zorba le Grec*. La musique de scène, élément essentiel d'un spectacle qui dans l'original grec fait une place importante au chant, est demandée à Jean Prodromides, qui avait déjà réalisé ce travail pour une production des *Troyennes* à New York.

La tragédie d'Euripide.

Joué à Athènes aux Grandes Dionysies de mars 415 avant Jésus-Christ, *Les Troyennes*[1] appartient à la dernière période créatrice du tragique grec. Troisième partie d'une trilogie entièrement consacrée à la guerre de Troie (cohérence rare chez Euripide), cette pièce illustre les désastres physiques et moraux entraînés par le conflit, au terme d'une évocation dialectique des fautes commises par les vainqueurs et les vaincus. Les deux premières pièces ne sont connues que par de brefs fragments et par leur argument. La première, *Alexandros*, évoque la culpabilité des Troyens avec une légende qui rappelle celle d'Œdipe : un rêve prémonitoire apprend à Hécube que son fils, Alexandros (le nom « royal » de Pâris), sera l'agent de la destruction de Troie. Malgré cette mise en garde, elle sauve son enfant, portant ainsi une part de culpabilité dans le déclenchement de la guerre, ce qu'Andromaque puis Hélène lui rappelleront dans *Les Troyennes*. En antithèse, c'est un crime des Grecs qui constitue l'argument de la deuxième pièce, *Palamède*. L'action s'y transporte dans leur camp, alors qu'ils assiègent la ville de Priam. Euripide y présente sous les pires traits la figure d'Ulysse, qui pour se venger du sage Palamède, fils du roi grec Nauplios, l'accuse faussement d'une trahison en faveur des Troyens. Bien que n'apparaissant pas sur scène, Ulysse, dans *Les Troyennes*, restera le démagogue pervers de la pièce précédente, celui qui décide l'armée grecque à sacrifier Astyanax, le fils d'Andromaque et d'Hector. Quant aux *Troyennes*, sa structure dramatique est d'une grande simplicité : des tableaux se succèdent, qui montrent les coups du sort qui pleuvent sur les femmes vaincues, au matin du pillage de leur ville. Selon les codes de la tragédie grecque, des passages parlés alternent avec des passages lyriques : Hécube et le Chœur chantent ainsi un véritable oratorio funèbre, un thrène pathétique[2].

Euripide écrivait une pièce engagée, où la ruine de Troie, loin de conforter le patriotisme hellénique contre les « Barbares », montre le malheur absolu qu'entraîne toute guerre. La guerre du Péloponnèse s'était achevée en 421 avant Jésus-Christ, après dix ans de combats fratricides et d'exactions multiples. Par une cruelle ironie de l'histoire, au lendemain même de la représentation des *Troyennes*, les Athéniens s'embarquaient pour une expédition coloniale en Sicile qui allait se solder par le désastre de Syracuse en 413. À travers les tableaux où défilent des héroïnes célèbres de la légende de Troie, c'est le malheur des vaincus, l'injustice des dieux et l'inhumanité des vainqueurs (voués à une pro-

1. Voir la Notice des *Troyennes* par Léon Parmentier dans Euripide, *Tragédies*, t. IV, Les Belles Lettres, « Collection des universités de France », 1925. C'est ce « Budé » qui a servi au travail de réécriture de Sartre (tome IV des *Œuvres complètes* d'Euripide). Voir aussi la Notice des *Troyennes* dans Euripide, *Théâtre complet*, Bibl. de la Pléiade, p. 705-707.

2. Voir Jacqueline de Romilly, *La Modernité d'Euripide*, P.U.F., 1986, p. 51 et suiv., et 213 et suiv.

chaine punition divine) qui sont montrés sur scène en des images fortes donnant aux spectateurs la vision d'un désastre sans issue. Pièce dont le pessimisme, y compris religieux, choqua Aristophane. Pièce sans action autre que le commentaire sur scène par Hécube, incarnation vivante d'une ville assassinée, et par le chœur des Troyennes des crimes successifs des Grecs dont Talthybios est le messager, un messager parfois effrayé lui-même de la cruauté de ses compagnons d'armes. Pièce dont l'intensité augmente de tableau en tableau jusqu'à l'horreur finale de l'enfant déchiqueté et le spectacle de l'incendie. Pièce longtemps mal aimée à cause de l'absence d'action, conservée cependant dans les anthologies alexandrines. Pièce reprise par Sénèque, qui fut, avant Sartre, le premier philosophe dramaturge à récrire une tragédie où la terreur et la pitié semblent portées aux limites de l'insoutenable[1].

L'adaptation de Sartre.

Dans l'interview recueillie par Bernard Pingaud pour le numéro de février 1965 de *Bref*, le journal du T.N.P., Sartre s'explique très clairement sur son travail d'adaptation[2] : refus d'un respect littéral du texte, volonté pédagogique d'expliciter les allusions aux légendes, dramatisation d'une pièce statique, rappel de l'absurdité des guerres coloniales et, *in fine*, de l'absurdité générale qui règle les destins des hommes et des dieux. Tels sont les principes d'un travail qui relève plus d'une actualisation du texte français que d'une invention de situations nouvelles à partir des données antiques, comme autrefois dans *Les Mouches*.

Il suffit de lire une traduction de l'œuvre d'Euripide pour constater combien Sartre respecte son modèle. Il ne modifie pas la structure de la pièce. Il reprend scrupuleusement l'ordre des scènes et des apparitions des personnages, sauf pour le retour, à la fin, du dieu Poséidon. Surtout, il n'invente pas en dehors d'Euripide : la dénonciation finale de la guerre par le dieu n'est qu'une reprise amplifiée des trois vers qui concluaient sa tirade dans le prologue de l'original grec : « Il est fou le mortel qui saccage les villes, / et qui change en déserts les temples et les tombeaux, / lieux sacrés du repos : c'est lui qui périt pour finir[3]. » On notera en revanche l'importance de certaines réécritures, comme celle du troisième *stasimon* de la tragédie, que Sartre fusionne avec le début de l'*exodos*, à l'ouverture de sa scène XI. Ce morceau constitue la partie originale la plus longue de l'adaptation, avec l'évocation prophétique du retour en grâce d'Hélène auprès de Ménélas. Le Chœur, scandalisé, y chante avec Hécube l'absurdité d'une guerre déclarée pour un adultère qui ne sera même pas puni : les guerriers sont morts « pour rien » ; revient comme un refrain la formule : « Le crime paie » (p. 1101 et suiv.). Il n'est pas inutile ici de rappeler que pour les spectateurs des années 1960 ce refrain — absent du texte d'Euripide, de même que l'évocation explicite du retour d'Hélène à Sparte — pouvait être perçu comme la reprise en antiphrase d'un dicton qui servait de titre à un feuilleton en images du quo-

1. Mais Sénèque, à la différence de Sartre, amalgame aux *Troyennes* une autre pièce d'Euripide, *Hécube*, en modifiant ainsi le schéma de l'intrigue. Voir Sénèque, *Tragédies*, t. I, F. R. Chaurnarin éd., Les Belles Lettres, 1996.

2. Voir p. 1047-1051.

3. Vers 96-98, Marie Delcourt-Curvers trad., *Théâtre complet*.

tidien *France-Soir* : « Le crime ne paie pas ». Jouant sur les ruptures de ton, Sartre introduit ici dans le contexte grec un collage renvoyant à la culture populaire de son époque, cherchant moins l'anachronisme qu'un effet de connivence qui tient de la parodie. Cette parodie n'a rien de comique à ce moment de l'action. Mais on trouve dans la scène précédente, où s'affrontent Ménélas et Hélène, des échos plus légers. Sartre aimait Offenbach : il lui reprend le refrain de la « fatalité » que, dans l'opéra bouffe *La Belle Hélène*, l'héroïne évoque pour se disculper. Il ne détestait pas rivaliser avec Giraudoux : comme dans un pastiche de *La guerre de Troie n'aura pas lieu*, Hélène donne du « mon chéri » à son époux ; et lorsqu'elle déclare : « [...] c'est *une autre* qui s'est enfuie, c'était moi et ce n'était pas moi » (p. 1095), Sartre traduit en termes psychologiques une ambiguïté présente dans l'original de façon moins subtile. Cette accentuation de la comédie de caractère, sous-jacente à la scène originale, ne trahit d'ailleurs nullement le tragique grec qui, inventeur du mélange des genres, a voulu un contraste entre ce passage à la fine rhétorique et les images finales d'Astyanax démembré et de la ville en flammes.

Le plus souvent, Sartre resserre le texte, l'abrège, évite les répétitions. Par exemple, il coupe une quarantaine de vers dans les plaintes d'Hécube à la fin du premier épisode (scène VI). Il ménage des effets de surprise : Poséidon avertissait le spectateur grec dès le prologue de l'égorgement de Polyxène sur le tombeau d'Achille. Avec Sartre, le spectateur français l'apprendra plus tard. L'adaptateur moderne multiplie des idées de mise en scène, écrivant sur son manuscrit des didascalies dont le nombre sera fortement réduit pour le texte imprimé. On remarquera entre autres inventions visuelles un effet de lumière en plein accord avec le texte grec : Sartre indique que l'aube pointe au début de la scène IX (deuxième *stasimon* de la tragédie), moment où justement le chant du Chœur évoque les amours de la déesse Aurore avec le Troyen Tithon, frère de Priam. « L'Aube est horriblement belle / et les Dieux nous ont abandonnés » (p. 1089), conclut le Chœur chez Sartre, qui ne manque pas ici l'occasion de proposer ses propres variations poétiques sur un motif paradoxal déjà illustré par Giraudoux avec l'ultime réplique de l'*Électre* de 1937 : « Cela s'appelle l'aurore. »

Le langage de Sartre accentue à l'occasion la violence des situations évoquées, sans exagération autre que le retour cher à l'auteur de *Saint Genet* d'un lexique plus proche de Céline ou de Boris Vian que du style châtié de la « Collection des universités de France ». Cassandre prédit qu'Agamemnon, le « grand roi », « va crever » (p. 1068) — un verbe récurrent dans l'ensemble de la pièce, jusqu'à la tirade finale de Poséidon. Pâris est une « ordure » pour le Ménélas de Sartre (p. 1089), injure absente des vers correspondants du texte original (v. 866-867). Mais les lecteurs d'Euripide savent combien ce dernier usait d'une langue forte, faisant sa place au corps. Même si elle refuse la fidélité littérale d'un mot à mot philologique, la version de Sartre, riche d'une culture maîtrisée et d'une virtuosité constante, reste au service du modèle grec, à la différence — qualité du texte oblige — de l'autre adaptation de sa carrière théâtrale, le *Kean* de Dumas.

Sartre s'explique aussi dans l'introduction sur le détournement de vocabulaire le plus spectaculaire de son texte : les passages où les Grecs, ennemis des Troyens, deviennent sous sa plume les représentants de l'« Europe », bourreaux de l'« Afrique » et de l'« Asie ». On touche là au cœur du projet politique que nous avons résumé plus haut, véritable point de départ de la pièce : la dénonciation de l'impérialisme. Non pas au nom d'un pacifisme béat, mais afin de montrer qu'une civilisation se renie, se perd et meurt quand un peuple se lance dans une guerre coloniale. Cette guerre engendre le feu et la folie, multiplie les cauchemars de sang et de sexe : c'est Cassandre hystérique brandissant sa torche en racontant ses noces fatales avec Agamemnon, ou encore l'incendie final. Euripide frappe aussi fort que le feront à leur manière Genet dans *Les Paravents* (1961) ou Pierre Guyotat dans *Eden, Eden, Eden* (1970). Sartre n'a eu, quant à lui, qu'à verser son propre pessimisme dans le moule qui lui était offert, en se réappropriant certains thèmes. Des fragments de texte rappellent des formules apparues dans les pièces précédentes : comme *Les Séquestrés d'Altona*, la tragédie antique parle des crimes de guerre, et Ménélas est appelé « le boucher de Troie » (p. 1062), ainsi que Frantz von Gerlach se nommait lui-même « le boucher de Smolensk » (p. 986). Le règne du mal est installé, sans recours possible à des dieux aussi lâches que les hommes. Ce nihilisme renvoie en écho au monologue de Frantz débité par le magnétophone à la fin des *Séquestrés*. Avec *Les Troyennes* se confirme l'évolution de Sartre vers une vision de plus en plus noire de l'histoire : si, à la fin du *Diable et le Bon Dieu*, Gœtz, en aventurier converti à l'action immédiate, déclarait : « Il y a cette guerre à faire et je la ferai » (p. 501), Poséidon, dans la péroraison ajoutée par Sartre, récuse au contraire toute idée de guerre légitime : « Faites la guerre, mortels imbéciles, / ravagez les champs et les villes, / violez les temples, les tombes, / et torturez les vaincus. / Vous en crèverez. / Tous » (p. 1112). On imagine aussi combien la mise en scène par Euripide du massacre d'Astyanax a pu parler à l'imagination d'un auteur qui déclarait dans une interview que *La Nausée* ne faisait « pas le poids » en face d'un enfant qui meurt[1]. Reprenant ce tableau des *Troyennes*, Sartre a l'occasion de récrire un texte qui pourra « faire le poids » moins mal que *La Nausée*, puisqu'il montre la mort d'un petit prince qui est à lui seul le symbole de l'enfance assassinée de tout le tiers-monde. Suivront dans l'actualité des images bien réelles d'enfants vietnamiens brûlés au napalm qui feront le tour de la planète.

Humanisme et engagement.

Cette adaptation des *Troyennes*, qui intervient au terme de la carrière théâtrale de Sartre, amène à interroger, bien après *Les Mouches* qui marqua son entrée officielle dans cette carrière, son rapport à la culture grécolatine. En particulier, la tragédie grecque a-t-elle pu nourrir sa propre esthétique dramatique ? Il serait trop long de développer ici une étude de l'influence de la culture antique sur Sartre. Indiquons simplement qu'elle alimente quelquefois l'imaginaire le plus personnel d'un écrivain qui a suivi au lycée, en khâgne et à l'École normale, un parcours d'humanités incluant la connaissance approfondie du grec et du latin. Les légendes troyennes servent par deux fois, dans *La Nausée* et dans *Les Mots*, à mettre en scène le moi de l'auteur sous le masque d'un Troyen,

1. Voir « Jean-Paul Sartre s'explique sur *Les Mots* », interview par Jacqueline Piatier, *Le Monde*, 18 avril 1964.

le fils d'Anchise, dont Virgile raconta l'épopée[1]. Sartre, contre un mythe d'Œdipe trop compromis avec la psychanalyse, joue dans ce texte avec un mythe d'Énée qu'il se réapproprie. Au théâtre, « forger des mythes » est bien depuis le début (*Bariona*) un des contre-feux allumés pour éliminer le théâtre psychologique à la française, mais aussi pour brider les excès des partisans de Brecht et les jeux iconoclastes du théâtre de l'absurde. Il y aurait beaucoup à dire sur l'affinité particulière de Sartre avec Euripide, le tragique grec le plus moderne, le forgeur de mythes qui n'est pas dupe des mythes qu'il forge. Sartre se rappelait encore en janvier 1979 avoir vu en 1941, monté en plein air par Jean-Louis Barrault, *Les Suppliantes*[2]. Il donna des cours chez Dullin sur la tragédie grecque. En 1961, après *Les Séquestrés d'Altona*, il projetait d'écrire une pièce « féministe » d'après l'argument d'*Alceste* du même Euripide[3], un auteur qu'il devait décidément rencontrer pour sa pièce sur la guerre de Troie.

Dans cette rencontre, il semble difficile de savoir ce qui l'emporte, de la « sartrisation » d'Euripide, ou, à l'inverse, de l'« euripidisation » de Sartre. Mais cette question du dosage de l'originalité est-elle si essentielle ? Il est plus important de noter combien, au bout du compte, cette adaptation des *Troyennes* peut être reçue comme pièce à part entière du corpus fictionnel sartrien. Avec ce dernier essai, Sartre tente — abrité par son modèle — une aventure dramatique nouvelle, qui réalise des projets restés inaboutis. Comme le dit Robert Lorris : « *Les Troyennes* représentent, sans doute, cette tragédie qui manquait à l'œuvre de Sartre et de laquelle *Huis clos* s'était approché[4]. » Grâce à la caution d'Euripide, Sartre réalise une aspiration au lyrisme qu'il n'avait jamais pleinement libérée auparavant. Comme en témoigne la typographie de son texte — unique dans son œuvre —, il écrit en versets, il écrit en poète. Le voilà enfin parvenu à réaliser un rêve qu'il caressait sans doute depuis la composition du *Diable et le Bon Dieu* : devenir le Claudel du marxisme, pour montrer à la gauche que le théâtre engagé ne se réduit pas à Brecht et à sa trop fameuse distanciation. C'est avec *Les Troyennes* et non avec *Les Mots* que Sartre, nous l'avons dit, fait ses adieux à la littérature. Le monologue de Poséidon est le dernier message sorti de sa plume, du moins le dernier qui emprunte la voix d'un personnage imaginaire. Sartre écrivain se tait après avoir fait parler un dieu grec.

Adapter ainsi *Les Troyennes*, n'était-ce pas enfin revenir à un état originel de l'écriture, dans une régression heureuse dont le début d'« Écrire », deuxième section des *Mots*, donne en partie la clef ? Après avoir évoqué sa traduction en alexandrins des *Fables* de La Fontaine, Sartre s'y remémore en ces termes son premier roman achevé, *Pour un papillon* : « L'argument, les personnages, le détail des aventures, le titre même, j'avais tout emprunté à un récit en images paru le trimestre précédent. Ce plagiat délibéré me délivrait de mes dernières inquiétudes : tout était forcément vrai puisque je n'inventais rien. [...] Me tenais-je pour un copiste ? Non. Mais pour un auteur original : je retouchais, je rajeunis-

1. Voir *La Nausée* ; *Œuvres romanesques*, p. 112 ; et *Les Mots*, Gallimard, 1964, p. 18.
2. Entretien avec Bernard Dort, *Un théâtre de situations*, p. 241. Il s'agit bien de la pièce d'Euripide, où jouait son amie Olga Kosakiewicz, et non de celle d'Eschyle qui porte le même titre mais dont l'argument est différent.
3. Entretien avec Kenneth Tynan, *Un théâtre de situations*, p. 178.
4. *Sartre dramaturge*, Nizet, 1975, p. 310.

sais ; par exemple, j'avais pris soin de changer les noms des personnages. Ces légères altérations m'autorisaient à confondre la mémoire et l'imagination. Neuves et tout écrites, des phrases se reformaient dans ma tête avec l'implacable sûreté qu'on prête à l'inspiration[1]. » Contre le mythe romantique de la création solitaire, l'enfant Poulou expérimentait le plagiat au point de départ de sa carrière d'écrivain. Au terme de celle-ci, l'adulte Sartre pratique une dernière fois cette forme anoblie de plagiat qu'est l'adaptation. Une boucle se referme, vers l'effacement de l'auteur. Ce qui montre que la fable des *Mots*, derrière sa provocation, recouvrait une vérité profonde. Un écrivain n'est jamais seul, dans le magnifique isolement de son génie. Il est traversé par les textes des autres et peut à l'occasion, comme Baudelaire le découvrit avec Edgar Poe, trouver une révélation de soi dans la traduction d'autrui. C'est aussi cette leçon de démocratie littéraire, et d'humilité, que Sartre nous donne en prenant congé de la scène avec son adaptation des *Troyennes* d'Euripide.

JACQUES DEGUY.

DOSSIER DE RÉCEPTION

Une partie de la critique ne fut sensible qu'aux aspects dramatiques et scéniques du spectacle, sans percevoir sa dimension politique. Jean-Jacques Gautier fit ainsi, dans *Le Figaro* du 19 mars 1965, un éloge inconditionnel du texte et de sa mise en scène. Une autre partie comprit bien la manœuvre de Sartre et le sens politique de sa réécriture d'Euripide. Ainsi Robert Kanters, dans « Sartre contre les dieux » (*L'Express*, 22 mars) :

> Les arrangements les plus spectaculaires sont ceux qui visent l'actualité. « C'est vous, les Grecs, qui inventez des supplices barbares », crie Andromaque dans la traduction de Marie Delcourt (Pléiade). Et chez Sartre : « Hommes de l'Europe, vous méprisez l'Afrique et l'Asie… vous pillez, vous torturez, vous massacrez ; où sont les barbares, alors ? »
>
> Troie est tombée il y a 3 148 ans, mais la résistance n'est pas finie, et M. Sartre brûle de porter des valises pour son F.L.N.
>
> Ce qu'il veut nous rappeler, et il a raison, c'est que la guerre de demain pour la première fois risque d'être vraiment la grande illusion qui ne laisse ni vainqueurs ni vaincus *en même temps*. […]
>
> L'auteur des *Mouches* adapte ainsi une tragédie grecque contre la Grèce, comme il prend le parti du colonisé contre la culture du colonisateur — comme il prend le parti de l'homme contre les dieux. […] « Les dieux crèveront avec les hommes, dit M. Sartre, et cette mort commune est la leçon de la tragédie. »

Le Nouvel Observateur consacra trois longs articles à la pièce. Le premier, par Raymond Laubreaux (4 mars 1965), devançait la première et approuvait le parti pris de Sartre et Cacoyannis de s'inscrire dans la lignée de Barrault, Vilar, et Tasso, contre les reconstitutions à l'antique. C'est cette volonté de montrer l'actualité d'Euripide que loue Robert Abirached, dans le numéro du 25 mars :

1. *Les Mots*, p. 117-118.

Un texte nerveux, percutant, admirable de révolte et d'ironie meurtrière : *Les Troyennes* de Jean-Paul Sartre. Une mise en scène majestueuse, largement rythmée, admirable de lyrisme et de pathétique retenu : une tragédie d'Euripide, interprétée par Michel Cacoyannis. Issu d'une double lecture, bâti sur de subtiles disparates, le spectacle du T.N.P. est pourtant l'un des plus beaux que nous ait procurés la saison théâtrale.

Et d'abord qu'on ne dise pas que l'auteur des *Mouches* a trahi son modèle. L'esprit d'examen, l'incrédulité, le réalisme, voire un certain accent de persiflage, on trouve tout cela chez Euripide. Ce grand auteur tragique est bien l'assassin de la tragédie grecque, qu'il a brutalement descendue de son piédestal et désacralisée : au lieu de l'affrontement entre les dieux et les hommes, il a montré à ses contemporains Jupiter moribond et l'histoire ennemie de l'épopée. [...]

Que la déploration des Troyennes vous arrache du moins à votre conscience béate : l'homme ne trouvera sa chance que dans la justice et dans la paix.

La leçon, on le voit, est actuelle. Il n'y a pas d'alibi pour les assassins ni d'excuses pour les horreurs de la guerre. Comment une telle œuvre n'eût-elle pas fasciné Jean-Paul Sartre, qui disait déjà dans *Les Mouches* : « Le secret douloureux des dieux et des rois : c'est que les hommes sont libres » ? Mais il ne s'est pas soucié de traduire Euripide : il lui a prêté sa propre voix et l'a transporté parmi nous, nous montrant ce qu'il signifiait ici et aujourd'hui. D'où le sarcasme violent que nous trouvons ici, et cette agression délibérée de la tragédie par le langage, et cette méfiance ouverte pour le lyrisme.

Artiste discutable peut-être, mais d'une incroyable force politique, bref le premier des intellectuels engagés, tel est le portrait que Claude Roy propose d'Euripide, dans le troisième article du *Nouvel Observateur* (« Quand deux traîtres se rencontrent », 1er avril 1965), et c'est le portrait même de Sartre :

Je ne sais pas si Sartre quand il lisait en khâgne son manuel de littérature grecque avait l'impression, en lisant le chapitre sur Euripide, de lire sa propre biographie. Il aurait dû. J'ouvre au hasard un livre classique : « La réflexion destructrice du poète s'attaque à tout ce qu'on respectait autrefois. Il affirme la supériorité morale des pauvres sur les riches, des hommes du peuple sur les aristocrates, des diatribes violentes sur la religion. On peut voir là une des causes des échecs d'Euripide. Un peuple en guerre est volontiers réactionnaire et s'en prend aux intellectuels trop lucides et trop francs » (J. Defradas, *La Littérature grecque*, Armand Colin).

Et ceci, qui nous amène à cette traduction admirable du « traître » Euripide par le « traître » Sartre : « Euripide s'est fait un procédé de moderniser la forme et le style des discours prêtés aux personnages... »

Car Sartre qui trahit tout ce qu'il est convenable de trahir — son dégoût des convenances inconvenantes — qui trahit la cause des bien-pensants, des bien-torturants, des bien-humiliants, n'a pas trahi Euripide. [...]

On a joué *Les Troyennes* à Athènes en mars 415, ce qui n'empêcha point l'assemblée du peuple de voter pour la guerre en Sicile. Celle-ci s'achèvera par un désastre grec. [...] On a joué *Les Troyennes* à Paris en mars 1965, le mois où Sartre refusa d'aller parler en Amérique parce que les U.S.A. bombardent le Viêt-nam du Nord.

GILLES PHILIPPE.

BIBLIOGRAPHIE
ET PRINCIPALES MISES EN SCÈNE

Principales mises en scène.

1965 : Théâtre national populaire (palais de Chaillot), Paris. Mise en scène de Michel Cacoyannis (voir p. 1046).

1966 : festival d'Édimbourg. Mise en scène de Frank Dunlop.

1994 : théâtre du Rond-Point, Paris. Mise en scène de Daniel Benoin ; avec Jean-Pierre Daroussin, Basma Ferchichi, Jean-Pierre Laurent, Françoise Lévy, Mouna Nourredine. Coproduction de Saint-Étienne et de Tunis. Une partie du texte était jouée en arabe.

Bibliographie.

DIRAT (Maurice), « Euripide traduit par Sartre : étude d'une version des *Troyennes* », *Bulletin de la Société toulousaine d'études classiques*, n° 158, mars 1966, p. 1-11.

DORT (Bernard), « Le Jeu du théâtre et de la réalité », *Les Temps modernes*, n° 263, avril 1968, p. 1857-1877.

KRAUSS (Hening), « Sartres Adaptazion des Euripideischen *Troerinnen* », *Germanisch-romanische Monatsschrift*, XIX-4, octobre 1969, p. 444-454.

LARAQUE (Franck), *La Révolte dans le théâtre de Sartre*, Jean-Pierre Delarge, 1976, p. 222-224.

LORAUX (Nicole), « *Les Damnés de la terre* à Troie. Sartre face aux *Troyennes* d'Euripide », *Le Genre humain*, juin 1995, n° 29, p. 31-49.

—, « *Les Troyennes* de Sartre », *La Voix endeuillée. Essai sur la tragédie grecque*, Gallimard, 1999, p. 10-26.

LORRIS (Robert), *Sartre dramaturge*, Nizet, 1975, p. 306-321.

MASON (Harold Andrew), *The Tragic Plane*, Oxford, Clarendon, 1985, p. 140-158.

PAGANO (Giacomo M.), « Mito e modernità in *Les Troyennes* di J.-P. Sartre », *Rivista di studi crociani*, IV-2, avril 1967, p. 186-197.

ROMILLY (Jacqueline de), *La Modernité d'Euripide*, P.U.F., 1986, p. 51 et suiv., et 213 et suiv.

SANDIER (Gilles), « Socrate dramaturge », *L'Arc*, n° 30, 1966 ; repris dans *Théâtre et combat*, Stock, 1970, p. 185-189.

SERVIN (Micheline B.), « Des *Troyennes* aux *Géants de la Montagne* : la raison du théâtre », *Les Temps modernes*, n° 574, mai 1994, p. 163-167.

SZOGYI (Alex), « Sartre and the Greeks », *The Persistent Voice. Essays on Hellenism in French Literature since the 18th Century*, Walter G. Langlois éd., New York, New York University Press et Genève, Droz, 1971, p. 159-172.

G. P.

NOTE SUR LE TEXTE

Manuscrit.

La Bibliothèque nationale de France possède un manuscrit des *Troyennes*, mais il est difficile de préciser, tant les altérations sont peu nombreuses, s'il s'agit d'une première rédaction ou d'une mise au propre avant dactylographie. Ce manuscrit porte la dédicace « À Michelle [Vian] 21 déc. 65 ». C'est sans doute la destinataire qui a inscrit en tête du manuscrit la mention « *Les Troyennes.* Juillet-août 1964 à Rome ». Les 84 folios lignés, filigranés « carta melpa », qui forment le manuscrit proviennent manifestement d'un cahier, dont, à trois exceptions près, seules les pages de droite ont été utilisées. Le texte couvre la totalité de la page et est déjà plus ou moins centré, ce qui confirme l'hypothèse d'une mise au net. On remarque cependant une trentaine de différences entre le manuscrit et la première version imprimée. De nombreuses indications scéniques, brèves, ont ainsi été supprimées entre les deux états.

Éditions.

Il existe deux éditions des *Troyennes* :

— Euripide, *Les Troyennes*, adaptation française de Jean-Paul Sartre, Théâtre national populaire, achevé d'imprimer le 8 mars 1965. Le texte est suivi de quinze photographies du spectacle et d'une photographie de Cacoyannis pendant les répétitions.

— Euripide, *Les Troyennes*, adaptation de Jean-Paul Sartre, Gallimard, coll. « Blanche », achevé d'imprimer le 24 janvier 1966. Le texte est précédé de l'explication de la pièce procurée par Sartre à Bernard Pingaud, lors d'une interview publiée dans *Bref*, en février 1965.

Il y a fort peu de différences entre les textes de ces deux éditions. On doit néanmoins souligner deux modifications intéressantes intervenues entre 1965 et 1966. D'une part, la ponctuation a été fréquemment revue et corrigée. Le texte de Sartre, en l'état final, reste pourtant sous-ponctué. D'autre part, plusieurs dizaines de majuscules de début de vers ont disparu entre la première et la seconde édition. Si l'on en juge d'après le manuscrit qui présente un très grand nombre de majuscules corrigées en minuscules, Sartre souhaitait que le premier mot du vers ne reçût de majuscule que s'il s'agissait d'un début de phrase ou d'un nom propre, selon les règles de la prose. Une centaine de vers dérogeaient encore à ce principe en 1965, presque tous ont été corrigés pour l'édition de 1966.

La présente édition reproduit le texte de 1966 qui corrige un grand nombre d'erreurs orthographiques de l'édition originale. Nous n'avons pris le parti d'intervenir dans la ponctuation qu'à quelques vers, pour corriger ce qui relevait trop manifestement de l'erreur typographique. Dans tous les autres cas, la ponctuation reste inchangée, Sartre l'ayant visiblement utilisée pour créer des effets de rythme et de contraste. Nous avons aussi supprimé les majuscules initiales de certains vers, en nous autorisant de la première campagne de corrections effectuée directement par Sartre sur le manuscrit. Nous indiquons les variantes les plus significatives provenant du manuscrit (sigle : *ms.*) et de l'édition originale (sigle : *orig.*).

G. P.

VARIANTES

Scène I.

a. ruse. / [Pallas Athéna, l'ingénieuse, / leur a soufflé de construire un grand cheval, / un cheval de bois aux flancs creux / et d'y cacher des hommes et des lances. *biffé*] Les Troyens *ms.* ◆◆ *b.* Qu'ai-je fait de ces ruines ? *orig.*

Scène II.

a. mes *ms.* : des *orig.*

Scène III.

a. sans bruit / seul et muet / en se raclant aux pierres, / du côté droit, du côté gauche, du côté droit, / barque roulée par la tempête. / *Elle va* *ms.*

Scène IV.

a. Un silence. / Elle reprend ses questions pour fuir ses pensées. / Andromaque ? *ms.*

Scène V.

a. Ms. présente ici une didascalie (Elle essaie de faire danser Hécube.) ◆◆ *b.* manque. / [Pousse-moi vers la couche d'Agamemnon / qu'il me prenne et me pénètre. *biffé*] Pousse-moi *ms.* ◆◆ *c. Ms. présente ici une didascalie : Hécube a un sanglot. Cassandre va vers elle.* ◆◆ *d.* peut-être / [un oncle haï, un beau-frère détesté. *biffé*] — / élèveront *ms.* ◆◆ *e. Ms. présente ici une didascalie : Elle change de ton. Aigu, prophétique, saccadé.* ◆◆ *f. Ms. présente ici une didascalie : Elle arrache ses vêtements.*

Scène VI.

a. lybiennes *ms., orig.*

Scène VIII.

a. poitrine plate. / [Emmenez-moi. / Ce soir, l'assassin de mon fils / entrera dans mon lit. / Ce soir, celui dont le père a tué Hector / et qui vient d'assassiner mon fils / je le recevrai dans mon lit. / Ce soir Néoptolème me mettra dans son lit. / Son père a tué mon Hector / et lui, il vient de voter la mort de mon fils. / Noces de gloire ! / Le bel époux dans sa bienveillance mettra son zèle à me donner du plaisir... / Emportez-moi, cachez-moi n'importe où. / Mon corps trouble me fait horreur et pitié. *biffé*] Adieu. *ms.*

Scène X.

a. Ms. présente ici une didascalie : Les soldats entrent dans la tente. Hécube se relève. ◆◆ *b.* ta justice, / je crois que tu mènes nos affaires sans bruit / mais inflexiblement. / MÉNÉLAS *ms.* ◆◆ *c. Ms. présente ici une didascalie : Les soldats sortent de la tente. Hélène suivra, poussée par les deux derniers.* ◆◆ *d. Ms. présente ici une didascalie : se jetant à ses genoux.*

Scène XI.

a. magnifique / puisque tu as digéré ta honte / et repris avec toi ta chienne grecque, / crève aussi ! *ms.* ◆◆ *b. Ms. et les deux éditions donnent cette ponctuation.*

Appendices

BARIONA, OU LE JEU DE LA DOULEUR ET DE L'ESPOIR

NOTICE

Curieuse, exceptionnelle histoire que celle de cette pièce de Noël que Sartre composa, mit en scène et joua avec ses compagnons de captivité à la fin de 1940, alors qu'il était prisonnier de guerre au Stalag XII D à Trèves, sur la colline de Petrisberg.

Pendant longtemps, ce mystère de Noël fut lui-même un mystère. Sartre n'en avait pas gardé le manuscrit, il ne s'y intéressa pas particulièrement, et la pièce, en quelque sorte, lui échappa, pour connaître une vie souterraine[1]. Elle fut adoptée par certains milieux catholiques de gauche qui considéraient que c'était leur pièce « à eux » ; des versions dactylographiées imparfaites circulèrent ici et là, et *Bariona* fut lu au cours d'une veillée de Noël en 1945 à la Cité universitaire de Paris[2], joué au fil des ans dans certains scolasticats, comme celui du Puy, en 1947, et même présenté en anglais à la Georgetown University (Washington) en 1975 et à Londres, au Hampstead Theatre Club, en 1981. Cette récupération procédait de toute évidence d'un double but : il s'agissait de montrer que

1. Il semble que Sartre, au Stalag, confia le manuscrit à Marc Bénard, qui le ramena en France en février 1941. Plus tard, Bénard le photocopia et le donna à l'abbé Leroy, qui le fit dactylographier, ce qui en assura une certaine dissémination.

2. Voir Frank Wilhem, « *Bariona* (1940) ou les Débuts de Sartre au théâtre jugés par un témoin luxembourgeois », *Tagblatt*, avril 2000, p. XIV-XV.

Sartre était un chrétien sans le savoir et que l'existentialisme avait de fortes résonances chrétiennes. Comme allait le dire bientôt François Mauriac, Sartre était bien « l'athée providentiel[1] ».

Sollicité à plusieurs reprises, Sartre finit par autoriser dans les années 1960 deux publications limitées et, en principe, hors commerce de *Bariona*. C'est sur sa demande expresse que la pièce fut incluse, en 1970, dans les appendices des *Écrits de Sartre*[2] ; elle connut ainsi sa première publication régulière. Depuis, la pièce a été l'objet d'une attention constante, notamment en Allemagne.

C'est Marc Bénard qui a eu la première idée de *Bariona* et qui en a parlé au père Feller[3]. Ils ont alors contacté Sartre qui a accepté de prêter ses talents d'écrivain au projet, à condition qu'on lui fournisse une chambre et une nourriture acceptables. Rappelons que, jusqu'en janvier 1941, le camp était principalement géré par les prisonniers français, et que *Bariona* fut à un très haut degré une entreprise collective. Sartre écrira plus tard au père Feller : « Cette première pièce vous appartient autant qu'à moi. J'ai été le secrétaire de tout le monde[4]. »

Sartre se mit à écrire à partir de la mi-novembre 1940, six semaines avant Noël, et remit un manuscrit complet à l'abbé Henri Leroy[5] trois semaines plus tard. Selon Marius Perrin, qui, pour l'occasion, lui fit cadeau d'une bible, Sartre se serait aussi inspiré d'ouvrages de l'abbé Turmel publiés sous différents pseudonymes chez Rieder[6]. Les rôles principaux furent attribués : Lélius, le fonctionnaire romain qui représente jusqu'à un certain point l'Allemand, revint à Marc Bénard, qui tint aussi le rôle de l'Ange[7] et peignit les décors ; Bariona, le personnage tragique, fut conçu d'emblée pour Paul Feller ; Sartre prit le rôle du Roi mage noir Balthazar, mais son visage apparut coloré en jaune à cause du papier gaufre dont était fait son costume ; le rôle de Sarah fut tenu par un professeur de lycée originaire de Picardie ; le Sorcier fut joué par un instituteur lorrain.

Selon Gilbert Joseph[8], l'officier interprète du camp, le Sonderführer Celius[9], censura attentivement *Bariona* et exigea même des suppressions et des modifications. On ne voit cependant aucune trace de censure sur le manuscrit.

1. *Le Figaro*, 26 juin 1951.
2. Gallimard, 1970, p. 565-633.
3. Au début des années 1970, dans le cadre de nos recherches générales sur Sartre, nous avons interviewé plusieurs des collaborateurs principaux de Sartre au Stalag XII D : le père jésuite Paul Feller, le journaliste et plus tard peintre de talent Marc Bénard et le père Etchegoyen. Nous n'avons pas eu l'occasion de rencontrer l'abbé Espitallier ni l'abbé Marius Perrin. Selon ce dernier (*Avec Sartre au Stalag XII D*, J.-P. Delarge, 1980, p. 64), c'est Sartre lui-même qui aurait eu l'idée de *Bariona*.
4. Lettre inédite que le père Feller nous a communiquée.
5. Sartre appréciait beaucoup cet abbé, qui, par la suite, quitta l'Église et prit une part active aux événements de Mai 68.
6. Voir M. Perrin, *Avec Sartre au Stalag XII D*, p. 163.
7. Cela explique la dédicace du manuscrit : « À mon interpète angélique / Marc Bénard / Très amicalement / J.-P. Sartre ». Selon une autre source, le rôle de l'Ange fut tenu par Clément, un étudiant en théologie.
8. Voir *Une si douce Occupation : Simone de Beauvoir et Jean-Paul Sartre, 1940-1944*, Albin Michel, 1991, p. 89. Cet ouvrage, contestable par son parti pris de dénigrement systématique vis-à-vis de Sartre et par une information peu fiable, contient cependant une étude assez bien documentée sur *Bariona* (p. 81-92).
9. D'après F. Wilhem, « *Bariona* (1940) ou les Débuts de Sartre au théâtre jugés par un témoin luxembourgeois », la pièce a passé la censure grâce au lieutenant Arndt, censeur et adjoint du commandant du camp.

Une grande tente fut érigée, ainsi qu'un podium. Il y eut trois représentations, les 24, 25 et 26 décembre, rassemblant chacune 2 000 personnes, dans un camp d'environ 25 000 prisonniers[1] en février 1941. D'après G. Joseph, Sartre avait ajouté dans sa mise en scène « un tableau muet montrant, au début de la pièce en guise de présentation, des juifs tout loqueteux parqués derrière les barbelés, représentant les habitants de Béthaur [Bethsur] ». Selon la même source, certains prisonniers auraient vu chez Sartre une « propension [...] à ridiculiser les juifs[2] ». Le caporal Pierre, toujours hostile à Sartre, alla jusqu'à dire que la pièce était « d'inspiration antisémite[3] ». Il y a dans *Bariona*, et en particulier dans les passages supprimés, des remarques qui, dans la bouche du Romain Lélius et prises séparément, sans souci du contexte, apparaissent comme négatives et stéréotypiques sur les juifs. Annie Cohen-Solal estime que ces remarques doivent être lues « au second degré, et surtout pas au premier[4] », mais elle y voit une inopportunité, une possible inconscience ou maladresse de la part de Sartre. Parmi les témoignages que nous avons reçus, aucun ne mentionne cette réception de la pièce. G. Joseph signale aussi que, pour certains prisonniers, *Bariona* était « la cagade du père Sartre[5] ».

Dans ses grandes lignes, *Bariona* est avant tout une œuvre de résistance, écrite pour redonner l'espoir aux prisonniers du Stalag. Son sujet est le refus de la tyrannie et la découverte de la liberté. C'est aussi une pièce de Noël qui propose une certaine réconciliation entre le mythe religieux du Christ et l'existentialisme, tel que Sartre le concevait en cette période de guerre et de crise ; le mythe est ici modifié, détourné dans le sens de l'humain, et dans un sens autobiographique et personnel. Sartre s'est fortement inspiré de la Bible, mais n'a pas cherché à la suivre de près[6], et il est évident qu'il s'engage à la fois avec sérieux et avec humour, pataphysiquement même, dans un exercice d'évangile-fiction : construisant une sorte de machine à remonter le temps pour revenir sur l'origine du plus grand mythe fondateur de la société occidentale, la naissance du Christ, il invente un personnage totalement inconnu, Bariona, dont va dépendre la survie de Jésus. Bariona décide d'étrangler l'Enfant le lendemain même de Noël ; mais il change d'avis : c'est lui qui, au prix de sa vie et de celle de ses fidèles, va combattre les Romains et protéger la fuite de Jésus. C'est donc lui qui permet le développement futur de la chrétienté. Pour ce faire, Sartre n'hésite pas à modifier la *doxa* : il avance la date du massacre des enfants de Judée (qui suit ici immédia-

1. Ces chiffres sont sujets à caution. Dans une lettre adressée à Simone de Beauvoir à la fin de novembre ou au début de décembre 1940, Sartre écrit qu'il y avait alors 1 500 prisonniers au camp (voir *Lettres au Castor et à quelques autres*, Gallimard, 1983, t. II, p. 299-300). Était-il mal informé ? Ou bien y a-t-il eu un accroissement dramatique du nombre de prisonniers en quelques mois ?

2. *Une si douce Occupation : Simone de Beauvoir et Jean-Paul Sartre, 1940-1944*, respectivement p. 90 et 85.

3. Cité par Annie Cohen-Solal dans *Sartre, 1905-1980*, Gallimard, coll. « Folio », 1989, p. 285. Le caporal Pierre a été la bête noire de Sartre pendant la drôle de guerre, mais il ne se trouvait pas au Stalag XII D.

4. *Ibid.*, p. 286.

5. *Une si douce Occupation : Simone de Beauvoir et Jean-Paul Sartre, 1940-1944*, p. 90.

6. On trouvera une liste des emprunts directs ou indirects faits à la Bible dans l'étude de Christian Lecompte, *Avez-vous lu « Bariona » de Jean-Paul Sartre ?*, Genève, Sauvagine, 1996.

tement la naissance de Jésus au lieu de se situer bien plus tard), et il attribue aux Romains et non aux soldats d'Hérode la perpétration de ce massacre.

Comme nous le faisait remarquer le père Feller, le thème principal est celui de la *natalité* et non de la *nativité*, et Sartre rejoint ici, curieusement, la propagande officielle du gouvernement français en faveur des naissances dans les années 1930. On se demande, cependant, comment cette défense de la natalité a pu être perçue par les prisonniers du camp, privés de femmes depuis au moins six mois et destinés pour la plupart au célibat jusqu'à la fin de la guerre.

Par ailleurs, *Bariona* est certainement un divertissement qui fait appel au merveilleux et qui mélange, sur un mode comique-tragique-évangélique et en jouant sur les anachronismes, la situation coloniale en Judée, la situation de l'homme moderne et la situation des prisonniers au Stalag de Petrisberg. Sur le plan du merveilleux, l'appel à l'Ange a de curieuses résonances actuelles ; sur le plan réaliste, l'analyse de la situation a des accents presque marxistes.

Œuvre composite et syncrétique, *Bariona* occupe une place singulière et importante dans le théâtre sartrien et dans la thématique générale de l'œuvre.

La pièce pourrait avoir plus d'importance que Sartre ne lui en accordait. Ainsi, Bernard-Henri Lévy, prenant le contre-pied de l'opinion couramment admise, considère dans son essai *Le Siècle de Sartre* que, loin d'avoir représenté un épisode positif et enrichissant pour lui, la création de *Bariona* marque le passage d'un premier Sartre, individualiste et stendhalien, à un second Sartre, humaniste, historiciste et progressiste[1]. Cette thèse est discutable, mais elle expliquerait peut-être pourquoi Sartre, revenu à la vie civile, a refusé de reconnaître l'enfant qu'il avait créé et de donner à sa pièce la place qu'elle méritait.

★

Mystère et roman familial.

Malgré le succès de sa première pièce au Stalag, Sartre n'a jamais été très tendre pour *Bariona*, affirmant, pour justifier son refus de publier son mystère de Noël pendant plus de vingt ans, que « [...] la pièce était mauvaise. Elle sacrifiait trop à de longs discours démonstratifs[2] ». Ce jugement péremptoire est démenti non seulement par tous les spectateurs qu'on a pu retrouver et interroger, mais aussi par Sartre lui-même qui, dans une lettre à Simone de Beauvoir, évoque avec satisfaction l'effet puissant provoqué par sa pièce sur les assistants[3]. De toute évidence, les reproches que Sartre s'adresse ici sur le plan esthétique servent d'écran pour masquer ce qui dans le contenu de la pièce fait problème. Le thème de la nativité, fût-il détourné, était délicat pour un athée, d'autant plus que Sartre, compte tenu de l'occasion, a présenté sa pièce comme un mystère, rappelant ainsi le contexte religieux avec

1. Voir *Le Siècle de Sartre : enquête philosophique*, Grasset, 2000, p. 513 ; et son entretien avec Charles Ledent, *La Lanterne*, 29 février 2000.
2. *Un théâtre de situations*, Gallimard, coll. « Folio », 1992, p. 266.
3. Voir *Lettres au Castor et à quelques autres*, t. II, p. 299-300.

lequel il était obligé de biaiser[1]. Après la guerre, Sartre ne tenait pas à ce qu'on puisse déduire de cet épisode qu'il avait traversé une quelconque crise spirituelle lors de sa captivité, même si l'abbé Perrin affirme qu'aucun des prêtres associés au projet n'avait le moindre doute quant à la fermeté de l'athéisme de Sartre. Pour tout lecteur attentif, il ne peut pas y avoir de méprise. Si Bariona se convertit à la fin de la pièce, ce n'est nullement au christianisme : de même qu'Oreste dans *Les Mouches*, Bariona revendique pour lui-même une liberté absolue et, tout comme le libérateur d'Argos, il la revendique contre Dieu[2]. Sa seule conversion est au principe de l'espoir.

Comment expliquer alors la décision de Sartre d'écarter son mystère du premier volume de ses œuvres théâtrales et d'ouvrir celui-ci avec *Les Mouches* ? Deux raisons s'imposent, d'ordre personnel et politique. La première est autobiographique : en détournant le mythe chrétien de la nativité dans le sens d'une réflexion plus laïque sur le problème de la natalité, Sartre se sert d'un des mythes fondateurs du christianisme pour éclairer de manière oblique et inédite le mystère de ses propres origines.

L'œuvre de Sartre, on le sait, est dans l'ensemble hostile à la vie familiale et surtout à la procréation humaine qu'il présente le plus souvent comme un simple avatar de la contingence[3]. *Bariona* reste la grande exception[4]. Une Nativité privilégie évidemment la naissance et par extension les liens de parenté, mais elle est surtout la fête de la maternité, celle de Marie. Pour Sartre, il s'agit du couple qu'il a formé avec Anne-Marie, sa mère, après la mort de son père. Comme si la Nativité permettait à Sartre un retour voilé à sa plus petite enfance où, exceptionnellement, les liens familiaux se montrent sous leur meilleur jour. Le lyrisme débordant qui accompagne la description de la Vierge et de l'Enfant, le portrait de Sarah qui lutte pour la naissance de son fils font de ce double portrait féminin l'image même de la maternité telle que Sartre la rêve[5]. Plus tard, dans son autobiographie, Sartre rendra ce parallèle explicite, quoique fortement modifié par sa dimension parodique. Du côté masculin, la conversion de Bariona à l'espoir met fin à son refus de la paternité, et, de nouveau, des échos autobiographiques sont perceptibles. À l'instar de Jean-Baptiste Sartre qui meurt tôt de sorte que Poulou puisse être sa « propre cause[6] », Bariona, d'abord récalcitrant, se convertit à l'idéal sartrien de la paternité qui exige sa propre disparition. Mais à la différence de Jean-Baptiste Sartre qui n'a trouvé qu'une maladie

1. Rien n'indique au départ que Sartre se souciait particulièrement du contexte chrétien qui entourait sa création. Comme le note l'abbé Marius Perrin, la première de *Bariona*, le 24 décembre, a été suivie d'une messe de minuit à laquelle Sartre participa avec enthousiasme, « chantant avec le chœur et les cantiques et les répons… » (*Avec Sartre au Stalag XII D*, p. 97).

2. Voir « L'Éternel m'aurait-il montré sa face entre les nuages que je refuserais encore de l'entendre car je suis libre et contre un homme libre Dieu lui-même ne peut rien » (p. 1149).

3. On se rappelle dans *La Nausée* les cauchemars de Roquentin à ce sujet, finement commentés par Denis Hollier dans *Politique de la prose. Jean-Paul Sartre et l'an quarante* (Gallimard, 1982, p. 241-243). Et dans *L'Âge de raison*, rédigé pour l'essentiel en 1940, le protagoniste, Mathieu, passe la majeure partie du roman à chercher pour sa maîtresse les moyens de se faire avorter.

4. Mis à part le projet théâtral *Le Pari* qui ne fut jamais réalisé. Voir p. 1215-1217.

5. On se souvient que l'amie de Mathieu qui, dans *L'Âge de raison*, incarne la bonne maternité se prénomme aussi Sarah.

6. *Les Mots*, Gallimard, 1964, p. 91.

mortelle pour disparaître, Bariona atteint héroïquement les sommets de l'engagement paternel, se sacrifiant pour que le Messie et son propre fils vivent. *Bariona*, à la fois mystère de Noël et drame de la liberté, renferme aussi une dramatisation épique du roman familial de Sartre.

Cette dimension de *Bariona* est loin d'être accessoire, puisqu'elle cristallise, comme l'a bien vu Enzo Neppi, un moment unique et utopique dans l'imaginaire sartrien, moment où l'engagement, notion que Sartre date de son expérience de la captivité, n'est pas incompatible avec l'esprit de famille[1]. La rupture est consommée dans *Les Mouches* qui présente une tout autre image des liens de famille, cette fois complètement négative, et qui finit par situer la liberté du côté du désespoir. Que *Bariona* corresponde au premier trio familial revisité par Sartre, tôt réduit au duo mère-fils, alors que *Les Mouches* rappelle la famille détestée imposée à l'adolescent après le remariage d'Anne-Marie, n'est sûrement pas un hasard. Plus frappantes encore sur le plan littéraire sont les conséquences poétiques de ces deux influences conflictuelles, puisque la conversion des protagonistes finit par tracer deux vecteurs diamétralement opposés.

La conversion au principe de l'espoir, annoncée par le Roi mage Balthazar (joué par Sartre), implique un mouvement ascensionnel qui correspond à la victoire de la transcendance et à la défaite de la pesanteur : « Tu souffres, Bariona [...] et pourtant ton devoir est d'espérer », (p. 1153). Cette exhortation est en fait une mise en garde, car l'homme qui perd l'espoir est un homme qui pèse, qui s'enfonce vers le bas. Si Bariona résiste d'abord au discours du Roi mage, il finit par se rallier à cette perspective, comme en témoignent ses dernières paroles à Sarah : « Je suis léger, Sarah ! Je suis léger. Ah, si tu savais comme je suis léger ! » (p. 1178), juste avant qu'il ne s'engage dans l'action suicidaire par laquelle sa libre conversion à l'espoir se confirme.

Afin de convaincre pleinement Bariona de la justesse de ses propos, Balthazar termine sa longue tirade en décrivant plus longuement, à titre d'épouvantail, l'homme qui perd l'espoir. Ce portrait, minutieusement détaillé, est celui d'Oreste à la fin des *Mouches*. Bon nombre de critiques ont signalé une recherche de la pesanteur chez ce dernier[2]. Par rapport au mouvement ascensionnel qui emporte l'engagement de Bariona, l'acte confirmant celui d'Oreste — le double assassinat de sa mère et de son beau-père — lui fait enfin connaître la pesanteur qui lui manquait : « Nous étions trop légers, Électre : à présent [...] nous marcherons à pas lourds, courbés sous notre précieux fardeau » (p. 67).

Sous le couvert de la Nativité, Sartre avait effectué un pèlerinage tendre et voilé au lieu mythique de ses origines. Sous le soleil écrasant d'Argos, Oreste fait un retour nettement moins sentimental à ses sources — pour tout y détruire. Deux schémas familiaux, deux schémas de libération dont le deuxième efface systématiquement le premier. Les parents sont tyranniques, car la parenté est un lien pourri : elle relève de la contingence et celle-ci n'a rien d'humain. À partir des *Mouches*, la liberté rompt décisivement avec la maternité et *Bariona*, coupable d'en

1. Voir *Le Babil et la Caresse : pensée du maternel chez Sartre*, New York, Peter Lang, 1995, p. 177.

2. Voir D. Hollier, *Politique de la prose. Jean-Paul Sartre et l'an quarante*, p. 231-232 ; John Ireland, *Sartre, un art déloyal : théâtralité et engagement*, Jean-Michel Place, 1994, p. 93-94 ; et Jean-François Louette, *Sartre* contra *Nietzsche (« Les Mouches », « Huis clos », « Les Mots »)*, Grenoble, Presses universitaires de Grenoble, 1996, p. 48-52.

avoir brouillé les chemins, perd pour longtemps sa place au sein du corpus théâtral de Sartre.

Socialisme et messianisme.

Au début de *La Force des choses*, Simone de Beauvoir décrit l'impact sur Sartre de son emprisonnement au Stalag. Étonnamment, le bilan est positif : « [...] loin de se sentir brimé, il participa dans l'allégresse à la vie communautaire[1]. » Plus tard, Sartre, à son tour, passant en revue cette période de sa vie, conclut : « C'est là [...] que je suis passé de l'individualisme et de l'individu [...] d'avant la guerre au social, au socialisme[2]. » Dans le camp, l'écrivain de jadis, orgueilleux et solitaire, prend goût à la collectivité et au plaisir d'être un quidam (« un numéro parmi d'autres[3] »), ce qui marque un tournant décisif par rapport à ses tendances légèrement nietzschéennes d'avant-guerre[4]. Jusque-là philosophe et romancier, créateur solitaire, le prisonnier de guerre fait une découverte esthétique liée à sa nouvelle situation sociale : il se lance dans une entreprise de création collective. En communiquant aux prêtres du Stalag son intention de contribuer à la fête de Noël, c'est l'aspect communautaire du mystère, « où tout le monde, chacun à sa façon, participait[5] », que Sartre entend retrouver. Après la guerre, dans le regard rétrospectif que Sartre porte sur son drame, « écrit et monté par un prisonnier, joué par des prisonniers dans des décors peints par des prisonniers[6] », c'est la réussite d'un sujet collectif qu'il commémore, un groupe qui prend conscience de lui-même et de sa situation à partir d'un travail commun auquel chacun, à sa façon, participe. L'expérience esthétique de *Bariona*, forgée dans les conditions égalitaires du Stalag, lui révèle la puissance du théâtre, mais cette découverte est à son tour inséparable d'une nouvelle conscience éthique et politique qui marque le grand tournant de la vie intellectuelle de Sartre. *Bariona*, œuvre de résistance collective et performative, lui donne une première occasion de voir ce que peut *faire* la littérature.

Avec tant de qualités, comment expliquer la détermination de Sartre de reléguer *Bariona* au rang des souvenirs ? Nous avons déjà signalé le problème autobiographique associé au mythe de la Nativité. Mais celui-ci débouche sur un problème concomitant d'ordre politique dont les retentissements s'étendent à tout le corpus théâtral de Sartre.

Dans la tradition médiévale, les mystères mettent en scène une grande variété d'épisodes bibliques. Mais Sartre n'en retient qu'un : la naissance et la vie de Jésus-Christ. Sartre est fasciné par le parcours christique, au point d'en avoir fait un des leitmotive de son récit autobiographique, *Les Mots*, qui fait le procès de ses premières conceptions de la gloire littéraire. L'usage de la figure du Christ dans *Les Mots* est fortement parodique, puisque Sartre se moque de la genèse de l'écrivain d'avant-guerre qui ne rêve qu'à son salut par la littérature. *Bariona*, en revanche,

1. Gallimard, 1963, p. 16.
2. *Situations, X*, Gallimard, 1976, p. 180.
3. S. de Beauvoir, *La Force des choses*, p. 16. Il est significatif que la dernière phrase des *Mots* fasse le portrait de Sartre en quidam : « Tout un homme, fait de tous les hommes et qui les vaut tous et que vaut n'importe qui » (p. 213).
4. Voir J.-F. Louette, *Sartre* contra *Nietzsche (« Les Mouches », « Huis clos », « Les Mots »)*.
5. M. Perrin, *Avec Sartre au Stalag XII D*, p. 64.
6. *Un théâtre de situations*, p. 64.

malgré le comique des anachronismes, ne dispose d'aucune couverture ironique pour dissimuler les impulsions messianiques de son protagoniste héroïque. En 1946, à l'époque où Sartre commençait à voir les possibilités théâtrales de sa nouvelle conception esthétique de la littérature engagée, *Bariona* révèle, au contraire, la force d'une mythologie personnelle et individualiste que la conversion de 1940 rendait plus que suspecte. En principe, Sartre y projetait une version laïque du mythe de la Nativité. Mais comment ne pas voir à la fin de la pièce qu'il a fini par mimer avec son héros le mythe qu'il entendait séculariser ? Bariona pousse le culte de l'héroïsme messianique à son apogée, puisqu'il meurt pour que le Messie lui-même puisse vivre ; en sauvant le Christ, il le surpasse. Pour le théoricien de la littérature engagée, qui entame la mission d'« écrire pour son époque » et qui s'oppose résolument à tous les fantasmes nécrologiques[1], les vertus formelles de la création de *Bariona* restent exemplaires ; hélas, la pièce elle-même n'est plus admissible. À titre anecdotique, elle fera désormais date dans l'itinéraire sartrien, et Sartre s'arrangera pour que cette fonction éclipse tout autre usage de son mystère.

Pourtant, il est difficile de ne pas voir, à la suite de Michel Contat, que la plupart des pièces de Sartre prennent leur place dans le même parcours christique, « critiqué, contredit, réaffirmé en douce[2]... ». Depuis Oreste dans *Les Mouches* qui veut prendre sur lui les fautes des citoyens d'Argos, jusqu'à Frantz von Gerlach dans *Les Séquestrés d'Altona* qui estime avoir pris ce « siècle sur [s]es épaules » (p. 993), rares sont les protagonistes sartriens qui ne cèdent pas à la tentation messianique. La grande exception reste le Gœtz du *Diable et le Bon Dieu* qui s'engage dans une collectivité et se range du côté des vivants, mais non sans avoir été attiré tour à tour par la sainteté et l'abjection.

Ce parcours paradoxal prend sa source dans *Bariona*, pièce fondamentale dans l'itinéraire théâtral de Sartre, car c'est elle qui met au jour les deux grandes aspirations opposées de son projet théâtral et littéraire après l'année charnière 1940. D'une part, elle lui révèle les possibilités d'une création plurielle débouchant sur une *praxis* collective et, partant, un moyen d'échapper à l'isolement créateur de l'artiste bourgeois. D'autre part, elle montre sous sa forme la plus transparente et spectaculaire l'attrait irrésistible du héros messianique, le goût exacerbé de l'individualisme chez ce converti « au social, au socialisme[3] ». Ce clivage constitutif, générateur du théâtre sartrien, puise ses sources dans *Bariona*, le mystère de Sartre : « On se défait d'une névrose, on ne se guérit pas de soi », écrira plus tard le faux Christ rusé des *Mots*[4].

JOHN IRELAND et MICHEL RYBALKA[5].

1. Que l'on pense, par exemple, à la réponse tranchante du militant Hoederer au jeune Hugo qui vient d'évoquer les sacrifiés du Parti : « Je me fous des morts. [...] Je fais une politique de vivant, pour les vivants » (*Les Mains sales*, p. 330).

2. Michel Contat, « Sartre et la gloire », *La Naissance du « phénomène Sartre » : raisons d'un succès, 1938-1945*, Ingrid Galster éd., Le Seuil, 2001, p. 33.

3. *Situations, X*, p. 180.

4. *Les Mots*, p. 211.

5. La première partie de cette notice, informative, a été rédigée par Michel Rybalka ; la seconde, qui replace *Bariona* dans l'ensemble du projet théâtral sartrien, est due à John Ireland.

BIBLIOGRAPHIE

BABILAS (Wolfgang), « Interpretationen literarischer Texte des Widerstands », *Literatur der Résistance und Kollaboration in Frankreich*, Karl Kohut éd., Tübingen, Günter Narr Verlag, 1984.

BALDUS (Alexander), « Epiphanie in der Kriegsgefangenschaft. Jean-Paul Sartre spielt einen heiligen König », *Kirchenzeitung für das Erzbistrum Köln*, n° 1, 3 janvier 1960, p. 7. Traduit en partie dans *Documents*, vol. XV, n° 1, 1960, p. 86 et suiv. C'est cette traduction qui est à la source de l'article de Rémy Roure dans *Le Figaro littéraire*. L'article de Baldus contient de nombreuses erreurs.

COHEN-SOLAL (Annie), « Une captivité altière », *Sartre 1905-1980*, Gallimard, coll. « Folio », 1989, p. 273-290.

FLÜGGE (Manfred), « Die letzte Chance. Versuch einer Adaptation von Sartres *Bariona* », *Jean-Paul Sartre*, Rainer E. Zimmermann éd., Cuxhaven, Junghans, 1989, p. 24-35.

GALSTER (Ingrid), « *Bariona*, première expérience dramatique de Sartre », *Le Théâtre de Jean-Paul Sartre devant ses premiers critiques*, t. I : *Les Pièces créées sous l'occupation allemande. « Les Mouches » et « Huis clos »*, Tübingen, Günter Narr Verlag/Paris, Jean-Michel Place, 1986, p. 39-49.

GILLESPIE (John H.), « Christianity, Humanism and Myth : Problems of Interpretation in Sartre's *Bariona ou le Fils du tonnerre* », *Journal of European Studies*, septembre 2000.

GOURGAUD (Nicole), « La Dynamique du pouvoir dans *Bariona ou le Fils du tonnerre* », *Kwartalnik Neofilologiczny*, vol. XXXIII, n° 2, 1986, p. 189-205.

HARVEY (Robert), « *Bariona* or the Conversion to Paternity », *Search for a Father*, Ann Arbor, University of Michigan Press, 1991, p. 127 et suiv.

HOLLIER (Denis), *Politique de la prose. Jean-Paul Sartre et l'an quarante*, Gallimard, 1982.

IRELAND (John), « Freedom as Passion : Sartre's Mystery Plays », *Theatre Journal*, vol. L, 1998, p. 335-348.

—, *Sartre, un art déloyal : théâtralité et engagement*, Jean-Michel Place, 1994.

KRAUSS (Henning), « *Bariona* : Sartres Theaterauffassung im Spiegel seines ersten Dramas », *Germanisch-romanische Monatsschrift*, vol. XIX, n° 2, avril 1969, p. 179-194.

—, « *Bariona* », *Die Praxis der « littérature engagée », im Werk Jean-Paul Sartres 1939-1948*, Heidelberg, Carl Winter, 1970.

KRÜGER (Michael), « Frei sein zwischen Stacheldraht. Sartre in Gefangenenlager Trier 1940-1941 : anlässlich Jost Krügers Theaterstück *Der Wetterbeobachtung Soldat* », *Unterwegs (Rheinland pfälzisches Jahrbuch für Literatur, 4)*, Sigfrid Gauche éd., Francfort, Branden & Appel, 1997, p. 191-195.

LECOMPTE (Christian), *Avez-vous lu « Bariona » de Jean-Paul Sartre ?* Genève, Sauvagine, 1996.

LÉVY (Bernard-Henri), « Lecture de *Bariona* », *Le Siècle de Sartre*, Grasset, 2000, p. 513-521.

MOHANTY (Christine), « *Bariona* : the Germination of Sartrean Theater », *The French Review*, vol. XLVII, n° 6, mars 1974, p. 1094-1109.

MUIR (Lynette R.), « Bariona and “ le Bon Dieu ” », *Making Connections.*

Essays in French Culture and Society in Honour of Philip Thody, James Dolamore éd., New York, Peter Lang, 1999.

O'DONOHOE (Benedict), « Sartre, Orphan Playwright : the Place of the Father in *Bariona*, *Les Mains sales* and *Les Séquestrés d'Altona* », *Autobiography and the Existential Self : Studies in Modern French Writing*, Terry Keefe et Edmund J. Smyth éd., New York, St. Martin's Press/Liverpool, Liverpool University Press, 1995.

PERRIN (Marius), *Avec Sartre au Stalag XII D*, Jean-Pierre Delarge, 1980. Voir, en particulier, le chapitre « Sartre présente son " mystère de Noël " », p. 91-102.

PETERS (Renate), « *Bariona* entre Brecht et Sartre », *Obliques*, n°s 18-19, avril 1979, p. 131-137.

QUINN (Bernard J.), « The Politics of Despair Versus the Politics of Hope : a Look at *Bariona*, Sartre's First " pièce engagée " », *The French Review*, vol. XLV, nº 4, 1972, p. 95-105.

—, « Sarah : a Refreshing Addition to Sartre's Gallery of Dramatic Heroines », *Proceedings of the Pacific Northwest Conference on Foreign Languages*, State University of Oregon, Corvallis, 1973, p. 175-177.

—, « From Nazareth to Bethlehem. Sartre's Secularizes the Christian Myth of Angelic Intervention in *Bariona* », *Mythology in French Literature*, Philip Crant éd., University of South Carolina, 1976, p. 179-183.

REUTER (Angelika), « *Bariona*, ein Beispiel politischen Volkstheaters oder die ungewöhnliche Modernität eines frühen Sartrestückes », *Lendemains*, nº 41, 1986, p. 18-29.

ROURE (Rémy), « Jean-Paul Sartre a sauvé une âme », *Le Figaro littéraire*, 26 mars 1960, p. 1.

STENSTRÖM (Thure), « Jean-Paul Sartre's First Play », *Orbis litterarum*, vol. XXII, 1967, p. 173-190.

WILHELM (Frank), « *Bariona* (1940) ou les Débuts de Sartre au théâtre jugés par un témoin luxembourgeois », *Tagblatt*, supplément *Bücher*, avril 2000, p. XIV-XV.

ZENZ (Emil), « Der Philosoph Sartre als Kriegsgefangener im Lager Trier-Petrisberg », *Kurtrierisches Jahrbuch*, vol. XXVIII, 1988, p. 195 et suiv.

ZETTERSTRÖM (Margarita), [Texte sur *Bariona*], *Förr och nu*, nº 3, p. 6-13.

J. I. et M. R.

NOTE SUR LE TEXTE

Manuscrit.

Le manuscrit de *Bariona* fut confié à Marc Bénard, sans doute lorsque celui-ci quitta le camp en février 1941. Bénard, journaliste au Havre puis peintre à Dieppe, le conserva jusqu'à sa mort. Mis aux enchères à Dieppe en 1995, il fut acquis par l'épouse de Marc Bénard. Mme Bénard en fit don en 1998 à la Bibliothèque nationale de France.

Le manuscrit comprend 102 feuillets contenus dans un cahier toilé et accompagnés d'une coupure de journal, « Jean-Paul Sartre a sauvé une âme (Noël 1940) », par Rémy Roure, publié dans *Le Figaro littéraire* le 26 mars 1960. Ces feuillets, dont un certain nombre sont écrits recto verso, sont d'origines et de formats divers. Il y a une lacune pour le texte à la fin du sixième tableau (que nous indiquons) ; d'autre part, plusieurs feuillets du cahier toilé manquent.

La majorité des feuillets est écrite à l'encre bleu-noir et quelques-uns sont à l'encre noire. Des annotations et des corrections sont portées au crayon ordinaire noir, et certains passages sont barrés au gros crayon bleu. Une note, signée d'initiales illisibles mais qui est sans doute de la main de Bénard, dit à ce propos : « Les lignes barrées au crayon bleu par Sartre signifient seulement que la durée de la scène paraissait trop longue et qu'il fallait raccourcir. » Une autre note, qui n'est pas de Sartre, introduit ainsi la pièce : « La scène se passe dans un village voisin de Bethléem. Bariona et ses hommes ont appris que Hérode, pour supprimer l'Enfant-Roi, a décidé de massacrer tous les nouveau-nés. »

On trouve la dédicace suivante au crayon rouge à la page 3 de la couverture du cahier toilé : « À mon interprète angélique / Marc Bénard / Très amicalement / J.-P. Sartre. »

Le verso de la couverture porte des indications sur le minutage des différents tableaux. Sartre prévoit 25 minutes pour le tableau I, 27 pour le II, 25 pour le III, 32 pour le IV, 20 pour le V et 50 minutes pour le VI (cette durée inclut sans doute le tableau VII).

Éditions.

Sartre a autorisé deux publications de *Bariona*, limitées et, en théorie, hors commerce. La première a été imprimée en 1962 à l'atelier Anjou-copies, à 500 exemplaires. Au début du volume figurent quelques lignes extraites d'une lettre de Sartre datée du 31 octobre 1962 et autorisant la publication. La deuxième édition a été publiée par Élisabeth Marescot en 1967. La page II reproduit un extrait de la lettre de Sartre et la page III une « Note de l'éditeur », datée « décembre 1967 », remerciant Sartre d'avoir autorisé, « à titre rigoureusement gracieux », « une livraison seconde et limitée de son œuvre », et précisant que cette édition correspondait aux besoins des chercheurs. En principe hors commerce, cette édition a été mise en vente en 1968 dans plusieurs librairies parisiennes à un prix assez élevé.

Ces deux éditions reproduisaient le texte d'un stencil dactylographié, qui fut repris en 1970 par Michel Contat et Michel Rybalka dans *Les Écrits de Sartre*, Gallimard, 1970, p. 565-633.

Nous reproduisons le texte du manuscrit autographe (sigle : *ms.*), avec quelques régularisations mineures de ponctuation et d'orthographe. Jusqu'à présent, la pièce était connue sous le titre : *Bariona, ou le Fils du tonnerre* — titre justifié dès la deuxième ligne du texte (pour ne plus apparaître par la suite), et utilisé par Sartre et Beauvoir à plusieurs reprises. Nous restituons cependant ici, par souci de cohérence, le titre, plus descriptif et plus nuancé, donné par le manuscrit, *Bariona, ou le Jeu de la douleur et de l'espoir*. Nous restituons aussi, en les signalant par des crochets, les passages biffés au crayon bleu, qui ne figurent pas dans les premières versions imprimées. Les éditions précédentes n'ayant pas été réalisées par Sartre, ni sous son contrôle, le choix du manuscrit s'imposait.

M. R.

NOTES ET VARIANTES

[Titre et prologue.]

a. pleine d'oiseaux [et de bêtes nocturnes *biffé*] et du long bruissement des feuillages. Et [des pensées sexuées *biffé*] [mille pensées sans paroles *corr.*] s'éveillent en elle, de lourdes pensées de [femmes qui sentent la chair *biffé*] [de mères qui sentent la douleur *corr.*]. Et voyez, *ms.*

1. Dans l'édition de 1962, figurait, à la suite du titre, quelques lignes extraites d'une lettre de Sartre adressée à Yves Frontier et autorisant un tirage hors commerce de 500 exemplaires de la pièce : « Si j'ai pris mon sujet dans la mythologie du Christianisme, cela ne signifie pas que la direction de ma pensée ait changé, fût-ce un moment, pendant la captivité. Il s'agissait simplement, d'accord avec les prêtres prisonniers, de trouver un sujet qui pût réaliser, ce soir de Noël, l'union la plus large des chrétiens et des incroyants. »

2. Bariona, en hébreu Bar Kocheba ou Bar Kokheba, signifie « fils du tonnerre, de l'éclair » et, par extension, « fils de l'étoile ». Dans la Bible, c'est le surnom de Simon, chef de la dernière révolte juive contre Rome. C'est sans doute pour cette connotation de révolte que Sartre a choisi ce nom peu usité.

3. Village aujourd'hui orthographié Beth-zur et situé comme le décrit Sartre.

4. Fermier des deniers publics dans l'Antiquité romaine. Dans la Bible, les publicains sont souvent associés aux prostituées et aux gens de mauvaise vie et présentés de façon très négative (voir Matthieu, IX, 11 et XI, 19).

Premier tableau.

a. Il est possible que Sartre ait écrit tarie.

1. Auguste réorganisa l'administration de l'Empire romain, pour faciliter le cens et la perception de l'impôt. Peu avant la naissance de Jésus, il publia un édit « pour faire un dénombrement des habitants de toute la terre » (Luc, II, 1-6).

2. Ménandre (342-292 av. J.-C.), célèbre auteur grec de comédies. Anacréon (560-478 av. J.-C.), poète lyrique grec, connu pour ses poèmes légers célébrant le plaisir et la bonne chère.

3. Deuxième roi (légendaire) de Rome qui a régné de 714 à 672 avant Jésus-Christ.

Deuxième tableau.

a. de [quinze *corrigé en* seize] drachmes. •• *b. Ms. donne* larme *mais selon le père Paul Feller, ce mot devrait se lire* larve *ce qui est moins poétique, mais plus logique.*

1. Le mot « Saron » désigne la plaine côtière centrale d'Israël, et non un mont. Sartre a tendance à magnifier le relief d'Israël.

2. Voir la Notice, p. 1564-1565.

Troisième tableau.

1. Expression méridionale signifiant « enfant de fou ».
2. Mot méridional signifiant « impuissant ».

Quatrième tableau.

1. Ce chœur, comme les précédents, est chanté en différentes parties. Les noms indiqués en marge (Roceil, Coulomb) sont sans doute ceux des solistes qui intervenaient. Michalon faisait aussi partie des chanteurs.

Cinquième tableau.

1. Lélius adapte ici le discours de saint Paul devant l'Aréopage (Actes des apôtres, XVII, 23).

Documents sur « Bariona »

DÉCLARATIONS DE SARTRE

◆ « L'AVANT-SCÈNE THÉÂTRE ». — Extrait d'un entretien par Paul-Louis Mignon, « Le Théâtre de A jusqu'à Z : Jean-Paul Sartre », *L'Avant-Scène théâtre*, nos 402-403 (spécial Sartre), 1er-15 mai 1968, p. 33-34. Dans son *Panorama du théâtre du XXe siècle* (Gallimard, 1978, p. 142 ; rééd. coll. « Folio essais », 1986), Paul-Louis Mignon écrit lui-même à propos de *Bariona* : « Il évoque le cas des populations en butte à la conquête hitlérienne à la faveur de la lutte d'une peuplade juive, au temps du Christ, contre l'hégémonie romaine. Il en sera de même, en 1943, des *Mouches* et du système vichyssois. »

◆ « TRAVAIL THÉÂTRAL ». — Extrait d'un entretien avec Bernard Dort, *Travail théâtral*, no 32-33, 1980 ; repris dans *Un théâtre de situations*, Gallimard, coll. « Folio », 1992, p. 242-243.

TÉMOIGNAGE DE MARIUS PERRIN

Nous reproduisons des extraits de Marius Perrin, *Avec Sartre au Stalag XII D*, J.-P. Delarge, 1980, p. 91, 94, 103 et 107.

[LA PART DU FEU]

NOTICE

Cette pièce inédite de Sartre que nous intitulons *La Part du feu* a été écrite en 1954. Elle précède et annonce *Nekrassov* et *Les Séquestrés d'Altona*, la première par son intention politique et esthétique — lutter contre l'anticommunisme par le moyen de la satire —, la deuxième par son interrogation existentielle : quel est le sens d'une vie, ou quelle responsabilité un individu a-t-il dans l'histoire ? Un mystère entoure ce projet : il n'en avait été fait nulle part mention avant que nous publiions une étude à son sujet[1]. D'ordinaire, les projets abandonnés de Sartre nous sont connus par les mémoires de Simone de Beauvoir ou par des entretiens de Sartre lui-même. De cette pièce contre le maccarthysme, ni Sartre ni Beauvoir n'ont jamais parlé. L'avaient-ils oubliée ? La jugeaient-ils sans intérêt, dès lors que Sartre y avait renoncé ? Pourtant une pièce dont il n'a jamais tracé une ligne, *Le Pari*, nous est connue grâce à un résumé rédigé par une amie et par plusieurs déclarations[2]. C'est que son sujet lui tenait à cœur. De toute évidence, il en va de même pour celui de *La Part du feu*, puisque Sartre le reprend, cette fois sous la forme d'une tragédie et en changeant le lieu et la situation, dans *Les Séquestrés d'Altona*. Le suicide final des deux héros, Feller, l'intellectuel juif libéral new-yorkais, et Frantz von Gerlach, le hobereau luthérien devenu tortionnaire, met les deux personnages en parallèle, leurs destins en écho, leur choix en contraste. Tous deux doivent décider de leur vie dans une situation extrême produite par un événement historique, la Seconde Guerre mondiale dans un cas, la guerre froide dans l'autre.

En 1954, la préoccupation politique majeure de Sartre est la défense de l'U.R.S.S. dans la guerre idéologique entre l'Ouest et l'Est, et donc la critique de la politique américaine et des valeurs dont celle-ci se réclame. *La Part du feu* s'en prend à l'idéologie libérale en montrant ses pièges et ses contradictions. Son héros[3] est un juif d'origine modeste, libéral rooseveltien, qui veut s'intégrer à la classe sociale supérieure, celle des catholiques fortunés de la côte Est. Il épouse à cette fin une héritière — qui est aussi la sœur du sénateur MacCarthy, l'instigateur de la chasse aux sorcières — et devient avocat-conseil du secrétaire général de

1. Voir Michel Contat, « Une idée fondamentale pour la génétique littéraire : l'intentionnalité. Une application au cas d'un projet abandonné par Sartre d'une pièce de théâtre sur le maccarthysme », *Pourquoi la critique génétique ? Méthodes, théories*, M. Contat et D. Ferrer éd., C.N.R.S., 1998, p. 111-167. Une version anglaise et abrégée de cet article, sous le titre « The Intellectual as Jew », a été publiée dans *October*, n° 87, hiver 1999, p. 47-62.

2. Voir p. 1215-1217.

3. Sur le manuscrit de la pièce, Sartre a écrit les noms de Michel Vitold et de Wanda Kosakiewicz (Marie Olivier à la scène), ses deux acteurs fétiches, en regard des répliques de Feller et de sa secrétaire.

l'O.N.U., Trygve Lie. Les enquêtes des commissions maccarthystes menacent les juifs communistes, ou anciens communistes, sur qui le F.B.I. a constitué des dossiers. Pour éviter l'épuration des fonctionnaires de l'institution internationale, et pour éviter à terme sa propre épuration, Feller s'apprête à se faire épurateur lui-même, en livrant des dossiers de telle sorte que l'O.N.U. puisse se séparer elle-même des fonctionnaires qui la compromettent aux yeux de la puissance qui l'abrite, les États-Unis. Mais Feller est pris d'angoisse et de scrupules, et il va consulter un psychiatre choisi au hasard dans l'annuaire. Pas tout à fait au hasard, puisqu'il choisit un médecin portant un nom juif. La pièce se déroule en trois séances d'analyse. Le psychiatre sort de sa neutralité, prend parti contre l'acte que va commettre Feller, l'exhorte à ne pas le commettre, et, puisque les hommes de MacCarthy le tiennent, l'incite à se tuer plutôt qu'à leur livrer les dossiers. Le suicide préserve l'intégrité morale de Feller, et lui permet de reconquérir sa propre estime. Il est sauvé. Le psychiatre peut conclure : « Malade guéri » (p. 1202). Cette phrase finale, qui évoque immanquablement la plaisanterie « la maladie est guérie, mais le malade est mort », donne *a posteriori* le ton de la pièce, celui d'une satire aux allures dramatiques. Le héros meurt, en parfaite santé morale, mais il aura auparavant beaucoup souffert : de sa solitude, de son impuissance, sexuelle aussi bien que politique, de sa mésentente avec son fils, de la perte de ses amis, de l'écroulement de ses espoirs. Le piège intérieur auquel a succombé ce juif inauthentique est celui de l'ambition sociale ; le piège extérieur est celui de la chasse aux sorcières qui menace de s'en prendre à lui. Feller s'est fait tout au long de sa vie son propre bourreau, et il finit par s'exécuter pour ne pas devenir le bourreau des autres. La pièce, en résumé, prône donc le suicide de l'intellectuel libéral en tant que tel, car sa position, dans une situation où il faut prendre parti pour ou contre les communistes, pour ou contre les maccarthystes, est intenable. Voilà ce que Sartre voulait démontrer. Et, de fait, l'esquisse de sa pièce est pour le moins démonstrative.

De toute évidence, la pièce a un modèle, à la fois pour son inspiration dramaturgique et pour une part de son contenu. Ce modèle est la pièce américaine la plus célèbre et la plus populaire de l'après-guerre, *Mort d'un commis voyageur* d'Arthur Miller (1949), dramaturge et intellectuel progressiste juif new-yorkais, lui-même exposé aux harcèlements de la Commission des activités anti-américaines dont le sénateur Joseph McCarthy devint le représentant le plus en vue. On se rappelle que le héros de la pièce de Miller, Willy Loman, commis voyageur de Brooklyn, sexagénaire travaillant depuis trente-cinq ans pour la même firme, rêve d'un avenir meilleur pour ses deux fils, Biff et Happy, en révolte contre lui. Après avoir perdu son emploi, il décide de se donner la mort en laissant croire à un accident de voiture : il assure ainsi l'aisance financière de sa famille grâce au montant de son assurance sur la vie. Pièce extrêmement sévère à l'égard du système du capitalisme américain, *Mort d'un commis voyageur* est un drame pathétique qui a fait couler des larmes de révolte et de compassion partout où elle a été jouée. Son succès mondial est sans nul doute dû, autant qu'à sa dénonciation du mode de vie américain et à sa psychologie, à ses innovations proprement dramaturgiques. Arthur Miller, dans la construction de sa pièce, systématise pour la première fois, en en faisant un ressort dramatique, les flash-back que le cinéma avait utilisé comme un procédé quasi naturel.

Sartre s'était essayé, pendant la guerre, en collaboration avec Henri-Georges Clouzot, à l'écriture d'un scénario cinématographique d'inspiration psychanalytique où le présent d'une conscience du monde, avec ce qu'elle comporte d'ubiquité temporelle et spatiale, constituait le spectacle et le récit. Les deux auteurs s'étaient rendu compte que cette tentative devenait rapidement inintelligible pour le spectateur. Mais Sartre est un auteur obstiné. Quand un de ses projets s'enferme dans l'impasse, il le garde en réserve, le reprend sous une autre forme, y revient dans un autre registre d'expression. Connaissait-il la pièce *Le Mangeur de rêves*, de Henri-René Lenormand, à notre connaissance la première à avoir porté sur scène, en 1922, une relation entre un psychanalyste et sa patiente ? C'est fort probable. Vers 1954, préoccupé d'approfondir concrètement sa théorie de la psychanalyse existentielle, après avoir entrepris celle de Jean Genet, il mène concurremment de front, au moins dans son esprit, quatre projets (une première version d'une psychanalyse existentielle de Flaubert, une étude psycho-biographique de Mallarmé, une étude historico-existentielle et esthétique du Tintoret, et une autobiographie) liés par une même problématique : comprendre un homme par la totalité de ses déterminations et montrer la part de liberté qui intervient dans la progression d'un destin. Dans les quatre cas, c'est la création, ou plutôt le créateur, qui est au centre de sa préoccupation. En somme, il poursuit une psychologie sociologique de l'artiste. Mais qu'en est-il de l'homme moyen ? Un sujet se propose à lui dans l'actualité, la mort d'un haut fonctionnaire international, Abraham Feller, qui s'est jeté de sa fenêtre sur Central Park West. Accident, meurtre, suicide ? L'enquête conclut au suicide, et l'attribue à un accès dépressif.

L'article source.

Le cas Abraham Feller est exposé par Marcel Péju dans un article des *Temps modernes* de mars 1953, « Abraham Feller ou “ son propre bourreau ” ». Résumons son article. Les faits, d'abord : la démission de Trygve Lie, secrétaire général de l'O.N.U., le 10 novembre 1952, le suicide de Feller le 13 novembre, le commentaire du sénateur MacCarran : « Feller avait peut-être quelque chose à se reprocher ; si sa conscience avait été pure, il n'aurait rien eu à redouter de la commission d'enquête. » Ce qui est en jeu c'est le loyalisme des fonctionnaires à l'égard de la nation hôte, et particulièrement le loyalisme des fonctionnaires de nationalité américaine. La garantie de l'indépendance de l'O.N.U. à l'égard de chacun de ses États membres avait été fixée dans la Charte de 1945 mais, dans les faits, l'immunité des fonctionnaires était mal garantie. Les Nations unies ayant décidé de fixer leur siège à New York, elles s'exposaient nécessairement à des pressions. Les hauts fonctionnaires américains des Nations unies ont été recrutés parmi les anciens de la Société des Nations et dans l'administration rooseveltienne. C'est le cas de Feller, qui fut un collaborateur de Roosevelt de 1932 à 1944, l'un des membres les plus brillants de l'intelligentsia new-yorkaise, le type même du libéral non communiste mais acquis à la collaboration avec l'U.R.S.S. En juillet 1948, les chefs du service de sécurité du Département d'État, devant un sous-comité sénatorial, décrivent le secrétariat de l'O.N.U. comme truffé d'éléments subversifs et parlent d'espionnage.

Trygve Lie est mis en cause pour ses sympathies à l'égard de l'U.R.S.S. Un comité juridique consultatif rédige pour Trygve Lie un avis étonnant, en rupture avec la Charte : le Secrétariat devra s'abstenir d'engager et de renvoyer, sans égard de nationalité, tout membre du personnel soupçonné d'être déloyal à l'égard du pays dans lequel l'O.N.U. a son siège. C'est la clause dite de « loyauté à la nation hôte ». L'idée qui anime les chasseurs de sorcières est que tout communiste est potentiellement un espion, par son être communiste même, et qu'il développe autour de lui une stratégie de l'espionnage. Trygve Lie accepte de renvoyer des communistes, et pour cela il demande au F.B.I. de lui fournir les dossiers de ses employés suspects : il se fait lui-même épurateur. Feller commence par s'opposer à cette épuration et tente de préserver le statut d'immunité du personnel de l'O.N.U. La loi MacCarran du 23 septembre 1950 (*Internal Security Act*) fait obligation à tous les membres d'organisations communistes ou communisantes de se faire connaître aux autorités fédérales. Des fonctionnaires de l'O.N.U. sont entendus par le comité MacCarran (*Senate Internal Security Subcommittee*), malgré la résistance de Feller. M. Péju conclut ainsi son article : « Le cas Feller est alors exemplaire. [...] Le " rouge " c'est lui, selon les critères de la chasse aux sorcières. Et parce qu'il le sait bien, il est amené à la fois à durcir artificiellement sa position — moins, d'ailleurs, par crainte d'être suspecté que pour se défendre contre lui-même — et à freiner l'inquisition après avoir fait ce qu'il croit être la part du feu. Mais on ne fait pas à l'inquisition sa part et cela ne signifie rien de " tenir tête aux exigences croissantes " quand on a commencé par céder sur l'essentiel. / [...] Tout serait bien simple, assurément, s'il ne s'agissait que de pressions extérieures. Mais Feller, dans ce cas, ne se fût pas suicidé. Son drame, c'est que l'homme qu'il poursuivait, qu'il traquait, c'était son ombre, c'était lui-même. [...] Attaqué de front, il se fût probablement défendu. Mais, préservé, on ne lui demandait précisément rien d'autre, à chaque instant, que de faire son propre procès, que d'être son propre bourreau. Il l'a fait, et il a perdu. »

Un dialogue avec Arthur Miller.

Quand il lit dans sa propre revue cet article de Marcel Péju, Sartre pense théâtre, psychanalyse, juif, Arthur Miller, *Mort d'un commis voyageur*, et une idée de pièce lui vient très vite : le suicide d'un intellectuel juif libéral qui refuse de continuer à se trahir, qui veut que sa mort serve à quelque chose, du moment que sa vie ne sert plus à rien sauf à nuire à ses anciens amis. La pièce de Miller lui fournit un modèle d'écriture scénique : absence de décor, un meuble-bureau, deux ou trois chaises, des éclairages qui permettent à des personnages de sortir de l'ombre. Et une idée forte : au lieu du monologue d'un homme à la conscience déchirée, un intellectuel qui pense à voix haute devant un psychanalyste. S'il avait fini sa pièce, Sartre serait devenu le premier auteur de théâtre à avoir fait de séances de psychanalyse un ressort dramatique. Pas très freudienne cette psychanalyse, on le concédera, mais plausible dans une version américaine de la cure par la parole. Et l'on peut considérer *La Part du feu* comme l'un des nœuds du fil rouge qui court tout au long de l'œuvre de Sartre et qui touche à ses rapports critiques avec la psychanalyse : suivra peu après le *Scénario Freud* écrit pour John Huston (1958-1959) et le texte de Sartre sur « L'Homme au magnétophone », où il se félicite de la révolte d'un patient contre son analyste[1].

La pièce de Miller est pour Sartre à la fois un modèle et un contre-modèle. La souffrance de Feller n'a rien à voir avec celle de Willy Loman. Feller n'a pas de problèmes d'argent, il a des problèmes de conscience : il est le prototype de la conscience déchirée. Mal intégré, mal marié, il a tenté une ascension sociale en se persuadant que sa mission d'homme de paix et de bonne volonté trouvera dans l'O.N.U. son cadre le plus efficace. Juif, il ne se reconnaît pas dans les autres juifs et refuse toute solidarité avec eux. Il veut être « n'importe qui », c'est-à-dire un bon Américain. Mais le système ne l'accepte que dans la mesure où il le sert. Dès lors qu'au nom des valeurs de loyauté et de fidélité à l'égard des individus, il se refuse à servir l'institution, celle-ci le rejette. Willy Loman était rejeté parce qu'il ne rapportait plus suffisamment de profit à son entreprise, Feller l'est parce que ses scrupules grippent la machine. Les personnages de la pièce de Miller sont des représentants de l'Amérique, des figures types du rêve américain et de ses revers. Sartre, au contraire de Miller, ne focalise pas sa pièce sur la relation du héros avec sa famille, bien que ces relations y jouent un rôle important. Les personnages de la pièce dressent autour du protagoniste tout un monde social. De ce seul point de vue, la pièce aurait été difficile à monter, coûteuse en tout cas, même si plusieurs rôles secondaires pouvaient être assumés par le même comédien. Sartre, de toute évidence, voyait grand et prenait plaisir à utiliser les ressources de décors électriques : ainsi une scène devait faire flamboyer néons et affiches comme sur Times Square, ce carrefour de la propagande pour le rêve commercial américain, et une séance de la Commission des activités anti-américaines devait même apparaître à la télévision.

Motifs de l'abandon.

Alors, pourquoi l'abandon ? Pièce trop difficile à monter ? Obstacles juridiques à surmonter pour mettre en scène des personnages pris dans la réalité historique ? Pièce politique qui risquait de déplaire au public du théâtre Antoine ? Mais Sartre avait l'habitude de heurter son public et de le conquérir en quelque sorte malgré lui. Il semble donc qu'il faille plutôt chercher des obstacles internes pour comprendre l'abandon du projet. Le premier qui vient à l'esprit est l'antipathie qu'inspire le personnage principal. Feller le dit d'ailleurs lui-même dans sa première réplique, précisant qu'il ne veut pas de la sympathie du psychiatre. Il n'aura donc pas non plus celle du public. Ses tourments ne nous touchent pas, même quand ils sont ceux de Sartre devant la menace nucléaire ou devant le jugement de la postérité. L'homme en procès que l'auteur met en scène ne peut rien invoquer pour sa défense. Sa solitude dans l'histoire est navrante, elle n'a pas de grandeur, sauf dans le suicide final. Un commentaire de Sartre à propos de Mallarmé et de son nihilisme bourgeois, écrit à la même époque, sonne comme un jugement sur le personnage qu'il voue au suicide : « Il ne demeurera de la société apparente que des millions de solitudes. Atome social, résidu de l'analyse, produit négatif

1. Voir *Les Temps modernes*, avril 1969 ; repris dans *Situations, IX*, Gallimard, 1972, p. 329-337.

d'une négation intéressée, l'individu est un absolu au sens propre du mot, c'est-à-dire un séparé. Le croyant des siècles passés mettait la réalité de l'homme dans la plénitude de son être, c'est-à-dire en Dieu, lieu géométrique de toutes les affirmations ; la réalité de l'homme bourgeois réside au contraire dans tout ce qu'il n'est pas ; la Révolution crée l'humanisme du non-être. Au lieu de réintégrer dans sa classe l'individu qu'elle arrache à Dieu, elle le maintient dans la solitude et l'impuissance ; et sa seule réalité se mesure à ses possessions[1]. » Comment, à partir d'une telle lecture de la société bourgeoise, démultipliée et agrandie dans la société américaine, nous faire compatir aux tourments d'une conscience ? Sartre choisit d'écrire sa pièce contre la compassion. Feller, lorsqu'il réclamera celle-ci du psychiatre, ne l'obtiendra pas. Il meurt seul, en paix avec sa conscience, et sa mort ne nous touche pas, ne doit pas nous toucher : son existence était sans valeur. Un tel thème a de quoi refroidir. Peut-il faire rire ? C'est ce que Sartre a cru, en cherchant le ton du drame satirique. Il nous est difficile de juger de sa réussite, étant donné l'inachèvement de la pièce et l'état d'avancement inégal dans la rédaction des dialogues. Les phrases courtes, le langage sec, l'absence de comique verbal indiquent-ils un style dramatique ? Ou bien Sartre aurait-il enrichi ses dialogues de manière à produire un rire sarcastique et une émotion froide ? Le style de la pièce, dans l'état où celle-ci nous parvient, est en grande partie indécidable. On peut même penser que la pièce a été abandonnée faute d'avoir trouvé ce style satirique nouveau que Sartre cherchait. En tout cas, l'abandon en lui-même démontre que Sartre a porté un jugement négatif sur son travail.

Les changements dans l'actualité.

L'article de Marcel Péju, « Abraham Feller ou " son propre bourreau " », recelait tous les ingrédients d'un drame existentiel et politique. On comprend que Sartre y ait été sensible[2]. En y ajoutant sa propre interprétation psychologique (le désir d'intégration), et en plaçant dans la pièce le représentant symbolique de la chasse aux sorcières (le sénateur du Wisconsin, Joseph MacCarthy), il a là tous les éléments d'un drame politique contemporain, d'une pièce engagée, et même militante. Mais la situation politique mondiale a changé. En novembre 1954, la menace d'un conflit nucléaire s'éloigne ; Staline est mort ; l'équilibre de la terreur semble solidifié. Sartre ne croit probablement plus à la guerre, s'il y a jamais vraiment cru. Du coup, la pièce devient moins urgente qu'elle ne l'aurait été un ou deux ans plus tôt. L'anticommunisme reste un thème que Sartre veut prendre de front, mais le contexte américain n'est plus aussi menaçant, les auditions de la Commission des activités anti-américaines se ralentissent, à la suite du désaveu, en décembre 1954,

1. *Mallarmé : la lucidité et sa face d'ombre*, Gallimard, coll. « Arcades », 1986, p. 52.

2. À l'époque où il a écrit cet article pour *Les Temps modernes*, Marcel Péju était journaliste à *Samedi-Soir* et chargé de la politique étrangère. Il était l'un des collaborateurs permanents de la revue (par la suite, il en deviendra le secrétaire général). Il se souvient parfaitement avoir proposé une étude sur l'affaire Feller en comité de rédaction des *Temps modernes* après l'avoir exposée un peu en détail, et Sartre l'avait immédiatement acceptée. Ils en avaient discuté ensemble et Sartre lui a dit par la suite qu'il pensait à cette affaire comme sujet de pièce. M. Péju ignorait qu'il y avait eu un commencement de réalisation ; Sartre ne lui en a plus jamais parlé par la suite (conversation téléphonique avec M. Péju, 14 mai 1996).

par ses collègues, de Joseph MacCarthy qui avait poussé sa campagne trop loin en portant des soupçons sur l'armée elle-même. Le maccarthysme n'a jamais vraiment pris en France, et, en 1954, il ne faisait plus peur. C'est ce dont Sartre a dû prendre conscience alors qu'il écrivait sa pièce, conçue sous le coup de la colère qui l'avait pris contre les États-Unis après l'exécution des époux Rosenberg pour espionnage au profit de l'U.R.S.S. Il retournera donc sa polémique anti-anticommuniste contre la presse parisienne, et trouvera cette fois le ton qui convient, en faisant de son héros un escroc de haut vol à la conscience chatouilleuse. Ce sera *Nekrassov*. Et quant à la grande réflexion philosophique sur la responsabilité de l'individu dans le processus historique, il en fera, à un degré beaucoup plus profond, le thème de sa dernière pièce, *Les Séquestrés d'Altona*.

Somme toute, l'échec de la pièce contre le maccarthysme était inscrit dans sa conception même. Pour être efficace, une pièce politique doit prendre un certain recul sur l'actualité. Recul soit dans le temps, soit dans le ton. Le temps avait rattrapé Sartre avant qu'il ait trouvé le ton adéquat pour s'adresser à Camus à travers un personnage d'intellectuel américain sommé de choisir entre le communisme et l'anticommunisme. Le projet resta dans ses papiers, prit même en partie le chemin de la poubelle. Il s'en fallut de peu qu'il ne restât secret. À le découvrir tardivement, il n'en devient à certains égards que plus fascinant. Le juif en Sartre, l'homme séparé qui rêve d'être n'importe qui, c'est-à-dire comme les autres, n'était pas prêt au suicide intellectuel. Il lui faudra recourir à tous les miroitements du grand style littéraire pour accomplir ce faux suicide et ce vrai progrès, dans *Les Mots*, peut-être son texte le plus théâtral.

MICHEL CONTAT.

NOTE SUR LE TEXTE

Les brouillons de cette pièce de théâtre ne portent nulle part de titre de la main de Sartre. Étant donné sa source, l'article de Marcel Péju « Abraham Feller ou “ son propre bourreau ” », nous aurions pu l'intituler « Bourreau de soi-même », selon la vieille formule de l'héautontimorouménos. Nous avions pris l'habitude, entre spécialistes de Sartre, de l'appeler le « Scénario McCarthy ». Pour son édition dans le présent volume, il fallait lui donner un titre qui correspondît mieux à sa nature. Deux expressions sont utilisées dans la pièce pour signifier l'illusion libérale selon laquelle on peut trouver un compromis avec les chasseurs de sorcières en leur livrant une partie de ce qu'ils demandent : « la part du diable », que Sartre transforme ensuite en « la part du feu ». La première ayant encore aujourd'hui une résonance littéraire gidienne, nous lui avons préféré l'expression plus courante, devenue depuis Tacite un syntagme figé pour signifier le compromis nécessaire, *La Part du feu* (nous mettons ce titre entre crochets pour indiquer qu'il n'est pas de Sartre).

Les manuscrits de *La Part du feu* sont répartis en deux ensembles.

Le premier (sigle : *ms. Cau*) est constitué d'une chemise de libraire contenant 24 feuillets ; il comprend deux dossiers (14 feuillets foliotés provisoirement de 1 à 14, et 10 feuillets foliotés provisoirement de 24 à 33). Il s'agit probablement de feuillets récupérés par Jean Cau dans la corbeille à papier de Sartre. Ce manuscrit, qui a été acheté par la B.N.F. lors de la vente de la succession Jean Cau (« achat 16.12.93 »), portait la mention « Scénario contre MacCarthy ».

Le deuxième ensemble (sigle : *ms. Vian*), sans cohérence chronologique stricte, a été donné par Sartre à Michelle Vian. Ces 36 feuillets, répartis en deux dossiers, que Michelle Vian a vendus à la B.N.F. en 1985, étaient placés dans un feuillet plié portant de sa main « Brouillon de pièce sur le Maccarthysme et la psychanalyse avant *Nekrassov* ». Dans cet ensemble se trouvait un bloc de « papier Sartre », de marque « Le Messager », portant l'indication « *Novembre 54*. Projet de la pièce avant *Nekrassov* », de la main de M. Vian. Ce bloc — constituant le premier dossier — contient 18 feuillets rédigés, semble-t-il, très rapidement, avec le même stylo et la même encre, qui donnent le dernier état de la pièce qui nous soit parvenu, et vraisemblablement le dernier à avoir été rédigé. Le deuxième dossier, numéroté provisoirement de 19 à 36, est une version du tableau I.

La version des deux premiers tableaux donnée par *ms. Vian*, presque entièrement rédigée, nous a servi de référence pour l'établissement d'un texte, à partir d'une première transcription réalisée par Danièle Calvot. Selon son habitude d'auteur, qui est de travailler très vite en une seule session d'écriture, Sartre, une fois qu'il a jeté sur le papier des plans et des répliques qui esquissent des scènes, se met à rédiger en dialogues, en reprenant par le début. Nous avons ainsi quatre rédactions pour le premier tableau. Mais au fur et à mesure que Sartre progresse et que le temps qu'il s'est alloué se réduit, il élabore de moins en moins ses dialogues, indique cursivement des scènes à écrire, note un échange ou deux, une indication scénique sommaire, avec l'idée de reprendre plus à loisir ce qu'il inscrit sur le papier pour couvrir l'ensemble de la progression dramatique. C'est le cas pour le deuxième tableau, beaucoup moins détaillé que le premier. Quant au troisième tableau, il n'existe que sous forme de plans, de scènes esquissées, de répliques essentielles. Nous en donnons une reconstitution aussi lisible que possible, mais en agençant les textes selon les indications des plans de Sartre. Nous avons ajouté l'indication du personnage qui parle, ce que Sartre ne fait pas toujours, mais qui apparaît la plupart du temps clairement à la lecture du manuscrit. Nous avons aussi normalisé l'orthographe, donné en entier quelques mots abrégés, unifié la ponctuation, en mettant des points à la fin de phrases sans verbe. Nous n'avons pas systématiquement ajouté des points d'interrogation là où ils manquaient apparemment, cette absence pouvant indiquer une façon de prononcer une phrase.

M. C.

NOTES ET VARIANTES

[Ier tableau.]

1. Le coup de Prague, en février 1948, marque la prise de pouvoir complète du gouvernement, où il était déjà largement majoritaire, par le parti communiste dirigé par Klement Gottwald, contre le président Benes, qui finit par se retirer en juin 1948.

2. Le sénateur anticommuniste s'appelait en réalité Joseph MacCarthy (on l'appelait Joe). Sartre fait-il une confusion sur son prénom, ou bien veut-il ainsi distinguer son personnage du politicien réel ?

3. Erreur manifeste de Sartre : il s'agit du frère de sa femme, comme il est dit quelques répliques plus haut.

4. Importante organisation d'anciens combattants de la Première Guerre mondiale, qui a viré à l'extrême droite.

IIe tableau.

1. C'est le régime de Sartre à l'époque.

2. À partir d'ici, Sartre donne des indications, qui ne sont pas développées et qui ne sont pas des didascalies, sur les actions des personnages.

3. Harry Dexter White a été pendant toute la guerre membre du *brain trust* de Roosevelt. Il a proposé en mars 1944 un plan quinquennal de développement de l'économie soviétique. Il fut dénoncé devant la Commission des activités anti-américaines (*House Un-American Activities Committee*) comme espion à la solde de Moscou. En août 1948, à deux semaines de l'ouverture de l'enquête, à laquelle White était convoqué, il fut trouvé mort dans sa maison. Suicide ou accident ? On ne le sut pas à l'époque. L'affaire White est liée à celle d'Alger Hiss, qui est la véritable affaire Dreyfus américaine. Celle-ci date de 1948-1950. Accusé de communisme et d'espionnage, Alger Hiss, lui aussi membre du *brain trust* de Roosevelt, fut acquitté de l'accusation de trahison en 1948, mais condamné deux ans plus tard pour faux témoignage. Il est encore emprisonné au moment où Sartre écrit sa pièce, qui porte marginalement la mention de l'affaire.

4. Edgar Snow, célèbre journaliste américain (1928-1972), connu pour ses reportages en Asie et pour son livre *Red Star over China* (1937), sur la Longue Marche.

5. *The Nation*, magazine indépendant fondé en 1865, a été traditionnellement un soutien de la gauche du parti démocrate. Dans les années du maccarthysme, il était dirigé conjointement par Carey McWilliams et Freda Kirchwey.

[IIIe tableau.]

a. Au folio 15 de ms. Vian se trouve un développement de cette idée : L'individu refusant sa solitude. Voulant un milieu. Scènes. Individualisme. Le libéral veut que l'individu soit libre. Rien de plus. Et sans Dieu l'individu n'est pas sauvé. Ne croit pas en Dieu. ◆◆ *b. Dans ms. Cau, en marge de cette réplique, on trouve ce commentaire de Sartre :* L'un et l'autre pour se faire accepter mais du coup se rapproche du moment où l'épurateur sera épuré.

1. Sartre, comme beaucoup de gens à son époque, emploie le féminin pour le Federal Bureau of Investigation.

Fragments de « La Part du feu »

Nous reproduisons cinq fragments, provenant des manuscrits Vian et Cau, qui permettent de mesurer la progression d'écriture des deux premiers tableaux. Le premier fragment est un résumé complet de la pièce qui précède la version plus élaborée donnée par *ms. Vian*. Les quatre autres fragments reproduisent les premières rédactions des tableaux I et II. Nous les ordonnons ici selon la succession hypothétique de leur rédaction.

a. Au verso de ce feuillet de ms. Cau, avec la même encre et de la main de Sartre, figure cette indication : Situé pendant le procès des Rosenberg : donc en 1953.

1. Henry H. Wallace, fervent adepte du New Deal, membre du gouvernement de Roosevelt puis de celui de Truman, fut candidat du parti progressiste à la présidence en 1948. Ce troisième parti, pro-soviétique et anti-plan Marshall, appelait à un désarmement général. Bien qu'il obtînt plus d'un million de voix, il n'arriva en tête dans aucun État de l'Union.

[LE PARI]

NOTICE

Vraisemblablement, c'est par une note dans les *Écrits de Sartre*[1] que nombre de lecteurs de Sartre ont pris connaissance d'un projet théâtral conçu dans les années 1950, que son auteur n'a jamais réalisé mais dont il semble avoir longtemps regretté l'abandon[2]. Ce projet est connu sous le titre du *Pari*.

À l'origine, c'est dans un numéro spécial des *Cahiers de la Compagnie Madeleine Renaud – Jean-Louis Barrault*[3], que Colette Audry, amie intime de

1. Michel Contat et Michel Rybalka, *Les Écrits de Sartre*, Gallimard, 1970, n. 2, p. 293.
2. Voir p. 1216 ; et *La Cérémonie des adieux*, suivi de *Entretiens avec Jean-Paul Sartre, août-septembre 1974*, Gallimard, 1981, p. 240.
3. « Connaissance de Sartre », *Cahiers de la Compagnie Madeleine Renaud – Jean-Louis Barrault*, nº 13, octobre 1955, p. 51-56.

Sartre et de Beauvoir, rapporte le sujet du *Pari*. Audry avait reçu une commande de Jean-Louis Barrault qui envisageait d'éditer une collection de « Connaissances » de dramaturges divers qui, par un « montage scénique » et « grâce à l'action », permettraient de « faire comprendre plus intimement certains êtres et certaines positions humaines[1] ». Suivant ces préceptes, Audry conçut une mise en scène de la pensée sartrienne sous la forme d'un procès en tribunal : pour dissiper les malentendus provoqués par la notoriété de l'œuvre de Sartre, un Défenseur en présente les concepts clefs à travers un montage d'extraits divers, pris dans tous les domaines de son œuvre littéraire et philosophique. Face au Défenseur, un Accusateur hostile et un Arbitre plus modéré prennent la parole pour formuler des objections ou exiger des précisions. C'est au moment où l'Arbitre réclame une définition de la liberté selon Sartre que le sujet du *Pari* est abordé. Curieusement, c'est lui qui finit par conter l'histoire du *Pari* car, explique-t-il, Sartre lui-même, qu'il voit de temps à autre, lui avait parlé de son projet et il en avait gardé un « souvenir merveilleux[2] ».

Pour tout lecteur attentif de Sartre, ce projet paraît étonnant, surtout en 1955, au moment où l'entente de Sartre avec le parti communiste est à son apogée. Ce pari, anti-pascalien, comme l'ont montré Michel Contat et Michel Rybalka[3], n'en a pas moins des précédents dans l'œuvre de Sartre. Si par son ressort dramatique principal il rappelle les engrenages déterministes des *Jeux sont faits*, sa thématique et le renvoi à la technique médiévale des mansions le rapprochent plus encore de la première pièce de Sartre, *Bariona*, créée au Stalag en 1940. Le pivot de l'intrigue, le pari sur la naissance d'un enfant, figurait déjà dans ce mystère de Noël. C'est le même défi que relève Bariona quand il accepte *in extremis* que son fils voit le jour, au nom de l'espoir incarné par la naissance du Christ[4]. Mais ce trait commun, liant si fortement les deux pièces, leur vaut une place à part dans l'œuvre sartrienne. Nulle part ailleurs ne se trouve pareille célébration d'une naissance. Contre toute attente, *Bariona*, que Sartre n'a jamais aimé et qu'il a tâché de faire oublier pendant plus de vingt ans, sert secrètement de modèle à un projet qui l'a hanté mais qu'il n'a jamais pu réaliser.

Comment expliquer ce paradoxe ? Sartre aurait-il repris sa Nativité d'antan et tenté de l'investir d'un nouveau sens laïque et révolutionnaire ? Plutôt qu'une reprise revue et corrigée, *Le Pari* apparaît comme un complément à *Bariona*, voire son prolongement : sur le même thème du parcours christique, Sartre est désormais aux prises avec la fin du trajet. Après sa Nativité, il songe avec *Le Pari* à écrire une Passion[5]. En 1979, trente-neuf ans après *Bariona*, vingt-quatre ans après la première évocation du *Pari*, c'est cet aspect du *Pari* qui est mis en relief dans la dernière interview que Sartre ait donnée sur son théâtre[6]. Les propos sur

1. *Ibid.*, p. 3.
2. *Ibid.*, p. 54.
3. Voir M. Contat et M. Rybalka, *Les Écrits de Sartre*, p. 294.
4. D'ailleurs la décision de Sarah de mettre au monde son enfant anticipe dans sa formulation l'essentiel de l'enjeu du *Pari* : « Quand je serais certaine qu'il me trahira, qu'il mourra sur la croix comme les voleurs et en me maudissant, je l'enfanterais encore » (p. 1133).
5. Les mansions chargées de révéler la vie du protagoniste font d'ailleurs penser à autant de stations de la croix, menant à l'exécution finale.
6. « Au théâtre, l'imaginaire doit être pur dans sa manière même de se donner au réel : entretien avec Jean-Paul Sartre par Bernard Dort », *Travail théâtral*, n° 32-33, 1980 ; voir p. 1216-1217.

ce projet, le seul commentaire conséquent issu directement de la bouche de Sartre, bouclent l'interview : ses derniers mots sur son théâtre nous laissent devant le portrait surprenant d'un homme de trente-cinq ans dont la mort sur une « sorte de croix » marque l'avènement d'une révolution victorieuse. Comment interpréter ce tableau inattendu ? Au départ, comme nous le rappelait déjà Colette Audry, l'histoire du *Pari* devait nous « permettre de comprendre presque physiquement le sens que Sartre donne au mot : liberté » (p. 1216). Et si, après tout, c'était le sens ultime du tableau ?

Rappelons que la théorie sartrienne de la liberté, développée dans *L'Être et le Néant*, s'énonce sur la toile de fond de l'Occupation. La guerre, l'oppression, la contrainte sont le corollaire nécessaire d'une découverte philosophique que Sartre forge progressivement. Au moment de sa mobilisation, comme le montre bien le début de son premier carnet de guerre, Sartre est désemparé : il ne sait pas quelle attitude adopter face à cette guerre qui a mis en question toute son existence antérieure d'individu autonome. Réduit à l'impuissance d'un simple soldat qu'on transporte d'un lieu à l'autre, Sartre entame un dialogue avec le stoïcisme pour repenser sa nouvelle situation et faire d'une contrainte une chance, voire la condition d'une émancipation, selon le précepte stoïcien : « Ne demande point que les choses arrivent comme tu les désires, mais désire qu'elles arrivent comme elles arrivent[1]. »

Cet appel à la volonté individuelle pour prendre en charge une situation qui semble à première vue imposée est un pas décisif vers les formulations de la liberté humaine de *L'Être et le Néant* où Sartre vise à ruiner l'opposition classique entre détermination et liberté[2]. Si l'homme est libre, quelle que soit la situation, l'expression de la liberté sartrienne tend tout naturellement vers des formules radicales, voire paradoxales : « Jamais nous n'avons été plus libres que sous l'occupation allemande », proclame-t-il sans ambages, à la Libération, dans un article célèbre[3]. Voilà, aux yeux de Sartre, l'attrait de la passion christique : elle permet de pousser jusqu'à son apothéose le paradoxe de la liberté[4]. L'audace de Sartre dans *Le Pari*, c'est d'avoir fait d'un chemin de croix un chemin de la liberté. Dans son mystère, le parcours existentiel du héros est irrémédiablement tracé : il ne comporte aucune issue, menant inexorablement à la peine capitale. Et pourtant, le protagoniste est libre, car la liberté c'est ce qui reste quand il n'y a plus rien à faire, plus rien à affirmer sauf

1. Voir la présentation d'Arlette Elkaïm-Sartre aux *Carnets de la drôle de guerre*, Gallimard, 1995, p. 12. Plus loin, la pensée de Sartre se dégage du stoïcisme, jugé insuffisant et complaisant : « Non pas *accepter* ce qui vous arrive. C'est trop et pas assez. L'*assumer* (quand on a compris que rien ne peut vous arriver que par vous-même), c'est-à-dire le reprendre à son compte exactement *comme si* on se l'était donné par décret et, acceptant cette responsabilité, en faire l'occasion de nouveau progrès *comme si* c'était pour cela qu'on se l'était donné » (*ibid.*, p. 296).

2. « C'est donc seulement dans et par le libre surgissement d'une liberté que le monde développe et révèle les résistances qui peuvent rendre la fin projetée irréalisable. L'homme ne rencontre d'obstacle que dans le champ de sa liberté » (*L'Être et le Néant*, Gallimard, 1943, p. 569).

3. « La République du silence », *Les Lettres françaises*, n° 20, 9 septembre 1944 ; repris dans *Situations, III*, Gallimard, 1949, p. 11.

4. « Passion », rappelle le Larousse, du bas latin *passio*, signifie « l'action de supporter, endurer, souffrir », et philosophiquement « par opposition à l'*action*, le fait de subir [...] ». C'est précisément cette opposition absolue entre agir et subir que la liberté sartrienne s'acharne à contester.

la volonté de reprendre à son compte et de déclarer *sienne* la situation qu'on affronte. La liberté véritable n'est rien d'autre que cette assomption. Les héros, pour Sartre, sont ceux qui parient, coûte que coûte, qu'une situation n'est jamais déterminée. En retour du reste, c'est ce pari vécu, maintenu jusqu'au bout qui les confirme comme libres.

Le Pari, à notre connaissance, n'a jamais été écrit et, tout compte fait, était sans doute irréalisable. « Oui, vous avez beaucoup pensé à cette pièce, conclut Beauvoir dans les entretiens de 1974, mais jamais ça n'a vraiment pris[1]. » Pour le socialiste d'après-guerre, plus tard compagnon de route du parti communiste, cette Passion ne pouvait pas « prendre ». Mais enfoui dans les marges du corpus sartrien, *Le Pari* aide à éclairer, d'un éclat fugitif mais spectaculaire, la résistance de Sartre au marxisme, alors même qu'il s'apprêtait avec *Questions de méthode* et la *Critique de la raison dialectique* à interroger plus systématiquement ses rapports ambivalents avec « l'indépassable philosophie de notre temps[2] ».

JOHN IRELAND.

1. *La Cérémonie des adieux*, p. 240.
2. *Critique de la raison dialectique* précédé de *Questions de méthode*, Gallimard, 1960, p. 14.

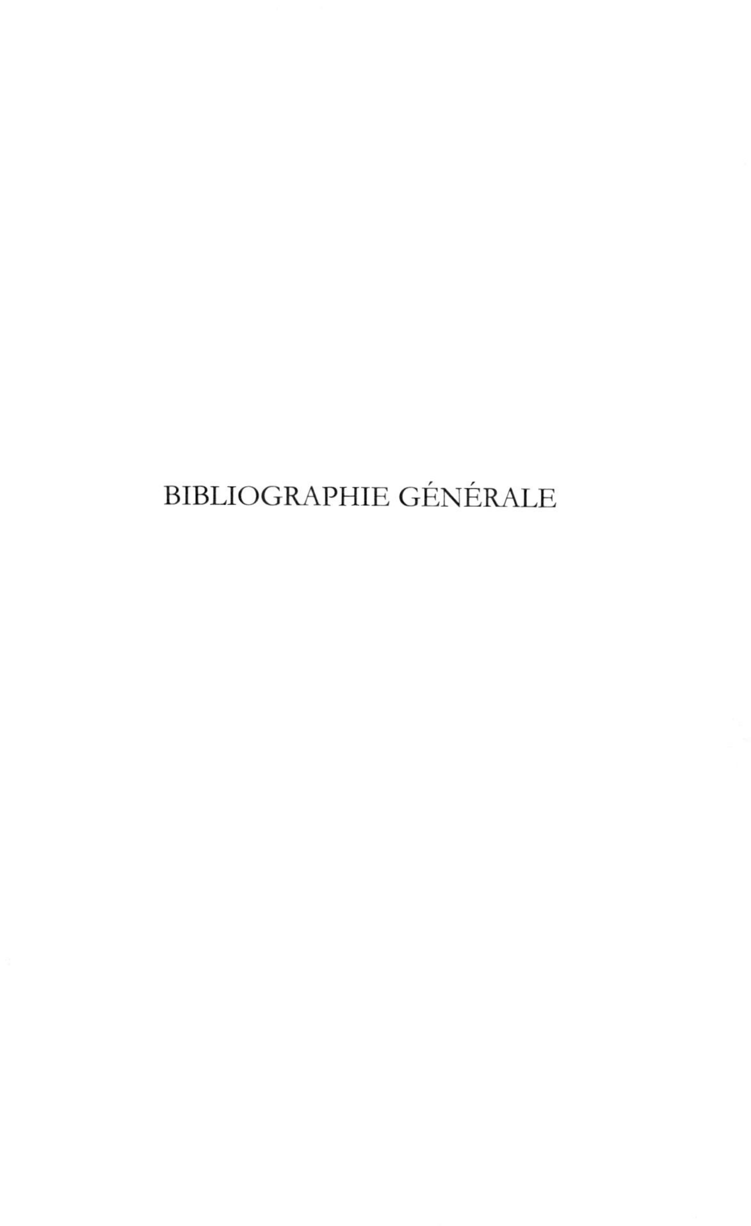

BIBLIOGRAPHIE GÉNÉRALE

On trouvera dans les *Œuvres romanesques* de Sartre, p. 2161-2178, une bibliographie plus développée. Le lecteur pourra en outre se reporter à Michel Contat et Michel Rybalka, *Les Écrits de Sartre*, Gallimard, 1970 (traduction américaine, revue et augmentée, *The Writings of Jean-Paul Sartre*, Evanston, Northwestern University Press, 1974) ; aux bibliographies proposées par le *Magazine littéraire*, nos 55-56, septembre 1971, p. 36-47 ; nos 103-104, septembre 1975, p. 9-49 ; et par *L'Année sartrienne* (Bulletin annuel d'information du Groupe d'études sartriennes) ; ainsi qu'aux numéros 18-19 de la revue *Obliques*, 1979, p. 331-347.

Une bibliographie particulière figure dans le présent volume à la suite de la Notice de chaque pièce. Nous relevons ci-dessous quelques livres, études ou articles consacrés au théâtre de Sartre dans son ensemble ou à certains de ses aspects.

Livres.

GALSTER (Ingrid), *Le Théâtre de Jean-Paul Sartre devant ses premiers critiques*, Tübingen, Günter Narr Verlag/Paris, Jean-Michel Place, 1986 ; rééd. L'Harmattan, 2001.

GORE (Keith), *Sartre, « La Nausée » and « Les Mouches »*, Londres, Edward Arnold, 1984.

IRELAND (John), *Sartre, un art déloyal. Théâtralité et engagement*, Jean-Michel Place, 1994.

JEANSON (Francis), *Sartre par lui-même*, Le Seuil, 1955 [*Les Mains sales*, et surtout *Le Diable et le Bon Dieu*].

LARAQUE (Franck), *La Révolte dans le théâtre de Sartre, vu par un homme du tiers-monde*, Jean-Pierre Delarge, coll. « Encyclopédie universitaire », 1976.

LORRIS (Robert), *Sartre dramaturge*, Nizet, 1975.
LOUETTE (Jean-François), *Jean-Paul Sartre*, Hachette, coll. « Portraits littéraires », 1993.
—, *Sartre* contra *Nietzsche (« Les Mouches », « Huis clos », « Les Mots »)*, Grenoble, Presses universitaires de Grenoble, 1996.
MCCALL (Dorothy), *The Theatre of Jean-Paul Sartre*, New York, Columbia University Press, 1969.
NOUDELMANN (François), *« Huis clos » et « Les Mouches » de Jean-Paul Sartre*, Gallimard, coll. « Foliothèque », n° 30, 1993.
O'DONOHOE (Benedict), *Sartre's Theatre : Acts for life*, Bern, Peter Lang, 2004.
REDFERN (Walter David), *Sartre, « Huis clos » and « Les Séquestrés d'Altona »*, Londres, Grant and Cutler, 1995.
ROYLE (Peter), *Sartre, l'enfer et la liberté. Étude de « Huis clos » et des « Mouches »*, Québec, Presses de l'université Laval, 1973.
VERONA (Luciano), *Le Théâtre de Jean-Paul Sartre*, Milan, Cisalpino-Goliardica, 1979.
VERSTRAETEN (Pierre), *Violence et éthique. Esquisse d'une critique de la morale dialectique à partir du théâtre politique de Sartre*, Gallimard, 1972.

Articles, recueil d'actes et chapitres de livres.

La Littérature française sous l'Occupation, actes du colloque de Reims, 30 septembre, 1er et 2 octobre 1981, Presses universitaires de Reims, 1989.
Le Théâtre de Jean-Paul Sartre (1905-2005), *Revue internationale de philosophie*, vol. LIX, n° 231, I-2005 [numéro consacré à Sartre].
ADDED (Serge), « L'Euphorie théâtrale dans Paris occupé », *La Vie culturelle sous Vichy*, Jean-Pierre Rioux éd., Bruxelles, Éditions Complexe, 1990.
—, *Le Théâtre dans les années Vichy, 1940-1944*, Ramsay, 1992.
AYOUN (Pascal), « L'Inspiration boulevardière dans le théâtre de Sartre », *Les Temps modernes*, nos 531-533, octobre-décembre 1990, p. 821-843.
CAUBET (Rosa A.), « Thèmes solaires dans le théâtre de Sartre », *Cahiers de sémiotique textuelle*, n° 2, *Études sartriennes*, n° 1, Centre de sémiotique textuelle – Paris X, 1984, p. 47-56.
FREEMAN (Ted), *Theatres of War : French Committed Theatre from the Second World War to the Cold War*, Exeter, University of Exeter Press, 1998.
GADDIS ROSE (Marylin), « Sartre and the Ambiguous Thesis Play », *Modern Drama*, n° 8, mai 1965, p. 12-19.
GOLDMANN (Lucien), *Structures mentales et création culturelle*, Éditions Anthropos, 1970, p. 209-264.
HOLLIER (Denis), « Actes sans paroles », *Les Temps modernes*, nos 531-533, octobre-décembre 1990, p. 803-820 ; repris dans *Politique de la prose. Jean-Paul Sartre et l'an quarante*, Gallimard, 1982, p. 167-186.

JOMARON (Jacqueline de), *Le Théâtre en France du Moyen Âge à nos jours*, Librairie générale française, coll. « La Pochothèque », 1993, p. 914-917.

MAGNY (Claude-Edmonde), « Existentialisme et littérature » (1946), *Littérature et critique*, Payot, 1971.

—, « Système de Sartre » (1945), *Littérature et critique*, Payot, 1971.

MIGNON (Paul-Louis), *Le Théâtre au XXe siècle*, Gallimard, coll. « Folio essais », 1986, p. 171-175.

O'DONOHOE (Benedict), « Sartre, Orphan Playwright : the Place of the Father in *Bariona*, *Les Mains sales*, and *Les Séquestrés d'Altona* », *Autobiography and the Existential Self : Studies in Modern French Writing*, T. Keefe et E. J. Smith éd., Liverpool, Liverpool University Press, 1995.

ROUBINE (Jean-Jacques), « Sartre devant Brecht », *Revue d'histoire littéraire de la France*, n° 6, novembre-décembre 1977, p. 985-1001.

—, « Sartre entre la scène et les mots », *Revue d'esthétique*, nouvelle série, n° 2, 1981, p. 59-68.

SANDIER (Gilles), « Socrate dramaturge », *L'Arc*, n° 3 : *Jean-Paul Sartre*, 1966, p. 77-86.

SIMON (Pierre-Henri), « L'Autre dans le théâtre de J.-P. Sartre », *Théâtre et destin, la signification de la renaissance dramatique en France au XXe siècle*, Armand Colin, 1959, p. 165-189.

STENSTRÖM (Thure), *Existentialismen : Studier i dess idétradition och litterära yttringa*, Stockholm, Natur och Kultur, 1966.

MICHEL RYBALKA.

TABLE

NOTICES, NOTES ET VARIANTES

Appendices

Ce volume, portant le numéro
cinq cent douze
de la « Bibliothèque de la Pléiade »
publiée aux Éditions Gallimard,
a été mis en page par CMB Graphic
à Saint-Herblain,
et achevé d'imprimer
sur Bible des Papeteries Bolloré Technologies
le 18 février 2005
par Normandie Roto Impression s.a.s.
à Lonrai,
et relié en pleine peau,
dorée à l'or fin 23 carats,
par Babouot à Lagny.

ISBN : 2-07-011528-3.

N° d'édition : 74696 - N° d'impression : 05-0339
Dépôt légal : février 2005.
Imprimé en France.